BIBLIOTHÈQUE

DE LA PLÉIADE

ANDRÉ MALRAUX

Œuvres complètes

III

INTRODUCTION PAR MARIUS-FRANÇOIS GUYARD

VOLUME PUBLIÉ PAR MARIUS-FRANÇOIS GUYARD,
AVEC LA COLLABORATION DE JEAN-CLAUDE LARRAT
ET FRANÇOIS TRÉCOURT

nrf

GALLIMARD

CE VOLUME CONTIENT :

Introduction
par Marius-François Guyard
Chronologie
par François Trécourt

LE MIROIR DES LIMBES

I. ANTIMÉMOIRES

II. LA CORDE ET LES SOURIS
[Hôtes de passage, Les Chênes qu'on abat…, La Tête d'obsidienne, Lazare]

Appendices

I. FRAGMENTS D'UNE RÉFLEXION SUR LES « ANTIMÉMOIRES »

II. « LE RÈGNE DU MALIN » DANS LES « ANTIMÉMOIRES »

ORAISONS FUNÈBRES

Textes présentés, établis et annotés par Marius-François Guyard

LE RÈGNE DU MALIN

Texte présenté, établi et annoté par Jean-Claude Larrat

Notices, notes et variantes
Index

INTRODUCTION

Le précédent volume des Œuvres complètes *rassemblait trois œuvres écrites, pour l'essentiel, de 1937 à 1943. On trouvera ici les livres que Malraux a publiés de 1967 à 1976 et réunis sous un même titre :* Le Miroir des limbes. *À cet ensemble on a joint, comme il l'avait voulu, les* Oraisons funèbres, *parues pour la plupart en 1971 et devenues en 1976 un « appendice » du* Miroir. *La cohérence chronologique serait aussi stricte que celle du tome II, si ce tome III ne comprenait aussi* Le Règne du Malin *délaissé dès les années 1939-1940. Malgré les apparences, cette addition n'est pas arbitraire : l'écrivain a repris et, d'une certaine manière, achevé ce roman inédit dans ses* Antimémoires.

Les textes autobiographiques des dernières années occupent donc la majeure partie de ce volume-ci. Singulière autobiographie, on le verra. Cette singularité même impose de retracer le parcours de Malraux au long de cette décennie.

Quand il s'embarque, en juillet 1965, pour l'Extrême-Orient, il est toujours un ministre d'État chargé des Affaires culturelles, mais cette fonction et la place qu'elle lui donne, en conseil des ministres, à la droite du général ne l'exaltent plus comme naguère : le passager du Cambodge *est un homme déprimé, dont le ménage est en crise. On juge en haut lieu qu'il a besoin d'un repos que lui apportera peut-être cette croisière, tardivement transformée en mission officielle. Le ministre, du reste, semble avoir tué l'écrivain : il n'a produit aucun grand livre depuis 1958 ; il emporte tout de même dans ses bagages*

Le Musée imaginaire, *dont il voudrait donner une nouvelle version. Mais le voyage va voir naître un dessein nouveau et, après l'étape du Caire, Malraux commence à écrire ce qui deviendra les* Antimémoires.

De retour en France, cependant que se dénoue sa longue union avec Madeleine, il poursuit la rédaction de son livre. À la publication, en 1967, il rentre en gloire littéraire. Les événements de mai 1968 inspirent au ministre, au penseur des réflexions analogues à celles de Georges Pompidou : pour tous deux, il s'agit d'une crise de civilisation. André goûte alors quelque consolation auprès de Louise de Vilmorin, l'amie éphémère de jadis. La mort brutale de Louise, quelques mois après le départ du général de Gaulle, la disparition non moins soudaine de ce dernier, un peu plus tard, le bouleversent : c'est un personnage hagard qui surgit dans l'église de Colombey à l'heure des obsèques.

Contrairement à la dépression d'hier, ces épreuves-là ne tarissent pas l'inspiration. Dans les années 1970, où l'on s'apitoie sur le paladin vieilli du Bangladesh ou sur le maladroit défenseur du candidat Chaban-Delmas, les livres succèdent aux livres : tous ceux qui formeront La Corde et les Souris, *mais aussi la grande trilogie qui rajeunit, sous le même titre, une œuvre ancienne :* La Métamorphose des dieux. *De l'expérience même de la Salpêtrière, où il est hospitalisé en 1972, l'écrivain tire cette œuvre puissante :* Lazare. *Revenu de la mort, contraint à une vie plus réglée, il continue d'écrire, de voyager, en compagnie de Sophie de Vilmorin, son Antigone, de multiplier interviews et discours. L'année même qui sera la dernière, il rassemble les textes qui forment désormais* Le Miroir des limbes. *Comme l'écrira son médecin, « il aura vécu jusqu'à sa mort ».*

L'ensemble de son œuvre autobiographique pourrait porter le titre d'« Antimémoires ». À l'auteur on donnerait volontiers le nom de Lazare : le dernier Malraux, qui n'est pas le moindre, est un ressuscité.

Avec ce troisième volume s'achève le parcours du créateur de personnages fictifs, ou réels, nommés Garine, Lawrence ou… Malraux. Près d'un quart de siècle sépare Le Démon de l'absolu *des* Antimémoires. *C'est le temps où l'écrivain semble avoir clos, avec* Les Noyers de l'Altenburg, *du reste peu diffusé, sa carrière de romancier pour se consacrer à une longue interrogation de l'art, le temps d'un Malraux II qui publie* Le Musée imaginaire, Les Voix du silence, *etc.*[1]. *Lui succède un autre auteur ; celui qu'on retrouvera ou découvrira ici. Différent de ses prédécesseurs, il n'existerait pas sans eux, tant règne dans l'œuvre, en dépit des brisures et des ruptures de la vie, une unité de pensée, à tout le moins une continuité de visée.*

La distance temporelle, la nature des textes font que, du tome II au tome III, on a l'impression de changer d'univers. On sent en même temps que l'âge de l'écrivain n'explique pas, à lui seul, ce changement : Les Noyers *seraient-ils un livre plus jeune que les* Antimémoires *? Quoi qu'il en soit, les différences ne doivent pas masquer les traits communs aux œuvres des deux volumes. Ici et là, par exemple, les plus achevées restent en deçà du projet de l'auteur. Ici et là, le dessein initial fait place à une réalisation autre, quand il n'y a pas abandon de ce dessein.*

Ainsi L'Espoir *n'est pas suivi du « second livre espagnol » qu'envisageait Malraux. « Ses thèmes », disait-il, passeraient « dans le livre français*[2] *», mais de celui-ci,* La Lutte avec l'ange, *il ne publiera qu'une première partie,* Les Noyers de l'Altenburg. *Et* Le Démon de l'absolu *restera inédit, à l'exception d'un chapitre, dont le titre laisse songeur : « N'était-ce donc que cela ? ».* Les Antimémoires *constituent une grande œuvre mais ils n'auront pas le développement prévu, et annoncé, lors de leur parution :* Le Miroir des limbes *de 1976 ne tiendra pas, ou tiendra autrement, les promesses de 1967.*

De chaque mutation, de chaque abandon, la conjoncture rend aisément compte. Si Le Règne du Malin *reste en panne, c'est qu'au printemps de 1940, André Malraux peut enfin rejoindre l'armée : « apprenti-tankeur », combattant, puis prisonnier, il n'a ni le temps ni le goût d'écrire. Il prend pourtant des notes, ici ou là, mais elles serviront pour l'œuvre qu'il entreprendra sitôt évadé : un autre roman, un roman tout autre,* La Lutte avec l'ange. *Ici encore, la conjoncture ne favorise guère l'achèvement : il y aura le maquis, la brigade Alsace-Lorraine. Mais Malraux n'avait-il pas déjà délaissé Berger*[3] *pour Lawrence ? Démobilisé en 1945, il affirmera que la*

1. Les écrits sur l'art paraîtront dans les tomes V et VI de la présente édition.

2. Voir, au tome II de la présente édition, la Note sur le texte des *Noyers de l'Altenburg*, p. 1628.

3. Nom du narrateur des *Noyers de l'Altenburg* et pseudonyme de Malraux résistant.

suite des Noyers est « en préparation » ; il l'annoncera au long des années où les lecteurs ne voient sortir que de grands livres sur la création artistique, non La Lutte avec l'ange ni Le Démon de l'absolu, quasi terminé au lendemain de la guerre et promis par contrat à Gallimard. Pour Le Démon aussi, on a trouvé une explication conjoncturelle, qui serait politique : comment le gaulliste qu'est devenu l'auteur oserait-il exalter un de ces agents britanniques dont le général de Gaulle dénonce l'action antifrançaise ? Pour la transformation, ou le rétrécissement, du projet des Antimémoires, on invoque l'âge et la santé de Malraux : faute de donner à son chef-d'œuvre une véritable suite, il se serait contenté de réunir les livres plus légers qui lui avaient succédé, et aurait composé ainsi La Corde et les Souris.

Que la guerre, la politique, la maladie aient joué un rôle dans la vie de Malraux et infléchi le cours de sa création, c'est évident. Pourtant ces causes conjoncturelles, si diverses, retiennent moins l'attention que leurs effets, toujours identiques : l'écrivain n'est pas paralysé, mais abandonne, plus ou moins, ce qu'il a entrepris, passant d'un roman à l'autre, d'un genre à l'autre : Le Règne du Malin, La Lutte avec l'ange, Le Démon de l'absolu, les livres sur l'art, Antimémoires. Dans les brisures de cette ligne faut-il voir une série d'accidents, ou, plutôt, les symptômes d'un même mal ? En quelques années, de 1940 à 1946, Malraux laisse tomber un récit farfelu et ethnographique, abandonne en cours de route son roman métaphysique, refuse de publier une grande biographie. Ces renoncements successifs révèlent une crise. Ils en sont les signes. Mais que signifient-ils ? Et s'agit-il seulement de littérature ?

De 1943 à 1967, des Noyers aux Antimémoires, l'écrivain semble bien délaisser le roman : de livre en livre, il poursuit une longue méditation sur l'art, cet « anti-destin ». Et si les apparences étaient trompeuses ? Si l'écrivain n'avait cessé de viser un même but jusqu'à trouver enfin la forme qui correspondît à son dessein ? Alors, loin d'être né tout armé en 1967, Malraux III serait, au soir d'une vie, celui qu'annonçaient le romancier et aussi bien le philosophe de l'art. Écoutons-le : « Je n'ai jamais écrit un roman pour écrire un roman. J'ai poursuivi une sorte de méditation ininterrompue qui a pris des formes successives, dont celle du roman[1]. » C'est l'auteur des

1. « Malraux parle... », *Le Figaro littéraire*, 22-29 octobre 1967.

Antimémoires *qui parle ainsi à Michel Droit et il dit vrai : entre le dernier roman et le livre qui vient de paraître, nulle solution de continuité. Le romancier des* Noyers de l'Altenburg *était revenu au récit à la première personne de ses débuts. Dans les* Antimémoires *comme dans tout* Le Miroir des limbes, *où narrateur et auteur paraissent confondus, « je » est omniprésent, de l'attaque de l'œuvre aux derniers accords :*

« Je me suis évadé, en 1940[1] *».*

« À l'instant de basculer (j'avais quitté terre) j'ai senti la mort s'éloigner[2] *».*

Entre ces deux phrases règne la première personne : un « je » de romancier qui, d'ailleurs, remploie des scènes entières de ses romans, et surtout — est-ce un hasard ? — des Noyers *: on retrouve dans* Le Miroir des limbes *le suicide de Dietrich Berger, le colloque alsacien, la fosse à chars des Flandres, l'attaque aux gaz sur la Vistule.*

Récit à la première personne, intégration à ce récit de fragments romanesques : ces signes littéraires incitent à reconnaître d'un Malraux à l'autre une continuité, plutôt qu'à souligner une rupture. De La Lutte avec l'ange *inachevée au « vrai livre », l'itinéraire, jusqu'à présent invisible, est désormais reconnaissable : il suffit de suivre l'écrivain au travail.*

*

« On ne récrit guère un roman », déclare l'auteur en 1948[3]*. À quoi bon, en effet, quand l'expérience même de l'écriture vous convainc de la vanité de l'entreprise ? Pourquoi perdre son temps, user son énergie créatrice à inventer des péripéties, à construire des êtres de papier quand, plus que jamais, vous presse le désir de confronter l'homme au destin, de répondre aux questions impossibles — et inévitables ? En 1948, pourtant, le romancier ne s'est pas vraiment résigné à abandonner sans combat sa* Lutte avec l'ange *: longtemps, il s'acharnera. Les « suites », que n'a détruites aucune*

1. *Le Miroir des limbes*, p. 5.
2. *Ibid.*, p. 879.
3. « Note » liminaire des *Noyers de l'Altenburg*, t. II de la présente édition, p. 619.

Gestapo[1]*, le prouvent. Elles laissent aussi prévoir le renoncement final, ou plutôt la métamorphose.*

L'écrivain prolonge après 1940 l'existence de Berger fils, le narrateur des Noyers de l'Altenburg. *Anticipant sur les* Antimémoires *où ce Berger deviendra « moi », André Malraux prête ses expériences personnelles à son héros : celui-ci, par exemple, assiste à un conseil de guerre maquisard réuni pour juger un traître supposé*[2]*. Pour justifier la présence dans les* Antimémoires *de fragments des* Noyers, *l'auteur affirmera qu'il s'agit de « telles scènes autrefois transformées en fiction*[3] *» et, sur cette piste autobiographique, égarera, sans le détromper, un lecteur aussi sagace que Gaëtan Picon. Le narrateur du roman devait beaucoup, il est vrai, à son créateur. Les suites inédites montrent que, pour continuer* Les Noyers, *le romancier a transformé en fiction d'autres scènes où il devenait Berger.*

À la longue, l'exercice le lasse. Seul restera « le héros : je[4] *». Du roman inachevé va naître un nouveau roman, dont le narrateur sera le protagoniste, celui-là même qui déclarera : « Je ne m'intéresse guère*[5] *»... Pourquoi désormais compléter laborieusement la biographie de Berger, en l'affectant, par exemple, à l'université de Clermont-Ferrand ? Il est si simple, même s'il a fallu longtemps pour s'en aviser, de remplacer ce nom alsacien par « moi » et d'entreprendre le récit savamment brisé des « rencontres » de ce moi « avec l'homme*[6] *» : rencontres graves, mélancoliques ou bouffonnes avec Charles de Gaulle, Jacques Méry ou le baron de Clappique. Dans les suites des* Noyers, *on n'en est pas encore là, et le héros attend ses partenaires ; mais les* Antimémoires *sont sur le point de naître. La gestation aura duré plus de vingt années.*

Tandis qu'elle se fait dans le secret de l'écriture apparaissent au grand jour La Psychologie de l'art, Les Voix du silence, La Métamorphose des dieux. *Là aussi, « le héros : je » est prêt à entrer en scène. On ne peut négliger les œuvres de Malraux II si l'on tente de comprendre le passage du roman aux* Antimémoires. *Parallèlement à la lente démarche du romancier, ces écrits si « domi-*

1. Contrairement à ce qu'affirme cette même « Note ».
2. Voir *Le Miroir des limbes*, p. 164.
3. *Ibid.*, p. 13.
4. Note manuscrite.
5. *Le Miroir des limbes*, p. 6.
6. *Les Noyers de l'Altenburg*, t. II de la présente édition, p. 629.

nés », comme dirait leur auteur, permettent de suivre un cheminement analogue. Ainsi dans Les Voix du silence.

Comme chez les plus classiques historiens de l'art, le « je » n'y est parfois que le moyen de souligner le caractère personnel d'une affirmation. Ce « je »-là nous intéresse moins qu'un autre qui préfigure le narrateur des Antimémoires. *Si, à la différence de ce dernier, il n'est jamais politique, il possède tous les autres traits de ce narrateur. Comme lui et comme Chateaubriand, il mêle au temps du récit celui où il écrit : « Tandis que les derniers bruits du jour s'éteignent dans un Paris menacé qui lui ressemble peut-être, je songe à la phrase de Léonard*[1] *[…] ». Il est déjà le familier des hommes illustres : « J'ai entendu un des grands peintres de ce temps dire à Modigliani*[2] *[…] ».*

L'auteur des Antimémoires *intégrera à son œuvre, rythmée par les titres de ses romans, de longs fragments romanesques. L'auteur des* Voix du silence *relie de même ce qu'il est en train d'écrire à l'œuvre du romancier qu'il fut : « J'ai conté jadis l'aventure d'un homme qui ne reconnaît pas sa voix qu'on vient d'enregistrer […] et, parce que notre gorge seule nous transmet notre voix intérieure, j'ai appelé ce livre* La Condition humaine[3] *».*

Politique et « secrets » mis à part, le narrateur des Voix du silence *est déjà cet homme qui « au hasard de la mémoire*[4] *» se souvient. Le souvenir d'une chose vue naguère au Panthéon déclenche une évocation lyrique des tombeaux qui ont fait rêver le voyageur : « J'y ai vu un enfant faire rebondir un ballon sous les vastes voûtes italiennes […] Ô Tadj-Mahal […] tombeaux des Ming […] tombeau d'Attila dans le cours détourné du Danube*[5] *!… » Relativement rares, de telles interventions de l'écrivain sont d'autant plus instructives que la nature de l'œuvre semblerait,* a priori, *les exclure. Faut-il s'étonner que* Le Miroir des limbes *leur fasse écho ? Dans* Les Voix du silence *(et les autres écrits sur l'art) comme dans les suites des* Noyers de l'Altenburg *l'auteur ébauchait son futur héros : l'homme des* Antimémoires, *un nommé Malraux.*

1. *Les Voix du silence*, Gallimard, 1951, p. 462.
2. *Ibid.*, p. 117.
3. *Ibid.*, p. 628.
4. *Le Miroir des limbes*, p. 12.
5. *Les Voix du silence*, p. 596.

Il devait le rencontrer au pied de la Grande Pyramide, le 26 juin 1965[1]*. Deux ans plus tard, il dirait à Emmanuel d'Astier de l'œuvre née de cette rencontre : « C'est mon vrai livre*[2]*. » De fait, avec ce livre et ceux qui lui font suite, Malraux a enfin trouvé ce qu'il cherchait depuis un quart de siècle : une forme qui reflète tous les aspects de sa « méditation ininterrompue », qui permette de faire la somme d'une vie mouvementée et d'une œuvre plurielle, d'une vie vécue et d'une œuvre composée par un même personnage. À sa manière,* Le Miroir des limbes *est le roman de ce personnage.*

*

Qu'il soit une somme de l'œuvre saute aux yeux. Ainsi, le Musée imaginaire est partout dans Le Miroir *— et pas seulement dans* La Tête d'obsidienne, *où l'on s'attend à le retrouver. En citant ses discours, l'auteur rejoint les mémorialistes qui ne se privent pas d'en faire autant. Mais il évoque aussi ses romans, tous mentionnés. Il cite en les remaniant des fragments de plusieurs d'entre eux. On l'a vu déjà, mais on notera ici une préférence marquée pour ceux qu'il a plus ou moins abandonnés. La part faite aux* Noyers *surprend d'autant moins que, on le sait maintenant,* Le Miroir des limbes *est leur vraie suite. La place occupée par* Le Règne du Malin *— près de cent pages dans les* Antimémoires *de 1967 — étonne davantage, même si, d'édition revue en édition « définitive », le scénario rétrécit comme peau de chagrin. Il ne disparaît pas cependant : sans lui manquerait « ce qui aurait pu être*[3] *» et ce qui avait été : un reflet de* La Voie royale, *un nouveau portrait d'aventurier d'Indochine et aussi ce farfelu auquel l'auteur tient si fort qu'il en attribue le goût à un « homme de l'Histoire » : « Le Général, qui paraîtrait austère sans ses saccades d'humour noir, aime le farfelu*[4]*. »*

La somme d'une « vie sanglante et vaine[5] *» n'en est pas, à l'évidence, la totalité. Le biographe cherchera en vain dans* Le Miroir des limbes *la trace d'événements qu'il estime importants. Il saura que l'auteur a subi des procès en Indochine, mais ignorera les chefs*

1. Voir la Notice du *Miroir des limbes*, p. 1120.
2. « Dialogue », *L'Événement*, n° 19-20, septembre 1967.
3. « Note » en tête des *Noyers de l'Altenburg*, t. II de la présente édition, p. 619.
4. *Le Miroir des limbes*, p. 611.
5. *Ibid.*, p. 7.

d'accusation. Sur le temps du R.P.F., *ce biographe trouvera bien rapides les quelques allusions des* Antimémoires. *Il s'interrogera sur la portée, et même sur la réalité, de la mission en Extrême-Orient dont le ministre d'État aurait été chargé en 1965. Quant aux données plus personnelles d'une existence, les rares indications du* Miroir des limbes *sont souvent lacunaires : le narrateur est né en 1901, mais où ? Il a été marié trois fois, mais qui était sa première épouse ? Il a eu des enfants, au moins un fils et une fille, qui seule survit en 1968. Il nous dit : « L'amitié […] a joué un grand rôle dans ma vie*[1] *» et nomme de fait de très nombreux « amis », généralement célèbres ; mais il ne cite aucun de ces intimes dont on sait, par ailleurs, combien ils ont compté pour lui. Décidément, ce « je » est un autre que le personnage des biographies.*

Le lecteur des Conquérants *découvrait Garine à travers des notes de police commentées par un narrateur qui séparait le vrai du faux. Le lecteur du* Miroir des limbes *ne peut attendre une telle aide du narrateur qui ne dit évidemment que ce qu'il veut bien dire et ne pratique qu'exceptionnellement la mise au point, le rectificatif chers aux mémorialistes. Entre Malraux (Georges André) et le personnage qui porte ces nom et prénoms la distance est encore plus grande qu'entre Marcel Proust et le « je » d'*À la recherche du temps perdu.

« J'aimerais être un anti-Proust », affirmait Malraux à d'Astier[2]*. Il l'est en effet. Il crée un « je » qui se souvient et, pour se souvenir, recourt, comme le narrateur proustien, à la mémoire involontaire, mais aussi à celle qui est laborieuse récupération : « Éclairées par un invisible soleil, des nébuleuses apparaissent […]. Quelques-unes appartiennent à l'imaginaire, beaucoup au souvenir d'un passé surgi par éclairs, ou que je dois patiemment retrouver*[3] *». Mais le rival admiré mettait dans son héros autant de Marcel que de Proust. L'auteur du* Miroir des limbes *invente un personnage où beaucoup de Malraux écrase un peu, très peu d'André.*

Famille, amours, amitiés sont à peu près gommées, mais le moi social est plus que visible, ostensible : s'il ne le savait déjà, le lecteur ne peut ignorer que le héros appartient à la secte des politiques importants, qu'il est le familier des plus grands écrivains, de Valéry

1. *Le Miroir des limbes*, p. 6.
2. Dans l'entretien cité n. 2, p. XVI.
3. *Le Miroir des limbes*, p. 12.

à Bernanos, des plus grands artistes, de Braque à Picasso. Tel qu'on le voit dans son rôle ministériel, dans sa gloire littéraire, André Malraux est totalement incorporé au personnage qu'il nomme ainsi.

Le moi intime étant refoulé, le moi social assumé, ce personnage ne serait-il qu'une silhouette ? Mais une silhouette n'a pas de voix et celle du narrateur impose sa présence. Si ce n'est pas la voix des aveux misérables, on entend celle des interrogations profondes. Certes, on écoute aussi dans Le Miroir des limbes *un conteur dont la verve fait merveille, qu'il croque André Gide à Pontigny ou Georges Salles chez la voyante. Mais le narrateur s'adresse le plus souvent à ses interlocuteurs et à nous-mêmes pour chercher, avec eux, avec nous, la réponse à « l'énigme fondamentale de la vie*[1] *» — et cette réponse n'est pas monotone, car la recherche est menée dans tous les domaines qu'a explorés Malraux : l'histoire, l'art, l'action et même, sur le tard, la science. N'oublions pas qu'il sait aussi écouter les humbles et célébrer la douceur. Beaucoup plus que de pauvres secrets — jeux sous la table, petit cabinet sentant l'iris — le narrateur nous confie ce qui compte le plus pour lui : la grandeur — mais «* il n'y a pas de grandes personnes[2] *» — et la fraternité — mais Satan existe. On ne peut accueillir distraitement de telles confidences ni refuser la vie à ce personnage dont la parole exprime une telle intensité de sentiment et de pensée. Intensité d'autant plus forte qu'à sa créature le créateur incorpore, avec lui-même, maints héros de ses romans : le narrateur est Berger dans son char, il est aussi Manuel écoutant un moine-soldat prêcher une Nativité révolutionnaire et il reprend à Kassner ce que Malraux a vécu dans la tempête au-dessus des Aurès, avant de retrouver la terre à Bône.*

La Corde et les Souris *conserve au protagoniste des* Antimémoires *son statut, jusqu'à* Lazare *exclusivement, placé à dessein au terme de l'itinéraire du héros. Naguère encore amputé de son corps, le personnage le retrouve, et c'est un corps menacé — ce qu'indique le bulletin de santé initial : « J'ai été atteint d'une maladie du sommeil [...] je suis tombé, comme en syncope mais sans perte de connaissance [...] sclérose des nerfs périphériques et menace sur le cervelet, donc menace de paralysie. Laquelle*[3] *? »*

Avec son corps le personnage retrouve des sentiments qu'il ne songe

1. *Le Miroir des limbes*, p. 6.
2. *Ibid.*, p. 5.
3. *Ibid.*, p. 787.

plus à dissimuler. « Je ne pensais pas aux miens[1] *», constatait le narrateur des* Antimémoires, *en péril de mort. Ici, à la Salpêtrière, il pense à son fils, à* Roquebrune, *dont le nom revient plusieurs fois : Roquebrune où il fut heureux auprès d'une femme aimée et de ses fils, morts aujourd'hui. À un autre moment, c'est sa « petite fille » qu'il revoit dans sa « voiture*[2] *», rue du Bac. Dans* Lazare *le personnage important et surdoué s'humanise, comme si, sur un lit d'hôpital, ne comptait plus guère d'avoir été le ministre d'État assis à la droite du Père.*

Parvenu au bout de la route, le malade sera « pénétré, envahi, possédé [...] par une ironie *inexplicablement réconciliée, qui fixait au passage la face usée de la Mort*[3]*. »*

Celle-ci, non le trépas, avait été sa constante interlocutrice. Tout naturellement, Malraux ajoutera, en appendice au Miroir, *des* Oraisons funèbres. *« Ces textes », s'ils n'évoquent pas tous des disparus récents, sont tous « de près ou de loin, liés à la mort*[4]*. » Leur nature en fait des monologues épiques, mais on y retrouve, avec tous les thèmes du* Miroir des limbes, *quelques-uns des lieux qu'a hantés le narrateur : la Grèce ou la Perse ; ses expériences les plus fortes : l'Art ou la Résistance ; et plusieurs de ses partenaires : Charles de Gaulle ou Georges Braque.*

Car « je » n'est pas l'unique personnage du Miroir. *En rapportant ses rencontres avec des hommes illustres, il imite les mémorialistes, mais s'en démarque aussitôt. Écrivant cela, je ne vise pas les libertés prises avec l'exactitude événementielle. À Pékin en 1965, à Colombey en 1969, ni Mao ni de Gaulle n'ont tenu tous les propos que leur prête leur hôte : pour Mao, l'auteur « complète » ; pour de Gaulle, il puise dans les ouvrages et les discours du général. Après tout, les* vrais *mémoires regorgent de dialogues arrangés. Je songe plutôt à la manière dont Malraux compose et stylise ses interlocuteurs : Nehru, gentleman agnostique, doit incarner une Inde pétrie de croyances et de superstitions ; de Gaulle est un chef d'ordre religieux, dont la religion serait la France ; Mao, l'« empereur de bronze » d'une Chine éternelle ; Senghor, un humaniste de la négritude ; Picasso, un « sorcier ». À ces individualités typifiées, pour parler*

1. *Le Miroir des limbes,* p. 171.
2. *Ibid.*, p. 867.
3. *Ibid.*, p. 879.
4. Préface des *Oraisons funèbres*, p. 913.

comme Balzac, Malraux donne un ton, mais le fait avec un bonheur inégal : si le général de Colombey s'exprime comme parlait (ou écrivait) de Gaulle, les amis de Picasso ne reconnaissent pas toujours sa voix dans La Tête d'obsidienne, *et Mao, selon le mot naïf d'une admiratrice à l'auteur, « parle un peu comme Malraux*[1] *»…*

Les partenaires du narrateur lui renverraient-ils, avec ses mots à lui, un écho trop fidèle de sa pensée ? Cette pensée est essentiellement interrogative ; or le dialogue est un moyen commode d'approfondir ses interrogations. Malraux a beaucoup, et de plus en plus, utilisé cette technique dans ses romans, jusqu'à faire d'un colloque d'intellectuels le cœur des Noyers de l'Altenburg. *Ici encore* Le Miroir des limbes *prolonge l'entreprise romanesque et, comme dans les romans, la part du dialogue va croissant. Au fur et à mesure qu'il avance dans sa quête, le personnage central multiplie les confrontations avec les interlocuteurs les plus divers, quitte pour l'auteur à répartir, plus ou moins arbitrairement, entre eux et lui, les thèses et les rôles. Il le fait d'autant plus aisément qu'à côté de partenaires historiques (de Gaulle ou Picasso) le narrateur rencontre des personnages inventés.*

Dans la première version des Antimémoires, *le seul de ce type était le baron de Clappique, tout droit sorti de* La Condition humaine, *trente ans après, à Singapour. Ce retour très balzacien d'un personnage ne provoquait pas un véritable dialogue : le rôle du baron se bornait à lire au ministre en mission le scénario tiré par lui du* Règne du Malin. *Mais Clappique le mythomane incarne une vieille tentation de l'auteur, sans parler de ses souvenirs d'Indochine. Rééditant en 1972, puis en 1976, ses* Antimémoires, *Malraux imagine d'autres rencontres : le narrateur retrouve à Singapour Jacques Méry, à Kyôto le Bonze. Avec ces personnages inventés s'établissent de vrais échanges. Non moins imaginaires, dans* La Corde et les Souris *: Max Torrès d'*Hôtes de passage *et le « professeur » de* Lazare, *encore que le prénom de l'un fasse songer à Max Aub et le métier de l'autre au docteur Bertagna, médecin de l'auteur.*

Même stylisés, les hommes de l'histoire ou de l'art résistent : à l'image qu'en donne le texte, le lecteur oppose leur vérité historique, ou ce qu'il croit tel. Les interlocuteurs inventés, eux, ont évidemment la personnalité que l'auteur a construite et qui nous permet de mieux

1. Cité par Jean Lacouture, *Malraux*, Seuil, 1973, p. 391.

connaître le héros du Miroir des limbes. *Ses deux rencontres de Singapour révèlent des traits, des sentiments de ce héros masqué : Clappique, sa mythomanie, Méry, certains de ses secrets*[1]. *Avec Méry, on voyage « dans l'espace et dans le temps conjugués*[2] *» : grâce à lui le lien s'établit entre l'Indochine de jadis et le Viêt-nam d'aujourd'hui, celui de Hô chi Minh : le voyageur n'a connu « que d'une façon épisodique*[3] *» (autant dire : pas du tout) cet oncle Hô que Méry, lui, a rencontré récemment encore. Méry parlera donc de Hô assez abondamment et chaleureusement pour montrer la sympathie du narrateur envers le libérateur du peuple dont il a « le plus souhaité l'indépendance*[4] *». Dans le Jardin-Sec de Kyôto, « en 1960*[5] *», le Bonze illustrera ce que pense le dernier Malraux du pays de la sérénité, défiguré par l'américanisation.*

En bon romancier, l'auteur s'emploie à faire de ces personnages imaginés autre chose que ses porte-parole. Il leur donne une épaisseur, une biographie, une allure. Clappique surgit au consulat de Singapour avec les tics de langage, les gestes et l'étrange philosophie que reconnaît le lecteur de La Condition humaine. *Jacques Méry a un passé colonial et amoureux, un présent d'opiomane collectionneur de papillons ; quant à l'avenir, la mort « n'est pas loin...*[6] *» Le Bonze est un intellectuel « bouddhiste, marié selon les rites shinto*[7] *» : il a été le traducteur de Malraux pour qui son fils, « tué en s'écrasant sur un navire américain », était « un très proche ami*[8] *». Torrès, ce Marx brother, tient un emploi de comédie, mais, quand il entre dans le bureau ministériel du Palais-Royal en 1968, entre avec lui le passé espagnol du narrateur. La taille gaullienne du professeur de* Lazare, *son anglomanie, ses propos et ses attitudes — empruntés parfois à Max — font de ce partenaire du malade une composition assez réussie.*

Historiques ou imaginaires, tous ces personnages ont en commun d'avoir avec le narrateur des relations personnelles nouées jadis ou naguère et renouées dans le temps du récit. Malraux a combattu avec

1. Voir la Notice du *Miroir des limbes*, p. 1123.
2. *Le Miroir des limbes*, p. 7.
3. *Ibid.*, p. 320.
4. *Ibid.*, p. 334.
5. *Ibid.*, p. 427.
6. *Ibid.*, p. 347.
7. *Ibid.*, p. 432.
8. *Ibid.*, p. 428.

Max et il est le patient du professeur qui vient le voir à la Salpêtrière. S'il n'a « jamais connu Pablo[1] *», il a assez bien connu Picasso pour lui avoir rendu, à diverses reprises, visite dans son atelier. Et si de Gaulle n'est pas Charles, son ancien ministre rencontre tout de même à Colombey l'époux d'Yvonne, le père d'Anne et un grand-père qui joue avec ses petits-enfants. On le verra dans les Notices et les notes : en toutes ces rencontres, réalité et fiction se mêlent — et ce mélange se retrouve dans la composition des partenaires du narrateur. Chaque personnage fictif doit quelques traits à un modèle existant : Jacques Méry est inspiré de Bernard Bourotte. Chaque personnage historique est lui-même et son mythe : « J'étais un mythe aussi*[2]*... », déclare de Gaulle. Ce mentir-vrai est d'un vrai romancier.*

Sous le titre Antimémoires, *Malraux n'a pas inscrit :* roman. *Mais si un roman est un récit mettant en scène des personnages, éventuellement historiques, autour d'un ou plusieurs héros, un récit qui conduise le lecteur vers un dénouement,* Le Miroir des limbes *relève bien d'un genre qu'il renouvelle, sans l'abandonner. Le narrateur est un héros à part entière dont on suit la recherche, de son départ pour l'Extrême-Orient à son arrivée aux portes de la mort. Il se trouve que ce héros se nomme André Malraux et qu'il a pour modèle l'auteur qui signe son histoire. Mais le modèle a été amputé et enrichi : amputé de presque tout ce qui constituait ses sentiments intimes, enrichi de tout ce qui révélait, à travers la création romanesque et la méditation sur l'art, son moi profond. Au terme des* Antimémoires, *sa recherche restait inachevée, et la somme, ouverte. À peine avait-il écrit : « On ne revient pas plus de l'enfer que de la mort*[3] *» qu'il enchaînait sur le retour à Lascaux, laissant en apparence le dernier mot au farfelu. Le vrai dénouement est dans* Lazare *: André Malraux, cette fois, est revenu de la mort, après avoir, une fois encore, évoqué l'enfer de Bolgako. Sa quête a pris fin — et pas seulement celle qu'a contée* Le Miroir des limbes *: celle d'une vie entière, de toute une création. Après avoir emprunté bien des chemins — l'aventure, la fiction, la politique, l'art — le héros agnostique est ramené au point de départ de son créateur. En ce temps-là, le jeune auteur de* Lunes en papier *imaginait que les*

1. *Le Miroir des limbes*, p. 694.
2. *Ibid.*, p. 640.
3. *Ibid.*, p. 483.

péchés avaient « tué la Mort[1] *» ; mais les péchés étaient mornes, et ils pleuraient. À présent, avec la vie, la mort s'éloigne. « N'était-ce donc que cela ? »*

*

Jusqu'ici j'ai insisté sur ce qui donne au Miroir *son unité : la construction par André Malraux de son dernier personnage, antibiographique et vrai. Elle n'a été possible que grâce à l'invention d'une forme originale dont j'ai tenté ailleurs*[2] *de dégager quelques caractères essentiels : chronologie éclatée, jeu sur l'espace-temps, structures circulaires. Cette forme seule justifierait l'« anti » du titre* Antimémoires. *De ce titre on a surtout voulu retenir qu'il annonçait bien des libertés prises avec la « vérité ».* Le Miroir des limbes, *comme l'épopée de Hugo, c'est souvent « de l'histoire écoutée aux portes de la légende ». Aux curieux les notes signaleront bien des confusions, erreurs, voire contre-vérités de l'antimémorialiste. Les curieux, et les autres, doivent savoir que l'essentiel n'est pas là. Certes* Le Miroir des limbes *constitue un document capital pour l'histoire de notre temps, et Jean Lacouture a pu regretter, à juste titre, que les historiens ne se soient « guère préoccupés*[3] *» des* Antimémoires. *Toutefois, même si l'on refuse de le nommer roman, il y a dans* Le Miroir *bien autre chose qu'un document : les* ultima verba *d'un témoin capital, qui témoigne évidemment sur son époque, mais surtout sur lui-même, sur le sens d'une vie peut-être « vaine », à coup sûr exceptionnelle.*

Avec Le Règne du Malin, *ce troisième volume garde un souvenir du premier Malraux qui, en romançant une histoire vraie, tente de retrouver sa jeunesse indochinoise et de rénover un genre littéraire dont il s'éloigne. Dans les* Oraisons funèbres *nous entendons l'homme public parler au nom de la France et du général de Gaulle. Le romancier et le ministre sont rejoints, dans* Le Miroir des limbes, *par le quêteur d'absolu. Dans l'écriture comme dans l'action, il cherche l'unique nécessaire, en sachant qu'il ne peut le trouver : « j'étais amputé de l'éternel*[4] *»…*

1. Tome I de la présente édition, p. 25.
2. Dans la Notice du *Miroir des limbes.*
3. *Malraux*, p. 401.
4. *Le Miroir des limbes*, p. 171.

Malraux III n'a tué ni le romancier ni l'écrivain d'art en composant un roman métaphysique où l'art a toute sa place. Un roman, non un système que ne pouvait édifier un agnostique. Le romancier, cette fois, choisit de raconter sa propre histoire. Il le fait en opérant la fusion de sa biographie, de son œuvre, de ses rêves, y compris les plus fous, et ce récit brisé a un sens, le seul qu'autorise l'agnosticisme : l'interrogation. La mort, la condition humaine, l'univers sont autant de mystères devant lesquels le narrateur a l'attitude des théologiens devant la Révélation *: ils l'admettent, puis tentent d'ouvrir des pistes vers ce qui, par essence, nous échappera toujours en ce monde. Ils ont la foi et reconnaissent les pouvoirs de la raison. Le narrateur, lui, n'a pas la foi et ne croit guère à la raison. Il n'atteindra pas l'inaccessible, et le sait, mais il avance quand même, à tâtons, à la lueur discontinue des éclairs de la mémoire. Des premiers livres de Malraux à la somme finale, la lumière aura gagné sur les ténèbres, sans en dissiper toute la noirceur, les intuitions de la jeunesse auront fait place à une méditation toujours approfondie.*

Le bon ton est de préférer l'antimémorialiste au romancier dont les histoires souffriraient, aujourd'hui, dans notre France, d'être étroitement liées à des temps et à des lieux bien lointains. À ce compte, qui lirait encore Balzac ou Tolstoï ? Ce snobisme m'est étranger : je goûte tous les romans de Malraux et les admire presque tous. Mais je tiens les Antimémoires *pour un chef-d'œuvre, que prolongent les livres les plus inspirés de* La Corde et les Souris *:* Les Chênes qu'on abat..., Lazare. *Dans* Le Miroir des limbes, *la force du sens est le plus souvent unie à la maîtrise de la construction. Faut-il souligner le bonheur du style, la variété des tons, du farfelu au lyrisme et à l'éloquence — qui n'est pas réservée aux* Oraisons funèbres ? *Et comment ne pas admirer l'extraordinaire puissance de renouvellement du sexagénaire qui conçoit et compose une œuvre aussi puissante et originale ?*

Ayant vécu, à sa table de travail, la mort du roman, André Malraux a su passer outre. On pastichera aisément la forme qu'il a créée, mais elle demeure inimitable, tant elle fait corps avec son inventeur, l'inventeur de ce « je » qui nous intéresse tant. Ne l'aurais-je pas abusivement distingué de l'auteur ? Mais de ses notes prises au jour le jour Alain Peyrefitte naguère voyait surgir « le de Gaulle de

Malraux[1] *». Ainsi* Le Miroir des limbes *reflète un Malraux qui est sans doute le vrai.*

Il y a, bien sûr, celui des biographies… En créant, contre les mémoires et par la mémoire, son narrateur homonyme, l'écrivain est devenu ce qu'il était.

MARIUS-FRANÇOIS GUYARD.

*

Remerciements.

Un si long travail — près de quinze années — sur une œuvre si vaste n'a pu être mené à terme qu'avec de nombreux concours. Assumer l'entière responsabilité de cette édition ne saurait me dispenser de reconnaître mes dettes.

L'aide des proches d'André Malraux a été particulièrement précieuse. Sans Albert Beuret, je n'aurais pu rendre un compte exact du voyage de 1965 où naquirent les *Antimémoires.* Sans lui encore, sans M. Jean Grosjean et Mme Florence Malraux, je n'aurais pas eu accès aux manuscrits de Verrières, transportés aux éditions Gallimard, puis à la bibliothèque littéraire Jacques-Doucet. À Mlle Jacqueline Blanchard, qui fut la fidèle collaboratrice de l'écrivain et de ses exécuteurs testamentaires, je dois des éclaircissements sur les textes et sur leurs éditions. Irremplaçable était le témoignage de Mme Sophie de Vilmorin, qui accompagna les dernières années d'André Malraux. Si Mgr Pierre Bockel, autre témoin privilégié, depuis le temps de la Brigade, n'a pu me communiquer un manuscrit qu'on avait omis de lui restituer, il a précisé, dans des entretiens amicaux, ce que m'avaient apporté ses écrits. Le Dr Louis Bertagna, l'ambassadeur Geoffroy de Courcel, M. Olivier Philip n'ont pas été moins empressés à me renseigner. Et Roger Stéphane m'a ouvert généreusement ses archives, plus d'une fois citées dans ce volume.

Il a fait plus, en me permettant de photocopier intégralement le manuscrit des *Antimémoires* que lui avait offert son ami. Je ne puis nommer le détenteur d'un autre manuscrit — celui des *Chênes qu'on abat*… —, qu'il sache du moins combien je lui suis reconnaissant de m'avoir autorisé à consulter et à citer un document sans lequel on ne pouvait suivre la genèse de ce chef-d'œuvre. Au fonds Doucet, M. François Chapon, Mme Prévot m'ont accueilli et aidé avec une infatigable gentillesse, comme l'a fait, à la Bibliothèque nationale, Mlle Angremy. Non moins accueillants ont été, aux archives de la Compagnie Générale Maritime, M. Herbert, et au Musée national d'art moderne, M. Bellet et ses collègues. Et je n'oublie pas celui qui, sans vouloir être nommé, m'a communiqué des épreuves de *Lazare.*

Comme tout éditeur de textes, je dois beaucoup à ceux qui m'ont précédé, ou accompagné, dans l'étude d'une vie et d'une œuvre exceptionnel-

1. *C'était de Gaulle*, t. I, p. 12.

lement riches. Leurs noms figurent dans la bibliographie, mais je détacherai ici l'un d'eux : M. Yves Beigbeder, auteur d'une thèse demeurée inédite sur *André Malraux et l'Inde.* Sans le travail de cet excellent chercheur, l'annotation des chapitres indiens des *Antimémoires* ne serait assurément pas ce qu'elle est. Quant au commentaire des pages japonaises, il doit presque tout à l'aide aussi désintéressée que compétente de mes collègues de Tôkyô, MM. Shinobu Chujo et Satohiro Hotta.

Bien d'autres personnes ont répondu à mes questions. MM. Paul Bady, Roger Bellet, Jean-Claude Berchet, Jacques Bompaire, Mmes de Carsalade du Pont, Jacqueline Chénieux-Gendron, M. Michel Crouzet, Mlle Sabine Didelot, MM. Henri Faure, Pierre Fortassier, Mmes Arlette Lafay, Jacqueline Lévi-Valensi, MM. Philippe Ménard, René Pomeau, Pierre-Louis Rey, François de Saint-Cheron, Dominique Sourdel m'ont aidé, à un moment ou à un autre, à résoudre telle ou telle difficulté. Qu'ils soient tous assurés de ma gratitude et que ceux que j'aurais oubliés me pardonnent, s'ils me lisent, une apparente ingratitude.

Le Miroir des Limbes comporte maints remplois d'œuvres antérieures de Malraux. Sur l'un d'eux — l'épisode de la campagne de 1940 dans les chars — le général Hublot avait transformé en certitude l'intuition d'un éditeur assurément moins autorisé que lui en matière militaire. Qu'il veuille bien trouver ici l'expression renouvelée de ma reconnaissance.

M.-F. G.

CHRONOLOGIE

Les événements de la période 1901-1948 expressément évoqués par Malraux dans Le Miroir des limbes *sont ici brièvement rappelés. Pour plus de détails sur cette période, on se reportera aux Chronologies des tomes I et II.*

1901

3 novembre : naissance à Paris de Georges André Malraux.

1909

19 novembre : mort, à l'hôpital de Dunkerque, d'Alphonse Malraux, grand-père paternel d'André Malraux.

1917

Le père d'André Malraux devient sous-lieutenant dans les chars et vit l'expérience du tank prisonnier de la fosse.

1922

Visite au peintre James Ensor, à Ostende.

1924

16 et 17 juillet : André Malraux et Louis Chevasson comparaissent devant le tribunal correctionnel de Phnom Penh pour le vol des bas-reliefs du temple de Banteaï-Srey ; le verdict tombe le *21* : trois ans de prison ferme pour André Malraux et dix-huit mois de la même peine pour Louis Chevasson ; les condamnés font appel devant la cour de Saigon.

8 et 9 octobre : André Malraux et Louis Chevasson comparaissent devant la cour d'appel de Saigon qui rend son verdict le *28* : un an de prison avec sursis pour André Malraux et six mois de la même peine pour Louis Chevasson.

1925

Fin août : André et Clara Malraux se rendent à Hong Kong où ils trouvent à acheter des caractères d'imprimerie auprès de pères jésuites qui renouvellent le matériel de leur journal ; cette acquisition permettra à *L'Indochine*, condamnée par les pressions du gouverneur d'Indochine, de reparaître sous le titre de *L'Indochine enchaînée.*

1928

Août : début de publication de la traduction allemande des *Conquérants* dans *Die Europäische Revue.*

19 août : première participation d'André Malraux aux décades de Pontigny, sur le thème « Jeunesses d'après-guerre à cinquante ans de distance : 1878-1928 ».

15 décembre : André Malraux participe à un débat organisé par l'Union pour la vérité autour du livre de Raoul Allier, *Le Non-Civilisé.*

1929

Printemps : voyage d'André et Clara Malraux en Perse, en passant par Constantinople, la mer Noire et la mer Caspienne ; ils reviennent par l'Irak et la Syrie.

1930

Printemps : André et Clara Malraux retournent à Ispahan et font une incursion en Afghanistan. Ils prennent ensuite le bateau dans le golfe Persique et reviennent en Europe par l'océan Indien et la mer Rouge.

20 décembre : suicide de Fernand Malraux par asphyxie.

1931

De juin à décembre : voyage d'André et Clara Malraux vers l'Iran et l'Afghanistan, qui se transforme en tour du monde.

Été : premier séjour en Inde, où André et Clara Malraux pénètrent par le col de Khyber ; ils visitent successivement Peshawar, Srinagar, Rawalpindi, Delhi, Bénarès et Calcutta.

Du 7 au 15 octobre : séjour d'André et Clara Malraux au Japon.

1932

22 mars : mort à Paris de Berthe Félicie Lamy, mère d'André Malraux, victime d'une embolie.

1933

7 et 8 août : André Malraux rencontre Léon Trotski à Saint-Palais, près de Royan.

1934

22 février : André Malraux et Édouard Corniglion-Molinier s'envolent pour l'Arabie, afin de retrouver les ruines de la capitale légendaire de la reine de Saba ; après deux premières escales en Italie et en Libye, les aviateurs font une halte au Caire, où André Malraux visite le musée et rencontre de jeunes intellectuels égyptiens.

16 mars : sur le chemin de retour, après avoir décollé de Tripoli, l'avion de Malraux doit affronter un terrible ouragan entre Tunis et Bône.

1935

Juin : André Gide et André Malraux persuadent l'ambassadeur de l'Union soviétique d'obtenir de Moscou la venue d'Isaac Babel et de Boris Pasternak pour représenter l'U.R.S.S. au Congrès des écrivains pour la défense de la culture qui se tient du *21 au 25* au palais de la Mutualité.

1936

Décembre : l'escadrille « André Malraux » s'installe sur le terrain de La Señera, entouré d'orangeraies, dans la province de Valence.

1939

Avril : tournage à Villefranche-de-Rouergue de scènes complémentaires de *Sierra de Teruel*.

Deuxième quinzaine d'août : André Malraux et Josette Clotis partent pour Chartres, la Touraine, le Poitou ; ils sillonnent ensuite le Périgord et séjournent à l'hôtel Le Bordeaux à Beaulieu-sur-Dordogne.

1er septembre : André Malraux et Josette Clotis apprennent à Nîmes l'entrée des troupes allemandes en Pologne et la déclaration de guerre de la France et de la Grande-Bretagne à l'Allemagne.

1940

16 juin : rejointe par la Wehrmacht au sud de Courtenay, l'unité d'André Malraux est faite prisonnière et ramenée à Sens où

Malraux et ses compagnons sont d'abord internés dans la nef de la cathédrale.

1er novembre : André Malraux s'évade du petit village de Collemiers où il avait été transféré pour les moissons puis pour faire la classe aux enfants ; après avoir la passé la ligne de démarcation près de Bourges, il parvient à Avignon le *3* avec son frère Roland.

5 novembre : naissance à Neuilly-sur-Seine de Pierre-Gauthier Malraux.

1941

19 mars : à un dîner organisé par Varian Fry, de l'*American Rescue Committee*, André Malraux remet à sa secrétaire, Théodora Bénédite, un message pour le général de Gaulle que cette dernière, arrêtée le *5 avril*, avalera avant d'être fouillée et qui ne parviendra donc jamais à son destinataire.

1942

Septembre : lors d'un séjour chez Germaine et Louis Chevasson, dans l'Allier, André Malraux aurait pris un premier contact avec un officier britannique du réseau Buckmaster.

1943

Novembre : enterrement de dix-huit maquisards à Donzenac, en Corrèze, qui devait donner naissance, dans l'œuvre de Malraux, à l'image des paysannes en noir veillant sur les tombes.

1944

11 mars : naissance de Vincent Malraux.

22 juillet : la voiture du colonel Berger tombe sur un barrage allemand à l'entrée de Gramat : blessé, Malraux-Berger subit un premier interrogatoire où les Allemands font mine de le fusiller.

23 juillet : emmené en ambulance à l'institution Sainte-Jeanne-d'Arc de Figeac, André Malraux demande à lire le Nouveau Testament à une religieuse.

27 juillet : André Malraux est interné à la prison Saint-Michel de Toulouse.

19 août : l'évacuation des troupes allemandes entraîne la libération de la prison Saint-Michel.

12 novembre : mort de Josette Clotis qui a eu, *la veille*, les deux jambes broyées par un train en gare de Saint-Chamant.

1945

25 janvier : intervention d'André Malraux au congrès du Mouvement de libération nationale, où il se prononce contre la fusion avec le Front national (communiste).

3 février : André Malraux reçoit la visite de Roger Stéphane au sud de Strasbourg où stationne la brigade Alsace-Lorraine : longue conversation entre les deux hommes jusque tard dans la nuit.

1er mai : dîner à Stuttgart chez le général de Lattre, où André Malraux rencontre le fils du maréchal Rommel.

15 mai : longue conversation avec Picasso dans l'atelier du peintre, rue des Grands-Augustins.

6 août : entrevue entre le général de Gaulle et André Malraux, ménagée par Claude Guy et Gaston Palewski.

16 août : André Malraux entre au cabinet du général de Gaulle comme conseiller technique à la Culture.

21 novembre : André Malraux devient ministre de l'Information dans le nouveau gouvernement du général de Gaulle.

1946

20 janvier : démission du général de Gaulle et fin de la première expérience ministérielle d'André Malraux.

4 novembre : André Malraux prononce un discours sur « L'Homme et la Culture », dans le grand amphithéâtre de la Sorbonne, à l'occasion de la naissance de l'Unesco.

1947

14 avril : création du Rassemblement du peuple français par le général de Gaulle.

13 septembre : André Malraux prononce une allocution au gymnase Japy, lors d'une réunion publique du R.P.F.

1948

21 février : le premier numéro du *Rassemblement*, organe du R.P.F., paraît avec un éditorial d'André Malraux intitulé « À des compagnons de la Résistance ».

5 mars : conférence d'André Malraux adressée aux intellectuels salle Pleyel, dont le texte servira de postface aux *Conquérants*.

13 mars : mariage d'André et Madeleine Malraux à Riquewihr.

17 avril : discours d'André Malraux devant les assises nationales du R.P.F. à Marseille.

8 juillet : André Malraux assiste aux obsèques de Georges Bernanos en l'église Saint-Séverin, à Paris.

1949

15 janvier : publication de « Nuits d'Alsace », éditorial pour le numéro 90 du *Rassemblement*; le numéro 26 d'*Occidental* publie un entretien avec Georges H. Gérard, intitulé « André Malraux m'a dit… ».

1er février: fondation de *Liberté de l'esprit*, revue mensuelle du R.P.F., dirigée par Claude Mauriac, qui publie un article d'André Malraux, « Culture », en tête de son numéro 1.

12 février: discours d'André Malraux aux assises nationales du R.P.F., à Lille.

19 février: publication, dans le numéro 96 du *Rassemblement*, d'« Il faut que le langage de la France soit tenu ».

Avril: début de la publication de « N'était-ce donc que cela ? », chapitre XXXV du *Démon de l'absolu*, dans le numéro 3 de *Liberté de l'esprit*; la suite du chapitre paraîtra dans les numéros 4 de *mai* et 5 de *juin*. André Malraux préface le catalogue de l'exposition « Bas-reliefs imaginaires », organisée à l'hôtel des Monnaies à l'occasion d'un concours de numismatique.

Juin: le bureau de propagande du R.P.F. déménage pour s'installer au 5 rue de Solférino, dans le VIIe arrondissement. Les éditions Skira publient à Genève *La Psychologie de l'art, III, La Monnaie de l'absolu*.

Décembre: Bernard Grasset publie l'édition définitive des *Conquérants*, à laquelle le texte de la conférence du 5 mars 1948 salle Pleyel sert de postface; le texte, corrigé en 1946 pour l'entrée des *Romans* dans la Bibliothèque de la Pléiade, était paru quelques mois auparavant en édition de luxe chez Skira, illustré de 33 eaux-fortes originales d'André Masson.

13 décembre: publication, dans le numéro 274 de *Carrefour*, d'« Emporter l'Europe comme une victoire — Lettre aux intellectuels américains ».

27 décembre: publication, dans le numéro 276 de *Carrefour*, de « Staline et son ombre ».

En fin d'année, André Malraux, qui travaille à une nouvelle version de *La Psychologie de l'art*, est de moins en moins présent au bureau de la propagande du R.P.F.

1950

André Malraux crée chez Gallimard la collection « La Galerie de la Pléiade », qu'il dirigera jusqu'en 1957. Le premier volume est *Saturne, essai sur Goya*, qui reprend le texte paru chez Skira, à Genève, en 1947. Le second est *Tout l'œuvre peint de Léonard de Vinci*, où la contribution d'André Malraux est un extrait du *Musée imaginaire*, publié également trois ans plus tôt chez le même éditeur.

Janvier: publication, dans le numéro 10 de *Liberté de l'esprit*, de « Résurrections ».

10 janvier: publication, dans le numéro 278 de *Carrefour*, de « Bretons de Sein, que pensez-vous en écoutant la radio ? ».

17 janvier : André Malraux préface le catalogue d'une exposition de répliques de dix tableaux contemporains, exécutées par Aeply, éditeur d'art, à la galerie Billiet Caputo.

7 février : publication, dans le numéro 282 de *Carrefour*, de « Les Entreteneurs de fantômes ».

11 février : André Malraux prononce un discours au Vélodrome d'hiver, dont le texte sera publié le *18*, dans le numéro 148 du *Rassemblement*.

28 février : publication, dans le numéro 285 de *Carrefour*, de « Le Palais béant ».

21 mars : André Malraux donne au *Courrier de l'Ouest* un compte rendu d'*Envers et contre tout* de Jacques Soustelle ; publication, dans le numéro 288 de *Carrefour*, de « Le Siècle de l'espoir s'achève ».

23 avril : publication, dans le numéro 158 du *Rassemblement*, de « Sauver les meubles ».

16 mai : publication, dans le numéro 296 de *Carrefour*, de « Le Problème du siècle ».

Juin : publication, dans le numéro 11-12 de *Liberté de l'esprit*, de deux articles, « Dix ans après » et « Un humanisme universel ». Ce dernier texte sera repris dans le numéro 6 de *L'Amérique française*, en *novembre-décembre 1951*. Une paratyphoïde cloue André et Madeleine Malraux au lit pendant tout *l'été*.

André Malraux contribue au *Message de Léo Lagrange*, de E. Raude et G. Prouteau, publié par la Compagnie du Livre, avec un témoignage intitulé « Nous l'aimions… », et donne un texte pour le *Barrès parmi nous* de Pierre de Boisdeffre aux éditions Amiot-Dumont. Il termine la deuxième version de *La Psychologie de l'art* et commence à travailler à son essai sur la sculpture.

1951

Chez Gallimard, « La Galerie de la Pléiade » publie son troisième volume, *Les Voix du silence*, édition refondue de *La Psychologie de l'art*, avec une partie supplémentaire, intitulée « Les Métamorphoses d'Apollon », qui constitue le deuxième chapitre.

1er janvier : publication d'un entretien d'André Malraux avec Marguerite Bouvier dans *Le Génie de l'Alsace*.

21 février : publication, dans *Opéra*, d'« André Gide, le contemporain capital… »

1er mars : publication, dans le numéro 19 de *Liberté de l'esprit*, de « De l'artiste ». *Les Cahiers de la Pléiade* publient dans leur numéro XII (printemps-été) « En marge de *La Psychologie de l'art* ».

1er juin : publication, dans le numéro 22 de *Liberté de l'esprit*, de « De l'art et des masses » et, dans le numéro 214 du *Rassemblement*, de « La République ». André Malraux participe à la campagne pour les élections législatives du *17 juin* en prononçant un discours dont le texte sera publié le *8* dans le numéro 214 du *Rassemblement* sous le titre « Nous sommes la République ».

8 juin : nouveau discours d'André Malraux, prononcé au Vélodrome d'hiver et publié le *15* dans le numéro 215 du *Rassemblement.*

17 juin : les résultats des élections législatives marquent un net recul du R.P.F.

25 novembre : André Malraux prononce un discours pour la clôture des assises nationales du R.P.F. à Nancy, dont quelques extraits seront publiés le *30* dans le numéro 235 du *Rassemblement* et le texte complet le *21 décembre* dans le numéro 238, sous le titre « La France ne s'achète pas au marché noir ».

30 novembre : publication, dans le numéro 335 d'*Arts*, d'un entretien accordé à André Parinaud sous le titre « André Malraux nous dit... ».

21 décembre : publication, dans le numéro 338 d'*Arts*, d'« Une leçon de fidélité ».

Gallimard rassemble *Tous les romans* (sept œuvres, de *La Tentation de l'Occident* aux *Noyers de l'Altenburg*), dans une édition illustrée de 32 aquarelles et gouaches d'Edy Legrand et d'un portrait de l'auteur par Fontanarosa et reliée d'après une maquette de Paul Bonet.

Au cours de l'année, André Malraux se consacre essentiellement à l'élaboration de son ouvrage sur la sculpture.

1952

23 janvier : publication, dans le numéro 384 de *Carrefour*, de « Le Gaullisme sans de Gaulle et les républicains sans république ».

23 février : André Malraux intervient lors d'un meeting au Vélodrome d'hiver, à l'occasion du conseil national du R.P.F. ; le texte de son discours sera publié le *7 mars* dans le numéro 248 du *Rassemblement*, sous le titre : « Les armes ne valent que par les mains qui les tiennent ».

6 mars : vingt-sept députés R.P.F. votent l'investiture d'Antoine Pinay comme président du Conseil.

Printemps : Gallimard publie le quatrième volume de « La Galerie de la Pléiade » : *Un artiste à jamais inconnu : tout Vermeer de Delft*, avec une introduction d'André Malraux et un extrait des *Voix du silence.*

26 mars : publication, dans le numéro 393 de *Carrefour*, d'un entretien d'André Malraux avec Frank Elgar, intitulé « L'État n'est pas fait pour diriger l'art mais pour le servir ».

3 avril : publication, dans le numéro 1283 des *Nouvelles littéraires*, d'un entretien accordé à Gabriel d'Aubarède, sous le titre « Rencontre avec Malraux ».

8 mai : publication, dans le numéro 358 d'*Arts*, de « Les Vérités meurtrières », texte qu'André Malraux écrit pour servir de préface à ... *Qu'une larme dans l'océan*, de son ami Manès Sperber, traduit de l'allemand par l'auteur et Blanche Gidon, et publié chez Calmann-Lévy.

31 mai : André Malraux prononce un discours salle Gaveau, au Congrès de l'œuvre du XXe siècle sur la liberté de la culture ; le texte de son intervention sera reproduit dans *Preuves* sous le titre « Rétablir l'homme et lui rappeler sa grandeur à voix basse », puis le *4 juin*, dans le numéro 403 de *Carrefour*, sous le titre « Occidentaux, quelles valeurs défendez-vous ? » et le *5 juin*, dans le numéro 362 d'*Arts*, sous le titre « Ce que nous avons à défendre » ; un résumé et quelques extraits paraîtront en *juillet* dans le numéro 33 de *Liberté de l'esprit* sous le titre « Malraux salle Gaveau ».

5 juillet : André Malraux intervient pour la dernière fois dans une réunion publique du R.P.F., au conseil national élargi qui se tient dans la salle des fêtes de la mairie de Saint-Maur-des-Fossés ; le texte de son discours est publié le *11* dans le numéro 267 du *Rassemblement*, sous le titre « Nous représentons la continuité historique de la France ».

Été : André et Madeleine Malraux partent pour la Grèce, l'Égypte, puis l'Iran, où André effectue sa quatrième visite et retrouve des amis de vingt ans.

Automne : André Malraux rédige l'avant-propos, intitulé « Fidélité », à l'ouvrage de Michel Florissone, *Van Gogh et les peintres d'Auvers chez le docteur Gachet*, publié aux éditions L'Amour de l'art.

15 octobre : publication dans *Carrefour* d'« André Malraux présente la plus vieille tête sculptée du monde ».

1er décembre : publication, dans le numéro 36 de *Liberté de l'esprit*, de « Production et création », premier extrait du *Musée imaginaire de la sculpture mondiale*, dont le troisième chapitre paraît le surlendemain dans le numéro 429 de *Carrefour*, sous le titre « Le Premier Musée imaginaire de la sculpture mondiale ».

Chez Gallimard, « La Galerie de la Pléiade » publie son cinquième volume : *Le Musée imaginaire de la sculpture mondiale, I, La Statuaire.*

1953

André Malraux, qui s'est retiré peu à peu de toute activité politique depuis le conseil national élargi du R.P.F. à Saint-Maur, se consacre totalement à la mise au point des deux volumes à venir du *Musée imaginaire de la sculpture mondiale.*

6 mai : un communiqué du général de Gaulle met un terme à l'aventure du R.P.F.

Été : André et Madeleine Malraux séjournent avec Alain à l'hôtel des Balances, à Lucerne ; c'est là que naît l'idée de donner une suite aux *Voix du silence*, qui deviendra *La Métamorphose des dieux*. Gauthier et Vincent passent leurs vacances chez leur grand-père maternel, à Hyères.

André Malraux écrit la lettre qui sert de préface à l'ouvrage de son adjoint des maquis et de la brigade Alsace-Lorraine, le général Pierre-Élie Jacquot, *Chimères ou réalités, I, Essai de stratégie occidentale,* qui paraît chez Gallimard. Il annote dans les marges le texte de l'essai que lui consacre Gaëtan Picon aux Éditions du Seuil, *Malraux par lui-même*, dont il aide à choisir les illustrations.

1954

Du 6 au 8 janvier : séjour d'André et Madeleine Malraux à New York, où ils assistent au Congrès international d'histoire de l'art et de muséologie et participent aux cérémonies pour le bicentenaire de l'université Columbia et l'inauguration de nouvelles galeries au Metropolitan Museum of Modern Art. À cette occasion, André Malraux prononce un discours et donne une conférence de presse. Le texte du discours sera reproduit dans *La Revue des arts*, sous le titre « Le Problème fondamental du musée ».

17 janvier : publication, dans le *New York Times Book Review*, d'un entretien avec Lewis Nichols intitulé « Talk with André Malraux ».

Mars : publication, dans *La Parisienne*, d'une « Lettre à André Parinaud ».

1er mai : La Nouvelle Revue française publie, dans son numéro 17, des extraits de *La Métamorphose des dieux* ; la publication se poursuivra dans le numéro 18 de *juin.*

2 juin : le texte du discours d'André Malraux à New York est publié dans *Arts*, sous le titre « Qu'est-ce que le musée ? ».

Juillet : publication, dans le numéro 515 de *Carrefour*, d'un entretien avec Roger Stéphane, intitulé « En 1945, André Malraux me disait… ».

Été : séjour d'André et Madeleine Malraux, accompagnés de Florence et d'Alain, à l'hôtel Minerva, à Florence. Ils parcourent la Toscane et l'Ombrie, visitant Pise, Arezzo, San Gimignano, Lucques, Pistoia, Sienne, Assise et séjournent ensuite à Venise.

Automne : André Malraux rédige la préface au *Pays d'origine* d'Eddy Du Perron — qui paraît dans le numéro 12 de *Botteghe Oscure* — la revue de Marguerite Caetani, et à l'essai d'Albert Olivier, *Saint-Just ou la Force des choses*, publié chez Gallimard. À Boulogne, la vie familiale est de plus en plus perturbée par les fugues et les provocations de Vincent, tandis que la tension s'accroît entre les deux frères Malraux.

6 décembre : création, au théâtre Hébertot, de l'adaptation par Thierry Maulnier de *La Condition humaine.*

25 décembre : publication, dans le numéro 83 de *L'Express*, de « La Condition humaine : premier entretien avec André Malraux ».

Chez Gallimard, « La Galerie de la Pléiade » publie ses sixième et septième volumes, tomes II et III du *Musée imaginaire de la sculpture mondiale* : *Des bas-reliefs aux grottes sacrées* et *Le Monde chrétien.*

1955

Début janvier : Vincent est envoyé comme pensionnaire dans un home d'enfants à Villars-sur-Ollon (Suisse), la Clairière.

29 janvier : publication, dans le numéro 88 de *L'Express*, d'un « Deuxième entretien avec André Malraux : la gauche peut réussir ».

19 février : un troisième entretien paraît dans le numéro 91 de *L'Express*, intitulé « Comment peut-on sauver la démocratie ? ».

26 février : publication, dans le numéro 92 de *L'Express*, de « Dialogue entre Malraux et Montherlant autour de Racine » ; le même texte paraît dans *Les Cahiers Jean-Louis Barrault-Madeleine Renaud* sous le titre « Réponse à Montherlant ».

Mars : publication, dans le numéro 49 de *Preuves*, de « Lignes de force », qui ajoute une nouvelle interview aux deux entretiens accordés à Malraux, en février 1945, à *Labyrinthe* et en novembre 1946 à *Combat*.

21 mai : L'Express publie dans son numéro 104 le texte d'une réponse d'André Malraux à une enquête du journal suédois *Dagens Nyhetter*, sous le titre « L'Homme et le Fantôme ».

Le texte du discours prononcé en janvier 1954 à New York, corrigé et préfacé par Malraux, est publié en plaquette par les éditions Estienne sous le titre *Du musée*.

Été : voyage d'André et Madeleine Malraux en Égypte, puis séjour en *juillet* avec les enfants à l'hôtel du Golf, à Crans-sur-Sierre, en Suisse, où ils rencontrent l'impératrice Nam Phuong, épouse de Bao Dai.

18 août : le *Times* publie un entretien avec André Laguerre et A. T. Baker intitulé « Man's Quest ».

Trois livres paraissent avec une préface d'André Malraux : le Club du meilleur livre réédite *Le Sang noir* de Louis Guilloux, précédé du compte rendu que Malraux avait donné à *Marianne* en novembre 1935 ; le texte liminaire à *Israël*, de Nicolas Lazar et Izis-Biderman, publié à Lausanne par les éditions Clairefontaine, est dédié à Jenka Sperber ; Malraux écrit également une préface à l'essai de Jeanne Delhomme, *Temps et destin*, qui paraît chez Gallimard.

17 décembre : André Malraux écrit la préface au catalogue de l'exposition *Les Manuscrits à peinture en France du* XIII*e au* XVI*e siècle*, qui se tient à la Bibliothèque nationale jusqu'en *mai 1956*.

Fin décembre : André et Madeleine Malraux retournent à Crans-sur-Sierre avec les enfants pour les fêtes de fin d'année.

C'est au cours de cette année qu'André Malraux crée chez Gallimard la collection « L'Univers des formes » qu'il va préparer et mettre au point avec Georges Salles et dont le premier volume paraîtra en 1960. Il consacre à peu près toutes ses journées à l'élaboration de *La Métamorphose des dieux*.

1956

13 avril : à l'occasion du trois cent cinquantième anniversaire de la naissance de Rembrandt, André Malraux prononce un discours à Stockholm, intitulé « Rembrandt et nous », dont le numéro 252 de *L'Express* publie quelques extraits le *20* sous le titre « André Malraux nous parle de Rembrandt ».

Printemps : André et Madeleine Malraux partent avec Alain pour la Sicile ; après une halte à Rome, ils visitent Syracuse et séjournent à l'hôtel San Domenico de Taormina.

20 avril : publication de « Le Portrait » dans un numéro de *Femina Illustration* tiré spécialement pour le bal « April in Paris Ball ».

3 mai : André Malraux prononce une allocution au restaurant Georges, 34, rue Mazarine (Paris, VIe) lors de la remise du Prix des bouquinistes à René-Louis Doyon pour « Les Livrets du mandarin[1] ».

Été : nouveau séjour à Crans-sur-Sierre, avec Vincent et Alain, où les Malraux rencontrent Roger Stéphane et François Mitterrand.

L'essentiel de cette année est consacré à la mise au point de *La Métamorphose des dieux*.

1957

Été : André et Madeleine Malraux passent leurs vacances avec Florence et les trois garçons, au Pays basque, près de Saint-Jean-de-Luz, à la villa Maldagora, propriété située au sommet de la colline qui surplombe Ciboure.

Automne : Florence Malraux entre à *L'Express* comme assistante de Françoise Giroud. Vincent est élève au lycée Claude-Bernard, mais avant la fin du trimestre, il partira comme interne à l'école des Roches, à Verneuil-sur-Avre.

Novembre : « La Galerie de la Pléiade » publie son huitième et dernier volume : le tome I de *La Métamorphose des dieux*.

21 novembre : publication, dans le numéro 335 de *L'Express*, du texte de l'introduction à *La Métamorphose des dieux* et d'un entretien avec Françoise Giroud intitulé « La Métamorphose d'André Malraux ».

1958

Février : publication dans le numéro 2 de *Biblio* de « Feuillets inédits du tome II de *La Métamorphose des dieux* ».

17 avril : André Malraux signe aux côtés de Roger Martin du

1. Voir la chronologie du t. I, p. LX-LXI.

Gard, François Mauriac et Jean-Paul Sartre une « Adresse solennelle à Monsieur le président de la République » protestant contre la saisie de l'ouvrage d'Henri Alleg, *La Question*, et dénonçant l'usage de la torture en Algérie : le texte est publié simultanément par *L'Express*, *L'Humanité* et *Le Monde*.

Pâques : André et Madeleine Malraux séjournent à la villa Maldagora, au Pays basque.

Mai : André Malraux se rend à Venise, à l'invitation de la Fondation Cini, où il donne une conférence sur « Le Secret des grands Vénitiens » ; apprenant les événements du *13* en Algérie, il rentre en hâte à Paris ; deux jours après son retour, il rencontre le général de Gaulle à l'hôtel Lapérouse.

1er juin : André Malraux devient ministre délégué à la présidence du Conseil, chargé de l'Information et retrouve les bureaux de l'avenue de Friedland, abandonnés en janvier 1946.

24 juin : André Malraux donne une conférence de presse ; le *29*, il accorde à Jean Daniel, pour *L'Express*, un entretien qui demeurera inédit.

2 juillet : au cercle de l'Amérique latine, André Malraux répond aux questions de journalistes étrangers.

7 juillet : demeurant ministre délégué à la présidence du Conseil, André Malraux est désormais chargé de l'expansion et du rayonnement de la culture française et s'installe rue de Varenne.

14 juillet : discours à l'occasion des manifestations patriotiques sur la place de l'Hôtel-de-Ville à Paris.

24 août : discours pour le quatorzième anniversaire de la libération de Paris, place de Rennes, devant l'ancienne gare Montparnasse où fut signée la reddition des troupes allemandes de la capitale.

4 septembre : discours place de la République, à Paris, avant l'allocution du général de Gaulle présentant le projet de constitution qui sera soumis à référendum le *28*.

Du 11 au 16 septembre : André Malraux se rend à la Guadeloupe, à la Martinique et en Guyane. Le *17*, il prononce un discours devant le conseil général de la Guadeloupe et lit un message du général de Gaulle depuis le balcon de la mairie de Basse-Terre. Après Fort-de-France le *18*, il se rend à Cayenne le *19*, où une cinquantaine de manifestants du parti progressiste guyanais troublent la réunion publique qu'il préside.

21 novembre : envoyé en mission par le général de Gaulle en Iran, en Inde et au Japon, André Malraux prononce une allocution devant les ambassadeurs de ces trois pays à Paris.

Du 22 au 26 novembre : séjour d'André et Madeleine Malraux à Téhéran.

Du 27 novembre au 7 décembre : séjour d'André et Madeleine Malraux en Inde. À New Delhi, ils résident à l'hôtel Ashoka puis au Capitole. Le *28* est marqué par un entretien avec Nehru, suivi d'un dîner au Capitole.

Du 29 novembre au 3 décembre : les Malraux visitent le sud de l'Inde ; le *29*, ils sont à Madras et le *30* à Madura.

1ᵉʳ décembre : André Malraux se rend à Bombay, puis à Elephanta ; le *3*, il visite Ellora. Le *4*, une réception est donnée à l'ambassade de France à New Delhi, suivie d'un dîner intime avec Nehru. Le *5*, les Malraux prennent le train pour visiter le grand barrage hydroélectrique de Bhakra Nangal, puis se rendent dans la capitale du Pendjab, Chandigarh, construite par Le Corbusier. La visite s'achève par la signature d'un accord culturel avec l'Inde, le *7* ; au moment de quitter le pays, André Malraux adresse à l'Inde un message radiodiffusé.

Du 8 au 14 décembre : séjour d'André et Madeleine Malraux au Japon. Le *9*, il tient une conférence de presse à Tôkyô. Au cours de son séjour, il est reçu par l'empereur Hirohito, se rend à Kyôto et à Nara où il découvre les deux portraits de Takanobu et les kannon Kudara et Yumédono ; le *13*, il pose la première pierre de la Maison franco-japonaise.

Le texte sur Laclos du *Tableau de la littérature française* paraît comme préface à l'édition du Livre de Poche des *Liaisons dangereuses.*

1959

Début janvier : Gauthier Malraux, en vacances de sports d'hiver à Bardonnèche, en Italie, avec son frère Vincent, contracte une pneumonie à virus et doit être hospitalisé à Turin, où André et Madeleine Malraux se rendent d'urgence.

8 janvier : André Malraux devient ministre d'État chargé des Affaires culturelles et s'installe dans les locaux de la rue de Valois.

Printemps : Vincent Malraux, toujours fugueur, est retrouvé par les gardes du corps du ministre et envoyé au collège Saint-Clément puis au lycée Fustel-de-Coulanges, à Strasbourg, où le père Bockel, ancien aumônier de la brigade Alsace-Lorraine et ami intime d'André Malraux, exerce sur lui une tutelle bienveillante.

8 avril : le conseil des ministres décide la réorganisation des théâtres nationaux préparée par André Malraux ; le théâtre de l'Odéon, séparé de la Comédie-Française, devient le théâtre de France, dont la direction est confiée à Jean-Louis Barrault ; un diplomate, Claude Bréart de Boissanger, est nommé administrateur général de la Comédie-Française et A. M. Julien, directeur de la réunion des théâtres lyriques nationaux.

9 avril : André Malraux donne une conférence de presse sur sa politique culturelle.

Du 27 avril au 1ᵉʳ mai : au cours de son voyage au Sahara, André Malraux prononce des discours à Tamanrasset, Edjelé, Hassi-Messaoud et Ouargla.

28 mai : séjour d'André Malraux à Athènes, au cours duquel il prononce son « Hommage à la Grèce » pour la première illumination de l'Acropole.

27 juin : déclaration à l'occasion de l'inauguration de la nouvelle Cinémathèque française, 82, rue de Courcelles.

1er juillet : publication, dans le numéro 18 des *Lettres nouvelles*, d'une « Lettre ouverte de Maurice Nadeau à André Malraux à propos de *La Gangrène* », ouvrage paru aux Éditions de Minuit et saisi par les services du ministère de l'Intérieur.

19 août : les ambassadeurs du Brésil, du Pérou, du Chili, de l'Argentine et de l'Uruguay invitent André Malraux à déjeuner à la maison de l'Amérique latine, en prélude au voyage officiel du ministre d'État dans ces cinq pays.

Du 23 août au 13 septembre : André et Madeleine Malraux effectuent une tournée en Amérique du Sud au cours de laquelle le ministre d'État sera amené à défendre la politique de la France en Algérie. Il prononce une première allocution à son arrivée à Rio de Janeiro le *24*, puis est reçu par le présient Kubitschek. À Brasilia, le *25*, il pose la première pierre de la Maison de la culture française et à São Paulo, le *26*, il est fait docteur *honoris causa* de la faculté de philosophie. De retour à Rio de Janeiro le *27*, il reçoit le diplôme de docteur *honoris causa* de l'Université brésilienne, et donne une conférence de presse le *28*.

Du 29 août au 2 septembre : le séjour au Pérou commence par un entretien avec le président Manuel Prado au palais de Pizarro ; André Malraux reçoit la grand-croix de l'ordre du Soleil du Pérou, pose la première pierre du collège franco-péruvien et donne une conférence de presse à Lima le *30*. Le *lendemain*, André et Madeleine Malraux visitent Cuzco. Le voyage s'achève par un dîner à l'ambassade de France, auquel assiste le président Prado, le *3*.

Du 3 au 5 septembre : séjour au Chili ; le *4*, André Malraux est reçu par les présidents de la Chambre des députés et du Sénat ; le *5*, il inaugure le nouveau lycée de l'Alliance française à Santiago du Chili et est l'hôte du président Jorge Alessandri dans sa maison de campagne de Malloco.

Du 6 au 9 septembre : séjour en Argentine, où André Malraux rencontre le président Arturo Frondizi, rend visite au Parlement et, le *8*, donne une conférence de presse à l'ambassade de France ; le *lendemain*, il prononce une conférence au musée d'Art moderne de Buenos Aires et la visite s'achève par un dîner à l'ambassade de France.

Du 10 au 12 septembre : séjour en Uruguay ; André Malraux dépose une gerbe au monument du général Artigas, héros de la guerre d'indépendance, puis est reçu au Sénat ; le *11*, il donne une conférence de presse à l'ambassade de France à Montevideo. Après une escale à Dakar, André et Madeleine sont de retour à Paris le *13*.

1er octobre : André Malraux nomme André Chamson directeur des Archives de France.

21 octobre : en présence du général de Gaulle, première représentation de *Tête d'Or* au théâtre de France, par la compagnie Renaud-Barrault.

17 novembre : André Malraux défend le budget de son ministère devant l'Assemblée nationale ; il fera une nouvelle intervention le *24*.

8 décembre : André Malraux défend le budget des Affaires culturelles devant le Sénat.

1960

André Malraux fait procéder au nettoyage des monuments de Paris.

22 février : à Tôkyô, André Malraux inaugure la Maison franco-japonaise, dont il avait posé la première pierre lors de son séjour de décembre 1958.

8 mars : en réponse à l'appel du directeur général de l'Unesco, André Malraux prononce un discours pour sauvegarder les monuments de Haute-Égypte, menacés par le projet du barrage d'Assouan.

2 avril : André Malraux fait visiter le château de Versailles à M. et Mme Khrouchtchev, en visite officielle en France.

4 avril : André Malraux inaugure l'exposition « Trésors de l'Inde » qui se tient jusqu'en juin au Petit Palais et dont le catalogue est préfacé par Nehru et lui-même.

Du 3 au 15 avril : André et Madeleine Malraux séjournent au Mexique ; le *7*, André Malraux remet au président Adolfo López Mateos un message personnel du général de Gaulle, et le soir, prononce une allocution lors d'une réception à l'institut français d'Amérique latine ; le *8*, il donne une conférence de presse devant des journalistes mexicains et, le lendemain, assiste au déjeuner offert en son honneur par le président López Mateos. André et Madeleine Malraux partent ensuite pour la région d'Oaxaca, visitent les sites de Monte Albán et Mitla, l'église coloniale d'Alta Colula et les ruines mayas de Palenque ; les *11* et *12*, ils se rendent à Mérida et dans la zone archéologique du Yucatán, où ils visitent les sites de Chichén Itzá et Uxmal ; le *13*, ils sont de retour à Mexico, d'où ils s'envolent pour Paris ; quand ils y atterissent le lendemain, Gauthier Malraux quitte l'appartement familial de Boulogne.

8 mai : visite officielle de Nehru à Paris ; André Malraux l'accueille le *8* à l'aéroport d'Orly ; après un déjeuner au palais de l'Élysée, André Malraux accompagne Nehru au Petit Palais pour la visite de l'exposition « Trésors de l'Inde » avant d'assister à la réception donnée le soir à l'ambassade de l'Inde.

21 juin : André Malraux prononce un discours à l'occasion de la séance inaugurale du congrès du centenaire de l'Alliance israélite universelle, à l'Unesco.

23 juin : André Malraux prononce un discours pour l'inauguration, à Paris, de la statue du général José de San Martín, libérateur de la moitié de l'Amérique latine ; le même jour paraît dans *Le Monde* une lettre ouverte de Graham Greene à André Malraux.

Du 10 au 19 août : André Malraux parcourt les capitales d'Afrique noire pour assister aux cérémonies qui marquent l'accession des nouveaux États à l'indépendance ; arrivé à Fort-Lamy, au Tchad, le *10*, il prononce un discours dans la nuit, après la proclamation de l'indépendance à 0 heure le *11* et le *lendemain*, lit un message du général de Gaulle devant l'Assemblée nationale du Tchad ; des cérémonies identiques sont célébrées le *13* à Bangui, pour l'indépendance du Centrafrique, les *14* et *15* à Brazzaville pour l'indépendance du Congo, le *17* à Libreville pour l'indépendance du Gabon. Après une visite au docteur Schweitzer à Lambaréné, André Malraux quitte Libreville le *18* et après des escales à Zinder, Tamanrasset et Alger, il est de retour à Paris le *19*.

Automne : publication par Gallimard de la plaquette de présentation de « L'Univers des formes »

Fin septembre : la signature par Florence Malraux du manifeste des 121, prônant l'insoumission des appelés du contingent en Algérie, entraîne une rupture qui durera sept ans. Vincent Malraux, qui vit depuis quelques mois avec une jeune Chilienne d'origine française, Clara Saint, entre en classe de première au lycée Janson-de-Sailly, où son cousin Alain est élève depuis l'année précédente. Gauthier Malraux entame sa deuxième année à l'Institut d'études politiques de Paris.

5 novembre : intervention d'André Malraux devant l'Assemblée nationale lors de la discussion sur le projet de loi de finances pour 1961 ; le *23*, il défend le budget de son ministère devant le Sénat.

André Malraux rédige une « ouverture » pour l'essai de Pierre Lherminier, *L'Art du cinéma de Méliès à Chabrol*, qui paraît chez Seghers. Chez Gallimard, « L'Univers des formes », collection dirigée par André Malraux et André Parrot, publie son premier volume : *Sumer*, d'André Parrot, avec une préface d'André Malraux.

1961

André Malraux rédige la préface au catalogue de l'exposition « Sept mille ans d'art en Iran » qui se tient au Petit Palais.

23 avril : putsch des généraux à Alger ; André Malraux, prêt à prendre le commandement d'une unité de chars, accueille les volontaires au ministère de l'Intérieur, place Beauvau, dans la *nuit du 23 au 24*.

2 au 4 mai : André Malraux se rend à Bamako pour y rencontrer le chef de l'État, Modibo Keita, et éclaircir le contentieux franco-malien.

8 mai : André Malraux prononce un discours à l'occasion de la fête de Jeanne d'Arc, à Orléans. Gauthier et Vincent Malraux partent réviser leurs examens dans l'île de Port-Cros, avec l'Alfa Romeo Giuletta que Clara Saint a offerte à Vincent.

14 mai : André Malraux prononce un discours pour l'inauguration de la place de la Brigade-Alsace-Lorraine à Metz.

23 mai, 17 heures : de retour de Port-Cros, les frères Malraux ont un grave accident de voiture près de Lacanche, au sud d'Arnay-le-Duc, en Côte-d'Or : Gauthier est tué sur le coup, Vincent meurt quelques heures plus tard à l'hôpital d'Autun. *Le lendemain*, André et Madeleine Malraux arrivent aux hospices de Beaune où les deux corps ont été transportés ; ils seront ensuite transférés à l'église Saint-Germain-de-Charonne ; après une messe célébrée par le père Bockel, l'inhumation a lieu le *25* dans le cimetière de Charonne, où le corps de Josette Clotis avait été transféré après la guerre.

Du 31 mai au 2 juin : visite officielle à Paris de John et Jacqueline Kennedy ; André Malraux sert de guide à Mme Kennedy.

Été : André et Madeleine Malraux séjournent au Dolder, sur les hauts de Zurich.

Automne : à l'initiative d'André Malraux, le peintre Balthus devient directeur de l'Académie de France à Rome.

26 octobre : André Malraux intervient devant l'Assemblée nationale au cours de la discussion sur le projet de loi de finances pour 1962 ; son intervention devant le Sénat aura lieu le *21 novembre*.

18 novembre : publication, dans le numéro 533 de *L'Express*, de la lettre ouverte de Jérôme Lindon à André Malraux, protestant contre la saisie de *Saint-Michel et le Dragon*, paru aux Éditions de Minuit.

14 décembre : nouvelle intervention d'André Malraux devant l'Assemblée nationale, pour défendre le projet de loi de programme relatif à la restauration des grands monuments historiques.

1962

André Malraux commande à Marc Chagall un nouveau plafond pour l'Opéra de Paris.

7 février : attentat au plastic contre le domicile d'André Malraux, qui blesse grièvement la fille des propriétaires, Delphine Renard, âgée de quatre ans et demi.

Mi-mai : séjour d'André et Madeleine Malraux aux États-Unis : le *15*, André Malraux prononce une allocution pour le cinquantième anniversaire de l'Institut français de New York ; à Washington, le couple Malraux est accueilli par John et Jacqueline Kennedy à la Maison-Blanche ; Mme Kennedy accompagne André Malraux lors de la visite de la National Gallery ; deux jours plus tard, les Malraux sont reçus à la résidence privée de la famille Kennedy, à Hyannis Port. C'est au cours de ce séjour qu'est décidée l'exposition de *La Joconde* à New York.

22 mai : intervention d'André Malraux au Sénat pour défendre le projet de loi de programme relatif à la restauration des grands monuments historiques.

5 juillet : André Malraux fait visiter le musée du Louvre au chancelier d'Allemagne fédérale, Konrad Adenauer. André, Madeleine et Alain Malraux quittent le 19 *bis*, avenue Victor-Hugo, à Boulogne, pour s'installer au pavillon de la Lanterne à Versailles, que le Premier ministre, Georges Pompidou, met gracieusement à la disposition de son ministre d'État chargé des Affaires culturelles.

23 juillet : intervention d'André Malraux à l'Assemblée nationale au cours de la discussion du projet de loi, déjà adopté par le Sénat, relatif à la protection du patrimoine artistique et esthétique de la France : cette loi, dite « loi Malraux », qui permet la création de quartiers sauvegardés, sera votée par l'Assemblée nationale le *4 août*.

Août : André Malraux inaugure avec le général de Gaulle l'exposition « Les Chefs-d'œuvre de l'art mexicain ».

Automne : André Malraux participe à la campagne du référendum sur l'élection du président de la République au suffrage universel, annoncé le *12 septembre* par le général de Gaulle ; pour disposer d'un pied-à-terre à Paris, André et Madeleine Malraux louent un appartement au sixième étage du 3, avenue Ingres.

30 octobre : André Malraux prononce un discours au palais de Chaillot pour le lancement de l'association pour la Ve République, en préparation de la campagne pour les élections législatives, convoquées pour le *25 novembre*.

18 décembre : transportée sur le paquebot *France*, *La Joconde* arrive à New York.

1963

9 janvier : discours d'André Malraux à Washington, en présence de John et Jacqueline Kennedy pour l'inauguration de l'exposition de *La Joconde* à la National Gallery ; *le lendemain*, il s'entretient avec le président Kennedy à la Maison-Blanche ; le séjour s'achève par une invitation dans la maison de campagne de Robert Kennedy en Virginie du Nord.

18 janvier : intervention d'André Malraux devant l'Assemblée nationale au cours de la discussion du projet de loi de finances pour 1963.

Été : séjour à Bürgenstock, près du lac des Quatre-Cantons, en Suisse.

3 septembre : André Malraux prononce l'oraison funèbre de Georges Braque devant la colonnade du Louvre ; il assistera aux obsèques du peintre, *le lendemain*, à Varengeville, dans le Calvados.

16 septembre : voyage à Helsinki, où André Malraux prononce un discours au cours d'un dîner offert par le Premier ministre finlandais.

Du 13 au 18 octobre : séjour à Montréal, où André Malraux prononce plusieurs allocutions : le *14*, à l'issue du déjeuner offert par l'ambassadeur de France et la chambre de commerce française, le *15*, à l'université de Montréal — jour où il donne également une conférence de presse — et le *17*, à l'issue d'un déjeuner offert par la ville de Montréal.

24 novembre : discours aux assises nationales de l'U.N.R.-U.D.T. à Nice.

André Malraux décide de confier le plafond du théâtre de l'Odéon à André Masson.

1964

Pâques : André et Madeleine Malraux séjournent à la Villa d'Este de Cernobbio, près du lac de Côme, d'où il partent en excursion vers Côme et Lugano.

Du 8 avril au 15 mai : à l'initiative d'André Malraux, la *Vénus de Milo* est exposée au musée d'Art occidental de Tôkyô ; elle sera ensuite présentée au Musée municipal de Kyôto du *21 mai* au *25 juin*.

18 avril : discours d'André Malraux pour l'inauguration de la Maison de la culture de Bourges par le général de Gaulle.

31 mai : discours à Rouen pour commémorer la mort de Jeanne d'Arc.

Été : nouveau séjour d'André et Madeleine Malraux à Cernobbio.

23 septembre : dévoilement du plafond peint par Chagall pour l'Opéra de Paris.

Automne : André Malraux fait installer dix-neuf sculptures de Maillol dans le jardin du Carrousel. Inauguration de la Fondation Maeght à Saint-Paul-de-Vence.

19 décembre : discours d'André Malraux, en présence du général de Gaulle, pour le transfert des cendres de Jean Moulin au Panthéon.

André et Madeleine Malraux passent les fêtes de fin d'année au Dolder, sur les hauts de Zurich ; les relations du couple se sont tendues au fil des mois.

1965

André Malraux tombe malade pendant l'hiver.

Pâques : séjour d'André et Madeleine Malraux à Venise.

7 mai : André Malraux assiste dans la Sainte-Chapelle à la première exécution d'*Et exspecto resurrectionem mortuorum*, œuvre qu'il avait commandée à Olivier Messiaen à la mémoire des morts des deux guerres mondiales.

Mai : la crise s'aggrave entre André et Madeleine Malraux.

22 juin : André Malraux et Albert Beuret s'embarquent à Marseille sur le *Cambodge*, qui fait route vers l'Extrême-Orient.

26 juin : parvenus à Port-Saïd, André Malraux et Albert Beuret se rendent au Caire en automobile ; c'est au pied de la Grande Pyramide que naît l'idée des *Antimémoires* ; le *Cambodge* repart de Suez *le lendemain* et André Malraux commence à travailler à son nouveau livre.

30 juin : à l'escale d'Aden, André Malraux et Albert Beuret visitent le musée de la ville.

4 juillet : le *Cambodge* fait escale à Karachi, puis à Bombay le *6* et à Colombo les *8 et 9*.

13 juillet : éperonné par un pétrolier hollandais dans la nuit du 12 au 13, le *Cambodge* est immobilisé pour un mois à Singapour ; après la fête nationale, le commandant donne une fête le *15* pour le départ du bord d'André Malraux ; les deux voyageurs gagnent Hong Kong par avion.

17 juillet : André Malraux reçoit à Hong Kong l'invitation officielle des autorités chinoises ; le *19*, il part pour Canton, où il visite le musée de la Révolution et de là, prend l'avion le *21* pour Pékin, toujours accompagné par Albert Beuret.

22 juillet : entretien avec le maréchal Chen-yi, ministre des Affaires étrangères.

Du 23 juillet au 1ᵉʳ août : André Malraux et Albert Beuret voyagent dans le Henan et le Shaanxi, où ils visitent les capitales historiques de la Chine, Luoyang, les cavernes de Lungmen, Xi'an et Yan'an.

2 août : entretien avec le Premier ministre Chou En-lai.

3 août : entretien avec le président Mao Tsé-toung.

Du 8 au 12 août : séjour d'André Malraux en Inde ; le *10*, il visite le Musée national et la maison de Nehru et le *11*, il est fait docteur *honoris causa* de l'université sanscrite de Bénarès et prononce un discours à cette occasion.

13 et 14 août : escale à Téhéran.

18 août : André Malraux rend compte de sa mission en Chine et de son entrevue avec Mao Tsé-toung devant le conseil des ministres.

1ᵉʳ septembre : André Malraux prononce un discours dans la cour Carrée du Louvre pour les funérailles de Le Corbusier.

29 septembre : à l'occasion de la publication, chez Gallimard, d'une nouvelle version du *Musée imaginaire* dans la collection « Idées », la revue *Arts* publie des extraits de précédents entretiens avec André Parinaud, sous le titre « André Malraux répond à dix questions sur la psychologie de l'art ».

1ᵉʳ octobre : signature d'un accord culturel avec le gouvernement chinois, conséquence de la mission d'André Malraux à Pékin.

15 décembre : André Malraux participe à la campagne pour l'élection présidentielle en prononçant un discours au palais des

Sports avant le second tour, qui verra, le *19*, la réélection du général de Gaulle.

1966

L'année est essentiellement consacrée à la rédaction des *Antimémoires*, commencée sur le *Cambodge*, l'été précédent.

19 mars : André Malraux prononce un discours pour l'inauguration de la Maison de la culture d'Amiens.

30 mars : André Malraux se rend à Dakar, où il prononce un discours à la séance d'ouverture du colloque organisé à l'occasion du Ier Festival mondial des arts nègres, qu'il inaugure avec le président Léopold Sédar Senghor ; il prolonge ensuite son séjour par un voyage en Casamance.

Printemps : séparation entre André et Madeleine Malraux ; l'écrivain vit désormais dans une solitude totale au pavillon de la Lanterne ; son médecin traitant, le docteur Antoine Laporte, le met en contact avec le psychiatre Louis Bertagna. André Malraux se retire quelques semaines dans le pavillon de Marly-le-Roi, que le général de Gaulle met à sa disposition.

Mai : séjour d'André Malraux en Égypte.

Automne : André Malraux nomme Marcel Landowski comme chef du service de la musique au ministère des Affaires culturelles. Le plafond peint par André Masson pour le théâtre de France est dévoilé. André Malraux organise la rétrospective Picasso aux Grand et Petit Palais.

Octobre : la création des *Paravents* de Jean Genet au théâtre de France suscite de nombreuses protestations, auxquelles répond André Malraux, interpellé à l'Assemblée nationale lors de la discussion sur le budget de son ministère pour 1968.

8 décembre : intervention d'André Malraux devant l'Assemblée nationale, au cours de la discussion sur le projet de loi sur les monuments historiques.

1967

André Malraux continue de travailler à la mise au point des *Antimémoires* pendant les premiers mois de l'année.

31 janvier : André Malraux prend part à la campagne pour les élections législatives des *5 et 12 mars* en prononçant un discours au palais des Sports.

9 mars : publication, dans le numéro 1107 d'*Elle*, d'un entretien accordé par André Malraux à Fanny Deschamps « De la Française, de la culture, des hommes ».

10 mars : André Malraux prononce un discours pour l'inauguration de l'exposition « Nehru et l'Inde nouvelle » à l'Unesco ; le soir, il va soutenir Louis Vallon, candidat à Sarcelles, à la veille du second tour des élections législatives.

12 mars : visite d'André Malraux à la grotte de Lascaux, qui inspire les deux dernières pages des *Antimémoires.*

22 mars : allocution prononcée à l'Unesco pour l'inauguration de l'exposition « Nehru et l'Inde nouvelle ».

Mi-septembre : les *Antimémoires* paraissent chez Gallimard. Les hedomadaires en publient également des extraits : « Ma rencontre avec Mao » dans *Le Figaro littéraire* du 25 septembre, « Les Grandes Pages du livre de Malraux » dans *Paris-Match.*

21 septembre : publication, dans le numéro 1135 d'*Elle*, d'un entretien avec Fanny Deschamps sous le titre « Un Malraux caché se souvient et me parle » et, dans le numéro 19-20 de *L'Événement*, d'un « Dialogue » entre André Malraux et Emmanuel d'Astier de La Vigerie.

29 septembre : André Malraux accorde une interview à Jean-Pierre Farkas diffusée sur les ondes de Radio-Télé-Luxembourg et dont le texte sera publié le 2 octobre dans le numéro 336 du *Nouveau Candide* sous le titre « Malraux face à un journaliste ».

2 octobre : publication, dans le numéro 1120 du *Figaro littéraire*, d'un entretien avec Michel Droit intitulé « Malraux parle » et dont la suite sera publiée les *9 et 23*, dans les numéros 1121 et 1123.

5 octobre : entretien télévisé d'André Malraux avec Roger Stéphane.

Mi-octobre : fondation de l'orchestre de Paris, dont Charles Munch est le premier directeur artistique ; exposition Toutankhamon.

24 octobre : André Malraux enregistre un dialogue avec douze adolescents — sept garçons et cinq filles — qui lui posent chacun une question ; cet entretien sera diffusé *le lendemain* sur les ondes d'Europe 1 et donnera lieu à la production d'un disque 33 tours intitulé « Les Questions que posent *Les Antimémoires*, André Malraux répond aux jeunes » (collection « Français de notre temps », numéro 65). Un autre disque, produit par Adès-O.R.T.F., est réalisé à partir d'entretiens avec Pierre de Boisdeffre.

20 novembre : séjour d'André Malraux à Oxford, au cours duquel il donne une conférence sur « L'Art et le Temps » au Sheldonian Theatre, prononce un discours pour l'inauguration de la Maison française et est fait docteur *honoris causa* de l'université d'Oxford.

6 décembre : intervention d'André Malraux à l'Assemblée nationale, au cours de la discussion du projet de loi relatif à la restauration des monuments historiques et à la protection des sites.

André Malraux, qui a retrouvé Louise de Vimorin depuis quelques mois, achète un duplex rue de Montpensier, donnant sur les jardins du Palais-Royal et à l'aménagement duquel Louise de Vilmorin entend se consacrer. Il continue de travailler aux tomes qu'il a annoncés comme suite aux *Antimémoires*, et notamment aux textes qu'il réunira sous le titre *Hôtes de passage.*

1968

4 février : André Malraux prononce un discours à l'occasion de l'inauguration de la Maison de la culture de Grenoble.

12 février : le non-renouvellement du mandat d'Henri Langlois à la tête de la Cinémathèque entraîne une violente polémique.

Mars : voyage d'André Malraux à Moscou — où il rencontre le Premier ministre Alekseï Kossyguine — et dans plusieurs grandes villes de Russie.

Avril : André Malraux prononce un discours au musée du Louvre pour l'inauguration de l'exposition « Europe gothique ».

30 mai : André Malraux est au premier rang du défilé de soutien au général de Gaulle sur les Champs-Élysées.

20 juin : André Malraux prononce un discours au parc des Expositions à l'occasion de la campagne pour les élections législatives des *23 et 30 juin.*

21 juin : André Malraux accorde un entretien à Philippe Labro dans l'émission « Édition spéciale » diffusée sur les ondes d'Europe 1 et dont le texte sera édité par les Publications premières dans l'ouvrage intitulé *Ce n'est qu'un début.*

27 août : André Malraux met fin aux fonctions de Jean-Louis Barrault à la tête du théâtre de France.

29 septembre : André Malraux prononce une allocution pour la clôture de l'assemblée générale de l'Association des parlementaires de langue française.

Octobre : André Malraux accorde un entretien à l'hebdomadaire allemand *Der Spiegel*, dont le texte est reproduit le *14* dans le numéro 205 du *Nouvel Observateur* sous le titre « Malraux s'explique ».

22 octobre : publication, dans le *New York Times*, d'un entretien avec Henry Tanner intitulé « Malraux explains Some Changes in his Opinion ».

13 novembre : André Malraux défend pour la dernière fois le budget de son ministère devant l'Assemblée nationale et, le *26*, devant le Sénat.

L'année scelle la réconciliation d'André Malraux avec sa fille Florence, tandis que le dernier des enfants qu'il a élevés, son neveu et beau-fils Alain, s'éloigne de lui.

1969

5 février : inauguration du bâtiment destiné à recevoir le *Message biblique* de Chagall à Nice au cours de laquelle André Malraux est arrosé de peinture par un peintre contestataire. Le musée Fernand-Léger de Biot (Alpes-Maritimes) devient musée national.

17 février : voyage d'André Malraux à Niamey (Niger), où il prononce un discours à l'occasion de la conférence des pays francophones.

13 avril : André Malraux prononce une allocution aux deuxièmes assises nationales de l'Union des jeunes pour le progrès (jeunes gaullistes), à Strasbourg.

14 avril : entretien télévisé d'André Malraux avec Roger Stéphane, pour le début de la célébration du bicentenaire de la naissance de Napoléon ; le texte de l'entretien sera publié le *21* dans le numéro 1218 d'*Elle*.

23 avril : André Malraux prononce son dernier discours politique au palais des Sports, dans le cadre de la campagne pour le référendum.

28 avril : démission du général de Gaulle.

5 mai : André Malraux accorde un entretien à Kommen Becirovic pour la Radio-Télévision yougoslave et l'hebdomadaire *Nin*[1].

Mi-juin : André Malraux cesse ses fonctions au ministère des Affaires culturelles et quitte le pavillon de la Lanterne pour s'installer au château de la famille de Vilmorin au 2 rue d'Estienne-d'Orves, à Verrières-le-Buisson. Les travaux d'aménagement s'achèvent dans le duplex de la rue de Montpensier, dont le deuxième étage est destiné à Louise de Vilmorin et le troisième à André Malraux.

Fin de l'été : chute d'André Malraux, qui se fracture un doigt.

Novembre : André Malraux signe aux côtés de François Mauriac et de Jean-Paul Sartre la pétition en faveur de la libération de Régis Debray, détenu par le gouvernement bolivien.

11 décembre : André Malraux rend visite au général de Gaulle, retiré dans sa propriété de la Boisserie, à Colombey-les-Deux-Églises ; avant le déjeuner, les deux hommes ont un entretien d'une quarantaine de minutes, qui fournira la matière première des *Chênes qu'on abat*... Dans le train qui le ramène à Paris, André Malraux prend des notes sur sa visite.

26 décembre : mort, à Verrières-le-Buisson, de Louise de Vilmorin.

1970

André Malraux travaille à la rédaction des *Chênes qu'on abat*...

4 mai : publication, dans *L'Actualité*, d'un entretien avec Paul-Marie de La Gorce intitulé « André Malraux parle ».

Gallimard publie les *Œuvres* en quatre volumes dans la collection « La Gerbe illustrée » : les illustrations sont dues à Alexeieff (pour *La Tentation de l'Occident*, *La Voie royale* et *La Condition humaine*), Chagall (pour les *Antimémoires*) et André Masson (pour *Lunes en papier*, *Les Conquérants*, *Royaume-Farfelu* et *L'Espoir*).

18 juin : publication, dans *Le Monde*, d'un entretien avec Pierre

1. Publié sous le titre « Consolation ou apaisement, je ne crois pas » en ouverture du *Cahier de l'Herne André Malraux*, 1982, p. 15-21.

Vianson-Ponté intitulé « Trentième anniversaire : André Malraux et l'appel du 18 Juin ».

Gallimard réunit sous le titre *Le Triangle noir* les trois textes qu'André Malraux a écrits sur Laclos, en 1939, sur Goya en 1947 et sur Saint-Just en 1954, avec une préface de l'auteur.

André Malraux préface les *Poèmes* de Louise de Vilmorin, qui paraissent dans la collection « Poésie » chez Gallimard.

12 novembre : André Malraux assiste à Colombey-les-deux-Églises aux obsèques du général de Gaulle, mort trois jours auparavant.

1971

André Malraux termine la mise au net des *Chênes qu'on abat...* dont il signe le bon à tirer à Verrières-le-Buisson le *12 février*.

26 février : des extraits des *Chênes qu'on abat...* commencent à paraître dans *Le Figaro littéraire* sous le titre « Dernier entretien avec le général de Gaulle » et dans *Le Provençal* sous le titre « Le Dialogue Malraux-De Gaulle » ; le lendemain, *Combat* publie « Un extrait du dernier livre d'André Malraux ».

8 mars : publication d'un nouvel extrait du livre dans *Le Républicain lorrain* sous le titre « Le Dernier Dialogue De Gaulle-Malraux ».

17 mars : Les Chênes qu'on abat... paraissent aux éditions Gallimard. André Malraux est interviewé par Roger Stéphane pour la première chaîne de télévision et par Jacqueline Baudrier pour la deuxième chaîne.

22 mars : publication dans *L'Express* d'un entretien avec Georges Suffert intitulé « En déjeunant avec André Malraux ».

26 mars : au Pakistan oriental, le cheik Mujibur Rahman proclame l'indépendance du Bengale.

1er avril : publication, dans la *N.R.F.*, de « La Mort qui n'est pas loin », addition à la IVe partie des *Antimémoires* (« La Voie royale »), qui paraîtra l'année suivante dans la nouvelle édition, revue et augmentée, de la collection « Folio ».

Avril : publication, dans le numéro 1 d'*En ce temps-là, de Gaulle*, d'une contribution d'André Malraux sur les funérailles du général intitulée « Non ».

30 avril : publication, dans *Le Figaro littéraire*, d'un entretien avec André Brincourt sous le titre « André Malraux et le lecteur inconnu ».

7 mai : publication, dans *Le Figaro littéraire*, d'un extrait des *Oraisons funèbres* intitulé « Le Tombeau du héros et le cœur de la France ».

Mai : Gallimard rassemble les principaux discours d'André Malraux (depuis la commémoration de la libération de Paris le *24 août 1958* jusqu'au transfert des cendres de Jean Moulin au Panthéon le *19 décembre 1964*) sous le titre *Oraisons funèbres*, avec une préface de l'auteur.

17 juin : diffusion d'un entretien télévisé avec Catherine Anglade sur l'ordre de la Libération.

Juillet : publication, dans le numéro 54 du *Magazine littéraire*, de deux entretiens, l'un avec Jean Vilar, « Entretien avec André Malraux » et l'autre avec Françoise Verny, « André Malraux nous parle de Jean Vilar ».

Été : André Malraux part en croisière vers l'Islande et le cercle polaire ; à son retour, Françoise Verny et Claude Santelli lui proposent un projet d'entretiens télévisés ; une centaine d'heures seront enregistrées jusqu'au printemps de l'année suivante.

André Malraux préface *La Querelle de la fidélité* d'Edmond Michelet, qui avait été son successeur au ministère des Affaires culturelles, de *juin 1969* à sa mort, en *septembre 1970*.

17 septembre : Europe 1 annonce qu'André Malraux se déclare prêt à aller combattre aux côtés de la résistance bengalie.

Octobre : André Malraux effectue une croisière sur le *Mermoz* ; lors de l'escale de Cadix, il préfère rester à bord plutôt que de fouler le sol de l'Espagne franquiste.

Fin novembre : André Malraux rencontre à l'ambassade d'Inde à Paris le Premier ministre Indira Gandhi, qui lui demande de différer son projet d'expédition.

3 décembre : l'armée indienne envahit le Pakistan oriental et, après quelques jours de combat, entre à Dacca, le *16*.

18 décembre : publication, dans *Le Figaro*, d'une « Lettre ouverte au président Nixon » où André Malraux interpelle le président des États-Unis sur la passivité de son pays face au drame du Bengale.

1972

26 janvier : André Malraux, qui a reçu une invitation du président Nixon, accorde un entretien à la télévision française.

Mi-février : séjour d'André Malraux aux États-Unis où il rencontre Richard Nixon, qui a tenu à le consulter pour préparer son voyage en Chine, prévu pour la fin du mois ; André Malraux donne une conférence de presse à Wahington.

20 février : publication, dans *Le Journal du dimanche*, d'un entretien avec Philippe Labro où André Malraux répond aux questions du journaliste sur sa récente entrevue avec Richard Nixon.

Avril : la « nouvelle édition revue et augmentée » des *Antimémoires* paraît chez Gallimard en collection « Folio ». André Malraux continue de travailler à *Hôtes de passage*.

29 avril : diffusion à la télévision française de la première émission de la série *La Légende du siècle*, enregistrée par Françoise Verny et Claude Santelli ; la diffusion se poursuivra cinq samedis de suite, jusqu'à *début juin*.

13 mai : André Malraux prononce un discours pour la commémoration des maquis, à Durestal (Dordogne).

Été : André Malraux part en croisière en Méditerranée et visite Dubrovnik.

7 août : publication dans *L'Express* d'un entretien avec John Hess, « Sur le gaullisme ».

Automne : André Malraux écrit la préface à la traduction française de l'ouvrage de son ami José Bergamín, *Le Clou brûlant*, publié chez Plon. Il accepte la présidence de l'institut Charles-de-Gaulle.

Début novembre : diffusion à la télévision d'une nouvelle série de quatre émissions de *La Légende du siècle*.

Victime d'un malaise, André Malraux est transporté d'urgence à l'hôpital de la Salpêtrière. De cette expérience naîtra *Lazare*.

Mi-novembre : retour à Verrières-le-Buisson d'André Malraux qui doit désormais renoncer à l'alcool et au tabac. Sophie de Vilmorin, sa compagne, nièce de Louise, veille sur lui.

1973

André Malraux poursuit l'écriture de *Lazare* en même temps qu'il reprend la rédaction de *La Métamorphose des dieux*, interrompue par le retour au pouvoir en 1958.

Janvier : publication, dans le numéro deux d'*Espoir*, la revue de l'institut Charles-de-Gaulle, du recueil des « Paroles et écrits politiques. 1947-1972 » d'André Malraux.

Du 14 au 25 avril : voyage d'André Malraux et de Sophie de Vilmorin au Bangladesh ; André Malraux est reçu par le président de la République Chaudhury et le Premier ministre Mujibur Rahman ; il prononce des discours à Dacca, à Chittagong et à Rajshahi, où il est fait docteur *honoris causa* de l'université.

Fin avril : André Malraux et Sophie de Vilmorin se rendent à Katmandou, où il sont reçus par le roi du Népal, puis à New Delhi, où ils rencontrent le Premier ministre Indira Gandhi.

Printemps : les éditions Skira publient à Genève *Roi, je t'attends à Babylone...* en cent cinquante exemplaires illustrés de quatorze pointes sèches de Salvador Dalí, première version du chapitre II d'*Hôtes de passage*.

Pierre Dumayet et Walter Langlois tournent *La Métamorphose du regard*, trois films consacrés aux ouvrages sur l'art d'André Malraux et coproduits par l'O.R.T.F. et la Fondation Maeght.

12 juillet : André Malraux prononce un discours pour l'inauguration de l'exposition qui lui est consacrée jusqu'au *30 septembre* par la Fondation Maeght, à Saint-Paul-de-Vence ; le catalogue de l'exposition contient une lettre d'André Malraux à Roger Caillois et un « Fragment inédit de *L'Irréel*, tome II de *La Métamorphose des dieux* ».

1er septembre : publication, dans le numéro 79-80 du *Magazine littéraire*, de l'extrait de *L'Irréel* livré avec le catalogue de l'exposition de Saint-Paul-de-Vence, sous le titre « L'Irréel, le Titien et les peintres de Venise ».

André Malraux est invité à Mougins par Jacqueline Picasso, qui le conduit ensuite à Vauvenargues ; cette visite sera à l'origine de *La Tête d'obsidienne*, rédigée en quelques mois.

12 septembre : André Malraux prononce un discours au plateau des Glières pour l'inauguration du monument national de la Résistance d'Émile Gilioli.

Automne : André Malraux témoigne au procès de Jean Kay devant les assises de Versailles.

Novembre : publication dans *L'Appel* d'un entretien avec Tadao Takemoto intitulé « La Mort au Japon ».

Au cours de l'année, André Malraux rédige quatre préfaces : pour le témoignage de son ami Pierre Bockel, *L'Enfant du rire*, publié chez Grasset ; pour le quatrième volume des *Cahiers André Gide*, chez Gallimard, où commence la publication des « Cahiers de la Petite Dame. Notes pour l'histoire authentique d'André Gide, 1, 1918-1929 » ; il donne également une introduction au *Livre du souvenir*, recueil de textes en hommage à Charles de Gaulle, réunis par Louis Henri Boussel et édités par le Club Iris ; enfin il préface un numéro spécial de la *Revue de l'Art* consacré à la galerie François-Ier du château de Fontainebleau.

André Malraux rédige son testament ; il lègue à Clara Malraux la moitié de « ce qui releva de [leur] vie commune[1] » et fait de Florence sa légataire universelle et d'Albert Beuret son exécuteur testamentaire. Après la mort de ce dernier, Jean Grosjean et Florence seront exécuteurs testamentaires.

1974

André Malraux se consacre à la mise au point des différents ouvrages qui paraîtront au cours de l'année.

Mars : Gallimard publie *La Tête d'obsidienne*, qui deviendra la cinquième partie de *La Corde et les Souris*.

Avril : publication, aux éditions Stock-livre caméra, d'entretiens avec Guy Suarès, sous le titre *Malraux, celui qui vient*.

Mai : André Malraux intervient dans la campagne pour les élections présidentielles en soutenant à la télévision la candidature de Jacques Chaban-Delmas.

Du 13 mai au 1er juin : séjour d'André Malraux et Sophie de Vilmorin au Japon ; ils se rendent au mont Hakone, au parc national Yoshino-kumano (où se trouve la cascade de Nachi) dans la péninsule de Kii, au temple d'Isé, à Kyôto et Nara ; André Malraux exécute l'une des dernière volontés de Kawabata Yasunari en donnant un « cours impérial » au prince et à la princesse du Japon ; ambassadeur spécial du gouvernement français, il préside la cérémonie donnée à l'occasion de l'exposition de *La Joconde* au

1. Clara Malraux, *Le Bruit de nos pas, VI, ...Et pourtant j'étais libre*, Grasset, 1979, p. 36.

Musée national de Tôkyô ; il est reçu par l'empereur Hirohito et le Premier ministre Tanaka Kakuei ; il donne une conférence sur « La métamorphose de l'art » au siège du journal *Asahi* et rend visite à Sazô Idemitzu au musée Idemitzu de Tôkyô ; enfin, il participe à un symposium organisé à Kyôto par la fédération des associations Unesco au Japon sur le thème « Qu'est-ce que l'Asie[1] ? ».

Juin : voyage d'André Malraux et Sophie de Vilmorin à New Delhi, où André Malraux reçoit le prix Jawaharlal Nehru « pour la compréhension internationale » et prononce un discours « pour la survie de notre civilisation ».

Gallimard publie *L'Irréel*, seconde partie de *La Métamorphose des dieux*.

26 juillet : publication d'une édition corrigée des *Chênes qu'on abat*... dans la collection « Folio ».

Septembre : André Malraux prononce un discours à l'occasion du trentième anniversaire de la brigade Alsace-Lorraine.

25 octobre : Gallimard publie *Lazare*, annoncé comme faisant partie du second tome du *Miroir des limbes*, dont les *Antimémoires* constituaient le premier tome.

Automne : André Malraux prononce une allocution à l'occasion de la remise de l'épée d'académicien au professeur Jean Hamburger et rédige une préface pour la réédition chez Plon du *Journal d'un curé de campagne* de Bernanos.

1975

Tandis qu'il achève la rédaction d'*Hôtes de passage*, André Malraux se consacre à la correction des différents textes du *Miroir des limbes* — *Antimémoires* compris — et surtout à la mise au point de *La Métamorphose des dieux*.

1er janvier : publication, dans le numéro 13 de *L'Appel*, d'un entretien avec Olivier Germain-Thomas intitulé « Les Réalités et les Comédies du monde ».

11 janvier : discours à Verrières-le-Buisson pour l'inauguration du centre culturel André-Malraux.

17 mars : publication, dans *Le Point*, d'un entretien avec Fanny Deschamps intitulé « Malraux répond aux féministes ».

10 mai : à la cathédrale de Chartres, André Malraux prononce un discours pour les femmes déportées, à l'occasion du trentième anniversaire de la libération des camps.

Été : André Malraux écrit la préface à la correspondance entre Jean Guéhenno et Romain Rolland, qui paraît chez Gallimard sous le titre *Indépendance de l'esprit* et au catalogue de l'exposition « Les Oiseaux et l'Œuvre de Saint-John Perse ». Un entretien

1. C'est sous ce titre que sera publié pour la première fois le texte de son intervention dans le *Cahier de l'Herne André Malraux*, 1982, p. 367-370.

avec Georges Soria sert de préface à l'ouvrage de ce dernier, qui paraît au Livre Club Diderot et chez Robert Laffont, sous le titre *Guerre et révolution en Espagne*.

Octobre : Gallimard publie *Hôtes de passage*, à propos duquel André Malraux accorde un entretien à Jacques Legris[1].

3 novembre : publication, dans le numéro 573 du *Nouvel Observateur*, d'un entretien avec Olivier Todd intitulé « Malraux par Malraux ».

10 novembre : publication, dans le numéro 164 du *Point*, de « Pierre Desgraupes fait le point avec André Malraux ».

André Malraux proteste contre les dernières exécutions de jeunes révolutionnaires ordonnées par le général Franco.

23 novembre : pour le cinquième anniversaire de la mort du général de Gaulle, André Malraux prononce un discours à l'institut Charles-de-Gaulle, dont le texte sera publié dans le numéro 13 d'*Espoir*.

Décembre : voyage d'André Malraux et Sophie de Vilmorin à Haïti, où ils explorent l'art populaire des peintres naïfs.

1976

Avril : Gallimard publie dans la collection « Folio » : *La Corde et les Souris*, qui rassemble tous les textes — corrigés et placés dans l'ordre définitif — de la seconde partie du *Miroir des limbes*, et une nouvelle édition, revue et augmentée, des *Antimémoires*.

Publication chez Gallimard, dans la Bibliothèque de la Pléiade, d'une nouvelle édition des *Romans* incluant pour la première fois *La Voie royale*.

12 mai : André Malraux prend pour la dernière fois la parole en public, devant la commission des libertés de l'Assemblée nationale.

André Malraux donne une postface, « Néocritique », au recueil d'articles rassemblés par Martine de Courcel sous le titre *Malraux. Être et dire*, qui le pousse à développer ses idées sur la littérature dans un ouvrage plus vaste, lequel deviendra *L'Homme précaire et la Littérature*.

Juin : publication, chez Gallimard, de *L'Intemporel*, tome III de *La Métamorphose des dieux*.

Septembre : André Malraux adresse à Suzanne Chantal une lettre-préface pour *Le Cœur battant*, qui paraît chez Grasset.

Octobre : le texte définitif du *Miroir des limbes*, auquel sont ajoutées les *Oraisons funèbres*, devient le volume deux cent soixante-trois de la Bibliothèque de la Pléiade.

André Malraux continue de travailler à la révision du premier volume de *La Métamorphose des dieux* et à son essai sur la littérature, qu'il corrige encore le *3 novembre*.

1. Publié pour la première fois dans le *Cahier de l'Herne André Malraux*, p. 156-163.

15 novembre : victime d'une congestion pulmonaire, André Malraux est admis à l'hôpital Henri-Mondor de Créteil.

22 novembre : alors que sa santé commence à se rétablir, André Malraux est frappé d'une embolie.

23 novembre : mort d'André Malraux.

24 novembre : inhumation dans le cimetière de Verrières-le-Buisson.

27 novembre : hommage solennel dans la cour Carrée du Louvre, en présence du président de la République, Valéry Giscard d'Estaing, du Premier ministre Raymond Barre, qui prononce l'oraison funèbre, et de l'ensemble du gouvernement.

29 novembre : publication, dans le numéro 629 du *Nouvel Observateur*, d'un entretien avec Dominique Desanti intitulé « Deux fantômes amis » ; dans le numéro 219 du *Point* paraissent des extraits d'entretiens inédits avec Roger Stéphane destinés à la radio, sous le titre « Malraux : propos inédits ».

1977

1er janvier : publication, dans le numéro 293 de *Marie-Claire*, d'un entretien avec Madeleine Chapsal intitulé « Malraux : l'amour va revenir ».

23 janvier : deux mois après la mort d'André Malraux, une messe est célébrée à son intention par son ami Pierre Bockel en l'église Saint-Louis-des-Invalides, au cours de laquelle est exécutée l'œuvre qu'il avait commandée à Olivier Messiaen, *Et exspecto resurrectionem mortuorum.*

Février : Gallimard publie *L'Homme précaire et la Littérature.*

Mars : les éditions Maeght publient *Et sur la terre...*, illustré de quinze eaux-fortes de Marc Chagall et tiré à deux cent cinq exemplaires.

Mai : publication, chez Gallimard, de la version définitive du premier tome de *La Métamorphose des dieux* : *Le Surnaturel.*

Du 19 novembre au 19 décembre : pour le premier anniversaire de sa mort, la chancellerie de l'ordre de la Libération consacre dans son musée une exposition à André Malraux.

1978

Été : Gallimard publie *Saturne, le destin, l'art et Goya*, édition revue et corrigée de l'ouvrage de 1951, avec une nouvelle préface de l'auteur.

Novembre : publication, chez Gallimard, dans la collection « Idées », des *Six entretiens avec André Malraux sur des écrivains de son temps*, recueillis par Frédéric J. Grover entre 1959 et 1975.

À Tôkyô, pour le second anniversaire de sa mort, la fondation Idemitzu rend hommage à l'écrivain en organisant dans son musée, à partir du 2, l'exposition « Malraux et le Japon éternel ».

LE MIROIR DES LIMBES

I

ANTIMÉMOIRES[a]

L'éléphant est le plus sage de tous les animaux, le seul qui se souvienne de ses vies antérieures ; aussi se tient-il longtemps tranquille, méditant à leur sujet.

Texte bouddhique[b1].

1965,
au large de la Crète.

Je me suis évadé, en 1940, avec le futur aumônier du Vercors[1]. Nous nous retrouvâmes peu de temps après l'évasion, dans le village de la Drôme dont il était curé, et où il donnait aux israélites, à tour de bras, des certificats de baptême de toutes dates, à condition pourtant de les baptiser : « Il en restera toujours quelque chose[2]... » Il n'était jamais venu à Paris : il avait achevé ses études au séminaire de Lyon. Nous poursuivions la conversation sans fin de ceux qui se retrouvent, dans l'odeur du village nocturne.

« Vous confessez depuis combien de temps ?

— Une quinzaine d'années...

— Qu'est-ce que la confession vous a enseigné des hommes ?

— Vous savez, la confession n'apprend rien, parce que dès que l'on confesse, on est un autre, il y a la Grâce. Et pourtant... D'abord, les gens sont beaucoup plus malheureux qu'on ne croit... et puis... »

Il leva ses bras de bûcheron dans la nuit pleine d'étoiles :

« Et puis, le fond de tout, c'est *qu'il n'y a pas de grandes personnes*[3]... »

Il est mort aux Glières.

Réfléchir sur la vie — sur la vie en face de la mort — sans doute n'est-ce guère qu'approfondir son interrogation. Je ne parle pas du fait d'être tué, qui ne pose guère de question à quiconque a la chance banale d'être courageux, mais de la mort qui affleure dans tout ce qui est plus fort que l'homme, dans le vieillissement et même la métamorphose de la terre (la terre suggère la mort par sa torpeur millénaire comme par sa métamorphose, même si sa métamorphose est l'œuvre de l'homme) et surtout l'irrémédiable, le : tu ne sauras jamais ce que tout cela voulait dire. En face de cette question, que m'importe ce qui n'importe qu'à moi[1] ? Presque tous les écrivains que je connais aiment leur enfance, je déteste la mienne. J'ai peu et mal appris à me créer moi-même, si se créer, c'est s'accommoder de cette auberge sans routes qui s'appelle la vie. J'ai su quelquefois agir, mais l'intérêt de l'action, sauf lorsqu'elle s'élève à l'histoire, est dans ce qu'on fait et non dans ce qu'on dit. Je ne m'intéresse guère[2]. L'amitié, qui a joué un grand rôle dans ma vie, ne s'est pas accommodée de la curiosité. Et je suis d'accord avec l'aumônier des Glières — mais s'il préférait qu'il n'y eût pas de grandes personnes, lui, c'est que les enfants sont sauvés…

Pourquoi me souvenir ?

Parce que, ayant vécu dans le domaine incertain de l'esprit et de la fiction qui est celui des artistes, puis dans celui du combat et dans celui de l'histoire, ayant connu à vingt ans une Asie dont l'agonie mettait encore en lumière ce que signifiait l'Occident, j'ai rencontré maintes fois, tantôt humbles et tantôt éclatants, ces moments où l'énigme fondamentale[3] de la vie apparaît à chacun de nous comme elle apparaît à presque toutes les femmes devant un visage d'enfant, à presque tous les hommes devant un visage de mort. Dans toutes les formes de ce qui nous entraîne, dans tout ce que j'ai vu lutter contre l'humiliation, et même en toi, douceur[4] dont on se demande ce que tu fais sur la terre, la vie semblable aux dieux des religions disparues m'apparaît parfois comme le livret d'une musique inconnue[5].

Bien que ma jeunesse ait connu l'Orient semblable à un vieil Arabe sur son âne dans l'invincible sommeil de l'Islam, les deux cent mille habitants[6] du Caire sont devenus quatre millions, Bagdad remplace par les canots automobiles les nasses de roseaux et de bitume où pêchaient ses paysans babyloniens, et les portes en mosaïque de Téhéran se perdent dans la ville, comme la porte Saint-Denis. L'Amérique connaît depuis longtemps les villes-champignons — mais ses villes-champignons n'effaçaient pas une autre civilisation, ne symbolisaient pas la métamorphose de l'homme.

Que la terre n'ait jamais changé à ce point en un siècle (sauf par la destruction) chacun le sait. J'ai connu les moineaux qui attendaient les chevaux des omnibus au Palais-Royal — et le timide et charmant commandant Glenn, retour du cosmos ; la ville tartare de Moscou, et le gratte-ciel pointu de l'Université ; tout ce que le petit chemin de fer à la cheminée en tulipe, si bien astiqué, de la gare de Pennsylvanie, évoquait de la vieille Amérique, et tout ce que le gratte-ciel de la Panamerican appelle de la neuve. Depuis combien de siècles une grande religion n'a-t-elle secoué le monde ? Voici la première civilisation capable de conquérir toute la terre, mais non d'inventer ses propres temples, ni ses tombeaux.

Aller en Asie, naguère, c'était pénétrer avec lenteur dans l'espace et dans le temps conjugués[1]. L'Inde après l'Islam, la Chine après l'Inde, l'Extrême-Orient après l'Orient ; les vaisseaux de Sinbad abandonnés à l'écart d'un port des Indes dans le soir qui tombe, et après Singapour, à l'entrée de la mer de Chine, les premières jonques comme des sentinelles.

Je reprends, par ordre des médecins, cette lente pénétration, et regarde le bouleversement qui a empli ma vie sanglante et vaine, comme il a bouleversé l'Asie, avant de retrouver, au-delà de l'océan, Tokyo où j'envoyai la *Vénus de Milo*, Kyoto méconnaissable, Nara presque intacte malgré son temple incendié — retrouvées naguère après un jour d'avion — et la Chine que je n'ai pas revue. « Jusqu'à l'horizon, l'Océan glacé, laqué, sans sillages… » Je retrouve devant la mer la première phrase de mon premier roman, et, sur le bateau, le cadre aux dépêches où l'on afficha, il y a quarante ans, celle qui annonçait le retour de l'Asie dans l'Histoire : « *La grève générale est proclamée à Canton*[a2]. »

Que répond donc ma vie à ces dieux qui se couchent et ces villes qui se lèvent, à ce fracas d'action qui vient battre le paquebot comme s'il était le bruit éternel de la mer, à tant d'espoirs vains et d'amis tués ? C'est le temps où mes contemporains commencent à raconter leurs petites histoires.

En 1934, rue du Vieux-Colombier, Paul Valéry me parlait incidemment de Gide : « Pourquoi, lui demandai-je, si vous êtes indifférent à son œuvre, mettez-vous si haut la *Conversation avec un Allemand* ? — Qu'est-ce que c'est ? » Je le lui rappelai. « Ah, oui ! Ce doit être parce qu'il y a une réussite d'imparfait du subjonctif !... » Puis, avec la relative gravité qu'il mêlait à son argot patricien : « J'aime bien Gide, mais comment un homme peut-il accepter de prendre des jeunes gens pour juges de ce qu'il pense[1] ?... Et puis, quoi ! je m'intéresse à la lucidité, je ne m'intéresse pas à la sincérité. D'ailleurs, on s'en fout[2]. » Ainsi finissaient souvent les idées qu'il jugeait, selon la formule de Wilde, bonnes pour parler.

Mais ce que Gide appelait la jeunesse ne se limitait pas toujours aux jeunes gens, de même que la grande chrétienté ne se limita pas toujours aux fidèles. Le démon aime les collectivités, plus encore les assemblées ; la grandeur aussi. J'ai vécu jusqu'à trente ans parmi des hommes qu'obsédait la sincérité. Parce qu'ils y voyaient le contraire du mensonge ; aussi (c'étaient des écrivains) parce qu'elle est, depuis Rousseau, une matière privilégiée de littérature. Ajoutons la justification agressive, l'« Hypocrite lecteur, mon semblable, mon frère[3]... ». Car il ne s'agit pas d'une connaissance quelconque de l'homme : il s'agit toujours de dévoiler un secret, d'*avouer*. L'aveu chrétien avait été la rançon du pardon, la voie de la pénitence. Le talent n'est pas un pardon, mais il agit de façon aussi profonde. À supposer que la *Confession de Stavroguine*[4] fût réellement celle de Dostoïevski, il aurait métamorphosé l'affreux événement en tragédie, et Dostoïevski en Stavroguine, en héros de fiction — métamorphose qu'exprime à merveille le mot : héros. Il n'est pas nécessaire de modifier les faits : le coupable est sauvé, non parce qu'il impose un mensonge, mais parce que le domaine de l'art n'est pas celui de la vie. L'orgueilleuse honte de Rousseau ne détruit pas la pitoyable honte de Jean-Jacques, mais elle lui apporte une promesse d'immortalité. Cette métamorphose, l'une des plus profondes que puisse créer l'homme, c'est celle d'un destin subi en destin dominé.

J'admire les confessions que nous appelons Mémoires, mais elles ne me retiennent qu'à demi. Il reste que l'analyse de l'individu, outre l'action qu'elle exerce sur nous lorsqu'elle est celle d'un grand artiste, nourrit une action de l'esprit qui m'intéressait fort au temps de cette conversation avec Valéry : réduire au minimum sa part de comédie[1]. Il s'agit alors de la conquête de chacun sur un monde romanesque dans lequel il baigne et qui ne lui appartient pas en propre ; dont la mise en question le rend furieux, et sur laquelle repose la partie du théâtre comique où des personnages de Labiche succèdent à des personnages de Molière et à l'orateur indigné de Victor Hugo qui vient intrépidement dire son fait au roi — personnage qui aura joué un rôle si constant et si vain dans la politique des nations méditerranéennes. Mais lutter contre la comédie semble lutter contre des faiblesses, alors que l'obsession de la sincérité semble poursuivre un secret[a].

L'individu a pris dans les Mémoires la place que l'on sait, lorsqu'ils sont devenus des Confessions. Celles de saint Augustin ne sont nullement des confessions, et s'achèvent en traité de métaphysique. Nul ne songerait à nommer confessions les *Mémoires* de Saint-Simon : quand il parle de lui, c'est pour être admiré. On avait cherché l'Homme dans les grandes actions des grands hommes, on le chercha dans les secrètes actions des individus. (D'autant plus que les grandes actions furent souvent violentes, et que les faits divers ont banalisé la violence.) Les Mémoires du XXe siècle sont de deux natures. D'une part, le témoignage sur des événements : c'est parfois, dans les *Mémoires de guerre* du général de Gaulle, dans *Les Sept Piliers de la sagesse*, le récit de l'exécution d'un grand dessein[2]. D'autre part, l'introspection dont Gide est le dernier représentant illustre, conçue comme étude de l'homme. Mais *Ulysse* et *À la recherche du temps perdu* ont pris la forme du roman. L'introspection-aveu a changé de nature, parce que les aveux du mémorialiste le plus provocant sont puérils en face des monstres qu'apporte l'exploration psychanalytique, même à ceux qui en contestent les conclusions. De la chasse aux secrets, la névrose ramène davantage, et avec plus d'accent. La *Confession de Stavroguine* nous surprend moins que *L'Homme aux rats*[3] de Freud, et ne vaut plus que par le génie.

Si nul ne croit plus que l'autoportrait, voire le portrait, n'eut d'autre souci que d'imiter son modèle, depuis les effigies des sculpteurs égyptiens jusqu'aux toiles cubistes, on continue à le croire du portrait littéraire. Il serait donc d'autant meilleur qu'il serait plus ressemblant, et d'autant plus ressemblant qu'il serait moins conventionnel. C'est la définition que suggèrent les réalismes, qui se sont presque toujours élaborés contre les idéalisations. Mais, si l'idéalisation de la Grèce et de la Renaissance a été l'un des arts majeurs de l'Europe, l'idéalisation littéraire, sa semblable supposée, n'est guère parente de Léonard ou de Michel-Ange que par les personnages des tragédies. Pourtant le Saint Louis de Joinville, les portraits de Bossuet, valent sans nul doute les personnages du *Journal* des Goncourt, bien que leur auteur les veuille exemplaires. Vérité d'abord ? Je doute que le *Napoléon* de Michelet, assez mauvais pamphlet, soit plus vrai que sa *Jeanne d'Arc*, admirable panégyrique. Nous savons combien Stendhal était sensible aux « petits faits vrais » ; pourquoi pas aux grands ? Exprimer le Napoléon d'Austerlitz vaut bien montrer sa manie de barbouiller de confitures le visage du roi de Rome. Et la victoire de Marengo a peut-être des causes d'une autre nature que l'adultère de Joséphine. Montrer les grands faits, puis les rejeter par mépris de la convention, puis ne plus connaître que les petits… Il est admis que la vérité d'un homme, c'est d'abord ce qu'il cache. On m'a prêté la phrase d'un de mes personnages : « L'homme est ce qu'il fait[1]. » Certes, il n'est pas que cela ; et le personnage répondait à un autre, qui venait de dire : « Qu'est-ce qu'un homme ? Un misérable petit tas de secrets… » Le cancan donne, à bon marché, le relief que l'on attend de l'irrationnel ; et, la psychologie de l'inconscient aidant, on a complaisamment confondu ce que l'homme cache, et qui n'est souvent que pitoyable, avec ce qu'il ignore en lui. Mais Joinville ne prétendait pas tout savoir de Saint Louis, ni d'ailleurs de lui-même. Bossuet savait beaucoup du Grand Condé, qu'il avait peut-être confessé ; mais, parlant devant la mort, il attachait peu d'importance à ce qu'on appelait alors des faiblesses. Comme Gorki parlant de Tolstoï.

Gorki éprouvait, dans sa jeunesse, le besoin de suivre des gens en secret, pour en faire des personnages (Balzac aussi). Il avait suivi ainsi Tolstoï, dans la forêt d'Iasnaïa Poliana. « Le Vieux s'arrête à une clairière devant une roche lisse, sur laquelle se trouvait un lézard, qui le regardait. "Ton cœur bat, dit Tolstoï. Il y a un beau soleil. Tu es heureux…" ; et après un silence, gravement : "… Moi, pas…" »

Nous venions d'abattre un petit arbre ; ce curieux usage

suivait les déjeuners chez Gorki[1]. Celui-ci se détachait, coiffé de son petit calot tartare, sur le vaste fond de la mer Noire. Et il continuait d'évoquer le vieux « génie de la terre russe » dans sa forêt, devant les bêtes qui l'écoutaient, comme un Orphée octogénaire[a].

Le sentiment de devenir étranger à la terre, ou de revenir sur la terre, que l'on trouve ici à plusieurs reprises, semble né, le plus souvent, d'un dialogue avec la mort. Être l'objet d'un simulacre d'exécution n'apporte pas une expérience négligeable. Mais je dois *d'abord* ce sentiment à l'action singulière, parfois physique, qu'exerce sur moi l'envoûtante conscience des siècles. Conscience rendue plus insidieuse par mes travaux sur l'art, car tout Musée Imaginaire apporte à la fois la mort des civilisations, et la résurrection de leurs œuvres. Je crois toujours écrire pour des hommes qui me liront plus tard. Non par confiance dans ce livre, non par obsession de la mort ou de l'Histoire en tant que destin intelligible de l'humanité : par le sentiment violent d'une dérive arbitraire et irremplaçable comme celle des nuées. Pourquoi noter mes entretiens avec des chefs d'État plutôt que d'autres ? Parce que nulle conversation avec un ami hindou, fût-il un des derniers sages de l'hindouisme, ne me rend le temps sensible comme le fait Nehru lorsqu'il me dit : « Gandhi pensait que… » Si je mêle ces hommes, les temples et les tombeaux, c'est parce qu'ils expriment de la même façon « ce qui passe ». Lorsque j'écoutais le général de Gaulle, pendant le plus banal déjeuner dans son appartement privé de l'Élysée, je pensais : aujourd'hui, vers 1960… Aux réceptions officielles, je pensais à celles de Versailles, du Kremlin, de Vienne à la fin des Habsbourg. Dans le modeste bureau de Lénine où les dictionnaires forment le socle du petit pithécanthrope[2] de bronze offert par un Américain darwiniste, je ne pensais pas à la préhistoire, mais aux matins où cette porte avait été poussée par Lénine — au jour où dans la cour, en bas, il s'était mis à danser sur la neige, en criant à Trotski stupéfait : « Aujourd'hui, nous avons duré un jour de plus que la Commune de Paris[3] ! » Aujourd'hui… Devant le sursaut de la France comme devant le pauvre pithécanthrope, j'ai été fasciné par les siècles, par l'éclat tremblant et changeant du soleil sur le cours du fleuve… Devant l'enseigne du gantier de Bône[4] quand je revenais de ma première promenade vers la mort, comme à Gramat lorsqu'on m'emportait sur une civière pour faire semblant de me fusiller[1], comme devant le glissement furtif de mon chat, combien de fois ai-je pensé ce que j'ai pensé aux Indes : en 1938, ou en 1944, ou en 1968, *avant* Jésus-Christ[a2]...

La « sincérité » n'a pas été toujours son propre objet. Par chacune des grandes religions, l'Homme avait été *donné* ; les Mémoires prolifèrent quand la confession s'éloigne. Chateaubriand dialogue avec la mort, avec Dieu peut-être ; avec le Christ, certainement pas. Que l'Homme devienne l'objet d'une recherche et non d'une révélation — car tout prophète qui révèle Dieu, révèle un homme du même coup — la tentation devient grande, de l'épuiser : l'homme deviendra d'autant mieux connu que les Mémoires ou le Journal deviendront plus gros. Mais l'homme n'atteint pas le fond de l'homme ; il ne trouve pas son image dans l'étendue des connaissances qu'il acquiert, il trouve une image de lui-même dans les questions qu'il pose. L'homme que l'on trouvera ici, c'est celui qui s'accorde aux questions que la mort pose à la signification du monde.

Cette signification ne m'interroge nulle part de façon plus pressante que devant une Égypte ou une Inde transformées, opposées aux villes détruites. J'ai vu les villes allemandes couvertes de drapeaux blancs (les draps pendus aux fenêtres) ou entièrement pilonnées ; Le Caire, passé de 200 000 habitants[3] à 4 millions, avec ses mosquées, sa citadelle, sa ville des morts et ses Pyramides au loin, et Nuremberg à tel point détruite qu'on n'en retrouvait pas la grand-place. La guerre interroge avec bêtise, la paix, avec mystère. Et il est possible que dans le domaine du destin, l'homme vaille plus par l'approfondissement de ses questions que par ses réponses.

Dans la création romanesque, la guerre, les musées vrais ou imaginaires, la culture, l'Histoire peut-être, j'ai retrouvé une énigme fondamentale, au hasard de la mémoire qui — hasard ou non — ne ressuscite pas une vie dans son déroulement. Éclairées par un invisible soleil, des nébuleuses apparaissent et semblent préparer une constellation inconnue. Quelques-unes appartiennent à l'imaginaire, beaucoup au souvenir d'un passé surgi par éclairs, ou que je dois patiemment retrouver : les moments les plus profonds de ma vie ne m'habitent pas, ils m'obsèdent et me fuient tour à tour. Peu importe. En face de l'inconnu, certains de nos rêves n'ont pas moins de signification que nos souvenirs. Je reprends donc ici telles scènes autrefois transformées en fiction. Souvent liées au souvenir par des liens enchevêtrés, il advient qu'elles le soient, de façon plus troublante, à l'avenir. Celle qui suit est transposée des *Noyers de l'Altenburg*, début d'un roman dont la Gestapo a détruit trop de pages pour que je les récrive. Il s'appelait *La Lutte avec l'ange*, et qu'entreprends-je d'autre ? Ce suicide est celui de mon père, ce grand-père est le mien, transfiguré sans doute par le folklore familial. C'était un armateur dont j'ai pris des traits plus ressemblants pour le grand-père du héros de *La Voie royale* — et d'abord, sa mort de vieux Viking[1]. Bien qu'il fût plus fier de son brevet de maître tonnelier que de sa flotte, déjà presque toute perdue en mer, il tenait à maintenir les rites de sa jeunesse, et s'était ouvert le crâne d'un coup de hache à deux tranchants, en achevant symboliquement, selon la tradition, la figure de proue de son dernier bateau. Ce Flamand de Dunkerque est devenu Alsacien parce que la première attaque allemande par les gaz eut lieu sur la Vistule, et qu'elle m'imposait un personnage qui servît en 1914 dans l'armée allemande. Ces hangars où les clowns passent entre les troncs des grands sapins, ce sont les hangars où séchaient les voiles ; la forêt a pris la place de la mer. Je ne connaissais rien de l'Alsace. J'avais été cinq ou six semaines hussard à Strasbourg, dans les casernes jaunes de Napoléon III, et mes forêts sont nées du vague souvenir de celle de Sainte-Odile ou du Haut-Koenigsbourg ; les personnages s'appellent Berger parce que ce nom est, selon sa prononciation, français ou germanique. Mais il est devenu le mien deux ans durant : des amis s'en étant servis dans la Résistance pour me désigner, il me resta. Et j'ai été appelé par les Alsaciens à commander la brigade Alsace-Lorraine, et j'ai livré les combats de Dannemarie quelques jours après la mort de ma seconde femme dans une clinique de l'avenue Alsace-Lorraine à Brive[2]. Ma troisième femme[3] habitait rue Alsace-Lorraine à Toulouse. J'en passe : il y a beaucoup de rues de ce nom en France. Mais je me suis remarié à Riquewihr, près de Colmar[a].

On ne m'a pas attendu pour savoir que Victor Hugo avait écrit *Marion Delorme* avant de rencontrer Juliette Drouet[4]. Sans doute ce qui avait fait écrire *Marion* à Victor

Hugo le rendait plus sensible à la vie de Juliette Drouet, que ne l'eût été un entreteneur d'actrices. Mais tant de créations prémonitoires s'expliquent-elles parce que chez les « rêveurs diurnes », le virus du rêve suscite aussi l'action, comme l'affirme T. E. Lawrence ? Et lorsqu'il n'y a pas d'action, mais seulement ces vers prophétiques que Claudel recueillait avec angoisse[1], et par lesquels Baudelaire et Verlaine annoncent leur désastre ? « Mon âme vers d'affreux naufrages appareille... »

Je pense à Péguy, dont je suis allé voir le tombeau avec le général de Gaulle, dans les champs de la Marne : « Heureux ceux qui sont morts dans une juste guerre[2]... » À Diderot qui, lors de son retour de Russie, écrivait « qu'il ne lui restait plus que dix ans au fond de son sac », ce qui fut vrai à un mois près. Je pense au père Teilhard de Chardin qui, en mars 1945, répondait à : « Quand voudriez-vous mourir ? — Le jour de Pâques », et qui est mort le jour de Pâques 1955. Je pense aussi à Albert Camus qui écrivait dix ans avant sa mort accidentelle : « Alors que dans la journée le vol des oiseaux paraît toujours sans but, le soir ils semblent toujours retrouver une destination. Ils volent vers quelque chose. Ainsi, peut-être, au soir de la vie[3]... »

Y a-t-il un soir de la vie[a4] ?

C'est la brigade Alsace-Lorraine qui a repris Sainte-Odile, et le colonel Berger qui est allé récupérer, dans les caves du Haut-Koenigsbourg, le retable de Grünewald... Le bateau où j'écris ceci s'appelle *Le Cambodge* ; la douleur dentaire du personnage du *Temps du Mépris* pendant son évasion[5] ressemble à celle que j'ai due à des souliers trop petits quand je me suis évadé, sept ans plus tard. J'ai beaucoup écrit sur la torture, alors qu'on ne s'en occupait guère ; et je suis passé bien près d'elle. Hemingway, à travers la courbe qui va du jeune homme amoureux de la femme plus âgée, puis de la femme plus jeune, pour s'achever avec le colonel de soixante ans, amant d'une jeune fille — à travers combien d'impuissances et de suicides — n'a cessé de préfigurer son destin. Et Chamfort ? Et Maupassant ? Et Balzac ? Nietzsche écrivit la dernière ligne[6] du *Gai Savoir :* « Ici commence la tragédie », quelques mois avant de rencontrer Lou Salomé — et Zarathoustra.

J'ai vu un jour Lou Salomé[7] : c'était alors une vieille dame vêtue d'un sac. Elle venait de répondre à Mme Daniel Halévy, qui lui demandait : « Thé ou porto ?

— Je ne suis pas venue pour m'occuper de ça ! » Nous nous trouvâmes seuls dans un coin du salon, et je lui parlai de son livre sur Nietzsche, puis de Nietzsche ; elle me répondit, en perdant le regard d'yeux magnifiques et en avançant une mâchoire de dentiste américain : « Je voudrais tout de même bien me souvenir si je l'ai embrassé ou non, sur ce chemin, vous savez, au-dessus du lac de Côme[a]... »

Ce qui m'intéresse dans un homme quelconque, c'est la condition humaine ; dans un grand homme, ce sont les moyens et la nature de sa grandeur ; dans un saint, le caractère de sa sainteté. Et quelques traits, qui expriment moins un caractère individuel, qu'une relation particulière avec le monde. Nietzsche dit : « Deux hommes m'ont enseigné quelque chose en psychologie : Stendhal et Dostoïevski[1]. » Dostoïevski, soit ! l'irruption d'une humiliation, héritière grandiose de celle de Rousseau, devait bouleverser le plus grand irrationaliste de son siècle. (À quel point Nietzsche serait mieux ce qu'il est, si sa gourde de sœur[2] n'avait pas inventé de titrer *Volonté de puissance* le dernier livre de l'homme qui avait écrit *Le Voyageur et son ombre* !) Mais Stendhal ? Qu'appelle-t-on sa psychologie, sinon une intelligence transparente et précise comme les cristaux ?

Quand Gide avait soixante-dix ans, on écrivait qu'il était le plus grand écrivain français[3]. De l'individu lui-même, que nous transmettent donc ses œuvres intimes, journal compris ? Il y eut, en ce temps, une relation trouble entre psychologie et littérature. Gide m'a raconté la visite de Bernard Lazare, résolu à s'engager dans le furieux combat qui allait devenir l'affaire Dreyfus : « Il m'a épouvanté : c'était un homme qui mettait quelque chose au-dessus de la littérature... » Le Purgatoire de Gide tient beaucoup à ce que l'Histoire n'existait pas pour lui. Elle ne s'est pas rappelée à mes frères (et à tant d'autres) en leur demandant ce qu'elle était à leurs yeux — qu'elle a fermés[b].

Les gnostiques croyaient que les anges posaient à chaque mort la question : « D'où viens-tu ? » Ce qu'on trouvera ici, c'est ce qui a survécu. Parfois, je l'ai dit, à condition d'aller le chercher. Les dieux ne se reposent pas de la tragédie que par le comique ; le lien entre l'*Iliade* et l'*Odyssée*, entre *Macbeth* et *Le Songe d'une nuit d'été*, est celui du tragique et d'un domaine féerique et légendaire. Notre esprit invente ses chats bottés et ses cochers qui se changent en citrouilles à l'aurore, parce que ni le religieux ni l'athée ne se satisfont complètement de l'apparence. J'appelle ce livre *Antimémoires*, parce qu'il répond à une question que les Mémoires ne posent pas, et ne répond pas à celles qu'ils posent ; et aussi parce qu'on y trouve, souvent liée au tragique, une présence irréfutable et glissante comme celle du chat qui passe dans l'ombre : celle du farfelu[1] dont j'ai sans le savoir ressuscité le nom.

Jung, le psychanalyste, est en mission chez les Indiens du Nouveau-Mexique. Ils lui demandent quel est l'animal de son clan : il leur répond que la Suisse n'a ni clans ni totems. La palabre finie, les Indiens quittent la salle par une échelle qu'ils descendent comme nous descendons les escaliers : le dos à l'échelle. Jung descend, comme nous, face à l'échelle. Au bas, le chef indien désigne en silence l'ours de Berne brodé sur la vareuse de son visiteur : l'ours est le seul animal qui descende face au tronc et à l'échelle[2].

I[a]

I

Alsace,
1913.

Mon père[b] était revenu de Constantinople depuis moins d'une semaine. Il y eut un coup de sonnette très tôt ; dans la demi-obscurité de la chambre dont les rideaux n'étaient pas encore tirés, il entendit les pas de la bonne aller vers la porte, s'arrêter, et sa voix désolée répéter sans qu'un mot eût été dit par la personne qui avait sonné : « Ma pauvre Jeanne… Ma pauvre Jeanne !… »

Jeanne était la domestique de mon grand-père.

Un instant de silence : les deux femmes s'embrassaient ; mon père écoutait décroître le bruit d'un fiacre dans l'aube, sachant déjà de quoi il s'agissait. Jeanne poussa lentement la porte, comme si, désormais, elle eût craint toutes les chambres.

« Il n'est pas mort ? demanda mon père.

— On l'a transporté à l'hôpital, monsieur… »

Mon père m'a peint le fossoyeur de Reichbach, engagé à mi-corps dans la fosse, écoutant, la tête levée, dans l'odeur du grès rose chaud de soleil, un de mes oncles lui dire :

« Allons, Franz, dépêche ! c'est quelqu'un de la famille ! »

Nous avions dans le bourg quelque vingt cousins, et ce fossoyeur ressemblait de façon saisissante à mon grand-père mort.

« Il m'est arrivé d'entendre bien des bêtises au sujet du suicide, disait mon père ; mais devant un homme qui s'est tué fermement, je n'ai jamais vu un autre sentiment que le respect. Savoir si le suicide est un acte de courage ou non ne se pose que devant ceux qui ne se sont pas tués. »

La plupart de mes oncles et de mes grands-oncles ne s'étaient pas rencontrés depuis des années : plus encore que la vie, les avait séparés l'opposition entre ceux d'entre eux qui acceptaient la domination allemande et ceux qui la refusaient — bien que cette opposition ne fût jamais allée jusqu'à la rupture. Plusieurs habitaient maintenant la France. Tous se retrouvaient chez mon oncle Mathias, qui assistait mon grand-père dans la direction de son usine. Seul mon grand-oncle Walter n'était pas venu. Se trouvait-il vraiment à l'étranger pour quelques mois ? Depuis quinze ans il était brouillé avec son frère Dietrich, mon grand-père : mais, si dur, si opiniâtre qu'on le peignît, ses traditions refusaient de tenir rancune à la mort. Pourtant il était absent, et cette absence renforçait le prestige hostile qui l'avait toujours entouré, qui l'entourait encore : mon grand-père avait parlé de lui avec plus d'animosité — et aussi plus d'insistance — que de tous ses autres frères, mais il l'avait désigné (comme il avait désigné mon père) pour son exécuteur testamentaire.

Mon père ne le connaissait pas. Walter, incapable d'accepter quiconque, dans sa famille, n'observait pas à son égard la soumission due au sachem de la tribu, n'y était pas détesté, mais environné du respect qui s'attache à la passion de l'autorité lorsqu'elle s'exerce sans faillir pendant quarante années. Sans enfants, il avait recueilli l'un de mes cousins, s'était pris pour lui d'une passion austère et rigoureuse : l'enfant à peine âgé de douze ans, il lui écrivait chaque matin de courts billets pleins de conseils semblables à des ordres, et exigeait de recevoir une réponse avant l'heure du départ pour le collège. À vingt ans, mon cousin, après une discussion au sujet de quelque jeune fille, était parti. L'oncle Walter, malgré le désespoir de sa femme, n'avait jamais répondu à ses lettres. Le cousin, dont il avait rêvé de faire son successeur, était devenu un contremaître ; Walter n'en parlait jamais, et ses frères trouvaient dans son chagrin, qu'ils n'ignoraient pas, assez d'humanité pour se croire tenus d'admirer que Walter n'en eût par ailleurs aucune.

Il est vrai que tous étaient prêts, si leur frère se montrait par trop intolérable, à dire : « Avec une maladie comme la sienne, c'est miracle qu'il ne soit pas pire ! » Toutes ses photos le représentaient debout, ses béquilles cachées par un long manteau : ses deux jambes étaient paralysées.

Les foies gras d'Alsace succédant aux écrevisses et aux truites de ce repas de funérailles, et l'alcool de framboise au traminer, il s'en fallut de peu que la réunion ne finît en kermesse. Les millénaires n'ont pas suffi à l'homme pour apprendre à voir mourir. L'odeur de sapin et de résine qui entrait à travers les fenêtres d'été, mille objets de bois poli, unissaient en un passé de souvenirs et de secrets ces enfances écoulées dans l'exploitation forestière familiale ; et tous, dès qu'ils reparlaient de mon grand-père, se confondaient dans l'affectueuse déférence que la mort leur permettait de porter sans réserve au burgrave bourgeois et révolté dont l'inexplicable suicide semblait couronner secrètement la vie.

Déjà âgé lorsque l'Église avait accordé, contre une juste rétribution, des dérogations aux règles du Carême, mon grand-père avait furieusement protesté auprès de son curé, qu'il protégeait, car il était maire de Reichbach. (Indéracinable : dans cette région toute couverte de vestiges de la « Sainte Forêt » du Moyen Âge, les bourgs sont encore propriétaires d'immenses domaines communaux, et Reichbach possédait quatre mille hectares, d'où venait le plus clair de la fortune municipale. Les qualités professionnelles de mon grand-père étaient incontestées.) « Mais, monsieur le maire, ne convient-il pas qu'un simple prêtre s'incline devant les décisions romaines ? — J'irai donc à Rome. »

Il avait fait le pèlerinage à pied. Président de diverses œuvres, il avait obtenu l'audience pontificale. Il s'était trouvé avec une vingtaine de fidèles dans une salle du Vatican. Il n'était pas timide, mais le pape était le pape, et il était chrétien : tous s'étaient agenouillés, le Saint-Père avait passé, ils avaient baisé sa pantoufle, et on les avait congédiés.

Le Tibre retraversé, mon grand-père, possédé d'une sainte indignation où dansaient le peuple sacrilège des fontaines, l'ombre indifférente sur les rues sans trottoirs, les colonnes antiques et les pâtisseries de velours grenat, courut faire ses valises à coups de poing et partit par le premier rapide.

De retour, ses amis protestants le crurent prêt pour une conversion.

« On ne change pas de religion à mon âge[1] ! »

Désormais retranché de l'Église, mais non du Christ, il assista chaque dimanche à la messe hors du bâtiment, debout au milieu des orties dans un des coins que fait la rencontre du transept avec la nef, suivant de mémoire l'office, attentif à percevoir, à travers les vitraux, le son grêle de la sonnette qui annonçait l'Élévation. Peu à peu, il devenait sourd et, craignant de ne pas entendre, finit par passer vingt minutes à genoux dans les orties de l'été ou la boue de l'hiver. Ses adversaires disaient qu'il n'avait plus son bon sens, mais il n'est pas facile de disqualifier une persévérance inflexible ; et pour chacun, ce personnage à courte barbe blanche et à redingote, agenouillé dans la boue sous son parapluie, au même lieu, à la même heure et pour la même raison durant tant d'années, faisait moins figure d'hurluberlu que de juste. L'Alsace est sensible à la foi, et elle avait alors de fortes raisons de l'être à la fidélité.

Il fallait pourtant toute l'autorité, tout le succès avec lequel il dirigeait son usine (on croit surtout à la folie des vaincus) pour faire accepter les conséquences de son aventure romaine. Le bail entre la communauté juive et le propriétaire de la maison où elle avait établi sa synagogue étant révolu, le propriétaire avait refusé de le renouveler, et nul ne voulait louer à sa place. Mon grand-père proposa au conseil municipal de louer un des bâtiments communaux : il se heurta à une opposition formelle.

« Messieurs, considérez bien que ceci est injuste ! »

Ferme silence, entêtement d'Alsace égal au sien. Il était presque antisémite, mais le soir même il convoquait le rabbin, mettait gratuitement à sa disposition une aile de cette maison aux poutres apparentes, toute sonore de troncs derrière son immense porte de ferronnerie Louis XVI, où mes oncles achevaient maintenant leur agape.

Même aventure avec un cirque[2] à qui le conseil avait refusé le droit de camper sur le territoire de Reichbach : mon grand-père l'accueillit dans les hangars à bois qui s'étendaient derrière la maison.

Et mes oncles, devant leurs verres aux pieds cannelés et leur framboise, déliraient fraternellement au souvenir de la nuit illustre où tous ensemble étaient allés détacher les animaux et où, Mathias ayant ouvert la superbe porte clandestinement huilée, les adolescents étaient sortis, qui sur l'âne savant, qui sur le cheval dressé, qui sur le chameau, et mon père sur l'éléphant. Indifférents aux cris de leurs nouveaux maîtres, les animaux s'étaient enfuis dans la forêt ; il avait fallu mobiliser le village pour ramener au maire ses enfants couverts de contraventions…

Sur quoi, au passage du cirque suivant, il avait enfermé les enfants et accordé la même hospitalité.

Dans la vaste maison où tout un capharnaüm de la Compagnie des Indes dormait dans les pièces fermées de l'été, au bruit de cigales des scieries, un des cirques avait oublié un ara vert. Mon grand-père lui avait enseigné quatre mots, ironiquement peut-être : « Fais ce que dois. » Un des enfants était-il puni, il semblait que Casimir — le perroquet — devinât la faute ; dès que l'enfant passait à portée du perchoir, l'ara, ailes battantes : « Fais ce que doäs ! Fais-ce-que-doäs ! » Et l'enfant, les yeux en coulisse, de courir chercher du persil, poison pour les perroquets. Celui-ci le mangeait, engraissait, avait fini par l'aimer.

Pendant combien de soirs d'été cette cour s'était-elle endormie dans le son ralenti des scies et l'odeur du bois chaud, avec des passages furtifs de juifs dorés comme ceux de Rembrandt, des clowns en train d'attacher des ours, un kangourou en fuite à travers les piles monumentales des troncs ? Depuis qu'avait été rapporté là le corps de mon grand-père, l'ara toujours vivant, libre de son perchoir, voletant lourdement à travers les pièces obscures et, semblable à l'âme du mort, glapissait dans la solitude : « Fais ce que do-â-â-âs… »

Mon grand-père ne s'était pas trompé : l'héritier de son impérieuse rigueur, c'était bien l'absent, son frère Walter. Industriels ou commerçants, mes oncles respectaient en lui le grand professeur. (Mon père seul leur inspirait alors, peut-être, autant de considération.) Après une belle carrière d'historien, éclatante s'il n'eût été alsacien, il avait organisé ces « colloques de l'Altenburg » auxquels nul de ceux qui célébraient à Reichbach leur kermesse funèbre n'avait été convié, et dont le prestige social était grand à leurs yeux. Organisateur opiniâtre et sans doute malin, il avait réuni les fonds nécessaires pour racheter à quelques kilomètres de Sainte-Odile le prieuré historique de l'Altenburg. Chaque année, il y réunissait quelques-uns de ses collègues éminents, une quinzaine d'intellectuels de tous pays, et ses anciens élèves les plus doués. Des textes de Max Weber, de Stefan George, de Sorel, de Durkheim, de

Freud étaient nés de ces colloques. Enfin — et ce n'était, pour mon père, ni sans intérêt ni sans prestige — Walter avait été jadis l'ami de Nietzsche.

Étrange personnage, entre le souvenir de Nietzsche et les anecdotes de cette table : il avait osé organiser après Agadir un entretien sur « Les patries au service de l'esprit » ; mais chacun de ses frères (et plus encore chacun de ses neveux) rappelait que tout enfant — c'était entre 1850 et 1860, l'Alsace appartenait encore à la France — il avait répondu à un curieux qui lui demandait « ce qu'il ferait plus tard » : « Je travaillerai à l'Académie française. — Que diable y feras-tu ? — Il y aurait M. Victor Hugo, M. de Lamartine, M. Cuvier, M. de Balzac… — Et toi ? — Moi, je serais derrière le pupitre. — Que diable ferais-tu derrière le pupitre ? — Moi ? Je leur dirais : "Recommencez-moi ça !" »

Mon père prétendait que l'Altenburg était né de ce vieux rêve, hélas ! irréalisé.

La semaine suivante il reçut une lettre de Walter : celui-ci venait de rentrer à l'Altenburg pour y diriger un colloque, et l'y attendait.

La bibliothèque de l'Altenburg[a] était admirable. Un pilier central y poussait très haut les voûtes médiévales dans l'ombre où se perdaient les rayons de livres, car la salle n'était éclairée que par des lampes électriques fixées au-dessous des yeux. La nuit venait à travers une vaste verrière. Çà et là quelques sculptures gothiques, des photos de Tolstoï et de Nietzsche, une vitrine où se trouvaient les lettres de celui-ci à l'oncle Walter, un portrait de Montaigne, les masques de Pascal et de Beethoven (ces messieurs de la famille, pensa mon père). Dans une large niche, son oncle l'attendait derrière un bureau à l'aspect de table de cuisine, volontairement isolé — supporté par une estrade de bois haute d'une marche, qui lui permettait de dominer son interlocuteur : ainsi, d'une cellule orgueilleusement misérable, Philippe II dédaignait-il le vaisseau de l'Escurial.

Quand le train s'était arrêté, mon père avait vu Walter sur le quai : s'il ne le connaissait pas, il connaissait ses béquilles. Très droit, deux disciples près de lui, son oncle le regardait venir avec l'immobilité singulière dont il parait son infirmité ; un col très haut, une petite cravate noire étaient devenus distincts sous le léger macfarlane byronien qui cachait les genoux ; des lunettes d'or reposaient sur le nez cassé de Michel-Ange — Michel-Ange à la fin d'une longue carrière universitaire… Une bienvenue du meilleur style avait été aussitôt suivie de : « On se lève à 8 heures. »

À l'étonnement de mon père, ils étaient partis à pied. Les disciples suivaient ; les lignes solennelles des sapins sous le ciel où le vent du mauvais été poussait une sombre charpie de nuages, le pas des chevaux et le grincement assourdi de la voiture qui suivait, s'accordaient à la marche silencieuse des béquilles caoutchoutées. À quatre cents mètres devant eux, le prieuré, vers quoi convergeaient les lignes sombres de la vallée, était apparu enfin, d'une beauté austère et massive. Walter Berger, calé sur sa béquille gauche, avait étendu le bras droit : « Voilà. » Et, modeste : « Une grange, une simple grange. Titien aussi, était marchand de bois[a]… »

« C'est une grange… », avait-il répété, dédaignant toute réponse. Et ils étaient enfin montés dans la voiture.

Walter regardait les portraits à peine éclairés et les files de livres dans l'ombre, comme s'il eût attendu que ce cloître de la pensée mît mon père en état de grâce. La lumière éclairait sa face du dessous, en accentuait le caractère d'ébauche. Il avait posé ses lunettes, et cette lumière basse, marquant les reliefs, faisait apparaître le visage de son frère mort. C'était cet homme que mon grand-père, après quinze ans de rupture, avait voulu pour exécuteur testamentaire — et les revues qui parlaient du rôle de mon père en Orient, c'était pour les lui envoyer qu'il les avait achetées.

« J'aimais Dietrich », dit Walter de même qu'il eût accordé un honneur, mais non sans émotion.

Il y avait dans sa voix, de même que dans son regard, quelque chose d'absent — comme s'il eût craint d'être engagé par ses paroles, ou si ce qu'il allait dire l'eût à peine distrait d'une méditation. Pourtant, il interrogeait :

« Il avait préparé un poison, m'a-t-on rapporté, pour le cas où le véronal eût été… sans effet ?

— Le revolver était sous le traversin, le cran d'arrêt dégagé. »

Debout chaque semaine pendant tant d'années, à la même heure, au même lieu hors de l'église…

Walter faillit commencer une phrase, se tut, se décida enfin :

« Êtes-vous en état de m'éclairer — je dis seulement : m'éclairer — sur les raisons qui ont pu... pousser Dietrich à cet... accident ?

— Non.

« Je devrais même vous répondre : au contraire. L'avant-veille de sa mort, nous avons dîné ensemble ; le hasard a fait que nous avons parlé de Napoléon. Il m'a demandé, un peu ironiquement : "Si tu pouvais choisir une vie, laquelle choisirais-tu ? — Et vous ?" Il a réfléchi assez longtemps et tout à coup il a dit, avec gravité : "Eh bien, ma foi, *quoi qu'il arrive*, si je devais revivre une autre vie, je n'en voudrais pas une autre que celle de Dietrich Berger..."

— Je n'en voudrais pas une autre que celle de Dietrich Berger..., répéta Walter à mi-voix.

« Il est possible que l'homme tienne encore profondément à lui-même, alors qu'il est déjà séparé de la vie... »

Du dehors vinrent des cris idiots de poules, portés par le soir pluvieux. Walter étendit la main vers mon père, interrogativement :

« Et vous n'avez pas lieu de penser que pendant la journée qui a suivi, un... événement...

— Le suicide était dans le "quoi qu'il arrive".

— Néanmoins, vous n'avez rien deviné ? (Je dis seulement : deviné...)

— J'étais persuadé que ceux qui parlent de suicide ne se tuent pas. »

« L'homme au monde, pensait mon père amèrement, à qui mes quelques instants de succès ont apporté le plus de joie ou de fierté... »

Walter murmura, du ton du souvenir, l'immobilité de sa bouche accentuée par la lumière basse :

« Il arrive pourtant qu'on reconnaisse la mort, quand elle a déjà frappé souvent...

— Je n'avais jamais vu mourir un homme auquel je tenais.

— Mais cet Orient... violent, agité...

— Je viens d'Asie centrale. La vie des musulmans est un hasard dans le destin universel : ils ne se suicident pas. J'en ai vu mourir beaucoup, mais ceux que j'ai vus mourir n'étaient pas mes amis. »

Dehors, les gouttes crépitaient sur les feuilles plates des fusains comme sur du papier ; à intervalles réguliers, une goutte plus lourde, tombant de quelque gouttière, sonnait.

« Quand j'étais enfant, dit Walter à mi-voix, j'avais grand-peur de la mort. Chaque année qui m'a rapproché d'elle m'a rapproché de l'indifférence à son égard... "Le soir de la vie apporte avec lui sa lampe[1]", a dit, je crois, Joubert. »

Mon père était certain que Walter mentait : il sentait affleurer l'angoisse.

« Pourquoi, demanda celui-ci, Dietrich a-t-il souhaité d'être enterré religieusement ? Cela est étrange — je dis seulement : étrange — et peu conciliable avec le suicide... Il n'ignorait pas que l'Église n'accepte les obsèques religieuses des suicidés que dans la mesure où elle admet leur... irresponsabilité... »

Il semblait jaloux de la résolution avec laquelle son frère était mort — et, en même temps, fier.

« L'irresponsabilité, dit mon père, n'était pas son fort. Mais après tout, il récusait l'Église, non les sacrements. »

Il hésita, poursuivit :

« Je crois ce qui s'est passé très douloureux. Vous savez que le testament était cacheté. La phrase : "Ma volonté formelle est d'être enterré religieusement", était écrite sur une feuille libre, posée sur la table de chevet où se trouvait la strychnine ; mais le texte avait été d'abord : "Ma volonté formelle est de n'être pas enterré religieusement." Il a barré la négation après coup, de surcharges nombreuses... Sans doute n'avait-il plus la force de déchirer le papier et d'écrire à nouveau.

— La crainte ?

— Ou la fin de la révolte : l'humilité.

— Et d'ailleurs, que savoir jamais ? Pour l'essentiel, l'homme est ce qu'il cache... »

Walter haussa les épaules et rapprocha ses mains, comme les enfants pour faire un pâté de sable :

« Un misérable petit tas de secrets...

— L'homme est ce qu'il fait[2] ! » répondit mon père.

Par tempérament, ce qu'il appelait la psychologie-au-secret, comme il eût dit le vol-à-la-tire, l'irritait. À supposer que le suicide de mon grand-père eût une « cause », cette cause, fût-elle le plus banal ou le plus triste secret, était moins significative que le poison et le revolver — que la résolution par quoi il avait *choisi* la mort, une mort qui ressemblait à sa vie.

« Dans l'ombre du secret, reprit-il d'un ton plus modéré, les hommes sont un peu trop facilement égaux.

— Oui, vous êtes ce qu'on appelle, je crois, un homme d'action…

— Ce n'est pas l'action qui m'a fait comprendre que, pour l'essentiel, comme vous dites, l'homme est au-delà de ses secrets.

— Oui… Je sais : vous avez enseigné. Dans une civilisation comme la nôtre, l'enseignement et le sacerdoce, le service de l'esprit et celui de ce qu'on nomme Dieu, sont les dernières activités nobles de l'homme[a]. »

Depuis la chambre funèbre mon père revoyait le lit, bouleversé par les hommes de l'hôpital qui venaient d'emporter le corps, et craintivement retapé par Jeanne, avec son creux semblable à celui des dormeurs ; l'électricité brûlait encore, comme si personne — ni lui-même — n'eût osé chasser la mort en tirant les rideaux. Dans l'armoire entrouverte il y avait un petit sapin d'anniversaire, avec tant de minuscules bougies… Un cendrier était posé sur la table de nuit : dedans, il y avait trois bouts de cigarette : mon grand-père avait fumé soit avant de prendre le véronal, soit avant de s'endormir[1]. Sur le bord du cendrier, une fourmi courait. Elle avait continué en ligne droite son chemin, grimpé sur le revolver déposé là. À part une trompe d'auto lointaine et le clop-clop d'un fiacre dans la rue, mon père n'entendait que le bruit indifférent de la pendulette de voyage, pas arrêtée encore. Mécanique et vivant comme ce grattement, sur toute la terre s'étendait l'ordre des communautés d'insectes au-dessous de la mystérieuse liberté humaine. La mort était là, avec l'inquiétante lumière des ampoules électriques lorsqu'on devine le jour derrière les rideaux, et l'imperceptible trace que laissent ceux qui ont emporté les cadavres ; du côté des vivants venaient le bruit constant de la trompe, le pas du cheval qui s'éloignait, des cris d'oiseaux du matin, des voix humaines — étouffés, étrangers. À cette heure, vers Kaboul, vers Samarcande, cheminaient les caravanes d'ânes, sabots et battements perdus dans l'ennui musulman…

L'aventure humaine, la terre. Et tout cela, comme le destin achevé de son père, eût pu être autre… Il se sentait peu à peu envahi par un sentiment inconnu, comme il l'avait été, sur les hauts lieux nocturnes d'Asie, par la présence du sacré, tandis qu'autour de lui les ailes feutrées des petites chouettes des sables battaient en silence… C'était, beaucoup plus profonde, l'angoissante liberté de ce soir de

Marseille où il regardait glisser les ombres dans une odeur ténue de cigarettes et d'absinthe — où l'Europe lui était si étrangère, où il la regardait comme, libéré du temps, il eût regardé glisser lentement une heure d'un lointain passé, avec tout son cortège insolite. Ainsi sentait-il maintenant devenir insolite la vie entière ; et il s'en trouvait tout à coup délivré — mystérieusement étranger à la terre et surpris par elle, comme il l'avait été par cette rue où les hommes de ma race retrouvée glissaient dans l'heure verte[a]...

Il avait enfin tiré les rideaux. Au-delà des volutes classiques de la vaste porte de fer, les feuilles étaient d'un vert vif de début d'été ; un peu plus bas commençaient les frondaisons sombres, jusqu'aux lignes des sapins presque noirs. Il regardait la multiplicité infinie de ce paysage banal, écoutait le long chuchotement de Reichbach qui s'éveillait, comme, enfant, il regardait derrière les constellations les étoiles de plus en plus petites, jusqu'à l'épuisement de ses yeux. Et de la simple présence des gens qui passaient là, hâtifs dans le soleil matinal, semblables et différents comme des feuilles, paraissait sourdre un secret qui ne venait pas seulement de la mort encore embusquée dans son dos, un secret qui était bien moins celui de la mort que celui de la vie — un secret qui n'eût pas été moins poignant si l'homme eût été immortel.

« J'ai connu ce... sentiment, dit Walter. Et il me semble parfois que je le retrouverai, quand je serai vieux... »

Mon père regardait cet homme de soixante-quinze ans qui disait : « Quand je serai vieux... » Walter fixa son regard sur le sien, leva la main :

« On m'a rapporté que vous aviez naguère consacré un de vos cours à mon ami Friedrich Nietzsche, auprès de ces... Turcs ? J'étais à Turin — à Turin, par hasard... — quand j'appris qu'il venait d'y devenir fou. Je ne l'avais pas vu : j'arrivais. Overbeck, prévenu, tomba, si j'ose dire, de Bâle chez moi : il devait emmener le malheureux d'urgence, et n'avait pas même d'argent pour les billets. Comme toujours ! Vous... connaissez le visage de Nietzsche (Walter indiqua le portrait derrière lui) ; mais les photographies ne transmettent pas son regard : il était d'une douceur féminine, malgré ses moustaches de... croque-mitaine. Ce regard n'existait plus... »

Sa tête était toujours immobile, sa voix toujours en retrait — comme s'il eût parlé, non pour mon père mais pour les livres et les photos illustres dans l'ombre, comme si aucun interlocuteur n'eût été tout à fait digne de le comprendre ; ou plutôt comme si les interlocuteurs qui eussent compris ce qu'il allait dire eussent été tous d'un autre temps, comme si nul, aujourd'hui, n'eût accepté de le comprendre, s'il n'eût plus parlé que par courtoisie, lassitude et devoir. Il y avait dans toute son attitude la même modestie orgueilleuse qu'exprimait son petit bureau surélevé.

« Quand Overbeck, bouleversé, avait crié "Friedrich !" le malheureux l'avait embrassé, et, aussitôt après, demandé d'une voix distraite : "Vous avez entendu parler de Friedrich Nietzsche ?" Overbeck le désignait maladroitement. "Moi ? non, moi, je suis bête…" »

La main de Walter toujours levée imitait celle d'Overbeck. Mon père aimait Nietzsche plus que tout autre écrivain. Non pour sa prédication, mais pour l'incomparable générosité de l'intelligence[1] qu'il trouvait en lui. Il écoutait, mal à l'aise.

« Puis, Friedrich avait parlé des solennités qu'on préparait pour lui. Hélas !… nous l'avons emmené. Par bonheur nous avions rencontré un ami d'Overbeck, un… dentiste, qui avait l'habitude des fous… Je n'avais pas beaucoup d'argent disponible, nous avons dû prendre des places de troisième classe… Le voyage était long, de Turin à Bâle. Le train était quasi plein de pauvres gens, d'ouvriers italiens. Les logeurs ne nous avaient pas laissé ignorer que Friedrich était sujet à des accès furieux. Enfin, nous avons trouvé trois places. Je suis resté debout dans le couloir, Overbeck s'est assis à la gauche de Friedrich ; Miescher, le dentiste, à sa droite ; à côté il y avait une paysanne. Elle ressemblait à Overbeck, le même visage de grand-mère… De son panier, une poule sortait sans cesse la tête ; la femme la renfonçait. C'était à s'emporter — je dis : à s'emporter ! Que devait-ce être pour un… malade ! J'attendais quelque incident déplorable.

« Le train s'engagea dans le tunnel du Saint-Gothard, qui venait d'être achevé. Son parcours durait alors trente-cinq minutes — trente-cinq minutes — et les wagons de troisième classe étaient sans lumière. Malgré le bruit de ferraille du train, j'entendais les coups de bec de la poule sur l'osier, et j'attendais. Que faire devant une crise survenue dans cette obscurité ? »

Sauf les lèvres plates qui bougeaient à peine, tout son

visage était toujours immobile dans la lumière de théâtre ; mais sous sa voix, ponctuée par les gouttes qui tombaient des tuiles, grouillait tout ce qu'il y a de revanche dans certaines pitiés.

« Et tout à coup — vous… n'ignorez pas que nombre de textes de Friedrich étaient encore inédits — une voix commença de s'élever dans le noir, au-dessus du tintamarre des essieux. Friedrich chantait — avec une articulation normale, lui qui, dans la conversation, bredouillait — il chantait un poème inconnu de nous ; et c'était son dernier poème, *Venise.* Je n'aime guère la musique de Friedrich. Elle est médiocre. Mais ce chant était… eh bien, mon Dieu ! sublime.

« Il avait achevé bien avant que nous eussions quitté le tunnel. Quand nous sortîmes de l'obscurité, tout était comme auparavant. Comme auparavant… Tout cela était si… fortuit… Et Friedrich, bien plus inquiétant qu'un cadavre. C'était la vie — je dis simplement : la vie… Il se passait un… événement très singulier : le chant était aussi fort qu'elle. Je venais de découvrir quelque chose. Quelque chose d'important. Dans la prison dont parle Pascal, les hommes sont parvenus à tirer d'eux-mêmes une réponse qui envahit, si j'ose dire, d'immortalité, ceux qui en sont dignes. Et dans ce wagon… »

Il fit pour la première fois un geste un peu large, non de la main mais du poing, comme s'il eût épongé un tableau noir.

« Et dans ce wagon, voyez-vous, et quelquefois ensuite — je dis seulement : quelquefois… — le ciel étoilé m'a semblé aussi effacé par l'homme que nos pauvres destins sont effacés par le ciel étoilé… »

Il avait cessé de regarder mon père, que sa soudaine éloquence, apparemment distraite, troublait d'autant plus qu'elle était fort étrangère à notre famille. Mais déjà Walter avait repris l'étrange ton de dédain qui semblait s'adresser, par-delà mon père, à quelque interlocuteur invisible :

« Les amants comblés — on dit : comblés, je crois ? — opposent l'amour à la mort. Je ne l'ai pas éprouvé. Mais je sais que certaines œuvres résistent au vertige qui naît de la contemplation de nos morts, du ciel étoilé, de l'histoire… Il y en a quelques-unes ici. Non, pas ces gothiques ; vous… connaissez la tête du jeune homme du musée de l'Acropole ? La première sculpture qui ait représenté un visage humain, simplement un visage humain ; libéré des monstres… de la mort… des dieux. Ce jour-là, l'homme aussi a tiré l'homme de l'argile… Cette photographie, là, derrière vous. Il m'est advenu de la contempler après avoir longuement regardé dans un microscope… Le mystère de la matière ne l'atteint pas. »

L'infime et vaste crissement de la pluie de plus en plus fine sur les feuilles, semblable au bruit du papier brûlé qui se défroisse, venait du dehors ; la grosse goutte continuait à se former, à sonner en tombant dans une flaque, régulièrement. La voix de Walter devint plus retranchée encore :

« Le plus grand mystère n'est pas que nous soyons jetés au hasard entre la profusion de la matière et celle des astres ; c'est que, dans cette prison, nous tirions de nous-mêmes des images assez puissantes pour nier notre néant. Et pas seulement des images… Des… enfin, vous voyez… »

Par quelque lucarne, le parfum de champignons des arbres ruisselants dans la nuit encore chaude entrait avec le crissement du silence forestier, se mêlait à la poussiéreuse odeur de reliures de la bibliothèque noyée d'obscurité. Dans l'esprit de mon père se mêlaient le chant de Nietzsche au-dessus du fracas des roues, le vieillard de Reichbach attendant la mort dans sa chambre aux rideaux tirés, le repas funèbre — le battement métallique des poignées du cercueil porté à dos d'hommes…

Ce privilège dont parlait Walter, qu'il était plus puissant contre le ciel que contre la douleur ! et peut-être eût-il eu raison d'un visage d'homme mort, si ce visage n'eût été un visage aimé… Pour Walter, l'homme n'était que le « misérable tas de secrets » fait pour nourrir ces œuvres qui entouraient jusqu'aux profondeurs de l'ombre sa face immobile ; pour mon père, tout le ciel étoilé était emprisonné dans le sentiment qui avait fait dire à un être déjà tout habité par le désir de mort, à la fin d'une vie douloureuse : « Si je devais choisir une autre vie, je choisirais la mienne… »

Walter tapotait des doigts le livre sur quoi ses mains étaient posées. Mon père revoyait le visage où le suicide n'était marqué que par une poignante sérénité, par l'effacement des rides, par l'angoissante jeunesse de la mort… Et il regardait devant lui le visage presque semblable, les forts méplats d'ombre, les yeux de verre immobiles, et sur la table, en pleine lumière, les mains frémissantes de Walter, les mêmes que les siennes quoique plus fortes, les mains de bûcherons des Berger de Reichbach, cordes et poils gris.

Mon père devait assister, mi par courtoisie, mi par curiosité, à un après-midi du colloque, et ne repartir que le soir. Le matin, un de ses cousins, factotum de Walter, obèse léger à cravate papillon qui rebondissait à travers les couloirs du prieuré comme un ballon joyeux, avait répondu à mon père, curieux des relations de son oncle avec Nietzsche : « Je crois que Walter jouait, peut-être pas tout à fait auprès de Nietzsche, mais dans ce milieu, le rôle du raseur utile : assez riche, capable d'intervenir pour une place, une pension... Il est à la fois avare et généreux (il n'y a pas que lui...).

« Il tire gloire de l'avoir ramené à Bâle, mais dans ces cas-là, on peut être ramené aussi par son concierge... Quant aux lettres qu'il a reçues de Nietzsche, orgueil de sa bibliothèque, et qu'il ne te communiquera jamais, ce sont, mon cher bon, des engueulades[a]. »

Lorsque le colloque commença, mon père s'aperçut qu'il avait oublié à quel point les intellectuels sont une race. Parce que leur pensée recherche l'adhésion et non l'épreuve, parce qu'ils se réfèrent à la bibliothèque plus qu'à l'expérience ; mais la bibliothèque, après tout, est plus noble et moins bavarde que la vie... De la discussion — le colloque, qui devait durer six jours, avait pour thème la permanence de l'homme à travers les civilisations — vaine comme toutes les discussions idéologiques, et dont l'intérêt tenait à des monologues successifs, mon père retenait vaguement quelques éclairs. Un petit barbu hirsute perdu dans ses mèches blanches, comme une patte de chat dans une pelote de laine, avait dit : « Remarquez que les trois grands romans de la reconquête du monde ont été écrits, l'un par un ancien esclave, Cervantes, l'autre par un ancien bagnard, Dostoïevski, le troisième par un ancien condamné au pilori, Daniel Defoe[1]. » Mais l'intervention du professeur Möllberg l'avait réellement intéressé.

Malgré son titre, Möllberg, depuis longtemps, n'enseignait plus l'ethnologie. Il venait d'achever une mission de trois ans en Afrique, du Sud-Est africain allemand au territoire des Garamantes contrôlé par les Turcs. Mon père avait eu l'occasion de faciliter sa mission, mais ne l'avait jamais rencontré. Crâne bosselé, yeux obliques, oreilles pointues, il ressemblait à un vampire du romantisme allemand, arrivé du royaume des contes dans un costume neuf. Il avait fait naître un intérêt passionné, lorsqu'il avait résumé certains de ses travaux relatifs aux sociétés protohistoriques[a] :

« Au-dessus des prêtres-gouverneurs, était le roi. Sa puissance montait avec la lune : d'abord invisible, voilà qu'il commençait à se montrer quand paraissait le croissant, conférait les menues dignités... Enfin la pleine lune faisait de lui le vrai roi, le maître de la vie et de la mort. Alors, peint ou doré (avec, sans doute, l'aspect des rois précolombiens), paré du trésor royal, couché sur un lit élevé, il recevait les lavages sacrés, les bénédictions des prêtres. Il rendait la justice, faisait distribuer les vivres au peuple, adressait aux astres la prière solennelle du royaume. Parfait !

« La lune commençait à diminuer : il se cloîtrait dans le palais. Quand enfin venait l'époque des nuits sans lune, nul n'avait plus le droit de lui parler. Son nom, par tout le royaume, était interdit. Supprimé ! Le jour lui était refusé. Caché dans l'obscurité, même pour la reine, il perdait les prérogatives royales. Ne donnait plus d'ordres. Ne recevait ni n'envoyait de présents. Ne conservait de sa condition que cette réclusion sacrée. Dans le peuple entier, récolte, mariage, naissance étaient liés à ces événements.

« Les enfants nés pendant les jours sans lune étaient tués à leur naissance. »

Il avait levé un doigt sec, pointu comme ses oreilles.

« Les noces du roi et de la reine — toujours sa sœur, toujours ! — étaient célébrées sur une tour ; les rapports sexuels du roi et de ses autres femmes étaient liés au mouvement des astres. Comme la vie du roi était liée à la Lune, celle de la première reine l'était à Vénus — la planète, bien sûr !

« Maintenant, attention ! Quand Vénus, d'étoile du soir, devenait étoile du matin, tous les astrologues étaient à l'affût. Si c'était l'époque d'une éclipse de lune, on emmenait le roi et la reine dans une caverne de la montagne.

« Et on les étranglait[1].

« Ils ne l'ignoraient pas plus qu'un médecin cancéreux n'ignore comment finit le cancer : liés au ciel comme nous à nos virus. Presque tous les dignitaires les suivaient dans la mort. Ils mouraient de la mort du roi comme nous mourons d'une embolie.

« Le cadavre du roi était traité avec la tendresse la plus grande, jusqu'à ce qu'il ressuscitât avec le croissant sous la forme d'un nouveau roi.

« Et tout recommençait.

« Voilà. »

Dans cette salle pleine de livres jusqu'aux voûtes, il semblait que l'Afrique pensât à voix haute.

« Et tout cela affleure dans les temps historiques : vous savez qu'un représentant du roi était solennellement étranglé sur la grand-place de Babylone pour la naissance de l'année ; pendant ce temps-là le vrai roi, le Tout-Puissant, était déshabillé, humilié, battu dans un coin obscur du palais…

« Il n'est pas question que ce roi soit assimilable à un dieu, ni à un héros. Il était le roi comme la reine des termites est la reine. Cette civilisation vit dans une fatalité absolue. Le roi n'est pas sacrifié à un Dieu-Lune : il est à la fois lui-même et la lune, comme les hommes-panthères du Soudan sont à la fois eux-mêmes et panthères — et presque, tout bonnement, comme les enfants sont eux-mêmes et d'Artagnan[a].

« Nous sommes dans un domaine cosmique, dans le domaine antérieur aux religions. L'idée de création du monde n'est peut-être pas encore conçue. On tue dans l'éternel. Les dieux ne sont pas nés[b]. »

Et, après une analyse des « grandes structures mentales » dont la succession formait à ses yeux l'aventure de l'humanité, il avait conclu :

« Qu'il s'agisse du lien avec le cosmos dans ces sociétés, ou de Dieu dans les civilisations, chaque structure mentale tient pour absolue, inattaquable, une évidence particulière qui ordonne la vie, et sans laquelle l'homme ne pourrait ni penser ni agir. (Évidence qui n'assure pas nécessairement à l'homme une vie meilleure, qui peut fort bien concourir à sa destruction, bien sûr !) Elle est à l'homme ce que l'aquarium est au poisson[1] qui y nage. Elle ne vient pas de l'esprit. Elle n'a rien à voir avec la recherche de la vérité. C'est elle qui saisit et possède l'homme ; lui, ne la possède jamais tout entière. Mais peut-être les structures mentales disparaissent-elles sans retour comme le plésiosaure ; peut-être les civilisations ne sont-elles bonnes qu'à se succéder pour jeter l'homme au tonneau des Danaïdes ; peut-être l'aventure humaine ne se maintient-elle qu'au prix d'une implacable métamorphose ; alors, peu importe que les hommes se transmettent pour quelques siècles leurs concepts et leurs techniques : car l'homme est un hasard, et, pour l'essentiel, le monde est fait d'oubli. »

Il avait haussé les épaules et répété, en écho :

« D'oubli[a]...

« L'homme fondamental est un rêve d'intellectuels relatif aux paysans : rêvez donc un peu à l'ouvrier fondamental ! Vous voulez que, pour le paysan, le monde ne soit pas fait d'oubli ? Ceux qui n'ont rien appris n'ont rien à oublier. Un sage paysan, je sais ce que c'est ; ce n'est certes pas l'homme fondamental ! il n'existe pas un homme fondamental, augmenté, selon les époques, de ce qu'il pense et croit : il y a l'homme qui pense et croit, ou rien. Tenez ! »

Il avait montré, sur le mur principal, là où jadis avait été sans doute un crucifix, une figure de proue soigneusement cirée, Atlante du style large et maladroit des figures marines, et au-dessous, deux saints gothiques du même bois sombre.

« Ces deux gothiques et cette figure de proue sont, vous le savez, du même bois. Mais sous ces formes il n'y a pas le noyer fondamental, il y a des bûches.

« Hors de la pensée, vous avez tantôt un chien, tantôt un tigre, un lion si vous y tenez : toujours une bête. Les hommes n'ont guère en commun que de dormir quand ils dorment sans rêves — et d'être morts. Qu'importe une permanence du néant, si l'acharnement des meilleurs n'atteint que le plus périssable...

— Cet acharnement du moins est durable, mon cher professeur, avait dit Walter. Quelque chose d'éternel demeure en l'homme — en l'homme qui pense... quelque chose que j'appellerai sa part divine : c'est son aptitude à mettre le monde en question[1]...

— Sisyphe aussi est éternel[b] ! »

L'entretien achevé, quelqu'un, dans l'immense couloir, avait demandé à Möllberg quand paraîtrait son manuscrit :

« Jamais. En somme, c'était un combat avec l'Afrique. Parfait ! Ses feuillets pendent aux basses branches d'arbres d'espèces diverses, entre Zanzibar et le Sahara. Selon l'usage, le vainqueur porte les dépouilles du vaincu[c]. »

Mon père était parti à travers les champs. Ils s'étendaient derrière le prieuré entre deux masses de forêts, tachés des étoiles de chicorée sauvage du même bleu que le ciel du soir — un ciel maintenant aussi transparent que celui des hautes altitudes, où dérivaient des nuages éphémères. Tout ce qui montait de la terre reposait dans un calme rayonnant, baignait dans le poudroiement des débuts du crépuscule ; les feuilles brillaient encore dans l'air frémissant des derniers courants frais nés de l'herbe et des ronces. À Kaboul, à Koniach, rêvait mon père, il n'eût été parlé que de Dieu... Combien de fois, en Afghanistan, avait-il rêvé de ce qu'il voudrait d'abord retrouver ! Odeur de fumée des trains, de l'asphalte sous le soleil, des cafés dans le soir, ciel gris sur des cheminées, baignoires ! Redescendant du Pamir où les chameaux perdus appellent à travers les nuages, revenant des sables du Sud où des grillons plus gros que des écrevisses, dans les buissons d'épines, dressent au passage des caravanes leurs antennes sur leurs casques de chevaliers, il atteignait quelque ville couleur d'ossuaire. Sous la porte d'argile hérissée de poutres, rêvaient des cavaliers en haillons, jambes tendues sur les étriers ; au pied des habitations cachées comme les femmes, brillaient quelque crâne de cheval et des arêtes de poissons micacées dans le sable des rues sans fenêtres. Dehors, pas une feuille, et dedans, pas un meuble : les murs, le ciel, et Dieu. Après quelques mois d'Asie centrale, au trot sans fin des chevaux afghans, il rêvait de palissades bariolées d'affiches, ou de musées inépuisables, couverts de peintures jusqu'au plafond, comme les boutiques des marchands de tableaux dans les toiles hollandaises. Mais en retrouvant Marseille dans une poussière bleue semblable à celle qui, ce soir, montait du Rhin, il avait découvert que l'Europe, c'était des vitrines de magasins...

Certaines lui étaient demeurées familières : pharmacies, « bronzes d'art », boucheries, épiceries, marchands de fruits et de légumes (mais que la viande était rouge, les pêches petites et pâles !). D'autres le surprenaient quelques minutes : de pédicure, d'horloger, d'orthopédiste, de fleurs, de corsets, une de coiffeur avec l'inscription jamais vue : « chignons de chichis » — une de couronnes mortuaires... Dans un grand miroir, les femmes se regardaient au passage. Mon père avait maintenant le temps de les examiner ; surpris par leur déhanchement, par l'impudeur de ces robes collantes qu'il n'avait pas encore vues en Europe, et que l'Islam ignorait. Il se souvenait de cloches à froufrous, et retrouvait des odalisques à toques ou à grands chapeaux, dont les pieds entravés se déplaçaient comme les pieds mutilés des Chinoises, parmi ces bottines, toutes ces bottines ! au-dessous des pantalons à petits carreaux, des canotiers et des panamas… Aucune musulmane ne porte un chapeau. La familiarité de ces femmes avec leurs costumes de carnaval donnait à chaque visage entrevu la conviction distraite des visages de fous. Pourtant, l'Europe trouvait, dans l'absence du voile musulman, l'apparition des visages, une douloureuse pureté. Ce qui marquait ces faces n'était pas la nudité, mais le travail, l'inquiétude, le rire — la vie. Dévoilées.

Était-ce parce que la mode, en six ans, avait transformé les costumes, ou à cause d'une sourde hâte sous la nonchalance du soir ? Devant la race jadis familière que brouillait autour de lui le soir du Vieux-Port, avec ses cannes, ses mannequins à moustaches, ses tangos et ses navires de guerre au loin, il ne lui semblait pas seulement rentrer en Europe, mais aussi rentrer dans le temps. Jeté à quelque rive de néant ou d'éternité, il en contemplait la confuse coulée — aussi séparé d'elle que de ceux qui avaient passé, avec leurs angoisses oubliées et leurs contes perdus, dans les rues des premières dynasties de Bactres et de Babylone, dans les oasis dominées par les Tours du Silence. À travers la musique et l'odeur de pain chaud, des ménagères se hâtaient, un filet sous le bras ; un marchand de couleurs posait ses volets arlequins où s'attardait un dernier rayon ; la sirène d'un paquebot semblait appeler un commis en calotte qui rapportait un mannequin sur son dos, à l'intérieur d'un étroit magasin plein d'ombres — sur la terre, vers la fin du second millénaire de l'ère chrétienne…

Le soleil se couchait sur l'Alsace, allumant les pommes rouges des pommiers. Combien d'interrogations successives avaient été poussées, avec la même passion, sous les voûtes de ce prieuré ! Vaine pensée, vergers aux inépuisables renaissances, que toujours la même angoisse éclaire comme un même soleil ! Pensée de jadis, d'Afrique, d'Asie, pensée de ce jour d'été pluvieux et ensoleillé, si accidentelle, si insolite — comme la race blanche dans le soir de Marseille, comme la race des hommes derrière la fenêtre de la chambre mortuaire, le bouleversant et banal mystère de la vie dans le jour inquiet de l'aube…

Il avait atteint les grands arbres : sapins déjà pleins de nuit, une goutte encore transparente à l'extrémité de chaque aiguille ; tilleuls tout bruissants de moineaux. Les plus beaux étaient deux noyers : il se souvint des statues de la bibliothèque.

La plénitude des arbres séculaires émanait de leur masse, mais l'effort par quoi sortaient de leurs énormes troncs les branches tordues, l'épanouissement en feuilles sombres de ce bois, si vieux et si lourd qu'il semblait s'enfoncer dans la terre et non s'en arracher, imposaient à la fois l'idée d'une volonté et d'une métamorphose sans fin. Entre eux les collines dévalaient jusqu'au Rhin ; ils encadraient la cathédrale de Strasbourg très loin dans le crépuscule heureux, comme tant d'autres troncs encadraient d'autres cathédrales dans les champs d'Occident. Et cette tour dressée dans son oraison d'amputé, toute la patience et le travail humains développés en vagues de vignes jusqu'au fleuve n'étaient qu'un décor du soir autour de la séculaire poussée du bois vivant, des deux jets drus et noueux qui arrachaient les forces de la terre pour les déployer en ramures. Le soleil très bas poussait leur ombre jusqu'à l'autre côté de la vallée, comme deux épais rayons. Mon père pensait aux deux saints, à l'Atlante ; le bois convulsé de ces noyers, au lieu de supporter le fardeau du monde, s'épanouissait dans une vie éternelle en leurs feuilles vernies sur le ciel et leurs noix presque mûres, en toute leur masse solennelle au-dessus du large anneau des jeunes pousses et des noix mortes de l'hiver[1]. « Les civilisations ou l'animal, comme les statues ou les bûches… » Entre les statues et les bûches, il y avait les arbres, et leur dessin obscur comme celui de la vie. Et l'Atlante, et les faces des saints ravagées de ferveur gothique s'y perdaient comme l'esprit, comme tout ce que mon père venait d'entendre — ensevelis dans l'ombre de cette statue indulgente que se sculptaient à elles-mêmes les forces de la terre, et que le soleil au ras des collines étendait sur l'angoisse des hommes jusqu'à l'horizon.

Il y avait quarante ans que l'Europe n'avait pas connu la guerre[a].

2

1934-1950-1965.

Ici[1], je n'attends de retrouver que l'art, et la mort.

Il est rare que des Mémoires nous apportent la rencontre entre l'auteur et les idées qui vont envahir ou conduire sa vie. Gide nous explique comment il s'est découvert pédéraste, mais c'est son biographe qui tente de nous expliquer comment il s'est découvert artiste. Or, dans mon esprit — dans l'esprit de la plupart des intellectuels —, il est des idées dont la rencontre est aussi présente que celle des êtres. J'emploie à dessein le mot rencontre, parce que la réflexion s'élaborera plus tard, se développera plus tard. Pourtant nous pressentons aussitôt la fécondité de ces idées, que l'on appelait jadis inspirations. Et j'ai rencontré en Égypte celles qui, des années durant, ont ordonné ma réflexion sur l'art.

La première est née du Sphinx. Il n'était pas complètement dégagé. Il n'était plus enterré comme en 1934, mais il parlait encore le grand langage des ruines, qui sont en train de se muer en sites archéologiques. C'est en 1955, que j'avais écrit devant lui[2] :

« La dégradation, en poussant ses traits à la limite de l'informe, leur donne l'accent des pierres-du-diable et des montagnes sacrées ; les retombées de la coiffure encadrent, comme les ailes[a] des casques barbares, la vaste face usée qu'efface encore l'approche de la nuit. C'est l'heure où les plus vieilles formes gouvernées raniment le lieu où les dieux parlaient, chassent l'informe immensité, et ordonnent les constellations qui semblent ne sortir de la nuit que pour graviter autour d'elles.

« Qu'y a-t-il donc de commun entre la communion dont la pénombre médiévale emplit les nefs, et le sceau dont les ensembles égyptiens ont marqué l'immensité : entre toutes les formes qui captèrent leur part d'insaisissable ? Pour toutes, à des degrés divers, le réel est apparence ; et autre chose existe, qui n'est pas apparence et ne s'appelle pas toujours Dieu. L'accord de l'éternelle dérive de l'homme avec ce qui le gouverne ou l'ignore leur donne leur force et leur accent : la coiffure anguleuse du Sphinx s'accorde aux Pyramides, mais ces formes géantes montent ensemble de la petite chambre funéraire qu'elles recouvrent, du cadavre embaumé qu'elles avaient pour mission d'unir à l'éternité. »

C'est alors que je distinguai deux langages[1] que j'entendais ensemble depuis trente ans. Celui de l'apparence, celui d'une foule qui avait sans doute ressemblé à ce que je voyais au Caire : langage de l'éphémère. Et celui de la Vérité, langage de l'éternel et du sacré. Sans doute l'Égypte découvrit-elle l'inconnu dans l'homme comme le découvrent les paysans hindous, mais le symbole de son éternité n'est pas un rival de Çiva qui reprend, sur le corps écrasé de son dernier ennemi, sa danse cosmique dans les constellations : c'est le Sphinx. Il est une chimère, et les mutilations qui en font une colossale tête de mort accroissent encore son irréalité. Mais je découvrais que c'est vrai aussi des cathédrales, des grottes de l'Inde et de la Chine ; et que l'art n'est pas une dépendance des peuples de l'éphémère, de leurs maisons et de leurs meubles, mais de la Vérité qu'ils ont créée tour à tour. Il ne dépend pas du tombeau, mais il dépend de l'éternel. Tout art sacré s'oppose à la mort, parce qu'il ne décore pas sa civilisation, mais l'exprime selon sa valeur suprême. Je n'entendais pas alors le mot : sacré, avec un son funèbre. La Victoire grecque m'apparaissait comme un sphinx du matin. Seuls durent les réalismes d'outre-monde, et je découvrais que, pris en bloc, même l'art moderne est un animal fabuleux. J'allais le découvrir pendant dix ans…

En ce temps, le Sphinx dominait de haut le village et le petit temple. Ses pattes disparaissaient encore dans la terre, ce qui lui donnait l'âme des montagnes sculptées. Mais les ruines, les vraies ruines qui unissaient les temples éboulés aux prisons abandonnées de Piranèse, dont les gibets soutiennent des lanternes colossales, se transforment peu à peu en sites archéologiques. Nous ne reverrons jamais le Sphinx enseveli, quelques soldats juchés sur ses oreilles comme ceux de Bonaparte ou de Nelson ; ni l'Athènes « qui n'était plus, hélas ! qu'un village albanais[2] ! » Nous ne verrons plus longtemps les sphinx enfoncés jusqu'au cou dans le désert nubien, ni ceux que le vent de sable a rongés à tel point que leur tête ressemble aux souches des plus vieux oliviers…

Dans la Grande Pyramide, la chambre funéraire du pharaon est aujourd'hui accessible.

On disait qu'Hitler s'en était inspiré pour la chambre dans laquelle il se recueillait, à Nuremberg, avant ses discours du stade. Les piliers du monument nazi ressemblent, en effet, à ceux du temple de Granit, dégagé en avant du Sphinx. Mais le chemin qui conduit au tombeau du pharaon n'a rien de commun avec celui que jalonnaient les piliers géométriques de Nuremberg. C'est d'abord le confus labyrinthe dégagé par les pilleurs de tombes. Pilleurs modernes, pilleurs islamiques au service des califes fous, et surtout, pilleurs antiques qui tâtonnaient vers l'or de la mort sous leurs torches grésillantes… Leur chemin est fait d'interstices entre les pierres rapprochées, comme les couloirs préhistoriques, et l'on s'attend à deviner sur les rochers les bisons effacés de Font-de-Gaume, des millénaires informes, lorsque apparaît l'abrupte galerie pharaonique où l'on ne peut pénétrer debout, et qui monte droit dans la nuit. En haute Égypte, à la fin de galeries plus étroites que celles-ci, on a trouvé les squelettes de pilleurs de trésors qui n'avaient pu se retourner, coincés entre les parois hérissées de petits crocodiles momifiés, superposés comme des bouteilles…

Le destin n'a cessé de mêler les dominos des sarcophages royaux, avec ses gestes d'aveugle. À Thèbes comme ici. Sous la XXIIe dynastie, les momies des grands rois thébains avaient été réemmaillotées et rassemblées dans quelques tombes, par les soins des prêtres. À la fin du XIXe siècle, on découvrit « trente-trois rois, reines, princes et premiers prophètes d'Amon — et dix personnages d'importance secondaire… ». Un bateau remonta le Nil, chargé de pharaons ; à son passage, les femmes échevelées hurlaient comme aux funérailles. Pendant les transferts, maints corps avaient été placés dans des cercueils qui n'étaient pas les leurs. Et parmi les couvercles des cercueils retrouvés, il y avait celui de Ramsès…

L'année dernière, je suis allé inspecter le domaine des ombres abandonnées de Versailles. La Petite Venise où habitaient les gondoliers du Grand Canal, les vestiges des ménageries avec leurs animaux de pierre et ceux du labyrinthe avec leurs chimères de plomb, le minuscule théâtre de Trianon où Marie-Antoinette joua *Le Barbier de Séville* devant ses amis (et Beaumarchais, reconduit ensuite à la Bastille). Les réserves destinées aux décors de ce théâtre si petit sont grandes. Il semblait qu'on n'en eût pas ouvert les portes depuis la Révolution. Une petite fille aux nattes comme de menues cornes nous apporta une énorme clef. Les ouvriers parvinrent à tirer les vantaux. Dans les quintes de toux, une explosion de poussière emplit la cour où les femmes de nos adjudants font pousser des géraniums sur leurs fenêtres ; et un timon auquel des toiles d'araignée pendaient comme les voiles des galères de la mort s'abattit sur le pavé en faisant sauter, entre les dindons, tout un peuple d'amours noirs aux ailes argentées. « Il y a cinquante ans qu'on le cherche aux Invalides ! cria le conservateur : c'est le char funèbre de Napoléon ! »

Nettoyé, il ne ressemble plus qu'au corbillard que précéda Berlioz aux grands cheveux secoués par le vent d'hiver, derrière les trente-six caparaçons noirs… Et dans ce couloir qui monte droit dans la nuit, si près des Pyramides de Bonaparte, je pense au jour où Napoléon dépouilla les ballots du premier courrier de Sainte-Hélène — pour y trouver, à la place des journaux attendus, les liasses de lettres d'amour des femmes qui lui proposaient de partager sa vie[a]…

Voici la chambre funèbre, dont la majesté tient aux proportions, à la géniale rigueur de l'architecture — ces pierres, comme celles des monuments mexicains semblent taillées au rasoir — et au caractère maléfiquement clos du lieu. Nous montons depuis longtemps, et l'air est raréfié comme celui des abris atomiques. Mais les chambres des abris se trouvent au fond de cavernes dont les piliers sans fin perdent leurs ogives préadamites dans les ténèbres, avec les phares de quelque auto insolite sur les gants à crispin blanc d'un soldat immobile. Ici, la pyramide qui nous enserre magnifie de son étouffante géométrie la pureté de la chambre funéraire et celle de la mort. Le sarcophage a été détruit ou dérobé jadis ; son absence, proclamée par la cuve ruinée, s'accorde mieux à ces murs incorruptibles que ne ferait sa présence. On pense au conte de l'Inde dans lequel un prince fait construire pendant tant d'années, après la mort de la femme qu'il aimait, le plus beau tombeau du monde. Le monument achevé, on apporte le cercueil, qui détruit l'harmonie de la chambre funéraire : « Enlevez cela… », dit le prince. Ici le tombeau suffit : c'est le tombeau de la Mort. Nos cavernes, avec leurs silex taillés et leurs propulseurs, nous rappellent que l'homme a inventé l'outil — mais c'est l'Égypte qui nous rappelle qu'il a inventé le tombeau.

On descendait dans la chambre d'Hitler par un escalier en colimaçon, de marbre gris je crois. Près des remparts encore debout qui ceinturaient Nuremberg[1] concassée où nos chars ne retrouvaient plus même les places publiques, des squelettes nous avaient accueillis à un balcon : ceux du musée d'Histoire naturelle[2], dont un obus avait soufflé les vitrines. Le stade n'était pas détruit. Les avancées latérales sur lesquelles brûlaient les feux tandis que parlait Hitler, la tribune, et même le couloir monumental semblable au temple de Granit, étaient encore debout. Des morceaux tordus de l'aigle de bronze du fronton jonchaient le sol ravagé naguère par les démons et les dieux de l'Allemagne, comme si le Troisième Reich s'était éteint avec les hauts faisceaux des phares qui avaient barré le ciel noir à l'heure où s'allumaient les feux. Silence de l'après-midi, le silence des villes détruites dont on a enterré les cadavres. Nous nous engageâmes dans l'escalier en colimaçon, craignant confusément qu'il ne fût miné. Bientôt nos torches électriques furent inutiles : une lueur rouge venait des profondeurs. Un faible chœur montait vers nous comme la voix de cet infime incendie. Il semblait que la terre de la ville hantée, celle des Cavaliers de l'Apocalypse et des souvenirs hitlériens, eût voulu conserver un écho du grand fléau, de la flamboyante traînée qui avait ravagé l'Europe jusqu'à Stalingrad et qui embrasait alors Berlin : réservoirs d'essence comme des bûchers de dieux hindous avec leurs noirs panaches de dix kilomètres, fermes dont la neige reflétait l'incendie au fond de la nuit, villes sous les bombes au phosphore. Nous descendions vers la lueur immobile, sacrée comme ces flammes que j'ai vues dans la solitude des montagnes de Perse où s'élevaient jadis les autels des mages. Il nous semblait descendre, non vers le bureau vaguement mythologique du dictateur, mais vers un sanctuaire du feu qui pendant des années l'avait accompagné comme le bûcher patient attendait Hercule. Il l'attendait en chantant, non avec la voix crépitante des flammes, mais avec le murmure qui accompagne l'incandescence du four du boulanger. Et ce chant nous pénétrait comme une lointaine bénédiction. L'horreur que nous connaissions trop (nous avions ouvert des camps d'extermination) était restée sur le stade avec les villes transformées en tas de cailloux et les morceaux déchiquetés du grand aigle de bronze. Ici, un crépuscule sans hommes chantait, dans les profondeurs de la terre[1], son inexplicable berceuse pour la mort de l'Allemagne.

Nous descendions. Au-delà des dernières marches qui semblaient couvrir les débris d'un vaste miroir rouge — amoncellement de boîtes de sardines ouvertes éclairées par des lampes électriques à petits abat-jour cramoisis, celles d'Hitler ? — une cohue de soldats noirs arrivés avec la première unité américaine improvisaient une danse rituelle en chantant à bouche fermée un admirable spiritual[2]. Chant des plantations à la tombée du soir, mélopée de la détresse inventée jadis par quelque esclave du Sud en écoutant les pagayeurs, et qui nous parvenait encore, perdue, lorsque nous rejoignîmes les pylônes géométriques imités de ceux du temple de Granit…

C'est le temple de Granit, qui est là, ou plutôt l'Égypte éternelle. Le destin d'Hitler la traverse comme la foudre devenue folle. *Erwache, Deutschland*[3] *!* chansons des jeunes soldats hitlériens sur nos routes de juin, dans les dahlias et la poussière… Sa maîtresse anglaise[4], qui répondait à : « Comment as-tu pu coucher avec ce gorille ! — Laisse-moi, idiot ! De tous mes amants, c'était le plus drôle : jamais je ne me suis amusée autant qu'en jouant à cache-cache à Berchtesgaden ! » Le lion de pierre rapporté par Leclerc, et dont nous ne savions que faire ; sans doute repose-t-il de guingois dans une des réserves du Louvre. Le récit de l'ambassadeur d'Allemagne : l'un des pires jours, Goebbels va faire un discours aux généraux qui partent pour le front russe, et leur rappelle le miracle de Brandebourg : Frédéric, prêt à se suicider, apprenant la mort de la tsarine. « Où est la tsarine ? » demande l'un des généraux. Goebbels rentre au ministère, où la garde l'attend sur le perron avec des torches : « Que se passe-t-il ? — Le président Roosevelt est mort[1]. » Et l'ancien psychiatre de Hitler, celui qui affirmait distraitement avoir découvert la clef de la cruauté pendant qu'on le torturait, nous disant à Groethuysen, Gide et moi, *avant* la guerre : « Il est obsédé par les Hohenzollern[2]. Il m'a dit : "Je ferai la guerre. Je la perdrai. Mais moi, je n'irai pas scier du bois à Doorn." » La fin du rival du dernier empereur : son bunker se trouvait à côté du Tiergarten : le jour de sa mort, les vivres parachutés[3] lui ont été apportés par un gardien du zoo… La croix gammée sur Varsovie, sur Paris, sur l'Acropole. Les villes allemandes avec le drapeau blanc des draps à toutes les fenêtres, pendant des centaines de kilomètres… Quelques années fulgurantes à travers la lueur rougeâtre de Nuremberg, à travers l'indifférente obscurité des Pyramides… L'Empire[a].

Lorsque, quittant le couloir des pilleurs[4] de tombes, je retrouve le Nil et le sable, ma mémoire m'apporte sous les squelettes accrochés aux balcons, seule et cahotante dans la pierraille de Nuremberg déserte, une grosse cycliste souriante au guidon chargé de lilas[5]…

Au Caire, les flamboyants sont en fleur. Cette couleur qui évoque les « pays chauds » comme l'odeur de l'opium évoquait la Chine, je l'avais presque oubliée ; comme j'avais oublié que je n'ai jamais vu ces pays en cette saison. Acacias roses, dégringolades de bougainvillées, et les trois fleurs cramoisies d'un grenadier dans une cour ocre, comme à Ispahan…

Voici le musée. Il y a trente ans, s'étendait devant lui une de ces places désertiques que l'Angleterre, pourtant experte en gazons, avait apportées à l'Islam. Sa poussière dormante s'accordait aux ombres qui vinrent une nuit, l'une après l'autre, me proposer distraitement des photos obscènes — comme elle s'accordait au vieux *Shepheard's*[6] *Hotel* que je regagnai avant de repartir à l'aube, au temps où Corniglion et moi allions chercher les ruines de Saba[7]. Dans un monde de peluche et de poussière, les colosses d'Akhnaton y surgissaient du rouge pompéien des murs avec une force insolite, en marge d'un peuple somnambule, de ses pachas fêtards et de sa ville des Morts.

Je suis revenu il y a dix ans ; j'ai retrouvé le musée de la poussière et la place désertique. Elle est aujourd'hui la place de la Libération ; le nouveau Caire véhément dresse autour de moi ses courts gratte-ciel, et son énorme hôtel

Hilton qui oppose sa propre Égypte au lent tournoiement de deux éperviers d'Horus. Au fond de la place où jubilent des jets d'eau, la même présence spirituelle emplit ces salles qui seraient provinciales si elles ne rassemblaient quelques-unes des œuvres majeures de l'humanité — une présence spirituelle, et quelque chose de plus trouble. Lors de son inauguration, vers 1900, les journalistes virent soudain s'enfuir les officiels en fez et en redingote, discours coupés : la momie de Ramsès, sorcier tragique à tête d'ara, mèche blanche au vent, abaissait lentement son bras vers eux…

Un rayon de soleil, atteignant la momie et dilatant l'articulation, avait libéré l'avant-bras, jadis chargé du sceptre.

Combien ai-je visité de musées abandonnés dans la peluche rongée, depuis ceux des colonies anglaises où les oiseaux empaillés regardent tourner les immobiles Danses de mort, jusqu'aux collections bretonnes où s'accumulent les maquettes des bateaux que les capitaines soumettaient aux armateurs, comme celles que m'a léguées mon grand-père ? Le petit musée gaulois dont j'ai oublié le nom, dans sa floraison d'aubépines si simples qu'elles ont l'air celtiques, et qui semblent jaillir d'une terre nourrie des quarante mille mains coupées par César ; et le peuple étrusque du musée de Volterra, toutes ses ombres serrées sur de petites terrasses en fleurs comme pour un jugement dernier que le Juge aurait oublié (à la cantonade, les cris du marché) ; et les villas siciliennes dont les bossus à tricornes descendent sans doute des murs pour s'assembler avec les oiseaux de nuit. Ces samouraïs en costume de cour, que l'on peut voir seulement de dos au palais de Kyoto, mais dont les mannequins tremblent imperceptiblement au bruit calculé du parquet, qui devait alerter les gardes de l'Empereur… Et le musée des costumes de Téhéran, ses figures de cire qui se dégagent de l'obscurité avec leurs gestes de cadavres pendant que le marchand de thé voisin ouvre une à une les fenêtres fermées depuis toujours, comme si la Perse de Gobineau continuait un conciliabule dans l'ombre où des enfants de cire à hauts bonnets tissent des tapis qu'ils n'achèveront jamais. Et le patio de l'ancien musée de Mexico : la Monnaie construite par les vice-rois, où les dieux aztèques dont le nouveau musée n'a pas voulu, punis, le nez contre le mur sous les arcades, entourent le jardin redevenu sauvage. Et au Caire même, la maison de la Crétoise, avec ses divans dans les moucharabiehs et, au centre d'un salon délirant hérité de Méhémet Ali, dans une cage en forme de mosquée, un oiseau des Îles déplumé comme un minuscule vautour, que le gardien remontait — et qui chantait…

J'aime les musées farfelus, parce qu'ils jouent avec l'éternité. Aucun n'approchait de notre vieux Trocadéro, où l'on voyait les icônes d'Abyssinie en s'accroupissant et en allumant un briquet — de notre Trocadéro, ou plutôt de ses réserves. Je crois que l'aquarium, en bas, existait déjà ; et les sculptures semblaient glisser dans la pénombre du grenier comme les poissons tristes. Les pièces capitales (entre toutes, les khmères et les précolombiennes : c'était avant la mission Dakar-Djibouti) avaient été sauvées par un zouave passionné de fétiches, et qui avait, dit-on, calligraphié « Art breton » en si belle ronde sous les chefs-d'œuvre mexicains, que nul n'eût osé (les parlementaires bretons aidant ?) les déloger de ces combles. Les mannequins qui avaient jadis porté les costumes imaginaires des sauvages et des mandarins étaient calés dans les coins, un flamboyant casque de plumes des Hawaii sur une tête, ou un sceptre de jade dans une main de bois. Et sur les fils de fer tendus à travers ce grenier absurdement imité de celui d'un palais de Cadix, parmi des épingles à linge comme des hirondelles sur les fils télégraphiques, une poussiéreuse dépouille de plumes couleur de turquoise et de corail pendait comme le cadavre de l'Oiseau des Contes, au-dessus de la seule étiquette entourée de papier doré : « Diadème de Montezuma ».

Le musée du Caire est frère de ces lieux hantés. Il a fallu rapprocher ses sarcophages pour faire place aux dorures de Tout Ankh Amon. Les étiquettes ont jauni. Les chefs-d'œuvre s'alignent comme des figures de bazar. Mais voici les compagnons des bossus à tricornes, des squelettes mexicains en sucre, du diadème de Montezuma : les sarcophages de carton rose, toute la confiserie dans laquelle se décomposa l'Égypte hellénistique, s'accumulent en vrac avec les portraits du Fayoum et les têtes d'Antinoé encore collées à leur suaire, dans des salles désertes. Ô soldats de l'Islam creusant des rigoles pour les églantines de Saladin, soldats de Napoléon creusant les dunes pour y trouver des pharaons — et déterrant ces Horus costumés en arlequins, ces grandes figures de carton aux yeux d'hypnose ! Une princesse à tête de folle perd dans le sable les écailles incarnates de son costume de lancier du Bengale, pour que la rigole atteigne les rosiers tartares...

Les touristes partent chez Tout Ankh Amon, après un regard aux crocodiles affalés sur les armoires. Autour du mobilier funéraire doré, ordonné, consternant, le musée n'est plus qu'un garde-meuble royal.

Dans la vraie tombe, à Thèbes, tous ces meubles en vrac, ces sarcophages d'or emboîtés dans les autres, étaient veillés par l'exemplaire Anubis noir qui symbolise le roi au moment où il sort de la mort pour entrer dans la nuit éternelle. Les fresques à fond jaune, presque populaires, peintes en hâte (nul n'avait prévu la mort du jeune pharaon) à côté de celles qui alignent les singes du Soleil, ont un accent bien différent de celui du luxe funéraire. La tradition veut que les archéologues qui découvrirent ce tombeau soient morts de mort mystérieuse ou violente, mais les animaux qui y sont entrés avec les hommes ont proliféré : sur les fresques jaunes, les compagnons éternels du pharaon n'ont plus de pieds, car les rats les ont grattés au passage. La coupe d'albâtre, presque banale au musée, on l'a trouvée à l'entrée du couloir, orientée vers la vallée des Rois : « Puisses-tu boire pour l'éternité, tourné vers Thèbes que tu avais élue... » Mais voici les bleuets séchés qui ont permis de savoir que Tout Ankh Amon est mort en mars ou en avril, et la boîte à jouets de son enfance...

Repas des morts, étiquettes écrites avec autant de soin que furent composées ces offrandes. Ici, les volailles, les oignons et les raisins de pierre ; là, les menus de festins sans convives (l'Égypte ne figure les repas qu'à l'époque d'Amarna) avec des pigeons et des cailles. Il y a là une gastronomie méticuleuse et japonaise, mais bien davantage l'invisible main qui offre pour la dernière fois les présents de la terre. Sur toute cette poussière de néant, passe le geste attentif et retenu par lequel les mères posaient les jouets dans les tombeaux des enfants. Voici le pain triangulaire des morts, et toutes ces graines dont on dit qu'elles germent lorsqu'on les plante, et ces « fleurs momifiées », que nous ne distinguons plus de leurs feuilles brunes. Pourquoi ces bouquets plats sont-ils si émouvants ? Est-ce parce que les fleurs apportent partout aux morts la perfection de l'éphémère, alors qu'on les préparait ici pour l'éternité ?

Voici un collier de chien en cuir rose, les « scarabées de cœur » que l'on posait sur la poitrine du défunt pour adjurer son cœur de ne pas l'accuser devant les Juges divins ; voici le scarabée qui commémore soigneusement le massacre de cent deux lions par Aménophis III, voici la cuiller à toilette ornée d'un chacal d'or qui porte un poisson dans sa gueule ; le coussin de duvet d'une princesse enfant ; la figurine bleue portée au cou des femmes, dont l'inscription dit : « Lève-toi, et lie celui que je regarde pour qu'il soit mon amant. » Elle porte la date : *1965, XIIe Empire.* La symétrie dans le temps me fait depuis longtemps rêver. Quels ont été les événements de 1965 avant Jésus-Christ[1] ? Voici les castagnettes et les damiers, la tortue de bois où sont piquées des épingles à tête de chat ; voici les momies d'ibis, de singes, de crocodiles de cinq mètres et de poissons *aha* qui semblent inventés par Jarry, voici celle de la gazelle « qui a appartenu à une princesse de la XXIe dynastie ». Et les étiquettes calligraphiées par un poète rival du zouave du musée du Trocadéro : « Bouteilles en bois provenant d'une cachette d'embaumeur — magnifique instrument fourchu — objets d'usage inconnu — squelette de la plus ancienne jument, XVIIIe dynastie — sarcophage d'un frère de Ramsès II, mais les os retrouvés sont ceux d'un bossu — petite boîte ayant appartenu à Sa Majesté (laquelle ?) lorsqu'Elle était encore enfant — boucle de cheveux de la reine Tyi : c'est tout ce qui subsiste de cette grande reine. » Plus loin, les sarcophages dont le mort doit tirer ou pousser les verrous, peints pour ses voyages ou son repos ; les miroirs dans lesquels se regardaient les morts ; et, dans une vitrine banale, le clou d'or qui servait à fermer le cercueil des rois.

L'Égypte a le goût oriental de l'or, mais le peuple du musée est d'ocre, de pierre et de turquoise sur le fond de sable du désert, comme les villes persanes…

Voici maintenant les oiseaux à tête humaine, images des âmes. Möllberg, aux oreilles pointues, disait que l'Egypte avait inventé l'âme[2]. Elle a plus sûrement inventé la sérénité. Car le sentiment que je retrouve ici ne se confond pas avec le sentiment de la mort. Pas même avec la contagion de la sérénité funèbre que j'ai connue jadis à Thèbes. Le mot mort me gêne, avec son battement de gong. L'âme d'une religion ne se transmet que par ses survivants — et les religions de l'Orient ancien ont été effacées par l'islam. J'ignore l'Égypte antique aussi radicalement qu'ignorerait l'amour, quelles que fussent ses lectures, un homme qui ne l'aurait pas éprouvé ; aussi radicalement que chacun ignore la mort. Ce que je connais, ce sont ces figures que je contemple au passage… L'Europe a fait d'elles un peuple de cadavres parce que les compagnons de Bonaparte comparaient d'instinct les sculpteurs de Memphis avec Michel-Ange, Canova ou Praxitèle, alors que je les compare avec leurs rivaux des grottes sacrées, et d'abord avec nos sculpteurs romans. En face de nos statues-colonnes, que devient la rigidité cadavérique dont le *Livre des morts* sembla garant ? Si les *Scribes accroupis* devant lesquels je passe imitaient la vie, ils seraient certainement des cadavres. Nous n'avons *vu* cette sculpture, que nous étudiions depuis un siècle, qu'au temps de Cézanne. Baudelaire parlait encore de la naïveté égyptienne[1]. Même sculptées à flanc de montagne, et gainées dans des robes qui les enserrent comme des bandelettes, les reines d'Égypte, rapprochées des Reines et des Vierges de Chartres, ont des courbes d'amphore.

Il n'y a pas de baroque égyptien, il y a une décomposition du style égyptien. Presque étranger à toute histoire, il agit pendant trois millénaires, comme une même phosphorescence, sur les formes qu'il unit dans la même éternité. La raideur est un langage. Sans doute, cette sculpture est-elle magique et non esthétique, et ses figures sont-elles chargées d'assurer la survivance des corps périssables. Mais non parce qu'elles leur ressemblent : au contraire, par ce qui, dans ces doubles semblables à eux, ne leur ressemble pas. Si la fonction de ces statues est d'assurer la survie, celle de *leur style* est de les séparer de l'apparence mortelle, pour faire accéder les morts à l'au-delà.

Je ne retrouve pas les statues hellénistiques qui représentaient « réalistement » les dieux et les monstres. Qu'a-t-on fait de la harpie « d'une exquise féminité » ? de l'Anubis, tête de chacal débonnaire au-dessus d'une toge ? L'Égypte avait inventé Anubis parce qu'il *ne peut pas* exister dans le monde des vivants — où l'art alexandrin tentait vainement de l'introduire. D'où un personnage de dîner de têtes. Le voici, sous l'escalier…

Il dialoguerait avec les reines des anciens empires comme dialoguent les marionnettes ; mais la scène où le dieu à tête d'épervier mène aux autres dieux Nefertari, la femme de Ramsès, est l'un des sommets de l'art, parce que cette tête d'épervier sommée de la couronne pharaonique n'est pas plus concevable hors du style égyptien que le don Juan de Mozart hors de la musique, les victoires grecques hors de la sculpture. Il conduit la reine, par une main qu'il ne tient même pas, vers un au-delà dont le style qui les unit est aujourd'hui la seule expression. La reine est bien moins la femme de Ramsès que celle du dieu, qui lui donne la majesté des ombres. L'opération créatrice spiritualise la reine comme le génie toscan idéalise Vénus. Cette stylisation n'agit d'ailleurs pas seule ; la reine n'a trouvé qu'ici l'accent qui l'unit à la *Victoire de Samothrace*, à *La Joconde*, aux faces géantes des grottes de l'Inde, à l'invocation de la musique occidentale — à tout ce qui, dans l'art, ne s'explique pas complètement par l'art. Je me souviens mal du tombeau, qui s'ouvrait au ras de terre devant la vallée des Reines. Ce jour-là, les moineaux criaient dans le Ramesseum comme dans nos tilleuls les soirs d'été, et je pensais au bruissement d'abeilles des morts[1], dont parlent les textes funéraires. Des oiseaux avaient fait leur nid dans les ailes des faucons sacrés des bas-reliefs. À Thèbes, le soleil éclairait la déesse du Silence, et dégageait de l'obscurité de son hypogée, comme une hésitante flamme grise, la déesse du Retour éternel. Au-dessus des colosses de Memnon admirablement informes, tournoyait une migration d'éperviers. J'ai oublié le tombeau, mais non la reine qui reparaissait de mur en mur, au cours de son voyage funèbre, avec la même majesté divine — jusqu'à la scène où, assise seule devant un jeu d'échecs, elle jouait sa destinée de morte contre sa dissolution dans le néant, en face du vide qui figure un dieu invisible…

Voici, d'ailleurs, dans des boîtes de verre, les vestiges des hommes. Tellement moins significatifs que leurs images, malgré leurs yeux d'émail… La momie de Ramsès ne menacera plus les inaugurations. Il avait quatre-vingt-seize ans, je crois. À côté est allongée une jeune princesse, plus troublante que les autres parce que les injections de cire ont maintenu la forme de ses joues ; elle s'appelait *Douceur*[2].

J'éprouve un sentiment aussi fort que devant le Sphinx quand, pour la première fois, j'ai entendu la voix de l'apparence et celle du sacré[3]. Ma relation profonde avec les statues, ce sont les momies qui me la révèlent. Presque toutes les petites figures de la vie, bateliers de bois égyptiens, tanagras, danseuses de terre cuite chinoises, sont des figures funéraires ; mais on ne nous les présente pas avec des squelettes. Ici (et en quel autre lieu ?) presque côte à côte, les dieux créés par les hommes et les empereurs créés par les dieux ont traversé les siècles. Qu'est-il advenu du vrai Ramsès, de tous les pharaons dont les sarcophages n'ont pas été retrouvés ? Un corps plus ou moins exsangue, une gloire plus ou moins dégradée ; nous le savons depuis longtemps. Mais nous croyons aussi savoir depuis quelques siècles que l'œuvre d'art « survit à la cité[1] », et que son immortalité s'opposerait à la misérable survie des dieux embaumeurs ; or ce qui m'apparaît, dans ce musée *condamné*, c'est la précarité de la survie artistique, son caractère complexe. Pendant au moins mille ans, dans le monde entier, l'art de Ramsès ne fut pas moins oublié que son nom. Puis il a reparu comme curiosité, de même que les arts dits chaldéens, et tout ce qui entourait la Bible. Puis la curiosité est devenue objet de science ou d'histoire. Enfin, ce qui avait été double, puis objet, devint statue, et retrouva une *vie*. Pour notre civilisation, peut-être pour celles qui la suivront, et pour aucune autre. Ce n'est pas à travers le Coran que l'Islam égyptien ressuscite l'Égypte, c'est à travers le Louvre, le British Museum, et le musée du Caire. Et ce musée, déjà, n'assure plus la survie. Demain, les colosses d'Akhnaton seront dans un musée moderne, et sans doute au Musée Imaginaire, où ils ne seront déjà plus tout à fait ceux que nous voyons — de même que ceux-ci ne sont pas ceux que voyaient les artistes au temps du primat de l'art grec. Le monde de l'art n'est pas celui de l'immortalité, c'est celui de la métamorphose. Aujourd'hui, la métamorphose est la vie même de l'œuvre d'art.

Dans la librairie installée au fond du hall qui unit les deux ailes du musée, voici toutes sortes de livres sur le Mexique, de grandes photos des monuments précolombiens. Les pyramides mexicaines semblent chez elles ici ; et plus encore les perspectives géométriques de Monte Alban[2], les petits temples anguleux de la place de la Lune, toute l'architecture « moderne », sans lotus ni cannelures, qui unit les temples des Guerriers du Yucatan au temple privé de Gizeh, au podium de Nuremberg ; et l'architecture austère qui régnait sur les morts du Mexique, à celle qui régnait sur ceux de l'Égypte. Mais que ces morts apparaissent, l'accord cesse.

Voici les photos de la fête des Morts à Mexico, l'inépuisable pittoresque du squelette. Combien de peuples ont vécu dans la familiarité des morts, qui mêle la grande nuit funèbre à un humour macabre et attendri ? Les photos de pains funéraires en forme de crâne font rêver, dans ce Caire où les pains funéraires sont des triangles… Comme font rêver les chiens mexicains qui vont au cimetière, dans ce lieu où les chacals sont momifiés ; et la mort, dans cette Égypte où l'immortalité semble perdre l'homme en chemin…

Le Mexique[a], ce sont les auberges des morts, la frénésie des musiciens d'os, et cette sirène de paille au long corps arabesque sous un petit crâne, que l'on voulut me donner jadis, comme le squelette du rêve. Rien de plus étranger à l'ancienne Égypte : funéraire, son art n'est nullement funèbre ; il n'a ni cadavres ni transis. Ce qu'appelaient dans ma mémoire la voix des grands Doubles et le bavardage du petit peuple familier des morts qui m'entouraient alors, ce n'était pas le Mexique où les enfants mort-nés deviennent des colibris, le Mexique du plus long repas des Morts que connaisse encore la terre : c'était le monde indien du Guatemala, peut-être parce que la mort n'y a d'autre forme que celle de la flamme, peut-être parce qu'elle y joue parmi les fleurs.

Fleurs de Sicile, fleurs arabes dans des roches et des maisons de terre cuite ; fleurs sans feuilles, bougainvillées orange serrées comme du lierre, grands arbres mauves, dahlias-glaives rouges comme le cristal de Bohême, et que les Conquérants prirent pour des fleurs d'agave. J'avais rencontré des églises jaunes au fond de rues multicolores, des chapelles préromanes, un enterrement noir qui sanglotait jusqu'au quatrième rang, riait aux derniers ; et dans des camions transformés en chars religieux, de belles petites filles indiennes immobiles sous des écriteaux : *Virgen* ou *Fortituda*. Ce cortège suivait un ahuri de travers sur un âne, et qui portait le masque de la mort — comme si le cadavre de don Quichotte avait conduit les saintes du Paradis à travers les volcans. Les Indiens aux costumes bariolés, de plus en plus nombreux, descendaient de la forêt. Mes compagnons parlaient d'eux. « J'ai dit à la brodeuse : “Pourquoi le dernier petit animal n'est-il pas aussi bien brodé que les autres ?” Elle m'a répondu : “Il faut toujours en laisser un comme ça, pour ne pas irriter les dieux. La perfection leur appartient." » Une idole maya dominait un lac, et sur son socle, un vrai chien dressa les oreilles à notre passage. « Quand les gens du Nord sont venus ici, Quetzalcoatl a montré ses guerriers, et il a dit : "Je vaincrai avec cette armée." À quoi notre chef maya a répondu, montrant un nouveau-né : "Moi, je vaincrai avec cet enfant..." — Notre chef a envoyé les quetzals, qui sont aussi beaux que les oiseaux-des-songes, répondit en souriant le conservateur du musée ; les gens du Nord les ont tués ; et les nôtres sont partis en proclamant qu'ils ne pouvaient pas vivre dans un pays où l'on tuait les oiseaux. — Les Indiens, dit sans sourire le conservateur adjoint, ce sont nos petits frères... » Mes trois compagnons étaient métis. Nous arrivions à Antigua, décor pour vice-rois, avec sa capitainerie générale, sa vieille université, sa fontaine aux nymphes de lave noire sur sa place Royale dont les arbres géants veillaient sur les dormeurs. C'eût été une ville du Mexique ou du Pérou, sans les fleurs piquetées dans les patios habités, les fleurs écroulées dans les patios abandonnés ; et surtout, sans l'accent de cataclysme laissé par le tremblement de terre. Ici, je me souvenais que mon avion était arrivé par une mer de nuages que trouaient les volcans. Je pensais à Noto de Sicile, rasée au second étage, et si jaune au-dessus de ses escaliers immenses et de ses amandiers en fleur. Mais Noto est déblayée, alors que les débris des arches colossales emplissent les parvis d'Antigua, sous le benoît volcan peut-être éteint. Les Indiens parcouraient à petits pas toutes ces rues où le vent balayait les bougainvillées avec la poussière ; des écroulements d'œillets et des brassées d'iris recouvraient les tatous séchés du marché. Dans une pièce de catacombe, sanctuaire de ce marché, un bébé solitaire cahotait entre les courts cierges posés sur les dalles, et l'on entendait la crécelle du marchand de glaces comme la clochette des morts.

Derrière la façade intacte de la cathédrale, s'étendait la nef, éventrée comme celle des églises espagnoles de la guerre civile, mais emplie des ruines cosmogoniques des tremblements de terre. Au milieu, l'escalier d'une crypte. Et la crypte à peine plus haute que ma tête, avec des cierges qui semblaient fichés dans la terre, un crucifix invisible, et un seul Indien qui priait en tenant par la main un enfant aussi petit que celui que j'avais vu errer entre les lueurs du sanctuaire du marché. Je distinguais à peine le crucifix, mais les murs étaient tachés de mains blanches comme celles des chasseurs magdaléniens sur les bisons des cavernes. La prière de l'Indien immobile et prosterné emplissait la crypte à l'égal de la lumière des cierges.

Je devais retrouver cette prière magique au cœur du pays indien, aux Orties. Deux églises de sucre étincelaient sur le bleu lumineux du ciel, au sommet d'escaliers verticaux. Entre elles, un marché multicolore que traversaient des personnages noirs autour d'un porteur de saint sacrement : leurs chapeaux cylindriques, émergeant du fatras des têtes indiennes, se dirigeaient vers les escaliers de pyramides où se trémoussaient des hommes-taureaux et des danseurs de confréries, autour d'une sainte figure invisible dans une petite vitrine couronnée d'énormes plumes. On entendait la marimba du cloître voisin, et des pétards qui éclataient au-dessus des fumées de copal que les encensoirs poussaient comme des fumées d'incendies. Tout ce carnaval de l'au-delà se déployait sur les hauts escaliers, comme autrefois sur ceux des temples mayas.

La haute voûte de la grande église, les christs aux vrais cheveux, aux yeux d'émail et à la robe de velours, se perdaient dans l'ombre. Je n'avais vu qu'à Antigua ces courts cierges posés sur le sol. Je n'étais plus en face de lueurs de catacombe, mais d'une illumination : au-dessous de moi comme celle des villes nocturnes qui tremblent dans la nuit quand on atterrit. L'air qui venait de la porte ouverte, chargé des fumées du copal, faisait frémir toutes ces flammes. Je pensai aux firmaments de lucioles sur les marais d'Annam, aux huttes de Cuba qu'éclaire un sac de gaze rempli d'abeilles à l'abdomen phosphorescent. Du portail à l'autel, trois plates-bandes de cierges emplissaient les dalles de la nef, au milieu des Indiens agenouillés. Ce que je n'avais jamais vu, même au Pérou, c'était l'union de ces lumières avec ceux *qui les entouraient*, la palpitation qui faisait plonger dans la nuit le peuple fidèle quand s'inclinaient les flammes. Les cierges de la première plate-bande, plantés entre les épis de maïs, semblaient brûler au rythme d'une litanie ; ceux de la troisième, parmi des pétales de rose que l'on jetait vers l'autel, accompagnaient une incantation. Mais les Indiens ne récitaient pas : ils parlaient. La présence magique — celle d'une tendre et profonde folie sacrée, tenait à la solitude de chacune de ces conversations avec l'inconnu ; et à ce que ces Indiens sans villages formaient une foule.

« C'est très intéressant... », dit une voix près de moi.

Le père supérieur, éclairé par-dessous, rigide dans sa soutane boutonnée jusqu'au col, espagnol comme les tableaux.

« C'est très émouvant », répondis-je.

Il me regarda avec attention. Derrière lui, une trentaine d'Indiennes penchées, des têtes de bébés dépassant les épaules comme des têtes de petits diables. Elles ne disaient rien.

« C'est pour le baptême, reprit-il.

— Vous baptisez collectivement ?

— La plupart ne sont pas chrétiennes... Ici, la superstition est toujours très profonde...

— Cette superstition-là ne me gêne pas, mon père. Elle a peut-être empli le Moyen Âge... »

Le murmure nous entourait jusqu'aux hanches, et m'obligeait à élever la voix pour que le prêtre m'entendît :

« Ce n'est pas une prière de demande ?

— Ceux qui prient devant les épis de maïs demandent au Seigneur de bénir leur récolte. Mais ensuite, ils allument un second cierge. Ce sont ceux qui vous entourent. Ils ne demandent rien. La flamme est le mort qu'ils ont le plus aimé. Ils lui parlent... »

D'où ce bourdonnement fervent, si différent du murmure des répons aux litanies : c'était un dialogue avec les morts.

« J'ai dû me donner beaucoup de peine pour qu'on ne les empêche pas... Qu'est-ce que c'est, la prière, c'est une conversation, non ? Et ce qu'ils font ? Je leur dis que quand ils ont fini de parler à leurs morts, il ne faut pas oublier de parler au Seigneur, pour la miséricorde... Je crois qu'ils le font.

— Les vocations deviennent plus nombreuses, m'a-t-on dit ?

— Non... J'ai la charge de huit mille Indiens. Ce n'est pas seulement une question de vocation... Tout ceci agit sur nos prêtres, même les plus purs. Il faut les rappeler en Espagne, leur trouver des remplaçants. Depuis des siècles... Les Indiens disent une chose très intéressante, quand nous ne comprenons pas bien leur conversation avec les morts ; ils disent : le curé n'est pas catholique... »

Je pensais au temps des catacombes d'Asie, où brûlaient encore les lumières de la Chaldée et de la Phénicie. « ... est descendu chez les morts, est ressuscité le troisième jour… », et j'entendais encore : « Je leur dis que quand ils ont fini de parler à leurs morts, il ne faut pas oublier de parler au Seigneur. » La rumeur chuchotait que pour eux (pour eux seulement ?) le Seigneur était tellement plus près des morts que des vivants…

« Quand je suis arrivé, dit le père, c'était un jour comme celui-ci, un grand baptême, beaucoup d'Indiens… Le nonce m'avait accompagné. Peut-être, il savait que ce ne serait pas facile. Je lui ai dit : "Mais qu'est-ce que je viens faire ici, qu'est-ce que je viens faire ici, Monseigneur ?…" Il m'a répondu doucement : "Fermez les yeux, bouchez-vous les oreilles — et peu à peu vous comprendrez…" »

Près du portail, les femmes s'étaient regroupées sans déposer leur charge d'enfants. Aucun ne pleurait. Entre le tumulte sacré de l'escalier maya — cris, flûtes et chants indiens tels que les entendirent sans doute les Espagnols d'Alvarado avant la dernière bataille — et la sourde rumeur des morts que bénissaient les profondeurs de la nef invisible, pas un cri.

« Le nonce, demandai-je, pensait que Dieu ferait le travail lui-même — mais pas tout seul ?

— Comme toujours… »

Lui aussi, il serait bientôt temps de le rappeler en Espagne. Il me quitta au haut de l'escalier, devant le voile du copal effiloché sur la frénésie de la place. Il me conseilla « d'aller examiner l'idole » : trois cents mètres plus haut, je trouvai une figure de lave vaguement maya sur laquelle tombaient les aiguilles des pins, entourée de pierres et gardée par un Indien saoul. Le copal montait au-dessus du village, des églises de sucre, et d'une tache de dahlias-glaives éclatante comme un tesson de verre rouge.

J'entends le klaxon des chauffeurs impatients devant le musée du Caire. Et quelque part dans un pays de plumes et de ponchos, près de Oaxaca où la forêt recouvre les squelettes des conquérants dans leurs armures noires, ou près des hautes Andes où les squelettes des vierges du Soleil sont allongés dans la neige, leur perroquet blanc sur l'épaule, des petits hommes agenouillés parlent à mi-voix à la flamme des cierges, et un transistor joue des danses espagnoles à falbalas, sur un marché indien désert.

J'entends la rumeur de prière des Indiens perdus dans la nuit funèbre autour des lueurs. Elles vont s'éteindre, mais leur tremblement toujours renouvelé durera plus longtemps que les yeux qui le regardent… Cadavres pliés dans les jarres, squelettes musiciens et sirène à tête de morte, volettent autour des morts invulnérables de l'Égypte.

La librairie du musée expose aussi mon discours pour la sauvegarde des monuments de Nubie, et de grandes photos des travaux en cours. Je me souviens des rochers arrondis et noirs d'Assouan reflétés par un Nil couleur de Styx. Ils n'avaient sans doute pas beaucoup changé depuis le temps où le jeune Flaubert y reçut la syphilis d'une fille dont le nom : Kutchek Hanem, l'éblouissait à l'égal de celui de la reine de Saba. Il signifie, je crois : la Petite Dame. Elle caressait un mouton tacheté de henné jaune, qui portait une muselière de velours noir… Voici les photos des travaux du haut barrage — dix-sept fois la pyramide de Chéops — qui va faire naître un lac de cinq cents kilomètres, et dont la destruction par une bombe atomique anéantirait l'Égypte. La grue jaune d'Abou-Simbel élève dans le ciel, comme pour le dédier au Dieu-Soleil, un bas-relief de prisonniers. Voici les énormes scies rouges, et les morceaux du temple transportés sur la montagne biblique, au-dessus de la rive du Nil où les Nubiens allumaient leurs feux devant les colosses et les mimosas sauvages. Qu'il est étrange de relire ici ce discours, prononcé en 1960 sur le fond des combats d'Algérie.

« La première civilisation mondiale revendique l'art mondial comme son indivisible héritage. L'Occident, au temps où il croyait que le sien commençait à Athènes, regardait distraitement s'effondrer l'Acropole….

« Le lent flot du Nil a reflété les files désolées de la Bible, l'armée de Cambyse et celle d'Alexandre, les cavaliers de Byzance et les cavaliers d'Allah, les soldats de Napoléon. Lorsque passe au-dessus de lui le vent de sable, sans doute sa vieille mémoire mêle-t-elle avec indifférence l'éclatant poudroiement du triomphe de Ramsès, à la triste poussière qui retombe derrière les armées vaincues. Et le sable dissipé, le Nil retrouve les montagnes sculptées, les colosses dont l'immobile reflet accompagne depuis si longtemps son murmure d'éternité. Regarde, vieux fleuve dont les crues permirent aux astrologues de fixer la plus ancienne date de l'histoire, les hommes qui emporteront ces colosses loin de tes eaux fécondes et destructrices : ils viennent de toute la terre. Que la nuit tombe, et tu refléteras une fois de plus les constellations sous lesquelles Isis accomplissait les rites funéraires, l'étoile que contemplait Ramsès. Mais le plus humble des ouvriers qui sauvera les effigies d'Isis et de Ramsès te dira ce que tu sais depuis toujours, et que tu entendras pour la première fois : “Il n'est qu'un acte sur lequel ne prévale ni l'indifférence des constellations ni le murmure éternel des fleuves : c'est l'acte par lequel l'homme arrache quelque chose à la mort[a][1].” »

Ici, je pensais aux dieux transformés en statues, à la déesse du Retour éternel à peine visible dans la nuit de son hypogée de Karnak, au Sphinx. Les dieux ne meurent pas parce qu'ils perdent leur pouvoir de royauté, mais leur appartenance au domaine à jamais inconnaissable qu'ils suggéraient. Qu'ils fussent nés de l'autre monde égyptien, ou qu'il fût né d'eux, ils n'étaient plus, tirés de lui, que des poissons hors de l'eau[2], des personnages de contes, des figures. Qu'importaient nos interprétations successives d'Horus et d'Osiris ? Les dieux n'ont pas de sens, si l'Olympe n'en a plus ; Anubis l'embaumeur n'a pas de sens, si le monde des morts n'en a plus. Chacun des dieux avait appartenu à l'insaisissable monde de Vérité qu'avaient adoré les hommes. L'Égypte avait rappelé Osiris à la vie par ses prières, et nous l'y rappelions par sa forme et par la légende — par tout, sauf par la prière. Il ne renaissait ni dans la Vérité ni dans l'inconnu, mais dans les salles éclatantes du monde de l'art qui allait succéder à cette cargaison de siècles d'un vaisseau de pharaons échoué chez les pachas. La métamorphose des Doubles des civilisations descendait le triste escalier du musée du Caire, entre les perruques des prêtres et les peaux de panthères constellées d'étoiles d'or, à travers un cimetière de dieux.

Dans quelques années, chaque œuvre capitale, isolée, éclairée, appartiendra aux salles blanches d'un nouveau musée du Caire. Depuis l'autre monde jusqu'au monde des formes, la métamorphose sera achevée. Là-haut, près de la citadelle, un édifice de verre ou un palais d'émir recueillera les chefs-d'œuvre endormis aujourd'hui dans la peluche victorienne. Il rivalisera avec les musées fleuris de Rabat et de Damas. À travers de vastes vitres, les figures illustres, depuis Chéops jusqu'à la reine Néfertiti, regarderont la ville des Morts — comme si l'Islam avait pendant des siècles construit sa plus vaste nécropole en hommage aux tombeaux des pharaons. Sur les peaux calcinées des panthères, les grandes étoiles d'or luiront doucement dans une ombre étudiée, et peut-être penserai-je à Hitler et à son devin ; sur les bas-reliefs, la barque de l'éternité glissera dans les fourrés de papyrus. Les Pyramides se découperont au loin malgré le brouillard de sable que la chaleur fera frémir au-dessus du Nil comme au temps des adorateurs du Soleil.

Près de Mexico, sur la place de la Lune où les petits temples joueront leur jeu oublié au pied de l'autre Pyramide, les voiles de poussière dématées par le vent se déchireront en tournoyant comme l'encens sur les escaliers verticaux des églises indiennes ; le canal auprès duquel Montezuma avait établi le jardin où les Conquérants découvrirent tant « de belles fleurs, d'animaux singuliers et de nains mélancoliques » secouera les fausses gondoles vides des touristes, devant la barque chargée de violettes d'une marchande aztèque ; une mission archéologique avancera parmi les cadavres des singes exterminés par la fièvre jaune. Les « petits frères » parleront doucement à leurs morts qui sont des flammes, et les morts abandonnés d'Égypte regarderont des Doubles des civilisations descendre l'escalier du nouveau musée, qui mêlera peut-être les oiseaux empaillés aux momies des ibis. Derrière eux, descendra le dieu de la plus profonde métamorphose, celle qui aura changé en musée l'empire de la mort. Si je suis encore vivant, je reviendrai voir le musée de la peluche et de la poussière. À l'aube, les âniers n'entreront plus au Caire, leurs ânes chargés de buissons de roses et de petites grappes de fleurs encore couvertes de rosée. Sous le grand morceau de ciel où tournent les deux rapaces, planeront d'autres éperviers d'Horus ; et à Thèbes, la vieille rumeur funèbre se confondra avec le déchaînement des ailes, dans le Ramesseum plein d'oiseaux[1].

3

1934, Saba — 1965, Aden.

Comment me suis-je mis en tête, il y a trente ans, de retrouver la capitale de la reine de Saba[1] ?

L'aventure géographique exerçait alors une fascination qu'elle a perdue. Sa gloire, dont témoignent tant de romans, date de la Belle Époque : l'Europe ignorait les grandes guerres depuis un siècle. Le XVIIIe, la première partie du XIXe avaient été sensibles à l'aventure historique d'un Clive ou d'un Dupleix[2], aux premiers explorateurs, mais avaient regardé les promeneurs de l'inconnu avec une curiosité intriguée ou amusée. Gobineau, chargé d'affaires à Téhéran, avait invité l'Européenne qui était allée à pied de Constantinople à Boukhara et revenait de Samarcande, et n'avait pas même été surpris qu'elle lui parlât surtout du soin avec lequel elle avait gardé sa virginité[3]. C'étaient des folles et des fous pittoresques — jusqu'à ce qu'ils fussent transfigurés par le romantisme, et par la familiarité des Européens avec les « confins », les terres au-delà des montagnes ; l'aventure suprême devint la pénétration dans un monde interdit. Le prestige de l'Arabie tint alors aux Villes saintes, aux émirats indépendants dont l'Angleterre contribuait à assurer la solitude. Notre paquebot se dirige vers Aden, d'où Rimbaud partit pour l'Abyssinie ; et il vient de Djeddah, d'où T. E. Lawrence partit pour le désert arabe…

À quoi tenait, à quoi tient encore, le poème de Saba ? À la reine Balkis[4] ? Peu de femmes sont entrées dans la Bible ; elle y vient de l'inconnu, avec son éléphant couronné de plumes d'autruche, ses cavaliers verts sur des chevaux pie, sa garde de nains, ses flottes de bois bleu, ses coffres couverts de peau de dragon, ses bracelets d'ébène (mais des bijoux d'or comme s'il en pleuvait !), ses énigmes, sa légère claudication et son rire[5] qui a traversé les âges. Et son royaume appartient aux civilisations perdues. Les ruines de Mareb[6], l'ancienne Saba, se trouvent en Hadramaout, au sud du désert, à l'est d'Aden. Aucun Européen n'avait pu y pénétrer depuis le milieu du siècle dernier ; aucune mission archéologique n'avait pu les étudier ; on n'en connaissait l'emplacement que par des récits. C'était assez pour les localiser d'un avion, si l'expédition était préparée avec soin ; puis pour les photographier, même si l'appareil ne pouvait se poser. L'Angleterre étant hostile au survol de ses territoires, il faudrait partir de Djibouti. Je disposais d'un avion à un seul moteur, que Paul-Louis Weiller[1] me prêtait avec une confiante générosité. De dix heures d'essence, avec les réservoirs supplémentaires (Mareb était presque à cinq heures de Djibouti, et il faudrait la trouver ; mais le retour serait facile, la côte d'Afrique formant repère). Je n'étais pas pilote. Mermoz et Saint-Exupéry furent tentés ; l'Aéropostale refusa. En essayant d'atteindre Mareb par terre, Seetzen, Burchardt[2] avaient été tués. On tirerait vraisemblablement sur nous, et les réservoirs supplémentaires se trouvaient sous les ailes, mais il était presque impossible d'atteindre un avion avec les fusils dont disposaient les Arabes. Corniglion fut séduit, et il ne dépendait d'aucune Aéropostale[3]. Mermoz et Saint-Exupéry sont morts en mer ; j'ai représenté le général de Gaulle aux Invalides lors des obsèques de Corniglion…

Par quoi fut-il séduit ? Par l'amitié peut-être, par ce que l'Aéropostale jugeait « pas sérieux » dans cette expédition ; enfin, par le romanesque.

Depuis plus de deux mille ans, cette terre est une terre de légende. Elle le fut pour Rome, pour la Bible et pour le Coran, elle l'est pour les conteurs d'Éthiopie et de Perse. J'ai entendu les derniers, au temps où les caravanes traversaient encore la grand-place d'Ispahan (précédées de leur petit âne-guide au collier de perles bleues, dans le bruit des clarines, chacun de ses voyageurs protégé par le charme le plus efficace : la queue de renard ou le soulier d'enfant chrétien), raconter comment se perdit l'armée romaine d'Aelius[a] Gallus[4] lorsqu'elle cherchait la côte après avoir échoué devant Saba : « Un très mauvais désert ! » disaient-ils. Selon eux, c'était la malédiction des Liseurs des Astres de Saba qui avait perdu les légions ; et il est vrai qu'elles errèrent, des mois durant, à travers ces solitudes, égarées par les guides du ministre de Nabatène[5], jusqu'à moins de cent kilomètres de la côte qui les eût sauvées. Elles ne trouvèrent que la mer intérieure, aux flots immobiles et aux bords couverts de coquillages bleuâtres.

Comme Xerxès avait fait flageller l'Égée[1], leur général décida qu'à défaut de la ville, il posséderait la mer. Rendu fou par le Dieu-Soleil, il rêva d'entrer au Capitole[2] avec son armée chargée des coquillages en quoi il voyait l'âme de cette mer qu'aucun Romain n'avait contemplée. Il forma les troupes en ordre de bataille contre les flots. Les carabes de Rome[3] entrèrent dans l'eau tiède au commandement des buccins ; chaque soldat ployé, cuirasse dans le soleil, emplit son casque de coquillages et repartit, sans perdre sa place dans le rang, tenant ce casque plein de murex ou de conques bruissantes, vers Rome — et vers l'insolation mortelle.

Pendant deux siècles, les voyageurs arabes signalèrent, enfouie jusqu'à la poitrine dans le sable comme elle l'avait été dans la mer, une armée de cuirasses et de squelettes dont les doigts tendaient vers le soleil des casques pleins de coquillages. À défaut de la mer, le soleil, lorsqu'il se couchait, donnait aux morts le désert tout entier, lançant jusqu'au fond des sables plats ces ombres légionnaires, et celles de quelques mains ouvertes au-dessus de casques tombés — ouvertes avec leurs doigts allongés à l'infini sur le sable, comme des doigts d'avare…

Cette région joue un grand rôle dans l'imagination populaire persane, peut-être parce que les Yéménites des montagnes sont chiites. Et les conteurs d'Ispahan (il n'y a plus de conteurs sur la place d'Ispahan…) décrivaient la mort de Salomon, qu'ignore la Bible[4].

Depuis des années, Salomon avait fui Jérusalem. Asservis au sceau dont le dernier caractère ne peut être lu que par les morts, ses démons l'avaient suivi à travers le désert. Et dans une vallée de Saba, le roi qui avait écrit le plus grand poème du désespoir[5] regardait, mains croisées sous le menton et appuyées sur le haut bâton de voyage, les démons qui depuis tant d'années élevaient le palais de la reine. Il ne bougeait plus jamais, montrant seulement de l'index le sceau tout-puissant. Comme l'ombre des soldats romains à demi ensevelis, son ombre chaque soir s'étendait jusqu'aux confins du désert, et les démons du sable travaillaient toujours, envieux de leurs frères libres qui hurlaient à travers le désert avec la voix des trombes.

Un insecte vint, qui cherchait du bois. Il vit le bâton

royal, attendit, prit confiance, commença de le forer. Bâton et roi tombèrent en poussière : le Seigneur du silence avait voulu mourir debout pour asservir à jamais à la reine tous les démons qu'il gouvernait. Délivrés, ils coururent à la ville. Elle était déjà en ruine, et la reine était morte depuis trois cents ans. Ils cherchèrent son tombeau jusqu'à ce qu'ils eussent trouvé l'inscription illustre :

« J'ai déposé son cœur enchanté sur des roses, et j'ai suspendu au baumier une boucle de ses cheveux.

« Et celui qui l'aimait serre sur son cœur la boucle, et s'enivre de tristesse en la respirant... »

Et ils s'enfuirent à travers le désert, ayant trouvé la reine aux jambes inégales ensevelie dans un cercueil de cristal que veillait, immobile et constellé, un serpent immortel.

Ces terres légendaires appellent les farfelus. Lorsque je cherchais des documents sur Mareb[1], Charcot, mon parrain de hasard[2] à la Société de géographie (où se trouvait, et se trouve sans doute encore, le vrai masque mortuaire de Napoléon), me signala les rapports d'Arnaud[3], le premier Européen qui ait atteint Mareb.

Ancien pharmacien du régiment égyptien envoyé à Djeddah, établi là épicier en 1841, il avait entendu les indigènes parler de Mareb comme de la ville de la légende. Il vint à Sanaa avec la mission turque, et gagna Mareb sous un déguisement. Il y trouva cinquante-six inscriptions dont il prit l'estampage avec une brosse à chaussures — et un âne hermaphrodite.

L'âne tiré par le licol, il reprit le chemin de la côte rousse, cachant ses estampages où les Arabes eussent vu l'indication des lieux où sont enfouis les trésors, et poursuivi par la fantaisie tragique qui touche tous ceux qui voulurent s'approcher de ces ruines. Il se donnait pour marchand de bougies (la cire est abondante dans ces montagnes). Il dut protéger ses bougies contre la voracité des Bédouins, qui les croyaient comestibles ; au lieu de l'aider à vivre, la pacotille rejoignit, dans les paquets ronds et bien fermés d'une caravane, les estampages secrets. Pour subsister il se fit montreur et, de village en village, marcha opiniâtrement vers la côte d'où l'on peut s'évader, en exhibant aux indigènes son âne hermaphrodite, devenu sauveur... Ainsi devait-il atteindre Hodeïda, y devenir une fois de plus épicier, avant de pouvoir regagner Djeddah.

L'hostilité d'un derviche, qui avait deviné en lui l'infidèle, ameuta la foule, et il dut s'enfuir encore, emportant sur sa barque ses inscriptions et son âne, tandis que ses ennemis allumaient dans le soir, en signe de réjouissance, la modeste illumination de ses bougies pillées…

Il souffrait d'une ophtalmie, et, quand il atteignit Djeddah, où Fresnel[1] était consul, il était aveugle. Il donna ses inscriptions à Fresnel. Celui-ci les traduisit, les envoya au *Journal asiatique* et demanda à Arnaud, qu'il hébergeait, de reconstituer pour lui le plan de la digue et des temples ensablés de Mareb. La main aveugle ne parvint plus à tracer sur le papier que d'informes papillons. Arnaud prit alors Fresnel par l'épaule pour que celui-ci le conduisît sur la plage de Djeddah ; là, couché sur le sable humide, aplati devant son guide qui cherche où il veut en venir, il refait la digue de ses mains tâtonnantes, trace le temple ovale du Soleil, creuse de l'index des trous ronds qui figurent les bases brisées des colonnes. Les Arabes regardent cet homme qui fait des châteaux de sable et qu'ils respectent enfin parce qu'ils le croient fou, et Fresnel reporte en hâte sur son carnet les architectures que bientôt emportera la mer, comme si tout ce qui touche Saba devait être repris par l'éternité.

Arnaud devait rester aveugle dix mois. Il revint en France, donna l'âne au jardin des Plantes, fut chargé de mission en Afrique et au Yémen. Après mille aventures, il regagna Paris en 1849, avec ses collections. Les derniers sursauts de la révolution de 1848 avaient rendu l'État si pauvre qu'il ne put rien acheter et que, poursuivi par une fatalité biblique et frivole, Arnaud finit en Algérie, pauvre et découragé ; l'âne mourut de faim au jardin des Plantes et les derniers objets sabéens disparurent au milieu de brochures politiques, dans le cimetière des boîtes des quais. Le *Journal asiatique* avait publié le cadavre de tant de rêves : les inscriptions, et le rapport — respecté des spécialistes — où j'ai lu : « Sortant de Mareb, je visitai alors les ruines de l'ancienne Saba qui n'offre, en général, que des monceaux de terre[2]… »

J'aurais aimé à connaître Arnaud, avec sa barbe de zouave, son sérieux, ses bougies, son héroïsme négligent, son génie simple et charmant de l'aventure. Peut-être, sans le savoir, suis-je allé chercher à Saba son ombre ? Ou celle de son âne que j'aurais aimé aussi, qui mourut sans doute entre l'ours blanc et le pingouin, comblé par ce paradis des ânes promis par Allah, mais ne comprenant pas, ne pouvant absolument pas comprendre qu'on l'y retînt prisonnier et qu'on cessât de l'y nourrir…

Corniglion et moi nous répétions « … qui n'offre, en général, que des monceaux de terre… » pendant le dernier essai des moteurs sur le champ d'aviation de Djibouti[1]. Les pilotes militaires nous souhaitaient bonne chance, inquiets mais exaltés, et nous regardions les nuages et le ciel avec l'âme des astrologues chaldéens, avec la défiance des bergers. Nous partîmes, sans ombre dans le petit jour. Derrière nous, le golfe de Tadjourah brisait sur les coraux ses vagues invisibles que coupaient sans doute des dauphins rigoleurs. Cette longue méduse fauve et molle allongée dans l'infini de la brume et du ciel, c'était l'Arabie — une mosquée blanche et des pans de palais épars. Adolescent, j'avais cherché dans le *Bottin de l'étranger* les villes romanesques, et je retrouve l'odeur de sciure d'un café où je lisais : « Moka, magnifiques palais qui tombent en ruine… » Ici s'étaient abrités les vaisseaux de Saba, et les vaisseaux phéniciens qui apportaient à la reine « les petits rosiers de Syrie tout constellés de leurs roses… ».

À l'inquiétude des bergers, succédait la vie des navigateurs antiques. Il y a trente ans, l'avion était un gros scarabée aveugle dès qu'il avait perdu la terre. La sécurité donnée par les lignes européennes venait de postes émetteurs, mais il n'y avait pas de postes émetteurs dans ces régions, et notre avion ne portait pas d'appareil de T.S.F. Restaient donc, pour faire le point, la boussole et la vitesse.

Le brouillard illimité avait succédé aux étendards islamiques des nuages épars, et rejoignait la poussière de sable dans laquelle nous nous engagions ; le vent qui nous prenait par le travers pouvait maintenant nous déporter de cent kilomètres sans que la boussole le signalât. Qu'un avion avance en crabe ou droit devant lui, l'aiguille marque le nord de la même façon. L'appareil qui mesurait la dérive se référait au sol, qui n'apparaissait plus que dans les trous du brouillard. Quant à la vitesse, le compteur des avions de tourisme l'indiquait par rapport *au vent*. Le nôtre, à ce moment, marquait 190. Quelle était la vérité, avec ce vent perpendiculaire ? 160, comme au départ ? 210 ? Enfin, au sommet d'un pic semblable à tant d'autres, apparut une forme géométrique. Une illusion de plus ? Non, c'était un fort. Au Yémen, Sanaa seule est dominée par un fort. Et à moins d'un kilomètre, une faille révéla d'un coup, cultivée jusqu'en ses derniers creux, la vallée de Sanaa — avec, au milieu, la ville entre ses murailles inclinées, et Rauda démantelée tout près, comme la peau abandonnée d'un serpent — Sanaa ronde, toute en pierre, corbeille aride et magnifique de cristaux blancs et grenat, au fond de ses montagnes verticales.

Il s'agissait maintenant de remonter la vallée du Kharid jusqu'à celle des Tombeaux, d'où nous espérions voir les ruines. La brume se diluait. Au-delà des autres rivières, le Kharid, d'après les cartes, était très proche. Mais nous ne voyions aucun oued, et nous devinâmes enfin que ces rivières en pointillé étaient des rivières souterraines : il n'y avait pas de Kharid. Nous avions emporté de l'essence pour dix heures, nous étions partis depuis cinq heures, nous n'avions plus aucun repère au sol. Mais bientôt la brume, dont en avançant nous sortions de plus en plus, se trouva derrière nous. Nous étions sur le Kharid ! La rivière était souterraine, mais, dans cette région presque stérile, la ligne vert sombre de la végétation suivait celle de l'eau, peinte sur le sol par ses arbres.

Au-delà du Kharid commençait le grand désert du Sud, celui du royaume de Saba. Ce n'était pas encore un désert aux longues dunes molles, comme le Nord saharien ; il était rocheux ou plat, toujours décharné, squelette jaune et blanc de la terre, plein d'ombres et sans doute foisonnant de mirages. Ni vallée ni tombeaux. Il rejetait toute forme précise comme s'il eût combattu déjà l'œil humain, intrus dans sa solitude planétaire. Il semblait que d'innombrables rivières, taries depuis les époques géologiques, fussent gravées dans le sable, ramifiées comme des arbres sans feuilles ou des réseaux de veines, jusqu'à l'horizon parcouru par des trombes. Le vent emportait le sable en tourbillons aplatis ; chaque branche gravée se terminait par un tremblant voile de flammes. Toute la forêt du désert flambait, royaume interdit au fond duquel régnait sans doute quelque scorpion sacré dont les écailles reflétaient tour à tour le soleil haineux et les constellations du ciel babylonien. L'esprit, pourtant, commençait à s'habituer. L'œil aussi : à droite devant nous, quel était cet éboulis de galets colossaux ?

Nous distinguions de mieux en mieux le sol à mesure que nous descendions et que, dans l'avion de guingois, nous nous battions avec l'appareil de prise de vues comme des garçons de café affolés avec leur plateau. Ce n'était plus le désert, mais une oasis abandonnée, avec les traces de ses cultures ; les ruines ne rejoignaient le désert qu'à droite. Ces enceintes ovales massives avec leurs éboulis clairs sur le sol, était-ce les temples ? Comment atterrir ? D'un côté, des dunes où l'avion capoterait ; de l'autre, un sol volcanique où des roches sortaient du sable. Près des ruines, partout des éboulements. Nous descendions encore, et continuions à photographier. La muraille en fer à cheval ne s'ouvrait que sur le vide : sans doute la ville, construite de brique crue comme Ninive, était-elle retournée comme elle au désert. Nous revînmes vers le massif principal : tour ovale, des enceintes encore, des bâtiments cubiques. Sur les taches sombres des tentes de nomades éparses hors des ruines, crépitèrent de petites flammes. On tirait sans doute sur nous. Au-delà des murailles se précisaient des vestiges pleins du mystère des choses dont nous ignorons la destination : cet H à plat sur la tour qui dominait les ruines, que signifiait-il ? Élément d'observatoire ? Terrasse de jardin suspendu ? Ils étaient nombreux encore dans le haut Yémen, ces jardins de Sémiramis devenus humblement potagers, mais que couvrait l'herbe-à-rêves, le chanvre du Vieux de la Montagne[1]... Dommage qu'il fût impossible d'atterrir ! Nous reprîmes de la hauteur droit devant nous, pour survoler une autre ruine, petite et de peu d'intérêt ; puis revînmes sur la ville. Ainsi que les mains informes de dieux sabéens réveillés trop tard, brume et nuages commençaient à recouvrir ce naufrage échoué là comme un vaisseau de Babylone chargé de statues brisées.

Il ne s'agissait plus que de revenir à temps (mais le vent maintenant nous poussait) ; au-dessus de la mer, la panne d'essence ne pardonne guère. Sur la croûte du désert, s'étendait peu à peu la courbe d'un immense poignard d'obsidienne fait de roches volcaniques, courbe, éclatant de facettes noires. C'était la vallée des Tombeaux que nous avions manquée, la vallée des Adites où la légende enterre les rois sabéens ; leurs tombeaux d'ardoise étincelaient en éclats carrés comme les fenêtres des villes au soleil couchant.

Des trésors sont enfouis, dit-on, sous ces ardoises. J'ai

retrouvé, depuis, le surprenant éclat des minéraux noirs sous le soleil tropical. Les Bédouins n'ont pas découvert le chemin des sépultures. (Que ne vont-ils s'instruire en Égypte[1] !) Mais pour eux comme pour nous, cette vallée de Tantale demeure invinciblement gardée ; elle n'a livré ni ses inscriptions ni les noms de ses grands morts qu'entourent les cadavres des guerriers-poètes préislamiques :

« Que de fois j'ai laissé étendu sur le sable le mari d'une femme très belle, en lui ouvrant les veines du cou par une blessure semblable à une lèvre fendue !

« Je l'ai laissé en pâture aux bêtes sauvages qui le déchirent, rongeant ses belles mains et ses bras magnifiques.

« Et sous les flèches, nuées de sauterelles abattues sur les prairies humides, les cottes de mailles lançaient des éclairs comme les yeux des grenouilles dans un étang agité par le vent ! »

Puisque des années encore passeront avant que les fouilleurs viennent jeter des pelletées de mystères à ce soleil vainqueur des légions romaines, que ce tombeau un peu plus grand, à droite, demeure le tombeau de la Reine…

N'éveillerait-on pas en vain les dieux de Saba ? Le jour même où la presse publiait nos photos des ruines[2], l'armée d'Ibn Séoud marchait vers le Yémen.

Nous avions regagné Djibouti à temps ; la boussole, rudimentaire pour trouver un site, ne l'était pas pour retrouver le golfe de Tadjourah.

Le retour devait m'apporter, dans un domaine plus banal, mais plus profond que celui de Saba, une expérience millénaire : pour la première fois, j'allais rencontrer le cosmos de l'*Iliade* et du *Râmâyana*[3].

Nous étions partis de Tripolitaine pour Alger, bien que la météo fût assez mauvaise ; pendant le survol de la Tunisie, le temps était devenu de plus en plus inquiétant. Nous entrâmes dans les nuages ; et, après un très long passage uni, là où la carte indiquait à peine des collines, surgirent des crêtes verticales encore couvertes de neige, sur le ciel de plus en plus noir. C'était l'Aurès.

L'avion était déporté de cent kilomètres au moins. Nous foncions sur un immense nuage en arrêt, non plus calme et immobile là-haut, mais ramassé, vivant et meurtrier. Ses bords avançaient vers l'appareil comme s'il se fût peu à peu creusé en son centre, et l'immensité, la lenteur du mouvement, ne donnaient pas à ce qui se préparait l'aspect d'un combat animal, mais celui d'une fatalité. La perspective jaunâtre et bistre de ses bords effrangés, comme une perspective de caps dans une mer brumeuse, se perdait dans un gris illimité, sans bornes parce que séparé de la terre : la sombre étoupe du nuage venait de se glisser sous l'avion et me jetait au domaine du ciel, fermé, barré lui aussi par la même masse plombée. Il me sembla que je venais d'échapper à la gravitation, que j'étais suspendu quelque part dans les mondes, accroché au nuage dans un combat primitif, tandis que la terre continuait sous moi sa course que je ne croiserais plus jamais. Dans l'ombre qui avait envahi la carlingue, la suspension rageuse de ce petit appareil contre les nuages soudain livrés à leurs seules lois devenait irréelle, submergée sous les voix primitives de l'ouragan. Malgré le tangage de l'avion qui retombait sur chaque rafale comme sur un plancher, je n'aurais plus été collé qu'à ce moteur aveugle qui me tirait en avant, si, soudain, l'appareil ne se fût mis à frire :

« Nuage de grêle ? » criai-je.

Impossible d'entendre la réponse de Corniglion. L'avion de métal sonnait comme un tambourin au-dessus du crépitement des grêlons sur les vitres de la carlingue : ils commençaient à entrer par les interstices du capot, à nous cribler le visage et les yeux. Entre deux battements de paupières, je les voyais dégringoler le long des vitres, rebondir aux rainures d'acier. Si une vitre sautait, il deviendrait impossible de diriger. De toute ma force, je m'appuyai sur la monture de la vitre et la maintins fixée de la main droite. La ligne de vol était toujours plein sud ; le compas commençait à indiquer l'est. « Gauche ! » hurlai-je. En vain. « Gauche ! » À peine m'entendais-je moi-même, secoué, arraché, submergé par les grêlons à la volée qui claquaient sur ma voix et faisaient sauter l'avion comme des fouets. Du bras libre, j'indiquai la gauche. Je vis Corniglion pousser le manche comme pour virer de 90°. Aussitôt nous regardâmes la boussole. L'avion allait à droite : les commandes ne répondaient plus. Il trembla sur toute sa longueur, impérieusement immobile tout à coup dans un dur tressaillement. La grêle, et le brouillard noir toujours semblable à lui-même ; et au centre, cette boussole qui seule nous rattachait à ce qui avait été la terre. Elle tournait lentement vers la droite, et sous une rafale plus forte, elle commença à virer, virer, et fit un tour complet. Deux. Trois. Au centre du cyclone, l'avion faisait la roue, tournait à plat sur lui-même.

Et pourtant la stabilité semblait la même ; le moteur s'obstinait à nous arracher au cyclone. Mais ce cadran qui tournait était plus fort que les sensations de mon corps tout entier : il exprimait la vie de l'appareil comme l'œil resté vivant exprime la vie d'un paralytique. Il me transmettait dans un chuchotement l'énorme vie fabuleuse qui nous secouait comme elle courbe les arbres, et la fureur cosmique se réfractait avec précision dans son cercle minuscule. L'avion continuait à tourner. Corniglion était crispé sur le manche, à la limite de l'attention ; mais son visage était un visage nouveau, yeux plus petits, lèvres plus gonflées — celui de l'enfance ; et ce n'était pas la première fois que je voyais le danger plaquer, sur un visage d'homme, son masque d'enfant. Il tira soudain le manche à lui ; l'avion se cabra et le cadran du compas se coinça contre le verre. Nous étions pris par-dessous, comme un cachalot par une vague de fond. Toujours la même aspiration régulière du moteur, mais mon estomac descendait dans le siège. Looping ou montée ? Entre deux nouveaux coups de fouet de la grêle, ma respiration revint. Je m'aperçus que je tremblais, non des mains (je maintenais toujours la vitre) mais de l'épaule gauche. À peine me demandai-je si l'avion était de nouveau horizontal, que Corniglion enfonçait le manche en avant et coupait les gaz.

Je connaissais la manœuvre : tomber, profiter du poids de la chute pour crever l'orage et tenter de rétablir la position près du sol. Altimètre : 1 850 ; mais je savais ce qu'il faut penser de la précision des altimètres. 1 600 déjà ; l'aiguille gigotait comme le cadran de la boussole tout à l'heure. Si la brume descendait jusqu'au sol, ou si les montagnes étaient encore au-dessous de nous, nous nous écrasions. Déjà, l'avion ayant cessé d'être passif dans le combat, mon épaule avait cessé de trembler ; tous mes sens étaient maintenant ramassés, de façon très précisément sexuelle : nous piquions de tout notre poids, respiration coupée, trouant les rafales comme des toiles, dans l'éternel brouillard de fin de monde qui vivait sauvagement du bruit déchiré des grêlons.

1 000

950

920

900

870

850, je sentais mes yeux en avant de ma tête, mes yeux qui frénétiquement craignaient l'arrivée de la montagne — à la limite pourtant de l'exaltation.

600

550

500

4.. Non pas horizontale et devant moi comme je l'attendais, mais au loin et oblique, la plaine ! J'hésitai devant l'irréalité de cet horizon à 45° (c'était l'appareil qui tombait incliné) mais déjà tout en moi l'avait reconnu, et Corniglion tentait de rétablir la position. La terre était très loin au-delà de cette mer de nuages ignobles, de flocons de poussière et de cheveux déjà refermée sur nous, déjà rouverte ; à 100 mètres sous l'avion, jaillit de ses derniers lambeaux un paysage de plombagine, des éclats noirs de collines dures autour d'un lac blafard qui se ramifiait en tentacules dans la vallée, et qui reflétait avec un calme géologique le ciel bas et blême.

À demi assommé, l'appareil se traînait sous l'orage, à 50 mètres des crêtes, puis au-dessus de vignes mornes et du lac : l'eau frémissait des courtes vagues d'un vent rasant. Ma main quitta enfin la vitre, et je me souvins que ma ligne de vie était longue. Sur cette terre où les lumières de plus en plus nombreuses semblaient sourdre de la brume d'hiver mêlée à la nuit, routes, rivières, canaux en cicatrices, n'étaient plus visibles que comme le réseau de rides peu à peu effacé d'une main immense. J'avais entendu dire que les rides s'effacent de la main des morts et, comme si j'avais voulu revoir avant qu'elle disparût cette dernière forme de la vie, j'avais longtemps regardé la paume de ma mère morte[1] : bien qu'elle n'eût guère plus de cinquante ans et que son visage et le dos même de sa main fussent restés jeunes, c'était presque une paume de vieille femme, avec ses lignes fines et profondes, indéfiniment entrecroisées. Et elle se confondait avec toutes les lignes de la terre consumées par la brume et la nuit. Le calme de la vie montait du sol encore livide vers l'avion épuisé que le ruissellement de la pluie poursuivait comme un écho de la grêle et de l'ouragan rejetés en arrière ; un apaisement immense semblait baigner la terre retrouvée, les champs et les vignes, les maisons, les arbres et leurs oiseaux endormis.

C'est là que j'ai rencontré pour la première fois l'expérience du « retour sur la terre » qui a joué dans ma vie un grand rôle, et que j'ai plusieurs fois tenté de transmettre. Je l'ai transposée directement dans *Le Temps du Mépris*[1]. C'est aussi celle de tout homme qui retrouve sa civilisation après avoir été lié à une autre, celle du héros de l'*Altenburg* à son retour d'Afghanistan[2], celle de T. E. Lawrence[3] (Lawrence disait pourtant qu'il n'était pas redevenu anglais) ; mais si l'*étonnement* semble le même, la mort nous est plus étrangère que l'étranger. Surtout lorsqu'elle est liée aux éléments. J'ai combattu plus tard dans l'aviation, je sais ce que signifie ne pas pouvoir tirer sur un adversaire (trois secondes…) parce qu'il est le premier ennemi barbu sous le masque, et que sa barbe change le combat en meurtre[4]. Mais les forces cosmiques ébranlent en nous tout le passé de l'humanité. C'est à Bône que je retrouvai cette fois la terre. Sur-le-champ, des Méridionaux acclamèrent notre « performance » : ils nous prenaient pour d'autres. Au bord de la route, il y avait une porte sans clôtures, comme dans les films de Charlot, avec une inscription en gros caractères du second Empire : *Ruines d'Hippone*. Dans la ville[a], je passai devant l'énorme main rouge qui était alors l'enseigne des gantiers[5]. La terre était peuplée de mains, et peut-être eussent-elles pu vivre seules, agir seules, sans les hommes. Je ne parvenais pas à reconnaître ces boutiques, cette vitrine de fourreur avec un petit chien blanc qui se baladait au milieu des peaux mortes, s'asseyait, repartait : un être vivant, aux longs poils et aux mouvements maladroits, et qui n'était pas un homme. Un animal. J'avais oublié les animaux. Ce chien se promenait avec tranquillité sous la mort dont je portais encore le grondement retombant : j'avais peine à dessaouler du néant.

Les gens existaient toujours. Ils avaient continué à vivre, tandis que j'étais descendu au royaume aveugle. Il y avait ceux qui étaient contents d'être ensemble, dans la demi-amitié et la demi-chaleur, et sans doute ceux qui, avec patience ou véhémence, tentaient d'extraire de leur interlocuteur un peu plus de considération ; et au ras du sol tous ces pieds exténués, et sous les tables quelques mains aux doigts enlacés. La vie. Le théâtre de la terre commençait la grande douceur du début de la nuit, les femmes autour des vitrines avec leur parfum de flânerie[1]...

Ne reviendrai-je pas par une heure semblable, pour voir la vie humaine sourdre comme la buée et les gouttes recouvrent les verres glacés — lorsque j'aurai été vraiment tué ?

Voici Aden. De loin, c'est encore le rocher de Rimbaud, dont on ne sait trop s'il appartient à Dante ou à Gustave Doré. Mais avec l'accent insolite que prennent, au temps des sous-marins atomiques, ces rochers impériaux de l'ancienne reine des mers. Les haut-parleurs du bord annoncent : « En raison de la situation à Aden, les passagers qui désirent aller à terre débarquent sous leur propre responsabilité. » Les Anglais veulent faire d'Aden la capitale d'une fédération de sultanats de l'Arabie du Sud, à laquelle ils accorderont l'indépendance en 1968. Les Arabes hostiles aux sultans, et soutenus par les Égyptiens qui les organisent au Yémen, veulent chasser les Anglais tout de suite.

Le canot du consulat de France nous attend[a].

Comme partout en Orient, une nouvelle ville a surgi : les routes asphaltées de ce qui fut l'Empire britannique, bordées de maisons sud-américaines colorées par les Indes : vert nil, saumon, cendre bleue. Au centre de la ville, un jardin singulier dans cette aridité que ne détruisent pas les maisons aux couleurs de sorbets : les flamboyants et les lauriers-roses y sont en fleurs (un écriteau interdit d'emporter les feuilles). Au centre du jardin, le petit musée.

C'est le musée traditionnel des colonies anglaises, le fatras très propre où les oiseaux empaillés regardent de leur œil rond une collection de cristaux, quelques costumes, des graines et des vestiges archéologiques. Ceux-ci, mieux vaut les contempler à quatre pattes, comme dans notre ancien musée du Trocadéro. Les bas-reliefs, sculptés sur les plats des pierres, sont classés comme des livres, si bien qu'on n'en voit que le champ. Mais à la hauteur de nos genoux, il y a maintes figures d'albâtre. C'est, avant Constantinople, avant Philadelphie, la plus importante collection de sculptures de Saba.

Les Bédouins les apportent ici une à une ; un riche négociant arabe en avait réuni un grand nombre, et les a léguées au musée. Car Saba, ou Mareb, quelque nom qu'on lui donne, est toujours aux mains des dissidents. Ils ont résisté aux émirs, aux Yéménites, aux Égyptiens — et, ce qui était plus difficile, aux pétroliers, dont l'expédition, assez récente, a échoué. Aux Anglais ? Ceux-ci ont sans doute su à quoi s'en tenir, ne fût-ce que par leurs agents indigènes. Mais l'archéologie, en ces pays, n'était pas le souci majeur de leurs services spéciaux. Une expédition scientifique d'Aden indépendante dissipera-t-elle un jour le « mystère de Saba » — ironiquement invulnérable dans ces salles que hantent l'ombre du pharmacien Arnaud et celle de son âne…

« Et les hommes de Dabar placèrent les objets par eux érigés sous la protection des dieux, patrons, rois et peuples de Saba ; quiconque les mutilerait, quiconque disloquerait et déplacerait ici une image sculptée ou une idole, périsse sa race ! »

Si j'étais lézard, j'aimerais cette inscription. Mais j'aime celles qui se rapportent aux dieux troublants : le Dieu-Lune Sin, masculin — il est féminin dans les autres mythologies —, Dat-Badan, la Déesse-Soleil, et Ouzza, Dieu-Vénus masculin, nommé par tant d'inscriptions mais encore inconnu. Dans ce pauvre musée où les braves petites fleurs sont conquises par l'eau des citernes cyclopéennes attribuées à la reine Balkis, encastrées dans des gorges d'enfer, on rêve à la sexualité du peuple qui conçut Vénus comme un homme, vit dans le Soleil le signe féminin de la fécondité, et dans la Lune un père clément et pacificateur. Est-ce du désert qu'est née cette bénédiction de la nuit ? Mais les autres peuples du désert, aux mêmes époques, faisaient de la lune un dieu cruel. Quelle sexualité trouble ou pure fit penser au rebours des autres cette race disparue qui, dans sa légende que ne confirme aucun fait historique, dit avoir été toujours gouvernée par des reines ?

À Constantinople, il y avait, en marge de la collection du musée, une série de ces estimables faux qui, loin d'imiter des œuvres authentiques, inventent un art. Ici, les statuettes trouvées par les Bédouins sont vraies. Statuettes architecturales comme certaines statues sumériennes et mexicaines, où le personnage est à la fois adorant, dieu et temple ; et rois vaguement « ressemblants », bien postérieurs, d'influence parthe ? Dans la seconde salle, un roi moustachu est présenté devant un velours noir drapé par les moyens du bord. Combien de siècles, entre ces architectures sauvages et ces visages vaguement romains, parthes ou palmyréniens, dont les étiquettes nous vantent innocemment la « finesse » ? Et qu'importe ? Ce sont les derniers envoyés de la reine dont les parfums ont empli la Bible, et dont il ne reste qu'un éclat de rire à travers les solitudes : « Ris donc, bel ermite[1] ! »

Sa crypte a-t-elle été fouillée par les pilleurs de tombeaux, et ne reste-t-il de sa momie vendue qu'un œil tombé, os et lapis, comme celui de la pharaonne du musée du Caire, retrouvée dans un escalier de tombeau parmi les momies d'alligators et de chats aux grandes oreilles ? Trouverons-nous le mince estampage qui recouvrit sa face, les creux maladroits du métal enfoncé avec les pouces pour garder l'empreinte de ses paupières encore chaudes ? Ou quelque trapèze d'or mal incisé comme celui qui, au vieux musée d'Athènes, portait l'étiquette poussiéreuse et usurpée : Masque d'Agamemnon[2]...

Parmi les curiosités, se trouve, sans explication particulière, une pièce de cent francs en or, à l'effigie de Napoléon. Je pense à son masque de la Société de géographie, dans la pénombre derrière Charcot quand celui-ci me parlait d'Arnaud. Or, Arnaud écrit que lorsqu'il parvint à Mareb, un autre Blanc l'avait atteinte : les Arabes se souvenaient de son teint clair et de son singulier passage. Pris par eux pour le Mahdi, le prophète attendu, il passa la soirée chez le cheikh et donna à ceux qui l'entouraient onze grandes pièces d'or. Après la prière du soleil couchant, bien qu'il ne connût personne, on lui apporta une lettre. Il la lut : « C'est la mort de mon frère », se leva et partit. Le lendemain, sur les énormes pieds brisés de la seule statue des ruines, on trouvait onze « fantômes de pièce d'or » ; et on apprit bientôt que le voyageur inconnu avait été assassiné par une tribu voisine.

Arnaud se fit apporter une pièce : elle était de cent francs, en or, à l'effigie de Napoléon. Les dix autres étaient toujours au bazar de Mareb, bien qu'elles y changeassent souvent de mains ; le cheikh avait interdit de porter à Sanaa l'or de ce voyageur qui semblait posséder la science de Salomon. Arnaud demanda encore à voir ce que les Arabes appelaient le fantôme d'une pièce, et on lui apporta un pain à cacheter. Or, les pains à cacheter, ignorés en Arabie, avaient nécessairement été apportés par le voyageur. Pourquoi celui-ci avait-il inventé les fantômes, après avoir distribué les pièces ?

Aujourd'hui, que Saba encore inviolée soit dédiée à cet aventurier apparu un instant, et disparu aussitôt dans l'assassinat ; pour que là où sont ses os — car il est sûrement de ces aventuriers sans tombe, fascinés par la seule passion du hasard et retournés au hasard — il joue, comme jouent les morts qui tout le long de leur vie furent courageux et frivoles, avec ses terrasses sans fleurs, ses observatoires en poussière, ses entrepôts de parfums et ses ruines qui semblent frémir de solitude sous la tache silencieuse des oiseaux ; pour que nous tenions tous deux en nos mains d'ombre un des derniers mystères, qui nous sera fraternel dans l'ennui sans fin de la mort.

Un gardien bien poli me montre par une fenêtre les citernes attribuées à Balkis. Il me parle du roi Akram, qui s'enfuit avec son peuple, après avoir vu une nuit un rat ébranler de ses petites pattes un bloc de la digue de Mareb que vingt guerriers n'eussent pas déplacé, de la digue dont la destruction devait livrer au sable la richesse et la vie du royaume de Saba…

Ville interdite ou ville ouverte, cité des ruines ou briques retournées à l'argile comme celles de Ninive, je ne reverrai jamais Mareb. Voici ses statues, ses inscriptions, ses fleurs peut-être. L'arbre à myrrhe, devant le musée, se mêle au palmier en zinc qui était lors du départ de notre avion le seul arbre de Djibouti — c'est une ville, maintenant… — avec ses troupeaux de chèvres et ses bergers noirs sur la blancheur des salines, un dernier reflet de soleil sur le fer de leurs lances. Voici le Négus dans le guébi royal. Il est assis sur un canapé[1] des Galeries Lafayette, devant ses dignitaires en toge. Pendant que l'interprète appelle Corniglion-Molinier : M. de La Molinière, parce que le Négus au sourire triste a reçu l'avant-veille quelques junkers, entre par les fenêtres le rugissement des lions de Juda. Leurs cages bordent depuis des siècles la grande allée du palais des Négus, qui tiennent les reines de Saba pour leurs ancêtres légendaires[2]… Voici le désert, la brume couleur de sable comme les ruines, Salomon mort entouré de ses démons jaloux des trombes capricieuses, et un grand cri de la reine qui joue de la harpe sous les constellations aux noms d'insectes… Poésie des rêves morts. Car il existe des rêves tombés en poussière, le bon sauvage par exemple ; des paradis invincibles comme la justice, ou séculaires comme la liberté, l'âge d'or, et un monde de rêves passionnés dont la cendre devient poésie comme celle des dieux devient mythologie : la chevalerie, les Mille et Une Nuits... Tous ces autres mondes mineurs se mêlent, les ruines de Mareb à celles du stade de Nuremberg, aux deux jetées de pierres qui portaient les feux entre lesquels Hitler invoquait l'Allemagne dans la nuit ; aux grandes flammes des anciens autels des Mages dans les montagnes de Perse ; à la chambre funèbre de Chéops dans la Pyramide, et à la mort embusquée là-haut dans ses steppes d'astres, qui me fit apparaître le lacis des veines de la terre des vivants comme les lignes de la main de ma mère morte. Je regarde avec une affectueuse ironie ce rêve usé, pour lequel j'ai après tout risqué ma vie, dans ce petit musée qui l'accueille à la façon dont les églantiers d'un jardin de curé, à Damas, cachaient autrefois la dalle d'onyx sous laquelle repose la gloire de Saladin. Devant la porte, l'ombre d'un épervier passe, ailes étendues, comme une protection silencieuse et lointaine.

Le gardien nous fait admirer des papillons. Sont-ils venus de Saba se faire piquer sur ces bouchons ? J'aime à imaginer Balkis saluant Salomon d'une révérence orientale, un papillon sur le nez. Je pense à la vieille reine de la Casamance[1] devant son arbre sacré, sous les flocons soyeux du kapok dans ce même soleil. Il est midi. Nous devons partir. Le musée va dormir au pied des citernes géantes, sous ses beaux arbres sans odeur et sans singes.

En ville, un chapelet de grenades vient d'éclater. Sirènes. Des hurlements de fantasia se perdent dans ce très vieux silence. L'auto nous emporte, pavillon français déployé. Embouteillages et ambulances là où les grenades ont été lancées. La rue dans laquelle nous nous engageons pour contourner le rassemblement est murée. Il y en a une autre. Dans les maisons, la radio du Caire, à travers des appareils qui la diffusent au maximum de puissance, est en train de hurler que les Anglais torturent les combattants de l'indépendance. Nous regagnons l'avenue résidentielle britannique. Elle s'appelle la Maallah, mais on dit plus volontiers : le kilomètre du crime. Une radio anglaise parle du Yémen.

Il y a quatre ans, l'imam du Yémen, récent allié de la République arabe unie[2], a rompu avec la Syrie par un grand poème contre Nasser[a]...

« Ris donc, bel ermite[3] ! »

II[a]

I

1923-1945.

En 1923, j'attendais de Ceylan[1] une Afrique du Nord plus éclatante. Les marchands de bijoux avaient pris le paquebot à l'abordage avec des hurlements de pirates et des paniers pour jouvencelles, d'où ils tiraient leurs saphirs étoilés, avec la solennité des gardiens des joyaux sacrés. À terre, je rencontrai des maisons toutes vertes du côté de la mousson, de vastes jardins presque sans fleurs, le ruissellement des palmes après la pluie ; puis, à la tombée du soir, le quartier brahmanique, l'Inde entrevue sur une place étroite avec ses grands vieillards pareils à ceux d'Homère, devant une tour grouillante d'effigies bleues ; et, la nuit, les proues sculptées de quelques bateaux arabes, sous la très vieille lumière de torches qui se balançaient comme des lampes suspendues — les vaisseaux oubliés de Sinbad.

L'Inde du Sud, je ne devais la connaître que beaucoup plus tard. En 1929[2], je ne vis, à l'exception de Bénarès, que l'Inde musulmane. J'étais arrivé en Afghanistan (celui que l'on retrouve dans l'*Altenburg*) par Tachkent déjà soviétisée, et Termès, où des caravaniers de Samarcande ou de Boukhara, turbans en potirons et robes à fleurs, accroupis dans l'ombre maigre des arbres épineux, semblaient abandonnés par l'Orient des rêves devant le champ d'aviation russe. Le long terrain[3] se perdait au bord de l'aube, et déjà la chaleur semblait meurtrière. Afin de s'en protéger, le pilote était descendu dans le puits ; il en surgit, vêtu de ses seules moustaches, pour courir se balancer, avec un ami non moins nu, qui était aussi le mien (Boris Pilniak[4] ! haha, etc.), sur une escarpolette. Les balançoires remplaçaient le vent, et il fallait être en forme pour franchir le Pamir : une dizaine de pilotes s'y étaient tués — faute d'escarpolette, sans doute.

Kaboul, encore presque interdite, était ouverte aux Indiens, qui en avaient fait un faubourg, en tôle ondulée, de Lahore ou de Peshawar. Je me demandais si Lhassa était aussi moche. Mais dès Ghazni agglomérée dans ses murailles d'argile, commençaient les steppes de lavande dont le bleu fin s'accordait si bien, dans le petit matin, à celui du ciel sur les contreforts du Pamir... L'Afghanistan de 1929[1], dans ma mémoire, c'est la guerre civile, l'usurpateur ébouillanté (pauvre Abiboullah, avec sa tête de ministre de l'Agriculture !), ces vastes champs bleus ; sur les murs de chaux des bazars, toutes ces babouches courbes et noires comme des virgules, et ces instruments de musique d'Aladin, dont on n'entendait jamais le son. Un Islam ossifié était la seule carcasse qui maintînt debout ce peuple somnambule parmi ses ruines, entre la nudité de ses montagnes et le tremblement solennel du ciel blanc[2].

J'étais venu de Moscou par avion, mais je gagnai l'Inde par la route. Comment s'appelle le bourg de terre où j'ai habité un caravansérail royal, avec un merveilleux bassin plein d'une eau répugnante ? Je ne retrouve que la nuit de l'Asie centrale, le bruit mêlé de la cavalerie et des camions des Afridis qui dégringolaient des montagnes, comme au temps de Kipling, sur quelque ville afghane ou indienne, et la caravane d'un archéologue qui venait[a] de découvrir plusieurs centaines de statues gréco-bouddhiques en stuc. Il m'avait exposé l'ingéniosité des célibataires dans le domaine du repassage : la rosée efface les plis des vestons. Mais il avait déballé, quelque part avant la passe de Kyber, ses trouvailles, apportées de Hadda par les chameaux en attendant de remplacer les cocons de lavande par des emballages européens ; et peut-être pour le plaisir de revoir ses statues. À l'aube, la même rosée, victorieuse du stuc protégé par le sable pendant seize cents ans, avait transformé les Bodhisattvas gréco-méditatifs en petits tas de plâtre, que les chameaux perplexes regardaient au passage comme des âmes incinérées. Puis la passe, les pistes asphaltées de l'Empire britannique, sereines comme les routes de l'Empire romain. T. E. Lawrence avait passé des mois dans un de ces forts[3].

La route de Kyber était alors l'un des symboles de la volonté anglaise. « Et j'ai fait ceci pour montrer ce qu'un Anglais peut faire », avait écrit Scott mourant au pôle Sud. Ceux qui avaient « fait » cette route épique n'étaient pas morts, mais ils avaient vraiment écrit le nom de l'Angleterre sur le Pamir. C'était le lieu des combats contre les Afridis ou les Kafirs qui, dans les défilés, faisaient écrouler des pans d'Himalaya sur les colonnes anglaises ; le lieu où un sous-officier seul rescapé de l'extermination avait répondu, avec la voix de Sparte[1] — et celle de l'humour, à la question : « Où est la colonne ? — La colonne, c'est moi. » Je pense à vous, mes amis anglais tués dans la bataille de Londres, à la voix de Churchill dans la nuit… En 1929, l'Angleterre semblait invulnérable, et ce n'était pas à elle que je pensais[a].

Peshawar était bien la capitale des Provinces-Frontières : dans l'Islam rugueux des montagnes, surgissait la luxuriance de l'architecture moghole qui, lorsqu'elle n'est pas en ruine, tient à la fois de l'épopée et de la sucrerie. Puis Lahore, le tombeau de Djehan-Guir avec sa première cour de marbre pour maharadjahs, sa seconde cour aux murs d'argile où attendaient en rangs immobiles les vautours venus d'une tour du silence…

Est-ce près de Lahore, ou au Cachemire, près de Shahlamar[2], que j'ai vu pour la première fois des ruines végétales ? Au-delà des jardins historiques, des pavillons de marbre noir et des héronnières, un immense et banal verger s'étendait sur le bronze rouge des champs d'amarantes. Et soudain, se découvrait, entre les pommiers, un couloir d'un kilomètre : une allée impériale s'était étendue là au temps des Moghols, et les arbres ne poussaient plus sur son terrain autrefois damé. Bien qu'on ne vît pas de ruines, ces allées disparues suggéraient un accord invulnérable de la terre et de la mort, un Versailles qui conservait seulement l'existence du vide. Ce fantôme de parc s'accorde confusément dans mon souvenir, à l'observatoire de Jaipur, lieu onirique entre tous. Je ne pensais pas à l'astrologie, parce que ce gigantesque jeu de construction abandonné par les djinns suggérait un « travail » moderne, la maquette d'un palais pour un film de Méliès, et non le domaine élémentaire mais invincible des Pyramides ; je ne pensais pas à l'astronomie, parce que, pour nous, les instruments de l'astronome ne sont pas des instruments de pierre. Mais ces tranches d'escalier dressées vers des astres suggéraient un firmament insaisissable, comme les vides de Shahlamar suggéraient le parc disparu. Et ces longues rampes triangulaires étaient orientées vers la ville la plus irréelle de l'Inde musulmane. Pas seulement parce que le palais du Vent, orgue de pierre rose, est aussi étrange pour nous qu'une cathédrale pour un Oriental ; pas seulement parce qu'une rue entière était une suite de façades de toiles peintes semblables aux décors des Mille et Une Nuits de nos fêtes foraines, et qui cachaient les maisons banales ; mais parce que, soudain, le peuple des singes mélancoliques, qui semblaient les vrais habitants de cette ville sans hommes, traversa lentement la rue. Il était midi, et l'ombre, elle aussi, allait changer de trottoir[1]... Une avenue conduisait à Amber, qui, depuis deux cents ans, est sans eau. Temples, palais de marbre rouge, maisons sans toit où les buissons de fleurs sauvages croissaient dans les corridors, tout retournait au néant dans une profusion de vie végétale, dans un grouillement de mascarons balayés par les palmes, avec d'autres singes assis sur le bord des fenêtres, et le vol des paons pesamment abattu dans le silence. D'autres villes mortes, d'autres forts rouges et, sur les routes, des animaux si maigres et si doux — puis le Taj Mahal où les grands cyprès n'étaient pas encore morts, et tous leurs écureuils à petite queue avec deux raies sur le dos... Enfin Bénarès, ses hôtels fermés en cette saison, sa *rest-house* dont de vieilles femmes tiraient le panka toute la nuit, comme avant la révolte des Cipayes ; ses ruelles entre de hauts murs de pierre grise, son temple aux sculptures érotiques où l'érotisme semble un rite, son temple de Hanuman, avec un peuple de singes qui poursuivaient d'inexplicables occupations autour d'une pierre de sacrifice d'où le sang ruisselait encore, et qui s'écartaient craintivement des offrandes de tubéreuses. Tout cela, dans une brume de marches tibétaines, dont les nuages gluants s'attardaient autour des flammes entretenues devant les idoles. Le monde auquel menaient ces escaliers irréels, c'est, dans mon souvenir, un monde de murailles couvertes de lichens comme celles des ruines abandonnées sous la grande forêt, au pied desquelles brûlaient sans fin de petites lumières, avec des passages d'animaux sacrés à travers le brouillard — et toujours, dans l'encadrement d'une porte basse : des brahmes au torse ruisselant sous leurs guirlandes de frangipaniers, le sang, le linga, la brume et l'ombre. En bas, le Gange sous les nuages de la mousson, avec ses bûchers distraitement inextinguibles dans le brouillard ; et un ascète qui dansait et se tordait de rire, en criant « Bravo ! » à l'illusion du monde.

J'en étais là lorsque, à la fin de 1958, le général de Gaulle, encore président du Conseil, décida de rétablir avec plusieurs pays d'Asie, dont l'Inde, des relations qui depuis vingt ans n'avaient cessé de s'affaiblir[1].

Les sentiments qui me lient au général de Gaulle étaient déjà anciens, bien que le récit traditionnel[2] de notre première rencontre soit inventé : le général n'a certainement pas dit de moi, en Alsace, la phrase que Napoléon prononça sur Goethe, car, en Alsace, le colonel Berger n'a jamais été présenté au général de Gaulle. Il m'a reçu pour la première fois au ministère de la Guerre, après mon discours au congrès du Mouvement de libération nationale.

En 1944, les communistes étaient résolus à mettre la main sur l'ensemble des organisations de Résistance. Ce mouvement rassemblait celles qu'ils ne contrôlaient pas. L'opération prévue était simple. Au moins un tiers des membres de son comité directeur appartenaient secrètement au Parti. Ils réclamaient l'unité de la Résistance par la fusion avec le Front national, dirigé, à une forte majorité, par des communistes. Ainsi le comité directeur de la Résistance unifiée tomberait-il entre leurs mains. Ce qui commençait à devenir nécessaire. Le général de Gaulle les ménageait parce qu'il était résolu à se servir de tout pour relever la France : aucune grève n'eut lieu depuis la Libération jusqu'à son départ. Eux le ménageaient en comptant sur le temps et le marché noir, qui usent la gloire. Ils avaient voulu armer, « contre l'ennemi de l'intérieur », les milices patriotiques, que leurs adversaires appelaient, par bienveillante abréviation, les milpat : les mille-pattes. Le Général voulait l'amalgame de toutes les unités combattantes avec l'armée régulière, contre la Wehrmacht : armée ou police, la défense de la nation n'appartenait qu'à l'État. Il s'était seul opposé à l'armement des milices, et les milices n'avaient pas été armées. Les communistes entendaient lui opposer au plus tôt l'unité de la Résistance intérieure. Et nous sentions tous que l'enjeu appartenait à un domaine plus obscur et plus profond que le domaine politique.

Le Mouvement de Libération Nationale m'avait appelé à son comité directeur[1]. En janvier 1945, j'assistai donc à son congrès. Les chefs des organisations, les principaux combattants, étaient anticapitalistes par indifférence à l'argent, haine de Vichy, et dédain du personnel de la IIIe République. Le dialogue entre Camus et Herriot était significatif : « Nous voulons », avait écrit *Combat*, alors dirigé par Pascal Pia, « des chefs dont nous puissions ne plus sourire. » Les éditoriaux de *Combat* n'étant pas signés, Camus avait répondu, à la première attaque : « Ce journal est rédigé par une équipe que chacun de ses éditoriaux engage ; cela dit, cet article est de moi » ; sur quoi, Herriot avait intitulé un article « Réponse à l'homme d'équipe » et nous avions pensé que la France souhaitait être représentée par des hommes qui ne lui fissent pas hausser les épaules[2]. Que de gens eussent vu avec joie le général de Gaulle remplacé par quelque Herriot ! Pas les résistants. Malgré Vichy, les réactionnaires n'avaient manqué ni dans les camps de concentration ni dans les cercueils ; mais toute la Résistance organisée se réclamait de la gauche. L'hostilité au communisme, de la part d'adversaires du capitalisme, était d'abord une hostilité au stalinisme. Ils préféraient de beaucoup un capitalisme plus ou moins socialisé, à une police d'État devenue le quatrième pouvoir, voire, à l'occasion, le premier. C'était aussi l'hostilité à une imposture efficace dans des pays fermés, mais vaine en Europe occidentale : la Résistance communiste de 1939, l'appel communiste de 1940, la trêve de Paris conclue par les gaullistes pour sauver les Allemands, les soixante-quinze mille fusillés alors qu'on en compta vingt-cinq mille en tout[a], etc. La soumission du parti communiste au pacte germano-soviétique n'était pas oubliée, et beaucoup pensaient qu'il se soumettrait plus aisément encore, le cas échéant, à l'Armée rouge. Les membres des partis politiques étaient peu nombreux en France, en 1939 ; la plupart des résistants n'appartenaient à aucun. C'étaient, en majorité, des patriotes libéraux, et c'est pourquoi la Résistance ne trouva pas, politiquement, sa propre forme. Aux yeux de ces hommes, le stalinisme signifiait le contraire de tout ce pour quoi ils avaient combattu. Les orateurs auxquels j'allais m'opposer au congrès niaient presque tous leur appartenance au Parti, où on les retrouva l'année suivante. Six mois plus tôt, j'avais déjeuné clandestinement en province, chez un bistrot complice, avec quatre délégués non communistes dont les mouvements allaient bientôt former les Forces françaises de l'intérieur. Le travail fixé — sans obstacles — nous avions discuté de l'autonomie future de la Résistance, puis nous nous étions quittés. Je marchais à côté du délégué de Paris, dans la pluie d'une rue de la Gare provinciale. Nous avions un peu combattu ensemble. Il dit, sans me regarder : « J'ai lu vos livres. Sachez bien qu'à l'échelon national, les mouvements de Résistance sont entièrement noyautés par le parti communiste… (il posa sa main sur mon épaule, me regarda et s'arrêta) — auquel j'appartiens depuis dix-sept ans. »

Il reprit sa marche. Je me souviens de la pluie tranquille sur les toits d'ardoise, et de cette main sur mon épaule… Et aussi de la grande salle de la Mutualité où nous avions prononcé tant de discours, au temps du Comité mondial antifasciste, et où j'allais m'adresser, cette fois, aux combattants de la Résistance ; mais déjà, le jeu politique avait repris. Cette femme avait délivré son mari, mitraillette en mains, ce garçon avait fait partie du groupe franc qui avait attaqué un fourgon de la Gestapo devant le Palais de Justice ; cet autre s'était évadé deux fois, non pas comme moi, mais de cellule. Et il semblait que ces délégations de la nuit, l'aube venue, ne fussent plus que les mandataires d'un songe…

Bien que la plupart des membres du congrès fussent des survivants, leurs actions d'éclat ne les délivraient pas du sentiment d'infériorité du Girondin devant le Montagnard, du libéral devant l'extrémiste, du menchevik devant quiconque se proclame bolchevik. Alors que les communisants retrouvaient leur foulée en s'agrégeant à un parti qui commençait à parler de De Gaulle comme de Kerenski, les non-communistes tâtonnaient, parce qu'ils ne comprenaient pas qu'en ces mois, un mouvement né de la Résistance, s'il refusait d'être communiste, devait être gaulliste : parce que seul le Général voulait réellement opposer à l'État communiste un État, et une France indépendante. Ils ne le connaissaient guère ; il n'avait rien fait pour les séduire ni même pour les connaître, possédait plus de prestige que de popularité, et les croyait peut-être déjà entre les mains des communistes. Mon discours s'adressait à tous les résistants, et l'on savait que je repartais le lendemain pour le front.

La Résistance avait été une mobilisation de l'énergie française ; elle devait d'abord le redevenir, sous peine de n'être plus qu'une amicale d'anciens combattants. Nous avions été la France en haillons ; notre signification ne venait pas de l'action de nos réseaux, mais de ce que nous avions été des *témoins*. Les Houillères du Nord et du Pas-de-Calais avaient été nationalisées le 13 décembre ; Renault, le 16 janvier. Ce n'étaient pas des mesures de droite[a]. La mesure décisive, chacun le savait, serait la nationalisation du crédit ; si le gouvernement la prenait, il fallait le laisser une bonne fois gouverner, et nous devions nous définir par une tâche nationale, non électorale. On avait parlé des obstacles qu'allait rencontrer le retour des prisonniers. Que le Mouvement rétablît toutes ses sections, du Rhin à Paris, pour les mettre à leur service. Que le Front national se joignît à nous, s'il le voulait, *pour l'action commune*. On verrait ensuite. « Une nouvelle Résistance commence[1]... »

Après dix ou quinze discours, les visites « fraternelles » de délégations communistes ou paracommunistes, la fusion était écartée par 250 voix contre 119. Le parti communiste ne disposerait pas de la Résistance contre le général de Gaulle. Mais pendant mon retour au front, à travers la Champagne couverte de neige, je pensais à mes camarades communistes d'Espagne, à l'épopée de la création soviétique, malgré la Guépéou ; à l'Armée rouge, aux fermiers communistes de Corrèze toujours prêts à nous accueillir malgré la Milice, pour ce Parti qui semblait ne plus croire à d'autres victoires que celles du camouflage. Je pensais à la main sur mon épaule, dans la rue de la Gare où les ardoises brillaient sous la pluie.

2

1945-1965.

Je venais quelquefois à Paris, car nombre de questions étaient encore du ressort du ministère de la Guerre. J'y retrouvai Corniglion, devenu général et compagnon de la Libération. Il allait prendre bientôt le commandement de l'aviation contre le bastion de Royan, l'un des derniers points d'appui allemands en France. En attendant, il écrivait un bouquin humoristique[1] avec le docteur Lichvitz, que j'avais connu à la 1re D.F.L., et qui était devenu le médecin du général de Gaulle. Il en lisait des chapitres, avec une intarissable bonne humeur, à Gaston Palewski (à la suite de quelque conflit à Londres, cet ambassadeur-né était parti en Abyssinie conquérir Gondar, avant de devenir directeur du cabinet du Général), au capitaine Guy, à quelques autres. C'est ainsi que je fis connaissance du fameux « entourage[2] ».

Quelques jours après le congrès du M.L.N., nous parlâmes d'élections ; on parle toujours d'élections[3]. Je n'éprouvais nul désir de devenir député. Mais j'avais un dada : transformer l'enseignement par l'emploi généralisé des moyens audiovisuels. Seuls le cinéma et la radio étaient alors en cause ; on pressentait la télévision. Il s'agissait de diffuser les cours de maîtres choisis en raison de leurs qualités pédagogiques, pour apprendre à lire comme pour découvrir l'histoire de France. L'instituteur n'aurait plus pour fonction d'enseigner, mais d'aider les enfants à apprendre.

« En somme, dit Palewski, vous voulez faire enregistrer le cours d'Alain, et le diffuser dans tous les lycées ?

— Et remplacer le cours sur la Garonne par un film sur la Garonne.

— Mais c'est excellent ! Seulement, je crains que vous ne connaissiez pas encore le ministère de l'Éducation nationale… »

Nous avions parlé aussi de l'Indochine. J'avais dit, écrit,

proclamé depuis 1933, que les empires coloniaux ne survivraient pas à une guerre européenne. Je ne croyais pas à Bao-Daï, moins encore aux colons. Je connaissais la servilité qui, en Cochinchine comme ailleurs, agglutine les intermédiaires autour des colonisateurs. Mais, bien avant l'arrivée de l'armée japonaise, j'avais vu naître les organisations paramilitaires des montagnes d'Annam.

« Alors, me dit-on, que proposez-vous ?

— Si vous cherchez comment nous conserverons l'Indochine, je ne propose rien, car nous ne la conserverons pas. Tout ce que nous pouvons sauver, c'est une sorte d'empire culturel, un domaine de valeurs. Mais il faudrait vomir une "présence économique" dont le principal journal de Saigon ose porter en manchette quotidienne : "Défense des *intérêts* français en Indochine." Et faire nous-mêmes la révolution, qui est inévitable et légitime : d'abord annuler les créances usuraires, presque toutes chinoises, sous lesquelles crève la paysannerie d'un peuple paysan. Puis partager les terres, puis aider les révolutionnaires annamites, qui ont sans doute bien besoin de l'être. Ni les militaires, ni les missionnaires, ni les enseignants, ne sont liés aux colons. Il ne resterait pas beaucoup de Français, mais il resterait peut-être la France...

« J'ai horreur du colonialisme à piastres. J'ai horreur de nos petits-bourgeois d'Indochine qui disent : "Ici on perd sa mentalité d'esclave !" comme s'ils étaient les survivants d'Austerlitz, ou même de Lang Son. Il est vrai que l'Asie a besoin des spécialistes européens[1] ; il n'est pas vrai qu'elle doive les avoir pour maîtres. Il suffit qu'elle les paye. Je doute que les empires survivent longtemps à la victoire de deux puissances qui se proclament anti-impérialistes.

— Je ne suis pas devenu Premier ministre de Sa Majesté pour liquider l'Empire britannique, dit Corniglion, citant Churchill.

— Mais il n'est plus Premier ministre. Et vous connaissez la position du Labour sur l'Inde.

— Tout de même, dit Palewski, vous ne pouvez pas exécuter un tel renversement avec notre administration ?

— Il y a encore en France de quoi faire une administration libérale. Je vais plus loin. Pour faire de l'Indochine un pays ami, il faudrait aider Ho Chi Minh. Ce qui serait difficile, mais pas plus que ne l'a été, pour l'Angleterre, d'aider Nehru.

— Nous sommes beaucoup moins pessimistes que vous… »

Ce qui nous mena à la propagande. L'Information était entre les mains de Jacques Soustelle, qui souhaitait changer de ministère.

« À peu de chose près, dis-je, les moyens d'information dont vous disposez n'ont pas changé depuis Napoléon. Je pense qu'il en existe un beaucoup plus précis et efficace : les sondages d'opinion.

— L'Intérieur ne les emploie pas ?

— L'Intérieur “se renseigne”. Mais il ne dispose pas de l'échantillonnage sans lequel aucune précision n'est possible… »

Les procédés de Gallup n'étaient alors connus, en France, que des spécialistes. Je les exposai rapidement.

« Vous y croyez ?

— À condition de n'employer que des informateurs indifférents à la politique, je crois possible de connaître les conséquences du vote des femmes, la réponse au référendum que vous préparez… Il en est des sondages comme de la médecine : moins rigoureuse qu'elle ne le dit, plus rigoureuse que tout ce qui n'est pas elle…

« Et puis, il y a l'information du pays — c'est-à-dire la propagande. Or, les limites de la publicité américaine sont vite atteintes ; quant à la propagande totalitaire, je la crois inséparable du parti unique. Je doute que le général de Gaulle soit prêt à créer un tel parti. Il n'acceptera ni l'État au service du Parti ni le Parti comme principal moyen d'action de l'État. Il veut l'armée, et non les milices ; la Sûreté nationale, et non la police du Parti…

« Le premier objet de votre propagande serait de le faire comprendre car, si surprenant que ce soit, personne n'en sait rien. Mais je crois que l'on peut mobiliser des énergies si l'on oppose aux mythes, non d'autres mythes, mais une action. La force du Général est dans ce qu'il a fait, dans ce qu'il fait. Quelles sont les vraies forces en présence ? Vous, et les partis dans la mesure où la Résistance les a désinfectés. Les radicaux vont s'effondrer.

— Et le M.R.P. ?

— Sa carte est bonne : le pays le tient pour le parti du Général. Si les communistes sont vos seuls adversaires sérieux, ce n'est pas à cause de Marx, c'est à cause de Lénine. Que chacun de vos ministres dise au pays : Voici ma tâche la plus urgente. Je vous en dois compte, et ne vous reparlerai que lorsqu'elle sera terminée. Non ?

— Peut-être est-ce une des clefs du fascisme...

— Après tout », répondit Corniglion, citant cette fois — ironiquement — Napoléon[a] : « "La guerre est un art simple, et tout d'exécution[1]..." »

J'habitais, à Boulogne[2], la grande maison de style hollandais où, plus tard, la petite Delphine Renard faillit être aveuglée à ma place par les explosifs de l'O.A.S. Sans doute était-il neuf heures passées, car le soir d'été se changeait en nuit au-dessus d'un fortin-guérite construit par les Allemands à l'angle du jardin. Le téléphone sonna.

« J'ai une communication importante à vous faire, dit l'un de mes interlocuteurs habituels. Pouvez-vous me recevoir dans une heure ou deux ?

— Entendu.

— Je passerai vers onze heures. »

À onze heures, la voiture militaire de celui qui m'avait téléphoné[3] s'arrêta devant la maison. J'allai ouvrir. Nous étions seuls. Il ne franchit pas le seuil du vaste atelier encore mal éclairé.

« Le général de Gaulle vous fait demander, au nom de la France, si vous voulez l'aider. »

La phrase était singulière. Pourtant, à Londres, l'un des premiers discours du Général aux officiers avait été à peu près : « Messieurs, vous savez où est votre devoir. » Et tel était aujourd'hui le ton.

« La question ne se pose évidemment pas, répondis-je.

— Je vous dirai l'heure demain. »

Il me serra la main. La voiture, qui avait tourné, contourna le menu fortin et disparut vers la Seine.

J'étais étonné. Pas trop : j'ai tendance à me croire utile... Mais après ma première évasion, en novembre 1940, j'avais écrit au général de Gaulle[4] ; les F.F.L. ne disposaient sans doute pas d'aviateurs à revendre. Pas de réponse. Comme on disait qu'il avait écarté Pierre Cot, j'avais supposé qu'en raison de la guerre d'Espagne, mon concours ne lui semblait pas opportun ; sans amertume, car plus tard nos maquis, avant la création de la brigade Alsace-Lorraine, trouvèrent toujours l'aide du général Kœnig — donc, la sienne. Je fus convoqué au ministère de la Guerre[5]. Dans l'antichambre, je trouvai un visiteur cordial, d'un bon sens fin et civil qui m'intrigua, car, malgré son costume, je devinais un militaire. Bientôt on vint le chercher : c'était le général Juin[a].

Le bureau qui avait été celui du comte Daru, style Empire majestueux, avait été affecté à Palewski. De l'autre côté de l'escalier monumental, un bureau d'attente, où se trouvaient les aides de camp, précédait celui du général de Gaulle. « C'est loin de s'arranger... », me dit l'un des officiers, qui était un ami. Il y avait là quelque chose de solennel et de silencieux qui me fit rêver aux lieux d'attente des chefs romains. Le téléphone d'appel sonna en même temps que l'heure. Je fus introduit dans une pièce à laquelle de grandes cartes d'état-major donnaient une atmosphère de travail. Le Général me fit signe[b] de m'asseoir à droite de son bureau.

J'avais conservé un souvenir précis de son visage : vers 1943[1], Ravanel, alors chef des groupes francs, m'avait montré sa photo parachutée. En buste ; nous ne savions pas même que le général de Gaulle était très grand. J'avais pensé aux délégués du tiers état stupéfaits lorsqu'ils avaient vu pour la première fois Louis XVI ; jusqu'en 1943, nous n'avions pas connu le visage de l'homme sous le nom duquel nous combattions.

Je ne le découvrais pas, je découvrais ce par quoi il ne ressemblait pas à ses photos. La vraie bouche était un peu plus petite, la moustache un peu plus noire. Et le cinéma, bien qu'il transmette maintes expressions, n'a transmis qu'une seule fois son regard dense et lourd : beaucoup plus tard, lorsque, dans un entretien avec Michel Droit, il regarde l'appareil de prise de vues, et semble alors regarder chacun des spectateurs.

« D'abord, le passé », me dit-il.

Surprenante introduction.

« C'est assez simple, répondis-je. Je me suis engagé dans un combat pour, disons, la justice sociale. Peut-être, plus exactement : pour donner aux hommes leur chance... J'ai été président du Comité mondial antifasciste avec Romain Rolland, et je suis allé avec Gide porter à Hitler — qui ne nous a pas reçus — la protestation contre le procès de Dimitrov et des autres soi-disant incendiaires du Reichstag. Puis il y a eu la guerre d'Espagne, et je suis allé me battre en Espagne. Pas dans les Brigades internationales, qui n'existaient pas encore, et auxquelles nous avons donné le temps d'exister : le parti communiste réfléchissait... Puis, il y a eu la guerre, la vraie. Enfin est arrivée la défaite[a], et comme beaucoup d'autres, j'ai épousé la France[1]. Quand je suis revenu à Paris, Albert Camus m'a demandé : Devrons-nous donc choisir un jour entre la Russie et l'Amérique ? Pour moi, ce n'est pas entre la Russie et l'Amérique, c'est entre la Russie et la France. Lorsqu'une France faible se trouve en face d'une puissante Russie, je ne crois plus un mot de ce que je croyais lorsqu'une France puissante se trouvait en face d'une faible Union soviétique. Une Russie faible veut des fronts populaires, une Russie forte veut des démocraties populaires.

« Staline a dit devant moi : "Au début de la révolution, nous nous attendions à être sauvés par la révolution européenne, et maintenant la révolution européenne attend l'Armée rouge..." Je ne crois pas à une révolution française faite par l'Armée rouge et maintenue par la Guépéou — et pas davantage au retour à 1938.

« Dans le domaine de l'Histoire, le premier fait capital des vingt dernières années, à mes yeux, c'est le primat de la nation. Différent de ce que fut le nationalisme : la particularité, non la supériorité. Marx, Victor Hugo, Michelet (Michelet qui avait écrit : "La France est une personne[2] !") croyaient aux États-Unis d'Europe. Dans ce domaine, ce n'est pas Marx qui a été prophète, c'est Nietzsche, qui, lui, avait écrit : "Le XXe siècle sera le siècle des guerres nationales[3]." À Moscou, avez-vous entendu *L'Internationale*, mon général ?

— On n'en parlait pas : elle avait mal tourné.

— J'étais là-bas quand l'hymne russe est devenu le chant des cérémonies. Depuis quelques semaines, on lisait dans la *Pravda*, pour la première fois, les mots : notre patrie soviétique[4]. Chacun a compris. Et j'ai compris que tout se passait comme si le communisme était le moyen enfin découvert par la Russie pour assurer dans le monde sa place et sa gloire : une orthodoxie ou un panslavisme qui aurait réussi... »

Il me regardait sans assentiment ni désaccord, avec attention.

« Parce que — même si l'on ne tenait pas compte de Lénine, de Trotski, de Staline, ce qui serait difficile — le communisme serait ce qui saisit le mieux, aujourd'hui, le fait révolutionnaire, qu'a saisi en d'autres temps la Révolution française…

— Qu'entendez-vous par : le fait révolutionnaire ?

— La forme provisoire prise par la revendication de la justice, des jacqueries aux révolutions. Pour notre siècle, il s'agit de justice sociale, ce qui tient sans doute à l'affaiblissement des grandes religions ; les Américains sont croyants, mais la civilisation américaine n'est pas une civilisation religieuse.

« Le Front national est paracommuniste, en attendant d'être communiste ; mes camarades sont paratravaillistes, en attendant un travaillisme qui n'existe pas, et dont ils ne savent s'ils l'attendent d'eux-mêmes, du parti socialiste, ou de vous.

— Que veulent-ils *faire* ?

— Comme en 1848, comme en 1871, jouer une pièce héroïque qui s'appelle la Révolution. Noblement, pour les vrais, qui ne sont pas sortis des pavés après l'arrivée de l'armée. En parodiant… Clausewitz, je crois, je dirai que la politique leur semble continuer la guerre par d'autres moyens. Malheureusement, ce n'est pas vrai. La politique, pour moi (comme, me semble-t-il, pour vous, et même pour les communistes), implique la création, puis l'action, d'un État. Sans État, toute politique est au futur, et devient plus ou moins une éthique. Ce que les organisations de Résistance ne semblent pas soupçonner. S'il ne s'agit plus de révolution, de quoi s'agit-il ? Pour les politiciens d'hier ou de demain, d'entrer dans les partis, ou de former un nouveau parti. La Résistance communisante aboutit au parti communiste ou au faux nez communiste. L'autre aboutit où l'on voudra, car les partis, je l'ai dit à M. Palewski, ont besoin de se désinfecter. Mais s'il y a eu les radicaux maquisards, il n'y a pas de maquisards radicaux. Un parti a des objectifs. La Résistance en avait un : contribuer à libérer la France. Les résistants ont été, en gros, des patriotes libéraux. Le libéralisme n'est pas une réalité politique, c'est un sentiment, et un sentiment qui peut exister dans plusieurs partis, mais qui ne peut en fonder un. Au congrès du M.L.N., j'ai découvert que le drame actuel de la Résistance est là.

« Ses membres ne sont pas contre le communisme. En tant que doctrine économique, 50 % d'entre eux le préfèrent. Ils sont contre les communistes ; peut-être, plus précisément, contre ce qu'il y a de russe dans le communisme français. Ils ne croient pas que l'énergie qu'ils admirent dans le P.C. russe, et les délations, les arguties, les exclusions — voire les procès — qu'ils lui reprochent, forment un tout. Le rêve secret d'une bonne partie de la France, et de la plupart de ses intellectuels, c'est une guillotine sans guillotinés. Ce qui les fascine dans le communisme, c'est l'énergie au service de la justice sociale ; ce qui les sépare des communistes, ce sont les moyens de cette énergie. Libéralisme pas mort. Les membres des partis étaient peu nombreux en France, et ce que j'ai connu de la Libération, en province et aux Actualités, c'est l'atmosphère d'un Front populaire triomphant. Mais le Front populaire n'a fait ni sa révolution ni son parti unique (et ses adversaires, pas davantage). Ce que j'ai appelé, au sujet de l'Espagne, l'"illusion lyrique" ne mène pas à une vraie formation politique. Il en va des radicaux comme des communistes, pour des raisons opposées : quand ils entrent dans un Front populaire, c'est avec l'espoir de l'écraser.

— Croyez-vous ? »

Le ton était peut-être ironique.

« Je crois que non seulement le libéralisme, mais encore le jeu parlementaire sont condamnés dans tous les pays où les partis auront pour partenaire un parti communiste puissant. Le gouvernement parlementaire implique une règle du jeu, comme le montre bien le plus efficace de tous : le gouvernement britannique. Les communistes se servent du jeu à leurs propres fins, mais ils ne le jouent pas. Et il suffit qu'un partenaire ne suive pas les règles pour que le jeu change de nature. Si le parti socialiste, le parti radical, etc., sont des partis, alors les communistes sont autre chose…

« De plus, la droite traditionnelle s'était liée à Vichy, si bien que nous allons voir une gauche orientée par la surenchère communiste, sans droite reconnue. Et pourtant ce n'est pas seulement la Résistance, c'est la France, qui ne croit pas au retour du parlementarisme de naguère. Parce qu'elle pressent la plus violente métamorphose que l'Occident ait connue depuis la fin de l'Empire romain. Elle n'a pas envie de l'affronter sous la conduite de M. Herriot. Et puis, la fin de la IIIe République est liée à la défaite. Elle ne s'était pourtant pas si mal défendue, pendant la guerre de 14… »

Il leva l'index, d'un geste qui signifiait : prenez garde !

« Ce n'est pas la République qui a gagné la guerre de 14, c'est la France. À la déclaration de guerre, à la Marne, à partir de Clemenceau, on a mis en veilleuse les rivalités, les partis…

— Clemenceau, n'est-ce pas la France républicaine ?

— J'ai rétabli la république. Mais il faut qu'elle puisse refaire la France. Le fait national est très différent des nationalismes, je le reconnais. Les communistes le comprennent, à leur manière. C'est pour cela qu'ils ont tenu à leur histoire de milices. Ils sentent qu'un État qui n'assure plus la défense de la nation est un État condamné. Ni les deux Empires français, ni l'Empire allemand, ni l'Empire russe, n'ont survécu à la défaite. La légitimité profonde de l'État est là. Vous avez raison de dire que le communisme a permis à la Russie de refaire son armée…

— Et de retrouver son âme. »

Je m'aperçus que je l'avais interrompu, car il laissait parfois entre ses phrases d'assez longs silences, mais poursuivait sa pensée.

« … et l'Asie ne retrouve son âme, comme vous dites, qu'en retrouvant ses nations. Peut-être la monarchie française est-elle morte à Rossbach[1]… Je vous en prie, continuez.

— Churchill a écrit que Clemenceau lui avait paru un des hommes de la Révolution[2]… »

Il cligna un peu des yeux, avec une expression de confidence ironique que je retrouve souvent lorsque l'Histoire est en cause :

« Ils ont beaucoup parlé, et très bien. Ça compte. Ils ont créé la nation mobilisée, contre des armées mercenaires. Tout a craqué quand les autres nations sont elles aussi entrées dans le jeu… Mais c'était contre Napoléon.

— Croyez-vous que Mirabeau eût sauvé la monarchie ?

— Il est mort à temps. Je crois qu'il aurait beaucoup déçu — et se serait beaucoup déçu lui-même… »

En face de la galerie romaine des guillotinés, l'individualiste prêt à trahir la révolution pour les yeux de la reine et les deniers du roi, mort lentement et noblement après le départ des deux filles qui se trouvaient dans son lit, apparaissait comme un grand aventurier. Il lui manquait le sacre obscur que la patrie ou le peuple apportait à tous les autres jusqu'au 9 Thermidor. J'avais lu ce que le général de Gaulle avait écrit de Hoche, et c'est à lui qu'il pensa, peut-être parce que Hoche aussi était mort empoisonné :

« Hoche est une belle figure. Où qu'on le mette, il se trouve digne de sa fonction… Et puis la Vendée, convaincre les gens de se rassembler autour d'une table pour parler avant de s'assassiner… Mais quand on l'a empoisonné, il filait un mauvais coton… »

Je le regardai interrogativement. Il sourit avec ironie :

« … la dictature[1]…

— À sa libération de la Conciergerie, dis-je, il a dû s'effacer dans le couloir, pour laisser entrer un nouveau prisonnier : c'était Saint-Just[2].

— Oh ! ce sont toujours les mêmes qui se rencontrent… »

« Saint-Just dans le couloir, Joséphine dans la chambre », pensai-je. Il leva l'index comme il l'avait fait quelques minutes plus tôt :

« Ne vous y trompez pas : la France ne veut plus la révolution. L'heure est passée. »

Je fus frappé par la neutralité du ton — la même que s'il eût parlé de l'Empire romain. Nos intellectuels vivaient avec passion une mythologie politique, et les armées du communisme et du fascisme s'affrontaient encore. Pour la première fois, j'éprouvai comment les valeurs suprêmes de tant d'autres, dont beaucoup n'étaient pas ses adversaires, devenaient pour lui négligeables. Il avait naguère distraitement répondu à l'exposé du ministre du Ravitaillement sur le marché noir, qui obsédait Paris : « Il faudra bien que les Français se décident à s'occuper d'autre chose que de leurs histoires de harengs saurs… » Ce n'était pas Marie-Antoinette parlant des brioches. « L'heure est passée », était dit sur le ton dont un mystique parle des passions. Mais les mystiques ne croient guère à l'Histoire…

« La manchette de *Combat*, dis-je, est encore : de la Résistance à la Révolution.

— Quel est le tirage de *Combat* ?

« J'ai annoncé que seraient nationalisées, dans l'année, toutes les sources d'énergie et de crédit. Pas pour la gauche : pour la France. La droite n'est pas pressée de soutenir l'État, et la gauche l'est trop.

« Ce que M. Palewski m'a rapporté de votre conversation au sujet de la propagande m'a intéressé. Où en sont les intellectuels ? Je ne veux pas dire : quant à la propagande, mais… dans l'ensemble.

— Il y a ceux que la Résistance a menés au romantisme historique, et cette époque devrait les combler. Ceux qu'elle a menés, ou qui se sont menés tout seuls, au romantisme révolutionnaire, qui consiste à confondre l'action politique avec le théâtre. Je ne parle pas de ceux qui sont prêts à se battre pour créer des soviets : je ne parle pas des acteurs, mais des spectateurs. Depuis le XVIIIe siècle, il y a en France une école des "âmes sensibles". Dans laquelle les femmes de lettres jouent d'ailleurs un rôle assez constant.

— Mais pas comme infirmières.

— La littérature est pleine d'âmes sensibles dont les prolétaires sont les bons sauvages. Mais il n'est pas facile de comprendre comment Diderot a pu croire que Catherine II ressemblait à la Liberté…

— Voltaire faisait des épigrammes sur la bataille de Rossbach… Mais c'est dommage.

— La situation des intellectuels sérieux est difficile. La politique française s'est volontiers réclamée des écrivains, de Voltaire à Victor Hugo. Ils ont joué un grand rôle dans l'affaire Dreyfus. Ils ont cru retrouver ce rôle au temps du Front populaire. Déjà celui-ci se servait d'eux plus qu'il ne s'en réclamait. Cette utilisation, du côté communiste, a été mise au point avec beaucoup d'habileté par Willy Münzenberg — mort depuis. Mais depuis 1936, qu'ont fait ces intellectuels qui n'ont cessé de se réclamer de l'action, dont Montesquieu ne se réclamait pas ? Des pétitions.

« Et puis il y a les philosophes professionnels. Pour ceux-là, Lénine ou Staline n'est qu'un disciple de Marx. Ils me font penser à un rabbin d'Ispahan qui me demandait jadis : "Vous qui êtes allé en Russie, est-ce vrai que les communistes aussi ont un *livre*[1] ?" Ceux-là cherchent la théorie derrière l'action. Une théorie d'une nature particulière : Marx, mais pas Richelieu. Pour eux, *Richelieu n'avait pas de politique*. J'ai dit à M. Palewski qu'à l'heure actuelle, *ils ne vous entendent pas*. Ils ont peu conscience de la contradiction dans laquelle ils vivent, parce que l'action ne la met jamais à l'épreuve. Mais ils la ressentent confusément, comme on l'a vu au congrès du M.L.N. Et puis, la vraie Résistance a perdu les deux tiers des siens…

— Je sais, dit-il tristement, je… »

J'eus le sentiment qu'il allait ajouter : je sais aussi que

vous y avez perdu les vôtres, mais sa phrase resta suspendue et il se leva.

« Qu'est-ce qui vous a frappé, en retrouvant Paris ?

— Le mensonge[a1]. »

L'aide de camp avait entrouvert la porte, et le Général me reconduisait :

« Je vous remercie », me dit-il.

J'avais redescendu l'escalier monumental, confondu rêveusement les huissiers et les armures, et marchais dans la rue. Par quoi m'avait-il surpris ? Les Actualités m'avaient rendu familiers son aspect et même le rythme de sa parole, qui ressemble à celui de ses discours. Mais au cinéma, il parlait ; je venais de rencontrer un homme qui interrogeait, et sa force prenait d'abord, pour moi, la forme de son silence.

Il ne s'agissait pas d'un interrogatoire. Il aime la courtoisie de l'esprit. Il s'agissait d'une *distance* intérieure que je n'ai rencontrée, plus tard, que chez Mao Tsé-toung. Il portait encore l'uniforme. Mais l'éloignement des généraux de Lattre et Leclerc ne leur appartenait pas, il appartenait à leurs étoiles. Je me demandais souvent, devant tel militaire : que serait-il « dans le civil » ? Tantôt de Lattre eût été ambassadeur, et quelquefois cardinal. Dans le civil, le général de Gaulle eût été le général de Gaulle.

Son silence était une interrogation. J'aurais pensé à Gide, s'il n'y avait eu dans le silence de Gide une curiosité[2] chinoise. « Mon général », avait-il demandé à Alger, de sa meilleure voix d'inquisiteur déférent, « voulez-vous me permettre une question : quand avez-vous décidé de *désobéir* ? » Le Général avait répondu par un geste vague, et vraisemblablement pensé à la célèbre phrase anglaise relative à l'amiral Jellicoe : « Il a toutes les qualités de Nelson, sauf celle de désobéir[3]. » Gide m'avait parlé[b] de la « noblesse cérémonieuse » de son accueil ; à un déjeuner, il est vrai. Je ne gardais pas le souvenir d'une cérémonie, mais de cette distance singulière en ce qu'elle n'apparaissait pas seulement entre son interlocuteur et lui, mais encore entre ce qu'il disait et ce qu'il était. J'avais déjà rencontré cette présence intense, que les paroles n'expriment pas. Ni chez des militaires, ni chez des politiques, ni chez des artistes : chez des grands esprits religieux, dont les paroles affablement banales semblent sans relation avec leur vie intérieure. C'est pourquoi j'avais pensé aux mystiques lorsqu'il avait parlé de révolution.

Il établissait avec son interlocuteur un contact très fort, que l'éloignement semblait rendre inexplicable. Contact dû d'abord à ce qu'il imposait le sentiment d'une personnalité totale — le sentiment opposé à celui qui fait dire : on ne juge pas un homme d'après une conversation. Il y avait dans ce qu'il m'avait dit le poids que donne la responsabilité historique à des affirmations très simples. (Celui de la réponse de Staline à la question de Hearst, en 1933 : « Comment pourrait se dérouler une guerre entre l'Allemagne et l'Union soviétique, qui n'ont pas de frontière commune ? — On en trouve. ») Malgré sa courtoisie, on semblait toujours lui rendre compte. Nous n'avions pas abordé la modernisation de l'enseignement, ni précisé le domaine dans lequel je lui serais éventuellement utile. J'avais vu un officier général qui aimait les idées et les saluait imperceptiblement au passage ; l'homme devant qui chacun était responsable parce qu'il était responsable du destin de la France ; enfin un personnage hanté, dont ce destin *qu'il devait découvrir et affirmer* emplissait l'esprit. Chez un religieux : la personne, le sacerdoce, la transcendance. La transcendance telle que l'avaient conçue les fondateurs d'ordres combattants. Avant de traverser, je levai distraitement les yeux : rue Saint-Dominique.

Je tentais de tirer au clair une impression complexe : il était égal à son mythe, mais *par quoi* ? Valéry l'était parce qu'il parlait avec autant de rigueur et de pénétration que M. Teste — argot et fantaisie en plus. Einstein était digne d'Einstein par une simplicité de franciscain ébouriffé que ne connaissent d'ailleurs pas les franciscains. Les grands peintres ne se ressemblent que lorsqu'ils parlent de peinture. Le seul personnage que le général de Gaulle appelât alors dans ma mémoire, non par ressemblance mais par opposition, à la façon dont Ingres appelle Delacroix, c'était Trotski[a1].

Quelques jours plus tard[2], j'étais appelé comme conseiller technique à son cabinet. C'est alors que commença l'étude du plan de modernisation de l'Éducation nationale, et que Stoetzel reçut le premier million qui lui permit d'organiser des sondages sérieux. Les dieux nous aidèrent : le dernier sondage, relatif au référendum constitutionnel (ils étaient encore secrets) fut exact à 997 pour 1 000. D'avril à août, Roosevelt, Mussolini et Hitler étaient morts, Churchill était parti, l'Allemagne avait capitulé, la bombe atomique explosé sur Hiroshima. Le 21 octobre, les élections envoyaient à l'Assemblée 302 députés communistes et socialistes. Le Général, élu chef du gouvernement à l'unanimité des votants, formait son ministère, dans lequel je devenais ministre de l'Information[1]. Tâche instructive : il s'agissait surtout d'empêcher chaque parti de tirer la couverture à lui. Thorez observait la règle du jeu : mettre le parti communiste au service de la reconstruction de la France. Mais en même temps, le Parti noyautait, noyautait ; les rapports de Marcel Paul étaient insolemment faux. Et dans ce gouvernement tripartite, les faux exposés communistes commençaient à susciter les faux exposés socialistes et M.R.P. Le Général, après le Conseil, tentait encore de convaincre tel ou tel ministre. Mais son arbitrage, qu'il tenait pour essentiel à l'action de l'État, ne pouvait devenir un arbitrage permanent entre des fictions, et je doutais qu'il supportât longtemps ce concours d'impostures. Il semblait découvrir ce qu'il savait pourtant depuis toujours, mais que la guerre, la Résistance, et peut-être sa familiarité avec la démocratie anglaise, avaient estompé : que notre démocratie est un combat de partis et que la France joue dans ce combat un rôle subordonné. Il avait été déconcerté d'entendre Herriot, puis Léon Blum, à qui il proposait d'entrer au gouvernement comme ministres d'État[2] pour contribuer au relèvement du pays, répondre qu'ils préféraient se consacrer à leur parti. D'autant plus qu'il savait, du second au moins, que ce n'était pas seulement pour y être le premier.

Son amertume, lorsqu'il fut attaqué par Herriot, tint d'abord à sa certitude que les jeux parlementaires allaient recommencer. Pensa-t-il que la France devrait bientôt le rappeler ? Nous le pensions tous. Quelques jours avant son départ, Léon Blum et moi étions ses invités dans sa villa de Neuilly. Après le dîner, nous nous trouvâmes tous trois à une petite table, et il dit à Léon Blum, mi-sérieusement, mi-ironiquement :

« Eh bien ! convainquez-le ! »

Il s'agissait de la confiance que l'on pouvait accorder à la coopération des communistes au gouvernement.

« Comment voulez-vous, dis-je, que de vrais communistes ne nous prennent pas pour un gouvernement Kerenski ou un gouvernement Pilsudski ? Il ne peut s'agir que de savoir qui tirera le premier : ce n'est plus un État, c'est un duel à l'américaine. Souvenez-vous du Front populaire…

— Mais le Front populaire a tenu. »

Léon Blum leva vers nous son long visage fin, et, joignant les mains à plat, répéta fermement, d'une voix frêle et un peu désabusée qui contrastait avec la voix profonde du Général :

« Ça a tenu…

— Oui », répondit le Général amèrement.

Il pensait vraisemblablement : et après ? Pour Léon Blum, malgré son courage moral, qui était grand, la politique impliquait la conciliation[1]. Les accords Matignon avaient été un tour de force. Il ne s'agissait pas de la conciliation superficielle qui accompagne les actions conjuguées, et que le Général possède assez bien, mais d'une conciliation profonde, une sorte de conversion de l'adversaire. (Les hommes sont aisément sensibles aux arts pour lesquels ils possèdent de grands dons…) Je crois que Léon Blum accordait à la conciliation la valeur que le général de Gaulle accordait à l'inflexibilité.

« Ça a tenu, dis-je, parce que l'Union soviétique était faible. Avec l'Armée rouge et le Staline d'aujourd'hui…

— Peut-être l'Amérique ne serait-elle pas pressée de voir les Russes à Paris…

— S'ils s'appelaient Parti communiste français et s'il n'y avait pas de coup d'État, les États-Unis bougeraient-ils ?… Mais je voulais dire ceci. Dans sa période révolutionnaire, le Front populaire a fait de vraies réformes, et…

— Par exemple, dit Léon Blum en souriant, il a tenté de réarmer la France[2]…

— C'est vrai. Mais, sa période révolutionnaire terminée, nous avons retrouvé le Parlement traditionnel. Que le tripartisme espère bien retrouver à son tour, et dont il n'est séparé que par l'action du général de Gaulle. Or, à la déclaration de la guerre, qu'était devenu votre effort militaire ? Les gouvernements avaient voulu concilier les partisans d'Hitler et ses adversaires, les partisans des blindés et leurs adversaires. Alors, on a mis un demi-soldat dans un demi-char[3], pour livrer un demi-combat.

— Vous savez, répondit-il en souriant davantage, que je ne tiens pas le parlementarisme pour le meilleur gouvernement démocratique possible… »

Je le savais, et sans doute ce qu'il avait écrit à ce sujet avait-il contribué à le rapprocher du général de Gaulle.

« Au fond, reprit-il, vous pensez que le compromis appartient à la politique du XIXe siècle… C'est possible. Peut-être aussi la vie elle-même est-elle un compromis… Seulement… Staline n'a pas mis des demi-soldats dans des demi-chars ; mais il a mis beaucoup de gens dans des cercueils… Quand j'étais au gouvernement, je me suis demandé souvent si le compromis n'était pas la rançon de la liberté…

— Le problème capital de la Libération est sans doute de concilier l'autorité réelle de l'État avec les libertés réelles des citoyens. Facile à dire, difficile à faire…

— Dans une certaine mesure, les Anglo-Saxons l'ont fait.

— Mais le parti communiste ne compte ni en Angleterre ni aux États-Unis… »

Mme de Gaulle apportait le café. Je l'accompagnai. Le Général n'avait rien dit. Un peu plus tard, les deux hommes se trouvaient à l'extrémité du salon, sous le regard perplexe des deux femmes. Le Général savait, par les articles du *Populaire*, que tout ce que son interlocuteur venait de dire épisodiquement reposait sur la croyance — la croyance, non l'idée — qu'il n'y aurait pas de France sans démocratie, pas de démocratie politique sans démocratie sociale, et pas de démocratie sociale sans démocratie internationale. Léon Blum tenait le socialisme pour la forme extrême de la démocratie ; d'où la conciliation entre son appel au collectivisme, et son goût très vif des libertés individuelles. Il y avait chez lui une confiance en l'homme aussi profonde que la foi communiste, et qu'il justifiait d'ailleurs en transposant Spinoza : « Toute action dont nous sommes nous-mêmes la cause, en tant que nous avons l'idée de l'humain, je la rapporte à la religion[1]. » Il semblait mettre sa maturité au service de sa jeunesse. Et il n'était dupe que de l'incontrôlable… Homme de vocation lui aussi — et manifestement, en ce temps où la prison le marquait encore. Mais sa vocation le rapprochait des hommes qu'il connaissait ; celle du Général, des hommes qu'il ne connaissait pas. Le premier ne croyait qu'au travail d'équipe ; le second, qu'au travail d'état-major. Malgré la bonne grâce qui accompagnait toujours son hospitalité, celui-ci semblait bienveillamment cuirassé. Était-il sensible à l'absurdité du procès de Riom ? Il l'était sans doute aux réformes que son interlocuteur avait imposées, à ce qu'il avait *fait* ; et à la lucidité de certaines analyses, que sa foi socialiste orientait, mais ne brouillait pas. Je crois que leur dialogue s'était établi sur la conscience qu'avait chacun de la qualité de l'autre, sur leur besoin commun de concevoir la politique comme un moyen de l'Histoire. Mais les jeux étaient faits. Quelques jours avant les élections, le Général avait suggéré à Léon Blum de lui succéder, s'il était amené à se retirer. « Je ne le peux pas, avait répondu celui-ci, à cause de ma santé ; et surtout je ne le veux pas, parce que je traîne trop de haines après moi[1]... »

Le Général savait que les Français avaient accepté la défaite. Il savait qu'ils avaient accepté Pétain. Et je crois qu'il savait, depuis l'enthousiasme de la Libération, qu'il était l'alibi de millions d'hommes. Dans la Résistance, la France reconnaissait ce qu'elle aurait voulu être, plus que ce qu'elle avait été. Et pourtant le vrai dialogue du Général était avec elle, qu'on l'appelât la République, le peuple ou la nation. « Un homme d'État est toujours seul d'un côté, avec le monde de l'autre », a dit Napoléon. « Seul avec la France », eût sans doute pensé le général de Gaulle. Les grands solitaires ont souvent une profonde relation avec la masse des vivants et des morts pour lesquels ils combattent. Mais la nation lui pardonnerait-elle ce qu'elle lui devait, s'il ne complétait l'alibi en disparaissant (fût-ce en devenant un chef politique « semblable aux autres » ?). Comme l'Angleterre avait bien abandonné Churchill, comme la France avait bien laissé le Congrès abandonner Clemenceau ! Pourtant, le parti unique écarté, le retour au-dessus des partis ne pouvait avoir lieu qu'au nom de la nation. Le premier référendum portait en germe l'élection du président de la République au suffrage universel, l'accession du peuple à l'arbitrage suprême entre le Président et l'Assemblée, que Léon Blum réprouvait passionnément. Peut-être le départ du Général fut-il, entre autres choses, un référendum secret.

Après les Conseils des ministres, je restais avec lui, selon l'usage, pour rédiger le communiqué. Un jour, pendant que nous descendions l'escalier en faux marbre de l'hôtel Matignon, il me dit :

« Que comptez-vous faire maintenant, à l'Information ?

— Le ministère, mon général : il n'y en a pas. Ce sera terminé dans six semaines.

— Je serai parti[1]. »

C'est alors que, sans aucune raison, je devinai que le général de Gaulle ne m'avait *jamais* appelé. J'en ai reçu la confirmation quelques années plus tard. Nous fûmes les personnages d'une curieuse intrigue, qu'il pressentit sans doute avant moi. Je pense que lorsqu'on me transmit son appel supposé, on lui transmit le mien, qui ne l'était pas moins*. Ce qui expliquerait la singularité de notre premier entretien…

3

1958-1965.

Je devais le revoir à Marly, à Colombey, rue de Solférino au temps du R.P.F.[3], puis pendant ce que nous avons appelé la traversée du désert. On dit qu'il a toujours su qu'il reprendrait le pouvoir. Fut-il assuré qu'il le reprendrait à temps ? Je me trouvais, avant Diên Biên Phu, avec quelques amis dans un chalet du Valais, devant des touristes labichiens qui regardaient le mont Blanc à travers une énorme lunette ; Élisabeth de Miribel me demanda :

* Quant à l'aviation des Forces françaises libres, j'ai reçu vingt ans plus tard — cette année — de M. Bénédite, directeur de la Guilde internationale du disque, une lettre où se trouve le paragraphe suivant :

« Nous nous sommes rencontrés à plusieurs reprises dans le bureau du Centre, à Marseille, et nous avons même dîné un soir ensemble avec Victor Serge qui était à ce moment mon hôte. Connaissant les possibilités qu'avait Varian Fry de communiquer avec l'Angleterre, vous lui aviez remis une lettre destinée au général de Gaulle ; Fry avait confié cette lettre à ma femme qui était sa secrétaire et qui malheureusement a été arrêtée par la police, lors des manifestations qui avaient eu lieu sur la Canebière à l'endroit où Alexandre de Yougoslavie et Barthou avaient été assassinés. Dans le car de police ma femme avait alors mangé votre lettre pour qu'elle ne puisse être trouvée en cas de fouille éventuelle. Je n'ai pas le souvenir de la façon dont le contact a été finalement établi entre vous et le général de Gaulle, après la malheureuse destruction de votre lettre, mais je pense qu'un autre biais a été trouvé[a2]… »

« Comment reviendra le Général ? — Par un complot de l'armée d'Indochine qui croira se servir de lui, et s'en mordra les doigts. » Ce ne fut pas l'armée d'Indochine ; et, quand ma prophétie devint presque juste, je séjournais à Venise, fort assuré qu'il ne se passerait rien.

« Il pêche à la ligne dans la lagune », disait Bidault, machiavélique, faisant allusion à la phrase (de Delbecque ?) qu'on m'avait prêtée ; on ne va pas au bord du Rubicon pour pêcher à la ligne[1].

Je ne connus la gravité des événements qu'à mon retour. À l'un des derniers Conseils, M. Pleven avait dit : « Nous ne représentons plus que des ombres... Ne nous payons pas de mots. Le ministre de l'Algérie ne peut franchir la Méditerranée. Le ministre de la Défense nationale n'a plus d'armée. Le ministre de l'Intérieur n'a plus de police. » Beaucoup d'anciens soldats d'Indochine et d'anciens paras faisaient partie de la police parisienne, entrée en grève en mars.

Restait la formation de milices. Le président Pflimlin s'y opposait. Il voyait dans leur création une menace de guerre civile plus grave que dans l'appel au général de Gaulle. Les ministres, d'ailleurs, parlaient de former des Comités de défense républicains, non d'armer des milices, qui fussent devenues des milices communistes. À moins qu'il n'y eût pas de milices du tout. « La mobilisation des masses, disaient les syndicats, peut se faire sur les salaires, non sur le système parlementaire. Les ouvriers, qui se souviennent qu'en 1944 les libertés ont été rétablies, et qui ont souvent un des leurs en Algérie, préfèrent de Gaulle aux colonels. » Lorsque les communistes avaient parlé de mobilisation, les militants avaient rejoint les cellules, mais les avaient quittées dans la matinée, laissant les derniers fidèles jouer à la belote. Le dimanche, trente-cinq mille voitures s'étaient succédé sur l'autoroute de l'Ouest — trois mille de plus que l'année précédente.

La révolution d'Alger n'était pas moins confuse. On savait mal à Paris ce que signifiait le mot intégration. Soustelle avait dit : c'est le contraire de la désintégration. Ah, oui ? Le mythe de la France depuis Dunkerque jusqu'à Tamanrasset était né d'une enquête du Service psychologique de l'armée, alors dans sa fraîche gloire. Pour les militaires activistes, pour les officiers des S.A.S. et même beaucoup de paras, il apportait la fraternisation. Que le

Service psychologique l'ait organisée, ne fût-ce qu'en faisant transporter les musulmans par les camions de l'armée, c'est vraisemblable ; mais il n'avait pas prévu cette Nuit du 4 août, et fut incapable de la renouveler. La « journée du miracle », le 16 mai, surprit ceux qui l'avaient préparée, et qui écrivaient : « Cette espérance n'est comparable qu'à celle que nous avons connue à Paris au lendemain de la Libération ! » Elle surprit les musulmans qui se retrouvaient dans les bras des pieds-noirs, les pieds-noirs qui se retrouvaient dans les bras des musulmans. Elle décontenança les communistes, qui décidèrent de n'y pas croire ; et même le F.L.N., car pendant la période de fraternisation, aucun attentat ne fut commis à Alger. Les capitaines des paras proclamaient : « Nous appuierons notre mouvement sur dix millions de Français d'Algérie, Européens et musulmans. » Mais l'exaltation retombée, la condition des musulmans n'avait pas changé. Les Comités de salut public décrétaient d'augmenter le salaire misérable des ouvriers agricoles ; les colons les faisaient travailler de 5 heures à midi, payaient une demi-journée du nouveau salaire : moins qu'avant l'augmentation. La fureur gagnait l'armée, qui attendait du mouvement algérien une révolution française technisée, un consulat de Saint-Just et de Mao Tsé-toung — et qui n'était sans doute unie que dans le désir d'une action politique, dans la haine d'un régime qui ne savait ni faire la guerre ni faire la paix. Les civils se méfiaient de la fraternisation. Dans leurs organisations nationalistes mais antimétropolitaines, Algérie française voulait dire à l'occasion France algérienne. Les réactionnaires chevronnés se déclaraient pour l'intégration, depuis qu'ils tenaient le droit de vote pour acquis aux musulmans, dont les neuf millions de voix pèseraient plus que celles d'un million de pieds-noirs, mais moins que celles de vingt millions de Français. En Corse, l'adjoint socialiste de Bastia, qui remplaçait le maire, avait quitté la mairie, occupée par les paras, en chantant *La Marseillaise* ; les paras l'avaient accompagné en la chantant aussi, et la foule sur la place l'avait reprise en chœur, sans qu'on sût si elle la chantait pour l'adjoint, pour les paras, ou pour les deux…

Le 1er juin, l'envoyé des Comités de salut public, qui s'attendait à trouver Paris en état de siège, découvrait, ahuri, des joueurs de pétanque sur l'esplanade des Invalides. Un des plus célèbres reporters américains m'avait assuré que le général Massu s'était fait torturer pour avoir le droit d'ordonner la torture. On retenait pourtant, de ce tohu-bohu, qu'un mouvement contradictoire et résolu disposait d'avions et de combattants, contre un gouvernement sans armée ni police. Salan, délégué de Pflimlin, avait crié : « Vive de Gaulle ! » et l'on n'attendait plus du Général qu'il arrêtât les parachutistes, mais qu'il prévînt la guerre civile — qui allait commencer, comme celle d'Espagne, comme la révolution d'Octobre, avec les cinémas ouverts et les badauds en promenade.

Il me convoqua, deux jours après mon retour, à l'hôtel Lapérouse.

À 5 heures, peut-être parce qu'il tenait notre entretien pour un moment de repos, il fit apporter du whisky et du thé. Le salon était celui de l'appartement qu'on lui réservait lorsqu'il venait à Paris : du Louis XVI d'hôtel, et le calme que le général de Gaulle a toujours imposé autour de lui. Le thé repartit vers le brouhaha qui montait du hall et emplissait l'escalier, comme le chaos du pays.

« La question principale, me dit-il en substance, est de savoir si les Français veulent refaire la France, ou s'ils veulent se coucher. Je ne ferai pas la France sans eux. Et nous devons assurer la continuité des institutions, jusqu'au moment où j'appellerai le peuple à en choisir d'autres. Provisoirement, il n'a pas envie des colonels. Il s'agit donc de refaire l'État, de stabiliser la monnaie, d'en finir avec le colonialisme. »

Je retrouvais le rythme ternaire qui lui est aussi familier que le dilemme l'est à d'autres.

« Faire un État qui en soit un, ça veut dire faire une Constitution qui en soit une. Donc, le suffrage universel est la source de tout pouvoir ; le pouvoir exécutif et le pouvoir législatif sont réellement séparés ; le gouvernement est responsable vis-à-vis du Parlement.

« Stabiliser la monnaie ne sera pas facile ; mais ce sera moins difficile qu'on ne le dit, si l'État est capable de continuité et de fermeté ; c'est-à-dire s'il est un État.

« L'affaire coloniale… Il faut que je dise à tous ceux qui forment l'Empire : les colonies, c'est fini. Faisons ensemble une Communauté. Établissons ensemble notre défense, notre politique étrangère et notre politique économique.

« Pour le reste, nous les aiderons. Bien sûr, les pays

pauvres voudront s'associer aux riches, qui seront moins pressés. Nous verrons. Qu'ils fassent des États. S'ils en sont capables.

« Et s'ils sont d'accord.

« Ceux qui ne le sont pas, qu'ils s'en aillent. Nous ne nous y opposerons pas. Et nous ferons la Communauté française avec les autres. »

Ce dessein lui était familier depuis le discours de Brazzaville, en 1942[1]. Mais il ne s'agissait plus d'un espoir. Pendant que les pauvres défilés de la Bastille à la Nation parodieraient un Front populaire qui, lui, n'avait pas traîné la charge de l'expédition de Suez et de la guerre d'Algérie, et qui avait apporté plus de justice sociale que ne l'avait jamais fait la IVe République, la France allait déclarer à toutes ses anciennes colonies : « Si vous voulez réellement l'indépendance, prenez-la ! »

Il n'avait pas parlé de l'Algérie, mais il semblait l'investir. Il fallait d'abord que l'armée française y fût celle d'une France qui offrait la liberté à dix-sept pays, et non plus celle d'un empire colonial. Il allait partir pour Alger après la déclaration d'investiture. Le chemin d'Alger, une fois de plus, passerait par Brazzaville.

Où allait ce chemin ? Une caricature peut être ressemblante ; mais j'avais toujours vu les adversaires du Général — Roosevelt compris — tracer de lui des caricatures qui ne lui ressemblaient pas. Ses adversaires d'aujourd'hui le tenaient pour un réactionnaire ; ils oubliaient les réformes sociales que lui devait la France, les seules réformes capitales depuis le Front populaire. Ils le tenaient pour un chef de paras ; le gouvernement qu'il était en train de former n'enchanterait pas Alger ; et il ne deviendrait pas plus un président des Comités de salut public, qu'il n'était devenu un président des F.F.I. et des F.T.P. Il reprenait le pouvoir en face d'un grand désordre ? Moins grand que celui de 1944. Ses adversaires croyaient qu'il allait exercer le pouvoir selon ses préférences, et attendre le rétablissement de la France, de la fin du conflit algérien. Je me demandais s'il n'attendait pas, du rétablissement de la France, la fin du conflit. Provisoirement il voulait contrôler lui-même ; et, peut-être, tâter son pouvoir.

À peine parla-t-il des problèmes sociaux. La façon dont il différait de les poser, alors qu'il s'était manifestement attaché avec rigueur à ceux de la monnaie, de l'Empire, et d'abord de l'État, me sembla significative. Il se battait contre la montre, mais pas dans ce domaine. Et peut-être n'était-il pas fâché de voir les communistes, et les remous du grouillement politicien, s'égarer loin de ce qu'il tenait pour les problèmes essentiels et le sentiment profond du pays. Il devait me dire, quelques jours plus tard : « N'oubliez pas que nous n'avons pas fait la révolution. » Je ne l'ai revu monolithique à ce point, que lors des barricades d'Alger. Il revenait de la retraite qu'est pour tout homme la méditation du passé, surtout lorsque ses souvenirs sont une épopée : une semaine plus tôt, il corrigeait ses *Mémoires.* La grande solitude qu'il a toujours portée en lui, il la quittait pour des négociations, mais aussi pour la destinée de la France dont il était hanté depuis tant d'années. Rien n'avait changé dans son dialogue imperturbable avec cette ombre. En ces jours où ceux qui l'appelaient le plus furieusement se voulaient fascistes, où ceux qui l'attaquaient le plus se voulaient communistes, où la France semblait vouée à l'affrontement des partis totalitaires, il ne pensait qu'à refaire l'État. Pourtant, avant de le quitter, je parlai de la jeunesse. « Si je peux, avant de mourir, me dit-il, revoir une jeunesse française[1], ce sera… » Le ton signifiait peut-être « … aussi important que la Libération ». Mais il laissa la phrase suspendue, comme son geste. Ayant pris congé, je me souvins d'un jour d'hiver, à l'orée du bois de Colombey. À perte de vue, en face du cimetière où se trouve la tombe de sa fille, pas un village. Il avait étendu le bras, comme il venait de le faire dans le petit salon, vers les vallonnements lugubres du plateau de Langres et de l'Argonne : « Avant les Grandes Invasions, tout cela était peuplé[2]… »

Dans la voiture qui me reconduisait, je pensais à notre première rencontre.

Ses moustaches devenues grises étaient à peine visibles, et sa bouche continuait maintenant par deux rides profondes qui rejoignaient son menton. « Avez-vous remarqué, m'avait dit Balthus, que, de face, il ressemble au portrait de Poussin par lui-même ? » C'était devenu vrai. Et peut-être l'Histoire apportera-t-elle[a] son masque avec elle. Le sien s'était nuancé, au cours des années, d'une apparente bienveillance, mais il demeurait grave. Il semblait ne pas exprimer les sentiments profonds, mais se fermer sur eux. Ses expressions étaient celles de la courtoisie ; et, quelquefois, de l'humour. Alors l'œil rapetissait et s'allumait à la fois, et le lourd regard était remplacé pour une seconde par l'œil de l'éléphant Babar.

Connaître un homme, aujourd'hui, veut surtout dire connaître ce qu'il y a en lui d'irrationnel, ce qu'il ne contrôle pas, ce qu'il effacerait de l'image qu'il se fait de lui. En ce sens, je ne connais pas le général de Gaulle. « Connaître les hommes, pour agir sur eux[1]... » Pauvres malins ! on n'agit pas sur les hommes par la connaissance, mais par la contrainte, la confiance ou l'amour. Un long commerce avec le général de Gaulle m'avait pourtant rendu familiers certains de ses processus mentaux, et sa relation avec le personnage symbolique qu'il appelle de Gaulle dans ses *Mémoires* ; plus exactement, dont il a écrit les Mémoires, où Charles ne paraît jamais.

Peut-être la distance qui m'avait intrigué lorsque je l'avais rencontré pour la première fois venait-elle en partie d'un caractère que Stendhal a noté au sujet de Napoléon : « Il dirigeait la conversation... Et jamais une question, une supposition étourdie[2]... »

Mais que l'Empereur quittât son rôle (et même parfois lorsqu'il le conservait), apparaissait le Napoléon coléreux ou comédien, le mari de Joséphine, l'amateur de niches. Toute la cour connaissait ce personnage. Pour les collaborateurs du général de Gaulle, l'homme privé n'était nullement celui qui parlait d'affaires privées, c'était seulement celui qui ne parlait pas des affaires de l'État. Il n'acceptait de lui-même ni l'impulsivité ni l'abandon ; il acceptait volontiers, pendant les réceptions ou à des occasions choisies par lui, une conversation superficielle ; il la menait avec bonne grâce ; mais elle était de courtoisie, et la courtoisie appartenait à son personnage. Napoléon avait terrifié ses voisines ; celles du Général le jugeaient distant et « charmant » (charmant voulait dire : attentif) parce que cet homme, même s'il leur parlait de leurs enfants, était encore de Gaulle. Et dans la biographie de ceux qui ont fait l'histoire de notre pays, il est assez rare que l'on ne rencontre pas d'autres femmes que la leur... Tout cela s'accordait au Grand Maître des Templiers qui m'avait reçu jadis au ministère de la Guerre, car cette bienveillance-là vient du sacerdoce, non l'inverse. Pour tous, à l'exception sans doute de sa famille, il semblait un reflet courtois de son personnage légendaire.

On s'apercevra un jour que les hommes sont aussi séparés par les formes de leur souvenir que par celles de leur caractère. Les profondeurs varient, et les filets, et les proies… Mais le souvenir le plus profond ne s'exprime pas nécessairement par la conversation, et cet homme dont la mémoire était célèbre, dont le passé, depuis dix-huit ans, appartenait à l'Histoire, semblait poursuivre son dialogue secret avec l'avenir, et non avec ce passé. Je ne l'ai entendu parler de lui-même que deux fois — et chaque fois à l'occasion d'une mort. Je ne l'ai pas entendu parler beaucoup plus des autres : un peu de Churchill et de Staline (« C'était un despote asiatique, et qui se voulait tel »), une demi-ligne sur Roosevelt (« un patricien démocrate[1] »). Les portraits de sa conversation, comme ceux de ses *Mémoires*, étaient des bustes. Il pensait aux hommes de l'Histoire en fonction de leur œuvre, et peut-être à tous les hommes en fonction de l'œuvre dont il les jugeait capables. Le domaine des conversations auxquelles j'ai assisté, lorsqu'il en écartait l'action en cours, était celui des idées ou de l'Histoire. La vie battait alentour comme une mer confuse, ne s'y mêlait que par le ton d'une amère expérience. Son monologue intérieur n'apparaissait jamais ; son domaine de références, de comparaisons (que de signification dans un domaine de références !) était historique, souvent littéraire dans l'ironie, jamais religieux. On lui prêtait, lors de l'audience pontificale : « Maintenant, Saint-Père, si nous parlions de la France[2] ? » Pourtant, le ton si particulier du portrait de Staline dans les *Mémoires de guerre* tient au souvenir du dictateur lui disant : « Après tout, il n'y a que la mort qui gagne[3]… »

Il a écrit que le personnage sans prénom de ces *Mémoires* était né des acclamations qui saluèrent son retour, et lui semblèrent ne pas s'adresser à lui. Mais ce livre n'est un livre de Mémoires ni au sens des *Confessions* ni au sens de Saint-Simon. Ce que l'auteur en a écarté de sa personne (et d'abord Charles) n'est pas moins significatif que ce qu'il en a élu. Comme les *Commentaires*, ou l'*Anabase*, où César et Xénophon parlent d'eux à la troisième personne, l'œuvre est le récit d'une action historique, par celui qui l'accomplit. Son héros est le héros sans nom du *Fil de l'épée*. On s'est étonné du caractère prophétique de ce livre, qui prophétise un personnage plus que des événements — portrait d'un héros plutarquien créé dans l'imaginaire par les valeurs qui créeront dans l'Histoire le destin de ce héros, et lui ressemble par là. Le dédoublement touche sans doute la plupart des hommes de l'Histoire, et des grands artistes : Napoléon n'est pas Bonaparte, Titien n'est pas le comte Tiziano Vecellio, et Hugo, lorsqu'il pensait à celui qu'il avait d'abord appelé Olympio, l'appelait certainement Victor Hugo. Les statues futures possèdent ceux qui sont dignes de statues, qu'ils le veuillent ou non. Charles est modelé par la vie, et de Gaulle par le destin, comme Victor est modelé par la vie, et Hugo par le génie. Mais l'œuvre : destin ou génie, est appelée par quelque chose qui lui préexiste, et qui, comme la vie, rencontre la conjoncture ; le chef-d'œuvre est garant du génie, le génie n'est pas garant du chef-d'œuvre. Sans doute la plupart des humains sont-ils dédoublés, mais chacun ne l'est que pour soi-même. La création d'un personnage est pourtant moins rare qu'il ne semble : le dédoublement est commun chez les hautes figures religieuses, et frappant chez les stars, non seulement dépossédées de leur personne, mais encore de leur visage, que l'écran métamorphose. Encore ces Vénus éphémères ne s'incarnent-elles que dans les rôles qu'on leur propose. Et ce n'est pas le rôle qui fait le personnage historique : c'est la vocation.

Toutes les vocations suscitent des haines, antimilitarisme ou anticléricalisme, que ne suscitent pas les professions. L'escroc n'inspire pas les mêmes sentiments que l'officier lâche, le prêtre simoniaque ou le juge corrompu, parce que ces gens en uniforme, infidèles à leur vocation, deviennent des usurpateurs. Que le combat soit lié au caractère, chacun le sait ; on sait moins bien qu'il implique une organisation particulière de l'action, que la vocation choisit en même temps qu'elle choisit le combat.

Et le général de Gaulle, qui était si peu un militaire, concevait l'action selon l'esprit militaire, au sens où l'on pourrait parler d'esprit sacerdotal ou juridique. Mais les Français, entre la fiction et la satire, entre d'Artagnan et Croquebol, avaient fini par ne plus même connaître cet esprit. Penser qu'Alexandre, César, Frédéric II, Napoléon, ne furent que des trognes à épée (expression d'Anatole France) est au moins léger. Grâce à Courteline, et malgré la bataille de Verdun, l'armée, jusqu'au milieu de ce siècle, a voulu dire la caserne. Le breveté cultivé, le professeur à l'École de guerre, est beaucoup plus familier à l'Allemagne, par les traditions de Frédéric et du Grand État-Major prussien, ou à l'Angleterre par ses généraux violonistes et gouverneurs de Jérusalem, comme Storrs. De l'instrument complexe qu'était l'armée, le Français ne retenait guère que la discipline. Or, celle-ci ne va pas de soi : Bonaparte à l'armée d'Italie, Pétain à Verdun, durent d'abord la rétablir. Et si, en Russie et en Chine, la vocation militaire a vite repris la forme de la vocation nationale, ni la Légion étrangère ni les régiments mercenaires de notre siècle ne sont des unités nationales.

Je crois que l'esprit militaire agissait sur lui d'une façon profonde et limitée : parce que l'armée, lorsqu'il y entra, était promise au combat — et parce que cet esprit lui semblait suggérer des méthodes de gouvernement supérieures aux méthodes civiles. Organiser l'action est la première tâche de l'homme d'État, comme d'Alexandre ou de César.

Les méthodes les plus efficaces, dans ce domaine, ont été celles de l'armée et de l'Église, reprises par les partis totalitaires, et même, à un moindre degré, par les grandes sociétés capitalistes et communistes. Mais Napoléon n'a pas fait gouverner la France par ses maréchaux, il a créé la plus forte administration civile que la France ait connue. Le général de Gaulle, en 1958 comme en 1944, voulait créer l'appareil qui servît la France dans la paix, comme une armée moderne l'eût servie dans la guerre.

Sa pensée avait hérité, de sa formation militaire, d'autres caractères. D'abord, concevoir le gouvernement comme l'instrument d'un combat pour le développement de la France. S'il n'a jamais tenu celle-ci pour une caserne ou une armée, il a tenu les commissaires du Gouvernement provisoire, puis les ministres, pour un état-major — et surtout, plus tard, son collaborateur direct, qu'on l'appelât directeur de son cabinet ou Premier ministre, pour un chef d'état-major général.

Autre caractère militaire : la certitude qu'une décision ne doit pas être différée. Parce que la promptitude fait partie de la décision, parce que le lièvre ne repassera pas, mais d'abord parce que la décision historique est inséparable du moment où elle a été prise. D'où le dialogue avec le général Juin :

« Si tu avais attendu[1], disait celui-ci, nous aurions peut-être disposé de meilleures chances.

— Oui. Mais pas la France. L'avenir dure longtemps… »

Car cette aptitude à la décision soudaine ne s'opposait

pas à des prédictions dont il n'attendait l'accomplissement que de l'avenir : l'appel du 18 Juin, l'affirmation de la force de l'Armée rouge au temps où elle était battue ; plus tard, allaient se succéder sa prise de position immédiate, au côté des États-Unis, contre l'envoi des missiles soviétiques à Cuba — et celle, à si longue échéance, contre les États-Unis, au sujet de l'Asie du Sud-Est.

Il a toujours tenté de mettre le temps de son côté, ou plutôt de se mettre du côté du temps, dans la mesure où le temps peut concourir au succès de ses desseins — moins comme un militaire que comme un agriculteur. Il attendait de la prochaine République qu'elle lui apportât une continuité dans l'action, qui n'avait jusqu'alors appartenu — si mal ! — qu'au Plan. Pour l'esprit militaire, la durée, même celle qu'exige l'industrie de guerre, fait partie de la préparation ; pour lui, la parole est le moyen d'exprimer les ordres — un moyen d'action. Le général de Gaulle ordonnait l'action selon un « grand dessein » variable, puisqu'il était limité par le possible, variable lui aussi. Il entendait l'accomplir par tous les moyens dont il disposait. Il était conscient de l'action que pouvait exercer, en France et à l'étranger, son personnage symbolique ; mais il se souciait fort d'avoir raison, de dire aux Français ce qu'il fallait *faire pour la France.* Ses discours, ses conférences de presse, n'avaient rien de charismatique. Sa force était — est toujours — dans l'autorité, non dans la contagion. « Nous et l'ennemi », pense le chef militaire : « Nous et le destin du monde », pense le chef historique. Au second, le général de Gaulle devait son esprit ; au premier, la plupart de ses méthodes. Sans doute eût-il volontiers repris à son compte le fameux « De quoi s'agit-il ? » du maréchal Foch. J'avais été surpris, au Conseil des ministres, à celui du R.P.F. et dans les audiences, de l'entendre résumer les idées qui venaient de lui être exposées. Je m'aperçus vite qu'il les filtrait. Il semblait énumérer les têtes de chapitre de l'exposé, alors qu'il énumérait les synthèses qu'il en avait acceptées, et donnait ses instructions en fonction du dessin ainsi modifié. La délibération était réservée aux questions capitales. Le dialogue traditionnel, dans les affaires de l'État, lui était étranger. Il écoutait son interlocuteur sans l'interrompre. Le cas échéant, il demandait ensuite des éclaircissements et, s'il y avait lieu, donnait ses instructions. Avec quelques-uns, l'exposé écouté, il disait, du ton de la confiance mais non de la confidence :

« Eh bien ! Je vais vous dire ce que j'en pense. » Il s'agissait d'une question grave, ou d'un chef d'État. Que l'interlocuteur se débrouillât à Washington, à Londres ou à Moscou ; demain, à Alger ou sur les chantiers atomiques.

Je pense que de sa décision du 18 Juin l'espoir avait conservé pour lui un accent tragique. Un branle-bas de combat régnait dans l'hôtel autour du destin reparu. Peut-être la France avait-elle semblé autrefois au Général une « princesse de légende[1] » ; j'étais cependant persuadé qu'il était moins lié à la France d'Austerlitz qu'à la France agonisante de 1940, à la France somnambule dont il allait demain retrouver l'Assemblée. De l'autre côté de la porte, j'allais rencontrer l'exaltation. Mais en prenant congé de lui, je me souvins d'une phrase arabe qu'il m'avait citée autrefois : « Si ton ennemi t'outrage, va t'asseoir devant ta porte : tu verras passer son cadavre. »

Les séances[a] de nuit à l'Assemblée ont toujours un caractère irréel, qui tient à la clarté d'aquarium que la verrière diffuse comme celle d'un jour de neige, sur la tapisserie de *L'École d'Athènes*, sur les trois tribunes en pyramide — président, orateur, sténographes — avec leurs bas-reliefs Empire comme des camées énormes. L'hémicycle grenat était comble. Les tribunes du public aussi. La veille, Bidault avait dit aux députés : « Entre la Seine et vous, il n'y a que lui. C'est le dernier parapluie contre les sauterelles !... » Le calme n'avait pas remplacé la menace, l'agitation non plus. Séances historiques de la IIIe République, récits de Barrès, houle des députés vers la tribune, Clemenceau et Jaurès affrontés, proclamation de la victoire de 1918 !... Ces députés à leur banc, ce public serré entre les hautes colonnes, me semblaient suspendus dans le temps, comme si le film séculaire de l'Assemblée nationale s'était arrêté sur une image fixe. La « déclaration ministérielle » de l'après-midi se confondait avec les amendements, les explications de vote, dans la même lumière d'aquarium, dans la même irréalité qui venait de ce que personne ne parlait pour convaincre. Le Général avait dit : « La dégradation de l'État qui va se précipitant. L'unité française immédiatement menacée. L'Algérie plongée dans la tempête des épreuves et des émotions. La Corse subissant une fiévreuse contagion. Dans la métropole, des mouvements en sens opposés renforçant d'heure en heure leur passion et leur action. L'armée, longuement éprouvée par des tâches sanglantes et méritoires, mais scandalisée par la carence des pouvoirs. Notre position internationale battue en brèche jusqu'au sein même de nos alliances. Telle est la situation du pays. En ce temps même où tant de chances, à tant d'égards, s'offrent à la France, elle se trouve menacée de dislocation et, peut-être, de guerre civile. » Les arguments des adversaires, on les connaissait comme le sens de l'exposé du Général. Ce qui m'enveloppait n'était pas l'indifférence, c'était une attention intense et sans objet, à l'affût de l'imprévisible. Jacques Duclos défendait la démocratie, ce qui n'était pas sérieux, mais Mendès France défendait des principes qui avaient conduit sa vie. Tous affirmaient qu'ils étaient le peuple, l'État, la France, et pourtant tous savaient que le peuple ne les défendrait pas. Ils craignaient que les colonels ne devinssent plus forts que de Gaulle (ils connaissaient comme moi le mot d'ordre : Vive de Gaulle — et Nasser après Neguib !) ; mais les colonels *étaient* plus forts que l'Assemblée. Et comment qualifier sérieusement de fasciste un gouvernement dont les ex-présidents Guy Mollet, Pflimlin et Pinay étaient les ministres ? Le fascisme, c'est un parti, des masses, un chef. Alger n'avait pas encore de parti, Paris en avait trop. L'Histoire se cassait les ailes contre cette morne verrière au-dessus d'une Assemblée où les derniers sourires de la dédaigneuse ironie parlementaire s'effaçaient sur des visages cordiaux et hagards. Un public exténué regardait ricaner les auspices. Lorsque, à la fin de sa dernière intervention, le Général dit que si la confiance de l'Assemblée lui permettait d'obtenir du suffrage universel le changement de nos institutions « l'homme qui vous parle considère qu'il en portera, tout le reste de sa vie, l'honneur[1] », des applaudissements marquèrent la fin de la pièce, et MM. Mitterrand et Pineau parlèrent devant le rideau.

C'était ce que les communistes allaient appeler « l'opération séduction, après l'opération sédition », en oubliant que le général de Gaulle n'est pas le seul à être charmant quand il est vainqueur. La séance terminée, le théâtre (la Chambre des communes est une salle, mais l'Assemblée nationale est un hémicycle) se vida sans bruit. En partant, je dépassai une pauvre femme en caraco et en pantoufles qui brandissait un balai, et je crus rencontrer ce qui, au temps de Fleurus, s'était appelé la République.

La réaction des activistes d'Alger devant un gouvernement où Guy Mollet était ministre d'État, et où Jacques Soustelle ne figurait pas, était facile à prévoir. Guy Mollet et Pierre Pflimlin, aidés par d'autres ministres parlementaires, avaient assuré avec les assemblées une liaison épuisante ; ils étaient venus, non rasés, vers neuf heures du matin, à la dernière réunion tenue à l'hôtel Lapérouse. La nuit, le Général présenta son gouvernement, selon l'usage, au président de la République. Les lumières de l'Élysée, très faibles, donnaient au palais l'irréalité que j'avais trouvée à la Chambre. Et pendant que le président Coty, disert et joyeux, traitait affablement Mlle Sid Cara, ministre un peu intimidé, un éclair shakespearien foudroya l'un des grands arbres du parc, et fit surgir de la pénombre, pour une seconde, le général de Gaulle, entouré d'un ministère pétrifié.

La stabilisation[a] sembla facile, comme la guerre selon Napoléon. La Constitution, au contraire, fut l'objet de nombreux Conseils, repris souvent la nuit. « Ça vous amuse ? me demanda un jour le Général en sortant. — Oui, assez… » Je ne pensais pas que le XXe siècle ni la France vissent naître une Constitution entourée d'un respect romain, comme celle des États-Unis ; et je pensais qu'une Constitution qui faisait du référendum un moyen de gouvernement serait faite pour le peuple, et non le peuple pour la Constitution. Les délibérations relatives aux articles « sociaux » commençaient par un dialogue, vite tendu, entre Guy Mollet et Antoine Pinay. Tout cela passerait, comme la séance nocturne de la Chambre semblable à son horloge arrêtée, comme le surgissement des ministres dans l'instantané bleuâtre de la foudre. Mais je suivais avec attention le jeu de ces forces antagonistes, si différent de celui des enivrements révolutionnaires ; et la façon dont le général de Gaulle les conjuguait. C'était cela, qui « m'amusait ». Et qui l'amusait aussi, peut-être — en marge de l'acharnement qu'il mettait à construire, avec ces bouts de bois, le socle sur lequel il espérait replacer la France. De ma place au Conseil, on voyait la roseraie pleine de roses de juin semblables à celles de la défaite[b]. (En 1945, je n'y avais vu que la pluie et la neige.) Le 4 septembre, place de la République, il exposa la nouvelle Constitution. Des ballons d'enfants montaient au-dessus de la foule, porteurs de banderoles qui affirmaient, en ondulant, que le fascisme ne passerait pas. Et quelques jours plus tard, M. Le Troquer[1], président de l'Assemblée, assura la délégation vietnamienne que le général de Gaulle n'obtiendrait pas le quart des voix lors du référendum.

4

1958-1965.

Le référendum impliquait l'entrée de nos départements d'outre-mer dans la Communauté, ou leur indépendance. Les préfets étaient pessimistes. Aimé Césaire, député de la Martinique et maire de Fort-de-France, n'avait pas encore pris position. Le général de Gaulle, qui ne pouvait alors quitter la France, me chargea de le représenter.

« Pourquoi aller en Guyane, lui demandai-je, puisque le préfet affirme qu'elle est perdue ?

— C'est la dernière terre française en Amérique… Et puis, il faut y aller parce que c'est déchirant. »

Je l'entendais employer ce mot pour la première fois et je devais bientôt comprendre pourquoi il l'avait employé.

D'abord, la Guadeloupe. J'arrivai le matin à la sous-préfecture de Pointe-à-Pitre ; maison à galeries autour d'un petit jardin de bananiers, portes à demi-persiennes battantes, ventilateurs de plafond : le monde de Gorée, des anciennes Côtes de l'Ivoire et de l'Or, comme si la traite avait apporté les vieilles maisons coloniales avec les esclaves. J'avais emmené quelques collaborateurs, dont le super-préfet Trémaud, qui devait devenir bientôt le secrétaire général des départements d'outre-mer. C'était un haut fonctionnaire libéral et intelligent, dont la femme avait été tuée, lorsqu'il était préfet de Strasbourg, par un colis piégé[2]. Nous reçûmes aussitôt des doléances, allâmes déposer des gerbes devant des monuments, écouter des conseils municipaux, et des adversaires du gouvernement. Ce qu'ils attendaient de la métropole était souvent déraisonnable, mais lorsque je parcourus les quartiers pauvres de la ville — elle n'en a pas beaucoup d'autres — je constatai qu'ils avaient quelque droit à la déraison. En bas, on palabrait, et on ne faisait pas grand-chose ; en haut on promettait, et on ne faisait rien. Mon interlocuteur le plus sérieux fut le chef des dockers, syndicaliste vraisemblablement communiste. Le préfet, sans doute un bon préfet, et certainement un homme bon, demandait en vain des moyens d'action. Mettre ordre à tout cela n'irait pas sans peine, mais il en était grand temps. Nulle part, autant de dévouements n'auront été en vain offerts à la France. Quant au référendum, les Antillais souhaitaient voter *non* pour marquer leur mécontentement, et *oui* pour rester Français. Autant parler de l'indépendance de la Lozère.

Le soir, pour le discours, la population se rassembla sur la place, avec les madras aux fenêtres et les grappes d'enfants dans les arbres. Derrière le kiosque à musique, tournaient d'hilares chevaux de bois découpés à la scie depuis cent ans. Ce qu'on appelait la politique (aucun élu des Antilles n'était gaulliste) ne joua aucun rôle. Seuls entraient en jeu l'appel de la France et la confiance qu'inspirait le Général. Je parlais pour la première fois devant une foule noire, et je sentais son immobilité frémissante s'accorder au rythme du discours comme sa danse s'accorde à la musique.

Nous devions coucher dans l'ancien palais du gouverneur, de l'autre côté de l'île. Lorsque le cortège (motocyclistes, préfet, etc.) se mit en marche, la nuit était tombée. Nous traversâmes des villages aveugles, avec leurs palmes noires sur la nuit lumineuse, et les cimeterres de lune sur les feuilles courbes des bananiers. La radio commençait seulement à transmettre les discours. De village en village, les fenêtres s'éclairaient, et les portes ouvertes à notre passage jetaient à la route des phrases que l'on applaudissait parfois dans les cases. C'étaient maintenant les miennes, et je les entendais bizarrement, parce qu'elles semblaient arriver en même temps que nous, et parce qu'on ne reconnaît pas sa propre voix[1] transmise par la radio :

« … l'homme qui, dans le terrible sommeil de notre pays, en maintint l'honneur comme un invincible songe… »

Des boutiques, des cases.

Des phrases inintelligibles.

Des Noirs en file indienne.

Un village. J'entendais des périodes, car la radio transmettait le discours dans presque toutes les maisons :

« En face de l'un des plus grands désastres de notre histoire, dans la nuit où l'exode sans fin des charrettes paysannes emplissait encore nos routes sur le fond des incendies, une voix s'éleva pour proclamer, envers et contre tous… »

La forêt, les palmes, le silence. L'odeur des fleurs dans la nuit.

Un bourg. Des ombres aux yeux blancs agitaient les mains dans la lumière de nos phares. La police faisait ranger des camions qui barraient la route, afin de laisser passer une petite maison posée sur une plate-forme tirée par des chevaux.

« La France était en grand péril, l'Union française allait partir en lambeaux. Le général de Gaulle a liquidé la guerre civile, fait accepter la Constitution dont naîtra la Communauté française, ramené la confiance, assuré la stabilité gouvernementale. En moins de quatre mois, il a rendu à la République, pour la France, le visage de l'espoir, et en quelques semaines, pour le monde, le visage de la fierté… »

La maison à chevaux passait et la route était dégagée.

« Sans renoncer à une seule liberté fondamentale. Pas même à celle… »

Petit-Bourg, Goyave, Capesterre, Bananier, Trois-Rivières[a]…

La forêt, de nouveau. Le bruit grandiose d'invisibles cascades.

Poursuivis par la radio, nous traversâmes les derniers villages au milieu des vivats. Et nous atteignîmes enfin ce qui avait été la maison d'un gouverneur des Isles ; avec les écroulements de bougainvillées dans la lumière des phares, et le crissement des grillons nocturnes sur lequel passait la plus mélancolique chanson créole :

Adieu madras, adieu foulards,
Adieu rob'soie et colliers-choux,
Doudou à moi il est parti
Hélas, hélas, c'est pour toujours…

Elle est l'œuvre d'un gouverneur du temps de Louis XV, abandonné par une mulâtresse, à qui il prête son propre chagrin. De ravissantes chanteuses de biguines, qui nous attendaient dans les vastes couloirs, continuaient la complainte :

et dans la salle à manger, l'évêque violet et noir, seul au centre du fer à cheval d'une blanche table de trente couverts, nous attendait. Derrière lui, par toutes les portes-fenêtres ouvertes, la mer des Caraïbes frémissante de lune.

La Martinique n'était pas moins surprenante. Pour gagner Saint-Pierre, l'ancienne capitale, on traverse une montagne où des sapins succèdent à des lianes amazoniennes ; puis on atteint une ville qu'un maléfice aurait détruite. Plus de toits ; tout est abandonné, mais rien n'est déchiqueté. Des rues désertes, sans portes ni fenêtres, s'étendant jusqu'aux contreforts de la montagne Pelée. Ni cendres ni lave ; mais des escaliers de pierre lépreuse montent vers le ciel distrait. Dans ce qui fut la rue principale, un musée-fantôme dans lequel me guidait un conservateur-fantôme. Ici, la lave existait, encoquillait des objets humbles et saugrenus. On pensait à une Pompéi où la lampe antique eût été remplacée par un moulin à poivre, la rue romaine par une rue aveugle comme celles qui alignent leurs bicoques et leurs terrains vagues autour des usines de banlieue. Ces objets corrodés comme les troncs rejetés par la mer semblaient les jouets des esprits du volcan ; au-dessus d'eux, reine de leur cour maléfique, régnait une rose de sable.

Des cartes postales représentaient le musée Tascher de La Pagerie. Encore une maison des Isles, et des ruines. J'avais vu les vieilles devineresses parler à l'oreille des « demoiselles ». Est-ce ici que la jeune Rose, qui ne s'appelait pas encore Joséphine, tendit sa main à la chiromancienne ? « Plus que reine… » se perdait, porté par le vent de l'Océan, dans la désolation.

Chaque village m'apportait des fleurs, que j'allais déposer au pied du buste de la République. Souvent, il n'y avait pas de République, mais il y avait un Schœlcher de plâtre. Ici, le vieil ennemi de l'esclavage était, lui aussi, un symbole de la liberté…

À Fort-de-France, je devais parler après Aimé Césaire. Il m'avait reçu à la mairie en disant : « Je salue en votre personne la grande nation française à laquelle nous sommes passionnément attachés. » La place était magnifique, immense, et comble — comme pour une fête grave. Les robes claires s'alignaient dans la paix du soir qui descendait sur la mer. Toutes devenaient immobiles. Césaire terminait sa présentation :

« Soyez l'ambassadeur de l'espérance retrouvée ! »

Je commencai par lire le message du général de Gaulle :

« En vous portant mon salut, André Malraux vous dira le souvenir que je garde de vous, et de l'accueil magnifique que vous m'avez réservé en 1956. La France tout entière se souvient de la part glorieuse que vous avez prise à sa victoire dans les deux guerres mondiales[1]. »

Mon discours se développait comme celui de la Guadeloupe. Et le même contact s'établit — plus puissant, parce que je le connaissais maintenant, parce que je pensais aux villages qui nous écoutaient (« Ici, m'avait dit l'un des organisateurs, n'oubliez pas que nous transmettons en direct, et qu'il est d'usage de chanter *La Marseillaise* à la fin ») et parce que la place est si grande que j'en distinguais mal les limites dans le soir qui tombait. Au ton qui s'élevait, la foule, où l'on n'entendait pas un bruit, comprenait que le discours approchait de sa fin.

« La métropole, qui a choisi jadis les Antilles contre le Canada ; qui a vu les Antillais tomber à mes côtés dans la bataille de Strasbourg, n'abandonnera pas les Antilles. Et je crois, avec le général de Gaulle, qu'aujourd'hui comme hier, la Martinique veut rester Française comme je veux rester Français[2].

« Je vous en fais témoins dans ce jour qui s'achève, vous, mes compagnons de combat d'hier qui serez peut-être mes compagnons éternels ! Survivants de la Première Guerre mondiale, survivants du bataillon des Antilles qui avez combattu avec mes camarades de Dordogne, vous répondrez oui, comme l'auraient répondu ceux qui sont tombés ! »

Les projecteurs passaient au-dessus de la foule noyée dans la pénombre du soir, éclairaient les hauts troncs et les murs sur lesquels étaient collées partout les affiches : NON.

« Évadés de l'île dès 1940 ; marins de nos Forces navales libres, et vous, survivants de ce bataillon du Pacifique si durement touché lorsque nous avons remporté ensemble la seconde victoire du Rhin, vous répondrez oui comme l'auraient répondu ceux qui sont tombés !

« Hommes et femmes, vous répondrez oui, comme il y a deux ans, à l'homme qui a dit que votre accueil inoubliable avait effacé pour lui tant d'oublis ! »

De la nuit tout à fait venue, monta la clameur qui salue la victoire sur les stades.

« Lorsque la radio a commencé à transmettre *La Marseillaise* de l'anniversaire de la République, dans les maisons de France, ceux qui l'entendaient se sont levés. Nous allons la chanter ensemble. Quand vous nous entendrez, Français d'Alsace et de Royan, debout dans tous vos villages où les Martiniquais sont morts ! Debout Martiniquais, dans les maisons des plaines et des mornes ! »

Il y avait une trentaine de rangs de chaises devant le podium, et je sentis que tous les auditeurs venaient de se lever. Ceux qui n'étaient pas assis commençaient une *Marseillaise* lente comme *L'Internationale* que j'entendais autrefois à Moscou lorsque le foisonnement des drapeaux de velours grenat émergeait peu à peu derrière Saint-Basile. Mais *L'Internationale*, au ralenti, devient une mélopée, alors que *La Marseillaise* semblait frémir de son élan contenu :

Entendez-vous, dans nos cam-pa-gnes…

Jusqu'à ce que jaillît

Aux armes, citoyens !

C'était le hurlement de la liberté noire, celui des combattants de Toussaint Louverture et de l'éternelle jacquerie — inextricablement mêlé à l'espoir révolutionnaire, à la fraternité physique. Je ne l'avais connu qu'une fois, il y avait presque quinze ans, et dans une prison. Césaire et moi descendîmes de l'estrade dans la foule nocturne dont nous ne distinguions que le remous, encore éblouis par les projecteurs qui croisaient leurs barres de lumière sur le podium, les arbres et les « Non ». Le premier couplet reprenait son développement solennel : *Allons enfants de la patrie…* Nul ne quittait sa place, tous scandaient le chant de guerre, d'un trépignement lent qui l'accompagnait ainsi qu'un tam-tam assourdi, et le liait à la terre comme les chants des pagayeurs sont liés à la rivière.

L'étenda-ard sanglant est levé !

Jamais je n'avais entendu un chœur de vingt mille voix, ni ce piétinement qui semblait attester la terre : les danses européennes glissent sur le sol, elles ne le martèlent pas. Césaire et moi avancions côte à côte dans l'allée qui traversait la place, et celle-ci se vidait derrière nous, une partie de la foule tentant de la traverser obliquement pour nous retrouver au passage, une autre nous suivant. On devinait ce brassage nocturne au-dessous des projecteurs, par cette *Marseillaise* où des courants de cris tournoyaient. Lorsque nous atteignîmes la rue, éclairée par des réverbères, qui longe la place, le chant fut couvert en quelques secondes par un « Vive de Gaulle, vive Césaire, Viv' de Goll Viv' Cé-zer » ininterrompu qui déferla depuis l'invisible immensité de la mer jusqu'au centre de la ville. Les fenêtres semblaient emplies de madras ; devant nous marchait à reculons un grouillement qui scandait, en battant des mains, les cris dans lesquels nous plongions et qui se perdaient, derrière nous, dans la clameur rythmée de la multitude. « Ils font un énorme *videh* », me dit Césaire. Le *videh* est la fête qui marque la mort du Carnaval brûlé en effigie et dans laquelle l'île entière danse autour de personnages déguisés en diables. Peut-être... Ce qui m'entourait, c'était la fête millénaire dans laquelle l'humanité se délivre d'elle-même ; la cérémonie des hommes-lions, entrevue en Afrique, des hommes peints du Tchad faisant entrer en transe dix mille spectateurs sur la place illimitée de Fort-Lamy[1]. Césaire, qui saluait amicalement au passage, savait que si nous avions déclenché cette frénésie, nous n'en étions pas les héros. Elle s'adressait à un personnage surnaturel qui était au général de Gaulle ce que la République est à son président : l'intercesseur entre la vie humaine et le monde inconnu, entre la misère présente et le bonheur futur, et d'abord, entre la solitude et la fraternité. J'avais suffisamment rencontré la frénésie en Europe, pour n'être pas surpris de la rencontrer ailleurs ; mais je n'avais pas rencontré en Europe le passage de l'exaltation politique à cet enivrement surnaturel, cette fureur du rythme qui m'avait suggéré, sur la place, qu'elle attestait la terre. La danse, mais non le jeu de l'Europe ou le ballet rituel de l'Asie : la possession. « Viv' Cé-zer ! Viv' de Gol ! » Nous atteignîmes péniblement la préfecture. Et pendant que des coupes de champagne passaient entre les salamalecs européens, la clameur ternaire de l'espoir semblait emplir l'île pour surprendre les navigateurs au passage, comme la voix des anciens dieux.

La Guyane[1] s'annonçait donc bien. L'avion avait fait l'omnibus le long de la côte caraïbe, survolé la forêt qui s'enfonce jusqu'à l'Amazone. Il passa au-dessus de l'île du Diable, tourna autour du champ. J'avais lu jadis des reportages sur Cayenne, et sur le bagne, qui n'existe plus. J'attendais un enfer poussiéreux et abandonné ; je voyais des maisons coloniales neuves, beaucoup moins modestes que les cases de la Martinique, et une belle avenue couleur de sable. Devant l'aérogare de bois m'attendaient des petites filles en costume folklorique, porteuses de bouquets serrés comme ceux des Indes et, comme eux, tout parsemés de gouttelettes. Derrière elles, des beautés locales sur un char de fleurs dont l'anse représentait peut-être un arc de triomphe, et peut-être un panier.

Le préfet m'accueillit dans une Cadillac de grand luxe. Jusque-là, les fonctionnaires (comme, à Paris, les ministres) n'avaient disposé que de Citroën. Nous parlâmes de l'organisation du discours, que je devais prononcer quelques heures plus tard. Ou plutôt, je parlais organisation, micros, service d'ordre, situation politique ; et il me répondait cérémonies. Peut-être y aurait-il, pendant le discours, « quelques turbulents ». Le mieux serait de n'en pas tenir compte. Aussitôt après, il donnerait une grande fête : toute la colonie serait invitée à la préfecture. « Je tiens beaucoup, monsieur le ministre, à ce que vous acceptiez de recevoir tout d'abord les autorités religieuses. J'ai préparé un petit cocktail dans un salon isolé. L'évêque, hélas ! est encore en France, et le premier pasteur, qui appartient par ailleurs à mon administration, se trouve en mission à Saint-Laurent-du-Maroni ; c'est moins important, sans doute. Du moins aurons-nous divers ecclésiastiques, et le vénérable de la Loge. J'ai tout de même invité le rabbin. » Il y avait de graves problèmes de buffet. Distraitement éberlué, je regardais, parmi les champs au cordeau, les jolies maisons coloniales que j'aurais souhaité trouver aux Antilles, et les cahutes en ruine ; un kiosque à musique et une République de la Belle Époque ; une enseigne : *Épicerie, achat d'or.* Et des rues perpendiculaires pleines de jazz et d'ivrognes. Nous traversâmes la place Félix-Éboué, où se trouve le seul vrai monument de Cayenne, et où devaient être prononcés les discours. Ses palmiers de deux cents ans, plantés par les jésuites, sont parmi les plus beaux du monde. Ce n'est pas une vraie place, car on distingue à peine les maisons qui la délimitent vaguement : c'est une colonnade géante de palmiers royaux, dans un pays où les cocotiers échevelés sont courbés par le vent. Les écharpes et les madras aux tons de pastel, semblables à ceux de la Martinique, commençaient leur ballet crépusculaire.

La préfecture, un couvent dont on aurait remplacé les portes par des demi-persiennes battantes, se trouvait sur une autre place. Les chefs de l'opposition avaient demandé à me rencontrer. Je leur fis dire que je les recevrais avant le discours, dès leur passage à la préfecture. Amertume du préfet, dont je bousculais sans doute un cocktail sans ecclésiastiques.

Mes collaborateurs, depuis l'aérodrome, s'étaient suffisamment renseignés pour me dire qu'un seul chef de l'opposition comptait : c'était un sang-mêlé, Catayée, qui se présenterait aux prochaines élections, orateur hystérique et puissant — et Compagnon de la Libération.

Il ne s'attendait ni à me voir seul, ni à entendre : « Mon cher Compagnon », selon l'usage. Il tenait la préfecture pour le palais de l'ennemi, et le préfet pour le Mal. Non qu'il semblât naïf ; plutôt prêt à attaquer ou à s'échapper, prophète traqué, tel qu'en connaissent les débuts des révolutions : Lumumba — mais on ne parlait pas encore de Lumumba.

« Vous avez fondé une clinique pour les filles mères, n'est-ce pas ?

— Filles mères, elles le sont toutes ! Je prends les pires.

— Vous étiez médecin ?

— Non : j'étais malade.

« Mais ils vont bien arriver à me le fermer, mon hôpital !

— Je ne crois pas.

— Ils diront que mes médecins ne sont pas tous si médecins que ça... Ils inventeront des histoires d'avortement... Quelquefois, ils n'auront pas à les inventer... Ici, vous pensez !

— Je crois qu'on ne fermera pas votre hôpital !

— Vous ne les connaissez pas !

— Je les connaîtrai. Mais on ne fermera pas l'hôpital.

— Vous croyez, vous, qu'il sait ce qui se passe ici, le Grand Charles ?

— Il saura du moins ce que vous me dites. C'est même pour ça que je vous écoute. »

Il me regarda, se leva et commença à marcher, les mains derrière le dos :

« J'avais demandé à vous voir parce que je pensais que vous ne me recevriez pas. Mais, depuis un moment, je me demande si vous ne la connaissez pas comme moi, l'Administration. Pas dans le détail, bien sûr…

— Changez-la !

— Avec quoi ?

— On dit que vous voulez vous présenter aux prochaines élections législatives. Dans un pays comme celui-ci, un député peut beaucoup.

— C'est vous, qui me dites de me présenter ?

— Ou bien vous pensez qu'il y a une nation guyanaise, et qu'elle doit se développer seule. Alors, il faut voter *non*, et je pense qu'elle ne restera pas seule bien longtemps sans tomber dans une terrible misère ; mais soyez tranquille, elle ne restera pas seule : il y aura des amateurs. Ou bien vous pensez que la Guyane est française, comme les Antilles, et qu'elle se développera avec l'aide de la France. Alors il faut voter *oui*, et agir de l'intérieur. Césaire n'est pas gouvernemental… »

Il était troublé, non par mon argumentation, mais par les sentiments qu'elle suscitait en lui.

« En somme, vous voyez mes pancartes avec une inscription dans le genre de : FRANCE OUI, PRÉFET NON ?

— Je ne connais pas votre préfet, mais ce serait ce que pensent 40 % des Français… Et ça aurait plus de bon sens que : À BAS LA FRANCE, *signé :* UN COMPAGNON DE LA LIBÉRATION.

— Pourquoi ?

— Parce que la première pancarte, c'est réellement ce que vous pensez. La seconde, non. »

L'introducteur avait deux ou trois fois passé son nez. Catayée me tendit la main :

« Il faut que je réfléchisse. Tout de même, c'est la première fois qu'on me parle comme en France. »

Il partit. Ni l'internationale ni le prolétariat ne faisaient partie de son vocabulaire. Quelle que fût son étiquette, il était un vague frère des communards. Trémaud vint m'annoncer, entre deux portes, que tout se présentait mal. Je reçus ensuite quelques comparses. Et nous partîmes pour la place Félix-Éboué.

Les tribunes avaient été élevées au milieu de la partie

sud ; arrivés par le côté, nous ne les atteignîmes qu'après quelques minutes. Des filles à madras et à robes éclatantes nous souriaient au passage, mais, alors qu'aux Antilles j'avais rencontré sur mon chemin des « Vive de Gaulle » épars, je ne rencontrais ici que le silence. Et il y avait quelque chose d'onirique dans nos motocyclistes et notre longue voiture qui glissaient sans bruit, à travers une foule multicolore qui se refermait dans la nuit.

Les tribunes — des rangs de notables en gradins — entouraient celle de l'orateur, qui était une guérite. Derrière, les projecteurs dirigés vers le public éclairé jusqu'à cinquante mètres, et qui se perdait ensuite, comme quelques instants plus tôt, hors de la lumière de nos phares. (Nous étions éclairés, je suppose, par des projecteurs en sens inverse.) À la tribune, quelqu'un me présenta, dans une distraite rumeur. Je remarquai çà et là d'étroits écriteaux : *Vive la France*, tenus par les petites filles costumées qui m'avaient apporté leurs bouquets à l'aérodrome. Ce décor de patronage s'accordait mal à la foule inquiète et tendue.

Je gagnai la guérite.

Mon argumentation était la même qu'aux Antilles. À la fin de la première période, des petits groupes applaudirent, perdus dans l'énorme silence. Je pensai qu'ils étaient organisés. Il y en avait dans la nuit, mais aussi dans la lumière. À la seconde période, ils devenaient plus denses, bien que toujours perdus dans l'immensité qui n'était plus silencieuse, mais bavarde : les haut-parleurs ne fonctionnaient pas, à l'exception de ceux sous lesquels tentaient de se grouper quelques centaines de personnes — perdues entre dix mille. Je commençai à hurler, très lentement, comme je l'avais fait avant le temps des micros, mais je me trouvais au-dessus de la foule, et on n'entend aucun discours à trois cents mètres. Alors, en pleine lumière, commencèrent à monter au-dessus des têtes, au-dessus des OUI, des pancartes NON ; et se déployèrent lentement deux banderoles de vingt mètres, tenues par des mâts à leurs extrémités : À BAS — la foule effrayée s'écartait — LE FASCISME.

Puis À BAS DE GAULLE.

Puis À BAS LA FRANCE.

J'avais encore assez de voix pour hurler :

« Si c'est l'indépendance que vous voulez, prenez-la le 28 ! Et qui, avant de Gaulle, vous avait donné le droit de la prendre ? »

On applaudit jusqu'à la portée de ma voix, et la foule s'écarta des porteurs de mâts. Au-delà, commençait une kermesse. À droite, au loin, des cris : des manifestants essayaient de tourner le service d'ordre pour assaillir les tribunes. Puis j'entendis quelques cris très proches, et le vide se fit autour de ma guérite. Une masse brillante siffla à mon oreille gauche, frappa violemment le fond, tomba à mes pieds. Je la ramassai, l'élevai aussitôt au-dessus de ma tête en continuant le discours. C'était une arme que je n'ai jamais revue : un morceau de bois de quarante centimètres, dans lequel était planté perpendiculairement un énorme clou. Il en arriva quelques autres. En approchant, il eût été facile aux lanceurs de m'atteindre à coup sûr. Poursuivant le discours, j'examinai le service d'ordre : entre les lanceurs et moi, les petites filles qui m'avaient apporté des bouquets ; à droite, des boy-scouts. Ceux-ci se rapprochaient et toute une gesticulation noire les suivait en hésitant, comme si elle eût craint la lumière. Les porteurs de pancartes ne bougeaient pas. Les lanceurs de clous non plus. Sans doute étaient-ils peu nombreux. Un de mes collaborateurs s'approcha de moi : « Le préfet vous conseille de vous retirer. — Sans blague ! » Arrivèrent quelques clous. Dans le brouhaha qui avait remplacé le silence, nul ne m'entendait, mais la foule n'écoutait plus, elle regardait : « Catayée, dit mon collaborateur, a un micro puissant, et propose de vous l'apporter. — Non… » Le micro n'eût rien changé : toute la diffusion sonore était dérisoire. Une partie de cette marée d'assaillants qui avançait et reculait au bord de la lumière, mais allait déferler était sans doute formée des hommes de Catayée : il n'avait pas eu le temps d'annuler ses mots d'ordre. Je n'allais pas me mettre sous sa protection. La masse gesticulante mordait de plus en plus dans la lumière, alors que les À BAS LA FRANCE restaient immobiles comme les publicités indifférentes des stades au-dessus des matches. Cette masse n'était pas celle du combat politique, des militants au coude à coude, mais bien celle de l'ivresse meurtrière. Je me souvins du premier roman que j'ai lu : *Georges*, d'Alexandre Dumas. Les esclaves de l'Île de France révoltés vont donner l'assaut aux troupes royales, lorsque les planteurs font rouler vers eux, du haut de la rue, des tonneaux d'arak, et tout finit en kermesse et en massacre. Les vociférations avaient remplacé les slogans. Le *videh* de la Martinique se préparait, et ce ne serait pas Carnaval qu'il s'agirait de tuer. Un Noir saisit par la taille une petite fille qui portait bravement sa pancarte VIVE LA FRANCE, et l'envoya voltiger dans l'ombre derrière lui. Trois autres la suivirent. Alors entra dans la lumière, hésitant, ébloui, un cortège hagard. Devant, traîné par quatre porteurs (sur une couverture sans doute), un blessé ensanglanté, jambes et bras pendants ; derrière lui, avec les mouvements galvaniques de l'ivresse furieuse et de l'ivresse du sang, une centaine de forcenés, armés de planches à clous. Ils se dirigeaient vers moi qui continuais mon discours, puis obliquèrent vers la tribune où des femmes se trouvaient en grand nombre. Ils semblaient vouloir présenter ce corps pantelant comme une sorte de *Pietà*, quand leur glissement oblique reflua d'un coup. Les porteurs laissèrent tomber le corps. Devant la tribune, une compagnie de l'infanterie de marine, à laquelle Trémaud était allé donner des ordres, venait avec lui prendre position au pas de course, mousquetons baissés.

Il y eut un silence surnaturel, au centre de la rumeur bavarde de ceux qui, à terre, ne voyaient rien. Devant la tribune, les marins maintenant immobiles, à deux mètres l'un de l'autre (je savais que Trémaud ne ferait pas tirer sans sommations) ; toutes les femmes debout ; un grand vide dans lequel le blessé abandonné palpitait vaguement ; et les cent frénétiques reculant pas à pas comme une bête rebroussée, gestes abattus, jusqu'à la limite de l'ombre où la foule s'ouvrit devant eux. Ni les pancartes VIVE LA FRANCE, sauf celles des quatre enfants, ni les banderoles À BAS DE GAULLE n'avaient bougé. Tout semblait entrer dans l'éternité comme le cortège reculait dans la nuit.

Le discours terminé, je remontai pour crier encore, d'une voix cassée, que j'irais le lendemain matin saluer le monument aux morts, et que je parlerais à l'hôtel de ville. (Ceux qui entendaient le diraient aux autres.) Le klaxon de l'ambulance m'accompagnait sinistrement. Les infirmiers, avec leur civière, marchaient vers le blessé. Tous les marins avaient rejoint leurs camarades et protégeaient les tribunes. On baissait les pancartes, on roulait les banderoles. La foule se diluait. Les fûts des palmiers royaux montaient sur le ciel constellé, comme les colonnes de Baalbek.

À la préfecture, les ecclésiastiques de petit grade nous attendaient. Quel dommage que les autres fussent absents ! Allons, ce serait pour la prochaine fois, monsieur le préfet.

Ceux-ci paraissaient de fort braves gens. Mais il me semblait difficile de parler à la fois à des missionnaires et à un Vénérable. Donc je ne leur dis rien, mais je dis à Trémaud : « Voulez-vous prendre nos collaborateurs avec vous, sauf un, et commencer tout de suite l'enquête ? — J'ai déjà convoqué le chef de la police. Il y a un certain nombre de blessés. Ce n'est pas fini. »

Pourtant aucun bruit n'entrait par les fenêtres ouvertes. Le préfet m'expliquait des protocoles auxquels je ne comprenais rien. Cayenne étant sensiblement plus petite que New York, il me semblait simple qu'il me présentât les invités avec lesquels un moment d'entretien lui semblait souhaitable. Non. Nous nous retrouvâmes, ma femme dans un vaste fauteuil, le préfet et moi debout à ses côtés, et un huissier à chaîne qui annonçait, avec une suprême distinction : « Le capitaine Durand, Mme Durand, M. le conseiller municipal Dupont, Mme Dupont. »

— Où avez-vous trouvé celui-là ?

— Oh, monsieur le ministre, au bagne, évidemment : c'est un relégué. D'ailleurs, un simple passionnel... »

On me dit une heure plus tard qu'il avait égorgé sa femme. Mais, comme disait le préfet, quel style ! Ça continuait : « M. le greffier du tribunal, Mme Masson ; M. le député ! »

Une nuance. Honorait-elle la députation, ou le célibat ? Je regrettais l'absence de Monseigneur — pour l'annonce... « M. le président de l'I.F.A.T. ! »

Qu'était-ce ? D'après le ton, un petit président.

« M. le secrétaire général du B.A.F.O.G. !

« M. le sous-préfet de Saint-Laurent-du-Maroni ! »

Titre glorieux, annoncé comme tel. Ce « simple passionnel » me plaisait de plus en plus. Son style lui venait peut-être non d'avoir obéi, mais d'avoir commandé. Un ancien prince russe, un peu égorgeur ? ... Dire que j'avais été romancier ! Si je demandais au préfet d'inviter au déjeuner du lendemain une dizaine de relégués ? L'un d'eux, m'avait-on dit, était un éminent spécialiste des papillons... Et, tout à coup, je compris enfin ce qui m'échappait, à cause du fauteuil, car la femme du président de la République ne s'assied évidemment pas à la présentation de ses invités : nous étions en train de singer les réceptions de l'Élysée... Entre les cris qui avaient repris, les blessés, le « simple passionnel » à qui j'enverrais certainement les œuvres de Proust — et la Guyane sans doute perdue.

La bonne société de Cayenne n'est pas inépuisable. Nous passâmes enfin au salon. Un buffet froid, des gens que j'interrogeais sur la Guyane et qui me répondaient par ce que devait faire le général de Gaulle. Et d'abord, avait-il déjà vu des lamantins ? Pensait-il que ce fussent les sirènes de l'Antiquité ? Un bijoutier, dans la rue principale, vendait des pépites « qui faisaient de très jolis pendentifs ». Quelques clameurs entraient encore par les fenêtres ouvertes, mais je n'entendais aucune détonation. Le collaborateur resté avec moi vint me dire : « Il y a eu pas mal de bagarres, et Trémaud pense qu'il faudrait agir cette nuit. — Venez dans ma chambre avec lui. » Je serrai quelques mains, pris congé du préfet, et trouvai mes collaborateurs dans ma chambre.

« Par chance, me dit Trémaud, la police est sérieuse. Je pense que nous aurons à protéger le chef de la Sûreté, qui est résolu à nous aider. Nous sommes à la fois à Clochemerle et dans un film de gangsters. D'une part, le préfet, qui est un radical comme on n'en trouve plus en France…

— On les exporte !

— Son avis est que la population votera contre nous à 90 %, et ce que nous faisons est donc de la provocation. Il a pourtant son candidat aux prochaines élections. Il est mal avec le député, plus ou moins gaulliste ; et à couteaux tirés avec Catayée, qui passe pour fou, mais qui existe. Le préfet, donc, n'avait organisé aucune protection. Parce qu'il a affirmé à Paris que la Guyane est perdue ? Pour montrer que le député ne peut rien ? Pour obtenir des mesures contre Catayée ? Peut-être par bêtise ! Ses boy-scouts, ses petites filles, correspondent à la réception de l'aérogare[a]. L'auto américaine a été louée pour vous.

— "Dites-le avec des fleurs !"

— Les autres pensaient qu'ils n'auraient rien en face d'eux. Les fusiliers marins n'étaient pas au programme. Ils ont marché comme un seul homme : ils étaient enragés quand ils ont vu les petites filles empoignées. Encore[b] a-t-il fallu que j'aille les chercher, car les autorités locales ne bougeaient pas. Les gens aux banderoles sont des gens de Catayée, qui, en ce moment, se jette dans mes bras.

« Il ignorait que l'installation sonore ne marcherait pas. Le préfet aurait dû faire un essai dans la matinée, et prendre les mesures nécessaires ; et Catayée a voulu prouver que le préfet est un incapable. Voter contre la France, on verra plus tard. Ça l'ennuie plutôt.

— Je le crois aussi.

— Avec une installation sonore normale, vous auriez eu du chahut, et une *Marseillaise* enthousiaste à la fin. C'est ici que les choses se compliquent :

« Les gens aux banderoles étaient des gens de Catayée, plus de vagues communistes, etc. Mais pas les lanceurs de clous.

— Vous connaissiez cette arme ?

— Jamais vue. Mais c'était sérieux. Or, avant le discours, on a apporté, dans des endroits de la place où se trouvaient des manifestants connus pour leur violence, des tonneaux de rhum. On les a mis en perce et on est parti[1].

— Qui : on ?

— Je ne le sais pas. Je ne le saurai pas demain. Mais la politique n'est pas seule en cause, bien que les blessés soient assez nombreux. Les policiers me disent que les communistes ont envoyé des gens de la Guyane britannique, les Anglais fermant les yeux. J'en ai fait arrêter, ce qui est légal parce qu'ils sont entrés ici clandestinement, et facile, parce qu'ils étaient complètement ivres. Ils ne sont pas plus communistes que Catayée, et les Anglais n'ont rien à voir dans cette affaire. Ce sont des contrebandiers connus. Donc, Clochemerle se complique d'une rivalité de gangsters liée sans doute à des rivalités politiques. Quant au cafouillage, je m'en tiendrai à ceci : les tracts contre la France ont été imprimés par l'imprimerie de la préfecture ; la première petite fille qu'on a fait voltiger (d'autres l'ont reçue dans leurs bras) est la fille du proviseur, et le coupable est l'un des instituteurs.

— Vous avez la certitude que les tracts ont été imprimés à l'imprimerie de la préfecture ?

— Absolue.

— J'ai le droit de remplacer provisoirement le préfet, n'est-ce pas ?

— Il s'y attend. Vous représentez le gouvernement.

— En me quittant, vous lui dites de prendre les arrêts, jusqu'à décision du ministre de l'Intérieur. Je serai à Paris après-demain matin. Cette nuit, vous le remplacez. Combien de "turbulents" voulez-vous faire arrêter ?

— Sauf deux ou trois, ils le sont.

— Bravo ! Le moins longtemps possible, sauf pour les

dangereux abrutis comme l'instituteur. Il faut seulement que les gens comprennent que les plaisanteries sont terminées. Quant à l'ivresse, les fournisseurs de tonneaux sont plus intéressants pour nous que les buveurs. Quel est l'état d'esprit de la ville ?

— Furieux contre tout le monde. Ils étaient venus pour vous écouter, et on les a empêchés de vous entendre.

— Ma gloire doit s'arrêter aux portes de Cayenne !...

— Non, parce que l'inscription du monument au gouverneur Éboué est de vous.

— Un bienfait n'est jamais perdu. Donc, le préfet, on n'en parle plus jusqu'au référendum. Envoyez-le en vacances. Qui le remplace, au moins jusqu'à l'arrivée du successeur ? Vous contrôleriez, le temps nécessaire, bien entendu. Que vaut le secrétaire général ?

— Il est bien. C'est le fils d'André Philip.

— Allons-y. Mais il faut lui demander son accord, parce qu'il va tout de même risquer sa peau. Il m'accompagnera au monument aux morts et à l'hôtel de ville.

— Sinon, je serai le préfet.

— Merci. Mieux vaut une autorité locale, vous le savez.

« Ou bien la nuit aura porté conseil, c'est-à-dire qu'on ne tentera pas, de jour, ce qu'on a tenté de nuit, et l'agitation va se calmer, si nous prenons les mesures nécessaires : vous connaissez tout ça mieux que moi...

« Ou bien c'est sérieux — ce que je ne crois pas —, et il n'y a pas de protection possible pendant *La Marseillaise* devant le monument aux morts. Bonne suite d'enquête, ou bonne nuit. »

Ils retournèrent au travail. La fenêtre était ouverte, le lit enveloppé de sa moustiquaire cubique. Une foule encore dense passait sans bruit, comme si les Noirs étaient des muets. Les clameurs de plus en plus rares et de plus en plus éloignées se perdaient dans la frénésie d'un jazz. Au-delà des maisons, les palmiers royaux qui avaient abrité les missionnaires et les bagnards montaient dans la nuit la plus saugrenue de ma vie. À vingt kilomètres commençait la forêt-élément, vivante comme les montagnes ou l'océan, avec ses perroquets tête-bêche et ses rivières aux poissons carnivores, jusqu'au pied des hauts plateaux. Le président Kubitschek m'avait dit, à Brasilia[1] : « Alors nous avons lancé les deux grandes routes à travers la forêt, et nous avons quelquefois trouvé des nids d'hommes qui n'avaient pas changé depuis l'âge de pierre... » Et, beaucoup plus près, le Maroni et la si belle place Félix-Éboué, qui avait été la terrible place des Palmistes où les mygales venaient piquer à mort les relégués endormis.

J'attendais le sommeil. Sur la table de nuit, on avait posé un album. Il commençait par la grille d'entrée du bagne. J'imaginais des barreaux de Bastille, et je trouvais les arabesques d'une maison de notaire, surmontée d'une lanterne d'où dégringolaient les bougainvillées. Puis, l'église abandonnée, où les herbes folles et les ronces poussaient sous les fresques peintes par les condamnés, dont les apôtres portaient le costume des bagnards. Dans les cellules où filaient les insectes entre les graffiti, les fers pour les pieds, les trous où passaient les courroies qui attachaient les corps. Le « chemin de fer » de la brousse, tiré par des hommes ; des tombes (de gardiens), bizarres dans cet enfer désaffecté ; et, au centre de cette luxuriance épineuse, une minuscule place damée où les végétaux ne poussaient pas, mais qu'entouraient des bougainvillées violettes comme celles de la grille d'entrée. C'était l'emplacement de la guillotine[a].

Du garage de la préfecture tout proche, s'éleva la mélopée de la flûte indienne : l'autre monde. Le bagne avait disparu, comme la fureur de la demi-révolte que me rappelait un morceau de bois hérissé de clous, posé sur la table. Il restait la mélopée surnaturelle, la silencieuse promenade nocturne sur la place, et le départ des derniers invités qui sortaient de la réception de conte d'Hoffmann, reconduits par l'égorgeur distingué...

Le matin commença bien. Ce qui fait le préfet, à Cayenne, c'est l'uniforme. Or, le secrétaire général dépassait le préfet de vingt centimètres — et ne disposait que de l'uniforme de celui-ci. La casquette à dorures semblait, sur le sommet de sa tête, un petit champignon. Il la tiendrait à la main. Mais pas son pantalon, qui n'atteignait ses chaussures que grâce à des bretelles curieusement allongées. Restait la tunique, si nécessaire en raison des galons. On pouvait en ouvrir le col, au nom de la chaleur ; encore manquait-il aux manches dix bons centimètres, le tout donnant l'impression du marin à pompon des dessins animés, plutôt que d'un haut fonctionnaire de la République. Charlot préfet. Le secrétaire général prenait ce film avec bonne humeur. Nous nous rendîmes au monument. La belle auto avait disparu.

À peine étions-nous sortis que je pressentis à quel point l'aventure de la veille avait été liée à la nuit. Les gens nous regardaient avec sympathie ; c'étaient des petits-bourgeois, non des lanceurs de clous. Le monument aux morts se trouve sur une place étroite, et l'on n'aurait pu tirer sur moi qu'à dix mètres, donc visiblement. La foule était d'ailleurs prudente et clairsemée. Pendant la sonnerie aux morts, une ombre aux manches trop courtes, à côté de la mienne, s'allongeait devant la statue…

La cérémonie terminée, nous gagnâmes l'hôtel de ville. Là, la foule emplissait la rue, où des haut-parleurs avaient été installés. Le conseil municipal au complet m'offrait un vin d'honneur. Le maire fit un discours chaleureux, qu'il termina en criant : « Vive la France ! » Je répondis du balcon (cette fois, on entendait très bien) selon les traditions de 1848. Je repris les thèmes de la veille, qui étaient en partie ceux de la Martinique, et que hachaient les applaudissements — comme si la population du jour avait voulu désavouer la manifestation de la nuit. Je racontai, sans élever la voix, mon entretien avec le général de Gaulle : « Il m'a dit, pour vous : Il faut aller en Guyane, parce qu'il faut que la France aide la Guyane. Et il m'a dit, pour moi : Il faut y aller parce que c'est déchirant. » Une sombre approbation emplit la rue, comme l'acclamation de la Martinique. Le maire descendit avec moi, et nous allâmes, nous tenant par le bras, vers la préfecture. Le nouveau préfet et Catayée nous suivaient. Le *videh* se formait derrière nous, comme il s'était formé à Fort-de-France ; milliers d'hommes, et quelques femmes, bras dessus, bras dessous, dans d'immenses farandoles improvisées. Lorsque nous arrivâmes, pendant plusieurs minutes, une clameur de OUI battit la préfecture, où le secrétaire général retrouva enfin ses propres vêtements.

Il nous accompagna en civil à l'aérogare. Plus de jouvencelles, plus de char de fleurs en arc de triomphe ni même en anse de panier. « Adieu madras, adieu foulards… » Quelques cocotiers, des oiseaux sinistres, et la poussière qui tourbillonnait autour de cette aérogare dont on était surpris qu'elle attendît des avions…

À l'escale de la Martinique, nos amis, qui avaient reçu les nouvelles de la nuit mais non celles de la matinée, nous attendaient avec inquiétude. Inutile : la Guyane et les Antilles devaient voter oui à 80 %, Catayée devenir député, et le secrétaire général, préfet[a]. Je n'avais pas eu le temps de voir le marchand de pépites, ni même la rue où se trouvait sa boutique. Était-ce l'épicier dont j'avais vu l'enseigne[b] ?

5

1958-1965.

C'est après tout ce pittoresque que le général de Gaulle me chargea d'aller voir quelques chefs d'État asiatiques[1], dont les relations avec la France n'étaient plus que de convention ; et d'abord, Nehru.

Je connaissais la situation de l'Inde, car je venais de recevoir Jayaprakash Narayan[2], le chef socialiste de Bombay. Et le meilleur connaisseur indien de la France, mon ami l'écrivain Raja Rao[3], venait de passer par Paris. Notre ambassadeur était moins pessimiste que les préfets des Antilles.

Il m'attendait sur le champ d'aviation, à deux heures du matin[4], avec la secrétaire d'État aux Affaires étrangères, en sari blanc dans la lumière des phares. Elle s'appelait Lakshmi. Une secrétaire d'État occidentale peut s'appeler Marie comme la Vierge, mais les déesses des autres religions font mieux rêver. Le comte Ostrorog[5], descendant des conquérants moghols, et fils secret de Pierre Loti selon les ragots du Quai, était (il n'y a pas foule) digne de ce que le mot ambassadeur dans l'Inde suggère aux poètes. Une caméra imaginaire remontait de ses doigts finement noueux, qui pétrissaient une Inde affectueuse et complice, jusqu'à son visage de pirate distingué. Ce descendant des maîtres des steppes, hidalgo, cardinal romain et exemplairement français, était l'ambassadeur d'une Méditerranée millénaire auprès d'une Inde toute jeune ; ce qui faisait rêver, lorsqu'on savait ce qu'est l'Inde. À l'un des dîners du Capitole — ainsi s'appelait alors l'ancien palais des vice-rois, devenu celui du gouvernement — pendant le speech d'un Premier ministre austère, les mains d'Ostrorog semblaient caresser la célèbre botte italienne comme une jambe de danseuse…

Nous gagnâmes le Capitole[1] (j'étais l'hôte de l'Inde) dont je ne vis dans la nuit que la masse obscure, les couloirs, un grand portrait de Gandhi en pagne, et, dans mon appartement, le chef du protocole entouré des domestiques du temps des vice-rois : un pour ouvrir chaque porte. Ces personnages d'Ali-Baba congédiés, nous mîmes de l'ordre dans ma mission. Le ministre chargé de la Culture me recevrait à huit heures.

Avant mon réveil, les journaux avaient été apportés. La semaine afro-asiatique commençait !… L'accueil des ministres fut ce qu'il est toujours : prudent et délicat. On attendait mon entretien avec Nehru.

J'avais enfin vu le Capitole, et je voyais New Delhi. Je n'en avais gardé aucun souvenir ; en 1929, l'Inde m'intéressait plus que l'Angleterre. Mais le départ de l'Angleterre donnait une âme à cette architecture qui n'en avait pas. On avait prêté à Gandhi et à Clemenceau la phrase : « Ça fera une très belle ruine[2] ! » Ça n'avait pas fait une ruine ; et pas davantage un palais conquis, comme le Kremlin. New Delhi n'est pas une ville, c'est une « capitale administrative », mais ses colossales perspectives de grès rouge, avec leurs gardes sikhs qui présentaient les armes dans la solitude, ne s'ouvraient pas sur des administrations — fussent-elles le Parlement : elles s'ouvraient sur l'Empire disparu.

Palais, ministères, propylées. Tout l'Empire britannique porte la marque de la grandeur anglaise, avec l'accent que le gothique victorien donne à la Tamise. Ici, comme à la passe de Kyber, la grandeur était romaine ; le rêve de César à Alexandrie, une masse puissante disposée selon le vaste théâtre hellénistique. Mêlé d'un autre rêve, celui d'un mariage anglo-indien rival du mariage indo-musulman. Le Capitole fut ostensiblement le rival de la Grande Mosquée de Delhi, l'une des plus grandes de l'Islam ; de Fathepur Sikri, des Forts-Rouges, de toute cette architecture moghole qui a été l'Amérique de la Perse. L'Islam était toujours là. Et l'Angleterre ? Plus qu'il ne semblait ? Mais ce n'était pas sa présence qui animait ces avenues impériales de grès rouge par lesquelles je gagnais le Parlement : c'était la résolution avec laquelle elle les avait abandonnées. Dans ce pays qui a construit tant d'illustres tombeaux, la seule œuvre rivale de celles des successeurs d'Alexandre est devenue admirable malgré la médiocrité de son architecture, depuis qu'elle est devenue le tombeau de l'Empire.

Je rendais visite à Nehru[1] dans son bureau du Parlement. C'était passer de la majesté du Capitole à des couloirs de préfecture et des salons d'attente pour solliciteurs modestes. Mais, comme au Capitole, de nombreux portraits de Gandhi ornaient les murs.

Gandhi était alors présent dans toute l'Inde, par ses œuvres, par son exemple, par ses images. Pour l'Europe, il n'était déjà plus qu'un libérateur aux mains pures. Une figure de sainteté, avec le pittoresque qui accompagne tant de saints : sœur tourière opiniâtre au large sourire sans dents, vêtue d'une humble étoffe populaire portée comme l'uniforme de la liberté. Bien que l'Inde commençât à voir en lui le dernier avatar de Vichnou, tels grands pans de sa biographie y demeuraient précis : la prédication de 1920 sous un vaste banian, puis la foule sur les bords de la Sabarmati ; le massacre d'Amritsar ; les doigts de sa main gauche dressés, et désignés à la foule comme les devoirs de l'Inde ; le bûcher insolite fait d'habits européens, de cols, de bretelles jetés par ceux qui désormais ne porteraient plus que le *khadi*, et sur lequel brûlaient des chapeaux enflammés — précurseur du bûcher funéraire devant lequel on réciterait la *Bhagavad-Gîtâ*. Et la désobéissance civile, et la non-coopération commencée le jour de la mort de Tilak. Et surtout, la Marche pour le Sel[2].

Le 2 mars 1930, Gandhi avait informé le vice-roi que la désobéissance civile commencerait neuf jours plus tard. Le 12, il était parti vers la mer, suivi de soixante-dix disciples. Les paysans pavoisaient, étendaient des branchages sur les routes, s'agenouillaient au passage des pèlerins. Trois cents chefs de village avaient renoncé à leurs fonctions. Devant les soixante-dix devenus plusieurs milliers, Gandhi avait ramassé du sel abandonné par les vagues, enfreignant la loi sur la gabelle. La chaleur tropicale rend le sel indispensable aux hommes et aux animaux qui travaillent — mais chacun savait que Gandhi, malade, n'en avait pas fait usage depuis six ans. D'un coup, il venait de toucher l'Inde entière.

Tout le long de la côte, les pêcheurs avaient ramassé le sel, les paysans les avaient rejoints, et la police, commencé les arrestations en masse. Les résistants se laissaient arrêter, mais ne livraient pas leur sel. À Bombay, 60 000 personnes s'étaient rassemblées devant la Maison du Congrès ; sur la terrasse, on traitait le sable sali. Le sel qu'avait recueilli Gandhi avait été vendu 1 600 roupies. Quand Nehru fut condamné à six mois de prison, l'Inde avait répondu aux incarcérations par les *hartals*[1]. À Patna, la foule s'était jetée sur le sol devant la cavalerie gouvernementale, qui n'avait plus avancé. À Karachi, cinquante mille Indiens avaient regardé ceux qui recueillaient le sel, et que la police n'avait pu arrêter. Pourtant, il y eut bientôt cent mille prisonniers. La nuit du 4 au 5 mai, Gandhi avait été arrêté dans un village, parmi ses disciples.

À Dharasena, au nord de Bombay, les Indiens avaient marché sur l'usine de sel gouvernementale gardée par quatre cents policiers. Au fur et à mesure qu'ils approchaient de l'usine, ils étaient assommés ; d'autres les remplaçaient en silence et tombaient à leur tour. Les brancardiers emportaient les corps sanglants. L'usine avait continué de fonctionner, il avait fallu ouvrir un hôpital provisoire, et toute l'Inde avait pris conscience de sa servitude. Bientôt, Churchill devrait parler de « ce fakir séditieux, à demi nu dans le palais du vice-roi » ! Le vice-roi était maintenant parti, et la légende de Gandhi, devenue en Occident noble passivité, restait ici une légende de combat. D'abord dans les mots. Lorsqu'il avait annoncé qu'il se priverait de nourriture si l'on ne reconnaissait pas les droits des intouchables, il ne s'agissait pas de « jeûner », mais de mourir de faim. Ce supplice qui avait affronté le plus puissant tabou de l'Inde, n'était pas moins irrationnel que lui, et les hindous l'avaient suivi comme une lente crucifixion. Dans ces multitudes dont 95 % ne possédaient pas la radio, chacun savait lorsque Gandhi commençait à être menacé de mort. Et chacun savait que son but dernier était la purification de l'Inde, dont l'indépendance n'était que la conséquence capitale. Il avait voulu que sa prédication touchât les plus humbles, même lorsqu'il disait : « Le *swaraj*[2] ne viendra pas par la victoire de quelques hommes, mais lorsque tous seront devenus capables de résister à l'injustice. » Et tous avaient récité les prières lorsqu'ils avaient su que la douille était tombée du châle de Gandhi enfin tué, et que tout avait fini par une balle rouge sombre sur ses cendres déjà blanches. Pourtant Gandhi était présent dans ce Parlement comme il l'était au Capitole. Vinoba Bhave[1], sans autre arme que sa prédication, venait de recevoir deux millions d'hectares de terre (pas les meilleurs, bien sûr...) pour les paysans. À un monde d'où l'ombre de Staline et celle d'Hitler n'avaient pas encore disparu, l'Inde montrait sa libération de l'Angleterre sans une victime anglaise. Le mot démocratie, malgré la misère, y prenait un sens presque religieux. Bandoung avait montré l'autorité de Nehru — qu'avait montrée aussi le malaise suscité par son silence devant l'action des Russes à Budapest. Mais la politique de l'Inde ne s'élaborait pas plus au Congrès ou au Parlement, que la politique de l'Allemagne hitlérienne ne s'était élaborée au Reichstag : la politique de l'Inde, c'était l'héritier du petit bonhomme en pagne qui avait inventé d'emmener des millions d'Indiens chercher le sel dans l'océan Indien contre la gabelle anglaise, pour y trouver la liberté.

On nous introduisit, un attaché de notre ambassade et moi, dans un petit bureau : quelques sièges, pas de table, et un tableau qui représentait Gandhi, grandeur nature. Curieux attaché d'ambassade — mais, aux Indes... Cheveux gris, mi-longs, moustaches grises tombantes. Gestes précieux. Il revenait d'un ashram, celui de Menon ou celui d'Aurobindo ? Il regarda le tableau :

« Vous voyez Gandhi partout, vous le verrez partout. Je suis venu aux Indes à cause de lui. Il n'en reste rien.

— Sauf l'indépendance...

— Oui... Non... Nehru n'est point un usurpateur ; mais il est un politique. Si le mahatma n'a été ni président ni Premier ministre, ce n'est pas par hasard. Il signifiait un monde d'une autre nature ; Nehru le sait.

— Qu'y faire ? Il est le chef de l'Inde, et non un saint.

— Certes. Mais il y a une chose qu'il faut comprendre, que vous, vous devez comprendre. Tout le monde la connaît — enfin, tous les anciens la connaissent —, personne ne la dit. Et le temps passe, et peut-être, dans vingt ans, il n'y aura plus personne pour la dire : tout ce qui a été le gandhisme, tout ce pour quoi nous nous sommes battus, et dont la conséquence a été, en effet, l'indépendance de l'Inde, a déjà disparu.

— Vous pensez à la résistance non violente ?

— Oui… oui, enfin : pas seulement. Elle est née contre l'Empire anglais ; elle ne s'est guère appliquée au Pakistan. Les choses ne sont pas terminées, avec le Pakistan… Et attendez la Chine, un jour ou l'autre.

« Et puis, la non-violence… Il savait bien ce qu'elle était, en profondeur. Peu de temps avant sa mort, notre consul général est venu prendre congé de lui : “Eh bien, mahatmaji, vous devez être content, maintenant ? — Vous vous trompez. Il n'y avait qu'une chose intéressante : le combat. Il est fini, et ce que nous avons fait est fini aussi…”

« Je sais, je sais : un million d'aveugles, soixante-dix millions d'intouchables, et tout ça ; pourtant, ce peuple exprime la plus haute spiritualité du monde. Son combat a été celui de la spiritualité. Elle avait pénétré l'Inde entière. Mais sur la grand-route, chacun cherche encore l'union mystique, aussi banalement qu'en Amérique on cherche l'argent. Les gens se demandent des nouvelles de leurs prières. Tout ce que vous allez voir dans cette maison, c'est la politique, donc l'Europe ; tout ce qui a rompu avec Gandhi. Pourquoi a-t-on pu tellement l'attaquer, et aussi tellement l'admirer ? Parce que sa pensée n'était pas politique. Elle a pris des formes politiques. Elle a eu des conséquences politiques. Mais il était le dernier des grands gourous. Je viens d'un ashram, et je sais que tout contact avec l'absolu passe par la méditation sur l'impermanence. Vous êtes dans le pays de l'impermanence. Vous connaissez les apologues où les ascètes regardent les files de fourmis comme des files de dieux ou de millénaires… Vous voyez partout le tableau ou la photo du petit homme brèche-dent à la bouche de bon chien et aux jambes de héron. Vous le croyez présent, parce que l'Europe croit à l'Histoire, c'est-à-dire à la continuité. L'Inde, enfin l'Inde politique, fait semblant d'y croire aussi. Ce n'est pas vrai. Le monde n'est fait que de moments qui passent… »

On entrouvrit la porte.

« Un jour, dit sans y prendre garde l'attaché d'ambassade aux longs cheveux, il parlait devant quelques centaines de milliers de personnes, de sa voix égale de baryton, avec un micro. Dans une clairière, entre de grands arbres fleuris, des frangipaniers, je crois… Les fleurs se sont mises à tomber. À cause de la foule ? Qui sait ? »

L'histoire fait partie des biographies du Bouddha, de son lien avec la nature, si faible dans l'Évangile, et que nous n'avons retrouvé que dans les apocryphes qui ont inventé le bœuf et l'âne — et chez saint François : les oiseaux d'augure, le vol des geais qui font volte-face dans le ciel au moment où le Bouddha entre dans le nirvâna, les gazelles qui écoutent la prédiction. Il est possible que la respiration d'une foule énorme fasse tomber des fleurs fragiles. L'histoire n'est pas fausse, car je l'ai entendue naguère de Raja Rao[1], qui assistait au discours, et dont le récit transmettait avec le talent d'un écrivain l'atmosphère surnaturelle des fleurs qui venaient doucement se coucher, comme des animaux blancs, devant l'envoyé des dieux.

« Je regardais tomber cette neige, je pensais que ce temps ne reviendrait pas, et aujourd'hui, malgré tous les portraits et toutes les photos, je sais que le temps de Gandhi est fini pour toujours. Nous ne… »

La porte s'ouvrit toute grande. On nous accompagna dans un autre bureau, plus grand, orné d'un autre portrait de Gandhi. « La presse » et une cinquantaine de photographes y attendaient[a] l'huissier qui devait venir me chercher. Tout ça se rebroussa d'un coup : l'autre porte s'ouvrait, non sur l'huissier, mais sur Nehru.

Il savait que la presse de Delhi lui reprochait de m'accueillir. Pour de fortes raisons : l'Indochine, l'Algérie. Pour des raisons puériles : beaucoup de journalistes, fidèles à quelques hebdomadaires de Londres, tenaient perspicacement le général de Gaulle pour un successeur d'Hitler. Enfin, pour une autre raison que j'ignorais, mais pas lui : la majorité de cette presse lui serait, quoi qu'il fît, ennemie. Elle s'écarta devant lui, murmurant son prénom comme l'avait fait la foule, disait-on, lorsqu'il était arrivé devant Gandhi tué. Il m'étreignit et me dit (la télévision enregistrait) comme si nous nous étions rencontrés depuis un mois, alors que nous ne nous étions pas rencontrés depuis plus de vingt ans : « Je suis content de vous revoir ; la dernière fois, c'était après votre blessure en Espagne, vous sortiez de l'hôpital et je sortais de prison… » J'admirai le talent qui désarmait provisoirement ce troupeau ; et j'admirai la qualité humaine, à quoi le talent n'eût pas suffi. Il prit mon bras, et nous passâmes dans son bureau.

Je ne me souviens que de la table, d'un bois précieux qui, après avoir reflété les derniers éclats de la télévision, ne reflétait plus que la rose qui nous séparait — la même que celle qu'il portait toujours — et son visage. Quand on lira ceci, peut-être ce visage ne sera-t-il plus si familier qu'il l'est aujourd'hui : l'Histoire n'en aura conservé que le masque. C'était un visage romain un peu alourdi par la lèvre inférieure, qui donnait à son sourire apparemment « offert » la séduction qu'apporte à un homme de l'Histoire une imperceptible innocence. À quoi on ne se méprenait pas, et lui non plus. Mais au-delà du masque des photographies, il y avait ce sourire lié à une expression rêveuse qui suggérait des yeux bleus (ils étaient bruns) accordés à son teint presque gris.

Je lui avais connu une allure de chef de maquis à quoi son bonnet de police, avant 1940, n'était pas étranger. Il montrait maintenant une ironie bienveillante et un peu lasse à l'égard de l'univers, qui enveloppait la fermeté mais ne la cachait pas. (Sa mère ayant été insultée lorsqu'elle portait des vivres à des prisonniers, il avait renoncé à toute visite pendant sept mois à la prison de Dehra Dun. « Il est le courage même », disait Gandhi.) L'âge avait moins vieilli son ancien visage, qu'il ne semblait lui en avoir — à peine — donné un autre ; comme il advient à beaucoup d'hommes qui ont ressemblé à leur mère, et ressemblent à leur père en vieillissant. Et dans sa voix, son attitude, apparaissait (reparaissait ?), sous l'intellectuel patricien, l'image — calme et aménité — que dans son adolescence il s'était sans doute faite du gentleman.

Il lut la lettre du général de Gaulle, qui était une lettre de créance, la posa sur la table et me demanda, en souriant davantage :

« Ainsi, vous voilà ministre... »

La phrase ne signifiait pas du tout : vous faites partie du gouvernement français. Un peu balzacienne, et surtout hindoue, elle signifiait : voilà votre dernière incarnation[1]...

« Mallarmé, lui répondis-je, racontait ceci : une nuit, il écoute les chats qui conversent dans la gouttière. Un chat noir inquisiteur demande à son chat à lui, brave Raminagrobis : "Et toi, qu'est-ce que tu fais ? — En ce moment, je feins d'être chat chez Mallarmé..." »

Nehru sourit davantage, et acquiesça. Ses gestes, autrefois assez larges, se dirigeaient maintenant vers le corps, les doigts presque repliés. Et c'est dans ces gestes frileux, qui donnaient à son autorité un charme que je n'ai plus rencontré, que je voyais la seule vraie différence entre le Nehru d'autrefois et mon interlocuteur. Car l'autorité est un âge, et qui ne change guère. Je lui exposai, assez vite, comment je concevais l'exposition[1] d'art indien que nous souhaitions accueillir à Paris. Il me donna son accord et me demanda ce que nous suggérions en échange. Je proposai la sculpture romane, ou une exposition historique sur la Révolution.

« La France, répondit-il, pour nous, c'est la Révolution... Quand Vivekananda l'a découverte, il a passé une journée à crier avec ses amis : Vive la République ! Savez-vous que *Les Misérables* est l'un des livres étrangers les plus célèbres dans l'Inde ? »

J'avais déjà rencontré, je devais rencontrer maintes fois, plus tard, cette présence de la France. La Russie soviétique ne l'a pas effacée. Aux pays sous-développés, la machine apporte des ouvriers qualifiés, plus qu'un prolétariat ouvrier. Et partout où la révolution n'est pas appelée par le prolétariat, mais par le peuple, la prédication de la Révolution française, l'exaltation du combat pour la justice proclamée de Saint-Just à Jaurès, en passant par Michelet et surtout par Victor Hugo, conserve un prestige au moins égal à celui du marxisme. En Afrique, en Amérique latine, même lorsque la technique de la révolution est russe, son langage est encore français. J'avais vu des piles des *Misérables* entre Bakounine et les écrits théoriques de Tolstoï sur les Ramblas de Barcelone, pendant la guerre civile.

« La sculpture romane ? reprit-il. Notre propre sculpture des hautes époques, presque personne, ici, ne l'admire vraiment. Elle exerce une action magique sur la foule, jusqu'à un certain point ; les fétiches du bord de la route aussi... Les membres du Parlement respectent Ellora, mais n'y vont pas...

— La relation des parlementaires avec l'art est toujours assez compliquée ; après tout, les vôtres connaissent au moins la *Bhagavad-Gîtâ*.

— Comme les députés anglais connaissent la Bible... »

Il créait l'Inde, entouré d'un anneau de Saturne fait de politiciens ennemis. Comme je m'étonnais de la curieuse idée que la presse de Delhi se faisait du gouvernement français : « Oh ! du gouvernement indien aussi !... » me répondit-il avec un geste d'espoir et de résignation, un *inch Allah* ironique.

Je lui suggérai que la situation du général de Gaulle, en

cela, n'était pas très différente de la sienne. Il en fut intrigué ; je doute qu'il en ait été convaincu.

Le souvenir — ou la présence — des partis totalitaires demeurait si puissant que, pour la France, Nehru ressemblait plus à Staline qu'à Roosevelt ; mais pour lui, bien qu'il s'en défendît, le général de Gaulle ressemblait sans doute plus à Mussolini qu'à Churchill. Pourtant, trop intelligent et trop bien informé pour croire que le Général fût un chef fasciste, ou « qu'il dût être bientôt débordé par le parti de M. Soustelle », il suivait avec attention les événements de France. Il n'était intervenu ni en Indochine ni en Algérie, parce qu'il professait qu'une indépendance nationale doit être conquise sans aide étrangère. Il ne prenait pas au sérieux la IVe République : le président du Conseil l'avait prudemment reçu dans un restaurant du Bois, en raison du printemps. Mais il voyait de près le déclin de l'Angleterre, qu'il avait si longtemps connue la première puissance du monde ; il observait le déclin de l'Europe, sans oublier qu'il avait vu renaître l'Allemagne et la Russie. D'autre part, attentif à l'Afrique, il avait peine à concilier la création de la Communauté française avec la guerre d'Algérie. Le mot Algérie vint dans l'entretien, et je vis, à un léger geste de retrait, qu'il se reprochait, étant mon hôte, de l'avoir prononcé. Je dis seulement :

« C'est le général de Gaulle qui fera la paix en Algérie. »

Il me regarda, perplexe ou incrédule.

J'avais pensé à ce qu'on appelait alors « la paix des braves[1] », et à la fraternisation dont je ne sais, encore aujourd'hui, dans quelle mesure elle fut sincère ou truquée. Mais pour moi comme pour lui, ni le maintien de la Communauté ni l'indépendance de nos anciennes colonies d'Afrique, si elle succédait à la Communauté, ne permettraient la poursuite sans fin de la guerre d'Algérie.

« Quel rôle y jouent les communistes, à votre avis ? demanda-t-il.

— Grand à Paris, petit à Alger. Mais croyez-vous qu'il existe encore une politique communiste ? »

Il m'interrogea du regard.

« Je veux dire ceci : la Grande-Bretagne a conçu autrefois, à sa manière, une politique planétaire. Pas les États-Unis. Ils sont devenus le pays le plus puissant du monde sans l'avoir voulu. Ce qui ne fut le cas ni d'Alexandre, ni de César, ni de Timour, ni de Napoléon : les hégémonies avaient été la conséquence des conquêtes. C'est peut-être pourquoi les États-Unis font bien la guerre, et mal la paix. »

J'avais vu la voiture massive de Foster Dulles, ministre des Affaires étrangères des États-Unis, franchir, en rebondissant, le porche de l'hôtel Matignon, et j'avais eu le sentiment de voir passer, sous quelque porte de cité orientale, le proconsul envoyé par Rome… Le lendemain, le Général m'avait dit : « Ou bien il y a un Occident, et il y aura une politique commune à l'égard du reste du monde ; ou bien… Mais il n'y aura pas d'Occident[1]. » Il n'y avait pas eu d'Occident[a].

« La politique planétaire américaine actuelle, repris-je, est un anticommunisme ; donc, déterminée par la politique russe. Même dans son opération grandiose : le plan Marshall. Par contre, nous avons connu une politique russe planétaire, celle qui a mis au service de l'Union soviétique les forces nées au service de l'Internationale. Mais depuis la mort de Staline, cette politique-là semble à peine se survivre. Du moins est-ce ce que nous suggère l'Algérie, et même l'Afrique — et même Bandoung. Aujourd'hui, ce sont surtout les intellectuels qui posent les problèmes politiques en fonction du communisme.

— Où en sont-ils, à son égard ?

— En France, le communisme, c'est le parti communiste, tel que vous le connaissez en bien et en mal. Beaucoup d'intellectuels sont écartelés entre la justice sociale et la nation, plutôt qu'entre le communisme et le capitalisme. Dans la Résistance, j'ai épousé la France, et je ne suis pas le seul.

« Aux États-Unis, ça me semble assez différent. Pour mes amis américains, après le procès Hiss, après l'affaire Oppenheimer, le communisme était un *complot* : les communistes étaient des agents secrets des Russes — qui combattaient pour le prolétariat ; mais le prolétariat, c'étaient les syndicats, qui n'étaient pas communistes. »

Il sourit de nouveau :

« Chacun croit aux communistes des autres… Mais tout homme va vers Dieu à travers ses propres dieux[2] », dit l'Inde.

Boutade ? Il poursuivit :

« Ma phrase vous surprend ? Depuis mon premier retour d'Europe, je suis surpris de votre surprise. Aller à

Dieu à travers ses propres dieux, l'Occident fait-il autre chose, dans le domaine de l'esprit, en admirant à la fois Platon, Spinoza, Hegel, Spencer — sans parler de ceux qui admirent à la fois Nietzsche, ou Marx, et Jésus ? »

Il enchaîna sur le communisme. Comme le général de Gaulle, il ne le tenait plus pour capital. « Ici, les communistes sont surtout occupés à polémiquer », dit-il. Et : « Un de nos États, le Kerala, est communiste : les membres du Comité central sont d'ailleurs des brahmanes… » Je savais qu'il ne partageait pas l'anticommunisme de Gandhi, qui avait dit : « La Russie a un dictateur qui rêve de la paix et croit pouvoir l'atteindre à travers une mer de sang. » Mais il avait dit aussi : « Les intellectuels ont horreur de mes idées et de mes méthodes. » Nehru admirait, de la révolution russe, une guerre de libération du tsarisme, rapproché d'un colonialisme. Ne se sentant menacé ni par le Parti communiste indien ni par l'Armée rouge, il pensait à la Russie de loin ; ne croyant pas à un conflit armé entre l'Union soviétique et les États-Unis, il voyait peut-être sans déplaisir une guerre froide qui apportait à l'Inde le concours des deux grands adversaires. Pour moi, l'histoire du siècle était depuis quarante ans celle de la montée communiste, et de la substitution de l'Amérique à l'Europe. Pour lui, c'était celle de la décolonisation, et d'abord, de la libération de l'Asie. Son socialisme d'État n'avait pas partie liée avec les Soviets, et pas davantage avec le capitalisme « qui ne manquait pas de violence non plus, à sa manière[1] ». L'Occident (et peut-être la Russie) jugeait de l'Inde en fonction de la guerre froide, parlaient de tiers monde et de neutralisme. Mais pour Nehru, il y avait *son* monde, qui ne se définissait pas en fonction des deux autres : le monde des pays à la fois libérés et sous-développés, qui devaient, avant tout, changer de civilisation. En s'occidentalisant ? « Dans une certaine mesure ; mais les sciences et les machines ont fait en deux cents ans une civilisation bien différente de celle que connaissaient la Révolution française et la guerre de l'Indépendance américaine ; l'Inde qu'elles feront en cent ans ne ressemblera guère à celle-ci, mais peut-être pas davantage à l'Europe… » Pour l'Occident, l'Union soviétique symbolisait une révolution passée, et parfois une révolution future ; pour Nehru, elle symbolisait d'abord une planification. « Rien ne m'a plus frappé, depuis la découverte de la non-violence, que la planification[2] de l'Asie centrale. Et peut-être les Européens ne se rendent-ils pas compte qu'en Asie, l'industrialisation est aujourd'hui un mythe aussi puissant que le fut l'indépendance... »

À l'occasion, il fallait utiliser des méthodes russes et des capitaux américains. Sans trop d'illusions, car si l'aide étrangère était indispensable au développement de l'Inde, celui-ci ne pouvait venir que du travail indien « sous peine de voir naître un colonialisme mental ; et d'ailleurs, je ne crois pas que chaque Indien tienne tellement à posséder un réfrigérateur et une auto ». Quels réfrigérateurs ? Le drame qui prenait l'Inde à la gorge, c'était la faim. La planification communiste se montrerait-elle plus efficace, contre la famine, que le libéralisme capitaliste ?

Je comprenais pourquoi ses paroles avaient secoué ce que nous appelions le tiers monde. Dans ce domaine, comme Gandhi, il révélait l'évidence. Il fit d'ailleurs allusion à la Conférence de la Table ronde, Gandhi frileusement replié dans sa couverture au milieu des dignitaires dorés comme les nymphes du plafond, « au temps où l'Aga Khan faisait figure d'avocat de l'Indépendance, et où les socialistes de salon, à Londres et dans l'Inde, appelaient Gandhi, le surréactionnaire ». En face de cette ombre, Staline restait colossal, mais paraissait intrus. Khrouchtchev et Boulganine étaient venus au Capitole, chefs d'État parmi d'autres. La formation anglaise de Nehru n'était pas marxiste, et sa formation indienne le poussait à se battre contre les castes plus que contre les classes ; pour les intouchables qui, malgré la Constitution, mouraient sur les gazons du Capitole, plus que pour le prolétariat.

Mais le maintien de l'indépendance réelle et l'industrialisation de l'Inde ne pouvaient se fonder que sur un État. Et Nehru était conscient de la fragilité de celui qu'il élaborait. Il tenait toute révolution pour inséparable d'une volonté éthique, d'une volonté de justice ; cette volonté, en Occident, avait été celle des individus, fondée sur la raison et l'égalité devant la loi[a], qu'ils tenaient pour valeurs suprêmes. Elle ne l'était pas dans l'Inde. L'individualisme et même l'individu y jouaient un faible rôle. La réalité fondamentale, c'est la caste. L'Indien n'est pas un individu qui se trouverait appartenir à une caste au sens où l'on dit que l'Européen est un individu qui appartient à une nation : il est membre de sa caste, comme un vrai chrétien est baptisé avant d'être individu. L'éthique hindoue, autrefois, n'a pas été profondément changée par les séculiers, ni même par les brahmanes, elle ne l'a été que par les ascètes ; parce que l'ascète est hors des castes, et parce qu'il est voué aux dieux. Hors du renoncement, l'éthique fondamentale de l'Inde est le devoir de caste, inséparable de la religion : elle ne conçoit pas d'éthique laïque. Gandhi, chef politique de l'Inde aux yeux de l'Occident, était aux yeux de l'Inde, et sans doute aux siens, un Grand Renonçant traditionnel.

La lutte pour la libération n'avait pas mis en question la nature de la société indienne. Les communistes reprochaient au Parti du Congrès d'être un parti bourgeois. Quand s'était-il donné pour prolétarien ? Son objectif : l'indépendance, était national, non social. Il avait combattu pour tous. Mais, l'objectif atteint, la justice sociale devenait un problème majeur. Or, la conscience de caste était plus forte que la conscience de classe. L'appareil politique ne formait pas un ordre comme le parti communiste ; les députés n'échappaient qu'en partie à leur caste. Le parlementaire idéal venait de l'image idéale du Parlement britannique, et ne se trouvait que dans l'héritage de l'Angleterre ; l'agnostique Nehru en cherchait vainement l'image indienne. Pour créer l'Inde moderne, il était contraint de s'appuyer directement sur son peuple, en associant le plus humble Indien à une épopée (il dit seulement : une grande entreprise). « Il faut que l'Inde soit mobilisée, mais par elle-même, et non par ordre du gouvernement... » Or, l'Inde millénaire voyait dans l'injustice sociale une partie de l'ordre cosmique, et l'ordre cosmique était nécessairement justice. Gandhi, résolu à détruire l'intouchabilité, l'avait-il été à détruire les castes ? Sa lutte contre l'intouchabilité avait suffi pour qu'il fût assassiné, non par un communiste, mais par un de ces traditionalistes qui exposaient chez eux la photo du meurtrier, et qui jouaient encore, dans l'armée, un rôle que le ministre de la Guerre ne prenait pas à la légère. Vive l'ordre éternel, avec ses divisions blindées et son aviation de *kchatryas**, son administration de brahmanes, et le cadavre de Nehru après celui de Gandhi !

C'était ce que même ses adversaires socialistes appelaient le second drame de l'Inde[1].

« Je n'ai évidemment jamais rêvé d'un Congrès dont les députés seraient des ascètes. Mais enfin, ajouta-t-il avec

* La caste des guerriers.

tristesse, qu'est notre personnel politique, comparé à celui d'un parti totalitaire, ou de la démocratie britannique ? Donc, je dois renforcer l'État. Les grandes figures historiques de notre temps ont été liées à un combat ; le plus souvent, à la prise du pouvoir par un parti vainqueur. Même Gandhi reste lié à la libération de l'Inde. »

Lorsque ce combat était celui de l'indépendance ou de la révolution, quelle que fût l'indépendance ou la révolution, il portait en lui sa métamorphose. J'avais entendu Trotski me parler de Thermidor. Mais j'avais conscience, dans ce bureau banal entouré de gloire et de famine, que la force énigmatique qui transformait les commissaires du peuple vêtus de cuir en maréchaux dorés sur tranche dépassait de loin les misérables profits des vainqueurs, et entraînait les conquérants qu'elle trouvait sur sa route, comme le Gange entraîne ses épaves. Lénine avait terminé sa vie avec la casquette que montraient ses photos dans les ambassades soviétiques — mais il avait écrit : « Il n'y a pas d'exemple d'une révolution qui n'ait fini par accroître le pouvoir de l'État[1]. » Et la casquette de Staline avait été celle des maréchaux. Thermidor était étudié dans l'esprit de la bourgeoisie même, par les révolutionnaires, qui le définissaient comme un *retour*. Aucun des obstacles rencontrés par le gouvernement de l'Inde ne ramènerait la puissance anglaise. Ce qui s'opposait à la révolution permanente et au temps de l'égalité, ce n'était pas le passé, c'était l'avenir, c'étaient les germes que l'indépendance et la révolution portent en elles.

« Je dois maintenir les sentiments que nous avons suscités, pour créer l'État d'un pays dont la conscience nationale est d'abord religieuse, et où le mot État, qu'on l'applique à l'empire moghol ou à la vice-royauté britannique, a toujours voulu dire administration… J'ai écrit autrefois : formée pour l'indépendance, notre organisation est en train de devenir électorale… »

Pauvres élections[2] ! Ce que je devinais sous ces propos amicaux et lucides, c'était la fatalité qu'avaient rencontrée Lénine, Mao et Mussolini, et qui n'était pas seulement le pouvoir du Parti : l'État, qui assurerait seul la survie et le destin de l'Inde, l'État, qui avait peut-être obsédé Alexandre, certainement César, et Charlemagne, et Napoléon…

« N'oubliez pas[a], dit-il, que l'Europe appelle constamment non-violence ce que nous appelons résistance non violente.

Quand l'Inde, avant l'islam, a-t-elle été un État ? Pas sous les Guptas, je suppose ?

« Et dans quelle mesure, ajouta-t-il tristement, un État pourrait-il se fonder sur l'action non violente ? Mais ce que nous avons voulu faire, était-ce bien un État ? »

Il avait pitié de l'Inde. Il en connaissait la misère. Mais il la voulait promise à un destin unique, vouée à devenir la conscience du monde. Et sans doute est-ce parce qu'il savait que j'aimais cette Inde, qu'il n'avait pas oublié nos rencontres d'autrefois.

« Le général de Gaulle, dis-je, pense qu'un État qui ne fonde pas tôt ou tard sa légitimité sur la *défense* de la nation est condamné à disparaître.

— Oui… S'ils veulent bombarder l'Inde, eh bien ! qu'ils la bombardent… On peut détruire une armée, un gouvernement, peut-être un régime : on ne peut pas détruire un peuple. »

Qui était : ils ? Les Occidentaux ? Pourtant, il ajouta :

« Chaque fois que la Chine redevient impérialiste… »

Dans maints discours, il avait rappelé que les peuples de l'Inde, s'ils ne se prétendaient pas supérieurs aux autres, se savaient différents. La différence à laquelle il avait voué sa vie, la haute valeur que l'Inde apportait au monde, c'était l'action non violente, qui faisait de la libération de l'Inde la rivale des révolutions historiques. Il savait, mieux que moi, pourquoi Gandhi avait traduit[1] la *Bhagavad-Gîtâ* ; il savait, mieux que moi, pourquoi lui-même avait appelé le Bouddha « le plus grand fils de l'Inde ». Malgré les drames de la séparation de l'Hindoustan et du Pakistan, malgré le Cachemire, la non-violence conservait son éclat. Ici, le mot démocratie ne faisait pas encore sourire. L'Europe confondait l'idéologie passionnée héritée de Gandhi avec une passivité, mais Nehru pensait toujours ce qu'il avait écrit autrefois : « On a dit que l'action non violente était une chimère ; elle a été, ici, le seul moyen *réel* d'action politique. Même en politique, toute mauvaise action a de mauvaises conséquences. C'est là, je crois, une loi de la nature aussi nette que n'importe quelle loi physique ou chimique[2]. »

Je me souvenais de Ramakrishna : « Dieu ne peut apparaître là où est la haine, la honte ou la peur… » Mais aussi de Gandhi : « Mieux vaut se battre qu'avoir peur[3]. »

De même que Staline avait affirmé faire l'Union soviétique comme Lénine avait fait la révolution, Nehru était contraint de sembler faire l'Inde comme Gandhi avait conquis l'indépendance. Tout, et d'abord l'unité de cet État fédéral, reposait sur une prédication. Mais elle se fondait moins sur un rationalisme britannique auquel Nehru faisait volontiers appel, que sur l'expression des sentiments les plus profonds de l'Inde. D'où leur efficacité, qui surprenait l'Occident. Lorsque j'avais rencontré pour la première fois Nehru[1] à Paris, vers 1935, je lui avais demandé : « Quel lien faites-vous entre la non-violence et la réincarnation ? » Il avait réfléchi ; il devait encore à la prison une lenteur grave de l'esprit, très différente de l'enjouement perceptible sous sa souriante gravité de chef d'État. Il savait bien que l'*ahimsa*, la non-violence indienne, ne se confondait pas avec une méthode pour obtenir l'indépendance sans risquer une mauvaise réincarnation ; il voyait en elle un mythe puissant, non une théorie. Il se souvint de notre entretien :

« On dit que Tolstoï avait posé la même question à Gandhi.

— Qu'a répondu Gandhi ? Ce que vous m'avez répondu vous-même ?

— Que vous ai-je répondu ?

— À peu près : la réincarnation a dû être le terreau… »

La lutte contre la misère, mais l'indifférence au niveau de vie ; le refus de choisir entre les nations communistes et les nations capitalistes, celui de justifier les moyens par la fin, ne venaient pas d'un libéralisme du XIXe siècle, mais de millénaires de pensée hindoue. Gandhi n'avait-il pas joué auprès de Nehru le rôle d'un gourou ? Bandoung avait donné à l'Inde une autorité morale plus qu'une autorité politique.

« N'avez-vous pas été frappé, me demanda-t-il, mi-souriant, mi-sérieux, par la phrase de la *Bhagavad-Gîtâ* : "Celui qui fait réellement ce qu'il doit obtiendra ce qu'il attend[2]…" »

J'étais intéressé au plus haut degré, car sa part d'ironie était superficielle. Tout chef d'État ou de gouvernement doit compter tôt ou tard avec la raison d'État, et il la masque soit des valeurs de son interlocuteur, soit des plus vieilles valeurs de son peuple, qui sont souvent les siennes… J'ai entendu les communistes russes se référer à des valeurs orthodoxes, les communistes chinois se référer à des valeurs confucéennes ; à peine avaient-elles changé de nom. Et j'ai entendu tout le monde employer le vocabulaire de la démocratie. Mais ici, l'éthique était réellement fondamentale.

« Depuis l'indépendance, demandai-je, qu'est-ce qui a été le plus difficile ? »

Il me répondit d'un trait, alors qu'il avait jusque-là souvent parlé de l'Inde comme s'il eût tâtonné :

« Faire un État juste avec des moyens justes[1], il me semble… »

Et, après un instant :

« Peut-être aussi, faire l'État laïque d'un pays religieux. Surtout lorsque sa religion ne se fonde pas sur un livre révélé. »

Je me trouvais à la fois en face de l'Inde éternelle, et d'une Inde parente de ce que sont, dans notre mémoire, la France des soldats de l'An II, les États-Unis de Washington : la fin d'un temps exemplaire de l'Histoire. « Les hommes auront un jour vécu selon leur cœur[2]… » L'histoire passait devant moi, portant ce qui ne reviendrait jamais. À cette heure, des intellectuels occidentaux, de l'autre côté de la terre, faisaient entrer l'Inde dans leurs petites boîtes marxistes ou démocratiques. Et Nehru tentait l'une des plus profondes métamorphoses du monde, dans ce pays fragilement fédéral en face duquel le Pakistan maçonnait ses briques — dans cette capitale où les intouchables campaient sur les gazons anglais, et où les autos, la nuit, contournaient les squelettiques vaches sacrées endormies sur l'asphalte des avenues triomphales. J'imaginais Staline entendant : « Faire un État juste avec des moyens justes », et ses successeurs petits et grands ; et naguère Hitler. Et surtout Mao Tsé-toung, Asiatique comme Nehru, libérateur comme Nehru, qui eût pensé que la misère des paysans indiens est la seule réalité ; que l'on peut écraser les castes comme il avait écrasé l'usurier et le propriétaire chinois ; qu'une armée communiste de dix millions d'hommes transformerait joyeusement en communes populaires les royaumes du prince Siddhartha et des derniers maharadjahs — et que la flotte des dieux de bois descendrait un jour le Gange avec les cendres de Bénarès.

« À certains égards, reprit Nehru, comment juger de ce qui est le plus difficile ? Pour Gandhi, c'était : vaincre la dureté de cœur des gens cultivés. Les chefs de la lutte pour l'indépendance étaient des hommes de vocation… Et il faut maintenant que l'Inde lutte contre elle-même. Mais chaque année est un peu meilleure que la précédente… Pour combien d'années ?

« Je ne reverrai pas le Kailasa[1]… »

C'est la montagne des textes sacrés, le Sinaï de l'Inde ; c'est aussi l'une des plus belles montagnes de l'Himalaya. Dans sa jeunesse, il avait aimé le haut Cachemire, et rêvé d'une expédition. En prison, il l'avait préparée minutieusement : la terre battue des préaux était terre d'élection pour le plus beau lac du Tibet et la plus belle montagne du Cachemire. Puis, la charge du pouvoir l'avait rejeté à en rêver, et il avait écrit : « Peut-être le poids de l'Inde sera-t-il si lourd, que l'âge arrivera sans que je voie le lac et la montagne de mes vœux… »

Il regardait distraitement, sur le bureau, la couverture d'un journal d'enfants que j'avais feuilleté au Capitole, où la « presse » accompagnait le *breakfast*. J'y avais trouvé une interview de lui dans laquelle il disait : « J'oublie parfois qu'il y a très longtemps que j'étais un enfant… » Il releva les yeux :

« Vous avez été emprisonné aussi, pendant la guerre, n'est-ce pas ? Nous ne pouvons plus rencontrer personne qui ne soit allé en prison… »

Il y avait passé treize ans. Je me souvenais des passages de ses *Mémoires* (écrits, d'ailleurs, pendant un emprisonnement) où il notait sa découverte de la couleur des nuages, sa joie d'entendre aboyer un chien pour la première fois depuis sept mois ; son goût des livres de voyage, et, pendant la grande chaleur, des atlas où l'on voyait des glaciers.

« Je me souviens, lui dis-je, de l'écureuil qui venait s'asseoir sur vos genoux, et qui s'enfuyait dès qu'il rencontrait votre regard. À Dehra Dun ?

— À Lucknow… Il y avait aussi les petits écureuils qui tombaient des branches. Les mères descendaient précipitamment, les roulaient en boule et les emportaient[2]. »

J'ignorais qu'un écureuil pût être roulé en boule, mais ceux de l'Inde n'ont pas la queue en panache des nôtres.

« Gandhi, reprit-il, disait que, sans l'humour, il n'aurait pas pu vivre[3]… »

Je savais qu'à plusieurs reprises, Nehru avait quitté un cortège officiel pour disparaître dans la foule, laissant aux autorités le choix des explications. Le ton de sa voix écartait le jeu : il voulait dire ce qu'il disait, comme les quelques hommes de l'Histoire que j'ai rencontrés, et comme la plupart des peintres. Il revint aux souvenirs de prison :

« Après tant d'années, savez-vous ce qu'évoque pour moi le mot : prison ? Une bâtisse aux fenêtres semblables, la lutte qui continue dehors ; tout près de la clôture, un brin d'herbe qui pointe de la terre battue, et qui a l'air si étonné[1]… Et vous ?

— Des suppliciés qu'on emporte sous de grandes arcades où des gens de la Gestapo jouent à saute-mouton… »

Et nous voilà parlant prisons. Les siennes[2] (il ne cessa pas de sourire pendant cette partie de la conversation) me faisaient penser aux grands bâtiments jaunes de Chirico qui allongent leur ombre sur des rues désertes. Prisons anglaises, « administratives », d'où l'on avait le droit de sortir pour aller voir mourir son père, et où des trains spéciaux amenaient à Gandhi et à Nehru les chefs de la lutte pour l'indépendance, prisonniers comme eux. Un néant pourtant séparé de la vie, mais limité dans le temps. Pas de torture. Et dans cette géométrie de pierre et d'heures mortes, le passage d'un animal, la lente croissance d'une branche au-dessus d'un mur… Mes propres souvenirs l'intriguaient : nos prisons se ressemblaient par notre isolement de la lutte qui continuait « et pourtant, quelle différence ! »… L'ambassadeur commençait à se sentir honteux de ne pas même avoir été emmené au poste, mais ne voyait pas sans plaisir l'huissier passer et repasser en vain la tête.

« Demain, dit Nehru, nous apprendrons par les journaux ce que nous nous sommes dit…

— Vous savez que le mariage catholique est précédé (la veille) de la confession des fiancés. Ma mère va se confesser, revient après quelques minutes. Mon père lui succède. Cinq minutes, dix, quinze ! Quelle énumération de forfaits peut exiger un temps si long ? Mon père revenu, hors de l'église, elle risque une timide question. “La confession, oh ! non, dit mon père ; mais le confesseur est l'ancien aumônier de mon escadron, et nous avons causé…”

— Mais, répondit Nehru en souriant davantage, les journaux, même s'ils croient que “nous avons causé”, énuméreront les forfaits… »

Il se leva et me dit : « À ce soir. » L'ambassadeur m'avait transmis son invitation pour le dîner officiel.

Les dîners du Capitole n'étaient pas moins hantés que New Delhi par l'ombre de l'Empire[1]. Dans les jardins, les allées de grès géométriques semblaient mettre au garde-à-vous les fleurs des parterres. Nehru, vêtu du costume gris fumée que l'on connaît, coiffé de son bonnet de police blanc, accueillait une centaine d'invités dans un salon énorme, sous un naïf plafond de conte persan. « N'auriez-vous pas envie, me dit-il, d'aller voir nos grottes sacrées ? J'aimerais savoir ce que vous pensez du travail de notre service archéologique... » Voulait-il me faire plaisir ? Il repartit à petits pas rapides entre les groupes chamarrés, et je me souvins de son discours à la multitude massée devant le Fort-Rouge, le jour de l'indépendance : « Il y a longtemps que nous avons donné rendez-vous à la destinée, et maintenant, la voici ! »

Je pensais à notre conversation de l'après-midi, au brin d'herbe qui surgissait avec étonnement dans la vie terrestre, aux animaux presque apprivoisés. Pour lui comme pour moi, la prison avait été le mur qui sépare des événements, et pour lui, derrière ce mur, il y avait eu — pendant treize ans — le destin de l'Inde. Ce soir, il était dans la vie — et même dans le théâtre. Entouré de respect, non comme les chefs parlementaires, mais comme les dictateurs, bien que pour d'autres raisons. Je savais qu'il s'était demandé s'il pourrait maintenir en lui la non-violence au cas où il verrait sa mère frappée par la police ; que son père avait passé une nuit sur le ciment pour savoir comment on dort en prison ; que sa femme mourante lui avait dit : « Ne donne jamais ta parole d'abandonner la lutte. » Je pensais à la lettre de son père qui, le suivant autour du monde, l'avait atteint cinq ans après la mort de celui-ci. Mais cette vie personnelle le peignait beaucoup moins que l'action indirecte qu'il avait exercée sur le monde, et que l'action directe qu'il exerçait sur son pays. Plus encore que du discours du Fort-Rouge, je me souvenais de sa défense au procès de Gorakhpur (le 3 novembre 1940[2], le jour de ma première évasion) : « Ce n'est pas moi que vous cherchez à juger et à condamner, mais les centaines de millions d'hommes de mon peuple, et c'est là une lourde tâche, même pour un orgueilleux Empire... » Je retrouvais — plus profond — le sentiment que j'avais éprouvé au Parlement : comme l'avait été Gandhi, Nehru était le gourou de la nation.

L'attente d'un dîner de corps diplomatique n'appelle pas les grandes images de l'Histoire. Et l'Inde elle-même les écarte, parce que leur romanesque n'est pas le sien. Il n'existe pas de sacre de Napoléon, de canons du croiseur *Avrora* en train de chercher de leurs gros doigts la cible du Palais d'Hiver, dans le monde de la *Bhagavad-Gîtâ*. La vie de Nehru prêtait peu à l'album. La légende semblait déjà liée à Gandhi, depuis la Marche pour le Sel[1] jusqu'à l'assassinat. Encore demeurait-elle lointaine, estompée par la lenteur, les rêves et l'immensité de l'Inde. Ses multitudes étaient présentes, non comme les foules de la révolution d'Octobre, mais comme les étoiles dans la nuit indienne. J'avais vu partout le portrait de Gandhi, Nehru allait de groupe en groupe, mais de tout ce qu'ils avaient *fait* ne demeurait qu'une épopée profonde et confuse. Cinq cents millions d'hommes avaient vécu sous une loi étrangère ; en une seule génération, l'action morale de quelques hommes les avait libérés, non par une suite de batailles, mais par un cortège de symboles qui déjà se perdaient dans l'indépendance ; pourtant la conscience, la fermeté données à ces multitudes entouraient Nehru comme un immense cimetière entoure les tombeaux des conquérants. Les entretiens du corps diplomatique montraient d'ailleurs que rien n'était terminé. Lorsque j'avais demandé à Nehru « ce qu'il avait jugé le plus difficile », il m'avait répondu très vite, comme pour écarter une autre réponse — qui eût été, sans doute : le Pakistan. Non qu'il craignît une attaque pakistanaise, comme le suggéraient les journaux européens ; mais parce que l'action non violente était mise en question plus dangereusement par la partition qu'elle ne l'avait été par l'Angleterre. Gandhi avait affirmé jadis : « Je lutte contre trois adversaires : les Anglais, les Indiens, moi-même. » Il n'attendait la victoire définitive que de la purification de l'Inde. Cette prédication sans fin, cette chasse au meurtre de village en village, tant de maisons hindoues brûlées, tant de maisons musulmanes pillées, et les Sikhs qui attendaient les trains des réfugiés musulmans dans la gare d'Amritsar, leur sabre sur leurs genoux, comme les musulmans attendaient des réfugiés hindous dans les gares du Bengale ; cet inépuisable Sermon sur la Montagne prêché à tant d'assassinés, jusqu'au bûcher de la crémation. Quelques heures plus tôt, Nehru m'avait dit, avant de parler des « années meilleures » : « Et il faut maintenant que l'Inde lutte contre elle-même… » Le successeur du vieux prophète rieur faisait l'Inde, adossé aux démons du sang comme il l'était maintenant à la cheminée rouge. Après ce que Gandhi avait appelé la Danse macabre de l'Inde, une grande aventure de l'humanité s'efforçait à tâtons de fonder une nation de quatre cents millions d'hommes, sur sa foi dans la victoire inéluctable du pardon.

On passait à table entre deux rangs de lanciers du Bengale. Et dans la salle à manger dont les immenses portraits des vice-rois anglais couvraient encore les murs, une file de serviteurs en dolman blanc et turban rouge, aussi nombreux que les convives, s'étendait jusqu'à la profonde entrée où se perdait la perspective des lances inclinées. Lorsque j'avais pris l'ascenseur pour descendre de mon appartement, le jeune liftier m'avait demandé de signer son album d'autographes. J'avais tiré largement le stylo des grands maîtres et m'étais arrêté, éberlué, devant une dizaine de signatures de rois. Ils étaient encore si nombreux ? Ce chapitre de Proust continuait en conte de Voltaire[1].

Quand avais-je éprouvé à ce point le sentiment d'assister à un spectacle dont les convives allaient disparaître à l'aube ? C'était l'atmosphère des gouvernements provisoires, des caprices du destin. Rien de l'occupation des palais illustres par les révolutions embourgeoisées, mais rien non plus d'un gouvernement de l'Inde. Même si l'aube était lente à venir, elle viendrait un jour avec les hommes peints de cendre blanche, avec les hordes d'intouchables brandissant leurs torches — ou avec l'éternel Islam qui pense que « la honte entre dans la maison avec la charrue ». Nehru répondait banalement au speech banal d'un ministre des Affaires étrangères scandinave, et je me répétais : quand ai-je éprouvé ce sentiment d'assister à un spectacle condamné, avec ce sentiment de « déjà » vu ? C'était à l'hôtel de Beauharnais, devenu ministère de la Coopération, et dont les cariatides de Bonaparte soutiennent le fronton. Les grands chefs de l'Afrique centrale, venus pour la remise des drapeaux de la Communauté, gravissaient marche à marche le perron. La foule parlementaire s'écartait devant leurs costumes de ténèbres et devant les griots qui chantaient à reculons la gloire de leur race…

Après le dîner, Nehru m'emmena par un escalier en colimaçon, avec quelques-uns de ses principaux invités, vers un minuscule théâtre souterrain où des danses classiques se succédaient, pendant que l'orchestre jouait « de la musique que l'on doit jouer la nuit[1] ». Quand tous furent assis, il se pencha vers moi : « Pour vous, la prison a été un accident ; pour nous, une fin. Gandhi, quand un des nôtres était arrêté, lui télégraphiait ses félicitations. En ce temps, il disait : "La liberté[a] doit être cherchée souvent entre les murs des prisons, quelquefois sur l'échafaud, jamais dans les conseils, les tribunaux, ni les écoles." »

Les ballets[b] terminés, il nous laissa tous au Capitole, et rentra chez lui.

6

1944-1965.

« La liberté doit être cherchée entre les murs des prisons », avaient dit Gandhi et Nehru. Les miennes[2] n'avaient pas été tout à fait des prisons, ou ne l'avaient pas été longtemps. Il y avait eu le camp de 1940[3], dont je m'étais évadé facilement, malgré les souliers trop petits : vaste pré changé en zone, feux roses de l'aube, charrettes sur la route au-delà des barbelés, boîtes de conserve ensanglantées, masures babyloniennes faites de piliers trapus, de drains et de branches, où des soldats écrivaient des lettres qui ne partiraient pas, recroquevillés comme les momies du Pérou.

Il y avait eu, plus sérieusement, 1944. Mes camarades, arrêtés par les polices allemandes, le plus souvent par la Gestapo, avaient suivi vers la mort la filière que l'on connaît ; alors que j'avais été pris[4], en uniforme, par les chars de la division *Das Reich*.

Mes prisons commencent dans un champ. Je revenais à moi dans une civière étendue sur l'herbe, que deux soldats allemands empoignaient. Sous mes jambes, elle était couverte de sang. On avait fait sur mon pantalon un pansement de fortune. Le corps de l'officier anglais[5] avait disparu. Dans la voiture, les corps immobiles de mes deux camarades. Un Allemand détachait le fanion. Les porteurs de ma civière partirent vers Gramat. La ville m'avait semblé assez éloignée. Le long de la civière, un sous-officier.

J'étais allé arbitrer un conflit entre un maquis Buckmaster et un maquis F.T.P. Au retour — vingt minutes plus tôt — nous somnolions en approchant de Gramat, fanion à croix de Lorraine claquant dans le vent chaud. Une fusillade que l'on entend mal, le carreau arrière qui éclate, l'auto qui fonce dans le fossé après un tête-à-queue. La mort du chauffeur[1] — une balle dans la tête — a lancé violemment son pied sur le frein. Le garde du corps[2] est écroulé sur les armes. L'officier anglais a sauté sur la route, à droite, et tombe, les deux mains rouges de sang crispées sur son ventre. J'ai sauté à gauche et couru, les jambes engourdies par trois heures de voiture. Le tir d'une mitrailleuse se précise ; l'auto me protège d'une autre. Une balle coupe l'attache du genou de ma jambière droite qui se déploie en corolle, maintenue par l'attache du pied. Il faut m'arrêter pour l'arracher. Une balle dans la jambe droite. Douleur très faible. Le sang seul prouve que je suis touché. Une terrible torsion de la jambe gauche.

Ces deux types qui me transportaient comme un paquet n'avaient pas l'air méchant du tout. Il en viendrait d'autres. C'était extraordinairement absurde. Comment les Allemands pouvaient-ils être à Gramat ?

Tout allait finir ici, Dieu sait comment, après cette route dont le ciel radieux de juillet semblait s'établir dans l'éternité, ces paysans qui me regardaient passer, mains croisées sur le manche de leur bêche, et ces paysannes qui faisaient le signe de la croix comme un salut funèbre. Je ne verrais pas notre victoire. Quel sens cette vie avait-elle, aurait-elle jamais ? Mais j'étais aspiré par une curiosité tragique de ce qui m'attendait.

Dès les premières maisons, une file de chars emplissait la rue. Les Français me regardaient passer avec angoisse, les Allemands avec surprise. Mes porteurs entrèrent dans le bureau d'un garage. Un sous-officier interrogea celui qui m'accompagnait, puis :

« Vos papiers ! »

Ils étaient dans la poche de ma vareuse, et je les atteignais sans peine. Je lui tendis le portefeuille, et dis :

« Ils sont faux. »

Il ne prit pas le portefeuille, et traduisit. Les deux sous-officiers avaient l'air de poules devant un phono. Les porteurs se remirent en marche. Nous entrâmes, cette fois, dans une petite grange. La civière fut posée sur ses pieds articulés. Les Allemands sortirent. Une clef tourna dans la serrure. Devant l'étroite fenêtre, un factionnaire. Je tentai de m'asseoir sur la civière. Ma jambe gauche me faisait à peine souffrir. J'étais très abruti. J'avais sans doute perdu beaucoup de sang, car il continuait à couler, malgré les mouchoirs noués autour de mes cuisses.

La silhouette du factionnaire présenta les armes. Tour de clef. Entra un officier qui ressemblait à Buster Keaton.

« Quel tommage pour votre pauvre fâmille ! Vous êtes catholique, n'est-ce pas ?

— Oui. »

L'heure n'était pas à un exposé de l'agnosticisme.

« Je suis l'aumônier catholique. »

Il regarda les mouchoirs sanglants.

« Quel tommage pour votre pauvre fâmille !

— La Passion n'a pas dû être très agréable pour la famille du Christ, mon père. Il est vrai que je ne suis pas le Christ. »

Il me regarda, plus abruti que moi. Mais lui, c'était par bêtise.

« Vous avez des enfants ? demanda-t-il.

— Malheureusement. Dois-je être jugé, ou non ?

— Je ne sais pas. Mais si vous avez besoin des secours de la religion, vous pouvez me faire appeler. »

Il ouvrit la porte, tout noir sur le ciel encore éclatant. Et, comme pour prendre congé :

« C'est tout de même bien tommage pour votre pauvre fâmille… »

Drôle d'aumônier, ou drôle de religion. Un faux prêtre eût au moins posé des questions…

Un sous-officier me fit signe de sortir ; la cour était pleine de soldats. Je pouvais faire quelques pas. Il me tourna vers le mur, les mains appuyées sur les pierres au-dessus de ma tête. J'entendis un commandement : *« Achtung »*, je me retournai : j'étais en face d'un peloton d'exécution[1].

« Armes sur l'épaule !

« Présentez armes ! »

On présente les armes à ceux que l'on va fusiller. Un

rêve récent resurgit : je me trouvais dans une cabine de paquebot dont le hublot venait d'être emporté ; l'eau jaillissait à la volée ; devant ma vie irrémédiablement finie, qui ne serait jamais autre que ce qu'elle avait été, j'éclatais d'un rire sans fin (mon frère Roland est mort peu après, dans le naufrage du *Cap-Arcona*). J'avais plusieurs fois frôlé la mort violente.

« En joue ! »

Je regardais les têtes penchées sur leur ligne de visée.

« Repos ! »

Les soldats mirent le fusil sous le bras, et partirent en se dandinant avec un rire déçu.

Après tout, pourquoi n'avaient-ils pas tiré *autour* de moi ? Aucun risque pour d'autres : je me tenais devant le mur. Pourquoi n'avais-je pas réellement cru à la mort ? Je l'avais vue beaucoup plus menaçante sur la route de Gramat. Je n'avais éprouvé ni le sentiment, que je connais bien, que l'on va tirer sur moi, ni celui d'une séparation imminente de la vie. J'avais répondu autrefois à Saint-Exupéry, qui me demandait ce que je pensais du courage, qu'il me semblait une conséquence curieuse et banale du sentiment d'invulnérabilité[1]. Ce que Saint-Ex avait approuvé, non sans étonnement. La comédie à laquelle je venais d'assister n'avait pas atteint ce sentiment en moi[a]. Son aura, son cérémonial, n'étaient pas ceux de la mort ? Peut-être ne croit-on à la mort que lorsqu'un compagnon vient de tomber à côté de vous ? Je regagnai ma grange, qui me devenait familière. Je me recouchai. Entrèrent un officier et deux soldats qui empoignèrent la civière. Nous sortîmes. Le sous-lieutenant n'était pas un jeune officier : plus de quarante ans, grand, droit, roux, rugueux. Rasé. Bientôt il précéda la civière, et je ne vis plus que son dos.

Nous allions à l'infirmerie. Une infirmière me regarda haineusement. Le major et les infirmiers, qui en avaient vu d'autres, me pansèrent avec soin. La civière repartit. Nous descendîmes dans une cave. Je savais à quoi servaient les caves. « La journée sera dure », disait Damiens. Non. Nous remontâmes, parcourûmes près d'un kilomètre, et Gramat n'est pas une grande ville. Partout des chars. Les habitants, devant la civière, s'enfuyaient. Nous atteignîmes une ferme un peu isolée, entrâmes dans le cellier. Une herse, des râteaux, des fourches de bois. J'avais vu, pendant la campagne de 1941[2], ces celliers sans âge[3], mais non combien ces instruments (surtout la herse) semblent des instruments de supplice. Le cortège repartit, s'arrêta de nouveau dans deux endroits semblables. J'avais l'impression d'être à la recherche d'un décor de torture. Sans doute les soldats étaient-ils rassemblés, car je n'en voyais plus. La solitude, une ville habitée par les chars endormis, des maisons meublées de fourches et de herses à accrocher les cadavres. Cinq minutes plus tard, mes porteurs s'arrêtèrent.

« Kommandantur », dit le sous-lieutenant.

C'était l'hôtel de France[1]. Le maquis avait sa boîte aux lettres ici... Les Allemands venaient de faire évacuer le bureau de l'hôtel. La patronne était dans sa caisse. Cheveux blancs, visage régulier, col à baleines : une directrice de pension. Je l'avais vue deux fois.

« Vous le connaissez ? demanda l'Allemand à tout hasard.

— Moi ? non », répondit-elle distraitement, presque sans me regarder.

« Et vous ? me demanda-t-il.

— Les maquis ne descendent pas à l'hôtel, hélas ! »

Le bureau communiquait avec le petit hall par des demi-persiennes. Le sous-lieutenant s'assit derrière le bureau. On me déposa sur les dalles noires et blanches, sans lever les soutiens de la civière. Un soldat entra, un bloc à la main, m'examina avec plus de curiosité que d'hostilité, s'installa à la gauche de l'officier. La rue était étroite, et l'on avait déjà allumé l'électricité. Le greffier, front et menton avançants, avait une tête de haricot ; l'interrogateur une tête de moineau[2] : nez en l'air, petite bouche ronde. Il ne semblait allemand que par ses cheveux roux en brosse, tondus au-dessus de ses oreilles décollées. Tous deux étaient confortablement installés.

« Vos papiers ? »

Je me levai, avançai d'un pas, et lui tendis mon portefeuille. Là-dessus, je me recouchai : la syncope approchait. Pourtant, j'étais lucide, car la partie était engagée.

« J'ai dit à votre collègue que ces papiers sont faux... »

Le vieux moineau les regardait avec soin. Carte d'identité, permis de circulation et autres fariboles au nom de Berger. Un millier de francs en billets. Une photo de ma femme et de mon fils. Il en fit un petit tas, qu'il posa à côté du portefeuille.

« Vous parlez allemand ?

— Non.

— Vos nom, prénoms, qualité ?

— Lieutenant-colonel Malraux, André, dit colonel Berger. Je suis le chef militaire de cette région[1]. »

Il regarda, perplexe, ma vareuse d'officier sans galons. Quelle affabulation attendait-il ? J'avais été pris dans une voiture qui portait un drapeau tricolore à croix de Lorraine.

« Quelle organisation ?

— De Gaulle.

— Vous... avez des prisonniers, n'est-ce pas ? »

Il avait l'accent allemand du Nord, dur, nullement « teutonique ». Son interrogatoire était menaçant, mais non agressif.

« Pour l'unité que je commande directement, une centaine. »

Quel jeu étrange jouait le destin ! Il était d'usage, je ne sais pourquoi, de faire juger les prisonniers des maquis par des conseils de guerre[2]. J'avais assisté, dans un maquis F.T.P., à un jugement de ce genre, avec des chefs de maquis qui se prenaient pour des magistrats, un réquisitoire acceptable car la haine ressemble toujours à la haine, et une parodie de défense, par une espèce de greffier qui assouvissait dix ans d'envie en jouant à l'avocat. Dans la salle basse et fraîche d'un château du Lot, avec, dehors, des cris de chèvres dans la grande chaleur, et des fleurs jaunes... C'était pour présider un conseil de guerre que j'avais remis, la veille, l'uniforme que je portais. Nous avions déjà libéré une vingtaine d'Alsaciens, car les Alsaciens étaient nombreux parmi les troupes qui nous combattaient, comme parmi nos maquis dont naîtrait la brigade Alsace-Lorraine. Un de nos lieutenants, instituteur de la région de Colmar[3], avait proposé de présenter la défense des Allemands, et avait dit, en français, puis en allemand : « Aucun de ces hommes n'appartient aux S.S., ni à la Gestapo. Ce sont des soldats, et on ne peut pas fusiller des soldats pour avoir été mobilisés et pour exécuter les ordres qu'ils ont reçus. » Les nôtres étaient nombreux au fond de la salle, et je sentais l'angoisse de nos Alsaciens. Il fut décidé que les prisonniers seraient remis à la première unité alliée que nous rejoindrions.

« Comment sont-ils traités ? »

Le greffier, qui sténographiait, posa son crayon.

« Ils passent leur temps à jouer aux barres, et sont nourris comme nos hommes. Pour eux, la guerre est finie. »

Le vieux moineau se demandait si je me moquais de lui, mais n'en avait pas l'impression.

« Ils s'attendaient, dis-je, à des sauvages en loques, et ils sont tombés sur des soldats en uniforme.

— Des parachutés ?

— Non : les maquis français.

— Où sont-ils ?

— Qui : les prisonniers ?

— C'est la même chose !

— Il y a tout de même plus de maquisards que de prisonniers.

— Où sont-ils ?

— Je n'en sais rien, heureusement. Soyons clairs. Ils étaient dans les bois de Siorac. Depuis au moins deux heures, mes hommes savent que je suis entre vos mains. Depuis une heure et demie mon successeur a pris le commandement, et c'est un breveté d'état-major[1]. À l'heure actuelle, il ne reste au camp ni un de nos soldats ni un des vôtres. »

Il réfléchit.

« Quelle est votre profession civile ?

— Professeur, et écrivain. J'ai parlé dans vos universités. À Marburg, à Leipzig, à Berlin. »

Professeur, ça faisait sérieux.

« Vous savez certainement l'allemand. Mais ça n'a pas d'importance.

— Mon premier livre, *Die Eroberer*, a été traduit par Max Claus. »

On prétendait (à tort) que[a] Max Claus, devenu nazi[2], était quelque chose comme sous-secrétaire d'État de Goebbels. Mon interlocuteur devenait de plus en plus perplexe. Il commença à jouer au chat et à la souris. Après dix minutes :

« Mon lieutenant, lui dis-je, je crois que nous perdons notre temps. Habituellement, vous interrogez des prisonniers qui se disent innocents, ou le sont, et vous devez les faire avouer. Je n'ai rien à avouer : je suis votre adversaire depuis le jour de l'armistice.

— Mais c'est le maréchal Pétain qui a signé l'armistice !

— En effet, ce n'est pas moi. Donc, je suis un franc-tireur. Donc, vous pouvez me faire fusiller — après en avoir pesé les conséquences. Pour le reste, mon adjoint a commandé la Légion au Maroc, moi j'ai commandé... ailleurs, et nous ne faisons pas du maquis artisanal. Nous n'avons pas un seul point de chute. Nous n'avons pas de contacts ailleurs que sur des chemins dégagés, couverts par quatre guetteurs. Les forces allemandes n'ont jamais fait prisonnier un seul de mes soldats. Je suis ici parce que vous venez de faire un mouvement très brillant, et que je suis allé me jeter comme un idiot sous vos mitrailleuses. Mais en me prenant, vous avez déclenché le dispositif d'alerte ; jusqu'à cent kilomètres au nord, tous les P.C. sont évacués. Pour connaître l'étendue de nos forces — comme d'ailleurs, la façon dont vos prisonniers sont traités, vous n'avez qu'à faire appel à la Milice. Et vous pourriez faire torturer mes soldats, si vous en preniez, sans en rien obtenir, parce qu'ils ne savent rien : toute notre organisation repose sur le fait qu'aucun être humain ne peut savoir ce qu'il fera devant la torture.

— La Wehrmacht ne torture pas.

— Au surplus, une unité comme la vôtre, si toute la division est groupée, a d'autres chats à fouetter. »

Il me demanda où étaient nos anciens P.C., et je lui citai les châteaux abandonnés par des collaborateurs, ou telles clairières où il trouverait des galeries et des traces de feux. Pas question des bois de chênes nains[1], que les Allemands croyaient inutilisables. Quant à l'identité des chefs des autres maquis, la Gestapo et la Milice connaissaient comme moi leur nom de guerre, et je connaissais aussi peu qu'elles leur vrai nom. (Du moins pour certains...) Le vieux moineau avait certainement reçu l'ordre de me traiter en prisonnier de guerre. Mais il allait de soi que tout cela n'était qu'un commencement. Nous parlâmes maquis. Je grossis nos effectifs. Ça tournait à la conversation.

Les deux Allemands s'en allèrent, dîner peut-être ? Un factionnaire me gardait, de l'autre côté de la demi-persienne : je ne le voyais que jusqu'aux genoux. Parfois il bavardait : beaucoup d'Allemands passaient par le petit hall. J'aurais voulu réfléchir, mais seul l'interrogatoire m'avait mobilisé : je m'ensevelis dans l'épuisement.

9 heures du soir. (Il y avait, au-dessus du bureau, un grand cartel sombre.) Arrivèrent deux autres Allemands avec des papiers, sans doute un résumé de mon interrogatoire. Ils me posèrent les questions qui m'avaient été

vers moi, s'agenouilla : une jambe, puis l'autre. Il n'est pas facile à une femme âgée de s'agenouiller en portant un plateau. Elle le posa sur ma poitrine, se releva, alla aux demi-persiennes, se retourna — deux grandes taches rouges sur le tablier blanc, à la place des genoux — et dit, du ton dont elle disait sans doute souvent, quarante ans plus tôt : « Vous allez me faire le plaisir de ne pas chiper les tartines de vos frères ! » mais avec quelque chose d'imperceptiblement solennel : « C'est pour l'officier français blessé », et remonta, dans le bruit des bottes qui s'écartaient devant elle.

Mon moineau me regardait, le bec ouvert. Arracher des tartines à un blessé eût été ridicule, mais tout cela était provocant !

« Partageons », lui dis-je.

Il se leva, sortit. Revint avec un verre. Prit une de mes tartines, la posa sur le bureau. Prit le bol pour verser la moitié du café au lait dans le verre. Se brûla. Posa le verre sur le bureau, reprit le bol dans son mouchoir, et versa, calculant avec soin. Retour du bol. Sur les carreaux blancs, il y avait maintenant de grandes semelles de sang vers le bureau, et des petites.

Vers 8 heures, nous partîmes. La patronne était revenue.

« Je vous remercie, madame. Vous étiez très bien, tout à l'heure : vous ressembliez à la France. »

Elle cessa d'écrire. Son visage resta immobile, et son regard me suivit jusqu'à ce que la porte de l'hôtel se refermât.

On me conduisit à l'infirmerie, où l'on changea mes pansements. Je pourrais me tenir debout, peut-être faire quelques pas. Inutile. On m'enfourna dans un fourgon blindé, l'ambulance, peut-être. À l'arrière une double porte, verrouillée du dehors. Quatre bat-flanc. J'étais seul. Allongé, je voyais, par une petite fenêtre grillée percée dans la porte, une file de camions, et le paysage qui fuyait. Les maquis attaqueraient-ils ? Je n'y croyais guère, car la région, assez montagneuse, n'était pas boisée. Il n'y avait pas de maquis importants, à ma connaissance, avant la Garonne. Sans doute la division cuirassée accomplissait-elle quelque expédition punitive : au-dessus de la route et de ses courbes de fleuve, nos villages brûlaient sous une longue fumée oblique.

Lorsque la colonne s'arrêtait, j'avais le droit de descendre.

À Figeac (qu'habitait Roger Martin du Gard…), un paysan m'apporta une canne et disparut.

Chaque regard français me disait que j'étais condamné. Je ne le croyais pas — du moins, pas encore. Je supposais qu'on me destinait à un autre interrogatoire ou à un jugement. Mais il devait advenir quelque chose.

À Villefranche-de-Rouergue, dont je reconnus l'église presque espagnole qui m'avait servi de décor pour quelques scènes[1] de *L'Espoir*, la colonne s'arrêta pour la nuit. On me logea au couvent. Dès que je fus couché, la supérieure m'apporta du café. Elle n'avait pas plus de quarante ans, et elle était belle. Au passage, elle sourit au soldat qui me gardait, d'un sourire inaccessible.

Je m'étais parfois demandé ce que devenait l'Évangile en face de la mort.

« Ma mère, pourriez-vous me prêter l'Évangile selon saint Jean[2] ?

— Oh ! bien sûr ! »

Elle apporta une Bible, et repartit. Je cherchai le texte de saint Jean, mais le livre s'ouvrit au signet qu'elle venait certainement de placer. J'aurais pu être tué bien des fois, en Asie, en Espagne, chez nous ; l'idée que j'aurais pu rester chez moi, au lieu d'attendre un conseil de guerre ou une exécution au bord d'un fossé, me semblait dérisoire. Même cette nuit-là, le trépas me semblait banal. Ce qui m'intéressait, c'était la mort.

Mais ce n'était pas devant la mort que j'avais rencontré saint Jean. C'était à Éphèse, et surtout dans le monde byzantin et slave qui avait vénéré son tombeau à l'égal de celui du Christ. Ma mémoire conservait de Jésus, à travers lui, une image assez complexe : convaincante et proche comme celle de saint François d'Assise, mais dans les limbes de ce texte où Jean se désigne seulement par : « Celui que Jésus aimait[3]. » Je me souvenais des marchands de pigeons[4] chassés du Temple, et de certaines phrases qui faisaient de l'Évangile une psalmodie : « … parce que son heure n'était pas encore venue[5]… », « Un démon[6] peut-il ouvrir les yeux des aveugles ? » et du ton nocturne de « Père, délivre-moi de cette heure[7]… » et des paroles adressées à Judas : « Ce que tu fais, fais-le vite[8]… » Je me souvenais de l'histoire de la femme adultère que l'on conte si souvent comme un jugement, alors que le Christ ne se retourne ni vers les accusateurs ni vers la femme, et dit :

« Que celui d'entre vous qui est sans péché... » en continuant de dessiner des figures sur le sable[1]. Je retrouvai : « Car Dieu a tellement aimé le monde, qu'il a donné son Fils unique, afin que quiconque croit en lui ne périsse point, mais qu'il ait la Vie éternelle. Dieu n'a pas envoyé son Fils dans le monde pour juger le monde, mais afin que le monde soit sauvé par lui[2]. » Je n'avais pas cru au peloton d'exécution burlesque de Gramat, mais sans doute en rencontrerais-je bientôt un qui ne serait pas burlesque. Sur la route, j'aurais pu recevoir les balles dans la tête, comme le chauffeur, au lieu de les recevoir dans les jambes. Je ressentais fortement que toute foi dissout la vie dans l'éternel, et j'étais amputé de l'éternel. Ma vie était une de ces aventures humaines que Shakespeare justifie en les appelant des songes, et qui n'en sont pas. Un destin qui s'achevait en face d'une douzaine de fusils, parmi tant d'autres destins, aussi fugitifs que la terre. Ce qu'il allait advenir de moi intéressait furieusement une part sans valeur de moi-même, comme la volonté d'échapper à l'eau lorsqu'on se noie. Mais je ne demandais pas la signification du monde à des soubresauts. Le génie chrétien, c'était d'avoir proclamé que la voie du plus profond mystère est celle de l'amour[3]. Un amour qui ne se limite pas au sentiment des hommes, mais le transcende comme l'âme du monde, plus puissant que la mort[4] et plus puissant que la justice : « Car Dieu n'a pas envoyé son Fils pour juger le monde, mais pour le sauver. » Seul devant la mort, je rencontrais cette assistance millénaire[5] qui avait enveloppé tant de désespoirs comme le Jugement roulerait tant de sépulcres, « Seigneur assistez-nous dans notre agonie... » Mais la foi, c'est croire ; j'admirais la rumeur chrétienne qui avait couvert cette terre sur laquelle je serais sans doute bientôt couché — je ne la croyais pas. Le souvenir de saint Jean est plus fort contre le malheur que sa présence contre la mort. Dans quel texte oriental[6] avais-je lu : « Le sens du monde est aussi inaccessible à l'homme que la conduite des chars des rois aux scorpions qu'ils écrasent » ? Tout se passait comme si ma valeur suprême eût été la Vérité — et pourtant que m'importait, cette nuit, la Vérité ?

Mon passé, ma vie biographique, n'avaient aucune importance. Je ne pensais pas à mon enfance. Je ne pensais pas aux miens. Je pensais aux paysannes athées qui saluaient mes blessures du signe de la croix, à la canne apportée par le paysan craintif, au café chaud de l'hôtel de France et à celui de la supérieure. Il ne restait dans ma mémoire que la fraternité[1]. Dans ce silence de couvent où sans doute on priait pour moi, et que martelait en sourdine la manœuvre lointaine d'un char, ce qui vivait aussi profondément en moi que l'approche de l'exécution, c'était la caresse désespérée qui ferme les yeux des morts.

À Albi (nous allions toujours vers le sud, et toujours des villages brûlaient), je couchai sur le canapé d'une grande salle, sans doute celle de la mairie. Le factionnaire, qui n'appartenait pas aux chars, mais à un régiment cantonné dans la ville, vint s'asseoir à côté de moi, et tira de sa poche deux photos : le maréchal Pétain et — à ma stupéfaction — le général de Gaulle. Le doigt sur Pétain : « Très bien ! » Réprobateur, sur de Gaulle : « Terroriste ! » Il me regarda. J'attendais la suite. Il leva le doigt pour appeler l'attention, dit : « Demain » et l'abaissa sur de Gaulle : « Peut-être, très bien ? » puis sur Pétain : « Peut-être, terroriste ? », fit un geste qui signifiait : sait-on jamais ? haussa les épaules, et alla reprendre sa faction.

À Revel[2], au rez-de-chaussée d'une villa abandonnée, je disposai d'un minuscule jardin. Appuyé sur la canne, je pus marcher un peu. Au repas du soir (je recevais la nourriture des soldats ; les officiers aussi, d'ailleurs), il y eut sur le côté de l'assiette une cigarette et *une* allumette[3].

Le lendemain, un officier et deux soldats vinrent me chercher. Je pris place à l'arrière de la voiture, à côté de l'officier. À la sortie du bourg, il me banda les yeux. Je ne me sentais pas menacé ; et j'éprouvais la présence de ce bandeau comme une protection. Quand l'officier le retira, nous entrions dans le parc d'un château assez laid. Devant le perron, une quinzaine de voitures d'officiers : c'était le conseil de guerre.

Le simulacre d'exécution n'avait pas été convaincant ; ce troupeau d'autos l'était. Ce château idiot — le dernier ? — prenait l'intensité de ce que touche le destin. Quelques jours avant de se tuer, mon père m'avait dit que la mort lui inspirait une intense curiosité. Je la ressentais, non pour la mort, mais pour ce conseil de guerre — peut-être parce qu'il était précisément ce qui me séparait encore d'elle. Mes gardes, surpris de me voir presser le pas, suivirent.

Les portes-fenêtres du perron étaient ouvertes sur un hall au-delà duquel, dans un grand salon, une vingtaine d'officiers dansaient avec des « souris grises[1] ».

Il n'y avait pas de conseil de guerre, mais un bal…

Premier étage. Un long couloir, une double porte. L'officier entra, claqua les talons, fit le salut hitlérien et sortit. J'étais debout devant la porte refermée. Une vaste pièce éclairée par trois grandes fenêtres ouvertes sur un parc et un petit lac. Derrière le bureau Louis XV dont brillaient les bronzes dorés, un général[2]. Croix de fer à feuilles de chêne. Je distinguais mal son visage à contre-jour ; il portait des lunettes noires, et la lumière brillait sur ses cheveux blancs. Il alla vers une petite table entourée de sièges, s'assit, me fit signe de m'asseoir. Sur la table, une boîte d'argent. Il me la tendit :

« Merci. Je ne fume plus. »

Il alluma une cigarette. La lumière soudaine fit apparaître un masque étrange, qui se perdait à nouveau dans le contre-jour.

« Je voudrais savoir de vous pourquoi vous ne reconnaissez pas l'armistice. Le maréchal Pétain est un grand soldat, le vainqueur de Verdun, comme vous dites. La France s'est engagée. Et ce n'est pas nous qui vous avions déclaré la guerre.

— Une nation ne s'engage pas à mourir par procuration. Permettez-moi une supposition : le maréchal von Hindenburg étant président de la République allemande, un conflit mondial s'engage, l'Allemagne est battue comme nous l'avons été, le maréchal capitule. Le Führer — qui, évidemment, n'est pas chancelier — lance de Rome un appel aux combattants allemands pour continuer la guerre. Qui engage l'Allemagne ? et avec qui êtes-vous ?

— Pourquoi de Gaulle est-il à Londres ?

— Les chefs d'État sont à Londres, sauf un, qui est à Vichy. Le général de Gaulle ne commande pas une légion française au service des Alliés.

— À quoi sert ce que vous faites ? Vous savez bien que chaque fois que vous tuerez un soldat, nous fusillerons trois otages.

— Tout fusillé envoie trois soldats aux maquis. Mais à mon avis, ce n'est pas la question. Puisqu'elle vous intéresse, je vais vous dire ma pensée. Il y a de tout dans les maquis…

— Surtout des gens qui ont peur du Service du travail obligatoire.

— Même, en effet, des gens qui refusent de servir l'Allemagne. Mais vous savez bien que tout combat suppose une âme. Celle du nôtre vous échappe. Vous croyez que nous combattons pour vaincre. »

Il leva la tête. Les lunettes cachaient ses yeux sans doute étonnés.

« Les volontaires des Forces françaises libres, ceux de la Résistance, ne sont qu'une poignée en face de la Wehrmacht. C'est *pour cela* qu'ils existent. La France a subi en 1940 l'une des plus affreuses défaites de son Histoire. Ceux qui vous combattent sont des témoins de sa survie. Vainqueurs, vaincus, fusillés ou torturés.

— La Wehrmacht ne torture pas. Mais je crois vous comprendre. Dans une certaine mesure, je vous plains. Vous, les gaullistes, vous êtes un peu des S.S. français. Vous serez les plus malheureux. Si nous finissions par perdre la guerre, vous retrouveriez un gouvernement de juifs et de francs-maçons, au service de l'Angleterre. Et il se ferait manger par les communistes.

— Si vous perdez la guerre, je crois qu'il n'adviendra rien de ce que nous pouvons prévoir l'un et l'autre. En 1920, tout le monde croyait que le fait décisif de la guerre de 1914 était l'écroulement de la puissance militaire allemande. Nous savons aujourd'hui que le fait décisif a été la révolution russe. Cette fois, ce sera peut-être la fin de l'Europe en tant que maîtresse du monde. Pendant vingt ans, cinquante ans, ça ira mal pour la France, mal pour l'Allemagne. Et puis il y aura de nouveau la France, de nouveau l'Allemagne — et peut-être, une fois de plus, la guerre… »

Il se leva. Je crus qu'il allait à son bureau. Mais il marchait sans but, regardant le tapis. Devant la fenêtre centrale, son visage passa dans la lumière. Je compris ce qui m'avait troublé quand l'allumette l'avait éclairé : sous les taches noires des lunettes, les pommettes très hautes donnaient au masque l'accent des têtes de mort.

« Vous pensez vraiment ce que vous venez de dire de l'Allemagne ?

— Nous allons enfin redevenir vos adversaires. Mais quel que soit le sort des armes, quels que soient les régimes, je ne connais pas beaucoup d'intellectuels français qui soient prêts à tenir pour non avenus Hölderlin et Nietzsche, Bach et même Wagner…

— Vous connaissez la Russie soviétique ?

— Oui. L'Allemagne est inarrachable de l'Europe.

— Je vous prie ?

— On ne peut arracher l'Allemagne de l'Europe, ni du monde.

— On essaiera… Les brutes de l'Est, et les marchands d'autos et de conserves qui n'ont jamais su faire la guerre, et l'Angleterre qui suit son ivrogne shakespearien !… »

Il s'était tourné vers moi. Les verres fumés cachaient son regard. D'autres généraux allemands préparaient l'attentat contre Hitler. Je l'ignorais ; peut-être ne l'ignorait-il pas.

Il sonna.

Les flonflons du bal envahirent la pièce, tournèrent comme des serpentins autour de la Mort perplexe en uniforme de général allemand. Dans la fenêtre, un petit lac pour canotiers, avec ses cabines abandonnées. L'officier qui m'accompagnait venait d'entrer, et me fit signe de le suivre.

Je retrouvai ma plate-bande d'œillets de Revel ; ma cigarette, mon allumette. Le lendemain, une autre auto blindée vint me chercher. À côté de moi, sur le siège arrière, un soldat à mitraillette. Nous n'allions plus vers le sud, mais vers l'est. Après quelques heures, nous entrâmes dans Toulouse[1]. La nuit tombait. La place Wilson, le café Lafayette où je m'étais si souvent assis, pendant la guerre d'Espagne. Un jour, dans le petit square, je manipulais mon revolver, le canon vers la terre, dans la poche de mon pardessus. Par inadvertance, j'avais tiré. Le bruit n'avait attiré l'attention de personne, et j'en avais été quitte pour un trou roussâtre. Je sifflais de joie, parce que je venais de voir dans la vitrine des libraires *Les Thibault* avec la bande du prix Nobel…

On me poussa dans l'une des maisons de la place. Entresol. La pièce — un salon bourgeois — n'avait pour fenêtre qu'une imposte en demi-cercle.

Des barreaux à l'intérieur. Au-dehors, les couples tournaient autour du petit square, s'asseyaient à la terrasse des cafés : la vie du soir, s'il n'y avait pas eu d'uniformes allemands. Ma belle-sœur (mon frère était pris depuis plus d'un mois) habitait rue Alsace-Lorraine, à cent mètres de la place… Un commandant allemand me fit apporter des œufs au jambon et une bouteille de bordeaux. Me tenait-on pour un prisonnier de marque ? Vichy ne pouvait être en cause, puisque je n'avais été interrogé par aucun Français. Je me souvins d'un conseil : ne jamais vider une bouteille, car la Gestapo s'en sert pour frapper, et les bouteilles vides sont les massues les plus douloureuses. Je n'en étais pas là. Le dialogue fut à peine un interrogatoire, avec, comme d'habitude : « Le maréchal Pétain a signé l'armistice » et « La Wehrmacht ne torture pas ». Nous parlâmes de Verdun, et le commandant dit : « À ce moment-là, j'étais prisonnier des Français. » La voiture blindée nous conduisit dans un quartier de larges avenues, contourna le vaste monument aux morts, s'arrêta devant un hôtel luxueux. Un hall sans meubles, sauf un bureau derrière lequel travaillaient deux sous-officiers. Le commandant leur donna mes papiers, que s'étaient transmis mes geôliers successifs. Le sous-officier dit : « Trente-quatre. » (Un numéro de chambre ?) Son compagnon et le commandant m'encadraient. Il y avait un ascenseur ; nous montâmes par l'escalier, que recouvrait un tapis épais fixé par des barres de cuivre rutilantes. Je ne montais pas sans peine, mais les deux Allemands accordaient leur pas au mien. Dans le couloir, des gardes militaires, sans autre arme que le revolver dans son étui. Second étage. Porte 34. Un garde ouvrit la porte, la referma, et le tapis du couloir étouffa les pas des trois Allemands qui s'en allaient.

C'était une grande salle de bains transformée en chambre. Dans l'un des coins, un lit, avec une couverture et des draps blancs. Dans l'autre, un placard. Pas de sonnerie. Pas de poignée à la porte. Je frappai celle-ci du poing. Arrivée du garde, qui me regarda d'un sale œil.

« Toilettes ? »

Il me conduisit. Dans un salon, au moins dix urinoirs verticaux en céramique, comme dans les cafés. Il resta derrière moi. Retour. Il se mit à vociférer. Sans doute gueulait-il qu'il ne fallait pas frapper à la porte. Ça allait durer longtemps ? Je le regardai, et criai, aussi fort que lui :

« Je suis peut-être ici pour être fusillé, mais sûrement pas pour être engueulé par vous ! Ça suffit ! »

Aussi stupéfait que si je m'étais, sous ses yeux, métamorphosé en lapin, il se tut et referma la porte de ma chambre avec un soin menaçant.

On eût dit une maison de santé, et pourtant, le gardien venait de braire. J'ouvris le placard. Sur l'une des planches, quelques débris, des crayons et une règle à l'extrémité taillée avec soin. Le gardien n'avait pas ouvert la porte avec une clef, mais avec un bec-de-cane. J'examinai la serrure. Le pêne était engagé dans la gâche, mais la porte n'était fermée que parce qu'on en avait retiré la poignée et la tige de fer qu'elle commandait. Par le trou carré dans lequel le gardien avait engagé son bec-de-cane, je voyais la lumière du couloir comme à travers un trou de serrure.

L'extrémité de la règle du placard s'adaptait au trou. La prise était suffisante pour ouvrir. Ce que je fis imperceptiblement. Le gardien était dans le couloir, un peu plus loin, de dos. Je refermai sans bruit, replaçai la règle dans le placard.

Je ne pouvais courir. Ni marcher sur la pointe des pieds ; mais j'aurais pu abandonner mes chaussures. Une évasion ne réussit pas sans la prise d'un risque qui déconcerte l'adversaire ; et celui-là en vaudrait un autre. Mais il était étrange que la règle se trouvât dans le placard. Mon prédécesseur l'aurait taillée, et aurait été appelé avant de pouvoir s'en servir ? On ne laisse pas de couteau à un prisonnier. Il peut fabriquer une lame de fortune (dit-on...) mais cette règle était très bien taillée. Et les placards n'étaient pas visités ? « Abattu pendant une tentative d'évasion... » Qu'était cette prison où il semblait qu'on se contentât d'enregistrer les prisonniers ?

Je supposai que le commandant représentait l'autorité à laquelle m'avait remis la division cuirassée. Cette autorité m'avait jugé digne d'une pension de famille bizarre, mais qui n'avait rien de l'antichambre du peloton d'exécution. La pièce n'avait pas de fenêtre... Si la décision prise n'était pas de me fusiller — ou du moins, pas tout de suite — elle était certainement de m'interroger à Paris. Il faudrait savoir si la règle pouvait servir ; et si la journée, dans cette honorable maison, ressemblait à la nuit. Je commençai à me déshabiller. On ouvrit. Le soldat qui avait accompagné le commandant était accompagné, cette fois, d'un sous-officier. Je me rhabillai. Au rez-de-chaussée, le sous-officier prit mes papiers. De nouveau, l'auto blindée.

Un quartier éloigné, une tour, un très long mur ; la voiture tourna à gauche avec un grincement de freins, et pénétra sous une voûte. C'était une prison. Immatriculation traditionnelle. On ne me prit que ma montre, et on me donna un reçu ! On m'enferma dans une salle où se trouvaient une vingtaine de prisonniers, amenés dans la journée. Chacun se méfiait de tous, mais la mythomanie de l'information régnait en maîtresse. C'était celle que j'avais connue, jadis, au camp de Sens : « Pétain a été tué par Weygand, en plein Conseil des ministres ! — Pas vrai ! Pétain et Weygand ont été arrêtés par Mandel[1] ! » Cette nuit, c'était : « Le front de Normandie est crevé, et Chartres a été prise par les parachutistes. »

Le lendemain, vers 10 heures, on nous distribua. Le corridor à tapis avait pour successeurs les vastes couloirs de prison avec leurs portes à guichet. J'attendais une cellule, mais je fus poussé dans une pièce — deux grandes fenêtres grillées que cachaient, au-dehors, des boîtes qui laissent pénétrer seulement la lumière verticale. Une dizaine de prisonniers, en civil, me regardèrent entrer sans quitter leur paillasse, sauf un, rouquin au large sourire, qui me serra chaleureusement la main :

« Je suis le chef de la chambrée. Au nom des copains, soyez le bienvenu. Je m'appelle André[2].

— Moi aussi. Merci.

— Quand avez-vous été pris ?

— La semaine dernière. »

Il regarda mon uniforme sans galons :

« Vous êtes chef de maquis ?

— Oui.

— Vous avez de la veine qu'ils ne vous aient pas dérouillé !

— Pas encore. Peut-être à cause de l'uniforme. Et puis, nous aussi, nous avons fait pas mal de prisonniers.

— Sans blague ! »

De toutes les paillasses, les prisonniers convergèrent lentement, comme au théâtre.

« Où c'en est, le débarquement ? Le dernier arrivé, ici, est de trois semaines. Y a bien le téléphone, mais qu'est-ce qu'il transmet comme bobards !

— Vous communiquez ?

— Plutôt ! Tu vas voir. Mais quand les Fritz auront apporté la soupe. »

La voici. Horrible, sans excès. Le morceau de pain suffisait pour vivre de pain.

Le bruit de fer-blanc avait cessé dans le couloir. André alla à la fenêtre, et dit d'une voix assez haute, sans crier : « Allô, allô, allô. » Silence général. La cellule voisine répondit : « Allô. » André alla dans le coin, s'assit par terre, frappa trois fois de la main le mur de séparation. Le même bruit vint de l'autre côté. Les prisonniers se tenaient debout entre lui et le judas. Il dit, de la même voix :

« Ça va ? »

Deux de nos compagnons, l'oreille aplatie contre le mur, transmettaient les réponses.

« Oui. Et vous ?

— Oui. On a reçu un colonel de chez de Gaulle. Arrêté le 23 juillet. Il dit que Caen et Saint-Lô étaient prises. Et que l'aviation alliée a fait des parachutages de jour. Depuis, il ne sait plus rien.

— Nouvelles sûres ?

— Oui. »

(« T'en fais pas, me dit André : ici tout le monde est sûr de tout ! »)

« Bon. On transmet. »

Même jeu avec le mur de gauche. Derrière moi, le couloir ; devant, les fenêtres. La paillasse libérée était voisine de celle d'André, ce qui nous permit, après le « téléphone », de parler à mi-voix. Les autres somnolaient. Ils n'avaient plus d'histoires à se raconter.

« Tu penses qu'il n'y a pas de moutons, ici ?

— Parle pas trop de toi, c'est tout. »

Je compris. Les moutons ne pouvaient guère dénoncer que d'improbables préparatifs d'évasion, ou des rodomontades. Saint-Michel était un lieu de passage. Le doyen s'y trouvait depuis trois mois. Chaque mois, un convoi partait pour l'Allemagne. D'où une atmosphère de gare inquiétante, de loterie et de forteresse, non de camp. On ne nous contraignait à aucun travail. Les gardiens étaient des troufions, indifférents malgré leur besoin de hurler. Ils ne nous « cherchent » pas, disait André. Ils n'ignoraient pas les transmissions, car chaque chambrée captait les bobards comme un récepteur de T.S.F. capte les ondes. Même à Fresnes, elles n'ont jamais cessé. Mais rien n'avait d'importance, pourvu que la livraison fût complète, qu'il ne manquât pas de prisonniers. Être envoyés en Allemagne, pour nous, c'était seulement risquer d'être délivrés beaucoup plus tard. Mais à six heures, nous entendions marcher dans le couloir deux soldats et un fonctionnaire. Ils ouvraient le plus souvent une porte, deux portes, emmenaient un ou deux prisonniers.

C'était pour la Gestapo.

Quand 6 heures sonnaient aux églises, sur tout notre couloir, le silence se creusait.

Quelques-uns de ces prisonniers étaient revenus. Il y en avait un dans notre chambrée. Il raconta le supplice de la baignoire, avec l'humour noir des prisons :

« C'est pas que ça fasse tellement mal, mais ça recommence tout le temps, on finit par plus rien comprendre. Alors comme ils gueulent et cognent, si on faisait pas très attention, on finirait par répondre. Faut faire très attention ; la quatrième fois, c'est dur. Et la baignoire est dégueulasse : les vomissements et tout ça. J'ai cru qu'ils allaient me noyer comme un rat ! »

Il éclata d'un rire convulsif, se tapa sur les cuisses.

« Comme un rat !

« Et en fait de rat, y avait une souris en uniforme, qu'était là pour taper — mais elle, c'était à la machine. Et vous savez pas ce qu'elle me dit à moi, cette salope, au troisième numéro : “Ah, finissez, ça suffit, j'ai horreur de ça !” Elle trouvait que je faisais des simagrées, la vache ! Ça vous plaît pas ?

« Si on s'en tire, vaudrait mieux pour elle qu'elle me tombe pas sous la main... »

De telles histoires composaient le folklore de Saint-Michel. Avant mon arrivée, un officier avait fait le tour de la prison, demandant à chacun son nom, pour un contrôle sans doute. Les prisonniers étaient debout, sauf le torturé, qui ne pouvait se lever. À son tour, il dit son nom. L'officier consulta sa liste, dit : « Ter-rô-riste ». Le voisin que les prisonniers appelaient depuis le Professeur (parti pour l'Allemagne) avança d'un pas, leva un index philologique, dit respectueusement : « Pas terroriste : *tou*-riste » et reprit sa place. L'officier continua son contrôle, et, au moment de sortir, jeta un regard circulaire et cria avec un mépris indigné : « Tous, touristes ! »

La porte se referma à grand bruit, et la rigolade commença...

Il s'agissait de ne pas faire partie du prochain convoi. Ceux qui avaient été désignés pour le dernier avaient repris leur place « avec leurs affaires ». Mais les prisonniers n'avaient aucune action sur les désignations. Ils s'efforçaient de ne pas attirer l'attention, car ils pourraient être désignés d'office. C'est pourquoi André m'avait dit : ne parle pas de toi. Pourtant, chacun — sauf les quelques types arrêtés pour marché noir — racontait les circonstances de son arrestation. Banal, principal et inépuisable sujet, grâce auquel j'appris que l'hôtel près du monument aux morts, où j'avais passé quelques heures avant d'être transféré à la prison, était le siège de la Gestapo de Toulouse. Les baignoires y étaient destinées à l'interrogatoire. Mais habituellement, il n'y avait pas de lit. Le gardien hurlant que j'avais envoyé au diable, et qui en avait éprouvé une telle stupéfaction, était sans doute un des tortionnaires. Humour sinistre, comme la découverte du bal dans le château. Aussi, sentiment d'avoir frôlé le destin. D'autant plus intense que l'âme de cette prison, depuis que le départ du dernier convoi avait été différé, c'était l'attente impuissante du destin : nouveau convoi ou Gestapo. Les jours passaient, informes comme dans toutes les prisons, marqués quelquefois par la distribution de colis de la Croix-Rouge ou du Maréchal, et chaque soir, à 6 heures, par les bottes de la torture. Jusqu'à ce qu'un matin, un long ébranlement assourdi, venu de loin, montât des murs. Nul ne bougeait plus. Quelques prisonniers collèrent l'oreille : la pierre transmet mieux que l'air les sons qui viennent de la terre. Une heure passa. Deux heures. Les demi-jeux, les rêveries, le néant reprirent.

Un second ébranlement, plus faible que le premier. Ce n'était pas le son de l'artillerie. Des destructions par le maquis ? Mais le claquement d'un pont qui saute est semblable à celui d'une bombe d'avion. Un bombardement allié, auquel n'eût répondu aucune D.C.A. ? Rien de ce que nous avions entendu en 1940 : c'était un instant des longues batailles immobiles transmises par la terre, le grondement de Verdun qu'aucun d'entre nous n'avait entendu.

Cet ébranlement inexplicable qui n'avait rien de commun avec nos propres dynamitages, c'était l'avance alliée — bien que le second grondement fût plus éloigné que le premier. Pas de cris dans la rue. Pas de coups de fusil. Ce qui se passait se passait très loin. La vie de la prison n'avait pas changé.

Mais elle allait changer.

À 2 heures, une ronde s'arrêta dans quelques cellules. Puis notre porte s'ouvrit. Un Allemand en civil dit :

« Malraux, 6 heures. »

C'était l'interrogatoire de la Gestapo.

Je m'aperçus que je croyais qu'elle m'avait oublié.

J'essayai de tirer de mes compagnons ce qu'ils savaient de précis. La fraternité qui m'entourait depuis que la porte s'était refermée était celle d'une veillée funèbre. Même de la part des trafiquants du marché noir. La plupart de mes camarades appelaient Gestapo la police militaire qui les avait assommés. Le prisonnier à la baignoire, lui, savait ce dont il parlait. Mais les Allemands l'avaient interrogé pour le contraindre à indiquer où se trouvaient les postes émetteurs de son groupe. Il avait été torturé à deux reprises, séparées par trois jours. Quand un membre du groupe était pris, les postes déménageaient. Il avait tenu la première fois, et donné, la seconde, l'adresse d'un appartement devenu vide.

Ce que je tentais — en vain — de tirer au clair, c'était le terrain sur lequel j'allais me battre. « Ce que les copains racontent ne sert à rien, dit André : ce n'est jamais la même chose… » Un interrogatoire relatif aux maquis ? j'étais arrêté depuis trop longtemps. Une confrontation ? Se servir de moi comme appât ? C'était prévu. Le maquis de Montignac disposait de grottes où les Allemands ne pourraient le poursuivre. Il avait été convenu que si l'un de nous s'approchait en se grattant le nez, il serait suivi par les Allemands ; les nôtres tireraient à la tête avant de filer, pour qu'il ne retombât pas sous la torture. Et j'avais là-bas deux camarades d'Espagne.

Mais la Gestapo avait vraisemblablement eu communication de mon dossier. Mieux renseignée que la presse, elle savait donc que je n'avais jamais été membre du parti communiste, ni des Brigades internationales, mais elle savait que j'étais un des présidents du Comité mondial antifasciste, et de la Ligue contre l'antisémitisme ; et que j'avais commandé l'aviation étrangère au service de la République espagnole, au temps où les partis communistes ne savaient pas encore ce qu'ils allaient faire. Elle avait dix fois de quoi me fusiller. Pourquoi m'interroger ? Nul n'envisage allégrement la torture. Je pensais que j'avais beaucoup écrit sur elle, et que ça tournait à la prémonition.

6 heures. Les prisonniers s'étaient approchés de la porte.

Quand elle s'ouvrit, ils étaient des deux côtés, et chacun me tendit la main.

Le même civil que ce matin. Les deux gardiens. Nous descendîmes. Je croyais que nous retournions à l'hôtel, mais nous tournâmes du côté opposé à la rue. La cour était entourée d'arcades. Des gardiens allemands jouaient à saute-mouton. L'un d'eux rata son saut, tomba, et m'engueula au passage. Nous nous arrêtâmes devant une porte assez petite, comme celles des bureaux de nos casernes. Avant que mes gardes aient frappé, elle s'ouvrit devant deux soldats qui portaient un malheureux au type israélite : visage tuméfié, un filet de sang au coin de la bouche, et de courts gestes de ses courts bras, comme pour se protéger encore.

Nous pénétrâmes dans une sorte de corps de garde. Tintamarre extravagant : un soldat tapait à coups de marteau sur une plaque de tôle qu'il tenait de la main gauche par une chaîne. Ce chahut couvrait des hurlements.

Une prisonnière hagarde essayait convulsivement d'introduire une cuiller de thé entre les dents d'un prisonnier dont on ne distinguait plus les traits écrasés, sans doute évanoui. Elle répandait son thé comme si elle l'eût jeté à la volée, et recommençait. On me passa les menottes, les bras dans le dos. Nous entrâmes dans la pièce suivante. À droite et à gauche, des portes ouvertes sur deux hommes[1] attachés les mains aux pieds, et que l'on martelait à coups de bottes et d'une sorte de matraque que je ne distinguais pas. Malgré le fracas, il me semblait entendre le bruit mat des coups sur les corps nus. J'avais déjà ramené les yeux devant moi, de honte plus que de peur, peut-être. Un blondinet frisé, assis derrière un bureau, laissait errer sur moi un regard sans expression. J'attendais d'abord un interrogatoire d'identité.

« Inutile de répondre des conneries : la Galitzina, maintenant, travaille pour nous ! »

De quoi s'agissait-il ? Qu'il fît fausse route pouvait être bon. L'important était de rester lucide, malgré l'atmosphère, le chahut, et le sentiment d'être manchot.

« Vous avez passé dix-huit mois en Russie soviétique ?

— Je n'ai jamais passé plus de trois mois hors de France depuis dix ans. Il est facile de le faire contrôler par le service des passeports.

— Vous avez passé un an chez nous ? »

Il était obligé de crier, et moi aussi.

« Jamais plus de quinze jours. J'ai donné les dates et les lieux de mes conférences dans vos universités à la police militaire qui m'a interrogé. »

Comme s'il piquait une crise (une fausse crise), il hurla, en se levant :

« Alors, vous êtes innocent ?

— De quoi ? J'ai commencé par déclarer, sans aucune pression, que je suis le chef militaire de ces départements. »

Il se rassit, m'envoya à toute volée le tampon-buvard à travers la figure, me manqua, n'insista pas. Quelque chose le surprenait. Il examinait mon uniforme sans galons ni décorations, ma seule jambière.

« Vous avez dit : depuis dix ans ?

— Oui.

— Et vous en avez trente-trois.

— Quarante-deux. »

Le coiffeur était venu la veille dans notre chambrée. Une barbe hirsute n'a pas d'âge ; mais, rasé de la veille, il était manifeste que j'avais plus de trente-trois ans.

Il sonna. Le batteur de tôle s'arrêta. Les cris, devenus des hurlements plaintifs, s'éloignèrent. La démonstration avait-elle assez duré ? Pourtant je me sentais plus menacé que devant les mitrailleuses de la route de Gramat, ou le pseudo-peloton d'exécution. Il avait repris sa voix normale et presque perdu son accent.

« Vous prétendez que vous n'êtes pas le fils de Malraux Fernand et de Lamy Berthe, décédés ?

— Si.

— De quelle maladie est mort votre père ?

— Il s'est tué. »

Il feuilletait le dossier.

« Date ?

— 1930 ou 1931. Mais il n'y a pas d'erreur possible : dans ma famille, lui seul s'est appelé Fernand. »

Il me regarda comme pour dire agressivement : Alors, expliquez-moi ce qui se passe ! Je pensai au geste de mes mains écartées qui eût signifié : je n'en sais pas plus que vous. Mais elles étaient menottées derrière mon dos. Pourtant, ce qui se passait, je croyais le deviner.

Trente-trois ans, c'était l'âge de mon frère Roland. Lui, avait passé un an en Allemagne avant Hitler, dix-huit mois en Union soviétique. La soi-disant princesse Galitzine[a] était sa maîtresse. C'était son dossier que Paris avait envoyé. Roland était entre leurs mains. Et s'ils n'avaient pas encore trouvé mon dossier, c'est que j'oublie toujours que je ne m'appelle pas André. On ne m'a jamais appelé autrement. Pourtant, à l'état civil, je m'appelle Georges. Or, la division blindée n'avait vraisemblablement pas transmis tous ses interrogatoires : elle avait seulement fait demander le dossier de Malraux André, que l'état civil n'avait pu trouver puisqu'il n'existe pas. Parmi les dossiers Malraux (dans la région de Dunkerque, j'ai cinquante-deux cousins, dont une trentaine portent mon nom) il avait pris le plus suspect. Mais il y avait autre chose dans le dossier, car on n'avait pas commencé par me frapper, et mon interrogateur ne me tutoyait pas.

« Vous avez affirmé que nos prisonniers étaient bien traités ? »

Donc, les interrogatoires envoyés par la division blindée étaient plus complets que je ne le croyais.

« Depuis, vous avez pu le faire contrôler par les indicateurs de la Milice.

— Pas la peine : nous les avons récupérés. »

J'en doutais.

« Vous êtes bien Berger, n'est-ce pas ?

— Oui.

— Donc, vous vous reconnaissez coupable ?

— De votre point de vue, ça ne se discute pas. »

Derrière moi, le civil prenait des notes. L'interrogateur feuilletait toujours le dossier.

« Il faut reprendre tout ça !... »

Puis, comme un chien tombe en arrêt, il me regarda, et cria, sur le ton de l'indignation devant tant de bêtise :

« Mais, nom de Dieu, qu'est-ce qui a pu vous pousser à aller vous foutre là-dedans ? »

Une seconde d'hésitation.

« Mes convictions[1]. »

Il répondit, comme s'il crachait :

« Vos convictions ! On va voir ça ! »

Il quitta son bureau, passa dans la pièce voisine. Quoi qu'il advînt, je venais sans doute de faire, après bien d'autres, ce que j'aurais fait de plus courageux.

Au moins[a] cinq minutes. Tout allait commencer, ou finir.

Un timbre d'appel.

Le civil rejoignit son collègue dans la pièce voisine, revint presque aussitôt, dit aux gardes de m'emmener, repartit.

Nous suivîmes le chemin par lequel nous étions venus. Sous les arcades, les gardiens jouaient toujours.

Je me mis à « voir » la pièce dans laquelle on m'avait interrogé, et que je croyais n'avoir pas regardée. Au mur, au-dessus d'un classeur, il y avait une publicité *Pernod Pontarlier* accrochée jadis dans tous les cafés. Des insectes couraient. L'homme attaché que le tortionnaire de droite soulevait à coups de botte était blond, et ensanglanté. Les traits de mon interrogateur frisé — yeux rapprochés, petit nez, petite bouche — s'inscrivaient dans un cercle beaucoup plus petit que sa face.

L'escalier. La chambrée. Serrements de mains. Stupéfaction générale.

« C'est partie remise, dis-je, ils n'avaient pas le bon dossier. »

Le téléphone mural. Félicitations des cellules voisines. On nous transmit que Nantes et Orléans étaient reprises par nous et que les troupes allemandes de Corrèze s'étaient rendues. Si c'était vrai, elles s'étaient rendues à mon successeur, ce qui expliquait bien des choses… Mes compagnons espéraient des informations sur ce qu'ils appelaient les bombardements. Ils avaient entendu un grondement moins éloigné que les deux premiers. Pendant la nuit, nous en entendîmes trois autres — peut-être à cause du silence nocturne.

Le lendemain matin, des explosions si proches et si violentes que nous crûmes Toulouse bombardée. Mais aucun bruit d'avions. André perça un trou au bas de l'un des auvents renversés qui bouchaient nos fenêtres : nous n'y vîmes qu'un morceau de ciel traversé de fumées. Des canons à très longue portée ? Où eût été le front ? Certains éclatements n'étaient pas des éclatements d'obus. « Allô ! Allô ! Les Fritz font sauter leurs trucs ! » Quels trucs ? Dépôts allemands ou édifices français, ils sautaient selon un plan allemand et non selon une avance alliée, ce qui expliquait que les explosions tantôt s'approchaient et tantôt s'éloignaient. Écouter, attendre, supposer, c'était la vie de la prison…

Sans doute se passait-il ce que la plupart d'entre nous espéraient depuis qu'ils étaient ici : le front était crevé, et les troupes d'occupation du Midi refluaient vers Paris.

Claquements de toutes les portes ouvertes l'une après l'autre. Un gardien cria au passage : « Tous en bas avec vos affaires ! » et courut à la prochaine porte. « Avec vos affaires », en principe, c'était le départ pour l'Allemagne. Quand j'avais été pris, la plupart des grandes lignes étaient coupées. Nous transporter en camion, à travers les maquis du Massif central ? On nous mena dans la grande salle où j'avais passé la première nuit. Avait-on rassemblé tous les prisonniers ? Nous étions plus de cinq cents, avec nos baluchons minables et nos joues de bagnards. Presque tous assis par terre. L'éternel campement des vaincus. Les bobards se perdaient et reparaissaient comme le furet du jeu. Après trois heures d'attente, on nous fit regagner nos chambrées.

Trop tard pour l'Allemagne ? On devait maintenant nous abandonner ou nous fusiller. Il ne faut pas beaucoup de mitrailleuses pour tuer un millier d'hommes.

Pas de soupe. Quelques prisonniers tapèrent furieusement sur les portes. Des gardiens tirèrent au hasard dans le couloir. Silence.

Toute la nuit, des troupes passèrent. Une des routes principales longeait la façade de la prison. Le matin[1], pas de soupe. Mais vers 10 heures, au bruit des camions succéda le martèlement précipité des chars. Ou bien on se battait au nord de Toulouse (mais nous n'entendions ni le canon ni l'aviation de bombardement) ou bien les Allemands abandonnaient la ville.

Et tout à coup nous nous regardâmes, tous gestes suspendus : dans la cour de la prison, des voix de femmes hurlaient *La Marseillaise.* Ce n'était pas le chant solennel des prisonnières au moment du départ pour le camp d'extermination, c'était le hurlement que l'on entendit peut-être quand les femmes de Paris marchèrent sur Versailles. Sans aucun doute, les Allemands étaient partis. Avaient-elles trouvé quelques clefs ? Des hommes couraient dans le couloir, en criant : « Sortez, sortez ! » Au rez-de-chaussée, un colossal gong de bois sonna longuement, se prolongea en tam-tam. Nous avions compris. Dans chaque chambrée, il n'y a qu'un meuble : la table. C'est celle des vieilles prisons, du second Empire peut-être, épaisse et lourde. Nous empoignâmes la nôtre, tous à la fois, la plaçâmes debout en face de la porte, reculâmes jusqu'aux fenêtres. André compta : « Une, deux, trois ! » Un formidable coup de cloche ébranla la chambrée. La porte sembla se tendre comme un bois d'arc, bien que nos efforts fussent mal conjugués. Du plâtre tomba ; André en ramassa un morceau, fit une croix sur la porte, à notre hauteur : « On vise tous là ! » Le bruit des béliers montait du rez-de-chaussée. Nous reculâmes jusqu'aux fenêtres. « Une, deux, trois ! » La porte se courba comme si elle allait éclater. Nous reculâmes. Nous étions très affaiblis, mais hystériquement exaltés. Les béliers sonnaient de tous côtés, et nous entendîmes quelques craquements. Depuis des semaines, nous vivions de son et de menace. Les communications à travers le mur, les pas de la torture, cette bâtisse de silence toujours rongée de sons prudents comme une poutre par des vers ; et nous, à l'écoute. Nous n'avions pas cessé de vivre par l'oreille encore enfermés dans cette éruption de cris que battaient les ébranlements profonds des béliers. Toute la prison résonnait. Au-dessus du tam-tam de la mort (les Allemands pouvaient revenir) *La Marseillaise* retrouvait ses cris prophétiques : le jour de gloire, c'était cette libération, la tyrannie, on la connaissait, « entendez-vous dans nos campagnes » les chars qui se rapprochaient peut-être, « Aux armes ! » semblait lancer les béliers. Dans les cellules, des *Marseillaise* éparses avortaient : on ne pilonne pas une porte sur le rythme d'un chant. Mais les béliers, dont le battement semblait précipité par leur nombre, accompagnaient comme une charge de gigantesques tambours souterrains le hurlement qui passait. Au cinquième coup, notre porte éclata.

Il fallait en dégager la table. Dans le couloir, à droite, les prisonniers giclaient de plusieurs cellules à travers les portes arrachées ou éclatées ; à gauche émergea de l'escalier, poings brandis, chantant pour répondre à la forge des béliers, la foule sans âge des insurrections, revue par les magazines féminins, car les femmes mêlées aux prisonniers clochards étaient élégantes, ou voulaient l'être. En tête, un type qui brandissait un trousseau de crochets commença d'ouvrir les portes pas encore enfoncées. On ne chantait plus qu'au-dessus de nous, mais partout la liberté battait son gong acharné. Nous descendîmes à contre-courant, et arrivâmes dans la cour pour entendre quelques hurlements de douleur, et la porte de la prison refermée à toute volée, avec un fracas énorme au-dessus du bruit des chars et des mitrailleuses qui s'éloignaient. Une dizaine de prisonniers rentraient, ensanglantés ou se tenant le ventre avant de s'écrouler. Là-haut, *La Marseillaise* lointaine, et les béliers ; en bas, un silence irréel. Dehors, des cris. Sauf les blessés tombés, tous s'étaient réfugiés dans la grande salle : trois ou quatre cents.

« Berger au commandement ! Berger ! Berger ! »

Le cri venait sans doute des occupants des cellules voisines de la nôtre ; tous voulaient échapper à cette liberté informe, agir ensemble : ils étaient désarmés, et les chars allemands, de l'autre côté de la porte. J'étais le seul prisonnier en uniforme, ce qui me donnait une autorité bizarre.

« Vas-y ! dit André. Grouille-toi ! »

Je montai sur une caisse.

« Prenez vos distances ! »

Les voilà en rangs.

« Les médecins, à moi ! »

Quatre.

« Il y a des infirmiers ? »

Il en vient un. Prenons des prisonniers quelconques.

« Les dix premiers, aux ordres du docteur pour les blessés — ceux qui le sont et ceux qui le seront !

— Qu'est-ce que j'en fais ? dit le médecin.

— Ce que vous voudrez. Filez !

« Les huit suivants ! »

Ils étaient près de moi, mais je continuais à crier ce que nous allions faire. Il y avait des tourelles de surveillance aux quatre coins de la muraille.

« Deux par tourelle. Un qui reste, un qui vient rendre compte aussitôt et reste agent de liaison ! »

André désigna les hommes et les tourelles. Je l'envoyai lui-même à l'une de celles de la route.

Aucun autre bruit que les cris des blessés. Si des troupes allemandes avaient été là, elles eussent tenté d'enfoncer la porte ; si un seul char avait été là, il l'eût enfoncée. Pendant quelques minutes au moins, il ne se passerait rien. Au fond, des prisonniers arrivaient ; d'autres s'en allaient.

« Les officiers et les responsables des maquis ! »

Trois.

« Ceux d'entre vous qui connaissent un peu Saint-Michel ! »

Des prisonniers avaient été employés aux corvées, il y avait quelques semaines. Il en vint une vingtaine.

« Ceux qui savent où étaient les armes ! »

Deux moustachus.

« Il n'y a sans doute plus rien, mais courez voir !

« Ceux qui savent où sont les échelles ! »

Personne.

« Ceux qui savent où étaient les pioches ou les marteaux ! »

Cinq. Pas si mal.

« Courez voir ! »

J'appelai un blessé au bras, avec le copain qui lui serrait un garrot.

« Qu'est-ce qui s'est passé ?

— On sortait en trombe, y avait des chars, ils nous ont mitraillés.

— Et après ?

— Ceux qui ont pu sont rentrés.

— Et les chars ?

— Je sais pas… »

Recommençons à crier.

« Tous les blessés, à moi ! »

Les voilà. Le second médecin allait essayer de les soigner.

« Les chars qui vous ont mitraillés sont restés en position, ou sont partis ? »

Beaucoup ne savaient pas. Quatre ou cinq dirent qu'ils étaient partis. Un, qu'ils étaient restés. Je me souvenais du martèlement décroissant…

J'appelai une des femmes, presque calme.

« Comment êtes-vous entrées ?

— Depuis que les premiers Fritz sont partis, beaucoup se sont mises à surveiller, parce qu'elles ont leur mari là-dedans. Quand elles ont vu les soldats de Saint-Michel s'en aller, il y en a qui sont entrées avec leur air bête et des prétextes. La porte était même pas fermée. Y avait plus personne. Elles ont crié, et nous sommes toutes entrées.

— Il n'y avait pas de chars, bien entendu ?

— Rien. C'est pour ça que les premiers sont sortis sans méfiance. »

L'un des moustachus revint.

« On n'a pas trouvé d'armes, on a trouvé des grenades.

— Combien ?

— Une cinquantaine.

— Essayez-en une où vous pourrez. Prenez quatre

copains et apportez le reste des deux côtés de l'entrée de la voûte. »

Retour d'André :

« Paris est libéré ! De ma tourelle, j'ai parlé avec un voisin qui a tout vu. À son avis, les Fritz sont partis de la prison, on n'en parle plus. Mais ils n'ont pas fini d'évacuer Toulouse, et nous sommes sur l'une des routes d'évacuation. Des chars qui partaient ont reconnu la prison, ils ont compris ce qui n'était pas difficile à comprendre, et tiré dans le tas.

— Envoie deux agents de liaison de plus. »

L'agent de l'autre tourelle de la route arriva et confirma les informations d'André.

Je criai encore ce que nous allions tenter, allai à la porte de la prison, la fis ouvrir. La route était vide. Trois corps écrasés par les chars avaient laissé un magma sanglant.

« Il y a du sable dans la cour, dis-je à l'un des officiers qui m'accompagnaient. Faites recouvrir le sang. Ne laissez rien qui puisse attirer l'attention des Allemands. Si la tour les signale, rentrez sans vous hâter, comme d'une corvée quelconque. »

En face, des maisons pauvres et de petites boutiques où l'on achetait naguère des paniers pour les prisonniers ; derrière elles, des jardinets.

J'envoyai une vingtaine de ceux qui m'entouraient faire ouvrir toutes les portes.

« Ensuite, filez par-derrière en laissant ouvert tout ce que vous pourrez ! »

Ils traversèrent. Ceux qui jetaient le sable filèrent avec eux. Tous les prisonniers se groupaient par vingt. Dans la tourelle, un coup de sifflet. Inutile : on entendait les chars. Nous fixâmes à la porte ses énormes barres.

Ou bien les chars allaient négliger la prison, et après leur passage, les prisonniers sortiraient par groupes. Ou bien ils allaient enfoncer la porte. Mais la voûte était trop étroite pour y pénétrer obliquement ; il leur faudrait donc manœuvrer ; ils trouveraient peu de recul, même s'ils enfonçaient une ou deux boutiques. Nous disposerions de quelques minutes. Engagés sous la voûte, ils seraient vulnérables aux grenades, alors que nous serions protégés par l'angle droit du mur. S'ils débouchaient, ils nous massacreraient ; encore leur faudrait-il déboucher. Que nos grenades fissent flamber le premier char, le passage serait obstrué ; les suivants ne perdraient pas leur temps à un siège. Deux sous-officiers des antichars et deux costauds habitués aux grenades me rejoignirent. Les grenades à manche, que le moustachu venait de déposer des deux côtés du trou noir de la voûte, étaient plus maniables que les nôtres. On n'entendait que le martèlement du char (assez léger) qui s'approchait. Une fois de plus, dans cette prison, vivre, c'était écouter. Le char ne pouvait manœuvrer sans ralentir, et il ne ralentissait pas. Nous étions peut-être sauvés. Dans les tourelles, nos guetteurs s'étaient accroupis. En file comme des fourmis furieuses, des balles traversèrent le haut de la porte. Le char était déjà au-delà de la prison.

Ça recommença avec les deux suivants. Ils envoyaient une rafale d'adieu, histoire de rire. Mais c'était fini, par indifférence ou par ordre. Neuf chars encore passèrent, devant la prison comme devant toutes les maisons… Le dernier emporta le bruit avec lui.

Je courus à la tourelle de gauche. Le char s'engageait dans la courbe de la route. Les chenilles avaient mêlé le sable et le sang ; il n'y avait plus de taches devant la prison. « Ouvrez la porte ! » Les premiers prisonniers sortirent, presque comme des promeneurs ; mais la fureur de la liberté fit jaillir les autres du porche comme des écoliers sinistres. Si des chars arrivaient, le massacre recommencerait.

Il ne devait plus arriver de chars.

III[a]

I

1958-1965.

Avant les grottes sacrées, j'avais voulu revoir Bénarès, et voir les grands temples du Sud. Mais pour atteindre la ville sainte de Çiva, je devais passer par Sarnath, où le Bouddha prêcha dans le parc aux Gazelles. Au bord de la route semblable aux chaussées royales sur lesquelles Asoka, il y a vingt-trois siècles, avait proclamé : « J'ai fait planter ces arbres pour protéger du soleil les hommes et les bêtes », je retrouvai les temples abandonnés, les chaumières de roseaux écroulées sous leurs tuiles de bois, et les paysans assis en couronne dans l'ombre des banians chargés de guirlandes votives. Des chameaux, qui semblaient regretter l'Islam, passaient devant un sanctuaire de Çiva.

Depuis 1929, j'ai beaucoup rencontré le bouddhisme, de Ceylan[1] au Japon. Colombo est l'un des lieux les plus calmes du monde. Son peuple nonchalant erre sous l'écarlate des flamboyants, le violet des bougainvillées, entre les arbustes que dominent les acacias roses. Les avenues d'asphalte aux rares voitures sont parcourues, le soir, par des processions de saris dont les couleurs sont celles des pastels des demoiselles anglaises ensevelies dans les cimetières voisins. Auprès des monuments commémoratifs victoriens, rangés et superbes comme des cuirassés envahis par les orchidées, un musicien cingalais joue, en regardant doucement se rouiller, sous les ronces, ce qui fut l'Empire britannique[2]…

En Birmanie (mais se souvient-on de la route de Mandalay[3] ?), j'ai vu les milliers de glaïeuls inclinés par la prière des femmes saluer le Bouddha comme les blés inclinés par le vent. Au Japon, j'ai vu le temple de Nara lorsque ses murs étaient couverts[1] des plus célèbres fresques de l'Asie — Bouddha grenat, princes à tiares et à mains de lotus — et les ai retrouvés, blancs comme des yeux d'aveugle, autour de ses piliers carbonisés. Tout cela, c'était encore l'Inde.

Venu d'Arabie comme aujourd'hui, ou des Indes comme naguère, je ne puis toucher Ceylan sans y sentir sourdre le bonheur. La misère paysanne est manifeste. Mais toute foule fait naître l'apaisement qui apporte, dans les temples, le salut des fleurs. Ici on casse le dard des scorpions, on ne tue pas les insectes venimeux. Ici, les bêtes sont aimées, l'eau est franciscaine. Comparée à cette foule, toute autre est aux aguets. Pourtant, derrière les *Fioretti* il y a le Sermon sur la Montagne[2], et le Calvaire ; derrière ces peuples accordés aux fleurs, il y a le Bouddha[3] de tous les temples, l'extatique aux yeux clos ; il y a aussi les textes sacrés, le poignant « Échapper à la Roue[4] !... », l'inextricable lien de la vie et de la mort. La compassion n'est pas l'esprit fondamental de la prédication bouddhique ; et pourtant je n'oublierai pas le regard qui fait de ces femmes les sœurs des gazelles. Mais ce n'est pas la métamorphose qui dans les contes transforme les jeunes femmes en joyeux animaux et en eaux vives, qui me pénètre avec la nuit ; c'est la métamorphose bien plus profonde, frôlée à Assise, du drame universel en tendresse. Nuits où le prince Siddhartha découvrit la vieillesse, la maladie, la mort[5], force mystérieuse qui en tire cette caresse universelle... Ombres si douces, qu'elles n'ont pas même besoin de sourire[a]...

« Alors, aux confins du Népal, naquit à Kapilavastu le prince Siddhartha... » L'Inde de cette figure qui frôle l'Histoire et brasse tant de rêves, pour moi, ce sont des colliers de tubéreuses mouillées, au-dessus de bijoux royaux. Or, ces tiares, ces colliers, je ne les ai jamais vus ; ces tubéreuses qui ont le parfum des marais du paradis, je ne les ai vues qu'au cou des visiteurs : ce sont les fleurs des guirlandes de bienvenue. Mais les tiares d'Ajanta, les torses gréco-bouddhiques, appellent toujours dans mon esprit la grande vie légendaire. Et à Sarnath, tout appelait d'abord la phrase qui répond aux phrases solennelles inscrites au porche des grandes religions. « Au commencement était le Verbe », rapporte saint Jean ; et les disciples du Bouddha : « Triste est toute vie. » À Sarnath, le prince Siddhartha est déjà Çakya Mouni. Au moment où il entre en méditation, le roi des Cobras, qui a déployé son capuchon[1] pour le protéger du soleil, lui dit : « Au-dessus de ta tête, un vol de geais bleus tourne dans le ciel, de gauche à droite... » C'est le présage de l'Illumination. Alors intervient le démon (toujours les contes se mêlent aux grands mythes) avec ses flèches fleuries, et ses légions diaboliques à la peau grise tachetée de rouge. « Et à l'heure où l'aube point et où l'on fait battre le tambour, quand les étoiles annoncèrent la quatrième veille, il atteignit l'Illumination. » Il ne connaît plus que la prédication de la Vérité, jusqu'à ce que vienne la mort. « Disposez un lit entre ces deux arbres, la tête tournée vers le nord... » Les arbres se couvrent de fleurs, qui tombent et recouvrent son corps.

Et le bûcher de la crémation s'allumera de lui-même.

Les courtes flammes de ce bûcher, qui ont traversé les âges, c'étaient celles que j'avais vues à Bénarès. Les jardins sur les chemins desquels le prince rencontrera la vie, le sommeil des femmes éparses sur les matelas de fleurs aux pétales charnus, le génie qui ouvre la porte de la cité, « la maison sans chemin de l'ascète sans retour », les arbres amis, les oiseaux prophétiques, les paons qui saluent en faisant la roue, le prince devenu ascète et le cheval « secoué de sanglots » qui rentre seul au palais, tout cela, c'est l'Inde. La robe couleur de terre a été celle des criminels conduits au supplice, et celle que revêtaient les chevaliers rajpoutes quand ils allaient à une mort certaine. La Délivrance est un des sommets de la pensée hindoue, et les bouddhas successifs deviendront des incarnations du Bouddha incréé uni à la Sagesse suprême.

Mais le parc aux Gazelles n'est plus qu'une exposition de ruines bien balayées, qui appartiennent à l'archéologie comme le Sphinx et comme tout le passé que notre siècle a sauvé ; au-delà, s'étend un jardin banal et insolite, avec ses gazons pour parties vice-royales. Des animaux roux passaient dans le lointain. La route ne permettait pas de les approcher. Je ne verrai jamais les gazelles de Sarnath...

Douceur des bonzes franciscains, dans ce pays de brahmanes : bouquets serrés, scintillants de gouttes fraîches dans la fournaise de midi... Mais devant ce pauvre temple à l'architecture espéranto, aux dérisoires fresques japonaises, le prélat fragile qui me bénissait en pali était semblable aux ascètes qui bénirent le prince Siddhartha.

Le Bouddha était pourtant beaucoup plus présent à Bénarès, bien qu'elle fût déjà dédiée à Çiva lorsqu'il y vint il y a deux mille cinq cents ans. Depuis 1929, la mosquée d'Aurangzeb avait perdu ses deux minarets impérieux comme des bras menaçants dressés sur la ville. Mais le Gange était toujours un Grand Canal funèbre et hanté. Les temples à demi recouverts par ses eaux s'enfonçaient un peu plus entre les barques ; des gosses en plongeaient comme autrefois. Les singes couraient encore sur les corniches. Les femmes des barques jetaient au fleuve de la monnaie, des fleurs jaunes, des fleurs blanches. Des vaches regardaient par les fenêtres des palais d'où montaient des cerfs-volants. La ville était toujours couleur de chanvre et de glaise, malgré la tache blanche de l'hôpital et les réclames énormes. Sous des voûtes, les mêmes escaliers babyloniens montaient vers les temples qu'avaient abandonnés les nuages des épopées : la saison de la mousson était passée.

À cette heure, Bénarès, c'était le Gange. Un épervier suivait notre bateau, entre les feux toujours renouvelés des bûchers, et les piles du bois des crémations. Dans le battement du fleuve couleur de chanvre comme la cité, une voix silencieuse citait en moi : « Voici les eaux sacrées du Gange, qui sanctifient la bouche entrouverte des morts… » La grande prière de l'Inde, que connut sans doute l'Occident lorsque les premières volées de cloches éveillèrent le peuple fidèle dans l'aube mérovingienne, montait de cette multitude qui depuis tant d'années saluait le même fleuve et le même soleil par les mêmes chants — et par les mêmes crémations qui brûlaient négligemment ce que l'Occident appelle la vie.

De même qu'on rejette des vêtements usés,
De même, ce qui est vêtu d'un corps rejette
Les corps usés[1]…

La voix des fidèles qui venaient de se purifier n'eût pas été moins pénétrante sans temples, sans palais, sans amulettes, sans ville — à la courbe, peuplée de bûchers, d'un fleuve vaste et lent d'Afrique…

En 1914, on avait conduit les élèves de ma classe aux champs de la Marne, quelques jours après la bataille. À midi, on nous distribua du pain que nous lâchâmes, épouvantés, parce que le vent le couvrait de la cendre légère des morts, amoncelée un peu plus loin. Ici, une ménagère se penchait à sa fenêtre dans la fumée des cadavres, que la foule regardait passer comme les premiers habitants de Bénarès regardèrent passer le vol calme des oiseaux migrateurs. « Un habit que l'on quitte... » Le fils aîné allumait le bûcher du père, les parents bavardaient en fumant, les chiens maigres passaient, nez à terre, devant les files de vautours patients — devant les grands bûchers des riches, les petits bûchers des pauvres et des enfants, et les ascètes aussi nombreux qu'autrefois. La pente était si raide que les morts semblaient descendre debout. La Ville sainte s'abandonnait à la vie qui continuait, avec une soumission usée. Bien plus que les croix de nos cimetières, ces bûchers, cette foule qui remontait lentement du fleuve en psalmodiant les noms du Dieu suprême, évoquaient les files qui montèrent lentement vers les bombardements, par la Voie sacrée de Verdun, par la route de Stalingrad. Cet abandon au destin, en Europe, c'est la guerre.

Ici, c'est le détachement de la vie, qu'expriment l'ascète et le bûcher. C'est pourquoi le Bouddha se trouve ici chez lui : « Échapper à la Roue ! » Les rivales de Bénarès sont les villes d'une autre vie, alors qu'elle est la ville d'une autre mort. La capitale de la transmigration ? mais ce qui transmigre, transmigre d'âme en âme autant que de corps en corps. La tradition, rigoureuse et continue, est déjà précise dans le *Milindapanha*[1], qui rapporte les dialogues du bouddhiste Nagasena avec le roi Ménandre, dans quelque cour du Gandhara où les aigles venaient du Pamir comme les goélands viennent de l'Océan, et « où l'on trouvait en abondance tout ce qui se mange, se mâche, se suce, se boit ou se savoure ».

« Un homme monte avec un flambeau à l'étage supérieur de sa maison et y prend son repas. Le flambeau met le feu au chaume du toit, le chaume à la maison, la maison au village. Les villageois se saisissent de l'homme : “Pourquoi as-tu incendié le village ? — Je n'ai pas incendié le village. Autre le feu à la lueur duquel j'ai mangé, autre le feu qui a brûlé le village.

« Le feu qui a brûlé le village est sorti du premier. »

Sans doute celui qui renaît est autre que celui qui meurt, mais il en procède : on ne peut donc dire qu'il soit affranchi des péchés antérieurs.

Sans doute, toute civilisation est-elle hantée, visiblement ou invisiblement, par ce qu'elle pense de la mort. La vérité de la mort, domaine de l'invérifiable, ne peut être que l'objet d'une révélation. Mais cette révélation, c'est la relation de l'Inde et du monde, dans sa totalité. « La flamme, toujours la même, de la torche qui ne cesse de changer en se consumant... », dit le bouddhisme ; et le brahmanisme : « Les flots toujours différents du Gange toujours semblable... » Les Jaïns font verser du sucre en poudre sur les places pour nourrir les fourmis, et la légende nous montre un enfant brahmane (qui est Vichnou) reçu par Indra, et qui éclate de rire devant une procession de fourmis. « Pourquoi ris-tu, être mystérieux sous l'apparence d'un enfant ? — Chacune de ces fourmis a été jadis un Indra, et il faut vingt-huit royautés d'Indras pour qu'un jour et une nuit de Brahman s'accomplissent[1]... » Il s'agit évidemment d'un temps religieux comme l'éternité chrétienne ; mais opposé à l'éternité comme la transmigration est opposée à la résurrection. Un cycle cosmique compte plus de quatre millions d'années ; un jour de Brahman, quatre milliards, et un cycle de Brahman, plus de trois cent mille milliards ; quel que fût le nombre, l'hindouisme était prêt à lui donner un multiplicateur[2]. Mais ce temps *animé* par la naissance, la vie et la mort de ses cycles, entre dans une dialectique sans fin avec l'essence du monde, qui ne renaîtra point semblable à ce qu'elle est — malgré l'inéluctable retour à son origine éternelle. Les cycles cosmiques nous font penser aux années-lumière, mais nous ne vivons pas dans les années-lumière, alors que l'Hindou vit dans les cycles cosmiques. Ce n'est pas Çiva, c'est Vichnou, dieu de la Vie, qui dit : « Les moyens privilégiés de ma maya sont les âges du monde. Mon nom est Mort-de-l'Univers[3]. » Les professeurs de l'Université sanscrite m'ont dit que l'histoire de l'ascète Nârada, que j'ai transcrite jadis, était étudiée à leur Université (arbres sacrés, salles en style gothique anglais, professeurs en robes jaunes) dans le *Matsya Purana*, mais qu'elle était aussi contée par les nourrices...

Dans la solitude de la forêt, Nârada médite, le regard fixé sur une petite feuille éclatante. La feuille commence à trembler ; bientôt le grand arbre tout entier frémit comme au passage des moussons, dans la luxuriance immobile sur le sommeil des paons : c'est Vichnou.

« Choisis entre tes souhaits, dit le bruissement des feuilles dans le silence.

— Quel souhait formerai-je, sinon connaître le secret de ta maya ?

— Soit ; mais va me chercher de l'eau. »

Dans la chaleur, l'arbre flamboie.

L'ascète atteint le premier hameau, appelle. Les animaux dorment. Une jeune fille ouvre. « Sa voix était comme un nœud d'or passé autour du cou de l'étranger » ; pourtant les occupants le traitent en familier, au retour longtemps attendu. Il est des leurs depuis toujours. Il a oublié l'eau. Il épousera la fille, et chacun attendait qu'il l'épousât.

Il a épousé aussi la terre, l'écrasant soleil sur les sentiers de terre battue où passe une vache, la rizière tiède, le puits que l'on anime en marchant sur sa poutre horizontale, le crépuscule sur les toits de palmes, la flamme rose des petits feux de bouse dans la nuit. Il a connu le bourg où passe l'inépuisable route ; où sont les acrobates, l'usurier, le petit temple aux dieux enfantins. Il a découvert les bêtes et les plantes secourables, la tombée du soir sur le corps épuisé, la profondeur du calme après la récolte, les saisons qui reviennent comme le buffle revient du point d'eau à la fin du jour. Et le sourire des enfants maigres, les années de disette. Son beau-père mort, il est devenu le chef de la maison.

Une nuit de la douzième année, l'inondation périodique noie le bétail, emporte les habitations. Soutenant sa femme, conduisant deux de ses enfants, portant le troisième, il s'enfuit dans la coulée de la boue primordiale. L'enfant qu'il porte glisse de son épaule. Il lâche les deux autres et la femme pour le ressaisir : ils sont emportés. À peine s'est-il redressé dans la nuit emplie par le fracas gluant, qu'un arbre arraché l'assomme. L'épais torrent le jette sur un rocher ; lorsqu'il reprend à demi connaissance, seul l'entoure le limon où dérivent des cadavres d'arbres chargés de singes…

Il pleure dans le vent qui s'éloigne. « Mes enfants, mes enfants… »

« Mon enfant, répond en écho la voix soudain solennelle du vent, où est l'eau ? J'ai attendu plus d'une demi-heure… »

Vichnou l'attend dans la forêt au flamboiement immobile, devant le grand arbre frémissant[1].

La légende appartient aussi à la chrétienté, où elle a pris une autre forme. Dans un des couvents perdus de la forêt médiévale, un moine demande quelles sont, au ciel, les tâches des élus : « Aucune : ils contemplent le Seigneur. — Pendant l'éternité ? Ce doit être bien long… » Le supérieur ne répond pas. Le moine retourne défricher la forêt. Au-dessus de sa tête, vient se percher un oiseau merveilleux. Il s'enfuit bientôt, mais dans un arbre peu éloigné, car il vole mal. Le moine le suit. L'oiseau s'envole de nouveau, et le moine le juge si beau et si mystérieux qu'il le suit de nouveau. Cette chasse continue jusqu'au soir. L'oiseau disparaît, et le moine se hâte pour regagner son couvent avant la nuit. À peine le reconnaît-il : les bâtiments sont beaucoup plus grands, les frères âgés sont morts, le supérieur est devenu un vieillard. « S'il suffit d'un oiseau pour que vingt ans te semblent quelques heures, qu'en est-il de l'éternité des élus ? »

Sous l'anecdote édifiante, nous devinons l'autre monde, le temps de Dieu de l'éternité chrétienne. Mais le temps illusoire qu'a connu le moine est un temps magique comme l'oiseau. Il ne met pas en question la vie des hommes. Le moine a subi un enchantement, l'ascète aussi ; mais l'enchantement qu'a subi l'ascète met la vie en question, parce que son existence terrestre est, même à ses yeux, de même nature que son existence de maya. Depuis le texte du *Purana* jusqu'aux contes de nourrices, le retour au « réel » appartient lui aussi à un cycle de l'apparence — et Vichnou même n'appartient qu'à un cycle supérieur… Ce n'est pas pour avoir été un rêve que la seconde existence de Nârada ne compte pas : c'est pour avoir été aussi réelle que la première[2]. Certes, la maya ne se limite pas au règne du temps, mais tout ce qui subit le temps est maya.

Maya souterraine, invincible, qui suscitait moins ce carnaval de la mort, ces parasols de paille pendus aux murs des palais comme des boucliers, que l'âme de ce grouillement voué à ses bûchers et à ses bains rituels. Malgré ses quinze cents temples, la ville sacrée n'avait pas laissé dans ma mémoire une seule statue. Sa suprême maya, c'était un corps qui brûlait au siècle du déclin de l'Europe — un siècle parmi tant d'autres et tant d'autres déclins — sous les yeux d'un ascète que ces flammes éphémères orientaient vers la Vérité suprême, et qui récitait le *Rig Véda* :

Flammes, emportez doucement ce corps dans vos bras,
Rendez-le parfait et lumineux, emportez-le là-bas
Où les ancêtres ne connaissent plus le chagrin ni la mort...

Et la suprême maya était pour moi, ce jour-là, la seule chose qui pour l'Inde échappât à la mort : la Vérité suprême, l'Esprit incréé — l'hindouisme.

Les deux plus puissantes expressions de la métamorphose, âme de l'Inde religieuse, y sont l'agonie et le crépuscule ; d'où l'accent qu'y prend la nuit. Je revins, à travers les étroites ténèbres des ruelles, dans un silence opaque. Les escaliers avaient perdu leur caractère babylonien. On ne voyait plus les porches, on voyait à peine les marches. Sur la nuit noire moins que les ruelles, des oiseaux dormaient par rangées. Quelqu'un psalmodiait, au loin, des vers de la *Gîtâ* qui définissaient le divin :

Je suis le commencement et la fin de tous les êtres,
Et dans les vivants, je suis la conscience ;
Entre ceux qui ont descendance, je suis l'amour ;
Entre les fleuves, je suis le Gange,
Je suis le vent parmi les purificateurs,
Je suis le temps impérissable, la beauté, la gloire...

La voix monta :

... *Et je suis la Mort*[1]...

Il y avait des lueurs rouges à l'entrée des temples, devant les trous creusés dans les murs pour les idoles, et sur les fausses flammes dorées fichées dans la tête des ascètes de pierre. Un pauvre marchand de petits dieux fermait son échoppe. C'étaient les ruelles de Kapilavastu lorsque le prince Siddhartha abandonna le palais. La cohue des lépreux avait quitté ces passages, vides comme des volières sans oiseaux. Mais les bûchers brûlaient toujours, avec leurs porteurs de gaules occupés à pousser les cadavres aux orteils écartés, et tout un bavardage à voix basse qui s'accordait à l'imperceptible crépitement des flammes. L'escalier changea de direction, passa sous un porche. Au-dessous de moi, un corps qui crépitait au centre d'un cercle d'hommes immobiles et silencieux faisait rayonner leurs ombres comme une roue de la Loi. On entendait encore le psalmodiant :

… Et je suis la Mort de tout, et je suis la Naissance de tout,
La parole et la mémoire, la constance et la miséricorde,
Et le silence des choses secrètes[1]…

Je pensais à l'anneau de noix mortes, là-bas, en Alsace[2], autour d'un tronc noueux — comme cet anneau de vivants autour d'un corps qui semblait brûler à regret. « Entre les fleuves, je suis le Gange. » Les flots invisibles entraînaient quelques reflets bleus et rouges[3] dans la nuit.

Pendant des centaines de kilomètres, je n'avais rencontré d'autre art que celui des petits dieux d'étoffe et de bois peint que l'on retrouve, enchevêtrés, sur les tours des temples modernes. Ces tours, la polychromie aidant, règnent beaucoup plus sur le Râmâyana moustachu de millions d'hommes que sur l'Absolu des grottes sacrées. Mais autour de cette pullulation divine, il y avait la majesté des arbres — la familiarité des animaux, la nudité des enfants qui riaient si tristement, les vieillards graves, et les panathénées de saris dans la lumière rasante du soleil qui se lève. À travers cette Inde qui ne croit pas à la vie, ce qui était sacré, c'était la vie, avec sa noblesse désespérée ; et ce qui ne l'était pas, c'était ce cirque divin. Mais il s'accorde inexplicablement à la mousson qui le balaye, aux symboles sexuels que l'Angleterre victorienne jugeait impudiques, et dont nous savons qu'ils sont frères des figures des ténèbres ; comme la gesticulation pétrifiée des dieux du premier petit temple que j'avais vu jadis[4] s'accordait à l'odeur des herbes aromatiques qui emplissait la buée après la pluie tropicale…

La superstition est plus profonde que la religion, disait Paul Valéry. La force de sa boutade tient à ce qu'en elle superstition se confond avec magie. Bien entendu, la magie était partout présente, comme elle le fut sans doute pendant notre Moyen Âge ; est-elle absente de Lourdes ou de

Fatima ? Cette plante grimpante s'accrochait à tous les sanctuaires du bord de la route, comme le lierre fantastique des coloquintes s'accrochait à leurs tuiles de bois. Et ces chevaux d'argile[1] près des étangs sacrés, une fleur d'hibiscus entre les oreilles, étaient bien le pauvre peuple fidèle des chevaux divins cabrés le long des colonnes de Madura. Nehru m'avait dit : « Même les femmes illettrées connaissent nos épopées nationales, et les racontent aux enfants comme des histoires[2]. » Le Râmâyana de terre glaise témoignait de l'immense Légende dorée qui couvre l'Inde, et je savais que l'on endormait les enfants en chantant des berceuses inspirées de la *Bhagavad-Gîtâ* : « Enfant, tu es toi-même quand tu dors, et quand tu rêves et même quand tu veilles ; regarde le monde qui passe... » Je me souvenais de la plus simple prière, l'équivalent de notre *Ave Maria* : « Conduis-moi de l'irréel au réel, de la nuit à la lumière, de la mort à l'immortalité[3]... »

Le temple de Madura[4] est beaucoup plus grand qu'une cathédrale. Ses tours au flamboiement bleu sur le ciel bleu dominent la ville, surgissent aux détours des ruelles ; son immensité est présente comme celle de la mer dans les rues des ports. Il semble que la piété paysanne ait dressé des tours de Babel recouvertes d'une végétation de dieux comme elle a dressé les tours de Chartres. Dès l'entrée de cette Angkor barbare, un brahmane au torse nu m'avait marqué le front de poudre carmin, et l'humidité tiède avait commencé, dans un narthex comble d'un écroulement de bouquets semblable à celui des fleuristes de nos cimetières le jour des morts ; le curcuma pour les taches de caste, les bondieuseries, le basilic, le santal, le camphre que l'on allume devant les sanctuaires et dont le parfum brûlé venait se mêler à celui des fleurs ; les chrysanthèmes (ici, en cette saison !), les guirlandes de frangipanier que j'avais vues au cou de Khrouchtchev, et dont le parfum m'apportera l'Inde toute ma vie ; et cette belle lépreuse, qui me tendait une de ces guirlandes avec un sourire poignant... Dans l'encadrement du porche, quand je me retournais, toutes les hautes charrettes au toit de palmes sèches, timon en l'air dans la lumière frémissante, s'alignaient comme dans les camps des grandes migrations.

Madura, c'était le ciel reflété par les trous sombres de l'eau dans les bassins rituels d'écume verte, trois fleurs blanches devant une divinité invisible, une Kali noire couverte de linges plus ou moins sanglants, l'odeur de la corruption couverte par celle des tubéreuses, le brillant huileux et noir des galeries polies par la sueur des hommes et le passage des bêtes, les promeneurs découpés sur les percées flamboyantes ou perdus dans les fonds d'obscurité : je découvrais que nos cathédrales sont peuplées de chrétiens *immobiles.* Je cheminais à travers les galeries sans fin d'une cathédrale sans nef, dont les neuf tours surgissaient inopinément, criblées d'hirondelles sous le vol solennel des aigles. Cette architecture gouvernée avec tant de rigueur, et dont les plans avaient été fixés par les géomanciens, semblait un chaos épique : sur ses tours, dans les cavernes de ses galeries, les statues n'avaient pas plus d'importance que les promeneurs. Des singes élastiques nous accompagnaient et nous quittaient. Lorsque je passai devant une Dourga sanglante, un chat noir descendit de son épaule et partit lentement vers les ténèbres, sous la cavalerie cabrée des chevaux divins, comme s'il eût été le secret de l'univers...

Tout ce qui appartenait à la pénombre appartenait au chant des ténèbres, alors que les dieux enchevêtrés des tours semblaient appartenir à la piété désespérée qui s'étendait de village en village. Que le regard se fixât, et sur la tour dont le surnaturel flamboyait au-dessus des cocotiers immobiles, apparaissaient Krishna et sa vache, Rama et son singe, les Pandavas et leurs éléphants[1]. Et même les éléphants sacrés, qui ont des ailes et conversent avec les nuages ; Indra devant l'arbre-qui-exauce-les-désirs ; les nagas qui habitent, sous la mer, des palais de coraux lumineux ; et les princesses-serpents « célèbres par leur danse, leur intelligence et leur charme », dont descendent plusieurs dynasties du Sud. Dans le monde spirituel de l'Inde, le serpent joue parfois un rôle naïvement épique, comme tout ce qui appartient au gigantesque ; mais c'est lui qui soutient le Bouddha touché par l'illumination, et déploie son capuchon meurtrier pour le protéger[2]. L'un des textes sacrés les plus chargés de nuit est sans doute celui qui peint le demi-frère de Krishna, dont l'âme avance par ondulations colossales : « ... et les serpents chantaient ses louanges[3]... » Nehru avait raison de parler des histoires[4]. Le rêve musical de la légende emplissait la puissante irréalité de la vie. Krishna, Rama, n'étaient pas seulement plus réels qu'Akbar, ils étaient aussi réels que Gandhi, dans cette religion où les héros et les dieux ont des images, mais où les rois n'en ont guère. Notre monde roman, lui aussi, ne figure que ce qui porte le reflet de la légende divine. Les éléphanteaux de glaise vendus à l'entrée du temple représentaient le solennel Ganesha[1] de Madura, dieu de la sagesse à tête d'éléphant, un pied sur son rat ; mais la jeune marchande chantait : « Et quand Ganesha allait sur son rat — La lune riait entre les nuages... » Et dans quelques millions d'années, Ganesha se promènera de nouveau sur son rat, de nouveau la lune rira quand elle aura de nouveau surgi de l'Océan dans la nuit sans étoiles. Le Vichnou à tête de sanglier[2] qui porte la déesse de la Terre lui dit de sa triste voix éternelle, devant le cycle sans fin des renaissances : « Chaque fois que je te porte ainsi... »

Les brahmanes seuls accédaient au sanctuaire, où luisait vaguement dans l'ombre la Déesse-aux-yeux-de-poisson à qui il est dédié — couverte de rubis comme d'écailles, porteuse d'un éventail de poils de yak, avec ses yeux de poisson en diamants[3] — beaucoup plus proche d'une idole de village couverte des bijoux divins, que des profondeurs de ce bazar surnaturel.

Un cortège émergeait lentement de l'ombre. Hommes et femmes étaient manifestement costumés, et la dignité de leur costume les rendait maladroits. Mais le premier couple avait la noblesse des danseurs des épopées, et le sari est sans doute la plus belle robe du monde. Le cortège avançait vers moi, les mains jointes aux doigts allongés pour l'émouvant salut que l'art hindou connaît si peu et que l'art bouddhique connaît si bien : j'étais précédé d'une escorte. « C'est un mariage », me dit Raja Rao. Je marchai vers les mariés ; ne sachant pas un mot de tamoul, je leur souhaitai bonne chance en sanscrit[4] (orientalisme à la hauteur de : *good luck*). Sur quoi, ils se prosternèrent tous deux. Désemparé, j'allais relever la femme ; mon voisin indien m'arrêta, et nous repartîmes, après de bonnes paroles, vers le carrousel des dieux qui pullulaient dans l'ombre. « Ils vous tiennent pour Vichnou, me dit Raja Rao, ils ont d'ailleurs raison[5]. » Il précisa plus tard. Des parents, qui ont fiancé un garçon et une fille, ont épargné pendant des années pour les mener, le jour de leur mariage, au Grand Temple, qui leur portera bonheur. Ils y ont rencontré le vizir d'un pays lointain — pays qui n'avait jamais envoyé un vizir à Madura : singulier. Il s'est dirigé vers eux : très singulier. Pour leur souhaiter bonne chance : les vizirs ne souhaitent pas bonne chance aux paysans. En sanscrit (le couple ne sait pas le sanscrit, mais un des brahmes a dit que, etc.) : absolument irréel. Donc, il n'y avait pas de vizir. Ces paroles de bonne fortune étaient envoyées par les dieux : et de se prosterner.

Après tout, étais-je réellement un vizir ? Cet irréel agissait contagieusement. D'abord, parce que son action n'était pas artistique. Cette frénésie de chevaux ailés et de dieux appartenait à l'irréel de la fête. Les animaux fantastiques en papier fabriqués pour les dernières processions pourrissaient dans les coins. L'Europe croit que ce qui n'imite pas son réel représente un rêve. Ces figures n'imitaient pas plus un rêve que celles du Portail royal de Chartres n'imitent les rois de France. Sous ses tours, inextricablement chargées de scènes de sa Passion et de sa Légende dorée, le temple entier est envahi par les statues : chevaux cabrés, animaux et personnages divins y poursuivent depuis des siècles, comme sur les tours, leur danse frénétique et pétrifiée. Les fidèles étaient le monde selon la maya des hommes ; le temple, le monde selon la maya des dieux. Et yoga veut dire union[a].

J'imaginais de tels temples dressés sur Bénarès : aucun ne confond mieux les figures animales, humaines et divines, dans sa danse immobile. C'est celle de l'univers, et l'âme du temple est la danse de Çiva. Mais le mot danse nous suggère le contraire de ce qu'il signifie dans l'Inde, qui ignore le bal. La danse des dieux est une solennisation du geste, comme la musique sacrée est une solennisation de la parole. Initialement, Çiva dansait sa victoire sur les ennemis qu'il venait d'exterminer ; mais il danse aussi la danse de Mort, celle que voient les Hindous dans les flammes des bûchers[1], celle qu'il recommence dans les ténèbres qui suivront à jamais la fin de chaque âge de l'humanité. Un monde de plus a disparu, les bûchers du Gange se sont éteints pour des millénaires, et dans la nuit cosmique, Çiva lève solennellement ses bras multiples pour danser le retour à l'éternelle origine. C'est à travers cette figure, que l'Hindou tente la communion de l'esprit qui transcende ses âmes successives, avec l'Increé qui transcende les dieux et les âges du monde :

Puisque tu aimes, Çiva, le Lieu d'incinération,
J'ai fait de mon cœur un Lieu d'incinération,
— Afin que tu y danses ta danse éternelle[1]*...*

Comme à Bénarès, je revins la nuit. La foule n'était pas plus religieuse qu'elle ne l'avait été l'après-midi, mais moins affairée — lasse comme les vaches couchées sur lesquelles roucoulaient des tourterelles. Éclairé par les lampes, sans bassins et sans tours, le temple devenait plus fantastique et moins sacré. Devant la statue de Çiva la plus vénérée, un groupe de pèlerins priait à voix haute :

Me voici devant toi pour t'adorer,
Ô mon dieu qui n'es que moi-même[2]*...*

C'était encore — en sens inverse — l'identité du divin dans l'homme et dans l'univers, qu'avait exprimée la prière de l'après-midi. La gravité de celle-ci semblait remplacée (illusion de la nuit ?) par une hypnose. Mais les brahmanes écartèrent tous ces somnambules : c'était l'heure de l'union de Çiva et de Parvâti[3]. La rumeur assourdie se perdit sous le glapissement de longues trompettes médiévales ; puis, comme si la musique s'enfonçait encore dans le temps, la percussion haletante des tambourins qui rythment les événements cosmiques introduisit la flûte de roseau. Les brahmanes transportèrent Çiva dans un palanquin noir et argent qui chassa les animaux distraits et misérables à travers les dormeurs. Le cortège s'arrêta devant la statue de Parvâti. De vastes chauves-souris zigzaguaient, avec leurs cris de rats. Éclairés par des veilleuses, les lingams de pierre se succédaient jusqu'au fond de l'ombre. Le roseau plaintif reprit la nostalgie amoureuse qu'il modulait sur les remparts de Babylone, puis se tut. L'union de Çiva et de Parvâti appelait le silence et les étoiles. Sur les tours noires, descendait doucement la nuit védique.

J'allais bientôt la voir descendre sur Ellora[4]. Il semblait que je fusse appelé par un pèlerinage de Çiva : Bénarès, Madura, Ellora, bientôt Elephanta... Comme en Égypte, comme à Angkor, le nettoyage avait chassé la végétation des ruines, puissamment accordée jadis aux divinités de la Destruction. Mais ces grottes conjuguent l'action de la montagne et celle de la crypte. Les temples du Kailasa[5] ne sont pas construits : on a creusé la montagne pour les en dégager. Ils y sont enfouis, et nous n'avons jamais vu un enchevêtrement de cathédrales au fond d'une crevasse sans étages, sans tours, et dont les voûtes cerclées de nervures me faisaient penser à la cage thoracique de monstres légendaires ; d'où venait donc le souvenir obsédant de la cathédrale ? De l'espace infini. Les étages, enfouis dans une crevasse du côté du Kailasa, dominent, de l'autre côté, l'immensité de la plaine ; bien que les plans des temples soient l'œuvre des géomanciens, l'ensemble d'Ellora conserve le mystère des grottes originelles, le hasard géologique d'un chaos percé de trouées. Les parties les plus obscures me faisaient penser à Lascaux. Au-delà d'une galerie dont la pénombre mène une jungle de personnages vers le vide, le soleil tombait en cataracte sur un combat de monstres à diadèmes et de dieux à tiares, dont les bras multiples s'enchevêtrent dans des écroulements d'orfèvrerie. Le souvenir du fouillis de Madura révélait à quel point cette statuaire est une statuaire gouvernée. Les figures des Eaux sacrées, la *Ganga*, la *Djumna*, semblent sculptées par les tourneurs d'amphores des épopées divines. Les génies volants isolés sont d'une écriture de flamme. Et malgré Çiva, malgré les terribles Mères[1], cette flamme n'est pas celle des cadavres. Les monstres et les héros d'Ellora flamboient sur un bûcher de glaïeuls rouges…

Les plus grands sculpteurs de ces grottes ont voulu saisir l'insaisissable, mieux ou autrement que leurs prédécesseurs. « Ô Seigneur, toi qui prends les formes imaginées par tes fidèles… » Mais les fidèles n'inventent pas les formes des dieux : ils les reconnaissent. La prière qui s'imposait ici était plus trouble, et elle était due à un sculpteur : « Ô Seigneur de tous les dieux, enseigne-moi *dans les rêves* comment exécuter les œuvres que j'ai dans l'esprit[2] ! » Non qu'Ellora soit plus onirique que tant de temples, mais ce qui y règne, et à quoi la prière hindoue fait appel, c'est le domaine immémorial des archétypes[3] et des grands symboles, qui poursuit sa vie nocturne à travers les générations de dormeurs, comme l'esprit, pour ceux qui prient ces dieux, poursuit sa vie à travers eux-mêmes. Temples, statues, bas-reliefs, font partie de la montagne comme une efflorescence du divin. Hindouistes, bouddhistes, jaïns, ils évoquent un invisible qu'ils imitent d'autant moins que ses représentations successives sont toutes légitimes. Le dialogue de l'immobile nirvâna avec les danses des dieux va de soi ; la danse de Çiva que je regarde passe pour être celle de l'Essence au moment où la mort la délivre du corps, de l'esprit et de l'âme. Et cette danse, même au musée, n'appartiendrait pas au seul monde de l'art ; sa perfection, ici, n'est pas d'ordre artistique, mais de l'ordre énigmatiquement convaincant du mythe, du fauve, de l'orchidée. Œuvre des dieux. Nulle part je n'avais éprouvé à ce point combien tout art sacré suppose que ceux auxquels il s'adresse tiennent pour assurée l'existence d'un secret du monde, que l'art transmet sans le dévoiler, et auquel il les fait participer. J'étais dans le jardin nocturne des grands rêves de l'Inde.

La vraie nuit venait. Une ombre d'un vert mort s'accumulait dans les ravins du Kailasa. Je me souvins de Nehru et de sa montagne du Tibet : « Je ne reverrai pas le Kailasa… » Dans la faille qui forme l'entrée du temple, le soleil rougeoyait encore sur les mimosas sauvages et l'immense poussière de la plaine, comme s'il se reflétait sur la mer. Nous atteignîmes les grottes bouddhiques, avec leurs rangs d'ascètes « comme des flammes immobiles à l'abri du vent » ; puis les grottes jaïns, et leur masse romaine. Mais Ellora, c'était Çiva.

Nous allions vers le temple du Mahalinga — symbole de Çiva, et l'un des huit lingams sacrés de l'Inde. La nuit était déjà complète. Il n'y avait pas de temple, mais une vaste terrasse, où l'on accédait par des escaliers de palais ruiné. Le linga était quelque part dans l'obscurité. Le mugissement assourdi de la conque rituelle s'éleva, suivi d'hymnes murmurées, et d'une musique lointaine. Le temple, sans doute, se trouvait un peu plus loin et, comme à Madura, c'était l'heure de l'union de Çiva et de Parvâti. Le vrai lieu de l'adoration, c'était le vide, ces dalles de Râmâyana apparues à la lueur de la lanterne, ce silence d'une forêt sans bêtes[1].

Dans la nuit hantée de cosmogonies royales et divines, il n'y avait pourtant *jamais* eu de Création. Pour la Faute, la Rédemption, le Jugement révélés par le christianisme, le monde est un décor ; pour le brahmanisme, l'homme est un épisode. Pas seulement à cause de la transmigration : parce que les cycles fabuleux, qui séparent les retours successifs des ténèbres, ont pour héros les dieux et les éléments. L'Inde éprouve l'infini comme Job éprouve la majesté de Jéhovah. Et le Kailasa, et cette terrasse vide où l'on parlait des dieux depuis si longtemps, et ces hymnes nocturnes, communiaient avec l'Être à travers l'infini, comme s'ils eussent adoré l'Infini — qui rencontre l'homme au passage... Au temple de Chidambaram[1], là où devrait se trouver le dieu du sanctuaire, les brahmanes montrent un espace circulaire vide : « Voici Çiva qui danse... » Au centre brûle le camphre dont la flamme ne laisse pas de cendres.

La maya prend à Ellora son accent le plus profond, parce qu'elle y semble antérieure aux religions comme la roche est antérieure aux figures qu'elles en ont tirées tour à tour. Et aux yeux de Gandhi comme des ascètes qui accueillaient le prince Siddhartha dans la forêt, comme des poètes védiques qui signaient leurs hymnes du nom des dieux, le moyen privilégié de la délivrance avait été le détachement. L'obstacle à la Délivrance n'est pas le vain spectacle des choses, mais l'attachement que nous leur portons. Le désir est le démon dans maintes religions. Et pour le christianisme, le démon, à partir du péché originel, est dans l'homme ; pour l'Inde, l'attachement est dans l'homme à la façon d'un démon métaphysique, moins une concupiscence que la vie même, l'esclavage de l'homme aveugle à l'essence qui le transcende, et livré par son aveuglement à l'univers illusoire. Si tous les dieux étaient morts, la maya existerait encore, parce que l'Hindou la porte en lui comme le chrétien porte le péché. L'agent invincible de la maya n'est pas l'action divine, c'est la condition humaine.

Les hymnes avaient cessé. La musique de nuit commença.

Depuis des siècles, l'Inde connaît les musiques du matin et celles de la nuit, de même que nous connaissons celles de la danse et celles des funérailles. Comme au temps des grands pèlerinages et comme au temps où le Kailasa était enseveli sous la jungle, à l'heure prescrite, l'homme éphémère chantait les étoiles éphémères. Une lumière s'approcha. Porteurs du camphre qui brûle en offrande, des brahmanes apportaient les fleurs de bienvenue.

La ville d'où l'on gagne Ellora est Aurangabad, une cité musulmane dominée par le tombeau de la femme d'Aurangzeb, Tadj Mahal rugueux au-dessus des rosiers devenus sauvages, qui me faisait penser au musée archéologique d'Autun, potager dans lequel les stèles celtiques et les statues romanes poussaient parmi les artichauts.

La ville d'où l'on gagne Elephanta, c'est Bombay[1].

Comme Calcutta, Bombay, née au XIXe siècle, n'est nullement une ville indienne modernisée : c'est une ville aussi indo-anglaise qu'Agra, Lahore ou Aurangabad sont des villes indo-musulmanes. Le Fort-Rouge dont la porte géante laissait sortir un chameau désolé, les coupoles de marbre et de confiserie entourées de bois pleins d'écureuils, les faux immeubles victoriens — inspirés de quelles cathédrales ? — que des réclames de dentiste démesurées hérissaient de leurs dessins d'invocations sanscrites, les cocotiers poussiéreux sur lesquels poussaient pêle-mêle les vieux pneus, tout cela se confondait dans un même décor dérisoire, dès que l'on pénétrait dans les grottes sacrées. Leur lien avec les profondeurs de la terre suggérait toute une Inde souterraine, qui eût veillé en secret sur l'Inde des villages, les animaux, les processions de porteuses d'amphores, les arbres augustes, pendant que se préparaient à retourner en poussière les villes, chimériques et théâtrales. Les grottes d'Ellora règnent sur l'immense plaine galeuse et maudite qu'elles dominent, alors que celles d'Elephanta semblent cachées dans leur île où le golfe brillait avec une joie hellénique, sous les goélands[2] de la mer d'Oman. Mais toutes s'unissent par leur obscurité sacrée. Dès l'entrée d'Elephanta, l'Océan éclatant était emporté, comme les villes, comme l'Inde des Anglais, comme l'Inde des Moghols, comme l'Inde de Nehru, offrandes périssables à la célèbre *Majesté*, la triple tête[3] gigantesque de Çiva.

Ni les photos ni même le cinéma n'en donnent l'échelle. Ces têtes, de cinq à six mètres, sont plus petites que celles du Bayon d'Angkor ; mais, colossales en comparaison des figures qui les entourent, elles emplissent la grotte comme le Pantocrator emplit les cathédrales byzantines de Sicile. Comme le Pantocrator, ce Çiva cesse au-dessous des épaules sans devenir un buste. D'où son trouble accent de tête coupée et d'apparition divine. Il ne s'agit pas seulement de « l'une des plus belles statues de l'Inde », quelque sens que l'on donne au mot « belles ».

Il y a, dès le premier regard, un chef-d'œuvre de la sculpture. Un masque et deux profils monumentaux, malgré une séduction qui tient plus aux orfèvreries qu'aux visages, dont les plans (des yeux notamment) sont dignes des œuvres les plus hautes.

Ensuite, il y a Çiva, la caverne, le sacré. Comme celles de Moissac, cette figure appartient au domaine des grands symboles, et ce que le symbole exprime ne peut être exprimé que par lui. Ce masque aux yeux fermés sur la coulée du temps comme sur un chant funèbre est au Çiva dansant qui courbe à Ellora sa flamme solennelle ce qu'est celui-ci aux *Danses de mort* du Sud, et même aux figures fabuleuses de Madura.

Enfin, comme pour nombre d'œuvres qui forment le trésor du musée imaginaire de l'humanité, il y a une rencontre entre l'action artistique de l'œuvre, son action religieuse et une action imprévisible. Celle du *Pharaon Djoser* vient de ce que sa dégradation en a fait une tête de mort, celle de la *Victoire de Samothrace* vient de ce que le destin a inventé le monstre parfait que les hommes ont cherché en vain dans les anges : les ailes étant les bras des oiseaux, la victoire n'est parfaite que sans bras. La ligne illustre, qui va de la pointe du sein à l'extrémité de l'aile, est née de l'amputation. La perfection (en ce sens) de Çiva appelait l'ombre sacrée, l'absence de corps, fût-il dansant, les deux profils encore engagés dans la montagne, le masque aux yeux fermés — mais d'abord la création unique par laquelle le Çiva d'Elephanta est aussi *le symbole de l'Inde.*

Dans la grotte voisine, on psalmodiait des vers de la *Bhagavad-Gîtâ*. Elle est familière à tous les Hindous. On l'avait récitée pendant la veillée funèbre de Gandhi, et pendant les quatorze heures de la crémation. Secrètement accordée au temple souterrain, au Çiva colossal, elle semblait le chant même de ce sanctuaire auquel elle ne devait rien.

Alors, debout dans leur grand char attelé de chevaux blancs,
Krishna et Arjuna firent résonner leurs conques divines,
Et Arjuna, pris de grande pitié, parla dans le découragement[1]…

Les deux armées légendaires de l'Inde sont en face l'une de l'autre. Le vieux roi que combat Arjuna est aveugle. Le conducteur de son char possède le pouvoir magique de connaître ce qui se passe sur les champs de bataille. Il écoute le dialogue qui commence, au milieu de l'armée ennemie, dans le char aux chevaux blancs, entre le prince

Arjuna et son aurige, qui est Krishna et va devenir la Déité suprême. La *Gîtâ*, ce sont des paroles divines rapportées, par magie, à un Priam aveugle enfermé dans sa nuit.

Arjuna regarde ceux qui vont mourir, et Krishna lui rappelle que si la grandeur de l'homme est de se délivrer du destin, la grandeur du guerrier n'est pas de se délivrer du courage. C'est le combat fratricide des épopées, et, pour nous, la tristesse troyenne d'Arjuna semble l'écho désolé de la voix d'Antigone :

J'ai de tristes pressentiments, ô Krishna,
Et je ne vois rien de bon à massacrer des parents dans la bataille…
Je ne cherche ni la victoire, ni le pouvoir souverain, ni les joies de la terre ;
Et à quoi sert le pouvoir, à quoi sert la joie — à quoi sert la vie[1] *?*

Une autre voix répondit en psalmodiant, comme, dans le poème, Krishna répond à Arjuna.

Tu pleures des gens que tu ne devrais pas pleurer,
Et tu profères d'inutiles paroles de sagesse. Le sage ne pleure ni sur les vivants ni sur les morts.
Car jamais nous ne fûmes, ni moi, ni toi, ni ces rois ;
Et jamais aucun de nous ne cessera d'exister désormais[2]*…*

Cette psalmodie commençait la Révélation que mes compagnons savaient par cœur, rythmée dans l'obscurité par le lointain battement de l'Océan et striée par les cris des goélands[3] : le chant de la Déité qui transcende, anime et détruit les mondes, et de l'esprit qui transmigre à travers les corps et les âmes, que le poème appelle seulement *Cela* :

Cela ne cessera jamais d'être ; non né, éternel, perpétuel,
Ancien. Cela n'est pas massacré lorsque le corps est massacré.
De même qu'on rejette des vêtements usés et en revêt d'autres,
De même, ce qui est revêtu d'un corps rejette
Les corps usés[4]*…*

La dernière strophe, je l'avais entendue à Bénarès. Elle perdait ici l'accent des crémations ; et la suite trouvait dans ces divinités sans regard une solennité plus grande que dans les bûchers :

Ceux qui connaissent le jour de Brahma, qui dure mille âges,
Et sa nuit qui ne prend fin qu'après mille âges,
Ceux-là connaissent le jour et la nuit[1]*...*
... Et toute la foule des êtres, indéfiniment ramenée à l'existence,
Se dissout à la tombée de la nuit et renaît au lever du jour...
... Et toutes les créatures sont en moi
Comme dans un grand vent sans cesse en mouvement dans l'espace...
... Je suis l'Être et le non-Être, l'immortalité et la mort[2]*...*

L'un de mes compagnons répondit à la psalmodie lointaine par l'un des plus célèbres versets du poème, et sa voix s'étendit à travers les piliers énormes, étouffée et cependant portée par le bas plafond des grottes :

Qui pourrait tuer l'immortalité[3] *?...*

Pour les psalmodiants, cette réponse qui montait du silence était-elle aussi mystérieusement naturelle que l'avait été mon souhait pour le pauvre couple de Madura ? Ils s'étaient tus. À Bénarès, j'avais relu la *Gîtâ*. De son ombre souterraine, de tout ce qu'elle doit au brahmanisme antérieur, se détachaient confusément, comme les figures de ces grottes, la prédication divine de l'amour, que le brahmanisme dédaignait, et surtout, le stoïcisme cosmique auquel le poème doit sa gloire. Dans l'inexorable marche de constellation qu'est le retour à l'origine, l'homme s'unit à Dieu lorsqu'il découvre son identité avec lui et lorsqu'il observe la Loi, qui est le devoir de caste. L'action est nécessaire, car il faut que les desseins divins s'accomplissent : ce n'est pas toi qui vas tuer tes parents, dit Krishna à Arjuna, c'est moi. Et l'action est purifiée de la vie, si l'homme est en communion suffisante avec Dieu pour la lui dédier comme un sacrifice.

... Ils savaient cela, les Anciens, avides de délivrance
Et ils ont agi[4]*.*
... Pour moi, ô Prince, il n'y a rien dans les trois mondes
Qui vaille d'être gagné
Et que je n'aie pas gagné ; et je n'ai pas renoncé à l'action.
Mets sur le même plan le plaisir et la peine, le gain et la perte, la victoire
Et la défaite, et ceins tes reins pour la bataille[5]*...*

Pour mes compagnons, cet instant illustre était un instant éternel. Cependant, les sculptures qui m'entouraient dans l'ombre, et la *Gîtâ* elle-même, exprimaient moins le stoïcisme sacré des derniers versets que la communion en quoi s'était transformée l'austérité métaphysique : la mystique que le brahmanisme avait découverte comme le bouddhisme, le christianisme et l'Islam. Même si l'on n'eût pas récité dans une autre grotte les versets de la communion, la métamorphose de la foi eût été aussi présente qu'elle l'est à Saint-Pierre de Rome lorsqu'on s'y souvient de nos cathédrales. L'Inde est obsédée par l'image des flots toujours différents des fleuves toujours semblables, et les âmes successives de sa religion passaient devant Çiva, comme ses armées de jadis devant les bûchers des sacrifices. L'Ancien Testament des *Upanishad* était devenu le Nouveau Testament de la *Gîtâ*. Au fond du temps, il y avait l'hymne à Kali :

Toi, Mère des Bénédictions,
Toi, terrible Nuit, Nuit de mensonge, Nuit de mort,
Nous te saluons !

Et, bien après Elephanta, la parabole de la prière :

Je prie en vain, dit au Maître la fille du disciple. — Qu'est-ce que tu aimes le plus au monde ? — Le petit enfant de mon frère. — Recueille-toi en ne pensant qu'à lui, et tu verras qu'il est Krishna. L'amour seul opère les aveugles.

La méditation des têtes colossales de la *Majesté* sur l'éternité et le temps, prisonniers enlacés du Sacré, semblait aussi une méditation sur le destin qui conduit les religions, de la vénération à l'amour, comme il conduit les hommes, de la naissance à la mort — mais sous lequel demeurait une invincible permanence. Si la *Bhagavad-Gîtâ* est présente dans tant de lieux sacrés, c'est qu'elle l'exprime ; comme la *Majesté*, elle est l'Inde. Gandhi avait tenté de la traduire[1]. Le plus grand des Renonçants modernes tenait l'action, pratiquée dans l'esprit d'abandon à son Dieu, pour la forme suprême du renoncement. « Mon dévouement à mon peuple est un des aspects de la discipline que je m'impose afin de libérer mon âme. Je n'ai pas besoin de chercher refuge dans une grotte : je porte ma grotte en moi. »

Certaine est la mort pour tous ceux qui naîtront,
Et certaine est la naissance pour tous ceux qui sont morts[1]…

La nuit tombe sur les morts du dernier combat, après la bataille des dix-sept jours. Les rares survivants se sont retirés dans la forêt pour y mourir en ascètes. Les rapaces patients attendent, et près des glaives tombés qui reflètent la lune, des singes, semblables à ceux qui m'accompagnaient à Madura, touchent d'un doigt intrigué les yeux des morts[2].

Dehors, des filles passaient, une fleur rouge à la main. Les goélands[3] d'Oman croisaient toujours sur le golfe étincelant. Un canot automobile nous ramena. Bombay, bazar fou qui se croit une ville, s'élevait peu à peu sur l'eau, et nous nous dirigions vers l'arche énorme de la porte de l'Orient. Elle veillait autrefois sur les paquebots anglais comme un temple marin sur une flotte de guerre. Aujourd'hui, accostait seul notre canot, qui venait de l'Inde éternelle. Au ras de l'Océan, brillaient les réacteurs atomiques…

Nous devions regagner Delhi à l'aube. Pour la soirée, on avait mis à ma disposition l'ancien bungalow du gouverneur, à la pointe de la presqu'île. Il était triste comme toutes les maisons inhabitées au bord du golfe. Le jardin, plus inhabité encore malgré quelques jardiniers silencieux, semblait un cimetière d'officiers de l'armée des Indes. Et l'armée des Indes était aussi loin que les cavaliers d'Akbar…

La passion que m'ont inspirée naguère l'Asie, les civilisations disparues, l'ethnographie, tenait à une surprise essentielle devant les formes qu'a pu prendre l'homme, mais aussi à l'éclairage que toute civilisation étrangère projetait sur la mienne, à la singularité ou à l'arbitraire qu'il révélait en tel de ses aspects. Je venais de retrouver l'une des plus profondes et des plus complexes rencontres de ma jeunesse. Plus que celle de l'Amérique préhispanique, parce que l'Angleterre n'a détruit ni les prêtres ni les guerriers de l'Inde, et que l'on y construit encore des temples aux anciens dieux. Plus que celle de l'Islam et du Japon, parce que l'Inde est moins occidentalisée, parce qu'elle déploie plus largement les ailes nocturnes de l'homme ; plus que celle de l'Afrique par son élaboration, par sa continuité. Loin de nous dans le rêve et dans le temps, l'Inde appartient à l'Ancien Orient de notre âme. Les derniers rajahs ne sont pas des pharaons, mais les brahmes de Bénarès évoquent les prêtres d'Isis, les fakirs ont fait rêver Alexandre, et les paons dans les palais déserts d'Amber m'avaient rappelé les foules de Chaldée ébahies par les ambassadeurs des royaumes indiens « dont les oiseaux savaient faire la roue[1] ». Et cette autre Égypte, dont le peuple et les croyances auraient à peine changé depuis Ramsès, était sans doute la dernière civilisation religieuse, certainement le dernier grand polythéisme. Que devient Zeus, en face de Çiva ? Le seul dieu antique dont le langage soit digne de l'Inde, c'est le dieu sans temples : le Destin.

De cette civilisation, que connaissais-je réellement ? Ses arts, sa pensée, son histoire. Comme des grandes civilisations mortes — à cela près que j'avais entendu sa musique, et que j'avais rencontré quelques gourous, ce qui n'était pas sans importance dans un pays dont la pensée religieuse exprime une Vérité qui ne doit pas être comprise, mais vécue : « Ne rien croire que l'on n'ait d'abord éprouvé. » Je n'avais pas la présomption de « connaître » — au passage… — une pensée qui avait résisté à dix-sept conquêtes et à deux millénaires ; j'essayais de saisir les grandes rumeurs dont elle m'obsédait.

L'homme peut éprouver la présence de l'Être universel dans tous les êtres, et de tous les êtres dans l'Être universel ; il découvre alors l'identité de toutes les apparences, fussent-elles le plaisir et la souffrance, la vie et la mort, devant lui-même et dans l'Être ; il peut atteindre en lui-même l'essence qui transcende ses âmes transmigrées, et en éprouver l'identité avec l'essence d'un monde d'éternel retour, auquel il échappe par sa communion ineffable avec lui. Mais il y a dans la pensée de l'Inde quelque chose de fascinant et de fasciné, qui tient au sentiment qu'elle nous donne de gravir une montagne sacrée dont la cime recule toujours ; d'avancer dans l'obscurité à la lueur de la torche qu'elle porte. Nous connaissons ce mouvement par quelques-uns de nos saints et de nos philosophes ; mais c'est dans l'Inde seule, que l'Être, conquis sur l'apparence et la métamorphose universelles, ne se sépare pas d'elles, mais en devient parfois inséparable « à la façon des deux faces d'une médaille » pour suggérer le chemin d'un inépuisable Absolu qui transcenderait jusqu'à l'Être...

Bien entendu, le mot Être traduit mal le Brahman[1] increé, la Déité suprême — auquel le sage accède par ce qu'il y a de plus profond dans l'âme, et non par l'esprit. Les dieux ne sont que des moyens différents de l'atteindre, et « chacun va à Dieu à travers ses propres dieux[2] ». C'est lui que le Bouddha tente de détruire dans sa prédication primitive, lorsqu'il donne pour fin dernière à l'extase ce qu'il appelle avec grandeur : la paix de l'abîme[3].

Les superstitions tournoyaient comme un vol d'éphémères fascinés, autour de cette haute pensée. Elle animait tous les temples que j'avais vus, et Bénarès. Mais comme elle éclairait mal l'immense peuple qui m'entourait ! J'avais rencontré des hommes de caste brahmanique, mais pas de prêtres : des intellectuels, des artistes, des diplomates — et leurs femmes ; quelques grandes figures, et maints politiques, race ignorée au début du siècle. Pas un commerçant, pas un paysan. Seul dans ce triste jardin d'une ville énorme en face du pays le plus religieux et sans doute le plus affectueux du monde, je ne me souvenais que d'une foule immense et muette comme ses bêtes amicales. Foule hindoue plutôt qu'indienne : ses champs ressemblaient à des champs de France, ses rêves ne ressemblaient pas à des rêves français. Mais ce que j'évoquais par contraste (plus exactement : ce qui s'évoquait en moi) n'était pas une foule chrétienne : c'était la foule du métro, et surtout celle que j'avais le mieux connue : celle de la guerre. La spiritualité de l'Inde me faisait penser fugitivement à l'aumônier des Glières, mais les multitudes hindoues, pour lesquelles la mort donne un sens à la vie, me faisaient penser âprement aux hommes de chez nous pour qui la mort n'a pas de sens ; les ombres qui depuis des siècles avaient déposé un hibiscus écarlate au pied d'un dieu noir ou d'un arbre semblable à la bénédiction divine, frères des paysans dont je saisissais seulement le triste sourire qui avait peut-être salué Sémiramis, les petits marchands frères de tant de petits marchands, me parlaient de tous nos hommes sans caste que j'avais vus en face de la mort.

Au-delà du jardin où l'on n'entendait pas le bruit des vagues, le golfe brillait encore ; les goélands d'Oman[4] croiseraient jusqu'à la nuit. Je rentrai dans le bungalow désert du dernier gouverneur de Bombay, pour y relire ce que j'écrivais en 1940 de mes camarades qui se battaient et mouraient en vain…

2

1940.

Une route toujours la même[a], bordée d'arbres toujours les mêmes, et les pierres de Flandre toujours aussi dures sous les chenilles de nos chars. L'ennui des convois sur les routes de plaine. Notre dernière route d'ennui ; désormais, ce serait l'exaltation ou la peur : nous montions vers les lignes. Notre attention brûlait en veilleuse sous l'abrutissement, la chaleur, le fracas des moteurs et le martèlement des chenilles qui semblaient taper sur nos têtes comme sur la route. Je connaissais nos visages quand nous sortions des chars après une longue étape, nos faces molles et nos yeux papillotants d'assommés, nos faces de comiques sous nos casques de lansquenets…

À l'infini, la nuit flamande. Derrière nous, neuf mois de casernes et de cantonnements ; le temps qu'il faut pour faire un homme.

Neuf mois plus tôt, j'étais dans un hôtel du Quercy. Les servantes ne quittaient plus la radio. C'étaient de vieilles femmes. Un matin, j'en avais croisé deux dans l'escalier : elles montaient vers leur chambre à petits pas pressés, et des larmes ruisselaient sur leurs faces patientes. Ainsi avais-je appris que l'armée allemande était entrée en Pologne.

L'après-midi, j'avais vu, à Beaulieu, les affiches de la mobilisation[1]. L'église de Beaulieu porte l'un des plus beaux tympans romans, le seul où le sculpteur ait figuré, derrière les bras du Christ ouverts sur le monde, ceux du crucifix comme une ombre prophétique[2]. Une averse tropicale avait noyé le village. Devant l'église est une statue de la Vierge ; comme chaque année depuis cinq cents ans, pour fêter les vendanges, les vignerons avaient attaché à la main de l'Enfant une des plus belles grappes. Sur la place déserte, les affiches décollées commençaient à pendre ; les gouttes d'eau sur la grappe avaient glissé de raisin en raisin et étaient tombées à petit bruit au milieu d'une flaque, l'une après l'autre, dans le silence.

Nos chars roulaient vers les lignes allemandes. Nous étions quatre dans le nôtre. Rien à faire qu'à suivre cette route nocturne et s'approcher de la guerre. Était-ce cette nuit que nous allions mourir ?

Je les avais vus partir par milliers, au début de septembre, les anonymes, semblables à mes trois camarades : cinq millions d'hommes avaient rejoint les casernes sans rien dire.

Sur la place de Moulins, le haut-parleur avait annoncé les premiers combats. Le soir tombait. Deux ou trois mille mobilisés écoutaient, maladroits dans leurs uniformes neufs parce qu'ils étaient neufs, ou dans les vieux parce qu'ils étaient sales : nul ne disait mot. Sur toutes les routes, les hommes avaient rejoint, et les femmes amères avaient conduit les chevaux à la réquisition. Avec la résolution paysanne contre l'inondation. On montait au fléau.

Ainsi mes trois compagnons roulaient-ils cette nuit vers les chars et les canons allemands, sur la route morne.

Bonneau, le mécanicien, était certainement dans le boyau. (Dans tous ces chars qui, l'un derrière l'autre, suivaient la route nocturne, pas un mécanicien qui n'eût quitté les machines : au diable le règlement !) Comme aucun de nous ne pouvait l'entendre, sans doute parlait-il seul, son monologue écrasé par le martèlement des chenilles.

Quand il était arrivé à l'escadron derrière les gendarmes, en veste de cuir, pas rasé, il avait une telle gueule que le capitaine l'avait fait mettre aussitôt sous les ordres d'un boxeur professionnel. Lequel avait reçu livraison de Bonneau avec une belle frousse. J'ai rarement vu de vrai courage chez les fervents du pugilat.

Il n'y eut d'ailleurs pas de pugilat. Simplement, pour commencer, du malaise. Bonneau arrivait en uniforme de souteneur, habitué à inspirer le mépris ou la peur, à vouloir d'autant plus inspirer la peur qu'il rencontrait davantage le mépris. Mais les soldats ne méprisent guère, et quand Bonneau demandait, la mâchoire en avant :

« Qu'est-ce que t'as à me regarder comme ça ? », il se

faisait répondre par un distrait : « Moi ? euj' te regarde même pas !... »

Il affirmait avoir tué un homme dans une rixe, ce qui était sans doute faux, car il eût été affecté aux bataillons disciplinaires. Mais le bureau ne fut pas long à faire savoir aux chambrées que son livret portait trois condamnations pour blessures. Le peuple est bien moins sensible que la bourgeoisie au romanesque de l'assassinat : à ses yeux, l'assassin n'est qu'une espèce particulière, comme le loup. Il s'agissait de savoir si Bonneau appartenait réellement à l'espèce, si « tout ça, c'était du vrai ou du chiqué ».

Le seul qui crût à ce romanesque, c'était lui. Histoires de prison, histoires de souteneurs, affirmations qu'il « voulait laisser pousser son bouc », pour avoir le droit de ne pas se raser et conserver ainsi une bonne gueule d'assassin ; et l'accent de barrière, et les chansons de Montéhus pendant les corvées de nettoyage auxquelles il était condamné de façon permanente. L'enfant du malheur... Quand tout l'escadron, pressé dans un escalier, attendait la distribution des chaussures, on entendait tout à coup *Le Légionnaire*, puis un monologue commençait : « Ah, j'en ai eu une, une bath, de petite femme ! Celle-là, je l'aimais, alors ! Ils me l'ont tuée, ces vaches-là... » On devinait une histoire d'hôpital dans laquelle « ils », c'était à la fois les médecins, et ceux qui acceptent la loi ; et ses méfiants compagnons de chambrée, bien que se poussant du coude comme les collégiens devant le loustic, préparaient des combines compliquées pour qu'il ne fût jamais garde-chambre. Ils faisaient connaissance avec le folklore du beuglant : la victime de la société que l'ivresse ou l'érotisme en a chassé ; l'irréductible des bataillons disciplinaires ; le hors-la-loi qui lutte seul contre toute la police dans quelque Fort-Chabrol ; le Bonnot (dont le nôtre n'oubliait certes pas qu'il portait presque le nom) qui tire sur le préfet à travers son bras ; mais surtout le souteneur héroïque et sentimental, vache mais régulier, fidèle aux amis et assassin par amour, qui, évadé du bagne, finit parmi les caïmans[a] du Maroni son existence saturnienne. Car l'enfer de Bonneau, que ses damnés fussent épiques ou misérables, n'avait qu'un cercle, et c'était un cercle de victimes.

Quand il avait apporté un pinson blessé et prétendu l'élever, la peur avait grandi : pour mes compagnons, tout assassin était d'abord un fou.

Chaque chambrée avait des camouflages d'autant plus ingénieux, que l'extinction des feux était plus rigoureuse. Les sous-officiers retiraient les ampoules, mais d'autres ampoules, l'heure venue, sortaient des polochons. Un soir, deux prises ayant cessé de fonctionner, Bonneau déclara « qu'il avait travaillé dans l'électricité », se battit clandestinement contre les tableaux électriques du bâtiment, et fit si bien que, le soir, plus une prise ne marchait dans sa chambrée ni dans quatre autres. À travers l'obscurité, on entendait gronder : « Qu'est-ce qui m'a foutu des gars comme ça ! — Si c'est pas malheureux, des criquets pareils ! — Moi qui suis électricien, j'oserais pas m'en mêler si on me l'dit pas, mais alors, çui-là ! » À la façon dont fut claquée la porte de la première chambrée, tous comprirent que c'était lui qui rentrait : le silence tomba. Puis commença une altercation assourdie et une voix devint très nette, calme et dure, qui n'était pas celle du brigadier-boxeur : « Écoute bien, Bonneau, tu commences à nous emmerder. Les durs, moi, je m'en fous. S'ils se mêlent d'esquinter mon ampoule, ça va aller mal. Et si t'es pas content, v'là ma figure. (Un visage apparut, éclairé en plein par une lampe électrique.) Comme ça, si tu veux la retrouver demain matin, t'auras pas de peine ! »

C'était la première fois que j'entendais Pradé.

Et Bonneau d'expliquer dans la nuit « que c'était pas sa faute, que le courant…, que les plombs… ». J'attendais que tous dissent qu'il avait peur : l'impression générale fut « qu'il se dégonflait pas tant que ça, qu'il était régulier, qu'il insistait pas quand il se savait dans son tort… ». Il n'était donc pas si fou. L'escadron devenait prêt à l'adopter ; mais la chambrée restait sans lumière.

Un conducteur de char, ex-chauffeur d'autobus, se mit à chanter *Le P'tit Quinquin*[1]. Il y avait là bon nombre de soldats des Flandres, mais ce n'était pas le souvenir qui donnait tant de force à la mélopée, c'était la lenteur. Il en faisait un chant funèbre et, de même qu'il retrouvait ainsi le rythme des complaintes, il en retrouvait le timbre nasal, comme s'il eût suffi d'une voix misérable dans cette obscurité pour redonner tout son sens à un chant de misère. Et les soldats de redemander couplet après couplet, comme ils redemandaient à la cantine verre après verre, résolus à se saouler dans cette guerre semblable à une prison.

Le chanteur, las de cette musique sans gloire, commença le grand air de *La Tosca.* Un silence gêné suivit les derniers hurlements, le chauffeur grommela rageusement : « Bon, alors, si ça ne plaît pas à ces messieurs ! », retourna se coucher, et à la tristesse du premier chant s'ajouta le malaise d'une communion détruite. Bonneau était oublié. Chacun s'enfonça dans son amertume particulière. Lequel tira le premier de son portefeuille la photo de sa femme, pour la regarder à la lueur clandestine d'une lampe de poche ? Cinq minutes plus tard, entre petits groupes, des images circulaient, quatre ou cinq calots autour d'une sourde lumière, les photos d'amateurs tombant des gros doigts dans la paille, sous les engueulades. Chacun, d'ailleurs, se fichait des femmes des autres, ne les regardait que pour montrer la sienne. Et pourtant, dans cette lumière de confidence, elles apparaissaient comme des secrets, les robes suggérant tout à coup la vie des maris mieux que ne l'eussent fait leurs photos en civil. La femme de Pradé était une ménagère en bois dur, aux bandeaux plats ; Bonneau, seul, possédait quatre photos, plus putains l'une que l'autre. Et le petit Léonard au nez de betterave — le radio de notre char — réticent et se faisant prier, finit par tirer une carte postale, une très belle fille en éblouissant costume de plumes. Quelques lignes étaient écrites au bas. Et les copains, têtes collées l'une à l'autre sous le nez de Léonard fantastiquement éclairé par-dessous, déchiffraient en approchant l'ampoule : « À mon petit minet Louis », et la signature d'une des gloires du music-hall.

Léonard avait été pompier au Casino de Paris. Chaque jour, il regardait revenir l'étoile, toute rouge d'applaudissements, avec la même admiration. Il ne lui avait jamais parlé. Son visage pouvait émouvoir, malgré son pif extraordinaire : de doux yeux d'épagneul, et ce qu'a parfois de poignant une expression qui ignore tout de l'orgueil. La danseuse fut-elle touchée de cette inlassable admiration, eut-elle un caprice ? Un soir de grand succès, « même qu'en montant l'escalier, on entendait encore les bravos », elle l'emmena dans sa loge et coucha avec lui. « Pis alors, le plus fort, c'est que… enfin, quand on était couchés, quoi ! la v'là qui regarde mon uniforme sur la chaise, puis qui me dit, comme si elle allait sauter : “Ah, mais, dis donc : t'es pas de la police, au moins ! — Mais non, c'est les pompiers… — Parce que, sans ça !…” C'est fort, hein ;

elle me voyait tous les soirs et elle connaissait pas l'uniforme des pompiers… Nous, on est des soldats… On a le feu !… Faut dire aussi que, dans ce temps-là, j'étais plus jeune… »

Pour tous le rêve existait, Marlène Dietrich, ou Mistinguett, ou la duchesse de Windsor ; mais il restait le rêve. Et ils ne tenaient pas ce copain à qui les fées avaient parlé — l'ahuri de la chambrée — pour un simple veinard, mais pour un prédestiné : sa tête de petit frisé au nez rouge était pour eux la preuve de la part mystérieuse de l'amour ; ce qui les fascinait à leur insu dans le caprice de l'étoile, c'était le philtre d'Yseult.

« Et dis donc, qu'est-ce qu'est arrivé après ? » a demandé le chœur, et les doigts tremblotaient en manipulant une fois de plus la photo.

« Les autres jours, elle a pas fait signe ; alors, j'ai compris… »

Il avait répondu sans rancune, même sans résignation ; il était d'accord. Dans l'approbation générale. L'hérédité n'avait pas rendu mes compagnons désinvoltes avec le bonheur.

Bien entendu, le plus grand succès, après la photo de Léonard, fut pour les quatre photos de Bonneau. Celui-ci entrait décidément à l'escadron. Et peu à peu, à le voir se baisser pendant la marche pour ramasser un tranchet, le mettre dans sa cartouchière en commençant une nouvelle conférence : « C'est pas franc, ces outils-là ! », terminée par le constant : « Ça peut servir ! », ils avaient compris qu'il y avait dans ce terrible un chiffonnier ; un chiffonnier, on sait ce que c'est. Puis, le temps en avait fait sortir un autre personnage, respectueux des prêtres : « Ma daronne m'a pas appris grand-chose, mais elle m'a appris à les respecter, ces gens-là ! Pourquoi que l'État leur a pris tout ce qu'ils avaient ? Moi, je dis que c'est un vol ! C'est les Rothschild, les banquiers, les gars comme ça, qu'ont fait le coup : c'est toujours aux pauvres qu'on prend ! » ; arborant la médaille d'occupation de la Ruhr ; vénérant le capitaine de Mortemart « que j'ai eu aux hussards, à Strasbourg, pas comme les ballots d'ici, un qui savait commander, capable de déposer ses galons et de dire à un gars : Sors dehors si t'es un homme ! » ; tout prêt, s'il était nommé brigadier, à se rêver soldat modèle, bon cœur et mauvaise tête, sans pourtant renoncer à l'indignation. Inscrit aux syndicats patronaux, et respectueux de la respectabilité. « Allons, Bonneau, avait dit le lieutenant, vous n'êtes pas si méchant que vous voulez en avoir l'air ! — Moi, mon lieutenant, mais j'suis pas un méchant ! c'est les autres qui m'ont rendu méchant… » Et sa bouche épaisse avançait, ses noirs sourcils s'élevaient, et il semblait que son masque de « terreur » arraché dévoilât soudain son âme, incurablement infantile[1].

Il n'avait pas tenu rigueur à Pradé de son discours. Nous étions compagnons de char, et allions souvent ensemble à la cantine ; dès que Bonneau commençait à délirer, Pradé haussait les épaules, le regardait et se taisait. Bonneau bafouillait, et se sentait en face de l'autre race — celle qui ne rêve jamais.

Ainsi nous retrouvâmes-nous devant un litre de rouge, au sortir de la conférence où l'on nous avait envoyés, par quatre, apprendre d'un lieutenant sympathique la nécessité de démembrer l'Allemagne. Pradé, fermé[a] comme les Asiatiques dont il avait la face plate et les yeux obliques, avait dit sans me regarder, avec son accent de l'Est et son débit très lent :

« C'est à propos de ce que vous avez demandé aux gars : ce qu'ils pensent du discours du jeunot à ficelles. Pradé, il pense que si on parle à des soldats, c'est une chose, et si on parle à des citoyens français, c'est une autre. Comme soldat, je suis prêt à tout écouter ; j'en entendrai pas plus que j'en ai entendu ! Mais si on s'adresse à moi comme citoyen, alors, c'est plus pareil. C'est plus pareil ! »

Quoi qu'il dit, il semblait répondre rageusement à quelque menteur invisible.

« Dans ce cas-là, ça me plaît pas qu'on veuille me faire penser de force. Ni qu'on me raconte des conneries. Je les connais, les Fritz ; moi, je les connais ! Quand ils sont arrivés chez nous en 15, tout le monde était dans les caves. Ils tapaient dans les portes avec les crosses ; j'étais un gosse, on m'a envoyé ouvrir. Je tremblais comme ça… Y en a qui nous ont foutu des calottes, y en a qui nous ont donné du pain. C'est comme partout. »

Il répéta, sa mâchoire sans dents en avant, toujours indigné contre le menteur imaginaire :

« C'est comme partout ! »

Et, du même ton :

« Et eux ils se donnent pas la peine de parler de citoyens !

Tout ça, c'eﬆ des belles paroles pour vous faire faire des choses qui sont ignobles.

— Lesquelles ?

— On ne sait pas ; mais on s'en aperçoit après, on s'en aperçoit après[a]… »

Souvent, il semblait que les soldats avec qui je vivais fussent d'une autre époque. J'avais cru entendre, en écoutant Pradé, la vieille dignité républicaine, une voix à peine changée depuis un siècle. Il m'avait pris en amitié, confié qu'un de ses frères, un exalté, était revenu des brigades d'Espagne.

« Et quand on revient de là, c'eﬆ Pradé qui vous le dit, pas la peine de chercher du travail !… »

Mais un jour, il était venu me trouver et, toujours de la même voix lente, de l'accent qui semblait tout souligner du poing :

« L'ordonnance du capitaine se débine. Ordonnance, à l'armée, c'eﬆ encore pas si bête… »

J'avais attendu. Lorsqu'il venait me trouver ainsi, commençant par quelque affirmation générale, c'était pour me demander une aide ou un conseil. Il avait continué :

« Y a pas pire qu'un officier…

— Alors, pourquoi te mettre entre ses pattes, et dans un métier de domeﬆique ?

— Domeﬆique, qui c'eﬆ qui l'eﬆ pas, ici ? Moi, je dis que si on eﬆ ordonnance, on a affaire plus à la femme qu'au tordu. Un homme sérieux qui fait son travail, je dis : qui fait son travail, cet homme-là, il arrive à avoir la paix. Avec un officier et tous ceux qu'y a entre lui et nous, la paix, on l'a jamais. Une femme, c'eﬆ qu'une femme ; en tout cas, elle a pas les galons ! »

Je ne voulais pas employer le mot dignité, je faisais des périphrases ; mais lui l'avait employé aussitôt :

« La dignité, si un homme en a, il en a partout ; sans ça, moi je dis qu'il en a nulle part ! »

Son fils[b] était la seule part d'absolu de cette humiliante et morne aventure qui s'appelle la vie. Quand il me demanda si je croyais que la guerre serait longue, ce ne fut pas pour savoir combien de temps il passerait à l'armée :

« Il a onze ans, le fiﬆon ; c'eﬆ un peu plus que j'avais à l'aut'guerre. C'eﬆ ça qui m'a empêché de m'inﬆruire. On a bien su m'envoyer au catéchisme quand même, mais on n'a pas su m'envoyer à l'école… Il eﬆ fin, le gosse : il eﬆ fin…

On aurait eu une bourse… Où qu'elles sont allées les bourses, avec c'te guerre ? Pour qu'il continue à étudier, faudrait que je travaille, et j'travaille qu'à faire l'andouille avec un fusil. Et après, s'il perd deux ans, y aura plus rien à faire, il sera trop tard… Dans la famille, c'est le premier qu'aurait pu être instruit !… N'importe comment, à c't' âge-là, un gosse, faut le diriger… Moi, je pourrais encore. Après le certificat, ç'aurait été fini, mais maintenant j' pourrais encore, sauf pour l'orthographe. Le calcul, je l'ai pioché exprès… Je peux le diriger. La femme, elle, qu'est-ce qu'elle peut faire ?

« C'est une fille de famille nombreuse… »

Et, du ton péremptoire qu'il avait souvent, mélancolique cette fois :

« Elle est pas fine… »

C'était lui qui conduisait. Et comme, sur nos chars pourtant récents, la signalisation ne fonctionnait pas entre le chef de char et le conducteur, nous étions unis par deux ficelles, attachées à ses bras et que je tenais dans la main.

Malgré le fracas des chenilles, il nous sembla tout à coup retrouver le silence : les chars venaient de quitter la route. Comme le canot délivré du sable, comme l'avion qui décolle, nous entrions dans notre élément ; nos muscles crispés par la vibration du blindage, par le martèlement sans fin des chenilles sur la route, se détendaient, s'accordaient à la paix du clair de lune…

Une minute nous roulâmes ainsi, délivrés, entre des vergers en fleurs et des bancs de brume. Dans l'odeur d'huile de ricin et de caoutchouc brûlé, je tenais nerveusement mes ficelles ; prêt à arrêter le char pour le tir : le tangage, même dans ces champs apparemment unis, était trop fort pour pointer en marche. Depuis que nous avions quitté la route et que les rares formes devinées pouvaient devenir des buts, nous ressentions davantage notre balancement d'anguleuses galères. Les nuages masquaient la lune. Nous entrions dans les blés.

C'était la minute où la guerre commence.

Aucun nom ne désigne le sentiment de marcher à l'ennemi, et pourtant il est aussi spécifique, aussi fort que le désir sexuel ou l'angoisse. L'univers devient une indifférente menace. Nous nous dirigions à la boussole, et ne distinguions que ce qui se découpait sur le ciel : poteaux télégraphiques, toits, cimes d'arbres ; les vergers à peine plus clairs que la brume avaient disparu, les ténèbres semblaient massées au ras des champs qui nous balançaient ou nous secouaient ; qu'une chenille cassât, nous serions morts ou prisonniers. Je savais avec quelle intensité les yeux obliques de Pradé regardaient son tableau de bord, je sentais la ficelle, à chaque seconde, me chatouiller la main, comme si une secousse allait m'avertir... Et nous n'étions pas encore en contact. La guerre nous attendait un peu plus loin, peut-être derrière les ondulations hérissées de poteaux télégraphiques, au béton phosphorescent dans le clair de lune qui venait de reparaître.

Les grandes lignes confuses de la plaine nocturne, les bancs de brume resurgis tout blancs, montaient et descendaient selon les foulées du char. Contre le roulis sec et très dur, contre les vibrations frénétiques dès que nous retrouvions entre les blés le sol dur, tout notre corps se rassemblait, comme en automobile à l'instant d'un accident ; j'étais moins accroché à la tourelle par mes mains que par les muscles de mon dos. Que les furieuses vibrations fêlassent une des tuyauteries d'essence, et le char attendrait les obus en tournant sur lui-même comme un chat épileptique. Mais les chenilles martelaient toujours les champs et les pierres, et, par les fentes de visée de ma tourelle, je regardais, au-delà de ce que je distinguais de blés courts, de brume, de vergers, monter et descendre sur le ciel nocturne l'horizon qu'aucune flamme de canon ne rayait encore.

Les positions allemandes étaient devant nous ; de face, nos chars ne pouvaient être atteints efficacement qu'à la lunette de tir et au masque du canon. Nous avions confiance en nos blindages. L'ennemi n'était pas l'Allemand, c'était la rupture de la chenille, la mine ou la fosse.

Surtout la fosse. La mine, on n'en parlait pas plus que de la mort ; on sautait ou on ne sautait pas, ce n'était pas un sujet de conversation. La fosse en était un : nous avions écouté les histoires de l'autre guerre — et, à l'instruction, nous avions vu les fosses modernes, leur fond oblique pour que le char ne puisse relever sa proue, leurs quatre canons antichars déclenchés par la chute. Il n'était pas un d'entre nous qui ne se fût imaginé entre quatre antichars croisés, à l'instant où ils allaient tirer sur lui. Et le monde des fosses était vaste, depuis ce foudroiement jusqu'à l'excavation hâtivement camouflée où la chute déclenchait seulement un signal devant un canon lourd pointé au loin — jusqu'à la simple fondrière.

Du vieil accord de l'homme et de la terre, il ne restait rien : ces blés où nous tanguions dans l'obscurité n'étaient plus des blés, mais des camouflages : il n'y avait plus de terre à moissons, il n'y avait plus qu'une terre à fosses, une terre à mines ; et il semblait que le char rampât de lui-même vers quelque embûche terrée d'elle-même, que les espèces futures eussent commencé cette nuit leur propre combat, au-delà de l'aventure humaine...

Sur une colline basse apparurent enfin des flammes mauves très rapides : l'artillerie lourde allemande. Leur court flamboiement s'était-il confondu avec la clarté lunaire, ou le tir venait-il de commencer ? Il s'étendait principalement de notre droite à notre gauche, aussi loin que nos tourelles balancées permettaient de voir, comme si une allumette eût gratté l'horizon. Mais, près de nous, pas une explosion. Nos moteurs couvraient tout bruit : sans doute avions-nous quitté les blés, car la forge furieuse des chenilles recommençait à nous marteler. Une seconde, je fis arrêter.

Du silence qui s'engouffra en moi, monta la canonnade dont le vent emportait les cahots. Et à mon oreille où notre fracas grondait encore sourdement, le même vent, sous les explosions de quelques obus derrière nous et la forge précipitée des chenilles, apportait un bruit profond de forêt, un frissonnement de grands rideaux de peupliers : l'avance des chars français invisibles jusqu'au fond de la nuit...

Le tir cessa. Derrière nous, puis devant, quelques rares obus explosèrent encore et, leur fulguration grenat évanouie, un silence d'attente remonta, tout peuplé du passage de nos chars.

Nous repartîmes, forçant la vitesse pour rejoindre notre groupe invisible. Le martèlement des chenilles avait repris et nous redevenions sourds, Pradé et moi de nouveau collés au blindage et aux manettes, les yeux douloureux aux aguets d'un jaillissement de pierres et de terre au-dessus d'une explosion rouge que nous n'entendrions pas. Le vent chassait vers les lignes allemandes une dérive de flaques d'étoiles entre des nuages énormes.

Rien n'est plus lent qu'une marche au combat. À notre gauche dans la brume de mai, les deux autres chars de notre groupe avançaient ; au-delà, les autres groupes ; au-delà encore et en arrière, toutes les sections appareillaient sous la lune. Léonard et Bonneau, aveugles contre leur blindage, le savaient comme Pradé collé à son épiscope, comme moi à mes fentes de visée ; je ressentais jusque dans mon corps, autant que le placage des chenilles sur la terre grasse, l'élan parallèle des chars à travers la nuit. D'autres chars, en face, avançaient contre nous dans la même nuit claire ; des hommes pareillement crispés, pareillement distraits. À ma gauche, nos proues confuses montaient et descendaient sur le fond moins sombre des blés. Derrière elles, avançaient les chars légers, et les masses profondes de l'infanterie française… Les paysans que j'avais vus marcher en silence vers l'armée sur toutes les routes de France, au début de septembre, convergeaient vers le sinistre glissement de notre escadron à travers la plaine flamande… Ah !… que la victoire demeure avec ceux qui auront fait la guerre sans l'aimer !

Soudain, toutes les formes proches disparurent, sauf les cimes des arbres ; plus rien au ras du sol ; les ténèbres déferlèrent sur les chars qui nous accompagnaient. Sans doute un nuage masquait-il la lune, trop élevée dans le ciel maintenant pour que je pusse la voir par les fentes de visée. Et de nouveau, nous pensions aux mines vers lesquelles nous conduisait dans les blés élastiques ce mouvement d'engrenage huilé, et les ombres fraternelles qui nous entouraient s'évanouissaient. Retranchés de tout ce qui n'était pas Pradé, Léonard, Bonneau, moi : un équipage — seuls[a].

La main du radio Léonard passa entre ma hanche et la tourelle, déposa un papier à côté de la boussole. J'allumai, et mes yeux ravagés de lumière finirent par déchiffrer, lettre par lettre, dans des soleils rouges : « Char B-21 rencontré fosse. »

Pradé éteignit. Par les trous des nuages, la clarté lunaire passait et repassait sur l'étendue… Nos chars surgirent un peu en arrière : nous les avions dépassés. Puis, à cent mètres en avant, un jaillissement cinématographique d'obus, jusque dans la vibration de notre blindage. La fumée qui, une seconde, avait semblé rouge, s'inclina dans le vent, d'un noir mat sous la lune…

D'autres explosions. Peu nombreuses. Ce n'était pas même un tir de barrage. Notre escadre avança plus vite, sans donner encore sa plus grande vitesse. À quoi pouvait servir ce marmitage dispersé ? Les Allemands avaient-ils peu d'artillerie ? Mon regard revint à ma boussole vaguement lumineuse. Je tirai l'une des ficelles, rectifiai la direction de Pradé : sur la terre devenue inégale et dure, le char dériva… Tout à coup, nous glissâmes paniquement, aspirés par la terre.

Ce n'est pas vrai qu'on revoie sa vie à l'instant de mourir !

Au-dessous de moi, quelqu'un hurla : « Bonneau ? » Léonard, tenant mes jambes à pleins bras, cria :

« Pradé ! Pradé ! »

J'entendais, à travers mes cuisses, ses hurlements aigus comme des cris d'oiseaux dans le silence de cataclysme qui s'était engouffré dès que Pradé, sentant la chute, avait bloqué ses freins.

La fosse !

La reprise du moteur couvrait toute voix.

Pradé poussait en avant le char oblique.

« En arrière ! En arrière ! »

Je tirai de toutes mes forces la ficelle droite : elle cassa. Les obus que j'avais vus tomber de temps à autre, c'étaient ceux qui faisaient sauter les fosses repérées. La terre retentissait du bruit des chars libres qui, tout autour de notre mort, passaient…

Pradé avait seulement cherché son élan, et revenait en arrière. Combien de secondes avant l'obus ? Nous avions la tête enfoncée entre les épaules, à la limite de notre force. Le char furieusement appuyé sur l'avant, queue en l'air comme un poisson japonais, recula, enfonça en coin son arrière dans la paroi de la fosse, vibrant tout entier, comme une hache fichée frémit dans un tronc. Il glissa, s'effondra. Était-ce le sang ou la sueur qui coulait le long de mon nez ? Nous étions tombés de guingois. Bonneau, qui hurlait toujours, essaya d'ouvrir la porte de côté, y parvint, mais la referma. Elle s'ouvrait maintenant presque sous le char. Une chenille tournait à vide ; Pradé arracha, sur l'autre, le char qui retomba d'aplomb, comme s'il s'écrasait dans une seconde fosse. Mon casque sonna contre la tourelle, et il me sembla que ma tête gonflait,

gonflait, bien que l'attente de l'obus l'enfonçât toujours entre mes épaules comme un clou. Si le fond de la fosse était mou, nous étions enlisés, et l'obus pouvait prendre tout son temps… Non, le char avança, recula, repartit. Le fond des fosses modernes cale les chars, et les antichars croisés auraient déjà tiré ; nous n'étions donc tombés que dans une fosse repérée. Si la paroi avant était verticale ou oblique, nous sortirions peut-être (mais auparavant, l'obus…) ; si nous étions dans un entonnoir, nous ne sortirions jamais, sortirions jamais, sortirions jamais. L'invisible paroi était sûrement toute proche. Bonneau affolé ouvrait et fermait sans arrêt la porte de toute sa force, et le blindage, malgré le fracas du moteur dans ce trou, sonnait comme une cloche. Pourquoi l'obus n'arrivait-il pas ? Léonard lâcha mes jambes et les martela à coups de pied. Il voulait ouvrir la porte de ma tourelle. L'obus éclatera dans la fosse, on ne sort pas d'une fosse, courir hors du char est encore plus bête que rester paralysé dedans, entre un dément qui essaie de vous casser les jambes et un autre, fou de peur de sortir et de peur de rester, qui à coups de porte précipités bat le sinistre tam-tam du délire. Je quittai la tourelle, me baissai pour aller vers Pradé qui, soudain, alluma. L'obus ne viendra pas ; on ne tue pas en pleine lumière, on ne tue que dans la nuit…

Léonard, pendant le mouvement que j'avais fait pour m'engager dans le boyau du char, s'était glissé dans la tourelle à ma place ; il en poussa enfin la porte, s'arrêta, la bouche ouverte ; il ne sauta pas, s'accroupit brusquement et se retourna vers moi sans rien dire ; la terreur laissait sa tête immobile, mais secouait ses épaules devant le fond noir de la porte ouverte sur la fosse. Les chenilles ne mordaient pas. Nous étions dans un entonnoir. Sur les genoux et les mains, je fonçai vers Pradé, repoussai Bonneau qui secouait toujours en hurlant la porte latérale. Je vociférai au passage :

« Ta gueule !

— Moi ? Je dis rien !… » répondit sa voix soudain normale que je reconnus malgré le chahut du moteur.

Il me regardait avec l'œil mobile, le frémissement de tout le visage des enfants qui attendent une paire de claques ; il se releva, son casque cognant à toute volée le plafond du boyau, et retomba sur les genoux. Sa gueule de terreur de cinéma avait pris devant la mort quelque chose d'affreusement innocent[1].

« Je dis rien… », répéta-t-il (en même temps, comme moi, comme nous, il écoutait, attendait l'obus).

Relançant la porte, il fixa enfin son regard sur le mien et, les mains ouvertes, le casque enfoncé par le choc comme un galurin, flageolant sous la secousse des chenilles qui patinaient, il hurlait, hurlait, sans me quitter du regard.

J'atteignis Pradé, pus me redresser un peu. Nous étions à l'avant du char dont la proue montait, et peu à peu mon corps s'élevait comme si ce char illuminé dans la fosse l'eût présenté à la mort pour un sacrifice. Allions-nous retomber encore ? J'étais enfin calé. Les chenilles patinaient toujours ; mes mains huileuses couvertes de sang raclaient l'air à la façon des bêtes qui fouissent, comme si j'avais été moi-même le char…

Les chenilles mordent !

Une fondrière camouflée ? Dans une fosse, des chenilles ne mordraient plus. Sortirions-nous avant l'obus ? Mes trois compagnons étaient devenus mes plus vieux amis. Comme une explosion, une porte tapait encore. Il se pouvait que les artilleurs allemands n'eussent pas vu le signal de la chute du char à cause d'une relève, que le guetteur roupillât, que… Idiot ! Mais plus idiot encore d'espérer qu'il existe des fosses sans canons pointés sur elles ! Les chenilles mordaient toujours.

Pradé coupa l'allumage.

« Qu'est-ce que tu fous ! »

Malgré ma fureur de sortir, je sentais le silence autour de nous comme une cuirasse : tant que nous n'entendrions rien siffler, pour quelques secondes nous serions vivants. Cette porte allait-elle cesser de taper ? J'écoutais avec la même démence que j'avais regardé jusque-là, et je n'entendais sous le gong de la porte que le grondement de nos vagues de chars, répercuté par la fosse et par le blindage, qui passaient et s'éloignaient… Mon casque collé à celui de Pradé, je hurlai : « Monte ! » dans le trou de son couvre-oreilles. Pradé, les jambes en l'air, calé par son siège dans le char immobile et dressé, se tourna vers moi : comme la tête de Bonneau, sa tête de vieux, malgré le casque, était devenue innocente ; ses yeux bridés, ses trois dents esquissèrent un sourire indulgent d'agonisant :

« L' fiston, à c' coup-ci, j' crois bien qu'il est foutu… V'là qu'elles recommencent à patiner, les chenilles… »

J'essayais d'entendre sous les mots l'imperceptible naissance d'un sifflement d'obus :

« Si on insiste, on va se foutre sur le ventre… »

Le sifflement… Nous n'avions plus de cou. Les jambes de Pradé quittèrent les pédales avec un mouvement de grenouille, protégeant son ventre. L'obus éclata devant nous, tout près.

Plus de lumière. Recroquevillés, nous attendions le prochain obus — non plus le sifflement ni l'explosion mais le lointain coup de départ — la voix même de la mort. Et la face chinoise de Pradé sortit imperceptiblement de l'obscurité, devint distincte avec la solennité plombée du visage des tués ; une clarté mystérieuse, trouble et très faible, emplit le char. Comme si la mort nous eût fait signe. De plus en plus, la face immobile de Pradé, extraordinairement absente, distraite de toute la vie par l'épouvante, se dégageait des ténèbres… Je n'écoutais même plus : la mort était déjà dans le char. Pradé tourna la tête vers moi, me vit et rejeta en arrière son cou traqué, même libéré de l'obus par une terreur surnaturelle, la tête à toute volée dans le blindage. Et le coup de cloche du casque, dissipant l'effroyable présence, me fit enfin découvrir la glace de l'épiscope : le char dressé regardait le ciel où la lune venait de se dégager, et ce qui éclairait ainsi nos visages taris de vie, c'était le miroir qui reflétait le ciel lunaire, immense et de nouveau plein d'étoiles…

La porte tapa encore. Une main s'accrocha à mon dos. Je voulus la chasser, mais j'étais suspendu.

« On peut sortir, les gars ! On peut sortir ! » gueula la voix enfantine[1] de Léonard.

C'était lui qui secouait mon dos. Il avait quitté le char pendant notre manœuvre. Il grimpa dans le boyau, vertical maintenant, comme dans un échafaudage.

« Y a des éboulis ! C'est une espèce de fossé ! Y a au moins vingt mètres, trente mètres ! Avec des éboulis ! »

Pradé fit aussitôt reculer le char. Léonard et moi roulâmes, jetés à plat ventre. Le char était de nouveau horizontal. Je me relevai, sautai par la porte de côté que Léonard avait laissée ouverte, tandis que le char qui continuait de reculer s'arrêtait à ma gauche, le rectangle de sa porte ouverte seul éclairé dans la nuit où char et fosse se confondaient : Pradé avait pu rallumer.

Là-haut, à la surface de la terre, notre formation cuirassée, avec un son plus frêle que celui que nous entendions à l'intérieur du blindage, passait toujours... Les obus semblaient partir lentement, puis se précipiter pour arriver sur nous ; et tout sifflement semblait se diriger vers notre fosse. Un obus éclata en avant, tout près, à la même place que le premier. À son flamboiement, je distinguai que la paroi que nous avions attaquée s'inclinait... N'être pas tués avant de sortir ! Je n'osais pas allumer ma lampe électrique. D'ailleurs, je l'avais laissée dans le char.

« On peut essayer... », dit Pradé tout près de moi dans l'obscurité.

Lui aussi était collé à la paroi : hors de nos blindages nous nous sentions nus. Du mur de glaise, une odeur de champignons suintait, pleine d'enfance... Pradé frotta une allumette ; elle n'éclaira qu'à deux mètres. Encore un sifflement qui s'approcha de l'aigu au grave, se précipita : l'épaule enfouie dans la glaise, fascinés par le trou de ciel qu'allait remplacer la rouge illumination fulgurante, nous attendions une fois de plus. On ne s'habitue pas à mourir. L'allumette était extraordinairement immobile et sa flamme haletait. Comme un corps humain est vulnérable et mou ! Nous étions plaqués au mur de notre fosse commune : moi, Léonard, Bonneau, Pradé, — une seule croix. Notre bout de ciel disparut, s'éteignit, des mottes dégringolèrent sur nos casques et sur nos épaules.

Les vagues de chars passaient toujours, là-haut, mais en sens inverse. En retraite ? Ne sortirions-nous que pour tomber sur les colonnes blindées allemandes ?

Je croyais déjà que nous allions sortir...

La lampe électrique de Bonneau apparut. Il ne hurlait plus. Nous avancions tous quatre, toujours collés à la glaise. Il y avait un coin de mon cœur que rien ne distrayait, que rien ne distrairait de l'obus. Le camouflage s'étendait bien au-delà du trou qu'avait fait le char en tombant : une paroi effondrée montait en pente presque douce. Nous la gravîmes jusqu'à nous heurter aux troncs qui recouvraient la fosse.

Jamais nous n'atteindrions le trou ; les prisonniers ne s'enfuient pas par le plafond. Il faudrait écarter les deux poutres les plus proches. Accroupis sous elles, nous les éprouvions des épaules, pétrifiés en momies péruviennes par chaque explosion, mais depuis que nous pouvions agir, la peur était devenue action. Si nous ne pouvions rien contre les poutres, le char, lui, ferait peut-être tout sauter. Il était derrière nous, silencieux, plus noir que la fosse ; de sa porte entrouverte venait un rai de lumière où volait un insecte nocturne…

Nous nous y précipitâmes sans nous abriter, le retrouvâmes comme une forteresse. Pradé manœuvra pour se placer devant l'effondrement. La terre meuble s'y était accumulée. Les vagues, là-haut, continuaient à refluer vers les lignes françaises… Nous, nous commencions à nous enliser. Pradé rabattit sous les chenilles la poutre de secours ; le char se dressa, tâtonna : les chenilles s'agrippèrent comme des mains. Le char monta encore, se bloqua, patina encore, engagé, coincé dans le plafond de poutres. Si celui-ci ne cédait pas, notre effort nous enfoncerait de plus en plus ; avant deux minutes, le corps du char serait collé à la terre et les chenilles tourneraient à vide.

La poutre de secours était maintenant inemployable.

« Allons chercher des pierres ! »

Pradé ne répondit pas.

Pleins moteurs, la masse d'acier s'enfonça dans les troncs ; du furieux rétablissement des taureaux mourants, le char me lança contre la tourelle, dans un fracas sonnant de troncs en pluie sur le blindage ; à l'arrière on crie, un casque sonne, et voilà que nous glissons comme une barque… Relevé, je repoussai d'un coup la tête de Pradé collée à l'épiscope, j'éteignis : dans le miroir, à l'infini, la plaine libre…

Nous avancions de toute notre vitesse entre les explosions, ne pensant qu'aux fosses prochaines, chacun ratatiné à son poste. Et pourtant la nuit[a] qui n'était plus le sépulcre de la fosse, la nuit vivante m'apparaissait comme un don prodigieux, comme une immense germination…

Quand nous arrivâmes au village, les Allemands l'avaient évacué. Nous descendîmes. Pagaille partout. Nous avancions avec un étrange balancement que je commençais à connaître, le mouvement de la dernière fatigue, quand les soldats marchent tête en avant, lèvre pendante, et ne voient plus clair. Notre char mal camouflé (comme les autres), nous nous affalâmes dans la paille d'une grange.

Devant ma lampe électrique un instant allumée, je vis Pradé couché empoigner la paille et la serrer comme s'il serrait la vie.

« Ce n'était pas pour cette fois-ci… », dis-je.

Sans doute pensait-il que le fiston s'en était tiré.

« La guerre est point finie ! » répondit-il avec son sourire de rancune.

Il lâcha la paille et ferma les yeux.

Le matin était aussi pur que s'il n'y avait pas eu la guerre[a]. C'était la fin de l'aube. Pradé m'avait éveillé en se levant ; de nous tous, il avait toujours été le premier levé :

« Quand je serai mort, j'aurai bien le temps de rester couché ! »

Je partis à la recherche d'une pompe. L'eau froide ne m'éveilla pas seulement du sommeil de la nuit, mais aussi de la fosse. À quelques mètres, Pradé regardait devant lui. Il secoua la tête :

« Si on m'avait prétendu que je regarderais des poules et que je trouverais ça pas naturel, je l'aurais pas cru !… »

Les poules pas encore volées erraient, en apparence ignorantes de la guerre, mais leur petit œil rond nous suivait avec une sournoise prudence. C'est elles que regardait Pradé ; je regardais moi aussi leur picotement mécanique, ce coup sec de la tête déclenchée par un ressort, et leur chaleur semblait envahir mes mains comme si je les y eusse tenues, la chaleur des œufs frais, — la chaleur de la vie : les bêtes étaient vivantes, sur cette étrange terre… Nous marchions dans le matin sans paysans. Des canards de Barbarie, des pies — des moustiques… Devant moi étaient deux arrosoirs, avec leurs pommes en champignon, avec lesquelles j'aimais jouer quand j'étais enfant ; et il me sembla soudain que l'homme était venu des profondeurs du temps, seulement pour inventer l'arrosoir. Au-delà du passage tranquille ou furtif des volailles lâchées, un lapin russe au derrière trop lourd essayait de filer comme un garenne ; les meules brillaient dans le matin, les toiles d'araignée étincelaient de rosée ; un peu hébété, je regardai longuement une fleur saugrenue, née de l'humanité comme les fleurs saccagées qui l'entouraient étaient nées de la terre : un balai… Devant la fuite brusque et souple d'un chat, je me sentis stupéfait qu'existât cette fourrure convulsive. (Tous les chats s'enfuyaient, d'ailleurs. Les roquets, eux, restaient là, comme ils l'avaient fait peut-être à l'arrivée de nos chars.) Qu'était-ce donc en moi qui s'émerveillait que, sur cette terre si bien machinée, les chiens agissent toujours comme des chiens, les chats comme des chats ? Des pigeons gris s'envolèrent, laissant sous eux le matou cramponné à l'extrémité de son bond inutile ; ils décrivirent dans le ciel de lumière marine un arc silencieux, le brisèrent et continuèrent, tout blancs soudain, dans une autre direction. J'étais prêt à les voir revenir, chasser en courant le chat qui s'envolerait. Le temps où les bêtes parlaient, la louche poésie des plus vieux contes, on les rapporte avec soi de l'autre côté de la vie…

Comme lorsque j'avais rencontré l'Asie pour la première fois[a], j'entendais gronder tout un bourdon de siècles qui plongeaient presque aussi loin que les ténèbres de cette nuit : ces granges qui regorgeaient de grains et de paille, ces granges aux poutres cachées par les cosses, pleines de herses, de joncs, de timons, de voitures de bois, ces granges où tout était bois, paille ou cuir (les métaux avaient été réquisitionnés), tout entourées des feux éteints des réfugiés et des soldats, c'étaient les granges des temps gothiques ; nos chars au bout de la rue faisaient leur plein d'eau, monstres agenouillés devant les puits de la Bible… Ô vie, si vieille !

Et si opiniâtre ! Dans chaque cour de ferme, du bois avait été accumulé pour l'hiver. Les soldats en allumaient leurs premiers feux. Partout des carrés de légumes, bien ordonnés… Il n'était rien ici qui ne portât la marque de l'homme. Des épingles de bois, sous le vent, dansaient sur les fils de fer comme des hirondelles. Le linge suspendu n'était pas sec : des bas maigres, des gants de toilette, des bleus de cultivateurs ; dans cet abandon, dans ce désastre, les serviettes portaient des initiales…

Nous et les Allemands d'en face, nous n'étions plus bons qu'à nos mécaniques meurtrières ; mais la vieille race des hommes que nous avions chassée et qui avait laissé ici ses instruments, son linge et ses initiales sur des serviettes, elle me semblait venue, à travers les millénaires, des ténèbres rencontrées cette nuit — lentement, avarement chargée de toutes les épaves qu'elle venait d'abandonner devant nous, les brouettes et les herses, les charrues bibliques, les niches et les cabanes à lapins, les fourneaux vides…

Mes jambes se souvenaient des bras de Léonard qui les

serraient. Connaissais-je pour toujours la tête d'enfant de Pradé, le visage stupéfait de Bonneau coupant un hurlement pour dire : « Moi ? Je dis rien ! » Ces fantômes ne glissaient devant les granges, devant le soleil qui frissonnait à l'extrémité des jeunes branches, que pour leur donner plus d'éclat.

Peut-être l'angoisse est-elle toujours la plus forte ; peut-être est-elle empoisonnée dès l'origine, la joie qui fut donnée au seul animal qui sache qu'elle n'est pas éternelle. Mais, ce matin, je n'étais que naissance. Je portais encore en moi l'irruption de la nuit terrestre au sortir de la fosse, cette germination dans l'ombre tout approfondie de constellations dans les trous des nuages en dérive ; et, comme j'avais vu surgir de la fosse cette nuit grondante et pleine, voici que se levait de la nuit la miraculeuse révélation du jour.

Le monde aurait pu être simple comme le ciel et la mer. Et de regarder ces formes qui n'étaient, devant moi, que celles d'un village abandonné, condamné ; de regarder ces granges de Paradis et ces épingles à linge, ces feux éteints et ces puits, ces églantiers épars ; ces ronces voraces qui peut-être dans un an auraient tout recouvert, ces bêtes, ces arbres, ces maisons, je me sentais devant un don inexplicable — une apparition. Tout cela aurait pu ne pas être ainsi[a]. Comme toutes ces formes uniques étaient accordées à la terre ! Il y avait d'autres mondes, celui des cristallisations, des profondeurs marines… Avec ses arbres aussi ramifiés que des veines, l'univers était plein et mystérieux comme un jeune corps. La porte de la ferme que je dépassais avait été laissée ouverte par les fermiers en fuite : j'entrevis une chambre à demi pillée. Ah ! les bergers d'Israël n'ont pas apporté de présents à l'Enfant, ils lui ont seulement dit que, dans cette nuit où il arrivait, battaient des portes entrouvertes sur la vie qui m'était révélée, ce matin pour la première fois, aussi forte que les ténèbres et aussi forte que la mort…

Sur un banc, deux très vieux paysans étaient assis, la veste de l'homme encore maculée des toiles d'araignée de sa cave. Pradé s'approcha, souriant, ses trois dents dehors :

« Alors, grand-père, on se chauffe ? »

À l'accent, le vieux reconnut un autre paysan ; il le regarda avec une sympathie absente, comme s'il regardait en même temps plus loin. Les cheveux de la femme pendaient en pauvres petites nattes grises, très serrées. C'est elle qui répondit :

« Qu'est-ce qu'on pourrait donc faire ? Vous, vous êtes jeunes ; quand on est vieux, on n'a plus que d'l'usure… »

Accordée au cosmos comme une pierre… Elle sourit pourtant, d'un lent sourire retardataire, réfléchi : par-delà les tourelles des chars brillants de rosée comme les buissons qui les camouflaient, elle semblait regarder au loin la mort avec indulgence, et même — ô clignement mystérieux, ombre aiguë du coin des paupières — avec ironie…

Portes entrouvertes, linge, granges, marques des hommes, aube biblique où se bousculaient les siècles, comme tout l'éblouissant mystère du matin s'approfondissait en celui qui affleurait sur ces lèvres usées ! Qu'avec un sourire obscur reparût le mystère de l'homme, et la résurrection de la terre n'était plus que décor frémissant.

Je savais maintenant ce que signifient les mythes antiques des êtres arrachés aux morts. À peine si je me souvenais de la mort ; ce que je portais en moi, c'était la découverte d'un secret très simple, intransmissible et sacré[a].

Ainsi, peut-être, Dieu regarda le premier homme…

Pourquoi ce matin de 1940, avec ses dahlias écrasés par les chars ?

C'était un retour sur la terre, comme celui que j'avais connu après la lutte de l'avion de Saba contre l'ouragan — mais cette nuit-là, je n'y pensai pas une seule fois. L'insolite des villes, leurs boutiques avec un chien couché sur les peaux d'un fourreur, et cette énorme enseigne rouge de gantier au-dessus de Bône comme la main d'une divinité inconnue, n'atteignaient pas la profondeur de la vie paysanne, qui s'accordait à la mort, de la même façon que le jour à la nuit.

Et ma mémoire s'attachait-elle au matin, ou à la nuit ? Pourquoi ce combat, entre tant d'autres ? C'était le seul que je n'eusse pas livré avec des volontaires. Le combat des volontaires semble exprimer le sens même de leur vie, l'attente d'un obus dans une fosse à chars semble crier que la vie n'a aucun sens. Sauf si la fatalité de la guerre devient fraternité.

Nous apprîmes le lendemain comment nous avions été sauvés. Nos chars avaient rencontré une ligne de fosses repérées, sur lesquelles les canons allemands, assez éloignés, n'étaient pas tous bien pointés ; les obus qui nous étaient destinés, en éclatant hors de la fosse, avaient fait s'effondrer l'une de ses parois.

La grande rumeur libérée qui monte des villes tropicales à l'arrivée du soir venait de Bombay, à travers le golfe. Ce que j'avais connu ou pressenti de la vie de Pradé, de Bonneau, de Léonard, c'était ce que j'ignorais des hommes qui m'entouraient dans l'Inde. Le vizir étranger rencontré par les mariés de Madura, était-ce la star de music-hall dans la vie de Léonard ? La succession de cette nuit sinistre et de ce matin plein de rosée (je serais mort sur la terre flamande d'où ma famille est venue…) avec, bientôt, Dunkerque flamboyante — la succession du sang, de la renaissance et de la mort, c'était celle de Vichnou et de Çiva. Mais qu'était un Pradé hindou ? Et même s'il n'en existait pas, si, au romanesque de Léonard et de tout le cinéma, aux photos de femmes passées de main en main dans les petits ronds de lumière des lampes électriques, n'eussent correspondu que les rêves du *Râmâyana*, le vrai dialogue ne se fût pas établi entre la *Bhagavad-Gîtâ* et l'*Évangile*, entre Elephanta et Chartres, mais entre la *Majesté* dans l'ombre de la grotte et le visage de Pradé, bleuâtre, phosphorescent, transfiguré par la lune que l'épiscope renvoyait comme la lumière de la mort — entre les civilisations pour lesquelles la mort a un sens, et les hommes pour lesquels la vie n'en a pas[1].

Malgré les sentiments élémentaires… « Il est fin, le gosse, il pourrait faire quelque chose », disait Pradé ; et, le lendemain du combat : « À c' coup-ci, le fiston s'en est tiré… » Et l'ascète Nârada criait : « Mes enfants ! » dans le vent qui s'éloignait, avant que Vichnou lui dît : « J'ai attendu plus d'une demi-heure… »

Mais que ces sentiments[a] étaient faibles, devant l'unité du monde au retour de l'enfer : devant la certitude que le monde — beaucoup plus que les hommes — ne pourrait être autre. Conviction qu'imposait ici cette religion ivre d'irréel, mais dont la maya prisonnière ne ramènerait jamais que les mêmes hommes, les mêmes rêves et les mêmes dieux, dans ses cycles éternels.

Selon la chanson de Madura, le brave dieu-éléphant Ganesha[2] « reviendra se promener sur son rat, et la lune rira à travers les nuages », comme sur mon avion en

Espagne, sur mon char en 1940, sur la neige d'Alsace en 1944, et sur des paysages sereins depuis l'éternité... « Voici les eaux sacrées du Gange, qui sanctifient la bouche entrouverte des morts... » ; voici la lune sur notre champ des Flandres, sur Stalingrad, sur Verdun, sur les misérables champs de bataille sans nom avec leurs Pradés rongés et noirs comme des tisons, la lune sur les champs de famine ou sur les arbres à la dérive dans l'immensité des fleuves débordés. Pendant des siècles encore, la prière de l'Inde dira : « Conduis-nous de l'irréel au réel, de la nuit au jour, de la mort à l'immortalité », pendant que l'Occident, où le pardon n'est plus que la rancune ou l'oubli, psalmodiera : « Pardonnez-nous nos offenses comme nous pardonnons à ceux qui nous ont offensés. » La prière de l'Inde dira aussi : « Puisque tu aimes, Çiva, le lieu d'incinération — J'ai fait de mon cœur un lieu d'incinération — Pour que tu y danses ta danse éternelle[1]... » Mais aucun dieu ne dansait dans le cœur de mes compagnons de char.

Je pensais à d'autres combats et à d'autres chambrées, au moine espagnol républicain dont j'ai parlé dans *L'Espoir*. Je l'avais entendu raconter dans la nuit, à des miliciens et des soldats des Brigades internationales, avec l'éloquence sauvage des improvisateurs populaires, la dernière incarnation du Christ dans la région la plus désolée d'Espagne, les Hurdes[2] :

« L'ange a cherché la meilleure des femmes de la région, puis il s'est mis à apparaître. Elle a répondu : "Oh ! pas la peine : l'enfant viendrait avant terme, vu que j'aurai pas à manger. Dans ma rue, y a qu'un paysan qu'a mangé de la viande depuis quatre mois ; il a tué son chat."

« Alors, l'ange est allé chez une autre. Quand le Christ est né, autour du berceau, y avait que des rats. Pour réchauffer l'enfant, c'était faible, et pour l'amitié, c'était triste.

« Les descendants des Rois mages étaient pas là, vu qu'ils étaient devenus fonctionnaires. Alors pour la première fois au monde, de tous les pays, ceux qui étaient tout près et ceux qui étaient au diable, ceux chez qui il faisait chaud et ceux chez qui il faisait gelé, tous ceux qui étaient courageux et misérables se sont mis en marche *avec des fusils*.

« Et ils ont compris avec leur cœur que le Christ était vivant chez les pauvres et les humiliés de chez nous. Et de tous les pays, avec leurs fusils quand ils en avaient et leurs mains à fusils quand ils en avaient pas, ils sont venus se coucher les uns après les autres sur la terre d'Espagne.

« Ils parlaient toutes les langues, même qu'il y avait avec eux des marchands de lacets chinois.

« Et quand tous ont eu trop tué — et quand la dernière file des pauvres s'est mise en marche…

« … une étoile qu'on n'avait jamais vue s'est levée au-dessus d'eux[a1]… »

Je pensais aussi à une aube de Corrèze sur un cimetière qu'entouraient des forêts, blanches de givre. Les Allemands avaient fusillé des maquisards, que les habitants devaient enterrer le matin. Une compagnie occupait le cimetière, mitraillette au poing. Dans cette région, les femmes ne suivent pas le corbillard, elles l'attendent sur la tombe de leur propre famille. Quand le jour se leva, sur chacune des tombes à flanc de coteau comme les pierres disjointes des amphithéâtres antiques, se tenait une femme en noir[2], debout, et qui ne priait pas.

Le petit Léonard fût-il allé dans ce cimetière ? Oui. Eût-il rejoint les maquisards ? Peut-être. Et Pradé ? Que tenait-il pour vrai, le fiston excepté ? À peine ses désirs, car il n'en avait guère. Que j'avais connu de Pradés, réfugiés dans leur antre de néant ! Athées de tout, et peut-être d'eux-mêmes. Et c'était leur foule de pierre, dont le silence répondait à la *Majesté* colossale. Que devenait la mystérieuse métamorphose du sacré en piété que j'avais si profondément ressentie dans la grotte, comparée à celle du sacré en néant ? Cette foule dure et pour laquelle la vie n'avait pas de sens[3] — car peu lui importait, à elle, la science, ou la vérité, ou d'autres fariboles : elle n'avait jamais mangé ce pain-là — avait disparu de la terre depuis l'Empire romain… La Russie ressuscitée dans sa nuit préhistorique, le communisme élémentaire et implacable qui se levait avec une lenteur d'auroch de l'autre côté du Tibet, étaient les héritiers de fraternités millénaires, et n'avaient rien à voir avec cette solitude sinistre. « Et toutes les créatures sont en moi — Comme dans un grand vent sans cesse en mouvement dans l'espace. — Je suis l'Être et le Non-Être, l'immortalité et la mort[4]… », murmurait l'immense profil perdu dans le granit ; et la paysanne flamande aux nattes grises avait répondu : « Quand on est vieux, on n'a plus que d'l'usure… », et sous la lune qui avait éclairé notre char comme une lampe funéraire, le masque chinois à trois dents de Pradé n'avait rien répondu — sous cette lueur qui avait guidé les singes autour du corps du vieux roi aveugle, sur le champ de la *Bhagavad-Gîtâ*[1].

3

1958-1965[a].

Nehru n'habitait pas le Capitole. Sa maison, qui ressemblait à quelque grande villa de la Côte d'Azur, avait, je crois, été mise récemment à sa disposition. Çà et là, des présents, deux très grandes défenses d'éléphant sculptées, une Vierge romane que la France lui avait offerte. Le charme venait de sa fille, et de lui-même. Il passait à travers ses meubles provisoires comme un chat siamois. Mais aussi, comme l'Histoire à travers les journaux, car il appartenait trop à l'Histoire pour ne pas sembler chez lui au Capitole, et non dans cette villa.

Avant le déjeuner, je lui parlai d'un discours qu'il avait prononcé, la veille, devant quatre ou cinq cent mille auditeurs. Il me répondit en se référant à Gandhi. Mais l'Europe, après les orateurs des régimes totalitaires, avait mal compris que Gandhi pût convaincre des multitudes sans élever la voix. Son action me semblait plus proche de celle des grands prédicateurs que de celle des orateurs politiques ; sur la terrasse de Vézelay, il était manifeste que la plupart de ceux qui écoutaient saint Bernard n'avaient pas pu l'entendre. Pourtant, ils avaient pris la Croix.

« Ici, me répondit Nehru, les foules viennent voir un gourou, même s'il ne parle pas : elles en attendent une confuse bénédiction. Elles venaient voir Gandhi. Jusqu'à un certain point, elles savaient ce qu'il allait leur dire : les foules savent souvent ce qu'on va leur dire. Mais il leur révélait ce qui était en elles. Et surtout, ce qu'elles pouvaient *faire*. Vous avez parlé d'une croisade. La lutte pour la libération, telle qu'il l'a conçue et dirigée, a, dans une certaine mesure, ressemblé à une croisade ; la Marche vers l'Océan, au temps de la lutte contre la gabelle, lui a ressemblé tout à fait. Pour former l'avenir, Gandhi faisait appel à des sentiments très anciens. Et puis, il y avait son génie des symboles : le rouet, le sel. Ce qu'il proclamait surprenait par son évidence.

— Révéler l'évidence est une des marques du prophète…

— Bien avant qu'il devînt célèbre, Gokhale avait dit : "Avec de pauvres créatures, il peut faire des héros[1]." Il donnait à chacun confiance en soi-même, et disait : "Vous devenez ce que vous admirez…" Ses auditeurs devenaient évidemment des volontaires de l'indépendance, mais aussi de… d'autre chose… La désobéissance civile et la lutte contre l'intouchabilité avaient la même origine. Il l'appelait religieuse. C'est pourquoi son action politique déconcertait… N'oubliez pas que pour lui le travail parlementaire était la dernière des activités d'une nation[2]. Et puis, s'il révélait aux foules ce qu'elles portaient en elles, il ne leur disait que ce qu'elles attendaient de lui. Il avait été un sujet non conformiste, mais il n'était pas conformiste non plus comme Hindou, comme nationaliste, comme pacifiste ou comme révolutionnaire…

— Il a été tué par un ennemi, mais pleuré par tout le monde ?

— On trouve encore dans trop de maisons la photo de son meurtrier. Nous n'en avons pas fini avec les réactionnaires. »

Nehru m'avait dit, au Parlement :

« Les chars et les avions aux kchatryas, la législation et l'administration aux brahmanes.

« Et puis, ajouta-t-il, beaucoup d'autres… »

Il prit un livre derrière lui, et me le tendit. C'était le *Gandhi* du neveu communiste de Tagore :

« Voyez la dédicace. »

Je la connaissais : « Aux masses de l'Inde, pour qu'elles anéantissent le gandhisme qui les asservit aux intrigues des prêtres, à l'autocratie féodale, au capitalisme indigène, et les maintient par la ruse sous le joug de l'impérialisme britannique. »

Il cita tristement la phrase de Vivekananda sur son maître :

« Il se contentait de vivre cette grande vie — et laissait à d'autres le soin d'en trouver l'explication... »

Certains discours de Nehru, surtout les discours de combat, étaient des discours d'orateur au sens traditionnel, par l'organisation de la persuasion, par l'éloquence. Mais nombre de ses discours aux masses ressemblaient à de longs monologues, et il les prononçait presque sur le ton de la conversation.

« Quand mon regard croise ces milliers de regards, dit-il, il me semble que nous nous reconnaissons... Parfois, j'attaque des sentiments auxquels cette foule tient beaucoup. Elle m'accepte. Mais qu'est le personnage qu'elle accepte sous mon nom, ou sous ma photo, ou sous ma silhouette ?

« Et pourtant, il faut bien que je réussisse à entraîner les gens... »

Il avait dit la dernière phrase en souriant avec fatigue. Je pensai que je ne l'oublierais pas — et je me souviens, en effet, du salon banal, avec, sur une table basse, la Vierge romane.

« Comme la lutte pour l'indépendance s'éloigne !... » dit-il.

Pendant qu'il était en prison, un garçon de quinze ans nommé Azad[1] avait été condamné au fouet — et, à chaque coup sanglant, avait crié : « Vive Gandhi ! » jusqu'à ce qu'il perdît connaissance. (Je ne compris pas si Nehru avait assisté au supplice, ou si on le lui avait rapporté.) Quelques années plus tard, Azad, devenu l'un des chefs du terrorisme dans les provinces du Nord, vint lui demander si, en cas d'accord avec les Anglais, les terroristes seraient abandonnés par le Congrès. Il ne croyait plus à l'efficacité du terrorisme, mais le combat lui semblait inévitable. Quinze jours après, traqué par la police dans un parc d'Allahabad — la ville de Nehru — pendant les entretiens entre Gandhi et le vice-roi, il avait combattu jusqu'à ce qu'il fût tué.

« La destruction, l'agitation, la non-coopération ne sont pas des activités normales, même sans terrorisme... Autrefois, je croyais que seuls nos fils pourraient être des bâtisseurs. Nos petits-fils, peut-être... »

Il semblait avoir oublié que le terrorisme avait changé de cible, et que, depuis la mort de Gandhi, il était, lui, devenu la cible.

« La Résistance non plus ne fut pas une activité normale, dis-je, et parmi les plus jeunes survivants, beaucoup commencent à la payer cher. »

Il réfléchit :

« Jamais il n'est facile à la guerre de devenir la paix. Mais aux hommes de ma génération, il va arriver pire. Nous avons vécu contre la violence. Or, nous allons nous trouver tôt ou tard en face de la Chine ; et le peuple n'acceptera plus la non-violence[a]... »

L'une des photos posées sur la table basse, à côté de la Vierge, représentait un Bouddha de Ceylan — sans doute celui dont Nehru avait écrit jadis qu'il l'encourageait dans sa cellule. Je me souvins du discours où il avait appelé le Bouddha « le plus grand fils de l'Inde ». Nous passions à table.

« Le discours que vous avez prononcé à l'occasion des grandes commémorations bouddhiques m'a semblé assez différent de ce que vous avez écrit sur la religion ?

— J'ai toujours été frappé par la personnalité du Bouddha. Par celle du Christ aussi[1]. Surtout celle du Bouddha. Mon sentiment de la religion a-t-il évolué ? Je suis devenu plus sensible au besoin confus de la nature humaine auquel elle répond... »

Dans son *Autobiographie*[b], il avait déclaré que le spectacle de la religion l'avait presque toujours rempli d'horreur ; le mot religion évoquait pour lui la croyance aveugle, la superstition, un domaine lié à la défense des intérêts établis. Le christianisme n'avait pas combattu l'esclavage. Nehru avait ajouté que la religion avait presque perdu sa spiritualité, aux Indes comme en Occident ; même dans le protestantisme, qui était sans doute la seule religion encore vivante. Cette affirmation m'avait interloqué.

Mais il reprenait :

« Voyez notre lien avec les animaux. Vous savez qu'il n'y a pas de vaches sacrées : toutes les vaches sont sacrées. Et vous avez vu comment on les traite !... Et les singes !...

« Ah ! s'ils pouvaient tous partir en Chine une nuit ! Ils pèsent plus lourdement sur l'Inde que la misère sur l'Angleterre... Vous avez vu le temple des Singes, à Bénarès ! »

Je l'avais vu autrefois, et ne l'avais pas oublié. Ses singes vivants s'appuyaient sur les singes de grès, autour d'un brahmane, solitaire comme s'il avait officié pour eux. Jamais leur vie à la limite de l'humain ne m'avait paru plus inquiétante que dans ce temple où ils étaient représentés sur tous les murs — comme s'ils s'étaient peints eux-mêmes… — et semblaient prêts à s'unir à l'Absolu à travers le dieu des singes, si ma venue n'avait troublé leur vénération.

« Ils étaient devenus beaucoup trop nombreux, reprit Nehru. Les brahmanes ont décidé de se débarrasser d'eux. Ils ont appris que nos singes ont peur des singes noirs d'Égypte. Retournez au temple. Sous les galeries, vous trouverez seulement une dizaine de singes noirs ; les autres sont repartis dans la forêt… »

Le récit faisait penser à un conte, mais le ton n'en était pas ironique. Je pensais aux singes noirs maîtres de la solitude du temple, semblables à des démons-singes parmi les dieux-singes de pierre. Je lui rappelai l'histoire que rapportent les historiens d'Alexandre.

L'armée macédonienne, victorieuse de l'Orient, victorieuse du monde, arrive à Kyber dans cette passe de cosmogonie que tachent les myrtes et les mûriers. Voici les quatre chefs en manteau blanc, et Alexandre en manteau rouge. Ni les enseignes de Rome dressées contre les dieux, ni les sangliers de bronze des barbares, ni les étendards de l'Islam surgis des gorges dans la fuite des gerboises et l'indifférence des aigles : une armée dont je ne connais que ces quatre cavaliers blancs et ce cavalier rouge devant un guide prosterné. Les soldats sont engagés entre les montagnes verticales, dont l'une vacille, et va s'écrouler sur eux. Alexandre fait signe au guide de se relever, et lui montre du doigt la montagne qui tremble : « Oh, ce n'est rien, répond l'indigène : ce sont les singes… » Alexandre regarde, là-haut, la crête menaçante, parcourue de bonds furtifs. Et l'armée reprend sa marche.

« Dans la grande forêt, dit Nehru, je les entendais s'abattre sur les branches, et parfois j'en voyais s'accrocher par la queue. À l'aube, un cri se multipliait de vallée en vallée, et emplissait la forêt, comme le désespoir de l'armée des singes pour la mort de leur roi Hanuman. Les bouddhistes expliquaient : "Le Bouddha leur a promis que s'ils se conduisaient bien, un matin, ils deviendraient des hommes. Alors, tous les soirs ils espèrent — et tous les matins ils pleurent[a1]…" »

Le discours que Nehru avait récemment consacré au Bouddha m'avait rappelé le passage où il fait allusion à une de nos conversations d'autrefois : « Il y a huit ou neuf ans, quand j'étais à Paris, André Malraux me posa une étrange question : "Qu'est-ce qui a permis à l'hindouisme d'expulser des Indes, sans grave conflit, il y a plus de mille ans, un bouddhisme bien organisé ? Comment l'hindouisme a-t-il pu réussir à absorber, pour ainsi dire, une grande religion populaire, largement répandue, sans les habituelles guerres de religion ?..." Pour Malraux de toute évidence, la question n'était pas de pure forme. Elle jaillit à l'instant même de notre rencontre. C'était une question selon mon cœur, ou plutôt c'était le type de question que je posais moi-même fréquemment. Mais je ne pouvais lui faire ou me faire de réponse satisfaisante. Car il y a bien des réponses et des explications, mais on dirait qu'elles n'atteignent jamais le vif du problème[1]. »

Son discours avait répondu, indirectement, à la même question.

C'était un discours-conversation, du ton le plus simple, qui commençait par : « Comme vous le savez, je m'affaire dans le domaine de la politique... » mais en venait vite à dire que la meilleure politique tente de lutter contre la destruction que la science apporte avec elle, et contre la violence que l'humanité porte en elle. Or « nous avons échoué, depuis tant d'années, tant de générations ! Il doit y avoir une autre voie que celle que pratiquent les hommes de ma sorte et de ma profession[2]. »

« ... Des gens de bonne volonté se rencontrent, discutent d'un brave monde nouveau[3], d'un brave monde uni, ou de toutes les nations n'en faisant qu'une, ou de coopération et d'amitié. Cette bonne volonté est vaine, parce qu'elle est coupée de l'action réelle qui devrait résoudre les problèmes réels. Nous ne pouvons pas penser sur les ailes du vent. D'autre part, s'il est essentiel que nous ayons les pieds par terre, il l'est également que nos têtes ne restent pas au niveau du sol. »

Ce qui méritait attention, dans la bouche du chef de l'idéalisme politique le plus efficace que le monde ait connu.

« Il manque à l'humanité quelque chose d'essentiel. Une sorte d'élément spirituel, qui tienne en bride le pouvoir scientifique de l'homme moderne. Il est maintenant clair que la science est incapable d'ordonner la vie. Une vie est ordonnée par des valeurs. La nôtre, mais aussi celle des nations — et peut-être celle de l'humanité. Vous vous souvenez du discours du général Bradley[4], en 1948, je crois :

“Nous avons arraché son mystère à l’atome et rejeté le Sermon sur la Montagne : nous connaissons l’art de tuer, non l’art de vivre[a]...” En cela, je redeviens hindou ; dans ma jeunesse, je parlais de spiritualiser la politique... Quelle est, aujourd’hui, à votre avis, la plus haute valeur de l’Occident ?

— Il me semble qu’il faudrait laisser le mot valeurs au pluriel ? Les siennes préservent de plus en plus la vie, et la gouvernent de moins en moins. Je ne sais où en sont les républiques communistes. Dans les États capitalistes ou le monde libre, comme on voudra, la liberté individuelle fait figure de valeur suprême.

— Mais si vous demandiez à un passant capable de vous répondre, dans une rue de Paris, ce qu’il désire le plus, que répondrait-il ?

— La puissance ? dit l’ambassadeur.

— Le bonheur ? dis-je. Mais ce sont des objets de désir, non des valeurs suprêmes. Je crois que la civilisation des machines est la première civilisation sans valeur suprême pour la majorité des hommes. Il y a des vestiges — beaucoup... Mais le propre d’une civilisation de l’action est sans doute que chacun y soit possédé par l’action. L’action contre la contemplation ; une vie humaine, et parfois l’instant, contre l’éternité... Il reste à savoir si une civilisation peut n’être qu’une civilisation de l’interrogation ou de l’instant, et si elle peut fonder longtemps ses valeurs sur autre chose que sur une religion...

— Je ne sais toujours pas comment le bouddhisme est mort, dit Nehru, mais je crois pressentir pourquoi. Le génie du Bouddha tient à ce qu’il est un homme. Une des plus profondes pensées de l’humanité, un esprit inflexible et la plus noble pitié ; un accusateur, en face de la foule des dieux. Quand il s’est divinisé, il s’est perdu dans cette foule, qui s’est refermée sur lui. »

Mais cela ne figurait pas dans le discours... Nehru n’avait pas non plus retracé la vie légendaire, qu’il supposait connue de ses auditeurs. Je pensais à la lutte pathétique du roi (presque toujours supprimée dans les transcriptions occidentales) pour assurer le bonheur de son fils. À chacune des quatre « rencontres », répond une affection de plus en plus désespérée. « Voulant garder le prince dans l’ignorance de la douleur et du mal, le roi fait construire autour du palais une muraille percée d’une seule porte aux barreaux si lourds... » Lorsque, pour la première fois, le prince Siddhartha veut traverser la ville pour voir les jardins, le roi « fait répandre sur le sol les eaux de senteur : "Bordez les avenues de lanternes multicolores, déposez des urnes d'eau claire aux carrefours !..." » Pourtant le prince découvre la vieillesse, puis, lors de sa seconde sortie, la maladie. Mais le roi transforme le palais en lieu enchanté, « et la course aux plaisirs s'y déroule nuit et jour, et la meilleure chanteuse lui chante le Chant de la Forêt... ». Alors Siddhartha sort pour la troisième fois, rencontre un corps immobile, et son écuyer lui répond :

« Prince, c'est ce qu'on appelle un mort[1]. »

Je citai la phrase, et Nehru me répondit par celle du Roi qui vient d'apprendre que Siddhartha veut quitter le monde après la rencontre de l'ascète :

« "Renoncez à cette décision, mon fils, car je dois bientôt abandonner mon royaume pour me retirer dans la solitude des forêts, et vous devez me succéder[2]..." »

Je me souvenais de la suite, et Nehru ne l'avait certainement pas oubliée : ayant revêtu la robe couleur de terre, le prince se rend dans la forêt, et répond à l'envoyé de son père : « Une maison dorée en flammes, telle est la royauté[3]... »

Il avait cité : « ... et vous devez me succéder ».

Et il avait dit un jour à Ostrorog, sans doute de la même voix : « Gandhi avait un successeur... »

« Nous admirons tous deux le Bouddha, dis-je, mais nous ne le prions pas. Nous ne croyons pas à sa divinité. En somme, tout se passe donc comme si notre valeur suprême était la Vérité. Et pourtant... »

Je lui parlai de Villefranche-de-Rouergue, de ma vaine relecture de saint Jean.

« Il est possible que la Vérité soit ma valeur suprême, me répondit-il. Je ne sais pas ; mais je ne peux pas m'en passer...

— Vous vous souvenez de la phrase inverse, et si énigmatique, de Dostoïevski : si j'avais à choisir entre la vérité et le Christ, je choisirais le Christ[a].

— Je connais aussi la parole de Gandhi : "J'ai dit que Dieu était Vérité, et maintenant, je dis que la Vérité *est* Dieu."

— Qu'entendait-il par Dieu, en l'occurrence ? Le *rta* védique ?

— Il a dit, à peu près : "Dieu n'est pas une personne : Dieu est la loi." Il a dit : "la loi immuable".

— C'est toujours l'affirmation d'Einstein : "Le plus extraordinaire est que le monde ait certainement un sens[1]."

« Il reste à savoir pourquoi ce sens se soucierait des hommes…

— Sans doute. Gandhi affirmait aussi : "Je ne peux trouver Dieu que dans le cœur de l'humanité." Et encore : "Je suis un chercheur de Vérité[a]." Chez nous, l'identité entre la signification du monde et celle de l'homme (entre ce que vous appelleriez l'âme du monde et l'âme de l'homme) est ressentie comme une évidence. Au même degré, il me semble que la chrétienté ressent l'existence de l'âme, et sa survie… Mais savez-vous que Narayana, qui n'est mort que vers 1925, avait fait remplacer les images des dieux, sur les tables de sacrifice des temples, par des miroirs ? »

J'ignorais ce symbole égal à la danse de Mort, à la marche de Gandhi vers l'Océan. Les tables de sacrifice enfoncées dans les murailles étaient encore présentes à ma mémoire, avec leurs idoles à peine visibles sous les tubéreuses. Le caractère divin des statues de Madura, comme celui des statues de nos cathédrales, venait évidemment de leur incorporation au temple, où passait la coulée des hommes éphémères. J'imaginais mes mariés devant l'autel de Çiva, stupéfaits de contempler, au fond de l'ombre sacrée, leur double image incorporée à la danse des dieux, au-dessus de l'écroulement des fleurs.

« Je t'adore, ô mon Dieu qui n'es que moi-même… »

Bien que ce chef d'État tristement souriant, plus gentleman que britannique, ne se confondît pas avec l'Inde comme l'avait fait Gandhi, il était l'Inde ; bien qu'une énigmatique distance demeurât entre elle et lui, bien qu'il ne crût pas à la divinité du Gange, il portait le Gange dans son cœur. Il avait la réputation d'être un intellectuel, et l'était, parce qu'il avait beaucoup écrit. Mais ses discours appartenaient à l'action ; ses souvenirs, quelques souvenirs de famille exceptés, rappelaient une action opiniâtre. Il aimait l'originalité de la pensée, la saluait d'un sourire au passage, comme un amateur de peinture eût salué un bon tableau. Mais les intellectuels aiment cette originalité pour elle-même ; je crois que Nehru ne l'aimait qu'agissante.

« Il me semble que je ne suis pas intéressé d'une façon

essentielle par la religion. Plutôt par sa relation avec l'éthique.

— L'Inde seule, dis-je, citant une thèse alors célèbre, a fait de la philosophie religieuse la base essentielle et intelligible de sa culture populaire et de son gouvernement national.

— L'Inde de Gandhi repose réellement sur une éthique ; peut-être plus, à certains égards, que l'Occident ne repose sur la morale chrétienne[a]. Mais souvenez-vous d'une phrase singulière du Mahatma : “Il faut que l'Inde ait enfin une vraie religion[b]…” »

L'Occident, c'était l'individualisme ; un individualisme qui était à la fois le crucifix et le réacteur atomique. J'avais connu jadis le malaise des bouddhistes devant le crucifix, le « Pourquoi adorent-ils un supplicié ? » et l'ambivalence de l'Inde à l'égard des machines : les rouets de Gandhi tournaient, dans les maisons, en face des réacteurs semblables à la dernière incarnation de Çiva. L'Inde s'accommode du Christ comme des autres dieux, et voit facilement en lui un avatar (*avatar* signifie descente, incarnation…). Ce n'était pas le Christ, qui prenait ici un saisissant accent. On peut voir dans le péché originel la source d'une maya universelle, et dans l'hérédité, un karma où l'Occidental hériterait les maladies de ses parents comme l'Hindou subit les conséquences de ses vies antérieures ; mais la transmigration est toujours un jugement avec sursis alors que le chrétien joue son destin une fois pour toutes. L'athée aussi. L'Europe a conçu la transmigration indienne comme celle qui fait du chrétien un élu ou un damné, mais il s'agit d'un damné qui ne saurait pas même qu'il fut un homme. Malgré le péché, malgré le démon, malgré l'absurde, malgré l'inconscient, l'Européen se conçoit comme agissant, dans un monde où le changement est valeur, où le progrès est conquête, où le destin est histoire. L'Hindou se ressent comme agi, dans un monde de commémorations. L'Occident tient pour vérité ce que l'Hindou tient pour apparence (car si la vie humaine, aux siècles de chrétienté, fut sans doute épreuve, elle fut certainement vérité, et non illusion), et l'Occidental peut tenir pour valeur suprême la connaissance des lois de l'univers, alors que l'Hindou tient pour valeur suprême l'accession à l'Absolu divin. Mais l'opposition la plus profonde se fonde sur ce que l'évidence fondamentale de l'Occident, chrétien ou athée, est la mort, quelque sens qu'il lui donne

— alors que l'évidence fondamentale de l'Inde est l'infini de la vie dans l'infini du temps : « Qui pourrait tuer l'immortalité ? »

Il y avait, au-dessus d'une bibliothèque, un grand dessin de Le Corbusier : le palais de Chandigarh, surmonté de l'immense Main de la Paix[1], qui tenait de l'emblème et de la girouette géante ; et un modèle de la Main, en bronze, d'une cinquantaine de centimètres. Le Corbusier y tenait beaucoup. Nehru, moins. Le Corbusier m'avait promené à travers les rues de Chandigarh et devant les édifices inachevés dont il avait ordonné jusqu'aux tapisseries. Sur la place, des files d'hommes et de femmes gravissaient les plans inclinés, comme les archers de Persépolis, panier de ciment sur la tête. « Ici, l'Assemblée ! » m'avait-il dit avec fermeté, désignant le Pamir lointain, devant lequel passait une chèvre solitaire. « Et ici (il montrait le toit du palais de justice), la Main de la Paix ! »

Je pensais à l'enseigne du gantier de Bône, l'énorme main rouge que j'avais vue veiller sur la ville comme le signe de la vie retrouvée ; et je regardais la main de bronze avec ses lignes de hasard, peut-être celles du destin de l'Inde.

À l'occasion de mon départ, Nehru vint dîner à notre ambassade[2]. La France allait créer un ministère des Affaires culturelles ; il étudiait la création d'une institution semblable, et souhaitait savoir ce que nous préparions — et surtout, comment nous concevions les problèmes rassemblés sous le mot si confus de culture, car ils lui semblaient singulièrement différents « selon qu'il pensait à Shakespeare ou au Râmâyana ». Ostrorog était le seul ambassadeur capable de donner à Delhi un dîner gastronomique. Je me souviens d'un pâté entouré d'hibiscus, d'une conversation sur le Japon, et de Nehru disant : « Le Japon a bien des raisons d'être triste, et il connaît à peine les éléphants, je ne sais trop pourquoi. Alors, pour retrouver les sourires d'autrefois, j'avais l'intention d'amener un éléphant avec moi. Mais on m'en a empêché…

« Et qui fait ce qu'il voudrait ? Tagore m'a dit un jour, avec un air consterné : “Un tigre qui s'ennuyait d'être toujours rayé est venu demander un morceau de savon à mon domestique épouvanté[a]…” »

Après le dîner, Nehru, l'ambassadeur et moi, nous nous

installâmes sous le tapis d'Ispahan pendu au mur. Nous déblayâmes quelques banalités. Je dis que j'avais obtenu un petit succès au Conseil des ministres, en affirmant que j'étais le seul ministre qui sût qu'il ignorait ce qu'était la culture. Je dis qu'Akbar, et même un pharaon, aurait pu discuter de l'État avec Napoléon, mais non avec le président Eisenhower : les rois de l'époque napoléonienne régnaient encore sur une grande civilisation agraire.

« À certains égards, dit Nehru, le colonialisme est né quand les armes modernes ont permis à des petits corps expéditionnaires européens de balayer l'armée des empires les plus peuplés du monde — et il est mort quand ces empires ont trouvé leurs propres armes, qui n'étaient pas seulement des canons.

— Pendant ce temps (celui de notre vie...), l'Occident est passé des omnibus de mon enfance aux avions à réaction. Pendant ce temps, la politique, la vraie, a joué un rôle qu'elle n'avait joué, ou pressenti, que pendant les quelques années de la Révolution française : le communisme est plus important qu'un changement de dynastie. Comme si les rêves de justice finissaient par livrer les hommes à la machine autant que les rêves de puissance, le fascisme après le communisme...

— Je crains que le rouet ne soit pas plus fort que la machine, dit tristement Nehru.

— Mais l'opposition entre la civilisation de la machine et les civilisations agraires vous paraît-elle entre un matérialisme et des spiritualismes, ou entre l'action et la transcendance ? Ce que l'Occident et surtout les États-Unis appellent l'action, c'est à la fois *ce qui crée*, et la fragmentation de la vie, qui n'a sans doute jamais existé à ce degré ; le stimulus-réflexe des Américains, la mobilisation de l'homme par sa création.

— C'est la sœur de la mobilisation de l'âne par la carotte qu'il ne mange jamais, dit l'ambassadeur.

— L'homme, lui, mange la carotte, mais elle lui donne faim, répondis-je.

— L'âne, ou Sisyphe... Il est curieux que les États-Unis et la Russie soient entrés ensemble dans l'Histoire, au XVIIIe siècle... Dans votre discours sur le Bouddha, monsieur le Premier ministre, vous avez d'ailleurs posé le problème dans la même perspective.

— Moi ? »

Avec le sourire qui convenait. L'ambassadeur fit apporter le discours.

« C'est vrai », dit Nehru.

Et il le rendit en montrant le passage : « En fait, nous vivons deux vies différentes : l'une, que les gens appellent la vie pratique ou celle qui concerne les affaires pratiques ; l'autre, que nous réservons à nos moments de solitude intime. Ainsi développons-nous une double personnalité en tant qu'individus, comme en tant que communautés ou nations. »

« La vie étrangère à toute religion, repris-je, me semble à peu près contemporaine du machinisme… Au XVIIe siècle, la vieillesse était une préparation à la vie éternelle. Chaque année, Saint-Simon se retirait à la Trappe. Le fait nouveau, c'est, en somme, la légitimation de la vie par l'action — ou, plus exactement, l'intoxication qui permet à l'action d'écarter toute légitimation de la vie. Ce n'est pas la réponse qui a changé, c'est la question qui a disparu…

— Pour combien de temps ? dit Nehru.

— Et il existe un autre élément, dont l'Occident ne parle pas, parce qu'il l'a perdu : c'est la communion avec le monde. Le chrétien était lié aux saisons, aux arbres, aux bêtes, parce qu'il était lié à toutes les créations de Dieu. L'homme des civilisations citadines est isolé, et c'est peut-être pour cela que la question "Que fais-tu sur la terre ?" peut prendre un tel sens.

— Elle eut, à sa manière, beaucoup de sens dans le bouddhisme primitif, dit Nehru.

— Bien qu'elle ait maintes fois changé d'accent, sans doute est-elle aussi vieille que la conscience… Mais beaucoup moins rationnelle qu'il ne semble, parce qu'elle trouve sans doute son accent dans la mort, la vieillesse, le destin… Et dans la douleur, dans le Mal au plus grand sens. Il s'agit alors de savoir si l'intoxication par l'action peut faire taire la question que la mort pose à l'homme.

— Si elle n'y parvient pas, vous croyez que l'art peut y parvenir ?

— Hélas non ! Mais pour que l'art joue le rôle que nous lui voyons aujourd'hui, il faut que la question soit sans réponse.

« N'oublions pas que la culture est d'abord une très vaste résurrection. On peut enseigner la place de Beethoven dans l'histoire de la musique, on ne peut enseigner ni à l'aimer ni à le ressusciter. Faire aimer un chef-d'œuvre, c'est lui donner sa voix, le rendre présent. Tantôt par l'interprétation, tantôt par d'autres moyens.

— Je conçois bien l'interprétation de Mozart, la représentation de Molière, dit l'ambassadeur. Mais l'interprétation d'Ellora n'est-elle pas un enseignement ?

— Je crois que l'interprétation d'Ellora consiste à faire comprendre que les sculptures d'Ellora n'imitent pas des créatures, ne se réfèrent pas au monde des créatures, mais à un autre : pour nous, celui de la sculpture ; pour l'Inde, sans doute celui du divin — et peut-être, pour tous, les deux à la fois. Ce qu'on ne peut rendre sensible que par le dialogue des statues ou des photos d'Ellora, avec des statues ou des photos d'autres arts sacrés : roman, sumérien, égyptien, que sais-je... Donner la vie aux statues d'Ellora, ce n'est évidemment pas les animer comme des marionnettes, c'est les délivrer du monde de l'imitation, qui appartient à l'apparence, pour les faire entrer dans le monde de l'art, ou rentrer dans le monde du sacré. »

Je pensais aussi à l'Égypte, qui, vue d'Ellora, paraissait une Inde austère et géométrique. Je poursuivis :

« Ce qui crèverait les yeux si, pour l'Europe, l'art ne s'était si longtemps confondu avec la beauté. Elle semble simple, peut-être parce que le même mot exprime la beauté des statues et celle des femmes. Le monde de l'art est né avec nous, de la multiplicité des civilisations que nous avons découvertes. Ce qui le rend assez énigmatique. De plus, la beauté semblait porter en elle-même son pouvoir de survie. En somme, elle justifiait l'immortalité. Mais cette beauté-là a été effacée pendant mille ans.

— Ici, elle a toujours fait partie des produits d'importation, répondit Nehru. Sauf peut-être en littérature — mais est-ce la même ?...

— Parler de beauté au sujet de Shakespeare est au moins aussi légitime qu'à propos de Phidias, mais c'est moins clair. Si bien qu'il ne serait pas tellement paradoxal de dire que la beauté, aujourd'hui, c'est ce qui a survécu. Un passé très profond enrobe toujours l'Inde, lui donne une continuité de forêt ; mais presque tous les objets qui survivent en Occident survivent seulement dans le domaine de la connaissance. Les silex taillés nous instruisent, ils ne nous émeuvent pas, sauf comme témoins de l'intelligence humaine. Or, nos statues romanes, celles de vos grottes sacrées, n'appartiennent pas seulement à la connaissance. Elles sont de leur temps, bien entendu : nous pouvons les dater ; mais elles sont survivantes. Comme le saint que l'on prie appartient à la fois à l'époque de sa biographie, et au présent de celui qui le prie. C'est pourquoi j'ai écrit que "le domaine de la culture était la vie de ce qui devrait appartenir à la mort". »

J'ignorais dans quelle mesure Nehru était artiste. Il connaissait bien la littérature de l'Inde et de l'Angleterre, mais s'y référait peu. Je ne l'avais entendu se référer qu'à Gandhi et à quelques textes sacrés. Aimait-il les arts plastiques ? Les œuvres précieuses qui nous entouraient (Ostrorog était collectionneur) me rappelaient que je n'avais pas vu de vraies œuvres d'art dans la villa du Premier ministre. Admirait-il à Ellora la sculpture, ou l'expression de l'Inde ? La musique lui était familière, car la culture hindoue l'apporte comme la nôtre apporte la littérature. Et il aimait la danse. Je lui rappelai la soirée du Capitole, et ajoutai que Staline m'avait dit : « En art, je n'aime que Shakespeare et la danse. »

Il sourit :

« Peut-être n'était-ce pas la même danse…

« Voyez-vous, la danse du passé, en Europe, semble historique : les tutus m'ont toujours intrigué. Alors que la nôtre semble un peu échapper au temps. À certains égards, rien, ici, n'appartient tout à fait à la mort… Mais ce que vous dites de la mise en question des arts plastiques est vrai pour nous aussi. Ceux de l'Asie ont été mis en question par celui de l'Europe ; pourtant, nous ne l'avons jamais tout à fait accepté. Depuis la fin du colonialisme, il est devenu un art parmi d'autres. Mais l'Europe a inventé les musées, les musées ont conquis l'Asie… »

Le chat de l'ambassadeur, haut sur pattes, traversa le salon, et Nehru lui fit un signe amical comme si, de loin, il lui caressait le dos.

« En Égypte, dit-il rêveusement, je me demandais pourquoi l'art grec n'a jamais représenté les chats… Quel est l'animal de la Grèce, à votre avis ?

— Les chevaux au grand cœur, répondis-je, citant Homère.

— Et de l'Inde ?

— L'éléphant », dit l'ambassadeur.

J'avais pensé : le singe ou la vache. Mais Nehru revenait en arrière.

« Quand je suis arrivé en Angleterre, j'ai été très intéressé par l'idée occidentale de la beauté. Il me semblait qu'elle voulait conquérir les choses et que la nôtre voulait nous en délivrer. Plus tard, j'ai connu un art plastique qui voulait *s'accorder* au monde comme notre musique : la peinture chinoise. Mais dites-moi, si la résurrection dont vous avez parlé ne se réclame plus de la beauté, de quoi se réclame-t-elle ?

— Je crois qu'elle ne se réclame de rien. Elle est un fait. L'art, ce sont les œuvres ressuscitées ; l'un des objets de la culture, c'est l'ensemble des résurrections. Permettez-moi pourtant une réserve capitale : le ressuscité n'est pas ce que fut le vivant. Il lui ressemble. C'est son frère. Les statues de vos grottes ou celles de nos cathédrales ne sont pas ce qu'elles ont été pour ceux qui les sculptaient, la Grèce n'est pas pour nous ce qu'elle a été pour elle-même, évidemment. Ce qui est moins évident, c'est que la métamorphose, par laquelle nous atteignent les œuvres et l'esprit des civilisations mortes, n'est pas un accident, mais la loi même de la civilisation qui commence avec nous. Le passé du monde, ce sont les cultures différentes de la nôtre, et d'ailleurs hétérogènes. Elles s'unissent pour la première fois dans la nôtre, et par leur métamorphose.

— En Union soviétique, j'ai vu se former un passé communiste, puis national... Dans quelle mesure l'Occident accepte-t-il un passé capitaliste ?

— Plutôt un passé religieux. Presque toutes nos résurrections sont religieuses, mais leurs œuvres ne reparaissent pas au bénéfice d'une religion... Nous assistons à la plus vaste résurrection que le monde ait connue. Et elle accompagne le cinéma, la télévision, toutes les formes de diffusion de l'imaginaire. En assimilant le rationalisme et la machine, l'Occident les avait opposés ensemble à ce qu'il appelait le rêve. Alors qu'à Moscou comme à Chicago, à Rio ou à Paris, notre époque est précisément celle de l'industrialisation du rêve.

— Il y a un siècle, dit l'ambassadeur, le public de tous les spectacles de Paris réunis n'atteignait pas trois mille personnes par soirée. Celui de la télévision, dans la région parisienne, en atteindra peut-être trois millions.

— Notre civilisation fait naître autant de rêves en

chaque semaine que de machines chaque année. Elle a créé quelques-uns des arts les moins accessibles qu'ait connus l'humanité ; mais elle est aussi celle où Chaplin et Garbo ont révélé qu'un artiste peut faire rire ou pleurer l'univers.

— Croyez-vous, demanda Nehru, que ce monde imaginaire de l'Occident soit plus développé que ne l'est ici celui du Râmâyana ?

— Je voudrais bien le savoir… Après tout, la réunion devant la télévision succède à la veillée… Mais il me semble que l'imaginaire du Râmâyana, comme celui de notre Légende dorée, est orienté : ses valeurs sont les plus hautes valeurs de l'Inde. C'est déjà moins vrai des *Mille et Une Nuits*, malgré la référence constante à Allah. Ce ne serait plus vrai du tout de l'imaginaire actuel des masses occidentales.

« Prenons garde qu'il ne s'agit pas d'un romanesque qui s'opposerait à un autre comme la Légende dorée aurait pu s'opposer à la Fable. Il semble qu'un cycle du sang, du sexe, de la sentimentalité, de la politique ou de la mort, succède à un cycle de la Table ronde ou des Mille et Une Nuits. (Les limites du rêve sont toujours assez étroites.) Mais l'imaginaire occidental dont nous parlons n'a pas de cycles : il a des instincts. Les patrons des usines de rêves ne l'ignorent pas. Et ils ne sont pas sur la terre pour aider les hommes, mais pour gagner de l'argent.

— Le diable retraité devient directeur général, dit Ostrorog. Ses produits se sont toujours bien vendus…

— Et pourtant nous sommes les directeurs de la plus grande usine de rêves du monde », dit Nehru à mi-voix, comme marginalement.

Je pensai que son rôle de gourou de tout un peuple était, en effet, inséparable de la radio. Mais il me regarda comme s'il me priait de continuer, sans tenir compte de ce qu'il venait de dire[a].

« Si cette civilisation, repris-je donc, qui apporte aux instincts un assouvissement qu'ils n'ont jamais connu, est en même temps celle des résurrections, sans doute n'est-ce pas par hasard. Car les œuvres ressuscitées, ce qu'on eût appelé jadis les images immortelles, semblent seules assez fortes pour s'opposer aux puissances du sexe et de la mort. Si les nations ne faisaient pas appel à ces œuvres, et par l'émotion, non par la seule connaissance, qu'arriverait-il ? En cinquante ans, notre civilisation qui se veut, qui se croit, la civilisation de la science — et qui l'est — deviendrait l'une des civilisations les plus soumises aux instincts et aux rêves élémentaires, que le monde ait connues. C'est par là, je crois, que le problème de la culture s'impose à nous.

— Il me semble, dit Nehru. Ou du moins… Mais les gouvernements occidentaux ne l'ont-ils pas posé en fonction des loisirs ?

— Chez nous, le premier ministère des Sports et Loisirs a été créé par le Front populaire, il y a donc une vingtaine d'années. Mais s'il n'y a pas de culture sans loisirs, il y a certainement des loisirs sans culture. À commencer, précisément, par le sport. Néanmoins, à l'exception du sport et du jeu, que veut dire occuper ses loisirs, sinon vivre dans l'imaginaire ?

« Là, nos dieux sont morts, et nos démons bien vivants. La culture ne peut évidemment pas remplacer les dieux, mais elle peut apporter l'héritage de la noblesse du monde… »

Je revoyais le philosophe Alain[1], et sa solide tête de bois aux cheveux blancs, il y a trente ans ; dans l'auto dont la maladie l'empêchait de descendre, il me disait, avec une sorte de surprise : « En somme, c'est le plus pur et le meilleur de l'homme, qui règne par la piété et l'admiration. Et qui n'a jamais existé. »

« Qu'en pensez-vous, monsieur le Premier ministre ? » demanda l'ambassadeur.

Nehru avait croisé les mains. Par les portes-fenêtres ouvertes, entrait la nuit d'un beau jardin, où quelques grosses fleurs faisaient des taches. C'était la nuit de la terrasse vide où j'avais entendu la musique pour les divinités nocturnes — la nuit des palais, de la misère et des dieux.

« Je suis un peu déconcerté. Nos problèmes se posent autrement… Il y a l'analphabétisme, et après tout, une des choses qui me font le plus de plaisir, quand je parcours l'Inde, c'est de voir partout des écoles neuves pleines d'enfants… »

Je me souvins du général de Gaulle : « Si, avant de mourir, j'ai la chance de revoir une jeunesse française[2]… » Sur le chemin du retour à Delhi, je venais de voir défiler les Jeunesses désordonnées du Parti du Congrès, avec la même angoisse que j'avais vu défiler celles du Front populaire lorsque j'avais traversé la France pour rencontrer

Trotski à Royan. J'avais demandé à Nehru ce qu'il pensait des siennes ; il m'avait répondu, à ma stupéfaction : « Sans doute la jeunesse ne peut-elle être organisée politiquement que par les États totalitaires… » Ni la Grande-Bretagne ni les États-Unis n'avaient créé de Jeunesses.

« Et puis, avait-il ajouté avec quelque dédain, le mythe occidental de la Jeunesse nous est étranger…

« L'Inde n'est un pays sous-developpé que d'une certaine manière, puisqu'elle construit des réacteurs atomiques… Que devons-nous maintenir ou ressusciter de son passé, pour son meilleur avenir ? Nos conquêtes ont été celles de l'esprit plus que celles de l'épée ; et chez nous, même l'érudit a toujours été plus respecté que le riche. On a beaucoup écrit sur le conflit entre notre culture et le christianisme. Le vrai conflit commence, à partir de l'indépendance, entre l'hindouisme et le machinisme. L'Occident sera le plus fort, parce que la science vaincra enfin la famine[1]. Un Européen ne connaît pas la famine — enfin, ne la connaît pas bien… L'Occident apporte aussi le socialisme, la coopération au service de la communauté. Ce n'est pas tellement loin du vieil idéal brahmanique du "service[2]"…

« Nous allons donc à une sorte de mariage avec l'Occident. L'indépendance le rend plus facile que la domination anglaise. La science ne s'oppose peut-être pas à la métaphysique religieuse, et les savants sont souvent des ascètes. Mais comment accorder une civilisation de la machine à ce qui fut une civilisation de l'âme ? Qu'est-ce qui pousse l'Europe à cette frénésie mécanique ? Dans le Temps sans fin, qui reste celui de ce pays, pourquoi serait-on si pressé d'arriver ? Et puis, en vous écoutant, je pensais : tout cela, c'est l'homme. Même les démons et les dieux dont vous parliez : l'intensité de la civilisation occidentale vient de la mort. Dans l'aventure cosmique qu'est ici l'univers, la mort ne donne aucune intensité à la vie. C'est pourquoi il nous est difficile d'empêcher les gens de se laisser mourir… Pour l'Inde, et parfois c'est vrai aussi pour moi, le divin est peut-être dans l'homme, mais l'homme devrait être dans le divin… L'un de nos gourous a dit : "Dieu est dans tous les hommes, mais tous les hommes ne sont pas en Dieu", et c'est pourquoi ils souffrent…

— Ramakrishna[3], demanda l'ambassadeur, n'a-t-il pas dit aussi : puisque vous cherchez Dieu, cherchez-le dans l'homme ?

— Chaque fois que j'ai réellement cherché dans l'homme, dis-je, j'y ai trouvé le malheur... »

Nehru reposa ses mains sur ses genoux, me regarda avec attention.

« C'est un disciple de Ramakrishna, dit-il, qui a déclaré que la moitié des hommes sont nés pour rechercher la douleur... »

L'odeur de l'Inde entrait avec la nuit. Nous nous taisions. Il reprit, comme s'il eût voulu revenir au début de l'entretien :

« Ici, il est difficile de parler d'art d'une façon générale. Notre peuple est resté, à sa manière, foncièrement artiste, sans le savoir. Pas notre bourgeoisie ; pas nos villes. Vous les avez vues. "Les villages sont la vraie Inde, disait Gandhi, l'Inde pour laquelle je vis..."

— Monsieur le Premier ministre, dit l'ambassadeur, vos villes ne sont pas pires que les banlieues de Tokyo et de Paris. Pourtant, les Japonais, et mes compatriotes, passent pour des peuples artistes...

— Quand j'étais en prison, je m'étais bien promis qu'un jour, l'Inde libérée détruirait les chromos et les pianos mécaniques. Eh bien ! l'Inde est libérée, et je n'ai pas détruit les pianos mécaniques... Lier l'action culturelle de l'État à ce que vous appelez les usines de rêves me semble juste. En n'oubliant pas qu'ici, votre XIIe siècle et votre XXe coexistent. Vous suggérez, en somme, de rendre présent le passé de l'Inde, le plus noblement possible, pour le plus possible d'Indiens. Ce n'est pas facile ; ce n'est pas insurmontable. Peut-être aimerais-je aller avec l'Inde vers le passé du monde, mais je voudrais être assuré de ne pas la perdre en chemin. Et nos villes ne m'encouragent pas.

— L'Union soviétique a créé son propre passé-du-monde. Fanatiquement. Pour devenir la chrétienté, toute l'Europe a changé de passé.

— Sans doute. Et mon pays possède une grande force d'annexion... Vous vous souvenez de la phrase de Tagore : "L'Inde hélas ! n'est qu'un nom — un nom-idole : elle n'existe pas." Pour moi, elle existe beaucoup. Mais nous en parlons toujours comme d'une reine du Râmâyana, alors que c'est une pauvresse, comme toutes ces mères que vous avez vues au bord des chemins[1]... »

Pourquoi son agnosticisme l'eût-il séparé de Çankara, puisque le mien ne me séparait pas de saint Augustin ?

Mais les femmes au bord des chemins, était-ce l'Inde, ou l'éternelle *Pietà* — les sœurs de mes femmes en noir[1] dans l'aube du cimetière de Corrèze, des paysannes anticléricales qui saluaient du signe de la croix mon sang qui gouttait sur la route… Nehru ajouta, avec le même sourire que lorsqu'il avait parlé, pendant le dîner, de l'éléphant qu'il voulait emmener au Japon :

« Peut-être tous les ministres devraient-ils agir en Européens, et mourir en Hindous… Et puis, entre la religion et l'art, je trouve un accord assez… difficile à comprendre, dans un souvenir qui m'a longtemps poursuivi. Vous savez que Gandhi recevait tous ceux qui venaient lui demander secours. Ce qui faisait beaucoup d'originaux. Un jour, arrive un homme des montagnes, qui nous dit (mais il s'adressait à Gandhi) : "Les dieux vont mourir. — Pourquoi ? — Ils ne vivent que pendant qu'ils sont beaux. Pour qu'ils soient beaux, il faut la plume de perroquet rouge." Il tire de son pagne un pauvre dieu sauvage qui portait une auréole de petites plumes ; au-dessus de la tête, la plume était rouge. "Depuis longtemps on ne trouve plus ces oiseaux dans nos forêts. On les achetait au Brésil. Le Brésil a interdit de les vendre à l'étranger… Les dieux vont mourir." Nous attendions. "Mais on nous a dit que si *vous* demandiez à notre ambassadeur, il vous enverrait les plumes rouges…"

— De l'utilité de la valise diplomatique, dit Ostrorog. Qu'a fait Gandhi ?

— Il a fait envoyer les plumes… »

Nehru partit tard. Pendant que je regagnais le Capitole par les grandes avenues désertes où les phares de l'auto ne réveillaient pas les vaches couchées, je pensais de nouveau au général de Gaulle : « Toute ma vie, je me suis fait une certaine idée de la France… » De Hitler à Mao Tsé-toung, que de vocations nationales, en ce siècle qui devait être celui de l'Internationale ! L'ambassadeur m'accompagnait. Il allait visiter deux antiquaires, car Delhi est une ville où l'on va voir les statues confidentielles passé minuit.

« Nehru a-t-il beaucoup changé ? me demanda-t-il.

— Passablement.

— L'âge ?

— Non : l'indulgence.

— Quand je suis arrivé, il était encore un révolutionnaire, un libérateur. Vous avez écrit quelque part que l'action est manichéenne. En devenant arbitre, ou sollicité par des forces antagonistes, il a découvert ce qui, dans notre département, est professionnel : la légitimité de points de vue opposés. Aujourd'hui, il ferait un admirable ambassadeur… Pourtant, que le fourreau ne vous cache pas la lame : il ne cédera rien sur le Cachemire.

« Depuis des années, je m'interroge sur sa relation avec l'hindouisme. Gandhi était réellement un Hindou. Pas du tout un gentleman, comme Nehru. Les Renonçants d'autrefois ont dû avoir ces vieilles têtes douces, que l'on a envie de caresser, de prendre sur son épaule… Un jour, il m'a dit : "Le résultat n'a pas d'intérêt, c'est le combat qui en a…" Ni ses compagnons ni lui-même ne se rendaient compte que c'était une transposition de la *Gîtâ*.

— Il l'avait pourtant traduite.

— Il connaissait les sentiments des foules parce qu'il les partageait. Il m'a dit : "Sans les sacrifices, le monde s'écroulerait." Il a défendu les intouchables, mais la haute tradition ne les connaissait pas. »

L'auto s'engageait dans les grandes avenues du quartier des ambassades. Ostrorog reprit[a] :

« La profondeur de Gandhi et de Tagore s'accommodait d'une part d'enfance, d'une autosuggestion déconcertante. Vous avez lu le texte de Gandhi après la mort de sa femme : "Elle s'est éteinte sur mes genoux. Je suis heureux au-delà de toute mesure." C'était faux ! il n'y avait qu'à lire le texte entier pour en avoir la certitude ! Il était désespéré ! Il a semblé invulnérable parce qu'il se cachait pour faiblir comme les animaux pour mourir, et que sa faiblesse n'infléchissait jamais son action publique. Einstein m'a dit autrefois : "Il rassemble derrière lui une puissante multitude, par l'exemple irrésistible d'une façon de vivre moralement supérieure." Cet exemple ne sera pas toujours irrésistible, Gandhi l'a su et Nehru le sait. Il faut tenir compte de leur acharnement, égal à la ténacité britannique malgré l'éternelle pagaille de ces pays. Lorsqu'on a opéré Gandhi d'une appendicite à chaud, l'urgence était telle que le médecin anglais n'a pas voulu attendre le lendemain. Il l'a opéré à minuit. C'était dans la prison de Poona. Un ouragan a coupé l'électricité. On a poursuivi l'opération avec la lampe de poche de l'infirmière. La pile était usée, et la lampe s'est éteinte. On a continué avec une lampe-tempête.

« Nehru vous a dit que tout est suspendu à sa parole ; c'est vrai. Il vous a dit qu'il n'y avait pas d'État ; c'est presque vrai. Nehru vous a accueilli comme il l'a fait parce qu'il sait que vous admirez ce que signifie l'Inde, et aussi parce qu'il n'est pas tellement assuré de sa victoire. Il veut orienter vers le développement de ce malheureux pays d'affamés les forces nées de l'indépendance. Dans l'ensemble, il y parvient. Mais si Gandhi et Nehru ont accepté la partition c'est seulement parce qu'elle a été la rançon de l'indépendance. Ils savaient que c'était un cancer. Gandhi a confié à Nehru : “Même au temps des meurtres de Chowri, je n'avais jamais réellement eu affaire au désespoir. Maintenant, je sais que je ne suis pas parvenu à convaincre l'Inde. La violence règne partout autour de nous. Je suis une balle perdue…” L'Inde actuelle vit avec ses cinquante millions de musulmans, l'Inde unie aurait vécu avec tous ses musulmans ; on peut en douter, mais ils le croient. Et Nehru n'entreprendra la guerre la plus légitime qu'avec la plus mauvaise conscience. La force de la non-violence reposait sur ce qu'il avait pour adversaire un Empire colonial. Reste à savoir ce qui se passera s'il rencontre un adversaire asiatique. Et l'adversaire asiatique attend. »

Je me souvenais des photos de ce que l'on avait pudiquement appelé l'échange des populations, au temps des cadavres entassés sur les chariots à bagages. Les femmes enceintes portées par les hommes, les petits enfants dans les bras des grands, les matelas sur les têtes, et cette file oblique de quatre-vingts kilomètres, depuis les bœufs et les charrettes aux roues énormes, jusqu'aux charrettes minuscules à l'horizon ; l'errant cortège de la mort que rattrapaient la famine, le paludisme et l'épuisement. Les camps surpris par l'inondation, les hôpitaux du choléra jonchés de morts comme des ruines de bombardements, les intouchables qui se battaient avec les vautours pour récupérer les haillons des morts, l'immense traînée de l'immense colonne, les tombeaux d'enfants et les visages qui semblaient rêver — à rien, comme tous les affamés —, agonisants trop jeunes ou trop vieux, cortège sans fin sous les banians et le ciel.

« Vous connaissez, reprit Ostrorog, le sentiment que nous éprouvons, au Japon, dans les villages reconstruits après le tremblement de terre, et qui semblent attendre le suivant. Eh bien ! tout ce que vous voyez ici, tout ce que vous a dit Nehru le premier jour, car ce soir, il était en vacances ! est aux aguets. On attend les premiers craquements du cataclysme.

— La guerre ?

— La mise en question de la non-violence peut être un cataclysme presque silencieux... Nehru est plus vulnérable que Gandhi, parce que ce pandit est agnostique...

— Sa relation avec l'hindouisme vous semble plus complexe que celle d'un homme comme Renan avec le christianisme ?

— Si je pense à lui comme à un Hindou, je suis frappé par son âme anglaise, à commencer par son socialisme ! qui n'est pas du tout un ensemble de connaissances plaquées, un costume. Il y a un Nehru anglais. Mais il y a l'autre.

— Le problème n'est-il pas le même pour la plupart des chefs d'État de la Communauté française ?

(L'un d'entre eux m'avait dit : "N'oubliez pas que beaucoup de mes collègues, protestants, francs-maçons ou catholiques, sont aussi des Grands Féticheurs ; et que sinon, ils ne seraient pas au pouvoir[1]...")

— Et pour la plupart des souverains musulmans. Le monde hellénistique a sans doute connu des situations de ce genre.

— Allez, dis-je, jusqu'à Cléopâtre, Grecque et Isis, avec ses amants romains... Mais je crois que jamais, avant nous, les chefs de la moitié du monde n'ont été des esprits bilingues...

— La décolonisation a beaucoup moins changé le sentiment de l'Europe, et même de l'Amérique, qu'on ne le croit : l'Occident civilise les races de couleur, leur apporte la démocratie, les machines, et les médicaments ; elles abandonnent leur Moyen Âge, dont il ne reste rien, et deviennent semblables à nous, en moins bien. Des Occidentaux de seconde zone. Il n'y a qu'une civilisation. Et tout le passé convergeait vers elle sans le savoir. Lisez les journaux américains.

— C'est aussi ce que pensent les Russes, en d'autres termes.

« Mais même si Nehru est, spirituellement, bilingue, l'Inde peut-elle le devenir ?

— Je me pose la question depuis que je suis en poste ici. Mon conseiller, qui vient de prendre l'ambassade de Kaboul, se la posait aussi. Il est vrai que l'Islam me la pose depuis mon enfance. »

Je me souvins que la famille d'Ostrorog possédait un palais sur le Bosphore.

« Claudel, reprit-il, qui détestait la pensée hindoue, m'a dit quand j'ai été nommé : “Aucun intérêt ! Les hommes sont partout et toujours les mêmes !”

— Il me l'a dit aussi.

— Il était pourtant sensible au vieux Japon, et même à la vieille Chine.

— Il jouait à écrire des haïkaïs français. Mais il jouait aussi à donner des œufs à ses amis en écrivant sur la coquille : Hommage de l'auteur, et en signant : Cocotte.

— Tels sont les petits plaisirs du corps diplomatique, mon cher ministre ! Je crois pourtant que son affirmation venait, au moins en partie, de ce que j'appellerai le point de vue du Quai. Nos fonctions nous promènent d'un bout du monde à l'autre. Et nous pouvons ressentir une différence profonde entre un lavis du zen et un Cézanne, mais non entre nos collègues. Le corps diplomatique est une internationale ; vous connaissez ses cocktails. À quelques conventions près, la diplomatie est la même partout. Et j'aurais dû tenir compte de plus de conventions auprès de Staline, et sans doute d'Hitler, qu'ici. Or, notre expérience est sans doute applicable à toutes les formes d'action. Les Anglais avaient organisé sans peine l'armée des Indes. Quand les commerçants européens étaient parqués dans les comptoirs de Chine, ils parlaient des Chinois comme de personnages mystérieux, alors que les banques européennes de Hong Kong travaillent aussi normalement que celles de Casablanca. »

Mais dans la grande avenue où la voiture venait de s'engager, sur les pelouses, une migration d'intouchables était couchée, ou accroupie autour de feux timides.

« Claudel, dis-je, malgré son affirmation de marteau-pilon[1], comme écrivait André Gide, ne croyait pas du tout être “le même” qu'un païen. Et c'est bien ce qu'ont pensé les chrétiens, au temps de la chrétienté : Saint Louis ne se croyait pas “le même” que Saladin. C'est la Renaissance qui a décidé que les grands esprits de la Grèce et de Rome étaient les frères des grands esprits chrétiens. L'Occident ne croit pas que les hommes ont toujours été les mêmes, il croit qu'ils vont le devenir. Parce qu'il confond sa civilisation avec ses moyens d'action, qui sont sans précédents.

« Qu'est-ce que les hommes ont en commun, dans les temps historiques ? Des instincts, la physiologie… L'amour ? non. Les péchés capitaux…

— Peut-être les civilisations se ressemblent-elles par leurs vices, et se séparent-elles par leurs vertus ?…

— Ou se rapprochent-elles par ce qu'elles connaissent, et se séparent-elles par ce qu'elles croient. Les croyances ne sont pas seulement religieuses… Mais il y a autre chose, dont je ne trouve pas le nom. Les conquérants sont les plus grands personnages de l'Histoire, et aussi de puissantes figures de l'imaginaire. Il en existe partout, leurs moyens d'action sont relativement semblables, et ils n'ont pas peu contribué à faire croire à la constance de la nature humaine. En face des *Vies parallèles*, il serait bien intéressant d'écrire une histoire de ce que l'humanité a perdu, quand ce qu'elle a perdu a laissé sa trace.

— Vous commenceriez par l'histoire des dieux…

— Je suis peu convaincu par les théories qui ne voient dans notre civilisation que la fin d'une culture parmi d'autres. Einstein disait, et je crois qu'Oppenheimer dit aussi : il existe plus de chercheurs vivants que l'humanité n'en a connu pendant la totalité de son histoire. Même si nous vivons la fin d'une culture romano-chrétienne, ou faustienne, comme dit Spengler, nous vivons le début de la plus grande aventure de l'humanité depuis la naissance des cultures historiques. Celles-ci durent, en gros, depuis six millénaires ; temps assez court, comparé à la préhistoire de l'homme. Toutes ont été des civilisations religieuses, si nous appelons religion le lien avec les dieux mais aussi avec les morts ; sauf la nôtre, qui n'a pas même trois siècles — et, pendant un temps assez vague, celle de Rome[1]. (Le paganisme de César a dû ressembler au christianisme de Napoléon.) Il ne s'agit pas de civilisations athées. Le président Eisenhower se veut certainement protestant ; César croyait peut-être aux aruspices, et sans nul doute à ses ancêtres. Mais notre civilisation n'est pas *fondée* sur une religion, n'est pas même ordonnée par une transcendance. Les chefs des deux plus grandes puissances du monde ne sont ni des élus du Seigneur, ni des Grands Pontifes, ni des Fils du Ciel. »

Les coupoles et les minarets de la Grande Mosquée passaient sur le ciel nocturne.

« L'Islam, c'est une ville autour d'une mosquée ; la chrétienté, une ville autour d'une cathédrale ; Bénarès, une ville sur les rives d'un fleuve purificateur. Mais Bombay est construite autour d'un port, non d'une église ; les églises de New York, il faut les chercher entre les gratte-ciel comme les crabes entre les rochers. Ce que je ressens ici avec violence, c'est que sur la terre entière, ce qu'on appelait l'âme semble en train de mourir.

« Même chez ceux qui croient. Sauf s'ils vivent dans des monastères ou dans des forêts — dans des lieux que la civilisation moderne n'a pas touchés. J'aurais dû dire à Nehru, tout à l'heure, que le mot matérialisme, dès la fin du XIXe, ne signifiait plus que l'âme serait remplacée par la matière, mais bien par l'esprit. Cette fois, ce ne sont plus les "lumières" qui s'opposent au temple, ce sont les réacteurs atomiques.

— Il en eût été d'accord. À regret peut-être. Pourtant, l'Inde aurait sa bombe atomique s'il le voulait, et il ne le veut pas.

— Mao le voudra. Chacune des grandes cultures asiatiques et africaines touchées par l'esprit occidental lui donnera tôt ou tard une forme nouvelle, qui ne sera évidemment pas celle que nous lui voyons. Il y a loin de Mao à Staline, et il y avait loin de Staline à Marx.

— J'ai éprouvé un peu ce sentiment, quand j'étais en poste à Moscou. Ici, qu'il s'agisse des musulmans ou des hindous, la pensée n'a qu'un objet suprême : Dieu. Voyez les pires ennemis des musulmans, les Sikhs. Ils comprennent très bien l'Islam. Mais l'Occident leur est inintelligible. Ils nous regardent comme nos paysans du Centre regardent les Américains des films de gangsters : avidité et frénésie. Même Nehru m'a dit qu'à son arrivée en Angleterre, il avait été stupéfait d'entendre reprocher à l'Inde de sacrifier des animaux aux dieux, car les censeurs, eux, tuaient chaque jour des animaux pour les manger. Mes amis hindous disent que nous cherchons Dieu, sans le savoir, par des voies sans issue. Les brahmanes de l'Université sanscrite, à Bénarès, pensent de même, je suppose…

— Notre recherche des lois de l'univers leur paraît vaine, répondis-je après réflexion. Pour eux, la vraie Loi est d'une autre nature. L'épopée de la recherche occidentale, celle de la lutte de l'homme contre la terre, qui anime l'Union soviétique comme les États-Unis, leur échappe. Davantage : leur est ennemie. Ils disent que nul progrès *de l'esprit* ne répondra aux questions posées par l'âme.

— L'Occident tente moins de répondre à ces questions que de les détruire…

— Il ne détruira ni la souffrance, ni la vieillesse, ni l'agonie. Vous vous souvenez des textes bouddhiques : "Prince, c'est ce qu'on appelle un mort[1]."

— Une civilisation me paraît se définir à la fois par les questions fondamentales qu'elle pose, et par celles qu'elle ne pose pas…

— L'Inde est depuis longtemps mariée avec la mort, c'est vrai. Elle est toujours une civilisation de l'âme. Mais lorsque l'âme s'efface, qu'est-ce qui apparaît : l'action, ou la mise en question de la vie par la mort ? »

L'auto ralentissait sous des arbres solennels.

« Peut-être l'action d'abord, la mort ensuite… »

Je déposai Ostrorog devant un rectangle de lumière, au fond duquel un dieu tibétain de la taille d'un homme semblait l'attendre. L'antiquaire dormait quelque part dans la nuit. Je repartis vers le Capitole. Les vaches sacrées étaient devenues moins nombreuses, et le chauffeur éteignit ses phares. L'auto roulait en silence, et il me semblait plonger dans les siècles — non à travers les rues mogholes de Delhi, mais à travers celles de Kapilavastu, deux cents ans avant l'arrivée d'Alexandre. La nuit du Grand Départ[2] enveloppe le bouddhisme comme celle de la Nativité enveloppe le christianisme : l'abandon du palais, l'abandon des femmes, « les instruments de musique dispersés, les tubéreuses flétries[3] », l'abandon de l'amour (et le baiser déposé si doucement sur le pied de la princesse, qu'elle ne s'éveille pas), l'abandon de l'enfant. Les génies qui viennent du ciel envelopper les sabots du cheval que le prince monte pour la dernière fois[4], afin que nul ne l'entende partir dans le grand silence. Un mendiant regagne, épuisé, quelque tanière ; sous de hautes murailles sans fenêtres, un lumignon entouré de quelques fleurs brûle devant un dieu. À travers les vaches endormies, le cheval traverse la ville. « Un génie de la cité l'attendait, et lui ouvrit magiquement la porte de l'Est. Le prince leva les yeux vers le ciel étoilé : c'était l'heure où l'étoile Kvei entrait en conjonction avec la lune ; tous les génies descendaient pour accompagner son départ, et jonchaient son chemin de fleurs invisibles... »

Comme lui, je passai en silence au pied de hautes murailles entre les maigres vaches endormies, devant des dieux rouges et noirs qu'éclairaient les veilleuses ; des ombres furtives se perdaient dans la nuit. Les postes de garde du Capitole, creusés dans le roc, ressemblaient aux grottes sacrées, et les soldats à turbans qui présentaient les armes à notre passage devant ces trous confusément éclairés semblaient attendre que le génie de la cité ouvrît une porte, dans un rempart d'où l'on observait les astres... Lorsque j'entrai dans mon appartement, je trouvai les fenêtres de la chambre ouvertes. Au-delà des jardins, un cordeau de lumières, semblable à celui des champs d'aviation, bordait la ville. Il n'en venait ni la lueur ni la rumeur qui montent des villes européennes ; Delhi endormie emplissait la chambre d'un immense repos. Il semblait que cette nuit régnât sur le temps des neiges, sur les jardins des palais de Babylone, semblables à ceux qui s'étendaient devant moi ; sur la nuit d'obsidienne où les soldats de Cortez écoutaient les cris de leurs compagnons dont on arrachait le cœur au battement des gongs aztèques, sur la millénaire nuit chinoise aux capitales effacées : lotus de Hang-tcheou bleuis par la lune, quand les derniers empereurs peignaient leurs derniers faucons ; portes tartares dont le rouge sombre se décomposait comme s'éteignent les incendies. Sur les cavaliers couchés près de leurs chevaux à la veille d'Arbèles ou à la veille d'Austerlitz ; sur la nuit sans repos de la Révolution française et la nuit polaire de la Révolution russe. L'humanité diurne avait été secouée pendant cinquante siècles par ses soubresauts de bataille, mais Pékin quadrangulaire dormait au pied de sa tour du Tambour qui avait annoncé le jour, et de sa tour de la Cloche qui avait annoncé la nuit, comme Delhi devant moi ; les bûchers de Bénarès se reflétaient dans le fleuve comme se reflétaient dans l'Hudson glacé les lumières carrées de New York verticale sous les rafales de neige. Au-dessus des forêts africaines, les arbres géants des reines montaient vers[a] les étoiles. Depuis cinquante siècles, le même silence où retombaient les bruits perdus recouvrait les hommes accordés par le sommeil à la terre nocturne — couchés, comme les morts.

Au ras de l'horizon, une longue lueur grise commençait

à s'étendre : l'aube, avec son reflet lunaire sur les nuages très élevés du zénith, comme si elle allait apparaître au milieu du ciel. Ma première aube, c'était celle du 4 août 1914 : l'apparition, dans des champs des Ardennes, de bestiaux endormis debout, et dispersés tout à coup par un tourbillon de lanciers[1]. Ensuite, les cadrans éclairés des gares, énormes tranches de citron sur le ciel grisâtre ; puis, tant d'aérodromes aux herbes couchées par le vent du petit matin ; et au temps de l'aviation espagnole, après le sinistre départ nocturne sur les champs balisés par la flamme bleuâtre des feux d'oranges sèches[2], nos jumelles braquées sur la terre d'où l'aube allait faire surgir les lignes ennemies... Même ici le jour opposait sa multiplicité à l'enveloppante unité de la nuit. Et pourtant c'était le jour de l'Inde, le jour révélé par chaque aube comme il l'avait été une fois pour moi, quand il s'était levé sur nos chars dans un village de Flandre... Bientôt on agiterait les torches dans la cour des temples, les prêtres cueilleraient les fleurs de la nuit pour les offrandes, les premières clochettes commenceraient à tinter. Je pensais à ce destin dont je venais de parler à Nehru comme de la marche de la vie vers la mort ; l'imperceptible fraîcheur de l'aube tropicale se mêlait sur mon visage à l'éternelle résurrection hindoue qui unissait la vie et la mort comme s'unissent la nuit et le jour : « Tout ce dont vous parliez, c'est l'homme... » Mais pour l'homme, la mort n'a pas d'aube.

Les relations entre l'Inde et la France allaient changer. Mme Pandit, la sœur de Nehru, ambassadrice à Londres, rentrait aux Indes par Paris. Elle vint à l'Élysée, accompagnée de l'ambassadeur de l'Inde en France, le serdar Pannikar, Indien à barbiche et à lorgnon, anti-Européen, plein d'idées astucieuses ou chimériques, qui faisait penser à Lénine et à Tartarin. Après les paroles de bienvenue, le général de Gaulle demanda à son interlocutrice comment elle concevait la politique étrangère de la Chine. Pannikar avait représenté l'Inde à Pékin ; Mme Pandit, qui est la courtoisie même (et, peut-être, n'était pas fâchée d'observer, pendant quelques minutes), se tourna vers lui. Il commença une conférence sur la Chine, qui n'apportait rien. Le temps passait. La Chine le conduisit à un parallèle entre les sinn-feiners et les fellaghas. Le temps passait. Lorsqu'un aide de camp vint annoncer l'ambassadeur des

États-Unis, ni Mme Pandit ni le général de Gaulle n'avaient pu placer un mot.

Je descendis avec elle, Pannikar s'attardant au salon des aides de camp.

« Et voilà !... » me dit-elle avec un charmant sourire.

Pannikar repartit bientôt pour l'Inde. On disait que Nehru n'avait pas été fâché de se débarrasser de lui. Mais, redevenu attentif au poste de Paris, il y nomma un ami de la France. Celui-ci devait, quelques années plus tard, quitter la carrière pour assumer, avec un grand courage, le rectorat de l'Université la plus dangereuse de l'Inde, y être gravement blessé, et y reprendre ses fonctions avant même d'être guéri. L'ambassadrice aux yeux gris clair ressemblait aux héroïnes des contes indiens, et l'on imaginait l'inspiratrice du Taj Mahal avec cette ligne de gazelle du Cachemire. Nehru vint à Paris en 1960[1] ; nous inaugurâmes ensemble, au Petit Palais, l'exposition des Trésors de l'Inde. La foule l'applaudissait au passage, ce qui le surprit. Il fut l'hôte officiel de la France en 1962[2]. Nous déjeunions à l'aérodrome d'Orly, lorsqu'il se rendait à Londres pour les réunions du Commonwealth. « Plus je vieillis, plus je juge les gens d'après leur caractère, non d'après leurs idées... » Mais à partir du conflit avec la Chine, il ne revint plus.

Me voici de nouveau à Delhi[3] sept ans plus tard[a]. L'attaque chinoise a eu lieu, et la menace pakistanaise se précise. Ce matin, je suis allé, selon l'usage, porter des fleurs sur la dalle funéraire de Gandhi. Pour le peuple de l'Inde, il est devenu un avatar de Vichnou. J'ai souhaité porter une autre gerbe sur la dalle de Nehru. Elle n'est pas encore posée : sa place est marquée par un carré d'herbe. Les dalles sont symboliques, puisqu'elles ne recouvrent pas de corps. L'homme qui, lorsque je suis venu à Delhi pour la dernière fois, tenait l'Inde entre ses mains aux gestes frileux, c'est un carré d'herbes sur lequel le vent déjà chaud fait onduler de courtes graminées, parmi les fleurs coupées qu'ont jetées des mains jointes.

Pour déjeuner avec Radakrishnan[4], qui est maintenant président de la République, j'ai traversé le grand salon au plafond de conte persan. Il est vide comme toutes les salles de réception du Capitole à cette heure.

L'Inde aussi.

La maison de Nehru, devenue Maison du Souvenir,

dépend du Grand Musée[1], que je ne connais pas encore, et où je vais retrouver la conservatrice, Anglaise âgée qui parle de ses collections avec compétence, et de Nehru avec affection. Nous partirons pour la Maison du Souvenir dès l'heure de fermeture, afin de nous y trouver seuls.

La visite du musée commence par les collections d'art populaire. Je pense à l'aquarium de Singapour, où se croisent toutes sortes de poissons hérissés, métalliques ou multicolores. La plupart des figures populaires tiennent du poisson-châtaigne et de la rascasse : musiciennes divines à écailles, et toutes sortes de sirènes à courbes d'hippocampes. Dans la lourde chaleur de l'après-midi indien, je pense au brouillard flamand régulièrement traversé par l'appel des sirènes des bateaux. C'est bien le mot sirène qui vient d'éveiller un souvenir, mais pas en suggérant la corne de brume. Je suis dans le bureau de James Ensor, à Ostende[2]. Au-dessus du piano, le génie strident de l'*Entrée du Christ à Bruxelles* emplit le mur de ses orphéons grimaçants autour de Jésus. Sur le piano, empaillée, une sirène. Le regard d'Ensor suit le mien.

« Je les ai vues en Chine, dis-je.

— Vivantes ? demande-t-il avec l'humour de ses gravures.

— On les fabrique avec un avant-corps de petit singe et un corps de poisson.

— Il *existe* pourtant des sirènes… »

Et, doctoralement désolé, l'index levé :

« … mais elles ne sont pas comme ça… »

Trente ans plus tard, j'ai revu le tableau, terni, à l'exposition des Sources du XXe siècle ; la couleur s'en détachait invinciblement, et les femmes de ménage, le matin, balayaient de la poussière de chef-d'œuvre.

Que sont devenus les dieux de plumes dont Gandhi assurait la vie par la valise diplomatique ? Les sirènes hirsutes de Delhi, elles aussi, ont perdu leurs couleurs éclatantes, comme toute la pullulation rugueuse et ingénue du Râmâyana de guignol qui les entoure, et qui est, à l'art de l'Inde, ce que les superstitions sont à la foi.

La foi, la voici : à l'étage inférieur, la grande sculpture de pierre, dont quelques chefs-d'œuvre. Après Elephanta, c'est la première fois que je vois un musée indien. La statue qui fut vivante n'est pas morte, elle est réincarnée. Je pense au Caire, mais le *Çiva* d'Elephanta se sépare de tout colosse de Thèbes par le seul fait qu'on le prie. Je demande si la foule vient ici, comme au Cambodge et au Mexique, déposer des fleurs devant les dieux. Non. Mais dans les temples, depuis l'extravagant peuple de sculptures de Madura autour de sa déesse aux yeux de poisson, jusqu'aux *Mères*, au *Baiser* ou à la *Danse de mort* d'Ellora, jusqu'à la *Majesté* d'Elephanta, je n'ai pas vu une figure qui ne guide l'homme vers l'inconnu divin.

Je retrouve, une fois de plus, le sentiment occidental qui naît devant les images des dieux devenus œuvres d'art. Transmigration inverse de celle des hommes : comme le fourmillement hérissé des petits dieux populaires, ces statues n'ont pas changé de corps, et elles ont changé d'âme.

L'heure du départ est venue. Ce n'est pas encore le soir, mais c'est la fin du jour. La voiture roule dans l'odeur de l'Asie moderne : encens indien, chameaux et poussière islamiques, benzine occidentale. Je pense aux funérailles de Nehru. Je me souviens des Actualités. Les arbres chargés d'hommes, une foule vaste comme l'Inde, hérissée de parapluies ouverts contre le soleil — la foule à laquelle il avait dit au Fort-Rouge : « Il y a longtemps que nous avions donné rendez-vous à la destinée... » Le cortège d'éléphants et de lanciers sous un pont qui portait une gigantesque réclame de Coca-Cola, puis le petit bûcher vertical dont la fumée transparente et noire se mêlait aux épais ramages de la poussière suspendue dans la chaleur de Delhi, et les premiers plans de paysannes en sanglots. « L'Inde n'est pas une reine du Râmâyana, c'est une pauvresse comme ces mères que vous voyez au bord des chemins[1]... »

Voici la maison[2]. Je suppose que ce n'est pas la villa où il m'avait invité, mais elle lui ressemble, d'autant plus que je reconnais les meubles, une grande défense d'éléphant qu'il avait reçue, la Vierge romane envoyée par la France... Je ne vois ni le grand dessin de Chandigarh, ni le bronze de la Main de la Paix.

Aujourd'hui, de nombreuses photos sont exposées. C'est l'album de famille, toujours aussi vain, sauf pour quelques images : l'enfant (il semble son propre petit-fils...), la photo après la première attaque, regard perdu dans un masque foudroyé, la noble photo de la mort, au visage étrangement blanc, qui appelle dans ma mémoire la mort de Ramakrishna : « Nous avions tous cru que c'était l'extase… Et ses disciples criaient : Victoire ! » La maison n'est pas celle d'un vivant, ni une maison abandonnée, c'est un décor pour le cinéma de l'Histoire. Pourtant, le jardin, que je n'ai sans doute jamais vu, est hanté. Il ne suggère nullement une présence familière ; c'est bien un jardin de la mort ; mais ces arbres ont été ses arbres, ces fleurs ont été les siennes, des oiseaux semblables ont chanté comme ils chantent dans le soir qui commence. Je pense à Shahlamar, avec ses grands trous soudains dans l'immensité des arbres. Et aussi à l'une des plus vieilles images de l'Inde, les flots toujours différents du Gange toujours semblable, qu'il avait reprise dans plusieurs discours et dans son testament :

Si je souhaite qu'une poignée de mes cendres soit jetée dans le Gange à Allahabad, il ne faut y voir aucune signification religieuse[1]. *J'ai toujours aimé depuis mon enfance le Gange et la Jumna, qui traversent Allahabad, et cet amour a grandi avec les années.*

Le Gange est le fleuve aimé du peuple indien qui a entrelacé autour de lui les liens de son histoire, de ses espoirs et de ses craintes, ses chants de triomphe, ses victoires et ses défaites. Il a été le symbole de la culture et de la civilisation millénaire de l'Inde, aux flots changeants et roulant sans cesse, et cependant éternellement les mêmes. Il me fait penser aux cimes neigeuses et aux vallées profondes de l'Himalaya que j'ai tant aimé, et aux riches et vastes plaines qui s'étalent à ses pieds, où ma vie et mon œuvre ont pris forme.

Je ne désire pas rompre complètement avec le passé. Je suis fier de ce noble héritage qui fut et qui est toujours le nôtre, et j'ai conscience que, moi aussi, comme nous tous, je suis un maillon de cette chaîne ininterrompue qui prend ses racines, à l'aube de l'Histoire, dans notre passé immémorial. Cette chaîne-là, je ne veux pas la briser, car je la chéris et j'y trouve la source de mon inspiration. C'est en témoignage de cette volonté et en dernier hommage à notre héritage, que je demande de jeter une poignée de mes cendres dans le Gange, à Allahabad, afin qu'elles soient portées vers le vaste océan qui bat les rivages de l'Inde.

Quant au reste de mes cendres, qu'un avion les disperse au-dessus des champs où peinent les paysans indiens, afin qu'elles se mêlent indistinctement à notre poussière et à notre terre…

Voici le frémissement du soir rouge, celui qui s'étendait à perte de vue sur la plaine, au sortir des grottes d'Ellora.

Les oiseaux vont se taire, et les fleurs nocturnes s'ouvrir, comme naguère celles des jardins du Capitole sur lesquelles régnaient quelque lanterne, un veilleur endormi, et des cris perdus. Ici, le gardien attentif se tient près d'une petite dalle commémorative. Sous ce banian travaillait Nehru, dans ce jardin de mémoire, sans mort et sans tombeau ; de sa biographie privée, il ne reste que l'affection qu'il portait à ses proches, et qui se confond avec celle qu'il portait à l'Inde. Le soir tombe. Je pense à ce qu'il m'a dit des bêtes et des plantes : à la minuscule cour de prison où il a découvert les fourmis, à la cellule où il a vécu avec des centaines de guêpes et de frelons « dans une atmosphère d'estime mutuelle » ; aux lézards qui le soir sortaient des poutres et se pourchassaient en agitant la queue, aux chauves-souris et, plus haut dans le crépuscule, aux renards volants ; à l'oiseau fièvre-cérébrale qui répétait son cri obsédant au-dessus de la prison dont quelques serpents rompaient la monotonie. Aux mangoustes qu'élevaient les prisonniers, au grand singe qui vint reprendre son petit dans la cour de la prison, chargeant quinze gardiens armés qui l'admirent peut-être. Aux singes noirs qui avaient chassé les singes gris du temple de Bénarès, à l'éléphant qu'il voulait emmener pour faire sourire les Japonais. À sa voix qui disait fermement : « Faire un État juste avec des moyens justes » et un peu ironiquement : « Je crois que je ne reverrai pas le Kailasa… » Le crépuscule d'été est passé du rouge au vert, comme sur l'Acropole, et commence à confondre les feuilles. Dans la prison de l'Himalaya, le printemps faisait sourdre les bourgeons des branches dénudées… « C'est là que j'ai découvert que la couleur des jeunes feuilles du manguier est celle des montagnes du Cachemire à l'automne… » Les guêpes dorment. Une chauve-souris passe au fond du jardin. Il n'y aura plus de mangoustes, d'écureuils qui roulaient leurs petits en boule, de singes, ni de renards volants. Comme une musique funèbre, la nuit descend sur l'inscription presque invisible : *De tout son esprit et de tout son cœur, cet homme aima l'Inde et le peuple indien. Celui-ci, en retour, lui fut indulgent, et l'aima au-delà de toute limite et de toute raison.*

Les klaxons de Delhi se sont tus. Lorsque je quitte la maison, les pieds nus des mendiants enfants qui passent se posent doucement sur le silence. Le cri des corbeaux vient des profondeurs de l'Inde. Jusqu'aux deux océans, autour des arbres sacrés qui pourtant ne les protègent plus du soleil, les hommes immobiles forment de grands anneaux — comme autour de la lueur des bûchers de Bénarès, et comme jadis, au-dessus de Strasbourg, les jeunes pousses et les noix mortes de l'hiver[1]...

IV[a]

I[b]

Singapour.

Je croyais qu'il n'y avait plus de naufrages ?... À l'aube, une foudre horizontale fait frémir le *Cambodge* comme une boule de billard dans un trou. Tout tombe. Le bateau[c] ne s'arrête pas. Je vais à la fenêtre de la cabine. Un pétrolier, le nez écrasé, se retire lentement du flanc de notre bateau. Pas de danger, sauf si nous coulions à pic : nous sommes dans les détroits, je vois la côte. La coque est trouée sur trente mètres, mais les passagers du pont, déjà éveillés, ont vu venir le pétrolier, et couru vers l'arrière.

Grâce aux hommes-grenouilles et aux pompes, nous atteignons un quai de fortune. On m'apporte un télégramme de notre ambassadeur au Viêt-nam, qui me suggère de ne pas prendre terre à Saigon. (Peu importe, puisque le bateau ne continuera pas sa route.) Et un télégramme de Paris, qui écarte le Japon, pour revenir à la mission que je devais accomplir auprès de Mao Tsé-toung[1].

En attendant, j'habite notre consulat général.

Malgré ses deux millions d'habitants, Singapour n'est plus, comme naguère, une ville chinoise. Mais l'agonie de ce qui fut la Chine s'y est réfugiée. Bientôt, les H.L.M. hérissées du linge qui sèche sur des perches tendues et non sur des balcons, auront remplacé les rues construites au temps du gouverneur Raffles, quand les flottes de jonques envahissaient les ports aujourd'hui envasés, quand Macao retentissait des pièces d'or de ses maisons de jeu, et la Chine lointaine, du fracas des dominos qui figuraient les fleurs et les vents... Aujourd'hui, 14 juillet, réception traditionnelle. Les Français, nos amis malais et chinois, les Belges, les Suisses, les francophones. Des Indiens de Pondichéry. Arrive un petit gesticulant que je reconnais avant qu'on l'ait annoncé, bien que je ne l'aie pas vu depuis trente ans : c'est l'un des modèles du personnage qui s'appelle le baron de Clappique[1], dans *La Condition humaine* : les autres sont morts. Il n'a plus de taffetas[a] sur l'œil, mais un monocle noir. Malgré la calvitie, son profil de sympathique furet n'a pas changé. Jadis, il se fût précipité, les bras en ailes de moulin : « Vous ici ! Pas un mot ! Rentrez sous terre ! » Les retrouvailles achevées, il me dit : « Je suis venu parce que les journaux ont annoncé votre présence. Je serais heureux de causer avec vous, un peu à cause d'autrefois, mais surtout parce que je suis en train de faire un p'petit film sur un type auquel vous vous êtes intéressé au temps de *La Voie royale* : Mayrena, le roi des Sedangs. J'ai trouvé pas mal de documents de derrière les hibiscus, qui vous intéresseront ! » Il suffirait à m'intéresser. « Vous avez reçu des timbres du royaume sedang ? dit-il. Oui, j'ai pensé à vous. » Je me demandais qui avait bien pu m'envoyer, il y a quelques années, ces timbres très rares. Il habite l'hôtel *Raffles*[2], que j'ai habité jadis. Il a de nouveau travaillé à Hollywood, et reçoit la plupart des troupes de cinéma qui viennent filmer des extérieurs en Malaisie. Il inspire au consul et à sa femme la sympathie qu'il inspirait jadis à tous. La cérémonie terminée, il s'assied, son verre de fine-soda dans[b] la main gauche, comme il y a trente ans ; et bien qu'il ait déjà beaucoup bu, lucide, comme il y a trente ans.

« Il n'y a plus d'aventuriers[c] ! »

À gauche l'Inde, au nord le Siam, à droite la Chine et l'Indonésie…

« Tous les vrais farfelus sont maintenant à Hong Kong, mais la race se perd…

— Leur race européenne…, dit le consul. Bien qu'il y ait à côté de votre chambre, au *Raffles*, quelques journalistes qui sont allés se faire sérieusement blesser dans la guérilla de Bornéo. Mais les farfelus, comme vous dites, ne doivent manquer ni chez les communistes qui veulent conquérir Bali, ni chez les anticommunistes qui veulent les fusiller. Singapour va proclamer un jour ou l'autre son indépendance. Le président Sukarno n'en a pas fini avec ses ennemis, ni la Thaïlande avec la Chine. Le Viêt-nam n'est pas très calme, il y a la guérilla à Sumatra… Que vous faut-il de plus ?

— Rentrez sous terre[a] ! Bali, les ravissantes aux seins nus, membres du parti communiste ! Bravo ! Pas un mot ! Sukarno va se faire ratatiner, ça n'a d'ailleurs aucun intérêt. L'indépendance, on s'en fout. La Thaïlande et le Viêt-nam, bien sûr ! Nonobstant, ce n'est plus l'aventure, c'est ce que les minables appellent l'Histoire. Des chars, des avions, quoi encore ? Un aventurier, ce n'est pas un général en chef ! Pourquoi pas un ambassadeur ?

— En effet », répond notre ambassadeur en Malaisie, venu pour le 14 Juillet. « Mais Brooke[1] est devenu rajah au nom de la Grande-Bretagne. Il n'aurait pas pu détruire les pirates avec les bateaux de son sultan ; il y a fallu la flotte anglaise. À Sarawak, il ne reste de son palais qu'un pavillon rose. Entouré de bungalows dont les animaux sont des petits orangs-outangs et des perroquets qui parlent. Peut-être, les aventuriers qui ont réussi…

— À quoi ? Voltigez !

— … à n'être pas battus, voyons ! Peut-être, disais-je, ceux qui ont réussi sont-ils ceux qui avaient partie liée avec une puissance. L'aventurier auquel vous pensez, celui de Conrad, de Kipling, est né du sommeil de l'Asie.

— Vous avez connu Joseph Conrad ? » me demande l'ambassadeur.

Auquel de mes amis le font ressembler ses moustaches en brosse, encore blondes ? Ce n'est pas à un ami : c'est au colonel type de la dernière armée des Indes.

« Non. Valéry lui a demandé comment il expliquait la supériorité presque constante de la flotte anglaise sur la flotte française, car l'insularité ne lui paraissait pas suffisante. Ça n'a pas donné grand-chose.

« Mais j'ai eu une curieuse conversation, à son sujet, avec Gide. Sous la charmille de Pontigny[2], celui-ci me demande : “Que pensez-vous de Proust ?” Au temps de *Sodome et Gomorrhe*, ou quelque chose comme ça… “Si son livre va jusqu'à la fin que nous entrevoyons, dis-je, je crois que Proust deviendra l'un des plus grands romanciers du siècle ; sinon, ce sera seulement très intéressant. Ce que Claudel appelle dédaigneusement sa tourbe d'oisifs et de larbins[3] peut être transfiguré par son ‘temps retrouvé’. Imaginez-vous Lord Jim dans le salon des Guermantes ?” »

Conrad était alors le seul écrivain étranger dont *La Nouvelle Revue française* eût honoré la mort par un numéro spécial.

« "Tout de même, répond Gide, votre argument n'est pas tout à fait de jeu...

« "Conrad est un grand romancier d'atmosphère, malgré son rythme à la Flaubert ; mais mon admiration va moins à ce que vous avez traduit qu'à une obsession dont je distingue mal l'origine dans sa vie : celle de l'irrémédiable[1]."

— C'est trrès cuurieux[2]... Quant à l'origine, je la vois peut-être... »

Nous marchons sous la charmille d'où l'on voit l'abbaye bourguignonne et je l'interroge du regard. Il me prend le bras, choisit son ton diabolique :

« Avez-vous connu Mme Conrad ? »

Dîner. Le consul général et sa femme, l'ambassadeur, l'inspecteur des Consulats (ancien poste de Giraudoux), Clappique, moi. L'inspecteur m'intrigue. Ses traits sont les traits de Sioux des Américains repris par la terre américaine. Mais ceux-ci n'ont pas ce teint sombre, ces cheveux plaqués et partagés au milieu, qui me font appeler intérieurement Aile-de-Corbeau ce Peau-Rouge noir dont je n'ai pas entendu le nom. Son immobilité contraste à souhait avec la frénésie de Clappique — mais couve quelque humour. Sous un vent de mer qu'on n'entend pas, la fenêtre s'ouvre et laisse entrer la tiédeur équatoriale.

« Il n'y a plus de Lord Jim, répond l'ambassadeur, parce que tout le monde a des fusils. Si "l'homme qui voulut être roi" avait été trafiquant d'armes, la nouvelle de Kipling aurait changé. Nous n'avons plus, et encore ! que l'aventurier-épave.

— Lord Jim et Almayer, crie Clappique, c'est la même chose ! Les deux se croient rejetés, ça ne signifie rien ! Pourquoi sont-ils ici et pas en Europe, voilà la question ! Tarare-pompon !

— Où diable, dis-je, êtes-vous allé chercher l'exclamation de Mme de Pompadour ?

— Tarare-pompon, c'est elle ? Ça ne m'étonne pas. Personne charmante : elle m'avait prévu !

— Nous ne manquons pas d'aventuriers en Europe, dit le consul. Mais le grand romanesque de l'aventure, le décor exotique, n'existait pas autrefois. Marco Polo est surpris par la Chine comme un Européen peut l'être par les États-Unis : pas plus. L'Asie ne devient fantastique qu'à l'époque où nous en devenons maîtres.

— Et où nos moyens de la conquérir nous séparent d'elle, dis-je : les armes à feu et les machines. Deux cents ans plus tôt, la guerre de l'opium n'eût pas été concevable. Il est très vrai que les Espagnols appelaient Maures les Mexicains, lorsqu'ils ont découvert le Mexique.

— L'exotisme joue certainement, répond l'ambassadeur. Mais à sens unique : roi-épave, l'aventurier est un Européen en Asie, non un Asiatique en Europe.

— Rentrez sous terre ! *Les Mille et Une Nuits* sont pleines d'aventuriers !

— Il y a un point commun à la plupart des aventuriers-épaves, dis-je : l'errance. Les aventuriers rois ont été sédentaires ; les autres, rarement. Almayer est une exception.

— Au XVIIIe siècle, répond l'ambassadeur, l'aventurier, en Europe, est un usurpateur du surnaturel, vous ne croyez pas ? un Cagliostro.

— L'aventure joue son rôle, mais je crois que l'Asie aussi. La découverte des Mille et Une Nuits a succédé à la mode des contes de fées, les westerns aux Mille et Une Nuits. Chaque époque connaît des lieux privilégiés du rêve…

— Et, bien avant, monsieur le ministre, il y a eu les aventuriers malgré eux. La petite prostituée du Pont-au-Change rencontrée par les envoyés du pape qui atteignent Karakorum pour y apprendre la mort de Gengis Khan[1]…

— La mère de Saladin n'était-elle pas une princesse chrétienne capturée en Autriche ? dis-je. La petite grue avait été sauvée parce que les princesses nestoriennes ne voulaient pas de femmes de chambre bouddhistes. Mais l'orfèvre français que les envoyés ont rencontré avec elle ? Il avait survécu parce qu'il avait ciselé des personnages d'argent qui crachaient de l'hydromel…

— Sans parler, tout simplement, de Marco Polo, qui fut ministre aussi. Mais je maintiens que l'aventurier de la littérature anglaise du XIXe siècle est lié au sommeil de l'Asie. Qu'est devenu ce sommeil, pour les indigènes d'Océanie qui ont assisté aux combats des Américains et des Australiens contre les Japonais ? »

L'ambassadeur a été haut-commissaire de France aux Nouvelles-Hébrides. Le haut-commissariat anglais eût tellement mieux convenu à son visage de ministre des Affaires étrangères britannique... Il est parfait, et le serait au cinéma.

« Vive le réveil de l'Océanie ! dit Clappique. Ça consiste à fabriquer des postes de radio imaginaires, et, pan-pan ! taper dessus pour faire venir des avions enchantés[a] ! La vie doit être belle, par là ! J'en veux !

— La situation de la Nouvelle-Guinée est pittoresque, en effet, me dit le consul. Les *liberty-ships* américains ont apporté l'abondance. Suivis des avions de transport. Ceux-ci atterrissaient sur les champs militaires, en liaison télégraphique avec eux. Les indigènes déboisent, tapent sur les touques pour appeler les avions de l'abondance qu'enverront les Américains. Ou les ancêtres, plus blancs que les Blancs. Ou Jésus. Il a fait ce qu'il a pu, mais les Juifs l'ont crucifié dans le ciel au-dessus de Sydney, il y a trois générations. Le premier bateau : l'arche, était commandé par Noé, un capitaine blanc, pas Australien. La transformation du christianisme est d'ailleurs intéressante. Un prophète papou est envoyé à Brisbane. On lui parle du transformisme. Il découvre avec stupéfaction que tous les Blancs n'ont pas le même dieu. Aujourd'hui, dans les villages, on dit qu'il y a deux races de Blancs, l'une, qui croit au totem Jésus, l'autre, au totem Monki-Monkey, le singe...

— Si l'un des Apôtres, répond l'ambassadeur, revenait dans un village européen, serait-il moins étonné ? Tout cela est, en effet, très pittoresque. Mais pas si fou que ça, monsieur le ministre, si j'en crois un administrateur qui prépare une thèse là-dessus. Il ne croit pas que le culte des cargos soit né des liberty-ships, monsieur de Clappique. Peut-être du bateau du premier Blanc établi en Nouvelle-Guinée. Un Russe que les indigènes ont déifié. Mon administrateur pense que le mythe existait déjà. Ce sont les Ancêtres qui envoient les bateaux sacrés. Pas étonnant dans un pays où la roue, le couteau sont arrivés par bateau. Les légendes s'enchevêtrent. Dieu confisque le cargo à Adam et Ève. Il le rend à Noé, en effet, et à ses deux fils Sem et Japhet. Il le refuse à son fils Cham, qu'il exile en Nouvelle-Guinée. Mais en fait, songez que les cargos sacrés n'arrivaient *pas*, sauf pendant la guerre. Et continuent à ne pas arriver. Qui les en empêche ? D'abord, des esprits ennemis des Ancêtres. Mais les missionnaires ont enseigné que les Ancêtres aussi arrêtaient les bateaux, parce qu'ils sont des Satans. Les indigènes ont remis les Satans aux missionnaires, prié Dieu et Jésus. La crucifixion au-dessus de Sydney est bien faite pour nous retenir. Un chef papou va en Australie, comme votre prophète, cher ami ; on lui montre le musée ethnographique. Il est épouvanté : les dieux et les Ancêtres sont là, prisonniers. Les missionnaires menteurs ne les ont pas brûlés. Voilà pourquoi les cargos n'arrivent pas ! À Sydney, Jésus avait enseigné aux Satans à fabriquer les cargos, mais il a été crucifié, les Satans sont en prison !... On n'a pas tout à fait abandonné les missions, on a recommencé à prier les Ancêtres. Et ainsi de suite. L'administrateur insistait sur : le mythe n'est pas le souvenir confus d'un débarquement, il existait, depuis très longtemps, les débarquements l'ont nourri[a]...

« On peut sans doute écrire des romans sur les cargo-cults et les avions enchantés ; mais si un nouveau Brooke paraissait en Nouvelle-Guinée, il lui faudrait des émetteurs et non des touques, de vrais avions, de vrais cargos. Donc, un lien avec un vrai pouvoir. Le mythe de Rimbaud s'éloigne.

— Mais, mon cher Pierre, dit l'inspecteur, tes Nouvelles-Hébrides abritaient bien encore quelques fantaisistes ? »

L'inspecteur semble porter lentement à sa bouche une invisible pipe de sachem, et n'ajoute rien.

« Jacques Viot[1], antiquaire farfelu, dit Clappique, est revenu avec une cargaison de fétiches, de tapas et d'autres machins, parce qu'il s'était fait passer pour sorcier ! Quelques prestidigitations, et le truc qui fait croire qu'on s'arrache un morceau de pouce ! Voltigez ! »

Il exécute le tour, les mains dressées.

« Serait-il facile, répond l'inspecteur, de définir ce que nous appelons aventure ? Giraudoux avait fait créer mon poste pour aller se promener. Je me suis débrouillé pour l'hériter, en quel honneur ? Le voyage ? Non. Une sorte de poésie ? d'extravagance ? De la passion que m'inspirent encore des endroits qui s'appellent avenue Peu-de-Chose ou rue Babiole ?

— Haïti ?

— Oui. Je suis allé à l'île de la Tortue, où sont enterrés, selon la tradition, les trésors des grands pirates. Peu importe le pittoresque local, bien que je ne déteste pas les enfants à qui on demande : “Que feras-tu, quand tu seras grand ? — Un métier paresseux." Mais j'ai vu les cavernes des flibustiers. »

Il raconte des histoires de flibuste avec lenteur, mais avec une précision digne de celle de Clappique. Les argousins tiraient des prisons une foule de prostituées voleuses ou meurtrières. « Vous partez pour les Isles, où vous serez épousées par les gentilshommes qui n'ont pas de femmes blanches. » Elles le croyaient avec modération. À leur arrivée, le chef des flibustiers tenait un discours traditionnel : « Nous ne vous demandons rien du passé. Quant à l'avenir, voici ma carabine, et si la femme que je choisis me manque, la carabine ne la manquera pas. » Ces gentilshommes galants, habillés, comme Robinson, de toile à voile et de peau de chèvre, les choisissaient puis les emmenaient. Première caverne. Seconde caverne, cave et araignées. Elles regrettaient leur prison. Troisième caverne : costumes de cour, vaisselle d'or. Des tables de pierre chargées de chandeliers d'argent ; par les trous, de grandes lianes, et, au-dessus de magnifiques tapisseries, des chauves-souris endormies, pendues par les pattes, comme des poires. Les flibustiers n'avaient jamais rien pu vendre de ce qu'ils avaient conquis de plus précieux : à qui ? Alors, les trésors étaient accumulés dans les cavernes, et les tapisseries à fil d'or parcourues d'araignées attendaient les filles de Saint-Lazare.

« Ah ! j'aimerais, dit Clappique, les Mémoires d'une de ces dames ! J'en veux ! Enfoncée, Manon Lescaut !

— Vous n'avez nulle chance, cher monsieur. Il existe beaucoup de textes sur la flibuste, à commencer par le brave Oexmelin. Rien de ces femmes. Elles ne savaient sans doute pas écrire, et…

— Elles auraient pu raconter !

— … et elles ne sont guère revenues en France. Bien entendu, je rêve du film qui nous montrerait un Robinson et une cocotte au milieu des trésors ! Mais aussi, plus banalement, de ceci : elles n'ont nécessairement pas vécu qu'avec des hommes… Qu'a bien pu être le rapport d'une fille de Saint-Lazare avec une esclave de l'île de la Tortue ? »

Il pose soigneusement ses couverts, reprend son geste de sachem ; mais le calumet de paix est remplacé par un doigt ironiquement docte, qui souligne :

« L'un de mes inspectés de Sumatra m'a bien plu. Ce fonctionnaire pressait une jouvencelle locale. Il parlait la langue, mais ça lui faisait une belle jambe ! Alors, mon cher, un jour, il a eu l'idée géniale de se souvenir des *Contes* de Perrault[1]. Le folklore de Sumatra était familier à la fille, et beaucoup de légendes de l'Inde. Mais le magique appartient à l'exotique, c'est-à-dire, pour elle, à l'Europe. Elle s'est mise à raconter *Le Chat botté* aux gosses. Vous vous souvenez que le meunier laisse à ses trois enfants le moulin, l'âne et le chat. Or, il n'y a pas de moulins à Sumatra : le moulin devient une maison-des-morts, avec les ailes triangulaires des aigles disposées autour de son pignon en proue : le mot ailes ne peut signifier que les ailes des oiseaux. »

Un moulin est d'ailleurs une étrange bête. Je revois ceux du désert de Lout, en Perse, gibets dans le soleil couchant.

« L'âne ? Mon cher, un cheval velu qu'ils ne connaissaient guère, avec des oreilles gigantesques.

— Vénérez les ânes ! dit Clappique. J'ai rêvé un jour d'animaux bizarres, genre cochons d'Inde, vous voyez ça ? Je leur ai dit : "Qu'est-ce que vous foutez là ?" Ils m'ont répondu : "Nous sommes des lapins d'*avant* les oreilles." »

L'inspecteur Aile-de-Corbeau, qui avait repris ses couverts, les repose, et lève de nouveau son index-calumet.

« Pourquoi les bottes du chat ? Parce qu'elles sont magiques, ou pour permettre au chat de se tenir debout sur ses pattes de derrière en lissant ses moustaches ? »

L'histoire continue. Le roi est remplacé par le Maître-du-Pétrole ; l'habit doré, par un uniforme hollandais. Les paysans disent, comme dans Perrault, qu'ils appartiennent au grand chef de Kaabah (le marquis de Carabas), parce qu'ils ont peur d'un chat qui parle. L'ogre est européen, habite un ascenseur, pourquoi ? accueille bien le chat parce qu'il salue mieux que les hommes, en passant sa patte par-dessus son oreille. L'ogre mis au défi se change en souris, comme dans le conte ; le chat le mange, quitte l'ascenseur et entre dans une grande salle où se trouve préparé un festin de lardons de sanglier et de jarres d'alcool de riz. Victuailles entourées d'une assemblée de boîtes-à-portraits et de pièges-à-voix, c'est-à-dire d'appareils photo et de phonographes. Le Maître-du-Pétrole donne évidemment sa fille au grand chef, qui possède (dit le chat, la queue en l'air) un si bel ascenseur, et un si grand gratte-ciel où sont toujours préparés des festins. La fin est celle de Perrault : le chat devient propriétaire d'un grand nombre de plantesà-pétrole avec leurs petites bêtes volantes (les derricks et les hélicoptères), il achète une maison dorée ornée des portraits des chats de sa famille, « et ne court plus après les souris que pour se divertir ».

« L'admirable, mon cher consul, c'est que notre ami n'a jamais pu tirer au clair ce qui, dans l'esprit de la fille, appartenait au conte et ce qui appartenait à l'Occident. Elle pensait que nous arrosons les derricks, pour les faire pousser. Mais le Chat botté est-il plus étonnant qu'un avion ? Elle a dit : “Est-ce que le chat parlait aussi bien que les perroquets ? Tu devrais m'emmener dans ton pays. J'aurais peur… Mais je m'habituerais. Ici, on mange, on mange, on dort, on meurt…”

— Chapeau ! Il l'a baisée ? Dans mon film, Mayrena raconte un machin du même genre.

— Tu as vu des chats à Sumatra ? demande l'ambassadeur à l'inspecteur.

— Je n'ai jamais vu de chats nulle part, sinon à Venise et sous le pont de Galata, où se tient le marché aux poissons. Nonobstant, comme dirait M. de Clappique, permets-moi de te dire sagement que s'il n'y avait pas de chats à Sumatra, mon histoire n'en serait que meilleure : tu t'embourgeoises.

— Pourquoi n'y en aurait-il pas ? dit le consul. À Bornéo, il y a les fameux chats verts, qui sont simplement des chats à poil de lièvre, comme ceux d'Abyssinie… Savez-vous ce qui m'a le plus frappé, là-bas ? Les jouets qu'on apporte aux dieux. Imaginez : des poupées devant l'autel de la Sainte Vierge, des animaux mécaniques devant l'Enfant-Jésus — et quoi, devant la Crucifixion ?

— Allons mettre des lapins mécaniques aux pieds de l'Enfant ! dit Clappique. Et que ça saute !

— Mais vos lapins, monsieur de Clappique, sont sympathiques parce qu'ils sont condamnés. Jeux de brousse, épisodiques… Alors que Djakarta, Bangkok sont aujourd'hui de puissantes capitales. »

Bangkok, vers 1925, était encore une des villes les plus irréelles du monde, la sœur d'Ispahan et de Pékin. Pas de gratte-ciel, pas de ponts. Sur la rive gauche, les temples couverts de morceaux d'assiettes de la Compagnie des Indes, étincelants dans le matin, et dont le vent faisait sonner les clochettes. Les portes des palais surmontées de fleurs de porcelaine serrées comme celles des bouquets de mariées, et les cornes qui hérissaient une Asie de paravent. Je ne suis pas revenu à Bangkok. Mon dernier souvenir de Thaïlande, c'est la visite des souverains en France. Le roi, dans la voiture qui nous conduisait à Versailles, m'avait dit : « J'ai fait remarquer à Baudouin* que nous seuls, les rois, sommes encore capables d'être démocrates... » Après le déjeuner, visite du château. La reine Sirikit est l'invitée qu'a préférée entre toutes le général de Gaulle. Sa beauté était liée à la grâce que le bouddhisme donne aux femmes : elles semblent toujours préparer des bouquets. Dans la chambre de Marie-Antoinette, sur un chevalet, le terrible portrait commencé dans la gloire, terminé au Temple, et retrouvé plus tard, troué en maints endroits par les piques révolutionnaires. La reine Sirikit me demanda pourquoi ces trous ; je le lui expliquai. Oubliant que je connaissais un peu sa religion, au moment de partir elle dirigea ses doigts vers eux, selon le geste de la bénédiction bouddhique...

L'inspecteur a posé ses mains à plat sur la nappe, et reprend, avec son immobilité peau-rouge :

« Bornéo surprend encore : Seria est une ville du pétrole, entourée de villages qui vivent à l'âge de pierre. Trois cents derricks dans la mer, mon cher, avec leur plate-forme à hélicoptères. Des bungalows, naturellement : toutes les villes du pétrole se ressemblent. »

Je me souviens d'Abadan, au fond du golfe Persique : des bungalows, en effet, dominés par les usines verticales comme par des pylônes de temples égyptiens ; je me souviens aussi de la procession de sélénites des derricks à travers le désert de Mésopotamie.

« Dans les villages, mon cher Pierre, les chiens qui hurlent et ne savent pas aboyer, les cris des coqs de combat toute la nuit, les enfants à clochettes pour que leur mère les retrouve dans l'ombre des maisons communes. Les animaux volants : écureuils, singes, et même lézards. Chaque sauvage avec une montre-bracelet arrêtée. Les Japonais les avaient apportées par pleins camions. Aucune montre ne résiste au climat. Mais tu sais, mon cher, c'est inquiétant, un lieu où il y a des montres partout, et l'heure, nulle part...

« Les lépreux sortent à quatre pattes de leurs cabanes, éclairés par les torches rouges du pétrole qui flambent à vingt kilomètres. Dans les longues-maisons des anciens

* Le roi des Belges.

chasseurs de têtes, on trouve les crânes des Japonais morts dans la brousse pendant la guerre, leurs lunettes en place. »

Clappique se lève d'enthousiasme, et se rassied sous le regard d'Aile-de-Corbeau placide et souriant — en faisant tomber un des masques du mur auquel il est presque adossé.

Sur tous les murs crème, sont fixés des objets populaires : marionnettes, masques (bien choisis), du Siam, de Java, de Sumatra, des îles, de Nouvelle-Guinée. Au musée, dans l'après-midi, parmi tous les masques serviteurs ou maîtres du rêve au long de trois mille kilomètres, j'éprouvais le même sentiment, éprouvé jadis dans le port entre les jonques, nos paquebots et les *praus* malaises : une ville où tout se rencontre, où le Siam est confusément voisin des Célèbes, où une population chinoise s'affaire entre l'Inde et l'Australie. Je viens de retrouver l'Inde, je vais retrouver la Chine : des continents, avec leur puissante unité. Ici, quelle unité, depuis Rangoon jusqu'à la Nouvelle-Guinée ? Pourtant, ce tout disparate forme un monde, lui aussi, un monde qui n'est pas seulement l'univers britannique où se mêlaient les océans conquis. Singapour est une étoile de mer.

Mais déjà elle n'est plus l'Empire, déjà les *jets* et les avionnettes ont remplacé les paquebots et les *praus*. Elle unit l'internationale des petits gratte-ciel à l'internationale des doux sauvages et des chasseurs de têtes, naguère conquise par le Râmâyana, et j'entends, une fois de plus : écoute la rumeur d'Ys qui s'engloutit, de Byzance qui s'écroule doucement ; écoute s'éteindre ce qui fut Singapour, en 1965 de l'ère chrétienne…

Je connais depuis longtemps ce sentiment solennel et sinistre. Il ne s'agit pas de la durée qui nous emporte, et que la pensée ou l'œuvre d'art reconquiert ; il s'agit de l'aigle héraldique dont l'ombre passe sur moi comme le vent tiède de l'Océan ; du Temps meurtrier qui envoie au néant les histoires et l'Histoire. Le souvenir transfiguré reconquiert la jeunesse perdue ? La pensée reconquiert la durée ? J'entends la rumeur déjà lasse : écoute-moi, écoute-moi bien prier pour l'agonie de ce que tu appelais l'Europe ; bientôt, on ne se souviendra plus que de mon chuchotement…

L'ambassadeur est en train de demander à l'inspecteur :

« Que penses-tu du communisme de Bornéo ? Les journalistes américains qui habitent le *Raffles* n'ont pas rigolé.

— Le poison des fléchettes de sarbacane n'est pas recommandé. Quant au communisme, voici. Tu arrives à Bruneï. Il n'y a rien dans les magasins ; mais sur les trottoirs, pêle-mêle, des machines à écrire, des soutiens-gorge, des chapeaux, des fusées pour les feux d'artifice, et ainsi de suite. Passent des indigènes terrifiés par les autos, brosses à dents sur les oreilles à la place des canines de tigre qui signifiaient que leur porteur avait apporté une tête à son village. Ils désirent les objets qu'ils voient sur le trottoir, et croient que les Blancs les empêchent de les acquérir. Le communisme permettra enfin d'emporter des chapeaux et des fusées.

— Mais autour des derricks ?

— À Seria, les ouvriers ne sont pas des prolétaires à leurs propres yeux, ils sont de grands bourgeois. Le communisme n'existe ni là ni dans la brousse, où les indigènes sont très hospitaliers. Il faut seulement prendre garde aux photos : si tu photographies quelqu'un qui meurt le lendemain, tu as pris son âme dans ta boîte-à-un-œil. On te tuera. Ennuyeux.

« La fille de Sumatra ne m'a pas seulement plu à cause de son Chat botté : elle m'a convaincu, parce que son père ne lui a pas demandé son avis. À Bornéo, être amoureux est coupable. Tout le monde couche avec tout le monde, mais les unions dépendent du chef, non des personnes.

— Vos gens entourés de lézards volants, dis-je, conçoivent le mariage comme Saint-Simon : “Monsieur le duc, je souhaite épouser votre fille aînée. — Hélas ! monsieur le duc, elle est promise. — Mais n'en avez-vous pas une autre ?”

— À peu près. Drôle d'univers. J'ai discuté avec un chef qui disait en réfléchissant : “Si nous étions chrétiens ce serait ennuyeux, mais nous ne devrions pas attendre les présages des aigles-pêcheurs pour commencer nos semailles. Et nous pourrions couper la tête de nos invités. Je connais la ville : j'ai été en prison. C'est là que j'ai appris à coudre à la machine. La prison est moins bête que la ville. Elle est comme la brousse : on n'est pas obligé de payer pour se nourrir. Chez nous, pendant la guerre, il tombait du ciel de grands parapluies blancs.” »

Parachutes multicolores dans la nuit de Corrèze, feux de position semblables sans doute aux feux de village des Dayaks, champignons légers qui descendaient, il y a vingt ans, de la Bretagne à la Nouvelle-Guinée et au Japon…

« J'ai fait des pagnes pour toute la tribu, disait le chef. On a voulu nous apprendre à tirer, mais nous préférons les sarbacanes. Les Japonais donnaient cinq cents roupies pour une tête d'Australien ; il n'y en avait pas beaucoup. Ensuite, il y a eu beaucoup de têtes de Japonais, mais les Australiens ne donnaient rien. À la fin, la chasse a été interdite. Les Blancs ne savent pas ce qu'ils veulent. »

L'ambassadeur dit :

« Savez-vous[a] qui était en poste en Suède, quand Rimbaud abandonna son cirque et se fit rapatrier ? Gobineau. »

Clappique lui tend — en vain — son monocle noir, que le visage de l'ambassadeur appelle incontestablement plus que le sien :

« Gobineau ! Très digne ! Du plus heureux effet ! Un cirque, c'est bien ! Rimbaud aurait dû y rester. Minable ! Bourgeois ! Rentrez sous terre ! Ah ! le temps où la flotte du roi de l'opium était en face de Chang-hai !… Que faire aujourd'hui ? le pitre ? Cher pays ! La plus mirobolante aventure doit avoir été celle de la petite-fille de Timour : dans mon film, je la fais raconter par Mayrena.

« Il est sur le bateau qui longe la côte d'Annam — 1888, pas un mot ! — la nuit, entouré d'idiots en toile blanche et d'idiotes de l'époque. “Appelez-moi Alphonsine, monsieur le baron… Racontez-nous : c'est intéressant aussi pour les dames, ces histoires-là…” »

Clappique minaude. Dès qu'il s'échauffe, sa voix entrecoupée se transforme en voix grave et folle de grand comédien romantique, Frédérick Lemaître entre Ruy Blas et César de Bazan. Il remet et assure le monocle noir.

« Petite-fille de Timour[1], elle l'était comme cette charmante drôlesse de Lavallière l'était de Henri IV, messieurs ! mais du moins fut-elle épousée — à la musulmane ! Elle avait été prise par les troupes de l'émir avec une caravane de Perse, vendue comme esclave et devenue celle du petit-fils de l'empereur. Gringalet, de mœurs… vous m'entendez ! et occupé de poèmes quand les chevaux impériaux foulaient les Portes de Fer ! »

Il glisse son monocle dans sa poche, renverse noblement la tête, et caresse avec lenteur une barbe olympienne. Son physique de belette disparaît : comme tous les grands mimes, il parvient à en suggérer un autre[b] :

« … Mais le prince héritier, qui commandait à la bataille d'Angora la cavalerie de la garde, fut sabré par les gens de Bajazet. Notre prince devint, hélas ! l'héritier de l'Empire. Le vieux Timour, écrasé de chagrin, regardait ces épaules incapables de soutenir la lance, sur lesquelles il allait jeter le plus grand empire du monde ! Il n'eut rien de plus pressé que de faire arrêter la fille, jugeant sans doute, messieurs, qu'un empire survit parfois à la bêtise d'un homme, mais à la bassesse d'une femme, jamais !

« Vous savez que l'agonie de Timour commença lorsqu'il atteignit la Chine. Il mourut quelques jours plus tard ; les généraux ordonnèrent la retraite. Et telle était la terreur qu'il inspirait, que nul n'osa déclarer sa mort : les lanciers revenaient, la queue de renard à la lance, et la Garde escortait la litière fermée où se décomposait le terrifiant cadavre, comme si, malgré l'odeur, l'émir eût été capable de se réveiller pour faire encore couper quelques têtes indiscrètes ! »

Il se peut que le numéro soit élaboré, mais Clappique improvise, pris par l'imitation elle-même, et par une éloquence de conteur oriental que l'alcool exalte, bien que le baron ne soit manifestement pas ivre. Je le crois surtout possédé par ce ton délirant qui exprime un personnage, sans doute, mais appelle un monologue inépuisable[a].

« Assurée d'être condamnée à mort, la femme était allée se jeter aux genoux de l'impératrice, en se déclarant enceinte. Le sexe le plus gracieux et le plus éprouvé a de la chance, messieurs ! Quel moyen un homme eût-il trouvé de gagner sept mois ? Timour mort, pas plus d'enfant que sur le dos de ma main, mais le prince devient empereur. Bien incapable de prendre avec un poing de gentilhomme les rênes de l'Empire ! Dans toutes les provinces, les courriers impériaux jetèrent l'ordre d'envoyer les trésors à Samarkand. On les réunit, on réunit aussi les musiciens persans avec leurs violes et leurs instruments à long manche !

« Chaque nuit, l'ancienne esclave était assise sur un des trônes devant le grand bassin de mosaïque turquoise où nageaient les cyprins sacrés de Timour. Les musiciens jouaient sous ces étoiles d'Asie que nous avons au-dessus de la tête, messieurs ! Les serviteurs apportaient à la princesse immobile les trésors de l'Empire. Et elle les jetait aux poissons, par poignées !

« L'armée revint à marches forcées. Les généraux prirent le pouvoir. Le prince déposé, sa sublime drôlesse fut exposée au pilori deux jours, et la populace vint cracher sur ses diables d'yeux qui avaient dédaigné les trésors !... »

Clappique baisse la tête, caresse sur sa poitrine sa barbe imaginaire, déploie un geste désabusé[a] :

« Elle ne mourut que vingt ans plus tard, dans une maison de faubourg où elle était devenue blanchisseuse[b]... »

Puis il tire sa pochette, essuie son front qui ruisselle, remet son monocle, et reprend sa voix de fausset[c] :

« Ça, c'était sérieux ! Rentrez sous terre, avec votre Rimbaud affreux ! Quarante mille francs en or dans sa ceinture ! Revient pour se marier ! Un aventurier est célibataire !

— Votre collègue russe, dis-je à l'ambassadeur, m'a raconté que lorsqu'on a tiré Timour de son tombeau de Samarkand, je ne sais plus en quel honneur, on a découvert qu'il était roux. L'inscription disait : "Maudit soit celui qui ouvrira ce tombeau." Deux jours plus tard, Hitler entrait en Union soviétique.

— Et Java ? demande l'ambassadeur au sachem.

— J'aurais voulu trouver des documents sur les Français de la République batave, vers 1795. Rien, mon cher ! L'île reste extraordinaire, si l'on pense qu'elle est si proche. Le soir, les cerfs-volants au-dessus de Djakarta... »

Je me souviens des combats de cerfs-volants éperonnés comme des navires, jadis, au-dessus de Bangkok ; et des duels de poissons-combattants, dans les bocaux dont l'eau rougissait tandis qu'un petit poisson devenait multicolore en montant mourir à la surface...

L'inspecteur parle de l'obélisque colossal et de son musée Grévin, des voiliers de Surabaya, des arbres chauves dont les feuilles sont remplacées par les renards-volants suspendus, qui s'envolent en ouvrant leurs ailes transparentes ; de la division d'élite derrière son conducteur à peau de tigre ; du Président accompagné de son sorcier, de la propagande politique confiée aux théâtres d'ombres...

« Vous voyez le genre, dit Clappique : le héros qui repousse toute l'armée des singes se met à gueuler : Vive le Parti communiste indonésien !

— Oh, c'est beaucoup mieux, monsieur de Clappique : l'animateur des marionnettes reprend la phrase séculaire : "Maintenant, les arbres vont se changer en spectres, et le monde des ancêtres, animer le pauvre monde des vivants."

Alors l'Indonésie se met à parler avec cette voix des ancêtres. C'est aussi ce qui se passe avec Sukarno : puisqu'il est, pour tous, le Père de l'Indépendance, il est aussi le Délégué des Ancêtres. Vous le connaissez, monsieur le ministre ?

— Un peu. Il est le seul chef d'État jovial que j'aie rencontré : à Orly, il est allé de l'avion vers le salon au pas de course en me parlant de mes livres, a serré les mains des officiels français, tiré au passage la barbe de quelques officiels indonésiens, et a disparu, suivi d'un dernier éclat de rire...

— En Malaisie, dit l'ambassadeur, on affirme que l'insurrection communiste aura lieu avant la fin de l'année.

— Et aussitôt après, mon cher Pierre, la guerre civile...

— Les communistes sont cinq millions. Et leur parti est antérieur au Parti communiste vietnamien.

— Leurs adversaires, quatre-vingt-quinze millions, mon cher. Les communistes prendront le pouvoir, et ne le conserveront pas. On les hait, et le mélange du nationalisme, des religions et des coutumes est très fort.

— Les Chinois ?

— Ils ne sont pas des Chinois de Mao. Ni de Tchang Kaï-chek. Ils affichent prudemment le portrait de Sun Yatsen, et sont des Chinois-de-Java.

— Il me semble aussi, dit l'ambassadeur, grattant sa moustache anglaise. Quant à tes religions et tes coutumes, l'orthodoxie n'était pas nulle en Russie, quand Lénine a pris le pouvoir.

— Mais sans la guerre, dis-je, le communisme eût-il été plus fort que l'orthodoxie ?

— Vous verrez, dit l'inspecteur : on tuera quelques milliers de Chinois par-ci, par-là, mais le jeu se jouera entre Indonésiens. Et dans le domaine religieux. La dernière Constitution de Sukarno proclame un dieu unique. Il aura fort à faire. Si l'insurrection communiste n'est pas immédiatement victorieuse, mon cher, elle deviendra sacrilège. Alors, selon les meilleures traditions, une nuit, tout le monde commencera à égorger tout le monde. Le prix des kriss a doublé. On égorgera d'abord chez toi, Pierre, du côté de Macassar. Une fois de plus. »

Et moi, quand suis-je venu à Macassar ? Il y a trente ans ? Des jonques dans la grande rivière, et une porte de pierre noire comme nos portails d'Auvergne, érigée, je crois, en l'honneur du tombeau d'Albuquerque. Les Portugais, les Hollandais, les farfelus français de 1795, le royaume sumatranais de Srivijaja, avec lequel veut rivaliser celui de Sukarno, aussi vaste et sans doute aussi fragile. Sukarno m'a dit, à l'Élysée : « Nos cent millions d'habitants » et j'ai eu envie de lui répondre : « Pour combien d'années ? » Je n'aurais pas eu envie de répondre à Staline : « Votre multitude, pour combien d'années ? », ni même à Nehru. Je crois à la réalité de l'Insulinde, mais, à mes yeux, elle n'est pas politique : ce pays a marié les mystiques comme d'autres ont concilié les dogmes. L'expression : le temps des grandes découvertes, m'a toujours fait rêver : et si nos misérables ports mérovingiens avaient été « découverts » en leur temps par les bateaux de Srivijaja, maîtres des mers d'Asie[a] ?

Le dessert est la *gula malacca*, le riz au caramel et au lait de coco. J'en ai mangé au *Raffles Hotel*, vers 1923[b1]... La plus belle femme que j'aie vue quittait la salle à manger ; entre l'océan Indien et la mer de Chine, la nuit tombait sur l'Empire britannique[c]...

Le dîner terminé, je pars, avec Clappique, pour l'hôtel. Il veut me lire son projet de film — et me montrer au passage la rue de la Mort, que je n'ai jamais vue.

Notre voiture quitte le boulevard ; il me demande, comme si l'obscurité le ramenait à la conversation du dîner :

« Quel est l'aventurier qui vous a le plus intéressé ?

— Ça dépend des jours... Ce soir, disons : Renaud de Châtillon[2].

— Le roi de Syrie ?

— Seigneur d'outre-Jourdain. Je pense à lui parce que je viens de longer la côte d'Arabie avec ce pauvre *Cambodge* ; Renaud est l'antichevalier : Jaufré Rudel part pour Tripoli afin de rencontrer la reine Melissinde qu'il aime sans l'avoir jamais vue, et Renaud, parce qu'il la sait veuve et veut l'épouser. Le plus fort, c'est qu'il y parvient — alors que le pauvre prince-poète meurt avant d'avoir atteint Tripoli. Renaud se fait nommer chef de la garde varangienne...

— Les gorilles locaux ?

— Oui. Il épouse la reine. Elle meurt : le voilà roi. Il traite avec Saladin pour le passage des caravanes de La

Mecque à travers son royaume. Mais il fait transporter une flotte chrétienne démontée, depuis Tripoli jusqu'à ses terres de la mer Rouge, et, je crois, prend Médine. La ville était sainte, elle n'était pas riche. Il pille donc la plus somptueuse caravane islamique aventurée chez lui... »

Clappique lève un doigt mémorable, et cite :

Avez-vous vu, dit-elle, un bel enfant que j'ai ?
Et l'ogre, ta-ta-ta, lui dit : Je l'ai mangé.
Or, c'était maladroit[1]...

« Victor Hugo a raison : c'était maladroit.

— Saladin conquiert l'outre-Jourdain, ramène Renaud au Caire, attaché sur un chameau (le prisonnier tourné du côté de la queue du chameau, grand signe de mépris), rejette sa tête en arrière en la tirant par ses cheveux blancs, lui reproche sa trahison et lui coupe la gorge. Vous êtes satisfait ?

— Ce maquereau mirobolant[2] me comble, chéri ! »

L'auto tourne au coin d'un marché éclatant de néon et du chahut des disques chinois ; traverse un boulevard obscur, s'arrête à l'entrée d'une rue. Les voitures n'y ont pas accès, et des échoppes sont établies sur la chaussée[a]. Des ombres convergent vers une lumière d'autrefois, coupée de ruelles où des lumignons tremblent au fond de la Chine éternelle. Le dernier marchand s'enfonce, son bambou sur l'épaule, au son décroissant de sa cliquette. Le marché voisin beuglait de tous ses disques, mais ici la musique est celle des vraies voix et des vrais instruments : la musique de la mort. Couronnes de fleurs blanches qui feraient penser aux bouquets d'accueil des Indes, tubéreuses et frangipaniers, si elles n'étaient immenses ; familles qui commencent leur repas de funérailles devant des cercueils courbes semblables à des barques, et à côté d'un artisan dont l'archet semble faire chanter son tour pour en tirer des ronds de serviette insolites. La rue de la Mort a commencé son existence somnambule[b].

« Entre autres métiers, dit Clappique, je suis correspondant de l'Agence française de presse. Forain avait raconté une belle histoire[3] à l'un des zigotos que j'ai trimbalés :

« Il se rend, un jour de neige, chez Nina de Callias[4], *La Femme aux éventails* de Manet.

— Celle dont les tapis étaient évidés, parce que son

kangourou en avait mangé la verdure pendant le siège de Paris ?

— Vous connaissez vos auteurs, chapeau ! Sans pardessus, mains dans les poches, hauts-de-forme cabossés, cols retroussés (vous voyez le genre : gentilshommes-clochards de Daumier sous les becs de gaz), deux personnages indignés : “Les échelles avaient quatre-vingt-dix pieds, monsieur ! — Quatre-vingt-quatre, monsieur ! — Mon ancêtre y était, monsieur ! — À la prise de Byzance par les Croisés ? Oh ! Oh ! le mien aussi, monsieur ! — Qui êtes-vous ? — Auguste de Châtillon[1]. — Villiers de L'Isle-Adam.”

« Et de s'embrasser dans la neige, fin saouls, et de se rendre chez Nina[a] en titubant[b].

— Auguste de Châtillon, dis-je, était l'auteur de *La Levrette en pal'tot*...

— Oui. Et l'amant d'Adèle Hugo, dit *Le Canard enchaîné* de l'époque[c]. L'hymne sedang de Mayrena a été composé, sur des paroles de Mac Nab, chansonnier du *Chat-Noir*, par Charles de Sivry[2], le beau-frère de Verlaine ! Si ça ne vous plaît pas, n'en dégoûtez pas les autres ! »

Il bourdonne l'hymne, couvert par le bruit de la rue. Nina de Callias, Villiers de L'Isle-Adam, Verlaine, Manet, le kangourou, l'extravagance et le génie des Batignolles[d]... Nous longeons des hôtels chinois semblables aux fumeries et aux entreponts de Jules Verne ; les couchettes superposées laissent pendre quelques bras[e] de camps de concentration. Autour des tables rondes, dans les cafés chinois, quelques affalés attendent ; autour des tables carrées de la rue, des vieillards gagneront bientôt leurs couchettes sinistres ; une population d'asile, patiente dans sa lumière, est rassemblée par milliers d'agonies dans la musique funèbre venue des capitales ensevelies, Si-ngan-fou, Lo-yang, où l'empereur plantait les premières semences...

Un chien passe, Clappique l'appelle : « Clebs ! Dans mes bras ! » Le chien s'enfuit, Clappique reprend :

« Un jour, les Américains m'ont envoyé un zèbre allemand, ancien assistant de la grande Leni Riefenstahl[3]. Rentrez sous terre ! il préparait un film sur Hitler. On n'a jamais vu le film. Mais le zèbre moustachu avait tiré ce qu'il avait pu de ses souvenirs, de ceux de sa patronne, de ceux des autres, et même de Nuremberg. Il racontait des histoires de journaliste, et aussi, pas un mot ! des histoires de Shakespeare. Shakespeare, vous connaissez ? Guillaume, comme l'autre ! Et comme Apollinaire. Lequel est mort pendant qu'on gueulait "À bas Guillaume !" dans sa rue[1]. Le monde est petit.

« Mon type racontait[2] d'abord un truc très cinéma : après le départ de Hitler, les Actualités arrivent dans la chancellerie : les tapis roulés en cylindres[3], et un chapeau oublié sur une chaise, un chapeau avec une jolie petite plume tyrolienne verticale, debout les morts ! que le bombardement russe fait trembler. Les opérateurs n'ont pas osé tourner. Dommage !

« Puis, un souvenir[4] qu'il tenait de Speer. Hitler et Speer sont seuls ensemble dans je ne sais quelle ferme de France. Minuit moins cinq. Hitler fait tout éteindre dans la ferme et le village, et se recroqueville dans son fauteuil de bois pour entendre le clairon de l'armistice. Le zèbre moustachu racontait très bien le silence, l'odeur des champs, les bruits des bêtes, et Hitler qui attendait.

« Puis, l'espoir tout fou des derniers jours : les agités dans l'ancien salon de Bismarck à Berlin, qui hurlent à Goering : "Les rayons de la mort, nous avons enfin découvert les rayons de la mort[5] !", alors que Goering, lui, sait qu'on n'a rien découvert du tout. »

Je pense à la visite des Windsor chez Goering, avant la guerre. Le duc fait porter à Karinhall un train électrique pour les enfants. Après le déjeuner, il monte avec Goering pour assister au jeu. Un quart d'heure d'absence ; une demi-heure ; trois quarts d'heure. La maréchale, inquiète, monte avec la duchesse, et elles trouvent l'ancien roi d'Angleterre à quatre pattes comme Goering, tous deux fascinés par le merveilleux jouet que les enfants, déjà las, regardent distraitement.

Comme les Chinois qui nous entourent regardent distraitement la mort.

Je pense aussi à la maîtresse anglaise[6] de Hitler, à qui Gaston Palewski disait : « Comment as-tu pu coucher avec ce gorille ? — Ah, de tous mes amants, c'était le plus drôle ! Je ne me suis jamais plus amusée qu'au jeu de cache-cache à Berchtesgaden ! »

Clappique continue :

« "Hitler, vociférait mon zèbre indigné, Hitler a voulu transformer l'Allemagne en terre brûlée[7], et presque personne ne lui a obéi ! il a voulu détruire Paris, et votre Paris n'est pas détruite ! *Wunderbar*[8], mais je ne trouve pas les images !" Malheur ! il ne trouvait pas les images ! Haffreux, de plus en plus haffreux, comme disait Shakespeare (Guillaume). Hitler cocu, pas un mot ! J'en veux !

« Ses images, quelquefois, il les trouvait, le zèbre ! Eva Braun, dactylo chétive, chétive, vous dis-je ! arrive au bunker, tous les durs de durs veulent la virer, et elle les envoie faire foutre ! Mon zèbre moustachu disait : "Ils n'osaient plus rien dire, parce qu'elle avait l'air d'apporter la mort[1]." Ça vous plaît ? Au surplus, elle l'apportait ! Hitler avait dit bien avant : "Un jour, il ne me restera que deux amis, Mlle Braun et le chien[2]." Plus ça tournait mal, plus il aimait le chien. Un berger allemand, Blondi[3] je crois. Pas de chat. Il avait raison d'aimer les bêtes. Les derniers jours, les avions allemands larguaient vasouilleusement les provisions[4] destinées au bunker, et pour cause ! Le type qui allait les ramasser était un gardien du Tiergarten. Ça me plaît. »

Aucune bassesse dans cette image de Hitler nourri par le gardien des bêtes, ou des fauves… Je me souviens du dernier hiver de guerre ; la brigade Alsace-Lorraine était presque seule à Strasbourg contre les chars de Rundstedt. Le général de Lattre m'avait dit : « Si les Américains ne reviennent pas, il faut que vous soyez là, et que vous ne soyez pas prisonniers. — Évidemment. » Les Américains étaient revenus. Pas tout de suite. Enfin, l'offensive allemande était brisée. Une nuit, nous quittions le mess dans la neige que la pleine lune rendait éclatante. L'un de nous a dit : « Voici la dernière lune sur le IIIe Reich. » Aujourd'hui, la chaleur nocturne de Singapour enveloppe la voix tristement grinçante de Clappique :

« Mon type était passionné par l'avant-dernière scène de son film : Hitler collé au mur dans le bunker, avec son accès de torticolis[5], appelait le chien affectueusement et lui tirait une balle dans la tête. Ça pourrait aussi être la dernière scène. Pourquoi ai-je traîné ce zèbre ici ? Interrogations, méditations ! Conclusion hâtive : sans doute parce qu'il m'avait demandé de l'amener. Non ? Moustachu mais lugubre, il espérait que cette rue lui fournirait des sujets lugubres, pourquoi pas ? »

Clappique enveloppe la rue de la Mort d'un geste vague et un peu tremblant[a]. Le dragon millénaire[b] qui s'est couché pour mourir parmi son peuple de ténèbres, pelé de tout l'éclat de ses empires, s'endort sous ses écailles de chanvre, de sacs et de haillons. Allons retrouver l'électricité de la ville européenne[a].

Le *Raffles* a beaucoup changé ; mais, comme jadis, les tireurs de pousse jouent aux cartes chinoises sur le trottoir. Les vélos ont remplacé les brancards des rickshaws. Quand je suis venu ici pour la première fois, je n'avais pas vingt-cinq ans. Devant moi, il y avait l'Asie — et mon destin. Qu'en attendais-je ? Je ne le sais même plus. Mon destin est derrière moi. Une fois encore, je constate à quel point je rejette mon passé — à quel point m'échappe toute cette vie qui, sur le même trottoir de Singapour, sépare ces cyclistes chinois des tireurs de rickshaws de 1923. (Est-ce bien 1923[b] ?...)

Le petit patio bordé de chambres aux portes à demi-persiennes existe encore ; les mêmes demi-persiennes battantes qu'à l'hôtel de Gramat où j'étais couché sur les dalles en face des Allemands. Au centre[c] du petit jardin, les tables du bar. Clappique m'installe sous un palmier droit, commande des fines-sodas, disparaît, revient, son manuscrit (volumineux !) sous le bras. À la table voisine, un journaliste américain blessé à Bornéo[d] boit aussi, le bras en écharpe.

« Méry[1], dit Clappique, viendra tout à l'heure prendre un verre : il habite ici.

— Pourquoi n'est-il pas venu à la réception ? Le consul général est sympathique, et sa femme aussi.

— Horreur des réceptions. Plus de soixante-quinze ans maintenant. Le consul ne lui en veut pas : il pense qu'il sera mort avant un mois. Tuyau de médecin ? Peut-être... »

Son rôle en Indochine fut celui d'un ministre de l'Éducation nationale.

« Que fait-il à Singapour ?

— Il attend de mourir. Rentrons sous terre...

— Il connaît le diagnostic ?

— On dirait que ça dépend des jours. Marchand de papillons. Parle très bien des papillons. Il écrit sur l'Indochine de votre temps, et a grande envie de vous rencontrer. Il vivait avec une bactériologiste vietnamienne.

— Communiste ?

— Elle ? N'en doutez pas. Lui, non. S'en fout. Elle est morte récemment. Depuis, il vit seul avec un gosse cambodgien qu'ils avaient adopté, et qu'il adore. Je suppose qu'il ne pense guère à la mort qu'à cause de lui. Cela dit, si vous souhaitez ne pas le voir, laissez tomber.

— Non.

— Parfait[a] ! Ici, Essuie-Plume[1] ! Chacun son Chat botté[b] ! »

Un gentil chat noir quitte un fauteuil de rotin, se couche sur les genoux[c] de Clappique.

« Jadis, dis-je, on dansait, ici... Les moustiques étaient si nombreux que lorsque j'ai retiré mes escarpins, ils sont restés imprimés en blanc sur mes pieds violets de piqûres.

— Moustiques : morts ! il n'y a pas qu'eux[d].

« Donc, nous avons écrit en tapinois, Essuie-Plume et moi, un p'petit chef-d'œuvre sur lequel j'aimerais avoir votre avis. Ça s'appelle *Le Règne du Malin.* Il n'est pire raseurs que littéraires. Nonobstant, le roi des Sedangs vous a intéressé souventes fois, jadis[e] ? »

Certes, je n'ai pas oublié David de Mayrena, dont la légende, très présente dans l'Indochine de 1920, est, en partie, à l'origine de ma *Voie royale.* Encore ne m'a-t-elle donné qu'un décor. Les vieux Indochinois avaient fait cette légende avec leurs rêves, et la précisaient avec leur médiocrité. Du moins connaissais-je les photos : un Jupiter aux trop belles dents, vêtu d'un dolman d'uniforme.

« Heureusement, nous ne savons presque rien de la conquête. Nonobstant, suis-je excité par le roi ? Non ! Je le suis par l'époque ; par ce que nous appelions à dîner l'Asie endormie. »

Je sais : l'heure verte à la terrasse du *Continental*, le soir sur les caroubiers, les casques du sergent Bobillot, les dominos du mah-jong sur la musique miaulante de Cholon, les victorias et leurs grelots rue Catinat, le petit billard furieux des bouliers chinois, l'extinction des feux dans les casernes des tirailleurs sénégalais[f]...

« Je suis content[g] de ma première scène. Mayrena et son copain Mercurol — pernods, lézards au plafond, éphémères plein la lampe à pétrole — entendent sonner à la porte, voient un type en uniforme et croient qu'il vient les arrêter. Pas un mot ! Il vient convoquer Mayrena de la part du gouverneur, qui lui confie la mission en pays sedang, à cause de ses articles ! Au début, Mayrena n'avait pas la moindre idée de la Confédération sedang ! Il croyait à l'or.

— Ça commence bien.

— Autre scène qui m'excite comme un vibrion ! Mayrena dîne chez le résident du dernier cercle français avant d'entrer au pays sedang. Sa dame "écrit". Vous voyez le genre : cheveux carotte, yeux charbonnés, maquillée comme un clown. Mayrena, mythomane, dit qu'il a connu Victor Hugo, récite les deux strophes d'*Olympio* :

Répondez, vallon pur, répondez, solitude,
Ô nature abritée en ce désert si beau,
Lorsque nous dormirons tous deux, dans l'attitude
Que donne aux morts pensifs la forme du tombeau ;

Est-ce que vous serez à ce point insensible,
De nous savoir couchés, morts avec nos amours,
Et de continuer votre fête paisible,
Et de toujours sourire et de chanter toujours[1] *?*

« La chaîne annamitique. Les lézards autour de la lampe, les cris des grenouilles, notre Asie, quoi ! Puis, fondu enchaîné sur la poétesse, Folle de Chaillot[2] en gros plan, qui répond par la fin de *Souvenir* — réponse à Hugo, et non à Dante[3] comme le prétend Musset, vilain menteur :

La foudre maintenant peut tomber sur ma tête :
Jamais ce souvenir ne peut m'être arraché !
Comme le matelot brisé par la tempête.
Je m'y tiens attaché[a].

Je ne veux rien savoir, ni si les champs fleurissent,
Ni ce qu'il adviendra du simulacre humain,
Ni si ces vastes cieux éclaireront demain
Ce qu'ils ensevelissent…

— Avec une dispute indigène au fond de la nuit…

— Il faut une actrice qui récite très bien. J'ai entendu Moreno, qui avait l'air d'une maquerelle tombée dans la débine, réciter le *Balcon*[4], les mains au dos. Extraordinaire ! Voltigez ! l'opérateur devra se débrouiller astucieusement ! Comme un grand ! Les visages doivent être des guignols, mais le texte ne doit pas être caricaturé, au contraire ! Il a un rôle comme celui de la musique, vous voyez le genre ! Et les guignols doivent être moins importants que la nuit. Je voudrais donner notre Indochine d'autrefois : ça se passait, ça se passe, ça se passera… L'Asie ! Les grands arbres, les lianes, les grenouilles[a]…

— Le cri des crapauds-buffles suggère ce que vous cherchez : ils se taisent quand l'homme approche, et semblent toujours venir de très loin… »

Il redit à mi-voix : « … *ni ce qu'il adviendra du simulacre humain…* » et pose les mains sur son manuscrit. Dans la nuit chaude, des clients du *Raffles* reviennent du cinéma, sans interrompre le vol fasciné des éphémères.

« Il faudrait aussi me débrouiller avec la forêt. Problème ! Une atmosphère étouffante, des trouées, l'Annam mille mètres plus bas. Et que ça pullule ! Les villages comme des punaises des bois ! Des sangsues, des grenouilles transparentes ! Un squelette de buffle absolument net mais plein de fourmis. Vous voyez le genre ?

— Sans peine : pour moi, la grande forêt, ce sont les insectes et les toiles d'araignée.

— Quand le soir tombe, les arbres qui commencent à converser… Des coolies qui disparaissent ; la caravane de moins en moins longue… Quand elle arrive en pays sedang, un mort, une flèche dans l'œil. Les sauvages avec leurs hautes lances. À leurs colliers, entre les dents de tigre, des pépites. Mayrena en dolman bleu pâle, modestement ! L'accueil des pères (ou non, je ne sais pas encore). Des cochons noirs. Des volailles. Des cases pleines d'ossements : les animaux des sacrifices. Des lancettes de guerre plantées dans certains sentiers. Une femme qui pleure parce que son enfant vient de mourir. Dans les cases des chefs, crânes d'animaux. Vautours. Mercurol fait fonctionner des automates. Distribution de quinine ; après quoi, des types viennent demander à Mayrena de leur rendre un bras, un œil, une jambe…

« Je voudrais une scène de sorcellerie. Il y en a eu de mirobolantes, avec les sorciers aveugles qui faisaient parler les morts. J'ai les traductions. »

Il feuillette enfin son manuscrit :

« *Ô garçons, allez déterrer au pied du lilas le baume qui rend invincible*[1] *!*

« *Pourquoi te laisserais-je quand tu es déjà blessé, — quand ta cuisse est brisée, quand ton sang inonde le village ! — j'abandonnerai ta mâchoire au-dehors où viendront les fourmis grandes et petites, —*

toi le chef féroce qui m'as enlevé ma femme, — arraché le cœur du ventre. — Ô enfants, ô enfants, — plantez sa tête au sommet de la porte. — Milliers d'oiseaux, tourterelles moirées, mes serviteurs, venez avec moi !

« Ups ! Ascenseur ! Nonobstant, dans la langue du film, français ou anglais, minable ! Minable, vous dis-je ! Et s'il y a un traducteur — un des religieux, ou quelque chose comme ça — effet perdu ! Réfléchissons, Essuie-Plume ; pensons, mon ami !

« Je vois certaines choses : par exemple, les bancs de brume que j'ai traversés là-bas, les vols de papillons grands comme des nuages. Le pittoresque, oui : les balles creuses emplies du sang qui ruisselle de l'arbre où la balle vient de s'écraser. Vous vous en êtes servi, mais peu me chaut !

— C'était un procédé employé par Robert Houdin contre les marabouts[1] ; Mayrena peut l'avoir connu.

« Mais comment voulez-vous traiter la partie sérieuse ? Si vous ne faites pas simplement de Mayrena un agent français — et même ! — il faudra rendre cette conquête intelligible. Les pères n'expliquent pas tout. Ni le duel avec le Sadète du Feu. Battre en duel un roi-sorcier est important, mais gare aux *Trois Mousquetaires* !...

— Rentrez sous terre ! à l'armée, Mayrena avait été prévôt, et il portait sans doute la latte de cavalerie, beaucoup plus longue que le sabre asiatique... Malheureusement, je m'en fous ! Ah, le sérieux ! le sérieux ! Déprimant ! Consternant ! »

Il se prend la tête à deux mains, comme s'il sanglotait :

« Ça ne peut tout de même pas ressembler à *Tintin* ! Tu as beau dire, Essuie-Plume ! Tu parles à la légère ! Tu ne réfléchis pas ! Réfléchissons, réfléchissons !

— Si vous ajoutiez au duel des oiseaux et quelques singes ? Quant à la lutte entre les tribus, vous pourriez reprendre mon procédé de *La Voie royale :* dans la nuit, les feux ennemis qui s'éloignent comme la flamme qui ronge le bord d'un papier[a]...

— Mirobolante idée ! Nonobstant, vous avez raison : il faudrait comprendre pourquoi le gouvernement a décidé d'abandonner Mayrena. Plus de gouvernement, plus de pères : plus de pères, plus de Mayrena. Il ne savait pas les dialectes.

« Je voudrais une espèce de reportage bizarre. Un paysage très con, genre picard, nul en tout, d'où sortiraient des trucs de cauchemar devenus aussi naturels que nos cimetières, avec, en contrechamp, des rustiques plus ou moins à poil, les mains croisées sur l'épieu à défricher, comme les nôtres sur le manche de leur bêche.

« Il faut faire comprendre que ces types sont des paysans. Mais je m'en fous. Je ne pense qu'à Mayrena de retour en France, avec son arrière-fond de roi sauvage. Vous voyez le genre ?

— Je ne crois pas possible de faire un film allusif. Et pourquoi Mayrena est-il revenu en France ?

— Négocier, et retourner là-bas avec l'appui des autorités ? Complètement fol, pourtant pas impossible. Négocier autre chose : les mines d'or ? La Bourse aurait pris ça allégrement[a] ! Ou bien profiter de sa légende, telle qu'il l'imaginait ? Pourquoi pas ? Un p'petit médecin chafouin nous dirait qu'il était paranoïaque. Il a été admiré par les journalistes comme un mirobolant ! Amant d'une actrice célèbre ! Il a cru que c'était arrivé, puisque à la Chambre il s'est fait flanquer à la porte de la tribune du corps diplomatique : à la trappe ! Sous terre !

« Enfin, j'arrive à la scène du *Rat mort.* J'ai tout écrit pour deux scènes : celle-là et celle de l'agonie. Difficile à tourner, parce que c'est une espèce de monologue, comme la vie de la petite-fille de Timour. Tout repose sur l'acteur.

« Donc, terrasses, noctambules, ailes du *Moulin-Rouge* qui tournent avec leurs petites lumières, salle où l'on danse, tziganes. Autour de Mayrena en habit, grand cordon de l'ordre royal du Courage, des hommes élégants, et des clochards qui ont laissé au vestiaire leur haut-de-forme cabossé. Ceux-ci restent debout, verre en main. Plus loin, sur la banquette de velours, femmes aux paupières mauves et aux longs gants. Je voudrais avoir introduit avant, un cancan du *Moulin-Rouge* : il s'arrêterait, stop ! à l'entrée de Mayrena, et les danseuses à fesses se précipiteraient pour lui porter des fleurs. C'est d'ailleurs ce qui s'est produit. Olé ! Nonobstant, lorsque la scène telle que je l'ai écrite commence, Mayrena est en train de parler. La fin de la nuit approche. Il tire sa montre :

« "À l'heure qu'il est, là-bas, le jour se lève sur mon royaume. Mon ami le colonel Mercurol, duc de Kong Toum, est décoré pour avoir capturé le personnage le plus sanglant de la guerre, le De Tham. Les Français sont entrés dans son camp entre les soldats crucifiés en plein soleil sur des troncs énormes, messieurs !

« “Les malheureux qui me croient intrus dans la tribune diplomatique s'imaginent avoir le droit de concéder au duc de Kong Toum leurs décorations !”

« Ce chef de nos Bandes noires, condottiere malgré son aspect mité, m'a ébloui par la façon dont il modernisait les *Contes* de Perrault pour son moutard de fils, à Toulouse ! »

Clappique reprend sa voix véritable :

« C'est l'histoire à laquelle j'ai fait allusion quand l'inspecteur a raconté son *Chat botté.* Les psychanalystes ont des théories. N'empêche que j'aime les contes qui ont excité l'enfantelet Mercurol, la fille de Sumatra, toutes sortes de gens morts, rentrez sous terre ! et vous et moi. Bien que vous, je vous soupçonne d'être surtout excité par le chat. Tant pis, tant pis ! À bas les chats, capitalistes ! Enfin, suite : la gosse vient d'être mangée par le loup[a].

« Alors, ton papa qui revenait de la Coloniale, est passé par là. Dans la cavalerie, ils te diront qu'un chef d'escadron c'est plus qu'un commandant, mais faut pas les croire, souviens-toi ! Alors il a vu qu'il y avait de la lumière chez la grand-mère, il s'est faufilé, naturellement, il s'est rendu compte de tout… »

Cet imitateur saisissant n'imite pas le personnage dont il parle : il continue d'imiter le récit de Mayrena. De la même façon qu'au dîner, mais sa mimique ne le sert plus : je le vois à peine. Or, sa mimique — le monocle impérieux, la caresse de la barbe imaginaire — était, et voulait être, drôle. Alors que sa voix dans la nuit semble faire parler des morts[b].

« Le loup lui dit : “Alors c'est vous le sergent, je veux dire, le capitaine, qui a arrêté le De Tham ?…” Le De Tham, c'est un grand loup plus méchant que tous les autres. Alors ton papa a répondu modestement : “Oui, c'est moi.” Alors le loup s'est couché en rond en aboyant, ton papa l'a mis les pattes en l'air et lui a ouvert le ventre avec son grand sabre qu'il avait rapporté du Tonkin et il a sorti la grand-mère et le Petit Chaperon rouge ; il leur a dit : “Vous êtes pas folles ?” et il les a emmenées place du Capitole, acheter des violettes au sucre pour la petite, et des marrons grillés pour la grand-mère, parce qu'elle disait : “J'ai eu froid dans le ventre du loup.” »

Tout de même, lorsqu'il repasse sur Mayrena, le timbre

de sa voix devient plus grave, et son rythme, beaucoup plus lent[a] :

« Vous me demandiez, messieurs, ce que la grande forêt a de plus étonnant ? Les miaulements de cornet à pistons du tigre. On ne le voit jamais. On ne voit pas non plus les scies des rosiers épineux, qui ouvrent la gorge. On voit seulement des taches de sang sur le sol, là où le tigre a rencontré l'éléphant.

« Et nos petits chevaux poilus ! Récalcitrants gredins ! Bah ! Chez nous, à Mayrena, les enfants étaient à cheval dès la fin du baptême ! Un gentilhomme, c'était le baptême, et en selle[b] !

« Et les toiles d'araignée hautes de deux étages ! Un porteur est tué, on l'emmène au prochain village pour l'enterrer, une fléchette d'arbalète dans le ventre. Dix porteurs en fuite, et, la nuit, la caravane avec les éléphants des pères, qui arrive à votre rencontre, messieurs, dans un chahut de noce villageoise !

« Pendant que Mayrena parle, des bohèmes descendent chercher des amis. Chaque fois qu'entre un nouveau convive, Mayrena fait le même geste : “Prenez place”, et poursuit. Maîtres d'hôtel et garçons, au plastron de plus en plus gondolé, se sont rapprochés.

« Car il y a les éléphants, pardieu ! On chasse les éléphants sauvages à la lance, et à un arc énorme manœuvré par deux hommes. C'est pour récompenser ces chasseurs que j'ai institué l'ordre sedang, qui représente l'empreinte d'un pied d'éléphant, ce qu'a vu tout chasseur vaincu, quelques instants avant de mourir ! Et il n'est pas un ordre, depuis celui de Napoléon, qui ait honoré si exclusivement le courage ! »

Il prend dans la poche de son gilet, et jette sur la table, une médaille de chevalier qui passe de main en main.

« Assez de champagne pour moi ! Holà, quelqu'un ! Qu'on me fasse donner une absinthe ! »

Clappique n'a pas tourné une page : donc, il ne lit pas. Sait-il son texte ? Je crois plutôt qu'il improvise, comme il l'a fait au dîner, soutenu par l'alcool, par l'ivresse qu'apporte l'imitation, par le canevas que lui rappelle confusément sa mémoire. Improvisation sans doute parente de celle des acteurs de la *commedia dell'arte*. Scaramouche. J'ai entendu jadis les conteurs persans, mais Clappique raconte à peine. Cette frénésie de l'invention verbale, je ne l'ai rencontrée qu'une fois, éblouissante et acoquinée à une gouaille de chauffeur parisien : chez Louis-Ferdinand Céline, vers 1935. Cette voix, qui n'est pas une voix d'acteur, et qui n'appartient qu'à un personnage disparu, devient presque lugubre[a] :

« La royauté, quoi, la royauté ? C'est la vie de tous les jours, quand les négociations sont terminées. Les combattants qui attendent du roi des semailles magiques. Et les bêtes. Les merles apprivoisés sur les séchoirs à pagnes ! Les trombes de moucherons au-dessus des animaux vautrés dans la vase ! Il faut protéger les récoltes de riz contre les paons, les perruches serrées comme des bancs de poissons, les singes. Ceux de la forêt se réfugient dans les villages quand ils sont harcelés par les léopards, à l'heure où, comme disaient les pères, les tourterelles sauvages roucoulaient leur prière du soir !

« J'ai vu les aèdes dans leur couverture, leur bras d'aveugle étendu pour appeler les morts ! J'ai entendu le tintement du petit gong de guerre qu'ils appellent cri de la grenouille d'eau ; j'ai entendu dans la nuit les borborygmes, hallucinants, messieurs ! des éléphants entravés ! J'ai connu les sacrifices sanglants après lesquels les Moïs reprennent leurs têtes de paysans tranquilles, les torches des Maisons des Morts. Le travail des pères a été d'abord retardé d'un an parce qu'un drôle prétendait que les barbus portaient malheur. Les Maisons des Morts ! Un poussin dans une cage, un cadavre allongé, genoux liés de coton et de colliers de cuivre. Le poussin, c'est l'âme de ce roi barbare !

« J'ai connu les sorcières enveloppées de bandelettes, avec leurs cris d'hôpital ! et tous ces damnés chefs de village ! J'ai entendu tenir des discours aux arbres, aux tigres, aux morts ! J'ai entendu les Moïs qui avaient assisté au supplice du buffle ou de l'esclave réciter leur *Chanson de Roland* : *"Allez[b] déterrer au pied du lilas — le baume qui rend invincible[1]..."*

« Pourquoi faut-il aider Brazza[2] ? Il apporte quatre ou cinq cent mille hommes ? J'en apporte davantage. Les guerriers du Makoko ne sont rien ; moi, j'ai dix mille guerriers braves comme des Sikhs, j'en aurai cent mille dans cinq ans si l'on veut. Faut-il moins ménager toute l'Allemanderie, le long du Congo, que le long du Mékong ? Savorgnan a obtenu des actes de soumission ou d'alliance, comme moi. Si j'ai suivi le pavillon à mes armes, c'est qu'on m'avait interdit de déployer le drapeau tricolore ! J'ai dû, de mes propres mains, arrêter les Djaraïs, les plus dangereux combattants de la péninsule indochinoise ; j'étais en train de supprimer l'esclavage ! Au lieu de livrer tout notre argent aux Russes, ou à M. Eiffel pour bâtir sa tour ridicule[1], ne pourrions-nous retenir quelques louis pour l'Empire ! L'Empire qui pourrait bien peser, au jour de la revanche, plus lourd que le général Boulanger ! C'est le centenaire de la Révolution ; je regardais hier surgir des hangars de Javel la Liberté, cette grande prostituée, qui va partir pour l'Amérique, et je lui disais : “Avant d'élever ta torche sur le Nouveau Monde, regarde ce que l'on fait de toi !” »

« Une autre absinthe ! »

La voix de Mayrena s'est à peine élevée. Une vieille marchande de violettes s'approche, tend ses fleurs. Il prend un bouquet, donne une pièce :

« Merci, madame.

— Vous m'appelez madame ? Ça, alors ! Il faut que vous soyez un prince. Ou un artiste ?

— Je suis un roi, madame », répond-il distraitement.

Il s'accoude à la table, reprend :

« Je ne suis ni le pauvre Raousset-Boulbon qu'ils ont si bien laissé fusiller, ni Aurélie Ier, roi d'Araucanie en vacances[2], qui vaut mieux qu'eux, pardieu ! Je puis lancer une exploration, une troupe, du Siam à l'Annam : qui peut le faire ? On m'avait chargé de fixer au sol une expédition siamoise (disons : siamoise...) avec des moyens de misère ! L'ai-je fait ? M'avait-on donné une escorte, ou non ? Suis-je venu à Qui-Nhon avec le gouverneur général Constans ? Suis-je arrivé chez les missionnaires avec des instructions de l'évêque ? Avons-nous fait honneur à ce drapeau que je n'avais pas le droit de déployer ? Dupleix est mort, abandonné, la tête posée sur un oreiller bourré de titres de la Société des Indes, et l'État lui faisait un procès ! Devant Stanley, ils abandonneront Brazza comme ils m'ont abandonné ! J'apporte le caoutchouc, le café ; mes arbres vont du palmier jusqu'au pin ! L'or ! Avec quoi croit-on que j'aie frappé les médailles de mes ordres ? On avait trouvé dix fois moins d'or au Transvaal, quand s'est déclenchée la ruée, il y a cinq ans, qu'on n'en a trouvé chez moi ! Et voilà l'insolent président de leur Chambre qui ose affirmer que je n'ai pas droit à la tribune diplomatique ! J'étais dans celle de l'Exposition ! Ces guignols à têtes de pendus m'ont manqué, et je brûle de leur donner une éclatante leçon ! Que faisaient-ils, je vous le demande, quand, au sommet des montagnes, ronchonnait dans le brouillard le tambour de guerre ! Croient-ils pouvoir ignorer impunément un destin sur lequel j'ai marché comme sur une lame de sabre ! »

Les bohèmes se sont rapprochés, toujours debout. Les derniers danseurs sont venus aussi, et tous sont agglomérés autour de sa table, sauf les musiciens qui n'ont pas osé quitter l'orchestre, mais écoutent. Il parle sans gestes.

« Il y avait une reine ? demande un bohème innocent.

— Oui, mon garçon, il y avait une reine ! et n'ayez pas l'air de railler : vous pourriez vous faire fustiger d'importance ! Je suis maintes fois allé sur le pré, comme tout le monde ; mais j'ai battu en combat singulier le Sadète du Feu, pour délivrer des peuples asservis ! J'ai entendu les boucliers frappés par les lances dans le brouillard ! J'ai commandé devant l'ennemi, et j'ai vaincu ! Mon royaume, ils sont prêts à le passer aux Prussiens, à qui voudra, pourvu que ce ne soit pas à moi ! Mais qui me chassera du rêve des hommes ? Les bourgeois peuvent rire quand le comte de Villiers de L'Isle-Adam rappelle ses droits au trône de Grèce, mais pas nous !

« Donc, il y avait une reine ! Affolante, avec son diadème de corail, c'était la dernière descendante des rois chams, et les Sedangs ont été vassaux des Chams. Elle est venue avec moi, et n'a jamais eu peur. Pourtant, certains jours ont été rudes ! Elle a voulu être soignée par les sorcières — et nous n'aurions sans doute pas pu la soigner. J'ai rassemblé les guerriers, et les éléphants l'ont portée, à travers les montagnes, jusqu'aux grandes ruines. Les nuages des papillons blancs arrivaient sur nous comme des aubépines ! et quand ils avaient passé, mes compagnons étaient des Pierrots, nos éléphants étaient des éléphants blancs, ah ! ah ! La reine, on l'a ensevelie sous les décombres des temples de sa race. Une prêtresse a chanté les funérailles ; les guerriers inclinaient leurs torches vers la terre. Il y avait cinq cents ans qu'on n'avait pas enseveli une princesse chame sous les tours de My Son. C'est tout. »

Pendant qu'il parle, dans l'écran, la vérité : l'enterrement solitaire, avec une croix de branches.

Puis les bouteilles de champagne vides et les soucoupes des verres d'absinthe sur la table du *Rat mort.*

« Holà, quelqu'un ! l'addition ! »

C'est plus qu'il ne lui reste. Il arrache la plaque d'or du Courage qui pend à son grand cordon, et regarde l'empreinte du pied d'éléphant. Elle devient celle d'un éléphant au combat, patte dressée, défenses et trompe sur le ciel. Mayrena pose la plaque d'or sur l'addition, dit au maître d'hôtel : « Changez au poids ! », et se lève.

Les bohèmes s'égaillent, ses invités vont mettre leur pardessus. On apporte la monnaie. Il donne un pourboire au groom à calotte rouge, qui dit timidement : « Je voudrais repartir avec vous… »

« Enfin, dit Clappique, la dernière scène. L'administrateur de Singapour — il a dû passer souvent ici — vient dans la case de Mayrena réfugié en Malaisie. Il tient un télégramme : GUILLAUME EMPEREUR BERLIN STOP. DERNIÈRES VOLONTÉS STOP. VOUS LÈGUE PROTECTORAT ROYAUME SEDANG STOP. VOTRE COUSIN STOP. MARIE. »

Mayrena couché, piqué par un serpent, sera mort dans une heure :

« Vous n'avez pas de chien ? Je voudrais caresser un animal doux… Je vais vous offrir quelque chose, puisque vous prenez la peine de venir me voir. Ce sera rare, plus tard. Cette feuille, dans la boîte, ce sont les timbres émis par mon royaume. J'espère que vous êtes philatéliste. Encore merci. Adieu. »

Devant l'hôtel, des klaxons en colère emplissent la nuit. Clappique s'arrête, puis reprend. D'une voix différente : maintenant, il a remis son monocle, et lit[a] :

« Mayrena arrive au bord d'une crique ; la mer bat une végétation qui croule dans l'eau. Il tombe sur l'humus et halète. Mousses à hauteur de son œil. Insectes. Après le bruit de sa chute, silence, puis le battement de la mer.

« Le chant d'un oiseau, sur trois notes. Elles se répètent, pures, puis mixtes, puis chantées : "Ton royaume…"

« Les mousses commencent à chuchoter : "Ton royaume" avec des voix de petites filles.

« Herbes et buissons. "Quand, dans le brouillard, ronchonnait le tambour de guerre…"

« Un petit arbre à palmes. "Je voudrais partir avec vous…"

« Troncs, lianes. "Ton royaume." Voix d'hommes qui s'éloignent. Le ciel seul. Silence.

« Voix de femmes, assourdies : "Allez déterrer au pied du lilas — le baume qui rend invincible..."

« Mayrena s'est dressé sur les coudes. Le flot s'écrase sur les rochers en grondant : "Ton roy-yaume !"

« Reflux.

« "Je voudrais caresser un animal doux..."

« Le sadète.

« Des guerriers décorés dans le brouillard.

« Un crâne de buffle parcouru d'insectes.

« Les auditeurs de Mayrena au Rat mort.

« Le flot revient.

« Un singe immobile dans un arbre.

« Le flot gronde : "Ton roy-yaume !" et reflue pendant que grandit le visage de Mayrena, jusqu'à ce qu'il n'en reste que les yeux. L'appareil suit le mouvement des paupières (l'œil humain se ferme de bas en haut) et se fixe sur les nuages immobiles de l'équateur. »

« Fin du *Règne du Malin.*

« Qu'en dites-vous ? Et toi, Essuie-Plume ? »

Comme si un électricien[a] avait attendu le silence, la plupart des ampoules s'éteignent, et les étoiles retrouvent leur poudroiement. Clappique tire sa pochette, essuie une fois de plus la sueur de son visage. La chaleur est encore pesante, malgré la brise de mer. Dans l'obscurité, je vois voleter sa pochette blanche, comme un grand papillon de nuit autour de son crâne luisant. « ... les nuages immobiles de l'équateur. » Je pense à la sérénité des cumulus blancs au-dessus de la nuée plombée de Varsovie en flammes, puis au-dessus des immenses traînes de fumée qui, pendant la retraite de 1940, montaient lentement des réservoirs incendiés[1] et des mêmes traînées obliques de nos villages incendiés par la division cuirassée allemande dont l'ambulance me transportait.

« Le monologue et les images me semblent remarquables, mais le film reste à faire.

— Bien sûr. Down ! Ascenseur, descends ! Je rêve ? Pourquoi pas ! Nul en tout !

— Vous n'avez jamais eu envie du théâtre ?

— Auteur, non. Acteur ? Au cinéma, Sternberg me promettait une brillante carrière : Charlot ! Je n'ai pas de talent. Je peux improviser, mais je ne sais pas interpréter. Minable ! »

Ce que je découvre depuis le dîner, c'est que l'aventure, qui m'a jadis tellement intéressé, n'est plus pour moi qu'un appartement abandonné. Quelques-uns de mes amis ont rompu ainsi avec le communisme : non à cause des procès de Moscou, ni du pacte germano-soviétique, ni d'un conflit sans remède. Le flot s'était retiré. Ce n'est plus Mayrena qui me passionne : c'est Clappique, qui m'amuse.

« Horriblement clair ! Même pour moi, l'aventure : décor, Châtelet, vieille garde, bonnets à poil ! Bonnets à poil, vous dis-je ! Pense, Essuie-Plume, que j'ai failli t'appeler Écouvillon ! Mais demande donc à ce ministre, puisque les aventuriers ne l'intéressent plus, ce qui l'intéresse : pas les politiciens, j'espère ?

— Les hommes de l'Histoire[1].

« Il y a eu aussi, pendant la guerre, la rencontre avec la bestialité humaine…

— Sans parler de nos chers camps d'hébergement pour vos amis espagnols, ni de quelques tendres interrogatoires en Algérie !

— Mais les hommes qui ont détruit en moi la puissance poétique de l'aventure, si forte dans ma jeunesse, ce sont les hommes de l'Histoire. Laissez les politiciens. Churchill n'est pas un député anglais. Le général de Gaulle n'est pas un collègue d'Herriot ; il est même le général de Gaulle parce qu'il n'est pas un collègue d'Herriot.

— Pas un mot : d'accord ! Mais pourquoi vous intéresser à ceux que vous appelez les hommes de l'Histoire ? L'Histoire n'est qu'une aventure mirobolante ! Alexandre Dumas l'a très bien compris : relisez *Les Trois Mousquetaires*, et voltigez !

— Pourquoi me souvenir de César, pourquoi m'intéresser à Nehru, à Mao ? Mais enfin, l'une des plus hautes qualités d'un homme qui n'est pas un animal, c'est d'être capable d'admiration. Si vous préférez admirer Gandhi plutôt que Nehru, je n'ai pas d'objection. Mais je ne vais pas perdre votre temps à vous expliquer ma relation avec les hommes de l'Histoire. Disons simplement que, pour moi, ces hommes, comme les grands artistes, comme les aventuriers de jadis sur un autre plan, sont des hommes de l'antidestin. Puisque vous m'avez lu, vous comprenez. »

Un cyclo-pousse dépose une cliente à l'entrée de l'hôtel.

« Voulez-vous me prêter la scène du *Rat mort* ? J'aimerais la lire.

— Vous vous méfiez de mes pitreries ? Moi aussi, hélas ! Rentrons sous terre ! »

Il tire les deux dernières scènes du manuscrit, lève la tête :

« Voici Méry[a]. »

2[b]

« Je ne vous dérange pas ?

— J'ai grand plaisir à vous retrouver. Vous écrivez de nouveau, m'a dit notre ami ? »

Sa très haute silhouette courbée se devine à contre-jour, malgré la faiblesse de l'éclairage.

Je retrouve un ami[1] presque invisible. A-t-il beaucoup changé ? Je dois imaginer son visage de vieux pirate, que je n'ai pas oublié ; Méry tient par la main un enfant de cinq ou six ans, mèche noire en avant du front, et beaucoup plus distinct que lui, dans cette lumière orientée pour éclairer le sol. Je regarde sa haute taille fléchissante, et pense : il est trop grand pour sa taille. Il me répond :

« Écrire ?... Enfin, oui, je fais semblant, vous savez... Maintenant, vous savez, je suis entré dans le mouroir... »

Le terme (pour : le lieu de la mort) est breton, je crois ; Méry n'est pas breton. Il sera mort avant un mois, m'a dit Clappique. La lassitude de sa voix ne fait pas allusion à une menace ; ton singulier, différent de celui que j'ai connu : en quoi ? Il descend de la nuit en s'asseyant lentement, commande un whisky. Le reflet d'une ampoule tremble sur ses cheveux rejetés en arrière, aussi blancs que le casque colonial plat qu'il portait jadis.

« J'ai vécu assez longtemps dans le bouddhisme pour m'accommoder de la mort évidemment. J'ai traversé deux civilisations asiatiques... »

Il était le seul haut fonctionnaire français, qui, les congaïs aidant, parlât bien l'annamite et le cambodgien.

« ... et elles s'en vont, vous comprenez ? Pnom Penh telle que vous l'avez connue, les Français en toile blanche et les Françaises en mousseline imprimée... dans le jardin du Pnom, avec l'orchestre cambodgien qui jouait Verdi... Ce que j'écris n'a plus grande importance, vous savez...

— Nos p'petits papiers ! » dit mélancoliquement Clappique, dont la voix semble venir du sol.

Même assis, il n'atteint pas l'épaule de Méry.

« J'ai parfois besoin de retrouver *ce que moi, j'ai vu*, figurez-vous. Toi, Clappique, tu aimes Mayrena, les casques coloniaux, le boulevard Charner vide à midi...

— Était-il construit ? Le palais du Gouvernement, ça m'étonnerait ! Rentre sous terre !

— Il y a eu la "colonie" n'est-ce pas : le pouvoir aux Français, le commerce aux Chinois, l'administration aux Indiens de Pondichéry ou aux Antillais, l'usure aux Chettys, les tirailleurs noirs. Puis, la guerre de 1940. Puis, la guerre d'Indochine... Maintenant, les Américains...

— Illusions, chimères ! Tarare-pompon ! Je rentre sous terre à mon tour, ce qui veut dire que je vais me coucher. Je vous laisse Essuie-Plume. Je sens qu'il vous trouve faibles. Il a raison ! »

Clappique disparaît dans l'ombre du patio.

« Voyez-vous, dit Méry, j'étudie un peu l'époque où vous avez espéré lier l'Indochine à la France. Pourquoi ? J'aimais la France et l'Indochine, et aurais voulu les marier, pour ainsi dire. Nous aurions pu réussir, comme au Sénégal.

— Vous savez bien, dis-je, que vous posez une question burlesque et fascinante : comment des hommes qui avaient une idée de l'individu telle que beaucoup de leurs amis étaient morts pour elle, et qu'ils seraient sans doute, eux aussi, morts pour elle, l'ont-ils oubliée (et le mot oublier est bien léger !) lorsqu'ils se sont trouvés en face d'une autre civilisation ? Les Français d'Indochine, héritiers de la Révolution ; les Anglais des Indes, héritiers de l'individu, en attendant les droits de l'homme américains et français ; les Hollandais d'ici, héritiers des Gueux de Mer aux souliers carrés. Devenus les maîtres, ils prennent l'idéologie des Maîtres ? Ça vous paraît épuiser la question ?

— J'ai beaucoup réfléchi à ces choses, bien qu'à mon âge, réfléchir... enfin, soit !... Le romanesque de ma jeunesse... oui, je crois qu'il est mort. Mais pas au bénéfice de son contraire. Si j'ai cessé de vouloir le mariage de l'Indochine et de la France, ce n'est pas pour vénérer M. Diem, ni votre ami le président Kennedy, si je peux dire… Vous avez écrit : "J'ai épousé la France[1]." Je crois comprendre que l'ennemi, pour vous, a simplifié beaucoup de choses… Tant mieux. Votre Général est sans commune mesure avec ses adversaires, bien sûr… Mais moi, maintenant, les discours prophétiques… Vous êtes assez intelligent pour comprendre qu'il y a des parties perdues. Eh bien, voilà : je ne crois plus à rien de ce qui a donné son sens à ma jeunesse, je ne crois pas au contraire, je suis une partie perdue, figurez-vous ! N'en parlons plus. D'ailleurs, qui sait[a] ? »

Il dit : « Soit ! » et : « Votre ami le président Kennedy ! » et : « Votre Général… » mais sa voix semble s'en excuser. Malgré la nuit, je sais que lorsqu'il parle des parties perdues, il sourit tristement. Cette voix bizarrement tendre semble fléchir comme son corps. Il continue :

« Que veut dire : le passé ? J'ai été jeune, c'est fini. Soit… Il y avait devant moi un monde inconnu, imprévisible… Des événements ? Des femmes, des choses que j'ai faites ? Je n'ai pas fait grand-chose… Des choses que j'ai vues ? Oui, quand elles ont disparu, ou quand elles se sont beaucoup transformées : cet hôtel, par exemple… En face de la mort, vous avez envie de rempiler ? Pas moi…

« Voyez-vous, quand je me dis[b], comme l'autre[2] : "J'étais là, telle chose m'advint", je me réponds : "Crois-tu…" Des événements, ceux de l'Histoire ou ceux de ma pauvre vie ? Ce qui s'est tari en moi n'est pas un jugement… ni une relation avec la vie. J'ai du mal à m'expliquer, et pourtant… J'ai perdu le domaine insaisissable que j'ai attendu de la vie avec tant de confiance. Vous comprenez ? Vous avez écrit : Les hommes ne meurent que pour ce qui n'existe pas. Ils ne vivent aussi que pour ce qui n'existe pas, vous savez. Vivre est peut-être un peu ridicule… Pas plus que de mourir…

« Et puis quoi, l'homme n'est pas fait pour vivre seul…

— Néanmoins, vos amis bouddhistes ont écarté le couple. Il n'y a pas qu'eux. Et sainte Thérèse n'était pas plus mariée que saint Augustin[3]…

— Vous[c] savez bien que la vie contemplative est une autre vie. Elle n'est pas pour moi. Il y a tant de choses qui ne sont pas pour moi… »

Lorsqu'il réfléchit, il tire sa lèvre inférieure entre ses doigts comme une lippe, surtout comme une moue d'enfant. C'est ce geste, familier à Drieu, qui avait amené celui-ci à nommer Gilles le personnage de son autobiographie. Il lui donnait, en effet, l'expression étonnée de l'acteur de Watteau ; alors qu'il fait du masque de centurion de Méry un masque de perplexité.

« Je voudrais vous expliquer. En politique, je ne crois à une pensée cohérente que chez les hommes d'action et chez les imbéciles. J'éprouve des choses assez contradictoires. Je suis avec le Viêt-nam. Je suis contre le colonialisme. Mais j'étais aussi avec Leclerc, avec les braves types qui l'entouraient, ni colons ni mercenaires. Pour les vrais colonialistes, j'étais, comme vous, vendu aux rouges. En fait, je suis un libéral. Comme les trois quarts des intellectuels européens, et même occidentaux. Comme les deux tiers des Européens et des Américains, figurez-vous ! Mais depuis que le libéralisme est l'attitude la plus répandue de notre époque, il est devenu inavouable. Les partis libéraux meurent partout. Je me fiche des partis politiques, évidemment ; je ne me fiche pas du symbole. Croyez-vous qu'un seul historien, dans deux cents ans, puisse retrouver la vérité ? Mes collègues compulseront la montagne de textes bluffeurs, de droite et de gauche, parvenus jusqu'à lui. Il en déduira que je n'existais pas. Il aura tort. Peut-être comprenons-nous aussi mal le passé. Évidemment, peu importe…

« Donc[a], les gens du Sud[b] m'ont accueilli, mais la famille Diem ne m'intéressait pas. Dommage. Vous avez connu le général Jacquot, n'est-ce pas ?

— Il a été le chef d'état-major de la brigade Alsace-Lorraine. »

La voix de Méry change du tout au tout, redevient celle d'autrefois. Il rêvait, il raconte[c] :

« À Saigon, il a succédé au général de Lattre. Pour l'évacuation… Son aide de camp était très beau. Une des plus grandes dames du régime "convoque" le général, surpris. Il vient seul. "Votre aide de camp est malade, général ? — Non, madame. — Alors, vous pouvez vous en aller !" C'était la même souris[d] qui, après le suicide du bonze qui s'était fait flamber, avait dit : "Je n'aime pas les histoires de barbecue" et, au général de Lattre, qui lui parlait des ennemis de la famille Diem : "Général, vous devriez signaler à nos ennemis qu'on meurt à tout âge."

« C'était le temps du Bonze fou, créateur des Hoa Hao... »

La voix du souvenir revient[a].

« Mais je ne puis vraiment pas me passionner pour la politique. Des hommes se tuent pour ce qu'ils pensent, soit. En 14, je me suis battu à la baïonnette : une fois suffit. Ces passions idiotes, alors que nous pouvons regarder les palmes de ce petit jardin au-dessus de nous... »

Je devine qu'il hausse les épaules, et qu'il ne me regarde pas[b].

« Pourtant, je regrette de ne pas vous avoir suivis, vous et Monin... Évidemment, il eût fallu donner ma démission...

— Est-il vrai que Paul Monin soit mort à Saigon ? »

Paul Monin, fondateur avec moi du Jeune-Annam, et le premier avocat de Cochinchine, avait donné sa démission du barreau parce que « de son temps, l'hermine se portait blanche ».

« Je sais, dit Méry, qu'il est revenu de Canton pour mourir à l'hôpital de Saigon, très pauvre, et... intraitable... Ça arrive... Le médecin-chef l'aimait beaucoup. »

Voilà donc l'une des fins du Jeune-Annam. Je pense à l'autre :

« Qu'a fait Hô Chi Minh ?

— Il me semble que la guerre était déjà commencée... Qu'est-ce que je faisais, dans ce temps-là ? Je ne sais plus[c]... Les rapports de Monin avec les communistes n'étaient pas bons ; ils ne sont pas devenus meilleurs, je suppose, quand il a quitté Canton. Il a sans doute rencontré Hô Chi Minh, là-bas ? Hô est devenu conseiller de Borodine au début de 1925. Vous l'avez bien connu, autrefois ?

— Je n'ai eu affaire à Nguyên Ai Quoc* que d'une façon épisodique ; à tel point que je n'ai même pas la certitude de l'avoir rencontré. Le délégué du parti communiste était Pham Van Truong. Un petit mandarin hilare d'une cinquantaine d'années, retoucheur photographe (il avait été l'associé de Nguyên Ai Quoc à Paris), qui papillonnait de l'éventail, et me faisait du marxisme élémentaire. Nous demandions pour l'Indochine le statut de dominion. Or, le journal clandestin de Nguyên Ai Quoc était alors *plus modéré*

* Le nom de Hô Chi Minh à l'époque[1].

que nous ; les marxistes appelaient Truong un protocommuniste… J'ai été très intrigué par l'entêtement avec lequel il m'a exposé que nous devions “en finir avec les méthodes aventuristes de l'héroïsme individuel”. Ça voulait dire le terrorisme. Vous vous souvenez qu'alors, le terrorisme n'existait guère… Je ne comprends pas pourquoi un programme libéral, même s'il devait être modifié plus tard, même si Truong devait me tenir pour un futur Kerenski, ne pouvait pas s'accorder au nôtre. Le prolétariat, dans un pays sans industrie ? Entre 30 000 et 40 000 ouvriers en tout, selon la statistique de 1928. Les paysans ? À l'époque, c'était un mot ! Bien que Nguyên Ai Quoc ait pressenti leur importance, comme il a pressenti celle de la nation… Après tout, Ai Quoc veut dire : le patriote… Le nom de Mao était inconnu… J'avais l'impression de perdre mon temps en verbiage. Ce qui nous avait frappés, Monin et moi, c'était la théorie des deux ventouses*, que Nguyên Ai Quoc avait proclamée, souvenez-vous, en 1924. Nous pensions que si elle devenait un mot d'ordre, elle deviendrait chimérique. Qu'à l'époque, les deux seuls mots d'ordre étaient : Cour suprême à Paris, et dominion. Mais à terme, la théorie nous semblait capitale — sans commune mesure avec ce dont nous parlait Truong. En 1925, il n'y avait pas de Parti communiste indochinois. Mais je défendais — comme je l'ai fait pour l'Algérie lors du retour du général de Gaulle — le partage des terres : Truong ne voulait à aucun prix qu'il fût fait d'accord avec la France.

— Que risquait Truong ? Avec le général de Gaulle, on ne sait jamais ; mais, en 1925, quel gouvernement français aurait accepté le partage des terres ? »

C'est moins une question que la suite de sa rêverie[a].

Il allume une cigarette. La lueur sépare de la nuit son visage de centurion, rejette dans l'ombre le casque de cheveux blancs, s'efface autour d'un sourire affectueux et désabusé.

« Quelle chance avait alors Nehru ? dis-je. Nous comptions tous sur l'avenir. Si l'Indochine avait trouvé son

* « Le capitalisme est une sangsue ayant une ventouse appliquée sur le prolétariat de la métropole, et une autre sur le prolétariat des colonies. Si l'on veut tuer la bête, on doit couper ses deux ventouses à la fois. Si l'on n'en coupe qu'une, l'autre continuera à sucer le sang du prolétariat, la bête continuera à vivre, et la ventouse coupée ressuscitera » (Hô Chi Minh, 1924).

indépendance en même temps que l'Inde, ou même à travers la Communauté française, elle la posséderait avec moins de morts. Je disais à Truong ce que j'ai dit en France, à un meeting de la salle des Sociétés savantes présidé, je me souviens, par Léon Werth, vers 1930 : notre action n'est entreprise que pour prendre date. La révolution russe n'a pas été faite par Marx. Les indépendances asiatiques naîtront de la prochaine guerre européenne.

— Vous l'aviez écrit dans *La Voie royale*[1]... »

Les interlocuteurs qui se souviennent de mes livres de jadis me surprennent toujours[a].

« Je ne veux pas jouer au prophète : je croyais qu'elles naîtraient de l'effort de guerre commun, comme celle de l'Inde, et non d'une défaite à laquelle je ne pensais même pas. »

Le temps dont nous parlons, cette nuit, entre le journaliste blessé à Bornéo et quelques touristes, n'est pas lié pour moi à ce que je pensais alors, mais à des myriades de lucioles clignotantes au-dessus d'une rizière de Cochinchine, avec le mugissement régulier des crapauds-buffles, profond comme celui des trompes tibétaines ; à un matin bleu pâle sur les lotus et les aréquiers du Cambodge ; à des délégués du Kouo-min-tang de Cholon (assurés que le Jeune-Annam prendrait un jour le pouvoir) venus en file nous inviter à quelque banquet chinois ; à la rue Catinat après la grande pluie du dîner, lorsque je regardais au passage si les piles de *L'Indochine*, le journal du Jeune-Annam, s'abaissaient dans les échoppes des marchands indiens ; aux Chinois qui, vers minuit, rabotaient leurs blocs de glace dans les noix de coco décapitées par le coupe-coupe, et offraient des bananes roses ; aux nho avec leur petite mèche noire, qui fêtaient l'arrivée de la mousson en tapant sur des casseroles comme sur les gongs sacrés ; à la ventouse des pieds nus sur les dalles de la véranda, pendant la saison des pluies ; à la plaine qui fumait, et dont les échassiers s'envolaient, pattes pendantes ; à l'odeur des fruits trop mûrs ; aux bonzes qui jetaient le riz au vent pour les âmes errantes ; aux salles de bains où se promenaient des cafards plus gros que des hannetons ; au vacarme qui montait de la place du théâtre de Saigon vers ma chambre, la représentation terminée et l'embouteillage commencé, un jour que le gouverneur devait être exécuté par les terroristes...

« Au début, dis-je, notre action n'était pas exactement politique. Ni le Jeune-Annam ni le Parti communiste indochinois n'avaient de cadres. Nguyên Ai Quoc écrivait : *La France est un grand pays libéral qui n'exporte pas son libéralisme.* Et que voulions-nous alors, les uns et les autres, sinon obtenir pour les Indochinois les droits des Français ? Nous voulions d'abord faire sérieusement 1789, dans un pays qui ne l'avait pas fait. Comme Sun Yat-sen.

— C'est pourquoi j'étais avec vous… J'aurais préféré l'accord du Viêt-nam avec nous, mais l'indépendance ne me gêne pas, figurez-vous. Il y avait des choses très simples : le directeur de la prison de Saigon qui appelait bonassement "Sale gosse" un petit Annamite condamné à mort. Il lui tapotait la joue… Alors ça, voyez-vous, ça suffit… Les opinions ne m'intéressent pas beaucoup. Mais les choses. Il y a des choses qui ne doivent pas exister. Si j'ai l'air naïf, tant pis[a]… »

Le ton de sa voix descend. Non qu'il dramatise ; s'il dramatisait, je crois qu'il donnerait quand même, une fois de plus, l'impression de s'excuser. Son ton est seulement un peu plus désabusé. L'enfant, jusque-là immobile sur la chaise voisine de celle de Méry, prend Essuie-Plume sur ses genoux. Je réponds :

« Le sentiment d'injustice, que son origine soit chrétienne ou non, est sans doute plus profond et plus irrationnel qu'on ne le croit. Que serait un marxisme pour lequel la justice sociale n'existerait pas ? Je sais mal ce qu'est la liberté, mais je sais bien ce qu'est la libération.

— Je ne vous connaissais pas, mais vous aviez écrit deux choses qui m'avaient frappé. La première était à peu près : "L'Indochine est lointaine ; ça permet de ne pas entendre les cris qu'on y pousse." L'autre était votre opposition entre les services que nous rendions à l'Indochine et le pouvoir politique. »

J'avais écrit : *Ceux qui prétendent fonder la colonisation en justice oublient que le missionnaire des léproseries est admirable dans la mesure où il n'est pas la justification du trafiquant. Et qu'il est bien facile à l'Annamite de répondre : quand les Français construisent en Indochine des routes ou des ponts, qu'on les paye, comme on le fait lorsqu'ils dirigent les travaux du Siam*[1].

Je pense au Jeune-Annam comme aux arbres morts. Ce qui me trouble n'est pas la naissance ou la renaissance des nations qui m'entourent dans la nuit — de l'Inde à la

Chine, quelle informe étendue de terre plus ou moins colonisée n'est devenue nation? — c'est de songer à des passions qui ont dominé ma vie, comme à celles qu'ensevelit l'Histoire même lorsqu'elle croit les transmettre : au Jeune-Annam comme aux Croisades ou à la révolution d'Akhnaton ; de sentir ma jeunesse se perdre au fond des siècles...

« Les colonies, reprend Méry, étaient alors la solution la plus simple. J'ai accepté cette simplicité, et j'ai perdu ma vie... J'étais fait pour être haut fonctionnaire en Perse, en Abyssinie, dans un pays de ce genre. Opium, travail, pas de problèmes. Pourtant, en Indochine, je me sentais utile, figurez-vous. Hélas ! »

L'invisible sourire désolé disparaît de la voix :

« Si nous prenions un autre verre ? »

Il appelle le boy, et me demande :

« Vous n'avez pas regretté de n'être pas resté ?

— Je suis revenu en France pour aider le Jeune-Annam. Je l'ai aidé. Mais l'impuissance socialiste rendait mon dominion chimérique. J'essayais d'obtenir ce qui avait été notre premier objectif : la création, à Paris, d'une Cour suprême, indépendante du ministère des Colonies. Plus notre échec devenait évident, plus le nationalisme annamite montait. Donc, il n'y aurait pas d'arrangement avec la France. Vous savez que, dans ce domaine, j'ai toujours choisi Nietzsche contre Marx : "Le XXe siècle sera le siècle des guerres nationales." Qu'aurait eu à faire un Français dans un mouvement national indochinois ?

— Il y avait beaucoup d'étrangers à Canton, il me semble ?...

— Mais l'ennemi de Canton n'était pas la France. Je pouvais croire à une Indochine dans l'Union française, je pouvais croire à un Viêt-nam indépendant. Pas à une Indochine internationale. Plus tard, je me suis trouvé à Moscou, quand a paru dans la *Pravda* l'article attribué à Staline : "Notre patrie socialiste." Le mot paraissait dans la presse soviétique pour la première fois. À l'hôtel National, quelqu'un lisait phrase à phrase, entre Radek furieux et Ehrenbourg perplexe. Je savais que le destin passait. Il était 11 heures, et il faisait très beau.

« C'est en 1946 que j'aurais aimé revenir, si le général de Gaulle était resté.

— Votre Général n'était pas très favorable à l'indépendance... »

Ce n'est pas une objection. Une sorte de : hélas[a] !

« L'était-il, initialement, à celle de l'Algérie ? Il pensait que la France ferait ce qu'elle pourrait… Aurais-je pu engager avec Hô Chi Minh le dialogue de Mountbatten avec Nehru ? Le dominion n'était plus absurde. Et après tout, c'est mon Général, comme vous dites, qui a fait la Communauté. Au Viêt-nam, la haine de la France s'en va…

— Soit… Moi, je crois que je n'aurais pas été fâché de rester avec l'oncle Hô, même sous les bombes… Après notre départ ; se battre est assez bête pour ne pas y ajouter de se battre contre des Français. Que voulez-vous ? À Diên Biên Phu, j'aurais été malheureux de la défaite de Giap, et j'ai été malheureux de la nôtre. Vous savez, avoir raison ne m'intéresse plus[b]… N'empêche que pour rester au Nord, j'avais bien des défauts. Je ne suis pas communiste. Ni vietnamien. Si seulement je n'étais pas si grand ! Et[c] au Nord, on se méfie des opiomanes. Et puis, ils pensaient que je devenais vieux… Il y a des idiots partout. »

Le boy apporte les whiskies, tâtonne pour poser les verres, allume une petite lampe électrique : Méry, penché sur la table, tête dans ses mains, a perdu sa haute taille, mais aussi la faiblesse que lui donnait son fléchissement. Comme sa voix toujours découragée s'accorde mal à son visage de légionnaire romain que va ensevelir de nouveau la nuit ! Il continue lentement :

« Maintenant, les collaborateurs de l'oncle Hô, là-haut, l'appellent le Vieux. Respectueusement…

— Quand j'ai connu Trotski, son entourage l'appelait ainsi. Ça voulait dire un peu : le Vieux de la Montagne[1].

— Devient-on vieux ? Et peut-être s'imaginaient-ils que je les avais combattus. J'ai un peu accompagné nos troupes dans le Sud, comme conseiller, si vous voulez ; enfin, un uniforme insuffisant pour tirer sur les autres, et suffisant pour qu'ils vous tirent dessus. »

Sa voix a retrouvé son affectueux ton d'excuse. De quoi ? Je sais qu'il est très courageux. On dirait qu'il s'excuse de sa vie — de la vie. Le masque est de nouveau perdu dans la nuit. Reste l'amitié, la communauté des admirations où se mêlent les génies, les élus (de Michelet à Stendhal, en passant par la N.R.F. et les poètes de Louis XIII), et la constellation qui rassemble en société secrète les intellectuels de chaque génération[2]. En l'occurrence, Rimbaud-Nietzsche-Dostoïevski-Apollinaire. Donc, le souvenir de conversations complices, dans un milieu où elles étaient rares. C'est peu, en comparaison des amitiés de combat. C'est plus qu'on ne croit, lorsqu'on n'attend d'un homme, pendant quelques heures dans une nuit où la chaleur semble devenir brouillard, que la liberté de son esprit. Il dit[a] :

« C'était l'époque des tours de garde, des camionnettes hérissées de fusils… »

Comme dans les films de la révolution d'Octobre, comme pendant la guerre d'Espagne et la fin de la Résistance. Pour le XXIe siècle, le nôtre sera-t-il celui des camionnettes hérissées de fusils ?

« … Aussi des treillages qui protègent les bistrots contre les grenades… »

Je sais. Presque tous les officiers de la brigade Alsace-Lorraine restés dans l'armée ont combattu en Indochine : arbres dénudés, maîtresses qui jouaient avec les doigts de leur amant, fleurs que les camionneurs allaient chercher à Dalat en revenant ou en ne revenant pas, courbe tranquille des balles traçantes sur le ciel nocturne au-dessus des aréquiers, files d'automitrailleuses à travers les moissons qu'on rentre, enfants morts dans des paniers, poussins autour de cadavres très propres ou de corps déchiquetés, types soudés au sol par la peur passagère ; feuilles encore vivantes dans les abris ennemis, ballet des avions après le largage des parachutes ; pendant les attaques nocturnes des Viets, leurs torches de retraites aux flambeaux devenues folles…

« Quel souvenir avez-vous conservé du corps expéditionnaire, Méry ?

— Oh ! un magma, depuis les types très purs jusqu'aux chimpanzés… »

Le haut-parleur, derrière nous, coupe son bavardage pour un air de danse qui évoque le whisky, les cigarettes blondes…

« Radio-Singapour, dit Méry. Leur poste est puissant. Dans les automitrailleuses, après les embuscades, nous entendions : "Allô Panthère, ou Primevère, ou Dieu sait quoi ! vous entendez ? Le capitaine est mort. Bien compris ?" Pas de réponse. Le type tripotait ses boutons, et nous entendions ce que vous entendez en ce moment. Ça voulait dire qu'au loin, des gens dansaient… oui, dansaient, comme sur le pont d'un bateau… Puis, nous entendions un grincement de scie ; d'où sortait : “Bien compris. Ici, Panthère” et ainsi de suite. Quand tous les types étaient morts, nous allions récupérer une automitrailleuse où le transistor continuait sa musique tout seul… La camaraderie de combat aurait pu jouer. N'empêche qu'après trois mois, j'étais de cœur avec ceux d'en face, figurez-vous. Et j'en avais assez ! assez ! de ce bruit de serrure des fusils qu'on arme ! La guerre a quelque chose de saisissant, si vous voulez, mais aussi d'idiot. Surtout après. Oui, surtout après. »

Clappique m'a dit que Méry avait vécu avec une Vietnamienne, mais ne m'a pas dit depuis quand. Je demande :

« Vous avez revu récemment Hô Chi Minh ?

— L'année dernière. Il a plutôt rajeuni. C'est un vénérable lettré[1] en vareuse kaki… avec des sandales découpées dans des pneus… Les photos ne donnent ni les joues roses ni le rire en grelot. Il est fragile et invulnérable, vous voyez ? Je suppose qu'il finit par ressembler à son père. C'était un petit mandarin ; les Français l'avaient chassé, il était devenu rebouteux et conteur errant.

« L'oncle Hô surgit chez le Premier ministre par la porte à peine entrouverte. Il vous prend dans ses bras et vous emmène. Il a toujours son accent traînant, si différent de l'aboiement asiatique ; en vietnamien, son fort accent du Centre, presque paysan. J'aime bien sa façon ingénieuse de dire *Xo-Viet* pour *soviet* : elle fait croire que Lénine était vaguement vietnamien, figurez-vous… Toujours bénin. Il ne m'a rien dit d'important. Les proverbes chinois qu'il citait déjà contre les Français : “Aujourd'hui, nous, sauterelles, nous nous mesurons à l'éléphant ; demain, l'éléphant perdra ses tripes.” Et le petit rire. La houppe grise agitée par le ventilateur. La visite à la maisonnette du jardinier, derrière le palais, pour vous montrer les tomates qu'il fait pousser. Il dit des Américains : “L'accord de Genève interdisait toute nouvelle intervention étrangère. Et pourquoi perdraient-ils la face ? En l'honneur de leur départ, nous sommes prêts à dérouler le tapis rouge…” Mettez, là, le sourire attendu. Il dit aussi : “Ils affirment que je n'irai jamais en Cochinchine. Je suis un homme âgé. Si je ne vois pas la réunification, mes amis la verront, et bien d'autres choses ! Aurais-je cru, à trente ans, que je verrais le départ des Français ? Le Viêt-cong ne survivra pas à Hô Chi Minh ? Certainement : ni l'Union soviétique à Lénine, certainement, certainement ! Nous sommes patients, nous sommes patients. Les grands bombardements contre nous ont commencé en février : grâce à l'émulation, notre peuple a pris l'habitude de vivre sous les bombes, voilà tout." »

En effet, ce Tonkin du Lac, des pousse-pousse dans la brume tiède, des marchands d'images qui peignaient les tigres blancs et noirs semblables à des chats, ce Tonkin des casques coloniaux et de l'heure verte[1], fait une guerre ou une autre depuis vingt-cinq ans, et vit depuis quelques mois sous les bombes. Mais Hô Chi Minh sait que chacune de ces bombes lui restitue dans son éclair un peu de la gloire qui commençait à l'abandonner.

« À ma surprise, reprend Méry, il n'emploie pour ainsi dire aucun charabia marxiste. Ça me plaît, voyez-vous.

— Le charabia stalinien n'existait pas au temps de sa formation. »

Je pense toujours à Hanoi. Plus à mes souvenirs du Lac, pourtant précis, ni aux bombes ; mais à une cartomancienne indigène chez qui j'avais accompagné Aurousseau, alors directeur de l'École française. « Ce que j'aurais à vous prédire, lui dit-elle, n'a aucun intérêt : vous allez vous tuer. » Il s'est tué. Dans un aquarium, une tortue marine dont on avait dissous la carapace, ondulait, blanche et molle, comme une raie.

« Jeune, répond Méry, l'oncle Hô adorait Michelet, figurez-vous. Comme moi. Même comme vous[a]. Aujourd'hui, il cite encore Jaurès : "Les nations sont les dépositaires de la culture humaine." À bon entendeur... Mais vous avez raison : il s'est formé dans un milieu où le romanesque communiste aux grands cheveux, celui de son ami Vaillant-Couturier, si vous voulez, existait encore. L'oncle Hô a étudié Marx, et surtout Lénine, plus tard. Lénine avant Marx. Son vocabulaire est devenu... national-confucianiste. Le mot clef est : émulation. Lié à des choses surprenantes. On l'appelle l'oncle Hô ? Ce bonhomme sentimental à la voix grêle est plus fort que Giap, plus fort que tous les autres. Il a été capable de s'opposer, en 1946, à l'énorme foule de Hanoi. Croit-il tellement à l'âge ? Son premier discours de chef d'État, en 45, s'adressait aux enfants : "C'est la fête de la mi-automne. Vos parents ont acheté des lampions, des pétards, des fleurs, des jouets. Votre oncle Hô partage votre joie. L'an dernier, à cette même fête, vous étiez des petits esclaves ; cette année, vous êtes devenus les petits maîtres d'une nation libre. Amusez-vous ! Demain, j'espère que vous vous appliquerez à l'étude." Je cite plus ou moins bien, vous comprenez. Mais il n'emploie pas cette… sensibilité, pour ainsi dire, avec les Français.

— Il doit se souvenir que quand il a dit à Thierry d'Argenlieu[1], supérieur des Carmes, mais haut-commissaire de France : "Vous qui êtes chrétien…", l'amiral lui a répondu : "Soyons sérieux."

— Il l'appelle : le Grand Inquisiteur. »

L'antipathie est d'ordinaire réciproque, et l'amiral le détestait. Après le premier entretien : « Je ne me laisserai pas tromper par ce simulateur. Comment peut-on accepter sa comédie débonnaire ? Quand on a été si longtemps l'ennemi de la France, quand on est devenu ce qu'il est devenu, quand on a fait tuer la plupart de ses ennemis, quand on a traité comme il l'a fait les chrétiens du Nord, on n'est pas un vieux maître d'école attendri ! Je veux bien le croire patriote. Mais sa carrière est celle d'un communiste ; elle a été longue ; je connais les communistes, et l'attendrissement n'est pas leur fort. Pourquoi lui livrerions-nous l'Indochine ? Elle n'est pas communiste ! elle n'a aucune envie de le devenir ! Vous pensez bien qu'on m'a rapporté les propos de Leclerc sur mon compte : "Ce moine qui vous trompe, mon général !" Reconnaître Hô Chi Minh serait une dangereuse duperie, et conduirait très vite à notre éviction par un adversaire implacable. Il a assez joué les Gandhi au rouet : Gandhi était Gandhi, Staline est Staline. Aujourd'hui, l'onction ecclésiastique a émigré dans la Guépéou. Ce naïf curé de campagne, qui m'a dit : "Chaque fois que je vous tuerais un homme, vous m'en tueriez dix ; oui, oui, mais à la fin, je gagnerais tout de même…" Allons, soyons sérieux ! Nous ne laisserons pas le communisme s'établir ici. Il m'importe peu qu'il soit représenté par la gaieté de ce patriarche farceur, ou par l'agressivité de son ami Giap.

— L'oncle Hô, reprend Méry, dit qu'il aimait Leclerc. C'est possible…

— Aux yeux de Leclerc, il était un nationaliste. Aux yeux de l'amiral, un communiste. Il le savait. Tout de même, il doit surtout aimer les généraux vaincus… Mais enfin, Leclerc était séduisant, et il avait des relations amicales avec Giap. »

Christian Fouchet, qui accueillit Hô à Calcutta, déclara tranquillement : « On lui fera remettre nos télégrammes d'Indochine par qui on voudra, mais je ne les lui remettrai pas, car on le trompe. » Il est vrai que son frère était officier adjoint de Leclerc. Mais il ne portait pas le général Giap dans son cœur.

Giap, c'est la bataille de Diên Biên Phu. « Nos gens feraient bien de prendre garde à lui », m'avait dit de Lattre. Manifestement mourant, et en grand deuil de son fils, il m'avait confié, à son retour de Hanoi encore française : « J'ai adjuré ce gouvernement de profiter de mes victoires, à tout prix et tout de suite. C'est la dernière chance : la guerre est perdue. Ils n'en tiendront aucun compte. » Je revois la cérémonie à l'Arc de Triomphe, après Diên Biên Phu : la foule immense, l'immense silence. Dix ans déjà, et la nuit tropicale[a].

Méry allume une nouvelle cigarette. Au loin, les pétards d'une noce chinoise. Dans cette partie du monde, on distingue mal l'éclatement des pétards de celui des grenades…

« Vers 1930, dit-il, Nguyên Ai Quoc dirigeait les communistes de cette ville anglaise. En tant que délégué de la IIIe Internationale pour les "mers du Sud". Soit. Il a dû avoir du fil à retordre…

— La Sûreté anglaise était sérieuse. Quand je suis rentré en Indochine, j'ai été fort bien dévalisé par elle, et comme tout ce que je possédais se trouvait dans mon portefeuille, le coup a été rude.

— À quelle fin ?

— Je crois, aujourd'hui, que mon procès[1] est né de ce que la Sûreté française m'a pris pour un agent politique. J'ai reçu il n'y a pas longtemps une lettre du juge à qui l'on avait transmis à la fois le dossier et un ordre de condamnation. Il avait retourné le dossier. On a trouvé sans peine un juge plus complaisant.

— En fait, qu'étiez-vous, politiquement, à l'époque ? »

Sa voix semble demander d'excuser sa question.

« Rien. Ce que vous appeliez tout à l'heure un libéral[b]. Le marxisme, à mes yeux, appartenait à la philosophie ; et, malgré Lénine, à un domaine un peu utopique. C'est le lien des Annamites avec moi qui a créé mon lien avec eux. Je suis entré dans l'action révolutionnaire par la reconnaissance.

— À propos, ce matin, vous avez vu le Premier ministre, ici ?

— Je crois qu'il est engagé jusqu'au cou dans les drames électoraux[1]. Mais le ministre que j'ai vu m'a parlé de choses pas électorales : quelle serait — quelle sera — la politique d'une Singapour indépendante ? »

Singapour d'hier plantée comme les lions de Venise, avec ses cuirassés britanniques maîtres des océans d'Asie, et frappés au cœur si près d'ici, par les pilotes-de-la-mort japonais… Les étoiles poudroient sur elle, sur Hanoi, sur Da Nang qui fut Tourane (jadis, à la limite de la brousse, le premier musée d'art cham du monde, sans gardien, ses sculptures scellées au mur) où, depuis six semaines, les « marines » débarquent.

« Hô Chi Minh sait naturellement, dis-je, ce qui se passe à Da Nang ?

— Il en a vu d'autres. On a prononcé plusieurs fois son oraison funèbre. En prison, un condamné enchaîné avec lui est mort contre son corps. Il a fait huit ans de maquis. En 44, la première brigade commandée par Giap au Tonkin avait trente-cinq combattants. Oui, trente-cinq… Pour la tactique l'oncle Hô ne croit qu'aux circonstances. En 45, il sortait du coma pour dire : les circonstances sont enfin favorables ! et retombait dans le coma… Il affirme qu'à son arrivée au gouvernement, la famine a fait deux millions de morts ; nous disons 500 000, ce qui suffisait à ne rien faciliter. Avant Fontainebleau, il a passé des jours à attendre à Biarritz la formation du gouvernement Bidault. Plus tard, son message à Léon Blum a été retenu à Saigon, et transmis seulement quand l'irréparable était accompli. Le Viêt-minh est né dans une cabane, ses fondateurs assis sur des troncs. L'oncle sait comme nous que le Nord, privé du riz du Sud, ne peut échapper à la misère : il accepte la misère, vous comprenez ? Quand il a fait votre chère réforme agraire (si je puis dire), en 55, sa province natale s'est soulevée contre lui. C'était la province historique de la Révolte des Lettrés ; celle d'où le roi maquisard Lê Loi est parti contre les Chinois pour la guerre de Libération. Il a connu, à Moscou, l'hostilité de Roy, principal responsable de l'Asie, qui le tenait pour un crétin, figurez-vous. Depuis 1961 jusqu'à l'année dernière, lui et Giap ont été à l'écart, suspects de khrouchtchevisme. Je suppose qu'il s'entendait bien avec Khrouchtchev : ils avaient en commun l'air innocent, et le goût des proverbes militaires. Nikita aussi devait ressembler au brave soldat Chvéïk[1]... »

Je me souviens de la relation coriacement chaleureuse de Khrouchtchev avec le général de Gaulle : « Après la reddition de Stalingrad, le maréchal von Paulus m'a remis son revolver. — Tiens ? répond le Général, angélique. Et plus tard, il ne vous l'a pas réclamé ? »

« C'est seulement au début de cette année, continue Méry, que le Viêt-nam a compris qu'il avait encore besoin de l'oncle Hô. N'oubliez pas qu'il avait donné l'ordre de réprimer la révolte de Ngé An : plusieurs dizaines de milliers de morts. Je voudrais savoir combien d'hommes ont perdu les Américains pendant toute la guerre ? Mais depuis Da Nang l'oncle est plus fort que jamais... Pourtant, le combat de la plus puissante aviation du monde contre un pays sans avions n'est pas une plaisanterie. Enfin, comme il dit : nous sommes patients... Vous connaissez ses vers :

Il suffit que le parfum d'une rose
S'égare dans une prison
Pour qu'au cœur du prisonnier,
S'éveille en hurlant toute l'injustice du monde[2]...

« Quelques-uns, d'une belle fierté chez ce personnage modeste :

Mes gardes se relaient pour me servir d'escorte...

« Ça me plaît bien.

— Il s'agit des prisons chinoises ?

— Il ne me semble pas qu'il ait jamais été prisonnier des Français. Quant aux Anglais, pour une raison ou pour une autre, ils ont mis des gants. Il fait semblant d'avoir oublié les prisons. Soit. Ça nous arrive à tous, quoique pas tous les jours. Enfin, souvent... Vous allez le voir ?

— Je ne crois pas. Dommage !

— Oui. Chez lui, le mélange de la vérité et de la comédie, ou, plus exactement : d'un rôle, qu'il a choisi vers cinquante ans, est... enfin, ce qu'il est... Il a fait semblant de se fâcher avec Sainteny, quand Sainteny s'est débrouillé pour assurer la fuite des diplomates hongrois dans les tonneaux d'essence, au moment de l'affaire de Budapest.

Comique ! Giap donnait des cours dans le maquis. Hô vient l'écouter, figurez-vous. Et l'un des chefs du maquis demande à Giap : “Vous connaissez ce drôle de petit vieux qui s'intéresse encore à la politique ?” Sous les bombes, il terminait par : “Et maintenant, achevons gaiement notre exposé !” Après son arrivée au pouvoir, il fait une proclamation très noble, qu'il termine par de sages conseils : “Il faut respecter l'autel des ancêtres, et il ne faut jamais jouer de musique dans les maisons…” Un Ancien vertueux et expérimenté…

« Mais il a osé dissoudre le Parti communiste indochinois. Astuce ? Elle demandait une belle fermeté, vous savez… À deux reprises, il s'est fait qualifier de traître dans toutes les rues de Hanoi. Si vous alliez le voir et si vous lui parliez de Da Nang, comme si vous lui parliez des bombes qui sans doute tomberaient pendant votre entretien, il vous raconterait, avec son petit rire aigrelet, un souvenir qui l'enchante : “Notre province était si pauvre, que nous devions souvent manger notre riz sans poisson. Nous avions chacun un petit poisson de bois ; quand nous mangions en public, il se trouvait dans le riz. Faire semblant est très important.” Il ajouterait gaiement : “Quand j'attendais, à l'hôtel du Palais de Biarritz, la constitution du nouveau gouvernement français, *L'Humanité* a écrit qu'on me traitait d'une façon très indigne. Des journalistes sont venus. Alors, je leur ai dit : Oh ! vous savez, j'ai connu des épreuves plus pénibles[1]…” Petit rire.

— Les débarquements de Da Nang, ce n'est peut-être pas l'hôtel du Palais…

— Au besoin, il en raconte d'autres, moins gaies. Les Américains prennent un village que leur aviation a pulvérisé. Sur la poitrine des enfants morts, on a épinglé une sorte de poème : “Si vous aviez envoyé des jouets par avion avec le premier bombardement, nous aurions eu quinze jours pour jouer avec eux…” Il n'est pas en face des Américains pour la première fois : il proclame qu'à la défaite du Japon, les États-Unis étaient résolus à livrer le Tonkin à Tchang Kaï-chek. Il y a un ton douloureux sous celui de sa comédie, et sa conception de la vie est fort amère. On le voit bien dans ses poèmes de prison : *Nous nous battons pour être mis aux fers — car ceux qui sont aux fers ont un coin pour dormir*, et : *Pour devenir homme, il faut être décortiqué par le malheur*[2]. Si les nôtres s'étaient fait traduire moins de textes politiques, et plus de poèmes, ils auraient mieux compris l'oncle Hô, figurez-vous ! Quand l'amiral d'Argenlieu disait qu'il n'était pas convaincu par son air de Gandhi au rouet, il n'avait pas tort, si vous voulez. Mais à bien des égards l'accusation de duplicité repose sur le fait très simple que "ce drôle de petit bonhomme" est un rocher vertical de la baie d'Along, pour ainsi dire… »

La transformation de l'Asie m'aura bouleversé autant que celle d'un visage aimé ; le pays que j'ai le mieux connu jadis, dont j'ai le plus souhaité l'indépendance : l'Indochine, je ne le reverrai pas. Le romanesque colonial, Mayrena, les personnages de Clappique, la piastre, les autos à la place des calèches, les caroubiers de la rue Catinat, le boulevard Charner vide à midi dans l'imperturbable soleil, les casques du sergent Bobillot, la guerre… Comme les rochers rouges où l'Inde sculpte ses descentes de dieux, les pays du grand sommeil, au fond de la nuit, grouillent de libérations. Méry continue[a] :

« Même dans le ton, il ne connaît pas que la bonhomie ; lorsque l'empereur d'Annam, devenu son "conseiller", batifolait à Hong Kong, il lui a fort bien écrit : "Veuillez ne pas oublier que nous nous devons aux souffrances du peuple que nous représentons." »

À Crans-sur-Sierre[1], avant le retour du général de Gaulle, j'ai rencontré l'impératrice mélancolique, en fourreau annamite noir, et qui parlait des cérémonies du palais impérial, de leurs mandarins semblables à des scarabées, comme elle eût parlé de la cour de Versailles… Son mince fantôme accompagne les paroles de Méry :

« Nous disions[b] autrefois que les Viets ne pourraient jamais faire une armée ; que le courage, en Indochine, n'appartenait qu'aux gens des montagnes… Depuis, ils ont supporté le napalm… À votre avis, quelles sont les forces en présence, compte tenu des six semaines de débarquements américains ?

— L'année dernière, il y avait 3 000 nordistes en ligne contre le Sud, et 120 000 guérilleros ; en face, 500 000 soldats et 25 000 conseillers américains.

— Pourtant l'oncle Hô s'en est sorti… D'ailleurs ça lui est égal. De 1961 à 1964, les choses allaient mal pour lui parmi les siens. Il a attendu. Il attendra, figurez-vous. Il a écrit jadis : *La nuit s'attarde encore au fond de la prison…* Au Viêt-nam, depuis toujours, on souhaite l'anniversaire des morts, non des naissances. Pour l'oncle, tout a changé quand Mao est arrivé à Yunnan-fou. Le Viêt-nam a trouvé l'allié — et l'espoir — que le F.L.N. avait trouvé au Maroc et en Tunisie. Non sans craintes ? Bien entendu. Dix pour cent de craintes, quatre-vingt-dix d'espoir[a].

— Le pittoresque écarté, quel est son bilan historique ?

— La victoire, si vous voulez, et la liberté du Nord. Il n'est pas un idéologue, soit. Il me semble même qu'il se méfie de la théorie. Sa doctrine a été élaborée à travers les événements, vous comprenez ? Je suis bien obligé de penser à Mao Tsé-toung ; mais il accompagne ce colosse, l'air étonné…

— Et la barbichette au vent de Diên Biên Phu, comme la Pologne accompagne la Russie. Il me semble que leur point commun est d'avoir décidé, en temps et lieu, qu'ils ne croyaient pas à la révolution ouvrière. Ce qui a donné, chez Mao, la paysannerie combattante, et chez Hô, un Front populaire, bien avant que Dimitrov ait inventé les Fronts populaires.

« En 1925, Staline voulait l'alliance avec le Kouo-min-tang — vous connaissez le résultat — et Trotski ne la voulait pas. Mais ce que Mao et l'oncle ont inventé *contre* toute l'idéologie russe, ç'a été de confier le destin de la Révolution à la paysannerie combattante.

— À propos, savez-vous ce qu'est devenu Borodine ?

— Liquidé, m'a-t-on dit. La dernière fois qu'on m'a parlé de lui, il dirigeait le journal anglais de Moscou. Donc, en disgrâce. Koltzov, rédacteur en chef de la *Pravda*, fusillé depuis, bien entendu, m'a dit : “Il est sympathique, ce vieux. Il m'a demandé si nous pourrions intervenir pour qu'il obtienne un logement chauffé.” »

La petite-fille de Timour, dit Clappique, est morte blanchisseuse… J'ai vu Trotski[1] (sous un faux nom, il est vrai) se faire expliquer les élections par le maire radical du village où il était réfugié, près de Royan : « Voyez-vous, monsieur Sedov, la politique française, les étrangers ne peuvent pas la comprendre ! » Au bas de la prairie, cheminait un petit train surmonté d'étincelles. Peut-être Trotski pensait-il à la nuit préhistorique sur les combats de Kazan. Le maire parti, la bouteille de rouge épuisée, nous marchions dans la prairie de banlieue, en parlant du fils de Tchang Kaï-chek, qui venait de faire à Moscou un discours, pour proclamer que son père était un chien. « On a les enfants qu'on mérite ! » dit Trotski. Les siens étaient suicidés ou assassinés.

« Qu'était Borodine, demande Méry, “dans le civil”, je veux dire : hors du Parti ?

— Journaliste, je crois. Le général Blücher (le Gallen de Canton), qui a créé l'armée chinoise avec lui, pris Changhai, et ainsi de suite jusqu'au jour où Staline l'a fait tuer, était plombier. Le Parti a révélé beaucoup d'hommes à eux-mêmes ; comme l'Église. Ça fait rêver. Avant la Révolution, Robespierre, à Arras, avait écrit un poème sur l'Éternuement. Peut-être eût-il continué…

— Ne croyez-vous pas que Gallen était plombier comme Bonaparte était sous-lieutenant, comme Mao était bibliothécaire ?

— Borodine vaincu, et le P.C. chinois exterminé par Tchang Kaï-chek, il ne restait qu'une question pour Hô comme pour Mao : *qui* fera la révolution ? Front paysan ou Front populaire ? Et la nation, bien entendu. Long chemin, de Moscou jusqu'à Hanoi, sans casser les verres en route.

— Il est le Viêt-nam, un point, c'est tout, je crois…

— Un point, et ce n'est pas tout. Il y aurait beaucoup à dire, du national-communisme, cher Méry.

— Et du bizarre animal américain qui se trouve en face de lui sous le nom de démocratie…

— Vous avez vu les Américains de Cochinchine ?

— Oh, que oui !… »

Il perd dans la nuit un geste large et vague.

« Alors ?

— Les nôtres les détestent. Pourquoi ? Les Américains n'ont rien à faire là ? Soit. Et nous, qu'avions-nous à y faire ? Ils croient qu'ils défendent la démocratie contre le communisme ? Mais que défendions-nous ? L'Empire, au nom du M.R.P., ce n'était pas bien convaincant tout de même… Décider que l'anticommunisme consiste à soutenir la famille Diem fait hausser les épaules. Enfin, soit ! La croisade anticommuniste américaine est à dormir debout ? Et notre expédition coloniale ? — car après tout, que faisions-nous d'autre ? Les Américains de Saigon sont texans si vous voulez, multicolores, braillards, courageux ; mais enfin, est-ce que nos pierrots vêtus de toile blanche bien repassée par leurs boys justifiaient l'occupation de l'Indochine ? Depuis que les Américains sont arrivés, les serveurs vietnamiens, que nous avons connus aboyant, sont devenus muets. Les Américains font, avec sérieux, une guerre à laquelle ils ne croient plus : même un G.I. idiot comprend qu'on ne règle pas le destin du monde par des accrochages dans la plaine des Joncs. Ils regardent passer leurs super-forteresses ; ils sont stupéfaits que la puissance qui a détruit l'Allemagne hitlérienne ne vienne pas à bout d'une armée de va-nu-pieds, qu'ils ne rencontrent jamais. Le plus curieux, c'est ce qui se passe avec nous, figurez-vous. Notre guerre, pas si vieille ! est devenue une sorte de guerre civile. Si vous montrez des papiers français, les Viets vous laissent passer. D'ailleurs, l'hostilité de nos types aux Américains s'affaiblit, parce qu'ils ne pensent plus que les Américains gagneront une guerre que nous avons perdue…

— Vous connaissez la position de la France ? dis-je.

— Votre Général n'a pas toujours eu raison, quant à l'Indochine ; pour l'instant, il a raison. Hô rivalise avec la Longue Marche par une Longue Marche immobile, pour ainsi dire, en fumant des cigarettes américaines à la chaîne, et en parcourant le Nord avec son cache-nez et sa machine à écrire portative. Espère-t-il un autre Diên Biên Phu ? Il croit à la victoire finale du communisme, si vous voulez. Mais il croit surtout que, désormais, ses hommes s'accrocheront à leur pays, et que personne ne les dominera, pas même les Chinois. Si les Américains doivent prendre Hanoi, qu'ils la prennent ! Tchang Kaï-chek avait pris Pékin, soit. Eh bien, il l'a perdue !

« L'oncle Hô doit aller voir Mao Tsé-toung à la fin de l'année, et il compte sur l'Inde.

— Que peut l'Inde ?… »

Nehru m'a dit : « Entre une puissance coloniale et une nation qui combat pour son indépendance, je choisirai toujours la seconde. » Pourtant, je n'ai pas tort de demander ce qu'il peut. Je reprends :

« Vous vous souvenez de la conversation de Hô Chi Minh avec Kiyoshi Komatzu, il y a quarante ans ?

— Non. Komatzu, c'est un nom japonais. Ceux-là, qu'ils crèvent[1] ! »

Méry a-t-il connu les camps japonais ? Dans la rue de la Mort, j'ai pensé à nos cimetières bretons envahis de fleurs bleues au pied de leur clocher à jour. Pour Méry, le Japon, ce sont sans doute des geôliers (et qu'étaient les Français des camps d'internement, pour mes amis espagnols ?).

Pour moi, c'est Nara, la civilisation sans doute la plus raffinée du monde ; les peintures de Takanobu, le jardin de sable des Quinze Pierres, une seule fleur qui sort d'un morceau de bambou, dans la cellule d'un moine zen. Pour Méry, Komatzu, c'est « un nom japonais »; pour moi, c'était mon traducteur et mon ami, samouraï mort dans son ermitage des collines, à l'entrée duquel il avait peint deux caractères chinois : *Lavez vos cœurs.* Pour l'amiral d'Argenlieu, Hô Chi Minh était « ce patriarche farceur » ; pour Leclerc, l'homme avec qui la France devait traiter. L'amiral et le général sont morts.

J'ai accueilli, à Fontainebleau, le président Lübke[1]. Jamais un président allemand n'était venu en France depuis la guerre. Il passait pour musicien ; pendant le déjeuner, Rampal et les siens avaient joué dans la tribune royale, et j'avais demandé que le dernier morceau fût de musique allemande. Ce morceau achevé, le président porte un toast amical. Quelle mouche me pique ? Je devrais répondre que les démocraties, etc. « Monsieur le président de la République allemande (inquiétude dans l'assistance : pourquoi allemande ?), il m'est arrivé d'être soigné dans un hôpital où se trouvaient aussi beaucoup de vos soldats. Un jour, le silence a recouvert toute notre rumeur de blessures : la radio commençait à transmettre la *IXe Symphonie*... C'est pourquoi, dans cette salle de nos rois où vient de cesser la musique de Bach, et où François Ier accueillit l'empereur Charles Quint, je lève mon verre au génie allemand... » Chacun ravi — bombance et carillons ! dirait Clappique — et pour quelques minutes (oh ! quelques secondes !) Verdun s'évanouit dans une surprise approbatrice...

Portées par un vent mou, les odeurs nocturnes de Singapour envahissent le patio : autos, poivre et opium de l'ancienne Chine, forêts peut-être. Mme Lübke me racontait, pendant que Rampal jouait Bach, que, jeune militante socialiste, elle s'était trouvée au Borinage avec Mme Vandervelde ; celle-ci avait demandé à la femme d'un mineur : « Qu'est-ce que vous pensez de la reine Astrid ? — Sûr qu'elle est sympathique ! mais trop arriviste. » Ce qui voulait dire, je suppose, qu'elle souhaitait séduire — ou faire aimer la royauté.

Je pense à Vandervelde.

Il ressemblait à Mazarin[2], et était, Jaurès mort, le plus grand orateur socialiste. « Vous savez, les hommes sont de curieuses bêtes. J'étais président de la Chambre. La fureur arrive, les pupitres claquent, j'adjure les députés — tout à fait en vain. J'impose une suspension de séance. À la reprise, je déclare qu'avant de continuer la discussion, la Chambre doit discuter la loi sur les pigeons voyageurs. Les députés étaient presque tous colombophiles. La loi votée d'accord, ils ne se sont plus battus... » Je raconte à Méry l'histoire des pigeons, en réponse à son interjection relative au Japon.

« À Fontainebleau, dit-il, l'oncle Hô s'est plaint aux journalistes de n'avoir pas eu l'"occasion" de vous rencontrer...

— Bidault ne jugeait pas cette rencontre urgente. Ce qui allait de soi.

— Connaissez-vous, dans le château, le musée asiatique de l'impératrice Eugénie ?

— C'est un peu mon métier.

— Le gardien noir endormi au milieu des trésors à deux sous pillés au Palais d'Été, un palanquin du roi du Cambodge, aucun visiteur... Le musée existe encore ?

— Oui. Toujours vide. Je regrette que parmi les objets du Palais d'Été ne figurent pas les automates volés par les zouaves. On les leur a laissés, paraît-il...

— Dans mon enfance, il m'avait ébloui, et il n'a pas été pour rien dans ma venue en Asie, figurez-vous. Clappique parle d'un romanesque historique ; j'ai connu jadis un romanesque... géographique, si vous voulez. Il fallait vingt-sept jours de bateau pour atteindre Saigon, et cinquante-deux jours pour aller de Saigon à Luang Prabang, vous savez... »

Un rafiot poussif remontait le Mékong. Son capitaine (sans lieutenant) à moustaches mérovingiennes, pendant le déjeuner, se levait quand il commençait une histoire, replongeait dans son assiette à la fin. Méry relie cette Indochine au Viêt-nam, à travers Hô Chi Minh. L'oncle Hô folâtre et vainqueur souffle comme des bougies les aventuriers, les Papous convertis aux cargos de fantômes, les putains de l'île de la Tortue, le Chat botté de Sumatra (« Il ne court plus après les souris que pour se divertir... »), la reine Sirikit de Thaïlande dont la beauté séduisait le général de Gaulle, les montres arrêtées de Bornéo, le communisme prometteur de chapeaux et de feux d'artifice, Timour et sa petite-fille, la rue de la Mort, Renaud de Châtillon, Mayrena et le film de Clappique. Méry raconte Hô Chi Minh comme Clappique racontait Mayrena, et pourtant, si j'allais à Hanoi, je le rencontrerais comme je viens de rencontrer Nehru. Au fond de la nuit, l'énorme Asie, et tout son lent passé disparu, dont la révolution balaie la légende. J'ai jadis entendu les Cochinchinois, à l'heure de l'absinthe, parler de Mayrena ; la semaine prochaine, j'entendrai Mao Tsé-toung. Une seule vie[a].

« Lorsque j'ai vu Valéry pour la première fois, dis-je, il m'a demandé : "Pourquoi diable la Chine vous intéresse-t-elle ?"

— Il a écrit que les paysages sont partout les mêmes, ce qui me paraît faux dès qu'il y a des maisons ; et que les hommes sont partout les mêmes.

— D'accord pour une fois avec Claudel[1], dis-je, qui avait l'avantage de connaître quelques continents… »

Maintenant, nous sommes seuls dans le patio.

3

« Il me semble, dit Méry, que, dans ces cas-là, partout veut dire aussi toujours ; géographie et histoire s'embrassent, pour ainsi dire… Toujours l'amour maternel ? Toujours l'adultère ? Soit. Pas toujours le même. Toujours la mort ? Soit. Mais toujours la même et partout ? Toujours ? Vous venez de sa rue ? m'a dit Clappique. Elle ne ressemble pas beaucoup à nos cimetières. Je ne crois évidemment pas que toutes les formes de la vie devraient se ressembler. Mais la différence entre un Annamite, un Cambodgien et un Français, entre un homme et une femme, et d'abord entre moi et moi, dès que le passé est entré en jeu, me trouble autant que la vie elle-même, n'est-ce pas…

— J'ai moi-même éprouvé fortement le sentiment dont vous parlez, dis-je. Peut-être est-ce lui qui m'a d'abord envoyé en Asie : l'autre monde. Pendant quarante ans, je n'ai jamais tenté de créer un vrai personnage de femme, un personnage d'enfant… J'atteins l'âge où paraissent les

Mémoires des hommes que l'on a connus. Et je suis, comme vous, déconcerté de voir ces vies... aimantées par des raisons d'être si différentes : l'action, l'art, les femmes, l'ambition, la foi...

— Je ressens tout cela comme vous, hélas ou pas hélas. Il y a, en effet, les raisons d'être. Mais il y a autre chose. La vie dans le temps ? Goethe me semble encore considérable, *Wilhelm Meister* me semble maintenant épisodique : je ne puis tenir ma vie pour une continuité, pour ainsi dire, une continuité dans laquelle... Je ne trouve pas l'expression...

— L'accident devient expérience[1] ? »

La façon qu'a Méry de prendre entre ses doigts sa lèvre inférieure lorsqu'il réfléchit, le penche alors en avant, dans la lumière ; si bien que l'ombre désabusée qui semble tirer de la nuit tant de souvenirs n'arrache à l'obscurité, qu'un visage d'angoisse[a].

« Voilà. La continuité des vies traditionnelles, des vies qui se sont achevées dans un lit familial, soit !... Mais enfin : je n'ai conduit ma vie ni plus mal ni mieux qu'un autre ; eh bien ! chaque fois que j'ai rencontré les choses les plus profondes, je n'ai rien dominé du tout. Je comprends bien la conception goethéenne de notre vie. Je la comprends d'autant mieux qu'elle est, au fond, une conception de naturaliste évidemment : nous agissons sur les choses, qui, à leur tour, agissent sur nous. Mais enfin, je me souviens sans peine que j'ai été un adolescent vaniteux, enragé d'ambition, idiot avec les filles, que sais-je ? Je suis devenu relativement généreux (je reçois encore des lettres de mes successeurs au Tonkin), indifférent à l'ambition, à l'argent, à tout cela ; il ne me semble pas que ce soit par le gravissement d'un escalier, ni par un tennis entre moi et les événements, vous comprenez ? Les théories psychanalytiques posent le problème de façon plus dramatique...

— Parce qu'elles expriment des destins. Œdipe n'est pas là pour rien...

— ... mais elles[b] ne me convainquent pas plus. Il ne me semble pas que, pour l'essentiel, je sois soumis à ce que vous appelez un destin, figurez-vous. (Dans certains cas, oui : mais pas dans l'ensemble.) Et je n'ai pas été "formé" par la vie... Non. Il est possible que certaines... données, fort peu étudiées, agissent sur notre esprit autant que sur notre corps : l'âge, par exemple, qui n'est pas une déchéance, comme on le croit depuis si longtemps, mais une indifférence, avec tout ce que l'indifférence nous impose…

— Mon cher Méry, j'ai demandé à Alain[1] immobilisé par l'arthrite au fond de sa voiture, ce que l'âge signifiait, à son avis. Il s'est mis en colère. Pourtant, je crois que vous avez raison ; bien que faire intervenir l'âge me paraisse une rationalisation, ce qui ne me plaît pas. La question est : comment devenons-nous ce que nous sommes ? C'est sans doute le problème psychologique capital de notre temps. Le rival du problème de l'amour. Mais la moitié de la littérature mondiale concerne l'amour, alors que ce dont vous parlez est à peine étudié, vous l'avez dit. L'amour aide à vivre, alors que comprendre notre formation n'aiderait sans doute pas même à mourir…

« Mais ne croyez-vous pas que vous posez deux questions qui ne se confondent pas tout à fait ? La première serait : comment l'adolescence échappe-t-elle à sa conception carnassière de la vie ? En langage technique, mon cher professeur : comment l'homme se soumet-il à des valeurs suprêmes ? Et la seconde, la vraie, serait à peu près : qu'est-ce que notre vie ?

— Pas si professeur que ça !… N'importe : il me semble maintenant que, malgré nos prétentions, notre vie est faite pour nous échapper aussi certainement que la vie des bêtes leur échappe…

— Mais nous avons inventé les tombeaux. Nous, pas les lions.

— Soit. Je voudrais écrire un livre de Mémoires que les bouddhistes auraient dû écrire, qu'ils n'ont jamais écrit : une dizaine de chapitres dans lesquels je serais toujours étranger à mon personnage du chapitre précédent, vous comprenez ? Notre conscience de l'unité n'est-elle pas simplement celle de notre corps ? »

J'allais dire : est peut-être celle de la mort de notre corps, car tout homme se ressent à la fois mortel et immortel[a] ; mais Clappique m'a dit que Méry ne vivrait plus longtemps, et j'oblique :

« Le bouddhisme est sans doute la plus forte mise en cause de l'individu qui ait existé. La question que vous posez est foncièrement occidentale : le Bouddha répondrait qu'elle ne se pose pas. Il l'a répondu, d'ailleurs. Une religion athée, ce n'est pas rien. »

Je me souviens de Nehru devant le bouddha de sa table basse, et du discours qu'il avait consacré au « plus grand fils de l'Inde » : « Pour aider les hommes à vivre, il doit y avoir une autre voie que celle que pratiquent les hommes de ma sorte et de ma profession[1]... » Je me souviens de sa citation : « Nous connaissons l'art de tuer, non l'art de vivre. » Et aussi du Bouddha et de son écuyer devant un corps immobile qui n'était manifestement pas endormi : « Prince, c'est ce qu'on appelle un mort. »

« Je ne suis pas bouddhiste, répond Méry, mais je suis imprégné. C'est banal : dans ma Normandie, beaucoup de gens qui ne sont pas pratiquants, ni même croyants, sont imprégnés par le christianisme...

— Gide, autre Normand, aurait lu votre livre avec passion et, sans doute, colère ! Mais vous n'avez pas tort de suggérer que tout individualisme suppose la constance d'une particularité essentielle... Dans ce domaine, la pensée bouddhique n'a pas encore atteint l'Europe...

— Je n'écrirai jamais ce livre, vous pensez bien, mais... Enfin, voici : Je pense à moi-même : l'enfant, l'adolescent à capuchon, l'homme d'Indochine, et, aujourd'hui, celui de Singapour au seuil de la mort ; je me saisis d'une façon si profonde, si fondamentale — et si vaine ! — que je la partage, voyez-vous, avec les chiens sans tombeaux. D'ici, la conception chrétienne de la formation de l'être humain est à peu près inintelligible. L'Asie passe du bouddhisme au marxisme sans en tenir compte... D'ailleurs, existe-t-elle ? Le christianisme n'attache pas beaucoup plus d'importance à ce que nous sommes devenus qu'à ce que nous étions.

— Il en attachait. Aux époques de foi, il aurait dit : l'être humain se forme dans sa lutte contre le Mal, à l'aide de la Grâce, et par le moyen de la prière.

— C'est loin, vous savez !

— Oui. En partie, parce que votre conception de l'adolescence est celle d'une adolescence à l'affût. Ce que je ne conteste pas, mais ce que nos plus grands saints n'eussent guère accepté... Pour eux, le train était sur les rails... Mais votre problème reste entier. Avant cinq ans, le drame de la jeunesse tel que nous le voyons en Hollande, en Californie, au Japon, aura touché la plupart des universités ; et c'est évidemment le revers de la même médaille. En somme, ce que vous voulez, c'est concevoir comment l'homme devient l'Homme qu'il porte en lui, et non le têtard agressif et prolongé qu'il porte aussi en lui ? »

La rumeur de la ville nous entoure comme un grattement. Je crois connaître le bouddhisme. Mais je n'ai pas oublié ma conversation avec Nehru, ni l'affirmation rêveuse de celui-ci : « Il est possible que la Vérité soit ma valeur suprême, mais il est certain que je ne puis m'en passer… » Méry répond enfin :

« À tort ou à raison, je voudrais comprendre, avant de mourir, ce qu'a été ma vie… Une suite d'événements, non. Une constance ? Pour autrui, si vous voulez. Mais pour moi ? En quoi suis-je l'adolescent à capuchon[1], si je ne choisis pas de l'être ? Et quelle est ma relation avec lui ? Vous avez écrit que vous n'étiez pas solidaire de votre jeunesse. Et moi, de quoi suis-je solidaire ? De mes promenades dans la rue de la Mort, avant qu'elle ou moi disparaisse ? Vous avez écrit aussi : la nature de la mémoire détermine les gens ; ceux à qui elle apporte des souvenirs heureux et ceux à qui elle impose des souvenirs pénibles sont presque aussi différents que les hommes et les femmes. À peu près ?

— À peu près, cher Méry.

— Ceux d'entre nous qui ont des anges, et ceux qui ont des démons, si vous voulez. J'ai plutôt des démons. Vous savez, je n'aime pas me poser des questions. Je crois que les vraies se posent toutes seules. Mais on ne passe pas impunément cinquante ans par ici. Mes amis, ou ce qui m'en tient lieu, disent qu'ils se sentent toujours semblables à eux-mêmes. Ils disent que la vie des autres nous apparaît comme un rêve. Soit. Mais moi aussi, je m'apparais comme un rêve. Les textes originaux du bouddhisme ne disent pas, comme le texte grec : "On ne se baigne pas deux fois dans le même fleuve." Il ne s'agit ni de se baigner ni de regarder passer l'eau : nous sommes *dans* le fleuve, figurez-vous.

— Je n'ai jamais tiré cela tout à fait au clair pour moi-même. D'une part, le bouddhisme vous impose, en effet, une sorte de… discontinuité. D'autre part, toute religion à réincarnation impose une éternité du monde terrestre, ou, si nous l'entendons moins métaphysiquement mais plus couramment, une éternité de l'être humain. C'est bien à cette éternité-là que le Bouddha veut échapper, mon cher Méry. Le plus profond conflit de la pensée est peut-être celui qui oppose les réincarnations à la vraie mort : les réincarnations impliquent une éternité de la condition de créature tout à fait différente du Ciel ou de l'Enfer, des champs Élysées ou du schéol… Quel jour étonnant que le jour où l'homme s'est mis à se croire éternel !

« L'œuvre d'un grand artiste pose sans doute un problème un peu semblable, dès qu'on a compris que l'art n'imite jamais la vie. Le Rembrandt de vingt ans ignore les tableaux qu'il peindra à soixante, comme le jeune homme ignore l'homme qu'il deviendra… Mais à la rigueur, l'art rature, et la vie ne rature pas…

— Maintenant, il me semble que j'ai horreur de… ce que vous avez appelé la condition humaine, figurez-vous.

— Oui. C'est très bien dit… Ça ne suffit pas[a].

— Je vis sur l'opium ; et quand il n'y a pas d'opium, sur le whisky, compensation bizarre, puisque l'alcool, vous le savez, joue en sens inverse. Enfin, les choses sont ainsi, pour moi et pour beaucoup d'autres, depuis qu'il est devenu difficile de trouver de l'opium. Je ne peux plus supporter de vivre ; et je ne me tuerai sans doute pas[1]. Vous comprenez, Malraux[b] ?

« Mon bouddhisme, mon Asie tournent autour de ce fait très simple, comme ces sacrés insectes tournent autour des ampoules. Alors, voilà. »

Sa voix est devenue lente ; et, me semble-t-il, douloureuse. Depuis le début de notre entretien, je voudrais la définir. Je comprends soudain : c'est une voix *offerte.* Avec un peu de remords, je demande :

« Préférez-vous que nous changions de conversation ?

— Non. Non. Je tiens[c] beaucoup de dialogues imaginaires. J'ai tort. J'aime notre conversation ; je ne l'aurai peut-être jamais plus. Malgré… »

Il dirige un geste confus vers les vagues, à peine soulevées par le vent chaud, dans le petit bassin du patio :

« Vous vous souvenez de l'hindouisme : chaque vague reflète la lune selon sa forme de vague, comme chaque homme reflète l'Être… »

Ma relation avec le monde est inverse. Je ne ressens pas l'homme comme un reflet de l'Être ; ni même comme lié à Dieu, à la façon dont il l'est par le Christ. Je ressens avec force le dialogue de l'homme et de ce qui ne le concerne pas, les astres qui suivent leur destin au-dessus des camps d'extermination et de la douleur…

« Ce que je pense de l'Être m'échappe, dit-il. Parfois, je

voudrais ne mourir qu'en sachant ce que j'ai pensé de la vie. Et parfois, qu'en m'étant délivré de toute pensée. Mais comment ne pas penser ?

— Néanmoins, vous écrivez ? »

Je me souviens de son excellent livre sur l'Indochine, lié à un malaise que j'ai si souvent connu, pas seulement chez les écrivains : celui des artistes qui ont assez de talent pour devenir légitimement intoxiqués par leur art — et pas assez pour en être assouvis.

« L'écriture alterne avec l'opium bien mieux que l'alcool. (Ce whisky ne vaut pas le précédent !) Tout ça permet de me hâter patiemment vers la mort, de ligne en alinéa, de pipe en pipe, de conversation en conversation — la présence amicale aussi est une drogue —, de papillon en papillon… J'ai vu passer l'Asie ; je me vois passer moi-même, je me fais accompagner par l'Asie… Vous savez, j'ai atteint distraitement mon âge. Il n'y a guère qu'une question : comment faire pour ne pas penser à la vie. Un mélange[a] courant de bêtises et de vanité résout la question. Pourquoi la vanité est-elle aussi forte que la mort, Malraux ? »

Cette façon de nommer ses interlocuteurs lui était familière autrefois. Je l'avais oubliée. Il l'a retrouvée lorsque notre conversation est devenue intime. Ce n'est pas une expression mécanique, comme le « monsieur » de Proust, le « cher ami » de beaucoup d'autres ; c'est une sorte d'appel. Il continue[b] :

« Sauf en face du cercueil, sans doute ; sans doute les questions fondamentales reparaissent-elles devant la mort, surtout devant la souffrance… Dans ma jeunesse, je pensais que, plus tard, je penserais à l'essentiel, figurez-vous. J'étais bête, vous savez. Maintenant, je sais que je ne veux à aucun prix penser à l'essentiel. Je bavarde en face de la mort. Chaque jour, elle m'interroge, vous comprenez ? Je croyais que je lui répondrais… ou que je l'interrogerais moi-même… Je croyais que je penserais. Maintenant, j'espère mourir avant d'avoir réfléchi : l'essentiel se pense tout seul, je m'efforce[c] de le chasser… Une vraie conversation est une chose importante, mais vous verrez, plus tard : on la croit à deux, elle est toujours à trois…

« J'ai passé tant d'années parmi des gens auxquels je ne pouvais parler de rien ! Mes fonctions étaient relativement importantes, si vous voulez. Mais parler avec le pape des bonzes du Cambodge avait un sens, vous comprenez, alors qu'avec nos administrateurs, la conversation était inutile ou technique... »

Il hausse les épaules dans la nuit, non par mépris mais par lassitude, et je devine qu'il sourit :

« J'ai envie de dire à la mort, qui n'est pas loin : Quelle chance a l'humanité de ne plus rien comprendre à rien !... »

La mort, qui n'est pas loin... Sait-il qu'elle est là, ou dit-il cette phrase comme je la dirais moi-même ? J'écoute cette ombre dans la nuit... Le chat s'agite. « Va jouer », dit Méry à l'enfant qui s'enfonce dans l'ombre avec Essuie-Plume.

« Pendant tant d'années, par quoi ai-je été obsédé ? Par les femmes. Eh bien ! si je pense à celles que j'ai aimées — beaucoup sont vivantes — je pense à un cimetière, Malraux. J'en oublie la moitié. Quand je l'ai découvert, j'ai eu les poils des bras rebroussés par le grand froid... Comme Stendhal, j'ai tracé sur le sable les initiales de mes anciennes maîtresses[1], figurez-vous. Que sont-elles devenues ? Les unes, folles de haine. Les autres, folles d'argent. Dieu ferait un bon Jugement dernier, s'il me rendait ce jour-là les femmes que j'ai aimées, à l'heure de leur mort et de la mienne. En face des initiales de celles qui avaient mal fini, je traçais une croix. Il n'y avait que des croix. Les autres étaient mortes. »

Cette voix soumise fait passer dans la nuit le cortège millénaire de la dérision. Et si une vraie femme répondait : « Je vous donne rendez-vous au jour de la Résurrection, quand nous aussi, nous verrons ce que sont devenus les hommes que nous avons aimés... » « Dieu ferait un bon Jugement dernier, si... », dit Méry. Quelle misère évoque cette imprécation voilée par l'âge sous les étoiles auxquelles la demi-obscurité a rendu leur poudroiement... « L'amour n'est pas une passion honorable », m'a dit jadis Colette. L'amour, ou ce qui lui succède ?

Si Méry se confie à ce point, ce n'est pas en souvenir de notre camaraderie, c'est parce qu'il ne me connaît plus ; il n'y a pas que les ivrognes pour se confier à l'inconnu. Depuis longtemps, je rencontre des hommes qui semblent se confondre avec leur fonction. Parfois, ailleurs, des individus. Méry parle comme s'il parlait d'un autre. Un homme. J'ai connu cela une seule fois, tout autrement. L'avion mis à mon service, en Russie, avait fait un atterrissage forcé. Nous passâmes la nuit au kolkhoze voisin, et bavardâmes jusqu'à minuit avec des anciens, les responsables communistes partis je ne sais où. Nous ne parlâmes que de ce que Méry appelle l'existence. Un paysan d'icône m'a confié, comme plus tard un de mes compagnons de 1940 : « La femme, elle finit toujours par s'arranger avec les bêtes. » Nous ne nous rencontrerions plus jamais. Dialogues des morts. Peut-être ne rencontrerai-je plus Méry. Mais il n'est pas interchangeable. Hô Chi Minh, c'est l'Histoire, même enfoncé dans la nuit. Bien que Méry ne soit pas l'Histoire, il lui est attaché. Par ses amitiés avec les Vietnamiens et l'oncle Hô, par la guerre. Aussi par toute sa destinée qui ne s'appelle pas destin, inconcevable au XIXe siècle, étrangère au XXIe : ni le clairon des casernes sénégalaises dans le crépuscule annamite, ni la prochaine génération de gratte-ciel. Une vie humaine dans le temps comme les biographies historiques ; impersonnelle et personnelle tour à tour comme la plupart des autres. Cette chaleur insolite et fraternelle, c'est l'intimité de la vie. Ses femmes, oui, son affection pour l'enfant, son jeu avec le chat, son dialogue avec la vieillesse... Que d'amies âgées m'ont parlé ainsi, la précision en moins. J'entends ce qu'eût dit son père, dont je ne connais pas même une photo ; et ce que dirait son fils si Méry avait un fils. Une destinée fine et résignée qui passe, tandis que l'Empire britannique bascule dans la nuit[a].

« Il y aurait aussi un autre cortège, dis-je, celui des femmes avec lesquelles nous avons rompu — si elles étaient mortes quand nous les aimions encore... »

Malgré la nuit, je sens qu'il me regarde. Il fait un geste dont je ne comprends pas le sens. Au retour d'une réception, quelques hommes, et des femmes en robe du soir, traversent la lumière étalée devant notre ombre et disparaissent dans le hall comme ils disparaîtront dans le charnier de la métamorphose, de la trahison ou de l'oubli.

« Renée, dit-il, trente ans de vie commune... Mais quand je pense au... déroulement de ma vie, je ne pense jamais à elle... Les femmes ne jalonnent pas ma vie. Rien ne jalonne ma vie, Malraux[b]. Pourtant, il m'est advenu, avec elle, avec d'autres, de penser : peut-être sera-t-elle morte l'année prochaine... Ça rend exemplaire, si vous voulez[c] — inutilement... »

Sa voix plaintive semble devenir neutre : sans accent, ou plutôt, avec le seul accent du souvenir.

« Et Binh ? » dis-je.

C'eﬆ la Vietnamienne dont Clappique m'a parlé, et que Méry a aimée beaucoup plus que sa femme.

« Quand elle eﬆ morte, j'ai eu l'intention de me tuer. Pas tout de suite. Deux ou trois mois plus tard. Je ne l'ai pas fait. L'opium et le bouddhisme ? Si vous voulez. J'ai eu tort. Socrate accepte la mort avec sérénité. Sans plus. Il me semble étrange qu'aucun des grands Romains n'ait légitimé le suicide : en se suicidant, évidemment. Ni aucun grand homme d'aucune civilisation.

— Il y a Doﬆoïevski : "Si je me tue, je deviens tsar", dit Kirilov[1].

— Je voudrais entendre dire : assez ! le plus simplement du monde (ce qui serait bien romain), et ne pas être assommé avec des hiﬆoires de tsar, vous comprenez ? Déjà, le mot *suicide* me gêne. Je suis ﬆupéfait qu'aucun homme ne se soit tué pour l'avoir décidé. Qu'il n'ait jamais exiﬆé une civilisation où les hommes aient décidé de leur mort, si vous voulez. Nous ne décidons pas de notre vie, ça me paraît suffire. J'imagine facilement la réponse : puisque la vie eﬆ idiote, pourquoi la mort serait-elle intelligente ? "Qu'importe ?" exprime peut-être un sentiment aussi profond que l'espoir ; et même que des sentiments plus superficiels mais plus violents, comme l'ambition… Vous savez que votre ami Lawrence d'Arabie avait fait graver : *Qu'importe*[2], en grec, à la porte de son cottage de Clouds Hill ? »

Il vient de se tourner vers moi.

« Lawrence n'était pas mon ami, dis-je : je ne l'ai vu qu'une fois[3].

— Enfin, il ne semble pas avoir connu la mort d'une femme aimée… C'eﬆ… la foudre, Malraux[a]. Soit. Mais nous parlions de la vie.

« Notre époque veut nous faire croire qu'elle ne connaît pas la mort. À la vérité, elle joue à cache-cache.

— Rome semble avoir réellement négligé la mort, bien que, vous l'avez dit, elle ne l'ait jamais choisie.

— Il y a une queﬆion sérieuse, vous savez, il n'y en a pas cinquante : "Quel eﬆ le sens de notre vie ?" Je me débrouille pour que la queﬆion ne se pose pas. Jadis, j'aurais joué le séducteur… Aujourd'hui, je parle, je parle… J'ai beaucoup de souvenirs d'un monde disparu, figurez-vous. Et je reviens, le whisky et les somnifères aidant, trouver provisoirement le sommeil. Souvent, la seule chose importante est de parvenir à *ne pas penser* : le lit, la lecture… Les poèmes aident à dormir ; vous avez remarqué ? Ils se récitent tout seuls :

Ouvre ton lit désert comme un sépulcre, et dors
Du sommeil des vaincus et du sommeil des morts[1].

« Si j'étais un vainqueur, où serait la différence ? Retrouverais-je moins ce "Qu'importe" comme une chouette clouée à l'entrée d'une grange ? J'ai tort, si vous voulez, mais par rapport à qui ? Vous savez, "qu'importe" est une maladie qu'on ne soigne pas encore…

« Parfois je pense que la mort, ce sont les balles de la guerre qui m'étaient indifférentes. Parfois, le vers de Victor Hugo :

Je sens mon profond soir vaguement s'étoiler[2]…

Parfois, la mort tout court. Qu'elle choisisse un bon jour !

« Il ne vous paraît pas singulier qu'elle soit si souvent étrangère au courage physique ?

— Ce courage nous oppose presque toujours à d'autres hommes ; la mort, non. Mais pourquoi le courage (n'est-ce que le courage ?) pèse-t-il aussi lourd que l'absurdité ? Pourquoi le sacrifice a-t-il une telle importance, mon cher Méry ? Pourquoi pouvons-nous dire, ce que je dis depuis longtemps, que dans un monde où rien ne peut compenser le supplice d'un enfant innocent — vous savez que je cite Dostoïevski —, n'importe quel acte tragique d'héroïsme ou d'amour est le mystérieux rival du supplice de l'enfant innocent[3] ? Je suis en train de noter des souvenirs, ou des machins comme ça. Après avoir été pris par les chars allemands, j'étais couché sur les dalles du bureau de l'hôtel pendant qu'on m'interrogeait ; la patronne, une femme à cheveux blancs, arrive parmi des voix allemandes qui gueulaient : "Avez-vous ci, avez-vous ça ?" et auxquelles elle répondait à tue-tête : "Non." Portant un plateau avec du chocolat fumant, elle s'agenouille dans mon sang (ce n'est pas facile de s'agenouiller en tenant un plateau), dit tranquillement à ceux qui m'interrogeaient : "C'est pour l'officier français prisonnier", et s'en va. J'ai pensé que si l'on me fusillait dans quelques heures (c'était l'aube), ça n'aurait aucune importance[1].

— Ne s'agit-il pas simplement d'une émotion ?

— En partie. Quand nous avons délivré les femmes des camps d'extermination, dans quel état ! nous avons trouvé, avec les combattants, des femmes souvent vieilles, qui étaient là parce qu'un neveu, un fils, leur avait demandé de prendre chez elles un poste émetteur. À partir de 44, elles savaient ce qu'elles risquaient. Mais il n'était pas question pour elles de refuser. Elles n'avaient pas connu même l'agressivité tranquille de la patronne au plateau de chocolat. Rien. C'était ainsi. Et nous découvrions que nous nous étions battus pour délivrer ces femmes — ou du moins, celles qui survivaient… Ça n'a pas grand sens en face des nébuleuses spirales, et pourtant…

— Si, répond-il. Je vous comprends. Intellectuellement, je n'ai rien à dire. Vous non plus ; mais je vous comprends. Et il me semble qu'il s'agit d'un sentiment plus profond que le sentiment chrétien. Bien que… Un Romain l'eût-il éprouvé ?

— *"Passant, va dire à Lacédémone — que ceux qui sont tombés ici sont morts selon sa loi*[2]*."* Les Thermopyles sont aussi une vieille femme avec un plateau, et nous parlons sans doute de la loi non écrite dont parle Antigone.

— Soit… D'un côté, il y a tout ce que le temps emporte : notre sentiment d'être des créatures, si vous voulez. De l'autre, la bonne femme qui sait que son chocolat peut la conduire à Ravensbrück. Vous avez raison. Mais je suis de plus en plus sensible à ce qui s'est effacé, à ce qui s'efface. Je ressens de plus en plus, comme des nuages, les grandes passions collectives. La vieille hôtelière ? non, je ne crois pas ; le communisme, si. De ce que j'ai aimé, il n'y a pas que les femmes qui aient disparu… Quand j'ai écrit ce pauvre bouquin que vous avez jadis fait éditer chez Gallimard[3] (j'étais transporté !) j'écrivais pour être publié, figurez-vous. Je ne l'ai pas relu. L'Asie d'autrefois ?…

— En attendant la guerre, dis-je.

— En attendant la guerre. On se battra dans les temples de Bali, on se battra autour du Boroboudour et d'Angkor Vat. Mais que pensaient de la vie les sujets de Jayavarman VII quand ils regardaient la procession du roi peint en or, et que pensent les miliciens de Sihanouk ? Il ne semble pas que les uns aient pensé le bouddhisme, les autres le communisme : ils ont attrapé le bouddhisme, le communisme, le nationalisme, comme ils auraient attrapé le paludisme.

— Pour les grandes religions, et même pour le communisme russe ou chinois, des millions d'hommes y sont nés. Ils n'ont rien eu à attraper.

— Soit : il y a des maladies héréditaires, vous comprenez. L'humanité eſt la proie d'épidémies, pour ainsi dire. Dans cent ans, des amis parleront ici, devant d'autres verres, du communisme, et du nationalisme, comme nous pouvons parler du Bouddha lorsqu'il quitta le palais de son père…

— J'ai connu la place de la Concorde couverte de drapeaux à croix gammée. Il n'y en a plus, et la place eſt redevenue ce qu'elle était. Mais nous ne reverrons jamais le port des Jonques, nous n'entendrons plus jamais les sirènes du large emplir la nuit : jamais Singapour ne redeviendra ce qu'elle était quand nous l'avons vue pour la première fois. L'Asie non plus. Comme les aventuriers chers à Clappique et au consul, elle appartenait au monde où Napoléon aurait pu parler à Sésoſtris. Celui de la rue de la Mort. Vous avez employé le mot : métamorphose ; le papillon ne redevient pas chenille. »

La rue de la Mort me rappelle les récits de Clappique sur Hitler. La ferme de l'Aisne ou de l'Oise, l'obscurité, les bêtes éternelles, les champs presque aussi éternels, et Hitler recroquevillé dans son fauteuil de bois — à l'écoute du clairon de l'Hiſtoire, avant l'écoute du martèlement des chars russes au-dessus du bunker de Berlin. Du bunker où il appelait le bon chien pour le tuer…

Depuis que Méry a parlé du temps, j'ai retrouvé les sentiments que j'éprouvais chez le consul, devant ses masques secrètement fraternels. Méry croise sur la table ses mains qui sortent de la nuit avec un geſte de prière :

« Le sentiment des choses qui ne reviendront jamais ? Soit. Je suis venu dans cet hôtel pour la première fois, il y a cinquante ans, avec une Suédoise, championne de je ne sais plus quel sport, figurez-vous. On nous a donné une chambre au premier. Les portes étaient alors remplacées par des demi-persiennes, comme celles qui nous entourent. Je passe devant une chambre, et j'entends des claques. Autre chambre, claques. Le *Raffles* était devenu le refuge des colères de tous les couples de Singapour. Dès que nous nous sommes couchés, j'ai compris.

— Ces autoclaques menaçaient les moustiques dont nous parlions avec Clappique ?

— Juste ! Aujourd'hui, comme vous le constatez, il n'y a plus de moustiques.

« Quant aux papillons, parlons-en... Je ne les ai pas collectionnés, puis vendus, pour arrondir ma retraite. Ni, comme croient beaucoup de gens, par goût de fleuriste. D'ailleurs ma retraite... ? maintenant[a], je suis un retraité de la vie, Malraux[b]... »

Il regarde distraitement une des grandes lampes électriques qui éclairent les galeries du patio : dans leur panse, les éphémères morts sont en train de s'accumuler comme des grains, sous les éphémères bourdonnants qui vont mourir. Il continue :

« Quand on a mis fin à mes fonctions, j'ai commencé à m'intéresser à... la nature, si vous voulez. Il me semble que nous ne commençons à converser avec elle, que lorsque nous commençons à converser avec la mort. Je généralise peut-être... D'ailleurs, même pour moi, la nature, parfois, ignore notre agitation, et parfois lui répond, pour ainsi dire. Les immenses collections du général Dejean ont été rassemblées par les soldats des guerres napoléoniennes...

« Souvent, à cause des papillons, je traverse le détroit et vais dans la forêt. Les animaux, vous savez, on ne les voit guère... Je suis seul en face des plantes, vous comprenez. C'est cela que j'appelle la nature : plutôt que la vie animale, plutôt que la vie des pierres qui me donne le sentiment de la mort, plutôt que le ciel plein d'étoiles dont je me fiche complètement. Les plantes ont une vie, comme moi. Plus lente ? Un platane ne vit tout de même que trois ou quatre cents ans... Savez-vous que sur la moitié de l'Asie, malgré des sols et des climats si différents, il y a des années favorables aux bambous, et de mauvaises années ? La nature s'accorde à nous, d'abord par les saisons. Mais elle appartient à son propre monde, un monde qui m'enveloppe et pour lequel je n'existe pas. J'exprime mal ce que je veux dire, mais vous me comprenez. Il y a les plantes qui se fécondent elles-mêmes, il y a celles qui ne peuvent se reproduire que si un pollen venu du Siam ou de Java les atteint, figurez-vous. Pourquoi ne suis-je pas devenu botaniste ? Les plantes m'intéressent plus que les chiens et les chats. Les insectes m'auraient passionné : leurs formes fantastiques, leur vie dans la terre, sous les écorces, dans les mousses… »

Je me souviens du papillon que j'imaginais sur le nez de la reine de Saba[1].

« Et puis, trop d'insectes me répugnaient. Les papillons sont presque tous beaux. Et la manie du collectionneur a joué, si vous voulez. Vous connaissez l'histoire du conseiller aulique, qui chipe un insecte rare à un collectionneur modeste. Lequel s'en aperçoit dès le départ de son visiteur, et court après lui dans l'escalier : va-t-il se faire répondre avec insolence qu'il devrait se soigner ? Le conseiller aulique avait imprudemment piqué l'insecte sur son chapeau, figurez-vous ! Moi, au début, je n'étais pas maniaque. Je n'ai pas du tout étudié les lépidoptères pour eux-mêmes : vous comprenez, aujourd'hui, on ne peut plus étudier toute la nature, il faut donc choisir sa chatière pour entrer. Les ancêtres des papillons ont 260 millions d'années ; la vie moyenne d'un papillon n'atteint pas deux mois. Sur la terre, ils ont suivi les plantes à fleurs, soit. La plupart sont sédentaires. Mais il existe de grandes espèces migratrices (nous ferions mieux de dire voyageuses, puisqu'elles ne reviennent pas à leur point de départ) qui couvrent tout à coup les bateaux, ou se posent sur l'Océan. Napoléon se plaignait des sphinx de Sainte-Hélène. Il y a des papillons depuis l'Équateur jusqu'au cap Nord… »

J'avais vu s'envoler des petits papillons, sur un fond d'icebergs, du hangar presque détruit dans lequel Nobile[2], au Spitzberg, avait protégé son dirigeable.

« On les trouve presque jusqu'au sommet de l'Himalaya. Ils ne voient qu'à un mètre : ils découvrent leurs femelles parce qu'elles émettent un parfum. Ils n'ont que des armes défensives ; d'abord, évidemment, le mimétisme. Ici, le Kallima est plus étonnant que le caméléon ; les chenilles d'*Hypsa monicha* s'assemblent comme des côtes de petits melons pour former de fausses baies charnues, figurez-vous. Les papillons vénéneux deviennent éclatants dès qu'un oiseau arrive. Leur défense consiste à lui dire : “Ne va pas te tromper, idiot !” Ils allument leurs phares, si vous voulez. Il y a des papillons fantaisistes, l'ailante (c'est un papillon de ver à soie) qui vient se tuer contre les vitrines des Champs-Élysées, jamais contre une lampe électrique ; ici, les papillons qui adorent le tabac et volettent autour de votre cigare si vous vous promenez la nuit, car ils ne supportent pas l'électricité. Et, évidemment, le grand problème : l'instinct. Vous savez que les chenilles se suivent, une à une, puis deux à deux, puis trois à trois, etc. Vous capturez le guide : une autre chenille prend sa place, et la procession repart. Il y a quelque chose d'hypnotisant, d'inépuisable, dans l'étude patiente de toute vie qui n'est pas la nôtre. Pourquoi les papillons se comportent-ils comme ils le font, comment les insectes dorés ici deviennent-ils blancs dans le désert de Gobi, comment les mantes, brunes en Afrique, deviennent-elles vertes autour de la Méditerranée ? Ici, le calao se nourrit des fruits du strychnos, l'arbre à strychnine. Les noyaux sont l'un des plus forts poisons qui existent. L'oiseau mange la pulpe, jamais le noyau. L'adaptation est bien plus mystérieuse que la survie des plus aptes ; alors, à quoi est soumise cette nature semblable à un gigantesque caméléon ? Vous connaissez la grande forêt : il est impossible que les hommes aient survécu empiriquement, en constatant qu'ils pouvaient manger ci, et qu'ils mouraient s'ils mangeaient ça. Ils étaient entourés de poisons, vous comprenez. Il faut qu'un instinct ait joué, Malraux[a]...

— Au symposium de 1958, dis-je, un des spécialistes illustres, Haldane ou un autre, a interrompu le dialogue : "De quoi parlons-nous ? Si c'est de Dieu, qu'on le dise[1] !" Bien entendu, ce problème n'est capital que pour un agnostique.

— Presque tous les biologistes sont agnostiques. Moi aussi, si vous voulez[b]... »

Je sens qu'il me regarde. Je réponds :

« Haldane a raison. Mais le mot *Dieu*, comme presque tous les mots essentiels, superpose des significations : Créateur, Juge, Amour... Dire que le monde a un sens, comme le dit Einstein[2], c'est dire qu'il existe un ordre du monde. Ce qui n'est pas rien. Mais pourquoi la mort irrémédiable de l'individu, celle des animaux et des plantes, ne ferait-elle pas partie — et comment ! — de cet ordre-là ? Pourquoi une loi cosmique serait-elle juge des vertus ? Passons... Lorsque nous sommes dans la grande forêt, le problème de l'instinct devient capital, parce qu'il devient en effet, pour les agnostiques, l'une des formes du problème de Dieu. En face de lui, que pèse l'Histoire, que pèsent les hommes ? Qu'est-ce qu'Alexandre de Macédoine, en face du fait si simple que les hommes ont mangé ce qu'ils devaient manger pour survivre ? Ou du fait qu'un certain nombre de graines possèdent les petits parachutes qui les emportent ? La nature de la graine porte en elle la connaissance du parachutage ? Devant tout cela, nous sommes simplement des papillons plus présomptueux que devant les divinités…

— De mes travaux, si j'ose dire, je n'attends aucune réponse. Je n'en attendrais pas même si j'étais plus jeune, figurez-vous. Il n'y en a pas. J'essaie, si vous voulez, d'approfondir une question. Pas une question que je pose : une question qui m'est posée, vous comprenez ?

— Dans le domaine métaphysique, mon cher Méry, il est possible que la pensée soit fondamentalement interrogative. On peut construire des escaliers pour les sommets des Pyramides, et d'autres pour les profondeurs de la terre. Il va de soi qu'il existe des degrés de l'interrogation. Et toute pensée qui prend Dieu pour objet — ce qui couvre pas mal de millénaires… — est en partie, interrogative, qu'elle le sache ou non. Mais dans le domaine religieux, et peut-être dans le vôtre, je crois que cette interrogation-là suscite une sorte de communion.

— Observer la nature nous unit à elle, penser à Dieu unit les moines à Dieu…

— Est-ce que ce dialogue a changé votre relation avec l'art ?

— Je ne pense plus beaucoup aux œuvres d'art.

« J'ai essayé de réfléchir à ce dont vous parliez : je ne suis pas arrivé à l'interrogation, ni à la communion, ni à l'art : je suis arrivé à une sorte de dialogue qui me semble capital, mais dont je ne comprends pas bien le sens. On m'a dit que j'étais en face de la mort ; je me suis demandé ce que ça changeait : rien. »

Une invincible fatigue envahit sa voix :

« Enfin ! quand je me coucherai, il sera tout de même 3 heures… Bientôt le jour va se lever une fois de plus — une fois de plus… »

Bien que je l'écoute avec attention, il est mon interlocuteur par une contagion plus forte que la parole. Il reprend, d'un autre ton, comme s'il retrouvait soudain sa pensée :

« Tous les jours, je lis le journal. Vous le connaissez. La ville et même les anciens *Straits Settlements* ne peuvent pas y jouer un grand rôle ; alors, il y a les nouvelles de Birmanie, de Thaïlande, de Sumatra, de Bornéo, de Java, et même de pays lointains, parce que les Chinois et les Indiens sont nombreux ici. Les nouvelles sont souvent des nouvelles de guerre. Pendant que je lis les titres, j'ai ma collection de lépidoptères dans la mémoire. Ce sont surtout, évidemment, des papillons des mêmes Malaisie, Birmanie, Thaïlande, Sumatra, Bornéo, Java ; des mêmes endroits du journal. L'autre monde, si vous voulez ; plutôt, l'autre sens du monde. J'éprouve un sentiment du même genre quand je pense aux femmes, en temps de guerre. Tous les hommes qui se battent depuis si longtemps, et toutes les femmes qui, depuis si longtemps, continuent la vie des femmes. Mais les papillons m'impressionnent beaucoup plus, évidemment. Quelquefois, ils nous rejoignent : les pluies de sang du Moyen Âge étaient les myriades de gouttes rouges lancées par les papillons Vanesses... Mes papillons ont leurs îles comme nous avons nos nations. Une vie qui n'est pas la nôtre, mais qui est aussi la vie, et qui fait de la nôtre une sorte de hasard. En face de l'Asie, je me sens singulier ; en face des papillons, l'humanité me semble insolite : rentrez sous terre ! dirait Clappique. Une aventure, Malraux. Vous me comprenez ? »

Je pense surtout à la phrase : il sera mort avant un mois. Essuie-Plume revient, suivi de l'enfant, saute dans la lumière de la table. Je réponds :

« C'est un sentiment que j'ai quelquefois éprouvé, non en face des animaux, mais en présence de la mort ; plus exactement, quand la menace de mort s'effaçait. Après la traversée d'un cyclone par mon avion, et quelquefois pendant la guerre. Pas après mes blessures. Pas après le simulacre d'exécution à Gramat (les Allemands m'avaient collé au mur). Je crois pourtant mon sentiment différent du vôtre. Ce que je tiens pour le plus important, c'est : quel sens a le monde ? Donc, un sentiment profondément lié à la conscience. Dans certaines limites, car toute métaphysique veut atteindre la totalité. Disons que mon problème est celui du monde, l'Être compris, et le vôtre, celui de la vie ? Il y a un texte sacré de l'Inde où les grands papillons, après le combat, viennent se poser sur les guerriers morts et sur les vainqueurs endormis[1]... »

Pas très loin, un chien aboie. Je n'ai pas entendu aboyer un chien depuis que j'ai quitté l'Inde. Dans la rue, je n'ai pas vu un animal. D'autres chiens répondent. L'air nocturne saturé d'eau, et vaguement parfumé, devient palpable comme le brouillard.

« "Sur les guerriers morts, et sur les vainqueurs endormis…", répète Méry en écho. Texte admirable ! L'oncle Hô ne connaît certainement pas ce texte, mais il lui a répondu : "*Si les prisonniers ne se réveillaient pas, qui pourrait séparer les bons et les méchants ?*" Le sommeil n'est pas la vie, mais — tiens, les chiens se taisent ? — il me semble que j'appelle nature la vie qui continuerait si tous les hommes avaient disparu. »

Je ne réponds pas. Je pense de nouveau à Clappique, au cinéaste allemand, à Hitler et son chien martelés par le son des chars russes — et aux papillons millénaires. Seuls vivent encore les éclats de lune sur le petit bassin. « Chaque vague reflète la lune selon sa propre forme, comme chaque homme reflète l'Être… »

« Tout de même, dit-il, je voudrais revoir la neige avant de mourir, figurez-vous[a]… »

En regagnant le consulat, je pense aux indigènes d'Océanie qui font sonner les touques pour appeler les avions divins : les papillons viennent sans doute se poser sur les touques brillantes, comme d'autres viendront lorsqu'elles seront abandonnées dans les clairières…

Avant de me coucher, je parcours les deux scènes de Clappique. Il a lu la dernière à haute voix. Les proclamations et les détresses du roi chimérique se sont-elles succédé dans le patio de cet hôtel, lorsque Mayrena s'y asseyait à une table de rotin ? Le gouverneur Raffles lui est bien antérieur… Mais le monologue du *Rat mort*, écrit, est banal : il n'y reste rien du sorcier, qui appelait le roi des Sedangs dans la nuit malaise. Clappique, quand il faisait parler Mayrena, ne cessait d'improviser. Après tout, cette *commedia dell'arte* est-elle plus mystérieuse que l'éloquence ?

Sur l'aérodrome, sont posés les petits avions pour les îles, comme étaient jadis rassemblés dans le port les bateaux de cabotage. Il n'y aura plus de capitaine Conrad. Mais toutes les îles semblent encore graviter autour de Singapour, jusqu'à la Thaïlande et les Célèbes, et même, confusément, jusqu'à l'Inde et la Chine…

Notre avion de ligne décolle[b] pour Hong Kong[1]. Le Pacifique. Par là, il y a une île appelée Balé Kambang, que m'a donnée Eddy Du Perron[2] quand je lui ai dédié *La*

Condition humaine. Il est mort à l'entrée des Allemands en Hollande. Il tenait toute politique pour non avenue, et l'Histoire aussi, je crois. C'était mon meilleur ami. On m'a dit que, maintenant, les Hollandais reconnaissent en lui l'un de leurs grands écrivains. Que sont devenues les plantations de sa famille ? Et sa *Lettre au Libérateur,* adressée à Shariar ? Il ne croyait pas à la politique, mais il croyait à la justice... Qu'est devenue mon île ? Irai-je la voir avant de mourir, avec la bénédiction de Sukarno ? Les cocotiers y poussent dru, paraît-il. J'aurais dû demander à Méry s'il la connaissait. J'aurais dû aussi demander à Sukarno si je la possédais encore[a].

Eddy Du Perron me disait que *La Voie royale* ne valait rien, et ne pouvait se défendre que si elle devenait le prologue fantastique des tomes suivants. (Ceux-ci sont devenus *La Condition humaine.*) Dans l'avion, je relis la scène de mon roman. Clappique a raison de penser qu'à bien des égards, mon personnage de Perken est né de Mayrena. Plus exactement, de ce qui unit Mayrena à un type d'aventurier disparu. On ne connaissait pas en 1929 son côté farfelu. Il se confondait avec Brooke, devenu rajah de Sumatra, et quelques-uns de ceux qui osèrent, comme Mercurol, se rendre sans armes chez les insoumis[1].

Le livre et le personnage sont nés d'une méditation sur ce que l'homme peut contre la mort. D'où ce type de héros sans cause, prêt à risquer la torture pour la seule idée qu'il a de lui-même, et peut-être pour une sorte de saisie fulgurante de son destin — parce que le risque de la torture lui paraît seul vainqueur de la mort.

Depuis[b], la torture a cessé d'être romanesque. Nous n'avons que faire des héros sans cause. En 1965, au-dessus du Pacifique, je pense au jeune homme de 1928 qui arpentait le pont d'un cargo dans le détroit de Messine, l'un des plus beaux paysages du monde, en inventant dans un rayonnant matin italien ce personnage, ou plutôt cet holocauste.

L'hôtesse nous apporte le journal. C'est le *Straits,* dont parlait Méry. Au-dessus de moi, volent tous les papillons, et sans doute les vastes frémissements blancs que j'ai connus jadis au sommet des collines cambodgiennes. Au-dessous encore, des soldats abattus, bouche ouverte, barrent les rues des villages vietnamiens. Derrière notre avion, passent les superforteresses qui viennent de l'île de Guam.

Je survole la forêt, enchevêtrée comme au siècle dernier. L'administrateur qui s'était voué aux Moïs a été chassé, aucun Vietnamien ne l'a remplacé. Les troupes françaises ont réoccupé, pour quoi faire ? les « hauts plateaux sauvages ». Puis, elles sont parties. Nous passons la chaîne annamitique. Voici ces plateaux, avec l'ombre de Mayrena.

Et un peu plus loin[a], voici Da Nang, qui fut Tourane ; autour du port, la flotte de guerre américaine, immobile.

V[a]

I[b]

Hong Kong.

Je suis seul au salon du consulat général. Dans les fenêtres, tout le golfe. La buée chaude baigne l'assaut des gratte-ciel qui écrasent le « front d'eau » impérial du temps des *Conquérants*, contournent et investissent le pic ; elle transforme en silhouettes grises les bateaux et les jonques sous un ciel échevelé. Je suis passé par Hong Kong pour aller au Japon, en 1958, quand je venais de l'Inde de Nehru. Les plantes grasses des hôtels chinois à balcons ajourés de Queen's Road dégringolaient comme autrefois sur les milliers de petites porcelaines des antiquaires. Je me souviens d'un jour de 1925 ou 1926. Il faisait beau sur le golfe ; l'air bleu tremblait. L'administration coloniale était parvenue à empêcher toutes les imprimeries de Saigon d'imprimer le journal du Jeune-Annam, *L'Indochine*, au temps des spoliations de Bac-Lieu. Les militants avaient remonté de vieilles presses, et j'étais venu acheter des caractères d'imprimerie au seul fondeur, depuis Ceylan jusqu'à Chang-hai : la mission de Hong Kong. J'avais regagné Saigon avec des caractères de langue anglaise, sans accents. Impossible d'imprimer. Un jour, un ouvrier annamite[1] était entré, avait tiré de sa poche un mouchoir noué en bourse, les coins dressés comme des oreilles de lapin : « C'est rien que des *é*. Il y a des accents aigus, des graves et aussi des circonflexes. Pour les trémas, ce sera plus difficile. Peut-être vous pourrez vous en passer. Demain, des ouvriers vont apporter tous les accents qu'ils pourront. » Il avait vidé sur un marbre les caractères enchevêtrés comme des jonchets, les avait alignés du bout de son doigt d'imprimeur, et était parti. Ses camarades lui avaient succédé. Tous savaient que s'ils étaient pris ils seraient condamnés, non comme révolutionnaires, mais comme voleurs.

Il y a quarante ans. Au-dessous de moi, voici les toits de la mission…

Au-dessous encore, jusqu'à la mer, on démonte en hâte les gigantesques échafaudages de bambous, car les typhons les emportent, et un typhon erre autour de l'île. J'ai revu les Chinoises avec leurs fourreaux brodés du temps de Nankin, et les vieilles marchandes aux pieds en moignons. Les aventuriers que Clappique ne trouvait plus à Singapour, les voici : ils sont chinois. Et je viens d'entendre des histoires semblables à celles que j'entendais à Chang-hai avant 1930. Le bateau des aveugles arrivés chez les sœurs après s'être évadés de Canton, dont la police a sans doute organisé l'évasion pour se débarrasser d'eux. Les jeunes Chinois de Bornéo venus participer à la construction de la Chine nouvelle — écœurés, réfugiés sans un sou chez les missionnaires qui les font engager dans les fabriques de pétards — et qui volent les pétards pour jouer. Et les jonques chargées de passagers clandestins, que le capitaine fait couler (le fond de la jonque s'ouvre) s'il est arraisonné par la police populaire[1] ou par la police anglaise…

Devant moi, au-delà de la baie, s'étendent les « nouveaux territoires » jusqu'à la barre noire qui ferme l'horizon : la Chine communiste. Elle est présente même dans la ville, par son contrôle discret de tous les syndicats, et par le magasin spectaculaire qu'elle vient d'ouvrir. Imaginons, dans un Monte-Carlo gorgé, la *Samaritaine* d'une Europe communiste. La Chine rouge vend ce qu'elle fait. C'est peu de chose, mais chacune signifie : ceci est conquis. À l'arrière-plan, la bombe atomique ; au premier, le sourire spartiate des vendeuses. Même les jouets sont austères, et la panoplie de la parfaite ménagère communiste semble une offrande devant les portraits de Mao et les images[2] de la Longue Marche.

Au-dessus de cet entassement de valises de fibre et de thermos, de tout ce Bazar de l'Hôtel de Ville dont les démocraties populaires sont toujours fières, règnent ces images mythologiques. Les valises et les meubles des capitalistes sont moins grossiers que ceux-ci ; mais qui donc a passé les fleuves, franchi les neiges tibétaines ? Après un quart d'heure, ce que l'on vend ici disparaît devant ce dont on rêve. D'autant mieux que si le loyal milicien et l'héroïque milicienne sont réalistes-socialistes, presque toutes les images de la Longue Marche sont de style chinois. Pour les millions d'hommes agglomérés sur le rocher de Hong Kong, l'immensité qui s'étend derrière la barre noire de l'horizon n'est pas le pays des communes populaires, des hauts fourneaux individuels et des usines géantes, ni même de la bombe atomique, c'est le pays de la Longue Marche et de son chef ; comme la Russie, au-delà de l'arc de triomphe de Niegoreloïe, n'était pas le pays des kolkhozes, mais celui de Lénine et de la révolution d'Octobre.

Finis, Singapour et ses tentacules, ses îles, sa Thaïlande. Finis, le Viêt-nam et sa guerre féline ; fini, Hô Chi Minh. Ici commence le grand jeu, parti de la poussière pour rétablir le plus grand empire du monde. Ce qu'expriment ces images, c'est plus que l'Inde, autant que l'Union soviétique et que l'Amérique : Rome[a].

La Longue Marche ne compte plus vingt mille survivants : huit cents « responsables », dit-on. De l'autre côté de la baie, elle emplit les rêves comme le Râmâyana emplit encore le rêve de l'Inde, comme l'Olympe a empli jadis celui de la Grèce.

Tout avait commencé par des victoires.

À l'automne 1928, le VIe Congrès de Moscou a enfin donné sa place à l'action paysanne.

C'est la fin du premier schisme. Des armées rouges naissent : des mutineries se succèdent dans les armées du Kouo-min-tang, et les mutins rejoignent Mao aux monts Tsing-kang. Mais ses approvisionnements ne nourriront pas une armée.

En janvier 1929, le principal général de Mao, Tchou-te, force le blocus et rejoint d'autres troupes rouges. En décembre, tout le sud du Kiang-si est conquis, et le premier gouvernement soviétique d'une province, institué.

Le Kouo-min-tang, devenu le gouvernement de Nankin, oppose aux 40 000 hommes de Mao les 100 000 hommes de la Première Campagne d'extermination. Par une guerre de manœuvre qui oppose toujours le gros des forces rouges à des colonnes isolées que Mao a laissées avancer profondément dans son territoire, et grâce à la complicité de la population, l'armée de Nankin est dispersée en deux mois.

Quatre mois plus tard, la Deuxième Campagne engage

200 000 hommes, par sept points d'attaque. Même tactique, mêmes résultats.

Un mois plus tard, Tchang Kaï-chek prend lui-même le commandement de 300 000 hommes. Ceux de Mao attaquent cinq colonnes en cinq jours, s'emparent d'un matériel considérable, et en octobre, Tchang Kaï-chek retire les troupes de la Troisième Campagne d'extermination.

Le gouvernement soviétique de Chine est constitué sous la présidence de Mao.

En décembre 1931, 200 000 soldats de Nankin passent chez lui. L'Armée rouge commence ses propres offensives. En 1933, Nankin lance la Quatrième Campagne d'extermination, perd 13 000 hommes en un seul combat, et voit détruire sa meilleure division.

Mais les conseillers de Tchang Kaï-chek (dont von Falkenhausen, et von Seekt, ancien chef d'état-major général de l'armée allemande) ont participé à la campagne, et en ont tiré les leçons. Pour la Cinquième Campagne d'extermination, Nankin rassemble presque un million d'hommes, des chars, 400 avions. Mao dispose de 180 000 soldats, d'environ 200 000 miliciens — armés de piques ! — et de 4 appareils pris à Nankin. Pas d'essence, pas de bombes, pas d'artillerie, peu de munitions. Tchang Kaï-chek n'avance plus dans le territoire soviétisé : il l'entoure de blockhaus, d'une muraille de Chine qui se resserre. L'Armée rouge comprend qu'elle est prise au piège.

Mao songe-t-il alors à Yenan ? Le Japon a déclaré la guerre à la Chine, et Mao veut devenir le symbole de la défense du peuple chinois, car Nankin combat beaucoup moins le Japon qu'il ne combat les communistes. Il faudrait donc gagner le Nord, terrain de la guerre ; pendant des milliers de kilomètres, l'Armée rouge s'enfonce pourtant d'abord vers le Tibet... Malgré les obstacles, malgré les clans qui font de certains villages des adversaires, Mao affirme depuis longtemps que toute la Chine paysanne est pour lui, à condition qu'on le lui fasse comprendre. Une région favorable à l'établissement d'un gouvernement communiste se trouvera quelque part, comme elle s'est trouvée au Kiang-si. Sans doute y a-t-il dans la Longue Marche une part d'aventure, d'expédition d'Alexandre, qui n'est pas étrangère au caractère de Mao. Mais d'abord, *il faut sortir.* Dans ce vaste siège, l'Armée rouge, constamment bombardée, a déjà perdu 60 000 soldats.

90 000 hommes, femmes et enfants vont tenter de forcer le blocus, comme Tchou-te a forcé celui des monts Tsing-kang. Peu à peu, l'armée de première ligne est remplacée par des partisans. Le 16 octobre 1934, concentrée au sud, elle prend d'assaut les fortifications ennemies, et oblique vers l'ouest. La Longue Marche commence.

Les mules sont chargées de mitrailleuses et de machines à coudre. Des milliers de civils accompagnent l'armée. Combien vont rester dans les villages — ou dans les cimetières ? L'arsenal est vide, les machines démontées parties à dos d'âne — les retrouvera-t-on un jour, enterrées le long des pistes sur 10 000 kilomètres ? Les partisans aux piques à glands rouges, aux chapeaux de buissons qui tremblent comme des plumes, tiendront longtemps encore — quelques-uns, trois ans. Les troupes de Nankin les tuent, l'armée de Mao s'éloigne.

En un mois, harcelée par l'aviation, elle livre neuf batailles, traverse quatre lignes de blockhaus et cent dix régiments. Elle perd un tiers de ses hommes, ne conserve que son matériel militaire et quelques imprimeries de campagne, cesse d'avancer vers le nord-ouest (ce qui déroute l'ennemi, mais ralentit beaucoup sa marche). Tchang Kaï-chek a rassemblé ses troupes derrière le Yang-tsé, détruit les ponts. Mais 100 000 hommes et leur artillerie attendent Mao devant le fleuve Koeu-tchou. Les Rouges détruisent 5 divisions, tiennent une réunion de leur Comité central dans le palais du gouverneur, enrôlent 15 000 déserteurs, et organisent leurs cadres de jeunesse. Mais « le fleuve aux sables d'or » des poèmes n'est pas franchi. Mao tourne vers le sud, parvient en quatre jours à vingt kilomètres de Yunnan-fou, où se trouve Tchang Kaï-chek, qui gagne l'Indochine. Diversion, car le gros de l'armée marche vers le nord, pour y franchir le fleuve.

C'est le Ta Tu-ho, non moins difficile à franchir que le Yang-tsé, et devant lequel la dernière armée des T'ai-p'ing a jadis été exterminée. Encore faut-il, pour l'atteindre, s'engager dans l'immense forêt des Lolos, où jamais une armée chinoise n'a pénétré. Mais quelques officiers rouges qui ont servi au Sseu-tch'ouan ont délivré naguère des chefs lolos, et Mao négocie avec ces tribus insoumises comme avec les villages qu'ont dû traverser ses soldats. « L'armée du gouvernement est l'ennemi commun. » À quoi les tribus répondent en demandant des armes, que Mao et Tchou-te osent leur donner. Les Lolos guident alors les Rouges à travers leurs forêts où l'aviation de Nankin perd leur trace — jusqu'aux bacs du Ta Tu-ho qu'ils prennent ensemble par surprise.

Le passage de l'armée au moyen de ces bacs exigerait des semaines. L'aviation de Tchang Kaï-chek, qui surveillait le fleuve, retrouve les colonnes. Ses armées avaient contourné les forêts, et allaient bientôt reprendre le combat. C'est le temps où Nankin parle de la marche funèbre de l'Armée rouge.

Il n'existe qu'un pont, beaucoup plus loin entre des falaises abruptes, au-dessus d'un courant rapide. À marches forcées, l'armée bombardée avance dans l'orage, le long du fleuve qui, la nuit, reflète ses milliers de torches attachées au dos des soldats. Quand l'avant-garde atteint le pont, elle découvre que la moitié du tablier a été brûlée.

En face, les mitrailleuses ennemies.

Toute la Chine connaît le fantastique des gorges de ses grands fleuves, la fureur de l'eau enserrée par les pics qui trouent les nuages bas et lourds sous les cris répercutés des rapaces. Elle n'a pas cessé d'imaginer cette armée de torches dans la nuit, flammes des morts sacrifiés aux dieux du fleuve ; et ces chaînes colossales tendues à travers le vide, comme celles de la porte de l'Enfer. Car le pont de Lieou-tong, ce sont les neuf chaînes qui soutenaient son tablier, et, de chaque côté, deux chaînes d'appui. Le tablier brûlé, il reste treize chaînes de cauchemar, non plus un pont, mais son squelette qui s'enfonce au-dessus d'un grondement sauvage. À la jumelle, on devine la partie intacte du tablier, et un pavillon à cornes derrière lequel commencent à crépiter les mitrailleuses.

Celles des Rouges entrent en action. Sous le filet sifflant des balles, les volontaires suspendus aux chaînes glacées commencent à avancer, maille énorme après maille énorme — casquettes blanches et baudriers blancs dans la brume —, balançant leur corps pour le lancer en avant. Ils tombent l'un après l'autre dans le grondement de l'eau, mais les files de pendus balancés par leur effort et par le vent des gorges avancent inexorablement vers le tronçon du tablier. Les mitrailleuses égrènent sans peine ceux qui s'accrochent aux chaînes d'appui ; mais la courbe des neuf chaînes protège ceux qui sont accrochés sous elles, grenades à la ceinture. Le plus grand danger viendra lorsque, atteignant le fragment du tablier encore en place, ils s'y hisseront par un rétablissement — et ne pourront le faire, au mieux, que neuf à la fois. Les prisonniers déclareront que la défense fut paralysée par le surgissement des hommes dans les chaînes au milieu du fleuve ; peut-être la plupart des mercenaires habitués à combattre des « brigands » tibétains armés de fusils à pierre n'avaient-ils pas envie d'un corps à corps avec des combattants qui accomplissaient sous leurs yeux un exploit légendaire. Les premiers volontaires qui se rétablissent sur le pont ont le temps de lancer leurs grenades vers les nids de mitrailleuses, dont les serveurs tirent au jugé. Les officiers ennemis font déverser des barils de paraffine sur les dernières planches du tablier, les enflamment. Trop tard : les assaillants traversent le rideau de feu. Les mitrailleuses se taisent des deux côtés du fleuve ; l'ennemi recule dans la forêt. L'armée passe, sous le bombardement inefficace des avions…

C'est la plus célèbre image de la Chine rouge. Au Grand Magasin communiste, j'avais vu d'abord l'exode, qui s'effilochait sur des lieues : l'armée paysanne, précédant les civils obliquement penchés vers la terre comme les files des haleurs ; une multitude aussi courbée que celle de la partition indienne, mais résolue à des combats inconnus. Cinq mille kilomètres parcourus en libérant les villages pour quelques jours ou pour quelques années ; ces corps inclinés qui semblaient se lever du tombeau de la Chine, et, au-delà des gorges, ces chaînes tendues à travers l'Histoire. Partout, les chaînes appartiennent au domaine nocturne de l'imagination. Elles ont été celles des cachots[a] ; elles l'étaient encore, en Chine, il n'y a pas si longtemps, et leur dessin semble l'idéogramme de l'esclavage. Ces malheureux dont un bras retombait sous les balles, toute la misère chinoise regarde encore leur seconde main s'ouvrir au-dessus du grondement d'un gouffre sans âge. D'autres les suivaient, dont les mains ne s'ouvraient pas. Pour toutes les mémoires chinoises, la foule de pendus balancés vers sa libération semble brandir les chaînes auxquelles elle est accrochée…

Cet épisode illustre coûta pourtant, à l'armée, moins

d'hommes que ceux qui le suivirent. Elle atteignit une région où les blockhaus de Nankin étaient encore peu nombreux, et reprit l'initiative des combats. Mais il fallait gravir les Grandes Montagnes neigeuses. Il avait fait chaud en juin dans les basses-terres de Chine, mais il faisait froid à 5 000 mètres, et les hommes du Sud vêtus de coton commencèrent à mourir. Il n'y avait pas de sentiers ; l'armée dut construire sa piste. Un corps d'armée perdit les deux tiers de ses animaux. Des montagnes et des montagnes, bientôt des morts et des morts : on peut suivre la Longue Marche à ses squelettes tombés sous leurs sacs vides ; et ceux qui tombèrent pour toujours devant le pic de la Plume des Rêves, et ceux qui contournèrent le Grand Tambour (pour les Chinois, le tambour, c'est le tambour de bronze) aux parois verticales dans la déchirure illimitée de la montagne. Les nuages meurtriers cachaient les dieux des neiges tibétaines. Enfin, l'armée aux moustaches de givre atteignit les champs de Naojong. En bas, c'était encore l'été…

Il restait 45 000 hommes.

La IVe armée et les vagues autorités soviétiques du Song-pan attendaient Mao. Les forces rouges rassemblèrent alors 100 000 soldats ; mais après un désaccord qui permit une offensive heureuse de Nankin, Mao repartit vers la Grande Prairie avec 30 000 hommes. Tchou-te restait au Sseu-tchouan.

La Grande Prairie, c'était aussi la forêt, les sources de dix grands fleuves, et surtout les Grands Marécages, occupés par des tribus indépendantes. La reine des Mantze ordonna de faire bouillir vivant quiconque prendrait contact avec les Chinois, Rouges ou non. Mao ne parvint pas à négocier. Habitations vides, bétail disparu, défilés dans lesquels les rochers s'écroulaient. « Un mouton coûte la vie d'un homme. » Il restait des champs de blé vert, et des navets géants dont chacun, dit Mao, pouvait nourrir quinze hommes. Et les Grands Marécages.

L'armée avançait, guidée par des indigènes prisonniers. Quiconque quittait la piste disparaissait. Pluie sans fin dans l'immensité des herbes détrempées et des eaux stagnantes sous le brouillard blanc ou sous le ciel livide. Plus de bois à brûler, plus d'arbres — et l'armée n'avait pas de tentes. Pour la protéger de la pluie, les grands chapeaux de soleil avaient remplacé les casquettes blanches. Les nuages erraient au ras du marais, et les chevaux culbutaient dans la vase sans fond. La nuit, les soldats dormaient debout, liés ensemble comme les fagots. Après dix jours, on atteignit le Kan-sou. Les troupes de Nankin avaient abandonné la poursuite, ou étaient ensevelies dans les marécages. Mao ne commandait plus que 25 000 hommes. Le théâtre aux armées reprit, devant des soldats couverts de peaux de bêtes retournées. Et les files haillonneuses avancèrent enfin entre des pierres, avec leurs drapeaux rongés comme ceux de nos maquis.

De nouvelles troupes de Nankin étaient massées, appuyées par la cavalerie musulmane chinoise qui devait « en finir enfin avec les Rouges ». Mais aucune troupe mercenaire n'eût pu battre, malgré leur épuisement, ces volontaires qu'un dernier ennemi séparait seul des bases rouges du Chen-si. Les chevaux pris aux Tartares des steppes de Chine formeraient plus tard la cavalerie de Yenan. Le 20 octobre 1935, au pied de la Grande Muraille, les cavaliers à chapeaux de feuilles, montés sur les petits chevaux poilus semblables à ceux des peintures préhistoriques, rejoignaient les trois armées soviétiques du Chen-si, dont Mao prit le commandement. Il lui restait 20 000 hommes, dont 7 000 le suivaient depuis le sud. Ils avaient parcouru 10 000 kilomètres. Presque toutes les femmes étaient mortes, les enfants avaient été abandonnés.

La Longue Marche était terminée.

Quand on va dans le Magasin communiste, quand on regarde les montagnes au-delà des Nouveaux Territoires, la Chine populaire, c'est elle. Et Mao serait inconcevable sans elle. Il ne restait de la nation que la honte ; de la terre, que la famine. Mais si des dizaines de milliers de morts ou de déserteurs avaient été remplacés, des dizaines de milliers de compagnons absents n'étaient ni morts ni déserteurs. Ils étaient restés en arrière parce qu'ils appartenaient au tiers ordre de la Libération paysanne. En maintes régions, la guérilla laissée par la Longue Marche devait durer deux ans, immobiliser des divisions ennemies, parfois des armées. La répression, au Kiang-si — un million de victimes — avait laissé la paysannerie de la province sans voix, non sans haine. La Longue Marche venait d'apporter l'espoir à deux cents millions de Chinois, et l'espoir n'avait pas disparu avec le dernier combattant. Cette phalange déguenillée suivie de ses derniers clochards avait joué le rôle des cavaliers d'Allah ; arrivée à la Grande Muraille, elle proclamait la guerre contre le Japon. La retraite militaire s'achevait en conquête politique. Partout où elle avait passé l'Armée rouge, pour les paysans chinois, était devenue celle qui défendait les paysans, et la Chine.

À 11 heures du soir, dans le port que je parcours en sampan, comme au temps de la première grève, l'électricité des gratte-ciel est éteinte. Il reste les « bateaux de fleurs » dessinés dans la baie par leurs ampoules, quelques lueurs dans des ruelles chinoises, et le pointillé des lumières de la route du pic. Sur l'eau, la ville des jonques continue sa vie d'agonie. Elle semble ignorer la terre, et les voyageurs ont maintes fois décrit son tohu-bohu de jadis. Ce soir, quelques ombres à peine glissent d'une jonque à l'autre. Les proues sculptées se succèdent, coupées par les ruelles des sampans. Quelques lumignons s'allument et s'éteignent. Des barques portent les marchands qui passent avec un fanal, comme passaient jadis les marchands sur les lacs des empereurs. Et les hautes proues décorées qui ne reprendront plus la mer semblent étouffer leurs appels presque secrets, sous les dernières voiles en ailes-de-dragon dont la nuit cache les haillons, et qui furent celles de la plus vaste flotte du monde. À l'aube, pendant que là-bas s'éveillera lentement l'énorme Chine, les gratte-ciel repartiront avec fracas à l'assaut du pic ; comme chaque jour, les antiquaires suspendront au-dessus de leurs trésors démonétisés la photo de Tchang Kaï-chek qui porte à l'envers celle de Mao, et qu'ils retourneront quand il le faudra. Il ne reste autour de moi que le pointillé tremblant des lumières de la route qui se perd comme autrefois dans les étoiles — l'appel d'un marchand, la nuit et le silence.

Canton.

« La grève générale est décrétée à Canton[1]*. »*

1925... C'était la première grève générale, et la première phrase de mon premier roman.

Plus rien des Chinois de la Compagnie des Indes, du quartier des changeurs qui carillonnaient, le long du fleuve, en frappant les pièces de leurs petits marteaux — ni du bazar informe qui emplissait encore le centre de la ville à la veille de la révolution. Plus rien de la révolution elle-même — que ses musées... L'École des Cadets est démolie, me dit-on, et la maison de Borodine, et... Rues d'asphalte aux uniformes maisons basses, vastes parcs de « culture ». Malgré les bananiers, malgré la chaleur, je reconnais le monde russe de l'immensité. Un hôtel aux escaliers sans fin, aux couloirs sans fin ; russe par ses dimensions, par son tapis amarante, par une solitude onirique différente de celle de l'Occident, mais que je n'ai pas vue en Russie. Shameen, l'ancienne île des consultats, est intacte — comme le corps d'un tué. Ses maisons qui ne ressemblent plus à celles de la ville s'écaillent au-dessus du petit square aux fleurs serrées ; des jonques sans moteur aux voiles rapiécées de rose bengale et de gris fumée doublent la pointe de l'île, chimères en habits d'arlequin ; dans le soir qui tombe, la flotte de Marco Polo appareille sur la rivière des Perles, devant les anciens docks et les chantiers neufs, à travers la désolation sibérienne. Voici le pont sur lequel tiraient les mitrailleuses du colonel Tchang Kaï-chek...

Le musée de la Révolution est aménagé dans la rotonde du monument à Sun Yat-sen. Tout près, le mausolée aux martyrs politiques semblable à ceux des empereurs de la plus vieille Chine (tout le parc semble son bois sacré) et devant lequel les pionniers communistes viennent prêter serment.

Au musée, voici les photos des chefs de la grève de 1925, la première grève contre Hong Kong ; tous sont morts. Sous un ruban qui porte la date : 4 mai 1919, la grille de la prison, comme un réseau de croix noires sur des figures indistinctes. Par terre, des fers médiévaux, que portèrent les condamnés lors de la répression de la commune de Canton. Tout est hors du temps : un village de partisans qui a résisté dix mois aux troupes du Kouo-min-tang, les unités féminines qui mêlent les mégères aux dactylos ; les exécutions de Chang-hai pendant la répression que conte *La Condition humaine* : les condamnés à genoux, les yeux bandés d'une étoffe noire qui pend comme une cagoule renversée ; une maquette de la conquête de Hai-nan par l'armée des jonques (que faisaient alors les vaisseaux de guerre du Kouo-min-tang ?) ; et toutes les photos du mouvement paysan — dont nul ne parlait en 1925. Voici les piques aux courts glands rouges, car les longs sont ceux de Yenan ; et les chapeaux « tonkinois ». (Un de mes grands-pères en avait rapporté un, qui s'appelait le chapeau du Pavillon-Noir...)

Comme en Union soviétique, ces photos et ces objets se confondent avec un folklore de la révolution. Ce peuple qui n'avait pas de ministère de la Justice, mais un ministère des Châtiments, rassemble les mêmes photos que Moscou et, plus confusément, que le peuple des cathédrales. Elles croient enseigner la révolution, elles enseignent le martyre. Les T'ai-p'ing ont gouverné dix années durant, et se sont fait exterminer devant ce même fleuve qu'a franchi Mao. Le génie politique de celui-ci, c'est évidemment ce qui le sépare d'eux ; mais ce musée, c'est presque toujours ce qui l'unit à eux.

Comme à Moscou, les images sont moins destinées à rendre intelligible le cours de la révolution qu'à créer un passé soumis aux vainqueurs. Combien un musée qui exposerait clairement l'action complexe de Mao, à ces jeunes gens qui m'entourent et qui la pressentent avec une vénération informe, serait plus efficace que cette propagande !

Je ne vois que ceux que l'on cache. Lénine n'est jamais accompagné que de Staline : il n'y a jamais eu de Trotski. Ni de Borodine, d'ailleurs. Ni de Tchang Kaï-chek. Les photos de l'École des Cadets montrent seulement Chou En-lai, commissaire politique. Sur une photo de cinquante officiers, je reconnais Gallen[1], le futur maréchal Blücher, et le désigne à l'ambassadeur de France, qui m'accompagne. Arrive, comme porté par des patins à roulettes, le traducteur qui semblait ne plus s'intéresser à nous. « Lequel est-ce ? » demande-t-il, écarquillé. Gallen ne reparaît sur aucune autre photo. Il n'y avait pas de Russes à Canton, en 1925...

Le lendemain.

Hier soir, dans le mausolée de Sun Yat-sen, salle de 5 000 places, le théâtre jouait *L'Orient est rouge.* On s'attendait à trois quarts d'heure de retard parce qu'il pleuvait — pendant la saison des pluies... Comme la Russie, la Chine mélange imprévisiblement le temps sans heures (théâtres, avions) et la ponctualité (chemins de fer, armée). En attendant, les trois cents chanteurs des chœurs étaient en place des deux côtés de la scène — pantalon bleu, chemise blanche — et comme ils étaient étagés, on ne distinguait qu'une immense étoffe blanche piquetée de têtes.

Enfin, le speaker commença. Il portait la vareuse des « cadres », mais gris perle et cintrée. Tout le chœur l'accompagna, et ce fut une foule qui cria la première phrase de la pièce :

« *À l'époque de Mao Tsé-toung...* »

Les tableaux se succédaient, très réussis lorsqu'ils ne tendaient qu'à être des tableaux. Le sujet était la légende de la Libération, traitée à la fois en ballet et en opéra de Pékin. Les slogans correspondaient aux sous-titres du cinéma muet. La parole n'a rien à faire dans cette stylisation impérieuse où elle devient chant. Le port de Changhai était l'étrave d'un paquebot : le *Président-Wilson*, amarré au quai par des chaînes colossales et vaguement vivantes comme celles du Ta Tu-ho. Sur le quai, un Occidental en costume bleu pâle et bottes molles, Russe de Pierre le Grand ou colonial[a] anglais de 1820, représentait l'impérialiste. Il s'enfuit devant un groupe de soldats chinois qui portaient sur leur casque les couronnes de feuilles de camouflage, et ressemblaient au bouffon couronné que Lorca appelle Pampre[1].

« Quelle armée symbolisent ces soldats ?

— L'Université... », répondit mon traducteur.

Que les acteurs deviennent nombreux, la stylisation agit aussitôt. Cette imagerie révolutionnaire, qui se veut celle de la création du Parti communiste chinois, ne montre pas les obstacles qu'il a dû vaincre. Tous les ballets sont naïfs ; et cette naïveté était hier soir au service de la Chine millénaire, qui reparaissait dans les scènes d'éventails où la foule des acteurs était parcourue d'un seul frémissement, dans les danses où les manches étaient continuées par des étoffes ondulantes comme celles des danseuses funéraires des Tang, jusque dans les convulsions d'une foule arrêtées par une pétrification soudaine... Tout cela soutenu par une musique que je ne connaissais pas, et qui mêle notre gamme aux miaulements et aux cris de l'ancien opéra chinois. Mais ces chœurs et ces voix admirables sont à la musique chinoise ce que le jazz est à la musique africaine. De la révolution, il reste des musées — et des opéras...

Dans une heure, l'avion pour Pékin.

De ma fenêtre, des usines et des bâtiments d'une Sibérie tropicale, jusqu'à un horizon de cheminées que la vieille pagode domine toujours. Les bananiers ruissellent, bien qu'il ne pleuve pas encore. Devant moi, les toits-cloportes, au vermillon décomposé par le soleil et verdi par la pluie, traversés par la ruelle gluante où courent lentement des enfants presque nus : le dernier îlot du Canton d'autrefois quand des morceaux du rempart existaient encore sous les herbes ? Le vent d'étuve fait battre sur le mur les baguettes du long rouleau qui représente une scène militaire, et donne au peignoir de bain saumon posé sur un cintre les mouvements onduleux du théâtre chinois. Tant de mort, tant d'espoir et de sang, tout ce que j'ai connu et rêvé de Canton s'achève par mon fantôme dérisoirement rose qui s'agite à la fenêtre devant le nuage blême de l'orage…

Pékin

La ville était autrefois ordonnée par la croix de deux routes sans trottoirs, poussière tartare où les remparts de citadelle et les bastions cornus des portes apparaissaient comme à travers la pluie. Les dédaigneux chameaux du Gobi passaient, l'un suivant l'autre, et les trains les accompagnaient lentement. La poussière, les caravanes, une face des remparts ont disparu. Voici les portes dans le matin bleu pâle. Autour de la ville, des avenues sans fin, bordées de bâtiments épais, me font penser, comme les rues principales de Canton, à l'immensité sibérienne — mais la chaleur d'étuve a disparu. L'auto longe d'énormes échafaudages de bambous au-dessus de tout petits saules, puis des acacias roses qui ne sont pas des acacias, et toujours le vol en faux des martinets. Quand le moteur s'arrête, un grand bruit de grillons emplit le silence.

Les couloirs du palais des Affaires étrangères ont la même immensité désolée que ceux de l'hôtel de Canton. Après maintes pièces apparemment vides, le bureau du maréchal-ministre Chen-Yi[1] : fauteuils d'osier, lavis de style chinois, sous-ministres, interprètes. Le maréchal est jovial, avec un visage lisse (souvent les Chinois vieillissent en quelques mois) et un rire large et coupant. Il porte le costume presque stalinien des « cadres » et semble, comme jadis les généraux soviétiques, n'avoir rien conservé de son origine (il est fils de magistrat) ; n'avoir pas d'origine. Il a commencé sa carrière comme adjoint d'un seigneur de la guerre au Sseu-tch'ouan. Il est passé par l'École militaire, a rejoint Tchou-te au temps du malheur, puis a commandé l'arrière-garde, toujours attaquée, de la Longue Marche. Vainqueur des Japonais, chef de la IVe armée, puis de l'Armée populaire de libération de la Chine orientale, c'est lui qui a pris Nankin et Chang-hai en 1949.

« Comment va le général de Gaulle ?

— Tout à fait rétabli, je vous remercie. Et le président Mao ?

— Très bien. »

Les salamalecs terminés, j'ai oublié la santé du président de la République, Liou Shao-shi. Ça ne semble pas troubler le maréchal, qui fait un exposé des principes. Son traducteur, auquel le nôtre vient parfois en aide, traduit :

« Sur le plan intérieur, le gouvernement populaire veut débarrasser la population de la pauvreté et de l'ignorance, faire en sorte que la vie matérielle de chacun soit assurée, et que se produise un épanouissement général, sur la base du système socialiste. Le capitalisme présente des aspects intéressants, notamment sur le plan technique, mais il doit être rejeté en tant que système, car le directeur d'une entreprise ne doit pas décider seul du sort d'un million d'hommes. M. Malraux, qui a étudié comme personne le marxisme, comprendra que, même si le capitalisme eût pu obtenir ici quelques résultats mineurs, le communisme seul pouvait procéder à l'édification du pays dans son ensemble. »

Fort vrai. Quant au marxisme, pendant que nous jouions aux salamalecs, nous avons échangé des compliments sur nos œuvres respectives. Comme Mao, le maréchal est poète — et mari d'une actrice célèbre, qui travaille actuellement (propagandiste ?) dans une commune populaire.

« En bref, souligne-t-il, le gouvernement chinois veut construire la Chine, par ses ressources propres, en quelques décennies. »

Lorsqu'on a connu la Chine de naguère, la phrase, même jovialement prononcée, prend une grandeur historique.

« Sur le plan extérieur, le gouvernement chinois poursuit une politique de paix. Il veut un monde pacifique où les peuples choisissent eux-mêmes leur système politique. La Chine, qui a assez fait face à l'exploitation colonialiste et impérialiste, a la responsabilité d'aider partout les mouvements d'émancipation. De 1840 à 1911, elle a subi les vexations de l'impérialisme britannique, puis de l'impérialisme japonais, et maintenant de l'impérialisme américain. Sato[1] est un satellite des États-Unis, il ne peut faire un geste indépendant de Washington. La France s'est retirée de la Chine après la Seconde Guerre mondiale ; elle a adopté une politique réaliste. Sur le plan européen ainsi que sur d'autres, elle suit une politique de défense à l'égard des États-Unis.

— D'indépendance, monsieur le maréchal… »

Il a fait partie, avec Chou En-lai, des « étudiants-ouvriers » qui ont fondé à Billancourt l'une des premières sections du Parti communiste chinois. Il a été expulsé en 1921. Quarante ans plus tard, ministre, il a représenté la Chine à Genève. A-t-il revu Paris ?

Sans doute a-t-il parlé ainsi à cent journalistes de gauche, à tous les ambassadeurs qu'il a reçus. J'ai assez connu l'Union soviétique pour n'être pas surpris par les disques de phonographe ; mais quand le maréchal va parler, j'attends toujours un peu qu'il parle lui-même. Je me sentais plus près de lui quand nous échangions des salamalecs sur notre littérature. Ce qu'il a de chaleureux donne vie à ce qu'il dit, pourtant…

Voici qu'il s'anime :

« Les informations relatives au Viêt-nam, dit-il, sont contradictoires. À Moscou, M. Harriman est bel et bien allé parler du Viêt-nam ! Les journaux américains devraient se mettre d'accord !

— Ne croyez-vous pas qu'il s'agit de beaucoup plus que d'un désaccord des journaux ? Chez nous aussi, on parle de la politique des États-Unis comme s'il n'y en avait qu'une ; mais les forces américaines qui agissent sur la guerre du Viêt-nam sont sans doute assez divergentes… »

Il déploie un petit éventail, s'évente en souriant, esquisse un geste qui semble vouloir dire : c'est possible, et reprend, avec une bonhomie bourrue :

« Vous êtes favorables à la neutralisation du pays ?

— Pour commencer.

— Nos amis vietnamiens craignent qu'elle n'impose un partage définitif. Depuis que les Américains sont entrés directement en jeu, neutralisation est devenu un mot creux. Il n'y a qu'une solution : le retrait des forces américaines. »

Ici, le Viêt-nam semble une abstraction amicale. Le maréchal veut ignorer tout ce qui sépare Hanoi de Pékin. Soit, comme eût dit Méry ; je me souviens de son portrait de Hô Chi Minh, de tout ce qu'il m'a dit du Viêt-nam — et, vu de Singapour, le Viêt-nam, c'était la guerre. Elle rôde autour de nous, mais sous l'apparence de la paix. Elle est sérieuse et épisodique : coloniale, eût-on dit jadis. Dans cette Chine rétablie qui va atteindre un milliard d'habitants, on ment beaucoup plus que sous les avions américains qui pulvérisent Hanoi ; mais ce qui est en jeu est le destin du monde[a].

« Les conditions sont de plus en plus favorables. Cette guerre mûrit. Avec l'escalade, les obstacles se multiplient ; la détermination du peuple vietnamien se renforce, et finira par contraindre les Américains à quitter le pays.

— Croyez-vous impossible à un grand État de maintenir 150 000 hommes sur un théâtre d'opérations pendant dix ans ?

— Ah ! ils sont 150 000 maintenant ! »

Il le sait aussi bien que moi. Sans doute mieux.

« Ils seront bientôt davantage, dis-je.

— Les Américains ont imposé la guerre au peuple vietnamien. Nous prenons parti pour lui. Qu'ils partent, ils demeureront une puissance mondiale. S'ils ne retirent pas leurs forces, ils perdront la face plus encore. Pour la nation vietnamienne il ne s'agit pas d'une question de face, mais de vie ou de mort. Les Américains bombardent à cœur joie.

— À leurs yeux, toute leur politique en Asie est engagée…

— La perte d'un domino de mah-jong ne détruit pas le jeu de celui qui le perd. Et les États-Unis ne pourront pas maintenir indéfiniment des troupes à l'étranger ; ils seront un jour ou l'autre contraints d'évacuer T'ai-wan et Berlin-Ouest.

— L'abandon de Formose* par eux impliquerait-il à vos yeux celui de la Sibérie par les Russes ?

« Il y a plus de terres libres au Nord que dans l'Asie du Sud-Est. »

Le maréchal rit. L'expression « se fendre la gueule » lui convient à merveille.

* T'ai-wan est le nom chinois de Formose.

« Tout de même, répond-il, T'ai-wan ne fait pas partie des États-Unis ; la Sibérie fait partie de l'Union soviétique, et n'a jamais été chinoise ! »

Supposons... Au sujet de Bandung, j'emploie l'expression : la politique mondiale de la Chine.

« Dans tous les domaines, reprend-il, la Chine doit rattraper un retard considérable, et il lui faudra encore un gros effort pour conduire une politique mondiale. En attendant, elle sait avec qui elle est et avec qui elle n'est pas. Ce que j'ai dit le 14 juillet à votre ambassadeur est toujours vrai. Les Vietnamiens n'ont pas d'autre possibilité que de continuer la lutte. Si les États-Unis sont sincères dans leur désir de négocier, pourquoi parlent-ils d'envoyer au Viêt-nam deux cent mille hommes, un million d'hommes ? Ils ont pris l'habitude de menacer. Hô Chi Minh et Pham Van Dong ont affirmé, en mai et en juin, qu'en 1960, ils n'étaient pas sûrs de l'issue de la guerre, mais qu'ils le sont maintenant. Notre expérience nous donne la même certitude.

« Les forces américaines sont dispersées dans le monde entier...

« Regardez une carte : elles sont à Formose où elles soutiennent le dictateur Tchang Kaï-chek, au Viêt-nam avec le dictateur Ky après le dictateur Diem, en Corée avec le dictateur Ree et d'autres, au Pakistan avec le dictateur Ayoub Khan, au Laos avec Phoumi, en Thaïlande avec le roi. Est-ce que nous sommes aux Hawaii, au Mexique et au Canada ? »

Ce n'est pas aux « forces américaines » que je pense : la puissance des États-Unis, je ne l'ai jamais ressentie autant — même lorsque, en 1944, je me suis trouvé en face des premiers chars américains — qu'à la tombée d'un jour d'hiver sur la flotte désaffectée, ancrée dans l'Hudson, à une centaine de kilomètres de New York. Le président Kennedy m'avait dit : « Allez voir ça ! » Une route parfaite dominait le fleuve, et les autos croisaient leurs phares sur cette nécropole de navires de guerre. Une silhouette arpentait le pont de chaque cuirassé, en balançant un fanal à peine lumineux dans le brouillard qui montait du fleuve avec le soir. Qu'est devenue la flotte de Nelson ? Les historiens antiques disent que les mercenaires comprirent la puissance de Carthage quand ils découvrirent qu'elle crucifiait les lions ; j'ai éprouvé la puissance des États-Unis quand j'ai vu qu'ils avaient jeté au rebut la plus puissante flotte du monde[a].

« Notre expérience de Tchang Kaï-chek, poursuit le maréchal, nous a enseigné qu'il faut faire alterner les périodes de combat et les périodes de négociation. En Corée, combats et négociations se déroulaient simultanément, au point que parfois le bruit des voix couvrait celui des canons... Les Vietnamiens sont avisés et conscients, ils étaient marxistes avant nous, nous avons confiance en eux. Le 20, le président Hô Chi Minh a proclamé sa résolution de poursuivre la lutte cinq ans, dix ans, vingt ans, jusqu'à ce que le dernier Américain ait quitté le Viêt-nam et que soit faite la réunification. »

Pour les dirigeants chinois, l'escalade est la Longue Marche du Viêt-nam.

« C'est toujours la même chose, reprend le maréchal : voyez la guerre de Corée, l'intervention de la VIIe flotte dans le détroit de T'ai-wan, l'occupation de T'ai-wan ! et l'O.N.U. qui se précipite au secours de l'agression capitaliste contre le Congo ! L'attaque américaine contre la Corée du Nord avait pour but de menacer notre sécurité ; nous avons été contraints d'intervenir pour nous défendre. Ensuite, nous avons libéré des prisonniers américains. Sans réciprocité. Après la guerre de Corée, les États-Unis ont multiplié leurs menées au Viêt-nam, où la situation est assez comparable.

— Mais meilleure pour vous.

— Si les États-Unis n'étendent pas leur agression, il ne sera pas nécessaire que la Chine participe aux opérations, mais s'ils le font, elle y participera.

— En territoire chinois ?

— Et peut-être aussi en territoire vietnamien. »

Un temps.

J'en doute. Mao a toujours fait sienne la phrase de Lénine sur la tactique *de défense* des armées révolutionnaires contre l'étranger, et il a toujours souligné que Staline n'avait combattu que pour assurer la défense de la Russie. Lénine a dit : « Ceux qui croient que la révolution peut être déclenchée sur commande dans un pays étranger sont des fous ou des provocateurs. » Mais au Viêt-nam, on n'en est plus à déclencher la révolution : le maréchal parle comme s'il se tenait pour responsable de la guerre du Viêt-nam. Cette responsabilité sert sa gloire, comme on eût dit au

XVIIe siècle. Mais qu'en est-il ? Déjà la France a attribué Diên Biên Phu à l'artillerie chinoise, qui n'y était pas. Les maquis vietcongs sont-ils armés par la Chine ? En partie, sans doute. Mais ils l'ont été passablement par l'U.R.S.S. et les armes prises à la France, et aux États-Unis, comme l'Armée rouge chinoise par les armes prises à Tchang Kaï-chek. Leur idéologie, leur confiance, leur tactique viennent de Mao ; et un certain nombre de leurs organisateurs, de leurs officiers de liaison. Mais personne ici ne m'a demandé : « Croyez-vous que les maquis du Sud soient formés, ou au moins dirigés, par les troupes du Nord, satellites des troupes chinoises ? » Le maréchal ne serait pas fâché de me le laisser croire. Et pourtant ? Le Viêt-nam ne parvient pas à trouver un gouvernement national, les Américains sont contraints à intervenir directement dans la guerre, les prisonniers ne sont pas chinois. « C'est chez les Occidentaux une obsession, m'avait dit Nehru, de croire que les guerres de libération nationale sont conduites par l'étranger. » Je connais par expérience la limite de l'aide que les maquis peuvent recevoir, des « conseils » qu'ils peuvent accepter. Je ne crois donc pas que l'escalade, même jusqu'à Pékin (la guerre nucléaire écartée), puisse sauver un gouvernement de Saigon qui ressemble à celui de Tchang Kaï-chek, en pire.

« Les Américains, reprend le maréchal, ne cessent de violer notre ciel. Est-ce que des avions-espions chinois survolent les États-Unis ? Ils ont déclaré qu'il ne saurait y avoir de *sanctuary* comme lors de la guerre de Corée : très bien. Sous prétexte d'appui au Sud-Viêt-nam, ils bombardent le Nord. Qui dit que demain ils ne prendront pas prétexte d'un soutien de la Chine au Nord-Viêt-nam pour la bombarder ? Ils croient pouvoir faire tout ce qu'ils veulent. Il faut prévoir les conséquences des événements prochains. Et à la fin nous gagnerons, comme contre les Japonais, comme contre Tchang Kaï-chek.

« Voyez leurs menées en république Dominicaine, au Congo : partout ils provoquent des troubles, au contraire de la Grande-Bretagne et de la France. Il faut leur résister. Quand le colonialisme européen quitte l'Asie, l'impérialisme américain vient le remplacer. Les Vietnamiens se battent aussi pour la Chine et pour le monde entier, dont ils méritent l'estime. »

Quand j'ai vu Gide pour la première fois, c'était l'auteur

des *Nourritures terrestres*, non l'homme qui m'attendait devant le Vieux-Colombier, un champignon de brioche dans la bouche ; quand j'ai vu Einstein, c'était le mathématicien, non le violoniste hirsute et bienveillant qui m'accueillit à Princeton. Je sais de reste que le maréchal n'est pas Mao. Mais il est le ministre des Affaires étrangères de la Chine populaire — un des personnages autour desquels rôde l'Histoire ; il a commandé l'arrière-garde de la Longue Marche, toujours harcelée. L'auteur reparaissait vite dans Gide, et le savant, dans Einstein. Dans Chen-yi, où reparaît le conquérant de Chang-hai ? La Chine s'accorde au disque comme elle s'accorde au cérémonial ; et malgré un côté déballé, le maréchal est manifestement en représentation. Valéry disait du général de Gaulle : « Il faudrait savoir ce qui, en lui, est de l'homme, du politique, ou du militaire. » Dans le maréchal, tout est de convention — d'une convention accentuée par la traduction. Je ne trouve pas un véritable dialogue. Je ne puis évidemment pas lui dire : « Monsieur le maréchal, les États-Unis ne dominent le jeu vietnamien que par leur aviation, et ce ne sont pas les Chinois qui combattent cette aviation, ce sont les Russes. » Je retiens seulement son mélange de fermeté, de prudence, d'engagements quasi allusifs ; les curieuses limites qu'il fixe, clairement ou tacitement, au conflit de la Chine et des États-Unis. Je n'ai réellement entendu sa propre voix que lorsqu'il m'a dit : « Et en territoire vietnamien. » Son type, très différent de celui que j'ai connu, est-il celui des nouvelles autorités chinoises ? L'ambassadeur de Chine à Paris, qui est aussi des généraux de la Longue Marche — et lui a consacré un livre de dessins presque humoristiques —, montre cette jovialité invulnérable. Je connais l'internationale des Affaires étrangères ; il ne lui appartient pas, parce qu'il remplace la réserve par une cordialité militaire.

« Le général de Gaulle a raison de résister aux États-Unis en Europe. Ils ne sont pas omnipotents, mais ils ont profité de deux guerres : pendant la Première Guerre mondiale, ils ont perdu 100 000 hommes, pendant la seconde 400 000. En Corée, ils ont perdu 300 000 hommes sans grand profit, donc ils ont fait un mauvais calcul. Ils vont maintenant faire leur calcul pour le Viêt-nam…

— Nehru pensait que le colonialisme meurt lorsqu'une expédition occidentale cesse d'être victorieuse à l'avance d'une armée asiatique. Je le pense aussi. »

Mais pourquoi le maréchal ne semble-t-il pas envisager l'emploi de bombes atomiques par les Américains, s'ils entraient en conflit avec la Chine ?

« Nous espérons que la France utilisera son influence pour que les États-Unis se retirent. Il faut faire face aux Américains pour les amener à quitter le pays. Le peuple américain est bon, il a accompli en deux siècles des réalisations remarquables, mais la politique de ses derniers dirigeants est allée contre ses aspirations profondes. La Chine ne recherche pas une grande guerre, elle veut une coopération des forces qui obligeront les États-Unis à abandonner leur politique agressive, ce qui ne peut qu'être utile au monde, et aux États-Unis eux-mêmes. »

Sollicitude qui toucherait les États-Unis. Notre ambassadeur guette ma réaction. Tout cela m'est familier. Le monologue manichéen, qui semble toujours s'adresser aux « masses », continue. Cet homme intelligent, champion d'échecs, au sommet d'une carrière éclatante, ne parle pas pour me convaincre. Il accomplit un rite.

Je lui réponds que les États-Unis, comme je l'ai dit à Nehru, me semblent la seule nation devenue la plus puissante du monde sans l'avoir cherché ; alors que la puissance d'Alexandre, de César, de Napoléon, des grands empereurs chinois, fut la conséquence d'une conquête militaire délibérée. Et que je ne distingue actuellement aucune politique américaine mondiale comparable à ce que fut celle de la Grande-Bretagne impériale, ou le plan Marshall, ou ce que cherchait le président Kennedy. Que les États-Unis me semblent, provisoirement, renouveler des erreurs que nous connaissons trop bien, car notre IVe République les a commises avant eux. J'ajoute :

« Quant à l'influence que nous pouvons exercer sur les États-Unis, je la crois du même ordre que celle que vous pouvez exercer sur l'Union soviétique…

— La Chine adapte ses sentiments aux faits. Après la révolution d'Octobre, sous Lénine et sous Staline, l'U.R.S.S. éprouvait de la sympathie pour le peuple chinois, et nous en éprouvions pour elle. Après la défaite du Japon, nous nous sommes accoutumés à l'idée que l'U.R.S.S., usée par le conflit, ne voulait pas se mêler des affaires d'Extrême-Orient, et nous n'avons pas placé nos espoirs dans son aide. L'édification socialiste de la Chine ne saurait être fondée sur l'aide de l'U.R.S.S., à quelque titre que ce soit. Il faut avant tout compter sur soi-même. Les Russes avaient mis les choses en train, mais nous pouvons continuer sans eux. Et, dès 1964, nous avions tout payé. Quand Khrouchtchev a essayé de nous étouffer… »

Il s'arrête, reprend :

« … depuis Khrouchtchev, les dirigeants soviétiques veulent la domination du monde par deux puissances, ce qui est impensable, car tous les pays, grands et petits, font également partie du monde ! »

Je suis surpris, non par ces affirmations, mais par le niveau de la conversation. Comme je l'étais en Union soviétique quand j'entendais des marxistes, rigoureux ou subtils en privé, passer en public au niveau de *L'Humanité.* Le maréchal croit-il au manichéisme qu'il professe ? Après tout, le manichéisme est faible pour parler, non pour agir. Et les États-Unis ne sont pas pour lui la nation qui a sauvé deux fois la liberté de l'Europe, mais celle qui soutenait Tchang Kaï-chek…

« Le général de Gaulle n'a jamais envisagé avec faveur une double hégémonie… »

Il rit :

« Mais nous ne sommes pas non plus partisans d'une hégémonie à cinq…

(Sans doute pense-t-il : États-Unis, Union soviétique, Angleterre, France, Chine.)

— … avec l'Inde qui gratterait à la porte !

— Un ménage à deux, c'est clair. À trois, c'est déjà beaucoup…

— Enfin, il n'y aura jamais trop d'alliés en faveur de la paix…

— Si nous devions conjuguer nos efforts pour le rétablissement de la paix, envisageriez-vous la négociation après un engagement de retrait, ou après un retrait effectif des troupes américaines ? »

Le maréchal réfléchit.

« La question doit être mise à l'étude ; peut-être serai-je en état de donner une réponse dans quelques jours. La décision appartient à Hô Chi Minh et à Pham Van Dong. Pour autant que je sache, ils maintiennent le préalable du retrait.

« Vous n'apportez aucune proposition, monsieur le ministre ?

— Aucune, monsieur le maréchal. »

Il en attendait une — pour la rejeter ? Mais sans doute s'agissait-il aussi de connaître la nature de l'entretien que je dois avoir avec Chou En-lai, avec le président de la République et, éventuellement, Mao ; et d'avoir le temps de le préparer…

La porte par laquelle nous sortons, l'ambassadeur de France et moi, s'ouvre devant l'ancienne Cité interdite. Les palais de la désolation sibérienne (Palais du Peuple, musée de la Révolution) sont derrière nous, et je retrouve la ville impériale d'autrefois. Elle régnait sur une pullulation de maisons basses aux toits cornus couleur d'ardoise, puisque nul regard n'était autorisé à plonger dans ses cours. Le gratte-ciel couché d'où je sors la domine maintenant. À l'intérieur, les admirables cours sont vides : il est midi. L'herbe pousse devant les vases de bronze sacrés. Dans les chambres, le musée, son fouillis et ses quelques pièces uniques ; au fond, l'appartement de la dernière impératrice. Petites chambres calfeutrées, que l'on voudrait voir lorsque tombe la neige ; avec leurs lanternes de marché aux Puces, et la vulgarité que le style victorien et celui du second Empire ont répandue dans toute l'Asie. Je pense au Musée chinois de l'impératrice Eugénie dont me parlait Méry à Singapour, à ses chinoiseries rapportées du sac du Palais d'Été, et de la conquête du Cambodge, où le roi seul possédait quelques lingots d'argent… Qui connaît encore le Musée chinois de Fontainebleau ? La Cité interdite, elle, n'est pas abandonnée. C'est dans sa grande salle que Loti trouva les reliefs du repas des mânes, mangé par les soldats européens le premier jour de leur conquête ; et les instruments de musique que l'impératrice avait disposés là pour les ombres. Lors de sa fuite, elle avait posé devant sa Kwannyn favorite un bouquet, et lui avait passé au cou l'un de ses colliers de perles. La Kwannyn est là. Les amas de dieux s'enchevêtraient dans les cours, pour que les soldats pussent coucher sur les autels ; au temple de Confucius, une banderole tendue disait : « La littérature de l'avenir sera la littérature de la pitié. » C'était le temps où les barbares rebelles commençaient à s'appeler les puissances étrangères, mais où l'on croyait encore que les chrétiens tuaient les enfants et les mangeaient pour leur sacrifice sanglant, qui s'appelait la messe.

J'ai vu jadis finir la vieille Chine, et les ombres des

renards filer à travers les asters violets des remparts, au-dessus de la procession des chameaux du Gobi couverts de gelée blanche. Je me souviens des vessies de porc éclairées par des chandelles, ornées de caractères chinois qui désignaient les hôtels tenus sur les quais de la gare de Kalgan[1] par les hôteliers russes dont on ne voyait dans la nuit que la barbe éclairée d'en bas — et ces lanternes de Jérôme Bosch semblaient veiller seules, dans la neige et l'obscurité, l'agonie de la Russie blanche, en attendant la petite table d'hôte où le phonographe à cornet en volubilis jouerait *Sous les remparts de Mandchourie.* J'ai vu les clôtures de rondins des villages moghols s'ouvrir comme des portes de corral, les cavaliers de Gengis Khan foncer sur leurs petits chevaux hirsutes, l'avant du crâne rasé d'une oreille à l'autre, et leur chevelure grise, longue comme celle des femmes, horizontale dans le vent des steppes sous le ciel livide. J'ai vu les vieilles princesses des neiges, comme des reines d'Afrique déjà marquées par les chevauchées de la mort : Mongolie, marches tibétaines, coiffures wisigothes — et, au-dessus des villages putrides, les couvents au parfum de cire dont le parquet reflétait les lamas jaunes et l'Himalaya bleu. Et le grand mausolée de Sun Yat-sen, les soldats des seigneurs de la guerre avec leurs parapluies. Enfin, j'ai vu la résurrection de l'armée chinoise. Là où passa jadis devant moi dans l'inondation, à travers la dérive des cadavres, le canot du bourreau vêtu de rouge dont le sabre court reflétait gaiement le ciel lavé, j'ai atterri près des hauts fourneaux de Han-yang...

Quand, ayant quitté la majesté des cours, nous nous retournons, les toits orangés à peine recourbés sur les murs sang-de-bœuf sont d'une telle puissance architecturale que les caractères géants qui exaltent la République populaire semblent fixés là de toute éternité, et que la terrasse semble construite pour les discours de Mao.

En attendant le retour de Chou En-lai à Pékin, on nous propose de visiter Long-men, ce qui nous permettra de traverser Lo-yang et Sian, d'ordinaire interdites aux étrangers.

Lo-yang fut la ville aux palais de tuiles violettes qui abritèrent le plus précieux raffinement du monde, à notre époque carolingienne. On en rêva jusqu'à Byzance. Et on en rêva dans toute la Chine, car ce fut une ville de poésie, l'Ispahan chinoise. Ici, l'on trouva les squelettes des favoris de l'impératrice fixés au mur par les flèches lestées de queues de renard. Il ne reste qu'une campagne endormie à travers les portes rondes.

Une commune populaire propre comme un sou neuf, qui ne connaît pas la famine. Ils veulent me faire admirer leur tracteur, et ne devinent pas que c'est eux que j'admire…

On part d'ici pour atteindre les grottes bouddhiques de Long-men[1]. Elles sont maintenant protégées par du verre, et les statues y apparaissent comme dans la vitrine d'un magasin. Au-dessus des statues qui ont perdu leur tête (« Ce sont les Américains », dit le guide), dans l'amphithéâtre que rien ne protège, la foule se serre au bas du Grand Bouddha, étonnamment indo-hellénistique alors que les sculptures des grottes Weï le sont si peu. Sur les côtés, les géants protecteurs qui symbolisent les points cardinaux : l'un d'eux écrase de sa botte médiévale un pauvre nain éploré. Quelque visiteur a laissé à côté un de ses souliers, si bien que le nain de pierre semble avoir perdu sa chaussure. C'est la montagne même qui est sculptée, comme aux Indes ; mais jamais je n'ai ressenti à ce point combien des figures divines perdent leur âme au-dessus d'une foule indifférente. Le bouddha colossal a été sculpté sur l'ordre de l'impératrice aux amants cloués par les flèches. Les cris des poules luttent avec le crissement des grillons, et la radio d'une auberge lie et délie des airs de Pékin autour de la roche sacrée.

Nous partons pour Sian.

Sur une place d'autrefois, couleur de glaise, s'ouvre le musée, faux et vrai à la fois, admirable ensemble de pavillons classiques aux tuiles cendre orange et turquoise, avec des portes rondes ouvertes sur la campagne ou sur les jardins inachevés, lourds pourtant d'hibiscus, de glaïeuls, de lilas énormes et sans odeur. Au passage, l'interprète avait dit, désignant des parcs à demi sauvages : « Ici s'élevait un kiosque de l'empereur T'ai-tsong… » Le premier pavillon du musée abrite une forêt de stèles, et tout à coup, je découvre ce qu'est cette ville d'un million d'habitants avec son gratte-ciel administratif, sa tour de la Cloche et son musée plus irréel que le Palais d'Été : Sian, c'est Si-ngan-fou, qui fut onze fois capitale de la Chine…

Voici les animaux de pierre qui conduisaient au tombeau de T'ai-tsong[2], le Charlemagne chinois. Voici le rhinocéros.

On assied les enfants sur son dos, pendant que les parents lui flattent la corne et qu'un ami photographie la famille. Dans la salle principale, les quatre bas-reliefs du tombeau de l'empereur, qui représentent, dit-on, ses quatre chevaux préférés. La tombe a été abandonnée pendant plusieurs siècles. Deux des bas-reliefs, possédés par les États-Unis, sont remplacés ici par deux photos en vraie grandeur, au-dessous de l'inscription : *Volé par les Américains.*

La propagande antiaméricaine est minutieuse et illimitée. L'imagerie qui couvre les murs des villes est orientée par elle, même lorsque le loyal milicien et l'héroïque milicienne, qui viennent du cinéma américain plus encore que du réalisme socialiste, sont figurés sans ennemis. Dans les plus petites communes populaires — maisons basses, poules qui courent sur le sol bien balayé et faucheurs au loin dans les champs — on voit, dessinés aux craies de couleur sur une grande ardoise, à l'usage des analphabètes, l'intrépide petit pionnier qui perce de sa lance le gros tigre en papier.

Demain, Chou En-lai sera de retour à Pékin.

Pékin.

Les mêmes couloirs sans fin que pour atteindre le bureau du maréchal (c'est le même édifice, les mêmes enfilades de pièces vides et, dans le bureau du Premier ministre[1], les mêmes fauteuils de rotin avec leurs mêmes napperons, des lavis semblables, et les mêmes photographes lorsque nous nous serrons la main). L'interprète — une femme, cette fois — parle français sans accent (c'est sans doute une Chinoise du Tonkin) et le vocabulaire politique lui est familier ; l'attitude du Premier ministre est amicalement distante ; la sienne, presque hostile.

Chou En-lai a peu changé, car il a vieilli comme il devait vieillir : les creux de son visage se sont approfondis. Il est vêtu comme le maréchal, mais il est mince ; l'on ne devine guère l'origine de la plupart des chefs chinois, mais lui est manifestement un intellectuel. Petit-fils de mandarin. Il a été le commissaire politique de l'École des Cadets de Canton, quand Tchang Kaï-chek la commandait. Entre ses fonctions successives — y compris celle de Premier ministre — il préférait celle de ministre des Affaires étrangères. Je pense à un diplomate qui m'accueillit à Moscou vers 1929 : il portait un monocle, dans une ville où la femme de Lénine portait une casquette. Je sais depuis longtemps que les Affaires étrangères sont une secte — à laquelle le maréchal Chen-yi n'appartient pas, mais à laquelle Chou En-lai, adjoint de Mao pendant la Longue Marche, appartient.

Ni truculent ni jovial : « parfaitement distingué ».

Et réservé comme un chat.

« J'ai été très frappé des critiques adressées par le général de Gaulle, dans sa dernière conférence de presse, aux desseins d'hégémonie mondiale de l'U.R.S.S. et des États-Unis.

« Et aussi de la phrase : le Pacifique, où se jouera le destin du monde. »

Les deux guerres du Viêt-nam ne sont pas sans liens avec la Longue Marche. Pourtant, comme Da Nang est lointaine ! Les « marines » débarquent, et aux yeux de Chou En-lai, leur débarquement n'est certes pas négligeable. Mais marginal. Le destin de l'Asie est à Pékin, ou nulle part. Et l'Inde[a] ?

Un temps. Je réponds :

« Lénine a dit : "On peut toujours envisager une action commune, à la condition de ne mélanger ni les mots d'ordre ni les drapeaux." »

Et lui, distraitement :

« Nous n'avons pas oublié que vous connaissez bien le marxisme, et la Chine… Nous n'avons pas oublié non plus que vous avez été poursuivi en même temps que Nguyên Ai Quoc*… Vous vouliez un dominion indochinois : les Français auraient mieux fait de vous approuver…

— Je vous remercie de vous en souvenir. D'autant plus que l'autre fondateur du Jeune-Annam : Paul Monin, est mort à Canton.

— Vous avez revu Tchang Kaï-chek ?

— Jamais. C'est dommage.

— Oh !… »

Geste évasif. J'aimerais lui répondre : « Et vous ? » Car personne ne sait ce que fut l'« incident de Si-ngan fou ». Et ce n'est pas la moindre cause des sentiments complexes que m'inspire mon interlocuteur.

* Hô Chi Minh.

En décembre 1936, Tchang Kaï-chek, venu inspecter le front anticommuniste du Nord, fut arrêté par le chef des troupes mandchoues, le « jeune maréchal » Tchang Sue-liang. Chacun pensait qu'il allait être exécuté ; mais un envoyé (des Russes ?) négocia, et le généralissime fut remis en liberté contre la promesse de combattre enfin les Japonais, et non les troupes de Mao. Rentré à Nankin, il tint sa promesse, ce qui laissa chacun — et d'abord les Américains — stupéfait. Quel engagement avait pu le lier à ce point ?

Or, l'envoyé, c'était Chou En-lai.

J'ai vu, à Sian, le Bain de la Favorite, que Tchang Kaï-chek habitait lorsqu'on vint l'arrêter. Il s'échappa dans le bois qui domine ces pavillons et cette jonque de marbre comme un bois sacré, et où il fut pris.

« J'étais déjà là, m'a dit le gardien. Voici son lit. (C'est un lit de camp européen.) Quand nous sommes entrés, avec le capitaine et les soldats, il ne restait personne, mais il avait laissé son dentier sur la tablette de la salle de bains…

« Et j'étais sur le grand pont de la rivière quand l'étudiante s'est jetée devant l'auto de Tchang Sue-liang en criant : “Ne laissez pas les Japonais écraser encore la Chine ! Il y aura ici du sang versé ! Que notre sang coule pour que nous cessions d'être humiliés !” Elle pleurait et tous ceux qui entendaient pleuraient, et le jeune maréchal s'est mis à pleurer aussi… »

Ce palais, copie de celui de la favorite d'un grand empereur, ressemble, comme tout ce qui a été copié au XIXe (et d'abord le Palais d'Été) à un décor de chinoiserie. Mais sur les petites terrasses, au-dessus des saules pleureurs, les mimosées roses d'été ressemblaient à celles du VIIIe siècle… Il y avait une pagode où un général de théâtre était devenu dieu de l'Irrigation. Et au loin, la colline funéraire de l'empereur fondateur…

Le généralissime prisonnier avait commencé par répondre à Tchang Sue-liang, qui l'appelait « mon général » : « Si je suis votre général, commencez par m'obéir ! » Puis Chou En-lai était arrivé…

« Une des expressions du président Mao, dis-je, a fait fortune en France, non sans intriguer les Français : les États-Unis sont un tigre en papier.

— Les États-Unis sont un vrai tigre, et l'ont montré. Mais si ce tigre vient ici, il se change en tigre de papier. Parce que la plus puissante armée du monde ne peut rien contre une guérilla générale. Nos fusils, nos chars, nos avions sont presque tous américains. Nous les avons pris à Tchang Kaï-chek. Plus les Américains lui en ont donné, plus nous lui en avons pris. Tchang n'avait pas de mauvais soldats, vous savez ! Les Américains sont meilleurs ? Peu importe. Chaque Chinois sait que seule l'Armée populaire est garante de la distribution des terres. Et la guerre aura lieu ici. »

Cette guerre sera la suite des guerres contre le Japon, Tchang Kaï-chek, les Américains en Corée, à T'ai-wan, au Viêt-nam. Bien que le ministre pense qu'une négociation relative au Viêt-nam n'est pas même envisageable, il précise que Hô Chi Minh ne pourrait y représenter seul les combattants du Nord.

« Il faut négocier avec ceux qui se battent, donc le Front national de libération et Hanoi, mais le Front d'abord. »

J'ai vu le Parti communiste français tenter cette opération[1], en 1944 : le contrôle général des maquis étant impossible, on déléguera des chefs de maquis d'obédience chinoise, qui contrôleront Hô Chi Minh…

Il parle aussi de l'O.N.U., où il pense que la Chine ne doit pas entrer avant le départ de Formose ; et semble hésiter entre une organisation afro-asiatique plus ou moins conduite par la Chine, et le transfert de l'O.N.U., de New York à Genève. Je lui demande :

« Croyez-vous que la politique actuelle du Japon puisse survivre à votre possession de la bombe ? »

Il me regarde avec attention :

« Je ne crois pas… »

Il sait comme moi qu'aux États-Unis, on le tient pour l'original d'un des personnages de *La Condition humaine*[2]. Je pense à la photo du musée de Canton où il reste seul parmi les Cadets, entouré de personnages effacés comme les ombres du Hadès — qui furent Borodine, Gallen et Tchang Kaï-chek…

« Le général de Gaulle, dis-je, juge que les contacts établis par l'intermédiaire de nos ambassadeurs sont au point mort… »

Ses sourcils épais, pointus vers les tempes comme ceux des personnages du théâtre chinois, maintiennent son expression de chat studieux. Il rêve, avec une bizarre attention, sans objet.

« Nous sommes d'accord, répond-il, sur les textes qui permettent notre coexistence pacifique...

« Nous voulons l'indépendance, et nous ne voulons *pas* la double hégémonie.

« Vous avez demandé au ministre des Affaires étrangères si nous accepterions de négocier, au sujet du Viêt-nam, avant le retrait des troupes américaines. Nous ne négocierons ni sur le Viêt-nam ni sur autre chose tant que les Américains ne seront pas rentrés chez eux. Il ne s'agit pas seulement de quitter Saigon, mais de démanteler les bases de Saint-Domingue, de Cuba, du Congo, du Laos, de la Thaïlande, les rampes de lancement du Pakistan et d'ailleurs. Le monde pourrait vivre en paix ; s'il ne le peut pas, c'est à cause des méfaits des Américains qui sont partout, et créent des conflits partout. En Thaïlande, en Corée, à T'ai-wan, au Viêt-nam, au Pakistan — j'en passe —, ils subventionnent, ou arment contre nous, 1 700 000 hommes. Ils deviennent les gendarmes du monde. Pour quoi faire ? Qu'ils rentrent chez eux, le monde retrouvera la paix. Et pour commencer, qu'ils observent les accords de Genève ! »

Il écarte les bras, mains ouvertes, image de l'innocent qui prend à témoin la bonne foi universelle :

« Comment négocier avec des gens qui ne respectent pas les accords ? »

Désolé par tant de perfidie, il représente à merveille le sage confucianiste[1] devant la regrettable barbarie de ceux qui n'observent pas les rites. Masque inattendu sur son visage de samouraï. Comme naguère auprès de Nehru, je remarque que lorsqu'un politique cyniquement lucide fait appel à la vertu, il va chercher le masque de ses ancêtres : les communistes qui mentent se déguisent en orthodoxes, les Français en conventionnels, les Anglo-Saxons en puritains.

Il suggère que la France conseille à son alliée la Grande-Bretagne, comme pourrait le faire la Chine à son alliée l'U.R.S.S., une attitude commune contre la politique d'agression et l'existence de bases militaires des États-Unis à l'étranger.

Pourtant, il est un des premiers diplomates de notre époque. Comme lorsque j'écoutais le maréchal, je me demande à quoi tend ce qui m'est dit. Ni la Grande-Bretagne ni les États-Unis ne sollicitent nos conseils et la position de la France est connue de tous. Il exalte l'aide chinoise aux pays sous-développés, et je lui fais remarquer que le pourcentage de notre aide à l'Afrique est le plus élevé du monde. Mais seule l'aide chinoise est désintéressée. En quoi notre aide à l'Algérie est-elle intéressée ?

« Le pétrole », répond-il.

Il y a dans ce qu'il dit une étrange distance, toute différente de celle qu'impose le général de Gaulle. Je pense à l'éloignement d'un homme frappé par le malheur. Sa femme, l'une des premières oratrices du parti, est gravement malade. Lorsque ce qu'il dit est conventionnel, il semble « mettre le disque » pour ne pas penser. Malgré sa grande courtoisie. Cet entretien paraît le fatiguer mais aussi l'attacher, comme s'il craignait de se retrouver seul.

« Vous avez été longtemps ministre des Affaires étrangères, dis-je, et vous savez mieux que moi que certaines positions sont prises pour être discutées, et d'autres seulement pour être affirmées. Je ne crois pas que les États-Unis envisagent de discuter la vôtre… »

Il fait un geste qui signifie : peu importe, et répond :

« Vous croyez à la menace atomique ? L'autonomie des communes populaires est assurée. La Chine survivrait à la mort de cent millions d'hommes. Et tôt ou tard, il faudra bien que les Américains rembarquent… La Chine n'acceptera jamais le retour de Tchang Kaï-chek. Elle a découvert la liberté. Ce n'est pas celle de l'Amérique, voilà tout. »

Je pense à la conférence de Sun Yat-sen, un an avant sa mort : « Si nous parlions de la liberté à l'homme de la rue… il ne nous comprendrait certainement pas. La raison pour laquelle les Chinois n'attachent en réalité aucune espèce d'importance à la liberté, c'est que le mot même qui la désigne est d'importation récente en Chine. » La révolution a libéré la femme de son mari ; le fils, de son père ; le fermier, de son seigneur. Mais au bénéfice d'une collectivité. L'individualisme à l'occidentale n'a pas de racines dans les masses chinoises. L'espoir de transformation, par contre, est un sentiment très puissant. Un mari doit cesser de battre sa femme *pour* devenir un autre homme, qui sera membre du parti, ou simplement de sa commune populaire, ou de ceux que l'armée délivrera : « Les dieux, c'est bon pour les riches, les pauvres ont la VIIIe armée. »

Chou En-lai a repris :

« Un de vos généraux de la guerre de 1914 a dit : “On a tort d’oublier que le feu tue[1].” Le président Mao ne l’a pas oublié. Mais ce feu-là ne tue pas ce qu’il ne voit pas. Nous n’engagerons nos armées contre l’armée d’invasion qu’en temps et lieu.

— Comme Koutouzof.

— Auparavant, nous n’oublierons pas que toute armée d’invasion devient moins forte que le peuple envahi, si celui-ci eſt résolu à se battre. Les Européens ont cessé de régner en Asie, et les Américains les suivront. »

Croit-il à la guerre ou non ? Ce qui m’intrigue, c’eſt que, comme le maréchal, il ne semble pas même envisager une guerre par laquelle les États-Unis — même sans bombes atomiques — se contenteraient de détruire les dix principaux centres induſtriels chinois, retardant ainsi de cinquante ans l’édification de la Chine nouvelle — et rentreraient chez eux, sans imposer aucun Tchang Kaï-chek.

Sa pensée se fonde sur une théorie de Mao, que je m’étonne de n’avoir pas encore entendu exposer. L’impérialisme rassemble six cents millions d’hommes ; les pays sous-développés, socialiſtes et communiſtes, deux milliards. La victoire de ceux-ci eſt inévitable. Ils entourent le dernier impérialisme, celui des États-Unis, comme le prolétariat entoure le capitalisme, comme la Chine entourait les armées de Tchang Kaï-chek. « C’eſt toujours l’homme, dit Mao, qui finit par gagner… »

Yenan.

La réception des chefs militaires birmans et celle d’un président somalien ont affolé les bureaux des Affaires étrangères. On ne sait si le président Mao, rétabli, se rendra à Pékin, ou si l’audience aura lieu dans sa villa de Hang-tcheou. Quand ? Bientôt. Mais encore ? Trois jours, quatre, peut-être moins…

Je voudrais aller voir les religieuses, mais elles ne veulent rencontrer aucun Européen. Par peur ? « Je ne crois pas », dit l’ambassadeur. Un de nos interlocuteurs a vu l’évêque chinois de Chang-hai, furieusement maoïſte. « Une marionnette du pouvoir. » Pourtant, il accomplit noblement ses devoirs de charité, et ses conversions sont nombreuses, murmure-t-on. Je me souviens d'un ami prêtre à Paris : « Quand nous avons été ordonnés nous étions très heureux, tandis que nos compagnons chinois restaient glacés. Nous enviions leur apostolat. Prêcher en Chine ! Nous avons fini par leur demander pourquoi ces têtes d'enterrement ? "Toutes vos églises ont été bâties sous la protection de vos canonnières, et le Christ ne vient pas dans ces églises-là. Il faut d'abord que toutes soient détruites. Alors il y aura une Chine chrétienne, qui ressemblera à la Chine. Comme les scènes de la Crèche sur les images religieuses chinoises. Et quand la voix du Seigneur retentira chez nous, on s'apercevra qu'elle est autre chose que les bavardages de la Grèce et de Rome." Nous les regardions, stupéfaits par l'idée de la destruction des Missions, si péniblement édifiées ; par cette gigantesque tâche, admirable et sournoise. "Vous ne verrez jamais cela dans le cours d'une seule vie, dit doucement l'un d'entre nous. — Je sais. Nous attendrons[a]..." »

J'avais souhaité me rendre à Yenan ; on met un avion à ma disposition.

Voici donc Sparte. La vérité, la légende, et la force obscure qui prolonge en épopée les combats passés, tout se rejoint en ces montagnes trouées. À leur pied, le musée de la Révolution.

Presque tout ce qu'il représente ou suggère s'est passé ici, il y a trente ans. Déjà c'est un temps disparu. Voici le départ de la cavalerie noire à travers les gorges, la course des soldats sur la Grande Muraille, les canons faits de troncs d'arbres cerclés de barbelés, les chapeaux camouflés de feuilles comme les casques, mêlés aux piques médiévales des partisans avec leur gland rouge beaucoup plus grand que celui des milices du Sud, et aux fusils de bois destinés à l'exercice ; voici les grenades artisanales. Voici les écorces de bouleau qui remplaçaient le papier, les rouets avec lesquels chacun fila son uniforme. Mais Gandhi est loin. Voici la machine à imprimer les billets de banque, bien modestes billets, bien modeste machine, envoyée en pièces détachées par les ouvriers des provinces occupées par l'ennemi. Avant Mao, tout cela, c'était le séculaire matériel des vaincus. J'ai connu en Sibérie les souvenirs de cette guérilla primitive, mais les partisans sibériens ne combattaient pas un contre cent, et ne suggéraient pas ce que tout proclame ici : la jacquerie devenue révolution. Des musées chinois exposent les couronnes de fer portées par les chefs t'aip'ing avant leur défaite : ce sont les couronnes barbares que portaient aussi les chefs des jacques, et que les troupes des rois, lorsqu'elles les capturaient, remplaçaient par des couronnes de fer rouge. La millénaire paysannerie chinoise, la paysannerie de toutes les nations au temps des paysans, est fixée ici, au moment où elle va se lever pour conquérir la Chine, au-dessous de la grotte du seul homme qui l'ait conduite à la victoire : dans les vitrines, après les piques, viennent des fusils et des mitrailleuses pris aux Japonais et aux soldats de Tchang Kaï-chek. Une commentatrice, souris aux deux petites nattes traditionnelles et à la voix de crécelle, raconte cette épopée — jusqu'à la dernière salle où figure, empaillé, le brave cheval qui porta Mao pendant la Longue Marche…

C'est le Napoléon[a] raconté par un grognard aux paysans illettrés, que Balzac, dans *Le Médecin de campagne*, a pris à Henri Monnier ; c'est le *Roland furieux* commenté par les montreurs de marionnettes siciliennes. Mais au-delà du fétichisme pédantesque qui ne touche pas seulement le cheval et l'encrier de Mao, commence l'émotion qu'inspire la Libération elle-même. Ces fusils de bois, ces piques, ne sont pas des témoignages à la façon des mousquets et des hallebardes de nos musées : ce sont des armes de la révolution, comme la grotte est la grotte de Mao. Regarderions-nous des baïonnettes de Fleurus ou d'Austerlitz comme des « modèles d'armes » ? Au musée de la Résistance à Paris, le poteau d'exécution déchiqueté par les balles nous parle comme parlaient aux Peaux-Rouges leurs grands totems-poles au sommet perdu dans les nuages bas. Cette Chine si peu religieuse, mais qui fut si fortement reliée à sa terre, à ses fleuves, à ses montagnes et à ses morts, est liée à sa résurrection par un autre culte des ancêtres, dont l'histoire de la libération est l'évangile, et Mao le fils, au sens où l'empereur était Fils du Ciel. Ici comme dans toutes les villes, on voit l'affiche sur laquelle un loyal garçon aux dents blanches brandit joyeusement un fusil, et enserre du bras gauche une milicienne à mitraillette. Ils ne se regardent pas, ils regardent l'avenir, bien sûr. Et leur style réaliste soviétique, donc idéalisateur, fixe le rêve de millions de Chinois. Sommes-nous si loin de Mars et Vénus ? Il ne s'agit plus du disque glapissant de la souris aux petites nattes : ce couple, c'est un dieu antique et sa déesse.

En aucun lieu n'apparaît avec un tel accent la force mythologique du communisme chinois. Yenan est une petite ville, et ses usines, son pont, sa lumière électrique, n'effacent pas ces trous dans la montagne où s'est formé le destin de la Chine (Mao gouvernait cent millions d'hommes lorsqu'il l'a quittée), cette pagode que saluaient d'un cri ceux qui ralliaient Yenan, comme nos pèlerins saluaient les tours de Jérusalem. Partout c'est la terre jaune, la poussière des steppes à l'assaut des cultures accrochées à la rivière, et les anciens quartiers généraux sont de terre battue, d'une netteté de pierre — préaux d'école ou préaux de prison. Ils sont abandonnés : « Les masses viennent en d'autres saisons. » Bombardés mais reconstruits, voici la salle de sous-préfecture où Mao prononça son discours sur la littérature, la salle de l'état-major de l'Armée rouge avec ses bancs et son plafond de troncs, les bureaux des chefs dans les grottes protégées contre l'hiver par des cloisons de verre et de bois comme des échoppes immaculées. Le mot grotte suggère mal ces habitations de troglodytes, creusées dans le roc comme celles de nos vignerons de la Loire. Si l'abri de Mao, près du musée, semble une chambre funéraire d'Égypte, la plupart des autres sont des lieux de travail, qui ne surprennent que par leur austérité. Lorsqu'elle s'installa ici, l'armée venait de parcourir dix mille kilomètres. Mao a perdu Yenan, l'a reconquise. Et le lieu proclame le dialogue de l'armée et du parti, le caractère militaire de toute cette conquête politique, l'héritage des conquérants des steppes — moins les tapis et les fourrures. Ici, sur une misérable nappe en feutre rouge, grésillèrent les bougies du Comité central… L'armée passait : ici, elle s'est arrêtée un peu plus longtemps. Jusqu'à la prise de Pékin, le chef suprême de l'armée paysanne a été un chef nomade.

On me projette quelques vieux films d'actualités. Yenan vide à l'approche de l'armée de Tchang Kaï-chek, et l'exode, sans doute pour d'autres grottes assez proches, car les paysans emportent des tables sur le dos des ânes. Puis le retour de l'Armée de Libération, et son entrée dans toutes les villes de Chine, depuis le quai de Chang-hai jusqu'aux branlants portiques de bois de Yunnan-fou ; jusqu'à la danse tibétaine des rubans que dansent les jeunes filles avec les gestes des statuettes Tang, effacée par le défilé des soldats, baïonnette en avant comme ceux des défilés soviétiques, à Lhassa, devant le palais du dalaï-lama.

L'un de mes compagnons, vague responsable du parti, me dit qu'il a vu entrer à Yenan les survivants de la Longue Marche.

« Quand avez-vous vu Mao pour la première fois ?

— Quand il a fait appel à nous contre le Japon. J'ai été étonné, parce qu'il avait l'air très simple. Il était habillé en bleu, comme nous, mais il avait des chaussettes marron. Je m'étais mis en arrière : j'étais arrivé avec les premiers mais je n'avais que dix-sept ans. Il parlait bien : nous avons tout de suite trouvé qu'il avait raison… »

La montagne nous surplombe, trouée à l'infini. Je pense à Long-men.

« Il n'y avait pas encore l'électricité. On n'habitait plus la ville, parce que les avions la bombardaient tout le temps. La nuit, des lumières s'allumaient dans toutes les grottes… »

Pékin, août 1965[a].

Retour. Hier soir, on téléphone que je veuille bien ne pas quitter l'ambassade. À 13 heures, nouveau coup de téléphone : on m'attend à 15 heures. En principe, c'est pour l'audience du président de la République, Liou Shaoshi ; mais le « on » fait supposer à l'ambassadeur que Mao sera présent.

15 heures. Le fronton du Palais du Peuple repose sur de grosses colonnes égyptiennes, aux chapiteaux-lotus peints en rouge. Un couloir de plus de cent mètres. Au fond, à contre-soleil (dans une salle, je suppose) une vingtaine de personnes. Deux groupes symétriques. Non, il n'y a qu'un groupe, qui semble coupé en deux parce que ceux qui me font face se tiennent à distance derrière le personnage central, vraisemblablement Mao Tsé-toung[1]. En entrant dans la salle je distingue les visages. Je marche vers Liou Shaoshi, puisque ma lettre[2] est adressée au président de la République. Aucun d'entre eux ne bouge.

« Monsieur le Président, j'ai l'honneur de vous remettre cette lettre du président de la République française, où le général de Gaulle me charge d'être son interprète auprès du président Mao Tsé-toung et de vous-même. »

Je cite la phrase qui concerne Mao en m'adressant à lui, et me trouve devant lui, la lettre remise, à l'instant où la traduction s'achève. Son accueil est à la fois cordial et curieusement familier, comme s'il allait dire : « Au diable la politique ! » Mais il dit :

« Vous venez de Yenan, n'est-ce pas ? Quelle est votre impression ?

— Très forte. C'est un musée de l'invisible… »

La traductrice — celle qu'employait Chou En-lai — traduit sans broncher, mais attend manifestement une explication.

« Au musée de Yenan, on attend des photos de la Longue Marche, des Lolos, des montagnes, des marécages… Pourtant, l'expédition passe au second plan. Au premier, ce sont les piques, les canons faits avec des troncs d'arbre et du fil télégraphique : le musée de la misère révolutionnaire. Lorsqu'on le quitte pour les grottes que vous avez habitées avec vos collaborateurs, on a la même impression, surtout lorsqu'on se souvient du luxe de vos adversaires. J'ai pensé à la chambre de Robespierre chez le menuisier Duplay. Mais une montagne est plus impressionnante qu'un atelier, et votre abri, au-dessus du musée actuel, fait penser aux tombeaux égyptiens…

— Mais pas les salles du parti.

— Non. D'abord, elles sont protégées par des vitres. Mais elles donnent une impression de dénuement volontaire, monastique. C'est ce dénuement qui suggère une force invisible, comme celui de nos grands cloîtres. »

Nous sommes tous assis dans des fauteuils de rotin dont les bras portent de petits linges blancs. Une salle d'attente dans une gare tropicale… Dehors, à travers les stores, l'immense soleil d'août. L'expression de tous est celle de la bienveillance et de la componction ; d'une politesse attentive qui semble pourtant ne pas tenir compte de celui qui en est l'objet. Elle est rituelle. L'empereur unissait le peuple au cosmos. Sous toutes ces villes il y a la géomancie, sous tous ces gestes il y a l'ordre. L'empereur est mort, mais la Chine est hantée par l'ordre qu'il exprimait. D'où l'active soumission dont je n'ai jamais eu l'équivalent, même en Russie[a]. Je distingue maintenant Mao, à contre-jour. Le même type de visage rond, lisse, jeune, que celui du maréchal. La sérénité[b] d'autant plus inattendue qu'il passe pour violent. À côté de lui, le visage chevalin du président de la République. Derrière eux, une infirmière en blanc.

« Quand les pauvres sont décidés à combattre, dit-il, ils sont toujours vainqueurs des riches : voyez votre Révolution. »

J'entends la phrase de toutes nos écoles de guerre : jamais des milices n'ont battu longtemps une armée régulière. Et que de jacqueries pour une révolution ! Mais peut-être veut-il dire que dans un pays comme la Chine, où les armées ressemblaient à nos grandes compagnies médiévales, ce qui était assez fort pour susciter des troupes volontaires l'était aussi pour leur assurer la victoire : on se bat mieux pour survivre que pour conserver.

Après l'écrasement des communistes par Tchang Kaï-chek à Chang-hai et à Han-k'cou, en 1927, il a organisé les milices paysannes. Or, *tous* les Russes qui se réclamaient du marxisme-léninisme, tous les Chinois qui dépendaient directement d'eux, posaient en principe que la paysannerie ne peut jamais vaincre seule. Les trotskistes comme les staliniens. Sa certitude qu'une prise du pouvoir par les paysans était possible a tout changé. Comment est-elle née ? Quand a-t-il opposé la foule paysanne armée de lances à tous les marxistes d'obédience russe, donc au Komintern ?

« Ma conviction ne s'est pas formée : je l'ai toujours éprouvée. »

Je me souviens du mot du général de Gaulle : « Quand avez-vous pensé que vous reprendriez le pouvoir ? — Toujours… »

« Mais il y a tout de même une réponse. Après[a] le coup de Tchang Kaï-chek à Chang-hai, nous nous sommes dispersés. Comme vous le savez, j'ai décidé de rentrer dans mon village. Jadis, j'avais connu la grande famine de Tchang-cha, avec les têtes coupées des révoltés au haut des perches, mais je l'avais oubliée. À trois kilomètres de mon village, il ne restait pas une écorce, sur certains arbres, jusqu'à quatre mètres de haut : les affamés les avaient mangées. Avec des hommes obligés de manger des écorces, nous pouvions faire de meilleurs combattants qu'avec les chauffeurs de Chang-hai, ou même les coolies. Mais Borodine ne comprenait rien aux paysans[1].

— Gorki m'a dit un jour, devant Staline : les paysans sont partout les mêmes…

— Ni Gorki, un grand poète vagabond, ni Staline… ne

connaissaient quoi que ce soit aux paysans. Il n'y a pas de bon sens à confondre vos koulaks avec les miséreux des pays sous-développés. Et il n'y a pas de marxisme abstrait, il y a un marxisme concret, adapté aux réalités concrètes de la Chine, aux arbres nus comme les gens parce que les gens sont en train de les manger. »

Après : Staline… il a hésité. Qu'allait-il dire ? Un séminariste ? Que pense-t-il de lui aujourd'hui[a] ? Jusqu'à l'entrée à Pékin, Staline a cru à Tchang Kaï-chek, qui devait écraser ce parti épisodique, pas même stalinien, comme il l'avait écrasé à Chang-hai en 1927. Khrouchtchev, lors de la séance secrète du XXe Congrès du Parti en 1956, affirmait que Staline avait été prêt à rompre avec les communistes chinois. Dans la Corée du Nord, il avait laissé les usines intactes ; dans les régions qu'allait occuper Mao, il les avait détruites. Il avait envoyé à Mao un travail sur la guerre des partisans, et Mao l'avait donné à Liou Shao-shi : « Lis ça, si tu veux savoir ce qu'il aurait fallu faire — pour que nous soyons tous morts. » Quitte à croire à un communiste, Staline préférait croire à Li Li-san, formé à Moscou. Les purges ont sans doute été indifférentes à Mao — plus que le rejet de la critique, et que le dédain des masses paysannes. Et sans doute respecte-t-il les immenses services rendus au communisme dans la dékoulakisation, dans la lutte contre l'encerclement, dans la conduite de la guerre. Il y a au-dessus de moi, comme dans toutes les salles officielles, quatre portraits : Marx, Engels, Lénine — et Staline.

Bien que Mao ait appartenu au groupe de jeunes Chinois dont chacun devait gagner la France après avoir appris quelques mots de français, pour travailler dans une usine pendant le temps nécessaire à sa formation révolutionnaire (Chou En-lai a fondé le P.C. chinois à Billancourt), il n'a jamais quitté la Chine, et n'a jamais abandonné sa méfiance à l'égard de la plupart des révolutionnaires revenus de l'étranger, ainsi que des envoyés du Komintern.

« Vers 1919, j'ai été responsable des étudiants du Hounan. Nous voulions, avant tout, l'autonomie de la province. Nous avons combattu avec le seigneur de la guerre Tchao Heng-ki. L'année suivante, il s'est retourné contre nous. Il nous a écrasés. J'ai compris que seules les masses pourraient abattre les seigneurs de la guerre. En ce temps-là, je lisais le *Manifeste communiste*, et je participais à l'organisation des ouvriers. Mais je connaissais l'armée, j'avais été soldat pendant quelques mois en 1911. Je savais que les ouvriers ne suffiraient pas.

— Chez nous, les soldats de la Révolution, dont beaucoup étaient fils de paysans, sont devenus les soldats de Napoléon. Nous savons à peu près comment. Mais comment s'est formée l'Armée populaire ? Et re-formée, puisque parmi les 20 000 combattants arrivés à Yenan, 7 000 seulement venaient du Sud. On parle de propagande, mais la propagande fait des adhérents, elle ne fait pas des soldats...

— Il y a d'abord eu les noyaux. Il y avait plus d'ouvriers qu'on ne le dit, dans l'armée révolutionnaire. Nous avions beaucoup de gens, au Kiang-si : nous avons choisi les meilleurs. Et pour la Longue Marche, ils se sont choisis eux-mêmes... Ceux qui sont restés ont eu tort ; Tchang Kaï-chek en a fait exterminer plus d'un million.

« Notre peuple haïssait, méprisait et craignait les soldats. Il a su très vite que l'Armée rouge était la sienne. Presque partout, il l'a accueillie. Elle a aidé les paysans, surtout au moment des moissons. Ils ont vu que chez nous il n'y avait pas de classe privilégiée. Ils ont vu que nous mangions tous de la même façon, que nous portions les mêmes vêtements. Les soldats avaient la liberté de réunion et la liberté de parole. Ils pouvaient contrôler les comptes de leur compagnie. Surtout, les officiers n'avaient pas le droit de battre les hommes, ni de les insulter.

« Nous avions étudié les rapports des classes. Quand l'armée était là, il n'était pas difficile de montrer ce que nous défendions : les paysans ont des yeux. Les troupes ennemies étaient bien plus nombreuses que les nôtres, et aidées par les Américains ; pourtant nous avons souvent été vainqueurs, et les paysans savaient que nous étions vainqueurs pour eux. Il faut apprendre à faire la guerre, mais la guerre est plus simple que la politique : il s'agit d'avoir plus d'hommes ou plus de courage, à l'endroit où l'on engage le combat. Perdre de temps à autre est inévitable ; il faut seulement avoir plus de victoires que de défaites...

— Vous avez tiré grand parti de vos défaites.

— Plus que nous ne l'avions prévu. À certains égards, la Longue Marche a été une retraite. Pourtant ses résultats ont été ceux d'une conquête, parce que partout où nous sommes passés... »

(« Dix mille kilomètres », dit la traductrice entre parenthèses.)

« … les paysans ont compris que nous étions avec eux, et quand ils en ont douté, la conduite des soldats du Kouo-min-tang s'est chargée de les en convaincre. Sans parler de la répression. »

Celle de Tchang Kaï-chek. Mais il pourrait parler aussi de l'efficacité de la sienne : l'Armée de Libération n'a pas seulement confisqué les grandes propriétés, elle a exterminé les grands propriétaires et annulé les créances. Les maximes de guerre de Mao sont devenues une chanson populaire : « L'ennemi avance, nous nous retirons. Il campe, nous le harcelons. Il refuse le combat, nous attaquons. Il se retire, nous le poursuivons. » Je sais que son « nous » comprend à la fois l'armée, le Parti, les travailleurs d'aujourd'hui et ceux de la Chine éternelle. La mort n'y trouve pas place. La civilisation chinoise avait fait de tout Chinois un individu naturellement discipliné. Et, pour tout paysan, la vie dans l'Armée populaire, où l'on apprenait à lire, où la camaraderie était grande, était plus honorable et moins pénible que la vie au village. Le passage de l'Armée rouge à travers la Chine fut une propagande plus puissante que les propagandes conçues par le Parti : tout le long de cette traînée de cadavres, la paysannerie entière se leva, le jour venu.

« Quel était l'axe de votre propagande ?

— Représentez-vous bien la vie des paysans. Elle avait toujours été mauvaise, surtout lorsque les armées vivaient sur la campagne. Elle n'avait jamais été pire qu'à la fin du pouvoir du Kouo-min-tang. Les suspects enterrés vivants, les paysannes qui espéraient renaître chiennes pour être moins malheureuses, les sorcières qui invoquaient leurs dieux en chantant comme un chant de mort : "Tchang Kaï-chek arrive !" Les paysans n'ont guère connu le capitalisme : ils ont trouvé devant eux l'État féodal renforcé par les mitrailleuses du Kouo-min-tang.

« La première partie de notre lutte a été une jacquerie. Il s'agissait de délivrer le fermier de son seigneur ; non de conquérir une liberté de parole, de vote ou d'assemblée : mais la liberté de survivre. Rétablir la fraternité bien plus que conquérir la liberté ! Les paysans l'avaient entrepris sans nous, ou étaient sur le point de l'entreprendre. Mais souvent, avec désespoir. Nous avons apporté l'espérance.

Dans les régions libérées, la vie était moins terrible. Les troupes de Tchang Kaï-chek le savaient si bien qu'elles propagèrent que les prisonniers et les paysans qui passaient chez nous étaient enterrés vivants. C'est pourquoi il fallut organiser la guerre par cri, faire crier la vérité par des gens que connaissaient ceux qui les entendaient. Et seulement par ceux qui n'avaient pas laissé de parents de l'autre côté. C'est pour maintenir l'espoir, que nous avons développé la guérilla autant que nous l'avons pu. Bien plus que pour les expéditions punitives. *Tout est né d'une situation particulière :* nous avons organisé la jacquerie, nous ne l'avons pas suscitée. La révolution est un drame passionnel ; nous n'avons pas gagné le peuple en faisant appel à la raison, mais en développant l'espoir, la confiance et la fraternité. Devant la famine, la volonté d'égalité prend la force d'un sentiment religieux. Ensuite, en luttant pour le riz, la terre et les droits apportés par la réforme agraire, les paysans ont eu la conviction de lutter pour leur vie et celle de leurs enfants.

« Pour qu'un arbre croisse, il faut la graine, il faut aussi la terre : si vous semez dans le désert, l'arbre ne poussera pas. La graine a été, dans beaucoup d'endroits, le souvenir de l'Armée de Libération ; dans beaucoup d'autres, les prisonniers. Mais partout la terre a été la situation particulière, la vie intolérable des villageois sous le dernier régime du Kouo-min-tang.

« Pendant la Longue Marche, nous avons fait plus de cent cinquante mille prisonniers, par petits paquets ; et bien davantage, pendant la marche sur Pékin. Ils restaient avec nous quatre ou cinq jours. Ils voyaient bien la différence entre eux et nos soldats. Même s'ils n'avaient presque pas à manger — comme nous — ils se sentaient libérés. Quelques jours après leur capture, nous rassemblions ceux qui voulaient s'en aller. Ils s'en allaient, après une cérémonie d'adieux, comme s'ils avaient été des nôtres. Après la cérémonie, beaucoup ont renoncé à partir. Et chez nous, ils sont devenus braves. Parce qu'ils savaient ce qu'ils défendaient.

— Et parce que vous les versiez dans des unités éprouvées ?

— Bien entendu. La relation du soldat avec sa compagnie est aussi importante que celle de l'armée avec la population. C'est ce que j'ai appelé le poisson dans l'eau. L'Armée de Libération est une soupe dans laquelle fondent les prisonniers. De même, il ne faut engager les nouvelles recrues que dans les batailles qu'elles peuvent gagner. Plus tard, c'est différent. Mais nous avons toujours soigné les blessés ennemis. Nous n'aurions pas pu traîner tous ces prisonniers ; peu importe. Quand nous avons marché sur Pékin, les soldats battus savaient qu'ils ne risquaient rien à se rendre, et ils se sont rendus en masse. Les généraux aussi, d'ailleurs. »

Donner à une armée le sentiment que la victoire lui est promise n'est certes pas négligeable. Je me souviens de Napoléon, pendant la retraite de Russie : « Sire, nos hommes sont massacrés par deux batteries russes. — Qu'on ordonne à un escadron de les prendre ! »

Je le dis à Mao, qui rit, et ajoute :

« Rendez-vous bien compte qu'avant nous, dans les masses, personne ne s'était adressé aux femmes, ni aux jeunes. Ni, bien entendu, aux paysans. Les uns et les autres se sont sentis *concernés*, pour la première fois.

« Lorsque les Occidentaux parlent des sentiments révolutionnaires, ils nous prêtent presque toujours une propagande parente de la propagande russe. Or, si propagande il y a, elle ressemble plutôt à celle de votre Révolution, parce que, comme vous, nous combattions pour une paysannerie. Si propagande veut dire instruction des milices et des guérilleros, nous avons fait beaucoup de propagande. Mais s'il s'agit de prédication… Vous savez que je proclame depuis longtemps : nous devons enseigner aux masses avec précision ce que nous avons reçu d'elles avec confusion. Qu'est-ce qui nous a attaché le plus de villages ? Les exposés d'amertume. »

L'exposé d'amertume est une confession publique dans laquelle celui ou celle qui parle confesse seulement ses souffrances, devant tout le village. La plupart des auditeurs s'aperçoivent qu'ils ont subi les mêmes souffrances et les racontent à leur tour. Beaucoup de ces confessions sont banalement poignantes, l'éternelle plainte de l'éternel malheur. Quelques-unes sont atroces. (On m'a raconté celle d'une paysanne qui va demander au seigneur de la guerre ce qu'est devenu son mari, emprisonné : « Il est dans le jardin. » Elle y trouve le corps décapité, la tête sur le ventre. Elle prend la tête que les soldats veulent lui arracher, la berce, et la défend de telle façon que les soldats s'écartent comme si la femme était l'objet d'une possession surnaturelle. Cette histoire est très connue, parce que la femme a répété maintes fois cet exposé d'amertume — et parce que, lors du jugement public du seigneur de la guerre, elle lui a arraché les yeux.)

« Nous avons fait faire les exposés dans tous les villages, dit Mao, mais nous ne les avons pas inventés.

— Quelle discipline avez-vous dû imposer d'abord ?

— Nous n'avons pas imposé beaucoup de discipline pour le règlement de ces comptes-là. Quant à l'armée, ses trois principes étaient : interdiction de toute réquisition individuelle, remise immédiate au commissariat politique de tous les biens confisqués aux propriétaires fonciers, obéissance immédiate aux ordres. Nous n'avons jamais rien pris aux paysans pauvres. Tout dépend des cadres : un soldat versé dans une unité disciplinée est discipliné. Mais tout militant est discipliné, et notre armée était une armée de militants. Le fameux "lavage de cerveau" a fait passer chez nous la plupart de nos prisonniers ; mais qu'est-ce que c'était ? Leur dire : "Pourquoi vous battez-vous contre nous ?" et dire aux paysans : "Le communisme est d'abord une assurance contre le fascisme[a]". »

Je pense aux écorces mangées par les hommes, et à ce que Nehru m'a dit de la famine. Mais je sais que le lavage de cerveau ne s'est pas limité à ces manifestations anodines. Les séances d'autocritique ont été souvent des séances d'accusation, suivies d'exclusions, d'arrestations et d'exécutions. « Retourne-toi résolument contre l'ennemi tapi à l'intérieur de ton crâne ! » En 1942, à Yenan, Mao ordonna aux militants de devenir semblables aux ouvriers et aux paysans. (On m'a montré, dans la vallée, le champ qu'il cultivait.) Il devait, plus tard, ordonner le « reconditionnement » de tous les Chinois. Lorsqu'il leur enjoignit de « livrer leur cœur », commencèrent les serments rituels des foules « dont le cœur ne battait que pour le Parti », et les transports de grands cœurs rouges, dont certains devenaient des cerfs-volants.

« Nous avons perdu le Sud, reprend-il, et nous avons même abandonné Yenan. Mais nous avons repris Yenan, et nous avons repris le Sud. Au Nord, nous avons trouvé la possibilité d'un contact avec la Russie, la certitude de n'être pas encerclés ; Tchang Kaï-chek disposait encore de plusieurs millions d'hommes. Nous avons pu établir des bases solides, développer le Parti, organiser les masses. Jusqu'à Tsi-nan, jusqu'à Pékin.

— En Union soviétique, c'est le Parti qui a fait l'Armée rouge ; ici, il semble que, souvent, ce soit l'Armée de Libération qui ait développé le Parti.

— Nous ne permettrons jamais au fusil de commander le Parti. Mais il est vrai que la VIIIe armée de campagne a construit une puissante organisation du Parti en Chine du Nord, des cadres, des écoles, des mouvements de masse. Yenan a été construit par le fusil. Tout peut pousser dans le canon d'un fusil...

« Mais à Yenan, nous avons rencontré une classe que nous n'avions guère rencontrée dans le Sud, et pas du tout pendant la Longue Marche : les bourgeois nationaux, les intellectuels*, tous ceux qui avaient sincèrement accepté le front unique dans la lutte contre le Japon. À Yenan, les problèmes de gouvernement se sont posés. Ce que je vais vous dire vous surprendra : si nous n'y avions pas été contraints par l'offensive ennemie, nous n'aurions pas attaqué.

— On a cru pouvoir vous liquider ?

— Oui. Les généraux de Tchang Kaï-chek lui ont beaucoup menti, et il a beaucoup menti aux Américains. Il a cru que nous allions livrer des batailles traditionnelles. Mais Tchou-te et Cheng-yi ne les ont acceptées que lorsque nos forces sont devenues supérieures aux siennes. Il a immobilisé beaucoup d'hommes pour la défense des villes, mais nous n'avons pas attaqué les villes...

— C'est pourquoi les Russes vous ont si longtemps... négligés.

— Si on ne peut faire la révolution qu'avec les ouvriers, nous ne pouvions évidemment pas faire la révolution. Les bons sentiments des Russes étaient pour Tchang Kaï-chek. Lorsqu'il a fui la Chine, l'ambassadeur soviétique a été le dernier à prendre congé de lui.

« Les villes sont tombées comme des fruits mûrs...

— La Russie s'est trompée, mais nous nous serions trompés aussi. L'Asie du XIXe siècle semble frappée d'une décadence que le colonialisme ne suffit pas à expliquer. Le Japon s'est occidentalisé le premier, et on a prophétisé qu'il s'américaniserait très vite. La vérité est que, malgré les

* Mao entend par là, outre les professions libérales, les étudiants et les professeurs, les techniciens et les ingénieurs : la masse de ceux qui ne sont ni ouvriers, ni paysans, ni anciens *compradores* ou capitalistes.

apparences, il est resté profondément japonais. Vous êtes en train de refonder la Grande Chine, monsieur le Président ; c'est manifeste dans les tableaux et les affiches de propagande, dans vos poèmes, dans la Chine elle-même, avec le côté militaire que lui reprochent les touristes… »

Et les ministres, en cercle, de dresser les oreilles.

« Oui, répond-il sereinement.

— Vous espérez que votre agriculture… ancienne, dans laquelle la traction à bras est encore si répandue, va rattraper le machinisme ?

— Il faudra du temps…

« Plusieurs dizaines d'années…

« Il faudra aussi des amis. Il faut d'abord des contacts. Il y a diverses sortes d'amis. Vous en êtes une. L'Indonésie en est une autre. Aïdit* est ici, je ne l'ai pas encore vu. Il reste des points communs entre lui et nous, et d'autres entre vous et nous. Vous avez dit avec…

(La traductrice cherche le mot français.)

« … pertinence, au ministre des Affaires étrangères, que vous ne souhaitiez pas un monde soumis à la double hégémonie des États-Unis et de l'Union soviétique, qui finiront d'ailleurs par trouver ce que j'ai appelé il y a deux ans, leur Sainte-Alliance. Vous avez montré votre indépendance à l'égard des Américains.

— Nous sommes indépendants, mais nous sommes leurs alliés. »

Depuis le début de l'entretien, il n'a pas fait d'autre geste que de porter sa cigarette à sa bouche, et de la reposer sur le cendrier. Dans l'immobilité générale il ne semble pas un malade, mais un empereur de bronze. Il lève soudain les deux bras au ciel, les laisse retomber d'un coup.

« No-o-os alliés ! Les vôtres et les nôtres ! »

Sur le ton de : ils sont jolis !

« Les États-Unis ne sont pas autre chose que l'impérialisme américain, la Grande-Bretagne joue double jeu… »

Pour la première fois, le maréchal prend la parole :

« La Grande-Bretagne soutient les impérialistes américains. »

En même temps que je lui réponds : « N'oubliez pas la Malaisie… », Mao dit : « Échange de bons procédés », mais sa voix baisse comme s'il se parlait à lui-même :

* Chef du P.C. indonésien.

« Nous avons fait le nécessaire, mais qui sait ce qui se passera dans quelques dizaines d'années ? »

Je ne pense pas à ce qui se passera demain, mais à ce qui se passait hier, quand les Russes, en même temps qu'ils construisaient les aciéries géantes, déplaçaient les poteaux-frontière des steppes du Turkestan, tous les gardes chinois ivres-morts, pour devenir possesseurs des mines d'uranium — les poteaux reprenant leur place un peu plus tard à la suite de la loyale action réciproque qui avait mené au sommeil les gardes russes… Je demande :

« L'opposition est encore puissante ?

— Il y a toujours les bourgeois nationaux, les intellectuels, etc. Il commence à y avoir les enfants des uns et des autres…

— Pourquoi les intellectuels ?

— Leur pensée est antimarxiste. À la Libération, nous les avons accueillis même quand ils avaient été liés au Kouo-min-tang, parce que nous avions trop peu d'intellectuels marxistes. Leur influence est loin d'avoir disparu. Surtout chez les jeunes… »

Je m'aperçois soudain que les peintures, au mur, sont des rouleaux traditionnels de style mandchou — comme dans le bureau du maréchal, comme dans celui de Chou En-lai. Aucune des figures réalistes-socialistes qui couvrent les murs de la ville[1].

« La jeunesse que j'ai vue au cours de mes voyages, dit notre ambassadeur, vous est pourtant profondément acquise, monsieur le Président. »

Mao sait que Lucien Paye a été ministre de l'Éducation nationale et recteur de Dakar ; il sait aussi qu'à chaque occasion, il prend contact avec les professeurs et les étudiants. L'ambassadeur parle un peu le mandarin, que plusieurs membres de notre ambassade, nés en Chine, parlent couramment.

« On peut voir aussi les choses de cette façon… »

Ce n'est pas une phrase courtoise destinée à écarter la discussion. Mao attache à la jeunesse la même importance que le général de Gaulle, que Nehru. Il semble penser que l'on peut porter plusieurs jugements sur la jeunesse chinoise, et souhaiter que l'on puisse en porter un autre que le sien. Il sait que notre ambassadeur a étudié la nouvelle pédagogie chinoise : le système « mi-travail, mi-étude », l'autorisation donnée aux étudiants de se présenter aux examens en apportant leurs livres scolaires... Il l'interroge avec attention :

« Depuis combien de temps êtes-vous à Pékin ?

— Depuis quatorze mois. Mais je suis allé à Canton par le chemin de fer ; j'ai visité le Centre-Sud, ce qui m'a permis de voir, non sans émotion, monsieur le Président, la maison où vous êtes né, au Hou-nan ; j'ai vu le Sseu-tch'ouan, le Nord-Est. Et nous avons vu Lo-yang et Sian, avant Yenan. Partout j'ai été en contact avec le peuple. Contact superficiel ; mais celui que j'ai établi avec les professeurs et les étudiants était un vrai contact — à Pékin, assez durable. Les étudiants sont orientés vers l'avenir que vous envisagez pour eux, monsieur le Président.

— Vous avez vu un aspect...

« Un autre a pu vous échapper...

« Et pourtant, il a été vu et confirmé... Une société est un ensemble complexe...

« Savez-vous comment s'appelaient les chrysanthèmes, à la dernière exposition de Hang-tcheou ? La danseuse ivre, le vieux temple au soleil couchant, l'amant qui poudre sa belle...

« Il est possible que les deux tendances coexistent... mais bien des conflits se préparent... »

Dans ce pays où l'on ne parle que d'avenir et de fraternité, comme sa voix semble solitaire en face de l'avenir ! Je pense à une image puérile de mon premier livre d'histoire : Charlemagne regardant au loin les premiers Normands remonter le Rhin...

« Ni le problème agricole ni le problème industriel ne sont résolus. Le problème de la jeunesse, moins encore. La révolution et les enfants, si l'on veut les élever, il faut les former... »

Ses enfants, confiés à des paysans pendant la Longue Marche, n'ont jamais été retrouvés. Il y a peut-être, dans une commune populaire, deux garçons d'une trentaine d'années laissés naguère avec tant d'autres et tant de cadavres, et qui sont les fils sans nom de Mao Tsé-toung.

« La jeunesse doit faire ses preuves... »

Une aura rend plus immobiles encore nos interlocuteurs. Bien différente de la trouble curiosité qui s'est établie lorsqu'ils ont attendu ce qu'il allait dire de la résurrection de la Chine. Il semble que nous parlions de la préparation secrète d'une explosion atomique. « Faire ses preuves... »

Je me souviens de Nehru : « La jeunesse, je n'en attends rien[a]. » Il y a vingt-cinq millions de jeunes communistes, dont presque quatre millions sont des intellectuels ; ce que Mao vient de dire suggère, et sans doute annonce, une nouvelle action révolutionnaire comparable à celle qui suscita les « Cent Fleurs », puis leur répression. Que veut-il ? Lancer la jeunesse et l'armée contre le Parti[b] ?

« Que cent fleurs différentes s'épanouissent, que cent écoles rivalisent ! » Mao lança ce mot d'ordre[1] qui semblait une proclamation de libéralisme, en un temps où il croyait la Chine « remodelée ». Les critiques auxquelles il faisait appel étaient les critiques « constructives » chères aux partis communistes : il comptait fonder sur elles les réformes nécessaires. Il se trouva devant la masse des critiques négatives, qui attaquaient jusqu'au Parti. Le retour à Sparte ne traîna pas ; on envoya les intellectuels se faire remodeler dans les communes populaires. Les adversaires du régime ont vu dans les « Cent Fleurs » un appât destiné à faire sortir du bois les opposants dupés. Mais Mao avait voulu sincèrement infléchir la ligne du Parti, comme il décida sincèrement et fermement de la rétablir dès qu'il comprit que la critique qu'il avait suscitée n'était point une autocritique. À maints égards, la situation serait la même, aujourd'hui, si l'on prenait pour mot d'ordre : que la jeunesse s'épanouisse. Croit-il les jeunesses communistes capables d'entraîner les jeunes dans une action comparable au « Grand Bond en avant » ? D'autre part, sans doute faut-il éprouver de nouveau le Parti. La répression qui suivit les « Cent Fleurs » écarta la jeunesse protestataire, elle écarta aussi les membres du Parti qui l'avaient laissée protester : d'une pierre, deux coups. Il faut agir sur toute la jeunesse, et éprouver le Parti par cette action. L'investissement de l'Occident par les peuples sous-développés, auquel a fait allusion Chou En-lai, « donc, a dit Mao, le destin du monde » est inséparable de la jeunesse chinoise. Croit-il réellement à la libération du monde sous la direction de la Chine ? La révolution créée par les prédicateurs d'une grande nation semble une politique plus vaste et plus saisissante que celle des États-Unis, définie seulement par l'arrêt de cette expansion. Borodine, délégué de l'U.R.S.S. auprès de Sun Yat-sen, répondait à l'interviewer du *Hong Kong Times* : « Vous comprenez l'action des missionnaires protestants, n'est-ce pas ? Eh bien ! vous comprenez la mienne... » Mais c'était en 1925. On mobilise deux mille danseurs et trois cent mille spectateurs pour le président de la Somalie — et puis ? Staline croyait à l'Armée rouge, non au Komintern, et peut-être Mao ne croit-il à la prise du pouvoir mondial par les pays sous-développés que comme Staline croyait à la prise du pouvoir par le prolétariat mondial. La révolution vaincra : mais provisoirement, présidents somaliens, guerre du Viêt-nam, propagande guerrière jusque dans les villages, sont la justification de Sparte. Mao bénit Hanoi, la Somalie, Saint-Domingue, et « liquide » ses adversaires tibétains. La défense du Viêt-nam et la communisation du Tibet se rejoignent, bien au-delà de l'aide symbolique aux Somalies ou aux Congos, comme des jumeaux sur le sein du vieil Empire. Chaque guérillero vietnamien tombé dans la brousse autour de Da Nang légitime le travail épuisant des paysans chinois. La Chine viendra en aide (jusqu'où ?) à tous les peuples opprimés qui lutteront pour leur libération, mais la lutte de ces peuples la cimente. « Stratégiquement, dit Mao, l'impérialisme est condamné — et sans doute, avec lui, le capitalisme ; tactiquement, il faut le combattre comme les troupes de l'Armée de Libération ont combattu celles de Tchang Kaï-chek. » Et tactiquement, les combats décisifs auront lieu en Chine, parce que Mao ne s'engagera pas de façon décisive au-dehors. Mais déjà la Longue Marche fait figure de légende, et les survivants de la fin de la guerre contre Tchang Kaï-chek s'appellent les Vétérans.

Mao a dit que le problème industriel n'était pas résolu, mais je ne l'en crois pas inquiet : dans son esprit, la Chine a fait sa conversion. Il a dit que le problème agricole n'était pas résolu ; certains — et d'abord lui — affirment que presque toute la terre arable de Chine est cultivée, et qu'il ne peut en accroître le rendement que de façon limitée ; d'autres annoncent la prochaine mise en valeur des steppes, et un rendement double. La bombe atomique et la charrette à bras ne coexisteront pas toujours. Mais Mao ne conçoit la modernisation de l'agriculture, et l'industrialisation, qu'à travers les puissantes structures chinoises dans lesquelles le Parti exprime, guide et ordonne les masses comme l'empereur ordonnait les forces de la terre. L'agriculture et l'industrie sont liées, et doivent le rester ; la politique vient avant la technique. Peut-être l'État soviétique serait-il assez fort pour que la jeunesse russe devînt, dans une certaine mesure, indifférente à une politique qui pourtant la comble d'orgueil ; mais l'État chinois n'est encore que la victoire remportée chaque jour par la Chine dans un combat qui l'exalte. Comme l'État russe avant la guerre, l'État chinois a besoin d'ennemis. L'austérité qui apportait le bol de riz était-elle austérité, comparée à la misère qui apportait la faim ? Mais la misère s'éloigne, les propriétaires des temps de l'Empire et du Kouo-min-tang sont morts, les Japonais et Tchang Kaï-chek sont partis. Quoi de commun entre les analphabètes du Kiang-si encore semblables aux révolutionnaires t'ai-p'ing, les serfs tibétains délivrés par l'Armée de Libération et formés par l'École des minorités nationales, et les étudiants qu'interroge Lucien Paye ? Sans doute la menace de révisionnisme dont parle Mao est-elle là, bien plus que dans la nostalgie d'un passé dont on ne connaît plus que ce qu'il avait de pire. Plus de deux cent quatre-vingts millions de Chinois, âgés de moins de dix-sept ans, n'ont aucun souvenir antérieur à la prise de Pékin.

Depuis la dernière phrase de la traductrice, personne n'a parlé. Le sentiment que Mao inspire à ses compagnons m'intrigue. C'est d'abord une déférence presque amicale : le Comité central autour de Lénine, non de Staline. Mais ce qu'il m'expose semble parfois s'adresser aussi à un contradicteur imaginaire, auquel il répondrait à travers eux. Il semble un peu dire : et il en sera ainsi, que cela vous plaise ou non. Quant à eux, leur attentif silence leur donne, fugitivement, l'aspect d'un tribunal.

« À propos, dit Mao apparemment hors de propos, j'ai reçu, il y a quelques mois, une délégation parlementaire de chez vous. Vos partis socialiste et communiste croient vraiment ce qu'ils disent ?

— Ça dépend de ce qu'ils disent…

« Le parti socialiste est principalement un parti de fonctionnaires, dont l'action s'exerce par les syndicats de Force ouvrière, importants dans l'administration française. C'est un parti libéral à vocabulaire marxiste. Dans le Midi, pas mal de propriétaires de vignobles votent socialiste. »

À ces vérités premières, mes interlocuteurs semblent tomber des nues.

« Quant au parti communiste, il conserve un quart, un cinquième des voix. Des militants courageux et dévoués, audessous de l'appareil que vous connaissez comme moi…

Un parti trop révolutionnaire pour que naisse un autre parti de combat, trop faible pour accomplir la révolution.

— Le révisionnisme de l'Union soviétique ne lui fera peut-être pas perdre de voix, mais lui fera perdre des poings.

« En tant que parti, il est contre nous. Comme tous les autres, sauf l'Albanie. Ils sont devenus des partis sociaux-démocrates d'un type nouveau...

— Il a été le dernier grand parti stalinien. Individuellement, la plupart des communistes voudraient s'embrasser avec vous sur une joue, et avec les Russes sur l'autre. »

Il croit avoir mal compris. La traductrice développe. Il se tourne vers le maréchal, le président et les autres ministres. On dit que le rire de Mao est communicatif. C'est vrai : tous rient aux éclats. Le sérieux retrouvé, il dit :

« Qu'en pense le général de Gaulle ?

— Il n'y attache pas grande importance. Ce n'est rien de plus qu'un fait électoral. Actuellement, le destin de la France se passe entre les Français et lui. »

Mao réfléchit.

« Les mencheviks, Plekhanov, ont été marxistes, même léninistes. Ils se sont coupés des masses et ont fini par prendre les armes contre les bolcheviks — enfin, ils ont surtout fini par se faire exiler ou fusiller...

« Pour tous les communistes, il existe maintenant deux voies : celle de la construction socialiste, celle du révisionnisme. Nous n'en sommes plus à manger des écorces, mais nous n'en sommes qu'à un bol de riz par jour. Accepter le révisionnisme, c'est arracher le bol de riz. Je vous l'ai dit, nous avons fait la révolution avec des jacqueries ; puis, nous les avons conduites contre les villes gouvernées par le Kouo-min-tang. Mais le successeur du Kouo-min-tang n'a pas été le Parti communiste chinois, quelle que soit l'importance de celui-ci : il a été la *Nouvelle Démocratie*. L'histoire de la révolution, comme la faiblesse du prolétariat des grandes villes, a contraint les communistes à l'union avec la petite-bourgeoisie. Pour cela aussi, notre révolution, à la fin, ne ressemblera pas plus à la révolution russe que la révolution russe n'a ressemblé à la vôtre... De larges couches de notre société, aujourd'hui encore, sont conditionnées de telle façon que leur activité est nécessairement orientée vers le révisionnisme. Elles ne peuvent obtenir ce qu'elles désirent qu'en le prenant aux masses. »

Je pense à Staline : « Nous n'avons pas fait la révolution d'Octobre pour donner le pouvoir aux koulaks !... »

« La corruption, l'illégalité, reprend Mao, l'orgueil des bacheliers, la volonté d'honorer la famille en devenant employé et en ne se salissant plus les mains, toutes ces bêtises ne sont que des symptômes. Dans le Parti comme hors du Parti. La cause, ce sont les conditions historiques elles-mêmes. Mais aussi les conditions politiques. »

Je connais sa théorie : on commence par ne plus tolérer la critique, puis on écarte l'autocritique, puis on se coupe des masses, et, comme le Parti ne peut trouver qu'en elles sa force révolutionnaire, on tolère la formation d'une nouvelle classe ; enfin on proclame, comme Khrouchtchev, la coexistence pacifique durable avec les États-Unis — et les Américains arrivent au Viêt-nam. Je n'ai pas oublié sa phrase d'autrefois : « Il y a ici soixante-dix pour cent de paysans pauvres et leur sens de la révolution n'a jamais été en défaut. » Il a dit tout à l'heure comment il l'entend : il faut apprendre des masses, pour pouvoir les instruire.

« C'est pourquoi, dit-il, le révisionnisme soviétique est une... apostasie. »

La traductrice a trouvé le mot : apostasie, presque tout de suite. Élevée par les sœurs ?

« Il va vers la restauration du capitalisme, et on se demande pourquoi l'Europe n'en serait pas satisfaite.

— Je ne crois pas qu'il envisage de revenir à la propriété privée des moyens de production.

— En êtes-vous tellement assuré ? Voyez la Yougoslavie ! »

Je ne souhaite pas parler de la Yougoslavie, mais il me vient à l'esprit que les deux rebelles majeurs, Mao et Tito, sont tous deux étrangers aux cadres de la Maison grise de Moscou — tous deux chefs de guérilla[a].

« Je crois que la Russie veut sortir du régime de Staline sans revenir au vrai capitalisme. D'où, un certain libéralisme. Mais il appelle une métamorphose du pouvoir : il n'y a pas de stalinisme libéral. Si ce que nous appelons communisme russe est le régime stalinien, nous sommes en face d'un changement de régime. La fin de l'encerclement et du primat de l'industrie lourde, l'abandon de la police politique en tant que quatrième pouvoir, la victoire de 1945, ont apporté à l'Union soviétique une métamorphose au moins aussi radicale que son passage de Lénine à Staline. Brejnev est le successeur de Khrouchtchev et tous les Brejnevs le seront. J'ai connu le temps où l'on ne parlait pas de politique à sa femme ; quand j'ai su que l'on osait blaguer le gouvernement dans le métro, j'ai pensé qu'il n'y avait pas un "adoucissement" de ce que j'avais connu, mais une transformation radicale.

— En somme, vous pensez qu'ils ne sont pas révisionnistes, parce qu'ils ne sont plus même communistes. Peut-être avez-vous raison, si l'on pense à… »

La traductrice ne trouve pas le mot.

« Tohu-bohu, propose notre traducteur.

— Si l'on pense au tohu-bohu qui règne là-bas, et qui n'a d'ailleurs pas d'autre but que de tromper tout le monde ! Pourtant, la clique dirigeante accepte la formation de couches de la population qui ne sont pas encore des classes, mais qui pèsent sur la politique communiste… »

Rome trahit dès qu'elle écarte Sparte. Car on ne peut aisément maintenir une Sparte chinoise, à côté d'une Rome qu'elle prend d'ailleurs pour Capoue. Je connais la réponse exaspérée des Russes : « Mao est un dogmatique et un visionnaire. Comment maintenir la passion révolutionnaire cinquante ans après la révolution ! Pour recommencer Octobre, la Russie n'a ni défaite tsariste, ni capitalistes, ni barines. La Chine connaît les épreuves que nous avons connues il y a trente ans. Elle n'a rien, nous avons quelque chose, et nous ne pouvons pas revenir à rien. Un fait nouveau domine toutes les idéologies : la guerre nucléaire anéantira les nations qui y seront engagées. Khrouchtchev a mis fin à la terreur et aux camps de concentration, cru à la possibilité d'accords de désarmement. Il a gouverné avec légèreté, mais nous voulons, comme lui, établir le communisme dans le monde en écartant la guerre. » Je connais aussi la réponse de Mao. Il citera Lénine sur son lit de mort : « En dernière analyse, le succès de notre combat sera déterminé par le fait que la Russie, la Chine, l'Inde constituent l'écrasante majorité de la population du globe. » Il rappellera que le Parti chinois a accumulé plus d'expériences que tous les autres. Il pensera à la phrase de son voisin Liou Shao-shi : « Le trait de génie de Mao a été de transposer le caractère européen du marxisme-léninisme dans sa forme asiatique. » Il répétera que l'abandon de la Chine par Khrouchtchev dans l'affaire des îles Quemoy et Matsu fut une trahison, et que le soutien par les Soviétiques de l'action de l'O.N.U. au Congo en fut une autre. Que les conditions du rappel des experts russes étaient faites pour contraindre à l'abandon de tous les ouvrages commencés. Que chaque intervention des États-Unis fait d'eux un objet de haine pour la majorité pauvre et révolutionnaire, et que la décomposition du monde colonial exige maintenant une action rapide. Que Khrouchtchev fut un petit-bourgeois non léniniste, passé de la peur de la guerre nucléaire à la peur de la révolution — et que le gouvernement soviétique est désormais incapable de faire appel aux masses parce qu'il en a peur.

L'envoi des ingénieurs et des directeurs d'usine chinois, des citadins dans les communes populaires, est aussi banalement rigoureux que le fut, en Europe, le service militaire obligatoire. Les mots d'ordre du Parti ne sont pas mis en question ; même l'extravagance qui accompagne l'épopée, la campagne « contre les sentiments bourgeois tels que l'amour entre les parents et les enfants, entre gens de sexe opposé quand ils vont jusqu'à des excès de chaleur de sentiment ». Mais les mots d'ordre ne sont suivis que si les masses restent mobilisées. Mao ne peut faire la Chine qu'avec des volontaires. Il tient à faire la Chine plus qu'à faire la guerre, et il affirme que les États-Unis n'emploieront pas plus les armes nucléaires au Viêt-nam qu'en Corée. Il croit toujours à la révolution ininterrompue — et ce qui l'en sépare le plus, c'est la Russie.

Je pense à Trotski, mais je n'ai entendu défendre la révolution permanente que par un Trotski vaincu. Et il n'y a aucune exaltation en Mao. Il sait ce qu'a espéré Khrouchtchev, il sait aussi ce que pensait Lénine, ce que fut la Révolution française. Tout chef d'État croit que la révolution aboutit à l'État. Mao, fort de ses millions de fidèles, du respect qui entoure son passé, croit que l'État peut devenir le moyen permanent de la révolution. Avec le même calme tour à tour épique et souriant qu'il a cru à la victoire du communisme en Chine, aux pires jours de la Longue Marche[a].

Pour la troisième fois, un secrétaire est venu parler à Liou Shao-shi, et pour la troisième fois le président de la République est venu entretenir Mao à voix basse. Celui-ci fait un geste las et, s'accrochant des deux mains aux bras de son fauteuil, se lève. Il est le plus droit de nous tous :

monolithique. Il tient toujours sa cigarette. Je vais prendre congé de lui, et il me tend une main presque féminine, aux paumes roses comme si elles avaient été ébouillantées. À ma surprise, il me reconduit. La traductrice est entre nous, un peu en arrière ; l'infirmière, derrière lui. Nos compagnons nous précèdent, l'ambassadeur de France avec le président de la République, qui n'a pas dit un mot. Assez loin derrière nous, un groupe plus jeune — des hauts fonctionnaires, je suppose.

Il marche pas après pas, raide comme s'il ne pliait pas les jambes, plus empereur de bronze que jamais, dans son uniforme sombre entouré d'uniformes clairs ou blancs. Je pense à Churchill lorsqu'il reçut la croix de la Libération. Il devait passer en revue la garde qui venait de lui rendre les honneurs. Lui aussi ne pouvait marcher que pas à pas, et il s'arrêtait devant chaque soldat pour examiner ses décorations, avant d'aller au suivant. Il semblait alors touché à mort. Les soldats regardaient passer lentement devant eux le Vieux Lion foudroyé. Mao n'est pas foudroyé : il a l'équilibre mal assuré de la statue du commandeur, et marche comme une figure légendaire revenue de quelque tombeau impérial. Je lui cite la phrase de Chou En-lai, vieille déjà de quelques années :

« "Nous avons commencé en 1949 une nouvelle Longue Marche, et nous n'en sommes encore qu'à la première étape."

— Lénine a écrit : "La dictature du prolétariat est une lutte opiniâtre contre toutes les forces et les traditions de l'ancienne société." Opiniâtre. Si Khrouchtchev a vraiment cru que les contradictions avaient disparu en Russie, c'est peut-être parce qu'il a cru gouverner la Russie ressuscitée…

— Laquelle ?

— Celle des victoires. Ça peut suffire. La victoire est la mère de beaucoup d'illusions. Quand il est venu ici pour la dernière fois, à son retour de Camp-David, il croyait aux accommodements avec l'impérialisme américain. Il s'imaginait que le gouvernement soviétique était celui de la Russie entière. Il s'imaginait que les contradictions y avaient presque disparu. La vérité, c'est que si les contradictions que nous devons à la victoire sont moins pénibles pour le peuple que les anciennes, heureusement ! elles sont presque aussi profondes. L'humanité livrée à elle-même ne rétablit pas nécessairement le capitalisme (c'est pourquoi vous avez peut-être raison de dire qu'ils ne rétabliront pas la propriété privée des moyens de production), mais elle rétablit l'inégalité. Les forces qui poussent à la création de nouvelles formes de classes sont puissantes. Nous venons de supprimer les galons et les appellations de grade ; tout "cadre" redevient ouvrier au moins un jour par semaine ; les citadins vont travailler par trains entiers dans les communes populaires. Khrouchtchev avait l'air de croire qu'une révolution est faite quand un parti communiste a pris le pouvoir — comme s'il s'agissait d'une libération nationale ! »

Il n'élève pas la voix, mais son hostilité, lorsqu'il parle du Parti communiste russe, est aussi manifeste que la haine de Chou En-lai lorsqu'il parle des États-Unis. Pourtant, à Lo-yang ou dans les ruelles de Pékin, les gosses, qui nous prenaient pour des Russes (ils n'ont pas vu d'autres Blancs), nous souriaient.

« Lénine savait bien qu'à ce moment, la révolution ne fait que commencer. Les forces et les traditions dont il parlait ne sont pas seulement un héritage de la bourgeoisie. Elles sont aussi notre fatalité. Li Tsong-yen, qui a été vice-président du Kouo-min-tang, vient de rentrer de T'ai-wan. Un de plus ! Je lui ai dit : "Il nous faut encore au moins vingt ou trente ans d'efforts pour faire de la Chine un pays puissant." Mais est-ce pour que cette Chine-là ressemble à T'ai-wan ? Les révisionnistes confondent les causes et les conséquences. L'égalité n'a pas d'importance en elle-même, elle en a parce qu'elle est naturelle à ceux qui n'ont pas perdu le contact avec les masses. La seule façon de savoir si un jeune cadre est réellement révolutionnaire, c'est de regarder s'il se lie réellement aux masses ouvrières et paysannes. Les jeunes ne sont pas Rouges de naissance ; ils n'ont pas connu la révolution. Vous vous souvenez de Kossyguine au XXIIIe Congrès : "Le communisme, c'est l'augmentation du niveau de vie." Bien sûr ! Et la nage, c'est une façon de mettre un caleçon de bain ! Staline avait détruit les koulaks. Il ne s'agit pas de remplacer le tsar par Khrouchtchev, une bourgeoisie par une autre, même si on l'appelle communiste. C'est comme avec les femmes : bien entendu, il était nécessaire de leur donner d'abord l'égalité juridique ! Mais à partir de là, tout reste à faire ! Il faut que disparaissent la pensée, la culture et les coutumes qui ont conduit la Chine où nous l'avons trouvée et il faut que paraissent la pensée, la culture et les coutumes de la Chine prolétarienne, qui n'existe pas encore. La femme chinoise n'existe pas encore non plus, dans les masses ; mais elle commence à vouloir exister… Et puis, libérer les femmes, ce n'est pas fabriquer des machines à laver ! libérer leurs maris, ce n'est pas fabriquer des bicyclettes, c'est faire le métro de Moscou. »

Je pense à ses propres femmes, ou plutôt à ce qu'on en raconte. La première avait été choisie par les parents. C'était sous l'empire — Mao aurait pu voir un jour la dernière impératrice… Il écarte son voile, la trouve laide, et court encore. La seconde était la fille de son maître. Il l'a aimée et, dans un poème, jouant sur son nom, l'appelle « mon fier peuplier » ; elle a été prise en otage par le Kouomin-tang et décapitée. Je me souviens de la photo où on le voit lever son verre en face de Tchang Kaï-chek, à Tchong-king : beaucoup plus glacé que Staline en face de Ribbentrop. La troisième était l'héroïne de la Longue Marche : quatorze blessures. Il a divorcé (on ne divorce guère, dans le Parti chinois) ; elle est aujourd'hui gouverneur de province. Il a enfin épousé Kiang Ching, star de Chang-hai qui atteignit Yenan à travers les lignes pour servir le Parti. Elle a dirigé le théâtre aux armées ; depuis la prise de Pékin, elle n'a vécu que pour Mao, et n'a plus jamais paru en public*.

« La Chine prolétarienne, reprend-il, n'est pas plus un coolie qu'un mandarin ; l'Armée populaire n'est pas plus une bande de partisans qu'une armée de Tchang Kaï-chek. Pensée, culture, coutumes, doivent naître d'un combat, et le combat doit continuer aussi longtemps qu'il existe un risque de retour en arrière. Cinquante ans, ce n'est pas long ; une vie à peine… Nos coutumes doivent devenir aussi différentes des coutumes traditionnelles que les vôtres le sont des coutumes féodales. La base sur quoi nous avons tout construit, c'est le travail réel des masses, le combat réel des soldats. Celui qui ne comprend pas cela se met hors de la révolution. Elle n'est pas une victoire, elle est un brassage des masses et des cadres pendant plusieurs générations… »

Ainsi, sans doute, parlait-il de la Chine dans la grotte de

* Depuis, elle a joué un rôle important dans la révolution culturelle prolétarienne.

Yenan. Je pense au poème où, venant de parler des Grands Fondateurs et de Gengis Khan, il ajoute : « Regardez donc plutôt ce temps-ci… »

« Et pourtant, dis-je, ce sera la Chine des grands empires…

— Je ne sais pas ; mais je sais que si nos méthodes sont les bonnes — si nous ne tolérons aucune déviation — la Chine se refera d'elle-même[1]. »

Je vais de nouveau prendre congé de lui : les voitures sont au bas du perron.

« Mais dans ce combat-ci, ajoute-t-il, nous sommes seuls.

— Ce n'eſt pas la première fois…

— Je suis seul avec les masses. En attendant. »

Surprenant accent, dans lequel il y a de l'amertume, de l'ironie peut-être, et d'abord de la fierté. On dirait qu'il vient de prononcer cette phrase pour nos compagnons, mais il ne parle avec passion que depuis qu'ils se sont éloignés. Il marche avec plus de lenteur que ne l'y contraint la maladie.

« Ce qu'on exprime par le terme banal de révisionnisme, c'eſt la mort de la révolution. Il faut faire partout ce que nous venons de faire dans l'armée. Je vous ai dit que la révolution était aussi un sentiment. Si nous voulons en faire ce qu'en font les Russes : un sentiment du passé, tout s'écroulera. Notre révolution ne peut pas être seulement la ſtabilisation d'une victoire.

— Le Grand Bond semble beaucoup plus qu'une ſtabilisation ? »

Ses édifices nous entourent à perte de vue.

« Oui. Mais depuis… Il y a ce qu'on voit, et ce qui ne se voit pas… Les hommes n'aiment pas porter la révolution toute leur vie. Lorsque j'ai dit : “Le marxisme chinois eſt la religion du peuple”, j'ai voulu dire (mais savez-vous combien il y a de communiſtes à la campagne ? Un pour cent !)… donc, j'ai voulu dire que les communiſtes expriment réellement le peuple chinois s'ils demeurent fidèles au travail dans lequel la Chine entière s'eſt engagée comme dans une autre Longue Marche. Quand nous disons : “Nous sommes les Fils du Peuple”, la Chine le comprend comme elle comprenait : le Fils du Ciel. Le peuple eſt devenu les ancêtres. Le peuple, pas le parti communiſte vainqueur.

— Les maréchaux ont toujours aimé les stabilisations ; mais vous venez de supprimer les grades.

— Pas seulement les maréchaux ! D'ailleurs, les survivants de la vieille garde ont été formés par l'action, comme notre État. Beaucoup sont des révolutionnaires empiriques, résolus, prudents. Par contre, il y a toute une jeunesse dogmatique, et le dogme est moins utile que la bouse de vache. On en fait ce qu'on veut, même du révisionnisme ! Quoi qu'en pense votre ambassadeur, cette jeunesse présente des tendances dangereuses… Il est temps de montrer qu'il y en a d'autres… »

Il semble lutter à la fois contre les États-Unis, contre la Russie — et contre la Chine : « Si nous ne tolérons aucune déviation… »

Nous approchons pas à pas du perron. Je le regarde (il regarde devant lui). Extraordinaire puissance de l'allusion ! Je sais qu'il va de nouveau intervenir. Sur la jeunesse ? Sur l'armée ? Aucun homme n'aura si puissamment secoué l'histoire depuis Lénine. La Longue Marche le peint mieux que tel trait personnel, et sa décision sera brutale et acharnée. Il hésite encore, et il y a quelque chose d'épique dans cette hésitation dont je ne connais pas l'objet. Il a voulu refaire la Chine, et il l'a refaite ; mais il veut aussi la révolution ininterrompue, avec la même fermeté, et il lui est indispensable que la jeunesse la veuille aussi… Je pense à Trotski, mais la révolution permanente se référait à un autre contexte, et je n'ai connu Trotski qu'après la défaite (le premier soir, à Royan, l'éclat de ses cheveux blancs dressés, son sourire et ses petites dents séparées dans l'éclat des phares de l'auto)… L'homme qui marche lentement à mon côté est hanté par plus que la révolution ininterrompue ; par une pensée géante dont nous n'avons parlé ni l'un ni l'autre : les sous-développés sont beaucoup plus nombreux que les pays occidentaux, et la lutte a commencé dès que les colonies sont devenues des nations. Il sait qu'il ne verra pas la révolution planétaire. Les nations sous-développées sont dans l'état où se trouvait le prolétariat en 1848. Mais il y aura un Marx (et d'abord lui-même), un Lénine. On fait beaucoup de choses en un siècle !… Il ne s'agit pas de l'union de tel prolétariat extérieur avec un prolétariat intérieur, de l'union de l'Inde avec les travaillistes, de l'Algérie avec les communistes français ; il s'agit des immenses espaces du malheur contre le petit cap européen, contre la haïssable Amérique. Les prolétariats rejoindront les capitalismes, comme en Russie, comme aux États-Unis. Mais il y a un pays voué à la vengeance et à la justice, un pays qui ne déposera pas les armes, qui ne déposera pas l'esprit avant l'affrontement planétaire. Déjà trois cents ans d'énergie européenne s'effacent ; l'ère chinoise commence. Il m'a fait penser aux empereurs, et il me fait penser maintenant, debout, aux carapaces couvertes de rouille des chefs d'armée qui appartinrent aux allées funéraires, et que l'on voit abandonnées dans les champs de sorgho. Derrière toute notre conversation se tenait aux aguets l'espoir du crépuscule d'un monde. Dans l'immense couloir, les dignitaires se sont arrêtés, sans oser se retourner.

« Je suis seul », répète-t-il.

Soudain, il rit :

« Enfin, avec quelques amis lointains : veuillez saluer le général de Gaulle.

« Quant à eux (il veut parler des Russes) la révolution, vous savez, au fond, ça ne les intéresse pas… »

L'auto démarre. J'écarte les petits rideaux de la vitre du fond. Comme lorsque je suis arrivé, mais cette fois en pleine lumière, il est seul en costume sombre au centre d'un cercle un peu éloigné de costumes clairs.

Je pense à ce que signifie, à ce que signifiera cette vie épique, entourée d'un culte absurde, et, quoi que nous en disions, si peu intelligible pour nous : car la vénération de sa pensée ressemble plus à celle de la Révélation du Prophète qu'au sentiment que nous inspirent les grandes figures de notre Histoire. Une expédition anglaise dans l'Himalaya vient d'échouer, ce que les journaux chinois ont annoncé avec jubilation. « Le président Mao, le grand dirigeant, déclare que la pourriture du système capitaliste et la dépravation des explorateurs impérialistes expliquent la faillite de leurs expéditions depuis un siècle… » On dirait qu'aucun de ses admirateurs ne comprend que son génie vient de ce qu'il *est* la Chine. Que veut-il en faire, maintenant ?

Pendant que l'auto s'éloigne, la distance qui le sépare de ses compagnons augmente. Je suis loin du vieux chat Hô Chi Minh qui se glissait par la porte entrouverte. Le cérémonial de la Chine éternelle ne m'a pas quitté. Pourtant, Mao porte la vareuse que chacun connaît ; le ton de sa voix était simple, même cordial, et il était assis en face de moi. Mais un vide l'entourait, comme s'il avait fait peur. Staline ? Mao n'a rien d'un fauve ensommeillé. Je ne vois plus son visage, mais seulement sa silhouette massive d'empereur de bronze, immobile devant le costume blanc de l'infirmière[a]. Des houppes soyeuses de mimosas tourbillonnent comme des flocons ; au-dessus, un avion[b] brillant passe en ligne droite. Avec le geste millénaire de la main en visière, le Vieux de la Montagne le regarde s'éloigner, en protégeant ses yeux du soleil.

Pendant quelques heures, notre traducteur va mettre au net sa sténographie. Je propose à l'ambassadeur de retourner voir les tombeaux des empereurs Ming. Je ne les ai pas vus depuis plus de vingt ans. Comment auront-ils changé ? Je me souviens de mon dialogue avec l'Inde, quand j'ai quitté Nehru. Celui-ci se voulait héritier d'Ellora, et Mao se veut héritier des Grands Fondateurs. Mais les tombeaux des Ming sont des mausolées de Versailles, non celui de T'ai-tchong abandonné dans les steppes aux fleurs rases sous la garde de ses chevaux sculptés.

Nous atteignons d'abord la Grande Muraille. Comme autrefois, le dragon enchevêtré s'étire à travers les collines. Ce sont les mêmes roses trémières, les mêmes chemins de saules : mais le sol de pierre fait pour les chars de guerre est aujourd'hui d'une propreté hollandaise. Ces boîtes à papiers posées comme des bornes, les trouve-t-on tout le long de la Grande Muraille ? Voici, comme autrefois, des troupeaux de petits chevaux mandchous, des libellules, des rapaces roux de Mongolie, et de grands papillons d'un brun chaud, semblables à celui que j'ai vu se poser sur la corde du clocher de Vézelay, à la déclaration de guerre de 1939...

On atteint encore les tombeaux par l'allée funéraire, qui commence après le portique de marbre et les colonnes rostrales. Tout le long, les célèbres statues : coursiers, chameaux, dignitaires. Ces statues n'ont ni la grâce des figurines des hautes époques, ni la majesté tendue des chimères abandonnées dans les champs de millet de Sian. Ce sont des jouets d'éternité, un Père-Lachaise confié au facteur Cheval. Nous descendons devant une tortue de la longévité que chevauchent des gosses, traversons d'anciennes dépendances livrées aux cigales, aux martinets et aux moineaux. Mais dès la grande entrée, apparaît, précieusement entretenu, le grand jardin que j'ai connu sauvage :

des parterres orangés et rouges, cannas et glaïeuls, rendent presque mates les tuiles vernissées d'un orangé plus pâle, et les murs de pourpre sombre. Dressé sur son haut soubassement de marbre — le socle d'Angkor et de Borobourdour — le tombeau semble prendre au piège le paysage de montagnes qui entoure sa solitude. Devant lui, le vert sombre des pins et le vert brillant des chênes tordus comme des rochers décoratifs ; derrière, la masse obscure du bois sacré. Ce n'eſt pas un temple, c'eſt une porte de la mort ; un tombeau comme les Pyramides — mais qui tire son éternité des formes de la vie. Deux toutes petites filles grimpent comme des chats bleus, suivies de leur mère à double natte. Derrière l'arche, les champs de toujours, les paysans de toujours avec leurs chapeaux de toujours, les lieurs de gerbes qui survivent aux empires et aux révolutions. (Pourtant, au bas des collines, s'allonge déjà le grand barrage…)

Le soleil descend. Allons voir d'autres tombeaux. Voici celui dont le barbare soubassement en trapèze fait penser aux portes de Pékin. Les glaïeuls rouges s'infiltrent dans les thuyas de son bois sacré. On a dégagé les salles funèbres où nous entrons debout, alors qu'il faut presque se proſterner pour entrer dans les tombes des Han à Loyang ; comme il faut se courber dans les couloirs des Pyramides. Il n'y reſte d'ailleurs que des dalles : dans le bois, un petit bâtiment abrite la tiare en plumes de martin-pêcheur de l'impératrice.

Les toits sont à peine courbes, d'une courbe qui suffit à les délivrer de la terre. Voici l'une des âmes profondes de la Chine. Ce n'eſt plus l'Érèbe des fondateurs avec leurs chars guerriers, leurs ſtèles et leurs épieux de bronze. Aux poutres peintes, s'enchevêtre encore le beſtiaire bordé de blanc. Mais ces tombeaux, comme le Temple du Ciel, proclament l'harmonie suprême. Toute terre eſt terre des morts, toute harmonie unit les morts aux vivants. Chaque tombeau révèle l'accord du ciel et de la terre. L'harmonie eſt la présence de l'éternité, à laquelle eſt visiblement rendu le corps de l'empereur — comme lui sont invisiblement rendus tous les autres corps.

Un peu plus loin, un tombeau en ruine. La ruine chinoise appartient à la mort, parce que, le toit effondré, l'édifice privé de ses cornes n'eſt plus que pans de murs. Le bois sacré inveſtit le tombeau, sans l'envahir comme la jungle envahit les temples de l'Inde. Au-dessus du soubassement de pierre et des hautes parois grenat, le jour qui décline s'attarde sur un mur de faïence rose.

Rentrons. Les chemins perpendiculaires à la route sont interdits aux étrangers. Beaucoup de dahlias, florissants comme ceux de juin 1940. Je croyais le dahlia venu du Mexique en Europe. Dans le soir qui tombe, de longs attelages : des chevaux précédés de deux ânes tristes reviennent lentement à Pékin, dépassés par les camions de soldats qui ont cessé leur travail aux communes populaires voisines.

Je passe devant les premiers temples de la ville. Je les ai presque tous revus, intrigué comme autrefois par leur décor de paravents. À l'exception du Temple du Ciel et de la Cité interdite, édifices de géomanciens, pièges à cosmos malgré la ménagerie des crêtes de leurs toits, les pagodes de la dernière dynastie conservent (mal) un panthéon de mi-carême, auquel s'ajoutent les monstres tibétains et la gigantesque statue noire du temple des lamas, qui ne s'adressent plus à personne. Il est plus facile, pour un Français, de passer des Croisades de la foi à celles de la République, que de l'art de Louis IX au rococo de Louis XV ; la Chine redevenue la Chine, tout son art de porcelaines, de dieux de l'Agriculture et de poussahs, forme un intermède insolite, depuis le premier empereur mandchou jusqu'à l'impératrice Ts'eu-hi, entre les grands empereurs sans visage et Mao. Il semble que l'entracte s'achève, non par le tumulte sanglant de 1900, mais par la prise du Palais d'Été. Sans doute ai-je conté quelque part la nuit dans laquelle les soldats anglais cherchaient les perles des concubines d'autrefois, pendant que les zouaves lançaient vers le bois les automates[1] séculairement collectionnés par les empereurs… Dans les cris militaires, un lapin mécanique courait sur la pelouse en frappant ses petits timbres d'or qui reflétaient la lueur de l'incendie…

Au-dessus de la Cité interdite, j'ai vu, chargé de chaînes, l'arbre auquel se pendit, à l'entrée des Mandchous, le dernier empereur Ming. Mais j'ai trouvé aussi (au musée de la Révolution ?) la photo des deux sœurs qui conduisirent la révolte des Boxers avec un courage de prophétesses, et tombèrent entre les mains des Européens. Loti les vit à Tien-tsin, pelotonnées dans le coin d'une pièce comme Jeanne d'Arc le fut sans doute dans le coin de son dernier cachot. Celles-là préfiguraient Mao. Bien qu'il s'accorde mieux au tombeau de T'ai-tchong perdu dans les steppes qu'à ceux des Ming, on lui élèvera sans doute un prodigieux tombeau. Il ne s'accorde pas à l'harmonie, aux libations versées par les empereurs pour unir les hommes à la Terre ; moins encore, à la Chine de marionnettes ou de raffinement. Et beaucoup des siens voudraient détruire tout le passé, comme le veulent les révolutions naissantes. Ce qu'il veut lui-même détruire et conserver semble parfois se référer à l'opposition des deux mouvements fondamentaux de la pulsation du monde. « Si nous faisons ce que nous devons faire, la Chine redeviendra la Chine... »

Lorsque la voiture repasse par la grand-place de la Paix Céleste, la nuit est tombée. Une dernière lueur découpe la Cité interdite, en face du Palais du Peuple dont la masse informe se perd dans l'ombre. Je pense à l'inquiétude de Mao, à la tristesse de Charlemagne devant les bateaux normands ; et derrière lui, à l'immense peuple de la misère à l'affût de la première faiblesse des Blancs. Pendant que s'enfonce dans l'ombre ce qui fut l'Asie[a], je pense au Vieux de la Montagne[1], à ses deux bras sombres lourdement levés au-dessus de toutes les immobiles épaules de toile blanche : « Nos alliés ! »

« Nos alliés... »

Je pense aussi aux bras de l'aumônier des Glières — dressés sur les étoiles de Dieulefit : « Il n'y a pas de grandes personnes[b2]... »

2

Je regagne la France « par le pôle ».

Au-dessous de nous, le Japon[c]. À droite, Kyoto. J'étais là en 1929[3]. Je pense au temple des Renards[4]. Depuis des siècles, les prostituées reconnaissantes, et même les geishas, y apportaient aux dieux des statuettes de renards : les plus grandes au centre, les plus petites à la périphérie. Les vrais renards, apprivoisés, accompagnaient leur maître dans des cafés semblables à ceux des estampes. On m'a dit que le temple avait été détruit par les bombardements, mais non les statuettes, toujours disposées en colimaçon. Il existait un village[1] où l'on ne vendait que du thé et des grappes de bonbons au thé, ronds et verts.

Je suis revenu trente ans plus tard[2], après mon entretien avec Nehru : aucun ministre français ne s'était rendu au Japon depuis la guerre. Un autre monde. Je demandai à un missionnaire, qui avait connu l'ancien Japon, ce qu'il pensait du nouveau : « Oh, dit-il en souriant, le kimono était beaucoup plus miséricordieux[a]... »

Puis vers 1963[3], pour l'inauguration de la Maison franco-japonaise qui remplaçait celle de Claudel.

Musées, collections, chefs-d'œuvre, amitiés. J'ai plus de lecteurs[4] au Japon qu'en France, m'a-t-on dit. J'ai oublié les inaugurations ; je me souviens d'un dialogue, en 1960[5], dans un jardin que je suis en train de survoler : le jardin « des Sept Pierres » (qui en a quinze[b]), le fameux Jardin-Sec du Ryonji[c] à Kyoto[6] — petits menhirs sur un sable cabalistiquement ratissé.

J'avais rencontré, d'une part, des Japonais fanatiques de l'occidentalisation : « Nous avons toujours su imiter ce que nous avons voulu ! » Le "rattraper et dépasser l'Amérique !" des Russes, devenait pour eux : prendre rang de seconds des États-Unis. Hostiles à tout spiritualisme, possédés comme des morphinomanes, par l'"édifier-et-fabriquer" de la croissance japonaise. L'un d'eux me confia que ses compatriotes avaient inventé le kimono alors que nos chevaliers médiévaux passaient leur vie à la cour sans quitter leur armure ; et m'affirma, en m'offrant une friture de crustacés, que spirituellement l'Islam n'est pas en Asie. J'avais vu des étudiants — la jeunesse la plus ravagée du monde. Des peintres, qui confondaient furieusement nos plus grands peintres modernes et les dernières modes de New York. Du côté du calme, quelques religieux dont on pouvait résumer ainsi la doctrine :

Le Japon n'a pas de philosophie. Il dit, comme le bouddhisme : pense à moi quand tu regardes un miroir[7]. Depuis le Meiji[8], il a perdu son âme. Qu'il retrouve le cœur de l'enfance ! Plus de moi ni d'autrui : l'amour. Le cœur de l'enfance est semblable au miroir et frais comme le néant[9]. Il porte en lui l'âme du Japon, et nous les retrouverons ensemble.

Aussi peu convaincants devant les nouveaux gratte-ciel[1] de Tokyo que ceux-ci devant le jardin zen du Ryonji[a].

Pour les spécialistes, c'est un des plus célèbres jardins du monde ; pour moi, c'était le plus surprenant[b]. Du sable plat encadré par trois murs bas et le monastère. Apparemment éparses, les fameuses pierres noires, plus petites qu'un enfant. Un jardin est un lieu de plantes et d'arbres ; seul Shahlamar[2], aux Indes, suggère, par ses immenses trouées à travers les vergers, une ruine végétale. De l'autre côté du monastère, les cellules étaient précédées de jardinets de mousse où l'eau ruisselait. Que signifiait ce jardin ? L'éternité, disait le supérieur du couvent auquel il appartient. Les pierres et le sable l'opposaient à la vie, à l'eau sur les mousses, devant les cellules de l'autre côté du couvent. Pourtant les traces[c] parallèles des dents du râteau sur le sable suggéraient les vagues ; le sable même suggérait la mer. Ces pierres corrodées, disposées de telle façon qu'on ne pût les voir toutes à la fois, proposaient un temps géologique, plutôt que l'éternité.

Je devais rencontrer là, le père d'un très proche ami japonais, Takyo Matsui[3], tué en s'écrasant sur un navire américain, à la fin de la guerre, quoique fort peu japonais, sauf lorsqu'il parlait du Japon. Ce petit samouraï trapu, fraternel[d], hurluberlu, exilé ou enfui lors de la répression contre les socialistes[4], était rentré au Japon bien qu'il jugeât cette guerre absurde, avait combattu dans le Pacifique, choisi enfin le corps des pilotes-suicide[5]. (En 1918, j'étais pacifiste, mais j'attendais impatiemment l'âge qui me permettrait de m'engager[6]...) Mon hurluberlu peignait, vénérait Matisse, passait ses dimanches dans la forêt de Fontainebleau pour y cueillir des jeunes pousses de fougère : « Je ne comprends pas les Français ! Ce mets est excellent, et gratuit ! » Son père avait voulu me voir « pour parler de l'art », dont il enseignait l'histoire à l'Université ; en fait, à cause de son fils ? Je savais seulement combien le père souffrait de la « démocratisation-et-américanisation » ; beaucoup de ses élèves ne croyaient qu'à la guerre « au poids », rejetaient avec fureur le bushido[7] et les kamikazes « bassement réactionnaires ». Étranger à toute action politique, obsédé par la mort du Japon ; pratiquant du zen[8] : c'est sans doute pourquoi il avait choisi le Ryonji pour notre rencontre.

Il m'attendait, assis sur les marches de bois du temple,

au-dessus du jardin ratissé[a]. Dans ma mémoire, il s'appelle « le Bonze[b] », peut-être parce qu'il portait un kimono noir. Crâne tondu ou rasé, masque sans âge, et qui pourtant exprimait la trouble enfance que les bonzes préservent comme nos religieux. Il n'était pas moine. Mal accordé[c] à son corps ascétique, son masque tout rond ressemblait aux billes du Hokkaido sur lesquelles sont dessinés des traits humains aussi fins que des cils. Ainsi que la plupart de ses collègues, il lisait le français et l'italien[d]. Il avait d'ailleurs traduit quelques-uns de mes textes[2]. Nous étions[e] assis — lui à la japonaise, moi jambes pendantes — devant le sable, sur les marches polies, le monastère dans notre dos. Les ombres commençaient à s'allonger. Après les paroles de courtoisie, il dit :

« Ce jardin est inséparable[f] des petits jardins de l'autre côté. Le zen sonne pieusement la note essentielle : seulement[g] une fleur dans un vase[3]. Le jardin est fait contre toute la ville, toute la campagne. Je veux dire : contre la campagne sans forme. Nos jardins traditionnels sont différents.

— J'en connais quelques-uns.

— Ils sont plus importants. L'art zen est la note unique, la tache unique. La flèche qui tremble dans la cible. Le jardin japonais traditionnel est un moyen de... *nê*[4]... de communion... »

Malgré la sûreté cérémonieuse et vaguement ecclésiastique de son français, notre « heu... » n'avait pas remplacé le *« nê... »* japonais. Je demandai :

« De communion avec le sens de la vie ?

— Oui. Beaucoup de gens qui ne sont pas des peintres font des lavis[5], beaucoup de gens qui ne sont pas des poètes font des haïkaïs. Moi, par exemple, modestement. Un lavis est presque toujours accompagné d'un poème.

— Les peintres du dimanche ne manquent pas chez nous. Pendant la guerre, j'habitais chez les notables ; presque tous possédaient des peintures de leur grand-père, de leur oncle ou de leur cousin. Ils ne les tenaient pas pour rivales de Rembrandt. Je suppose qu'il en est de même pour vous : vous n'avez pas la même relation avec un lavis quelconque qu'avec un lavis de Sesshu[6].

— Non. Je sais indignement que l'art existe. Sa communion avec les choses aussi. Comme dans la musique. Nous connaissons, timidement, votre ancienne musique. Les œuvres sont inégales ; pourtant, il nous semble qu'elles ont le rôle de nos simples lavis. Vous pouvez les comprendre plus facilement que nous ne comprenions autrefois votre peinture. Nous comprenons un peu la sculpture de vos cathédrales[1] à cause de la sculpture du bouddhisme. Nous comprenons votre impressionnisme : le cours de l'eau, le brouillard, l'heure…

— Pourtant[a], vos grands lavis n'ont pas d'heure ?

— Beaucoup de nos estampes essaient. Vous les admirez plus que nous. Notre plus grand art n'a pas d'heure[2]. Comme votre sculpture, avec votre permission. Comme un art que nous aimons beaucoup : votre peinture préhistorique. Je crois que je comprends bien votre peinture sans ombre : vos primitifs, vos modernes. Je ne comprends pas bien vos dessins. Ça ne fait rien. Une seule chose est importante : à quoi sert l'art. Vous savez cela : vous l'avez écrit. Je l'ai écrit aussi, modestement. L'art est la chose la plus obligatoire, avec la spiritualité. Un[b] homme ne peut pas vivre tout seul. La question est : à quoi sert *votre* art ? Il est partout, même chez nous, je sais. Pourquoi ? »

Son expression n'était pas celle de l'interrogation, c'était celle de l'étonnement : tout rond, il avait l'air d'une bille étonnée. Je répondis :

« Je crois que notre relation la plus profonde avec l'art tourne autour de notre relation avec la mort. Mais c'est une relation secrète, une relation à découvrir. Chez vous, non. Le Japon a posé l'harmonie comme rivale de la mort. Votre lavis, c'est l'harmonie entre l'homme et l'univers. La lutte contre la mort, pour nos artistes, n'est pas dans la conquête de cette harmonie : elle est dans la postérité, ou dans la métamorphose liée à la survie des œuvres.

« Vous parlez de l'art chrétien, mais notre art n'est plus chrétien ; c'est depuis qu'il ne l'est plus qu'il a ressuscité tout l'art du monde… Nos peintres connaissent mal vos lavis ; ils connaissent mal votre art, d'ailleurs, à l'exception de vos estampes.

— Vous leur avez généreusement fait connaître Takanobu[3], et nos statues. Vous avez dit que le Japon des mousmés est ridicule, comme la France de… Montmartre. Nous ne sommes pas le pays des mousmés, nous sommes le pays du *Chant des morts*, du *Chant des glycines*, et de ce jardin. Vous avez dit des choses honorables. Nous vous sommes reconnaissants. Pas seulement pour nos peintres.

— J'ai fait découvrir aux nôtres que l'art japonais n'était pas chinois. Ce qui était facile, parce que vos estampes, qu'ils connaissent, ne sont pas chinoises. Mais ils admirent le *Portrait de Shigemori*[1] comme *Madame Cézanne*[2]. Ils admirent vos grandes statues bouddhiques, disons la *Kannon de Kudara*[3], comme les statues de Chartres. Il y a pourtant plus de différence entre vos œuvres médiévales et vos lavis qu'entre elles et notre peinture moderne. Même si votre admiration de l'impressionnisme se fonde sur un malentendu (en art, qu'est-ce qu'un malentendu ?) et mon admiration de vos grandes œuvres, sur un autre ! La communion avec l'univers s'accorde visiblement à l'accent de vos jardins, même de celui-ci. Chez nous, le zen est à la mode. Passons. Il est vrai que les œuvres du zen les plus aiguës ne me déconcertent pas. Mais pour moi, le lien avec l'univers, ce n'est pas votre brouillard où tout se confond, ni ces paysages que vous appelez, comme les Chinois, des eaux-et-montagnes[4], ni même ce que je crois le plus profond chez vous : faire d'un paysage, et quelquefois d'un portrait, un idéogramme. Certains lavis de Sesshu jouent le rôle des caractères chinois ; leurs détails, plus encore. Ils nomment un paysage. En Égypte, je découvrais la communauté des civilisations qui s'expriment par des caractères ou des hiéroglyphes ; mais je découvrais aussi que, pour l'Égypte, pour Sumer, les moyens de communion avec l'univers étaient les astres. Vous n'avez pas d'astres[5].

— Il me paraît que vous-mêmes avez longtemps daigné ignorer la nuit. Je ne suis pas allé en Mésopotamie. Je suis allé en Égypte. L'Égypte est la nuit, le Japon est légèrement le jour. Existe-t-il un brouillard de la nuit, en peinture ? Non. Ni des astres du jour. La lune existe. Elle n'est pas une constellation. Ni le soleil. Je vous comprends. Vous pensez que les astres égyptiens… *nê*… signifiaient le monde, n'est-ce pas ?

— Oui. Ils en étaient les idéogrammes. Or[a], ce jardin suggère ce qui, dans le monde, échappe à tout destin. Votre communion naît de l'éphémère, celle des constellations naissait de l'éternel.

— Ma modeste opinion est qu'il n'existe pas de destin[6]. Chez nous, l'idée de réincarnation est naïve[7]. Le Bouddha n'a jamais dit de tels… enfantillages.

« Je ne sais si je comprends réellement la sculpture de l'Égypte. Peut-être. Je comprends mieux celle de vos cathédrales. Je comprends grossièrement qu'une Vierge romanesque...

(Il veut dire : romane.)

« ... est semblable à une statue bouddhique, mais, comment dites-vous ? dramatique. Je comprends peut-être qu'un Christ dans une cathédrale est un Bouddha dramatique ; je ne comprends pas encore les grands crucifix. La vie intérieure est la recherche de la sérénité parce qu'elle s'accorde à la vie intérieure des choses. Mais le Dieu de l'Occident est un Dieu dramatique[1]. Je devine que votre Rembrandt est un artiste honorable. Je ne comprends pas ce qu'il veut. »

Le Bonze était bouddhiste, marié selon les rites shinto, comme beaucoup de Japonais[2]. Il parlait[a] du zen avec respect, mais non comme un adepte ; il se référait moins à l'approfondissement spirituel qui délivre du monde qu'à la communion avec le monde. Par quoi, pensais-je, remplaçons-nous la communion qu'insinue ce jardin ? À Versailles, par l'ordre ? Et dans la cathédrale ? Je demandai :

« Chartres ne vous a pas ému ?

— Beaucoup. Par la hauteur de la salle : nous n'avons rien de semblable. L'honorable vide. »

Au début de l'été 1940[3], je revenais de la cathédrale sur laquelle tombait le soir. L'ombre emplissait déjà la rue étroite. Une seule ampoule, dans la vitrine d'une poissonnerie, éclairait un chat attentif, qui suivait les poissons du regard. Le lendemain matin, sur le petit parvis, les bourdons tournaient autour des œillets d'Inde jaunes et noirs comme eux ; leur murmure se mêlait au son assourdi des orgues, ou au vacarme précipité des escadrilles qui regagnaient l'école d'aviation.

Le Bonze continua :

« J'ai beaucoup aimé cela. J'ai aussi beaucoup aimé les vitraux. Je ne comprends pas pourquoi vous avez choisi la peinture, et non les vitraux. Des tableaux que les heures allument et éteignent : cela est légèrement le contraire de ce que nous avons attendu de l'art. Néanmoins, nous connaissons l'instant.

— Avons-nous choisi les tableaux contre les vitraux ? Je crois que ceux-ci sont morts avec le lien cosmique chrétien. Car il a existé un lien cosmique chrétien, bien que le christianisme n'ait pas été un lien avec l'univers. Nous l'avons remplacé par ce que nous avons appelé la nature, et qui n'est certes pas ce que vous appelez ainsi.

— À cela, j'ai modestement pensé. Je connais les théories italiennes. Quand les premiers Italiens disent : la nature, ils veulent dire… *nê*… ce que nos sens… reconnaissent. Les choses que les hommes n'ont pas créées. Le contraire des vitraux, des mosaïques. L'illusion. Oui : l'illusion. Pour nous, la nature n'est pas le contraire des fresques de Nara[1]. Ou des œuvres de Takanobu. Ou de la sculpture bouddhique : la nature est le secret des plantes, des arbres, des eaux-et-montagnes.

— Peut-être, dis-je, le dialogue avec ce qui n'est pas l'homme : astres, brins d'herbe ou grillons, est-il un puissant moyen de négliger la mort… »

Son sourire effacé, il était devenu semblable aux masques japonais de l'étonnement :

— Voulez-vous me faire la faveur de me dire pourquoi la mort aurait de l'importance ? La mort ne nous intéresse pas. L'empereur n'a pas fait hara-kiri, je sais. Beaucoup d'officiers l'ont fait. Vous avez vu Sa Majesté ?

— Oui. Quand[a] je suis revenu au Japon[2]. »

Quarante-huit heures après mon arrivée, selon l'usage[3]. Il n'eût pas convenu de rencontrer les ministres auparavant. Nous avions décidé, notre ambassadeur et moi, d'aller à Nara. J'avais retrouvé la ville presque intacte ; les fresques avaient été incendiées (par un accident, non par la guerre). À l'aérodrome du retour, m'attendait toute la presse japonaise, stupéfaite et enthousiasmée que l'envoyé du général de Gaulle fût allé revoir la Ville sacrée. L'archéologie épuisée, les journalistes posèrent toutes sortes de questions :

« Que pensez-vous du lien entre notre civilisation et la civilisation chinoise ?

— Il y a l'écriture[4], répondis-je, mais vous n'avez en commun ni la gamme, ni l'amour, ni la mort ; ni même, réellement, la géomancie[5].

— Quand vous avez retrouvé le Japon, qu'est-ce qui vous a paru le plus différent du reste de l'Asie ?

— Le sourire. »

Pas de politique : il n'y avait jamais eu de guerre. Bilan : six colonnes en première page[6] des journaux : le Japon retrouvait son passé exemplaire.

Le lendemain[7], l'empereur. Ambassadeurs-interprètes, jaquettes, hauts-de-forme. L'ancienne maison des domestiques, car le palais était détruit par les bombardements.

Assis sur un canapé des Galeries Lafayette[1], semblable à celui du Négus, donc fort laid, le souverain, Chaplin mélancolique, avait ramené son regard vers le tapis :

« Vous venez de Nara, n'est-ce pas ? »

Il ne s'exprimait pas en japonais, mais en nippon impérial (comme il l'avait fait pour annoncer la défaite : d'où la terrible erreur du peuple, qui, ne le comprenant pas, avait cru qu'il annonçait la victoire et hurlé : Banzaï[a2] !).

« En effet, Majesté.

— Je vous en félicite. Pourquoi le Japon d'autrefois vous intéresse-t-il ?

— Comment le peuple qui a inventé le bushido ne signifierait-il rien pour le peuple qui a inventé la chevalerie ? »

Un temps. L'empereur avait de nouveau regardé le tapis :

« Oui… Vous n'êtes pas ici depuis longtemps, c'est vrai ; mais depuis que vous êtes ici, dites-moi, avez-vous vu une chose qui vous ait fait penser au bushido[3] ? Une seule chose ? »

La question[b] avait fait, dans ce salon de notaire, les ronds désespérés des cailloux dans les vieux étangs[c] — des ronds aussi lents que l'allongement des ombres sur le sable ratissé du Jardin-Sec.

La question de l'empereur me rappela celle que le Bonze venait de me poser. Il reprit :

« Beaucoup de Jap'nais se sont tués[4], en effet, mais je ne voulais pas parler d'eux. Il y a beaucoup de courage au Japon. Avec votre permission. Ailleurs aussi, certainement. Je parlais de la signification de la mort.

« Le trépas n'a pas plus d'importance que la mort. L'acte que vous appelez hara-kiri[5] (nous n'employons cette expression populaire[d] qu'avec les Occidentaux) vous le traduisez par : suicide. Il n'est pas un suicide, il est un exemple. Pourquoi l'Europe veut-elle que la mort ait une signification, comme vous dites ? Chez nous, les gens populaires disent que les honorables-esprits deviennent des dieux quand ils sont les esprits des morts. Comme vous savez, la Nuit des Morts[6] est celle des premières toilettes d'été. Inauguration, vous dites ? Chez vous, tout est différent… tout est si différent ! La mort… Dans votre art chrétien, elle me paraît, si vous permettez ? une… honorable maladie. Je vous ai dit que la vie intérieure est la recherche de la sérénité[1]. C'est pourquoi je comprends votre art antique. Nous le connaissons bien par les photos. C'est un art décoratif. Pourtant, nous le comprenons.

— Mais le nu ?

— À l'époque Heian[2], votre an mille, les femmes jap'naises étaient de grands écrivains. Elles ont écrit que le nu féminin est très laid. Sauf la chevelure. Pourtant...

— Je connais la citation : une femme nue est un crustacé sans carapace.

— Pourtant, à cette époque, la... carapace était le costume. Dans la peinture, aussi dans la réalité. Pour nous, votre style antique est un costume. Tout à fait. Vos Vénus ne sont pas nues. Elles ne sont pas sans... coquille ? vous avez dit : carapace ? Malgré l'inquiétante propagande féministe, elles sont étrangères à ce vice que les Américains appellent kizu...

— Le baiser ?

— Oui, kizu. Daignez vous souvenir que le nu féminin existe ici seulement dans les estampes sexuelles[3]. Pas beaucoup. Une femme doit être ornée de vêtements. Pensez aux geishas... »

Je n'avais revu de geishas qu'à des dîners officiels, mais je me souvenais de 1929[4] : de ma visite aux dernières « maisons vertes[5] » des geishas dites impériales, la patronne prosternée devant le peintre Kondo[6], dont un lavis ornait l'entrée : « Maître, quel honneur pour mon humble maison ! » Kondo avait dit que je connaissais un peu la théorie des lignes de la main : une geisha tendit ses mains. Je la regardai sans rien dire, mais elle comprit, déboutonna un poignet, me montra deux profondes cicatrices de coups de rasoir, en éclatant de rire, et je lui montrai le signe du suicide[a].

Je crois que les geishas impériales n'existent plus. Les geishas ordinaires ont beaucoup ri pour les soldats américains[b].

Le Bonze ajouta :

« Le Japon seulement a inventé les femmes. La femme japonaise est la soumission très polie ? Un Américain m'a dit cela. Je l'ai écouté bien joyeusement, en riant de colère[7]... »

Je connaissais l'expression, la plus profonde du Japon. Des amis m'avaient dit autrefois, après une catastrophe : « Nous avons beaucoup ri. » Et l'une de mes meilleures amies japonaises, souriante comme pour une naissance : « Veuillez excuser mon léger retard, j'ai eu beaucoup de choses à faire, parce que mon père vient de mourir… »

Sous le petit crâne tout rond du Bonze, ses petits yeux et sa petite bouche n'étaient que petit sourire. Je pensais à mes amis samouraï, à leur nez aquilin de Bouddhas siamois ou leur masque de champions de catch.

« Où les femmes ont-elles été soumises ? disait-il. Très malignes. Nos femmes sont ce jardin, ou l'autre — je préfère dire l'autre, avec l'eau, les plantes, jardin féminin — la communion avec les choses. Et vos femmes ? Souvent, j'ai pensé : elles sont comme votre art. Je vous ai dit : votre art, je ne comprends pas toujours bien. Vos femmes, *nê* ! je comprends bien ! Maintenant, au Japon, nous avons beaucoup d'Américaines ! Moustaches ! Motocyclettes[a] !

— Elles sont plutôt de belles Walkyries.

— Val-ky-lies ? Les femmes du musicien Wagner ? »

L'ombre des pierres s'allongeait. Le Bonze réfléchissait. Il réfléchissait depuis le début de l'entretien, mais souvent il semblait jouer. Pour la première fois, il me regarda, tout sourire effacé.

« Un[b] homme nu de votre antiquité est bizarre, dit-il. Vos déesses[c] ne sont pas bizarres, elles sont vêtues. L'Occident a beaucoup de personnages fantastiques. Comme l'Inde. Le dieu-éléphant, le dieu-singe. Dans votre art, le sphinx. Les Victoires. Les anges. Une Vénus de la Grèce est comme un sphinx. Les œuvres de la "beauté" sont fantastiques comme vos diables. Daignez constater que les diables sont fantastiques partout. Pourquoi ?

— J'ai écrit il y a quarante ans que même si le Beau était une idée fondamentale, la beauté artistique n'en était certainement pas une. »

Les ombres longues des petits menhirs et les ombres déchiquetées des rochers bas, s'étendaient de plus en plus. Il répondit :

« Je lis les ouvrages occidentaux écrits sur l'art et sur la musique. J'espère vous avoir bien compris. Néanmoins, pour moi, l'art parle du mystère de la vie. Vous daigneriez dire : religieusement. Il me paraît que votre art chrétien, au temps des cathédrales, faisait cela aussi ? Une honorable différence, pourtant : il n'avait pas d'ennemi. Nous, Jap'nais, nous savons ce que nous pensons ; les États-Unis ne nous convertiront pas. Mais ils sont là. Jamais nous n'avions été réellement vaincus. Jamais. Nous les imitons beaucoup. Nous imitions très bien, depuis longtemps. On nous le reproche. Nous avons maintenant quelques organisations industrielles. Et quelques milliardaires. Nous avons des journaux plus puissants que les leurs : six millions d'exemplaires. Des télévisions plus puissantes que les leurs. Une seule chose est obligatoire. Nous n'avons jamais perdu… *nê*… jamais perdu notre âme, et nous ne la perdrons pas. Leur énorme puissance ne repose sur rien. Être vainqueur est bon ; important ? »

Il éclata d'un rire qui cessa abruptement.

« L'époque des suicidés commence. Vous verrez. Soyez patient. Je connais nos Jap'nais qui ont vécu en Occident, qui veulent imiter l'Amérique. Ils ne comprennent plus du tout la vie. Pour eux, le plus obligatoire n'est pas la communion, c'est la rivalité. Ils vivent pour être plus considérés que leurs honorables voisins. Après, ils meurent avec un grand désespoir.

« La différence entre les Américains et nous, voici. L'Amérique a des poils tout droits, et nous, nous avons des poils que l'on peut caresser. Comme notre renard Inari[1]. Le[a] monde ne peut pas vivre sans caresser. Il veut confortablement ronfler, comme les chats. Les Américains pensent que la vie est la vie des hommes et des femmes ; peut-être aussi les Européens. Peut-être aussi la vie de quelques animaux ; pourtant, ils ne disent pas : monsieur, en parlant des animaux[b]. Nous, Jap'nais, nous savons depuis longtemps qu'il n'y a pas une différence obligatoire entre un homme, monsieur le renard, et une glycine. Nous avons la fête des champignons[2]…

— Nous avions la fête du muguet.

— Par mégarde. Il me semble modestement que, si vous regardiez une plante comme vous regardez un chien, nous nous comprendrions mieux. Vous ne regardez pas fleurir la glycine comme vous regardez courir le chien.

— D'abord, parce qu'on ne voit pas fleurir la glycine.

— Je sais : vous croyez que voir est important. Nous ne croyons pas. Excusez-nous. Si nous devions toujours voir, la vie serait très grossière. Il faut voir, pourquoi ? pour deviner ce que nous ne pouvons pas voir. C'est obligatoire.

Sinon, nous regarderions les œuvres d'art en riant très longtemps. »

Ainsi (pour d'autres raisons) Nehru m'avait-il parlé de sa prison, de ses animaux, de son brin d'herbe[1]. Nehru ne croyait pas à la métempsycose, mon interlocuteur, pas davantage. Mais une civilisation qui a cru que nous pouvions devenir des glycines dans une autre vie ne regarde pas les fleurs comme nous, et écrit l'admirable *Chant des glycines.* L'héritage de la métempsycose donne à toutes les formes de la vie une insidieuse fraternité. Le Bonze continuait :

« À l'époque Heian, il y avait dans la chambre impériale un crâne de rhinocéros[2] pour la fécondité, et deux miroirs pour détourner les mauvais esprits. On fouettait à mort sous un cerisier quand il était couvert de fleurs. Je ne regrette pas le fouet : je regrette dignement le cerisier. Au temps de la floraison des cerisiers, tout le monde doit être heureux, c'est obligatoire, et les enfants reçoivent des jouets rouges… »

Je pensai au sang des deux malheureux que la Gestapo torturait à Toulouse[3] pendant mon interrogatoire, au flamboiement des poissons rouges dans la rivière de Hangtcheou, dès qu'on leur jetait quelque nourriture. Je demandai :

« Et la Chine ?

— Nous sommes étrangers à cette grosse bête stupide qui ne croit plus qu'à l'action. Elle a été honorable. Elle est morte. Je ne suis pas ému par la force. La Chine est plus faible que l'Amérique. Mao Tsé-toung mourra.

— Mais il aura donné à manger aux Chinois. »

En ce temps, je venais de l'Inde[a] par Hong Kong, et n'étais pas encore retourné en Chine.

Le Bonze continua :

« La guerre a été entre nous et les États-Unis. La paix sera entre les États-Unis et nous. Parce que l'Amérique croit bien à l'action. Parce que le Japon connaît dignement la communion.

— L'Inde aussi.

— Je connais l'Inde par une escale, quand je suis allé en France et en Italie. J'ai vu les musées. J'ai vu Elephanta : près de Bombay. J'ai acheté beaucoup de photographies. Il y a eu le bouddhisme. Ensuite…

— Ensuite, des convulsions ?

— Convulsions ? Daignez m'expliquer ? »

J'expliquai. Il répondit :

« Oui. D'autres choses aussi. Les gros bijoux. Les grosses fleurs. Nous détestons cela. Et beaucoup de bruit ! Nous détestons le bruit. Pour quoi faire ?

— Vous vous demandez ce qu'accompagne cet énorme orchestre ? Ce que vous rejetez : le sang et la nuit.

— Je regrette respectueusement. »

J'étais moins retenu par sa pensée que par le souvenir des têtes colossales d'Elephanta dans ce jardin japonais qui les niait de tout son génie. Le Bonze disait :

« Comment nous, qui avons inventé le haïkaï, le poème le plus court, admirerions-nous ce... *nê*... ce... »

Il agita doucement les bras dans un geste de confusion, qui me parut signifier : fatras.

Fugitivement, je pensai à la vaste[a] terrasse vide du temple du Mahalinga[1] hantée par la musique de nuit. Surtout, à ce que je n'avais jamais vu : au temple de Narayana dont m'avait parlé Nehru, où d'invisibles miroirs reflétaient chaque fidèle dans la luxuriance des sculptures, comme une âme jetée aux dieux. « Ô mes dieux qui n'êtes que moi-même... »

« Les têtes d'Elephanta, demandai-je, vous ont laissé indifférent ?

— Encore les grosses bêtes. Je n'aime pas notre grand Daibutsu[2] bien célèbre de Kamakura : c'est lui que vont voir les touristes. Ce qui est trop grand est... *nê*... est insignifiant. Je n'aime pas les... caves[3], non, vous dites : les grottes. Encore le drame. Vous sculptiez votre Christ mort ; nous représentons rarement le Bouddha mort. Jamais par la sculpture. Je suis désolé.

— Il n'est pas mort pour le salut des hommes.

— Un peu. Mais[b] vous sculptiez le crucifix, le bouddhisme sculptait vénérablement l'Illumination. »

Il cita le texte originel : la paix de l'abîme[4], et ajouta : « Vous dites : la communion suprême. »

« C'est pourtant le christianisme qui a fait de la communion un sacrement.

— Daignez m'expliquer où est la communion, dans l'art chrétien ? Quelques honorables ânes-et-bœufs ?

— Les ânes priaient en croisant les oreilles ; et les bœufs, en croisant les cornes. Mais j'ai tort de plaisanter : l'art chrétien a longtemps assuré la prière.

— Je dois réfléchir. Je n'ai pas pensé à cela. Vous savez que la prière, pour nous, Jap'nais[1], est moins importante que la méditation. Aussi, l'Occident mêle toujours les dieux avec la religion. La religion est énormément plus obligatoire que les dieux.

— Ou Dieu.

— En jap'nais, le mot n'existe pas. La Création[2] est négligeable[a]. Il y a aussi : votre communion, ce sont toujours des hommes ou des femmes, des saints, des saintes, Jésus, Marie. Dans ce jardin, devant nous, il n'y a pas d'hommes. Pas de bêtes. Pas de feuilles. Seulement les pierres.

— Et les ombres des pierres. »

La perfection avec laquelle le sable était ratissé rendait inconcevables des traces de pas, même de pattes d'oiseaux. Mais les pierres étaient d'accord avec les feuilles et les bêtes. Le chant d'un grillon venait de quelque cellule, et le grillon s'appelle, en japonais : monsieur le cri-cri.

Mon interlocuteur disait des choses sereines, mais il les disait avec une angoisse d'autant plus contagieuse que tout, autour de nous, semblait l'écarter.

« Je désire, répondait-il lentement — je désire beaucoup ! — que vous compreniez. Ce jardin va mourir. Peut-être on ne lui fera pas de mal ; il va mourir. Je voudrais pouvoir parler honorablement votre langue, pour expliquer.

« Il y avait ici l'éternité, comme vous dites. Et l'instant : même chose. Tout cela va mourir avec le jardin. Il y aura les machines, et aussi la rivalité des hommes, il y aura... toutes choses : rien. Il y aura notre jeunesse. Partout, les étudiants croient que les... *nê*... les états psychiques leur donneront ce que nous ont donné les états métaphysiques : la drogue à la place du zen. Je me fais comprendre ?

— Très bien.

— Alors, vous voyez : c'est respectueusement ridicule. Votre art n'est pas une drogue. Peut-être, de lui, je ne dis pas : rien. Pourquoi est-il partout ? Vos musées sont chez nous, Jap'nais. Pour vos tableaux, aussi pour nos œuvres. Exposer toutes ensemble des œuvres si bien nombreuses est tuer chaque œuvre. »

Je me souvins que l'on changeait souvent les rouleaux exposés au musée de Kyoto (les tableaux, du musée d'Art-moderne de New York aussi, d'ailleurs). Mais il y avait à

Kyoto un musée, non une de ces collections cachées dont le Japon tirait autrefois une œuvre pour chaque chambre, pour chaque jour ; non une de ces cellules où un kakemono[1] zen est déroulé précieusement au-dessus d'une terre cuite haniwa[2] naïve et rusée comme un écureuil, ou d'une divinité bouddhique.

Le Bonze, pour la première fois, leva une main.

« Vos musées autour du jardin, comme l'avion avec la bombe atomique autour d'Hiroshima. Toutes les images tournent. Les hommes ont inventé les images aussi grossièrement que des pêcheurs de poissons de mer. J'ai vu un peu vos musées. J'ai vu beaucoup de reproductions. Le Jardin-Sec va mourir. »

Il laissa lentement redescendre sa main, ses doigts qui touchèrent le kimono un à un, comme pour une gamme. Dans le soir qui tombait, les bruits de la ville passaient ainsi que la rumeur lointaine d'un asile de fous. « Toutes les images tournent. » Le musée du Caire[3] et sa peluche, le Sphinx dont s'approchait la nuit, les couloirs de la Grande Pyramide semblables à ceux de Nuremberg, le Ramesseum plein d'oiseaux et les ombres des éperviers autour des colosses, la déesse du Retour éternel touchée à midi dans sa crypte par le soleil vertical, les Victoires grecques aux ailes étendues, la géométrie mexicaine de la place de la Lune vers laquelle cinglent les escadres de poussière ; les statues maya sous les aiguilles de pins, les bas-reliefs iraniens veillés par le miaulement des aigles, l'architecture démente des observatoires moghols, le[a] temple des Singes qui semble sculpté par eux, la Dourga de Madura dont glissait le chat noir, l'inextricable prolifération des dieux populaires à Delhi, les cathédrales souterraines d'Ellora et d'Elephanta ; et du Caire à la Chine, toute cette géomancie ! Jusqu'au Bouddha colossal de Long-men au-dessus de son fleuve jaune paresseusement débordé, jusqu'à la Cité interdite, jusqu'aux allées funéraires dont les animaux de pierre sortaient des champs de sorgho, vers les tombeaux grenat sous les toits orangés. Peut-être les hommes, les femmes, et même leurs rêves, sont-ils moins différents que leurs arts. La suggestion du Jardin-Sec était beaucoup plus aiguë que celle du musée de Kyoto — plus aiguë que celle de tout ce que j'avais connu en Extrême-Orient, même celle de la Cité impériale en 1929[4], même celle de Nara. Elle me pénétrait depuis le début de l'entretien, autant que l'art occidental avait pénétré mon interlocuteur. Celui-ci cherchait, presque douloureusement, à préciser sa pensée :

« Il y a eu notre art. Il était une façon de parler aux choses. À l'univers. Il... *nê*... il révélait la vie des choses. Votre art est différent. Je comprends modestement. J'ai appris votre langue, je crois que j'ai appris votre art. Même l'art européen. Peut-être. Il était plus honorable autrefois. Il ne détruira pas ce jardin. Néanmoins, je vous ai dit : ce jardin va mourir. Pour vos jardins ? Non. Pour des jardins américains ? quels jardins américains ? Pour le musée que vous apportez avec vous, le musée de toutes les époques, de toute la terre. Voilà. Je devrais dédaigner respectueusement toutes ces photographies. Un seul instant très précieux devrait permettre de... *nê*... de rejeter tous vos musées. Mais non. Pourtant je sais que dans les bien nombreux pays où je suis allé, je n'ai jamais vu un bouquet[1] : seulement des touffes de fleurs. On peut tourner autour. Donc ce ne sont pas des bouquets. Avec votre permission[a]. »

Il dit lentement, comme s'il se traduisait :

« Je ne peux pas préférer ce que je préfère. Néanmoins, l'art n'est pas un ensemble de formes. N'est-ce pas ? »

Puis, il retrouva sa voix de conversation :

« Je comprends pourquoi nous, Jap'nais, devons construire des puissantes machines. Il faut gagner. Je ne comprends pas pourquoi nous devons construire des grands musées. Nous sommes obligés. Par quoi ? Par nous. Les choses doivent mourir, je sais. Ici, à la place du jardin, un musée, un bien grand musée : l'Occident, l'Égypte, le Mexique, les Africains, même nous ? Nous ne serons plus les mêmes.

— Nous, nous ne sommes déjà plus les mêmes, nous le savons. Je connais votre communion, je l'envie souvent. Mais ne vous trompez pas : ce que l'Occident vous propose de plus profond n'est pas la maîtrise du monde, c'est l'interrogation. L'Occident est une mise en question devenue folle, la puissance la renforce et ne la guérit pas. »

Il regardait tomber le soir à travers les hauts arbres qui dominent le muret du jardin :

« Avec votre permission : nous sommes bien loin les uns des autres, les Européens et nous...

— Pas toujours. En face des Américains, votre bouddhisme qui s'efface, et qui pourtant imprègne tout, me fait penser à notre christianisme... »

Il me regarda de biais, l'œil aigu dans sa face toute ronde de figurine populaire.

« Êtes-vous bien un Européen comme les autres ?

— Non, en ceci : pour les Européens, pour les Occidentaux, le Japon est un décor. Ils peuvent passer de Madame Chrysanthème à Madame Butterfly[1], et même aux admirables primitifs de votre peinture de cour, il s'agit toujours d'un décor.

— Ils disent bien fermement que nous imitons toujours : le bouddhisme, le Meiji[2].

— Vous avez imité le bouddhisme indien et chinois comme nous le christianisme oriental et romain, pas plus. Quant au Meiji, les Occidentaux, en effet, disent que vous avez imité l'Angleterre mieux que ne l'a fait l'Asie. Ils oublient que vous aviez *choisi* de l'imiter. Consciemment ou non, ils vous comparent à leurs anciennes *colonies,* moyen assuré de ne rien comprendre.

« Ce que j'appelle le décor est plus important. Je crois au Japon, parce que je crois son décor secondaire.

— Que croyez-vous donc, *nê*... principal ?

— Le temple d'Isé, la presqu'île de Kumano, la cascade de Nachi[3]... »

Je leur devais une expérience saisissante. Le temple shinto n'a pas de passé, puisqu'on le reconstruit tous les vingt ans ; mais il n'est pas moderne, puisqu'il copie son prédécesseur depuis au moins quinze siècles. Dans les temples bouddhiques, le Japon aime son passé. Le shinto en est vainqueur : il est l'éternité conquise de main d'homme, le temple destiné à l'incendie et qui vient du fond des siècles, mortel comme le sont les hommes, invulnérable comme l'était le Japon. L'esprit ne sera pas soumis à ce qui passe, et l'architecte coupe l'herbe sous le pied de la mort. Les photos n'en donnent aucune idée. Prises de près, le temple d'Isé les emplit. Or, malgré son dessin dépouillé de lame, malgré les poutres barbares de son toit, il n'est pas un temple, il perd sa vie lorsqu'on le sépare des arbres : il est le sanctuaire et l'autel de sa cathédrale de pins[4] géants. Mais nos colonnes se perdent dans leur voûte d'ombre, les pins glorifient l'autel de leurs verticales immenses perdues dans leurs branches de lumière : offrandes au soleil, ancêtre du Japon[5]. Les esprits invisibles, les Kami[6], regardent au loin vieillir les Bouddhas immortels. Cette plongée dans le temps que rien n'apporte au même degré me pénétrait peu à peu. L'architecte oublié avait conçu ce sanctuaire, immortel parce que des Japonais ne cesseraient jamais de le brûler et de le reconstruire ; le jardinier oublié avait fait planter des arbrisseaux pour que des siècles plus tard la psalmodie inconnue de la terre se fît entendre aux hommes. Nos architectes ont rêvé leurs cathédrales comme des pierres d'éternité, ceux d'Isé ont rêvé la leur comme le plus grandiose des nuages. Et cet éphémère parle d'éternité plus puissamment que les cathédrales, que les Pyramides. Par la rigueur de la note unique, non par l'orchestre. Comme les Esprits des forêts, de la cascade de Nachi qui tombe de cent mètres et semble jaillir (près d'elle, les chutes du Niagara auraient l'air d'un barrage) ; piliers tendus, cascade tendue, lame de sabre perdue dans la lumière. Le Japon.

Il regardait s'allonger l'ombre de la plus haute pierre.

« Les militaires ont tué le Japon », dit-il.

Comment un visage innocent et presque écarquillé exprime-t-il l'émotion ? la sienne était contagieuse. Il poursuivit :

« Les non-intelligents méprisent nos soldats tués. Ils croient à la démocratie. Leur démocratie… Il ne suffit pas que les choses soient basses pour être vraies, n'est-ce pas ? Ils disent qu'ils méprisent le bushido. Ils disent que le bushido[1] est du militarisme très réactionnaire. Mais nos militaires n'étaient pas non plus le bushido, vous savez… Malheureusement.

— Trop de victoires rendent fou ; vos militaires avaient été longtemps vainqueurs[2]. Mais ils proclamaient qu'ils mettaient la force de leur côté, et ils ont fait le contraire. Le Viêt-nam ne sera pas vaincu. Il n'a qu'une faible armée ; mais jamais les États-Unis n'ont accepté unanimement la guerre du Viêt-nam. Ils n'auraient pas accepté davantage la guerre contre le Japon si les militaires japonais n'avaient pas attaqué Pearl Harbor. Ceux-ci ont trop présumé de leur force, et ignoré la faiblesse de leur adversaire : son opinion publique.

« Mais le Japon d'Isé existait avant Tsoushima[3]. Il existera après le départ des Américains. Sa prochaine incarnation ne ressemblera évidemment pas à Isé, mais pas davantage au Meiji. Vous avez dit que je ne suis pas un Européen comme les autres ; les Européens croient deviner le Japon dans chacun de ses gratte-ciel, je tiens une ville comme Tokyo pour un décor aussi superficiel que celui de Madame Chrysanthème. Si une geisha change dix fois de costume sans que vous voyiez son corps, vous n'en savez pas moins qu'elle a un corps. Le Japon a un corps.

— Le Japon est perdu si le passé est condamné.

— Il y a eu le bouddhisme, le Meiji, ce que nous voyons aujourd'hui et qui n'a pas encore de nom. Il y aura une fois de plus le Japon d'Isé. »

Il se tut longtemps, immobile, comme hypnotisé par l'insensible vie du soir qui tombait, murmura une phrase en japonais ; son regard trouble se fixa enfin de nouveau sur moi, pendant qu'il disait, assurant sa voix :

« Beaucoup de choses disparaissent… Beaucoup de choses principales. Plus principales que le bushido. Vous avez vu ce monsieur qui était avec le supérieur ?

— Oui… Enfin, distraitement.

— Il appartient à la secte shingon[1]. Il a été le supérieur d'un grand monastère. Il a lu les livres religieux chrétiens. Il a lu des travaux sur les doctrines philosophiques. En traduction, malheureusement. Il m'a dit : les Européens cherchent toujours les causes : des sentiments, des actions. Principalement des actions.

— Stendhal, citant son maître Tracy, écrit : « Connaître les hommes pour agir sur eux[2]… »

— Tout à fait. Donc ce monsieur l'autre supérieur m'a demandé : "Comprenez-vous pourquoi les penseurs de l'Europe étudient ces choses ? Leurs sciences, je comprends. Nous, Jap'nais, sommes obligés de les étudier aussi. Mais ce qu'ils appellent psychologie ? Croyez-vous que ce soit ce que nous appelons observations ? ou bien des questions comme les questions d'étiquette ?" Qu'ils ignorent beaucoup, disait ce supérieur. Avec votre permission.

— Vous, vous connaissez Stendhal ?

— J'ai lu les deux romans[3], et le livre sur l'amour. Avec beaucoup de soin, peut-être.

— Si ces deux supérieurs connaissaient réellement Nietzsche, quelle réponse prêteraient-ils à la pensée bouddhique ?

— Ils répondraient : vous devez vous délivrer de ces problèmes… sans intérêt.

— Faux ?

— Non. Pas faux. Comment dites-vous, *nê*… zoiseux.

— Vous connaissez Nietzsche ?

— Un peu.

— Le supérieur le connaît ?

— Non, sans doute. Mais je peux vous dire : s'il le connaissait, il penserait la même chose identiquement.

— Des problèmes d'étiquette ?

— Sans doute… Le Bouddha aurait eu compassion de Zarathoustra. Il veut le délivrer de ses problèmes. “Si ton ami est frappé par une flèche, ne t'occupe pas de l'archer, arrache la flèche[1].” »

Mon compagnon me faisait toucher l'essence de la foi bouddhique. Bouddhiste lui-même, et aussi shintoïste, comme nombre de ses compatriotes, il pensait sans doute, sous une forme japonaise : Nietzsche veut la transmutation des valeurs — but négligeable, parce que les valeurs appartiennent aux choses-qui-passent, à la maya. Le bouddhisme sérieux est une mise en question des valeurs au nom d'une valeur suprême, objet de foi, puisque atteinte seulement par un état psychique rare et intransmissible, l'Illumination. Pour l'Occident, le nirvâna est un mythe (au sens d'hypothèse qui appelle une action) ; le bouddhisme, ses antécédents asiatiques, impliquent la foi en l'existence de l'Éveil, la croyance que le nirvâna *est Éveil.*

Ce qu'à ma surprise, le Bonze suivait.

« Ce monsieur le supérieur a quitté son monastère pour des raisons, *nê*… apparentées, oui. Pas du tout pour ces honorables objections européennes. Il m'a dit : “J'ai compris que le satori* aussi fait partie de l'Illusion. Je ne suis pas européaniste, ou matérialiste, ou comme ça. Il faudrait fonder une secte nouvelle. Le bouddhisme sait que le satori est l'Éveil, mais la vérité n'est plus de savoir cela. La vérité est de savoir…” »

Il se tut une longue minute, pour construire sa phrase en français :

« “… de savoir que le nirvâna lui-même fait partie de la maya… qu'il faut communier avec ce qui est au-delà du nirvâna.” Je m'excuse de ne pas bien parler. Le nirvâna est la plus haute tentation. L'absolu est, *nê*… ce qui est plus loin. »

Mon compagnon, les yeux fermés d'attention, parlait comme je suppose que des chrétiens médiévaux eussent parlé d'une fascinante hérésie. Admiratif ; nullement conta-

* La « Libération de l'apparence[2] ».

miné. Son bouddhisme paraissait aussi serein que lorsqu'il s'était accommodé du mariage selon les rites shinto. Mais s'il était bouleversé, je ne l'aurais pas su. Il rouvrit les yeux :

« Alors, ce monsieur le supérieur a quitté son temple[a]. »

Il sourit en refermant les yeux — du sourire qu'ont les Japonais pour annoncer les catastrophes — et sa bouche[b] sembla une raie diagonale dans sa tête sphérique. Il tira de son kimono noir un objet allongé, d'une vingtaine de centimètres, enveloppé de papier de soie, et rouvrit distraitement les yeux. Ce qu'il voyait tournoyer dans le soir comme l'avion rapace d'Hiroshima, ce n'était pas notre art, c'était l'invasion de l'art millénaire. Il dénoua la ficelle blanche et rouge qui signifiait que son petit paquet était un cadeau, mais ne me le tendit pas. Il déploya le papier, le lissa, en dégagea une admirable statuette bouddhique, de Nara, me sembla-t-il, tachée des menues feuilles d'or des offrandes. Il éclata du même rire bizarre que lorsqu'il avait dit : « l'époque des suicidés commence », s'arrêta court, et dit :

« Souvenez-vous : le seppuku n'est pas le suicide, le seppuku est le sacrifice[c] devant l'autel des ancêtres. Le Jardin-Sec aussi est l'autel des ancêtres. »

Il semblait porter un des défis courtois du Vieux Japon, qui se terminaient par la mort. « En riant de colère », eût-il dit.

Je pris congé. À la porte du jardin, je me retournai pour le saluer de la main.

Des jeunes gens (ses élèves ?) se tenaient[d] derrière lui. Debout, il regardait flamber la statuette qu'il avait allumée, et dont il tenait les pieds entre le pouce et l'index.

« ... Le sacrifice devant l'autel des ancêtres... » Je me souvins de ce que j'avais dit à Orléans, en 1961, devant la foule massée dans l'immense place du Martroi, pour la commémoration de Jeanne d'Arc : « Et la première flamme du bûcher l'atteignit. Alors, depuis ce qui avait été la forêt de Brocéliande jusqu'aux cimetières de Terre sainte, la vieille chevalerie morte se leva dans ses tombes. Dans le silence de la nuit funèbre, écartant les mains jointes de leurs gisants de pierre, les preux de la Table ronde et les compagnons de Saint Louis, les premiers combattants tombés à la prise de Jérusalem et les derniers fidèles du petit roi lépreux, toute l'assemblée des rêves de la chrétienté regardait, de ses yeux d'ombre, monter les flammes qui allaient traverser les siècles, vers cette forme enfin immobile, qui devenait le corps brûlé de la chevalerie[1]. » La flamme bleue de la statuette, qui symbolisait l'invincible permanence du Japon, s'élevait comme une flamme de briquet devant le jardin, solitaire et, depuis tant de siècles, libéré même des plantes. J'avais rejoint les arbres bas, couverts de papillotes[2] comme d'une floraison : le seul moyen de se délivrer d'un horoscope défavorable est d'en faire une papillote et de l'attacher à un arbre sacré. Que d'horoscopes défavorables ! Un prêtre shinto eût regardé avec indifférence le sacrifice rituel du Bonze ; pour sa religion, qui refait périodiquement ses dieux comme ses temples, la destruction est aussi superficielle que l'ancienneté. Je pensais à la colonnade solennelle des arbres d'Isé, venue du fond des siècles avec son fardeau de lumière ; je pensais à mon ami Matsui, mort parmi les kamikazes[a3].

Mes souvenirs s'affrontent au-dessus de vastes îles de neige dont les contours se perdent dans l'océan de plus en plus noir. « La communion avec la terre », disait le Bonze devant les ombres patientes des petits rochers. Quand je suis venu au Japon pour la première fois, les cinémas projetaient *Le Million* de René Clair, et les écrivains japonais m'ont demandé : « Est-il vrai que la France ressemble à ce point à la Chine ? » Cette nuit, la France, c'est de Gaulle, et la Chine, c'est Mao. Tout le passé que défendait le Bonze survivait dans ma Chine de 1929[4], où les renards se poursuivaient à travers les asters violets sur les remparts de Pékin. Qu'en reste-t-il ? Mao, les yeux protégés par la main qui tenait encore une cigarette dont la mince fumée se perdait dans le soleil couchant... L'héritier des empereurs de fer a balayé la plus large communion qu'aient connue les hommes pour créer la sienne, et le sait. Lors de ma première visite à Kyoto, j'ignorais tout de la politique japonaise ; lors de la dernière, j'ai vu des chanteurs des rues, soldats amputés, en uniforme, donner un concert solitaire au bas de l'allée du Grand Temple[5]. Aujourd'hui, le souvenir du hara-kiri me fait penser à Méry, à son rêve d'une civilisation pour laquelle la mort serait le suicide stoïcien. Je pense aussi à Singapour, à la rue de la Mort. Ses Chinois qui vivent parmi leurs fabricants de cercueils et de couronnes, dans la musique des funérailles, s'accordent à l'agonie comme tout l'ancien Japon s'accordait à la vie. Au Jardin-Sec, je calculais l'heure de Chartres ; pendant que l'avion monte vers la nuit polaire, quelle heure eſt-il sur la rue des cercueils et des fleurs funèbres ? Que sont devenus l'enfant de Méry, le chat Essuie-Plume ? La triſtesse de Méry, qui haïssait le Japon[1], se fût si bien accordée à la sérénité du Bonze ! la vie, c'eſt ce qui continuerait si tous les hommes avaient disparu ; si l'on avait brûlé tous les chefs-d'œuvre survivants en hommage à tout ce qui va mourir — ou à tout ce qui va surgir.

Les étendues blanches. Anchorage ; quand j'y passai pour la première fois, j'attendais un port de pêche et quelques Esquimaux. Je trouvai une base militaire, et maintes avenues vides. Des guirlandes d'ampoules électriques, quelques bars à lueur rouge (il était trois heures du matin) et, au centre de la neige de la grand-place, de hauts totem-poles, dont les aigles peaux-rouges veillaient sur un saint Joseph et une Vierge agenouillée. Ils appartenaient à la fausse isba qui sert de siège au Syndicat d'initiative. Il avait monté une crèche, l'avait démontée, et laissé les ſtatues sur la place solitaire, au pied des animaux magiques. Dans l'avenue, une seule auto. C'était le 26 décembre.

Cette fois, nous ne changeons pas d'avion. Celui-ci reprend le survol de l'immensité blanche. Demain, en arrivant en Europe, j'aurai rajeuni d'un jour. Avant la banquise, l'océan fait encore de grandes taches. Aucune envie de reprendre mes notes, dans la petite valise de carlingue. Je pense à l'Allemand qui trouvait[a] que c'était si triſte pour ma pauvre famille ; aux Indiens des Orties, au mur[b] devant lequel on devait me tuer, à la salle de bains de Toulouse, à Elephanta et aux chars de 1940, aux arbres de Mao dont les paysans avaient mangé l'écorce, à la flotte américaine en face de Da Nang… Comme l'Asie retrouvée après trente ans dialoguait avec celle d'autrefois, tous mes souvenirs survivants dialoguent — mais peut-être n'ai-je retenu de ma vie que ses dialogues… Pourtant, dans cette nuit polaire, au-dessus des dernières eaux primordiales semblables à celles de l'Inde sur lesquelles un dieu-enfant encore invisible repose, le dialogue qui m'apparaît comme le plus poignant, je ne le connais que pour l'avoir entendu. Il n'eſt pas direćtement lié à ma vie — bien que… Si je le retrouve comme le juge secret de tant de mémoire dans cette longue nuit, c'est bien parce que le dialogue de l'être humain et du supplice est plus profond que celui de l'homme et de la mort[a1].

3

La nuit de décembre à Paris, avec les étoiles glacées au-dessus de la découpure des cheminées de Daumier. À la pointe de l'île, là où fut la morgue, la crypte des Déportés, ses herses de glaives noirs, ses deux cent mille signes qui représentent les deux cent mille disparus, sa terre des camps, sa cendre des crématoires, et son cadavre inconnu. Dans le jardinet que domine en vain la masse confuse de Notre-Dame (la Mort, cette nuit, est sous terre), les délégations de survivants entourent le char d'assaut qui va porter les cendres de Jean Moulin au Panthéon. L'électricité ne sera rétablie que lorsque le char sera parti, escorté par cinq mille jeunes porteurs de torches, envoyés par les organisations de Résistance. L'œil s'accoutume à la brume de lune : des anciens s'y reconnaissent. On apporte les cendres dans un cercueil d'enfant. Le char met son moteur en marche, les délégations prennent place derrière lui. On allume les torches. La flamme de celles que l'on fabrique aujourd'hui a l'éclat bleuâtre et palpitant des flammes d'acétylène ; les pieds traînent encore dans la nuit, sous les têtes en pleine lumière. Ceux qui viennent de se reconnaître, si semblables à leur souvenir dans la clarté lunaire (ce sont leurs fils, qui portent les torches…) découvrent qu'ils ont, presque tous, les cheveux blancs…

Les chevaux de la Garde précèdent le char. Il s'ébranle, au pas. Beaucoup de ceux qui le suivent ne marchent pas plus vite. Sur son passage, tout s'éteint. Les torches, qui n'éclairent plus que les jeunes visages, encadrent la foule confuse et muette. Je pense au combat de Jarnac et de la Châtaigneraie selon Michelet : Henri II découvre les survivants de Pavie et d'Agnadel sur leurs chevaux boiteux depuis l'Italie, avec leur costume du temps de Louis XII[2] et leur barbe blanche… Les torches se reflètent dans la Seine baudelairienne[1], et le char, entre les cafés du boulevard Saint-Michel qui s'éteignent, tire derrière lui sa traîne de ténèbres.

Je vais au Panthéon m'assurer que les travaux sont terminés. Du bas de la rue Soufflot, monte un bruit de mon enfance, le piétinement des chevaux, que les cavaliers de la Garde maintiennent au pas. On ne voit que les hachures de lune sur les sabres verticaux, puis les flammes des torches qui, à cette distance, n'éclairent plus les visages.

Le bruit du char, qui vient de quitter le boulevard, couvre le bruit des sabots.

On porte le petit cercueil sur le catafalque. Le général Kœnig prend la première veille. Les gens se dispersent ; dans un coin de la place qui se vide, un bûcher de torches, désormais inutiles, sera bientôt consumé.

Le lendemain matin, pendant que je prononce l'oraison funèbre, le vent glacé rabat mes notes sur le micro avec un bruit de ressac.

À droite et à gauche, mais en arrière, les porteurs de drapeaux et les compagnons de la Libération ; devant, au pied des deux palais, les officiels. Le général de Gaulle, dans le long manteau que je lui ai vu seulement sur les photos du débarquement, est resté debout, et nul ne s'est assis. Rue Soufflot, la foule. La *Marche lugubre* de Gossec descend du dôme avec le battement grave de ses tambours de guerre. Le vent siffle dans le micro, fait tourbillonner sur les pavés une poussière gelée. Place du vent semblable aux places solennelles des rêves, avec la musique d'outre-tombe, le vide, des uniformes au loin ; derrière moi la masse des colonnes du Panthéon, et partout l'appel d'une attention aussi vivante qu'une présence dans la nuit. Pour la plupart de ceux qui m'écoutent dans la rue Soufflot invisible, je parle de leurs propres morts. Et des miens :

« C'est le temps où, dans la campagne, nous interrogeons les aboiements des chiens au fond de la nuit ; le temps où les parachutes multicolores, chargés d'armes et de cigarettes, tombent du ciel dans la lueur des feux des clairières ou des causses : le temps des caves, et de ces cris désespérés que poussent les torturés avec des voix d'enfants…

« La grande lutte des ténèbres a commencé.

« Le jour où, au Fort-Montluc à Lyon, après l'avoir fait

torturer, l'agent de la Gestapo lui tend de quoi écrire puisqu'il ne peut plus parler, Jean Moulin dessine la caricature de son bourreau. Pour la terrible suite, écoutons seulement les mots si simples de sa sœur : "Son rôle est joué, son calvaire commence. Bafoué, sauvagement frappé, la tête en sang, les organes éclatés, il atteint les limites de la souffrance humaine sans jamais trahir un seul secret, lui qui les savait tous."

« Mais voici la victoire de ce silence atrocement payé : le destin bascule. Chef de la Résistance martyrisé dans des caves hideuses, regarde de tes yeux disparus toutes ces femmes noires qui veillent nos compagnons : elles portent le deuil de la France, et le tien ! Regarde glisser sous les chênes nains du Quercy, avec un drapeau fait de mousselines nouées, les maquis que la Gestapo ne trouvera jamais parce qu'elle ne croit qu'aux grands arbres !

« Regarde le prisonnier qui entre dans une villa luxueuse et se demande pourquoi on lui donne une salle de bains — il n'a pas encore entendu parler de la baignoire. »

Malgré les haut-parleurs, l'éloignement de la foule me contraint à une psalmodie hurlée.

« Pauvre roi supplicié des ombres, regarde ton peuple d'ombres se lever dans la nuit de juin constellée de tortures... Voici le fracas des chars allemands qui remontent vers la Normandie à travers les longues plaintes des bestiaux réveillés : grâce à toi, les chars n'arriveront pas à temps. Et quand la trouée des Alliés commence, regarde, préfet, surgir dans toutes les villes de France les commissaires de la République — sauf lorsqu'on les a tués ! Tu as envié, comme nous, les clochards épiques de Leclerc : regarde, combattant, tes clochards sortir à quatre pattes de leurs maquis de chênes, et arrêter, avec leurs mains paysannes formées aux bazookas, l'une des premières divisions cuirassées de l'empire hitlérien, la division *Das Reich* !

« Comme Leclerc entra aux Invalides avec son cortège d'exaltation dans le soleil d'Afrique et les combats d'Alsace, entre ici, Jean Moulin, avec ton terrible cortège. Avec ceux qui sont morts dans les caves sans avoir parlé, comme toi ; et même, ce qui est peut-être plus atroce, en ayant parlé ; avec tous les rayés et tous les tondus des camps d'extermination, avec le dernier corps trébuchant des affreuses files de *Nuit et Brouillard*, enfin tombé sous les crosses ; avec les huit mille Françaises qui ne sont pas revenues des bagnes, avec la dernière femme morte à Ravensbrück pour avoir donné asile à l'un des nôtres! Entre avec le peuple né de l'ombre et disparu avec elle — nos frères dans l'ordre de la Nuit... »

La musique commence *Le Chant des partisans*. Que de fois je l'ai entendu à bouche fermée, les nuits de parachutages aussi froides qu'aujourd'hui ; et un jour à pleine voix, dans le brouillard des bois d'Alsace où il se mêlait au cri perdu des moutons des tabors...

« C'est la marche funèbre des cendres que voici. À côté de celles de Carnot avec les soldats de l'an II, de celles de Victor Hugo avec les Misérables, de celles de Jaurès veillées par la Justice, qu'elles reposent avec leur long cortège d'ombres défigurées... »

Les soldats se préparent à défiler. Tout semble suspendu ; on n'applaudit pas les oraisons funèbres. *Le Chant des partisans* s'épand par vagues plaintives, berceuse pour tous les morts de la guerre. On emporte le corps dans la nef, où le général de Gaulle va saluer la famille de Jean Moulin. Derrière une draperie de théâtre, la musique de la Garde joue encore. Il n'y a pas de sonorisation à l'intérieur du Panthéon, et cette vraie musique semble l'écho fragile et recueilli de la vaste plainte dont les haut-parleurs emplissent les rues glacées. (J'étais venu ici en 1933 : au centre de la nef romaine, une petite fille solitaire jouait à jeter en l'air un ballon rouge...) Le corps est descendu dans la crypte. Je remonte avec Laure Moulin. Les musiciens sont partis ; de la porte monumentale ouverte sur la place, vient le martèlement des dernières troupes qui défilent. Je dis à Mlle Moulin : « Le Général m'a dit : “Pour les documents, vous devriez voir sa sœur : elle lui ressemble.” » Elle a compris, car leurs traits ne se ressemblaient pas. Elle me répond : « Quand il est mort, il avait quarante-cinq ans ; et moi, j'en ai soixante-douze... » (Elle en paraît à peine soixante.) La place n'est pas encore ouverte au public : le corps diplomatique part ; restent ceux des vieux drapeaux, ceux de la Libération, ceux des maquis, les survivants des camps — dans le grand jour glacé, ceux qui se sont reconnus dans la nuit...

Ce jour, c'est la mort. Pas celle de la torture ou de la guerre : celle qui n'a besoin de rien. Dix millions de Français ont suivi la cérémonie à la télévision. Mais la télévision ne montrait pas que tous ces porte-drapeaux sont des vieillards ; que, sur la place, il ne reste pas un homme jeune. Pour qu'ils se reconnaissent, il faut que le jour baisse…

J'ai dit tout à l'heure :

« Avec Jean Moulin, la préhistoire de la Résistance avait pris fin. »

Au début de 1944, les Allemands ayant mis la main sur l'un de nos parachutages, j'avais inspecté pour la première fois les cachettes de tous nos maquis. Certaines contenaient les armes destinées aux volontaires qui nous rejoindraient à l'annonce du débarquement. Les grottes sont nombreuses en Périgord, et par des échelles de fer placées pour les touristes de naguère, nous montions retrouver, dans les alvéoles contigus comme les loges d'un théâtre magdalénien, notre matériel enfoui. Mais la plus vaste grotte de Montignac était souterraine, et la cachette, éloignée de l'entrée. Nous possédions des torches électriques puissantes, car la nuit était tombée, et ceux qui s'étaient perdus là étaient morts. La tranchée devint si étroite que nous n'y passâmes plus que de côté. Elle tournait à angle droit. Sur le roc qui semblait nous barrer le passage, apparaissait un vaste dessin. Je le pris pour un repère de nos guides, et projetai sur lui le faisceau de ma torche. C'était un enchevêtrement de bisons.

À Font-de-Gaume, les peintures préhistoriques étaient estompées. Ces bisons, au contraire, marquaient le roc comme un sceau, d'une netteté d'autant plus singulière que les parois étaient d'énormes pierres lisses, tantôt gonflées et tantôt creusées, non comme des rochers mais comme des organes. Cette triperie pétrifiée à travers laquelle on se glissait, car la faille ne formait pas de salles, semblait les entrailles de la terre. Le bison, s'il n'était pas un repère, l'avait peut-être été, quelque vingt mille ans plus tôt. Toute caverne souterraine suscite l'angoisse, parce qu'un éboulement y ensevelirait les vivants. Ce n'est pas la mort, c'est le tombeau ; et le bison donnait à ce tombeau une âme énigmatique, comme si, pour nous guider, il eût resurgi de la terre sans âge. Au-dessus de nous, passaient peut-être les patrouilles allemandes, nous marchions vers nos armes, et les bisons couraient sur la pierre depuis deux cents siècles. La faille s'élargit, se ramifia. Nos lampes n'éclairaient pas ces abîmes : leur faisceau nous y guidait comme le bâton guide l'aveugle. Nous ne distinguions plus le roc que par les fragments clairs et luisants des parois qui nous entouraient. Dans chaque faille, la torche dégageait une autre faille — jusqu'au cœur de la terre. Cette obscurité ne se confondait pas avec la nuit, elle appartenait à des fissures aussi fermées que le ciel est ouvert, et qui se succédaient à l'infini. Dans une angoisse accrue, parce qu'elles paraissaient façonnées. Mes compagnons avaient cessé de parler : ils chuchotaient. Un passage d'autant plus étroit que nos cercles de lumière le circonscrivaient, et dans lequel il fallut nous courber, conduisait à une crevasse d'une trentaine de mètres de long sur dix de large. Les guides s'arrêtèrent, tous les faisceaux convergèrent : sur des parachutes rouges et bleus étendus, reposaient des caisses et des caisses : semblables à deux animaux d'une ère future, deux mitrailleuses sur leur trépied comme des chats égyptiens sur leurs pattes de devant, veillaient sur elles. À la voûte, nette cette fois, d'immenses animaux à cornes.

Ce lieu avait sans doute été sacré, et il l'était encore, non seulement par l'esprit des cavernes, mais aussi parce qu'un incompréhensible lien unissait ces bisons, ces taureaux, ces chevaux (d'autres se perdaient hors de la lumière) et ces caisses qui semblaient venues d'elles-mêmes, et que gardaient ces mitrailleuses tournées vers nous. Sur la voûte couverte d'une sorte de salpêtre, les animaux sombres et magnifiques couraient, emportés par le mouvement de nos ronds de lumière, comme une fuite d'emblèmes. Mon voisin souleva le couvercle d'une caisse emplie de munitions ; la torche qu'il posait fit passer sur la voûte une ombre démesurée. Sans doute les ombres des chasseurs de bisons étaient-elles jadis celles de géants, lorsque les projetait la flamme des torches de résine…

Par une corde à nœuds, nous descendîmes dans un puits, pas très profond. Sur sa paroi, une forme humaine élémentaire portait une tête d'oiseau. Une pile de bazookas s'abattit avec un tintement insolite qui se perdit dans les ténèbres, et le silence revint, plus vide et plus menaçant.

Pendant notre retour, le roc suggérait çà et là des animaux amputés, comme les vieux murs suggèrent des personnages. Nous retrouvâmes les petits arbres du coteau blanc de givre, la Vézère, l'obscurité de la guerre sur la bosse confuse de Montignac, les étoiles, la transparence de l'obscurité terrestre.

« Ça vous intéresse, les peintures ? demanda le guide. Des gosses les ont trouvées en entrant là-dedans pour rattraper un chiot, en septembre 1940. C'est très, très ancien. Il est venu des savants, et puis, en 40, vous pensez ! »

C'était Lascaux[1].

Troupes, officiels, police, sont partis.

Je me souviens de cette lumière électrique qui se perdait au centre de la terre, de cette fuite millénaire au-dessus de deux mitrailleuses comme des chiens en arrêt, et d'un vrai chien qui hurlait au bord de la Vézère. Est-ce au sortir d'un tel lieu, sous un firmament semblable, qu'une sorte de gorille, chasseur comme les fauves et peintre comme les hommes, comprit pour la première fois qu'il devrait mourir ?

Sur la place du Panthéon, la vie a repris son cours de passants, sans combats et sans funérailles. « Bafoué, sauvagement frappé, les organes éclatés… » Pendant ces funérailles qui n'eussent assurément pas été les mêmes si Jean Moulin n'était pas mort martyr mais ministre ou maréchal, passait lentement sur le Panthéon l'ombre qui domine celle de la mort, le Mal éternel que les religions ont affronté tour à tour, et qu'affrontait ce cercueil d'enfant avec son invisible garde de spectres tombés dans la nuit baltique ; avec ces survivants qui ne s'étaient reconnus qu'avant de se voir vraiment, et qui ne se reverraient peut-être jamais.

Je me souviens des lourdes paupières de Bernanos, le jour où je lui dis : « Avec les camps[2], Satan a reparu visiblement sur le monde… »

Je pense à Bernanos parce que je passe devant Saint-Séverin. Je n'y suis pas revenu depuis ses obsèques[3]. L'église était pleine, mais il n'y avait pas d'écrivains[4]. Je me trouvais à côté de la délégation des républicains espagnols[5]. C'était un jour de mars[a], avec les nuages bas et déchirés des plus belles scènes de ses romans, et des échappées soudaines de soleil. Quelques jours plus tôt, à l'hôpital américain, il m'avait dit : « Maintenant c'est à Lui de savoir ce qu'Il veut que je fasse… » Il faisait allusion à une Vie du Christ[6], et pensait qu'il devrait l'écrire, s'il survivait ; que sa guérison en serait le signe. Il m'avait dit aussi : « Vous voyez, je souris ; et pourtant, je n'ai pas envie de sourire. Mais je ne cesserai que lorsque je serai mort. Je crois que nous voulons notre mort comme Il a

voulu la Sienne. Il meurt une fois de plus dans chaque homme à l'agonie. D'ailleurs nous n'échappons à la puérilité du péché[1] que pour mourir, nous ne rentrons en nous que pour mourir — et c'est là qu'Il nous attend[a]... »
L'abbé Pezeril était au moment de son oraison funèbre où il rappelait que, lors des derniers sacrements, Bernanos lui avait dit doucement, parlant sans aucun doute de Dieu : « Et maintenant, à nous deux... »

Alors le soleil s'était dégagé, et un rayon droit comme une barre était venu se poser sur le cercueil.

Je vais rejoindre le comité rassemblé pour ériger un monument à Jean Moulin. Ceux qui le composent sont les délégués des organisations de résistance, des déportés, des rescapés des camps d'extermination.

Il y a vingt ans que je pense aux camps. L'horreur et la torture ont passé dans presque tous mes livres, en un temps où l'on ne connaissait encore que le bagne. Mon expérience est presque sans valeur, bien que je n'aie pas oublié le petit gestapiste frisé, ni les torturés de Toulouse à travers les portes ouvertes, ni la femme à la cuiller de thé. Et il ne s'agit pas d'expérience, mais du seul dialogue plus profond que celui de l'homme et de la mort[2].

Comme tous les écrivains de ma génération, j'avais été frappé par le passage des *Frères Karamazov* où Ivan dit : « Si la volonté divine implique le supplice d'un enfant innocent par une brute, je rends mon billet. » J'avais prêté les *Karamazov* à l'aumônier des Glières, et il m'avait écrit en me retournant le livre : « C'est épatant, mais c'est l'éternel problème du Mal ; et pour moi le Mal n'est pas un problème, c'est un mystère[3]... »

Dostoïevski, Cervantès, Daniel Defoe, Villon[4] — ceux du bagne, du pilori ou de la prison... Pendant que je descends du Panthéon vers la Seine, car le comité siège à la crypte des Déportés, je pense[5] au jardin de Crimée où Gorki m'a dit : « J'ai demandé à un komsomol[6], vers 1925, ce qu'il pensait de *Crime et châtiment* ; il m'a répondu : "Que d'histoires pour une seule vieille !" »

Le komsomol est-il mort dans un bagne russe, dans un camp allemand ? a-t-il seulement, depuis, beaucoup appris ?

Il y avait chez Dostoïevski un espoir invincible, qui ne paraît que par soubresauts dans son œuvre. Meyerhold, après le vieux quartier de *Crime et châtiment* à Saint-Pétersbourg (des escaliers de fer sans fin se perdaient dans l'ombre hantée des canaux), m'avait montré à Moscou le logis d'adolescence de l'écrivain, celui de son père, médecin à l'École militaire. Au mur du bureau, dans un cadre de peluche, l'agrandissement énorme d'une photo décolorée. Je connaissais ces épaules inclinées par toutes les formes de la détresse, cette tête de mort accordée à une barbe pauvre, mais elles hantaient la pénombre abandonnée, comme si la décoloration du bromure avait imposé le passé de façon plus convaincante que tout costume. C'était bien l'image volée aux vivants, qui jadis faisait peur aux Asiatiques ; piquée au mur de la chambre avec son regard de douleur et sa teinte d'insecte. Mais aussi une résurrection d'autant plus saisissante que cette image grandeur nature appartenait de toute évidence à la mort, qu'elle était ce Lazare que Dostoïevski avait retrouvé jadis, non pour consoler les assassins et les prostituées, mais pour ébranler les colonnes sur lesquelles repose l'énigme du monde : au-delà même des prédications de l'amour, les nuages de l'irrémédiable et de la souffrance, l'énigme suprême du « Que fais-tu sur la terre où règne la douleur ? ». La plus pressante interrogation depuis celle de Shakespeare poussait son halètement tragique dans cette loge de concierge. La gardienne tira un livre du bureau, nous le tendit : « C'est la Bible qu'il avait rapportée du bagne. » Elle était couverte d'inscriptions : toujours le mot *niet*[1]. Pour connaître l'avenir, les Russes ouvraient la Bible à leur réveil : le premier paragraphe de la page de gauche prédisait ce qui allait se passer. Alors, toujours de la même écriture, en face de quelque : « Marie de Magdala vit que la pierre était ôtée du sépulcre[2] », après des semaines ou des jours, le bagnard avait écrit tristement : *non.*

En quittant la rue Saint-Jacques, je me souviens de ce portrait entre les fenêtres qui encadraient la cour de caserne aux mornes pavés, du balayeur somnolent dans la brume, de cette communiste, le châle noir de la vieille Russie sur ses cheveux blancs, qui attendait que Meyerhold lui rendît le livre. Dostoïevski, je pense à tes bouffons ivres d'alcool et de fraternité dans le soir de Saint-Pétersbourg, tes saints et tes enragés, tes théories politiques à dormir debout et ton âme de prophète. Te voici, délivré de tes traductions de Balzac et de tes romans à la Dickens par la révélation de la potence. Je ne sais pas encore que je me trouverai dans dix ans en face d'un simulacre d'exécution, et qu'on ne croit peut-être pas plus aux potences fictives qu'aux fusils qui s'abaissent vers soi. Te voici, orthodoxe et tsariste, avec ce qui jette tes personnages, les bras en croix, dans la boue des confessions publiques — mais aussi avec le terrible silence de ton visage décoloré sur lequel le soir tombe, de tes lèvres qui n'ont pas à parler pour que nous entendions les phrases qui ont empli le siècle ; la seule réponse, depuis le Sermon sur la Montagne, à la barbarie sacrée du Livre de Job : « Si l'ordre de l'univers doit être payé du supplice d'un enfant innocent... »

Tu n'as pas inventé le mystère du Mal, bien que tu lui aies sans doute rendu son plus poignant langage. Ce n'est pas ton angoisse, prophète, qui emplit cette pièce misérable, même si elle est l'angoisse de notre temps : toute vie devient mystère lorsqu'elle est interrogée par la douleur. C'est ce Lazare contre qui ne prévalent ni la misère ni la mort, l'invincible réponse d'Antigone ou de Jeanne d'Arc, devant les tribunaux de la terre : « Je ne suis pas née pour partager la haine, mais pour partager l'amour[1] » ; c'est l'éternité qu'avait chantée le psalmiste, et que, mille ans plus tard, retrouve Shakespeare devant les étoiles enchantées de Venise : « Par une nuit pareille, Jessica[2]... » : les amants qui sentent passer dans l'ombre la résurrection des amants disparus, et les bagnes d'où montent les cris qui montèrent vers les constellations assyriennes. Je pense aux fusils allemands dirigés vers moi. C'est par un jour pareil, Dostoïevski, que tu montas à cette potence qui ressemblait à un portique de sport, dont on m'a montré un dessin maladroit[a]...

Ce gibet me fait penser à celui de Nuremberg. On y passait la corde au cou des déportés dressés sur la pointe des pieds, pour que l'épuisement les contraignît à se tuer eux-mêmes. J'ai vu cette carcasse de tubes, sans morts et sans cordes, dans le camp abandonné ; il semblait un des échafaudages métalliques auxquels grimpent les pompiers pour leurs exercices.

J'ai lu sur la déportation ce qu'on peut lire, notamment les récits des rescapés des camps où mes frères sont morts. J'ai interrogé tous mes amis sauvés[3]. Les récits sont plus rapides que les écrits, mais ils ont l'épaisseur de vérité que n'a pas toujours notre interminable chronique de l'inhumain. Quels souvenirs se mêlent en moi ? D'abord *Le Chant des partisans*,

Ami, entends-tu
Le vol noir — des corbeaux — sur nos plaines…
Ami, entends-tu
Les cris sourds — du pays — qu'on enchaîne…

peut-être parce que je viens d'en entendre la musique ; et *Le Chant des marais*, légué par les communistes arrêtés en 1933 :

Loin vers l'infini s'étendent
Les grands prés marécageux
Pas un seul oiseau ne chante
Sur les arbres verts et vieux
Ô terre de détresse
Où nous devons sans cesse
Pi-o-cher[1]…

Les plaies, la neige, la faim, les poux, la soif ; puis la soif, la faim, les poux, la neige, les maladies et les plaies[2]. Et les cadavres : « Vous pouvez choisir entre la corvée de terrassement et la corvée de cendres au crématoire. » L'hallucination qui fait prendre la schlague meurtrière des kapos pour un bâton de chocolat, le petit morceau de bois indéfiniment sucé, le corps qui n'est plus que faim ; la soif qui, après quatre jours et nuits de wagons-cercueils, faisait pencher les malheureux sur les tinettes et, surtout, l'organisation de l'avilissement[3]. La faim a été la compagne quotidienne des déportés jusqu'à la limite de la mort. Les concours obsédants de festins imaginaires qui font rire les concurrents avec un pincement au cœur passent par : « D'ailleurs on s'en fout, rien de tout ça ne vaut un bon rouge avec un bifteck-frites », et se terminent par des altercations et des coups. Edmond Michelet m'a raconté l'agonie d'un prêtre dans la famine de Dachau : « À Un tel, tu donneras mes dragées, mes caramels, à tel autre, mon lait condensé… » Il n'avait jamais eu ni dragées, ni caramels, ni lait condensé. Michelet ne connaissait aucun des destinataires. Le prêtre, qui ne mourut pas, dit plus tard : « C'étaient les noms de mes camarades de philo, autrefois[4]… » L'imagination sexuelle, le désir, ont disparu depuis longtemps pour laisser toute la place aux deux plus banales furies.

Il y a la destruction du temps, qui fait, de la torture au ralenti, la condition humaine elle-même ; le corps devenu le plus insidieux ennemi, le terrible réveil qui rend au malheur toute sa nouveauté, la suppression de tout signe individuel, la clochardisation et les coups incessants dans un monde qui appelle la mort. Et parfois un souvenir du monde où la femme avait été désirable et où l'homme avait eu un cœur, où la haine avait eu l'espoir de s'assouvir un jour — car l'homme privé de tout espoir est au-delà de la haine.

Le décor de l'enfer, dans les récits dont je me souviens, n'est pas la mine, la carrière, le camp : c'est la démence. La voie principale s'appelait la rue de la Liberté ; ainsi s'appelait aussi le chemin que la tondeuse traçait sur le crâne, depuis le front jusqu'à la nuque. Les maisons des Allemands étaient entourées de « coquets jardinets », comme disent les rescapés, et on y voyait jouer des chatons parmi les cris des prisonniers frappés à mort ; comme on voyait des fleurs de couvent au centre des chambrées dont les couchettes grouillaient de poux. Il y avait l'extravagance des coups distribués par les détenus *politiques* allemands à demi fous. Le monde où l'impossible était toujours possible, le cauchemar au sens précis : l'incohérence de laquelle le rêveur était prisonnier, le chaos *organisé* dans un monde où organisé voulait dire subtilisé à l'ennemi : les morceaux de sucre volés pour les mourants étaient « organisés ». La récupération des dents d'or, et des cheveux des tondus ; les départs sans raison (mais les S.S. savaient que la séparation affaiblit les détenus) ; chez les femmes, la voleuse allemande au triangle noir, qui lavait le plancher avec le reste du café pour ne pas le donner aux Françaises ; l'appel aux volontaires pour Bordeaux, que les S.S. confondaient avec le bordel ; la question : « Savez-vous jouer du piano ? » posée aux prisonnières envoyées aux terrassements ; les exsangues qui tiraient à sept ou huit leur rouleau de bas-relief mésopotamien. Chez les femmes et les hommes, le haut-parleur qui diffusait *Schön ist das Leben* (« La vie est belle ») ; les voleurs de lunettes — destinées à qui ? — et les ronds de saucisson bizarrement phosphorescents. Ceux qui pour dormir attachaient les godasses à leur cou par les lacets, et que les voleurs manquaient d'étrangler. Le certificat médical d'aptitude à recevoir des coups. L'échange du pain contre la bonne aventure. Les femmes qui ne pleuraient pas sous les coups les plus douloureux, mais pleuraient quand elles perdaient à la belote clandestine. Les « terreurs » qui, pendant les bombardements, demandaient à celles qu'elles avaient frappées de dire la prière aussi pour elles. Il y avait, noire merveille ! la punition « pour avoir ri dans les rangs ». La schwester dont on menaçait les prisonnières en train d'accoucher, pour les faire taire ; la passion, partagée par les gardiens hilares, des matches de boxe entre prisonniers encore ensanglantés par les coups des S.S. Il y avait le théâtre (*Roméo et Juliette* à Treblinka !), les orchestres de rayés qui jouaient pendant que les excavatrices arrachaient aux fosses des grappes de prisonniers à demi vivants pour les jeter sur le bûcher, haletant comme une gigantesque lampe à souder.

Il y avait les scènes que j'ai notées après les récits des survivants. Je m'aperçois que trois étaient des scènes de discours.

D'abord, celle de la quarantaine.

Les prisonniers encore désœuvrés regardent passer en costume de bagnards, tondus, des malheureux appuyés sur des béquilles ; ou revenir des commandos les troupes de bagnards squelettiques. Chacun raconte ses histoires (non personnelles), qui s'usent. Il y a les métiers pittoresques : un dompteur trouve un vif succès en expliquant que l'on ne peut apprivoiser les petits animaux qu'en feignant d'avoir peur d'eux. Des types jouent au dressage du lapin, pendant que de l'autre côté des barbelés de la quarantaine, les S.S., encourageants, assomment un prisonnier à coups de pelle. Après dix jours, le silence commence. Sur les paillasses crépusculaires sont couchés trois de ceux que les autres appellent affectueusement les Intellectuels délirants[1]. L'un, frappé à mort lors d'un interrogatoire avenue Foch, vient d'entrer en agonie, et son râle se mêle aux gueulements germaniques du dehors. Plus loin, ceux qui savent des chansons les chantent. Elles parlent du foyer ou du sommeil. En chœur et au ralenti, le *P'tit Quinquin*[2] devient une berceuse sans fin. Il y en a un qui raconte *Macbeth*. Ceux qui savent des vers les récitent. Les Intellectuels délirants en savent beaucoup. L'un d'eux, qu'on ne voit pas, dit des fragments de Péguy.

L'épaisse fumée du crématoire se perd dans les nuages

bas qui viennent de la forêt de Bavière et des monts de Bohême. Les Français écoutent, stupéfaits. Les autres sentent passer la houle, et se taisent. Un second Intellectuel délirant enchaîne avec rage. Lui, on le voit : debout sur quelque chose, en caleçon, des touffes de cheveux au-dessus des oreilles, figure de clown terrible et de fou :

Vous nous voyez marcher, nous sommes la piétaille.
Nous n'avançons jamais que d'un pas à la fois.
Mais vingt siècles de peuple et vingt siècles de rois,
Et toute leur séquelle et toute leur volaille

Et leurs chapeaux à plume avec leur valetaille
Ont appris ce que c'est que d'être familiers,
Et comme on peut marcher, les pieds dans ses souliers,
Vers un dernier carré le soir d'une bataille[1]...

Dehors, les commandements ont cessé, et l'on entend chanter un coq. Un prisonnier montre qu'il possède un bout de miroir, et chacun veut se regarder. Ce qu'ils appellent l'ennui est moins le désœuvrement qu'une menace : et maintenant, qu'allons-nous devenir ? Les bobards — surgis d'où ? — parcourent de temps à autre la foule comme de petits animaux.

Le 25 décembre 1944, dans le camp des femmes, il y a Noël. Dans l'hôpital des hommes, il y a la prédication par les prêtres résistants. Dysenterie, typhus, tuberculose, plaies, membres brisés dans le travail ou sous les coups des kapos. Un seul thermomètre, plus de médicaments. Des squelettes de peau parcheminée qui dépassent les loques rayées. L'enfer presque silencieux. Seulement les bizarres cris de la faim, ou, quand passent des paysans noirs sur la route au-delà des barbelés, un blessé à la jambe cassée qui hurle : « Vous êtes libres ! LIBRES ! » Les tinettes sont des containers de parachutages saisis... Ce matin, le médecin allemand a demandé à mon voisin, qui crache le sang à force de coups :

« Y avait-il de grands tuberculeux dans votre famille ? »

« Ça ne fait rien, dit le prêtre, en loques parce qu'on lui a donné des haillons au lieu d'une tenue rayée. Ça ne fait rien. Ce soir, en France, les familles sont réunies autour des tables. Il y a notre place vide. Et sur la terre il y a une immense famille. Ceux des camps : ceux qui sont morts, ceux qui vont mourir, ceux qui verront la libération. »

Il dit l'Évangile de la Naissance, en ajoutant les bergers de Luc aux mages de Matthieu, l'âne et le bœuf[1] au texte sacré : l'évangile de l'enfance de ceux qui l'écoutent…

« Ainsi est-Il venu se faire condamner à mort, pour que nous puissions ne pas mourir tout seuls.

« On l'a chargé de la croix. De ce que nous portons, nous, il fait quelque part, croyez-le bien, une grande croix.

« Il est tombé pour la première fois : vous connaissez.

« Un nommé Simon l'a aidé à porter sa croix ; nous avons tous rencontré des Simon. Une femme pieuse a essuyé sa face. Il n'y a pas foule, mais à la gare de l'Est, au début de mai, les marchandes de muguet nous en ont apporté, et les gens leur ont acheté aussitôt le reste…

« Il est tombé pour la seconde fois : nous connaissons. Il a consolé les femmes de Jérusalem qui le suivaient ; à Fresnes, ici, beaucoup ont pris bien des risques pour réconforter les nouveaux à travers les murs. Que Dieu fasse à chacun de nous la grâce de consoler son compagnon !

« Il est tombé pour la troisième fois. Il a été dépouillé de ses vêtements. Il a été attaché sur la Croix et il y est mort.

« Il a été déposé dans les bras de sa mère ; c'est une grande grâce que nos mères n'aient rien à faire ici ! »

Pas toujours : dans des camps, il y a souvent la mère et la fille, quand elles ont été arrêtées ensemble.

« Il a été mis au sépulcre… »

En face, on construit un second crématoire.

« Un vélo ! avoir un vélo ! » crie le blessé à la jambe coupée.

Un malade squelettique se lève en hurlant : son compagnon de grabat vient de mourir, et les poux émigrent sur lui.

« C'est le Chemin de la Croix. Au départ, l'aumônier allemand de Fresnes (il était bien) m'a dit : "L'important est de ne jamais désespérer, et de ne jamais douter de Dieu…"

« Et là-bas, ce sera peut-être difficile…

« Oui, c'est difficile. Mais plus tard, nous comprendrons. C'est pourquoi il faut recevoir la mort comme si nous comprenions. Lui faire bon accueil.

« Quand j'étais enfant, on chantait un Noël qui… C'est le bon Dieu qui chante… »

La voix, qui avait baissé, remonte pour chanter, sur un air parent d'*Il était un petit navire* :

J'ai un petit voyage à faire[1].

Le petit voyage, c'est l'Incarnation, semble-t-il.

Il y a[a] ceux qui trouvent que, pour eux, on n'a pas fait tant d'histoires. Et ceux qui se taisent.

« Pour Noël, le crématoire devrait bien faire grève », dit une voix[b].

Ravensbrück[2]. Les prisonnières ont été rassemblées pour écouter le commandant : un micro branché sur le haut-parleur, un type aux cheveux blancs qui ressemble à un acteur dans le rôle d'un commandant S.S. Ce sont des prisonnières qui traduisent :

« En vous laissant vivre, le Grand Reich fait preuve d'une mansuétude sans précédent. Les asociales, vous êtes une lèpre sur le corps de l'Allemagne. Les politiques, vous avez lâchement fait assassiner des soldats allemands. On vous a laissé la vie. C'est dommage. Mais je me soumets. Faites-en autant. Celles qui tenteront de s'opposer à la discipline de ce camp viendront demander à genoux, c'est moi qui vous le dis, qu'on la leur impose. La discipline S.S. est un rouleau compresseur, et rien ne repousse où elle a passé. Rompez ! »

Les prisonnières l'ont aussitôt nommé Attilaminoir.

Ensuite, pour les Françaises seulement — ce second guignol s'adresse sans doute à chaque catégorie de prisonnières séparément — un S.S. sans galons. Il ne porte pas la casquette à tête de mort, il est tête nue : le crâne rasé, la nuque droite et la tête de chien danois attentif d'Eric von Stroheim. Pour traduire, une Alsacienne qui ne pèse certainement plus quarante kilos. Il a largement écarté les jambes, et se balance d'avant en arrière.

« Tas de putains ! Vous étiez costumées, fardées, vous vous faisiez prendre pour des femmes ! Vous teniez des discours contre l'Allemagne. Comme dit le commandant, vous avez lâchement essayé de nous assassiner. Qu'est-ce que vous êtes ? Regardez-vous : de la merde. Finis, les déguisements ! Vous ne sortirez d'ici que par la cheminée.

Attendez-vous à en baver ! Enjuivées, toutes ! Par la cheminée ! »

Il se balance de plus en plus. Tombera-t-il ? Il est au dernier degré d'une ivresse que son discours développe encore :

« Finis, les déguisements ! Par la cheminée ! D'abord, vous êtes trop grasses ! Faut que les os fassent mal en touchant les lits ! Mangez du trèfle, c'est bon pour la santé ! »

Traduction de l'Alsacienne ; sa voix blanche ne s'adresse à personne :

« Il dit que nous sommes de la boue, et que nous ne sortirons d'ici que quand nous serons mortes. »

Il avance, les jambes toujours très écartées, mais ne semblant nullement devoir tomber, jusqu'au premier rang des détenues. Les autres ne le voient plus. Elles l'entendent.

« *Ach !* mes vaches de jolies Françaises, je vous apprendrai à être belles ! »

Traduction. Il s'en va, encadré de deux souris S.S. De dos, son ivresse est plus manifeste, mais sans rien de l'ivresse des vaudevilles : la lente et menaçante ivresse nordique. Pas un poivrot : un fou. Il s'appuie sur une épaule de chaque souris, les fait pivoter, se retourne vers les prisonnières :

« La première qui bronche, en prison dans la cellule des folles ! »

Un temps.

« Dans la boue et par la cheminée ! Je vous apprendrai à être belles ! »

Pas de traduction. Il s'en va, légèrement incliné maintenant, raide pourtant comme s'il portait un corset, appuyé sur les deux épaules, comme un ignoble roi Lear sur ses deux filles de haine. La place de l'appel est d'une propreté exemplaire. Une prisonnière[1] est prise d'un fou rire convulsif ; les autres, exaspérées et pourtant complices, se serrent autour d'elle. Il ne se retourne plus et part lourdement, sous la fumée du crématoire.

La S.S. chef du camp passe sur son vélo le long d'une colonne de détenues qui se rendent au travail. Elle descend et va gifler une prisonnière, mal alignée peut-être. Celle-ci, chef de réseau et consciente de ce qu'elle va faire, la gifle à toute volée. Halètement de toute la colonne. Coups de cravache frénétiques des S.S. hommes et femmes. On lâche les chiens sur la prisonnière ; mais son sang coule sur ses pieds, et les chiens, au lieu de mordre, le lèchent, comme dans les légendes chrétiennes. Moins sentimentaux, les S.S. chassent les chiens et frappent jusqu'à la mort. Sur le visage des détenues au garde-à-vous, les larmes coulent en silence.

En notant cela naguère, je notais aussi les prisonnières assises sur le cadavre de leurs compagnes dans la neige, les femmes pour lesquelles la vie d'autrefois s'arrêtait à 10 h 30, heure de l'horloge de Fresnes, le son sans paroles (défense de parler) de baisers qui emplissaient la grande salle lors des grands départs, l'obsession de la danse[1], l'arrivée nocturne dans la nuit criblée des points lumineux qui sont les lampes électriques des S.S. ; les murs que la fièvre fait trembler ; et je pensais à Pasternak lorsqu'il récitait ses vers en russe devant les étudiants de la Mutualité subjugués, aux chanteurs de nos chambrées et du camp de prisonniers de 1940, aux fresques des bagnards de la Guyane et à celui « qui annonçait si bien » à la réception du préfet ; à Thalie[2], visitée, répondant à Mayrena sous les lézards amicaux du plafond : « Je ne veux rien savoir, ni si les champs fleurissent — Ni ce qu'il adviendra du simulacre humain... » ; à Ehrenbourg, commissaire aux animaux de cirque, sous la direction suprême de Meyerhold, et atterré parce que les spectateurs chipaient les ronds de carottes de ses lapins ; à mon prêtre républicain espagnol : « Et quand la dernière file des pauvres se mit en marche — une étoile inconnue se leva au-dessus d'eux[3]... » Mais la torture existe depuis des siècles ; et même ceux qui ont chanté dans les supplices. Ce qui n'avait pas encore existé, c'est cette organisation de l'avilissement[4].

L'enfer n'est pas l'horreur ; l'enfer, c'est d'être avili jusqu'à la mort, soit que la mort vienne ou qu'elle passe : l'affreuse abjection de la victime, la mystérieuse abjection du bourreau. Satan, c'est le Dégradant. La dégradation rejoignant d'abord l'incohérence dans la dérision, les évadés repris auxquels on attachait une pancarte « Me voici de retour[5] », les voleurs de pain porteurs aussi d'une pancarte, et que chaque bagnard devait gifler après leur avoir craché au visage (puis, un kapo les assommait). Non plus la rencontre des torturés avec les gardes de la Gestapo qui jouaient à saute-mouton : la dérision du Christ. Les conversions ont été rares, mais presque tous les détenus athées assistaient aux cérémonies religieuses à demi secrètes, car dès que le prêtre parlait de la Passion, il leur parlait d'eux. La perfection du système concentrationnaire fut sans doute atteinte, à Dachau, lorsque les S.S. chargèrent les prêtres allemands prisonniers de chasser de la chapelle tous les laïques étrangers qui venaient y prier[1]. (Devant cette chapelle de tôle ondulée, était placardée l'inscription en gothique : *Dieu, ici, c'est Adolf Hitler.*)

Ceux qui refusèrent furent fusillés, mais il y eut toujours des prisonniers à genoux autour de la chapelle. On a étudié avec soin l'organisation qui soumettait les prisonniers politiques aux prisonniers de droit commun : voleurs et assassins, prostituées chez les femmes. Pourtant on a peu étudié l'amalgame, qui a beaucoup changé au cours de la guerre. Les triangles d'étoffe cousus aux vêtements désignaient l'origine des prisonniers : il fallait que le résistant sût qu'il était soumis à un assassin ou à un souteneur, et que chaque Allemand, qu'il fût S.S. ou détenu, reconnût les « terroristes ». Mais beaucoup de ceux qui portaient le triangle rouge des politiques n'étaient pas des combattants de la Résistance, c'étaient des paysans qui avaient refusé de dénoncer, des jeunes qui avaient dessiné des croix de Lorraine sur les murs, des instituteurs qui avaient fait chanter *La Marseillaise*, des otages ou même, parmi les Polonais et les Russes, des villages entiers. Ceux qui portaient le triangle noir des « asociaux » étaient parfois des demi-fous, mais souvent, simplement, des tziganes[2]. Et rien ne prévalait contre la stupéfaction éprouvée par tous ces hommes à se sentir à la fois irréductiblement différents et irréductiblement semblables dans la même patrie du malheur. Et puis, les héros ne le sont pas toujours, et les putains non plus : on en vit devenir résistantes. Tuer tous ces malheureux, un peu plus vite, un peu moins vite, eût été obtenu par d'autres moyens ; il y avait un but plus obscur, que l'humanité n'avait pas encore inventé, car les tortures avaient jadis pour but d'obtenir des aveux, de châtier une hérésie religieuse ou politique. Le but suprême était que les prisonniers perdissent, à leurs propres yeux, leur qualité d'hommes. D'où la soupe renversée pour que certains des plus affamés la vinssent laper par terre[3] ; d'où les mégots jetés dans le vomissement des chiens, les prisonniers enfermés avec les fous et, plus insidieusement atroces avec leurs corps de pinces et leurs têtes de scalpel, les « expériences » et les stérilisations. (Avec un attendrissement grinçant, les détenues appelaient les filles destinées aux expériences : les petits lapins.) L'idéal était d'amener les résistants à se pendre ou à se jeter sur les barbelés électrifiés. Pourtant, les S.S. se sentaient alors spoliés.

Tout cela perdait son efficacité démoniaque parce que la pire torture ou la plus abjecte dégradation n'était pas réservée aux résistants, mais à ceux qui ripostaient aux coups des gardiens, et qui étaient souvent des paysannes ou des paysans polonais, déportés quand une partie de leur village avait pris le maquis. Des années durant, une lutte opiniâtre se poursuivit, où la première vaincue fut la Mort. Elle régnait physiquement et constamment par la fumée collante des crématoires. Or, la rage de survivre qui animait la plupart des résistants ne s'opposait pas d'abord à elle. Ils avaient compris qu'il y a dans l'homme quelque chose de plus profond. « L'aptitude à l'accueillir », eût dit le Père qui avait parlé à Noël ; ce n'était vrai que pour ceux qui l'accueillaient en Dieu. Le combat ne s'engageait pas sur ce terrain. Il consistait, pour les prisonniers, à subir ce qui leur était imposé comme ils eussent subi le cancer, mais à ne jamais y participer. « C'est égal » au sens de : ça ne me concerne pas, ce n'est pas arrivé, fut sans doute la pensée la plus constante des prisonniers. « La gifle prend la forme de celui qui la reçoit et non de celui qui la donne[1] », disait Alain, pensant au Christ. Il fallait survivre. Vivre dans l'instant. Ne jamais rien manifester devant les tourments, devant l'horreur, devant le provisoire sourire des kapos. Saboter. Ne pas laper la soupe renversée. La mort était un élément parmi d'autres. Les libérés disent que la volonté de survivre est peut-être la plus puissante passion de l'homme, mais que seuls survivaient « ceux qui ne s'abandonnaient pas ». Dans ce monde dément par ce qu'il devait à l'organisation et par ce qu'il devait au hasard, une absurdité aussi intense que celle du camp lui-même *protégeait* les victimes : celle des bourreaux. Chaque jour hideux légitimait la Résistance. Le père avait rejoint un réseau lorsqu'il avait appris l'existence de camps où les S.S. ne laissaient marcher les prisonnières qu'à quatre pattes.

Sans doute le jeu le plus profond s'est-il joué entre deux formes de sacrilège. L'esprit n'avait rien à faire entre les cadavres et les épluchures. Hitler avait organisé sa barbarie comme tous les États avaient organisé leurs bagnes, mais aucun État n'eût proclamé la phrase sur laquelle étaient fondés les camps : « Traitez des hommes comme de la boue, ils deviendront réellement de la boue... » Ainsi devaient être traités les hommes qui, par leur action ou par leur seule existence, niaient l'idole nazie. Et les gardiens S.S., comme les Allemands voleurs ou assassins, vengeaient inépuisablement l'idole, d'un sacrilège que rien ne pouvait expier.

Or, il restait assez d'humanité, même aux prisonniers agonisants, pour deviner que la volonté de vivre n'était pas animale, mais obscurément sacrée. Le mystère de la condition humaine apparaissait là, bien plus que dans la houle cosmique qui tôt ou tard roulerait dans la mort torturés et tortionnaires ; l'abjection des détenus qui dénonçaient, avec un sourire de bêtes si les bêtes souriaient, rejoignait celle du S.S. schlagueur à qui un prisonnier avait dit que *Schnell* (vite) se traduisait par « Vas-y mollo ! » et qui frappait à mort les détenus en leur criant d'aller doucement. Les fantômes misérables qui s'appelaient eux-mêmes des « troncs-à-jambes », parce qu'ils gardaient la tête rentrée entre les épaules devant les coups éternels, n'avaient pas perdu leur mépris. C'est-à-dire l'idée confuse et profonde de l'homme pour laquelle ils avaient combattu, et qui devenait claire : l'homme, c'était ce qu'on voulait leur arracher.

La condition humaine, c'est la condition de créature, qui impose le destin de l'homme comme la maladie mortelle impose le destin de l'individu. Détruire cette condition, c'est détruire la vie : tuer. Mais les camps d'extermination, en tentant de transformer l'homme en bête, ont fait pressentir qu'il n'est pas homme seulement par la vie.

Quand j'arrive au comité, après avoir franchi les murailles de la crypte des Déportés, puis les grilles qui tiennent du barbelé et du croc de boucher, la réunion est presque terminée. Des présidents d'associations de résistants ou de déportés, Edmond Michelet, quelques femmes et quelques militaires, un dominicain. On résume ce que je sais et ce que j'ignore :

Un monument doit être élevé à la mémoire de Jean Moulin, près du lieu où il fut parachuté. Aux frais de trois ministères, des Bouches-du-Rhône, et de la municipalité du village : beaucoup de gens, beaucoup d'antagonismes.

Un capitaine, arrêté par la Gestapo en tant que résistant, et qui a caché son grade pour rester avec ses camarades de combat, poursuit un conflit amer avec le dominicain, qui est le père de la prédication de Noël à Dachau. Le mot émacié suffirait à le peindre, s'il ne s'appliquait d'ordinaire aux visages allongés, alors que sa tête ronde aux yeux sombres semble une tête de mort sur laquelle errerait le sourire de la spiritualité. Les autres tentent de les calmer. Je pense, hélas ! à la table du *Prix des Vikings* où Fernand Fleuret disait prophétiquement à deux membres du jury qui se colletaient aux hors-d'œuvre : « Un peu de patience ! Pourquoi vous engueuler, puisque vous savez bien que quand vous serez encore plus saouls, vous vous embrasserez… » L'ivresse ici n'est pas en cause. Le père a proposé que nous décidions d'élever le monument, relativement abstrait, souhaité par Mlle Moulin ; le capitaine exige un concours. Il ne sait pas que le jury officiel choisira selon ses amis, les grands artistes ne perdant pas leur temps aux concours. Mais le père qui, d'abord, ne pensait qu'à la mémoire de Jean Moulin, commence à s'irriter. Il connaît les concours. Spécialiste de l'art roman, il connaît aussi l'opposition profonde entre le portrait et l'art moderne, surtout dans un monument « héroïque ». Il ne veut pas de soldat de plomb. Les membres du comité souhaitent un monument, c'est tout ; les deux adversaires échangent des engagements de l'État, et des textes tronqués.

Je pense au capitaine en rayé. À Stuttgart, le jour[1] où le général de Lattre invita à dîner avec nous le fils de Rommel — le maréchal s'était suicidé —, un général français en civil, délivré par nous, m'a dit dédaigneusement : « Bien entendu on ne nous avait pas mis avec les rayés… » Beaucoup de gifles se perdent, et un seul homme ne peut hausser que deux épaules[2].

Je pense aussi au père en rayé : « *J'ai un petit voyage à faire…* » Il porte la robe blanche des dominicains, sur laquelle le chapelet a pris la place de l'épée depuis tant d'années, et fume une courte pipe. Il aimerait voir confier le monument à Alberto Giacometti[3]. Je l'ai rencontré dans des comités semblables, et me souviens de l'avoir entendu dire : « Si les chrétiens mettaient dans leur vie les vertus que Cézanne et les autres ont mises dans leur art, Dieu serait bien content… » Je pense surtout à Jean Moulin lorsqu'il barra l'*s* de MOULINS sur le papier que lui tendait un des tortionnaires. J'ai peine à imaginer un monument de la Déportation, parce que je me souviens trop bien du poteau d'exécution[1] qui fut exposé aux Invalides : un tronc équarri au bas, mais dont les balles des exécutions avaient fait, jusqu'à la hauteur du ventre des victimes, une sculpture informe.

La discussion continue. Dachau, Ravensbrück, Auschwitz… Je vais prendre un médicament : l'eau minérale est posée sur une autre table. Il est toujours singulier de regarder une assemblée dont on faisait partie quelques minutes plus tôt. Je l'éprouve chaque semaine au Conseil des ministres. Assis, je vois tous mes compagnons autour de la table, à ma hauteur ; debout et séparé d'eux, je vois un groupe qui poursuit sa discussion comme si elle existait par elle-même, et ne devait jamais finir. « Un concours, c'est la justice ; une désignation, c'est l'arbitraire ! » Sans doute aurais-je dû faire du plafond de l'Opéra l'objet d'un concours, au lieu de le confier à Chagall. « Lève-toi, Lazare ! » À la grande dérision sinistre qu'apporte la mort s'est substituée la dérision quotidienne de la vie. Ni la voix qui fit taire l'enfer de Dachau ni celle qui se désigna pour accompagner les camarades en enfer ne font taire la susceptibilité. « Mon cher, dit le capitaine, vous auriez mieux fait de rester dans votre couvent ! » Le père répond avec tristesse : « Malgré tout ce que nous avons subi, je remercie Dieu de nous avoir fait quitter un jour nos habits, vous et moi… »

Nous signons le procès-verbal. Le capitaine a exposé « le désir de tous les amis de Jean Moulin de retrouver son visage ressemblant » dans le monument élevé à sa mémoire. Recevra-t-il son soldat de plomb[2] ? Pourquoi cette absurdité inattendue me frappe-t-elle ? Un puéril motif de discorde oppose des hommes que devrait unir la fraternité ? Ils n'ont jamais prétendu se conduire comme des héros ou des saints. Ce qui m'angoisse, c'est de voir Lazare revenir de chez les morts pour discuter avec irritation de la forme des tombeaux.

Ai-je jamais cru que la plus terrible épreuve fût garante de la plus grave sagesse ? En 1936, en compagnie de Marcel Arland, j'ai rencontré Arthur Koestler libéré de la cellule franquiste où il avait passé des mois, condamné à mort. « C'est toujours la même chose, me dit Arland lorsque nous l'eûmes quitté, on croit qu'ils sont porteurs d'une sorte de révélation, et puis ils parlent comme si rien ne leur était arrivé... » Je me souviens aussi d'un compagnon de guerre de mon père, venu lui rendre visite en 1920. Sa femme l'accompagnait, et le temps du thé fut celui d'une constante scène de ménage larvée. « Et pourtant, me dit mon père lorsqu'il l'eut reconduit, c'est un brave homme et un homme brave — un des officiers les plus braves que j'aie connus... » Or, le courage n'était pas rare dans les chars de 1918. J'ai vu l'un de mes oncles, sous-officier de lance-flammes, ayant épousé à son retour une femme qui l'avait attendu vingt ans, profondément heureux, chaque semaine, devant le Byrrh du dimanche. Les combattants héroïques dépouillés de ce qu'ils avaient été, en même temps que de leur uniforme, les chefs de corps-francs redevenus épiciers ou bistrots, furent familiers à l'après-guerre de 1914. Parce que le courage leur avait été, en quelque sorte, ajouté ? Le courage vaut ce que vaut l'homme — à condition de ne pas oublier ce qu'il lui apporte ; le sacrifice n'est jamais bas. Tous ces hommes étaient dépouillés de l'expérience que leur avait apportée la mort, mais aussi de celle que leur avait apportée la vie...

La comédie du monument tire en moi un filet des profondeurs dont je connais à peine les prises. Ce n'est pas le souvenir du malheur ou du courage qui me poursuit, c'est la puissance insidieuse de la vie, capable de tout effacer — sauf peut-être chez les déportées pour lesquelles le souvenir du camp actualise la Passion — lorsque le corps n'est plus seulement ce qui sert à souffrir. Aux héros de la guerre embourgeoisés, la paix avait imposé l'inutilité du courage physique, la dispersion des amitiés, le retour aux femmes et aux enfants, la substitution de la vie sociale à l'irresponsabilité du soldat. La vie avait recouvert ces survivants comme la terre avait recouvert les morts. Quatre-vingts pour cent des déportés et déportées politiques sont morts dans les camps ; presque tous les autres ont tôt ou tard fait preuve d'un courage exemplaire, fût-il passif. Mais ce n'est pas en termes de guerre que tout cela m'obsède. L'ombre de Satan s'est réellement, visiblement, étendue pendant plusieurs années sur le monde, et même ceux qu'elle recouvrit semblent l'avoir oubliée. Ne peuvent-ils revivre que dans la mesure où ils l'oublient ?... J'avais cru l'expérience du camp d'extermination plus profonde que celle de la menace de mort. Mais l'extrême malheur marque moins visiblement que la plus banale blessure…

Nous restons seuls : Brigitte qui représentait son camp et un groupe de Ravensbrück (c'est elle qui avait piqué le dangereux fou rire[1] après l'allocution du S.S. saoul) ; Edmond Michelet et un républicain espagnol qui représentaient Dachau ; le père et moi[2].

Comment ont-ils retrouvé la vie ? Qu'ont-ils rapporté de l'enfer ? Maints déportés, dans toute l'Europe, ont écrit leurs souvenirs ; leur retour à l'humanité n'y figure guère. Il n'est pas facile à un plongeur de rapporter du fond de l'eau ce qu'il y trouve sans le connaître…

Ils en disent d'ailleurs moins qu'ils n'en ont écrit.

« Pour moi, dit Brigitte[3], ça a été moche, parce que je suis revenue en mai. J'étais la seule déportée de mon train. Les autres, c'était des S.T.O., et je ne sais quoi. Le type du Lutetia* a commencé par ne rien croire de ce que je lui racontais. Après quoi, quand je suis allée toucher ma solde militaire de déportée, le troufion m'a dit que je n'avais droit qu'à la solde de base, "puisque j'avais été logée, nourrie et vêtue par les Allemands". J'ai vu un peu rouge. Puis, autre Jules : je fais la queue, au Crédit Lyonnais de la place Victor-Hugo, pour échanger les premiers billets de mille francs. Je sens que je vais me trouver mal. Une dame charitable me soutient. Je lui explique que ce n'est rien, que je reviens de déportation. La dame réclame que je passe en priorité, appelle l'agent de service. On m'entraîne au premier rang (les bureaux vont s'ouvrir). Un élégant personnage, dans la cinquantaine, s'insurge. Au nom de quoi passerais-je avant lui ? On lui explique. "Elle n'avait qu'à y rester, dans son camp !"

« Je suis sortie plus vite des souvenirs que des rêves. La nuit je retrouvais le camp, et le soir, sous les marronniers de l'avenue Henri-Martin, j'étais certaine que j'allais me réveiller à Ravensbrück. Je pleurais dans les rêves, alors que je ne pleurais pas au camp. Et puis, vous connaissez le poème de Nelly Sachs :

* L'un des officiers auxquels les déportés se présentaient, à l'hôtel *Lutetia*.

Laissez-nous doucement réapprendre la vie…
Ne nous montrez pas encore un chien qui mord[1]…

« Mais tout ça, c'est Paris. À la frontière, j'ai seulement eu épouvantablement peur…

— De quoi ?

— De ce que j'allais trouver, de ce que j'étais devenue… Je ne sais pas…

— Pour le premier retour, dit Edmond Michelet, de Gaulle attendait les déportées sur le quai de la gare.

— Il aurait dû y rester, comme disait mon idiot…

— Pour nous, les types avaient fait des drapeaux, et nous sommes passés sous une haie de machins.

— Parce que vous êtes revenu beaucoup plus tôt que moi. À Ravensbrück, le 14 juillet 1944, nous avions fait des robes avec des bouts de papier, et nous sommes arrivées à nous habiller une en bleu, une en blanc, une en rouge. Toutes les femmes ont bourdonné *La Marseillaise.* C'était plutôt aventuré, et aujourd'hui, ça me paraît bizarre : ça ne ressemble pas au camp.

— Qu'est-ce qui ressemble au camp ?… dit le père.

— La prison que j'ai connue, dis-je, je puis l'imaginer bien pire ; la torture, je ne l'ai pas subie, mais je l'ai vue. Tout cela, c'est revenir du camp, revenir du bagne. Il y a eu autre chose : tenter de contraindre l'être humain à se mépriser lui-même. C'est cela que j'appelle l'enfer. Nous n'ignorons pas ce qui a existé ailleurs. J'ai entendu les fameux experts internationaux à Nuremberg et au procès Masuy : "Contre les bombes à retardement laissées dans les cafés, et ce qu'on appelle généralement le terrorisme, des méthodes aussi efficaces ont toujours été utilisées par tous les services de contre-espionnage." Ces termes galants désignent évidemment la torture. Mais vous avez subi quelque chose qui n'a existé ni en Russie, ni en Algérie, ni en Italie, quelque chose qui me semble tenir à la nature même du nazisme. Il s'est agi de vous faire perdre l'âme, au sens où l'on dit : perdre la raison. (Que signifie : âme ?) On dirait que vous avez retrouvé la terre, comme moi lorsqu'ils ont fait semblant de me fusiller, ou comme lorsque j'ai échappé à une fosse à chars. Mais ce que vous suggérez tous sans parvenir à l'exprimer complètement — peut-on l'exprimer ? — c'est autre chose. Quand, à Bône, je suis revenu de l'autre côté (l'avion pris dans un cyclone de grêle), j'ai été stupéfait de voir des femmes qui repassaient du linge, les petits animaux, et surtout l'énorme enseigne rouge d'un gantier. La terre était insolite. Vous, ce n'est pas la terre insolite que vous avez retrouvée, ce sont les hommes, les sentiments humains dont vous aviez été aussi séparés que je l'étais de la terre quand mon avion tournait comme une toupie dans le cyclone. Je vois bien comment vous avez retrouvé la terre : après tout, comme moi, quoique plus péniblement. Mais je ne sens pas comment vous avez retrouvé la vie…

— D'abord, mon bon ami, dit Edmond Michelet, n'oubliez pas que ça s'est mélangé. Sommes-nous les demi-soldes de l'enfer ? Je n'oublierai pas les prêtres allemands[1] chargés de nous chasser de l'église ! Mais au moment du retour, ce que nous éprouvions d'abord c'était : rabiot de vie[2]. Premièrement, nous aurions dû être morts ; ensuite, le reste se mélangeait…

« Autre chose. Pour moi qui tombe toujours dans les choses comme un Huron — Huron de Huronie, ne l'oubliez pas ! — l'absurdité infernale, ou métaphysique, comme vous voudrez, s'est toujours mêlée à une idiotie ordinaire qui la diluait, ça a l'air étonnant : l'idiotie qu'il y a à massacrer bêtement sa main-d'œuvre[3] ! Nous le ressentions tous les jours, et le reste allait avec… »

Pour moi aussi, la patiente marée de la vie avait tout confondu comme la mer Rouge effaçait sur le sable de la grève le dessin de la ville de Saba… Que me reste-t-il aujourd'hui du pays de la mort ? Une surprise usée, qui ne me défendrait pas même de me passionner à mon tour pour le monument. J'ai étudié les civilisations disparues, regardé les civilisations étrangères, et même la mienne, comme les ombres qui descendaient en silence l'escalier du musée du Caire. Ainsi les intellectuels de l'Altenburg étudiaient-ils les barbaries historiques, comme des civilisations particulières — les barbaries, mais pas les bagnes. La vraie barbarie, c'est Dachau ; la vraie civilisation, c'est d'abord la part de l'homme que les camps ont voulu détruire. Le chrétien peut offrir sa souffrance, l'ascète peut la nier — à la condition de mourir assez vite… Les civilisations tournent comme d'énormes papillons autour de cette ignition. Ce qui, dans le jour transparent et glacé derrière les barreaux à crocs des fenêtres, répond aux images atroces de Dachau, c'est un spectacle que m'a décrit Czapski[4], l'aide de camp du général Anders et l'un des quelques survivants de Katyn. Dans les camps de concentration russes de 1941, au fond des forêts, les officiers polonais pouvaient recevoir quelquefois leur femme, et on les laissait seuls. La faim détruit toute sensualité… Les femmes enduisaient leur corps d'une haute ceinture de farine, que grattaient les prisonniers et qui les empêchait de mourir. Les hommes, plus grands, s'agenouillaient, et j'ai conservé l'image de ces Walkyries immobiles dans l'ombre des cellules avec autant de précision que l'image des femmes noires dans le cimetière de Corrèze. Dénoncées, elles eussent été fusillées ou assommées. Elles se mêlent pour moi au peuple rayé de la neige et de la nuit, dans un même mystère : car s'il est vrai que, pour un esprit religieux, les camps, comme le supplice d'un enfant innocent[1] par une brute, posent la suprême énigme, il est vrai aussi que, pour un esprit agnostique, la même énigme surgit avec le premier acte de pitié, d'héroïsme ou d'amour.

« Pour moi, dit Brigitte, ça se mélange beaucoup aussi. D'abord — je suppose que c'était pareil pour vous, Michelet ? — nous ne pensions pas survivre. Au Lutetia, le brave toubib qui a fait mes radios m'a dit : "De toute façon, vous serez toutes crevées avant dix ans." On ne pouvait pas lui reprocher de bourrer le crâne de ses patients. Nous avons été dans le rabiot dont vous parliez tout à l'heure, même au sens le plus élémentaire. Et puis, je n'étais pas si revenue que ça, puisque chaque fois que je sentais l'odeur des marronniers et des pavés mouillés de l'avenue Henri-Martin, je croyais que j'allais me réveiller au camp, et je me giflais pour m'assurer que je ne rêvais pas. J'en attendrissais les passants. Ce dont vous parlez avait pris une forme bizarre : je trouvais les gens enfantins. Pas les fonctionnaires du retour : ceux-là, je les trouvais seulement idiots. Quand je suis rentrée, à cause du retard, tout le monde me croyait morte. Il y avait deux mois que mon père se taisait… Pourtant, je trouvais que mes parents étaient devenus des mômes[2]. Par délicatesse, ils ne me parlaient pas du camp ; mon père a peu parlé, les premiers jours, mais son silence aussi me paraissait enfantin. Où était la réalité ? Avant la guerre ? Au camp ? Maintenant ? Ça n'a pas duré. Un souvenir précis, je me demande bien pourquoi, c'est ma redécouverte des boutons de manchette des hommes… Là-bas, nous avions le sentiment que si nous avions été des hommes, nous aurions eu au moins l'espoir de nous révolter...

— On ne se révolte guère au-dessous de cinquante kilos », dit Michelet.

Je demande :

« Y a-t-il eu d'autres révoltes réussies que celle des juifs de Treblinka ? »

Nous l'ignorons tous.

« Et il y a aussi les filles qui ne sont pas revenues, dit Brigitte. Pour moi, au fond, je ne sais pas quand je me suis réconciliée avec le genre humain. »

Les déportés ne le savent jamais. La conscience supporte-t-elle cet examen de passage ? Je pense à Möllberg : « Si les civilisations ne survivent qu'à travers la métamorphose, alors, le monde est fait d'oubli... » Et si nos amis ne *peuvent* pas se souvenir de leur retour chez les hommes ?

« Dans la grande parabole bouddhique, dis-je, ceux qui sont montés dans la barque de la Délivrance ne peuvent apercevoir l'autre rive du fleuve que lorsque la terre a disparu.

— Un israélite de Varsovie, dit le père, m'a raconté qu'après son arrestation, il avait traversé tout le ghetto vide, portes ouvertes, repas sur les tables, comme s'il n'était pas abandonné, comme si la vie était suspendue... Et que, lorsqu'il avait été libéré par les Américains, il avait ressenti quelque chose de semblable, une sorte d'indépendance de la vie... »

Pendant mon évasion de 1940, je suis entré dans le premier cinéma venu pour me déchausser, et échapper au supplice des souliers trop petits. On projetait le bombardement de Varsovie tourné par les Allemands. La vue était prise d'avion : les noirs panaches de l'essence, et une fumée d'Apocalypse sur la barre des maisons en feu. L'avion traversait ; et au-dessus, ce ciel de Golgotha et de massacre devenait une mer de nuages immaculée...

« Et en Espagne ? demanda Michelet.

— Je n'ai pas connu de prisonniers.

— En général, dit l'Espagnol, les fascistes exécutaient.

— Resteraient les nôtres... Mais les aviateurs n'avaient pas l'occasion d'en faire... »

Ce n'est pas l'enfer que l'Espagne appelle dans ma mémoire. Je n'ai pas oublié l'immense cortège des paysans derrière les civières des aviateurs, à Teruel[1]. Mais je n'ai pas oublié non plus une image bien différente. C'est l'aube — l'heure à laquelle, d'ordinaire, nous arrivons sur les lignes ennemies. Je viens du château de pierre blanche et de ferronnerie noire où dorment les pilotes, et marche le long de l'immense verger où je suis souvent venu, le matin, manger les mandarines saupoudrées de givre[1]. À ma droite, de grands sycomores cachent un avion de chasse dont la carlingue d'aluminium brille dans le soleil qui se lève. Il est couvert d'une rosée incolore près de la queue, rose puis rouge lorsque j'approche du siège. C'est l'avion d'un camarade tué hier, et dont le sang a ruisselé sur la carlingue. La nuit l'a nettoyée, et le sang du combat perle avec la rosée qui se forme sur les champs d'Espagne jusqu'aux Pyrénées[2].

« Ajoutez des choses profondes et saugrenues, dit Brigitte. Au camp, nous vivions dans l'indignation. Une indignation assurée, constante. Que l'on pût traiter ainsi des êtres humains était bizarrement scandaleux. Et nous nous sommes retrouvées ici avec notre indignation sans objet. Comme si nous avions apporté nos pelles. Le jugement des criminels de guerre, nous n'y avons jamais tellement cru. Et puis, à une certaine profondeur, la vengeance aussi, s'use… Tuer les bourreaux n'empêche pas la torture d'avoir existé…

« On parle surtout de ce qui est dramatique, parce que c'est transmissible. Il y a des choses dont on ne prend conscience qu'après, qui n'ont pas même de nom. Par exemple, l'ignorance de notre destin, de celui de nos copines, de celui des nôtres laissés en France, de la guerre… C'était une angoisse permanente, et pourtant, nous étions au comble de l'irresponsabilité. Rentrer dans la vie, ça a été un lit, un bain, une nappe, un couvert, ce que tout le monde imagine. Et le silence. Le silence ! on nous criait après, comme disent très bien celles qui savent ce que ça veut dire. Tout ça était compliqué. L'enfer finit par sembler simple. Là-bas, certains jours, je regardais des arbres comme pour les embrasser, c'était une façon de m'évader ; j'ai mis au moins huit jours avant de pouvoir regarder simplement un arbre libre… »

Je pense aux arbres et aux petits animaux de Nehru.

« Il me semble, dit le père, que le pire est venu de ce que la vie n'était pas, pour nous, le souvenir du temps où nous étions vivants. C'était celui de ce temps, vu du camp.

Vu du camp, qui crée plus d'irréalité que la prison. La vraie vie ne pouvait pas coïncider…

— Pour la vie physique, dit Brigitte ; mais au camp, je n'ai jamais imaginé la vie morale des autres, des non-détenues.

— Quand on vient d'échapper à la mort, dis-je, on vit dans la surprise devant l'évidence de la vie. Mais pas dans le domaine moral, si nous pouvons appeler ainsi les sentiments des gens, leur relation avec la vie… La durée du temps passé du côté de la mort doit jouer un rôle…

— N'oubliez pas que nous n'avions pas d'idées, répond Brigitte. C'était une expérience, vous comprenez : une expérience très longue. Quatorze mois[1] de concubinage avec la mort, et pour certaines, beaucoup plus. La mort était présente en nous parce que nous étions toujours menacées, et devant nous parce que nous n'avons pas cessé de la voir. Nous avons touché un noyau. Nous étions parfaitement conscientes de notre lutte. Mais nous luttions appuyées à quelque chose : foi, patriotisme ou solidarité, appelez ça comme vous voudrez, amitié souvent, responsabilité…

— C'est vrai, dit Michelet, je me demandais comment tant de responsables avaient survécu, puisqu'ils ne bénéficiaient d'aucun privilège : la responsabilité nous soutenait.

— Et l'humiliation ne détruit pas l'orgueil…, dit le père.

— Mais l'orgueil qui survit détruit l'humiliation, dit l'Espagnol. Je ne parle pas pour moi : j'étais tourneur, et je m'en suis tiré en faisant des jouets pour les gosses des kapos. Ce que je dis est vrai quand même.

— Quand nous sommes retombées de la lune, reprend Brigitte, il n'y avait plus de camp, vivent les draps et l'eau de Cologne ! Mais l'autodéfense qui nous avait protégées était devenue sans objet. Nous sommes revenues en attendant un monde dominé par elle. Ça n'a pas été tout à fait ça ! Nous avions gravi les quatorze stations, nous avions été crucifiées[2], et ça se terminait dans le lit de Marie-Madeleine. »

Je regarde le père. Aucune irritation, alors que le monument, il y a dix minutes, l'exaspérait. Son sourire triste semble dire : ma pauvre petite fille !

« Ce n'était pas la Résurrection ! Et tout ça, ne vous trompez pas, avec une énorme part de consentement. C'est ce qui allait le plus mal. Tout ce qui aurait dû nous sauver, sentiments et souvenirs, ne servait plus à rien. Il n'y avait plus d'enfer, il n'y avait plus rien contre l'enfer. Nous avions atteint le pire, et nous nous retrouvions dans un monde pour lequel il n'existait pas. Les gens s'amusaient avec des hochets, mais pourquoi ? Pour ne pas découvrir une évidence qui nous touchait, nous, bien au-dessous de la peau. C'était le retour de Dante chez les distraits[1]. Et il y a eu une chose bizarre. Nous sommes toutes revenues à l'état de cadavres. Après un temps assez court, passé généralement dans la relative solitude du lit, nous semblions… rétablies. Et les nôtres croyaient que nous étions redevenues leurs semblables moralement aussi. Mais nous étions les semblables des copines, et de personne autre. La famille, c'était comme le lit : chaud et étranger.

— Vous êtes d'accord ? » dis-je.

Même le père approuve tristement.

« Comment sommes-nous revenues, dit-elle, j'y ai beaucoup pensé avant, et je n'ai pas eu besoin d'y penser après. Comme il y avait eu les draps et les fourchettes, il y a eu la folie ambulatoire des déportés, la rigolade sans rire et les boîtes de nuit. Tout ça n'a eu qu'un temps, parce que ce n'est pas tellement drôle, et parce que Capoue nous attirait, mais nous dégoûtait. Mais vous savez, les unes et les autres, nous avons assez vite compris. De quoi s'agissait-il pour vivre ? D'être aveugles. Alors, nous sommes redevenues aveugles. Un peu plus tôt, un peu plus tard.

— Pas tout à fait, dit le père.

— Non ; mais ça suffit comme ça… Pour vous, c'est différent, parce que la foi est votre vie même, au camp ou ailleurs…

— L'angoisse trouve toujours sa forme… J'ai souvent rencontré la peur de perdre la foi. Pour moi, c'est inintelligible. Sans doute ne rencontrerons-nous plus jamais le Mal sous un aspect aussi démoniaque ; mais le Mal est impuissant contre la foi. La Bible a répondu d'avance par le Livre de Job… »

Je pense à l'aumônier des Glières qui disait que, pour lui, le Mal n'était pas un problème, mais un mystère.

« Comment les nôtres sont-ils morts ?

— Mon bon ami[a], me dit Michelet, le révérend père n'a presque assisté que des croyants. Donc, ils se repentaient, *eux*. Lorsqu'il leur disait : "Pardonnez-vous à tous vos ennemis ?" — et Dieu sait ! — ils répondaient devant Dieu.

— Avez-vous vu un seul homme mourir dans la haine ? » lui demande le père.

Michelet réfléchit, et s'adresse à moi :

« Mon bon, il a raison, le père, il a raison… Comme responsable des Français de Dachau, j'ai probablement vu mourir plus de types que lui. Naturellement, pas de la même façon, naturellement ! Je n'avais pas à les confesser, ni à leur pardonner. N'empêche qu'ils auraient pu avoir deux mots à dire sur les Fritz ! Jamais. C'était au-delà. Les dernières paroles ont toujours été pour les leurs : "Quand tu rentreras, va dire à la femme de creuser sous le troisième poirier, à gauche[1]…" Ou : "Dis aux gosses que j'ai fait ce que j'ai pu…"

— La mort pardonne — ou dédaigne ?

— Pardonne, dit le père. Au moins pour ceux qui étaient vaguement chrétiens. J'étais en face de la Grâce.

— Il ne restait pas place pour beaucoup de péchés…

— Simplement le vol et l'assassinat !… dit Brigitte.

— Et pour les autres ?

— Ça devait être la même chose, dit le père, mais ils ne le savaient pas…

— Moi aussi, j'ai été de corvée d'agonie, dit l'Espagnol. Il n'y a pas grand-chose à dire à un agonisant. Vous avez vos paroles, padre, mais les miens n'auraient plus voulu les entendre.

— Si la mort n'est pas… un débouché vers Dieu, il n'y a peut-être rien à dire. Mais je crois qu'il y a toujours une place pour la charité… N'est pas athée qui veut !

— Chez nous, dit Brigitte, malgré la vie commune, la mort était personnelle — comme dans le civil.

— Dans le civil, dit doucement le père, elle n'est pas tellement personnelle… J'ai rarement vu la haine résister à l'approche de la Sainte Agonie… Au[a] camp, la mort s'usait… Ici, non ; et l'approche de la mort ne ressemble à rien autre. Mais là-bas, Satan tenait dans une main l'horreur, et dans l'autre, le pardon… »

Je pense encore à l'Espagne. La légende du président Azaña mourant[b2], en Andorre je crois, et disant : « Comment s'appelle ce pays… vous savez bien, ce pays dont j'étais président de la République… »

Derrière les barreaux, la foule défile comme pour un pèlerinage.

« Tous les matins, dit Michelet, une folle erre, des heures durant, devant vos travaux du Louvre. Elle est devenue folle en déportation. Elle venait pour s'accrocher aux barreaux de la grille ; depuis que vous avez remplacé les grilles par des balustrades, elle marche[a]... »

Ceux qui sont venus saluer les cendres de Jean Moulin en mémoire des leurs passent lentement sur le ciel de la mort — comme dans les villes d'Égypte et de Mésopotamie, en l'an 1965 avant le Christ[1]. On ne revient pas plus de l'enfer que de la mort.

Je suis retourné à Lascaux[2]. Depuis que les hommes y ont pénétré librement, la grotte est condamnée : d'infimes champignons y prolifèrent, écaillent les bisons et les chevaux magdaléniens. Vingt mille ans de survie sans hommes, quinze ans de survie avec les hommes, et la destruction. (Il a fallu cent cinquante millions d'anciens francs pour l'arrêter.) Lascaux est sauvé, à la condition que les hommes cessent d'y venir à leur guise. Le spectacle est presque aussi surprenant — autrement — que celui du temps de guerre. Les failles des roches étrangement lisses ont perdu leur mystère, parce qu'on en distingue les limites confusément, grâce aux réflecteurs invisibles qui éclairent les peintures comme les veilleuses éclairent les icônes. On descend dans le puits par une échelle métallique. Le personnage au masque d'oiseau ne veille plus sur des armes. Des ventilateurs à quatre pales tournent lentement, reliés à des appareils, et semblent apporter aux bisons leur insolite protection, comme autrefois nos mitrailleuses dressées en chiens de garde. Je demande au guide, sympathique et intelligent :

« Que sont devenus les gosses qui voulaient retrouver leur petit chien ?

— C'est moi[3]. »

Il y a une quarantaine d'années...

« Vous savez, le chiot a bon dos ! Ce que nous voulions, mes copains et moi, c'était l'aventure...

— Et les copains ?

— L'un est mort dans la Résistance, l'autre est entrepreneur. »

Nous sortons. Les petits arbres de la colline sont moins

petits qu'autrefois, Montignac s'est étendu, et la route atteint la grotte.

« Quand l'accident est arrivé…

(L'accident, c'est la prolifération des champignons.)

« … certains dimanches, il venait jusqu'à quinze cents personnes… »

À côté de l'entrée, sont dressés deux longs baraquements de tôle.

« Les baraquements des spécialistes ?

— Non : ils ne viennent que de temps en temps. C'est pour les objecteurs de conscience[1]. On les a chargés des travaux de protection… »

II

LA CORDE ET LES SOURIS

Alors, l'Empereur Inflexible condamna le Grand Peintre à être pendu.

Il ne serait soutenu que par ses deux gros orteils. Lorsqu'il serait fatigué…

Il se soutint d'un seul. De l'autre, il dessina des souris sur le sable.

Les souris étaient si bien dessinées qu'elles montèrent le long de son corps, rongèrent la corde.

Et comme l'Empereur Inflexible avait dit qu'il viendrait quand le Grand Peintre fléchirait, celui-ci partit à petits pas.

Il emmena les souris[1].

I[a]

[HÔTES DE PASSAGE, I[1]]

Dakar,
mars 1966.

Léopold Senghor, président de la République du Sénégal, fait présenter à Dakar le plus éclatant ensemble de sculptures africaines réuni en Afrique : six cents pièces. Il y a même le moulage du masque fameux[2] qui révéla l'art nègre à Derain et à Vlaminck, puis à tant d'autres peintres…

L'exposition a lieu au nouveau musée de verre et d'acier, que le président vient de faire construire. Sachant par expérience que l'on ne peut rien voir pendant les inaugurations, je m'y suis rendu hier. Même lorsque je travaillais au Musée Imaginaire de la sculpture mondiale, je ne crois pas avoir éprouvé à ce degré la métamorphose des dieux. Notre musée de l'Homme est un musée ethnographique ; les dieux s'y racontent leurs histoires de dieux. À quelques kilomètres d'ici, les villages aux cases coniques sont nombreux, étrangers. Les dieux ne deviennent jamais statues de façon plus saisissante que lorsqu'ils sont le plus démunis ; ceux-ci, d'ailleurs, ne sont généralement que des ancêtres. L'Occident a ses saints, la Chine ses morts, l'Afrique ses fétiches…

Il y a quelques années, j'ai participé aux cérémonies pour l'indépendance du Sénégal. Plus tôt, au nom du général de Gaulle, j'ai proclamé l'indépendance des pays de l'ancienne Afrique équatoriale française : Tchad, République centrafricaine, Congo, Gabon. L'Afrique équatoriale, c'était l'Afrique du *Cœur des ténèbres* de Joseph Conrad — la brousse à l'affût des capitales. Au Tchad… Fort-Lamy, six mille habitants lors du départ de Leclerc, devenait un magma de cinquante mille. Lorsque nous voulûmes, le président Tombalbaye et moi, aller de son palais à sa Cadillac — vingt mètres — nous dûmes traverser une sarabande de danseurs nus peints en bleu. Sur la grand-place confuse, dix mille possédés de toutes les tribus, secoués par la même transe, étaient longés lentement par les cavaliers médiévaux de la frontière du Cameroun, chaudrons de cuivre sur la tête, chevaux écrasés par des caparaçons cubistes. L'Assemblée nationale s'ouvrirait bientôt. Autour de nous, le Tchad préhistorique, l'Afrique sans fin sur laquelle, de l'avion, j'avais vu se lever le soleil. Guadeloupe avec sa foule sur la place, ses fleurs nocturnes, sa radio qui nous poursuivait, et la mer des Caraïbes frémissante de lune... Je ne retrouvais pas au Tchad le délire politique d'une foule qui parlait français, je découvrais l'exaltation d'une communauté que martelait son fantastique comme ses pieds martelaient la terre. Danse des hommes-panthères, au centre d'un cercle d'amphores sur la tête des femmes... Hier, le mot Tchad signifiait quelques postes dans la solitude. De quelle savane surgissait cette foule qui désormais, en Afrique et en Asie, semblait surgir de partout ? Avec ses danseurs bleus, ses porteurs de masques, ses cavaliers carolingiens, le président Tombalbaye, aux joues scarifiées, devait faire un État[1].

Animisme, islam noir. Nouveaux bâtiments du nouveau Tchad : depuis Dakar jusqu'à Brazzaville, ces édifices, au-dessus de la danse immémoriale, promettaient l'État aux nations trépignantes...

Mes compagnons regardaient descendre les couleurs françaises, et monter celles du Tchad, avec une colère usée que je ne partageais pas. J'ai été amené à la révolution, telle qu'on la concevait vers 1925, par le dégoût de la colonisation que j'ai connue en Indochine. Au Tchad, l'un des derniers gouverneurs français avait été un libéral, Marcel de Coppet, qui invita Gide. Le *Journal* de Gide me suffit : quelques hôpitaux compensaient mal « les grandes compagnies concessionnaires ».

Tous[a] ces drapeaux nationaux montaient dans le ciel d'Afrique grâce à nous, gaullistes, qui faisions ce que nos adversaires avaient promis en vain depuis si longtemps. Si nos prédécesseurs avaient été exaltés par les empires, je l'étais, moi, par l'aventure qui nous menait sur les places africaines sans limites où vociféraient les danseurs peints, et dans les jardins présidentiels où les hommes-lions se défiaient devant des spectatrices fascinées en robe d'apparat — comme à Carthage…

Au Gabon, la mer, l'allée océanienne des cocotiers échevelés. La grande case avec son inscription de travers : *Club des métis* (je n'ai jamais vu le mot mulâtre). Des officiers français encore vichyssois — au large, émergeait le bateau des F.F.L. coulé. Des histoires de coupeurs de bois, car il en existait encore, et de leurs compagnes, qu'ils appelaient leurs « ménagères ». La forêt jusque dans Libreville. Un pays vieux. L'église ressemblait à nos églises de province, et l'évêque attendait en vain la statue d'un saint, qu'on lui avait promise. Quelques missionnaires. À Lambaréné, le docteur Schweitzer.

J'ai connu les missionnaires depuis le Tchad jusqu'à l'Océan… Tous arrivés au temps de la colonisation franc-maçonne. Tantôt de braves curés de village, tantôt des hommes de Dieu. Alsaciens ou Espagnols, on pouvait les classer selon les vertus théologales : j'ai connu quelquefois les prêtres de la Foi, souvent ceux de l'Espérance, surtout ceux de la Charité[a]. Leur œuvre survivait à la colonisation, car les chefs des nouveaux États francophones d'Afrique sont souvent chrétiens. Comme Tchang Kaï-chek est protestant. À Fort-Lamy, au-dessus de la danse frénétique, montaient les échafaudages de la cathédrale…

Les missionnaires m'ont enseigné peu de chose de leurs fidèles. Mais je me souviens de la façon dont Schweitzer[b1] — qui était aussi pasteur — me parlait de Lambaréné :

« Nous savons bien, monsieur Malraux, que les hommes ont tendance à croire que leurs voisins sont dominés par l'intérêt. C'est un sentiment qui nous paraît un peu… secondaire. Mais je crois, voyez-vous, qu'il s'agit d'un sentiment très profond, très opiniâtre, très ancien. Ça me paraît important, parce que nos fidèles n'échappent à la solitude que s'ils croient au désintéressement.

— Rien de plus désintéressé qu'un hôpital…

— Nos malades sont persuadés que les médecins et les infirmières ont de bonnes places, persuadés aussi que la médecine est un métier…

— Sauf la vôtre ?

— Écoutez-moi bien… »

Il parlait lentement et avec une bizarre ironie, solidement chenu, son sourire de vieux musicien sous ses moustaches d'étoupe blanche :

« Sauf le petit groupe qui m'aide, ils pensent que je suis fichtrement malin, pour cacher si longtemps mon intérêt... Ils m'en croient un peu sorcier, me respectent pour cela. Et ce n'est pas particulier aux Noirs. Pensez à nos paysans. Ce sentiment-là est aussi profond que celui du surnaturel.

— Je l'ai rencontré à la chambrée.

— Quand je vois les masques danser autour des feux de brousse (et c'est impressionnant), je sais que, la folie terminée, ils retrouveront la méfiance. Comme ils retrouvent la faim, l'instinct sexuel. C'était peut-être ainsi au temps des Védas. Il y a des traces de cela dans la Bible... J'y vois un très vieux démon. En tout cas, il est commun aux chrétiens, aux musulmans et aux animistes.

— Et aux libres penseurs ?

— Ici, les francs-maçons sont chrétiens à leur manière. Ne vous y trompez pas, monsieur Malraux. Avec la libération de l'Afrique, le christianisme fait des progrès, c'est vrai ; mais l'islam aussi, et j'assiste à une véritable résurrection de l'animisme — qui m'étonne davantage.

— Vous avez écrit jadis que tout homme est sa foi, et je vous écoute en pensant à une part de l'homme que sa foi ne fait que recouvrir.

— Ne vous y trompez pas, monsieur Malraux : toute pensée qui se pense jusqu'au bout s'achève dans la mystique. Souvent, pour s'y perdre. Pourquoi pas ? La bonne conscience aussi est une invention du démon. »

Dostoïevski eût accepté cette phrase de staretz ironique, fin d'une méditation sans doute ancienne. Le docteur Schweitzer, sa tête blanche inclinée, regardait un insecte courir sur son soulier.

« Pendant toute mon enfance, j'aurais voulu savoir ce que sont devenus les Rois mages. Ils sont rentrés chez eux, et rien n'a été changé ? »

Entre la visite protocolaire au président et l'inauguration du musée, je suis allé en Casamance[1]. J'en rêvais depuis longtemps. À cause du mot romance et des chansons des Isles ? Mais à l'arrière-plan de ces gravures, au lieu des minces goélettes, c'était l'énorme Afrique ; le pittoresque des pavanes de Gorée, le marquis de Boufflers et ses *signares*, mulâtresses en voiles de tulle sur leurs robes à paniers, coiffées de bonnets de mages — et quelle lune sur le cap Vert ! Je venais de les voir, grâce à un *Son et Lumière*… La lune d'autrefois projetait les silhouettes des bonnets pointus sur les arabesques des balcons ; un chien affolé au milieu des pavanes transforma le ballet nocturne des comédiennes en ballet de fantômes. Le vent de la nuit se levait sur Gorée…

J'avais attendu quelques passages lointains de mousselines et de madras mauves sous les bougainvillées, un Sénégal de jadis, endormi au bord de ses marigots. La Casamance est un fleuve-lac, un Niagara, tout bordé de courtes vagues marines. Dans la forêt, des bourgs sans âge, d'une propreté troublante, car la propreté nous semble moderne. Ils ont conservé leurs rois-prêtres, dont le pouvoir n'est plus que spirituel, mais dont le prestige demeure, en raison de leur mode d'élection. Le roi mort, la tribu désigne son successeur : « Mais je ne suis pas digne… » On le bat à mort. S'il survit, il est roi — ce qui lui impose le devoir d'accomplir les sacrifices, et lui donne le droit de disposer des filles qu'a touchées son sceptre de paille.

Le premier était jeune, drapé dans un manteau rouge de spahi sous lequel il dissimulait ce sceptre, et entouré d'une cour de loqueteux en vêtements français, nobles comme des Anciens. Après les salamalecs, je lui demandai si son pouvoir s'affaiblissait.

« Les missionnaires ne peuvent rien contre les arbres magiques. Et les grands personnages viennent encore me voir : l'ambassadeur d'Angleterre la semaine dernière, vous aujourd'hui. »

Bonne réponse de roi. Au-dessus de sa cour de clochards ancestraux, le soleil d'Afrique à travers les arbres immenses.

Au village suivant, personne : les femmes étaient à la pêche, les hommes à la récolte du vin de palme. Sur de hautes marches, un vieux roi jouait avec un enfant. Il reçut notre tabac et nous regarda partir vers de longues cours sans poussière.

Nous atteignîmes alors la région de la reine.

Dans son palais de terre et de chaume, au fond d'un couloir aux piliers de bois, elle passait en hâte une toge bouillonnante de tulle pistache (je n'avais jamais vu bouillonner une toge) qui retomba pour dégager un visage hilare et inspiré. Des familiers l'entouraient, sa famille, les enfants du village — et ceux qui m'accompagnaient. Elle tenait les avant-bras levés, comme si elle eût présenté des offrandes, avec un port de prêtresse. On traduisit :

« Dites au général de Gaulle que je pense à lui, monsieur le ministre.

— Il en sera heureux, reine Sebeth. »

Pourquoi pas ? L'ambassadeur d'Angleterre (ou quelque gouverneur de la Gambie ?) lui avait offert une bouteille de whisky :

« Sa Gracieuse Majesté offre à Votre Majesté la meilleure liqueur du monde. »

Je dis au préfet sénégalais, surpris mais content, que dans ces cérémonies burlesques, elle avait plus de dignité que l'ambassadeur et que moi. Elle m'avait pris par la main.

« Elle vous conduit au fétiche », murmura le traducteur.

Je m'attendais à des sculptures. Le fétiche de la reine était un arbre, semblable à un platane géant ; autour de lui, on avait dégagé une place ; on devinait qu'il dominait la forêt. D'un enchevêtrement ganglionnaire montaient des pans de racines droits comme des tôles, rassemblés en un fût colossal qui déployait, trente mètres plus haut, un épanouissement souverain. Une encoignure des pattes du tronc, hautes de plus de cinq mètres, formait une chapelle triangulaire, séparée de la place par une petite barrière que la reine seule pouvait franchir, et surtout par un sol nettoyé avec soin, comme celui des cases du village ; car la place était couverte de la neige étincelante du kapok qui tombait. Dans cette pureté onirique, le sang des sacrifices se caillait sur l'arbre.

Je ne contemplais pas un prince-des-arbres, bien qu'il fût aussi cela, mais une colonne de majesté, maîtresse d'un monde où elle entraînait surnaturellement les hommes. Soudain, la reine me sauta au cou, et m'embrassa.

« Est-ce que la puissance de l'Arbre protège les morts ? » demandai-je.

Nous revenions au palais, et son chat la suivait, un chat égyptien de la taille d'un lynx, fauve et noir comme nos chats de sorcière. Les enfants se taisaient ; leur silence semblait émaner de l'irréelle propreté du village. La reine ne répondait pas.

« Personne ne doit parler des morts », dit-elle enfin d'une voix irréfutable — la voix de secret des reines qui se succédaient ici depuis tant de siècles —, et que leur apportait la cérémonie meurtrière à laquelle cette vieille femme avait survécu ?

Dans ma mémoire, errait la citation : « Et pour le supplice, Brunehaut fut attachée à la queue du cheval par ses cheveux blancs… »

Quand nous partîmes, la reine mérovingienne, debout sur le perron de son palais de terre, étendit ses avant-bras levés, en un geste de bénédiction. Du grand arbre, la neige étincelante du kapok tombait solennellement et s'accrochait à la toge verte, sous laquelle tintaient ses colliers dans le silence[a].

Bientôt les villages seront dispersés. Purifié par les cyclones, l'arbre continuera d'étendre sur la forêt ses branches souveraines, et ne se souviendra plus du temps où il parlait aux hommes.

Le président Senghor est français au sens où Nehru était anglais. Un Nehru sans Gandhi, lié à une culture indigène sans Védas. Au temps de la lutte pour l'indépendance, le journal de ses amis s'appelait *Condition humaine*[b]… Nous tentons de tirer au clair ce que nous pensons de l'exposition, dans le palais construit pour le gouverneur de ce qui fut autrefois l'A.O.F., et où il m'offre l'hospitalité. C'est son palais de New Delhi. Une rumeur s'étend jusqu'aux limites de la ville. L'exposition n'est qu'une des manifestations du Festival des arts nègres où Senghor a voulu que toute l'Afrique soit présente, comme elle l'est au musée : *Son et Lumière* de Gorée, villages d'artisans, pièces au théâtre Daniel-Sorano. Et surtout, les troupes de danse : la frénésie séculaire et les danseurs à échasses de la forêt, qui se sont enfuis des scènes dans les coulisses quand le rideau s'est levé pour la première fois — épouvantés par les salles pleines…

Nous avons échangé nos discours.

« Dans votre texte, dis-je, vous avez donné l'importance majeure à la danse et à la sculpture. Je n'en ai pas été étonné, puisque vous fondez l'art africain sur le rythme. Mais j'ai été étonné de vous voir négliger la musique.

« J'ai eu le sentiment que, pour Nehru, la musique était un art plus important même que la sculpture des grands temples de l'Inde. Après une réception officielle, il m'a conduit dans une petite salle, sous le Capitole, où on jouait “la musique qu'on doit jouer la nuit[1]”. Il est vrai que d'admirables danseuses l'accompagnaient…

— Vous savez, si je n'ai pas parlé de musique, je crois que cela tient tout simplement à ce qu'il s'agit d'une exposition de sculpture. Je pense moins à notre musique qu'à notre danse ; j'y pense tout de même beaucoup. Elle a couvert le monde. Ne vous y trompez pas : la race noire émigrée en Amérique est restée intacte dans son style, de même qu'elle est restée paysanne ; quand elle ne l'est plus, elle est perdue. C'est pour cela que les nègres américains sont liés au Sud, quoi qu'il arrive. Même en Amérique, les nègres dansent leur vie. L'Occident le comprendrait mieux s'il connaissait notre domaine modal aussi bien que notre apport mélodique.

— Il commence.

— Oui. Gide dit quelque part que vos chants populaires, “comparés aux chants africains, paraissent pauvres et rudimentaires[2]”. Le bon père qui dirigeait notre chorale d'enfants avait grand mal à nous faire chanter sans parties ni variations. Pensez à nos interprètes de jazz !

« Vous commencez à découvrir nos instruments à percussion. Selon un mythe dogon, le tam-tam est apparu avant tout autre art. Savez-vous quelle est l'âme de notre musique ? Le battement des mains.

« On nous le reproche… Comme si le propre du zèbre n'était pas de porter des zébrures[3]…

— Vous avez une autre musique qui a couvert le monde. C'est la musique née du désespoir aux États-Unis. D'elle aussi, vous pouvez dire que les Noirs y chantent leur vie.

— Au Festival, nous n'avons rejeté ni les blues ni les spirituals ; mais nos arts doivent être des moyens de notre dignité retrouvée. Je suis, vous le savez, un vieux militant de la négritude ; le Festival, l'exposition, je les ai conçus comme défense et illustration de la négritude. Mais je veux y trouver le paroxysme ; je ne veux pas y trouver le désespoir. On dit ici : “Le tisserand chante en jetant sa navette, et sa voix entre dans la chaîne, entraînant celle des Ancêtres.”

« Vous savez que nos paysans ont inventé de danser le

Plan de développement, et que notre musique accompagne nos concours de gymnastique ? Au bout du compte, par le rythme, tout art nègre est poésie. »

Quelques-unes de ses formules sont très élaborées, parce qu'il les a écrites autrefois, et reprises dans son discours d'inauguration. Je me souviens d'un de ses poèmes :

Que nous répondions présent à la renaissance du monde
Tel le levain nécessaire à la forme blanche !
Car qui donnera le rythme
Au monde défunt des machines et des canons[1] *?*

Sans doute est-il antérieur à l'expérience du pouvoir…

« Il a fallu, dit-il, que Picasso[2] soit ébranlé par un masque baoulé, qu'Apollinaire chante les fétiches de bois[3], pour que l'art de l'Occident consente, après deux mille ans, à l'abandon de la *physeos mimésis*[4] : l'imitation de la nature… »

La citation me surprend. Je réponds ce que j'ai écrit naguère : qu'à mon avis, l'abandon de la référence à la nature, dans l'art, ressuscite la référence au sacré ; et que la sculpture grecque, à mes yeux, n'a pas apporté l'imitation de la nature (en quoi la *Coré boudeuse*, et même la *Vénus de Milo* sont-elles plus « réalistes » qu'une statue égyptienne ?) mais la victoire de l'idéalisation sur la spiritualisation.

« Il est possible, dit-il, que l'entrée en jeu de notre art ait été préparée par d'autres. Je ne connais pas l'histoire de l'art comme vous. Je crois à notre aptitude à découvrir le surnaturel dans le naturel. Et en face de Byzance, l'Afrique est d'une liberté !… La nature est moins transfigurée à Byzance que chez nous. Nous avons remplacé la raison-œil par la raison-toucher. Nous seuls.

— L'influence principale de votre sculpture sur la nôtre me paraît celle de la liberté. Mais les masques ont aidé — plus qu'aidé ! — à substituer à notre héritage méditerranéen celui des hautes époques, depuis la sculpture sumérienne jusqu'à la sculpture romaine.

— Je suis moins frappé que vous par cette action sur le passé, parce que j'ai la charge du présent, et, si Dieu le veut, de l'avenir[a]. Remplacer l'esprit d'imitation par l'esprit de création, telle a été l'action constante de la négritude. Contrairement à l'opinion stupide des coloniaux. Je veux que le nègre nouveau en prenne conscience.

— Un seul des artistes qui vous écouteront demain à

l'exposition serait-il capable de *créer* un masque ? Je crois qu'aucun de mes amis africains : écrivains, poètes, sculpteurs, ne ressent l'art des masques ou des Ancêtres comme les sculpteurs qui ont créé ces figures[1]. Aucun d'entre nous, Français, ne ressent les Rois du portail de Chartres comme le sculpteur qui les a créés. Pour l'Africain qui sculptait des masques, ne se référaient-ils pas[a] au surnaturel, dont vous parliez, non à une qualité esthétique ?

— La qualité esthétique était le moyen d'expression de son surnaturel. Comme dans vos Rois de Chartres. C'est pourquoi j'ai confiance en cette exposition, et en tout ce que je tente ici.

— Le Musée Imaginaire existe pour tous les artistes…

— Les nôtres dialoguent avec l'art universel d'une certaine façon, par une certaine voie. Il ne faut pas que nos sculpteurs se mettent à vouloir sculpter de nouveaux masques, vous avez raison ! Il faut que, dans l'art universel, ils se sentent chez eux autant que vous, à leur manière. Il faut qu'ils sachent que la violence de l'émotion, qui est l'Afrique, leur a été donnée plus qu'à tous les autres. Les masques vont mourir, mais l'Afrique n'acceptera pas longtemps l'art moderne occidental. Nous savons que toute la nature est animée d'une présence humaine, nous finirons bien par la saisir !

« Vous n'imaginez pas à quel point nos artistes étaient seuls, abandonnés, quand j'avais vingt ans. À moins de se vouloir Français, mais alors, artistes de seconde zone. Nous dansons très bien, à condition de ne pas danser la pavane ; et nous étions des hommes sans Histoire. L'Histoire était celle de l'Occident, et de la conquête du monde par l'Occident. Pas la nôtre. »

La Casamance ne coule pas loin du fleuve Sénégal, et le Congo de Lumumba reflète les feux des forêts sanglantes.

« Au fond, reprend-il, quand je pense au poids de l'Histoire sur nous, je suis stupéfait. Avec Hegel, avec Marx, elle a dominé l'Europe. Mais l'Europe lui apportait la vénération des castes, et nous, celle des parias. Avec quelle jubilation nous avons accueilli les attaques de Valéry[b] ! »

Il ajoute un peu tristement :

« Vous et moi étions déjà des hommes… »

La petite salle poussiéreuse de l'Union pour la vérité, rue Visconti. Tapis vert, chaises, plafond bas, foule : Valéry n'est sans doute venu que pour faire plaisir à Paul Desjardins. Les professeurs d'histoire attaquent, avec grande courtoisie. Dans sa réponse, Valéry, incidemment :

« Comme répondait le conscrit interrogé sur Jeanne d'Arc : c'était la femme de Napoléon… »

L'un des professeurs, Isaac je crois :

« Bien ! Mais pourquoi n'est-elle pas la femme de Napoléon ? »

Il veut dire : c'est l'Histoire, qui établit son rôle historique.

« Au moins pour deux raisons ! » répond Valéry, vaguement égrillard.

Et il enchaîne. Il met beaucoup de bonne grâce dans ces discussions. Ses adversaires défendent les méthodes de l'Histoire, alors qu'il en conteste la valeur ; dialogue de sourds. Ceux qui parlent ne pensent qu'à la guerre de 1914. Il n'est guère question de Marx ; de Spengler, pas davantage ; de Nietzsche, à peine.

Ce qui était en cause alors, c'était de savoir si le destin de l'humanité était intelligible. Aujourd'hui, pour Senghor, l'Histoire, c'est la création du Sénégal, et l'ensemble des faits historiques qui ont ravagé le monde pour y faire entrer l'Afrique. Dans la petite salle de la rue Visconti, il y a trente ou quarante ans, on nous parlait d'une Histoire sans Hitler, sans Staline, sans bombe atomique, sans camps d'extermination.

« Il me semble, dis-je, que l'Histoire a trouvé sa puissance lorsqu'elle a répondu à des appels irrationnels. Comme la religion. Peu importe que l'une et l'autre répondent bien, mais il importe qu'elles répondent, quand le reste se tait.

— Valéry pensait surtout aux Histoires nationales, celles “qui rendent les nations insupportables et vaines[1]”. Mais après tout, pour les Soviétiques, il y a une Histoire universelle. Qui aboutit à l'Union soviétique. Notre Afrique doit entrer dans l'Histoire, mais aucune Histoire n'aboutit à l'Afrique. On a dit aux Algériens : il n'y a jamais eu de nation algérienne. Ils ont répondu : eh bien ! nous en ferons une ! Pour les Sénégalais aussi, l'Histoire est ce dont ils ont la charge ! »

Il n'est pas un politicien. Les chefs d'État dont j'ai noté les propos : Staline jadis, Nehru, Mao — et d'abord le général de Gaulle — sont nés du combat. J'ai aimé leur lutte contre les politiciens — surtout colonialistes. Même lorsqu'ils ont dû négocier (Nehru a beaucoup négocié) ils ont conservé, de leur combat pour l'indépendance ou la révolution, ce qui leur fait dédaigner l'intrigue — qu'ils n'ignorent pourtant pas. C'est ce combat, qu'ils appellent Histoire.

Après quoi, quelques-uns espèrent faire converger sur eux les destins du monde.

Je réponds :

« Les deux Occidents croient à l'Histoire, mais pas à la même. Trotski m'a dit : “Il n'y a qu'une civilisation !” et sans doute Staline l'eût-il dit aussi, car Ehrenbourg a beaucoup repris la phrase. Il s'agit évidemment de la civilisation du progrès, symbolisée par les machines et par le communisme. Cette civilisation-là vous accueille, vous, à condition que vous teniez l'Afrique pour une immense enfance.

— L'Amérique n'est pas loin d'en penser autant, au communisme près. C'est pourquoi les Occidentaux suspectent toujours l'unité de notre civilisation. L'art européen, qu'il soit italien, français ou allemand, participe de la civilisation gréco-latine, de la raison discursive, animée par le souffle chrétien. Malgré ses nombreuses révolutions, il demeure, dans ses traits fondamentaux, identique à lui-même. Le nôtre aussi. »

Il a changé de vocabulaire, et même de voix. Sans doute parce qu'il a longtemps étudié ces questions, et retrouve les formules de ses conclusions antérieures.

« Nous voulons être nous-mêmes pour nous-mêmes. Et cette possession, à la vérité, nous l'attendons d'une civilisation de l'universel. C'est pourquoi nous tentons plus que des révolutions sociales, plus que l'exploration du cosmos : l'élaboration d'un nouvel humanisme qui comprendra, cette fois, la totalité des hommes sur notre planète Terre. Idée banale, soit, mais dans la politique, dans l'action, les grandes idées n'ont pas à être originales.

— Nehru partageait votre… espoir. Pas Staline. La raison, déjà, avait cru, au XVIIIe siècle, qu'elle serait universelle… J'ai demandé à Gorki si Staline pensait quelque chose du sens de la vie. Gorki m'a dit, un peu ironiquement : “Il pense que les hommes sont sur la terre pour devenir communistes ; et les communistes pour faire régner la justice.” Pas mal, dans le genre monolithique.

— Il l'a inventé !

— Peut-être... Peut-être pas... La phrase du discours sur la mort de Lénine : “Je donnerais tout mon sang goutte à goutte pour le prolétariat”, en son temps, n’a pas été tenue pour une phrase de propagande... D’ailleurs, si tous les hommes deviennent socialement libres, ils retrouveront les problèmes des anciens hommes libres... »

Senghor réfléchit :

« C’est ce qui nous arrive... Quand j’ai reçu les membres de l’Académie des sciences soviétiques, j’ai noté une phrase de Zvorikine : “Aujourd’hui nous savons que nous pouvons produire beaucoup de maisons et tout ça, mais le problème, pour l’avenir, est de donner un sens à cette richesse[1].”

— Donner un sens à, ou : trouver le sens de ?

— Il voulait certainement dire : donner. Nous aussi, nous dirions : donner. L’apport de la négritude à l’humanisme universel doit être une action. Le XXe siècle restera celui de la découverte de la civilisation négro-africaine. Et avant dix ans, nous — je dis nous — aurons rendu aux nègres américains l’orgueil de l’Afrique. Déjà ils commencent à la parer de toutes les vertus qui font défaut à la civilisation industrielle des Blancs : c’est l’Afrique du paradis terrestre. Vous vous souvenez de Langston Hughes[2] :

« Je veux de grands arbres touffus qui plient sous le poids des perroquets bavards. Et non ce pays où les oiseaux sont gris. »

Son humanisme me déconcerte. Avec le président du Tchad, un monde étranger au nôtre me semblait toujours prêt à entrer en jeu. Je me souviens d’un déjeuner chez lui (mets du Tchad, et la cuisine dépayse plus fortement que les paroles) avec quatre présidents africains, tous obsédés par Lumumba, et surpris — moi aussi — qu’il n’ait pas été encore assassiné. Lumumba, c’était l’autre Afrique, à laquelle n’appartient pas Senghor. À contre-jour, habillé par un grand tailleur parisien, devant la haute fenêtre d’où vient la rumeur des autos, il s’oppose dans ma mémoire à un Pygmée d’une douceur indienne, membre du conseil municipal de Bangui, que m’avait présenté avec le conseil le président de la République centrafricaine. Mais comme la Casamance, comme le Tchad, la Centrafricaine est née de la savane et de la forêt. Il n’y a pas de forêt autour du palais de Dakar, il y a l’Océan sans négriers, la ville, l’Afrique apprivoisée, française depuis la Convention[3].

Pendant la nuit d'investiture du Général, en 1958, des députés gaullistes amenaient dans le bureau que l'Assemblée lui avait réservé tels députés hésitants. Je l'ai rarement vu si patient. Un hurluberlu vint pour une colle de droit : le Général se tourna vers les ministres juristes, qui séchèrent. Alors, avança d'un pas un petit ministre africain qui résolut la question en souriant : c'était Houphouët-Boigny. Il fut mon voisin au Conseil, il est maintenant président de la Côte-d'Ivoire[a]. La présidence de Senghor est assez différente de la sienne, parce qu'elle semble couronner sa lutte d'intellectuel. Comme Nehru, comme Mao — pas comme de Gaulle, historien par nature — Senghor est d'abord sensible à l'Histoire parce qu'il la fait. Sur le mur d'entrée de l'exposition, il a donné l'ordre de graver : « Seul l'homme peut rêver et exprimer son rêve — en des œuvres qui le dépassent. — Et dans ce domaine le nègre est roi. — D'où la valeur exemplaire de la civilisation négro-africaine — et la nécessité de la décrypter — Pour fonder sur elle un nouvel humanisme. » Tout humanisme universel ressemble à ce qui le rêve.

« Quand vous parliez de la discussion de la rue Visconti, dis-je, je pensais à un des participants illustres : Keyserling[1]. Ce temps était celui de l'éphémère École de la sagesse. Il est bien naturel que les continents libérés veuillent contribuer à un humanisme universel, imposer, au moins faire reconnaître leurs propres valeurs ; mais, en cinquante ans, la recherche de ce qui s'était si longtemps appelé la sagesse a disparu. Ce n'est pas sans importance, si nous voulons comprendre ce qui la remplace.

— Elle disparaît chez nous aussi. Mais après quoi le monde entier court-il depuis 1945 ? Le but de la civilisation n'est pas d'inventer des réfrigérateurs, évidemment, mais quel est-il ? La conquête du monde par l'homme ? Laquelle ? Ni la politique, ni la morale, ni même les lois imposées par la civilisation moderne ne sont fondées sur l'esprit scientifique dont elle se réclame… »

Les klaxons ne cessent d'aboyer dans la grande chaleur du dehors.

« … et Dakar, après tout, est une belle conquête.

— Notre civilisation, dis-je, croit continuer les autres parce qu'elle leur succède. Or, elle rompt avec elles par un fait banal et capital, la machine. Nehru m'accordait que Ramsès eût aisément parlé du gouvernement d'un empire avec Napoléon, non avec le président des États-Unis. Pourtant, il n'y a pas que la machine ; c'est pourquoi la question que vous posez est sans doute la question décisive de notre temps. Le XIXe siècle croyait que nous lui succéderions dans la liberté et la justice…

— C'est quand même advenu !

— Il y a, en effet, la décolonisation. Mais aussi l'instinct de mort de Freud, les camps d'extermination et la suite… »

Lors de ma réception à l'université sanscrite de Bénarès[1], la pensée traditionnelle de l'Occident y était encore reine. À un discours de réception assez banal, j'avais répondu : « L'Inde seule a osé dire : Tout homme peut atteindre Dieu à travers ses propres dieux. Jamais cette pensée n'a été si fortement mise en question qu'en notre siècle, qui voit s'opposer l'esprit scientifique — non l'esprit technique, mais la recherche des lois de l'univers — et l'esprit métaphysique. Aujourd'hui commence le plus grave dialogue qu'ait connu la pensée humaine, le dialogue entre ces lois et la signification de la vie, Einstein et Bénarès. »

Ce que je résume à Senghor.

« Mais il y a la Grèce, répond-il.

— La Grèce semble avoir, en effet, apporté au monde la volonté de connaissance profane. Au-dessous, il y avait la religion olympienne, et pas mal de survivances des religions archaïques — comme il y a le christianisme de notre temps sous notre volonté de connaissance. L'Amérique n'est pas athée. Ni Claudel, ni Péguy, ni Rouault. Je me demande si ce qui permet à notre civilisation de ne pas devenir invisible, ce n'est pas ce christianisme… subordonné. L'harmonie telle que la conçut l'Extrême-Orient, même hors du bouddhisme, ne répond plus à la question que pose la signification de la vie humaine, mais elle l'écarte. Les problèmes métaphysiques, qui s'effacent devant les Révélations, s'effaçaient peut-être lorsque le Fils du Ciel traçait le premier sillon de l'année…

— La négritude aussi trace le premier sillon ! La plupart de ceux qui, aujourd'hui, se réclament de la Grèce, la trahissent. Quel continent, si ce n'est l'Afrique, oserait reprendre à son compte la phrase d'Anaxagore : “Tout ce qui se montre est une vision de l'invisible” ? Lequel oserait dire qu'il retrouve son génie chaque fois qu'il chante la Terre-Mère ? Nous devons contribuer à refaire l'unité de l'homme et du monde, de la nature et du surnaturel. Le plus grand mythe des Grecs est le mythe d'Antée. »

Comme sa référence à la Grèce me semble singulière, devant ce frémissement de la chaleur jusqu'aux Grands Lacs, jusqu'aux forêts sans fin où les hommes poussent comme des arbres… L'unité de la nature et du surnaturel, qu'a connue aussi Nehru, se réclame de l'Acropole, à cent kilomètres de la reine Sebeth…

« Vous voulez une symbiose, dis-je. Vous n'êtes pas seul à la vouloir. La symbiose indo-musulmane : Delhi, Agra, presque tout le Gange, même la symbiose du christianisme et de Rome, ont été des réussites. Mais Mao Tsé-toung ne cherche pas un humanisme universel, même marxiste. Il attend le triomphe du sien.

— Ceux qui doivent construire le tiers monde appartiennent au moins à deux cultures. »

Il réfléchit.

« Même mes collègues qui continuent à cultiver leurs gris-gris en cachette : et n'oubliez pas que tous ont des gris-gris[1], même ceux qui occupaient avant vous votre ministère, même ceux que vous avez eus pour voisins comme ministres d'État ; passons… Mais enfin, le Brésil ! Lorsque je parle de deux cultures, je veux réellement parler de deux cultures. Nous venons de loin, mais pas du tout de l'état d'enfance que nous prêtaient les coloniaux ! De la communion avec le monde. Dans le royaume de Siné, dont je suis originaire, le roi était l'héritier du fondateur. Il représentait l'unité du royaume. Comme chez vous ; de plus, il unissait la communauté des vivants, aux ancêtres, aux génies et à la divinité. Il y a trois ans, nos paysans ont déserté les villages nouveaux, parce que les libations de lait n'avaient pas été versées pour leur fondation. »

Je n'ignore pas que plusieurs de ses collègues, présidents de l'Afrique noire — y compris les anciens ministres de la République —, sont chrétiens, à l'occasion francs-maçons, et Grands Féticheurs. Je me répète qu'il n'en a pas fini avec l'Afrique millénaire. Je me souviens de l'abbé Fulbert Youlou, président du Congo français, quand j'étais allé proclamer avec lui l'indépendance de son pays. Une tribune entourée d'arbres géants où les auditeurs pendaient ; la puissante cathédrale africaine, et ses enfants de chœurs noirs au cou entouré d'une fraise, assis sur des tabourets en forme d'éléphants. La nuit, la prise de possession officielle du Palais achevée, commença une danse des membres du gouvernement, l'abbé en soutane blanche, sur le dos du ministre de l'Intérieur à quatre pattes. « L'indépendance, cha, cha, cha ! Elle est gagnée, cha, cha, cha ! » danse qu'enregistrait le consul des Etats-Unis, un micro entre son veston et son gilet. Au-delà, le fleuve géant, les gratte-ciel foudroyés de Léopoldville et du Congo de Lumumba, dont la sombre profondeur obsédait toute l'Afrique, à l'exception du petit abbé jubilant et vénéré... Ce sont les rites de passage...

Senghor connaît comme moi ce pittoresque ; et mieux que moi, sa signification nocturne, avec laquelle il doit compter, car tous les vrais chefs d'État africains rêvent d'unifier l'Afrique. Son adversaire direct a été le président du Mali, Modibo Keita, mon prédécesseur[1] dans le bureau ministériel du Palais-Royal, et à qui il faisait allusion. Mais Senghor n'ignore pas l'Afrique — à commencer par la Casamance. Bien qu'il la porte dans son cœur, il la craint assez pour vouloir soumettre à l'État son âme immémoriale ; et l'État, c'est l'État moderne.

« Depuis trente ans, dit-il, je prône les civilisations métisses. Nous devons créer ensemble un grand type métis culturel, comme l'ont été l'égyptien, l'indien, le grec. La civilisation de l'universel ne méritait pas encore ce nom, parce qu'il lui manquait les énergies dormantes de l'Afrique, et même de l'Asie — la chaleur de l'âme. La civilisation afro-latine unira les complémentaires. De Gaulle, en 1942 ! disait à un gouverneur : “Vous êtes un bourgeois, l'avenir est au métissage[2] !” L'Occident a mutilé l'homme. Le pire des colonialismes est la dictature de la technique européenne, américaine ou russe, qui n'a rien de commun avec la raison grecque. La France, me disait un délégué de la révolution algérienne — oui, de la révolution algérienne, à ce moment-là ! —, la France, c'est vous, c'est moi, c'est le président de Madagascar ; c'est la culture française ! Quand nous étions enfants, Victor Hugo était un grand maître du tam-tam...

— Pourquoi pas ? Nous nous sommes proclamés héritiers des Romains pendant des siècles. Or, les Romains nous avaient tués : quarante mille mains coupées à Uxellodunum[3]. Pourtant, la France est devenue la plus grande puissance romaine[4]...

« Quant à Victor Hugo, il croyait à l'émancipation de

l'Afrique, mais aussi à l'Internationale des peuples. Or, malgré votre exaltation de la négritude, vous vivez pour le Sénégal. Ici aussi, la nation eſt née, et Nietzsche a eu raison contre Marx[1].

— Oui. Et le Sénégal, ce n'eſt pas son adminiſtration. Il faut que je l'incarne avec autant de force que les poétesses de mon village, même si, comme l'Algérie, il n'exiſte pas encore. Il exiſtera[a]. »

La frénésie des klaxons recommence : quelque embouteillage.

« Il m'eſt plus facile de m'accorder à la Grèce qu'à New York, reprend-il. Mais que faire ? Il faut vous emprunter la raison polytechnicienne, quand les masses souhaitent le maintien de la négritude la plus ſtagnante — voire du syſtème tribal. Vous savez combien j'ai combattu la colonisation. Comme vous, d'ailleurs ! Mais quand j'ai été prisonnier des nazis, j'ai compris que j'étais aussi français — au moins, français de la République. C'eſt Pompidou, qui m'a fait connaître le socialisme ! Les Droits de l'homme exiſtent. Vous avez légitimé la négritude quand elle n'avait encore aucune conscience d'elle-même… »

Passe dans ma mémoire la Comédie-Française, où j'étais avec lui et avec le général de Gaulle, quand Maurice Escande acheva son poème au Général, écrit en captivité : « Ô Gelowar[2] !… », devant la salle debout. Je me souviens aussi d'une palabre dans mon propre camp de prisonniers, en 1940, au milieu des drains cyclopéens et des tuyaux abandonnés, la cathédrale de Sens au loin. Il y avait des tirailleurs sénégalais avec nous. Un des brigadiers périgourdins à gueule gothique avait demandé amèrement : « Ce que nous appelions la patrie, qu'eſt-ce que c'eſt ? » Un tirailleur avait répondu : « Comment ça se fait que tu ne sais pas[3] ? »

« Écoutez les klaxons, reprend Senghor : ils ont raison, bien sûr. Mais quel président africain ne s'eſt senti en minorité dans son propre pays, dans son propre parti ? C'eſt la rançon de l'avance sur son temps. Je veux l'Afrique, mais je ne lutterai pas contre la machine, parce qu'elle seule vaincra la pauvreté… »

C'eſt ce que m'a dit Nehru, mot pour mot[4]. Je pense à la décade de Pontigny[5] où s'affrontaient les grandes civilisations d'Europe et d'Asie, et où Gide, qui revenait du Congo, s'était écrié : « Mais enfin, dans tout cela, et les nnègrres ? »

« Vous savez bien que la machine est aussi un diable, dis-je.

— En quoi ?

— L'argent gagné par la machine ne peut s'investir qu'en machines. L'apprenti sorcier, une fois de plus. Avec l'argent que M. Peugeot a gagné quand il fabriquait des vélos, il fabriquera des autos — ou bien il le confiera à une banque qui les fabriquera — et ainsi de suite... Dans quoi l'Occident investirait-il ce qu'il a gagné ? Acheter des Rembrandt, ça ne ruinerait pas la General Motors...

— Bonne chance avec le tiers monde, il peut coûter cher ! »

Il ajoute, moins pour moi qu'en réponse à ce que sans doute lui ressassent les jours :

« Nous n'aurons pas trop de tous les moyens, y compris les vôtres... »

La plupart des chefs d'État que j'ai rencontrés, à l'exception des communistes (et même le président Kennedy), ont mis en question à la fois le caractère inhumain de notre civilisation et l'aptitude de celle-ci à lutter contre la misère et le malheur...

Dans les fenêtres montent les courts gratte-ciel de Dakar, les mêmes que ceux du Caire, de Bagdad et de Bombay. Sur la cheminée, il y a une petite pendule. Elle me semble marquer midi 29 pour l'éternité. Midi 29, au temps de la naissance de la nouvelle Afrique et de la nouvelle Asie, au temps de la reine Sebeth, des klaxons[a] au-dessous de nous... Nehru aussi, et Gandhi, et Mao, et tant d'autres, ont regardé les aiguilles qui marquaient l'époque où l'Europe cessait d'être maîtresse du monde. J'écoute le président du Sénégal, je pense que César n'avait jamais vu une horloge, je pense au siècle où les horloges ont substitué leur aiguille encore unique à l'ombre sur le cadran solaire ; aux heures qui allumaient les vitraux, et les éteignaient avec la nuit de Dieu... Dans cent ans, dans deux cents ans, peut-être devant cette petite pendule, un homme rêvera de l'époque où se réveillaient les continents endormis, l'époque de la première bombe atomique et des camps d'extermination.

Le coup de la demie sonne verticalement dans le bureau climatisé. Les horloges ont un jour conquis la chrétienté des cloches, et les machines déjà victorieuses aboient en bas avec les klaxons... Je regarde Senghor, et entends le chuchotement des poètes noirs du Festival : « Afrique, tu es en moi. / Comme un fétiche tutélaire au centre du village… »

Le lendemain, l'inauguration du musée, et les discours au Parlement. Après le musée, conversations avec des chercheurs de l'Institut d'Afrique noire, et des prêtres sénégalais que j'aimerais retrouver. Dans la soirée, un mot d'un brocanteur m'invite à venir voir « des objets qui m'intéresseront certainement[1] ».

Bien entendu, j'ai le goût des brocanteurs. J'en ai visité plusieurs, marchands de curiosités qui possédaient quelques pièces anciennes. Cette fois, le magasin ressemble à une caverne. J'ai connu, dans d'autres pays d'Afrique, ces antres constellés de sagaies où des masques sont accrochés sur des peaux mal tannées de lions et de singes noirs. Les fétiches s'amoncellent ici en fagots ; dans un atelier nullement caché, on les fabrique à grand bruit. Plus loin, une petite pièce aux murs de terre rassemble une vingtaine d'Ancêtres anciens et un moulage de la *Victoire de Samothrace.*

Même usée par la gloire, c'est la seule figure grecque qui s'accorde au surnaturel. Les conservateurs du Louvre n'ont pu la laisser dans la salle hellénistique à laquelle elle appartient. L'amputation de ses bras fait d'elle le monstre idéal que ne sont ni les autres victoires ni les anges, parce que les ailes sont les bras des oiseaux, et qu'une figure ailée n'est parfaite que sans bras.

Pour les intellectuels africains avec lesquels je me suis entretenu hier, et qui suivent plus ou moins Senghor, la vie des animaux, des végétaux fraternels, des montagnes, n'a de sens que par son alliance avec l'action des morts… L'arbre de la reine de la Casamance… Dieu est l'Ancêtre des ancêtres des clans, ancêtres de ceux des hommes. Ceux que je regarde en vrac contre les murs semblent prisonniers. Et, autant qu'eux, la grande aiglonne poussiéreuse, si blanche pourtant dans cette caverne. Elle repose, privée de sa proue, sur le sol noir, parmi toutes ces sculptures aptères. Ici, la Victoire, la figure ailée que la Grèce seule a fait lever sur les champs de bataille, devient un Ancêtre blanc[a].

J'écris devant ma fenêtre ; en bas, sur une terrasse invisible, des serveurs matinaux balaient les traces des réceptions présidentielles. Je n'ai pas oublié la façon dont Senghor parlait de la Grèce. Des couples de papillons se poursuivent au-dessus des giroflées[a], comme jadis au-dessus des jardins d'Omphale, quand Hercule filait... Dans le fracas cristallin des bouteilles mêlé au ressac de l'Océan déployé jusqu'au cap Vert, je reprends les notes de mon dernier dialogue avec Athènes[b].

Le gouvernement hellénique m'avait invité pour la première illumination de l'Acropole. Je devais parler, un poète grec me traduisant, à une multitude dans l'ombre, entre les collines illustres. J'apportais aux combattants grecs de la Résistance et de la guerre l'hommage des nôtres. Le jour de la libération de Paris, on avait fait des drapeaux avec des chiffons tricolores, dans les maquis de Crète.

Nuit d'été, le diadoque[1] et les princesses devant la tribune de Démosthène, des femmes en grand décolleté assises sur des coussins... Les haut-parleurs semblaient brasser les foules indistinctes qui contournaient l'Acropole vers les Propylées. Arrivé le soir, je n'avais revu ni le Parthénon, ni la ville, ni même la tribune d'où je parlais :

« Une fois de plus, la nuit grecque dévoile au-dessus de nous les constellations que regardait le Veilleur d'Argos quand il attendait le signal de la chute de Troie, Sophocle quand il allait écrire *Antigone*. Et Périclès, lorsque les chantiers du Parthénon s'étaient tus : "Si toutes choses sont vouées au déclin, dites du moins de nous, siècles futurs, que nous avons construit la cité la plus célèbre et la plus heureuse[2]..." »

Alors apparut l'Acropole illuminée. Les marins blancs de nos navires de guerre en rade au Pirée montaient vers elle comme un cortège de Panathénées bizarre...

« L'Acropole est le seul lieu du monde hanté à la fois par l'esprit et par le courage. Eschyle et Sophocle ne nous atteindraient pas de la même façon si nous ne nous souvenions qu'ils furent des combattants. Pour le monde, la Grèce souveraine est l'Athéna pensive appuyée sur sa lance... »

Discours... Nuit de la Martinique à l'odeur de vanille, transe des hommes peints du Tchad, dans le matin de l'indépendance...

« Le peuple qui aime la vie jusque dans la souffrance, c'est à la fois celui qui chantait à Sainte-Sophie et celui qui s'exaltait au pied de cette colline en entendant le cri d'Œdipe, qui allait traverser les siècles ; c'est le seul peuple qui célèbre la fête du "*Non*". Ce *Non* d'hier fut celui de Missolonghi, celui de Solomos. Le monde n'a pas oublié qu'il avait été d'abord celui d'Antigone et celui de Prométhée. Lorsque le dernier tué de la Résistance grecque s'est collé au sol sur lequel il allait passer sa première nuit de mort, il est tombé sur la terre où était né le plus noble et le plus ancien des refus humains, sous les mêmes étoiles qui avaient veillé les morts de Salamine… »

Salamine, on en voyait là-bas les lumières. Plus loin, Thèbes… Le discours achevé, j'invitai les membres de notre ambassade, qui avaient contribué à la cérémonie, à venir boire du vin résiné dans un restaurant à treilles, dont tous les garçons regardaient l'Acropole, illuminée. Nul ne me rejoignit. J'étais ministre, comme disait Nehru[1].

Lorsque je revins, le spectacle commençait[2]. Je ne reconnaissais du grec moderne que les noms propres, mais les citations des *Perses* dans le texte original montaient de la crevasse :

… Darius, antique majesté, viens, parais au faîte de ton tertre funèbre,
Lève la sandale safranée à ton pied, fais luire ta tiare impériale,
Père irréprochable, Darius, lève-toi de la mort[3] *!*

Une longue traînée lumineuse dégagea de la nuit l'Odéon d'Hérode Atticus. Une voix grave, rivale des voix multiples du chœur, répondait :

Compagnons de ma jeunesse,
Vieillards perses, de quel mal a donc mal ma ville[4] *?*

Puis, l'ombre de Darius :

… Zeus fait aboutir à mon fils la prophétie…
… Il avait bouleversé le détroit, forgé ses entraves, ouvert une route énorme à son énorme armée,
… Il a fermé le grand Bosphore[5] *!*

Et la fin de la déploration :

Ruine immense, inoubliable, et telle que la cité susienne ne fut jamais si dépeuplée[1]*…*

Je me souvins du début de la tragédie, du départ de la flotte perse « d'un même envol bleu sombre » :

Peuple à la dague, la force de l'Asie aboie, au large, derrière son jeune maître[2]*…*

Ces paroles sans personnages montaient de la nuit vers l'Acropole — mutilée comme après le passage de Darius. Le vent de l'Égée faisait bruire les eucalyptus sur le retour de Xerxès vaincu :

Ah ! si seulement le trépas
M'avait enseveli avec mes guerriers morts[3] *!*

puis le chœur :

J'ai, pour saluer ton retour,
La voix du malheur, une clameur de malheur !
… Comme il brille, l'œil de l'Égareuse[4]*…*

Et les dernières répliques :

Sanglote à pas lents[5]*…*

À notre ambassade, avant de m'endormir, je pensais à la nuit de Cayenne, avec l'album du bagne, l'égorgeur distingué, les derniers couples mondains égrenés dans la nuit tropicale. Et au personnage d'Aristophane[6] qui voulait retrouver son puits bordé de violettes.

Le diadoque, devenu roi, est en exil. L'une des princesses a épousé, je crois, le prétendant à la couronne d'Espagne, rencontré sur ce yacht fantôme, l'*Agamemnon,* qui croisait dans les eaux grecques, chargé des dernières familles royales de l'Europe…

Le lendemain matin, je devais revoir le musée de l'Acropole, enfin ouvert. Il y a des musées du matin… Au marché, on parlait des discours et de l'illumination. De toutes ses corés, retrouvées en 1867, je crois, et que j'ai connues multicolores, le musée agrandi fait une large corbeille. Je n'avais pas remarqué, autrefois, que l'Olympe est presque absent de ce musée. Ses porteuses d'offrandes, comme les héros d'Eschyle, se délivraient de dieux plus ténébreux que les Olympiens.

Devant la porte, une grande fille blonde qui ressemblait à Hélène de Troie attendait quelque amant. C'est ici que la beauté des vivantes devint un reflet sacré… Je sortis. Comme pendant la nuit, le vent frais venait de la mer. Brume légère, violettes du puits de l'oublié, présence de la terre ! Il n'y a pas si longtemps, je rampais sous les chênes nains d'un maquis de Corrèze qui ressemblait au champ de bataille de l'Èbre, pendant que passait une fois de plus l'aviation allemande ; l'odeur me fit deviner que je traversais un banc de violettes. Combien d'années dure un banc de violettes ? Au pied du Parthénon dans le soleil, la voix des figures colossales d'Elephanta, revues quelques mois plus tôt, me poursuivait :

Et toutes les créatures sont en moi
Comme dans un grand vent sans cesse en mouvement dans l'espace[1]…

Je connaissais la réponse de l'Égée depuis les divinités crétoises envolées sur leurs balançoires : « Je n'aime pas les dieux qu'on adore la nuit[2]. » Pourtant :

Et la Ténébreuse, la Nuit solitaire aux yeux aveugles
Engendra l'odieuse Mort et le Sommeil ; et avec lui, toute la race des songes !

Amer écho de l'indifférente déploration védique :

Car l'amour et la haine étaient avant les temps,
Et seront après eux…

Delphes, la déchirure des Phédriades au-dessus de l'antre de la Pythie, les aigles qui battaient les montagnes verticales en miaulant au-dessus des rosiers, comme en Perse autour du bas-relief de Darius… C'est l'Acropole d'Athènes, qui a exilé les Érinnyes et Prométhée. Que *croyait* réellement Socrate, que croyaient Sophocle et Périclès ?

Une fois de plus, Salamine était en face de moi dans le soleil. « Que de haine déchaîne le nom de Salamine ! » avait hurlé cette nuit le messager de Xerxès. Aurais-je deviné jadis que je répondrais : « Lorsque le dernier tué de la Résistance grecque s'est collé au sol sur lequel il allait passer sa première nuit de mort... » après avoir vu tant d'hommes passer auprès de moi cette première nuit ? La nuit où nous veillâmes le premier tué du maquis sous le drapeau en loques de mousselines nouées, la nuit de la bataille de Dannemarie où, couchés dans la gelée blanche, nous regardions brûler nos fermes au ras de l'horizon — les nuits des paysannes qui venaient fleurir les tombes des maquisards entre deux kilos de sucre posés comme des offrandes, et que nul ne volait. « Regarde Suse, la grande cité veuve... » Quand j'ai lu *Les Perses* sur une marche de ce temple, j'avais une vingtaine d'années. Que penses-tu de ma jeunesse, ô ma lourde vie ? En 1922[a], Athènes était resserrée au pied de l'Acropole, menue ville jaune aux poivriers légers sous le grand ciel bleu, emplie le soir par l'odeur d'anis des petits cafés ; aujourd'hui, la ville grise sous le ciel sans couleur étend ses trottoirs de marbre, et lance jusqu'à la mer les lauriers-roses de la route du Pirée. Le gardien de l'olivier de la déesse m'en avait offert une feuille, contre une juste rétribution... J'avais noté sur mon exemplaire d'Eschyle : « Athènes n'a peut-être pas découvert la joie, mais elle en a découvert la gloire. » Déjà j'aurais pu écrire : « Ici, le destin de l'homme commence et le Destin finit. »

Malgré le Dionysos de Nietzsche, malgré l'Argos barbare de Leconte de Lisle, la Grèce demeurait pour Anatole France — encore vivant — ce qu'elle avait été dans la *Prière sur l'Acropole* : l'adversaire rayonnante du christianisme. « Nous admirons l'art grec, avait écrit Marx, parce qu'il exprime l'aurore de l'homme », l'Athènes dont Périclès avait proclamé : « Puissiez-vous reconnaître, siècles futurs, que nous avons construit la cité la plus célèbre et la plus heureuse !... » Qui m'eût dit que je retrouverais ce mythe, lumineux et trouble comme la Voie lactée, au retour de la Casamance ?

La Pallas ennemie du Christ a disparu. La Grèce antique n'affronte pas sans éclat le passé du monde, mais l'éclat a changé : en face de l'éternel Orient que l'homme porte en lui, l'avènement de la Raison devient insolite à l'égal du culte olympien. Nous ne la croyons certes plus appelée à régner sur le monde, mais la Grèce est chevillée au corps de la race blanche comme la Bible. La toute-puissance de l'Occident est née de deux petits peuples virulents et tenaces, dont il n'a épuisé ni la virulence, ni la ténacité — ni le mystère. L'Europe pressentait l'archaïsme hellénique. Ce n'est pas lui qui nous intrigue aujourd'hui, c'est la conjonction de Platon, d'Aristote, de l'Acropole et du dieu de la géométrie, solitaire comme le Chariot dans l'apparente confusion des étoiles. Qu'est aujourd'hui la Beauté sinon le style du surnaturel grec ? La déesse Raison, qu'eût suspectée Phidias, s'éloigne en contemplant la crayeuse majesté de la Victoire dressée dans un atelier de fétiches[a]. La métamorphose joue avec l'immortalité. Petite Raison, ombre fine sur les sphinx du désert, sur les tombeaux des pharaons et des reines de Babylone qui ne savaient pas la géométrie, mais qui jouaient de la harpe pour les astres… Nous, nous avons découvert des lois de l'univers — mais seulement de celui qui serait le même, si l'homme n'existait pas.

J'en suis là de mes notes feuilletées dans le tintement des bouteilles, lorsque le brocanteur me fait relancer. Il vient de recevoir « des pièces d'art africain tout à fait exceptionnelles ». Allons voir ce qui succède à la *Victoire de Samothrace.*

C'est un chemin de croix. Dans les églises des missions africaines, je n'ai vu que l'art de Saint-Sulpice ; quelques missionnaires laissent pourtant leurs fidèles sculpter à leur manière des objets religieux. Ce chemin de croix est dominé par un crucifix nègre hiératique et convulsif.

Seigneur, je fabrique des dieux noirs aussi
Osant même vous donner
Des traits sombres et désespérés[1]…

La fuite en Égypte, avec son âne aux pattes raides, ferait penser à quelque bas-relief roman, sans l'hypnose de la Vierge. Pourtant, son accent poignant, celui des scènes qui l'accompagnent, évoque moins les stations du Calvaire que le domaine émerveillé qui accompagna si longtemps l'Écriture, l'étrange bichon que nous rencontrons au pied de la Croix des primitifs flamands, comme devant les *Arnolfini* de Van Eyck. De quel évangile apocryphe vient-il ? Petit chien du Christ couché à ses pieds à Cana et lors de la Cène, ou trottinant sur les palmes de l'entrée à Jérusalem… J'ai souvent rêvé aux évangiles apocryphes, surtout à ceux de l'enfance. Les camarades de Jésus modèlent des colombes, se moquent de lui parce qu'il modèle mal : il ouvre la main, et sa colombe maladroite s'envole.

Le bœuf et l'âne des tableaux ne sont pas dans l'Évangile… La présence de ces reliefs emplit la caverne. Jamais je n'ai vu d'œuvres chrétiennes traitées selon ce style, si bien que ces bas-reliefs innocents répondent à toute l'exposition de Senghor, à toute l'Afrique à laquelle ils appartiennent pourtant. Plus qu'au christianisme ? Je les regarde comme jadis, à Bagdad, les statues hérissées de scorpions astrologiques qui ressuscitaient la sculpture parthe[a]. Aussi comme les œuvres d'une école romane inconnue. L'humanité a cessé d'inventer ses images de Fioretti. (Elle a aussi, depuis treize cents ans[1], cessé d'inventer des religions…) Ce crucifix est pathétique mais non atroce, comme nos crucifix rhénans ou espagnols : furieusement stylisé. Il eût figuré à sa place dans un camp d'extermination ; dans la lutte, vieille comme les hommes, contre le Mal absolu. Il appelle la secrète puissance de la fraternité, mais ce n'est pas elle qui atteint au plus profond l'infernal compagnon du temps et de la mort ; ce n'est même pas le *Sermon sur la Montagne*, c'est le supplice. Le sacrifice seul est aussi profond que le Mal… Pourquoi les religions vont-elles de l'absolu à l'amour ? L'agnostique Bouddha est devenu compassion. L'Incarnation a surgi d'un peuple qui avait accepté d'être exterminé pour ne pas reconnaître qu'un homme, l'empereur, pût être divinisé ; le bœuf et l'âne ne sont pas dans l'Évangile, le péché originel non plus. L'inexorable accent de Celui à qui seul appartiennent la puissance et la gloire ne prévaut pas sur la voix de saint Jean : « Le Christ a dit : je ne suis pas venu pour juger le monde, mais pour le sauver[2]. » Le pathétique de ces bas-reliefs est étranger aux fétiches, mais aussi, à nos cathédrales de miséricorde : c'est le sacré d'un Israël qui aurait accepté les images.

« Vous voyez, ça commence… »

Vient d'entrer l'un des prêtres sénégalais avec qui j'ai causé hier, au musée, après les discours. J'avais dit qu'aucun sculpteur de Dakar ne pourrait aujourd'hui inventer un masque[3]. « Peut-être saurait-il créer autre chose », avait répondu l'abbé. Je n'avais pas compris, parce qu'on parlait d'art moderne. Je vais comprendre.

« Msié l'abbé, il a commandé les sculptures », dit le marchand.

L'abbé parle français sans accent :

« Voyez, me dit-il, comme l'Église est restée une affaire européenne ! Encore pire : américaine ! Nos sculpteurs de la brousse comprennent bien mieux l'Orient ! Les sculpteurs de Saint-Sulpice sont incapables de faire un crucifix comme celui-ci. Naturellement ! Et vos sculpteurs modernes sont incapables de sculpter un Christ que les gens prient ! Alors, à quoi il sert ? Et eux ? Allez voir une paroisse dans la brousse. Nos chrétiens ont plus donné à l'Évangile en deux générations que l'Europe en deux cents ans. Qui le sait ? Personne. Le Saint-Père. Peut-être. La Tradition est blanche. Il faut une Tradition noire. Elle va venir. Dieu est blanc avec les Blancs, il sera nègre avec les nègres. Nous sommes bien plus près de la Bible que le rationalisme européen ! »

C'est le vocabulaire de Senghor ; l'abbé dit : le « rationalisme », et il dit : « nègre ». Le même espoir de forêt vierge. L'abbé ressemble à l'abbé Youlou, le chef du Congo — bien qu'il ne soit pas bantou : la même éloquence banale et déchirante de chanteur noir, le même visage offert.

« Pourquoi pas ? dis-je.

— Le général de Gaulle pense aussi : pourquoi pas ?

— Peut-être…

— Vous entendrez nos fidèles chanter le Christ ; vous entendrez ! Mais personne n'aide Jésus à être présent dans ses nègres. Il doit tout faire tout seul ! Tout seul… »

Et, comme s'il terminait en s'adressant au crucifix, à voix basse :

« Si les Églises d'Europe continuent leurs chamailleries, ne devrons-nous pas être prêts à aller les évangéliser ? »

Je me tourne vers lui : il est parti.

Dehors, la rumeur de Dakar en liesse. Je m'engage dans une ruelle qui s'éloigne de cette foule endiablée. Devant moi, un grand Noir conduit un âne, ancien comme la Casamance. Au loin, la ville palpite de son immense tam-tam aux arpèges de feux d'artifice, enlève le Sénégal dans sa gigue frénétique. Elle passera comme a passé l'étreinte du Fils du Ciel et de la Terre ointe par ses géomanciens, comme passent les cortèges silencieux des poissons —

lorsque viendra la civilisation ivre de drogues, qui a perdu sa nuit. Sur la terrasse d'Ellora, j'ai vu brûler le camphre des offrandes ; le camphre ne laisse aucune trace, comme les Révélations oubliées, comme les cloches qui sonnaient la Libération sur les grottes préhistoriques de Dordogne où nous avions caché nos armes. « C'est par une nuit pareille[1]... », murmure Shakespeare, après la Bible... Nuits où les hommes sentent le passage des siècles comme celui du vent que l'Apôtre[2] disait aussi présent et aussi insaisissable que Dieu. Le pas sourd de l'âne appartient à la nuit, comme celui qui conduisit la Vierge en Égypte. Valéry mourant avait dit à Jean Paulhan : « Quelle connerie que la vie ! » Einstein[a] ébouriffé, son violon à la main, m'a dit : « Le plus extraordinaire, c'est que tout cela ait certainement un sens[3]... » Et le petit abbé : « Nous devrons aller les évangéliser... »

Une heure sonne.

Le bouquet d'un feu d'artifice éclaire doucement la ruelle, allonge mon ombre jusqu'à l'ombre cahotante de l'âne. La nuit revient, la nuit où ne restent que les chats hauts sur pattes aux yeux allumés, comme des religions disparues[b]. Les vibrations de l'heure se perdent dans la rumeur affaiblie de la fête nocturne. Je me souviens de la petite pendule de Senghor.

II

[HÔTES DE PASSAGE, II[1]]

Fin 1966.

Mort de Georges Salles, directeur[a] des Musées de France[2].

J'avais remplacé Gide au conseil des Musées[3], où il avait remplacé Valéry. Un jour de 1957, Georges Salles m'apporte la photo d'une peinture qu'aucun spécialiste ne parvient à classer. Elle lui est envoyée par un antiquaire iranien que je connais.

Cinq ans plus tôt, j'étais retourné à Ispahan, pour la première fois depuis 1929. Les caravanes y étaient remplacées par les camions, et le Sahara de l'admirable place, par un bassin entouré de gueules-de-loup. La nonchalance de l'Iran recouvrait la grande solitude de la vieille Perse où des arêtes de poisson micacées[4] brillaient dans des cours de sable sous le soleil des Mille et Une Nuits ; où les dômes bleus des mosquées apparaissaient au hasard des villes, comme les turquoises au hasard des cendres exhumées, avec les monnaies frappées à l'effigie « du lapin qu'on voit dans la lune ». J'aime Ispahan[5], autant que Stendhal a aimé Milan. J'avais revu les antiquaires, marchands sans magasins qui apportaient dans de larges toilettes noires des morceaux d'étoffes anciennes, des miniatures admirables ou fausses, des pièces à l'effigie d'Alexandre et d'autres qui eussent fait rêver nos romanciers du temps de Louis XIII : Artaban, Cyrus, Khosroes, Pharnabase. Elles tombaient de ces toilettes avec des oiseaux de paradis tissés dans les oasis de peupliers autour desquelles on se battait en vain depuis les Achéménides. Je m'étais lié avec le doyen des antiquaires, Souleyman Aaron (c'est lui, qui m'avait demandé s'il était vrai que les Russes eussent aussi *un livre*[1], et son neveu Saïdi. Souleyman, c'était la vieille Perse où l'on acquittait le meurtre d'un juif en « argent noir », c'est-à-dire en bronze, par mépris ; Saïdi, c'était déjà un sioniste : courage et efficacité.

Au jour de l'an 1952, j'ai reçu des deux une livre de riz, pour me porter bonheur ; et Georges Salles, la photo d'une étoffe qui se trouve à Bagdad. Ils peuvent l'acquérir pour le Louvre : cinq cent mille francs.

Les dimensions de l'image sont celles d'une carte postale ; celles de l'original, indiquées au dos, celles d'une serviette. L'étoffe dont on ne distingue pas la trame (une soie ?) est coupée autour de l'ombre d'un papillon héraldique, tache noire déchirée comme les dessins de Victor Hugo, avec des ailes d'oiseau fantôme, et une tête confuse où deux trous figurent des yeux. Son héraldisme ne vient pas de ses formes, mais de leur rigoureuse symétrie, mal accordée à celle d'un tissage : sa rigueur s'oppose à la tremblante découpure des ailes, que des veinules ornent comme des franges. Un aigle en décomposition, ou un papillon barbu. Joints, deux étroits morceaux d'une sorte de lin blanc.

À quel style relier une telle figure ? Antérieur à l'islam : l'arabesque n'y joue aucun rôle. Sassanide ? L'art sassanide ne connaît pas les papillons. Une telle symétrie a de très lointaines origines dans l'Orient jusqu'aux lions de Gilgamesh. Mais cette œuvre échappe à son propre style, quel qu'il soit. L'origine : Bagdad, ne révèle rien, car le marché des objets d'art est relativement riche, en Mésopotamie. Cet animal semble arbitraire parce qu'il n'a pas de place dans l'histoire, et occulte comme les mandragores ; mais sa symétrie n'appartient ni au hasard ni à la nature.

Je pense à l'art parthe, parce que nous n'en connaissons presque rien. À Bagdad, j'avais vu[2] une dizaine de statues d'un baroque pétrifié. Elles avaient été trouvées dans la forteresse de Hatra, que les archéologues locaux venaient de découvrir. Ils les avaient entreposées dans les caves du musée de Mossoul, et exposées à Bagdad pour quelques jours, en l'honneur du mariage du roi, mêlées à des tableaux surréalistes irakiens[3]. Argile du désert sur des figures apparentées aux palmyréniennes et aux sassanides, bas-reliefs encore polychromes de dieux à tiares entourés d'insectes qui étaient peut-être des signes du Zodiaque, déesse d'une Byzance sans regard.

Notre papillon-ptérodactyle n'est pas apparenté à ces formes massives, mais il appartient au sacré comme les scorpions de Babylone.

C'est lui que m'apporte Georges Salles, intrigué. Souleyman sait reconnaître une étoffe ancienne. La photo a fait le tour des départements du Louvre ; tous les conservateurs ont échoué à l'identifier, tous en ont confirmé l'originalité. Mais comment proposer au conseil l'acquisition d'une pièce non identifiée ? Et cinq cent mille francs, pour le Louvre, c'est[a] beaucoup…

Georges Salles, fils d'un grand avocat, conservateur du Guimet[1], puis directeur des Musées, a conservé maintes relations mondaines. Haute taille, délicatesse, humour, profil caprin, cheveux déjà blancs rejetés en arrière et relevés au-dessus des oreilles, comme au XVIIIe siècle, en ailes de pigeon. Les conservateurs, ses subordonnés, l'appellent le lama, avec une respectueuse ironie qui suggère à la fois son visage de Bourbon mince, ses gestes précautionneux, son détachement de maître bouddhiste[b].

« Connaissez-vous Mme Khodari-Pacha ? me demande-t-il.

— La descendante du sultan Abd ul-Hamid ?

— Je le crains.

— Je l'ai rencontrée il y a une vingtaine d'années…

— Parmi les voyantes, sorcières et pythonisses, on la dit la meilleure depuis Freya[2].

— Un mauvais médium, c'est un imposteur ; qu'est-ce qu'un bon ?

— Celui qui a fait ses preuves. Elle nous a été fort utile. Elle est chimérique, puérile et autoritaire. Mais elle n'est pas menteuse. Elle dit qu'elle ne dispose pas de son don. Ainsi nomme-t-elle inconsidérément ce qui la visite quelquefois : "Avec une bonne habitude des métrites, des salpingites et de la vanité, je puis répondre aux questions qui me sont posées. Les interlocuteurs sont tous les mêmes !" Malgré ce vocabulaire médical, rare chez elle, elle a gardé tout son snobisme. Elle est répudiée — disons divorcée — d'un pacha des pétroles et vit, me semble-t-il, de ses consultations. Des amis riches lui ont laissé quelques chambres de bonne ; elle en a fait un atelier. C'est un lieu ancillaire et distingué. Pour nous, elle fera ce qu'elle pourra.

N'oubliez pas d'oublier qu'elle sait l'arabe : son snobisme ne s'en accommode pas. Si l'on parle du Caire, elle demande excessivement où c'est. »

Il rêve.

« Son snobisme n'a pas d'importance, les manies ne peignent jamais les gens. J'ai sans doute eu un faible pour elle, autrefois. Maintenant, elle organise avec soin ses éclairages... Vers 1935, la revue *Vogue* la disait l'une des trois plus belles femmes du monde. Beaucoup plus tard, à la fin de sa splendeur, elle avait une psyché en pleine lumière dans l'entrée de son palais à Héliopolis ; elle a regardé au passage sa robe, très belle : la glace, inclinée vers nous, la reflétait, des souliers à la rivière d'émeraudes. Nimet (c'est son prénom) la regardait, émerveillée. Le poids, je ne sais quoi, a ramené la psyché à la verticale, et révélé à Nimet son visage déjà vieilli. Elle m'a dit : "Maintenant, ce n'est plus que pour ça ?..." et s'est mise à pleurer[a]. »

Je n'ai pas oublié cette beauté, que l'on disait juive alors qu'elle était circassienne : l'Orient des rêves, mon amie la reine de Saba. Je m'étonne de ne l'avoir retrouvée dans aucun de ces mondes communicants dont Paris fait ce qu'il appelle le Monde. « Son don fait peur », me dit Georges Salles sans me convaincre ; car il y a bien deux ou trois mondes, à Paris, qu'aucune crainte n'écarte, et ce n'est pas par intrépidité.

Il neige. Nous entrons dans une somptueuse villa de style Arts décoratifs. L'ascenseur nous conduit au second étage. Nous gravissons un étage de plus par un escalier de service très blanc. Au-dessus de nous, une voix amère crie :

« Vous voulez me photographier ? Vous avez ce courage ! »

En effet, des photographes entourent notre hôtesse.

Je la reconnais aussitôt. Ce n'est plus Salomé, c'est Athalie.

Les photographes opèrent, partent à la file, elle nous introduit dans un petit atelier. Sur le piano, une photo du souverain, dédicacée ; un portrait d'Abd ul-Hamid[1] ; aux murs, un aquarium et des tableaux d'un surréalisme innocent : elle peint. Sur un fauteuil, un chat noir couché en rond[b]. Un divan en U devant un merveilleux feu de bois. Elle s'assied, séparée de ce feu par une table basse, entre

Georges Salles et moi. Familier du lieu, il nous verse déjà un whisky, délicatement.

« Le whisky de France est ridicule ! dit-elle. En Écosse, il est épais comme un sirop, très fort. La duchesse d'Argyll m'en a apporté dans ses bras ; vous savez qu'il ne supporte pas le voyage[a] !

« Mon cher maître, je dois préciser deux ou trois points. Georges les connaît, il connaît tout, mais ne comprend rien. Voici. Mon don l'a quelquefois aidé, et il aide couramment, à d'autres fins, l'un de vos anciens collègues, plus exactement l'un des amis du général de Gaulle. Avant le coup de téléphone de Georges, je savais que vous viendriez aujourd'hui. Peu importe ceux[b] que je reçois : si je devais me livrer chaque fois qu'il en entre un nouveau, je serais morte depuis longtemps ! Les femmes ont besoin de parler d'hommes, les hommes de parler de femmes ; moi, j'écoute et je finis par avoir une expérience de confesseur ; c'est la vie courante, n'est-ce pas. Quant à mon don, je n'en sais rien de plus que mes amis : je suis visitée. »

Son abattage, qui survit à sa beauté comme à sa fortune, semble maintenant un abattage de théâtre…

« Madame, Victor Hugo[c] n'écrit pas tous les matins la *Tristesse d'Olympio*, Picasso ne peint pas tous les jours *Guernica* ; mais les autres ne peignent jamais.

— Jean Cocteau me dit toujours : "Après tout, tu es comme les poètes…" »

Je pense : comme un poète qui n'écrirait pas ses œuvres et ne les publierait pas ; ou un peintre qui ne peindrait pas[d]…

« Ce que je fais, dit-elle, est souvent plus contrôlable que le génie. Le poète, le chasseur, moi, nous partons chacun sur une piste, c'est vrai. La chasse n'est pas toujours bonne, vous savez ! Même quand elle l'est, ce que je vois a des limites. En 1938, j'ai prévu les morts que j'avais à prévoir ; je n'ai pas prévu la guerre. Un idiot vient me consulter parce qu'il va jouer sa fortune aux courses ; s'il doit perdre et se tuer, je le sais. Je ne sais jamais le nom du cheval qui gagnera.

« Commençons. »

Georges Salles lui tend la photo et les lanières d'étoffe, des deux mains. Déjà, quand il lui a baisé la main, il l'a tenue entre les siennes ainsi qu'en 1820. Il touche toutes choses comme les objets précieux des musées[e]. Elle regarde le feu mollement et fixement, pose la photo sur la table basse et les mains sur la photo, et la parcourt des ongles de la main droite. Dans la gauche fermée, elle froisse les lanières.

« Tiens ! ce n'est pas du tout en soie. C'est épais. Rugueux. C'est l'étoffe, que je tiens ; le dessin n'est pas un tissage. Ce n'est pas… un motif. Pas un dessin du tout. L'étoffe a été autrefois pliée en deux ! Ce qui l'a teinte n'est pas une couleur.

— Pourtant la vraie tache n'est pas noire, dit Georges Salles. Sur la photo seulement.

— Ce n'est pas une couleur : c'est du sang. »

Je tiens un double de la photo. À cause de la symétrie, personne encore n'a pensé à une tache.

« Aurez-vous prochainement cette étoffe entre les mains ? demande Georges Salles, qui note ses questions.

— Non.

— La posséderons-nous pour les Musées nationaux ?

— Je ne sais pas. Elle ne viendra pas en Europe.

« Un… Arabe, un Oriental, va faire un voyage dans un pays voisin du sien. Sa vie va changer. »

Saïdi doit partir pour Israël.

« Remontez plus haut, dit Georges Salles. L'homme dont vous parlez est celui qui nous a envoyé la photo. »

Elle regarde le feu. Malgré son état voisin de l'hypnose ou de l'ivresse, elle a compris la question. Elle se tait quelques minutes.

« C'est très loin… Très loin dans l'espace… au moins l'Orient… Et c'est un temps très ancien[1]. »

Sa voix autoritaire a disparu. Elle cherche :

« Il y a l'obsession d'un dieu.

« Et tout est décidé chez les chameaux.

« Il y a un champ de bataille, la nuit. On s'est battu. Un roi qui cherche parmi les morts. Derrière des porteurs de lanterne.

« Il y a toujours un grand bouclier.

« Il y a un fleuve comme le Nil… un pont de bateaux… un autre roi… Ce sont des femmes qui versent le vin… Il y a des troupeaux de moutons. Encore.

« Arrive la pluie du ciel noir. Tous les jours…

« Elle cesse… De l'autre côté du fleuve, des feux partout… »

Une des bûches qui flambent craque fortement, comme si nous parlions d'elle[a].

« Plus tard… »

Elle ferme les yeux, attend[a].

« Il y a des Blancs sur des chevaux, et des hommes de couleur sur… sur quoi ? D'énormes animaux que je ne connais pas, mul-ti-co-lores… des animaux disparus ?… mais les Blancs ne sont pas des hommes des cavernes, plutôt des Romains…

— Voyez-vous leur costume ? demande Georges Salles.

— Il y a des jambes nues… aussi quelque chose comme les pantalons des zouaves, mais blancs…

— Voyez-vous le pays ?

— Il ressemble aux déserts montagneux de chez nous…

— La mer est proche ?

— Non. »

En disant : chez nous, elle a voulu parler de l'Égypte. Georges Salles et moi pensions à Zama, mais les troupes carthaginoises avaient-elles rencontré celles de Rome sur un terrain désertique ?

« L'homme que je… vois est un chef des Blancs… »

Scipion ?

« Rasé. Ses cheveux clairs mangent son front. Il y a trois femmes… Quand il descend de cheval, il marche très vite…

« Ha ! Les animaux vont charger, ils lèvent la trompe. Ce sont… je vois mieux maintenant… des éléphants peints… Tiens, il y en a qui sont dorés ! Du côté de l'homme, il y en a aussi[b]. Pas beaucoup.

« Devant eux, il y a des soldats tout… hérissés de pointes de fer… Des châtaignes… Ils portent des faux…

« Du temps passe… »

Elle marque le passage du temps par un silence qui l'habite comme les fondus enchaînés du cinéma ; puis, reprend :

« L'homme va mourir, mais plus tard… »

Le chat miaule, tourne sur lui-même, saute sur mes genoux. Je le caresse.

« Ne vous inquiétez pas, dit-elle : il se comporte toujours de cette façon quand je vois la mort. »

Et, au chat :

« Laisse-nous tranquilles avec tes histoires ! »

Je caresse sa fourrure hérissée, ses muscles noués, son corps réfugié[c].

« L'homme est en face d'un autre, dit-elle, monté sur un

des éléphants peints… Derrière cet autre, il y a des soldats qui tiennent des branches… Sur les branches, des oiseaux. »

Annibal ?

« Une odeur de fleurs très… sirupeuse. Comme à Tahiti. L'homme s'en va[a] vers le désert… Pourtant, c'est lui qui a gagné la bataille. Maintenant, c'est le soir, et tout le fleuve est gardé par les éléphants. »

Elle pose sa main à plat sur la photo.

« Il y a beaucoup de combats… contre des villes fortes sur des petits monts, devant des montagnes. Il y a aussi des montagnes droites au loin. Des plaines couvertes d'herbes, de… lavande, et des arbres comme des peupliers. Le vent vient de loin.

« Je ne connais pas les montagnes de Grèce. Quelque chose dit : le bouclier d'Achille… Troie ? mais il n'y a plus de femme…

« Et les chameaux, les chameaux…

« Tout ça ne dure pas…

« Je ne vois plus l'homme.

« Ah ! je suis avec lui… Il pense à un ami qu'il a tué… Il n'y a plus d'herbe… Du désert avec des montagnes bleues au fond…

— Vous ne distinguez pas la végétation ?

— Il n'y en a plus. On apporte du bois. De loin. On termine une… non, c'est un bûcher. Des soldats, toujours des soldats. Une cérémonie ; c'est la fin. On plante une grande borne…

« Le bûcher flambe. Des flammes de petite lampe. Depuis longtemps… Le soleil va se coucher.

« Des braises sur le sable. Très au-dessus, suspendues à… quoi ? un croisement de… tiges de fer, de lances ? il y a des os qui viennent de s'écrouler. L'armée pousse des cris… petits… Sur ce qu'on voit du désert, le squelette noir d'un grand cheval s'allonge… parce que le soleil se couche. La tête du cheval est soutenue par le fer d'une lance. La voilà là-bas ! l'ombre va jusqu'à la montagne…

« Encore des caravanes qui portent du bois. Des chameaux, des ânes à gros colliers bleus… Je connais les colliers, j'ai joué avec…

« Mon cher maître, pourriez-vous cesser de penser à cette croix ? elle me gêne », dit-elle d'une autre voix[b]. Je pense, en effet, à la croix du père de Foucauld[1], faite de deux petites branches, dans l'ermitage du Hoggar où pas un arbre ne pousse à cent kilomètres. Notre hôtesse retrouve sa voix blanche :

« Je ne comprends pas. Depuis les batailles, c'est désert. Comme notre désert à roches noires, à Éléphantine. Pourtant, tous les chefs ont des feuilles sur leur casque… Oui, des feuilles. Et il y a des espèces de chariots…

— Des chars ?

— Non : des chariots longs, bâchés. Des tapis pendent. Dedans, des hommes, dix, quinze… Ceux-là ont des casques avec des feuilles. Gesticulent, chantent. Des grands gestes au-dessus des roues… Tiens ! ils sont ivres. Il y a toujours l'armée…

« Il hurle en chantant… Pourtant c'est un homme très triste… Il a aussi des feuilles sur son casque ; aussi des fleurs… blanches, charnues. Il y a des femmes, pas beaucoup. Ça dure…

« Ah ! il n'y a plus rien… »

Elle se lève, à peine hagarde, va s'asseoir devant l'aquarium. Elle a emporté la photo. Les poissons en croissants de lune obliquent sans souplesse.

« Maintenant il est allongé sur le pont d'un grand vaisseau. Les soldats sur des… des barques ? passent devant lui, l'acclament. Il lève un bras… Il y a des crocodiles.

« Maintenant une très, très grande tente… avec des chambres faites par des tapisseries. Une foule de femmes… des centaines, oh ! encore plus ! avance… Ce sont des noces.

— Distinguez-vous le visage de l'homme ? demande Georges Salles.

— Maintenant, oui.

— Comment sont ses yeux ?

— Tiens, tiens ! un bleu, un noir ! »

Les yeux d'Alexandre de Macédoine. Georges Salles me regarde en silence.

« Savez-vous quand le sang a coulé ?

— Quoi, le sang de la tache ? Non.

« Il y a une ville qu'emplit l'armée. Les cuisines grillent des brochettes. Beaucoup de flamboyants. Des idoles…

« Maintenant, une autre ville, avec de grands jardins.

« Encore du temps…

« Il y a des grands banquets, des milliers, des milliers de convives, sûrement ! »

De nouveau, le silence opaque des siècles[a].

« Une file passe maintenant devant son lit, dans un palais. Il y a près de lui une fosse. Ah non ! c'est la mort... Des soldats l'un après l'autre. Il les salue d'un battement des paupières... »

L'insaisissable s'engouffre dans l'Histoire. Les yeux d'Alexandre ne regardent plus passer des ombres mais des officiers macédoniens[b]. Devant nous, notre whisky, ce feu confortable. Autour, Paris. Désormais, elle ne peut plus qu'illustrer la vie d'Alexandre. Mais on sonne.

Elle va ouvrir en chancelant, nous dit au passage : « J'attends un télégramme très grave. » Dans l'encadrement de la porte, un moustachu coiffé d'un képi.

« Ah ! » crie-t-elle, se jetant à son cou : « ce n'est pas le télégramme !

— Madame, dit l'homme éberlué, je suis le Gaz.

— Venez par ici ! »

Et de le conduire dans la pièce voisine, d'où elle revient, ravie.

« Vous ne savez pas qui vient chez vous ? » demande Georges Salles, un peu ironique.

« Parfois, pas du tout. Parfois, très bien. Jamais si je suis en cause. C'est imprévisible. J'ai pu vous aider[c] ?

— Beaucoup. »

Elle ne semble attacher aucune importance à ce qu'elle nous a dit.

Nous avons hâte de prendre congé.

« La semaine dernière, dit-elle, la duchesse de Luynes est venue sans se nommer. Je savais qu'elle devait venir, et je lui ai précisé la lignée de sa famille, qui est presque comparable à la mienne. »

Georges Salles sourit à peine, et je regarde cette magicienne soucieuse des lignées au moment où elle vient d'abandonner l'ombre d'Alexandre. Sur le divan, la photo, et les deux lanières chiffonnées.

Nous descendons rapidement, comme si la clef du surnaturel nous attendait. Nous allons chez Georges Salles, au Louvre. À peine la voiture démarre-t-elle :

« Vous connaissez bien Alexandre ? me demande-t-il.

— Quand on a joué l'adaptation de *La Condition humaine* par Thierry Maulnier[1], j'ai découvert le théâtre, et j'ai rêvé d'écrire, après je ne sais qui, un *Alexandre aux Indes*[1]. Et vous ?

— Moi aussi, à cause des fouilles. Elle aurait pu dire maintes choses qui ne fussent point véritables, mais[a] la plupart des images qu'elle a décrites correspondent à nos connaissances. »

Il tire d'une poche intérieure de son pardessus noir ses annotations :

« J'ai mentionné[b]: les trois femmes — le retour d'Asie avec les pampres au casque — les éléphants de Darius et de Taxile en face des éléphants peints de Porus — l'ami tué, qui est Clitos — le pantalon des zouaves, qui est celui de la cavalerie perse — les soldats hérissés de pointes qui accompagnent les cataphractaires[2] — le ciel noir de la mousson — le bûcher de Bucéphale — les yeux "bigarrés"…

— Et les chameaux ?

— La bataille d'Arbèles fut livrée à Gaugamèle. Gaugamèle veut dire : halte des chameaux. Ce site est bien celui où l'Empire perse est mort. Félicitons Mme Khodari. Pacha. N'oublions pas pacha. »

(Son profil est beaucoup plus celui d'un chameau de race que d'un lama.) Je réponds[c] :

« Aurait-elle lu cette nuit une vie d'Alexandre[3], elle ne s'en serait pas souvenue *ainsi*… Et ni vous ni moi n'avions pensé au pli effacé, qui explique la symétrie de la tache ; ni surtout au sang. Ni d'ailleurs à Alexandre. Le laboratoire du Louvre pourrait analyser la tache ?

— Je crois. Mais serait-il honnête, voire judicieux, de demander cinq cent mille francs au Conseil sur l'affirmation d'une voyante ?

— Et nos mécènes ? »

Au Conseil, figure un représentant des « grands donateurs ».

« Leur générosité n'écarte point leur prudence.

— Dans l'hypothèse d'une transmission de pensée, qu'a-t-elle pu trouver en vous ?

— Presque tout — sauf l'essentiel, qui est le sang. Je suppose que vous pensez à la transmission de connaissances oubliées. Je répète : oubliées. Mais j'avais rassemblé avec soin des documents, pendant des mois[d]. Elle a commencé par dire : il y a l'obsession d'un dieu. Le travail que j'avais commencé traitait exactement de ce point. Je voulais étudier le surnaturel qui ne cesse d'entourer Alexandre.

— Tout de même, quel sentiment de vérité impose l'irruption de l'Histoire ! Votre amie était "visitée", comme elle dit, par quoi ? par le passé. Tout a changé pour nous quand elle a vu les yeux d'Alexandre...

— Ainsi Dumas, flottant lorsqu'il contait les aventures de d'Artagnan, devient-il convaincant lorsqu'il oppose ce d'Artagnan imaginaire à un Richelieu de vaudeville. Ce Dumas est grand. Je l'admire. Mme Khodari aussi... »

Enfin les hautes fenêtres du Louvre se succèdent, comme les Dix Mille sur les bas-reliefs de Persépolis. Le funèbre couloir, bustes, portraits de conservateurs. Le bureau de Georges Salles, la Seine devant nous. Au mur, une affiche de l'exposition étrusque, une gravure de Picasso dédicacée. Contre le mur, des tableaux et quelques sculptures attendent le prochain Conseil[a].

« Donnez-moi Alexandre », dit-il en souriant à l'huissier, qui va chercher un dossier et le pose sur le bureau où Georges Salles s'est assis.

« Donc, voyons sa relation avec le divin. Tout commence avec Olympias fécondée par la foudre, ce qui n'est pas véritable — et ses serpents apprivoisés.

« À l'oasis du désert, quand il demande au grand prêtre : "Amon m'accordera-t-il l'empire du monde ? — J'étais aussi à Samothrace", répond l'autre. Olympias, avant de rencontrer Philippe, avait été prostituée sacrée de Samothrace[1]...

« Il vit environné de prédictions et de présages. Dès sa naissance : "Cette nuit-là, s'est allumée en Orient une torche qui embrasera le monde..."

« La femme de Gordios, le roi du nœud gordien, est prophétesse.

« L'oracle d'Amon a dit à Hector, le fils de Parménion : "Le Nil sera la frontière de ta fortune". Hector croit qu'il sera roi d'Égypte. Et se noie dans le Nil. Ce qui est juste. Car il était impardonnable, et ne fut point pardonné. »

J'ai rencontré ce ton parodique, qui m'amuse, chez nombre d'intellectuels de sa génération ; il s'affaiblit[b] :

« Lors de l'éclipse de lune, je ne sais où vers la Bactriane ? lorsqu'il lutte contre l'épouvante de l'armée, il fait crier : "La lune s'est cachée au temps de Salamine..."

« Il parle avec le brahme qui monte sur le bûcher que vont atteindre les flammes. Cette conversation me trouble plus que son bavardage avec Diogène. "L'an prochain à

Babylone", dit le brahme. À Babylone où les prêtres de Bel-Mardouk, donc d'Amon, l'adjureront sagement de ne pas entrer.

— Il n'obéit pas toujours aux présages…

— Bien inconsidérément. Mais le Destin ouvre ou ferme l'esprit aux présages qu'il dispense…

« Voici le plus intéressant. Peu de temps avant sa mort, Alexandre se déshabille pour se baigner dans le fleuve. Il laisse le manteau de pourpre et la couronne sur le trône qui le suivait partout. Toucher le diadème est un sacrilège insigne. Quand il revient, un homme est assis sur le trône, porteur de la pourpre et du diadème. Un fou. Aux questions, il répond : les dieux m'ont envoyé… En quoi ce fou montrait grand sens[a].

« Le surnaturel ne cesse pas à sa mort. Chaque matin, après les sacrifices, le roi Eumène viendra prendre les ordres du manteau du mort[1]. Peut-être celui qu'avait revêtu le fou…

— L'architecte[b] du musée de Téhéran m'a raconté que lorsqu'il apporta au chah Riza Pahlavi les tablettes d'or de Darius, le chah en fit installer une dans une chambre voisine de la sienne. Il allait tous les matins se recueillir auprès d'elle.

— Précisons maintenant les relations d'Alexandre avec les hommes. »

Georges Salles prend une autre chemise du dossier :

« Ses blessures se ferment trop. Il est plus invulnérable qu'Achille. Il échappe à tous les périls, y compris aux périls saugrenus, car de l'Inde et du golfe Persique, il attend des monstres redoutables.

« Quand la colère le fait sauter dans la citadelle des Malliens, il devrait être tué : il ne l'est pas.

« Son sens divinatoire lui fait trouver le gué du Tigre. Son cadavre reste sept jours sans se décomposer (nous rencontrons maintes fois le chiffre sept). Ce dont la chaleur de Babylone porte à douter.

« Je n'ai point une idée claire de son esprit. Mais je distingue la part fabuleuse, chez ce capitaine dont les combats ont exigé un sens peu commun du réel. Aristote s'étonne de son indifférence à la métaphysique. Croyez-vous à la métaphysique[c] ? Le roi croit à la valeur du secret : il dit à Aristote qu'un philosophe a tort d'*écrire*. Il porte grand respect à Homère[2]. Et aux astres. Le refus de combattre en face du soleil est prudence militaire, et aussi relation avec le dieu-soleil. La nuit d'Issos, il attend le lever de la lune pour faire recueillir avec soin les plus belles cuirasses des morts.

— Mme Khodari a retrouvé cette image tout à l'heure. Elle est aussi dans la *Bhagavad-Gîtâ*[1], ou presque[a]...

— Un autre point me trouble : son goût du travesti. Il n'est pas rare chez les homosexuels. Soit. Il se déguise en Héraclès. En Artémis — en Artémis !

— Hercule et Omphale...

— Son goût du costume perse n'est donc pas seulement politique. Il se déguise en Dionysos[2]. Passons-lui ces anciens usages. Le char traîné par les tigres, les lions et les panthères, le pouvons-nous soutenir ? Pourquoi non ? Mais le retour vers Babylone, le cômos à travers le désert, cérémonie où Mme Khodari reconnut sagement une traditionnelle saoulerie, a existé. C'est une fête de Dionysos : cômos signifie bacchanale, disent les gens instruits.

« L'ivresse est excessivement présente. Voici une scène aussi belle que celle du fou sur le trône. L'envoyé de Parménion vient prendre les ordres pour la cavalerie avant la guerre des Indes — la dernière ; Alexandre, ivre mort, le chasse de la main ainsi qu'une mouche importune. »

Il n'y a plus de feuilles dans la chemise.

« Pourquoi aviez-vous rassemblé précisément ces documents-ci ?

— Fait-on des fouilles en Perse[3] sans y rencontrer beaucoup Alexandre ?

« La curiosité des hommes est infinie. J'avais tenté[b] de répondre à : comment se conçoit un homme qui se croit surhumain ? Lourde tâche ; c'est pourquoi j'ai rassemblé ces documents qui devraient vous plaire, et n'ai rien écrit. Ce dossier fait peine à voir[c]. Je me console en affirmant que c'est la faute de tout ceci... »

Il désigne de la main les tableaux et les sculptures déposés le long du mur. Il y a aussi quelques marionnettes, sans doute pour le musée des Arts et Traditions populaires. La neige tombe sur la Seine avec indifférence.

« Nul ne peut écrire sur Alexandre. Racine ?... pour quoi dire ? Shakespeare l'a sagement négligé. Il était cependant plus grand qu'Antoine. Victor Hugo en eût fait un héros de *La Légende des siècles*. Mais il a escamoté l'Antiquité. Le jugeait-il pompier ? Il manquait de mâchicoulis, c'est vrai. Et rien depuis.

— Hugo n'aurait pas cherché en Alexandre un personnage de Poussin. Il l'aurait livré à son antiquité fantastique. Comme Xerxès[1], qui a fait flageller la mer de trois cents coups. Neptune regarde :

« *Et de ces trois cents coups il fit trois cents soldats,*
Gardiens des monts, gardiens des lois[a], *gardiens des villes,*
Et Xerxès les trouva debout aux Thermopyles.

« Ou l'aurait fait dialoguer avec les constellations du *Satyre*, qui lui conviendraient assez bien. Une bataille d'Arbèles dans le style du Waterloo de *L'Expiation.* Mais Alexandre a existé et il est mort vainqueur. Sinon, il eût trouvé son prophète, qui n'est pas Hugo : Nietzsche.

— Vous me faites rêver... Alexandre contre Apollon, au lieu de Dionysos[b]... »

Je souhaite revoir mes notes, comme nous venons de revoir son dossier.

« Que faisons-nous ?

— Pour cette maison, répond-il, rien. Je connais depuis des années les membres du Conseil. Ce sont des hommes formés par le siècle dernier.

— Ils nous tiendront pour des farfelus ?

— N'en doutez pas. Ils sont plus ouverts qu'au temps de Poincaré ou de Barthou. Pourtant Valéry, qui ne refusait guère, eût refusé. Écoutez une histoire. Elle concerne Roger Martin du Gard. Un jour, on nous propose une étoffe, comme celle-ci, non identifiée. On nous en faisait présent. Les conservateurs ne se prononcent point. Je vais visiter Freya. Elle identifie des taches de vin. Ce que je signale à l'auteur des *Thibault*, qui rit. Nous envoyons la pièce au laboratoire : il authentifie les taches. Ce que je dis à Roger Martin du Gard. Il me répond : "Je n'aime pas ça ; ah, cher ami, si vous pouviez savoir comme je n'aime pas ça !"

« De plus, tenons compte d'un obstacle, que vous n'ignorez point. Supposons que la pièce nous soit communiquée, hypothèse chimérique ! et que l'analyse confirme la présence du sang ; voire, la date approximative, qui pourra soutenir qu'il s'agit du sang d'Alexandre ? Proposerons-nous de payer cinq cent mille francs une tache de sang du

IVe siècle ? Le contrôleur financier se montrera sceptique et amer ; et il ne nous donnera point notre argent.

« La voyance de Mme Khodari ne me semble pas contestable. Elle reconnaît pourtant qu'il lui advient de se tromper. Comme tous, comme toutes. Tantôt parce que "son don" n'agit pas ; n'advient-il jamais au grand médecin de se tromper dans son diagnostic ? Tantôt parce qu'elle est obligée d'interpréter. Elle m'a honnêtement raconté ceci. Un de ses visiteurs (comme Freya, elle ne dit jamais : clients) attend la mort de sa femme malade pour épouser sa maîtresse. Mme Khodari lui annonce "la mort d'une femme qui lui est liée de près". Et, au temps désigné, c'est la maîtresse qui meurt…

— Vous pensez que le médium ne pense qu'en termes de destin ?…

— Je n'envisage pas sans malaise ce que je pense du surnaturel, même lorsque je l'appelle supranormal. Il me trouble. Je ne le cherche point. J'ai consulté ces pythonisses pour les Musées ; non pour moi. Mais lorsqu'on ne croit plus à grand-chose, cher ami, comment ne tournerait-on pas autour de la poésie ? Et la poésie vivante est rare.

« Vous connaissez les tablettes mésopotamiennes qui portent les empreintes de la main de leur auteur. Les mains des prêtres de Ninive ne ressemblent point à celles des militaires…

« Avez-vous étudié le travail vigilant du président des anciens centraliens ? Il a passé des années à rassembler des dates de naissance, pour poser une question troublante : les hommes naissent-ils au hasard ? De douze mille hommes nés en un an, il devrait naître mille par mois, n'est-ce pas ? Il n'en est rien. Les hommes naissent à des dates apparentées à celles de leurs ascendants directs. Les deux tiers seulement : un dieu distrait les prédestine. De même que les femmes ne sont fécondes qu'à certaines dates, elles ne le deviendraient qu'à d'autres. Ce qui fait réfléchir. Ce n'est pas une astrologie, cher ami ; toutefois, c'est plus qu'un hasard.

« Pour nos Musées, j'ai eu affaire au docteur Osty, au temps de l'institut de Métapsychie[1]. Il n'était pas un homme crédule, bien que… enfin ! Ses services avaient écarté des imposteurs en grand nombre. Ils avaient même démasqué quelques charlatans.

— C'est lui qui a publié la prédiction polonaise de

1919 ? celle qui annonçait la venue fort peu prévisible des Français, et la victoire polonaise, quand tout le monde attendait la prise de Varsovie par les Russes ?

— Il s'agit de l'une des très rares prédictions contrôlées. Osty a publié aussi l'extraordinaire histoire, si proche de la nôtre, du liquide enfermé dans une ampoule trouvée sur un tombeau du Liban. La photo avait été communiquée à Mme Morel, l'une des voyantes de l'institut. Sa sténographie éberluée est la plus surprenante que je connaisse. Je vous l'apporterai... »

Je rentre à *La Lanterne*, et reprends mes notes, comme Georges Salles a repris son dossier. Je pensais à une tragédie, et je rêvais d'un film[a]. J'avais d'abord fixé des images. Images et dossier coïncident.

Bucéphale, après la bataille contre Thèbes, gravissant les amoncellements de cadavres du bataillon sacré. La ville d'Œdipe rasée à l'exception de la maison de Pindare. La tempête de neige qui environne Alexandre lorsqu'il coupe le nœud gordien. La découverte de la première mousson : le ciel noir sur les montagnes jaunes. Le manteau jeté sur le sable pour y dessiner le plan d'Alexandrie, et les prêtres qui tracent les rues principales avec de la farine, guidés, selon la coutume, par des aveugles. Pendant la bataille d'Arbèles, Darius immobile entre les statues de son char. Les remparts de Babylone, le temple de Bel écroulé. Alexandre mettant sa main dans la main de la statue. La forteresse d'Aornos couverte de lierre, qui avait résisté à Krishna. Des rois pendus entre leurs ministres, aux arbres qui bordent un fleuve lent. Un pont de bateaux que traversent en cahotant des machines de guerre, chargées de prostituées. La fondation d'Alexandria-Eschata, Alexandrie la Lointaine ; les autels des douze dieux de l'Olympe dans les steppes. Les funérailles de Bucéphale. La lettre de Parménion : « J'ai détruit l'armée ennemie, et pris quatre-vingt-sept échansons et quarante-six tresseurs de guirlandes. » La ligne d'orfèvreries abandonnées et d'ossements laissée dans le désert par le retour de l'armée. Le tombeau d'Héphaïstos, et l'ordre de couper les crinières de tous les chevaux en signe de deuil. Le fou. Enfin, le cillement funèbre qui répond à la file atterrée des dignitaires macédoniens. Dernière image du film : le cillement cesse, la file s'immobilise, la paupière ne se relève pas[b].

Maintenant, lui-même. Je croyais n'avoir presque rien noté. Erreur[a]. Le beau visage au front bas des statues, et le profil à la corne de bélier fixée par la résille d'or ; les yeux de couleurs différentes ; Aristote qui enseigne sans pouvoir prononcer correctement les S ; le pas de Napoléon, et la tête un peu inclinée sur l'épaule ; à la mort de Philippe, les généraux réunis pour consultation, et auxquels il donne aussitôt des ordres. Le discours de l'ambassadeur scythe : « Quand tu auras subjugué l'humanité, tu feras la guerre aux forêts[1] !... » — et peut-être, la statue devant laquelle rêve César envieux...

« Nous avons tout conquis, et ne possédons rien[2] », dit Alexandre au sommet de la gloire. Il ne voulait pas posséder, mais conquérir. Qu'est sa politique[b], l'une des plus fortes de l'Histoire ? Annexer les grands vaincus sans les écraser, puis soumettre le monde au gouvernement d'un roi-dieu. C'est pourquoi il hait les Macédoniens rebelles à sa déification. Il change l'art militaire et la conception du chef, accueille[c] les adolescents des aristocraties conquises, les introduit dans la phalange macédonienne et dans la cavalerie des compagnons. D'où les noces de Suse : comment gouverner le monde avec la seule Macédoine ? Le maréchal Tito, vainqueur des États-Unis[d]...

« Votre tragédie, m'a dit Georges Salles, a rejoint mon étude. Quelle belle histoire littéraire formerait celle des desseins abandonnés !... Pourtant nos travaux ont existé, cher ami ; ils ont existé[e]. »

Le personnage de tragédie est un pôle, et Alexandre est bien un tel pôle. Quel serait l'autre, l'« antagoniste » ?

Sophocle eût-il conçu que Némésis attendait à Babylone le destructeur de Thèbes, ville d'Héraclès et d'Œdipe ? La seule menace qu'Alexandre entende n'est pas celle des princes de l'Indus aux milliers d'éléphants, c'est celle de Callisthène et de la Grèce : « Tu n'es pas un dieu. »

Il se veut surhumain, en un temps auquel le surhumain est familier ; les rois ne prévalent pas sur Héraclès. Impuissant[f] contre lui-même (il tue Clitos[3]), tout-puissant sur l'univers. L'élève d'Aristote danse avec ses compagnons, nu et armé d'une lance, autour du tombeau d'Achille — Peaux-Rouges sur le sentier de la guerre. On le voit se diviniser par bonds. Vainqueur de l'Inde, comme Dionysos. Vainqueur du monde, qui vaut bien l'hydre de Lerne ou les écuries d'Augias ; et Roxane vaut mieux qu'Omphale. Il traverse les déserts de Gédrosie, de Carmanie, parce que ni Sémiramis ni Cyrus n'ont pu le faire. Napoléon dit qu'il finit dans la débauche ; cette trouble grandeur le déconcerte.

Qui pourrait croire que son éclat de dieu solaire tienne au talent des historiens antiques ? Autant croire que le Christ tient à celui des évangélistes. Son invincibilité le délivre de la condition humaine. Son génie politique et militaire, si délibéré, semble d'instinct ; il poursuit la domination du monde par un roi sacré, avec une rigueur que ne brisent pas les bacchanales. Sa naissance suspecte entourée de présages nie l'ordre du monde comme Hercule avait combattu les monstres, et Bellérophon, la Chimère. Il entre à Babylone par la porte maléfique. À cette âme inassouvie de tout, au-delà de l'inconnaissable comme de l'inconnu, au-delà des sagesses soumises, quel antagoniste opposer ?

A-t-il rencontré les couvents bouddhistes, nombreux dans le Taxila ? Ce n'est pas la pensée bouddhique que m'évoquent tous ces couvents, c'est la légende rivale, celle du prince Siddharta. Ici l'austère Pella et même les mystères de Samothrace, les Acropoles tricolores, Zeus-Amon, le bouclier d'Achille, la terre vaincue, Roxane et Statira. En face, la nuit de l'Inde, le palais rouge sous les étoiles, la reine caressée si doucement qu'elle ne s'éveille pas, la ville que traverse en silence le cheval aux sabots enveloppés par les dieux ; le prince resté chez les ascètes, le pas du cheval qui revient seul par la ville encore endormie, pour se laisser mourir de faim… Le sermon de Bénarès, quand les gazelles posent leur tête fraîche contre la joue du Bouddha : « À l'origine de la douleur universelle est la soif d'exister, la soif des plaisirs qu'éprouvent les cinq sens extérieurs et le sens intérieur — et même la soif de mourir… »

Jamais le successeur d'Achille et d'Hercule n'a connu le bouddhisme. Il a rencontré Çiva. Qu'a-t-il pensé, lorsque, au pied du bûcher, le brahme, qui ne voyait en lui qu'un cyclone frivole, lui a donné rendez-vous à Babylone[1] ? Mais ni l'ascétisme, ni le bûcher, ni la connaissance prophétique, ni la communion avec ce qu'il appelait le néant divin n'étaient plus puissants que son rêve. Qu'importe de s'unir aux dieux, si l'on emplit les rêves des hommes ! Pendant la journée où il ne vit plus que par les paupières, croit-il que son écroulement flamboiera sur sa mort, comme le bûcher sur celle d'Hercule ? Pressent-il qu'en détruisant l'Empire iranien, son armée repue de victoires a créé le monde où va s'élaborer le christianisme ? De Jérusalem à Rome, et non de Jérusalem à Persépolis. Le vide qu'il laisse ne sera comblé que par l'Empire suprême, et Rome n'est pas une aventure.

Néanmoins, ce qui le remplace sans lui succéder n'est ni Rome ni le christianisme, c'est l'Islam. Khodjend, Samarcande, Bactres se sont toutes nommées Alexandrie la Lointaine et portent des ruines de mosquées. L'Islam accomplit ce que le roi n'a pas eu le temps d'achever — de Lahore aux colonnes d'Hercule.

L'interlocuteur tragique d'Alexandre n'est pas la mort[a], c'est le destin du monde…

Il connaît (ou ignore) pourtant un antagoniste au sens grec — antagoniste divin, si l'on reconnaît les dieux aux sacrifices : c'est son Double. Pour les dieux mêmes, la Grèce avait inventé la transfiguration de l'homme ; Alexandre invente ce qui échappe à toute statuaire, l'irrationnel lyrique du songe et de la nuit, incarnation de la Grèce panique. Sa légende démesurée répond au trouble appel du héros avec autant de rigueur que l'austère Pallas de l'Acropole avait répondu à l'appel de la cité. Ce roi presque sans femmes semble entouré de bacchantes. Il accomplit la Grèce en la niant, divinisant l'Hybris. À vingt ans, il entend échapper à la condition humaine. Non par la sagesse de ses précepteurs grecs, non par la libération bouddhique, non par la communion avec l'âme du monde. Il ne possède rien de plus précieux que ses coffrets d'or : il y enferme l'*Iliade*. Les grands rêves poussent les hommes aux grandes actions et aux mythomanies épiques. En lui, don Quichotte entreprend de dépasser Roland, et y parvient ; les preux de la Table ronde, dans notre mémoire, font figure de rois de cartes. Possédé par Homère comme Napoléon par Rome. Jusqu'à l'âme : au fils de la sibylle Olympias, une étoile ne suffit pas. Et les temps sont plus favorables. Il s'est parfois cru fils de Zeus. Napoléon s'est cru parfois prédestiné : « Ralliez-vous à ma gloire ! » dit-il à Cadoudal. La contagieuse démence d'Alexandre est plus vaste et plus profonde que la gloire. Nul ne connaît mieux que lui la puissance de l'imaginaire que peuplent les héros de l'*Iliade*, les demi-dieux, et d'abord Dionysos : l'imaginaire du soleil, comme celui d'Eschyle était l'imaginaire de la nuit. Il a formé l'un des plus grands desseins : égaler le paganisme cosmique en l'incarnant. Les hommes sont hantés par les songes, et les actions qui ont la couleur des songes sont aussi fortes que les dieux. Il sait que tout génie doit conquérir sa part de ténèbres et d'inconnu. Il organise la cavalerie des Hétaires comme César organisera les légions ; mais César, homme d'État, grand capitaine, ignore la phosphorescence des marais de Lerne et du bûcher d'Hercule, alors qu'Alexandre, de victoires en fondations d'Alexandries lointaines, et de présages en merveilles, organise aussi son immortalité. Il donne trop au destin, pour que le destin ne lui donne rien. Il jette en hâte sa traîne de royaumes aux dieux impatients qui l'attendent, et auxquels il arrache pour les siècles le plus grand empire occidental, parce que cet empire ne lui survivra pas. « Prenez garde aux rêveurs éveillés, quand ils disposent des moyens d'accomplir leurs rêves », dit Lawrence d'Arabie. « Roi, je t'attends à Babylone[1] ! » Qui donc l'attend ? Par la voix du brahme, Alexandre entend parler son Double, pour la première et la dernière fois.

Il neige sur *La Lanterne* comme il neigeait sur Paris, comme il neigeait sur le temple quand le roi trancha le nœud gordien, comme il neige sur la Macédoine[a].

Quelques jours plus tard, Georges Salles vient me voir au ministère. Il y a été reçu par bien des ministres (les meubles, autrefois, étaient plus nombreux) et cette pièce irréelle lui est aussi familière qu'à moi. Il salue de la main les petites sphinges dorées du lustre, relève les blanches ailes de corbeau de ses cheveux, tire un dossier de sa serviette :

« Voici la sténo du docteur Osty. Vous allez voir. Donc, la pythonisse, une femme qui ne connaît point l'Orient ancien, tient l'ampoule mystérieuse dans sa main ; elle monologue, et le sténographe enregistre :

« "Je vois dans un brouillard une figure inanimée... Je vois quelque chose sans existence, comme une tête morte... Je vois comme une voûte déserte... Cet homme réunit du monde… comme un homme que l'on distingue au-dessus des autres…

« "Quelque chose de très brusque, de très violent, arrête tout cela… Cet être étouffe, je vois du sang…

« "Oh ! comme je vois du monde ! je vois énormément de monde ! Une grande foule… beaucoup de bruit… quelque chose de militaire… Je vois une chose très haute… c'est comme des funérailles anormales… Mais je vois beaucoup de robes blanches… Les uniformes, ce sont les soldats qui les portent… Je vois des coiffures volumineuses…

« "Ce n'est pas de la terre, c'est comme une petite maison souterraine… Cet être est là comme suspendu… posé sur quelque chose… Je vois des êtres morts…"

— Quelle ressemblance de ton, dis-je, avec celui de Mme Khodari !

— Toutes parlent ainsi. Mais elle dit rarement : je vois. Pourtant, lorsque les objets apparaissent, les images se succèdent. Ainsi les choses se passent-elles dans nos rêves, où vous voyez un plumeau, et décidez inconsidérément qu'il est un fusil. Que le médium voie des scènes, je le crois. Mme Khodari affirme que souvent, elle connaît les scènes sans les voir. Chaque fois que j'entends une voyante parler d'objets (je ne rencontre les voyantes que pour leur soumettre des objets), ce rythme saccadé accompagne les images. »

Il reprend sa sténographie[a] :

« "Dans mon ampoule il y a une chose comme liquéfiée… c'est comme du sang… C'est au moment de la mort d'un être, dans le temps passé. Des montagnes, des forêts… Je vois quelqu'un qui saigne… Un être martyrisé… comme si des êtres faisaient du mal à un autre, à un seul… Des plaies… Quelle tête étrange ! ce corps qui saigne…

« "Une montagne… Cet être monte… Il porte… quoi ? Comme c'est lourd ! Noir. Quelqu'un tombe… Je vois du sang autour de sa tête… Des hommes versent ce sang, d'abord dans autre chose, puis dans cette ampoule… On l'enferme auprès de l'être*…" »

Je demande :

« L'ampoule contenait réellement du sang ?

* La sténographie complète de l'institut de Monaco a été publiée par le docteur Osty, dans *La Connaissance supranormale*, Alcan, Paris[b].

— On exigeait quatre mille livres, et le docteur Osty ne disposait point de cette somme… »

Il replie sa sténographie.

« Je crois probable l'existence d'un domaine du surnaturel, reprend-il. Au sens où je croyais probable l'existence d'un domaine de l'inconscient, avant la psychanalyse. Rien de plus commun que les farfadets. Ce sont rarement ceux que l'on croit voir ; ils s'apprivoisent peu à peu, puis ils disparaissent. Jadis les anges envahissaient tout. On n'en voit plus[a].

« Je suis favorable au mystère ; il protège les hommes contre leurs désespoirs. Le spiritisme m'agace moins devant les malheureux qu'il console… Aurais-je dû devenir médecin ? Mais j'aime les beaux objets[b].

— N'y a-t-il pas, au fond de vous, le recul devant l'entrée de la caverne, le sentiment de Roger Martin du Gard, plus nuancé : tout cela m'est contraire ?… C'est aussi le mien. Ce qui m'étonne un peu. J'ai été intéressé par l'action des drogues qui jouent un rôle dans les civilisations : l'alcool, le peyotl, l'opium, le haschisch. Davantage encore, par les *états* religieux. Et songez que pour aller en Asie, j'ai longé sept fois la Palestine, sans jamais aller à Jérusalem. Bien qu'agnostique, je pense qu'on doit parcourir la Voie douloureuse en pèlerinage, ou pas du tout. Or, je suis allé à Bodh Gaya[c], et à Bénarès[1].

— Le Bouddha n'a pas été crucifié.

— Il n'y a pas que cela. J'ai rencontré le surnaturel, j'ai tendance à l'écarter ; et lui, à revenir.

« À la fin de la guerre, j'ai été appelé au secours par une romancière, Champigny, que vous avez peut-être rencontrée. Non ? Elle était connue dans les milieux littéraires pour sa “voyance”. Elle se trouvait alors abandonnée dans un village de Corrèze. Pierre Juillet[2] devait se rendre à Cahors pour une réunion gaulliste. Le matin, je lui donne l'adresse de Champigny et lui demande de passer la voir. Elle est au dernier degré de l'intoxication par la morphine qui calme ses douleurs. Au soir, il arrive dans le village. Sonne. Battements d'une cloche sur un petit jardin abandonné. Pas de réponse. Il pénètre dans le jardin ; la porte de la maison est fermée. Il parvient à en écarter un volet, un chien bondit au-dehors. Juillet entre. Par terre, Champigny, qui a sans doute voulu se lever quand elle a entendu la sonnette : évanouie, avec du sang sur le front. Il la porte sur le lit, seul meuble, la ranime. Elle lui malaxe le bras : “Vous êtes Pierre Juillet. Vous êtes venu. Que pouvez-vous pour moi ?”

« Elle ne pouvait connaître son nom — ni quoi que ce soit de sa venue, pas même envisagée la veille. Et Pierre Juillet ne passe pas pour un petit superstitieux[a].

« Pourtant, je l'avais vue quelques jours avant ma capture par les Allemands, et elle n'en avait rien prévu…

— Nombre de médiums sont incapables de connaître une date…

— Les prophètes aussi, d'après la Bible. »

Ce que je ne dis pas à Georges Salles, c'est que j'ai rencontré le surnaturel de façon plus poignante.

En hiver 1944, en Alsace, quelques officiers de la Ire armée, dont je suis, doivent déjeuner le lendemain avec Churchill qui parcourt le front. Vers 1 heure du matin, je suis réveillé par le planton qui m'apporte les instructions relatives à la rencontre. Ce réveil interrompt un rêve dont je garde un souvenir d'autant plus précis qu'il est plus surprenant. Une femme brune me regarde avec une grande douceur, en inclinant la tête. C'est ma belle-sœur, bien qu'elle ne lui ressemble qu'à demi, et porte une coiffure — bandeaux, raie au milieu — que je ne lui ai jamais vue. Une voix solennelle, et un peu ironique, qui n'est ni la voix d'un rêve ordinaire ni une voix de veille, articule très distinctement : « Et maintenant, voici votre troisième femme. »

À 7 heures, éveil et nouveau télégramme :

ÉTAT JOSETTE ALARMANT, VENIR TOUTE URGENCE.

Un tel télégramme n'est envoyé à un officier du front qu'en cas d'agonie ou de mort, ce pour quoi il appelle une permission immédiate.

La neige sur toute la France. J'arrive au milieu de la nuit avenue Alsace-Lorraine à Tulle. Ma femme est morte, coupée en deux par un train. « Maquillez-moi bien, parce qu'il va venir et que je veux qu'il me voie comme autrefois… »

J'ai appris en mai la mort de mon frère tué en déportation, et j'ai plus tard épousé ma belle-sœur.

Je sais qu'un choc violent peut susciter de faux souvenirs. Tout de même…

Je dis à Georges Salles :

« Étudier ce domaine comme un domaine scientifique est évidemment enfantin. Encore pourrait-on tenter d'y introduire la relative rigueur que l'on tente d'appliquer à la psychanalyse…

— Le rapprochement que vous avez fait avec l'art, répondit-il, m'a paru pertinent. Quand vous avez dit que Victor Hugo n'écrit pas *Olympio* sur commande. Mais vous avez trop résumé votre pensée. Je crains aussi que les idées ne soient point familières à Mme Khodari : elle préférait les formes, et d'abord les siennes. Vous aviez pourtant raison de dire que ces phénomènes, étudiés, si mal ! aux temps scientifiques se sont réclamés des sciences, se veulent des phénomènes scientifiques. Pour les hommes qu'ils passionnent, scientifique s'oppose à illusoire. Et veut seulement dire véritable. Car les spirites se veulent scientifiques au sens du XIXe siècle, quand la science ne l'est plus ; ce que je trouve piquant. Mais il est raisonnable de dire, comme vous le faites : entre les lois de la physique et l'habileté dans la supercherie, il existe l'art. Étudier Mme Khodari en pensant à Victor Hugo est plus fécond que de l'étudier en pensant à Newton[a]. Les prophètes ne sont pas à coup sûr maîtres du passé ; pourtant, ils y pénètrent quelquefois, et je n'y pénètre jamais. Il reste qu'en effet, si le génie de Victor Hugo implique le pouvoir de créer *Booz endormi*, il n'implique point le pouvoir de le créer à volonté, ni à coup sûr.

— Je crois que d'anciennes civilisations, comme aujourd'hui celle de l'Inde, ont eu avec le surnaturel une relation très différente de la nôtre. Sans doute certaines connaissances se sont-elles élaborées *parce qu'elles se transmettaient*, comme se transmettent nos connaissances. Mais je me sens en face d'une confusion énorme, et je n'ai pas envie de consacrer ma vie à la dissiper.

— Pensez à ce que put être le pouvoir magique des premières images ! Aussi à la haine, la peur peut-être, de l'islam devant les premiers portraits… Si nous rencontrions la fiction pour la première fois, Shakespeare, imaginez, quel pouvoir ! Ne croyez-vous pas que ces choses seraient plus apprivoisables, si[b] ceux qui les étudient parlaient de leur supranormal comme nous parlons de la musique ? Il y a dans le contact profond du médium avec le surnaturel quelque chose d'incertain, qui me fait penser à l'art ; mais enfin, l'art n'est qu'une approche, un moyen de poser le problème en échappant au préjugé hostile ou favorable… Jean Paulhan, qui a suivi de près les travaux de l'institut, a confiance en Osty, mais dit que la confusion entre le paranormal, l'imposture et l'erreur est bien triste.

— Pourtant une prémonition *contrôlée*, comme la prédiction de Varsovie, est plus importante que dix erreurs.

— Peut-être l'esprit humain va-t-il être amené à s'occuper sérieusement, c'est-à-dire avec précision, de l'aléatoire ? Il a commencé… Revenons à l'art. Pendant au moins trois siècles, la pensée a cherché une esthétique. Elle continue à chercher des lois, au nom de l'histoire de la science ou de la philosophie. Des lois, voilà une grande exigence. L'art s'en accommode avec distraction et sérénité. Notre civilisation me semble tâtonner vers un nouveau domaine. Des scientifiques, qui voient ces choses selon leur optique, me disaient que l'évolution des mathématiques, de la physique et de la biologie leur paraissait presque coordonnée ; et que nous étions au bord d'un champ inconnu, mais cohérent ; comme nous avons été au bord du champ de l'électricité. Faut-il ne voir là qu'une métaphore ? Je ne distingue pas bien l'unité du domaine paranormal : para vous suffit-il ? "Époque de l'alchimie", soit ! Mais ce domaine rassemble hélas ! toutes les crédulités et toutes les superstitions. En résumé, le Conseil nous tiendrait pour des étourdis[a]. »

Quelques mois plus tard, il convainc un de « nos mécènes » d'acheter l'étoffe pour son propre compte. Curieux de l'analyse (il veut envoyer la pièce au laboratoire), j'écris avec lui à Souleyman. L'étoffe, tenue pour sassanide, a été vendue à un nommé Morris.

Si j'ai poursuivi Alexandre quand je voulais en faire le héros d'une pièce, c'est bien lui qui me poursuit aujourd'hui. Même si je ne revois plus cette étoffe, ensanglantée ou non ; même si Mme Khodari est visionnaire. Nous retrouvons jusque dans les Évangiles d'Abyssinie le bœuf, l'âne, le petit chien de Jésus auquel je pensais à Dakar ; mais aussi l'ascension d'Alexandre au paradis. Ce récit fait suite à « la sagesse de Sibylle, fille d'Hercule », et aux qualités de Bacchus, Nietzsche, Dionysos, Alexandre… Le Conquérant erre dans l'imagination du monde comme le Christ plonge dans le cœur de l'Europe. Notre limaille dessine ses grandes moires autour de ces jeunes morts surnaturels[b].

Pas seulement la nôtre[a].

Mon ami Raja Rao[1] vient me voir. Il enseigne maintenant à l'université d'Austin, mais retourne aux Indes pour quelques mois. Tristement : son gourou est mort. Il sourit pourtant, du sourire que j'ai vu à beaucoup d'esprits profondément religieux, quelle que soit leur religion. Nous parlons de l'ouvrage qu'il veut consacrer au Gange, et de ce que je viens d'écrire :

« Comme vous, dit-il, j'ai été surpris de ne voir trace du bouddhisme dans les historiens anciens d'Alexandre. D'autant plus que les rois grecs d'Asie centrale s'y sont intéressés : vous connaissez les *Questions de Milinda*[2]. Vous savez qu'il existe une version chrétienne de la légende du Bouddha ?

— Non.

— Je crois qu'elle a été rédigée dans l'entourage de saint Jean Damascène. Le prince Siddharta s'appelle Josaphat. Son gourou chrétien lui a révélé le malheur malgré[b] les ordres du roi. Il a organisé en secret les sorties ; et les rencontres du mendiant, du malade, du mort, confirment les paroles du Christ. Surtout celles du malade et du mort. Le prince vit dans la solitude, devient un grand saint par la méditation et l'austérité, et des miracles ont lieu sur son tombeau…

— Comment est décrit le Grand Départ[3] ?

— Le prince s'évade, sans plus. »

À quel point, pour moi, toute la légende du Bouddha est indienne ! Des palais presque tibétains sur la crête de hautes montagnes, et, au-dessus encore, les formidables pics de neige… Dans la plaine, les villes rouges. Joyaux, tubéreuses, vautours. Magie : les flèches fleuries du démon, le roi des cobras qui déploie son capuchon pour apporter l'ombre à l'ascète, le génie qui ouvre la porte de la cité, les arbres amis, les oiseaux prophétiques, les phrases toujours dans ma mémoire : « Quand l'aube point et que l'on fait battre le tambour[4]… Bordez les avenues de lanternes multicolores, déposez les urnes d'eau claire aux carrefours !… » Et la civière qui passe : « Prince, c'est ce qu'on appelle un mort[c5]… »

« Pour vous, dit Raja Rao, y a-t-il un décor de la prédication du Christ ?

— À peine. Les palmes, et un Orient d'Abraham : désert, temple, patriarches, filles au bord des puits : mais la Passion ignore tout décor.

— Il n'y a pas de Passion du Bouddha. »

Nous parlons d'Alexandre. Raja ne le connaît que comme moi. Je voudrais lire le récit copte de sa légende : le roi y boit aux sources des quatre fleuves du Paradis. Et la version éthiopienne, dans laquelle le Saint-Esprit lui révèle le secret de la Trinité… Je ne me souviens même pas de notre version médiévale[1]…

Je l'ai recherchée. L'âme en est partie, comme dans l'histoire du prince Josaphat. Pourtant j'ai pensé aux notes de Georges Salles, en prenant celles-ci :

Certains faiseurs-de-contes prétendent qu'Alexandre était fils d'un nécromant : ils mentent, les félons. — Ses cheveux blonds brillaient comme des écailles, et ils étaient crépus comme la crinière des bêtes fauves. Un de ses yeux était noir comme un œil de dragon. Le bas du corps bien fourché. Un maître lui apprit la marche des étoiles, art qui protège les nochers. — Lorsque Bucéphale voulut se jeter sur lui, Alexandre le regarda avec des yeux courroucés, le cheval s'agenouilla… — Les Romains lui donnèrent une couronne d'or rutilant, et ce cadeau lui plut. — Darius jura qu'il pendrait Alexandre, qui servirait de pâture aux oiseaux.

Il y a dans ce roman gothique la poésie des jeux de cartes, le duc nommé Gracto, le duc nommé Perdrix, tous les compagnons d'Alexandre nés le même jour que lui, l'escorte de cinq cents preux à laquelle se joignent mille preux de Calabre, jusqu'à Césarée la grand-ville, gouvernée par les satrapes qui sont ducs. Le texte s'arrête à l'énumération des forces de Darius. Du moins l'auditoire a-t-il entendu la conquête de Tyr, et d'autres guerres picrocholines peuplées de mangonneaux et de grands coups d'épée : « Le chevalier frappa le Perse Jubal de haut en bas, depuis les dents jusqu'aux lombes, et en fit deux moitiés égales. Ah[a] ! combien ce coup fut loué ! — Alexandre frappa vigoureusement le comte Pincun de son épée. Le coup n'eut rien de bienveillant, car la tête de Pincun tomba aux pieds du roi. » Il advient pourtant quelques aventures qui font rêver. J'aime la colère du poète devant les noces de Philippe et de Cléopâtre, dont il déduit pertinemment la répudiation d'Olympias. Il disperse têtes, bras et jambes, « et nul n'a pu dire ce que devint la mariée ». J'aime aussi les présents insolents que Darius envoie à Alexandre, « un éteuf semblable à ceux qui servent à amuser les enfants, un lacet, un peu d'or » et renvoyés par celui-ci : « L'éteuf m'a fait savoir que tout ce que le ciel recouvre m'appartient de droit... » (L'éteuf est la balle du jeu de paume.) Et « pour honorer celui qui veut être placé au-dessus de tous les autres » le gibet promis par Darius, dressé sur la nuit médiévale...

Quelle relation y a-t-il entre un homme et le mythe qu'il incarne ?

Georges Salles vient de recevoir une lettre de M. Morris, à qui Souleyman a signalé (pas fou !) l'intérêt que le Louvre prenait à son acquisition. M. Morris a fait analyser la tache : c'est du sang[a].

« Pour nos Musées, dit Georges Salles, n'en parlons plus. Mais j'ai répondu avec soin à M. Morris. Plus tard, qui sait ce qu'on apprendra ? Si les vêtements d'Alexandre avaient été faits d'une étoffe particulière, et si l'analyse la retrouvait dans la nôtre ? »

Il tire de sa poche une petite feuille, énumère :

« Notre pythonisse a retrouvé la nature de l'étoffe ; la pliure ; le sang ; les chameaux ; le fleuve ; les pantalons bouffants de la cavalerie perse ; la marche oblique et précipitée d'Alexandre, sa tête inclinée ; les éléphants ; l'armement ; les villes sur les monts ; la mort de Clitos ; le retour dans le désert ; les noces ; la mort ; enfin, les yeux. C'est beaucoup. Cette sibylle est admirable, et nous ne saurions trop l'admirer ; ce que les Musées manifesteront par un menu cadeau[b]. »

La neige tombe toujours nonchalamment sur *La Lanterne*, et les flocons hésitants forment de petits cônes sur les buis taillés en boule. Quand ils volent presque à l'horizontale, ils donnent à ces jardins et à cette maison l'irréalité du givre. Ici, Ducis a traduit *Hamlet. La Lanterne* est un château minuscule, puisque lanterne, en architecture, s'applique à des pièces éclairées des deux côtés. Son parc[c] communique par une porte romantique avec celui de Versailles. Les soirs de printemps, quand j'ai de la chance, je rencontre le hérisson. Descend-il des animaux apprivoisés d'autrefois ? Cette maison a fait partie de la ménagerie de la duchesse de Bourgogne, et sa petite architecture si pure s'accorde à cette petite fille si folle[1]. La porte est surmontée de deux bustes de cerf sur lesquels sautent mes chats. Dans les potagers voisins, où les ouvriers du château font des margelles de puits avec des pneus d'auto et attendent le soir comme dans un tableau du Douanier Rousseau, on devine sous les capucines et les roses trémières les vestiges du bassin des Éléphants…

À la Révolution, les animaux des deux ménageries, la mienne et celle de Mme de Pompadour, « perdirent leurs chaînes » en même temps que le peuple. Éléphants, chameaux, autruches et papillons se dispersèrent dans le parc. Ils ne moururent pas tous. Après la chute de Napoléon, le château abrita une foule d'émigrés pauvres, qui se promenaient dans le parc devenu presque sauvage. Sous la direction de l'un de mes prédécesseurs à *La Lanterne*, directeur du Muséum d'alors, des employés brandissaient leurs filets à papillons ou poursuivaient le dernier chameau, parmi les hautes cannes dressées et les faces-à-main. Les roseaux s'étendaient d'un bout à l'autre du Grand Canal, comme je les ai vus après la guerre[a]…

Ce soir, deux journalistes viennent me demander ce que je pense du récit, célèbre dans les pays anglo-saxons, des deux Anglaises qui ont rencontré dans le parc de Trianon, pendant quelques heures, des personnages morts au XVIIIe siècle…

III[1]

[HÔTES DE PASSAGE, III]

Lundi 6 mai 1968.

Au ministère, j'attends Max Torrès[2]. Nous étions amis, au temps de la guerre d'Espagne. Secrétaire d'État pour la Catalogne, communisant mal vu du parti, ex-psychanalyste. Je l'avais connu d'abord à Pontigny. Émigré en 1938, professeur à l'université de Mexico, puis à Berkeley, où il dirige le séminaire de chimie du cerveau depuis 1958. Je ne l'ai pas vu depuis trente ans.

Entre un vieillard en tweed, main tendue, Voltaire aux cheveux blancs. Son visage n'est pas méconnaissable, mais l'âge l'a marqué comme un sculpteur mécontent. Un aspect placide succède à l'agitation d'autrefois, qu'a rappelée, dans l'encadrement de la porte, la jovialité des retrouvailles. Voltaire tient précieusement devant lui un drôle de petit cabas, le pose sur mon bureau et nous nous étreignons à l'espagnole, avec un peu de malaise : que d'années séparent ma vie de la sienne, dont je ne connais plus qu'une carrière !... Peut-être pour dissiper ce malaise, il saisit un des lourds fauteuils blancs du roi Jérôme, le tire devant mon bureau, s'accoude en face de moi, cabas sur les genoux, la tête plantée au sommet de ses bras en triangle. À sa droite, les hautes fenêtres du Palais-Royal où le jour finit.

« C't'étonnant ! Je me disais, en montant ton noble escalier du XVIIIe siècle : des amis qui se seraient quittés avant la Révolution française, et qui se reverraient après la mort de Napoléon... »

Une autre Europe. Et nous avons l'air d'amies de lycée qui se retrouvent, mères de grandes filles.

De telles rencontres sont rares. J'ai revu mes amis espagnols : José Bergamin, Max Aub, peu changés ; la Pasionaria devenue une femme vieille ; Ehrenbourg, que j'avais connu gros et menacé, que je retrouvais mince, officiel, séparé de moi par vingt-cinq ans de quelle Russie ! La trouble intimité qu'inspire un ami qu'on ne connaît plus…

Max regarde autour de lui, et je vois par ses yeux mon bureau, que je ne vois plus depuis des années : les moulures Louis XVI sur les panneaux blancs, les hauts rideaux jaune pâle aux embrasses d'amarante Empire, les fauteuils aux tapisseries héraldiques. Ce mobilier d'État n'est sans doute pas sans pittoresque historique, vu de Berkeley. Je pense à San Francisco, à la Porte d'Or en 1938[1]. J'étais allé parler à Berkeley pour l'Espagne. Max ne s'y trouvait pas encore.

« Retrouver Paris après trente ans ! dit-il. Tes monuments clairs… Ça ressemble à Barcelone ! En mieux. Paris noire était une ville triste. Surtout en été. Elle est devenue gaie.

— C'est la saleté qui l'avait rendue triste. L'architecture de nos grands palais, du XVIIe et du XVIIIe, ne l'est pas. Le noir supprimait les ombres, donc le décor. »

Je n'écarte pas le tutoiement de la guerre d'Espagne, mais je ne le retrouve pas encore. Après quelques minutes de banalités, il dit :

« Je tombe dans une Europe où Hitler est mort. L'Union soviétique, énorme ! L'Empire britannique, disparu ! L'Algérie, indépendante. Mon cher Montparnasse, n'en parlons pas. Et Marseille ! Et Berlin, Vienne, Moscou, etc., tout ce que j'ai vu aux Actualités ! Je retrouve aussi un jeune Max Torrès, boulevard Saint-Michel. La différence entre lui et ses successeurs d'aujourd'hui vaut celle entre Berlin et ses ruines, vois-tu bien. Mais moi, moi, je ne suis pas devenu ce successeur ! J'ai perdu ma coquille. Pur-et-simplement. »

Il a fait ses études en France, et son absence d'accent accroît la bizarrerie de cette locution, qu'il employait déjà en Espagne. Je me souviens d'un portrait de Voltaire jeune, que le musée de Versailles avait mis en dépôt à *La Lanterne* : adolescent quelconque, qui ressemblait par l'acuité des yeux à la statue de Houdon, pourtant monochrome. Max a été un jeune juif anguleux aux yeux éclatants dont je retrouve de moins en moins les traits dans ce

Voltaire inachevé par Rodin. Ses lèvres sont devenues minces, ce qui me surprend, car l'amincissement des bouches a disparu depuis l'invention du dentier. Lorsqu'il parle, ses lèvres s'enroulent, malgré leur minceur, en un sourire de caoutchouc, gourmand et enfantin. Puis, reparaît le rictus joyeux. Il pousse son petit cabas, se lève, commence à parcourir la pièce depuis le mur jusqu'aux grandes fenêtres où tombe la nuit.

« Quand j'étais à la Sorbonne, on s'intéressait à l'inconscient, bien sûr ! mais pour le coloniser. Maintenant, on est colonisé par lui ! Nous avons commencé par l'exploration, nous avons abouti au L.S.D., à la marijuana, etc.

— Beaucoup de tes collègues se droguent ? »

Il réfléchit.

« En somme, non. Les étudiants, oui. Mais je parlais symboliquement. Depuis quelques années, chez nous, Freud est moins important que Jung ; pourtant rien n'a remplacé le collage explosif du sexe et de l'inconscient. Nous cherchons tout ce qui dépossède l'homme, vois-tu bien. Et en même temps — ça doit aller ensemble, n'est-ce pas — des états psychiques ; je devrais dire : des ivresses. Plus la sexualité écarte le sentiment, plus elle ressemble à l'alcool. L'alcool et la machine vont ensemble aussi ! Je pourrais parler des jeunes pendant des heures ! Ils m'encombrent ! Mais la question les dépasse. En somme, je ne crois pas à mon époque — ni aux autres, par la même occasion. D'habitude, c'est au bénéfice d'une autre, future au besoin ! Non. Agnostique de la vie, pur-et-simplement. Attention ! je ne crois pas à ce qu'on croit, mais au contraire non plus. Quand il s'agit de la pensée, constater la bêtise de la gauche n'est pas une raison pour trouver la droite intelligente[a]. »

Il se tait, ajoute tristement :

« Vois-tu bien, je n'ai jamais pu supporter à la fois le mensonge et la connerie.

— Ce pour quoi tu as combattu ne t'est pas tellement indifférent, puisque tu ne veux pas rentrer chez Franco.

— La fidélité aux copains morts est autre chose. Comprends-moi. En marge de la chimie du cerveau, j'ai étudié la pensée archaïque ; on s'en occupe beaucoup chez nous. Les hommes ont cru au temps sacré, à la fête, aux mythes. Aux religions. Puis à l'Histoire, à la Science, au Progrès.

Enfin à la Révolution, au Prolétariat, à l'Inconscient, etc. C'est pareil.

— J'ai moi-même éprouvé plusieurs fois ce sentiment de… distance à l'égard de notre civilisation, du monde qui nous entoure. Quand j'ai échappé à la mort, par exemple. Pour toi, qu'est-ce qui a joué le rôle de la mort ? L'exil ? »

La réflexion, qui crispe tant de visages, donne au sien la sérénité du sommeil. Mais il éclate de rire :

« Je ne m'en serais pas douté… Incroyable : c'est la caricature ! La pensée de mes étudiants m'intrigue et m'exaspère, mais elle est la caricature de la mienne, enfin, d'une partie de la mienne, vois-tu bien ! Aucun portrait n'est aussi révélateur qu'une caricature ! »

Il se rassied, reprend son petit cabas en disant :

« Mon expérience est plus négative que la tienne, bien sûr… »

Il ferme les yeux.

« Il me semble pourtant que je peux t'expliquer ce qui m'arrive. À l'ambassade d'Espagne à Washington, un cabot mord les fesses d'un ministre américain en visite et s'enfuit. “Je vous prie d'agréer toutes mes excuses, Excellence, dit l'ambassadeur de Franco ; je me permets néanmoins de vous signaler que cet animal n'appartient pas à l'ambassade : c'était un chien de passage…” »

Il imite le ton de mépris de l'ambassadeur.

« “… oui, de passage…” Tu te rends compte : un étranger, quoi ! un républicain ! L'humanité a subi beaucoup d'hôtes de passage. Ils ne la mordent pas ; ils l'habitent, vois-tu bien. Mon retour en Europe me fait comprendre que ma vie a consisté à subir des hôtes de passage, *nada más*[1].

« C'est tout, mais à soixante-dix ans… »

Il est plus âgé.

« … c'est excessif. Tu as peut-être eu la vie pour laquelle tu étais fait. Proust l'a eue, à la fin ; pas Marx ; pas Freud ; pas moi. Je déteste l'étranger, sauf Paris. Même ici, je voudrais revoir des choses de mon enfance. Je voudrais retrouver mes cimetières, et je vis à Berkeley ! Et puis, retrouver, retrouver. À la Sorbonne, de quoi s'agissait-il, en politique ? De l'Action française. Tu sais que je n'exagère pas ! Les étudiants l'ignorent. “Connais pas.” Comme les jeunes Allemands (mais j'y crois moins) : “Hitler, connais pas !” Ah, celui-là ! »

Il s'interrompt, reprend d'une façon pressante, comme un comédien saisit son interlocuteur par un bouton :

« À cause de lui, je suis bien obligé de penser que je suis juif ! Pourtant, je m'en fous ! Ici, mon maître Lévy-Bruhl était juif ; Jérusalem, vois-tu bien, c'était un vers de Racine ! J'aurais dû devenir une sorte de Renan. Renan dirigeait son Collège de France, il ne professait pas chez les Peaux-Rouges ! Braves Peaux-Rouges d'ailleurs !... Mais Renan croyait à la science. Ce que son esprit avait acquis resterait acquis ! Qu'est-ce que mon esprit a acquis ? La chimie, c'est autre chose... »

Entre un huissier, qui m'apporte un télex du ministère de l'Intérieur. Ces nouvelles se succèdent depuis le déjeuner.

MILLE CINQ CENTS ÉTUDIANTS EMPÊCHENT LA POLICE DE MANŒUVRER STOP GROUPES IMPORTANTS SE DIRIGENT VERS DENFERT-ROCHEREAU.

Il y a quatre jours, l'U.N.E.F. (Union des étudiants) appelait étudiants, enseignants et travailleurs à se rassembler aujourd'hui à 18 h 30 place Denfert-Rochereau. Interdiction. Fermeture de la faculté de Nanterre. Quatre-vingt-trois blessés. Occupation de la Sorbonne par la police. Daniel Cohn-Bendit et ses camarades, chefs du Mouvement du 22 mars à Nanterre, devaient comparaître ce matin devant le conseil de discipline de l'université. À 9 heures, l'U.N.E.F. renouvelait son appel contre l'interdiction. À 9 h 30, la commission disciplinaire annonçait qu'elle rendrait demain le verdict relatif à Cohn-Bendit et à ses camarades. À 13 heures[a], quatre mille manifestants quittaient la faculté des sciences pour défiler jusqu'à la place des Victoires puis au quartier Latin. Vers 15 heures, ils se heurtaient boulevard Saint-Germain à la police de Paris et aux C.R.S. rappelés de province. Ce matin, vingt professeurs, dont Kastler, prix Nobel, avaient pris position en faveur du Syndicat de l'enseignement supérieur et lancé un appel à leurs confrères ; à 16 heures le Syndicat appelait les enseignants « à descendre dans la rue avec leurs étudiants ». Ces enseignants inspiraient plus d'inquiétude aux postes périphériques de radio que ces étudiants. Le doyen de la faculté des sciences, le professeur Zamansky, déclarait « voir dans ces manifestations l'aboutissement d'une situation qui remonte à une quinzaine d'années ». Le ministre de l'Éducation nationale, Alain Peyrefitte, parlera ce soir à la radio et à la télévision.

La police a pour instructions d'isoler les agitateurs et de les arrêter ou refouler sans ménagements. Après deux heures de cette brillante[a] tactique, en Allemagne fédérale, tous les étudiants passent du côté des agitateurs…

MILLE ENSEIGNANTS QUITTENT LA FACULTÉ DES SCIENCES POUR REJOINDRE LA MANIFESTATION.

Ce sont les informations ministérielles des jours de crise : barricades d'Alger, putsch des généraux. Lors des barricades, je pensais aux passagers qui entouraient le télex de mon paquebot en 1925 : LA GRÈVE GÉNÉRALE EST DÉCLARÉE À CANTON[1]. Le premier télex que j'ai vu suivait le match Carpentier-Dempsey…

La nuit du putsch des généraux d'Alger, j'étais à l'Intérieur avec Roger Frey, nommé la veille[2]. À l'issue du Conseil, le général de Gaulle avait déclaré : « Faites ce que vous voudrez : je vais me coucher. » Déjà vers 5 heures, lorsque je lui signalais que la liaison entre l'Intérieur et la Guerre était mauvaise : « Bon, remédiez-y. Ça n'a pas d'importance. Ils ne feront rien : ce sont des militaires[b] ! » Michel Debré préparait son discours à la télévision : « Rendez-vous tous sur les routes des aérodromes… » pour que les parachutistes trouvent devant eux le peuple de Paris.

Ils attendaient, près des avions, sur la piste d'Alger, nous avaient communiqué les Services spéciaux vers 5 heures du soir. Le vol passerait nécessairement dans le champ des radars de Sardaigne. Nous ne disposerions plus alors que de quelques heures. Au Conseil, le secrétaire d'État à l'Intérieur avait affirmé : « La police et les troupes de Paris n'engageront vraisemblablement pas le combat contre des assaillants porteurs de l'uniforme français. » Bien. Nous l'engagerions nous-mêmes. Derrière le Grand Palais, attendait un régiment de chars. Nous faisions équiper, et ferions armer les volontaires qui affluaient au ministère. Sur[c] quel aérodrome les troupes de l'O.A.S. allaient-elles se poser ? On venait de nous annoncer leur atterrissage sur un champ de la région parisienne. Ordre au préfet de contrôler l'information. Fausse. Comme nous aurions eu l'air intelligent, si nous avions fait hurler les sirènes ! Encore ne fallait-il pas le faire trop tard. Nous contrôlions chaque alerte auprès du maire. Heureusement : fausse alerte trois fois. Les fous ne manquaient pas. Toute la région parisienne à l'écoute, les cinquante boutons du téléphone branché sur toutes les préfectures, les radars de Sardaigne au fond de la nuit. L'O.A.S. ne tenterait pas d'atterrir après l'aube. Toujours rien au large de Cagliari. À 5 heures du matin, les volontaires redevenaient civils ; je rentrai chez moi par une aube d'Espagne, l'aube insolite et banale des retours de mission[1]...

Nous n'en sommes pas au branle-bas de combat. Cette nuit verra, au plus, une répétition générale, entre Denfert-Rochereau et le quartier Latin. Je tends les deux dépêches à Max ; il leur jette un coup d'œil, se lève, marche de long en large comme s'il leur répondait en continuant son monologue :

« Mon adolescence ici, c'était Bergson. Il ne joue plus aucun rôle. Même pour moi. L'individualisme de Barrès et surtout de Gide, tu te rends compte ! Le freudo-marxisme partout ! Sous l'Arc de Triomphe, le tombeau du freudo-marxiste[a] inconnu ! Je ne suis pas contre Freud, remarque : j'ai été psychanalyste. Pas contre Marx : j'ai combattu sous commandement communiste, je ne le regrette pas. Au fond, je m'en fous. Mais je n'aime pas la connerie, n'est-ce pas... Les gens deviennent crétins, et contents de l'être.

— Qui, les gens ? »

Le vaste lustre doré l'éclaire au passage ; puis il se perd dans l'ombre qui rejoint la nuit du Palais-Royal, un dernier reflet sur ses cheveux blancs qu'il agite et sur son index qu'il brandit :

« Qui ? Mes assistants, les étudiants, mes collègues, la presse, les intellectuels, etc. : tous ceux que je vois ! Surtout mes étudiants. Ils se prennent pour l'avenir, parce que dans les sciences et dans l'art, au XIXe siècle, l'avenir a toujours gagné. Je veux bien me faire traiter de vieux con, mais l'avenir leur sera aussi étranger qu'à moi ! L'avenir, Baudelaire ou Marx, n'est jamais ce qu'on croit ! Et si je parle de mes étudiants, hein, c'est parce que je suis bien élevé. Je pourrais parler des tiens ! Ils ont l'air brillants, aujourd'hui ! Ça ne m'émeut pas : j'ai suffisamment vu ça à

Berkeley. Hier chez nous, aujourd'hui chez vous, demain au Japon. On n'en a pas fini avec la jeunesse ! Au fond, je m'en fous.

— Pas moi. D'où tombe ta rage contre ce freudo-marxisme ?

— De la réalité à la noix dans laquelle nous vivons, vois-tu bien ! Et que personne ne connaîtra dans cent ans ! On parlera du vrai Freud, du vrai Marx. Malheur ! Si tu crois que les gars occupés à se colleter avec ta police du côté de Denfert-Rochereau ne sont pas freudo-marxistes, tu changeras d'avis ! Mais je tiens à mon dada. J'y reviens ! Quand j'étais à votre Sorbonne, que m'enseignait-on ? “Il y a une valeur des valeurs, qui est la vérité. La vérité, c'est ce qui est vérifiable.” Freud et Marx accepteraient la phrase, bien sûr ! Mais celle de Marx que tout le monde cite : “Il ne s'agit pas seulement de comprendre le monde, il s'agit de le changer”, commence à me casser les pieds. Dis donc ? Si on cessait un peu de changer le monde, pour essayer de le comprendre, pur-et-simplement ? »

Mobile, virevoltant, hennissant, il a l'air d'un acteur qui jouerait son propre rôle. Le Voltaire de Houdon ressemble d'ailleurs à un vieil acteur[a]. Je demande :

« Tu as connu Alain ?

— Non. J'ai été lié avec plusieurs de ses élèves.

— Simone Weil[1] ?

— Non.

— Il t'aurait enseigné que l'objet de la philosophie est évidemment la connaissance, mais aussi la sagesse. Pas la raison : la sagesse, telle qu'on la vénérait dans notre Pontigny. C'est elle, qui avait cru “succéder” à la religion.

— Dire que j'ai lu tout Anatole France ! Enfin, c'était l'Europe… »

J'ai assisté aux funérailles nationales d'Anatole France en imaginant des funérailles nationales de Verlaine, né la même année, et en pensant au terrible enterrement de celui-ci, à sa maîtresse criant sur la fosse : « Paul, tous les amis sont là ! »…

« La sagesse ! Mais je ne peux pas, je ne peux pas parler de ces trucs-là ! Impossible ! Mes étudiants foutraient le camp ! Pour eux, Goethe est un con. Quand tu parles à une foule, tu sais ce que tu ne peux pas dire ! Les étudiants m'acceptent comme ils aiment l'art nègre. La psychiatrie fait bon ménage avec le marxisme. Quand ils sont intéressés, mobilisés, je le sens. Il y a eu l'existentialisme, maintenant, c'est la théologie négative. Tu connais : le tragique de la mort de Dieu n'existe que pour un chrétien, Dieu meurt de son incarnation dans l'Histoire, etc.

— Ça ne joue aucun rôle en France… C'est pour les pays protestants. Je préfère d'ailleurs les orthodoxes, à commencer par Dostoïevski. »

Je trouve soudain ce que je cherchais. À qui ressemble ce Voltaire ? Au traditionnel vieux savant couvert de chats. Il rentre dans la lumière, son sourire en avant :

« Il y a des jours, je me demande si je ne comprends plus, si c'est l'âge. Mais… ça te paraîtra drôle, hein ! malgré, enfin… tout ! je ne connais pas encore la vieillesse ! »

Il a presque crié, il éclate d'un rire qui enchevêtre ses rides, insiste sur Voltaire, raille la mort. Puis, son visage s'immobilise. Il regarde « en lui ». Il aimait autrefois me parler de ses secrets ; je m'intéresse plus à l'intimité des autres qu'à la mienne. Déjà, Gide[1] s'en étonnait : « Mais enfin, cher, vous ne vous sentez jamais singulier ? — Ça ne me touche pas beaucoup. Une femme, un Chinois, oui ; un individu, non. Je n'ai jamais eu le goût de juger, et je crois que les deux goûts sont liés. — C'est vraiment très curieux… Mais enfin, voyons, la cu-rio-si-té !… » Elle l'intéressait si précisément, qu'il exprimait toujours : c'est intéressant, par « c'est très curieux ». Attentif aux êtres jusqu'à la dégustation, il m'a dit un jour, de son intérêt pour un homme : « À mon âge, vous savez, c'est surtout la curiosité… » et je n'ai pas encore compris ce qu'il avait voulu dire.

En dépit des années, je retrouve avec Max Torrès l'intimité à sens unique. Il va de nouveau emporter dans l'ombre ses cheveux blancs illuminés.

« Autrefois, je croyais qu'à mon âge, je penserais beaucoup à moi : l'expérience, tout ça… Je n'y pense jamais. La vie n'a aucun rapport avec ce qu'on croyait… Les histoires des jeunes, tes types en train de se tabasser avec les flics, mes étudiants… La nouvelle génération ! Nouvelle ! On parle comme si elle se révoltait contre nous. Nous, elle s'en fout. Elle devrait nous haïr. Elle n'a pas le temps : elle change ! On parle comme si les hommes tournaient autour de la vie, avec des petites différences d'optique… Sans blague ? Je ne sais quel texte dit que nous sommes dans un canot ; que pour entrevoir la vérité, il faut avoir perdu de vue la rive… En profondeur, nous n'avons rien à nous dire, les jeunes et nous ; à une telle profondeur, que personne n'a tort. Nous avons perdu la rive, et ils la perdront après nous. Tout le monde le sait. On avait quand même inventé les classes d'âge. Solides comme des couleurs de peau ! (Tu n'as jamais envie d'être d'une autre couleur : bleu, vert ?) Les jeunesses les unes après les autres, les nuages qui passent, la haine qui revient… Les dépêches qu'on t'apporte, les explications politiques de ce qui se passe à Berkeley, à Tokyo, je m'en fous. Les étudiants s'agrippent les uns aux autres, les femmes, les prolos, tous, parce qu'ils découvrent la solitude dans laquelle ils vivent. À tâtons. La nuit a encore du pain sur la planche, vois-tu bien ! Le côté politique ne m'impressionne pas. Mais il y a cette sacrée bête, l'homme ! Hein, quoi ? L'éloquence m'égare ! Mettons que je n'aie rien dit.

« Rien de meilleur que de voir ses étudiants atteints de sa propre maladie ! Ça instruit ! Tous ces mythes qui nous ont habités… Pris le métro, partis sans laisser d'adresse ! La grande illusion, c'est eux. Pas du tout le brave univers, qui n'en peut mais ! Quand j'ai été blessé, pendant la guerre civile, je me suis traîné au bord d'une petite rivière, un ruisseau. Pour qu'on me trouve, tu comprends : les fascistes étaient partis, le tir des nôtres avançait… En été, toutes les petites rivières ressemblent à celles où l'on pêche à dix ans : les bancs de poissons tout petits, les herbes aquatiques, le courant. Il faisait trembler les herbes. Elles avaient l'air de nager. Je rêvassais… Abruti. Ma blessure n'était pas mortelle, le courant, la vie, quoi ! continuait à couler, à passer sur les hommes, sur les herbes, à les agiter ; à s'en aller vers d'autres occupations. Beaucoup d'herbes ont été emportées, la rivière n'a pas changé depuis les guerres contre les Maures. Elle s'en fout. La couleur de l'été, le soleil dans l'eau… Elle doit être encore la même… »

Soudain, comme s'il attrapait une mouche au vol, sans cesser de marcher :

« Est-ce que tu pries ?

— Que veux-tu que je prie ?

— Ça ne fait rien. Moi, maintenant, je prie. Je ne sais pas quoi. Ça ne fait rien. Pas le Dieu d'Israël. Nous compliquons tout : Dieu, c'est ce qu'on prie ! »

Il éclate de son rire-Voltaire, qui grince contre lui-même et cesse d'un coup — plus vite que l'ironie.

Je le regarde, et je pense, ou plutôt quelque chose pense en moi : qu'eſt devenu son visage ? Mon camarade ? C'eſt lui. Dans ma mémoire, il joue un film de sa jeunesse. Qu'il me raconte ce qui lui eſt arrivé depuis tant d'années, à quoi bon ? Les événements n'ont rien de commun avec le changement d'une vraie face. Ils n'expliquent évidemment rien. L'âge n'eſt pas seul en cause. Abſtraction. Mais le vieillissement, les traces de ce qu'on ignore, de rien, de tout, c'eſt la matière de la vie. Max eſt fait en vieillissement comme une sculpture eſt en bois. Et moi ?

« La psychanalyse, dit-il, au fond, je m'en fous. Comme la rivière ! La science eſt entrée dans ma vie avec la chimie du cerveau. Elle commence en 1957, n'oublie pas. J'avais donc une vie derrière moi. Elle a tout changé. Mais personne, tu entends, personne, ne sait pourquoi le cerveau obéit aux drogues que nous lui adminiſtrons. Nos découvertes sont empiriques, comme tant d'autres : la pénicilline ! J'ai commencé par l'hypothèse, je continue par l'empirisme, tu te rends compte ! Mais attention, il ne s'agit pas de placebos* : la camisole de force a pur-et-simplement disparu. C'eſt *vrai* !

« Qu'eſt-ce que c'eſt que celui-là ? »

Il eſt tombé en arrêt devant la cheminée.

« Un chat de bois que Balthus m'a rapporté du Japon. Porte-bonheur : il lève sa patte gauche.

— Ah ? Bon… »

Il reprend sa marche et son discours :

« On avait essayé les amphétamines contre le cancer. Les malades ne mouraient pas moins, tu penses ! mais ils mouraient euphoriques. Des psychiatres intelligents, ça exiſte aussi ! ont laissé tomber le cancer, employé les amphétamines contre la dépression. “La véritable dépression eſt pire que le cancer.” Citation d'un professeur français, pas d'un Américain exalté ! La[b] chimie du cerveau a commencé. »

Je sais qu'il n'exagère pas.

« Pourtant », ajoute-t-il, quittant le ton de l'affirmation pour celui de la rêverie, « pendant qu'on soigne l'humanité, on oublie qu'elle eſt folle. Ça, c'eſt bien… Beaucoup de mes élèves sont médecins, mais moi, je n'ai pas le diplôme. Maintenant, c'eſt trop tard.

* Faux médicaments[a], dont l'action eſt due à l'imagination des malades. (*Placebo* : je plairai.)

— La France aussi exige que les psychiatres soient médecins.

— Alors que tous ceux d'Europe centrale ont fait de la thérapie. Au fond, je m'en fous.

« Tu as des enfants ? demande-t-il comme un diable sort d'une boîte.

— J'ai encore une fille.

— À l'université ?

— Plus âgée : elle a épousé Alain Resnais.

— Suppose qu'elle soit à Nanterre.

— Je connais des étudiants de Nanterre. Et des professeurs, d'ailleurs. Dont une gaulliste.

— Ça prouve qu'elle a du cran ! Mais suppose que ta fille ait vingt ans. Qu'elle soit freudo-marxiste. Tu aurais l'impression que c'est un virus ! une conversion au nestorianisme, à une religion disparue ! Avec mes élèves et ma centaine d'étudiants, l'épidémie est plus évidente. L'ondulation des herbes dans le courant — le courant qui s'en va. Il en viendra un autre. Ce ne sont pas des modes. Des épidémies, plutôt des épidémies… »

Une secrétaire entre. Le directeur de mon cabinet reçoit par téléphone nombre d'informations, et me transmet celles qu'il retient :

VAVIN 18 H 40. DIX MILLE MANIFESTANTS CONDUITS PAR PROFESSEURS. DEUX AUTOPOMPES EN ACTION, TRÈS VIVE RÉSISTANCE. BARRICADE D'AUTOS ET DE PAVÉS. COMBAT DE RUE BOULEVARD SAINT-GERMAIN ENTRE LA RHUMERIE MARTINIQUAISE ET LA STATUE DE DIDEROT.

Combien[a] de fois suis-je passé devant ce bistrot, cette statue ! J'habitais rue du Bac. Le café *Procope* n'est pas loin. Les *Deux Magots* entreront-ils dans l'histoire ? Je passe la note à Max, qui s'est assis.

« Bon, c'est comme chez nous… Je ne suis pas beaucoup moins… déboussolé qu'eux, vois-tu bien. J'ai la ressource d'accuser l'exil… Quant aux jeunes, ils ne pensent pas “autre chose” que moi : ils pensent autrement. Autrement. Ils ne sont séduits — séduits ? intoxiqués ! — que par des idéologies aussi totalitaires que l'était la foi. Enveloppantes. »

Il enveloppe un paquet imaginaire en ricanant.

« Je veux parler de ce que freudisme et marxisme ont en

commun. Le reste, ils l'envoient à la poubelle. Il faut que la pensée qui leur est étrangère soit écartée, dévaluée, et caetera, ordure, quoi ! en face de leur monde sacré ! D'ailleurs Freud l'est pour l'Union soviétique, ordure ! C'est bien fait !

« Mais je ne te fais pas comprendre l'essentiel. Je m'agite trop ! »

Il semble se préparer à passer son bachot, et dit, lentement :

« J'ai lu autrefois un livre français qui s'appelle *Le Romantisme et les Mœurs*[1]. Travail épatant, qui rassemble des lettres d'inconnus, des journaux intimes, etc. On y voit ce que devient le théâtre de Musset quand le vrai clerc de notaire écrit à la vraie notairesse[2], quand un conard croit vivre *Le Lac* ou *Olympio.* Les documents ne sont pas parodiques, loin de là : on trouve plusieurs lettres de suicide. Tous ces sentiments sincères semblent fous. Folie disparue ! Partie avec ses suicidés ! Les gens avaient attrapé le romantisme, pur-et-simplement. Maintenant, ils attrapent le freudo-marxisme. C'est la même chose. Ils l'attrapent, tu comprends ? »

Il éclate de son rire hennissant ; Voltaire devient sans peine sarcastique.

« Tout de même », reprend-il en martelant le bureau comme pour écraser son rire, qui cesse, « est-ce que tu te rends compte ? Je voudrais savoir si tu te rends compte ! Quelle tête aurais-tu fait, à vingt ans, si ta chiromancienne t'avait dit : vous assisterez à la fin de l'individualisme ! La fin de l'individualisme, pur-et-simplement ! Un rien !

« Le plus fort est que nous n'avons pas l'air de nous en apercevoir ! Anecdotique ! Je répète : est-ce que tu te rends compte !

— Disons que les gens avaient attrapé l'individualisme. Comme le romantisme. Et les âmes sensibles valaient les âmes romantiques : les bergeries ont fini par la guillotine. Sais-tu qui a condamné à mort Mme du Barry ? Son ancien petit page noir, Zamore[3]...

— Aucun rapport ! Je me fous des bergeries ! Le roi est nu ! Je te dis que tu ne te rends pas compte ! C'est... »

Il s'immobilise, médusé :

« Je regarde glisser tout, et je suis tout seul ! »

Le sarcasme a disparu. Pas tout à fait :

« À l'âge où on commence à voir les copains mourir dans les journaux… »

Il cherche son idée perdue, la retrouve :

« Marx, Freud surtout, ont été accueillis dans les universités du Pacifique comme des révélations. Bien qu'on ait d'abord parlé d'eux comme de penseurs parmi d'autres. Pas du tout comme l'Europe a pu accueillir Kant ! Les pensées prophétiques sont polémiques, vois-tu bien : on croit les ajouter au programme, et puis !… Je t'ai dit que je suis réjoui, je suis quand même stupéfait. »

Il feint de s'observer avec surprise.

« Pourquoi ne serais-je pas un réjoui-stupéfait ? Stupéfaits, nous le sommes tous, plus ou moins ?… Je descendais un escalier ordinaire, je débouche pur-et-simplement sur la lune ! Bien sûr, Paris aggrave la chose. Ton Palais-Royal, j'y suis venu pour acheter des timbres et des bouquins lubriques. Ta galerie d'Orléans était couverte. Rue de Valois, j'ai déjeuné dans un restaurant où était venu Bonaparte. (J'espère que tu feras poser deux plaques commémoratives. Je dis : deux !) Mais il ne s'agit pas tout à fait du passé. Je retrouve moins clairement ma pensée d'autrefois, que le souvenir de ta galerie d'Orléans. Elle était pleine de grandes photos des colonies. Tu te rends compte : des colonies… La pensée de mon temps me paraît aussi bizarre que ces photos-là. Étrangère. In-so-lite !

— Je te l'ai dit, j'ai connu des choses comme ça. Le retour sur la terre, quand on vient d'échapper à un grand danger ; l'atterrissage de l'avion militaire, mission remplie. Des objets surprennent : les balais, les arrosoirs, les bêtes[1]… Pas les hommes. »

Je pense à Gramat après le simulacre d'exécution. Mais les souvenirs de la Résistance, qu'il n'a pas connue, sont intrus, alors que ceux de l'Espagne nous rapprochent. Quand ai-je commencé d'éprouver la métamorphose du monde ? Pendant le dernier hiver de la guerre, depuis le débarquement jusqu'à la mort d'Hitler ? les troupes américaines en uniforme de mécanos, les convulsions du fascisme, l'armée martienne des bulldozers soviétiques suivis de troïkas, les dernières années des empires, la bombe d'Hiroshima… Je réponds :

« Appartenir à une civilisation parmi d'autres, subir une civilisation, si tu veux, je connais ça. Mais je pense de moins en moins : “parmi d'autres”. Aucune époque n'aura su comme celle-ci qu'elle était provisoire, qu'elle marquait la fin d'un monde : pour nous, c'est tous les matins l'entrée d'Alaric à Rome... Les choses ont commencé par mon premier retour en Asie après la guerre ; par la destruction du sentiment de s'éloigner dans le temps quand on s'éloignait dans l'espace[1]. Échelles du Levant, malle des Indes... Lentement, les jours et les jours du paquebot, comme les jours et les jours des caravanes de Pierre Loti. Les caravansérails de Perse, les maisons-des-hôtes d'Indochine. Mon père avec son poste à galène et son casque, écoutant "Ici Budapest" comme il eût écouté une table tournante : "Ici Théodora, impératrice de Byzance"... La télé nous donne Budapest et Istanbul, nous donnera un jour la lune. La nouvelle civilisation ressemble aux appartements déjà vides : on attend les derniers déménageurs. »

Max élargit son sourire en caoutchouc :

« Tu penses à des spectacles, à des... voix, genre : Ici Budapest. Oui... Depuis notre guerre d'Espagne, je n'ai jamais retrouvé l'absinthe... Moi, quand je pense aux choses disparues, je pense aux idées. Les hôtes de passage. Je croyais qu'elles dureraient bien plus longtemps que moi. Je pense surtout aux mythes, enfin à ce que nous appelions les mythes quand nous ne savions pas ce que c'est. L'Inconscient, le Progrès, la Révolution et caetera. Les hôtes de passage, oui, c'est bien ça !

— Nous disions mythes à cause du mot mythologie. La libido, en tant que Vénus.

— L'Histoire en tant que dieu, pur-et-simplement !

— Non. J'ai cherché ce que pouvaient bien avoir de commun l'Histoire et l'Inconscient, le Progrès, la Nation, le Parti, tout ton Olympe. Tous, depuis la Raison jusqu'aux complexes et aux partis totalitaires (les seuls vrais...), sont des tueurs de dieux. Et leurs héritiers... Mais il faut que nos abstractions trouvent une espèce d'âme...

— Alors, qu'est-ce qui la leur donne ?

— De trouver des ennemis. Même pour l'irrationnel, notre civilisation emploie un vocabulaire rationnel. Mais nous vivons dans des ectoplasmes — les matérialisations, au sens spirite du mot. Les Anciens incarnaient des forces pour les diviniser ; nous, nous incarnons nos concepts. Tes hôtes de passage : Inconscient, Progrès, Révolution, Prolétariat, sont des ectoplasmes. Les idées qu'on charge d'un destin, les majuscules… Tout le monde en veut ; dans mille ans, on tentera de comprendre ce que furent le dieu Inconscient et la déesse Révolution. Mais nous, nous sommes dedans.

— Même l'Inconscient ? Tu vas fort ! Je veux bien que Freud soit un vieux crabe, et tout, mais la psychanalyse, quand même… »

Psychanalyse… 1920. Je prenais un café à *La Coupole* (alors bureau de tabac) avec un peintre suédois, maigre géant à tête de fakir, qui se faisait appeler Kharis et avait choisi pour signature un caractère de devanâgari. Il disait : « Les Autrichiens ont trouvé une méthode pour découvrir ce qu'il y a dans l'inconscient. Ils l'appellent la psychoanalyse. » Cendrars manchot passait, tendant à quelques-uns « sa main amie[a] ».

« En soi, dis-je, l'inconscient est un concept ; et tous ses fidèles en parlent comme d'une expérience. Le mettre en question est tenu pour stupide ou sacrilège. Il n'est pas chargé d'avenir, comme les mythes politiques, qui sont des mythes de progrès ; il n'est pas, comme eux, un destin, mais prends garde, il est le domaine où les destins s'élaborent… C'est un concept plein de sentiments ; comme le péché originel, non comme la gravitation. Tu connais tes collègues psychanalystes ; ils…

— Ex-collègues !

— … Ils sont des militants. Ce qui sépare le nouveau domaine mental de celui qui l'a précédé, c'est que tes étudiants y accueillent seulement les idées *qui exigent des militants.* Platon n'en a pas.

— Socrate a des auditeurs.

— Montaigne a des livres. La pensée militante appelle un milieu, une action, non la solitude et la méditation. On peut la préférer à l'autre, on ne peut pas les confondre. »

L'huissier apporte *Le Monde.* L'agitation des étudiants ne figure pas seule en première page :

Les pourparlers entre les Américains et le Vietnam du Nord se dérouleraient à Paris. — La venue du ministre tchécoslovaque Dubcek à Moscou ne semble suivie d'aucun résultat.

Pourtant, « l'explosion de colère des étudiants a surpris tous les observateurs… Le mouvement de grèves et de manifestations, dont il est encore impossible de préciser l'ampleur, prolonge l'agitation de Nanterre. La masse des étudiants passe de l'apathie à la violence. L'U.N.E.F. est débordée par de petits groupes d'extrême gauche… »

Je lis ces passages à haute voix. Max, comme précédemment, semble répondre en suivant sa pensée :

« La vérité a des propriétaires ; les pires emmerdeurs, vois-tu bien ! En Espagne, j'avais découvert cette race-là avec les occultistes : ceux qui n'approuvent pas sont forcément des crétins ou des canailles. En somme, le ministère ne t'a pas rendu idiot. C'est agréable. »

Il s'excuse :

« Tu sais, des fois, on se demande…

— Valéry appelait "professions délirantes" celles de l'art et de l'esprit.

— N'empêche que ton journal, apporté sur un plateau d'argent, ça fait humoristique !…

— Surtout la première fois : c'était *Le Canard enchaîné*[a].

— Ça, alors, ça me plaît ! »

Il revient à ses moutons :

« Le déterminisme religieux avait des marges, vois-tu bien : la Providence, la contrition, etc. Dieu pardonnait ! Ensuite, est venu un scientisme optimiste. Je t'ai dit que j'aurais préféré être Renan. Il confiait son paradis à la science du siècle prochain, le nôtre…

— Entre lui et nous, il y a les camps d'extermination et la bombe atomique…

— Un rien ! Mais attention ! l'optimisme reflue. Les méduses sur le sable continuent à se demander ce qu'elles y foutent. Le reflux du paradis les laisse en face des déterminismes scientifiques. Pas commodes, vois-tu bien ! Eux, ne pardonnent pas ! Pour commencer, les Lumières ont proclamé que l'obscurantisme était l'esclavage — imposé par l'imposture de l'Église et la croyance au péché. Ensuite, *exit* la puissance de l'Église, *exit* le péché, *exit* et caetera. Dans le domaine des idées, triomphe ! Alors l'angoisse devient la Peste noire — le siècle qui devait apporter l'euphorie à l'humanité, le nôtre ! Trinquons ! Champagne ! »

Voltaire exulte, se lève, reprend sa marche à travers le vaste bureau blanc et or perdu dans l'ombre, mais dont les miroirs multiplient son agitation lorsqu'il passe sous le lustre.

« Notre puissance est liée à notre émancipation des dieux, vois-tu bien, mais notre obéissance aussi. Obéissance à quoi ? Au fond, je m'en fous. C'est comme dans la psychanalyse. Au nom de la guérison de gens qu'on ne guérit pas beaucoup, on se délecte à fricoter avec tous les diables que l'humanité porte en elle. Et il y en a ! »

Sans cesser de tourner comme un chaman au-dessous des petites sphinges dorées du lustre, il lève un docte index à la hauteur de ses yeux encore plissés par le large sourire :

« Je n'y vois, pour ma part, aucun inconvénient, remarque… J'entends seulement ne pas être dupe. Cette maladie viendra en France…

— Elle ira partout, sous des formes diverses. Elle est déjà en Hollande, avec les provos. Le gauchisme des intellectuels est épisodique ; les jeunes, c'est plus sérieux, et ça va devenir très grave en France si…

— N'exagère pas !

— Je répète : très grave, si l'explosion universitaire rencontre l'insurrection.

— Le parti communiste ne s'y prête pas beaucoup !

— Il ne peut que ce qu'il peut. »

Il traverse la lumière, approuve vivement de la tête, et ses cheveux blancs voltigent.

L'huissier, de nouveau. Deux dépêches :

18 HEURES STOP CENT BLESSÉS STOP MANIFESTATIONS SOLIDARITÉ GRENOBLE ROUEN STOP IMPORTANTE MANIFESTATION TOULOUSE.

Et :

PRÉPARATION MANIFESTATIONS OUVRIÈRES POUR LA DÉFENSE DE L'EMPLOI DANS NEUF DÉPARTEMENTS OUEST STOP MANIFESTATIONS SOLIDARITÉ ÉTUDIANTS À STRASBOURG CAEN NANTES STOP MANIFESTATION PARIS SANS PRÉCÉDENT STOP 19 HEURES : TROIS CENTS BLESSÉS.

« Chez nous, dit Max, c'était pareil. Laisse tomber !

— Peut-être existe-t-il deux types de grands esprits. À Princeton, Einstein cherchait le sens du monde, et me disait qu'il en avait sans doute un[1]. Mais les prophètes de tes étudiants ne cherchent pas le sens du monde, ils en cherchent le secret.

— Oui… oui ! La partie immergée de l'iceberg ! Marx

veut dévoiler le secret du capitalisme. Pourtant, mieux vaut que le secret soit visqueux. Marx et Freud ensemble, même Nietzsche, c'est vraiment intéressant. Pourquoi les hippies, qui aiment la pureté, se déguisent-ils en clochards ? Et tes existentialistes[a] ? Les étudiants ont inventé un uniforme…

— L'uniforme de la contestation ne change pas. C'est la contestation qui change.

— Il y a quelque chose de masochiste dans cette foutue époque, vois-tu bien. Là, tu as raison, Marx est accidentel. Le freudisme des étudiants, c'est le plaisir de patauger dans l'érotique ; aussi le plaisir de respecter les pulsions comme des forces fondamentales, auxquelles ils sont soumis… Tous admirent Sade. Sade n'est ni un voluptueux ni un drogué, plutôt un prisonnier. Tous sont des prisonniers, ils n'exaltent que ce qui les emprisonne ! Ils sont révoltés, contestataires comme ils disent, mais ils ne parlent que de ce qu'ils subissent, ils s'y roulent !… Pour que l'homme les intéresse, il faut qu'ils puissent le regarder comme un bouchon sur l'eau sale ! Je répète que leur pensée est enveloppée par quelque chose. Comme celle des étudiants du XIIIe siècle par la foi ! La démission de l'individu a commencé après la guerre de 1914… Celle de l'homme… Il faisait l'Histoire, il subit la sexualité. Pour les freudos comme pour les marxistes, la liberté est promue reine mère de la pensée ! ça ne se discute même pas ! L'homme ne s'est jamais senti plus chien que depuis cette royauté-là ! »

Il passe et repasse à petits pas sous le lustre, et ressemble maintenant à un Indien sur le sentier de la guerre.

« Se rendent pas compte, ces andouilles, que leur exhibitionnisme est aussi bête que les chemises de nuit victoriennes ! Il est clair que la chose la plus importante, entre les hommes et les femmes, est la tendresse, et…

— Valéry aussi disait cela.

— Tiens ! Il l'a écrit ?

— Non.

— Ça m'aurait étonné. Personne n'en parle. Déshonorant ! Croulant, comme vous dites ! On fait comme si ce qu'il y a de plus important entre les sexes était génital. Dans cent ans, nos étudiants, professeurs et autres conards, auront l'air d'amputés. Amputés des sentiments, vois-tu bien. Même des mauvais, à la fin ! Tu verras ! Les seuls honorables sont les collectifs, érotisme et révolution, freudo-marxisme ! Sentiments ! si on peut dire… ! Le règne de la sensation me met toujours la puce à l'oreille. Nous vivons dans un des petits bouquins clandestins du XVIIIe que l'on achète sous tes arcades, mais devenu fou.

— Achetait. On les vend ailleurs.

— Imagine nos héritiers : "Il semble que dans la seconde partie du XXe siècle, on ait tenu l'art de tirer un coup pour plus important — plus important en soi, tu entends ! pas question de partenaire ! — que de prendre doucement une tête dans ses mains." Aux fous ! Tu sais de quoi cette époque-ci aura l'air, avec tous ses gratte-ciel ? D'un désert. Ah ! je voudrais voir ça !

— Tu ne le vois pas mal.

— Pour les jeunes, as-tu remarqué ? la révolution n'a plus pour but une conquête, mais un mélange de 14 Juillet et de Saturnales. Je n'ai rien contre les Saturnales, bien sûr.

— Contre le 14 Juillet non plus.

— Non plus. N'empêche que le freudo-marxisme pourrait avoir de sérieux ennuis avec la contestation qui se mijote ! L'artiste doit détruire tout art, le révolutionnaire doit détruire tout État. Au bénéfice de la révolution permanente mythique, qui ressemble à la fête sauvage. Le mot "sauvage" redevient à la mode ! Le sauvage drogué remplace l'innocent Huron…

— Tout ça est vrai. Mais ne serait capital que si cette révolution permanente était liée à un désespoir.

— L'humanité a connu des épidémies de suicide… On a étudié tard le masochisme. Il nous est devenu familier. Et collectivement ? Nous n'allons pas parler du masochisme d'une civilisation ! Pourtant, la nôtre a quelque chose de masochiste. Par moments… Le carnaval crasseux ! Déjà, le mot : sans-culottes… Nous combattons nus ? pas seulement, pas seulement ! »

Max fait sauter pensivement son petit baluchon.

« Quand les sans-culottes sont aussi sans révolution, ça va mal. L'idéologie de mes hippies, de mes pseudo-existentialistes, ne leur imposait pas du tout leur carnaval. Il a été plus contagieux que tout le reste. Je ne comprends pas, vois-tu bien, comment Guignol a changé ; ni ce qui se passe entre les Blousons noirs — les Mauvais Garçons, depuis le XVe siècle, on connaît ! — et les… comment Victor Hugo appelle les épaves ? ah oui ! la Cour des Miracles. »

Il regarde avec soin son cabas :

« La fascination du crachat ? Bon. »

La secrétaire m'apporte une feuille dactylographiée. Par téléphone, j'ai demandé au directeur ses dernières informations :

PLUS DE DOUZE MILLE ÉTUDIANTS. BARRICADES SYMBOLIQUES : AUTOS, PAVÉS, GRILLES D'ARBRES. UNE VRAIE BARRICADE À SAINT-GERMAIN-DES-PRÉS. L'ÉMEUTE TIENT LA PLACE MAUBERT. POLICE AVEC BOUCLIERS, GRENADES LACRYMOGÈNES. VOITURE POLICE-SECOURS ATTAQUÉE. CAMION DES POMPIERS ATTAQUÉ MAIS INCENDIE MAÎTRISÉ. MANIFESTANTS ATTAQUENT STATIONS MÉTRO, PROTÉGÉS PAR LACRYMOGÈNES. BANDEROLES DE SOLIDARITÉ AVEC LES ÉTUDIANTS TCHÈQUES ET POLONAIS, BANDEROLES « NOUS SOMMES UN GROUPUSCULE », DONC ANTICOMMUNISTES. LE PRÉFET DE POLICE S'EST RENDU SUR PLACE.

Je tends la note à Max, qui ne la prend pas :

« On peut aussi interpréter l'ensemble d'une autre façon, vois-tu bien. Tu dis que le monde a vécu pendant des milliers d'années sur des sentiments très profonds. Puis, l'Europe a cru vivre sur des idées : première mutation. Ensuite, le monde recommence à vivre sur des sentiments, des concepts chargés d'avenir, bolchevisme, nazisme, maoïsme, progrès, science, et caetera ; deuxième mutation. La science, c'est autre chose.

— C'est *aussi* autre chose.

— Seulement, nous avons plus appris sur la chimie du cerveau depuis dix ans que depuis cinq mille. Si l'épidémie présente n'était qu'un balbutiement ? Pas le premier ! Il pourrait avoir une suite pur-et-simplement magnifique. Magnifique et imprévisible… »

D'où surgit cet optimisme ? « Max Torrès gaule des idées comme on abat des noix », disait Julien Benda au congrès de Madrid[1]. Mais il sourit faiblement, regarde en biais comme s'il craignait de se faire rappeler à l'ordre par quelque divinité contraire, baisse la voix, commence à manœuvrer la lampe Empire posée sur le bureau : l'abat-jour de métal vert monte et descend sur une tige, grâce à une clef frappée d'un N. Il demande « ce que c'est », mais suit sa pensée.

« Une lampe de Napoléon. Laissée là par le roi Jérôme.

— Tu te mets bien !

— Si je pense à mes prédécesseurs, ça me calme. Mais il y en a un qui est devenu dictateur du Mali[1].

— Où est le Mali ? En Afrique ? »

Il n'écoute pas la réponse, pose le petit cabas sur le bureau, écarte toute frivolité d'un geste, mais renonce à son idée parce que, de l'autre côté du jardin, toutes les fenêtres à gauche viennent de s'éclairer :

« Qu'est-ce que c'est que ça ?

— La Comédie-Française. Il y a eu la Comédie-Sensible, la Comédie-Plutarquienne, la Comédie-Chrétienne : la Comédie de l'Imaginaire. Bon. L'humanité est ensorcelée par son propre théâtre ; mais le philtre qui lui a fait jouer *Les Âmes sensibles* lui a fait jouer aussi *Les Soldats de l'an II.* Le mystère de l'homme est plus profond que sa comédie. Et tu ne veux pas rentrer en Espagne. »

Sensible aux compliments comme autrefois — seulement au sujet de l'Espagne, car il n'a aucune vanité — il ne peut s'empêcher de sourire, du sourire le plus inattendu : naïf. *Exit* Voltaire. Il répond :

« La Comédie-Française existe encore ?... Paris est si romanesque ! Le décor de vos romans, depuis Rastignac jusqu'à Fantômas... Aucun Américain ne défie New York du haut du Père-Lachaise[2] ! Même au cinéma.

— Balzac est très présent pour nous aussi. Haussmann a diablement éventré son décor. C'est à la galerie d'Orléans, en bas, que se tenaient les Galeries de Bois du Palais-Royal, celles des *Illusions perdues*... »

Moscou 1934. Déjeuner à l'hôtel National, avec Olecha et Pasternak. Olecha rafle les petits vases, les pose sur notre table, dit : « Fleurs des champs ! Il fot être jarrdinier... », s'assied et rêve : « Tu nous emmèneras à Paris[3], Borris et moi. Paris est notre *romantik*. Il y aura des boutiques de modistes, avec des chapeaux de femmes... Nous irons nous asseoir sur un banc, place Pigalle. — Nous regarderons entre nos pieds », dit Pasternak de sa profonde voix d'aveugle, « et nous dirons : "Voilà la boue de Maupassant !..." »

« La Comédie-Française, répète Max. Les âmes sensibles... le freudo-marxisme d'alors, vois-tu bien. Des dieux ou des diables, toujours aussi forts, toujours aussi cons. Aphrodite et la Contestation, le Grand Manitou et l'Aliénation, Vénus et les Structures… Ces passions-là deviennent des vieux chapeaux… »

Comme si quelque télépathie lui avait transmis la phrase d'Olecha sur les modistes.

« Enfin, puisqu'on ne peut pas vivre dans le vide… L'éternité ? J'y pense, j'y pense !… Conneries !… Peut-être que je suis une âme sensible… Toutes les époques en ont. Intoxiquées, toutes ! Les hôtes de passage, comme le chien… Si on m'avait dit que je finirais ma vie sans même savoir quelle comédie je joue !… Nous devrions avoir deux vies, vois-tu bien… La première, pour déchiffrer. Ensuite une autre, pour en profiter… Ça commencerait à …vingt ans ? Déchiffrer… J'aurai été un homme de notre époque, de notre époque informe, pur-et-simplement…

— L'informe a son prix. Pourquoi ne pas continuer tes Mémoires, puisque tu les avais commencés ? »

Il hausse les épaules :

« Connaître les hommes pour agir sur eux, dit ton Stendhal[1]. L'action sur les hommes, on appelle ça la propagande, non ? Tes Français sont étonnants ! Apprendre à connaître les hommes en lisant *Le Rouge et le Noir* ! Est-ce que nous connaissons les fous quand nous lisons *Don Quichotte* ? »

La secrétaire :

INFORMATION RELATIVE À L'ATTAQUE DES STATIONS DE MÉTRO DÉMENTIE. IL S'AGIT DE GAZ LACRYMOGÈNES DE LA POLICE, POUSSÉS PAR LE VENT.

Max, sans même tendre la main vers la note, continue :

« On parle de l'expérience apportée par l'âge[a], on ne parle jamais de l'indifférence… Les jeunes n'en ont pas idée ! Elle est bien plus profonde. Tranquille. Je l'ai étudiée ; chez nous, en psychiatrie, l'"À quoi bon ?" pathologique est un symptôme meurtrier. »

Méry m'a rappelé, à Singapour, que Lawrence d'Arabie avait fait inscrire *Qu'importe* à l'entrée de son cottage[2]. Presque de la même voix. Les amitiés anciennes… Je ne l'ai revu ni à Paris ni en Indochine. Si je retrouvais Max à Singapour, notre relation serait différente. (Et voici les vols de papillons sur les îles de la Sonde, la brume chaude de la nuit, le patio de l'hôtel *Raffles*, les aboiements…) Mais Méry avait longuement parlé de Hô Chi Minh avant de parler de lui-même. Son Asie, l'Amérique de Max vont à merveille avec la lassitude de l'un, l'agitation de l'autre. Le bouddhisme du centurion chancelant de Singapour frappe de frénésie cet « À quoi bon ? » rageur. Les deux hommes ont en commun le besoin de pensée, l'interrogation. Ils ont pris à l'égard du présent plus de distance que moi : la guerre civile, ou la colonie, a fait d'eux les émigrés d'un passé. Méry regardait sa vie dans un miroir divin, voilé comme le petit bassin où la lune se reflétait devant nous ; je crois que le divin n'existe pas pour mon Voltaire mécanique, malgré ses prières. Il est installé dans son professorat. Mal. Ancien combattant. Méry ne monologuait pas en face de moi, mais en face de la mort. Pourtant :

« Quand as-tu cessé de penser à des choses que tu ferais plus tard, qui arriveraient plus tard… ? demande Max.

— Insensiblement, je suppose… Comme tout le monde.

— L'avenir à long terme disparaît, on ne s'en aperçoit pas !… Quelle vie, que la vie ! À propos : je t'ai dit que je ne connaissais pas la vieillesse, mais je connais la peur de penser au futur…

— Cette maison-ci oblige à y penser souvent. D'une façon impersonnelle, administrative. Ce qui, en somme, le supprime…

— J'ai été condamné à mort pendant deux jours, avant d'être délivré. Je ne l'ai pas oublié, à cause du pittoresque ! J'ai oublié mes sentiments. Quand j'en parle, vois-tu bien, je les invente. Au fond, je m'en fous. »

L'huissier :

GRÈVES ORGANISÉES PAR LES COMITÉS LYCÉENS À MICHELET ET CONDORCET STOP NANTERRE CALME STOP ÉTUDIANTS COMMUNISTES NE SUIVENT PAS STOP SYNDICATS CHRÉTIENS DÉCLARENT ACTION UNIVERSITAIRE INCOHÉRENTE STOP 19 HEURES TROIS CENTS BLESSÉS.

Trois cents. Nanterre calme. Avec ce genre de calme, nous allons à trois mille. Je pense à ce que Max vient de dire.

Suis-je aussi indifférent que lui à de tels moments de mon passé ? Gramat… Le chasseur italien[1] qui fonce sur la tourelle de mon avion, et sur lequel, pendant quelques secondes, je ne peux pas tirer, parce que je distingue sa barbiche au-dessous du masque... Madrid vers 3 heures du matin, la Gran Vía où ne restent que les aveugles flûtistes qui jouent *L'Internationale*... Pourquoi ces images ? Parce que Max est espagnol ? Aucune envie de penser à mes antichambres de la mort. Peu importe, on ne parle jamais de ce qui est essentiel. Je dis :

« Les *Christ aux outrages*[1] russes sont des christs assis, la tête soutenue par un bras. Le gouvernement avait donné l'ordre d'envoyer à Moscou ceux des églises pour un musée, pour je ne sais quoi. Dans la salle d'attente d'une petite gare, près de Novgorod, je les ai vus assis côte à côte sur les deux banquettes de bois, comme des voyageurs. Ils attendaient. Je pense à eux comme toi aux herbes de ta rivière...

— L'absurdité du monde, nous en parlions déjà tous les deux à Madrid, il y a... trente ans. Je n'ai pas fait beaucoup de progrès, vois-tu bien... Sauf sur un point... enfin, voici. L'ennemi numéro un de l'absurdité est sans doute l'espérance. La notion centrale de notre psychiatrie devient le "niveau de l'humeur" ; comme si cent correspondait à l'euphorie, zéro au suicide, et caetera. Ce niveau ne s'abaisse qu'en direction de la mort. Et les travaux montrent de plus en plus clairement qu'il coïncide avec celui de l'espoir...

— Ça vaut la peine.

— Ça vaut souvent la peine. Nous venons de faire une découverte importante. Les "doses moyennes" des remèdes sont acceptées partout depuis cinquante ans, alors que leur action varie parfois de 1 à 6. En chimie du cerveau, cela allait de soi. La question va se poser en médecine générale. Mais beaucoup de gens, dont je suis, ne peuvent pas vivre sur ce qu'ils savent, ils veulent vivre sur ce qu'ils croient, vois-tu bien ! La recherche scientifique n'a jamais rien résolu dans une vie ; heureusement, elle diffère tout. C'est la chasse au trésor. Les jeunes ne peuvent pas profiter de l'aubaine... Ici, la Jeunesse ne fait pas partie de tes attributions ? »

La lettre qui fixait la date de sa venue ne demandait rien. Pourtant il attend de moi une aide, ou une réponse à une question qu'il n'ose poser.

« Non. Et les États ne peuvent rien pour elle. Il est possible que ce qui se passe au quartier Latin en ce moment soit important, mais...

— Penses-tu ! Pourquoi plus qu'à Berkeley, au Japon ou ailleurs ?

— Ici, l'émeute étudiante peut se conjuguer avec une action syndicale. Les communistes ne participeront pas à une insurrection en compagnie des étudiants, qu'ils tiennent pour impulsifs, irresponsables et farfelus, mais…

— Ils ne l'ont fait nulle part !

— Les étudiants n'ont rencontré nulle part un parti communiste puissant.

— Pas non plus un général de Gaulle, vois-tu bien !

— Le P.C. dit : "Nous sommes avec la masse des étudiants, qu'il ne faut pas confondre avec les petits groupuscules pseudo-révolutionnaires."

— C'est sans doute vrai, ici comme chez nous…

— La C.G.T. ne prendra pas le risque de ce qu'elle appelle une aventure gauchiste. Mais un vrai mouvement de masses a sa vie propre.

— Les[a] gens sont avec les étudiants. Mais les étudiants ne rêvent pas de révolution, ils rêvent de jacqueries. Comme en Espagne, mais oui ! Comme en Californie, comme en Hollande, comme partout ! Le mélange du nihilisme et de la fête, je te dis ! Très espagnol ! À Mexico, des étudiants ont foncé de l'université sur le Zocodover, la grande place, pour tirer de tous les côtés. Tes Français sont des bourgeois !

— Jusqu'ici, pas un mort[1]. Ce qui est étrange, même si l'on tient compte des intentions des étudiants, des instructions de la police. »

Il ricane :

« Un accident est vite arrivé… Mais il n'arrive pas… Je suis allé à Nanterre. C'était comme partout. *Vive le Viêtnam ! — L'Université dresse les chiens de garde de la bourgeoisie, nous contestons l'Université et la société ! — Avec le prolétariat, pas toujours avec Marx — Maoïstes ou pas, les politiques sont des emmerdeurs ; mais chacun doit avoir le droit de parler — Vive Marcuse, vive Reich : luttons contre l'aliénation sexuelle des travailleurs — Vive la contestation permanente, fondée sur la provocation ou l'insulte !* Et ainsi de suite ! Ah ! je connais, je connais !… Lénine n'aurait pas aimé ça du tout, vois-tu bien ! Vous avez en plus Cohn-Bendit, qui brait plus fort que les micros ; minuscule différence. Pourtant, chez vous, le psychodrame devient contagieux, agit sur les spectateurs. San Francisco se foutait de l'épidémie de Berkeley… »

L'huissier :

QUATRE CENT CINQUANTE BLESSÉS.

« Votre freudo-marxisme, demande Max, a naturellement commencé par la contestation sexuelle, une histoire de dortoir ?

— L'important n'est pas là. Tous les gouvernements interprètent le nihilisme en termes politiques parce que ce sont des termes rationnels.

— Je croyais que tu les jugerais complètement idiots…

— Politiquement, ce feu d'artifice à fusées noires n'aura d'autre résultat concret, comme on dit au P.C., que de soutenir M. Mitterrand et ses politiciens contre le général de Gaulle. Et s'ils échouent, de jeter les électeurs dans les bras du gaullisme de droite. C'est bien la peine de faire l'amour en public par groupes de six pour aboutir au président du Sénat[1] ! qui se débarrasserait des communistes comme d'habitude. Terminer l'Apocalypse par la restauration de Topaze, pourquoi pas ? Il y a dans tout ça de l'illusion lyrique[2], mais aussi pas mal de sarcasme, de dérision…

— Ça m'a frappé, au quartier Latin ! »

Il hennit, ses cheveux voltigent ; mais depuis qu'il s'est rassis, cabas sur les genoux, une tristesse de plus en plus lasse succède à la frénésie.

« Tu ferais mieux de t'occuper de chimie du cerveau ! À propos, il faut que je te donne les Actes du dernier Congrès… Tout de même, l'homme est une drôle de bête !… Alors, ces Actes du Congrès, ça vient ? »

Il a posé sur mon bureau le petit cabas qu'il ne cessait pas de peloter entre ses genoux, y plonge la main, en tire des papiers et un soutien-gorge, enchaîne : « … et la femme, donc ! » trouve enfin une plaquette qu'il me donne : *Congrès*, ferme le cabas et le repose sur ses genoux. Pendant la guerre, il m'a dit : « Vers cinquante ans, quand j'aurai enfin atteint l'âge heureux de l'impuissance… » Fol espoir sans doute.

« À Madrid, nous avions beaucoup plus d'espoir. Ça ressemble à nos émeutes et ça n'y ressemble pas, vois-tu bien. À ton avis, quelles sont leurs vraies motivations, comme ils disent ? Quand on retrouve un pays, on devrait noter les nouveaux mots : motivation, structure, aliénation, quoi encore ?

— Démystification, frustration, progressiste, société de consommation…

— Même ceux qui viennent de grands esprits, et du passé, localisent épatamment le dernier état de la connerie. Je demandais… ah oui ! les motivations ?

— Il y en a plusieurs.

« D'abord, comme ailleurs, modifier l'organisation des études. Ils ont raison. Elle doit être adaptée à la ruée des étudiants : il y en a autant, cette année, qu'il y avait d'élèves des lycées et collèges avant la guerre.

« Puis, la sexualité. Parfois, la Faculté intervient pour protéger la liberté des filles ; parfois, sans trop savoir au nom de quoi.

« Puis, les objectifs immédiats : évacuation de la Sorbonne par la police, solidarité avec les étudiants condamnés. Très important.

« De plus, faire grève, s'insurger, c'est exister. En temps normal, ils n'existent guère, les pauvres. Existence, insurrection, indépendance, liberté, l'ensemble est confus, mais explosif.

« Enfin, le vrai nihilisme[1]. C'est pourquoi je t'ai parlé d'irrationnel. Là, les objectifs sont des masques ; sauf les plus simples, comme la libération des étudiants emprisonnés. La Sorbonne populaire n'est pas un objectif révolutionnaire, c'est un film d'Eisenstein. Tout nihilisme appelle des états psychiques. L'atmosphère insurrectionnelle en fournit encore plus que la sexualité. Ils disent : faire la révolution, comme les gandins disaient : faire la noce. Tu n'as pas besoin de moi pour savoir que sans Rome Napoléon n'aurait été ni consul ni empereur. On appelle contestataire un protestataire qui se regarde protester. Mais ces acteurs-ci se trompent de République. »

Fais-je un exposé au soutien-gorge ? Il rend tout saugrenu…

« De Gaulle gagnera encore, cette fois-ci ? demande Max. Et puis, qu'est-ce que ça peut foutre ! Le plus extraordinaire de tout, c'est la musique. L'Espagne… enfin, je me suis fait une raison, mais à Berkeley je peux prendre les émissions mexicaines. Il y a souvent du flamenco, quelquefois du canto jondo. Alors, je me dis : quelle chose extraordinaire, être venu sur la terre pour y regretter ce que je n'ai jamais connu… »

Il hésite.

« Dis donc ? Tu parlais d'états psychiques… Ça t'intéresse toujours ?… »

Sa bouche reste ouverte. Vais-je savoir pourquoi il est venu ?

« L'un de mes collègues a mis au point un … comment dire, puisqu'il n'accepte pas le mot : hallucinogène ? enfin, soit ! une drogue auprès de quoi les autres sont des jeux d'enfants. Ceux qui l'ont expérimentée parlent d'état premier — par prééminence sur ce que nous appelons tous l'état second.

— Premier en intensité ?

— Pas tout à fait… plutôt non… ils parlent d'une “douceur inconnue”. Et ils ne sont pas des écrivains ! Leur slogan est, écoute bien : le seul état, avec la mort peut-être, où la conscience et l'expérience coïncident[1]. (Comme s'ils connaissaient ton vocabulaire.) Pourtant ils avaient étudié les drogues principales…

— Pourquoi : avaient ?

— Mon collègue a renoncé. Pas par crainte de la police ; par peur tout court. C'est pourtant la seule drogue qui n'apporte ni dépression ni accoutumance.

— Alors[a] ?

— Il a peur…

— L'action dure plusieurs heures ?

— Douze.

— C'est beaucoup.

— Oui. Rends-toi compte ! Rien de commun avec le haschisch, la mescaline, ni les opiacés…

— Les alcaloïdes ?

— L'héroïne ? Pas question !

— Douze heures… Il y a une “mise en marche” ? Tu sais comme moi que le haschisch est un multiplicateur, d'où son action religieuse dans certaines sectes.

— Religieuses… J'ai demandé à un de mes étudiants, athée, de me donner une idée de cette drogue-ci… Il m'a dit… »

L'ombre d'une voix chuchotante et nostalgique passe sur celle de Max :

« Il m'a dit : c'était le Paradis… »

Donc, Max n'a pas fait l'expérience.

« Mon collègue n'a conservé que deux doses. Quand il a su que je venais ici, il m'en a remis une pour toi. Si tu n'en veux pas, je la rendrai… »

Est-il venu pour cette proposition ? Accompagne-t-elle seulement son voyage ? Les jeunes admirateurs[a] lointains existent : nous faisons partie de leur exotisme. Même chez les scientifiques, l'inattendu n'est pas rare, en de tels domaines.

« Comment a réagi le Contrôle des stupéfiants ?

— Mon ami ne le consultera jamais. Il sait bien… Leur jalousie … surtout, leur peur.

— La peur du bonheur ?

— Bien sûr !… Tu te rends compte ? »

Depuis que nous parlons de ce sujet, Max ne m'a pas regardé. Son regard revient. Il sourit gauchement. Je ne croyais pas que son agitation pût connaître la gaucherie. Le mot « paradis », à peine prononcé, étend dans le bureau ses ronds mystérieux, se perd dans la nuit menaçante.

« Si ça marche, dit-il, c'est la fin des drogues chez les contestataires de l'Université… La fin de leur drame, peut-être… Quelle histoire !… Le mot *bonheur* ne s'est jamais appliqué qu'à des moments… »

Sa voix, pressante tout à l'heure pour me convaincre de balivernes, ne l'est plus. On dirait qu'il n'ose pas. Sa ressemblance avec Voltaire ne s'interpose plus entre le vieillard qui me fait face et mon ami d'autrefois. Je retrouve son écarquillement de jadis. Bouche un peu ouverte sur le sourire qui a perdu son ironie, buste penché, bras un peu écartés, comme pour l'abrazo espagnol ; aussi, une tension de chat inquiet d'on ne sait quoi. Mais ce très vieux chat ne sautera plus. Je lui demande :

« Que veut ton collègue ? Un écrivain qui fasse pour sa découverte ce que Huxley, Michaux[1] ont fait pour la mescaline ? Je n'écris plus…

— Tu écrirais si tu voulais. Ce n'est pas ça … du moins, ça m'étonnerait…

— Échapper à sa responsabilité, qu'il semble supporter assez mal, sans brûler sa formule ? »

Max sourit, du même sourire maladroit dont je ne sais s'il exprime la complicité ou l'ironie.

« Plutôt. Mais je ne sais pas, bien sûr… Il m'a seulement demandé de te dire ce que je t'ai dit.

— Donne les sachets. »

Comme[a] pour mettre fin à l'entretien, le téléphone interministériel sonne.

« Pourtant, je suis un homme de ce drôle de temps, je te dis !... » répète Max qui gagne la porte avec son petit cabas.

Le temps des limbes[1].

IV[a]

[LES CHÊNES QU'ON ABAT…]

Colombey,
jeudi 11 décembre 1969.

La fatigue[b] des derniers temps du pouvoir s'eſt effacée. Le général de Gaulle retourne d'un geſte un des fauteuils de cuir. Sa haute taille, un peu courbée maintenant, domine la petite pièce où flambe un feu de bois. Il s'assied à contre-jour, pour protéger ses yeux, derrière une table à patiences dont le tapis vert supporte les boîtes de cartes. Jamais, aux jours éclatants, je n'ai assiſté à un dîner à l'Élysée, dans le salon d'Honneur surdoré comme les palaces du siècle dernier, sans voir ce dîner partir vers le néant avec ses deux cent cinquante couverts, ses musiciens sous la tapisserie d'après l'*Héliodore* de Raphaël, sa musique de Mozart et son cortège de fin des Habsbourg[1]… Khrouchtchev, Nehru et Kennedy dans la galerie des Glaces de Versailles, et Trianon reſtauré, déjà hanté par le départ…

J'ai redécouvert, en lui serrant la main, combien les mains de cet homme encore si grand sont petites et fines. Les mains ébouillantées de Mao Tsé-toung[2], elles aussi, semblent les mains d'un autre.

Après les paroles de bienvenue, nous passons dans son cabinet de travail. La noblesse de la pièce tient-elle à l'accord de ses proportions avec celles du bureau, ou aux trois fenêtres derrière lui, à l'impression de vide qu'imposent les livres dans le mur — œuvres complètes de Bergson, ami de sa famille, et les miennes, qu'il me montre d'un clignement — ou au Général devant l'immense paysage noir et blanc de la neige sur toute la France, un seul fauteuil en face de lui ?

Il m'a dit autrefois, pendant que nous parcourions le parc : « Voyez, tout ceci a été peuplé[1] jusqu'au Ve siècle ; et il n'y a plus un village jusqu'à l'horizon. »

La cellule de saint Bernard, ouverte sur la neige des siècles et la solitude.

Qu'amis et adversaires s'interrogent sur les causes réelles de son départ, il le sait. Il l'avait annoncé ; peu importe. Pour le pays, il y a dissonance entre le référendum, les régions, le Sénat, tout le matériel de la dernière consultation, et le départ du général de Gaulle après des élections ultra-gaullistes. Le Général ne pouvait affronter que des événements historiques — ou la mort — ou le secret. Son premier départ avait déconcerté. On sait qu'il ne reviendra plus. Ce qu'on appelle la politique française continue à l'écoute de ce silencieux Veilleur[a].

« Cette fois, dit-il, c'est peut-être fini. »

Je revois le petit salon de l'hôtel Lapérouse, en 1958, dans la décomposition générale : « Il faut savoir si les Français veulent refaire la France, ou se coucher. Je ne la ferai pas sans eux[2]. Mais nous allons rétablir les institutions, rassembler autour de nous ce qui s'est appelé l'Empire, et rendre à la France sa noblesse et son rang. » Il parlait avec une énergie invulnérable, alors qu'il parle aujourd'hui avec le ton dont il a dit de l'Italie, en 1941 : « Ne restera-t-il d'elle, comme l'a dit Byron, que la triste mère d'un Empire mort[3] ? »

Il me regarde pesamment :

« Quand je suis parti, l'âge a peut-être joué son rôle. C'est possible. Mais vous comprenez, j'avais un contrat avec la France. Ça pouvait aller bien ou mal, elle était avec moi. Elle l'a été pendant toute la Résistance. On l'a bien vu quand je suis arrivé à Paris. Il y avait l'énorme vague qui me soutenait. Sur laquelle je dirigeais mon bateau. À Londres, j'avais vu arriver des politiciens, des militaires[b], des Canaques. Et puis les pauvres types, les marins de l'île de Sein : la France. Quand les Français croient à la France, oh, alors ! Mais quand ils cessent d'y croire !... Vous connaissez la phrase du pape : les Français n'aiment pas la France.

« Enfin !

« Le contrat a été rompu. Alors, ce n'est plus la peine. Le contrat était capital, parce qu'il n'avait pas de forme ; il n'en a jamais eu. C'eſt sans droit héréditaire, sans référendum, sans rien, que j'ai été conduit à prendre en charge la défense de la France et son deſtin. J'ai répondu à son appel impératif et muet. Je l'ai dit, écrit, proclamé. Maintenant, quoi ? »

Il eſt seul, puissamment courbé, devant la neige qui couvre l'étendue déserte : « J'ai eu un contrat avec la France… » Pourquoi dit-il : la France, et non les Français ? Pourtant, il continue :

« Les Français n'ont plus d'ambition nationale. Ils ne veulent plus rien faire pour la France. Je les ai amusés avec des drapeaux, je leur ai fait prendre patience en attendant quoi, sinon la France ? »

Il avait vingt-quatre ans en 1914, et je me suis toujours demandé si ce qu'il appelle ambition nationale ne se confond pas avec la volonté de revanche de son adolescence… Mais il ajoute :

« Même les Anglais n'ont plus d'ambition nationale. »

On a souvent essayé de le peindre par la psychologie, qui, dans son cas, me semble vaine. Il eſt perspicace, et même, quelquefois, médium : « Un jour, on s'accrochera à nos basques[a] pour sauver la patrie[1]. » Mais son intelligence tient au *niveau* de sa réflexion (ce que Chateaubriand appelait l'intelligence de la grandeur d'âme) plus qu'à la pénétration, bien qu'elle ne lui manque pas[b] ; et tient aussi à une obsession. Je suppose que les grands chrétiens du Moyen Âge, saint Bernard par exemple, ont possédé des intelligences de vocation. Il eſt hanté par la France comme Lénine l'a été par le prolétariat, comme Mao par la Chine, comme le fut Nehru[c] par l'Inde. La première phrase[d] de ses *Mémoires de guerre*[2] lui eſt consacrée, et je crois que la France a toujours été moins simple dans son cœur que la princesse de légende dont il parle[3]. C'eſt elle qu'il a épousée, avant Yvonne Vendroux. Si haut que soit son drame, il eſt parent de celui des chefs communiſtes qui se sont séparés du parti. Et le général de Gaulle eſt à mille lieues de penser que la France l'a trahi pour ses successeurs.

« Mais, dis-je[e], dans les choses capitales que vous avez faites, quand n'avez-vous pas été minoritaire ? »

Ne l'était-il pas[f] le 18 Juin, et maintes fois avec Churchill, et à coup sûr avec l'*Amgot*[4] et les troupes d'Eisenhower, et entre les parachutiſtes de 1958 et les défileurs de la Baſtille à la Nation[5] ? Il acceptait tout cela allégrement ;

en comparaison, que signifiait un référendum sur les régions et le Sénat[1] ? Peut-être que les Français étaient idiots à ce moment, mais qu'a-t-il fait toute sa vie, sinon les contraindre à finir par reconnaître la France ?

Il dit :

« J'étais minoritaire, j'en conviens ; je savais que tôt ou tard je ne le serais plus. »

Il y a longtemps que je me demande ce que les Français sont pour lui. Quelque chose de variable, sans doute, comme presque tout ce qui est profond. Les « braves types de l'île de Sein » ? Ils étaient, à ses yeux, les délégués de la France (ils arrivaient à Londres, d'ailleurs, avec les Canaques). Les femmes qui jugeaient naturel de donner asile à nos postes émetteurs dans leurs chambres de couturières ou de dactylos, en sachant qu'elles risquaient Ravensbrück ? La foule des villages après le débarquement, celle de Bayeux, des Champs-Élysées ? Celle qu'il a rencontrée partout, lors de ses voyages présidentiels ? Son lien avec tant de siècles ? Il appelle Français ceux qui veulent que la France ne meure pas.

Je pense aux servantes de Beaulieu qui écoutaient à la radio la déclaration de guerre, à mes compagnons de char — Bonneau le souteneur avec son pinson blessé ; Pradé et son fiston, le pompier Léonard aimé des stars ; à ceux du maquis, aux femmes en châles noirs chacune devant sa tombe, lorsqu'on enterrait nos morts de Corrèze ; à la patronne de l'hôtel de Gramat, à la supérieure du couvent de Villefranche ; au prisonnier de Saint-Michel de Toulouse, qui déconcertait par son ton professoral : « Touristes ! » le type de la Gestapo qui entrait dans notre cellule en gueulant : « Terroristes ! » ; aux gosses de Ramonchamp et de Dannemarie, venus la nuit, conduits par l'institutrice, planter leurs petits drapeaux sur nos premiers morts, ou les déposer sur nos morts sans tombes[2].

« Avez-vous jugé le contrat rompu en mai, ou plus tôt, lors de votre réélection ?

— Bien avant. Alors j'ai pris Pompidou. »

Que veut-il dire ? Au temps du conflit parlementaire ? Au retour d'Afghanistan ? (Il devrait donc dire : conservé.) Il ne fait pas allusion au temps où il a appelé Pompidou, car ce serait évidemment faux. Il continue :

« En mai, tout m'échappait. Je n'avais plus de prise sur mon propre gouvernement. Bien sûr, tout a changé quand j'ai pu faire appel au pays, quand j'ai dit : "Je dissous la Chambre."

« Mais pas pour longtemps !

« La participation[1], vous savez, j'y voyais un moyen de réveiller le pays, de lui faire prendre conscience de son existence, enfin, de le secouer ! Mais il avait déjà choisi. Et l'action ne vaut qu'en fonction de contingences qui ne se retrouvent jamais.

— Je n'ai guère cru à l'association capital-travail, donc à la participation…

— Vous les avez défendues.

— Dès que[a] vous seriez réellement entré en conflit avec le capitalisme, les conséquences de ce conflit eussent été imprévisibles. C'est un peu comme l'appel du 18 Juin, la paix des braves ou la Communauté. Quant au marxisme, j'ai passé mon temps à dire à mes amis, les gaullistes de gauche : "Mettez-vous bien dans la tête que le mot *rassemblement*, pour le Général, est le symbole de son espoir." »

Je l'ai fort amusé lorsque j'ai répondu, à je ne sais quels idiots qui hurlaient que nous étions le capitalisme : « Vous êtes allés au Vél' d'Hiv' ? Oui ? Ce n'est pas le capitalisme, c'est le métro[2] ! » Il n'est évidemment pas un défenseur du capitalisme, mais pas davantage du prolétariat. Il n'a pas accepté les nationalisations pour faire plaisir aux communistes : les nationalisations, à ses yeux, étaient un moyen de résurrection de la France. Il s'accorde au marxisme sur la propriété collective (il dirait nationale) des moyens de production, pas sur l'exaltation de la lutte des classes.

« Je veux bien, dit-il.

— Le problème[b] social, certes, n'avait pas disparu, mais il était devenu subordonné — parce qu'il l'était devenu dans le monde entier.

— La justice sociale se fonde sur l'espoir, sur l'exaltation d'un pays, non sur les pantoufles.

« La participation, c'était un symbole, vous voyez ce que je veux dire… Le niveau de vie est devenu la boîte à chagrins de tous les pays. La moitié de la politique mondiale est orientée par lui. Pourtant, il ne s'agit pas seulement de lui. Notre ancienne société agricole a été transformée par l'accès des paysans à la propriété. Notre société industrielle sera transformée aussi. La participation était, un peu à tâtons, le chemin de cette transformation. Et vous savez bien que la France, en votant contre moi, n'a pas écarté que les régions, le Sénat, et ainsi de suite : elle a écarté la participation. J'ai dit ce que j'avais à dire. Mais le jeu était joué. »

J'ai entendu son discours à l'armée d'Algérie : « Quant à vous, écoutez-moi bien : vous n'êtes pas l'armée pour l'armée, vous êtes l'armée de la France[1] ! » Et le discours sur la destruction de ce qu'on avait appelé l'Empire ; et celui de Strasbourg, dans le vent glacé, à une foule d'officiers hostiles : « Si vous ne me suivez pas, vous ne pouvez devenir que des soldats perdus[2] ! » Il m'avait dit, quelques jours plus tôt : « Le caractère exige d'abord de négliger d'être outragé ou abandonné par les siens. Les gens croient que je ne connais pas le sens de : perdre la fraternité. Croient-ils que je n'aie pas assez connu le goût de poison du mépris ? Ils ont beaucoup à apprendre ! Mais il faut accepter de tout perdre. Sinon, quoi ? Le risque non plus, ne se divise pas[3]. »

Il parle aujourd'hui avec la même fermeté, mais il se veut hors du jeu. Je lui demande :

« Pourquoi êtes-vous parti sur une question aussi secondaire que celle des régions, mon général ? À cause de l'absurdité ? »

Il me regarde de nouveau fixement :

« *À cause de l'absurdité*[4]. »

À quel point il est le passé de la France, un visage sans âge, comme, derrière lui, la forêt couverte de neige qu'il a maintenant épousée !

Il n'y a pas de Charles dans ses *Mémoires*, mais pas davantage dans un dialogue avec lui. Il exprimait un destin, et l'exprime lorsqu'il proclame son divorce avec le destin. L'intimité avec lui, ce n'est pas de parler de lui, sujet tabou, mais de la France (d'une certaine façon), ou de la mort.

« Vous avez bien fait, reprend-il, de ne pas partir le lendemain de mon départ. On savait que vous partiriez.

— La Constitution impliquait que votre successeur n'était pas le président du Sénat, mais le gouvernement — donc le vôtre. Et avant les élections, il pouvait se passer bien des choses. Ç'a été très irréel, d'ailleurs… »

L'irréalité avait commencé plus tôt. Je revois le dernier Conseil sous la présidence du Général : projets de décrets sans importance, admission à la retraite d'un préfet, communications. Le ministre des Affaires étrangères s'était tu avant midi. Le Général s'était levé :

« Eh bien, messieurs, nous avons terminé !... Alors, à mercredi prochain. À moins que... Eh bien, dans ce cas-là, une page de l'Histoire de France sera définitivement tournée... »

Elle est tournée.

Je reprends :

« À la première séance de la Chambre après votre départ, pendant deux ou trois minutes, je me suis trouvé seul au banc des ministres avec Couve, et Chaban à la présidence, dans le jour blafard que vous connaissez : aucun député n'osait entrer le premier... »

Ici aussi la lumière est irréelle, à cause de sa réverbération par la neige. Je connais bien cette lumière blanche, car elle change les couleurs des tableaux ; mais il n'y a pas de tableaux ici. Sur la table, sont alignés quelques feuillets de manuscrits, ses *Mémoires* sans doute, couverts de son écriture ascendante.

« Vous écrivez la suite de vos *Mémoires,* et un livre idéologique ?

— J'écris mes *Mémoires,* de 1958 à 1962. Ensuite, il y aura deux autres tomes.

— Pas de traversée du désert ?

— Non. On vous a parlé d'idéologie parce que je n'écris pas un récit chronologique. Comme dans les *Mémoires de guerre,* il s'agit de dire ce que j'ai fait, comment, pourquoi[a]. »

Je pense encore à l'hôtel Lapérouse en 1958. Il continue :

« Comme il est étrange que l'on doive se battre à ce point, pour arracher de soi ce que l'on veut écrire[1] ! Alors qu'il est presque facile de le faire quand on parle. Colette disait : “C'est difficile, la langue française ! Les adjectifs !” Elle se trompait, malgré son talent : la langue française, ce sont les verbes. Et puis, se délivrer des manies d'écriture... »

Il fait allusion au rythme ternaire, qui l'obsède et l'irrite. Jusqu'ici, il ne s'en est nullement délivré.

« On me dit que vous envisagez de publier tout ce que vous avez *dit* depuis le 18 Juin : discours et conférences de presse ?

— Sauf les machins aux maires, sur le bord de la route. Mais il est bon de donner les choses à leur date.

— L'effet d'ensemble peut être singulier, parce que vos textes de Londres ne sont pas des discours, ce sont des monologues destinés à des foules invisibles… Le jour où la radio nous a donné la masse de "messages personnels" qui annonçaient de toute évidence le débarquement, je pensais au discours nocturne de Rodrigue dans *Le Soulier de satin :* "Officiers, compagnons d'armes, hommes assemblés ici…" »

La suite, que je ne cite pas, continue dans ma mémoire : « … hommes assemblés ici qui respirez vaguement autour de moi dans l'obscurité,

« Et qui tous avez entendu parler de la lettre à Rodrigue et de ce long désir entre cette femme et moi, qui est un proverbe depuis dix ans entre les deux Mondes,

« Regardez-la, comme ceux-là qui de leurs yeux maintenant fermés ont pu regarder Cléopâtre, ou Hélène, ou Didon, ou Marie d'Écosse[1]… »

Précisément, il n'y aurait rien à voir de l'imminent branle-bas dans l'aube avec lequel nous avions depuis si longtemps rendez-vous, et qui, pour nous tous, allait fort ressembler au destin.

« Ce qui donne leur accent à vos allocutions, dis-je pendant que les versets s'éteignent en moi, c'est ce qui les sépare[a] des discours. (D'ailleurs, la conférence de presse, aussi, a été un nouveau moyen d'expression.) L'écrivain non plus ne connaît pas ses lecteurs. Et dans une certaine mesure, comme vous, il les suscite… Mais tout grand écrivain est lié à ceux qui le précèdent, alors que vos allocutions n'avaient pas de précédent[2]. Sauf un. Vous connaissez Vézelay : comment les chevaliers, en bas, auraient-ils entendu saint Bernard, qui parlait évidemment sans micro ? Cependant, ils sont partis pour la croisade.

« D'ailleurs, il y aura des surprises ; je ne me souviens pas d'avoir retrouvé, dans les *Mémoires de guerre* : "Il est normal, et absolument justifié, que les Allemands en France soient tués par les Français : ils n'ont qu'à rester chez eux[3]."

— Oui. Quand j'en aurai fini avec les institutions, il y aura aussi, quoi ! les choses que j'ai à dire. Si j'écris, on s'attend tout de même à savoir ce que je pense, ce que j'ai fait ! Et je vais le dire. Je vais dire aussi ce qui s'est passé. »

Je crois que les hommes font les institutions plus que les institutions ne font les hommes ; mais je sais que ce livre, héritier des *Mémoires de guerre*, sera une simplification romaine des événements — la simplification par laquelle, en littérature comme en architecture, Rome impose avec tant de force son ordre — et l'oubli de ce qu'il a toujours mis plusieurs fers au feu (pas n'importe lesquels) pour tirer du feu, le jour venu, la seule arme efficace. Il n'est pas latin, il est romain, ce qui signifie presque le contraire.

« J'aime[a] *Les Trois Mousquetaires*[1], dit-il. C'est aussi bien que votre ami *Le Chat botté*. Mais leur succès vient de ce que la guerre avec l'Angleterre n'y doit rien à la politique de Richelieu. Elle doit tout aux ferrets d'Anne d'Autriche, récupérés par d'Artagnan. Les gens veulent que l'Histoire leur ressemble. Au moins, qu'elle ressemble à leurs rêves. Ils ont quelquefois de grands rêves, heureusement.

— Il existe, dis-je, un domaine de la littérature que la critique n'a pas isolé, parce qu'elle le confond avec les Mémoires : ce sont les livres qui racontent ce que leur auteur *a fait*. Pas : a ressenti. Car les Mémoires sont souvent des résurrections de sentiments. Le récit de l'exécution d'un grand dessein[2] pose d'autres problèmes. Si *La Guerre des Gaules* n'était pas de César, le livre n'en serait ni meilleur ni moins bon ; mais il ne serait pas de même nature. Si le *Mémorial* était fait des souvenirs de Las Cases, si Napoléon n'y parlait pas, ce serait un autre livre. On vous a parfois attaqué, et plus souvent admiré. À mon avis, par un malentendu. Les *Mémoires de guerre* n'ont rien à voir avec les *Mémoires d'outre-tombe*, et il en sera ainsi de ce que vous êtes en train d'écrire. Les moyens ne sont pas orientés par le même but. »

À mes yeux, ses *Mémoires*, que le récit soit celui du maintien de la France dans l'abandon de 1940 ou dans l'espoir de 1958, sont une tragédie à deux protagonistes : les Français et lui. Dans la guerre et dans la paix, la France est l'enjeu. À plusieurs reprises, il l'a faite contre la majorité des Français. Il en éprouve une amère et secrète fierté. Espère-t-il que la postérité comprendra, est-il maintenant au-delà de cet espoir et des autres ? Je rêve d'une sorte d'Œdipe dont Sophocle nous dirait comment il a voulu faire Thèbes contre les Thébains. À Cronstadt, Lénine et Trotski ont rencontré le même drame, et l'ont furieusement résolu : des prolétaires contre le prolétariat. Il possède une rare fermeté, mais enfin, il est un homme, et non un personnage de théâtre. Il m'a dit un soir : « S'il ne s'agissait que de liquider, quel besoin avait-on de moi ? Pour fermer un grand livre d'Histoire, la IVe suffisait. » Dans les *Mémoires de guerre*, une méfiante pudeur le sépare de l'essentiel, à quoi il ne se méprend pourtant pas. Quelques jours après son retour, pendant le drame d'Alger : « Vous connaissez le colonel Lacheroy, n'est-ce pas ? Je ne l'ai jamais vu. Envoyez-le-moi. » Le colonel était alors l'un des principaux chefs du Service psychologique, et une sorte de ministre de l'Information local, avec conférences de presse à l'accent de Bourgogne. Il arrive à Matignon. Le Général l'écoute. « Bien. Alors maintenant, Lacheroy, mettez-vous solidement une chose dans la tête : on ne défend pas la France contre de Gaulle. » *Exit* Lacheroy. « Quand j'ai parlé à Alger, m'a dit alors le Général, chacun a compris que, cette fois, c'était la France qui parlait. »

Il reprend, après un silence :

« Ce que nous avons voulu — et entre vous et moi, pourquoi ne pas lui donner son vrai nom : la grandeur ? — est fini. Oh ! la France peut encore étonner le monde ; mais plus tard. Elle va tout négocier. Avec les Américains et même les Russes, avec les Allemands et les communistes. On a commencé. On peut continuer sans grande signification. À moins d'un événement ! La France n'en attend pas. Les autres non plus. Je ne crois aucunement que ça dure. Vous verrez. Les parlementaires peuvent paralyser l'action, ils ne peuvent pas la déterminer. La France s'était relevée contre le parlementarisme : elle va s'y ruer, et il la défendra aussi intelligemment que lorsque je tentais de faire accepter les blindés !

— Mais Hitler est mort.

— Le pays a choisi le cancer. Qu'y pouvais-je ? »

Il n'a jamais accepté de confondre le pays et les politiciens, mais il vient de dire : le pays, et non les politiciens.

La grandeur, c'est fini… Il a rétabli la France à partir d'une Foi, et la foi n'a pas qu'un sens religieux. Comment saint Martin, hongrois, a-t-il évangélisé nos provinces de Loire ? Comment les évangélisateurs irlandais ont-ils évangélisé l'Allemagne ? Il ne suffisait pas[a] de sa foi en la France pour qu'il fût le général de Gaulle ; pourtant il n'eût été sans elle qu'un vainqueur intrus parmi les vrais, ou un vaincu plus ou moins héroïque. Napoléon battu croule sous ses victoires passées, mais il est obsédé par lui-même, non par la France. Une fois de plus, je retrouve dans le Général ce que j'ai appelé le chef d'ordre religieux[1]. Si la France l'abandonne, il parcourt sa solitude mérovingienne au-dessus de Clairvaux, il n'envisage pas d'aller servir le Grand Turc. Sa relation avec la France est loin d'être simple. Sa réponse aux journalistes, jadis : « Mais moi, j'étais la France ! » est au passé. Celle à Churchill : « Si je ne suis pas la France, qu'est-ce que je fais dans votre bureau ? » est au conditionnel (apparent). Personne, après l'appel célèbre, n'a cru qu'il *était* la France, et d'abord pas lui. Il a décidé de l'être. Lorsqu'il a dit aux Français écrasés, au monde stupéfait : « La France *existe* ! », qui, sinon lui, eût osé le dire ? Les politiciens de la IIIe République n'y croyaient plus. Le maréchal Pétain était alors un émouvant protecteur des ruines, mais sa protection, loin de signifier que la France existât, signifiait que la France avait cessé d'exister. Le Général ressent avec violence que l'agonie de la France n'est pas née de l'affaiblissement des raisons de croire en elle : défaite, démographie, industrie, etc., mais de *l'impuissance à croire* en quoi que ce soit. Il m'a dit autrefois : « Même si les raisons que le communisme apporte aux Russes pour croire à la Russie sont à dormir debout, il est irremplaçable, puisqu'il les apporte ! »

Nehru m'a demandé, avec plus de lassitude : « N'est-il pas à la fois nécessaire que nous ayons les pieds sur la terre et que nos têtes ne restent pas au niveau du sol ?... » Le mot grandeur, que le Général a si souvent employé, et que les autres ont si souvent repris pour ou contre lui, a fini par signaler à la fois le faste, et une expression théâtrale de l'Histoire. Or, ce cabinet de travail, dont l'accent vient de l'immensité déserte, n'est pas Versailles, et l'idée de grandeur du Général est inséparable de l'austérité, l'était même aux réceptions de l'Élysée ; inséparable de l'indépendance, et d'un âpre refus du théâtre. Le chah m'a confié : « Quand je l'ai rencontré pour la première fois à Téhéran, j'étais un jeune homme. Je lui ai demandé conseil. Il m'a répondu : "Monseigneur, on vous suggérera bien des habiletés. Ne les acceptez jamais ! Je n'ai qu'une suggestion à vous faire, mais elle compte : mettez toute votre énergie à rester indépendant." » On a beaucoup cité : « Être grand, c'est épouser une grande querelle », parce qu'il a donné cette phrase de Shakespeare pour épigraphe au *Fil de l'épée.*

Il m'a dit : « La grandeur est un chemin vers quelque chose qu'on ne connaît pas. »

Et combien de fois a-t-il répété : « Quand tout va mal et que vous cherchez votre décision, regardez vers les sommets ; il n'y a pas d'encombrements. » Au contraire de ce que supposent ses amis et surtout ses ennemis, la grandeur n'est point un domaine qu'il croit posséder, mais un domaine qu'il sert, en sachant que ce domaine le sert. Ainsi saint Bernard était-il au service du Christ — dont il attendait beaucoup… Pour le Général, la grandeur était d'abord une solitude, mais c'était une solitude où il n'était pas seul.

« Qu'irais-je faire avenue de Breteuil[1] ? dit-il. Peut-être avais-je partie liée avec le malheur, non avec tout ce joli monde…

— Et avec la Libération, et dix ans de résurrection de la France.

— Ce qui se passe n'est même pas le malheur. Et je ne pourrai pas, pour la troisième fois, rattraper la France par les cheveux au dernier moment.

— Croyez-vous qu'à Colombey, vous ne soyez pas la statue du Commandeur ?

— Enfin, vous voyez ce que je veux dire… Je ne sortirai de mon silence que si l'on met le pays en question. On doit savoir — et je compte sur vous — que je suis étranger à ce qui se passe. Ça ne me concerne aucunement. Ce n'est pas ce que j'ai voulu. C'est autre chose. J'entends ne m'en prendre à personne : s'en prendre à quelqu'un est toujours une faiblesse. Mais la page est tournée. Une fois de plus, on va se mettre à suivre sur la carte les étapes victorieuses des autres. Et à en discuter magistralement ! »

L'absence d'un grand dessein, qu'il reproche à ses successeurs, il la reproche aussi au monde.

« Le président Nixon a encore été applaudi, reprend-il, parce que l'Asie croit encore la paix possible. Mais il n'en a pas fini avec la boîte à chagrins. Tout grand dessein est un dessein à long terme. Je ne crois pas que les États-Unis, malgré leur puissance, aient une politique à long terme. Leur désir, qu'ils satisferont un jour, est d'abandonner l'Europe. Vous verrez !

« La Russie, elle, veut gagner du temps. La France n'a plus de desseins du tout. Je n'écris pas pour ceux qui vont me lire ; il est trop tôt. Et quand je serai mort, vous verrez d'abord reparaître les partis et leur régime de malheur, mais ils finiront par s'embrasser.

— Quand Foster Dulles est venu, vous m'avez dit : "Il n'y aura pas d'Occident[1]." Il n'est évidemment pas nécessaire que l'Europe soit l'Occident, mais si elle doit se créer contre l'Occident, bonne chance !

— Quand les Français ont-ils compris Foster Dulles ? Ils ont été avec moi. Ils ne le sont plus. Oh ! ils ne sont aucunement avec les autres... »

Les autres... Quand Trotski parlait de Staline, il l'appelait l'Autre. Trotski et moi causions seuls à Royan, dans sa petite maison qui bourdonnait de disciples ; les journaux encombraient son bureau. Ici, la solitude ne vient pas seulement de ce que nous sommes seuls. Je crois comprendre la lassitude que le Général exprime avec un calme contagieux ; j'en comprends moins bien l'origine. Je me souviens du Conseil des ministres qui suivit les accords d'Évian. Les négociateurs venaient de terminer leur exposé. Le Général, qui avait l'habitude de donner la parole en commençant par les jeunes secrétaires d'État, passa de droite à gauche, ce qui me fit parler le premier, pas par hasard. Je dis que le dédommagement des Français d'Algérie coûterait moins qu'une guerre sans fin, mais qu'il s'agissait d'abord de savoir si ce que signifiait la France pour le monde était conciliable avec cette guerre.

Michel Debré défendit passionnément son point de vue[2], que Jacques Soustelle avait défendu amèrement. Cette fois, il ne s'agissait plus de la descente des Champs-Élysées, mais d'un jeu capital qui se jouerait sous la table. Nous parlions[a], devant le Général *immobile*, séparés, par les hauts rideaux verts, du passage négligent des nuages qu'ils encadraient. Après l'exposé de toutes les opinions — il y fallut deux heures — le Général dit :

« Le destin de la France ne coïncide pas nécessairement avec les intérêts des Français d'Algérie[3]. »

Donc, la guerre d'Algérie était finie — et les attentats de l'O.A.S. allaient commencer.

Louis Martin-Chauffier m'a affirmé que le Général lui avait dit, en 58 : « Nous quitterons l'Algérie. » À moi, il a dit seulement : « L'Algérie restera française comme la France est restée romaine. Mais soyez prudent ! » Comme lui, je croyais alors à la paix des braves[4]. Il voulait à tout prix l'accord — et tenait pour certain qu'il l'obtiendrait.

Erreur. Mais je savais que des fers qui rougeoyaient dans le feu, il attendait de tirer le fer de la France. Je l'ai entendu dire, au temps des négociations de Melun : « Ça ne plaît pas à Michel Debré ? Et à moi, croyez-vous que ça me plaise ? »

Alors, pourquoi a-t-il choisi de transformer un référendum épisodique en conflit irrémédiable[1] ? Les obstacles opposés à ses projets pour les nouvelles Halles venaient de lui préciser les limites de son pouvoir en face de celui des municipalités, mais il était prêt à un combat de plus.

Comme si[a] nos pensées silencieuses se répondaient, il me demande :

« Vous savez que les rats des Halles sont déjà à Rungis ? »

J'ai été moi-même intrigué par ces rats qui émigraient à Rungis comme si le génie des rats leur avait révélé l'émigration des Halles. Est-ce leur départ qui me rappelle la dernière cérémonie du gouvernement intérimaire, à l'Arc de Triomphe ? Les tambours battant aux morts firent jaillir de *La Marseillaise* de Rude un dernier tournoiement de pigeons qui s'éparpilla dans le vent...

« Vous lisez la presse, mon général ?

— Oh, les titres !... Je vous l'ai dit : je n'ai rien à voir avec les péripéties.

— Même ce qui se passe dans le monde ? Autrefois, j'ai essayé de comprendre l'enthousiasme qui vous entourait, au loin. Le Canada, la Roumanie, bien ! l'Amérique latine, à la rigueur. Mais Chiraz ? Ces gens n'auraient pas situé la France sur une carte... Et aucune propagande ne jouait, pas même celle qui a joué un si grand rôle dans le voyage de Khrouchtchev, par exemple.

« Je voudrais savoir ce que vous avez signifié pour eux. Certains criaient "Shah in Shah" et d'autres, m'a dit l'ambassadeur, l'équivalent de "Vive Roustem !", ce qui serait un peu chez nous "Vive Roland !" Donc, vous étiez la réincarnation d'un de leurs propres héros. Mais je voudrais savoir ce que cela voulait dire : *qui* était le général de Gaulle, pour ces gens qui l'acclamaient.

— Il en eût été de même en Indonésie... En Amérique latine, c'est différent. Pourquoi les Espagnols ne m'aimeraient-ils pas ? Ils aiment bien don Quichotte ! Mais le monde aussi a remis ses pantoufles. Les souris dansent. Vous savez, même en France dans les meilleurs jours, il est toujours étrange que les gens vous aiment. Enfin, je m'entends…

— Votre prédécesseur, en France sinon en Iran, ce n'est aucun politique, pas même Clemenceau ; peut-être Victor Hugo…

— Au fond, vous savez, mon seul rival international, c'est Tintin ! Nous sommes les petits qui ne se laissent pas avoir par les grands. On ne s'en aperçoit pas, à cause de ma taille. »

Son demi-rire se prolonge dans un mouvement las des épaules. Einstein m'a dit autrefois, au sujet de Gandhi : « L'exemple d'une vie moralement supérieure est invincible. » Je suis loin d'en être assuré. Et la vie du général de Gaulle, certainement haute, n'est pas moralement supérieure, en ce sens. Qu'est-ce qui fait de lui un personnage légendaire ? Il n'est pas un grand capitaine, il n'est pas un saint. Il n'est pas le vainqueur d'une guerre, au sens où le fut Clemenceau. Un grand politique ? Mais Richelieu, Bismarck ne sont pas légendaires ; les géants politiques ne le sont jamais. Je lui ai dit que sa France n'était pas rationnelle, mais il ne l'est pas non plus. Certes, il y a dans son prestige maint élément rationnel : il a été le libérateur, le solitaire vainqueur, l'intraitable, la résurrection de l'énergie nationale et par conséquent de l'espoir, même en 1958 ; le seul homme que l'on ait pu opposer au désastre, non parce qu'il ferait une « union nationale » à la manière de Poincaré ou de Doumergue[1], mais parce qu'il portait la France en lui ; un peu, le prophète… Bien entendu, il y a aussi le talent : lorsqu'il parle aux assemblées de Grande-Bretagne ou des États-Unis, il parle comme la France. Les présidents de la IVe République n'auraient pas nécessairement mal parlé ; mais on ne les eût pas écoutés.

Son dialogue avec les politiciens a toujours été un dialogue de sourds. Les royalistes, qui s'opposaient, dans leurs écrits, à Danton puis à Saint-Just, n'étaient certes pas tous des niais, et l'idéologie de plusieurs d'entre eux était moins chimérique que celle de Saint-Just. Mais il ne se définissait pas par son idéologie : il se définissait par la guillotine de Strasbourg, et par Fleurus. Lorsque tel politicien proclame ce que le Général « aurait dû faire », il n'a pas nécessairement tort ; mais cela n'a aucune importance. Comme, d'ailleurs, l'idéologie gaulliste. Ce que nous avons si souvent entendu appeler inconditionnel (car la soumission à

Staline et à ses tribunaux, n'est-ce pas, était tout à fait conditionnelle !), c'était l'irrationnel. Il existe une éloquence des actes, qui n'est point celle de la parole, bien qu'elle la suscite souvent ; l'appel du 18 Juin lui appartient. Et même une mystérieuse action sur le monde, étrangère à la politique. Qui connaît le nom des adversaires du général, au Mexique ou à Chiraz ? Que pourraient-ils y signifier — puisque, pour les gens du Mexique ou de Chiraz, ils ne signifieraient *rien* ?

Ce que signifiait le général de Gaulle pour les Français qui le suivaient était clair ? Soit ; un des hommes sans lesquels la France serait différente de ce qu'elle est. Mais pour tous les autres ? Pour le tiers monde, il a incarné l'indépendance, et pas seulement la nôtre ; il a rétabli la France qu'avaient aimée jadis tant de nations, et non une France *über alles* ; il a été le défenseur de l'Afrique, et, à la fin, du Vietnam. Il a rendu à la France une force liée à lui, et d'abord à notre faiblesse : on l'a écouté, contre les colosses, parce qu'il ne pouvait menacer personne. Mais rien de tout cela, ni même tout cela, n'explique l'enthousiasme de l'Iran, la considération de Mao — ni l'instituteur mexicain qui dit à Joxe, venu visiter son petit musée : « Adieu, serviteur d'un héros... » L'instituteur n'appelle pas ainsi le général de Gaulle parce qu'il approuve sa politique. Le personnage qu'il appelle héros appartient à l'imaginaire. Son action ne vient pas des résultats qu'il atteint, mais des rêves qu'il incarne et qui lui préexistent. Le héros de l'Histoire est le frère du héros de roman ; un chevalier n'est pas un reître. La crucifixion révèle la royauté du sacrifice. Bien entendu, le héros de l'Histoire n'agit pas si clairement, et sa gloire tient souvent aux sentiments épars qu'il ordonne. La gloire d'Alexandre va de soi (le plus grand conquérant du monde occidental), pas celle de César ; mais le meurtre de César assure sa gloire. Si la défaite de Napoléon ne détruit pas sa légende, c'est que Sainte-Hélène fait de lui le compagnon de Prométhée. Il était devenu Napoléon quand il avait cessé d'être Bonaparte, comme Michel-Ange était devenu Michel-Ange lorsqu'il avait cessé d'être M. Buonarroti : ce que j'ai dit autrefois. Et le général de Gaulle le devient en cessant d'être Charles. Un personnage n'est pas « un individu », en mieux.

Victor Hugo n'est pas Victor embelli[a]. C'est peut-être la

raison pour laquelle le Général, lorsque l'Histoire entrait en jeu, parlait volontiers de lui en disant : de Gaulle. L'humanité a besoin d'inventer le portail royal de Chartres, Ellora, les grottes chinoises — ou les personnages transfigurés de la Sixtine. À Chiraz, au Mexique, le général de Gaulle est sans doute un personnage de la Sixtine. Mao m'a parlé de lui à plusieurs reprises ; je ne crois pas qu'il m'ait beaucoup parlé de la France. Le Général est inséparable de forces[a] qui semblent moins les siennes que celles du destin. Pour ses amis, pour ses ennemis, il y a du sorcier en lui — et pour le tribunal de Rouen, si Jeanne d'Arc n'était pas liée aux saints, comment ne l'eût-elle pas été au Diable ? Je me souviens de nouveau d'Einstein, le violon sous le bras : « Le mot progrès n'aura aucun sens tant qu'il y aura des enfants malheureux. » Ce que Dostoïevski avait exprimé plus tragiquement : « Si le monde permet le supplice d'un enfant innocent[1] par une brute, je rends mon billet. » J'ai écrit autrefois que le moindre acte d'héroïsme n'était pas moins mystérieux que le supplice d'un enfant innocent. Je revois le visage de Bernanos quand je lui ai dit, des camps d'extermination : « Satan a reparu sur le monde[2]. » Notre résistance à tout prix (parfois à quel prix !) a répondu à ces camps, qu'elle ne connaissait pas : le Vercors a répondu à Mauthausen. Et le général de Gaulle, dans ce domaine, répond à Himmler. Pour nous, Français. Mais pour les autres ? L'armée française, lorsqu'elle a été pulvérisée, passait pour la plus forte armée du monde, depuis 1918. La résurrection a-t-elle été à l'échelle du désastre ? Ce dont il s'agit ne s'exprime pas en termes militaires. Type humain qui n'a pas de nom, mais qui joue peut-être, dans l'Histoire, un rôle aussi singulier que celui du héros ou du saint : l'homme qui échappe au destin — ce qui est peut-être la définition de l'homme légendaire.

Il pose la main sur le feuillet en cours de ses *Mémoires* : « Malraux, au fond, de vous à moi, est-ce la peine ? »

Tous ses amis sont morts — et la plupart des miens… Il ajoute :

« Pourquoi écrire ?

— Et pourquoi vivre ? Vous connaissez la *Bhagavad-Gîtâ* : "Et à quoi sert le pouvoir, à quoi sert la joie — À quoi sert la vie[3]…" »

Têtes géantes d'Elephanta dans la pénombre, goélands

stridents sur la saccade des vagues de la mer d'Oman... Devant moi, cette neige qui reviendra inépuisablement sur la terre :

« Mon général, pourquoi faut-il que la vie ait un sens ? À Singapour[1], la dernière fois, j'ai rencontré l'un de mes anciens amis. Il avait dirigé l'Enseignement en Indochine et collectionnait les papillons depuis qu'il se savait en face de la mort. "Souvent, maintenant, je me place du point de vue des papillons..." Ils ont deux cent soixante millions d'années, et la vie moyenne d'un papillon dure deux mois. Ils connaissent leurs régions en Malaisie, leurs îles. À Java, à Bali, ils étaient là bien avant les hommes... Alors, ils échangent sans doute des histoires de papillons : les fleurs ont quitté les arbres pour devenir les offrandes, pour orner les cheveux... Les humains sont venus les uns après les autres, et se sont massacrés : naturellement. Ils se sont donc succédé. Des fous... Soyez certain que, pour les papillons, la seule partie vaguement sérieuse de l'humanité, ce sont les femmes, qui ne se massacrent pas... Enfin, disent-ils sans doute, nous, nous sommes les mêmes papillons depuis si longtemps, et les pauvres histoires des hommes...

— Et l'Histoire des hommes.

—... nous semblent frénétiques et déraisonnables... Si l'on ne ressent pas l'univers comme une dépendance de l'homme, l'humanité est une aventure parmi d'autres. J'ai cité à mon pauvre ami le texte sacré de l'Inde où les grands papillons, après le combat, "viennent se poser sur les guerriers morts et sur les vainqueurs endormis[2]...".

— C'est beau. Je reconnais que les papillons peuvent voir dans la vie humaine une péripétie. Ils ne répondent pourtant pas à la question que vous posiez. Bien qu'à certains égards, ils la détruisent. »

Il reprend, écho ironique et peut-être amer :

« Pourquoi faut-il[a] que la vie ait un sens ?... »

Combien d'êtres humains, pendant combien de siècles, se sont posé la même question, dans les petites pièces sans lumière des Cités interdites, ou sous le firmament commun aux reines de Babylone et aux esclaves de Rome qui regardaient mourir leurs nouveau-nés esclaves ? Il hausse imperceptiblement les épaules :

« Qu'ont répondu les philosophes, depuis qu'ils pensent !

— La réponse n'appartient-elle pas plutôt aux religions ? S'il faut que la vie ait un sens, c'est sans doute parce que lui seul peut donner un sens à la mort… Vous connaissez la phrase d'Einstein[1] : "Le plus étonnant est que le monde ait presque certainement un sens." Mais il ne va pas de soi que le sens du monde soit celui de notre vie… Et si notre civilisation n'est certes pas la première qui nie l'immortalité de l'âme, c'est bien la première pour laquelle l'âme n'ait pas d'importance…

— Pourquoi parlez-vous comme si vous aviez la foi, puisque vous ne l'avez pas ?

— Renan n'était pas idiot…

— Parfois. »

Il pense qu'à ma manière j'ai la foi, et il m'advient de penser qu'à sa manière il ne l'a pas[a2]. Il m'a dit : « Il y a une consolation religieuse, il n'y a pas de pensée religieuse. » Même les hindous, pour qui la pensée humaine flotte dérisoirement à la surface du sacré, ne le diraient pas. Mais il veut dire ce que dit l'Inde. La consolation, ce n'est pas la tombe de sa fille (qui n'est pas rien, puisqu'il m'a dit : « Je serai enterré avec Anne »), c'est sans doute ce qui s'accorde pour lui à la houle de l'âme que la pensée confond avec son pauvre frémissement… Il me dit :

« La mort, vous savez ce que c'est ?

— La déesse du sommeil. Le trépas ne m'a jamais intéressé ; vous non plus : nous faisons partie des gens auxquels il est indifférent d'être tués. Pourtant, ma relation avec la mort est loin d'être claire. Quand les Allemands m'ont collé au mur à Gramat, je ne croyais pas à mon exécution. Mais à l'attaque des Hauts de la Parère (vous étiez sur la colline d'en face, je crois ?) les obus de mortier arrivent, avec leur miaulement qui a l'air de vous chercher. Nous nous couchons, et je continue à raconter des blagues. Un éclat coupe en deux mon ceinturon[3]. Quand on est couché, ça veut dire : il ne s'en est pas fallu de beaucoup. Là-dessus, je me tais. Pourquoi ? Peut-être parce qu'on ne parle pas à la mort…

« Mon souvenir[b] le plus saisissant, dans ce domaine, est un souvenir d'Espagne, précis parce que j'ai eu beaucoup de mal à lui redonner vie dans mon film. Les avions de chasse italiens foncent sur nous devant les grands viseurs de l'époque. Je commence à tirer ; le viseur est furieusement secoué, un chahut d'enfer emplit la tourelle de l'avion. Une fourmi parcourt nonchalamment le viseur à travers lequel je tire sur les Italiens qui me mitraillent de leur mieux : les fourmis sont sourdes.

« D'une certaine façon, les hommes aussi.

« Mais pendant les prises de vues du film, les fourmis, si tranquilles sous les balles, voulaient toujours s'en aller… À la fin, un régisseur a fait enduire de miel le côté du viseur vers lequel se dirigeaient les fourmis, et nous avons eu la paix…

« Comme dit aujourd'hui l'islam, modernisant le Coran : un insecte écrasé sur la route par une auto peut-il concevoir le moteur à explosion ? »

Un chat des chartreux saute sur le bureau. D'où vient-il ? La porte est fermée…

« Savez-vous, me dit le Général, les paupières ironiquement plissées, qu'à l'O.N.U., il y a un chat noir que personne n'ose chasser ? Quand ces gens parlent de l'avenir du monde, il passe, pour remettre les choses à leur juste place… »

Son chat, comme mis en cause, vient vers lui[a].

« Mon général, est-ce que vous savez ne rien faire ?

— Demandez au chat. Nous faisons des réussites et des promenades ensemble. Personne ne s'impose aisément une discipline d'oisiveté, mais c'est indispensable. La vie n'est pas le travail : travailler sans cesse rend fou. Souvenez-vous-en. Vouloir le faire est mauvais signe. Ceux de vos collaborateurs qui ne pouvaient se séparer du travail n'étaient aucunement les meilleurs. »

Il caresse distraitement le chat. Je dis :

« L'un des plus grands[b] esprits[1] que j'aie connus est mort du cancer en disant à Paulhan : “Comme c'est curieux, la mort !” Reste celle de ceux que l'on aimait[2]… »

Il s'est un peu tourné du côté du cimetière de Colombey, que l'on ne voit pas de son bureau. La neige tombe derrière lui. Sa fille Anne est enterrée là-haut, je crois.

« La mort de ceux que l'on aimait, dit-il, on y pense, après un certain temps, avec une inexplicable douceur. »

Jamais il ne m'a parlé d'elle, sauf d'une façon tendrement allusive. À Londres, c'est lorsqu'il la promenait par la main qu'il réfléchissait, et peut-être l'accent de sa réflexion n'eût-il pas été tout à fait le même, s'il n'était né en face du malheur.

« Il n'est pas vrai, reprend-il, que les expériences les plus profondes dominent notre vie. Dans l'action, oui ; ailleurs, non.

— L'expérience du retour sur la terre, que j'ai si bien connue après Saba, puis après le simulacre de mon exécution pendant la Résistance, commence à s'user dans ma mémoire…

— Le pire malheur s'use. Mais, bien entendu, ce que nous pensons de la mort… L'important est ce que la mort nous fait penser de la vie.

— Mon général, vous connaissez comme moi la phrase célèbre : la vie est l'ensemble des forces qui résistent à la mort. Ce qui revient à dire que la mort est l'âme du monde, et me paraît pur verbiage. Il y a bien un problème de *notre* mort, mais c'est parce que nous sommes vivants. Et ce n'est pas nécessairement le problème de la mort.

« En face de la foi, c'est différent… »

Comme toujours lorsque je lui parle de la foi — qui implique la sienne —, il ébauche le geste qui semble chasser des mouches.

« Les chatons jouent, les chats méditent », répond-il.

J'ai envie de caresser le chat, assis sur le bureau.

Je réponds :

« Ou font semblant. Les enfants, les hommes méditent, ou font semblant. Un de mes amis, éminent psychanalyste, me dit : “La vie, c'est un type dans le métro, avec une valise au bout de chaque bras. Il est frénétique, il s'occupe des meilleurs changements pour arriver le plus tôt possible, à quelle dernière station ? À la mort. Mais il tient tellement à ses valises…”

— Quel âge a votre ami ? Son point de vue n'est pas d'un homme jeune.

— Soixante-cinq ans, à peu près…

— Encore jeune. Tout de même, il n'attache pas assez d'importance à l'ambition. Aucune maladie n'est plus répandue. Les valises en sont pleines. C'est surprenant.

— Et le désir d'être aimée, ou aimé, lui appartient souvent. Avez-vous remarqué qu'elle ne fait pas partie des péchés capitaux ?

— L'orgueil et l'envie permettent de la retrouver. Qu'importe ? Des siècles durant, on a médité dans l'éclairage que la mort projetait sur la vie : la retraite spirituelle, le couvent passé cinquante ans. Depuis des années, on empêche la question de se poser. Là où la religion s'efface, la science vit dans les siècles, le savant vit au jour le jour. L'image des valises est frappante, mais la vie ne consiste aucunement à être obsédé par ses valises, elle consiste à s'en délivrer.

« Enfin, pas toujours ! Les valises permettent de ne pas penser au reste, c'est-à-dire à l'essentiel. Les tient-on à la main pour ce qu'on transporte ? ou parce qu'on transporte ce qui permet d'oublier le voyage ? L'ambition écartée, que contiennent-elles ? Elles sont pleines des passions du moment. Quelques-uns y ajoutent le génie. La mort se charge de calmer ce tracassin.

— Ou de le métamorphoser.

— Oui, oui. Pourquoi pas ?

— Ne met pas qui veut la France dans ses valises.

— J'ai rendu à la France ce qu'elle m'avait donné. »

Neige.

Il reprend, en haussant les épaules :

« Qu'est-ce qu'échapper aux valises ?

— Vivre dans le présent comme vous vivez dans l'Histoire ?

— L'Histoire peut justifier la vie, elle ne lui ressemble pas.

— Comme la peinture…

— Staline m'a dit une chose[a] sérieuse, et je vous l'ai citée : “À la fin, il n'y a que la mort qui gagne.”

« Pourtant, il y a la contemplation. »

Cette phrase, il me l'a dite autrefois — et je ne l'ai pas plus comprise qu'aujourd'hui. Mais sa vie est actuellement ordonnée par ses *Mémoires.*

« L'écriture aussi est une puissante drogue, dis-je. Les valises sont pleines de pages blanches qui veulent être écrites… Quand aucune transcendance n'entre en jeu, le sentiment le plus secret et le plus poignant des hommes est souvent : comment faire pour ne pas penser à l'essentiel ?

« Quand il s'agit de vous, tantôt confusément, tantôt clairement, la phrase célèbre de Napoléon à la Vieille Garde reparaît : “Et maintenant, j'écrirai les grandes choses que nous avons faites ensemble…”

— Il avait bien de la chance ! »

Sa voix ironique change, comme s'il revenait en arrière :

« Il croyait que la postérité pouvait être d'accord avec lui, avec ce qu'il pensait de son action, de ce qu'il appelait sa gloire. Nous en reparlerons. Écrire permet d'oublier la meute. C'est important.

— Rome[a] a sans nul doute créé la première civilisation athée[1]. Mais superstitieuse. Lorsque Cicéron, ou je ne sais qui, parle des pigeons sacrés, il dit qu'il n'aime pas ces volatiles fonctionnaires.

— Superstitieuse, comme tous les athées. Pas plus. Que *croyait* César ? Rien de ce qu'il a écrit ne nous le dit. Ni même rien de ce qu'on a écrit sur lui. Et on a beaucoup écrit.

— C'est pourquoi je ne crois pas négligeable que vous écriviez vos *Mémoires*. Sinon, croyez-vous que d'autres ne les écriraient pas ? "À quoi te sert, Socrate, d'apprendre à jouer de la lyre, puisque tu vas mourir ? — À jouer de la lyre avant de mourir."

« Il y a une seconde réponse. Voyez ce qui commence à se passer autour de l'émeute de Mai[b]. Les bourdonnements autour de Sainte-Hélène suffisent à montrer que le *Mémorial* est irremplaçable.

« Et puis, lorsque vous écrivez — que vous écriviez *je* ou *de Gaulle* — le lecteur ne lit pas votre témoignage comme il lit le récit d'un autre. Le rapport est inversé. L'autre transmettrait, comme un romancier invente ; et vous témoignez, même si le lecteur pense que vous vous trompez. Je reprends ma phrase : le *Mémorial* est irremplaçable.

« Vous m'avez dit : "Les Français ont aussi envie de savoir ce que, moi, j'ai pensé de tout cela..." Le rétablissement de la France, comme la Résistance d'ailleurs, ce n'était pas que des événements. Bien entendu, ce n'était pas non plus une rêverie. Mais les Alliés, les Américains surtout, auraient pu tenir la Résistance pour une Légion étrangère, une armée Anders ; c'est vous qui en avez fait autre chose. Du rétablissement de la France aussi. Il a suffi de quelques jours, pour que le discours du 18 Juin signifie autre chose que l'appel à la création d'une Légion étrangère. Vous disiez : "Des forces immenses n'ont pas encore donné ; nous alignerons le nombre d'avions et de chars nécessaire, et nous gagnerons pour les mêmes raisons que nous avons perdu." C'était irréfutable. Mais personne n'en a parlé, même à cet étonnant Conseil des ministres de 1940 qui devait, théoriquement, parachuter Herriot à Londres (et de rire !). La force des prophètes d'Israël, c'était de proclamer la Vérité quand elle avait tout contre elle. La force de vos discours de Juin et de tout ce qui les a suivis tient à la même certitude prophétique : "Quand vous vous lèverez d'entre les morts..."

— Les choses capitales qui ont été dites à l'humanité, répond-il lentement, ont toujours été des choses simples... Les religions... Enfin, vous voyez ce que je veux dire... Et ce qu'elles font naître est imprévisible... »

Le lien entre deux hommes seuls, dans cette petite pièce si close malgré l'immense paysage blanc, suscite-t-il une confuse télépathie ? Un jour, il m'a dit, de la Résistance : « J'ai dû lui sacrifier tout : elle était la France. Dans quelle mesure la France l'a-t-elle suivie ? »

« Pourquoi, dis-je, vos discours de guerre ne donnent-ils pas un plus grand rôle à la Résistance métropolitaine ? Vous pensiez que, tôt ou tard, des politiciens tenteraient de la jouer contre vous ?

— Je lui ai donné un grand rôle.

— En 1944 ou 45, lorsqu'un journaliste vous demande d'où viennent les armes des F.F.I. de la Ire Armée, vous répondez : "Des Africains chassés par l'hiver, et des Américains." Elles étaient aussi celles que nous avions prises aux Allemands[1] ; les mitraillettes des soldats de la brigade Alsace-Lorraine exposées au musée de Strasbourg sont des mitraillettes allemandes.

— Je suppose qu'à l'époque je l'ignorais. J'aurais dû le savoir. »

La distance qui le sépare si souvent de ses interlocuteurs semble s'établir entre deux parts de lui-même ; il dit : « Je devrais le savoir » comme il écrit : « de Gaulle ». J'enchaîne[a] :

« Il y a eu quelque chose d'admirable dans les derniers mois de la Résistance : c'est qu'alors, nous savions ce qui nous attendait. Après l'arrestation de Jean Moulin, résistants et résistantes ont réellement combattu en face de l'enfer. »

Craignait-il qu'il n'y eût beaucoup de bluff dans la Résistance, et ne voulait-il faire état que de certitudes ? Pensait-il que la Résistance seule n'eût pas assuré la continuité de la France ? Il disait : « J'écoute la voix profonde de notre peuple, comme on entend la rumeur de la mer. » Il a plusieurs fois parlé des caves de la Gestapo, et des poteaux d'exécution. J'ai vu avec lui, aux Invalides, le poteau mâché par les balles allemandes, terrible totem qui ramenait au documentaire toute l'exposition de la Résistance. Il le regardait comme moi, mais sans doute pensait-il qu'il n'y a pas si loin d'une Légion étrangère à des maquis. Il m'a dit : « La Résistance a eu plusieurs motifs, même la plus noble. Je crois que la France sait que moi, je n'ai pas résisté à une politique au nom d'une autre, ni, ce qui est plus sérieux, à une civilisation enragée, au nom de notre civilisation. Ni même au nom de la chrétienté. J'ai été la Résistance *de la France.* On ne pourra pas oublier que j'ai accueilli tout le monde. Sinon, j'aurais été le chef d'un parti en exil.

« Des malheureux me reprochent de prétendre assumer la France ; que faire d'autre ? »

Aujourd'hui, il est obsédé par l'époque où la France redevenait la France, parce qu'il passe des heures chaque jour pour ressusciter ce temps. Les dix dernières années[a] ne sont-elles qu'un dernier sursaut ? Je pense aux biologistes rassemblés à San Francisco pour assister à l'expérience qui allait faire surgir de la matière, la vie : la première manche gagnée, puis la fascinante minute pendant laquelle il semblait que la vie hésitât à naître — et l'échec final.

Ehrenbourg, qui détestait le Général, disait pourtant : « À Moscou, la France avait l'air de le suivre à trois pas, comme les épouses musulmanes. » N'a-t-elle plus besoin de lui[b], parce qu'elle ne veut plus rien ? « Bir Hakeim n'était évidemment pas Austerlitz ; ceux qui s'y sont battus ont pourtant été des témoins. » C'est ce qu'il pense de lui. Mais pas toujours. « Je suis le personnage du *Vieil Homme et la Mer*, d'Hemingway : je n'ai rapporté qu'un squelette. »

Il y a aujourd'hui chez lui l'étrange indifférence à l'action dont il a parlé naguère : « Des hommes que l'on acclame rejettent soudain le fardeau[1]. » À qui pensait-il ? à César ? Vraisemblablement. À Saint-Just ? il le connaît mal, et ne l'aime pas. Mais peut-on analyser l'indifférence à l'action — qui est sans doute, chez l'homme d'action, l'indifférence à tout — ou naît-elle d'un sentiment fondamental, dont les causes sont des justifications ? C'est ce qu'affirme depuis dix ans la chimie du cerveau, dit Max Torrès… Avant son départ[c], n'a-t-il pas entendu le coup annonciateur de la mort ? Il semble invulnérable. Pourtant, sous le squelette du *Vieil Homme et la Mer*, je reconnais son acharnement. Il m'a dit un jour, avec une sincérité manifeste : « Je reconnais que vous m'avez convaincu » ; le lendemain, il a fait ce qu'il avait décidé avant notre conversation. Mais enfin, il rassemble ses discours, il répond aux femmes qui lui écrivent pour la Saint-Charles en leur demandant, pour la première fois, leurs prières : les instructions données à Mme de Gaulle, en cas d'accident, sont précises. Il parle de la mort avec une indifférence grave, alors qu'il en parlait distraitement. « Il fait ses paquets », m'a dit, avec angoisse, quelqu'un qui le connaît bien.

Il croit à sa retraite. Pas moi. Ce qu'il écrit est la suite de sa vie, une action affrontée à la solitude qu'il parcourt chaque après-midi avec son chat. « Si loin que s'étende mon regard, il n'y a plus une maison. On peut se promener pendant des heures et ne rencontrer personne. » Sans doute saint Bernard a-t-il parcouru comme lui cette immensité déserte de l'hiver : Clairvaux est au-dessous de nous. Il m'a dit une phrase surprenante de sa part, mais qui exprime peut-être l'un de ses domaines secrets ; plus surprenante encore parce qu'il avait parlé ainsi de Saint-Just : « Saint Bernard était assurément un colosse ; était-il un homme de cœur ? »

Vers Clairvaux, un jardinier traverse la Boisserie ; plus loin, une charrue semble abandonnée, comme un monument à Cincinnatus. Il y a chez le général de Gaulle un domaine qui n'est ni celui du Romain, ni celui de Washington, ni celui des grands religieux solitaires. Le refus en est la valeur suprême. Sa définition du caractère n'est pas seulement de dire : « Non », mais il n'est à l'aise que lorsqu'il dit : « Non. »

On apporte un paquet, qu'il ouvre ; une dactylographie des *Discours et messages.*

« C'est le premier tome ?

— La guerre… »

Demain[1] à cette heure, il sera dans cette pièce. Il retrouvera sa théorie de la guerre de Trente ans commencée en 1914 : « Foch, Clemenceau, de Gaulle, c'est la même chose », et : « Notre patrie est en péril de mort » ; puis, au lendemain de la destruction de la flotte française de Mers el-Kébir par la flotte anglaise : « Au nom des Français qui demeurent encore libres d'agir selon l'honneur et l'intérêt de la France, je déclare qu'ils ont, une fois pour toutes, pris leur dure résolution : ils ont pris, une fois pour toutes, la résolution de combattre. » Et : « Parmi les soldats en marche, c'est à peine si le monde entendait encore le pas lointain de quelques-uns des nôtres... » Il tournera les pages, ajoutera des virgules. « La France qui combat, c'est nécessairement la France... Le ciment de l'unité française, c'est le sang des Français qui n'ont pas voulu connaître, selon Corneille : "la honte de mourir sans avoir combattu[1]..." » « Notre armée d'Afrique, ses armes rouillées et sa valeur intacte... » Il retrouvera aussi l'ombre tragique du suicidé Hitler, et Vichy, qui n'a plus d'ombre : « Depuis que la lâcheté a proclamé la honte sous prétexte d'éviter la souffrance... Ces réalistes qui ignorent la réalité... Vichy qui tient les mains de la France pendant que l'ennemi l'égorge... Les bâches que l'ennemi et les traîtres jettent sur nos morts... La bouche de ceux qui prétendaient gouverner notre pays ne s'ouvre que pour lui ordonner de se rouler dans la boue... »

Les pages succéderont aux pages, exprimant ce qui se passa chaque jour : « La plus grande gloire du monde, celle des hommes qui n'ont pas cédé. » Et : « Dans l'immense bouleversement, ne valent, ne marquent, ne comptent, que les hommes qui savent penser, vouloir, agir, suivant le rythme terrible des événements. »

Tantôt il se souviendra de l'histoire qu'il a faite, comme Michel-Ange se souvenait de la Sixtine ; tantôt, comme d'une lutte sans fin avec le passage sans fin des ombres. Et l'heure du déjeuner viendra.

La voici.

« Vous lisez encore ? » me demande-t-il.

*

Pendant qu'il reçoit Geoffroy de Courcel, notre ambassadeur à Londres, qui y fut jadis son aide de camp, je cause avec l'aide de camp d'aujourd'hui[2] et Mme de Gaulle. Je n'ai plus l'impression d'être le diable pour elle. Parce que j'ai accompagné le Général dans sa retraite, parce que les antennes féminines jouent et qu'elle connaît depuis des années, sans la comprendre[a] clairement, ma relation avec le Général, parce que je suis aujourd'hui à Colombey, parce qu'elle devine la sympathie qu'elle m'inspire ? (Sympathie née quand on m'a dit qu'après l'attentat du Petit-Clamart, elle avait quitté la voiture sans un mot, en rejetant des morceaux de verre tombés sur son épaule, et en remettant son chapeau en place.) Elle a rajeuni à tel point que je découvre le jeune visage qu'aima le capitaine de Gaulle. Naguère lasse, elle montre aujourd'hui une joie communicative, qui[a] n'est pas étrangère à la sérénité du Général[1].

Elle parle de l'Élysée comme elle parlerait d'un camp de concentration :

« Même pour le Général, vous savez, je me demande comment il a pu supporter cela si longtemps ! »

Elle l'aime et l'admire, mais si fémininement ! « Oh, le Général dit ça, bien sûr, mais, vous savez… ! »

Sur la table, il y a des jeux[b] de patience en fil de fer, enchevêtrements qu'il faut débrouiller :

« C'est lui qui s'entraîne pour dimanche. Maintenant, il est plus fort que tous ses petits-enfants… »

Je regarde briller les fils de fer avec lesquels joue le général de Gaulle… La lumière, sans doute parce que les fenêtres sont à gauche, a perdu son épaisseur.

J'ai reçu la semaine dernière une excellente lettre anonyme :

C'était donc cela, de Gaulle : petitesse de l'esprit, petitesse de l'âme, petitesse du cœur !

Et encore, et par là : étroitesse de vue, contresens historique, hermétisme au génie latin !

La France (et non « sa France »), la France égarée qui a vu avec lui et par lui : sa défaite de 40 déguisée en victoire, l'abandon de l'Empire travesti en gloire, la traîtrise en honneur, l'ignorance en lumière ; la France qui a vu : son armée mutilée et bafouée, sa justice ligotée, sa culture désagrégée, son peuple méprisé ; la France menée par lui à un désarroi total, à un désordre désespéré, par la contradiction flagrante, insupportable, entre ses mots ronflants et la vérité ; la[c] *France qui a vu ses enfants se tourner contre elle-même, le couteau à la main, alors que ce vieillard laissait tomber « chienlit » ; la France, qui l'a chassé, espérait encore !*

La France aurait tout pardonné, s'il y avait eu chez lui une grandeur, un souffle d'épopée, ou même de folie. Elle ne trouve dans son « guide » qu'un diplodocus à toute petite cervelle, un homme qui n'a de grand que la monstrueuse vanité, et la ténacité dans la mesquinerie.

La France consternée regarde ce Monsieur Jourdain du Grand

Siècle : ses préoccupations de résidence, ses voyages en province, son attachement anachronique à la monnaie, et les prix d'excellence, d'honneur ou de bonne conduite qu'il décerne à ses collaborateurs.

Enfin, définitivement éclairée sur ce mégalomane aussi bas que retors, la France a encore à s'inquiéter dans l'immédiat de la parution de ces livres qui verseront de l'huile sur les passions semi-éteintes, qui ne pourront que mécontenter l'Amérique, décevoir la Russie…

L'Amérique, la Russie… Il m'a dit autrefois : « Pas une fois, vous entendez bien : pas une fois ! je n'ai trouvé contre moi un homme qui représentât, qui assumât *la France.* » Shakespeare seul a puissamment exprimé la haine que suscitent les grandes destinées. Ou plutôt, ces destinées qui suscitent encore aujourd'hui la haine parce qu'elles ont suscité l'amour : celle de Jeanne d'Arc comme celle de Napoléon. Nous connaissons des chansons contre l'Empereur :

Eh bien dis donc, Napoléon
Elle ne r'vient pas, ta Marie-Louise !

contre Louis XIV :

Le vieux soldat rentre au village
Épouser la vieille putain…

les insultes prodiguées à César, héritières sans doute de celles que reçut Alexandre. L'auteur de cette lettre, de combien d'autres ! tuerait volontiers le général de Gaulle, s'il en avait le courage, au nom du pétainisme, en oubliant Hitler ; des communistes plus sérieux le feraient au nom du prolétariat. Les ennemis de Napoléon n'ont jamais eu de peine à trouver de prétexte pour le haïr. Et Richelieu, Lénine, Clemenceau : appartenir à l'Histoire, c'est appartenir à la haine. Le général de Gaulle m'a demandé naguère, avec son sourire crispé : « Vous ne trouvez pas bizarre d'être exécré (il n'emploie jamais le mot : haï, quand il s'agit de lui) à la fois pour ce qu'on est, et pour ce qu'on n'est pas ? »

Ce qu'on est…

Je ne connais pas le général de Gaulle. Qui connaît qui ? Nous appelons connaissance une familiarité avec ce qu'un homme a d'individuel : n'être pas surpris par tel acte imprévisible, savoir à quelle part de cet homme il appartient. À quoi s'ajoute l'illusion des recettes du succès : connaître le Général permettrait de savoir comment il s'y prend. Un pas de plus, et connaître un homme, c'est connaître ce qu'il cache. « Pas de grands hommes pour leurs valets. » Bassesse envieuse, ou appel à l'unité de l'humaine condition, à une ressemblance si profonde qu'elle prévale sur toutes les hiérarchies ? Les siècles précédents disaient « démasquer » ; le nôtre découvre que la recherche de l'inavoué est plus profonde que celle de l'inavouable. Sa recherche de « ce-qui-agit-sur-nous à notre insu » ne ressortit point à la connaissance, elle s'apparente à nos chimères[1] : voler comme nous marchons, nous trouver en tous lieux à la fois, pouvoir tout posséder, ne jamais mourir.

Les grandes monarchies ont conçu la société comme une comédie, l'homme comme un comédien dont il fallait « percer les semblants ». Le portrait français se réclame de la perspicacité, mais il tend à la caricature ou à la définition. Pourtant penser à Max, à Méry, n'appelle pas plus en moi leur définition que leur caricature (voire leur photographie) — pas plus que leur profession. Le portrait n'est pas une opération mentale, c'est un genre littéraire et artistique. Portraire, c'est fixer. Les portraitistes ne fixent pas la même image, ne disposent pas des mêmes appareils. Tout être est inépuisable, mais chacun projette et découpe son ombre lorsqu'il entre dans le faisceau lumineux de l'action ou des sentiments : pour moi, lorsque la pensée « Au temps de... » s'impose avec l'intensité du « déjà vu ». J'ai noté mon entretien avec Max parce que je l'éprouvais comme un passé. J'écoutais ses propos sur le freudomarxisme, comme j'imagine ceux d'une âme sensible de 1788 sur les tyrans, comme j'écoutais Méry : « C'était le temps du Bonze fou, quand la musique de Singapour brouillait les ordres des chefs de nos blindés[2]... » D'où l'action que les hommes de l'Histoire exercent sur moi. Leur expérience s'attache à l'homme collectif ; celle du général de Gaulle n'est pas de même nature que celle de Méry, de Max. L'expérience du pilote ne se confond pas avec celle des passagers. Beaucoup moins individuelle. Chez le Général, l'individu est annulé, veut l'être. Son style invisible est pourtant accusé, parce qu'une telle annulation crée un style puissant. Bien qu'il ait beaucoup négocié, il ne discute jamais. Parfois il laisse émerger une pensée lasse ou hypothétique ; le plus souvent, il affirme ou interroge. Chez Nehru, l'individu n'était pas annulé, mais effacé de la même façon : par l'Histoire, par un invincible « Au temps de Nehru ». L'Inde passait[a].

Le Général[b] quitte son cabinet de travail en disant à Geoffroy de Courcel :

« Au fond, notre Vieille Garde et tout ça[c], je les aime bien, mais…

— Mais ils sont tout de même restés ! dit Mme de Gaulle.

—… mais il faut que l'on sache que je n'ai rien à voir avec ce qu'ils font. »

Porto. Les murs du salon de la Boisserie, comme autrefois, sont couverts de livres brochés. Au-dessus des rayons, une dizaine de lampes de mineurs, des photos gondolées de souverains et de chefs d'État régnants, morts ou déchus : Tchang Kaï-chek, Eisenhower et la reine d'Angleterre, Kennedy à côté de Nixon. Des tableaux (un Marquet) qui lui ont été donnés à Alger. Rien qui ne soit lié à sa vie : aucune œuvre d'art n'a été achetée. Un poste de télévision. J'en ai vu un autre au passage, dans le salon Empire.

Nous passons à table.

« Et que se passe-t-il à Paris ? Vous êtes sortis, ces temps-ci ? »

Sa voix a changé. Il semble dire : entracte. Comme aux déjeuners privés de l'Élysée. Quand il avait quitté le bureau présidentiel à l'énorme mappemonde, il ne parlait plus de choses sérieuses. Il répondait par une phrase, souvent par une boutade. D'où le trouble de ses voisines, qui attendaient des considérations sur l'histoire du monde, et à qui il demandait des nouvelles de leurs enfants, ou leur opinion sur le dernier film à succès. Mais le Général crée à Colombey une atmosphère que je n'ai jamais connue à l'Élysée : atmosphère à la fois familière et chaleureuse, comme s'il se retrouvait avec plaisir maître de maison.

L'ambassadeur raconte le bal du baron de Rédé, et les concours d'anecdotes : « Tout ça un peu banal. »

« Vive la fin du XVIIIe siècle, dis-je, avec ses dîners partagés entre le mot du prince de Ligne à Vienne, et celui de

Mme de Pompadour à Versailles ! À Vienne, un courrier, haletant bien entendu, apporte un message à l'empereur d'Autriche : "Un homme vient de se noyer dans les fossés du Prater[1] !" Fossés sans eau. "Allons, sire, allons ! dit le prince de Ligne, encore un flatteur !" Le mot rival, vous le connaissez : Louis XV… »

La suite serait : « … pelote Mme de Pompadour ». Mais peloter n'appartient pas au vocabulaire de Mme de Gaulle :

« Louis XV caresse Mme de Pompadour. Elle prend sa main, la pose sur son cœur, sourit, et dit : "C'est là, voyons !…" »

Retour du chat dont je demande le nom :

« Il avait un nom très distingué, dit Mme de Gaulle en riant, mais je l'ai oublié ! Maintenant, il s'appelle Grigri. »

J'ai demandé un jour au Général quelle était sa relation avec les chats. Après réflexion : « Ils n'ont plus peur de moi… »

Geneviève de Gaulle m'a dit qu'il avait entendu avec tristesse les enfants, dans la pièce voisine, dire du prochain Noël : « Si l'oncle Charles vient, ce sera mieux, mais nous ne pourrons pas rigoler… »

Je m'adresse à Geoffroy de Courcel :

« Vous avez lu la dernière théorie anglaise sur Azincourt ?

— Je ne crois pas.

— La tradition veut que les archers français n'aient pas pu se servir de leurs arcs, détendus par la pluie parce qu'ils n'avaient pas d'étuis, alors que les archers anglais en avaient.

— On n'est plus d'accord ? demande le Général.

— La nouvelle théorie dit ceci. L'Europe était alors parcourue d'immenses bandes de rats. Les Anglais seuls avaient des "capitaineries de chats". Une des multitudes de rats a contourné l'armée anglaise, non par peur des chats mais à cause de leur odeur. Et elle s'est ruée sur les cordes graissées des arcs français.

— À Azincourt, dit le Général, les archers combattaient avec des arcs ou avec des arbalètes ?

— Dans un film, avec des arcs… Tout ça est peut-être farfelu, mais un historien pourrait contrôler si l'armée anglaise possédait ou non des capitaineries de chats. Ça me plaît, cent vingt chats en rang…

— En faire vivre deux ensemble, dit Mme de Gaulle, est déjà assez difficile !…

— L'histoire de chat que je préférais, dis-je — je ne sais plus si elle est de Louise de Vilmorin, de Jean Cocteau ou de moi — est celle-ci :

« Au coin du feu, un vieil Anglais, sa femme et leur chat noir. Le chat regarde l'homme, et lui dit : "Ta femme t'a trompé." L'Anglais décroche son fusil de chasse et tue la femme. Le chat s'en va, la queue en point d'interrogation, et dit : "J'ai menti."

— L'histoire doit être de vous, dit le Général. Mais les capitaineries d'animaux ont duré longtemps, avec ou sans chats.

— Vous vous souvenez que les Archives ont reçu, il y a quelques années, la lettre par laquelle Charles de Batz, c'est-à-dire d'Artagnan, capitaine des volières, remerciait le roi de l'avoir nommé capitaine de ses petits chiens.

« Quand il n'y avait plus de chats en Europe, on envoya au pape Grégoire Ier un chat d'Abyssinie, et je ne sais quel concile déplore que le Saint-Père néglige ses devoirs pontificaux pour le caresser. »

Je me souviens d'un chat noir couché sur une souricière, dans la « vieille ville » de Concarneau.

L'un des murs de l'antichambre, nu il y a vingt ans, est barré de massues polynésiennes, les unes très belles, les autres fabriquées pour les touristes. « Ça amuse les enfants », dit le Général. Dans la salle à manger, sur une armoire normande, des groupes sculptés du Grand Nord.

« Des Eskimos ?

— On nous les a donnés au Québec », dit Mme de Gaulle.

Le service est fait par deux bonnes en tablier blanc. Le Général verse lui-même le vin. Jusqu'ici, je ne lui avais vu ce sourire descendant et cette paupière plissée que lorsqu'ils accompagnaient des boutades — comme lorsqu'il me dit, en voyant arriver pour une réception de l'Élysée Brigitte Bardot vêtue d'un pyjama à brandebourg : « Veine : un soldat ! » et, à elle : « Quelle chance, madame ! Vous êtes en uniforme et je suis en civil ! » Aussi, le jour où il serrait des mains dans la foule sans avoir mis ses lunettes : « Bonjour, monsieur le curé ! — Mon général, je suis un des gorilles. — Alors, bonjour, monsieur le gorille ! » Et, plus amèrement, à un idiot qui disait devant lui : « On a exagéré les conditions de détention de Ravensbrück. — Monsieur, les résistantes étaient si bien dans les camps d'extermination, qu'elles y sont presque toutes restées[1]. »

Il demande à l'ambassadeur des nouvelles d'amis anglais.

« La lettre la plus émouvante que j'aie reçue au sujet de mon départ est celle de Mme Churchill. »

Il se tourne vers moi :

« Savez-vous quelle a été la première ? Celle de Franco. Il m'invitait à venir en Espagne. »

Le rôti succède aux soles. Bordeaux admirable. Le Général ne laisse jamais un verre vide. Emplissant le mien, il me demande :

« Vous n'êtes pas allé à Alger ? »

On m'avait invité à présider le Congrès francophone.

« J'ai failli accepter, parce que l'invitation, adressée à un Français, avait une signification. On me dit que la confusion a été à son comble, entre les Noirs américains et les Noirs africains...

— Vous y auriez peut-être mis bon ordre.

— J'avais le sentiment[a] d'avoir dit à Niamey ce que j'avais à dire[2]...

— Vous avez certainement dit à Niamey des choses utiles. Le Niger a-t-il beaucoup changé ?

— Moins que le Tchad. Niamey est encore une ville de vieil Empire français, où le président habite le palais jaune du gouverneur...

— Et les villages ?

— Millénaires. Mais quelques-unes de nos ethnologues les habitent, et la contribution des femmes, dans l'islam du Niger, est irremplaçable. Elles pensent qu'elles peuvent jouer un rôle entre le Niger et la France ; avec raison. Le village, lui, n'a pas changé. Sauf en ceci. Tous les hommes de haute taille s'appellent Gaul, comme au Congo. Et les Peuls sont grands. Leurs femmes ou leurs fiancées s'appellent tante Yvonne : tantivonn. Où ne pénètre pas *Le Canard enchaîné* ! Alors, dans les ruelles à chèvres au-dessus du fleuve, on entend des cris lointains : "Gaul ! Gaul — Tantivonn ! Tantivonn !" »

Mme de Gaulle rit.

« Que font nos ethnologues ? demande-t-elle.

— Des travaux sur la femme nigérienne. Leur tâche n'est pas facile. Celle qui me guidait a les cheveux ondulés ; or, pour les indigènes, qui sont crépues, le Niger est une déesse aux cheveux ondulés, à cause de l'ondulation des flots. La première fois que notre ethnologue s'est baignée, tout le village s'est enfui. Elle est revenue après quelques jours, et sa meilleure amie nigérienne lui a dit : "Heureusement que nous te connaissions bien : sinon, ils t'auraient tuée. Puisque tu n'es pas la déesse, tu ne pouvais être qu'un démon." Depuis, elle ne se baigne qu'avec un bonnet de caoutchouc, et couvre ses cheveux d'un foulard… »

Sur un meuble, se trouvent quelques numéros du *Journal de la France*. Les premiers ont été consacrés à la Révolution. Le regard du Général suit le mien. Il dit :

« Les choses ont peut-être été moins difficiles qu'on ne croit : la France avait vingt-huit millions d'habitants, et la conscription. La monarchie, à son couchant, avait redressé sa puissance militaire ; les réformes demandées par Guibert ont été réalisées par la Révolution et par l'Empire. Mais la Révolution a remis la France au combat, et la France a toujours été faite à coups d'épée[1]. Les armes ont d'ailleurs la vertu d'ennoblir jusqu'aux moins purs.

« Qui eût cru que les disciples de Jean-Jacques Rousseau deviendraient des Romains ?

« Quand nous sommes allés voir la nouvelle mise en scène de *Ruy Blas*, je vous ai dit : "Quel singulier sujet !" et vous m'avez répondu : "Pour le public de l'époque, le valet amoureux de la reine, c'était Rousseau devenu Premier ministre." Je n'y avais pas pensé. L'eût-il souhaité ? Pourquoi non ? Il était un peu fou… »

Le Général, qui paraîtrait austère sans ses saccades d'humour noir, aime le farfelu[a].

« Victor Hugo, dis-je, ne savait pas que Marie de Neubourg, la reine de *Ruy Blas*, a eu pour fils naturel le plus extraordinaire aventurier du siècle, le comte de Saint-Germain. Cagliostro, Casanova, cherchent par quelle astuce il est reçu dans les petits appartements de Louis XV, où ils n'ont jamais eu accès : Louis XV, comme tous les souverains de l'époque, connaissait sa naissance… »

Sur la couverture d'un autre numéro de l'hebdomadaire, un grand portrait de Napoléon.

« Où en êtes-vous avec l'Empereur ? me demande-t-il.

— Un très grand esprit, et une assez petite âme[b] ? »

Mais ce n'était pas à dire en Corse…

Je devais prononcer à Ajaccio le discours qui commémorait la naissance, et le Général, aux Invalides, celui qui commémorait le retour des cendres[2].

« Il me semble, dis-je, qu'il n'a jamais été en face de l'interrogation métaphysique, ou, si vous préférez, religieuse. Lisez le *Mémorial*. On nous parle de ses superstitions, comme si tant des plus grands esprits religieux n'avaient pas été superstitieux ! Mais sa religion, sa vraie religion, n'était sans doute pas très différente de celle de sa mère. Les grands conquérants sont rarement interrogés par le sens de la vie : Alexandre, César, Gengis, Timour… Quand ils sont venus devant Dieu, je suppose qu'il les a tous envoyés au catéchisme… »

Le Général répond, avec le demi-sourire qui semble signifier une rencontre de plus avec la bizarrerie humaine :

« Pour l'âme, il n'a pas eu le temps… Voyez, à Sainte-Hélène… Quand dit-il la phrase que j'ai citée : "Oui, c'est triste ; comme la grandeur[1]…" ?

— Quand il retrouve les Tuileries, après l'île d'Elbe.

— Elle n'est pas d'une âme commune.

— C'est vrai. La spiritualité[a] a toujours été étrangère à Napoléon, mais sa relation avec la vie n'est pas, à Sainte-Hélène, ce qu'elle était à Austerlitz.

— Et puis, poursuit le Général, chez des personnages historiques, le pouvoir de création légendaire, vous voyez ce que je veux dire, prend la place de l'âme.

— Qu'auriez-vous dit, aux Invalides ?

— Il a laissé la France plus petite qu'il ne l'avait trouvée, soit ; mais une nation ne se définit pas ainsi. Pour la France, il devait exister. C'est comme Versailles : il fallait le faire. Ne marchandons pas la grandeur[2]. »

Il sait du reste que la force est la force, et ressent de façon désespérée notre faiblesse ; mais il ne pense pas à la France en termes de force (il a jugé idiote la phrase de Staline : « La France a moins de divisions en ligne que le gouvernement de Lublin »), moins encore, de territoires. Comment n'en a-t-il pas pris une conscience plus claire lorsqu'il a décidé d'accepter l'indépendance de l'Algérie ? Ce jour-là, il a choisi l'âme de la France contre tout le reste, et d'abord contre lui-même. Il n'attache pas grande importance au fait que Napoléon ait laissé une France mutilée : l'Empereur avait prouvé aux Français que la France existait.

« Et puis, vous savez, reprend-il, le destin de Napoléon n'est pas le seul destin historique tissé de beaucoup d'erreurs.

— Tout homme de l'Histoire rassemble ses armes avant de choisir celle qu'il emploiera.

— Encore faut-il qu'il choisisse. Le drame actuel de l'Angleterre est d'être contrainte à choisir entre conserver les vestiges de l'Empire au prix de l'hégémonie américaine, et un jeu loyal avec le continent. Churchill a passé son temps à tout céder aux États-Unis, à commencer par ses Antilles, contre cinquante bateaux dont les Américains ne faisaient rien ! Napoléon, lui, n'a pas su choisir entre le généralissime et l'Empereur. Avant Leipzig, il a passé des heures à signer des décrets. Et pourtant, son armée n'était plus l'armée française. Comment les choses commencent-elles, comment basculent-elles ?

« Jusqu'en 1811, son génie ne faiblit pas. La composition de tous les efforts en un seul, l'obstination à doubler la mise, la passion du risque, c'est l'essence de la stratégie. Et dans le combat, il sait comme aucun autre faire naître la rupture d'équilibre, l'exploiter aussitôt. Sa volonté ne subit d'éclipses ni dans le triomphe ni dans le désastre[1]. La sérénité dans la peine est le premier don pour le commandement, dit Voltaire. Dans chaque destin historique, il y a le moment où tout commence. Tout a commencé à Lodi. »

Je pense : et pour vous ? Mais je connais la réponse. Tout a commencé lorsqu'il a cessé de penser à Weygand, à Noguès et aux autres (à supposer que...), lorsqu'il a répondu à René Cassin qui lui demandait à Londres : « En tant que juriste, dois-je considérer que nous sommes une Légion étrangère, ou l'armée française ? — Nous sommes la France[2]. » La France, c'était, devant lui, deux tables en bois blanc.

Il continue :

« Mais Napoléon prétend toujours forcer la fortune. Pourtant les âmes, comme les choses, ont des limites. À partir de 1813, à force de frapper, il avait brisé l'épée de la France[3]. Quand la proportion est rompue entre le but et les moyens, les combinaisons du génie sont vaines. Ce qu'il fait, dans la première partie de sa vie (je parle du chef de guerre) est admirablement prémédité. Tout ce qu'il fait après la retraite de Russie a l'air d'une aventure. Je sais bien que quand un lieutenant est devenu Empereur, il peut penser que l'Empereur revenu gagnera encore des batailles, et qu'on verra après. Mais il les livre comme s'il n'était plus lui. »

Ce à quoi il a réfléchi, ce dont il a traité, prend dans sa mémoire une densité de formule ou de résumé. Il n'improvise pas, il synthétise. Et puis, lorsque l'Hiﬆoire eﬆ en cause, comment ne semblerait-il pas un professionnel parmi des amateurs[a] ?

« Joséphine Baker dit qu'il eﬆ plus facile[b1] de redevenir une ﬆar que de le devenir.

— À condition, répond-il, de ne pas se croire une ﬆar. Si Napoléon n'avait pas gagné tant de batailles, qui sait s'il eût livré celle de Waterloo comme il l'a fait ?

— À la fin, il n'a plus de cavalerie ; il semble combattre contre tous les principes de sa jeunesse… Pourtant, le prince Schwarzenberg m'a affirmé que son ancêtre avait su ramener de Russie la cavalerie autrichienne…

— On ne l'a peut-être pas beaucoup attaquée ! Mais voyez comme les défaites ont peu atteint la gloire de Napoléon. Voyez la force de son nom, pas seulement pour les Français. Il remue les âmes. Vous connaissez son tombeau : où avons-nous vu la foule ressentir davantage le frisson de la grandeur[2] ?

— Malgré l'indignation de Tolﬆoï, qui le tenait pour un brigand. Après la défaite, le Midi l'a furieusement haï. À Carcassonne, on a fait un énorme bûcher de tout ce qui portait son effigie, et on eﬆ allé chercher un aigle dans une cage, pour le brûler vivant sur le bûcher.

— Combien d'hommes sont dignes qu'on brûle un aigle parce qu'on les hait ?

« Quel a été son sentiment, sa surprise, quand il a perdu la première bataille ?… Vous avez été bouleversé[c] par le cri de Jeanne d'Arc[3] lorsque les flammes l'ont atteinte ; elle pensait, disiez-vous, que les saints la protégeraient et qu'elle ne brûlerait pas. Il a dû éprouver quelque chose de semblable.

— Une de ses phrases m'a toujours troublé, parce qu'elle eﬆ magnifique et incompréhensible : “Je fais mes plans avec les rêves de mes soldats endormis[4].”

« Il a rétabli l'ordre — ou plutôt il l'a établi, car ce n'était pas le même. Il portait en lui le besoin de transformer la confusion en ordre, comme tous les hommes de l'Hiﬆoire qui ne sont pas des hommes de théâtre… Politiquement, c'eﬆ clair, parce que la confusion qu'il ordonne eﬆ claire. Mais dans les domaines qui ne sont pas celui de la politique ?… Je suis en train de rassembler des préfaces[5] que j'ai écrites autrefois sur des gens de la fin du XVIIIe, donc sur l'une des crises les plus profondes qu'ait traversées l'individu. Qu'eût été une littérature qui eût continué Laclos, une politique qui eût continué Saint-Just, une peinture qui eût continué Goya ? C'est à cause de Napoléon, que Mme Récamier sur sa chaise longue succède à la *Maja desnuda*... Mais il a rejeté la France du côté des hommes ; depuis 1750, l'Europe n'avait pas été conquise par les Français, mais par les Françaises.

— Il a fait régner l'ambition sur la France. La Révolution avait été un conte fantastique ; il a transformé les conventionnels en préfets. Professeur d'ambition, comme Barrès disait : professeur d'énergie[1]. Mais beaucoup plus d'ambition que d'énergie.

— Saint Rastignac ? Vous avez écrit : “L'âpre ressort de l'ambition, qui soutient l'homme d'action” ou quelque chose comme ça...

— Il ne s'agissait aucunement de la passion des grades et des honneurs, mais de l'espérance d'agir sur de grands événements[2]. L'ambition individuelle est une passion enfantine. Préférer ce qu'on paraît à ce qu'on est, quand on est Napoléon! Et capable de dominer la solitude de Sainte-Hélène ! Tout de même, a-t-il eu la vocation de la France ? Il aimait l'armée française, parce qu'à l'époque et sous son commandement, elle était la meilleure. Mais je crois qu'il a conçu son destin, même à Sainte-Hélène, comme celui d'un individu extraordinaire. Pourtant, c'est peu de chose, un individu, en face d'un peuple.

— Il est certainement le saint patron de Rastignac, mon général, mais aussi celui de Nietzsche. À Sainte-Hélène, quoi qu'il advînt, l'ambition était comblée. Stendhal dit que s'il avait unifié l'Italie en 1813, il aurait pu y continuer la guerre après Waterloo.

— Il pensait qu'il y avait des Italiens, mais pas d'Italie. Alors qu'il y avait une France.

— Ses fervents, je voudrais comprendre pourquoi, le créditent de ses victoires et ne le débitent pas de ses défaites. On dirait que c'est parce qu'il les *étonne*. Et les Français lui sont reconnaissants, comme à la Convention, comme à Jeanne d'Arc, de ce qu'ils montrent “ce qu'on peut faire avec nous”, quand tout va mal. Il leur a fait confiance. C'est pourquoi ils supportent Waterloo : il était revenu[a].

— Il n'a pas toujours été à sa propre hauteur, je sais. Mais il a toujours eu contre lui les pantoufles. Ce n'est pas rien ! »

Un geste vague, qui semble signifier : peut-on reprocher aux hommes d'être malades ?

« Bien entendu, vous connaissez Malmaison, mon général. Et vous, madame ?

— Oh oui ! »

Je ne crois pas avoir entendu dire : « Oh oui ! » par une femme, depuis la supérieure du couvent de Villefranche à qui je demandais si elle possédait l'Évangile de saint Jean[1].

« La charmille sous laquelle le Premier consul jouait aux barres est encore là, dit le Général.

— En face de la porte du jardin, il y avait un arbre. Entre ses deux grandes branches, il avait vu son étoile, au retour d'Austerlitz. Quand il est allé à Malmaison après Waterloo, ce n'était évidemment pas en mémoire de Joséphine : elle y avait reçu le tsar. C'était, dit le général Bertrand, pour retrouver l'étoile, disparue depuis Smolensk. Napoléon raconte l'histoire sur le bateau qui l'emporte à Sainte-Hélène. “Mais, demande le capitaine, était-ce le même ciel ?” Austerlitz a eu lieu le 2 décembre, et Waterloo, le 18 juin. L'Empereur n'y avait pas pensé. Vous l'imaginez, distrait du ciel et oublié de lui, en silhouette sur les lampes du couloir de Malmaison, en train de chercher son destin disparu : et quelques jours plus tard, le *Bellerophon*. Le prince Napoléon, à qui j'ai raconté l'histoire, est allé revoir le jardin ; mais l'arbre était trop vieux, on l'a coupé...

— On ne retrouve jamais son étoile, quand on se met à la chercher.

— *Parlez-nous de lui, grand-mère*
« *Parlez-nous de lui*[2]...

« Il a donné au peuple la possibilité d'accéder à l'aristocratie, le fameux bâton de maréchal dans la giberne. Ce qu'il appelait l'égalité, c'était cette chance[a]. Mais ce qu'il appelait sa gloire, et qu'il mettait tellement au-dessus de lui-même, est d'une autre nature.

— Il a voulu faire des Français une aristocratie, mais ils n'aiment que ça ! Et par qui a-t-il été aimé, sinon par le peuple ?

— Qu'est-ce que le peuple, mon général ?
— La France, évidemment[a]. »

Même phrase au temps de la seconde élection présidentielle dans le bureau de l'Élysée, avec les peintures qu'il appelait « les femmes nues dans les volubilis », l'énorme mappemonde, et les fenêtres qui encadraient la roseraie devenue solitaire.

« Bien entendu, reprend-il, je ne crois guère à la loi du nombre ; mais les passions collectives existent aussi dans les minorités. Je préfère les passions de la France à celles du Conseil économique, ou de l'Académie française. Les multitudes ont eu de grandes passions, même bonnes ! les corps constitués sont indispensables, mais les passions ne leur valent rien : ils les confondent avec la raison.

« Napoléon est devenu un homme de génie pour presque tous ses ennemis étrangers. Pour nous, je comprends : il affirme à la France qu'elle vaut mieux que ce qu'elle croit ; et nous, qu'avons-nous fait d'autre ? Mais pour les Allemands ? Le successeur de Charlemagne ?

— Rien de plus mystérieux que la métamorphose d'une biographie en vie légendaire, mon général. Pourquoi César est-il l'une des plus grandes figures de l'Occident ? Des victoires importantes mais non capitales, un grand gouvernement romain parmi d'autres… Mais il y a eu Plutarque. Et Shakespeare.

— Il les appelait, Pompée, non. Pas même Auguste. Les victoires sont moins importantes qu'on ne croit. Pourquoi Turenne est-il plus respecté que Condé ? Aucune de ses batailles n'a l'importance de Rocroi. Maurice de Saxe, qui n'a pas perdu un seul combat, n'égale point Napoléon, qui a fini vaincu. Les victoires qui ne sont que des victoires ne mènent pas loin. Il faut qu'autre chose entre en jeu. Peut-être la nation future : Jeanne d'Arc, l'avenir du monde, la signification confuse et symbolique de ceux qui font l'Histoire, vous voyez ce que je veux dire… Quant à Napoléon, il a été vainqueur lorsqu'il commandait l'armée française, et vaincu lorsqu'il commandait la Grande Armée, qui n'était plus française. Sauf à Waterloo.

« Voyez-vous, la France lui est reconnaissante, sans bien le savoir, de ce qu'il a *fait* des Français[1]. Ils venaient de Rossbach. Il y avait eu les soldats de l'an II, mais oui, mais oui ! Ils s'éloignaient, quand il est arrivé en Italie !… Il a fait de l'armée française ce que Rome avait fait des légions, ce qu'Alexandre avait fait des hétairies. À la fin, les trente-sept mille hommes de la Garde, ce sont tout bonnement les Français, y compris les Marie-Louise qui ne savaient pas charger leur fusil. Victor Hugo mêle avec génie ces pauvres conscrits et la Vieille Garde...

« Il a voulu inventer une chevalerie : chevaliers de la Légion d'honneur. Et il a créé des troupes françaises d'élite auxquelles rien n'a résisté : "Murat, le plateau de Pratzen est couvert par des batteries : Va les prendre." Croyez-moi, la France ne l'a pas oublié, quoi qu'elle en pense. En 1940, il disait aux Français, avec moi, qu'ils n'étaient pas ce qu'ils semblaient être... »

Geste vague comme s'il se reprochait d'avoir, au cours du déjeuner, parlé de choses sérieuses. Il reprend, d'un ton presque ironique[a] :

« Et votre projet de transfert du corps de l'Aiglon ? »

J'avais jugé absurde que son cercueil semblât en rivalité avec ceux de nos grands capitaines, par la grâce de Hitler[1]. Puisqu'il se trouvait aux Invalides, je souhaitais qu'il fût placé au pied du tombeau de l'Empereur.

« Le transfert a eu lieu, je crois...

— On ne s'en est guère aperçu. Il est vrai qu'on ne s'aperçoit plus de rien.

« Pourquoi diable, reprend-il avec une curiosité indifférente, tant de compagnies d'assurances ont-elles pris l'aigle pour symbole ?

— Parce que les principales étaient américaines, je suppose ?

— Tous les soirs, la radio me parle de l'avenue du Président-Kennedy. Il n'y a d'avenue Clemenceau ni à Washington ni à Londres, que je sache ?

« À New York, c'est Johnson qui vous a reçu, je crois ?

— En tant que vice-président, mon général. Fort dignement.

— Oui, oui... Bien qu'il ne prît pas la peine de faire semblant de penser.

— C'était au Waldorf, où, en 1944, les Américains avaient fait la haie pour vous applaudir...

— Ils m'ont envoyé des petits papiers dans je ne sais quelle avenue, comme des confetti. Un peuple passionné, et sans bassesse. Ce n'est pas mal.

— Vous vous souvenez de notre dialogue, lorsque vous êtes revenu des obsèques du président ? Vous m'avez parlé de Mme Kennedy. Je vous ai dit : “Elle a joué un jeu d’une grande intelligence : sans se mêler de politique, elle a donné à son mari un prestige de mécène qu’il n’aurait pas trouvé sans elle : le dîner des cinquante prix Nobel…”

— Et le vôtre !

—… c’était elle. Mais vous avez ajouté : “Elle est une femme courageuse, et très bien élevée. Quant à son destin, vous vous trompez : c’est une vedette, et elle finira sur le yacht d’un pétrolier.”

— Je vous ai dit ça ? Tiens !… Au fond, j’aurais plutôt cru qu’elle épouserait Sartre. Ou vous ! »

Il a retrouvé son ton narquois, différent de l’autre, et singulier chez lui : étranger à ce qu’il dit. J’enchaîne :

« Vous vous souvenez des pancartes à Cuba : “Kennedy, non ; Jackie, oui” ?

— Charles, dit Mme de Gaulle, si nous y étions allés, est-ce qu’il y aurait eu des pancartes : De Gaulle, non ; Yvonne, oui ? »

Il répond rarement aux questions humoristiques. Et l’humour écarté, je connais sa bizarre perspicacité. Quand une de nos amies est entrée au Carmel[1], j’avais écrit un article d’adieu. Il m’a dit : « Ne le publiez pas, elle peut en sortir : elle n’a pas prononcé ses vœux. »

Elle en est sortie.

Je demande :

« Quelle impression vous a faite Indira Gandhi ?

— De frêles épaules sur lesquelles repose l’énorme destin de l’Inde — et qui n’en sont pas fâchées. D’ailleurs, qu’importe ? Croyez-vous que si nous avions eu la bombe atomique avant les Américains, nous aurions fait cette politique qui n’en est pas une ? Bonaparte rejeté par le Directoire se serait peut-être mal arrangé avec le Grand Turc. Né un peu plus au Nord, Bourguiba serait maire de Marseille. Dans l’ensemble, les femmes pensent à l’amour, les hommes aux galons, ou à quelque chose de ce genre. Au-delà, les gens ne pensent qu’au bonheur — qui n’existe pas. »

Je me souviens de sa phrase : « L’illusion du bonheur, d’Astier, c’est fait pour les crétins ! Vous avez été heureux, vous ? Il y a longtemps, je suppose ! » Mais je me souviens aussi de la phrase de Gide : « C’est très curieux, cher, le mal que j’ai à ne pas être heureux… »

Je réponds :

« Les femmes pensent à l'amour, sans doute. Mais une "femme sensible" eût fait remarquer à Stendhal que cristalliser[1] est un acte parmi d'autres, alors qu'être cristallisée, c'est bien intéressant… »

Mme de Gaulle continue à s'amuser.

« Tout de même, Charles, vous leur avez donné le droit de vote.

— La France ne se divise pas.

— Et vous avez gracié toutes les condamnées à mort.

— Les femmes sont capables du meilleur et du pire. Donc, on ne doit jamais les fusiller[2]. »

Le ton signifie-t-il : elles sont irresponsables ? Imperceptiblement. Mais ce ton change. Il poursuit :

« Pourquoi la beauté féminine est-elle toujours, dans une certaine mesure, un masque ? Les statues, les tableaux, le cinéma…

— Le maquillage… Celles que j'ai eu l'honneur de recevoir avec vous, Marlène, Ludmila Tcherina, Brigitte Bardot, n'arrivaient pas à l'Élysée en bigoudis. Les artistes inventent le rêve, les femmes l'incarnent. Mais le christianisme seul a inventé l'Éternel féminin.

— Pourquoi ?

— J'ai tenté[a] de comprendre comment la Vénus de Milo a pu devenir une Vierge gothique. Un premier événement m'a fait rêver. Lorsque l'Église pense que son destin dépend de Clovis, qui est païen, elle lui cherche une femme catholique. Loin, puisque Clotilde est une petite princesse suisse. L'Église ne cherche pas la plus belle, elle trouve la plus charmante. Les grandes hétaïres avaient été belles, brillantes, voire éclatantes, elles n'avaient pas été charmantes. Cette féminité qui semble se définir par la douceur… Beaucoup plus tard, le culte marial domine la chrétienté : presque toutes les cathédrales s'appellent Notre-Dame. Vous connaissez la théorie : lorsque les suzerains partirent aux Croisades, les chevaliers — adoubés à treize ans — qui, jusque-là, ne connaissaient que leur mère, leurs sœurs, ou les paysannes avec qui ils couchaient, découvrirent, avec la suzeraine qui désormais présidait la table, une vraie femme de vingt-cinq ou trente ans, qui les tourneboula… Il y aurait beaucoup à dire ! Il reste qu'il n'y a d'Éternel féminin que dans le monde chrétien. Mais son expression est inséparable du domaine religieux. Agnès Sorel dévoile son sein célèbre dans un portrait de Vierge.

Le moment saisissant de la peinture, c'est celui où le peintre découvre l'Éternel féminin *contre* la Vierge.

— Continuez…

— *La Joconde* est le seul tableau auquel s'assimilent les fous, même masculins ; le seul sur lequel on tire. S'il n'était pas protégé par le verre à l'épreuve des balles qui le rend verdâtre, il serait troué depuis longtemps. Son voleur l'avait apporté à Gabriele d'Annunzio, épouvanté… La police, qui avait retrouvé le cadre, disposait des empreintes digitales et les a comparées à toutes. Mais le voleur, Perugio, n'avait pas travaillé au Louvre depuis six mois. Les policiers ne relevèrent pas ses empreintes, mais visitèrent, par principe, sa chambre. Et signèrent le procès-verbal sur un tapis de table sous lequel se trouvait le panneau ; sans cadre, *La Joconde* est un panneau très mince. Quand nous l'avons envoyé aux États-Unis[1], il est parti sur le *France.* On y distribuait les fleurs destinées aux passagères lorsque le paquebot a gagné la mer. Restait un bouquet de violettes de Parme, avec une enveloppe : "Pour Monna Lisa." "Journaliste astucieux", pense le capitaine. Mais la carte de visite était blanche…

« D'ailleurs, *La Joconde* n'est peut-être pas Monna Lisa, mais Constance d'Avalos, dont elle porte le voile de veuve — et plus vieille de vingt ans. Quel est son âge ? On l'a accrochée dans la salle de bains de François Ier, de Louis XIV et de Napoléon : donc, en des temps où Léonard n'était pas à l'honneur. Et lui, qui a toujours éprouvé pour sa peinture un sentiment si trouble, a écrit : "Il m'advint un jour de peindre une figure réellement divine…". En son temps, la figure a certainement surgi comme une révélation, parce que la résurrection des formes antiques venait des statues, et que les autres n'avaient pas de regard, donc pas d'âme. J'ai dû dire, à Washington, quelque chose comme : "La mortelle au regard divin triomphe des déesses sans regard…" Une figure sans regard, celle de la sculpture antique, est l'abstraction, le sommeil ou la mort… Vous aimez[a] la sculpture grecque, mon général ? »

J'ai vu dans la bibliothèque les dos de quelques albums.

« Vous m'avez emmené inaugurer des expositions qui m'ont fait réfléchir. Les Mexicains… La seule sculpture qui me parle est celle du Moyen Âge. Vous m'avez intéressé, quand vous avez écrit que le temps des Croisades sculptait des saints militaires, et jamais des chevaliers.

Comment a-t-on inventé saint Georges, qui n'a pas existé ? N'importe : la sculpture gothique, romane, me parle, je le répète. Les autres[a] sont de l'archéologie.

« Que serait devenu l'art grec, si la Grèce avait été vaincue à Salamine ? »

Je connais ma réponse, mais je sais mal sur quoi je la fonde :

« Tout eût quand même fini par Alexandre… »

Il semble rejeter une rêverie, et dit :

« Oui. Et à l'aube, le loup mangea la chèvre de M. Seguin, qui avait combattu toute la nuit[1].

« L'accueil des États-Unis à *La Joconde* a été ce qu'ont dit les journaux ?

— Le lendemain des discours, j'ai vu la foule de Washington, les négresses en vison qui tenaient leurs petites filles à couettes, devant la Grande Icône… À New York, où l'on faisait queue pour la voir à partir de 6 heures du matin, un garçon de vingt ans arrive, sa canadienne bourrée comme par une mitraillette. Un détective se précipite, le palpe, et un petit chien jaillit : "Je voulais que Foxy soit le seul chien au monde qui ait vu Monna Lisa !" avoue le garçon désespéré… »

Mme de Gaulle l'approuve.

« Nous leur enverrons encore des tableaux, dit le Général, et ça n'aura plus le même sens… Mais votre premier voyage[2] n'était pas celui de *La Joconde* ?

« Je me souviens de vos dépêches de l'époque — ou plutôt, de celles de l'ambassadeur. Résumé sérieux, mais je savais que le président souhaitait s'arranger avec moi, et ne pas s'arranger sur l'Algérie. Aujourd'hui, que pensez-vous ?

— Il y a eu plusieurs dialogues assez différents. Le premier, n'en parlons pas. Notre ambassadeur m'accompagnait ; le président ne voulait pas sembler changer d'avis, en quoi que ce fût, sur quoi que ce fût. Il était braqué plus que réfléchi, parce qu'à ses yeux vous existiez puissamment, et la France, pas du tout. Donc, pas d'accord sur le Congo, pas d'accord sur le Viêt-nam. Arrive, évidemment, l'Algérie. Il montrait une grande courtoisie, mais aussi une sorte de… d'acharnement. Je lui ai dit : "Plus tôt ou plus tard, nous aboutirons à l'indépendance de l'Algérie[3]. Avec nous ou contre nous. Alors, vous prendrez la relève en Afrique ou en Asie, et je vous souhaite bonne chance[4]." Il a d'abord pensé que je déraillais, puis il a fait un geste incertain, comme pour écarter la question. L'entretien était d'ailleurs terminé, puisque je n'avais rien à lui demander. Il a quitté le fauteuil articulé du Conseil, dans cette vaste salle où nous étions presque seuls, pour me reconduire, en me disant : "Bah ! la grâce de Mme Kennedy effacera tout cela ce soir (il me recevait à la Maison-Blanche). Et nous ne parlerons pas de La Fayette !" Je lui réponds, suave : "Qui est ce gars ?" Il éclate de rire, la double porte s'ouvre, et les photographes, à l'affût d'une mauvaise rencontre, prennent une photo où nous sommes hilares. En somme, Laurel et Hardy.

— Et le soir ?

— Gentillesses. J'étais dans une pièce à la table de Mme Kennedy, lui dans la pièce voisine, et nous faisions assaut de micro. Mme Kennedy avait fait ce qu'elle avait pu (c'était beaucoup) pour que cet entretien, dont il a dit ensuite : "Ç'a été assez dur", parût enveloppé d'une sorte de chaleur… Avant le week-end et nos échanges de frégates (il adorait les maquettes de bateaux), il avait dit de moi : "Bon : c'est pour Jackie."

— Le voyage suivant[a] fut celui de *La Joconde*[1] ?

— Là, aucun problème. La chaleur américaine est profonde et sincère. Le président pensait que nous, Français, nous conduisions avec amitié. Et il y avait eu quelques événements[2], que vous connaissez mieux que moi. Il pensait que c'était vous, qui envoyiez *La Joconde*, mais que j'y étais bien pour quelque chose. C'était un homme sensible au style. Il m'a donc invité dans sa maison de campagne. Alors, après un charmant déjeuner de crabes mous et de je ne sais quoi…

— Qu'est-ce que c'est qu'un crabe mou ? demande Mme de Gaulle.

— Tout ce que j'en sais, madame, c'est qu'on le coupe comme s'il n'avait jamais eu de carapace.

— C'est très bon ?

— Ni plus ni moins qu'un crabe ordinaire, le pittoresque en plus…

— Et là, dit le Général, vous avez pu parler sérieusement ? Enfin, pas plus qu'à Colombey…

— Mon général[b], chez Robert Kennedy, le frère du président, un beau chien beige attendait les invités à l'entrée de l'allée ; et un autre de même race, mais tout noir, à l'entrée de la maison. Quand j'ai dû prononcer mon toast, j'ai dit : “Soyez remercié de nous avoir fait accueillir par un chien qui a compris qu’il devait se mettre en smoking...” Allégresse générale. Les États-Unis ne sont pas protocolaires, et j’ai souvent parlé plus sérieusement avec les Américains dans cette sorte de cordialité, que dans ce que l’Europe appelle le sérieux.

« Le président revenait en avion d’une réunion où il attendait deux ou trois mille personnes. Il y en avait trois cent mille. Il me dit : “D’après mes informations, c’est comme ça chez vous avec le général de Gaulle ; pourquoi ? — Parce que les disques ont fait que le public s’est rué sur les musiciens, alors que l’on affirmait qu’ils feraient déserter les salles. Et vous, vos moyens de diffusion sont bien autres que des disques...”

« C’est alors que nous nous sommes mis enfin à parler de la France. Je lui ai dit que nous avions été maintes fois envahis, ce qui n’était pas arrivé aux États-Unis. Et qu’un gouvernement qui, chez nous, n’assurait pas la défense nationale, ne pouvait avoir qu’une légitimité *apparente.* Je suppose que vous lui aviez dit cela bien avant moi...

— Pas tout à fait ainsi. Que vous a-t-il répondu ?

— Plus courtoisement que je ne le résume, il m’a dit : la défense de l’Europe, c’est nous. À quoi j’ai répondu à mon tour que la défense nationale était la volonté de se défendre, qu’il s’en était aperçu avec Mao, et s’en apercevrait au Viêt-nam. Il a réfléchi, puis il a dit : “La France est un drôle de pays : ses malheurs après les victoires qui en avaient fait le premier pays[a] d’Europe, sa marine reconstituée, l’aide qu’elle nous a donnée, la Révolution, Napoléon... 1940, et aujourd’hui le général de Gaulle...” Je lui ai dit que c’était un pays profondément irrationnel, qui ne trouvait son âme (vous connaissez mon dada) que lorsqu’il la trouvait pour les autres : les Croisades, et la Révolution bien plus que Napoléon. Je disais que l’Angleterre n’était jamais plus grande que lorsqu’elle se retrouvait seule, et que la bataille d’Angleterre, en 1940, était sans exemple depuis Drake — alors que la France n’était grande que lorsqu’elle l’était pour le monde[1]...

— Il y a un pacte vingt fois séculaire[2] entre la grandeur de la France et la liberté des autres, dit le Général.

— Je savais bien ce que pensait le président : les États-Unis ne peuvent fonder leur politique européenne sur la France, et ils ne peuvent pas tenir la France pour négligeable, parce que les Français sont toujours capables d'inventer on ne sait quoi : ils ont bien inventé le général de Gaulle !... Kennedy a enchaîné sur les États-Unis, et je lui ai dit ce que je vous ai dit naguère à vous-même — et que j'ai eu l'occasion de dire à Pékin, au ministre des Affaires étrangères[1] : “Les États-Unis sont la seule nation qui soit devenue la plus puissante du monde sans l'avoir militairement cherché[2]. Alexandre voulait être maître du monde (enfin, du sien !), César aussi. Les États-Unis ont, à l'occasion, voulu une domination économique : c'est radicalement différent. Mais maintenant qu'ils possèdent cette puissance colossale, il s'agit de savoir ce qu'ils vont en faire.”

« J'ai eu l'impression de rencontrer sa propre pensée. Il désirait instinctivement régler les problèmes de l'Europe et de l'Asie par la décision des États-Unis ; et c'est pourquoi il m'avait irrité la première fois. Je crois à la puissance des États-Unis, mais je crois que la puissance est une chose, et que l'Histoire en est une autre. Carthage était puissante.

— Ne vous trompez pas : il voulait maintenir à tout prix la situation dominante des États-Unis dans la défense de l'Occident. Et je ne suis pas sûr que malgré sa valeur, il n'ait pas accepté la comparaison, chère aux naïfs, entre les États-Unis d'Europe et les États-Unis d'Amérique. Alors que ceux-ci ont été créés à partir de rien, sur une Sibérie fertile, par des flots successifs de colons déracinés. Si les États-Unis deviennent consciemment maîtres du monde, vous verrez jusqu'où ira leur impérialisme.

— Je me souvenais alors de la phrase angoissante du président Eisenhower : “Je ne me présenterai pas devant Dieu avec du sang sur les mains.”

— Le sang sèche vite.

— J'ai dit à Kennedy, sans insister : “Vous[a] êtes maintenant contraints à une politique mondiale, au moins comme Rome a été contrainte à une politique méditerranéenne. Depuis le plan Marshall, quelle a été la politique mondiale des États-Unis ?” Et j'ai eu le sentiment qu'il voulait réellement assumer l'Histoire, porter l'énorme responsabilité des États-Unis, dont il était fort conscient. Sans doute l'eût-il fait...

« Je pense que c'est en lui déclarant qu'il en avait la charge que vous avez établi la relation profonde que rien n'a détruite.

« Ce politicien habile était séparé des politiciens par ses

brusques colères, quand l'État entrait en jeu. Vous vous souvenez de la télévision : "Mon père m'a toujours dit qu'en face du pays, les industriels se conduisaient comme des fils de putains !" Peut-être le danger était-il déjà là ; mais de toute évidence, il avait décidé de n'en tenir aucun compte…

— Vous savez bien, répond le Général, que le courage consiste toujours à ne pas tenir compte du danger. Et puis, il faut mourir assassiné ou foudroyé. »

Il hausse les épaules.

« Quand César[a] a été tué, il tenait la liste des conjurés dans sa main. Il ne l'avait pas lue. Ce pauvre président m'a parlé de Lincoln d'une façon qui m'a frappé. Il espérait le retrouver dans la vie, il l'a retrouvé dans la mort. Et peut-être la distraction, un peu complaisante, d'un obscur commissaire de police de Dallas aura-t-elle suffi pour infléchir l'histoire du monde.

— Il me semble que le président est mort le jour de votre anniversaire[1] ? Le destin joue tout seul son jeu mystérieux : Shakespeare est né l'année de la mort de Michel-Ange, et le soleil se couche au milieu de l'Arc de Triomphe le jour anniversaire de la mort de Napoléon, qui ne l'a jamais vu… Le dernier acte officiel de Louis XVI est la nomination d'un lieutenant d'artillerie qui s'appelait Buonaparte.

« Donc, après les considérations historiques, le président m'a dit, d'une façon abrupte : "La Chine va avoir la bombe atomique. Devrions-nous intervenir dès maintenant ?" Il n'attachait aucune importance à mon avis, mais il pensait que je ne parlerais pas comme ses conseillers américains, et que je lui apporterais un autre domaine de réflexion. Et il attendait sans doute de ma réponse un écho de ce que vous pensiez.

— Si je me souviens bien, vous lui avez dit que la Chine n'aurait pas la bombe atomique avant un an ?

— Ce qui fut vrai. Mais ce que je n'ai pas compris, ce que je n'ai pas compris plus tard, quand j'ai parlé aux Chinois, c'est : pourquoi concevoir l'intervention américaine comme une guerre (les Américains n'auraient pas débarqué en Chine) au lieu de penser que l'écrasement des quelques centres industriels chinois eût ramené la Chine de cinquante ans en arrière ? Je suppose qu'il me posait la question que lui posait le Pentagone. Je lui ai répondu, en effet, qu'il avait plus de temps qu'il ne croyait ; et j'ai ajouté (avec des gants…) qu'il n'interviendrait pas. »

Le Général ne répond rien. Se demande-t-il une fois de plus ce qu'il aurait fait, lui, s'il avait disposé de la puissance américaine et de la bombe atomique ? Pense-t-il à la Russie ? La neige tombe, comme sur la Cité interdite. Je reprends :

« Kennedy a certainement voulu une action historique, pour lui et pour les États-Unis, mon général. Mais ce n'était pas rien, que de concevoir l'action du plus puissant pays du monde sans la concevoir comme un impérialisme…

— Comment savoir ce que le temps fera de lui ? Il était un vrai président : architecte, non gérant. Bâtir. La mort est venue. Dresse-t-on des statues aux intentions ?

« Tout dépendra du successeur. Nixon va ressortir de sa boîte, d'une façon ou d'une autre. Ce pays va-t-il, oui ou non, concevoir sa politique historique ? Ou bien aurons-nous connu les dernières volontés à longue échéance, l'homme va-t-il inventer autre chose ? Le pays du futur ne pense guère l'avenir !… Pourquoi ? Il n'y a plus de politique révolutionnaire de la Russie. La Chine en a pour trente ou cinquante ans à faire la Chine. »

Comme ce matin, il me rappelle la citation : « La triste mère d'un Empire mort[1]. » Mais quelles que soient ses perspectives, le ton de sa voix conserve l'optimisme indifférent de l'énergie.

Il esquisse le geste par lequel il semble vouloir tout chasser.

« Vous avez eu l'occasion[a] d'assister à leurs grandes réunions de hippies ?

— Je crois qu'elles ont eu lieu surtout en Californie…

— La chose m'intéresse, figurez-vous ! Que veulent-ils réellement ?

— Un mode de vie… Leur idéologie, celle des groupes qui les ont précédés ou qui les suivent, ne me semble pas essentielle : les zazous se réclament de l'existentialisme, les hippies de Gandhi, et les contestataires de Che Guevara[2]…

« Il y a aussi le nihilisme. L'étudiante de Nanterre qui déclare : “quand vous savez ce que vous voulez, vous êtes déjà embourgeoisée[3]” est évidemment révélatrice. Les personnages des *Possédés* auraient parlé comme elle.

— Qu'oppose-t-elle à : savoir ce qu'on veut ?

— L'instinct. Les événements de Mai sont nés de la

conjonction d'une révolte communiste — syndicale — prudente, et d'une révolte irrationnelle de la jeunesse. Liée au romanesque historique, comme partout.

— Pas en Russie.

— Depuis les marins de Cronstadt, le romanesque anarchisant n'a plus cours en Union soviétique…

— Les nihilistes russes tuaient, dit-il.

— Le tsar les tuait aussi. Le sérieux a beaucoup changé… Et puis, les Russes étaient chastes, et ne se droguaient pas. Il y a, dans l'aventure actuelle, tout un domaine physique. Elle est une compensation. La révolution était réellement, pour les nihilistes, une valeur suprême. Avec laquelle ils communiaient, comme vous venez de le dire, par l'action. La révolution dont rêvent nos nihilistes appartient à ce que j'ai appelé l'illusion lyrique[1]. Ce qu'ils opposent à la société de consommation, au moins incertaine chez nous, ce n'est pas une autre société, c'est leur indignation. Mais l'indignation n'est pas une valeur suprême. Un garçon de vingt ans, qui achevait une enquête parmi les étudiants, m'a dit : il y a quelque chose de plus important que les hippies et les contestataires, c'est la quantité de jeunes qui disent seulement : "Qu'importe[2] ?" L'ambition a toujours existé, mais incidemment. Il a fallu Napoléon, la bourgeoisie, les romans, les États-Unis, pour qu'elle s'aligne avec l'amour, devienne la passion capitale du siècle. Julien Sorel n'a pas de frère aîné. Peut-être sommes-nous en face d'un immense reflux de l'ambition ? À peine dix pour cent des étudiants sont politisés…

— Toujours les pantoufles. L'indignation, l'indifférence, la fraternité… "Je veux être président d'une république fraternelle", disait le pauvre Auriol : pour devenir maître, le politicien se pose en serviteur. Dans le monde entier, nous allons retrouver le temps des gens de bonne volonté, qui n'ont que de la bonne. Le temps a passé ; le destin aussi. En 1914, j'ai connu une jeunesse prise par la curiosité qui précède les premières batailles, et pourtant elle sentait venir la moissonneuse. Elle est morte.

« Les États-Unis ont cru que la démocratie réglerait tout, et les voilà en face d'un problème qu'elle ne réglera pas. Leur démocratie est l'égalité. Et aussi un sentiment qui met les démocraties anglo-saxonnes et scandinaves au-dessus des nôtres : un culte de la loi. La loi, c'est tout de même l'État. En politique, en religion, les Latins n'ont jamais bien su quand ils étaient Rome, et quand ils faisaient semblant. Vous avez bien dit que Rome était le contraire de l'agitation méditerranéenne ? »

*

Dans le salon[a] aux fauteuils de cuir, où nous allons prendre le café, Grigri est couché sur un fauteuil. Les nuages se sont accumulés, et la pièce devient sombre. Le Général me dit avec un peu d'ironie :

« C'est vous qui avez imposé le mot gaullisme, non ? Qu'entendiez-vous par là, au début ? »

De nouveau, le ton a changé. Plus question de chats, ni de la distraction familière avec laquelle il parlait de Guevara[1], et même de Napoléon. Comme aux déjeuners intimes de l'Élysée, l'entracte est fini.

« Pendant la Résistance, quelque chose comme : les passions politiques au service de la France, en opposition à la France au service des passions de droite ou de gauche. Ensuite, un sentiment. Le sentiment que vos motifs[b], bons ou mauvais, *n'étaient pas ceux des politiciens.*

— Quand j'ai vu les politiciens rassemblés pour la première fois, j'ai senti aussitôt, sans erreur possible, leur hostilité à tous. Ils n'ont aucunement cru à ma dictature ; mais ils ont compris que je représentais l'État. C'était la même chose ; l'État est le diable, parce que s'il existe, eux n'existent plus. Ils perdent ce à quoi ils tiennent avant tout. Qui n'est point l'argent, mais l'exercice de leur vanité.

— Vous ne leur facilitiez pas la vie : ils promettaient des cadeaux, vous promettiez des sacrifices. Il reste que les Français sont antimonarchistes, et l'organisation de l'enseignement primaire depuis la IIIe n'y est pas pour rien ; ils sont aussi antipoliticiens, souvent pour de mauvaises raisons, car, quoi qu'on en dise, j'ai peu rencontré la corruption… Guy Mollet m'a dit qu'il ne possédait pas huit cent mille francs de l'époque ; c'était certainement vrai. (Quand son ministère et le mien se trouvaient dans l'hôtel qui fait face à Matignon, j'y occupais l'ancienne salle des mousquetaires, ce qui était flatteur, et lui, l'ancienne salle des chanoines…)

— Je reconnais que les grands politiciens sont plus

intègres qu'on ne le dit. Reconnaissez qu'ils aiment beaucoup les palais nationaux. Quand Herriot est revenu, il m'a expliqué dans les cinq minutes qu'il devait reprendre l'hôtel de Lassay, affecté à la présidence de la Chambre. Je n'étais pas d'accord, puisqu'il n'était pas président de l'Assemblée. Il ne me l'a pas pardonné.

— Il me semble que les Français n'estiment longtemps que les hommes politiques voués à quelque chose : la France, la paix, comme Clemenceau, Briand ; même Poincaré, à cause de la guerre. Ceux qui ne se définissent pas par un mélange d'ambition, d'élections et d'administration.

— Oui.

— Vous avez fait[a] aux Français un don qu'on ne leur fait guère : élire en eux leur meilleure part. Légitimer le sacrifice est peut-être la plus grande chose que puisse faire un homme… Les communistes aussi l'ont fait pour les leurs.

— Encore valait-il mieux, dit-il, être Salan devant nos tribunaux, que Toukhatchevski, innocent, lui ! en face de ceux de Staline. Mais je reconnais que si bien des soldats de l'an II sont morts pour la République, personne n'est mort pour le parti radical. La France va de nouveau se politiser.

— Votre France n'a jamais été du domaine rationnel. Comme celle des Croisades ou celle de l'an II. Pourquoi les braves types de l'île de Sein sont-ils venus vous rejoindre ? Et nous ? Vous disiez qu'à la fin nous serions peut-être vainqueurs ; nous pensions aussi que nous serions d'abord morts. Les gaullistes de gauche ont réellement espéré que tôt ou tard vous feriez, dans le domaine social, ce qu'ils n'attendaient plus des communistes ni des socialistes ; ils ne vous ont pas suivi *pour cela.* En 40, la justice sociale était dans la lune ; Staline, l'allié de Hitler, et Hitler à Paris. Mais les communistes sont venus avec nous, plus tard, avec soulagement : la défense du prolétariat écrasé s'accordait à celle de la France écrasée.

— Et à celle de la Russie.

— Ce qui a empêché le gaullisme de devenir un nationalisme, c'est sa faiblesse. Votre force a tenu à ce que vous n'aviez rien. Il n'y a pas eu que les gaullistes, pour vous suivre. Si j'en juge par les journalistes qui viennent m'interroger, un domaine capital de la France combattante et de la Résistance va disparaître, a déjà disparu : c'est l'antifascisme. Vous êtes le dernier chef antifasciste d'Occident. La plupart des anciens combattants d'Espagne, espagnols ou français, qui vous ont suivi au temps du pacte germano-soviétique, continuaient leur combat. Ils ont d'ailleurs été stupéfaits de ne pas retrouver Franco entre Hitler et Mussolini, mon général.

— Il est bon que vous citiez les étrangers, car vous parlez de la Résistance politique, non de la Résistance nationale, sans laquelle l'autre n'aurait pas pesé lourd.

— Mais ils ont continué le combat avec nous, plutôt que de rejoindre l'armée américaine. Ce qui a tout de même un sens. Je ne crois pas qu'un historien futur puisse interpréter le gaullisme en termes seulement politiques, ni même seulement nationaux… Le gaullisme[a] a été la France, mais aussi quelque chose de plus. Quand un de mes amis anglais est arrivé à Calais, en 1945, le comptoir du bar où il était entré était surmonté d'une grande photo de vous : "Vous êtes gaulliste ? demande-t-il au patron. — Oh, vous savez, moi, la politique ! Mais après tout, un homme ne dure guère plus de trente ans, et celui-là vaut mieux que les autres…" Le hasard m'a fait passager de la première croisière privée de *La Marseillaise*, vers 1950. Il y avait eu la croisière des ministres de la IVe. Je commande un vin, je m'aperçois que le sommelier devra le chercher au diable, j'en commande un autre. Le sommelier sourit : "Vous avez changé pour ne pas m'envoyer dans la cale, n'est-ce pas ? Mais je vais y aller. Je suis content de vous servir. Pour notre pays, un grand écrivain, c'est bien. Pas eux." L'une des raisons, mon général, pour lesquelles on me regarde comme une sorte de gaulliste symbolique, c'est que je ne me suis jamais fait élire. Quand vous m'avez jugé trop farfelu, en 1958, vous m'avez dit[b], mi-figue, mi-raisin : "Ah ! soyez ministre", et je vous ai demandé "Pour quoi faire ?" Dans le gaullisme, il y a ce qui s'explique, et ce qui ne s'explique pas. Le meilleur titre de livre dont on vous ait fait hommage, c'est tout de même celui de Soustelle : *Envers et contre tout*[1]. Vous étiez seul le 18 Juin, et vous l'êtes aujourd'hui. Peut-être fallait-il qu'il en fût ainsi… »

Je crois que le NON du solitaire, à la force, est chargé d'une mystérieuse contagion[c].

« J'ai eu tout le monde contre moi chaque fois que j'ai eu raison, dit-il. J'ai l'habitude.

— Vous dites que les soldats de l'an II ne seraient pas

morts pour le parti radical, mais nos morts des camps d'extermination ne seraient pas morts pour l'élection du président de la République au suffrage universel — et je prends l'exemple le plus haut. »

Il sourit — à peine. S'il a le génie[a] de l'instinct, il a aussi le goût de la rigueur. Je me souviens de sa surprise lorsque, au sujet de la dévaluation, j'ai dit au Conseil ce qu'il pensait. Il parlait toujours le dernier. « Je voudrais comprendre, dis-je, pourquoi le gaullisme, qui ne peut être que la défense du pays contre les spéculateurs — comme il l'a été contre tant d'autres —, accepterait la dévaluation, lorsque les spécialistes affirment que nous pouvons l'écarter… » Et d'une façon plus trouble, lorsque j'ai dit : « Le destin de la France ne peut supporter la guerre d'Algérie que si elle finit par un accord. » Et aussi, au mois de mai 1968 : « Aller aux Champs-Élysées nous engagera dangereusement, si nous ne sommes pas assez nombreux. Mais peut-être serons-nous un million, et nous devons le tenter. » Il n'avait pas besoin de moi pour le penser, mais il était content de l'entendre.

Il regarde la table aux patiences.

« Nous avons contrôlé pendant plusieurs mois, dit Mme de Gaulle, les réussites et les pas-réussites : c'est toujours la même proportion. »

Le Général relève les yeux. Il y a dans son regard, comme dans sa voix, la pesante lenteur que je connais :

« Et plus tard, qu'adviendra-t-il de tout cela ?… »

Encore la télépathie. Plus tard veut dire : quand je serai mort. Il m'a dit naguère[b], avec moins d'orgueil que d'obsession : « Si un nouveau sursaut doit se produire, il continuera ce que j'ai fait, et non ce qu'on aura fait après moi. » Pense-t-il à son destin ? (Sa vie ne l'intéresse plus.) Une image de la volonté française ? Après tout, Clemenceau l'a été. Dans la bibliothèque, j'ai vu le dos tricolore de *Grandeur et misère d'une victoire*[1].

« Que pensez-vous maintenant de Clemenceau ?

— Il les méprisait trop. Mais il croyait au destin. Vous vous souvenez du dialogue : “Franchet d'Esperey a eu de la chance ! dit Lloyd George. — C'est déjà bien : tant de gens n'en ont pas !” Je ne suis pas sûr que la baraka existe ; le contraire existe sûrement.

« Sa rage exprime la France : c'est en 18 — en 18 ! — qu'il répond par l'interruption fameuse[2] que l'on croit aujourd'hui son premier discours de président du Conseil : "En politique extérieure, je fais la guerre ; en politique intérieure, je fais la guerre ; la Russie nous trahit, je fais la guerre. Je me battrai devant Paris, dans Paris, derrière Paris. Et ça suffit." C'était bien.

« Il connaissait les Français. Souvenez-vous du paysage qui s'étendait devant vous ce matin. C'est une position imprenable. Vercingétorix l'a perdue. Il devait recevoir tous les jours des syndicats et des contestataires.

— Clemenceau a sérieusement essayé de régler la question…

— Avec quel résultat ? La chasse au tigre ?

— Zaharoff, qui lui avait donné sa Rolls, ne prenait pour collaborateurs que des gens qu'aimaient ses chats. Les malins mettaient de la valériane au bas de leur pantalon. Peut-être est-il plus facile de séduire les chats que l'Histoire… Qu'en dis-tu, Grigri ?

— Il est étonnant que Clemenceau ait pu tout à coup cesser d'être un politicien. L'Histoire transforme les hommes. Enfin, de temps en temps. Mais il avait conservé ses colères. Il est mort dans la haine de Foch, avec qui il avait réglé ses comptes, et de Poincaré, avec qui il ne les avait pas réglés. Philippe Berthelot, qu'il a beaucoup défendu contre Poincaré, lui avait dit un jour : "Vous êtes vraiment trop méchant, monsieur le Président !" Réponse : "J'ai eu une femme, elle m'a fait cocu. Des enfants, ils m'ont abandonné. Des amis, ils m'ont trahi. Il me reste ces mains[a] malades, et je ne quitte pas mes gants ; mais il me reste aussi des mâchoires : je mords." Berthelot ajoutait : "Il me faisait penser au général Dourakine : toujours en colère, mais on ne savait pas pourquoi." Paroles bien parisiennes… Mais Clemenceau avait osé dire aux députés : "Chassez-moi de la tribune, si ce que vous demandez n'est pas au service de la France, car je ne le ferai pas !" Et au président Coolidge : "Venez lire dans nos villages la liste sans fin de nos morts, pour comparer !" Et, à personne : "Je voudrais simplement que le peuple français ose compter sur lui-même, et c'est précisément le spectacle qui m'est refusé. Les Français ont été sublimes, ils ne le savaient pas ; ils sont redevenus médiocres, ils ne le croient pas." »

Le vent qui s'est levé fait tournoyer la neige comme elle tournoyait sur le jardin de *La Lanterne*, lorsque je recopiais les phrases de la voyante sur Alexandre[b].

« Thémistocle, dis-je, est mort au service de la Perse...

« Claude Monet citait de Clemenceau une phrase assez fière : Honneur à ceux qui ne baissent pas les yeux devant la destinée ! Vous avez connu Poincaré, mon général ?

— J'étais à la gare de l'Est, en 1914, quand il est venu assister au départ des premiers trains militaires. Personne n'a applaudi. Mais tous les civils se sont découverts. Le passage de la mort. Noble. »

Le capitaine de Gaulle dans cette cour de la gare de l'Est où j'ai rendez-vous, ce soir... Je pense aussi aux lanciers qui tourbillonnaient dans la nuit des Ardennes[1], le lendemain de la déclaration de la guerre en 1914.

L'avenir sera-t-il d'accord avec le patron du bar de Calais ? Staline ressuscite Pierre le Grand, et ce sont nos républicains, Michelet d'abord, qui ont ressuscité Jeanne d'Arc. Les analyses rationnelles sont fragiles. La radio ? Suffisait-il d'y exposer des choses justes, pour que Roosevelt malgré son hostilité, Hitler peut-être, comprissent que le cadavre de la France pouvait ressusciter ? Qu'eût apporté la radio au général Giraud ? Comment eût-il dit : « La France gît à terre ; mais elle sait, elle sent, qu'elle vit toujours d'une vie profonde et forte[2]... » Comment définir l'action historique de Gandhi, par son action politique ? À quel point l'Histoire qu'incarne le Général porte l'accent du destin ! Que fût-il advenu si, après l'entrevue de Bordeaux, Herriot avait accepté de se réfugier à Londres ? Si Noguès avait accepté le commandement de la France libre, si Vichy n'avait pas mis la franc-maçonnerie hors la loi, faisant ainsi basculer la moitié de l'Afrique française chez les gaullistes ? Si Pétain avait pris l'avion pour Alger ? Si Hitler avait trouvé la bombe atomique avant les Américains ? L'habileté politique du général de Gaulle n'a pas gouverné son destin. Celui de Saint-Just, de Jeanne d'Arc, de Frédéric II (le miracle de Brandebourg[3]...), de Mao, m'a toujours troublé comme celui de personnages prédestinés. Deux hommes auraient pu barrer la voie à Bonaparte : Saint-Just a été guillotiné, Hoche empoisonné.

Au Petit-Clamart, il s'en est fallu de peu. Le Général l'a regretté, je crois.

En 1958, j'ai assumé quelque temps la charge de sa sécurité. Nous savions qu'on devait tirer sur lui d'une des maisons des Maréchaux, place de l'Étoile, lorsqu'il serait au garde-à-vous devant l'Arc de Triomphe, pendant *La*

Marseillaise. Quand j'entrai dans le bureau de Georges Pompidou, alors directeur du cabinet, il disait à un interlocuteur aux cheveux blancs : « On a assassiné peu de rois de France : Henri III, Henri IV... — Oui, mais ce sont ceux qui voulaient rassembler les Français..., répondit doucement l'interlocuteur en prenant congé. — Qui est-ce ? demandai-je. — Le préfet de police[a]. »

« Quoi qu'il advienne, mon général, s'il advenait quelque chose de nos adversaires, depuis les âmes sensibles des *Deux Magots* jusqu'à vos ennemis politiques, Dieu serait bien étonné...

— Quels adversaires ? Les communistes qui vont de la Bastille à la Nation, les socialistes qui ne vont nulle part ? Les syndicats, comme s'ils pouvaient refaire la France ! Tout ça et Ferdinand Lop[1], c'est la même chose. La même impuissance : fière, en quel honneur ? de la force de Mao Tsé-toung ou de l'héroïsme de Guevara. La Longue Marche pour arriver au stade Charléty[2] ? Ce n'est pas sérieux.

— Au moment[b] du référendum, mon chef de cabinet, Français libre, dit à l'un de nos directeurs, antigaulliste, avec suavité : "Malheureusement, si Malraux s'en va, il faudra renoircir les monuments ! — Oh, répond l'autre, nous ferons un plan : ça nous donnera du temps !" Combien de lettres d'injures mon cabinet a-t-il reçues pour avoir dilapidé l'argent des contribuables à changer la couleur de Paris, en détruisant la précieuse patine des siècles — alors que les pierres de Paris, comme celles de Versailles, se patinent en orangé, jamais en noir. Anthologie des idiots. Enfin, on ne vous a pas remplacé par M. Poher[3]. Quant à vos successeurs...

— Je n'ai pas de successeurs, vous le savez. Les communistes ne croient plus assez au communisme, ni les autres à la révolution. C'est trop tard. À force de mentir pour revendiquer la démocratie, ils sont devenus démocrates. Ils veulent menacer le pouvoir, ils ne veulent plus le prendre.

« Je ne vois pas pourquoi un système économique, qui s'appelle le communisme, ne serait pas meilleur qu'un autre, qui s'appelait le capitalisme. Je n'aime pas les "ismes". Mais enfin le capital, c'est clair, la libre entreprise aussi. Je comprends l'Américain qui dit que les Postes devraient devenir des sociétés privées, comme le Téléphone. Je comprends moins bien comment la libre entreprise ferait la Sécurité sociale. Elle nous répondra qu'elle devrait pouvoir s'en passer. Soit. Mais si elle devait opposer une bombe atomique, qu'elle eût été incapable de créer sans l'État, à celles de l'État soviétique, et même chinois, je ne donnerais pas cher de la libre entreprise. Je ne vois pas pourquoi je n'aurais pas parlé avec les communistes, quand ils faisaient partie de la France et n'y créaient pas une sorte d'île, vous voyez ? J'ai dit à Thorez : "Vous avez choisi. Je vous comprends, mais vous avez choisi. Moi, je n'ai pas le droit de choisir." Il n'a pas été d'accord, évidemment, mais il a compris, lui aussi. Je ne veux pas[a] opposer, même pour triompher, je veux *rassembler*. Lors de la Libération, je l'ai fait. C'est pour cela que je ne serai jamais monarchiste, quoi qu'en disent les agités. Il n'y a pas de rassemblement possible de la France autour de la famille royale. Il n'y a pas de rassemblement possible autour de la classe ouvrière, en train de s'effriter. Les communistes français n'ont que le mot "concret" à la bouche, mais ils sont le parti le plus romanesque du monde. Leur propagande les a persuadés que l'on peut convaincre de tout, en détail, ceux qui sont convaincus de tout, en bloc. Ils en sont très fiers. Ils n'oublient qu'une chose : tout ça n'a pas d'importance. *L'Humanité* dit que j'ai rejoint Thorez dans la Résistance !

— Cambrioler des mythes est inutile, parce qu'un mythe devient sans action lorsqu'il se sépare de ce qui lui a donné naissance[b]. La révolution d'Octobre est loin, mon général[c].

— Chez nous, on ne peut rien fonder de durable sur le mensonge, c'est un fait troublant et certain. Mais malgré l'apparence, le communisme russe est le moins imposteur, parce que la résurrection de la Russie n'est pas un mensonge. »

Allusion à l'une de nos premières conversations : je lui avais dit qu'à mes yeux, le communisme tenait une grande force de ce qu'il avait donné à la Russie le rôle qu'elle n'avait trouvé ni dans l'orthodoxie, ni dans l'occidentalisation, ni dans le panslavisme[1]. J'ajoute[d] :

« Et parce que le problème social existe. Il y a pourtant dans le communisme une comédie incurable, une volonté de transformer les adversaires en "scélérats", qui a joué son rôle dans la rupture de pas mal d'intellectuels avec le parti. Pas seulement en Union soviétique. Chez nous, peut-être le communisme devient-il, entre autres choses, ce que deviennent les partis : un mythe au service d'une société d'entraide.

— Vous savez, les Français ont toujours eu du mal à se débrouiller entre leur désir des privilèges et leur goût de l'égalité ! Mais au milieu de tout ce joli monde, mon seul adversaire, celui de la France, n'a aucunement cessé d'être l'argent.

« J'ai eu les intellectuels avec moi, puis ils sont devenus des équilibristes. Comme lorsqu'ils faisaient des épigrammes sur Rossbach en l'honneur de Frédéric. Le talent n'est pas souvent le garant de la justesse des idées. Et la grève de la radio, en Mai ! Qui a jamais fait grève pour la France, dans cette maison ?

— Les[b] intellectuels ne sont pas seulement les clients des *Deux Magots* et les abonnés de *L'Observateur*.

— Même ceux-là avaient été avec moi. Vous avez écrit que les "âmes sensibles[1]" n'étaient ni nées ni mortes en 1788, et que toute l'Histoire était inséparable d'un romanesque historique. Nos âmes sensibles m'ont proclamé maurrassien lorsque je rétablissais la république, colonialiste quand je créais la Communauté, impérialiste quand j'allais faire la paix en Algérie. Vous voyez Maurras se battre pour imposer l'élection du président de la République au suffrage universel ? Vous voyez "la droite", ravie des nationalisations, de mes décisions relatives à l'Algérie, et de votre[c] Sécurité sociale ? En 1958, vous savez bien que nous étions fascistes ! Vous vous souvenez, j'espère, d'une phrase qu'on vous a attribuée : "Quand a-t-on vu une dictature en ballottage ?"

— J'avais dit aussi : quand a-t-on vu un dictateur que la presse ne cesse d'attaquer ? Si les historiens faisaient votre histoire à travers la presse, ce serait épatant ! »

Le 4 septembre[2], place de la République, j'avais prononcé le discours qui introduisait celui où il exposait sa Constitution. Les cris hostiles venus de loin se perdaient dans la place, pendant que le Général disait : « Alors, au milieu de la tourmente nationale et de la guerre étrangère, apparut la République ! Elle était la souveraineté du peuple, l'appel de la liberté, l'espérance de la justice. Elle devait le rester à travers les péripéties agitées de son histoire. Aujourd'hui, plus que jamais, nous voulons qu'elle le demeure ! » C'est alors que les ballons d'enfants montèrent nonchalamment dans l'après-midi d'été, porteurs de banderoles qui affirmaient, en ondulant, que le fascisme ne passerait pas.

« Les grands écrivains français du XVIIe siècle ont été prophètes, reprend-il, mais ce qui a commencé en tragédie finit une fois de plus en comédie. Hommage ! D'abord parce que les intellectuels, même quand ils aiment les honneurs et les puérilités, sont, comme moi, au service de quelque chose qui les dépasse. »

Camus, au temps de la traversée du désert, le quitte en lui demandant en quoi, à son avis, un écrivain pourrait servir la France : « Tout homme qui écrit (un temps), et qui écrit bien, sert la France[1]. »

« Il existe tout de même des artistes gaullistes, dis-je : Braque et Le Corbusier hier, Chagall et Balthus aujourd'hui. Et ils ne sont pas seuls.

— Qu'est-ce qu'un artiste gaulliste ?

— Un artiste qui vous défend.

— Soit. Vous connaissez le disque des autres : nous mettons la France trop haut ! Comme s'ils ne savaient pas ce qu'il y a de lâcheté dans la modestie !

« Nos intellectuels et nos artistes comptent encore, dans le monde. J'ai vu à la télévision les funérailles que vous aviez organisées pour Le Corbusier : la cour Carrée du Louvre redevenue blanche, éclairée par les projecteurs, l'ambassadeur de Grèce et celui de l'Inde avec leurs offrandes... Le télégramme que m'avait envoyé le gouvernement indien : "L'Inde, où se trouve la capitale construite par Le Corbusier, viendra verser sur ses cendres l'eau du Gange, en suprême hommage." La fin de votre oraison funèbre : "Adieu, mon vieux maître et mon vieil ami..." Vous vous souvenez encore ?

— *Adieu, mon vieux maître et mon vieil ami.*

« Bonne nuit.

« Voici l'hommage des villes épiques, les fleurs funèbres de New York et de Brasilia.

« Voici l'eau sacrée du Gange, et la terre de l'Acropole[2]...

« Mon général, nos âmes sensibles écarteraient (modérément d'ailleurs dans le cas de Corbu, vomi par les académiques) cet héritage ; mais elles ont, toutes, leurs Pères de l'Église. Mal conciliables : Freud, Marx, Proust, Kafka, etc. Patrologie d'ennemis dont la conciliation deviendra inintelligible, lorsqu'on aura oublié que les écoles des cafés n'ont pas d'autre vie que leurs conciliabules. »

Je pense au freudo-marxisme de Max Torrès[a].

« Desnos, répond le Général, et comment s'appelait ce pauvre garçon : Desbordes ? sont morts noblement. »

Il me regarde[b] :

« Pourquoi les intellectuels ne croient-ils plus à la France ?

— Y ont-ils jamais beaucoup cru ? Au Moyen Âge, la France, qui n'existe pas, est un sujet de chansons mélancoliques. Jeanne d'Arc ? Cinquante ans après sa mort, que reste-t-il de ce qu'elle a signifié ? et ça finit par Voltaire[1]. Ils ont cru au roi, ou haï le roi : pour un homme aussi intelligent que Diderot, la liberté, c'est Catherine de Russie ! Le rôle des passions négatives, chez les intellectuels, est à coup sûr très grand : de notre temps, ceux qui étaient contre Hitler ont cru être avec vous. Un certain temps. Ajoutez la mythologie de la gauche. Mais quoi ? Nos intellectuels sont presque tous des littérateurs, dont l'idéologie dépend des sentiments. Pourquoi un romancier comprendrait-il l'action ou l'Histoire mieux qu'un peintre, mieux qu'un musicien ? Nietzsche écrivait que, depuis 1860, le nihilisme (c'était, pour lui, ce que j'ai appelé l'absurde) atteignait peu à peu tous les artistes. Depuis, pensez ! Le génie, de Baudelaire à nos écrivains, a été nihiliste à quatre-vingts pour cent.

— Le conflit[c] a été différé par l'antifascisme et par la Résistance, il est vrai. Mais nos intellectuels veulent que ce qu'ils appellent l'esprit, et qui l'est si peu, domine la nation. (Pour aboutir à Mai 68 !) Moi, je veux que la liberté de l'esprit soit défendue ; sauf au prix de la réalité nationale sur laquelle elle se fonde. Sans laquelle elle n'existerait pas. Voltaire est plus lié à la France qu'à la Raison, quoi qu'il en pense. Les intellectuels sont passionnés par les intentions, et nous, par les résultats. Qu'y faire ? Des déjeuners ? »

Il se retourne pour regarder tomber la neige. Appartient-il à notre temps — ou à un passé auquel s'accorde si bien, aujourd'hui, sa stature de gisant[d] ?

« Pompidou pensait qu'il faut toujours faire déjeuner les gens ensemble. Avait-il tort ? J'ai invité Adenauer, que je ne connaissais guère : vous faites manger le même gigot à des gens qui se détestent parce qu'ils ne se connaissent pas, ça les transforme en moutons.

« La droite et la gauche auront rejoint[e] les chimères

avant un siècle. Sachez bien que je ne suis pas méfiant des théories politiques par principe, je le suis par souvenir. Quand le Front populaire est arrivé au pouvoir, j'ai pensé : puisqu'ils doivent combattre le fascisme, ils seront obligés de défendre la France. Donc, de faire une armée moderne. Je connaissais le pauvre Lagrange[1], un des rares parlementaires qui soient allés se battre et qui en soient morts ; je connaissais un peu Blum. Que s'est-il passé ? Le Front populaire a fait l'armée française de 1918, quand le nazisme faisait ses divisions cuirassées, et ses Stukas[2].

– Le Front populaire a fait pas mal de choses…

– Qui, sans moi, auraient été balayées par Hitler et par Vhy ! Le gouvernement russe s'est battu sur l'essentiel. ller aussi. Depuis la Grèce antique, la Méditerranée nd les discours pour des réformes. Tout ce que nous ons fait, on veut oublier que c'est nous qui l'avons fait. u moment du Marché commun, nous trouver parmi les x avec la charge de notre agriculture, sans contrepartie, ût été mortel. Mais la France reste ravagée par les mythes, nfin, ce que vous appelez les mythes.

« J'étais un mythe aussi…

« Autrement.

« Les historiens s'imaginent que l'on peut faire ce qu'on veut, quand on est au pouvoir. Louis XIV se plaignait de n'être pas obéi en Auvergne ; des accusés dans l'affaire des Poisons avaient trouvé refuge auprès du gouverneur. Napoléon se plaignait de n'être obéi à Orléans — à Orléans ! — que s'il y allait ! Et je ne suis pas parvenu à faire construire aux Halles des édifices convenables. J'ai voulu ressusciter la France ; dans une certaine mesure, je l'ai fait. Quant aux détails, Dieu reconnaîtra les siens. Il expliquera, le pauvre, pourquoi les gauchistes s'appellent gauchistes afin de se distinguer des communistes ; et s'appellent ainsi depuis que la gauche n'existe plus. Il a l'habitude.

— Cette gauche est possédée par un romanesque historique très agissant, le côté main-sur-le-cœur des vieillards de Victor Hugo qui viennent dire leurs vérités aux rois. Pour les pays méditerranéens, la politique est liée au théâtre. Le romanesque a été tantôt pour vous, tantôt contre vous.

— Oui, oui. Je vous l'ai dit : il a été pour moi si longtemps qu'il m'a pris pour Tintin[3]. Il adore Tintin.

— Mais, si la gauche a été longtemps autre chose

qu'une comédie, c'est qu'elle a été ce qui s'opposait à la droite, qui était d'abord l'argent.

— La droite a cessé d'avoir une idéologie quand elle a cessé d'avoir partie liée avec la nation. Quand l'héritage de Rome qu'elle partageait avec l'armée, avec l'Église, avec l'État, a été repris par les communistes. Qui n'étaient pas l'Église, évidemment ! qui noyautaient l'armée et qui voulaient être l'État.

— Une droite du profit ne peut être qu'une droite clandestine. Le vieux mythe de la gauche était le même que celui du gaullisme de 1940 : la défense des vaincus. Il a justifié, tour à tour, les Conventionnels, les révolutionnaires de 1848, les communards, les radicaux malins, les bolcheviks, les gauchistes de Mai... Un mythe politique est un domaine d'émotions, qui se logent dans les idées comme les bernard-l'ermite dans les coquilles de crustacés morts...

— La Commune a voulu assumer la France : à ce titre, elle fait partie de notre Histoire. Mais elle n'a pas tué un seul Prussien.

— La Commune est bien vue des intellectuels, la révolution de 1848 mal vue. Pourtant, l'idyllisme enragé est bien antérieur à 1848 : Rousseau l'a connu, Saint-Just aussi. Le romanesque historique est devenu un des éléments fondamentaux de notre époque. »

Il réfléchit, et dit :

« Si vous l'écartez tout à fait, que devient votre marxisme ?

— La propriété collective des moyens de production, ne croyez-vous pas ? Mais l'objectif[a] de nos âmes sensibles n'est pas la prise du pouvoir ; c'est la prise de l'Odéon.

— Oui. À la Libération, la faune politicienne me prenait pour un amateur. J'étais déconcerté par son incapacité de savoir ce dont elle parlait. Pourtant je la connaissais. Le seul révolutionnaire, c'était moi[1]. Bien sûr, il y avait les communistes, pour qui le mot signifiait la prise du pouvoir par leur parti. Et pourtant, bien des années plus tard, en Mai 1968, leur chef a dit à notre ministre de l'Intérieur : "Ne cédez pas !" Mais les autres !

— Quel mot capital ne tire sa force de sens superposés ? Révolution, Dieu, amour, Histoire... ? Dieu veut dire créateur, juge, amour sacré, mystère du monde ; j'en passe...

— Il n'est aucunement nécessaire de définir Dieu ; il est nécessaire de définir ce que l'on veut changer, et les

« Enfin, dans quelques jours[a], 1970... Désormais, une seule génération nous sépare de l'entrée en scène du tiers monde... Aux États-Unis, il est déjà en place.

— C'est la fin du temps des Empires...

— Pas seulement des Empires. Gandhi, Churchill, Staline, Nehru, même Kennedy, ce sont les grandes funérailles. »

Il lève les bras selon le geste que nous lui connaissons, mais que je ne lui ai jamais vu qu'en public.

Je pense au bûcher qui faisait tomber du cadavre de Gandhi les balles incandescentes, aux sifflets des trains russes qui annonçaient la mort de Staline à travers les solitudes sibériennes, aux escortes de Churchill et de Kennedy, aux éléphants de Nehru. Pendant une seule vie.

« Restent[b] en place, dis-je, Mao, et, dans une certaine mesure, Nasser.

— Mao, oui. L'Islam, peut-être. L'Afrique, qui sait ? »

Je pense à mon avion[c] de 1959 dans l'aube au-dessus des immenses marécages du Tchad ; au soldat noir évanoui sous le modeste soleil de la Concorde, le 14 Juillet où l'on distribuait des drapeaux de la Communauté... Et au président Senghor, à la négritude qu'il proclamait, pendant que la reine mérovingienne de la Casamance suivie de son grand chat entraînait ses fidèles sous la grêle nonchalante des kapoks vers les arbres sacrés. Senghor aussi annonçait l'entrée en scène du tiers monde... Dernière plongée dans l'Asie, milliers de glaïeuls inclinés d'un seul geste, Mao, Cité interdite, grand soleil de Chine à travers les rideaux de soie blanche... En 2000, le tiers monde sera-t-il dressé en face de la civilisation qui conquiert la Lune et ignore sa jeunesse, et où des étudiants se font flamber comme des bonzes ? Le Général disperse sans s'en apercevoir les cartes à jouer sur la table verte et regarde tomber la neige :

« On dressera une grande croix de Lorraine sur la colline qui domine les autres. Tout le monde pourra la voir. Comme il n'y a personne, personne ne la verra. Elle incitera les lapins à la résistance. »

Du côté de la colline, il y a seulement, si loin que porte le regard, l'ondulation de la forêt sans âge.

« Staline avait raison : à la fin, il n'y a que la mort qui gagne[1].

— Peut-être, dis-je, l'important est-il qu'elle ne gagne

— Un apiculteur, dit Mme de Gaulle, affirme qu'en Mai, dans toute la France les abeilles étaient enragées aussi. »

Je me souviens de l'hôtel Lapérouse, lors de son retour : « Si avant de mourir, je puisse revoir une jeunesse française[1]... » Et aussi de Max Torrès, en Mai, dans mon bureau du Palais-Royal. Je réponds :

« Le drame de la jeunesse me semble la conséquence de celui qu'on a appelé la défaillance de l'âme. Peut-être y a-t-il eu quelque chose de semblable, à la fin de l'Empire romain. Aucune civilisation ne peut vivre sans valeur suprême. Ni peut-être sans transcendance...

— Concevez-vous qu'une valeur suprême ne soit pas une valeur religieuse ?

— Robespierre croyait[b] réellement à la raison et à la nation. *Et* à ce qu'il faut faire pour assurer leur victoire. Jusqu'à la guillotine, il l'a fait. Saint-Just ne s'est pas mis à quatre pattes devant les Strasbourgeois. Saint Bernard ne s'est pas mis à quatre pattes devant les étudiants[2]. L'Université ne sait pas ce qu'elle veut, l'État occidental ne sait pas ce qu'il veut, l'Église ne sait pas ce qu'elle veut. En fait, les étudiants non plus. Croyez-vous qu'une seule civilisation, avant la nôtre, ait connu la mauvaise conscience ?

« Aucune civilisation n'a possédé une telle puissance, aucune n'a été à ce point étrangère à ses valeurs. Pourquoi conquérir la Lune, si c'est pour s'y suicider ? »

Grigri s'est enfui comme s'il avait peur, et je me souviens du chat de Mme Khodari-Pacha, qui n'aimait pas entendre parler de la mort[c].

La lumière change : la neige recommence à tomber. La nouvelle lumière fait briller, en face de moi, les petits jeux en fil de fer, machines de cosmonautes sur le sol de la Lune, pendant que je dis :

« Il est étrange de vivre consciemment la fin d'une civilisation. La Révolution française, la Révolution américaine succèdent seulement à la fin d'une société. Les philosophes romains attendaient le stoïcisme, et la Stoa[3] n'a pas pesé lourd en face du christianisme, auquel ils ne pensaient guère.

— Elle était désespérée, la Résurrection ne l'était pas. L'espoir est toujours vainqueur du tracassin.

— Les zazous ont précédé les hippies et les contestataires, mais les professeurs d'alors ne devenaient pas

— Un apiculteur, dit Mme de Gaulle, affirme qu'en Mai, dans toute la France les abeilles étaient enragées aussi. »

Je me souviens de l'hôtel Lapérouse, lors de son retour : « Si avant de mourir, je puis revoir une jeunesse française[1]… » Et aussi de Max Torrès, en Mai, dans mon bureau du Palais-Royal. Je réponds[a] :

« Le drame de la jeunesse me semble la conséquence de celui qu'on a appelé la défaillance de l'âme. Peut-être y a-t-il eu quelque chose de semblable, à la fin de l'Empire romain. Aucune civilisation ne peut vivre sans valeur suprême. Ni peut-être sans transcendance…

— Concevez-vous qu'une valeur suprême ne soit pas une valeur religieuse ?

— Robespierre croyait[b] réellement à la raison et à la nation. *Et* à ce qu'il faut faire pour assurer leur victoire. Jusqu'à la guillotine, il l'a fait. Saint-Just ne s'est pas mis à quatre pattes devant les Strasbourgeois. Saint Bernard ne s'est pas mis à quatre pattes devant les étudiants[2]. L'Université ne sait pas ce qu'elle veut, l'État occidental ne sait pas ce qu'il veut, l'Église ne sait pas ce qu'elle veut. En fait, les étudiants non plus. Croyez-vous qu'une seule civilisation, avant la nôtre, ait connu la mauvaise conscience ?

« Aucune civilisation n'a possédé une telle puissance, aucune n'a été à ce point étrangère à ses valeurs. Pourquoi conquérir la Lune, si c'est pour s'y suicider ? »

Grigri s'est enfui comme s'il avait peur, et je me souviens du chat de Mme Khodari-Pacha, qui n'aimait pas entendre parler de la mort[c].

La lumière change : la neige recommence à tomber. La nouvelle lumière fait briller, en face de moi, les petits jeux en fil de fer, machines de cosmonautes sur le sol de la Lune, pendant que je dis :

« Il est étrange de vivre consciemment la fin d'une civilisation. La Révolution française, la Révolution américaine succèdent seulement à la fin d'une société. Les philosophes romains attendaient le stoïcisme, et la Stoa[3] n'a pas pesé lourd en face du christianisme, auquel ils ne pensaient guère.

— Elle était désespérée, la Résurrection ne l'était pas. L'espoir est toujours vainqueur du tracassin.

— Les zazous ont précédé les hippies et les contestataires, mais les professeurs d'alors ne devenaient pas zazous. Valéry me disait de Gide : “Je ne peux pas prendre au sérieux un homme qui se soucie du jugement des jeunes gens[1].” Je lui répondais que la jeunesse et les jeunes gens, ce n’est pas la même chose.

— Bien sûr : comme la France et les Français ! Mais quelle civilisation, avant la nôtre, a connu de grands vieillards ennemis de leur jeunesse ? Vous disiez que les professeurs du Moyen Âge ne devenaient pas zazous. Voyez-vous, il y a une chose qui ne peut pas durer : l’irresponsabilité de l’intelligence. Ou bien elle cessera, ou bien notre civilisation cessera. L’intelligence pourrait s’occuper de l’âme, comme elle l’a fait longtemps, du cosmos, de la vie tout court, d’elle-même, que sais-je ? Elle s’est occupée de la vie historique : la politique, au vrai sens. Plus elle s’en occupe, plus elle devient irresponsable. En Russie, en Chine, elle ne l’est pas. Montesquieu m’eût dit des choses importantes. Mais quand j’ai interrogé nos intellectuels, ils m’ont dit des choses sans conséquences. Vous comprenez ? Ils jouaient un rôle. Souvent avec désintéressement, parfois avec générosité, *mais sans conséquences*. La bêtise peut parler pour ne rien dire ; l’intelligence, non. Vous verrez. Il faudra en revenir à savoir ce qu’on pense. On peut se battre pour des passions confuses, on ne peut pas — vous voyez ce que je veux dire ? — se battre toujours pour des calembredaines. On finit par la vente des journaux gauchistes sur les boulevards[2] ; non par manque de courage ! mais ce courage-là ne rencontre jamais son ennemi. Si j’avais dit à Staline que bientôt, chez nous, les adversaires de l’État — du gouvernement — ne parviendraient pas à se faire arrêter, il aurait pensé que je devenais fou.

— Comment avez-vous commencé, avec Staline ?

— Pendant au moins une minute, personne n’a parlé. C’était long. Puis… »

Il hausse les épaules :

« Puis, je croyais qu’il allait me parler de l’Europe, ou de ses gens de Lublin, puisqu’il tenait tellement à eux ! Et il m’a dit : “Alors, vous venez me redemander Thorez ?” Il a enchaîné : “À votre place, je ne le ferais pas fusiller : c’est un bon Français.” J’ai répondu : “Le gouvernement français traite les Français en fonction de ce qu’il attend d’eux. Et vous ?” »

Le Général ne raconte guère, même dans la conversation. « Les poulets de Staline, c'est bon pour Churchill. » Mais d'autres le remplacent. Je connais le banquet du Kremlin, avec l'imprudent ministre russe qui porte un toast à Staline, ce qui ne se fait pas. Staline lève le verre de sa propre vodka, qui est de l'eau, car il ne boit d'alcool que dans son appartement : « Le camarade Un tel est ministre des Transports ; et si les Transports ne marchent pas (Staline écrase son verre sur la table)... il sera *pendu.* » C'est en pensant à cette scène, que le Général m'a dit : « Il était un despote asiatique, et se voulait tel. »

Puis, le gouvernement de Lublin, que le Général n'acceptait pas de reconnaître. Le banquet fini, il va se coucher. À 3 heures du matin, Molotov, qui n'a pas trouvé Bidault, ministre des Affaires étrangères, vient chez Gaston Palewski : « Voulez-vous dire au général de Gaulle que le Maréchal va faire projeter un film pour lui ? » Le Général descend dans la petite salle du Kremlin. Film patriotique, avec les soldats allemands qui tombent en gros plan l'un après l'autre. À chaque mort, la main de Staline se crispe sur la cuisse du Général. « Quand j'ai jugé qu'il m'avait fait assez de bleus, j'ai retiré ma jambe. »

Hitler vivait encore...

Au matin, le traité franco-soviétique a été signé. La neige, comme celle qui nous entoure — plus épaisse...

Serge Eisenstein m'avait confié, lorsqu'il avait reçu l'ordre d'interrompre sa mise en scène de *La Condition humaine* : « On m'a laissé en paix quand j'ai fait le *Potemkine*, parce que j'étais presque inconnu, parce qu'on me donnait six semaines pour faire le film, et que si ça tournait mal, tant pis pour moi. J'avais vingt-sept ans. Mais je ne demanderai pas maintenant audience à Staline, parce que, s'il ne comprend pas, il ne me restera qu'à me tuer[1]. »

Et comment Eisenstein est-il mort ?

« La psychologie ne sert pas à grand-chose, dit le Général. On sait tout de suite, et même avant ! que Roosevelt n'est pas Churchill, que Khrouchtchev n'est pas Staline. On n'apprend rien d'individuel sur ses interlocuteurs. Ça ne mènerait nulle part. On apprend à connaître leur technique de négociation, rien de plus. Il ne faut pas se croire un sorcier parce qu'on découvre que la maladie rend irritable. Quant aux peuples, notre époque les met souvent en face de situations sans précédent. Les gens parlent de la

Russie éternelle quand ils ont lu Custine, mais Custine n'a pas connu le Parti communiste russe. Qui compte ! »

Il tient la connaissance des hommes pour l'une des qualités constitutives du chef. Il n'emploie pas volontiers le mot psychologie. N'être pas dupe des hommes, savoir quand ils sont dupes d'eux-mêmes, savoir jusqu'où doit aller la confiance. Et savoir ce dont ils sont capables — sur quoi ils se méprennent souvent ; en un mot : savoir qu'en faire. Le reste est fioritures et cancans.

Cette connaissance va de haut en bas. Elle ne s'applique qu'en partie à ses interlocuteurs historiques. Il étudie la géographie de l'adversaire. Il est soucieux de définir sa position, comme un chef religieux le serait d'abord de définir sa foi. Quiconque la refuse, le refuse. C'est pourquoi il s'est plus mal entendu avec Roosevelt qu'avec Staline. Pour Roosevelt, la France ne comptait plus. Pour Staline, elle avait cessé de compter militairement, mais Staline savait que l'Union soviétique, au temps de Brest-Litovsk, ne comptait guère. Et puis, Staline reconnaissait en de Gaulle un collègue de « l'envers et contre tout », non un génie du coin du feu. Le Général, qui définit Roosevelt comme « un patricien démocrate[1] », n'a guère défini le Géorgien. Animal préhistorique, solitaire. Mais les êtres dont il cerna la part d'inconnu sans y pénétrer, le retiennent[a].

« Voici le trait le plus instructif qu'on m'ait rapporté de Staline, dit-il. Il se croit[b] seul, alors que Molotov est derrière lui. Il couvre des deux mains de grandes parties du globe terrestre qui se trouve dans son bureau ; puis, d'une seule main, l'Europe, et murmure : "C'est petit, l'Europe[2]..."

« J'ai rencontré Staline, je n'ai pas rencontré la Russie. Ma Pologne, c'était le contraire. Je regrette : la Russie compte !

— Ce que la vie en Union soviétique vous aurait apporté, c'est l'extravagance sans limites que tant de grands écrivains russes ont saisie, et qui existe toujours. Staline citait : "Chez nous, il y a Sparte et Byzance. Quand c'est Sparte, c'est bien." Il n'y a pas que Byzance, pour s'opposer à Sparte : il y a les ivrognes inspirés, le comique soviétique, qui n'est pas plus gai que le comique russe, et un domaine difficile à définir.

« J'ai connu, en 1934, le chef de la police pour le Grand Nord. Les indigènes reçoivent de l'alcool — qui les tue. Il faut y mettre ordre. Après des semaines de traîneaux à chiens, mon chef de la Guépéou arrive dans une sorte d'isba sur l'océan Glacial. Des bouteilles de vodka, un Russe mort conservé par le froid ; des pingouins ou d'autres bestiaux, et, sur ce qui a servi de table, une page du journal de San Francisco, une annonce matrimoniale entourée au noir de tison : "Jeune fille bien sous tous rapports, désire épouser Russe, Sibérien de préférence, situation comparable à la sienne." Date du journal : 1883. Des paquets de roubles à côté, maintenus par une pierre…

« Et le club de Rostov, formé presque uniquement d'amputés, parce qu'il avait pour raison d'être de coller sur les bulbes de la cathédrale des affiches faites de feuilles de carnet (il n'y avait pas de papier) : *Dieu est un traître.* Comment ne se sont-ils pas retrouvés au bagne (ça a fini ainsi, je suppose, mais je me trouvais à Rostov avant les purges), puisque Dieu avait trahi en livrant la Russie aux bolcheviks ? Mystère. Dieu réglait la question : chaque année, quelques colleurs d'affiches tombaient, se cassaient une jambe ou un bras — et à côté de moi les éclopés prenaient leur vodka avec les copains qui allaient se casser la jambe l'année suivante.

« "La Russie est toujours pleine de Karamazov !" disait Ehrenbourg. C'est avec lui que j'ai connu mon plus beau numéro russe. Dans je ne sais quelle ville de Sibérie, les usines affichent, sous la signature de Staline : *Les relations sexuelles sont désormais interdites.* Nombreux discours : Camarades, tout ce temps employé à des satisfactions individuelles est perdu pour la production ! La sexualité est pire que la vodka ! "Alors, dit Ehrenbourg, je vais à poste, je demande communication télégramme. Postière blonde avec nattes, vingt ans : 'Camarade Ehrenbourg, j'ai déchiré. Il disait : *Relations sexuelles entre hommes sont interdites.* Idiots, à Moscou ! comme s'il pouvait y avoir relations sexuelles entre hommes !' Alors, très pas content, j'ai dit : 'Camarade postière, vous, idiote ! *dourak !*'".

« De telles anecdotes sont innombrables. Je ne crois pas qu'elles ne signifient rien.

— Non, dit-il.

— Elles se mêlent, comme dans les romans russes, à l'eau profonde. J'ai[a] vu, l'année dernière, un komsomol bouleversé pour avoir lu un cahier où était copié l'Évangile selon saint Jean, cahier manuscrit qui coûtait aussi cher que les œuvres complètes de Tolstoï. J'ai écouté une psychiatre (maintenant, à Moscou, on peut parler : la main de la police est au-dessus des têtes, très proche d'elles, mais elle ne les tient plus à la gorge) qui m'a dit : “Je viens de soigner un fils de commissaire du peuple. Question traditionnelle : ‘Que rêves-tu le plus souvent ? — Que je suis enfin seul. Seul contre tous les autres. Seul contre tout le monde.’” Jadis Boukharine, arpentant avec moi la place de l'Odéon entourée de tuyaux d'égouts tirés de leurs tranchées, m'a confié rêveusement : “Et maintenant, il va me tuer…”

« Ce qui fut fait.

« À l'entrée en guerre[a] (si l'on peut dire !) de l'Union soviétique, les prisonniers polonais des Russes sont alignés militairement pour écouter l'officier polonais qui va leur dire qu'ils doivent entrer dans l'armée de libération polonaise, aux côtés de l'Armée rouge : l'officier s'avance lentement, appuyé sur deux cannes parce que le mois précédent, il a été torturé par les Russes…

« Vous vous souvenez de Staline hilare devant les photographes du pacte germano-soviétique ? Évidemment, il en avait vu d'autres ! Djilas[1], qui l'a rencontré peu de temps avant ou après vous, dit qu'il était pelé. Quand je l'ai connu, il était un robuste capitaine de gendarmerie, silencieusement intéressé par le monde, la terreur, sa pipe et sa moustache droite…

— En 1944, il était devenu un vieux chat tout-puissant. Pelé ? Le chat était un fauve. Il ne se réclamait que de l'avenir, il m'a impressionné par son enracinement dans le passé.

— Le passé est toujours là, en Russie ! Dans le bureau de Lénine, près des cartes des fronts de la guerre civile, la pile des œuvres de Marx supporte un petit pithécanthrope[2] darwinien de bronze, offert par un industriel des États-Unis qui voulait créer des usines de crayons, puisque le gouvernement soviétique avait décidé d'apprendre aux enfants à écrire. La culture, quoi ! J'ai vu le drame tiré de *Dix jours qui ébranlèrent le monde*[3]. Saisissant, mais mythe pur, bien plus que l'*Octobre* génial d'Eisenstein. Le lendemain, j'ai visité le musée Marx-Engels. Assez vide pour que je trouve dans la dernière salle quelques couples d'amoureux embrassés plus tranquillement que sur les bancs du square… En marge, bien entendu, la résurrection colossale de Leningrad, le cimetière aux cinq cent mille morts, le monument pompier mais épique de Stalingrad, qui, lui, est vraiment un monument de Sparte…

— Et, au-delà du pittoresque ?

— Chez Gorki, Staline[1] était narquois et farfelu. La jovialité silencieuse. Quant au vrai, je crois qu'il était gouverné (aussi profondément que vous par la volonté de rassembler) par une obsession statistique : Si nous tuons tous ceux qui ont connu ceux qui ont connu, etc., nous atteindrons les vrais coupables, ou nous les paralyserons. "Avec moi, il n'y aura jamais de Franco." L'innocence des gens qu'il tuait ou envoyait au bagne ne l'intéressait pas. Souvenez-vous de sa réponse à Djilas, qui se plaint des viols de l'Armée rouge en Yougoslavie : "Elle a suffisamment souffert pour qu'on ne lui demande pas de comptes !" Et surtout, les prisonniers de guerre russes envoyés au bagne, évadés compris.

— L'obsession statistique explique-t-elle le despote ?

— Vous vous souvenez du dialogue avec Boukharine, encore au pouvoir : "Pour régler la question des koulaks selon ta théorie, dit Boukharine, il faudrait d'abord en tuer huit millions. — Et alors ?" Il montrait une drôle de bonhomie, un peu fascinante : en somme, un serpent à moustaches.

« Puis[a], il y a eu ma conversation avec Kossyguine, en 1966. On pouvait bien me dire qu'il était un politicien, il n'en était pas moins le seul survivant des trois directeurs du Plan — les deux autres, tués par Staline ; il n'en avait pas moins été le maire de Leningrad pendant la bataille. Je me souvenais du plus grand cimetière civil du monde. Mais l'entretien était le même qu'avec Chou En-lai : le mélange, si singulier pour nous, de prises de puissantes positions historiques, et d'affirmations qui eussent été les mêmes s'il avait tenu son interlocuteur pour un demeuré. Il m'a parlé du coupable pouvoir personnel de Mao, du progrès de l'humanité : "Les hommes ne peuvent être cousus dans un pantalon uniforme, sous peine de n'être plus que des soldats ! Le temps des fanatiques est révolu." Après quoi, tout à coup, une affirmation capitale : "Il y a autant de différence entre le parti que vous avez connu et celui d'aujourd'hui, qu'entre la Moscou que vous avez connue, et celle d'aujourd'hui." Je pense d'ailleurs que c'est vrai. Mais non que le parti a cessé d'être le parti. Hypnotisé par Mao, par sa volonté de conquête de l'Asie. Mais aussi : "Sur quoi s'appuie-t-il ? L'intelligentsia est contre lui. Il est la dictature, et aboutit au capitalisme. Lui mort, ce sera le vide. Tout ce qu'il fait est fondé sur la peur. — La peur est une grande puissance, monsieur le Président. — Il se peut que les Chinois finissent par intervenir au Viêt-nam... (Où l'Union soviétique n'intervient pas, comme chacun sait !) — Ils sont pour la guerre, alors que nous sommes pour la paix. — À votre avis, monsieur le Président, les États-Unis emploieront-ils la bombe atomique ? — Non. — Les Chinois parlent constamment de la guerre, mais ils ne la font pas. Même au Viêt-nam. Je ne suis pas certain que les forces de paix puissent faire la paix, mais je suis certain que les forces de guerre, provisoirement, ne peuvent pas faire la guerre..."

« La neige tombait comme ici, mais à gros flocons. Devant la fenêtre qui avait été celle de Staline, je retrouvais un discours d'autrefois : "Staline regardant par la fenêtre du Kremlin tomber la neige qui ensevelit les chevaliers teutoniques et la Grande Armée[1]"...

« En 1934, je pensais, dans le petit square en bas du Kremlin, à cet immense pays misérable, menacé de si près par Hitler, et déjà enragé de rivaliser avec la colossale Amérique ! Je regardais les tours médiévales au-dessus de moi, je me souvenais de la garde impériale des gratte-ciel de Manhattan. J'avais vu les steppes de Sibérie où les lumières des grands complexes industriels brûlaient comme le début de l'incendie.

« Mais mon dernier souvenir russe ne concerne ni Staline ni ses successeurs. Un de mes amis, émigré en 1918, me demande d'aller voir sa mère à Moscou, et de l'aider. Ce que je fais. Quelques mois après mon retour, nous sommes au cinéma, et il me dit soudain : "Ma mère ressemble maintenant à cette vieille femme sur l'écran, n'est-ce pas ?" »

La voiture aux pneus cloutés qui va nous reconduire à Bar vient d'entrer dans la cour. Le Général nous accompagne, et ajoute, comme s'il ne voulait pas mettre fin à cette hospitalité modeste et souveraine sans retrouver l'essentiel :

« Souvenez-vous de ce que je vous ai dit : j'entends qu'il n'y ait rien de commun entre moi et ce qui se passe.

— Le personnage légendaire écartera la confusion. »

Les hommes de l'Histoire ne ressemblent jamais à ce qu'ont souhaité leurs adversaires. À eux-mêmes non plus, d'ailleurs.

« En politique[a], il y a une stratégie, qui s'appelle sans doute l'Histoire. Et une tactique. Parler de celle-ci n'est pas plus sérieux que de parler d'escrime. Vous connaissez, comme tout le monde, la phrase de Napoléon : "La guerre est un art simple, et tout d'exécution[1]." Réfléchissons avant d'agir, mais l'action ne naît pas directement de la réflexion. C'est autre chose. Je vous l'ai dit : un destin historique est inséparable de beaucoup d'erreurs. Je ne me suis pas trop trompé sur la France, ni sur ce qu'il fallait faire pour elle. Pourtant, j'ai cru que la Russie serait incapable de fabriquer la bombe ; qu'en 1946, la guerre s'approchait inéluctablement ; qu'en 1947, la France n'en pouvait plus. En 1960, Adenauer m'a dit que si les socialistes prenaient le pouvoir à Bonn, ils traiteraient avec Moscou. Nous nous trompions. Mais je ne me trompais pas sur le destin de la France. Je ne me trompais pas en affirmant que Pétain n'irait pas à Alger. Vous aviez raison de dire : quand on passe par Montoire, on finit par Sigmaringen. Il ne faut jamais passer par Montoire. Il advient que l'on pense, avec raison, que la France doit s'opposer à tout prix à la reconstitution d'un Reich, et que l'on aille porter une couronne au soldat inconnu allemand... Le temps fait l'Histoire. Si celle de la France passe par l'indépendance de l'Algérie, qu'elle y passe ! par notre mariage avec l'Allemagne, qu'elle y passe ! Regretter l'indépendance algérienne n'était pas gai. Mais il fallait bien penser d'abord que nous avions la charge de la France. Au contraire de ce que pensent les politiciens, les politiciens ne font rien. Ils rassemblent des terres, en attendant de les perdre. Ils défendent des intérêts, en attendant de les trahir. L'Histoire s'accomplit par d'autres voies.

« Ces malheureux[b] croient que je me suis trouvé en face de M. Mitterrand, de M... comment, déjà ? Poher. Je me suis trouvé en face de ce dont vous avez parlé tout à l'heure. La France a été l'âme de la chrétienté ; disons, aujourd'hui, de la civilisation européenne. J'ai tout fait pour la ressusciter. Le mois de Mai, les histoires de politiciens, ne parlons pas pour ne rien dire. J'ai tenté de dresser la France contre la fin d'un monde. Vous le savez. »

Il a écrit : La page des empires coloniaux est désormais

tournée. Il développe. Nous vivons la fin de la première aventure planétaire. Elle a commencé confusément, par les Grandes Découvertes. Nous avons découvert tout le monde, et personne ne nous a découverts. Ensuite, il y a les colonies, puis les empires coloniaux, enfin, la décolonisation. Ça commence confusément, ça finit clairement. Nehru à Delhi, 1947 ; Mao à Pékin, 1948. Les trois derniers colosses — enfin, deux et demi : Amérique, Russie, Japon — sont les colosses du Pacifique, et l'Inde se situe dans ce jeu-là, non dans celui de l'Europe. Après avoir dit : « Au XVIIIe, l'Amérique et la Russie entrent ensemble dans l'Histoire… » on dira : « Au cours de la seconde partie du XXe, quand disparaissait l'hégémonie européenne[a]… »

« Ai-je échoué ? reprend-il. D'autres verront. Sans doute assistons-nous à la fin de l'Europe. Pourquoi la démocratie parlementaire, la distribution des bureaux de tabac ! qui agonise partout, créerait-elle l'Europe ? Bonne chance, à cette fédération sans fédérateur ! Mais enfin, faut-il qu'ils soient bêtes ! Pourquoi la vocation de la France serait-elle celle de ses voisins ? Et pourquoi un type de démocratie dont nous avons failli mourir serait-il sacré, quand il s'agit de surmonter les obstacles énormes que rencontre la création de l'Europe ?

« Il n'est pas même capable d'assurer le développement de la Belgique !

« Je n'ai jamais cru bon de confier le destin d'un pays à ce qu'on doit changer quand ce pays est menacé. Et je devrais juger bon de lui confier l'Europe !…

« Ils chérissent la démocratie depuis qu'il n'y en a plus. L'antifascisme a bon dos. Quelle démocratie ? Staline, Gomulka, Tito, hier Perón ? Mao ? Les États-Unis ont eu leur monarque : Roosevelt, et le regrettent. Les illusions de Kennedy sont condamnées. On l'a élu à une goutte près, et ce sera partout ainsi. En Grande-Bretagne, chez nous ! Aux dernières élections, je n'ai eu cette majorité qu'à cause de la peur ; elle est partie avec la peur. Quand la démocratie est née, le tiers contre les ordres privilégiés, ça faisait du monde ! C'est fini. Et pourquoi ne gouvernerait-on pas avec 1 % de majorité, comme ils disent ? Ah oui, pourquoi ?

« Quant à[b] l'Europe, vous le savez comme moi, elle sera un accord entre les États, ou rien. Donc, rien. Nous sommes les derniers Européens de l'Europe. Après la chrétienté. Une Europe déchirée, qui a tout de même existé.

L'Europe[a] dont les nations se haïssaient, avait plus de réalité que celle d'aujourd'hui. Oui, oui ! La France ne fera plus l'Europe, et la mort de l'Europe la menace de mort. »

Après tout, qu'était l'Europe, au temps d'Alexandre ? Les bois, derrière la fenêtre...

Ce matin[b], ils s'étendaient derrière lui à l'infini.

« Les étudiants enragés, péripéties ! On a fait des confessionnaux pour repousser le diable, puis on a mis le diable dans les confessionnaux. La vraie démocratie est devant nous, non derrière : elle est à créer. La nation peut gagner du temps, le communisme peut croire qu'il en gagne. Je veux bien qu'une civilisation soit sans aucune foi ; que met-elle à la place, consciemment ou non ? Bien sûr, rien n'est définitif. Si la France redevenait la France... Enfin ! j'aurai tenté[c] ce que j'aurai pu. S'il faut regarder mourir l'Europe, regardons : ça n'advient pas tous les matins. Mais Guy Mollet aurait suffi...

« La France[d] en a vu d'autres. Je vous ai dit autrefois : ça n'allait pas très bien le jour du traité de Brétigny, ni même le 18 Juin. Oh ! elle étonnera encore ! Mais, je le répète, en partant de ce que j'ai fait, pas de ce qu'on fait maintenant : ce qui se passe ne me concerne pas. »

Qui en doute ? Tous savent qu'ils ne seront plus entraînés dans quelque immense pari. L'imprévisible, désormais, n'est plus celui de la France : c'est celui des autres[e].

Nous arrivons à la porte. Le Général nous tend la main, regarde les premières étoiles, dans un grand trou de ciel, à gauche des nuages et dit ironiquement :

« Elles me confirment l'insignifiance des choses[1]. »

L'auto démarre. Toujours la neige blanche sur les arbres noirs. Le maintien de la France contre tout, la Résistance misérable, toute cette aventure désespérée, illusions ? La décolonisation, la fin du drame algérien, l'homme qui signifiait la France ravagée parlant d'égal à égal avec le président des États-Unis, illusions ? Je me souviens d'un syndicaliste des émeutes de 1934 ; il portait un drapeau rouge et noir, et les responsables politiques, devant la police qui chargeait, criaient : « Roulez les drapeaux[2] ! — Oui, oui : ne nous pressons pas... »

Lumière de la neige, siècles de pénombre où se dressèrent les premiers clochers ; temps où les horloges veillaient sur la chrétienté, avec l'indifférence de leur aiguille unique et sereine… La petite pendule de Senghor sonne un coup dans le bureau climatisé de Dakar, et l'air chaud tremble derrière les fenêtres. Fait-il beau à Dakar ? Les chefs des nouvelles nations africaines, qui ne pensent à l'Europe que pour l'aide qu'elle leur apporte, rêvent-ils à l'unité de l'Afrique ? Un grand Noir suit son âne dans une ruelle déserte. Qu'importent l'Afrique, Mao[a] qui vient de reconquérir la Chine, les passions qui se sont abattues sur les peuples comme de grands rapaces — qu'importent même les peuples ? Et qu'importent à Mao, qu'importeraient à la reine[b] de la Casamance, l'éphémère tourbillon de cette si vieille neige, et ses compagnons éternels, les nuages au-dessus des clochers survivants et des cimetières disparus ? Je pense aux sauvages de Bornéo, tous porteurs, dans leur brousse, de montres-bracelets arrêtées. Je pense aussi, sans doute parce que je crains obscurément d'avoir vu le Général pour la dernière fois, à la maison de Nehru — et à Bénarès :

Je suis la mort de tout, je suis la naissance de tout
La parole et la mémoire, la constance et la miséricorde
Et le silence des choses secrètes[1]…

Le Gange emportait des reflets bleus et rouges dans la nuit,

Prononce maintenant les inutiles paroles de la sagesse[2]…

Lumignons dans les impasses de Bénarès, et jadis, au fond des ruelles d'Ur ou de Babylone, avec des aboiements au fond de la nuit constellée. À Provins, en 1940, notre colonel attendait les ordres ; comme il ne faut jamais laisser les soldats désœuvrés, les futurs combattants des blindés, au repos, avaient pour instruction de chercher des trèfles à quatre feuilles[3]… La réverbération de la lune qui emplit soudain notre char, pendant que nous foncions sur les lignes allemandes[4]… Un soir de juin 1940, plein de roses dans la canonnade et le brouillard d'été, les paysans brûlent leurs meules avant la nuit[5]. L'aumônier[c] mort aux Glières[6], par une nuit[c] de neige comme celle qui vient, nous avancions en file indienne. Il portait le fusil mitrailleur. Je ralentis pour l'attendre, et lui dis : « À quoi réfléchissez-vous ? — À rien : j'essaie de voir le Christ… »

Lorsqu'il dut prononcer la première prière pour les morts du maquis, il dit seulement : « Mon Dieu qui m'écoutez, donnez-nous la générosité... » Soir, tombe doucement dans les tourbillons de neige ! Voici la fin du temps de cet homme, et du mien. La fin du temps de la marche de Gandhi vers l'Océan pour y recueillir le sel, de la marche de Mao[1] vers le Tibet pour y recueillir la Chine. Hitler, dans le bunker de Berlin, entendant les premiers chars russes, Nehru se souvenant des brins d'herbe de sa prison et des écureuils roulés en boule. Troupes de Mao suspendues au pont devant les mitrailleuses. Viêt-minh vainqueur du napalm, seins ensanglantés des Indonésiennes devenues les blasons des partis tour à tour vainqueurs. Banales nuits d'Indochine, écroulement des dominos chinois, violons monocordes, injonctions des usuriers chettys avec leur bruit de grille raclée, disputes au-delà des marécages criblés de lucioles. Villes des Indes abandonnées aux paons ou aux singes, bourgades devenues des capitales. Le monde[a], comme les yeux phosphorescents du chat invisible dans la nuit de Dakar. L'armée allemande qui chantait sur nos routes, les villes allemandes où nous sommes entrés au début de 1945, entre toutes ces fenêtres où les draps de lit faisaient office de drapeaux blancs. Le Général aux funérailles de Jean Moulin.

« Entre ici[b], Jean Moulin, avec ton terrible cortège[2]... »

Messages de Londres dans le maquis, parachutes multicolores éclairés par nos feux nocturnes ; premiers policiers allemands quand nous avions dans notre poche notre premier revolver ; expéditions dans l'aube à travers le meuglement des bestiaux réveillés ; camarades évadés et camarades morts, chambrées de prisonniers de la Gestapo ; camps d'extermination où erraient les ombres trébuchantes de notre misérable et poignante Iliade ; foudre égarée[c] dans le parc de l'Élysée ; barricades d'Alger, dernière conférence de presse hérissée d'appareils de télévision, sur la minuscule scène du salon d'Honneur où avaient lieu les ballets qui suivaient les dîners de réception des souverains...

Des branches de noyers[d] se tordent sur le ciel éteint. Je pense à mes noyers[3] d'Alsace, leur grande circonférence de noix mortes au pied du tronc — de noix mortes destinées à devenir des graines : la vie sans hommes. Nous[a] aurons tenté de faire ce que peut faire l'homme avec ses mains périssables, avec son esprit condamné, en face de la grande race des arbres, plus forte que les cimetières. Le général de Gaulle mourra-t-il ici ? Nous repassons devant la guérite saugrenue qui abrite un garde à mitraillette[b], quittons le parc de la Boisserie funèbre. Maintenant, le dernier grand homme qu'ait hanté la France est seul avec elle : agonie, transfiguration ou chimère. La nuit tombe — la nuit, qui ne connaît pas l'Histoire[c].

*

Après la neige mérovingienne de Colombey, celle à travers laquelle le train roule vers Paris semble citadine, et moderne… Seul, à quoi penserais-je, sinon à lui ? — comme dans la voiture où je me trouvais seul aussi, après notre entretien à l'hôtel Lapérouse. Il a peu changé. Mais il a perdu son dialogue impatient avec l'avenir : « Maintenant, faire un État qui en soit un, stabiliser la monnaie, régler la question coloniale[1] ! »

J'ai vu pendant dix ans un homme assailli. Je viens de voir un homme livré depuis des mois à une vocation de solitude, face à lui-même, à un destin dont rien ne le protège plus. Il m'a dit, de Napoléon : « Pour l'âme, il n'a pas eu le temps[2]… » Ce temps, il est en train de le prendre.

Des heures par jour écrivant, raturant, il travaille à espérer. Il a mis dans son titre le mot espoir[3]. Jamais il ne m'a davantage échappé, jamais je n'ai ressenti à ce point combien ce qui le personnalise le peint peu.

Il ne m'a pas répondu directement, lorsque je lui ai dit : les grandes figures de notre histoire n'ont pas obéi qu'à ce qu'elles ont voulu servir. Il a dit : « J'étais un mythe aussi… »

Mythe étranger à toute idéalisation de sa personne : il lui préexiste. Nous connaissons des figures de l'imaginaire enfouies en l'homme dans l'attente de leurs incarnations, qu'elles suscitent parfois : César rêve d'Alexandre, et Napoléon, de César. L'humanité n'a pas eu besoin d'oiseaux pour imaginer les anges (qui sont les Victoires grecques), ni d'épouvantails pour imaginer les fantômes. Le Général, en 1940, s'est apparenté au mythe par l'invisibilité, l'ubiquité, jusque par son nom. Il n'était que ce nom, et un grade —

qui eût joué contre lui, si tout ce qu'il disait et le peu qu'on savait de lui n'eussent contredit de front le mot : général.

C'est pourtant à nos chefs de la dernière guerre qu'il eût ressemblé, s'il n'eût été séparé d'eux *par la parole.* On eût rapproché l'appel du 18 Juin de l'ordre du jour de la Marne — si Joffre avait enregistré le second...

On n'avait pas non plus entendu Clemenceau, et depuis, on avait trop entendu beaucoup d'autres. Le vocabulaire de la France libre n'a pas été celui de la Chambre.

Dès le premier jour[a], ce ne fut ni le chef d'une Légion étrangère ni celui d'un gouvernement en exil, qui répondit au maréchal Pétain. Celui-ci tenait un langage sans recours. Le Général dit que la France en avait vu d'autres, et c'était la première fois que la France parlait autrement que par métaphore : qu'on l'entendait. La France n'a pas perdu la guerre ? Ce n'était pas la logique qu'on écoutait alors, c'était : « Écoutez-moi, car si vous m'entendez, c'est que je suis vivante. »

L'idéologie a joué un tel rôle dans notre Révolution, que, pour nous, le doctrinaire est l'auteur d'une doctrine, non son incarnation. Saint-Just ne se souciait pas d'appliquer les *Institutions* ; sa véritable doctrine était le Salut public. Le rival du *Manifeste* de Marx n'est pas une théorie gaulliste, c'est l'appel du 18 Juin.

Les Français — et non pas moi, malgré la boutade du Général — ont inventé le mot gaulliste[b], comme le mot staliniens ; aux États-Unis, on ne parlait pas de rooseveltiens. Le Général a voulu vainement l'écarter, parce qu'il suggérait une allégeance en face du mot pétainistes, et une doctrine, en face du mot communistes. Pourtant le fait gaulliste et les doctrines ne sont pas de même nature. Le mythe napoléonien n'est pas le produit du Code civil. Ce n'est pas le thomisme qui délivre Orléans, ce n'est pas l'Action française, ou le marxisme qui crée la France libre. Il n'y a pas de jeannedarquisme.

Au 18 Juin, le général de Gaulle a posé des principes de Salut public. Ceux qui ne l'avaient pas entendu le tenaient pour le chef d'une vague Légion étrangère, défenseur du patriotisme traditionnel. Ceux qui l'avaient entendu restaient surpris. On a rarement prêté à la France cet accent dorien. Son patriotisme ignorait le chauvinisme, dans un pays qui les avait beaucoup confondus. Pourquoi tant de Français ont-ils tenu pour une imitation — au mieux, une continuité

— l'une de nos plus profondes métamorphoses, celle du patriotisme ? Depuis cent cinquante ans, on avait appelé ainsi, pas seulement en France, le sentiment de supériorité nationale. Internationalisme, pacifisme, se développèrent contre les nationalismes plus que contre les particularismes, accrochés aux régions. La patrie désespérée, informe, perdue, bredouillait un appel masochiste à un folklore et à des grandeurs disparus. Le patriotisme dont le Général parla comme d'une évidence se fondait simplement sur la liberté : la place des Allemands était à Berlin, non à Paris. Il était antifasciste, ce que n'étaient pas nos Ligues[1]. Les Français libres continuaient le combat (Bir Hakeim lui apporta un symbole inespéré) et il avait proclamé, dès le premier jour, que la partie n'était pas jouée. La France se croyait vivante alors qu'elle était morte, criait le désastre : c'est à cette terrible conscience, qui unissait les Français pour la première fois depuis si longtemps, qu'il a parlé, répondu. Sa France n'était pas une image d'Épinal, et c'est en perdant leur propre France que tous avaient découvert qu'elle ne l'était pas non plus. Il a parlé avec la force irrationnelle de celui qui dit ce que tout le monde sait, quand tout le monde le tait ; il a exprimé l'alliance qui donnait à la patrie écrasée la formule la plus simple de l'amour : *tu m'es nécessaire*[2].

Son charisme n'a été que de rendre la France proche et convaincante, comme saint François[3] l'avait fait du Christ. Manifester le divin, pour la plupart des religions, c'est faire ressentir la présence de ce qui ne se prouve que par cette présence même. Et il va de soi que la France n'appartient pas au surnaturel ; mais aussi que par cette présence, elle n'appartenait pas seulement à l'abstraction.

La France libre a rassemblé ceux qu'il avait ralliés à cette France amère. À l'œuvre entreprise, chacun était lié, plus encore que par son but, par sa participation même. « Épouser une grande querelle » ; il a appelé les gaullistes à épouser la France, au nom des enfants qu'ils auraient ensemble ; et avec eux, les Français, stupéfaits d'entendre affirmer qu'elle n'était pas stérile. Ils voulaient tout, à la fois de Gaulle et un Pétain sans Sigmaringen, d'autant plus avidement qu'ils n'avaient rien. Ce passé fraternel, qui lui aussi appartenait au mythe, mêlait Jeanne d'Arc à la Convention, démocratie autoritaire et nationale. Est-ce du volontaire de 1792, du cavalier de Rivoli, que Leclerc tenait son pseudonyme ? À la fin de la guerre, la 2e D.B. exprimait le gaullisme mieux qu'aucun texte doctrinal. On a tort d'oublier ceux du général Giraud, le discours alors fameux qui proclamait qu'un peuple dont les dactylos mettent du rouge à ongles ne peut aller qu'à la défaite. Rien ne montre mieux ce que de Gaulle ne fut pas — ni comment l'unité, qu'il imposa à la Résistance comme à Londres, rendit possible une Libération infernale. Plus tard, on a traité de haut son obsession de rassembler. Elle avait désinfecté le patriotisme.

Son idéologie la plus simple déconcertait. Il aurait *dû* être un chef de Légion, ou un patriote traditionnel, ou un dictateur, ou un fasciste, parce que les catégories connues sont longtemps plus fortes que l'évidence. L'historien qui eût répondu, avant ses décisions capitales, à la question fort simple : « Que doit tenter, dans les circonstances présentes, un homme qui tient l'intérêt de la nation pour sa loi suprême ? » eût été tenu pour devin.

La France lui a été reconnaissante de croire à ce point en elle : elle y croyait moins. L'intérêt général, le bien commun, bibles de Robespierre et de Richelieu, paraissaient des fariboles — parce qu'on avait confondu en un même mensonge tout ce que disaient tous les politiciens. Il n'est pas facile de survivre aux démocraties habituées à snober leurs principes — sans savoir très bien au nom de quoi. Que ses principes fussent bons ou mauvais, le général de Gaulle ne les snobait pas.

Il a osé appeler péripéties, Dakar, les victoires de Rommel, le drapeau hitlérien sur l'Acropole, les défaites russes. Son souci de l'Histoire et son dédain de la politique, sa confiance qui ressemblait parfois à une consolation devant un cercueil, son NON qui dès le premier jour avait pris la résonance des grands « non » historiques, et toujours, sa voix sans visage, tout concourut, dès que la chance commença de tourner, à faire de cette voix celle de la France ; ce non solitaire prodiguait une confiance d'ordre religieux. La confiance n'est pas un sentiment rationnel. Le refus d'Antigone et de Prométhée non plus. Il n'exprime pas une opinion, il assume à la fois le malheur et l'espoir. « Des lois plus contraignantes et plus hautes que les lois humaines[1]... » ; une évidence future, « plus contraignante et plus haute » que le présent. Le plus sûr moyen de ne pas comprendre le général de Gaulle eût été de le tenir pour un autre Leclerc, car on attendait un héroïque chef de blindés, et c'est à cette figure que se substitua le mythe, après s'être substitué à celle du général réactionnaire. Non sans peine, parce qu'elle devait créer sa propre tradition : on avait beaucoup oublié les Romains. Le général de Gaulle n'a commandé en personne aucune des forces de la France libre. Ce qu'il disait n'était pas juste parce que l'événement le confirmait : il devenait de Gaulle parce qu'il tenait ce langage. Moins un général français qui combattait à Londres, qu'une création par ces paroles sans image, au sens où tout grand créateur devient un mythe suscité par ses œuvres.

Le mythe ne se borne pas aux gestes qui l'expriment, ni à ce qu'il sert, ni à qui le sert. Le sien a été la dernière métamorphose du mythe de la France, qui n'apparaît que par ses métamorphoses. Bien que de tels mythes vivent de l'imaginaire qui leur préexiste, ils s'imposent par ce qui échappe à ce qui les a précédés — comme les héros des grands romans appartiennent à la fiction, mais ne s'imposent que par ce qui les distingue de leurs prédécesseurs. Un mythe n'est pas l'imitation d'une chrysalide, il en est le papillon. Métempsycose des nations, dirait l'Inde.

La Libération incarna ce mythe sans avoir le temps de le détruire. Félix Gouin[1] poussa les Français à retourner au mépris de leurs politiciens. Puis naquit le R.P.F., mais il ne disposa ni de la radio ni de la télévision.

Jusqu'à son triomphe aux élections municipales, il fut un mouvement insurrectionnel — sauf pour le général de Gaulle. Triomphe aussi limité — ou aussi étendu — que le nombre des militants comparé à celui des votants. Beaucoup ont tenu le mot rassemblement pour un terme de bonne volonté, un peu scout : alors que rassembler fut pour le général de Gaulle l'un des mots les plus lourds après celui de patrie. On a toujours, et bien avant Marx, professé que ce mot ne couvre qu'illusion ou imposture. Comment en eût-on convaincu l'homme qui pendant cinq ans, contre vents et marées, n'avait tenté que cela ! — et pas toujours en vain. « L'histoire ne pourra oublier qu'à Londres, j'ai accueilli tout le monde. » Les buts les plus dignes d'être visés sont ceux que l'on n'atteint jamais. La volonté d'unité, comme celle de justice ; mais davantage. Pour les ennemis du Général, la volonté de rassembler était foncièrement *utopique* ; ce qu'avait été le socialisme pour ses propres ennemis, jusqu'à l'entrée en scène de Lénine. L'utopie, c'est la forme de l'espoir de nos adversaires.

Vincent Auriol inventa les apparentements : la totalisation des voix des partis apparentés ; c'est-à-dire presque tous, contre le communisme et le gaullisme. Ou bien le Général apparentait le R.P.F. (au M.R.P. par exemple), mais il entrait ainsi dans le système des partis ; ou bien il refusait, et assurait la victoire d'une troisième force qui l'accuserait de préparer un parti unique. Car elle ne comprenait pas (la plupart des membres du Rassemblement non plus) que pour le Général, un parti unique, quel qu'il fût, usurpait l'État. Ses adversaires craignaient fort qu'il ne choisît la première décision. Il ne l'a pas envisagée. Réussite ou échec, il ferait appel à l'intérêt général fondé sur la nation, en lequel il ne pouvait voir une chimère, parce qu'il croyait à l'expérience capitale de sa vie : la France libre avait conjugué des forces disparates dans une action commune. Même Jean Moulin disait : « Nous discuterons après la victoire » Lorsqu'il a dit que le pouvoir était à ramasser, il a refusé de risquer la guerre civile pour le ramasser. Il le refusa même lorsqu'il fut assuré que les apparentements pourriraient le R.P.F., si celui-ci ne faisait pas appel à l'insurrection. Depuis le 6 février[1], la guerre d'Espagne surtout, le risque de guerre civile — non celui de l'affrontement, mais celui de faire du pays, pour vingt ou trente ans, un pays sous-développé — a été l'un des puissants facteurs de notre Histoire ; les parlementaires ne l'acceptaient pas non plus, et c'est pourquoi le Général, ne lui ayant pas dû sa victoire, lui dut son retour.

Car c'est le général de la Libération, non le président du R.P.F., qui revint en 1958[a]. Après Diên Biên Phu, après la grève de la police, le régime n'était plus d'assemblée ou de parti, mais d'abandon. Comme l'avait été la IIIe République après l'armistice. Le président Roosevelt avait eu tort de croire que la France pouvait la rétablir : elle était aussi condamnée que l'Empire après Sedan.

Le général de Gaulle avait combattu, dans le régime des partis :

Sa faiblesse. Et d'abord son incapacité de faire face à une échéance que nul n'ignorait : la fin de l'Empire.

Son irresponsabilité.

Son obligation d'élever le compromis au rang de technique de gouvernement — ce que j'ai appelé concilier les thèses relatives à la Défense nationale en mettant un demi-soldat dans un demi-char.

Les influences contradictoires de l'étranger.

Le caractère dramatique pris par la succession des gouvernements. L'alternance raisonnable se fonde sur la certitude que l'opposition au pouvoir continuera la politique de ceux qu'elle remplace, quand l'intérêt national sera en jeu.

Il avait combattu enfin l'incapacité de faire la paix comme de faire la guerre — la guerre qui allait gagner l'Afrique noire — l'incapacité même de concevoir une volonté nationale.

Pensées du combat, avec la rigueur qu'il impose. En marge, peut-être le Général pensait-il que les partis étaient morts de la naissance des partis uniques, avec lesquels ils n'eussent pu rivaliser que par un sens de l'État comparable à celui de Richelieu ou de l'Angleterre victorienne, alors qu'ils ne s'y intéressaient que pour le partager.

Les peuples magnifient leurs professeurs de confiance : Colomb, le Taciturne, Frédéric II, Pierre le Grand, Lénine ; et chez nous, la Convention, les chefs des premières Croisades, Richelieu, Napoléon. Sentiment peu étudié, parce qu'on le confond avec la certitude de chances raisonnables, alors qu'il est de foi plus que de jugement, et s'applique souvent à une suite d'actions opposées. Cette confiance-là faisait que la question d'Algérie « ne se posait plus comme avant », même pour ses ennemis.

Ainsi retrouvait-il son caractère mythique. Les parlementaires, la nuit où s'éteignait leur branle-bas de départ (non de combat, car ils n'avaient plus même de police à opposer aux parachutistes d'Alger), l'avaient élu dans l'amertume. Ils savaient qu'il n'avait point appelé les présidents Guy Mollet, Pinay et Pflimlin par souci de conciliation, ni seulement de légitimité, bien qu'ils n'aient guère compris son opiniâtre répulsion au risque de livrer l'État à un parti, fût-ce l'ancien R.P.F. Ce n'était pas leur élu qui partait pour Alger : c'était le seul homme que les Algériens et l'armée eussent accepté d'entendre, sinon d'écouter. Le « suprême recours », le seul qui pût parler au nom de la

France sans faire hausser les épaules. On l'avait bien senti dans l'appel du président Coty. À l'Assemblée, la nuit de son retour, la France enfouie que ses ennemis et ses adversaires retrouvaient ensemble, ne se fiait qu'à lui.

Avec raison, bien qu'ils n'en fussent pas assurés. Non seulement ils tenaient son ministère pour un ministère de transition, non seulement la droite algéroise disait : « Nasser après Néguib[1] ! » mais encore la majorité des militants gaullistes attendaient leur Révolution. Or, il allait appliquer la décision la plus grave qu'il eût prise depuis le 18 juin 1940 : s'opposer à la création de tout parti unique.

Nous savions bien qu'il en serait ainsi, nous savions mal pourquoi. Question oiseuse ? Se trouva-t-il simplement aussi étranger à l'idée de créer un parti unique, qu'à celle de ressusciter le parti radical ? Pensa-t-il que la vocation de la France, qu'il tentait de retrouver à travers la Communauté, mais que la guerre d'Algérie mettait à rude épreuve, exigeait cette décision ? Entre les coquecigrues d'alors, celle du « pouvoir » allait se montrer la plus éclatante. Gouverner devint, de la part des gouvernants, gravement coupable. Tout pouvoir fut flétri par les experts en impuissance, qui la préféraient pour l'avoir pratiquée avec soin. Les Français ne conçoivent guère le pouvoir ; ce qui leur est familier, c'est l'abus de pouvoir, idée claire et brillamment liée à l'Histoire, depuis Victor Hugo jusqu'à Dumas. Ô temps bénis où l'on ne tolérait pas le pouvoir gaulliste, où le Général « et moi-même, messieurs, sans nulle vanité[2] », étions hebdomadairement flétris par maints Ruy Blas avec l'accent de Duclos ! L'infâme juridiction d'exception devait à peu près acquitter Salan… Le général de Gaulle, jusqu'à son départ compris, a été un chef d'État extrêmement légaliste. Le cérémonial selon lequel le consul revêtait, en quittant Rome avec l'armée, la toge de la Ville, puis reprenait la toge consulaire après la victoire, a fait partie de ses images familières : sa toge rouge, c'était l'article 16. Je l'ai vu défendre (non sans colère) les franchises municipales qui permettaient à quelque Topaze de tenir ses projets en échec, parce que « jusqu'à vingt mille habitants, les conseils municipaux sont d'excellents outils de la France ». Il supportait mal l'attitude du Conseil d'État, la supportait cependant. Il tenait le Sénat pour notre institution la moins efficace : il se mit en jeu pour demander au pays d'en changer la forme. Fut-il toujours attaché à un pouvoir *défini*, par le sentiment d'une qualité supérieure de civilisation, qu'il devait à la France de maintenir, comme il avait maintenu la République ?

Il connaissait l'opération hégélienne. La souveraineté du peuple n'est pas celle de l'ensemble des particuliers. La volonté générale, souveraine de fait, accomplit le destin historique, avec ou sans l'assentiment des individus qui l'ignorent ou ne s'en soucient pas (opération éminemment favorable à l'assimilation du parti communiste au prolétariat). Le destin de la France ne dépendait-il pas de ceux qui s'en souciaient ? Sa réponse, presque agressive, était que le pouvoir doit s'exercer à travers l'État.

Il l'a dit maintes fois. L'entendre aurait épargné bien des malentendus. Mais les hommes n'entendent que ce qu'ils connaissent par cœur… Du moins cette décision, que ses *Mémoires* n'expliquent pas encore, fut-elle délibérée, car il me dit plus tard : « Cette perpétuelle histoire de fascisme est imbécile. Nous n'avons rien à voir avec ces gens-là. La pente dangereuse ne nous ferait pas rouler au fascisme, mais à la monarchie. » Jusqu'à son départ, ses ennemis définirent son gouvernement, de façon curieuse, comme un futur-fascisme. Demain, on fusille gratis.

« Pourquoi diable, disait-il, les démocraties protestantes — scandinaves aussi bien qu'anglo-saxonnes — se reconnaissent-elles dans les "gauches" méditerranéennes, qui leur ressemblent si peu ? Pourquoi tant de gens croient-ils que je prépare un État totalitaire ? La République, les libertés individuelles, qui les a établies ? Je voudrais comprendre le mécanisme… »

Mais il avait rencontré la télévision. Et en avait changé la nature avec les images. Aux photos des nouveaux ministères, distributions de prix, avait succédé son avion, un point dans l'écran, vers le Sud ; aux congratulations de néant, le forum d'Alger. Avec haine, avec admiration, tous regardaient l'Histoire remplacer la politique. Le 14 Juillet, place de la Concorde pour la première fois, la Communauté dressait des drapeaux éphémères. Un ambassadeur stalinien se pencha vers moi non sans ironie : « Même nous autres, vieux révolutionnaires, ça nous pince… » Les téléspectateurs ne partageaient pas ces astuces, mais quoi de commun entre ce qu'ils regardaient, et ce que, l'année précédente, ils n'avaient pas regardé ? Par cette fin d'empire devenue fête des Fédérations, par *La Marseillaise* de

Berlioz ressuscitée, par l'Algérie houleuse et l'Afrique amie, la France s'engouffrait dans le petit écran. Les conférences de presse parlaient du monde, alors que l'écho eût répondu naguère : de quoi vous mêlez-vous ? Le manichéisme qui opposait gaullistes et antigaullistes, et qui n'avait pour précédent que celui qui avait opposé les communistes aux anticommunistes (mais le communisme aussi est un mythe) brouilla la mutation décisive comme on brouille une émission. La télévision a poussé le gaullisme dans les maisons en y introduisant l'Histoire, de la même façon que la radio avait fait, de la voix du Général, celle de la France. On n'a pas changé de programme, on a changé de destin.

Les politiciens appellent pouvoir la distribution des places et la victoire de leurs sentiments. Ils ont accusé le Général de fausser la balance par le poids de son autorité, ne comprenant pas qu'il était toujours lui-même l'enjeu de son imperturbable banco, par sa personne ou par son engagement. La victoire des parachutistes d'Alger n'eût pas signifié qu'on remanierait le ministère ! Celle des émeutiers de 1968 non plus. Être renversé par un coup d'État ne ressemble pas à donner sa démission. Son assassinat par le F.L.N.[a] ou l'O.A.S. n'eût étonné personne. Le mythe se dégrade en fiction, comme l'héroïsme ; mais il naît communion, au plus profond de chacun de nous. Ses ennemis le confondent toujours avec sa parodie ; mais qu'ils la contestent ou l'injurient au passage, ils savent qu'il faut toujours tuer Jaurès. Le mythe nourrit le mythe : le président en uniforme contre les généraux d'Alger, le général de Gaulle dressé comme un menhir, pour l'entrée des cendres de Jean Moulin au Panthéon, dans le long manteau fermé qu'il n'avait pas revêtu depuis le débarquement. Ses actes ont maintenu entre les événements et lui un lien semblable que rien n'eût remplacé, surtout pas les doctrines. Imagine-t-on un général de Gaulle dont la confiance se fût exprimée par un livre, et non par le 18 Juin[b] ?

Mais sous le mythe, se glissait un personnage d'expérience et de résignation, celui qui disait : « Les choses étant ce qu'elles sont » comme s'il se soumettait à elles, alors qu'il entendait les conduire. Il a dû concilier, au moins faire coexister, le don Quichotte et le Sancho dont le couple assurait la majorité qui le légitimait. Moins en arbitrant des tendances, comme autrefois, qu'en attelant ensemble des forces presque antagonistes, complémentaires pourtant. D'une part, les gaullistes passionnels, donc tous les militants ; d'autre part, la masse silencieuse qui commençait à la confiance pour finir à « De Gaulle, hélas ! ». Il professait que les démocraties avaient perdu l'exaltation dont naissent les vrais rassemblements ; qu'elles vivaient maintenant de majorités infimes, à tel point que de cinq points d'écart, cinquante-cinq pour cent contre quarante-cinq, toutes faisaient un triomphe. Au référendum sur l'Algérie, où l'Europe et l'Amérique proclamèrent que la France le suivait, son quatre-vingt-dix pour cent inespéré n'avait pas même atteint les deux tiers des inscrits. D'où son permanent appel à l'Histoire, qui lui répondait une fois sur deux par des mirlitons. Elle avait été l'œuvre de majorités passionnées ; il avait encore connu les Champs-Élysées de la Libération, et même la France autour de lui contre l'O.A.S. Il jouait désormais dans des marges étroites comme le destin. « Pourquoi pas la majorité des femmes sur les hommes dans les départements côtiers, demandait-il, de sa voix de goguenardise noire, ou bien les citoyens dont le nom commence par la lettre A ? » Il avait espéré rassembler autour de lui, pour des tâches encore de salut public, les masses de 1944. Mais de quoi étaient-elles nées, sinon de l'acharnement de ces pauvres groupes, la France libre, la Résistance ? Au débarquement, il commandait moins de volontaires que Vichy ne commandait de gendarmes.

Le destin de la France qu'avaient assumé les groupes combattants appartenait maintenant à la frange de votants qui détenaient sans le savoir la légitimité nationale. Il n'y changerait rien. C'était ceux-là qu'il devait convaincre — comme si la France eût joué son avenir aux dés. Toutefois, les moyens employés par ses adversaires pour déterminer et conquérir à tout prix, sinon cette frange, du moins des votants aussi nombreux : célibataires, vieillards, collectivités particulières, avaient échoué. Il ne tentait rien de semblable. Il éprouvait que c'était seulement s'il touchait la France au cœur, qu'elle lui apporterait ces inconnus. Il ne maintiendrait la France que s'il les atteignait, il ne les atteindrait que s'il visait la France. Sans doute s'est-il cru plus assuré de l'avenir, à la tête des marins de l'île de Sein[1], que de cinquante et un pour cent des votants… Mais il avait jadis rétabli la nation à partir de moyens si misérables, qu'il comptait la maintenir en naviguant au plus près : « Il faut faire les choses avec ce qu'on a ! Si vous croyez que Henri IV s'est amusé tous les jours ! » Écoutant la bande du discours de Pnom Penh, au retour du Cambodge, il semblait perplexe d'entendre la voix survivante de la France, comme une ménagère qui trouverait, au retour du marché, son panier plein d'étoiles. Et de constater une fois de plus que les Français, qui confondent l'État avec l'administration, acceptaient tant bien que mal de prendre pour loi la *responsabilité suprême devant la France — confiée par le peuple — exercée à travers l'État.*

La France le hante, elle ne l'interroge pas. L'interrogateur obsédant, c'était l'État. Il en parlait comme Bonaparte consul, et comme les scientifiques parlent de la science : d'un domaine de rigueur tout nourri d'aventure. Il reprochait à saint Augustin l'absence d'esprit politique, pour l'avoir comparé à une assemblée de brigands. C'est pourquoi la nouvelle Constitution lui avait semblé presque aussi urgente que l'Algérie. Pas de Salut public sans conscription, et pas de conscription sans l'État révolutionnaire qui l'avait décrétée. Pas de nation sans État, comme l'avaient compris les théoriciens des Internationales, qui exigeaient sa disparition. Le Général ne voit pas, n'a jamais vu dans l'État l'appareil du pouvoir d'une classe, mais l'agent de l'unité nationale toujours menacée ; la Convention l'a vu ainsi. Les plus grands serviteurs de la France, disait-il, l'ont servie en transformant l'État : on n'imagine pas Bonaparte, connétable de Louis XVI. Monarchies et républiques avaient donné forme à la nation qui, sans État, serait corps sans âme et concept sans histoire. De même que Richelieu, il tenait pour sa tâche première la création et le maintien de l'État qui servirait le mieux la France.

Le travail, l'ingéniosité, l'industrie, le commerce de la France de 1620, qui ne comptait pas, étaient-ils si différents de ceux de la France de 1650, la plus puissante monarchie de la chrétienté ?

« Quand les Français s'entendent, oh ! alors[1] ! » Il éprouvait avec force le sentiment d'une grande mutation historique, à laquelle l'État perdu de politique et de chimères s'accordait mal. Son État était presque le contraire de l'administration ; celle-ci dirigeant ce qui continue, et l'État, ce qui change. C'était l'instrument du devenir de la nation, le plus puissant moyen de coordonner ses forces. « On n'a pas fait grand-chose depuis Napoléon… Sauf ne rien comprendre à un État dont on attend tout, y compris le droit au bonheur. » Il s'était attaché passionnément à l'efficacité de cet appareil suprême et claudicant, comme autrefois à l'emploi des divisions blindées. Il y voyait plus qu'un appareil, un organisme obscurément vivant et prisonnier, à délivrer de l'inertie, du conformisme, des féodalités patronales ou syndicales, des chimères — c'est-à-dire de ce qui pouvait rivaliser avec l'État. Il en a rêvé une histoire semblable à celles de la guerre, qui sont d'abord histoires des armées. Il a écrit celle de l'armée française[1]. Mais si maints officiers ont traité de la stratégie, le principal historien des armées, Delbrück, n'est point un militaire, c'est un professeur. L'emploi de l'arbalète, de l'arquebuse, s'organise et se développe comme le fera celui des chars ; telles mutations décisives des guerres ne sont pourtant pas militaires, par exemple la conscription décrétée par la France de « la Patrie en danger », d'où sont venues les mobilisations générales. Comme Napoléon, Alexandre invente à la fois (et, semble-t-il, de la même façon) ses formations militaires et ses formations civiles, la cavalerie des hétaïres et le corps administratif des régions conquises. « Notre État est en retard d'un demi-siècle sur nos techniques et même nos conceptions politiques », disait le général de Gaulle en 1960. Il l'avait rétabli en 1945 et 1958, établi pour la formation de la Communauté. « Et maintenant, il va falloir qu'ils fassent des États. S'ils en sont capables. » Faire un État n'allait pas plus de soi que créer l'armée des légions ou le Sénat romain. Il s'était intéressé à la formation des départements comme à celle de l'armée soldée par Charles VII. Il connaissait chacun des préfets, et « l'invention » des premières libertés communales comme celle du premier impôt permanent — ou de la Sécurité sociale. Un de ses ministres, harassé, m'a dit : « Il voudrait ouvrir une E.N.A. tous les matins ! » Mais lui : « Le pouvoir de l'État a été un bouchon, entre des partis acharnés à conquérir une majorité, pour qu'elle arbitre des problèmes qu'elle ignorait. »

Le monde syndical restait en marge, malgré les quinze cent mille voix prises aux communistes. Le Général avait souhaité rétablir avec lui la relation établie à Londres. Dès son retour, il avait rendu aux syndicats leurs libertés. Il voyait en eux une représentation plus soucieuse que les partis, d'exprimer et de défendre les revendications professionnelles. Mais les objectifs communs de Londres : antifascisme, victoire, n'existaient plus. La rupture avec Léon Jouhaux[1], dès 1946, fut décisive. En intervenant dans une décision politique, celui-ci passait de façon criante, pour de Gaulle, du camp populaire au camp des féodalités nouvelles. Au refus de le recevoir, Jouhaux répondit que le Général était l'ennemi de la classe ouvrière ; dans les mêmes conditions, celui-ci eût refusé de recevoir le président des syndicats patronaux, exactement de la même façon.

Mais l'opposition syndicale en 1946, ou après 1958, ne mit jamais en danger l'État — pas même le développement du pays. Et une démocratie implique une opposition. Sans doute le Général en eût-il préféré une autre.

Il pense qu'on en préfère toujours une autre.

Il a rencontré tôt celle de la presse.

En attaquant sans trêve, au nom d'une démocratie vertueuse et d'une morale politique, le fascisme pour demain prêté au Général, les journaux, pendant des années, ont exprimé une réprobation commune chez les intellectuels, faible dans le pays, non avenue pour le Général. Parce que les communistes seuls proposaient un gouvernement de rechange — qu'ils ne pouvaient imposer seuls. Le psychodrame, voire la comédie italienne, de l'intarissable : « Recommencez-moi ça ! » adressé au Général, deviennent de mois en mois plus visibles : l'historien découvre que l'intelligentsia et les politiciens ne crurent ni à la révolution prolétarienne, ni au retour à la IVe République, à quoi ils semblaient toujours se référer. En fait, dans les circonstances graves, l'alternative ne se présenta jamais. Au « Que faut-il faire ? » de l'action, il fut toujours répondu : des articles.

Les intellectuels ne sortaient guère de leur dialogue de sourds entre : fascistes ! et : Guépéou ! Opposition de « doctrines » idiote, parce que le gaullisme, technique de sauvetage, réponse à la mise en question de la France, n'a rien de commun avec un système. La Ire République, le socialisme de la seconde, ont englobé les systèmes de leur temps. Marx y mit bon ordre ; mais à la Sorbonne, et bien ailleurs, il n'a pas succédé à Proudhon, à Bakounine : il a succédé à l'Action française[2]. Sous les yeux du Général, qui l'a bien connue. Sa pensée ombrageuse ne se confond pas avec un système. L'idée, le mot lui sont si contraires, qu'il a longtemps appelé le régime des partis : « le système ». Il se souciait moins de ce qu'était l'Histoire, l'État ou lui-même, que de ce qu'il devait en faire. Il avait fort approuvé le Bouddha, que je lui avais cité : « Si tu vois ton ami frappé d'une flèche, dois-tu méditer sur la nature de l'arc, ou arracher la flèche ? » Il voulait le pouvoir de la France, comme Marx ou Maurras celui du prolétariat ou de la monarchie, mais sa France n'était pas un concept. Il avait moins pour interlocuteur l'Histoire que le Salut public.

La victoire du marxisme n'est certes pas d'avoir converti l'Occident, mais d'avoir fait pour tant d'Occidentaux, de la question qu'il pose, la question capitale — ordonnatrice. Mais on n'oppose pas une doctrine, même considérable, à une action, même exemplaire. Le Général n'a pas fait prévaloir ses problèmes, notamment celui de l'État : l'adhésion à ses idées passe par l'adhésion à son mythe, et souvent s'y tient. Le domaine de références du marxisme lui est étranger. L'Histoire tenue pour destin évoque pour lui celle de Rousseau ; il ne tient pas l'avenir pour secourable, mais pour ennemi, et nul cours de l'Histoire ne suffit à y rétablir et y maintenir la France. Le marxisme négocie désormais avec le mystérieux fait national que le Général voit au cœur du siècle, bien que nul ne le cerne tout à fait. Héritier des patries ? L'Algérie, qui n'a jamais été une nation, le devient. Le Viêt-nam, peu importe lequel, le deviendra. En Afrique, les fédérations naissent mal, les nations pullulent. Et la nation ne tient jamais tout à fait le général de Gaulle pour ennemi. Mao Tsé-toung me l'a nommé avant de nommer la France. Et le passé donne à la position nationale des communistes une clarté que le présent ne connaît guère. Ceux de 1945 ont tenté d'annexer les mouvements de Résistance, au nom d'un communisme patriote et libéral, semblable à celui du printemps de Prague. Qui diable croit aujourd'hui que le Staline de 1945 eût toléré un printemps de Paris ? Il ne s'agissait pas de ces roses, mais du vrai stalinisme, et le Général a vu Staline de près.

Lorsqu'il a refusé à Thorez et à Duclos les ministères clefs qu'ils exigeaient, il leur a dit : « Vous avez choisi ; moi je n'ai pas le droit de choisir. » Ce qu'ils ont jugé trompeur, et qui était sa pensée même. Dans quelle mesure espéra-t-il, sinon récupérer les communistes dans le nouvel État, du moins parvenir à un *modus vivendi*, le pacte franco-soviétique aidant ? À Londres, à Alger, à la Libération, ils l'avaient suivi. Non sans arrière-pensées. Mais les milices patriotiques étaient dissoutes, la reconstruction ne l'était pas.

Il avait transcrit la note de Lénine[1] : « Pas une seule révolution n'a fini sans avoir renforcé le pouvoir de l'État. » Il n'ignorait pas combien Lénine avait flétri l'État, comme Engels, comme Marx, car il avait lu ce qui concerne l'État. Il regardait souvent les communistes, comme un marxiste regarde les idéalistes. Une Histoire se jouait de ceux-ci, une autre de ceux-là. Sa perspective les déconcertait — comme tout ce qui chez un adversaire n'appartenait ni au capitalisme ni à la droite. Ils le déconcertaient aussi. Je l'ai entendu se demander, plus qu'il ne le demandait à Duclos : « Comment sera le communisme, dans cinquante ans ? — Toujours le même ! » répondit fermement le jovial Toulousain. Duclos parti : « Il le croit ? me demanda le Général — Oui : vous êtes un ennemi, et ce qu'ils disent à l'ennemi devient toujours vrai. — C'était bien la peine de se donner tant de mal pour ne pas croire à la France, et finir par croire à la Russie ! Pourtant ils travaillent, ils font travailler, la France a besoin de tout le monde. »

N'existât-il qu'une chance d'établir l'unité de l'État pendant la reconstruction, il devait jouer, même avec des tricheurs. Sans prévoir, lui qui avait prévu tant d'événements, qu'ils en apportaient la destruction dès l'ouverture de l'Assemblée. Il avait raison de penser qu'ils ne feraient aucune révolution. Mais il conservait le souvenir des partis qu'il avait connus avant la guerre ; le souvenir du communisme qu'il avait connu à Londres. Il ne retrouvait pas les premiers, très affaiblis, ni le second, où, sauf Thorez, chacun se prenait pour Lénine et tous le prenaient pour Kerenski. Or, les grandes démocraties sont nées d'un consensus, qui n'a survécu nulle part à la présence d'un parti stalinien puissant, et se réclamant de la démocratie elle-même. Pas assez fort pour prendre le pouvoir, ce parti le devient assez pour détruire l'État, parce que la carte politique, même parlementaire, ne s'ordonne plus par rapport à lui, mais par rapport au stalinisme. La vraie droite disparaît, remplacée hier par le fascisme, aujourd'hui par des colonels, des indépendants qui se voudraient libéraux, des libéraux qui se voudraient indépendants. Le socialisme d'autrefois fut la justice et l'internationalisme contre l'ordre et l'armée ; les staliniens revendiquent l'ordre, la patrie, l'armée, leur justice, dans une perpétuelle surenchère. Où ils ne risquent rien, puisqu'ils veulent détruire l'État ; et les partis, tout, puisqu'ils veulent le maintenir ou le réformer. L'Assemblée nationale constituante à peine élue, il ne restait de l'antifascisme qu'une marionnette stalinienne. Les gouvernements occidentaux crurent-ils, en vérité, reprendre avec les partis communistes un dialogue interrompu par la guerre ? Ceux-ci ne ressemblaient pas plus à leurs fragiles prédécesseurs, qu'une Russie maîtresse de la moitié de l'Europe à l'Union soviétique encerclée de 1936. Personne, en Occident, ne comprit alors que des Fronts populaires aux Démocraties populaires, les partis communistes avaient changé de nature. Le 13 novembre, l'Assemblée unanime avait porté à sa présidence le général de Gaulle. En décembre, les réunions de la Commission de la Constitution privaient de toute leur autorité le futur président de la République, et subordonnaient le gouvernement à l'Assemblée. Nul ne pourrait conduire cette charrette aux roues divergentes, et la fermeté du conducteur n'y changerait rien — même la sienne. Vainqueur tôt ou tard pour la France depuis 1940, le général de Gaulle avait cette fois perdu.

Un train dans la nuit, la neige éparse car Paris approche, les bras levés sur la fenêtre blanche au-dessus de Clairvaux… Le président Senghor aussi avait conscience de l'ébranlement d'un monde ; et le professeur Torrès, à Berkeley ou dans mon bureau du Palais-Royal : « Pourtant, je suis un homme de ce drôle de temps[1]… » Il disait, en Mai 68 : « Les étudiants[2], ça recommence ! comme en Californie[3] !… Laisse tomber !… » et « De Gaulle gagnera encore[4], cette fois-ci ? Et puis, qu'est-ce que ça peut foutre !… » et « Tout ça, ce sont des hôtes de passage[5]… ». Mais c'est bien aux hôtes dont il m'a le plus parlé, que je pense depuis un quart d'heure. On a fait un sort à ma phrase : « Il y a les communistes et nous, et entre les deux, rien ! » longtemps après qu'elle eut cessé d'être juste. Du moins, pendant des années avons-nous été leurs adversaires majeurs, et réciproquement. Il est stupéfiant que nous ne nous soyons jamais réellement affrontés. La politique extérieure du Général ne suffit pas à l'expliquer. Les communistes nous traitaient de fascistes, pour l'exportation : eux, savaient qu'il n'y a pas de fascisme sans parti unique, et que la décision du Général était irrévocable. En revanche, jamais celui-ci n'a envisagé de dissoudre le parti communiste ; et, sauf quelques pugilats entre les services d'ordre de 1947, jamais ce parti n'a tenté une action de masse contre le général de Gaulle, avant Mai 68.

Lui aussi regarde ce « drôle de temps » comme un astronome découvre des planètes capricieuses. Vues de haut. Mais comment le passé ne lui apporterait-il que ses événements, et non ce qui leur échappe, la réalité invincible qui semble incarner l'imaginaire — celle qui restera quand tous ceux qui l'ont vécue seront morts ?

Il y eut les cris des soldats allemands qui cassaient les crosses de nos fusils dans les cours des fermes. Tout le pays poussé vers le sud par la fumée d'Apocalypse des réservoirs en feu. La France avachie, veuve d'elle-même, et la voix de Londres qui disait : « J'invite à me rejoindre, avec ou sans leurs armes… » Leurs armes !

Il y eut la nudité de Carlton Gardens, le dialogue avec le président Cassin devant les tables de cuisine appelées bureaux : « Mon général, nous ne sommes évidemment pas une légion ; sommes-nous l'armée française ? — Nous sommes la France. » En bas, les marins de l'île de Sein et les premiers volontaires canaques. Mais quand les Allemands arrivèrent à Sein, ils n'y trouvèrent pas un homme.

Il y eut la flotte française de Mers el-Kébir coulée par les Anglais. « Quant aux Français libres, ils ont pris, une fois pour toutes, leur dure résolution : ils ont pris une fois pour toutes la résolution de combattre. »

À une crête de l'ample houle des sables de Libye, comme une épave miroitant sur la mer, Bir Hakeim, il y eut ces Français que les Allemands, enfin, ne battirent pas.

Il y eut le premier Français libre parachuté fusillé en représailles. Pas de vichyste[a] qui n'enjoignît alors au Général de condamner les attentats individuels contre les Allemands : à plat ventre, on exigeait de ce « traître » des vertus gandhistes. Jamais le Général ne condamna un acte de Résistance. Dans ce procès-là, il n'était pas juge, mais partie.

Il y eut l'échec de Dakar — mais la certitude, pour l'Afrique entière, que la France n'était pas à Vichy.

Il y eut les désaccords avec Churchill. « Si je retirais ma main, le général de Gaulle n'aurait plus une pierre où reposer sa tête ! » Avant l'invasion de la Russie et le bombardement de Pearl Harbor, quand l'Angleterre assumait seule le destin du monde, ne pas céder au gouvernement anglais… « J'étais trop faible pour plier. »

Hier, les troupes allemandes sont entrées en Union soviétique, annonça la radio, et, de semaine en semaine, il y eut ce cortège de victoires napoléoniennes — jusqu'au mur.

Il y eut Saint-Pierre-et-Miquelon, haillons dispersés comme s'ils étaient la France.

Il y eut, à la stupéfaction de tous, les désaccords avec la toute-puissance de Roosevelt. Darlan, mais Darquier de Pellepoix. Giraud, qui se suffit à lui-même. Les dialogues Pétain-Leahy ou Herriot-Laval. Les unions sacrées de tous les abandons.

Les alliés dédaignaient d'autant moins les F.F.L. et la Résistance, que les réseaux de renseignements couvraient la Bretagne et la Normandie, que les réfractaires au Service du travail obligatoire peuplaient les maquis, et que le débarquement aurait lieu en France. Le général de Gaulle s'efforçait depuis 1944 d'unir les résistants et les Français libres ; de tirer de ce courage épars une action concertée de la France. En face des alliés, quel groupement de résistants, pour étendu qu'il fût, aurait représenté la continuité de la nation ? Au nom du Général, Jean Moulin fonda le Conseil national et les Mouvements unis de la Résistance, mourut de ses tortures sans avoir parlé, et l'on dut au « peuple de la nuit » les ponts sautés, les voies plastiquées, le sabotage qui imposèrent à la convergence des renforts allemands sur la Normandie les retards que le général Eisenhower qualifia d'irréparables.

Bien en prit à la France. L'exercice de l'autorité dans les territoires libérés serait-il confié à des Français, ou à l'armée de libération ? Les Américains avaient envisagé, sans trop de confiance, d'appliquer un texte oublié de la IIIe République : il confiait aux conseils généraux la formation du nouveau gouvernement. Ce qui eût apporté des mois d'anarchie — réprimée comment, Vichy disparu, sinon par la police militaire américaine ? Aux ordres de qui, sinon de l'*Amgot**, ce qui assimilait la France aux territoires ennemis, Italie et Allemagne ? Imaginer de noirs desseins, de véritables conflits avec nos alliés est absurde : si les Américains avaient décidé d'installer l'*Amgot*, d'abandonner Strasbourg, qui les en eût empêchés ? Mais pour reconnaître l'autorité d'une France belligérante et non collaboratrice des Allemands, encore fallait-il qu'elle existât. Dès le premier jour du débarquement, surgirent les commissaires de la République parachutés de Londres ou formés par la Résistance. Dans chaque ville reconquise, l'armée alliée trouva, en place depuis quelques jours ou quelques heures, le préfet du Gouvernement provisoire de la République. La France libérée se reconnaissait en de Gaulle, dans l'enthousiasme grave et frénétique des Champs-Élysées, comme elle s'était reconnue dans les soldats de Leclerc arrivés à l'Arc de Triomphe couverts de rouge à lèvres.

Une foire à l'autorité, digne de la foire à la ferraille, l'attendait à Paris. Il établit d'abord que le Gouvernement provisoire ne se doublait pas. S'installerait-il à l'Élysée, à l'Hôtel de Ville, ailleurs ? Il s'installa au seul lieu d'où l'on pût combattre à la fois l'ennemi et le chaos : au ministère de la Guerre.

La prolifération des uniformes qui, au lendemain de la Libération, submergèrent ceux des maquis, commençait à remplacer les combattants par un dangereux carnaval. L'amalgame des F.F.I. avec la Ire Armée opéra d'un coup la décantation : les vrais partaient pour le front ou rentraient chez eux. Restaient les autres. Pas longtemps. Et toutes les armes lourdes étant nécessairement affectées à l'armée, il n'en resta plus à l'arrière. La[a] dissolution des milices patriotiques, décidée par un gouvernement où Maurice Thorez était ministre, fit comprendre aux agités qu'un État n'a qu'une armée, dont la place est au front.

Il fallait reconstruire la France en continuant la lutte, assurer son indépendance. Le premier objectif supposait une convention avec le parti communiste, durable et réelle. Staline souhaitait sans doute un accord. Et le Général n'appelait pas indépendance la soumission aux États-Unis. Il partit pour Moscou, en revint avec le pacte

* Allied Military Government of Occupied Territories[1].

franco-soviétique, Thorez dans ses bagages, les ouvriers français au travail.

Il crut contribuer à en former l'État. Et se réveilla devant le projet de Constitution le moins propre à l'assurer, le moins propre à maintenir l'indépendance qu'il avait reconquise. Il le dit à Bayeux. Trop tard. Pour douze[a] ans.

En 1958, son objectif majeur fut donc une nouvelle constitution ; son objectif immédiat, retrouver une France en face du drame algérien, quoi qu'on attendît d'elle. Et sans guerre civile. Il supprima la censure, et partit pour Alger.

Avant tout, délivrer le complexe problème algérien du problème colonial. En face de l'Angleterre depuis dix ans partie des Indes, la France, qui avait jadis affranchi les esclaves, devait cesser de s'accrocher à un empire colonial, le jeter dans la balance : chaque ancienne colonie choisirait entre son entrée dans la Communauté française et son autonomie.

La fin de l'Empire des Indes avait été un événement, celle de notre Empire en était un aussi. Et l'anxiété née du dialogue sanglant de l'indépendance et de la partition indiennes, reparaissait dans l'attente devant cette loterie épique, ce dialogue d'un homme redevenu la France libératrice, avec chacune des anciennes colonies françaises.

C'est pourquoi il a disposé, dans la guerre et les négociations avec le F.L.N., d'une marge radicalement différente des hésitations de la IVe République. Au début, il crut un accord possible (et le F.L.N. ne rompit jamais tout contact avec lui). « Malheureusement, rendre Ferhat Abbas intelligent ne dépend pas de moi… » Lorsqu'il dit au Conseil des ministres, sur le ton du doute : « Il s'agit de savoir si l'intérêt supérieur de la France coïncide avec les intérêts des colons d'Algérie[1]… », je crus sa décision prise. Bien qu'il souffrît de ce qu'il appelait le cancer de l'armée ; pour commémorer la reprise de Strasbourg par Leclerc, il avait convoqué des milliers d'officiers, qui écoutaient son discours dans un silence hostile. Une fois de plus, il faisait front. Et termina lentement, pesamment, comme s'il parlait à la guerre civile : « Dès lors que l'État et la nation ont choisi leur chemin, le devoir militaire est fixé une fois pour toutes. Hors de ses règles, il ne peut y avoir, il n'y a, que des soldats perdus[1]... »

Jusqu'à l'insurrection des généraux.

Alors coïncident son mythe, l'idée qu'il a de l'État, celle qu'il a de lui-même. Il incarne la résistance du pays, du peuple, du paysan à qui le facteur ou le maire vient d'annoncer la mort de son fils en Algérie, contre « des hommes aux moyens expéditifs et limités » qui tirent de l'armée leur prestige et leur force usurpés. Une France des colonels ! Devant les écrans de télévision, les gens attendent, mais savent qu'ils vont entendre une fois de plus le NON du 18 Juin : « Si je porte aujourd'hui cet uniforme, c'est pour signifier que je ne suis pas seulement le président de la République française, mais aussi le général de Gaulle », et : « Vous vous opposerez à ces hommes de toutes vos forces, par tous les moyens ! » Le gaullisme fut ce qui sépara, devant la même menace, la France et son gouvernement en 1961, de la France et son gouvernement avant 1958. « Mon cher et vieux pays, nous voici une fois de plus ensemble dans l'épreuve... » Cette fois, avec fermeté[2].

Il n'a plus affronté la grande houle — une autre — qu'en Mai 68. De la même façon. À ceci près qu'il n'éprouva pas pour la jeunesse étudiante les sentiments qu'il avait éprouvés pour les généraux d'Alger. Il avait prévu la révolte militaire, sous cette forme ou sous une autre ; il avait prévu la crise de la jeunesse : États-Unis, Hollande, Italie, Allemagne, Inde, Japon, même Pologne... Mais nul n'avait prévu la conjonction prochaine de cette crise avec un vaste mouvement syndical. La situation en prenait un accent du XIXe siècle, fête et barricades, tout différent de celui qu'avait pris la grève des mineurs par exemple. Mais l'émeute estudiantine, comme dans d'autres pays, montrait déjà que sa nature profonde n'était pas celle de l'insurrection : elle se voulait irrationnelle, et son propre objet. C'est pourquoi le parti communiste ne s'était pas engagé avec elle ; il l'accompagnait. L'énorme manifestation rassemblait toutes les forces politiques et syndicales contrôlées par l'appareil révolutionnaire communiste. Il se jugeait plus fort qu'en 1945, qu'en 1947, et le Général ne l'ignorait pas. Les communistes laissaient les bavards parler de faire la révolution ; eux, savaient qu'on ne la fait pas : on la cueille. Situation typique pour les analystes : la confusion insurrectionnelle qui précède la prise du pouvoir, et, contre l'État, une seule discipline en place. Le stade Charléty avait montré ce que les communistes trouveraient, le général de Gaulle tombé : moins que Kerenski. Toutes les forces antigaullistes capables de lutte et non d'illusion lyrique, convergeraient sous eux. Mais un seul mort... Beaucoup de policiers, peu de moyens de répression : ils n'étaient pas engagés. On savait ce qu'avaient pesé, contre les chars soviétiques, les cocktails Molotov de Budapest : rien. Le gouvernement n'emploierait évidemment pas de chars contre les étudiants ou les manifestants, mais il les emploierait contre des milices armées. Si bien que le parti communiste ne pouvait pas plus disposer de ses cocktails Molotov que le gouvernement, de ses chars. L'un et l'autre dépendaient de l'opinion. Sans elle, pas d'insurrection, mais plus d'État. Et les dés étaient jetés : le parti communiste, qui depuis longtemps parlait de « participation à un pouvoir d'union démocratique », déclarait la veille de l'intervention du Général : « Le peuple de France exige que, dans le régime nouveau, la classe ouvrière et son parti communiste aient toute leur place. » Toute la place. Le Général, qui avait à peine parlé de l'Algérie dans le discours du putsch, ne parla guère des étudiants. Il parlait aux Français, au nom du Salut public.

« Je ne me retirerai pas. J'ai un mandat du peuple, je le remplirai.

« Je ne changerai pas le Premier ministre, dont la valeur, la solidité, la capacité, méritent l'hommage de tous. Il me proposera les changements qui lui paraîtront utiles dans la composition du gouvernement.

« Je dissous aujourd'hui l'Assemblée nationale. »

C'était substituer la France au gouvernement. À partir de cette minute, le général de Gaulle devenait garant de la consultation populaire, des nouvelles élections. La Ve République mettait à l'épreuve ses institutions fondamentales. Finie la comédie, même insurrectionnelle : la France elle-même allait fixer son destin.

« Partout et tout de suite, il faut que s'organise l'action civique. Cela doit se faire pour aider le gouvernement d'abord, puis localement les préfets, devenus ou redevenus commissaires de la République, dans leur tâche qui consiste à assurer autant que possible l'existence de la population et à empêcher la subversion à tout moment et en tous lieux.

« La France, en effet, est menacée de dictature. On veut la contraindre à se résigner à un pouvoir qui s'imposerait dans le désespoir national, lequel pouvoir serait alors évidemment et essentiellement celui du vainqueur, c'est-à-dire celui du communisme totalitaire. Naturellement, on le colorerait, pour commencer, d'une apparence trompeuse en utilisant l'ambition et la haine de politiciens au rancart. Après quoi, ces personnages ne pèseraient pas plus que leur poids, qui ne serait pas lourd. »

Pendant qu'il parlait, une foule aussi dense que celle de la Libération couvrait peu à peu les Champs-Élysées. La hausse des salaires était acquise, la réforme de l'Université aussi ; mais la guerre civile, qui eût rejeté la France de vingt ans en arrière, avait perdu. On ne prendrait pas le pays par surprise : il faisait front, et la voix sans visage de la radio retrouvée lançait un million d'hommes sur les Champs-Élysées. La multitude dont l'ambassade des États-Unis, depuis la Concorde, captait les clameurs pour les transmettre à la Maison-Blanche, atteignait l'Arc de Triomphe. Le soir même, le parti communiste ne réclamait plus qu'« une démocratie véritable ». À partir du 4, le travail allait reprendre partout. Imagine-t-on un gouvernement Auriol en face de Mai 68 ? Avec, sans doute, la police en grève ?

Les *Mémoires* obligent à regarder en arrière. Les événements qui touchent à la légende promettent l'imprévisible, diffèrent le destin. À cette heure, sans doute, le général de Gaulle tourne-t-il dans sa pensée circonscrite et inexpugnable, comme dans son bureau dont il a tiré les rideaux sur la nuit de neige. Pensant tantôt à la conjoncture, à lui-même ; tantôt, que l'essentiel resurgira. *Mémoires d'espoir*. Il a étudié l'Europe qui suivit les guerres napoléoniennes. « Quand la France redeviendra la France, on repartira de ce que j'ai fait, non de ce que l'on fait depuis mon départ. » De ses idées, ou d'un autre 18 Juin ? Il a toujours dit que son idéologie courait mal en terrain plat. La France survivra si la volonté nationale la maintient jusqu'au surgissement de l'imprévisible : quand Richelieu fut appelé, elle était une puissance de second ordre. Le Général pense : péripétie, de tout ce qui menace visiblement la France ; mais du monde aveugle, qui la balkanise ? Richelieu ne craignait pas la fin de la chrétienté. « J'ai tenté de dresser la France contre la fin d'un monde. » La Nation avec une majuscule, celle à laquelle la France convertit autrefois l'Europe, est née de « la Patrie en danger », de la métamorphose fulgurante imposée par la Convention. En 1940, la France était directement concernée. L'est-elle toujours dans ce monde informe où les derniers empires s'affrontent à tâtons ? « Elle étonnera encore le monde. » Gide a dit, pendant son agonie : « C'est toujours la lutte de ce qui est raisonnable et de ce qui ne l'est pas... » Aux Invalides, à l'exposition de la Résistance, devant le poteau haché[1] de nos fusillés entouré de journaux clandestins, le Général déclarait à l'organisateur, comme moi en 1945 : « Les journaux montrent trop ce que les résistants ont dit, trop peu comment ils se sont battus et comment ils sont morts. Il n'y avait plus personne, sauf eux, pour continuer la guerre commencée en 1914 : comme ceux de Bir Hakeim, ceux de la Résistance ont d'abord été des témoins. » Lui aussi. Seul à Colombey entre le souvenir et la mort, comme les grands maîtres des chevaliers de Palestine devant leur cercueil, il est encore le grand maître de l'ordre de la France. Parce qu'il l'a assumée ? Parce qu'il a, pendant tant d'années, dressé à bout de bras son cadavre, en croyant, en faisant croire au monde, qu'elle était vivante[a] ? Tout à l'heure il semblait la porter, lorsqu'il a dressé les bras devant la fenêtre et la neige : « Ce sont les grandes funérailles. » Il survit à ceux qu'il a combattus : Hitler, Mussolini, à ceux avec qui il a combattu : Roosevelt, Churchill, Staline. Avec le sentiment des généraux napoléoniens quand ils disaient, vers 1825 : « Au temps de la Grande Armée... » Toutes ces ombres amies ou maléfiques jouent sur la lande avec leurs cartes noires, fou compris. L'Europe en flammes, le suicide de Hitler dans son bunker, les trains arrêtés qui sifflent longuement dans les solitudes sibériennes, pour la mort de Staline... Pense-t-il « grande époque » plutôt que grands hommes ? Comme après 1815, le destin du monde est démissionnaire. Mais il y a toujours en lui la confiance qu'il faut bien appeler aventure quand la France est en jeu : l'imprévisible. Il n'est certes pas un homme sans rêves ; il pense certainement aussi, avec une sombre fierté, ce qu'il ne dira pas : « Si le dernier acte de ce qui fut l'Europe a commencé, du moins n'aurons-nous pas laissé la France mourir dans le ruisseau. »

Mais pour qu'elle comprenne ce qu'il veut lui léguer, il faut peut-être plus que le pouvoir, plus même que quitter le pouvoir : être mort.

Colombey,
13 novembre 1970.

Dix minutes après la mort, le médecin quitte la Boisserie pour aller soigner les filles d'un cheminot. Mme de Gaulle demande à l'un des menuisiers de prendre l'alliance au doigt du Général ; leur travail à peine terminé, les deux menuisiers sont appelés par Mme Plique, dont le mari, cultivateur, vient de mourir — aussi… Aujourd'hui, dans le jour gris[a] des funérailles, je me hâte sous le glas de Colombey auquel répond celui de toutes les églises de France, et, dans mon souvenir, toutes les cloches de la Libération. J'ai vu le tombeau ouvert, les deux énormes couronnes sur le côté : Mao Tsé-toung, Chou En-lai. À Pékin, les drapeaux sont en berne sur la Cité interdite. À Colombey, dans la petite église sans passé, il y aura la paroisse, la famille, l'Ordre : les funérailles des chevaliers[1]. La radio nous dit qu'à Paris, sur les Champs-Élysées qu'il descendit jadis, une multitude silencieuse commence à monter. Ici, dans la foule[b], derrière les fusiliers marins qui présentent les armes, une paysanne en châle noir, comme celles de nos maquis de Corrèze, hurle : « Pourquoi est-ce qu'on ne me laisse pas passer ! Il a dit : tout le monde ! Il a dit : tout le monde ! » Je pose la main sur l'épaule du marin : « Vous devriez la laisser, ça ferait plaisir au Général : elle parle comme la France. » Il pivote sans un mot, sans que ses bras bougent, semble présenter les armes à la France misérable et fidèle — et la femme se hâte en claudiquant vers l'église, devant le grondement du char qui porte le cercueil[c].

Champs-Élysées[2].

Sauf au premier rang, l'ombre des cent drapeaux ensevelit ceux qui les portent. Tous ces vieux étendards mouillés, verticaux dans la nuit, dans le silence où cliquettent les décorations lentement secouées par la lenteur des pas, avancent comme les arbres des forêts de Shakespeare. L'Arc de Triomphe seul est éclairé ; le fleuve coule dans les ténèbres encore étoilées de quelques boutiques. La nuit est trois fois présente : par l'heure, par l'éclairage de l'Arc, et par les nuages pressés dont la pluie surplombe la coulée des hommes, qu'enserrent les haies massives de spectateurs sur les trottoirs. Des ombres regardent couler d'autres ombres. Ce n'est pas une manifestation : d'un bout à l'autre de l'avenue, on ne parle qu'à mi-voix. Ce ne sont pas tout à fait des funérailles : il n'y a pas de cercueil. C'est une marche funèbre vers l'Arc devenu tombeau, vers la vaste oriflamme qui palpite devant les phares de D.C.A. dont les faisceaux bleu, blanc ou rouge, plombés par la nuit, font apparaître jusqu'aux nuages les gouttes de pluie, comme les rayons du soleil font apparaître avec indifférence leurs atomes éternels.

Un reporter de Radio-Luxembourg, petit micro en main, rejoint un collègue, qui chuchote :

« Qu'est-ce qu'ils te racontent, les gars ?

— C'est plutôt les bonnes femmes, qui parlent. Les gars, quand je dis : "Avez-vous voté oui ?" beaucoup m'envoient paître ! Ceux-là ont dû voter non ; les bonnes femmes, elles, disent toutes un peu la même chose : "On lui doit bien ça !" ou "Pluie ou pas, on ira jusqu'au bout !" Une, m'a dit : "Faire jeter des fleurs, ça doit être Mme de Gaulle : vous pensez bien que c'est une idée de femme !..." Une autre, *L'Huma* sous le bras : "Je suis venue pour lui dire adieu." Aussi une vieille, à qui j'ai dit, la pauvre ! "Donnez-moi votre fleur, je la mettrai en même temps que la mienne. — Pas la peine : trois ans de Ravensbrück, trois heures de pluie, ça va." Et toi ?

— J'ai enregistré dans les queues, aux marchandes de violettes du Châtelet, aux fleuristes des avenues : tout est pareil. Il y a des gosses. Elles disent qu'ils se souviendront. J'en ai piqué une qui m'a dit : "Quel dommage qu'il ne nous voie pas !" »

Elle se trompait : le Général mort écoute ce silence que foulent confusément des centaines de milliers de pas. Plus présent qu'à Colombey, sauf lorsque, devant le char qui débouchait de la Boisserie, des femmes ont tendu des enfants. La pluie redouble. Beaucoup de gens portent des parapluies roulés (pour les ouvrir lorsque la cérémonie sera terminée ?). Des remous de foule tournoient lentement, venus des rues, des maisons, du métro. Le cours nocturne s'arrête. Une *Marseillaise* erre dans la pluie. Alors, chrysanthèmes, œillets, anémones, bouquets de violettes, passent de main en main vers l'Arc de Triomphe. Ces fleurs n'appartiennent plus à personne : la terre salue la mort.

Le cortège reprend sa marche pas à pas à travers la grande nuit funèbre. Les mortes des camps, qui n'ont connu d'autres fleurs que celles qu'elles cultivaient pour leurs tortionnaires, accompagnent ce cortège de silence. Certaines n'étaient pas gaullistes ? C'est à tous, que le cortège va jeter ses fleurs ruisselantes.

Beaucoup de ceux qui avancent lentement étaient ici pour la manifestation de Mai 68 ; beaucoup, à la Bastille pour la manifestation ennemie ; beaucoup, lorsque le général de Gaulle descendit les Champs-Élysées, devant les soldats couverts de rouge à lèvres. Ce cortège s'enfonce beaucoup plus profondément dans le passé, y rejoint celui qui vint saluer le cercueil de Victor Hugo. Le poète avait dit *non* vingt ans à l'Empire, à la défaite, à la répression. Bien plus loin dans la nuit, il y a évidemment le *non* sans âge. Le cortège monte comme le cortège thébain vers le tombeau d'Antigone. Le Soldat inconnu, sur lequel se relève rageusement la Flamme, est aussi l'un de ces crieurs de *non*[1] qui se relaient au-dessus de la flotte nocturne des vivants, au-dessus du fleuve souterrain de nos morts. Avec les femmes noires de Corrèze debout sur la tombe de leur famille, en l'honneur des maquisards ensevelis par les occupants qui venaient de les tuer. Avec les paysans qui venaient poser un kilo de sucre introuvable sous la croix de bois de nos compagnons fusillés. Que de femmes ! Les hommes portent mal les fleurs : si loin que remonte notre mémoire, il y a plus de femmes que d'hommes pour les offrandes, fût-ce au péril de leur vie. Buchenwald et Dachau montent vers l'arche funéraire, avec toutes les ombres qui choisirent d'accepter la mort — et plus que la mort. Soldats de nos chars, dactylos qui cachaient nos postes émetteurs, et la multitude suppliciée des camps d'extermination. La politique a enfin perdu son sens : les conseillers municipaux communistes sont là. Des femmes qui portent le petit drapeau à croix de Lorraine partagent leur bouquet avec des voisines qui portent *L'Huma* et n'ont pas trouvé de fleurs. Il ne s'agit ni du gaullisme ni seulement de la France. Ceux qui piétinent dans la nuit pluvieuse n'appartiennent plus qu'à la communion que leur révèle ce mort sans cercueil. Comme les nôtres qui ont crié son nom au poteau d'exécution.

Un service d'ordre à brassards, sans uniforme, canalise le fleuve vers l'arche, beaucoup plus étroite que l'avenue. La place que fait briller la pluie reflète l'Arc de Triomphe. Ceux qui n'ont pas pu aller plus loin ont accumulé leurs fleurs sous *La Marseillaise* de Rude. Le cortège avance. Des hippies ouvrent leur poncho pour en tirer des chrysanthèmes. Le grand drapeau où tentent de se réfugier les pigeons, emplit l'arche sonore de son claquement mouillé. Au-dessus des hippies, les listes des combats napoléoniens perdent dans l'ombre leur veillée de Victoires. Les vivants jettent leurs fleurs, et la flamme, tour à tour rabattue et verticale, éteint et illumine leurs faces ruisselantes.

V[a]

[LA TÊTE D'OBSIDIENNE]

Je mets à jour[b] des notes de la guerre d'Espagne : le dernier printemps de Barcelone.

Les Ramblas à l'heure où les avenues sont encore vides. Des gens passent dans le matin froid, des gens dont la marche n'est plus celle des hommes de la paix. Vitrines où l'on ne voit plus que des jouets misérables ou des séries de timbres rares et chers — les timbres s'emportent aisément —, bijouteries aux petits supports de velours sans bijoux, chemisiers qui vendent tous des cravates de deuil, oiseleurs avec leurs pancartes « Plus de nourriture pour les oiseaux » : l'immense attente de la défaite. Les gens deviennent plus nombreux. À l'entrée de la Rambla des Fleurs, presque sans éventaires depuis longtemps, des badauds à revolvers entourent l'imitateur d'animaux, qui imite maintenant le miaulement des balles. Sur les tables des bouquinistes, un nouveau livre porte la bande « vient de paraître » : c'est Tartuffe[1].

Puis, une floraison stupéfiante.

Le syndicat a donné l'ordre de couper les arbustes à fleurs des environs ; une double haie d'aubépines (ce qu'on n'a jamais vu dans une ville) étincelantes comme le givre, recouvre à perte de vue le trottoir du centre, et des ombres obliques disparaissent dans les rues, brandissant comme des girandoles les buissons d'aubépines qu'elles emportent dans leur maison sans vivres et sans feu.

La sonnerie du téléphone.

« Monsieur, c'est de la part de Mme Pablo Picasso[2]. »

Elle appelle de Mougins[3]. Les journaux ont rapporté les problèmes juridiques de la succession. Je lui dis que si je puis l'aider, j'en serai heureux. « Moi ? non..., dit-elle. Il s'agit plutôt de la France... » Elle veut léguer à l'État la collection de tableaux anciens rassemblés par Picasso, en se conformant fidèlement aux instructions de celui-ci. J'ignore les obstacles qu'elle rencontre, mais doute qu'ils soient insurmontables. Elle m'invite à voir les tableaux. Cet appel qui semble venir des aubépines de Barcelone, ce visage que je n'ai jamais vu mais que ses portraits m'ont rendu familier, cette voix que sature la tristesse... Je dis que nous savons tous combien les importunités avivent le chagrin, et que nous tenons à l'en préserver. « Je suis très malheureuse », répond-elle d'une voix atone, poignante et simple. Je l'appelle madame. « Vous ne voudriez pas m'appeler Jacqueline ? », dit la même voix éloignée.

À l'aérodrome de Nice, cohue de photographes. Ils attendaient je ne sais qui pour l'inauguration d'un festival, et se demandent si j'ai repris du service. Fin du quiproquo. Jacqueline m'attend derrière un gros avion. Elle ressemble à ses portraits : type de la jolie Arlésienne, médaille romaine au nez aquilin. Son visage a la douceur triste de sa voix. Ses vêtements de grand deuil posent un crêpe sur le souvenir de ses portraits multicolores.

Nous partons en trombe. « À Mougins, Nounours », dit-elle au chauffeur. Je reconnais la relation que Picasso a toujours entretenue avec ceux qui le servaient. Sa femme de chambre avait l'air d'une confidente ; son secrétaire, d'un disciple ou d'un famulus. Il inspirait à son entourage le sentiment d'une supériorité fraternelle, et c'était, je crois, celui qu'il préférait inspirer.

Elle raconte la préparation de l'exposition rétrospective du Grand et du Petit Palais, que j'ai fait organiser en 1966 : « Nous prenions les grandes décisions le soir. Pablo travaillait tard ; après, nous allions à la cuisine manger quelque chose, et c'est à ce moment-là qu'il décidait. Je lui ai parlé de l'exposition, il a dit non. Une heure plus tard, avant d'aller se coucher, il a dit : "Si tu y tiens, fais-la, mais je ne m'occupe de rien !" Et il est resté couché pendant une semaine. »

Son ironique affection la rapproche du passé. Les courbes de la route balancent les collines de Provence sur la Méditerranée. J'ai habité Roquebrune à la fin de 1940, après mon évasion.

La tendresse inspirée par la mort fait aimer les vivants qui l'éprouvent, et Jacqueline est tout entière habitée par son chagrin.

« Le 10 avril[1], quand je suis venue à Vauvenargues avec Pablo, il neigeait. C'est une coïncidence, non ? Il ne neige jamais ici le 10 avril, mais ce jour-là il y avait tant de neige, que nous n'avons pas pu aller jusqu'au bout. »

Le 10 avril… Elle veut dire : quand j'ai regagné Vauvenargues avec le cercueil.

Mougins. Barrière. Chemin privé. Fleurs, cyprès. C'est Notre-Dame-de-Vie. On ne voit pas la maison. Une porte sans doute latérale, un long petit couloir sombre.

Nous allons voir Miguel[2]. C'est un ancien officier républicain, hérité lui aussi de Picasso, qui assiste Jacqueline : classement des toiles, déménagement, gens de loi… La finesse des Espagnols fins, une douceur qui me surprend chez un homme dont je ne connais que la guerre ; une grande chaleur triste. Pour ne pas parler de Picasso, nous parlons de Teruel.

Jacqueline et moi entrons dans une pièce où deux couverts sont mis.

« Avec Pablito, nous déjeunions ici. »

Ce n'est pas une salle à manger : comme à l'atelier des Grands-Augustins[3], toutes les pièces sont des pièces-à-tableaux. Dans la lumière du Midi tamisée par des stores, des toiles, des toiles, un masque nègre par terre. Collée par la peinture sur une toile qu'elle cache, l'affiche de la première exposition d'Avignon. C'est un mousquetaire qui s'appelle *Homme à l'épée*[4]. Sans doute choisi par Picasso entre les deux cents tableaux réunis en 1970.

« D'où viennent-ils, les mousquetaires ? des *Ménines*[5] ?

— Non : ils sont arrivés quand Pablo s'est remis à étudier Rembrandt. »

Un vide étroit entre les tableaux, le chemin par lequel Picasso passait : la forêt tropicale, tous ses bambous arrachés et piétinés, là où sont passés les éléphants disparus. A-t-il fait des dessins sur cette nappe ? Les assiettes sont peintes par lui : trois larges coups de pinceau carmin.

« Tout est fait à la main et à la maison », dit-elle ironiquement.

Aux murs, des photos de Picasso. En face, un visage grandeur nature, attentif, très ressemblant. Jacqueline lui chuchote : « Tu vois, Pablito, ton ami est venu… » À gauche de la porte, de grandes photos en couleur : Picasso en robe grenat, dans l'ombre ; Picasso en Romain, appuyé sur une lance, jambes écartées, trapu ; d'autres, plus anciennes. Un tableau de la période rose ressemble au *Portrait à la palette*[1].

L'affection de Jacqueline, le prénom ou le diminutif qu'elle emploie me rappellent que je n'ai jamais connu Pablo, personne privée, sentiments ; j'ai seulement connu Picasso.

Un dessin qui représente Jacqueline. Un tableau allongé, panorama de toits et de cheminées[2]. Je demande :

« Ce sont les toits de Barcelone ?

— Vous les reconnaissez ?

— Je crois reconnaître la ligne qui se découpait sur le petit matin, quand nos avions revenaient… »

Je crois aussi en avoir vu la reproduction en noir. Elle suggérait un tableau petit, alors qu'il ne l'est pas ; et gris, alors qu'il annonce la période bleue.

Dans la pièce voisine, rien au mur ; mais le même envahissement par les châssis retournés. Une autre affiche du Mousquetaire. Sur un fauteuil d'osier, un petit carton où Picasso a écrit : « *Si tu crois que tu n'as pas raté ton tableau, retourne à l'atelier, tu verras que ton tableau est raté.* »

« Un jour, dit-elle, il devait sortir, il avait laissé ça pour un ami. Il disait que depuis, il le gardait pour lui ; que c'était un bon conseil.

« Souvent, il aimait que je sois là quand il travaillait. Il ne travaillait plus dans cette pièce depuis longtemps, mais le fauteuil est resté… »

Elle se penche vers des châssis, hésite :

« Voulez-vous voir d'abord les toiles de sa collection ? »

Le couloir, de nouveau. Il a changé, parce que mes yeux se sont habitués à l'accumulation des toiles. Nous entrons dans une grande pièce claire, mais non plus vide.

Retournés contre le mur, dans la lumière, une cinquantaine de tableaux. Posés sur les tranches des châssis, deux tout petits portraits du Douanier Rousseau, une figure de Derain ; au-dessus, grandeur nature, la tête de la *Yadwiga*[3], du Douanier, dépasse.

« Elle regardait comme ça chez l'antiquaire, cachée par les tableaux pompiers. Pablo passait tous les jours. Quand il a eu les vingt francs demandés, elle n'y était plus. Mais le brocanteur l'avait dans sa boutique... »

Je me souviens de la tombe du Douanier, avec le poème d'Apollinaire gravé sur la pierre. C'est Brancusi qui l'a gravé.

À droite, quelques grands tableaux visibles. L'un des plus beaux Matisse, la *Nature morte aux oranges*[1]. Je l'ai vu dans l'atelier des Grands-Augustins.

« Oui, Pablo[a] la gardait avec lui. Nous la regardions. Elle change tout le temps. »

Je pense à la chapelle de Matisse, au père Couturier[2], qui disait : « Si les chrétiens mettaient dans leur vie les vertus que Cézanne a mises dans sa peinture, le monde irait mieux... » C'est lui qui avait décidé Matisse à entreprendre sa chapelle ; quand il posa pour le *Saint Dominique* linéaire, Matisse lui dit : « Pour qu'il soit un saint et non une figure, je n'ai pas trouvé d'autre moyen que l'auréole. » Par un matin d'été, on m'a ouvert la chapelle fermée. L'art roman me hantait trop pour me laisser à l'aise devant ce goût suprême, mais je revenais de loin, et il m'accueillait comme la France... Un jour, Picasso est venu. Il a acheté des cartes postales à la sœur bougonnante. Un des visiteurs dit : c'est Picasso. Elle le regarde : « Eh ben, m'sieur Picasso, puisque vous êtes là, j'ai à vous dire une bonne chose. Ici, tous les gens donnent leur avis, et ci et ça ! Un jour, m'sieur Matisse en a eu assez : "Ma sœur, qu'il m'a dit, y a qu'une seule personne qu'ait le droit de me critiquer, vous entendez ! c'est Picasso." Sauf le Bon Dieu, bien sûr. Vous devriez le leur dire, aux autres ! » Picasso prend son air écarquillé : « Et pourquoi, lé Bon Dieu, il lé dit pas ? » Hélène Parmelin[3] a raconté le début, Picasso racontait la fin.

« Matisse, dit Jacqueline, aimait beaucoup sa nature morte. Il a voulu la reprendre au marchand. Elle était vendue. Quand il a appris que c'était Pablo qui l'avait achetée, il a pleuré. »

Souvenir, et non information : un passé désolé imprègne tout ce qu'elle dit. À côté des *Oranges*, un *Château noir*[b] de Cézanne, clair, poreux, mat comme un pastel.

« Il n'est pas verni ?

— Non, Cézanne interdisait à Vollard de vernir ses tableaux. »

Elle retourne un petit Cézanne de *Baigneuses*, verni. C'est presque un art différent[c].

Une figure de Corot ; une autre, surprenante : la tête n'a pas été peinte, ou Corot l'a effacée. Un Van Dongen fauve. Des monotypes de Degas qui ont illustré la *Maison Tellier* de Vollard ; celui-ci a vendu à Picasso, ou échangé avec lui, maints tableaux de cette collection. Une petite nature morte du XVIIIe couverte de poussière : viande rouge sur fond sombre.

« Tiens, dis-je, Goya ? »

Elle rit, chasse la poussière : Chardin. C'est bien la viande de Goya, avant lui, mais pas son fond noir.

Deux Braque. Elle retourne une toile magistrale de l'époque du cubisme analytique, presque blonde.

« Je vais faire retourner les grandes », dit-elle en sortant.

Je regarde la toile blonde. Le cubisme analytique cherchait l'autre. Un faîte aigu ordonne la « composition », encadre des facettes comme pour rivaliser avec la *Tête* de Penrose, triangle de bandes colorées. Ce Braque date des mois où les deux camarades peignaient ensemble. Il pourrait être un Picasso très séduisant. Qui eût pensé, alors, que Braque mourrait devant ses toiles réconciliées, et Picasso, au milieu des *Hommes à l'épée* corrosifs dont l'affiche[1] annonçait l'exposition au palais des Papes ?

Il m'avait parlé de Braque, au temps où il achevait *Guernica*[2], il venait de cesser de peindre, l'expression tendue de son visage avait disparu. Il nous avait montré, à José Bergamin et à moi, les dessins posés contre la grande toile (dans l'atelier, elle semblait immense) : « Je voudrais qu'ils montent se placer dans la toile, en grimpant tout seuls, comme des cafards ! » Nous avions parlé de l'Espagne, de peinture ; il en était venu à la confidence la plus révélatrice que j'aie entendue de lui.

« On parle toujours de l'influence des Nègres sur moi. Comment faire ? Tous, nous aimions les fétiches. Van Gogh dit : “L'art japonais, on avait tous ça en commun.” Nous, c'est les Nègres. Leurs formes n'ont pas eu plus d'influence sur moi que sur Matisse. Ou sur Derain. Mais pour eux, les masques étaient des sculptures comme les autres. Quand Matisse m'a montré sa première tête nègre il m'a parlé d'art égyptien.

« Quand je suis allé au Trocadéro[3], c'était dégoûtant. Le marché aux puces. L'odeur. J'étais tout seul. Je voulais m'en aller. Je ne partais pas. Je restais. Je restais. J'ai compris que c'était très important : il m'arrivait quelque chose, non ?

« Les masques, ils n'étaient pas des sculptures comme les autres. Pas du tout. Ils étaient des choses magiques. Et pourquoi pas les Égyptiens, les Chaldéens ? Nous ne nous en étions pas aperçus. Des primitifs, pas des magiques ! Les Nègres, ils étaient des intercesseurs, je sais le mot en français depuis ce temps-là. Contre tout ; contre des esprits inconnus, menaçants. Je regardais toujours les fétiches. J'ai compris : moi aussi, je suis contre tout. Moi aussi, je pense que tout, c'est inconnu, c'est ennemi. Tout ! pas les détails : les femmes, les enfants, les bêtes, le tabac, jouer... mais le tout ! J'ai compris à quoi elle servait, leur sculpture, aux Nègres. Pourquoi sculpter comme ça, et pas autrement. Ils étaient pas cubistes, tout de même ! Puisque le cubisme, il n'existait pas. Sûrement, des types avaient inventé les modèles, et des types les avaient imités, la tradition, non ? Mais tous les fétiches, ils servaient à la même chose. Ils étaient des armes. Pour aider les gens à ne plus obéir aux esprits, à devenir indépendants. Des outils. Si nous donnons une forme aux esprits, nous devenons indépendants. Les esprits, l'inconscient (on n'en parlait pas encore beaucoup), l'émotion, c'est la même chose. J'ai compris pourquoi j'étais peintre. Tout seul dans ce musée haffreux, avec des masques, des poupées peaux-rouges, des mannequins poussiéreux. *Les Demoiselles d'Avignon*[1] ont dû arriver ce jour-là, mais pas du tout à cause des formes : parce que c'était ma première toile d'exorcisme, oui !

« C'est pour ça que plus tard j'ai peint aussi des tableaux comme avant, le *Portrait d'Olga*[2], les portraits ! On n'est pas sorcier toute la journée ! Comment on pourrait vivre ?

« C'est aussi ça qui m'a séparé de Braque. Il aimait les Nègres, mais, je vous ai dit : parce qu'ils étaient des bonnes sculptures. Il n'en a jamais eu un peu peur. Les exorcismes ne l'intéressaient pas. Parce qu'il ne ressentait pas ce que j'ai appelé Tout, ou la vie, je ne sais quoi, la Terre ? ce qui nous entoure, ce qui n'est pas nous, il ne le trouvait pas hostile. Ni même, figurez-vous ! étranger ! Il a toujours été chez lui... Encore maintenant... Il ne comprend pas du tout ces choses-là : il n'est pas superstitieux ! »

C'est un reproche[a].

« Après, il y a eu une autre question. Braque fait sa peinture en réfléchissant. Moi, pour ma préparation, j'ai besoin des choses, des gens. Il a de la chance : il n'a jamais su ce que c'est, la curiosité. On confond bêtement avec l'indiscrétion. C'est une maladie ! Une passion, parce qu'elle a aussi des avantages. Il ne connaît pas la vie : il n'a jamais eu envie de tout faire avec tout[1]... »

Je pense aussi à ce que m'a dit Braque, d'un tableau parent de celui que j'ai sous les yeux : « Je ne le reconnais plus. Ça se passe souvent. La seule chose essentielle dans un tableau, personne ne peut l'expliquer, pas même le peintre... Peut-être que ça tient à l'ensemble... Voyez la façon dont les bons tableaux prennent de la poésie, comme les bronzes prennent de la patine... On prétend que nous avons découvert la poésie des guitares et des paquets de tabac ; c'est idiot pour Picasso, pour Gris, pour moi. Les paquets de tabac ont pris de la poésie tout seuls. Vermeer a peint des guitares avant nous. Les objets de Vermeer, de Chardin, ne sont pas poétiques, l'atmosphère de leurs tableaux non plus ! c'est leur peinture, qui le devient. » Il pensait, comme Picasso et peut-être tous les peintres : Il y a des tableaux qu'on laisse pour les reprendre plus tard, et qui se finissent eux-mêmes. Toute couleur qui crée son propre langage devient-elle tôt ou tard poésie[a] ?

Comme si elle répondait à mon souvenir, Jacqueline, qui revient accompagnée de Nounours, et me voit devant le tableau, dit

« Pablo aimait bien celui-là. Mais il trouvait que Braque n'aimait pas la bagarre... Ce qu'ils ont pu s'engueuler ! »

Je sais. Il en reste ce tableau fraternel, que Picasso aurait pu signer...

Je ne vois rien de Léger. Tous trois s'étaient rencontrés en face de Cézanne comme bien d'autres. Léger, lorsqu'il illustrait pour Kahnweiler mes *Lunes en papier*[2], m'a montré une grande toile, enchaînement de volumes vert sombre, et la *Noce*, beaucoup plus libre, dont j'aime encore la tache framboise : « C'est la sortie de Cézanne. » Les cubistes ont découvert ensemble, après l'éphémère théorie de la représentation des objets sous toutes leurs faces, la fécondité du signe.

Nounours commence à retourner les grandes toiles. Deux portraits par Miró, un par Modigliani. La grande *Yadwiga* du Douanier est dégagée des châssis qui la cachaient jusqu'au cou. Voici le *Roi étranger visitant l'exposition universelle*. Je ne vois pas *Le Parc Montsouris*[3].

« Dans l'atelier des Grands-Augustins, les *Oranges* était entre *Le Parc* de Rousseau et un Balthus.

— On a laissé le Balthus dans une autre pièce, dit-elle. Je dois le faire transporter, mais il est grand. *Le Parc Montsouris*, je ne me souviens pas. »

Un grand Renoir, surprenant : les jambes de la femme ont l'importance arbitraire des membres des « grosses femmes » que Picasso a peintes à Rome, et dont il grommelait : « C'est à cause de Michel-Ange ! »

Le grand Le Nain. J'en reconnais le bœuf noir dès que Nounours le retourne : il était dans la salle à manger de mon père, à Bois-Dormant[1]. Il appartenait à une belle-tante, qui l'a vendu par mon entremise à Kahnweiler, qui l'a vendu à Picasso. Le monde est petit. Nounours retourne un autre châssis.

« Oh ! ce n'est pas un bon Courbet, dit Jacqueline. Je ne sais pas pourquoi Pablito l'avait acheté.

— À cause des cornes ? »

Une tête de chevreau, médiocre en effet, mais dont l'œil, et la tache allongée du pelage qui le continue sont aussi noirs que les cornes irréelles, parentes de celles des taureaux de Picasso. Voici d'autres cornes ; quand Jacqueline a retourné le châssis, elle a dégagé une céramique où rit un chèvre-pied.

« Je croyais qu'aucune œuvre de lui ne faisait partie de sa collection ?

— Oui. La céramique était là, on ne l'a pas transportée : elle est lourde. Maintenant, vous avez tout vu. Donnez-moi un conseil. L'Administration me demande de mettre les Le Nain avec les autres Le Nain, les Matisse avec les autres Matisse… Pourtant, il avait toujours dit que ses tableaux devaient rester ensemble… »

Problèmes juridiques[a].

« Et puis, sa collection, il voulait la dédier "Aux jeunes peintres". Il y tenait beaucoup. Si on la disperse… Autre chose : j'ai l'intention de donner ses Nègres au musée de l'Homme, mais je voudrais qu'on ne les sépare pas non plus.

— Donnez-les, aux conditions qu'il avait fixées pour sa collection de tableaux… D'ailleurs, le musée de l'Homme est beaucoup plus libre que le Louvre… »

Ses masques formeront vraiment un florilège, comme les « Picasso de Picasso ». Ce que les tableaux de sa collection ne forment pas. Ils me font penser aux meubles que nous conservons après plusieurs déménagements, les uns parce que nous les aimons ou en mémoire des amis qui nous les ont donnés, les autres parce qu'ils se sont trouvés là. Les Cézanne, le Matisse, le Braque, le Derain (vers 1923, pour nous, le rival de Picasso était moins Braque que le Derain de *La Cène* et du *Chevalier X*) sont sans doute liés à des moments de sa vie ; mais aucun tableau n'évoque le temps des *Demoiselles d'Avignon*. Il est vrai que des sculptures nègres se sont réfugiées dans les coins ou sous les meubles.

L'absence[a] des deux peintres qu'il aimait « autrement que les autres » me surprend :

« Ni Goya ni Van Gogh ?

— Ça ne s'est pas trouvé… Peut-être que Pablo n'a pas beaucoup cherché. Est-ce qu'il aurait aimé les voir ici, je ne sais pas…

— Pourtant, Cézanne ?

— Vollard avait des Cézanne, Pablo a fait un échange. Cézanne, il l'admirait ; Van Gogh, il l'aimait. »

Je savais quels tableaux célèbres je trouverais ici. Mais j'imaginais, autour d'eux, je ne sais quel musée des arts inconnus. Peut-être parce que, dans ses ateliers, il mêlait ses tableaux anciens à ceux qu'il venait d'achever ; peut-être parce que je ne tirais pas toujours au clair le dialogue de ses sculptures avec ses fétiches ou ses statuettes de haute époque. Le plus ancien des tableaux que je viens de regarder est vieux de quelques siècles ; la *Vénus*[1] de Lespugue, qu'il m'a montrée aux Grands-Augustins, de vingt ou trente millénaires…

Sa collection ne lui ressemble pas. Il m'avait dit, il y a trente ans : « Ce que j'aime et ce que je veux avoir chez moi, ce n'est pas la même chose. Je suis un peintre ; je suis aussi un amateur qui me donne des conseils quand je peins ; mauvais conseils. » Il a peint parfois avec sa collection, parfois contre elle. Quoi de commun, entre la sérénité de son Matisse, même de son *Château noir*, et son conflit incurable avec ce qu'il appelait la nature : « Il faut bien qu'elle existe, la nature, pour qu'on puisse la violer[b] ! »

Sa collection, c'était la peinture des autres… Petit jeu, comparé à tout ce qu'il a ressuscité ou légitimé, depuis les fétiches jusqu'à Sumer, en passant par l'Océanie !

Son chèvre-pied qui rit semble rire de tous ces tableaux. Le farfelu de céramique dit que l'unité de l'œuvre d'un peintre est celle de son style. Les manières successives de Picasso se suivent dans le sien comme les accès dans la rage : son style, c'est cette succession. Je lui parlais un jour du haschisch, dont l'action spirituelle m'a beaucoup intéressé au Cambodge et au Siam, pays de service religieux obligatoire.

« Moi, dit-il, j'en ai pris une fois, au Bateau-Lavoir. Dégoûtant ! Pendant des heures, j'ai eu la certitude qué jé peindrais toujours de la même façon[1] ! »

La continuité du style, c'était l'enfer.

Il ironisait : « À bas le style ! Est-ce que Dieu a un style ! Il a fait la guitare, l'arlequin, le basset, le chat, le hibou, la colombe. Comme moi. L'éléphant et la baleine, bon, mais l'éléphant et l'écureuil ? Un bazar ! Il a fait ce qui n'existe pas. Moi aussi ! Il a même fait la peinture. Moi aussi. » Sa condamnation de la continuité du style était plus profonde, et plus obscure, que sa boutade. « Je n'ai pas de vrais amis, je n'ai que des amants ! Sauf peut-être Goya, et surtout Van Gogh. » Mais qu'avaient tenté durant toute leur vie Goya et Van Gogh, et tous ceux dont les tableaux forment sa collection, et le Greco, Rembrandt, Vélasquez, Delacroix, Courbet avec lesquels il s'est mesuré, sinon approfondir leur art ? Le Derain de la bonne époque, Matisse, Rouault, Braque, Chagall prennent appui sur leurs dernières créations, montent leur escalier marche à marche. La création de Matisse ou de Chagall s'élabore par les mêmes voies que celle de Piero della Francesca ou de Rembrandt. Ils ne savent pas tout à fait ce qu'ils entreprennent quand ils commencent un tableau, puisque tout tableau « devient », par le seul fait de le peindre. Mais l'étage à construire s'appuie sur les étages construits. Même quand leur pouvoir les abandonne, ils le connaissent. Picasso seul veut remplacer le prochain étage par une échelle ou par une balançoire — et s'envoler ? « Ma petite fille qui saute à la corde, la sculpture, comment la faire tenir en l'air, puisqu'elle saute ? J'ai appuyé sur le sol. Personne ne s'en est aperçu[2]. » Qui donc, excepté Picasso après *Les Demoiselles d'Avignon*, a osé interdire à l'approfondissement de gouverner seul la succession de ses manières ? Le principe : « On doit tout faire, à la condition de ne jamais recommencer », ne mène pas où vont les autres peintres. « Aller plus loin », non plus, au sens où il l'entendait. « Plus loin, mais dans son propre sens », répondait Braque. « C'est ce que je fais. Pourquoi chercherais-je à être dans ma peinture ? J'y serai toujours, puisque c'est moi qui la peins[1] ! » Il aurait pu ajouter : et qui la dépasse.

Je pense à *La Grande Charrue*[2] devant laquelle Braque est mort. Comment le mot *art*, dont l'esthétisme fausse d'ailleurs le sens, exprime-t-il à la fois l'acte créateur de Picasso et celui de ses rivaux ? Quelle relation entre sa dernière exposition au palais des Papes, celle de Braque au Louvre, celle des toiles inachevées de Rouault au Salon Carré, le *Message biblique* de Chagall à Nice ? L'accord fondamental de Braque avec le cosmos (*cosmos* veut dire « ordre »...), ses tableaux affectueusement liés à la peinture, ne sont pas réduits au silence par la voix la plus insoumise que l'art ait connue. Tout l'œuvre de Picasso serait un hurlement, si ses tableaux n'échappaient au hurlement par leur création même : un supplice peint par Goya n'appartient plus aux supplices, mais à la peinture.

Après la mort de Braque, il semblait que son esprit fût revenu ranger son atelier. Ici, un génie sans remède veille sur les images qu'entassa son passage de trombe, tas de feuilles plaquées par l'ouragan de la mort.

« Où sont allées les sculptures, après l'exposition du Petit Palais ?

— Beaucoup sont ici, répond Jacqueline : Vous voulez les voir ? »

*

Les deux niveaux étroits de la longue salle sans meubles sont reliés par des marches. Derrière les fenêtres à la lumière de soupirail, des ombres confuses de statues, en silhouette sur le jour pourtant radieux, au-delà d'un foisonnement immobile et inextricable de bronze, de pierre, de plâtre, de matières vernies, que *Le Chat*[3] doré, queue en l'air, garde à mes pieds. Au-dessous, le même grouillement, plus grand et continu, comme un étage noble sous un rang de mansardes. En surgit un moulage de *L'Esclave prisonnier* de Michel-Ange. Je sais bien que ce sont les sculptures de Picasso ; et je les avais vues, en désordre, lorsqu'on les avait apportées au Petit Palais. Mais des socles les attendaient, chacune allait devenir une sculpture, hors des camions où on les avait disposées en rang. Elles venaient de la vie, comme si Picasso allait demain en créer d'autres. Alors qu'ici, la mêlée de leurs formes vient d'une mort véhémente, dont la sorcellerie susciterait cette multitude de Jugement dernier, qui lui appartient plus qu'à la terre. Je pense à Saül prosterné pendant qu'une pieuvre d'ombre monte dans la caverne d'Endor : « L'ombre de Samuel[1]... » Je pense encore au serpent constellé qui déroulait dans les grottes de l'Inde ses invisibles anneaux à l'heure où Çiva épousait la déesse aux yeux de poisson ; la psalmodie de la *Bhagavad* et les cris lointains des grands oiseaux de la mer d'Oman (les pépiements entrecroisés des moineaux de Mougins emplissent la pièce, comme je les ai entendus emplir le Ramesseum...) se mêlaient dans l'obscurité où les trois visages colossaux de la plus célèbre *Majesté*[2] de l'Inde régnaient sur leur peuple d'outre-monde. Ici, au plus haut du tas frémissant, règne la conductrice de la *Poussette*[3]. Séparée de sa voiture d'enfant presque recouverte par des hérissements de bronze, des tessons, des socs, des cornes de masques nègres, elle devient l'Esprit de la cohue arrachée à son furieux sommeil. Un bras cassé, l'autre en avant, *Aurige de Delphes* sans char ou Coré sans offrande, la crosse solennelle de sa coiffure vaguement orientale au-dessus de ses yeux d'insecte, on ne sait si elle veille sur ces pierres d'abîme et ces chardons mêlés par le vent de l'au-delà, ou si au contraire elle vient de naître d'eux. Un échafaudage de baguettes peintes, à la fois décor géométrique et marionnette pour un guignol de démons enfants, ressemble à une épure parmi ces formes rugueuses ou convulsées. Il s'appelle *Personnage*[4]. Ce ne sont pas des formes étranges (presque toutes me sont familières) qui, peu à peu, se dégagent de ce lieu hanté ; malgré *L'Esclave* blanc, rien de l'insolite surréaliste, toujours soumis à l'imaginaire qu'il invite ou capture. Celui de Picasso vient du combat que ses figures livrent à la Création[5]. Fort étrangères aux diables, aux funérailles de l'Amour sur un fond d'incendies, aux mannequins méditatifs, paysages lunaires, montres molles et girafes en feu, villes de silence abandonnées par des civilisations inconnues. L'insolite de Picasso ne naît pas de rencontres saisissantes d'objets, car les objets rapprochés n'y représentent pas un monde, fût-il inconnu : ils expriment un monde qui ne peut exister que par la sculpture. Les seins de la *Fillette sautant à la corde*[6], faits de paniers, ne sont plus des paniers, les chaussures (vraies) ne sont plus des chaussures. « J'ai souvent employé les morceaux d'un journal dans mes papiers collés, mais pas pour faire un journal. » La fillette n'appartient pas au fantastique (quelle œuvre de Picasso appartient réellement au fantastique ?) mais au monde que l'art seul peut créer. Les spectacles du surréalisme imitent ce qui n'existe pas ; les formes de Picasso l'inventent.

Quoi de plus étranger aux spectacles que ces galets lisses et ces rochers, ces oursins, apparentés comme dans les grandes profondeurs ? Peuple d'une même planète, sculptures-de-Picasso à la manière dont les animaux les plus différents sont des animaux-de-la-vie. « Je créerai les formes qui n'existaient pas, qui n'auraient jamais existé sans moi. » Leur stridence couvre l'orchestre des formes de la terre. Telle œuvre ressemble au moulage d'une main, telle autre à celui d'une feuille ; la *Tête*[1] pour le monument d'Apollinaire a été celle de Dora Maar, le chat est presque un chat. Les fleurs de bronze sont-elles presque des fleurs ? Devant un grand contre-plaqué, une renoncule isolée sort d'une boîte de laitier, en face de *L'Esclave*, comme un projet pour un *Tombeau de la sculpture*.

Peu à peu les formes se précisent : mon regard s'accommode, et mon esprit, en les reconnaissant, les délivre de leur enchevêtrement. Les plus célèbres sortent de la brousse de cuivre parce qu'elles sont les plus hautes, et que presque toutes semblent noires. Elles sont des statues. Et les autres ? Picasso voyait-il en l'*Homme au mouton*[2], œuvre fort étudiée qu'il choisit pour la place de Vallauris, le *Guernica* de sa sculpture ? La *Femme enceinte*[3] rivalise-t-elle avec la *Vénus* de Lespugue, dont il avait fait faire un moulage ? La *Figure au vase*[4] n'est pas moins élaborée. Jacqueline en a placé une fonte sur le gazon funéraire de Vauvenargues. Elle m'en montre une photo : l'édifice même, murs rocailleux aux tourelles écrasées de castel espagnol, est devenu mausolée. Elle veut l'emplir de ses toiles, et quel tombeau serait davantage selon son cœur ? Ici, tous les grands nus voisins de la *Figure*, si peu des nus ! entourent un *Homme au mouton*, tranché à la taille, et séparé de ses jambes voisines, par des fleurs carnivores. Du jardin, une fonte intacte projette son ombre à travers la fenêtre. Au Musée Imaginaire, une salle Picasso les accueille déjà.

Autour d'elles, volettent les souvenirs du *Verre d'absinthe*[5], du *Manager* de *Parade*[6], les figures de papier, la *Sculp-*

ture à la plante et à la corne, le *Radiateur*[1]. Et devant moi, cette brousse qui mêle à mes pieds son entrelacement de crocs semblable à celui des plaques scythes, où les rapaces déchirent les soubresauts des tigres. Elle monte à l'assaut de statues encore moins délivrées qu'elle. Les bouquets semblent plus nombreux que les têtes, parce qu'ils se ressemblent ; comme si elles avaient été jetées aux chardons et aux orties. Celles dont la racine du nez est arrachée du front, avec leurs yeux en demi-boules et leurs volumes de monnaies gauloises : énormes virgules, cornichons, poires courbes, sont encore des sculptures. Comme les grandes formes blanches dressées dans l'ombre claire du Midi après l'avoir été dans son atelier de Boisgeloup, destructrices de tout équilibre, et d'abord de celui que la vie doit si souvent à la symétrie des feuilles, au tronc qui ordonne la folie des branches. Il y a les figures ironiques, le *Buste de guerrier* au casque en balai de chiendent qui, sans l'accent de la création, semblerait se moquer de la sculpture, de son sujet et même de son auteur, puisqu'il ricane des héros romains que Picasso peindra seulement trente ans plus tard. Il y a les délégués de l'inconnu. Voici les fontes de la *Femme à la poussette* qui m'a secoué lorsque je l'ai vue exposée chez Kahnweiler, de la *Fillette sautant à la corde* sans assise et sans pesanteur, négation sardonique de la statuaire. L'original de chacune, bois, plâtre, carton, examine sa fonte noire comme nous regardons notre ombre. Le vernis de la sauteuse en fait un grand jouet menaçant.

Avec quoi n'a-t-il pas joué[2] ? Ces jouets ne dévoilent pas sa création, ils la cachent. La selle aux cornes de guidon, l'ibis-patinette ne sont point l'expression la plus aiguë du génie qui suscita la *Femme à la poussette* ou celle *au feuillage*[3]. Pas plus que les ready-made ne sont des tableaux de Marcel Duchamp, épurés. Picasso a joué à faire une bonne femme avec l'enveloppe d'un paquet de cigarettes ; il a joué aux ready-made, parce que ceux-ci naissent d'un regard parent de celui qu'il jette sur tous les objets ; encore le jette-t-il pour les capturer. C'est à l'inépuisable offrande de la vie, que le bouquet sauvage de la mort oppose soixante ans de réponses victorieuses ou traquées.

La vie le surprenait. Lorsque, en promenade, il interrompait la conversation pour arracher une branche ou ramasser un caillou, il ne cherchait pas un modèle, il cherchait « cé qué yo pourrais bien en faire ». Ce qui voulait peut-être dire, car il développait rarement ses percutantes boutades : je cherche comment cet objet pourrait m'aider à faire éclater le monde de la peinture, ou de la sculpture. La branche reparaissait dans la *Femme au feuillage*, en connivence avec des volumes géométriques. Il n'avait pas emporté le caillou pour l'admirer, mais pour le graver. Son fameux « Je ne cherche pas, je trouve[1] » exprime peut-être moins d'orgueil que d'étonnement. Il a pourtant quelquefois cherché, au sens traditionnel. Nous connaissons ses études pour l'*Homme au mouton*, les états successifs de la *Femme au feuillage*. Mais il disait aussi que la peinture lui faisait faire ce qu'elle voulait[2]. Et la sculpture. La branche s'acoquinait toute seule à l'un des objédérebuts (objets de rebut) qu'il chérissait.

« On ne pouvait pas laisser traîner un bout de ficelle sans qu'il en fasse quelque chose ! » dit Jacqueline.

« La sculpture a plusieurs âmes », affirmait-il. Sans doute la métamorphose était-elle la première.

« Je ne vois pas le *Faucheur* ? »

C'est le bronze, souvent reproduit, dont l'œil unique, au centre de la tête, est figuré par l'empreinte d'un moule à pâté de sable ; une branche bifide en forme le tronc et les jambes, et un moignon végétal y dirige une faux vers le sol, avec le geste de la Mort. Je voulais en faire le monument aux *Fleurs du mal*, à la pointe de l'île Saint-Louis.

Il doit être à « La Californie », à Cannes…

Parmi les jouets et les objets que Picasso appelait sculptures involontaires, le *Faucheur* régnerait comme la haute *Femme à la poussette* règne ici sur son peuple de formes arrachées à la vie. Entouré de ce qui ne parle pas, il semblerait hurler. Il n'est nullement le frère des ready-made mais bien de la célèbre *Tête de mort*[3], galet abandonné par le reflux de la vie, sur laquelle j'ai failli tomber dans l'obscurité de son atelier. Inexplicablement, les fleurs carnivores ressemblent au crâne lisse.

Fleurs et crâne se mêlent, sur la même planète, à la végétation antivégétale qui pousse hors du ciment son peuple métallique de tournesols cambrés, de capsules, de chiendents, de champignons aux oreilles recourbées, comme les ronces des coraux investiraient de gros galets étoilés d'astéries. Cette végétation de bronze[4] sert d'âme aux galets, qu'elle ne recouvre pas. Les épines de sa herse et ses pétales massacrés expriment la vie comme l'expriment les muscles révulsés, comme l'invisible geste qui fait craquer les branches et lacère les feuilles, transforme l'arbre en fagot parce qu'aucun dieu ne peut faire pousser des fagots — fagots qui appellent le bûcher comme l'appellent toutes ces scories et ces tisons. Volonté de création d'autant plus rageuse[a] qu'elle combat la Création tout court, et le sait.

Sans rompre avec elle, pourtant, le lien allusif du signe, venu de ses tableaux. À la limite de l'allusion dans les deux *Femmes* de Vallauris de 1948[1]. Idéogrammes menaçants du combat, emblèmes de bronze plus tordus par le feu que l'aigle hitlérienne après la prise de Nuremberg, — symboles ravagés de Picasso lui-même, comme le bronze de son poing crispé par la force ou par le supplice. Il advient aussi que le signe magique, peinture ou sculpture, suscite son adversaire hors de l'œuvre : dans le jardin de « La Californie », les grandes céramiques, sculptures plates, dessins cernés, qui ne portent qu'en elles-mêmes leur raison d'être, harcèlent les arbres pour les entraîner dans leur univers.

Leurs modèles réduits se distinguent à peine des autres sculptures, car le langage secret de toutes ces œuvres est celui de leur unité. La constance du combat implique au moins une parenté des formes de combat ; celles-ci se ressemblent en ce qu'elles ne ressemblent pas aux autres. Bien entendu, le Musée Imaginaire rôde ici. Picasso réagit à la découverte des œuvres comme à celle des objets et des sentiments ; il emporte la feuille dans sa réserve d'écureuil, accueille dans ses toiles les colombes de son atelier de Paris, de son jardin de Cannes ; il les accueille aussi dans sa sculpture, avec sa guenon, son crâne de taureau, son verre, ses hiboux. Il s'approprie tout ferment de métamorphose, et change en crâne de guenon une petite auto d'enfant. Mais il ne s'approprie ni les fétiches ni les dieux des hautes époques ; il n'introduit pas la longue figure étrusque dans une sculpture, il se bat avec elle. En une rivalité meurtrière, à mille lieues du jeu subtil par lequel Braque illustre Hésiode. Il rivalise même avec la feuille ? Je sais. (Dieu aussi est un très grand créateur de formes, « bien qu'il n'ait pas de style ».) En vain d'abord. Il ne lui suffit pas de la métamorphoser en objet pour la posséder : son acharnement y parviendra pourtant dans la *Femme au feuillage*. Envoûté par l'immémorial, car les formes historiques sont absentes de sa sculpture, malgré cet *Esclave* blanc, personnage de Chirico plus que statue de Michel-Ange — échoué ici en tant que Michel-Ange, ou en tant qu'esclave? « Michel-Ange, il est un héros garrotté », disait Picasso. Moins que lui. Je pense au Viking jeté par les chrétiens dans un tonneau de vipères, hurlant son chant de guerre en dressant vers le ciel ses bras flagellés de serpents. Ses sculptures appellent le peuple des figures sacrées, qui nous assaillent *parce que* nous ne savons pas ce qu'elles signifient. Les Doubles égyptiens qui ne sont plus des morts, les dieux de Sumer auxquels nous ne croyons pas, ceux de l'Inde, de l'Extrême-Orient et du Mexique, les mêlées de fauves des cavaliers nomades, les saints que nous ne prions plus, les masques et les fétiches qui ne sont plus des esprits. Toute la sculpture : Acropole, grottes chinoises, églises romanes, tombeaux de Florence, reconnaît ses compagnons royaux dans les basaltes sumériens de Goudéa, à la fois adorants, dieux et temples[1]. Les envoûtements de Picasso s'accordent aux arts sauvages, à des idoles mexicaines et préhistoriques ; la statue qui veille sur eux n'est pas un prince chaldéen monumental, c'est le totem arraché à sa poussette, un dieu en forme d'instrument de torture.

A-t-il su qu'il rivalisait avec le sacré[2] ? L'emmêlement de ces chardons de bronze sur les galets des têtes, leur négation de l'apparence, non moins véhémente que celle des Fécondités sumériennes ou des fétiches à clous, proclament que cette négation ne se réclame pas seulement de la sculpture, mais aussi d'une sorcellerie. Il est le possédé d'un sacré qu'il ignore[a].

Voici, léguée par l'amitié, une statue de Manolo[3]. (Je crois que je possède encore deux bas-reliefs de lui quelque part.) Intruse, mais révélatrice. Manolo, Maillol, les sculpteurs cubistes, même Giacometti, se réfèrent à « la sculpture », veulent faire entrer leurs œuvres dans son Musée Imaginaire. Picasso a voulu les y précéder, il a aussi voulu le détruire. Tout grand artiste détruit en lui l'œuvre de ses maîtres directs ; le vrai maître de Picasso, le rival à détruire, est devenu assez tôt ce Musée. C'est pourquoi beaucoup de ses figures, vers 1930, ne se réfèrent plus à la sculpture, plans et volumes, mais à la sculpture-de-Picasso, monde clos auquel de jeunes sculpteurs se réfèrent comme d'autres au Musée Imaginaire, comme leurs ancêtres au classicisme. Ce que nos contemporains appellent la sculpture de toujours, depuis les Sumériens jusqu'à Henry Moore[4], n'y pénètre pas. Nous n'y rencontrons guère que l'énigmatique liberté de certaines œuvres sauvages : masques eskimos, dogon, de la Nouvelle-Bretagne ou de la Papouasie, silex mayas, urnes zapotèques.

Jacqueline regarde rêveusement la mêlée des sculptures, Ancêtres inconnus. Un masque africain violet passe ses cornes poussiéreuses sous la *Fillette à la corde*, comme pour s'enfuir. Cette *Fillette*, la *Femme au feuillage* sont étrangères même aux graffiti : l'esprit de Picasso veut se délivrer aussi des formes qu'ont inspirées les esprits, n'attendre que de lui sa propre magie.

« Tiens ! » dit Jacqueline.

Elle vient de trouver une fonte du *Faucheur*. Mon souvenir l'avait rapetissé, car les photos en font un bronze de vitrine. J'avais oublié aussi que l'hémisphère creusé par le moule à pâté, pour suggérer la tête, porte en son centre une face minuscule.

« La face est donnée par le moule ?

— Oh non : il l'a ajoutée ! Il changeait presque toujours ce qu'il avait commencé. Au début, il n'y avait pas non plus la faux. Il disait : “Ça m'est venu comme ça…”

— Autrefois, je l'ai vu accueillir certaines idées parce qu'elles ne pouvaient venir que de lui ; d'autres, parce qu'elles venaient de très loin. La faux suggère évidemment la mort. C'est pourquoi cette figure, agrandie, m'avait paru si bien convenir à Baudelaire… »

Dans la *Tête de mort*, les trous des orbites s'opposent à une bouche vivante, sans dents et sans lèvres : un seul trait ricanant. Et le fétiche de la *Poussette*, avec son enfant aux jambes nouées en choupette et ses yeux de mouche géante, appartient au même domaine que la minuscule face perdue dans l'ombre en côtes de melon du *Faucheur*.

« Il était très sensible à des formes extrêmement anciennes, dis-je, qui ont traversé les civilisations : le crâne de mort, le taureau du Soleil, le cheval de la Mort… Ces deux-là sont dans *Guernica*. Il était ravi d'avoir accouplé une selle et un guidon, mais il était encore plus ravi d'en avoir fait un taureau… Il aimait bien moins l'ibis-patinette. Vous savez qu'on a découvert des clefs des songes à Babylone et en Chine… »

Elle m'interroge du regard.

« On y trouve une sorte d'inventaire des songes qu'elles interprétaient. C'est le même matériel que celui de Freud. Surtout pour les cauchemars. Les civilisations s'enfouissent les unes les autres ; un sculpteur babylonien n'aurait certainement rien compris à Picasso, qui retrouve les formes de ses démons et de ses fécondités, mais nous rêvons des mêmes pieuvres et des mêmes araignées que les Babyloniens. Et l'araignée des cauchemars eѕt l'un des plus anciens animaux de la terre… »

Avant le départ de *Guernica* pour le pavillon de l'Espagne républicaine[1], j'avais dit à Picasso : « Nous ne croyons guère aux sujets ; mais il faut reconnaître que cette fois, le sujet vous aura bien servi ! » Il me répondit qu'en effet, il ne croyait guère aux sujets, mais qu'il croyait aux thèmes — à condition de les exprimer par des emblèmes : « On peut exprimer la mort par le *Tres de Mayo*[2] ; ou par le crâne, on le fait depuis longtemps… mais pas par un accident d'auto. » Il appelait thème (je cite) la naissance, la grossesse, la souffrance, le meurtre, le couple, la mort, la révolte, peut-être le baiser ; bien qu'ils prissent les formes des époques, on les rencontrait dans presque toutes ; on ne pouvait jamais les exprimer sur commande, mais quand un grand peintre les rencontrait, ils lui donnaient du génie. « Il viennent de plus loin que la civilisation… » *Guernica* l'avait mené à étudier les *Fusillades du 3 mai.* « Le ciel noir, il n'est pas un ciel, il est du noir. L'éclairage, il y en a deux. Un qu'on ne comprend pas. Il éclaire tout, comme un clair de lune : la sierra, le clocher, les fusilleurs qui devraient être à contre-jour ; mais il éclaire bien plus que la lune. Il n'a pas sa couleur. Et puis, il y a la lanterne par terre, énorme, au centre. Elle, qu'est-ce qu'elle éclaire ? Le type aux bras dressés, le martyr. Vous regarderez bien : elle n'éclaire que lui. La lanterne, c'est la Mort. Pourquoi ? On ne sait pas. Goya non plus. Mais Goya, lui, il sait que ça doit être comme ça.

— J'ai toujours eu l'impression d'un tableau envoûté, lui répondis-je. Envoûté par quel surnaturel ? Surtout pendant la guerre d'Espagne, parce que l'homme aux bras dressés symbolisait nos copains. Je ne pensais pas à l'éclairage, je pensais à ce grand geste des bras en V. Depuis, nous avons eu le geste du général de Gaulle, et les doigts de Churchill. Pendant la guerre civile, V ne voulait pas encore dire Victoire. Mais les bras dressés ainsi, nous les connaissions bien, ce sont les bras des crucifixions où la croix est un arbre fourchu… » Il ajouta : « J'ai un squelette de chauve-souris, ailes étendues. C'est très joli, très fin. Je ne m'étais pas aperçu que c'est aussi une crucifixion ; une crucifixion formidable... »

*

Jacqueline me conduit[a] dans une autre pièce.

Le même amoncellement menaçant que celui des sculptures. Mais les toiles, accumulées contre les murs, forment le long de l'étroit passage laissé entre elles une exposition bord à bord ; et cette exposition cache les toiles quinze fois plus nombreuses qui se recouvrent, pages d'album sous des couvertures de Picasso. Je commence à rabattre les tableaux vers moi. Ceux qu'il a peints avant 1966 figuraient au Grand Palais. Je les y ai vus, comme les sculptures au Petit ; ils semblaient s'y soucier du spectateur. Ici, les piles de toiles sont endormies.

Presque tous les tableaux de 1972 ont été envoyés au palais des Papes. La virulence de ceux qu'on en a rapportés n'attaque pas le musée Picasso : elle l'isole autant que le fait sa mort. Un monde sépare les *Mousquetaires*, les idéogrammes rageurs qui ont succédé au *Peintre et son modèle*[1], du musée dédié au cubisme et à ses œuvres d'accompagnement par les tableaux que je dégage un à un, et par ceux dont je me souviens, depuis *Ma jolie*[2] jusqu'à *Guernica* toujours à New York. Les papiers collés que l'on accueillit comme une éruption géométrique continuent mieux Cézanne et Seurat que les portraits ingristes ou celui d'Olga. Les natures mortes, depuis celles de 1912 jusqu'aux natures mortes à la bougie et aux objets cernés, peintes après la guerre, ont pris une imperturbable unité, emplissent le tableau ou le gouvernent. Je pense aux réserves des musées.

À celles du Louvre où nous regardions, Georges Salles et moi, les blancs de la *Douleur* de Cézanne reparaître sous le vernis brun appliqué par le donateur pour accorder Cézanne à ses toiles anciennes : le « vernis-musée » ruisselait des grosses éponges. Aux réserves du Trocadéro, où les mannequins en costumes exotiques regardaient pendre une sorte d'oiseau mort fixé à un fil de fer par des épingles à linge, et qui était le diadème de Montezuma. Dans la cave de l'Acropole, le conservateur, impatient d'avoir attendu la clef, retournait coléreusement la *Coré boudeuse* punie dans un coin, visage au mur.

Jacqueline et moi rabattons des toiles devant les « Picasso

de Picasso », et l'exil de *Guernica* pèse sur ce musée qu'assaillent les *Mousquetaires* enchevêtrés, la peinture giclée des grands nus de 1969, les dernières formes qui semblent tordre leur tableau autant que leurs lignes, les profils éclatés comme ceux des monnaies gauloises, les *Mardi gras* et les *Musiciens*[1] disloqués, les tessons des *Toréadors*[a2], leur luxuriance pétrifiée de mosaïques — et les têtes des *Ménines*[3], ces tableaux qu'on appelle des études, et qui sont le contraire.

« Avec elles, dit Jacqueline, Pablo a vraiment voulu régler un compte ! Jamais il n'avait travaillé comme ça[b] ! »

Mais nous ne parlons d'études pour *Les Ménines*, que par un malentendu. La petite toile forcenée que je regarde n'étudie un modèle ni pour l'imiter, ni pour le comprendre, ni pour l'introduire dans la grande composition. Picasso a peint *d'abord* celle-ci, ensuite ses études supposées ; et elles n'ont de modèle ni dans sa composition ni dans le tableau de Vélasquez. Des études pour l'infante Marguerite (celle de face), postérieures au premier camaïeu d'ensemble — les autres sont, je crois, à Barcelone — l'en dégagent jusqu'à ne plus la figurer que par quelques traits de couleur, qui ne veulent point être des traits expressifs ou suggestifs. Et cet idéogramme pictural ne prépare en rien la même infante Marguerite du grand ensemble multicolore que Picasso peindra un mois plus tard, après des infantes beaucoup plus bariolées (en marge[4], ses pigeons et sa fenêtre), des groupes avec le chien, et le premier ensemble en couleur — où Marguerite ignore toutes les Marguerite qui l'ont précédée. Mais préfigure celles qui la suivront.

Les vraies études, les états préparatoires, se rapportent aux œuvres qui forment le musée Picasso. *Les Ménines* isolées, au contraire, annoncent les têtes provocantes d'Avignon, la rupture avec ce musée. Ces centaines de têtes n'ont pas de *Guernica.*

Dans la pièce d'angle où nous passons, quelques toiles de l'époque bleue sont appuyées aux murs ; d'autres, sans châssis, couchées sur la table comme des affiches. Un portrait de Casagemas[5], l'ami de Picasso qui s'est tué d'un coup de revolver, en 1901. À sa tempe bleue, au milieu de cet étalage bleu, une seule tache grenat : le sang.

Dans la salle à manger, il y avait un autoportrait de la période rose. Ici, on a groupé quelques figures de la période nègre. L'une, tendue comme un scorpion menacé, appelle toutes les griffes des œuvres futures. Jacqueline la pose sur la table :

« Il aimait celle-ci. Elle lui rappelait plus de souvenirs que les autres. Un jour, nous revenions d'une corrida, on nous avait fait des cadeaux, il l'a prise dans ses deux mains, il m'a dit : "Célèbre, bien sûr, je suis célèbre ! Lollobrigida ! Qu'est-ce que ça veut dire ? Au Bateau-Lavoir, oui, j'étais célèbre ! Quand Uhde[1] venait du fond de l'Allemagne pour voir mes peintures, quand des jeunes peintres de tous les pays m'apportaient ce qu'ils faisaient, me demandaient des conseils, quand je n'avais jamais le sou, là j'étais célèbre, j'étais un peintre[a] ! pas une bête curieuse..." »

Elle n'imite point sa voix, mais j'entends, de l'autre côté de la mort, l'étrange accent, si peu traditionnel, qui mêlait les *u* parisiens aux *e* fermés, doublait les *s*, ignorait la jota mais changeait les *j* en *y* : yé n'étais pas uné bett curiosse... Mais Jacqueline dit, comme lui : « J'étais un peintre » et non : j'étais un artiste — mot qu'il n'employait que par dérision. Le : « J'étais célèbre » évoque une de nos dernières conversations. Je venais de lui dire que j'allais faire classer le Bateau-Lavoir.

« Si on nous avait dit ça, quand nous y étions !...

— Vous ne pressentiez pas du tout votre destin ?

— Ça dépend... À vingt-cinq ans, nous étions certains que la peinture, c'était nous. Un peu plus tôt, un peu plus tard. Mais nous serions reconnus quand nous serions morts. Comme Cézanne. Comme Van Gogh ; il avait vendu une toile, une ! un louis. Après, il s'était suicidé. Au Bateau-Lavoir, les amies de Fernande disaient aux modèles très moches : "Toi, va poser chez Picasso !" Vous avez connu Manolo ? Il n'était pas un idiot. Et il était un bon sculpteur. Eh bien, devant les *Demoiselles*, il m'a dit : "Tout de même, si tes parents t'attendaient sur le quai de Barcelone avec des gueules comme ça !" Si nous vivions très, très vieux, ça irait peut-être... Hé, vous voyez, nous n'avons pas eu besoin de vivre tellement vieux ! Quand Braque m'a dit : "Tu te rends compte que nous avons chacun une auto, avec un chauffeur !" il était aussi étonné que moi... Ça, le succès, ça nous a paru extraordinaire. »

Je demande à Jacqueline :

« Sa légende l'amusait encore ?

— Ça dépendait des jours. Il aimait s'amuser, vous

savez… Quand les gens l'ennuyaient, il se mettait à faire le toréador… »

Il aimait s'amuser, en effet. J'ai rencontré seulement chez mes amis espagnols son rire de sorcier. Il avait recueilli des scorpions et des hiboux. Il m'avait dit, des chats qu'il sculptait : « Ils ne sont pas tout à fait bien, parce que les chats c'est comme les femmes : il faut qu'ils soient décoiffés. » Souvent, la gaieté tournait court. Quand je lui montrai des photos de terres cuites sumériennes qui ressemblaient à ses sculptures, il dit joyeusement : « Il y a un moment, dans la vie, quand on a beaucoup travaillé, les formes viennent toutes seules, les tableaux viennent tout seuls, on n'a pas besoin de s'en occuper ! » Et, après un moment : « Tout vient tout seul. La mort aussi. »

J'ai failli me souvenir à voix haute… Pourtant, la mort est là.

Devant l'amoncellement que j'explore, il n'y a plus que deux manières de Picasso. La première rassemble les toiles du musée Picasso : période bleue, période rose, décors, cubisme. La seconde, toutes les autres et la plupart des sculptures : ce que les échotiers appelaient *Les Monstres. Les Demoiselles d'Avignon* et *Guernica* appartiennent aux deux. Ici, la division entre le cubisme et les convulsions est la rupture entre la succession de Cézanne et celle de Van Gogh.

« Ayez pitié de nous, écrivait Apollinaire, de nous, qui vivons cette longue querelle de l'Ordre et de l'Aventure[1]… »

Celle-ci était beaucoup plus chez elle dans la salle des sculptures. Depuis le *Verre d'absinthe* jusqu'à 1929, Picasso avait sculpté maintes œuvres aussi soumises au cubisme que ses guéridons devant les fenêtres étaient soumis au tableau cézannien ; et même quelques bas-reliefs plus soumis au tableau qu'à la sculpture… Ils sont peu nombreux dans la salle voisine, où le taillis des bronzes les recouvre. Les sculpteurs aspiraient à une monumentalité commune aux *Goudéa*[2] chaldéens, aux statues colonnes, à quelques arts de haute époque — souveraine pour Maillol comme pour les sculpteurs cubistes et Manolo ; la sculpture que les Allemands appelaient tectonique, et nous : construite. Picasso, longtemps respectueux du tableau, que ni Cézanne ni même Van Gogh n'avaient mis en question, fut peu soucieux de cette monumentalité ; elle resta étrangère à ce que lui apporta l'art nègre. Ses sculptures cubistes cédèrent vite la place aux griffes et au fer. C'est pourquoi ses toiles les plus provocantes, ici, semblent proliférer peu à peu, alors que ses sculptures de Boisgeloup, tout à l'heure, semblaient surgir. La rupture entre le musée Picasso et les formes virulentes qui lui succèdent après l'avoir parfois accompagné, serait beaucoup plus brutale, si elles ne lui semblaient reliées, comme aux grandes sculptures, par les petites toiles agressives des *Ménines*, par *Les Ménines* même, et surtout par le souvenir que ses grandes Confrontations, qualifiées alors de Massacres, font peser sur treize ans de sa création.

Treize ans, des *Demoiselles de la Seine* à l'*Enlèvement des Sabines*[1]. Les Confrontations avaient pourtant commencé beaucoup plus tôt, par des dessins d'après le retable de Grünewald. Sur la croix, il avait remplacé le Christ par des chapelets d'os, bizarrement sacrilèges.

« A-t-on jamais peint un squelette crucifié ? lui demandai-je.

— Me semble pas. Remarquez que j'ai dessiné tous les bouts des os, arrondis. J'ai vu au Muséum que les os, ils ne sont jamais sculptés, ils sont moulés[2]. C'est drôle. »

Il appelait drôle ce qui le surprenait. Plus tard, il avait peint sa *Bacchanale* d'après celle de Poussin[3], en l'honneur de la Libération. Je l'ai vue à la fin de la guerre, encadrée, précieuse, dans l'atelier des Grands-Augustins, dont il cultivait joyeusement la poussière ; entre les chefs-d'œuvre, la selle aux cornes de guidon, et les *Nature morte à la bougie*[4], qui devaient à leurs formes cernées l'autorité que les plombs donnent au vitrail. Quelques jours plus tôt, Rouault, à qui je demandais ce qu'il pensait de Poussin, s'était frileusement dérobé. Je demandai à Picasso s'il tenait Poussin pour un grand peintre, au sens où il l'entendait de Goya et de Vélasquez. « En ce sens-là, non. Mais voilà : ça n'a aucune importance... » Bien vrai. Vers 1910, Moréas accueillait régulièrement Picasso à *La Closerie des Lilas*, par la psalmodie : « Eh bien ! monsieur Picasso, est-ce que vous croyez toujours que Vélasquez a vraiment du talent ? » André Salmon me le racontait en 1923. J'y pense aujourd'hui, cinquante ans plus tard, devant ces *Ménines* carrées ; je pense aussi à l'atelier où une tête colossale de Dora Maar polémiquait avec celles de l'île de Pâques — à l'atelier de nomade où Picasso était un vivant, et qui ressemblait sans doute à celui du Bateau-Lavoir. Je pense à Fernande[1]. J'avais une vingtaine d'années, je dînais place du Tertre avec Max Jacob ; elle, à la table voisine, avec l'acteur Roger Karl. Je dis à Max qu'elle était très belle. « Oui, répondit-il, pincé : elle a quarante ans ! » Derrière nous, Utrillo, Suzanne Valadon et le Sacré-Cœur. Et la petite église Saint-Pierre-de-Montmartre, où se sont mariés mes parents…

Picasso laissait sa *Bacchanale* dans l'atelier (il avait emporté d'autres toiles dans sa chambre) mais n'en parlait pas. Voulait-il éprouver ses visiteurs ? Sans héritière, seule parmi des natures mortes gouvernées, en face de la selle-au-guidon ironique, elle semblait un jeu subtil et secret.

Le jeu changea lorsqu'il peignit les *Demoiselles de la Seine.* Sa transcription[a] retrouva la force de choc du cubisme. Les peintres s'étonnaient de ce vitrail aux plombs noués, peu soucieux de la palette de Courbet. La transcription des *Femmes d'Alger* les déconcerta plus encore. Picasso ne prenait même pas le tableau de Delacroix pour livret de sa partition ; il en tirait sa propre toile, aussi différente qu'une nature morte cubiste l'était d'une guitare.

Georges Salles, alors directeur du Louvre, avait proposé à Picasso d'apporter, un jour de fermeture, celles de ses toiles qu'il souhaitait étudier en face de tableaux illustres[2]. Il commença par faire placer une de ses *Nature morte à la bougie* près du grand Zurbaran diagonal ; puis, près des *Femmes d'Alger*, presque pour jouer, l'*Aubade* et les tableaux qu'il allait donner au musée d'Art moderne. Il étudia le Delacroix longtemps. « Nom de Dieu, quel peintre ! » Ses propres *Femmes d'Alger* étaient nées ce jour-là. Le voici, petit et noir à côté du grand Georges Salles aux longs cheveux blancs. Voici le jour où celui-ci me conduisit chez sa voyante[3]. Elle étendait à travers le désert iranien l'ombre de Bucéphale au soleil couchant, sous le portrait du dernier sultan de Turquie, son grand-père… Toute sorcellerie est ici chez elle. Quand j'ai vu les *Femmes d'Alger* de Picasso, je me suis souvenu de sa phrase rageuse : « Il faut bien que la nature existe, pour pouvoir la violer ! » Oui. La peinture aussi.

La critique parlait de rivalité ; le viol allait apparaître brutalement dans la métamorphose des *Ménines.* D'autant plus brutalement, que Picasso s'attaquait, cette fois, à l'un des plus célèbres tableaux du monde.

Le dialogue d'un grand peintre avec ses prédécesseurs n'était pas sans précédents. Picasso connaissait sans doute la « copie » du *Charles Quint et l'Impératrice* de Titien, par Rubens, qui traduit ostensiblement Venise en Anvers. Pendant la guerre civile, elle tremblait sous les bombardements de Madrid au mur du Comité des écrivains révolutionnaires[a]...

Pourquoi penser ici à l'aventure de Manet, qui découvrit la peinture moderne presque sans s'en apercevoir, et laissa ses successeurs tirer les leçons d'*Olympia*[1] ? Un tableau qu'a tourné Jacqueline, *Les Amoureux*[2], est signé par Picasso, d'une grosse écriture parodiquement enfantine : Manet, 1920.

Mais Manet découvrait son pouvoir au musée, dont il faisait l'unité. Picasso ne découvre pas le sien, il l'invente. N'importe quel peintre peut décrypter la *Vénus d'Urbin*[3] pour y trouver une *Olympia*, les *Instruments du fumeur* de Chardin pour y trouver un Braque ; aucun décryptage de Vélasquez ne permettra d'y trouver *Les Ménines* de Picasso.

Il ne se soucie pas plus de la palette de Vélasquez que de celle de Delacroix ou de Courbet : il oppose ses rouges de drapeaux à l'admirable accord d'ombre et de bleus des *Ménines*, de la même façon qu'il oppose ses petites filles géométriques à l'infante. « Et moi aussi je suis sorcier. » Ce n'est plus le pouvoir pictural qui est en cause : c'est le pouvoir démiurgique[b].

Le tableau de Vélasquez existe à l'égal des Ménines elles-mêmes ; le tableau auquel Picasso travaille doit exister au même degré, sans l'équivoque de Vélasquez, dont l'œuvre est soumise à la fois au monde de la peinture et à celui de l'illusion. Pourquoi aller hier chercher Delacroix, aujourd'hui, Vélasquez ? Pour révéler le dialogue démiurgique, comme Manet avait révélé le dialogue pictural en allant chercher Titien. Picasso avait conservé les masses des *Demoiselles de la Seine* ; Courbet y chuchotait encore. Cette fois, l'illustre interlocuteur se tait. Le tableau vivant et le tableau tout court écartés, Picasso retient seulement l'acte créateur. Il en proclame la libération. J'avais écrit, avant la guerre : « Bientôt, sa marche ne sera plus éclairée que par la torche qu'il tient dans sa main, même si sa main brûle[4]... » Le cubisme avait tenté de se légitimer ; cette peinture-ci n'est plus légitime, elle est contagieuse.

Au temps de *Guernica*, nous parlâmes, pendant une de

mes permissions, de la façon dont Goya s'accordait à la mort : celle qui entourait mes camarades, non celle qu'il avait représentée, et dont Picasso m'avait parlé au sujet des *Fusillades du 3 mai*. Je dis combien me surprenait la mise en accusation des peintres qui l'ignoraient, comme Chardin ou Cézanne, par ceux qui semblaient la connaître, comme le Greco et Van Gogh. « Oui », dit-il, répondant à lui-même plutôt qu'à moi : « il y a la vie, et il y a la peinture... » Le ton signifiait : en face de la vie, il n'y a que la peinture. Braque aussi m'a dit cela[1], au temps où sa mort approchait[a].

Des *Jacqueline*, des *Jacqueline*. Celle qu'il m'avait envoyée pour l'affiche du Grand Palais (je lui avais répondu qu'elle me faisait penser à une cariatide assise) regarde un *Portrait de Picasso* tout rouge, qui n'est pas de lui. Un de ses hiboux, une de ses colombes. Encore une *Jacqueline*. Je viens de voir des portraits de presque toutes ses femmes.

Il parlait peu de sa propre vie, mais volontiers de *la* vie, lorsqu'il parlait de peinture. Depuis *Les Demoiselles d'Avignon* (et c'est Avignon qui va présenter demain sa dernière exposition), il n'a cessé de se mesurer à elle.

« Vous connaissez les proverbes chinois, vous, le Chinois. Il y en a un qui dit ce qu'on a dit de mieux sur la peinture : il ne faut pas imiter la vie, il faut travailler comme elle. Travailler comme elle. Sentir pousser ses branches. Ses branches à soi, sûr ! pas à elle ! C'est ce que je fais maintenant, non ? »

La nature était encore le « dictionnaire » de Delacroix, il y trouvait encore des formes et des couleurs pour les introduire dans ses tableaux, et même celles qui lui suggéraient ce vers quoi il tâtonnait. Mais l'inépuisable querelle que lui cherchait Picasso devenait plus complexe. Lorsqu'il m'avait montré la *Bacchanale*, il m'avait aussi montré la tête de taureau faite de la selle et du guidon[2]. « Ce n'est pas mal, hein ? ça me plaît. Voilà ce qu'il faudrait faire : je jetterais le taureau par la fenêtre. Les gosses qui jouent en bas le ramasseraient. Un gosse n'aurait pas de selle, pas de guidon. Il compléterait son vélo. Quand je descendrais, le taureau serait redevenu un vélo. La peinture n'est pas faite pour les salons des gens ! » Au Bateau-Lavoir, il avait acheté des fétiches qui portaient des colliers de verroteries. Les colliers avaient disparu. « Les fétiches, ils étaient tout nus ! » Des amies de Fernande étaient venues dîner, les verroteries au cou. Il était ravi. En l'écoutant, je m'étais souvenu des dessins déposés au bas de *Guernica*[1], pour grimper comme des cafards.

Encore une *Ménine*, en face d'une *Jacqueline*[2]. Picasso ne s'y efforce certes pas de perfectionner le visage de l'infante Marguerite qu'il a peint seize fois, ni de le détruire, comme on l'a trop dit, comme il l'a dit lui-même ; s'efforce-t-il d'épuiser ce qu'il peut tirer de la peinture ? La dernière *Infante Marguerite*, comme une drogue, en appelle une autre, qui, à son tour… Et l'imprévisible satiété advient comme un tableau s'achève ; car un sentiment, non une conclusion, annonce aux peintres que leur tableau est fini. La veille du réveillon de 1957, Picasso abandonnant *Marguerite*, peint en style d'adieu une gracieuse *Isabel* venue d'ailleurs, étrangère à la crise qui suscitait ses compagnes, et dont la révérence annonce le départ.

« Je la laisse comme ça. »

Il n'en peindra plus.

Pourtant il n'abandonnera pas les Confrontations. Elles sont entrées dans son art comme y étaient entrés les paysages. Mais il ne renouvellera pas la proclamation des *Ménines*[a].

Voici l'*Enlèvement des Sabines*, les *Guerriers*. Pour dialoguer avec ceux-ci, Picasso retrouve le Poussin de *La Bacchanale* ; mais Louis David n'est ni Vélasquez, ni l'Espagne, ni Poussin. Est-ce avec le « matériel antique » : glaives, lances, casques aux cimiers en brosses, que Picasso s'amuse ? Il surnomme ses personnages, des Guerriers. Ils sont entrés dans l'atelier par effraction, quand Picasso, sur l'invitation du Salon de Mai, songeait à l'*Entrée des croisés à Constantinople* de Delacroix. L'*Enlèvement des Sabines* devait s'appeler *Bataille*.

L'un des Guerriers, en 1962, ressuscite la *Tête casquée*[3] sculptée trente ans plus tôt. Et cette *Tête*, bosselage au plumet en balai, que j'ai vue dans la salle des sculptures à côté du *Chat*, annonce aussi les *Mousquetaires*. Un accent énigmatiquement dérisoire est entré en scène — pour longtemps. Les carnages se succèdent, la fête ironique finira, l'année suivante, dans une hécatombe tricolore.

Aucun guerrier n'annoncera la fin du jeu de massacre par un salut du glaive, comme la dernière infante Isabel par sa révérence.

Picasso n'en poursuit pas moins sa plus dangereuse aventure. Encore quelques *Peintre et son modèle*, opiniâtres… Les figures isolées chassent les autres, le temps de *Mardi gras* commence. La vraie Confrontation sera désormais la confrontation millénaire, celle du peintre avec la face humaine.

Après la guerre, il avait rassemblé dans l'atelier des Grands-Augustins une foule de *Figures* agressives, travaux récents, et des portraits traditionnels de ses enfants, peints vingt ans plus tôt. En costumes de carnaval ; s'il ne bouleversait pas les formes, il lui fallait au moins déguiser les modèles. Il m'avait dit, de la voix dont il se parlait : « Il faut absolument que je trouve le masque. » Phrase plus claire par le ton que par les mots. Bien qu'il fût capable de formules d'une rare force, il exprimait parfois allusivement sa pensée. Pendant des années, je l'ai entendu dire, en accentuant les mots : « Nommer, voilà ! En peinture, on ne peut jamais arriver à nommer les objets[1] ! » Du moins avait-il nommé *Guernica*… Je pensais à tout ce qu'il avait tiré jadis du signe émotif. Je supposais qu'il entendait, par « masque », un ensemble plus complexe, de même nature pourtant : l'accent qu'un grand style donne au visage humain.

« Ça vaudra la peine, répondis-je[a]. Je crois qu'en quarante ou cinquante siècles, les artistes n'ont pas trouvé dix fois ce que vous appelez le masque. Peut-être la Mésopotamie ? Certainement l'Égypte. La Grèce. Rome, pour l'imitation.

— Ça né compte pas.

— L'antique avait inventé l'idéalisation, mais les Italiens ont tout de même inventé le regard… Les statues ne regardaient pas.

— Les tableaux ne regardent pas. Il y a la couleur. Les peintres vénitiens, espagnols, ils ont inventé une couleur formidable ! Un masque ? Des effigies, pas plus. Le masque romantique, encore des effigies.

— Il n'y a peut-être pas non plus de peinture romantique : Delacroix s'excite sur Venise à travers Rubens, comme Ingres sur Raphaël…

— Tout de même, Goya ! Et Corot ? Non : il peint des figures, pas le masque… »

Il rit.

« Cézanne… non : les volumes de la tête. Van Gogh…

il se peint. Ou bien il peint un tableau : *Le Docteur Gachet, L'Arlésienne.* Formidable. Il ne fait pas le masque.

« Picasso, il ne fait rien du tout. »

Par terre, appuyées aux murs, quatre-vingts toiles. Il avait l'air écarquillé — évidence et surprise — des Pierrots peints par lui. Il conclut : « Ce qu'on fera est plus intéressant que ce qu'on a fait. »

Il y avait des colombes dans l'atelier, et le lévrier afghan Kazbek[1]. Le matin de guerre était beau. On n'entendait pas les rares gazogènes. Françoise Gilot entra, montra des dessins. Aujourd'hui, je suis à Mougins avec Jacqueline devant ses toiles par centaines, et il est mort. Il n'a pas découvert le « masque ». Il a découvert autre chose...

C'est ce que me disent ces toiles harcelantes, avec la voix de l'inscription de Thèbes : « Écoute le cortège des morts, avec son bruit d'abeilles[2]... »

Voici la pièce où il peignait. Une table chargée de pots de peinture (très peu de tubes), celle où s'accumulaient les pots vides : « Il continuait à ne jamais rien jeter[3] », celle sur laquelle il peignait à plat : « Cette peinture dégouline ! » À peine la place pour peindre, et le chemin qu'il a laissé dans l'amoncellement ordonné des toiles.

« Voilà..., dit rêveusement Jacqueline. L'atelier du plus grand peintre du siècle... C'est drôle, non ? »

Ces deux mots, si familiers à Picasso, comme un écho de sa voix. L'atelier des Grands-Augustins abritait déjà un désordre indérangeable et minutieux, que Picasso traversait comme un chat. Il a vécu « en campagne ». Gorki m'a dit ironiquement : « Ma culture, celle des livres ? Je sautais le mur pour entrer la nuit dans la bibliothèque de mes amies aristocrates, je lisais, et quand il n'y avait plus de lune pour lire, je filais. » Picasso a beaucoup peint en sautant le mur pour entrer chez lui.

Les toiles de la période bleue, de la période rose (sauf l'*Autoportrait* de la salle à manger) semblent d'un autre. Reliées peut-être à quelques colombes, hiboux et chèvre-pieds, par une affectueuse pitié. Il disait du *Peintre et son modèle* : « Ce pauvre type[4]... » Toiles irréductiblement séparées par l'absence de dérision, de celles que Jacqueline commence à retourner, *Mousquetaires* et *Toreros* de sa dernière manière.

Une énigmatique passion tord ces toiles, toutes figuratives. Miguel vient chercher Jacqueline, dont on attend quelque instruction. Elle quitte la pièce ; il retourne les tableaux un à un, nous parlons de l'Espagne. À ma surprise, la guerre s'accommode mal de la mort, mais non de cette peinture. Toujours les figures d'Avignon, ou leurs semblables ; je reconnais celles de l'exposition de 1971[1]. Mousquetaires, guerriers, peintres-et-modèles, femmes-à-l'oiseau, personnages-rembranesques-et-amours[2], fumeurs, hommes-au-casque, hommes-à-l'épée, arlequins, toreros, mardis gras, flûtistes emplissent peu à peu la pièce, m'encerclent. Encore des *Jacqueline.* Elles veillent sur l'amoncellement des figures. Au temps de l'Indochine, la maladie de l'opium ravagea une nuit la manufacture de Saigon ; le matin, une marée de bactéries passée sous le portail envahissait la rue, avançait inexorablement, centimètre par centimètre... Les personnages de la mascarade, entrés ici de la même façon, attendent leurs semblables. Dans une pièce voisine, des *Couple*, des *Baiser*[3] et des nains submergent des toiles anciennes ou retournées. Bien que Jacqueline en ait envoyé deux cents au palais des Papes, leur peuple conquiert encore les autres — comme, à l'étage inférieur, les fleurs carnivores et les totems aux yeux d'insecte recouvrent les autres sculptures.

Les extravagants entraînent toutes les figures dans leur tentation de saint Antoine. Les femmes-à-l'oiseau, couples et baisers sont néanmoins déguisés, avec leurs yeux postiches et leurs faux nez. Le grand feutre en paraphe suffit à costumer la plupart des autres. L'unité de la mascarade est telle que ceux qui connaissent mal l'art de Picasso ont cru découvrir une nouvelle manière au service de nouveaux sujets. Qui rejoindraient d'ailleurs les plus anciens, le carnaval rejoignant les saltimbanques, et l'arlequin-totem, ceux de la période rose.

Sur cette gigantesque mi-Carême, règne le Minotaure souvent dessiné, dieu noir des corridas multicolores. Les déguisés se rencontrent, se groupent, ne veulent plus se séparer. Déjà, au Salon de Mai, il en avait envoyé un rang : *Douze toiles en une*[4]. Au palais des Papes, le public entraînait dans la vie ces images créées pour la peinture, et qui n'appartiennent qu'à elle. On les transformait en personnages ; ils ne pouvaient pas plus le devenir que les déchirures de cuivre ne peuvent devenir des fleurs, le totem aux yeux striés de mécanique, devenir un mannequin empanaché. Les visiteurs s'épuisaient à y chercher l'expression audacieuse de personnages imaginaires. Il n'y avait pas de personnages, il y avait des signes ravagés et ravageurs[1], qui exprimaient autre chose que ces personnages. Ici, cette saturnale devient la saturnale de la peinture elle-même. Il y a dix ans que Mardi gras dure toute l'année : c'est le match de Picasso avec sa création, qui suscite les mascarades. Elles sont ensorcelées, mais elles le sont par la peinture[a].

La pièce communique avec un balcon profond, une chambre dont on a supprimé le mur extérieur. Nous y entrons. Jacqueline revenue dispose, à son tour, les figures de la mascarade.

« Ici, Pablo voulait faire son atelier. En attendant, il y mettait les toiles au fur et à mesure. Avant la fin des travaux, il n'a plus trouvé de place. »

Cette frénésie de création fait penser à une invasion de Martiens, à celle de la rue de Saigon par l'opium.

« Quand ça marchait bien, murmure Jacqueline de sa voix de souvenir, il descendait de l'atelier en disant : "Il en arrive encore ! Il en arrive encore !" »

Cette foule, je l'ai vue au palais des Papes, il y a deux ans. Il était vivant...

*

Au palais d'Avignon[b], la foule serrée des toiles rivalisait avec celle des visiteurs, non parce que toutes étaient des figures, mais parce que leur enchevêtrement continuait celui de chaque tableau, et traçait, au bas des voûtes de cathédrale, un grouillant chemin de croix. Petits murs de Notre-Dame-de-Vie ! Deux cents mètres de procession faisaient le tour de la salle gothique où les Tarots regardaient en riant la foule provinciale parcourue de hippies et de Japonaises ; les tableaux rapprochés formaient un seul monde, comme les fresques de Giotto à Padoue. On reprochait à Picasso de ne pas peindre un autre *Guernica.* Pourquoi aurait-il peint de grandes compositions ? Son *Jugement dernier*, c'était cette salle[2].

Des vociférations sans âge venaient de la cour, où le T.N.P. répétait une tragédie crétoise, comme pour acclamer le Minotaure. Il y avait des toreros, des mousquetaires (le catalogue disait : *Homme à l'épée*), tout le premier Carnaval. Des *Couple*, des *Baiser.* Le dernier acte — alors... — de sa bataille avec la peinture. Sa dernière voix parlait seule, striée par les hurlements crétois. Le temps des adversaires passionnés était fini. Mais depuis que les Tarots occupaient sa vie comme une ville conquise, il peignait en face de la mort. Et peindre en face de l'autre monde, fût-il le néant, n'était pas peindre en face du monde, fût-il la peinture.

Car ces figures envoûtantes semblaient, comme celles de quelques autres grands peintres, éclairées par l'approche du trépas. Les derniers Titien, les derniers Rembrandt, les derniers Hals… Hals pressentait qu'il allait mourir. Titien est mort de la peste. Rembrandt ne savait rien. La mort, elle, savait : elle choisit, à soixante ans comme à quatre-vingts, ceux qu'elle va combler parce qu'elle les attend. L'intrépidité avec laquelle Picasso a conduit sa dernière aventure tint-elle à ce qu'il n'entendait pas seulement sa propre voix ?

Que pensait-il alors de la postérité ? La métamorphose dont il tirait son génie pouvait aussi le détruire. Serait-il vainqueur du futur comme il l'avait été du présent ? La métamorphose emporterait peut-être la peinture, mais le cubisme était devenu *Guernica*, et aussi la dernière grande école occidentale — au temps où la terre n'en connaissait pas d'autre. Le pouvoir de création qui avait conquis la terre était bien capable, pourquoi pas ? « de conquérir deux ou trois siècles… après, on ne sait jamais… ».

« Sensationnel, bien sûr, disait un peintre à un autre, mais ce ne sont pas des tableaux ! »

Au sens où *Guernica* en est un, le peintre avait raison ; même au sens des tableaux cubistes. Le cubisme contribuait fortement à rendre cette peinture inintelligible. Pourtant j'avais jadis entendu Picasso dire, devant telle de ses toiles : « En tout cas, c'est un *tableau* ! » Mais devant les premiers de ceux-ci, avec la fermeté angoissée de la dernière : « Maintenant[a], je ne choisis plus. »

Au destin de choisir. Il avait élu l'impulsion, ou elle l'avait élu. Toute élaboration, même d'un chaos, introduit l'œuvre élaborée dans le monde traditionnel de l'art. On avait connu des états de *Guernica,* de l'*Homme au mouton* ; on ne connaissait pas d'états de ces deux cents Tarots.

Mais ce gage ne suffisait pas. J'écoutais les petits groupes reconnaissables à l'uniforme de la révolte : blue-jeans et cheveux longs. Je les avais vus dans la rue des Teinturiers, près des moulins à eau qui teignaient jadis les pantalons garance de l'armée. En entrant à l'exposition, j'avais écouté des hippies devant des *Couples.* Ils en comprenaient la révolte, ils comprenaient aussi que ce n'était pas la leur. Les hippies rêvent de l'Inde, du bouddhisme, d'un christianisme originel, communautaire et musical. Le groupe que j'atteignais n'était pas hippy. La gueule de l'orateur eût semblé brutale sans ses cheveux crépus en auréole ; sa petite barbe n'était pas celle du Christ, mais celle des blousons noirs. Il citait à ses copains la réponse de je ne sais qui à une enquête de *Combat*[1], au temps de la rétrospective des deux Palais :

« Qu'est-ce que ça peut vous foutre, ce type qui ne s'occupe plus que de faire des gosses et des tableaux sur la Côte d'Azur ?

— Quand même, répondit un petit blond frisé, il est du Parti.

— Ça t'intéresse encore, les crapules staliniennes ? Mai 68 t'a pas suffi ? Parti ou pas, il est récupéré, et puis ça va ! Moi, je suis venu pour voir où en sont les turpitudes, c'est tout. Merde pour la peinture ! Même la gestuelle, j'en ai marre ! Pollock asperge ses tableaux, il finit milliardaire, ça va ! »

Je connaissais ce ton de voix : violent, gouailleur, mais éploré. Ils lui en avaient trop fait voir, Pollock et Picasso ! Naguère, ce genre de gémissant devenait garde-chiourme.

« Pollock, répondit le petit blond, il finit surtout suicidé[2].

— Qu'est-ce qu'il aurait fait d'autre ? Il faudra bien en venir aux tableaux peints *pour* être brûlés en public ! Chefs-d'œuvre compris ! Chefs-d'œuvre surtout ! »

Ce qui me fit penser[a] aux œuvres disparues. Le bouclier d'or de Montezuma, envoyé à Charles Quint, pris par les corsaires de Dieppe, envoyé à François Ier, volé plus tard à Fontainebleau et vraisemblablement fondu. Le tableau d'Apelle : pas le probable navet dont les oiseaux venaient becqueter les raisins, mais celui que tous admiraient bien qu'on n'y devinât que trois lignes à peine visibles. « Il disparut dans l'incendie du palais des Césars… »

« Et pourquoi faut-il le brûler *en public* ? demandait le petit blond, insidieux.

— Marcel Duchamp, comme attitude, je ne dis pas, mais les ready-made, ça fait plutôt bazar ! Lui et Pollock, ils n'ont même plus d'agressivité, alors quoi ?

— Puisque t'es heureusement pas assez con pour attaquer l'agressivité, tu pourrais te rendre compte que là-dessus, il en connaissait un bout, Picasso ! Dans le genre, qui dit mieux ? Et il l'a dit un peu plus tôt que Réquichot[1] ! »

Un autre étudiant, rectangulaire et à lorgnons, clame :

« Réquichot est mort, il a tout fait pour ça. Les *Reliquaires*, c'est bien. Et puis, le gars qui va toutes les semaines aux abattoirs avec son copain pour en rapporter des têtes de bestiaux qu'il fait poser comme des femmes nues de la Belle Époque, chapeau ! La poussière, le déchet, le gluant, les idiots de Faulkner[2], les poubelles. Les poubelles, c'est la première chose : pour foutre la société dedans, jusqu'à la gueule ! Au mur, là, devant nous, où qu'elles sont, les poubelles ? Il triomphe, le Picasso, vous trompez pas !

— N'empêche que nous sommes là, répondit le petit blond. Vous dites tous que c'est pour les turpitudes, bon, mais celles des autres, on n'y va pas ! »

L'agressivité de Picasso assurait depuis longtemps le lien entre des mouvements de jeunes et lui : Dada, surréalisme, art brut, occupation de la Sorbonne. Mais dans ce groupe, les héritiers de ses formes rejetaient son esprit, les héritiers de son esprit n'acceptaient pas ses formes.

« Celles des autres, on n'y va pas. Puisque la vraie question est là, mieux vaudrait commencer par la poser. Nous n'avons rien à faire ici, et nous y sommes. Pourquoi ? »

L'autorité de celui qui venait de prendre la parole, d'une voix très lente mais non affectée, était saisissante. Son costume gris le distinguait de tout ce pittoresque comme si lui seul eût été déguisé. Le nez un peu courbe, les cheveux très noirs et le masque en losange des figures mexicaines.

« Cette société nous dégoûte. Celle des petits pères des peuples aussi. Nous sommes pour la révolution, mais seulement pendant. Ne confondons pas les torchons avec les serviettes. Figuratifs ou pas, abstraits ou pas, tout ça, au fond, ce sont des tableaux. Même Pollock. Les écoles réellement nouvelles dans le monde, à la Biennale, sont les écoles de dérision et d'agressivité. Pour elles, il est l'ancêtre, bien plus que Kandinsky ou Mondrian. Vous avez dit, Couturier[3]...

— Je dis que les abstraits, je m'en fous ! Le test de ce qui compte, c'est la profanation ; qu'est-ce qu'il est foutu de profaner, Picasso ?

— L'homme, mon petit. Pour parler comme les croulants.

— Couturier nous casse les pieds ! » dit une assez jolie blonde vêtue en tzigane imaginaire. « Ça devient bourgeois. Voulez-vous que je vous montre mon derrière ?

— N'en faites rien, Houppe : nous vous croyons sur parole. J'allais ajouter que pour la dérision, on n'a pas fait beaucoup mieux que Picasso. » Il rit comme un piège à loups. « Nous approuvons Couturier quand il dit : il faut en venir au tableau qu'on brûle. Mais je vous en prie, ne recommençons pas le surréalisme avec ses jurys ! La manie de juger est le premier symptôme de la névrobourgeoisie... »

(Je vous en prie n'était pas une prière, c'était une injonction. Ce Saint-Just n'était pas mal, avec son rire en piège à loups. Couturier semblait définitivement éploré.)

« ... avec son jury, son président du jury des tableaux-à-brûler, comme l'alcool du même nom. On brûlera aussi les chefs-d'œuvre. Nécessairement. En imagination, bien sûr. Savez-vous pourquoi la Joconde sourit ? Parce que tous ceux qui lui ont posé des moustaches sont morts.

« Une seule chose est importante : refuser la durée. En 1968, les journalistes-à-programmes restaient pantois quand nous leur disions : si vous commencez à raisonner, vous êtes déjà embourgeoisés. Ce sont des lents. L'instant ne se marchande pas, Couturier. Vos copains croient trop à la dérision. Ils peuvent rêver de ressusciter la Fête. Ou des cataractes de néon (variables, variables !), même des tours lumineuses. Même des ...

— Après les tours lumineuses, les musées, ça sera de l'archéologie !

— Ou des catacombes, mon petit. Il se passe beaucoup de choses dans les catacombes. Donc, j'enchaîne, si vous permettez. On peut rêver de la Fête, des tours, ou des affiches lacérées, ou de n'importe quel art de l'aléatoire. Mais si vous voulez dire que Picasso est fini, si vous voulez sommer sérieusement la peinture de se démettre — sinon, de quoi s'agit-il ? — vous devez vous marier avec l'instant. Sans idée de divorce. “La beauté sera convulsive ou ne sera pas[1]”, disait Breton. Beaucoup de bruit pour rien ! L'instant brûlera la peinture, ou la peinture continuera à kidnapper l'instant. Brûlez le tableau, il reviendra vous chatouiller la plante des pieds si vous ne faites pas flamber la durée avec. On commence par elle, agressivité ou pas, on finit par la postérité. *Dixi.* »

Il ignorait que seuls entendent l'impérieuse logique du suicide ceux qui lui obéiront. Je m'éloignai. S'il avait su combien les adolescences se ressemblent ! Mais il montrait évidemment plus de rigueur que les tracts et petites revues. Était-il tellement prêt à déboulonner l'ancêtre ? Il restait sensible — où l'eût-il été plus qu'ici ? — à la poursuite toujours inassouvie d'un négatif du sacré, qui ressemblait fort à son propre démon gardien. Il avait raison de dire que l'instant seul pourrait oublier ou vaincre une peinture forte de ses deux victoires sur l'apparence : l'intemporel et la création, les deux liens entre l'art des vivants et celui des morts… Mais il avait tort d'ignorer que tout ce qui livre l'art des vivants à l'instant, et même au viager, porte de l'eau au moulin du Musée Imaginaire. Les Tarots retrouvés ressemblaient vaguement à ses amis carnavalesques, et m'entouraient comme les spectateurs des corridas dont Picasso peignait les gradins au marli de ses assiettes. C'est sur l'une d'elles que j'ai vu son dernier Minotaure. Malgré les hurlements crétois, la peinture, dont il avait entouré la nef à sa manière sombre et convulsive, l'emplissait de son propre orchestre : chevaux de bois et loteries, Stravinski, canto jondo. Je me souvenais que Picasso ne sifflait qu'un air, venu de *Petrouchka* ; et je regardais un panneau d'*Homme à l'épée*.

Aujourd'hui, à Notre-Dame-de-Vie, j'en retrouve un, dont le visage éclate en trèfle[1] :

« C'est celui qui va le plus loin…

— C'est le dernier, répond Jacqueline. Il l'avait peint il y a un an, mais il l'a repris. Il ne les reprenait presque jamais. »

Les parties claires de la tête sont d'un rose mort. C'est le dernier rival de celui que reproduisait l'affiche de l'exposition de 1971[2]. Il porte un oiseau. Picasso avait découvert ces mousquetaires pendant sa dernière maladie, dans un album sur Rembrandt, a dit Jacqueline. Les rencontres qui se renouvellent cinq ans durant ne sont pas des rencontres de hasard. L'un de ses moustachus, à l'exposition précédente, s'appelait *Personnage rembranesque*[3]. Il n'y a pas plus de rivalité entre ces personnages et ceux de *La Ronde de nuit*, malgré les chapeaux, qu'entre la *Bethsabée* du Louvre et celles de Mougins. Drôle de dialogue, d'ailleurs : dans le dessin en couleur de Picasso, Bethsabée est devenue Jacqueline ; et la servante, une figure d'homme, plus ou moins déléguée par le pauvre peintre du *Peintre et son modèle.* Picasso lui-même ? Qu'a-t-il de commun avec Rembrandt, dans son art ou dans sa vie ? À moins que[a]...

D'autoportrait en autoportrait, il poursuit son tragique dialogue. Seul, il semble attendre de la peinture le secret du monde, trouver dans ses œuvres les plus désespérées le droit de l'exiger encore. Pour lui, le secret du monde s'appelle Dieu. Mais son pouvoir ne peut germer que dans la mort. La peinture n'est pas ce qu'en croient les gens. Ils mourront aussi.

À Stockholm, j'avais ouvert par un discours le cycle des commémorations européennes de Rembrandt[1]. Je venais de dire : « Et, quand le soir tombe sur l'atelier désert où ne s'accumulent plus que ses chefs-d'œuvre encombrants, il regarde dans un miroir plein d'ombre sa face de chagrin, en chasse ce qu'elle ne doit qu'à la terre, et jette au visage de la gloire perdue, le portrait de Cologne qui éclate d'un rire insensé... Les coups de l'angélus se mêlent dans le soir au battement des rames sur le canal, et... » Toutes les cloches de Stockholm commencèrent à sonner ; le roi de Suède se leva, l'assistance aussi ; les neuf coups de l'heure saluaient Rembrandt dans la nuit...

Il échappe à la peinture hollandaise, qu'il domine. Picasso échappe aussi à la nôtre. Il retrouve le supplice de Sisyphe, et sa fécondité. Devant moi les Tarots dialoguent avec toutes les figures dont nous ignorons de quoi elles se réclament. Lors de la rétrospective des deux Palais, les derniers ennemis de Picasso répétaient qu'il prenait ses formes partout ; au fond d'une brousse océanienne où les squelettes des soldats japonais pendent encore aux branches, des masques taillés par des hommes de l'âge de pierre attendent pour gagner les musées d'Amérique, qu'il ait peint son dernier Tarot[b].

Au-delà du balcon, l'été de la lumière, de l'impressionnisme, frémit sur les collines méditerranéennes. Je pense à sa collection : pas un tableau impressionniste, pas un tableau où la lumière joue un rôle. Pas même dans son admirable Cézanne, pas même dans son grand Renoir. Lumière vivante des vitraux, lumière apaisée de Van Eyck, lumière de Venise, lumière émotive de Rembrandt, lumière tremblante des reflets impressionnistes... Son œuvre ne connaît que la bougie, le phare et le soleil ; le soleil des corridas et de Cannes, uni comme les fonds d'or ou les ciels noirs de Goya. Ses deux maîtres : Van Gogh, et précisément Cézanne (« C'était notre père, notre protecteur[1]... ») avaient rompu avec la peinture heureuse. Les tableaux de Manet, de Renoir, des « promeneurs » s'assombrissaient lorsqu'ils peignaient le crépuscule, comme les vitraux lorsque venait le soir de Dieu.

Je regagne la pièce (comment appeler ces chambres habitées par les toiles comme par des humains ?) où Miguel a retourné d'autres tableaux — comme il a pu. À gauche, les personnages isolés ; à droite, les *Couple* et quelques *Baiser*. Que l'esprit s'accoutume à ces tableaux, vite obsédants, le carnaval disparaît. La puissance de la création subordonne toute fantasmagorie. Dans le grand passage de la mort qui se confond avec celui de Picasso (son désordre semble une présence ; les tableaux semblent retournés « en attendant »), avec le souvenir des sculptures emmêlées comme des têtes de chardons par le vent, la peinture livre ces personnages à un domaine d'inconnu qui n'est pas celui de la mascarade, mais celui des Tarots.

Ils continuent des œuvres de Picasso depuis *Les Demoiselles d'Avignon* ; héritiers en transe de ce tableau, plus que du cubisme. Héritiers aussi de dislocations inventées par Picasso depuis plus de trente ans, après les enchevêtrements géométriques et quelquefois presque expressionnistes que symbolise la *Femme qui pleure*[2]. Et n'aurais-je vu aucun des compagnons de l'*Homme à l'épée*, je pressentirais qu'il n'est pas une création solitaire — comme tous les peintres l'ont pressenti de la première plaque des steppes (qu'on appelait alors scythe), des premiers bronzes archaïques chinois, des premiers fétiches.

Les plaques scythes, depuis les monstres royaux du trésor de Pierre le Grand jusqu'aux boucles de ceinture, figurent des combats d'animaux. Motif millénaire, chargé de l'esprit du lion mésopotamien, de l'aigle et du serpent mexicains. L'art des steppes a rompu très tôt la continuité de la forme ; les serres d'un rapace y sont aussi les griffes d'un fauve voisin, comme Braque et Picasso inscrivent dans une face son propre profil. Le bronzier veut inventer un signe du carnage[3], ravagé par l'esprit du carnage comme par l'incendie. Si l'on rapproche deux plaques des steppes que séparent des siècles — et trois mille kilomètres... — il semble que leur pouvoir commun soit précisément d'exprimer cette distorsion, dont l'expression maîtrisée agit sur nous avec autant de force que la symétrie. Ce signe de bronze en fusion préexiste aux bronzes eux-mêmes, il les engendre. Comme l'idéalisation grecque suscite les images de ses dieux, ou la gesticulation, les assemblées de Rubens. Les Tarots, qui semblent ne se réclamer que de l'impulsion et du hasard, appartiennent à une seule race.

Comme les peuples des steppes font concourir les griffes et les serres à l'accent de leurs idéogrammes convulsifs, Picasso invente des narines en hélice, des lacis et des épées, des nœuds de lanières que dénouent ou contredisent les graphies qui les entourent. C'est le temps des feutres aux paraphes aplatis, le temps de l'omniprésence ironique du ∞, signe grec de l'infini. Les toiles les plus révélatrices sont les *Couple* de profil, groupés à droite : où le baiser, entrelaçant les lèvres de l'homme et de la femme en un seul signe, le ramifie ou le déploie en visages et en corps, selon un hasard mensonger qu'il gouverne. L'art des steppes aurait pour schème des serres agrippées ; les bronzes archaïques chinois, le tao-tie, idéogramme magique du tigre ; celui de Rubens, la gesticulation. Le schème de Picasso est plus complexe, parce que ses Tarots font alterner, et parfois converger, le nœud et l'éclatement. Les *Baisers* sont sinueux et emmêlés ; je viens de revoir le *Personnage à l'oiseau*[1] qui a pour tête les feuilles écartées d'un trèfle dur où ses yeux et son nez sont logés cahin-caha. Ces Tarots semblent dire : comment pourrait-on représenter un homme qui serait autrement ? et proclament qu'ils ne le représentent pas. Souvent, c'est le schème qui inspire le personnage, comme le signe du baiser inspire les profils et les nus. Des taches naissent aussi de traits emportés, de lignes qui ne les structurent pas, et semblent tracées pour désagréger l'image qu'elles suggèrent. Ces graffiti corrosifs sont des négations autant que des allusions. Quand un peintre a-t-il combattu avec un tel acharnement la peinture, et sans doute lui-même ?

« Je ne choisis plus. » Certains de ces Tarots ne sont pas du tout des tableaux ; d'autres, pas seulement — de même que les masques nègres (et d'ailleurs les Vierges romanes) ne sont pas seulement des sculptures. Ils ne sont pas non plus semblables aux caractères chinois, qui symbolisent tout. La dernière foule jetée contre les murs par l'un des plus grands inventeurs de formes de l'Histoire serait-elle un peuple de Tarots qui ne voulût rien dire parce qu'il est fait de cris ? Les *Couple* s'étendent autour d'un signe du baiser, mais ces Tarots sont eux-mêmes des signes. De quoi ? De l'inconnu qu'ils révèlent.

Il avait commencé par sculpter des pièges à futur, et peut-être à postérité. Au Trocadéro, les masques n'avaient pas été pour lui des sculptures comme les autres, mais ils étaient des armes. *Les Demoiselles d'Avignon*, les toiles de la période nègre, avaient dû attendre leur public, elles l'avaient aussi créé. Les Tarots sont de tels pièges, mais plus dissimulés que *Les Demoiselles*, que *Guernica* surtout. Héritiers du Totem à la Poussette[1] : chacun répond à une impulsion comme les prises de drogues répondent aux appels des morphinomanes. Les Tarots ne se réfèrent pas même aux anciennes toiles de Picasso, sauf aux « toiles disloquées » qui annonçaient leur invasion ; à rien, sauf à la prescience de leur pouvoir.

Si leur sens déconcerte, plus encore que leurs formes, c'est en raison de l'idée paradoxale, que l'artiste connaît l'inconnu qu'il découvre. Les grands styles religieux découvraient les formes religieuses des scènes qu'ils représentaient. Les icônes apportaient aux Byzantins l'inconnu orthodoxe ; les statues des cathédrales apportaient aux catholiques leur propre inconnu. Mais les sculpteurs romans n'avaient pas traduit l'Évangile en un langage connu : ils avaient découvert le langage qui exprimerait la part du christianisme que l'art seul pouvait exprimer. L'art avait dû découvrir ce langage, avant de pouvoir le parler.

Sur le store, le soleil heureux peint une toile blanche au-dessus des Tarots accolés. J'écoute, devant cette iconostase, un enfant crier — comme, sur une hauteur du Guatemala, j'écoutais la rumeur lointaine de la vie, devant l'idole que les aiguilles des pins recouvraient peu à peu dans le même soleil, dans le calme éternel de l'après-midi que la chaleur endort.

« Écoute le cortège des morts, avec son bruit d'abeilles[2]... » Je retrouve l'atelier des Grands-Augustins : « Picasso, il ne fait rien du tout. » Je retrouve le lévrier, le bruit éloigné des gazogènes. La guerre.

« Il faudrait retrouver le masque... »

Ce qu'il appelait le masque roman était sans doute ce que le sculpteur roman fait d'un visage accordé à son Dieu : à ce qu'il en vénérait et à ce qu'il n'en connaîtrait jamais — à ce qui, selon les théologiens, « appartient à Dieu en tant que Dieu », c'est-à-dire au sacré. Le masque nègre était accordé à ce que les sculpteurs noirs craignaient, aimaient et ignoraient dans les esprits qu'ils figuraient. C'était mot pour mot ce que disait Picasso. Je l'avais intrigué, jadis, en lui disant que la « beauté » (terme qui l'irritait) avait joué pour les artistes, pendant plusieurs siècles, un rôle assez semblable : elle ne s'était manifestée que par des spectacles, des corps, et par les œuvres d'art, comme la lumière ne se manifeste que par ce qu'elle éclaire. Il m'avait répondu par une des obscures formules qu'il choyait, antidéfinitions cabalistiques. M'indiquant du doigt son *Chat et l'Oiseau*[1] : « Le chat mange l'oiseau, Picasso mange le chat, la peinture mange Picasso… La sculpture nègre mange les nègres, c'est la même chose. Seulement, ils ne l'ont pas su. À la fin, la peinture gagne. » Ce qu'il appelait « la peinture » n'était pas la relation des couleurs, ni même la création des formes. Il disait : peinture, parce qu'il ne disait pas plus art qu'il ne disait beauté. Elle avait capturé la beauté comme elle avait capturé la religion, et, dans la préhistoire, « on ne savait même pas quoi ». La certitude de capturer quelque chose, comme l'avaient fait les peintres des cavernes, lui suffisait.

Les sculpteurs romans voulaient manifester l'inconnu révélé, alors que Picasso manifeste un inconnaissable que rien ne révélera. Il n'en connaît, il n'en connaîtra, que le sentiment qu'il en éprouve. Le sentiment d'un inconnaissable sans prières et sans communion, d'un vide animé, comme celui du vent. Cet art est celui des limites humaines, serres plantées en l'homme comme celles des rapaces des steppes dans le corps des fauves. Celui de notre civilisation, dont il exprime en ricanant le vide spirituel, comme le style roman exprimait la plénitude de l'âme. Je n'ai vu dans les ateliers de Picasso aucune figure romane, aucune sculpture asiatique, mais des fétiches et des masques y passaient leurs antennes. Si sa période nègre avait amputé les fétiches du Bateau-Lavoir de leurs esprits mais non de leur âme souterraine, ses Tarots (des déguisés, comme ses enfants dans ses portraits traditionnels) ne lui parlaient-ils pas ce que le bouddhisme appelle une langue d'abîme, qui n'avait pas envoûté ses arlequins cubistes ? Au temps des Tarots, eût-il accepté, comme au Trocadéro, l'idée que le masque nègre était une tête accordée par la sculpture à l'Inconnu africain ? Le *Toréador*[a], le *Couple* dérisoire et menaçant, devant moi, appartiennent aussi à une race de figures accordées par lui à une part d'inconnu. Aux yeux de Picasso, ils étaient ce que notre inconscient peut reconnaître. Ce que le plongeur pouvait rapporter des dernières profondeurs. La peinture rapportera, du fond de l'inconnu, ce qui est assez étranger à l'homme pour qu'il l'ignore, assez proche de lui pour qu'il le reconnaisse.

Je comprends enfin ce que je cherche depuis que Miguel a retourné les figures. Le masque africain n'existe pas, mais c'est lui qui donne leur âme à tous les masques ; le masque roman n'existe pas, mais c'est lui qui donne leur âme à toutes les figures du Portail royal ; le masque qui hantait Picasso n'existe pas, mais son peuple existe, et c'est lui qui m'entoure. Je pense aux statues mexicaines que les Espagnols prirent pour des démons. Supplice, sexe, sang, nuit, emblèmes hilares dont la moitié droite est celle d'une tête de mort et dont la gauche éclate de rire ; dieu de la fertilité aux signes géométriques peints sur les peaux de ses victimes ; statuettes à deux têtes et quatre yeux ; caverne de La Venta[1] où surgit du sol une figure hantée, un enfant dans les bras ; je pense aux grandes idoles venues, elles aussi, des dernières profondeurs, et qui n'expriment que le combat de l'âme mexicaine et d'un envoûtement. L'emblème que suggèrent devant moi ces styles surnaturels à l'égal du fond d'or[b], n'est pas l'expression de l'une des âmes successives de l'homme, comme le masque égyptien et le masque roman ; il est le blason de l'art en lutte contre son propre pouvoir, plaque des steppes, nœud de fauves — emmêlement de l'homme et de l'inconnu qui l'assiège. Mais quel artiste pourrait trouver le masque d'une civilisation qui ne connaît pas ses propres valeurs ? Les Tarots n'appellent point un masque ordonnateur, ils en gigotent la destruction. Le dieu des signes négatifs n'est pas un masque négatif, c'est la négation du masque. Ces tableaux ne sont en rien les satellites de quelque *Guernica* où Dieu aurait remplacé Franco, ce ne sont pas d'autres *Ménines* ; ces nomades n'attendent nul empire, sinon leur occupation victorieuse du palais des Papes. Devant les Tarots retournés par Jacqueline et par Miguel, je me souviens de la fièvre du personnel qui préparait la rétrospective du Grand Palais. Entre plus de cent expositions, de 1958 à 1968, le travail ne s'est poursuivi la nuit que trois fois : pour Picasso, pour la sculpture romane et les arts mexicains.

Quel sortilège envoûtait ces hommes et ces femmes, des machinistes aux conservateurs, dont aucun n'était peintre ? Que signifiaient l'aura des statues romanes, la résurrection des mexicaines, l'œuvre de Picasso ? Nul ne savait ce qui suivrait les Tarots, pas même lui. Sauf la mort.

Un air de violon monte du jardin ; un disque, je suppose. J'ai dit un jour à Yehudi Menuhin et à Nadia Boulanger que nos grands musiciens, entendus en Asie, suggéraient que le plus profond sentiment de l'Europe était la nostalgie :

« Vous diriez cela aussi, Nadia ? demanda Menuhin.

— Je ne crois pas…

— Oh non ! moi, je dirais : la louange[1]… »

Quel son prend ce mot de bénédiction, en face de ces figures insurgées ! Giotto, les sculpteurs des tympans romans, des grottes de l'Inde et de la Chine, inventaient des formes inconnues, parce qu'ils inventaient les formes de leur louange. Cézanne provoque la résurrection des figures des grandes religions ; mais Picasso ressuscite celles des arts sauvages, et les fétiches d'Afrique et d'Océanie ne sont point des figures de louange. Son œuvre, qui connaît si bien la colère et la souffrance, quelquefois la pitié, connaît-elle la louange ? Et l'œuvre des deux ancêtres qu'il vénère, Goya et Van Gogh ? Picasso l'accorde quelquefois à celui-ci, distraitement. Mais le ferment secret de sa propre peinture est au-delà de la colère et de la louange : dans l'interrogation, dans l'inépuisable altercation avec le monde des œuvres qui le hantent lorsqu'il dit, d'un ton innocent : « Qu'est-ce qu'elle fera, la peinture, quand je ne serai plus là ? Il faudra bien qu'elle me passe sur le corps ? Elle ne pourra pas passer à côté, non ? » *Guernica* comme son dernier Tarot, ses œuvres les plus élaborées comme les plus spontanées, ont été destinées à ce monde qui les englobe même si elles le nient, même quand elles le transforment. Elles sont nées en lui. Une satire de la langue française écrite en français appartient au français. La plus furieuse accusation de la peinture, écrite en tableaux, appartient à la peinture. Si les œuvres capitales de Picasso ne finissaient pas dans un Louvre français, espagnol ou américain, elles finiraient dans le Louvre imaginaire d'un Skira du siècle prochain — ou dans le mien.

*

C'est dans l'atelier[a] des Grands-Augustins que nous avons parlé pour la première fois du Musée Imaginaire ; le jour où il me montra les quatre-vingts toiles qui s'y trouvaient rassemblées, sans doute par la guerre, lors de mon dernier passage à Paris[1].

« Vous ne remarquez rien ? me demanda-t-il d'abord.

— Non.

— J'ai coupé ma mèche ! »

Pourtant l'expression de son visage n'avait pas changé : les mêmes yeux d'autre-monde dans un masque de Pierrot étonné.

Il m'avait montré quelques paysages, d'une facture proche de celle des natures mortes qu'il achevait à mon passage précédent. On les avait rangées, sauf une, qui représentait le radiateur[2]. Je n'avais jamais vu de paysages de lui. Je fus saisi par ceux-ci, pour la même raison que par les *Fleurs*[3] de ses sculptures naguère, et, plus tard, par ses Confrontations : chaque attaque d'un nouveau domaine modifiait ses moyens d'attaque, et dévoilait les précédents.

« Ça vous étonne ? demanda-t-il. C'est vrai, je ne suis pas un paysagiste. Ces paysages-ci sont venus tout seuls. Je me suis beaucoup promené sur les quais, pendant l'occupation. Avec Kazbek… »

C'était son lévrier afghan, d'ordinaire couché dans l'atelier. Les Allemands s'enquéraient de sa race, et Picasso répondait, innocent : basset charentais[4].

« Je n'ai pas peint Kazbek. Ce sont les arbres des quais, Notre-Dame, le Vert-Galant, ce que vous voyez là, qui a commencé à sortir. Je n'ai rien peint sur le motif. J'ai peint ce qui est venu, je l'ai laissé comme ça… Comment vous trouvez ça[5] ? »

La palette*, différente de celle que je connaissais,

* Les peintres entendent par ce mot l'éventail de leurs tons, et les relations habituelles qu'ils établissent entre eux.

m'étonnait. Je ne parlai pas de l'essentiel, qui se limitait encore, dans mon esprit, à une séduction coupante. Eussé-je été moins surpris par quelques figures qui les accompagnaient, si je les avais découvertes ? mais elles m'étaient familières. Son *Vert-Galant*[1] aux troncs en trapèzes et aux feuillages en oursins saisissait au vol les bords de la Seine entre ses couteaux. Parent de quelques arlequins cubistes ; à l'opposé de ses fleurs en crocs[2] qui sembleraient peintes, plus tard, pour des oriflammes barbares. Hérité de ce qui avait été la paix, sous la petite silhouette bienveillante d'Henri IV... Presque heureux, ces paysages pointus... Ne pas s'y fier.

Dans l'atelier de l'étage supérieur, il avait rassemblé une foule de figures arbitraires, qui accompagnaient son art depuis vingt ans sans le conquérir. Héritiers retrouvés des *Demoiselles d'Avignon* et de la période nègre, se succédaient les yeux à la place des oreilles, les seins à la place des genoux, les enfants martiens des *Figures au bord de la mer*[3], *Les Amoureux* de 1920, la *Femme endormie*, signe hérissé de crocs que Kahnweiler conserva trente-sept ans, l'extraordinaire *Crucifixion*[4], en chapelet d'omoplates et de fémurs, la *Femme qui pleure*, toutes les formes annonciatrices de celles que prodiguerait plus tard son génie-aux-liens ; et des figures récentes qui leur étaient apparentées, le *Chapeau bleu*[5], des portraits de Dora Maar, l'*Enfant à la langouste*, la *Femme à l'artichaut*[6], que les journaux nommaient déjà *Les Monstres.* Réunis, ces tableaux que l'on allait appeler provocateurs et gratuits après les avoir appelés mystificateurs ou idiots, révélaient ce que ces profils enchevêtrés dans leur face avaient de commun avec sa *Crucifixion* éclatée, dans l'Ordre de la distorsion. Toutes étaient des œuvres limites[7]. Si on lui avait demandé une fois de plus : « Qu'est-ce que c'est ? », il eût répondu : « Des tableaux. » J'en connaissais trois ou quatre ; quelques autres, par des photos.

Cette assemblée ne s'apparentait à aucune de ses expositions. Depuis la guerre, et même depuis la guerre d'Espagne, j'avais vu peu de peintures. Chez lui, seulement des natures mortes. On ne connaissait guère ses sculptures, qui ne furent réunies au Petit Palais que vingt ans plus tard. Dans mon esprit, dans celui de mes amis qui n'avaient visité ni son atelier ni Boisgeloup, la dernière et la plus magistrale expression de son génie était *Guernica.* Ces quatre-vingts toiles semblaient d'abord annoncer une nouvelle manière ; elles s'étaient pourtant succédé, de loin en loin, depuis 1919. Par leur rapprochement, Picasso isolait le virus de son art. Le virus, non le ferment, car certaines de ses œuvres capitales (et d'abord *Guernica*) appartenaient à un autre monde, sinon à une autre peinture. Nul ne pouvait savoir que ces fragments d'aérolithes deviendraient les annonciateurs des Tarots.

« Hein, c'est pas mal ? dit-il.

— Comme coup de poing dans l'estomac, c'est même sérieux. Savez-vous à quoi ça me fait penser ? Aux *Demoiselles d'Avignon*. Aussi à certaines photos de vos sculptures. C'est la "terre inconnue" de votre art.

— Pourquoi pas ? La peinture, c'est la liberté... À force de sauter, on peut retomber du mauvais côté de la corde. Mais si on ne risque pas de se casser la gueule, comment faire ? on ne saute pas du tout.

« Il faut réveiller les gens. Bouleverser leur façon d'identifier les choses. Il faudrait créer des images inacceptables. Que les gens écument. Les forcer à comprendre qu'ils vivent dans un drôle de monde. Un monde pas rassurant. Un monde pas comme ils croient...

(Je me souvins du récit de sa première visite au Trocadéro : « Moi aussi, je pense que Tout, c'est inconnu, c'est ennemi. »)

— Je ne savais pas que ces figures existaient depuis si longtemps..., répondis-je.

— J'ai peint *Les Amoureux* aussitôt après l'autre guerre. La *Femme à l'artichaut*, l'année dernière. Toutes celles-ci, à gauche, depuis quelques mois. »

Il sourit, ironique et inquiet :

« Qu'est-ce qu'elles veulent dire ? »

Lorsqu'il prenait l'expression naïve (son air meunier-de-comédie, disait Braque) qui lui était chère pour mystifier ses interlocuteurs, il s'exprimait volontiers par interrogations : « Comment voulez-vous qu'une femme fasse une bonne nature morte avec un paquet de tabac, si elle ne fume pas ? » ou encore, bras écartés et mains ouvertes : « Puisqu'ils disent que je dessine aussi bien que Raphaël, pourquoi ils ne me laissent pas dessiner tranquille ? » Mais aussi : « Est-ce que nous allons nous décider à parler de la peinture ? Ah ! si j'étais artiste peintre[1] !... » Et de continuer, avec une gravité soudaine et lasse :

« Tout de même, avant de mourir, je voudrais deviner cé qué c'est la couleur...

— Vous le savez mieux que moi, répondis-je. Elles veulent dire ce que rien autre ne pourrait dire. Toutes en chœur, elles le crient. »

J'ajoutai, non sans une admiration un peu amère :

« Elles disent aussi : “Écrit sur les murs de la prison”. »

Et enfin que, depuis tant d'années, ces œuvres intraitables créaient un monde de peinture qui n'avait jamais existé ; évidemment très différent du monde architectural et cézanien du cubisme...

« Le Louvre de Cézanne, dit-il, ne devait pas être très différent du mien. Ce qui est très différent, c'est justement ce qui n'est pas au Louvre... »

Il savait combien de résurrections avaient accompagné ses expositions, depuis la sculpture romane jusqu'à la mexicaine, depuis les masques nègres jusqu'aux tableaux naïfs, depuis les peintures préhistoriques jusqu'à toutes les formes de l'agressivité. C'était avec lui, que la création artistique se retrouvait jusqu'aux cavernes, parce que cette aventure se poursuivait parallèlement à la sienne. Je lui montrai des photos agrandies de monnaies gauloises et de Fécondités sumériennes, alors presque inconnues. On venait de me les envoyer. Il les regarda, puis les vit ; son visage devint instantanément le masque intense qu'il prenait lorsqu'il peignait, un masque de lézard habité par les esprits. Pourquoi lézard ? Son visage était rond. À cause des pommettes, des yeux sans blanc — et si noirs ? Un effet de lumière suggérait une moustache blanche en brosse. Autre masque. Elle eût supprimé l'étonnement, l'insolite, l'eût transformé en personnage trapu. Il étudiait les faces des monnaies, éclatées en fragments de haches, en bâtonnets brisés, en virgules, en boules ; et une Fécondité sumérienne vaguement parente d'une de ses sculptures, yeux en anneaux dans la corolle qui formait la tête. Son visage redevint lentement joyeux, retrouva celui de Picasso ; il me rendit les photos, avec l'air d'avoir trouvé un trésor dans son propre jardin :

« Qu'est-ce que vous faites de ça ? »

C'est alors qu'il m'interrogea sur le Musée Imaginaire. Mon essai n'avait pas encore paru. Pourtant Picasso savait qu'il n'y était pas question du Musée des Préférences de chacun, mais d'un musée dont les œuvres semblent nous choisir, plus que nous ne les choisissons[a].

Cette entreprise de déménagement ne lui déplaisait pas. « Oui, dit-il, bien sûr… Qu'est-ce qué c'est, la peinture ? »

Le soir commence à tomber sur l'atelier, bizarrement mal éclairé.

« Ce que fait Braque maintenant, dit Picasso, ne ressemble plus beaucoup à ce que je fais. Pour lui, la bagarre est finie ! Mais si je lui donnais ma collection, il serait très content, non ? Pourquoi Derain collectionne les plaques scythes, et pas moi ? Elles me ressemblent, et pas à lui ! Pourquoi Matisse achetait des fétiches avant nous ? Qu'est-ce qu'ils ont à voir avec lui ?

— Ils s'accordent à ses tableaux, mieux que sa propre sculpture. Les marchands le savent bien. Les grands artistes d'une époque ont le même Musée Imaginaire, à un quart près. »

Je lui raconte la rencontre de Degas avec Bonnat sur l'impériale de l'omnibus, la stupéfaction de Degas à l'énumération des tableaux anciens qui forment aujourd'hui le musée de Bayonne. Le plus célèbre des pompiers aimait les mêmes œuvres que les plus audacieux Indépendants. « C'est drôle, la vie, avait dit Degas. Enfin ! chacun a suivi son chemin… » Ils savaient qu'ils ne se reverraient plus. Ils se séparèrent en se serrant chaleureusement la main…

« Quand les gens veulent comprendre le chinois, dit Picasso, ils pensent : il faut que j'apprenne le chinois, non ? Pourquoi, ils ne pensent jamais qu'il faut qu'ils apprennent la peinture[1] ?

— Vous le savez bien. Ils pensent que puisqu'ils jugent du modèle, ils peuvent juger du tableau. Ils commencent, seulement aujourd'hui, à se dire que le tableau n'imite pas toujours le modèle. À cause de vous, du cubisme, et des arts qu'ils commencent à découvrir, ceux des hautes époques, les arts sauvages, etc. Ces arts n'imitent pas de modèles non plus, ou pas trop. Dès que l'art gothique a cessé de s'expliquer par la maladresse, tout l'ancien système a été condamné à mort. Maintenant, les non-artistes, au Louvre, sont les gens qui admirent ce par quoi les tableaux sont ressemblants ; les artistes, ce par quoi ils ne le sont pas…

— Les gens disent : je ne suis pas musicien, mais ils ne disent jamais : je ne suis pas peintre[2].

— Parce qu'ils pensent : je ne suis pas aveugle. Ils ne croient pas devoir apprendre la ressemblance[1], ni la beauté…

— Laquelle ?

— L'idéalisation, je suppose. Donc, ils jugent allégrement.

— On juge toujours, quand on ne sait rien !

— C'eſt toute la queſtion. Dès que l'art moderne eſt entré en jeu, à quoi s'eſt-il référé ? À…

— À la peinture !

— C'eſt-à-dire aux tableaux et aux sculptures qui nous habitent — ce que j'appelle : le Musée Imaginaire. Mais lorsque les gens croyaient connaître la beauté et la ressemblance, ils n'en soupçonnaient même pas l'exiſtence. Quand ils allaient au Louvre…

— S'ils allaient y chercher la ressemblance et la beauté, ils ne pouvaient pas voir les tableaux. On croit qu'on regarde, non ? Ce n'eſt pas vrai. On regarde toujours à travers des lunettes. »

Il parle fort bien de ces lunettes que les créations des artiſtes imposent aux speɗtateurs. Non pas de « la nature imitant l'art », mais du filtre qui colore le regard au moment où il se pose sur l'objet ; de l'intention préconçue qui fit croire que le sèche-bouteilles de Marcel Duchamp était une sculpture parce qu'on le représentait dans une exposition, et que les sculpteurs nègres étaient maladroits, parce qu'on était assuré qu'ils voulaient imiter leurs voisins, ou la nature.

« Il faut obliger les gens à voir les tableaux malgré la nature, évidemment. Qu'eſt-ce que c'eſt la nature ? »

Je me souviens de sa réponse de jadis, à un journaliſte du genre malin qui lui demandait :

« Monsieur Picasso, doit-on peindre les pieds reɗtangulaires ou carrés ?

— Jé né sais pas, il n'y a pas de pieds dans la nature. »

Je lui réponds :

« Le berger Giotto dessine bien mal les moutons, mais quand les gens ont compris que les peintures ne se référaient plus à la nature, ils n'ont pas été contents du tout : l'art moderne commence à *Olympia*, et *Olympia* eſt le premier tableau qu'on ait dû faire protéger par la police.

— Vous êtes sûr ?

— Tout à fait. Et c'eſt d'autant plus curieux, que le

tableau n'est pas érotique. Il s'agit bien de peinture. Or, si elle ne plaisait pas aux protestataires, ils n'avaient qu'à ne pas l'acheter. Ce qu'ils ont fait, d'ailleurs.

— Les gens ont toujours eu envie de détruire la peinture qu'ils détestent. Ils ont raison. Contre *Les Demoiselles d'Avignon*, ils n'ont rien fait, c'est drôle…

— Quand le connétable de Bourbon a pris Rome, ses archers ont choisi pour cible l'*École d'Athènes*[1]…

— Ils n'aimaient pas Raphaël, non ? Déjà cubistes !

— Pendant des mois, tous les personnages : Platon, qui était Léonard de Vinci, et je ne sais plus lequel, qui était Michel-Ange, et tous les autres, ont eu des flèches plantées dans les yeux… Belle scène pour un film.

— Pas étonnant. Les gens n'aiment pas la peinture. Ce qu'ils voudraient, c'est savoir ce qui sera bien dans cent ans. Ils croient que si on saute par-dessus, on a gagné. Ils devraient tous être marchands de tableaux. Pourtant, la peinture, on ne sait pas comment ça vit. Comment ça meurt. Personne ne peut parler de la peinture. Je peux parler de Van Gogh. Peut-être. Pas de la peinture. Elle me fait faire ce qu'elle veut[2] : aller loin, aller très loin, aller encore plus loin, et que ça se tienne… Seulement, voilà ! que ça se tienne… en face de quoi ?

— De votre Musée Imaginaire… »

Il réfléchit, répond :

« Si vous voulez. Pas seulement. »

J'ai moins envie d'engager une discussion que de le pousser à parler. Je lui demande néanmoins s'il ne croit pas qu'après Manet, les œuvres abandonnent le domaine de leur création : caverne, temple, palais, tombeau, cathédrale, salon, pour entrer dans un domaine commun, où elles se réfèrent les unes aux autres : les archaïques grecs aux statues-colonnes, à la dernière *Pietà* de Michel-Ange, aux masques nègres ?

« Les gens ne sont pas contents, répond-il, parce qu'ils veulent que si un peintre pense à Kazbek, il imite Kazbek. Le mot : chien, avec des lettres, n'imite pas un chien !

— Le caractère chinois non plus, du moins depuis longtemps.

— Il le nomme. Le peintre doit nommer[3]. Si je fais un nu on doit penser : c'est un nu. Pas celui de Mme Machin.

— Ou de la déesse Machin. Mais l'amateur veut un nu de Picasso.

— Il le sera de toute façon, si j'arrive à nommer le nu. Bien sûr, c'est difficile. C'est la peinture. En peinture, les choses sont des signes ; nous disions des emblèmes, avant la guerre de 14... Qu'est-ce que ce serait, un tableau, si ce n'était pas un signe ? Un tableau vivant ? Ah, bien sûr, si on était artiste peintre[1] ! Mais quand on est seulement Cézanne, ou le pauvre Van Gogh, ou Goya, alors on peint des signes[2].

« Vous êtes d'accord, vous, le Chinois, non ? »

Les cubistes ont compris très tôt que le moyen privilégié de la peinture est le signe émotif. La liberté de Picasso a rarement accepté de se libérer de lui. Son art en a besoin pour rivaliser avec la nature, et même pour la détruire.

Il désigne du geste le groupe le plus arbitraire des tableaux posés le long des murs. Ces figures tantôt révulsées et tantôt géométriques, signes animés par un même conflit acharné avec ce qu'ils signifient, s'unissent dans un caractère commun aux figures nouées et aux figures anguleuses ; toutes semblent ligotées par leur cadre. L'équerre frénétique de la *Femme qui pleure* est déjà célèbre ; sa liberté a paru préparer un nouveau style, peut-être un nouvel expressionnisme. (C'était mal connaître Picasso.) Mais l'écriture sauvagement libre des toiles que je regarde échappe à cette fureur enchevêtrée. De façon variable, au cours de tant d'années...

« Les caractères chinois, dis-je, se réfèrent à une signification connue ; ces tableaux-ci se réfèrent à une signification inconnue, même s'ils sont des portraits de Dora Maar. Et puis, pour un Chinois, le monde du signe est respectable ; c'est un peu celui de l'algèbre pour les Occidentaux. Ils respectent les équations ; mais ils ne connaissent que deux sortes de signes : les dessins d'enfants, graffiti, "bonhommes", etc., et les caricatures. Vous attaquez aujourd'hui le visage d'une façon beaucoup plus inquiétante. On n'ose plus parler d'infantilisme, de snobisme, de mystification...

— Oui. Pourquoi ?

— Vos tableaux valent trop cher. Pendant la Résistance, j'ai eu pour collaborateur un médecin du Lot. "Votre Picasso, ça n'existe pas, c'est du snobisme, de la mystification, il l'avoue lui-même !" Bien. Cette année : "Votre Picasso, j'en fais autant, seulement, lui, il les vend des millions, dans tous les pays du monde. Pas moi ! Vous me direz que c'est bien organisé, qu'il y a les marchands de tableaux ? Sûrement, mon colonel, mais ça ne suffirait pas. Tant d'argent, et en changeant tout le temps ! Il aurait pu continuer les trucs qu'on a photographiés partout, c'était compréhensible, au moins ! Non, je ne suis pas superstitieux, mais il y a du sorcier dans ce garçon-là…" »

Le mot sorcier plaît à Picasso. Il s'accorde à la transe de certaines de ses formes, à ses figures de grimoire, à sa puissance de métamorphose. Il aime les chauves-souris, il a recueilli des scorpions et des petits hiboux, et fait passer les seconds dans ses toiles, en attendant les colombes. Il connaît la part mystérieuse de son génie, ses crises paludiques d'invention. Je lui ai dit un jour, au sujet de Lawrence d'Arabie, que la légende des monstres sacrés n'allait pas sans une part de mystère. « Oui, m'a-t-il répondu, mais quand ce sont des peintres, il faut que le mystère soit dans la peinture… » Il aime pourtant que sa sorcellerie lui échappe un peu, et regrette de comprendre si bien mon brave médecin, qui le comprend si mal.

« Tout de même, qué des gens qu'ils ne comprennent rien à ma peinture s'occupent tellement de moi, c'est drôle, non ? Au fond, c'est drôle aussi, ceux qui comprennent la peinture, quand ils ne sont pas des peintres… C'est qui ?

— D'abord, ceux qui en ont besoin ?… La suite nous mènerait loin, je crois. Les mauvais peintres aussi aiment la peinture…

— Pas la même.

— Parfois la même… Voyez Bonnat ! Enfin, je voulais dire que maintenant tout le monde sait que vos signes signifient quelque chose. Mais quoi ?

— Ça les ravage ! Qu'est-ce que ça peut leur faire ? Tout de même, les arlequins cubistes[1] sont dans les magazines…

— Par une confusion avec la décoration, surtout avec les décors de théâtre. Mais la période nègre… Et ces toiles-ci !…

— Les gens commencent *toujours* par ne pas comprendre ! Après, c'est seulement comme s'ils comprenaient. Mais ça, c'est formidable. Parce que, moi, je ne sais pas du tout ce qu'ils comprennent. Quand on est mort, bon. Je ne suis pas mort. Ils ont pris l'habitude ? Il y a autre chose. Tenez, Apollinaire, il ne connaissait rien à la peinture[2], pourtant, il aimait la vraie. Les poètes, souvent, ils devinent. Au temps du Bateau-Lavoir, les poètes devinaient… »

J'ai vu pour la première fois Utrillo, hagard, accompagné d'un gorille stupéfiant, chez l'épicière de Montmartre où déjeunait Max Jacob. Utrillo ne savait plus que deux mots. Ses paupières très lourdes se levèrent sur un vide désolé, il me demanda : « Peintre, ou poète ? », s'assit et s'endormit.

Je réponds :

« En ce sens, Baudelaire, qui n'était pas musicien, a deviné Wagner…

— Mais vous ne trouvez pas que c'est drôle ? Quand on commence un tableau, on ne sait jamais ce qu'il va devenir. Quand il est fini, on ne le sait pas non plus. La peinture, on dirait qu'elle mûrit pour devenir bonne à manger. Voyez pour Cézanne, pour Van Gogh. Les gens ne comprennent pas que c'est moi, Van Gogh, non ? Ça ne fait rien : nous ne sommes pas pressés… »

Il parle sur le ton de la plaisanterie ; je crois qu'il ne plaisante qu'à demi. Il se moque. De lui-même ? Plutôt de tout, comme il semble ricaner des formes humaines dans certaines de ses figures. Sa plaisanterie grince.

« Van Gogh, dis-je, mort au même âge que Claude Monet, serait mort à la veille de la guerre de 1939… Il aurait été, de son vivant, plus célèbre au Japon que Raphaël. Mais la victoire tardive des génies maudits est une chose, les résurrections du Musée Imaginaire en sont une autre. Pendant des siècles, les fétiches ont été des bonshommes.

— Ils existaient quand même.

— Pour le dieu de la sculpture ?

— C'est ça qu'il faudrait comprendre. Personne ne l'a expliqué. Mettons qu'on les ait oubliés. Non, n'allons pas si vite ! après tout, Rembrandt a copié, comme ils disent, des miniatures indiennes, non ?

— Oui. Et Dürer a étudié les statuettes aztèques qu'on lui a montrées à Anvers. On a pourtant cessé de *voir* l'antique pendant un bon moment ; la sculpture romane, pendant cinq bons siècles. Théophile Gautier, de passage à Chartres[1], n'a pas fait le détour, quatre cents mètres ! pour regarder la cathédrale. Et les statues-colonnes n'étaient pas enfouies, et les plus célèbres antiques ont orné l'hippodrome de Byzance. »

Il dresse mystérieusement l'index :

« Je vais vous montrer quelque chose[1]... »

Il m'entraîne dans une petite pièce voisine, tire de sa ceinture un trousseau de clefs, ouvre une armoire métallique. Sur les rayons, ses statuettes très allongées que l'on appelait alors les *Crétoises*, une idole-violon des Cyclades[2], deux moulages de statuettes préhistoriques :

« La *Vénus* de Lespugue ?

— Oui. »

L'un des moulages est celui de la statuette mutilée ; il en a trouvé un de la statuette reconstituée : le buste et les jambes jointes surgissent symétriquement du puissant volume de la croupe et du ventre.

« Je pourrais la faire avec une tomate traversée par un fuseau, non ? »

Il y a aussi de ses cailloux gravés, de ses petits bronzes, un exemplaire du *Verre d'absinthe*, et le squelette d'une chauve-souris. Il tire d'un rayon une *Crétoise*, me la tend. Les photos n'en transmettent pas l'accent incisif.

« Je les ai faites avec un petit couteau.

— De la sculpture sans âge...

— C'est ce qu'il faut. Il faudrait aussi peindre de la peinture sans âge. Il faut tuer l'art moderne[3]. Pour en faire un autre.

« Tout le monde, exactement tout le monde, jusqu'à nous, a trouvé moches les idoles en violon. Moi, je trouve que la mienne n'est pas moche. Vous aussi. Tous nos amis. On l'a oubliée longtemps, sûr. L'histoire du goût, je m'en fous. Même, ça me plaît, qu'on l'ait oubliée ! Sans ça elle serait immortelle ! Mais pour nous, elle est là. Elle est là. On dit : nous aimons ce qui nous ressemble. Ma sculpture ne lui ressemble pas du tout, à mon idole ! Elle ne devrait être aimée que par Brancusi, alors ? Les ressemblances ! Dans *Les Demoiselles d'Avignon*, j'ai peint un nez de profil dans un visage de face. Il fallait bien le mettre de travers, pour le nommer, pour l'appeler : nez ! Alors, on a parlé des Nègres. Avez-vous jamais vu une seule sculpture nègre, une seule, avec un nez de profil dans un masque de face ? Nous aimons, tous, les peintures préhistoriques ; personne ne leur ressemble ! »

Au temps de *Guernica*, il m'a dit, dans ce même atelier : « Les fétiches ne m'ont pas influencé par leurs formes, ils m'ont fait comprendre ce que j'attendais de la peinture. » Il tient et regarde l'idole-violon des Cyclades. Son visage naturellement étonné redevient le masque intense qu'il a pris quand il a regardé les photos. Changement instantané. Télépathique. (Braque m'a parlé de « son côté somnambule ».) Il n'a pas fait un geste, il continue à parler ; la lumière et l'atmosphère sont les mêmes ; des bruits continuent à monter de la rue. Mais il vient d'être pris d'une angoisse et d'une tristesse communicatives. Je l'écoute, et j'entends une phrase qu'il disait au temps de la guerre d'Espagne : « Nous, les Espagnols, c'est la messe le matin, la corrida l'après-midi, le bordel le soir. Dans quoi ça se mélange ? Dans la tristesse. Une drôle de tristesse. Comme l'Escurial. Pourtant, je suis un homme gai, non ? » Il semble gai, en effet. Par un mélange de jeunesse, presque d'enfance, et d'activité, qui donne l'impression qu'il joue, et qu'il s'amuse. Sauf lorsqu'il peint. Pourtant, en quelques secondes, la mer joyeuse s'est retirée de ce visage de sable. Il est en train de dire :

« De temps en temps, je pense : il y a eu un petit bonhomme des Cyclades[1]. Il a voulu faire cette sculpture épatante, comme ça, non ? exactement comme ça. Il croyait faire la Grande Déesse, je ne sais quoi. Il a fait ça. Et moi, à Paris, je sais ce qu'il a voulu faire : pas le dieu, la sculpture. Il ne reste rien de sa vie, rien de ses espèces de dieux, rien de rien. Rien. Mais il reste ça, parce qu'il a voulu faire une sculpture. Qu'est-ce que c'est, notre… nécromancie ? Et les trucs magiques qu'ont les peintres, les sculpteurs, depuis si longtemps ? Quand on croyait à la beauté immortelle, aux conneries, c'était simple. Mais maintenant ?

— Vous n'avez pas choisi d'aimer la sculpture des Cyclades. Ni les masques nègres. Pourquoi les œuvres que vous aimez existent-elles ensemble dans votre esprit ? Je crois que c'est par leur présence commune. Ce n'est pas tout à fait clair pour moi… Vous venez de dire que cette idole est là. Je le pense aussi. Nous ne le pensons pas de l'*Apollon du Belvédère*. Le Musée Imaginaire de chacun, ce sont les œuvres présentes pour lui. Les statues survivaient parce qu'elles étaient des œuvres d'art, elles sont aujourd'hui des œuvres d'art parce qu'elles survivent… »

Il a l'esprit très rapide, mais le goût de réfléchir lorsqu'une idée lui semble concerner sa relation avec la peinture :

« C'est intéressant… On peut me dire ce qu'on veut

d'un tableau qui n'est pas là quand je le regarde, ça m'est égal. Les autres tableaux, c'est pour les historiens ; c'est comme les amis, il y a ceux qu'on aime et ceux qui nous sont indifférents. Mon idole est devenue une sculpture ? oui, le fétiche aussi. Sûr. Ça ne s'arrêtera pas avec nous, non ? Des fois, je *vois* l'atelier, toutes les choses qui sont là. Comme je vois les choses avant de peindre, avant de penser à m'en servir. Qu'est-ce que ça deviendra ? Mes toiles d'autrefois ont beaucoup changé. Pas les couleurs : les toiles. Aussi les sculptures. Et je suis vivant. Après… Et Van Gogh ? Et Cézanne ? Je vous ai dit : on ne sait pas comment ça vit, la peinture… »

Il veut dire : l'art, mais ce mot est tabou. Alors que « peinture » fait partie des mots majeurs : amour, mort, Dieu, révolution, dont je pense qu'ils tirent leur force, de sens superposés.

De la main qui tient le petit violon de marbre, il désigne, dans un coin, sa *Femme au feuillage* :

« Les feuilles, elles ont été bien étonnées de se trouver dans ma sculpture, non ? »

Il parle de la façon la plus simple. Ni chiqué ni maladie. Mais il ressent la métamorphose comme les médiums ressentent leur état second. Les feuilles sont entrées dans sa sculpture, en effet. Il a imaginé le taureau redevenu guidon et selle, parti sur deux vélos. Il a parlé de rejeter à la mer les galets qu'il a sculptés. « Que penseraient ceux qui les trouveraient, plus tard ? » Les guitares en désordre dans la pièce voisine, il les a collectionnées *après* avoir peint ses tableaux à guitares. De ses nouvelles toiles, il dit « Il en arrive ! » De celles qu'il achève : « Je les laisse comme ça. » Il a parlé de ses paysages comme s'ils étaient entrés en lui et en étaient sortis tableaux. Après *Les Demoiselles d'Avignon*, son œuvre devient une métamorphose inépuisable. Il vit en elle. La *Femme à la poussette* ne sera pas une « interprétation ». Lorsque les journalistes disent : le sorcier Picasso, ils expriment à la va-vite le pouvoir profond et trouble qu'il possède et peut-être exorcise. Même l'ensemble de son œuvre, par la nature et la succession des périodes, est hanté par la métamorphose, comme l'œuvre d'aucun artiste ne le fut avant lui. Je n'ai pas oublié les cafards posés au pied de *Guernica*[1]. Ce jour-là, pendant notre conversation avec José Bergamin, Picasso détachait des larmes de mince métal rouge dont il faisait l'essai aux yeux de la figure échevelée, du cheval d'Apocalypse et du taureau. Il voulait retrouver la quasi-monochromie de l'œuvre. Les larmes grenat tombaient une à une dans l'étroite gorge au bas de la vaste composition, comme les gorges où l'on pose la craie des tableaux noirs scolaires. Quand nous prîmes congé, il en fit un petit tas brillant qu'il tendit à Bergamin en chuchotant, du ton où il mêle si singulièrement l'ironie et la pitié : « Té les donne : cé sont les larmes de l'Espagne[a]. »

Il a repris sa gaieté étonnée. L'émerveillement ironique est une de ses expressions familières. Séparé du petit bonhomme des Cyclades. Déconnecté des siècles.

« Mes feuilles, bon. Des feuilles domestiquées, comme Kazbek. Mais le violon, ce n'est pas une feuille. Quand même une sorte de feuille, non ? L'arabesque, la symétrie… J'ai mis des morceaux de guitare dans mes tableaux. Braque et Gris aussi. Et puis, tout le monde. Maintenant je me demande : le petit sculpteur, il l'a inventé, le violon ? Invention formidable ! Si vous raccordez le haut à gauche et le bas à droite, en coupant au milieu du cran, c'est un nu, de profil ! Inventé, découvert ? Est-ce que nous avons un violon en nous, qu'il a reconnu comme moi je reconnais sa sculpture ?

— C'est un peu ce que Jung appelle l'archétype, qu'on connaît seulement par les formes qu'il prend. Comme la mère-vinaigre, explique-t-il.

— Je veux dire : est-ce qu'il y a des formes, un peu vagues comme le projet d'un tableau, qui se précisent, qui se réincarnent ? Pourquoi ? Parce qu'elles correspondent à quelque chose de profond en nous, très profond ? Par la forme elle-même, ou parce qu'elle exprime quelque chose ? Vous comprenez : la symétrie, ce sont des formes, mais c'est aussi notre corps, non ?

— On vous a parlé de l'image de la Vierge apparue à Bernadette ?

— Quelle Bernadette ?

— Celle de Lourdes. Elle a vu la Vierge de la grotte. Elle entre au couvent. Des âmes pieuses lui envoient toutes sortes de statuettes de Saint-Sulpice. Elle les flanque dans un placard. Stupéfaction de la supérieure : “Ma fille, comment pouvez-vous mettre la Sainte Vierge dans un placard ? — Parce que ce n'est pas elle, ma Mère !” Restupéfaction.

“Ah ?… et comment eſt-elle ? — Je ne peux pas vous expliquer…” La supérieure écrit à l’évêque, qui apporte les grands albums des principales images de la Vierge, ceux du Vatican. Il lui montre Raphaël, Murillo, etc. N’oubliez pas que ça se passe sous le second Empire, qu’elle eſt une jeune paysanne, bergère je crois, qui n’a certainement vu, dans son bled, que des Vierges sulpiciennes, baroques à la rigueur. Elle fait non de la tête, toujours non. Au hasard des feuillets, passe la Vierge de Cambrai[1], une icône. Bernadette se lève, exorbitée, s’agenouille : “C’eſt elle, Monseigneur !”

« Je vous l’ai dit, la Vierge de Cambrai eſt une icône. Repeinte, ornée de vagues angelots ; mais ni mouvement ni profondeur, aucun illusionnisme. Le sacré. Et Bernadette n’avait jamais vu d’icône… »

Il réfléchit :

« Vous êtes sûr ?

— Les lettres de l’évêque ont été publiées. Et à qui aurait servi le mensonge ?

— Une intrigue des cubiſtes !… Tout de même, je voudrais bien la voir, sa Vierge…

— Elle eſt toujours à Cambrai. Je vous enverrai la photo.

— Quand ? »

Maintenant, il eſt pressé.

« Le temps de la retrouver ; je crois savoir où elle eſt.

— Que la fille l’ait reconnue, c’eſt drôle… Mais que les Byzantins l’aient inventée, c’eſt drôle aussi, tout de même !… Il faudra réfléchir. C’eſt intéressant. Très intéressant ! D’où vient-elle ? Pourquoi eſt-ce que j’aime ma Vénus préhiſtorique ? Parce que personne ne sait rien d’elle. La magie, ça va ! j’en fais aussi ! J’aime aussi les Nègres pour ça, mais on commence à savoir, enfin, on croit… »

Je me dirige vers l’atelier. Il m’accompagne. Il semble avoir rangé la Vierge de Cambrai dans un coin de sa mémoire, et penser à haute voix, comme s’il prenait maintenant conseil des formes révulsées que nous retrouvons :

« Nous avons dans la tête un musée qui n’eſt pas le Louvre, sûr. Qui lui ressemble. Qui ne lui ressemble pas. Mais attention : seulement dans la tête. Les intelleƈtuels, ça ne les gêne pas. Au contraire. Les peintres, ça les gêne. L’idée d’un tableau…

— En l’occurrence : le souvenir, ou la reproduƈtion…

— … ce n’eſt pas un tableau.

— Le Musée Imaginaire est nécessairement un lieu mental. Nous ne l'habitons pas, il nous habite.

— Il pourrait tout de même exister en réalité, non ? Un petit. Avec des vrais tableaux. Il faudrait essayer. Comment faire ? Dans notre tête, les époques des tableaux n'ont pas beaucoup d'importance. Mais si on fait une exposition ? On ne peut pas mettre les tableaux par sujets, c'est idiot ? Au hasard ? Mais nous retrouverions la succession, non ? Si on supprimait l'Histoire, qu'est-ce qu'ils diraient, les artistes-peintres ? Le Douanier se mettait dans les modernes, avec les peintures électriques ; moi, il me mettait avec les Égyptiens... Tout de même ! Le Musée Imaginaire de Van Gogh : Millet à côté de Rembrandt, et Mauve[1] ; vous connaissez Mauve ? On mettrait ses ancêtres, à Van Gogh, on mettrait ses descendants.

— Le Musée Imaginaire de Baudelaire : pas de sculpteurs avant Puget, sauf Michel-Ange, pas de primitifs. *Les Phares*[2] commencent au XVIe siècle... »

Il s'arrête devant la *Femme à l'artichaut.* L'arbitraire pur.

« Oui, répond-il. Nous avons fait du chemin... Votre Musée Imaginaire aussi... Parce que, pour un peintre, les choses qu'il aime s'y retrouvent. Elles sont ensemble, vous avez raison. Comprendre l'art nègre, c'est une chose. Comprendre l'art nègre avec les statuettes de Minorque, comment déjà ? ibéro-phéniciennes ? et *La Dame d'Elche*, et les idoles des Cyclades (Zervos[3] veut faire un grand livre sur cette sculpture-là, un inventaire) et les préhistoriques, c'est une autre chose, non ? Surtout devant les originaux, pas les photos. Si on faisait une exposition. Les sculptures qui nous parlent, elles se parlent. Elles ne disent pas la même chose. Comme les tableaux. Musée ou pas, nous vivons dans les tableaux, sûr ! Qu'est-ce qu'il dirait, s'il voyait *Guernica*, Goya ? Je me demande. Je crois qu'il serait assez content ? Je vis plus avec lui qu'avec Staline. Autant qu'avec Sabartès[4]. Je peins contre les tableaux qui comptent pour moi, mais aussi avec *ce qui leur manque.* Faites bien attention ! C'est tout aussi important. Il faut faire ce qui n'y est pas, ce qui n'a jamais été fait. C'est la peinture : pour un peintre, le catch avec la peinture, le... l'exercice de la peinture, non ? Les tableaux qui arrivent, même ceux qui n'arrivent pas, ça joue un aussi grand rôle que votre Musée Imaginaire. On en a un, mais on en change... Même pour peindre contre... »

Beaucoup d'autres peintres diraient, non pas : contre le Musée Imaginaire, mais : en face de lui.

« Est-ce qu'il n'y a pas aussi une petite salle qui ne change pas ?

— Tout de même, votre espèce de Musée, avec ses revenants copains, et mon idole, et ma Vénus… tout ça ne part pas de l'esthétique ; c'est bien. Il faudrait d'abord faire comprendre aux gens que la création est rarement une chose esthétique.

— Celle des œuvres que nous sommes en train de ressusciter ne l'est presque jamais.

— Vous dites que je ne choisis pas d'aimer l'idole des Cyclades. C'est vrai. Des Grandes-Déesses de la vie, des Fécondités, j'en connais de toutes les sortes, sans parler de celle que vous m'avez montrée tout à l'heure. (Formidable !) Il n'y a que les sculpteurs des îles qui aient trouvé le moyen de les transformer en signes. D'habitude, elles sont plutôt fantastiques. Ou symboliques. Un peu comme la *Vénus* de Lespugue : des ventres. La mienne, celle que vous avez vue, elle me plaît, parce que j'aime la trouvaille du violon. Mais dans d'autres îles, le violon disparaît. Donc plus de ventre. C'est la déesse si vous voulez, enfin, l'objet magique, ce n'est plus la Fécondité. Il reste les petits seins sans volume, les lignes gravées pour les bras… Plus fort que Brancusi. On n'a jamais rien fait d'aussi dépouillé.

« Donc, vous avez raison, je suis obligé de les aimer. Je ne choisis pas. Mais est-ce que je choisis beaucoup de peindre ce que je peins ? De peindre comme je peins, et pas autrement, oui ! Mais… En travaillant, je me demande ce qui va entrer dans la toile, forcément. Je pars d'une idée, on ne part pas de rien ; d'une idée vague. Il faut qu'elle soit vague. Si un peintre ne sait pas trop ce qu'il veut, ça ne fait rien. Pourvu qu'il sache très bien ce qu'il ne veut pas.

« Quand je gagne, je le sais. Si je me trompe, l'avenir choisira. C'est son métier d'avenir, non ? La suite au prochain numéro. Il y a des toiles auxquelles on fait des enfants ; d'autres, on ne peut pas. Les bonnes, après, elles nous guident. Des bâtons de vieillesse ! Il en sort, il en sort ! comme des pigeons des chapeaux. Je sais ce que je veux, d'une façon vague, comme quand je vais commencer la toile. Alors, ce qui arrive est très intéressant. C'est comme les corridas : on sait, et on ne sait pas. Comme tous les jeux, au fond. Je peux dire : je fais mes œuvres complètes ; ça, c'est pour le catalogue de Zervos[1]. Mais pour moi… Si je regarde ma main, c'est le destin, elle change au cours de la vie, non ? Je veux voir pousser mes branches. C'est pour ça que j'ai commencé à peindre des arbres ; pourtant je ne les peins jamais d'après nature[2]. Mes arbres, c'est moi. »

Cette comparaison fait partie de sa pensée, car il m'a dit un jour « qu'il voulait faire pousser les branches, les siennes, bien sûr, pas celles de l'arbre ! »

Il reprend :

« Pour couper les branches aussi. Qu'est-ce que c'est, un tableau, une sculpture ? Ce sont des… des objets ? Non. Quoi ? Disons : des machins, ça ira. Des machins où les choses doivent rencontrer leur propre destruction. Le peintre prend les choses. Il les détruit. En même temps, il leur donne une autre vie. Pour lui. Plus tard, pour les gens. Mais il faut transpercer ce que les gens voient, la réalité. Déchirer. Démolir les armatures. »

L'ironie a disparu. Il résume sans aucun doute une pensée familière, car il parle d'abondance, dans un vocabulaire précis, qui trouve l'accent lacérant de sa peinture.

« Un peintre doit créer ce qu'il ressent. *Cuidado*[3] ! Ressentir, ressentir, on dit ça ! Ce n'est pas : voir comme ça ! Il ne s'agit pas d'interprétations. Regardez » (il désigne la géométrie en transe de la *Femme qui pleure* :) « Dora, pour moi, a toujours été une femme qui pleure. Bon. Un jour, j'ai pu la faire. »

Je pense à la seule phrase élogieuse que Léonard ait écrite sur sa propre peinture : « Un jour, il m'advint de peindre une chose réellement divine[4]… » C'était *La Joconde*.

« J'ai pu la faire. C'est tout. C'est important, parce que les femmes sont des machines à souffrir. Alors, je retrouvais le thème. Comme pour *Guernica*. Pas longtemps après *Guernica*. Il ne faut pas trop savoir ce qu'on fait. Quand je peins une femme dans un fauteuil, le fauteuil, c'est la vieillesse et la mort, non ? Tant pis pour elle. Ou bien, c'est pour la protéger… Comme les sculptures nègres. Il y a de la peinture innocente. Les impressionnistes, enfin les promeneurs, c'était de la peinture innocente. Pas les Espagnols. Pas Van Gogh. Pas moi. Les Hollandais, des fois, ils pourraient être espagnols, non ? Van Gogh, Rembrandt…

« Le mot le plus important, peut-être c'est le mot : tension. La ligne devrait… ne même plus vibrer : ne plus pouvoir… Mais il n'y a pas que la ligne. Il faut trouver le plus grand écart. La tête qui devient un œuf. Les sculpteurs des Cyclades ont bien compris ça, pas dans les violons : dans les idoles qui sont des œufs obliques, fixés par un cou… Le corps et le végétal. Ça, dans ma *Femme au feuillage*, je l'ai fait. Aussi, déconcerter. Les têtes carrées, puisqu'elles devraient être rondes. »

Il a changé insensiblement de ton, retrouvé l'ironie, jusqu'à la limite de la parodie. Je pense à l'affirmation de Mallarmé : « Tout le mystère est là : établir des identités secrètes par un deux à deux qui ronge et use les objets, au nom d'une centrale pureté[1]. » Mais Picasso ne dirait pas : pureté.

« Déplacer. Mettre les yeux dans les jambes. Contredire. Faire un œil de face et un de profil. On fait toujours les deux yeux pareils ; vous avez déjà vu ça ? La nature fait beaucoup de choses comme moi, elle les cache ! Il faut qu'elle avoue. Je peins à coups de coq-à-l'âne ? Bon, mais qui se suivent ! C'est pour ça que les gens sont obligés de compter avec moi. Comme je travaille avec Kazbek, je fais une peinture qui mord. La violence, les coups de cymbales… l'éclatement… En même temps, il faut que le tableau se défende. C'est très important. Mais les peintres veulent plaire ! Un bon tableau, quoi ! il devrait être hérissé de lames de rasoir. »

Je n'ai jamais vu la plupart de ces tableaux, et ne l'ai jamais vu seul dans cet atelier-ci. Je prends soudain conscience de ma silhouette, de mon uniforme, comme si je me voyais moi-même. Conscience, aussi, de l'aspect insolite de Picasso, auquel je n'ai prêté aucune attention : son imperméable trop long qui semble une blouse d'atelier, son petit chapeau d'étoffe conique, ses yeux étrangers à son masque. On m'a montré récemment un film américain où un acteur jouait le rôle de la Mort, vêtu aussi d'un imperméable ; il attendait, toujours au même endroit, des voyageurs qui allaient tous mourir du même accident. Picasso attend au passage ses prochains tableaux. Ceux qui l'entourent, il semble les avoir évoqués comme des esprits. Il pourrait avoir l'air d'un clochard, il a l'air d'un sorcier.

J'ai souvent éprouvé, jadis, cette sensation de « déjà vu ». Un aboiement vient de la rue.

« Qu'est-ce que ça veut dire : travailler ? Aller plus loin ? Corriger, comment faire ? On perd la spontanéité. Matisse croit au dépouillement. Pour les dessins, rien n'est meilleur que le premier jet. Et puis, la toile vierge, c'est bien. C'est très bien !

« Après tout, on peut seulement travailler contre. Même contre soi. C'est très important. La plupart des peintres se fabriquent un petit moule à gâteaux, et après, ils font des gâteaux. Toujours les mêmes gâteaux. Ils sont très contents. Un peintre ne doit jamais faire ce que les gens attendent de lui. Le pire ennemi d'un peintre, c'est le style[1].

— Et de la peinture aussi ?

— La peinture, elle le trouve quand vous êtes mort. Elle est toujours la plus forte. »

Reste[a] que tous ses grands rivaux ont été obsédés par l'approfondissement de leur art ; lui seul est possédé par la rage de métamorphoser le sien. Rage à laquelle répondait si étrangement ce qu'il me disait de l'idole des Cyclades, et à quoi je n'ai guère cessé de penser. « Il y a eu un petit bonhomme des Cyclades[2]... Il croyait faire une idole, il a fait une sculpture, et je sais ce qu'il a voulu faire... » À côté de moi dans l'atelier mal éclairé, il y a un petit bonhomme coiffé d'un chapeau pointu, son frère. Je lui demande :

« Vous souvenez-vous de l'extraordinaire phrase de Van Gogh : “Je peux bien, dans la vie et dans la peinture, me passer du Bon Dieu. Mais je ne peux pas, moi, souffrant, me passer de quelque chose qui est plus grand que moi, qui est ma vie, c'est...

— ... la puissance de créer[3].” Il a raison, Van Gogh, il a bien raison, non ? Le besoin de création, c'est une drogue : il y a inventer, il y a peindre. Ce n'est pas pareil. Pourquoi faut-il toujours inventer ? Dans mille ans, tout ça !... Mais comment faire ? »

Je l'ai souvent entendu demander : comment faire ? avec ironie : les deux mots correspondent au masque étonné. Mais dans la pénombre, le ton de sa voix est sérieux.

« Van Gogh, dis-je, ne parle pas de postérité. Je suppose qu'il appelle créer : donner la vie à ce qui n'existerait pas sans lui ?

— Ça aussi. Il y a toujours eu des petits bonshommes pour vouloir sculpter à leur manière, exactement à leur manière. On les coupait, ils repoussaient. Comme l'amour des femmes pour les enfants.

« Plus tard il y a eu des artistes peintres qui ont fait des peintures, des artistes sculpteurs qui ont fait des sculptures. Heureusement, on n'a pas tout gardé : il y en aurait jusqu'à la lune ! Vous voyez ça ! tout ce qu'ont fait les artistes peintres ! Et on en faisait toujours ; des belles filles et des femmes moches, des dieux et des pas-dieux ! On savait toujours ce que c'était, malheureusement. Si on n'avait pas su, ça aurait pu être bien ?... Enfin, quoi, haffreux ! dégoûtant. Et puis, de temps en temps, mais sans faute, il y a eu le petit bonhomme. Des fois, clochard. Des fois, riche. Honoré. Ami du roi : Vélasquez. Rubens. Après, Rembrandt : on dit qu'on l'appelait le Hibou ; vous croyez ? Riche, pauvre, mais toujours un peu fou, non ? Il n'y a pas de femmes. »

Le son de sa voix est aussi déconcertant que pendant son précédent monologue. C'est celui d'une surprise émerveillée. Il ne fait pas un numéro, car il improvise. Mais il joue. Un jeu d'autant plus troublant que cette volubilité ne s'accompagne pas de gestes. Les paroles sont seulement accordées au plissement ou à l'écarquillement des yeux si noirs, visibles, malgré la pénombre.

« Et les sculpteurs préhistoriques ! Pas tout à fait des hommes ? Si. Sûrement. Très contents avec leurs sculptures. Pas du tout des artistes peintres ! Mais tous, ils voulaient sculpter ou peindre à leur idée. Goya, il mettait ses peintures noires dans sa salle à manger, pour les montrer seulement aux amis. Savez-vous ce que je pense, des fois ? Ça m'amuse : je suis superstitieux. Je pense que c'est toujours le même petit bonhomme. Depuis les cavernes. Il revient, comme le Juif errant. Vos types de l'Inde, ils croient que les peintres se réincarnent comme peintres ?

— Ça dépend de leurs mérites. Plutôt pas.

— N'y connaissent rien. Les peintres se réincarnent forcément comme peintres. C'est une race. Comme les chats. Alors, d'un côté, il y a toutes les images que les gens fabriquent. Énorme ! très énorme ! encore plus énorme ! des montagnes ! Des musées, des collections, Dufayel, les calendriers des postes, les timbres ! De l'autre côté, il y a le petit bonhomme. Tout seul. Il regarde les artistes peintres. Il attend qu'ils aient fini. Ils n'ont jamais fini. Alors, il rempile. Il revient. Encore une fois ! Peut-être c'est moi, comment savoir ? Il aime la corrida. Forcément... »

Malgré l'improvisation des paroles, je crois qu'il parle

d'un personnage auquel il a pensé. Et que je retrouve dans les avatars d'un autre quidam inspiré, celui du *Peintre et son modèle*, qu'il appelait affectueusement : « Ce pauvre type[1]... » L'humour n'efface pas la grandeur sarcastique du petit fantôme chargé du pouvoir créateur comme le Père Noël de sa hotte, et qui, depuis des siècles, traverse le tourbillon des images inutiles dans le vent de la mort, avec l'acharnement de l'amour maternel.

« Et quand il y a plusieurs petits bonshommes à la même époque ?

— Par erreur ! Il y a toujours des erreurs, non ? En sens inverse aussi. Des fois, il s'en va. Il a cru que Derain était un grand peintre, il a vu comment ça tournait, il est reparti. Chaque fois, il change de manière. Des fois, dans une seule vie. Jamais autant que moi. Mais il sait bien qu'au fond, on fait toujours la même chose : la peinture, la mort, la vie... »

L'ironie s'est éloignée. Il se tait. Je lui réponds :

« Vous m'avez parlé du thème de la mort, au sujet des *Fusillades* de Goya. Vous avez représenté des femmes enceintes depuis... combien ? L'*Étreinte*[2] est de 1905 ?

— 1903.

— La naissance et la création sont peut-être aussi profondes, aussi troublantes que la mort — et pour les mêmes raisons...

— Je descends avec vous : je vais à Saint-Germain-des-Prés. »

Dans l'escalier très sombre, sa voix, derrière moi, a retrouvé la blague :

« J'ai oublié de vous montrer mes assiettes. J'ai fait des assiettes, on vous a dit ? Elles sont très bien. (La voix devient grave.) On peut manger dedans[3]. »

Nous nous séparons sur le trottoir. La nuit est belle[4] — comme lorsque Max Jacob, jadis, m'a montré pour la première fois le Bateau-Lavoir amarré dans la nuit d'été : les arbres, le réverbère devant la fenêtre de Juan Gris, personne sur la petite place intime comme un rêve. La voiture démarre. Ni Picasso ni moi ne savons que j'organiserai, vingt ans plus tard, la plus vaste exposition de ses œuvres... Ni que trois mois après sa mort, la Fondation Maeght, à côté de Notre-Dame-de-Vie, tentera pour la première fois d'incarner un Musée Imaginaire — dans lequel il eût retrouvé presque tout le sien.

*

Saint-Paul-de-Vence.

La Fondation Maeght[a], la seule fondation française comparable aux grandes fondations américaines, dresse au-dessus des arbres de Renoir ses toits en pagode. Je l'ai inaugurée, sans la voir, une nuit de 1964. Au ras du sol, les fumées de Giacometti tremblaient dans l'ombre : Miró avait fiché sur le firmament provençal les cornes de ses diables et la fourche de son enfer ingénu. Les voici. Les petites filles qui m'avaient apporté les clefs de la Fondation sur un beau coussin grenat sont mariées.

Exposition « André Malraux et le Musée Imaginaire ». Beaucoup de documents. Je pense, comme Picasso : tout ça concerne un type qui s'appelait comme moi.

On me remet le catalogue[b]. Profusion de tableaux illustres. Très beaux fétiches, masques d'Afrique, casques d'initiation océaniens. Incarnation aussi confondante que le serait la représentation de *Macbeth* ou du *Bourgeois gentilhomme* pour un lecteur de toutes les pièces illustres qui ne serait jamais allé au théâtre… Mais c'est seulement *mon* Musée Imaginaire, ou du moins ce qu'on a pu en rassembler. Le vrai, par définition, n'est pas incarnable…

Voici la maquette d'André Masson pour le plafond de l'Odéon, celle de Chagall pour le plafond de l'Opéra.

Dialogue entre Khrouchtchev et le général de Gaulle, dans la loge présidentielle. Khrouchtchev, tout rond, montre le plafond du doigt : « Vous aimez ça ? — Vous a-t-on dit que l'auteur est russe ? — Alors c'est encore pire ! Sûrement un Blanc ! »

Les premières aquarelles de Braque pour les mosaïques de la faculté des sciences, qu'on n'exécutera plus, le *Faucheur* de Picasso, qui devait commémorer *Les Fleurs du mal.* Au temps du général de Gaulle[c]…

Lors de la première Biennale de Paris, je venais de prendre les Affaires culturelles. Elle n'accueillait les peintres que jusqu'à trente-cinq ans, et choisis par un jury de leur pays, non par le nôtre. L'Union soviétique et ses satellites, l'Inde, Formose, le Japon, un peu l'Afrique, l'Amérique latine. Importante participation anglo-saxonne. Ça valait ce que ça valait. Mais les tableaux venaient du monde entier. De jeunes peintres multicolores et chevelus examinaient les toiles des autres, ou les premières « affiches lacérées », les plus insidieux des ready-made. Toutes les tendances d'alors : abstractions géométrique, expressionniste ou lyrique, tachisme informel, néo-réalisme et néo-surréalisme, réalisme socialiste, art gestuel, étaient représentées. Devant l'entrée du musée d'Art moderne, une machine baladeuse de Tinguely jetait au nez des visiteurs les bandes qu'elle imprimait. Tendance majeure : l'informel agressif. L'art futur montrait les dents.

« C'est plus lourd qu'ils ne croient, la liberté[a] ! », disait Picasso.

Devant quelques tableaux dispersés à travers les abstraits — et à travers le monde : Maroc, Yougoslavie, Inde, Mexique — les visiteurs s'agglöméraient : pour regarder, non les tableaux des peintres ravageurs, mais ceux des peintres du dimanche. J'avais dit : « Quel que soit le destin des nouvelles écoles, la peinture, étonnée, a désormais conquis l'arbitraire, et ne le perdra pas de sitôt... » Il y a quatorze ans[b].

À droite de la porte de sortie de la salle, la *Chaise*[1] de Braque. A-t-il pensé à la *Chaise* de Van Gogh ? Il a entrepris l'une de ses toiles majeures, *Paysage au ciel sombre*, en face des *Corbeaux* de Van Gogh, peints quelques jours avant sa mort, et qui sonnent son glas. Braque a repris les oiseaux, le long signe jaune du blé, remplacé le ciel intense par un ciel noir. Il avait repris aussi les *Tournesols* ravagés — comme pour les apaiser. On dirait qu'il attend alors, de la peinture, une puissance de paix plus forte que la mort.

De l'autre côté de la porte, le Chagall : *Devant le tableau.* Une crucifixion d'un noir intense est entourée de personnages clairs ; devant elle, le peintre, animal fantastique, tient sa palette et semble l'enchanteur de l'exposition.

Voici Chagall, d'ailleurs.

Il parcourt les salles en sens inverse, et a vu celles de l'Asie.

« Toutes les formes que les hommes ont pu inventer !... » dit-il du ton de la rêverie et de l'étonnement.

Picasso était étonné comme ses diables ; Chagall l'est comme ses anges :

« L'Espagnol me reproche mes anges, parce qu'il n'en a pas ! »

Ils étaient brouillés. Picasso lui reprochait, en effet, son « folklore » ; mais, Matisse mort, tenait Braque et Chagall pour les deux plus grands coloristes vivants.

« La peinture, c'est la couleur, la chimie de la couleur... Mais qu'est-ce que c'est ? Je ne sais pas... Vous, vous savez, moi, je ne sais pas... »

Presque la phrase de Picasso, qui disait : « on ne peut pas savoir... » Certes, cette innocence est un jeu. Celle de Picasso était à la limite de l'ironie, celle de Chagall est affectueuse.

« Il faut seulement savoir s'en servir, dis-je. Vous savez plutôt bien...

— Toutes ces formes ! Mais pour la couleur, regardez, on n'a pas beaucoup inventé... Très peu, jusqu'à Venise...

— Vous ne croyez pas que la couleur a changé quand l'Europe a inventé l'ombre ?

— Si Delacroix revenait, il serait plus étonné par nous, que par tout ce que les savants ont retrouvé, dans le passé ! Mais pour la couleur[a]. En Asie, les tons ne sonnent pas... »

Ce qu'il dit serait plus vrai encore si la peinture de l'Asie était mieux représentée. En peinture comme en musique, le grand orchestre, c'est nous. Je lui cite la phrase amère de Picasso : « La couleur affaiblit[1]. »

« Bien sûr : ses meilleurs tableaux sont des camaïeux !

— Ceux de Léonard aussi. Même *La Joconde*... Les *Peintures noires* de Goya...

— Ah, dit-il d'un ton ironiquement navré, quel dommage qu'un si grand génie, l'Espagnol, n'ait pas fait de peinture !

« Vous savez, je regrette que la Fondation n'ait pas trouvé un des derniers Monet...

— Je le regrette aussi. Il aurait montré brutalement que Van Gogh et Cézanne, sans s'en rendre tout à fait compte, attendaient de la peinture un autre pouvoir, le vôtre en somme. Mais je me demande ce que vous allez penser de la stridence des Nouvelles-Hébrides. C'est la seule couleur sauvage qui en soit une. Quand j'ai accroché un Matisse au-dessus de mes fétiches tricolores, il a eu l'air d'une fresque persane[b]... »

Le grand roi parthe de Hatra, envoyé par le musée de Bagdad[1]. L'exposition des œuvres parthes trouvées en Irak serait l'une des expositions révélatrices du siècle. Après la conquête macédonienne, pendant la lutte contre Rome, ce sont ces Parthes habillés à l'iranienne, mais qui combattaient au frappement des gongs, qui maintiennent l'Orient. Les femmes voilées à la cour de Perse comme à celle de Constantinople, connaissaient-elles la Sémiramis barbare de Hatra, leur ancêtre, l'ancêtre des formes orientales du sacré, qui empliront l'Empire byzantin ?

Ce colosse de Hatra, je l'ai vu à Bagdad. En l'honneur du mariage royal, on avait vidé les caves du musée de Mossoul, où s'accumulaient les effigies trouvées dans la capitale militaire parthe, inconnues alors, mères de celles des Sassanides et des reines de Palmyre, qui avaient maintenu l'hiératisme achéménide : souverains à la polychromie décomposée, trinités hérissées de scorpions. La catalepsie de l'éternel Orient emplissait un vaste hangar sous des tableaux surréalistes irakiens : girafes enflammées, fers à repasser hérissés de clous, mannequins somnambules — ex-voto[a] bizarrement offerts à ces dieux qui avaient retenu César et vaincu les légions. Au centre, les photos, grandeur nature, de la reine et du roi. Assassiné depuis[b].

D'autres œuvres appellent le lieu où je les ai rencontrées. Le prince de lapis appelle le bas-relief de Darius qui marque le Zagreus comme on marque les taureaux ; le vent des steppes dessinait ses moires sur les graminées pareilles à celles qui virent passer le Grand Roi, et un enfant iranien m'apportait des roses pompons, au pied du bas-relief criblé par le miaulement des aigles.

La première fois que je suis allé à Persépolis, on n'y avait pas encore retrouvé la *Pénélope captive*, prise sur l'Acropole, envoyée ici par l'Iran. Le long de l'escalier géant, les lézards, qui jouaient à leurs jeux de lézards, sautaient par-dessus les lances de la garde des Immortels.

Des divinités précolombiennes. J'entends la phrase de je ne sais quel conquistador — Bernal Diaz ? « Après avoir pris la ville capitale, nous arrivâmes dans la très grande Teotihuacán depuis longtemps en ruine… » Pendant sa restauration, les djinns de poussière parcouraient la voie des temples avec le bruit soyeux des trombes, comme ceux de Saba. Dommage qu'il n'y ait pas ici d'idoles sabéennes[c] !

Voici une katchina[1], prêtée par le musée de l'Homme. Les katchinas sont les poupées des Indiens Hopi : elles permettent aux enfants d'identifier les esprits des cérémonies magiques. J'en possède toute une collection, dans quelque garde-meuble. J'avais découvert cet art à l'aide d'un briquet, dans une vitrine obscure du Trocadéro. Divinités du farfelu, vaguement apparentées aux managers de *Parade*, maisons sur la tête (les leurs sont des nuages) et costumes de papillons géométriques. J'en avais reproduit une dans *Les Voix du silence* ; on montra l'édition américaine du livre à des sculpteurs hopi au service d'un musée. Lorsque j'accompagnai *La Joconde* aux États-Unis, je trouvai chez mon éditeur des cartons pleins de katchinas sculptées selon la tradition, « remerciements des dieux ». J'en possédais de plus anciennes, achetées à Hollywood au magasin de la réserve indienne, lorsque j'étais allé parler pour l'Espagne républicaine… Je demandai à André Breton, qui les examinait : « Savez-vous où était le centre religieux des Indiens Hopi ? — Au Nevada, je crois ?… — À Los Alamos. » On y travaillait alors à la bombe atomique, et on en avait chassé les Indiens. « Ça ne m'étonne pas, répondit-il, avec son air de féticheur découragé. Je ne crois pas aux coïncidences : la magie succède à la magie. »

Que sont devenues mes katchinas[a] ?

À l'admirable Titien de la salle voisine, aux fêtes des doges et des arlequins appelées par Venise dans notre mémoire, les sculptures sumériennes prêtées par Alep et Damas affirment, du fond de quatre mille ans, qu'il existe un monde où la *Grande Chanteuse*[2] et le *Saint Jérôme* de Titien sont des « semblables ». Un chef-d'œuvre est devenu beaucoup plus proche d'un autre chef-d'œuvre que de son modèle. Malgré un réalisme intermittent, rare ici, comment ne pas voir l'humanité traversée par son cortège de création comme par la permanence de ses rêves ? Sous les masques des ténèbres comme sous les tableaux informels, en passant par l'imaginaire qui s'appela lui-même fabuleux lorsqu'il ressuscita Vénus, comment ne pas entrevoir la métamorphose qui joue comme une divinité de l'Inde, avec les reflets de ce que les hommes ont vu, sur le fleuve de ce qu'ils n'ont jamais pu voir[b] ?

« Il ne faut pas croire qu'un tableau soit un objet d'art,

disait Picasso : c'est le contraire ! » Devant ces œuvres de toutes les civilisations, délivrées de l'Histoire par leur présentation arbitraire, tout confirme la phrase faussement paradoxale, tout en montre la longue perspective d'arcades. J'imagine la *Grande Chanteuse* sumérienne (annexée maintenant par l'art babylonien...) remplacée par la parure de la reine Subad, le *Roi*[1] de Beauvais et la présence secrète de la *Pietà* d'Avignon, par des bijoux médiévaux ; la *Pénélope* de Persépolis par... quoi ? la Grèce nous a laissé peu d'objets... Remplaçons les masques nègres et les dieux aztèques par des pendants d'or, tous les tableaux depuis Giorgione jusqu'à Delacroix par des meubles, ça crée l'atmosphère ; ou toutes les œuvres par les plus riches costumes de leur temps. Et pour les *Bouquetins* du Roc-de-Sers ? Faute de crinoline préhistorique, nous exposerons un silex bien taillé. On peut rêver devant un *homo*, *sapiens* ou non, ironiquement apparu sans dents de sagesse, il y a six cent mille ans, pour nous révéler que l'hominien en a perdu cent mille avant d'inventer le piège... Mais on s'est servi du crâne pour reconstituer la tête ; et nul ne se sert des peintures de Lascaux pour reconstituer des bisons, des tableaux pour reconstituer des tableaux vivants — sauf précisément ceux pour qui la peinture n'existe pas. Le silex est le témoin d'une étape de la préhistoire : il nous enseigne, les bronzes nous parlent. Et se parlent. Car les œuvres d'art sont les seuls « objets » sur lesquels s'exerce la métamorphose. Pas les meubles, pas les bijoux — pas les silex. C'est même, peut-être, une de leurs définitions. « La présence, dans la vie, de ce qui devrait appartenir à la mort... » Quand ai-je écrit cela[2] ? Il y a vingt ans[a] ?

Construite pour les œuvres d'art, cette Fondation abrite le Musée Imaginaire de la survie comme les cathédrales recèlent le surnaturel. Fut-elle élue de toute éternité pour piéger, dans ses beaux édifices entourés de géraniums, de diables de Miró et d'oliviers qui frémissent dans la chaleur prodigue, le « monde de l'art » de la fin de notre siècle ? C'est ici qu'on aura enfin entendu des arts historiques parler avec la même voix que les arts sans histoire. Avec la voix de la métamorphose, notre fugitive immortalité. Les nuages passent au-dessus des toits en pagode[b].

Pour continuer[c] la visite, il faut traverser la cour cubique, ouverte sur le dévalement des collines jusqu'à la mer, et à laquelle les statues de Giacometti s'accordent dans l'odeur de résine et le crissement des cigales. Les diables de Miró, déjà familiarisés avec ces oliviers et ces chênes verts, les habiteront-ils plus tard comme des chèvre-pieds ? J'aimerais voir avec eux quelques faunes de Picasso. La même race, si j'en juge par les petites cornes. Plus bas, sous les pins, les murets de mosaïque de nos grands peintres brillent comme les tronçons bleus des remparts de Babylone. Voyons les salles d'Asie, où je n'entendrai plus crisser la chaleur…

Quel rêve serait un passé sans images ! Alexandre sans statues et Napoléon sans portraits, perdus non dans l'obscurité, mais dans la nuit constellée de la Bible… Tout ce qui se trouve ici évoque ce qui ne s'y trouvera jamais : effigies des prophètes, allégorie d'Israël, têtes de bronze de Jérémie et d'Isaïe, ravagées comme celle du roi Sargon d'Akkad… figure du Christ par l'un des apôtres… images de Gengis Khan et de Karakorum, moineaux des jardins suspendus de Babylone, Timour à cheval dans les chardons devant ses volières d'or pleines d'oiseaux, fresques timourides depuis les Balkans jusqu'au Gobi… Un Napoléon sans portraits serait-il celui de Victor Hugo, comme Cléopâtre sans bustes était celle de Shakespeare[a] ?…

Sculptures, dialogue inépuisable. Je regrette les cavernes de l'Inde, et les fleuves[b] chinois couleur de glaise, endormis naguère dans le grand sommeil de l'Asie… À mon dernier passage en Chine, quand j'attendais le retour de Mao, le fleuve débordé atteignait la grotte ; des enfants avaient déposé leurs petits souliers, comme des offrandes, au pied des colosses protecteurs, et des radios éloignées enroulaient les serpentins de leurs chants patriotiques autour du Bouddha géant, blason de la montagne[1].

Les statues rouges de l'Inde, le *Roi-serpent* de Mathura. Pourquoi l'Inde appelle-t-elle dans ma mémoire la belle lépreuse qui m'a tendu des fleurs auprès de la déesse aux yeux-de-poisson, les petits chats noirs qu'un enfant tibétain voulait me donner au Népal, les clous de cuivre polis par les pieds nus dans la poussière des seuils sacrés, comme des lampes dans le brouillard ?

Bouddhas khmers. Je n'avais pas quinze ans quand je lisais Loti : « J'ai vu l'étoile du soir se lever sur Angkor[2]… » On se bat ces jours-ci au Cambodge, et la rosée de l'aube continue à perler sur les toiles géantes des araignées, au-dessus des maquisards morts. Moi, j'ai vu l'étoile du soir se lever sur Lascaux où nos armes étaient cachées, et je ne savais pas que c'était Lascaux... Il existe au fond de la brousse une autre Angkor encore emmêlée aux lianes : Banteai-Chmar, la « forteresse du chat ». Voici un petit relief près duquel, vers 1924, méditait un dieu de pierre, les grenouilles des ruines endormies sur son épaule ; les grenouilles des ruines sont presque transparentes. Reverrai-je la forêt d'Asie[a] ?

Cette semaine, les Khmers rouges atteindront Angkor[b].

Pourquoi aucun Américain n'a-t-il sculpté un autre Progrès que la *Liberté* de Bartholdi ? aucun Soviétique, une autre *Révolution* que celle de Rude ? Faudra-t-il venir au musée pour analyser la religion de ceux qui n'en ont pas ? Du moins ne le quittons-nous pas sans y prendre conscience que si nous étions menacés de renaître oiseaux, ou seulement femmes, nous regarderions autrement les oiseaux, les femmes, et nous-mêmes. L'Inde est inséparable de l'Englobant, des « états psychiques » (illumination, extase), de la transmigration. Le shéol et les Champs Élysées de notre parrain Israël, de notre marraine la Grèce, n'ont jamais trop bien su ce que devenait l'homme après la mort, ni ce qu'il ne devenait pas — et le savons-nous si bien[c] ?

Je pense aux foules sculptées des grottes d'Asie, et aux Tarots de Picasso qui couvraient les murs du palais des Papes. Derrière moi, la Méditerranée d'Homère, les oliviers de Virgile, le cimetière, les hommes du début de l'ère atomique et du vrai Musée Imaginaire, celui qui n'existe pas — comme naguère, devant moi, la caverne hantée d'Elephanta où l'Absolu méditait parmi les figures délivrées de l'impermanence et de l'Illusion. Dans l'hindouisme comme dans le bouddhisme, le christianisme et la tragédie grecque, le mot accession s'applique à l'un des hauts pouvoirs de l'art. Non pas exprimer : atteindre[d]...

Dans la dernière salle, isolé, le conservateur japonais à côté de lui, un chef-d'œuvre illustre : le *Portrait de Shigemori* de Takanobu[1]. Le plus pressant interrogatoire de la peinture occidentale[e].

Cet art fait, du nôtre, un art de l'antagonisme. Chez nous — à l'exception de la fine et secrète tendance que symbolise Vermeer —, quelque chose se bat toujours contre quelque chose. Devant le grand art de l'Asie, notre peinture depuis le baroque, Rubens, Venise, la triade romantique qui unit Goya et Rembrandt à Michel-Ange, tout l'esprit des cathédrales, le génie roman malgré sa rigidité (la catalepsie romane est hantée), tout l'art occidental depuis les premières figures chrétiennes jusqu'à Van Gogh, devient un art ravagé. L'Asie a découvert dans l'Occident moderne le secret meurtrier de l'univers : pour Darwin, Nietzsche, Marx, même Freud, le *tao* de la nature, de l'histoire, de l'homme, est combat. Pour Picasso, l'âme de la peinture est la « tension » — terme clément. Même l'« homme réconcilié » de Raphaël accueillerait mal le sourire pacifié dont le bouddhisme avait béni l'Abîme[a]...

L'Extrême-Orient non bouddhiste veut échapper à la Vie comme le bouddhisme veut échapper à la Roue ; mais par la communion *avec son essence*. Son art découvre et exprime l'essence que les choses choisies recèlent, toutes ces essences reflétant l'Essence suprême. « Il y a une vérité picturale des choses », écrivait Cézanne. Et même une vérité tout court, eût répondu l'Extrême-Orient. Je me souviens d'une cellule dans un couvent presque abandonné, près de Nara ; accroché aux nattes verticales, un seul vase, merveille informe ; une seule fleur d'hibiscus grenat tremblait aux battements d'un gong lointain, espacés dans l'éternité[b].

Un de mes amis asiatiques m'a dit : « Vous voulez[c] être dans le tableau, alors que nous voulons être dehors. La peinture européenne a toujours voulu attraper les papillons, manger les fleurs et baiser les danseuses. » Magnétisés par le tableau, les amateurs extrême-orientaux en restent séparés par une aura qui le protège à la façon d'un invisible verre. Ce que nous traduisons par le mot : retrait, au sens où l'on peut employer ce mot pour l'horizon marin qui recule devant nous : il s'agit d'un lointain protégé par son essence même. Nul n'étreint la *Majesté*[1], nul ne se rapproche du *Shigemori*, séparé de nous mais non éloigné[d].

Paul Valéry m'a dit en 1935, lorsqu'il écrivait le *Préambule* à la grande exposition italienne : « J'appelle grand art, celui qui engage tout l'homme, selon la hiérarchie même de l'esprit. » J'y pensais tout à l'heure devant le portrait de Berthe Morisot, sa tante, qui tient si peu pour le plus grand art, celui qui exprime le plus haut degré de civilisation ! À cet appel, Claude Monet, les promeneurs, avaient répondu avec des voix d'opticiens et de jardiniers ; Van Gogh répond avec la voix d'un martyr. Lequel d'entre nous, devant ses tableaux, devant ses lettres atroces, dirait que sa peinture, qui l'engageait d'évidence tout entier, n'engage pas tout son spectateur[a] ?

« Tout l'homme », c'est tout l'homme classique. L'art que Valéry plaçait le plus haut, celui de Léonard ou celui de Racine, exprimait, nourrissait un état supérieur de *culture.* Il en tirait sa promesse d'immortalité. L'Occident l'a longtemps entendu ainsi. Mais celui des grandes époques de foi ? Valéry, pour ramener la peinture de son temps à la modestie, lui oppose la « hiérarchie même de l'esprit ». Manet lui répond ici faiblement, même dans l'admirable *Berthe Morisot* ; mais le *Roi* de Beauvais, Moissac, toute la sculpture romane ? Sans doute pensait-il qu'elle n'engageait pas l'esprit. L'intelligence désespérée de cet adversaire de Pascal n'employait guère le mot âme. Quand Picasso a dessiné son portrait, que n'ont-ils parlé des masques ! L'esprit n'aime pas non plus les esprits. Mais je sais ce qu'il répondrait : « Même si ces arts assument tout l'homme, il ne les gouverne pas. »

Pourtant, à la leçon méditerranéenne que me rappelle le bruit de la pluie qui commence à tomber sur les oliviers, le Musée Imaginaire répond à son tour : « L'esprit ne suffit pas à rendre intelligible l'opération qui créa tour à tour la frise du Parthénon, le *Shigemori* et les masques africains ; les arts que l'homme gouverne peut-être, et ceux qu'il ne gouverne pas. Et rien, hormis la métamorphose, ne rend compte de l'action commune qu'ils exercent sur nous. Le Musée Imaginaire n'a pas annexé le monde, imposé par les conquérants : il l'a conquis parce que son émancipation de la beauté, et même de la culture, semble découvrir un langage inconnu mais universel. Le Musée Imaginaire, provisoirement, c'est l'Occident[b]. »

Les statues sumériennes retourneront en Syrie, le *Shigemori* dans son temple, tous les tableaux modernes chez leur possesseur. On ne verra plus *Berthe Morisot* de Manet auprès de la grande *Forêt vierge* du Douanier ; Titien, Vélasquez, le Greco, Poussin, Chardin et Corot dans la salle voisine, tant de sculptures de haute époque dans celle-ci, et dehors, le jour qui baisse sur la Méditerranée… Au-delà des collines, à quelques kilomètres, les toiles veillent dans les pièces encombrées de Notre-Dame-de-Vie. « Un objet d'art et une peinture, ce n'est jamais la même chose[a]… »

De Chardin jusqu'à Picasso, tous les grands peintres, comme ils allaient jadis à Rome, sont venus à Paris. J'entends mon discours d'inauguration de la première Biennale : « Auprès d'un fleuve que bordent les boîtes des bouquinistes et les marchands d'oiseaux, dans cette ville où la peinture pousse entre les pavés… » Braque et Picasso vivaient encore. J'ai lu jadis dans *Le Journal* la mort de Renoir, j'ai vu la « vente Degas » ; je n'étais pas surpris de vivre pendant cinquante ans, dans la plus grande peinture de mon temps… Là-haut, habitué du néant, le prince Shigemori, de ses yeux japonais qui n'ont jamais vu peindre l'ombre, regarde l'art de l'Occident, qui ressuscita toute la peinture de la terre, rejoindre les grands poètes de l'ombre occidentale, l'obscurité hantée de Goya, de Titien, de Rembrandt. Il faut aller préparer le discours que je prononcerai au dîner ; ajouter à mes notes celles que cette journée m'apporte… La lumière se couche dans les pins, que les cyprès solennels accordent aux mosaïques comme à toutes les ruines de la Méditerranée depuis Sagonte jusqu'au bois sacré d'Épidaure. Dans la cour, les figures de Giacometti recueillent l'ombre pour devenir de vrais fantômes. La nuit monte peu à peu des collines de Provence jusqu'à la fourche et au diable de Miró, qui se découpent sur le ciel de plus en plus pâle*[c]. Demain, *Vauvenargues* : Jacqueline vient me chercher. « Il y a eu un petit bonhomme des Cyclades[d]… »

Vauvenargues.

À droite[e] et à gauche, les pans verticaux des montagnes de Provence. Les nuages bas cachent la Sainte-Victoire de Cézanne. Dans la vallée, au-dessous de moi, le château cubique et ses quatre tourelles plates aux pointes rognées. Vertical, séparé de tout par son piédestal rocheux, c'est un tombeau.

* C'est ici que figurait, dans l'édition originale de *La Tête d'obsidienne*, le discours prononcé à la Fondation Maeght pour l'exposition « André Malraux et le Musée Imaginaire ». On trouvera ce discours p. 880 et suiv.[b]

L'idée vint-elle de lui ? De Jacqueline, plutôt. À Kahnweiler qui lui disait : « C'est très grand… », Picasso avait répondu prophétiquement : « Je compte bien l'emplir ! » Il voulait dire : de peintures. Celles de Mougins l'empliraient.

C'est un peu le mausolée du Cid, mais il serait alors plus altier, ressemblerait davantage aux tours du palais des Papes ; c'est plutôt celui de Don Quichotte. Les Français tiennent trop pour un fol cet aîné du Fou de Lear, égal à son roi, égal à son frère Hamlet. Pendant la guerre civile, mes amis d'Espagne le citaient comme Karl Marx ; c'est devant la *Sagrada Familia*[1] de Barcelone (la seule église diabolique du monde) tordue par les flammes, qu'une infirmière m'a dit timidement : « Le tombeau de Don Quichotte… »

Pour moi aussi, Don Quichotte est un personnage d'enchantements et de sortilèges ; sur la glaise crevassée des plateaux de Castille, j'ai vu le coucher du soleil étendre l'ombre de ses moulins comme il avait allongé devant l'armée d'Alexandre, sur le désert de Perse et ses grillons énormes, les ombres du bûcher qui brûlait Bucéphale.

J'ai vu la tombe de Cervantès, dans l'église d'Alcala, pendant l'hiver de 1936. On réparait nos avions, et j'errais sur la grand-place que balayaient les ramages glacés de la poussière espagnole. J'entrai dans l'église incendiée. Le crucifix intact était relié à la pierre tombale par une grande flèche au charbon, que les anarchistes avaient ornée d'une inscription à l'adresse du Christ : « Tu as de la chance. Il t'a sauvé[2]. »

La route permet d'atteindre le château de Vauvenargues. On y entrait par un perron abrupt au-dessus duquel l'édifice se lève sans doute lentement et solennellement, et qui s'achève par des ferronneries d'Escurial, à l'entrée de la terrasse où est enseveli Picasso. Sur le gazon, le bronze noir de la *Figure au vase*[3], génie gardien, étend sur les nuages de la fin de la matinée son geste d'offrande parallèle à la terre.

Des volutes de pierre espagnoles ou mexicaines, une entrée médiévale, la cage d'un escalier confus, une salle des gardes dont on ne distingue que les galets du dallage, étroits et serrés ; tout au fond, une cheminée monumentale très basse. Dans le prolongement de l'entrée, un énorme chaudron de cuivre rouge où flamboient des glaïeuls : la vie d'un brasier, au centre des murs plats qui montent vers l'ombre. Plus loin, quelques vraies flammes dans la cheminée au-dessus des bûches rouges, glaïeuls allumés. Des lévriers de plomb, trouvés chez quelque antiquaire, grandeur nature, assis.

« Ça vous paraît bien ? demande Jacqueline.

— Extraordinaire… »

C'est bien l'amour qui a inventé ce tombeau, mais les dieux de l'ombre l'ont aidé. Il y avait dans tous les ateliers de Picasso, même à Mougins, le diablotin farfelu qui a fait dire à Rafael Alberti[1] et aux poètes amis, devant les Tarots, qu'il venait de conquérir le palais des Papes à la tête de ses mousquetaires, de ses masques et de ses toreros. Ici, le pittoresque s'efface devant l'interrogation qui brûla sa vie, non sans l'incandescence de ces bûches. Je pense à la chambre funéraire de la Grande Pyramide, à la lueur qui montait du bureau souterrain de Hitler avec le chant désolé des camionneurs noirs, quand nous avons pris Nuremberg[2]. Livré aux tableaux, Vauvenargues sera sans doute le plus noble mausolée de peintre. Mais rien n'y maintiendra ces fleurs comme une flamme funèbre devant la porte ouverte où la *Figure au vase* tend son offrande à un ciel traversé de nuages bas. Seuls veillent les lévriers symétriques.

Dans la salle à manger, près de la cheminée aussi, la queue en l'air, un chat en bronze doré de Picasso, frère de celui de Mougins. Le buffet[3] du célèbre *Buffet de Vauvenargues*, une photo de Picasso grandeur nature, surprenante : ses yeux jouaient un tel rôle dans son visage, que lorsqu'ils sont baissés, presque fermés, sa face ne lui ressemble plus. Des fauteuils à haut dossier, où sont peints, au trait, des chèvre-pieds.

« Ils auraient dû être tendus de velours, dit-elle. Mais il n'y avait que la toile. Alors, Pablo les a peints. »

Sur la cheminée, près de la photo, une sorte de petite serviette de papier, découpée mais pliée. Elle la pince entre deux doigts de chaque main, et déploie avec son triste sourire, dont le bonheur passé traverse cette fois la brume, une guirlande de figures dansantes qui se tiennent par la main, et ressemblent aux chèvre-pieds.

À droite, le tableau des toits de Barcelone que j'ai vu à Mougins. Le mur de la salle de bains est peint à fresque : sous-bois et un nouveau chèvre-pied farceur.

« Il vous a fait cadeau d'une forêt ? dis-je.

— Oh non ! je ne lui demandais jamais rien. Quand il a vu le ciment frais, il a eu envie de peindre dessus, il a fait le faune dans le bois. Alors, naturellement, j'ai acheté des meubles de jardin… »

Un banc, en effet, porte la marque des bancs de square : *Allez Frères.*

Une pièce vide.

« Nous avons vécu ici, dit-elle, mais nous ne nous y sommes jamais tout à fait installés…

— Vous êtes-vous jamais installés quelque part ? Si j'en juge par Mougins, c'étaient les troupeaux de tableaux, qui s'installaient. Et se reproduisaient en toute hâte. Vous deux, vous gardiez les moutons… »

Nous revenons du côté de la mort. Dans l'encadrement de la porte, dehors, la *Figure au vase.*

En opposition à la statue dont le geste unit la tombe au paysage amer, j'aimerais la tête du cheval d'Apocalypse que *Guernica* dresse sur le charnier comme celle des chevaux des rêves.

« Malheureusement, répond-elle, on ne peut pas. Mais quand la république espagnole sera revenue, nous irons ensemble le porter à Madrid, comme il l'a promis. Avec Miguel. Vous voulez venir avec nous ? »

Je retrouve son pauvre sourire de Mougins ; il me semble pourtant qu'elle souffre moins, parce que ce tombeau emplit sa vie.

Guernica, arme et blason, eût semblé pendu par lui au-dessus de l'âtre de la salle des Gardes, comme ces épées noires que des Espagnols amputés et noirs aussi, pendaient sur la chaux après Lépante, dans leurs châteaux déserts peuplés de cheminées. Bientôt Jacqueline emplira Vauvenargues de ses tableaux. « Ils ne sont plus faits pour les salons des gens », disait-il.

Aucun grand artiste n'est veillé par son œuvre. On a transformé en musée une maison de Michel-Ange, la maison de Rembrandt, celle du Greco. Il y manque la mort. Que serait le tombeau du Colleone, même sous sa statue, en face du tombeau de Rembrandt veillé par *Bethsabée*, de Titien veillé par sa dernière *Pietà* ! On rêve de Piero della Francesca dans l'église d'Arezzo, de Giotto dans celle d'Assise ; leur génie y demeurerait au service de Dieu.

Le plus saisissant tombeau du monde n'a jamais été

construit. Lorsque Shah-Djehan vit le Taj blanc où allait reposer la reine, il décida de faire ériger pour lui-même un Taj de marbre noir, que les arches blanches et noires les plus grandes du monde relieraient au premier par-dessus la Djumma. Shah-Djehan est mort dans la citadelle d'Agra, prisonnier de son fils Aurengzeb. Par sa fenêtre de marbre, on voit encore le Taj, l'immense rivière, et le désert du mausolée fantôme.

Picasso disait que ses tableaux n'étaient plus faits pour les salons. Pour le musée ? Il le tolérait, entendait n'en être pas écarté. Pour son atelier, peut-être ? tous ses ateliers ont regorgé de tableaux et de sculptures… Pour le palais pontifical d'Avignon, occupé par ses toiles en attendant le Diable ? Le lieu élu qu'appelait sa peinture, il le cherchait, mais la mort est patiente : c'est ce tombeau. Bien entendu, si l'idée de Jacqueline devient une découverte, c'est par la nature du génie de Picasso. La tombe de Corot dans un petit château d'Île-de-France où l'ombre de Gérard de Nerval veillerait sur la *Rose dans un verre* et la *Femme à la perle*, ressemblerait à son art ; on regrette que l'Angelico ne soit pas enterré à San Marco de Florence ; qu'il n'existe pas un cercueil de Michel-Ange, sous une *Nuit* presque retournée à la pierre, dans l'une de ses vignes aujourd'hui sauvages. Mais le tombeau imaginaire de Goya ! La bousculade hantée des *Peintures noires* gardée par le spectre *Saturne*, dans l'abandon d'un château sans meubles, au fond de la sierra d'Aragon sans herbes… À un tel art, rien ne s'accorde autant que le tombeau. Monument, solitude, cercueil et révolte. La Mort honore mieux que le musée.

Par cet affrontement de la mort et du génie, les tableaux de Jacqueline vont opposer à la tombe, un autre lieu hanté. *Guernica* excepté, qu'attendre ici ? Sur ces vastes murs funèbres, les toiles encore absentes qui se pressent aux portes de la mort sont plus présentes que celles qui viendront. Puissent celles-ci ne pas connaître l'ordre chronologique de la vie, retrouver l'envoûtement de Mougins, depuis les études pour *Les Demoiselles d'Avignon* jusqu'aux Tarots les plus déchirés, depuis la *Femme au feuillage* qui ensorcelle ses branches et ses boîtes, jusqu'au totem diabolique de Notre-Dame-de-Vie…

« On ne sait jamais comment ça vit ni comment ça meurt, les tableaux… »

Du moins pressent-on comment ils vivront ici : de l'inexplicable vie des œuvres d'art dans le temps. Ils n'entreront pas « dans l'immortalité ». Ils n'apporteront pas une présence de Picasso, comme le film que Clouzot lui a consacré (et pourtant, sa voix...). Ils apporteront d'abord la vie qui modifie les tableaux qu'on n'a pas vus depuis longtemps, et qui reviennent, disait-il, dans des robes dorées. Jacqueline murmurait en assemblant des Tarots à Mougins : « Quelquefois, avec Pablo, nous nous faisions des murs... » Chaque tableau fait lui-même son mur. J'ai toujours entendu les peintres traiter les tableaux, d'objets ensorcelés. Le préjugé qui fit de la peinture l'imitation ou l'idéalisation de ses modèles, a rendu insaisissable le *pouvoir* du tableau. Ceux que nous ne voyons plus n'ont pas changé, nul n'en a effacé les personnages : les œuvres qui meurent ne perdent pas leurs feuilles, elles perdent leur phosphorescence. « On croit qu'on fait une idole, on fait une sculpture, grommelait Picasso. N'importe comment, une vraie image est une image capable de courir l'aventure, non ? Le bateau s'en va quand le peintre meurt[a]. »

Alors commençait la métamorphose la plus confuse, car nous ne passons des œuvres des vivants à celles des morts qu'insensiblement, par de petits purgatoires, nommés musées d'art moderne. Mais les artistes ne parlent d'art qu'en termes de vie, et la vie des œuvres est devenue leur énigme majeure. Un jour, aux Grands-Augustins, Brassaï dit : « Nous savons maintenant que des pilotes portugais, Pinzon par exemple, avaient atteint l'Amérique, sans doute au Brésil. Avant Colomb. N'oublions pas qu'il est mort en affirmant que ce continent n'existait pas, et que ses bateaux avaient atteint les Indes par l'ouest. Pourquoi, malgré le nom d'Americ Vespuce, est-il encore l'Ancêtre ? » Je rappelai qu'après les premiers sauvages, les autres navigateurs n'avaient découvert que d'autres sauvages, alors qu'après les sauvages de Colomb, Cortez avait découvert l'Empire, et l'or. Picasso me saisit le bras, ce qu'il ne faisait jamais : « Comme en peinture ! dit-il. Au lieu de l'or, ils auraient pu découvrir la peste, non ? Ou ne pas revenir ? Un peintre, il fait un tableau. Il est assez content. Ou pas. Mais on le refait ! On le refait beaucoup ! Tout de même, on ne peut pas tuer ses successeurs[b] !... »

Il ne craignait pas la postérité, mais il rêvait aux Cortez futurs. Son génie de sourcier savait que certaines pulsations de l'Histoire, et les révolutions de la sensibilité, ne métamorphosent pas moins un grand artiste que ne font ses successeurs. Cortez transfigure Colomb — et la puissance des États-Unis transfigure Cortez…

Appartient au mystère tout ce qui échappe au temps. Si un jour, Jacqueline expose ici *Guernica* en route pour Madrid, *Guernica* n'y appartiendra pas au même passé que la guerre d'Espagne. Car la guerre d'Espagne a été, alors que le tableau *est*; ce qui nous rend perplexes, depuis que les chefs-d'œuvre ne sont plus immortels, mais survivants. Ou ressuscités. Confier un mort à la mystérieuse survie qui rejette seule l'essence du monde, le fleuve cosmique, aussi présent que la symétrie de notre corps qui roule la terre et chacun, de la naissance vers la mort. Dans ce Vauvenargues où les songes d'Espagne brisent leur vol de chauves-souris, je me souviens de la caverne où Çiva mêle les hommes aux singes qui fermaient les yeux des morts des batailles védiques — et les choucas provençaux crient comme les mouettes de l'océan Indien.

Les glaïeuls[a] rougeoient dans l'ombre, semblables aux glaïeuls jaunes que l'Asie posait devant les dieux des musées. Au temps du grand sommeil, depuis Pékin jusqu'à Constantinople, d'admirables petits morceaux de faïence et de mosaïque tombaient à petit bruit dans le silence. J'ai entendu les fragments des tuiles mandarines de la Cité impériale quand les renards débouchaient dans les asters violets au pied des murailles; les fragments turquoise de l'École coranique d'Ispahan où les roses redevenaient sauvages derrière les portes d'argent; les fragments de porcelaine des temples siamois que l'on appelait encore pagodes. Leurs tours plus hautes que celles de Notre-Dame étincelaient de verroteries et d'assiettes brisées, celles dont la Compagnie des Indes avait jadis comblé le Siam. Le vent du matin faisait bruire doucement les clochettes, et tomber, sur les pages de mon livre, des fragments de Chinoise et de Hollandais peints en bleu… Pour les grandes cérémonies, des milliers de femmes agenouillées qui tenaient entre leurs mains aux doigts allongés les glaïeuls jaunes comme la robe des bonzes, inclinaient d'un geste leurs champs de fleurs où des ramages couraient comme ceux du vent. C'est au musée de Bangkok que j'ai vu pour la première fois les bonzes offrir des colliers de tubéreuses aux Bouddhas des anciens rois. (Où ai-je revu ces colliers, il y a quelques mois ? Au cou des grands blessés du Bangla Desh...) Le gardien approuvait.

Si des dominicaines en robe apportaient des lis aux Vierges gothiques du Louvre ? Si nos musées accueillaient les offrandes, si les dieux et les tombeaux accueillaient encore leurs fidèles... Toutes nos résurrections recevraient des fleurs, qui remplaceraient auprès d'elles le temple, la cathédrale ou le palais perdu ; les anémones, canas[1], cinéraires et valérianes des jardins de la Fondation n'y auraient pas suffi. Surprenante époque, qui demande ses statues, aux anciens arts fonctionnels de l'âme... « Les idoles qu'on ne connaît pas, ça peut toujours faire des sculptures, rappelait Picasso ; celles qu'on connaît aussi, mais moins... » Depuis longtemps Aphrodite est statue ! mais déjà Vénus n'était plus Aphrodite qu'à demi ; c'est seulement par notre civilisation, son goût du mystère et sa rage du passé, que le passé de l'art regorge d'idoles désaffectées. Si bien passées de l'autre-monde des dieux ou des morts, dans celui de l'art ! Hier, à la Fondation, j'imaginais, autour des sculptures, l'enchevêtrement des cathédrales, des temples de l'Inde, des grottes pour lesquels on les sculpta. Dans les temples hindous de la secte de Narayan, la profusion de la sculpture a insensiblement uni les fidèles aux dieux luxuriants comme leurs colliers de tubéreuses ; Narayan a remplacé ces dieux par des miroirs[2], et dans la demi-obscurité des vestibules sans fin, les cadres de madrépores dont l'art a couvert les murs guident les fidèles vers leur propre image qu'ils divinisent et délivrent de la mort[a]...

Ces miroirs en appellent un autre. Visitant le Musée national de Mexico, à peine achevé, avec le dernier ambassadeur de la République espagnole, j'avais retrouvé le crâne précolombien d'obsidienne, que la Fondation attend. Objet illustre, il est présenté seul dans une vitrine, devant un miroir qui unit à lui les visiteurs, comme des miroirs encastrés à la place des dieux hindous unissent les fidèles au sacré. Il reflète aussi la verrière géante à travers laquelle les arbres entrent dans les salles — les grands arbres héritiers de ceux qui ont bordé les canaux de la capitale aztèque où les Espagnols trouvèrent « tant de fleurs magnifiques, et des nains tristes ». Dans ce musée cyclopéen, l'un des plus modernes du monde, les Indiens apportent leurs fleurs aux idoles qui ne sont pas encore tout à fait des statues.

Ce crâne figure la Mort, mais comprenons-nous jamais les idoles disparues ? Pourtant, il transcende les civilisations mieux que les idoles mexicaines qui l'environnent ; comme la faim, que la métempsycose ne détruit pas, transcende les sentiments passagers. Malgré la pérennité des archétypes, son style en fait le signe d'un dialogue de l'homme avec l'autre monde. Un signe, et aussi un symbole au sens ancien, le symbole qui exprime ce qui ne peut être exprimé que par lui. « Le secret des choses, qui n'est pas dans leur apparence[1]... », dit Aristote.

Les nuages qui traversent le miroir s'immobilisent ; l'obsidienne luit sur leur fond plombé. Un bruit de papier froissé vient du dehors, éclate dans le ruissellement de la pluie sur l'immense verrière. Chassés du jardin par l'orage, des Indiens entrent ; leur nonchalante procession traverse le miroir. Les Indiens qui mourront passent devant le signe sacré des Indiens morts ; passent avec la pluie indifférente aux symboles funèbres, qui tombait jadis sur les dinosaures...

Ses reflets rencontrent ceux des hommes sur le crâne poli. Le miroir dit que depuis les combattants aux casques en forme de tête d'aigle, le ciel étoilé étend sa lueur « sur les guerriers morts et sur les vainqueurs endormis[2] » ; et aussi, qu'un destin non moins persévérant fit de l'idole aztèque, pour les Espagnols, d'abord un démon, puis l'imitation d'un crâne, un chef-d'œuvre enfin. Momies royales voisines, nuages chassés par le vent qui dérivent dans le miroir sont entraînés par le crâne d'obsidienne dans sa métamorphose. La métamorphose joue avec les images des dieux plus volontiers qu'avec celle de la mort. Toute vie créée par les dieux est promise au néant ; nous oublions que celles qui ont triomphé de lui : formes, idées et dieux, ont été créées par les hommes. Le mot art prend un étrange accent, dans ce musée inachevé, temple de la métamorphose né avec notre civilisation, et sans doute promis à disparaître avec elle...

Picasso fut habité par la métamorphose[3] plus profondément que par la mort. Il lui semblait lié comme les féticheurs le sont au peuple d'outre-tombe. Il éprouvait contagieusement (je n'ai pas oublié l'atelier des Grands-Augustins) celle qui lui apportait l'idole-violon et la *Vénus* de Lespugue[4], mais aussi celle qui lui apportait la *Tête de taureau* qu'il souhaitait voir redevenir selle et guidon[1]. « Ce que j'ai fait, le guidon-selle, tout ça, ça ne suffit pas : il faudrait trouver une branche, et qu'elle devienne un oiseau. » Celle qui lui faisait dire qu'aux expositions, ses toiles oubliées lui revenaient en robe de luxe ; et que lorsqu'une forme était créée, « elle était là pour vivre sa vie ». Sa propre métamorphose, qui abandonnait ses manières successives, et à laquelle il jetait ses créations comme les autres confient les leurs au temps ; celle qui lui imposa les Confrontations, et le peuple des Tarots comme des papillons au long des quatre cents mètres de ses deux Jugements derniers — dans le palais des Papes où les vociférations crétoises montaient comme les hurlements de Pasiphaé pour le trépas du Minotaure. Et celle qui l'attendait ici.

« Il y a eu un petit bonhomme des Cyclades… »

Son atelier de Paris, un jour avec *Guernica*, un soir sans *Guernica* ; le cagibi encombré de statuettes sous de minces os de chauves-souris, le court personnage à la tête ronde, aux yeux illuminés de noirceur sous son chapeau pointu ; vêtu de la gabardine avec laquelle un acteur américain interprétait la Mort cette année-là. Il manipulait une idole-violon en parlant du Juif errant, du pouvoir créateur, et du petit bonhomme né aux Cyclades il y a trois ou quatre mille ans, dont la réincarnation traversait les siècles jusqu'à Van Gogh, comme la file invincible de l'amour maternel — du petit bonhomme qui savait que les images des dieux sont toujours trouvées par des sculpteurs inconnus. Sur les statuettes[a] taillées au canif, la *Vénus* de Lespugue et les tableaux enragés, la rue des Grands-Augustins pénétrait par quelques courts abois. Il demandait avec l'air étonné des chatons : « C'est peut-être moi, comment savoir ? Il aime la corrida, forcément… Et les gens se souviennent de lui, forcément… »

C'était à Paris, chez les vivants. Ici, le petit bonhomme a encore quelque chose à dire. On reprochait à Picasso de tenter seulement de renouveler son art, alors que ses prédécesseurs, même Van Gogh, avaient voulu approfondir le leur. Comme la statue noire sur le cercueil, ce château dressé contre la mort répond qu'un peintre peut changer de costumes, mais qu'un mort ne choisit pas entre ses déguisements : il ressemble à sa peau. Les Tarots sont loin des premières toiles « nègres », mais dans le même sens, qui le sépare de tous. « Le style, m'a-t-il dit, c'est quand on est mort : voyez les Gisants ! » Quoi de commun entre la peinture de ses plus grands rivaux — l'une des époques majeures de la peinture, dans le pays des premiers peintres de son temps — et ses sculptures de prophète prisonnier, ou la fureur ligotée de ses Tarots ? L'acharnement. À partir des *Demoiselles d'Avignon*, la constance de son art vagabond, c'est l'approfondissement de sa révolte.

Jacqueline n'aurait-elle fait qu'en donner conscience aux peintres qui viendront ici, elle n'aurait pas perdu sa peine. Dans sa révolte, Van Gogh cherche sa communion ; Rembrandt aussi. À travers le chaos des siècles, je suppose que Picasso a trouvé un seul précurseur : son maître Goya. Les *Disparates*[1] s'enfoncent dans l'irrémédiable plus profondément que les *Caprices*, le dernier *Colosse* de brouillard rêve parmi les astres, comme un nuage atomique, au-dessus des petits bras affolés de la multitude. À quatre-vingts ans, les doigts du peintre tremblent en dessinant ses derniers supplices. Pourtant son art ignore la vieillesse autant que celui de Picasso. Mais ses derniers chefs-d'œuvre continuent ceux d'autrefois. Même les *Peintures noires*, clandestines, sauf pour ses amis, sont loin de rompre avec les *Fusillades* comme les Tarots d'Avignon avec *Guernica*. Autour de Goya enfermé dans la solitude et de Picasso incarcéré dans la gloire, je me souviens de Menuhin : « Il y a aussi la louange[2]… »

« Je ne vais pas supporter qu'on me prenne pour Bonnard, tout de même ! Ni maintenant ni plus tard ! »

Bonnard symbolisait pour Picasso une sérénité coupable qu'il ne reprochait ni à Matisse ni à Braque. Et un accord avec les tableaux, que son ambivalence enviait et réprouvait. La peinture ne cessa d'être le domaine de son esclavage et le moyen de sa liberté. Il entendait que sa révolte fût incurable ; elle l'était. En raison de cette ambivalence, de son agressivité, de son hostilité fondamentale à tout cosmos. L'anti-Takanobu, l'anti-Valéry. Il m'avait dit à peu près qu'il n'avait pas besoin de style, parce que sa rage deviendrait un élément capital de celui de notre époque. Il affirmait que la sculpture nègre avait conservé son virus. Et Vauvenargues ne pourra demeurer qu'un défi. Les danses macabres finissent au musée, avait-il ajouté[a].

Il était trop conscient de jouer son destin sur l'approfondissement de sa révolte, pour ne pas craindre d'être « récupéré » par la métamorphose. La révolte devenue lancinante devient sentiment : refus fondamental de l'univers — c'est-à-dire de la condition humaine. Mais, pendant que Rimbaud écrit la *Saison en enfer,* pendant que Goya peint *Saturne,* il existe un monde où la dérision n'est pas seulement dérisoire, et qui existerait même si Rimbaud brûlait son manuscrit, si Goya brûlait sa peinture. La dérision universelle est un sentiment de sujétion, et la plus profonde sujétion est mise en cause par la création même. Ni le sculpteur aztèque ni Picasso ne sculptent un crâne pour se soumettre à la mort. Que veut dire : récupérer *Saturne* ? En faire un tableau ? Il l'est. N'en faire qu'un tableau ? On n'y a pas très bien réussi... L'accusation de Goya est peut-être plus profonde pour nous qu'elle ne fut pour ses contemporains. Et le Prado récupère les *Fusillades du 3 mai*, au bénéfice de qui ? Du roi Alphonse XIII, de l'aristocratie espagnole, ou des soldats de la République que j'ai vus agglutinés autour du tableau ? Et si c'est au bénéfice du jeune Picasso, étrange récupération, qui continuera par *Guernica*[a] !

« Il y a aussi la louange[1]... »

La musique ignore l'accusation directe qu'expriment les suppliciés de Goya, le tronçon de prisonnier sur sa branche, le vainqueur abruti qui fume sa pipe devant les pendus de 1813 comme mon chef de la douane soignait ses oiseaux devant la cohue des réfugiés de 1938 ; et, entre toutes les sculptures, le *Dévot Christ* de Perpignan. Ni le terrible crucifié, ni Goya, ni le Çiva des *Danses de mort,* n'ont été conquis par les figures sereines, ni même par les figures de communion. Nul Angelico, nul Giotto, ne les ont chassés du Musée Imaginaire. La plus âpre révolte s'éloigne de sa révolte, mais le plus radieux accord s'éloigne de son accord : Goya comme Raphaël, Picasso comme l'Angelico. Et Goya ne s'en éloigne pas pour se soumettre à Raphaël. Rien n'a fait de lui un peintre de fêtes galantes, malgré les cartons de tapisseries ; ni même, un rival de Manet. Les cris des Atrides déchirent la mémoire de l'Occident, qui a très bien oublié la réconciliation par laquelle s'achève *L'Orestie.* Le Prospero de *La Tempête*, maître des hommes « faits de l'étoffe des songes », ne l'est pas, pour nous, du somnambulisme de Lady Macbeth. Les fétiches ne deviennent pas des anges, et le monde de l'art est plus irrationnel et plus profond que celui de la Réconciliation. Même la Grèce disait, peut-être au sujet de Saturne : « Il est des dieux qu'on adore la nuit[1]... »

Notre peinture[a] ne se réclame plus que de son propre pouvoir. Mais ce pouvoir a fait à Picasso une promesse confuse et secrète. Dans son atelier des Grands-Augustins, le peintre avait entendu des paroles que le petit bonhomme n'avait jamais prononcées, bien qu'il les portât en lui ; de même, deux ou trois mille ans après nous, les artistes entendraient du petit bonhomme de Vauvenargues qui, sur la pelouse, atteste la terre, des paroles imprévisibles, bien au-delà de ce que nous appelons la récupération et la révolte... Le langage futur de l'art est toujours un langage inconnu.

Ce tombeau que vont emplir les toiles éclatantes ou traquées, ce mausolée de la création au temps des villes en flammes et des camps d'extermination, sera aussi temple de la création hors du temps, même si les siècles emprisonnent Picasso dans le nôtre. On a dit que le génie de Shakespeare arrachait un rideau pour révéler ce que chacun connaît, comme si nul ne l'avait jamais vu ; en ce sens, l'art de Picasso lui révélait le pouvoir créateur jusqu'à sa *Vénus* de Lespugue. Le petit bonhomme qui croit se perdre dans le divin en imitant avec fidélité quelque prototype, sculpte la *Majesté* d'Elephanta, le masque-antilope des Dogon ; le sculpteur anonyme de Moissac révèle à la foule chrétienne le divin qu'elle salue comme le peuple fidèle portera en triomphe la Madone toscane. Gorgé de toiles rayonnantes du tombeau, Vauvenargues va crier que la création est aussi mystérieuse que la mort[b].

C'est sans doute pourquoi le petit bonhomme qui, sous le nom de *Figure au vase,* semble présenter son offrande au soleil, appelle opiniâtrement la tête d'obsidienne dans ma mémoire. Le crâne est le signe de la mort, à quelque civilisation que son image appartienne, mais elle est sans poids dans les religions qui connaissent le grand langage funèbre. Le collier de têtes de Dourga est en face de Çiva, le crâne et les tibias sont dérisoires en face du crucifix.

Encore ce langage est-il subordonné : pour Çiva, au Brahman increé ; pour le Christ mourant, à l'Incarnation et à la Résurrection. Seule la Mort aztèque, que nous connaissons mal, nous semble régner ; l'art semble y atteindre l'Englobant qu'il n'atteint ni dans Yaveh, ni dans le Père, ni dans Allah, ni dans le Brahman. Car les crânes d'obsidienne, de quartz, de turquoises, ne se limitent pas plus à des signes que le crâne de bronze sculpté par Picasso, sur lequel j'ai trébuché dans le couloir des Grands-Augustins. Le signe, nous le connaissons, c'est l'hiéroglyphe mexicain, celui du monolithe de la guerre Sacrée qui, dans une salle voisine du Musée national mexicain, symbolise le cœur arraché des prisonniers. Alors que le sculpteur a donné au crâne d'obsidienne la vie énigmatique de l'art : une transfiguration aussi radicale que celle par laquelle la Grèce a fait du corps humain le corps de ses dieux. La rivalité directe de l'art et de la mort, si elle ne nous était connue, nous semblerait inimaginable[a].

Mais la sombre fraternité de la mort nous contraint à la reconnaître, là où nous en ignorons tout. Les idoles des Cyclades, trouvées dans les sépultures, ont été la vie dans le même domaine de limbes : la Grande Déesse, la Terre-Mère qui deviendra la Vierge de Byzance. Emblème en forme de violon, ou trapèze inscrit entre des signes de bras autour de seins allusifs, au-dessus du coup de couteau qui fend les jambes en partant du sexe. Je me souviens de la stupéfaction avec laquelle Picasso, habitué à son idole dont il négligeait le sens, regardait les corolles carnivores[1] de mes Fécondités d'argile, apparemment aussi arbitraires que ses propres sculptures. Pour figurer à la fois l'essentiel et l'invisible, les Cyclades ont trouvé le signe le plus subtil et le plus abstrait : la Déesse-Mère qui abandonne inépuisablement à la terre ceux qu'elle appelle inépuisablement. L'âme de la vie et celle de la mort, les lianes de Vichnou et de Çiva s'entrelacent dans l'inconnu du Brahman incréé ; la Fécondité de l'archipel et le crâne mexicain se rejoignent dans le miroir où passaient au-dessus de l'obsidienne les nuages sans mémoire... L'Englobant de ce que nous continuons d'appeler art, c'est la métamorphose. Sa dérive d'astres entraîne Vauvenargues avec les ruines mexicaines où les trombes de poussière dansent sur les dieux funèbres : ce tombeau qui dressera dans le matin les œuvres les plus intraitables de l'Histoire, y rejoint l'accent qu'un petit bonhomme aztèque osa donner à la mort, et les idoles qui guidaient dans la nuit des Cyclades, entre les démons, les ombres trébuchantes sur le chemin de leur résurrection[b].

Pourquoi Dostoïevski fut-il obsédé du « supplice d'un enfant innocent par une brute[2] » ? J'ai écrit naguère que sur fond de néant, l'acte le plus humble d'héroïsme ou d'amour n'était pas moins mystérieux que le supplice[1]. Sur fond de néant, la plus humble création est miracle ; plus timide, mais non moins insolite, non moins fascinante. Elle ne dialogue qu'avec la métamorphose qui l'attire dans sa propre énigme, plus loin que la révolte et la réconciliation — dans l'imprévisible Prado où l'Espagne attend *Guernica* et où le plus grand Goya attendait le jeune Picasso. En face de moi, la menue guirlande du papier découpé jadis par lui tremble dans l'air chaud du foyer. La farandole me remet en mémoire, à cause de la tête d'obsidienne, une scène rencontrée maintes fois au Mexique. Des enfants regardaient tourner autour d'une lampe invisible la roue d'une loterie : les ombres gesticulantes des petits squelettes passaient sur les hâves frimousses qu'éclairait lentement un merveilleux sourire…

Ici, devant la mort d'un ami, je crois comprendre enfin ce que je ne faisais que pressentir devant les œuvres en gloire rassemblées par la Fondation : cette lutte avec la mort conserve sa voix profonde même en face de l'éternité, parce qu'elle la tient de l'affrontement, non de la victoire.

Nous connaissons un affrontement beaucoup plus répandu : celui du courage. Une vie de courage ne repousse pas la mort, de quelques siècles, comme le fait l'art : elle ne la repousse pas d'une heure. Pourtant le courage traverse les civilisations comme le petit bonhomme des Cyclades. La relation de l'artiste avec l'art nous échappe autant que celle de l'art avec la mort. C'est pourquoi Picasso savait par cœur la phrase où Van Gogh[2] dit qu'il pourrait se passer de Dieu, mais non de la puissance de créer[a].

Ce matin, le petit bonhomme, sous le nom de *Figure au vase*, dresse sur la tombe sa statue sans visage qui ressemble inexplicablement à Picasso, devant les nuées basses en dérive vers la montagne Sainte-Victoire, comme les nuées dans le miroir de Mexico. Depuis les cavernes, ce farfelu magique secoué par la mort comme une balle par un jet d'eau, a-t-il parfois deviné qu'il luttait contre le destin ? En Van Gogh, a-t-il pris conscience que l'enjeu de sa lutte était plus insaisissable même que la survie ? Cette phrase que Picasso savait par cœur, elle l'avait, dès la période rose, contraint aux *Demoiselles d'Avignon*, acculé à son œuvre. Je me souviens de l'*Étreinte*, le couple à la femme enceinte qui m'avait fait penser, aux Grands-Augustins, que la naissance le troublait autant que la mort. Pour Van Gogh, la vie et la mort appartenaient au même domaine ; mais non la création picturale. En opposant une gamme aux bruits de la nature, il pressentait que l'art oppose la création artistique à la Création tout court. De cela, Picasso était plus conscient que le chrétien Vincent. Lorsqu'il disait : « Il ne faut pas imiter ce que fait la vie, il faut travailler comme elle », en ajoutant à l'occasion : « Pour travailler contre elle », il pensait que Van Gogh avait voulu dire : « J'écoute ma création au plus profond de moi-même — aussi mystérieuse que Dieu. » Le petit bonhomme des Cyclades l'avait dit au long des siècles sans le savoir. La création et la métamorphose sont les deux maillons extrêmes de la même insaisissable chaîne[a]. Érigée sur le cercueil, là où l'on eût naguère dressé la croix, la statue du sculpteur sans nom des plus anciennes îles grecques veille sur Vauvenargues.

Dans un siècle, que sera devenu ce tombeau de la Révolte ? « Le bateau s'en va quand le peintre meurt... On ne sait jamais comment ça vit et ça meurt, la peinture... Tous ces jugements idiots... Heureusement, il n'y a plus de Jugement dernier !... » Quand je lui ai demandé comment nous admirions à la fois Poussin et Goya, il a haussé les épaules, comme pour suggérer qu'aux vraies questions, il n'y avait jamais de réponse, et ronchonné seulement, sur le ton de l'évidence :

« La peinture !... »

Puis, il m'a répondu :

« Les dialogues... Poussin, Goya, bon. Mais Cézanne et Van Gogh ! Contemporains !... On finit par se retrouver avec les types de son temps, non ? À un certain âge, on devient attaché aux gens qui vous emmerdent depuis toujours. Qu'est-ce que c'est, les amis ? C'est les peintres avec qui on s'est fâché. Drôle ! Quatre-vingts ans ! me faire ça, à moi !

« Les peintres, enfin : les tableaux ! deviennent comme les canards qui ont mangé la même ficelle. Les vieux couples, vous savez ? Peut-être, c'est la France : Corneille et Racine, Ingres et Delacroix, Corot et Daumier, Cézanne et Van Gogh, Nénette et Rintintin... On ne dit pas Vélasquez et Machin. Pourtant, nous, nous avons deux noms : Ruiz y Picasso. C'est drôle…

— Eschyle et Sophocle, l'Orient et la Grèce…

— Depuis que ça dure, ça doit vouloir dire quelque chose… »

Il savait qu'à ces dialogues illustres, s'ajouterait celui de Braque avec Picasso. Au temps de son exposition aux deux Palais, et de l'entrée de *L'Atelier* de Braque au Louvre, chacun était devenu l'invincible adversaire de l'autre… A-t-il regardé, aux Actualités, les obsèques de Braque[1] ?

Le catafalque était dressé entre les deux ailes illuminées de la colonnade du Louvre. Des projecteurs traversaient au passage les rafales de la nuit pluvieuse. La famille et les amis attendaient sous la voûte de la vieille entrée du Louvre, profondeur de nuit sur la cour sans lumières. On entendait s'approcher une musique incertaine, puis la *Marche funèbre pour la mort d'un héros*[2]. Les soldats qui portaient le corps atteignirent les projecteurs ; la cérémonie terminée, la foule se dispersa de rafale en rafale, et sur le catafalque noir, le cercueil resta seul dans le trou d'ombre qui séparait les colonnades des deux ailes, comme des rangs de statues pour un tombeau de roi.

Dans son atelier, *La Grande Charrue*[3] inachevée reposait encore sur le chevalet. Au-dessous, pour quelque comparaison sans doute, l'*Atelier au crâne* de 1938, qu'il avait appelé aussi *Vanité*. Autour, vingt toiles, rangées comme par elles-mêmes : héritières du recueillement de Vermeer et de Chardin malgré les grands oiseaux blancs qui les traversaient, religieuses du silence autour des deux dernières prieures de la sérénité. Je me souvins du bas-côté de l'église de Varengeville, où le vitrail bleu pâle du peintre veillait sur son cercueil, comme, jadis, des dômes turquoise d'Ispahan sur la nuit persane où passaient les calèches. La *Charrue* abandonnée sur le vieux travail des hommes entraînait dans son monde pacifié la *Vanité*, occulte déléguée des funérailles, où le traditionnel crâne funèbre rencontre ses pinceaux et sa palette, comme si Braque avait toujours su que la fin de son art serait d'apprivoiser la mort.

La dernière fois que je m'étais trouvé là, je lui avais cité la phrase de Cézanne : « Si j'étais sûr et certain que mes toiles seront détruites, et que je n'entrerai jamais au Louvre, je cesserais de peindre. » Déjà très courbé, il avait réfléchi patiemment, et dit à mi-voix, comme avec crainte : « Moi, si j'avais la certitude que tous mes tableaux seront brûlés, je crois que je continuerais à peindre, oui, je continuerais à peindre... »

Il y a dix ans qu'il est mort...

Qu'eût répondu Picasso ? La même phrase, je crois... Braque parlait comme les sculpteurs gothiques des tours, et travaillait comme eux — mais pour un Dieu inconnu. « On ne finit jamais de sélectionner la sélection... » Picasso a tiré les cartes de son œuvre avec ses derniers Tarots : la dernière aventure, pour la peinture la plus aventureuse. Ici, pas de cortège de colonnes, mais la *Figure au vase,* fétiche protecteur des montagnes, l'incandescence du monceau de glaïeuls sous l'obscurité gothique, Jacqueline, et la secrète présence de Don Quichotte, qui fait veiller la plus opiniâtre révolte, par le plus grand rêve du monde.

Je vais partir, et reviens prendre mon imperméable dans la salle à manger. Au coin de la cheminée, le chat de bronze doré, dont j'avais vu la première épreuve aux Grands-Augustins.

Est-ce celui de Mougins ?

À Notre-Dame-de-Vie, il y a si peu de temps, Jacqueline et moi allions vers la salle des sculptures, et parlions de Picasso. Dans le corridor, j'ai demandé :

« Il avait travaillé tard dans la nuit, n'est-ce pas ?

— Oui. Quand le docteur est venu, le matin, je voulais me lever. Pablo m'a tenu la main. Il a dit : "Vous êtes célibataire, docteur ?" Le docteur a répondu oui. Pablito a dit : "Vous avez tort. C'est bien, une femme." J'ai passé un peignoir et je suis sortie. Cinq minutes après, j'ai senti quelqu'un derrière moi dans le couloir. Je me suis retournée, j'ai compris. Je n'ai même pas entendu le médecin dire : "Il est mort." »

Nous sommes revenus dans la salle. L'ombre d'un nuage passait sur l'enchevêtrement de cuivre des sculptures. Je me suis souvenu de : « Qu'adviendra-t-il de tout ça ?... » et de : « Il n'y a pas de Jugement dernier !... » Le haut de la pièce était encore éclairé. Sur le plan supérieur, *Le Chat* doré ; sur l'autre, à la même hauteur, le fétiche, séparé de la voiture d'enfant qu'il conduisait comme Anubis conduit les morts. Les photos n'ont jamais fixé les cabochons constellés de ses yeux qui rencontraient dans ma mémoire les pylônes atomiques de Bombay, veilleurs martiens en face d'Elephanta — et les vastes orbites vides du *Dévot Christ*, icône devenue folle. Ces yeux, cette coiffure en crosse, ce bras d'offrande comme celui de la *Figure au vase*, ce haut corps en pieu sans âge. Sur une table, le moulage de la *Vénus* de Lespugue. Tout poteau sculpté vient du fond des temps ; celui-ci plongeait aussi dans un abîme plus trouble que celui de l'humanité, dans le passé de la plus ancienne bête, l'araignée millénaire qui nous attend au coin du cauchemar. Comme toujours, il unissait l'immémorial aux réacteurs atomiques, les formes barbares aux créations d'un siècle futur — et régnait, ce jour-là, hypnotique, sur la horde convulsive des bronzes, imperturbables dans l'attente du Jugement que récusait Picasso.

Totem lié à toute sa race de bois et de cuivre, comme les totems en tronc de fougère le sont à la brousse des Nouvelles-Hébrides. Il me fit penser à la déesse-lionne vue à Louxor dans son hypogée où le rayon de soleil ne l'atteint qu'à midi : c'est la déesse du Retour éternel. Plus tard, je voudrais trouver le totem à Vauvenargues, en face de *Guernica*. Nous ne le conduirons pas en Espagne avec Miguel, après la révolution. Le petit bonhomme comprendrait pourquoi il l'a sculpté, et ce que vient faire ici le Saturne de la métamorphose…

Jacqueline l'avait-elle deviné alors ? Dans la salle des sculptures, au haut du perron, en face du *Chat*, le soleil éclairait un fouillis de bouts de bois, d'objets inconnaissables, de ressorts à boudin.

« Vous, vous ne deviendrez plus jamais des sculptures… », leur a-t-elle dit tristement.

VI[a]

[LAZARE]

J'ai été atteint[b] d'une maladie du sommeil ; mes jambes se sont à plusieurs reprises dérobées et je suis tombé, comme en syncope mais sans perte de connaissance ; puis, deux fois au cours de la même semaine — la seconde fois, précédée d'un tournoiement convulsif. Examens. Professeurs et docteurs ne pourront se consulter que dans douze jours. En attendant, sclérose des nerfs périphériques et menace sur le cervelet, donc menace de paralysie. Laquelle ?

Puisque je travaille peut-être à ma dernière œuvre, j'ai repris, dans *Les Noyers de l'Altenburg* écrits il y a trente ans, l'un des événements imprévisibles et bouleversants, comme la croisade des Enfants — cent mille gosses partis seuls délivrer Jérusalem, exterminés ou pris pour esclaves — qui semblent les crises de folie de l'Histoire : la première attaque allemande par les gaz à Bolgako, sur la Vistule, en 1916[1]. J'ignore pourquoi l'attaque de la Vistule fait partie du *Miroir des limbes*, je sais qu'elle s'y trouvera. Peu de « sujets » résistent à la menace de mort. Celui-là met en jeu l'affrontement de la fraternité, de la mort — et de la part de l'homme qui cherche aujourd'hui son nom, qui n'est certes pas l'individu. Le sacrifice poursuit avec le Mal le plus profond et le plus vieux dialogue chrétien ; depuis cette attaque du front russe, se sont succédé Verdun, l'ypérite des Flandres, Hitler, les camps d'extermination. Tout ce cortège n'efface pas la journée convulsive où l'humanité prit la forme de la démence comme devant la bombe atomique, mais aussi d'une pitié forcenée[c]. Si l'aviateur s'était fait sauter avec sa bombe, au lieu de la jeter sur Hiroshima, nous ne l'aurions pas oublié — même après une autre bombe ; si je retrouve ceci, c'est parce que je cherche la région cruciale de l'âme, où le Mal absolu s'oppose à la fraternité.

Nous connaissons assez ce qui s'est passé ce jour-là, pour l'imaginer ; de ce qui s'est passé ensuite, il ne reste rien. Les souvenirs publiés cessent à l'ambulance ; n'espérons pas en découvrir après soixante ans. En Alsace, à la fin de 1944, on ne connaissait plus les noms des survivants de Bolgako. L'Histoire efface jusqu'à l'oubli des hommes ; cette fulguration s'est aussitôt dissipée dans le néant des jours de guerre, car le second régiment, qui montait en ligne avec les ambulances, a enfoncé la ligne russe.

Il ne reste rien de l'événement. Pour trouver sa lueur surhumaine, la fulguration *devait*-elle s'effacer ? Sinon, ne se serait-elle pas perdue dans les récits de délires, de saouleries ou de paniques, que les nations n'aiment guère à retenir ? Cette attaque exerce sur moi la trouble et puissante action des grands mythes de la révolte depuis Antigone. L'humanité[a] archaïque vivait ses mythes ; jusqu'en 1911, l'empereur de Chine conduisait la charrue pour tracer le premier sillon de l'année, comme l'empereur mythique avait tracé le premier sillon de la terre. J'ai revécu le mythe inconnu de la Vistule, parce que je l'ai écrit — sous une autre forme, en 1940 quand j'étais prisonnier, en 1941 quand je m'étais évadé. Je quitte, pour le reprendre, les fragments de ce livre où se bousculent mes souvenirs, mes obsessions, mes prémonitions. J'ai d'abord étudié l'attaque de Bolgako parce qu'un certain nombre de soldats qui la conduisirent étaient alsaciens. L'Allemagne affectait volontiers l'Alsace au front russe. (D'où la liberté intérieure de mon personnage, qui combat pour l'Allemagne avec indifférence.) J'ignorais, en 1941, que la brigade Alsace-Lorraine existerait un jour, que je serais lié à l'Alsace par le sang. La mort qui tourne autour de moi me livre à ceci, qui me parvint, il y a trente ans, de l'autre côté de la vie.

Le mot : convulsion me hante. Le texte que je corrige depuis onze jours pourrait le prendre pour titre ? Pourtant sa violence s'éloigne (non son égarement). J'avais envie d'ajouter à ce récit les souvenirs qu'il appelle aujourd'hui en moi. Devant la main suspendue des gazés de la ville de la Mort, à une heure que tous ces hommes ont tenue pour une heure de destin, je pense à la fresque de Nefertari, en face de Louxor : à l'entrée de sa tombe, la femme de Ramsès joue contre un dieu des morts invisible, dont nous ne connaissons la présence que par ses pions sur l'échiquier. Devant le vide, elle joue son immortalité.

Avec les premiers gaz[a] de combat, Satan reparaît sur le monde[1] ; mais le Fléau ne prévaut pas sur l'aveugle instinct de vie resurgi dans la seule forêt d'Europe où vivaient encore les bisons du quaternaire. Connaissons-nous tant d'exemples de l'homme et de la mort, broyés par la fraternité sauvage — inscrite en l'homme, programmée, diraient les ordinateurs ricanants ? Ce jour-là, venue d'aussi loin que le Mal, la demi-bête des profondeurs où naquit l'homme a découvert, en bavant, le défi de Prométhée. Peut-être investi par la mort, je me réfugie dans le récit d'un des plus énigmatiques sursauts de la vie.

L'individu n'y existe pas. Le commandant Berger, à peine. Dans la sape, il écoute ; pendant l'attaque, il regarde. Le professeur gesticulant compte à peine plus que ses bouledogues[b]. Les autres parlent avec la plus vieille voix de l'humanité, la voix de caverne des soldats allemands dans la sape, des prisonniers français dans le camp. Au fond de l'ennemi, il y a aussi la miséricorde.

Quand l'auto[c] du professeur s'arrête, le commandant Berger et le lieutenant-adjoint voient répondre à leur salut militaire le grand mouvement d'un feutre à large bord ; une main rejette en arrière un cache-nez mis en écharpe (en juin), une autre lance à leurs pieds une cigarette à demi consumée : mains, cigarette[d], cache-nez, cheveux gris presque longs, tout un pigeonnier s'envole du visage du professeur, qui ressemble à un Bismarck prestidigitateur. Un gros garçon placide quitte derrière lui l'auto, une mallette dans la main gauche, un panier dans la droite : son fils.

« Très heureux ! dit le professeur, je suis vraiment très heureux, messieurs ! J'ai toujours eu pour les officiers de renseignements un intérêt très particulier ! »

Du commandant, il sait que cet assez jeune ethnologue a été un conseiller du Sultan rouge et l'adjoint d'Enver Pacha, présentement défenseur des Dardanelles contre les Alliés. Du professeur, Berger sait qu'il est l'un des quelques spécialistes des gaz de combat. Il s'intéresse plus aux gaz qu'aux minables histoires de renseignements.

« Allons dîner ! »

Le professeur a passé son bras sous celui de Berger surpris. *L'Europa* est le moins délabré des trois hôtels réquisitionnés à Bolgako. Sous le ciel calme à cause de la venue du soir, sous l'incertaine odeur des roses poussiéreuses pas encore fanées, un grondement de canonnade monte dans la solitude du jardin de curé.

La table est mise dans la chambre de Berger. Le professeur pose d'un air désolé son grand chapeau sur la cheminée, tire de son panier un flacon et une bouteille jaune dont il boit une gorgée au goulot.

« Pour l'asthme, messieurs ! mais ceci (il tient l'autre flacon) notez ! est de la véritable fine française. Parfaitement ! »

Il le pose sur la table avec tristesse.

« Mangeons : demain matin, les Russes seront enfoncés. »

Toujours consterné.

Berger descend chercher la bière. Quand il revient, canettes en éventail autour des poings, le professeur, son fils et le lieutenant sont penchés sur des photos : la première, entre les assiettes, est celle de la maison du professeur. On va la démolir pour établir un champ d'aviation. Il espérait la sauver : un des télégrammes qui l'attendent lui apporte un refus définitif. D'où sa consternation. L'autre photo est celle des deux enfants du lieutenant.

« À mon tour, je vais vous montrer mes enfants », dit le gros fils du professeur.

Berger regarde : trois bouledogues.

« Heinz a fait ses études à Oxford, dit son père. Puis il s'est spécialisé dans la médecine animale. Par vocation, notez !

— Par passion », murmure le gros Heinz endormi. Et, s'inclinant un peu comme pour une présentation, il ajoute d'un ton humblement orgueilleux : « Vétérinaire. »

Il ressemble aux bouledogues, en mou.

« Demain, devons-nous faire seulement un essai, monsieur le professeur — ou une véritable attaque ? Comme la tentative précédente a échoué…

— Les essais qui ont eu lieu jusqu'ici sur ce front, je vous en prie !… »

Il éclate d'un rire enfantin : comme les grands singes, ce moustachu est tour à tour vieux et enfant, pas jeune[a].

« On a essayé d'employer des poisons. Mais c'est parfaitement idiot ! l'acide cyanhydrique, l'oxyde de carbone sont des poisons parfaits, qu'est-ce qu'ils ont donné ? L'acide cyanhydrique demande un demi-gramme au mètre cube d'air : le sujet entre en convulsions et tombe mort dans une rigidité tétanique. C'est parfait en lieu clos ! Le champ de bataille, figurez-vous, se permet d'être à l'air libre !

« Ensuite, quoi ? On a essayé l'oxyde de carbone. En laboratoire. Toxique redoutable, présentant toutes les qualités requises, facile à préparer, bon marché ! Il fixe l'hémoglobine du sang, l'empêche de s'unir à l'oxygène de l'air. Mais il y a toujours le problème de l'air libre !

« J'ai fait écarter les poisons. Nous allons employer… autre chose. Nous sommes au-delà des dérivés du chlore. Pas si mal, le chlore, vous savez ! Facile à liquéfier, intolérable à l'organisme humain, très bon marché, notez ! D'après vos… collègues du front occidental, messieurs, notre attaque chimique sur l'Yser a déterminé entre dix et vingt mille intoxications immédiates : plus qu'il n'en fallait pour enfoncer le front anglais ! Parfaitement ! Mais si l'ennemi emploie des masques, il faudra tout recommencer !

— Quand on écarte les poisons, demande Berger, que s'agit-il d'atteindre ? »

Le professeur ouvre les bras avec un geste de danseur.

« Mais les muqueuses, mon commandant ! C'est bien simple : les muqueuses !

« Nous avons des composés plus agissants que le chlore, naturellement ! La virulence du phosgène atteint dix fois celle du chlore, mais le phosgène… »

Il passe devant la fenêtre ouverte, étend la main pour reconnaître le vent. Au-delà du jardin, les bulbes et les croix d'une église orthodoxe brillent dans le soir au fond de la place en pente. La voix du professeur énumère les qualités et les défauts du phosgène, et Berger ressent la profondeur du monde slave jusqu'au Pacifique.

Le professeur jette sa cigarette éteinte par la fenêtre qu'il referme, et revient, épanoui :

« Le vent est toujours excellent, toujours excellent ! Je crains d'ailleurs moins une saute de vent qu'une humidité soudaine… »

Il a déjà allumé une nouvelle cigarette et repris son dîner.

« Mais nous en sommes à la préhistoire, dans la guerre chimique ! le sulfate d'éthyle bichloré, c'est peut-être le gaz de combat par excellence. Un produit caustique, vésicant et toxique à la fois ! Tout particulièrement dangereux, notez ! car le sujet ne souffre pas au moment même de l'intoxication : l'action commence plusieurs heures après…

« Efficace jusqu'à une partie pour quatorze millions de parties d'air ! »

Et, agitant la photo de sa maison comme une preuve :

« Sans doute la chimie est-elle l'arme définitive, l'arme supérieure qui conférera aux peuples qui la manieront bien — qui la gouverneront ! — une suprématie mondiale… Parfaitement ! Peut-être l'empire du monde, vous entendez !

— Est-il probable que le Service de renseignements ennemi puisse se procurer nos formules ? demande le lieutenant.

— Avant six mois, nous aurons employé six gaz différents ! Voyez-vous, il va se passer entre les gaz et les moyens de protection la course de vitesse commencée depuis des milliers d'années, depuis… le premier fabricant de casse-tête ! entre la lance et la cuirasse, la balle et le blindage ! Seulement, et voilà ce qui donne à la question toute sa gravité… »

La photo lui échappe. Il se baisse pour la ramasser, sans s'interrompre :

« … depuis que cette lutte existe, ce n'est jamais le blindage qui gagne la dernière manche, entendez-vous !

— Monsieur le professeur, vous avez bien dit que les nouvelles découvertes permettent d'intoxiquer les troupes ennemies sans que celles-ci le sachent, n'est-ce pas ? »

Le professeur brandit de nouveau la photo de la maison :

« Une partie pour quatorze millions de parties d'air !…

« Si vous vous placez d'un point de vue supérieur, les gaz constituent le moyen de combat le plus humain. Parfaitement. Car le gaz s'annonce, la cornée opaque devient d'abord bleue, la respiration commence à siffler, l'iris — c'est même à noter ! — passe presque au noir. En somme, l'ennemi est prévenu. Or si je crois que j'ai ma chance, même infime, je suis courageux ; mais si je sais que je ne l'ai pas, le courage, pffut[a] !…

— Ce sera un grand malheur, dit le lieutenant, si nous devons voir disparaître de l'Empire le vieux sens allemand de la guerre…

— Oui ! répond le professeur sèchement. Mais les Allemands sont aussi des hommes, et susceptibles de faiblesse, non ?

« Le sulfate, lui, est incorruptible. »

Une heure plus tard, le professeur sait que le jeune ethnologue ne s'intéresse qu'à l'homme, le lieutenant, qu'aux Allemands ; Berger sait que le professeur ne s'intéresse qu'aux gaz de combat, et Max, qu'aux chiens. Le professeur savait en arrivant que les camarades de Berger le surnomment Frégate[1], et ce nom d'oiseau ou de bateau ne va pas mal à son visage de proue. La voix intérieure de Berger nomme le professeur, tantôt Bull-Dog et tantôt Bismarck. Le vent n'a pas changé, la canonnade a cessé ; des pelles éloignées sonnent, au-dessus du pas triste et lent d'un cheval. Une cavalerie glisse au fond de la nuit ; il y a trop de guerre au ras du sol pour l'angoisse métaphysique. Le vent frais de la nuit glisse fidèlement vers la Russie.

À 6 heures du matin, Berger attend le professeur et le lieutenant dans la sape qui communique avec les tranchées de première ligne. L'attaque ne doit pas être annoncée avant leur arrivée. Berger a été installé dans une petite sape (destinée au commandement ?) qui communique avec la première, vaste cave rayée des barres diagonales du jour que lancent les trous d'observation comme des saluts d'épées. Il ne voit les soldats que lorsqu'ils traversent ces faisceaux d'atomes. Presque tous, assis par terre, causent.

« Le tsar ! dit la voix la plus haute. Anéantir l'Allemagne ! (On replie un journal.) Anéantir l'Allemagne ! Il reste dans son palais, à Pétersbourg ! Sous terre ! Malheureux de voir ça ! Et le peuple qui est assez con pour l'écouter ! Le Grand Frédéric, y a une chose qu'on peut dire, les gars, c'est que, lui, il se mettait à la tête de son armée, et puis il marchait devant ! »

Brouhaha indifférent.

« Les Français, ils en ont plus, de fusils, dit une autre voix, en parenthèse.

— Toi, quand on te réveille la nuit pour te filer un

coup de bière, tu crois que c'est un contre-appel, et puis tu viens parler du Grand Frédéric ! Ça vous fait mal ! »

La discussion, partie comme un furet dans un autre coin d'ombre, est remplacée par des confidences :

« Dans mon métier, c'est pas absolument manuel, c'est plutôt la tête…

— T'es ajusteur ?

— Fraiseur.

— Oui, c'est comme moi, dans le découpage, c'est l'attention, la tête, quoi ! »

La modestie du ton n'appelle pas l'ironie.

Un temps. Une autre voix continue une autre confidence :

« Les femmes, elles travaillent au triage ; avant, c'était au fond, maintenant c'est au jour, y a un tapis roulant. Mais quand on est marié, on peut plus travailler à la mine.

— Un mineur a pas le droit d'être marié ?

— Pas les hommes : les femmes. La femme mariée, elle peut plus passer la porte de l'usine. Fini. »

Le silence, de nouveau. Au loin, la profonde canonnade et l'éclatement des obus.

« Et t'sais, dans les sapes, dans les galeries, on travaille toujours à poil, juste le pantalon. Pour le maquillage des yeux, t'as pas à t'en faire ! Mais pour la peau, la poussière de charbon, c'est sain… La lampe, c'est le bon Dieu, sans ta lampe t'es perdu. »

Malgré les barres de lumière venues des trous d'observation, le respect magique avec lequel est prononcé le mot lampe s'accorde à l'obscurité.

« Y a une inspection toutes les semaines, tu parles d'une revue de détail ! Moi, j'avais une petite poule, une jolie petite poule ; ma lampe, elle me l'astiquait tous les jours. »

Un homme qui se souvient de l'amour lorsqu'il pense à une lampe de mine et à un torse nu couvert de charbon…

Une autre voix, plus près :

« … Le gars a spécialement demandé le rapport du capitaine pour avoir sa permission : il avait fait le front Ouest, il avait rebondi ici, il était pas allé une fois en détente ! Il avait une gosse de cinq ans. À cinq ans, les gosses, ça commence à comprendre… Alors, il a eu sa perm, il s'amène, et la gosse elle dit : “Où que tu couches ? — Ben, qu'il répond, dans mon lit ! — Alors, qu'elle dit, la môme, le Suisse, y pourra pas venir ?” Ah ! dis donc ! y avait un Suisse qui couchait toutes les nuits avec la bonne femme !

— Et alors ?

— Ben, rien. Il s'eſt pas marré... Mais il a laissé courir, à cause de la gosse... »

Le bombardement rageur emplit la sape.

« Moi, j'en connais un qu'eſt venu en perm, sans pouvoir prévenir. C'était la nuit, il a frappé : on a pas ouvert. Et i'savait bien que la femme était là ! Presque toute la nuit il a frappé. Elle a pas voulu ouvrir. Alors il a compris. Il eſt rentré à l'escadron, et pis i's'eſt pendu. Comme ça, avec sa ceinture, au-dessus de son lit. C'était pourtant un lit ordinaire... »

Berger n'a jamais connu la chambrée. Mais malgré les casques à pointe recouverts de toile qui passent parfois dans les rais de jour, il entend la voix secrète des hommes, plus profonde que celle de la guerre.

« Le *Messager boiteux*, j'y crois pas, mais il a dit : "Quand la récolte aura été mauvaise et que les serviteurs auront leur nom qui commencera par la même lettre que celui du maître, y aura la guerre..."

— Hindenburg... »

Aucun ne prononce le mot Hohenzollern. Berger connaît le *Messager boiteux*, un des vieux almanachs édités à Strasbourg. « Quand la récolte aura été mauvaise... » Le lien paysan, sans âge, de l'imprévisible récolte avec l'imprévisible deſtin.

« Qui c'eſt qui gagne, dans la prophétie ? Nous ?

— Non...

— On s'en fout. Le *Messager*, encore des conneries alsaciennes.

— Ça m'aurait étonné ! Bien sûr, les Alsaciens, personne n'en veut !...

— Ta gueule ! Y en a quand même pas mal, ici ! »

On dit, plus loin :

« Quand nous sommes arrivés, elles avaient déjà été violées par les Cosaques et par les Autrichiens, elles proteſtaient même plus... »

Nombre de soldats qui ne portent pas de chemise ont déboutonné leur tunique.

« Tu ne connais pas la croix luthérienne ? » répond une voix enrhumée, à une queſtion que n'a pas entendue Berger : « qu'eſt-ce que tu connais ? »

Voix différente de celles entendues jusque-là — populaire encore, mais retenue, et où passe un sourire. Sur une poitrine, un rai de lumière fait briller avec un éclat électrique les branches d'une croix et la goutte lumineuse de la colombe huguenote. La même voix répond de nouveau à une question :

« Je ne suis pas croyant, mais j'aime aller au temple, quelquefois. À condition d'être tout seul. Dans certaines circonstances…

— Lesquelles ?

— Si je suis malheureux… Ou si je veux me rappeler des choses… »

Ceux[a] qui parlent s'éloignent. Un temps assez long s'écoule : les canons ne tirent plus que par intervalles, la marche des hommes qu'il vient d'entendre — des sous-officiers — les ramène vers Berger.

« Il y a toujours un problème moral avec les volontaires. Voyez : il m'en faut trois, tout à l'heure, et ces histoires de gaz peuvent toujours être… sérieuses… J'ai pris les trois plus sympathiques. Pourquoi ? Parce qu'ils en avaient envie ; ça leur plaisait, je voulais leur être agréable… En fait de plaisir, je les ai peut-être condamnés à mort. Et j'aurais dû choisir ceux dont la mort a le moins d'importance…

— Et comment le résolvez-vous, le problème moral ? »

Berger n'entend pas la réponse : un geste sans doute… Il est étonné que les sous-officiers aient été informés de la nature de l'attaque. Une autre voix lui apprend que les troupes le sont aussi :

« Nous, quand je travaillais encore dans la Ruhr, on est arrivé dans une sape qu'avait été touchée par le grisou, y avait longtemps. Y avait un ouvrier, comme vivant, avec son pic au bout du bras, et le cheval, derrière, qu'avait encore l'air de traîner sa benne. C'était le gaz qui les conservait, mais l'air, il est arrivé avec nous. On y était pas depuis dix minutes, le gars et le bourrin, en poussière tous les deux ! Qu'est-ce que t'as à rigoler, connard ! puisque je te le dis ! »

Un brouhaha sans précédent brasse l'obscurité d'où sort enfin :

« Les gaz, j'vais t'dire c'que ça fait… »

C'est la voix lente et basse du peuple en face du mystère, la voix qui fait soupçonner que celle des sorciers était sans doute infantile :

« Les gaz, j'vais t'dire : le gars qu'est touché, hein, i' reste immobile. Immobile qu'i' reste… I' peut plus bouger. Juste comme il était quand ça l'a pris, la même chose. Des types qui jouent aux cartes, par exemple…

— Avant même de s'en apercevoir, on est mort !

— Et si le vent changeait ?

— Le commandement a organisé l'attaque ! crie un sous-officier.

— On dit ça… », répond faiblement quelqu'un.

C'est tout, jusqu'à un nouveau spécialiste des gaz.

« On a fait des essais sur le front Ouest… Quand i' sont arrivés, les Français se méfiaient pas, y avait tous les fossoyeurs qu'apportaient des morts à un cimetière, près de la Maison des Morts. I' sont restés là, le pied en l'air avec les morts dans les couvertures, dis donc ! Tous pareils, comme les morts dans les vitrines.

— Oh pardon ! C'est pas pasque t'es fossoyeur qu'i faut venir nous raconter des conneries.

— Le pied en l'air que j'te dis, pauvre abruti !

— Ah ça va ! ça va !

— Puisque moi j'te dis qu'i' sont restés là ! »

Ils ignorent qu'il n'existe pas en France de Maisons des Morts. Le ton monte, selon la technique de la discussion populaire : répéter la même chose en criant de plus en plus fort. Le canon couvre les voix.

« Un cantonnier arrêté pile, son balai de travers, tu te rends compte ?

— Le cochon qu'on égorge, i' reste le couteau dans le bide, mais ce coup-là, i' peut plus gueuler[a] ! »

Les hommes parlent, ou les métiers ?

L'ironie permet de rêver sans honte. Chacun voit la vie soudain arrêtée — moins peut-être celle de l'ennemi que la sienne.

« Le comptable qui finit pas son addition…, murmure une voix timide.

— C'est pas si sérieux qu'on dit, ces trucs-là, les mécaniques, les gaz… Ces gens-là connaissent point les bêtes. Si tu fais une fente au nez d'une mule, elle peut plus braire. On l'entend plus. Tu te rends compte, ce qu'on pourrait faire avec des mules comme ça — une cavalerie que les autres ils entendraient pas ? »

J'écoute peut-être ceux qui vont mourir, pense Berger. Chacun croit qu'il parle de lui… Depuis combien de temps les dieux les entendent-ils ? Les dieux de la forêt, Charlemagne… On dit : le peuple allemand. Leur pauvre tête prend ce costume-là, comme ils ont pris leur uniforme. L'ancienne chrétienté… les hommes blancs peut-être[a]…

Il se souvient de l'Asie centrale, des caravaniers. Les steppes, le petit feu, le ciel immense — un semblable murmure, comme la voix de la terre. Dieu beaucoup plus présent. Mais le balbutiement qu'il écoute ne plonge-t-il pas dans le temps, dans l'homme, au-delà des paroles divines ?

« Ils mobilisent les gosses de dix-sept ans, les Français ! y en a la moitié qui désertent…

— Y aura une révolution, c'est un pays qu'a toujours une révolution…

— Vos gueules ! »

Les gaz les intéressent plus que les Français.

« Quand même, vous voyez ça, le maréchal-ferrant avec son marteau au-dessus de l'enclume ! qui bouge plus ! Ces trucs-là, c'est des blagues, le marteau tomberait, vu qu'il est trop lourd.

— L'électricité, elle, a' doit rester allumée… »

Berger pense à la ville des *Mille et Une Nuits* où tous les gestes humains, la vie des fleurs, la flamme des lampes ont été suspendus par l'Ange de la Mort. Le geste pétrifié des forgerons fabuleux sous une lumière à peine troublée du passage des volontés humaines, éphémères comme cette guerre et comme les armées. Celui qui vient de parler de l'électricité, une tête d'alcoolique héréditaire, farfouille dans une valise de poupée misérable. L'obscurité est de nouveau habitée. Les timbres des voix changent, mais les tons restent les mêmes — la même résignation, la même fausse autorité, la même absurde science et la même expérience, la même inusable tristesse et la même inusable gaieté, les discussions qui ne connaissent que l'affirmation de plus en plus brutale, comme si ces voix de l'obscurité ne parvenaient pas à individualiser leur colère.

Le temps redevient le temps qui dépend des ordres supérieurs. Sous un des rais de lumière, net sur le sol charbonneux, un jeu de tarots est étalé ; une main en tire de temps en temps une carte, avec un murmure qui s'efforce de prévoir une vie… Cette main sans corps semble courir sur les cartes comme un rongeur, de toute éternité.

Après un nouveau silence, une voix chuchote, sur un ton d'excuse attendrie :

« C'est pas pour sa beauté que je l'ai épousée… »

Un des hommes montre une photo à un autre ? Ses paroles, dans l'obscurité, prennent une intensité mystérieuse. Autour des rais de lumière, nul ne montre rien. Sous le plus proche, un adolescent au fin visage lit. Que fait-il dans ce régiment territorial ? Est-ce lui qui vient de parler ? Il n'a pas bougé une seule fois depuis que Berger écoute. Accroupi dans le jet de lumière lancé par le trou, il lit. Comme le plafond des sapes est bas !

Deux silhouettes passent, confondues devant une faible auréole : la photo est éclairée par la flammèche d'un briquet. Avec la même résignation, la voix enrhumée qui avait dit : « Je vais au temple quand je veux me souvenir… » répond :

« Oh ! moi, tu sais, ma femme, elle est pas bien jolie non plus… »

Le fossoyeur revient.

« … Mais vois-tu, elles ont trouvé un chien. On pouvait bien le garder, hein, puisqu'on l'avait pas payé ! La femme, elle l'a appelé Peterl, presque comme moi. La petite, jamais elle avait pu prononcer le nom de son père. Eh bien, tu me croiras si tu veux, depuis qu'il y a le chien, la gosse, elle dit Peter comme tout le monde ! »

La voix devient amère :

« Elle y était pas arrivée pour moi. Enfin, c'est quand même un résultat… »

Les rais de lumière se brouillent : dans le ciel, une migration d'oiseaux descend vers la Vistule. Berger écoute venir de l'épaisse pénombre la voix de la seule espèce qui sache — si mal — qu'elle peut mourir.

Tous les hommes de la sape se lèvent. Quelqu'un vient d'entrer :

« Mettez les masques ! La 132e d'abord ! »

Berger comprend pourquoi les soldats savaient qu'ils allaient suivre les gaz.

Ils se harnachent, dans la nuit aux taches de jour, et se dirigent vers la contre-sape avec un tintamarre de bidons, de boucles et de ferrailles, pour gagner la première ligne. Leur capitaine vient chercher Berger. Ils partent ensemble, les derniers. Les cartes à jouer n'ont pas été ramassées. Ni le livre que lisait le jeune homme au visage d'étudiant : *Les Aventures de trois boy-scouts*. Les soldats doivent-ils revenir ? Ils partent à la file, de dos. La tranchée atteinte, ils apparaissent de profil, groin en avant. Par une chicane percée obliquement dans le parapet, Berger voit le terrain qui les sépare des tranchées russes, clair après l'obscurité de la sape. Sur le fond vert déjà jauni par l'été, de grandes vagues d'ombelles déferlent dans le vent. La première ligne allemande est un peu plus bas, au-dessus de fleurs blanches à demi sèches ; le vent, qui dessine au loin sur elles de longs ramages, les secoue furieusement devant les trous d'observation. Deux versants opposés, la rivière au fond. Le versant russe s'élève dans une telle sérénité, que les barbelés semblent des clôtures champêtres. Pas un homme, pas un animal. Le canon s'est tu. Il fait beau comme avant la guerre.

Une longue poussière soulevée monte dans le soleil. Pas en panache, comme les sillages des autos ; partout aussi dense et aussi haute, comme un mur. Elle grandit, bien qu'on n'entende aucun moteur. La route disparaît ; l'émission des gaz a commencé.

Une à une, quatre ambulances gagnent des boqueteaux, en avant des tranchées.

On se bat pour regarder par les créneaux. Le professeur serre les bras au-dessous d'un trou d'observation, grand faucheux bismarckien, pattes ramassées, vers le cache-nez dans lequel il tente d'emmitoufler ses moustaches. La nappe de gaz atteint les troncs parallèles d'un verger de pommiers, puis leurs branches. Le fond de la vallée n'est plus qu'un brouillard jaune, rougeâtre le long des prés et des sapins verts, et d'où sort, fantomatique, un haut poteau de télégraphe.

La nappe de gaz glisse sur un kilomètre de large, vers la position avancée des Russes. Elle s'infiltre dans un bois, cache les bases des sapins sans en atteindre les sommets, reparaît au-delà, laissant les crêtes en dents de scie émerger sur fond de brouillard comme dans les estampes japonaises. Elle continue sa molle ascension, couvre les champs dont les rubans montent vers les hauteurs, les prés violets de trèfles, les derniers seigles, et les vastes rectangles piqués de meules ; enfin, au plus haut, vers les tranchées russes, les boqueteaux de plus en plus serrés, et le lambeau de forêt haché de clairières qu'a pilonné l'artillerie. Rien n'y bouge.

Quelque chose fonce des lignes russes vers les gaz : un cheval, très petit même à travers les jumelles. Les gaz semblent aller beaucoup plus vite, maintenant qu'ils approchent des tranchées. Le cheval les charge sans cavalier, avec le mouvement balancé des galops lointains. Il s'arrête, tournoie, reprend enfin sa course vers la gauche, et un bruit de sabots sur une route parvient à travers la terre, surprenant de netteté, beaucoup plus proche que cet infime cheval lancé dans l'immensité. Un hennissement s'élève, porté par la vallée. À travers les jumelles, le cheval dresse la tête pour hennir, comme hurlent les chiens. Il reprend son galop, fonce droit vers les gaz. On n'entend plus ses sabots. Il disparaît dans le silence.

Il ne reparaît pas ; l'avance sourde et sans fin des gaz, qui semble devoir continuer jusqu'aux limites de la terre, le hennissement perdu, les bords presque nets de la nappe, commencent à faire de ce brouillard une menaçante machine de guerre[a].

Les Russes ont-ils abandonné leurs positions ? Il est difficile, même avec les jumelles, de deviner l'instant où les gaz atteindront leurs tranchées. Bientôt, elles seront recouvertes ; et, sauf ce cheval d'Apocalypse hennissant dans le plein soleil avant de se précipiter comme pour un sacrifice, rien ne les quitte. Qu'elles soient abandonnées est impossible. Au fond de la vallée, le petit bois de sapins, le poteau télégraphique et ses isolateurs ont disparu sous l'accumulation des gaz ; à mi-côte, quelques cimes d'arbres dépassent encore… Les graminées, les minces chardons qui cachent le trou d'observation, deviennent silhouettes sur le fond roux et laiteux. Le professeur, le nez pincé par un tic entre ses jumelles et ses moustaches, presse Berger de tout son poids.

L'ennemi a-t-il trouvé un moyen d'arrêter les gaz, immobiles à la limite du parapet ? Le vent en pousse une nouvelle vague, qui, elle, continue sa marche comme si elle sautait par-dessus les premiers. Berger se souvient :

« La cornée opaque devient d'abord bleue, la respiration commence à siffler, la prunelle, c'est même très curieux ! passe presque au noir… Aucun des Russes ne pourra supporter la douleur… »

Cela se passe-t-il sous ce brouillard où rien ne bouge, et qui avance avec des torsions de saurien préhistorique, comme s'il ne devait plus s'arrêter sur la terre ?

« Quand nos troupes arriveront là, il n'y aura plus de gaz dans les tranchées ?

— Rien à craindre ! répond le professeur, péremptoire ; le gaz sera évacué, et il y a l'ambulance !... Il ne s'agit pas d'y rester ! Et d'ailleurs, n'est-ce pas, je... »

La fin de la phrase est écrasée par une frénétique reprise des canons russes. Ils pilonnent les gaz comme ils pilonneraient une charge. Les obus éclatent en rouge, spasmodiques, dans la nappe redevenue jaune ; quand ils déchiquettent ses bords, la charpie avance un peu plus vite que la masse, sans pourtant s'en séparer tout à fait. La nappe qui grouille de leur éclat rouge, comme une rivière de celui du soleil couchant, pousse avec indifférence sa marche de fléau, devenue ce qu'elle est : le gaz de combat.

Aussi soudainement qu'elle s'est déchaînée, l'artillerie russe cesse de tirer.

« Pour ceux qui ressentiraient des symptômes d'empoisonnement », crie aussitôt dans la tranchée une voix de commandement, « c'est bien compris : retraite vers l'ambulance ! Goût d'amandes amères, sifflement de la respiration... Compris ? »

Quand Berger et ses compagnons quittent la tranchée, les gaz ont disparu de l'autre côté de la crête : il n'en reste que le brouillard japonais au fond de la vallée, et une traînée noirâtre sur tout ce qu'ils ont atteint, comme si leur passage avait laissé un morceau d'hiver sous le ciel rayonnant. Toujours rien vers les tranchées russes.

Des compagnies, parties beaucoup plus tôt, franchissent la rivière. Berger les voit nettement. Les Russes les voient-ils aussi ? Entre les vastes bancs stagnants de brume, des hommes rampent comme entre des marais, se dispersent, se rejoignent. Aux cimes des sapins, le vent secoue des lambeaux de nuages roux. La rivière dépassée, les compagnies, sans cesser d'avancer, prennent la formation de combat.

Chacun est suspendu au premier obus qui annoncera le nouveau pilonnage de l'artillerie russe — le massacre, l'écrasement.

Berger retrouve des jumelles sa 132e, maintenant parmi les compagnies de tête. Sous la ligne de casques à pointe tendus de toile les petits corps masquent les barbelés ; l'avance cahotante s'arrête, les taches humaines commencent à s'emberlificoter dans le réseau des fils, à y gigoter comme des mouches dans une toile d'araignée. À l'opiniâtre progression que l'éloignement ralentit comme il a ralenti celle des gaz, succède un guignol sur place. Puis tous disparaissent dans la tranchée russe, ou au-delà.

Non : certains restent sur les barbelés. De nouvelles compagnies arrivent, flottent, plongent. Toute la brigade avance. On n'entend que le vent ; sur tout le champ de l'attaque, plus un homme. Plus de guerre, rien que l'éblouissant soleil sur l'immensité paysanne, sur la ville de bois bizarrement intacte là-bas avec son clocher en bulbe. Mais ni Berger ni le lieutenant-adjoint ne quittent du regard l'imperceptible ligne des tranchées russes.

Le professeur semble avoir enfoncé dans ses orbites ses jumelles qui tremblent. Les troupes ont reçu l'ordre de continuer vers les secondes lignes ennemies, d'occuper au plus vite les boqueteaux, derrière la crête que masque maintenant la marche des gaz ; pourtant, aucun des soldats ne reparaît.

« Peuvent-ils avoir été gazés eux-mêmes ? » demande enfin Berger.

Le professeur hausse rageusement les épaules ; ses jumelles secouées perdent le champ.

« On a dit qu'ils n'y restent pas ! On a donné l'ordre qu'ils n'y restent pas ! S'ils y passent leur vie, évidemment !... »

Sa main gauche lâche ses jumelles tressautantes, se crispe sur le bras de Berger : un homme en manches de chemise vient de surgir de la tranchée.

Un homme de deux mètres cinquante, aux toutes petites jambes... Sans masque. Il s'arrête, tombe. Il y en a un autre sous lui. Tout le long de la tranchée, des hommes en manches de chemise, taches blanches nettes malgré la distance, sortent, sans groin. Tous trop hauts, comme des géants de foire dont la tête, trop haute aussi, cahote au bout d'un manche à balai invisible. Pourquoi diable les soldats ont-ils retiré leur tunique et leur groin ?

Plusieurs géants de foire se rompent. La partie du corps en manches de chemise tombe ; l'autre continue d'avancer. Ils sont faits de deux hommes, l'un portant l'autre. Y a-t-il déjà tant de blessés ? Toujours ce silence sous le vent.

Les soldats verts masqués rechargent les taches blanches sur leurs épaules, leur cortège clopinant s'engouffre dans les passages entre les fils cisaillés. Il ne part pas vers les Russes : il revient.

Sur toute la ligne, à travers les passages — une pullulation confuse autour des soldats à groin qui portent les taches blanches avec un mouvement hésitant, comme des fourmis leurs œufs —, les compagnies refluent. Elles abandonnent la position russe. Dans ce silence sans un coup de canon. Sans un coup de fusil.

Le professeur laisse tomber ses jumelles, qu'un cordon suspend à son cou, et court devant lui, cache-nez au vent.

À gauche de Berger, il y a un cheval : il le prend, fonce. La retraite maintenant éparse des compagnies apparaît et disparaît, de plus en plus près. Berger croise enfin la course de deux soldats qui le regardent sans voir. Ils ne voient rien. Ils courent. Ils ont conservé leur groin. Scaphandriers de quelque océan, bêtes d'une autre planète.

« Que font les Russes ? »

Il hurle, ils ne l'entendent pas : de l'homme, ils n'ont gardé que la faculté de courir. Ils disparaissent sous les arbres. Son cheval hennit comme celui qui s'est jeté dans la nappe des gaz. Apparaît un soldat de la 132e. Il court lui aussi, masqué, casque perdu. Berger place son cheval en travers :

« Quoi, qu'ont fait les Russes ? » hurle-t-il de nouveau.

L'homme répond frénétiquement en agitant les bras et le cou. Berger lui fait signe de retirer son masque. L'autre crie. Berger devine :

« On peut pas !

— On ne peut pas quoi ? et vos armes ?

— On peut pas ! On… »

Il crie « non » des mains, des épaules, de la tête. Il s'étrangle. Les deux mains en avant avec le geste de l'orateur qui adjure une salle, il montre le trèfle incarnat aux fleurs serrées qui les entoure tous deux, comme s'il dénonçait cette toison rose entre les murs sombres des arbres. Il repart avec frénésie. Berger remet au galop son cheval ; au sortir du bois, l'animal foudroyé glisse de cinq mètres sur ses pattes rigides et le précipite dans les buissons. Quand il relève les yeux, le cheval est encore dans sa pose terrible de statue. La vie revient dans ses babines qui découvrent ses dents ; elle s'engouffre d'un coup, de ses oreilles à son échine ; il repart, emballé. Berger est devant le terrain qu'ont traversé les gaz.

Il masse sa rotule, le regard devant lui ; ses doigts rencontrent quelque chose de répugnant, touffe de cheveux morts, toiles d'araignées, flocons de poussières agglomérés. Sa botte a raclé le sol sur un mètre, accumulant entre cuir et genou les trèfles et les ombelles de carottes sauvages qui poussent jusque dans les buissons : noires, gluantes, comme rapportées d'un fond de vase. La forme des fleurs est intacte. Celle des cadavres aussi, somme toute : sa main se rétracte du dégoût de la vie pour la charogne. Dans le pré dégagé devant lui sur plus de trois cents mètres, les gaz n'ont pas laissé un centimètre de vie. Sur les hautes graminées tombées, le soleil luit avec le lugubre éclat qu'il a sur le charbon. Quelques rangs de pommiers décomposés ressemblent aux arbres à lichens, leurs feuilles couleur de fumier collées aux branches blafardes. Pommiers taillés par l'homme, tués comme des hommes : morts plus que les autres arbres, parce que fertiles... Sous eux, toute l'herbe est noire. Noirs les arbres qui ferment l'horizon, gluants eux aussi ; morts les bois devant quoi passent en courant quelques silhouettes de soldats allemands qui s'y renfoncent en voyant Berger se relever. Mortes les herbes, mortes les feuilles, morte la terre où s'éloigne, dans le vent, le galop emballé du cheval. Berger met son masque.

Seuls restent verticaux, entre les pommiers, des chardons en touffes, dont boules, épines, feuilles, sont devenues du même roux de fleur prête à tomber en poussière, tandis que leurs tiges ont pris le blanc répugnant des pièces anatomiques dans les bocaux. Le pré poisseux étend entre deux murs de forêt ses branches d'équerre. Bien que blessé au genou, Berger peut marcher ; il traîne des mottes de plus en plus lourdes. Le galop de son cheval s'est perdu dans le bruit du vent. Un autre cheval aux pattes réunies comme dans les instantanés de courses s'effondre devant lui, peut-être celui qui a foncé sur les gaz : pas encore raide, les yeux ouverts et gris, le poil pourri comme l'herbe et les feuilles, muscles convulsés. Autour de lui montent des bouillons-blancs aux cierges roux comme les chardons, mais toutes leurs feuilles recroquevillées ; une grappe d'abeilles tuées est collée à l'une des tiges comme les grains d'un épi de maïs. Au-delà de cette entrée de vallée des morts, au-delà d'une ligne lointaine de poteaux télégraphiques, le vent pousse de hauts nuages dans le ciel sans oiseaux.

Berger avance lourdement. Isolé dans la solitude comme

pour veiller le cheval gazé, s'élève un arbre mort ; non pas moisi de gaz, mais toutes ses branches nettes, anguleuses, ossifiées, avec la poussée tragique de tous les arbres morts de la terre. Cet arbre pétrifié depuis tant d'années semble, dans cet univers de pourriture, le dernier vestige de la vie. Une pie passe d'un vol ralenti, ses plumes blanches découpées dans ses ailes noires ; et tombe comme un oiseau de chiffon.

À travers la clairière, Berger atteint l'autre rive de la forêt. Il ne s'agit plus de marcher dans le dégoût, mais d'y plonger. Le taillis des ronces et des aubépines doubles est fauché, gluant lui aussi, de ce roux livide de bête crevée qui devient noir à vingt mètres. Les ronces n'accrochent plus : avec l'inquiétante sensation d'avoir retrouvé sa force, Berger avance sans résistance à travers une barrière épineuse en déliquescence sous ses genoux, sous son épaule, sous son ventre. Seules piquent encore les longues épines des acacias, dont les branches ne se rompent pas au premier contact ; leurs feuilles pendent comme des salades cuites, avec çà et là une araignée morte au centre de sa toile où perle une rosée verdâtre. Le lierre agglutiné pend aux troncs suppurants. Chaque pas fait monter, des buissons écrasés, une odeur amère et douceâtre, celle des gaz ? Apparaissent quatre soldats masqués couverts de feuilles : les moins atteintes par les gaz se collent sur celles qui s'engluent à leur uniforme, mais le grand vent les souffle comme des feuilles mortes. Les soldats avancent l'un derrière l'autre, sans se regarder, seuls dans cette forêt pourrie ; à peine est-il possible de passer à deux de front dans le sentier. Berger le barre, mais son autorité a disparu ; et il n'est plus à cheval. Ils ont autant d'horreur que lui de ces feuilles, de ces troncs purulents, décomposés debout. Le premier s'arrête à moins d'un mètre, lève son groin :

« Ça me concerne pas... », dit-il entre ses dents, regardant tout sauf Berger, d'un regard traqué — « moi, ça me concerne pas ! »

Et il prend sa course à travers les arbres, happé par la glu. Le second et le troisième passent coude à coude, comme s'ils se soutenaient contre Berger. L'un lui crie au visage :

« Mais non, mon vieux, mais non ! »

Comme excédé d'un long discours (peut-être celui qu'il a subi, depuis le début de la guerre, de tous ses officiers...).

L'autre rit hystériquement, et Berger ne devine son rire qu'au tremblement ininterrompu du groin.

« Est-ce que vous avez des blessés ? » pense Berger. Le soldat passe. Berger n'a rien dit. Pas même levé son masque. Le dernier soldat, arrivé à sa hauteur, hoche le groin, hésite, frappe du pied, fait tomber en pluie les feuilles collées à sa capote, lève son masque :

« Parce que moi, mon commandant, j'ai quelque chose à vous dire ! »

Et stupéfait d'entendre sa voix emplir ce silence, il s'engouffre, comme les premiers, dans les fourrés agglutinés.

Au-delà des rideaux d'arbres dont quelques hautes cimes demeurent vertes dans le vent, au-dessus de ces bois infernaux, la côte très raide montre à Berger la débâcle des compagnies, des centaines d'hommes en manches de chemise portés par d'autres. Boitant, courant au plus court, il entre de nouveau sous les arbres infects. Les soldats dont il croise la fuite, gluants de feuilles, ne lui répondent pas. L'un d'eux, arrivé tout près de lui, regarde en arrière à la dérobée, avec un mouvement nerveux du cou. Il fuit, mais pas de peur.

Au-dessus de ravins profonds, la lumière découpe en silhouettes, comme aux orées, le monde sordide de la forêt liquéfiée. Un corps poussé de bas en haut, en manches de chemise encore, surgit avec les bras pendants des descentes de croix. Puis, celui qui le porte. Le premier gazé allemand... Berger court, tombe de nouveau, court ; la douleur de son genou s'est endormie.

Ce n'est pas un Allemand, c'est un Russe.

Le porteur est bien allemand. Il lève son masque, et regarde haineusement Berger.

« Qu'est-ce qu'il y a ? Quoi ? Quoi ? »

L'Allemand a une tête de paysan, très ancienne. Son front se plisse, devient encore plus bas. Il regarde Berger de biais. Portant le Russe sur ses épaules, il a jeté son fusil. Berger croit avoir crié, et s'aperçoit pour la seconde fois, qu'il n'a pas articulé un mot. Il lève son masque.

« L'ambulance ! dit enfin l'homme entre ses dents, menaçant.

— Qu'est-ce qui se passe, sacré bon Dieu ! »

Berger vient de retrouver sa voix.

« Là où qu'i'a des trucs pour soigner ! »

Le front de l'homme se plisse de plus en plus. Il semble

beaucoup plus âgé que Berger, qui sent, comme si le soldat le criait, à quel point il méprise son apparente jeunesse. Le soldat fait un effort de tout le tronc : attentif à ne pas laisser tomber le corps, et pourtant brutal comme s'il voulait lancer le visage du Russe à la figure de Berger. Son coup d'épaule rejette en arrière la tête pendante qui se retourne, remplaçant les cheveux semblables à du tabac par la face gazée — atroce. De sa capote monte la même odeur amère et douceâtre que des branches écrasées. Le mouvement, la façon dont l'Allemand tient le corps, expriment une fraternité maladroite et déchirante.

« Faut faire quèque chose… », dit-il, un peu moins menaçant.

Les lèvres et les yeux du Russe sont violets dans sa peau grise. Ses ongles raclent sa chemise pour l'arracher, sans parvenir à la saisir. Sous les arbres sinistres d'où continuent à tomber des feuilles gluantes, la lumière étend la marbrure des futaies, plombée par la décomposition ; tout près, le vent ride l'eau épaisse d'une mare, bordée de moisissures intactes semblables au cresson, dont les petits flots roulent un cadavre ballonné d'écureuil, la queue molle. Le porteur repart pesamment.

Berger doit sortir de ce bois où il n'apprendra rien, où rien d'humain n'existe, ne peut plus exister. Le vide lumineux du ravin qu'il contourne en cahotant donne une netteté d'ombres chinoises aux haillons des basses branches, aux masses de feuilles comme des capotes pendues, à des tentacules collés aux troncs, à ce monde de fond de mare. Mais ce n'est pas seulement le vide du ravin, c'est la proximité de l'orée qui presse maintenant, dans un brouillard poudroyant, tous ces troncs enveloppés d'algues mortes ; un brouillard plein d'étincelles de juin dans la retombée du vent, et qui ramène la forêt submergée à la paix des sous-bois d'été. Berger a regardé cinq secondes le visage du Russe gazé. Depuis un an, il a vu son compte de blessés et de morts, la raideur des premiers cadavres sous leurs couvertures, les visages de charbon entre les lignes de barbelés ; aucun visage de tué ne lui fera oublier cette face terrible.

Ce qu'il atteint n'est pas une clairière, mais un nouvel espace de prés murés par les arbres de vase : l'herbe pourrie révèle d'innombrables toiles de petites araignées de terre, intactes, toutes perlées d'une rosée vireuse ; elles brillent dans la lumière frisante, d'un bout à l'autre des prés abjectement fleuris. Sur toute cette scintillation nauséeuse flamboie un point de lumière, comme une fenêtre qu'un éclat du soleil couchant fait surgir d'une ville dans la brume crépusculaire. Il tremblote à la poitrine d'un soldat courbé sous un Russe jeté sur ses épaules, bras de-ci, jambes de-là. Une breloque dans le triangle de la chemise ouverte jusqu'au ventre, et l'homme est assez proche maintenant pour que Berger devine la colombe et le crucifix, la double goutte de la croix huguenote. Il retrouve la petite croix comme un visage d'ami.

Cette tête de bon chien giflée de cheveux que le vent rabat sur le nez, sans casque, ne ressemble guère à celle entrevue dans la sape… Le soldat arrêté, masque relevé, groin comme un chapeau pointu, les paupières battantes, redresse le torse, lentement pour ne pas laisser tomber le corps qu'il porte, assez pour échapper à une douloureuse ankylose.

« C'est loin ! » dit-il.

Celui-là aussi se veut hostile ; pourtant, au fur et à mesure qu'il redresse prudemment son torse sous le Russe, son visage sourit à la désolation qui les entoure. Berger voit l'insigne de son grade :

« Sous-officier ? Qu'est-ce qu'il… Pourquoi… »

L'homme hoche la tête, et, le cou calé sous le corps qu'il porte, grimace, sans que sa grimace parvienne à détruire le sourire hébété que le repos élargit sur son visage.

« Pourquoi… », répète-t-il, ahuri.

Berger croit reconnaître la voix enrhumée qui disait dans la sape : « Il y a un problème moral avec les volontaires… » Sûrement pas un paysan.

« On ne peut pas non plus les laisser là-haut !… »

Il parle des Russes.

« Il y a un ordre de repli ? »

Le sous-officier écoute en tanguant sur un fond de pommiers mangés de gui chancreux, ses grosses lèvres écartées, avec toujours le même battement précipité des paupières.

« Il n'y a plus d'ordres… », dit-il enfin.

Ne pouvant faire de geste sous le lourd corps qu'il porte, il secoue la tête comme pour exprimer que les ordres ont à jamais sombré, avec le monde entier.

« Les officiers ? crie Berger.

— Je sais pas…

« Ils font comme nous…

« Non, l'homme n'est pas fait pour être moisi ! »

Il reprend sa marche haletante — vers l'arrière. Berger le suit.

« Si la guerre… devient… comme ça… », dit le sous-officier.

Il s'arrête pour reprendre souffle. Une feuille entre dans sa bouche ouverte. Il la crache comme il vomirait, n'achève pas.

Deux soldats qui portent un Russe sur leurs bras en chaise sortent de la corne du bois ; ils s'arrêtent, et, se courbant jusqu'à ce que leurs mains touchent le sol gélatineux, y couchent leur blessé. Ils se relèvent avec le même sourire que le sous-officier, regardent au-delà des bois et des champs morts — pour gagner l'ambulance, ils redescendent vers la rivière —, des lignes de tournesols énormes que le vent secoue ; au loin, les couleurs existent toujours, les fleurs, les taches fauves et vertes de la terre, les ramages du vent sur la rivière et sur l'immensité. Le Russe allongé entre eux fait un effort pour se retourner sur le ventre, y parvient enfin. Les deux Allemands se redressent lentement, les jambes encore à demi ployées, stupéfaits de retrouver cette vallée de Terre promise[a].

Berger laisse retomber ses jumelles : son compagnon, le sous-officier, parle. Moins haut que ses bottes, qui pompent la vase des feuilles.

« Quoi ? » crie Berger.

Le sous-officier voudrait montrer du doigt, mais il tient par la capote celui qu'il porte.

« Il se débine, leur gars… », répète-t-il enfin.

Le grand vent s'engouffre dans les chemises des deux porteurs que le repos abrutit ; derrière eux, le gazé essaie de ramper vers les lignes russes. Plus de cent mètres le séparent du bois ; à chaque effort, il retombe ; remonte vers sa tranchée, vers l'étroite fosse à gaz où sans doute se décomposent les siens. Le plus inhumain n'est pas ce mourant qui rampe, bras dans la boue jusqu'au-dessus des coudes, yeux en face des bouillons-blancs gainés d'essaims morts ; c'est le silence.

Les porteurs à groins ont enfin vu le mouvement du Russe. Ils le rejoignent, l'un lui botte les fesses, tous deux le reprennent dans leurs bras, repartent et disparaissent.

Berger s'est engagé de nouveau sous les arbres. Il devrait monter vers les lignes russes, chaque pas l'en éloigne ; sa consigne était de ne pas quitter le professeur : Quel professeur ? Il revient vers l'ambulance. Il devrait aussi aider son compagnon qui halète à chaque pas sous son mourant ; il ne le regarde pas, ne le touche pas. Il descend, descend à travers les fourrés, bras ballants, regarde d'un œil idiot des oiseaux morts sur le magma qui fut la mousse. La tranchée ennemie, pourtant, est creusée à moins de trois cents mètres. Il se retourne sans cesse vers elle, mais, pas après pas, il s'en écarte.

Le sentier oblique vers les positions allemandes. Un homme y bondit à quatre pattes, spasmodiquement. Nu. À deux mètres, l'apparition lève son visage gris aux yeux sans blanc, écarte les lèvres comme pour un hurlement d'épileptique : Berger s'efface. Folle de douleur avec les mouvements de tous les fous, comme si son corps n'était plus habité que par un supplice, en quelques sauts de grenouille, l'apparition s'enfonce dans la purulence.

Un hurlement traverse le silence préhistorique ; le hurlement de l'extrême souffrance, qui finit en miaulement.

Berger entend de nouveau une trouée dans ces bois morts.

Il y a au-dessus du sentier des capotes russes lancées à la volée, des chemises accrochées aux branches comme par les obus ; aucune trace d'explosion. Tout près, dans une infime clairière cachée par une ligne de tournesols, une trentaine d'hommes sont écroulés dans une tranchée en T : un poste avancé de l'ennemi.

Morts, plus ou moins nus, retombés sur un pillage de vêtements lacérés, cramponnés les uns aux autres en grappes convulsives. Bêtise des rêves de la sape, morts immobiles leurs cartes en l'air ! Des pieds sortent du grouillement pétrifié des morts, orteils crispés, comme des poings… Pas de plaies.

Bien que les mains de Berger soient immobiles, son épaule droite tremble. Ses muscles se contractent comme si tout son corps voulait se mettre en boule ; ses coudes serrent si furieusement ses côtes qu'il respire à peine. Sans doute les croyants appellent-ils présence du démon une semblable visitation de l'épouvante. L'Esprit du Mal est plus fort encore que la mort, si fort, qu'il faut trouver un Russe qui ne soit pas tué, n'importe lequel, le mettre sur ses épaules et le sauver.

Cinq ou six sont épars dans les buissons, au-dessous d'une capote accrochée par le col, pendu qui oscille dans le vent sur ce délire ; Berger se jette sous le premier, s'arc-boute dans les ronces molles et se relève avec lui. Il tient des poings comme des cordes. L'homme s'est débattu dans les tournesols et le bracelet d'un de leurs fruits énormes et plats, décomposé par le gaz et troué d'un coup comme un gâteau, brinquebale à son bras. Ces gâteaux s'appellent des couronnes... On dit : couronnes mortuaires, non ?... Berger, paupières serrées, tout son corps collé sous ce cadavre fraternel qui le protège contre tout ce qu'il fuit, marmonne : « Vite, vite, vite », sans savoir ce qu'il veut dire, et n'a plus conscience de marcher. Mais il prend soudain conscience que le Russe qu'il porte est mort, et le laisse tomber.

Il se redresse. La lumière l'envahit malgré ses paupières collées ; il ouvre les yeux. Tout le haut du versant russe lui apparaît : ces longs boqueteaux à flanc de colline, rongés et noircis par un automne définitif, tués par une force comme celle de la Création, ne sont plus rien en face d'un seul visage gazé : sur ces étendues frappées d'un châtiment biblique, Berger ne voit plus que la mort des hommes. Et pourtant — ses yeux s'accoutument au soleil — il sent le flamboiement mort frémir, comme la brousse frémit de ses bêtes invisibles en marche vers les points d'eau. Il distingue au loin des points blancs de chemises, nombreux, par lignes presque parallèles ; de chaque promontoire de forêt, les porteurs, leurs lignes coupées et recoupées par une fourmilière de fuyards, descendent lourdement dans le vent jusqu'à la clairière. Ce que font ces hommes, Berger l'apprend maintenant : non de sa pensée, mais du corps sous lequel il enfonçait jusqu'à mi-jambe... Béant, il regarde dégringoler vers les ambulances l'assaut de la pitié.

Devant lui, le sous-officier qu'il a oublié emporte pesamment son Russe. Lorsque Berger, masque levé, le rattrape, il entend :

« Qu'est-ce qu'il y a de drôle ? »

Il comprend qu'il rit aux éclats. Ils marchent sous le vent qui, derrière la crête, apporte encore les gaz.

Bien que la matière végétale soit morte, les formes ne sont pas toutes détruites ; les ronces et les fougères, comme les chardons, dressent souvent, au-dessus de l'herbe retournée au limon, des silhouettes intactes. Elles se dressent encore dans les endroits abrités. Le vent, moins chargé de feuilles maintenant, les chasse comme des papiers brûlés ; de longues ronces viennent comme des fils d'araignée se pulvériser sur la tunique de Berger, et tombent sans que s'accrochent leurs épines.

« Nom de Dieu ? » dit soudain le sous-officier d'une voix bizarrement interrogative. Il s'arrête, le poids de tout son corps sur sa jambe gauche enfoncée dans la tourbe. Les quelques phrases qu'il a dites jusque-là ont été dites au vent, bafouillées en tenant à peine compte de la présence de Berger ; cette fois il tourne vers lui son visage et tout le corps du Russe ; et pourtant, il regarde « en dedans », les yeux absents, aux aguets de son corps.

« T'en as déjà mangé, toi, des amandes amères ?

— Qu'est-ce qu'il y a ? Vous l'êtes ? »

Épiant sa langue, son palais, le sous-officier, redressé d'un coup, se délivre furieusement du Russe, les bras dressés dans les ronces et les fougères du grand vent, tandis que le corps qu'il portait dégringole avec un bruit mou. Le Russe revient à lui ; Berger entend son souffle affreusement sifflant, voit sa main sur le genou du sous-officier. Celui-ci dégage sa botte de la pourriture des graminées, mais la main ne lâche pas le pantalon vert.

« J'ai trois enfants ! » crie le Russe en allemand.

Son autre main tente de déchirer sa chemise.

« J'ai trois enfants, j'ai trois… »

La phrase apprise par cœur, la conjuration qui devait le préserver dans la guerre. Il la répète précipitamment, les mots coupés par un sifflement de soufflet troué, comme si ses poumons étaient perforés ; le sous-officier regarde partout où il peut ne pas le voir, paupières battantes comme lorsqu'il a rencontré Berger, et tire furtivement sa jambe que l'autre retient.

« Moi, j'ai vingt-six ans ! » hurle-t-il.

Le gazé ne comprend pas. Cheveux presque gris, traits inachevés de moujik. Ses grosses lèvres bleues bougent — parlent ; ses yeux bleuis aux iris noirs regardent. Il ne lâche pas le pantalon.

Le sous-officier arrache à la main et aux graminées pourries sa botte qui frôle le visage du gazé, court vers l'ambulance de toute sa force. Devant Berger, des silhouettes enfoncent les buissons ; comme le sous-officier, comme lui-même, elles vont vers la grande lueur d'une clairière, d'où le vent apporte une voix :

« … rien faire !… Plutôt l'autre ! par ici ! Bleu foncé… Tout au bout à gauche !… »

Berger va vers cette voix, ne peut plus courir.

« C'est idiot ! Contre-indiqué ! Bleu… À gauche… »

Au-dessous du bois, un capitaine rallie les hommes, tente d'organiser le transport des mourants vers l'ambulance. Des infirmiers aux masques d'oxygène éblouissants vont vers des corps couchés. Le professeur, couvert de feuilles lui aussi, son cache-nez dans le vent, le chapeau en arrière et les bras en ailes de moulin, tourne autour du capitaine comme un chien de chasse, court aux intoxiqués, revient. Berger le hait comme les soldats l'ont haï lui-même quand ils l'ont rencontré. Le professeur court à lui :

« Vous voyez ! vous voyez ! Décisif ! Parfaitement ! »

Il hurle : « Mais non, idiots ! », se retourne : « Ceux-là (Berger sait quelques mots de russe), ça ne va pas ! dites-leur donc ! »

Ses prunelles affolées battent la clairière où les gazés deviennent de plus en plus nombreux.

« Oui, ces idiots qui boivent ! »

Ce sont des Russes que les porteurs viennent de déposer à côté d'un ruisseau. Ils lapent avec des convulsions.

« Contre-indiqué ! Contre-indiqué ! Issue fatale s'ils boivent ! »

Devant les Russes couverts de feuilles, Berger prend conscience de l'être aussi, se secoue sans cesser de les regarder.

Tout près, un commandant russe, délivré du masque à oxygène, ouvre les yeux.

« Faites avancer le plus possible les ambulances ! crie le capitaine allemand à Berger. Au moins une ! Beaucoup de victimes à nous aussi !… »

Les Allemands ont retiré leur groin. Berger croit ne voir que des Russes… Sauvés ? L'un se précipite, l'embrasse, tire de sa poche une photo : femme et enfants. Ils prieront pour lui… Le Russe se trompe de sauveur. Berger entend les moteurs des ambulances dans les montées du vent, se hâte vers leur bruit. Son genou lancinant lui donne envie de vomir. Quand retombe le vent, l'appel des moteurs s'éteint comme si les ambulances étaient très éloignées, et dans chaque trou des frondaisons, dans chaque échappée, Berger cherche une perspective au fond de laquelle apparaîtrait la route. Dégagé de la forêt gazée, il traverse un bled d'orties et de teignes, ébahi par leur éclat, leur vert vivant, les fines dents de scie à métaux des feuilles d'orties, les teignes rougies à blanc ; à tel point stupéfait de retrouver des couleurs qu'il croit voir partout au loin la petite tache des ambulances camouflées. Beaucoup de ronciers ont déjà le grenat de la vigne vierge ; devant eux, le bleu incandescent des campanules et des chicorées, le blanc des carottes sauvages, pétales rebroussés par les bourrasques, sont si intenses, que ses paupières reconnaissantes battent comme une montre à secondes. Dans cette palpitation de braises rouge et bleue, le bruit des ambulances invisibles approche, s'éloigne, reprend, et soudain, multiplié par un écho, semble entourer Berger.

Enfin le bruit se maintient dans les retombées du vent ; les ambulances avancent à sa gauche. Berger y court : les moteurs qu'il entend ne sont pas ceux des ambulances, mais ceux des camions qui précèdent une colonne.

Au passage, les chauffeurs, puis les soldats, l'examinent, stupéfaits : boucle de ceinture, agrafes, toutes les parties métalliques de son uniforme sont couvertes de vert-de-gris. Ainsi, bientôt, regarderont-ils le premier gazé. Outre leur paquetage, ils portent au côté leur masque. Berger les regarde, lui aussi, l'un après l'autre : ils montent en ligne, et le barrage de la pitié ne sera pas efficace plusieurs fois. C'est seulement à mourir que l'homme ne s'habitue pas.

« Vous avez des ambulances ? crie Berger au premier sous-officier.

— Oui, à l'arrière ! »

Berger se sent enfin inutile — vidé. À ses pieds, sur la poussière blanche, les graminées découpent leurs fleurets, leurs constellations de folioles ; sur toute cette flore d'infimes et frémissants roseaux, les chardons vivants dressent leurs hampes forgées. Faits de la même paille légère, des insectes s'agitent autour de ces minces avoines, tremblantes du lointain ébranlement de la route sous les bottes, et bousculées par le vent. Jaune sur l'uniforme où collent encore des feuilles, une sauterelle vient s'agripper à la cuisse de Berger. De même que les gaz ont tout confondu dans une même purulence, la vie renaît d'une seule matière, de cette paille dont la tension de ressort anime à la fois les plus légères graminées et le fin élan de la sauterelle, enfuie dans la poussière embrumée de soleil. Sur un rideau d'arbres, le vent passe avec le murmure marin qu'il a dans les peupliers… Très haut, une grande migration d'oiseaux.

Berger n'est pas délivré de l'instant où il a jeté sur son dos le Russe mort. Ses épaules sont possédées par le glissement du corps : ses mains encore tremblantes, par la seconde où il les a ouvertes, où a craqué l'énorme bracelet de tournesol (entrevus, deux hérissons juste au-dessous de lui, deux écouvillons aux piquants férocement frisés par les gaz…). La pitié ? pense-t-il confusément, comme lorsqu'il a compris que les compagnies revenaient ; il s'agit d'un élan plus obscur, où l'angoisse et la fraternité accouplent leurs démences. Jusqu'au ciel miroitant et bleu, le coteau monte avec son odeur retrouvée d'arbres, l'odeur des buis et des sapins après l'averse. Un gros insecte métallique s'envole, éclatant, fourbi — sans vert-de-gris ; la rumeur des paroles entendues dans la sape accompagne son bourdon plus que le bruit marin du vent, comme elle accompagne les troupes qui disparaissent au tournant.

Affalé dans l'herbe, il allume une cigarette. Infecte. Une autre : même goût ; une troisième. Il la jette : le goût amer et douceâtre persiste. Il se précipite à contre-courant de la colonne, toute sa force retrouvée : intoxiqué ? En une seconde ravagée s'enchevêtrent la sape, les gaz et la voix du professeur bourdonnante sous les étoiles de Bolgako (la veille ! la veille !). Mais qu'est-ce que l'homme vient foutre sur la terre ! La douleur revenue le traverse du genou jusqu'au ventre, chaque fois que son pied droit porte sur le sol ; sous le sifflement du vent dans les branches, il entend distinctement au fond de sa gorge son souffle déjà sifflant et mince — soyeux…

Enragé de freiner sa course à chaque descente, un coup de fourche dans l'aine à chaque pas et ce goût implacable jusqu'au fond du nez et de la gorge, il est possédé d'une évidence péremptoire comme ce sifflement ténu dans sa gorge : il s'est occupé, crétin ! d'autre chose que d'être heureux ! Est-ce l'ambulance ? Courir plus vite ! ses jambes tournent à vide, l'univers chavire d'un coup, la forêt bondit dans le ciel.

Il n'est qu'à demi évanoui. On le porte. L'oxygène pénètre dans ses poumons : il a un masque sur le visage. Euphorie. Conscience toujours prête à disparaître. Le bonheur n'a plus d'intérêt. Tous ces types à groins, indigènes de la forêt pourrie, et les morts, pourris aussi. Le sol de la sape, avec les tarots dans un rayon de soleil bienveillant. Le bonheur est bizarre. Le reste aussi. On dit que les mourants retrouvent leur passé. Sa vie, c'est son avenir. À côté de lui, sur une civière, un officier russe gesticule : « Ne m'empoisonnez pas maintenant ! pas maintenant ! », repousse un masque brillant ; ses cris ne couvrent pas le bruit de respiration qui monte dans la poitrine de Berger comme une sirène dans la brume — jusqu'à ce qu'il s'évanouisse tout à fait.

*

Nouvelle crise[a].

Il est temps que les augures se réunissent.

Je parcourais mon bureau. Comme si la scène que je décrivais avait empli la pièce, j'ai été possédé d'une tension forcenée, j'ai tournoyé de toute ma force, me suis précipité, front en avant, sur la vitre de la bibliothèque, ai heurté l'un des montants de bois, et me suis effondré. Le montant n'a pas cédé ; ai-je fait dévier la chute qui me lançait vers la vitre ? Je ne me suis pas évanoui ; après la commotion, j'ai inscrit, afin de ne pas l'oublier : « possession foudroyante ». Ce dont j'étais menacé ressemblait plus à la folie qu'à une maladie ; le terme maladie, qu'imposerait le cancer ou la tuberculose, ne me vient pas à l'esprit devant une maladie que je ne connais pas ; surtout, dont je ne *souffre* pas. Peut-être les fous ne souffrent-ils pas non plus[b].

Ma vue de l'homme (comment appeler cela autrement ?) a peu changé depuis trente ans. En face de la mort, le commandant Berger donne au bonheur un rôle outrecuidant ; il est jeune, et, si je l'avais tiré de l'ambulance de Bolgako, je lui aurais donné le temps de réfléchir.

Ce n'est pas lui qui m'intéresse : c'est la voix des profondeurs entendue dans la sape, hurlante ou étouffée par le silence de la forêt.

J'ai écrit la première partie de ce récit au camp de prisonniers, en 1940. Écrire était alors le seul moyen de continuer à vivre. Tour à tour, j'écrivais ce que disaient les voix de la sape, et notais ce que disaient mes compagnons de captivité.

Sous le ciel gris que striaient encore les barres obliques

des réservoirs d'essence en feu, des ombres sortaient comme des prisonniers sélénites, de tuyaux gigantesques laissés là par quelque entrepreneur ; les nouvelles passaient en vol de coquecigrues :

« Paraît que l'armistice est signé… On démobilise, mais toutes les usines de guerre seront obligées de travailler contre les Anglais…

— Pétain a été tué par Weygand, en plein Conseil des ministres…

— Mais non ! Reynaud est en Amérique et Flandin a pris le pouvoir, avec Pétain à la guerre.

— Ils ont réclamé dix-sept départements, dis donc ! Encore ces vaches de Bretons qui vont avoir le coup de veine ! »

Les Bretons, tenus jusqu'ici pour des « lourds », sont l'objet de l'envie générale : comment Hitler annexerait-il la Bretagne ?

« Les autonomistes, i'd'vaient êt' dans l'coup !

— Nous, tu crrois point qu'on pourrait s'démerrder pour devenir ôtonomistes bourrguignons ?

— Le commandant de la place, il est passé tout à l'heure. Moi je comprends un peu l'allemand, il a dit qu'il y avait quinze cent mille prisonniers. »

Et de rire !

Des voix de plus en plus faibles reparlaient de trahison. Les visages plombés par la faim, la nuit, la barbe de huit jours, regardaient dans un silence envieux les cuisiniers improvisés qui rôtissaient leur dernier biscuit ou faisaient bouillir des soupes de sorcières. Ce qui commençait à sourdre de la foule hirsute et résignée n'était pas le bagne, mais le Moyen Âge[1]. Qu'importait le temps ? Ils vivaient au jour le jour depuis des millénaires, à l'écoute de la même voix absurde et profonde.

Le soir, les coquecigrues étaient couchées.

Aux Indes, on connaît la musique du matin et la musique « qu'il faut entendre la nuit[2] »… Le second soir, dans une masure babylonienne faite de piliers trapus, de drains et de branches, trois momies du Pérou recroquevillées écrivaient sur leurs genoux.

Un pionnier, pas très jeune, dans la même position mais les mains croisées, regardait fixement un des piliers. Il sentit que je le regardais, tourna un peu la tête :

« Moi, j'attends que ça s'use…
— Quoi ?
— Tout. J'attends que ça s'use… »

C'était presque la phrase que m'avait dite la vieille paysanne, après la fosse à chars[1].

La nuit enfin étalée sur le camp, un prêtre ami me confia : « Au fond, croyants ou incroyants, les hommes meurent dans un mélange bien enchevêtré de crainte et d'espoir[2]… » Le lendemain, des feux roses flamberaient dans l'aube[a].

*

Enfin, conciliabule des médecins. C'est bien la menace sur le cervelet : guérison, paralysie ou mort. Hospitalisation d'urgence.

Le chuchotement de la mort change l'aspect des routes, en direction de la Salpêtrière.

Chaque passage de vitesse répète en grinçant le mot : insolite.

Je regarde tout ce que je vois. Comme si ça devenait intéressant. Auto-comédie ? Insolite, seulement insolite — et passager. Passager toi-même.

La route de Verrières est presque sans voitures à 10 heures du matin. Il y a trente ans, elle était bordée de maisons d'autrefois, et de « pavillons » de meulière dont la France possédait le navrant monopole. Les grands ensembles s'y succèdent, et les grues mécaniques, Martiens vainqueurs — comme la cité Nasser à l'assaut de la ville des Morts du Caire, où les Cadillac frôlent au petit matin les ânes et leurs touffes de jasmin mouillées par la rosée de la nuit. Il a suffi de cinquante ans pour effacer l'Islam semblable aux champs de la Bible devant le désert éternel ; pour effacer de l'Inde l'Empire britannique. À Hong Kong, les typhons du Sud qui s'amusaient avec les paillotes, font tourbillonner au-dessus des derniers paquebots illuminés les échafaudages de bambous arrachés aux gratte-ciel en construction.

Sur le chemin[b] de la place de Grève, des condamnés souriaient aux jolies filles. Je n'ai jamais lu le nom du sentiment que j'éprouve. Disons : une angoisse différée. Qui se nourrit de tout.

Plus de fortifications. Jadis, j'ai vu celles de la Porte

d'Allemagne[1] par où les taxis de la Marne et leurs amoncellements de spahis partirent pour traverser les haies des femmes « descendues des banlieues » sans vivats ni chants. À ma porte d'Orléans comme place Jean-Jaurès, les H.L.M. sont insolites. Toutes les formes s'apparentent, lorsque le regard qui passe sur elles peut être le dernier.

J'entre dans le vieux Paris du Sud, qui appartient à Daumier par ses étages, et à la laideur mondiale par ses boutiques, leurs réclames et leurs affiches. L'Europe, quand j'y suis revenu pour la première fois, c'était les boutiques[2].

Voici la gare d'Austerlitz, le bistrot, qui a remplacé le cabaret luxueux où Hortense Allart s'asseyait sur les genoux de Chateaubriand : « J'étais jeune, il me demandait de chanter des chansons légères ; et après, il faisait ce qu'il voulait[3]... » Voici la Salpêtrière, le dôme en as de pique de la chapelle. Ma voiture rebondit en passant sous le porche comme rebondit en 1944 la Mercedes blindée[4] de la Gestapo qui me livrait à la prison de Toulouse.

Les cours, les longs édifices qui tiennent de la caserne et du monument : du passé. Les deux cliniques très modernes. Dans le hall, des ombres silencieuses de descente aux Enfers mêlées à des pyjamas de retraités, des poussettes furtives.

Ma chambre. Deux infirmières antillaises. L'une ressemble à ces nourrices noires qui ont calmé tant de peines pendant les siècles des Isles ; l'autre, grande, joyeuse et belle, semble déléguée par les anges hilares du film *Verts Pâturages*[5]. Installation, robe de chambre, couloir, on me conduit à la salle d'électrologie. Dans l'ascenseur arrêté entre deux étages, une voix appelle à l'aide. Autre ascenseur. Autre couloir. D'affreuses petites voitures, des civières — l'une, avec ce bras des héros morts qui pend à travers les siècles. Silence surprenant, parce qu'on attend des gémissements ou des cris. L'infirmière m'introduit. Cordialité du professeur. Appareils.

Retour. La salle d'électrologie était ripolinée. Les fleurs envoyées par mes amis sont intruses dans cet univers sans bois et sans étoffes, étranger comme une planète où ne pourraient vivre que la peinture blanche, le nickel, les éprouvettes, les objets de verre, les draps — et les malades... Je ne suis pas couché depuis un quart d'heure, qu'entre un médecin ami[6], qui ressemble au général de

Gaulle en 1940, au temps de son képi à feuilles de chêne : « Rien n'est irréversible. » Ce qui veut dire, je suppose, que le cervelet n'est pas encore touché. Verdict de vie ?

L'autre, le prononce-t-on ?

... Hôpital militaire de Madrid aux premiers jours de la révolution, cave où la lumière d'aquarium venue des soupiraux encombrés de fougères plombait les faces du Greco[a] des miliciens amputés ; en 1945, salles préparées pour nos combattants de l'Ill et du Rhin atteints jusqu'à la ceinture de gelures B au sortir du fleuve (et qu'allait sauver le docteur Jacob[1] grâce au sérum de Leriche conservé à Strasbourg). Tant d'hôpitaux d'Alsace et le sang partout, le sang qu'on ne voit pas ici...

Des bruits d'assiettes et de fourchettes s'affaiblissent, la nuit vient. Malgré l'insonorisation, des cris de torture[2] que je connais, car tous ressemblent à des cris d'enfants, se répondent à travers le couloir quand la porte s'ouvre. Cris des malades sombrés dans le pré-coma et qui n'éprouvent rien, dit l'infirmière : quand on les sauve, ils n'ont pas d'autre souvenir que de s'être endormis. « C'est faux, m'a dit tristement l'un des professeurs : nous ne savons guère ce qui se passe dans le pré-coma ; les malades sauvés nous citent parfois des phrases que nous avons dites devant eux pendant leur catalepsie. » Pauvre infirmière ! Ceux qui doivent vivre dans la rumeur des souffrances ont besoin de les ignorer.

La perfusion qui m'immobilise doit durer onze heures. L'aiguille enfoncée dans la veine de mon bras tremblote. Plus de lumière sous ma porte ; plus rien que les passages des infirmières de nuit — et, chaque fois qu'elles entrent, les cris éloignés que poussent sans le savoir ceux qui vont revivre et ceux qui ne revivront pas. Accroupies comme des Parques, l'inconscience et la mort ont pris possession de la Salpêtrière.

Une fois de plus, ne pas souffrir me déconcerte. La mort, dans notre esprit, se lie si fortement à la douleur, que l'homme reste stupéfait devant une maladie qui peut être mortelle, mais qui ne le torture pas : éberlué par le plus déconcertant divorce de notre temps. L'agonie erre dans les hôpitaux d'une façon insinuante, biologique, ignorée des combats. Ici, les malades se succèdent comme les générations sur la terre. Mais les générations, elles, ne guérissent pas.

L'importance que j'ai donnée au caractère métaphysique de la mort m'a fait croire obsédé par le trépas. Autant croire que les biologistes voués à l'étude de la naissance cherchent des places de nourrices. La mort ne se confond pas avec mon trépas.

Le deuil disparaît, on écarte les enfants du cimetière, mais à la télévision, un jour sans meurtre serait un jour sans pain. Le trépas est lié au combat. J'ai noté autrefois la surprise de Saint-Exupéry, à qui je répondais : « Le courage physique est nourri par un sentiment d'invulnérabilité[1]. » Je n'ai cru à la mort[2] dans aucun combat aérien, dans aucun bombardement de mon avion par la D.C.A. *Il n'arriverait rien* — bien qu'un tir de barrage gueule comme un âne : l'avion *peut* tomber ! Voir sauter sur une mine le char qui précède le vôtre n'est pas non plus encourageant. À Gramat, je n'ai pas cru que le peloton d'exécution allait tirer sur moi — et il n'a pas tiré, mais s'il avait reçu l'ordre de le faire, j'aurais, jusqu'au feu, cru qu'il ne tirerait pas. Quand, plus tard, des mortiers m'ont encadré, j'ai cessé de raconter des blagues, mais n'ai pas cru que le prochain obus me toucherait ; pourtant, les obus de mortier arrivaient en miaulant de plus en plus près, comme s'ils cherchaient, et mon ceinturon venait d'être coupé par un éclat. J'ai été menacé, non par le son des balles, mais par la chute de mes compagnons touchés. J'ai subi quelques maladies graves — et attendu qu'elles finissent. Quand les anesthésistes m'ont endormi, je n'ai jamais craint de ne plus me réveiller. Dans les maladies comme dans les guerres, je n'ai pas même ressenti la stupéfaction devant la vie que je ressens aujourd'hui — bien que je l'aie parfois ressentie *après* les attaques, comme à Bône[3] après mon atterrissage : l'enseigne du gantier, énorme main rouge au-dessus de la boutique mal éclairée dans le soir, et le chien immobile dans la vitrine du fourreur. Quant au suicide, on a suffisamment tiré sur moi pour que je puisse le faire aussi. Sans doute la peur naît-elle souvent d'imaginer des blessures au ventre ou au sexe ; je n'imagine rien. Je n'ai pas le vertige, c'est tout. Mais je vis avec des mourants, non avec des combattants.

La maladie ignore la trouble attirance du danger. Pour moi ; car au chevet de mon père mort…

Pendant la guerre de 1914, on le logeait souvent chez le curé, lorsqu'il revenait à l'arrière. Il avait la foi distraite de tant d'hommes de sa génération : souvenirs d'église, contagion de la foi de ma mère, déisme vague. Dans chaque nouveau presbytère, il interrogeait un nouveau curé : « Naturellement, je crois en Dieu ; mais nos Arabes, les Hindous, les Bouddhistes, les Juifs, y croient aussi ; et si je crois en Jésus-Christ, n'est-ce pas parce que je suis allé au catéchisme ? » Les réponses variaient, et ne le convainquaient pas plus que ne l'avait convaincu Pascal. Quant il s'est tué, il a laissé sur sa table de nuit un bouquin ouvert à une page où il avait souligné la phrase : « Et qui sait ce que nous trouverons après la mort ? » Dans l'ombre stoïcienne du suicide, s'était glissée la curiosité de l'inconnu...

Les phénoménologies des religions n'existaient pas. La meilleure n'eût pas agi plus fortement que Pascal. Dans ce domaine, quel rôle joue la pensée ? J'ai perdu la foi après ma confirmation. Et plus tard, mon agnosticisme a moins été accompagné de méditations taries à vingt ans que des cérémonies religieuses asiatiques, comme si le destin incarnait en spectacles la simple interrogation de mon père. La foi des foules est pénétrante. Non qu'elle convainque, mais celle d'Asie m'imposait sa présence de Pamir, d'aube dans l'océan sans rivages, de ciel étoilé sur le désert. « Une immense bonté tombait du firmament[1] », dit Victor Hugo, des temps bibliques. J'ai entendu l'appel qui montait des milliers de corps prosternés pour la prière dans la cour de la plus grande mosquée du monde, à Lahore ; la même prière lui répondait de toutes les mosquées dressées depuis Tombouctou jusqu'aux confins du Gobi dans l'abandon solennel de l'Islam. La même montait des foules en pèlerinage aux lieux où le Bouddha parlait aux gazelles, des profusions de glaïeuls jaunes inclinés ensemble par les mains jointes des femmes dans la pagode de Rangoon...

J'ai vu à Lisbonne le musée des carrosses. Pas une remise, comme celui de Versailles jadis : un vrai musée, habité par les carrosses comme Versailles par les meubles. Ils entourent une bizarre voiture noire, cabriolet pour une personne, semblable aux rickshaws qu'une toile cirée fermait naguère devant l'occupant lorsque commençait le déluge du crépuscule. Au Portugal, l'occupant était un cercueil ; ce véhicule fantôme s'appelle le carrosse de la Mort. « Toujours avec un cheval noir, monsieur », dit le gardien.

La souffrance, perfusions[a], piqûres, entrées de Verts-Pâturages précédée de son rire, autres infirmières qui voudraient causer en attendant le moment où je pourrai leur répondre, le lendemain, le surlendemain… Bien que je souffre peu, je suis réfugié[b] dans la fièvre : l'esprit s'abandonne au tâtonnement de la mort comme à celui du sommeil.

Lorsque auront cessé de tinter les verres et les fourchettes du dîner, la porte ne s'ouvrira plus que pour la visite de la surveillante de nuit. Le silence que je commence à connaître s'installe, habité de son fourmillement de plaintes, comme le silence de la forêt tropicale s'installe jusqu'au fond du clair de lune sur la rumeur des plantes et des insectes qui veillent.

10 heures. À la désolation de l'enfant italien que j'entends tous les quarts d'heure appeler *Mamma*… au-dessus de moi, répondent les cris des oiseaux nocturnes dans la forêt siamoise, l'aube dans le ululement des singes. Les hôpitaux sont hantés, mais l'épuisement des malades s'accorde à l'invincible pacification de l'ombre. Comment les bouddhistes appellent-ils cela ? Oui : la Paix de l'Abîme[1].

Les jours glissent. Délivré de la perfusion, je puis marcher jusqu'à la fenêtre. Dans la cour, des voitures de médecins et de visiteurs semblent gardées par quelques éclopés en promenade. N'existe-t-il plus sur la terre que des malades ? Irréalité renforcée par une joviale infirmière que j'appelle intérieurement Moulinette puisque j'ignore son nom, et qui me dit : « Ah ! petit coquin ! ». Tout ça ressemble aux rêves, que les somnifères entretiennent. Il y a aussi la réalité. On a couché un nouveau dans la chambre voisine. À 6 heures du soir, il a ronflé très fort. « Il faudrait le changer de chambre », me dit-on. Je réponds en bafouillant : « Si les malades ne se supportent pas entre eux, qui les supportera ? » Je crois, hélas ! reconnaître ces ronflements : ils vont devenir des râles. Le murmure de douleurs s'établit peu à peu dans le silence de la nuit ; ces râles le scandent, réguliers et calmes.

Comment peut-on *s'habituer* à une attente intolérable ?

Pendant douze jours, j'ai attendu la décision des médecins ; depuis que je suis ici, j'attends, en griffonnant des notes illisibles, l'effet du traitement, ou son échec. Si je dois mourir cette fois, mourir aura-t-il consisté à attendre ? Nous pensons[a] aux maladies comme à des drames ; certaines sont des somnolences — des somnolences dont on ne s'éveille pas.

L'inconscient est un collaborateur attentif. Je corrige ma phrase, car j'avais écrit seulement : « si je meurs » — comme si la mort était une hypothèse.

Les draps chauds de la fièvre diurne mêlent tout. Pour échapper au murmure des plaintes, je tente de soumettre ces images à une chancelante chronologie. L'été qui s'approche, avec les hannetons, le long d'un rideau d'acacias ; la première odeur de la mer invisible, la peur des romanichels ; le soir où se mêlent la découverte du château de Versailles, et une musaraigne, menu kangourou, qui a sauté sur la route de forêt pour fuir la petite auto de mon père ; mon retour de la maison des Ardennes vers la gare de Rethel : bestiaux endormis debout dans la nuit d'août 1914[1], champs balayés par un escadron de lanciers dont les lances luisent. La neige dans laquelle le train fut arrêté toute la nuit, au début de la bataille de Verdun ; la silhouette rencontrée dans une bouche de métro, qui me dit au passage, comme un mot de passe : l'armistice est signé[2] !

Fin d'été 1939. À Montpellier[3], sur la place de l'Œuf, la ronde des annonces lumineuses poursuit la marche circulaire des promeneurs de plus en plus nombreux. On vient de lire l'annonce du pacte germano-soviétique. L'odeur de l'été roux traverse la place. La Mort écrit en mots qui passent comme des rangs de lucioles sous les étoiles, chassés par d'autres lettres lumineuses : LE REICH EXIGE POUR LES COLONIES FRANÇAISES ET ANGLAISES UNE FORMULE DE CONDOMINIUM. La guerre de France est là.

La retraite[4] à travers les dahlias et les dernières glycines, tout le ciel rayé par les traînées des réservoirs en flammes ; les cahots assourdis du dernier train qui s'éloigne : vous se-rez-pri-son-niers, vous se-rez-pri-son-niers…

L'aube quotidienne sur les feux, les tuyaux géants et les barbelés du camp. Le jour de mon évasion, tous les arbres menaçants comme si leurs troncs cachaient des Allemands, mes souliers trop petits devenus des brodequins de torture, le film sur la prise de Varsovie, au cinéma dans l'obscurité duquel je me réfugie entre deux trains : l'écrasant bouillonnement de fumée de la ville, traversé par l'avion, se change en une mer de nuages sereine — sous laquelle les villes flambent et les routes s'emplissent de fuyards lancés depuis des siècles...

Le chat[1] qui me suit à la lisière de la forêt, intriguant les sentinelles allemandes, pendant que je passe la ligne de démarcation pour l'anniversaire de ma quarantième année...

Roquebrune, le bruit des petits sabots de mon fils dans le jardin aux arbres de Judée en fleur (et je pensais que j'entendrais ainsi les battements de mon cœur quand je mourrais[2]).

Revoit-on réellement sa vie[3] quand un accident fait perdre connaissance ? Marcel Arland m'a dit avoir rencontré ce film vertigineux. Je ne l'ai rencontré ni dans les combats d'avions ni devant le peloton d'exécution de Gramat. Y faut-il le spasme (Arland avait failli se noyer) ? Je provoque une confuse autodéfense, et le sais. Pour ces *Antimémoires*, j'ai pris depuis quelques années l'habitude d'accueillir, de saisir, les images d'autrefois. Celles qui se succèdent ici se hèlent, biographie aussi fausse que les autres. Se dirigent-elles vers la guerre à cause du râle qui continue au-dessus de moi ? Voici de nouveau le tourbillonnement des lanciers auprès des bestiaux endormis. L'imagerie tourne comme les chevaux de bois espagnols abandonnés continuaient leur chevauchée en musique dans la solitude du bombardement. Le râle, dont les plaintes sont maintenant moins fréquentes, pense pour moi. Je me souviens des siestes mortes de la guerre civile, du grand froid de l'Èbre, d'une chèvre, affolée par un bombardement, qui faisait tourner le tambour de la Banque d'Espagne en le poussant de la tête — d'un retour de mission sur Teruel, guidé par la lueur bleue des feux d'oranges[3], avec un des pilotes tué, et le soleil levant sur la gueule du mitrailleur de cuve. Quel souvenir marmonne la phrase de Napoléon : « Le courage le plus pénible est celui de 3 heures du matin » ? Aérodromes de la fin de la nuit avant le départ des bombardiers, et, des années plus tard, nous tous collés aux champs de Dannemarie[4], dans le givre que rougissent vaguement des fermes qui flambent.

Du moins sais-je d'où viennent ces images-ci : 3 heures sonnent.

Quelquefois paraît l'esprit, qui tâtonne. Mais le frôlement de la mort n'appelle pas l'examen ; il le chasse. Hommes et femmes qui parlent de leur vie, ici, disent qu'« ils ont eu de la chance » ou non. Que serait un examen qui ne serait pas « de conscience » ? D'étonnement ? Là où rôde la mort, l'étonnement ne s'adresse qu'à elle. Je pense à ceux qui m'ont parlé de leur vie en feignant de s'adresser à moi, car ils s'adressaient[a] d'abord à eux-mêmes. Mon père, peu de temps avant son suicide : « Si je dois avoir une autre vie, je n'en veux pas d'autre que la mienne[1]. » Drieu, par lettre[2]. Surtout Méry, lorsqu'il évoquait le cortège de ses femmes. Depuis, une star m'a dit : « Vous ne vous imaginez pas ce qu'est pour la plupart des femmes le souvenir du premier amant ! Et celui-là, il ne crève jamais ! »

Dans la nuit de Singapour qui sentait l'asphalte, le poivre et la Chine, la très haute silhouette du centurion désabusé jouait avec l'enfant cambodgien, qui jouait avec le chat Essuie-Plume... Il disait, de la rue de la Mort : « Avant qu'elle ou moi disparaisse... » On l'a détruite. Il disait, et je devinais à sa voix qu'il souriait dans l'ombre : « Je me hâte patiemment vers la mort... Oh non, je n'ai vraiment pas envie de rempiler[3]... »

Il me parlait de l'orchestre militaire qui jouait Verdi[4] au crépuscule dans le square de Pnom Penh, pour les Pierrots français de toile blanche et les Pierrettes de mousselines imprimées — au temps des colonies. (Depuis, à Pnom Penh, il y a eu le discours du général de Gaulle[5].) Et de la fin de l'Indochine : « C'était le temps du Bonze fou, créateur des Hoa-Hao[6]... Le temps du riz jeté au vent pour les âmes errantes... » Le pas d'une infirmière dans le couloir de la Salpêtrière se mêle aux ventouses des pieds nus sur les dalles de la véranda[7], pendant la saison des pluies. Avec une amertume lasse, Méry parlait des femmes qu'il avait aimées ; sa voix lente et offerte faisait passer le cortège millénaire de la dérision dans la nuit malaise, où aboyait un seul chien. « Je voudrais confier à la mort, qui n'est pas loin, quelle chance elle a, l'humanité, de ne rien comprendre à rien[8] ! »

Comprendre quoi ? répond la mort qui m'entoure. Nous

ne mettons pas en question notre identité. « Le moi, ce monstre incomparable et fuyant que chacun choie dans son cœur[1] », ai-je écrit dans *La Condition humaine*, il y a quarante ans…

Le murmure de plaintes reprend (reprend-il à la même heure dans tous les hôpitaux du monde ?).

Nous appelons maladies mortelles les maladies dont on meurt ; comment appeler celles dont on pourrait mourir ? Une maladie qui n'a de nom que pour les médecins semble une énigme, quand elle échappe à la souffrance qui a un nom pour tout le monde. En face de cette menace informe, mon sentiment le plus constant est la stupéfaction. Car dans ce lieu hanté de douleur, je ne souffre toujours pas. Une soudaine « grippe de Londres[a] », intruse comme les chats dans les cimetières, est venue fausser les observations. Appuyé sur une canne, je puis marcher jusqu'à l'extrémité du couloir, dont la fenêtre domine la cour. Autour des voitures, les malades, en groupe pour la première fois. Je les avais entrevus à mon arrivée, et je ne pénètre dans la salle d'électrologie qu'en longeant des petites voitures, et des civières au bras pendant. Il y a sept ans — sept ans —, aucun de nous ne fût sorti valide. En bas, errent des pyjamas avec canne, poussette ou patte folle, et, lorsque l'éclopé se retourne, le visage de la maladie. C'est notre rue de la Mort. Pyjamas rayés, ombres des camps d'extermination délivrés en 1945. L'ennemi n'est pas le Reich éphémère, c'est la paralysie aussi vieille que l'homme.

Donc, évidemment, le suicide.

En Espagne, à Gramat, sur le Rhin, la mort a été plus proche. Elle n'appartenait qu'au destin ; celle-ci m'appartient aussi. Décollage de l'avion, saut en parachute « Hop ! on verra bien ! » ; avec la même insaisissable chance, à laquelle on croit dur comme fer : l'atterrissage, et ici, la guérison.

Ou non.

Ce qu'on écrit du suicide m'a toujours surpris. Le besoin saugrenu d'en faire une faute, ou une valeur. L'homme, né pour la mort, est né pour se la donner[b] s'il le décide. Je veux bien que la vie des autres soit sacrée (elle l'est si peu !) ; pas la mienne. L'un de mes personnages disait la phrase d'un aventurier fameux en Indochine : « Il n'y a pas la mort, il y a moi — moi, qui vais mourir[1]... » La valeur du moi eſt en baisse, disait Max Torrès[a2].

La mort par la ciguë était un privilège ; Socrate n'a pas souffert. Nous connaissons fort bien la ciguë, les ciguës. Les textes antiques déclarent indolores certaines d'entre elles. Quel spécialiſte occidental a étudié leur aƈtion ? Des analyses devenues aussi simples que celles qui isolèrent la morphine donneraient-elles à l'homme, la maîtrise de sa vie ?

À condition de lui tendre la mort. C'eſt trop cher.

Je n'oublie pas la perplexité de Méry : « Dans aucune civilisation, aucune ! les hommes n'ont décidé de choisir leur mort... Ne pas choisir de naître suffit pourtant[3] ! » Alors que le courage eſt commun dans les civilisations militaires, l'était à la Légion étrangère, à Verdun, à Stalingrad. Mais tout courage s'éclaire de la lueur rouge des loteries. L'irrémédiable n'eſt pas une loterie.

Eſt-ce bien sûr ? Et le livre que parcourait mon père ?

« Toujours la mort, disait Méry, mais pas toujours la même... » La lune védique se reflétait dans le petit bassin du patio ; des femmes en robe du soir traversaient la lumière. De ce qu'il appelait sa deſtinée, il parlait surtout avec étonnement. Il y a cinq ans. Il eſt mort.

« Si tu es un chevalier, meurs comme un chevalier ! » ordonne la *Baghavad*[4]. La vie cosmique de l'hindouisme néglige assez la vie individuelle pour cacher la mort sous le devoir d'État. La chrétienté, bien que la mort appelle pour elle le Jugement dernier, l'a sereinement accordée aux « métiers dangereux ». Ses chevaliers n'étaient pas moins intrépides que les kchatrya[5]. Ni que les plébéiens de l'an II, ou les bolcheviks d'Oƈtobre : le devoir d'État se réincarne. Pour moi, le droit au suicide appartient au droit d'État — au devoir d'État ? Et puis, comment faire du suicide un monde ! quand on a passé vingt mois en choyant un cyanure *sauveur* ?

Les médecins de cet hôpital tiennent pour hypothèse de travail que nous conservons à l'intérieur de notre cerveau un cerveau préhominien, héritage de quelque plésiosaure ; un seul de nos deux cerveaux accepte la mort. Il eſt vrai que nous parlons du suicide avec une intelligence de sauriens. Mais l'hoſtilité qu'il inspire eſt souvent accompagnée de solidarité inconsciente avec le malheur. Comme si le suicide trahissait tous les infirmes, les amputés, tous les malheureux qui ne se sont pas tués. La communion, comme le courage, a ses heures. Cette nuit, je serai moins ferme et beaucoup moins lucide. Plésiosaure ou pas, je sais ce que je penserai si je pense à ces pauvres clochards de la vie, car je sais que je n'oserais pas me tuer devant eux.

Retour de la grippe. D'abord 40° ; puis la fièvre baisse, je m'enveloppe dans sa chaleur et la rêverie. De nouveau Singapour et sa rue de la Mort, la brume, le chien qui aboie. « Qu'ai-je à faire avec cet enfant en capuchon[1] ? » et l'enfant cambodgien qui caresse Essuie-Plume. Et moi, qu'ai-je à faire avec… quoi ? Ma mémoire ne s'applique jamais à moi sans effort. J'ai lu ce qui concerne mes livres, non ce qui me concerne. Je ne me souviens pas de mon enfance. Pas même, sauf attention délibérée, des femmes que j'ai aimées ou cru aimer, de mes amis morts. Retrouverais-je, en m'y appliquant, trois de mes anniversaires ? Étudierai-je un jour (si un jour vient…) les mécanismes de la mémoire, qui m'intriguent depuis longtemps ? La psychanalyse n'en retient que le contenu ; pourtant, l'aptitude aux souvenirs heureux n'oriente pas l'homme vers le même pôle que celle aux souvenirs ennemis. Freud a-t-il jamais écrit le mot bonheur ? Quand je pourrai m'adresser à mes compagnons de maladie, je leur demanderai si leurs souvenirs sont souvent liés aux éléments : nuages, courants de rivières, nuit. Le soir anniversaire de mes dix-sept ans[2], je passe sur le pont du Châtelet, et l'émotion de l'*Orestie* que je viens de découvrir au théâtre dans la version de Leconte de Lisle se mêle au crépuscule derrière les tours noires du Trocadéro… Ou si ces souvenirs sont liés à ce qui appartient à *la* vie autant qu'à la nôtre. « Mes souvenirs sont groupés par la chaleur et par le froid », m'a dit Hemingway.

Pendant la nouvelle consultation des médecins, à la salle de radiologie, je regardais les illustrations d'une étude sur moi. Mes photos d'enfant, de collégien, de soldat, de ministre, de passant, expriment moins encore ma vie que la succession de ceux qui m'y accompagnent. Le chat noir[3] qui me suivait à l'orée du bois pendant mon évasion ne succède pas aux tours noires du Trocadéro dans le crépuscule, ni même à cette évasion. La montagne entre les deux versants de la Malaisie déployés jusqu'à l'océan Indien et jusqu'au Pacifique ne succède pas à mon souvenir de l'Himalaya perdu dans la brume qui cachait la chaîne supérieure ; les coolies malais ne succèdent pas aux porteuses tibétaines, langue tirée en signe de bienvenue, sur le quai de la petite gare. Des images ne composent pas une biographie, des événements non plus. C'est l'illusion narrative, le travail biographique, qui créent la biographie. Qu'a fixé Stendhal, sinon des moments de la sienne ? Chacun articule son passé pour un interlocuteur insaisissable : Dieu, dans la confession ; la postérité, dans la littérature. On n'a de biographie que pour les autres. J'ai commencé à me souvenir en 1941, devant le feu de ma maison de Roquebrune ; il y avait longtemps que je n'avais pas vu flamber des bûches dans une cheminée, et je pensais : est-ce l'âge qui frappe à la porte pour la première fois ? Les images, ici, s'ordonnent par analogies, lances des Ardennes et de Djibouti, aveugles de Montmartre et de la nuit espagnole, chien de Bône dans sa vitrine et chat qui m'accompagnait vers la ligne de démarcation — feux où gesticulaient les ombres sur les champs de la Résistance, et tant d'aérodromes dans l'aube…

J'entends une fois de plus, au-dessus de moi, le cri : *Mamma !* Les plaintes de la chambre voisine sont devenues plus élevées, distinctes de celles qui les accompagnent. Plus d'erreur possible : ce sont des râles.

Moi. Inexplicablement, ce personnage, qui parfois m'obsède, ne m'intéresse pas ici. Mon corps aux cellules provisoires est le mien, et si je m'empoisonne, ce n'est pas un autre qui mourra ; pourtant, un monde comme le nôtre, et où le divorce est répandu, suggère la discontinuité plus que la continuité de l'individu. « J'ai admiré Goethe, disait Méry ; je ne crois plus trop que l'accident se transforme en expérience[1] ; ni que je porte le moindre intérêt à l'insupportable adolescent à capuchon que j'ai été… » Reste qu'il se souvenait de cet adolescent, d'une façon qui n'appartenait qu'à lui. Mon passé m'encombre. Le jour anniversaire de ma quarantième année, lorsque je passais clandestinement la ligne de démarcation avec le chat noir, j'aurais voulu être né la veille. Notre civilisation, où l'instant devient roi, traite le passé comme le fait la mort. L'homme. L'Homme, ce sont les voix des prisonniers français du camp, les voix des soldats allemands dans la sape. Et qu'est-ce qu'un passé qui n'est pas une biographie ? Une conscience d'exister, plus profonde que la connaissance, et même que toute autre conscience ?

J'ai relu[a] la mort d'Antoine dans *Les Thibault*. Roger Martin du Gard, fort soucieux de documentation, a vécu parmi les médecins. Longtemps, Antoine espère guérir. Ses sentiments m'étonnent. Devra-t-on parler, si je meurs ici, d'une mort singulière ? Je ne rencontre pas plus le bilan de la vie que le vertigineux passé de la noyade. Aucun attendrissement pour ce qui doit disparaître avec moi. Peu de souvenirs de sentiments, même d'amour. Pas de litanie des « jamais plus ». Une grande rapidité du passé ; à peine une durée. Des images, pas d'événements, sauf si je les recherche. Une conscience sans mémoire. Indifférence à l'obligation de fixer un moment au suicide (« Se dire : ce soir[1]... », note anxieusement Antoine, qui se suicidera). On peut penser à loisir au suicide, je sais ; les patriciens romains condamnés ne se hâtaient pas. Socrate se fût-il montré moins patient, s'il avait lui-même appelé la mort — qu'il a au moins acceptée ?

On peut aussi se tuer au plus tôt.

« Qu'importe ce qui n'importe qu'à moi[2] ? » ai-je écrit. L'égoïsme ne nous mène qu'à nous préférer, avec une véhémence confuse. Ai-je beaucoup pensé à moi ? L'auto-approbation n'en demande pas tant. Ni le contraire après tout : l'homme ne se juge guère. Je ne commencerai pas cette nuit. « Connaître les hommes pour agir sur eux[3] » fait partie des balivernes. Se connaître soi-même ? Les décisions capitales sont des lapins qu'on tire au passage ; mieux vaut savoir tirer. Nous sommes habités par des monstres banals. Nous appelons méditation une pensée qui n'a pas l'action pour objet, et ce mot n'est pas loin d'oraison. Après quoi « philosopher, c'est apprendre à mourir[4] ». Phrase ambitieuse, à la Salpêtrière. Sa résonance ne répond pas à « Qui suis-je ? » mais à « Qu'est-ce qu'une vie ? ».

Le râle a repris.

Je ne sais rien de mon voisin : un homme. Une vie inconnue. Sauf pour lui. Et même ? C'est Jean-Jacques, je crois, qui osa emplir de sa propre vie et de sa découverte de « la nature » (« J'ai découvert les papillons et la nature à l'approche de la mort[1] », m'a dit Méry) la grève mise à nu par le reflux[2] de la vie universelle, que le Christ emportait avec lui. Je sais ce qu'un artiste peut tirer du dialogue sans fin du soleil et de l'océan ; je sais ce que signifient la course des ombres autour des crémations, les cendres qui descendent le Gange nocturne entre les reflets bleus et rouges[3]. Je sais, Rousseau, ce qu'un grand esprit peut tirer d'un herbier ; et aussi qu'un moine zen tente de deviner, à défaut de la voir, la poussée d'un brin d'herbe. Mais à l'heure où s'éveille la ville avec le crissement faible et profond du gravier dans les golfes, la plus forte voix n'est pas celle de la mort qui m'entoure et que je porte en moi, c'est le mystère de la vie sous lequel les hommes se consument ou passent comme Varsovie en flammes s'éteignait, dans le film, recouverte par la sérénité blanche de la mer de nuages. La conscience de ma vie suspendue est une réponse péremptoire et informe, comme la conscience de l'équilibre révélée par l'instant où nous la perdons. L'ultime conscience n'a rien de commun avec le souvenir de nos actes ni la découverte de nos secrets. On n'est pas son histoire pour soi-même. L'Asie a maintes fois pressenti que le problème capital de l'homme est de saisir « autre chose ». Les bûchers nocturnes reflétés par le Gange dans l'attente du destin, comme nos feux de maquis dans l'attente des avions de Londres, le Bouddha rendu phosphorescent par l'Illumination, et au-dessus de qui pivote le vol en fer de lance des oiseaux migrateurs... La mort me chuchote, aujourd'hui comme au retour de la fosse à chars d'assaut[4], que le secret de notre vie ne serait pas moins poignant, si l'homme était immortel.

L'infirmière entre, seringue de Pravaz en main : « N'ayez pas peur ! » Rire inutile ; je ne sens plus les piqûres. Ces mots font sans doute partie du métier. Elle part. Les bruits de la douleur montent avec le jour. Dès mon départ de Verrières, les rues étaient devenues bizarres ; infirmières, médecins le sont comme les plantes laissées devant ma fenêtre malgré le règlement. Il y a des cyclamens, et j'aime leurs pétales charnus comme j'aime les champignons. Quel Japonais m'a dit : « Si vous regardiez les fleurs de la même façon que vous regardez les chats, vous comprendriez honorablement la vie[5] ? » C'est elle, qui est insolite ; et quand tournent les chevaux de bois des souvenirs, c'est la mienne. Mon chat se précipitait à travers le salon, s'arrêtait, pattes tendues, se léchait minutieusement : il avait changé d'avis. Rêves de chats, destins de plantes... Chaque forme de la vie est bizarre pour les autres comme la route de Verrières, mais toutes à la fois sont étranges pour... pour qui, pour quoi ? Les religions sont-elles nées afin d'apporter aux hommes des dieux pour lesquels ils ne soient pas surprenants ?

Au « conte plein de bruit et de fureur, et ne signifiant rien[1] » de Shakespeare, le misérable petit tas de secrets[2] n'aura pas longtemps imposé sa signification dérisoire. « Que signifie la vie ? » est la plus tenace interrogation. Je pense à Bénarès, au général de Gaulle. Il est mort, maintenant... Devant la neige qui recouvrait les champs de saint Bernard, j'avais dit, et il avait redit avec lenteur : « Pourquoi faudrait-il que la vie ait un sens[3] ? »

La proximité des agonies submerge le « Que suis-je ? », le rend oiseux. Serait-ce faux d'une agonie solitaire ? Ce tourisme dans l'archipel de la mort ignore toute suite d'événements, laisse seule à nu la conscience la plus informe et la plus intense, la convulsive « Je suis ». Mais pas au-delà de l'autre question : qu'est l'aventure humaine ? La neige de Colombey, la neige de la Vézère... Pendant l'hiver de 1943, entre Les Eyzies illustres et Lascaux inconnue où nos armes étaient cachées, je me suis demandé, en rêvant des troupeaux de rennes au loin dans la neige préhistorique, si l'homme est né lorsque pour la première fois, devant un cadavre, il a chuchoté : « Pourquoi ? » Il s'est beaucoup répété depuis. Inépuisable bête.

On frappe. Un inconnu entre sans attendre la réponse. Un vieillard, souris blanche aux cheveux blancs.

« Monsieur, je m'excuse si je vous dérange... Je sais que vous êtes très instruit, et puis, vous... on vous cache moins les choses... Je suis votre nouveau voisin, j'ai pensé que nous pourrions peut-être... Enfin, voilà : on meurt beaucoup, ici. »

Je réponds, non sans malaise :

« Plus maintenant...

— Ah, vous croyez, plus maintenant ? Plus maintenant... Je ne veux pas vous déranger... Je m'en vais... »

Il salue, par petites saccades.

« En tout cas, pour moi, si jamais... enfin... si jamais, on peut être sûr que je saurai me tenir : je n'importunerai personne. Merci, monsieur. Je crois que vous m'avez un peu rassuré... »

On m'a envoyé un joli chat artificiel, qui miaule lorsqu'on presse son ventre. Il s'appelle Fourrure. Les Antillaises viennent le caresser, enchantées de voir un chat dans la clinique, même faux. Sa présence me fait penser aux types de la Gestapo qui jouaient à saute-mouton[1] sous les voûtes de la prison de Toulouse. Mais ce pauvre Fourrure me protège mal. La remontée verticale de la température tient-elle à ma « fièvre de Londres[a] » épisodique et intense, ou à une rechute ? Emprisonné par elle, je rôde de souvenir en souvenir et vois le chat artificiel rôder de meuble en meuble. Des images d'Espagne recommencent à tourbillonner dans les chansons et dans la défaite. J'ai revu à Madrid cette fille que j'aimais en Sibérie quand les lumières des usines soviétiques s'allumaient au ras des steppes comme l'espoir du monde. Mao Tsé-toung, aussi puissant et massif que l'absurde colonne égyptienne du Palais du Peuple contre laquelle il s'appuie, son infirmière derrière lui. La guerre de jadis : un vieillard chancelant comme l'Empire chinois s'enfuit sous les bombes en serrant contre lui la cage de son grillon. Dans la cour d'un restaurant, un bananier brille au-dessus d'un corail transparent comme un énorme pêcher fleuri : les carapaces amoncelées des langoustines.

Une cloche sonne. (La chapelle de la Salpêtrière n'est-elle pas désaffectée ?) Comment sonnait la première cloche, dans son campanile de bois mérovingien ? Où sonnera la dernière ? Devant les cadavres aux dos hérissés de vertèbres d'un camp d'extermination, un survivant interrogé par un journaliste gratte sa tenue qui ressemble au pyjama de nos malades, et répond avec la voix qui lui reste : « Il ne peut plus y avoir de place dans notre cœur que pour le pardon, voyez-vous[2]... » Des trains sous la pluie. L'inscription d'Assourbanipal : « Voix des hommes, cris du bétail petit et grand, cris d'allégresse, je les fis cesser dans les campagnes où s'établirent enfin les animaux sauvages. » Animaux sauvages — je connais la région de Babylone — en troupeaux sur le sable du désert qui murmure comme celui des sabliers, comme murmure maintenant la douleur autour de moi : la nuit vient. Rumeur, tintements de couverts, plaintes s'approchent : vers les maquis investis, les bruits nocturnes se levaient avec les cris des animaux réveillés, aboiements de l'invisible guerre pour l'approche de l'invisible ennemi. Tête de Moulinette, rire de Verts-Pâturages.

Je m'éveille. La nuit est venue… « Ne me faites pas mal ! » crie mon pauvre voisin que l'infirmière ne parvient pas à rassurer. On m'a laissé dormir. Souvent, je descends insensiblement dans le sommeil. Bien que je souffre toujours peu, j'éprouve un déséquilibre enveloppant, prêt à se rompre, comme si j'allais vomir. On a laissé dans la salle de bains les comprimés que je dois prendre. Je vais les chercher sans allumer, reviens vers mon lit, très haut comme tous ceux des cliniques. Je tâtonne le long du mur. Plus d'interrupteur. Je m'affaisse dans le brouillard noir, sans douleur, jambes en chiffons, fraîcheur. Tombé sur les dalles ? Le lit devrait être en face. Je ne puis me relever. Ni bouger. Je n'ondule pas seulement dans l'obscurité comme un noyé, il n'y a plus de directions. Comment exprimer une sensation inconnue ? Nous possédons nos quatre directions comme nos membres ; mon corps a disparu avec elles : plus de corps, plus de « je », rien qui m'entoure, une conscience angoissée qui ne suggère pas l'approche de la mort, bien qu'elle ne soit pas conscience de la vie habituelle. L'obscurité dérive. Je parviens à me retourner, à m'appuyer sur les bras pour avancer vers le lit. M'accrocher aux draps, trouver l'interrupteur ou le bouton d'appel ? J'ai avancé d'un mètre ; ma main touche une paroi. Ce n'est pas le lit, mais un mur — qui bouge. « Attraction » de Luna-Park, jadis : enfant calé dans un fauteuil, je voyais la petite salle s'ébranler, tourner de bas en haut autour de moi. Plus tard, de façon plus menaçante, quand l'avion qui tombe, au sortir des nuages, découvre la terre oblique. Est-ce une crise ? De quoi ?

Voici le lit. Il a beaucoup diminué. Très dur. Un objet en tombe, se brise. Pourquoi a-t-on posé des objets de verre sur mon lit ? Et qu'il est étroit ! Ne pas tomber[a].

Ai-je perdu connaissance ? Avant mon arrivée à la clinique, lorsque je tombais, je restais conscient. L'obscurité ne tourne plus. J'émerge insensiblement. Ce n'est pas mon lit. Je puis poser les pieds sur les dalles fraîches, longer la chose sur laquelle j'étais couché[a] ; je retrouve l'obscurité sans formes et toujours sans directions, où mon poids me colle au sol. Ma main gauche atteint une paroi, je m'agenouille. Je ne sais où je suis, mais les dalles me font mal aux genoux, et la paroi est certainement un mur. J'essaie de me dresser, y parviens la troisième fois, rencontre un autre mur. Toujours pas de lit. Serais-je aveugle ? L'obscurité est épaisse, mais, par bonheur, inégale… À tâtons, vers la gauche. Un meuble : c'est la table de chevet, une lampe tombe. Je touche le lit — le commutateur[b] !

Voici la chambre ripolinée, les fleurs devant la fenêtre. J'ai marché vers la droite en croyant marcher devant moi. Je m'étais pelotonné sur une table basse : surface plane[c]. Voici mon vrai lit. Dans lequel mon prédécesseur est peut-être mort, dans lequel la maladie attendra mon successeur. Quitté depuis vingt-cinq minutes, dit la pendulette.

Et les comprimés ? Le flacon brille au pied du mur, dans le coin opposé. J'ai fait le tour de la chambre. Pendant mon évanouissement ? Je ne me souviens pas de m'être *évanoui*. S'en souvient-on ? Je pense à ce que le professeur m'a dit, de ses malades sauvés du précoma. Ces vingt-cinq minutes de vie somnambule sous la menace de mort ne me troublent pas comme une syncope, mais comme une possession. Syncope ne veut rien dire pour moi : je me suis évanoui une seule fois, à douze ans. S'évanouir, comme être endormi pour une opération, suggère le sommeil ; avant de m'allonger sur cette table que j'ai prise pour mon lit, je ne dormais pas, loin de là[d]…

Dans le couloir, les cris ont repris.

J'ai donc fait le tour de la chambre… Le sentiment de la mort s'est toujours lié pour moi à l'agonie, et je suis stupéfié par cette angoisse où je ne distingue que la menace inconnue de me retrouver amputé de la terre.

Ni douleur, ni mémoire, ni amnésie — ni dissolution. Perte de conscience, pas de toute conscience. Je me croyais dans une autre partie de la chambre, mais quelque part ; je ne comprenais pas ce qu'était devenu mon lit, mais, je tentais de m'y allonger, de m'installer dans une litière : essayons de dormir, je comprendrai demain matin. Je me souviens de mon effort. Conçoit-on Lazare se souvenant d'efforts pour s'accommoder de son tombeau ?

Sans en avoir conscience, sinon par le souvenir, j'ai vécu

ce que je pressens depuis mon arrivée à la Salpêtrière : un je-sans-moi. Le fou se prête une identité. Perdre son identité suggère tout perdre ; je ne me dissolvais nullement, parce que ma conscience s'était réfugiée dans mon effort. Une conscience animale ? Un somnambule conscient seulement de sa tension pour atteindre le toit, et qui en eût gardé la mémoire ?

L'homme, ai-je pensé, est[a] ce dont les voix emplissaient la sape et le camp de prisonniers. On a proclamé : l'homme, ce sont ses fantasmes, ses pulsions, ses désirs cachés. J'ai envie d'écrire : c'est ce qui se construit sur cette conscience véhémente d'exister, seulement d'exister. Mais n'est-elle pas liée à l'homme comme le socle à la statue ? Pourquoi m'intéresser à cet être d'amibe ? Pour ce qu'il a de commun avec moi, avec le moi du rêve et le fou : la conscience de l'effort.

Ce qui me fascine dans mon aventure, c'est la marche sur le mur entre la vie et les grandes profondeurs annonciatrices de la mort. C'est aussi le souvenir de ces profondeurs. « Les réanimés ne se souviennent de rien » (de rien, mais de conversations entre les médecins !). Avoir frôlé la part[b] de l'homme qui marche, geint ou hurle quand la conscience n'est pas là.

J'ai été conscient de ne plus savoir où j'étais — d'avoir perdu la terre. Pas d'autre douleur que celle des autres, qui bat confusément cette chambre blanche où veille la petite lampe de la nuit comme, dans ma chambre de Bombay, la rumeur de l'Océan battait la grève. Je suis lucide, d'une lucidité limitée au ressassement d'une terre de nulle part, à la stupéfaction devant un état ignoré. Ce qui s'est passé n'a rien de commun avec ce que j'appelais mourir.

D'où vient ce remue-ménage assourdi ? Je ne pressens pas encore le gris de l'aube. Aucun bruit de couverts ; les bruits semblent d'ailleurs venir du sol, et je reconnais le pas alourdi des infirmiers qui emportent les malades à la salle d'électrologie. Ils s'éloignent, et la porte de la chambre contiguë bat sourdement le silence. Je n'entends plus les hautes plaintes. Les infirmiers ne sont pas partis pour la salle d'électrologie : mon voisin est mort.

Le vrai jour m'éveille. Je me souviens d'une réalité, nullement d'un cauchemar. Pourtant les souvenirs prennent vie par ce qui leur ressemble, et cette crise ne ressemble à aucune autre. J'ai échappé aux directions. Comme dans mon bureau ; mais je reviens de terribles limbes, non du vide. Et de l'informulable, non de décombres. Rien de commun avec le haschisch et son tournoiement de grandes ailes. Ni avec le sommeil des tables d'opération. Je reviens d'une sensation inconnue comme la première sensation sexuelle, comme le goût de l'eau lorsque à Tachkent, enragé par la soif, j'ai entendu ma langue cornée frapper mon palais avec le son d'un petit morceau de bois.

Je continue à noter ce qui m'est arrivé[a]. Ce que m'a dit aux Indes mon ami Raja Rao[1], l'écrivain qui fut mon interprète auprès de Nehru, et qui vint à *La Lanterne* me parler d'Alexandre le Grand.

« Les Occidentaux, et pas seulement eux, croient qu'il existe une chambre : la vie, une autre : l'au-delà, et que la mort est la porte par laquelle on passe de l'une dans l'autre, n'est-ce pas ? Pourquoi dramatisent-ils la porte ? La mort est le chemin vers la lumière[2]... On le sait quand on est revenu — enfin, n'est-ce pas, revenu de quelque chose qui lui ressemble... Mon gourou entrait dans l'extase pour plusieurs heures, et revenait. Le Bouddha connut l'Illumination bien avant de disparaître en elle. On peut choisir sa mort. Indirectement : Gandhi avait annoncé qu'il serait assassiné. Ou même directement. Vous a-t-on raconté, en Europe, cette histoire : la police arrête une bande de voleurs de grand chemin. Un des leurs ne ressemble pas aux autres. Il impressionne tellement les policiers, n'est-ce pas, qu'on fait surélever le mur qui entoure sa cellule. Après des mois, arrive un jeune homme, avec des quantités de protections. Il demande à voir le prisonnier. On les mène au parloir, séparés par une grille, comme chez vous, je crois. Le jeune se prosterne. “Relève-toi ! Pourquoi es-tu venu si tard ?” Il y a des explications, des questions du jeune. Les voix deviennent basses ; les gardiens entendent des noms divins, s'écartent. “Il a été dur d'attendre si longtemps... Maintenant, va !” Le jeune part en hâte. Les gardiens viennent rechercher son interlocuteur : il est mort.

« On a repris l'instruction, les interrogatoires, que sais-je ? Ce faux bandit connaissait le sanscrit.

« “Pourquoi vous a-t-on trouvé avec les autres ? lui demande-t-on.

« — J'avais fait route avec eux vers la ville. Ils m'avaient dit : 'Reste avec nous. Nous avons besoin de toi'. Je suis resté.

« — Pourquoi ?

« — Qu'importait ?"

« Son indifférence n'avait cessé que pour faire[a] attendre la mort : il attendait le jeune visiteur pour mourir. »

Encore ce « Qu'importe » obsédant ! Lors de cette conversation, je n'avais aucune expérience de l'approche de l'inconnu. Aujourd'hui je suis moins frappé du récit que de la familiarité de mon ami avec des états psychiques apparentés à celui que je viens d'éprouver — de sa domestication de la mort, que l'Inde doit peut-être à la métempsycose.

La fièvre ne chassera la lucidité qu'à 5 heures.

Toute sensation[b] que l'on vient de découvrir encombre la mémoire. Mon vertige m'obsède. Je ne connais pas le vrai vertige. L'expression : perdre pied de la vie, ne me quitte pas, liée à une glissade sur l'aile — celle de l'avion que l'air ne soutient plus. Je pesais fortement sur un sol magnétique ; je me suis souvenu des cosmonautes qui flottent dans leur cabine et revêtent pour marcher sur la lune un scaphandre aux pieds de plomb. Le scaphandre de la conscience de vivre m'enveloppait, prêt à m'abandonner dans l'inexplicable légèreté du néant ; le trépas est sans doute ce qui la suit…

Il m'est advenu de découvrir soudain la vie, après avoir échappé à la mort ; je n'oublierai pas les épingles à linge posées sur leur fil de fer comme des hirondelles[1], le premier matin après la fosse à chars. J'ai éprouvé ce sentiment, retourné comme un sac : j'ai découvert soudain autre chose qu'une autre-vie. Je[c] ne l'ai pas prise pour la mort ; mais *elle en parle*[d].

Après coup, j'ai connu le dieu de l'épouvante. Comme la sexualité indépendante de tout objet (mais non de nous-mêmes), l'épouvante indépendante de toute peur. Peur de quoi ? De la mort ? Faux. Aucun rapport avec le chatouillement de mes poils pendant les secondes où l'on me tira de l'avion fracassé. La peur, même rétrospective, est peur de quelque chose. Mon sentiment était à l'angoisse ce que la terreur est à la crainte. Bien au-delà de la peur. Au fond de moi-même, à moi comme la pulsation de mon sang. Une[a] horreur sacrée nous habite, nous attend comme les mystiques disent que Dieu les attend.

La mort aspire. Je suis encore habité par l'entonnoir de sable au fond duquel un insecte meurtrier attend les fourmis. L'édition illustrée d'Edgar Poe m'a montré jadis un tout petit bateau dans l'entonnoir invincible du maelström[1]. Mais je ne suis pas le bateau. Aucune religion, aucune expérience ne nous a dit que l'épouvante est *en nous*. En avoir fait l'expérience me sépare imperceptiblement d'elle. Les forces intérieures qui nous jettent à l'autodestruction, à la honte, appellent sans doute le désespoir plus que la terreur ; celle-ci ne nous jette à rien. Je l'ai rencontrée comme le psychiatre trouve en lui-même la pieuvre, l'araignée, qu'il a trouvées chez ses malades. Le monstre a occupé mes décombres, puis ma conscience qui se perdait dans le sommeil ; enfin, ce chemin s'est dissipé — mais je l'avais reconnu, je le reconnaîtrai, comme ces rêves où l'on pense : j'ai déjà rêvé cela.

Limaille collée à l'aimant de la terre, mais aussi, prisonnier qui se débat (alors que je ne bougeais certainement pas), frère des soldats de la Vistule dans leur bouleversant sursaut. Les images de la fièvre ont joué leur jeu onirique, entre les convulsions des Russes, leurs ombres de lapins boulés dans la forêt décomposée — et les ombres galvaniques et brumeuses des photos de Hiroshima. La force obsédante de cet événement est semblable à celle d'un mythe. Affronter la mort — et, de façon plus secrète, les morts, car les soldats allemands agissent contre la volonté des Allemands tués dans cette guerre — appartient au mythe. À un mythe dont le héros n'est ni une nation ni un peuple, mais l'homme ; parce que les Allemands de la sape et les Français du camp se mêlaient en moi[2] dans la voix des cavernes, et que seul l'homme, bavard semblable aux muets, est l'acteur du mythe archaïque.

Je me suis souvenu (toujours le mot : convulsion ?) d'un gibet, dans le camp d'extermination que nous avons délivré. Les condamnés, mains liées, corde au cou, se soutenaient par le gros orteil, suspendus entre la faiblesse et le supplice[3]. Nous les avions cru pendus, et allions continuer notre marche quand ils ont hurlé.

La lutte contre les gaz m'habite ; pas le gibet. Parce que

j'ai fixé autrefois les événements de la Vistule, ou parce que, entre les malheureux qui m'entourent ici, cette lutte démente des hommes, sans combat, semble prémonitoire ? Les gaz sont le Fléau — qui doit être la mort.

Des jours passent, dans l'éloignement de la stupéfiante expérience qui se transforme en séisme flou. La menace est toujours présente, le serait sans le murmure de l'hôpital ; la lucidité, toujours périodique, devient quelquefois plus vive[a].

Une rêverie suit sa pente, même si elle se croit une pensée. La ciguë ramène le suicide, Socrate, et le récit de ses dernières heures. J'en ai découvert l'accent en lisant la Crucifixion selon saint Jean. Dans son langage de Panathénées, malgré sa théorie de l'âme si élémentaire, Socrate[b] a la chance d'ignorer la douleur jusqu'aux dernières paroles : « Et n'oublie pas demain, Criton, que nous devons un coq à Esculape[1]... » Du Hadès, à qui adresser son offrande avec une plus amicale complicité, qu'au dieu qui l'a guéri de la vie[2] ?

En face de cette fin, l'agonie du Christ. « Et il sortit, chargé de sa croix, vers la colline du Crâne, en hébreu Golgotha. » Jésus dira seulement : « Femme, voici ton fils » — « J'ai soif » — puis : « C'est la fin[3]. » Et, selon saint Marc : « Lama sabachtani[4]. »

Du récit semblable à la nuit qui aveugle la terre quand le Christ expire, les sculpteurs du Rhin, Grünewald, l'Espagne, ont tiré les images qui nous crient qu'on évoquait la Passion dans les charniers. La Crucifixion est plus profonde que cette éloquence[5]. Nul ne parle sous la torture avec sérénité. Socrate, qui dialogue noblement avec la mort, n'aurait rien à dire au supplice. Le crayon s'est cassé sur la dernière phrase de Valéry : « Après tout, personne, avant le christianisme, n'avait dit que Dieu est amour[6]. » Personne, depuis qu'existait la parole, n'avait répondu à l'esclave née en vain, qui présentait aux dieux de Rome le corps de son enfant mort en vain.

Mon aumônier du Vercors connaissait seulement ce que lui avaient enseigné le séminaire de Lyon (jamais il n'était venu à Paris) et un sacerdoce d'une inaltérable charité du cœur. C'est lui qui avait baptisé les Juifs à tour de bras parce « qu'il en resterait toujours quelque chose[7] ». L'histoire de l'attaque de la Vistule l'avait frappé de stupeur. Lorsque je lui avais envoyé *Les Karamazov*, en lui signalant l'importance que beaucoup d'entre nous donnions à la phrase d'Ivan : « Si le monde permet le supplice d'un enfant par une brute[1], je ne m'oppose pas à Dieu, mais je rends mon billet », il m'avait écrit : « C'est un terrible problème, puisque c'est le problème du Mal... Mais le Mal n'est pas plus fort que la Rédemption, la Rédemption est plus forte que le Mal. » Moi qui ne crois pas à la Rédemption, j'en suis venu à penser que l'énigme de l'atroce n'est pas plus fascinante que celle de l'acte le plus simple d'héroïsme ou d'amour[2]. Mais le sacrifice seul peut regarder dans les yeux la torture, et le Dieu du Christ ne serait pas Dieu sans la crucifixion.

On apporte dans le lit voisin un nouveau malade — qui ne mourra peut-être pas... Qu'a pensé mon pauvre voisin ? Mes camarades tués en Espagne ou en France ont dit : « Dommage ! », le temps de penser furtivement à ceux qu'ils aimaient. Ils ont accompli le devoir de caste des volontaires, celui qui fait un chevalier de quiconque meurt pour ce qu'il a choisi. Mon père ? A-t-il pensé ce que je pense aujourd'hui ? Presque tous ceux que j'ai aimés ont été tués dans des accidents. Pourtant Josette, qui savait que je viendrais du front et qui avait demandé qu'on maquille son beau visage avant mon arrivée, a dit la même phrase que le plus sage de mes amis, Bernard Groethuysen, rongé par le cancer : « Je n'aurais pas cru que ce soit comme ça, de mourir[3]... »

Le tabou m'interdit de m'imaginer guéri, je m'interdis de me croire condamné. Les miens sont incrustés en moi, mais je ne vais au cimetière que par devoir. Je me souviens du Jour des Trépassés du Mexique, festins sur les tombes, distribution de squelettes en sucre aux enfants, vanniers qui doivent achever leurs sirènes à tête de mort avant la nuit. Je me souviens du murmure des Indiens à genoux dans l'église du Guatemala[4], devant les cierges qui leur parlent de leurs enfants morts ; le bruit d'abeilles de ce tendre bavardage tremblait avec les flammes sur le sol couvert de fleurs. La Chine, terre élue des ancêtres, a chassé la mort. Quand j'ai retrouvé Clappique à Singapour, les Papous frappaient leurs gongs et leurs touques pour appeler les paquebots blancs chargés de tous les fantômes de l'Océanie, où les fantômes sont plus blancs que les Européens[5].

Théâtres[a] de la vérité, comme les corridas. Rien autre. Le sentiment de survie m'est inconnu.

Un piétinement de groupe, dans le couloir. Le chef des services de neurologie ?

Non. C'est le professeur ami qui est venu, le premier jour, me dire : rien n'est irréversible. Sa trop grande silhouette, qui ressemble toujours à celle d'un général de Gaulle jovial, entre seule en battant l'air de ses bras, mais l'étroitesse de la chambre ou l'atmosphère de la clinique (dont il a cependant l'habitude, car il dirige l'un des principaux services psychiatriques de Paris) oppose sa gaieté à l'austérité des professeurs en blouse.

Je lui offre des cigarettes.

« Merci ; je préfère les anglaises. Je me demande pourquoi j'aime le tabac anglais, le thé, le whisky, le breakfast, la confiture d'oranges, alors que je me fiche de l'Angleterre. Tout cela doit aller ensemble, comme notre cuisine, le vin, la peinture, la mode… »

En effet, je l'ai toujours vu habillé selon la tradition anglaise de sa jeunesse, tweed et semelles crêpe[b] ; comme le Quai d'Orsay, la Faculté a changé de style, et remplacé le veston noir par le tweed. Il vient d'interroger ses confrères neurologues, ne m'apporte que de bonnes nouvelles, mais la menace est toujours là. Anecdotes, soit qu'il veuille me distraire, soit m'examiner. Il m'a dit, avant mon arrivée ici : « Nous sommes maintenant en avance sur les États-Unis. Si Hemingway s'était fait soigner en Suisse ou en France, au lieu d'aller à Mayo, il ne se serait pas tué[c]. » Je l'interroge sur sa vie professionnelle, inépuisable comme celle de tous les psychiatres. « Cette semaine, les bons résultats habituels, bien que personne ne devine à quoi tient l'action de ces sacrées drogues. Enfin, vous savez, mieux vaut guérir sans savoir pourquoi, plutôt que laisser mourir en sachant comment ! J'ai eu un cas embêtant. Je soupçonnais bien que la fille me jouerait un tour un jour ou l'autre, mais quand on m'a appelé, elle était morte. Je l'avais soignée autrefois : mythomane, perverse, très intelligente. La mère vient me consulter avec une bande de magnétophone, monologue de la fille qui confie à une amie imaginaire ses raisons de se suicider. À elle-même, sans doute. Puis le coup de revolver. Elle ne s'est pas manquée ! Elle avait déjà essayé. Ils recommencent presque tous. Pas tout de suite. On a la paix pendant quelques mois. Ils sont entêtés, vous savez, mais la vie aussi. »

Il me fait penser avec force à Max Torrès, non en raison des virevoltes de Max dans son domaine, mais en raison du relief qu'elles donnent à ce qui les sépare. Il fait de Max un amateur de tout. À « la vie aussi », je réponds :

« Auriez-vous une définition de la vie ? »

Je suis couché[a], il eﬆ reﬆé debout. Vu par-dessous, sa tête un peu naïve (alors que sa perspicacité eﬆ bien connue), dont les cheveux blonds folâtrent autour d'une précoce calvitie, devient auﬆère. Mais il rit :

« Oui-da, j'en ai plusieurs ! »

Le rire dévoile souvent, dans les hommes, leur visage d'enfant. Le professeur devient à la fois un praticien goguenard et un gamin à bouclettes, malgré son front dégarni ; puis redevient sérieux :

« Vous savez, la vie, je la connais parce que je cours après ; donc, finalement, bien mal — comme tout le monde… Ici, c'eﬆ tantôt le coma, tantôt la lucidité… Nous voyons mourir beaucoup moins qu'autrefois, vous savez… Les gens meurent chez eux… Quand j'étais interne, nous faisions deux autopsies par jour. Voyez-vous, cette année, je parle de l'année entière, l'hôpital en a fait trois ! Trois !… C'était intéressant, les autopsies : la preuve que le diagnoﬆic était bon… »

Il ferme les yeux.

« La douleur peut changer beaucoup de choses, c'eﬆ une autre queﬆion…

— Qu'eﬆ-ce qui aide les malades ? dis-je.

— Les chrétiens[b], vous savez, meurent selon ce qu'ils croient du Jugement et de la Miséricorde ; ils ne le savent guère à l'avance. Il y a des surprises. Comme pour les autres… Sauf, presque toujours, voyez-vous, pour les sceptiques.

— Ils s'en tirent mieux ? »

La part d'enfance de son visage disparaît[c]. Il répond lentement, pesamment :

« Ils ne s'en tirent presque jamais, vous entendez ! Jamais. Le "mol oreiller du doute[1]" eﬆ pire que la grande dépression, et elle eﬆ pire que le cancer… Votre pauvre voisin a eu bien du mal, dit-on ici.

— Jeune, vieux ?

— La soixantaine… Un intellectuel… »

De ma pauvre souris blanche, je n'ai connu que les cris étouffés — et l'angoisse. Il criait : « Ne me faites pas de mal ! » Son sourire…

« La science, reprend le professeur, a fait bien moins d'athées que de sceptiques, vous savez. Finalement, il y a de l'Anatole France partout. On joue avec le "Qu'importe !" Pour nous, médecins, le véritable aquoibonisme était un symptôme qui ne pardonnait guère[a]…

— Lawrence d'Arabie l'avait fait graver sur son cottage.

— Voyez-vous, c'est le premier mot que nous souffle le suicide. Rien à voir avec l'interrogation distraite de Montaigne, qui croyait tout de même en Dieu. On doute de bien des choses, pas du cadavre. Et pas ici. On peut faire semblant dans les livres… »

Il est plus grand encore que Jacques Méry, et ses gestes de sémaphore, à son arrivée, m'ont rappelé, par opposition, les gestes frileux de mon ami de Singapour. C'est Jacques Méry, qui m'a parlé de l'inscription de Lawrence[1].

« L'aquoibonisme, dit le professeur, nous le soignons, maintenant. Et il…

— Auriez-vous guéri Lawrence ?

— Qui sait ? Je vous soigne bien ! Mais aurait-il accepté d'être soigné ? Je voulais dire : les malades guéris de la grande dépression découvrent parfois l'opposé, je ne sais comment l'appeler ! la maladie de la certitude. Je me souviens d'une paroissienne que je soignais d'une névrose à la limite du suicide. Elle avait trompé son mari pendant qu'il était prisonnier. Ravagée, je n'exagère pas. Sauvée par les amphétamines, elle disparaît. Reparaît après quelques mois : "Je me demande vraiment pourquoi j'ai attaché tant d'importance à tout ça !

— Peut-être y avait-il de quoi, madame, puisque vous m'avez dit que vous ne pouviez vous pardonner d'avoir trompé votre mari ; d'autant plus qu'il était alors prisonnier ; et que vous êtes profondément religieuse…" »

Le professeur se lave les mains d'un air de chanoine[b], en dresse une qui semble se déployer au-dessus de lui, imite l'indignation qu'il peint :

« "Docteur, s'il n'avait pas été prisonnier, je n'aurais sans doute pas eu à le tromper ! quant à mes sentiments religieux, si le Bon Dieu ne me comprend pas, qui est-ce qui me comprendra !"

« Ça vous plaît ? »

La main levée n'est plus qu'un index démonstratif :

« L'humanité[a], voyez-vous, me fait l'effet de cette bonne femme. Moi aussi, parfois… Un siècle est possédé par sa névrose dépressive ou paranoïaque, le suivant se demande pourquoi on attachait tant d'importance à tout ça… »

À Barcelone, vers la fin de la guerre d'Espagne, je lisais une histoire des doctrines sociales, lorsque les sirènes emplirent de leur morne appel de fléau la ville reconquise par la nuit en quelques secondes. Je poursuivais ma lecture à la lueur d'une lampe de poche cachée par le drap. Le livre, antérieur à Lénine, ignorait la technique de l'insurrection et, fidèle à son titre, définissait toute pensée révolutionnaire par une doctrine — comme s'il eût étudié l'histoire de l'utopie : toutes les sociétés rêvées, depuis Thomas Morus jusqu'à l'anarchie, depuis Fourier jusqu'à Kropotkine. Cette immense dérive frémissait de l'approche des bombardiers ennemis. Des passions qu'elle avait jadis inspirées, il ne restait rien : la dernière chasse les autres. Le démon que l'Extrême-Orient appelle celui des choses-qui-passent ne me parlait pas sur le ton de l'hypothèse, mais avec la profonde rumeur du sang. Malgré son « Qu'importe », le prisonnier recommençait toujours sa tentative d'évasion ; ces choses-qui-passent, ces rêves, on les avait salués comme l'aurore dont le rose mort commençait d'envahir le plafond de ma chambre, dans les salves en arpège des premières bombes. Mais ce n'était pas l'aurore. J'avais choisi le dernier étage de l'hôtel, toujours libre en ces temps ; je me levai pour aller vers l'incendie qui emplissait la fenêtre, d'où l'on voyait la ville[b] nocturne jusqu'aux collines. La sournoise douceur du rougeoiement et des fumées tranquilles succédait aux traînées des explosions, le paraphe gigantesque et lent des fumées s'allongeait comme les utopies ou les révoltes. Les bombes et les antiaériens se turent ensemble ; la sirène de fin d'alerte et un piaillement enfantin emplirent le silence rouge ; je pensais à la foule de Madrid, chargée de ses édredons écarlates et de ses machines à coudre, lorsque les monts-de-piété avaient rendu aux malheureux leurs pauvres gages[1]. Je le[c] raconte au professeur, qui répond :

« C'est une faculté de notre drôle de cerveau, vous savez… Mais quand cela devient obsédant, gare ! Lawrence d'Arabie, en faisant graver son inscription, faisait imprimer son faire-part de mort. On trouve toujours une motocyclette[1] pour se tuer. Vous vous souvenez souvent de votre nuit de Barcelone, ici ?

— Souvent, non.

— Tant mieux ! Quelle forme prend ce souvenir ?

— Le convoi des utopies et des espérances, je crois ; et j'entends craquer les souliers neufs d'un type, dans le silence qui tombe juste avant les sirènes de fin d'alerte[a]. »

L'Espagne appelle de nouveau le souvenir de Max Torrès : « J'en ai abrité, des hôtes de passage !... » et « Les herbes ondulent toujours dans l'eau, la rivière n'a pas changé depuis les guerres contre les Maures... Je suis un homme de ce drôle de temps... » Et Max appelle Jacques Méry, le petit bassin de Singapour où les vagues morcelaient le reflet de la lune[b].

Le professeur ébauche un geste qui semble signifier : revenons en arrière.

« Vous avez écrit autrefois que la Mort avec une majuscule, votre Mort métaphysique...

— Çiva.

— Çiva si vous voulez, n'est pas du tout semblable au décès. C'est à partir de là que j'ai commencé à vous lire avec attention. Vous répondiez par l'art.

— J'ai surtout dit que l'aventure de l'art au long des siècles devenait inintelligible si l'on écartait le problème dont vous parlez... »

L'un de mes personnages, dans l'*Altenburg*, écrit quelque chose comme : « Le plus grand mystère n'est pas que nous soyons jetés au hasard entre la profusion de la vie et celle des astres ; c'est que, dans ce que Pascal appelle notre prison, nous tirions de nous-mêmes des images assez puissantes pour nier notre néant[2]... » Le professeur continue :

« Oui, bon, si vous voulez. Tout de même, vous pensiez à la guerre. J'ai rencontré la même expérience à l'hôpital. Mais depuis que la réanimation fait partie intégrante de la médecine... Finalement, les réanimations, congélations et autres, ne suppriment pas la question métaphysique posée par la mort, puisqu'elle concerne le sens de la vie. Pourtant, la “dernière heure” nous coule entre les doigts.

— Avez-vous remarqué que les femmes, même croyantes, attachent à la dernière heure moins d'importance que nous ?

— Écoutez, les hommes et le christianisme, soit ! je

veux bien, mais aussi l'antiquité. Vous savez ce qui eﬅ arrivé au copatron de cette clinique, Lhermitte. Une fille eﬅ dans le coma, à Necker : plus d'aﬆivité nerveuse, mais la respiration, la circulation, le cœur, maintenus par la réanimation. On l'appelle en consultation, il entreprend des examens, recommence, toujours perplexe. Finalement : "Je crois cette malade morte depuis trois jours." Ce qu'a prouvé l'autopsie. Cerveau liquéfié. De temps à autre, il me semble que je devrais congeler mes malades pour une centaine d'années : quand ils reviendraient à la vie, la médecine aurait fait les progrès nécessaires pour les guérir. Drôle d'idée. Ignorer quand le malade meurt nous rend la mort compliquée ; mais finalement, chercher le *quand* nous diﬅrait de chercher le *pourquoi*... »

Il ne se soucie pas plus que moi d'avoir raison. Ce qui me retient, c'eﬅ l'expérience humaine que suggèrent ses paroles : « ... Ils ne recommencent pas tout de suite, on a la paix pendant quelques mois... Je lutte, finalement bien mal, comme les hommes... Les sceptiques ne s'en tirent presque jamais... Ma paroissienne... Notre drôle de cerveau... C'était intéressant, les autopsies... Je devrais congeler mes malades... » De ce qui m'obsède ici, cet homme intelligent prend conscience à travers un domaine de connaissances, de recherches, qui m'eﬅ presque inconnu. Si l'homme eﬅ moins une espèce unique pour lui que pour moi, c'eﬅ que je pense à ce qu'elle a de particulier, et lui, à ce qu'elle a de général. Menace pour moi eﬅ métier pour lui... Je réponds :

« Les réanimés, eux, qu'eﬅ-ce qu'ils pensent ?

— Les suicidés ? (Il y a les autres !) Ils sont euphoriques. Pas du tout par goût de la vie retrouvée. Comme ça. Il y en a qui *ont été* morts, vous savez. Aucun souvenir. Le myﬅère continue. Les autres, ceux des "soins intensifs", ils ne pensent rien. Sauf si la souffrance eﬅ là ; alors, ils pensent à elle. Ceux qui ne souffrent guère sont plus nombreux qu'on ne croit ; notamment ici. Les gens pensent difficilement à ce qui ne leur eﬅ pas familier. Ils n'ont pas l'habitude du coma, vous savez !

— Les grandes époques de foi ont cru que la mort leur était familière...

— Chacun savait bien que l'expérience de la mort ne se double pas ! Finalement, mes collègues athées croient au néant, et mes collègues chrétiens, au salut — de la même façon : comme ci, comme ça… Croire que la biologie rendra compte de la vie et de l'homme n'est pas plus singulier que le contraire. La connaissance dernière est peut-être une carotte sublime : nous courons, nous courons ! »

Je pense à Colombey, lorsque je parlais au général de Gaulle du psychiatre auquel l'homme apparaissait comme un voyageur qui de métro en métro emporte fébrilement ses valises vers la mort. « Quel âge a votre ami[1] ? » m'avait demandé le Général.

Le professeur continue :

« Nous courons peut-être à tort, mais découvrir les limites des mathématiques n'a jamais fait revenir les artilleurs au lance-pierres, que je sache ? Un peu de chance, on découvre le petit palier du dessus ; après, on meurt[a]…

— Ou avant…

— … et : au suivant ! L'homme invente beaucoup de choses, il vient même d'inventer la biologie moléculaire… Vous savez, nous avons appris plus de chimie du cerveau depuis quinze ans qu'on n'en avait appris en cinq mille ans[b]… »

Que penser de la nonchalance intellectuelle que son sourire accompagne si bien ? Mais ce ne sont pas les connaissances dernières qui le guident, c'est l'objet des recherches qu'il conduit passionnément, et ne met en balance avec rien.

« Au camp, dis-je, un prêtre prisonnier m'a affirmé que beaucoup de gens meurent dans un mélange inextricable de crainte et d'espoir[2]… Mais il m'a dit aussi qu'un mourant l'avait flanqué à la porte pour terminer *Les Mystères de Paris.*

— Et puis quoi : penser à la mort ? L'anxiété est-elle une pensée ?

— À sa manière… »

Les pensées sur la mort sont toujours plus ou moins vaines, comme celles de Socrate quand il veut démontrer l'existence de l'âme. Soit ! Pourtant, le sentiment de la mort existe : un sentiment sans objet, comme l'angoisse, et qui invente son objet. La demi-liberté d'esprit que me laisse souvent la maladie me montre à quel point la douleur nourrit ce sentiment-là : si je souffrais davantage, je serais beaucoup plus tyrannisé par la mort. Le christianisme paraît bien complaisant, à ce sujet. Surtout à partir du XVe siècle… J'ai cherché comment est né le sujet de la *Pietà*. Sans succès.

La méditation de la mort, pratiquée longtemps, dans la chrétienté, à partir de cinquante ans, n'a pas peu contribué à nourrir son virus redoutable. Le sage de l'Inde avait rendez-vous avec elle, et la rejoignait dans la forêt pour s'unir à l'absolu. Alors que beaucoup de nos maniaques du duel, survivants de trente combats, ont fini bouleversés par le masochisme religieux : « Ces pieds qui couraient, ces mains qui s'ouvraient, ne bougeront plus jamais ; ces yeux ne regarderont plus... » Le christianisme a beaucoup tisonné la mort pour y chercher la présence de Dieu — qu'il a souvent oublié, au bénéfice de sa minutieuse évocation de la souffrance.

« Voyez-vous, quand je sauve un paroissien, ou quand je fais reculer la douleur ou la folie, finalement, ce que vous avez appelé l'absurde recule. Tout ça durera bien quelques générations ? Vous l'avez fort bien écrit : “À quoi bon aller sur la lune, si c'est pour s'y suicider[1] ?” Est-ce que je crois aux conclusions de la biologie ? J'y crois plus qu'au reste. Elle répond moins mal aux questions que pose la mort...

— Il semble toujours que sa réponse doive être une *explication* du monde et de l'homme ; qu'elle dise : la génétique explique bien ce que la Genèse expliquait mal.

« Constatez que même pour cette explication, il reste des ombres. L'origine de la “soupe primordiale” d'où surgit la vie. — Puis, ce surgissement même. — Et l'entrée en scène de l'homme : un chaînon de l'évolution ? encore ne serait-il pas un chaînon comme les autres. Malgré les parentés. Et cette différence m'intéresse (m'interroge ?) — autant que l'évolution des espèces.

— N'y a-t-il pas plus de différence entre l'idiot du coin et ... vous, par exemple, qu'entre un grand singe et ledit idiot ?

— L'espèce à laquelle nous appartenons, l'idiot et moi, possède des aptitudes fondamentales : s'interroger, par exemple, qu'aucun singe n'a jamais possédées.

« Parenthèse. Vous étudiez cette question en termes d'espèces, et vous voilà dans les individus ; parti de l'individu, je parle en termes d'espèces. Curieux, non ? Fermons la parenthèse.

« Une autre chose m'intrigue davantage : cette conversation demande de l'attention, mais je ne suis pas fatigué.

— Le Pertofran ajouté ce matin à vos médicaments est un stimulant.

— Donc, allons-y. Ce qui est en cause, c'est la façon dont vous tentez de rendre intelligible l'aventure de la vie. Un peu comme l'histoire a fait de l'aventure humaine un destin.

« J'ai entendu[a] poser la question "à la base" jadis. En Asie, un de mes amis m'a dit : "Dans la forêt tropicale, je ne peux m'empêcher de penser : les hommes ont été en face de tout ça, et ils ne savaient rien. Les biologistes nous disent que d'innombrables sélections, et une expérience héréditaire, accumulée, une expérience de l'espèce, leur ont permis de manger seulement ce qu'ils devaient manger pour survivre. S'ils avaient dû essayer, comme nous le croyons plus ou moins, l'expérience ne se serait pas accumulée : l'humanité aurait disparu, empoisonnée."

— Les essais ont duré très longtemps…

— La brousse nous crie que l'homme n'avait aucune chance, répond mon ami. Une autre force a joué. Une force qui affleure dans bien des domaines, comme l'électricité quand on en pressentait la découverte… »

(Georges Salles disait : « Nous tâtonnons vers un champ inconnu. » Au temps du Louvre et de Mme Khodari-Pacha[b].)

« L'oiseau qui se nourrit de la pulpe du strychnos, l'arbre à strychnine, ne touche jamais au noyau, poison violent…

— En général, répond-il, les oiseaux ne mangent pas les noyaux ! »

Jacques Méry, aussi[c], changeait de traits lorsqu'il riait. Comme lui, le professeur semble avoir reçu son visage par accident. Méry a fini par adoucir et attrister son masque de centurion, le professeur a fini par alourdir d'autorité ses gestes jovialement nonchalants, son visage étonné. Sa personnalité a donné du fil à retordre à ses traits. Le résultat n'est pas sans charme, et ses succès sont connus. N'étaient les phrases amères, je penserais à un type traditionnel du cinéma américain : le grand boy gauche qui les tombe toutes, et gagne toujours la partie.

« Peut-être les noyaux sont-ils parfois ouverts, dis-je. Le fait est souvent cité, vous le savez ; on aime les histoires de curare et de belladone. Changeons d'exemple.

— Oui-da, j'en connais pas mal !

— Alors, je vous fais grâce des miens. J'ai donc tendance à penser, comme mon ami, que certains instincts des animaux, leurs migrations, ne viennent pas de sélections.

Bien que les migrations soient programmées, selon l'expression consacrée. De plus, disait mon ami, l'espèce canine n'a transmis à aucun chien le refus instinctif des boulettes empoisonnées. Il citait la phrase de votre collègue Haldane à ce sujet : “S'il s'agit de Dieu, qu'on le dise[1] !”

— Il était croyant ?

— Agnostique, avec des reflets de bouddhisme.

— Donc, il ne proposait rien ? Alors, une explication plausible vaut bien une absence d'explication !

— Plausible, à condition d'en écarter l'homme. Les espèces… Ce n'est pas l'espèce des fourmis, ni d'ailleurs des lions, qui possède l'aptitude constante à concevoir des au-delà, à mettre le monde en question ; c'est l'homme, qui a créé (en passant) ! le langage, l'écriture, l'outil, le tombeau et d'autres gadgets — outre les moyens de faire sauter la planète… Faut-il donc être chrétien pour penser que l'homme est séparé de *tout le reste* par une différence de nature, non de degré ? Tant bien que mal, il commence à s'habituer à l'impensable. Et quand Pascal parle de l'homme, il n'a pas toujours tort, même sans l'âme, même sans Dieu. Ce n'est pas d'un quelconque exploit dans les Andes, qu'aucun animal n'eût été capable[2], c'est de l'au-delà[a].

« Ne me supposez surtout pas à la poursuite d'une âme immortelle. Vous connaissez l'histoire du Martien qui a passé quelques heures sur la terre, n'a pas rencontré d'hommes, mais a trouvé un kodak. Il le rapporte dans sa soucoupe volante, le fait marcher. Ce truc est si manifestement *organisé* pour prendre des images, qu'il est nécessairement un être vivant. Très juste. Si l'on ignore Kodak. Nous tâtonnons, nous brûlons, nous allons finir par trouver Kodak. Après quoi nous découvrirons que comprendre Kodak est bien plus difficile que comprendre l'appareil. Je n'espère pas du tout la clef du monde — mais un relais. Pour quoi faire… Pour courir, comme vous disiez. Peut-être aussi parce que[b] je voudrais savoir ce que devient l'homme, sans Dieu — et ici. »

Il semble vouloir répondre, et se tait. Mon *ici* le gêne. Je reprends :

« Voici donc ce qui me semble essentiel, soit que nous interprétions les instincts et la nature humaine d'une façon, soit d'une autre. Les explications du monde, de l'homme, qui ont précédé celle de la science, ce sont les religions, n'est-ce pas ? Or, chaque grande religion révélait simultanément le monde, par une explication : mythe, histoire, etc., et par une signification. Avec l'évolution, pour la première fois — je dis bien : pour la première fois — une explication du monde n'en apporte pas la signification. Il y a eu, pas longtemps, la lutte pour la vie.

— Qui n'est pas de Darwin !

— Je sais : de Spencer. D'ailleurs, à vos yeux, dépassée. Mais je voudrais insister sur ceci, que la Bible n'était pas d'abord une histoire, dont le chrétien tirait ensuite des conséquences. Le récit était inséparable de son sens, sécrétait ses valeurs. Les hommes y trouvaient leur Loi, au plus grand sens du mot, ils ne l'y cherchaient pas. Ils ne la trouvent ni dans la soupe primordiale ni dans l'évolution.

— Oui-da ! Et ils la re-trouveront dans la Bible ?

— Ils ont voulu vivre selon le Christ ou le Bouddha, mais comment vivraient-ils selon Darwin, Mendel ou qui vous voudrez ? Pas plus que selon Einstein, Newton ou Max Planck.

— Pourquoi Einstein ne succéderait-il pas à saint Paul ?

— Le chrétien, à travers saint Paul, participe du Christ ; l'homme quelconque, comme disaient les Italiens, ne participe pas de la relativité, ni du monde, à travers Einstein. Il le respecte. Il l'envie peut-être. Mais la science change la terre, elle ne change pas l'homme. Le Christ, le Bouddha, Mahomet s'adressaient à lui. La science, non. Depuis qu'ils n'en attendent plus le bonheur, ils en ont peur.

— Il serait bien intéressant de comparer ce que la science a été pour les hommes avant 1914, et ce qu'elle est devenue…

— Le scientisme fut un petit dieu tonitruant, pas très durable ; la science devient un dieu tout-puissant, à demi clandestin, et l'ordonnateur de la civilisation dans le monde entier, qu'elle le veuille ou non… Il n'y a pas de science qui ne pose la vérité comme valeur suprême. Cette vérité-là n'est une valeur suprême que pour les chercheurs. On a pris à la légère la phrase d'un personnage de Dostoïevski : “Si j'étais contraint à choisir entre le Christ et la vérité, je resterais avec le Christ contre la vérité[1].” On a eu tort. Le nouveau dieu peut faire plus que tous les autres, puisqu'il peut détruire la terre. Mais il est un dieu muet.

— Intéressant… Selon vous, la crise de la jeunesse vient de là, naturellement ?

— Ce qui commence à disparaître, c'est la *formation* de

l'homme. La science peut détruire la planète, elle ne peut pas former un homme[1]. Les sciences humaines le montrent à merveille. L'homme n'est pas ce qu'elles posent, mais ce qu'elles cherchent[2]. Ce qui rendait compte du monde avait formé les hommes — en se formant, si je puis dire. Pas seulement les religions : le Romain, qui éblouit l'Europe depuis la Renaissance jusqu'à Napoléon, n'était pas un type religieux.

— Pourquoi n'apprendraient-ils pas à se former tout seuls ?

— L'homme occidental reste informe parce qu'il attend. La science, en tant que croyance et non en tant que science, est croyance en une explication *future* du monde. Et les Occidentaux ont toujours l'air de croire qu'ils vont remplacer les Croisades par l'instruction civique. La formation de l'homme passe par le type exemplaire[a] : saint, chevalier, caballero, gentleman, bolchevik et autres. L'exemplarité appartient au rêve, à la fiction. Et sans jeu de mots, la fiction de la science, c'est la science-fiction. »

Il répète à mi-voix, comme s'il s'interrogeait :

« Même en acceptant votre analyse, pourquoi l'homme ne parviendrait-il pas à se former lui-même ? »

Et retrouve sa voix :

« C'est moins difficile que d'inventer le feu… Vous avez raison sur un point : il traverse une sorte de no man's land. Il commence à s'en apercevoir, vous savez… Pendant un siècle, il essaiera de s'en tirer en différant tout ce qui pourra être différé… Le jugement différé n'a point la niaiserie du scepticisme… La traversée sera rude[b]. »

Il s'assied. Donc, il pense que ma lucidité va continuer. Sa ressemblance avec le général de Gaulle s'affaiblit. Son nez est imperceptiblement retroussé ; sa bouche, petite mais ronde. Il a pris un de ses genoux dans ses mains croisées[c]. Sa voix s'est abaissée avec lui ; non plus grave, mais distraite comme celle de nos obsessions et de nos rêveries :

« Je vais peut-être vous surprendre : comme médecin et personnellement, je crois que le doute est toujours superficiel. En outre, très mauvais. On en parle avec des sourires entendus, complices. Idiots, car tout ce qu'il tire avec lui nourrit l'angoisse : incertitude, scepticisme, remise à plus tard. Devant le cadavre, finalement, il ne fait pas le poids. La mort gagne pour une raison pas claire, raison tout de même.

— Le cadavre était léger, en face des dieux. Il devient encombrant.

— Et savez-vous ce qu'il devient quand il répond au scepticisme, c'est très surprenant : une espèce de sarcasme.

— Il n'y avait que les religions, pour répondre à la mort. Elles sont sans doute nées pour ça… »

Le prince Siddharta, surpris par une crémation dans la nuit chaude de l'Inde, entend : « Prince, c'est ce qu'on appelle un mort[1]. » Il y a longtemps que les peintures et les ermites regardent le ricanement illustre. Mais le professeur a raison : les crânes n'ont jamais tant ri que pour nous. Il dit :

« La force du cadavre se fonde sur : *je* serai *ceci.* »

Il désigne sa poitrine, baisse le doigt vers le sol, semble me prendre à témoin, l'air plus qu'étonné : ingénu — enchaîne :

« Or, pour chacun de nous, "ceci" veut dire : le cadavre des autres. Nul n'a jamais vu son propre cadavre vous savez…

— Il y a beau temps que la Grèce a proclamé : le vivant ne peut ni concevoir ni ressentir la mort — et le mort non plus.

— Elle l'a proclamé ; finalement, personne ne l'a jamais éprouvé. Notre relation avec la mort appartient à une croyance, bien sûr, mais depuis que je vois mourir, je me demande si le contenu de cette croyance n'est pas, pour l'inconscient, la transmigration de l'homme dans le cadavre. Pensez-y. Sans blague[a]. L'homme a eu la métempsycose diablement chevillée au corps ! en Asie, il l'a encore, ailleurs aussi. Le cadavre maintient l'angoisse chez des hommes qui ne croient à aucun Jugement : nous connaissons une anxiété de l'au-delà, pas de l'en deçà. Notre mort ne nous pose pas les mêmes questions que la naissance de notre grand-père ! L'angoisse, je passe mon temps à la soigner : elle se nourrit de la mort, la mort ne la crée pas.

« La véritable foi s'est beaucoup affaiblie, sur la terre ! Je me demande si dans trois ou quatre siècles, peut-être un peu plus, on ne parlera pas du nôtre en nommant à peine le Christ, Çiva, et en disant : c'était l'époque où les hindouistes croyaient à la métempsycose, et les Occidentaux, au cadavre… Les religions ne sont pas toujours celles qu'on croit[b]… »

Il sourit maintenant comme si cette conversation se moquait de quelqu'un. Je voudrais réfléchir, non parler. D'ailleurs, il se lève.

« J'ai ici une autre malade, qui va sortir demain, j'espère. C'est une parente de Georges Pompidou. Allons, pour un homme dans votre état, vous n'allez pas trop mal, finalement ! Continuez à travailler du chapeau et de la couronne de lauriers ! »

Autrefois, les professeurs se montraient graves — mais autrefois, ils étaient toujours plus âgés que moi... Il me quitte, laisse la porte ouverte et retrouve, dès le couloir, les gestes qui jonglent avec sa serviette.

Repos. Ou stagnation. Sauf... Comment appeler ce que j'éprouvais à Barcelone, ce que j'éprouvais encore avec violence en regardant les rues pour venir à la Salpêtrière, et qui n'a pas de nom en Occident — le sentiment du « passage-des-choses », disent les bouddhistes ? Celui qui me fait penser : En l'an 1973 avant l'ère chrétienne[1], dans le Moyen Empire d'Égypte... Je pense aujourd'hui : Que disait-on de la mort, vers 1573[2] ? Je sais un peu ce qu'on écrivait sous Henri III, mais ce qu'on disait ?... La fatigue commence. Pendant ce dialogue, je me sentais guéri ; je repars pour l'inconscience comme pour le sommeil. À travers le passage complaisant de poèmes sans naissance et sans fin, des vers que Shakespeare reprit de la Bible : « C'est par une nuit pareille, Jessica, quand le vent faisait trembler en silence les feuilles des arbres... — C'est par une nuit pareille, Lorenzo, quand Médée cueillait les herbes enchantées[3] »... Sérénité de tant de poèmes de mort ; Piero della Francesca et la *Pietà* d'Avignon, la tombée du soir de Monteverdi, le *Crucifiez-le !* de Bach, l'amour, quand le destin ne l'a pas effacé...

La fraternité, que le destin n'efface pas.

Pourquoi accompagne-t-elle fidèlement la mort ? Aujourd'hui, j'ai besoin d'elle. En réponse à mes avions de Barcelone[4] ? Les drogues[a], même dans la somnolence, m'aident à diriger mes souvenirs. Et sous l'action du nouveau médicament, la somnolence est envahie d'une ébriété d'images — comme, tout à l'heure, d'idées... La fraternité est rarement absente de ces images, et les scènes de la Vistule m'obsédaient à cause d'elle. Sentiment des profondeurs, ajouté comme par repentir à la devise de la

République, dont les premiers drapeaux ne portent que Liberté-Egalité.

On veut que la fraternité ait été ajoutée le dimanche à des sentiments profonds, justice ou liberté. Elle ne s'ajoute pas. Elle fait partie des mystères que les hommes cachent en s'embrassant. Comme le sacré[a], elle nous échappe dès que nous pressentons son irrationnel de cavernes. Aussi obscure que l'amour, étrangère comme lui aux bons sentiments, aux devoirs ; comme lui — et non comme la liberté — sentiment provisoire, état de grâce. Si le 14 juillet de la Fédération[1] a bouleversé la France, c'est qu'il fut la Fête de la Fraternité. Que nous nous gardions de lui donner son nom puérilisé, et ce qui lui appartient élève en nous sa rumeur profonde comme celle du sacrifice, de l'amour, du fantastique, de la mort. « Les hommes auront un jour vécu selon leur cœur[2]... » Les morts[b] ne hantent pas seulement les ténèbres. Un combattant d'Espagne m'a dit : « Le contraire de l'humiliation et de la mort n'est pas la liberté, on raconte ça ! c'est la fraternité. » Les Russes, même sous les tsars, retournaient la devise : Fraternité-Liberté-Égalité. De notre devise républicaine, ce mot rescapé est le seul qui réponde au christianisme ; mon Espagnol aurait pensé que la Crucifixion aussi, c'est la fraternité.

J'ai dit : l'amour. Vers 1925. Comme les jeunes imbéciles d'alors, je ne croyais pas à son existence. Dans un petit cinéma, au moment où la lumière reparut, je vis devant moi Nénette et Rintintin, dix-huit ans chacun. Ils ne s'embrassaient même pas. Ils se regardaient. Avec tant d'émerveillement que je pensai aux insectes qu'on tue sans pouvoir desserrer leur étreinte. Cramponnés l'un à l'autre comme les mourants se cramponnent au fer rouge de l'agonie.

La vraie fraternité. Au Panthéon, j'ai senti la chaleur « qui parcourait le grand froid », selon[c] l'une des survivantes de Jean Moulin :

« Dans un village de Corrèze, les Allemands avaient tué des combattants du maquis, et donné ordre au maire de les faire enterrer en secret, à l'aube. Il est d'usage que chaque femme assiste aux obsèques de tout mort de son village en se tenant sur la tombe de sa propre famille. Nul ne connaissait ces morts, qui étaient des Alsaciens. Quand ils atteignirent le cimetière, portés par nos paysans sous la garde menaçante des mitraillettes allemandes, la nuit qui se retirait comme la mer laissa paraître les femmes noires de Corrèze, immobiles du haut en bas de la montagne, et attendant en silence, chacune sur la tombe des siens, l'ensevelissement des morts français[1]. »

Ces images se poursuivent comme les mots lumineux annonciateurs de la guerre chassaient les réclames sur la place de Montpellier ; les images du seul sentiment qui, jusqu'au retour de la fièvre, osera regarder la mort.

À Roquebrune, devant le feu de bois, le moment où l'homme de quarante ans, pour la première fois, est pris de la maladie de se souvenir. De quoi ? Ce jour-là, de Saigon, du temps où nous publions *L'Indochine enchaînée*. Aucun imprimeur n'ose plus composer le journal. Nos ouvriers ont remonté de vieilles presses. Nous n'avons trouvé (à la mission de Hong Kong[2]...) que des caractères de langue anglaise, sans accents. Impossible d'imprimer. La nuit, un ouvrier annamite entre, tire de sa poche un mouchoir noué, coins dressés comme des oreilles de lapin : « Y a rien que des *é*. Y a des accents aigus. Des graves. Des circonflexes. Pour les trémas, plus difficile. P't'êt on pourra s'en passer. Demain, nous Ann'mites, nous allons apporter tout. » Il a ouvert le mouchoir, vidé sur un marbre les caractères enchevêtrés, et les a étendus de son doigt d'imprimeur, sans rien ajouter. Il les avait pris dans les imprimeries gouvernementales, et savait que s'il était trahi, on ne l'enverrait pas au bagne comme révolutionnaire, mais comme voleur[3].

Le plus saisissant instant de fraternité que je connaisse, et que j'ai inventé... Dans un hôtel de Peïra-Cava, je suis en train d'écrire la scène de *La Condition humaine* où les révolutionnaires de Shanghai blessés vont être jetés dans le foyer de la locomotive. Katow a pu conserver son cyanure. Dans la nuit, sa main rencontre celle de Souen, jeté[a] à côté de lui, qui la serre. Je devine alors que Katow va déposer le cyanure dans la main qui vient d'étreindre la sienne[4].

Pendant la Résistance, j'ai possédé du cyanure pendant deux ans. Lorsque Londres nous l'a distribué, je me suis demandé si la scène de mon livre deviendrait prémonitoire.

Prémonitoire comme l'hiſtoire de la Viſtule devant les soubresauts de mes pauvres compagnons ? En partie — car je n'aurais, hélas ! pas donné mon cyanure[a].

Une autre scène, que j'ai transposée dans *Le Temps du Mépris*.

Boris Savinkov en prison, avec les condamnés qu'on va pendre. À l'appel de son nom, un autre prisonnier s'avance. Les terroriſtes savent que Savinkov eſt l'un des chefs du mouvement, que sa vie doit être préservée, et ils se regardent avec fierté. Sauf lui[1].

Des scènes d'Espagne que j'ai écrites, filmées ou voulu filmer. D'autres que j'avais oubliées.

L'hôpital militaire de Madrid[2], cave voûtée de Goya, soupiraux d'où tombe le jour à travers les plantes. Sous le voile de la mouſtiquaire, un blessé hurle. Aviateur, tombé avec sa bombe, vingt-sept éclats. Une femme, sa mère ? plonge dans la mouſtiquaire. Les cris cessent. Je n'entends même plus le grincement des dents qui les suivait. De l'intérieur, une main tord la mouſtiquaire. Un nouveau bruit commence, devient diſtinct : un bruit de lèvres. Que dire en face d'un corps déchiqueté ? La mère fait la seule chose qu'elle puisse faire : elle l'embrasse.

La prédication[3] du moine des Hurdes aux miliciens, dans la nuit livrée aux camions de l'armée.

« Le Chriſt Jésus a trouvé que chez nous ça n'allait pas bien. Il s'eſt dit : "J'irai là." L'ange a cherché la meilleure femme de la région. Jésus s'eſt mis à apparaître. Elle a répondu : "Oh ! pas la peine : l'enfant viendrait avant terme, vu que j'aurais pas à manger."

« Le Chriſt eſt venu chez une autre. Autour du berceau, y avait que des rats. Pour réchauffer l'enfant, c'était faible, et pour l'amitié c'était triſte. Alors, Jésus a pensé qu'en Espagne ça n'allait toujours pas.

« On a obligé les propriétaires à donner des terres aux paysans. Ceux qui ont des bœufs ont hurlé qu'ils étaient dépouillés ! Par ceux qui ont des rats. Et ils ont appelé des soldats romains.

« Alors le Seigneur eſt allé à Madrid. Et pour le faire taire, les rois du monde ont commencé à tuer les enfants de Madrid.

« Alors le Chriſt s'eſt dit qu'il y avait vraiment pas grand-chose à faire avec les hommes. Qu'ils étaient si dégoûtants que même en saignant pour eux jour et nuit pendant l'éternité, on n'arriverait jamais à les laver.

« … Les descendants des Rois mages étaient pas venus à sa deuxième naissance, vu qu'ils étaient tombés clochards ou fonctionnaires. Alors, pour la première fois au monde, la première, de tous les pays, ceux qui étaient tout près et ceux qui étaient au diable, ceux chez qui il faisait chaud et ceux chez qui il faisait gelé, tous ceux qui étaient courageux et misérables se sont mis en marche *avec des fusils.*

« … Et ils ont compris avec leur cœur que le Christ Jésus était vivant dans les pauvres types de chez nous. Et par longues files, de tous les pays, ceux qui connaissaient assez bien la pauvreté pour se battre contre elle, avec leurs fusils quand ils en avaient et leurs mains à fusils quand ils en avaient pas, ils sont venus se coucher les uns après les autres sur la terre d'Espagne…

« Ils parlaient toutes les langues, même qu'il y avait avec eux des marchands de lacets chinois.

« … Et quand tous les hommes ont eu trop tué — et quand la dernière file des pauvres s'est mise en marche… »

Les derniers mots à voix basse, avec l'intensité chuchotée des sorciers :

« … une étoile qu'on n'avait jamais vue s'est levée au-dessus d'eux… »

Le retour des blessés[1] du bombardier abattu dans la sierra de Teruel, civières portées par les paysans et suivies par tous les villages que le cortège a traversés.

Derrière les créneaux, le bourg se masse. Le jour est faible, mais ce n'est pas encore le soir. Bien qu'il n'ait pas plu, les pavés luisent, et les porteurs des civières avancent avec soin. Dans les maisons dont les étages dépassent les remparts, quelques faibles lumières sont allumées.

Les paysans, sur le rempart, sont graves, mais sans surprise : le visage du premier blessé est hors de la couverture, et il est intact. L'atmosphère devient plus lourde lorsque passent les suivants : assez de jour encore pour que les yeux attentifs voient sur le cuir de larges plaques de sang. Quand Gardet arrive, sur cette foule déjà silencieuse tombe un silence tel qu'on entend tout à coup le bruit lointain des torrents.

Tous les autres blessés voient ; et, quand ils ont vu la foule, ils se sont efforcés de sourire, même le bombardier.

Gardet ne regarde pas. Il est vivant : des remparts, la foule distingue, derrière lui, le cercueil. Aveugle ? Recouvert jusqu'au menton par la couverture, et, sous le serre-tête en casque, ce pansement si plat qu'il ne peut y avoir de nez dessous, ce blessé-là est l'image même que, depuis des siècles, ces paysans se font de la guerre. Et c'est un volontaire. Un moment, ils hésitent, ne sachant que faire, résolus pourtant ; enfin, comme ceux des autres villages, ils lèvent le poing en silence.

La bruine commence à tomber. Les derniers brancards, les paysans des montagnes et les derniers mulets avancent entre le grand paysage de roches où se forme la pluie du soir, et les centaines de paysans immobiles, le poing levé. Les femmes pleurent sans un geste, et le cortège semble fuir le silence des montagnes, avec son bruit de sabots entre l'éternel cri des rapaces et ce bruit clandestin de sanglots.

Une escadrille fasciste bombarde le port de Valence à six kilomètres. La bruine recouvre Valence et ruisselle doucement sur les orangers. Pour la fête des enfants, les syndicats ont préparé un cortège. Les délégations des gosses ont exigé les personnages des dessins animés ; les syndicats ont construit en carton des Mickey énormes, des Félix-le-Chat, des Canard-Donald (précédés, quand même, d'un don Quichotte et d'un Sancho). Entre les milliers d'enfants venus de toute la province pour la fête dédiée aux enfants réfugiés de Madrid, beaucoup sont sans abri. Sur le boulevard extérieur, les chars, leur triomphe terminé, sont au rancart ; pendant deux kilomètres apparaissent dans les phares de mon auto les animaux parlants de la féerie, du monde où tous ceux qu'on tue ressuscitent... Des gosses sans abri se sont logés sous les personnages de carton, entre les jambes des souris et des chats. L'escadrille ennemie continue à bombarder le port ; sous la garde du don Quichotte nocturne, les animaux que les explosions font trembler dans la pluie branlent la tête au-dessus des enfants endormis[a1].

Ces souvenirs de *L'Espoir* me rappellent qu'en Espagne, en Alsace, au camp de prisonniers les médecins soignent des blessés qui ne s'éveillent pas.

Au camp de 1940, devant les barbelés auxquels des prisonniers s'accrochent, une femme passe. Devant quatre, cinq grappes d'hommes. Elle n'ose pas tirer le pain de son sac. Un peu plus loin, la faim ne marquera pas autrement les faces.

Enfin — lassitude, angoisse, peur du retour de la sentinelle —, elle avance avec effort vers les barbelés, tire du sac de moleskine une couronne de pain sur quoi le soleil étincelle :

« Partagez, partagez ! » implore-t-elle précipitamment.

Tant de mains se lancent, et sans doute avec une telle expression, qu'elle recule, et la couronne tombe hors des barbelés. Dans le grondement des prisonniers, il n'y a pas une parole. Elle ramasse le pain, le jette enfin, et s'enfuit sans regarder les hommes qui se relèvent, ensanglantés par les crochets de fer, et s'enfuient, eux aussi, un lambeau de pain à la main.

Elle reviendra… Ce sont toujours les mêmes qui viennent[a].

Pendant la Résistance, un des passeurs du colonel Rémy[1]. Il doit passer une rivière, la mère sur son dos, l'enfant dans ses bras. Elle a si peur que l'enfant crie, qu'elle le bâillonne, le remet à l'homme, s'accroche à son cou, et le passeur part une fois de plus dans la nuit.

Une vieille dont j'ai oublié le nom, bien que je l'aie fait décorer à la Libération. Les chars allemands avancent dans le manche de la route en fourche, et la femme sait que la route de droite touche le maquis. Elle part vers eux, panier au bras. Ils l'interrogent, nous la voyons désigner la route de gauche par de grands gestes. Les chars partent à gauche, ce qui va nous permettre d'attaquer de flanc. Elle le sait, et elle sait qu'ils peuvent revenir.

J'ai connu aussi la dérision de la fraternité.

« Salut, roi des Juifs[2] ! »

Ça commence dans un bistrot de marché noir, à Paris, en 1943. Cinq « responsables ». Le déjeuner expédié, nous filons. Raguse, le chef de la mission gaulliste de Paris, est harcelé par un des nôtres, dont je sais seulement qu'il est un colonel d'active.

« Lancelot, lui dit-il, voulez-vous régler avec Berger cette petite question ? Il est plus compétent que moi. »

Et à voix basse :

« Délivre-moi à tout prix de ce dingo ! Autre chose à faire aujourd'hui, bon Dieu ! »

Les autres l'accompagnent, le colonel m'attend, et dit dès que j'ai repris ma place :

« Voici. Il existe entre l'armée et les intellectuels un fossé qui semble infranchissable. Il ne l'est pas. Nous avons, mon cher compagnon, bien des poètes dans l'armée ! Dès la Libération, il faudrait créer une revue de poésie, consacrée aux poètes de l'armée. Au début, nous ne donnerions que des sonnets. Parce que… »

Éberlué, je regarde ma montre. Ça va durer, et mon agent de liaison, Violette, « la meilleure tireuse de l'armée anglaise », m'attend dans le jardin du Trocadéro. Il ne faut pas décourager ce résistant, qui a d'autres qualités que de collectionner des sonnets ; il ne faut pas non plus manquer Violette. Raguse exagère. Dialogue sur les sonnets. Promesses. Que n'aura pas promis la Résistance ? La montre, les sonnets, la revue ; les sonnets, la revue, la montre. Fini, enfin. De la porte du restaurant à la bouche du métro, je rumine ce que m'a dit Raguse à propos de la torture : combien de résistants ont été pris, donc torturés, pour avoir mis trop longtemps à abandonner leur chat[a] ! — et : maintenant, nous combattons en face de l'enfer[1].

Bon, allons chercher les documents de Ballataire, qu'apporte Violette.

Vingt minutes de retard, c'est beaucoup. Du bas du Trocadéro, je vois Violette à la porte de droite. Je ne connais pas Ballataire. Le petit bonhomme à béret basque qui vient vers elle ? Coup de sifflet. Des types surgissent des fourrés, la jettent dans une voiture militaire allemande. Ballataire les suit, sans courir. Il l'a livrée ? Je repars d'un air nonchalant vers la Seine ; j'entends ma respiration comme le halètement saccadé d'un hors-bord qui s'éloigne ; si[b] j'étais arrivé à l'heure[2]…

Un enfant joue au cerceau.

C'était de Violette que j'attendais mes nouveaux contacts. Raguse s'est évanoui dans la nature, je repars demain. Mon dernier contact possible à Paris est Camaret, le chef national et le héros des Groupes Francs, les sections d'assaut de la Résistance. Il a été pris après avoir attaqué un fourgon de l'Abwehr boulevard Saint-Michel, à cent cinquante mètres de la Préfecture, délivré deux des nôtres prisonniers. Torturé, mais évadé. Raguse m'a indiqué sa nouvelle planque. Essayons. Dans quel état vais-je le trouver ?

Si je le trouve.

Et pas avant 7 heures.

J'attends que la nuit tombe.

Une H.L.M. de luxe, si l'on peut dire ! dans le XVe. Escalier vide. Au second, à gauche. Je frappe selon le signal. Camaret[1] vient ouvrir. Grand, mince, beau, Aryen blond ! comme naguère (il est juif[a]) sauf un sourire qui ne quitte pas son visage, et semble une cicatrice. Il me regarde à la lumière de l'antichambre, incline sa tête bandée comme pour exprimer qu'il me reconnaît. Je lui demande :

« Vous êtes seul ?

— Oui. »

Nous entrons dans une pièce bien-pensante, où se trouve un piano droit. Nous nous asseyons sur un petit divan tendu d'andrinople.

« Violette est embarquée, dis-je. Il faut que je trouve d'autres contacts. »

Violette peut avoir (sait-on jamais ?) laissé des notes dans son sac — et on peut parler sous la torture. Je sais que Camaret vient d'être torturé. Le bandeau de sa tête, et, sous la chemise ouverte, des pansements… La torture m'obsède, comme elle nous obsède tous.

« Comment a-t-elle été prise ? demande-t-il.

— Livrée. Par miracle, j'étais en retard. »

Je raconte.

« Où est-elle ?

— À la Gestapo de l'avenue Foch, je suppose. Nous le saurons demain.

— Nous ne pouvons rien contre l'avenue Foch. S'ils l'amènent ensuite à la Conciergerie, essayons. En attendant, s'ils savent qui elle est, et ils doivent le savoir, ça ira mal. Essayons…

— Vos Groupes Francs ont réussi une fois. Ils ne réussiront pas deux. »

Il se lève, arpente la petite pièce.

« Nous pouvons attaquer les voitures allemandes (cette

fois, vous avez raison, il y en aura plusieurs) dans l'avenue Foch même, avant l'Étoile…

« Dites donc, vous connaissez quelque chose à la haute couture ?

— Non. J'ai réfléchi un peu à la mode ; ce n'est pas tout à fait la même chose, mais…

— À quoi avez-vous réfléchi ?

— Il faudrait comprendre pourquoi les hommes portent la barbe pendant des siècles, et puis se rasent, alors que les femmes changent de costume chaque année[a]… Mais dites donc, parlons de mes contacts !

— Quoi ? Ah, oui ! »

La radio de Londres commence, étouffée, à passer les « messages personnels ».

Il reprend sa marche, s'arrête devant la table, écrit sur un bloc.

« Voici le délégué militaire pour Paris. Maintenant, mon contact pour Londres. C'est noté ? »

Il veut dire : « est-ce appris ? » La Résistance ne note plus rien. Je tire mon briquet, j'écrase dans le cendrier la petite feuille brûlée.

« J'ai besoin aussi d'un contact moins important : une émettrice, une agent de liaison, une autre Violette.

— Voici la mienne. Très mal habillée. Pourquoi les femmes changent-elles de costume chaque année ? Et pourquoi la mode est-elle plus forte qu'elles ? »

À peine a-t-il posé sa question qu'il se prend la tête à deux mains : son visage n'est plus que celui de la souffrance.

À la radio, le général de Gaulle parle.

« La réponse à la première question me paraît simple, dis-je, être à la mode avant les autres, c'était être une femme du monde, non ? Mais qu'est-ce que ça peut vous faire ? »

Il s'assied, pianote furieusement sur la table.

« J'aime une artiste. Une artiste de la mode. Créatrice de modèles. Charmante. Aristocrate tchèque. Savoir pourquoi on peut créer un modèle et non un autre est aussi important que savoir comment on peut contacter le délégué militaire de Paris, non ? »

Il reprend sa marche, retrouve son rire crispé. D'autant plus crispé qu'il ne semble pas lui appartenir : sa superbe gueule de Siegfried appelle son sourire de naguère, et ce rictus y semble intrus.

« Vous savez, Berger, la Résistance devrait créer ses modes. Invisibles, bien sûr. Invisibles. Mais nous les reconnaîtrions. La radio de Londres décrirait les modèles. Nos copines s'habilleraient en conséquence, chez elles. Les religieuses portent leur costume dans leur couvent. La mode de l'année prochaine suivra les modèles de mon amie. Je le lui ai dit. Quand on m'a interrogé à la Gestapo, le second jour, toutes les souris grises[1] portaient cette mode-là. Pour me faire honneur. »

Il ne plaisante pas. Est-ce que je commence à comprendre ? Je ne vais pas lui demander comment on l'a torturé le premier jour ? Après le colonel aux sonnets, c'est le temps des extravagants. Camaret se transforme de plus en plus — son rictus, maintenant, le ravage — mais les "contacts" qu'il a donnés sont sans doute exacts. Sa voix monte :

« Alors quoi, vous pensez quelque chose sur l'évolution de la mode, oui ou non ?

— Ce que je pense est assez banal… »

Il hurle, écumant :

« Vous n'êtes pas Berger ! Berger sait ce qu'il pense, mais je vous ai pris au piège ! Vous êtes de la Gestapo ! N'essayez pas… »

Il tire de son aisselle un revolver. Depuis quelques secondes, j'attends quelque chose de ce genre. Les fous ont rarement l'air de fous. J'ai pensé à une amie folle rencontrée rue du Bac[2], jadis ; normale, et même éloquente : « Quand j'ai changé de chambre, à l'hôpital, dans ma fenêtre, il y avait un arbre. Je n'avais pas vu d'arbre depuis des mois. Un arbre !… » Ému mais pressé, je suivais la nurse qui poussait la voiture de ma petite fille, la folle à côté de moi. Au moment où elle ajoutait avec calme : « J'ai retrouvé la vie… » elle avait ouvert son sac et en avait tiré un rasoir.

D'un coup à casser le bras de Camaret, j'envoie rouler le revolver, cours vers la porte. Haletant, comme lorsque j'ai quitté le Trocadéro.

La Gestapo surveille-t-elle la maison ? Le doigt sur la gâchette de mon propre revolver, je me glisse dans le black-out de la rue. Ni passants ni police. Je trébuche en m'appuyant au mur. En face de moi, sur une grande maison aux volets clos, le vaste rectangle de lumière projeté par la fenêtre ouverte, comme un écran de cinéma ; l'ombre de

Camaret qui gesticule, et ses cris dans le silence de Paris aux aguets :

« Tous des indicateurs ! M'auront pas ! Peuvent courir, et les cons de Fritz aussi ! La mode sera française ! »

La radio de Londres, branchée à pleine puissance, hache ses hurlements.

À la radio, les « messages » continuent : « Le petit bonhomme a perdu sa bouteille… Le… »

Sans ralentir, je regarde l'ombre du héros des Groupes Francs se démener dans son rectangle de lumière projetée sur la maison aux volets clos, en face. Sous le ciel presque éclairé par la profusion d'étoiles[a].

L'hôtelière de Gramat agenouillée dans mon sang : « C'est pour l'officier français fusillé[1]. »

La belle religieuse qui m'apporte l'Évangile selon saint Jean[2], et du vrai café. (J'étais en train de lire une pièce idiote dans *L'Illustration théâtrale*.) Le couvent ressemblait à la Salpêtrière.

Dans la lucarne de l'ambulance allemande qui m'emporte, les fumées de nos fermes incendiées raient tout le ciel, comme celles des réservoirs en feu au temps de la retraite.

En Auvergne, au pied des puys, nos gazogènes en route pour le front d'Alsace comme des taxis de la Marne. Brive et Périgueux prises, les maquis de Corrèze et de Dordogne partent pour le front d'Alsace avec les Alsaciens qui ont libéré leurs villes avec eux.

La dernière lettre à sa femme du capitaine Peltre[3], notre premier mort des Vosges : « Je n'ignore pas que j'ai femme et enfant, peut-être enfants, et pour vous, pour moi, je tiens à la vie, assez pour faire mon devoir — celui d'homme au sens plein du mot, qui essaie de donner à tous ce qu'il doit de lui-même, et qui est sans témérité. » Maquisards en calot, habitués aux bazookas et à la forêt, nous prenons position en avant des chars de la Ire D.B. paralysés par une boue préhistorique. Les casques arrivent le cinquième jour, et Peltre est tué en distribuant ceux de ses hommes.

Nous l'avons enseveli au cimetière de Froideconche, où sont enterrés les soldats dont on a rapporté les corps.

Les petites filles et l'institutrice ont passé la nuit à

coudre et toutes nos tombes sont fleuries de drapeaux enfantins.

Encore des fermes qui flambent : la bataille de Dannemarie[1]. Les « unités de volontaires » attaquent au matin. Tous ont été volontaires, avec le haussement d'épaules de l'évidence. La nuit entière, ils ont attendu, couchés sur les champs de givre le long des bêtes chaudes, pendant qu'à l'horizon brûlaient des fermes. C'est l'aube. Ils attaquent les chars allemands couverts de gelée blanche, à droite ; la Légion, à gauche. Elle ne choisit pas sa guerre. Ceux qui ont longtemps combattu avec leurs mains nues, ceux qui chipaient les poulets, avancent au lent pas historique des légionnaires, résolus à servir de cible à l'égal des « képis blancs » formés par les batailles. Les files d'ambulances reviennent à l'hôpital de campagne, dégorgent leurs blessés, et les messagers demandent des chefs de commando pour remplacer ceux qui viennent de tomber, vague après vague. Déjà les compagnies se sont dispersées pour l'attaque, et l'on ne voit plus, à gauche, que des casques perdus dans les buissons, les champs et le givre, et à droite, des képis blancs. Les deux vagues montent du même pas. Dans l'aube des champs de Dannemarie gorgés de sang depuis trois cents ans, les clochards voltigeurs des maquis accompagnent le pas pesant de la première troupe d'élite de l'armée française morte, avec l'ébranlement sourd qui rejoint dans ma mémoire l'ébranlement de la Garde[2]. Tous les officiers supérieurs blessés, l'attaque va finir avec moi.

Qu'il fait froid sur la terre ! Le lendemain, dans la nuit de lune et d'incendies, la longue suite des prisonniers allemands — comme nous, quatre ans plus tôt…

Nos armes prises à l'ennemi[3].

Nos brancardières qui allaient ramasser les blessés sous les obus.

Bien plus tard, après le retour du général de Gaulle, les gorilles amis, prêts à la même bombe que moi, l'un d'eux lisant assidûment *Le Canard enchaîné* : Paris…

L'adolescente en armure qui commémore Jeanne d'Arc aux fêtes d'Orléans. Je lui ai dit qu'elle ressemblait à la France[4], et elle sera la première à m'écrire quand mes enfants mourront.

Les menus jeux en fil de fer[1] auxquels s'entraînait le Général.

À Colombey, pour ses funérailles. Ponchardier, le « Gorille » de la Résistance, inventeur du mot, et qui ouvrit en pleine occupation la prison d'Amiens — devenu gouverneur de Djibouti, me raconte que les Afars et les Issas, dès l'annonce de la mort, se sont mis en marche à travers le désert pour venir écrire leur signe sur le registre ouvert au palais du Gouvernement. Nous nous hâtons dans le jour gris, sous le glas auquel répond celui de toutes les églises de France et[a], dans mon souvenir, toutes les cloches de la Libération[b]. La communion est quelquefois aussi forte que la mort.

S'enfouir, glisser, sombrer — rejaillir, comme la flamme de l'Arc de Triomphe que plaquait au sol le vent nocturne, la nuit où la chuchotante marche des femmes portait dans la nuit pluvieuse les fleurs du général de Gaulle. Autant que par cette nuit-là, je suis habité par les Russes et les Allemands dans la forêt de la Vistule. Par le mot : spasmodique, par des trombes[c] sur la mer de Chine. Pourtant la lucidité revient[d]. Non seulement l'examen de ma vie me reste étranger, mais le frôlement de la mort le rend dérisoire ; non seulement la mort n'appelle pas ceux que j'ai aimés, mais, dans cette chambre de clinique, elle nous chasse ensemble. Alors qu'elle accueille mes souvenirs de fraternité. La criante relation de la fraternité avec la mort reste énigmatique. Comme avec la folie : l'ombre gesticulante de Camaret rejoint les figures à groins qui portaient les Russes gazés aux ambulances de Bolgako[e].

Depuis l'*Altenburg*[2] — plus de trente ans — je veux savoir ce que je pense de l'homme pareil[f] à lui-même à travers les civilisations, pareil au passant de Babylone ; pareil au semi-gorille qui, levant les yeux, se sentit pour la première fois le frère du ciel étoilé ; pareil aux noyers de l'Altenburg qui renaissaient des noix mortes[3], à cent mètres des saints sculptés dans les noyers de jadis. Pareils à tant de morts — et, en 1943, la Résistance comptait plus de morts que de vivants. La fraternité du combat est rigoureusement communion[g].

Le sursaut des soldats de la Vistule a révélé en chacun le semblable de celui qu'il devait combattre, et qu'il sauvait — le semblable de la mère espagnole qui se taisait pour embrasser son fils déchiqueté. Les Allemands de Bolgako, la vieille qui engageait sur la mauvaise route les Allemands de Hitler, ont été des *témoins*, au sens où le général de Gaulle le disait des Français libres… Presque tous auraient dit : « Il faut ce qu'il faut. » Nos petits morts[a] dans la haute montagne. « … La solennité des montagnes ne prévaut pas sur une tache de sang, quand elle eſt d'un sang fraternel. » Notre première attaque dans la forêt d'Alsace : nous n'entendions pas encore les chars ennemis. Je regardais les sapins comme des piliers de cathédrale, et les nôtres sur qui le tir des mitrailleuses faisait pleuvoir les branchettes : témoins — de quoi ? — en face de la grande indifférence des arbres…

De nouveau, la fièvre monte. De gros inseƈtes sourds qui se promènent autour des tubes lance-torpilles… La nuit du Panthéon, sur les sabres de la garde, les reflets de la lune enchantée[b]… Le soir s'approche avec ses plaintes, et ce que je note commence à se dissoudre dans une plongée tiède, comme si mes mains, en s'ouvrant, découvraient qu'elles abandonnent la vie. Confusément, je…

La crise a été moins forte que la précédente. Je savais que mon ſtylo allait m'échapper. Ne noterai-je, de la Maison des Morts, que la vie, et de la démence, que la lucidité ? Nous devenons conscients de notre respiration lorsqu'elle eſt coupée, et de l'espoir lorsqu'il se retire. La vertu théologale nommée Espérance ne se confond pas avec le halètement insatiable du joueur pendant que tourne la roulette : l'espérance n'eſt pas espérance de quelque chose. Mais la crise l'escamote vite. Retour à travers les rêves.

Il m'advient de retrouver d'anciens rêves, et de les reconnaître. Je parcours des terres plombées, tuyaux et débris de tuiles où erre une multitude de frileux manteaux sans corps, entre des clôtures aux perspeƈtives sans fin ; un compagnon, qui devine mon angoisse malgré mon silence, murmure, désignant vaguement ces limbes : « Ce n'eſt rien, monsieur : c'eſt l'inconscient… » Au camp de prisonniers de 1940, je regardais des milliers d'ombres dans l'inquiète clarté de l'aube, et je pensais : « C'eſt l'homme[c]. » Cette nuit, je n'ai rien pensé, j'ai glissé dans l'état inconnu. J'émerge d'immenses décombres, mais ne me souviens pas que des décombres. Voici mon dernier rêve. L'exode de 1940 plein de roses et de poussière, les paysans qui incendient leurs meules avant l'arrivée de l'ennemi, pendant que le soir tombe dans le brouillard d'été. Retour aux terres plombées du rêve précédent. Puis, vers une nuit solennelle, l'escadre des astres appareille. L'immense bonté qui tombait du firmament[1] chaldéen, les constellations[a] de Booz se lèvent sur la mort.

Les états extatiques, hors du christianisme qui les lie au Christ, sont sans doute parents de celui qui m'envahit. Pourtant, si le haschisch, dont j'ai connu au Siam l'action religieuse, prodigue son intensité à la musique ou au divin que nous lui apportons, il ne fait naître aucune pensée, n'apporte aucune découverte. Il ne m'eût pas dit que ces deux rêves me parlaient de la mort. Je ne me posais aucune question. J'ai été pénétré par : « Ma propre mort appartient radicalement à l'impensable. » Radicalement. L'adverbe se prolongeait, s'approfondissait, comme intensifié par un stimulant, s'enroulait autour du professeur dont la longue silhouette au nez en l'air avait empli ma mémoire de ses longs mouvements, et qui venait alors de se serrer comme un nœud :

« La fascination du cadavre… Le pire pourvoyeur de l'angoisse… »

Pour moi, le pire pourvoyeur de l'angoisse était la syncope, d'autant plus qu'elle se mêlait, dans mon esprit, au coma prolongé qui hésite de la vie à la mort… La syncope n'est pas la vie artificielle, elles n'en ont pas moins en commun la terre de l'absence. Je n'avais pas oublié : « On pense : *je* serai *ceci.* » « Ceci » ne suggérant pas moins la catalepsie que la décomposition[b].

« Mon expérience de la mort, avait dit le professeur, n'inclut pas encore la mienne, vous savez ! » Ma plus profonde conscience ne se confond ni avec un moment élu de mon passé ni avec sa totalité ; même en face de la mort, car elle eût été de même nature dix ans plus tôt. Affirmation informe et véhémente de chacun pour soi-même, dont je me suis souvenu en entrant à l'hôpital, « le monstre incomparable et fuyant que chacun choie dans son cœur[2] ». Je ne le choie plus guère, je le connais toujours. D'autant mieux que si la syncope ne m'a pas livré ce moi informe, elle m'a désincarné de l'autre. Au bénéfice de rien. Désincarné pourtant. J'avais perdu tout, sauf vivre. Plus de directions. Plus guère de corps. Plus d'identité : *exit.* La conscience de la vie n'est pas celle de la personne. Un passé actuel. Les plaintes de la Salpêtrière répondent à celles du préau[1] de Shanghai. Presque plus d'images ; elles se sont pressées et se dissipent par essaims, comme celles des drogues apparaissent par cycles ; mon traitement agit souvent comme un stimulant, accroît la confusion ou la lucidité tour à tour. J'ai mis en scène un personnage (lequel[2] ?), qui entend un phonographe émettre sa voix enregistrée, et ne la reconnaît pas. L'expérience, aujourd'hui banale, n'a pas perdu sa force de symbole. Les hommes entendent toujours leur voix avec la gorge, et celle des autres avec les oreilles. Si nous entendions soudain une autre voix que la nôtre avec la gorge, nous serions terrifiés. J'avais écrit que tout homme entend la vie des autres avec les oreilles, mais non dans la fraternité ou l'amour[a]. Le livre s'appelait *La Condition humaine.*

J'ai, depuis, beaucoup retrouvé la mort. Je retrouve, entre la menace et le souvenir, la conscience fondamentale que connaît bien le bouddhisme. Lorsque l'ascète a perdu toutes les formes de l'illusion sans atteindre l'illumination, il n'éprouve plus que l'insondable conscience d'exister, la Paix de l'Abîme[3], dans l'unité de tous les âges de sa vie. L'homme a moins absurdement tenté de se voir en Dieu qu'en autrui, car le reflet ne nous présente qu'une connaissance, et la conscience est de l'ordre de la croyance. L'opération mentale par laquelle nous tentons de nous concevoir est aussi distincte de cette conscience que la théologie est distincte de la foi. Le plus humble croit en soi parce qu'il ne peut pas faire autrement ; à un moi plutôt qu'au néant — et se croit néant plutôt que de ne rien croire. La conscience archaïque que l'on prête au cerveau du plésiosaure humain est au-delà de la pensée parce qu'elle rejoint le plus profond inconscient, au-delà du langage. Muette — comme la force qui peut détruire la terre, mais n'a rien à dire à l'homme. Présente, néanmoins, quel que soit le moi vivant, celui de la dernière douleur qui ne veut pas mourir[b], celui de la dernière victime de « Nuit et Brouillard[4] », celui de l'empereur Andronic[5] devant la dernière torture : « Seigneur, pourquoi t'acharnes-tu sur un roseau brisé ? » Un *je suis* bien au-delà du *je pense*[6].

« Depuis que j'étudie les papillons, disait Méry, l'homme me paraît la seule bête qui ait le malheur de se souvenir de son enfance-chenille[1]. »

Ce qui le livre au cadavre, car un mort pacifié (ils le sont presque tous ici, disent les infirmières) ressemble plus au vivant qu'il était hier qu'un vivant à l'enfant qu'il était jadis. L'enfant appelle-t-il la dépouille ?

Et si notre conscience fondamentale n'est que conscience de vivre, ne se révulse-t-elle pas devant le néant comme le corps devant la strangulation, comme les hommes de Bolgako devant les gaz asphyxiants ? J'entends la psalmodie sur le Gange :

... non né, éternel, perpétuel,
Ancien. De même que l'on rejette les vêtements usés, et que l'on en revêt d'autres,
De même, ce qui est revêtu d'un corps rejette
Les corps usés[2]*...*

Mais notre cerveau de saurien n'a connu que des trépassés éternels ; ils changeaient de vie, retrouvaient les Ancêtres. Puis, l'humanité changeait d'au-delà... L'âge des Lumières, déiste, croyait l'âme immortelle. La planète comble de morts entend pour la première fois nommer humanité notre mince pellicule de vivants. La mort est une découverte récente et inachevée. Le saurien mythique enseveli en nous la récuse aussi radicalement que la conscience des vrais fous récuse notre monde. Il achève cinquante millénaires de paradis, d'enfers et de libérations par la dérisoire survie d'un visage de mort. « Je serai ceci. » Le drame de l'agnosticisme ne vient pas de ce que nous tenons la mort pour impensable, mais de ce que nous n'y parvenons point. À ce jeu, le cadavre est plus fort que l'homme. Le mot : inconnaissable, suggère sournoisement une connaissance jamais atteinte, mais qui prolongerait la nôtre ; pourtant, loin de nous être donné, l'impensable doit être arraché aux réincarnations, aux survies, à tout ce qui demeure, fût-ce le cadavre. Le professeur a raison : l'homme lui est attaché par une étreinte d'insectes que ne dénoue pas le feu. Mais mon interlocuteur n'a pas pressenti comment le cadavre est garant du néant. Parce que ce néant, contre le « rien » de l'impensable, est la dernière forme de la survie. Avec l'ambivalence de crainte et d'espoir attachée aux survies — et que mon prêtre[1] du camp de 1940 accordait aux derniers instants... L'humanité se lie au cadavre comme elle l'a fait aux figures de gisants et de transis : jamais la chrétienté n'a craint le Jugement plus qu'à l'époque de la Danse macabre.

Les chrétiens du XIe siècle se convertirent en masse au christianisme lorsqu'ils arrachèrent à la forêt capétienne la fameuse robe d'églises ; pourtant, ils étaient chrétiens. Je tâtonne vers l'évidence si profondément enfouie en moi, comme vers le commutateur dans la nuit de la première syncope. L'impensable n'est pas ce qui nous est caché. Il n'implique pas notre impuissance, il n'implique RIEN.

L'impensable épouvante l'humanité, alors que lui seul la délivrerait.

Où me mène la rêverie ? Assis sur le marchepied d'une auto dans le désert de Lout, en Perse, au temps du Moyen Âge éternel ; le chauffeur change une roue. Je m'entretiens de religion avec Souleyman d'Ispahan et son neveu Saïdi, le sioniste (les deux antiquaires qui enverront au Louvre l'étoffe teinte, peut-être, du sang d'Alexandre le Grand). Une caravane de camions, hérissés de turbans et de cages à poules, s'éloigne, à travers les mouches, vers l'horizon piqué de moulins à vent[2].

« Vous connaissez, dit le sioniste, la sourate qui enseigne que nous ne pouvons pas comprendre le monde ? Iaweh a déclaré cela à Job[3] bien avant leur prophète ! Mais à Chiraz, les mollahs ont transformé cette histoire, avec une grande excellence. On les cite partout. »

Il montre du doigt les deux ornières creusées dans la piste par les camions. Un grillon gros comme une écrevisse vient d'y sauter, antennes dressées.

« Ils disent : "Le camion, supposons, aurait écrasé le grillon. Il ne serait pas tout à fait mort. Il penserait : j'ai été écrasé par un diable. Très gros, très fort. Il ne faut pas rencontrer les diables, ils vous tuent." Il pourrait penser que ce diable est très méchant, mais il ne pourrait pas du tout penser comment marche un moteur à explosion. Ni ce que le moteur pense. Ou qu'il ne pense rien.

— Voilà pourquoi il faut que les gens aient un Livre[4], dit Souleyman, qui fut maître d'école à la communauté israélite. Même les Russes. Vous m'avez dit qu'ils en ont un. »

Le petit Souleyman tout rond, Saïdi grand et cambré, me font penser à un moutardier en désaccord avec sa cuiller dans la solitude éternelle.

« Il faut surtout ne jamais s'occuper des moteurs des autres ! » répond Saïdi.

Car l'inconnaissable absolu n'est pas un domaine du doute, il est aussi impérieux que les fois successives de l'humanité, même dans ce désert sans oiseaux, comme celui où Satan apparut à Jésus[1]. La chenille doit devenir chrysalide, la chrysalide, devenir papillon — le papillon, ne se souvenir ni de la chrysalide ni de la chenille. Doit ? Le papillon ignorera toujours d'où vient l'ordre, au double sens du mot. Mais si nous craignons le cancer, nous ne craignons point de nous voir soudain pousser trois bras. Si mon pauvre voisin avait été réellement possédé par la certitude de ne rien comprendre de la mort, il ne l'eût pas crainte. « Sauvé » disent les religions. Sauvé au moins de l'épouvante, à l'affût dans la pénombre : les toiles d'araignée pendent dans les encoignures.

« Je vous parle comme quelqu'un qui a vu beaucoup mourir, et, la plupart du temps, bien mal... », m'a dit le professeur. L'épouvante que j'ai rencontrée dans cette chambre, après mon écroulement et mon voyage sur la petite table, n'avait rien de commun avec ce que je *pense* de la mort. Combien d'humains terrifiés depuis si longtemps par leur au-delà, bête d'Apocalypse plus avide que les fléaux ou la bombe atomique, puisque nul ne lui échappait ! De quelle manière secourir mon malheureux voisin, s'il était perdu ? Plus les êtres nous sont proches, plus nous sommes aveugles ; mais combien d'hindouistes, de bouddhistes, combien de ceux qui ne savent pas ce qu'ils croient, auraient été délivrés du Spectre par la certitude de ne pas renaître Intouchables, animaux immondes, créatures de désespoir — et de n'être pas davantage néant ? Le vocabulaire de l'Orient cerne la démente métempsycose de l'Occident, terrifié par le fascinant et absurde : « Tu renaîtras néant. » Le professeur a raison lorsqu'il parle de transmigration. De ce qui relie : *tu deviendras cadavre*, à : *tu deviendras souris*. Quel poids aurait cette pensée-araignée, si l'Occident n'avait livré l'homme à sa propre dépouille ? L'angoisse du néant ne sait pas qu'elle aurait pour caricature l'angoisse du zéro, car on croit au néant comme on croit au diable, et non comme on connaît la naissance. Le néant *veut* le gisant. L'esprit a prodigué ses formes inépuisables à l'au-delà, jusqu'à la dernière âme immortelle ; le néant mis en ballottage, c'est la conscience la plus profonde, celle d'être vivant, qu'asservit l'inconscient pour lier l'homme au cadavre. La pensée agnostique ne parle à la mort, d'égale à égale, que si elle se fonde elle-même en foi. Tout dialogue avec la mort commence à l'irrationnel. On *sait* que la mort est impensable, personne n'en a *conscience*, me répètent la fièvre, l'hôpital, le professeur. L'agnosticisme, lorsqu'il accepte son propre irrationnel, lorsqu'il éprouve l'impensable avec la force de la foi, découvre, dans l'angoisse de la mort, la réincarnation de la Danse macabre, dérisoire comme elle.

Mes souvenirs, a-t-on écrit, s'attardent[a] à mes retours sur terre — après le cyclone ou la fosse à chars, aux heures de la Vistule, de l'Espagne et de la Résistance, moments qui jouent le rôle d'épiphanies. La métamorphose en conscience, de l'ignorance de la mort, ou la métamorphose de toute connaissance en croyance, n'est-elle pas semblable aux épiphanies ? Mon errance hors de la terre pour rapporter les comprimés est aussi une épiphanie des ténèbres. La révélation est que rien ne peut être révélé. L'inconnu de l'impensable n'a pas de forme ni de nom.

Une bouffée[b] comme l'odeur du rideau d'acacias pleins des hannetons de mon enfance, le premier grand froid de la guerre d'Espagne, le premier feu de bûches dont j'ai compris la langue de souvenirs… Le prédicateur des Hurdes sur le front de Madrid : « Une étoile inconnue se leva au-dessus d'eux[1]… » Quelles épiphanies rejoignent l'épiphanie de l'impensable ? Celles de la vie : précisément lorsque l'avion échappé au cyclone m'avait livré à la petite ville terrestre, avec ses blanchisseries, son chat dans une vitrine et l'énorme enseigne de gantier[2] comme une Main du destin… Celle du premier matin après la fosse à chars, la paysanne réconciliée avec le cosmos comme une pierre. (« Quand on est vieux, on n'a plus que d'l'usure… ») Les granges, les feux éteints, le puits, les ronces, les épingles à linge tellement accordées à la terre dans la miraculeuse révélation du jour[3]… Celle des noyers d'Alsace dressés au centre de l'anneau des jeunes pousses et des noix mortes de l'hiver…

Si, plus tard[a], à travers radios et télévisions, devant les hommes enfin prêts à l'entendre, le dernier prophète venait hurler à la mort qu'il n'y a pas de néant ! L'humanité ne se souvient pas des tremblements de terre de ses religions. Saint Paul, saint François[1], Luther, épisodes… Le bouleversement du bouddhisme, péripétie : les paroles sacrées elles-mêmes avaient condamné les hommes à la roue, des inspirés révèlent que le bouddha Amida délivrera enfin, dans sa Terre pure, les myriades de croyants qui l'auront invoqué en compatissant à la misère des êtres… Passer de la tanière des Intouchables au paradis de la Terre pure, cinq cents millions d'évadés ! vanité des vanités… Vanité, ces multitudes sauvées, cent fois plus nombreuses que les foules pourries par la peste noire. Insignifiance, les grandes découvertes de l'âme… le chrétien d'Orient après le schisme, le chrétien d'Occident après la Réforme — l'homme devant la première rencontre de l'agonie, la civilisation qui croit exorciser l'anéantissement par la peur de la mort… Sous cette dérive de nuées à travers l'oubli, les paysans qui brûlent leurs meules dans le soir ne prévalent pas sur le soir où se lèvent les étoiles de bénédiction : « Je sens mon profond soir vaguement s'étoiler[2]… » L'inconcevable n'a aucun attribut — pas même la menace : l'homme ne devient pas plus scorpion que damné, et pas plus néant que scorpion.

Notre corps se défend avec tant de force que nous ne pouvons pas nous étrangler. Nous ne nous habituons pas même à la menace ; pourtant ce terrible voyage devient moins fréquent. Les souvenirs précis du premier m'abandonnent. Et nul ne doute du langage du corps. Il y a trois mois, la dernière phalange de mon index droit a été fracturée par une portière d'auto. Un peu plus tard, a paru au-dessus de la lunule une coupure aussi nette qu'un coup de gouge ; elle avance avec le temps, partage maintenant l'ongle en deux. Je n'ai jamais vu avec une telle précision la marque de ma vie sur mon corps. Il se modifie partout insensiblement ; ici, de façon aussi visible que l'alcool rouge monte dans un thermomètre. Las du bruissement des voix de la mort, au réveil, sur mon ongle, je regarde la vie avancer.

Mais depuis plusieurs jours, je diffère de noter ceci. Les textes zen disent que le sentiment d'agonie qui précède l'Illumination déclenche le rire. Peu avant de perdre conscience, j'ai vu mon chat Fourrure, et entrevu dans l'obscurité le sourire du chat invisible d'*Alice au pays des merveilles*[1]. À l'instant de basculer (j'avais quitté terre) j'ai senti la mort s'éloigner ; pénétré, envahi, possédé, comme par une *ironie*[a2] inexplicablement réconciliée, qui fixait au passage la face usée de la Mort…

INAUGURATION DE L'EXPOSITION « ANDRÉ MALRAUX ET LE MUSÉE IMAGINAIRE »

Fondation Maeght, 12 juillet 1974[1].

J'ai publié dans La Tête d'obsidienne[2] *le discours prononcé le 12 juillet 1974 pour l'inauguration de l'exposition « André Malraux et le Musée Imaginaire » à la Fondation Maeght.*

Ce discours n'a pas été repris dans La Corde et les Souris. *Voici donc la forme synthétique, imposée par l'expression orale, aux idées que développe une grande partie de* La Métamorphose des dieux.

Nous venons d'assister à la première incarnation du Musée Imaginaire. Non par un État, mais par l'une des premières galeries d'art moderne de notre temps. Car ce musée est inséparable de notre art, et notre art, depuis Manet jusqu'à Picasso, est inséparable de son dialogue avec le Musée Imaginaire qu'il ressuscite.

Pauvre Musée malgré ses chefs-d'œuvre, comparé aux rêves de chacun de nous ! Mais son incarnation pose avec brutalité les problèmes que sa conception posait à voix basse.

Qu'affirmait le Louvre ? qu'avait répondu Giotto à Cimabue, aux mosaïques byzantines du baptistère de Florence devant lequel il passait chaque jour ? L'art est une interprétation de la nature — de ce que les hommes peuvent voir.

Que suggèrent les quatre mille ans du Musée Imaginaire ? L'art est une manifestation de ce que les hommes ne peuvent pas voir : sacré, surnaturel, irréel — de ce qu'ils ne peuvent voir que par lui.

À maints égards, la Renaissance a été la résurrection du visible.

À maints égards le Musée Imaginaire est la résurrection de l'invisible.

Il semblait devoir porter à son fronton la Déclaration des droits de l'art moderne :

« Avant d'être un cheval de bataille, une femme nue, ou une quelconque anecdote — un tableau est essentiellement une surface plane recouverte de couleurs en un certain ordre assemblées[1]. »

Et le voilà stupéfait de la mettre lui-même en question. Car elle y devient :

« *Avant* d'être une déesse sumérienne, la *Majesté* de l'Inde, Aphrodite, la Vierge ou *L'Esclave* de Michel-Ange, une sculpture est un système de formes en un certain ordre assemblées. »

Ce qui eût fort étonné les sculpteurs des *Goudéa*, des archaïques grecs, des grottes d'Elephanta, des figures romanes, et Michel-Ange. Ils eussent évidemment répondu : « Assemblées à quelle fin, sinon pour devenir une divinité, une Vierge, ou même *L'Esclave héroïque* ? » Donc, afin d'échapper au réel ; c'est aujourd'hui que la déesse et la Vierge sont devenues des ensembles de volumes.

Pourtant, au moment où la peinture ne devrait plus concerner que les peintres, les villes d'art remplacent les villes de pèlerinage. J'ai écrit jadis : « La propriété privée des œuvres d'art, déjà limitée, devient viagère. Les chefs-d'œuvre sont prêtés aux rétrospectives, presque toutes les grandes collections finissent au Musée : trois d'entre elles forment le premier musée d'Amérique. Américains et Japonais défilent par millions devant les tableaux de Braque et de Picasso, pendant que les cérémonies commémoratives de la mort de Rembrandt sont présidées par les derniers rois d'Europe, que l'exposition de nos vitraux est inaugurée par le dernier empereur d'Asie, et que les Soviétiques se pressent à l'Ermitage. »

Depuis, le Grand Palais a reçu le musée de Dakar, les obsèques de Braque ont eu lieu sous la colonnade du Louvre, tous les journaux du monde ont amoncelé leurs fleurs funèbres sur la tombe de Picasso. Et cette Fondation, qui n'est pas à Paris, pas même dans une grande ville, attend cent mille visiteurs.

Notre art — celui du passé, celui du présent — se conçoit en tant qu'art. Ce fut rarement le cas, de Sumer à la sculpture romane, sauf, sans doute, pour l'art romano-hellénistique. Mais le mot *art* s'applique bien mal à l'émotion que *nous* éprouvons devant une œuvre d'art ; et même à la communauté des artistes. Que signifie : amateurs ? Appelle-t-on les chrétiens : amateurs de christianisme ?

Du moins, savons-nous que nous appelons artistes ceux à qui l'art est nécessaire — créateurs ou non. Aimer un être n'est pas le tenir pour merveilleux, c'est le tenir pour nécessaire[1].

Néanmoins, si nous savons — avec indifférence — que l'art se référait jadis à la beauté, chacun de nous ignore, avec malaise, à quoi se réfère l'art sans lequel il ne pourrait pas vivre.

L'Europe des grandes monarchies n'avait pu *voir* une Vierge romane, sans la comparer à une Vierge de Raphaël.

L'Occident lorsqu'il découvre les arts de haute époque, regarde cette Vierge en la rapprochant des figures des grottes hindoues et chinoises, des reines khmères, des divinités hindoues, des grandes Kwannon japonaises de Nara.

Il découvre des évolutions de formes assez semblables : la sculpture chinoise passe de la dynastie Weï à celle des Tang, comme notre sculpture passe du roman au gothique.

Mais au classicisme, halte ! Tous les arts de l'Asie passent du gothique au baroque. L'Europe seule a connu l'aventure que nous appelons la Renaissance, et sans laquelle elle ne serait sans doute pas devenue maîtresse du monde.

Or, c'est cette aventure qui avait imposé à l'art européen son domaine de références : beauté, nature, adresse, illusionnisme, etc., donc, son histoire.

En découvrant les hautes époques des arts asiatiques, l'Europe, éberluée, subit une révolution copernicienne :

L'art mondial cesse de tourner, pour elle, autour de ces références.

Le Musée Imaginaire en détruit le primat, non parce qu'il les nie, mais parce qu'il les englobe.

L'Europe essaie d'inventer un Moyen Âge universel.

Pourtant les découvertes ne cessent de s'étendre ; les arts sauvages, l'art sumérien, ne sont pas médiévaux ; et la peinture moderne va contraindre l'Europe à entendre leur langage.

Ce n'est plus un nouveau concept de beauté, qui succède à l'ancien : c'est l'interrogation.

Et le nouveau domaine de références des artistes occidentaux, qu'ils le sachent ou non, n'est plus ni la nature ni la volonté d'expression, c'est le Musée Imaginaire de chacun.

Or, cet Englobant qui a remplacé la nature ou Dieu, naît, pour une part considérable, d'œuvres créées afin de manifester l'inconnu.

Notre civilisation ventriloque exprime volontiers ce qu'elle apporte, dans le vocabulaire de celles qui l'ont précédée. Ainsi peut-elle ignorer qu'elle a déjà mis en cause ou détruit les quatre notions sur lesquelles se fondaient, au siècle dernier, les théories de l'art, et jusqu'au sentiment général qu'il inspirait.

Elle n'a pas renoncé au mot *beauté* — qui rend inintelligible notre relation avec l'art[1].

Ni aux théories de la *vision* — qui, dans le cubisme ou les arts sacrés, joue pourtant un rôle de troisième ordre. L'impressionnisme avait renforcé ce préjugé. Mais il s'achève par Cézanne, Van Gogh et les Fauves : par le chromatisme, non par la photo. La vision de l'artiste est au service de la création, non l'inverse : la « vision créatrice », dit Rouault. La vision chinoise n'est pas autre chose que le langage de la peinture chinoise traditionnelle : il y a quelques années, les peintres de Pékin ne voyaient pas chinois, ils voyaient russe. Braque ne voyait pas ses guitares en morceaux, les sculpteurs de Chartres ne voyaient pas leur femme en forme de statue-colonne.

Ni à la théorie de la *nature*. Le primat de la nature a rendu confuses et vaines les questions que pose la création artistique, et jusqu'à son essence. L'art mène contre le temps un combat extrêmement trouble ; l'Islam ne crevait pas les yeux des portraits pour rien. Mais nature et vision ont fait très bon ménage.

Ni à l'*expression*. Que l'artiste veuille exprimer va de soi. Et même s'exprimer, au temps où l'individualisme est roi. Mais l'expression complète d'un peintre imbécile ne suffit pas à faire un chef-d'œuvre. Attribuer à l'expressionnisme ce qu'on avait appelé déformation était un bon moyen de ne pas comprendre que la recherche de cette déformation avait été une recherche presque constante de l'art. Le sculpteur du tympan d'Autun voulut vraisemblablement fort peu exprimer sa personne ; il voulait révéler son Christ aux chrétiens, parce qu'ils y découvriraient le leur. Pendant quatre ou cinq mille ans, l'expression de l'artiste, celle du sacré, ont été anonymes comme la contemplation. Et exprimer l'invisible, l'âme des choses, autrui ou soi-même, appelle sans nul doute des arts différents.

Ni, ce qui est beaucoup plus dangereux, à la *confusion* entre la production artistique et la création. Taine démodé, Hegel tiré en tous sens, Marx a pris la relève. Bien avant la manie des superstructures, ce pêle-mêle a fait poser la subordination de l'art, comme une évidence. On reconnaît la nature de certaines idées à leur succès, et celle des verroteries à leur éclat.

D'abord, subordination à l'Histoire. Celle-ci a gouverné les musées comme la beauté a gouverné les galeries d'antiques. Rendre l'aventure humaine intelligible, quelle tentation ! Reste à savoir si l'aventure de l'art coïncide avec elle. Jusqu'à ce siècle, l'histoire européenne de l'art fut l'histoire de l'art européen ; et le Musée Imaginaire a des histoires, il n'a pas d'histoire. Le dialogue du peintre avec les historiens ou les psychiatres est un dialogue de chasseurs comiques, parce qu'ils chassent les « conditionnements » de l'art, alors que le peintre braconne le pouvoir par lequel il leur échappe. Pendant qu'ils construisent les châteaux de cartes de sa servitude, il voit le musée Guimet et celui du Jeu de Paume s'introduire en douce au Louvre… Pour y attendre négligemment la salle des arts sauvages que vous venez de visiter, et qui sera la première salle de musée qui nargue l'Histoire.

Le Musée Imaginaire semble d'abord assez spenglérien. Pas longtemps, parce que pour Spengler toute culture est promise à la mort, alors que pour le musée, tout grand style est promis à la métamorphose. Il rassemble les œuvres des civilisations successives ou différentes, à une époque qui ne regarde plus les styles comme des interprétations de la « nature », mais comme des significations du monde.

D'où l'interrogation décisive qu'il pose à la fois sur lui-même et sur l'art. Les formes qu'assemblèrent les civilisations, le *Goudéa* néo-sumérien ou le tympan de Moissac, n'y trouvons-nous qu'un équilibre de volumes ? L'ordre qui assemble les couleurs dans la plus grande peinture de notre siècle, est-ce celui du plaisir de l'œil ? L'harmonie, la délectation ? Sans blague ! Pour qui les peintres, de Manet à Braque, ne sont-ils que les auteurs d'heureux rapports de tons, comme les couturiers, de Doucet à Christian Dior ? Pour qui Marie Laurencin est-elle l'égale de Chardin ? Le domaine des corrélations de l'œuvre d'art n'est pas celui des corrélations de la vie, et il en est le rival.

La volonté d'échapper à l'esclavage du réel, manifeste dans toutes les œuvres capitales des arts religieux, l'est moins chez Braque, Picasso, Klee ou Kandinsky ; mais c'est parce que leurs tableaux sont libres de ce réel, que leurs couleurs « en un certain ordre assemblées » forment autre chose qu'une harmonie. Il y a un monde de la peinture de Braque autant que de la musique, autant que de la peinture de l'Angelico. Moins le Christ ? Le Dieu du Musée Imaginaire, c'est l'Inconnaissable ; et d'abord la lutte contre la mort.

La mort, non le trépas. Il s'agit de l'émotion fondamentale qu'éprouve l'homme devant la vie, à commencer par la sienne, dans les civilisations sans éternité. Et qu'il éprouve, dans les autres, devant l'éternité. « Pourquoi existe-t-il quelque chose plutôt que rien ? » sécrète : « Pourquoi la vie a-t-elle pris cette forme ? » Quiconque a entrevu les rivages de la mort a connu au retour la profondeur de ce sentiment. La plupart d'entre nous l'ont éprouvé, sans drame, en face des autres civilisations : il fait de la plus banale, un exotisme. Sans doute est-il inséparable de l'écoulement du temps ; à la fois conscience de l'insolite, de la dépendance et de l'éphémère. C'est lui que le christianisme exprime en disant : ici-bas ; l'hindouisme, en disant : maya ; le bouddhisme, en disant : impermanence. La conscience la plus élémentaire de l'impermanence et de l'illusion est l'invincible conscience de la mort.

Dès la naissance des civilisations historiques, l'art donne forme à l'invisible. Devant les statues sumériennes que nous venons de regarder, l'idée que les sculpteurs imitaient des dieux, des rois ou des morts, nous a semblé aussi suspecte que dans la salle africaine. La statue n'est pas créée pour imiter le personnage qu'elle figure, mais pour le délivrer du monde des hommes, le faire accéder à un

autre. Le plus souvent, celui des dieux. Ce que nous appelons style — hiératique, expressionniste, etc. — est le moyen de cette annexion. On le voit clairement dans l'art byzantin. Les scènes d'ici-bas deviennent sacrées lorsqu'elles sont figurées par un style sacré. Personne n'imagine la Vierge comme une mortelle aux vêtements drapés selon les plis des icônes. Vous, avez-vous jamais traduit une icône en tableau-vivant ? L'iconostase, le monde byzantin de l'art, est hétérogène au monde d'ici-bas, comme ses formes hiératiques le sont aux formes vivantes. Le surnaturel en est inséparable. On ne passe pas du fond d'or au crépuscule, mais du fond d'or au monde de Dieu.
À travers la grotte sacrée d'Asie ou la cathédrale d'Europe, comme à travers l'iconostase, le style fait accéder les figures divines à l'invisible. Des figures de la terre, ces styles ne tirent que la piétaille de leurs dieux.
Jusqu'à la Renaissance, au moins dans la sculpture et dans la fresque.

Alors se produit un événement sans précédent : les dieux d'une religion morte ressuscitent en tant que statues. La beauté avait été le style du divin grec, donc d'un surnaturel, comme l'hiératisme avait été le style du sacré : tous les nus illustres ont figuré des déesses avant de figurer des femmes. Séparée du divin, elle inspire à l'Italie une technique, l'idéalisation, qui permet d'« embellir » les mortelles — de tout embellir, jusqu'au paysage. L'art va changer de nature. Aphrodite existait à sa manière pour Phidias, Vénus n'existe pas pour Botticelli, ni pour Titien, qui lui soumettra pourtant les rêves de la chrétienté. Depuis la Fable des Florentins jusqu'au romanesque historique élu par Delacroix, l'imaginaire remplacera l'Olympe et le Paradis. On avait figuré les personnages de la Fable selon la Foi, on en viendra à figurer ceux de la Foi selon la Fable. Et l'art exercera, au bénéfice de l'imaginaire, la sorcellerie qu'il avait exercée au bénéfice du Christ, de l'Olympe ou du sacré.

Entre la mort de Dante et la naissance de Shakespeare, quel est à vos yeux le plus grand poète : Ronsard qui chante Hélène en s'accompagnant de la viole, ou Michel-Ange qui invente le héros, Titien qui ressuscite Aphrodite ? Que le génie des Grands Vénitiens ne nous trompe pas : Venise, qui va pourtant donner à la couleur son premier orchestre, est au service du poème, successeur du Paradis, divin des dieux auxquels on ne croit plus.

Et le restera jusqu'à la fin du romantisme.

Celui-ci ne mérite nullement, en peinture, la place que nous lui accordons en poésie. Le dialogue emporté que Delacroix établit avec Venise à travers Rubens n'est pas plus chargé d'avenir que le dialogue serein d'Ingres avec Raphaël. Mais le romantisme découvre un monde de l'art inconnu de Venise comme de Raphaël. Pas seulement celui du poème, où Titien était roi : celui où Goya devient le frère de Rembrandt et de Michel-Ange. Monde d'un mystère essentiel, comme celui de la foi, et dans lequel les génies sont des intercesseurs du surhumain. Delacroix, vers 1850, prophétisait en tremblant qu'un jour viendrait peut-être où l'on admirerait ensemble, non Rembrandt et Michel-Ange (c'était fait) mais Rembrandt et Raphaël. Vous admirez fort sereinement Rembrandt et Piero della Francesca. Nous les admirerons avec Takanobu, la sculpture de Sumer et celle de l'Afrique. À cinq cents mètres de nous, dans l'atelier de Picasso, un moulage de *L'Esclave*[1] règne sur la brousse des sculptures à griffes. L'Occident a cru fonder son admiration sur son esthétique, alors que, depuis deux cents ans, son esthétique flottante naît de ses admirations. L'amour n'est pas un palmarès, le Musée Imaginaire non plus.

Mais, avec le romantisme, le monde de l'art tout entier va changer : le saint médiéval est élu par la sculpture comme l'a été Vénus ; l'éventail s'étend à toutes les grandes religions, et ressuscitera les formes de la spiritualité jusqu'au Gobi.

La gloire du mot : beauté, cesse avec Delacroix. Courbet, même Corot, ne diront plus : c'est beau. Ils diront : c'est bien. En même temps que l'Europe découvre sa pluralité du sublime, la première qui ne se limite pas à une querelle d'écoles, elle découvre un réalisme de plus, dont la prédication épaisse trouve de curieuses limites depuis que nous savons que le génie de Courbet n'est réaliste ni pour un Japonais ni pour la photographie ; que les peintres de la préhistoire n'ont point imité leur ombre sur un rocher, et que les images des dieux sont fort antérieures aux portraits des hommes.

Les grands réalismes ne se définissent nullement par le trompe-l'œil. Comparé à Corneille, Molière est certainement réaliste, certainement pas photographe. Tout réalisme devrait, comme le réalisme socialiste, être accompagné de son adjectif. Car il naît de l'idéalisme, du spiritualisme ou du romantisme qui le précède, et qu'il combat. Le réalisme roman, gothique, flamand ou espagnol, est plus apparenté au style de son temps qu'aux autres réalismes. Celui du *Shigemori* contraignit à fermer la salle où se trouvait le rouleau ; celui d'*Olympia*, à convoquer la police[1]. Ce n'est pas à Sancho que Don Quichotte doit sa vie, c'est à Don Quichotte que Sancho doit son relief.

« Peindre ce qu'on voit » ne s'applique pas à une peinture bien ancienne, même si l'on va chercher dans les primitifs quelques bouts de paysage et quelques portraits de donateurs. Alors qu'autour d'*Olympia*, « carte à jouer » selon Courbet, va se déployer le premier Musée Imaginaire de la peinture.

J'ai montré comment ce tableau, supprimant l'illusionnisme et le poème de la *Vénus d'Urbin* pour rivaliser avec elle, avait isolé le fait pictural : la relation des couleurs qui, dans un tableau, échappe au poème, à la religion ou au sacré qu'elle servit. La découverte de Manet est inépuisable, parce qu'*Olympia* n'est évidemment pas que la *Vénus d'Urbin* amputée du poème de Titien. Un peintre peut dégager de n'importe quel chef-d'œuvre le fait pictural qu'il recèle ; il ne pourrait toutefois le fixer qu'en inventant une corrélation des formes et des couleurs capables de *remplacer* celle du modèle. Ce qu'a fait Manet : la cohérence d'*Olympia* dans le monde de la peinture égale celle de la *Vénus d'Urbin*, déesse révoquée de l'imaginaire, dans celui du poème. Semblable aux âmes de la métempsycose, le fait pictural se manifeste par des incarnations.

On trouve dans le musée une assemblée de faits picturaux, mais d'une façon floue, car un peintre incarne un fait pictural en le traduisant dans sa propre langue : le fait pictural que Manet découvre dans Titien ressemble peut-être à celui que Cézanne découvre dans Sebastiano del Piombo, mais Manet ne peut en faire qu'un Manet, Cézanne ne peut en faire qu'un Cézanne. L'importance capitale du musée, ce par quoi il succède au temple et au palais, c'est d'être le lieu de ce monde pictural : la peinture y devient sa propre valeur suprême. La peinture, non la beauté ou le génie.

Les peintres découvrent le fait pictural dans toutes les

peintures du monde. Ce qui veut dire d'abord dans la peinture européenne de tous les siècles. Car elle est le domaine d'élection de la couleur, et le fait pictural transcende l'Histoire : tout peintre le détecte chez Van Eyck comme chez Titien. C'est avec lui, que naît le musée intérieur où les tableaux échappent aux dieux et aux saints qu'ils figurent — et dans une certaine mesure, au temps, car l'œuvre n'appartient qu'à son époque, si tous les décryptages appartiennent à la même, ou n'appartiennent à aucune. Le fait pictural, à travers les époques, trouve une transcendance ironiquement parente de celle de la beauté. C'est avec le premier Musée Imaginaire, et seulement avec lui, que la peinture occidentale cesse de se tenir pour une valeur de civilisation, parce qu'elle ne se réfère plus qu'à elle-même. Elle ignore au nom de quoi. Et lorsqu'elle semble n'être plus qu'un jeu arbitraire de formes et de couleurs, paraît la peinture maudite.

Les contemporains s'en aperçoivent à peine, parce qu'ils voient en Rembrandt le premier peintre maudit. Le premier ? Il était le seul. Le seul aussi qui eût tenté de changer la fonction de la peinture ; il n'en attendait pas le même inconnu que ses rivaux hollandais comblés d'honneurs, et il savait leur peinture promise au néant. Il est né avec les bamboches comme le romantisme avec Joseph Prudhomme.

Lorsque paraît l'art moderne, le musée est dans sa gloire. La survie des chefs-d'œuvre semble beaucoup plus assurée qu'aujourd'hui : avant la découverte de la métamorphose, l'immortalité durait plus longtemps. Ce qui va opposer fanatiquement, donc religieusement, les Indépendants aux Officiels n'est pas un conflit de représentations, mais de survies : les Officiels croient qu'un peintre continue les grands morts en leur ressemblant, les Indépendants savent qu'ils ne les continueront qu'en ne leur ressemblant pas.

Pour les Officiels, les tableaux sont des spectacles. Ils survivront par la beauté. Toutefois ce mot, en perdant tout sens précis, a perdu l'immortalité : elle avait accompagné la beauté, comme l'éternité avait accompagné l'hiératisme. La proclamation de Théophile Gautier :

« Tout passe. L'art robuste
Seul a l'éternité ;
Le buste
Survit à la cité[1] »

n'aura plus grand sens pour des peintres qui admireront des œuvres méprisées cent cinquante ans plus tôt, des Vierges romanes qu'on n'avait pas sculptées pour être des statues ; et qui se souviennent que les bustes romains et les nus grecs ont été oubliés mille ans sous la terre.

Pour les Indépendants, la peinture est l'exercice d'un pouvoir de création, puisqu'ils ne le posséderont qu'en n'imitant pas ce qu'il a créé. Dans leur civilisation sans immortalité, ce pouvoir est pouvoir de survie. Ils le rencontrent chaque jour au Louvre. Ils lui sacrifient tout. L'art n'est évidemment pas devenu religion, mais il est devenu foi. Le sacré de la peinture n'est plus un sacré des dieux, c'est un sacré des morts. Cézanne et Van Gogh, croyants, tiennent plus à l'entrée de leurs tableaux au Louvre, qu'à l'ensevelissement de leur corps dans la terre chrétienne. Pour Cézanne comme pour Van Gogh, Degas, Matisse ou Braque, le lieu sacré, c'est le Louvre. Parce que, pour chaque peintre, les œuvres qu'il y élit sont *survivantes.* Ses images délivrées du temps étaient souvent nées pour des lieux délivrés du temps : l'église, le temple. À sa manière, le musée aussi est délivré du temps. Si Dieu affirmait à Cézanne que son tableau est mauvais, Cézanne serait désolé, car ses tableaux ne le satisfont guère ; mais si Dieu lui disait que sa peinture est mauvaise, le catholique Cézanne le prendrait par la main, et le conduirait au Louvre. Nous aussi.

Mieux que le Louvre, le Musée Imaginaire nous fait pressentir un temps de l'art, déconcertant depuis qu'il ne se confond plus avec l'immortalité. Car beaucoup des œuvres qu'il rassemble n'ont jamais appartenu seulement au temps fermé, contraignant, que le XIXe siècle eût appelé le temps réel, et que l'art a presque toujours suggéré aux hommes d'appeler le temps de la mort.

J'ai tenté jadis de suggérer le temps de l'art, en le rapprochant de celui des saints lorsqu'on les prie. Pour le fidèle, le saint appartient au présent, qui lui est donné par sa vie éternelle, et dans lequel a lieu la prière. Il appartient aussi au temps historique par sa biographie : saint François n'a vécu ni au siècle dernier ni à celui des Apôtres. Il appartient enfin au temps chronologique, à la durée des vivants. L'admiration « actualise » l'œuvre comme la prière actualise le saint.

L'œuvre d'art, qui appartient à son époque, n'appartient pas qu'à elle. Son temps, qui est celui de la métamorphose, nous a rendu intelligible la vie de l'œuvre d'art : c'est lui qui l'a délivrée à la fois du présent, de l'éternité, de l'immortalité. Hors de la religion, le musée est le lieu du seul monde qui échappe à la mort.

Le pouvoir de l'artiste deviendra toujours plus énigmatique, de moins en moins limité au fait pictural. Le XIXe siècle avait ressuscité des écoles de peinture ; le nôtre, ressuscitant les hautes époques, ressuscite des styles de sculpture. Quelques millénaires contre quelques siècles.

Et l'action de Cézanne ne se limite pas au fait pictural. Depuis les statues romanes jusqu'au Greco, en passant par Piero della Francesca, Cézanne révèle le « style sévère » de l'Occident, et une architecture secrète. Et Picasso, le pouvoir sans nom que définiront nos successeurs comme nous définissons celui de Cézanne et de Manet, et que vous venez de voir à l'affût, prêt à capturer pour le Louvre les Vénus de la préhistoire et les figures des Nouvelles-Hébrides.

Si les artistes n'ont pas défini ce pouvoir, ils en ont maintes fois reconnu l'existence. Lorsque j'ai cité à Picasso la phrase de Van Gogh : « Je puis bien, dans la vie et dans la peinture, me passer du Bon Dieu. Mais je ne puis pas, moi, souffrant, me passer de quelque chose qui est plus grand que moi, qui est ma vie... », il en a cité la fin : « ... la puissance de créer[1]. »

Nous n'en comprenons pas encore le langage, nous en entendons la voix. Ce pouvoir traverse les civilisations avec une force biologique. La mort de celui qui l'exerce n'en détruit pas l'action, et parfois la déclenche. Il oppose à la corrélation des formes vivantes, la corrélation des formes qu'il découvre. Il peut naître du plus troublant imprévisible, de l'illumination du fou, de la naïveté du naïf, de la patience du berger ; nous avons découvert, entre autres choses, les arts aléatoires. Mais il trouve sa permanence plus souvent dans un domaine profond : l'art n'a pas ordonné les formes de la vie selon son bon plaisir, mais selon les styles — selon les valeurs suprêmes des civilisations, au temps où elles les connaissaient. Je retrouve ma phrase de jadis : « Il y eut à Chartres un peuple plus chrétien que celui qui priait dans la nef, et ce fut le peuple des statues[2]... »

L'art accorde ses éléments comme les éléments de la vie ne le font jamais. Quel visage possède l'unité de la *Jeune fille au turban*? Cette unité, Vermeer la manifeste comme les sculpteurs d'Olympie, comme les sculpteurs néo-sumériens des *Goudéa*; comme d'autres artistes manifestent d'autres éléments de l'essence du monde. Le dialogue de Braque avec Picasso, de Cézanne avec Van Gogh, de Raphaël avec Rembrandt, de l'Acropole avec Chartres, est un très vieux dialogue, bien qu'il s'approfondisse lorsque les sculptures éparses ici dans l'oliveraie et dans les géraniums nous disent qu'il est aussi celui du *Shigemori* et de Poussin avec les fétiches du sang. La sculpture aztèque, les arts sauvages, ont fait irruption dans notre Musée Imaginaire comme Goya dans celui de Manet, Masaccio dans celui de Cézanne. Il annexe ses nouveaux styles comme nous accueillons les jeunes peintres. Les couleurs à naître seront confrontées au pouvoir qu'expriment en commun les couleurs apparemment inconciliables que nous n'avons pas oubliées. Chacun de nos maîtres a créé ses œuvres en face de toutes celles qu'il avait élues, même lorsqu'il les a créées contre elles. Le dernier lieu du Musée Imaginaire est l'esprit des artistes, et le jury de la survie est l'assemblée des œuvres qu'élit chacun d'eux dans les décombres de la mort.

Ce musée n'est pas une tradition, mais une aventure. Il ne se réclame d'aucune hiérarchie, surtout pas de celle de l'esprit[1], car il les englobe toutes. Il ignore le dialogue manichéen que l'Europe pratiqua si longtemps; vous souciez-vous d'élire le musée de Dakar contre celui de l'Acropole, et non de découvrir ce qui les unit dans l'action pénétrante qu'ils exercent tous deux sur vous, et que vous savez plus complexe que l'admiration? La beauté impliquait une esthétique, le Musée Imaginaire appelle une problématique.

Envahis par l'art des continents comme la chrétienté le fut par l'antique, nous ne voyons pas plus finir le premier cycle de l'Histoire planétaire que nous ne l'avons vu naître: il commence avec les premières colonies, et se termine avec l'indépendance de toutes. Que notre art exprime ou non notre conquête du monde depuis les Grandes Découvertes jusqu'à la fin de l'Empire britannique, le Musée Imaginaire naît avec l'indépendance du tiers monde, et le procédé photographique sans lequel il serait né beaucoup plus tard, la détrame, est curieusement contemporain de la libération de l'Inde. Les arts aussi se sont émancipés, et le premier Trésor du Musée Imaginaire sera mondial avant un siècle.

Car, bien que ce musée soit le plus vaste de tous, il obsède notre mémoire et notre cœur — comme les précédents, par moins de cent chefs-d'œuvre. Même le petit musée de l'Acropole possède en nous son Trésor, même le Louvre possède en chacun de nous son Salon Carré. Le Musée de l'Homme et le Musée Imaginaire formeront le leur, qui ne leur ressemblera peut-être que dans la faible mesure où *La Nymphe et le Berger* ressemble à l'œuvre de Titien, *Les Trois Croix* à l'œuvre de Rembrandt.

Les tableaux que nous appelons chefs-d'œuvre sont parfois des achèvements, souvent des œuvres hantées : « Si j'étais croyant, me disait Braque, je penserais, de certains tableaux, qu'ils ont été touchés par la Grâce… » Je n'ai pas connu un seul grand peintre, un seul ! qui ne m'ait dit sous une forme ou une autre : « Le plus important, dans ce qu'on fait de meilleur comme dans les chefs-d'œuvre des autres, est inexplicable ; mystère ou clarté, c'est pareil. » Cet inexplicable règne sur le Trésor du Musée Imaginaire ; sur ce qui fait de l'œuvre capitale la semblable privilégiée de ses sœurs, mais aussi la sœur d'œuvres dont tout la sépare — sauf leur appartenance commune à un monde encore inconnu… *Les Régentes* n'est pas l'achèvement de Hals, peintre assommant ! *La Nymphe et le Berger* n'est pas l'achèvement des Titien éblouissants et multicolores de 1555. Mais le Trésor unit cette *Nymphe* aux derniers Rembrandt par une fraternité inexplicable et manifeste. Il se forme lui-même. Nous croyons élire les membres du jury de la survie, mais chacun d'entre eux est aussi élu par les autres. L'assemblée appelle tantôt des parents, et tantôt des étrangers parce qu'étrangers. N'est pas Dogon qui veut en face de Phidias, mais n'est pas Phidias qui veut en face des Dogon. Van Gogh appelle Picasso, qui appelle le sculpteur des Cyclades[1]. Comme l'artiste veut continuer ses maîtres, et aussi les détruire. Même si la nature de l'art est indicible, il se peut qu'elle soit transmise par ce Trésor, à la civilisation qui commence avec nous, car l'art recèle quelque chose de plus profond que l'art. Le monde-de-l'art de nos artistes, tel que le suggère le Musée Imaginaire de chacun, succède aux surmondes des grandes religions et de l'Irréel, au moins par l'intemporel auquel il appartient —

par ce qui le sépare du temps de l'homme. Dans notre civilisation sans surmonde, il est au moins leur successeur.

Et lorsque l'énigmatique Intemporel succède à l'opéra de l'Irréel, par les mêmes voies que celui-ci avait succédé aux dieux, le Trésor est le dernier vainqueur du destin : car le sacré, la beauté, le surhumain, l'imaginaire, que crurent servir les artistes, y deviennent les serviteurs morts de leur présence survivante.

Et le Trésor du Musée Imaginaire est la constellation des formes que nous croyons élire parce qu'elles répondent à l'interrogation fondamentale de notre civilisation — de notre civilisation qui ne parvient ni à chasser l'inconnaissable ni à l'accueillir. Comme la beauté fut l'astre unique de celles qui répondaient à l'inconnaissable hellénique.

Le bruit de la pluie d'été est couvert par des chutes de poutres et, très vite, par un fracas de construction. Que peut-on construire à cette heure[a] ?

Presque toutes les civilisations historiques — et les autres — ont dialogué avec l'inconnaissable. Non par des voies mystérieuses : pour la réflexion sur l'art, la complaisance au mystère ne vaut guère mieux que la complaisance au rationnel. Il ne s'agit pas d'élire l'inconnaissable, mais de le circonscrire. Ce que nous demandons à quelques points-vigies de la connaissance, car si nul n'a l'expérience de la mort, chacun a connaissance de la mort ; et le sculpteur hindou qui s'est perdu dans l'Absolu se souvient de son chemin vers lui. L'inconnaissable englobe la mort, le sens et l'origine de la vie, le sacrifice, la cruauté ; il mêle ce que l'homme espère savoir à ce qu'il ne saura jamais. L'étude des sentiments religieux, de l'inconscient, des sentiments magiques, nous a familiarisés avec ses limbes ; et les réponses de l'humanité aux questions sans réponses[1] ont presque toutes puisé dans l'art leur plus puissant langage : l'inconnaissable grec avait appelé le style de la beauté, l'inconnaissable chrétien, le style de la spiritualité chrétienne...

La civilisation, dont celle du XIXe siècle devient sous nos yeux l'hésitante et optimiste préface, ne dévalorise pas sa conscience de l'inconnaissable ; elle ne la divinise pas non plus. Elle est la première qui le sépare de la religion et de la superstition. Pour l'interroger.

Et sans cette interrogation, le Musée Imaginaire ne serait pas né.

La Grèce, la chrétienté romane, avaient répondu par les formes que créaient leurs propres artistes, parce qu'elles avaient répondu par une religion. Mais un art n'exprime jamais que l'inconnaissable de sa propre religion. L'inconnaissable, comme le sacré, prend forme par ce qui le suggère. Celui-ci gouvernait les arts à Sumer, en Égypte, à Byzance ; mais les œuvres expriment le sacré sumérien, égyptien, byzantin, non le sacré tout court, parce que les arts naissent des sentiments et non des concepts. Notre art ne peut exprimer le sacré de notre religion, puisque notre temps n'est pas gouverné par une religion ; et quel art pourrait exprimer l'inconnaissable en soi ? Ayant découvert sa pluralité, nous ne l'approchons qu'à travers la pluralité de ses formes.

En un temps où l'individualisme nous fait héritiers du pluralisme de la liberté, Manet, Renoir, Cézanne, Van Gogh, Seurat auraient pu déjeuner ensemble ; Matisse et Kandinsky, Rouault et Mondrian, Picasso et Modigliani, Soutine et Klee, Braque et Chagall, qu'ont en commun les convives de ce banquet multicolore ? Le domaine des formes rebelles à celles de l'apparence. Monet croyait encore capturer des paysages plus ressemblants que ceux de Corot ; il n'y a plus de paysages.

Les formes de notre art sont devenues aussi arbitraires que celles du sacré avec lesquelles vous les avez entendues dialoguer tout cet après-midi. Comme elles, hétérogènes à l'apparence. Comme elles, formes de ce qu'on ne peut pas voir. Au nom de quel sacré ?

Le temps de l'art ne coïncide pas avec celui des vivants.

Les grands artistes ne sont pas tout à fait des morts, leurs images non plus. Ces interlocuteurs des hommes disparus le seront aussi des hommes à naître ; Rembrandt, Baudelaire, ont manifestement concouru à créer leur peuple futur.

L'espace de la peinture n'est pas celui de la vie.

Les corrélations de la création artistique ne sont pas celles de la Création.

Les œuvres d'art sont objets de métamorphose — comme les dieux.

La vie humaine est ordonnée par la plus profonde

conscience de la dépendance qui nous soumet au dieu sans temples de la Grèce, au dieu que toutes les civilisations historiques ont appelé destin — le contraire de la liberté, pour l'individu, pour l'humanité, pour le monde.

Par l'acte créateur, l'artiste invente une autre corrélation fondamentale. C'est pourquoi j'ai écrit, il y a vingt-cinq ans, que nous éprouvions l'art comme un anti-destin[1]. Il le restera tant que durera cette civilisation, qu'il soit celui de nos contemporains ou qu'il soit *notre* art des morts. Comme les dés de fer sur les genoux des dieux japonais, le passé attend sur les genoux de l'avenir.

Ensuite… Le Musée Imaginaire non plus n'est pas éternel[a].

Appendices

I. [FRAGMENTS D'UNE RÉFLEXION SUR LES « ANTIMÉMOIRES »]

« La vraie forme de mon livre sera fixée par la mort. »

1

[TORRÈS] : Que tu ne tentes pas de fixer un fragment d'histoire, on s'en rend compte à première lecture.

[MALRAUX] : Plutôt, de dé-fixer. Fixer un fragment d'histoire, ça veut dire : saisir un moment de l'aventure humaine ressentie comme intelligible, non ? Ce que je fais deviendrait simple, si on l'exprimait en termes bouddhiques : je me sers de ma vie pour tenter d'exprimer un passage de la maya, en tant que maya[1].

2

[M] : Ce que je fais deviendrait simple : je me sers de ma vie pour tenter d'exprimer le passage de la maya…

[T] : J'ai pensé quelque chose comme ça en te lisant. Mais la maya, l'illusion universelle, se conçoit en fonction de ce qui lui échappe. Du nirvana, en ce cas, vois-tu bien.

[M] : Si nous disions apparence et non illusion, ce serait moins évident.

[T] : L'apparence se conçoit en fonction de ce qui n'est pas apparence, non ?

[M] : Se conçoit, oui ; s'éprouve, non. Je crois que le sentiment de l'apparence est parfois fondamental, et que c'est lui qui invente l'Être, quelque nom qu'on lui donne… L'art m'a poussé à réfléchir là-dessus. Pour tous les grands arts religieux, ce que nous appelons couramment le réel est apparence : le réel eſt le monde des dieux. Et l'art — sculpture romane, grottes de l'Inde, de la Chine — figure un monde accordé aux dieux par le ſtyle, non aux hommes par l'illusion… Le tympan d'Autun me montre au nom de quoi les vivants du XIIe siècle étaient apparence ; la *Majeſté* d'Eléphanta, au nom de quoi l'Inde du VIIe siècle était illusion. Mais le Chriſt et Çiva ne se rejoignent nulle part. Si bien que l'absolu des plus grands chefs-d'œuvre m'apparaît comme la maya suprême, le degré suprême de l'éphémère. Tu comprends ?

[T] : Pas bien. Pourquoi leur absolu devient-il illusion ?

[M] : Il ne s'oppose pas à l'apparence dans laquelle ils sont nés : il en eſt inséparable. Pile et face. Comme l'ombre et celui qui la projette. C'eſt pourquoi le sentiment de l'apparence ne m'impose aucun sentiment de l'Être. Je crois que le sentiment de l'apparence eſt un état psychique fondamental et initial. Je dis : initial. C'eſt l'impermanence, qui mène le Bouddha à l'Illumination, non l'inverse. Si je devais chercher l'origine d'un tel état (pourquoi en aurait-il une ?) je la chercherais dans notre sentiment de sujétion : n'avoir choisi ni de vivre ni de mourir, sentiment fondamental lui aussi. Plutôt que dans une expérience ou un concept de l'Être. L'enfant s'étonne avant de méditer. Je ne sais plus quel eſt le grand esprit, Platon ? qui a dit : l'étonnement eſt une des facultés capitales de l'homme. L'étonnement implique l'interrogation. Le passé qui m'habite, celui que je suis contraint de recréer, eſt celui que ma création appelle parce qu'il m'interroge. Nietzsche a pensé : si Dieu eſt mort, il n'y a rien derrière les apparences, et ceux qui cherchent derrière les apparences sont des hallucinés de l'arrière-monde. Je ne cherche pas. L'ensemble du livre s'appellera *Le Miroir des limbes*…

[T] : Une œuvre dont l'auteur ne peut connaître la forme ? Pourquoi pas ? Je suis surpris parce que tu es français. Tu devrais être espagnol !

[M] : La forme prise par le dialogue d'un écrivain avec lui-même, naît souvent de l'intérieur, depuis les *Essais* de Montaigne. Chez les bien moins grands aussi. La vraie forme de mon livre sera fixée par la mort. Il ne s'agit pas d'inachèvement. La vie et sa fin devraient donner à une œuvre à ce point liée à la vie même, une forme de grand arbre, différente des architeƈtures, mais aussi manifeſtement ordonnée…

[T] : Les formes architeƈturales sont ordonnées par l'homme !

[M] : Quand on opposait la nature à Braque, il répondait : « Et moi, je ne suis pas dans la nature ? » Mon entreprise aussi eſt ordonnée par l'homme.

Dans un éclat de son rire hennissant, méphistophélique et voltairien, il répond, en écho :

[T] : Les tombeaux aussi.

Je pense à la gigantesque arche bancale qui dominait à Ctésiphon le désert de Babylone ; l'un de ses deux piliers avait disparu. Le soleil couchant étendait sur la solitude sa majesté condamnée. On dit qu'il s'est écroulé l'année dernière.

Combien d'hommes ont eu conscience jadis du bouleversement du monde qui les entourait ? la « blanche robe d'églises » de la chrétienté romane, les villages trapus envahis soudain par les horloges, l'éblouissement de l'an 1500 en Italie, les Aztèques, Maures coiffés de plumes, qui vénéraient des démons en or, la Révolution et son tumulte... Notre temps ne ressemble pas à ces féeries, il ressemble, à la fin du monde antique, au crépuscule des Césars. Dont les philosophes furent conscients (ils attendaient le stoïcisme, et ignoraient saint Paul) et que saint Augustin vit comme nous avons vu flamboyer l'Europe — mais dans la flamme du Christ. Depuis saint Augustin, l'esprit humain a pris l'habitude des métamorphoses, et même des cataclysmes : nous mourrons distraits, angoissés et curieux[1].

Max se lève, va jusqu'à la haute fenêtre que la nuit emplit, revient vers son fauteuil en disant :

[T] : Mon expérience est plus négative que la tienne, bien sûr[2]...

II. [« LE RÈGNE DU MALIN » DANS LES « ANTIMÉMOIRES »]

I

[Après les scènes initiales de Saïgon et du bateau, Mayrena et sa troupe pénètrent dans l'intérieur et découvrent un « pays Sedang » qui se prépare à la guerre. — Dans l'édition originale des « Antimémoires »,

ce passage occupe les pages 440-445. La première phrase est la dernière du chapitre XII *du « Règne du Malin », p. 1099.]*

Dans l'une des grandes déchirures de la brume, clignote la ligne des feux siamois.

« Tout va s'arranger : les ennemis des Moïs sont bien les Siamois, et la Confédération sera établie le lendemain. On ignore encore aujourd'hui à quoi Mayrena dut ce soudain succès. Ses promesses ? La confiance de Phim ? La légende du Messie sedang ? L'appel à l'alliance des Blancs, lointains et puissants, contre les Siamois, proches et bien connus ? Tout ? Le texte de la charte a été plusieurs fois publié. Il est fort libéral. Mayrena se réserve seulement l'exploitation des terrains aurifères. »

Clappique referme son dossier où se trouvent des chapitres qu'il n'a pas lus :

« Mais ici, vous me voyez baisser les oreilles. Nous arrivons au bord du trou de ma si magnifique chasuble ! Rien n'est écrit : les feuillets que voici, ce sera le retour à Paris. Maintenant, le règne commence. Debout, Essuie-Plume ! »

Après quoi il précise, sans pitreries, ceci :

« On a cru à la royauté de Mayrena parce qu'elle correspondait à un romanesque établi. *Personne*, à l'exception des Pères, ne connaissait les Sedangs. Les extravagants qui avaient tenté de traverser leur pays avaient été tués, et plus tard, l'administrateur Odend'hal le fut malgré son escorte. La royauté, qui dura six mois, commence avec les premières “signatures”, les premiers actes de vassalité. Quand Mayrena raconte la légende, Clappique doit filmer la légende ; mais en contrepoint, filmer la vérité. Que dites-vous, Essuie-Plume ? Assez d'abstraction ? Un exemple ! Vous avez raison, mon ami. Donc, exemple : la petite maîtresse chame est morte là-haut d'une fausse couche, et Mayrena s'est réellement mis dans la tête de la faire enterrer sous les tours royales de My-Son. Il est parti avec une grande escorte de guerriers. Mais après une huitaine, ils l'ont distraitement abandonné ; et il s'est trouvé au fond de la forêt avec une dizaine de types. Il s'est décidé à l'ensevelir là, et à revenir. Quand il racontera cette histoire, je voudrais avoir pour images les funérailles royales telles qu'il les imagine ; et aussi, lui et ses derniers types avec leurs bêches, l'immensité, et une croix faite de deux branches liées par une ficelle. »

Il est difficile de tourner le règne, parce qu'il n'y en a pas. Il n'y en aura que par l'imagination de Mayrena et les rêves des ses auditeurs. Clappique doit donc tourner ce qui s'est passé pendant ces six mois, sur un rythme rapide. Et faire de l'exotisme antiromanesque. En somme, un reportage insolite. C'est pourquoi il n'a presque rien écrit. Il compte sur ce qu'aucune logique ne prévoit, sur l'inattendu qui appelle la caméra. Il lui faudra sans doute trois palabres, pour suggérer la longue tournée à travers les villages. Les palabres existent encore ; il faudra prendre les plus différentes — par exemple, la masse funéraire des maisons des Hôtes chez les Bahnars s'oppose fortement aux cases allongées des Sedangs. Il compte sur les animaux, les plantes, quelques coutumes peut-être. « Mais pas le sacrifice du buffle ; le documentaire, pas le reportage ethnographique ! Nous n'en aurons que trop avec le nécessaire. » La forêt suintante, les insectes, les toiles d'araignées géantes, la nuit verte : la caméra doit donner tout ça, en étouffant les images et en enchaînant des plans de montagne à l'infini avec les trous de la forêt. Plus on monte moins il fait chaud, et plus la forêt prend l'air français. Mais justement, elle ne l'est pas ! Et on devrait pouvoir tirer beaucoup d'une végétation presque normale autour des corps nus, des grands animaux, des cases et surtout des villages des morts. Vous les connaissez : de hautes palissades de troncs, que dominent des pleureuses fétiches et des masques immenses. « Je voudrais donner l'atmosphère par un paysage très con, genre picard, nul en tout, d'où sortirait un truc de cauchemar devenu aussi naturel que le Père-Lachaise, avec, en contrechamp, un sénile plus ou moins à poil, les mains croisées sur son épieu à défricher, comme un de nos rustiques les mains sur le manche de sa bêche[1]. »

Il faut avoir souvent le brouillard (le brouillard sur les plateaux, comme la chaleur sur la côte), les petits nuages qui se baladent comme des bestiaux abrutis. Surtout, il faut faire bien comprendre que ces types sont des paysans. Ils se font des rêves, ils ont des fétiches, ils font accoucher leurs femmes par des sorcières, les sorciers immobiles récitent la nuit leur *Chanson de Roland*, mais la vie, c'est le village, le champ, les bêtes. En même temps, il faut que ces primitifs ne soient pas des hommes simplifiés. La chanson de geste doit suggérer leur domaine profond — qui doit accompagner toute l'aventure de Mayrena. « En somme, j'ai à représenter une épopée absurde, pas un mot ! une épopée tout de même. Donc, pas de romanesque, mais du surnaturel. Je ne me souviens pas assez des villages. Il faudra y retourner. Avec ce que l'imagination n'imagine pas, mais que la réalité nous donne à gogo, on peut toujours saisir l'insolite. Quand j'y suis passé, ce qui m'a donné la plus forte impression de plonger dans le temps, dans l'inconnu, c'est la propreté des cases. »

Il est d'autant plus contraint à trouver le surnaturel, dit-il, que les scènes auxquelles il ne peut échapper ne l'expriment nullement. Davantage : qu'il doit soigneusement l'en bannir. Il ne peut échapper ni au duel avec le sadète du Feu ni à la chasse aux éléphants où Mayrena frôle la mort.

Le duel semble assez clair. L'idée que se faisait Mayrena de la conquête était romanesque et militaire. L'idée d'affronter le grand sorcier en combat singulier a dû le séduire. Le sadète du Feu — pour d'autres raisons — a dû penser que le combat allait de soi. Les Djaraïs n'avaient jamais vu d'autres Blancs que les missionnaires. C'est eux qui chiffonnent Clappique, dans l'histoire. N'ont-ils pas pu empêcher le combat ? Ils étaient loin d'avoir converti la majorité des Moïs, le sadète les détestait vraisemblablement — des concurrents ! — et Mayrena était très capable de passer outre, confiant en son habileté et en la longueur de sa latte de maréchal des logis. Et puis : « tué en combat singulier par le sadète du Feu, dont il venait délivrer les peuples asservis », ce n'eût pas été mal non plus.

Le combat a dû ressembler à une corrida, comme tous les combats vaguement rituels. On peut le tourner aisément : l'escrime au sabre est encore pratiquée en pays moï. C'est une escrime solennelle comme celle du théâtre chinois. Pour fond, il faut avoir l'enclos des morts avec ses fétiches à cornes, ou l'une des minuscules paillotes où se réfugient les génies. Plutôt les morts. Sur ce fond, le sadète presque nu qui commence sa danse barbare et, sur fond de brouillard, Mayrena avec son attention *droite* comme la longue lame qui le couvre. Il faut un gros plan de la main et du bras — nus — qui tiennent le sabre moï. Mayrena a très bien compris qu'il ne doit pas tuer son adversaire. « L'escrime du sabre, je l'ai un peu étudiée, pour le film. » Mayrena doit terminer une feinte par un coup porté. On peut rendre intelligible l'escrime du sadète, parce qu'à ce moment, la prise de vue coïncide avec l'attention de Mayrena. Les plans au ralenti, une minute en tout au maximum, rendront tout cela compréhensible. Mayrena doit être touché deux fois, dont une en travers de sa tunique, avec deux boutons arrachés et le sang qui paraît. Mais le sadète ne frappe que de taille, et Mayrena se protège maintenant, le bras presque tendu. À son tour il feinte, change de garde, la pointe rabote tout l'avant-bras du sadète, dont l'arme tombe. La blessure est profonde, le sang coule abondamment. La petite troupe de Mayrena prodigue au sadète des marques d'honneur, l'un des Pères le panse. Dans la foule, ni enthousiasme ni hostilité ; un tabou est levé, c'est tout.

Clappique ne sait que faire de la guerre entre les tribus. À son avis elle n'a pas eu lieu, soit que les Pères n'aient pas voulu devoir des conversions à des combats, soit que Mayrena ait quitté trop tôt le pays moï. Il l'a certainement préparée : ce qui correspondait le mieux à son image chimérique de la royauté, c'était celle du chef vainqueur. Mais que trouver d'intéressant à filmer la victoire d'hommes armés de fusils, sur des porteurs de lances ?

Par contre, il y a beaucoup à tirer de la chasse à l'éléphant, menée tambour battant. Mayrena tire très bien, son Colt est excellent, et les douilles éjectées font de remarquables ornements pour les tuyaux de pipe. Cette fois, il a décidé de chasser, lui aussi, à la lance. Là, Clappique retient trois images : l'éléphant qui charge, la trompe en l'air, pris du sol — le Sedang qui se jette, arc-bouté sous sa lance, sur le corps tombé de Mayrena — et le gros plan raviné du pied de l'éléphant tel que le voit Mayrena, à un mètre au-dessus de lui. La masse précipitée de la bête qu'arrête soudain la lance, son oscillation (l'arrêt surtout), peuvent donner des images saisissantes. Mayrena, pendant que l'éléphant est en train de se tuer sur la lance du Sedang qui joue sa vie, s'est dégagé, a retrouvé le Moï qui porte son fusil et tire. L'animal, jusque-là chancelant, s'effondre sur le côté. Enfin, il faudrait traiter sans aucune ironie, comme une scène des *Nibelungen*, les cinq ou six guerriers presque nus (Mayrena accroche au pagne la médaille qui représente le pied de l'éléphant) sur le fond de la chaîne annamitique : « Au nom des Ancêtres et des guerriers qui viendront, je te fais chevalier du Courage sedang. » Ce serait sans doute la dernière image du pays moï.

Clappique voudrait l'enchaîner sur une scène qui est écrite, et qui se passe chez les Chaminade : *[Scène racontée au chapitre* VIII *bis du « Règne du Malin », p. 1054].*

2

[Après la scène « chez les Chaminade », Clappique étudie les raisons de l'échec de Mayrena sur le terrain et en France. — Ce passage, dans l'édition originale (p. 446-449) suit une reprise abrégée du chapitre VIII *bis du « Règne du Malin »].*

[...] mais ceux-ci tiennent... *[p. 1057.]*

On a beaucoup cherché les causes de la rupture entre le

gouvernement général et Mayrena[1]. L'hypothèse de Clappique est peut-être la meilleure. Devant l'abandon des villages sedangs, les maladies, et peut-être la nouvelle que certains Moïs possédaient maintenant des fusils, l'expédition siamoise, avec ou sans Allemands, était revenue à Bangkok. D'autre part, Constans avait quitté le gouvernement général de l'Indochine. L'hinterland moï ayant perdu son actualité, le successeur de Constans, anticléricalisme aidant, avait abandonné Mayrena avec la même sérénité que son prédécesseur l'avait envoyé. La rupture ne tint peut-être en rien aux actes de Mayrena, quelque jugement que l'on portât sur eux. Mais seulement à ce qu'en un temps où les relations avec l'Allemagne étaient mauvaises, le nouveau gouverneur général fut plus timoré que ne l'avait été Constans. Et plus hostile aux hommes de main. Constans avait été ministre de l'Intérieur.

« Mayrena, ajoute Clappique, ne pouvait se séparer des Pères, parce qu'il ignorait les dialectes[2], et que les soldats qu'il avait instruits était des chrétiens. Les Pères suivraient les ordres de la hiérarchie, peu soucieuse d'un conflit avec le gouvernement français pour le royaume sedang. Ils étaient adversaires de la vraie guerre de tribus, c'est-à-dire de la conquête militaire du pays djaraï, qui eût duré beaucoup plus longtemps que les combats. La Confédération créée, au moins en apparence, que faire ? Mayrena n'était pas un administrateur. Il n'en finirait pas avec l'esclavage si la guerre lui demeurait interdite. Il n'avait plus envie de devenir chercheur d'or, et ne parviendrait pas à faire travailler ses sujets. "Proposer de vastes concessions, et importer de la main-d'œuvre !" Les missionnaires ne seraient pas d'accord. »

Les grandes compagnies concessionnaires de territoires coloniaux avaient leur siège à Paris. La charte de colonisation n'avait de valeur que pour le ministère des Colonies ; sinon, à la rigueur, pour les grandes compagnies étrangères. Et le siège de la royauté de Mayrena n'était plus le duché de Kong-Toum, c'était la place de l'Opéra. Aussi regagna-t-il la France.

Sans drame pour Thalie. Quand il repassa par Qui Nhon, le résident avait été nommé à Hanoï.

Dès le début, c'est l'échec. Le ministère des Colonies le tient pour un suppôt des ratichons. Le pays moï intéresserait peut-être l'Allemagne ou l'Angleterre ; pas à travers Mayrena. Le Siam est loin. Mais les journaux exaltent, contre l'esprit rond-de-cuir et la passivité des bureaux, l'admirable aventurier qui veut donner une nouvelle Indochine à la France. La révolte des Lettrés s'achève à peine… Plus Mayrena se trouve en face du néant, plus se développe sa légende. Il devient très parisien.

Clappique veut composer cette séquence, d'une série d'images du Paris de 1890 : cafés, fiacres, hommes en chapeau dans les restaurants et au foyer des théâtres, longs gants des femmes ; séquence terminée par un frénétique cancan du Moulin-Rouge qui s'arrête à l'entrée de Mayrena sous les applaudissements, les danseuses se précipitant pour lui porter des fleurs[1].

Le virage se prend à la Chambre. Mayrena, déguisé en général tropical, se trouve, comme le veut la légende, dans la tribune du corps diplomatique. (Il faudrait retrouver cette séance du 18 mars, sans doute spectaculaire, puisqu'il l'avait choisie.) Pendant que Clemenceau démolit Jules Ferry, ou réciproquement, un huissier à chaîne s'approche, suivi de deux inspecteurs de police et dit à voix basse : « Monsieur, le président vous prie de quitter cette tribune pour celle du public. » Mayrena sourit avec mépris, et quitte la Chambre[2].

« On peut faire quelques scènes de ce genre pour Tabarin ou le Moulin-Rouge ; je voudrais beaucoup de serpentins, et surtout de lunes en papier. Il y a une scène, dont le vrai héros est Lautrec, que j'aimerais bien. Quelque part du côté du *Rat mort*, du *Moulin-Rouge* ou d'un autre truc de nuit, une moche marchande de fleurs lui tend un bouquet. Il le prend, paye, et dit : "Merci, madame. — Madame ? Vous êtes un prince ou un artiste… — Je suis un roi…" À propos, savez-vous qui était directeur de Tabarin, avant la guerre ? Dubout, oui, le caricaturiste aux grosses mémères et aux p'petits chafouins, qui passait ses après-midi à se rincer l'œil avec des ravissantes. D'ailleurs, c'est faux : il s'agit d'un homonyme. Mais c'est mieux comme ça. Pas un mot ! Donc, des lunes en papier. On peut faire tout ça sur un rythme rapide, comme les scènes de signature en pays moï. Jusqu'à la scène capitale, celle du *Rat mort*.

Donc, terrasses… *[« Le Miroir des limbes », p. 307.]*

3

[Au « Rat mort », Mayrena évoque « le colonel Mercurol, duc de Kong-Toum ». Clappique envisage le tournage de cette scène. — Édition originale, p. 449-450.]

[…] au duc de Kong-Toum leurs décorations !" *[« Le Miroir des limbes », p. 308.]*

« Ici, dit Clappique, il faudra voir de près ce que le monteur sera capable de faire entre les images du *Rat mort* (aucun problème), celles de ce qui se passe dehors (p'petit problème), ce que raconte Mayrena, et ce qui s'est passé.

« Il est évident que tout le long du film, Mayrena ment. Mais pas toujours, ou du moins pas toujours sans limites. Ce que je crains de ne pouvoir suggérer que par un peu d'excès dans le jeu de l'acteur. Par exemple (pour vous satisfaire, Essuie-Plume !) il connaît Félix Faure, comme moi le général de Gaulle : il l'a entendu parler aux journalistes. Il connaît moins encore l'éditeur Charpentier. Son information relative au départ de la mission germano-siamoise a été donnée de chic, et il a compris quel le gouverneur le croyait aussi bien *informé* que lui. Mais il fait assez peu mousser ce qu'il a réellement accompli. Il ne parle jamais de sa générosité. Il s'est vraiment battu avec le sadète, il a réellement supporté un monde infernal, et des maladies dont il ne dit mot.

Clappique met son monocle. *[Dans l'édition originale des « Antimémoires », ce passage était suivi de répliques sur le « p'petit médecin chafouin » et sur Robert Houdin, qu'on retrouve aux pages 307 et 306 du « Miroir des limbes ».]*

4

[Après la scène du « Rat mort », qui s'achève sur la demande du « groom » (« Je voudrais repartir avec vous... »), l'édition originale des « Antimémoires » évoque longuement (p. 466-470) les derniers moments de Mayrena.]

« Je voudrais repartir avec vous... » *[« Le Miroir des limbes », p. 313.]*

La côte malaise. M. William Moran, administrateur adjoint au Straits Settlement, marche dans une rue de cases et de bananiers (au loin, la mer de Chine), le double d'un télégramme à la main : GUILLAUME, EMPEREUR, BERLIN. DERNIÈRES VOLONTÉS STOP. VOUS LÈGUE PROTECTORAT ROYAUME SEDANG STOP. VOTRE COUSIN STOP. MARIE[1]. M. Moran ressemble à un Shelley à cheveux blancs.

Il arrive à la case de Mayrena, ouverte aussi sur la mer. Mayrena le regarde venir :

« On vous a communiqué mon télégramme, et vous venez voir si je suis fou ?

— Le télégramme ne concerne que l'Allemagne, et peut-être la France… Mais je pense que si vous étiez malade nous devrions vous aider, et vous êtes loin de tout… Les oiseaux de paradis sont nombreux, en ce moment ?

— Vous voyez. »

Il y a de nombreuses plumes de paradis aux cloisons de la paillote ; sur la table, un oiseau entier enveloppé dans un journal. Mayrena l'écarte, tire d'un coffre une bouteille de whisky et deux verres, qu'il pose à sa place. À la cloison principale, une photo encadrée de Marie Ier en costume militaire. De grandes plumes, posées entre elle et le mur, dépassent.

« Vous aimez les oiseaux ? demande Mayrena.

— Quand j'étais en poste au San Salvador, j'aimais voir les chasseurs de quetzals. Vous savez que c'est l'oiseau de la liberté, qui meurt en cage. J'en ai vu un très beau, qui dépassait d'une photo, comme votre oiseau de paradis : c'était la photo du dictateur…

« Les chasseurs sont contrebandiers, parce que l'exportation du quetzal est interdite.

— L'ennuyeux, c'était de "livrer" les plumes à Singapour. Je commence à détester les villes.

— Vous avez des nouvelles de… là-bas ?

— C'est perdu. Et pourtant, un jour, il y aura une confédération moï. Je suis venu trop tôt. Mes compatriotes n'ont pas la tête coloniale. L'Alsace est une excuse.

— Alors pourquoi…

— Je suis patriote, mais je veux que le royaume sedang existe. Que l'on sache que je n'étais pas un extravagant. Anglais, on m'eût aidé. Vous n'avez pas désavoué Brooke, loin de là. L'Allemagne, vous, la Russie, le Siam, peut-être même la France… Mais pardieu ! la porte que j'ai ouverte ne se refermera pas !

« Avez-vous eu parfois le sentiment de voir votre vie derrière vous, comme une chose terminée ?

— Dans ces pays chauds, on boit beaucoup…

— Le feu de Prométhée est arrangeant, bien qu'on ne puisse pas trouver de Pernod, seulement un infect whisky, dans cette Malaisie ! Vous connaissez le haschisch ?

— Vous êtes sûr de n'avoir besoin de rien ? Nous avons les meilleures conserves anglaises…

— De rien : je serai mort dans une heure. J'ai été mordu par un serpent tedong-hiar, donc… Vous savez aussi bien que moi qu'il n'y a aucun recours. Et je ne veux plus de recours.

— Puis-je vous suggérer que le télégramme me semble déraisonnable ?

— Peu importe. Vous savez que la mort due au tedonghiar ressemble à celle qu'apportent certains poisons végétaux bien connus des indigènes. Et donc l'agonie n'est pas très différente des crises de haschisch. C'est pourquoi je vous demandais si vous les connaissiez.

— Non. »

Mayrena le fixe du regard : le teint des opiomanes.

« L'opium et le haschisch ne vont guère ensemble…

— L'opium est la paix.

— Je ne suis pas intoxiqué du haschisch, ce compagnon infernal, disent les Arabes. Il m'a beaucoup intéressé, en Indochine[1], dans les pays de service ecclésiastique obligatoire, où les bonzes l'emploient pour mener à l'extase les sujets d'élite. C'est un insolent multiplicateur de ce qu'il rencontre, la musique si vous faites jouer des musiciens, un dieu si vous pensez fortement à lui, et l'érotisme si vous n'avez rien de mieux, car c'est un aphrodisiaque. J'en ai parlé avec le pape des bonzes, au Cambodge. Je lui ai dit que j'aimais la foi, et non les drogues. Il m'a répondu : “Si vous en donnez à un jeune bonze stupide, il ne deviendra pas moins stupide. Le haschisch ne porte pas l'illumination en lui. Mais nous sommes séparés d'elle par une carapace, et il détruit la carapace.” Je ne connais rien à la musique, et moins encore à celle de l'Asie ; pourtant, j'ai entendu des chants de paradis…

« Mes ennemis me prennent pour un imposteur. Vous aussi, sans doute. Un duel avec un sorcier ne mérite pas tant d'éclat. Bien. J'ai fait la guerre. Et je suis allé plusieurs fois sur le pré, comme tous les journalistes de mon âge. Notez, je vous prie, qu'avec le sadète, le risque n'était ni d'être blessé ni d'être tué, banalités ! mais d'être blessé au point de tomber entre les mains des Sedangs. La torture existe encore par là, et les chrétiens n'auraient rien pu pour moi, car ma défaite les eût contraints à fuir, et vite ! Je n'y pensais guère. Mais j'éprouvais la crainte du Père Georges, la confiance, sensible comme une joie ou une peine, qu'éprouvaient les Sedangs qui entouraient le sadète ; et la forêt, qui était la sienne et non la mienne. À plusieurs reprises, j'ai vécu dans le surnaturel. Si j'étais un grand poète, je pourrais exprimer cela. Pardieu, mon maître et ami Victor Hugo l'eût fait ! Je ne puis l'exprimer, mais *je le sais*. C'est pour ce surnaturel que j'ai vécu, comme un intoxiqué pour son intoxication. Si c'était à refaire, je pourrais agir plus habilement, apprendre le sedang, m'écarter peu à peu des Pères, obtenir d'abord des armes, que sais-je ?

Pour quoi faire ? Par éclairs, j'ai connu ce que je voulais connaître. C'est ma Vérité, au sens où l'amour en est une. On peut l'appeler l'extravagance, je le dédaigne. Constatez que je suis lucide ! Je puis penser fortement à ce qui a été mon propre monde, et il suffira que j'y pense pour que je le possède. L'effet du poison commence. Je vais saisir toute ma vie. Non dans ses instants, mais dans ce qu'elle sera plus tard, car un destin comme le mien crée nécessairement sa légende.

« Tout passé est burlesque, non ?

— Comme le reste…

— Bravo ! Mais moi, chasseur d'oiseaux, épave, je meurs roi. J'en ai encore pour trois quarts d'heure. Vous vous demandez si je ne rêve pas, une fois de plus. Ne sentez-vous pas que j'ai pitié de vous ? J'ai envie de vous faire des cadeaux…

— Nul ne sait comment il doit mourir, et j'ai parfois regretté de ne pas posséder de morphine. Comment s'appelle ce poison ? »

De nouveau, Mayrena regarde fixement son interlocuteur. Il prend dans un coffre une boîte métallique, l'ouvre. Elle renferme un petit flacon et une seringue. Mayrena tend le flacon à Moran.

« C'est du cristal, et le bouchon est d'or pur. C'était mon dernier souvenir du château de Mayrena. Le poison est le même que celui des sorciers sedangs : exactement l'équivalent du venin. Cinquante gouttes, deux heures.

« Vous n'êtes pas venu avec un chien ? Je voudrais caresser un animal doux… Je vais vous donner encore quelque chose, puisque vous avez pris la peine de venir me voir. Ce sera rare, plus tard. Et une sorte de témoignage. Cette feuille dans la boîte, est une feuille des timbres que j'ai émis au temps de mon royaume. J'espère que vous êtes philatéliste. Encore merci. Adieu[1]. »

Il sort. La boîte de métal est restée ouverte sur la table. Moran regarde rêveusement la seringue : il y reste encore un peu de liquide.

« Ensuite, reprend Clappique, j'aimerais pouvoir tourner moi-même, car le scénario ne peut plus donner que des directives.

« Mayrena arrive au bord d'une crique… *[« Le Miroir des limbes », p. 313.]*

ORAISONS FUNÈBRES

... Car il n'est qu'un acte sur lequel ne prévale ni la négligence des constellations, ni le murmure éternel des fleuves : c'est l'acte par lequel l'homme arrache quelque chose à la mort[1].

PRÉFACE

Quelques-uns de ces textes sont des oraisons funèbres au sens rigoureux ; tous sont, de près ou de loin, liés à la mort. Entre tant de discours tantôt écrits, tantôt improvisés[1] puis écrits d'après la sténographie (car la syntaxe de l'improvisation n'est pas celle de l'écriture, et même Jaurès n'a jamais laissé publier la véritable sténographie de ses discours improvisés) ceux-ci forment un ensemble qui m'avait échappé : les cloches qui sonnent lorsque les cendres de Jean Moulin entrent au Panthéon semblent répondre à celles qui sonnaient lorsque les chars de Leclerc entraient à Paris.

Les discours appellent le disque plus que le livre. Pourtant, ceux-ci présentent un caractère que présentaient les oraisons funèbres religieuses : ils sont liés au rythme de la voix ; et à un monde historique mal accepté par la littérature (elle l'appellerait volontiers actualité, mais qu'est-ce que l'actualité de l'Oraison funèbre de Condé ?) et qui les insère dans une coulée du temps qui n'est pas celle de l'art. Un discours imaginaire sur la libération de Paris, une oraison funèbre imaginaire de Jean Moulin, ressembleraient-ils aux textes que voici ? Ils ne ressemblent même pas à ceux de mes romans. L'oraison imaginaire, comme l'art littéraire, s'adresserait au lecteur isolé ; la vraie s'adresse à une foule. Même lorsque Bossuet ou Jaurès écrit son texte, il l'écrit pour les fidèles de Versailles ou pour l'Assemblée nationale[2]. Et il le modifie en parlant. La voix n'a pas joué un petit rôle, dans l'histoire de la littérature : au théâtre d'Athènes, les nouveaux personnages, introduits un à un, récitent moins un texte qu'ils ne succèdent à l'aède…

Des tragiques grecs à Shakespeare, à Victor Hugo, l'art s'est maintes fois accommodé de l'actualité : toujours, en la contraignant à *affronter ce qui la dépasse. Que serait le* Condé *de Bossuet, s'il n'était livré à Dieu ? Les grands discours politiques sont liés à une action — qui tantôt traverse les siècles (Démosthène, Pitt, peut-être le Clemenceau de la guerre, de Gaulle) et tantôt s'efface avec eux. Des plus grands discours politiques, et d'abord ceux de la Révolution, comment supprimerions-nous l'*enjeu *? Le « On ne règne pas innocemment ! » de Saint-Just finit par la mort de Louis XVI. Ici, il n'y a pas d'enjeu — sinon, parfois, la communion funèbre dont la grandeur allait de soi lorsque les oraisons se référaient à Dieu, et qui ne l'est plus lorsqu'elles semblent se référer, comme pour Jean Moulin, à cette communion seule : à la passion qui fit arriver sous l'Arc de Triomphe de la Libération nos soldats barbouillés de rouge à lèvres, et au sentiment obscur des femmes noires de Corrèze qui venaient, en face de la Gestapo, prier sur leurs propres tombes, pendant qu'on ensevelissait nos camarades fusillés.*

COMMÉMORATION DE LA LIBÉRATION DE PARIS

Au nom du général de Gaulle, alors en Afrique, devant la gare où fut signée la reddition des troupes allemandes de Paris.

24 août 1958.

Voici donc, après quatorze ans, cette ville intacte, sur laquelle est revenu l'été comme il fût revenu sur les ruines ; l'ombre effacée du général von Choltitz[1], l'ombre du général Leclerc devant laquelle nous nous sommes inclinés ce matin dans la crypte des Invalides ; et voici les visages des survivants, sur lesquels le temps a passé. Illustres ou inconnus, ils sont unis aujourd'hui par le même souvenir qui s'efface. Déjà, pour treize millions de jeunes Français, la libération de Paris n'appartient plus qu'à l'Histoire ; puisse-je leur parler ici en votre nom, et faire que, pour ceux d'entre eux qui nous écoutent, pour toute la jeunesse éparse qui nous entendra ce soir, l'Histoire se confonde avec le souvenir.

Lorsque les Forces françaises libres et la Résistance, nées toutes deux du même appel, se rencontrèrent dans une salle aujourd'hui historique de cette gare, chacune d'elles ne connaissait de l'autre que son action légendaire. Les F.F.L., c'était Bir Hakeim, les batailles d'Italie, l'épopée de Leclerc[2], le sentiment retrouvé lorsque la France avait appris que la poignée d'hommes du général Kœnig, désespérément chargée de tenir dix jours contre deux divisions, en avait tenu quatorze et avait rompu l'encerclement de Rommel. Ces combattants étaient le « Non » du 18 Juin devenu vivant. Nullement une sorte de légion française[3] au côté des Alliés, mais l'éternelle poignée de ceux par lesquels tout ce qui transfigure les individus commence ou recommence : la légion des témoins. Les témoins de la continuité nationale, ceux qui proclamaient que même si la France n'était plus en France, même si elle n'était plus que dans le désert d'Afrique, elle restait vivante, parce que dans ce désert le monde reconnaissait ce qui avait été son courage[a].

La Résistance — la vraie, celle que symbolise ici le président de son Conseil national[1] : l'ensemble des forces clandestines qui avaient pour mission de préparer l'insurrection — était beaucoup plus mal connue. À cause de son caractère secret. À cause de trop d'efforts pour l'annexer, depuis qu'elle a disparu… Peu importe : ses morts se sont reconnus entre eux, à ce qu'ils sont tombés sous les mêmes balles ou morts dans les mêmes camps. Pour les F.F.L., pour tous ceux qui communiaient obscurément avec elle, elle était l'organisation souterraine, et avec les groupes francs qui avaient osé attaquer en plein jour le Palais de Justice afin de délivrer nos prisonniers.

Lors du débarquement de Normandie, cette Résistance-là comptait plus de morts que de survivants. Pour ceux-ci, hommes et femmes, elle est le souvenir de la plus profonde fraternité virile qu'ils aient connue. Elle est le souvenir d'avoir engagé — et d'abord avec leurs mains nues — le combat avec un ennemi démesurément plus fort qu'eux, le souvenir d'avoir tenu dans ces mains une parcelle du refus de la France, du destin de la France ; d'avoir été les compagnons obscurs de « l'homme qui en maintenait alors l'honneur comme un invincible songe[2] ». Il y a bien des façons de définir l'honneur, mais il n'y en a qu'une de ressentir l'humiliation. Aucun des combattants de la 2e D.B. qui sont ici n'a oublié le sentiment qu'il éprouva lorsque sa division se trouva pour la première fois en face des chars allemands ; aucun résistant n'a oublié le sourire qu'il sentit crisper ses lèvres lorsque, entré la veille dans la Résistance (et revolver en poche ou non), il rencontra le premier officier allemand. Ni le sentiment qu'il éprouva lorsqu'il échangea les signes de reconnaissance avec son premier camarade inconnu…

Sentiments d'autant plus profonds qu'ils étaient liés, en 44, à la menace de la torture, à la connaissance des camps d'extermination qui déployaient jusqu'à la Baltique l'atroce cortège d'ombres qui attendaient les vaincus. Survivants de la Résistance, vous pouvez[a] vraiment dire, sans avoir besoin d'élever la voix, que vous avez combattu en face de l'enfer.

Telles sont donc les Forces françaises libres et la Résistance, au début d'août 1944. L'armée anglo-américaine atteint alors Avranches. Mais la 2e D.B. a débarqué en Normandie, et la Résistance va devenir l'insurrection.

Le 10 août, grève des cheminots ; le 15, grève de la police ; le 18, grève des postiers. La radio a suspendu ses émissions, les journaux de la collaboration cessent de paraître. Les syndicats décident la grève générale. Le 19 au matin, l'insurrection, commandée par le général Chaban, délégué militaire national, et par le colonel Rol[1], chef des Forces françaises de l'intérieur pour l'Île-de-France, occupe les mairies, les ministères, les immeubles des journaux. Le 20, le général de Gaulle débarque à Cherbourg, un détachement précurseur de la 2e D.B. part en direction de Paris qui, le 22, se couvre de barricades. Mais le 23, les Allemands ripostent à une attaque de la Résistance en incendiant le Grand Palais. Les conquêtes des Forces de la Résistance sont précaires. Au-delà du romanesque séculaire des barricades, l'insurrection possède le véritable héroïsme, celui qui prend les revolvers avec rien, les mitraillettes avec les revolvers, les mitrailleuses avec les mitraillettes ; celui qui lance à découvert, sur les chars, les bouteilles incendiaires. Elle n'en est pas moins beaucoup plus assurée de développer la guérilla que de maintenir l'occupation des édifices. Mais le 24 au soir, les chars du colonel Billotte atteignent La Croix-de-Berny, ceux du colonel de Langlade, le pont de Sèvres, ceux du capitaine Dronne, l'Hôtel de Ville. *La Marseillaise* ininterrompue qui les suit depuis la porte d'Italie éclate furieusement sur la place. Le capitaine entre dans les salons du préfet. Un micro surgit devant Alexandre Parodi, délégué du général de Gaulle. « J'ai devant moi, dit-il, un capitaine français qui vient d'entrer dans Paris. Son visage est rouge. Il est sale et pas rasé. Et pourtant, on a envie de l'embrasser… »

Car la Résistance a conquis sa radio, et les micros ont reparu. L'appel aux armes a été diffusé tous les quarts d'heure, suivi de *La Marseillaise* et des nouvelles de l'insurrection ; Pierre Crénesse, interviewant dans un petit café, au bruit des balles, le président du Conseil national de la Résistance, a assuré le premier reportage de la radio insurgée. Pauvres moyens, pauvre diffusion ! Mais cette nuit, l'électricité, d'abord répartie par secteurs, va, pendant une heure entière, illuminer Paris, et lui porter, avec la lumière, le balbutiement[a] de la Libération :

« Parisiens, dit Schaeffer, ne quittez pas l'écoute ! Nous sommes fous de bonheur ! Notre émission n'est pas réglée. Nous n'avons pas mangé depuis trois jours. Il y a des camarades qui ont fait le coup de feu depuis ces trois jours et qui reviennent au micro. Nous sommes saouls peut-être, mais saouls de joie et de bonheur... » Il ne peut continuer ; d'autres prennent sa place : « Ouvrez vos fenêtres ! Pavoisez vos maisons ! » Enfin, il reprend : « Je suis mandaté par le Gouvernement provisoire de la République pour parler à messieurs les curés qui peuvent m'entendre ou qui peuvent être avertis immédiatement. Je leur dis de faire sonner immédiatement les cloches à toute volée ! »

Alors, sur l'illumination de la ville si longtemps éteinte, sur la ville si longtemps muette, l'immense hosanna des cloches emplit la nuit de la délivrance.

Pourtant, ce n'est pas fini. Aux voix de la radio se joint le martèlement du canon : les batteries allemandes de Longchamp tirent sur Paris. Mais les chars du colonel Billotte avancent dans la brume de l'aube, atteignent le Châtelet dans la matinée ; ceux du colonel Dio, secondés eux aussi par les Forces françaises de l'intérieur, atteignent la tour Eiffel. À midi et demi, le drapeau tricolore y flotte pour la première fois depuis quatre ans ; un drapeau immense se déploie du sommet de l'Arc de Triomphe jusqu'au sol lorsque les chars du colonel de Langlade s'engagent sur la place de l'Étoile. Quand les premiers soldats se dirigent vers la dalle du Soldat inconnu, un obus allemand passe sous la voûte : les combats continuent. Plus pour longtemps. À 10 heures, le colonel Billotte a adressé son ultimatum au général von Choltitz. Après la dernière lutte des derniers chars allemands, le général se rend. À 4 h 15, il arrive dans la salle de billard de la gare Montparnasse en face d'un jeune officier qui dit entre ses dents : « Maintenant, ça y est » et à haute voix en allemand : « Je suis le général Leclerc. »

C'était ici, il y a quatorze ans...

La convention de reddition est signée entre le général Leclerc, le colonel Rol, commandant les F.F.I. de l'Île-de-France, et le général von Choltitz. Un quart d'heure plus tard, le général de Gaulle passe, et part pour le ministère de la Guerre où il arrivera à 5 heures après avoir été accueilli par une fusillade rue Eblé. Il sera le soir à l'Hôtel de Ville où vous lui direz, monsieur le président du Conseil national de la Résistance : « Au moment où nous sommes rassemblés par la même volonté et sans qu'aucune distinction de parti, de croyance ou d'origine, ait pu nous séparer, j'ai la joie et le devoir d'exprimer d'abord notre immense gratitude à celui qui, sans attendre et sans tergiverser, a, dès le premier jour, dit "non" à l'ennemi et à la trahison. Il fut le premier ; ce qui se passe sous nos yeux dans Paris libéré manifeste que la France entière redit aujourd'hui avec lui ce "non" du premier jour. »

Et pendant que s'éteignent les dernières fusillades, passent les chars français dont la poussière de Normandie a disparu sous les fleurs ; et les soldats embrassés depuis le matin inclinent sur la dalle du Soldat inconnu leur visage couvert de rouge à lèvres…

Le lendemain, ce sera la légendaire descente des Champs-Élysées. La libération de Paris est terminée.

Que Paris eût été libéré — un peu plus tard — sans la Résistance, donc sans l'insurrection, et sans la 2ᵉ D.B. nul ne l'ignorait. Le véritable objectif de ces combats fut bien moins de reconquérir la ville que de retrouver la France. La France à laquelle les adversaires du général de Gaulle ne croyaient pas, parce qu'elle n'existait que dans le cœur de ceux qui combattaient pour elle. C'est pour cette France, et pour rien autre, qu'ils l'aient su ou non, que sont tombés les morts de la libération de Paris. Pour retrouver une fierté mystérieuse dont la perte les séparait de tout le passé de la nation, fierté dont beaucoup d'entre eux ne savaient qu'une chose, c'est qu'à leurs yeux, la France l'avait perdue. La liberté, l'indépendance, les Alliés eussent suffi à les leur rendre. Et ces combattants ne se sont pas trompés : car la France ne s'est pas redressée en s'appuyant sur leur victoire, mais en s'appuyant sur leur combat et sur leur sacrifice. L'insurrection triomphante de Paris est sœur de l'insurrection écrasée de Varsovie[1].

Ni la France ni le monde ne s'y méprirent. Tandis que

les villes de l'Amérique latine pavoisaient, les cloches de cette libération, d'église en église, et de la Bretagne à la Provence, emplissaient le ciel d'été ; et pendant qu'elles sonnaient, la radio transmettait les paroles prononcées à l'Hôtel de Ville par le général de Gaulle : « Paris martyr, mais libéré par son peuple, lutte avec toute la France[1]. » Et toute la France apprenait que Paris s'était libéré lui-même : ceux de la Ire Armée en marche vers le Rhin, ceux des maquis au combat pour les rejoindre au-delà de leurs provinces reconquises, la France combattante et la France prisonnière dans les camps d'extermination, celle de la joie et celle de l'enfer.

Alors, dans tous les bagnes depuis la Forêt-Noire jusqu'à la Baltique, l'immense cortège des ombres qui survivaient encore se leva sur ses jambes flageolantes. Et le peuple de ceux dont la technique concentrationnaire avait tenté de faire des esclaves parce qu'ils avaient été parfois des héros, le peuple dérisoire des tondus et des rayés, *notre* peuple ! pas encore délivré, encore en face de la mort, ressentit que même s'il ne devait jamais revoir la France, il mourrait avec une âme de vainqueur[2].

Telle est la simple et grande histoire que nous commémorons aujourd'hui — peut-être parce qu'aujourd'hui, la France ose la regarder en face. Jeunesse à qui elle appartient, avant que sonnent de nouveau toutes les cloches de Paris, les témoins qui m'entourent, et la poignante assemblée d'ombres que j'évoquais tout à l'heure, te disent avec la voix presque basse qui éveille les dormeurs : « Écoute ce soir, jeunesse de mon pays, ces cloches d'anniversaire qui sonneront comme celles d'il y a quatorze ans. Puisses-tu, cette fois, les entendre : elles vont sonner pour toi. »

HOMMAGE À LA GRÈCE

Au nom du Gouvernement français pour la première illumination de l'Acropole.

Athènes, le 28 mai 1959.

Une fois de plus[a], la nuit grecque dévoile au-dessus de nous les constellations que regardaient le veilleur d'Argos[1] quand il attendait le signal de la chute de Troie, Sophocle quand il allait écrire *Antigone* — et Périclès, lorsque les chantiers du Parthénon s'étaient tus… Mais pour la première fois, voici, surgi de cette nuit millénaire, le symbole de l'Occident[b]. Bientôt, tout ceci ne sera plus qu'un spectacle quotidien ; alors que cette nuit, elle, ne se renouvellera jamais. Devant ton génie arraché à la nuit de la terre, salue, peuple d'Athènes, la voix inoubliée qui, depuis qu'elle s'est élevée ici, hante la mémoire des hommes : « Même si toutes choses sont vouées au déclin, puissiez-vous dire de nous, siècles futurs, que nous avons construit la cité la plus célèbre et la plus heureuse[2]… »

Cet appel de Périclès eût été inintelligible à l'Orient ivre d'éternité, qui menaçait la Grèce. Et même à Sparte, nul n'avait[c], jusqu'alors, parlé à l'avenir. Maints siècles l'ont entendu, mais cette nuit, ses paroles s'entendront depuis l'Amérique jusqu'au Japon. La première civilisation mondiale a commencé.

C'est par elle que s'illumine l'Acropole ; c'est aussi *pour elle*, qui l'interroge comme aucune autre ne l'a interrogée. Le génie de la Grèce a reparu plusieurs fois sur le monde, mais ce n'était pas toujours le même. Il fut d'autant plus éclatant, à la Renaissance, que celle-ci ne connaissait guère l'Asie ; il est d'autant plus éclatant, et d'autant plus troublant aujourd'hui, que nous la connaissons. Bientôt, des spectacles comme celui-ci animeront les monuments de l'Égypte et de l'Inde, rendront voix aux fantômes de tous les lieux hantés. Mais l'Acropole est le seul lieu du monde hanté à la fois par l'esprit et par le courage.

En face de l'ancien Orient, nous savons aujourd'hui que la Grèce a créé un type d'homme qui n'avait jamais existé. La gloire de Périclès — de l'homme qu'il fut et du mythe qui s'attache à son nom — c'est d'être à la fois le plus grand serviteur de la cité, un philosophe et un artiste ; Eschyle et Sophocle ne nous atteindraient pas de la même façon si nous ne nous souvenions qu'ils furent des combattants[1]. Pour le monde, la Grèce est encore l'Athéna pensive appuyée sur sa lance. Et jamais avant elle, l'art n'avait uni la lance et la pensée.

On ne saurait trop le proclamer[a] : ce que recouvre pour nous le mot si confus de culture — l'ensemble des créations de l'art et de l'esprit — c'est à la Grèce que revient la gloire d'en avoir fait un moyen majeur de formation de l'homme. C'est par la première civilisation sans livre sacré, que le mot intelligence a voulu dire interrogation. L'interrogation dont allaient naître la conquête du cosmos par la pensée, du destin par la tragédie, du divin par l'art et par l'homme. Tout à l'heure, la Grèce antique va vous dire :

« J'ai cherché la vérité, et j'ai trouvé la justice et la liberté. J'ai inventé l'indépendance de l'art et de l'esprit. J'ai dressé pour la première fois, en face de ses dieux, l'homme prosterné partout depuis quatre millénaires. Et du même coup, je l'ai dressé en face du despote. »

C'est un langage simple, mais nous l'entendons encore comme un langage immortel.

Il a été oublié pendant des siècles, et menacé chaque fois qu'on l'a retrouvé. Peut-être n'a-t-il jamais été plus nécessaire. Le problème politique majeur de notre temps, c'est de concilier la justice sociale et la liberté ; le problème culturel majeur, de rendre accessibles les plus grandes œuvres au plus grand nombre d'hommes. Et la civilisation moderne, comme celle de la Grèce antique, est une civilisation de l'interrogation ; mais elle n'a pas encore trouvé le type d'homme exemplaire, fût-il éphémère ou idéal, sans lequel aucune civilisation ne prend tout à fait forme. Les colosses tâtonnants qui dominent le nôtre semblent à peine soupçonner que l'objet principal d'une grande civilisation n'est pas seulement la puissance, mais aussi une conscience claire de ce qu'elle attend de l'homme, l'âme invincible par laquelle Athènes pourtant soumise obsédait Alexandre dans les déserts d'Asie : « Que de peines, Athéniens, pour mériter votre louange[1] ! » L'homme moderne appartient à tous ceux qui vont tenter de le créer ensemble ; l'esprit ne connaît pas de nations mineures, il ne connaît que des nations fraternelles. La Grèce, comme la France, n'est jamais plus grande que lorsqu'elle l'est pour tous les hommes, et une Grèce secrète repose au cœur de tous les hommes d'Occident. Vieilles nations de l'esprit, il ne s'agit pas de nous réfugier dans notre passé, mais d'inventer l'avenir qu'il exige de nous. Au seuil de l'ère atomique, une fois de plus, l'homme a besoin d'être formé par l'esprit. Et toute la jeunesse occidentale a besoin de se souvenir que lorsqu'il le fut pour la première fois, l'homme mit au service de l'esprit les lances qui arrêtèrent Xerxès[2]. Aux délégués qui me demandaient ce que pourrait être la devise de la jeunesse française, j'ai répondu « Culture et courage ». Puisse-t-elle devenir notre devise commune — car je la tiens de vous.

Et en cette heure où la Grèce se sait à la recherche de son destin et de sa vérité, c'est à vous, plus qu'à moi, qu'il appartient de la donner au monde.

Car la culture ne s'hérite pas, elle se conquiert. Encore se conquiert-elle de bien des façons, dont chacune ressemble à ceux qui l'ont conçue. C'est aux peuples que va s'adresser désormais le langage de la Grèce ; cette semaine, l'image de l'Acropole sera contemplée par plus de spectateurs qu'elle ne le fut pendant deux mille ans. Ces millions d'hommes n'entendront pas ce langage comme l'entendaient les prélats de Rome ou les seigneurs de Versailles ; et peut-être ne l'entendront-ils pleinement que si le peuple grec y reconnaît sa plus profonde permanence — si les grandes cités mortes retentissent de la voix de la nation vivante.

Je parle de la nation grecque vivante, du peuple auquel l'Acropole s'adresse avant de s'adresser à tous les autres, mais qui dédie à son avenir toutes les incarnations de son génie qui rayonnèrent tour à tour sur l'Occident : le monde prométhéen de Delphes et le monde olympien d'Athènes, le monde chrétien de Byzance — enfin, pendant tant d'années de fanatisme, le seul fanatisme de la liberté.

Mais le peuple « qui aime la vie jusque dans la souffrance », c'est à la fois celui qui chantait à Sainte-Sophie et celui qui s'exaltait au pied de cette colline en entendant le cri d'Œdipe, qui allait traverser les siècles. Le peuple de la liberté, c'est celui pour lequel la résistance est une tradition séculaire, celui dont l'histoire moderne est celle d'une inépuisable guerre de l'Indépendance — le seul peuple qui célèbre une fête du « Non ». Ce Non d'hier fut celui de Missolonghi, celui de Solomos[1]. Chez nous, celui du général de Gaulle, et le nôtre. Le monde n'a pas oublié qu'il avait été d'abord celui d'Antigone et celui de Prométhée. Lorsque le dernier tué de la Résistance grecque s'est collé au sol sur lequel il allait passer sa première nuit de mort[2], il est tombé sur la terre où était né le plus noble et le plus ancien des défis humains, sous les étoiles qui nous regardent cette nuit, après avoir veillé les morts de Salamine[a3].

Nous avons appris la même vérité dans le même sang versé pour la même cause, au temps où les Grecs et les Français libres combattaient côte à côte dans la bataille d'Égypte, au temps où les hommes de mes maquis fabriquaient avec leurs mouchoirs de petits drapeaux grecs en l'honneur de vos victoires, et où les villages de vos montagnes faisaient sonner leurs cloches pour la libération de Paris. Entre toutes les valeurs[b] de l'esprit, les plus fécondes sont celles qui naissent de la communion et du courage.

Elle est écrite sur chacune des pierres de l'Acropole. « Étranger, va dire à Lacédémone que ceux qui sont tombés ici sont morts selon sa loi[4]... » Lumières de cette nuit, allez dire au monde que les Thermopyles appellent Salamine et finissent par l'Acropole — à condition qu'on ne les oublie pas ! Et puisse le monde ne pas oublier, au-dessous des Panathénées, le grave cortège des morts de jadis et d'hier qui monte dans la nuit sa garde solennelle, et élève vers nous son silencieux message, uni, pour la première fois, à la plus vieille incantation de l'Orient : « Et si cette nuit est une nuit du destin — bénédiction sur elle, jusqu'à l'apparition de l'aurore[5] ! »

POUR SAUVER LES MONUMENTS DE HAUTE-ÉGYPTE

Réponse à l'appel de l'Unesco.

Paris, 8 mars 1960.

Aujourd'hui, *pour la première fois*[a], toutes les nations — au temps même où beaucoup d'entre elles poursuivent une guerre secrète ou proclamée — sont appelées à sauver ensemble les œuvres d'une civilisation qui n'appartiennent à aucune d'elles.

Au siècle dernier, un tel appel eût été chimérique. Non que l'on ignorât l'Égypte : on pressentait sa grandeur spirituelle, on admirait ses monuments. Mais si l'Occident la connaissait mieux qu'il ne connaissait l'Inde ou la Chine, c'était d'abord parce qu'il y trouvait une dépendance de la Bible. Elle appartenait, comme la Chaldée[b], à l'Orient de notre Histoire. Entre les quarante siècles dont parlait Napoléon devant les Pyramides, l'instant élu était celui[c] pendant lequel Moïse les avait contemplées.

Puis, l'Égypte conquit peu à peu son autonomie. Dans des limites plus étroites qu'il ne semble. La primauté de l'architecture et de la sculpture gréco-romaines était encore intacte : Baudelaire parle de la naïveté égyptienne[1]. Ces temples grandioses étaient avant tout les seuls témoins que nous ait légués l'Orient ancien ; comme l'étaient ces chefs-d'œuvre cataleptiques qui, pendant trois millénaires, semblaient s'unir dans le même sommeil éternel. Tout cela, dépendance de l'Histoire plus que de l'art. En 1890 comme en 1820, l'Occident, qui se souciait d'étudier l'Égypte, ne se fût pas soucié d'en sauver les œuvres.

Avec notre siècle, a surgi l'un des plus grands événements de l'histoire de l'esprit. Ces temples où l'on ne voyait plus que des vestiges sont redevenus des monuments ; ces statues ont trouvé une âme. Retrouvé la leur ? Certainement pas. Une âme qui leur appartient, que nous ne trouvons qu'en elles, mais que nul n'y avait trouvée avant nous.

Nous disons de cet art qu'il est le témoignage d'une civilisation, au sens où nous disons que l'art roman est un témoignage de la chrétienté romane. Mais nous ne connaissons réellement que les civilisations survivantes. Malgré les travaux des égyptologues, la foi d'un prêtre d'Amon, l'attitude fondamentale d'un Égyptien à l'égard du monde, nous restent insaisissables. L'humour des ostraca, le petit peuple des figurines, le texte où un soldat appelle Ramsès II par son sobriquet : Rara, comme les grognards appelaient Napoléon, l'ironique sagesse des textes[a] juridiques, comment les relier au *Livre des morts*, à la majesté funèbre des grandes effigies, à une civilisation qui semble ne s'être poursuivie pendant trois mille ans qu'au bénéfice de son autre monde ? La seule Égypte antique vivante pour nous est celle que suggère l'art égyptien — et cette Égypte n'a jamais existé. Pas plus que n'exista la chrétienté que nous suggérerait l'art roman s'il en était le seul témoignage. La survie de l'Égypte est dans son art, et non dans des noms illustres ou des listes de victoires… Malgré Kadesh[1], peut-être l'une des batailles décisives de l'Histoire, malgré les cartouches martelés et regravés sur l'ordre du pharaon qui tenta d'imposer aux dieux sa postérité, Sésostris est moins présent pour nous que le pauvre Akhenaton. Et le visage de la reine Néfertiti hante nos artistes comme Cléopâtre hantait nos poètes. Mais Cléopâtre était une reine sans visage, et Néfertiti est un visage sans reine.

L'Égypte survit donc par un domaine de formes. Et nous savons aujourd'hui que ces formes, comme celles de toutes les civilisations du sacré, ne se définissent pas par leur référence aux vivants qu'elles semblent imiter, mais par le style qui les fait accéder à un monde qui n'est pas celui des vivants. Le style égyptien s'est élaboré pour faire, de ses formes les plus hautes, des médiatrices entre les hommes éphémères et les constellations qui les conduisent. Il a divinisé la nuit[2]. C'est ce que nous éprouvons tous lorsque nous abordons de face le Sphinx de Gizeh, ce que j'éprouvais la dernière fois que je le vis à la tombée du soir : « Au loin, la seconde pyramide ferme la perspective, et fait, du colossal masque funèbre, le gardien d'un piège dressé contre les vagues du désert et contre les ténèbres. C'est l'heure où les plus vieilles formes gouvernées retrouvent le chuchotement de soie par lequel le désert répond à l'immémoriale prosternation de l'Orient ; l'heure où elles raniment le lieu où les dieux parlaient, chassent l'informe immensité, et ordonnent les constellations qui semblent ne sortir de la nuit que pour graviter autour d'elles[1]. »

Après quoi le style égyptien, pendant trois mille ans, traduisit le périssable en éternel.

Comprenons bien qu'il ne nous atteint pas seulement comme un témoignage de l'Histoire, ni comme ce que l'on appelait naguère la beauté. La beauté est devenue l'une des énigmes majeures de notre temps, la mystérieuse présence par laquelle les œuvres de l'Égypte s'unissent aux statues de nos cathédrales ou des temples aztèques, à celles des grottes de l'Inde et de la Chine — aux tableaux de Cézanne et de Van Gogh, des plus grands morts et des plus grands vivants — dans le Trésor de la première civilisation mondiale.

Résurrection géante, dont la Renaissance nous apparaîtra bientôt comme une timide ébauche. Pour la première fois, l'humanité a découvert un langage universel de l'art. Nous en éprouvons clairement la force, bien que nous en connaissions mal la nature. Sans doute cette force tient-elle à ce que ce Trésor de l'Art, dont l'humanité prend conscience pour la première fois, nous apporte la plus éclatante victoire des œuvres humaines sur la mort. À l'invincible « jamais plus » qui règne sur l'histoire des civilisations, ce Trésor survivant oppose sa solennelle énigme[2]. Du pouvoir qui fit surgir l'Égypte de la nuit préhistorique, il ne reste rien ; mais le pouvoir qui en fit surgir les colosses aujourd'hui menacés, les chefs-d'œuvre du musée du Caire, nous parle d'une voix aussi haute que celle des maîtres de Chartres, que celle de Rembrandt. Avec les auteurs de ces statues de granit, nous n'avons pas même en commun le sentiment de l'amour, pas même celui de la mort — pas même, peut-être, une façon de regarder leurs œuvres ; mais devant ces œuvres, l'accent de sculpteurs anonymes, et oubliés pendant deux millénaires, nous semble aussi invulnérable à la succession des empires que l'accent de l'amour maternel. C'est pourquoi des foules européennes ont empli des expositions d'art mexicain ; des multitudes japonaises, l'exposition d'art français ; des millions d'Américains, l'exposition Van Gogh ; c'est pourquoi les cérémonies commémoratives de la mort de Rembrandt ont été inaugurées par les derniers rois d'Europe, et l'exposition de nos vitraux par le frère du dernier empereur d'Asie[1]. C'est pourquoi tant de noms souverains s'associent à l'appel que nous lançons aujourd'hui.

Si l'Unesco tente[a] de sauver les monuments de Nubie, c'est qu'ils sont immédiatement menacés ; il va de soi qu'elle tenterait de sauver de même d'autres grands vestiges, Angkor ou Nara par exemple, s'ils étaient menacés de même. Pour le patrimoine artistique des hommes, nous faisons appel à l'univers comme d'autres le font, cette semaine, pour les victimes de la catastrophe d'Agadir[2]. « Puissions-nous n'avoir pas à choisir, avez-vous dit tout à l'heure, entre les effigies et les vivants ! » Pour la première fois, vous proposez de mettre au service des effigies, pour les sauver, les immenses moyens que l'on n'avait mis, jusqu'ici, qu'au service des vivants. Peut-être parce que la survie des effigies est devenue pour nous une forme de la vie. Au moment où notre civilisation devine dans l'art une mystérieuse transcendance et l'un des moyens encore obscurs de son unité, au moment où elle rassemble les œuvres devenues fraternelles de tant de civilisations qui se haïrent ou s'ignorèrent, vous proposez l'action qui fait appel à tous les hommes contre tous les grands naufrages. Votre appel n'appartient pas à l'histoire de l'esprit parce qu'il veut sauver les temples de Nubie, mais parce que, avec lui, *la première civilisation mondiale revendique publiquement l'art mondial comme son indivisible héritage.* L'Occident, au temps où il croyait que son héritage commençait à Athènes, regardait distraitement s'effondrer l'Acropole…

Le lent flot du Nil a reflété les files désolées de la Bible, l'armée de Cambyse et celle d'Alexandre, les cavaliers de Byzance et les cavaliers d'Allah, les soldats de Napoléon. Lorsque passe au-dessus de lui le vent de sable, sans doute sa vieille mémoire mêle-t-elle avec indifférence l'éclatant poudroiement du triomphe de Ramsès à la triste poussière qui retombe derrière les armées vaincues. Et le sable dissipé, le Nil retrouve les montagnes sculptées, les colosses dont l'immobile reflet accompagne depuis si longtemps son murmure d'éternité. Regarde, vieux fleuve dont les crues permirent aux astrologues de fixer la plus ancienne date de l'Histoire, les hommes qui emporteront ces colosses loin de tes eaux à la fois fécondes et destructrices : ils viennent de toute la terre. Que la nuit tombe, et tu refléteras une fois de plus les constellations sous lesquelles Isis accomplissait les rites funéraires, l'étoile que contemplait Ramsès. Mais le plus humble des ouvriers qui sauvera les effigies d'Isis et de Ramsès te dira ce que tu sais depuis toujours, et que tu entendras pour la première fois : « Il n'est qu'un acte sur lequel ne prévale ni la négligence des constellations ni le murmure éternel des fleuves : c'est l'acte par lequel l'homme arrache quelque chose à la mort[1]. »

CENTENAIRE DE L'ALLIANCE ISRAÉLITE UNIVERSELLE

Unesco,
Paris, 21 juin 1960.

Monsieur le Président de l'Alliance en Iran*, vous savez que j'ai connu vos écoles il y a plus de trente ans. Et que je les ai retrouvées en un temps[a] où la France ne parlait plus. Néanmoins, pour me recevoir — je n'étais pas ministre, j'étais un écrivain français — les petites filles d'Ispahan avaient cousu des rubans dans leurs cheveux, comme nos maquis devaient plus tard coudre des mousselines pour en faire leurs drapeaux ; car Ispahan[b] n'est pas une ville où l'on vend des rubans tricolores. Vous allez retrouver ces jeunes filles qui sont aujourd'hui des femmes. Dites-leur qu'avec sa voix retrouvée, la France les remercie.

Dans toutes les épopées qui, sous le nom d'Histoire, contribuent à exalter ou à former les hommes, il existe une heure où le destin hésite à la croisée des chemins. Dans l'histoire d'Israël, sans doute cette heure est-elle celle de la révolte de Bar-Kokhba[1]. Aqiba le sage combattit avec les insurgés, et mourut dans la torture ; mais le rabbi Johanan ben Zakkai[2], non moins sage et non moins illustre, accepta la soumission des Juifs à Rome, à la condition que la Thora[3] fût sauvegardée : à ses yeux, l'enseignement assurait, plus sûrement que la révolte, la survie de l'indéracinable peuple qui ne croit qu'aux racines de l'âme. Et l'école fondée par Johanan à Yabneh maintint la Jérusalem pour laquelle Aqiba était mort.

* Il venait de prononcer le discours qui remerciait la France.

Pendant des siècles, Israël opta pour Johanan. La Tradition[a], on le sait, connaît un seul héros : Judas Maccabée[1], héros du sacrifice plus que de la révolte. Nulle chanson de geste n'accompagne la Tradition d'Israël. D'où l'on concluait que le courage lui était étranger ; mais absence de courage, en Occident, suggère faiblesse, et les Israélites ont survécu à tous les empires qui les ont asservis. Une vertu différente du courage militaire, mais non moins efficace, entrait donc en jeu. Les historiens découvraient que ces communautés sans soldats n'étaient pas sans martyrs ; et que si l'on distinguait mal ceux-ci, c'est que trop de victimes les cachaient.

Le martyre n'était pas absurde, parce que les martyrs témoignaient pour Dieu ; le courage militaire était absurde, parce que la dernière victoire ne dépendait que de Dieu. La seule valeur suprême était l'esprit.

La fondation de l'Alliance israélite universelle appartenait donc à une tradition séculaire. Pour sauver ses déshérités, Israël ne faisait pas appel au glaive, mais au livre. Il y a quelque chose d'admirable dans cette confiance en l'esprit — dans cette œuvre si longuement et si patiemment conduite par des hommes d'action sans lesquels elle n'eût jamais existé ; et mise tout entière au seul service de l'enseignement, c'est-à-dire de la pensée.

Elle marque cependant, dans la longue coulée de la tradition, une étape capitale.

L'enseignement religieux d'Israël n'avait jamais cessé, même dans les communautés les plus misérables. Il s'y était endormi d'un terrible sommeil. L'Alliance, en apportant ce que vous appelez la *tradition exigeante*[b], apportait des connaissances techniques ; elle apportait aussi dans les pays d'Orient cet exercice précis de la pensée que l'Occident devait au rationalisme et aux sciences. En étudiant la philosophie moderne que l'on ignorait, on étudia la Bible comme on ne l'étudiait plus depuis longtemps. Le rationalisme[c] ne détruisit pas la spiritualité hébraïque agonisante, il la ressuscita.

Mais il la transforma, parce que l'action de l'Alliance n'était pas principalement d'ordre religieux. Elle avait pour mission de délivrer les opprimés, par les connaissances qu'elle leur apportait. C'était nécessairement les occidentaliser, car elle ne souhaitait pas former des *hamim*, mais des médecins ; pas des artisans, mais des ingénieurs ; et la pensée occidentale n'était pas seulement une pensée technique, mais aussi une prédication. Pour que l'État ottoman, arabe ou iranien pût reconnaître, dans les jeunes gens que formait l'Alliance, quelques-uns de ses meilleurs serviteurs, il fallait qu'ils ne fussent pas rejetés de la collectivité turque, arabe ou iranienne ; et ils ne pouvaient lui être intégrés qu'au nom de principes occidentaux, au nom de ceux qu'avait proclamés la Révolution.

D'où le lien qui unit si fortement l'Alliance à la France. Ce n'est pas ici qu'il convient de rappeler que la Déclaration des droits de l'homme n'exprima pas seulement la bourgeoisie. Elle appelait toutes les émancipations, les unissait dans la même universalité. Les droits des communautés israélites eussent été plus difficilement reconnus par les sultans, à la fin du XIXe siècle, s'ils n'avaient été depuis cent ans ceux des communautés de Pondichéry et de la Martinique, ceux des artisans et des laboureurs français, s'ils n'étaient devenus ceux des citoyens et sujets de toute l'Europe occidentale ; si l'Alliance, lorsqu'elle parlait au nom de l'homme, n'avait parlé au nom de ce que ses adversaires mêmes tenaient pour la civilisation.

Pendant un demi-siècle, elle poursuivit son action opiniâtre et constamment menacée. Jusqu'à ce qu'Israël, après la Première Guerre mondiale, se trouvât de nouveau à la croisée des chemins du destin ; jusqu'à ce qu'en face de l'incorruptible patience de Johanan qui avait prêché la soumission pour assurer la permanence d'Israël, reparût le révolté mort dans la torture pour en assurer la mémoire ; jusqu'à ce que le peuple dédaigneux du glaive devînt le peuple de paysans-soldats de l'État juif.

Combien de vos élèves (et même de vos maîtres) m'ont confié leur fascination par la première épopée israélienne, qui fut l'épopée du silence ! Mais il est chimérique d'espérer que toutes les communautés d'Orient puissent rapidement gagner la Palestine — et qui songerait à les abandonner ? Le dialogue du rabbi et du combattant se poursuivra longtemps encore, et ne se poursuivra que par vous. Mais il prend aujourd'hui un nouvel accent, le plus haut, peut-être, qu'il ait pris dans la longue histoire d'Israël.

Le nouveau langage du combattant — le plus simple et le plus grave, parce qu'il est celui de chaque jour — c'est celui du poème par lequel Altermann[1] répond à la phrase amère de Weizmann[1] : « On n'offre pas d'État à un peuple sur un plateau d'argent. »

Et ce sera la paix dans le pays
et Israël, debout — le cœur troué, mais
respirant —
attendra le miracle
l'unique, à nul autre pareil.
Alors, d'en face, paraîtront
une jeune fille et un garçon
et à pas lents ils marcheront à la rencontre d'Israël.
Avec leurs habits de semaine et leur ceinturon,
avec leurs lourdes chaussures,
ils monteront par le sentier —
silencieux.
Ils s'approcheront en silence,
et s'arrêteront figés au garde-à-vous.
Et nul signe ne dira s'ils sont vivants ou fusillés.
Israël alors interrogera, baigné d'incantation et de larmes :
« Qui êtes-vous ? »
Et les deux, apaisés, lui répondront :
« Nous sommes le plateau d'argent sur lequel t'est donné l'État juif. »

Et ils tomberont à ses pieds dans l'ombre.
Et le reste sera conté dans l'Histoire d'Israël.

Le reste, c'est ceci :

Pendant qu'au nom d'un courage né sur les champs de Palestine, dans Jérusalem assiégée et dans la solitude toujours menacée des fermes du Negeb, des Juifs livraient sans espoir les derniers combats de Varsovie, une humble tâche était poursuivie à travers le monde, et de pauvres instituteurs enseignaient la dignité humaine à des enfants de Fez ou de Kermanchah[2].

Dans toute l'Asie centrale, le prix du sang, lorsque l'assassiné était juif, devait naguère être versé en monnaie noire, c'est-à-dire en cuivre, la monnaie méprisée. Cette affreuse monnaie n'a pas disparu seulement devant le courage des combattants, mais devant l'action opiniâtre et sans gloire, sinon sans amour, de ceux qui enseignaient la dignité.

Beaucoup d'entre vous ont contemplé les veilleurs des

murailles, à l'heure où le soleil se couche derrière les collines qui ont vu dix-sept fois détruire Jérusalem. Ils veillent sur les filles qui rêvent à la chanson de la nuit[1], comme au temps du Cantique des Cantiques : *Mon bien-aimé vient le samedi — Ma mère sommeille, mon père dort — Seuls mon cœur et moi sommes éveillés*… ; et dans l'ombre qui s'approfondit tandis que montent les étoiles qui virent le Déluge, les guetteurs semblent étendre jusqu'à elles le chant funèbre des morts guerriers sur le plateau d'argent.

Délégués de tant de nations, écoutez répondre, cette nuit, le vaste murmure des morts sans nom qui depuis cent ans monte du Maroc à Samarkand :

« Nous sommes les humbles maîtres qui n'avons pas connu la guerre, mais qui avons parfois connu les pogroms et la torture, toujours le découragement et l'amertume ; nous sommes la piétaille du sacrifice.

« Beaucoup d'entre nous n'ont pas même rêvé du plateau d'argent ; mais avec la monnaie du mépris, notre invincible patience, en cent ans, a fait le plateau de bronze sur lequel, comme le garçon aux lourdes chaussures, comme la fille avec son ceinturon, nous vous offrons la fidélité d'Israël. »

FUNÉRAILLES DE GEORGES BRAQUE

Au nom du Gouvernement français.

Colonnade du Louvre,
3 septembre 1963.

Avant que Georges Braque repose dans le petit cimetière normand qu'il a choisi, j'apporte ici l'hommage solennel de la France.

Vous avez reconnu, Madame[1], la musique que vous venez d'entendre, avant ces cloches qui sonnaient jadis pour les rois : c'est la *Marche funèbre pour la mort d'un héros*[2]. Jamais un pays moderne n'a rendu à un de ses peintres morts un hommage de cette nature. L'histoire de la peinture qui trouve dans l'œuvre de Braque un accomplissement magistral a été une longue histoire de dédains, de misère et de désespoir. Par sa mort, Braque semble assurer la revanche des pauvres obsèques de Modigliani, du sinistre enterrement de Van Gogh... Et puisque tous les Français savent qu'il y a une part de l'honneur de la France qui s'appelle Victor Hugo, il est bon de leur dire qu'il y a une part de l'honneur de la France qui s'appelle Braque — parce que l'honneur d'un pays est fait aussi de ce qu'il donne au monde.

Ses tableaux se trouvaient dans tous les grands musées, et plus de cent mille Japonais, à Tokyo, s'étaient rendus à son exposition comme à un pèlerinage. Dans son atelier qui n'avait pas connu d'autre passion que la peinture, la gloire était entrée à l'écart, sans déranger une couleur, une ligne, ni même un meuble. Silencieuse et immobile comme les oiseaux blancs qui depuis sa vieillesse avaient apparu sur ses toiles. Il était devenu l'un des plus grands peintres du siècle.

Mais notre admiration ne tient pas seulement à ce génie pacifié que connaissent tant de maîtres à l'approche de la nuit. Elle tient aussi au lien de ce génie avec la révolution picturale la plus importante du siècle, au rôle décisif joué par Braque dans la destruction de l'imitation des objets et des spectacles. Et sans doute le caractère le plus pénétrant de son art est-il de joindre, à une liberté éclatante et proclamée, une domination des moyens de cette liberté, sans égale dans la peinture contemporaine.

De plus, en nous révélant, avec une puissance contagieuse, la liberté de la peinture, Braque et ses amis de 1910 nous révélaient aussi tout l'art du passé rebelle à l'illusion depuis notre peinture romane jusqu'au fond des siècles : patiemment ou rageusement penchés sur leurs tableaux insultés, ces peintres ressuscitaient pour nous tout le passé du monde…

Enfin, ces tableaux exprimaient la France à l'égal de ceux de Corot — mais plus mystérieusement car Corot, lui, l'avait beaucoup représentée. Braque l'exprimait avec une force de symbole si grande qu'il est aussi légitimement chez lui au Louvre que l'ange de Reims dans sa cathédrale. Samedi, nous avons retrouvé une tristesse très lointaine mais bien connue ; celle qui nous avait saisis naguère quand nous avions entendu : « Debussy est mort. »

Demain matin, Madame, que l'on dise aux marins et aux cultivateurs de Varengeville, qui aimaient Georges Braque : « Hier, quand il était devant le palais des rois et le premier musée du monde, il y avait dans la nuit pluvieuse une voix indistincte qui disait merci ; et une main usée de paysanne, qui était la main de la France, et qui se levait une dernière fois dans l'ombre pour caresser doucement ses cheveux blancs. »

COMMÉMORATION DE LA MORT DE JEANNE D'ARC

Au nom du Gouvernement français.

Orléans, daté Rouen[1],
31 mai 1964.

… La résurrection[a] de sa légende est antérieure à celle de sa personne, mais, aventure unique ! la tardive découverte de sa personne n'affaiblit pas sa légende, elle lui donne son suprême éclat. Pour la France et pour le monde, la petite sœur de saint Georges devint Jeanne vivante par les textes du procès de condamnation et du procès de réhabilitation : par les réponses qu'elle fit ici, par le rougeoiement sanglant du bûcher.

Nous savons aujourd'hui qu'à Chinon, à Orléans, à Reims, à la guerre, et même ici, sauf peut-être pendant une seule et atroce journée, elle est une âme invulnérable. Ce qui vient d'abord de ce qu'elle ne se tient que pour la mandataire de ses voix : « Sans la grâce de Dieu, je ne saurais que faire. » On connaît la sublime cantilène de ses témoignages de Rouen : « La première fois, j'eus grand-peur. La voix vint à midi ; c'était l'été, au fond du jardin de mon père… Après l'avoir entendue trois fois, je compris que c'était la voix d'un ange… Elle était belle, douce et humble ; et elle me racontait la grande pitié qui était au royaume de France… Je dis que j'étais une pauvre fille qui ne savait ni aller à cheval ni faire la guerre… Mais la voix disait : "Va, fille de Dieu…" »

Certes, Jeanne est fémininement humaine. Elle n'en montre pas moins, quand il le faut, une incomparable autorité. Les capitaines sont exaspérés par cette « péronnelle qui veut leur enseigner la guerre ». (La guerre ? les batailles qu'ils perdaient, et qu'elle gagne…) Qu'ils l'aiment ou la haïssent, ils retrouvent dans son langage le « Dieu le veut » des Croisades. Cette fille de dix-sept ans, comment la comprendrions-nous si nous n'entendions pas, sous sa simplicité, l'accent incorruptible avec lequel les prophètes tendaient vers les rois d'Orient leurs mains menaçantes, et leurs mains consolantes vers la grande pitié du royaume d'Israël ?

Avant le temps des combats, on lui demande : « Si Dieu veut le départ des Anglais, qu'a-t-il besoin de vos soldats ? — Les gens de guerre combattront, et Dieu donnera la victoire. » Ni saint Bernard ni Saint Louis n'eussent mieux répondu.

Mais ils portaient en eux la chrétienté, non la France.

Et à quelques pas d'ici, seule devant les deux questions meurtrières : « Jeanne, êtes-vous en état de grâce ? — Si je n'y suis, Dieu veuille m'y mettre ; si j'y suis, Dieu veuille m'y tenir ! » ; et surtout, la réponse illustre : « Jeanne, lorsque saint Michel vous apparut, était-il nu ? — Croyez-vous Dieu si pauvre, qu'il ne puisse vêtir ses anges ? »

Lorsqu'on l'interroge sur sa soumission à l'Église militante, elle répond, troublée mais non hésitante : « Oui, mais Dieu premier servi ! » Nulle phrase ne la peint davantage. En face du dauphin, des prélats ou des hommes d'armes, elle combat pour l'essentiel : depuis que le monde est monde, tel est le génie de l'action. Et sans doute lui doit-elle ses succès militaires. Dunois dit qu'elle disposait à merveille les troupes et surtout l'artillerie, ce qui semble surprenant. Mais les Anglais devaient moins leurs victoires à leur tactique qu'à l'absence de toute tactique française, à la folle comédie héritée de Crécy à laquelle Jeanne mit fin. Les batailles de ce temps étaient très lourdes pour les vaincus ; nous oublions trop que l'écrasement de l'armée anglaise à Patay fut de même nature que celui de l'armée française à Azincourt. Et le témoignage du duc d'Alençon interdit que l'on retire à Jeanne d'Arc la victoire de Patay puisque, sans elle, l'armée française se fût divisée avant le combat, et puisqu'elle seule la rassembla…

C'était en 1429 — le 18 juin.

Dans ce monde[a] où Ysabeau de Bavière avait signé à Troyes[1] la mort de la France en notant seulement sur son journal l'achat d'une nouvelle volière, dans ce monde où le dauphin doutait d'être dauphin, la France d'être la France, l'armée d'être une armée, elle refit l'armée, le roi, la France.

Il n'y avait plus rien : soudain, il y eut l'espoir — et par elle, les premières victoires, qui rétablirent l'armée.

Puis — par elle, contre presque tous les chefs militaires — le sacre, qui rétablit le roi. Parce que le sacre était pour elle la résurrection de la France, et qu'elle portait la France en elle de la même façon qu'elle portait sa foi.

Après le sacre, elle est écartée, et commande la série de vains combats qui la mèneraient à Compiègne pour rien, si ce n'était pour devenir la première martyre de la France.

Nous connaissons tous son supplice. Mais les mêmes textes qui peu à peu dégagent de la légende son image véritable, son rêve, ses pleurs, l'efficace et affectueuse autorité qu'elle partage avec les fondatrices d'ordres religieux, ces mêmes textes dégagent aussi, de son supplice, deux des moments les plus pathétiques de l'histoire de la douleur.

Le premier est la signature de l'acte d'abjuration — qui reste mystérieux. La comparaison du court texte français avec le très long texte latin qu'on lui faisait signer proclamait l'imposture. Elle signe d'une sorte de rond, bien qu'elle ait appris à signer Jeanne. « Signez d'une croix ! » Or, il avait naguère été convenu entre elle et les capitaines du dauphin, que tous les textes de mensonge, tous les textes imposés, seraient marqués d'une croix. Alors, devant cet ordre qui semblait dicté par Dieu pour sauver sa mémoire, elle traça la croix de jadis, en éclatant d'un rire insensé...

Le second moment est sans doute celui de sa plus affreuse épreuve. Si, tout au long du procès, elle s'en remit à Dieu, elle semble avoir eu, à maintes reprises, la certitude qu'elle serait délivrée. Et peut-être, à la dernière minute, espéra-t-elle qu'elle le serait sur le bûcher. Car la victoire du feu pouvait être la preuve qu'elle avait été trompée. Elle attendait, un crucifix fait de deux bouts de bois par un soldat anglais posé sur sa poitrine, le crucifix de l'église voisine élevé en face de son visage au-dessus des premières fumées. (Car nul n'avait osé refuser la croix à cette hérétique et à cette relapse...) Et la première flamme vint, et avec elle le cri atroce qui allait faire écho, dans tous les cœurs chrétiens, au cri de la Vierge lorsqu'elle vit monter la croix du Christ sur le ciel livide.

De ce qui[a] avait été la forêt de Brocéliande jusqu'aux

cimetières de Terre sainte, la vieille chevalerie morte se leva dans ses tombes. Dans le silence de la nuit funèbre, écartant les mains jointes de leurs gisants de pierre, les preux de la Table ronde et les compagnons de Saint Louis, les premiers combattants tombés à la prise de Jérusalem et les derniers fidèles du petit roi lépreux[1], toute l'assemblée des rêves de la chrétienté regardait, de ses yeux d'ombre, monter les flammes qui allaient traverser les siècles, vers cette forme enfin immobile, qui devenait le corps brûlé de la chevalerie.

Il était plus facile de la brûler que de l'arracher de l'âme de la France. Au temps où le roi l'abandonnait, les villes qu'elle avait délivrées faisaient des processions pour sa délivrance. Puis le royaume, peu à peu, se rétablit. Rouen fut enfin reprise. Et Charles VII, qui ne se souciait pas d'avoir été sacré grâce à une sorcière, ordonna le procès de réhabilitation.

À Notre-Dame de Paris, la mère de Jeanne, petite forme de deuil terrifiée dans l'immense nef, vient présenter le rescrit par lequel le pape autorise la révision. Autour d'elle, ceux de Domrémy qui ont pu venir, et ceux de Vaucouleurs, de Chinon, d'Orléans, de Reims, de Compiègne… Tout le passé revient avec cette voix que le chroniqueur appelle une lugubre plainte : « Bien que ma fille n'ait pensé, ni ourdi, ni rien fait qui ne fût selon la foi, des gens qui lui voulaient du mal lui imputèrent mensongèrement nombre de crimes. Ils la condamnèrent iniquement et… » La voix désespérée se brise. Alors, Paris qui ne se souvient plus d'avoir jamais été bourguignonne, Paris redevenue soudain la ville de Saint Louis, pleure avec ceux de Domrémy et de Vaucouleurs, et le rappel du bûcher se perd dans l'immense rumeur de sanglots qui monte au-dessus de la pauvre forme noire.

L'enquête commence.

Oublions, ah, oublions ! le passage sinistre de ses juges comblés d'honneur, et qui ne se souviennent de rien. D'autres se souviennent. Long cortège, qui sort de la vieillesse comme on sort de la nuit… Un quart de siècle a passé. Les pages de Jeanne sont des hommes mûrs ; ses compagnons de guerre, son confesseur ont les cheveux blancs. Ici débute la mystérieuse justice que l'humanité porte au plus secret de son cœur.

Cette fille, tous l'avaient connue, ou rencontrée, pendant un an. Et ils ont eux aussi oublié beaucoup de choses, mais non la trace qu'elle a laissée en eux. Le duc d'Alençon l'a vue une nuit s'habiller, quand, avec beaucoup d'autres, ils couchaient sur la paille : elle était belle, dit-il, mais nul n'eût osé la désirer. Devant le scribe attentif et respectueux, le chef de guerre tristement vainqueur se souvient de cette minute, il y a vingt-sept ans, dans la lumière lunaire... Il se souvient aussi de la première blessure de Jeanne. Elle avait dit : « Demain, mon sang coulera, au-dessus du sein. » Il revoit la flèche transperçant l'épaule, sortant du dos, Jeanne continuant le combat jusqu'au soir, emportant enfin la bastille des Tourelles... Revoit-il le sacre ? Avait-elle cru faire sacrer Saint Louis ? Hélas ! Mais, pour tous les témoins, elle est la patronne du temps où les hommes ont vécu selon leurs rêves et selon leur cœur[1], et depuis le duc jusqu'au confesseur et à l'écuyer, tous parlent d'elle comme les rois mages, rentrés dans leurs royaumes, avaient parlé d'une étoile disparue...

De ces centaines de survivants interrogés, depuis Hauviette de Domrémy jusqu'à Dunois, se lève une présence familière et pourtant unique, joie et courage, Notre-Dame la France[2] avec son clocher tout bruissant des oiseaux du surnaturel. Et lorsque le XIXe siècle retrouvera ce nostalgique reportage du temps disparu, commencera, des années avant la béatification, la surprenante aventure : bien qu'elle symbolise la patrie, Jeanne d'Arc, en devenant vivante, accède à l'universalité. Pour les protestants, elle est la plus célèbre figure de notre Histoire avec Napoléon ; pour les catholiques, elle sera la plus célèbre sainte française.

Lors de l'inauguration de Brasilia[3], il y a quatre ans, les enfants représentèrent quelques scènes de l'Histoire de France. Apparut Jeanne d'Arc, une petite fille de quinze ans, sur un joli bûcher de feu de Bengale, avec sa bannière, un grand bouclier tricolore et un bonnet phrygien. J'imaginais, devant cette petite République, le sourire bouleversé de Michelet ou de Victor Hugo. Dans le grand bruit de forge où se forgeait la ville, Jeanne et la République étaient toutes deux la France, parce qu'elles étaient toutes deux l'incarnation de l'éternel appel à la justice. Comme les déesses antiques, comme toutes les figures qui leur ont succédé, Jeanne incarne et magnifie désormais les grands rêves contradictoires des hommes. Sa touchante image tricolore au pied des gratte-ciel où venaient se percher les rapaces, c'était la sainte de bois dressée sur les routes où les tombes des chevaliers français voisinent avec celles des soldats de l'an II[a]...

Le plus mort des parchemins nous transmet le frémissement stupéfait des juges de Rouen lorsque Jeanne leur répond : « Je n'ai jamais tué personne. » Ils se souviennent du sang ruisselant sur son armure : ils découvrent que c'était le sien. Il y a trois ans, à la reprise d'*Antigone*, la princesse thébaine avait coupé ses cheveux comme elle, et disait avec le petit profil intrépide de Jeanne la phrase immortelle : « Je ne suis pas venue pour partager la haine, mais pour partager l'amour[1]. » Le monde reconnaît la France lorsqu'elle redevient pour tous les hommes une figure secourable, et c'est pourquoi il ne perd jamais toute confiance en elle. Mais dans la solitude des hauts plateaux brésiliens, Jeanne d'Arc apportait à la République de Fleurus une personne à défaut de visage, et la mystérieuse lumière du sacrifice, plus éclatante encore lorsqu'elle est celle de la bravoure. Ce corps rétracté devant les flammes avait affreusement choisi les flammes ; pour le brûler, le bûcher dut aussi brûler ses blessures. Et depuis que la terre est battue de la marée sans fin de la vie et de la mort, pour tous ceux qui savent qu'ils doivent mourir, seul le sacrifice est l'égal de la mort.

« Comment vous parlaient vos voix ? lui avait-on demandé quand elle était vivante. — Elles me disaient : "Va, fille de Dieu, va, fille au grand cœur..." » Ce pauvre cœur qui avait battu pour la France comme jamais cœur ne battit, on le retrouva dans les cendres, que le bourreau ne put ou n'osa ranimer. Et l'on décida de le jeter à la Seine, « afin que nul n'en fît des reliques ».

Elle avait passionnément demandé le cimetière chrétien. Alors naquit la légende.

Le cœur descend le fleuve. Voici le soir. Sur la mer, les saints et les fées de l'arbre-aux-fées de Domrémy l'attendent. Et à l'aube, toutes les fleurs marines remontent la Seine, dont les berges se couvrent des chardons bleus des sables[2], étoilés par les lys...

La légende n'est pas si fausse. Ce ne sont pas les fleurs marines que ces cendres ont ramenées vers nous, c'est l'image la plus pure et la plus émouvante de France. Ô Jeanne sans sépulcre et sans portrait, toi qui savais que le tombeau des héros est le cœur des vivants, peu importent tes vingt mille statues, sans compter celles des églises : à tout ce pour quoi la France fut aimée, tu as donné ton visage inconnu. Une fois de plus, les fleurs des siècles vont descendre… Au nom de tous ceux qui sont ou qui seront ici, qu'elles te saluent sur la mer, toi qui as donné au monde la seule figure de victoire qui soit une figure de pitié !

FUNÉRAILLES DE LE CORBUSIER

Au nom du Gouvernement français.

Cour Carrée du Louvre,
nuit du 1er septembre 1965.

Au moment où le gouvernement décidait de rendre à Le Corbusier l'hommage solennel de la France, il recevait le télégramme suivant :

« Les architectes grecs, avec une profonde tristesse, décident de déléguer leur président aux obsèques de Le Corbusier, pour déposer, sur sa tombe, de la terre de l'Acropole. »

Et, hier :

« L'Inde, où se trouvent plusieurs des chefs-d'œuvre de Le Corbusier, et la capitale qu'il a construite : Chandigarh[1], viendra verser sur ces cendres l'eau du Gange, en suprême hommage[a]. »

Voici donc l'éternelle revanche.

Il est beau que la Grèce soit présente dans cette cour illustre qu'ordonnèrent tour à tour Henri II, Richelieu, Louis XIV et Napoléon ; et que, ce soir, la déesse pensive incline une fois de plus sa lance[2] sur un cercueil.

Il est beau que soient présents les mandataires des temples géants et des grottes sacrées, et que cet hommage soit l'hommage de l'eau et de la terre.

Car c'est bien à un symbole fraternel que s'adressent ces symboles. Le Corbusier a connu de grands rivaux, dont quelques-uns nous font l'honneur d'être présents ; et les autres sont morts. Mais aucun n'a signifié avec une telle force la révolution de l'architecture, parce qu'aucun n'a été si longtemps, si patiemment, insulté.

La gloire trouve dans l'outrage son suprême éclat, et cette gloire-là s'adressait à une œuvre plus qu'à une personne, qui s'y prêtait peu. Après avoir, pendant tant d'années, pris pour atelier le large couloir d'un couvent désaffecté, l'homme qui avait conçu des capitales est mort dans une cabane[1]. Les baigneurs qui rapportèrent le corps du vieux nageur ignoraient qu'il s'appelait Le Corbusier. Mais peut-être eût-il été content de savoir que lorsqu'ils le voyaient chaque jour descendre vers la mer, ils l'appelaient l'Ancien.

Il avait été peintre, sculpteur et, plus secrètement, poète. Il ne s'était battu ni pour la peinture, ni pour la sculpture, ni pour la poésie : il ne s'est battu que pour l'architecture. Avec une véhémence qu'il n'éprouva pour rien autre, parce que l'architecture seule rejoignait son espoir confus et passionné de ce qui peut être fait pour l'homme.

Sa phrase fameuse : « Une maison est une machine à habiter » ne le peint pas du tout. Ce qui le peint, c'est : « La maison doit être l'écrin de la vie. » La machine à bonheur. Il a toujours rêvé de villes, et les projets de ses « cités radieuses » sont des tours surgies d'immenses jardins. Cet agnostique a construit l'église et le couvent les plus saisissants du siècle. Il disait, à la fin de sa vie : « J'ai travaillé pour ce dont les hommes d'aujourd'hui ont le plus besoin : le silence et la paix. » Et le principal monument de Chandigarh devait être surmonté d'une gigantesque Main de Paix, sur laquelle seraient venus se poser les oiseaux de l'Himalaya[2].

Cette noblesse parfois involontaire s'accommodait fort bien de théories prophétiques et agressives, d'une logique enragée, qui font partie des ferments du siècle. Toute théorie est condamnée au chef-d'œuvre ou à l'oubli. Mais celles-ci ont apporté aux architectes la grandiose responsabilité qui est aujourd'hui la leur, la conquête des suggestions de la terre par l'esprit. Le Corbusier a changé l'architecture — et l'architecte.

Il y avait chez lui un créateur que nous ne pouvons pas séparer du théoricien, mais qui ne se confond pas avec lui. Disons qu'il en est le frère jumeau. Le Corbusier avait dit en 1920 : « L'architecture est le jeu savant, correct et magnifique des formes assemblées dans la lumière[3] », et, plus tard : « Puissent nos bétons si rudes révéler que, sous eux, nos sensibilités sont fines… » Il *inventait*, au nom de la fonction comme au nom de la logique, des formes admirablement arbitraires. Bien entendu, il s'opposait au *décor* de la fin du XIXe siècle ; il détruisait l'ornement. Mais la destruction du style candélabre eût-elle suffi, quand on attendait encore de lui des masses géométriques, à susciter la proue de Ronchamp[1] battue par les nuages des Vosges ? Son austérité y retrouvait l'âme des basiliques romanes. Il semblait oublier, mais n'oubliait jamais, que ses maisons n'étaient pas seulement des maisons, que ses villes imaginaires n'étaient pas seulement des villes, et que Chandigarh était tout autre chose que la capitale du Pendjab. Il a puissamment expliqué ce qu'il aimait, et c'est pourquoi les architectes grecs envoient la terre de l'Acropole à l'homme « qui sentit et aima la Grèce ». Mais ce ne sont pas ses écrits qui ont révélé la fraternité secrète de la Grèce et de l'Inde : c'est Chandigarh. Ce ne sont pas ses théories qui ont rendu manifeste la profonde parenté des formes de l'architecture : ce sont ses œuvres. En même temps qu'il disait, avec raison, que les rues n'ont pas été faites pour les autos, mais pour les piétons et pour les cavaliers, il révélait un langage millénaire. Parce qu'il annonçait l'avenir, il métamorphosait le passé des morts, pour l'apporter aux vivants…

Le Corbusier, vous que j'ai vu si ému par l'hommage filial du Brésil, voici l'hommage du monde…

Au Japon, le jour commence, et les six chaînes de télévision projettent votre musée de Tokyo ; l'aube point dans l'Inde où les passereaux secouent leurs ailes sur vos monuments, pendant que nos moineaux s'endorment sur votre église de Ronchamp. De l'autre côté de la terre, le ministère de Rio, l'épopée de Brasilia vont s'allumer dans le soir…

Comme le cortège des femmes de l'Inde portant la terre vers le piédestal vide de la Main de Paix, avec le geste des porteuses d'amphores, voici tour à tour le président Kubitschek, qui fit surgir Brasilia des plateaux désertiques, et qui vous exalte, « visionnaire de l'architecture, avec vos disciples Niemeyer et Costa[2] ». (Ce ne sont pas vos disciples, mais ce sont vos fils.) Niemeyer, l'architecte des palais d'État de l'Amérique latine, vient de dire : « Il fut le plus grand génie de l'architecture contemporaine » — et voici Costa, qui dessina le plus grand ensemble urbain du monde, venu suivre votre cercueil depuis la plage tragique. Voici sa fille, votre élève, qui a drapé votre catafalque.

Voici les architectes de la Grèce, et ceux de l'Inde.

Voici le message d'Aalto, qui a transformé la Finlande ; celui de l'Angleterre, qui dit : « Il n'est pas un architecte de moins de soixante ans qui n'ait été influencé par lui. » Voici celui des Soviétiques : « L'architecture moderne a perdu son plus grand maître. » Voici celui de Neutra, celui des architectes américains qui regrettent ce que vous pouviez faire encore.

Voici la voix du président des États-Unis : « Son influence était universelle, et ses travaux sont chargés d'une pérennité qu'ont atteinte peu d'artistes de notre Histoire… »

Et voici enfin la France — celle qui vous a si souvent méconnu, celle que vous portiez dans votre cœur lorsque vous avez choisi de redevenir Français après deux cents ans[1] — qui vous dit, par la voix de son plus grand poète : « Je te salue, au seuil sévère du tombeau[2] ! »

Adieu, mon vieux maître et mon vieil ami.

Bonne nuit…

Voici l'hommage des villes épiques, les fleurs funèbres de New York et de Brasilia.

Voici l'eau sacrée du Gange, et la terre de l'Acropole.

TRANSFERT DES CENDRES DE JEAN MOULIN AU PANTHÉON

En présence du général de Gaulle.

Place du Panthéon,
19 décembre 1964.

Monsieur le Président de la République,

Voilà donc plus de vingt ans que Jean Moulin partit, par un temps de décembre sans doute semblable à celui-ci, pour être parachuté sur la terre de Provence, et devenir le chef d'un peuple de la nuit. Sans la cérémonie d'aujourd'hui, combien d'enfants de France sauraient son nom ? Il ne le retrouva lui-même que pour être tué ; et depuis, sont nés seize millions d'enfants…

Puissent les commémorations des deux guerres s'achever par la résurrection du peuple d'ombres que cet homme anima, qu'il symbolise, et qu'il fait entrer ici comme une humble garde solennelle autour de son corps de mort.

Après vingt ans, la Résistance est devenue un monde de limbes où la légende se mêle à l'organisation. Le sentiment profond, organique, millénaire, qui a pris depuis son accent de légende, voici comment je l'ai rencontré. Dans un village de Corrèze, les Allemands avaient tué des combattants du maquis, et donné ordre au maire de les faire enterrer en secret, à l'aube. Il est d'usage, dans cette région, que chaque femme assiste aux obsèques de tout mort de son village en se tenant sur la tombe de sa propre famille. Nul ne connaissait ces morts, qui étaient des Alsaciens. Quand ils atteignirent le cimetière, portés par nos paysans sous la garde menaçante des mitraillettes allemandes, la nuit qui se retirait comme la mer laissa paraître les femmes noires de Corrèze[1], immobiles du haut en bas de la montagne, et attendant en silence, chacune sur la tombe des siens, l'ensevelissement des morts français.

Comment organiser cette fraternité pour en faire un combat ? On sait ce que Jean Moulin pensait de la Résistance, au moment où il partit pour Londres : « Il serait fou et criminel de ne pas utiliser, en cas d'action alliée sur le continent, ces troupes prêtes aux sacrifices les plus grands, éparses et anarchiques aujourd'hui, mais pouvant constituer demain une armée cohérente de parachutistes *déjà en place*, connaissant les lieux, ayant choisi leur adversaire et déterminé leur objectif. » C'était bien l'opinion du général de Gaulle. Néanmoins, lorsque, le 1er janvier 1942[a], Jean Moulin fut parachuté en France, la Résistance n'était encore qu'un désordre de courage : une presse clandestine, une source d'informations, une conspiration pour rassembler ces troupes qui n'existaient pas encore. Or, ces informations étaient destinées à tel ou tel allié, ces troupes[b] se lèveraient lorsque les Alliés débarqueraient. Certes, les résistants étaient des combattants fidèles aux Alliés. Mais ils voulaient cesser d'être des Français résistants, et devenir la Résistance française.

C'est pourquoi Jean Moulin est allé à Londres. Pas seulement parce que s'y trouvaient des combattants français (qui eussent pu n'être qu'une légion), pas seulement parce qu'une partie de l'Empire avait rallié la France libre. S'il venait demander au général de Gaulle de l'argent et des armes, il venait aussi lui demander « une approbation morale, des liaisons fréquentes, rapides et sûres avec lui ». Le général assumait alors le *Non* du premier jour ; le maintien du combat, quel qu'en fût le lieu, quelle qu'en fût la forme ; enfin, le *destin* de la France. La force des appels de Juin 40 tenait moins aux « forces immenses qui n'avaient pas encore donné », qu'à : « Il faut que la France soit présente à la victoire. Alors, elle retrouvera sa liberté et sa grandeur[1]. » La France, et non telle légion de combattants français. C'était par la France libre que les résistants de Bir Hakeim se conjuguaient, formaient une France combattante *restée* au combat. Chaque groupe de résistants pouvait se légitimer par l'allié qui l'armait et le soutenait, voire par son seul courage ; le général de Gaulle seul pouvait appeler les mouvements de Résistance à l'*union* entre eux et avec tous les autres combats, car c'était à travers lui seul que la France livrait un seul combat. C'est pourquoi — même lorsque le président Roosevelt croira assister à une rivalité[c] de généraux ou de partis — l'armée d'Afrique, depuis la Provence jusqu'aux Vosges, combattra au nom du gaullisme — comme feront les troupes du parti communiste. C'est pourquoi Jean Moulin avait emporté, dans le double fond d'une boîte d'allumettes, la microphoto du très simple ordre suivant : « M. Moulin a pour mission de réaliser, dans la zone non directement occupée de la métropole, l'*unité d'action* de tous les éléments qui résistent à l'ennemi et à ses collaborateurs. »

Inépuisablement, il montre aux chefs des groupements le danger qu'entraînerait le déchirement de la Résistance entre des tuteurs différents. Chaque événement capital — entrée en guerre de la Russie, puis des États-Unis, débarquement en Afrique du Nord[1] — renforce sa position. À partir du débarquement, il apparaît que la France va redevenir un théâtre d'opérations. Mais la presse clandestine, les renseignements (même enrichis par l'action du noyautage des administrations publiques) sont à l'échelle de l'occupation, non de la guerre. Si la Résistance sait qu'elle ne délivrera pas la France sans les Alliés, elle n'ignore plus l'aide militaire que son unité pourrait leur apporter. Elle a peu à peu appris que s'il est relativement facile de faire sauter un pont, il n'est pas moins facile de le réparer ; alors que s'il est facile à la Résistance de faire sauter deux cents ponts, il est difficile aux Allemands de les réparer à la fois. En un mot, elle sait qu'une aide efficace aux armées de débarquement est inséparable d'un plan d'ensemble. Il faut que sur toutes les routes, sur toutes les voies ferrées de France, les combattants clandestins désorganisent méthodiquement la concentration des divisions cuirassées allemandes. Et un tel plan d'ensemble ne peut être conçu, et exécuté, que par l'unité de la Résistance.

C'est à quoi Jean Moulin s'emploie jour après jour, peine après peine, un mouvement de Résistance après l'autre : « Et maintenant[a], essayons de calmer les colères d'en face… » Il y a, inévitablement, des problèmes de personnes ; et bien davantage, la misère de la France combattante, l'exaspérante certitude, pour chaque maquis ou chaque groupe franc, d'être spolié au bénéfice d'un autre maquis ou d'un autre groupe, qu'indignent, au même moment, les mêmes illusions… Qui donc sait encore ce qu'il fallut d'acharnement pour parler le même langage à des instituteurs radicaux ou réactionnaires, des officiers réactionnaires ou libéraux, des trotskistes ou communistes retour de Moscou, tous promis à la même délivrance ou à la même prison ; ce qu'il fallut de rigueur à un ami de la République espagnole, à un ancien « préfet de gauche », chassé par Vichy, pour exiger d'accueillir dans le combat commun tels rescapés de la Cagoule !

Jean Moulin n'a nul besoin d'une gloire usurpée : ce n'est pas lui qui a créé *Combat*, *Libération*, *Franc-tireur*[1], c'est Frenay, d'Astier, Jean-Pierre Lévy. Ce n'est pas lui qui a créé les nombreux mouvements de la zone Nord dont l'Histoire recueillera tous les noms. Ce n'est pas lui qui a fait les régiments, mais c'est lui qui a fait l'armée. Il a été le Carnot de la Résistance[a].

Attribuer peu d'importance aux opinions dites politiques, lorsque la nation est en péril de mort — la nation, non pas un nationalisme alors écrasé sous les chars hitlériens, mais la donnée invincible et mystérieuse qui allait emplir le siècle ; penser qu'elle dominerait bientôt les doctrines totalitaires dont retentissait l'Europe ; voir dans l'unité de la Résistance le moyen capital du combat pour l'unité de la nation, c'était peut-être affirmer ce qu'on a, depuis, appelé le gaullisme. C'était certainement proclamer la survie de la France.

En février[b], ce laïc passionné avait établi sa liaison par radio avec Londres, dans le grenier d'un presbytère. En avril, le Service d'information et de propagande, puis le Comité général d'études étaient formés ; en septembre, le noyautage des administrations publiques. Enfin, le général de Gaulle décidait la création d'un « Comité de coordination » que présiderait Jean Moulin[c], assisté du chef de l'armée secrète unifiée. La préhistoire avait pris fin. Coordonnateur de la Résistance en zone Sud, Jean Moulin en devenait le chef. En janvier 1943, le Comité directeur des mouvements unis de la Résistance (ce que, jusqu'à la Libération, nous appellerions les Murs), était créé sous sa présidence. En février, il repartait pour Londres avec le général Delestraint, chef de l'armée secrète, et Jacques Dalsace.

De ce séjour, le témoignage le plus émouvant a été donné par le colonel Passy.

« Je revois Moulin, blême, saisi par l'émotion qui nous étreignait tous, se tenant à quelques pas devant le général et celui-ci disant, presque à voix basse : “Mettez-vous au garde-à-vous", puis : "Nous vous reconnaissons comme notre compagnon, pour la libération de la France, dans l'honneur et par la victoire." Et, pendant que de Gaulle lui donnait l'accolade, une larme, lourde de reconnaissance, de fierté, et de farouche volonté, coulait doucement le long de la joue pâle de notre camarade Moulin. Comme il avait la tête levée, nous pouvions voir encore, au travers de sa gorge, les traces du coup de rasoir qu'il s'était donné, en 1940, pour éviter de céder sous les tortures de l'ennemi[1]. »

Les tortures de l'ennemi... En mars, chargé de constituer et de présider le Conseil national de la Résistance, Jean Moulin monte dans l'avion qui va le parachuter au nord de Roanne.

Ce Conseil national de la Résistance, qui groupe les mouvements, les partis et les syndicats de toute la France, c'est l'unité précairement conquise, mais aussi la certitude qu'au jour du débarquement, l'armée en haillons de la Résistance attendra les divisions blindées de la Libération. Jean Moulin en retrouve les membres, qu'il rassemblera si difficilement. Il retrouve aussi une Résistance tragiquement transformée. Jusque-là, elle avait combattu comme une armée, en face de la victoire, de la mort ou de la captivité. Elle commence à découvrir l'univers concentrationnaire, la certitude de la torture. C'est alors qu'elle commence à combattre[a] en face de l'enfer.

Ayant reçu un rapport sur les camps de concentration, il dit à son agent de liaison, Suzette Olivier : « J'espère qu'ils nous fusilleront avant. » Ils ne devaient pas avoir besoin de le fusiller.

La Résistance grandit, les réfractaires du Travail obligatoire vont bientôt emplir nos maquis ; la Gestapo grandit aussi, la Milice est partout. C'est le temps où, dans la campagne, nous interrogeons les aboiements des chiens au fond de la nuit ; le temps où les parachutes multicolores, chargés d'armes et de cigarettes, tombent du ciel dans la lueur des feux des clairières ou des causses ; le temps des caves, et de ces cris désespérés que poussent les torturés avec des voix d'enfants... La grande lutte des ténèbres a commencé[b].

Le 27 mai 1943, a lieu à Paris, rue du Four, la première réunion du Conseil national de la Résistance[2].

Jean Moulin rappelle les buts de la France libre : « Faire

la guerre ; rendre la parole au peuple français ; rétablir les libertés républicaines dans un État d'où la justice sociale ne sera pas exclue et qui aura le sens de la grandeur ; travailler avec les Alliés à l'établissement d'une collaboration internationale réelle sur le plan économique et social, dans un monde où la France aura regagné son prestige. »

Puis, il donne lecture d'un message du général de Gaulle, qui fixe pour premier but au premier Conseil de la Résistance le *maintien de l'unité* de cette Résistance qu'il représente.

Au péril quotidien de la vie de chacun de ses membres[a].

Le 9 juin, le général Delestraint, chef de l'armée secrète enfin unifiée, est pris à Paris.

Aucun successeur ne s'impose. Ce qui est fréquent dans la clandestinité : Jean Moulin aura dit maintes fois avant l'arrivée de Serreules[1] : « Si j'étais pris, je n'aurais pas même eu le temps de mettre un adjoint au courant[2]... » Il veut donc désigner ce successeur avec l'accord des mouvements, notamment de ceux de la zone Sud. Il rencontrera leurs délégués le 21, à Caluire.

Ils l'y attendent, en effet.

La Gestapo aussi.

La trahison joue son rôle — et le destin, qui veut qu'aux trois quarts d'heure de retard de Jean Moulin, presque toujours ponctuel, corresponde un long retard de la police allemande. Assez vite, celle-ci apprend qu'elle tient le chef de la Résistance.

En vain. Le jour où, au fort Montluc à Lyon, après l'avoir fait torturer, l'agent de la Gestapo[b] lui tend de quoi écrire puisqu'il ne peut plus parler, Jean Moulin dessine la caricature de son bourreau. Pour la terrible suite, écoutons seulement les mots si simples de sa sœur : « Son rôle est joué, et son calvaire commence. Bafoué, sauvagement frappé, la tête en sang, les organes éclatés, il atteint les limites de la souffrance humaine sans jamais trahir un seul secret, lui qui les savait tous. »

Comprenons bien que pendant les quelques jours où il pourrait encore parler ou écrire, le destin de la Résistance est suspendu au courage de cet homme. Comme le dit Mlle Moulin, il savait tout.

Georges Bidault prendra sa succession. Mais voici la victoire de ce silence atrocement payé : le destin bascule.

Chef de la Résistance martyrisé dans des caves hideuses, regarde de tes yeux disparus toutes ces femmes noires qui veillent nos compagnons : elles portent le deuil de la France, et le tien. Regarde glisser sous les chênes nains du Quercy, avec un drapeau fait de mousselines nouées, les maquis que la Gestapo ne trouvera jamais parce qu'elle ne croit qu'aux grands arbres. Regarde le prisonnier qui entre dans une villa luxueuse et se demande pourquoi on lui donne une salle de bains — il n'a pas encore entendu parler de la baignoire[1]. Pauvre roi supplicié des ombres, regarde ton peuple d'ombres se lever dans la nuit de juin constellée de tortures. Voici le fracas des chars allemands qui remontent vers la Normandie à travers les longues plaintes des bestiaux réveillés : grâce à toi, les chars n'arriveront pas à temps. Et quand la trouée des Alliés commence, regarde, préfet, surgir dans toutes les villes de France les commissaires de la République — sauf lorsqu'on les a tués. Tu as envié, comme nous, les clochards épiques de Leclerc : regarde, combattant, tes clochards sortir à quatre pattes de leurs maquis de chênes, et arrêter avec leurs mains paysannes formées aux bazookas l'une des premières divisions cuirassées de l'empire hitlérien, la division *Das Reich*[a].

Comme Leclerc[2] entra aux Invalides, avec son cortège d'exaltation dans le soleil d'Afrique et les combats d'Alsace, entre ici, Jean Moulin, avec ton terrible cortège. Avec ceux qui sont morts dans les caves sans avoir parlé, comme toi ; et même, ce qui est peut-être plus atroce, en ayant parlé ; avec tous les rayés et tous les tondus des camps de concentration, avec le dernier corps trébuchant des affreuses files de *Nuit et Brouillard*[3], enfin tombé sous les crosses ; avec les huit mille Françaises qui ne sont pas revenues des bagnes, avec la dernière femme morte à Ravensbrück pour avoir donné asile à l'un des nôtres. Entre, avec le peuple né de l'ombre[b] et disparu avec elle — nos frères dans l'ordre de la Nuit…

Commémorant l'anniversaire de la libération de Paris, je disais : « Écoute ce soir, jeunesse de mon pays, ces cloches d'anniversaire qui sonneront comme celles d'il y a quatorze ans. Puisses-tu, cette fois, les entendre : elles vont sonner pour toi[4]. »

L'hommage d'aujourd'hui n'appelle que le chant qui va s'élever maintenant, ce *Chant des Partisans* que j'ai entendu murmurer comme un chant de complicité, puis psalmodier dans le brouillard des Vosges et les bois d'Alsace, mêlé au cri perdu des moutons des tabors, quand les bazookas de Corrèze avançaient à la rencontre des chars de Rundstedt lancés de nouveau contre Strasbourg. Écoute aujourd'hui[a], jeunesse de France, ce qui fut pour nous le Chant du Malheur. C'est la marche funèbre des cendres que voici. À côté de celles de Carnot avec les soldats de l'an II, de celles de Victor Hugo avec les Misérables, de celles de Jaurès veillées par la Justice, qu'elles reposent avec leur long cortège d'ombres défigurées. Aujourd'hui, jeunesse, puisses-tu penser à cet homme comme tu aurais approché tes mains de sa pauvre face informe du dernier jour, de ses lèvres qui n'avaient pas parlé ; ce jour-là[b], elle était le visage de la France…

INAUGURATION DU MONUMENT À LA MÉMOIRE DES MARTYRS DE LA RÉSISTANCE

Plateau des Glières (Haute-Savoie),
2 septembre 1973.

Je parle au nom des Associations des résistants de Haute-Savoie et de l'Ordre de la Libération. En mémoire du général de Gaulle, pour les survivants et pour les enfants des morts.

Lorsque Tom Morel eut été tué, le maquis des Glières exterminé ou dispersé, il se fit un grand silence. Les premiers maquisards français étaient tombés pour avoir combattu face à face les divisions allemandes avec leurs mains presque nues — non plus dans nos combats de la nuit, mais dans la clarté terrible de la neige. Et à travers ce silence, tous ceux qui nous aimaient encore, depuis le Canada jusqu'à l'Amérique latine, depuis la Grèce et l'Iran jusqu'aux îles du Pacifique, reconnurent que la France bâillonnée avait au moins retrouvé l'une de ses voix, puisqu'elle avait retrouvé la voix de la mort.

L'histoire des Glières est une grande et simple histoire, et je la raconterai simplement. Pourtant, il faut que ceux qui n'étaient pas nés alors — et depuis, combien de millions d'enfants ! — sachent qu'elle n'est pas d'abord une histoire de combats. Le premier écho des Glières ne fut pas celui des explosions. Si tant des nôtres l'entendirent sur les ondes brouillées, c'est qu'ils y retrouvèrent l'un des plus vieux langages des hommes, celui de la volonté, du sacrifice et du sang.

Peu importe ce que fut dans la Grèce antique, militairement, le combat des Thermopyles. Mais dans ses trois cents sacrifiés, la Grèce avait retrouvé son âme, et pendant des siècles, la phrase la plus célèbre fut l'inscription des montagnes retournées à la solitude, et qui ressemblent à celles-ci : « Passant, va dire à la cité de Sparte que ceux qui sont tombés ici sont morts selon sa loi[1]. »

Passant, va dire à la France que ceux qui sont tombés ici sont morts selon son cœur[2]. Comme tous nos volontaires depuis Bir Hakeim jusqu'à Colmar, comme tous les combattants de la France en armes et de la France en haillons, nos camarades vous parlent par leur première défaite comme par leur dernière victoire, parce qu'ils ont été vos *témoins.*

On ne sait plus guère, aujourd'hui, que tout commença par un mystère de légende. Le plateau des Glières était peu connu ; presque inaccessible, et c'est pourquoi les maquis l'avaient choisi. Mais alors que nous combattions par la guérilla, ce maquis, à tort ou à raison — peu importe : la France ne choisit pas entre ses morts ! — avait affronté directement la Milice, allait affronter directement l'armée hitlérienne. Presque chaque jour, les radios de Londres diffusaient : « *Trois pays résistent en Europe : la Grèce, la Yougoslavie, la Haute-Savoie.* » La Haute-Savoie, c'était les Glières. Pour les multitudes éparses qui entendaient les voix du monde libre, ce plateau misérable existait à l'égal des Balkans. Pour des fermiers canadiens au fond des neiges, la France retrouvait quelques minutes d'existence parce qu'un Savoyard de plus avait atteint les Glières.

La Milice de Darnand, les troupes italiennes, la police de l'Ovra[3], n'avaient pas suffi pour venir à bout de ces combattants toujours regroupés. Hitler y mit la Gestapo — et contre nous, la Gestapo pesait lourd. La Gestapo ne suffit pas.

En janvier 44, les maquis de l'Ain sont harcelés par trois divisions. Ceux de Haute-Savoie reçoivent l'ordre de se regrouper ici, au commandement du lieutenant Tom Morel, décoré en 40 pour l'un des plus éclatants faits d'armes des unités alpines. La montée commence. Les accrochages aussi. Le 13 février, les messages codés de la B.B.C. annoncent le premier parachutage.

Voici la nuit. Le champ — pauvre champ ! — est éclairé par cinq torches électriques et des lampes de poche. On n'entend pas les avions. On n'entend rien. Jusqu'à ce que les sirènes antiaériennes d'Annecy emplissent lentement la nuit. Bon augure : les avions approchent. Mauvais augure :

ils sont repérés. On allume les quatre énormes bûchers de sapin préparés. Le bruit des moteurs. Le premier avion, invisible, fait clignoter son signal. Le bruit s'éloigne. La neige, le flux et le reflux des sirènes dans la nuit préhistorique. Pas encore d'ennemis, plus d'amis. Mais sur le ciel noir, apparaissent un à un, éclairés en roux par les feux du sol, cinquante-quatre parachutes.

Pas d'armes lourdes.

Tant pis. Les accrochages reprennent. Le 9 mars, cent hommes des Glières vont attaquer Entremont pour délivrer des prisonniers. Après deux heures et demie de descente, ils atteignent le village qu'alertent les chiens. Village conquis, prisonniers délivrés, 47 gardes, prisonniers à leur tour, montent ici, tirant un monceau d'armement. Tirant aussi le corps de Tom Morel, tué par le commandant des gardes capturé, à qui il avait laissé son revolver.

Le maquis enterre son chef. Et entend, bouleversé, le glas de toutes les églises monter de la vallée comme montait l'appel des sirènes pendant le parachutage. Ici, le drapeau claque dans les rafales de neige, sur ce que Tom Morel appelait « le premier coin de France qui ait recouvré la liberté ».

Le mot Non, fermement opposé à la force, possède une puissance mystérieuse qui vient du fond des siècles. Toutes les plus hautes figures spirituelles de l'humanité ont dit Non à César. Prométhée règne sur la tragédie et sur notre mémoire pour avoir dit Non aux dieux. La Résistance n'échappait à l'éparpillement qu'en gravitant autour du Non du 18 Juin. Les ombres inconnues qui se bousculaient aux Glières dans une nuit de Jugement dernier n'étaient rien de plus que les hommes du Non, mais ce Non du maquisard obscur collé à la terre pour sa première nuit de mort[1], suffit à faire de ce pauvre gars le compagnon de Jeanne et d'Antigone… L'esclave dit toujours oui.

Les gardes de Vichy attaquent au sud, du côté de Notre-Dame, pour délivrer les leurs, et sont repoussés. Le combat s'achève à peine lorsque la B.B.C. transmet le message : « *Le petit homme casse des tessons de bouteille.* » Avant minuit, trente quadrimoteurs larguent 90 tonnes de matériel.

Quand un avion allemand vient en reconnaissance, la vaste neige est encore constellée de parachutes multicolores : le ramassage n'est pas terminé. Le lendemain, trois Heinkel bombardent et mitraillent à loisir le plateau redevenu innocent. Sans grands résultats. Sauf celui-ci : les Allemands savent désormais que le maquis ne possède pas d'armes antiaériennes. Donc, cinq jours plus tard, stukas et junkers. Chalets transformés en torches. Le capitaine Anjot remplace Tom Morel au commandement des Glières. Nouvelle attaque des gardes, de nouveau repoussée.

Le 23, bombardement massif. Les Allemands prennent le commandement. Une division alpine de la Wehrmacht arrive à Annecy. Assistée de deux escadrilles de chasseurs et de bombardiers. Police allemande, Milice vichyste. L'artillerie divisionnaire, les automitrailleuses.

En face, le maquis dont nous attendons, heure après heure, que la radio de Londres nous parle. Entre tant de Français à l'écoute, pas un ne sait que ce maquis est un fantôme. Moins de cinq cents combattants.

L'armement qui attend leurs compagnons ne comprend que des armes légères. Contre l'artillerie divisionnaire allemande et les automitrailleuses, pas un canon, pas un bazooka. Plus de ravitaillement.

Autour, vingt mille hommes.

Le premier grand combat du Peuple de la Nuit s'engage.

Écoutons les dépêches allemandes :

« Le 24 — Terroristes font sauter train renforts allemands devant Annecy — Attaque Milice au-dessus d'Entremont. Sentinelles espagnoles tuées — Rejointes par groupes terroristes — Milice engagée deux heures stop — Troupes Milice regroupées à l'arrière.

« Le 25 — Préparation artillerie et bombardement aviation.

« Le 26 — Attaque Milice ouest et nord-ouest. Troupes regroupées — Attaque allemande nord stoppée, envoyez aviation — Nos mortiers mis en place — Attaque Milice et Garde de réserve deux points ouest depuis cinq heures — Attaque générale 11 heures. »

Ils attaquent, en effet, de tous côtés.

L'avant-poste de la passe d'Entremont — dix-huit hommes — est attaqué par deux bataillons. Deux sections de renfort atteignent la passe. Le premier fusil mitrailleur s'enraye. Le second est détruit, son servant tué. L'un des deux chefs de section, Baratier, a l'impression d'être seul à tirer : il ignore qu'il survit seul. Il se replie en continuant à combattre, est pris à revers et tué. Il défendait la passe depuis une heure et demie.

Les maquisards, qui se rabattent vers le centre, reçoivent plus vite les munitions, et tiennent. Pourquoi l'ennemi s'enfouit-il dans la neige ? Dix minutes plus tard, commencent les piqués ininterrompus des stukas, serrés comme des fers de herse. La nuit va descendre. Le capitaine Anjot combat devant les tombes de Morel et de Decours. L'aviation s'en va, remplacée par le pilonnage méticuleux de l'artillerie. Il fait nuit.

Le 27 au matin, les troupes allemandes de l'est touchent le poste de commandement du maquis, commencent le feu. En face, des cris allemands, poussés par leurs camarades de l'ouest.

Les maquisards ont disparu.

Ils connaissaient bien ce terrain, que les Allemands ne connaissaient pas du tout. Anjot a convoqué les chefs de section, et ils ont décidé de décrocher.

Pendant que toute la Résistance, à l'écoute, attend le pire (chacun sait maintenant que les Glières n'ont ni canons ni avions), des chaînes de fantômes qui se tiennent par la main dans la nuit pour pouvoir relever leurs blessés lorsqu'ils tombent, traversent l'anneau discontinu des troupes d'assaut. Encore leur faut-il arriver jusqu'aux agglomérations de la vallée, où leurs camarades que l'on appelle les sédentaires leur donneront asile.

Le jour se lève.

Alors, commence la grande trahison de la neige.

Ces insaisissables fantômes dont les Allemands ne rencontraient que les balles et ne trouvaient que les cadavres, sont partis avec la nuit. « La petite aube dissipe les spectres », dit le proverbe espagnol qu'un des miliciens de l'Èbre cite au capitaine Anjot. Ces ombres, hélas ! sont devenues des traces. Les Allemands cherchent le gros du maquis réfugié dans quelque abri de montagne, car ils croient combattre quelques milliers d'adversaires. Mais nombreuses ou non, les traces mènent aux hommes, et les sections ennemies occupent les pentes. Le lendemain, le capitaine Anjot et les six Espagnols qui combattent avec lui sont tués. De ce qui fut l'épopée des ombres, il ne restera le jour venu que cent vingt et un cadavres tués entre les villages, exécutés sur les places ou torturés à mort. « Inutile de reprendre l'interrogatoire des blessés, télégraphie la Gestapo : *ces débris sont vides.* »

C'est l'heure des représailles. Les paysans suspects de

contacts avec le maquis sont exécutés ou déportés, et l'on reconnaît les hameaux, la nuit, aux torches des chalets qui flambent.

Pourtant, si les torturés sont vides, la Résistance ne l'est pas encore. Le premier chef est mort, le second chef est mort ; les rescapés organisent d'autres maquis, rejoints par des jeunes de plus en plus nombreux. Le gros des unités allemandes est appelé en Normandie. Le 1er mai, les maquis les plus proches reviennent manœuvrer sur ce plateau où ils retrouvent les cylindres couverts de rouille des parachutages, entre les chalets incendiés. Le 14 juillet, ils défilent à travers Thônes. Le 1er août, les camions ont rassemblé mille cinq cents hommes de l'armée secrète et quatre cents F.T.P. À onze heures, les forteresses volantes lâchent le dernier parachutage, qui apporte enfin les armes lourdes.

Fini, le temps des maquis de misère ! Un char qui se dresse est certes une terrible bête ; mais pour lui, un bazooka invisible est un monstre caché. C'est le bazooka, non la mitraillette, qui a fait des vrais maquis une force supplétive considérable. Un char est plus fort qu'une compagnie de mitraillettes, il n'est pas plus fort qu'une torpille.

Le 13, pendant trois jours, les automitrailleuses ennemies combattent les maquis, et sautent. Le 19, lorsque la radio annonce que l'insurrection générale commence à Paris, cinq mois jour pour jour après l'attaque des Glières, le général Oberg, qui la commandait, apporte au capitaine Nizier, chef militaire de la Résistance, la capitulation de ses troupes.

Et maintenant, le grand oiseau blanc de Gilioli a planté ses serres ici. Avec son aile d'espoir, son aile amputée de combat, et entre elles, son soleil levant. Avec son lieu de recueillement, sa statue dont les bras dressés sont pourtant des bras offerts. Avec ses voix entrecroisées, qui feront penser à l'interrogation des tombeaux égyptiens : Que disent les voix de l'autre monde, avec leur bruit d'abeilles[1] ?... Elles disent :

« Nous sommes les torturés agonisants, dont la Gestapo disait qu'il était inutile de les lui envoyer puisqu'ils étaient vides.

« Les Espagnols tombés ici en se souvenant des champs de l'Èbre et du jour où la révolution vida les monts-de-piété de tout ce que les pauvres y avaient engagé[2].

« Les Français qui avaient rejoint après avoir combattu, eux, dans la ligne Maginot jusqu'au dernier jour.

« Les gens des villages sans lesquels le maquis n'aurait pu ni se former ni se reformer ; ceux qui ont sonné le glas pour lui ; ceux que les hitlériens ont déportés, ceux qu'ils ont fait courir pour rigoler, pendant la répression, devant leurs mitrailleuses qui les descendirent tous.

« Peu importent nos noms, que nul ne saura jamais. Ici, nous nous appelions la France. Et quand nous étions espagnols, nous nous appelions l'Èbre, du nom de notre dernière bataille.

« Je suis la mercière fusillée pour avoir donné asile à l'un des vôtres.

« La fermière dont le fils n'est pas revenu.

« Nous sommes les femmes, qui ont toujours porté la vie, même lorsqu'elles risquaient la leur.

« Nous sommes les vieilles qui vous indiquaient la bonne route aux croisées des chemins, et la mauvaise, à l'ennemi[1].

« Comme nous le faisons depuis des siècles.

« Nous sommes celles qui vous apportaient un peu à manger ; nous n'en avions pas beaucoup.

« Comme depuis des siècles.

« Nous ne pouvions pas faire grand-chose ; mais nous en avons fait assez pour être les vieilles des camps d'extermination, celles dont on rasait les cheveux blancs.

« Jeanne d'Arc ou pas, Vierge Marie ou pas, moi, la statue dans l'ombre au fond du monument, je suis la plus vieille des femmes qui ne sont pas revenues de Ravensbrück.

« Morel, Anjot et tous mes morts du cimetière d'en bas, c'est à moi que viendront ceux qui ne connaîtront pas votre cimetière. Ils sauront mal ce qu'ils veulent dire lorsqu'ils chuchotent seulement qu'ils vous aiment bien.

« Moi, je le sais, parce que la mort connaît le murmure des siècles. Il y a longtemps qu'elle voit ensevelir les tués et les vieilles. Il y a longtemps, Anjot, qu'elle entend les oiseaux sur l'agonie des combattants de la forêt ; ils chantaient sur les corps des soldats de l'an II[2]. Il y a longtemps qu'elle voit les longues files noires comme celle qui a suivi ton corps, Morel, dans la grande indifférence de l'hiver. Depuis la fonte des glaces, vous autres dont les noms sont perdus, elle voit s'effacer les traces des pas dans la neige, celles qui vous ont fait tuer. Elle sait ce que disent aux morts ceux qui ne leur parlent qu'avec les prières de leur mère, et ceux qui ne disent rien. Elle sait qu'ils entendront le glas que toutes les églises des vallées ont sonné un jour pour vous, et qui sonne maintenant dans l'éternité.

« Souvenez-vous de nous, qui étions des Glières… »

Sans rien dire, ils penseront :

« Bonne nuit… Dormez bien… Dormez sous la garde que monte autour de vous la solennité de ces montagnes. Elles ne se soucient guère des hommes qui passent. Mais à ceux qui vivront ici, vous aurez enseigné que toute leur solennité ne prévaut pas sur le plus humble sang versé, quand il est un sang fraternel.

« Alors vous viendrez vers moi, ceux des Glières.

« Et dans la nuit sans retour, les mains suppliciées de celui d'entre vous qui mit le plus long temps à mourir, caresseront, sur ma tête rasée, la trace de mes cheveux blancs. »

TRENTIÈME ANNIVERSAIRE
DE LA LIBÉRATION
DES CAMPS DE DÉPORTATION

Parvis de la cathédrale de Chartres,
10 mai 1975.

Il y eut le grand froid qui mord les prisonnières comme les chiens policiers, la Baltique plombée au loin, et peut-être le fond de la misère humaine. Sur l'immensité de la neige, il y eut toutes ces taches rayées qui attendaient. Et maintenant il ne reste que vous, poignée de la poussière battue par les vents de la mort. Je voudrais que ceux qui sont ici, ceux qui seront avec nous ce soir, imaginent autour de vous les résistantes pendues, exécutées à la hache, tuées simplement par la vie des camps d'extermination. La vie ! À Ravensbrück, huit mille mortes politiques. Tous ces yeux fermés jusqu'au fond de la grande nuit funèbre ! Jamais tant de femmes n'avaient combattu en France.

Et jamais dans de telles conditions.

Je rouvrirai à peine le livre des supplices. Encore faut-il ne pas laisser ramener, ni limiter à l'horreur ordinaire, aux travaux forcés, la plus terrible entreprise d'avilissement qu'ait connue l'humanité. « *Traite-les comme de la boue*, disait la théorie, *parce qu'elles*[a] *deviendront de la boue.* » D'où la dérision à face de bête, qui dépassait les gardiens, semblait au-delà des humains. « *Savez-vous jouer du piano ?* » dans le formulaire que remplissaient les détenues pour choisir entre le service du crématoire et les terrassements. Les médecins qui demandaient : « *Y a-t-il des tuberculeux dans votre famille ?* » aux torturés qui crachaient le sang. Le certificat médical d'aptitude à recevoir des coups. La rue du camp nommée : « chemin de la Liberté ». La lecture des châtiments qu'encourraient celles qui plaisanteraient dans les rangs, quand sur le visage des détenues au garde-à-vous les larmes coulaient en silence. Les évadées reprises qui portaient la pancarte : « *Me voici de retour* ». La construction des seconds crématoires. Pour transformer les femmes en bêtes, l'inextricable chaîne de la démence et de l'horreur, que symbolisait la punition : « *Huit jours d'emprisonnement dans la cellule des folles*[1] ».

Et le réveil, qui rapportait l'esclavage, inexorablement. 80 % de mortes.

Ce que furent les camps d'extermination, on le sut à partir de 1943. Et toutes les résistantes, et la foule d'ombres qui, simplement, nous ont donné asile, ont su au moins qu'elles risquaient plus que le bagne. J'ai dit que jamais tant de femmes n'avaient combattu en France ; et jamais nulle part, depuis les persécutions romaines, tant de femmes n'ont osé risquer la torture.

Faire de la Résistance féminine un vaste service d'aide, depuis l'agente de liaison jusqu'à l'infirmière, c'est se tromper d'une guerre. Les résistantes furent les joueuses d'un terrible jeu. Combattantes, non parce qu'elles maniaient des armes (elles l'ont fait parfois) ; mais parce qu'elles étaient des volontaires d'une atroce agonie. Ce n'est pas le bruit qui fait la guerre, c'est la mort.

La victoire a mis fin à deux guerres différentes. L'une est aussi vieille que l'homme, l'autre n'avait jamais existé. Car si les armées se sont toujours affrontées, la participation active des femmes a été rare, et surtout il n'existait pas d'autre adversaire que l'armée ennemie. La Résistance féminine date de notre temps, la Gestapo aussi. La police militaire n'est pas nouvelle, mais cette guerre n'a précisément pas été menée par une police militaire. Ses prisonnières ne furent donc pas destinées à des camps militaires. Le mélange de fanatisme et d'abjection de la police politique, créée contre des ennemis politiques, n'apportait pas l'hostilité des combattants, mais la haine totale pour laquelle l'adversaire est d'abord ignoble ; et qui impliquait à la fois la torture et le monde concentrationnaire. Pour tous ceux que touchait la Gestapo, ces « putains françaises » avaient assassiné des soldats allemands. Les camps de soldats étaient des ennemis ; les camps d'extermination n'en sont point les héritiers. Les techniques d'avilissement, celles que l'on ne pouvait dépasser qu'en enfermant les mourantes avec les folles, furent d'ailleurs toujours inintelligibles pour la plupart des déportés, puisqu'elles n'avaient plus d'objet, les interrogatoires terminés.

« *Au camp*, me disait Edmond Michelet, *les types me demandaient tous pourquoi les nazis gâchaient leur main-d'œuvre*[1] *?* » Il ne s'agissait pas de main-d'œuvre, mais du Mal absolu, d'une part de l'homme que l'homme entrevoit, et qui lui fait peur. Il était indispensable que les femmes ne fussent pas épargnées. Le camp parfait eût été le camp d'extermination des enfants. Faute de mise au point, on les tuait avec leurs parents. Il y a quelque chose d'énigmatique et de terrifiant dans la volonté de déshumaniser l'humain, comme dans les pieuvres, comme dans les monstres. L'idéal des bourreaux était que les victimes se pendent par horreur d'elles-mêmes. On comprend pourquoi les détenues demandaient aux religieuses, prisonnières comme elles, de leur parler de la Passion. Dante, banalités ! Là, pour la première fois, l'homme a donné des leçons à l'enfer.

Il fallait choisir la chiourme : n'est pas abjectement sadique qui veut ! Le hasard n'eût fourni qu'une brutalité plus simple. Je doute que le nazisme ait créé ces camps pour inspirer la terreur, car il les tint longtemps secrets. L'appareil concentrationnaire fut-il le stupéfiant envers des fêtes de Nuremberg ? Mais la Gestapo est indissociable, et nous ne pourrions comprendre l'assemblée d'aujourd'hui sans comprendre qu'en marge du fracas des chars la guerre du silence fut celle des femmes contre la Gestapo. Leur armée est la Croix-Rouge. Dans la Résistance, elles semblaient renoncer à une protection immémoriale. Elles entraient dans la guerre par la porte du supplice.

Et dans les camps le dernier affrontement fut, peut-être, le plus mystérieux. Ces nazis résolus à vous exterminer ne vous ont pas assassinées ; sans doute était-il trop tard. Mais, pour survivre, il fallait le vouloir chaque jour de toutes ses forces. Et vous avez découvert que la volonté de vivre était obscurément sacrée[2]. Désarmées, hors de l'humanité, vous ne pouviez témoigner qu'en continuant à vivre. Et vous avez vécu.

Le général de Gaulle attendait, à la gare de l'Est, le premier convoi de fantômes[a3].

Mais il serait faux de limiter les déportées aux agents des réseaux, à la Résistance organisée. Combien de vos compagnes étaient des femmes qui, nous assistant à l'occasion ou nous donnant asile, risquaient autant que nous, et le savaient ! Vous ne séparez pas celles qu'une même souffrance rassembla. Vous représentez toutes celles qui n'ont fait partie d'aucune organisation et dont vous avez si souvent éprouvé la fraternité. Les aviateurs tombés se réfugiaient dans la première ferme venue. Le camarade anglais blessé avec moi fut transporté de village en village avant de retrouver les nôtres[1]. Nous avons vécu de la complicité de la France. Pas de toute la France ? Non. De celle qui a suffi.

Le fermier fut souvent une fermière. C'est pourquoi votre valeur de symbole est si grande. D'un côté les barbelés électrifiés, les chiens, la Gestapo, la volonté d'avilir jusqu'à la mort, l'épaisse fumée du crématoire qui se perd dans les nuages bas. De l'autre, toutes celles qui montrèrent au passage qu'elles auraient pu être des vôtres, et que nous ne retrouverons jamais. Celles qui vous entourent dans la nuit funèbre et dont vous êtes les témoins aussi.

Le poste émetteur du réseau voisin du nôtre était installé chez une dactylo, tante de l'un de nos compagnons. Comme elle tapait à la machine chez elle, il avait pensé que ce bruit serait bien utile. Il lui avait demandé si elle accepterait qu'il apporte son poste. Elle avait répondu, en haussant une épaule : « Évidemment… »

Elle n'appartenait à aucun réseau. Elle aimait son neveu comme un neveu, pas davantage. Elle disait, sans plus : « *Les nazis, j'en veux pas.* » Elle connaissait le risque, c'était à la fin de 43.

Le neveu a été fusillé, la tante est revenue de Ravensbrück. Elle pesait trente-quatre kilos. Je serais étonné qu'elle ait jamais cru avoir accompli une action héroïque. Elle se méfiait du mot. À Ravensbrück, elle a dû penser : « Moi, je n'ai jamais eu beaucoup de chance… »

Nous sommes dans le domaine le plus simple de la Résistance, peut-être le plus profond. Nous savons aujourd'hui que chez beaucoup d'entre nous, femmes ou hommes, la patrie repose comme une eau dormante. Fasse le destin que cette femme soit ici, ou qu'elle prenne ce soir la télévision — stupéfaite d'entendre parler d'elle aux rois de Chartres, qui ont vu Saint Louis. Portail royal en qui depuis huit cents ans bat l'âme de notre pays, je viens de t'apporter le plus humble témoignage de la France. J'en répéterai un autre, que notre compagne des ténèbres aurait préféré au sien.

En rangs, les prisonnières écoutaient un discours de menaces. Le chef du camp se tut enfin, et l'interprète alsacienne traduisit tout par une seule phrase : « *Il a dit que nous ne sortirons d'ici que lorsque nous serons mortes*[1]. » Une joie stupéfiante surgit. Pendant qu'elle disait ces mots-là, un message à bouches fermées filtrait dans les rangs : les Alliés arrivent.

« *Alors, dans tous les bagnes depuis la Forêt-Noire jusqu'à la Baltique, l'immense cortège des ombres qui survivaient encore se leva sur ses jambes flageolantes. Et le peuple de celles dont la technique concentrationnaire avait tenté de faire des esclaves parce qu'elles avaient été parfois des exemples, le peuple dérisoire des tondues et des rayées, notre peuple ! pas encore délivré, encore en face de la mort, ressentit que même s'il ne devait jamais revoir la France, il mourrait avec une âme de vainqueur*[2]. »

Croyantes ou non, vous connaissez le verset lugubrement illustre, prononcé par tous puisque la douleur est partout : *Stabat mater dolorosa... Et la Mère des Douleurs se tenait debout*... Dans la crypte, sous l'hosanna des orgues et des siècles, la France aux yeux fermés vous attend en silence. Que celle d'entre vous dont on se souviendra le moins, la plus démunie, celle dont j'ai parlé si elle est encore vivante, s'approche pour entendre chuchoter la haute figure noire :

Écoute bruire dans l'ombre autour de moi l'immense essaim des mortes. Je ne l'ai pas abandonné. Saint François disait à la mendiante d'Assise : « *Sur ton pauvre visage, que ne puis-je embrasser toute la pauvreté du monde...* »

Sur le tien, moi, la France, j'embrasse toutes tes sœurs d'extermination. J'ai connu bien des prisonnières, à commencer par moi. Celles dont la liberté cessait avec le jour, parce que le camp revenait la nuit. Celles qui disaient : « *Ne laissez pas entrer les chiens, parce que les chiens mordent*[3]. »

J'ai connu aussi, comme toi, les femmes qui disaient qu'elles n'avaient jamais pensé à nous. À qui personne n'avait jamais parlé de rien. Maintenant, pour les siècles, on sait. Avec quoi ferait-on la noblesse d'un peuple, sinon avec celles qui la lui ont donnée ?

Symbole mystérieux, les huit mille personnages de la cathédrale voient, sur ta face accablée, les huit mille prisonnières qui ne sont pas revenues. Dans cette cathédrale où furent sacrés tant de rois oubliés, qu'elles reçoivent avec toi le sacre du courage. À la descendance de l'humanité sourde, peut-être à la petite-fille même de celle qui t'a livrée, la secourable voix où disparaît la honte, soufflera les mots qu'ont trouvés nos pauvres gens pour Du Guesclin, le seul connétable resté dans leur cœur. Vivante naguère changée en plaie, crâne rasé de la misère française, « *il n'est si pauvre fileuse en France, qui ne filerait pour payer ta rançon*[1] ».

LE RÈGNE DU MALIN

Je connais gens de toutes sortes
Qui n'égalent pas leur destin…

GUILLAUME APOLLINAIRE[1].

Première partie

I

Les lézards gris du plafond se précipitèrent vers les coins d'ombre : au-delà du jardin, la clochette rageuse de la porte d'entrée, opiniâtre, s'agitait de nouveau dans la nuit suante de Cochinchine. Mayrena et Mercurol écoutaient sans se regarder, hébétés d'attention, exaspérés par le vol des éphémères qui battaient le verre de la lampe à pétrole. Au-dessus de l'appel lointain du courrier de France, le cri du gecko[1] s'éleva derrière les palmes de la véranda.

« …porte-bonheur… dit Mercurol, amer.

— La ferme ! » dit Mayrena entre ses dents.

Comme s'il eût entendu, le lézard se tut ; et la clochette recommença de tinter.

« Ils n'oseraient pas arrêter un des premiers journalistes de Saïgon », reprit Mayrena. Le tremblement de son torse nu précipitait la coulée des gouttes de sueur.

« File, file par la sortie des boys, dit Mercurol. J'y vais. S'ils en arrêtent un, tu comprends, tu comprends,…

— Non. »

Dans la ville même, la police était bien faite, et Mayrena serait arrêté avant d'avoir pris la brousse. La clochette ne tintait plus. Mayrena, suspendu au silence, regardait, presque sans la voir, la tête de mousquetaire chiffonnée de son copain. Évidemment, il y avait vingt fusils dans la cave ; mais la police avait été arrosée, comme d'habitude. Et les commanditaires chinois, pour l'affaire de l'or, n'avaient versé qu'une avance infime[2]…

« C'est peut-être à cause de l'article, reprit Mercurol. Ils… »

Il se tut : il craignait que ceux qui sonnaient ne l'entendissent, bien qu'ils fussent fort au-delà de la portée de sa voix. Mayrena avait publié dans le *Courrier saïgonais* du jour un article sur les perspectives de la pénétration française en pays moï, entre Siam et Laos[1]. Mais on n'envoie pas chercher à domicile les journalistes de génie, — surtout par la police…

La porte à claire-voie se referma ; elle n'était fixée que par un loquet, et le visiteur, las de sonner, venait d'entrer dans le jardin. Pourtant il n'osait pas avancer, et attendait au bout de l'allée. Sa lampe-tempête laissait son visage dans l'ombre mais éclairait son uniforme. Et ce floc de pas dans la glaise détrempée par les pluies de l'après-midi, au fond de l'allée, c'étaient les policiers indiens de la Sûreté…

« N'importe comment, reprit Mercurol, y a pas de preuves… »

Pour l'or, non. Pour les fusils, ils étaient dans la cave (mais puisque la police avait touché, alors ?). Pour la cocaïne, Mercurol avait livré à ses clients annamites du bicarbonate, assaisonné d'aloès afin d'être paré si un des acheteurs goûtait. Dans ces conditions, pouvait-il être poursuivi ? Mais l'affaire de cocaïne était une de ses affaires privées, et c'était chez Mayrena que la police arrivait.

Celui-ci s'était levé sans cesser de regarder l'épais halo de lumière que faisait cette lampe de destin au fond du brouillard. Mercurol ne quittait pas des yeux les lèvres de son ami, rentrées par l'attention, et ces gouttes de sueur qui ruisselaient lentement des tempes vers la courte barbe de Jupiter, grisonnante à droite. Mayrena prenait à la patère[a] le dolman blanc vaguement militaire qu'il portait toujours ; il passa dans la pièce voisine, hors du champ de vision du policier, mais non de Mercurol, prit dans sa poche son revolver d'ordonnance, traversa la véranda et marcha vers la police.

Mercurol le regardait marcher vers ces deux jambes dans la lumière, très grand, très droit, comme toujours, sa main dans la poche où se trouvait le revolver. « Si par malheur il tire… »

Mayrena ne savait absolument pas ce qu'il allait faire, ni même ce qu'il voulait. Adolescent, combien de fois s'était-il imaginé combattant des policiers lancés à sa poursuite dans une brousse fantastique… Il ne s'agissait plus d'imbécillités, il s'agissait d'avancer, le visage battu par les palmes ruisselantes, ses soques annamites pompées par la glaise, vers deux jambes immobiles derrière une lampe embuée d'insectes frénétiques de mourir, vers un visage invisible qui était la Police.

Un éclair furtif dégagea de la nuit les lianes énormes du jardin voisin : cachant le tronc qu'elles enserraient, elles paraissaient plonger jusqu'aux profondeurs de l'obscurité refermée ; et l'odeur de buis, avivée par l'humidité, était telle qu'une végétation sans fin semblait assaillir de partout le ciel opaque. Et cette forêt l'enserrait, se rapprochait de lui en même temps qu'il s'approchait du policier. Pourquoi ne pas tirer sur ces deux jambes fascinantes sous la lampe ?

Elles disparurent : la lampe venait de s'éteindre. Il n'y avait[a] plus personne. Rien. Rien des végétations immenses cachées dans la nuit et des polices qui surviennent, rien que la nuit banale des tropiques et son odeur de brouillard sur les feuilles amères.

« Monsieur Mayrena ! » cria une voix.

Qu'on se permît de l'arrêter « pour ça » était tout de même incroyable ! Il tenait son revolver horizontal dans sa poche, prêt à tirer, mais il y avait sûrement deux policiers derrière celui qui appelait, et il ne les voyait même pas.

Mercurol avait vu la lampe du policier s'éteindre, la tache blanche de Mayrena s'arrêter. Il avait entendu l'appel ; et, Mayrena ne repartant pas, il se demandait s'il visait. Ne tire pas[b], bon dieu, ne tire pas ! pensait-il ; mais, par peur de Mayrena plus que du policier, il se taisait. Les claquements très éloignés d'une dispute annamite venaient du fond de la nuit. « S'ils me coffrent mon copain, je leur fous leur gouverneur général en l'air, au cyanure ou en tirant dessus !… » Ils, c'étaient « ceux qui vivent comme des veaux, mon vieux, comme des veaux », c'est-à-dire dans la légalité. Et peut-être n'eussent-ils pas pris à la légère les menaces de ce d'Artagnan flétri qui, lorsqu'il était comptable dans une des maisons d'importation, avait « mis à gauche » un kilo de cyanure destiné aux travaux d'électricité.

Mayrena tâtait la gâchette, après le barillet que déjà, malgré la poche, l'humidité rendait glissant. Bien que la lampe fût éteinte, il tenait toujours le revolver, prêt à tirer à travers l'étoffe. Même si le policier rallumait sa lampe, Mayrena pouvait avancer ainsi jusqu'à trois mètres de lui, — et il avançait.

Arrêté. La sale patte de cet idiot sur l'épaule, ou sa voix vaniteuse d'indigène enfin plus fort qu'un blanc. À l'instant où il allait donner à la France un Mexique, un Pérou ! Qui, sinon lui, avait attiré l'attention sur l'or des contrées insoumises[1] ? Qui avait proposé un plan concret de pénétration, la veille même ? Là avait été la folie, on allait le faire disparaître, et les puissants organiseraient pour leur compte l'extraction de l'or. Les commanditaires chinois lui avaient avancé mille piastres, misère ! Clive[a2] en avait fait bien d'autres, et il avait fait les Indes. Pauvres petits crétins d'administration ! Il se défendrait lui-même : « Cachez-vous sous les plis de la liberté, cette grande prostituée ! Écrasez, messieurs, sous votre talon misérable l'audacieuse initiative individuelle qui fait les empires, chevaliers de l'honneur qui promenez votre or volé au grand soleil de Cochinchine ! » Il avait voulu introduire ici le caoutchouc, le végétal de l'avenir, faire de l'art véritable quand on lui avait concédé le théâtre[3], organiser la conquête de l'or, pousser la France à travers les hauts plateaux jusqu'au Siam, plus loin… Il n'entendait rien de Saïgon endormie. Cette tête de rat qui l'attendait dans l'ombre, en train de rallumer sa lampe, c'était le Démon de l'injustice. Journaliste, il avait trop vu les tribunaux pour les oublier : devant eux, il ne resterait rien de ses grands desseins, rien que des calomnies et la trace des petits métiers dérisoires acceptés en attendant son heure, rien qu'un banquier suspect et un prestidigitateur clandestin[4].

À plus de quarante ans, il n'était rien que Mayrena n'eût fait en fonction de son avenir. Et voilà que son avenir allait mourir. Le revolver, et le pan de la vareuse, montèrent au-dessus de sa ceinture. Surpris par cette étrange avancée du vêtement, le policier qui avait enfin rallumé sa lampe l'éleva au-dessus de sa tête, et Mayrena reconnut à son col, au lieu des pointes nues de la police, les écussons du Gouvernement général.

Les deux courriers du gouverneur portaient l'uniforme des policiers ; mais aussi l'écusson au double G, et bien que Mayrena n'eût jamais vu ces courriers, il ne pouvait s'y méprendre.

« Monsieur Mayrena ? répéta le courrier.

— Baron de Mayrena, jeune homme[1] ! »

Le courrier lui tendit une enveloppe. Mayrena lui attrapa de la main gauche l'avant-bras qui tenait la lampe, et, sans le regarder, tenant ce bras comme la lampe même, ouvrit l'enveloppe de sa main droite et, de ses dents, tira la lettre. C'était une convocation d'urgence.

« Cette nuit ? Le gouverneur a dit cette nuit ? demanda-t-il.

— Sergent il a dit : tout de suite…

— Je m'habille. Va. Dis que je viens. »

Il abandonna le bras, tourna le dos, revint vers le bungalow. La boue était toujours aussi épaisse. Mettant la lettre dans sa poche, il y retrouva le revolver. Il le caressa, regarda la nuit délivrée où se perdaient les palmes et les lianes. Il tira à travers la poche. La détonation se perdit à travers toute une suite d'échos humides, coupés de soudains bruits d'ailes. Mercurol arrivait en courant :

« Qu'est-ce que… Pourquoi as-tu tiré, puisqu'il est parti ?

— Pour l'honneur, comme on tire des salves ! C'était un des Courriers spéciaux. Convocation d'urgence.

— Ah dis donc, murmura Mercurol, tu vois pas que tu l'aies descendu… Qu'est-ce qu'il veut ? Qu'est-ce qu'il peut vouloir ?

— Je n'en sais rien. Je m'habille. J'irai chez toi en revenant. »

Il rentra, passa dans la chambre.

« Rat ! »

Affectueux diminutif de Shéhérazade. Ainsi Mayrena avait-il nommé sa maîtresse indigène, parce qu'elle ne parlait presque jamais. « Apportons en cet exil, Messieurs ! les dernières gouttes de sang du Boulevard mourant ! » Cette fille impressionnait tous les blancs fidèles comme Mayrena au Pernod de l'hôtel des Nations. Elle était capable de se taire pendant des heures sans donner l'impression de bêtise. Allongée sur un matelas cambodgien, elle le regardait fourgonner dans une armoire, et se taisait, comme d'habitude.

« Boy pas repassé costume ? » demanda Mayrena.

Elle fit signe que non.

Tant pis. Il irait au Gouvernement avec celui-ci : pas parfait, pas sale non plus… Il y avait un mois qu'il devait faire faire de nouveaux costumes. Shéhérazade, en général, tenait la maison avec soin. Il ne l'eût d'ailleurs pas engueulée : il était loin de la tenir pour une congaï[1]. Elle était chame[2], et, qu'elle descendît ou non des rois (presque tous les [ ] de cette race presque éteinte peuvent prétendre à descendre de leurs anciens rois), sa distinction de chat siamois allait au cœur romanesque de Mayrena. Avait-elle compris quelque chose à ce qui venait de se passer ? Il cherchait la clé du coffre où étaient cachés les fusils. Il l'avait laissée dans ce tiroir…

Elle le suivait du regard. Rien ne livre autant les femmes indigènes que le rire et la colère : il ne l'avait jamais vue rire. Immobile, elle sourit d'un joli demi-sourire, enfantin et bouddhique. Elle passa la main dans son sarong (elle était vêtue à la malaise, non à l'annamite), en tira la clef et la tendit à Mayrena.

« Police pas chercher là tout de suite », dit-elle.

Elle n'était nullement bête, et ne pouvait ignorer ni que porter cette clef sur elle constituait une complicité, ni que la police eût été fort capable de finir par fureter entre ses seins[a].

Mayrena ne pensait pas qu'elle l'aimât : ils s'entendaient bien… Sans doute était-elle donc au courant de l'affaire des fusils, depuis l'origine… Elle le croyait dans l'illégalité, et eût été prudente de le quitter… Depuis plus de six mois qu'ils vivaient ensemble, elle était à la fois présente et absente comme une chatte, à quoi il la comparait d'instinct ; elle venait de se manifester pour la première fois, et c'était pour essayer de lui venir en aide. Asiatique, elle détestait d'être embrassée ; il vint vers elle, lui caressa la joue du dos de la main, lentement. Elle ne disait rien et ne bougeait pas. En mesure, les éphémères crépitaient sur le verre de la lampe.

« Il faut que je coure au Gouvernement », dit-il.

II

Depuis une demi-heure, Mayrena attendait. Quand il était arrivé, un secrétaire chuchotant, aux cheveux gris en coup de vent comme ceux de Chateaubriand[4], était venu lui dire d'un air clandestin « que M. le gouverneur général allait le recevoir », puis avait disparu aussi vite que les lézards beiges. Les lézards, eux, étaient revenus et dormaient d'un œil, disposés autour des lampes de plafond comme des rayons de roues. Mieux que chez Mayrena, on entendait ici la rumeur de Saïgon, un grattement dispersé sous le brouillard tiède, le son filé d'un violon monocorde parmi les avalanches des dominos chinois ; et parfois, tout près, le cri d'un tireur de pousse et le claquement de ses pieds nus dans la boue, puis un coup sec d'essieu et le silence nocturne passait sur la piste de sable pour s'arrêter devant le perron du Gouvernement. Il y en avait fort peu dans la ville à cette heure ; Mayrena était venu à pied, et ne savait où poser ses souliers couverts de glaise, dans ce grand salon blanc aux fauteuils dorés tout neufs. Sans chemise, parce que son linge n'était pas repassé ce jour-là, il avait gardé sur sa peau sa vareuse neuve. Sauf l'étoffe brûlante autour du trou de la balle, au bas de la poche, à droite.

Il savait que le gouverneur ne parvenait guère à dormir qu'à l'heure de la sieste, et qu'il travaillait la nuit, surtout aux affaires de la colonie qui n'avaient pas un caractère administratif. Les quotidiennes visites nocturnes du chef de la police avaient fait partie de la légende du gouverneur, avant de devenir des sujets de plaisanteries vénérables dans les bistrots locaux. Mal à l'aise, les épaules démangées et ses pieds touchant à peine le sol, Mayrena faisait pour la troisième fois le bilan du Gouverneur, et le trouvait inquiétant. D'une part, le sourire et les saluts du casque, pendant ses promenades et ses tournées d'inspection d'un style de député méridional débonnaire ; ses discours du même style, avec parfois une brutalité imitée de son maître et protecteur Georges Clemenceau ; d'autre part ses ordres militaires, un radicalisme qui se voulait jacobin, mais plus indulgent aux chefs de banques qu'aux anciens communards, un anticléricalisme sincère et fanatique ; enfin une anecdote que Mayrena avait apprise à Paris et qu'il s'était gardé de rapporter ici[1].

Trois ans plus tôt, le gouverneur, alors à l'Intérieur, avait été chargé de la surveillance du procès[2]

[ ]

Le petit secrétaire Chateaubriand revint, fit signe de l'index à Mayrena et le précéda dans le grand escalier. Comme

Mayrena, de plus en plus inquiet se retournait pour regarder les marques de ses semelles sur les marches blanches, il fut heurté par un homme qui descendait, et qui le salua en s'excusant : c'était le chef de la police. Enfin le secrétaire poussa une double porte matelassée, s'effaça devant Mayrena et disparut de nouveau.

« Alors, Mayrena, ça va bien ? »

Le gouverneur marchait derrière le bureau, pas très vite, mais avec une fébrilité telle qu'elle imposait aussitôt son climat. À peine, devant le ton cordial, Mayrena avait-il esquissé un sourire, que le gouverneur faisait lui-même la réponse brutale et sans équivoque :

« Pas trop, n'est-ce pas ? Bon. N'en parlons plus. Les dossiers ne sont pas de mon ressort. Parlons d'autre chose. »

Il repartit jusqu'au bout de la pièce, revint, ouvrit le tiroir du bureau, le referma, s'assit. Malgré la chaleur, il portait une écharpe de soie annamite roulée en cache-nez autour de son cou. On le disait tuberculeux.

« Depuis combien de temps savez-vous que la mission allemande est partie pour le Mékong ?

— Depuis avant-hier, monsieur le gouverneur général.

— Par qui ?

— Mes moyens d'information habituels…

Mayrena avait répondu sans insolence, mais avec fermeté. Le gouverneur surpris le regarda attentivement : ce visage régulier, avec sa courte barbe carrée bizarrement grise à droite, n'était pas sans noblesse ; et le ton semblait dire : je ne livre pas mes amis. La vérité était que Mayrena venait de comprendre l'avantage foudroyant qu'il pouvait tirer d'une situation de vaudeville : il avait écrit au hasard que la mission allemande était partie. Que cette mission fût à Bangkok depuis des mois, nul ne l'ignorait. Mais il ne savait absolument rien de son départ, et l'avait signalé pour donner de l'actualité à son article. Mayrena avait compris que, s'il en eût été réellement informé, il eût disposé au moins d'un correspondant de premier ordre (en effet, le gouverneur n'en avait reçu confirmation qu'après avoir lu l'article). Que le correspondant n'existât pas donnait à Mayrena une fermeté immédiate, absolue — et à sentir le gouverneur trompé, il reprenait de l'assurance.

« C'est à travers Shéhérazade, plus ou moins », reprit le Gouverneur ; et, sans donner à Mayrena, stupéfait qu'il connût le surnom de sa maîtresse indigène, le temps de répondre : « Au fait, est-ce que vous êtes mariés ?

— Non.

— Dommage. Vous devriez vous marier, ce serait mieux…

Le ton signifiait : « ce serait mieux pour… » Mais Mayrena n'osait pas encore demander pourquoi.

« Au fait, reprit le gouverneur, vous êtes toujours croyant, n'est-ce pas ? »

Mayrena cherchait une réponse digne, et n'en trouva pas : « Sans doute, dit-il enfin.

— Bon, bon. Ce que vous suggériez dans votre article, supposez que vous êtes chargé de le faire vous-même. Qu'est-ce que vous faites ? Allez ! »

Et de rejeter l'écharpe annamite qui retombait.

« Si l'on organise l'exploitation de l'or dans la région d'Attopeu, et si le transport a lieu vers l'Annam, nous avons affaire immédiatement à quatre tribus insoumises : Bahnars, Rongaos, Sedangs, Djaraïs[1]. Ces tribus peuvent être pacifiées, soit par notre armée, soit par la Compagnie exploitante elle-même.

— Laissons l'armée : il n'est pas dans les projets du gouvernement d'intervenir dans cette région. Quant à l'or, je doute que vous en trouviez assez pour que votre expédition rapporte. C'est votre affaire…

— Mais, monsieur le gouverneur général, si on n'exploite pas, pourquoi alors tenter…

— Parce que. » Et un coup de cache-nez. « Votre idée de Compagnie, de toute façon, est une plaisanterie : ou bien celle-ci compte sur l'administration française pour lui donner le pays, alors quoi ? Ou bien elle charge d'agir un indépendant comme vous. Alors, autant parler tout de suite de celui-là. Vous avez écrit « qu'un aventurier résolu réussirait à organiser l'hinterland et à assurer le transport, ne fût-il certain que de la neutralité de l'administration ». Vous l'êtes. Qu'est-ce que vous faites[2] ?

— Je m'adresse à *un* chef de grand village. Celui-là doit être choisi ; en trouver *un seul*, ce n'est pas difficile. Je lui fais des présents assez importants pour que l'entente soit réellement fructueuse pour lui : mille francs maximum. J'organise là une équipe d'une dizaine de guerriers armés de fusils, soit avec des gardes annamites emmenés avec moi, soit…

— Bon : vous voulez tenir le pays par la gendarmerie. Très efficace, d'ailleurs.

— Par l'armée, monsieur le gouverneur, par l'armée !

— Je ne veux pas de gardes annamites, rien d'officiellement français au-delà de Kong-Toum, mettez-vous bien ça dans la tête.

— On peut prendre d'anciens gardes, ou enseigner à tirer aux guerriers locaux : les sauvages apprennent très vite et visent très bien. Mais il faut les fusils et les munitions. Ensuite, il faut organiser une alliance avec le village voisin, qui a tout à gagner et rien à perdre puisqu'il n'a pas de fusils. Ensuite une dizaine de petits villages ont envie d'être protégés.

— Les Siamois sont encore loin !

— Les Siamois, je ne suis pas assuré qu'ils y pensent... Mais les Djaraïs pillent et brûlent périodiquement les villages, et emmènent les prisonniers comme esclaves. Jusqu'au moment où l'on atteindrait le pays djaraï, c'est contre les Djaraïs qu'il faudrait — je veux dire : qu'il y aurait avantage à organiser la confédération. J'ai étudié l'expédition de Dupleix, celle de Cortez, la vie de l'évêque d'Adran[1]. Qu'ont-ils fait d'autre que de s'appuyer sur une tribu contre une autre, sur deux tribus contre une troisième, avec de l'énergie, la connaissance de quelques dialectes, et l'aide de Dieu ! Je sais l'annamite, ce qui me rend facile le bahnar et le sedang ; je sais le tiam qui ressemble au djaraï[2], et ma... mon amie descend des derniers rois tiams, comme vous le savez peut-être puisque vous connaissez même son existence. Je ferais tribu par tribu ce que j'aurais fait village par village. Et que risque le gouvernement dans une aventure où les grosses sommes ne serviraient de rien, où il est toujours facile de me désavouer.

— Comptez-y bien...

— Cinquante fusils français, que je pourrais même avoir achetés en Chine...

— Suisses ou belges, peut-être allemands, sûrement pas français. » Et sur un ton soudain de commandement : « À ce propos : s'il y en a qui se promènent en ce moment dans votre cour, ou dans un quelconque de vos châteaux, qu'ils y restent, hein ! »

Des armes avaient un jour été trouvées chez Mayrena ; l'affaire avait été classée[3]. Après un coup d'écharpe, le gouverneur regardait une grande carte tendue au mur.

« Il se peut[a] que le travail soit long…

— Quand Pizarre partit pour le Pérou, monsieur le gouverneur, il avait cinquante-trois ans ! »

Le gouverneur regardait ce gaillard aux belles dents, ancien directeur du Théâtre municipal, un tantinet escroc, bon journaliste, et qui cependant pouvait, sans faire rire, parler de Pizarre en pensant à lui. Avait-il été, oui ou non, prestidigitateur, sous un faux nom, dans la ville chinoise ?

« Il y aurait[b] un moyen d'aller plus vite », dit Mayrena, enfin assis.

Le gouverneur était moins pressé que ne le croyait Mayrena. Cette mission allemande limitée à quelques spécialistes ne lui semblait nullement l'instrument d'un projet impérial, et la politique allemande était opposée à une action coloniale en Asie. Mais il n'y avait pas deux ans que les Anglais avaient annexé la Birmanie, les Français protégé le Cambodge[1]… Le gouverneur pensait moins à une course au Mékong qu'à prendre ses précautions.

« …Tous les Moïs ne sont pas fétichistes, continuait Mayrena. Une partie des… »

Il avait oublié l'anticléricalisme du gouverneur. Tant pis.

« Une partie des Bahnars est convertie.

— Vous vous mettrez en rapport avec les pères, en mon nom, aussitôt après que le résident de Qui Nhon vous aura remis mes instructions définitives.

— L'évêque a une grande influence… C'est un saint du Moyen Âge, une figure irradiée… Acceptera-t-il cette collaboration ? Les missions sont très pauvres : je pourrais essayer de les intéresser à l'or…

— Mon ami, mettez-vous bien ceci dans la tête : les talapoins[2] sont formés pour moitié de gens qui croient à tout, manœuvrés par quelques autres qui ne croient à rien ; et pour moitié de gens qui ne croient à rien, manœuvrés par quelques autres qui croient à tout. Mais que ce soit ici, au ciel ou en enfer, il n'y a pas d'exemple qu'un missionnaire n'obéisse pas à un gouverneur général. »

Par la fenêtre pleine de brume, entrait toujours le son du violon monocorde.

« Il n'y a pas de question. Reste seulement à savoir comment ils obéiront. L'évêque réside à Lang-Son[3]. Allez-y, et rendez-moi compte de votre visite. Je veux savoir si, en territoire français, messieurs les missionnaires sont décidés à faire, ou non, la politique de la France ! Ça m'intéresse. À Lang-Son, vous pouvez encore vous appuyer sur moi. Vous cessez d'agir au nom de la France, sous quelque prétexte que ce soit, à partir du pays bahnar. Vous descendez vers le Mékong, en essayant de mettre sur pied votre confédération. Ne négligez pas les résultats partiels. Vous vous arrêtez à une journée de marche du Mékong…

— Les placers[1] sont sur le Mékong même…

— Vers Attopeu, faites ce que vous croirez nécessaire pour vos propres projets. Mais soyez circonspect : là vous allez sans doute rencontrer des fonctionnaires siamois. »

Le gouverneur eût vu volontiers Mayrena attaqué par les Siamois, pourvu que ceux-ci eussent nettement tort : excellente occasion d'intervenir pour défendre un Français menacé. Il ne désespérait pas de trouver le traditionnel incident de frontière. Le ministère des Colonies avait interdit tout acte qui pût être tenu pour acte de conquête. Le gouverneur avait donc besoin d'une initiative siamoise ou sauvage, ennemie ou amie. Le moindre fantôme de confédération, les empreintes digitales des chefs réunis pour demander le protectorat permettraient d'agir au premier moment favorable venu. Et il entendait agir : la frontière d'Annam n'était qu'à deux cents kilomètres de la mer, et l'Annam entier était commandé par la chaîne annamitique. Puisque la France, désormais, contrôlait réellement Annam et Cambodge, il fallait occuper la chaîne.

« Je vais faire mettre à votre disposition un interprète de la Sûreté pour la levée de vos réquisitions ; à Qui Nhon, une caravane de porteurs, une escorte de gardes annamites qui vous suivra jusqu'à Kong-Toum, et de l'argent. Voulez-vous autre chose ? »

Peu lui importait, mais il professait que les hommes se trahissent toujours par le choix de leur récompense. Mayrena hésita, puis dit en souriant, mais fermement :

« La concession des mines d'or du pays djaraï. »

Le gouverneur haussa imperceptiblement l'épaule. D'après les rapports qui lui avaient été soumis, l'or n'existait là-haut qu'en quantité dérisoire. Après tout, s'il y en avait quand même, tant mieux pour Mayrena. Et la concession allouée justifierait l'action de Mayrena, en excluant tout caractère politique ou militaire.

« Bien entendu, bien entendu… »

Depuis vingt ans, Mayrena attendait un miracle, et il

éprouvait, à le rencontrer soudain, une émotion contagieuse.

« C'est tout ? » demandait le Gouverneur, se levant. Mayrena le regarda un instant sans rien dire, puis répondit presque à voix basse :

« Vous m'avez tout donné cette nuit en me faisant confiance, et je vous en serai dévoué. »

Ce qu'il y avait d'imperceptiblement puéril dans ce visage prenait une noblesse enfantine et véritable, la noblesse de tout homme qui s'offre sans servilité. Et que celui-ci ne fût pas jeune le rendait plus émouvant. Le gouverneur lui frappa l'épaule (Mayrena le dépassait de la tête) et commença à tousser. Courbé par sa quinte, serrant sous sa barbe son écharpe annamite, il l'accompagnait vers la porte[a].

« En somme, votre situation a l'air bizarre, mais elle est fort simple : en tant qu'organisateur de cette confédération, vous êtes un administrateur, un chef de cercle, avec force et argent, mais sans mandat. C'est tout.

— Il me faudra un second. Un second pour les besognes dont il ne convient pas que je m'occupe, et comme remède à l'ennui commun à toutes les créatures bien nées !… Je pense emmener M. Mercurol…

— Le sergent qui a pris le Dé-Tham[1] ? Qu'est-ce qu'il est devenu, au fait ? Bistrot, je crois ?

— Il met sur pied une affaire d'importation-exportation. Mais l'or l'intéressera davantage…

— C'est nécessairement un homme courageux… Et comme il n'aura que vous comme colonel, cette fois… »

Revenant vers son fauteuil, le dos tourné à Mayrena dans l'encoignure de la porte :

« Vous recevrez billets et instructions après-demain. Emportez donc votre princesse, elle peut servir… »

Mayrena partait ; et la dernière phrase du gouverneur qu'il entendit fut, à la cantonade :

« Au fait, Gaymard, cherchez-moi donc à côté la fiche d'un nommé Mercurol… »

III

Mayrena retrouva devant le Gouvernement général le pousse qui l'avait amené, et se fit conduire aussitôt au bazar de Mercurol (telle était l'affaire d'importation à laquelle M. Mercurol préférait l'or.)

Plus ou moins déformée, l'histoire de la reddition du Dé-Tham avait fait partie du folklore anecdotique de la colonie ; comme l'histoire du colonel à quoi le gouverneur général avait fait allusion (au moins pour les amis du colonel). Restait à savoir sous quelle forme le gouverneur les connaissait.

Le Dé-Tham était un chef de Pavillons noirs[1] qui, dix ans plus tôt, tenait le Haut-Tonkin contre les Français. Il menait d'autant plus tranquillement ses campagnes qu'il passait en Chine après chaque opération. Mais le vice-roi de Yun-Nan, nommé à un autre poste, fut remplacé par un ennemi du Dé-Tham, qui ferma aussitôt à celui-ci la frontière chinoise. Le chef rebelle se trouva donc enfermé au Tonkin, sachant de reste qu'il n'y tiendrait pas[2]. Ce qu'ignoraient les Français.

Un jour, la congaï du sergent Mercurol, chef de poste par intérim, l'avisa que le Dé-Tham, s'il avait la certitude d'être amnistié, ferait sans doute sa soumission. (Mercurol avait auprès des Annamites une réputation bien établie de brave type, pas trop malin et un peu fou). Il télégraphia à Hanoi. On lui ordonna de garantir l'amnistie : quelqu'un allait être envoyé pour négocier la reddition. Le lendemain, le sergent apprit que le Dé-Tham, inquiet, allait filer. Et ses collègues de se payer sa tête.

Le seul moyen d'empêcher le chef rebelle de fuir eût été d'envoyer un Français à son camp. Mais beaucoup de parents du Dé-Tham avaient été tués par les blancs ; l'envoyé serait un otage tentant, surtout si l'information était fausse ; enfin, le Dé-Tham avait l'habitude de crucifier ses prisonniers de marque sur des radeaux lancés au cours du fleuve[3]. Aussi la suggestion d'ambassade faite à l'heure du Pernod par Mercurol dit l'Effaré, fut-elle reçue par ses collègues à grandes claques sur les cuisses et allusions opiniâtres au « coup de bambou ».

« Tournée générale que j'y vais ! dit Mercurol au deuxième Pernod. — Tournée générale que non ! — Tournée générale que si ! » La nuit même, il faisait prévenir le Dé-Tham et partait le lendemain avec un envoyé de celui-ci.

Dessaoulé, l'aventure lui sembla dure. Crevant de chaleur sous son uniforme de fantaisie, multicolore comme un mousquetaire de théâtre, moustaches et barbiche rousses méditativement caressées, salué de temps à autre par une tête coupée pendue à une branche, il employait le plus clair de son énergie à ne pas penser à ce qui allait arriver. N'envisageant d'ailleurs pas de retourner en arrière : c'était lui qui avait télégraphié à Hanoi, il ne permettrait pas à un vautré d'état-major de penser que Mercurol était une andouille, il s'était engagé vis-à-vis de ses copains, — et peut-être un sentiment plus grave qu'il ne voulait pas s'avouer...

Un corps torturé remplaça les têtes coupées. Sans doute approchait-il. Moins précisément courageux que résolu, — résolu comme une bourrique.

Le Dé-Tham l'attendait dans une grande case de branchages, très sombre, ouverte aux deux extrémités. Derrière lui, hors de la case, un homme blanc mort était crucifié en plein soleil sur un tronc énorme. Le Dé-Tham, chef cultivé, avait montré le cadavre avec un geste de manieur d'éventail ; à quoi Mercurol avait répondu en annamite quelque chose qui signifiait à peu près : « Et alors ? » Il avait de la torture, non seulement horreur comme chacun, mais un particulier mépris. Puisque cet homme auquel il parlait, « qui avait connu l'école » était responsable de cette crucifixion, tous les sentiments qu'éprouvait Mercurol à son égard, *même la crainte*, étaient écrasés sous un seul, irrémédiable, absolu : le dégoût. Devant la tête du supplicié, devant les deux fissures blanches des yeux entre les paupières, le grand Dé-Tham, pour le sergent Mercurol dit l'Effaré était moins que le dernier des boys. Et lui, Mercurol, pour la première fois de sa vie, n'était pas effaré, mais grave ; et son annamite vaseux ressemblait à quelque chose ; et il avait sur le chef rebelle ce qu'il n'avait jamais eu que sur ses tirailleurs : de l'autorité. Il avait confirmé l'amnistie (mais si on te foutait quand même douze balles dans la peau, tu ne les aurais pas volées), confirmé au Dé-Tham qu'il serait envoyé dans une autre colonie, libre. Son interlocuteur parlait longuement de choses sans importance, se taisait dans le silence plein de mouches ; l'épaisse lumière tropicale ruisselait sur le corps crucifié ; le Dé-Tham disait : « Serai-je dans une prison ou une cage ? — On t'a dit : libre », répondait l'Effaré immobile comme un juge. Dix minutes plus tard, après une autre palabre : « Serai-je lié de cordes ou de chaînes ? — On t'a dit : libre. » Combat d'un chat contre un arbre.

Entouré d'officiers rebelles qui se demandaient si ses larges galons n'étaient pas ceux des généraux, saoul de dégoût, ressentant soudain de sa réputation de brave type une fierté profonde, le sergent Mercurol, grattant son menton à travers sa barbiche rousse, attendait que le chef illustre de l'insurrection du Nord eût fini de danser devant lui.

La palabre avait duré trois heures. Le Dé-Tham acceptait d'envoyer au camp de Mercurol, lorsque le délégué de Hanoi serait arrivé, un représentant qui négocierait sa reddition.

Le délégué avait tenu à faire honneur de la soumission au sergent. Mercurol appelé à Hanoi, félicité, avait touché une prime. Depuis longtemps (« Pour tout connaître, tu comprends, tu comprends, faut tout essayer ») il rêvait de prendre du haschich, qui coûtait assez cher. Ce qui fut fait.

Une heure après, il dégringolait et rebondissait sur les montagnes russes du chanvre ; puis, commença une frénésie érotique. L'action du haschich est cyclique, formée de grands cercles d'ivresse séparés par des moments de commune lucidité. Au sortir du premier cercle, Mercurol filait, les pieds en dehors, à la paillote-bordel la plus voisine.

Trois heures plus tard, il revenait, ayant accompli des prouesses, mal dormi et mangé coup sur coup deux repas qui n'avaient pas apaisé la fringale du haschich. Allongé sur son lit, il commençait à engloutir, fruit après fruit, un régime de bananes, quand un planton vint le prévenir qu'il était convoqué d'urgence chez le colonel.

Celui-ci, comme chacun, interrogea le héros de Cao-Bang[1] sur son exploit ; le héros, moustaches symétriques et barbe dans l'axe, le regard à tous les coins de la pièce, opiniâtrement au garde-à-vous, bien que le colonel l'eût invité à s'asseoir, répondait à peine, très intimidé. Il était capable d'engueuler un gouverneur général hostile ; mais la bienveillance des puissants le désarmait. Depuis quelques minutes, il regardait fixement la poitrine du colonel. Tout à coup :

« Vos boutons sont pas comme les autres, mon colonel. »

Celui-ci, surpris, les toucha de sa main. Le sergent Mercurol, jusque-là plutôt engoncé, sourit comme un angelot :

« C'est drôle, c'est… ça c'est vraiment drôle alors, des boutons. Un, deux, trois, quatre… »

Et d'éclater de rire. Et de se tordre.

« Qu'est-ce que c'est, sergent ? Vous avez la fièvre ? »

Ça y ressemblait assez ; mais ce n'était qu'un commencement. Le rire disparut, escamoté. Mercurol continua, sentimental :

« Ah, le p'tit quatrième, m'colonel, vous pouvez pas vous figurer comme il me plaît… je l'aime, moi, le p'tit quatrième. Oui, oui, un p'tit soleil… »

Bien que protégé par son bureau, le colonel avait reculé de deux pas. Mais le sergent qui s'était incliné vers lui revenait à un garde-à-vous parfait, en même temps que son visage grimaçant prenait un calme de réveil, à peine tendu par un effort de mémoire.

« Merci », dit-il, retrouvant l'instant où le colonel lui avait dit de s'asseoir. Il s'assit. Puis la question du colonel parvint à sa conscience.

« Alors, ce qui m'a le plus impressionné, mon colonel ? Ben, mon colonel… Quand il faut le faire, on le fait… À ma manière… Je me suis faufilé… »

Mais le haschich, dont le cycle reprenait, très faible encore, commençait à lui donner de l'assurance.

« Y a pourtant une chose, c'est quand ils sont partis. Parce qu'il était méfiant, le Dé-Tham ; il se méfiait, il se méfiait tout le temps… Alors il a voulu que je sois à son camp la dernière nuit. C'était dans une clairière, pas très grande, le campement mal tenu, des tas de boîtes de conserve vides, parce qu'ils avaient pillé un… » Il ne trouva pas le mot, fit un geste, le retour du haschich le délivrait décidément de son bafouillage et de sa timidité : « Alors, comme il se méfiait, hein, tous ses chefs étaient dans le bois. Y avait que lui dans la clairière, et puis moi assis, une boîte de conserve qui me piquait les fesses, seulement je pouvais pas bouger parce que… enfin bon. Alors je le regarde, ah ça alors ! je le voyais pas, enfin je voyais pas sa figure, seulement sa grande ombre, il était grand pour un Annamite. Et il leur gueulait qu'ils avaient combattu ensemble, et qu'ils avaient tous bien défendu l'Annam contre les Français ensemble, et que c'était bien[1], et que lui, p't'être il allait mourir, peut-être pas, et que bon. Puis alors il a gueulé qu'il croyait qu'on le torturerait pas ; qu'on avait promis. Mais que p't'être on le torturerait quand même pour savoir où étaient ses chefs. Et que le seul moyen sûr pour qu'il le dise pas (parce qu'il était toujours méfiant), c'était qu'il le sache pas. Puis il a dit : vous m'avez compris, maintenant allez-vous en pour toujours et laissez-moi. » Dans les cinq minutes après, il crie : « Qui reste ? » Des bois, il est bien venu cinquante voix, y en avait presque pas de partis… Alors il a encore gueulé, puis il a attendu, puis il a encore demandé. Aux voix, y en avait pas la moitié de partis. Moi comme j'étais assis, je le regardais d'en bas, alors je voyais que son grand corps noir sur les étoiles. Puis il a encore appelé. Là, ça a été plus long…

Le haschich revenait, et donnait au récit, avec une précision dont Mercurol eût été d'ordinaire incapable, une intensité contagieuse.

« Mais il y en avait encore beaucoup. P't'être dix. Il a encore crié. Après, y restait dans les trois voix. Ça a été encore plus long ; ceux-là sans doute qu'ils voulaient pas s'en aller. Puis, une fois, personne a répondu ; alors il a crié encore, pour s'assurer. Ça faisait un silence, un silence !… Alors il m'a tapé sur l'épaule. Y avait plus que nous deux au milieu des boîtes de conserve. Il a laissé son ombre dans la forêt et je l'ai emmené. »

Il était clair que le sergent, les deux coudes sur la table et les mains tremblantes, n'était pas dans un état normal. Le colonel, pris par la maladresse fiévreuse du récit, rêvait sur la grande ombre droite du chef rebelle au milieu de sa clairière, et les voix de moins en moins nombreuses, et les boîtes de conserve sous les étoiles dans le silence retrouvé… Il regarda distraitement Mercurol : ses moustaches bougeaient nerveusement, comme si ses lèvres eussent hésité entre le rire et les sanglots ; son regard était de nouveau arrêté sur les boutons dorés, et une larme coula en rigole vers sa barbe tremblotante.

« …mon p'tit soleil, mon pauv'petit soleil !…

— Est-ce que… vous ne seriez pas simplement saoul, par hasard ?! »

Comment un homme ivre à pleurer eût-il raconté ainsi une histoire aussi longue ? Voilà qu'il pleurait maintenant à chaudes larmes.

« La question est sans intérêt, m'colonel ! Sans intérêt qu'elle est, la question ! On la résoudra jamais ! Jamais, la pauvre question !... Mais le p'tit quatrième bouton, ah pourquoi que vous êtes dur avec lui, bouton-bouton, que vous êtes pas meilleur avec lui, bouton-bouton-bouton, que vous le foutez en boîte, des huit jours qu'il reste sans boire... »

Et, sanglotant d'attendrissement, les deux mains tendues par-dessus le bureau vers la poitrine du colonel qui reculait en appelant le planton :

« Ah ! c'est que j'l'aime, moi, m'colonel, le p'tit bouton, que quand j'avais huit ans j'en avais un comme ça, tout pareil, à ma petite culotte... »

Les plantons étaient arrivés à temps pour l'empêcher de lécher le dolman, mais son avancement était devenu douteux.

De quelque façon que le gouverneur général connût cette histoire, il la prendrait allégrement. Le bazar manquait de surface, mais il n'irait pas le voir. L'affaire de fausse cocaïne était épisodique, d'ailleurs ignorée. L'état civil, ah, évidemment, c'était plus ennuyeux. Sur toutes les fiches, les professions étaient portées d'après le livret militaire ; soit, pour Mercurol, boucher. Mayrena aurait dû expliquer au gouverneur que... Mais quand ? Il ne pouvait tout de même pas le retenir dans le couloir ! Pas boucher, monsieur le gouverneur : tueur. C'est une histoire émouvante et tragique qui fait penser à « Jack[1] ». M. Mercurol était élève sculpteur quand sa mère est morte. Il avait déjà perdu son père ; il fut confié à un oncle, tueur à la Villette, qui lui enseigna son métier, — fort rémunérateur, et d'ailleurs, dit-il, d'adresse plutôt que de force. Il l'a quitté dès que le service militaire lui a permis de courir la grande aventure coloniale... Il a gardé de cette époque quelque chose de triste et de désespéré...

Il n'en avait rien gardé du tout, sauf le goût du Pernod, à quoi il avait recours, les premiers jours d'abattoir, pour se donner du cœur au ventre. Ce discours imaginaire, scandé par les plantes des pieds du coolie-pousse, était d'ailleurs exclusivement à l'usage des tamariniers de la route, au-dessus desquels les étoiles brillaient maintenant entre les nuages balayés : l'éloquence de Mayrena connaissait ses interlocuteurs.

Sous la porte[a] du compartiment de Mercurol (qui, derrière le bazar, s'ouvrait sur une autre rue) il y avait une raie de lumière. Mayrena sonna. Un boy ouvrit.

Toujours la même pièce ordonnée, les mêmes rangs d'aquarelles « démoniaques » (Mercurol était resté peintre), les mêmes séries de timbres encadrées comme des miniatures : la mission serait organisée, les boys payés, et on aurait à manger.

« Où ça, Mercurol ?

— Prenez place, monsieur. C'est ici la maison du Sage. »

Tiens, Mercurol avait changé de boy. Celui-ci portait le costume « impeccable, repassé du matin » exigé par le soigneux M. Mercurol. Mais qu'est-ce que c'était que ce langage, ce français de comédie avec cet extravagant accent ?

« Monsieur y en a pas rentré ?

— Mon maître, monsieur, qui a consenti, pour la rémunération dérisoire d'un sol par jour, à venir assurer le bonheur du peuple annamite, semble pris par ses occupations. »

À l'exception des paillotes du port, tous les bistrots étaient fermés. Mercurol allait rentrer. Mayrena, la bouche ouverte, regardait le boy : sans aucun doute, il récitait.

« C'est Mercurol qui t'a appris ça, ou un copain ?

— Toute ma philosophie vient de mon maître. » Et, beaucoup plus vite : « Lui m'avoir appris déjà vingt-sept phrases. Moyen dire une, toucher dix sous. Mon maît' dire moyen apprendre cent. Travail beaucoup bon : comme ça, bien apprendre parler français. »

Mayrena s'assit[b]. Sur la table, des photos achevaient de sécher. Mercurol avait tenu à introduire dans notre belle colonie la photo, la peinture de l'avenir, vous comprenez… « Le seul atelier du monde où le sujet se photographie lui-même. » Le sujet, placé devant un miroir d'armoire, au centre duquel était encastré l'objectif, contrôlait son attitude ; quand il se plaisait, il gardait la pose, faisait un signe, et Mercurol, à l'affût, opérait. Quelques retouches, et le broussard, l'Annamite ou le commis des douanes, définitif, possédait contre une juste rétribution une gueule de statue.

Chaque nuit des photos séchaient sur la table, et toujours Mayrena, quand il venait, regardait, mal à l'aise, cette humanité rectifiée par elle-même et qui ressemblait si peu à l'autre. Chacun était ravi ; mais lorsque, lors de la découverte du procédé Mercurol, vingt, trente photos avaient été alignées, Mayrena avait cru regarder l'album d'une maison de fous. Aujourd'hui, parmi les autres, séchaient trois photos de Mercurol, lui-même, style d'Artagnan, style Richelieu, sur fond de ruines.

« Pour le petit. » Au mur, parmi les aquarelles de cargos, était suspendu, grandeur nature, le portrait d'un enfant. Mercurol, revenu en France les poches bourrées de numéros du journal tonkinois qui rapportait la reddition du Dé-Tham, s'était marié à Toulouse et avait eu un fils. Comment, pourquoi était-il revenu en Cochinchine séparé de la femme et de l'enfant, Mayrena l'ignorait ; Mercurol ne parlait jamais de cette séparation, bien qu'il parlât parfois de la femme, et de l'enfant à tout propos[a]. Et c'était à cet enfant qu'étaient destinés les trois Mercurol d'aujourd'hui, comme tous ceux tirés depuis deux ans, et dont on eût pu faire une compagnie entière de mousquetaires de la Reine. Mayrena se souvint, comme s'il eût entendu le langage de ces mercurols épiques, des contes de Perrault racontés à l'enfant par son ami, « en plus moderne, à ma manière… » Ainsi reprenait le Petit Chaperon rouge, à l'instant où la fillette vient d'être mangée : « Alors, ton papa qui revenait de la Coloniale est passé par là. Dans la cavalerie, ils te diront qu'un maréchal-des-logis c'est plus qu'un sergent, mais faut pas le croire, souviens-toi de ça ! Alors il a vu qu'il y avait de la lumière chez la grand-mère, il s'est faufilé, et, naturellement, il s'est rendu compte de tout… Le loup lui dit : "Alors c'est vous le sergent qui a arrêté le Dé-Tham ?"… Le Dé-Tham, c'est un grand loup plus méchant que tous les autres. Alors ton papa il a répondu modestement : "Oui, c'est moi." Alors le loup s'est couché en rond en aboyant, ton papa l'a mis les pattes en l'air et lui a ouvert le ventre avec son grand sabre qu'il avait rapporté du Tonkin et il a sorti la grand-mère et le Petit Chaperon rouge ; il leur a dit : "Vous êtes pas folles !" et il les a emmenées place du Capitole, acheter des violettes au sucre pour la petite, et des marrons grillés pour la grand-mère, vu que c'est plus consistant et qu'elle disait : "J'ai eu froid dans le ventre du loup." Alors elles lui ont dit… »

Mais le carillon d'une quinzaine de clochettes annamites, astucieusement montées, annonçait que Mercurol rentrait par le bazar.

Mayrena vint à sa rencontre, l'observant d'un œil de gouverneur général ; certes, on ne pouvait pas dire que Mercurol semblât trop sérieux, avec son feutre de rapin montmartrois, sa vareuse et son pantalon de cheval ; un peu trop Louis XIII peut-être, malgré les pieds en dehors, mais, après tout, pas boucher.

« Alors ? criait-il dans la retombée du carillon artistique. À force d'attendre, je suis retourné voir chez toi… Alors ? alors ?

— Nous partons pour l'or par le premier bateau. Je suis chargé avant tout d'établir les communications. Billets à…

— Par le Gougal[1] ?

— Oui. Billets à l'œil. Porteurs.

— Ah ! dis donc, l'administration qui pense à nous !

— À moi. »

Mercurol leva la tête, battant des cils, consterné :

« Tu disais qu'on partait…

— J'ai arrangé ça.

— Alors ça va, tu comprends, tu comprends, c'est la même chose. Ça doit venir de l'article… Rappelle-toi, je te l'avais dit… Il donne des sous ?

— Un peu. Porteurs, escorte militaire, lettres pour les résidents et les pères, concession écrite des gisements d'or. Signée, définitive. »

Une grosse lampe à pétrole, seule allumée, éclairait un jeu de massacre grandeur nature sur un fond buissonneux de chinoiseries perdues dans l'ombre[2]. Mercurol s'assit tristement sur le comptoir :

« On va faire le boulot, un petit boulot dur : puis alors quand ça y sera, mon vieux, ils nous mettront dedans, ils nous reprendront les mines par des manigances… »

Il siffla. Une civette sortit de l'ombre, vint s'allonger à côté de lui.

« Moi, j'aurais voulu faire ça d'une façon économique, en se faufilant… Le voyage, on l'aurait préparé soigneusement. Payer le boy, acheter trois chevaux une fois pour toutes, et pas plus, mon vieux, pas plus… On aurait voyagé à petites journées, tranquillement, en voyant bien tout jusqu'aux frontières des Moïs, on aurait dormi dans les villages, à la maison des hôtes, c'est gratuit ; j'aurais fait un peu de chiromancie ou de photo, les indigènes nous auraient nourris, si ça ne te plaît pas on se serait nourri à l'annamite : ça coûte trois fois rien, et j'aurais toujours trouvé quelque chose de malin pour faire payer aux Locaux de quoi acheter à l'occasion une boîte de Bénarès[1], une petite bouteille de Pernod… En six mois, on aurait vu des tas de choses, bien tranquilles, bien organisés, et pas plus dépensé qu'à faire les imbéciles ici… Et puis alors, là, tu comprends, ils auraient pas pu nous mettre dedans. Leurs manigances, on s'en foutait ; faufilés, ni vus ni connus…

— Je n'ai pas l'intention de faire semblant d'aller chercher l'or, et de rester en carafe à la frontière. J'ai l'intention d'y aller, de le trouver et de le rapporter. Tu veux finir ta vie en "te faufilant, bien tranquille" vers l'hôpital de Saïgon, ou dans ton bateau à toi ?

— J'ai pas dit que je voulais pas y aller, mon vieux, j'ai jamais dit que je voulais pas y aller… »

Car Mercurol ne demandait à la découverte d'un nouveau Pérou que l'argent nécessaire à l'achat d'un bateau. Pas un yatche[2], un petit cargo, solide, élégant ou pas, mais assuré par une bonne compagnie, pour faire du cabotage de ce côté-ci du monde. Gagner quand même un peu sa vie, mais être son maître bien tranquille… Le poison, c'était de ne rien connaître à la navigation : il faudrait trouver un capitaine pas trop encroûté, chez les gens de mer ça se trouve… Mais un cargo en bon état coûtait cher, et Mercurol ne voulait pas se faire rouler à acheter un vieux truc repeint et maquillé, ah mais pardon ! minute !…

« Bon, alors je vais faire la première liste de ce qu'on emporte… »

Il alla s'installer dans la caisse, énuméra :

« Pernod, quinine, blancs, godillots, lits pliants, conserves on verra plus tard, moustiquaires, l'appareil photo ? Non, on ne pourrait pas développer, dommage… Bière, non. Fine, oui. Papier, bouillotte, couteau suisse…

« Dis donc, on pourrait p't'être l'emporter quand même, l'appareil ? Sans la glace ? Ça pourrait être utile…

— Le strict nécessaire.

— Ça m'aurait intéressé de nous prendre là-haut, pour le petit… Et puis alors, une bonne photo de la première pépite, par exemple… Les photos, ça peut servir de preuve pour les actionnaires[3]…

— Le strict nécessaire !

— Oh ! c'est pas que je tienne tant à le casser… Alors nous disons : lacets de bottes, savon, boutons… Bouquins. Ah dis donc, si ça t'était égal, je voudrais bien que tu me les rendes pas cornés, mes bouquins. J'en ai pas tant. Si tu dois les esquinter, tu comprends, tu comprends, couvre-les : une couverture ne gêne pas, et ça protège. Justement que je vais l'emporter, *L'Histoire des Aventuriers des Indes*, si on va là-haut ; alors, si elle est déjà cornée… »

Cette *Histoire* lui avait d'ailleurs été donnée par Mayrena.

— « Poudre, balles, graisse d'armes…

— Je m'occupe personnellement du drapeau. Pour les revolvers, autant de balles que possible.

— Ça dépend que de l'argent qu'on a… À propos, dis donc, on pourrait peut-être faire tout de suite une petite affaire… On emporte de la pacotille pour les Moïs, oui ? Celle qui est ici est bien choisie…

— C'est prévu. Tu laisses tout ce qui est spécifiquement annamite : pour les Annamites, nous n'avons besoin de rien ; ils auront reçu des ordres. Tout le reste tu l'emportes, et tu vas toucher la facture au service des Finances.

— Bon : y a qu'à prendre tout.

— Prends ce que je te dis. Je ne veux pas de facture de ton Jeu de Massacre au Gouvernement général. »

Mercurol regardait mélancoliquement Mayrena. Il vendait toute la journée aux Annamites et aux Laotiens qui revendaient aux Moïs : il les connaissait tout de même un peu mieux que lui. Et c'était bien à lui que le Laotien était venu vendre ce gros tuyau de plume plein d'or, sans lequel Mayrena n'eût rien inventé. Enfin…

« Tout ce qui est petit, disait celui-ci, et les automates. Ça suffit. Avant tout, ne pas s'encombrer.

— Pour l'or, on emporte du matériel ? J'ai demandé, il y a déjà plus d'un mois, chez les importateurs : faut qu'ils commandent à Singapour…

— Non : les gisements reconnus, je vois ça sur un plan immédiatement industriel… »

IV

La chance avait servi Mayrena : il n'y avait de bateau pour le Nord que tous les quinze jours, et il montait en Annam par le petit rafiot mélancolique qui conduisait au Tonkin le gouverneur général.

Demain, à Qui Nhon, débarquement, visite à l'évêque, supérieur des Missions : demande d'introduction auprès des missionnaires établis chez les Bahnars, aux limites du pays sedang. Visite au résident, pour qui le chef de cabinet du gouverneur venait de lui remettre une lettre.

Mayrena était le seul passager à qui le gouverneur général pût parler. Les commerçants l'assommaient, les fonctionnaires qui tentaient de l'approcher étaient serviles ; les autres, sa présence suffisait à les mettre mal à l'aise : ils le regardaient comme les caporaux regardent le général. Que faire sur ce bateau, qu'attendre les repas et les apéritifs tièdes en écoutant un bruit de machines toujours le même le long d'une côte toujours la même ! Mayrena savait que les hommes sont reconnaissants à quiconque leur trouve une excuse à rêver ; il avait un goût très vif de l'anecdote, un sens poétique instinctif, connaissant dans les coins *L'Univers pittoresque*[1], une parfaite excuse à tous rêves, qui était l'Histoire. « Ah, monsieur le gouverneur (Mayrena allongé, à côté de lui, sur une chaise longue que dépassaient ses longues jambes), quelle fonction que celle de gouverneur général des provinces espagnoles d'Amérique, au temps des Conquistadores ! Balboa découvrant la mer de l'autre côté de l'isthme de Panama, — ce Pacifique sur lequel nous voguons en ce moment, lentement d'ailleurs ! — et entrant dans les vagues en criant : “Vive le Roi de Castille, souverain de cette mer et de tous les continents qu'elle baigne !” Le Pacifique[2] !... ». Mayrena intriguait le gouverneur général. « Mon grand-père, homme d'un autre âge ! traitait jadis Louis-Philippe de jacobin. Lorsque je vins lui rendre mes devoirs, à la fin de mes études, il me dit qu'il ne convenait pas qu'un homme de ma naissance portât une barbe de moujik (elle était plus courte qu'aujourd'hui). De moujik ! Je me fais donc raser. La semaine suivante, il se ravise ; libéré, je recommence à la laisser pousser. Une dizaine de jours plus tard, il revenait à sa première opinion et m'enjoignait, “expérience faite”, de me raser à nouveau ! Je fis atteler, et c'est ainsi que je partis pour Sumatra !

« Enfin, c'est-à-dire, pas directement[3]... »

Mayrena savait conserver à son accent l'affectueuse ironie méridionale qui annulait ce que ses interlocuteurs eussent pu trouver de morgue dans sa grandiloquence. Le gouverneur avait entendu conter de Raousset-Boulbon, le conquérant fusillé de la Sonora[a] dont son interlocuteur connaissait sans doute la biographie, une anecdote presque semblable[1]. Peu importait, car il professait qu'à partir du Cap Saint-Jacques, les coloniaux se mettaient à descendre d'une grande famille. Tout de même : rencontre ou usurpation ?

*

Le dîner terminé, Mercurol revenait vers son ami. Mayrena était debout le long du bastingage de gauche, la barbe sur fond d'étoiles, entouré de tous ceux qui ne jouaient pas à la manille : un garde-forestier et son épouse (« Appelez-moi Alphonsine : je m'appelle Alphonsine »), quelques sous-offs de la Coloniale, la femme rousse d'un sergent qui rejoignait son mari, des commerçants, des fonctionnaires, une institutrice, des matelots, un sous-directeur de « La » banque[2], un employé du cadastre, tous vêtus de la toile blanche des tropiques : des Pierrots dans la nuit. Le gouverneur avait quitté Mayrena depuis quelques minutes, et ils le remplaçaient, non sans respect.

« Que savons-nous des Djaraïs ? Les noms de ceux qu'ils ont tués ! Qu'est-ce qui attend là-bas les explorateurs ? Quand Cortez eut remporté sa première victoire (c'était le conquérant du Mexique, mesdames !) il faillit mourir de faim : car à peine les Indiens eurent-ils cru ses hommes invulnérables et décidé de les honorer, qu'ils voulurent les nourrir de cœurs d'enfants, de copal et de plumes de perroquets…

— Des cœurs d'enfants ! Oh, monsieur le baron, tout ce que vous voudrez, mais pas des cœurs d'enfants !

— Mais le premier présent de l'empereur aztèque fut une roue sculptée en or massif, et tant d'émeraudes brutes qu'il fallut faire une petite charrette pour les transporter[3]… »

Et comment qu'il les enfonce, pensait Mercurol. Derrière les passagers européens, les quatre Chinois, un trou noir à la place de leur bouche ouverte, éclairés du dessous par la petite lampe à opium dont ils se servaient pour jouer au mah-jong, regardaient sa grande ombre ; des Annamites de l'équipage, à demi cachés par un tas de cordages, attendaient, comme lorsque les Blancs allaient jouer de l'accordéon.

« Elles étaient rayées les émeraudes, dit Mercurol en

s'asseyant par terre. L'affaire Pizarre c'était mieux : là, chaque soldat a touché deux cent mille francs. C'est une paye...

— Mais dites, monsieur le baron, on parle toujours des messieurs : c'est intéressant aussi pour les dames, ces choses-là. Vous connaissez pas aussi des histoires de femmes ?

— Ces pays en sont pleins, madame. Pensez, messieurs, à la petite-fille de Timour[1]... »

Et d'enchaîner, ne mettant pas en question l'ignorance générale :

« Petite-fille, elle l'était comme cette charmante drôlesse de Lavallière l'était d'Henri IV ! mais du moins fut-elle épousée, — à la musulmane. Elle avait été prise par les troupes de l'Émir avec une caravane de Perse, vendue comme esclave et devenue celle du petit-fils de l'Empereur. Gringalet de mœurs... vous m'entendez, messieurs ! et occupé de poèmes quand les chevaux impériaux foulaient les Portes de Fer[2] ! »

« Mais le prince héritier, qui commandait à la bataille d'Angora la cavalerie de la garde, fut sabré par les gens de Bajazet[3] (à qui ça ne devait pas porter chance !) : notre prince Fil-de-Fer devint l'héritier de l'Empire. Je vois d'ici le vieux Timour, écrasé de chagrin, regardant d'un œil en coin ces épaules incapables de soutenir la lance, sur lesquelles il allait jeter le plus grand empire du monde ! Il n'eut rien de plus pressé que de faire arrêter la fille, jugeant sans doute, messieurs, qu'un empire survit parfois à la bêtise d'un homme, mais à la bassesse d'une femme, jamais !

— Vous aussi, vous êtes contre ces pauvres, monsieur le baron !...

« Le voilà parti pour les marches de Chine avec cette Grande Armée qui ne devait pas connaître de retraite de Russie... »

Dans la nuit, il fit de la main un geste vague sur sa gauche : elles étaient là-bas les marches de Chine vers quoi marchait cinq cents ans plus tôt l'armée de Samarkande... Les étoiles brillaient dans la mer opaque ; au-dessus du battement régulier des machines, un grattement confus venait du fond de la nuit ; le ressac sans doute, sur les côtes d'Annam.

« Ben alors quoi, et la poule ? dit Mercurol entre ses dents.

— Vous savez que l'agonie de Timour commença lorsqu'il atteignait la Chine. Il mourut quelques jours plus tard ; les généraux ordonnèrent la retraite. Et telle était, messieurs ! la terreur qu'il inspirait, que nul n'osait déclarer sa mort : les lanciers revenaient, la queue de renard à la lance, et la Garde impériale escortait la litière fermée où se décomposait le terrifiant macchabée, avec l'odeur de jour en jour plus épouvantable — comme si, malgré l'odeur, l'émir eût été tout à coup fichu de se réveiller pour faire couper encore quelques têtes indiscrètes, messieurs !

— Mais, la femme ? demanda la dame rousse.

— Elle était reine, madame, reine comme jamais femme ne le fut — du plus riche empire du monde, dont elle avait fait son hochet !

« Arrêtée sur l'ordre de Timour, assurée d'être condamnée à mort, elle était allée se jeter aux genoux de l'impératrice, en se déclarant enceinte. Le sexe le plus gracieux et le plus éprouvé a de la chance, messieurs ! Quel moyen un gentilhomme eût-il trouvé de gagner sept mois ? Timour mort, pas plus d'enfant que sur le dos de ma main, mais le prince Fil-de-Fer devient empereur. Bien incapable de gouverner, ce qui s'appelle gouverner. On lança dans toutes les provinces les courriers impériaux, chargés de jeter dans chaque capitale l'ordre d'envoyer les trésors à Samarkande. On les réunit, on réunit aussi les musiciens persans avec leurs violes et leurs instruments à long manche... »

Au-dessus des têtes, le grand bras de Mayrena monta vers les étoiles.

« Chaque nuit, l'ancienne esclave était assise sur un des trônes devant le grand bassin de Samarkande, le bassin de mosaïque turquoise où nageaient les poissons sacrés de Timour. Les musiciens jouaient sous ces étoiles d'Asie que nous avons au-dessus de la tête, messieurs ! Sur de grands plats d'or, les serviteurs apportaient à la princesse immobile les trésors de l'empire. Et elle les prenait et les jetait aux poissons. Les perles lancées à poignées giclaient entre ses doigts comme les grains entre ceux de nos boys quand ils prennent le riz dans les sacs...

— Les bijoux aussi ?

— Et les bijoux, madame, et les pierres précieuses, de Kachgar à Vienne et de Rostoff à Ispahan ! »

Un des deux soldats étouffa un éclat de rire. Son compagnon lui saisit aussitôt le bras, et, à voix basse :

« Qu'est-ce que t'as à rigoler, idiot ?

— L'armée revint à marche forcée », continuait Mayrena, la barbe tournée vers celui qui avait osé rire. « Les généraux prirent le pouvoir. Le prince déposé, sa sublime drôlesse fut exposée au pilori deux jours, la populace venant cracher sur ces diables d'yeux qui avaient méprisé des trésors !... »

Doucement secoué par le rythme de ses machines nocturnes, le bateau montait vers le golfe du Tonkin, balançant dans le même rêve tous ces anciens enfants.

« Elle ne mourut que vingt ans plus tard, dans une petite maison de faubourg où elle était devenue blanchisseuse... »

Il se tut. Le pont était plein de fantômes des Mille et Une Nuits. Malgré le bruit des machines, on entendait les ongles de Mayrena tapoter le bastingage. Seul, le second soldat dit à voix basse :

« Qu'est-ce que t'avais à rigoler, andouille ?

— Tous ces noms, moi je trouve ça marrant.

— Ben quoi ? C'est scientifique...

— Ah dis donc, Rostoffe, et Kachart, et Timour et sa capitale Samaritaine ! Sans blague ! »

Le rieur eût-il insisté, on l'envoyait dans la cale à coups de pieds aux fesses. Les fonctionnaires, les marins ivrognes ou romanesques et les commerçants fixés aux mouvements de la barbe de Mayrena sur ce ciel rayonnant, obsédés d'avarice, presque tous, fascinés par quelque « petit terrain » qu'ils achèteraient, après dix ans d'économies, en Corse ou en Bretagne. Mais ils reviendraient dans cette Corse ou dans cette Bretagne parés de ce que l'Asie avait donné à leurs rêves d'adolescents, de ce qu'elle donnait aux rêves de ceux qui ne la connaissaient pas. S'y passait-il quelque chose, en vérité ? Mayrena les convainquait qu'il s'y passait quelque chose ; il n'était pas une souffrance des grands aventuriers morts, un geste de Timour dont chacun d'eux ne se sentît grandi.

« Quand même, dit enfin Alphonsine, elle a pas eu de chance, la pauvre, parce qu'enfin, son mari, mettons qu'il était pas calé en guerre : pourquoi qu'il a pas eu un bon général ? Dans une bataille, faut bien qu'il y ait un vainqueur et un vaincu, alors on a une chance sur deux, quand même... »

Il y eut un remous de voix :

« Ah mais pardon ! La guerre... — Moi, quand j'étais garde-forestier — Pour une femme, voyez-vous — ... mieux fait de laisser son mari travailler tranquille ! — Des choses comme ça, c'était le bon temps — ... et de s'occuper de son ménage ! — Dans les pays arabes, l'administration peut — Moi, je leur aurais ouvert le ventre, aux poissons ! — Ce qu'on a dû le curer, le bassin ! — Avez-vous remarqué que les femmes, hors de l'amour, ne se suicident jamais ? — Dans l'intérieur, au Cambodge et au Laos, on dit qu'il y a beaucoup de trésors cachés[1]... »

Un quart sonna sur la passerelle, comme à une horloge de village. Morne et régulier, le petit bateau trottait sur la mer de Chine.

« Des trésors, reprit Mayrena, je ne sais pas ; mais il est clair qu'il y a eu de l'or ici aux hautes époques. Géologiquement parlant, le Mékong est bordé de quartz sur plus de quatre cents kilomètres du Moyen-Laos. Et j'ai de bonnes raisons de penser que ce quartz est aurifère[2], et que la France possède peut-être ici une Californie inconnue, messieurs !

— Ça se saurait..., dit une voix timide.

— Et comment, monsieur ?

— On en aurait vu... de l'or...

— Oui ? Eh bien, regardez-moi ! Je vais vous en montrer. »

Tous se levèrent à la fois, puis s'arrêtèrent, gênés : les petites lumières du pont et des vagues étaient trop faibles pour qu'on distinguât quoi que ce fût ; mais allait-il tirer des pépites des poches de sa vareuse blanche ?

« Mercurol, dit-il, va chercher la plume. »

Tous écoutaient ses pas s'éloigner sur le pont. S'il y avait de l'or en Indochine... Le sous-directeur de la banque pensait à ces bateaux en route au large des côtes de Californie, leurs feux lents reflétés dans la même mer chaude et pleine d'étoiles, et sur lesquels on avait tout à coup entendu :

« On a trouvé de l'or dans le Sacramento[3]... »

Mercurol revenait, une forte lanterne dans la main gauche ; dans la main droite, une grande plume d'oie. Il la remit à Mayrena, qui la tendit à l'institutrice. La plume passa de main en main. Les auditeurs hésitaient à être déçus : il y avait dans cette plume, donnée sans explication, quelque chose de mystérieux qui s'unissait romanesquement à l'or[1] ; et elle était lourde comme si elle eût été de métal. Pourtant c'était sûrement une vraie plume, il suffisait d'en caresser les barbes. « Les Moïs, dit enfin Mayrena, conservent la poudre d'or dans les tuyaux de ces grandes plumes. Vous voyez : ils les ferment par un petit bouchon de bois. » Il reprit la plume, tira de sa poche un grand carnet, en détacha une feuille qu'il plia en deux, déplia, posa sur le pont. Il s'accroupit. Ainsi qu'au commandement, tous les autres s'étaient mis à quatre pattes. La lanterne était posée sur le coin de la feuille, qu'elle maintenait. Mayrena retira doucement le petit bouchon de bois, retourna la plume.

« Attention, dit une voix, le vent ! »

Il était faible, et Mayrena savait que la poudre d'or est lourde. Sa coulée, régulière et mince comme celle des sabliers, mais faite de grains irréguliers, glissait dans le faisceau de la lumière, à dix centimètres de la lanterne. Collés les uns aux autres comme une grappe d'escargots blancs, les spectateurs ne bougeaient pas, suivaient la chute des grains dans un silence passionné que couvrait avec régularité l'indifférente poussée des machines.

Tout l'or avait glissé : un petit tas à peine brillant sur la feuille de carnet, dont aucun œil encore ne se détachait, et que faisaient trembler et clignoter régulièrement les machines. Mayrena, plus grand que tous les autres, avait levé les yeux et regardait avec un imperceptible sourire dos et nuques collés les uns aux autres par la vieille fascination.

Une tête, puis trois, puis toutes se levèrent, regardèrent le sous-directeur de la banque, qui approuva de la tête à tout hasard : jamais il n'avait vu d'or d'alluvion. Enfin chacun se mit debout.

« Alors, dit un des sergents, dans ces conditions-là, qu'est-ce qu'ils vont se faire bousculer, les mandarins !

— Les mandarins ne seront dérangés que par le passage, dit Mayrena ; et pas demain. L'or est chez les insoumis en pays sedang et en pays djaraï. »

Sur le bateau d'Annam, tous connaissaient la réputation de sauvagerie des Sedangs, des Djaraïs surtout. Mayrena, de nouveau à quatre pattes, tassait la poudre d'or que les machines faisaient toujours trembler, et qu'elles avaient accumulée au-dessus du pli du papier. Il expliquait où se trouvait l'or, d'après les indigènes ; affirmait que des formations géologiques semblables à celles où il avait été trouvé s'étendaient sur près de mille kilomètres : que l'exploitation faite par les Moïs était si rudimentaire qu'une exploitation européenne donnerait de bien autres résultats. Qu'on ne pourrait rien entreprendre tant que les Sedangs et les Djaraïs ne seraient pas soumis. Que la prospection serait libre, contre une juste redevance à celui que le gouvernement aura nommé concessionnaire des mines, le pacificateur des pays insoumis, selon toute probabilité et toute justice, messieurs ! Enfin, son papier replié avec un soin de philatéliste, il replaça sur le tuyau vide de la plume le petit bouchon et remit le tout à Mercurol qui repartit.

« Ce qui fait le plus rêver, c'est l'usure de ce diable d'or qui disparaît comme une fumée… Savez-vous combien l'humanité a perdu rien qu'en le frottant avec ses doigts, ses comptoirs et ses poches dans le courant de l'année dernière seulement ? Soixante millions, messieurs ! »

Le sous-directeur approuva de nouveau :

« Les vieux louis ne sont pas très usés, dit-il pourtant.

— Il ne faut pas beaucoup d'usure pour faire soixante millions. Évidemment, messieurs ! tant que nous laisserons au pouvoir des sauvages les contrées aurifères, nous ne verrons l'or ici que par quantités misérables. Nous ne pouvons pas même le trouver sous forme de bijoux, puisque nos Moïs achètent leurs colliers de cuivre et d'étain aux Annamites, et ne savent pas extraire le métal ! Jamais on n'avait vu d'or en Californie ! Mais pourquoi, Messieurs ? Qu'est-ce qu'il y avait là-bas, je vous le demande ? Les Indiens et les Jésuites, mais…

— Comme ici.

— Nos missionnaires ne sont pas de la Compagnie de Jésus, monsieur. Peu importe. Dès que le Mexique eut vendu la Californie aux États-Unis, ah ! tout changea ! Mais quand même il fallut quelques années, il fallut qu'un homme énergique prît les choses en mains. Le colonel Sutter[1] a dit combien il est surprenant qu'aucun de ces trappeurs à l'œil de faucon (ses propres paroles, messieurs !) n'ait vu avant des mois les paillettes du Sacramento. Et que lui, Sutter, qui connaissait l'or, ait été aussi aveugle que les autres ! »

Tous songeaient aux rivières rouges d'Annam, saturées de glaise, et s'efforçaient de se souvenir des paillettes.

« C'est pourtant lui, un blanc, qui l'a découvert. Il faut toujours que ce soit un civilisé.

— Ben les Mexicains, alors, c'étaient pas des sauvages ?

— Les Aztèques avaient des temples d'or, monsieur !

— Ah dis donc, Phonsine, plus civilisés que nous, alors : t'as vu des églises en or, en France, toi ?

— Mais comment l'a-t-il découvert ? demanda un commerçant.

— Il avait construit une scierie. Une simple scierie. Et la machine qui l'actionnait cessa de fonctionner : il y avait un gravier dans le conduit, messieurs ! et ce gravier était une pépite !

Tous émirent à la fois une exclamation, comme les figurants des chœurs. Le bateau montait toujours.

« — Il tenta de faire garder le secret. Mais pour des secrets comme celui-là, toutes les langues sont trop longues ! Trois mois plus tard, dix mille diggers[1], — dix mille ! — barbotaient dans le Sacramento…

— Qu'est-ce que c'est, des diggers ?

— Des appareils.

— … et tous les habitants devenaient chercheurs d'or ! Les Indiens quittaient les cultures, abandonnaient les chevaux dans les élevages ; San Diego, San Francisco se vidaient, on supprimait les escales parce que les matelots désertaient en masse ! »

Combien encore de siestes mornes et d'ennui, de soleil vertical sur la rizière sans fin, d'Annamites trop polis, de pagodes, de rites, de longues nuits comme celle-ci, avant la ruée ?

« Est-ce qu'il y aura des actions[a] ?

— Sûrement. Mais pas tout de suite. Pensez que Sutter fut ruiné pour avoir possédé les plus riches terrains aurifères du monde : les singuliers drôles venus de partout les prospectèrent, les exploitèrent, les occupèrent ! Il plaida, mais le procès avait pris une telle importance que le colonel, ma foi ! n'en vit pas la fin, et mourut dépouillé ! »

Quel instrument allait être arrêté par une pépite ? Où allait-on les trouver, ces grumeaux qui avaient coulé du tuyau de la plume ? Le petit bateau montait toujours vers le Nord dans le battement régulier de ses machines, rêvant maintenant d'un Mékong bordé, pendant des jours, de quartz transparent à grandes veines dorées, tout couvert d'exploitations à vastes réservoirs et à grandes roues ; et d'une foule : des Annamites qui avaient abandonné les rizières, des Chinois marchands d'outils ou directeurs de jeux, et les prêteurs indiens déjà installés, et les Arabes garde-magasins plaquant leurs magasins, tous les petits métiers quittés, les matelots déserteurs et le grand exode de France ! Et le vent qui traversait à longues goulées le bateau apportait à tous l'odeur amère de la chaîne annamitique, comme une preuve.

« La Compagnie indochinoise prendra des mesures pour n'avoir pas à craindre de telles catastrophes. Admirables troupes, messieurs, que celles de l'Aventure éparses sur le monde ; mais pas sans dangers ! »

Au fond de la nuit, presque tous les regards cherchaient la côte. Une jonque obscure croisa le petit vapeur, des oiseaux derrière elle.

« Ah, dis donc ! dit Alphonsine à voix basse, j'ai presque cru qu'ils avaient aussi de l'or dans les ailes !

— Ces richesses doivent devenir des richesses françaises ! L'or du Mexique et du Pérou a fait l'Espagne, l'or du Pacifique a fait les États-Unis d'Amérique ; l'or sedang donnera-t-il à notre grande humiliée d'il y a dix-sept ans la revanche à laquelle elle a droit ?

*

Mayrena monta la mèche de la lampe à pétrole et s'assit sur la couchette de sa cabine. Dans sa petite valise, Mercurol avait posé la plume et le paquet de poudre d'or sur des chemises. Mayrena ouvrit sur le drap un cahier, fit d'une page arrachée un cornet où il versa la poudre. Puis il coupa la pointe du cornet, l'introduisit dans le tuyau de la plume, versa de nouveau. Le tuyau étant à peine transparent, et la lumière très faible, Mayrena voyait seulement la poudre baisser dans le cornet, mais il sentait le poids de la plume augmenter… La France avait besoin d'armement, — et lui de beaucoup de choses.

La plume, elle, n'était peut-être tout de même pas très grande…

Et il n'y avait que cette plume apportée par un sauvage, et un pays rebelle dont l'évêque, sans doute, tenait la clef…

V

Débarqué la veille au milieu de l'après-midi, Mayrena avait été invité aussitôt par l'agent des Messageries maritimes à habiter chez lui. Shéhérazade et Mercurol à l'hôtel annamite, les quatre Chinois à l'hôtel cantonais, il était donc descendu au bungalow des Messageries. Aujourd'hui, visite très rapide au résident, invitation à dîner. Visite à l'évêque, dans la voiture du Résident.

Arrivé à la fin du jour, il avait trouvé un homme de haute taille, fatigué par les Tropiques, qui, après l'avoir accueilli, l'avait écouté dans une immobilité complète. La barbe et les cheveux gris de l'évêque étaient crêpus, et son nez très petit donnait à son visage quelque chose d'enfantin. Expression mal accordée au ton de sa voix, ferme malgré l'onction. Les projets de Mayrena exposés :

« Nous vous aiderons, monsieur, comme il convient que nous aidions tout explorateur français. À plus forte raison s'il nous est recommandé… »

Il ne s'agissait pas, pour Mayrena, d'obtenir une lettre vague, qui laissât les missionnaires des Bahnars sur la défensive. Il s'agissait d'obtenir de l'évêque des ordres, officiels ou non, mais des ordres.

La vaste pièce peinte à la chaux n'était meublée que d'une table, de quelques chaises noires et d'un grand crucifix, qui montait jusqu'au plafond. Éblouissante, la mer de Chine emplissait la grande fenêtre. À peine Mayrena avait-il parlé de son ami, le missionnaire de Baria[1] que l'attention de l'évêque, bienveillante et appuyée — l'attention ecclésiastique — le décida soudain à parler avec précision :

« Monseigneur, vos missions possèdent actuellement, en pays insoumis, un pouvoir plus grand que le gouvernement français lui-même ; il est évident qu'il n'en sera pas ainsi toujours. Même si nous écartons l'hypothèse d'une prise de possession par les Allemands — et tout laisse supposer que nous aurions tort de l'écarter ! — une prise de possession par l'Administration française sera soumise aux vicissitudes de sa politique. J'ai reçu du gouverneur général carte blanche. Et il connaît mes sentiments : je suis un élève des pères, et je crois en Dieu. Que veulent les missions ? Apporter des âmes à Dieu ? Je leur suis tout acquis, quelle que soit l'aide, faible ou forte, qu'elles m'apporteront. Et la République peut changer de foi avec chaque ministère, mais un gentilhomme n'en change pas !

Le menton dans la main, il regardait fixement l'évêque immobile. Il était pris tout entier par l'atmosphère, par la soudaine possibilité d'être un autre. Il dit lentement :

« Monseigneur, si j'ose employer le mot de "mission" auquel les vôtres ont su donner une si éminente dignité, il était de *ma* mission de vous dire ces choses. Je l'ai fait. Maintenant, permettez-moi de vous parler comme un de vos fidèles. Monseigneur, je joue ma vie. Aidez-moi ou non, selon la décision que Dieu vous dictera ; ce que *moi* je vous demande... »

Il suspendit un instant sa phrase, son regard toujours dans celui de l'évêque :

« ... ce ne sont pas des ordres pour vos pères, ce sont vos prières à tous. »

Il se leva. Sa sincérité était évidente, éclatante ; toujours immobile, l'évêque gardait son regard sur le sien. Mayrena se rassit.

« Je vous l'ai dit, mon fils ; il convient que nous aidions tout explorateur français... »

Les paroles étaient les mêmes, mais le ton avait changé :

« Je vais vous remettre une lettre pour la mission. C'est une lourde tâche que celle que vous avez choisie... Les surmonterez-vous aisément, tous ces obstacles si troublants, si inquiétants pour ces pauvres pères des sauvages...

— Mon ami, le père Auger, m'a parlé du père Georges[a] comme d'un prêtre d'une énergie médiévale, monseigneur !

— Le père Georges est un moine-soldat, c'est vrai, dit l'évêque en souriant, immobile à nouveau. Vous en jugerez en le voyant : la Providence, prévoyant qu'il aurait affaire à des simples, a mis son âme sur son visage, ou plutôt dans ses sourcils... » Il regarda par la fenêtre la mer éclatante. Son visage dont le sourire s'était effacé revint vers Mayrena : « Les Sedangs et les Djaraïs vers lesquels vous vous dirigez, mon fils, sont assurément les plus cruels de tous ces païens. Le meurtre est honoré chez eux : ils ne reconnaissent l'adolescent pour un homme que lorsqu'il apporte la preuve de son premier meurtre, — qu'il ait tué par traîtrise ou loyalement, si je puis employer un tel mot pour cet acte détestable. Avant de bâtir leurs maisons communes, ils enterrent vivant un esclave là où elles s'élèveront[1]...

— Si la Confédération est mise sur pied, croyez bien que les Djaraïs auront vite fini de prendre pour esclaves les chrétiens des missions !

— Ils vivent de traite et de pillage... Oui, il semble que la lutte menée par nos pères soit menée contre le démon lui-même, et qu'il soit le vrai roi de ces tribus[2]. Et cependant... »

Bien que le soleil fût encore au-dessus de l'horizon, la lumière devenait semblable à celle de l'Europe. La mer perdit sa profondeur éclatante, devint en un moment opaque et laiteuse.

« À l'intérieur de leurs villages, entre eux, et lorsque les abandonnent leur folie sanguinaire et leur méchanceté cruelle, ils sont honnêtes, loyaux. Ils ne se battent point, sauf pour leurs idoles ; ils ne connaissent pas le vol. Ils ne connaissent pas le vol, monsieur... Plus civilisés sur ce point que bien des nôtres, qui n'ont pas, eux, l'excuse de l'ignorance ! Ils se portent une assistance instinctive. Et si leurs femmes ignorent jusqu'à l'idée de modestie, elles ignorent pourtant l'adultère... »

Des bateaux traversèrent la fenêtre : les pêcheurs rentraient, comme sur toutes les côtes du monde...

« Quelle chose étrange, et comme je suis ému, troublé, quand j'entends les récits de nos pères sur la nature des sauvages — si semblable, à sa manière, à celle de tous les hommes... Il me semble toucher de mes mains le péché originel, et l'effort si beau, si émouvant — si dur parfois, hélas ! — qui depuis la venue du Rédempteur se poursuit sur la terre... »

Avant dix minutes, il ferait nuit. Invisibles maintenant, les pêcheurs échouaient leurs barques, avec des cris, des floc ! d'épais poissons jetés à la volée, de longues résonances quand les jonques sonores heurtaient leurs châteaux de proue. L'évêque écoutait un appel qui se répercutait sur la mer, de plus en plus éloigné. Quand on n'entendit plus rien :

« Peut-être allez-vous, en effet, ouvrir à l'action de Notre-Seigneur ces contrées infortunées. Ce n'est pas médire de l'administration de ce pays que de penser qu'elle appuiera votre effort avec plus de sollicitude que le nôtre...

— Mon action n'ira peut-être pas sans violence, monseigneur. »

L'évêque ne répondait pas.

« Comme il est étrange, reprit Mayrena, de penser que je suis peut-être ici à cette heure pour accomplir une volonté de Dieu… »

Sur la mer, le cri d'appel avait repris et un autre lui répondait.

« C'est une grande chose, monseigneur ! que de supprimer le meurtre et le malheur là où l'on est passé… »

L'évêque regarda ce visage de Jupiter au nez imperceptiblement en trompette dont le soir qui venait accentuait les ombres, un reflet du soleil couchant sur les dents magnifiques. Il posa sa main sur le bras de Mayrena, et dit à mi-voix, retrouvant son sourire :

« Les voies de la Providence sont complexes, mon fils, mais n'oubliez pas que celles de l'orgueil le sont aussi… »

Mayrena s'était de nouveau levé :

« *Il dépend de Dieu de nous aveugler avec de l'or et de nous éblouir avec de la boue*[1]… dit-il lentement. Monseigneur, je prierai Dieu ce soir pour le remercier du mystérieux honneur qu'il m'a fait, et que je n'avais pas deviné. »

La réverbération du soir sur la mer était intense : dans la barbe grise et crêpue de l'évêque, le sourire semblait disparaître avec le jour.

« Moi je prierai Dieu qu'il maintienne cette heure en vous, mon fils. Et si vous la perdez, puisse la Providence vous la rendre *parfois*…

Mayrena suivait la sente au bout de laquelle l'attendait la voiture. L'évêque lui avait remis, pour les pères de la Mission, une lettre écrite avant sa venue. (Sans doute le résident était-il intervenu.) Impossible de la lire : la nuit était tout à fait venue, pleine d'étoiles et d'une odeur spongieuse de rizières ou de salines. Des grenouilles coassaient avec régularité ; les moucherons phosphorescents commençaient à voler. Mayrena avait pris congé de l'évêque, comme du gouverneur général, lorsqu'il avait senti que l'entretien atteignait un point culminant. « Atteindre des sommets est une chose, s'y maintenir en est une autre… » L'évêque, assurément, ne lui nuirait pas ; c'était l'essentiel. Si la lettre était telle que Mayrena la souhaitait, bravo ! sinon, il était là pour se tirer d'affaire, non pour attendre que les autres l'en tirassent. Il regardait les moucherons monter du sol, et, perdu dans l'apaisement qu'apporte à la terre tropicale la fin du jour, pensait à l'or avec indifférence. « Sauver des hommes et des âmes, en finir avec l'esclavage sur des terres grandes comme la moitié de la France, c'est quelque chose d'un peu plus digne de moi que ce destin sur lequel je marche depuis plus de dix ans comme sur une lame de sabre ! »

Les grenouilles se turent : il s'était mis à parler haut dans la nuit. De gêne, son exaltation disparut avec leur petit cri régulier.

Tout de même, l'or était là. Il avait sa concession. Serrés comme les étincelles des cheminées, les moucherons phosphorescents tourbillonnaient autour de Mayrena, montaient se perdre parmi les étoiles immobiles ; il marchait vers la voiture du résident, ivre de liberté, comme vers un pays inconnu où se confondaient l'or, le pouvoir, les astres et la noblesse du cœur, en chantonnant et en essayant d'attraper au passage les insectes dont les grands remous étincelants s'éteignaient devant lui.

À peine M. Chaminade[1], le résident, l'avait-il fait entrer dans la chambre où Mayrena souhaitait faire quelque toilette avant le dîner, qu'il lisait la lettre de l'évêque[2].

Langson, 1887.

Bien cher Confrère,

Vous allez être agréablement surpris au milieu de votre éloignement et de votre solitude, par la visite d'un compatriote, M. de Mayrena, envoyé en mission par le Gouvernement français pour explorer le pays des Moïs.

Quand il arrivera chez les Bahnars, je vous prierais de lui offrir une cordiale hospitalité et de lui procurer les moyens qui sont en votre pouvoir pour lui faciliter la suite de son voyage.

Comme, à peu de distance de votre poste, on tombe dans l'inconnu, je ne pourrai donner à ce monsieur les renseignements que j'ignore moi-même et que vous pourrez avoir sur place en interrogeant les sauvages.

Comme j'ignore absolument l'état de votre santé et les diverses occupations qui vous incombent en ce moment, je ne puis vous donner des ordres très précis, mais je sais que votre esprit de patriotisme vous poussera sans peine à faire — sagement — ce qui dépendra de vous pour concourir à la réalisation de l'entreprise en question. Il pourrait même se faire que l'occasion soit favorable pour tenter de trouver une solution à la fameuse affaire des Djaraïs, toujours en question.

Je vous renouvelle, mon cher Confrère, l'assurance de mes sentiments dévoués et affectueux…

« Sagement[a], murmura Mayrena, *sagement…* » Nu sous la lampe, la barbe méditativement inclinée sur sa poitrine, il prenait conscience de l'échec relatif. « J'aurais dû insister… » Il commença à marcher dans la pièce, toujours nu, main et lettre derrière le dos. « Non. J'ai bien fait. » La lettre avait été écrite avant son arrivée ; il n'avait donc pas lieu d'en être humilié. « C'est l'évêque, et il m'a traité en égal. » Ce qu'il voulait, — davantage : sa passion — c'était d'être accueilli ainsi par ceux qui lui inspiraient de la considération. L'or même n'avait pas d'autre usage[1].

M. et Mme Chaminade avaient décidé qu'« on ferait après-demain le dîner sur invitations ». Ce soir, ils dîneraient seuls avec Mayrena : il valait mieux ne pas commencer par inviter n'importe qui avec un chargé de mission venu de Saïgon avec le gouverneur général. M. Chaminade, petit homme grisonnant, d'une obligeance extrême, ressemblait à un Mercurol sage ; Mme Nathalie Chaminade « était en littérature Thalie de Sombreuse[2] ». Et Mayrena, perplexe, de prendre un air entendu. Il inventoria la pièce, de l'œil : peintures annamites, statues chames, collections d'insectes et de papillons. Livres. Mme Chaminade portait une robe à grands ramages, et des anglaises. Ancienne Cérès flétrie trois fois : par le retour d'âge, par les Tropiques et par la solitude : dans cette ville sans femmes blanches, d'année en année son costume et son maquillage l'avaient rapprochée de son rêve, — jusqu'au déguisement. Le repas allait être le repas officiel de cinq plats, on avait commandé les vins — de France — au Comptoir de Binh-Dinh. Il était clair aux yeux de Mayrena que son hôte le tenait pour son supérieur ; ce qui le rendait angélique. Mayrena parla de l'évêque, mais avec prudence et sans montrer sa lettre ; du gouverneur général, en termes qui suggéraient leur intimité, que sa mission rendait des plus plausibles ; chercha comment il eût pu rendre service à M. Chaminade auprès des pouvoirs « puisque c'est seulement par l'action conjuguée de tous les Français, par une entraide amicale, que nous viendrons à bout de la tâche admirable que nous avons les uns et les autres assumée ici, ne vous semble-t-il pas, madame ? » Enfin, ayant épuisé l'art cham, l'organisation de la caravane de Mayrena (« nous préciserons toutes les questions pratiques dans mon cabinet demain matin ? Je vous demanderai, en revanche, si vous permettez, de ne pas oublier ma petite collection quand vous serez là-haut »), les papillons et les anecdotes locales, ils en étaient à l'amitié quand le boy apporta la fine.

« Ah ! dit le résident, je suis bien content que vous soyiez passé par ici, mon cher monsieur… Pensez qu'il y a plus de huit mois que nous n'avons pas vu un homme à qui vraiment parler… Sauf les pères ; mais eux, ce n'est pas la même chose… J'envie ce beau travail que vous allez entreprendre ; mais tout de même, vous serez bien seul, là-haut…

— Vous connaissez le père Georges ?

— Je connais les trois pères de la Mission. Seulement, laissez-moi vous dire : un père, c'est un père, ce n'est pas un ami[1]. Et puis, moi, je ne suis pas pratiquant. Je crois en Dieu, je crois qu'il faut faire le bien ; mais je trouve qu'on me demande d'en croire trop. La confession, par exemple : à qui voulez-vous que ça profite ? À une seule personne : à celle qui l'entend. C'est mathématique.

— Au fond, vous inclinez vers le protestantisme.

— Moi, je voudrais que les hommes aiment la beauté : les sciences, les arts, la courtoisie… Surtout les arts.

— Les Annamites aiment tout cela — sauf les sciences, peut-être…

— Eh, les Annamites cultivés seraient des gens bien dignes, s'ils étaient plus francs… Moi, je m'entends avec eux. Seulement, un beau jour, ils vous coupent en morceaux… Il y a deux ans, ils ont massacré près de vingt-cinq mille Annamites chrétiens[2]… Tenez, voilà ce que j'aime dans les pères : leur courage, leur résolution…

— Leur foi.

— Votre père Georges avait quelques fusils, deux petits canons qui ont dû faire plus de bruit que de mal… Cinq cents Moïs avec leurs arbalètes… Tous les missionnaires traqués qui ont gagné la montagne, il leur a donné asile, évidemment. Il a tenu, là-haut, encerclé à Kong-Toum, deux ans… Sans sel, sans quinine, presque sans rien… Deux ans… C'est un très brave homme, vous savez, oh un très brave homme… Mais enfin, les pères, vous pouvez être aussi près d'eux que vous voudrez, vous ne serez jamais *des leurs*…

— Croyez-vous que les pères aient assez d'influence sur les chefs pour les amener à entrer dans la Confédération que je dois former ?

— Là où ils sont installés, vous savez, ils peuvent tout… Ailleurs, pas grand-chose…

— Qu'appelez-vous installés ?

— Oh c'est bien simple : si, dans un village, une paillote est convertie en église, ils y sont puissants. Ils tiennent la région des Bahnars… Mais la question des Sedangs et des Djaraïs reste entière. Les missions peuvent tenir contre eux, mais non les soumettre ; elles ne peuvent constituer qu'une base… »

Il existait une autre base d'opérations, mais M. Chaminade préférait n'en pas parler. Lors de la signature du protectorat de la France sur l'Annam, trois ans plus tôt, les résidents avaient reçu l'instruction confidentielle de ne négliger aucune occasion d'atteindre les montagnes insoumises. Or, Phim, le chef de Kong-Jeri, préparait depuis longtemps une fédération des chefs de l'Est, ceux dont les territoires atteignaient la frontière d'Annam. Il était sur le point d'aboutir : la patience rêveuse de Chaminade avait fini, cadeaux aidant, par vaincre la lenteur fort rusée du chef moï. Sa fédération s'étendrait sur la moitié de la région comprise entre la frontière et les missions. Ce n'était pas négligeable ; et, si le résident n'en avait pas encore parlé, c'était que ce succès contribuerait de la façon la plus efficace à son avancement. Phim n'était donc pas pour Mayrena[1].

Le père Georges « écrivait[2] ». Ce qui ramena l'entretien à la littérature. Mayrena pria Mme Chaminade de lui lire quelque chose. Le mot *lire*, innocent, pouvait s'appliquer au théâtre, à la prose et à la poésie…

Mais Thalie de Sombreuse savait ses vers par cœur. Elle se leva. Le poème s'appelait *La Malédiction* : les Asiatiques étaient voués au malheur et seraient vaincus, parce qu'ils ne connaissaient pas l'amour :

> *« Les princes de l'Annam, qui descendent du Feu,*
> *Ne vous connaissent pas, ô ténèbres ardentes… »*

Mayrena écoutait, les yeux fermés, approuvant de la barbe. Vin, fine, considération… Il en eût approuvé bien d'autres. Les Asiatiques !… Comme les lignes et les expressions de sa petite princesse chame étaient pures, comparées à ce carnaval passionné ! Mais enfin, Thalie n'était pas si mal, quand elle parlait le langage des dieux. Elle avait des seins. Une femme blanche…

« Amour, bonheur ! amour qui caches dans tes voiles
Tant de cœurs éperdus sous les chastes étoiles !… »

— Toute la pièce est d'un beau lyrisme, dit Mayrena. *Éperdus*, surtout, est très bien… cœurs éperdus… Que c'est étrange de retrouver la poésie au fin fond de cet Extrême-Orient ! » Comme au prieuré, de grands cris de pêcheurs entraient par les fenêtres. « Quel dommage que monsieur Victor Hugo soit mort ! J'aurais aimé à lui écrire ou à lui raconter cette soirée, surtout à lui envoyer vos vers… »

Chacun, dans les salles de rédaction parisiennes, savait que Victor Hugo répondait par quelques lignes à tous les vers qui lui étaient adressés : Thalie eût reçu un mot du vieux maître, grâce au tout-puissant Mayrena… En cet instant, il souhaitait sincèrement lui faire plaisir : le ridicule du poème le touchait. Journaliste, amateur d'éloquence, ancien concessionnaire du théâtre (où il avait tenté de monter *Ruy Blas*), il ressentait fortement la poésie romantique, dont l'univers était si proche du sien. Thalie, avec sa robe à ramages, ses anglaises byroniennes et tordues de chaleur sur son visage flétri, son petit mari si bien fait pour la compagnie de mousquetaires de Mercurol, et ses vers semblables à elle-même, offrait à l'aventure, à l'énergie, à la passion, au Grand Domaine, un corps qui avait certainement été voluptueux. Et il lui semblait qu'elle le trouvait beau.

« Surtout ne publiez pas ici ! reprit-il. Connaissez-vous un éditeur en France ? Je puis vous donner un mot pour Lemerre… »

Thalie avait écrit à Lemerre, qui, ne voulant publier ses vers qu'à compte d'auteur, lui demandait plus d'argent que la pauvre ne pouvait en perdre. Elle ne voulait pas avouer ce refus, et se réservait d'user de Mayrena auprès de quelqu'autre éditeur, puisqu'il connaissait tout le monde…

« Ce serait joli pourtant un petit volume de poèmes imprimé ici… Pensez, monsieur de Mayrena : si Alfred de Musset avait imprimé ses premiers vers à Venise !…

— Joli, mais peu lu, madame. Et vos vers valent mieux que ce tombeau fleuri.

— Ah ! nous avons perdu, ici, l'habitude de la galanterie… Vous avez connu Victor Hugo, quelle chance ! Dites, est-ce qu'il ressemblait à ce qu'on raconte de lui ? »

Il avait vu Victor Hugo dix minutes à l'occasion d'une déclaration du poète à la presse. Mais il avait la mémoire des anecdotes :

« On raconte beaucoup, madame… Comme mon grand-père, à qui il ressemblait, c'était un homme d'un autre âge : d'une politesse raffinée, cérémonieuse à ses grands dîners, et très simple en privé. La dernière image que j'ai de lui est amusante, et peut-être vous décevra-t-elle…

— Oh non, dites, dites !

— C'était précisément à la fin d'un des grands dîners. Le maître sortait toujours le dernier de la grande salle à manger de l'avenue d'Eylau. Nous venions de passer au salon quand je m'aperçois que j'ai laissé tomber mon mouchoir. J'y tenais beaucoup : c'était un… souvenir. Je reviens donc, cherchant, les yeux à terre. Je le trouve, le ramasse, et levant les yeux je vois le maître, debout à sa place comme s'il allait parler, me tournant le dos, puisqu'il tournait le dos à la porte. (Il était très gourmand.) Je sentais que sa tête bougeait ; ainsi, de dos, j'avais l'impression qu'il regardait tous ces sièges vides, un peu en désordre, comme ceux d'un souper de fantômes ! Il quitta sa place, toujours sans me voir, fit quelques pas et prit tristement une coupe de gâteaux, comme la coupe de Hamlet ; puis il la reposa et dit à haute voix, de sa belle voix profonde, un peu cassée : “Les salauds ! Ils ont mangé tous les gâteaux[1]…”

« Telles sont les dernières paroles que j'entendis de lui.

— Et Mme Drouet ? Vous avez connu Mme Drouet ? Dites, dites !

— Je l'ai vue, répondit Mayrena modeste… une très vieille dame toute blanche, immobile près du feu ; elle souffrait d'un cancer. Nous la regardions tous avec vénération : pour chacun de nous elle représentait cinquante ans d'amour, madame ! Et le fantôme de sa beauté était tel encore qu'elle les représentait dignement. Et quel amour !

Nous sommes en train d'en parler dans l'odeur des rizières…

Les roses de l'enclos ont été ravagées
Par les petits enfants qui sautent le fossé[1]… »

Il savait dire les vers ; et, dans le silence plein de bruits d'éphémères, sa voix, changée, semblait tout à coup celle de la part éternelle des hommes.

« Les roses, dit le résident à mi-voix. C'est la saison, en France… » Thalie continua, à mi-voix elle aussi :

« La borne du chemin, qui vit des jours sans nombre
Où jadis pour m'attendre elle aimait à s'asseoir
S'est usée en heurtant, lorsque la route est sombre,
Les grands chars gémissants qui reviennent le soir[2]… »

Plus encore que le langage de l'amour, ces vers usés de gloire étaient pour eux celui du souvenir : la France couverte de roses, les hautes charrettes écrasées sous les gerbes dans le soleil couchant ; sous les gerbes faites d'épis serrés, d'une chose disparue qui s'appelait du blé. Grands chevaux, fraîcheur du soir, villages de pierre… Ici, jusqu'à la mer, jusqu'à la chaîne annamitique, le chant solennel des grenouilles dans la nuit chaude. Chaminade, à son tour, dit très bas :

« Voici longtemps que celle avec qui j'ai dormi,
Ô Seigneur, a quitté ma couche pour la vôtre,
Et nous sommes encor tout liés l'un à l'autre[3]… »

Il se tut, sans cesser de regarder sa femme. Les vers illustres se déroulaient en lui, bien plus qu'il ne les citait ; comme s'ils eussent suffi pour rappeler l'amour, il fixait sur le visage peint de Thalie ses yeux pleins d'une reconnaissance misérable et touchante.

Les deux hommes sortirent fumer le traditionnel cigare, pendant qu'elle « donnait quelques ordres ». Le ressac et l'appel des grenouilles se répondaient aux deux extrémités de la nuit. Mayrena tâtonnait du pied, craignant de tomber en heurtant une des statues chames du jardin ; géant mal assuré à côté du petit résident barbichu qui connaissait par cœur ses allées.

« À l'armée de la Loire[1], disait celui-ci, j'ai rencontré une femme que… Voyez-vous, c'est le seul temps où j'aie été heureux. C'eût été sans doute l'amour de ma vie… Il y a maintenant presque vingt ans… Seulement j'étais marié, j'avais déjà des enfants… » Un lézard cria. Le résident baissa encore la voix : « C'était trop tard… »

Donc les vers ne s'adressaient pas à Thalie comme l'avait cru Mayrena, mais à quelque vieille dame qui se promenait peut-être (en cette minute c'était le matin, sur la Loire), le long de quelque quai à marronniers, de l'autre côté de la terre… Puis Mayrena se souvint du regard : sans doute l'invocation de Booz s'adressait-elle à toutes les deux…

« À notre âge, reprit M. Chaminade, nous avons bien des rêves derrière nous. Enfin, vous, vous en avez un devant… C'est la chance…

— Quand Pizarre partit pour le Pérou, il avait cinquante-trois ans ! »

Pizarre obsédait Mayrena, chaque fois qu'il pensait à son âge.

« Pour lui aussi, ç'a été de la chance, répondit le résident. Moi, je rêve… Je rêve d'un pays lointain, où tout est autre, où il y a tant de lumière la nuit ! C'est la France… Quand je serai rentré, je rêverai à ce jardin-ci. J'en aurai un autre, tout petit ; je n'y mettrai pas mes statues, on me les volerait. Enfin !… il y a l'art…

— Mais vous contrôlez un pays grand comme cinq départements !

— Parfois, je me dis ça. Oui, je le contrôle ; de mon mieux. Mais la triste vérité, vous le savez bien, c'est que je suis une sorte de commissaire de police… Une chose m'intéressait beaucoup, au début : c'était la police secrète. Maintenant elle dépend de Hué… Et nous sommes si fatigués par le climat, ma femme et moi ! Prenez garde à la dysenterie, vous savez[a]…

— Quand vous étiez à l'armée, monsieur le résident, vous…

— Oh, vous savez, j'ai fait la guerre, c'est tout. J'étais jeune, exalté…

— … Vous avez dû constater, comme moi, que tout repose sur les cadres. Dans cette grande structure qu'est une colonie, il en est un peu de même : les empires se font à coups de canon, mais aussi à coups de signatures. Pour savoir ce que vaut un bon administrateur, pensez aux désastres qu'apporte un mauvais !

— Peut-être…

— Vous ne voyez plus que le côté négatif de votre haute fonction. Mais il y a une épopée du quotidien, que nous oublions parce que nous la vivons. Dans cent ans, on dira : c'était la conquête, la révolte était partout cachée et quelques milliers de Français tenaient l'Indochine entière… Ils ne faisaient pas d'histoires, mais ils faisaient l'Histoire ! »

Sous l'épaule de Mayrena, le petit résident, moins triste qu'à l'ordinaire, se sentait devenir un lieutenant de Dupleix. Et il pensait de nouveau à son ami le chef Phim, et à sa fédération.

« Installez-vous donc ici, dit-il enfin. Ça nous fera plaisir. Nous préparerons ensemble le travail : nous allons avoir beaucoup à faire en commun quand vous serez là-haut. J'aurai bien des choses à vous demander, un peu pour ma collection, mais surtout pour mes comités de l'Exposition de 89, si elle a lieu[1]… »

Ils étaient à l'extrémité du jardin. Une voix cria derrière eux :

« Monsieur de Mayrena ! Est-ce que vous avez connu Alfred de Musset ? »

Thalie sortait de la Résidence, en silhouette sur la véranda éclairée. Elle vint vers eux en courant lourdement. Dès qu'elle eut descendu quelques marches, le bas de son corps fut dans l'ombre ; son buste continua à avancer seul en silhouette sur les grands rectangles jaunes du bungalow, puis disparut à son tour, derrière les arbres. La voix résonnait encore dans le jardin, où le souffle de la mer était aussi chaud, aussi épuisant que l'air ; elle semblait demeurer, insolite, comme un exposé de mathématiques aux lézards et aux grands arbres, malgré le bruit saccadé, de plus en plus proche, des talons de madame la résidente sur la terre poussiéreuse. Elle les rejoignit enfin :

« Ah Musset, dit-elle, essoufflée et rêveuse, c'est bien lui que j'aurais le plus voulu connaître, malgré tout…

— Hélas, je ne l'ai jamais rencontré, chère madame ; j'étais trop jeune…

— Oh c'est vrai, pardon ! Mais vous auriez pu, jeune homme, même enfant, le voir passer…

— Comme je voudrais être poète, pour que des femmes comme vous, madame ! rêvent de mon ombre boulevardière et damnée jusqu'au bout du monde !... Non, je ne sais rien de lui. Mais comme il eût aimé vos vers ! "Cœurs éperdus...

— Est-ce que vous connaissez Charpentier ? »

Il la vit venir.

« L'éditeur ?

— Oui, son éditeur.

— Un peu. »

Il avançait, impérial, mais obsédé par la peur de se flanquer par terre, dominant de la tête ses deux petits protégés à la démarche assurée :

« Je lui écrirai bien volontiers à votre intention, si cela vous est agréable, puisque vous n'aimez pas Lemerre.

— Oh ! ce serait si gentil ! »

M. Chaminade pensait que le courrier qui rejoignait à Saïgon celui de France partait le lendemain matin, mais n'osait pas le dire. Mayrena s'en souvint aussi :

« Voulez-vous que nous montions dans votre bureau ? Je ferais la lettre tout de suite, et nous ne risquerions pas de manquer la poste.

— C'est si gentil à vous », dit encore Thalie, dont le parfum français luttait avec celui des arbres.

Elle reprit aussitôt la direction de la Résidence, M. Chaminade lui tenant tendrement le bras, puis laissa les deux hommes dans le bureau de son mari.

Mayrena n'avait vu Charpentier de sa vie. Il prit une feuille à en-tête de la Résidence, et écrivit, lisant à haute voix :

« Cher Monsieur.

« Me voici loin, comme vous voyez, de notre dernière conversation ! Mais seulement dans l'espace ; car c'est encore de la littérature française, cette France partout présente, que j'ai entendu parler ce soir au milieu des statues d'un peuple disparu, par la meilleure poétesse française, ma foi, en cette partie du monde ! Mme Thalie de Sombreuse. Je vous envoie ses vers, qu'elle aspire à l'honneur de lire sous votre couverture. Elle unit à un sens sûr de la forme l'inspiration indochinoise qui manque encore à notre poésie. Mais je ne vous en dis pas plus long : cette lettre n'a d'autre but que de vous prier de ne point laisser la lecture de...

« Pardon, dit-il au résident, comment s'appelle le recueil de Mme de Sombreuse ?

— *Les Lotus enchantés.* Je préférais *Les Lotus français* ; nous avons hésité…

— … *de ne point laisser la lecture des* Lotus enchantés *à des soins subalternes.*

« Lisez, jugez, remerciez-moi.

« DAVID DE MAYRENA.

— Nous vous sommes très reconnaissants », dit le résident.

Mayrena pensait au projet de Mercurol : une expédition misérable et clandestine, inquiète des gendarmes…

« De rien. C'est la moindre des choses.

— Écoutez, dit le résident, il y a une chose que vous pourriez peut-être faire. — Un des principaux chefs de la basse région, un nommé Phim, est en train d'organiser une fédération des chefs. Il m'est dévoué : la Résidence lui a rendu divers services…

« Phim ne sait pas lire, mais il reconnaît les cachets et connaît le mien. Voyez-le de ma part, sans négliger de le signaler en haut lieu, je vous prie, mettez définitivement sur pied sa fédération : tout est prêt. Ce sera un premier succès, et une base sérieuse. La pointe avancée du territoire djaraï s'incruste entre les Moïs de Phim et ceux des missions… »

Mayrena regardait, au mur, la carte de la province.

« C'est très intéressant, dit-il, attentif.

— Oui. Écoutez, il faut que nous voyions tout cela de plus près, et aussi l'organisation de votre caravane. Je crois… »

Thalie entrait. Elle avait vu la lettre sur le bureau, terminée. Elle saisit les mains de Mayrena :

« Mais voyons, voyons, il a raison ! Savez-vous ce que vous devriez faire, monsieur de Mayrena ? Vous installer ici. Vous y serez mieux que chez l'agent des Messageries, un excellent homme, mais enfin !… Cela conviendra davantage à la dignité de votre mission. Nous parlerons poésie… Allons, venez, venez ! »

Deuxième partie

VI

La caravane montait depuis des jours. En tête, un guide bahnar, le grand Mayrena sur un petit cheval blanc et M. Minh, Annamite chrétien, interprète de la Sûreté[1], sur un poney ; une trentaine de coolies ; Shéhérazade dans un palanquin ; cinquante autres coolies, des mulets (M. Chaminade avait fait de son mieux) ; Mercurol à cheval. Tout le long, dix-huit miliciens, fusil chargé. Bien inutilement. La caravane n'avait rencontré que les arbres sans fin, les grands troncs blêmes des arbres morts de vieillesse au-dessus des masses épaisses de la jungle, quelques bancs de papillons, et, au lever du soleil, les sanglots des singes, jusqu'aux dernières montagnes ; parfois, depuis que la frontière d'Annam était franchie, un sauvage presque nu appuyé à sa lance sur quelque promontoire de roc rouge battu de brousse[2].

« Pourvu que ça dure », disait Mercurol quand, la caravane allumant ses feux du soir dans les premières brumes de montagne, il rejoignait Mayrena. Celui-ci sentait les dieux pour lui : aide du gouverneur général, aide de Chaminade, aide de l'évêque. Après son entretien avec Mayrena, ce dernier lui avait fait porter une seconde lettre, beaucoup plus ferme que la première ; la lettre que Mayrena était venu solliciter, et qu'il n'avait pas même demandée[3]… Rien ne pourrait l'empêcher d'arriver à l'or, *ni de le rapporter*, — sauf les Sedangs.

Bien que Mayrena eût passablement chassé, il n'avait

jamais vécu dans la brousse ; les jours succédant aux jours, il commençait à subir la fascination de la forêt : toujours avancer au pas du cheval, sous la lourde chaleur, dans un monde où le regard ne dépasse pas dix mètres ; entre les feuilles opaques ou illuminées de soleil par transparence et les feuilles tombées, entre les arbres vivants et les arbres morts ; et toujours cette multitude furtive qui transformait en ossements toute chair abandonnée. Aux alentours déboisés des hameaux de paillotes, les nuages se formaient à la tombée de la nuit et la caravane y entrait avec de longs cris de ralliement tout étouffés de brouillard. Et de nouveau, à l'aube, les feuilles sans fin entre les troncs sans fin.

Depuis le matin la caravane redescendait[a] pour franchir une vallée. Le soleil commençait à baisser, l'air de la forêt à passer du vert à la couleur de l'ombre. « C'est tout près d'ici, disait M. Minh à Mayrena, que la première mission des Sauvages elle dut revenir en arrière et rebrousser chemin. Notre sainte religion était persécutée en Annam. Donc, pour ne pas attirer l'attention, les pères français avaient sagement couvert leur peau d'une peinture de couleur foncée, et ne voyageaient que la nuit[1]. »

Le sentier atteignait la lisière du haut-plateau. L'épaisse lumière tropicale ruisselait jusqu'au fond des vallées et des gorges ; mille mètres plus bas, l'Annam. À certains jours, il reparaissait ainsi, dans un trou de lumière immense ; de plus en plus éloigné, avec ses paillotes de plus en plus petites, sur lesquelles frémissait indéfiniment une scintillation intense et bleue d'océan tropical. Une fois de plus la direction du sentier changea, et la caravane s'engagea de nouveau sous les feuilles, comme elle fût entrée sous la terre. Mayrena eût préféré avancer avec Mercurol, mais le Résident lui avait signalé la peur des coolies annamites en pays moï, et leur aptitude à s'enfuir. La formation actuelle de la caravane était donc la plus prudente.

« Les pères, reprit M. Minh, subirent des tribulations nombreuses. Au bord du précipice très terrible que nous venons de quitter, ils furent chargés par un troupeau d'éléphants. Mais le père Combes perdit son chapeau dans sa fuite. L'éléphant qui le chargeait le premier s'arrêta pour considérer le chapeau, car les Bahnars n'en portent jamais. L'éléphant est un animal qui a beaucoup de curiosité. Tous les autres se mirent en rond autour du chapeau pour l'observer. Puis ils se livrèrent à des jeux avec cet objet. Et les pères eurent le temps de se réfugier sur des arbres[1]. »

Et M. Minh de sembler vivement blessé, soit qu'il se tînt pour les pères sur leurs arbres, ou pour les éléphants. M. Minh, gros bébé râblé de quarante ans, à très fortes lèvres et à lunettes d'écaille, semblait toujours blessé. Il commençait une autre anecdote quand la tête de la caravane s'arrêta sans un mot.

« Qu'est-ce que c'est ! » cria Mayrena.

Et M. Minh de crier à son tour, en annamite d'abord, puis, ne recevant pas de réponse, en bahnar. Dans l'ombre du chemin très creux, le silence était épais, chevaux et mulets ayant enfoncé jusque-là dans une couche d'humus et de feuilles de bambous accumulées ; au-dessus de la caravane éparse, les bambous immenses avaient la majesté des arbres et des plantes grandis à une échelle géante, la solennité que prenaient jadis, dans les rêveries d'enfant de Mayrena, les chênes de cent mètres de la vallée d'Ebron, au pied desquels glissaient les ombres[2]... Des branchettes mortes tombèrent de ramure en ramure avec un bruit d'allumettes dans l'étouffant silence ; tous les porteurs, immobiles, regardaient le même point sur leur droite : Mayrena ne distinguait rien, que l'intérieur de cathédrale des bambous énormes. Il poussa son cheval à travers les feuilles mortes jusqu'à la tête de sa colonne.

Les premiers miliciens étaient arrêtés devant une trouée ouverte sur une clairière sombre. Un rayon du soleil déjà bas, épais comme les rayons chargés d'atomes qui passent par les trous des persiennes, tombait obliquement sur le sol d'humus et de plantes grasses. L'œil de Mayrena, d'abord hypnotisé par le rayon, s'accoutumait à l'ombre : du côté opposé à la lumière, un squelette de buffle sauvage était couché.

Bien que certains os, cachés par la perspective, en fussent sans doute détachés, il semblait intact. Une seconde, Mayrena crut le voir se lever. D'un blanc de craie qui recueillait le peu de lumière éparse entre les grilles des feuilles de latanier, sa tête de totem de face, ses grandes cornes en noir sur sa cage thoracique à claire-voie, il s'accordait à cette ombre, à ce tronc, à cet humus millénaire, à ces bambous géants, comme les crustacés et les pieuvres s'accordent aux grandes profondeurs ; vie antérieure aux âges, comme celle de tous les morts, née d'un univers menaçant et sacré.

Ce n'était qu'un buffle sauvage mort dans une clairière du pays bahnar. Pourtant, comme il était blanc ! Minh et le guide rejoignaient Mayrena :

« Eh bien quoi ? ! » cria celui-ci.

L'Annamite traduisit — par une phrase assez longue. Le guide le regarda comme s'il eût dit : « Pourquoi me demander cela ? Tu le sais aussi bien que moi. » L'Annamite répéta sa phrase. Le Bahnar se tourna vers la clairière, inclina un peu la tête comme s'il eût salué, et prononça deux syllabes. Le traducteur attendit un instant pour bien marquer que le guide avait dit le premier le nom fatidique, puis traduisit à Mayrena, en s'inclinant lui aussi imperceptiblement :

« Le Maître… »

Le tigre[1].

Mayrena respira, délivré.

« À la netteté des os, dit-il au traducteur, je pensais aux fourmis…

— La langue du… Maître, comme dit le sauvage, elle est une râpe. » L'Annamite leva l'index, tremblant cette fois : « C'est à cela qu'ils ont reconnu que c'était lui… »

Il était peu probable qu'un tigre attaquât en plein jour une caravane armée. Le soleil, cependant, commençait à baisser. Mayrena, demeurant en tête de la caravane, reprit sa route. Obsédé, il imaginait le squelette du buffle se dressant, cassant dans ce silence quelques petites branches qui tombaient à travers sa cage thoracique, disparaissant dans la profondeur pourrie des feuilles sous tous ces yeux visités…

Après trois quarts d'heure, la forêt suintante s'éclaircit. Le sentier se dirigeait vers un mamelon dénudé ; au centre, sur fond de ciel, un gosse de moins de dix ans attendait en criant, la tête rasée, son unique mèche en ergot sur le sommet du crâne. La caravane n'avait rencontré depuis l'aube que le buffle-fantôme, et Mayrena avait l'impression d'avancer vers le Petit Poucet.

« Il appelle ses compagnons, dit l'interprète ; ils voudront rentrer avec nous. »

Il dit à l'enfant quelques phrases en bahnar : la caravane l'atteignait. L'enfant le regarda, le comprit sans nul doute, mais ne répondit pas. Il restait là, mèche en l'air, la tête un peu baissée, regardant de bas en haut, non pas l'interprète qui lui avait parlé, mais le guide. Il se décida enfin, et dit à ce dernier, à voix basse :

« Il n'y a pas la paix chez nous[1]…

— Demandez pourquoi, dit Mayrena à l'interprète.

— Pourquoi ? »

Le gosse hésita encore, répondit — au guide — de la même voix chuchotée :

« On craint… »

Au-dessus de lui, un paon sauvage passa en criant.

« On craint, répéta le gosse montrant du doigt le paon qui fuyait.

— Qu'est-ce qu'on craint ? » demanda Mayrena.

Il n'ignorait pas le dicton annamite : « Quand le paon est là, le tigre n'est pas loin. » Ni que l'heure de sortie du fauve approchait. Mais il voulait sa réponse. L'enfant, cette fois, regarda l'Annamite en train de traduire, l'air toujours vexé, puis Mayrena, puis le guide qui chatouillait ses orteils du manche de sa lance. Enfin, avec une curieuse expression, ironique et respectueuse à la fois, le gosse répondit à l'Annamite :

« Le ciel… »

Mayrena avait tout à fait retrouvé son équilibre : ce qui lui donnait le droit d'agir sur ces hommes, c'était le courage.

Les Bahnars que le gosse avait appelés, trois chasseurs, s'étaient joints à la caravane, qui avait repris son chemin : elle n'arriverait pas au village avant la nuit.

L'enfant trottait à côté du cheval blanc. Mayrena se baissa, l'empoigna, l'installa devant lui sur sa selle. Il s'attendait à des hurlements : on lui avait dit que les enfants moïs avaient peur des barbes. Celui-ci avait-il rencontré l'un des missionnaires ? Tourné vers le dolman, il jouait déjà avec un brandebourg. Mayrena voulait lui donner quelque chose, mais les verroteries étaient dans les paquets, sur les mulets. Il était touché de la confiance du gosse de la même façon qu'il l'eût été de celle d'une biche[2] ; et elle lui semblait un présage, comme si cet enfant, collé à lui avec son odeur de petit fauve, eût été le peuple bahnar.

« Comment t'appelles-tu ? demanda-t-il à travers l'interprète.

— Écureuil[3].

— C'est un nom très commun », ajouta M. Minh, dédaigneux.

Mayrena tapota la tête du gosse doucement mais maladroitement ; celui-ci leva le nez, le regarda comme s'il eût dit : « Qu'est-ce qui te prend ? » Mayrena rentra dans sa coquille, et le gosse reprit son dialogue avec les brandebourgs.

La caravane avançait de son mieux, le cheval de Mayrena, le poney de Minh et le guide, de front ; le sentier était devenu une piste. À gauche, les arbres disparurent tout à fait, dégageant le fond de la vallée dont la caravane s'éloignait. Sans doute le village n'était-il plus très éloigné, car on voyait des champs, craquelés des lignes profondes de la sécheresse. Le guide les montra de sa lance, en parlant.

« Il dit, monsieur de Mayrena, que sans doute il y a eu beaucoup d'araignées. Il dit cela à cause de la sécheresse. »

Mayrena regarda, écœuré, les longues crevasses.

« Elles nichent là ? »

Le Bahnar répondit assez longuement.

« Non : il dit que les crevasses c'est la sécheresse. La sécheresse près d'un village, c'est quand il y a eu beaucoup d'adultères. L'adultère, c'est quand une araignée est tombée sur le lit[1]. »

Mayrena avait professé qu'« il fallait comprendre, Messieurs, le fonctionnement de l'intelligence des indigènes pour agir sur eux[2]. »

« Ce sont des illusions.

— Il dit : dans votre pays ce sont d'autres esprits ?

— Ce ne sont pas des esprits. C'est l'absence trop prolongée de nuages.

— Il dit : bien sûr. Mais pourquoi n'y a-t-il pas des nuages ?

— Parce qu'il n'y a pas assez d'évaporation. »

Explication (?) en bahnar de l'évaporation.

« Il dit qu'il comprend bien. Mais il dit : Pourquoi n'y a-t-il pas assez d'évaporation ? »

Pour expliquer le monde aux Bahnars, peut-être valait-il mieux ne pas commencer par le cosmos :

« C'est trop compliqué à expliquer par un interprète. Je le lui expliquerai quand je parlerai sa langue.

— Il dit : merci. Il dit que chez vous cela doit être comme vous dites. Mais que, ici, ce sont les araignées. »

L'Annamite quitta sa voix d'interprète.

« Ce n'est pas un homme sage, monsieur dé Mayrena. Il est très animal. »

Animal… Mayrena regardait le guide marcher à son côté, plus bas que lui : sa nudité, son odeur de fauve, son rapport obscur avec la forêt n'affaiblissaient pas, renforçaient, au contraire, son humanité. Humanité ou virilité ? Mayrena se demandait si une femme l'eût frappé ainsi. Le guide avait l'odeur du fauve, mais il en avait aussi l'équilibre solennel ; pour la première fois, Mayrena comprenait qu'être un homme, c'est se tenir debout.

« Peut-être, reprit le traducteur, ce sont des préjugés superstitieux ; peut-être non…

— Vous croyez aussi que la sécheresse vient de l'adultère, monsieur Minh ? » demanda Mayrena souriant de ses belles dents.

Les arbres avaient reparu : on ne voyait plus les champs crevassés. L'Annamite fit un geste vague, et parut plus vexé qu'à l'ordinaire.

« Les sauvages croient beaucoup de fables, monsieur dé[1] Mayrena. Mais ils croient aussi beaucoup de choses justes sur leur pays. Nous les prenons pour guides à la chasse : ils connaissent mieux les animaux que nous. Et, même à Saïgon, la perle de l'Extrême-Orient, où les Français sont les plus instruits et les plus sages, ils croient aussi des fables…

— Parleriez-vous de notre sainte religion ? ! »

La piste n'était pas redevenue sentier, mais la forêt la recouvrait de nouveau. Sous les bambous immenses, Mayrena, hésitant entre la déception et l'indignation, regardait du haut de son grand buste et de son cheval blanc M. Minh sur son poney. Inquiet, le môme se laissa glisser à terre. L'Annamite joignit les mains :

« Mais je suis baptisé, monsieur dé Mayrena !

— Alors ? Les Français ne croient pas de choses absurdes quand il s'agit de faits contrôlables ? »

Le ton était assez interrogatif pour que M. Minh ne craignît pas trop de se faire engueuler. Il assura sur son nez ses lunettes d'écaille.

— Vous êtes d'accord, monsieur de Mayrena, que presque tous les Européens ils fument l'opium, après un petit temps de colonie ?

— Enfin… beaucoup.

— Tous les Européens ils disent que l'opium il donne

de grandes visions. L'opium il ne donne jamais de grandes visions ; et pourtant, beaucoup ils fument, et tous ils le disent. »

Mayrena réfléchit.

« Mais ce ne sont pas ceux qui fument qui le disent. »

M. Minh en doutait, et pensait : alors, pourquoi ne se renseignent-ils pas auprès de ceux qui fument ? Mais jugea plus prudent de s'en tenir à :

« Peut-être ce sauvage il a raison pour son pays, et il a tort pour les autres pays.

— Ce qui est vrai pour un pays l'est pour un autre, en de telles matières !

— Le soleil, en Europe, ne vous fait pas mal. Et ici, vous devez porter des casques. Et à nous, ici, il ne nous fait pas mal. »

M. Minh réfléchissait à son tour.

« En Europe, peut-être il nous ferait mal… »

Mais une phrase du Moï le tira des hypothèses.

« Il dit : ce ne sont pas toujours les araignées. Parfois, ce sont les scorpions. »

Décrivant une large courbe pour atteindre le village, la piste obliquait perpendiculairement à la profondeur de la forêt, où la caravane s'engagea de nouveau. L'odeur de boue et de feuilles mouillées redevint intense. Mayrena réfléchissait : le lien entre l'adultère et la sécheresse était enfantin et absurde ; mais les sens exercés de ces populations primitives saisissent parfois des rapports que notre science ignore. Il y a plus de choses au ciel et sur terre, prince Hamlet[1] !… Les causes purement physiques qui font proliférer les arachnides de toutes natures ne peuvent-elles pas être liées à la sécheresse ? Les rainettes montent bien leur échelle quand il va pleuvoir… Quoi qu'il en fût, il protègerait son lit de telle façon qu'aucune araignée ne pût tomber dessus. Comme presque tous les hommes séparés de leur race, il commençait à être fasciné par la superstition. D'autant plus prêt à ne rien entreprendre un 13 ou à toucher du bois pour conjurer le malheur, que le malheur, dans cette forêt, prenait figure de démon familier. Ici, absurde ou non, la magie était vivante.

Un hurlement, un choc violent et mou comme celui d'un sac de sable précipité de très haut, à peine répercuté par l'air épais de la forêt. Retourné sur sa selle, Mayrena hurlant (« Quoi ! Qu'est-ce que !… ») tirait la tête de son cheval qui, pris entre celui de l'Annamite et le talus du chemin, ne pouvait bouger. À peine distingua-t-il dans le grand vide au centre de la fuite de l'escorte un glissement de muscles puissants sous une fourrure rase, et un bond fauve et noir. Derrière les bambous refermés, un second cri, un cri d'enfant atroce et suraigu, le hurlement grinçant de la douleur et de l'épouvante mêlées.

Trois ou quatre claquements décroissants de bambous giflés, puis l'escorte égaillée immobile dans le grand silence…

Mayrena s'était enfin dégagé de son cheval, et, le fusil prêt, rejoignait à travers les bambous la trouée du tigre. Cinq minutes après l'avoir atteinte, il ne trouvait plus rien. Il restait là, haletant de penser que sans doute le gosse n'était pas mort, qu'il eût suffi de trouver le tigre pour le sauver, et que lui, Mayrena, ne savait où aller. Il écoutait, écoutait… Pas un son, pas un oiseau, rien qu'un des derniers reflets du soleil sur les plus hautes branches. Enfin un bruit : le guide bahnar. Mayrena, agitant les bras, tenta de faire comprendre qu'il voulait poursuivre. Le guide fit signe que non ; Mayrena recommença son manège. Le guide partit dans la direction opposée à la route : il se décidait donc à poursuivre ? Mayrena le suivait, prêt à épauler, regardant le sol, où il avait vu quelques traces en trèfle du tigre. Le Bahnar marchait toujours, regardant en l'air. Mayrena lui montra le sol ; pourquoi ? semblait demander le guide. Mayrena était exaspéré, mais en même temps il se sentait pris pour lui d'une sorte de fraternité. Le gosse l'avait attendri et qu'il fût mort, et mort ainsi, l'attendrissait davantage ; et il était singulièrement seul. De plus, à la façon dont le Bahnar se retournait, Mayrena comprenait qu'il pensait que le tigre, ou un autre, pouvait les attaquer par-derrière ; aucun des miliciens ne les eût suivis. Et lorsque le guide s'arrêta et le regarda, Mayrena comprit que, par-delà trente siècles asiatiques de mépris ou de peur du combat, le Bahnar et lui se rencontraient à tâtons dans la mystérieuse région du courage[1]. De nouveau, il fit signe de continuer.

Le Bahnar leva la main qui tenait sa lance, montra les branches hautes. Mayrena regardait, irrité de ne pas comprendre. Bambous à la courbe allongée, aiguilles transparentes des feuilles dont pourtant semblait s'épandre l'ombre, et, plus haut, coupant des troncs épiques déjà noyés d'obscurité, le plafond crevassé des branches noueuses. Au-dessus encore, comme des cristallisations dans les grands fonds océaniens, les pentagones des toiles d'araignées hautes de deux étages glissaient l'ordre mystérieux des formes géométriques dans la végétation et la décomposition quaternaires, dans le monde gluant des sangsues et des feuilles pourries ; sur les plus hauts fils, auxquels les toiles étaient suspendues comme des pavillons, fuyait la dernière lueur rouge du jour. Le Bahnar abaissa ses paupières ; et tout son visage sembla disparaître dans l'ombre ; puis il inclina sa tête sur le bras qui tenait sa lance ; Mayrena comprit le symbole de sommeil, et qu'il était menacé de la nuit. Il revint sur ses pas.

Le Bahnar le précéda de nouveau. Mayrena revenait à longs pas difficiles, ses bottes labourant l'humus jusqu'à ses genoux, l'ombre se précipitant sur la forêt comme un orage. À peine voyait-il maintenant la silhouette qui le précédait et dont il suivait les foulées dans les feuilles ; songeant confusément à sa vie, dont plus de quarante ans l'avaient conduit à errer, ce soir tombant, derrière ce sauvage fraternel à odeur de renard et de chien mouillé, — comblé pourtant d'être là, vieilli bien moins en oubliant ses rêves d'enfant qu'en exigeant de raisonnables prétextes pour les conserver… Avec de tout petits bruits de ramures répercutés jusqu'aux limites de l'ombre, les troncs préhistoriques commençaient dans l'union de la forêt et de la nuit leur assemblée de chaque soir.

Mayrena avait oublié le tigre ; mais la caravane ne pensait qu'à lui. Quand ils la rejoignirent, Mercurol avait trouvé à quelques centaines de mètres un élargissement suffisant de la piste, et les coolies, préparés pour la nuit, commençaient à allumer leurs feux.

Les feux montaient dans le noir vers le ciel invisible, hauts et magnifiques. Mayrena avait demandé tout d'abord s'il n'y avait pas la moindre chance que l'enfant fût vivant. Pour le guide, sa mort était certaine. Il connaissait les chasseurs qui s'étaient joints à la caravane quand Écureuil les avait appelés : l'un d'eux était l'oncle de l'enfant, qu'il élevait. Mayrena le fit venir : pouvait-il lui venir en aide ?

Debout devant lui, éclairé par les flammes précipitées du plus grand feu, le Bahnar, l'air absent, ne répondait rien. Bien qu'il ne pleurât pas, sa peine était visible, et Mayrena s'étonnait du lien qui s'établissait parfois entre les sauvages et lui — tout à l'heure dans la forêt quand il avait été pris d'amitié pour le guide, et maintenant devant ce pauvre type que rien ne distrayait d'un enfant mort.

« On ne tuera pas le Maître, dit enfin le Bahnar. Le père du petit a été mangé. Sa mère a été mangée. Nous savions qu'il serait mangé…

— Pourquoi ? » demanda Mayrena à M. Minh. Celui-ci n'avait plus l'air blessé, mais soigneusement absent, comme pour signifier qu'il faisait son métier, obéissait aux ordres, et conservait un précieux quant-à-soi à l'égard de toutes ces choses. Le tigre n'avait-il pas choisi l'enfant parce qu'il était le moins lourd ?

« L'oncle, monsieur dé Mayrena, il dit : Le père a été mangé, la mère a été mangée. Leurs esprits n'ont pas de sépulture. Leurs esprits n'ont pas d'offrande. Et ils voulaient un compagnon[1]… »

Mayrena retrouva tout à coup le bond de fuite du tigre déployé, l'enfant tenu par le cou entre ses dents comme une souris par un chat. Il regardait, le cœur serré, cette face paysanne qui ne le regardait même pas. Ce n'était pas la première fois qu'il constatait entre tous les paysans du monde une mystérieuse ressemblance[2]. Il ne comprenait pas un mot de ce que disait maintenant le Bahnar ; mais cette voix simple et lasse, au-dessus des crépitements du feu, c'était la voix des paysans français après l'inondation ou l'incendie, la voix de ceux auxquels la tuberculose vient encore de prendre un enfant. Et cette voix et ce visage rendus si émouvants par la familiarité du malheur étaient ceux d'un homme pour qui c'étaient les esprits des parents qui avaient guidé le tigre vers le petit.

« Ce n'est pas vrai », dit-il à voix basse. Il n'avait rien autre à dire : il pouvait partager la peine, non en parler. Et il la partageait d'autant plus qu'il sentait toujours la petite main tirer sur ses brandebourgs… D'ailleurs, M. Minh n'avait pas entendu.

Aucun trait du visage du Bahnar ne bougeait et sa douleur était si forte que Mayrena en sentait l'expression malgré le tremblement du brasier. Avait-il entendu le même cri terrible — comme tous ? Guettant sa douleur comme les blessés au ventre la leur, il attendait. Et ce visage battu des flammes semblait à Mayrena obscurément lié au grondement, ténu d'abord comme celui des bourdons, assez fort maintenant pour couvrir le crépitement du feu, qui venait des chiens. Le beau panache de leur queue abattu, ils semblaient, tous poils droits, avoir subitement engraissé. Quelques-uns commencèrent d'aboyer, mais en sourdine, comme s'ils eussent parlé. Le Bahnar dit quelques mots.

« *Il* tourne autour de nous, traduisit M. Minh. *Il* nous surveille... »

Mayrena regardait le chasseur. Cet homme-là écoutait une bête qui avait tué son frère et son neveu, et qui tournait tout près, à sa recherche, guidée vers lui par les esprits de ses parents...

« Le petit, il était perdu, reprit M. Minh, chuchotant assez haut à cause des bruits du feu. La mort par le Maître est héréditaire. »

Mayrena haussa les épaules, agacé. Il ne pouvait quitter du regard le visage douloureux. M. Minh continuait :

« J'ai lu à la bibliothèque de Saïgon, dans un livre français respecté, que le suicide aussi il est héréditaire[1]... Pourquoi pas aussi la mort par le Maître, monsieur dé Mayrena ? Tous les Moïs ils le disent. Eux ils sont très animaux, mais chez nous, Annamites, dans les plantations on le dit aussi... »

Les aboiements assourdis montaient et descendaient, puis cessaient, dans l'attente d'une réponse qui ne tardait pas à venir. Ils devenaient un langage, une gamme de sons inquiets comme ceux que poussent les chiens en rêve.

« Il n'est pas sage de croire que c'est un animal comme les autres, monsieur dé Mayrena... »

Celui-ci s'écarta du feu. Pour ses prunelles qu'avaient élargies les flammes toutes proches, l'obscurité devint la nuit absolue, la dure nuit sans dimensions des aveugles. Au loin, un cerf appela : la forêt était là avec son imperceptible et profonde rumeur, le bruit des troncs géants qui s'étirent d'ennui, l'appel des animaux dans la nuit comme aux temps bibliques, comme lorsque d'autres cerfs étaient venus lécher la main du Bouddha dans les forêts du Gange. Les armes à feu, l'arrivée des Européens — la sienne — dans la jungle moï, c'était un hasard diurne, une illusion qui se passait en ces heures mortes de soleil où dorment les bêtes ; dans les mémoires animales, ce serait une époque où on mourait un peu plus, comme celle de la peste dans la mémoire des hommes. Et une fois de plus tous les bruits humains se tairaient, et une fois de plus Dieu n'entendrait ici que les appels nocturnes des animaux, perdus dans l'étirement d'ennui des troncs de trois cents ans et la chute rare des branches[1].

« Même le singe, il n'est pas pareil que le Maître… »

M. Minh avait suivi Mayrena. À quelques pas des feux on en entendait beaucoup moins le crépitement, et l'Annamite dit, de sa voix habituelle :

« Et pourtant, le singe, il n'est pas un simple animal comme le chien ou le buffle, par exemple… » Mais déjà il baissait de nouveau la voix : « Le Maître, les nôtres disent qu'il est toujours dirigé par les morts. Il se prend au piège seulement si l'on a semé autour des grains de maïs soigneusement grillés : les morts ils comprennent, ils s'en vont de son corps. Alors l'Autre se fait prendre au piège, parce que quand il est tout seul, il est très bête[2]. » Inquiet, il regarda autour de lui : non, la forêt ne l'avait pas entendu. Puis,

« Puisqu'on ne sait pas où vont les morts, pourquoi ceux qu'Il a tués n'iraient pas dans lui ? »

Le conciliabule des chiens devenait de plus en plus sourd, de plus en plus lent ; on sentait pourtant qu'il se poursuivrait toute la nuit. Ils parlaient au feu, qu'ils ne cessaient de regarder, tête oblique, pendant que leurs oreilles cherchaient quelque chose vers les profondeurs de l'ombre ; et ils se répondaient comme si la présence du fauve leur eût rendu un langage oublié depuis les temps fabuleux.

M. Minh s'approcha encore de Mayrena, se pencha vers lui :

« Savez-vous pourquoi tous les Moïs ils disent que le Maître il n'est pas un animal ? Et aussi, un peu, nous, Annamites ? Parce qu'il sait faire les pièges à hommes.

— Seulement, je voudrais bien en voir un ! »

M. Minh appela le guide : son cri insolent s'éleva, insolite, dans le silence plein de menus grattements. Lorsque le Bahnar l'eut rejoint, il lui parla à voix tout à fait basse, se retourna, vexé de nouveau, l'index levé, vers Mayrena :

« Il a dit : Demain matin je vous en montrerai un. Il y en a beaucoup dans cette région… »

Les grondements des chiens devenaient intolérables aux nerfs, comme tous les sons indéfiniment répétés : les trois coups au théâtre si le rideau ne se lève pas, le battement régulier du tam-tam dans l'attente des esprits, le hurlement étranglé du sorcier qui attend sa transe. Malgré leurs poils hérissés, les chiens semblaient bien moins épouvantés que possédés. Mayrena commençait à deviner ce qu'avait voulu dire Chaminade, quand il avait dit : « La forêt est une fascination » ; à comprendre au nom de quelle force profonde, ici, le tigre était réellement le Maître. Les superstitions naissaient de l'humus et des troncs géants comme en naissait la fièvre ; tout l'univers sauvage, et le guide et les chasseurs bahnars, et les pièges à hommes, et les tigres conduits par les morts ; tout était une émanation de la forêt toute-puissante, née des nuages au-dessus de la terre d'Annam : une émanation comme les crapauds transparents, la procession des cloportes sur les torses des statues abandonnées, les buffles-fantômes, les araignées des hautes toiles et celles qui font la sécheresse. Tout ici venait de la forêt, et tout retournait à elle, à sa végétation sous-marine d'où surgissaient de loin en loin ces esprits immémoriaux, les troncs morts de vieillesse, dépouillés et blêmes...

Comme il s'était éloigné du feu, et par conséquent de la fumée, les moustiques le rappelèrent à la réalité. La fraîcheur de la nuit lui devint sensible. Il se souvint soudain de la douceur[a] du premier soir d'un printemps de 1858, tandis qu'il marchait à Toulon le long de la mer devenue rose ; et d'une après-midi d'enfance, ses jambes enfouies dans le sable chaud de la plage. La fraîcheur qu'il était en train de ressentir, entre le tigre attentif et les chiens grondants, resterait en lui avec le sable et la mer rose[1]. Il n'avait pas été jeune. Être jeune, ce n'était pas... (au diable, au diable ces femmes !) Être jeune, c'était se trouver en face de cette forêt. Et devoir régler avec elle ce compte qui fait qu'un homme est un homme. Et le régler. Obtenir la soumission du chef Phim et de ses alliés. Négocier avec les missionnaires. Traiter avec les Sedangs et les Djaraïs, ou les soumettre. Atteindre enfin Attopeu, et organiser l'exploitation de l'or. Sa jeunesse, il l'avait attendue combien d'années ? Cette fois elle était là, devant lui, avec ces années dérisoires qu'il s'agissait d'effacer, avec toutes ces années misérables, mortes comme les troncs immenses et blafards des grands arbres morts[2].

*

Au réveil, quarante-trois coolies et un milicien étaient en fuite.

VII

NOTES DE MISSION[1]

Le Gouvernement eﬆ-il capable, oui ou non, de me fournir 80 coolies[2] ! Je continue mon avance, mais la marche de la caravane eﬆ considérablement ralentie.

Avant de repartir, confié le commandement à Mercurol, pour reprendre la piﬆe du tigre, avec le guide bahnar et Minh, ce dernier tremblant comme une clochette de temple ! Trouvé le cadavre du petit à moins d'un kilomètre. Cette nuit, le tigre mangeait, à dix minutes de nous... Affreux débris ! Le petit pagne déchiqueté, plein de sang ; le crâne net comme une pièce anatomique. (« Sa langue eﬆ une râpe », répète Minh). Pas très loin, ce qu'ils appellent un piège à hommes : un grand arbre a été renversé, par la foudre sans doute, et une ombre de sentier le contourne. L'homme eﬆ obligé de suivre cette sente. Sous les bambous, à l'endroit le plus favorable, traces nombreuses, herbe foulée : c'eﬆ là que le tigre attend. Ils appellent piège à hommes un lieu d'embuscade particulièrement pratique.

Voulu m'embusquer moi-même. Inutile, dit le guide. L'odeur de l'homme blanc eﬆ trop forte, et le tigre ne viendra pas. Vérité ? Peur ?

*

Laissé les trois chasseurs bahnars à leur village. Impossible d'y recruter des coolies. Peur.

*

Encore la forêt, encore la forêt. À écrire cent fois : ce sera moins vrai que la vérité. Ça ne finira jamais, et nous avançons de plus en plus lentement. Dans cet océan, je me sens sur mon cheval comme sur une île déserte ! Halte pour le repas des coolies. Ils ont toujours peur.

*

Reparti après la grande chaleur, à travers l'ombre brûlante quand même. Après une heure de marche, arrêt de toute la caravane. Une dizaine de coolies à plat ventre. Les miliciens crient bêtement. J'y vais : les coolies se relèvent, un milicien reste couché. Tué. Il a une flèche dans l'œil. Flèche d'arbalète, petite. Autour la forêt serrée, normale. Impression très saisissante : on dirait que ce sont les arbres qui l'ont tué. Je place les miliciens sur deux rangs, dos à dos, fais tirer quelques salves. Le bruit leur redonne courage. Aucune réponse : la forêt. Les coolies, très vite, font une claie, mettent le mort dessus. Quand nous nous remettons en marche, un de ses bras est tordu comme une racine : les flèches de ces Djaraïs du diable sont toujours empoisonnées, paraît-il. Comment se fait-il qu'ils n'aient pas tiré sur moi[1] ?

Rat n'a pas bronché.

*

Marchons encore plus lentement ; j'ai donné à la caravane une sorte de formation de guerre. Efficace si on nous attaque ; mais si les Djaraïs tirent sur nous sans se découvrir…

Extraordinaire silence de la forêt.

La courte flèche est toujours dans la tête du mort, droite dans l'orbite. La précision du tir augmente l'angoisse de mes gens (les Djaraïs ont dû être tout près de nous ?). Je fais recouvrir le visage.

S'ils attaquent, c'est pour piller : il faudra bien qu'ils se découvrent.

*

Hurlements d'une tribu entière. Nous serrons les rangs, en joue. Miliciens sûrement prêts à flancher.

Mais ce ne sont pas des Djaraïs, ce sont les Bahnars du chef Phim. Le chemin est libre jusqu'à leur village.

Hautes lances, boucliers ronds, yatagans en biais sur le ventre. Pas d'arbalètes. Petits turbans rouges très serrés[2]. Impression de Sumatra, de Haute Malaisie, nullement d'Annam.

*

Arrivée au village de Phim. Le chef va venir à la maison des Hôtes (après s'être permis de nous faire droguer à l'extérieur de la palissade qui clôt le village). Toutes les paillotes sur pilotis. Seins magnifiques des femmes[1]. Les hommes portent tous le double turban serré, et une espèce de pagne grenat. Ceux qui reviennent de la forêt ont l'armement des guerriers venus au-devant de nous. Mes vieux spahis de Baria enfonceraient tout cela d'une chiquenaude : quatre hommes et un brigadier ! Le village ne résisterait pas même à mes miliciens annamites s'ils osaient tirer !

Mais il ne résisterait sans doute pas mieux aux miliciens siamois…

Impression de douceur, d'enfantillage sale et de paysannerie ; sauf les armes nombreuses, un village cambodgien de la brousse. Une seule différence, qui évoque, elle aussi, la Malaisie : la maison des Hôtes. Elle domine le village comme nos clochers[2], et me fait souvenir de Sumatra.

Le village s'appelle Kong-Seng.

*

On nous avait installés, Mercurol, Minh et moi sur le balcon de la paillote commune. Pour nous asseoir, des cubes de bois. Je me suis mis en grand uniforme pendant que nous attendions devant la palissade. En face de moi, un cube vide ; assez loin devant nous, les paillotes perdues dans la forêt, un cercle de Moïs et de Moïsses[3] chiquant, crachant, allaitant, cherchant des poux. Tout ça s'écarte : Phim arrive, ridé, courbé, perclus : il est vêtu comme les autres, porte un sabre sur le ventre, s'appuie à une grosse canne et avance en crabe. Ce qui ne l'empêche pas de fort bien grimper à l'échelle[4]. Il s'assied sur le cube vide. Longs salamalecs entre Minh et lui, exhibition du papier de Chaminade. Je fais enfin traduire :

« Des étrangers se sont alliés aux Siamois. Ils vont passer le Mékong et tenteront de s'emparer des villages des Bahnars. Au nom du gouverneur français qui est le grand-chef du résident de Binh-Dinh, je lui propose de le protéger. »

Le vieux contemple le ciel où de gros nuages blancs avancent lourdement. Chaleur tropicale. Mouches. Il s'enveloppe accroupi dans une couverture à dessins géométriques d'où ne sort plus que sa tête de sympathique macaque, et le genou sur lequel il s'appuie.

« Le chef de Binh-Dinh a un chef ? »

Le vieux est surpris. Explications de Minh.

« Moi, Phim, je n'ai pas de chef. Je veux bien traiter avec le chef français de Binh-Dinh et sa famille. Et leur faire serment. Mais seulement à eux, pas aux autres chefs français que je ne connais pas. »

Le sachem ne veut pas dépendre du gouverneur général, mais il veut bien dépendre de l'opulente Résidente. Ô Thalie, reine des Bahnars ! Que ne le sais-tu, Charpentier hésitant !

Est-ce que nous sommes d'accord avec les pères ?

Bien sûr, bien sûr ! Minh explique qu'il est chrétien, que je le suis aussi. Depuis combien de temps le chef Phim est-il converti ? Mais voilà qu'il ne l'est pas : les missionnaires refusent !

« Le chef il dit, monsieur de Mayrena, que lui il croit en Dieu et en Not'Seigneur Jésus-Christ son fils unique. Mais les pères ils veulent qu'il jette ses fétiches. Alors il dit qu'il veut croire en Not'Seigneur, mais qu'il ne veut pas jeter ses fétiches. Ceci est abusif et païen. Donc les pères ils ne veulent pas le baptiser, et lui il dit qu'ils ne sont pas des sages, mais qu'ils finiront par comprendre. »

Un temps. Puis long discours du vieux, qui se ramène à : « Si je fais alliance avec le chef de Binh-Dinh, qu'est-ce que vous ferez pour moi ? »

Nous le défendrons contre les envahisseurs. Nous lui enverrons des soldats avec des armes à feu.

Il veut bien des Annamites, mais il exige de plus des soldats français. Sinon, il ne fait pas l'alliance. Minh est vexé. Je dis que je viendrai moi-même. Mais nous devons promettre d'envoyer des hommes non seulement avec des fusils, mais encore avec des balles. (Je pense que les gens de Phim ont acheté ou chipé des fusils, mais n'ont pas pu s'en servir faute de munitions.) Tout ça est parfait.

« Est-ce que le chef français demandera des corvées ?

— Non.

— Est-ce qu'il demandera un tribut ?

— Dix francs par an, si le chef est d'accord. En ce cas, je donnerai dès maintenant un collier par tête, et un kilo de quinine, oui, oui, un kilo. Et le chef Phim pourra encore faire prendre de la quinine à l'hôpital de Binh-Dinh quand il en aura besoin. Il n'aura pas le droit d'en faire le commerce.

— Est-ce que nous avons aussi des remèdes contre les rhumatismes, à Binh-Dinh ?

— Oui. »

Le tribut est dérisoire, mais l'impôt est preuve de vassalité. Jamais les Bahnars n'ont versé de tribut au Siam. Quant à la quinine, dans tout ce cercle de têtes qui, là-bas, ne nous quitte pas de l'œil, une sur deux est une tête de fiévreux. Le vieux les regarde aussi. Son avant-bras couvert de bracelets de laiton sort de la couverture, tordu comme celui du milicien tué.

« Nous n'obligerons pas les Bahnars à chasser les éléphants pour nous ?

— Non.

— Ni à livrer des jeunes filles comme esclaves ?

— Non.

— Nous jurerons par le serment de l'alcool de riz[1] ? »

Pauvre vieux !

« Nous jurerons tout.

— Est-ce que nous pourrions le délivrer de la traite, s'il acceptait l'alliance ? »

Les Djaraïs enlèvent périodiquement des Bahnars pour les vendre au Laos.

« Ou bien nous ferons une entente avec les Djaraïs, et ils cesseront d'attaquer les Bahnars, ou bien nous leur ferons la guerre : la traite est interdite chez les alliés des Français. »

Le vieux recommence à regarder les gros nuages blancs, au-dessus des arbres morts de la forêt. Perplexe, il doit trouver l'affaire trop belle, se méfier.

« Vous jurerez aussi que vous ne nous obligerez pas à traiter sans honneur les fétiches, à jeter les esprits dans la rivière ?

— Oui. »

Le désintéressement qu'il nous suppose l'étonne moins que je ne l'ai cru : les missionnaires lui en ont donné l'habitude, et il pense que les blancs sont ainsi (!). Mais si nous n'en avons même pas aux fétiches, que voulons-nous donc ? Chaminade m'a dit que Phim acceptait le principe du traité écrit, mais il ne connaît pas l'écriture et essaie de se protéger à coups de serments.

« On ne touchera pas aux coutumes (ça veut peut-être encore dire les fétiches) même si les pères le demandaient ?

— Même si les pères le demandaient.

— Monsieur de Mayrena, le chef il dit qu'il veut parler aux Anciens. Et aux grands chefs morts. »

Son style peau-rouge me surprend toujours : quand j'étais gosse, ces phrases-là étaient liées à des gestes solennels, et ici tout est familier, courant ; il va dire deux mots aux morts comme nous allons à la messe !

Si les morts sont favorables, Phim recevra personnellement des médicaments pour guérir ses rhumatismes.

Même impression troublante que lorsque j'ai vu la caravane arrêtée devant le squelette du buffle. Je négocie ici, pour quoi faire ? Pour donner à la France *un droit.* Dont qui sera juge ? Les nations qui se sont taillé des empires coloniaux à coups d'épées[1] !

*

Ce matin, les miliciens ont enterré leur camarade tué.

*

Phim ne veut pas consulter seulement les Anciens, mais aussi les chefs des villages voisins, (un nommé Hmot en particulier) qui lui sont plus ou moins soumis. Il est parti faire sa tournée.

Que diront les sorciers, au nom des grands chefs morts ?

Temps vide. Pendant quelques jours, nous n'avons rien à faire ici, — qu'attendre.

*

Pas lieu provisoirement d'appliquer ici la méthode proposée au gouverneur général. Guerriers trop faibles. Mieux vaut organiser ça, soit avec les Bahnars des missions, plus nombreux, soit autrement. Provisoirement, il suffit d'assurer les communications.

La route de l'Annam va inévitablement devenir la route de l'or. En finir avec les flèches des Djaraïs. Faire une vraie route coûtera sans doute trop cher (faire comprendre au gouverneur général qu'il ne convient pas que la France commence ici par les corvées).

Haine des Bahnars pour les Annamites[1]. Ne laisser venir ici leurs commerçants et autres encanaillés que le plus tard possible. Minh a déjà fait quelques échanges.

Il est possible que rien ne soit plus simple que de traiter avec Phim : il est allé jadis à Binh-Dinh, il a été écrasé par la vue d'un bateau de guerre. Il nous sait très puissants, vainqueurs des Annamites, et très riches. Il me semble maintenant qu'il veut tirer de nous le plus possible (ce qui n'est guère) mais que l'indépendance des Bahnars ne veut rien dire pour lui. Reste la méfiance : que se passera-t-il quand les Français seront ici ? Mais qui les empêche d'y venir ? Pas Phim et son grand sabre ! Des complications diplomatiques ou de politique intérieure, oui. Comment concevrait-il ces labyrinthes ?

Les difficultés initiales de Cortez ont été sans doute moins grandes que nous ne le croyons !

Si ces damnés Djaraïs refusent de traiter, jeter ici une compagnie indigène et une dizaine de Français, et régler la question par deux ou trois expéditions punitives.

Avec un seul poste militaire ici, la route de l'or et de la France est assurée jusqu'à Kong-Toum, jusqu'aux missions. Là, pas de grandes difficultés. Donc, nous sommes accrochés jusqu'au cœur du pays moï.

C'est là que tout commence !

*

Attendons toujours le vieux.

À travers Minh, interrogé çà et là les Bahnars sur l'or. Tous disent qu'il en existe « plus haut ». Mais rien par ici.

Par ici, nonchalance et pauvreté. Très peu de besoins. Trouver des coolies dans la région des mines d'or ne sera sans doute pas trop facile. Introduire des Annamites ?

*

Je voudrais voir le sorcier. Impossible. Mais Minh prétend que les sorciers seront d'accord avec Phim.

*

Encore douze coolies en fuite. De quoi ont-ils peur ? Jamais les Djaraïs n'attaqueraient le village quand nous y sommes.

Le pays eﬆ inquiétant, c'eﬆ vrai.

Pour moi, raison de plus !…

*

On annonce le retour de Phim.

Lancé un message au père Maranges[1], supérieur de la mission, pour lui demander d'envoyer ici quelques chrétiens et deux ou trois éléphants. Les coolies qui n'ont pas fui suffiront jusque-là, avec un peu de renfort des gens de Phim. Les miliciens, eux, ne fileront pas : Mercurol s'eﬆ fait remettre leurs papiers.

*

Enfin !

Sur un petit cheval bahnar Phim eﬆ revenu, orteils en l'air et talons dans la poussière. Succès. Tous ses sous-chefs, et son copain Hmot (qu'il a ramené) font leur soumission à la France. J'ai donné aux deux vieux le texte suivant, sur le papier de la Résidence :

Les chefs des tribus moïs, placées sous l'autorité du grand chef Phim, se placent aujourd'hui sous la proteﬆion de la France et acceptent le drapeau français comme signe d'alliance[2].

Minh a traduit. Ils ont signé : Phim un losange, l'autre un carré. Quatorze villages, quatre mille âmes à peu près[3]. Je regarde les signatures à la mauvaise lueur d'une torche de résine, à la maison commune. Peut-être, pour ce pays, cette lueur qui semble venir du fond des siècles, éclaire-t-elle l'avenir !

Jeté un mot à Chaminade[4] pour qu'il demande en mon

nom à Hanoi l'établissement immédiat d'un poste militaire ici. Un des hommes de Phim le porte.

Demandé aussi un examen de la question de la fièvre (envoyer un médecin annamite ?)

Ce traité, ce losange et ce carré, comme des dessins d'enfants... Il me semble par instants, en vérité, que je suis un hurluberlu !

Faire légaliser mes petits dessins par l'un des pères de la Mission[1].

Les coolies ont appris hier que nous allions continuer à plonger dans les profondeurs du pays : ce matin il en manque encore six.

Ils risquent plus à fuir ainsi qu'à rester avec la caravane, mais ils espèrent regagner l'Annam. Ici, c'est du pays même qu'ils ont peur.

Nuit. — Le père Maranges lui-même est signalé.

Ces notes sont destinées aux conférences que je donnerai sur la conquête des gisements d'or du pays djaraï, et à l'établissement de la France en ces régions. En cas d'accident, j'enjoins de ne les communiquer qu'à des techniciens : explorateurs, chargés de mission, administrateurs des colonies à la rigueur. Qu'elles soient remises d'abord à M. Chaminade. Le lecteur de hasard est prié de se mêler de ses propres affaires.

VIII

Ce n'était pas le père Maranges, c'était le père Georges. Mayrena l'apprit dans un chahut de porteurs qui appellent, d'éléphants qu'on arrête, de poules et de cochons réveillés. Il courut à la rencontre du père. Le long d'un éléphant, une ombre glissa des ténèbres étoilées. Aucun des deux hommes ne voyait le visage de l'autre ; ils s'embrassèrent. Depuis cinq ans, c'était le troisième Européen que rencontrait le missionnaire[2].

« Merci d'être venu, mon père. Monseigneur m'a chargé du courrier de la Mission.

— Vous n'avez pas eu la malchance de perdre vos bagages, au moins ? Votre mot nous a vivement inquiétés, nous avons tous prié pour vous… »

C'était cet homme perdu dans l'ombre qui avait tenu deux ans, pendant la révolte des Lettrés, encerclé à Kong-Toum, sans sel et sans quinine[1].

« Une des plus belles prières dit depuis des siècles : “Prions pour les voyageurs…” Les voyageurs de ce pays sont bien seuls et tristes sur les routes… La Mission est de droit leur asile.

— J'ai perdu plus de la moitié de mes porteurs, mais j'ai rétabli la situation. Cet animal de brave Chaminade n'a pas été capable de me donner des hommes sûrs !

— Il n'y a pas d'exemple qu'une caravane soit arrivée entière ici, bien cher monsieur… »

La rapidité de cette voix surprenait Mayrena, car ce vocabulaire paraissait appeler le rythme lent de l'onction.

« Avant tout, mon père : la mission siamoise a-t-elle quitté le territoire siamois ?

— Oh assurément !

— Avec quel effectif ?

— D'après mes informations, seize éléphants, deux cents miliciens, et, comme d'habitude, une cohue de porteurs… Deux ou trois ethnologues européens…

— Ce ne sont pas des ethnologues européens, ce sont des officiers allemands. »

L'ombre du père s'était arrêtée. Mayrena exposa toute sa mission[2].

« Ainsi, dit le missionnaire à mi-voix, ce sont des Prussiens… »

Ils reprirent leur marche. Ils ne se voyaient toujours pas.

« Maintenant, ici !…

Le père saisit le bras de Mayrena. Il devait être presque aussi grand que lui.

« Sur ce sujet, cher monsieur, voilà : j'ai fait la guerre avant d'entrer au séminaire, et je suis de Metz[3]. » Quelques torches rousses tremblottaient dans d'invisibles paillotes, sous les étoiles gonflées et blanches.

« Les missionnaires ont partout droit à la devise : Dieu et patrie, … partout… » dit encore le père à mi-voix.

« Celle des Mayrena est “Jamais céder, toujours s'aidant[4]”.

Ma foi, les deux se complètent, mon père ! Et ce sera bien le diable, c'est le cas de le dire, si nous ne barrons pas la route à ces damnés Prussiens, les deux devises réunies ! »

Ni lézards, ni insectes : on n'entendait qu'un seul bruit, bizarre et profond, tout proche dans les masses de l'ombre : les borborygmes des éléphants entravés.

« Ce pays magnifique est cruellement malsain, reprit le missionnaire. Tous les pères qui sont venus ici avant nous sont morts de la fièvre des bois, à la seule exception du père Maranges… »

Cette fois, il avait parlé lentement ; et il reprit comme s'il eût conclu, de son rythme rapide habituel :

« Avec ou sans Prussiens, il est à peu près impossible qu'une colonne de cette importance arrive jusqu'ici. Il ne peut être de notre caractère d'intervenir directement, mais nous pouvons aider un Français qui nous demande assistance… Et le bon Dieu nous aide, puisque vous voilà. Mais peut-être est-il grand temps. »

Ils arrivaient à la maison des Hôtes, dont la torche de résine permettait de distinguer un visage : celui du père était très large avec des yeux clairs et une barbe blonde pauvre comme celle des Annamites, qui entourait sa face et semblait postiche, parce qu'elle poussait beaucoup plus sous le menton qu'au-dessous de la lèvre[1]. Pour saluer Shéhérazade, Mercurol et Minh, il avait retiré le drôle de chapeau d'étoffe qu'il portait ; bien que beaucoup plus jeune que Mayrena, il était presque chauve. Quelques bonnes paroles échangées, Mayrena lui remit le courrier dont l'avait chargé l'évêque, y compris les deux lettres qui le concernaient.

« Je vais vous demander de prendre dès maintenant connaissance du courrier qui vous est adressé personnellement, mon père : il se peut que vous y trouviez des renseignements autres que les miens, et dont nous aurons besoin si nous voulons nous concerter. »

Surtout, il supposait le missionnaire avide de lire des lettres si longtemps attendues.

Celui-ci disparut. Quand il revint, il portait un paquet, entouré de la ficelle du courrier : « C'est un échange ! Vous m'avez apporté, pour mes collègues et pour moi, une triste nouvelle, mais aussi de bien chères ; pour les dernières, le bon Dieu vous rend des saucissons ! Il pardonne un petit péché de gourmandise aux pères des sauvages de temps en temps... » Les missionnaires élevaient des cochons. Mayrena connaissait la puérilité apparente du vocabulaire ecclésiastique ; il commençait à ressentir une suffisante horreur du riz au lézard, mais il ne regardait pas sans stupéfaction cet homme qui, sans armes, avait marché contre les Djaraïs à la tête de douze cents Bahnars, et qui jouait aux jeux innocents avec ses saucissons...

Ils dînèrent aussitôt. Mayrena fit connaître au père (eux seuls parlaient) ce qu'il avait obtenu de Phim :

« Félix Faure m'avait dit, en un temps où il n'était pas encore question pratiquement de tout ceci : "Mon petit grand, nous devons agir en Asie, mais nous ne pourrons le faire qu'avec une extrême prudence..." Allons ! ici nous sommes assez près encore de l'Annam, et j'ai agi au nom de la France, sans broncher, à la hussarde ! À propos, il faudra que vous me légalisiez, si j'ose dire, la signature des chefs... Que valent les engagements de Phim ?

— Dans l'ensemble, dit le père, saucisson en main, dans l'ensemble, il les tiendra. Mais c'est un vieux rusé : attention aux détails... N'oubliez pas qu'il est païen et que sa conduite dépend toujours un peu des fétiches. C'est une étrange histoire que la sienne... Pendant la révolte des Lettrés, j'étais au côté de Sa Grandeur. Le père Maranges et un diacre annamite avaient été envoyés pour essayer de porter un peu plus au sud la parole du bon Dieu ; leurs instructions leur enjoignaient d'éviter comme le démon la rencontre d'un nommé Phim, païen très influent et très mal disposé pour les chrétiens. Il n'était pas encore chef de village. Le malheur fit que nos envoyés se trouvèrent en face de lui, un peu au sud d'ici. Impossible de fuir. Qu'arriva-t-il ? Il se prit d'amitié pour eux et échangea avec le diacre le serment du riz ! Nos confrères écrivirent aussitôt à Sa Grandeur : "C'est en cherchant à éviter Phim que nous sommes tombés entre ses mains. Qui sait ? C'est peut-être de lui que le Seigneur veut se servir !" Monseigneur éprouva un grand trouble. Il se recueillit, demeura un long moment silencieux et me dit enfin : "Après tout, c'est l'affaire du bon Dieu, il saura bien la faire tourner à sa gloire. Pour moi, je viens de me lier par un vœu qui m'obligera jusqu'à ma mort[1]..." »

Mayrena pensait à l'évêque, immobile entre son grand crucifix et la fenêtre ouverte sur la mer.

« Depuis, Phim ne nous a rendu que des services...

— Il prétend, dit Mercurol, que vous n'avez pas pu vous entendre, question religion.

— Dieu seul donne la foi… Non que Phim s'oppose le moins du monde aux saints enseignements de la religion ; mais il veut, comme beaucoup d'autres, être en même temps chrétien et païen, et ne pas renoncer à ses fétiches. Bah ! combien en avons-nous vu, plus éloignés que lui du bon Dieu, touchés tout soudain de la grâce divine !

— Certes, dit Mayrena, la tâche des missionnaires ici… Surtout au début ! À propos, quels ont été vos premiers convertis ?

— Vous voulez dire ceux de la Mission ? Car je ne suis ici que depuis cinq ans, et quand je suis arrivé, la Vigne du Seigneur était déjà haute…

— Oui.

— C'est le père Maranges, le seul, de tous ceux qui m'ont précédé, que le Seigneur n'ait pas rappelé à lui, qui a connu la grande joie de donner ici le premier baptême : un enfant mourant, le 1er janvier 1852… Puis, un petit esclave (qu'avait pu racheter et libérer le père Combes) ; puis son ami, un petit garçon du village. En trois ans ! Mais, si trouver cent catéchumènes lorsqu'on en possède dix est une œuvre pénible, trouver le premier de tous est, vous l'avez deviné, le labeur par excellence… Vinrent ensuite un chef, puis sa femme qui était *bojaou*, sorcière[1]…

— Sorcière… L'action de la grâce est vraiment imprévisible, dit Mayrena.

— Sans doute la foi est un don de Dieu qui seul, par sa grâce, peut toucher et gagner le cœur ; mais, ajouta le père en souriant, dans la conduite ordinaire de sa providence, Dieu laisse au zèle et à la persévérance de tous ses apôtres le soin d'employer les moyens opportuns pour seconder l'action de la grâce… »

Le père Georges parlait avec plaisir, toujours aussi vite. Il voyait assez rarement ses collègues, qui d'ailleurs connaissaient la Mission comme lui ; et il était heureux de parler d'elle.

Elle avait été fondée[a] pendant la grande persécution d'Annam, avant la conquête française ; et les deux premiers pères engagés dans les montagnes avaient dû craindre à la fois les sauvages qui ne voulaient pas les accueillir et les mandarins qui voulaient les supplicier. Il fallait apprendre le bahnar pour être accueilli des sauvages ; mais comment leur parler ? Un Bahnar apportait du riz, contre quelques sapèques, aux deux missionnaires échoués depuis des mois dans une cabane de la forêt : pour ne pas perdre ce brillant métier, il avait répandu le bruit que les hommes blancs et barbus portaient malheur et rendaient folles les femmes rencontrées : tous les Moïs avaient fui à leur approche… De huit mois les pères n'avaient pu quitter cette cabane où leur action était nulle et où ils mouraient de fièvre. Le père Maranges, qui avait été en France le condisciple de l'un d'eux, fut envoyé à leur recherche ; quand il les atteignit, après mille épreuves, il ne reconnut pas son ami. « Ainsi, c'est vous qui êtes le père Combes !… » Il l'avait cru quinquagénaire… Enfin installés dans un village, les missionnaires avaient appris bien vite les mots qui désignent les objets. Mais « pour prêcher la religion, pour expliquer ses dogmes sublimes, il faut connaître les mots abstraits avec lesquels le missionnaire convainc, confesse, exerce toutes les fonctions de son ministère… » Chaque soir, à la Maison commune, les pères notaient des mots au vol, leur supposant un sens, contrôlaient ensuite, s'apercevaient deux fois sur trois qu'ils s'étaient trompés. Le père Maranges, qui avait appris l'annamite en trois mois, dut attendre plus de deux ans avant de pouvoir commencer une bien imparfaite traduction du catéchisme[1]…

De Kong-Seng ne venaient plus que quelques grognements étouffés des cochons noirs, entre deux sommeils ; sous le plancher de bambou de la maison commune, un autre cochon tout près, répondait, irritait les volailles et se rendormait dans une éphémère agitation d'ailes de poules. Bien que le village fût enfoui, étouffé sous les arbres qui le recouvriraient un jour comme ils recouvraient tout, Mayrena se sentait dans une nuit libre et primitive, une nuit de haute mer ou de labours immenses. Il n'y avait jamais eu de temps ni d'histoire : sur une route quelconque, l'apôtre Pierre, pieds nus, arrivait à Rome…

« Pensez, disait le missionnaire, que pas un mot, ici, ne signifie : Dieu. Lorsque les sauvages comprirent le sens des mots Tout-Puissant, nous fûmes un peu moins avancés qu'auparavant : car le Dieu des chrétiens était tout-puissant, mais chacun voyait les convertis, comme les autres, pauvres et malheureux… Songez, de plus, que la pitié, pratiquement, ici, n'existe pas…

— Mais alors, sur quoi avez-vous pu fonder votre action ?

— Sur deux sentiments, l'un bien consolant, l'autre… Il y a, voyez-vous, un sentiment à travers lequel nous pouvons faire comprendre beaucoup ; une sorte d'interprète en chef : les sauvages aiment leurs enfants, surtout quand ils sont petits… »

Il se tut quelques secondes, rêvant.

« Si on leur dit : Jésus aime les hommes comme tu aimes ton petit garçon, ils comprennent… Et par cette porte-là, on peut faire entrer beaucoup d'épis dans la grange. »

Pour la première fois Mercurol regarda le père avec sympathie : il était bouleversé qu'une seule chose unît les hommes jusque dans cette énorme hutte noire, et que ce fût l'amour des enfants.

« Et l'autre ? demanda Mayrena.

— Les pauvres sauvages sont terrifiés par leurs génies. S'il en est de bons, disent-ils, pourquoi s'en occuper, ils ne feront pas de mal. Il s'agit de conjurer les autres, qui, eux, les obsèdent… Il y a une chose qu'ils ont comprise, tous, tout de suite : c'est l'enfer[1]…

Tout cela se mêlait pour Mayrena à l'enfant emporté par le tigre, aux tombées de la nuit sur la forêt, au coolie tué, aux traités avec Phim, au sorcier qu'il n'avait pu voir : ce que les missionnaires avaient dû vaincre, c'était le même univers de fantômes, tour à tour encombrants, rusés ou disparus.

« C'est donc pour cela que Phim voudrait être baptisé sans renoncer à ses fétiches… » dit-il. Il avait fini de manger ; le père, intarissablement heureux de conter l'effort de ses compagnons, semblait, de son saucisson encore presque intact, diriger un orchestre invisible composé de tous les démons des hauts-plateaux, et lui faire rendre louanges à Dieu.

« Partout où le démon est maître, disait-il, il apporte la peur avec lui. C'est ici un pays bien simple, un pays de grands enfants ; c'est pourtant un pays de la peur pour tous : pour ceux qui l'habitent, et plus encore pour les Siamois ; pour les Annamites, vous avez vu vous-même…

« Il n'y a rien à faire de votre caravane. Nous allons partir dès demain, nous nous arrêterons à Kong-Jeri, chez nous si j'ose dire, et nous allons organiser une caravane de Bahnars chrétiens. Cela fait, vous pouvez commencer à travailler. Vous garderez seulement vos soldats. La mission a un petit capital d'objets d'échange avec lequel nous paierons vos nouveaux porteurs. Ah, ma nouvelle chapelle ne sera pas encore pour l'année prochaine ! dit-il en riant. Enfin, c'est pour la France ! Savez-vous quel est le budget de la mission ? Six cents francs par an. Et nous sommes trois missionnaires français ! Deux cent quarante piastres ! Pour tout. Mais l'agriculture nous aide, et tout va très bien, à la garde de Dieu...

— Et combien coûte la construction de votre chapelle, mon père ? demanda Mayrena.

— Oh beaucoup... Je voudrais une chapelle qui ne soit pas une paillote, vous comprenez. C'est triste, mais les sauvages comprendront mieux le bon Dieu s'ils le voient bien logé... Trois cents piastres, au moins...

— Comme vous l'avez dit, c'est Dieu qui m'envoie : permettez-moi de lui offrir sa chapelle. »

Mayrena tira de sa poche et tendit au père un petit rouleau enveloppé de papier.

« Excusez-moi : je n'ai que des louis, mais un or ici en vaut un autre, puisqu'aucune monnaie n'a cours, et vous vous arrangerez[1]...

Le père, son repas achevé, s'était levé en remerciant Mayrena ; celui-ci comprit qu'il préférait continuer la conversation seul à seul. Il se leva aussi. Mercurol le retint tandis que le père descendait l'échelle de la maison des Hôtes.

« Combien qu'il nous restait ? demanda-t-il à mi-voix, assez bas pour que Minh ne l'entendît pas.

— Quatre cents...

— Et tu lui donnes trois cent cinquante piastres comme s'il ne pouvait pas continuer à se servir de la chapelle qu'il a !

— Ainsi les Mayrena, jadis, lançaient leur bourse ! Dieu est avec nous, et toi fous-moi la paix.

— Est-ce que je fais bâtir une chapelle, moi ! »

Mais cette question ne s'adressait plus qu'au buste de Mayrena engagé sur l'échelle, et coupé à mi-corps par le plancher de la case.

Le père l'attendait. Ils marchèrent sur la place autour de laquelle étaient plantées les cases.

Mayrena avait beaucoup à apprendre du père. Aucun Européen n'avait jamais traversé les hauts-plateaux moïs du Siam à la mer ; les envoyés allemands ne connaissaient pas le pays, ne pouvaient aider les Siamois.

On peut pénétrer en pays moï à la condition de ne pas épouvanter les indigènes ; donc avec une petite escorte, mais non avec une colonne. Tous les Moïs allaient abandonner leurs villages devant les Siamois. Or, les guides moïs ne conduisent que d'un village au village le plus proche. Dès que la mission aurait abandonné la région encore parcourue des chasseurs siamois, elle n'aurait donc plus de guides, et on n'avance pas très vite à la boussole dans la forêt de rotins épineux. Plus, les flèches des Djaraïs invisibles. Plus, surtout, la fièvre des bois. Mayrena se souvenait de son coolie tué, de ses coolies en fuite, et devinait quels obstacles devait rencontrer l'avance d'une colonne entière pendant des semaines... « Et n'oubliez pas, bien cher monsieur, que vous n'avez touché au pays djaraï que tout à fait accidentellement ; mais le chemin des Siamois le traverse de bout en bout... »

La mission siamoise avait été préparée dans une grande ignorance, puisqu'elle s'engageait d'abord chez les sauvages les plus dangereux et les plus forts.

Mais, — tout cela acquis, — qu'eût fait Mayrena à la place des Allemands ? Abandonnant la colonne, il se fût enfoncé avec quelques miliciens à travers le pays déserté ; puis, arrivé, sinon à Kong-Toum, du moins sur le Bla[1], il eût traité à n'importe quel prix avec un chef de village et mis la France devant un fait accompli.

Rien ne les empêchait de le tenter, eux aussi.

« D'après la dernière lettre de Faure, je veux dire du Président, l'Allemagne n'envisageait pourtant aucune action coloniale directe... »

Le père ne répondait pas. Ils marchaient prudemment sur la terre inégale, plus chaude que la nuit. Le missionnaire confrontait-il ses informations avec celles que Mayrena venait de lui donner ? Comment le président de la République n'eût-il pas été le mieux informé de tous ? Et, comme Mayrena connaissait la politique allemande exclusivement à travers les vieux journaux...

« Il est vrai que les informations du président sont trop anciennes pour que nous en tenions compte, reprit-il, comprenant le danger.

— De quelque façon que les Prussiens aient préparé

leurs manigances, il s'agit toujours d'aboutir à faire des Sedangs un barrage... »

Mayrena disposait en tout et pour tout de sa quinzaine de soldats annamites. Assez lâches, donnés contre les pillards, mais qu'il n'eût pu employer contre les Siamois sans encourir un désaveu immédiat et indigné : il était chargé de créer clandestinement une barrière, et non de faire la guerre au Siam. « En somme, mon père, j'ai des soldats, et l'interdiction de m'en servir. »

Occuper ces montagnes dont les habitants étaient toujours prêts à abandonner leurs villages devant un envahisseur, demandait bien moins de force que de persévérance. « Là où nous ne pouvons laisser un missionnaire, puisque nous ne sommes que trois, tout notre travail se défait comme un château de sable... »

Enfin, lorsque Mayrena avait demandé dans quelle mesure il pouvait s'appuyer sur les Bahnars pour leur incorporer les tribus sedangs :

« Malheureusement, bien cher monsieur, les tribus n'existent pas[1]. Surtout chez les Sedangs. Il y a ici des dialectes, mais pas de tribus. Et comme ces pauvres sauvages ont beaucoup d'indifférence, ils oublient ce qu'ils ont signé, ou plutôt ils s'en désintéressent, sauf si l'action convenue est immédiate. Ils n'ont aucune conscience du temps, et ça ne facilite rien ! Tout doit être fait village après village, et encore faut-il y bâtir la chapelle et y laisser le diacre, sinon[a]... »

Sinon, tout retournerait une fois de plus à la forêt.

Est-ce bien sûr ? faillit demander Mayrena. Comprenant de quelle gravité était l'absence de tribus, il eût voulu la nier. Il commençait à deviner pourquoi le pays était resté libre ; seule l'eût conquis une véritable occupation, dont le défendait son apparente pauvreté. (Et là-dessous, il y avait l'or !...) Quand Mayrena avait découvert Kong-Seng, avec ses longues cases brunes collées à la terre pourrie de la forêt autour de cette minuscule éclaircie où maintenant le père et lui promenaient dans la nuit leur inquiétude, il avait pensé à un nid de punaises des bois. Non seulement ces villages moïs vivaient de la forêt toute-puissante, bétail des Saisons et des dieux des arbres, pourris par elle après leur mort et possédés par elle toute leur vie ; mais leur organisation sociale, elle aussi, se liait à cette millénaire odeur de fièvre qui montait et descendait sur la place, bien qu'il n'y eût pas le moindre vent. Tous les bruits du village et de la caravane s'étaient tus. Ici, c'était encore la civilisation, avec ses Moïs groupés, le souvenir de Chaminade et les dîners aux saucissons. Au-delà du Bla allaient commencer les choses sérieuses, le royaume de l'Informe, tout entier frère de ce pays djaraï aux villages abandonnés que commençait à envahir la procession pressée des insectes de la nuit[1].

Seule la torche couleur de tison était encore allumée à la maison des Hôtes, et laissait deviner la haute masse de son toit de tombeau. On dormait d'un bout à l'autre de la chaîne annamitique.

VIII BIS[a 2]

Les nouvelles de France avaient annoncé un grand bal au cercle Volney. Mme Chaminade dessinait la robe qu'elle y eût portée. Elle recevait de France les principaux journaux de modes ; mais une femme un peu artiste doit, sinon faire ses robes elle-même, du moins les inventer. Chaque fois qu'elle lisait l'annonce d'un grand bal à Paris, Nathalie composait longuement une toilette « dans l'esprit de la dernière mode, mais avec une touche délicate d'exotisme ». Elle la dessinait, la rehaussait d'aquarelle, et, le jour du bal venu, passait des heures, allongée sur la chaise longue de la véranda, à imaginer méticuleusement son arrivée, ses danses, les compliments à elle adressés par de jeunes princes inconnus. Les lézards dormaient aux coins du plafond, les clochettes des marchands ambulants tremblaient dans la grande chaleur, et l'ennui sans fin de la mer de Chine se mêlait à l'ennui sans fin du ciel.

Grâce à « une petite écharpe ravissante décorée de mangues » elle était en train de faire d'un modèle assez délicat un parfait carnaval, quand elle entendit le résident l'appeler de son bureau — ce qu'il ne faisait jamais.

Les secrétaires annamites sortaient ensemble lorsqu'elle y arriva. Il venait donc de les renvoyer ? Sur sa table, le chiffre de sa correspondance avec le gouverneur général. Assis derrière son bureau comme à l'ordinaire, la barbiche dans ses mains croisées, il écoutait décroître le pas des secrétaires. Elle attendait, très inquiète. Il lui tendit un papier.

« Pas d'erreur de déchiffrement à espérer : j'ai déchiffré moi-même.

Mayrena n'a pas de mission officielle. Désavouez ses actes et même prenez, à son égard, mesures de rigueur.

— Ça vient du nouveau Gougal ? » demanda-t-elle, comme pour gagner quelques secondes de tranquillité : elle le savait, elle avait vu le chiffre.

Chaminade haussa les épaules, pour signifier : « évidemment ».

Elle ne respirait plus que par soupirs ; mais elle retrouva son souffle :

« Henri, écoute-moi ! Il faut tomber malade. Tomber malade tout de suite. Sinon, nous ne nous tirerons jamais de cette histoire-là !

— Trop tard, dit Chaminade lamentablement, ils devineront… »

Quand elle ne dansait pas des danses imaginaires, Nathalie était une personne pleine d'énergie, qui menait fort bien son Chaminade. Lequel d'ailleurs ne s'en défendait pas. Sans qu'il s'expliquât davantage, elle avait vu l'extrême danger de la situation. Le gouverneur général était le gouverneur général ; Mayrena était un personnage puissant, présenté à son mari par le gouverneur général précédent. Et il connaissait tout le monde à Paris. Donc, tout finirait bien pour lui, bien pour le gouverneur, et mal pour le pauvre résident qui se trouverait pris entre eux. Nathalie fronça sur ses yeux verts ses beaux sourcils, et dit durement :

« Un gouverneur général présent, c'est tout de même plus qu'un gouverneur général rentré en France.

— Dans un an, répondit le résident en haussant les épaules tristement, celui-ci aussi sera rentré… Et ceux à qui j'aurai nui seront là pour barrer Chaminade, au ministère… »

Il se leva, marcha, et, les mains tremblantes devant lui, comme s'il eût, à travers la fenêtre, adjuré l'immense lumière : « Et qu'est-ce que ça veut dire ! Mais je vous le demande, qu'est-ce que ça veut dire ! Désavouer quoi ! Mais, malheureux crétin, pauvre assis, est-ce que je les connais, ses actes ! Vous m'avez fait organiser sa caravane, je l'ai expédié par vos ordres en pays inconnu, et maintenant qu'il est dans la lune… » Il ferma les poings. « Désavouez une aiguille dans une botte de foin, prenez donc à l'égard de la sécheresse des mesures de rigueur, idiots ! Iddiots ! »

En de telles circonstances, Nathalie avait l'habitude de s'asseoir, puis de dire, impérieuse : « Henri, commence par ne pas te mettre dans des états pareils. » Mais, cette fois, elle était écrasée, malade d'impuissance. Atteindre Mayrena était, en effet, absurde. Et Chaminade, qui avait si péniblement obtenu la résidence de Binh-Dinh, retournerait administrer quelque bourg de l'intérieur. Ils étaient trop pauvres pour revenir en France avant quelques années.

« Si nous perdons la mer, Henri, dit-elle à mi-voix, nous allons retrouver la fièvre et la dysenterie dans les six mois...

— Et c'est une dépêche ! criait-il en agitant le papier bleu. Une dépêche ! Pour aller plus vite ! »

Il éclata de rire.

« Une affiche, dit-elle rêveusement. Une circulaire : "Le résident de Binh-Dinh ne saurait laisser plus longtemps le prestige de l'Administration française risquer d'être... je ne sais pas, moi, souillé, quelque chose comme ça... ou compromis... par un imposteur, etc." »

Il était devenu plus calme en l'écoutant, et répondit, hésitant :

« Tout de même, Lili... lui, il est... innocent... C'est un brave homme, qui ne nous a rendu que des services. Et même un homme distingué. — Il est peut-être en train de mourir, là-haut...

— Oh, ça, mon petit, pardon ! Je t'en prie ! Je ne vais pas m'attendrir sur ces gens-là ! Eux, avec leurs rivalités dégoûtantes, ils... Mais si je perds la mer, moi, je serai une vieille femme quand je rentrerai en France ! Une vieille femme ! Et qu'est-ce que nous avons fait, nous, pour ça ! Qu'est-ce... »

Visitée, elle retrouva soudain sa voix normale :

« Mais, au fait, il te l'a dit, qu'il n'avait pas de mission *officielle* ?

— Sans doute... Et puis ? *Désavouez*, il y a : *désavouez*. Qu'est-ce que tu veux que je désavoue ?

— Il a vu l'évêque avec une lettre d'introduction de toi.

— Là, oui, je peux le désavouer... D'autant plus que l'évêque se fiche de moi, et qu'il ne fera que ce qu'il veut...

— Peut-être qu'il est mort... » dit-elle à voix basse.

Quelle solution parfaite ! pas de mesures à prendre,

désaveu indifférent, — et rien n'eût pu annuler la recommandation envoyée à l'éditeur Charpentier...

« C'est un peu plus sain maintenant, là-haut, répondit le résident d'une voix neutre : les anciens missionnaires sont presque tous morts de la fièvre ; mais ceux-ci tiennent... »

Il l'exaspérait. Mayrena pouvait bien crever, là-haut ou dans la plaine, chez les Sedangs ou à l'Élysée ! Pourquoi avait-il mis les pieds en Indochine, particulièrement à Binh-Dinh ! Pourquoi, pourquoi était-il venu lui apporter cet espoir de gloire qu'elle n'avait pas oublié un seul jour, et qu'il fallait bien enterrer aussi...

« Gagne du temps, dit-elle ; on ne trouve pas toujours tout de suite, mais, en cherchant, on finit bien par inventer[1]... »

IX

NOTES DE MISSION

Le 10 mai. Écrit à Félix Faure pour exposer nos difficultés et affirmer que la France n'a pas à s'inquiéter : nous les vaincrons. La lettre est confiée aux soins du résident Chaminade. Autre lettre pour le gouv. général[2].

Le 12. Il s'agit de faire du pays bahnar, comme de Phim, une base d'opérations, et de continuer à avancer. Le gros morceau, ce sont les Sedangs.

Les Bahnars ont été réunis par le père Georges contre les Djaraïs, il y a trois ans, mais pas d'une manière durable.

Avant tout, constituer une fédération des Bahnars.

Mais le pays me coule entre les doigts comme du sable ! Chaque village est une minuscule république ; au-delà, rien. Négocié avec quelques chefs de village : chez les chrétiens, tout va bien ; la seule idée des autres est de m'extraire le plus possible de présents, et les damnés Germano-Siamois seront ici avant que j'aie seulement fédéré les Bahnars[3] !

Le 13. Kong-Jeri. Émotion de voir la première église : grande paillote à toit haut, style maison des Hôtes, surmontée d'une croix de bambou. En ce pays, l'église ressemble à la crèche ; et Jésus est à la fois sur la paille et dessous !

C'est ici qu'a débuté le père Georges.

Le 14. Organisation d'une caravane capable d'entrer en pays sedang : nous allons rester ici une dizaine de jours. Visites aux chefs voisins à partir de demain.

Le 15. Toujours, accord immédiat des chefs chrétiens. Réponses dilatoires des autres ; demandes de cadeaux supplémentaires.

Ces réponses dilatoires se justifient peut-être : le chef de village, espèce de maire, est rarement le chef de guerre, et veut consulter ce dernier. Et, sûrement, le sorcier…

Toujours pas vu un seul sorcier.

Le 16[a]. Grand changement.

Les Moïs ont appris l'avance des Siamois (mais ignorent que des blancs sont avec eux). La connaissaient-ils déjà, mais sans y croire ? Quoi qu'il en soit, les petits chefs qui voulaient réfléchir, consulter, etc. m'envoient aujourd'hui des émissaires.

Nous allons donc nous servir de l'avance siamoise même !

Voici mon ordre de combat :

Aussitôt les Bahnars fédérés[1], chrétiens ou non, — tout ce qui est bahnar est nôtre — faire entrer les Sedangs dans la confédération. C'est d'eux que tout va dépendre. Mais nous avons des fusils, ils n'en ont pas, et les Siamois marchent en direction de leurs villages à l'heure qu'il est ; voir ensuite ce qu'on peut faire avec les Djaraïs en fuite.

Mangé, avec un riz préparé par le cuisinier des pères, une viande blanche très fine, inconnue. Renseignements pris, c'est du crapaud décortiqué ! La peau empoisonnerait[2]. Gare à la dysenterie.

Le 17. Pas de nouvelles des Germano-Siamois.

Le père voudrait renvoyer au plus tôt mes Annamites : ces drôles se croient en pays conquis ! Les coolies sont maintenant inutiles, le père nous donnera des porteurs. Mais je ne puis renvoyer les miliciens sans leurs armes. Et, me séparer des armes, autant me sabrer les mains !

Le père, qui connaît bien ses villages, croit pouvoir me trouver une cinquantaine de guerriers plus courageux que les miliciens. Je vais les faire instruire par ceux-ci, sous la direction de Mercurol. Nous serons prêts dès qu'arriveront les cinquante fusils promis par le gouverneur général ; nous renverrons aussitôt les miliciens, mais pas avant. En tout état de cause, nous aurons, en attendant, trois hommes par fusil.

Le 18. Tournée chez les chefs. Mercurol en uniforme rouge d'officier anglais acheté à Binh-Dinh chez un antiquaire chinois, moi en grand uniforme, le père avec sa croix sur sa robe noire annamite qui joue les soutanes (les sauvages sont frappés par le luxe vestimentaire). Discussion avec toute une bande de Pihms[1]. Ils essaient bien un peu d'obtenir quelques cadeaux de plus, mais tous attendent anxieusement des nouvelles de la colonne siamoise, et notre partie est gagnée d'avance.

Tout village qui entre dans la fédération sera défendu par mes fusils, aura le droit d'envoyer ses guerriers les plus braves à l'instruction (avoir le droit de tirer avec un fusil de guerre est un honneur insigne), et sera assuré, s'il est attaqué, du concours de tous les guerriers de l'Union.

Ce qui implique, pour commencer, le concours des douze cents guerriers réunis précédemment par le père Georges[2].

Je me suis fait précéder d'un pavillon à mes armes. « Dommage » a dit le père quand il a vu pour la première fois mes trois trèfles en bande. Il pensait au drapeau de la France… Mais les instructions que j'ai reçues sont formelles[3].

Il faut que les chefs de village ne se sentent pas mis à l'écart, nous fichent la paix, et que la Fédération soit assez précise pour que nous puissions, le cas échéant, passer la main à la France en quelques jours[a].

La saison des pluies doit avoir commencé sur le parcours des Siamois.

Renvoyé les coolies à Binh-Dinh, avec deux miliciens pour les protéger (reste quatorze). Lancé un mot à Chaminade pour réclamer d'urgence les fusils promis par le gouverneur général.

Le 19. Comme prévu, les villages djaraïs se vident devant

la colonne ennemie. Les sauvages n'organisent même pas la guérilla, — du moins, pas encore. Mais la colonne est désormais sans guides, la région n'ayant jamais été soumise.

Le père a trop de scrupules[1].

Le 20. Mercurol, redevenu sergent d'honneur, fait manœuvrer les miliciens, et prépare l'instruction des guerriers choisis parmi ceux d'ici, avec Minh qui ne connaît le vocabulaire militaire ni en français, ni en annamite, ni en bahnar. Difficultés entre le père et Mercurol pour les commandements !

Les Germano-Siamois sont provisoirement bloqués ! Les chemins, devant leur colonne, sont à peine tracés, et doivent être débroussaillés au coupe-coupe pour laisser passer les éléphants de bât. On débroussaille un kilomètre par heure. Après cinq jours, la colonne sans guide vient de s'apercevoir que sa piste ne menait qu'à une mare infranchissable, et doit revenir à son dernier village, toujours vide.

Une avance (si je puis dire !) de cette nature contraint à coucher en forêt. Le père croit impossible que la fièvre des bois ne se déclare pas. Les Siamois ne doivent pas l'ignorer.

Le 21. Acheté « au marché », une petite fille sedang de huit ans !

Les Djaraïs, qui savent que les missionnaires achètent parfois des enfants esclaves pour les libérer et les élever — ils ont fondé un pauvre orphelinat — sont venus proposer cette petite, enlevée dans une guerre contre les Sedangs, il y a quelques années. La princesse a acheté la gosse ; deux buffles, soit [ ] francs. Les fonds baissent. Enfin, que l'enfant nous porte bonheur ! Je pense l'emmener avec nous chez les Sedangs. Sa présence montrera que nous sommes des amis, et peut-être finirons-nous par trouver ses parents[2].

22. Constitution définitive de notre caravane : moi, le père Georges, Mercurol, Minh, deux soldats annamites montés, quatre à pied, le doï[3], dix porteurs bahnars.

Voici le bilan aujourd'hui 22, au moment du départ :

La fédération des villages bahnars chrétiens est dès maintenant constituée, en fait ; elle le sera en droit avant mon retour, avec sceaux, etc., tout ce qu'il faut pour établir les droits de la France s'il y a lieu. Un certain nombre de villages non chrétiens se sont joints à nous. Ils acceptent l'alliance avec Phim, bien que ses gens ne soient pas des Bahnars.

Pendant que nous allons conquérir les Sedangs, les chefs chrétiens, entreprenant village après village, vont essayer, sur les suggestions des pères et les miennes, d'établir un accord que puissent signer tous les chefs fétichistes.

L'instruction militaire sera donnée pendant notre absence, à Kong-Toum, par les miliciens que je laisse ici, sous la direction d'un sergent et le contrôle discret d'un diacre du père Maranges.

Et si les têtes carrées à lunettes[1] arrivent en vue du territoire bahnar, le chef de Kong-Jeri, mandaté par tous les autres, fait immédiatement appel à Phim, qui fait appel à la France. Donc, impossible de parler d'un hinterland moï, comme ils disent dans leur jargon !

Notre drapeau bahnar est rouge, frappé de cinq étoiles, une à chaque angle et une au milieu. Les missionnaires sont autorisés à le déployer au besoin.

Il flotte depuis l'aube un peu brumeuse de ce 22, taillé dans l'étoffe que Chaminade m'a donnée pour les échanges, au-dessus de la maison des Hôtes, palais du futur président de la Fédération.

9 h. Départ.

23. Kong-Toum, capitale de la mission. Transmis au père Maranges, les instructions de la France. Le père Georges lui avait remis les lettres de l'évêque.

Accueil affectueux et dévoué.

Le père Maranges semble très âgé. Il veut rester dans cette mission qu'il a presque fondée, et y mourra avant peu. Le père Georges est le poing de la Mission, mais le père Maranges en est la tête.

Dans tous les villages où les missionnaires avaient fait des chrétiens, ceux-ci étaient en minorité. Le père Maranges a décidé de faire *un pays chrétien.* Un maléfice a toujours suffi, ici, pour faire émigrer un village ; les chrétiens n'étaient donc pas rebelles à l'émigration. D'autre part, les Bahnars, comme tous les Moïs, cultivaient le riz par la méthode des rays[2]. Procédé misérable[a]. Mais ils ne veulent pas faire de rizières (non, comme on l'a dit, par paresse) parce qu'on ne peut labourer sans buffles, et que le buffle, animal sacré, ne peut être employé qu'aux sacrifices. De plus, le dieu du Tonnerre a interdit le labourage[1] ! Le père Maranges a choisi un lieu favorable. Un jour, il a eu la chance d'acheter aux Mnongs[2] trois éléphants, très bon marché. Il les a vendus aux Annamites, et a acquis d'eux des charrues. Puis il a réuni tous ses fidèles, fondé un village, substitué une culture rationnelle aux procédés enfantins des Moïs. Son village a été la prospérité au centre de la misère. Il a fondé alors village après village. Dans ce pays où les villages ont trois cent cinquante habitants, Kong-Toum seul compte déjà plus de sept cents chrétiens florissants[a] !

Grande politique, qui demandait une vue juste, de la résolution et de la persévérance ! Le jeu des parentés et des alliances amène dans les villages chrétiens de nombreux sauvages qui, pris par la vie chrétienne, se convertissent assez vite. Le père a mis du côté des chrétiens les forces de la vie, jusque-là contre eux : et rien n'agit autant sur les hommes ! De plus, mille chrétiens dispersés dans vingt villages ne sont rien, restent soumis malgré leur chrétienté aux rivalités, aux guerres des villages ; mais, formant une seule agglomération, ils sont la plus grande puissance de la région.

Beaucoup discuté de ce qui peut être fait en pays sedang. Le père pense, comme moi, qu'une barrière *provisoire* contre les Siamois ne signifie rien, et que nous n'unifierons le pays qu'en changeant sa structure, en le civilisant. (Il pense : en le christianisant, mais il y a peut-être des voies plus rapides.) « L'évangélisation des Normands chez eux, dit-il, a seule fait disparaître les habitudes de brigandage de ces redoutables pillards. »

J'ai envisagé, parmi d'autres hypothèses, l'octroi de crédits pour l'achat d'instruments aratoires, en vue de rénover l'agriculture sedang[3]. Le Richelieu de Kong-Toum pense que, tant qu'aucun animal capable de tirer la charrue ne pourra être amené ici, et que le buffle sera tenu pour sacré, il n'y aura rien à faire.

Toujours le surnaturel ! Le travail des premiers pères fut d'abord retardé d'un an parce qu'une canaille prétendit que les barbus portaient malheur ! Plus tard, parce qu'une autre affirma que les Moïs chrétiens ne pouvaient se marier, puisque la mère de Dieu était vierge. Le père Maranges dit que, même alors que ses fidèles récoltaient trois fois plus de riz que les autres, son action fut arrêtée parce que les pères furent sourdement accusés de vendre les âmes des Moïs à leur Dieu ; commerce qui expliquait la prospérité de leurs villages. Leur Dieu donnait le riz pour manger les âmes.

Au moment du départ, eu besoin du forgeron. Pas de forgeron. Tout ce qui est forgé, ici, vient des Sedangs. Leurs villages sont pleins de forges primitives[1].

24. K. Trang. Chez le père [ ][2]. Aussi dévoué que les autres. Indifférent à toute action politique. Charité profonde, lys des marais ! N'ajoute rien à ce que je sais.

Vu dans ce « village frontière » les premiers Sedangs.

Plus grands que tous les autres Moïs. Portent, au lieu du bouclier rond, une sorte d'écu. Mêmes turbans rouges, pagnes plus courts. Devons absolument les avoir comme soldats.

Ils attendent la venue d'un Messie[3] !

Il doit leur donner le gouvernement de tous les Moïs.

En notre honneur le village a organisé la mise à mort rituelle d'un buffle. On attache la bête, que les guerriers tuent peu à peu tandis qu'elle devient furieuse. Course de taureau, avec le taureau attaché : plus infâme encore ! La folie du village monte avec la souffrance de la bête. Ce « jeu » se pratiquait avec un esclave, il n'y a pas si longtemps. Se pratique encore ainsi chez les Sedangs purs[4]. Le massacre terminé, les Moïs ont repris leurs têtes de paysans tranquilles.

Très troublante impression, unique dans ma vie qui a vu tant de choses ! Je voulais faire cesser le jeu en logeant une de mes balles dans l'œil de la bête, mais le père m'a arrêté : le Rolang (tel est le nom de cette ignominie) est un rite, et on ne peut l'interrompre sous peine de mort. J'ai donc vu le sacrifice jusqu'à la fin, — je ne pouvais d'ailleurs en détacher mon regard. J'ai commandé, pendant la guerre, et ici au temps de mes spahis[5], des foules brutales, mais jamais je n'avais vu une foule cruelle. « Ils ont l'air fou » dit le père, cuirassé pourtant par l'habitude. Au contraire ! Ils ont l'air de *se dévoiler*. Tout le reste de leur vie, soudain, semble masque.

C'est des Sedangs que l'évêque m'a dit : « La virilité d'un homme ne lui est reconnue qu'après son premier meurtre[1]. » Comment diable finit un pays qui commence ainsi ?

Le 25. Péleï-Tebau. Première pluie.

Conseil du village. « D'accord, d'accord, mais entendez-vous d'abord avec nos principaux chefs. » Ils seront réunis à Kong-Gung vers la fin du mois, comme convenu. Nous y arriverons le 29, — si Dieu le veut…

Achat de riz, porteurs supplémentaires : payons quarante colliers de perles rouges pour assurer notre route jusqu'à la rivière Pékau[2]. Bien qu'il y ait beaucoup de Sedangs ici, nous sommes toujours dans la région frontière, et la langue des villages n'est ni le sedang, ni le bahnar.

À chaque village, prévenues par l'escorte, les femmes qui portent le deuil de leur enfant enlevé, espérant le retrouver, viennent voir la petite, lui parlent, s'en retournent. Les Moïs sont des agriculteurs, apparemment pas plus malheureux que d'autres ; pour sentir la profondeur du malheur qui ronge ce pays, pour comprendre le bien-fondé de mon intervention, il n'est que de voir ces deux, quatre, six femmes qui, dans *chaque* village, viennent chercher leur enfant enlevé ou tué. Depuis qu'elle a quitté la princesse, la gosse répond à peine, refuse ce qu'on lui donne, ne mange que du riz ou des mets connus d'elle, reste immobile des heures sur la couverture où le porteur la pose en arrivant à l'étape, les jambes croisées comme un petit Bouddha, n'espère plus[3].

Le 28. Traversée du Pékau. Non sans peine.

K. Yé[4]. Le village nous répondra après l'assemblée des chefs sedangs à K. Gung. Nous y serons demain.

Vu un Sedang de l'Ouest qui portait à son collier deux pendeloques d'or brut. Il les a achetées à un forgeron de son village. N'a rien voulu dire de plus.

K. Sui. Même palabre : « allez à K. Gung ». Les Moïs ont beaucoup admiré la justesse et la portée de mon Colt.

M'ont prié de tirer encore : les douilles éjectées font de remarquables ornements pour les tuyaux de pipes.

Traversé le Dak-Henuï, RUISSEAU AURIFÈRE.

Nous sommes en pays sedang. Il faut souvent ramper, à cause des bambous et des rotins. Et on se relève couvert de sang : les sangsues sont partout.

Le 29. Vers 10 heures, — une case sans parois, le toit sur quatre hauts troncs, pleine d'ossements d'animaux empilés, très blancs comme toujours. Autour, la solitude. C'est un charnier. Ici achèvent leur destin les restes des victimes offertes en sacrifice. Les troncs et le plancher sont peints du sang des animaux égorgés. Kong-Gung n'est plus très loin.

Toute la matinée les oiseaux-augures se sont montrés, et toujours favorables : volant dans le bon sens, chantant comme il convient, etc. La quatrième fois, le guide est venu nous le faire remarquer[1].

11 heures et demie. Le sentier commence à se hérisser de lancettes de guerre, plantées dans le sol pour protéger le village. Un guide devait venir nous chercher, pour nous conduire comme un pilote conduit un navire entre les récifs sous-marins : les villages laissent toujours des passes dans leurs champs de lancettes. Pas de guide. Nos gens poussent devant eux un rateau plat qu'ils viennent de faire, et qui arrache les lancettes (mais sur une bande très étroite de terrain : nous avons mis pied à terre et tenons nos chevaux par la bride).

Un kilomètre à l'heure[2].

X[a]

2 heures et demie. Pas déjeuné encore. Nous ne voyons de Kong-Gung qu'une enceinte de troncs énormes joints par des rotins, et qui, à notre droite et à notre gauche, disparaît dans la forêt. Derrière l'enceinte, quelques cris d'enfant, les grognements des cochons noirs et un bruit régulier de marteaux sur des enclumes : les forgerons, toujours. Le ciel est voilé[a] ; j'imagine ainsi les camps des Huns dans les forêts sibériennes, quand leurs sorciers forgeaient les épées et les faux, avant la ruée ! Il n'y a pas de porte, mais un trou triangulaire qui laisse voir une seconde enceinte, de bambous celle-là[1]. Sur une plate-forme, à droite du trou, comme des guetteurs à la poterne d'un rempart, tout noirs sur le ciel gris, deux types aux lances immenses hurlent que le village est *djeng*[2].

Le père répond, fait parler le guide sedang de Kong-Jeri : « Le guide, traduit Minh, dit que nos oiseaux ont été très favorables, qu'il l'a vu lui-même. » Les porteurs de lance hurlent de nouveau. « Écoutez-moi cela ! dit le père : les oiseaux favorables ? répètent-ils. Comme c'est extraordinaire… Mais le fait est que nous sommes *djeng*, et très grandement *djeng* : non seulement vous ne pouvez pas entrer, mais encore nous ne pouvons pas vous donner de riz. Et de plus, nous ne pouvons vous donner de guide. Et de plus, nous sommes *djeng* pour deux jours encore… » Les chiens sedangs, — ces hirsutes chiens de hordes ! — hurlent aussi.

Il ne nous reste plus qu'à partir. Mais le père a repris le dialogue. Oui, on attend la réunion de tous les chefs sedangs de la région, dès que le *djeng* sera levé ; les veilleurs le savent. Est attendu aussi un grand chef de la tribu Keniong (là, il y a de vrais chefs, dit le père) que, depuis de longues années, les Laotiens ont fait *ek* (gouverneur). D'où sort celui-là[3] ?

Notre guide connaît le chemin d'un autre village, Kong-Ye.

Kong-Ye. Très petit village, avec une maison des Hôtes où nous pouvons camper et dormir.

Les habitants, vingt minutes après notre arrivée, savaient que la petite était avec nous. Celle-ci, jambes croisées sur sa couverture, attendait son riz. Comme partout, les femmes dont les enfants ont été enlevés par les Djaraïs sont venues, l'une après l'autre, la regarder, quelques-unes lui ont parlé, elles sont parties. Une, les cheveux assez courts, mais non rasés[4], vient, tripote l'enfant, parle, reste. Hurlements, jubilation des porteurs : c'est enfin la mère !

Je m'approche. Le mari a été tué par les Djaraïs, me dit Minh, la gosse enlevée il y a deux ans. D'abord la mère ne l'avait pas reconnue ; c'est le nœud bizarre, fait de fils de couleur, que la petite porte à l'oreille, qui a permis la reconnaissance (la croix-de-ma-mère[1] !). Les porteurs sont déjà calmés. La femme, systématiquement, essaie de me tourner le dos. Quand je la vois de profil, elle regarde la gosse, la regarde encore, lui parle à peine. Mais elle la tient dans ses bras, ne la lâche pas.

Enfin elle se décide à se retourner, me regarde. C'est une paysanne joufflue aux cheveux raides et au nez épaté, grosse pour une sauvage. Elle pleure. Non de reconnaissance, il n'y a pas à s'y tromper : de douleur. Elle ne sanglote pas, sa bouche qui frémit ne grimace même pas, les larmes font leur ruisseau sur le visage immobile. Comme les larmes se ressemblent partout sur la terre ! Elle me regarde comme me regardait l'oncle du petit Bahnar tué par le tigre… Enfin :

« Quand repartez-vous ? traduit Minh.

— Elle pourrait quand même me remercier !

— Elle n'a pas d'argent. Vous avez payé pour la petite : elle pense que vous allez l'emmener. Peut-être aussi des porteurs ont-ils dit qu'elle devait aller à l'orphelinat des pères. »

Je lui fais dire qu'elle peut emmener l'enfant. Stupéfaction, prosternations ; fuite aux cases (la gosse toujours dans les bras), retour du village possédé maintenant de la folie des salamalecs, retour du père Georges, très ému.

Un instant presque bouleversant, même pour moi qui ne suis pas, ma foi ! une femmelette : les premières qui sont venues me saluer sont les quatre femmes rasées pour le deuil de leur enfant perdu qui étaient venues d'abord regarder la petite. J'ai vu ce défilé des malheureuses déjà dans beaucoup de villages ; j'ai toujours cru qu'elles venaient chercher leur enfant ; je sais maintenant qu'elles viennent seulement le voir *passer*[2]…

Plusieurs fois par heure des groupes de Sedangs, lance au poing, hotte trop chargée sur le dos, sortent tout à coup des feuilles, apparaissent sur la sente. Tantôt une famille, tantôt un village. Ce sont les premiers fuyards. Ils ont tout abandonné en apprenant l'arrivée des Siamois.

Facilités de la pénétration !

Nous demandons des guides, comme à chaque village, puisque les guides Moïs ne conduisent jamais que d'un village au village prochain. — Il n'y en a pas.

« Mais des trafiquants siamois ont fait la route en sens inverse, dit le père, puis sont revenus vers le Siam. Donc vous aviez des guides…

— Oui. Mais ils sont tous morts.

— Comme c'est triste, reprend le père : allez me les chercher. »

Une heure après, arrivent les guides[1].

Kong-Gung. L'interdit sur le village est levé. Deux guerriers viennent me prendre, nous pilotent à travers les lancettes de guerre.

Une maison demeure *djeng.* On nous la montre, à droite, tandis que nous montons vers la maison des Hôtes.

Les Chefs seront ici demain, c'est bien entendu. Également, le mystérieux gouverneur laotien.

Les notes publiées jusqu'ici sur la région sedang me paraissent singulières ! Les contrôler avec le plus grand soin. Kong-Gung n'est nullement un centre important ; le village est plus petit que celui de Phim. Cases éparses. Bananiers, et quelques palmes d'aréquiers. Huit ou neuf cents habitants au plus.

Presque tous les villages sedangs que nous avons vus depuis la Pékau (et les autres, dit-on) sont construits sur des crêtes, comme les villages berbères. Kong-Gung est une presqu'île dans les nuages, et domine tous les contreforts de la chaîne vers l'est. Autant que je puisse en juger (le temps est nuageux aujourd'hui), de cette Constantine sauvage demi-entourée de vide, on verrait jusqu'à la mer, si la vue des hommes le permettait.

Ici doit être installé le premier poste militaire français. Possédée par d'autres que par des Moïs, la position est imprenable.

Si j'échoue plus loin, je reviens ici, j'y attends les Siamois et je réponds du reste !

Comme tant de cases de montagne, la maison des Hôtes est construite au bord du gouffre. Vers le vide, elle est entièrement ouverte : aucun mur. Le plafond et les trois parois — la quatrième étant remplacée par cet énorme trou sur l'infini — sont couverts de crânes d'animaux tués. Le village semble plus ou moins sacré. C'est sans doute pour son air de haut-lieu que les Sedangs ont décidé d'y tenir le conseil de tout le pays.

Le chef m'y accueille. Trente-cinq ans, très fort, le corps

couvert de plaques blanches comme de brûlures : traces d'anciennes maladies de peau. Race de puissants sauvages, la plus vigoureuse, ma foi ! que j'aie rencontrée, mais déshonorée par les maladies de peau et d'yeux[1]. Camelots de la Découverte et de la patrie, nous annonçons que nous allons distribuer des cadeaux et des médicaments. Le chef demande que la distribution des médicaments ait lieu plus tard.

Cadeaux. La force de la sieste, pour les hommes, est invincible ! pas un ne vient.

Les fuyards sont parqués dans des terrains vagues. (Les chefs ne les ont pas autorisés à recevoir de cadeaux.) Par là campent aussi des chefs déjà arrivés avec leurs escortes pour la grande palabre.

Nous étalons notre pacotille devant la maison des Hôtes[2].

Les enfants regardent de loin, mais ne viennent pas. Pourtant, on sait, paraît-il, que nous avons rendu la petite fille de Kong-Ye.

Des femmes viennent, avec des minauderies, ma foi, de boulevardières ! Enfin, quelques jeunes, poussées par des vieilles à peau d'Indiennes et à cheveux blancs, parfaites sorcières, arrivent à portée de la main. Nous considèrent gravement, sans aucune expression, pas même d'étonnement. Et s'en retournent.

Il faut attendre, dit le père, braconnier de Dieu. Pour moi, je me fais l'effet des charmeurs de moineaux des Tuileries ! Après une heure, les femmes reviennent.

Nombreuses cette fois. Prennent des colliers de perles rouges, s'en vont. Quelques minutes après, tout le sexe aimable est là. Et le père qui prétend que nous n'incitons pas au péché de coquetterie !

Succès des perles rouges, du fil de laiton pour les bracelets. J'ai quelques colliers de vraies fausses perles, j'en offre un à la plus jolie fille. Refus dédaigneux : elle les trouve trop claires et semblables à des yeux !

C'est Mercurol qui distribue. Le père, à l'occasion, traduit.

Je préside.

Pendant la plus grande agitation de cette volière, Mercurol, débordé, tombe la veste ; puis glisse ses pouces sous ses bretelles et tire sur les élastiques pour s'aérer. Silence immédiat et catacombesque ! Puis rire de Savoyards (c'est la première fois que je vois rire les Moïs) qui diminue enfin, qui reprend frénétiquement dès que Mercurol, qui a vu de quoi il retourne, tire de nouveau : « C'est l'élastique. »

Ça recommence un quart d'heure plus tard, tous nos colliers fondus au brasier de l'immémoriale coquetterie ! J'ai toujours quelques bouteilles d'absinthe, ce feu de Prométhée dont Mercurol et moi mettons quelques gouttes dans l'eau de nos repas pour en chasser le goût. Nous débouchons une bouteille, et l'éclat de rire de tout le village, de nouveau, a fait dresser les oreilles des chiens, sauter les singes dans les arbres : cette fois, ce n'est pas la bouteille[1], mais le tire-bouchon !

Quant au Pernod, son succès est foudroyant. Chacune boit (très peu), et aussitôt, bouche ouverte, œil fixe, oreille tendue, semble écouter bouger en elle son premier enfant ! Puis jubile, délire, file vers sa case. Il faut s'attendre bientôt à de forts appels masculins vers l'absinthe, Transfiguratrice des tristesses ! D'ailleurs, sans doute quelques hommes se sont-ils décidés à s'éveiller, car un marteau frappe une enclume dans la torpeur. Bientôt d'autres répondent, comme des coqs.

Ouvrant une nouvelle caisse, je trouve dans notre pacotille des ombrelles japonaises de papier, achetées deux francs cinquante sur les conseils de Chaminade. Minh en porte une au chef ocellé de plaques blanches, et ce léopard la reçoit avec un plaisir éclatant.

Depuis notre arrivée, des vautours n'ont cessé de planer au-dessus de nous. En face de la maison des Hôtes est une estrade qu'on charge de viandes à leur usage après les sacrifices[2]. (Ce village est le premier où j'aie vu un lien de cette nature avec des animaux ; bien que, par ailleurs, tous croient aux présages par le vol des oiseaux.)

Médicaments. Maintenant, les hommes se sont décidés à s'éveiller. Les Moïs savent que « les barbus guérissent ». Et ils nous regardent au menton, le père avec sa barbe rare, moi, Bacchus ! et le Mercurol à la barbe pointue qui « se faufile » vers la boîte à pharmacie.

Ils sont plus forts que les Bahnars ; plus beaux, quoique crasseux. Plus sombres (leur couleur est celle des Cambodgiens et des Malais, non des Annamites). Après tout, une fois de plus, des paysans ! malgré les armes. Mais paysans meurtriers, et liés aux sortilèges. Du moins semble-t-il, par instants. Ceux qui ne portent pas le petit turban rouge serré sont hirsutes et crêpus. Plusieurs ont rasé leurs cheveux : c'est la forme de leur deuil.

Distribution de quinine aux fiévreux. La plupart n'en ont jamais pris, mais connaissent son existence. Ceux qui en ont reçu disparaissent, dès les instructions reçues.

Arrive un groupe de vieux, avec quelques jeunes. Un des jeunes parle pour tous. Ils sont venus nous demander de rajeunir leurs parents. Le père Georges explique, je voudrais bien savoir quoi ! L'orateur reprend. « Mais regardez ces très vieux vieillards, me traduit Minh, regardez-les : ils sont vraiment trop vieux, je vous assure ! » Ils s'en vont enfin, persuadés que nous avons *refusé*. Mais ils pensent, paraît-il, que c'est notre droit.

Une femme pose des questions sur la maladie qui fait des trous (la variole). C'est ici la peste noire, le grand fléau médiéval : quand elle passe, elle emporte un tiers des villages. Il faudrait vacciner, réponds-je. Impossible. Le père vient de se renseigner : les Sedangs, comme les autres Moïs, tiennent la cicatrice du vaccin pour un signe d'esclavage[1]. Et leur refus les fait, ma foi ! esclaves de la mort !

Formes diverses de dysenterie, ou d'entérite. — Ils se soignent avec une écorce, fort efficace, mais dont l'action disparaît après plusieurs guérisons. Distribution d'élixir parégorique. Croient-ils qu'ils seront guéris, ou non ? Dès que l'élixir est versé dans leurs bambous[2], ils filent…

Suit une cour des Miracles : amputés, borgnes et aveugles, groupés. Ils nous demandent des bras, des jambes, des yeux. Puis trois lépreux. Terribles, comme tous les lépreux. Le père leur donne de l'eau de mélisse des Carmes. Ils boivent devant nous, jubilent comme l'ont fait les femmes après le Pernod. Leur joie est pire encore que leur tristesse.

Pour toutes les maladies qu'il ignore, le père distribue de l'eau de mélisse.

À la suite des lépreux, comme si elles faisaient corps avec eux, se tient un groupe de femmes. Elles attendent. Enfin, une se décide, vient vers nous, montre en silence ses oreilles sans ornements, et dont les lobes sont rompus[3].

Je m'aperçois que tout le groupe est dans la même situation : chez toutes ces femmes, les lobes cassés en deux tombent sur les épaules, ou sont rattachés comme les deux bouts d'une ficelle.

Pourquoi ne pas faire un point de suture ? Le père est d'accord. Et nous voilà, l'un et l'autre, recousant les lobes. Il y a une bonne dizaine de femmes. Dans les lieux sacrés où le Seigneur guérit les infirmes, il doit avoir la même impression que moi !

Pendant que nous jouons ainsi les Destins, le père parle longuement en sedang. Qu'il n'oublie pas la France, et n'aille pas tout mettre sur le compte de Dieu !

*

Le soleil tombe. Dans dix minutes il fera nuit. Nous rangeons et commençons à faire porter des objets à la longue case qui nous a été assignée. Arrive le chef tacheté. Nous ne pourrons pas aller dans la case, il n'y a pas de case pour nous, etc. Pourquoi ? Impossible à savoir. Pas parce que nous avons soigné la moitié du village, tout de même ! Pour nous extraire encore quelques cadeaux ? Le père, indigné, brandit notre grand flacon d'élixir parégorique et une de mes bouteilles d'absinthe, et, manifestement, menace. « Si vous n'exécutez pas vos engagements, me traduit Minh, je briserai ces deux flacons-esprits des guérisons, et les guéris redeviendront malades, et les lobes se sépareront d'eux-mêmes, et les Barbus ne pourront plus soigner ! » Et vlan ! ce discobole du Seigneur expédie par-dessus le toit de la maison des Hôtes mon Pernod dans le gouffre…

Le chef nous mène à notre case.

XI

Des deux côtés de la case attribuée aux hôtes, la nuit recouvrait également la brousse écrasante et le vide du gouffre ; pourtant, Mayrena sentait venir de la mer de Chine les bancs de nuages de la mousson. Mercurol et lui, debout sur le balcon formé par l'avancée de la case, profitaient de l'absence du père, parti « tâter le pouls » du village, pour se préparer un Pernod bien tassé, — hélas tiède. Au-dessous d'eux, les cochons noirs crièrent. La case oscilla légèrement, et un Sedang entra dans l'épaisse lueur rouge des torches de résine.

« Monsieur de Mayrena, il vous demande de l'accompagner », dit Minh, levant le nez des notes qu'il était en train de prendre pour la Sûreté.

« Pour quoi faire ? Qui est-ce ?

— Mais, c'est le chef, monsieur de Mayrena… »

Dans cette trouble lumière, les grandes cicatrices blanches de sa peau ne se voyaient pas.

« Bon. Alors entendu. Dites-lui que le père va venir avec nous. »

M. Minh traduisit.

« Mais il répond qu'il désire que vous veniez seul. Avec moi, bien entendu. » Il baissa la voix. « Ces sauvages grossiers, ils sont très observateurs : soyez sûr qu'il attendait le départ du père, et qu'il n'est monté qu'après l'avoir vu partir…

— Bon, bon… »

Mayrena se leva, but d'un coup attristé son absinthe, remit ses bottes, sa ceinture à laquelle était fixé l'étui à revolver, et suivit le Sedang. Minh marchait derrière lui, moins blessé, cette fois, que dignement excédé ; non sans inquiétude, par ailleurs.

« Plus lentement ! » Dès le bas de l'échelle, Mayrena commençait à trébucher : jamais ses yeux ne s'accoutumaient vite à l'obscurité, et le chef, qui connaissait son village, courait presque. « Demandez-lui où nous allons ! »

Pas de réponse. De la brousse toute proche venaient les appels des animaux nocturnes. Tous du même côté ; de l'autre, c'était l'immensité vide des nuages, le magnifique silence d'avant la création. Le chef marchait en avant, les attendait, repartait.

Le silence semblait suspendu. À peine quelques torches rougeoyaient-elles dans des cases ; mais à l'extrémité du village, à gauche de Mayrena, les bancs de brouillard bas passaient lentement, plus opaques et plus blancs que des fumées d'incendie : les feux invisibles des chefs déjà campés les éclairaient en rouge sombre et détachaient en silhouette quelques toits, de hauts arbres noueux et des palmes, un décor tropical insolite dans le brouillard nocturne de la haute montagne. D'autres bancs de brouillard traînaient au ras du sol, opaques mais presque clairs malgré l'obscurité de la nuit. Des ombres en sortaient en silence et montaient vers les terrains vagues où attendaient les chefs, obliques et parallèles dans les ténèbres, courbées sans doute sous les hottes trop chargées. À peine entendait-on des craquements de brindilles sous les pieds mouillés ; cet exode régulier de termites devant l'avance siamoise n'avait rien d'une fuite, c'était un mouvement silencieux comme la croissance des arbres, invisible comme elle, une émanation de la forêt. Un appel monta, l'appel modulé des montagnards de tous les pays ; il se perdit, comme si le brouillard eût étouffé tout écho ; des hommes des chefs déjà installés, ou des gens de Kong-Gung, répondirent, et le bruit des boucliers joyeusement frappés par les lances parvint, infime et lointain, jusqu'à Mayrena.

Le chef s'était arrêté. Au bord du chemin, à la lueur d'une torche, deux Sedangs creusaient un tronc ; derrière eux, Mayrena sentait dans l'obscurité la présence d'une haute paillote, dont le chef gravit l'échelle. Minh saisit le bras de Mayrena.

« Hé là, jeune homme ! Quelle mouche vous pique ! »

Minh avait son âge.

« C'est la maison... *djeng*, je... interdite.

— J'avais justement envie de savoir ce qui s'y passe !

— Mais, monsieur de Mayrena, si on nous trouvait... assassinés à l'intérieur de ce lieu, personne ne pourrait intervenir, pas même le père Georges : la maison est *djeng*. Et sûrement c'est la maison des Morts. Plusieurs Européens ont été... tués ainsi.

— Bien que le chef soit avec nous ?

— Il dira que non, tous diront comme lui... Et les troncs qu'on creuse, vous savez, monsieur de Mayrena, c'est pour les cercueils[1]...

— Demandez-lui encore ce qu'il veut. »

M. Minh traduisit de nouveau ; mais le Sedang avait déjà gravi l'échelle. Mayrena fit passer son revolver dans sa poche, leva le cran d'arrêt, serra fortement sa ceinture pour empêcher le pantalon de glisser, entraîné par le poids de l'arme ; et, barbe en avant, suivit.

Le chef avait trouvé à l'intérieur une torche tout allumée, et la tenait au-dessus de sa tête, assez bas pour ne pas brûler le toit. Du dehors, on n'entendait plus même les coups des creuseurs[2] de cercueils. L'odeur de la torche était épouvantable ; à peine Mayrena avait-il eu le temps de s'y tromper qu'à son malaise, à sa crispation, il reconnut l'odeur du cadavre humain. Il ne l'avait pas senti depuis la guerre, — depuis dix-huit ans.

Il saisit la torche, l'abaissa : le corps était tout près du chef. La torche n'éclairait pas jusqu'aux parois de la case : d'une nuit sans mur et sans limites, surgissait, près d'un poussin dans une cage, un cadavre allongé, trop ancien pour avoir conservé la sérénité des morts, et dont la lumière rouge accentuait l'aspect martelé, l'atroce placage de la peau sur les pommettes et les dents par quoi la chair semble tendre d'elle-même à la tête de mort. Genoux et orteils étaient liés de coton ; des bracelets et de raides colliers de cuivre brillaient ou s'éteignaient selon la tressautante lueur. Les ténèbres[a] ensevelirent d'un coup ce roi barbare : le chef poussait Mayrena et reprenait sa torche, en parlant avec précipitation.

« Il dit : Vous êtes trop près, prenez garde aux esprits des morts. » M. Minh s'était décidé à monter. « Ils sont assoiffés. Prenez garde aussi au poussin : c'est l'âme[1]. »

Ce dernier « prenez garde » était-il un conseil du chef, ou de M. Minh ? Mais, tentant de faire comprendre par gestes que tout ça n'avait pas d'importance, le Sedang entraînait Mayrena hors de la salle commune, vers les boxes qui lui faisaient suite.

Il s'arrêta de nouveau : d'une chandelle ou d'une petite torche promenée çà et là, une femme éclairait le cadavre allongé d'une autre, puis se jetait sur le corps et l'embrassait longuement. Celle qui embrassait portait sur le corps des bandelettes blanches croisées, et Mayrena savait que seules sont vêtues ainsi, en pays moï, les sorcières en train d'officier[2].

La femme couchée, presque nue, gémit : elle n'était donc pas morte. C'était une adolescente au joli visage allongé de Japonaise. La sorcière ne l'embrassait nullement, elle exécutait sur elle quelque cérémonie. Dans le fond, un homme vêtu comme elle, sorcier qui ressemblait à Grain-de-Café[3], attendait. La jeune fille gémit encore ; la sorcière psalmodiait à mi-voix. Le chef, M. Minh et le sorcier avaient commencé une palabre inquiète, et la torche, plantée maintenant dans une poutre, semblait brûler pour l'éternité au-dessus de ces bruits vains et d'une odeur de sang corrompu.

« Que dit la sorcière ? » demanda Mayrena à voix basse.

Elle psalmodiait, très bas, elle aussi.

« Que, quand la fille sera morte, le ciel, et je ne comprends pas quelle autre chose, enverront un monsieur Po-Thé — peut-être c'est le Bouddha[1] ? — pour guider son double et le protéger contre les embuscades des esprits.

— Qu'est-ce que le chef attend de moi ?

— Il ne demande pas encore...

« Le sorcier, lui, dit que les génies sont contre la fille. Et qu'elle mourra. Il a fait tous les sacrifices, mais les génies n'ont pas fait grandir sa canne de bambou, ils ne l'ont pas laissée intacte, comme il est fréquent, ils l'ont fait diminuer ! cela est très grave. Alors on a fait venir cette sorcière concurrente, mais le sorcier il dit : nul ne peut rien contre les esprits. Le chef, lui, croit, (il me semble), que, pour ces choses secrètes, les femmes sont plus douées que les hommes... »

Le dit sorcier, fatigué des esprits, s'était accroupi tranquillement, les pouces aux entournures de ses bandelettes.

La sorcière, ayant promené sa menue torche le long du corps nu qui déjà pesait sur la natte de tout le poids des morts, l'avait sucé près du sein. Malgré les vagues de pénombre de la lueur spasmodique, Mayrena voyait la tache du suçon, presque ronde. Le sang n'en coulait pas. Il semblait pourtant qu'il y en eût une flaque assez large sur la natte.

« Elle est blessée ? demanda Mayrena.

— C'est un maléfice, répondit le chef, de nouveau à voix basse : un esprit assassin est entré dans son corps. Il faut le chasser... »

La sorcière cracha dans une large feuille le sang aspiré par la succion, la plia en quatre puis la déchira ; la feuille était très fibreuse, et elle s'y reprit à deux fois. Comme elle se baissait pour aspirer le sang de nouveau, elle se releva tout à coup ; elle tournait le dos à Mayrena depuis qu'il était là, il ne voyait pas son visage, mais il sentit que la transe venait. Elle poussa un cri très bizarre, effroi et douleur, plongea, arracha la femme du sol par les épaules, la rattrapa sous les bras, sembla la brandir d'un mouvement forcené ; dans ce pugilat hagard avec la vie en fuite, Mayrena vit soudain le visage de la sorcière : une paysanne d'une trentaine d'années, les yeux fermés, les paupières serrées sur son démon avec tant de fureur que tout son profil obscur en était crispé. Elle poussa de nouveau son cri d'hôpital ; Mayrena, fasciné par le mélange du mystère et du dégoût, sentit sa respiration s'arrêter d'angoisse. Le surnaturel était là, né bien moins de ce combat halluciné contre une demi-morte, des hurlements, de l'obsession du sang, même de l'odeur, que de l'inexplicable poigne de colosse avec laquelle la petite sorcière frénétique secouait la jeune fille comme un mince tronc. Celle-ci continuait à gémir, sa chevelure de noyée ondulant chaque fois que les convulsions de la sorcière désarticulaient son cou ; la délirante laissa retomber à la volée le corps qui s'aplatit sur la natte avec un bruit de claque, arracha ses bretelles, et, hurlant sans discontinuer, se mit à en flageller l'adolescente, qui eut encore la force de ramener, en plusieurs fois, son bras devant son visage pour se protéger. Enfin la sorcière s'effondra en avant, se convulsa du ventre sur le dos comme un poisson, évanouie. Le silence avait repris la case. La jeune fille ne gémissait plus. Au fond de la nuit sauvage, infimes et vociférants, des gens se disputaient.

Mayrena était passé devant la jeune fille, sur les pieds de qui la sorcière était tombée. Il regardait attentivement la natte. M. Minh voulut prendre la torche pour l'approcher ; le chef arrêta sa main. Mayrena n'avait plus besoin de lumière : c'était une hémorragie, conséquence d'un avortement sans doute. Le père Guerlach lui avait parlé de l'avortement chez les Moïs[1].

« Le chef demande si vous pouvez quelque chose, monsieur de Mayrena ? »

Aucun de ses médicaments n'eût permis d'arrêter une hémorragie de cette importance, et il était loin d'être médecin. Il avait entendu parler de curetage, mais ne savait pas exactement en quoi consistait l'opération.

La torche éclairait toujours de sa lueur de passé.

« Si nous nous établissons ici, nous pourrons soigner facilement de telles maladies… Mais je n'ai pas en ce moment les médicaments nécessaires. »

Il regardait la fille dans les saccades de la lumière. Le masque du cadavre aux bracelets et la face nouée de la sorcière étaient trop présents à son esprit pour que la gracilité de ce visage et de ce corps ne lui parût extraordinairement vulnérable. La jeune fille n'était pas couverte d'ornements barbares comme le mort, de bandelettes comme la sorcière ; elle était presque une petite fille aux cheveux épais de sueur, les jambes dans le sang, comme tant d'autres dans tant d'hôpitaux… « N'importe quelle femme qui a un enfant peut comprendre n'importe quelle autre qui en a un aussi ! », lui avait dit sa mère quand il était revenu pour la première fois de Cochinchine, en 69. Et peut-être cette blessure-ci le troublait-elle plus que la maternité véritable, unissait-elle davantage à toutes les femmes de la terre, cette enfant nue qui pourtant ne serait sans doute jamais une femme. Il restait immobile, apparemment hébété : attentif à cette communion qui s'enfonçait plus loin en lui que la magie et le sang, plus loin même que le sournois silence de la mort.

« Le chef, dit Minh, il demande si vous voulez bien lui dire qui a envoyé l'esprit assassin dans le corps de cette personne ? »

Mayrena regarda la silhouette du Sedang, de nouveau dans l'ombre. Est-ce que chaque homme n'était pas ainsi, partout, — fermé, aveugle, — opiniâtrement ennemi d'une fraternité obscure que Dieu peut-être connaissait, et qui était le sens même de la vie ? Il fit un geste vague du bras, sortit de la case sans répondre et descendit l'échelle.

La nuit était immense et splendide, et ne sentait pas la mort ; pleine de terre et de forêt, pleine de simples bêtes en chasse, presque ignorante de l'homme ! Là-bas, derrière la maison des Hôtes, des nuages venus de l'autre côté du monde s'accumulaient contre la Chaîne annamitique. Mais, dans chacun de leurs trous, brillaient des petits feux de Sedangs en fuite. Et, tout près de Mayrena, l'exode des termites continuait.

Des hennissements montèrent des profondeurs de la vallée : un, très éloigné, puis une dizaine, de plus en plus près ; sans doute répondaient-ils au premier, étouffés par le brouillard comme les appels des hommes, de plus en plus proches, comme s'ils eussent accompagné les nuages. Une longue caravane montait.

Les deux « menuisiers » continuaient à creuser leur tronc. Un sculpteur, une figure à hautes cornes près de lui, taillait une sorte de pleureuse, coudes aux genoux. Le sorcier, sorti derrière eux, ses bandelettes pliées posées sur le bras comme un imperméable, examinait les sculptures[1].

Mayrena s'aperçut qu'il ne voyait pas même une étoile. La nuit était moins belle qu'il ne l'avait cru. Mais elle était la vaste nuit sur la terre, non l'obscurité des lieux clos où rôde le démon du sang. À côté du tronc auquel travaillaient les deux hommes, il y en avait un autre, complètement creusé. Les ombres des fuyards passaient toujours ; et aucun ne s'arrêtait.

« Est-ce qu'il y a un autre mort que celui que nous avons vu d'abord ? demanda-t-il à Minh.

— Je ne crois pas. Bien qu'il y ait souvent plusieurs cadavres dans la maison des Morts. »

Minh interrogea le sorcier.

« Il dit que non, monsieur de Mayrena. Le second cercueil, c'est pour la fille. Et les idoles, c'est aussi pour elle.

— Pourquoi diable ne m'a-t-on pas adjoint un médecin ! Croyez-vous que notre… échec ait des conséquences, demain ?

— Je ne crois pas, monsieur de Mayrena. Vous avez distribué beaucoup de médicaments ici. Et les oreilles des femmes ! Surtout, par une grande chance, les autres ils ne l'ont pas guérie non plus ; alors… »

Le sorcier s'était retourné vers Mayrena, et le regardait avec l'œil en coin et l'air rigoleur de Grain-de-Café.

« Ce singulier ambassadeur des ténèbres ressemble vraiment beaucoup au jeune drôle qui s'est fait attribuer notre [   ][1]. Est-ce qu'ils sont de la même famille ?

— Je crois bien que c'est lui, monsieur de Mayrena. » Il le questionna. « Oui, c'est lui. »

Ainsi, le sorcier était Grain-de-Café. Mayrena commençait à se sentir beaucoup plus qu'intrigué. Il n'y avait pas de tribus ; les chefs étaient souvent jeunes ; les sorcières ne semblaient pas guérir parfaitement les suites de fausses-couches, mais elles manipulaient un corps de cinquante kilos comme il n'eût jamais pu le faire, même sous son climat, lui, Mayrena, 1,82 m ! Les sorciers avaient l'air de freluquets, chapardaient à l'étalage, et, cette fois, celui-ci semblait désireux d'engager la conversation. Il est vrai que le père n'était pas là.

« À votre avis, fit-il demander à Grain-de-Café qui s'était remis en marche avec eux (il le tenait en considération depuis qu'il connaissait son caractère sacré), de quoi souffrait la fille ?

— Ce sauvage il dit, monsieur de Mayrena, que sans doute, parmi les branches qui ont servi à faire le feu quand la mère de cette fille a accouché, il y avait des branches que la rivière avait charriées. Et que, dans ce cas, les enfants meurent de convulsions, mais parfois plus tard, comme cette fille.

« Que sûrement aussi elle a été mal nommée quand elle était enfant. Sa famille a seulement fait changer deux fois son nom par le sorcier. *Souris*[1], dit-il, est un mauvais nom. Tous les enfants mal nommés meurent.

« Il dit aussi que cette famille...

— Elle était la fille du chef ? »

Semblable aux sculpteurs, Mayrena pensait à elle au passé.

« Non : sa nièce. Le sauvage il dit que cette famille est avare. Que jamais ils n'ont sacrifié plus que trois buffles, ni traité convenablement les prêtres ; mais il veut dire les prêtres païens comme lui, les imposteurs. Et il dit que les génies se vengent.

« Mais il ment.

— Il ne pense pas qu'il s'agit tout bonnement des suites d'un avortement brutal ?

— Il dit que c'est possible. Mais il demande : quelle importance ça a ? L'avortement, c'est seulement l'apparence : beaucoup de filles font la même chose que celle-ci et ne sont pas enceintes. Et d'autres le sont, et se font avorter et ne meurent pas. Il n'y a que les génies qui puissent faire mourir. »

Mayrena se souvint de la sécheresse et des araignées[a]. Dans la vallée, les chevaux recommencèrent à hennir.

« Ah ! dit-il, je brûle d'entreprendre un examen scientifique de ces superstitions, et de séparer un peu l'ivraie du bon grain !

— Qu'est-ce, une superstition, monsieur de Mayrena ?

— Une croyance qui ne peut être contrôlée, dit Mayrena, solide.

— Mais la naissance de Notre-Seigneur, ce n'est pas une superstition ? »

Mayrena comprit que M. Minh ne cherchait pas à lui poser une colle : tout prêt à voir dans les Européens une race d'astucieux mécaniciens, il était déconcerté par leur christianisme, dont le merveilleux était plus vaste, plus profond surtout que celui des croyances indigènes. Et que M. Minh fût lui-même chrétien n'y changeait rien : un bonze devenu catholique ne l'eût pas trop surpris, mais un ingénieur chrétien le laissait perplexe. Et Mayrena n'était pas un missionnaire.

« On vous a appris au catéchisme ce qu'eſt la Révélation, je pense ? »

M. Minh réfléchit :

« Alors, contrôler. Contrôler. Sauf la Révélation. Bon[a]…

Le jeune sorcier marchait toujours à côté d'eux, à contresens des ombres. Il croyait que la conversation le concernait, et en attendait la traduction. Quelques torches passèrent dans le silence retombé, éclairant leur propre fumée. Grain-de-Café leva lentement le bras, indiqua quelque chose au loin avec un geſte de chef Peau-Rouge : sur des contreforts assez éloignés, il y avait de grands feux que Mayrena n'avait pas encore vus.

« Là, ce ne sont pas les défrichements, dit celui-ci en hésitant. Les incendies des vrais défrichements, un peu plus à gauche, continuaient à avancer vers l'eſt, derrière l'arête des montagnes, comme la flamme qui ronge le bord d'un papier. Les lumières que montrait le sorcier étaient nombreuses et fixes.

— Le campement d'un des chefs convoqués ? Ou des Sedangs en fuite ? »

De la vallée ne venait plus aucun cri d'animal, et nul homme n'appelait à l'entrée du village. Quelque effort que fît Mayrena pour se leurrer, il savait que les chefs sedangs ne disposaient pas d'escortes de vingt feux, et que les fuyards étaient dispersés.

« Le sauvage, il dit : un grand campement.

— Je crois me souvenir du paysage, vu de jour : quels que soient ceux qui viennent par là, ils vont avoir à vaincre un damné chemin ! »

Minh attendit un moment la réponse. Aucun d'eux ne faisait mine de se remettre en marche.

« Il dit : oui, le chemin eſt terrible. Mais en trois jours, ils le feront. »

Menaçante et serrée, la ligne des feux brûlait dans la nuit.

« Les Siamois ? » demanda Mayrena.

L'angoisse surgissait tout à coup en lui, d'une mémoire millénaire : la première apparition des feux ennemis dans la nuit…

« Ou peut-être ce chef Keniong qu'ils attendent… »

Le vent mou de la nuit semblait leur apporter l'odeur des feux ; c'était la fumée des torches du village. Bien que Mayrena eût plutôt marmonné que parlé, Minh traduisit.

La réponse du sorcier fut longue. Ils ne bougeaient toujours pas.

« Il dit : il ne sait pas ce que c'est. Mais c'est très important. À chaque vie d'homme (il veut dire : tous les cinquante ans) une grande lueur rouge paraît à l'orient. Et il n'y a pas longtemps que la lueur est apparue… »

Mayrena fit répéter.

« Mais il dit aussi : jamais les Siamois n'ont pris le pays des Sedangs. Jamais ils ne le prendront. S'ils viennent, ils mourront. C'est tout[1].

— Demandez-lui, avec précision, ceci : croit-il vrai, lui, Grain-de-Café (enfin, je veux dire…) qu'un homme viendra, qui donnera aux Sedangs la puissance et les rendra maîtres des autres Moïs ?

— Il dit : bien entendu ! »

Un cheval hennit, dans le village même ; les chevaux de la caravane lui répondirent, et quelqu'un appela. Toujours ces cris étouffés et portés par les nuages tout proches, ces longs cris de sirènes dans le brouillard. La caravane n'était plus dans la vallée, mais à droite de Mayrena, voisine maintenant. À gauche, très loin, deux autres chevaux hennirent aussi : un autre chef arrivait.

« Comment devient-on sorcier[2] ? demanda Mayrena.

— Il dit que son père était *bojaou*. Mais aussi que, si on l'est, on le voit bien.

— À quoi ?

— On guérit… »

Le Sedang ajouta un discours.

« Il dit qu'il ne voit pas votre figure rouge et blanche, mais qu'il sait que vous souriez. Il n'a pas guéri la fille ; mais les jours où un chasseur rentre sans gibier, est-ce qu'il n'est pas un chasseur ? Il dit : être un chasseur, c'est pouvoir chasser. Une femme n'est jamais un chasseur. Être un sorcier, c'est pouvoir faire faire par les esprits des choses que les autres ne peuvent jamais faire. L'esprit est comme le gibier, il ne vient pas toujours. »

Le Sedang dit encore une phrase.

« Il dit — et c'est vrai — que j'ai oublié de traduire la fin : il dit qu'il sait ce que vous pensez, mais que ça le fait rire de croire que les génies permettront que la puissance soit apportée aux Sedangs par un homme au visage blanc et rouge. Rire. »

Sans laisser à Mayrena le temps de répondre, le sorcier

tourna le dos et se mêla à des ombres de fuyards, bandelettes sur le bras. Après trois pas, il avait disparu dans la nuit : les brindilles craquaient, de plus en plus loin. Mayrena repartit, pressant le pas. Il avait hâte de retrouver le père.

XII

Le père l'attendait sur l'avancée de la case.

« Avez-vous vu les feux ? demanda Mayrena.

— Tous les sauvages qui ne dorment pas se les montrent…

— Les Siamois ?

— À la garde de Dieu », dit le père tristement.

Mayrena, inquiet, lui raconta l'arrivée du chef, leur visite à la maison des Morts, la conversation avec le sorcier, et sa menace.

« Qu'ils aient souhaité mon absence ne m'étonne pas, puisque les sorciers étaient là-bas… Ils me prennent pour un concurrent, dit-il en souriant. Vous avez bien fait d'y aller : ce pauvre sauvage faisait appel à vous, et ne vous eût pas pardonné de l'avoir repoussé.

— Auriez-vous pu soigner la malade ?

— Qu'eussé-je fait de plus que vous ?… Nous faisons ce que nous pouvons, nous ne faisons pas de miracles…

— Et cet échec n'aura pas de conséquences demain ?

— Je crois que M. Minh ne vous a pas mal répondu : la jeune fille ne sera pas guérie par les sorciers, alors…

— Mais eux ? Que pensez-vous de ces personnages[a] ? »

Et, sans donner au père le temps de répondre : « Vous croyez, n'est-ce pas, que la dernière phrase du sorcier est une menace ?

— Oh ! fort claire ! Fort naturelle aussi : les sorciers sont, dans ces pays, les gardiens de ce qu'il y a de plus ancien, et pour eux l'étranger ne saurait être qu'ennemi ou proie…

— Et ils[b] nous seront hostiles ? C'est certain ?

— Quelques-uns seulement seront présents demain, mais les autres auront parlé. Ils ne peuvent que nous être hostiles, même s'ils sont pleinement sincères. Que venons-nous faire, sinon détruire ce qu'ils veulent conserver ?

— Bon, bon ! Mais que peuvent contre nous ces damnés délégués des Ancêtres ? Que *peuvent-ils* ?

— Oh, leur pouvoir eﬆ loin d'être sans limite : qu'un village croie que l'esprit a quitté son sorcier, et vous le verrez chasser celui-ci avec une haine très vive, comme vous verrez jeter au fleuve les cailloux que les pauvres sauvages cessent tout à coup de considérer comme génies[1]...

— Autant de gagné. Mais enfin ce pouvoir, tout le temps qu'il s'exerce, sur quoi repose-t-il ? Un fait eﬆ là : Grain-de-Café n'a pas guéri la fille !

— Ce jeune impoﬆeur auquel vous donnez l'amusant sobriquet de Grain-de-Café vous a surpris, mais ils sont tous ainsi : des sauvages parmi d'autres[a]... Le château de Mayrena eﬆ en Franche-Comté, m'avez-vous dit[2]. Vous avez bien rencontré par là des sorciers de hameau ? Je passais parfois mes vacances chez de bons parents pyrénéens ; je suis retourné chez eux, avant d'être envoyé dans la Vigne du père ; eh bien ! je ne crois pas avoir tellement changé de sorciers. Souvenez-vous de la rebouteuse, des jeteurs de sorts, des faiseurs de charmes, de ceux qui font verser les chars de foin, mourir les vaches, que sais-je ? Ceux qui voudraient bien être à la place du curé et ceux qui voudraient bien le tuer... »

Sans doute le père, sous tous ces pluriels, mettait-il des noms. Il s'arrêta un inﬆant, rêveur. Dans la nuit sedang, un bizarre peuple de race blanche revenait à la mémoire de Mayrena, que le calme du père irritait : il attendait toujours une révélation. Il y avait sûrement un moyen d'agir sur les sorciers, un moyen auquel le père n'avait pas pensé parce qu'il était un ecclésiaﬆique, parce qu'il n'avait pas suffisamment l'esprit militaire, mais que Mayrena allait découvrir au vol. On se concilie bien des éleceurs influents par les décorations et les bureaux de tabac, les chefs par la promesse de fusils et l'école de tir ! Mayrena se sentait devant les Sedangs dans un affût haletant, — ainsi le général, en face de l'ennemi qui se découvre en tentant de le manœuvrer, eﬆ aux aguets de la découverte foudroyante à quoi sont dues, on ne l'ignore pas ! toutes les grandes vicoires[3]. Le père croyait à l'expérience, à la prudence. Mais il ne reﬆait que la nuit avant l'entrevue décisive avec les chefs.

Des profondeurs perdues au-delà de la maison des Hôtes, montèrent des barrissements. La case surplombait le gouffre ; mais sans doute, à droite ou à gauche, quelque sentier arrivait-il jusqu'au pied de la pente verticale des roches pour atteindre ensuite le village par la route commune. Les fuyards n'avaient pas d'éléphants. Combien de chefs étaient arrivés déjà ? Mayrena se souvint des appels, des hennissements ; et maintenant, ces barrissements liés à ces imperceptibles voix d'hommes, à ces bruits d'armes dans le grand fond des vallées, là-bas, du côté des nuages…

« Je vous ai dit, reprit le père, que la seconde convertie du père Maranges avait été la *bojaou* de Kong-Toum[1]. Avant de recevoir le saint baptême, elle dut déclarer publiquement à ses anciens coreligionnaires qu'elle les avait toujours trompés ; ce qu'elle fit, non sans lutte. Elle nous a pourtant affirmé avoir possédé parfois des pouvoirs inquiétants…

— Et les Bahnars abandonnèrent les autres sorcières ? Si nous pouvions établir l'imposture, nous…

— Ceux qui croyaient au pouvoir des bojaou continuèrent à y croire, et les nôtres à s'en moquer…

— Eh ! Nous admettons qu'il y a des accidents de machine, grogna Mayrena, sans doute admettent-ils des accidents de sorcier ! Mais qu'appelez-vous des pouvoirs inquiétants ? »

La fatigue et les moustiques jouaient leur rôle dans l'écœurement de Mayrena : il ne s'était pas assis une seconde depuis le déjeuner, et la lourde chaleur de l'après-midi avait été exténuante. On ne s'assied pas en pays moï : dans toute cette case de soixante-dix mètres, faite de petits boxes derrière le balcon et d'une grande salle, il n'y avait pas un siège. Les lits de camp étaient dressés dans les boxes, par crainte de la brume malsaine, et Mayrena ne voulait entrer que pour dormir dans ces affreuses petites cages. (Mais dormirait-il cette nuit ?) De s'asseoir sur le plancher de bambou, ses longues jambes en avant, le fatiguait presque autant que de rester debout.

« Nos diacres, répondit le père, nos convertis, nos chrétiens annamites, des hommes en qui j'ai toute confiance, ont été témoins de nombreux faits que notre petite science n'explique assurément pas…

— Mais vous-même ? qu'avez-vous vu *vous-même* ? »

Le père écoutait les grattements de la nuit.

« Dites-moi, bien cher monsieur, croyez-vous que les morts puissent nous parler ?

— Je ne crois pas aux revenants.

— Je ne dis pas : revenants. Le suaire, le “costume”, c’est un peu pour les enfants… Je veux dire : avez-vous peur des morts ? »

Mayrena réfléchit, et son anxiété s’affaiblit. Il se décida à s’asseoir de nouveau par terre.

« En m’analysant je trouve ceci, qui est étrange : je ne crois pas à leur présence. Et pourtant, oui, j’ai peur d’eux. »

Le père fut un moment sans répondre.

« Ici, j’ai entendu des morts parler », dit-il enfin.

Mayrena savait que le père avait la tête solide.

« Et que diable avez-vous fait ?

— Moi ? Mais j’ai dit mon chapelet. Et à la garde de Dieu… Vous semblez stupéfait ? Mais après tout, que d’histoires pour une âme attardée ! Le surnaturel ? Mais grand Dieu, grand Dieu, bien cher monsieur, trouvez-vous donc que le monde soit naturel ! ? »

Les éléphants arrivaient : quelques chefs d’un grand village, sans doute. On entendait des cris de cornacs, les petits grognements des bêtes ; d’épaisses masses sombres passèrent sur le ciel lointain, sans étoiles.

« Quand je dis une âme attardée, entendons-nous : certes, je ne crois pas, moi, que ce soient les pauvres morts qui parlent : il s’agit évidemment d’un artifice du démon : c’est autour de la mort des convertis que s’est produit, à notre connaissance, le plus grand nombre de faits étranges. Que le Mauvais tracasse parfois ces pauvres sauvages, j’en suis persuadé[1]. »

Entendant un mort parler, Mayrena eût cru plus facilement à la présence du mort qu’à celle du démon ; qu’il se tînt pour bon catholique n’y changeait rien. Et l’anxiété revenait : il se jugeait capable de combattre et d’organiser, mais non de lutter contre le surnaturel ; d’où, un désir véhément de mettre celui-ci en doute. Il faut Dieu, morbleu, pensait-il, mais comme du sel dans la soupe : il en faut, pas trop n’en faut. Et à trop croire en Dieu, on finit par trop croire au diable !

« Sur de tels[a] faits, dit-il, l’Église ne s’est pas prononcée…

— Mais encore faut-il être raisonnable. Il existe assez de prières, d’exorcismes dans le Rituel pour établir que l’Église admet la présence du démon en certains cas. Comme nos petits docteurs, j’ai été tenté longtemps de me croire plus éclairé que l’Église… »

Plus le père[a] parlait du démon, et moins Mayrena y croyait. Il n'y avait rien à faire : le démon, c'était une image d'Épinal, ou quelque chose en chacun de nous ; à la rigueur[b], il y avait en n'importe quel cœur de quoi savoir ce que c'est que l'esprit du mal. Mais le diable ne faisait pas plus parler les morts que tourner les tables. Et, puisque le père Georges était un homme sérieux, malgré la déformation professionnelle, Mayrena ne retenait de ce qu'il disait que : « J'ai entendu. » De nouveaux bruits d'éléphants et de boucliers heurtés par des lances venaient de la nuit. En cette minute, dans combien de paillotes du pays sedang des sorcières secouaient-elles des blessés ou des mourants ?

« Vous comprenez bien, avait repris le père, que nous n'avons nulle envie d'ajouter foi à des contes de bonne femme. En créant de rien cette Mission, avec l'aide de Dieu, le père Maranges a montré qu'il savait ce que c'est qu'une réalité. Mais, en ce pays, l'attitude rationaliste est bien misérable ! Songez à notre vie, à nous, missionnaires. Je vous ai déjà dit ce qui s'est passé avec Phim : qu'il était le principal ennemi des chrétiens, et qu'il s'était mirac… inexplicablement lié à nous dès la première rencontre, comme si la Providence du Bon Dieu n'avait pas voulu laisser aux calculs humains la gloire de fonder la mission des Sauvages… Autre chose : vous avez vu les pièges à tigre. Je ne parle pas des trappes, mais des arcs énormes et cachés qui projettent des bambous aiguisés capables de traverser de part en part un gros buffle, lorsqu'un imprudent touche au passage le mince rotin qui les commande… J'ai suivi sans le savoir une ombre de sentier où se trouvaient trois de ces rotins. Trois. J'ai dû passer à moins de dix centimètres d'eux… Quand je suis revenu, tous les sauvages du village accouraient vers moi en criant de terreur[1]. La Providence connaît le nombre des cheveux de la tête des missionnaires, et n'en laissera pas tomber un seul à terre sans une permission particulière… »

À droite de la maison des Hôtes, dans les terrains vagues du village, les feux de chefs venus pour la grande palabre avaient été cachés jusque-là par une des plus longues cases ; mais ils étaient de plus en plus nombreux, et les derniers, débordant le grand écran rectangulaire de la case, éclairaient des ombres basses qui passaient devant eux, et des chiens affairés.

La sourde résistance de Mayrena avait diminué : il ne

voulait pas entendre parler de son ennemi le Démon, qui, à sa manière, gardait les Sedangs ; mais Dieu, son allié, ne le gênait pas. Et il était tout de même plus calme depuis qu'il était assis et adossé. Le missionnaire, maintenant, parlait moins pour son interlocuteur que pour lui-même :

« Et qu'importe, après tout, que le Mauvais pousse un jour sa puissance jusqu'à parler avec la voix des morts ? J'ai entendu la voix du Seigneur.

« J'étais à Kong-Trang. Il y avait plus d'un mois que je n'avais pas vu mes confrères. Je partis avant le lever du soleil. Je me perdis : je ne pus manger. Quatre heures de marche vaine et je retrouvai mon chemin. Deux heures plus tard, je le perdis à nouveau. Je voulus couper à travers la forêt. Je m'aperçus tout à coup que j'étais de nouveau égaré, parmi les pièges à sanglier, cette fois. Je me mis sous la protection de la Sainte Vierge, je sortis de là, je retrouvai le chemin. Il était 4 heures de l'après-midi, il y avait seize heures que je n'avais bu. Ayant enfin atteint un village, je demandai de l'eau : elle me fut refusée. Je m'égarai une fois de plus, et m'embourbai jusqu'à la taille ! Je voulus grimper sur un arbre pour m'orienter : j'étais trop faible. La nuit venait. Jamais je n'oublierai ce jour : j'étais perdu, seul avec les tourterelles qui roucoulaient leur prière du soir, trempé de sueur et de boue… Je tentai d'allumer du feu : l'amadou que je portais avec moi fut bien enflammé par mon briquet, mais il s'éteignit avant d'avoir allumé les feuilles que j'avais réunies. Je ne pouvais manger : pas même une citrouille sauvage rongée par un singe ; je ne pouvais boire, et c'était le plus douloureux ; enfin la nuit qui tombait me glaçait, et vous connaissez cette faiblesse affreuse du froid de montagne. J'étais si pauvre, si seul, si démuni, si semblable aux premiers hommes sur la terre… "Ô mon Dieu, murmurai-je, dans cet absolu dénuement, me reconnaissez-vous du moins un peu pour votre missionnaire ?" Et voilà que je me sentis bouleversé d'une allégresse surnaturelle. Je ne pouvais contenir ma joie. Je m'étais effondré sur un tronc renversé. Je me levai pour chanter le cantique :

« Bénissons à jamais
le Seigneur dans ses bienfaits ! »

Le père venait de chanter les deux vers d'une demi-voix

tremblante et fausse, faisant lever en Mayrena son enfance. Son éloquence était celle du sermon, mais il ne prêchait pas : il témoignait. Et son émotion était extraordinairement contagieuse. Mayrena, visage levé, barbe en l'air, jambes en équerre, le regardait parler à la nuit brumeuse.

« Sans doute me trouvais-je au centre d'un cirque de montagnes recouvert de forêt. À peine avais-je trouvé la force de chanter à pleine voix : *bénissons à jamais*, et reprenais-je souffle, car les forces que je venais de retrouver de nouveau m'abandonnaient, que de tous côtés un écho profond, immense, majestueux, l'écho de ces solitudes-ci, donna voix à toutes les choses créées ; une voix qui n'était plus la mienne mais celle des rochers et des arbres me répondit d'un bout à l'autre de la nuit : "*à jamais*..."

« J'étais transfiguré, j'avais retrouvé vie. Et quand, de toutes mes forces retrouvées, je criai : *Le Seigneur dans ses bienfaits*, attendant la réponse, elle vint, vaste et profonde comme la première, et la terre clama *bienfaits* au Seigneur jusqu'au fond de la nuit... J'avais fermé les yeux pour écouter ; quand je les rouvris, mon fils, il y avait dans l'ombre quelques taches phosphorescentes : des yeux de bêtes qui n'avaient pas fui, et qui peut-être écoutaient aussi[1]... »

Comme s'ils l'eussent entendu, les éléphants recommencèrent à barrir, tout près maintenant. Une informe agitation passa sur le village : des ombres coururent, confuses comme les lambeaux des nuages, dans un tintement de bracelets, et les longues cases invisibles grincèrent sur leurs pilotis.

« Pourtant, dit Mayrena avec nervosité, quand le père Maranges a décidé de fonder ici quelque chose, au sens, mon père ! que peut avoir le mot *fonder* pour un esprit romain, il a enfoncé son bâton dans la terre et dit : Ici passera une charrue. Une charrue ! Quelque chose de clair, de solide. »

Il sursauta. Venu de tout près, de la maison des Hôtes sans doute, un son semblable à celui d'un gong immense se perdait lentement dans le brouillard sans écho. Puis, deux autres coups plus légers, très rapprochés, puis de nouveau le grondement auquel les deux petits coups précédents donnaient tout son volume et sa profondeur[2].

« Le tam-tam de guerre », dit le père.

Mayrena le regardait, dans un silence que chaque coup semblait approfondir. Il se leva.

« Peut-être est-ce pour guider les chefs en chemin dans les montagnes, reprit le missionnaire…

« Pourtant, je ne crois pas…

« Si c'est un incendie, le présage est terrible, et notre échec… »

Maintenant, de tous les côtés de la case, des ombres couraient dans la nuit vers la maison des Hôtes. Les pieds nus frappaient le sol presque en silence, et Mayrena sentait l'arrivée de la foule plutôt qu'il ne l'entendait.

« Ils sont sans armes… » dit-il.

Combien étaient-ils ? Plus que le village n'eût semblé en contenir. Au bas de la case, leur foule d'ombres piétinait maintenant comme dans un escalier. Sous le plancher, les cochons noirs une fois de plus réveillés s'étaient remis à grogner et semblaient, eux aussi, répondre au tam-tam. L'après-midi, les Sedangs avaient été à l'affût derrière l'ahurissement, la maladie, le goût du Pernod, la lourdeur de la sieste, le sommeil, le grand silence sur la forêt ; tout était affût, et, au premier coup de gong, la sauvagerie ressurgie se précipitait vers ce domaine sinistre et sacré qu'avait soupçonné Mayrena le jour du *Rolang*, quand, une flèche atteignant enfin l'œil sanguinolent du malheureux buffle, ces gueules aux dents limées[1] tout à coup éclataient de rire ou se pétrifiaient de rêve… Ce supplice ne se jouait-il pas ici avec des prisonniers de guerre ? Quand on avait construit la maison des Hôtes vers quoi se pressaient ces ombres, on avait enfoncé le premier pieu dans le corps d'un esclave vivant[2]. Et, si Mayrena et le père étaient attaqués de nuit[3], leur escorte était une plaisanterie.

« Qu'est-ce qu'il y a ? cria le père en sedang.

— *Khan* », répondirent quatre ou cinq voix en courant. Les alentours de la case étaient de nouveau dégagés.

« Allons-y, dit hâtivement le missionnaire. Les fragments récités ne sont jamais choisis au hasard.

— Quels fragments ?

— Il s'agit de leurs… chansons de geste[4], si vous voulez. Peu importe. Mais on les récite fort rarement, et, cette nuit, certainement pas sans intention. Ce sont les étrangers, les nouveaux arrivés, qui ont organisé cela. Il faut savoir ce qu'ils veulent. »

Ce n'était pas le tam-tam nègre, le tronc creux à son de castagnettes géantes, mais l'incantation tibétaine, l'appel d'un canon lointain porté sans fin par la brume. Le père et

Mayrena avaient descendu l'échelle et contournaient la longue case. Des ombres couraient toujours, moins nombreuses maintenant. Dans les pauses de silence du tam-tam, on entendait déjà la voix d'un récitant.

« Ce qui me gêne pour agir, mon père, ce n'est pas le sorcier, c'est la croyance au sorcier. L'oncle de ce gosse, Écureuil, qui répond : Il devait être mangé, son père et sa mère l'ont été ; le chef qui vient me demander si je sais qui a envoyé le génie qui tue cette fille, l'espèce d'univers infernal de ce tam-tam… comment agir là-dessus ! »

Ils se hâtaient.

« Toute action rencontre ces superstitions : le père Maranges, à qui vous venez si amicalement de penser, les a rencontrées à chaque pas : le labourage est interdit par le dieu du Tonnerre, et les buffles, animaux créés pour les sacrifices, ne doivent pas être attelés à la charrue… Pour agir, notre cher père a commencé par faire des chrétiens ; après quoi il[1]…

— Nous n'avons le temps de faire ni des chrétiens ni des Français. Courons au plus pressé. Le fantastique est là, que nous le veuillons ou non. Vous le connaissez, vous et les autres pères : vous en avez été entouré chaque jour chez les Bahnars ! Comment nous en servir ?

— Les sauterelles sont fort rares ici ; un jour, pour nos péchés, elles ont ravagé les champs des chrétiens[2] ; notre travail — j'entends : sur les âmes — de cinq ans a été perdu… répondit le père tristement. Je vais vous donner ma conclusion ; peut-être ne vaut-elle guère, mais elle vient d'une expérience déjà lourde de ces choses, celle du père Maranges ; quand vous êtes dans le surnaturel jusqu'au cou et que vous devez agir, croyez-moi : prenez garde de ne blesser personne, mais cela dit — ne tenez aucun compte[a] du surnaturel, et faites tranquillement comme s'il n'existait pas. »

Conclusion si manifestement faite d'expérience, qu'elle laissa Mayrena stupéfait et convaincu. Le tam-tam sonnait toujours.

« Ne vous attendez surtout à rien de direct, dit le père. L'allusion du chant (en lui-même fort clair) sera sans doute obscure… »

Ils dépassèrent le coin de la case. À la lueur des torches rousses, quelques personnages s'agitaient sur l'invisible avancée de la maison des Hôtes perdue dans l'obscurité, suspendus sur la nuit ; ils reculèrent, se fondirent dans le néant, et Mayrena, qui s'approchait toujours, ne vit plus sortir de la nuit qu'un buste collé à une poutre maîtresse, enveloppé d'une couverture, et qui tendait en avant un bras couvert de bracelets.

À terre, des turbans et des chevelures confus glissaient dans un grand mouvement, émergeaient un instant de l'ombre dans la brume rousse ; celle-ci, de plus en plus sombre à mesure qu'elle s'éloignait des torches, se fondait enfin dans le grand brouillard noir de la nuit ; l'apparition à la couverture, seule forme nette de l'obscurité tout entière, psalmodiait — trois syllabes hautes, trois basses — reprenant souffle à la fin des versets avec la profonde et rauque inspiration des blessés au poumon, sans bouger. Soudain son bras se tendit dans un geste de salut romain et l'homme se tut. Toute une foule silencieuse avançait vers lui dans l'ombre. Mayrena, approché non sans peine, le distinguait confusément : vieux, emmitouflé dans sa couverture à dessins géométriques, le bras en avant, il ressemblait à Phim. Bien qu'on ne distinguât pas ses yeux, Mayrena fut certain qu'il était aveugle.

« C'est un grand chef qui va parler par sa voix », dit le père à voix basse. Le tam-tam s'était arrêté. Dans le silence, les plantes des pieds nus frôlaient le sol battu : habitants, femmes, chefs étrangers, esclaves, conducteurs de bêtes, tous les Moïs étaient là. Beaucoup plus nombreux — impression nocturne ? — que Kong-Gung n'avait d'habitants[1]...

L'aveugle commença son invocation, laissant chaque syllabe de cette langue à sonorité de gongs mourir lentement dans la brume :

« “Ô garçons, allez déterrer au pied du lilas le baume qui rend invincible[2] », le père, verset par verset, traduisait à voix basse.

« “Allez déterrer au pied des bananiers le baume qui rend invulnérable ! Frappez le tam-tam-génie aux cymbales de fer, entourez-le de sa corde, suspendez-le, que les Bahnars effrayés l'entendent et apportent des buffles ! que les Laotiens effrayés l'entendent et amènent les éléphants ! que les pauvres l'entendent et nous portent des porcs et des jarres de vin de riz...” »

Il s'arrêta, puis reprit, un ton plus haut :

« “Appelez les chefs mnong qui portent au cou un

collier de crocs de serpents, — convoquez-les de l'Est à l'Ouest, — et vous, ô milliers d'oiseaux ngiêk, tourterelles aux ailes diaprées, mes serviteurs, — venez tous, nous allons combattre !…" »

Le récitant avait laissé redescendre sa main.

« Combattre qui ? demanda Mayrena. Nous ?

— Il ne me semble pas. Plutôt les Siamois. Attendez… »

Au fond de la nuit, très loin derrière l'énorme masse du toit de la maison des Hôtes, les feux siamois clignaient, pas encore recouverts par la brume. Le récitant avait repris, ses deux bras d'aveugle maintenant collés au corps sous sa couverture, monolithique :

« "Ils vont. Leur foule s'écoule comme du sol jaillissent les fourmis ailées, — grouillante comme les termites, comme les fourmis noires.

« "Entraînés par les battements rapides des petits gongs dont le tintement est semblable au cri de la petite grenouille d'eau, — ils avancent." »

Au ton de la mélopée, Mayrena sentit le poème devenir narratif. L'aveugle ne faisait toujours aucun geste.

« Que dit-il ? »

Le père ne traduisait plus.

« Vous comprenez ? » demanda Mayrena, après quelques minutes.

Le père, de la main, lui fit signe de se taire. Mayrena, de nouveau, s'irritait. Le père ne comprenait-il pas, ou trouvait-il ce qu'il entendait sans intérêt ? Mais peut-être Mayrena, lui, eût-il compris, si on lui eût traduit le texte. Jusqu'ici, les allusions n'étaient pas trop claires, et il ne s'agissait pas de les laisser passer !

« Alors ! » dit-il encore, à bout de nerfs. Le père attendait d'en avoir entendu assez pour comprendre et résumer. Autour d'eux les Moïs respiraient à peine à force d'attention.

« Il semble, dit enfin le père, qu'avant notre arrivée le rhapsode ait conté ceci : un autre chef est venu chez le héros en se disant son allié, et a enlevé sa femme. Je crois que les guerriers sont en marche à la recherche du ravisseur. »

Sensible à l'anxiété de Mayrena, le père tendait l'oreille en même temps qu'il parlait (plus vite encore qu'à l'ordinaire), pour traduire ensuite.

« "Il agite son bouclier — et les plaques d'airain font le bruit des graines de… (je ne sais[a] pas le mot français) dans leur cosse sèche — Les poils de ses mollets sont si épais qu'ils semblent avoir été retroussés, — les poils de ses cuisses sont touffus comme si on les avait plaqués…" »

Le ton du récitant redevint narratif.

« Mais qu'est-ce que ça veut dire, tout ça, en ce qui nous concerne ? demanda Mayrena.

— Il y a des passages d'une langue ancienne et que je saisis mal, dit le père. Il me semble que le héros vient d'arriver au village du ravisseur ; celui-ci, plus ou moins, vient voir à l'avancée de sa case :

« "Ô ami, ô ami, descends à terre, je te décapiterai proprement…

« "Ô ami, je ne puis descendre, — mes mains sont égarées parmi les seins de ta femme." »

Le père traduisait toujours sans accent, d'une voix distraite, tout occupé à comprendre.

« Maintenant le héros vient de percer la cuisse de l'autre qui s'était dit son allié. Il fait de l'ironie, vous comprenez :

« "Pourquoi donc ta cuisse est-elle percée, ô mon allié ?

« "Ce rouge est la frange de la couverture de notre femme dans ma maison." »

Suivant les rôles, l'aveugle changeait de ton.

« Le ravisseur vient de tomber, reprit le père, et l'autre lui a mis le pied sur le corps. Le ravisseur implore merci.

— Le héros, de nouveau ! » dit Mayrena en saisissant le bras du père. Au ton de l'aveugle, il commençait à reconnaître quand le héros parlait.

« "Pourquoi te laisserais-je quand tu es déjà blessé, — quand ta cuisse est brisée, — quand ton sang inonde le village ! — Je jetterai ta tête dans la paillote, — j'abandonnerai ta mâchoire au-dehors où les fourmis mach, les fourmis mong l'assailleront, — toi le grand chef féroce qui a pris mon cœur pour l'emporter par-delà la grande montagne, — toi qui m'as enlevé ma femme, — arraché la cuisse, — arraché le cœur du ventre. Nulle part, — en haut dans le pays djaraï, en bas chez les Bahnars[a], il n'y a personne de semblable à toi. — Ô enfants, ô enfants, — plantez sa tête au sommet de la porte et abandonnez sa mâchoire au-dehors — pour que les fourmis dam et les fourmis mach l'assaillent et la rongent ! Ô milliers d'oiseaux ngiêk, tourterelles moirées, ô ses serviteurs, tous tant que vous êtes, venez avec moi !" »

L'aveugle avait baissé la voix pour la réponse des serviteurs, et le père traduisit, baissant la voix lui aussi :

« "Comment ne pas le suivre ? — Notre Seigneur est déjà en putréfaction..." »

Les Moïs autour du père et de Mayrena ne bougeaient plus ; mais dans l'ombre d'autres arrivaient et l'inhumaine immobilité du récitant collé contre sa poutre semblait liée aux arbres et à la montagne, au-dessus du monde furtif des hommes.

« En somme, dit Mayrena, ils ont l'air de conseiller la soumission au vainqueur ? Et pas de quartier ! Mais en faveur de qui ?

« Bien difficile à dire, reprit le père, très vite de nouveau. Laissez, laissez ! Nous essaierons d'interpréter plus tard. »

Il demeura un long moment sans traduire. Le ton était redevenu narratif. Sous une secousse de vent, les fumées verticales des torches s'abattirent comme des lanières de fouet, et leurs remous dans le brouillard semblèrent s'épanouir en grands remous d'ombre vers la maison des Hôtes. Mayrena se sentait plus près de ces statues galeuses qui le frôlaient dans la nuit, depuis qu'il croyait connaître quelque chose de leur cœur.

« "Que ceux qui font les poteaux funéraires aillent les préparer...", traduisit le père.

« Voici, je crois : le héros est mort. Il a voulu prendre pour femme la lumière du soleil, (exactement, LA soleil, le mot est féminin). Elle a refusé, lui a ordonné de fuir avant son lever. Car la nuit seule permet au héros le retour sur la terre, et, si la lumière paraît, la vie du héros s'en ira avec la nuit[1].

« Il est resté. Maintenant une femme, sa sœur ou sa belle-sœur, il me semble, pleure :

« "J'avais pensé que tu mourrais avec des sculptures funéraires — et un beau cercueil préparé pendant les lunes d'une année — et te voilà mort dans la route de cire noire, toi, réputé des génies à la montagne !"

« La route de cire noire, ajouta le père, c'est la nuit.

« "J'avais pensé que tu mourrais en combattant tes ennemis, — j'avais pensé que tu périrais en envahissant les territoires des grands chefs. Ô Nué no'y ! reviens pour manger un cœur de nos bœufs dans un plateau ! — reviens pour manger un cœur de nos buffles dans une coupe ! — reviens boire le vin de riz dans une jarre...

« “Je ne verrai plus ton visage, je ne te rencontrerai plus, — car tu es mort, petit frère...” »

La voix était devenue de plus en plus forte, avec la lenteur intense et retenue des orateurs qui adjurent une foule immense, — la lenteur qui permet à la voix d'être comprise de très loin. Celle du récitant portait maintenant à coup sûr au-delà de l'enceinte scythe du village, jusqu'à la forêt où les singes dormaient dans la brume ; et, comme on ne voyait pas où cessait la foule, l'aveugle paraissait hululer ses lamentations épiques pour les vivants et pour les morts, pour le village et pour la montagne. « Maintenant c'est la femme du héros, — la vraie — qui pleure », dit le père. Toujours collé à sa poutre, la bouche visiblement ouverte, l'aveugle semblait la statue-colonne d'un prophète clamant la mort de sa race.

« “Ta mère te donnait des conseils et tu n'entendais pas, — ton père commandait et tu n'obéissais pas, — tu jouais de la flûte sauvage jusqu'à la mort de ton corps. — L'eau de mon nez remplit un bol à fleurs, — l'eau de mon visage remplit un bol orné, — je pleure toutes les larmes de mes yeux, — toutes les larmes de mon corps. — Tu ne mangeras plus de riz, — tu ne boiras plus d'eau, — tu ne cueilleras plus la liane pãmpil ! — La chair des buffles et des bœufs n'apaisera plus la faim de ton ventre ! — Et maintenant mon riz cuit sèche dans l'assiette, — le poulet rôti reste dans le plat, desséché comme le vautour mâle. — J'avais pensé que tu mourrais en combattant tes ennemis, — en envahissant les territoires djaraïs — et tu es mort, tu es mort enlisé — dans la route de cire noire !...” »

L'aveugle se tut, aussi immobile dans le silence que dans la psalmodie, et le tam-tam de guerre reprit son grondement dans la brume. « C'est fini, je crois... », dit le père.

Les Moïs commençaient à bavarder.

« Le héros est mort, dit Mayrena tandis que le père et lui marchaient vers leur case. Ça ne me paraît pas un présage encourageant !

— Je ne crois pas... Le chef est mort sans combattre. Sans combattre, vous comprenez. En somme, qu'avons-nous entendu ? d'abord le chef n'accepte pas le rapt de sa femme ; il décide de combattre ; tous ses guerriers le suivent (n'oubliez pas cela) ; il est pleinement victorieux.

Ensuite, voyons... : lui, un grand chef, s'occupe d'amour, et meurt misérablement ; et les femmes le pleurent parce qu'il n'est pas mort en combattant l'ennemi.

— Moralité : il faut combattre ?

— Il me semble...

— Mais ne peut-on voir aussi dans ces lamentations, des lamentations anticipées sur la mort de la race, le chant de ceux qui sont décidés à ne pas résister ? »

Ils avaient regagné la case. Leur torche était éteinte ; ils n'en avaient pas d'autre. Dans de grandes déchirures de la brume, les incendies des défrichements reparaissaient par instants.

« La première partie de cette poésie est tout de même un récit de victoire, dit le père entre ses dents. Quand le chef décide de combattre, les guerriers le suivent et il les mène à la victoire...

— Donc, ici, cette nuit, les chefs veulent la guerre ?

— J'ai cette impression...

— Contre les Siamois ou contre nous ?

— Voilà la question. Mais, à celle-là, le rhapsode ne répond pas, ou, malheureusement, je ne comprends pas ce qu'il répond... »

La confusion commençait à apparaître à Mayrena comme la nature même du pays sedang. La suggestion — incompréhensible — à coup de poème épique, les arrivées de caravanes qu'on entendait sans les voir, les grandes taches des pins sur les hautes pentes et les palmes dans les villages ; les médicaments qui guérissent et ceux qui rendent esclave, les sorciers et le merveilleux chrétien, les morts qui parlent mais ça n'a pas d'importance, et sur tout cela, synthétique, messieurs ! le brouillard où sans fin ronchonne un tambour de guerre...

On le frappait maintenant à petits coups très rapprochés, le tambour de guerre, comme si celui qui frappait eût simplement laissé rebondir son pilon sur la peau. Ainsi sans doute bougonnaient les éléphants au temps des épopées sedangs. Mais un coup à toute volée, à la limite de résonance du gong, écrasa ce courroux légendaire. Par une brume semblable à celle-ci, Mayrena, habitué aux légères cloches italiennes de sa Provence, avait entendu pour la première fois le mugissement des bourdons gothiques. Le batteur[a] du grand tambour laissa suivre son coup d'un silence, comme s'il eût attendu que la dernière vibration se fût perdue dans la nuit ; puis il frappa de nouveau, et la case trembla.

« Prions pour les voyageurs », dit le père.

Le silence revint, et on put entendre quelques cris d'animaux anxieux, — infimes et extraordinairement vivants. Puis un gong de métal retentit au loin hors de l'enceinte. Le grand battement recommença, et le gong répondit encore, et de nouveau le tam-tam de guerre, jusqu'à ce que, de trois lieux éloignés mais très distincts répondissent des caravanes en marche. Mayrena savait combien il était rare que les Moïs voyageassent de nuit, surtout dans la forêt. Il lui vint soudain une grande idée : il alla s'asseoir à côté de l'échelle, les jambes dans le vide, assis enfin à l'européenne.

« Ils sont encore en chemin ? » demanda-t-il au père par-dessus son épaule.

Celui-ci fit un signe de tête dans la nuit, puis répondit d'une voix distraite, continuant sans doute sa prière :

« Ils marcheront toute la nuit… »

Le tam-tam éclata de nouveau, se perdit très lentement sur la forêt inquiète ; quand la brume eut tout à fait dissous ses dernières vibrations, très loin recommencèrent les réponses des caravanes. La proximité ou l'éloignement des gongs rendait l'immensité plus sensible encore que ne le faisait de jour la fuite des cimes ; c'étaient des hommes en marche, et non la négligente éternité des montagnes. Des appels de gongs venaient maintenant de la forêt, étouffés et presque proches ; d'autres du fond du gouffre, clairs comme de très lointaines cymbales, mêlés ou successifs, parfois presque argentins. Quand reprenait le grand gong, et que les caravaniers attendaient qu'il se fût dissous pour lui répondre, des chevaux jubilants hennissaient au fond de la nuit. Tout le pays sedang était en marche.

Mayrena était résolu à ne pas dormir de la nuit. Réfléchir, avec ce tocsin solennel qui rendait idiot ! « Tenir compte du surnaturel pour ne blesser personne, mais faire comme s'il n'existait pas. » Il avait encore beaucoup à apprendre du père, quand celui-ci se serait décidé à finir ses prières et ses oraisons.

Peut-être ce tambour cesserait-il de sonner. Mayrena ne parvenait pas à chasser de sa mémoire : « Allez déterrer au pied du lilas le baume qui rend invincible… » C'était le premier verset traduit par le père. Il en entendait le début sans cesse, sur l'air de romance plaintive : « Le temps des lilas — et le temps des roses… » : « Allez[a] déterrer — au pied du lilas -as… » jusqu'à ce que même l'obsession fût pour un moment écrasée sous le sombre appel du grand gong. Tout autour de la case, et sous les pieds pendants de Mayrena, les ombres revenaient de la maison des Hôtes, dans une rumeur dispersée. La fête est finie, pensa-t-il ; et à peine eût-il pensé cela qu'il comprit une fois de plus combien il était loin : ce n'était pas une fête qui était finie, c'était une de ces communions sacrées où les peuples appelaient les dieux contre le Fléau. Le bourdonnement étouffé de paroles qui venait vers lui était d'attente et d'appel, comme les coups de tam-tam dont peu à peu se rapprochaient les gongs des caravanes…

Dans l'une des grandes déchirures de la brume, clignotait la ligne des feux siamois.

XIII

Le bruit des forges éveilla Mayrena : ayant inlassablement interrogé Minh, Mercurol et le père, « repassé les matières de son examen », il avait décidé à l'aube de dormir quelques heures. Le torse nu, les jambes dans un sarong, il vint jeter un coup d'œil à l'avancée de la case. On ne voyait pas à dix mètres dans le brouillard tiède : la mer de nuages, crevée, semblait-il, de trous soudains, recouvrait maintenant Kong-Gung. Le tam-tam avait disparu avec la nuit. Une grande rumeur d'armes, de bracelets et de bavardages emplissait le village ; dans une cohue de marché, les guerriers affairés, l'écu au poing, apparaissaient cinq secondes et se fondaient de nouveau dans la brume toujours pleine d'hommes, bracelets et lances brillant parfois comme des poissons dans un soleil diffus. Des perruches criaient dans la mer de nuages. Indifférents à ces choses qui ne les concernaient pas, les forgerons forgeaient.

Les moustiques envoyèrent Mayrena s'habiller. Il revêtit le grand uniforme, et reprit sa conversation avec le père. À 11 heures on vint les prévenir que les chefs étaient réunis. Kong-Gung était toujours un brouillard de bain turc, que des frissons parcouraient comme si la fièvre eût pris possession du monde. La caravane européenne partit vers la maison des Hôtes, un grand pan de nuage glissant sur les visages en sueur. Il les dépassa et sa forme devint distincte : traînant sur la terre, son grand triangle dégageait d'abord le sommet des arbres, puis glissait vers la droite jusqu'à ce qu'apparussent les troncs et enfin le sol, avec ses tas de détritus fouillés par des chiots et des chiens-loups hirsutes. Surgirent les fers d'une quinzaine de lances étroites et extraordinairement hautes dont les porteurs étaient encore engagés dans la brume opaque ; puis le toit énorme de la maison des Hôtes émergea, et elle se découvrit tout entière, haute et noire comme une église scandinave sur ce ciel de neige. Enfin, l'écran oblique du nuage découvrit lentement de nouveaux faisceaux de lances, plus hautes que toutes celles d'Occident, nettes, et leurs fers confusément brillants au-dessus de ces ombres dans le brouillard qui, peu à peu, devenaient le groupe des guerriers et des chefs. Tous debout, coiffés du turban ou leurs cheveux crêpus en auréole comme ceux des cavaliers numides, drapés d'andrinople déteinte ou de leurs couvertures à dessins géométriques, ils avaient vu Mayrena apparaître en même temps qu'il les découvrait ; et, tandis qu'il avançait vers eux, d'un seul mouvement ils inclinèrent devant lui leurs lances immenses jusqu'à ce que le fer en fût enfoncé dans la terre ruisselante.

Il passa devant eux. Sans bouger, ils le suivirent du regard, mais non de la tête ; il ne voyait plus de leurs yeux que le blanc sur quoi le jour bas luisait, comme sur le verre ou la porcelaine. Immobiles depuis qu'ils avaient abaissé les lances, les chefs semblaient l'ambassade d'un pays d'aveugles. Les gloussements affolés d'un poulet en fuite, qu'une femme poursuivait en criant, venaient du fond du village et passaient dérisoirement sur toute cette immobilité sauvage pour se perdre dans le silence primitif.

C'était de ces chefs que tout allait dépendre.

« On apprivoise bien les tigres, dit Mayrena au père, à mi-voix.

— Il faudrait surtout savoir ce qu'ont dit les augures », répondit rapidement celui-ci.

Ils gravirent l'échelle, s'assirent sur des cubes de bois préparés pour eux. On les guidait : ils ne distinguaient rien encore. La salle était vaste — [ ] mètres — presque pleine déjà. Maintenant montaient les chefs. Pieds et corps nus ne faisaient aucun bruit ; mais les syllabes sedangs bourdonnaient tout autour comme des gongs assourdis, et, dans ce grand mouvement d'hommes, la case oscillait d'avant en arrière, avec un aigu grincement de rotin. Quelqu'un frappa un gong. L'assemblée se tut d'un coup, et l'on n'entendit plus, au-dessus du grincement de la case, que l'entrechoquement décroissant des sabres pendus par les guerriers à l'entrée[1].

« Avant de parler, dit une voix, offrons aux génies les sacrifices d'usage. »

Le père traduisait et ajouta, sagement :

« Mais comme, selon l'usage, nous devons payer, sachons combien ils veulent. »

Ce fut une voix nouvelle qui répondit : on croyait bon d'offrir aux génies une jarre d'alcool de riz et un poulet, qui valaient douze morceaux de fer et une brassée d'andrinople. Aussitôt accordé.

« Et buvons ensemble à cette jarre », reprit la première voix : ainsi, celui qui mentirait mourrait dans l'année.

Tout cela était traditionnel, et banal : Mayrena avait bu l'alcool de riz chez presque tous les petits chefs. Il s'approcha de la jarre ; la foule de la maison des Hôtes se taisait scrupuleusement ; du village qui continuait à vivre venait le martèlement des forgerons, le même bruit d'enclume qu'entendait Mayrena jadis chez le maréchal-ferrant. Il se souvenait, buvant l'alcool à travers le tube, comme il avait écouté ce [ ], attendant avec quelques galopins le départ des ouvriers pour aller chaparder de la limaille, malgré les plus solennelles interdictions familiales... Le père ne buvait pas, mais les Sedangs le savaient ; et, tandis que Mercurol aspirait, Mayrena, qui avait bu d'une lampée la quantité requise, commençait à reconnaître ses interlocuteurs : le chef de Kong-Gung (sans doute parce que la cérémonie avait lieu chez lui), le sorcier, et quelques autres entrevus déjà. Sur les parties nues des corps, le brouillard semblait s'être déposé en gouttes sur de larges plaques claires semblables à des cicatrices de brûlures : traces d'anciennes maladies de peau, sans doute — les Moïs étaient ravagés de gale.

Les Blancs regagnèrent leurs places. Mayrena savait qu'il ne pourrait demeurer accroupi longtemps et s'assit sur son cube de bois très bas, ses longues jambes devant lui, ses bottes, pointes en l'air, toutes seules dans le vaste espace vide, d'une propreté méticuleuse. Les Sedangs s'étaient massés le long des parois ; entre eux et Mayrena le plancher de bambous étroits luisait comme du buis, poli sans doute par le frottement des pieds, et reflétait la morne lumière du dehors : le côté de la case orienté vers le gouffre était entièrement ouvert à un mètre du plancher. Des demi-têtes de Moïs apparaissaient en silhouette au ras de l'ouverture, une petite plume dans les cheveux. Maintenant Mayrena commençait à distinguer les couvertures, les corps, les mains quand elles bougeaient ; et, comme devant les lances, il se sentait moins dans un pays inconnu que dans un temps très lointain, — un haut Moyen Âge aux monastères méticuleusement frottés, et qu'envahissait aux jours d'offices cette odeur de sueur et de laine des paysans serrés dans le brouillard mérovingien.

« Celui qui mentirait mourrait dans l'année », fut-il répété solennellement dans la pénombre.

[ ][1]

Mayrena pensait que ces hommes étaient des chefs. Donc, habitués à commander, ne fût-ce qu'à cent pouilleux ; que l'usage du commandement ne va pas sans quelque connaissance des actions humaines, et que leur magie ne devait pas lui faire oublier leur probable ruse. Après tout, se dit-il, nos fermiers croient bien au diable. Il n'était plus question du poulet. Le père et Mayrena regagnèrent leur place. Lorsque s'éleva de nouveau la voix du chef, le vide, au centre de la case, avait diminué de moitié : tous s'approchaient.

« Tu es venu chez nous par ta volonté. Sans que les Tenouls de ces villages t'aient appelé. Ni aucun homme de ces villages. »

Le père traduisit, transmit aussitôt la réponse de Mayrena.

« Oui.

— Tu ne nous ressembles pas, reprit le chef. Ni aux Annamites. Ni aux Laotiens. Tu arrives de loin.

— Oui.

— Tu n'es pas commerçant.

— Non.

— Es-tu Farang[2] ?

— Non. Mais, dans mon pays, je suis le voisin et l'ami des Français.

« Impossible, dit le père : ici, le voisin, c'est l'ennemi. Je supprime : le voisin. »

Dès qu'il eut traduit : « l'ami des Français », une rumeur emplit la case.

« Que viens-tu faire ? avait repris le chef.

— Je suis Envoyé. »

Le père regarda Mayrena, étonné.

« Allez-y, père : je suis Envoyé. Au sens religieux, enfin je veux dire… surnaturel.

— Mais comment transmettre une telle affirmation !

— Signalez, si vous voulez, que vous n'êtes, en ce moment, que traducteur… »

Le père déclara donc d'abord que ce seigneur était son ami, mais qu'ils étaient différents, comme, par exemple, deux amis, l'un Bahnar chrétien, l'autre, Bahnar païen. Puis il traduisit : « Vous lui avez demandé ce qu'il vient faire. Il répond qu'il est Envoyé. »

Cette fois, il n'y eut pas de rumeur, mais le long silence de l'Asie quand il s'agit des choses sacrées[1].

« Envoyé pour quoi ? reprit enfin le chef.

— Pour vous unir et vous défendre contre les Siamois. »

La rumeur reprit, plus longue.

« Ton père et ta mère sont-ils vivants ? demanda une voix, du fond de la case.

— Non.

— As-tu des frères et des sœurs ?

— Deux frères. »

Là-haut, quelques tristes vautours décrivaient leur courbe.

« Pourquoi les as-tu abandonnés ?

— Pour venir vous aider contre les Siamois.

— Alors tu n'aimais pas ta famille ? demanda une nouvelle voix à droite de Mayrena.

— Je suis Envoyé. »

Aussitôt une autre voix, du fond de la case, de nouveau.

« Plus tard, retourneras-tu dans ton pays[2] ?

— Si Dieu le veut. Mais pas avant que vous soyez forts et délivrés des Siamois. »

Sous la case, entre les pilotis, un buffle satisfait se roulait dans la boue, dont le clapotement remplaçait le choc éteint des sabres.

« Est-ce qu'une grande troupe marche derrière toi[3] ? demanda le chef de Kong-Gung.

— Non. Je puis demander aux Farangs de venir nous aider, si vous le souhaitez. Mais si je leur demande de rester où ils sont, ils y resteront. Je ne les appellerai que si c'est vous qui me le demandez.

— Les Farangs sont déjà en Annam et au Cambodge…

— Les Siamois sont déjà presque chez les Sedangs.

— Les Farangs, dit une autre voix, vont nous empêcher d'échanger comme autrefois nos esclaves contre des buffles et des éléphants.

— Quand les Siamois vous auront tués ou chassés, qu'est-ce que vous échangerez ? »

Le chef parla d'une voix douce, et le père traduisit :

« Des hommes d'expérience t'accusent de vouloir t'emparer de la terre de tous les sauvages… »

Si l'entretien tournait mal, jamais les Européens n'atteindraient la forêt.

« Vous savez, dit Mayrena, que j'ai échangé le serment avec le chef Phim et ses amis. Quelles terres leur ai-je prises ? J'ai échangé le serment avec les chefs bahnars. Quelle terre leur ai-je prise ? Quand le Seigneur de la Paix[1], dont la bouche vous fait comprendre mes paroles, a délivré les Bahnars des Djaraïs, quelles terres a-t-il prises à ceux-ci ? Nulle part il n'a pris ; partout il a donné. Depuis que les pères sont arrivés dans ce pays, ils ont vu beaucoup de villages. À chaque village ils ont donné. À aucun ils n'ont pris. J'ai donné au chef Phim des présents, de la quinine, des médicaments, la possibilité d'instruire ses guerriers. J'ai donné aux Bahnars ; j'ai donné à tous ceux qui ont fait le serment avec moi.

— Et qu'as-tu demandé ? dit un chef étranger.

— L'union. Ici, l'union de tous les chefs qui parlent sedang ; et qu'aucun Siamois n'entre sur leur territoire.

— Mais il y a avantage à traiter avec les marchands siamois, dit le chef de Kong-Gung.

— Les marchands peuvent venir, mais avec une autorisation donnée par les chefs sedangs. Les soldats ne doivent pas venir.

— Quand t'es-tu mis en route ? » demanda une voix qu'on n'avait pas encore entendue. Tous les Sedangs tournèrent leurs yeux vers celui qui venait de parler. « Le sorcier de Kong-Gung », dit le père. En effet, c'était Grain-de-Café.

« Il y a trente-trois jours, répondit Mayrena. » Une [ ]

générale emplit la longue case : tous comptaient sur les doigts de leurs mains d'abord, puis sur leurs doigts de pied[1].

« Vont par deux, dit gravement Mayrena, au milieu de la danse de Saint-Guy de ses auditeurs, les barreaux des cangues, les objets funéraires, les instruments de supplice ; mais moi je vais par trois. Votre village était djeng parce que je devais y entrer le trente-troisième jour, faste entre tous. Et voici la preuve : le village était *djeng* et pourtant les présages des oiseaux avaient été favorables sur toute la route. Tous les porteurs le savent, et aussi votre guide, et aussi ceux qui veillaient sur le rempart du village et qui nous ont répondu. S'ils sont ici, qu'ils parlent.

— Il dit vrai », dit une voix.

C'était un des guetteurs. Mayrena attendait la rumeur, mais ce fut un grand silence. Au loin crièrent des enfants qui jouaient ; et les forgerons martelaient toujours.

« Les mauvais esprits savent tromper les hommes, dit le sorcier. Un de vos Annamites, ce matin, a tué ici même un poulet en lui cassant la tête contre la paroi d'une case[2].

— C'est un grave sacrilège », ajouta rapidement le père pour Mayrena. Celui-ci attendait une rumeur indignée, mais ce qui vint fut une fébrile discussion générale : il avait oublié que les Sedangs n'étaient pas toujours d'accord entre eux. La discussion tournait au chahut. La surprise décontenançait le père et Mayrena. Le sacrilège avait-il eu lieu, ou le sorcier cherchait-il à extorquer une amende ? La bouche ouverte, ils se regardaient, ne répondaient rien.

« Tu n'as pas guéri les malades ! » cria le sorcier, se levant. Chevelures et turbans se fixèrent de nouveau sur lui. « Tu n'as pas guéri ! Tu n'as pas guéri ! hurlait-il dans le vacarme, à la limite de la voix, cherchant la transe. Tu n'as pas guéri !

— Pourquoi, disait le père, mais pourquoi êtes-vous allé chercher cette malencontreuse histoire d'Envoyé ! Il aurait fallu…

— Nos parents ! hurlait une voix au fond de la case. Tu n'as pas rajeuni nos parents ! »

Après l'alcool de riz, il était possible que bon nombre de chefs fussent à moitié saouls. Le père ne traduisait plus, son regard d'animal à la curée suivant chacune de ces ombres qui hurlaient dans le demi-jour embrumé, tandis que le délire gagnait la case entière.

« À cette heure, murmura-t-il, le père Maranges fait dire pour nous le chapelet de sa chrétienté tout entière… »

« Jambes… bras… parents », bafouilla-t-il, essayant de traduire les vociférations qui perçaient convulsivement le constant : « Tu n'as pas guéri ! » du sorcier, que Mayrena reconnaissait ; et, dans ce vacarme extraordinairement sinistre et absurde en face de l'immensité du gouffre, le père devina que le bras chamarré de Mayrena se dirigeait vers son revolver.

« Pour Dieu, ne touchez pas à votre arme ! »

Un Sedang s'approchait, debout dans l'espace vide devant les Blancs. Comme si le vacarme fût devenu attention, l'homme chancelait dans le retour du silence, chargé de tous les regards. Il était à cinq pas de Mayrena, et mangeait quelque chose qu'il tenait dans sa main, et marmonnait.

« Mais pourquoi, marmonnait le père, cette malencontreuse idée qui…

— Mais traduisez donc, sacré nom de Dieu ! »

Le lépreux[1] avait fait encore deux pas, s'était arrêté, et, regardant Mayrena avec un sourire idiot,

« Tu ne m'as pas guéri… »

Il recommença de manger, avec un crissement de croqueur de sucre. Maintenant, Mayrena voyait ce qu'il tenait dans la main : des cendres.

La voix du chef de Kong-Gung s'éleva à nouveau, lente, mais sans cris. Mayrena était un peu en avant du père. Il attrapa l'un de ses souliers, et commença à le secouer comme un prunier. Le missionnaire comprit le sens de [ ] et traduisit :

« Tu es arrivé avec les nuages de la mousson, serrés et venus d'un seul bloc. Un jour le ciel était bleu et maintenant le voilà noir. Nous savons tous que c'est un présage de famine. Nous avons consulté les génies[2].

— Ils ne te sont pas favorables ! vociféra Grain-de-Café. Ils ne te sont pas favorables !

— Tu ne m'as pas guéri », nasilla rêveusement le lépreux.

Mayrena ne voyait pas ce qui se passait à sa gauche, mais il le sentait.

À sa gauche, c'était la partie ouverte de la maison des Hôtes, celle qui surplombait le gouffre. Sa cloison s'élevait jusqu'à un mètre du plancher. Et Mayrena, le regard toujours fixé sur le lépreux, sentait toutes les têtes des

Sedangs jusque-là accroupis, toutes les épaules, monter au-dessus de la cloison, sur le grand fond de nuages. Il parvint à quitter un instant de l'œil l'idiot qui restait planté devant lui, répétant sa phrase de son angoissante voix de bigotphone[1] : partout des Sedangs se levaient sans s'aider des bras, lentement, comme s'ils eussent accompli un étrange mouvement de gymnastique[a]. Derrière Mayrena, c'était le mur.

« Qu'est-ce qu'il fout ici, celui-là ? » hurla-t-il, montrant le lépreux qui souriait.

Le père traduisit la question et la réponse :

« C'est un notable. »

En face, à droite et à gauche, des guerriers étaient debout.

« Qui fait aujourd'hui la loi chez les Sedangs ? Les grands guerriers qui tuent les éléphants à la lance, ou tous les bancals, les manchots et les estropiés ? Qu'attendent les manchots et les lépreux pour aller arrêter les Siamois ? Allez-y ! Mais allez-y donc ! Ils n'attendent que ça ! »

Mayrena, lui aussi, commençait à entrer en transe. Le père traduisait phrase après phrase, avec passion, emporté de nouveau par le ton de Mayrena.

« Je suis venu parler aux guerriers. Aux autres, j'ai seulement à dire ceci : je guéris qui je veux, et non qui je ne veux pas. Je ne vous ai pas guéris ? Je ne vous ai pas soignés. Je n'ai redemandé des morts ni à mon Dieu, ni aux vôtres et ne les demanderai point. C'est compris ?

« Ceux à qui, moi, j'ai remis les médicaments, sont guéris. Allez les chercher dans le village : il y en a plus de vingt au bas de cette case. Ceux à qui on a porté les mêmes médicaments, à qui je ne les ai pas donnés moi-même, ne sont pas guéris. Vous le savez aussi bien que moi.

« Je suis venu d'un pays lointain. J'ai acheté aux Djaraïs une petite fille sedang emmenée en esclavage. Je l'ai amenée avec moi. Et pourquoi mes génies m'ont-ils mené directement à sa mère ? Elle était une mère sedang parmi combien de milliers d'autres, sorcier ? Combien de femmes pleurent dans tes montagnes, sorcier ? »

Tous les guerriers étaient accroupis de nouveau, l'attention était extrême. Mais les visages n'exprimaient rien. Convaincus ? Émus ? Blessés de cette allusion à une de leurs défaites ?

« Le ciel, quoi, le ciel ? J'ai apporté les nuages pour mes amis les Bahnars, et pour les Rongaos de Phim. Et puis ? Ils en ont besoin : la terre est crevassée partout. Vous en avez besoin aussi : vous avez besoin d'eau, je vous apporte l'eau ! Et assez avec la famine ! Vos présages et vos fétiches, et les araignées et les adultères sont impuissants contre mes talismans. Car mes talismans sont les vrais génies des Sedangs, et ils m'ont été remis pour vous unir et pour vous protéger. »

Malgré son emportement, Mayrena craignait quelque protestation du père. Mais celui-ci, qu'il modifiât ou non son texte, traduisait avec une violence fébrile, sans commentaire.

« Où sont-ils tes fétiches ? hurla Grain-de-Café. Pas guéri ! »

Mayrena tira précipitamment de la poche de son pantalon un mouchoir, des clefs, un feuillet d'horoscope tiré jadis à la foire du Trône, un briquet, et enfin sa boussole. Sa montre était dans son dolman ; non, la boussole valait mieux. Il la posa sur la natte[1].

« Viens voir, chef[a]. »

Devant la boussole, le lépreux fichait le camp à quatre pattes, sans autre examen. Tous s'étaient relevés ; mais le vide, au lieu de diminuer, s'était agrandi.

Le chef se décida à s'approcher, suivi d'un guerrier aux deux bras couverts de bracelets jusqu'aux coudes.

« Aucun homme, traduisit le père, ne pourra empêcher cette aiguille de revenir dans la direction qu'elle a choisie. Essaye. »

Le chef s'accroupit devant la boussole, la toucha du bout du doigt, aussitôt retiré comme s'il eût craint de se brûler, puis la manipula. Mayrena ne voyait pas bouger un seul Sedang, et pourtant l'espace vide, maintenant, diminuait.

Soudain, le guerrier qui accompagnait le chef fit vers la boussole un geste violent, rejeta la main et cria. Tous les Sedangs, chef compris, reculèrent.

« Ah dis donc, souffla Mercurol, il a voulu attraper l'aiguille ! À toute vitesse, comme pour une mouche. Il a dû se fouler le doigt.

— Ils disent que c'est l'esprit qui vous guide dans la forêt », dit le père, traduisant quelques chuchotements.

Trois autres guerriers vinrent regarder la boussole de

tout près, l'un après l'autre, sans la toucher. La position de ce fétiche-là semblait acquise.

Derrière eux s'était approché Grain-de-Café. Il avait regardé la boussole, puis Mayrena, et, sans quitter celui-ci du regard, il reculait vers le centre de la case. Il s'approcha ainsi de la planche qui faisait fonction d'autel, la contourna, et s'arrêta derrière elle. Il caressa les silex préhistoriques dressés sur la planche, palpa une figurine semblable aux statues funéraires, mais rendue informe par le sang coagulé des sacrifices, et commença à parler à *son* fétiche.

C'était la première fois que Mayrena entendait le ton de l'affection dans la voix d'un Moï. Le fétiche n'était pas posé, mais suspendu au-dessus des silex, comme les oiseaux mécaniques des enfants au bout d'un fil. C'était un oiseau de rafia grand comme un corbeau, avec une queue en palme sèche, porteur d'une minuscule arbalète ; d'une puérilité et d'une légèreté mystérieuses dans ce bric-à-brac sinistre[1].

« Que dit-il ?

— Je ne sais pas : il parle sa langue sacrée ; seuls la comprennent son fétiche et lui. »

Mayrena croyait la langue sacrée faite de quelques grognements, mais le sorcier parlait un véritable langage, dont les inflexions tendres et fraternelles, un peu craintives, semblaient plutôt consoler l'oiseau que l'adjurer.

Mayrena avait envie de reprendre sa boussole ; il craignait, s'il la laissait trop longtemps sur la natte, il ne savait quelle découverte. Mais l'oiseau de paille eût semblé vainqueur de la boussole, et Mayrena ne bougeait pas, écoutant le discours enfantin et poignant de Grain-de-Café, qui semblait vouloir convaincre doucement un ami craint et aimé.

Enfin le sorcier se tut, vint prendre la boussole, la tourna en tous sens : l'aiguille indiquait toujours le nord. Il retourna vers l'autel, manœuvra une ficelle de rotin : le fétiche descendit jusqu'à hauteur d'homme, et Grain-de-Café commença à le caresser tendrement, sans rien dire.

La rumeur que Mayrena n'avait plus entendue depuis le début de la palabre reprit.

« Il disent que vous n'avez pas menti, traduisit le père.

— Au contraire », répondit Mercurol entre ses dents.

Mayrena, prudent, remettait la boussole dans sa poche.

Cette nuit, tandis que le grand gong guidait les caravanes, il avait imaginé un triomphe semblable, les Sedangs prosternés devant quelque Révélation. Le chef parlait de nouveau :

« Il dit : alors, maintenant, qu'est-ce que tu vas nous donner ? »

Allons ! tout n'était pas encore fini. Et pourtant Mayrena *s'épanouissait* comme s'épanouit dans la chaleur celui qui vient du grand froid. Comme si tous les bruits du village eussent été chassés par [ ], ils rentraient tous ensemble dans la case, les cris des gosses, le battement assourdi des pilons à paddy et le battement sonore des forgerons, des cris de vautours sur l'estrade à sacrifice, familiers comme dans un jardin zoologique, tous les sons de la vie où l'on marchande au lieu de tuer. Il cessa de regarder les Sedangs comme un combattant, les observa pour la première fois depuis [ ]

À peine le père prenait-il garde à sa traduction : le vent devenait plus fort, et la mer de nuages commençait à se décomposer ; dans ses trous apparaissaient des sommets couverts de pins, verticaux comme dans les lavis japonais.

« Après vos suggestions, murmura-t-il, que le bon Dieu nous épargne le retour rapide du beau temps ! Nous sommes à la merci d'un caprice du soleil… »

Le guerrier qui avait accompagné le chef de Kong-Gung dans l'expédition vers la boussole parlait :

« Tu as plusieurs chevaux et des fusils. Nous ne te demanderons qu'un cheval et trois fusils.

— Ici, soyez ferme, ajouta le père qui traduisit ensuite :

« "J'ai besoin de mes chevaux. Ceux-ci ne sont pas pour vous. Si nous nous entendons, je vous en donnerai plus tard bien davantage. Quant aux fusils, nous en parlerons. Mais avant tout, avant de parler de cadeaux, êtes-vous décidés à être mes amis et à [ ] garde royale ?" »

Enfin, ils voulaient bien être ses amis. Et peut-être échanger les bracelets. Mais lui, un homme puissant, ne pourrait-il leur faire donner — même plus tard, de la soie ? Les Annamites, jadis, en donnaient aux chefs sedangs. Et un peu d'argent ? Pour quoi faire, demandait Mayrena stupéfait, puisque la monnaie n'avait pas cours. Pour le garder en souvenir. Ou peut-être l'échanger plus tard aux Annamites de la frontière, contre « des produits[1] ». Bon, ils auraient chacun une piastre le soir même. Et ce vin de riz très bon qu'il avait distribué aux femmes (le Pernod) ?

Le père traduisait l'annonce de la distribution d'absinthe

avec indifférence, sans cesser de regarder les trous des nuages. Selon l'usage de leur jeu, les gosses qui criaient dehors imitèrent le cri du cochon ; et, comme toujours depuis des siècles, les vrais cochons noirs vautrés entre les pilotis répondirent.

« Chaque village, dit Mayrena, a une case par famille, mais il n'a pas de case spéciale pour la famille du Malheur. Pourtant, il y a dans chaque village une grande famille du malheur. Je dis que si nous faisons alliance, il n'y aura plus d'oreilles brisées ; il n'y aura plus de fièvres ; il n'y aura plus de famine ; il y aura des fusils pour les grandes chasses ; il n'y aura plus de femmes rasées qui pleurent leur mari mort et leurs enfants volés. Jamais, tu entends, sorcier, jamais un Sedang ne sera plus emmené en esclavage. »

Grain-de-Café, le lépreux à côté de lui, tenait précautionneusement sous son bras son fragile oiseau, dont il semblait calmer de la main les battements de cœur. Les chefs attendaient, tranquilles et rusés, dans l'odeur d'étable chaude qui montait des pilotis, accordés de nouveau à la vie paysanne, à la vie qui marchande au lieu de tuer.

« Et prendrons-nous alors les Djaraïs pour esclaves ? » demanda une voix. « Attention, ajouta le père.

— Discuter du sort de l'ennemi vaincu avant de l'avoir vaincu porte malheur, répondit Mayrena.

« Mais nous n'aurons plus besoin d'esclaves. »

Les chefs ne protestaient pas (quitte, plus tard...). Mayrena sentait ses paroles pénétrer dans ces têtes aux dents limées comme de solides arguments dans des têtes paysannes, lentement et solidement, y appelant une approbation ou une hostilité réfléchies... Mais, se remettant tout à coup à gueuler :

« Il ne s'agit pas des Djaraïs, il s'agit des Siamois ! Est-ce que ce sont les Djaraïs qui campent sous votre nez ? Avec eux on en finit bien ou mal, mais vite. Mais si les Siamois occupent votre pays, ils l'occuperont pour des générations ! Il faut :

« 1° Que les chefs ne démarrent pas d'ici, jusqu'à l'arrivée de la colonne siamoise ;

« 2° Envoyer des messagers dans les villages, mobiliser dès l'arrivée de la colonne, si c'est nécessaire, les guerriers du pays sedang tout entier. Nous vous défendrons en même temps, nous, avec les carabines européennes ;

« 3° Envoyer ici ou à Kong-Toum, au plus tôt, de jeunes

guerriers choisis par les chefs de tous les villages pour que nous leur enseignions à tirer.

« D'accord, oui ou non ? »

La discussion reprit entre les chefs, confuse et favorable. Dans un remous de dessins géométriques les couvertures reculèrent dans la pénombre et un uniforme écarlate reparut : Mercurol revenait, ailé de bouteilles de Pernod en éventail. La discussion devint de plus en plus favorable. Le chef de Kong-Gung reprit la parole.

« Il dit qu'il souhaiterait que nous habitions cette maison des Hôtes. Il y a des... chambres, si j'ose dire, comme dans les autres cases. C'est un grand honneur.

— D'accord, d'accord. Mais les réponses ?

— Ils disent qu'ils ne veulent s'engager qu'après avoir conféré avec le chef Keniong qu'ils attendent...

— Pouvons-nous obtenir un engagement quelconque d'ici là ? »

Discours du père.

« Ils veulent bien échanger dès maintenant les anneaux. Mais il est bien entendu que si vous demandiez davantage plus tard, ils ne seraient pas engagés, et... »

Mayrena remarqua que *nous* était devenu *vous*.

« ... que si le Keniong n'était pas d'accord, il faudrait reprendre la discussion. Supposons qu'ils attendent réellement ce chef, et non les présents que vous avez promis...

« Et si le Keniong n'arrive pas ? »

Mayrena s'était retourné. Le père réfléchissait.

« Tant pis. Nous verrons. Si je pose cette question, nous ne sortirons plus de la confusion. »

On échangea donc les bracelets, et on frappa les gongs pour marquer l'accord. Puis la case se vida lentement.

« J'ai une faim de loup ! dit Mayrena triomphant.

— Permettez-moi de me retirer, répondit le père avec fermeté ; quel étrange travail j'aurai fait, — pour la France... J'ai vraiment besoin de voir clair en moi, et il est grand temps de prier... »

Mercurol, descendu parmi les premiers, distribuait avec componction le Pernod, dans un petit bambou coupé par Minh en forme de gobelet.

XIV

« Eh bien, où en sommes-nous ? » demanda le père. Oraison et sieste terminées, il quittait le cagibi de la maison des Hôtes où il s'était réfugié. Mayrena n'était pas, comme il l'avait cru, sur l'avancée de la case. Mais bientôt il surgissait du brouillard et gravissait précipitamment l'échelle, barbe en avant, inquiet.

« Belle activité ! dit le père en souriant.

— Nous n'allons pas attendre en nous tournant les pouces l'arrivée des Siamois ! »

Les sommets des pins apparaissaient encore dans les trous de plus en plus étroits des nuages. Vers les pentes, pas un feu, plus même un son, sauf ces coups réguliers de coupe-coupe sur des troncs : le vieux bruit des haches dans la brume des forêts d'Europe... Guerriers et forgerons dormaient. De temps à autre, au bas de la maison des Hôtes, des silhouettes réfugiées surgissaient et disparaissaient en silence.

« L'exode continue... »

Au-delà, le gouffre n'était plus qu'un brouillard sale ; et, à quatre cents mètres au-dessus de Kong-Gung, une seconde couche de nuages s'établissait, plus noire que la première.

« Les grandes pluies de la mousson vont sans doute commencer aujourd'hui, dit le père, sans regarder Mayrena, qui marchait de long en large sur l'avancée.

— Ma foi, c'est une grâce que Dieu nous fait ! La pluie ne facilitera pas la marche des autres, et enfin, aux Sedangs, je l'ai promise !

— Bien prier aussi, est une grâce que Dieu nous fait... Et j'ai bien mal prié. Ah, si vous saviez combien tout cela me... trouble, me met mal à l'aise... Est-ce donc nous qui allons introduire ici l'alcool, le mensonge ?

— Ils boivent d'eux-mêmes plus que nous ne les ferons jamais boire, soyez tranquille ! Et de quel si grand mensonge avons-nous à nous accuser ? J'ai dit que je suis envoyé, et, après tout, ne le suis-je pas ?

— Du moins pas tout à fait en ce sens... »

Mayrena était persuadé que le père avait si bien affaibli certaines de ses paroles en les traduisant, qu'il continua, marchant toujours, semblant penser à quelque chose de plus grave :

« Que je ne suis pas un Farang est vrai, en ce sens que le gouverneur est prêt à me désavouer... Et d'ailleurs, pour en revenir à ma qualité d'Envoyé, même conçue au sens, mon père ! le plus élevé, vous la niez, mais, après tout, qu'en savons-nous ?

— L'orgueil, comment ne pas le reconnaître ?

— Et puis ?! À supposer que vous ayez raison ; à supposer même que je sois fou, damné, et plus encore, la question resterait entière ! J'ai eu l'honneur de rappeler à Monseigneur la phrase, — sublime, mon père ! — de Bossuet[1] : "Il convient à Dieu de nous aveugler avec de l'or et de nous éblouir avec de la boue..." Elle est d'un prince de l'Église, non de moi ! J'ai parlé de talismans ? En quoi est-ce plus grave que de parler de flacons-génies ? Vous avez parlé, vous deviez parler le langage de ces gens, et moi aussi ! Avons-nous le temps de commencer par un cours de physique ? La boussole, si nous parlons profondément, est bien en vérité un de nos talismans : qu'est-ce qu'un talisman, sinon un moyen d'agir sur les choses, de nous les soumettre ? Vous craignez le retour du beau temps : regardez les nuages se serrer. Il semble bien, tout de même que Dieu soit avec nous ! »

Peut-être. Mais le père reconnaissait dans ce langage le discuteur, le bel-esprit, le franc-maçon, l'homme du Malin[2]. Le suspect, lui, s'énervait : c'étaient bien des histoires pour rien, et l'Église avait montré au cours des siècles assez d'indulgence aux maîtresses des rois, pour en montrer quelqu'une à de pauvres diables dont le métier n'était pas facile. La mission ne s'était pas établie par la seule force du Saint-Esprit, sans quelques concessions aux nécessités temporelles ? Mais ces concessions avaient été faites sans autres témoins que des prêtres, et les scrupules du père venaient d'abord de l'intrusion d'un laïc dans cette cuisine spirituelle.

Des fuyards qui se réfugiaient à Kong-Gung passaient toujours dans la brume :

« Des milliers sont en fuite, leurs villages détruits ! Nous allons en finir avec cela. Nous allons en finir avec ces guerres, avec l'esclavage, les rapts d'enfants, les esclaves à qui on enfonce dans le ventre les pieux de la maison des Hôtes. Les Siamois ne les rendraient pas même bouddhistes ! Si vous croyez votre âme impure, ma foi ! lavez-la dans le souvenir d'un *rolang* ! Comment mettre en parallèle...

— Je n'ai pas dit que je condamnais vos actes, dit le père avec lassitude ; je vous ai fait part de mon trouble... »

L'irritation de Mayrena disparut : le père ne cultivait pas ses scrupules pour refuser d'agir, mais, au contraire, pour pouvoir agir ; peut-être étaient-ils, en somme, une mortification.

« Enfin, quels sont vos pronostics ?

— Je me suis remémoré avec soin tous les événements de la palabre de ce matin, répondit le père. Tout, maintenant, tout va dépendre des événements les plus prochains. N'oubliez jamais qu'en ces régions, tout fait insolite est un présage. Un présage. Votre arrivée, la mienne à un moindre degré, sont des faits extraordinaires. Vous êtes donc, à leurs yeux, un énorme présage, un signe, quelque chose qui doit être interprété, déchiffré. Que signifiez-vous ? Ce qui va arriver. Donc, si demain le Seigneur nous envoie des événements favorables, nous [ ] ; mais si les Siamois prennent Kong-Gung, recommandons-nous à la Providence du bon Dieu, car sans elle nous serons tués aussitôt.

— Raison de plus pour que les Siamois ne prennent rien du tout. Ce qui ne va, d'ailleurs, pas traîner ! Je suis allé relever un peu le terrain. Le sentier d'accès se divise en fourche, à deux kilomètres d'ici : à droite, le chemin par lequel nous sommes venus ; à gauche, celui de la vallée. Les Siamois ne peuvent venir que par ce dernier. Il est encaissé en plusieurs endroits entre les rochers qui forment des gorges. Or, nous avons beaucoup de poudre. Militairement, de quoi s'agit-il ? De faire sauter quelques pans de rochers et de fermer le sentier. Les fuyards sedangs trouveront toujours des passages dans la forêt, mais les éléphants et les bagages d'une colonne seront arrêtés. D'autre part, quelques carabines, dans une situation comme celle-là peuvent faire un sérieux travail... »

Le père prêtait l'oreille. Les silhouettes d'exode passaient toujours, courbées sous des hottes trop pleines. Les coups de coupe-coupe se précipitaient, puis s'arrêtèrent ; et dans le silence de nouveau suspendu sur la montagne, glissa un froissement de feuilles dans lequel craquait un tronc énorme, et l'écrasement de l'arbre tout entier se répercuta de vallée en vallée, longuement porté par la brume.

« Ce sont vos… conseils ? demanda le père.

— En quoi ?

— Sinon, dites-vous que vous n'aurez pas de peine à les convaincre : ils abattent les arbres pour barrer les chemins.

— Ça ne suffira jamais…

— Les troncs sont parfois une faible barrière, mais si la distance est habilement calculée, si la masse de l'arbre tombe sur le chemin… Ces ramures sont inextricables[1].

— Mais mon père, pourquoi être si triste ? Avec de tels scrupules, on n'aurait jamais fait les Croisades !… [ ][2] »

NOTICES, NOTES ET VARIANTES

LE MIROIR DES LIMBES

NOTICE

Sous ce titre tardif Malraux, en 1976, réunit des œuvres parues séparément dans les années précédentes : *Antimémoires* (1967), *Les Chênes qu'on abat...* (1971), *La Tête d'obsidienne* et *Lazare* (1974), *Hôtes de passage* (1975) ; en appendice, les *Oraisons funèbres*, pour la plupart publiées en 1971. *Le Miroir des limbes* ne suit pas l'ordre de ces publications : si la première partie, *Antimémoires*, reprend l'œuvre la plus ancienne, la seconde, *La Corde et les Souris*, débute par les trois chapitres d'*Hôtes de passage*, se poursuit par *Les Chênes qu'on abat...* et *La Tête d'obsidienne*, et s'achève sur *Lazare*, suivi des *Oraisons funèbres*. Une telle ordonnance est le premier signe d'une volonté artistique : construire un ensemble nouveau à partir de livres anciens redistribués.

Mais ceux-ci ont d'abord vécu leur vie propre, deux d'entre eux — *Antimémoires*, *Les Chênes* — faisant même l'objet d'éditions très remaniées. On interrompra donc ici la présentation générale du *Miroir* pour étudier, dans la succession voulue par l'auteur, chacune de ses composantes. On s'interrogera alors sur l'unité de l'œuvre de 1976 : est-elle autre chose que l'addition de ses parties ?

I. ANTIMÉMOIRES

Les étapes d'un voyage forment le fil conducteur le plus visible des *Antimémoires*. Leur étude doit d'autant plus commencer par là que le livre est né de ce voyage. Mais qui est le narrateur ? Comment organise-t-il son anti-récit ? Et y a-t-il un terme à l'itinéraire ? Autant de questions auxquelles il faudra répondre, après avoir suivi André Malraux dans sa croisière.

Le voyage de 1965.

Cette année-là, le 22 juin, à 17 heures, le paquebot *Cambodge*, des Messageries maritimes, quitte Marseille pour Hong Kong. À son bord, deux « personnalités marquantes », comme l'écrit dans son rapport le commissaire : André Malraux et « M. Albert Beuret, directeur adjoint de son cabinet ». Pourquoi un ministre d'État emprunte-t-il la voie maritime pour aller remplir en Extrême-Orient la mission officielle dont il se dira chargé ? À vrai dire, rien ne presse et la mission sera définie tardivement. Pour le général de Gaulle, il s'agit surtout d'offrir à son compagnon une détente dont il a le plus grand besoin. Aucun des deux amis ne peut imaginer que naîtra de ce voyage un très grand livre.

L'homme qui s'embarque ce 22 juin « à destination de Hong-Kong » est dans un état dépressif profond : il n'a, confiera-t-il à Albert Beuret, ni raison de vivre ni raison de mourir. Après le temps des « marronniers de Boulogne » est venu celui de la Lanterne, où un couple en voie de désunion vit la crise qu'a évoquée Alain Malraux. À chaque escale, le voyageur ne trouve pas la lettre attendue, mais écrit-il de son côté ?

Si André est désemparé, on ne saurait oublier que Malraux est ministre. Une heure avant le départ de Marseille, une réception a été donnée en son honneur. Dans tous les ports où le *Cambodge* relâchera, le commandant Gaude, dans son « rapport général du voyage », note qu'ambassadeurs et consuls généraux viennent saluer le deuxième personnage du gouvernement.

Installé dans une cabine supérieure, dotée d'un petit balcon sur la mer, l'écrivain, lui, travaille, mais, quand le navire passe « au large de la Crète[1] », c'est à l'un de ses ouvrages sur l'art.

Le 26 juin, à 2 h 36, le *Cambodge* aborde à Port-Saïd ; il repartira de Suez le 27, à 1 heure du matin. Les passagers auront ainsi le temps de participer à un « Quick-Trip » au Caire proposé par la société I.A.C. À leur retour, le commandant adressera au directeur de l'agence cairote une lettre sévère : le « programme touristique » (les Pyramides, le Musée) a été « bâclé dans la matinée » du 26 ; l'après-midi a été vouée aux « bazars » ; les malheureux touristes ont passé deux heures à Suez à attendre le bateau.

Plus chanceux, Malraux et Beuret ont gagné le Caire en automobile. Au pied de la Grande Pyramide intervient comme un déclic. « Ici, écrira l'auteur, je n'attends de retrouver que l'art, et la mort[2]. » Beuret assiste à la métamorphose d'un ami vieillissant en le jeune homme qu'il fut, aux mêmes lieux. Chaque escale désormais sera pour le voyageur l'occasion de confronter le présent au passé ; il ne cessera plus d'avancer dans l'espace, mais aussi dans le temps. Et l'écrivain laissera là son livre d'art pour entreprendre la rédaction de ce qu'il appellera plus tard *Antimémoires*. Dès lors, me dira Albert Beuret, nous étions trois : Malraux, moi et l'auteur rajeuni du livre naissant. Après l'illumination du Caire, les deux amis arrivent en retard à ce Suez où les victimes d'I.A.C. avaient langui deux heures. Un canot les conduit au paquebot, qui vient de larguer les amarres et à bord duquel ils montent par une échelle.

Trois jours plus tard, le 30 juin, les voici à Aden. L'escale est courte : de 9 heures à 18 heures. Elle permet quand même une visite au musée farfelu qui contient « la plus importante collection de sculptures de Saba[3] ». Autour d'Aden se groupent tout naturellement les souvenirs de Rimbaud, du raid aérien avec Corniglion-Molinier et de *La Tentation de saint Antoine*.

Le *Cambodge* s'arrête ensuite, le 4 juillet, à Karachi, de 8 h 54 à 21 h 36, selon le « rapport général du voyage » : escale oubliée dans les *Antimémoires*, où Karachi est nommée sans que le lecteur puisse soupçonner que le navire y a relâché plus longtemps qu'à Aden.

1. P. 5.
2. P. 38.
3. P. 73.

L'arrêt à Bombay, le 6 juillet, n'est guère plus long que celui de Karachi, mais il engendrera, « au hasard de la mémoire[1] » et de l'écriture, toute une constellation de souvenirs. L'écrivain imaginera que, lors d'un autre passage, il a relu ses pages sur la campagne de Flandre au « bruit des vagues » de la mer d'Oman, où croisaient les goélands[2].

Les 8 et 9 juillet, escale de 24 heures à Colombo : dans les *Antimémoires*, elle suivra sans transition celle d'Aden[3]. Le bateau fait ensuite route vers Singapour. Peu avant l'entrée dans ce port, survient le grand événement du voyage, signalé en tête de son « rapport général » par le commandant : le 13 juillet, le pétrolier hollandais *Krebsia* éperonne le *Cambodge*. Il est 0 h 6 mn 32,5 s. Ce n'est donc pas « l'aube[4] », mais, à ce détail près, le récit qui ouvre « La Voie royale » n'a rien d'une fiction. Ce passage, particulièrement travaillé, montre le souci de Malraux de traduire fidèlement les faits.

L'accident va bloquer le *Cambodge* près d'un mois à Singapour, d'où il gagnera Saigon et Hong Kong, destination première de Malraux. S'il n'est pas question pour le ministre d'attendre si longtemps, il assistera aux deux réceptions données pour la Fête nationale et, le lendemain, 15 juillet, pour son départ du bord.

Ainsi s'achève pour lui la traversée entreprise à Marseille le 22 juin. Au cours de ces trois semaines, a-t-il rencontré, comme jadis, quelque Perken ? Les archives des Messageries maritimes n'ont pas conservé la liste des passagers, mais le témoignage d'Albert Beuret ne mentionne aucune rencontre notable. C'était déjà assez pour un malade de devoir faire bonne figure aux officiels venus le saluer à chaque escale et pour l'écrivain, il y avait le projet né au Caire. Ne l'imaginons pas pourtant assis du matin au soir à sa table de travail. S'il prend déjà quelques notes, il s'entretient souvent avec le fidèle Albert et aussi, comme le Manuel de *L'Espoir* après la bataille, s'accorde la meilleure des détentes, celle qu'apporte la musique.

Le commissaire du bord est fier des concerts qu'il organise chaque jour dans sa « discothèque classique » ; il est plus fier encore d'avoir eu un « auditeur assidu qui n'a pas caché sa satisfaction » : le ministre d'État. Le goût trop méconnu de Malraux pour la musique apparaîtra aussi à Hong Kong, dans une conversation avec Beuret : le spectacle du soleil couchant provoquera un rapprochement avec la tristesse de Mozart. Et maintes scènes des *Antimémoires* se détacheront sur un fond musical, de l'« admirable spiritual » chanté « à bouche fermée » par des soldats noirs à Nuremberg aux « orchestres de rayés » des camps, en passant, à Delhi, par « la musique que l'on doit jouer la nuit[5] ».

De Singapour, Malraux et Beuret gagnent Hong Kong par avion. C'est par avion encore qu'ils vont de Canton à Pékin. Le retour en France s'effectue par l'Inde, où ils séjournent du 8 au 12 août. Une brève escale à Téhéran, et voici Paris où, le 18 août, le Conseil des ministres entendra le rapport du ministre d'État sur un voyage devenu « mission ».

C'est un autre voyage que racontent les *Antimémoires*, où ce qui concerne les deux passages en Inde précède les escales de Singapour et Hong Kong et la visite en Chine. Ensuite, écrit l'auteur, « Je regagne la France "par le pôle"[6]. » Dans l'édition originale, la phrase

1. P. 12.
2. P. 218.
3. P. 78.
4. P. 280.
5. Respectivement p. 43, 462 et 159.
6. P. 426.

correspondante[1] est suivie d'une brève évocation des « étendues blanches » et d'Anchorage, en Alaska. Après quoi, on passe de la « nuit polaire » à une « nuit de décembre à Paris[2] ». L'absence de date en tête du chapitre égare le lecteur : avec le narrateur il a bouclé un tour du monde ; il ne sait pas que la boucle est aussi temporelle et qu'il a été ramené plusieurs mois en arrière, en décembre 1964, quand les cendres de Jean Moulin entraient au Panthéon.

En ne respectant ni l'itinéraire ni la chronologie, Malraux justifie déjà le titre *Antimémoires.* Cette double infidélité révèle aussi ce qu'il découvre en écrivant et que l'on constate en le lisant : une organisation circulaire. L'expérience vécue de l'été de 1965 demeure pourtant essentielle : ce voyage qui a vu naître le projet littéraire reste l'un des fils conducteurs du texte.

« Le héros : je ».

Un texte écrit à la première personne, mais que reste-t-il du « pacte autobiographique » quand le signataire, d'entrée de jeu, précise qu'il n'écrit ni des confessions ni des mémoires ? Qui parle donc ici ?

« Je me suis évadé, en 1940, avec le futur aumônier du Vercors. » Cette première phrase n'est pas innocente : malgré l'*Anti* du titre, le lecteur croit qu'il va lire les souvenirs d'un auteur qui, en 1967, siège en Conseil des ministres à la droite du général de Gaulle. Comment ne pas admettre aisément qu'un Compagnon de la Libération ait dès 1940 choisi la liberté ? Ce qu'il a fait, mais seul : évadé quelques semaines après lui, l'abbé Magnet, authentique résistant, tombera au combat près de Dieulefit. Ainsi, à l'exactitude historique succède une approximation — qui n'exclut pas la vérité morale.

Plus important que cette fusion, en quelques mots, du précis et de l'imprécis, le « je » initial, qu'on retrouvera presque à chaque page du livre, en particulier dans tous ces « je pense à », évidemment voulus. Surprenant quand on a affirmé : « Je ne m'intéresse guère[3] ». En fait, Malraux ne cessera plus de s'intéresser à lui-même et de nous intéresser à lui : l'œuvre démentirait-elle sa préface ? Qui est ce « *je* devant lequel il avait reculé jusqu'alors[4] » ?

Un voyageur d'abord qui, en 1965, n'oublie pas et, en 1967, ne laisse guère oublier qu'il est ministre du général de Gaulle. Comme tout autre responsable politique, ce « je »-là écrit ses mémoires : il s'offre seulement le plaisir provocant de les intituler, en abyme, « Antimémoires ». Cette deuxième partie, où il rapporte ses rencontres avec le général en 1945-1946, puis en 1958, sa mission aux Antilles et en Guyane, pourrait, style à part, être signée d'un mémorialiste traditionnel. L'auteur pratique même le sous-genre, non moins traditionnel, de la rectification d'une légende : « en Alsace, le colonel Berger n'a jamais été présenté au général de Gaulle. Il m'a reçu pour la première fois au ministère de la Guerre[5] ».

S'il peut être mémorialiste, Malraux n'écrit jamais ses confessions : André n'est pas le sujet de son entreprise. Pourtant, l'homme privé, avec ses amours, ses amitiés, ses deuils, n'est pas tout à fait absent. Dans les *Antimémoires* surgissent quelques souvenirs d'enfance, la figure du père et même, fait exceptionnel, de la mère : la mère morte dont le fils

1. « Je reviens en France par le pôle », p. 560.
2. Ici, p. 449-450.
3. P. 6.
4. Jean Grosjean, « Les *Antimémoires* d'André Malraux », N.R.F., 1er octobre 1967, p. 660.
5. P. 82.

contemple la main, « presque une paume de vieille femme[1] ». Dès le début du récit, n'est-ce pas André qui reprend, « par ordre des médecins[2] », le chemin de l'Asie ? Ce malade a connu d'autres épreuves, mais il empruntera la voix de Méry pour avouer : « la mort d'une femme aimée… C'est… la foudre ». Au même Méry il prêtera les propos qu'Albert Beuret a entendus : « Je ne peux plus supporter de vivre ; et je ne me tuerai sans doute pas[3]. »

De telles confidences, même sous le masque, sont rares. L'auteur aurait pu choisir le titre d'*Anticonfessions*. Le « je » des *Antimémoires* est quelquefois André, souvent le politique ; il est surtout le « je » d'un écrivain.

Ce n'est pas une lapalissade. Dans la version originale et dans l'édition « Folio », quatre des cinq parties portaient les titres d'œuvres antérieures : « Les Noyers de l'Altenburg », « La Tentation de l'Occident », « La Voie royale », « La Condition humaine ». N'était-ce pas aggraver la provocation du titre général, souligner qu'on allait lire d'étranges mémoires-fictions ? La reprise ne se limitait pas aux titres : on retrouve dans les *Antimémoires* plusieurs chapitres des *Noyers*, du *Temps du Mépris*, de *L'Espoir* et l'auteur nous en avertit : « Je reprends donc ici telles scènes autrefois transformées en fiction[4] ». Avertissement trompeur : on croira que Malraux rend à l'autobiographie ce qu'il avait romancé. Tel est en effet le cas pour la scène de l'avion pris dans la tempête : l'expérience vécue avec Corniglion-Molinier[5] avait inspiré une aventure de Kassner dans *Le Temps du Mépris* ; l'auteur récrira à la première personne les pages correspondantes du roman. Mais avec les reprises des *Noyers* et de *L'Espoir*, c'est la fiction qui devient en apparence autobiographie : Berger dans son char se transforme en « moi », et c'est Malraux qui a entendu prêcher le « moine espagnol républicain[6] ». L'auteur des *Antimémoires* pourra alors écrire : « sur mon avion en Espagne, sur mon char en 1940, sur la neige d'Alsace en 1944[7] », réunissant les expériences réelles du *coronel* et du colonel à celles d'un personnage de roman. Est-il donc entré, comme Clappique, « dans un monde où la vérité n'existait plus » ? Après ces mots, on lit dans *La Condition humaine* : « Ce n'était ni vrai, ni faux, mais vécu[8] », ce qui ouvre une bonne piste.

Non pas celle d'un « je » mythomane. Certes, le narrateur des *Antimémoires* retrouve à Singapour ce Clappique qu'il a créé en suivant une pente très personnelle : la mythomanie de Malraux n'est pas un mythe. Elle est pourtant une fausse clef, comme beaucoup de celles que fournissent la biographie au rabais et « la psychologie-au-secret[9] ». En reprenant à la première personne des scènes romanesques, l'auteur prouve seulement que le vécu d'un créateur englobe beaucoup plus d'éléments que n'en recensent ses biographes. La vie d'un écrivain n'est pas la simple somme de ses faits et gestes, ni même de ses œuvres : elle est faite aussi de ces heures passées à rêver, à écrire, à écouter. Ainsi le récit oral de l'attaque aux gaz en Pologne a tellement frappé Malraux qu'il a voulu en lire la narration et qu'il en a fait cette grande scène des *Noyers*, qu'il reprendra dans *Lazare*. En un sens, il a vécu cette attaque, comme il avait vécu le

1. P. 71.
2. P. 7.
3. P. 349 et 345.
4. P. 13.
5. Voir Malraux, *La Reine de Saba*, Gallimard, 1993.
6. P. 229 et 242.
7. P. 241-242.
8. T. I de la présente édition, p. 693.
9. P. 25.

don du cyanure dans *La Condition humaine*, avec une intensité bien supérieure aux émotions nées d'incidents « réels » de sa vie.

Les *Antimémoires* sont en partie issus d'une ambition romanesque : donner une suite à l'histoire de Berger fils, le narrateur des *Noyers*. Las de rédiger entre les scènes ce qu'il appelait des « parties grises », Malraux s'est lassé aussi de créer des personnages et leur a repris la vie qu'il leur avait donnée. Ainsi est né, affronté aux œuvres de l'Art et aux « Hommes de l'Histoire », un personnage unique, celui qui dit « je » dans les *Antimémoires*. Il peut être enfin Berger du char et Berger du maquis, compagnon de route et de la Libération, interlocuteur d'Ensor et de Nehru, romancier et ministre. Il est devenu ce qu'il était.

La ligne et le cercle.

On ne résume pas les *Antimémoires*, ce parcours « dans l'espace et dans le temps conjugués[1] » où Malraux nous guide pourtant par des indications de lieu et de date, en tête de maint chapitre. Il arrive que le lieu soit tu et il y a, le plus souvent, deux ou trois dates. Les pages qui suivent ces dates renvoient fréquemment à d'autres périodes, pas toujours précisées, de la vie du narrateur et de l'Histoire. Sous l'apparent désordre règne en fait une organisation forte que l'auteur a peu à peu découverte et, de plus en plus consciemment, imposée à l'ensemble : une structure à la fois linéaire et circulaire.

Linéaire, ou plutôt multilinéaire. Du début à la fin du livre courent plusieurs fils entrecroisés. L'axe le plus apparent suit l'itinéraire, quelque peu retouché, du voyageur de 1965. Visibles encore, car datés, les voyages de jadis et de naguère : les découvertes de l'Extrême-Orient et de l'Inde, la mission de 1958 auprès de Nehru. À chaque étape, le présent appelle un ou plusieurs passés, qui se superposent et parfois fusionnent : en quelques lignes passent sous les yeux du lecteur « l'Égypte éternelle », revue en 1955, « le destin d'Hitler », scellé en 1945, de « jeunes soldats hitlériens sur nos routes de juin[2] », en 1940. Cet exemple n'est pas le plus complexe… Dates et lieux aident quand même le plus souvent à discerner les lignes du contrepoint.

On empruntera encore à la musique son langage pour définir un autre procédé d'organisation : le leitmotiv. « *Il n'y a pas de grandes personnes* », déclare à la première page « l'aumônier du Vercors » : l'écho de ces mots se fera entendre à plusieurs reprises, jusqu'à la fin de l'œuvre où Bernanos parle de « la puérilité du péché » et Brigitte des adultes qui « s'amusaient avec des hochets[3] ». Délibérés, rajoutés souvent par l'écrivain quand il se relit, ces échos constituent, eux aussi, des lignes de repère.

Les retours de telle ou telle tonalité créent un autre type d'écho : ainsi le « farfelu », qui justifie « aussi[4] » le titre choisi, sera présent tout au long d'un livre grave, du musée d'Aden au retour final à Lascaux, en passant par le scénario de Clappique.

Cette construction contrapunctique, quiconque lit et relit les *Antimémoires* la discerne plus aisément que l'organisation circulaire. Sans doute repère-t-on vite que l'œuvre s'achève comme elle a commencé : partie de la guerre et de la Résistance, elle s'achèvera par une méditation sur les

1. P. 7.
2. P. 43.
3. P. 457 et 481.
4. P. 16.

camps ; elle va aussi de l'aventure farfelue de « Jung, le psychanalyste » aux « objecteurs de conscience[1] » de la dernière page. Et l'on a déjà vu que l'itinéraire réel — un aller et retour de France en Chine — a été modifié pour devenir un tour du monde « par le pôle[2] » et ramener auteur et lecteur en arrière dans le temps, de l'été 1965 à « la nuit de décembre » 1964[3].

Il faut dépasser ces constats : cette circonférence spatio-temporelle est l'image agrandie d'autres parcours circulaires qu'on découvre dans chaque ensemble, voire dans chaque chapitre. Deux exemples illustreront une affirmation que l'œuvre entière confirme.

Au cœur des *Antimémoires*, l'Inde domine « La Tentation de l'Occident », mais l'on y aborde dès la partie précédente. Qu'on me pardonne de recourir aux sigles. Dans le vaste ensemble indien, l'Inde (I) est d'abord celle de Nehru (N) en 1958. Les prisons du pandit appellent celles de Malraux (M) en 1944. Retour à l'Inde : celle des temples. On repasse à Malraux en 1940, dans les chars, pour revenir à Nehru en 1958 et à une brève évocation du séjour indien de 1965, année d'où l'on était parti. Un schéma résumera cette construction :

M	N	M	I	M	N	M
1965	1958	1944		1940	1958	1965

L'intemporel, le sacré sont ainsi au centre d'un dispositif qu'on ne peut attribuer au hasard : Malraux a démonté et remonté ce qu'il avait d'abord écrit, jusqu'à ce que se referme le cercle.

Un cercle formé lui-même de cercles plus petits : qu'on observe plutôt, dans le développement I, consacré à l'Inde de l'art et de la religion, comment est conduit le récit de la visite à Elephanta. L'attaque est la plus prosaïque qui soit : « La ville d'où l'on gagne Elephanta, c'est Bombay. » Suit une esquisse du « décor dérisoire » de cette ville « indo-anglaise ». Le voyageur s'en évade à travers « le golfe », « sous les goélands de la mer d'Oman[4] ». Il atteint la grotte de Çiva qu'il décrit. « Dans la grotte voisine, on psalmodiait des vers de la *Bhagavad-Gîtâ*[5] » : de la sculpture sacrée on passe à « la Révélation[6] ». Retour au « dehors », où l'on retrouve les « goélands d'Oman » et « le golfe étincelant[7] », avant de revenir avec Malraux à Bombay l'indo-anglaise, dans « l'ancien bungalow du gouverneur[8] ». En quelques pages, on a suivi le même mouvement circulaire que dans l'ensemble indien : du moderne à l'art, à l'intemporel et de nouveau au moderne. Le voyageur a fait place au contemplateur avant de redevenir un voyageur.

Pour Jean-Paul Sartre, il n'y avait pas de technique insignifiante. Cette structure circulaire serait-elle dépourvue de sens ? Question que l'on peut poser autrement : le sens que Malraux donne à son entreprise n'exigeait-il pas une telle structure ?

Dans son introduction, il part d'un constat dont il tire une méthode : « [...] la mémoire [...] ne ressuscite pas une vie dans son déroulement. Éclairées par un invisible soleil, des nébuleuses apparaissent et semblent

1. P. 16 et 484.
2. P. 426.
3. P. 450.
4. P. 211.
5. P. 212.
6. P. 213.
7. P. 216.
8. *Ibid.*

préparer une constellation inconnue[1] ». Il écrira donc « au hasard de la mémoire », même s'il reconnaît qu'à côté d'un « passé surgi par éclairs », il s'emploie à « patiemment retrouver[2] » un autre passé. Dans cette quête, il n'aura d'autre inspiration que l'agnosticisme : un agnosticisme, sinon « absolu », du moins constamment professé dans les *Antimémoires* par un narrateur « amputé de l'éternel[3] ». Là encore, l'ouverture lance le thème à plusieurs reprises : « la vie [...] m'apparaît parfois comme le livret d'une musique inconnue », image musicale relayée par les images visuelles de l'« invisible soleil » et de la « constellation inconnue[4] ».

Refusant le « déroulement » artificiel d'une existence reconstituée, ne concédant à la chronologie que les lignes enchevêtrées de ses voyages, rejetant tout système, voué à la seule interrogation, Malraux devait choisir une forme qui revînt sur elle-même dans un éternel retour. Mais la circonférence aussi est une ligne, où les points se succèdent, et s'agit-il toujours de la même circonférence ? À chaque escale — à chaque point — du parcours, le sexagénaire, repassant là où il passa jadis, se retrouve au même lieu certes, mais dans un autre temps. À chaque étape, il vit le passage de l'expérience présente à la méditation d'où il revient au quotidien. S'il approfondit son interrogation, c'est toujours en s'enfonçant dans le passé, parfois en se projetant dans l'avenir. Les cercles s'organisent, par ces décrochements temporels, en une série de spirales, à l'image de la spirale d'ensemble[5]. « Pénétrer avec lenteur dans l'espace et dans le temps conjugués[6] », ces mots de l'auteur sur le voyage « en Asie, naguère » définissent l'itinéraire de l'œuvre. Lentement, mais aussi par bonds, le narrateur pénètre en tournant dans l'espace-temps. Au terme provisoire de sa descente, il n'a pas résolu « l'énigme fondamentale de la vie[7] », ni de sa propre « vie sanglante et vaine[8] ». Il a du moins appris à la reconnaître, non plus pour un problème, mais pour un mystère. Ce que traduisent, en termes de références littéraires, l'adieu à Gide des premières pages et le finale placé sous l'invocation de Dostoïevski et de Bernanos.

Une somme ouverte.

Les mémoires rapportent la totalité d'une expérience et s'achèvent avec elle : tels les *Mémoires de guerre* du général de Gaulle ou *Les Sept Piliers de la sagesse* du colonel Lawrence. À chaque fois, on lit « le récit de l'exécution d'un grand dessein[9] » : épopée de la France libre, naissance d'une nation arabe. Les *Antimémoires* aussi sont une somme, rassemblant l'essentiel d'une œuvre et d'une vie, des premiers romans au dernier, de l'aventure indochinoise aux responsabilités ministérielles. Mais cette vie n'est pas achevée et l'œuvre paraît bien avant la coupure que marquera le départ du général de Gaulle. L'auteur, du reste, annonce en 1967 une suite en trois volumes.

Si la somme reste ouverte, ce n'est pas seulement à cause de cette annonce : la structure même du premier volume appelle l'ouverture. « On

1. P. 12.
2. *Ibid.*
3. P. 171.
4. P. 6 et 12.
5. Dès 1967, Jean Grosjean avait repéré « une espèce de développement en spirale », article cité, p. 661.
6. P. 7.
7. P. 6.
8. P. 7.
9. P. 9.

ne revient pas plus de l'enfer que de la mort[1]. » Ce pourrait être un accord final, si Malraux n'enchaînait sur son retour à Lascaux. Manière, dirait-on, de signifier : *à suivre*. Mais, dans le corps même du livre, que de blancs à remplir ! Si peu de chose sur l'Espagne, presque rien sur le « temps du R.P.F.[2] », etc.

On n'est donc pas étonné de voir paraître une « nouvelle édition revue et augmentée » des *Antimémoires*. Abrégée aussi : la reine Sebeth de Casamance émigrera ailleurs, dans la suite annoncée ; *Le Règne du Malin* est sérieusement amputé (on lira dans ce volume le roman inachevé qui inspirait le scénario de Clappique). En revanche, les additions sont de taille, inspirées parfois par des lectures faites depuis 1967, comme les mémoires de Speer, *Au cœur du IIIe Reich*. Les ajouts les plus importants traduisent le souci de compléter l'inventaire planétaire en ouvrant l'œuvre à l'Indochine et au Japon. L'Indochine farfelue de Mayrena cédera largement la place à celle de Méry et de Hô Chi Minh. À peine mentionné en 1967, le Japon sera présenté à travers un dialogue du narrateur avec « le Bonze ». Dans un cas comme dans l'autre, la méditation philosophique compte autant et même plus que les vues politiques : « en face des papillons, l'humanité me semble insolite[3] », dit Méry, et « le Bonze » tente de sauver l'âme du vrai Japon, polluée par le militarisme et les fausses valeurs occidentales.

La forme adaptée rendait possibles ces adjonctions. L'œuvre en sort pourtant transformée : la variété des thèmes demeure, la coloration d'ensemble change, le sérieux gagnant ce que perd le farfelu. La part des dialogues augmente, déséquilibrant la structure de la version originale : si le mouvement général subsiste, il y a désormais entre les cercles de vastes plages qui obéissent à d'autres lois, celles que Malraux observera dans les suites des *Antimémoires*. Au total, l'auteur, qui place très haut son œuvre, semble avoir voulu renforcer l'unité de ton pour rendre le livre plus digne de figurer auprès de *La Condition humaine* et de *L'Espoir*. Mais ces romans sont à jamais achevés tandis qu'en 1972 les *Antimémoires* demeurent ouverts.

Ils le restent si bien que, pour les intégrer définitivement au *Miroir des limbes*, Malraux va encore les retoucher et les enrichir : en particulier, il ajoutera plusieurs pages inspirées par son dernier voyage au Japon en 1974. Cette expérience aura un autre écho dans *L'Intemporel*.

Un livre politique ?

Jean R. Carduner lisait les *Antimémoires* « selon les trois axes du voyage en Orient, de la fiction, et de l'engagement gaulliste[4] ». On a suivi jusqu'ici les deux premiers axes ; n'a-t-on pas oublié le troisième, même si, et pour cause, le nom du général de Gaulle a été plus d'une fois cité ? En 1967, assurément, l'œuvre d'un ministre en exercice — et d'un ministre nommé Malraux — a été lue aussi comme un livre politique. Ce qu'il est. Dans la deuxième partie, et ailleurs, l'auteur veut nous convaincre qu'il n'y a pas dans son itinéraire rupture, mais continuité. Après avoir « épousé le prolétariat[5] », il a « épousé la France[6] », comme il le déclare à de Gaulle en 1945, avant de le répéter en 1969 à un journaliste yougoslave. N'est-ce pas

1. P. 483.
2. P. 103.
3. P. 357.
4. *André Malraux*, *L'Herne*, 1982, p. 75.
5. *L'Herne*, p. 15. Entretien avec Kommen Becirovic du 5 mai 1969.
6. P. 91.

Jaurès qui a enseigné : « Un peu d'internationalisme éloigne de la patrie, beaucoup d'internationalisme y ramène » ? En 1972, en évoquant avec Méry le sens de son combat indochinois, Malraux étoffe un peu plus son plaidoyer. En somme, avant 1940, il était pré-gaulliste ; depuis 1940 — ou 1945 —, il est gaulliste, de gauche évidemment. Le plaidoyer n'a pas convaincu tous les lecteurs de l'unité de pensée de l'auteur-ministre : avant le gaullisme « il existait quelque part, en Indochine ou en Espagne, un tout autre homme[1] », écrivait par exemple Bertrand Poirot-Delpech en 1982. La même année, Jean R. Carduner voyait dans l'effort de Malraux pour « expliquer » son « engagement gaulliste » « la dimension la plus importante des *Antimémoires*[2] ».

Est-ce toujours sûr ? Je suis de ceux qui croient à la cohérence des engagements de Malraux. Son itinéraire n'est pas plus surprenant que celui de tant d'hommes de gauche passés de l'antifascisme à la Résistance et au gaullisme. Mais la signification politique des *Antimémoires*, évidente, n'a plus qu'un intérêt historique. Les juger là-dessus serait aussi insuffisant que de juger les *Mémoires d'outre-tombe* sur le légitimisme libéral de Chateaubriand.

*

En 1967, le livre que l'auteur allait bientôt ranger parmi ses trois œuvres préférées provoqua surprise et admiration. On croyait André Malraux voué, en dehors de son ministère, à ses écrits sur l'art. L'admiration s'exprima à travers la critique et par un énorme succès de librairie, en France et hors de France : « *Les Antimémoires* achetés 250 000 dollars par les Américains », annonçait *Le Figaro* du 25 septembre.

Trente ans plus tard, même si les motifs ont quelque peu changé, la surprise et l'admiration demeurent. On reste stupéfait du prodigieux renouvellement de l'écrivain, romancier apparemment épuisé depuis plus de vingt ans : il invente un genre nouveau de « mentir-vrai » et fait voler en éclats les lois de l'autobiographie. On admire la prouesse technique. On admire surtout qu'une œuvre en un sens si datée ne date pas : on y entend une voix incomparable, tour à tour, ou à la fois, gouailleuse, ironique, oratoire, émue, émouvante. C'est la voix d'un homme d'exception, non inégal à son destin, la voix aussi d'un observateur passionné, d'un interlocuteur qui prête à ses partenaires ses propres accents sans trahir le plus souvent leur vérité profonde. Nous voyons de Gaulle, Nehru, Mao comme il les a vus : le fondateur d'ordre, le gentleman anglo-indien, l'« empereur de bronze », et ces images valent cent photographies. Qu'importe qu'aucun des trois, surtout Mao, n'ait tenu à Malraux tous les propos qu'il leur prête ? Il nous semble mieux comprendre ces « hommes de l'Histoire » dont il a fait des personnages de son histoire.

Mémoires d'un créateur, mémoires du siècle, mémoires d'une humanité qui cherche toujours à résoudre l'énigme fondamentale. Malraux ne connaît pas la réponse, mais nous enseigne qu'être un homme c'est inlassablement interroger, sonder l'insondable, admettre que le mystère existe. Mystère du Mal : « Satan a reparu visiblement sur le monde[3]... » Mystère du Bien : la fraternité et cette « douceur dont on se demande ce qu[ʼelle fait] sur la terre[4] ». Horreur de l'humiliation et lucide humilité : « Il n'y a pas de grandes personnes... »

1. *L'Herne*, p. 85.
2. *Ibid.*, p. 73.
3. P. 456.
4. P. 6.

On a dit : « Malraux ou la Légende du Siècle ». Les *Antimémoires*, légende d'un homme, plus vraie que ses biographies, sont aussi la légende de l'Homme, plus affreuse et plus belle que sa pauvre histoire, plus vraie aussi peut-être. En lisant « le livret d'une musique inconnue[1] », voici que parfois on croit entendre et reconnaître la musique.

II. LA CORDE ET LES SOURIS

« Ce livre forme la première partie des *Antimémoires*, qui comprendront vraisemblablement quatre tomes, et seront publiés intégralement après la mort de l'auteur. »

Malraux annonce en ces termes, en 1967, une œuvre beaucoup plus ample que ne le sera *Le Miroir des limbes*. Dans la préface des *Chênes qu'on abat*..., en 1971, s'il évoque encore une « publication posthume[2] », l'auteur semble déjà avoir révisé à la baisse son projet : il présente ce livre comme des « fragments du second tome des *Antimémoires*[3] ». Trois ans plus tard, il affirme que *La Tête d'obsidienne*, « comme *Les Chênes qu'on abat*... et *Roi, je t'attends à Babylone*... », est aussi « un fragment », mais « du *Temps des limbes* dont la première partie a été publiée sous le titre *Antimémoires*, et dont la seconde le sera sous le titre *Métamorphoses*[4] ». Cette fois, c'est une certitude : l'œuvre ne comprendra que deux parties. Les titres seuls changeront désormais : à la fin de 1974, dans l'avertissement placé en tête de *Lazare*, *Le Miroir des limbes* se substitue au *Temps des limbes*. En donnant au public, avec *Hôtes de passage*, les « trois premiers chapitres » du « tome II[5] », Malraux, en 1975, livre une indication sur l'ordre dans lequel apparaîtront les textes de ce tome ; la légende du « Grand Peintre », qui sert d'épigraphe, sera celle de *La Corde et les Souris*. Mais la seconde partie du *Miroir* ne sera ainsi intitulée qu'en 1976 dans l'édition « Folio ».

Des quatre tomes projetés on est donc passé à deux. Le titre général, *Antimémoires*, est devenu celui d'une première partie : n'est-ce pas reconnaître que la seconde est autre chose ? De fait, le renoncement au dessein initial était inscrit dès 1972 dans la nouvelle édition du livre de 1967 : sinon, pourquoi incorporer aux *Antimémoires* des dialogues qui auraient pu fort bien constituer les éléments d'une suite ? Du coup, *La Corde et les Souris* apparaît comme un essai pour prolonger autrement une œuvre qui garde son indépendance, à tout le moins son autonomie.

Faut-il regarder la seconde partie du *Miroir* comme un simple recueil de livres déjà publiés ? L'ordre adopté, le texte même l'interdisent. Pour l'ordre, il suffit de rappeler quand les différentes sections ont été d'abord livrées au public.

I. dans *Hôtes de passage*, en 1975.

II. dans *Roi, je t'attends à Babylone*..., en 1973, avant *Hôtes de passage*, en 1975.

III. dans *Hôtes de passage*, en 1975.

IV. dans *Les Chênes qu'on abat*..., en 1971.

V. dans *La Tête d'obsidienne*, en mars 1974.

VI. dans *Lazare*, en octobre 1974.

Quant au texte, la plupart des sections ne reproduisent pas la version originale ; ne font exception que les sections I et III, parues peu de mois

1. P. 6.
2. Var. *a*, p. 577.
3. Voir *ibid.*
4. Édition « Blanche », p. 4, ici var. *a*, p. 691.
5. Édition « Blanche », p. 6, ici var. *a*, p. 487.

avant *Le Miroir des limbes*. Certaines modifications sont frappantes : *Les Chênes qu'on abat*... allongés, *La Tête d'obsidienne* rétrécie. D'autres changements attestent la volonté de donner à l'ensemble une certaine unité : des échos renvoient d'une œuvre à l'autre de *La Corde et les Souris* et de cette seconde partie aux *Antimémoires*, que caractérisait déjà une telle pratique. Ainsi naît un véritable « tome II ».

Ou plutôt : ainsi pourrait naître, car chaque livre garde son *tempo* et sa couleur d'origine. On suivait dans les *Antimémoires* plusieurs fils conducteurs ; on y reconnaissait une méthode : le « hasard de la mémoire[1] ». Ces fils et ce hasard méthodique ne se retrouvent pas toujours dans *La Corde et les Souris*. Cependant, si Malraux a réservé *Lazare* pour la fin, ce n'est pas seulement pour terminer son œuvre sur la mort : c'est aussi parce que dans ce livre la mémoire involontaire jouait un rôle plus fort encore que dans les *Antimémoires*.

Mais un effort réel pour constituer en œuvre des textes très divers ne fait oublier aucun de ceux-ci. Un écrivain à qui je parlais de *La Corde et les Souris* m'avoua ignorer ce titre de Malraux. Je lui expliquai de quoi il s'agissait : il connaissait évidemment *Les Chênes qu'on abat*..., *La Tête d'obsidienne* et *Lazare* ! La seconde partie du *Miroir des limbes* n'aura jamais l'unité, complexe mais puissante, des *Antimémoires*. Mais on y entend la même voix, et c'est sans doute l'essentiel.

I, II, III (« Hôtes de passage »).

« [...] corrigeant ces épreuves, je découvre qu'elles forment un livre[2] », écrit Malraux dans la préface des *Chênes qu'on abat*... La formule vaut aussi bien pour *Lazare* et même pour *La Tête d'obsidienne*. Elle ne s'applique guère à *Hôtes de passage*, présentés du reste modestement comme les « premiers chapitres » d'un « tome II ».

Chacun de ces chapitres — on le verra dans la Note sur le texte — a son histoire. Quoi de commun entre les destins de Senghor, d'Alexandre et de Max Torrès ? entre la jeune Afrique, l'antiquité grecque et les tumultes parisiens de 1968 ? Une chose au moins : ces rencontres, ces expériences, l'auteur les place dans un contexte radicalement étranger au rationalisme occidental. Senghor construit un État sur fond d'animisme africain ; Alexandre est retrouvé grâce à un médium oriental ; Max ne parle de « chimie du cerveau » que pour aboutir à la drogue, après avoir tâté du « freudo-marxisme », autre drogue. Comme l'écrit Jean Grosjean en quatrième de couverture, l'auteur « reste en proie aux espoirs les moins sages ». Si l'« humanisme » de Senghor « déconcerte » Malraux[3], c'est qu'il songe à « l'Afrique millénaire[4] », l'Afrique des fétiches, de la reine Sebeth et même de Lumumba. Son Alexandre est, comme celui de Druon, l'homme qui voulut être un dieu. Et la drogue offerte par Torrès ouvre peut être « le Paradis[5] ». Le mot de la fin met en abyme ce qui fut le titre de l'œuvre entière : « Le temps des limbes[6] ».

Pourquoi avoir placé en tête de *La Corde et les Souris* ces trois chapitres ? Parce qu'ils enchaînent sur la fin du temps des *Antimémoires* : on suit d'abord l'auteur à Dakar et en Casamance en mars 1966 ; à la fin de cette année, la mort de Georges Salles réveille le souvenir d'une expé-

1. P. 12.
2. Var. *a*, p. 577.
3. P. 499.
4. P. 502.
5. P. 574.
6. P. 576.

rience étrange et d'un projet abandonné : la visite à Mme Khodari-Pacha, *Alexandre aux Indes* ; on passera ensuite à mai 1968. Mais la seule chronologie n'explique pas la place initiale de ces textes : l'insolite y joue un rôle conforme au dessein qu'affirmait l'introduction des *Antimémoires.* Or, en révisant ceux-ci, Malraux avait réduit la part du farfelu. Avec *Hôtes de passage*, le farfelu prend sa revanche et c'est là que devait s'opérer le rééquilibrage. Non à la fin, réservée à la mort ; ni même entre les deux grands dialogues avec de Gaulle et Picasso, héros de l'action et de l'art.

Malraux eût-il dû sacrifier ce que ses plus fervents admirateurs regardent comme une curiosité ? Apparemment, il ne l'a pu : ce septuagénaire ne renonce pas aux « grands rêves de l'adolescence ». Ira-t-on jusqu'à dire, avec Jean Grosjean encore : « L'âge n'a rien terni de ses nobles désirs premiers[1] ? » Entre ces textes et ceux de la jeunesse la distance est moindre, il est vrai, qu'entre les *Antimémoires* épurés et *Royaume-Farfelu.* S'il y a chez Malraux « unité de pensée », l'unité de sensibilité est plus forte encore. Dans *Hôtes de passage*, ce ministre qui salue des « rois-prêtres » au « sceptre de paille[2] » et reçoit au Palais-Royal un vieillard clownesque fait parfois songer au jeune amateur de « curiosités » en tout genre qu'il fut jadis.

IV (« Les Chênes qu'on abat... »).

« Ce livre est une interview comme *La Condition humaine* était un reportage[3]... » Nous voilà avertis, d'autant que Malraux remplacera vite les points de suspension par ces mots sans équivoque : « c'est-à-dire pas du tout ». Lieu et date d'une entrevue sont pourtant précisés en tête du livre : « Colombey, jeudi 11 décembre 1969 ». Autre invité du général ce jour-là, Geoffroy de Courcel témoigne : le tête-à-tête entre de Gaulle et son ancien ministre a duré une demi-heure environ, avant le déjeuner où Malraux parla, notamment, des chats d'Azincourt[4]. Était aussi présent à la Boisserie le colonel d'Escrienne, « l'aide de camp d'aujourd'hui[5] » dont l'auteur ne cite pas le nom. S'il n'est pas une interview, le livre est pourtant né de cette brève rencontre : dans le train qui le ramène à Paris ce 11 décembre, Malraux prend des notes et, de retour à Verrières, se met au travail. La mort de Louise de Vilmorin, deux semaines plus tard, brisera l'élan de la rédaction. Celle-ci est depuis longtemps reprise quand la disparition du général se charge de « l'épilogue[6] ».

Le visiteur de Colombey était lié à Charles de Gaulle par l'admiration, la reconnaissance et une longue amitié. Amitié improbable, si l'on songe à ce qu'avaient été la formation, les idées, les itinéraires des deux hommes jusqu'à ce jour de l'été 1945 où ils se rencontrèrent pour la première fois. Malraux, ce jour-là, était-il déjà gaulliste ? Se regardait-il comme tel pendant la guerre ? On peut en douter, même s'il convient de tempérer les propos tranchants d'un témoin comme Roger Stéphane : en novembre 1942, par exemple, Emmanuel Berl entend son ami déclarer : « Il faut faire un acte de foi dans la personne du général de Gaulle. » Berl ajoute : « J'ai vu qu'il ne se moquait pas du tout[7]. » Quoi qu'il en soit, d'août 1945 à novembre 1970, la fidélité de Malraux sera sans faille : fidélité à la « personne » qu'il admire et qu'il aime. L'amitié est réciproque : le général ne

1. Quatrième de couverture de l'édition originale.
2. P. 491.
3. Voir var. *a*, p. 577.
4. P. 608.
5. P. 603.
6. Var. *a*, p. 577.
7. P. Modiano, *Emmanuel Berl : Interrogatoire*, Gallimard, 1976, p. 123-124.

cessera de défendre contre les railleurs ou les jaloux l'« ami génial » en qui sa confiance eſt totale. On ne peut comprendre *Les Chênes qu'on abat*… si l'on ignore leur dimension affective : ce livre eſt le dialogue de deux amis, dont l'un eſt meurtri par le départ, puis par la mort de l'autre.

Dialogue entre André et Charles ? Sûrement pas pour André, qui fait silence sur sa vie privée, sans résiſter quand même au douloureux plaisir d'écrire le nom de Louise[1]. Mais Charles, lui, eſt bien présent, malgré la déclaration de l'auteur : « L'intimité avec lui, ce n'eſt pas de parler de lui, sujet tabou[2] ». Nous rencontrons à Colombey l'époux d'Yvonne, le père d'Anne, le grand-père « qui s'entraîne pour dimanche » à « des jeux de patience en fil de fer […]. Maintenant, il eſt plus fort que tous ses petits-enfants[3] ». Pendant le tête-à-tête entre Malraux et de Gaulle, « un chat des chartreux saute sur le bureau ». « Nous faisons des réussites et des promenades ensemble[4] », dit le général. Un général qui semble se retrouver « avec plaisir maître de maison[5] ». Hôte attentif, il « verse lui-même le vin » et « ne laisse jamais un verre vide[6] », en particulier celui du narrateur. S'il « n'y a pas de Charles dans ses *Mémoires*[7] », il y en a bien un dans *Les Chênes qu'on abat*…

L'essentiel du dialogue, puisque André se dérobe, se passe évidemment entre Malraux et de Gaulle, avec qui l'« intimité », c'eſt « de parler […] de la France (d'une certaine façon), ou de la mort[8] ». Chacun parle à sa manière. Malraux eſt tour à tour le miniſtre, le commandant de la brigade Alsace-Lorraine, l'interrogateur de l'art et du deſtin. Quant à de Gaulle, « ses paroles vont de ce à quoi il a réfléchi (l'exposé du début, comme toujours avec lui ; les phrases qu'il avait dites ou écrites auparavant), à ce qu'il improvise pour y réfléchir, enfin à ce qu'il dit pour s'amuser — et à la présence souterraine de ce qu'il ne convient pas de dire[9] ». La préface livre ainsi un des secrets de la composition du discours gaullien dans *Les Chênes*, où l'on retrouve en effet maintes « phrases […] dites ou écrites auparavant ». Malraux n'a pas lu seulement les *Mémoires de guerre* et le « premier tome » des *Discours et messages* dont on apporte en sa présence « une dactylographie[10] » au général : il connaît aussi les œuvres antérieures à 1940, comme *Le Fil de l'épée* ou *La France et son armée*. La fausse interview mêlera étroitement aux propos tenus à Colombey des citations fidèles ou arrangées de tous ces livres. Ainsi entendrons-nous non l'hôte d'un jour, mais l'écrivain militaire, l'orateur, le chef de la France libre, le président de la République. Ainsi presque tout eſt faux, car Malraux, le 11 décembre 1969, n'a pas recueilli tout ce qu'il rapporte — et tout sonne vrai, car de Gaulle a dit ou écrit un jour ce que nous lisons.

« Ce que dit ici le général de Gaulle le peint ; quelquefois, dans un domaine assez secret[11] ». Face à lui, l'auteur veut être un peintre : « j'ai rêvé d'un Greco ; mais non d'un Greco dont le modèle serait imaginaire[12]. » Ce dernier portrait termine une longue série où l'auteur a recréé, à partir de son modèle, un personnage de légende. Au temps du R.P.F.

1. P. 609.
2. P. 582.
3. P. 604.
4. P. 596.
5. P. 607.
6. P. 609-610.
7. P. 582.
8. *Ibid.*
9. Voir var. *a*, p. 577.
10. P. 602.
11. Voir var. *a*, p. 577.
12. Voir var. *a*, p. 577.

déjà, il présentait à ses compagnons « l'homme qui, sur le terrible sommeil de ce pays, en maintint l'honneur comme un invincible songe ». Dans les *Antimémoires*, il peint le général, en 1945, puis en 1958 : parent des « grands esprits religieux », c'est un « personnage hanté[1] », un « Grand Maître des Templiers[2] ». « Pour tous, à l'exception sans doute de sa famille, il semblait un reflet courtois de son personnage légendaire[3]. » Le portrait de 1969 est de la même inspiration. Le cabinet de travail de la Boisserie devient « la cellule de saint Bernard, ouverte sur la neige des siècles et la solitude[4] ». Le héros qui médite dans cette cellule a, comme « les grands chrétiens du Moyen Âge », une « vocation » qui a nom : la France, cette France par qui il « est hanté [...] comme Lénine l'a été par le prolétariat, comme Mao par la Chine[5] ». Si le vieil homme de Colombey a derrière lui son histoire, si quelque lassitude, parfois quelque amertume, passe dans ses propos, il demeure celui en qui Malraux a cru en 1945 et qu'il avait presque aussitôt transfiguré.

Mais le peintre, à présent, scrute plus profondément son modèle : l'œil écoute, et les propos de Charles de Gaulle dévoilent « un domaine assez secret » : sa foi, par exemple, qui, d'édition en édition, suscite les retouches d'un écrivain insatisfait. Malraux le sait : de Gaulle « aime parler de sa France, il n'aime pas parler de sa foi[6] » ; aussi, quand le questionneur insiste, il se voit écarté : « Comme toujours lorsque je lui parle de la foi — qui implique la sienne —, il ébauche le geste qui semble chasser des mouches[7]. » Le peintre peut rêver d'un Greco : le modèle ne le laisse pas pénétrer dans sa vie religieuse. Malraux sait parler de la France du général ; il échoue à parler de son catholicisme, aussi discret que certain : après tout, ce doit être « une donnée, comme la France[8] ». Il lui échappe que pour un homme de l'âge et de l'état de son personnage, la foi est affaire intime. L'interroger là-dessus est aussi indiscret que le seraient des questions sur sa vie privée. Alors, de Gaulle chasse les mouches...

Ces tâtonnements de l'écrivain ont le double intérêt de nous aider à approcher davantage le modèle et le peintre, le croyant tranquille et l'agnostique tourmenté. L'artiste en tout cas manifeste sa maîtrise dans la composition et les couleurs. Le portrait est encadré par la neige : de « la neige des siècles » de l'ouverture à « la neige blanche sur les arbres noirs[9] » du finale. La réussite esthétique est incontestable, mais, puisque le modèle n'est pas « imaginaire », on ne peut éviter la question de la ressemblance. Alain Peyrefitte a donné la réponse. En 1971, Georges Pompidou, sachant qu'il avait noté après chaque rencontre les propos du général, lui avait conseillé, s'il publiait un jour ses notes, de s'inspirer de Claude Mauriac, plutôt que « de singer Malraux[10] ». Or, écrit Peyrefitte, « j'ai entrepris de "faire du Claude Mauriac" [...] et c'est pourtant le de Gaulle de Malraux qui est sorti du bain révélateur[11] ».

Après avoir publié en 1974 une édition revue des *Chênes qu'on abat...*, l'auteur, avant de les intégrer au *Miroir des limbes*, ne se contente pas d'une nouvelle révision : il ajoute une trentaine de pages où il s'agit plus du

1. P. 98.
2. P. 109.
3. *Ibid.*
4. P. 578.
5. P. 579.
6. P. 643.
7. P. 597.
8. P. 643.
9. P. 578 et 659.
10. *C'était de Gaulle*, Éditions de Fallois / Fayard, 1994, p. 11.
11. *Ibid.*, p. 12.

gaullisme que de Charles de Gaulle. Le texte ne manque ni de vigueur ni de souffle ; il altère pourtant la tonalité poétique du livre, qu'on retrouve à la fin, quand Malraux imagine ce qu'il n'a pas vu : la montée de la foule aux Champs-Élysées, au soir des obsèques du général. Ce finale où passent les ombres de Victor Hugo et d'Antigone est le digne « épilogue » d'une œuvre hantée.

Tel que Malraux a voulu finalement qu'il fût, le livre demeure un de ses chefs-d'œuvre, le sommet en tout cas de la deuxième partie du *Miroir*. La réussite, on le verra, fut le fruit d'un travail persévérant. Mais ce labeur répondait à une inspiration puissante : Malraux devait écrire à la gloire de celui qu'il avait servi cet hymne lucide et exalté. Le dialogue, cette fois, n'était pas factice : il faisait se confronter deux hantises différentes et accordées. « Nous ne connaissons, lit-on dans la préface, aucun dialogue d'un homme de l'Histoire avec un grand artiste[1] ». Désormais, nous en connaissons un.

V (« La Tête d'obsidienne »).

« La création m'a toujours intéressé plus que la perfection. D'où mon constant désaccord avec André Gide, et mon admiration, dès vingt ans, pour Braque et pour Picasso[2] ». C'est ce qu'affirme Malraux dans la préface des *Chênes qu'on abat*... D'une admiration l'autre : au livre sur de Gaulle succédera un livre sur Picasso. Comme le premier, celui-ci est né de la provocation des circonstances : en septembre 1973, Jacqueline Picasso invite l'écrivain à Mougins, d'où elle le conduira à Vauvenargues. En peu de mois, il écrira *La Tête d'obsidienne*, nouvel hymne à un « ami » admiré.

Là s'arrête le parallèle. D'autres l'ont prolongé, comparant l'usage fait d'une visite à Colombey et d'une visite à l'atelier des Grands-Augustins. C'est oublier que la rencontre du 11 décembre 1969 en suit beaucoup d'autres et qu'elle couronne une très longue fidélité partagée. Picasso, Malraux l'a certes rencontré plus d'une fois, mais entre les deux hommes des relations intermittentes n'ont jamais créé de véritable amitié. « Dès vingt ans », du moins dans les années 1920, le jeune écrivain connaît, grâce à Max Jacob, l'artiste dont il acquiert une œuvre. Il le revoit en 1937, à l'époque de *Guernica*, lui rend visite au lendemain de la guerre, en mai 1945. S'il le retrouve ensuite, c'est rarement : on compte sur les doigts d'une main les références à Malraux dans les biographies de Picasso. Et du jour où l'écrivain redevient ministre jusqu'à la mort de l'artiste, de 1958 à 1973, quinze années se passent sans une rencontre. Le responsable des Affaires culturelles, qui passe des commandes à Chagall et à Masson, qui nomme Balthus à la Villa Médicis, ne commande rien à Picasso. Il patronne, c'est vrai, l'*Hommage* rendu au peintre et au sculpteur en 1966, au Grand et au Petit Palais et inaugure ces expositions. Mais, l'année suivante, l'artiste refuse la dignité dans la Légion d'honneur pour laquelle le ministre d'État l'a proposé. Il est vraiment difficile de parler d'amitié entre deux hommes que la politique n'est pas seule à séparer. Quant à l'admiration, celle de Malraux va à Braque ou à Chagall, avant d'aller à Picasso.

Pourquoi alors ce livre dont Picasso semble le héros ? Il faut revenir aux circonstances de 1973. Avant l'invitation de Jacqueline, il y eut, cette année-là, deux expositions. La première, au palais des Papes, présentait

1. Voir var. *a*, p. 577.
2. Voir var. *a*, p. 577.

les toiles des dernières années du peintre. « André Malraux et le Musée imaginaire » était le thème de la seconde à la Fondation Maeght de Saint-Paul-de-Vence. Elle occupera 106 des 278 pages de *La Tête d'obsidienne*, où, comme dans la préface des *Chênes*, l'auteur associe volontiers Braque à Picasso. Ce dernier est donc loin d'être le sujet unique d'un livre décousu, où l'on chercherait en vain l'organisation de l'œuvre consacrée à de Gaulle.

On a vu comment Malraux pouvait faire parler le général. Il fait aussi parler Picasso, mais, ses souvenirs personnels étant minces, il doit recourir aux témoignages puisés dans les nombreux ouvrages sur l'artiste qu'il possède dans sa bibliothèque : le *Journal* du P. Couturier, les livres d'Hélène Parmelin, les *Conversations avec Picasso* de Brassaï, témoin de la rencontre du 15 mai 1945 entre le colonel et le peintre. Le récit de cette entrevue dans *La Tête d'obsidienne* devra beaucoup à celui de Brassaï, comme à d'autres entretiens de ce dernier avec son ami. Pour de Gaulle aussi, Malraux avait eu recours aux livres, mais une longue complicité lui avait permis de prêter à son personnage un discours gaullien. Avec Picasso, la documentation ne suffit pas à créer l'illusion : ses vrais intimes ne l'ont pas reconnu dans les propos que lui prête *La Tête d'obsidienne*. Telle formule est littéralement exacte, mais les tirades sonnent faux : l'auteur fait parler son héros comme lui-même écrit.

Ce qu'il écrit en hâte apparaît comme une récupération. Picasso devient cet être « habité par la métamorphose plus profondément que par la mort[1] » qui ressemble fort à son recréateur. Surtout, on peut voir dans l'œuvre une revanche sur la vie qui n'avait guère lié les deux protagonistes. Dès la première page, « la sonnerie du téléphone » interrompt opportunément l'écrivain qui met « à jour des notes de la guerre d'Espagne » : « Monsieur, c'est de la part de Mme Pablo Picasso[2]. » Le ton est donné : l'Espagne du *coronel* et de *Guernica* va être un fil conducteur. Heureuse guerre qui a rapproché les deux hommes, tous deux défenseurs de la République ! En ce temps-là, ils n'étaient ni l'un ni l'autre membres du Parti auquel Picasso adhérera après la défaite de l'Allemagne, tandis que Malraux entrera au cabinet du général de Gaulle.

Difficile de taire la fidélité communiste du peintre. Du moins peut-on en minimiser l'importance : « Qu'est-ce qu'il dirait, s'il voyait *Guernica*, Goya ? Je me demande. Je crois qu'il serait assez content ? Je vis plus avec lui qu'avec Staline[3]. » Politiquement, la récupération ne peut aller plus loin. Elle sera plus hardie en matière d'art, où Picasso entre dans le Musée imaginaire, sur lequel il aurait interrogé son visiteur des Grands-Augustins[4]. Comme Malraux, Picasso vit dans la peinture et la sculpture de tous les temps et de tous les pays : sa collection le prouve, comme son goût pour les « Nègres » et la Vénus de Lespugue. Mais il crée contre cet héritage : l'attestent ses « confrontations » avec Vélasquez ou Delacroix. Il crée surtout contre lui-même : « Les manières successives de Picasso se suivent dans [son style] comme les accès dans la rage : son style, c'est cette succession[5]. » Nul n'a la rage volontairement. Aussi Malraux montre-t-il un peintre mené, possédé par la peinture : elle « est plus forte que moi, elle me fait faire ce qu'elle veut », avait noté Picasso en 1963. On lit ici[6] la fin de cette note qui avait servi d'épigraphe à l'*Hommage* de

1. P. 776.
2. P. 691.
3. P. 751.
4. P. 739.
5. P. 701.
6. P. 742.

1966. À lire *La Tête d'obsidienne*, on découvre chez l'artiste, au-delà de la rage destructrice et involontaire, un propos délibéré : le dessein d'opposer sa création à la Création, de rivaliser avec Dieu et la nature. Ainsi devient-on « l'un des plus grands inventeurs de formes de l'Histoire[1] ». Jacqueline dira : le « plus grand peintre du siècle[2] ».

Malraux ne le dira pas. À cette création forcenée il oppose le mot de Menuhin, « la louange » : tant de créateurs, de Giotto à Cézanne, ont su inventer « les formes de leur louange » ! Picasso, lui, comme Goya, crée « des figures insurgées[3] ». Pour l'auteur de *Saturne*, le rapprochement n'est certes pas dépréciatif. Il n'empêche que le thème de la louange reviendra dans le livre, comme un reproche. Et, vers la fin, à la révolte de Picasso sera confrontée la « sérénité » de Braque et de « son monde pacifié[4] ».

Pour intégrer *La Tête d'obsidienne* au *Miroir des limbes* l'auteur sacrifiera bien des pages écrites en marge du catalogue de l'exposition à la Fondation Maeght. D'autres seront incorporées à *L'Intemporel*. Les rapprochements avec Braque et divers peintres seront supprimés ou abrégés. De ces sacrifices et de ces corrections sortira l'actuelle section V de *La Corde et les Souris* ; le resserrement opéré lui donne plus d'unité que n'en avait le livre de 1974 : on entend et on voit mieux Picasso, sans que disparaissent les traces d'une insuffisance originelle.

Guidé par un admirateur lucide, on comprend mieux, après avoir lu *La Tête d'obsidienne*, l'étrange fascination qu'exercent les tableaux et les sculptures de Picasso : si Malraux ne sait pas le faire parler juste, il parle de son œuvre en pleine connaissance de cause. Mais, arrivé à Vauvenargues, « ici, devant la mort d'un ami[5] », on a peine à partager une émotion forcée. Le livre refermé, on garde une certaine idée du créateur sans avoir rencontré la réalité charnelle d'un prodigieux et énigmatique vivant.

VI (« Lazare »).

En 1972, André Malraux, « atteint d'une maladie du sommeil[6] », est hospitalisé à la Salpêtrière. De cette expérience va naître *Lazare*, un de ses plus beaux livres, celui qu'il choisit pour clore le cycle du *Miroir des limbes*.

Il avait vécu ou imaginé souvent le retour sur terre d'un homme qui vient de frôler la mort. Mais celle-ci, que son instrument fût la tempête dans les Aurès ou les feux croisés des antichars, menaçait de l'extérieur les aviateurs ou les prisonniers de la fosse. Cette fois, la mort a attaqué Malraux de l'intérieur mais, comme Lazare, il ressuscitera. Cette présence de la mort dans le corps du malade gouverne le livre, de la première à la dernière ligne. Elle atteint sa plus grande intensité au cœur même de l'œuvre quand, dans la nuit de sa chambre d'hôpital, André perd connaissance, revient à lui, tâtonne. Il a « vécu [...] un je-sans-moi », il a « perdu la terre[7] ».

Avant et après cette expérience de « vie somnambule[8] », le « je » de Lazare, précisément parce que la mort l'attaque de l'intérieur, est André. Il est à l'écoute de son corps, s'étonne de ne pas souffrir, se rappelle d'autres maladies. Il va même jusqu'à des confidences comme : « Roque-

1. P. 732.
2. P. 721.
3. P. 735.
4. P. 784.
5. P. 782.
6. P. 787.
7. P. 838.
8. P. 837.

brune, le bruit des petits sabots de mon fils dans le jardin aux arbres de Judée en fleur[1] ». Le narrateur de *Lazare* n'est plus celui des livres précédents, attentif à ne rien révéler de son intimité. Pourtant je-Malraux n'est jamais loin : sous l'effet du Pertofran, il aura avec « le professeur ami[2] », un grand dialogue sur la vie, la mort, la foi.

Son récit, le narrateur l'organise dans un beau désordre, où le tournoiement des images et des souvenirs est en harmonie avec l'état du personnage. Après quelques pages de préface pour lancer les thèmes qu'il reprendra, Malraux récrit au présent une scène des *Noyers*. On passe ensuite à l'hôpital où, au fil des jours, sa vie de malade est traversée de souvenirs de sa vie antérieure, de l'enfance aux heures qui ont précédé l'hospitalisation. Après le long entretien avec le professeur reprend l'alternance du quotidien et des souvenirs — les derniers mots étant un retour en arrière, quand le malade était « à l'instant de basculer » : il avait alors, étrangement, « senti la mort s'éloigner[3] ».

Pour Pierre Bockel, *Lazare* était un des plus beaux livres écrits sur la mort. On peut le lire, en effet, comme le développement de la phrase prêtée à Perken dans *La Voie royale :* « "Il n'y a pas... de mort... Il y a seulement... *moi...*" [...] "*moi... qui vais mourir...*"[4] » Ici la mort s'éloigne et « une *ironie* inexplicablement réconciliée[5] » la regarde s'éloigner. Cette ironie supérieure est celle d'un agnostique, qui vient d'écrire : « La révélation est que rien ne peut être révélé. » Il a dit encore : « La pensée agnostique ne parle à la mort, d'égale à égale, que si elle se fonde elle-même en foi[6]. » Jeu de mots ? Faut-il voir, comme Claude Tannery, en Malraux « l'agnostique absolu », autre jeu de mots ? Il est sûr en tout cas que l'ironie n'exclut pas une foi.

Ce n'est pas la foi chrétienne, même si l'auteur se montre plus que jamais respectueux à son égard. Dans un passage qui fait écho à la méditation sur saint Jean des *Antimémoires*, il oppose la « fin » de Socrate, qui « a la chance d'ignorer la douleur » à « l'agonie du Christ ». « Moi qui ne crois pas à la Rédemption », écrit-il, « j'en suis venu à penser que [...] le sacrifice seul peut regarder dans les yeux la torture, et le Dieu du Christ ne serait pas Dieu sans la crucifixion[7]. »

S'il ne croit pas à la Rédemption, il lui reste la fraternité. *Lazare* est un livre sur la mort, mais aussi sur la fraternité. Dès la première page apparaît « ce mot rescapé », comme Malraux l'appellera plus loin, « le seul qui réponde au christianisme[8] ». Le malade éprouve ce qu'il éprouvait à Villefranche-de-Rouergue en 1944 : « Il ne restait dans ma mémoire que la fraternité[9]. » À la Salpêtrière, vie et œuvre confondues, sa mémoire lui restitue des scènes, des gestes, des mots fraternels : le don du cyanure dans *La Condition humaine*, le don du pain aux prisonniers de 1940, et, bien sûr, « l'assaut de la pitié[10] » à Bolgako. « La communion est quelquefois aussi forte que la mort[11]. »

On hésite à parler d'art à propos d'un tel livre et pourtant cette œuvre testamentaire, écrite au sortir d'une grave maladie, atteste une grande

1. P. 826.
2. P. 844.
3. P. 879.
4. *Œuvres complètes*, Bibl. de la Pléiade, t. I, p. 506.
5. P. 879.
6. P. 877.
7. P. 842-843.
8. P. 858.
9. P. 172.
10. Respectivement p. 859, 863 et 812.
11. P. 870.

maîtrise, qu'il s'agisse de décrire le cadre de l'expérience — l'hôpital — ou la conscience de cette expérience, plus ou moins lucide, plus ou moins fiévreuse. Le tournoiement qu'on a noté est orienté : au terme triomphera la « fraternité, que le destin n'efface pas[1] ». Malraux aurait pensé en écrivant *Lazare* que c'était « peut-être [sa] dernière œuvre[2] ». Songeait-il déjà à en faire la dernière du *Miroir des limbes* ? Nul livre en tout cas ne pouvait constituer un meilleur finale. D'abord, on l'a vu, parce que l'auteur, cette fois, assume la totalité de son être, âme et corps. Aussi parce que, à l'approche de la mort, tous les souvenirs retrouvés dans les sections antérieures — « au hasard de la mémoire » ou en la sollicitant — passent dans l'esprit du malade et dans le texte de l'écrivain. *Lazare* est comme la synthèse fébrile de toute une vie, de toute une œuvre. Le voyage commencé en 1965 s'achève, littérairement, à la Salpêtrière. Ses compagnons de la brigade, mais aussi son petit garçon, des héros de ses romans mais aussi « une vieille dont [il a] oublié le nom[3] », Charles de Gaulle mais aussi Marcel Arland, tous attendent le voyageur au port. Tous l'aident, sinon à conclure sa narration, du moins à trouver l'apaisement. *Lazare*, ou la résurrection de l'écrivain.

III. RETOUR AU « MIROIR DES LIMBES »

Le Miroir des Limbes : un seul titre. Pour une seule œuvre ? Malgré la diversité des composantes, l'ensemble possède-t-il quelque unité ? Oui et non.

Oui, si l'on regarde la matière dont l'œuvre est faite. La genèse des livres qui la forment révèle une circulation incessante à l'intérieur de chacun et de l'un à l'autre. Malraux redistribue ce qu'il a écrit sur l'Inde pour parvenir, au terme d'un long travail, au texte éclaté des *Antimémoires*. La reine Sebeth émigre dans *Hôtes de passage* et Max fournit plus d'un trait, plus d'un propos au « professeur » de *Lazare*. Le récit brisé qui s'achevait en 1965 dans les *Antimémoires* se poursuit dans *La Corde et les Souris* de 1965 à 1973. Ici comme là, le narrateur ne cesse de quitter le temps présent pour revenir dans le passé : il passait de Ceylan aujourd'hui à Ceylan « en 1923[4] » ; il passe de Mougins en 1973 à l'époque de *Guernica*. À l'expérience vécue s'ajoute, dans la seconde partie du *Miroir* comme dans la première, le fonds des romans : l'auteur avait repris dans les *Antimémoires* des fragments des *Noyers* et de *L'Espoir* ; il récrit maintenant des pages entières des mêmes œuvres. Les autres romans sont aussi présents d'un bout à l'autre du *Miroir des limbes*. La préface des *Antimémoires* ne citait-elle pas « la création romanesque » parmi les domaines où l'auteur retrouvait « une énigme fondamentale[5] » ?

Une seule et même matière, donc, faite de l'expérience réelle ou imaginaire d'un même héros. D'une partie à l'autre du *Miroir* les interlocuteurs changent, à l'exception du général de Gaulle, présent ici et là. Face à eux, qui du reste parlent souvent le Malraux, un même questionneur : homme à la « vie sanglante et vaine[6] » qui se souvient. Si André, d'abord refoulé, perce à la fin sous Malraux, celui-ci est omniprésent. Il est, tour à tour ou à la fois, le romancier, le ministre, l'interrogateur métaphysique. Les

1. P. 857.
2. P. 787.
3. P. 863.
4. P. 78.
5. P. 12.
6. P. 7.

spectacles du monde, les hommes de l'Histoire et de l'Art, mais aussi de plus humbles partenaires lui permettent d'« approfondir son interrogation[1] » jusqu'à l'approche de la mort. De 1965 à 1976, mis à part ses écrits artistiques et ses discours, André Malraux n'est plus que le créateur d'un immense roman où beaucoup de comparses font valoir un personnage irremplaçable : lui-même. Ce roman, c'est *Le Miroir des limbes*. Au-delà des circonstances où sont nés les livres qui le composent, une même matière, un même héros en assureraient l'unité, si l'exécution était à la mesure de l'ambition.

Est-ce le cas ? *La Corde et les Souris*, suite d'œuvres inégales, supporte mal la comparaison avec les *Antimémoires*, ce chef-d'œuvre. S'il y a dans la deuxième partie du *Miroir* deux temps forts — *Les Chênes qu'on abat...*, *Lazare* —, *Hôtes de passage* et *La Tête d'obsidienne* sont deux temps faibles.

Malraux pourtant a tenté, avec bonheur souvent, d'imprimer à une collection disparate le sceau de l'unité, et d'abord d'une unité formelle. Aux grands dialogues des *Antimémoires* correspondent ceux de *La Corde et les Souris*. Les interlocuteurs se nomment d'un côté de Gaulle, Nehru, Méry, Mao, « le Bonze » ; de l'autre Senghor, Georges Salles, Max Torrès, de Gaulle encore, Picasso, le « professeur ». Inutile de peser les mérites des deux groupes : un écrivain habile peut intéresser son lecteur aussi bien à un « homme de l'Histoire » qu'à un personnage secondaire ou inventé. Mais le premier groupe résiste mieux que le second : c'est évident pour de Gaulle comme pour Méry. Dans les interlocuteurs de *La Corde et les Souris*, le général excepté, on ne voit et on n'entend que des faire-valoir : Senghor est moins présent que la reine Sebeth, Georges Salles et le professeur sont des silhouettes, Max, une composition d'ailleurs amusante : quant à Picasso, la construction de son personnage est plus astucieuse que convaincante.

Pour organiser sa matière — une expérience vécue traversée de retours en arrière —, Malraux, comme dans les *Antimémoires*, suit dans *La Corde et les Souris* une ligne qui est ici le fil des jours. De Dakar en 1966, il nous transporte à Paris, à la fin de la même année, puis en mai 1968. Suivent les visites à Colombey (décembre 1969) et à Mougins (septembre 1973). Tout s'achève sur le séjour à la Salpêtrière, pas plus daté que ne l'était le transfert des cendres de Jean Moulin. Comme dans les *Antimémoires*, la ligne s'est infléchie pour revenir plus haut dans le temps (ici, en 1972).

On retrouve aussi dans la seconde partie du *Miroir* les structures circulaires de la première. C'est visible dans une œuvre aussi réussie que *Les Chênes qu'on abat...* ; ce l'est également dans *La Tête d'obsidienne*, à tant d'égards plus discutable. On a vu le rôle de la neige dans l'organisation des *Chênes*. Dans le détail du texte le mouvement circulaire n'est pas moins reconnaissable : ainsi dans les pages 593-603. Le général « pose la main sur le feuillet en cours de ses *Mémoires* [...] Pourquoi écrire ? » Suit un échange sur le sens de la vie, qu'interrompt l'arrivée d'« une dactylographie des *Discours et messages* ». Évocation de l'écrivain de Gaulle. « "Vous lisez encore ?" me demande-t-il. » De l'anecdotique au métaphysique pour revenir au moment présent, c'est le parcours si fréquemment repéré dans les *Antimémoires*.

La Tête d'obsidienne présente, comme *Les Chênes qu'on abat...*, une construction en boucle : ouvert sur l'Espagne et l'appel de Jacqueline Picasso, le livre, après une ultime allusion espagnole, laisse le mot de la fin à Jacqueline. Le lecteur a suivi Malraux pendant quelques jours de l'année 1973. Au cœur de l'ouvrage, il a fait halte dans l'atelier du peintre,

1. P. 5.

en 1945 : l'entretien des Grands-Augustins est encadré par deux blagues de l'artiste : « J'ai coupé ma mèche », « mes assiettes [...] On peut manger dedans[1] ».

Si la ligne de *La Corde et les Souris* prolonge assez bien celle des *Antimémoires*, les cercles sont plus rares et leur tracé souvent moins sûr : il eût parfois fallu récrire entièrement tels des textes qui composent cette seconde partie. *Le Miroir des limbes* en tout cas admet la fin qu'avait refusée l'auteur des *Antimémoires* où l'épisode de Lascaux suivait ce qui aurait fait une belle phrase finale : « On ne revient pas plus de l'enfer que de la mort[2] » ; « la Mort » ici sera le dernier mot[3].

Ce ne sera pas le nôtre. Il convient d'achever cette présentation comme Malraux achevait celle des *Antimémoires* : par le farfelu, lié après tout à la mort. Estompé dans la première partie du *Miroir*, par suite de l'effacement progressif du scénario de Clappique, le farfelu règne dans la seconde. Il est présent dans l'entretien de Colombey, où l'on découvre un général « Tintin », et jusque dans *Lazare*, où Malraux s'entend interroger sur la mode par un résistant délirant.

L'unité du *Miroir* est plurielle, comme la voix de son auteur, qui réinterprète les rôles qu'il a tenus, les personnages qu'il a créés. S'il n'a pas pleinement réussi à donner aux *Antimémoires* une suite digne d'eux, son entreprise demeure étonnante : faut-il rappeler, bravant son dédain des biographies, à quel âge et dans quelles conditions il a composé *Le Miroir des limbes* ? Vingt ans après sa mort, l'œuvre n'a guère pris de rides ; au-delà des circonstances où elle est née et des hommes qui l'ont inspirée, au-delà même des idées qu'elle brasse, elle demeure un irremplaçable témoignage. Sur une époque certes, mais surtout sur le témoin lui-même, André Malraux, à lui seul un monde.

Je rappelais son dédain des biographies. Il faisait peu de cas aussi de l'idée de beauté. Comment nommer alors la puissance envoûtante de son œuvre ? Qu'on l'appelle comme on voudra, elle assure au *Miroir des limbes* sa place dans notre bibliothèque imaginaire. Si cette notice n'a pu convaincre, que notre excuse emprunte les mots de Braque cités par Malraux : « Ce qui fait qu'une œuvre compte, qu'un chef-d'œuvre est un chef-d'œuvre est précisément ce qu'on ne peut en exprimer... »

MARIUS-FRANÇOIS GUYARD.

BIBLIOGRAPHIE

LE MIROIR DES LIMBES

On trouvera ci-dessous, dans l'ordre où les textes apparaissent dans le présent volume, le relevé des pré-originales et des éditions successives de chacun d'entre eux. Sauf indication contraire, l'éditeur est Gallimard.

I. « ANTIMÉMOIRES ».

Antimémoires, coll. « Blanche », septembre 1967.
Antimémoires, coll. « Soleil », septembre 1967.

1. P. 736 et 757.
2. P. 483.
3. P. 879.

Antimémoires, hors-série luxe, avec un frontispice d'André Masson, novembre 1967.
Œuvres, t. IV, *Antimémoires*, « La Gerbe illustrée », illustrations de Chagall, octobre 1970.
« La Mort qui n'est pas loin », *N.R.F.*, n° 220, avril 1971, p. 1-42 (correspondant à IV, 2 et 3).
Antimémoires, nouvelle édition revue et augmentée, coll. « Folio », avril 1972.

II. « LA CORDE ET LES SOURIS ».

I, II, III [*Hôtes de passage*].
Roi, je t'attends à Babylone..., Genève, Skira, 1973 (correspondant au chap. II).
Hôtes de passage (Le Miroir des limbes), coll. « Blanche », octobre 1975.
Hôtes de passage (Le Miroir des limbes), coll. « Soleil », octobre 1975.

IV [*Les Chênes qu'on abat*...].
Les Chênes qu'on abat..., coll. « Blanche », mars 1971.
Les Chênes qu'on abat..., coll. « Soleil », mars 1971.
Les Chênes qu'on abat..., coll. « Folio », juillet 1974.

V [*La Tête d'obsidienne*].
La Tête d'obsidienne, coll. « Blanche », mars 1974.
La Tête d'obsidienne, coll. « Soleil », mars 1974.

VI [*Lazare*].
Lazare (Le Miroir des limbes), coll. « Blanche », octobre 1974.
Lazare (Le Miroir des limbes), coll. « Soleil », octobre 1974.

Tous ces textes sont repris dans *Le Miroir des limbes : I. Antimémoires, II. La Corde et les Souris*, coll. « Folio », avril 1976.

Le Miroir des limbes et les *Oraisons funèbres* sont réunis dans *Le Miroir des limbes*, « édition définitive, revue, corrigée et complétée », Bibl. de la Pléiade, octobre 1976.

*

Autres œuvres de Malraux citées dans cette édition.

Œuvres complètes, Bibl. de la Pléiade, t. I, 1989 ; t. II, 1996.

« D'une jeunesse européenne », *Écrits*, Grasset, 1927, p. 129-153.
Homme précaire et la littérature (L'), Gallimard, 1977.
Intemporel (L'), Gallimard, 1976.
Métamorphose des Dieux (La), Gallimard, 1957.
Musée imaginaire (Le), Genève, Skira, 1947 ; « Idées / Art », Gallimard, 1965.
Musée imaginaire de la sculpture mondiale (Le), Gallimard, 1952.
« Paroles et écrits politiques. 1947-1972 », *Espoir*, n° 2, janvier 1973.
« Préface », *Cahiers de la Petite Dame*, t. I, Gallimard, 1973.
Reine de Saba (La), « Cahiers de la N.R.F. », Gallimard, 1993.
Surnaturel (Le), Gallimard, 1977.
Triangle noir (Le), Gallimard, 1970.
Voix du silence (Les), Gallimard, 1951.

Ouvrages et articles d'autres auteurs.

Album Malraux, Jean Lescure (éd.), Bibl. de la Pléiade, 1986.
André Malraux, Saint-Paul, Fondation Maeght, 1973.
André Malraux et le Japon éternel, Tôkyô, musée Idemitzu, 1978.
André Malraux, l'homme des univers, Verrières-le-Buisson, Comité national André Malraux, 1989.
André Malraux 1-9, Lettres Modernes, 1972-1995 ; en particulier les cahiers 1 (« Un événement littéraire : les *Antimémoires* de Malraux »), 2 (complément du cahier 1), 5 (« Malraux et l'Histoire »), 8 (« L'Imaginaire de l'écriture ») et 9 (« Notre siècle au "miroir des limbes" »).
« André Malraux », *Europe*, nº 727-728, novembre-décembre 1989.
ARON (Raymond), *Mémoires*, Club France-Loisirs, 1984 (1re édition, 1983).
BEIGBEDER (Yves), *André Malraux et l'Inde*, thèse de doctorat, Université de Paris-Sorbonne, 1983.
Bhagavad-Gîtâ, traduction par Émile Sénart, Les Belles Lettres, 1967.
BOCKEL (Pierre), *L'Enfant du rire*, Grasset, 1973.
BRAQUE (Georges), *Cahiers de Georges Braque. 1917-1947*, Maeght, 1948.
BRASSAÏ, *Conversations avec Picasso*, Gallimard, 1964.
CATE (Curtis), *André Malraux*, Flammarion, 1994.
CAZENAVE (Michel), dir., *André Malraux*, *L'Herne*, nº 43, 1982.
CLAUDEL (Paul), *Mémoires improvisés*, « Idées », Gallimard, 1969.
COOMARASWAMY (A.), *La Danse de Çiva*, Rieder, 1922.
COURCEL (Martine de), *Malraux. Être et dire*, Plon, 1976.
COUTURIER (Marie-Alain), *Se garder libre. Journal (1947-1954)*, Cerf, 1962.
DAO (Vinh), *André Malraux ou la quête de la fraternité*, Genève, Droz, 1991.
De Gaulle et Malraux, « Espoir », Plon, 1987.
« Dialogue Malraux-d'Astier », *L'Événement*, nº 19-20, septembre 1967.
DORENLOT (Françoise), « Une métamorphose : l'épisode de Bolgako », *Mélanges Malraux Miscellany*, IX, 1, p. 11-24.
DRUON (Maurice), *Alexandre le Grand*, Plon, 1969 (1re édition, 1958).
Espoir, nos 9, 19, 40, 44.
FERMIGIER (André), *Picasso*, Le Livre de poche, 1969.
FISCHER (Louis), *Vie du Mahatma Gandhi*, Calmann-Lévy, 1952.
FRIANG (Brigitte), *Regarde-toi qui meurs*, Laffont, 1970.
—, *Un autre Malraux*, Plon, 1977.
GALANTE (Pierre), *Malraux*, Presses de la Cité, Plon, 1971.
GAULLE (Charles de), *Discours et messages*, t. I, Plon, 1970 ; t. III, Plon, 1970.
—, *Fil de l'épée (Le)*, « 10 / 18 », U.G.E., 1962 (1re édition, 1932).
—, *France et son armée (La)*, « Présences », Plon, 1938.
—, *Lettres, notes et carnets*, t. VIII, Plon, 1985 ; t. X, Plon, 1987.
—, *Mémoires de guerre*, t. I, Plon, 1954 ; t. II, Plon, 1956 ; t. III, Plon, 1959.
—, *Vers l'armée de métier*, Berger-Levrault, 1945 (1re édition, 1934).
GROVER (Frédéric), *Six entretiens avec André Malraux*, « Idées », Gallimard, 1978.
Herne (L') : voir CAZENAVE.
« Hommage à André Malraux », *N.R.F.*, nº 295, juillet 1977.
LACOUTURE (Jean), *André Malraux. Une vie dans le siècle*, Le Seuil, 1973.
—, *De Gaulle*, t. I, *Le Rebelle*, Le Seuil, 1984.
—, *Hô chi Minh*, Le Seuil, 1977.
LEYMARIE (Jean), *Picasso. Métamorphoses et unité*, Genève, Skira, 1971.
Livre dans la vie et l'œuvre de Malraux (Le), Klincksieck, 1988.
MALRAUX (Alain), *Les Marronniers de Boulogne*, Ramsay, 1989.

MALRAUX (André), « Ma rencontre avec Mao », *Le Figaro littéraire*, n° 1119, 25 septembre-1er octobre 1967.
« Malraux parle » I, II, III, *Le Figaro littéraire*, nos 1120-1121-1123, octobre 1967.
MAURIAC (Claude), *Un autre de Gaulle*, Hachette, 1970.
MENDE (Tibor), *Conversations avec Nehru*, Le Seuil, 1956.
—, *L'Inde devant l'orage*, Le Seuil, 1951.
MICHELET (Edmond), *Rue de la Liberté. Dachau 1943-1945*, Le Seuil, 1955.
MOSSUZ (Janine), *André Malraux et le gaullisme*, Colin, 1970.
MOSSUZ-LAVAU (Janine), *André Malraux. Qui êtes-vous ?*, Lyon, La Manufacture, 1987.
NEHRU (Jawaharlal), *Ma vie et mes prisons*, Denoël, 1952.
—, *The Discovery of India*, New York, The John Day Company, 1946.
PARMELIN (Hélène), *Picasso dit...*, Gonthier, 1966.
—, *Picasso sur la place*, Julliard, 1959.
—, *Secrets d'alcôve d'un atelier*, dans Picasso, *Les Dames de Mougins*, Cercles d'art, 1964.
PÉGUY (Charles), *Œuvres poétiques*, Bibl. de la Pléiade, 1941.
PENAUD (Guy), *André Malraux et la Résistance*, Périgueux, Pierre Fanlac, 1986.
PEYREFITTE (Alain), *C'était de Gaulle*, I, Éditions de Fallois / Fayard, 1994.
PICASSO (Pablo), *Les Dames de Mougins*, Cercles d'art, 1964.
—, *Œuvres des musées de Leningrad et de Moscou et de quelques collections parisiennes*, Cercles d'art, 1955.
Picasso 1969-1970, exposition du Palais des Papes (1er mai-30 septembre 1970), Cahiers d'art, 1970.
Picasso 1970-1972, exposition du Palais des Papes (23 mai-23 septembre 1973), Cahiers d'art, 1973.
PICON (Gaëtan), *Malraux*, « Écrivains de toujours », Le Seuil, 1988 (1re édition, 1953).
Questions de Milinda, traduction Louis Finot, Bossard, 1923.
SABARTÉS (Jaime), *Picasso. Las Meninas y la Vida*, Barcelone, Poligrafa, 1969.
SAINT-CHERON (Philippe et François de), *Notre Malraux*, Albin Michel, 1979.
SENGHOR (Léopold Sédar), *Œuvre poétique*, Le Seuil, 1990.
SILVA-VIGIER (Anil de), *La Vie du Bouddha*, Stock, 1955.
SPEER (Albert), *Au cœur du IIIe Reich*, Fayard, 1971.
STÉPHANE (Roger), *André Malraux, entretiens et précisions*, Gallimard, 1984.
—, *Chaque homme est lié au monde*, Sagittaire, 1946.
TANNERY (Claude), *Malraux, l'agnostique absolu*, Gallimard, 1985.
Trésors d'art de l'Inde, catalogue de l'exposition du Petit Palais (avril-juin 1960). Texte d'André Malraux.
TROTSKI (Léon), *Ma vie*, Rieder, 1930.
ZERVOS (Christian), *Pablo Picasso*, vol. 1, *1895-1906*, Cahiers d'art, 1942.
ZIMMER (Heinrich), *Mythes et symboles dans l'art et la civilisation de l'Inde*, Payot, 1951.

NOTE SUR LE TEXTE

Le titre *Miroir des limbes* n'apparaît en librairie qu'en octobre 1974, sur la couverture de *Lazare*, qui « figurera dans le second tome du *Miroir des limbes* ». Un an plus tard, en octobre 1975, Malraux présente *Hôtes de passage* comme les « trois premiers chapitres[1] » de ce même « second tome ». Mis à part *Lazare*, quels seraient les autres chapitres ?

Le lecteur ne le sut qu'en avril 1976, lorsque parurent en « Folio » les deux volumes du *Miroir*: *Antimémoires*, *La Corde et les Souris*, ce dernier titre ayant tardivement remplacé *Métamorphoses*. Cette même année 1976, en octobre, la Bibliothèque de la Pléiade accueillait une nouvelle édition du *Miroir des limbes* identique à celle du printemps en ce qui concerne les *Antimémoires*.

Adoptant l'ordre retenu par l'auteur pour le rassemblement d'œuvres publiées de 1967 à 1975, nous examinerons ce que les manuscrits et les éditions successives nous apprennent sur la genèse de ce qui, en 1976, devient « la grande fresque contemporaine d'André Malraux[2] ».

I. ANTIMÉMOIRES

Les remplois.

« Je reprends donc ici telles scènes autrefois transformées en fiction[3]. » Cet avertissement impose de prendre la mesure des remplois d'œuvres antérieures. Le créateur d'*Antimémoires* est d'abord un re-créateur. Sur les 605 pages de l'édition originale, 65 sont des reprises, les plus visibles étant les deux passages des *Noyers de l'Altenburg* (56 pages). Il y a aussi six pages du *Temps du Mépris*, une page de *L'Espoir*, deux pages de discours. Quant aux 90 pages qu'occupe, dans l'édition originale, *Le Règne du Malin*, s'il s'agit en partie d'un remploi, le lecteur, lui, découvre un roman demeuré inachevé dont Clappique improvise la fin.

Dans tous les cas, les discours exceptés, aucune de ces reprises n'est littérale : les textes sont récrits, redistribués et les corrections de détail abondent. Rares sont les changements insignifiants : quand le Berger des *Noyers* devient « moi », on passe de la fiction à l'expérience vécue ou présentée comme telle. Dans une œuvre aussi inspirée que les *Antimémoires*, on ne saurait non plus mettre les remplois au compte d'un auteur tirant à la ligne. Il faut plutôt relier le phénomène à une autre reprise. Dans l'édition originale, quatre des cinq parties de l'ouvrage portent des titres d'œuvres romanesques : « Les Noyers de l'Altenburg », « La Tentation de l'Occident », « La Voie royale », « La Condition humaine » ; ces titres indiquent clairement qu'il s'agit bien d'« Anti-Mémoires » — comme écrit souvent Malraux[4].

D'édition en édition, il ne cessera d'amputer *Le Règne du Malin*, mais conservera les reprises des autres romans ; en revanche, les titres de partie disparaîtront de la version de 1976.

Vers l'édition originale.

Commencé pendant le voyage de l'été de 1965, le travail proprement créateur durera jusqu'au printemps de 1967, mais ne s'achèvera pas avec l'édition originale. Deux éditions revues suivront, en 1972 et 1976. Au terme, c'est une œuvre profondément renouvelée que nous a laissée Malraux.

1. Voir, respectivement, var. *a*, p. 787 et var. *a*, p. 487.
2. Quatrième de couverture de *La Corde et les Souris*, édition « Folio ».
3. P. 13.
4. Dans ses manuscrits.

Deux groupes de manuscrits permettront de suivre la genèse des *Antimémoires* :

1. Pour les trois versions publiées — 1967, 1972, 1976 —, les documents retrouvés à Verrières, aujourd'hui déposés à la Bibliothèque littéraire Jacques-Doucet (*ms. D*) : 1 863 folios de toute nature. Ce sont de rares notes préparatoires, des manuscrits proprement dits, des dactylographies, le plus souvent corrigées, des pages imprimées d'ouvrages de Malraux ou d'autres auteurs.

2. Pour la seule édition originale, le manuscrit donné par l'écrivain à Roger Stéphane (*ms. S*). Datant du printemps de 1967, cette copie dactylographiée de 728 pages, destinée à l'impression, comprend de nombreux ajouts et corrections de la main de l'auteur. Ainsi modifié, le texte correspond à celui de l'originale, sous réserve de quelques suppressions, particulièrement importantes dans l'histoire de Mayrena. Autre différence : l'absence de la division en cinq grandes parties[1]. Dans le manuscrit Stéphane on trouve une suite de chapitres, numérotés de 1 à 14 : introduction, trois chapitres des futurs « Noyers », six d'« Antimémoires », trois de « La Tentation de l'Occident », un chapitre « Singapour » — la future « Voie royale ». Après ces quatorze chapitres, paginés de 1 à 581, viennent les chapitres chinois (ffos 1-94) et le finale sur Jean Moulin et les camps (ffos 1-53). La « soudure » sur le retour « par le pôle » est prévue, mais non encore rédigée.

Ce qu'écrit Malraux de 1965 à 1967 n'obéit pas à un plan arrêté à l'avance : au départ, il n'y a que l'intention de faire un livre axé sur les étapes du voyage, chaque étape appelant des souvenirs d'autres passages. Le premier jet du chapitre égyptien a dû suivre de peu l'illumination du Caire. Le voyageur prend ensuite des notes à Aden, en Inde, à Singapour, en Chine. De retour en France, il élabore des textes d'inégale longueur sur les pays qu'il a revisités, les hommes qu'il a rencontrés. Ces textes, il ne cessera de les fragmenter, de les regrouper, de les redistribuer. Quand a-t-il décidé de placer avant le récit du voyage un remploi des *Noyers* ? On l'ignore, mais on sait que l'introduction a été écrite après les débuts de la rédaction et que les dernières pages du livre l'ont été après la visite à Lascaux du 12 mars 1967.

On discerne dans les manuscrits le passage des fragments aux chapitres mais, chaque chapitre gardant longtemps sa pagination propre, on ne peut dire qu'à une période-fragments aurait succédé une période-chapitres.

Assez tard apparaissent une pagination d'ensemble et des chapitres numérotés de façon suivie. Au fonds Doucet, « I » correspond à l'introduction ; « V » à II, 1-4 ; « VI » à III, 1 ; « VII » à III, 2 ; « VIII » à III, 3. Il est raisonnable de supposer que les trois chapitres de la Ire partie ont alors été numérotés II, III, IV. Ce classement a manifestement précédé celui de *ms. S*, conforme à l'ordonnance de l'édition originale.

On le voit, une histoire d'ensemble du texte est impossible. Aussi ne trouvera-t-on ici qu'une suite d'histoires des différents chapitres. Pour chaque partie, nous indiquons ci-dessous, entre crochets, son titre dans l'originale, puis le numéro qui apparaît dans la version de 1976, suivi de celui du chapitre. Ces histoires indiqueront le plus souvent des états successifs sans les dates : rares sont les indices fournis par les manuscrits, et l'auteur des *Antimémoires* n'avait plus près de lui, comme celui des *Noyers*, une Josette Clotis attentive à noter le jour et le lieu de la composition de tel texte.

1. Cette division n'apparaît que sur des feuillets, d'une frappe différente, intercalés après la remise du manuscrit à Roger Stéphane, sans que soit changée la numérotation des chapitres.

Si les manuscrits, dans leur profusion et leur désordre, interdisent d'établir une chronologie, ils révèlent l'essentiel : la volonté d'organiser les fragments en chapitres, les chapitres en une œuvre. « Des nébuleuses apparaissent et semblent préparer une constellation inconnue[1]. » Ces mots résument la leçon des manuscrits, mais la constellation nous est connue : c'est celle des *Antimémoires*, rassemblant tant de nébuleuses qui désormais s'éclairent mutuellement. Lumière qui n'est pas due au hasard : on voit ainsi Malraux ajouter à son texte ces rappels, ces échos qui donnent au livre, eût dit Chateaubriand, « une sorte d'unité indéfinissable. »

INTRODUCTION

Pages 5-16. — On peut distinguer trois étapes, *ms. D* (79 folios, inégalement groupés en huit suites, éparpillées dans le fonds) permettant de repérer les deux premières.

1. Premier état (manuscrit, puis dactylographié et encore corrigé). Le texte s'ouvre sur la citation des *Conquérants* (p. 7) et s'achève avec l'anecdote sur Jung (p. 16). Des développements sur le char funèbre de Napoléon et sur Dostoïevski seront en définitive transportés ailleurs (p. 41, 457-459). La phrase initiale et le dialogue avec « le futur aumônier du Vercors » (p. 5) n'interviennent qu'à la page 18 de ce manuscrit. Maints passages n'appartiennent pas au premier jet, auquel Malraux les incorpore ensuite.

2. Une « dernière version » est une dactylographie corrigée : l'ordre du texte est celui de l'originale, à de nombreuses variantes près.

3. *Ms. S*, chapitre « 1 », comprend 18 folios ; c'est une dactylographie intégrant les corrections manuscrites de la précédente et portant elle-même d'autres corrections. L'ensemble n'est pas encore strictement identique à l'originale.

[« LES NOYERS DE L'ALTENBURG »]

I, 1

Pages 17-37. — Ce chapitre est un remploi des *Noyers de l'Altenburg*. On trouvera dans les variantes les références au roman, dont le texte est condensé et réorganisé. Cette recréation a comporté au moins trois étapes.

1. L'auteur récrit *Les Noyers*, ajoutant à des passages dactylographiés des corrections de détail et des textes de liaison. Aux pages 31-37 de notre édition correspondent neuf folios de *ms. D* (7-15), paginés « 41-49 ». Cette pagination indique qu'un travail analogue a été fait pour le début du chapitre.

2. Paginé « 18-52 », *ms. D* (ffos 222-256) est un dactylogramme à peine corrigé à la main et correspondant à l'intégralité du chapitre.

3. *Ms. S*, « chapitre « 2 » (ffos 19-53), est un dactylogramme portant des corrections manuscrites. Différent sur plusieurs points du manuscrit précédent, il correspond au texte de l'originale.

I, 2

Pages 38-59. — Près de 250 folios de *ms. D* peuvent être rattachés au dossier « Égypte ». C'est dire la complexité du travail qui aboutit au texte de ce chapitre. S'il est possible de reconnaître un premier état, on doit se résigner ensuite à tracer quelques pistes.

1. P. 12.

1. Dès le principe, Malraux a associé Nuremberg à l'Égypte ; ce contrepoint-là est spontané. Un premier état manuscrit montre que le chapitre comprend à ce stade trois mouvements : « Retour au Sphinx », « Souvenirs des musées », « Puissance de la métamorphose ». Les derniers mots seront longtemps : « Adieu, musée de la métamorphose ».

2. À travers les versions dactylographiées de *ms. D* — au moins quatre —, on peut suivre d'autres mouvements qui s'entrelaceront aux premiers : la découverte du char funèbre de Napoléon (d'abord placée dans l'introduction[1]), les souvenirs du Mexique et du Guatemala, le voyage en Casamance. Cette excursion du printemps 1966 semble bien avoir été le dernier ajout important. Le récit en sera abandonné — avec presque tous ses échos — dès l'édition « Folio », pour être intégré ensuite à la première section d'*Hôtes de passage*.

L'étude des dactylogrammes révèle aussi que Malraux a renoncé à des développements souvent très élaborés, par exemple à des comparaisons entre l'art égyptien et d'autres arts, ou à une longue reprise des *Noyers*, condensée en définitive en une phrase sur « Möllberg, aux oreilles pointues » (p. 48). Cette cure d'amaigrissement d'un texte peu à peu gonflé n'exclut pas l'adjonction tardive de maints détails : ainsi de « la vieille maison du Caire » qui deviendra « la maison de la Crétoise » (p. 46).

3. *Ms. S*, chapitre « 3 », donne presque littéralement le texte de l'originale. Celle-ci révèle pourtant une dernière intervention de l'auteur : si ce n'est lui-même, peut-être, qui corrige certaines fautes de frappe, c'est à lui seul qu'on attribuera de menues corrections de style.

I, 3

Pages 60-77.

1. Les premières pages écrites sont sans doute celles où Malraux raconte l'escale d'Aden (p. 73 et suiv.) ; on peut les dater de 1965. Déjà, le passager du *Cambodge* projette de les enrichir en évoquant des « farfelus » et « peut-être la reine » : une seconde version du texte initial fait apparaître Arnaud.

2. *Ms. D* comprend plusieurs sous-ensembles paginés par l'auteur. Ne pouvant établir leur succession chronologique, on les citera dans l'ordre du texte : l'expédition d'« Aetius Gallus » (en réalité : Aelius, p. 61) ; le « retour sur la terre », repris, avec des modifications, du *Temps du Mépris* (p. 68 et suiv.) ; l'épisode abyssin (p. 76-77). Malraux, on le voit, compose par fragments, par scènes, qu'il réunira ensuite. *Ms. D* comprend aussi des pages que l'écrivain placera finalement en tête du chapitre : réflexions sur l'aventure et le « romanesque ».

3. Une version dactylographiée, paginée « 1-35 » (*ms. D*) offre un texte complet, avec quelques différences, suppressions ou ajouts, par rapport à l'originale.

4. *Ms. S*, chapitre « 4 », fait disparaître presque toutes ces différences, mais il y aura encore de menues corrections sur épreuves.

[« ANTIMÉMOIRES »]

II, 1

Pages 78-85. — À l'origine de ce chapitre, des notes inspirées par l'escale de Colombo en 1965, manuscrites d'abord, puis dactylographiées. « Sans doute à réécrire, quand je saurai à quelle fin. » Une partie de ce texte sera utilisée beaucoup plus loin (p. 193).

1. Voir var. *a*, p. 41.

1. Le reste va devenir le début d'un chapitre où l'escale de 1965 rappelle un premier passage à Ceylan et la découverte, quelques années plus tard, de l'Inde du Nord. Selon son habitude, Malraux rédige des fragments qui peu à peu s'organisent jusqu'à former la suite des p. 78-82. De cette suite existent dans *ms. D* deux versions successives, encore assez éloignées de l'originale : on y trouve par exemple l'histoire d'Alexandre et des singes, transférée en définitive dans une conversation avec Nehru (p. 247-248).

2. Après ce début, l'écrivain a d'abord prévu d'écrire un chapitre relatant sa première rencontre avec le général de Gaulle. Là aussi, deux versions successives.

3. Malraux réunit la première suite et le début du récit de ses relations avec de Gaulle et le gaullisme.

4. Sous le numéro « 5 », *ms. S* présente un chapitre constitué comme celui que nous lisons : plus de singes, quelques variantes seulement par rapport à l'originale.

Avec celle-ci le texte est fixé.

II, 2

Pages 86-103. — Ce chapitre (voir ci-dessus, § 2), fut d'abord la suite d'un ensemble paginé (*ms. D*) consacré à la première rencontre Malraux-de Gaulle. Pour prolonger ce récit, l'écrivain rédige et pagine deux groupes de feuillets : ses réflexions après l'entrevue, son entrée au cabinet du général, puis au gouvernement. On trouve aussi dans ces manuscrits des pages sur Léon Blum.

La pagination des dactylographies — toujours corrigées à la main — permet de distinguer trois états successifs du chapitre, les passages consacrés à Blum étant particulièrement remaniés et enrichis. Peu de modifications dans la succession des développements. Si Malraux se corrige et parfois abrège, la tendance générale est à l'allongement.

Ms. S, chapitre « 6 », donne presque textuellement le texte de l'édition originale. Une variante (l'anecdote de la duchesse) mise à part[1], le texte est fixé.

II, 3

Pages 103-117. — On trouve trois groupes de feuillets dans *ms. D* :

1. Deux feuillets commençant par « Que se passait-il en Algérie ? » donnent un texte plus développé que les p. 103-106 actuelles. Quatre feuillets sont très proches du texte définitif du début du chapitre.

2. « Lapérouse » (paginé « 1-12 ») : premier état du récit de l'entrevue de mai 1958 et de ses suites. Certains éléments seront en définitive utilisés ailleurs : *Antimémoires* (p. 146), *Les Chênes qu'on abat...* (p. 634-635), *Hôtes de passage* (p. 499)[2].

3. Aux deux premiers groupes divers feuillets s'ajoutent ensuite le rappel des discours prononcés pour l'anniversaire de la libération de Paris, ou la comparaison entre de Gaulle et Babar (p. 109).

Quant aux dactylogrammes, leur pagination indique que le chapitre actuel fit d'abord un tout avec le précédent et le suivant. Elle prouve aussi qu'il y eut au moins six états : après la reprise des manuscrits viennent, avec des corrections et des ajouts (par exemple le dialogue Juin-de Gaulle, p. 112), cinq versions successives.

1. Voir var. *b*, p. 90.
2. Ici et dans la suite, on cite des œuvres publiées séparément avant d'être reprises dans *Le Miroir des limbes*, auquel renvoient nos références.

Enfin, *ms. S* (chapitre « 7 ») correspond pour le découpage et, à très peu près, pour le texte à l'édition originale.

Avec celle-ci le texte est fixé.

II, 4

Pages 117-136. — Trois groupes appartenant à *ms. D.*

1. Un ensemble paginé de « 1 » à « 16 »; la page 1 et le haut de la page 2 appartiennent à ce qui est devenu le chapitre précédent ; les pages 2-16 correspondent à nos pages 120-125.

2. Paginé de « 1 » à « 15 », un second groupe correspond à nos pages 125-130.

3. Paginés de « 29 » à « 31 *bis* », quatre feuillets correspondant à nos p. 133-135.

On peut lire ainsi en manuscrit quasiment tout le chapitre, ce qui est exceptionnel. Celui-ci, toutefois, comme le montrent les paginations, n'a pas été écrit d'une seule coulée. Autre exception : Malraux ne corrige guère le premier jet, se contentant d'y ajouter des passages sur le préfet Trémaud (p. 117 et 135), l'anecdote de la maison sur plate-forme (p. 119), la chanson *Adieu madras* (*ibid.*) et un souvenir de prison (p. 122).

Quelques feuillets dactylographiés reprennent et enrichissent certaines pages. À noter l'addition du « nocturne », envisagé sur le manuscrit et composé dans un second temps : « J'attendais le sommeil [...] promenade nocturne sur la place » (p. 134).

Le manuscrit *S* du chapitre « 8 » comporte des additions ou corrections manuscrites. À quelques inadvertances près, que l'édition « Folio » et *Le Miroir des limbes* feront disparaître, le texte est fixé.

II, 5

Pages 136-159. — Le manuscrit *D* montre que ce chapitre fut d'abord immédiatement suivi de l'actuel chapitre III, 1 (p. 193). Il l'est encore dans une version dactylographiée assez tardive. Plusieurs dactylogrammes prouvent que la structure même du texte resta longtemps différente de ce qu'elle est devenue. Le premier entretien entre Malraux et Nehru ne commençait pas par les mots « Ainsi, vous voilà ministre... » (p. 143), mais par l'évocation des prisons ; la Marche pour le Sel (p. 138-140) est un ajout tardif. Et maints passages de la rédaction originelle ont été rejetés plus loin dans les *Antimémoires* (III, 3) ou ailleurs : le dialogue avec Schweitzer aboutira dans *Hôtes de passage* (p. 489-490).

De ce chapitre particulièrement travaillé on repère au moins sept versions dactylographiées.

Le chapitre « 9 » de *ms. S* apporte de nombreuses corrections aux versions antérieures. L'ordre est celui de l'originale, comme le détail du texte, à de rares variantes près.

II, 6

Pages 159-192.

1. Un ensemble de *ms. D* (paginé « 1-51 ») est très proche du texte imprimé, mais le récit est au présent. Malraux écrit manifestement d'un trait, indiquant au passage des éléments qu'il se propose d'insérer ici ou là : « simulacre d'exécution » (p. 161-162), « le procès » (p. 164-165), « Saint Jean » (p. 170-171), « l'histoire du gardien » (p. 177), « la baignoire » (p. 182). Se relisant, il note encore des détails — « fanion », « vareuse sans galons » — qu'il incorporera au premier jet (p. 160-164).

2. Dûment corrigé, celui-ci est dactylographié, mais quelques feuillets seulement sont conservés au fonds Doucet. Cette dactylographie paginée

est enrichie d'ajouts manuscrits comme le passage sur la lecture de saint Jean prévu antérieurement. Sont développés aussi l'interrogatoire par le général allemand (p. 173-174) et l'épisode de la table-bélier (p. 187-188).

3. Écrit au passé, le chapitre de *ms. S* numéroté « 10 » diffère peu de l'originale. On y trouve les deux premiers paragraphes (p. 159) que Malraux a dû composer lorsqu'il décida d'intercaler ce chapitre au milieu du long chapitre indien[1].

[« LA TENTATION DE L'OCCIDENT »]

III, 1

Pages 193-219.

1. Sur quatre feuilles de papier à lettres d'un hôtel indien, Malraux, en 1965, jette des notes préparatoires : « Sarnath », « Benares », « Le Gange », « Gange II ».

2. Il compose alors de courts textes — jamais plus de cinq pages d'affilée dans *ms. D.* — On lit ainsi au fonds Doucet un premier jet des pages sur Ellora (p. 207-208 et suiv.).

3. Il fait dactylographier ces fragments, puis les dispose dans un ordre qui ne cessera de changer. Il renverra parfois à d'autres chapitres tel ou tel développement. D'une dactylographie à l'autre interviennent, outre les changements d'ordre, suppressions et ajouts.

4. La pagination des dactylogrammes permet d'identifier à coup sûr quatre états de la rédaction d'ensemble qui suit la période fragmentaire. Avec le quatrième état, le texte est proche de ce que nous lisons, mais suit encore immédiatement l'actuel chapitre II, 5.

5. Le manuscrit *S* (chapitre « 11 ») présente peu de variantes par rapport à l'édition originale.

III, 2

Pages 219-244. — Malraux remploie ici un long passage des *Noyers de l'Altenburg* et une page de *L'Espoir*[2].

Pour récrire les *Noyers* il utilisera un exemplaire de l'édition Skira (p. 250-292). Il met au passé un récit écrit au présent dans le roman et remplace « Berger » par « moi ». Les coupures sont assez nombreuses. Ce travail sur l'édition Skira est relativement tardif puisqu'il date de l'époque où Malraux opère une révision d'ensemble et numérote les chapitres : en tête des pages corrigées il inscrit un « VII ». Mais ce travail est antérieur à la décision de partager les chapitres prévus sur le général de Gaulle et sur l'Inde[3] : dans *ms. S*, ce chapitre sera le douzième.

Il fallait encore opérer une « soudure » (ici, p. 237-244) : il en existe deux versions manuscrites ; dans la seconde, l'écrivain laisse en blanc l'espace réservé à la prédication du « moine espagnol républicain » (p. 242). L'épisode sera intégré à une dactylographie par ailleurs incomplète.

Le manuscrit *S* (chapitre « 12 ») reprend les corrections portées sur cette dactylographie et en ajoute d'autres. Le texte qui en résulte est celui de l'édition originale.

III, 3

Pages 244-279.

1. Il existe au fonds Doucet de nombreux fragments manuscrits de ce

1. Voir p. 1149.
2. T. II de la présente édition, respectivement p. 745-767 et p. 153-155.
3. Voir p. 1148 et 1149.

chapitre, primitivement indistinct des autres chapitres indiens. On distingue au moins trois états dactylographiés antérieurs à une réécriture d'ensemble.

2. Celle-ci forme un chapitre « VIII », paginé de « 1 » à « 25 » (nos pages 244-265). Manquent encore la réplique de Malraux sur la Résistance (p. 246-247), l'histoire d'Alexandre et des singes (p. 247-248 ; voir *supra* p. 1148), le chat d'Ostrorog et le dialogue sur les animaux (p. 258), l'anecdote des plumes rouges (p. 264). L'ordre de ce « VIII » est celui que retiendra l'originale.

3. Le manuscrit *S* (chapitre « 13 ») comporte des additions et des corrections. Ordre et substance du texte sont ceux de l'originale.

[« LA VOIE ROYALE »]

IV, 1

Pages 280-316. — Pour l'histoire de Mayrena (p. 303-314), voir la Notice du *Règne du Malin* (p. 1303-1341), et l'appendice du *Miroir des limbes* intitulé « *Le Règne du Malin* dans les *Antimémoires* », p. 899-909.

Pour le reste — ce qui encadre cette histoire —, on trouve au fonds Doucet :

1. Une note « Singapour », qui esquisse le début du chapitre.

2. Une rédaction manuscrite de ce début que suit un texte, également manuscrit, de quatre pages, conduisant jusqu'au terme de l'actuel chapitre IV, 3. Très courte, cette première version allait se grossir du long récit du scénario proposé par Clappique.

3. Le manuscrit *S* (chapitre « 14 ») correspond, compte tenu des corrections manuscrites, au chapitre de l'originale.

4. Malraux, toutefois, opère pour l'originale quelques coupures non prévues dans le manuscrit : il abrège en particulier l'histoire de Mayrena.

IV, 2 et 3

Ces chapitres n'apparaissent pas dans l'édition originale où IV, 1 est immédiatement suivi de V, 1. Pour ces deux chapitres, voir p. 1153.

[« LA CONDITION HUMAINE »]

V, 1

Pages 361-426. — Quatre étapes dans l'élaboration du chapitre :

1. Des notes préparatoires sur Canton (Musée de la Révolution, *L'Orient rouge*), l'excursion à Sian, l'entretien avec Chou En-lai. Déjà rédigés, certains passages de ces notes passeront dans le texte définitif.

2. À partir de ces notes — et peut être d'autres, non retrouvées —, Malraux rédige des fragments. Chacun a sa pagination : ainsi une première version de l'entretien avec Mao, dont on possède les pages 1-12. Le texte de ces fragments est nettement plus court que le texte définitif, l'ordre suivi est différent. La dactylographie respecte encore l'indépendance des fragments.

3. Vient ensuite un premier regroupement, avec une pagination manuscrite continue du début à la fin du chapitre.

4. Dans un second regroupement, la pagination est dactylographiée.

L'ordre du texte n'a été adopté que peu à peu dans ce chapitre, l'un des plus travaillés des *Antimémoires.* On notera qu'au premier ou au second jet, l'écrivain ajoute des souvenirs personnels : son premier passage à Hong Kong (p. 361-362), son action en Indochine (p. 388).

Le manuscrit *S* diffère peu du texte de l'originale. Toutefois le récit de la Longue Marche y est écrit au passé. Quelques ajouts manuscrits, dont les principaux sont signalés dans les variantes.

V, 2

La matière de ce chapitre de l'originale a été répartie entre V, 2 et V, 3 dans le *Miroir des limbes*. Voir p. 1153.

V, 3

Pages 450-484. — Ce finale est le fruit d'un travail acharné. Le début du chapitre, par exemple (Jean Moulin, Lascaux en 1944), a été remanié à trois reprises au moins ; un long développement sur le Panthéon a finalement été sacrifié. Pour la suite du texte (les camps, l'entretien avec d'anciens déportés), après des rédactions partielles, au moins trois états successifs. Détaché de l'introduction, le morceau sur Dostoïevski trouve ici sa place. *In extremis*, une visite à Lascaux en mars 1967 inspire une fin sans doute farfelue.

Ainsi, d'état en état, le chapitre n'a cessé de se gonfler. Il se transforme aussi par l'entrée en scène de nouveaux personnages : un républicain espagnol, le guide de Lascaux ; l'abbé de l'entretien imaginaire devient un père dominicain.

Ce travail sur le texte se poursuit dans *ms. S*, où les corrections sont nombreuses et les ajouts significatifs. Après quoi l'originale ne reproduira pas tel quel ce manuscrit corrigé : deux strophes de Péguy disparaissent, ainsi qu'une longue addition (var. *a*, p. 481).

Les éditions de 1967.

L'édition originale paraît dans la collection « Blanche » en septembre 1967, mais un premier tirage a été effectué plus tôt : le 18 juillet, le général de Gaulle a « terminé première lecture » et félicite Malraux pour ce « livre admirable dans les trois dimensions[1] ». Le texte de cette originale de 605 pages est reproduit dans la collection « Soleil » (27 septembre 1967) et dans une édition de luxe, ornée d'un frontispice d'André Masson, qui paraît le 24 novembre de la même année.

Après l'introduction, cinq parties dont quatre portent les titres d'ouvrages antérieurs : I, « Les Noyers de l'Altenburg » ; III, « La Tentation de l'Occident » ; IV, « La Voie royale » ; V, « La Condition humaine ». La seconde partie est intitulée, comme le livre, « Antimémoires ». Introduction comprise, l'œuvre compte dix-sept chapitres. Cinq seulement ne subiront pas de changement dans les éditions ultérieures : I, 3 et les quatre premiers chapitres d'« Antimémoires ».

On lit dans l'originale le récit de l'excursion en Casamance. Malgré quelques coupures dans le texte de *ms. S*, *Le Règne du Malin* occupe près de 15 % d'un volume où ne figurent ni l'entretien de Singapour avec Méry, ni la scène du Jardin-Sec de Kyôto.

Vers l'édition « Folio ».

Les critiques de son entourage incitent Malraux à réduire encore la place faite au scénario de Clappique. Il compensera cette réduction de la IVe partie en introduisant un nouveau personnage, Jacques Méry, avec qui il aura, à Singapour, un long entretien — parfaitement fictif. Méry est

1. *Lettres, notes et carnets*, t. XI, Plon, p. 127.

la recréation de Bernard Bourotte, mort en France en 1968. On peut conjecturer que la décision de faire de lui un interlocuteur privilégié de l'auteur fut prise après le décès du modèle : Méry dans les *Antimémoires* est un homme condamné à brève échéance. Le travail en vue de l'édition « Folio » a donc été effectué entre 1968 et avril 1971, où la *N.R.F.* publie le texte du nouveau chapitre. Sur ce travail on ne peut fournir que de rares indications.

IV, 1

Pages 280-316. — *Ms. D* : Malraux enrichit les conversations au consulat de Singapour.

IV, 2 et 3

Pages 316-360. — De ces deux chapitres, qui dans l'édition « Folio » n'en formeront qu'un, aucune trace au fonds Doucet. Mais la *N.R.F.* publie en avril 1971, sous le titre « La mort, qui n'est pas loin », un « texte » dont elle annonce qu'il « figurera dans la réédition du tome I des *Antimémoires*, au chapitre "Singapour" ». Long de quarante-deux pages, ce texte correspond à très peu près à celui de « Folio » (ici p. 316-358).

V, 2 et 3

Pages 426-450. — Seuls la première phrase et les deux derniers paragraphes de V, 2 appartiennent à l'originale. Aucune trace dans *ms. D* de la longue addition de « Folio », non plus que des modifications apportées au passage sur Bernanos (p. 456-457) et à la conversation avec les anciens déportés (p. 482-483).

L'édition « Folio » de 1972.

Parue en avril, cette « nouvelle édition revue et augmentée » compte 634 pages. La révision a été générale, comme le montreront les variantes. L'augmentation consiste en soixante-dix pages de chapitres nouveaux (Méry, le Bonze). Mais il y a aussi diminution : l'épisode de Casamance disparaît ; *Le Règne du Malin* est ramené à moins de 3 % de l'ensemble, certains passages étant intégrés à la conversation au consulat de Singapour.

De l'édition originale à celle-ci, la transformation est importante. Elle concerne essentiellement les deux dernières parties qui conservent, comme les autres, les titres d'origine, mais deviennent, comme elles, plus philosophiques.

Voici la liste des changements les plus significatifs :

Introduction : addition d'environ 3 pages (p. 12, 14-16).

I, 1 : deux additions (p. 23, 26).

I, 2 : addition d'un paragraphe en partie inspiré des mémoires de Speer, traduits en français en 1971 (p. 43-44).

Pour l'introduction et la première partie, le texte est désormais fixé.

Pour les parties suivantes :

II, 5 : addition d'un développement (p. 140-142). Texte à peu près fixé.

II, 6 : deux corrections (p. 165, 184). Texte fixé.

III, 1 : addition d'un paragraphe (p. 194). Texte fixé.

III, 2 : une addition (p. 226). Texte fixé.

III, 3 : quatre additions (p. 247, 251, 254, 265).

IV, 2 : tout le chapitre est une addition de « Folio », où il n'est pas séparé du suivant.

IV, 3 : jusqu'à la p. 358, le chapitre est une addition de « Folio ».

V, 1 : plusieurs additions (voir les variantes), le plus souvent pour créer des échos autour de noms (Nehru, Méry, Trotski...) cités ailleurs. Texte fixé.

V, 2 et 3 : voir p. 1153.

Avec « Folio », le texte est fixé pour treize chapitres. Sur les quatre autres, le travail va se poursuivre.

De l'édition de 1972 au « Miroir des limbes », I.

Le travail se poursuivra en effet sur ce que Malraux nomme des « épreuves » (*ms. D*) : pour IV, 1, il s'agit en réalité de pages imprimées de l'édition « Folio » (p. 361-404), où l'écrivain allonge encore les conversations au consulat de Singapour : deux versions successives de nos pages 285-286. Pour les chapitres IV, 2 et IV, 3 il existe, outre les additions manuscrites au texte de « Folio », une dactylographie de ces pages corrigées. Pour V, 2, on dispose de manuscrits proprement dits, de pages imprimées — et corrigées — du texte « Folio », de dactylogrammes, enfin d'épreuves reproduisant ces modifications et ajouts. Ces épreuves, destinées à une réédition des *Antimémoires* dans la collection « Soleil », montrent quatre états, les « IVᵉ » portant encore de substantielles corrections : ainsi le chapitre du « Bonze » est enrichi avec le plus grand soin. Comme « Folio », le projet « Soleil » ne sépare pas ce chapitre du suivant.

« Le Miroir des limbes ».

En avril 1976, les *Antimémoires* deviennent en « Folio » le tome I du *Miroir des limbes*, qui sera publié en octobre dans la Bibliothèque de la Pléiade. À part l'élimination de quelques coquilles, le texte d'octobre reproduit celui d'avril. Aussi les variantes données ici sous le sigle *ML* désigneront-elles, outre *Le Miroir des limbes* d'octobre 1976, la publication d'avril de la même année.

Le Miroir des limbes modifie le texte « Folio » de 1972 en plusieurs points :

III, 3 : une addition (p. 274).

IV, 1 : comptant 98 pages dans l'originale, 46 dans « Folio », ce chapitre connaît de nouvelles transformations : la scène du consulat est allongée, *Le Règne du Malin*, encore comprimé.

IV, 2 et 3 : reprise des additions de *ms. D* (p. 317-322, 324, 325-329, 330, 333-334, 339-340).

V, 2 : reprise, à très peu près, du projet « Soleil » (additions, p. 426-430, 434-437, 439, 440, 442-448).

V, 3 : reprise de « Folio » ; constitution d'un chapitre distinct.

L'ensemble du texte des *Antimémoires* est désormais fixé.

II. LA CORDE ET LES SOURIS

La partie de la Notice consacrée à cette seconde partie du *Miroir des limbes* a montré comment Malraux avait tenté d'organiser une collection d'œuvres ayant d'abord connu une existence propre. Dans l'ordre où il a choisi de les disposer, on examinera ici la genèse de chacune, des premières ébauches au *Miroir*, en passant par les publications séparées.

I

[*Hôtes de passage*, I]

Les manuscrits.

Pour ce seul chapitre, repris du chapitre premier d'*Hôtes de passage*, on trouve au fonds Doucet 453 folios (manuscrits et dactylogrammes), classés dans sept chemises. La rédaction a dû commencer entre la publication de l'édition originale des *Antimémoires* et le mois de mai 1969 : dans la troisième version, la reine Sebeth de Casamance, que Malraux, en 1967, avait longuement présentée, est rapidement évoquée, et le narrateur écrit à la Lanterne, sa résidence ministérielle, qu'il quittera avec son ministère. Le travail s'est poursuivi jusqu'en 1975, année de publication d'*Hôtes de passage*, mais a connu évidemment des interruptions. Le manuscrit *D* permet de suivre cette longue genèse, à partir du moment où les pages sont destinées à former un chapitre d'« Anti-Mémoires II ».

Ce devait être d'abord le second[1]. Ce second chapitre est élaboré en quatre étapes ; il y en aura quatre encore, lorsque le texte sera devenu un chapitre Ier.

1. Dans une chemise sont groupés des folios paginés de « 75 » à « 111 *bis* » : premier regroupement de ce qui a d'abord été des fragments. Ce texte de quarante-sept pages ne se présente pas dans l'ordre où nous lisons aujourd'hui le chapitre. Provoqué par l'hellénisme de Senghor, Malraux y raconte ses trois voyages en Grèce en respectant, pour une fois, la chronologie.

2. Vient ensuite, intitulé par l'auteur « Manuscrit II », un texte plus long, paginé de « 57 » à « 107 ». L'enchaînement de ces cinquante et une pages est encore très différent de l'actuel : ainsi la page « 80 » deviendra le début du chapitre.

3. Une chemise « Senghor Afrique » contient cette note liminaire de Malraux : « Quelques différences et l'insertion de mes souvenirs de la Grèce et de Rome, supprimés de la version définitive ». Paginé de « 57 » à « 116 », le texte s'est encore allongé. C'est une mise au net de l'état précédent, avec quelques additions. L'auteur prévoit d'envoyer « Double corrigé (ou photocopie) à [Manès] Sperber. »

4. À ce dessein correspond le contenu d'une autre chemise : une dactylographie intégrant les corrections de « Senghor Afrique » ; et une photocopie de l'ensemble.

5. Ce texte, qu'on a vu passer de quarante-sept à soixante pages, va être resserré au moment où l'auteur décide de faire du chapitre II le premier : la pagination des ffos 274-316, analogue d'abord aux précédentes, est corrigé en 1-43.

6. Sous le titre « Métamorphoses Dakar » (qui n'est pas de l'écriture de Malraux), suit une nouvelle dactylographie, paginée de « 1 » à « 41 », avec deux pages supplémentaires. De même longueur que le précédent, ce texte est très proche de la version définitive, mais l'auteur note — c'est un exemple — une redite des *Antimémoires* qu'il se réserve de faire disparaître.

7. On trouve aussi dans « Métamorphoses Dakar » un groupe de manuscrits qu'il faut rapprocher de celui que contient une autre chemise. La pagination (« ex 22 », « 37 b », « 37 c », par exemple) révèle qu'il s'agit ici

1. Voir p. 1156.

et là d'un travail sur l'état numéro 6. De nombreuses additions, de souvenirs de guerre en particulier. Quelques feuillets sont des pages à abandonner, comme la redite des *Antimémoires* qu'avait notée Malraux.

8. Vient enfin un « double exact du texte donné à Gallimard » : avec ses corrections manuscrites, cette dactylographie de quarante et une pages correspond à très peu près au texte publié.

Les éditions.

Le chapitre I d'*Hôtes de passage*, ouvrage paru en octobre 1975 dans les collections « Blanche » et « Soleil », reprend bien ce qui avait été « donné à Gallimard », mais comprend quelques menues retouches. Une seule correction dans *La Corde et les Souris* d'avril 1976. Aucun changement dans *Le Miroir des limbes.*

II
[*Hôtes de passage*, II]

Les manuscrits du fonds Doucet montrent que ce chapitre a été écrit à la Lanterne, c'est-à-dire après 1962. Si la rédaction semble avoir commencé avant la mort de Georges Salles (fin de 1966), l'essentiel de ce que nous lisons a été composé dans les dernières années du ministère : en tête d'une version déjà très élaborée, Jacqueline Blanchard a noté la date du « 24.09.68 ». Mais le travail de l'écrivain ne s'est pas arrêté alors : il reprend son texte pour le publier à Genève, chez Skira, au printemps de 1973, sous le titre *Roi, je t'attends à Babylone*... Il le reprendra encore et le modifiera pour en faire le chapitre II d'*Hôtes de passage*. Grâce aux 602 folios du dossier « Babylone », on voit comment le dessein initial a abouti d'abord à la publication de 1973, puis à celle de 1975.

Vers « Babylone ».

1. Dans une chemise « Manuscrit Anti M II » figure un premier état du début de notre texte, paginé de « 1 » à « 30 », puis de « 22 » à « 39 » : il y a eu, on le voit, reprise des pages 22-30, puis prolongation. Correspondant à nos pages 516-541, une dactylographie de ce premier ensemble, suivie d'une autre, corrigée, compte une quarantaine de pages. Elle s'achève sur une phrase interrompue : « Quand la famille de Georges Rouault... »

La suite, paginée de « 1 » à « 20 », se trouve dans un classeur « Anti-II Version » : l'écrivain y raconte la visite de Mme Rouault au général de Gaulle, son propre entretien avec Raja Rao, ses séjours en Grèce. La dernière phrase est : « C'est le 4 février. Neige-t-il aussi sur Persépolis ? » Les pages sur Mme Rouault et les tableaux du peintre seront ultérieurement abandonnées, celles sur la Grèce, transférées dans le chapitre africain. Le reste correspond à nos p. 541-545.

Au total, ce premier état, long de soixante et une pages, était beaucoup plus étendu que le chapitre actuel.

2. En tête d'un autre dossier, sur une fiche du ministère des Affaires culturelles, datée par Malraux du « 15 », le ministre a écrit : « à M. Beuret / Pour le coffre. / Antimémoires II est le *troisième* chapitre du tome II. Je te donnerai les autres ensuite. » C'est à la suite de cette note que Jacqueline Blanchard a porté au crayon : « 24.09.68 ». À cette date donc, l'écrivain envisageait un ordre différent de celui qu'il devait finalement retenir : I. Max Torrès ; II. Senghor ; III. Babylone.

Sous le titre « Antimémoires II », on trouve dans le même dossier une dactylographie et une « photocopie de *cette* dactylographie définitive », paginée de « 1 » à « 47 ». Elle comprend encore l'épisode Rouault, mais les pages sur la Grèce ont disparu.

3. Cette dactylographie de 47 pages est ensuite corrigée. Malraux, qui avait noté au crayon : « Il faudrait sans doute déplacer le passage Rouault, page 41 », choisit à présent de le « supprimer pour Skira ».

4. Dans ce qui reste au fonds Doucet de la « Version Skira », Malraux a renoncé au long développement sur le Conseil des Musées prévu dans les versions antérieures. Apparaît le titre : *Roi, je t'attends à Babylone...*

Le texte de 1973.

Ce dernier titre est retenu pour l'ouvrage de luxe publié en 1973, chez Skira, à 150 exemplaires. Illustré de quatorze pointes sèches de Dali, il est dédié à ce peintre. Outre d'assez nombreuses variantes, signalées en leur lieu, il diffère d'*Hôtes de passage* par l'emploi du passé.

De « Babylone » à « Hôtes de passage ».

1. Sous le titre *Métamorphoses* (annoncé, on l'a vu, dès le début de 1974), une chemise du fonds Doucet contient une dactylographie corrigée de *Roi, je t'attends à Babylone...* Le récit passe du passé au présent. La péripétie du « Gaz » (p. 525) est introduite.

2. À cette dactylographie s'ajoutent de nombreuses pages détachées : elles font l'objet de corrections qui rapprochent le texte de son état définitif.

3. Celui-ci est à peu près atteint dans les trente-huit pages d'un ensemble présenté comme le « double exact du texte donné à Gallimard ». Un ajout manuscrit en tête : « Fin 1966 » et quelques corrections de détail. D'autres suivront sur épreuves.

« Hôtes de passage ». « Le Miroir des limbes ».

Ces corrections seront intégrées à *Hôtes de passage* (1975), dont *Le Miroir des limbes*, en 1976, reproduira fidèlement le texte — coquilles comprises.

III

[*Hôtes de passage*, III]

Quand Malraux a-t-il entamé la rédaction de ce texte ? Sans doute en 1967, peu après la publication des *Antimémoires* que son interlocuteur est censé connaître. L'entretien rapporté ici fut longtemps daté de l'« hiver 67 », ou, plus précisément, du « 24 décembre 1967 ».

Les 861 folios et la dizaine de placards conservés au fonds Doucet sous le titre « Max » contiennent des éléments utilisés finalement dans *Lazare* : Malraux y prête à son ami espagnol des propos qu'il attribuera au « professeur » de la Salpêtrière. La mise au point du chapitre est ainsi nécessairement postérieure à l'achèvement de *Lazare* : on la situera en 1974-1975, cette dernière année voyant paraître *Hôtes de passage.*

Ce texte a d'abord été conçu comme une introduction à la suite des *Antimémoires* : un ample développement sur cette œuvre constituait une charnière entre les deux parties du « Temps des limbes ». En cours de rédaction, des événements extérieurs ou personnels venaient gonfler le dialogue : guerre du Biafra (1967), expérience Dubcek à Prague (janvier-août 1968), mai 68 à Paris, maladie et hospitalisation de l'auteur en 1972. Parallèlement, la date supposée de l'entretien avec Max passait du « 24 décembre 1967 » au « lundi 6 mai 1968 » pour revenir en « avril 1968 » et être définitivement fixée au 6 mai. L'arrivée de nouveaux thèmes, les changements de date, les identités successives de l'interlocuteur (Hoffmann,

Herrera, Torrès), tout cela aide à reconstituer l'ordre des différentes versions.

Les manuscrits.

1. Le visiteur du Palais-Royal se nomme Hoffmann (corrigé en Herrera). Les deux amis se vouvoient. Il y a déjà dans ce texte relativement court des formules qu'on retrouvera dans *Hôtes de passage* : « l'intimité à sens unique » (p. 554), « La véritable dépression est pire que le cancer » (p. 556), par exemple.

2. Hoffmann-Herrera devient Torrès. Les personnages se tutoient. À une première rédaction de vingt-six pages succède une mise au net qui en compte vingt-cinq : le texte comprend un développement sur les *Antimémoires* et des éléments qui passeront dans *Lazare*. Pas plus que dans la version 1 il n'est question de mai 68 ni de drogue.

3. En tête de cette « IIe version » (*sic*), la date « 24 décembre 1967 » est biffée et remplacée par « Lundi 6 mai 1968 ». On y trouve, avant l'anecdote du chien de l'ambassade (p. 549), un développement sur les *Antimémoires*. Les télex sur les événements de mai ponctuent un dialogue où figurent encore les futures pages de *Lazare*. Max n'offre pas de drogue à la fin de l'entretien, mais Malraux, dans un ajout manuscrit, prévoit de le munir d'un « cabas » (p. 566), d'où sortira *in fine* un soutien-gorge (p. 572). L'ensemble forme une quarantaine de pages.

4. En tête de cette version, la date « Lundi 6 mai 1968 » est corrigée en « Avril 1968 ». Max, spécialiste de « chimie du cerveau de 1958 à 1966 » (comparer p. 546), est ensuite « parti au Nigeria. Dès le début de la guerre civile, défenseur du Biafra. Sans doute venu en Europe plaider sa cause ». Dans un second état de cette version, Malraux corrigera « Avril 68 » en « vers le 20 avril 68 ». Ce second état porte le titre « Métamorphoses. Max Torrès ». On peut donc admettre que l'auteur a longtemps préféré cette version à la version définitive : c'est en 1974 qu'il annonce au public l'intitulé *Métamorphoses*[1]. La chimie du cerveau, la drogue, le développement sur les *Antimémoires* sont toujours présents, mais la conversation roule longuement sur le Biafra et l'O.N.U.

5. De nombreux folios attestent que Malraux a beaucoup travaillé sur la version 3 avant d'écrire un texte de quarante et une pages très proche de ce que nous lisons aujourd'hui. Mais ces quarante et une pages incluent encore ce qui ira dans *Lazare* ; elles sont donc antérieures à l'achèvement de ce livre.

Les placards d'imprimerie.

Deux jeux de placards au fonds Doucet : « Floch 1re » et « Floch IIe » — Floch étant le nom de l'imprimeur chargé de la composition du volume. Sur le premier jeu, Malraux a opéré de très nombreuses corrections par rapport à la dernière version manuscrite, supprimant en particulier l'anecdote de la malade soignée par Max qui deviendra, dans *Lazare*, une patiente du « professeur ami ». Des corrections encore, moins nombreuses, sur le second jeu, mais des manuscrits et des dactylographies joints à ce jeu apportent des textes qui en sont absents et seront intégrés à l'état définitif.

Les éditions.

Celui-ci forme le chapitre III d'*Hôtes de passage*, chapitre littéralement reproduit en 1976 dans *Le Miroir des limbes*.

1. Voir la Notice, p. 1129.

IV

[*Les Chênes qu'on abat...*]

Le 11 décembre 1969, dans le train qui le ramène à Paris, Malraux prend des notes sur sa visite à Colombey[1]. Ces notes vont être à l'origine d'un « livre » dont « le destin » dictera « l'épilogue[2] ». Commencé du vivant du général, ce livre paraîtra le 17 mars 1971, quatre mois après sa mort, le « bon à tirer, après corrections et additions » ayant été signé à Verrières, le 12 février. De décembre 1969 à février 1971, la genèse des *Chênes qu'on abat...* s'étend ainsi sur quatorze mois.

À quelques variantes près, l'édition « Soleil » du 31 mars 1971 reprend le texte de l'originale. En revanche, l'édition « Folio » abonde en corrections, suppressions et ajouts. Publiée le 26 juillet 1974, cette version n'est pas encore définitive : elle sera modifiée dans *Le Miroir des limbes* de 1976. C'est ce dernier texte que l'on trouve ici, sous réserve de menues rectifications toujours justifiées.

Les manuscrits.

Pour suivre les étapes d'une genèse aussi complexe, on dispose de deux groupes de manuscrits, dactylogrammes et épreuves : le premier est conservé dans une collection particulière (*ms. P*) ; le second rassemble à la Bibliothèque littéraire Jacques Doucet (*ms. D*) les documents trouvés à Verrières après la mort de Malraux.

1. Le manuscrit *P* comprend des manuscrits proprement dits, des dactylographies le plus souvent corrigées par l'écrivain et trois jeux d'épreuves. L'ensemble permet de retracer l'histoire du texte, des notes initiales à l'impression. Avant l'édition originale, il y eut au moins six états, chacun faisant l'objet d'une mise au point dactylographiée.

a. Ce que Malraux a écrit au retour de Colombey (31 pages) forme un récit déjà complet de la journée du 11 décembre, où l'on rencontre maintes formules du texte définitif.

b. Le texte passe ensuite de 31 à 44 pages.

c. Le troisième état en compte 67.

d. Le suivant — qui n'a pas été intégralement retrouvé — atteint 111 pages.

e. En tête du cinquième état figure l'épigraphe de Hugo : il doit être postérieur à la mort du général. Sous-titre : « Le dernier entretien de Malraux avec de Gaulle ». Une division en trois chapitres apparaît. Au total, 156 pages. S'il manque encore la préface, celle-ci est prévue dans les « tables analytiques » d'une autre frappe de ce cinquième état, de même longueur que la première.

f. On arrive alors à une dactylographie en vue de l'impression. *Ms. P* ne comprend que les chapitres II et III, mais leur pagination (57-163) indique qu'à ce stade la préface a été incorporée à l'ensemble.

De cette préface, *ms. P* contient trois états successifs : un manuscrit et deux dactylographies.

Quant aux trois jeux d'épreuves, ils attestent qu'au-delà des six états répertoriés, Malraux a poursuivi son travail d'écriture. Il corrigera encore le premier tirage de l'originale[3].

Autour du noyau originel il n'a donc cessé de déposer d'autres souvenirs

1. Interview de Malraux par A. Brincourt, *Le Figaro littéraire*, 30 avril 1971.
2. Préface de l'édition originale, ici var. *a*, p. 577.
3. Voir var. *a*, p. 577.

et commentaires qui, peu à peu, comme il le constate, « forment un livre » (voir variante *a*, p. 577). Du récit d'*une* rencontre datée on est passé à *la* rencontre de deux hommes d'exception confrontant leurs expériences, leurs actes, leurs réflexions.

2. Avec les 847 folios de *ms. D* on accompagne Malraux dans les deux étapes ultérieures de son travail : de l'originale à « Folio », de « Folio » au *Miroir des limbes.*

L'édition « Folio ».

Pour l'édition « Folio » de 1974, les corrections sont nombreuses, mais ni la structure ni les dimensions de l'œuvre ne changent. On notera l'abandon de la division en chapitres.

« Le Miroir des limbes ».

Le Miroir des limbes de 1976 présente des transformations beaucoup plus importantes. Des pages entières disparaissent, comme celles que Malraux consacrait aux relectures du général[1]. Il y a surtout un long ajout de 1975 (p. 663-687) qui a été très travaillé : une large part des manuscrits, dactylogrammes et épreuves de *ms. D* concerne cette addition. L'écrivain, on le voit, a hésité et sur l'enchaînement des parties et sur l'endroit où il introduirait le développement nouveau, qu'il envisage d'abord de placer avant la scène des adieux devant la Boisserie ; il choisira en définitive de le mettre à la suite du finale de l'originale et de « Folio ».

V

[*La Tête d'obsidienne*]

Publiée en mars 1974, *La Tête d'obsidienne* relate des événements qui datent, pour la plupart, de l'été précédent. La rapidité de l'écriture contraste ici avec la patiente lenteur de la genèse des autres sections de *La Corde et les Souris.* Cette hâte a produit une œuvre mal « gouvernée », comme eût dit l'auteur. Là réside assurément la première cause des importants remaniements que subit le texte avant d'entrer dans *Le Miroir des limbes.* Le dossier de Verrières n'ayant pas été remis à la bibliothèque Jacques-Doucet, l'historien du texte doit s'en tenir à une comparaison entre les deux versions publiées.

« La Tête d'obsidienne ».

L'ouvrage qui paraît, à quelques semaines d'intervalles, en 1974, dans la collection « Blanche » puis en « Soleil », compte 277 pages, suivies de 47 illustrations. Alors que les sections I-IV et VI restent en gros fidèles à *Hôtes de passage*, *Les Chênes qu'on abat...* et *Lazare*, cette section V n'est pas la reproduction de *La Tête d'obsidienne.* Beaucoup plus longue, l'œuvre de 1974 est divisée en huit chapitres : I-II : avec Jacqueline Picasso, à Notre-Dame-de-Vie (1973). III : au Palais des Papes et, de nouveau, à Notre-Dame-de-Vie (1970, 1973). IV : aux Grands-Augustins (1945). V-VII : à Saint-Paul-de-Vence (1973). VIII : avec Jacqueline, à Vauvenargues (1973). Le livre est ainsi centré sur l'entretien de 1945, après lequel on perd Picasso de vue pour le retrouver dans sa dernière demeure.

« La Corde et les Souris ».

Quelques ajouts au texte de *La Tête d'obsidienne*, mais les suppressions sont de loin plus importantes : plus d'un tiers du livre disparaît. L'ancien

1. Voir var. *a*, p. 644.

chapitre I subsiste presque intégralement ; les deux suivants sont élagués ; à une page près, le dialogue des Grands-Augustins est conservé. Pour les ex-chapitres V et VI, on passe des soixante-quatorze pages de la collection « Blanche » à onze pages Pléiade. Le discours à la Fondation Maeght est rejeté en appendice (p. 880-896). Le récit de la visite à Vauvenargues est quelque peu abrégé.

Ce n'est pas un hasard si Malraux a principalement sacrifié le commentaire, proche d'un catalogue, de son exposition à Saint-Paul-de-Vence : ces pages, un peu faciles, détournaient le livre de son objet : Pablo Picasso. Le resserrement de 1976 a une autre raison : entre l'édition « Folio » de *La Corde et les Souris* et l'édition Pléiade paraît *L'Intemporel*, où l'auteur a transporté maints développements de *La Tête d'obsidienne*. Contre son habitude, il signale lui-même une de ces reprises ; ailleurs, il citera, sans en préciser l'origine, mais entre guillemets, une tirade de Picasso sur les réincarnations du « Petit Bonhomme » : deux exemples, parmi d'autres de ces remplois qui imposaient, dans *La Corde et les Souris*, autant de suppressions.

VI
[*Lazare*]

Moins de deux ans séparent l'entrée de Malraux à la Salpêtrière de la publication de *Lazare*, dont cette section est une reprise assez peu modifiée ; mais l'histoire du texte commence avant 1972 : *Lazare* en effet est pour un bon quart constitué de remplois des *Noyers de l'Altenburg*, sans compter quelques pages qui ont longtemps appartenu au dialogue avec Max[1].

Remplois : l'épisode de la Vistule.

Dans les *Antimémoires*, les remplois des *Noyers*, sans être littéraux, restaient fidèles au texte d'origine. Dans *Lazare*, il s'agit plutôt d'une « métamorphose[2] ». Les manuscrits et dactylogrammes conservés au fonds Doucet dans les dossiers « Ange » permettent, en attendant peut-être d'autres documents, de suivre la démarche re-créatrice de Malraux.

1. Lorsqu'il songeait encore à donner une suite aux *Noyers*, il a récrit tout le chapitre de l'attaque au gaz, comme le prouve une dactylographie paginée de « 1 » à « 49 », des folios manuscrits étant intercalés entre les pages 3 et 4. Comme dans *Les Noyers*, le récit est au passé, mais écrit à la première personne. « Le héros : je » a pris du galon : de lieutenant il est passé « Hauptmann » (capitaine). Le fils du professeur se prénomme toujours Max.

2. Grade et prénom se retrouvent dans une version postérieure écrite au présent et à la troisième personne. C'est une dactylographie de cinquante-cinq pages où Malraux n'a porté qu'une indication manuscrite. Ce texte, où l'auteur a laissé subsister, outre les fautes de frappe, quelques passés, a évidemment été suivi au moins d'une autre dactylographie, corrigée, celle-là. Entre cette version 2 et *Lazare* les différences sont nombreuses : il n'est guère de pages où l'on ne puisse relever des variantes.

3. Dans l'édition de *Lazare* parue dans la collection « Blanche » en 1974, l'épisode de la Vistule occupe les pages 15-86. Max est devenu Heinz, et Berger, commandant. Mêmes caractéristiques de personne et de temps que dans la version 2. Le texte n'est pas encore fixé.

1. Voir p. 1157-1158.
2. Selon l'expression de Françoise Dorenlot, « Une métamorphose : l'épisode de Bolgako », *Mélanges Malraux Miscellany*, IX, 1, p. 11-24.

4. Il le sera presque au printemps de 1976, dans l'édition « Folio » de *La Corde et les Souris*, à laquelle l'édition Pléiade de cette même année n'apportera qu'une correction d'auteur.

Les manuscrits.

Le dossier *Lazare* de Verrières n'ayant pas été remis à la bibliothèque Jacques-Doucet, ces manuscrits sont demeurés inaccessibles. Impossible, donc, de suivre comme on l'a fait pour les remplois l'élaboration du texte. On peut tout juste dire que ce travail a été entrepris, sinon à la Salpêtrière, du moins peu après le départ de l'hôpital. Interrompu par la rédaction de *La Tête d'obsidienne*, il se prolongera jusqu'en août ou septembre 1974.

Les épreuves.

Celles de la première moitié du texte n'ont pas été retrouvées. En revanche, nous avons pu consulter, dans une collection particulière, la photocopie d'un jeu d'épreuves, paginées de 142 à 249, correspondant aux pages 139-253 de l'édition originale, soit la deuxième moitié de *Lazare*. À la fin de ce jeu, l'achevé d'imprimer est prévu pour « septembre 1974 » (« 2 octobre 1974 » dans l'originale).

Ainsi, à la fin de l'été, Malraux a en main ce qui devait être les dernières épreuves et ne l'a sans doute pas été, car il modifie considérablement le texte qu'il relit : il corrige, ajoute ou supprime des mots, des phrases, parfois des pages entières. Pour plus de clarté, il fait dactylographier les passages les plus remaniés et les insère dans le jeu d'épreuves, non sans porter encore de nombreuses corrections manuscrites sur ces dactylogrammes.

Si l'on néglige les retouches de détail, deux faits significatifs apparaissent.

1. Dans cette ultime (ou pénultième) révision, l'écrivain s'attache tout particulièrement à l'épisode central : l'errance nocturne du malade dans sa chambre d'hôpital.

2. De nombreux ajouts font écho à d'autres parties du *Miroir des limbes* : Malraux veut rendre sensible l'unité de l'ensemble qu'il construit à partir d'œuvres d'abord publiées séparément.

« Lazare » (1974).

L'édition originale paraît le 25 octobre 1974 dans la collection « Blanche ». Le même jour, *Lazare* sort en « Soleil ». Le texte n'est pas tout à fait celui que Malraux avait établi sur les épreuves qu'on vient d'étudier : de menues corrections laissent supposer qu'entre ces épreuves et la publication un dernier jeu a été soumis à l'auteur. L'œuvre est divisée en trois chapitres : le premier va de la maladie du narrateur à l'évanouissement de Berger ; le second, de la « nouvelle crise » à l'expérience du « je-sans-moi » ; le dernier, plus long, du « vertige » à « l'instant de basculer ».

« La Corde et les Souris », VI (1976).

1. Édition « Folio » : un chiffre romain remplace le titre « *Lazare* ». La division en chapitres disparaît. Un passage est déplacé. Quelques variantes par rapport à l'œuvre de 1974.

2. Édition Pléiade : le texte est celui de « Folio », à de rares corrections près.

III. LA PRÉSENTE ÉDITION

Notre édition reproduit, pour l'ensemble du *Miroir des limbes*, le texte de la dernière édition revue par Malraux, publiée dans la Bibliothèque de la

Pléiade en 1976. La fidélité à cette édition n'est cependant pas tout à fait littérale.

On a dû parfois corriger le texte imprimé, lorsque les leçons qu'il procurait étaient fautives ; rares et menues, ces corrections sont justifiées en leur lieu. Nous avons rétabli, dans les *Antimémoires* et dans *La Corde et les Souris*, les blancs omis après les éditions originales en dépit des indications formelles de l'auteur sur les manuscrits destinés à l'impression. Ces blancs coïncident souvent, dans l'édition « Folio » des *Antimémoires*, avec des bas de page, d'où leur omission dans *Le Miroir des limbes*. Malraux voyait en eux le moyen de marquer des pauses ; leur absence fausse donc le *tempo* de l'œuvre et risque d'égarer le lecteur. Dans tous les cas, nous avons préféré au conformisme aveugle la fidélité vraie aux intentions évidentes de Malraux. Celui-ci, par exemple, n'a évidemment pas voulu qu'on imprimât « F.N.L. », corrigé ici en « F.L.N. » (p. 105).

Une édition critique intégrale ne correspondant ni aux possibilités ni aux objectifs de la Bibliothèque de la Pléiade, deux partis différents ont été pris, lors du relevé de l'apparat critique, pour les manuscrits et pour les versions publiées.

Les manuscrits ont fourni un choix de variantes, retenues parce qu'elle étaient significatives ou justifiaient le texte adopté.

Pour les versions publiées, il convient de distinguer entre les différentes parties de l'œuvre.

Dans le cas des *Antimémoires*, l'idéal a été l'exhaustivité, à l'exception des passages se rapportant au *Règne du Malin*. Ce roman inachevé étant présenté à part dans ce tome III des *Œuvres complètes*, on a donné en appendice les principaux passages des *Antimémoires* qui ne figurent ni dans l'édition du roman ni dans *Le Miroir des limbes*. Au total, le lecteur trouvera ici, dans le texte, dans l'appendice ou dans les variantes, tout ce que Malraux a publié, de 1967 à 1976, sous le titre d'*Antimémoires*.

La Corde et les Souris, on l'a vu, reprend, tantôt presque littéralement, tantôt après une refonte, des ouvrages d'abord publiés séparément :

1. Les Ire, IIe et IIIe parties reproduisent assez fidèlement le texte d'*Hôtes de passage* ; sont signalées dans l'apparat critique les variantes entre *Le Miroir*, *Hôtes de passage* et les états antérieurs, notamment *Roi, je t'attends à Babylone*…, première version publiée de la IIe partie.

2. Pour la IVe partie, reprise très modifiée des *Chênes qu'on abat*…, les variantes présentées donneront au lecteur quelque idée du patient effort créateur décrit, plus haut[1], dans ses grandes lignes.

3. Dans la Ve partie, version courte de *La Tête d'obsidienne*, nous signalons les coupures et les remaniements qu'a subis ce texte, mais sans donner le détail de variantes dont la substance et parfois la lettre se retrouvent dans les écrits sur l'art[2].

4. La VIe partie est la reprise de *Lazare*, dont l'élaboration s'est poursuivie jusqu'aux dernières épreuves incluses ; nous signalons les variantes les plus intéressantes pour le style, le sens et la structure.

M.-F. G.

1. Voir p. 1159-1160.
2. À paraître dans les tomes V et VI de la présente édition.

Sigles utilisés dans les variantes.

Antimémoires :

Manuscrits :

ms. D Manuscrit de la bibliothèque Jacques-Doucet.
ms. S Manuscrit de la collection Roger Stéphane.

Éditions :

orig. Collection « Blanche », 1967.
F Collection « Folio », 1972.
ML *Le Miroir des limbes*, Bibliothèque de la Pléiade, 1976.

La Corde et les Souris :

Manuscrits :

ms. D Manuscrit de la bibliothèque Jacques-Doucet.
ms. P Manuscrit d'une collection particulière.
épr. L Épreuves de *Lazare*.
plac. D Placards de la bibliothèque Jacques-Doucet.

Éditions :

R *Roi, je t'attends à Babylone...*, Skira, 1973.
HP *Hôtes de passage*, collection « Blanche », 1975.
C *Les Chênes qu'on abat...*, collection « Blanche », 1971.
C (F) *Les Chênes qu'on abat...*, collection « Folio », 1974.
TO *La Tête d'obsidienne*, collection « Blanche », 1974.
L *Lazare*, collection « Blanche », 1974.
ML *Le Miroir des limbes*, Bibliothèque de la Pléiade, 1976.
ML (F) *Le Miroir des limbes*, collection « Folio », 1976.

NOTES ET VARIANTES

Sauf indication contraire, les renvois aux œuvres dont la réunion forme *Le Miroir des limbes* (*Antimémoires*, *La Corde et les Souris*) indiquent les pages de la présente édition. Il en va de même pour les *Oraisons funèbres*. Pour les œuvres dont les textes plus ou moins remaniés forment *La Corde et les Souris* (*Hôtes de passage*, *Les Chênes qu'on abat... La Tête d'obsidienne*, *Lazare*), l'indication de page est chaque fois précédée de l'abréviation *CS* et du numéro de la partie correspondante. Quand tel n'est pas le cas, il s'agit d'un renvoi à l'édition originale du texte en question.

I. ANTIMÉMOIRES

Page 3.

a. Antimémoires / Des Rois et des Morts *ms. S — Note liminaire dans orig. et dans F :* Ce livre forme la première partie des *Antimémoires*, qui comprendront vraisemblablement quatre tomes, et seront publiés intégralement après la mort de l'auteur. / Les passages de ce volume dont on a différé la publication sont d'ordre historique. ♦♦ *b. Épigraphe dans ms. S :*

Tout esprit fait dans sa vie deux œuvres : son œuvre de vivant et son œuvre de fantôme. Victor Hugo.

1. À l'épigraphe hugolienne Malraux substitue un extrait des *Jâtakas* — qui relatent les « vies antérieures » du Bouddha. Mukerjee lui aurait cité ce texte pendant la visite de l'exposition « Trésors d'art de l'Inde » (voir n. 1, p. 144) en 1960 (Martine de Courcel, *Malraux. Être et dire*, Plon, 1976, p. 154).

Page 5.

1. L'évasion de Malraux date du 1er novembre 1940 ; prisonnier avec lui à Collemiers (Yonne), l'abbé Magnet s'évada quelques semaines plus tard, regagnant sa Drôme natale. Résistant actif, il fut abattu le 27 août 1944, près de Dieulefit, et non « aux Glières », où les combats avaient cessé en mars 1944.

2. Formule reprise dans *Lazare* (*CS*, VI, p. 842).

3. Voir *L'Espoir* : « Tu regardes un homme, tu vois l'enfant en lui » ; et *Les Noyers de l'Altenburg* : « Y a pas de grandes personnes. Y a jamais de grandes personnes... » (t. II de la présente édition, respectivement p. 37 et 714). Le mot de l'aumônier va être un leitmotiv des *Antimémoires* (voir p. 225, 233, 234, 426) ; Bernanos mourant parlera de « la puérilité du péché » (p. 457).

Page 6.

1. La question sera de nouveau posée dans *Lazare* (*CS*, VI, p. 832).

2. Voir deux textes de 1926 et 1927 : « [...] cet homme et le moi [...] *ne nous intéressent pas* » (« André Malraux et l'Orient », t. I de la présente édition, p. 114) ; « Je n'ai que peu d'intérêt pour moi-même » (« D'une jeunesse européenne », *Écrits*, Grasset, 1927, p. 151-152).

3. Formule déjà employée par Malraux en marge de l'essai de Picon (*Malraux*, Le Seuil, 1974, p. 46, n. 14).

4. Le mot « douceur », qui peut surprendre, sera ensuite associé à la féminité (p. 50), mais aussi au souvenir de saint François d'Assise (p. 194, 195).

5. Cf. « Le chant de la métamorphose [...] le chant où les esthétiques, les rêves et même les religions ne sont plus que les livrets d'une inépuisable musique » (*Le Musée imaginaire*, édition de 1965, p. 239). — « Tout se passe [...] comme si les religions n'étaient pas autre chose que les livrets successifs d'une immense musique, et comme si cette musique ne nous était transmise que par la communion des œuvres d'art » (J. Olivier, « Quatre jours en Grèce avec André Malraux », *Le Figaro littéraire*, 6 juin 1959).

6. Reprise et développement p. 12.

Page 7.

a. Méditerranée. « Jusqu'à *[5 lignes plus haut]* l'horizon [...] proclamée à Canton. » *Début du texte dans ms. D, suivi d'un développement sur « la vieille Chine » qui sera transporté dans le chapitre* V *(p. 384-385). La première page de ce manuscrit est présentée à tort dans le catalogue Maeght comme le début de la préface à « Méditerranée » de Charles Clément (1931).*

1. Cf. « [...] l'individu [...] naguère, il pénétrait peu à peu dans l'espace — et dans le passé, le paquebot s'enfonçant de la Méditerranée dans l'Afrique, l'Inde, l'Extrême-Orient... » (*L'Homme précaire et la Littérature*, Gallimard, 1977, p. 223-224).

2. Voir le début des *Conquérants* : « *La grève générale est décrétée à Canton.* / [...] Jusqu'à l'horizon, l'océan Indien immobile, glacé, laqué — sans sillages » (t. I de la présente édition, p. 117). La première phrase reviendra, avec des variantes, p. 370 et dans *Hôtes de passage*, *CS*, III, p. 551.

Page 8.

1. On retrouve cette opinion de Valéry dans *Les Chênes qu'on abat...* (*CS*, IV, p. 650).
2. « D'ailleurs, on s'en fout » : mot encore cité à R. Stéphane le 9 septembre 1967 (Archives Roger Stéphane, par la suite abrégé en « Archives R. S. »).
3. Dernier vers de la pièce « Au Lecteur » des *Fleurs du Mal.*
4. Dans *Les Possédés* (*Les Démons*) de Dostoïevski.

Page 9.

a. La première version de l'introduction (ms. D) enchaînait ici sur le bagne, la torture et Dostoïevski : développement transporté dans le chapitre V *(p. 457-459).*

1. M. Teste « avait *tué la marionnette* » (Valéry, *La Soirée avec M. Teste*, *Œuvres*, Bibl. de la Pléiade, t. II, p. 17). « Être un homme, c'est réduire sa part de comédie » : titre d'un discours de Malraux (*Monde*, 27 juin 1935). Vincent Berger enseigne à son fils : « [...] l'arme la plus efficace d'un homme, c'est d'avoir réduit au minimum sa part de comédie » (*Les Noyers de l'Altenburg*, t. II de la présente édition, p. 639). Dans *Le Démon de l'absolu*, « être un homme » est également défini ainsi : « réduire au minimum sa part de comédie » (*ibid.*, p. 1299). Cf. un texte de 1947 : « Molière [...] voudrait seulement détruire dans l'homme social sa part de comédie » (*Le Triangle noir*, Gallimard, 1970, p. 71-72).
2. Expression reprise dans *Les Chênes qu'on abat...* (*CS*, IV, p. 585).
3. C'est sous cette appellation qu'est devenu célèbre l'article de Freud intitulé « Remarques sur un cas de névrose obsessionnelle », originellement publié en 1909 et traduit en français, avec d'autres analyses, dans *Cinq Psychanalyses* (1954).

Page 10.

1. Réponse de Vincent Berger à son oncle Walter (*Les Noyers de l'Altenburg*, t. II de la présente édition, p. 659) dans une scène que reprennent les *Antimémoires*, p. 25. « La phrase est de Hegel », dit Malraux à R. Stéphane le 9 septembre 1967 (Archives R. S.). On lit dans la *Phénoménologie de l'esprit* : « L'histoire de l'esprit, c'est son action car il n'est que ce qu'il fait. »

Page 11.

a. Orphée octogénaire. *Après ces mots, on trouve dans ms. S et dans ms. D un passage réutilisé dans « Hôtes de passage » (« CS », II, p. 523-524) :* J'ai vu, à Tamanrasset, la grotte du Père de Foucauld. C'est un trou dans un Sinaï, une grotte de Zoroastre en face de rochers maudits dont la gigantesque déchirure ne parvient pas à ressembler à des montagnes. Dans la grotte, une croix faite de deux petites branches liées ; les premiers arbres poussent à trois cents kilomètres.

1. Souvenir de la visite du 18 mars 1936 à Gorki, dans sa datcha de Crimée.

2. C'est en 1968 que Malraux a pu voir dans le bureau de Lénine ce « petit pithécanthrope » offert au dictateur par le milliardaire américain Hunter. On retrouvera la statuette dans *Les Chênes qu'on abat...* (*CS*, IV, p. 654).

3. Cette danse de Lénine a déjà été évoquée dans *L'Espoir* (t. II de la présente édition, p. 23) et dans l'essai de 1954 sur Saint-Just (*Le Triangle noir*, p. 127).

4. Cf. « une vitrine de gantier » remarquée par Kassner (*Le Temps du Mépris*, t. I de la présente édition, p. 825) ; p. 72, le souvenir sera comme ici restitué à Malraux.

Page 12.

a. Ce paragraphe est un ajout de F.

1. Voir p. 161-162.

2. Cf. p. 48 : « [...] les événements de 1965 avant Jésus-Christ » ; p. 483 : « en l'an 1965 avant le Christ. »

3. Reprise développée de la page 6.

Page 13.

a. Mais je me suis [...] près de Colmar. *add. F*

1. Voir, dans *La Voie royale*, la « mort de vieux Viking » du grand-père de Claude Vannec (t. I de la présente édition, p. 382). Selon Alain Malraux, la mort d'Alphonse Malraux fut sans doute accidentelle (*Les Marronniers de Boulogne*, Ramsay, 1989, p. 93).

2. Lapsus maintenu depuis l'originale ; Josette Clotis est morte à Tulle, comme l'indiquera Malraux dans *Hôtes de passage* (*CS*, II, p. 539).

3. Madeleine Lioux habitait au numéro 61. Veuve de Roland Malraux, demi-frère d'André, elle épousa celui-ci le 13 mars 1948 à la mairie de Riquewihr. Le maire, René Dopff, le témoin du marié, Antoine Diener, étaient des anciens de la brigade Alsace-Lorraine, comme l'abbé Pierre Bockel, également présent.

4. Depuis « Ce Flamand de Dunkerque [...] », Malraux reprend la substance et parfois les expressions d'une de ses notes en marge du livre de Picon (*Malraux*, p. 26, n. 7).

Page 14.

a. Ces deux paragraphes sont un ajout de F.

1. Voir Claudel, *Mémoires improvisés* (« Idées », Gallimard, 1969) p. 38-39 : « [...] ce côté mystérieux, prophétique [...] dans la vie d'un poète, un des meilleurs exemples est Baudelaire [...]. Et de même dans Verlaine quand il dit : *Mon âme vers d'affreux naufrages appareille* » (dernier vers d'« Angoisse », *Poèmes saturniens*).

2. Péguy, *Ève* (1913), *Œuvres poétiques*, Bibl. de la Pléiade, p. 800.

3. Camus, *Carnets II*, Gallimard, 1964, p. 98. Texte de 1943, bien antérieur à la période indiquée par Malraux.

4. Voir la phrase de Joubert citée p. 25. Malraux reproduit, sans guillemets, le commentaire de Camus.

5. Ce n'est pas « pendant son évasion », mais lors de son arrestation que Kassner « souffr[e] d'une molaire » (t. I de la présente édition, p. 781).

6. La « dernière ligne » du chapitre précédant l'« Épilogue » est « [...] le point d'interrogation essentiel serait enfin posé, tandis que [...] la tragédie *commence* » (*Le Gai Savoir*, V, § 382).

7. Lou Andreas-Salomé, amie de Nietzsche, Rilke et Freud. Son *Friedrich Nietzsche* de 1894 fut traduit en français en 1932. Elle avait déclaré à Ernest Pfeiffer : « Je ne sais plus maintenant si j'ai embrassé Nietzsche sur le Monte Sacro » (au-dessus du lac d'Orta, en Italie). Ami et éditeur de Malraux, Daniel Halévy avait consacré à Nietzsche une étude qui devait inspirer la scène du philosophe chantant dans le tunnel (*Les Noyers de l'Altenburg*, t. II de la présente édition, p. 662-665), reprise ici p. 28-29.

Page 15.

a. Ce paragraphe est un ajout de F. Cette anecdote de Lou Salomé chez Halévy figurait primitivement dans le dialogue avec Max Torrès (voir « Hôtes de passage », « CS », III, var. a, p. 561). ♦♦ *b.* Nietzsche *[13ᵉ ligne en haut]* dit : « Deux hommes [...] leurs yeux — qu'elle a fermés. *add. F*

1. Voir *Les Noyers de l'Altenburg* (t. II de la présente édition, p. 676). Malraux reprendra cette citation approximative dans la préface aux *Cahiers de la Petite Dame* (p. XXII). Le philosophe écrivait à Köselitz : « Connaissez-vous Dostoïevski ? Stendhal excepté, personne ne m'a causé autant de surprise et de plaisir : un psychologue avec lequel "je m'entends" » (13 février 1887). Pour Nietzsche, Stendhal était « le dernier psychologue de la France » (*Par-delà bien et mal*, « Folio Essais », Gallimard, 1989, p. 175).

2. Épouse de l'antisémite Bernhard Förster, Elisabeth Nietzsche a exploité l'œuvre de son frère dans un sens pangermaniste et, finalement, nazi.

3. « [...] le plus grand écrivain français vivant », déclarait Malraux, quand Gide avait la cinquantaine (*Action*, 1922, nº 12, p. 17).

Page 16.

1. Sur le farfelu, voir Michel Autrand, Notice de *Royaume-Farfelu*, t. I de la présente édition, p. 1090.

2. Anecdote rapportée par Charles Baudouin (*L'Œuvre de Jung*, Payot, 1963, p. 19-20).

Page 17.

I [LES NOYERS DE L'ALTENBURG]

I, 1

a. Titre dans orig. et dans F : Les Noyers de l'Altenburg ♦♦ *b. Le début de ce chapitre jusqu'à* et l'y attendait *[p. 22, 4ᵉ §, dernière ligne] est repris des « Noyers de l'Altenburg » (voir t. II de la présente édition, p. 631-636).*

Page 20.

1. Mot du grand-père de Claude dans *La Voie royale* (t. I de la présente édition, p. 381), repris dans *Les Noyers de l'Altenburg* (t. II de la présente édition, p. 634).

2. Le même grand-père accueillait « des cirques » (*La Voie royale*, t. I de la présente édition, p. 380) ; voir *Les Noyers de l'Altenburg*, t. II de la présente édition, p. 634-635.

Page 22.

a. Le passage qui commence à La bibliothèque de l'Altenburg *et se termine à* cordes et poils gris. *[p. 31, 1er §, dernière ligne] est repris, avec quelques variantes, des « Noyers de l'Altenburg » (voir t. II de la présente édition, p. 656-665).*

Page 23.

a. Titien aussi, était marchand de bois... » *add. F*

Page 25.

1. À partir de l'édition « Folio », cette citation a été annoncée : voir n. 4, p. 14.
2. Voir n. 1, p. 10.

Page 26.

a. Ce paragraphe est un ajout de F.

1. « Les suicidés ne sont pas rares, qui avant de tirer ont fumé une cigarette [...] (*Le Démon de l'absolu*, t. II de la présente édition, p. 1210).

Page 27.

a. l'herbe verte *orig., F, ML. Nous restituons le texte des « Noyers de l'Altenburg ».*

Page 28.

1. Dans un entretien avec Roger Stéphane, le 9 septembre 1967, Malraux oppose chez Nietzsche la « prédication » à « l'extraordinaire générosité de l'esprit » (Archives R. S.).

Page 31.

a. Les deux paragraphes qui précèdent sont très proches d'un passage des « Noyers de l'Altenburg » (voir t. II de la présente édition, p. 666-667).

1. À ces trois noms Malraux ajoutera, p. 457, celui de Villon.

Page 32.

a. Les deux paragraphes qui précèdent condensent plusieurs pages des « Noyers de l'Altenburg », avec quelques reprises littérales (voir t. II de la présente édition, p. 669-681).

1. Voir *La Métamorphose des Dieux*, Gallimard, 1957, p. 32 : « [...] le Roi-Lune solennellement étranglé pendant l'éclipse de l'astre. »

Page 33.

a. et presque [...] d'Artagnan. *add. ms. S* ♦♦ *b.* Au-dessus *[p. 32, début du 2e §]* des prêtres-gouverneurs [...] Les dieux ne sont pas nés. » *Ce passage est une reprise des « Noyers de l'Altenburg » (voir t. II de la présente édition, p. 682-683).*

1. « L'Égyptien [...] "croit" à sa civilisation [...] elle lui impose sa

structure mentale, elle le baigne comme l'aquarium baigne le poisson» (*La Métamorphose des Dieux*, p. 32).

Page 34.

a. Qu'il s'agisse *[p. 33, début du dernier §]* du lien [...] «D'oubli... *Malraux amalgame ici deux paragraphes des «Noyers de l'Altenburg» et supprime un long passage intermédiaire (voir t. II de la présente édition, p. 686, 688).* ♦♦ *b.* L'homme fondamental *[début du 4e §]* est un rêve [...] Sisyphe aussi est éternel!» *Ce passage est largement repris des «Noyers de l'Altenburg» (voir t. II de la présente édition, p. 690-691).* ♦♦ *c.* Ses feuillets [...] les dépouilles du vaincu.» *Passage repris des «Noyers de l'Altenburg» (voir t. II de la présente édition, p. 671).*

1. Dans *Les Noyers de l'Altenburg* cette profession de foi humaniste était attribuée au comte Rabaud (t. II de la présente édition, p. 691).

Page 37.

a. Mon père *[p. 35, 1re ligne]* était parti [...] pas connu la guerre. *Malraux reprend la fin du chapitre II,* III *des «Noyers de l'Altenburg» (voir t. II de la présente édition, p. 693-694), et y insère plusieurs passages du chapitre I,* III *(ibid., p. 649-650 et p. 653-655).*

1. «Anneau» et «noix mortes» reviendront dans les *Antimémoires* (p. 202, 279) et dans *Les Chênes qu'on abat...* (*CS*, IV, p. 661).

Page 38.

I, 2

a. encadrent, comme les ailes *orig., F* : encadrent, les ailes *ML. Nous corrigeons d'après orig. et F.*

1. Le début de ce chapitre reflète l'illumination de 1965 qui est à l'origine des *Antimémoires*. «Ici» — au Caire —, Malraux a retrouvé les inspirations nées au même endroit en février 1934.

2. Malraux va reprendre — avec quelques coupures — un passage de *La Métamorphose des Dieux* (p. 7-8; repris dans *Le Surnaturel*, Gallimard, 1977, p. 7-8) qu'il a cité à l'UNESCO en 1960 (*Oraisons funèbres*, «Pour sauver les monuments de Haute-Égypte», p. 927).

Page 39.

1. Reprise du motif des «deux langages» p. 50.

2. Souvenir possible, mais non littéral, de l'*Itinéraire de Paris à Jérusalem*: l'Athènes de Chateaubriand est un «village»; «dans la campagne» environnante, il y a «des Albanaises» (*Œuvres romanesques et voyages*, Bibl. de la Pléiade, t. II, p. 862, 875, et préface de 1827).

Page 41.

a. L'année *[p. 40, début du dernier §]* dernière [...] partager sa vie... *Dans ms. D, ce passage figure dans l'introduction.*

Page 42.

1. Malraux a noté sur place, en 1945, ce qui l'avait frappé dans le

spectacle de Nuremberg en ruine (*ms. D*). Il évoque ces choses vues dans un discours de 1947 (*André Malraux*, *L'Herne*, n° 43, 1982, p. 199-200).

2. Devant Picasso, le 15 mai 1945, Malraux a parlé de ces squelettes du Musée (Brassaï, *Conversations avec Picasso*, Gallimard, 1964, p. 194).

Page 43.

1. Cf. *Royaume-Farfelu* : « [...] et, dans les profondeurs, ses chants graves » (t. I de la présente édition, p. 320).
2. On retrouvera le chant des soldats noirs dans *La Tête d'obsidienne* (*CS*, V, p. 770).
3. « Réveille-toi, Allemagne ! »
4. L'histoire de la « maîtresse anglaise » reviendra p. 300. S'agit-il de Unity Mitford, fille de Lord Redesdale et belle-sœur du chef fasciste Sir Oswald Mosley ? Familière et admiratrice de Hitler, qui la fera soigner et rapatrier par la Suisse après sa tentative de suicide au début de la guerre, Unity ne semble toutefois pas avoir été la maîtresse d'Adolf.

Page 44.

a. Ce paragraphe est un ajout de F.

1. Plutôt qu'à « l'ambassadeur d'Allemagne » il faut attribuer ce « récit » à Albert Speer (*Au cœur du IIIe Reich*, Fayard, 1971, p. 641).
2. Voir les propos tenus par Malraux à R. Stéphane le 15 juillet 1941 : « Hitler est obsédé par Guillaume II et sa hantise est de finir comme lui » (*Chaque homme est lié au monde*, Sagittaire, 1946, p. 72).
3. Ce détail est repris p. 301.
4. Il sera fait écho aux « pilleurs de tombes » p. 68.
5. Cf. *Les Voix du silence*, Gallimard, 1951, p. 623 : « l'amas des ruines où une cycliste chargée de lilas cahotait dans le chant des camionneurs noirs. »
6. *Sic* pour *Shepherd's.*
7. En 1934. On va lire p. 60 et suiv. le récit de cette expédition.

Page 48.

1. Voir n. 2, p. 12.
2. Il le disait dans *Les Noyers de l'Altenburg* (t. II de la présente édition, p. 686 ; cf. p. 32).

Page 49.

1. Cf. *Les Voix du silence*, p. 105 : « Je veux parler, écrit Baudelaire en 1860, d'une barbarie [...] enfantine qui reste souvent visible dans un art parfait (mexicaine, égyptienne ou ninivite) » (« Le Peintre de la vie moderne », V). Cf. *Oraisons funèbres*, « Pour sauver les monuments de Haute-Égypte », p. 925. La citation de Baudelaire revient dans *Le Surnaturel*, p. 2.

Page 50.

1. Ce « bruissement d'abeilles des morts » reviendra dans *La Tête d'obsidienne* (*CS*, V, p. 721) et le discours des Glières (*Oraisons funèbres*, p. 961).
2. Reprise du motif de l'introduction (p. 6 et n. 4).
3. Sur ce thème, voir p. 39.

Page 51.

1. « Le buste / Survit à la cité » (Th. Gautier, *Émaux et Camées*, « L'Art »). Dans son « Discours à la Fondation Maeght », Malraux citera (p. 889) la strophe entière.

2. Monte Albán, au-dessus de Oaxaca. C'est en avril 1960 que Malraux se rendit au Mexique.

Page 52.

a. l'homme en chemin... / J'avais revu, à Mexico, l'image qu'Eisenstein a fixée pour des siècles : sur des visages d'enfants qui sourient, passent tour à tour, en gigotant avec lenteur, les ombres menaçantes de squelettes que fait tourner un petit carrousel. Le Mexique, *orig., F. Le passage abandonné sera repris, modifié, dans « La Tête d'obsidienne » (« CS », V, p. 782).*

Page 58.

a. Ce paragraphe est un ajout de F ; il se substitue au récit du voyage en Casamance, transféré dans « Hôtes de passage » (voir « CS », I, p. 490-493). Dans orig., le paragraphe qui suivait ce récit comportait plusieurs allusions à la reine Sebeth ; remanié, il devient le second paragraphe de la page.

1. Malraux cite ici (avec de menues variantes) la fin de son discours de 1960 à l'UNESCO (*Oraisons funèbres*, « Pour sauver les monuments de Haute-Égypte », p. 928-929). Dès 1946 il avait affirmé : « [...] nous sommes les premiers à revendiquer l'héritage du monde » (repris dans *Preuves*, mars 1955, p. 13).

2. Voir le thème de « l'aquarium » dans *Les Noyers de l'Altenburg* (t. II de la présente édition, p. 686) et ici, p. 33.

Page 59.

1. On retrouvera ce tombeau de Ramsès « plein d'oiseaux » dans *La Tête d'obsidienne* (*CS*, V, p. 703).

Page 60.

I, 3

1. La reine de Saba apparaît dans la Bible (I Rois, x, 1-13 ; II Chroniques, IX, 1-12), dans le Coran (XXVII, 23-38 ; XXXIV, 15-21) et dans *La Tentation de saint Antoine* de Flaubert, dont Malraux va se souvenir.

2. Le Britannique Clive et le Français Dupleix s'affrontèrent pour la domination des Indes.

3. En poste à Téhéran de 1855 à 1858 et de 1861 à 1863, Gobineau raconte dans *Trois ans en Asie* (I, x) l'histoire de cette « femme née en Styrie » (*Œuvres*, Bibl. de la Pléiade, t. II, p. 182). Il la nomme Euphémie Cabarra dans « La Vie de voyage », où l'on voit « la vertu » de la dame sortir des « plus grands périls » « pure comme cristal et absolument triomphante » (*Œuvres*, *Nouvelles asiatiques*, Bibl. de la Pléiade, t. III, p. 549).

4. La reine de Saba n'a pas de nom dans la Bible. La tradition musulmane la nomme Bilqis, Nerval et Flaubert, Balkis.

5. Les « énigmes » viennent de la Bible ; tout le reste, de Flaubert (*La Tentation de saint Antoine*, *Œuvres*, t. I, Bibl. de la Pléiade, p. 46-52).

6. Mareb est au nord d'Aden qui, avec les « territoires » environnants, appartenait alors à la Grande-Bretagne.

Page 61.

a. Aelius *« L'Intransigeant » (voir n. 4)* : Aétius *orig., F, ML. Nous rétablissons le nom conforme à l'intention de Malraux et à l'histoire.*

1. Paul-Louis Weiler, directeur en 1934 de Gnôme-et-Rhône, prêta à Malraux et Corniglion un Farman 190.

2. Ulrich-Kaspar Seetzen, voyageur allemand, pénétra en 1809 à La Mecque et à Médine. Il tentait, à partir de Moka, de gagner Mascate quand il fut empoisonné sur ordre de l'imam de Sanaa. Jean-Louis Burckhardt, voyageur suisse, séjourna à La Mecque en 1814, visita Médine en 1815 et mourut de maladie au Caire en 1817.

3. La compagnie aérienne qui employait Mermoz et Saint-Exupéry. Le premier disparut dans l'Atlantique en 1936, le second en Méditerranée en 1944. Édouard Corniglion-Molinier reçut avant son départ les conseils du capitaine Challe, le futur général.

4. Préfet de l'Égypte, C. Aelius Gallus entreprit en 25 avant Jésus-Christ, sur l'ordre d'Auguste, une expédition contre l'Arabie Heureuse. Trahi par un guide arabe, il fut contraint, après sept mois, de regagner la frontière romaine, ayant perdu la plupart de ses vaisseaux et de ses soldats. Son ami Strabon a relaté cette aventure dans sa *Géographie* (XVI, 4). Malraux reprend quasi littéralement cet épisode, de même que bien d'autres passages des pages qui suivent, des sept articles qu'il a publiés dans *L'Intransigeant* du 3 au 13 mai 1934 (articles réunis sous le titre *La Reine de Saba*, « Cahiers de la N.R.F. », Gallimard, 1993).

5. Nabatène : province de l'Arabie Pétrée.

Page 62.

1. Une tempête ayant détruit les ponts qu'il avait fait jeter sur le détroit d'Abydos (Dardanelles), Xerxès « ordonna d'infliger à l'Hellespont trois cents coups de fouet » (Hérodote, *L'Enquête*, VII, 35). Rappel dans *Hôtes de passage* (*CS*, II, p. 530).

2. Le Capitole de Rome était le terme du « triomphe » accordé aux généraux victorieux.

3. Les soldats cuirassés sont comparés à des insectes coléoptères à reflets métalliques.

4. La Bible n'« ignore » pas la mort de Salomon (I Rois, XI, 43 ; II Chroniques, IX, 31), mais Malraux la décrit en s'inspirant de la Tradition juive et du Coran : on trouve dans celui-ci « démons » (djinns) et « bâton » rongé (XXXIV, 14).

5. L'Ecclésiaste, qui commence par « Vanité des vanités ! ».

Page 63.

1. Mareb est appelée aussi Saba.

2. L'explorateur Jean Charcot fut en effet, avec le maréchal Franchet d'Esperey, le « parrain » de Malraux.

3. Joseph Arnaud alla à Mareb en juillet 1843 et relata son expédition dans les bulletins de la Société de géographie de 1844, 1845, 1846.

Page 64.

1. Fulgence Fresnel, frère du physicien et cousin de Mérimée, avait été

l'élève de l'orientaliste Sylvestre de Sacy. Consul de France à Djeddah depuis 1837, il fut l'un des premiers à déchiffrer les inscriptions des Himyarites, dominateurs de Saba. Nerval cite son nom dans le *Voyage en Orient.*

2. On trouve une « relation » du « voyage » d'Arnaud dans le *Journal asiatique* de 1845 (n°s 5 et 6).

Page 65.

1. C'est le 7 mars 1934 que Malraux, Corniglion et le mécanicien Maillard s'envolèrent de Djibouti pour Mareb. Le lendemain ils télégraphièrent : « Avons découvert capitale légendaire reine de Saba », mais Malraux dut bientôt admettre : « la ville que nous avons survolée n'est pas Mareb » (*Le Temps*, 10 avril 1934).

Page 67.

1. Souvenir nervalien, le « Vieux de la Montagne » deviendra le surnom de Trotski et de Mao (p. 325, 426).

Page 68.

1. Allusion au « couloir des pilleurs de tombes » (p. 44).

2. Ces « photos des ruines » parurent à partir du 3 mai 1934 dans *L'Intransigeant*, qui avait financé l'expédition.

3. La grande épopée sanscrite qui célèbre les exploits de Râma (une des incarnations de Vichnou).

Page 71.

1. Mme Fernand Malraux est morte le 22 mars 1932. L'année suivante, on voit dans *La Condition humaine* Gisors, le regard « fixé sur la main ouverte de Kyo, où déjà des lignes commençaient à s'effacer... » ; dans *Le Temps du Mépris* (1935), Kassner, qui « avait entendu dire que les rides s'effacent de la main des morts », contemple celle de sa mère (t. I de la présente édition, respectivement p. 741 et 824). Ici, Malraux reprend le souvenir à son compte : fait d'autant plus remarquable que les allusions à sa mère sont très rares dans son œuvre.

Page 72.

a. « Ruines d'Hippone. » Ô saint Augustin ! Dans la ville, *ms. D, ms. S*

1. Voir n. 1, p. 73.

2. Voir *Les Noyers de l'Altenburg* (t. II de la présente édition, p. 653-655) et *Antimémoires*, p. 35-36.

3. Voir *Le Démon de l'absolu* (t. II de la présente édition, p. 1090), où Lawrence revoit Londres « avec des yeux d'étranger ».

4. Dans *L'Espoir*, le Négus évoque une telle expérience, vécue par un « Français » (t. II de la présente édition, p. 114 et n. 2).

5. Voir n. 4, p. 11. Le malade de *Lazare* reverra « l'enseigne du gantier, énorme main rouge » (*CS*, VI, p. 822).

Page 73.

a. Mais avec *[3ᵉ §, 3ᵉ ligne]* l'accent [...] nous attend. *add. ms. S*

1. Depuis « L'avion était déporté [...] » (p. 68), Malraux restitue à sa biographie le reportage de *L'Intransigeant*, transposé en expérience de Kassner dans *Le Temps du Mépris* (t. I de la présente édition, p. 820-827).

Page 75.

1. Paroles de la reine à saint Antoine (Flaubert, *La Tentation de saint Antoine*, chap. II, édition citée, p. 47). La citation reviendra p. 77.
2. Le masque d'Agamemnon est déjà évoqué dans *Le Démon de l'absolu* (t. II de la présente édition, p. 1135).

Page 76.

1. Voir le canapé « semblable » de l'empereur du Japon, p. 434.
2. Ibn el-Hakim, le « fils du Sage » (Salomon) et de la reine de Saba, est réputé avoir fondé la dynastie impériale d'Éthiopie.

Page 77.

a. Les deux paragraphes qui précèdent sont un ajout de ms. S.

1. Alors que Malraux a pris soin d'éliminer, à partir de l'édition « Folio », les autres rappels du voyage en Casamance, il laisse subsister cette allusion à « la vieille reine ». Voir *Hôtes de passage* (*CS*, I, p. 492).
2. La « République arabe unie » (R.A.U.) a réuni pendant quelques années l'Égypte et la Syrie.
3. Écho de la p. 75.

Page 78.

II [ANTIMÉMOIRES]

II, I

a. Titre dans orig. et dans F : Antimémoires

1. Autre évocation de Ceylan p. 193.
2. C'est en réalité en 1930 qu'André et Clara firent le voyage évoqué ensuite. Même erreur p. 79 et 80.
3. « Le long terrain [...]. Les balançoires » : remploi du début du premier article de *L'Intransigeant* sur l'expédition de 1934 (*La Reine de Saba*, p. 43).
4. Ami de Pasternak, Boris Pilniak fut fusillé comme trotskiste en 1937. Malraux ne cite pas innocemment un écrivain dont le nom même, en 1967, a disparu de l'encyclopédie soviétique. Pilniak sera officiellement réhabilité en 1976.

Page 79.

a. et la caravane de Jules Barthoux qui venait *ms. D*

1. Voir n. 2, p. 78.
2. Cette phrase est reprise des *Noyers de l'Altenburg* (t. II de la présente édition, p. 651), où elle traduit le sentiment de Vincent Berger.
3. Sur T. E. Lawrence « dans un de ces forts », voir *Le Démon de l'absolu* (t. II de la présente édition, p. 1269 et suiv.).

Page 80.

a. Dans ms. D, après ce paragraphe, venaient l'histoire d'Alexandre et la légende des singes qui furent, par la suite, intégrées dans un dialogue entre Nehru *et l'auteur (p. 248).*

1. Celle de Léonidas aux Thermopyles : voir p. 351 et n. 2.

2. Jardin du XVIIIe siècle, qu'on retrouvera p. 428 (« une ruine végétale »).

Page 81.

1. Cette description de Jaipur rappelle « les villes saumon » des *Noyers de l'Altenburg* (t. II de la présente édition, p. 650) et, encore plus nettement, comme la description d'Amber, l'article du 13 mai 1934 dans *L'Intransigeant* (*La Reine de Saba*, p. 97).

Page 82.

1. Sur la « mission » confiée à Malraux, voir p. 136 et n. 1.

2. Huit ans après la mise au point des *Antimémoires*, André Chamson parlera encore d'une « première rencontre » à Strasbourg, à la Noël 1944 (*La Reconquête*, Plon, 1975, p. 98 et 160). Le général aurait dit : « J'ai vu un homme »...

Page 83.

a. alors qu'on en compta vingt-cinq mille en tout. *add. ms. S*

1. Il n'y entra qu'à l'issue du Congrès.

2. À Lille, le 12 février 1949, Malraux achève son discours en affirmant que la France souhaite « un chef qu'elle puisse regarder sans avoir envie de rire ».

Page 85.

a. Ce n'étaient pas des mesures de droite. *add. ms. S*

1. Citation textuelle du discours de Malraux, le 25 janvier 1945. Sur ce congrès du M.L.N., voir Jean Lacouture, *André Malraux. Une vie dans le siècle*, Le Seuil, 1973, p. 310-314.

Page 86.

II, 2

1. *Journal du Flight Lieutenant Smith-Brown*, publié sous le pseudonyme de Dan Moligny.

2. Gaston Palewski déclare à Asnières le 25 juin 1982 : « Lisant le compte rendu d'une réunion importante du Mouvement de Libération Nationale [...] je vis avec joie la position prise par André Malraux. » Il aurait alors proposé au général de s'attacher l'écrivain, mais de Gaulle aurait répondu : « Il n'acceptera jamais ! » (*Espoir*, n° 40, septembre 1982, p. 31). Cette réaction expliquerait le long intervalle (mars-août 1945) qui sépare le premier contact de Malraux avec Palewski et sa rencontre avec le général de Gaulle. Elle expliquerait aussi la « curieuse intrigue » (p. 103) montée par l'« entourage » pour provoquer cette rencontre.

3. Voir p. 150, 245, 331 d'autres marques de dédain pour les jeux électoraux. Au temps du R.P.F. comme de son long ministère, Malraux refusera toujours d'être candidat à quelque élection que ce soit.

Page 87.

1. Voir le discours de Fayçal : « Nous paierons conseillers et techniciens comme nos employés » (*Le Démon de l'absolu*, t. II de la présente édition, p. 1105).

Page 89.

a. Les tirets encadrant ironiquement *sont rétablis d'après ms. D, ms. S et orig. ; F n'en comportait plus qu'un et ils avaient disparu dans ML.*

1. Formule de Napoléon à Sainte-Hélène (Dansette, *Napoléon. Vues politiques*, 1939, p. 254) que citaient volontiers Charles de Gaulle, Winston Churchill et Malraux lui-même (*Le Démon de l'absolu*, t. II de la présente édition, p. 867) qui la placera dans la bouche du général (*Les Chênes qu'on abat...*, *CS*, IV, p. 657).

2. La scène se passe dans la première semaine d'août 1945. Malraux s'est installé en juin à Boulogne, où il restera jusqu'après l'attentat du 7 février 1962 qui le visait et blessa la fille de ses propriétaires.

3. Sans doute le capitaine Guy, aide de camp du général.

4. Voir p. 103 et n. 2.

5. Le 5 ou 6 août 1945.

Page 90.

a. le maréchal Juin. *orig.* ♦♦ *b.* l'escalier *[2e §, 3e ligne]* monumental (où, à mi-chemin, on entendait l'huissier du rez-de-chaussée confier respectueusement à son téléphone : « Madame la Duchesse pour M. le Directeur » et celui du premier étage confier cavalièrement au sien : « Envoie la duchesse ! ») un bureau d'attente [...] du général de Gaulle. Je fus introduit quand l'heure sonnait : de grandes cartes d'état-major aux murs donnaient à la pièce austère une atmosphère de travail. Il me fit signe *orig. Texte corrigé dès 1967 dans l'éd. « Soleil ». L'anecdote censurée reparaît en 1970 (voir t. IV des « Œuvres complètes », collection « La Gerbe illustrée ») : Malraux apparemment n'a pas revu lui-même cette édition.*

1. Ou plutôt vers 1944.

Page 91.

a. la guerre, la vraie. / Jusque-là la France ne m'avait posé aucun problème. Elle a un passé suffisant, des églises romanes jusqu'à Cézanne, pour n'avoir pas besoin de nationalisme. Notre armée passait pour l'une des premières du monde, et jusqu'en 1938, je n'ai pas cru à la menace allemande. Enfin est arrivée la défaite, *ms. S*

1. Selon Michelet, « Le Français a épousé la France » (*Le Peuple*, 1846, I, 1). Au *Spiegel*, en octobre 1968, Malraux déclarera : « Pendant la Résistance, j'ai épousé la France. »

2. « L'Angleterre est un empire, l'Allemagne, un pays, une race ; la France est une personne » (*Tableau de la France*, 1831). À Roger Stéphane, le 9 septembre 1967, Malraux nommera Michelet : « Celui qui a écrit le premier : "La France est une personne" » (Archives R. S.).

3. Toujours attribuée à Nietzsche, cette formule est chère à Malraux. On la retrouve dans ses discours de Nice (24 novembre 1963) et du palais des Sports de Paris (15 décembre 1965). On la retrouvera dans le discours de Verrières (11 janvier 1975).

4. Maurice Schumann déclarait à la B.B.C. en 1944 : « J'ai sous les yeux les paroles du nouvel hymne soviétique. Le mot "communisme" n'y

figure pas une seule fois. Le mot “patrie” y figure presque à chaque ligne » (*Espoir*, n° 9, p. 33).

Page 94.

1. Village de Saxe où Frédéric II écrasa Soubise (1757).
2. « Le vieux tigre [...] paraissait issu tout droit de la Révolution française à son plus sublime moment » (*Great Contemporaries*, Londres, Odhams, 1948, p. 236).

Page 95.

1. Voir Charles de Gaulle, *La France et son armée*, p. 107 : « au moment où des velléités d'intervention politique commencent à agiter son âme loyale [...] la mort vient saisir ce généralissime de vingt-neuf ans ».
2. Malraux a évoqué cette rencontre dans son essai de 1954 sur Saint-Just (*Le Triangle noir*, p. 100) ; il l'évoque à nouveau devant Roger Stéphane, le 16 septembre 1967 (Archives R. S.).

Page 96.

1. Voir « Marx vu d'Ispahan », t. II de la présente édition, p. 800 et *Hôtes de passage* (*CS*, II, p. 517).

Page 97.

a. « Qu'est-ce-qui vous a le plus impressionné, à Paris ? / — Dans le domaine politique ? Le mensonge. / — Tout le monde a été résistant ? / — Et tout le monde a été fusillé. / L'aide de camp *ms. D* ♦♦ *b.* vraisemblablement pensé : « Toujours ». Gide m'avait parlé *ms. D*

1. Quelle est, demande Albert Ollivier à Malraux « dans l'ordre de l'esprit [...] la caractéristique de notre époque ? » — « Depuis la Libération ? — Oui — Le mensonge » (*Combat*, 15 novembre 1946 ; repris dans *Preuves*, mars 1953, p. 9). Le 2 juillet 1947, au Vélodrome d'hiver, Malraux lance : « Nous sommes entrés dans un grand temps de mensonges ».
2. Sur la « curiosité » de Gide, voir p. 283 et *Hôtes de passage* (*CS*, III, p. 554).
3. « Après la bataille navale du Jutland [...] Lord Fisher, premier Lord de l'Amirauté, recevant le rapport de l'amiral Jellicoe, s'écriait avec chagrin : “Il a toutes les qualités de Nelson, sauf une : il ne sait pas désobéir !” » (Charles de Gaulle, *Le Fil de l'épée*, « 10/18 », U.G.E., 1962 [1932 pour la 1re édition], p. 59).

Page 98.

a. c'était Trotski. *Dans ms. D, après ces mots, Malraux note* Royan *Le souvenir sera utilisé ailleurs (voir p. 335).*

1. En mars 1971, Malraux commente ainsi, pour Roger Stéphane, ce rapprochement : « Ce qui paraît semblable (semblable n'est pas le mot, disons apparenté), c'est cet instinct de regarder le destin du monde comme destin du monde » (Archives R. S.).
2. Le 16 août 1945.

Page 99.

1. Le 21 novembre 1945.

2. En mai 1945, au retour de captivité de Léon Blum, de Gaulle lui offrit un ministère d'État. Sur les rapports des deux hommes, voir Henri Lerner, « De Gaulle et Léon Blum », *Espoir*, n° 44, septembre 1983, p. 16-36.

Page 100.

1. À Chaillot, le 30 octobre 1962, Malraux a attribué aux hommes politiques de la IVe et « même [de] la fin de la IIIe » République « un exceptionnel talent de conciliation ».

2. Voir le commentaire du général, *Les Chênes qu'on abat...*, *CS*, IV, p. 640.

3. Formule reprise des discours de Saint-Maur (5 juillet 1952) et du palais des Sports (31 janvier 1967). Elle reviendra au palais des Sports, le 23 avril 1969.

Page 101.

1. « [...] je rapporte à la *Religion* [...] tous les actes que nous accomplissons et dont nous sommes la cause en tant que nous avons l'idée de Dieu » (*Éthique*, IV, th. XXXVII, scolie I). Citant cette pensée, Blum ajoute : « Ce que Spinoza appelle l'idée de Dieu, nous pouvons l'appeler l'idée de l'humain, l'idée de l'universel, et la formule tient encore » (*À l'échelle humaine*, Gallimard, 1945, p. 178).

Page 102.

1. Tels avaient été les deux motifs invoqués par Blum pour refuser d'entrer au gouvernement. Voir p. 99 et n. 2.

Page 103.

a. Dans ms. S, cette note est encore incorporée au texte avec, dans la marge, cette interrogation : En note ?

1. Ce départ eut lieu le 20 janvier 1946.

2. Longtemps regardée comme une « légende » (R. Stéphane), l'histoire que raconte cette note mérite d'être prise au sérieux. Daniel Bénédite était à Marseille l'adjoint de Varian Fry, directeur de l'*Emergency Rescue Committee* (le « Centre ») ; son épouse, Theodora, était la secrétaire de Fry. Malraux remit la lettre pour de Gaulle à Fry le 20 mars 1941 ; dans l'attente d'un passeur sûr, la lettre fut confiée à Mme Bénédite, qui fut arrêtée le 5 avril. Deux ans plus tard, Malraux aurait à nouveau tenté de faire passer un message au général (Alain Malraux, *Les Marronniers de Boulogne*, p. 152).

II, 3

3. Temps à peu près gommé dans les *Antimémoires*. Dès 1947 — année de la création du R.P.F. — Malraux déclarait : « Me voilà embarqué dans un truc qui m'intéresse vingt-cinq mille fois moins au fond que d'aller à la campagne écrire mon bouquin sur l'art ou refaire mon roman... » (Roger Martin du Gard, *Journal*, Gallimard, t. III, 1993, p. 132).

Page 104.

1. Le 13 mai 1958, Malraux était à Venise, comme hôte et conférencier de la Fondation Cini. L'ambassadeur à Rome, Gaston Palewski, le rejoignit — et l'on parla de « complot de Venise »... Le mot prêté à Delbecque doit être restitué à un militant du R.P.F. qui écrivait en 1949 : « Le général de Gaulle nous a menés au bord du Rubicon... ce n'est pas pour y pêcher à la ligne ! » (*De Gaulle et Malraux*, « Espoir », Plon, 1987, p. 190).

Page 107.

1. C'est le 30 janvier 1944 que de Gaulle ouvrit la conférence de Brazzaville par une allocution laissant entrevoir une transformation de l'Empire.

Page 108.

a. l'Histoire apporte-t-elle *orig.*

1. Au palais des Sports de Paris, le 15 décembre 1965, Malraux, parlant du général, avait déclaré : « il m'a dit, assez tristement : "Et peut-être aurai-je la chance de revoir une jeunesse française..." ». Retour de la formule p. 261 et dans *Les Chênes qu'on abat*... (*CS*, IV, p. 649).

2. À l'UNESCO, le 4 novembre 1946, Malraux évoquait déjà de Gaulle « regardant l'horizon immense de Colombey » (*Occident*, n° 1, p. 3).

Page 109.

1. La citation reviendra page 445 et dans *Hôtes de passage* (*CS*, III, p. 568).

2. « On ne s'apercevait point de cette ignorance de l'Empereur dans sa conversation ordinaire. D'abord il dirigeait cette conversation et ensuite [...] jamais une question ou une supposition étourdie ne venait trahir cette ignorance » (Stendhal, *Mémoires sur Napoléon*, Divan, 1930, p. 61-62).

Page 110.

1. Le général de Gaulle qualifie Staline de « despote » et Roosevelt de « patricien » dans ses *Mémoires de guerre* (Plon, t. III, 1959, p. 61 ; t. II, 1956, p. 80).

2. Le mot du général sera repris dans *Les Chênes qu'on abat*... (*CS*, IV, p. 643).

3. Charles de Gaulle cite ce mot de Staline dans ses *Mémoires de guerre* (t. III, p. 78). Il le citera à nouveau dans *Les Chênes qu'on abat*... (*CS*, IV, p. 647). Cf. *L'Intemporel*, Gallimard, 1976, p. 362 : « [...] à la fin, c'est toujours la métamorphose qui gagne. »

Page 112.

1. Cf. la dénonciation de ceux qui disaient : « Plus tard, plus tard » (« 18 juin 1948 », *Le Rassemblement*, 26 juin 1948). Au parc des Expositions, le 20 juin 1968, Malraux citera à nouveau le dialogue entre les deux généraux, Juin disant : « Mieux eût valu intervenir plus tard. »

Page 114.

a. Dans ms. D, avant ce paragraphe, on lit l'anecdote sur Houphouët, utilisée finalement dans « Hôtes de passage » (voir « CS », I, var. a, p. 500).

1. « Ce qu'il y a en moi d'affectif imagine naturellement la France, telle la princesse des contes » (*Mémoires de guerre*, Plon, t. I, 1954, p. 1).

Page 115.

1. Derniers mots de la dernière intervention du général à l'Assemblée nationale, le 2 juin 1958.

Page 116.

a. pétrifié. / Dix millions de jeunes Français n'avaient pas connu l'Empire, les fins de mois assurées par les États-Unis, l'inflation continue, la République semestrielle. La stabilisation *ms. S* ♦♦ *b. Ici intervenaient, dans ms. D, l'anecdote du préfet de police, transférée dans « Les Chênes qu'on abat... » (« CS », IV, p. 634-635), et celle de Foster Dulles, utilisée plus loin (p. 146).*

Page 117.

1. André Le Troquer, président socialiste de l'Assemblée nationale en 1958.

II, 4

2. L'épouse du préfet du Bas-Rhin, André Trémeaud, fut victime le 15 mai 1957 d'un attentat organisé — on le sut plus tard — par le S.T.B. (services secrets tchécoslovaques) à la demande du K.G.B. D'autres attentats similaires en Allemagne visaient, comme celui de Strasbourg, à envenimer les rapports franco-allemands.

Page 118.

1. Voir *La Condition humaine*, t. I de la présente édition, p. 520. *Les Voix du silence* (p. 628) rappelaient déjà cette expérience.

Page 119.

a. Petit-Bourg [...] Trois-Rivières... *add. ms. S*

Page 121.

1. Malraux cite ici le premier paragraphe du message, daté du 13 septembre 1958 (*Lettres, notes et carnets*, Plon, t. VIII, 1985, p. 79).

2. Voir le message cité n. 1 : « Je suis certain qu'aujourd'hui, comme naguère, les Antillais font confiance à la France et la République. »

Page 123.

1. Cf. *Hôtes de passage* (*CS*, I, p. 488).

Page 124.

1. Selon M. Olivier Philip, témoin privilégié du passage de Malraux en

Guyane, le récit des *Antimémoires* est conforme dans les faits — sinon dans la mise en forme — à la vérité historique. Seul l'épisode des agitateurs venus de la Guyane britannique et mettant « en perce » des « tonneaux de rhum » (p. 132) sur la place est imaginé : Malraux ne se souvient-il pas alors d'un roman d'Alexandre Dumas (voir p. 128) ?

Page 131.

a. la réception à l'aérogare. *ms. S, orig.* ♦♦ *b.* les petites filles valser. Encore *ms. S*

Page 132.

1. Voir n. 1, p. 124.

Page 133.

1. Le 25 août 1959, lors de l'inauguration de la nouvelle capitale du Brésil, dont Kubitschek était le président. Voir *Oraisons funèbres*, « Funérailles de Le Corbusier », p. 946.

Page 134.

a. la grille d'entrée : l'emplacement de la guillotine. *orig., F*

Page 136.

a. et le préfet, secrétaire général. Je *orig., F* ♦♦ *b.* Était-ce [...] l'enseigne ? *add. ms. S*

II, 5

1. Un télégramme adressé le 13 novembre 1958 aux ambassadeurs de France à New Delhi, Téhéran et Tôkyô définit la mission confiée par le général de Gaulle à André Malraux : / « La mission dont le général de Gaulle a chargé M. André Malraux a d'abord pour objet d'apporter au shah d'Iran, au Premier ministre du Japon et à M. Nehru des messages personnels du chef du gouvernement français dont il sera porteur. En outre, il transmettra oralement les salutations du général de Gaulle à l'empereur du Japon, au président de la République indienne et au Premier ministre iranien. / M. Malraux aura l'occasion de prendre contact avec d'autres hommes politiques et avec des personnalités particulièrement représentatives du monde des lettres et des arts. Il sera ainsi en mesure de mettre en lumière les affinités profondes par lesquelles la France correspond, dans le domaine de l'esprit, avec des pays issus comme elle de civilisations anciennes, et de souligner l'intérêt qui s'attache à développer les relations culturelles qu'elle entretient avec eux. C'est, en quelque sorte, une mission de rayonnement que le général de Gaulle a invité le ministre délégué à la présidence du Conseil à effectuer. / Il va de soi que, au cours de ses conversations, M. Malraux sera fréquemment interrogé sur les événements qui se sont déroulés pendant ces derniers mois en France et dans les pays dont le destin est associé au nôtre. Il est tout particulièrement qualifié pour faire comprendre le sens profond et la portée véritable de ce qui a été accompli. / Vous voudrez bien, en vous inspirant des indications qui précèdent, ménager à M. Malraux, d'accord avec lui, les entretiens utiles. / Je

précise qu'il n'est pas dans les intentions de M. Malraux de donner des conférences » (Charles de Gaulle, *Lettres, notes et carnets*, t. VIII, p. 128-129).

2. Nârâyan, disciple de Gandhi et de Nehru, fondateur du parti socialiste indien, participa à partir de 1954 au mouvement de Vinobha Bhave (voir n. 1, p. 140) et dirigea l'Institut d'études sur Gandhi.

3. Le nom de Raja Rao reviendra aux pages 142 et 205, dans *Hôtes de passage* (*CS*, II, p. 542), *Lazare* (*CS*, VI, p. 839). Cet écrivain indien avait aidé Malraux et Nehru à se rencontrer en 1935. En 1958, Nehru le chargea d'organiser le voyage en Inde du ministre français et d'être son interprète. Lors de l'exposition « Trésors d'art de l'Inde » (voir n. 1, p. 144), il donna au *Figaro littéraire* (9 avril 1960) un article (« Devant les dieux de l'Inde... avec André Malraux ») dont l'auteur des *Antimémoires* s'inspire, ainsi que de parties restées inédites, pour raviver certains de ses souvenirs indiens de 1958. On signalera ici quelques-uns des rapprochements convaincants dus à Yves Beigbeder (*André Malraux et l'Inde*, thèse de doctorat, Université de Paris-Sorbonne, 1983).

4. Le 27 novembre 1958.

5. En poste à New Delhi depuis juin 1951, le comte Stanislas Ostrorog quittera l'ambassade en mars 1961. Sa filiation est « un invraisemblable ragot » selon A. Grinneiser (*Revue Pierre Loti*, oct.-déc. 1988). J.-L. Crémieux-Brilhac, qui a publié de longs extraits des dépêches d'Ostrorog au Quai d'Orsay sur les rencontres Malraux-Nehru, estime que leur « ligne générale correspond bien aux thèmes des *Antimémoires* » (*De Gaulle et Malraux*, p. 159).

Page 137.

1. En réalité, l'hôtel Ashoka. C'est deux jours plus tard que Nehru invita Malraux au Capitole.

2. Cf. « Ça fera une très belle ruine, chuchotait Gandhi, devant New Delhi » (*Le Musée imaginaire*, t. I, p. 12) et l'exclamation de Clemenceau devant le Capitole, rapportée par Tibor Mende (*L'Inde devant l'orage*, Le Seuil, 1951, p. 42).

Page 138.

1. Ce premier entretien, de quarante-cinq minutes, avec Nehru, eut lieu le 28 novembre 1958.

2. Ce récit de la « Marche pour le Sel » suit de près celui de Louis Fischer (*Vie du Mahatma Gandhi*, traduit de l'américain, Calmann-Lévy, 1952) : voir Beigbeder, thèse citée, p. 120-124. Déjà mentionnée dans *Le Musée imaginaire*, cette marche reviendra p. 157 et dans *Les Chênes qu'on abat...* (*CS*, IV, p. 661), où elle sera suivie de « la marche de Mao ».

Page 139.

1. Déjà associé au nom de Gandhi dans *Les Conquérants* (t. I de la présente édition, p. 189), ce mot désigne une paralysie totale de la vie économique.

2. La maîtrise de soi, individuelle ou collective, d'où l'indépendance nationale.

Page 140.

1. Disciple de Gandhi, Vinobha Bhave avait créé en 1951 le mouvement

Bhûdan Yajnâ (« Don de la terre »). « À l'heure actuelle, un homme comme Vinoba Bhave [...] représente une réalité indienne dix fois supérieure à celle d'un président du Conseil » (Malraux à Boisdeffre en 1967, cité par J. Mossuz-Lavau, *André Malraux. Qui êtes-vous ?*, Lyon, La Manufacture, 1987, p. 189).

Page 142.

a. On nous introduisit, *[p. 140, début du 2ᵉ §]* un attaché [...] d'un autre portrait de Gandhi. *add. F* ♦♦ *b.* de photographes agités attendaient *orig.*

1. Voir n. 3, p. 136.

Page 143.

1. Cf. « La Dernière incarnation de Vautrin », titre de la quatrième partie de *Splendeurs et misères des courtisanes.*

Page 144.

1. Ce sera, en avril-juin 1960, l'exposition « Trésors d'art de l'Inde » au Petit Palais : l'une des conséquences de l'accord culturel signé par Malraux le 7 décembre 1958.

Page 145.

1. Expression du général de Gaulle dans sa conférence de presse du 23 octobre 1958. Cf. *Les Chênes qu'on abat...* (*CS*, IV, p. 589).

Page 146.

a. Dans ms. D, ce paragraphe appartenait au récit de l'entrevue avec de Gaulle en 1958. Voir var. b de la page 116.

1. Cf. *Les Chênes qu'on abat...* (*CS*, IV, p. 589). Le secrétaire d'État John Foster Dulles fut reçu par le général de Gaulle, président du Conseil, les 4-5 juillet 1958.

2. « L'Inde seule a osé dire : Tout homme peut atteindre Dieu à travers ses propres dieux » (discours de Malraux à Bénarès, 11 août 1965, *L'Herne*, p. 377). Formule reprise p. 218, dans *Hôtes de passage* (*CS*, I, p. 501) et dans *Les Chênes qu'on abat...* (*CS*, IV, p. 643).

Page 147.

1. « Nombreux sont les traits de la Russie des Soviets qui me déplaisent profondément [...]. Mais le monde capitaliste, lui aussi, s'y entendait en violence » (Nehru, *Ma vie et mes prisons*, Denoël, 1952, p. 285).

2. « Après la Révolution russe, ce qui nous a le plus impressionnés, c'est cette idée de planification » (Tibor Mende, *Conversations avec Nehru*, p. 27).

Page 148.

a. et l'égalité devant la loi *add. ms. S*

Page 149.

1. Formule de Nârâyan (voir n. 2, p. 136) selon un manuscrit.

Page 150.

a. et Napoléon… Mais l'Inde, avant l'Islam (et même…) avait-elle jamais été un État ? / — N'oubliez pas, *orig., F*

1. Dans plusieurs discours (gymnase Japy, 13 septembre 1947 ; Fort-Lamy, 10 août 1960 ; Nice, 24 novembre 1963), Malraux a déjà cité cette formule de Lénine, qu'il reprendra dans *Les Chênes qu'on abat…* (*CS*, IV, p. 677).

2. Voir p. 86 et n. 3.

Page 151.

1. En goujrati. Voir p. 215. *L'Homme précaire* citera encore « la traduction de Gandhi » (p. 230).

2. Citation libre de Nehru, *Ma vie et mes prisons*, p. 83.

3. « Gandhi lui-même a dit qu'elle [la violence] valait mieux que la lâcheté, la peur » (*ibid.*, p. 373).

Page 152.

1. Nehru a raconté cette première rencontre dans *The Discovery of India*, New York, The John Day Company, 1946, p. 170-171. Malraux s'inspire, en l'abrégeant, de la traduction de ces pages publiée par Picon (*Malraux*, p. 183).

2. Même citation de la *Gîtâ* dans Mende, *Conversations avec Nehru*, p. 47.

Page 153.

1. À Tibor Mende Nehru parlait déjà de « moyens justes » (*ibid.*, p. 48).

2. Déjà cité dans *L'Espoir* (t. II de la présente édition, p. 172, 179), ce vers d'André Salmon (« Prikaz », XVI, *Carreaux et autres poèmes*, « Poésie », Gallimard, 1986, p. 117) sera repris dans *Lazare* (*CS*, VI, p. 858).

Page 154.

1. Demeure de Çiva dans l'Himalaya, le Kailasâ sera évoqué p. 209-210. Le paragraphe suivant s'inspire de Nehru, *Ma vie et mes prisons*, p. 51-52.

2. Passage inspiré du même ouvrage, p. 102, 107. Cf. p. 438.

3. Voir *Ma vie et mes prisons*, p. 187 : « Gandhi a déclaré […] que, s'il n'avait pas su garder son sens de l'humour, il se serait probablement suicidé. » Nehru raconte aussi comment il lui est arrivé « de lâcher brusquement un cortège officiel » (*ibid.*).

Page 155.

1. Passage inspiré de *Ma vie et mes prisons*, p. 278.

2. Voir p. 159, « Les miennes ».

Page 156.

1. Voir p. 193 (où reviennent aussi les « grottes sacrées ») : « […] ce qui fut l'Empire britannique ».

2. Date de l'arrivée de Malraux à Avignon, après son évasion le 1er novembre.

Page 157.

1. Voir p. 138 et n. 2.

Page 158.

1. Allusion à *Candide* (chap. XXVI), où le héros et Martin soupent à Venise avec six rois détrônés.

Page 159.

a. En ce temps, il disait : « Il faut aller en prison comme le fiancé entre dans la chambre de celle qui sera son épouse. La liberté *ms. S* ♦♦ *b.* ni les écoles. » / De nobles figures allongeaient lentement leurs volutes sur des mélodies d'une nostalgie sans âge. / Les ballets *orig., F*

1. Rappel dans *Hôtes de passage* et dans *Lazare* (*CS*, I, p. 494 et VI, p. 818).

II, 6

2. « Les miennes » rappellent « Les siennes » de la p. 155.

3. Les lignes qui suivent reprennent presque littéralement certaines expressions de la description du « camp de 1940 » dans *Les Noyers de l'Altenburg* (t. II de la présente édition, p. 624, 625, 627). On retrouvera ce camp dans *Lazare* (*CS*, VI, p. 817-819, 862-863 et *passim*).

4. Malraux fut capturé par les Allemands le 22 juillet 1944.

5. Cet « officier anglais », George Hiller, appartenait au S.O.E. (Special Operations Executive) du colonel Buckmaster.

Page 160.

1. Marius Loubère, le seul des occupants de la voiture à avoir trouvé la mort.

2. Emilio López réussit en réalité à s'échapper et à sauver l'officier anglais.

Page 161.

1. Le simulacre d'exécution (voir *Le Démon de l'absolu*, t. II de la présente édition, p. 1144) sera encore évoqué dans *Les Chênes qu'on abat*... et *Lazare* (*CS*, IV, p. 595, VI, 826). Dès le 3 février 1945, Malraux en avait fait le récit à Roger Stéphane (Archives R. S.).

Page 162.

a. J'avais *[5 lignes plus haut]* répondu [...] ce sentiment en moi. *add. ms. S*

1. Retour de cette réponse à Saint-Exupéry dans *Lazare* (*CS*, VI, p. 822).

2. *Sic.* En réalité 1940.

3. Voir la fin des *Noyers de l'Altenburg* (t. II de la présente édition, p. 764).

Page 163.

1. En fait l'hôtel de Bordeaux. La « patronne » était Mme Doderay.

2. Cf. le portrait de Katow dans *La Condition humaine* : « [...] nez en l'air (moineau-pince-sans-rire) » (t. I de la présente édition, p. 520).

Page 164.

1. Le chef autoproclamé, comme l'établit Guy Penaud (*André Malraux et la Résistance*, Périgueux, Pierre Fanlac, 1986).

2. On trouve dans un dossier de *La Lutte avec l'ange* des notes sur un « Conseil de guerre F.T.P. » prises en vue du « Roman » qui devait être une suite des *Noyers de l'Altenburg*. Le « réquisitoire » y est présenté comme une « comédie » (*ms. D*).

3. Antoine Diener, dit Ancel, chef de maquis rallié à Malraux qu'il suivra à la brigade Alsace-Lorraine.

Page 165.

a. On prétendait (à tort) que *add. F*

1. Le commandant Jacquot, futur général, sera l'adjoint de Malraux au commandement de la brigade.

2. La traduction allemande des *Conquérants* par Max Clauss parut à Berlin en 1928. L'addition signalée dans la variante *a* crée une équivoque : Clauss est bien « devenu nazi », publiant des ouvrages approuvés par le régime : ainsi en 1943 (un an avant l'interrogatoire), *Tatsache Europa*.

Page 166.

1. Cf. « [...] les arbres nains semblables aux chênes rabougris de l'Èbre » (*Le Rassemblement*, 21 février 1948), l'oraison funèbre de Jean Moulin (p. 954), le discours de Durestal (13 mai 1972).

Page 167.

1. Sans doute le lieutenant-colonel Wilde, qui commandait le groupe de combat occupant Gramat.

Page 168.

1. Quand Malraux racontera cette scène à Méry, le « café au lait » deviendra « du chocolat fumant » (p. 350). — « L'hôtelière de Gramat » reviendra dans *Lazare* (*CS*, VI, p. 868).

Page 170.

1. « Quelques scènes » de *Sierra de Teruel* ont été tournées à Villefranche-de-Rouergue en avril 1939, mais c'est à Figeac, à l'institution Jeanne-d'Arc (tenue par des religieuses de Villefranche), que Malraux a passé la journée du 23 juillet 1944. La « supérieure », Mère Marguerite du Saint-Sacrement, était alors institutrice dans cet établissement. Voir G. Penaud, *André Malraux et la Résistance*, p. 173-174.

2. Pour « Ange II », Malraux note : « Lecture de la Bible par le prisonnier (moi à Villefranche-de-Rouergue ?). La valeur de confrontation. » Au-dessus de « la Bible », il écrit : « N. Testament » (*ms. D*).

3. Voir Jean, XIII, 3 ; XIX, 26 et XXI, 20.

4. Voir Jean, II, 14.

5. Lors des noces de Cana, Jésus dit à sa mère : « Mon heure n'est pas encore venue » (Jean, II, 4).

6. Souvenir de la guérison de l'aveugle-né (Jean, IX), mais le texte dit « pécheur » et non « démon ».

7. Saint Jean ne décrit pas l'angoisse de Jésus dans la nuit de Gethsémani ; Malraux ici se souvient du Christ demandant à son Père d'éloigner de lui « cette coupe » (Matthieu, XXVI, 39 ; Marc, XIV, 36 ; Luc, XXII, 42).

8. « Ce que tu as à faire, fais-le vite » (Jean, XIII, 27).

Page 171.

1. Cf. *Les Voix du silence*, p. 212 : « Dostoïevski répondant aux accusateurs d'Aliocha sera le dernier écho [...] de la voix qui confondit les accusateurs de la Femme adultère » (Jean, VIII, 1-11). Comme plus bas dans le rappel de l'entretien avec Nicodème, Malraux écrit « jugement », « juger », quand saint Jean parle de condamnation. Ayant « écrit sur la terre », Jésus, se redressant, s'adressera à la femme, demeurée seule avec lui, après le départ des accusateurs à qui il avait lancé : « Que celui d'entre vous qui est sans péché lui jette la première pierre ! » (Jean, VIII, 7).

2. On trouve déjà dans *La Métamorphose des Dieux* (p. 133) cette citation de Jean, III, 16-17 (entretien avec Nicodème) que reprendra *Le Surnaturel* (p. 133).

3. C'est saint Jean qui a « proclamé » : « Dieu est Amour » (Ire épître de Jean, IV, 16). Cf. *Lazare* (*CS*, VI, p. 842).

4. Voir Cantique des cantiques, VIII, 6 : « L'amour est fort comme la mort. »

5. Voir la fin de *La Voie royale* où Claude se souvient « haineusement » de cette « assistance » (t. I de la présente édition, p. 506) et cite la même formule qu'ici, inspirée du rituel des agonisants (« Jésus, Marie, Joseph, assistez-moi dans ma dernière agonie. »).

6. Pas dans le Coran, en tout cas. L'apophtegme cité pourrait être d'origine iranienne. — Voir *Lazare* (*CS*, VI, p. 875).

Page 172.

1. Dans *Lazare* (*CS*, VI, p. 870), Malraux associera de même l'approche de la mort aux « souvenirs de fraternité ». On retrouve « les paysannes athées » — devenues simplement « anticléricales » — p. 264 ; « la canne apportée » a été mentionnée p. 170 ; « le café chaud de l'hôtel de France », p. 169 ; « celui de la supérieure », p. 170. Ces deux derniers gestes de fraternité seront rappelés p. 350-351 et dans *Lazare* (*CS*, VI, p. 868).

2. Malraux passa à Albi le 24 juillet, à Revel les 25 et 26.

3. Cf. Brigitte Friang, *Regarde-toi qui meurs*, Laffont, 1970, p. 109 : « Dix cigarettes et une allumette [...] Une seule allumette. »

Page 173.

1. Surnom des auxiliaires féminines de la Wehrmacht.

2. Le général Wiet von Wieterstein, commandant la 11e division blindée.

Page 175.

1. Le 27 juillet. Le même jour, Malraux sera conduit à la prison Saint-Michel (p. 178).

Page 178.

1. Ces propos sont tenus dans *Les Noyers de l'Altenburg* par les prisonniers de Chartres (t. II de la présente édition, p. 622-623).

2. Le journaliste André Culot, qui publiera en 1976 ses souvenirs de la cellule 32 où il accueillit André Malraux.

Page 183.

1. Ces deux torturés seront à nouveau évoqués p. 438.

Page 184.

a. La princesse et camarade Galitzine *orig.*

Page 185.

a. dans la pièce voisine. Je me souviens des cris. Cette fois, je suis réellement en face de la torture. Quoi qu'il advienne, je viens sans doute de faire ce que j'aurai fait de mieux dans ma vie. / Au moins *ms. D* : dans la pièce voisine. Quoi qu'il advînt, je venais sans doute de faire ce que j'aurais fait de plus courageux. / Au moins *ms. S, où Malraux ajoute à la main :* après bien d'autres

1. La réplique figure déjà dans le récit fait en 1945 à Roger Stéphane (voir n. 1, p. 161).

Page 187.

1. Ce qui suit est une version très arrangée de la journée du 19 août 1944 où Malraux et ses camarades furent libérés de la prison Saint-Michel. Voir la mise au point de G. Penaud, ouvrage cité, p. 187-190.

Page 193.

III [LA TENTATION DE L'OCCIDENT]

III, I

a. Titre dans orig. et dans F : La Tentation de l'Occident

1. Sur Ceylan, voir p. 78.

2. Cf. p. 156, « l'ombre de l'Empire ».

3. Cette route a été chantée par Kipling dans son poème « Mandalay », dont se souvient Malraux.

Page 194.

a. Ce paragraphe est un ajout de F.

1. Avant l'incendie de 1949, qui sera évoqué p. 433.

2. Dans sa préface à *L'Enfant du rire* de Pierre Bockel (Grasset, 1973), Malraux écrit : « La morale du Bouddhisme est une morale de la Charité », mais « [...] il y a loin du *Sermon sur la Montagne* à l'agnosticisme radical du Bouddha. »

3. *La Vie du Bouddha* (Stock, 1955) d'Anil de Silva-Vigier inspire la plupart des références des *Antimémoires* et d'*Hôtes de passage* à l'existence du sage (voir la thèse citée d'Yves Beigbeder).

4. Ce cri retentit déjà dans *Les Voix du silence* (p. 147).

5. Voir *La Vie du Bouddha*, p. 34 ; *Antimémoires*, p. 251, 271 ; *Lazare* (*CS*, VI, p. 856).

Page 195.

1. On retrouve le capuchon du cobra page 204. Dans ce paragraphe et dans les deux suivants, Malraux s'inspire de *La Vie du Bouddha*, d'Anil de Silva-Vigier.

Page 196.

1. *Bhagavad-Gîtâ*, II, 22, traduction de Louis Fischer (*Vie du Mahatma Gandhi*, p. 37). La citation reviendra p. 213.

Page 197.

1. C'est-à-dire les *Questions de Milinda* (Ménandre), déjà citées dans *Les Voix du silence*, p. 157. Ce qui suit (cour de Ménandre, incendie) est emprunté à la traduction de Louis Finot (Bossard, 1923).

Page 198.

1. Déjà évoquée dans *La Métamorphose des Dieux* (p. 16), cette légende des fourmis résume, selon Y. Beigbeder, quelques pages de Heinrich Zimmer (*Mythes et symboles dans l'art et la civilisation de l'Inde*, Payot, 1951, p. 11-18).
2. Voir *ibid.*, p. 23-26.
3. Voir *ibid.*, p. 49-50.

Page 200.

1. Depuis « Dans la solitude [...] » (p. 198), ce passage est repris de *La Métamorphose des Dieux* (p. 14-16) ; il sera reproduit dans *Le Surnaturel* (p. 15-16). L'histoire de Nârada est empruntée à Zimmer (*Mythes et symboles*, p. 38-39). On la retrouvera, abrégée, dans une allocution prononcée à Tôkyô en mai 1974 (*André Malraux, l'homme des univers*, Verrières-le-Buisson, Comité national André Malraux, 1989, p. 160).
2. Les deux phrases qui précèdent sont reprises, avec quelques variantes, de *La Métamorphose des Dieux* (p. 16) et reproduites dans *Le Surnaturel* (p. 16).

Page 201.

1. *Bhagavad-Gîtâ*, X, 20-34. Traduction de Camille Rao, première épouse de l'ami de Malraux, à partir de la version anglaise d'Aurobindo.

Page 202.

1. *Bhagavad-Gîtâ*, X, 33-38. Traduction de C. Rao. — Voir *Les Chênes qu'on abat...* (*CS*, IV, p. 660).
2. Cf. p. 37. À la page 279, anneaux de Bénarès et d'Alsace seront à nouveau associés.
3. On retrouvera ces « reflets bleus et rouges » dans *Les Chênes qu'on abat...* et dans *Lazare* (*CS*, IV, p. 660, et VI, 833).
4. Cf. *La Voie royale*, t. I de la présente édition, p. 424-425.

Page 203.

1. Ces « chevaux d'argile » et, plus bas, les « berceuses » viennent de l'article de Raja Rao (voir n. 3, p. 136).

2. Cf. p. 204, et Tibor Mende, *Conversations avec Nehru*, p. 15.

3. Citée par Nehru (*Ma vie et ses prisons*, p. 317), cette prière reviendra p. 242.

4. Malraux visita Madura le 30 novembre 1958.

Page 204.

1. Cette phrase fait écho à l'article de Rao (voir n. 3, p. 136).

2. Cf. p. 195.

3. Les deux phrases qui précèdent sont inspirées de Zimmer (*Mythes et symboles*, p. 69, 89).

4. Écho de la page 203.

Page 205.

1. Le dieu Ganesha reparaîtra p. 241. Ici, son évocation rappelle celle de Rao, mais Malraux peut se souvenir aussi du dieu à « trompe d'éléphant » que citait son ami Max Jacob (*La Défense de Tartufe*, 1919).

2. On trouve ce « Vichnou à tête de sanglier » dans le chapitre « La Roue des renaissances » des *Mythes et symboles* de Zimmer (p. 25).

3. Le début de ce paragraphe s'inspire de l'article de R. Rao.

4. « Je sais un peu de sanscrit », déclarait Malraux à une étudiante indienne (Beigbeder, *André Malraux et l'Inde*, p. 9). Traduire : quelques mots.

5. Dans l'article de Rao on voit les mariés se prosterner « aux pieds du Ministre de France », mais l'auteur ne prétend pas qu'ils « tiennent pour Vichnou » ce noble visiteur.

Page 206.

a. Les fidèles étaient le monde [...] veut dire union. *add. ms. S*

1. Rao évoque la « danse sur le crématoire ». Un Çiva dansant sera la dernière image de *L'Intemporel*, reproduisant celle du *Musée imaginaire* (t. I, planche 247). Malraux suit ici la traduction de Coomaraswamy, *La Danse de Çiva*, Rieder, 1922, p. 120.

Page 207.

1. Retour de cette citation de la *Gîtâ* p. 242.

2. Prière qu'on trouve dans les souvenirs de Rao.

3. L'article de Rao mentionne la visite de « Shiva » à son épouse, « le tambourin », « la flûte » et « tous ces Shivas lingam après lingam à l'infini ». Le catalogue de « Trésors d'art de l'Inde » présente une sculpture *Çiva et Pârvatî* (planche 63).

4. Malraux visite Ellora le 3 décembre 1958.

5. Le thème du Kailasâ a été lancé p. 154.

Page 208.

1. Voir *La Métamorphose des Dieux*, p. 13.

2. Citation d'un Purâna, venue de Coomaraswamy, *La Danse de Çiva*, p. 53.

3. Cf. « Les sculptures des grottes d'Ellora appartiennent pour moi au domaine des archétypes [...] du sacré sous sa forme nocturne » (Frédéric Grover, *Six entretiens avec André Malraux*, « Idées », Gallimard, 1978, p. 117-118).

Page 209.

1. Tout ce paragraphe rappelle l'article de Rao. « La conque rituelle » résonne déjà dans *La Métamorphose des Dieux* (p. 13).

Page 210.

1. L'évocation de ce temple rappelle celle de Rao.

Page 211.

1. Malraux est à Bombay et Elephanta le 1er décembre 1958.
2. On retrouvera ces goélands p. 213, 216, 218 et jusque dans *La Tête d'obsidienne* (*CS*, V, p. 703).
3. Le développement sur cette « triple tête » est fortement inspiré par le chapitre « Le Grand Seigneur » de Zimmer (*Mythes et symboles*, p. 143-145). Des *Voix du silence* à *L'Intemporel* en passant par *Le Musée imaginaire*, l'image de la *Majesté* est présente dans les écrits sur l'art.

Page 212.

1. *Bhagavad-Gîtâ*, I, 14, 28. Version de C. Rao légèrement modifiée.

Page 213.

1. *Bhagavad-Gîtâ*, I, 31-32. Traduction inspirée de Fischer (*Vie du Mahatma Gandhi*, p. 36). Écho dans *Les Chênes qu'on abat...* (*CS*, IV, p. 593).
2. *Ibid.*, I, 33-34. Traduction de Fischer (ouvrage cité, p. 36).
3. Voir n. 2, p. 211.
4. *Bhagavad-Gîtâ*, II, 20-22. La fin a déjà été citée p. 196. Traduction de Fischer (ouvrage cité, p. 37). Retour de la citation dans *Lazare* (*CS*, VI, p. 874).

Page 214.

1. *Bhagavad-Gîtâ*, VIII, 17. Traduction de C. Rao.
2. *Ibid.*, VIII, 19 ; IX, 6 ; IV, 19. Traduction de Sénart. Retours partiels de la citation p. 243 et dans *Hôtes de passage* (*CS*, I, p. 510).
3. On retrouvera cette citation à la p. 415 et dernière de *L'Intemporel.*
4. *Bhagavad-Gîtâ*, IV, 15. Traduction de Sénart.
5. *Ibid.*, III, 22 ; I, 38. Traduction inspirée de Fischer.

Page 215.

1. Voir p. 151 et n. 1.

Page 216.

1. *Bhagavad-Gîtâ*, II, 27. Traduction de C. Rao, légèrement modifiée.

2. Lune, singes et morts reviendront p. 244.
3. Voir n. 2, p. 211.

Page 217.

1. Cf. « les paons blancs de l'Inde qui stupéfiaient Babylone » (*L'Intemporel*, p. 415).

Page 218.

1. Selon le Vedânta, le Brahman est la réalité suprême au-dessus du monde des apparences (*Mâyâ*). De lui procède la *Trimourtî*: Brahmâ, Vichnou et Çiva. Les quatre fils de Brahma sont à l'origine des quatre castes d'hommes, auxquelles s'ajoutent les intouchables.
2. Voir p. 146 et n. 2.
3. Selon Y. Beigbeder, Coomaraswamy serait le seul à traduire ainsi une expression sanscrite de la *Gîtâ*, dans un passage qui s'appliquerait aussi bien au bouddhisme qu'au brahmanisme. La traduction littérale serait : « la paix suprême du *nirvâna* ». « La paix de l'abîme » reviendra p. 439. Dans *Lazare* (*CS*, VI, p. 824, 873) elle est liée au bouddhisme.
4. Voir n. 2, p. 211.

Page 219.

III, 2

a. Une route toujours la même, *Le passage qui commence par ces mots et se termine par* Dieu regarda le premier homme... *[p. 240, 6ᵉ §] est la fin, récrite au passé, des « Noyers de l'Altenburg » (voir t. II de la présente édition, p. 745-767). Nous signalons ci-après quelques variantes significatives.*

1. Il l'apprit en réalité à Nîmes le 1ᵉʳ septembre 1939 (témoignage de Josette Clotis), mais il était passé par Beaulieu dans une atmosphère de danger de guerre, après la signature, le 23 août, du pacte germano-soviétique.
2. Cf. *La Métamorphose des Dieux* et *Le Surnaturel*, p. 202 : « le Christ de Beaulieu dont les bras ouverts, qui semblent avoir la croix pour ombre ».

Page 221.

a. par les caïmans *orig., F, ML. Nous restituons le texte des « Noyers de l'Altenburg ».*

Page 222.

1. On retrouvera *Le P'tit Quinquin*, chanté « en chœur et au ralenti » dans un camp de concentration nazi (p. 462).

Page 225.

a. Entre démembrer l'Allemagne. *et* Pradé, fermé *on trouve, dans « Les Noyers de l'Altenburg », un passage supprimé ici (voir t. II de la présente édition, p. 750-752).*

1. Voir n. 3, p. 5.

Page 226.

a. Tout ça [...] on s'en aperçoit après... » *add. F. Les propos de Pradé étaient, dans « Les Noyers de l'Altenburg », tenus par « un autre » (voir t. II de la présente édition, p. 751).* ♦♦ *b. Entre* nulle part ! » *et* Son fils *il y a, dans « Les Noyers de l'Altenburg », un paragraphe supprimé ici (voir t. II de la présente édition, p. 753).*

Page 230.

a. Texte des « Noyers de l'Altenburg » : tout ce qui n'est pas Pradé, Léonard, Bonneau, Berger : un équipage — seuls. *(t. II de la présente édition, p. 757).*

Page 233.

1. Voir n. 3, p. 5.

Page 234.

1. Voir n. 3, p. 5.

Page 236.

a. Entre à son poste *et* Et pourtant la nuit *il y a, dans « Les Noyers de l'Altenburg », un passage supprimé ici (voir t. II de la présente édition, p. 763).*

Page 237.

a. Texte des « Noyers de l'Altenburg » : Le matin est aussi pur que s'il n'y avait pas la guerre. : Le matin était [...] que s'il n'y avait pas la guerre. *orig., F, ML. Nous corrigeons pour assurer la cohérence temporelle voulue par Malraux.*

Page 238.

a. Texte des « Noyers de l'Altenburg » : Comme celui qui rencontre l'Inde pour la première fois, *(t. II de la présente édition, p. 764).*

Page 239.

a. Texte des « Noyers de l'Altenburg » et d'orig. : Tout cela aurait pu ne pas être, ne pas être ainsi.

Page 240.

a. Texte des « Noyers de l'Altenburg » : À peine si je me souviens de la terreur [...] un secret simple et sacré *(t. II de la présente édition, p. 767).*

Page 241.

a. ces sentiments *ms. S, orig.* : ses sentiments *F, ML. Nous adoptons la leçon d'orig.*

1. Retour du non-sens de la vie p. 243.
2. Voir n. 1, p. 205.

Page 242.

1. Retour de la prière et du passage de la *Gîtâ* cités p. 203 et 207.

2. Dans *L'Espoir* (t. II de la présente édition, p. 153-155), « les Hurdes » désignaient à tort une population. La scène avait été prévue dans le scénario de *Sierra de Teruel* (t. II de la présente édition, p. 1444). Présentée ici comme vécue par l'auteur, elle reviendra dans *Lazare* (*CS*, VI, p. 860-861).

Page 243.

a. Je l'avais *[p. 242, 2ᵉ §, 2ᵉ-3ᵉ ligne]* entendu [...] au-dessus d'eux... » *Ce passage est une reprise, légèrement modifiée, de « L'Espoir » (voir t. II de la présente édition, p. 153-155).*

1. Écho de ce finale p. 467.

2. Déjà évoquées dans un discours de 1947 (« deux mille paysannes », *L'Herne*, p. 203), aux assises du R.P.F. à Lille en février 1949 (« trois mille paysannes »), dans l'oraison funèbre de Jean Moulin, « les femmes noires de Corrèze » (p. 948) reparaîtront p. 264, dans *Les Chênes qu'on abat...* (*CS*, IV, p. 580) et dans *Lazare* (*CS*, VI, p. 859). Tentant de distinguer poésie et vérité, Guy Penaud voit dans un événement réel — l'enterrement à Donzenac, en Corrèze, de dix-huit maquisards, en novembre 1943 — l'origine du thème sans cesse repris par Malraux (*André Malraux et la Résistance*, p. 57).

3. Voir n. 1, p. 241.

4. Retour de la citation de la *Gîtâ* faite p. 214 (voir n. 2).

Page 244.

1. Écho de la page 216.

III, 3

a. 1958-1965 *ms. S* : 1948-1965 *orig., F, ML. La coquille persistante est rectifiée conformément à l'intention de Malraux (voir les dates de III, 1).*

Page 245.

1. Cf. Nehru : « [...] de créatures d'argile, il avait le don de faire des héros » (*Ma vie et mes prisons*, p. 199).

2. Voir p. 86 et n. 3.

Page 246.

1. Nehru raconte l'histoire d'Azad dans *Ma vie et mes prisons* (p. 106, 228-229).

Page 247.

a. Il réfléchit [...] la non-violence... » *add. F* ♦♦ *b.* elle répond... Ce que j'ai écrit autrefois était une opinion générale... » / Dans son « Autobiographie », *orig.*

1. Les lignes qui précèdent s'inspirent de Nehru, ouvr. cité, p. 234-235.

Page 248.

a. Ms. S intègre au dialogue Nehru-Malraux ces deux paragraphes sur Alexandre et les singes (voir var. a, p. 80).

1. Une lettre à Marcel Arland du 7 janvier 1924 montre que dès cette

époque Malraux connaissait cette légende des singes (« Hommage à André Malraux », *N.R.F.*, n° 295, juillet 1977, fac-similé hors texte). Il la reprend dans *L'Espoir*, où Alvear la place « en Amérique du Sud » (t. II de la présente édition, p. 275).

Page 249.

1. Passage de *The Discovery of India*, reproduit dans le *Malraux* de G. Picon, p. 184. Ce dialogue sur le bouddhisme est évoqué dans le discours de Bénarès du 11 août 1965 (*L'Herne*, p. 378).
2. Phrase à nouveau citée p. 343.
3. Nehru songe au *Brave New World* d'Aldous Huxley.
4. La citation de Bradley reviendra p. 343.

Page 250.

a. Vous vous souvenez *[p. 249, 2 dernières lignes]* du discours [...] l'art de vivre... » *add. ms. S*

Page 251.

a. Ce paragraphe est un ajout de F.

1. Les citations qui précèdent sont inspirées de *La Vie du Bouddha*, p. 14-17. — Annoncée p. 194, la découverte de la mort par Siddhârta sera reprise p. 271 et dans *Lazare* (*CS*, VI, p. 856).
2. Voir *La Vie du Bouddha*, p. 18.
3. *Ibid.*, p. 27.

Page 252.

a. Sans doute. Gandhi [...] chercheur de Vérité. » *add. ms. S*

1. La citation reviendra dans *Hôtes de passage* (*CS*, I, p. 515, *CS*, III, p. 563), *Les Chênes qu'on abat...* (*CS*, IV, p. 595), *L'Intemporel*, p. 238.

Page 253.

a. morale chrétienne. *Dans ms. D, peu après ces mots, venait une évocation du Dr Schweitzer qui figure maintenant dans « Hôtes de passage » (« CS », I, p. 489-490).* ♦♦ *b.* Mais souvenez-vous d'une phrase singulière de Gandhi : "Il faut que l'Inde ait enfin une vraie religion..." » *add. ms. S*

Page 254.

a. Ce paragraphe est un ajout de F.

1. Voir *Oraisons funèbres*, « Funérailles de Le Corbusier », p. 945. Malraux a regardé attentivement les *Textes et planches* de Le Corbusier présentant (p. 274-281) des vues de Chandigarh, parmi lesquelles une maquette de « la Main ouverte ».
2. Ce dîner intime suivait, le 5 décembre 1958, une réception donnée en l'honneur de Malraux par l'ambassadeur Ostrorog.

Page 260.

a. Les deux paragraphes qui précèdent sont un ajout de ms. S.

Page 261.

1. La rencontre avec Alain sera à nouveau évoquée p. 342.
2. Voir n. 1, p. 108.

Page 262.

1. Voir ce que dira Senghor dans *Hôtes de passage* (*CS*, I, p. 504).
2. Les propos prêtés à Nehru dans la deuxième moitié de ce paragraphe reprennent ce qu'il a écrit dans *Ma vie et mes prisons*, p. 338 et 319.
3. Râmakrishna n'a laissé aucun écrit, mais ses propos ont été rapportés par ses disciples, dont Vivekânanda est le plus célèbre. À ces deux sages indiens Romain Rolland a consacré deux livres (1929-1930), connus de Malraux.

Page 263.

1. Formule reprise p. 276.

Page 264.

1. Voir p. 243 et n. 2.

Page 265.

a. Ostrorog reprit : *add. F*

Page 267.

1. Cf. *Hôtes de passage* (*CS*, I, p. 502).

Page 268.

1. L'originale prêtait à Jules Renard cette formule d'André Gide : « Paul Claudel est là [...]. Jeune, il avait l'air d'un clou ; il a l'air maintenant d'un marteau-pilon [...] il procède par affirmations brusques » (*Journal*, 1er décembre 1905).

Page 269.

1. Cf. Flaubert : « Les Dieux n'étant plus et le Christ n'étant pas encore, il y a eu, de Cicéron à Marc Aurèle, un moment unique où *l'homme* seul a été » (lettre à Mme Roger des Genettes [1861 ?], *Correspondance*, Bibl. de la Pléiade, t. III, p. 191). L'idée reparaît dans *Les Chênes qu'on abat...* (*CS*, IV, p. 599).

Page 271.

1. Voir n. 5, p. 194.
2. Le « Grand Départ » sera à nouveau évoqué avec Rao dans *Hôtes de passage* (*CS*, II, p. 542).
3. Cf. *La Vie du Bouddha*, p. 18 : « Lorsqu'il [Siddharta] vit [...] les instruments de musique dispersés [...] les guirlandes flétries. »
4. Cf. *La Vie du Bouddha*, p. 22.

Page 272.

a. Au-dessus de la forêt de la Casamance, l'arbre géant de la Reine montait vers *orig.*

Page 273.

1. Ces lanciers d'août 1914 reparaîtront dans *Les Chênes qu'on abat...* (*CS*, IV, p. 634).
2. Voir *L'Espoir*, t. II de la présente édition, p. 388.

Page 274.

a. sept ans plus tard. *add. ML*

1. Le 8 mai. Il y eut alors un déjeuner à l'Élysée : « J'étais tellement heureux d'être assis auprès des deux hommes que j'estime le plus : le Général de Gaulle et Nehru », dira Malraux à Mukerjee (*Malraux. Être et dire*, p. 155). Si Nehru, ce jour-là, visita l'exposition, l'inauguration avait eu lieu le 4 avril. Voir n. 1, p. 144.
2. En mai ; Nehru revit Malraux lors d'un déjeuner élyséen. Auparavant, en novembre 1961, Nehru avait fait une brève escale à Orly.
3. Malraux séjourna à Delhi du 8 au 12 août 1965.
4. Râdhâkrishnan, historien de la philosophie, fut vice-président (1952-1962) puis président (1962-1967) de l'Union indienne.

Page 275.

1. La visite du Musée national et de la maison de Nehru eut lieu le 10 août 1965.
2. C'est en 1922 que Malraux rendit visite à James Ensor. Peinte en 1888, *L'Entrée du Christ à Bruxelles* ne devait être exposée en public qu'en 1929. Dans *Royaume-Farfelu* les sirènes sont évoquées (t. I de la présente édition, p. 334).

Page 276.

1. Retour de la formule attribuée à Nehru p. 263.
2. Peu avant la publication des *Antimémoires*, le 22 mars 1967, Malraux a utilisé ce récit de la visite et les fragments du testament de Nehru dans une allocution prononcée à l'UNESCO lors de l'inauguration de l'exposition « Nehru et l'Inde nouvelle » (*André Malraux, l'homme des univers*, p. 256-257).

Page 277.

1. Pour les hindous, le confluent du Gange et de la Jumna est un lieu sacré : à l'origine du monde, quelques gouttes de l'élixir d'immortalité y tombèrent.

Page 279.

1. Voir p. 37, n. 1. Page 202, Malraux a déjà associé « anneau de noix mortes » d'Alsace et « anneau de vivants » de Bénarès.

Page 280.

IV [LA VOIE ROYALE]

IV, 1

a. Titre dans orig. et dans F : La Voie royale ♦♦ *b. Dans orig., ce premier chapitre correspond au chapitre unique de « La Voie royale ».* ♦♦ *c.* À l'aube, un coup inexplicable fait frémir le *Cambodge* comme frémit une boule de billard dans un trou. Tout ce qui était posé est tombé. Le bateau *orig.*

1. Sur cette « mission », voir n. 2, p. 397.

Page 281.

a. Arrive un personnage que je reconnais avant qu'on l'ait annoncé, bien que je ne l'aie pas vu depuis trente ans : c'est le baron de Clappique. Il n'a plus de taffetas *orig.* ♦♦ *b.* son verre de whisky dans *orig.* ♦♦ *c.* comme il y a trente ans. / Il se plaint d'être submergé sous les faux objets d'art fabriqués par les Chinois, et vendus « comme des bananes, par des farfelus inférieurs : il n'y a plus d'aventuriers ! » *orig.*

1. Sur les origines du personnage, voir t. I de la présente édition, p. 1314 (n. 1 de la p. 527). Sur son physique et ses tics verbaux, voir *La Condition humaine*, *ibid.*, p. 526 et suiv.

2. L'hôtel porte le nom de Sir Thomas Raffles qui, en 1819, fonda Singapour.

Page 282.

a. Voir var. a, p. 293.

1. Ex-officier britannique, Sir James Brooke devint rajah de Sarawak (Bornéo) en 1842 ; son neveu lui succéda en 1861.

2. C'est en août 1928 que Malraux fit sa première apparition à Pontigny. En décembre 1965, il évoqua pour Roger Stéphane sa conversation avec Gide, à propos de Proust (Archives R. S.). À Pierre de Boisdeffre, en 1967, il déclarait : « Lorsqu'il a publié *Du côté de chez Swann* [...] la critique qui a été intelligente [...] a très bien compris qu'il était sur une sorte de point de départ. / Moi aussi, je suis sur une sorte de point de départ » (cité par J. Mossuz-Lavau, *André Malraux. Qui êtes-vous ?*, p. 174). Voir aussi le jugement de Malraux sur Proust en marge de l'essai de Picon (*Malraux*, p. 40).

3. Interrogé sur Proust, le 18 avril 1925, Claudel disait à Frédéric Lefèvre : « [...] il y a autre chose dans la vie que ce peuple d'oisifs et de larbins » (*Une heure avec...*, 3e série, Gallimard, 1925, p. 165). L'interview avait d'abord paru dans *Les Nouvelles littéraires*, puis dans *L'Indochine* d'André Malraux et Paul Monin.

Page 283.

1. Sur « l'irrémédiable », voir *Le Démon de l'absolu*, t. II de la présente édition, p. 1145.

2. Sur la « curiosité » de Gide, voir p. 97 et n. 2.

Page 284.

1. Voir *Le Démon de l'absolu*, t. II de la présente édition, p. 824.

Page 285.

a. des postes de radio imaginaires [...] des avions enchantés ! *Dans orig., ces propos étaient prêtés à l'ambassadeur. Voir var. a., p. 293.*

Page 286.

a. La situation *[p. 285, début du 3ᵉ §]* de la Nouvelle-Guinée [...] les débarquements l'ont nourri... *add. ML*

1. Jacques Viot, l'un des premiers surréalistes, avait rapporté en 1930 de Nouvelle-Guinée — où il avait gagné l'amitié d'un sorcier — de nombreuses pièces de collection.

Page 288.

1. Malraux utilise ici un passage abandonné des *Noyers de l'Altenburg* (*ms. D*) : Möllberg y racontait à une « fille sauvage » d'Érythrée des contes de Perrault adaptés à la mentalité de son auditrice.

Page 293.

a. vous faut-il *[p. 282, 2ᵉ ligne]* de plus ? Nous parlons des aventuriers. / — Que signifie, dit notre ambassadeur en Malaisie venu pour le 14 juillet, ancien haut-commissaire aux Nouvelles-Hébrides, le sommeil de l'Asie qu'ont connu Conrad, Kipling et d'autres, pour des indigènes qui ont vu les combats des Américains contre les Japonais, fabriquent des postes de radio imaginaires avec des touques et tapent dessus pour faire venir des avions enchantés ? / L'ambassadeur, Pierre Anthonioz, a vu le palais de Brooke à Sarawak : il n'en reste qu'un pavillon rose. L'aventurier est un personnage du XIXᵉ siècle, qui déborde sur le XVIIIᵉ aux Indes, et un peu sur le XXᵉ. Le mythe de Rimbaud s'éloigne. / — Rimbaud, dit Clappique : haffreux. Rentrez sous terre ! Quarante mille francs en or dans sa ceinture ! Revient pour se marier ! D'abord, un aventurier est célibataire ! ensuite, il n'économise pas des sous pour rentrer en Europe. Un aventurier intéressé, c'est un fol ! / Le vocabulaire d'autrefois n'a pas disparu. / « Mais un aventurier sans le sou peut très bien se faire rapatrier par vous. Vous en avez encore ? / — Savez-vous *orig.* : Rentrez sous terre ! *[p. 283, 3ᵉ ligne]* [...] ce qu'ils veulent. *add. F* ♦♦ *b.* Il glisse son monocle [...] suggérer un autre : *add. F*

1. Malraux avait songé à placer « la fille de Timour » (Tamerlan) « dans Perse ou Afghan. », c'est-à-dire dans « *Ange* II » (*ms. D*).

Page 294.

a. Ce paragraphe est un ajout de F.

Page 295.

a. Ce paragraphe est un ajout de F. ♦♦ *b.* Il est sur *[p. 293, début du 7ᵉ §]* le bateau [...] devenue blanchisseuse... » *Ce passage appartient au scénario du « Règne du Malin » lu à Malraux par Clappique, après la réception au consulat, dans orig.* ♦♦ *c. Ce paragraphe est un ajout de F.*

Page 297.

a. Votre collègue *[p. 295, début du 6ᵉ §]* russe [...] maîtres des mers d'Asie ? *add. F* ♦♦ *b.* vers 1922... *orig.* ♦♦ *c.* La plus belle femme [...] sur l'Empire britannique... *add. F*

1. Lors d'une escale à Singapour, au cours du premier voyage en Indochine.

2. Renaud de Châtillon, prince d'Antioche, avait suivi Louis VI en Terre sainte. Il fut tué par Saladin, qui voyait en lui son ennemi le plus redoutable. Jaufré Rudel est un troubadour du XIIe siècle. Renaud et Jaufré sont longuement évoqués dans *Le Démon de l'absolu*, t. II de la présente édition, p. 824-826.

Page 298.

a. Le dîner *[p. 297, début du 3e §]* terminé [...] sur la chaussée. *add. F* ♦♦ *b.* Des ombres *[14 lignes plus haut]* convergent [...] son existence somnambule. *F reprend, avec quelques variantes, le texte d'orig. où Clappique n'escortait pas l'auteur dans la rue de la Mort.*

1. Clappique cite de mémoire Victor Hugo : « As-tu vu, cria-t-elle, un bel enfant que j'ai ? / Le bon ogre naïf lui dit : Je l'ai mangé. / Or c'était maladroit. Vous qui cherchez à plaire, / Ne mangez pas l'enfant dont vous aimez la mère » (« Bon conseil aux amants », *Toute la Lyre*, VII, 11).

2. « Marlou épique », écrit Malraux dans *Le Démon de l'absolu* (t. II de la présente édition, p. 825).

3. Cette « belle histoire », Forain l'a contée devant l'abbé Mugnier : « Forain racontait encore les dîners à Batignolles chez Nina de Callias [...]. Forain sortait de ces dîners, avec Villiers de l'Isle-Adam et Châtillon qui avait connu Victor Hugo. À quatre heures du matin, Villiers de l'Isle-Adam et Châtillon parlaient du siège de Jérusalem où ils avaient eu des ancêtres » (*Journal*, 19 février 1923).

4. Anne Gaillard, dite Nina de Villard, épousa en 1867 Horace de Callias. Avec Villiers et d'autres parnassiens, Verlaine fréquenta son salon de la rue Chaptal.

Page 299.

a. Nina de Villars *orig. Voir var. suivante.* ♦♦ *b.* Entre autres *[p. 298, 6e ligne en bas]* métiers [...] chez Nina en titubant. *Reprise dans F et ML (avec quelques variantes) d'une digression qui, dans orig., interrompait « l'histoire de Mayrena ».* ♦♦ *c.* Et l'amant [...] de l'époque. *add. F* ♦♦ *d.* Si ça ne vous *[5e §, 4e ligne]* plaît pas [...] des Batignolles... *add. F* ♦♦ *e.* aux entreponts de jadis ; des couchettes superposées, pendent quelques bras *orig.*

1. Auguste de Châtillon, peintre, sculpteur et poète, ami de Victor Hugo.

2. Le compositeur Charles de Sivry était le demi-frère de Mathilde Mauté, épouse de Verlaine.

3. Leni Riefenstahl, actrice et réalisatrice de cinéma du IIIe Reich.

Page 300.

1. Apollinaire est mort le 9 novembre 1918, le jour même du départ de Guillaume II aux Pays-Bas.

2. À partir d'ici, jusqu'à la page 301 (« [...] une balle dans la tête »), les propos de Clappique s'inspirent des mémoires de l'ancien ministre de Hitler, Albert Speer, dont la traduction française, *Au cœur du IIIe Reich*, a paru en 1971, peu avant l'édition « Folio » des *Antimémoires*. Les notes qui suivent renverront à cette traduction.

3. Voir Speer, ouvr. cité, p. 654 : « [...] on avait roulé les tapis [...] un chapeau enfin, jeté par quelqu'un sur une chaise [...]. Quand de grosses bombes tombaient à proximité, le bunker vacillait. »

4. Voir Speer, p. 244. La scène se passe, « la nuit du 25 juin 1940 », dans une « ferme » près de Sedan. Les hôtes de Hitler, dont Speer, sont assis « autour d'une table de bois ».

5. Voir Speer, p. 642 : « dans l'ancien salon de Bismarck [...] le Dr Ley se précipite sur moi en lançant : "Les rayons de la mort, on a trouvé les rayons de la mort !" » Speer se moque ensuite de cette pseudo-découverte.

6. Voir n. 4, p. 43.

7. Speer évoque à plusieurs reprises l'ordre de destruction donné par Hitler le 19 mars 1945. Il emploie l'expression « terre brûlée » (p. 614, 651).

8. « Merveilleux ».

Page 301.

a. Un chien *[p. 299, début du 7ᵉ §]* passe [...] et un peu tremblant. *add. F* ♦♦ *b.* Le vieux dragon *orig.*

1. Voir Speer, p. 643 : « Eva Braun arriva à Berlin dans la première moitié d'avril » (1945). Hitler et Speer la pressèrent de retourner à Munich, mais elle refusa « obstinément [...]. Chacun dans le bunker savait pourquoi elle était venue [...] elle s'était installée là en messagère de la mort. »

2. Voir Speer, p. 143 : « Déjà avant la guerre [...]. Hitler déclarait [...] qu'il voulait [...] se retirer de la vie politique [...]. À part Mademoiselle Braun, je n'emmènerai personne. Mademoiselle Braun et mon chien. »

3. Voir Speer, p. 422 : « ce berger allemand » ; p. 663 : « quant à Blondi, je la tuerai d'abord d'un coup de revolver. »

4. Les vivres parachutés ont été évoqués p. 44.

5. Voir Speer, p. 652 : Hitler « avait toujours ses accès de torticolis ».

Page 302.

a. Allons retrouver [...] la ville européenne. *add. F* ♦♦ *b.* comme jadis *[10 lignes plus haut]*, les [...] (Est-ce bien 1923 ?...) *add. F* ♦♦ *c.* beaucoup *[2ᵉ §, 1ʳᵉ ligne]* changé, mais son patio bordé de chambres aux portes battantes existe toujours. Au centre *orig.* ♦♦ *d.* Clappique m'attend devant un whisky, sous un palmier droit. À la table voisine, l'un des journalistes blessés à Bornéo *orig.*

1. Le personnage de Jacques Méry est inspiré par Bernard Bourotte (1896-1968) que Malraux connaissait bien mais qu'il n'a pas retrouvé à Singapour en 1965.

Page 303.

a. Méry, *[p. 302, début du 4ᵉ §]* dit Clappique [...] Parfait ! *add. F* ♦♦ *b.* Chacun son Chat botté ! » *add. F* ♦♦ *c.* chat noir ébouriffé quitte le fauteuil de rotin, va s'asseoir sur les genoux *orig.* ♦♦ *d.* Jadis, dis-je [...] il n'y a pas qu'eux. *add. F* ♦♦ *e.* Nonobstant [...] jadis ? » *add. F* ♦♦ *f.* Certes, *[début du 8ᵉ §]* je n'ai pas [...] des tirailleurs sénégalais... *F condense le texte d'orig. qui resserrait déjà celui de ms. S.* ♦♦ *g.* Je suis content *Dans F, à partir de ces mots et jusqu'à* Et toi, Essuie-Plume ? *[p. 314, 14ᵉ §], Malraux abrège l'histoire de Mayrena. On ne signalera pour ce passage que les additions à orig.*

1. Nom d'un des chats de Malraux.

Page 304.

a. La foudre maintenant [...] Je m'y tiens attaché. *add. F*

1. « Tristesse d'Olympio », v. 117-120 (*Les Rayons et les Ombres* [1840], pièce XXXIV).
2. Personnage-titre de la pièce de Giraudoux (1945), la folle de Chaillot était interprétée par Marguerite Moreno.
3. Voir Musset : « Dante, pourquoi dis-tu qu'il n'est pire misère / Qu'un souvenir heureux dans les jours de douleur ? » (« Souvenir » [1841], dont Clappique va citer deux strophes).
4. « Le Balcon » (*Les Fleurs du Mal*, XXXVI) commence ainsi : « Mère des souvenirs, [...] ».

Page 305.

a. Avec une *[p. 304, avant-dernier §]* dispute [...] les grenouilles... *add. F*

1. Ce vers reviendra p. 310.

Page 306.

a. « Ups ! *[début du 2e §]* Ascenseur [...] le bord d'un papier... » *add. F, à l'exception de la réplique sur Robert-Houdin.*

1. Robert-Houdin employa ce « procédé » en Algérie, où les autorités avaient fait appel à lui pour lutter contre l'influence des sorciers. Malraux s'est « servi » du truc des « balles creuses » dans *La Voie royale* (t. I de la présente édition, p. 477).

Page 307.

a. Il faut *[début du 2e §]* faire comprendre [...] allégrement ! *add. F*

Page 308.

a. Ce paragraphe et le précédent sont un ajout de F. ◆◆ *b. Ce paragraphe est un ajout de F.*

Page 309.

a. Ce paragraphe est un ajout de F. ◆◆ *b. Ce paragraphe est un ajout de F.*

Page 310.

a. Ce paragraphe est un ajout de F. ◆◆ *b.* Allez *orig., F* : Aller *ML. Coquille rectifiée*

1. Écho de la page 305.
2. Au moment où parle Mayrena, Brazza vient, de 1875 à 1885, de conquérir pacifiquement pour la France de vastes territoires de l'Afrique équatoriale.

Page 311.

1. L'émission à Paris du premier emprunt russe date de 1888, la tour Eiffel de l'Exposition universelle de 1889.

2. En 1863, Aurélie Ier écrivait : « On m'a qualifié de "roi en disponibilité" » (Villiers du Terrage, *Rois sans couronne*, Perrin, 1906, p. 352).

Page 313.

a. Ce paragraphe est un ajout de F.

Page 314.

a. Comme si un électricien *Le passage qui commence par ces mots et qui se termine à* l'Inde et la Chine... *[p. 358, fin de l'avant-dernier §] est une addition de F. Voir var. b, p. 358.*

1. Voir « De Sens à Chartres », t. II de la présente édition, p. 781.

Page 315.

1. Expression déjà employée dans l'essai de 1954 sur Saint-Just (*Le Triangle noir*, p. 111).

Page 316.

a. Voici Méry. » *Ici commence le texte publié en avril 1971 dans la* N.R.F. *sous le titre « La mort, qui n'est pas loin » (voir p. 347, début du 4e §). Il s'achève sur* chaque homme reflète l'Être... » *[p. 358, fin du 3e §] et contient quelques variantes par rapport à F.*

IV, 2

b. Ce chapitre correspond aux pages 428-456 du chapitre unique de la partie intitulée « La Voie royale » dans F.

1. La conversation avec Méry sera rappelée dans *Les Chênes qu'on abat...* (*CS*, IV, p. 594) et dans *Hôtes de passage* (*CS*, III, p. 568-569).

Page 318.

a. D'ailleurs, qui sait ? *add. ML* ♦♦ *b.* En face de la mort, je n'ai pas envie de rempiler. Quand je me dis, *F* ♦♦ *c.* pas plus mariée que saint Bernard... / Vous *N.R.F.*

1. Malraux l'aurait dit à de Gaulle en 1945 ; voir p. 91.
2. La Fontaine dans « Les Deux Pigeons » (*Fables*, IX, II) ; citation chère à Stendhal.
3. Si sainte Thérèse d'Ávila n'a jamais été mariée, saint Augustin a connu la vie de couple et la paternité.

Page 319.

a. Il y a tant *[p. 318, avant-dernière ligne]* de choses [...] Donc *add. ML. Voir var. suivante.* ♦♦ *b.* une autre *[p. 318, 2e ligne en bas]* vie. Elle ne m'apporterait rien. / Les gens du Sud *F* ♦♦ *c. Ce paragraphe est un ajout de ML.* ♦♦ *d.* souris *add. ML*

Page 320.

a. La voix du souvenir revient. *add. ML* ♦♦ *b. Ce paragraphe est un ajout de ML.* ♦♦ *c.* Qu'est-ce que [...] Je ne sais plus... *add. ML*

1. Hô Chi Minh, né Nguyên Sinn Cung, devenu Nguyên That Thanh, eut comme militant communiste de nombreux pseudonymes. Malraux cite celui qu'il portait en France en 1919 et conserva encore quelques années.

Page 321.

a. Ce paragraphe est un ajout de ML.

Page 322.

a. Ce paragraphe est un ajout de ML.

1. On ne trouve rien de tel dans *La Voie royale.*

Page 323.

a. Alors ça [...] tant pis... » *add. ML*

1. Extrait de la préface à *Indochine S.O.S.* d'Andrée Viollis (Gallimard, 1935). Voir le discours de Fayçal cité n. 1, p. 87.

Page 325.

a. Ce n'est pas [...] hélas ! *add. ML* ♦♦ *b.* Vous savez, avoir raison ne m'intéresse plus... *add. ML* ♦♦ *c.* Si encore j'étais un petit homme ! Et *F*

1. Voir n. 1, p. 67.
2. Esquisse du développement de *L'Homme précaire* sur « La Secte » (chap. XIII).

Page 326.

a. Le masque *[p. 325, 7e ligne en bas]* est [...] Il dit : *add. ML*

Page 327.

1. Né en 1890, Hô Chi Minh était en effet un « lettré », fils d'un mandarin annamite. Malraux citera plus loin des extraits de ses poèmes.

Page 328.

a. figurez-vous. Comme moi. Même comme vous. *add. ML*

1. C'est-à-dire l'heure de l'absinthe (voir p. 27).
2. Léonard Aurousseau assurait en novembre 1923 l'intérim de la direction de l'École française d'Extrême-Orient, le directeur, Louis Finot, se trouvant alors au Siam.

Page 329.

1. Georges Thierry d'Argenlieu, officier de marine, entra en religion en 1920, devenant le Père Louis de la Trinité. En 1932, il fut nommé supérieur des Carmes de la Province de Paris. Mobilisé en 1939, il fut fait prisonnier ; évadé, il rallia la France libre le 25 juin 1940. Promu amiral, il fut haut-commissaire en Indochine de 1945 à 1947. Il réintégra peu après son ordre.

Page 330.

a. et la nuit tropicale. *add. ML* ♦♦ *b.* politiquement ? / — Rien. Disons : libéral. *F*

1. Sur le procès de Saigon (1924), voir t. I de la présente édition, p. 1129-1130 et 1227.

Page 331.

1. Cf. p. 86 et n. 3.

Page 332.

1. Héros des *Aventures du brave soldat Svejk au temps de la Grande Guerre*, du romancier tchèque Jaroslav Hasek (1883-1923), dont l'œuvre inspira plusieurs films et une pièce montée en 1928 par Piscator, avec la collaboration de Brecht. Celui-ci devait plus tard imaginer Schweyk (*sic*) « dans la deuxième guerre mondiale ».

2. Vers extraits de « L'Air d'un soir », poème de *Carnet de prison*, écrit en 1942-1943 quand Hô était prisonnier du Kouo-min-tang en Chine.

Page 333.

1. Réponse de Hô à Charles Tillon, ministre communiste de l'Air, venu le voir à Biarritz en 1946 (Jean Lacouture, *Hô Chi Minh*, Le Seuil, 1977, p. 120).

2. Voir « Le Chant du riz pilé » (*Carnet de prison*).

Page 334.

a. Ce paragraphe est un ajout de ML. ♦♦ *b.* de Versailles... Méry continue : / Nous disions *F*

1. Malraux séjourna à Crans-sur-Sierre (Valais) en juillet 1955, avec sa femme et ses fils. Il y rencontra, à l'Hôtel du Golf, l'impératrice Nam-Phuong (1913-1963), épouse de Bao Dai.

Page 335.

a. Pour l'oncle, tout [...] d'espoir. *add. ML*

1. Malraux a rencontré Trotski à Saint-Palais, près de Royan, les 7-8 août 1933 et raconté cette rencontre dans *Marianne* (« Trotzky », 25 avril 1934). Sur « les combats de Kazan », voir Trotski : après « la nuit qui fut la plus critique », « Nous étions à la première aube. Tous se sentaient comme des gens qui viennent de naître pour la seconde fois » (*Ma vie*, Rieder, 1930, t. III, chap. v, p. 99 et 104).

Page 337.

1. Malraux rappellera (p. 449) la haine de Méry pour les Japonais.

Page 338.

1. Président de la République fédérale d'Allemagne, Heinrich Lübke fit une visite d'État en France en juin 1961.

2. Pradas « ressemblait à un Mazarin qui eût fait épointer sa barbiche pour ressembler à Lénine » (*L'Espoir*, t. II de la présente édition, p. 166). Dans le roman, c'est Shade qui raconte à ce « Mazarin » l'histoire que Vandervelde est censé rapporter ici.

Page 339.

1. On retrouvera ces automates p. 425.

Page 340.

a. Ce paragraphe est un ajout de ML.

1. C'est Valéry qui est « d'accord pour une fois avec Claudel ». Mais si Claudel a une vision catholique, universelle, du monde et de l'homme, son œuvre le montre très sensible aux différences qui, dans le temps et dans l'espace, séparent les hommes.

IV, 3

Page 341.

a. Ce paragraphe est un ajout de ML. ♦♦ *b.* Parce qu'elles sont des théories du destin. / … mais elles *F*

1. Dans *Lazare* (*CS*, VI, p. 831) la formule sera attribuée à Méry.

Page 342.

a. Tout homme se ressent immortel ; *F*

1. La rencontre avec Alain a été évoquée p. 261.

Page 343.

1. Formule de Nehru citée p. 249.

Page 344.

1. Cf. « Qu'ai-je à faire avec cet enfant en capuchon ? » (*Lazare*, *CS*, VI, p. 830).

Page 345.

a. figurez-vous […] ne suffit pas. *add. ML* ♦♦ *b.* Vous comprenez, Malraux ? *add. ML* ♦♦ *c.* Non, non. On parle toujours pour ne rien dire : parler est s'occuper de choses superficielles. Je n'ai pas parlé sérieusement depuis des années. Avec les bonzes, oui, mais d'une façon… professionnelle. Je lis, et ce n'est pas la même chose. Je tiens *F*

1. Malraux prête ici à Méry des propos qu'il tint à Albert Beuret, au cours du voyage de 1965.

Page 346.

a. à la vie, pour ne pas penser à l'essentiel, pour ainsi dire ? Un mélange *F* ♦♦ *b.* Malraux ? *[6 lignes plus haut]* / Cette […] Il continue : *add. ML* ♦♦ *c.* se pense en moi tout seul, et je m'efforce *F*

Page 347.

1. Stendhal, *Vie de Henry Brulard*, chap. II.

Page 348.

a. Ce paragraphe est un ajout de ML. ♦♦ *b.* Malraux *add. ML* ♦♦ *c.* si vous voulez *add. ML*

Page 349.

a. Malraux *add ML*

1. Voir *Le Démon de l'absolu*, chap. XII (t. II de la présente édition, p. 956). Ce héros des *Possédés* a inspiré un chapitre du *Mythe de Sisyphe*, où Camus cite la phrase : « Si tu sens cela, tu es un tzar et loin de te tuer, tu vivras au comble de la gloire » (*Essais*, Bibl. de la Pléiade, p. 185).

2. Cf. *Le Démon de l'absolu*, chap. XXXIX (t. II de la présente édition, p. 1238). La devise reviendra dans *Lazare* (*CS*, VI, p. 846).

3. Voir la Notice du *Démon de l'absolu* (t. II de la présente édition, p. 1671-1673). Dans une interview accordée à Georges Suffert, Malraux situait la rencontre « dans le bar d'un grand hôtel, à Paris » (« En déjeunant avec Malraux, *L'Express*, 22-28 mars 1971). Suffert dira plus tard : « Je crois qu'il trichait, qu'il inventait cette entrevue dont il avait sans doute rêvé » (*Le Figaro Magazine*, 5 novembre 1988, p. 134).

Page 350.

1. Nous n'avons pas retrouvé l'origine de cette citation.

2. Texte exact : « Je vois mon profond soir vaguement s'étoiler » (« À Théophile Gautier », *Toute la Lyre*, IV, 24). Retour de la citation, avec la même erreur, dans *Lazare* (*CS*, VI, p. 878).

3. Le « supplice d'un enfant innocent », dénoncé par Ivan dans *Les Frères Karamazov*, est un leitmotiv de Malraux. Voir *Le Démon de l'absolu*, t. II de la présente édition, p. 1144 et 1184 ; la conférence à l'UNESCO (4 novembre 1946) ; *Les Voix du silence*, p. 536 ; le discours de Brasilia (25 août 1959) et ici p. 457, 477, *Les Chênes qu'on abat...*, *CS*, IV, p. 593, *La Tête d'obsidienne*, *CS*, V, p. 781, *Lazare*, *CS*, VI, p. 843.

Page 351.

1. Cf. p. 168-169 un premier récit de cette scène, qu'on retrouvera dans *Lazare* (*CS*, VI, p. 868).

2. Cette « inscription des Thermopyles » est citée en 1951 dans *Les Voix du silence* (p. 629), en 1954 dans l'essai sur Saint-Just (*Le Triangle noir*, p. 124), en 1959 dans le discours d'Athènes (*Oraisons funèbres*, « Hommage à la Grèce », p. 924). Première allusion dans les *Antimémoires*, p. 80. L'inscription sera rappelée aux Glières (*Oraisons funèbres*, « À la mémoire des martyrs de la Résistance », p. 957).

3. Bernard Bourotte a publié *Cavernes* en 1931, chez Gallimard.

Page 353.

a. ma retraite, vous comprenez, maintenant *F* ♦♦ *b.* Malraux... *add. ML*

Page 354.

1. Voir p. 77.

2. L'aviateur italien Nobile fit en 1926 avec Amundsen la première expédition polaire en dirigeable. Malraux a pu voir le hangar pendant l'été de 1933, où il fit, avec Clara, une croisière au cap Nord.

Page 355.

a. Malraux… *add. ML* ♦♦ *b.* si vous voulez… *add. ML*

1. Dans *Lazare* (*CS*, VI, p. 853), c'est Méry qui cite ce mot du savant.

2. Mot récurrent, qu'on retrouvera dans *Les Chênes qu'on abat…* (*CS*, IV, p. 595) et dans *Hôtes de passage* (*CS*, I, p. 515). La formule d'Einstein est citée dans *L'Intemporel*, p. 238.

Page 357.

1. Retour de la citation dans *Les Chênes qu'on abat…* et dans *La Tête d'obsidienne* (*CS*, IV, p. 594 et V, p. 776).

Page 358.

a. figurez-vous… *add ML* ♦♦ *b.* Enfin, l'avion décolle *orig. À partir d'ici, reprise de la fin du chapitre I de la quatrième partie, « La Voie royale » d'orig.*

1. C'est le 15 juillet 1965 que Malraux quitte le *Cambodge* et Singapour.

2. Sur Eddy Du Perron, ami hollandais de Malraux, voir t. I de la présente édition, p. 1307-1308. En décembre 1933, peu après la publication de *La Condition humaine*, l'écrivain avait parlé dans *Le Rempart* de cette « petite île perdue dans l'archipel javanais », ajoutant : « Mais je n'irai jamais » (*André Malraux, l'homme des univers*, p. 241).

Page 359.

a. J'aurais dû demander à Méry […] si je la possédais encore. *add. F* ♦♦ *b.* seul vainqueur de la mort. « Si je me tue, je deviens tsar », dit Kirilov. Celui qui se tue ne devient nullement tsar, il « devient libre ». Mais celui qui accepte le risque de la torture, fût-ce *seulement* pour l'idée arbitraire qu'il croit se faire de lui-même et, plus profondément, pour un enjeu qui n'est pas la défense des siens, mais la condition humaine, n'engage pas seulement lui-même, comme Kirilov, ou les siens, comme le héros traditionnel — mais la condition humaine, comme Prométhée — ou l'illusion suprême… / Depuis, *orig. Voir p. 349 et n. 1.*

1. Sur Mercurol, voir n. 6, p. 307-308. Malraux pense peut-être aussi à l'expédition de Prosper Odend'hal chez les Jaraïs (voir t. I de la présente édition, n. 1, p. 374).

Page 360.

a. cet holocauste. *[p. 359, fin de l'avant-dernier §]* Je cherche le passage où Claude regarde Perken désarmé marcher vers les Moïs en armes pour tenter de délivrer leur compagnon Grabot. / Je survole le pays des Moïs, la forêt enchevêtrée comme au siècle dernier, malgré Ban-Me-Thuot et quelques autres bases. L'administrateur qui s'était voué aux Moïs a été déplacé par les Français, et aucun Vietnamien ne l'a remplacé. Nous passons la chaîne annamitique. Voici Qui-Nhon, et l'ombre de Thalie. / Et un peu plus loin, *orig.*

Page 361.

V [LA CONDITION HUMAINE]

V, I

a. Titre dans orig. et dans F : La Condition humaine ♦♦ *b. Ce chapitre correspond au chapitre 1 d'orig. et de F.*

1. Malraux avait raconté en 1935 l'histoire de cet Annamite courageux dans sa préface au livre d'Andrée Viollis, *Indochine S.O.S.*, p. X-XI. Ce souvenir reviendra dans *Lazare* (*CS*, VI, p. 859).

Page 362.

1. C'est-à-dire la police de la République populaire de Chine.

2. À ces « images » (rappelées p. 363) Malraux joindra celles de l'*Album de la Longue Marche* de Huang-chen, offert au ministre à l'issue de sa visite en Chine. Elles aussi sont « de style chinois » (p. 363) ; elles aideront l'écrivain à voir ce que lui ont appris ses lectures (en particulier Edgar Snow).

Page 363.

a. Ce paragraphe est un ajout de F.

Page 367.

a. de cachots *orig., F, ML. Nous corrigeons d'après ms. S.*

Page 370.

1. Texte, cette fois exact, de « la première phrase » citée p. 7, qui reviendra, altérée, dans *Hôtes de passage* (*CS*, III, p. 551).

Page 372.

1. Cité dans *Les Conquérants* et dans *La Condition humaine* (t. I de la présente édition, p. 142 et 614), Gallen (ou Galen) fut de 1924 à 1927 le chef des conseillers militaires soviétiques auprès du Kouo-min-tang. Devenu maréchal sous son vrai nom de Vassili Blücher, il mourut en 1938 et disparut pour longtemps de l'histoire officielle de l'U.R.S.S.

Page 373.

a. colonial *ms. S, orig.* : colonel *F, ML. Nous corrigeons d'après ms. S et orig.*

1. On n'a pas retrouvé de personnage de ce nom dans l'œuvre de Lorca.

Page 374.

1. Malraux fut reçu par le maréchal Chen-yi le 22 juillet 1965.

Page 376.

1. Premier ministre japonais de 1964 à 1972.

Page 377.

a. Ce paragraphe est un ajout de F.

Page 379.

a. Ce paragraphe est un ajout de F.

Page 385.

1. Kalgan, porte de la Grande Muraille, au nord-ouest de Pékin, est citée dans *La Condition humaine* (t. I de la présente édition, p. 555).

Page 386.

1. On retrouve les grottes de Long-men dans *La Tête d'obsidienne* (*CS*, V, p. 764).

2. T'ai-tsong signifie le Grand Ancêtre, titre posthume de plusieurs empereurs chinois, dont Li-Che-min.

Page 387.

1. Chou En-lai reçut Malraux en audience le 2 août 1965.

Page 388.

a. Ce paragraphe est un ajout de F.

Page 390.

1. Voir p. 82 et suiv., où un autre « Front national », à direction communiste, tente, en 1945, d'absorber le M.L.N.

2. Sur cette « légende tenace », voir t. I de la présente édition, p. 1311, n. 2.

Page 391.

1. Un diplomate cité par Richard Nixon déclare : Chou « [...] joue toujours un rôle. C'est le plus grand acteur que j'aie jamais vu » (extrait de *Dans l'arène*, *Le Figaro*, 6-7 octobre 1990, p. 6).

Page 393.

1. Formule célèbre de Pétain.

Page 394.

a. Ce paragraphe est un ajout de F.

Page 395.

a. Longue Marche... / C'est le tombeau de Timour à Samarkhand, vers 1929, quand le guide ahuri faisait de l'empereur un précurseur insuffisant du parti communiste ; c'est le Napoléon *ms. S*

Page 397.

a. août 1965 *add. F*

1. Malraux fut reçu en audience par Mao le 3 août 1965. Au compte rendu de Malraux on pourra comparer la version chinoise, en partie publiée dans *Le Nouvel Observateur* (17-25 mai 1975).

2. Voici le texte de cette lettre, adressée à Liou Shao-shi : « Monsieur le Président, / J'ai chargé M. André Malraux, ministre d'État, d'être auprès de Votre Excellence et du président Mao Tsé-toung l'interprète des sentiments d'amitié du peuple français pour le grand peuple chinois. M. André Malraux se prêtera volontiers à des échanges de vues approfondis sur les grands problèmes qui intéressent la France et la Chine et, par conséquent, l'avenir du monde. J'attache par avance un grand prix aux informations qu'il me rapportera après les avoir, je l'espère, recueillies auprès de vous-même et des dirigeants de la République populaire de Chine. / Veuillez agréer, monsieur le Président, les assurances de ma très haute et très cordiale considération. » (Charles de Gaulle, *Lettres, notes et carnets*, t. X, p. 181). — Cette lettre est datée du 22 juillet 1965, soit du jour même où le maréchal Chen-yi recevait Malraux. Le 23, à l'ambassade de France, c'est un Malraux « en vacances » que rencontra Dominique Noguez (« Ombres chinoises », *N.R.F.*, 1er août 1967, p. 353). La « mission » du ministre a été imaginée bien après son départ pour une croisière de détente : l'écrivain l'a reconnu, à sa manière, p. 280. Présent à Pékin en août 1965, Paul Bady a donné un intéressant « témoignage » sur cette improvisation : « [...] il faut donc se procurer très rapidement une lettre manuscrite [?] du général de Gaulle au président Mao pour officialiser ce qui n'était à l'origine qu'un malencontreux détour » (*Le Monde*, 28 décembre 1976).

Page 398.

a. L'expression *[8 lignes plus haut]* de tous [...] même en Russie. *add. F*
◆◆ *b.* du maréchal. La célèbre verrue au menton, comme un signe bouddhique. Une sérénité *orig.*

Page 399.

a. une réponse rationnelle. Après *orig.*

1. Voir *La Condition humaine* : à Kyo, qui réclame « la révolution paysanne », Vologuine répond : « Le paysan suit toujours [...]. Ou l'ouvrier, ou le bourgeois. Mais il suit » (t. I de la présente édition, p. 611).

Page 400.

a. Que peut-il penser de lui aujourd'hui ? *orig.*

Page 405.

a. contre la famine". » *ms. D* : contre le fascisme". » *ms. S, orig., F, ML*

Page 408.

1. Voir *L'Intemporel*, p. 192 : « Mais les lavis de la salle où me reçut Mao Tsé-toung n'étaient ni réalistes, ni socialistes, ni mauvais. »

Page 410.

a. Je me souviens [...] attends rien. » *add. F* ♦♦ *b.* Que veut-il ? [...] contre le Parti ? *add. F*

1. En 1957. Dans le recueil de textes de Mao *Sur la littérature et l'art* — qu'il possédait — Malraux a pu vérifier qu'en souhaitant l'épanouissement de « cent fleurs différentes », l'auteur, s'il admettait certaines critiques, rejetait toutes celles qui lui semblaient contraires à l'intérêt national, à la ligne du Parti, etc.

Page 414.

a. Ce paragraphe est un ajout de ms. S.

Page 416.

a. Ce paragraphe est un ajout de F.

Page 420.

1. Au palais des Sports, le 31 janvier 1967, Malraux avait rapporté ainsi cet échange : « Eh bien, Monsieur le Président, et maintenant les vieux empires vont renaître ? » Mao Tsé-toung m'a tout simplement répondu : "Oui". »

Page 423.

a. Je pense *[p. 422, début de l'avant-dernier §]* à ce que [...] de l'infirmière. *add. F* ♦♦ *b.* comme des flocons, comme les houppes de kapok au-dessus de la reine de la Casamance. Au-dessus, un avion *orig.*

Page 425.

1. Voir p. 339.

Page 426.

a. Je pense à l'inquiétude [...] ce qui fut l'Asie, *add. F* ♦♦ *b. Ce paragraphe est un ajout de ms. S.*

1. Voir n. 1, p. 67.
2. Voir n. 3, p. 5.

V, 2

c. Au-dessous de nous, le Japon *Le passage qui commence par ces mots et qui va jusqu'à* tout ce qui va surgir. *[p. 449, fin du 1er §] est une addition de F. Nous signalons ci-dessous les additions et les corrections les plus significatives de ML.*

3. *Sic.* Le premier séjour au Japon se déroula en réalité du 7 au 15 octobre 1931. Même erreur p. 435, 441 et 448.

4. L'Inari-Jinja, à Kyôto, est un sanctuaire shinto-bouddhique où l'on vénère une divinité-renard (*Inari*). Dans *La Condition humaine* (t. I de la présente édition, p. 636), le romancier note le « culte pour le renard » des « prostituées japonaises », qu'il ne confond pas avec les geishas, hôtesses élégantes et cultivées.

Page 427.

a. Un autre monde [...] plus miséricordieux... » *add. ML* ♦♦ *b.* (qui en a quinze) *add. ML* ♦♦ *c.* du Ryonji à Kyôto *add. ML*

1. Peut-être Ugi (au sud-ouest de Kyôto), qui est un centre de production de thé vert.

2. En réalité, en 1958. Malraux séjourna au Japon du 8 au 14 décembre.

3. C'est en fait le 22 février 1960 que Malraux inaugura la nouvelle Maison franco-japonaise ; « celle de Claudel » avait été ouverte en décembre 1924.

4. Affirmation invérifiable. Il est vrai, du moins, que les œuvres de Malraux sont presque toutes traduites en japonais.

5. Le dialogue est imaginaire et la date douteuse. Si Malraux est revenu à Kyôto en 1960, on ne sait s'il a revu alors le Jardin-Sec, qu'il avait découvert le 12 décembre 1958. Il le reverra en mai 1974.

6. Le Jardin-Sec de Ryôanji comprend quinze rochers qu'on ne peut tous voir à la fois. Prise sous un certain angle, la photographie ne fait apparaître que « sept pierres ». Attribué à Soâmi (1472-1523), ce jardin, situé au cœur d'un monastère, exprime pour beaucoup la quintessence du bouddhisme zen.

7. Présent dans les temples shinto, le miroir l'est aussi dans nombre de textes zen.

8. L'ère Meiji est celle qui voit l'empereur de ce nom s'établir à Tôkyô, en 1868, et qui s'achève à sa mort, en 1912 ; c'est le temps de la modernisation du Japon, auparavant fermé aux Occidentaux.

9. Cette phrase est une citation d'un vers de Sengai (mort en 1837), grand maître du zen ; elle se retrouve dans *L'Intemporel*, p. 229.

Page 428.

a. J'avais *[p. 427, début de l'avant-dernier §]* rencontré [...] du Ryonji. *add. ML* ♦♦ *b.* c'était alors le plus surprenant. *F* ♦♦ *c.* L'éternité opposée à l'eau courante sur les mousses ? Mais les traces *F* ♦♦ *d.* trapu, mal dégrossi comme l'officier du « Pont de la Rivière Kwai », fraternel, *ms. D*

1. Malraux n'a pu voir ces « nouveaux gratte-ciel » qu'à son dernier voyage, en 1974. « En 1960 », aucun d'eux n'existait.

2. Shalamar, aujourd'hui au Pakistan, a été évoqué p. 80.

3. Personnage non identifié.

4. Cette « répression » avait été très vive dans les années précédant le premier voyage de Malraux au Japon, en 1931.

5. Corps d'attaque employé à partir d'octobre 1944. À bord de leurs avions Kamikaze (« vent des dieux »), un millier de ces pilotes causèrent de lourdes pertes à la marine américaine.

6. Il fallait avoir 17 ans, et Malraux n'atteignit cet âge que le 3 novembre 1918, quelques jours avant l'Armistice.

7. Code d'honneur et de discipline des samouraïs.

8. Introduit au Japon à la fin du XIIe siècle, le zen est une discipline

spirituelle plutôt qu'une religion. Cette forme du bouddhisme rejette les textes sacrés, mais vénère le Bouddha historique.

Page 429.

a. Je devais *[p. 428, début du 3ᵉ §]* rencontrer [...] du jardin ratissé. *add. ML* ♦♦ *b.* à la *[p. 428, avant-dernière ligne du 2ᵉ §]* fois, suggéraient un temps planétaire plutôt que l'éternité. / J'ai oublié (je le retrouverai) le nom du Japonais qui m'accompagnait : dans ma mémoire il s'appelle « Le Bonze » *F* ♦♦ *c.* Il n'était pas un moine, mais un des premiers esthéticiens du Japon. Mal accordé *F* ♦♦ *d.* des traits humains. Comme presque tous ses collègues, il savait le français et l'italien. *F* ♦♦ *e.* de mes textes, relatifs à la mise en question du plus grand art de l'Extrême-Orient par le nôtre — et réciproquement. Nous étions *F* ♦♦ *f.* moi à l'européenne — sur une sorte de rampe, le monastère dans notre dos, le Jardin-Sec à mes pieds. Les ombres commençaient à s'allonger. / — Il me paraît, dit-il, que l'on peut comprendre ce jardin de façons différentes de celle que je dois à mes humbles capacités et à mon zèle. / — C'est peut-être la définition d'une œuvre capitale que de légitimer des interprétations différentes ? / — Le Jardin-Sec est inséparable *F* ♦♦ *g.* Le zen sonne pieusement une modeste note : seulement *F*

1. On peut penser à Kiyoshi Komatsu (1900-1962), traducteur de romans et d'écrits sur l'art de Malraux, qui l'a connu en France dès les années 1920. Il aurait pu tenir bien des propos attribués au « Bonze », mais celui-ci, comme son fils, semble un personnage inventé.

2. Comme plus bas « la note unique, la tache unique », « une fleur dans un vase » désigne l'état idéal atteint dans le zen par la contemplation : absence absolue qui est communion avec l'univers.

3. Ce mot signifie plutôt « n'est-ce-pas ? » que « heu ».

4. Sur le lavis, peinture monochrome chère aux adeptes du zen, voir *L'Intemporel*, p. 224.

5. On retrouve dans *L'Intemporel* (p. 178) Sesshu, peintre de lavis du XVᵉ siècle.

Page 430.

a. Pourtant, *add. ML* ♦♦ *b.* la plus obligatoire, avec la religion. Un *F*

1. Cf. dans *L'Intemporel* : « [...] c'est à travers Chartres que nous admirons Long-men et la Kannon » (p. 183).

2. Cf. « Tout grand art à deux dimensions délivre du temps ce qu'il figure » (*L'Intemporel*, p. 224).

3. Découvert par Malraux en 1958 au Musée national de Kyôto, qu'il revisita en 1960, Takanobu est exalté dans *Les Voix du silence* (p. 621) et dans *La Tête d'obsidienne* (p. 191 et suiv. de l'édition originale, reprises dans *L'Intemporel*).

Page 431.

a. que le ciel égyptien... *nê*... signifiait [...] / Oui. C'était l'idéogramme du destin. Or *F*

1. Œuvre de Takanobu.

2. *Mme Cézanne au fauteuil rouge* (1877).

3. Statue de bois bouddhique (du VIIᵉ siècle), vue par Malraux à chacun de ses voyages, au musée Hôryûji de Nara. Cf. *L'Intemporel*, p. 183.

4. « Eaux-et-montagnes », « fleurs-oiseaux », « portrait » sont les trois genres de la peinture japonaise.

5. Si les astres sont rares dans la peinture japonaise, Malraux a pourtant repéré celui qui domine la cascade de Nachi (*L'Intemporel*, p. 205) — à ses yeux l'un des éléments constitutifs du Japon éternel. Voir p. 443-444.

6. Le mot « destin » « n'existe pas » dans le vocabulaire zen.

7. « Naïve », car, parvenu à l'état idéal, le pratiquant du zen échappe au temps et à la causalité.

Page 432.

a. Le Bonze était-il bouddhiste ? Je craignais que la question ne lui semblât indiscrète. Il parlait *F*

1. Cf. *L'Intemporel*, p. 235 : « Pour eux [Japonais], le christianisme est destin, et drame. »

2. Il existe au Japon des sanctuaires où coexistent deux religions : l'autochtone (shinto) et l'importée (bouddhiste). Dans la pratique cultuelle d'une même personne, rites shinto et rites bouddhistes peuvent se succéder.

3. « Au début de l'été 1940 », le narrateur des *Noyers de l'Altenburg* est prisonnier à Chartres. C'est pendant l'été 1939 que Malraux y passa.

Page 433.

a. Oui. En 1960, quand *F*

1. Seul un fragment de ces fresques bouddhiques du VIIe siècle (déjà évoquées p. 194) a été conservé après l'incendie de 1949. Capitale impériale au VIIIe siècle, Nara fut au cœur de l'expansion du bouddhisme au Japon.

2. En décembre 1958.

3. « Usage » imaginaire : en réalité, Malraux rencontra des ministres avant l'audience impériale, puis se rendit à Nara.

4. L'écriture chinoise fut introduite au Japon au VIe siècle ; l'écriture japonaise actuelle la combine avec deux systèmes syllabiques proprements nippons.

5. Voir une formule analogue dans *La Tête d'obsidienne*, p. 196 de l'édition originale (passage non repris dans *Le Miroir des limbes*).

6. S. Chujo a cherché en vain ces « six colonnes » dans les trois plus grands journaux...

7. Le 25 mai 1945 ; le nouveau palais fut achevé en 1968.

Page 434.

a. et hurlé : Banzaï ! *add. ML* ♦♦ *b.* une chose, une seule chose, qui vous ait fait penser au bushido ? / La question *F* ♦♦ *c.* des cailloux dans les étangs *F* ♦♦ *d.* populaire *add. ML*

1. Voir p. 76, n. 1.

2. Beaucoup de Japonais comprirent l'annonce de la défaite par l'empereur Hirohito, parlant à la radio (le 15 août 1945, à midi). La langue et la diction impériales ont-elles pu égarer des hommes du « peuple » et leur faire pousser l'acclamation *Banzaï* (littéralement : « Vive ! ») ?

3. Dans un entretien de 1974 avec Sazô Idemitzu, Malraux rappellera cette conversation avec l'empereur (*André Malraux et le Japon éternel*, Tôkyô, Musée Idemitzu, 1978, p. 17). Sur le bushido, voir n. 7, p. 428.

4. Beaucoup de militaires, en particulier.

5. Les Japonais disent plutôt *seppuku* ou *kappuku*. En 1931, un journal titrait : « Dès son premier pas sur le sol japonais, André Malraux se met à discourir sur la philosophie du hara-kiri » (*André Malraux et le Japon éternel*, p. 31). Voir t. I de la présente édition, n. 3, p. 376.
6. La fête des Morts se déroule du 13 au 16 juillet.

Page 435.

a. de coups de rasoir, et le signe du suicide. *F* ♦♦ *b.* Les geishas ordinaires [...] les soldats américains. *add. ML*

1. La « sérénité » est pour Malraux l'âme du Japon. Il parla en 1931 à Kiyoshi Komatsu de « sérénité plus déchirante que la tragédie » (*André Malraux et le Japon éternel*, p. 25). À Tadao Takemoto, il affirma : pour « la grande pensée japonaise [...] la valeur suprême est la sérénité » (*L'Appel*, 1973 ; repris dans *L'Herne*, p. 393).
2. L'époque Heian (794-1185) a connu « de grands écrivains » féminins, chez qui l'on trouve les traits notés ici : horreur du nu, éloge de la chevelure. Si l'origine de la « citation » est inconnue, les dames de cette époque étaient bien revêtues d'une « carapace », formée de six kimonos superposés. Cf. *L'Intemporel*, p. 222 : « Tout nu féminin est "une langouste sans carapace" ».
3. Les « estampes sexuelles » datent surtout de l'ère d'Edo (1616-1867).
4. Voir n. 3, p. 426.
5. Du japonais *Cha-ya* (« thé vert »), qui désigne les maisons de débauche.
6. Kondo, l'un des guides de Malraux au Japon en 1931, a pu inspirer le personnage de Kama dans *La Condition humaine*.
7. Le *kushô* (« rire amer ») dissimule colère ou tristesse : c'est un « paravent du malheur ».

Page 436.

a. Motocyclettes ! *add. ML* ♦♦ *b.* regarda ; son sourire disparut. / Un *F* ♦♦ *c.* dit-il ; pourtant, vos dieux, ce sont un peu nos lutteurs. Vos déesses *F*

Page 437.

a. Comme nos renards d'autrefois. Le *F* ♦♦ *b.* pourtant [...] des animaux. *add. ML*

1. Voir n. 4, p. 426.
2. Depuis l'ère de Nara (710-794), la glycine est chère aux Japonais. S'il n'y a pas une « fête des champignons », leur cueillette en automne est très populaire.

Page 438.

a. Je venais alors de l'Inde *F*

1. Voir p. 154-155.
2. Approximation : la corne du rhinocéros était utilisée contre la fièvre.
3 Écho de la p. 183.

Page 439.

a. fatras. / Devant le jardin le plus nu du Japon, je ne pensais pas aux grottes de l'Inde. Fugitivement, à la vaste *F* ♦♦ *b.* Un peu. Mais *add. ML*

1. Elephanta, Mahalinga : rappels des pages 207-209.

2. Le Bouddha du temple de Kôtokuin à Kamakura (XIIIe siècle), près de Tôkyô, est beaucoup moins grand que celui, non moins célèbre, du temple de Tôdai à Nara.

3. « Caves » : le Bonze emploie le mot anglais, avant de se reprendre.

4. La « paix du rien » est l'une des trois portes par lesquelles on accède au *satori* (l'« éveil »). Comme on l'a vu p. 218, Malraux préfère dire : « paix de l'abîme ». Voir n. 2, p. 446.

Page 440.

a. Ou Dieu [...] négligeable. *add. ML*

1. Du moins pour les adeptes du zen.

2. Dans le bouddhisme, la Création « n'existe pas » : l'univers n'a ni commencement ni terme.

Page 441.

a. des observatoires des Indes, le *F*

1. Rouleau de peinture ou de calligraphie.

2. Poterie de l'époque de Kofun (IIIe-Ve siècle).

3. Ici commence un tournoiement d'images déjà rencontrées : voir en particulier I, 2 (Égypte et Mexique), II, 1 (observatoire, singes), III, 1 (Inde), V, 1 (Chine).

4. Voir n. 3, p. 426.

Page 442.

a. On peut tourner [...] Avec votre permission. » *add. ML*

1. L'art japonais du bouquet, *ikebana* (« faire vivre les fleurs »), s'est développé pendant l'ère Muromachi (1393-1573) sous l'influence du zen.

Page 443.

1. Allusion aux œuvres de Loti et de Puccini (1887, 1904).

2. Voir n. 8, p. 427.

3. Malraux n'a découvert cette région que lors de son dernier voyage (en mai 1974). Tadao Takemoto évoque le « pèlerinage » à Isé, « où le sacré japonais se dévoile entièrement » (*André Malraux et le Japon éternel*, p. 25). À Isé, le temple de la déesse solaire Amaterasu — dont descend l'empereur — est le sanctuaire national par excellence. La cascade de Nachi, la plus haute du Japon, a inspiré au XIVe siècle une peinture, vue par Malraux dès 1960 et revue en 1974, à laquelle il consacre un long commentaire dans *L'Intemporel*, p. 205.

4. En réalité, des cèdres.

5. Le terme *Kami* (« dieux ») s'applique aux divinités shintoïstes, aussi bien qu'aux bouddhistes.

Page 444.

1. Le Bonze distingue entre l'esprit chevaleresque du *bushido* (voir n. 7, p. 428) et son exploitation par le militarisme.

2. Pendant un demi-siècle (1895-1945), l'armée japonaise a vaincu la

Chine impériale, la Russie tsariste, la Chine républicaine, la Grande-Bretagne et les États-Unis, occupé les possessions françaises et hollandaises.

3. À Tsushîma, en 1904, la flotte russe fut vaincue par la marine japonaise.

Page 445.

1. Secte bouddhiste introduite au IXe siècle au Japon par Kûkai.

2. Retour de la citation de la page 109. Dans *Hôtes de passage* (*CS*, III, p. 568), Max l'attribuera à Stendhal.

3. *Le Rouge et le Noir* et *La Chartreuse de Parme* évidemment : le Bonze ignore les autres romans.

Page 446.

1. C'est-à-dire : ne cherche pas la cause (« l'archer »), mais agis selon l'enseignement du Bouddha (« arrache la flèche » — par « compassion »).

2. Voir la définition du *satori* dans *Présence du boudhisme* (Gallimard, 1987, p. 714) : « [...] la compréhension profonde conduisant à l'état-de-bouddha ou bouddhéité ». Autre définition : « l'éveil », terme que vient d'employer Malraux, à propos du *nirvâna.*

Page 447.

a. Il regardait *[p. 442, 7e ligne en bas]* tomber [...] a quitté son temple. » *add. ML* ♦♦ *b.* Il sourit en fermant les yeux, et sa bouche *F* ♦♦ *c.* Souvenez-vous : hara-kiri n'est pas le suicide, hara-kiri est le sacrifice *F* ♦♦ *d.* Des élèves se tenaient *F*

Page 448.

a. J'avais *[10 lignes plus haut]* rejoint [...] parmi les kamikazes. *add. ML*

1. Citation du discours de 1961-1964 sur Jeanne d'Arc (voir *Oraisons funèbres*, p. 940).

2. Il s'agit des prédictions qu'après lecture on attache aux branches des arbres proches du temple.

3. Voir n. 5, p. 428.

4. Voir n. 3, p. 426.

5. Sans doute le Chion-in, à Kyôto, l'un des plus vastes temples du Japon.

Page 449.

a. Je pense à l'aumônier des Glières et à celui qui trouvait *orig.* ♦♦ *b.* des Orties, à la reine de la Casamance, au mur *orig.*

1. Voir p. 337, où Méry dit : « Ceux-là, qu'ils crèvent ! »

Page 450.

a. Les étendues *[p. 449, début du 2e §]* blanches [...] et de la mort. *Cette fin de chapitre reprend le début du chapitre II d'orig.*

1. L'expression sera reprise p. 457.

V, 3

2. « On se montrait ces figures d'un autre âge, ces nobles revenants, dont tels pourpoints dataient de Louis XII et tels chevaux boitaient depuis Pavie » (Michelet, *Histoire de France au* XVIe *siècle*, 3e éd., Chamerot, 1864, p. 12).

Page 451.

1. La Seine, par exemple, de « Recueillement », poème cher à Malraux.

Page 456.

a. il n'y avait pas d'écrivains, je crois. C'était un jour de mars, *orig.*

1. En vue du « Roman », Malraux note : « Ne pas oublier les grottes préhistoriques, et les armes cachées avec Henry » (*ms. D*). Il ne nomme pas Lascaux où, en 1944, ne furent jamais cachées d'armes. Voir G. Penaud, ouvrage cité, p. 68-69.

2. Cf. *Lazare* (*CS*, VI, p. 789) : « Avec les premiers gaz de combat, Satan reparaît sur le monde ». Edmond Michelet écrira en 1968 : « Les survivants des camps de déportés ont le droit d'affirmer [...] qu'ils ont connu le monde du Malin absolu » (Préface au *Requiem à Buchenwald* de Jean Héricourt, Apostolat des éditions, 1970).

3. Les obsèques de Bernanos, mort le 5 juillet 1948 à l'hôpital américain de Neuilly, eurent lieu le 8 à Saint-Séverin. Le lapsus sur la date s'explique peut-être par une lecture trop rapide d'une notice biographique où l'on voit que le romancier dut s'aliter « un jour du mois de mars 1948 » et où l'on trouve, cités par l'abbé Pézeril ou extraits de l'agenda de Bernanos, les propos que Malraux prête ici au malade et à l'agonisant (Bernanos, *Œuvres romanesques*, Bibl. de la Pléiade, p. LIV).

4. C'est oublier Maurice Bedel, Albert Béguin, Pierre Bourdan, Luc Estang, Jules Roy.

5. Le gouvernement en exil de la République s'était fait représenter. Il y avait aussi une délégation des Français libres, parmi lesquels un ami de Malraux, Gaston Palewski.

6. Malraux fera encore allusion à ce projet dans sa préface (1974) au *Journal d'un curé de campagne*.

Page 457.

a. Il m'avait dit *[p. 456, 4e ligne en bas]* aussi [...] c'est là qu'Il nous attend... » *add. F*

1. Bernanos avait écrit : « [...] le péché nous fait vivre à la surface de nous-mêmes ». Malraux veut retrouver son leitmotiv : voir n. 3, p. 5.

2. C'est-à-dire celui « de l'être humain et du supplice » : voir p. 450.

3. Sur ce thème dostoïevskien, voir n. 3, p. 350. Le commentaire de l'aumônier sera repris dans *Lazare* (*CS*, VI, p. 843).

4. Villon est ajouté aux trois noms cités dans *Les Noyers de l'Altenburg* (repris ici p. 31).

5. À Figueras en 1939, Malraux a écrit quelques pages dont on retrouve ici l'écho (*L'Espoir*, Appendices, t. II de la présente édition, p. 612-614). La visite à Gorki en Crimée a été évoquée p. 11.

6. « Un journaliste » dans les notes de Figueras (*ibid.*, p. 613).

Page 458.

1. Ces notes évoquaient déjà une visite au « Musée Dostoïevski » : on y

trouvait le « cadre de peluche rouge » (*ibid.*, p. 613), « une Bible avec des "annotations" [...] presque toujours le même mot : *Niet* : non » (*ibid.*, p. 614).

2. Jean, XX, 1.

Page 459.

a. à un komsomol, *[p. 457, 7e ligne en bas]* vers 1925 [...] dessin maladroit. *Dans ms. D, ces pages sur le komsomol et Dostoïevski, reprises des notes de Figueras, appartenaient à l'introduction. Voir var. a, p. 9.*

1. Sophocle, *Antigone*, v. 523. La citation figurait déjà dans les discours du 30 mai 1952 (Congrès pour la liberté de la culture), du 18 avril 1964 (inauguration de la maison de la culture de Bourges), du 31 mai 1964 (« commémoration de la mort de Jeanne d'Arc », *Oraisons funèbres*, p. 942).

2. Citation de la dernière scène du *Marchand de Venise*, où le refrain *In such a night* rythme le dialogue entre Jessica, fille de Shylock, et son amant Lorenzo. Déjà cité dans *L'Espoir* (t. II de la présente édition, p. 412) et dans *Saturne* (p. 94, 176), ce motif shakespearien reviendra dans *Hôtes de passage* et *Lazare* (*CS*, I, p. 515 et VI, 857). On le retrouvera dans *L'Irréel*, p. 241.

3. Malraux a lu « notamment » *Rue de la Liberté* d'Edmond Michelet, son compagnon en gaullisme, en qui il voyait « l'Aumônier de la France », héritier de « son maître Péguy » (préface à *La Querelle de la fidélité*, d'Edmond Michelet, Fayard, 1971, p. XII). Dans les pages qui suivent, Malraux s'inspire aussi largement des souvenirs de Brigitte Friang, son attachée de presse au temps du R.P.F. et en 1958-1959. Dans *Un autre Malraux* (Plon, 1977), celle-ci mentionne « une série de déjeuners » chez Lasserre où, à la demande de l'écrivain « qui voulait les évoquer dans ses *Antimémoires* », elle tenta de lui « expliquer [...] ce qu'avait été, non l'apparence, mais la réalité profonde des camps de concentration allemands » (p. 63). « À cette époque » (p. 64), B. Friang n'avait pas encore écrit *Regarde-toi qui meurs* (Laffont, 1970), mais elle communiqua à Malraux ses notes, prises « dès son retour de déportation » (*ibid.*). Ces notes ont passé dans le livre assez fidèlement pour justifier les rapprochements que nous établissons entre les *Antimémoires* et un ouvrage qui leur est postérieur.

Page 460.

1. Dans un dossier de *La Lutte avec l'Ange*, Malraux a gardé, écrit et signé par un « Maurice 22417 », le texte d'une chanson qui commence ainsi : « Loin vers l'infini s'étendent / De grands bois silencieux / Oui, pas un seul oiseau ne chante / Dans les arbres secs et creux / (Refrain) Oh terre de misère / Où nous devons tous nous taire / Veiller... Veiller » (*ms. D*).

2. Voir Brigitte Friang : « Au-delà de la faim, de la fatigue, du manque de sommeil, des coups, de la maladie, du froid, de la pluie, de la neige, de la peur de ne pouvoir tenir encore un jour [...] des poux, de la promiscuité [...] il y a eu l'humiliation » (*Regarde-toi qui meurs*, p. 146). Dans la suite du texte, outre celles qui sont signalées en leur lieu, nombreuses notations qu'on retrouve dans le même ouvrage : « bâton de chocolat », « festins imaginaires » (p. 460), « fleurs » des camps, sens d'« organisé » (p. 461), « la quarantaine » (p. 462), containers-tinettes (p. 463), « son sans paroles [...] de baisers », « points lumineux » des « lampes électriques des S.S. » (p. 467), retour de Brigitte à Paris (p. 474-475, 477).

3. « [...] l'organisation de l'avilissement » : expression reprise p. 467.

4. E. Michelet rapporte des propos analogues tenus par le Père Dillard à Dachau. Revenu à lui, le Père déclare : « Je vous ai donné là les noms des élèves de ma dernière classe de philosophie » (*Rue de la Liberté. Dachau 1943-1945*, Le Seuil, 1955, p. 223).

Page 462.

1. E. Michelet évoque le « Club des Intellectuels délirants » à Dachau (*Rue de la Liberté*, p. 177).

2. Écho du *P'tit Quinquin* dans la chambrée p. 222.

Page 463.

1. Péguy, « Présentation de la Beauce à Notre Dame de Chartres », strophes 9 et 10. Malraux ajoute les points de suspension.

Page 464.

1. On trouve les bergers dans Luc, II, 8-20 et les mages dans Matthieu, II, 1-12 ; l'âne et le bœuf ne figurent pas dans le « texte sacré ».

Page 465.

a. l'Incarnation, évidemment. / Il y a *ms. S* ♦♦ *b.* Pour Noël [...] une voix. *add. ms. S*

1. « [...] un petit voyage » : aux Îles dans les versions profanes de cette chanson ; du ciel sur la terre dans les versions religieuses qui évoquent l'Annonciation, et donc « l'Incarnation » (communication de P. Fortassier).

2. C'est à Zwodau (dans les Sudètes), à l'été 1944, que se déroule la scène dont s'inspire Malraux. On retrouve dans le récit de Brigitte Friang « Attila » et ses propos : « après lui, l'herbe ne repoussait pas », « assemblée de putains », « pas une d'entre nous ne sortirait vivante de ce camp », ainsi que l'interprète alsacienne (*Regarde-toi qui meurs*, p. 152-153).

Page 466.

1. Brigitte Friang, comme le précisera l'auteur p. 474.

Page 467.

1. Au camp de Zwodau, le 16 juillet 1944, B. Friang note : « Danser. Danser follement. Comme avant. Sans avoir mal » (*Regarde-toi qui meurs*, p. 184).

2. Écho des p. 222 (« chanteurs »), 130-134 (Guyane), 304 (« Thalie », nom de plume de la femme du résident dans *Le Règne du Malin*, voir p. 304).

3. Rappel de la scène de *L'Espoir* reprise p. 243.

4. Reprise de la formule de la page 460.

5. Cf. *Ich bin wieder da* (E. Michelet, *Rue de la Liberté*, p. 168 et p. 117-118).

Page 468.

1. À Dachau, le block 26 regroupait des prêtres allemands qui devaient

« écarter les chrétiens de la chapelle » (*Rue de la Liberté*, p. 112), comme le rappellera E. Michelet, p. 476.

2. Le triangle rouge était porté par les « terroristes », le vert par les déportés de droit commun, le violet par les religieuses, le noir par les « asociaux » : homosexuels et aussi tziganes, comme le note B. Friang (*Regarde-toi qui meurs*, p. 114). « Demi-fous » est une interprétation de Malraux. Étaient aussi rangés parmi les « asociaux » des Allemands punis pour refus de travailler ou pour relations avec des étrangers (*ibid.*).

3. Cf. « [...] se bousculer pour laper parmi les immondices une flaque de soupe échappée d'un bidon » (*ibid.*, p. 146-147). Ailleurs (p. 207), B. Friang montre les gardiens du convoi de déportés renversant un peu de soupe pour provoquer la bagarre, à la grande joie des paysans sudètes qui rythment de leurs applaudissements les coups assénés par les S.S. La scène se passe en avril 1945...

Page 469.

1. Le 3 février 1945, Malraux cite déjà cette formule d'Alain à Roger Stéphane (Archives R. S.).

Page 471.

1. C'était le 1er mai 1945, comme le précise Malraux dans le dossier qu'il a constitué sur Rommel et sa famille. Il note : la veuve du maréchal « demande la protection du général de Lattre qui a décidé de la lui accorder. *Jacquot* [voir n. 1, p. 165] : Qu'est-ce que c'est que ces protections de la famille Rommel ? La franc-maçonnerie des hobereaux ? On ne fait pas tant d'histoires pour les pauvres types. » « Après la prise d'armes de Stuttgart », Malraux a entendu un « discours ridicule du général libéré » (*ms. D*).

2. Formule favorite de Malraux : voir Alain Malraux, *Les Marronniers de Boulogne*, p. 55.

3. On a prêté ce souhait à Malraux lui-même, très lié à Giacometti.

Page 472.

1. Ce « poteau d'exécution » sera encore évoqué dans *Les Chênes qu'on abat...* (*CS*, IV, p. 686).

2. Tel le Leclerc de la Porte-d'Orléans : Malraux, qui avait souhaité confier ce monument à Zadkine, avait rencontré l'opposition de la maréchale et des anciens de la 2e D.B. Il transpose cet affrontement dans l'entretien — imaginaire — de la Crypte des Déportés.

Page 474.

1. Voir p. 466 et n. 1.

2. La conversation qui suit est inventée, précise Brigitte Friang, mais « [...] elle est ainsi beaucoup plus significative que n'eût été une reproduction exacte » (*Un autre Malraux*, Plon, 1977, p. 67).

3. Brigitte Friang authentifie les propos de l'officier du Lutetia et de l'« élégant » quinquagénaire (*Regarde-toi qui meurs*, p. 143-144).

Page 475.

1. Citation libre du « Chant des rescapés » : « Nous vous demandons [...] De nous laisser réapprendre doucement la vie [...] De ne pas encore

nous montrer un chien qui mord... » (*Brasier d'énigmes*, Denoël, 1967, p. 45). Nelly Sachs a reçu le prix Nobel en 1966.

Page 476.

1. Voir n. 1, p. 468.

2. À la fin de son livre, E. Michelet note « ce prodigieux sentiment de vivre sur un *Nachelague* d'existence » (*Rue de la Liberté*, p. 246). *Nachlag* : « rabiot ».

3. Cf. « Pourquoi ruiner délibérément le potentiel de rendement... » (*Regarde-toi qui meurs*, p. 502).

4. Le comte Joseph Czapski, venu à Paris entre les deux guerres, revenu en France en 1945, est bien « l'un des rares survivants de Katyn », où les Soviétiques massacrèrent en 1940 plusieurs milliers d'officiers polonais. Nommé par Anders « chef de la Propagande de l'armée » que commandait ce général, il publia en France deux livres sur son expérience de guerre : *Souvenirs de Starobielsk* (1945), *Terre inhumaine* (1949), où l'on ne trouve pas l'histoire racontée ici. Malraux a pu l'entendre de la bouche même de Czapski, peintre qu'il connaissait depuis longtemps et à qui l'on doit un portrait de l'écrivain. Alors que celui-ci songe encore au roman, il note sous la rubrique « Scènes II » : « La farine de Czapsky ? » et sous « Roman. Ange » : « Czapski et la femme couverte de farine, au camp » (*ms. D*).

Page 477.

1. Voir n. 3, p. 350.

2. Écho d'« *il n'y a pas de grandes personnes* » (voir p. 5 et n. 3).

Page 478.

1. Scène fameuse de *L'Espoir* (t. II de la présente édition, p. 406 et suiv.).

Page 479.

1. Cf. « des oranges couleur de gelée blanche, brillantes de rosée » (*L'Espoir*, t. II de la présente édition, p. 387).

2. La fin de ce paragraphe, depuis « C'est l'aube [...] », s'inspire de « Et sur la terre... » (t. II de la présente édition, p. 574-575). Malraux avait déjà évoqué ce souvenir d'Espagne dans *Combat*, en 1946 (*R.H.L.F.*, 1981, p. 254).

Page 480.

1. Durée de la captivité et de la déportation de B. Friang (mars 1944-mai 1945).

2. « [...] la crucifixion, après les quatorze stations », écrit B. Friang (*Regarde-toi qui meurs*, p. 187).

Page 481.

a. sa forme... *[9 lignes plus haut]* Plusieurs de mes amis ont eu peur de perdre la foi. Je n'ai jamais douté, mais à bien des reprises j'ai été hanté par : « Et si je perdais la foi ? » comme les autres pensaient : « Et si je passais demain au crématoire ? » Pourtant, je ne crois pas que l'horreur fasse perdre la foi. Job a répondu avant moi pour des siècles, et le camp, c'était Job. / Il hésite. / « Il est vrai que ce n'est pas l'horreur qui, pour mes amis, a joué un rôle décisif. Ce ne sont pas les victimes qui mettaient Dieu en question, mais les bourreaux. C'est le vieux problème du Mal, et Job ne s'adresse pas au Bon Dieu... » / Il parle avec une force amère, mais je me souviens que l'aumônier des Glières disait : le Bon Dieu. / — Parmi les missionnaires d'Asie, dis-je, j'ai rencontré ceux de la foi, ceux de l'espérance et ceux de la charité. Ce n'étaient pas les mêmes... *[voir « Hôtes de passage », « CS », I, p. 489, 3e §]* / « Dans l'ensemble, comment nos camarades sont-ils morts ? / — Mon bon ami, *ms. S*

1. « "Les gens s'amusaient [...] chez les distraits" », me fait dire André Malraux dans ses *Antimémoires* » (*Regarde-toi qui meurs*, p. 141).

Page 482.

a. à l'approche de la mort... Au *orig.* ♦♦ *b.* Le président Azaña mourant *orig.*

1. « Aucun de ceux que j'ai vus mourir ne m'a chargé de le venger », écrit E. Michelet. Il cite en exemple les « dernières volontés » d'un « vieux révolutionnaire », lui demandant de conduire sa femme et sa fille « sous le troisième prunier, celui qui se trouve à droite » (*Rue de la Liberté*, p. 214).
2. Président de la République espagnole de 1936 à 1939, Azaña mourut à Montauban en 1940.

Page 483.

a. Ce paragraphe est un ajout de F.

1. Cf. « [...] en 1968, *avant* Jésus-Christ... » (p. 12) ; « Quels ont été les événements de 1965 avant Jésus-Christ ? » (p. 48).
2. Le 12 mars 1967.
3. Jacques Marsal, l'un des quatre jeunes garçons qui découvrirent la grotte, le jeudi 12 septembre 1940.

Page 484.

1. « Pour qu'il y ait des objecteurs de conscience, il faut d'abord qu'ils aient une conscience. En ont-ils une ? » (Malraux au Conseil des ministres du 13 juin 1962, cité par Alain Peyrefitte, *C'était de Gaulle*, I, Éditions de Fallois / Fayard, 1994, p. 329).

II. LA CORDE ET LES SOURIS

Page 485.

1. Placée en 1975 en tête d'*Hôtes de passage*, cette épigraphe, qui explique le titre de la seconde partie du *Miroir*, vient d'un guide illustré du Japon lu dans l'avion en 1974 par Sophie de Vilmorin qui signala cette légende à Malraux.

Page 487.

I [HÔTES DE PASSAGE, I]

a. Note liminaire dans HP (p. 6) : Avec *Lazare*, la plus grande partie des textes qui forment le tome II du *Miroir des limbes* — dont les *Antimémoires* forment le tome I — se trouve publiée, à l'exception des trois premiers chapitres. Les voici, afin que les lecteurs qui veulent bien s'intéresser à ce livre puissent dès maintenant en posséder le texte complet.

1. Cette section reprend la première d'*Hôtes de passage*. Voir la Note sur le texte, p. 1155-1156.

2. « Le masque de Vlaminck » était mentionné dans *La Tête d'obsidienne* (p. 158 ; passage non repris dans *Le Miroir des limbes*) ; c'est dès 1904 que le peintre aurait découvert l'art nègre. Voir *Les Voix du silence*, p. 418 : « Derain et Vlaminck attachent avec raison grande importance au jour où leur attention fut pour la première fois frappée par un masque nègre. »

Page 488.

a. compagnies *[fin du § précédent]* concessionnaires. » L'Histoire, qui a retenu les noms des conquérants des Indes, devrait bien ne pas oublier ceux des quelques Anglais qui ont contribué à les libérer. Tous *ms. D*

1. Malraux achève son discours de Fort-Lamy (10 août 1960) en souhaitant au Tchad « l'État qui assumera cet espoir fraternel » (*L'Herne*, p. 258).

Page 489.

a. Voir var. a, p. 481 ◆◆ *b. L'évocation de Schweitzer venait d'abord dans un entretien avec Nehru. Voir var. a, p. 253.*

1. Malraux rencontra Albert Schweitzer en août 1960, à Lambaréné.

Page 490.

1. Dans « Le Voyage de Casamance » (*Les Nouvelles littéraires*, 23 septembre 1967), Paul Bourcier oppose la « réalité » à la transposition qu'on trouve ici : la reine a un « visage à la fois naïf et roublard » ; le palais n'est « qu'une case ronde » ; le fétiche n'est pas l'arbre (fromager, ou faux kapokier), mais « quelques bouts de bois ». Le 14 mai 1969, Senghor écrit à Malraux : « [...] j'ai revu la reine Sebeth que vous avez immortalisée, et qui en est consciente » (*André Malraux et le Japon éternel*, p. 237).

Page 493.

a. J'en rêvais *[p. 490, dernier §, 2ᵉ ligne]* depuis longtemps [...] ses colliers dans le silence. *Ce passage reprend, avec quelques variantes, un fragment de l'édition originale des « Antimémoires » (p. 76-79), retranché de l'édition « Folio », ramassé en quelques lignes dans « La Tête d'obsidienne » (p. 158 de l'édition originale). Voir var. a, p. 58.* ◆◆ *b.* Un Nehru sans [...] *Condition humaine... addition tardive de ms. D*

Page 494.

1. Voir *Antimémoires*, p. 159.

2. « Nos chants populaires, près de ceux-ci [les chants des Sara], paraissent grossiers, pauvres, simples, rudimentaires » (Gide, *Le Retour du Tchad*, in *Journal 1939-1949. Souvenirs*, p. 892).

3. Cette phrase est une citation littérale de la postface des *Éthiopiques* (1956) de Senghor.

Page 495.

a. et, peut-être, de l'avenir *corrigé en* et, si Dieu le veut, de l'avenir *ms. D*

1. Senghor écrit : « Que nous répondions présents à la renaissance du Monde / Ainsi le levain qui est nécessaire à la farine blanche. / Car qui apprendrait le rythme au monde défunt des machines et des canons ? » (« Prière aux masques », *Chants d'ombre*, 1945).

2. Cf. *La Tête d'obsidienne*, p. 163 : « L'Europe connaissait le lien des masques avec un surnaturel [...] mais Picasso seul l'*éprouva* » (non repris dans *Le Miroir des limbes*). À Picasso Senghor a dédié « Masque nègre » (*Chants d'ombre*).

3. Voir la fin de « Zone » : « [...] tu veux aller chez toi à pied / Dormir parmi tes fétiches d'Océanie et de Guinée / [...] / Ce sont les Christ inférieurs des obscures espérances » (*Alcools*).

4. Senghor cite volontiers cette formule d'Aristote : par exemple dans « Lettre à trois poètes de l'hexagone » (*Œuvre poétique*, Le Seuil, 1990, p. 380). Il la reprend dans son hommage à Malraux en novembre 1976 (Philippe et François de Saint-Cheron, *Notre Malraux*, Albin Michel, 1979, p. 85).

Page 496.

a. ne se référait-il pas *HP, ML. Nous corrigeons d'après ms. D.* ◆◆ *b.* nous avons accueilli, contre Pompidou, les attaques de Valéry ! » *ms. D*

1. Cf. « Je ne crois pas qu'un seul de mes amis africains [...] ressente l'art des masques ou des ancêtres comme le sculpteur qui a créé ces figures » (discours de Dakar, 30 mars 1966). Rappel p. 513. Dans les premières versions du chapitre, ce discours était plus largement utilisé : on y trouvait par exemple le dialogue avec Menuhin, transféré dans *La Tête d'obsidienne* (*CS*, V, p. 735).

Page 497.

1. « L'histoire est le produit le plus dangereux que la chimie de l'intellect ait élaboré. [...] Il [...] rend les nations amères, superbes, insupportables et vaines » (Valéry, « De l'Histoire », 1927, *Œuvres*, t. II, Bibl. de la Pléiade, p. 934).

Page 499.

1. Dans son discours de Grenoble (4 février 1968), Malraux faisait tenir ce propos à Zvorikine lors d'une table ronde de l'UNESCO.

2. Malraux rencontra ce poète noir américain en Espagne. Les vers cités sont extraits de « Notre terre » (*The Weary Blues*, 1926).

3. Raccourci hardi : la présence française au Sénégal est bien antérieure à la Révolution, qui n'a pas attendu la Convention pour assimiler les colonies à la métropole.

Page 500.

a. Pendant la *[1re ligne de la page]* nuit [...] de la Côte d'Ivoire. *Ces lignes sont la reprise presque textuelle d'un passage de ms. D qui figurait dans le récit du retour du général en 1958. Voir var. a, p. 114.*

1. Le comte Hermann Keyserling, après avoir voyagé en Orient, fonda en 1920 à Darmstadt une « École de Sagesse ». Malraux rendit compte de la traduction française de son *Journal de voyage d'un philosophe* dans la *N.R.F.*, en juin 1929.

Page 501.

1. Malraux fut fait docteur *honoris causa* de cette université le 11 août 1965. On trouve le texte de son remerciement dans *L'Herne*, p. 377-378. Il abrège et modifie le paragraphe cité, qui s'achevait ainsi : « [...] le plus grave dialogue qu'ait connu la pensée humaine. Celui qui opposait vos docteurs et les docteurs grecs, à la cour indienne du roi Ménandre, n'est plus qu'une faible préface, devant le dialogue qui oppose la nature de l'univers et la conscience de la signification du monde, Einstein et Bénarès. » On retrouve ici la formule prêtée à Nehru dans les *Antimémoires*, p. 146. Pour Ménandre, voir *ibid.*, p. 197.

Page 502.

1. Voir *Antimémoires*, p. 267.

Page 503.

1. Modibo Keita, président du Mali de 1960 à novembre 1968, avait appartenu en 1957-1958 aux gouvernements Bourgès-Maunoury et Gaillard comme secrétaire d'État, mais non aux Beaux-Arts. C'est un autre Africain, Hamadoun Dicko, qui, dans le gouvernement Gaillard, fut le « prédécesseur », rue de Valois, d'André Malraux. La confusion est d'autant plus surprenante qu'en mai 1961 celui-ci fut envoyé en mission par le général de Gaulle auprès de Keita, « dictateur du Mali » (*Hôtes de passage*, *CS*, III, p. 567).

2. On retrouve cette citation du général dans la « Lettre à trois poètes de l'hexagone » (*Œuvre poétique*, p. 370).

3. Après la reddition d'Uxellodunum (51 av. J.-C.), César « fit couper les mains à tous ceux qui avaient porté les armes (*Guerre des Gaules*, VIII, XLIV) ; mais ils n'étaient assurément pas vingt mille.

4. Cf. « La France est devenue une grande puissance romaine » (discours de Dakar, 30 mars 1966).

Page 504.

a. Pourquoi *[p. 503, début de l'avant-dernier §]* pas ? [...] Il existera. » *addition tardive de ms. D*

1. Cf. *Antimémoires*, p. 91 : « [...] ce n'est pas Marx qui a été prophète, c'est Nietzsche. »

2. Maurice Escande, sociétaire de la Comédie-Française, en fut nommé administrateur par Malraux en 1960. Malraux cite de mémoire : « Au Guélowâr » (mot sérère qui désigne le noble) est daté du « Camp d'Amiens, septembre 1940 » ; si le général n'est pas nommé dans ce poème d'*Hosties noires* (1945), le lecteur ne peut douter que le poète s'adresse à lui.

3. Voir l'épigraphe d'un poème d'*Hosties noires* : « Je n'y comprends rien, dit l'Adjudant : un Sénégalais — et volontaire ! » (*Œuvre poétique*, p. 66). Cf. *Les Noyers de l'Altenburg*, t. II de la présente édition, p. 627 et discours de Marseille (17 avril 1948) : « [...] ces visages gothiques à côté de moi en captivité ».

4. Cf. *Antimémoires*, p. 262.

5. Malraux n'assistait pas à la décade de 1925 sur la « comparaison des civilisations ». En revanche, il participa avec Gide, le 15 décembre 1928, à une séance de l'Union pour la Vérité organisée autour du livre de Raoul Allier, *Le Non-civilisé*. C'est là, peut-être, qu'il a entendu le mot cité.

Page 505.

a. de la reine Sebeth, des conseillers municipaux pygmées, des klaxons *HP*

Page 506.

a. Évoquant ensuite son premier voyage en Grèce, Malraux écrivait dans ms. D : Nous n'avions pas encore oublié l'enthousiasme de Maurras, ni la phrase de Barrès sur « le petit temple bizarre ».

1. Voir dans *L'Intemporel* (p. 254-255) un dialogue entre l'auteur et un « antiquaire » de Dakar.

Page 507.

a. Dans ms. D, il est question des giroflées de la Lanterne ♦♦ *b. Ici intervenait, dans les premières versions du chapitre (ms. D), le récit des trois séjours en Grèce.*

1. « Le diadoque » : le prince héritier, futur roi Constantin.

2. Ici et à la page suivante, Malraux cite trois extraits de son « Hommage à la Grèce » de 1959 (*Oraisons funèbres*, p. 921, 922, 924).

Page 508.

1. Si le ministre d'État avait vraiment quitté ses hôtes royaux, on comprendrait l'abstention des diplomates, mais n'est-on pas ici devant un cas typique d'antimémoire ? Le mot de Nehru a été cité p. 143.

2. C'est en fait au milieu de la tragédie d'Eschyle qu'apparaît l'ombre de Darius. Les citations qui suivent sont empruntées, à de rares modifications près, à la traduction de Jean Grosjean (*Tragiques grecs, Eschyle, Sophocle*, Bibl. de la Pléiade, 1967).

3. Paroles du chœur.

4. Paroles de Darius.

5. Paroles de Darius.

Page 509.

1. Paroles de Darius ; mais ce n'est pas « la fin » de sa « déploration ».

2. Paroles arrangées du coryphée et des chœurs.

3. Paroles de Xerxès.

4. Paroles du chœur. « L'Égareuse » est Atè, déesse de la fatalité et du châtiment.

5. Motif commun, dans le finale des *Perses*, à Xerxès et au chœur.

6. Le vigneron Trygée dans *La Paix* (v. 577-578).

Page 510.

1. Retour de la citation de la *Bhagavad-Gîtâ* (*Antimémoires*, p. 214).

2. Citation d'Euripide (*Hippolyte*, v. 106), déjà faite dans *La Métamorphose des Dieux*, p. 39.

Page 511.

a. En 1921, *ms. D*

Page 512.

a. Malgré le *[p. 511, début du 2e §]* Dionysos [...] atelier de fétiches. *Passage ajouté dans ms. D à l'avant-dernier état du chapitre.*

1. Un manuscrit précise : « vers de Countee Cullen ». Cullen (1903-1946) est un poète noir américain, auteur de *The Black Christ* (1929).

Page 513.

a. Dans ms. D, Malraux évoquait aussi les tableaux surréalistes locaux exposés pour le mariage du roi . *On les retrouvera dans « CS », II, p. 517 et dans « La Tête d'obsidienne », « CS », V, p. 761.*

1. C'est-à-dire depuis Mahomet.
2. Voir Jean, III, 17, et n. 2, p. 171.
3. Cf. n. 1, p. 496.

Page 515.

a. Les mots de Valéry et d'Einstein sont des additions de ms. D. ♦♦ *b.* religions disparues. *Le chapitre s'est longtemps terminé ici.*

1. Citation du *Marchand de Venise* déjà rencontrée dans les *Antimémoires* (voir p. 459 et n. 1) ; elle reviendra dans *Lazare* (*CS*, VI, p. 857).
2. Saint Jean, citant Jésus : « Le vent souffle où il veut ; et sa voix, tu l'entends, mais tu ne sais d'où il vient, ni où il va » (Jean, III, 8). Le même mot grec désigne le vent et l'Esprit Saint.
3. Citation récurrente : voir *Antimémoires*, p. 252, n. 1.

Page 516.

II [HÔTES DE PASSAGE, II]

a. Début du chapitre dans R : Le plus énigmatique souvenir de ma vie, dans le domaine que l'on appelait alors le supranormal, je le dois à Georges Salles, ancien directeur

1. Ce chapitre reprend la deuxième section d'*Hôtes de passage*, elle-même reprise de *Roi, je t'attends à Babylone...* Voir la Note sur le texte, p. 1156.
2. Directeur du musée Guimet de 1941 à 1945, puis des Musées de France de 1945 à 1957, Georges Salles a ensuite dirigé avec Malraux la collection « L'Univers des formes ».
3. Note au dos d'un feuillet du manuscrit : « Entrée au Conseil des Musées 19 avril 1951 » (*ms. D*).
4. Cf. *Les Noyers de l'Altenburg* (t. II de la présente édition, p. 649) et *Antimémoires*, p. 35.
5. « La plus belle ville du monde » (*Royaume-Farfelu*, t. I de la présente édition, p. 328).

Page 517.

1. Allusion au *Capital.* Voir « Marx vu d'Ispahan », t. II de la présente édition, p. 800.
2. Sans doute au printemps de 1929.
3. Voir var. *a*, p. 513.

Page 518.

a. pour le Louvre d'alors, c'était beaucoup *R* ♦♦ *b.* Les conservateurs [...] maître bouddhiste. *add. HP*

1. Valentina Dencausse, dite Fraya, célèbre voyante française, eut de nombreux consultants dans le monde politique, littéraire, artistique. Elle prédit la mort violente de Jaurès.

Page 519.

a. N'oubliez pas *[1re ligne de la page]* d'oublier [...] et s'est mise à pleurer. » *add. HP* ♦♦ *b.* Sur un fauteuil [...] en rond. *add. HP*

1. Ce portrait reviendra dans *La Tête d'obsidienne*, *CS*, V, p. 716.

Page 520.

a. La duchesse [...] le voyage ! *add. HP* ♦♦ *b.* vous viendriez aujourd'hui. Je laisse à Freya de recevoir Painlevé qui n'a pas dit son nom, à qui la femme de chambre demande plusieurs fois à travers la porte : « Qui est là ? » et qui répond : « Ça commence mal ! » / Peu importent ceux *R* ♦♦ *c.* une expérience *[5 lignes plus haut]* de confesseur, c'est la vie courante, ce qui n'a aucun intérêt. Il y a le reste : ce que je dis, qui est vrai, et que je ne sais pas. » / — Ne croyez-vous pas, Madame, que le problème est mal posé à cause de la manie scientifique de notre époque ? Si, au lieu de vouloir que vous fussiez la rivale d'un physicien, on vous tenait pour celle d'un artiste ? Victor Hugo *R* ♦♦ *d.* Jean Cocteau [...] qui ne peindrait pas... *add. HP* ♦♦ *e.* des deux mains [...] objets précieux des musées. *add. HP*

Page 521.

a. Une des bûches [...] nous parlions d'elle. *add. HP*

1. Les visions de Mme Khodari vont être décryptées (p. 526 et suiv.) par Georges Salles et Malraux. Celui-ci a lu le « roman mythologique » de Maurice Druon, *Alexandre le Dieu* (Del Duca, 1958), réédité sous le titre *Alexandre le Grand* (Plon, 1969). Les notes qui suivent renvoient à cette dernière édition. Outre les rapprochements signalés dans ces notes, on relèvera ici quelques dettes de l'auteur envers son devancier : l'explication de Gaugamèle (p. 526), les « serpents apprivoisés » d'Olympias et la lune « cachée au temps de Salamine », la comparaison des dialogues d'Alexandre avec Diogène et avec « le brahme » (p. 527), les « prêtres de Bel-Mardouk », l'épisode du fou et l'insistance sur « le chiffre sept » (p. 528), la « bacchanale » dans le désert (p. 529), la « tempête de neige » et la prise d'Aornos (p. 532), le défaut de prononciation d'Aristote (p. 533). — Une telle énumération ne doit pas égarer. Si Malraux emprunte maints détails et plus d'une formule à Druon, celui-ci est, plus profondément, un inspirateur, dont il reprend la tentative : pour l'un comme pour l'autre, il s'agit de comprendre ce qu'est un homme qui « se veut surhumain » (p. 533).

Page 522.

a. Elle ferme les yeux, attend. *add. HP* ♦♦ *b.* Du côté de l'homme avec lequel je suis, il y en a aussi R ♦♦ *c.* Elle marque *[11 lignes plus haut]* le passage [...] son corps réfugié. *add. HP*

Page 523.

a. L'homme que j'accompagne s'en va R ♦♦ *b.* Mon cher Maître [...] d'une autre voix. *add. HP*

1. Ce souvenir du Père de Foucauld, Malraux avait renoncé au dernier moment à l'évoquer dans l'introduction des *Antimémoires* (voir var. *a*, p. 11).

Page 525.

a. De nouveau [...] des siècles. *add. HP* ♦♦ *b.* des paupières... / Elle ne nous enseignait plus rien que ces yeux tremblants de fièvre au passage des officiers macédoniens. R ♦♦ *c.* la vie *[13 lignes plus haut]* d'Alexandre. Mais déjà elle revenait à elle : / J'ai pu vous aider ? R

1. Adaptée par Thierry Maulnier, *La Condition humaine* a été représentée au Théâtre Hébertot à partir du 6 décembre 1954.

Page 526.

a. Elle aurait pu dire [...] mais *add. HP* ♦♦ *b.* Il tire [...] J'ai mentionné : *add. HP* ♦♦ *c.* Félicitons [...] Je réponds : *add. HP* ♦♦ *d.* Je répète [...] pendant des mois. *add. HP*

1. « Je ne sais qui » : sans doute Métastase, auteur d'un *Alexandre aux Indes* (1727). Quant à la pièce projetée par Malraux, Michel Autrand y voit un retour de l'inspiration de *Royaume-Farfelu* (t. I de la présente édition, Notice de *Royaume-Farfelu*, p. 1108).
2. Cf. Maurice Druon, ouvr. cité, p. 393 : « [...] des armures hérissées de tous côtés de grandes pointes d'acier » ; « ces combattants nommés cataphractes ».
3. Par exemple, celle de Maurice Druon...

Page 527.

a. Tout de même, *[1re ligne de la page]* quel sentiment [...] le prochain Conseil. *add. HP, sauf une phrase* Enfin les hautes fenêtres [...] Persépolis. *reprise d'un autre passage de* R ♦♦ *b.* Ce qui est juste [...] il s'affaiblit : *add. HP*

1. Cf. Druon : « [...] je connais [...] aussi Samothrace » (ouvr. cité, p. 295) ; Olympias, une des « hétaïres sacrées » (*ibid.*, p. 64), « passée de la prostitution sacrée à la majesté royale » (*ibid.*, p. 142).

Page 528.

a. En quoi [...] grand sens. *add. HP* ♦♦ *b.* fou... / — André Godard, l'architecte R ♦♦ *c.* Croyez-vous à la métaphysique ? *add. HP*

1. Cf. Druon : « [...] et chaque matin, après le sacrifice, il venait prendre les ordres de l'ombre de son roi » (ouvr. cité, p. 458).

2. Plutarque mentionne ces reproches d'Alexandre à Aristote, mais ils ne portent que sur une œuvre mineure du philosophe (*Vies des hommes*

illustres, « Alexandre », VII). — Le culte d'Homère est un trait relevé par tous les historiens.

Page 529.

a. Elle est aussi [...] ou presque... *add. HP* ♦♦ *b.* beaucoup Alexandre ? À quel point sa vie nous paraîtrait légendaire, si elle ne nous était connue que par tradition orale ! J'avais tenté *R* ♦♦ *c.* Ce dossier fait peine à voir. *add. HP*

1. Cf. *Antimémoires*, p. 216.

2. Druon énumère ces déguisements en Héraklès, en Artémis (déesse vierge, d'où l'exclamation de Georges Salles), en Dionysos (p. 420).

3. C'est en Chine que Georges Salles a fait des fouilles.

Page 530.

a. gardiens des bois *HP, ML, voir var. suivante. On rétablit le texte de Hugo, comme l'avait fait Malraux sur le manuscrit remis à l'imprimeur.* ♦♦ *b.* Hugo *[début du 2e §]* n'aurait pas [...] au lieu de Dionysos... » *add. HP*

1. Voir *Antimémoires*, n. 1, p. 62. Malraux cite ensuite « Les Trois Cents » (*La Légende des siècles*, nouvelle série, V, 3).

Page 531.

1. Président de l'Institut métapsychique international (à Monaco) de 1925 à 1938, le Dr Eugène Osty a publié en 1922 *La Connaissance supra-normale*, ouvrage cité p. 537, auquel Malraux emprunte le récit de Mme Morel.

Page 532.

a. Je souhaite *[p. 530, début du 6e §]* revoir [...] et je rêvais d'un film. *Ce passage est la reprise d'un long passage de R (p.* LXX-LXXVII*) qui venait plus loin dans ce texte. Voir var. a, p. 535.* ♦♦ *b.* Dernière image [...] ne se relève pas. *add. HP*

1. *Sic* pour Héphestion, favori d'Alexandre.

Page 533.

a. Je croyais [...] Erreur. *add. HP* ♦♦ *b.* de sa gloire. Qu'eût-il voulu posséder, sinon ce qui lui eût promis des possessions futures ? J'avais étudié sa politique *R* ♦♦ *c.* la conception du chef, celle de la patrie, accueille *R* *d.* Le maréchal [...] États-Unis... *add. HP* ♦♦ *e.* Quelle belle histoire [...] ils ont existé. » *add. HP* ♦♦ *f.* familier ; le héros est au moins celui contre lequel les hommes ne prévalent pas. Impuissant *R*

1. Cf. Druon : « Quand tu auras subjugué le genre humain, tu feras la guerre aux rivières, aux forêts et aux bêtes sauvages » (ouvr. cité, p. 364).

2. Cf. Druon, ouvr. cité, p. 402, où Coïnos dit à Alexandre : « Nous avons tout conquis et cependant nous manquons de tout. »

3. Druon peint Alexandre meurtrier de Clitos et immédiatement honteux d'un crime commis dans l'ivresse (ouvr. cité, p. 377).

Page 534.

1. Cf. p. 527-528.

Page 535.

a. n'est pas la mort *add. HP. Après ces mots venait dans* R *un passage transporté plus haut dans HP et ML (voir var. a, p. 532).*

Page 536.

a. Malraux a d'abord associé la neige sur la « Lanterne » *à la neige sur Persépolis (ms. D).*

1.Phrase-titre du livre de 1973.

Page 537.

a. Quelle *[12 lignes plus haut]* ressemblance [...] Il reprend sa sténographie : *add. HP* ♦♦ *b.* La sténographie [...] Alcan, Paris. *add. HP*

Page 538.

a. Rien de plus commun [...] On n'en voit plus. *add. HP* ♦♦ *b.* Aurais-je dû [...] les beaux objets *add. HP* ♦♦ *c.* allé sereinement à Bodhi Gaya R

1. Voir Pierre Bockel : « [...] la réponse que me fit Malraux lorsque je lui suggérais un voyage en Terre sainte : "À La Mecque ou à Bénarès, tant que voudrez. Mais aller à Jérusalem supposerait que j'aille à Gethsémani. Et là il me faudrait bien prononcer les paroles du Christ" » (« Hommage à André Malraux », *N.R.F.*, n° 295, juillet 1977, p. 49).
2. Pierre Juillet était, au R.P.F., chargé de mission auprès de Malraux, qui le prit comme chef de cabinet en 1958-1959. On n'a pu identifier « Champigny ».

Page 539.

a. Et Pierre [...] superstitieux. *add. HP*

Page 540.

a. Quand vous *[2e ligne du §]* avez dit [...] en pensant à Newton *add. HP* ♦♦ *b.* ces choses seraient plus intelligibles, et d'ailleurs plus supportables, si R

Page 541.

a. Pourtant *[début du 2e §]* une prémonition [...] des étourdis. » *Ce passage est une version remaniée et abrégée du texte de* R. ♦♦ *b.* Si j'ai poursuivi [...] ces jeunes morts surnaturels. *add. HP*

Page 542.

a. Ici, dans ms. D, venait le récit de la visite de Mme Rouault au général de Gaulle que Malraux décida d'abord de « déplacer », puis de « supprimer ». ♦♦ *b.* révélé la vie malgré R ♦♦ *c.* Et la civière [...] un mort... » *add. HP*

1. Sur Raja Rao, voir *Antimémoires*, p. 136 et n. 3.
2. Voir *Antimémoires*, n. 1, p. 197.
3. Cf. *Antimémoires*, p. 271.

4. Cf. René Grousset : « Quand paraît l'aurore, au moment où l'on bat le tambour » (*L'Inde*, Crès, 1930, p. 42).

Page 543.

a. Le chevalier Dan Clin frappa [...] deux moitiés d'homme. Ah ! R

1. Les deux paragraphes qui suivent doivent peu au *Roman d'Alexandre* (vers 1160), où n'existent ni duc Gracto, ni Jubal, ni Pincun. La présence du mot « éteuf » (rare au Moyen Âge), du « jeu de paume » (inconnu à cette époque) fait supposer que Malraux s'inspire d'une adaptation tardive, connue peut-être dans une traduction du XIXe ou du XXe siècle (communication de M. Philippe Ménard).

Page 544.

a. Georges Salles vient de recevoir [...] c'est du sang. *Ce paragraphe se trouvait plus loin dans* R *(voir var. a, p. 545).* ◆◆ *b.* « Pour nos *[début du 4e §]* Musées [...] par un menu cadeau. » *add. HP* ◆◆ *c.* Son miniparc R

1. Il arrive à Saint-Simon de juger « folle » la duchesse de Bourgogne (*Mémoires*, Bibl. de la Pléiade, t. III, chap. LXIV) ; l'épithète vise la spontanéité juvénile et la fantaisie de cette princesse.

Page 545.

a. À la Révolution [...] la guerre... *Entre ce paragraphe et le suivant,* R *plaçait celui que signale la variante a, p. 544.*

Page 546.

III [HÔTES DE PASSAGE, III]

1. Cette section est la reprise littérale de la troisième d'*Hôtes de passage*. Voir la Note sur le texte, p. 1157-1158.

2. Selon Jean Lescure, Max Torrès est une « réincarnation de Max Aub » (*Album Malraux*, Gallimard, 1986, p. 317) : le prénom est le même et, comme le collaborateur de Malraux pour *Sierra de Teruel*, Torrès est un intellectuel juif catalan, émigré à Mexico, où Max Aub mourut en 1972. En fait, le personnage est composite : en faisant de lui un spécialiste de la chimie du cerveau, l'écrivain se crée un interlocuteur qui lui permettra, comme le « professeur » de *Lazare*, de développer ses idées en un domaine qui le passionne (voir le témoignage du Dr Bertagna dans « Hommage à André Malraux », p. 106 et suiv.).

Page 547.

1. C'est en mars 1937 que Malraux était à San Francisco, où il a pu voir la « Porte d'Or » (*Golden Gate*).

Page 548.

a. constater la connerie de sa gauche [...] sa droite intelligente. » *ms. D*

Page 549.

1. « Rien de plus ».

Page 550.

a. et à ses camarades (Hier, dans l'Humanité, le secrétaire général du P.C. dénonçait « l'anarchiste allemand Cohn-Bendit » et les « petits groupuscules pseudo-révolutionnaires qu'il ne faut pas confondre avec la masse des étudiants. ») À treize heures, *ms. D. Voir p. 571.*

Page 551.

a. brillante *add. plac. D* ♦♦ *b.* Ils ne feront rien : ce sont des militaires ! *Cette phrase est une version abrégée d'un propos du général que le ms. D des « Antimémoires » plaçait dans le récit de son retour en 1958.* ♦♦ *c.* qui affluaient au Ministère et dont je prendrais le commandement, sans un coup de fusil. Sur *ms. D, plac. D. Dans la marge de plac. D, on lit :* ?

1. Première phrase des *Conquérants*, citée dans les *Antimémoires*, p. 7 et 370.

2. Cette nuit du 23 au 24 avril 1961, Roger Frey remplaçait, à titre intérimaire, le ministre de l'Intérieur, Pierre Chatenet, malade, avant de lui succéder officiellement de mai 1961 à mars 1967.

Page 552.

a. freudo-marxiste *HP* : freudo-marxisme *ML. Nous corrigeons cette leçon fautive.*

1. Quelques heures plus tard, le général se moquera du « tumulte grotesque » de cette nuit (Jean Lacouture, *De Gaulle*, t. III, Le Seuil, 1986, p. 166).

Page 553.

a. Le Voltaire [...] acteur. *add. plac. D*

1. Simone Weil avait trouvé en Alain, son professeur de khâgne au lycée Henri-IV, « son véritable maître » ; « son enseignement [...] s'inspirait de l'exemple d'Alain » (Georges Canguilhem, *Annuaire [...] des anciens élèves de l'E.N.S.*, 1989, p. 62).

Page 554.

1. Cf. *Antimémoires*, p. 6. Sur la « curiosité » de Gide, voir *Antimémoires*, p. 97 et 283.

Page 556.

a. Faux médicaments, *ms. D* : Faux médicament, *HP, ML* ♦♦ *b.* cancer." La phrase n'est pas d'un Américain exalté, elle est d'un Français, le professeur Delay. La *ms. D*

Page 557.

a. Diderot. / On dirait un film de René Clair, devenu fou. / Combien *ms. D*

Page 558.

1. Cet « Essai d'étude historique et sociale » fut publié en 1910 par Louis Maigron.

2. Dans *Le Chandelier*, le clerc Fortunio est épris de la « notairesse » Jacqueline.

3. Membre du comité révolutionnaire de Luciennes (Louveciennes), le Noir Zamore dénonça à ce comité les trésors cachés dans le parc de sa maîtresse, Mme du Barry. En pleine Terreur, c'était bien la « condamner à mort ».

Page 559.

1. Cf. *Les Noyers de l'Altenburg*, t. II de la présente édition, p. 764 et *Antimémoires*, p. 237.

Page 560.

1. Cf. *Antimémoires*, p. 7 et n. 1.

Page 561.

a. Dans ms. D, à la fin de ce paragraphe, Malraux évoquait Lou Salomé chez Daniel Halévy. Le passage fut finalement intégré en 1972 aux « Antimémoires » (voir var. a, p. 15).

Page 562.

a. Je me souviens aussi du premier huissier qui m'a apporté, selon la coutume, un journal sur un plateau d'argent — parce que le journal était *Le Canard enchaîné.* *ms. D (1)* : Surtout la première fois. Comme c'était le ministère de l'Information, on m'apportait *Le Canard enchaîné.* *ms. D (2)*

Page 563.

1. Citation récurrente : voir *Antimémoires*, p. 252, n. 1.

Page 564.

a. et les existentialistes ? *ms. D*

Page 566.

1. Le congrès antifasciste de mai 1936.

Page 567.

1. Modibo Keita. Voir p. 503 et n. 1.

2. Allusion au défi que lance Rastignac à Paris, à la fin du *Père Goriot.*

3. Le vœu d'Olecha se réalisa l'année suivante, en juin 1935, quand Gide et Malraux persuadèrent l'ambassadeur soviétique de faire venir Pasternak au Congrès pour la défense de la culture contre le fascisme. Voir Jean Lacouture, *André Malraux. Une vie dans le siècle*, Le Seuil, 1973, p. 182.

Page 568.

a. Dans ms. D, en face de cette formule sur l'expérience apportée par l'âge *, Malraux écrit en marge :* Dév. sur *mes* Mém. ?

1. Max partage sur Stendhal le scepticisme de l'auteur : voir *Antimémoires*, p. 15. Dans son essai sur Laclos de 1939 (*Tableau de la littérature française. XVIIe-XVIIIe siècles*, p. 418) comme dans les *Antimémoires* (p. 445), Malraux restitue à Destutt de Tracy cette maxime notée par le jeune Beyle, mais il l'attribue à Stendhal dans un entretien avec Roger Stéphane, le 9 septembre 1967 (Archives R. S.).

2. Pour tout ce paragraphe, cf. *Antimémoires*, IV, 2-3. — Le « Qu'importe » de Lawrence est déjà cité p. 349. L'entretien de Singapour est à nouveau évoqué dans *Les Chênes qu'on abat...* (*CS*, IV, p. 594) et dans *Lazare* (*CS*, VI, p. 829, 848).

Page 569.

1. Sur « le chasseur italien », cf. *Antimémoires*, p. 72. Prêtée à l'aviateur Barot dans « le Dîner Poulain » (t. II de la présente édition, p. 577), l'expérience semble avoir été vécue par Malraux lui-même (voir la note de François Trécourt, t. II de la présente édition, n. 2, p. 114).

Page 570.

1. Voir *Les Voix du silence*, p. 206 (photographie), *Le Musée imaginaire de la sculpture mondiale*, planche 667.

Page 571.

a. sa vie propre. L'inondation est informe, dit le Général. / — Les *ms. D*

1. Cf. le témoignage de Pierre Moinot : le 25 mai 1968, « A. M. [...] juge la situation comme non révolutionnaire, parce qu'elle ne comporte aucun recours aux armes et s'arrête à la mort, mais insurrectionnelle, parce qu'elle a pour dessein premier de renverser une structure, mais pas encore d'en imposer une autre » (« Hommage à André Malraux », p. 64-65).

Page 572.

1. En cas de démission ou de mort du président de la République, le président du Sénat assure l'intérim.

2. « L'Illusion lyrique » est le titre de la première partie de *L'Espoir*.

Page 573.

1. Le 20 juin 1968, au parc des Expositions, Malraux parla du « vieux nihilisme tout à coup reparu ».

Page 574.

a. ni accoutumance, une amphétamine sans contre-partie : quelque chose comme un whisky sans intoxication et sans dépression. En somme, la pilule de sérénité. / — Alors ? *ms. D*

1. Cf. la formule de Garcia : « Transformer en conscience une expérience aussi large que possible » (*L'Espoir*, t. II de la présente édition, p. 337).

Page 575.

a. Dans ms. D, c'est l'un des « élèves » de Max qui avait découvert la drogue.

♦♦ *b.* ce que je t'ai dit. / — On peut analyser le produit ? / — Oh ! j'ai la formule... / — Donne les deux. / Comme *ms. D*

1. Allusion aux *Portes de la perception* de Huxley (1954, traduction française la même année) et à *Misérable miracle. La Mescaline* de Michaux (1972).

Page 576.

1. « Le temps des limbes » : en 1974, Malraux prévoyait d'intituler ainsi ce qui est devenu *Le Miroir des Limbes.* Cf. *La Tête d'obsidienne*, *CS*, V, var. *a*, p. 691.

Page 577.

IV [LES CHÊNES QU'ON ABAT...]

a. Pour ML, Malraux supprime, d'une part, l'épigraphe de Hugo en tête du livre, d'autre part, la préface et l'épigraphe de Hegel qui précédaient Colombey, jeudi 11 décembre 1969. *Nous donnons ci-dessous le texte des deux épigraphes dans C et dans C(F), et celui de la préface dans C(F) (avec variantes de C). — Épigraphe de Hugo :* Oh ! Quel farouche bruit font dans le crépuscule / Les chênes qu'on abat pour le bûcher d'Hercule[1] ! ; *épigraphe de Hegel :* L'homme libre n'est point envieux ; il admet volontiers ce qui est grand, et se réjouit que cela puisse exister. — *Texte de la préface :* Préface / Les raisons pour lesquelles je publie aujourd'hui ces fragments du second tome des Antimémoires seront claires pour quiconque les lira. // D'autre part, corrigeant ces épreuves, je découvre qu'elles forment un livre. La création m'a toujours intéressé plus que la perfection. D'où mon constant désaccord avec André Gide, et mon admiration, dès vingt ans, pour Braque et pour Picasso : ce livre est une interview comme *La Condition humaine* était un reportage, c'est-à-dire pas du tout[a]. Je découvre aussi, avec surprise, que nous ne connaissons aucun dialogue d'un homme de l'Histoire avec un grand artiste : peintre, écrivain, musicien ; nous ne connaissons pas mieux les dialogues de Jules II avec Michel-Ange, que leurs engueulades. Ni ceux d'Alexandre avec les philosophes, d'Auguste avec les poètes, de Timour avec Ibn Khaldoun. Nous sommes stupéfaits que Voltaire n'ait pas rapporté les siens avec Frédéric. Diderot, qui racontait génialement à Sophie Volland ses soirées au château d'Holbach, n'a pas noté ses dialogues avec la Grande Catherine. Napoléon monologue jusqu'à Sainte-Hélène, comprise. S'il reçoit Goethe à merveille, c'est pour une « audience ». Victor Hugo ressuscite pour nous ses conversations avec Louis-Philippe, mais qu'importe Louis-Philippe ? Chateaubriand nous rapporte ses conversations à Prague, lorsque Charles X exilé lui pose des questions sans intérêt, et que les enfants de France lui grimpent sur les genoux : « Monsieur de Chateaubriand, racontez-nous le Saint Sépulcre ! » Que n'allait-il à Sainte-Hélène, au lieu d'aller à Prague ? Il y eût écrit son plus beau chapitre : « Devant cette masure semblable à la mienne, m'attendait un homme qui portait un chapeau de planteur. À peine reconnus-je Bonaparte. Nous entrâmes, nous nous égarâmes dans le destin du monde ; et pendant qu'à mi-voix il parlait d'Austerlitz, les aigles de Sainte-Hélène tournoyaient dans les

1. « À Théophile Gautier » (*Toute la Lyre*, « Les Sept Cordes », III, « L'Art », pièce XXXIV). *Le Démon de l'absolu* évoque déjà « la lueur du bûcher d'Hercule » (t. II de la présente édition, p. 1206).

a. c'est-à-dire pas du tout *mots ajoutés dès le second tirage de C* fenêtres ouvertes sur l'éternité... » / Même lorsque l'homme de l'Histoire a des témoins, il n'a pas d'entretiens (Napoléon avec Rœderer, Saint Louis avec Joinville). Car aucune sténographie ne fixe une conversation, ni même un discours improvisé. Jamais Jaurès n'a laissé publier les siens sans les avoir écrits après coup. La télévision nous montre sans équivoque (ne serait-ce que par notre étrange syntaxe parlée : « Alors, sa sœur, elle dit... ») la différence entre le charabia de la parole, quand elle n'est pas la lecture d'un texte, et l'écriture. Voltaire eût recréé ses conversations avec Frédéric, Thierry d'Argenlieu n'eût pas recréé les siennes avec le général de Gaulle. Pour qu'un entretien pût exister jadis, il eût été nécessaire que le rapporter ne fût pas tenu pour négligeable ; qu'il s'agît d'un entretien, non d'une audience ; que celui qui le rapportait fût capable de le recréer. Ce qui nous amène à notre siècle. / Mais ne tenons pas des boutades pour des confidences. Il serait passionnant pour nous de connaître une conversation de cette nature avec Napoléon, parce qu'il serait passionnant de savoir ce que disait *librement* Napoléon. Le maréchal Bertrand[1] nous en donne souvent l'idée, mais une fois de plus, Napoléon parle presque seul ; et Bertrand n'était pas un écrivain. Ce que dit ici le général de Gaulle le peint ; quelquefois, dans un domaine assez secret. Mais ses paroles vont de ce à quoi il a réfléchi (l'exposé du début, comme toujours avec lui ; les phrases qu'il avait dites ou écrites auparavant), à ce qu'il improvise pour y réfléchir, enfin à ce qu'il dit pour s'amuser — et à la présence souterraine de ce qu'il ne convient pas de dire. J'ai tenu à montrer un général de Gaulle dans l'Histoire et hors de l'Histoire. D'où, les passages sans importance. Pourquoi ne pas les supprimer ? la couleur[a] de la rencontre en eût été changée ; et l'accent des Antimémoires, où cette rencontre se retrouvera, eût été détruit. Je ne me suis pas soucié d'une photographie, j'ai rêvé d'un Greco ; mais non d'un Greco dont le modèle serait imaginaire. Ces pages, lorsque je les écrivais, étaient destinées à une publication posthume. Je ne souhaitais pas fixer un dialogue du général de Gaulle avec moi, mais celui d'une volonté qui tint à bout de bras la France, avec la neige sur les vastes forêts sans villages depuis les Grandes Invasions, dont le général s'enveloppait d'un geste las. Tout cela s'achevait par mon départ et la tombée de la nuit, mais le destin s'est chargé de l'épilogue[b]. ♦♦ *b.* La fatigue *Début du chapitre 1 dans C*

1. Cf. *Antimémoires*, p. 11.
2. Cf. *Antimémoires*, p. 417.

Page 578.

a. Qu'amis [...] silencieux Veilleur. *add. ML* ♦♦ *b.* des politiciens, des intellectuels, des militaires, *C* : des politiciens, des militaires, *C (F)* : les politiciens, des militaires, *ML. Nous adoptons le texte de C(F).*

1. Cf. *Antimémoires*, p. 108.
2. Cf. *Antimémoires*, p. 106.
3. Allusion au discours de Londres, le 15 novembre 1941 : « Peut-être l'Italie sera-t-elle bientôt, une fois de plus, selon le mot de Byron : "La triste mère d'un empire mort ?" » (*Discours et messages*, t. I, Plon, 1970,

1. *Sic.* En réalité, le général Bertrand.

a. pour s'amuser. J'ai tenu à montrer un général de Gaulle qui n'est pas seulement celui de l'Histoire. D'où, les passages sans importance. Il eût été facile de les supprimer ; toutefois la couleur *C*

b. La suite et la fin de la Préface ont été reprises dans ML (voir p. 687) : Dix minutes après la mort [...] qui porte le cercueil.

p. 138). Byron écrit dans *Childe Harold's Pilgrimage* (IV, LXXVIII) : « *Oh Rome ! […] Lone mother of dead empires !* »

Page 579.

a. mes basques *C* ⬩⬩ *b.* plus qu'à cette réflexion même ou à la pénétration, bien qu'elles ne lui manquent pas ; *C, C(F)* ⬩⬩ *c.* comme le fut peut-être Nehru *C* ⬩⬩ *d.* par l'Inde. S'expliquera-t-il un jour ? Ce n'est pas lui qui a dit le premier : la France est une personne ; c'est Michelet. Mais lorsque Michelet attaquait les derniers Bourbons, lorsqu'il outrageait Napoléon, il ne la mettait pas en cause. Le général de Gaulle l'a toujours mise en cause. Elle a existé pour lui comme l'Église pour ceux qui la défendaient — ou l'attaquaient. La première phrase *C, C(F)* ⬩⬩ *e.* pour ses successeurs : elle l'a trompé avec le destin — et peut-être avec les Français. / Mais, dis-je *C, C(F)* ⬩⬩ *f.* minoritaire ? » / Ne l'a-t-il pas été chaque fois qu'il a pris la charge de la France ? Ne l'était-il pas *C, C(F)*

1. Lettre du 20 juin 1929 au colonel Mayer. Malraux avait repris dans l'originale (*C*) la version fautive — qui circulait depuis 1944. Dès l'édition « Folio » (*C[F]*) il corrige — sans retirer au général sa qualité de « médium ». Sur cette lettre fameuse, voir Jean Lacouture, *De Gaulle*, t. I, *Le Rebelle*, Le Seuil, 1984, p. 156-158.

2. « Toute ma vie, je me suis fait une certaine idée de la France » (*Mémoires de guerre*, t. I, Plon, 1954, p. 1).

3. « […] la France, telle la princesse des contes » (*ibid.*). Cf. *Antimémoires*, p. 114.

4. A.M.G.O.T. est l'abréviation de « Allied Military Government of Occupied Territories ». Le général de Gaulle s'opposa vivement à cette organisation et mit en place, dès le débarquement de juin 1944, des autorités françaises relevant du gouvernement provisoire. Voir p. 680-681.

5. En mai 1958, on attendait en métropole des « parachutistes » venus d'Algérie. Le 28, un cortège de « défense républicaine » défila de la Nation à la République — et non de la Bastille à la Nation. Dans sa conférence de presse du 24 juin, Malraux appela au rassemblement de « la France, y compris ceux qui ont défilé le 28 mai ».

Page 580.

1. Les deux questions posées au référendum de 1969, dont l'échec entraîna le départ du général.

2. Pour ce paragraphe, voir *Les Noyers de l'Altenburg* (t. II de la présente édition, p. 746-753) ; *Antimémoires*, p. 219 et suiv., 163 et suiv., p. 243 (et n. 2), et *Lazare*, *CS*, VI, p. 868. Autre évocation des combats livrés à Dannemarie par la brigade Alsace-Lorraine dans *Lazare*, *CS*, VI, p. 869.

Page 581.

a. — Vous les avez beaucoup défendus. *[sic]* / — Pour la raison que je vous ai dite, mon général : je crois à ce que Saint-Just appelait « la force des choses ». Dès que *C, C(F)* ⬩⬩ *b.* la lutte des classes. Non ? / — Oui. / — Le problème *C* : la lutte des classes. Non ? / — Je veux bien. / — Le problème *C(F)*

1. La participation était l'objet du référendum projeté par le général de Gaulle en mai 1968, avant qu'il n'optât pour la dissolution de l'Assemblée nationale (*Discours et messages*, t. V, Plon, 1970, p. 289-293, discours des 24 et 30 mai).

2. Malraux avait déclaré : « La multitude » du R.P.F. ressemble « aux sorties du métro aux heures d'affluence » (« Qui sommes-nous ? », *Le Rassemblement*, 16 octobre 1948).

Page 582.

1. Voir le discours du 29 janvier 1960 : « [...] je m'adresse à l'Armée [...] dont certains éléments seraient tentés de croire que cette guerre est leur guerre, non celle de la France [...] c'est la France que vous servez [...] Ceci dit, écoutez-moi bien ! » (*Discours et messages*, t. III, Plon, 1970, p. 165).

2. Discours du 23 novembre 1961 : « [...] dès lors que l'État et la nation ont choisi leur chemin, le devoir militaire est fixé une fois pour toutes. Hors de ses règles, il ne peut y avoir, il n'y a que des soldats perdus » (*Discours et messages*, t. III, p. 371).

3. Cf. la fin de *Vers l'armée de métier* : « Car l'épée est l'axe du monde et la grandeur ne se divise pas. »

4. Dans une interview de 1972, Malraux soutiendra la thèse de ce qu'on a appelé « le référendum-suicide » (*L'Express*, 7-13 août). « La vérité me paraît toute différente », écrit Alain Peyrefitte (*C'était de Gaulle*, t. I, p. 479).

Page 583.

a. ce que j'ai fait, et pourquoi. » *C, C(F)*

1. De Gaulle confie à Eisenhower : « Moi aussi, je peine toujours pour écrire. Je me donne un mal de chien. Surtout des Mémoires » (Alain Peyrefitte, *C'était de Gaulle*, t. I, p. 309).

Page 584.

a. je pensais *[19 lignes plus haut]* à la scène du *Soulier de satin* : « ...Vous tous qui m'écoutez dans l'obscurité... » / Ce qui donne leur accent à vos allocutions, c'est ce qui les sépare *C, C(F)*

1. *Le Soulier de satin*, IIIe Journée, scène XIII. Cf. le début des discours du palais des Sports (31 janvier 1967) et du parc des Expositions (20 juin 1968) : « [...] et vous tous qui m'écoutez jusqu'au fond de l'obscurité. »

2. Comme au premier paragraphe, Malraux reprend des formules de la lettre qu'il adressa au général pour le remercier de l'envoi du tome Ier des *Discours et messages* : « [...] cette œuvre [...] est sans précédent en tant qu'œuvre [...] pas des discours [...] des monologues souverains [...] à l'intention d'une assemblée d'invisibles » (brouillon cité dans le catalogue 303 de la Librairie de l'Abbaye).

3. Malraux condense entre guillemets deux phrases du général : dans son discours du 23 octobre 1941, celui-ci justifiait les « patriotes », mais donnait pour « consigne » de « ne pas tuer ouvertement d'Allemands » (*Discours et messages*, t. I, p. 122-123).

Page 585.

a. presque le contraire. Il opposera dédaigneusement, ou même avec indifférence, ses colonnades de destin aux cancans / où des gens informés révéleront que tout le monde a tout fait — sauf lui. / — J'aime *C, C(F)*

1. Sur *Les Trois Mousquetaires*, voir *Le Démon de l'absolu*, t. II de la présente édition, p. 1136.
2. Ce début de phrase est une reprise textuelle des *Antimémoires*, p. 9.

Page 586.

a. évangélisé l'Allemagne ? Toute foi qui implique une vocation, au service du Christ ou de la France, est puissamment contagieuse. Il ne suffisait pas *C, C(F)*

Page 587.

1. Voir *Antimémoires*, p. 98, 109.

Page 588.

1. Où un appartement avait été mis à la disposition du général, après son départ en 1969.

Page 589.

a. amèrement. C'était déjà au premier étage de l'Élysée, il n'y avait plus de roseraie : il y avait le destin, et depuis combien de temps n'y avait-il pas eu de destin de la France ? Cette fois, il ne s'agissait pas [...] Nous parlions, nous parlions, *C*
1. Cf. *Antimémoires*, p. 146.
2. À l'exclamation de Malraux : « C'est une grande victoire ! » Michel Debré aurait répliqué : « Ou plutôt, une victoire sur nous-mêmes ! » (Alain Peyrefitte, *C'était de Gaulle*, t. I, p. 92).
3. Propos repris p. 682. Le général l'avait dit en Conseil des ministres, les 4 mai et 12 décembre 1962 (*ibid.*, p. 124 et 441).
4. Cf. *Antimémoires*, p. 145 et n. 1.

Page 590.

a. Alors, pourquoi a-t-il pensé qu'il se trouvait, lors de ce référendum épisodique, en face d'un conflit irrémédiable ? Le projet de la transformation des Halles venait de lui montrer les limites de son pouvoir en face de celui des collectivités locales, mais il était prêt à un combat de plus. Pourtant, tout cela était si secondaire ! / Comme si *C. Texte repris dans C(F), à l'exception de la phrase* Pourtant [...] secondaire !
1. Cf. n. 4, p. 582.

Page 591.

1. En 1926, Raymond Poincaré, en 1934, Gaston Doumergue formèrent des cabinets d'« union nationale », regroupant droite, centre et radicaux. Tous deux avaient été présidents de la République, d'où le rapprochement contrasté avec le général, devenu en 1958 président du Conseil.

Page 592.

a. Victor Hugo n'est pas Victor embelli. *add. ML*

Page 593.

a. parlé de la France. Clemenceau est Clemenceau par la victoire, Churchill est Churchill par la bataille de Londres. Le général n'est pas seulement de Gaulle par le 18 juin. Il est inséparable de moyens fort intelligibles : volonté, fermeté, éloquence, etc., comme les grands capitaines le sont du génie militaire, et les artistes, du génie artistique ; mais il l'est aussi de forces *C, C(F)*

1. Voir *Antimémoires*, n. 3, p. 350.
2. Écho des *Antimémoires*, p. 456.
3. Déjà cité dans les *Antimémoires*, p. 213.

Page 594.

a. ironique et amer, mais je ne distingue jamais ce qui, chez lui, exprime l'amertume : / Pourquoi faut-il *C, C(F)*

1. Voir *Hôtes de passage*, *CS*, III, n. 2, p. 568.
2. Citation reprise des *Antimémoires*, p. 357.

Page 595.

a. j'ai la foi, et moi je pense qu'à sa manière, il ne l'a pas. *C, C(F)* ♦♦ *b.* on ne parle pas à la mort… / C'est épisodique. Mais l'idée de la mort, elle, m'impose le vrai problème métaphysique, celui du sens de la vie. Depuis que j'ai éprouvé que la mort était invinciblement semblable au sommeil… / — Il y a longtemps ? / — Autrefois, mon sentiment fondamental était différent, parce qu'il était beaucoup plus lié à une question. / Mon souvenir *C, C(F)*

1. Citation récurrente : voir *Antimémoires*, n. 1, p. 252.
2. Malraux dit à Roger Stéphane, en mars 1971 : « Qu'il ait eu la foi, c'est certain […] Cela dit, je n'ai jamais eu le sentiment de comprendre quelle était la nature de sa foi » (Archives R. S.).
3. Ce souvenir reviendra dans *Lazare*, *CS*, VI, p. 822.

Page 596.

a. Savez-vous […] vient vers lui. *add. C(F)* ♦♦ *b.* Je dis : / — On ne meurt peut-être pas de la même façon dans la souffrance et hors de la souffrance… / — Sauf si tout se rejoint à l'instant décisif. À supposer qu'il y ait un instant décisif. / — L'un des plus grands *C, C(F)*

1. Bernard Groethuysen : cf. *Lazare*, *CS*, VI, p. 843.
2. Cf. Malraux : « […] il reste à savoir si, la victoire obtenue, l'homme ne se retrouve pas en face de sa mort et, ce qui est peut-être plus grave, en face de la mort de ceux qu'il aime » (*Monde*, nº 124, 18 octobre 1930).

Page 598.

a. une seule chose *C, C(F)*

Page 599.

a. C'est important. / — Les hommes peuvent vivre en dehors de toute foi. Au fond, plus facilement qu'ils ne peuvent vivre hors de l'esprit. Rome *C, C(F)* ♦♦ *b.* autour des événements de Mai. *C, C(F)*

1. Cf. *Antimémoires*, p. 269 et n. 1.

Page 600.

a. J'aurais dû le savoir [...] J'enchaîne : *add. ML*

1. Interrogé sur l'armement des F.F.I. de la Ire Armée, le général répond : il y a « [...] des hommes venus d'Afrique, des Sénégalais qui supportent mal l'hiver. On les a retirés et les F.F.I. ont pris leurs armes » (*Discours et messages*, t. I, p. 468). Il ne parle pas des Américains. Malraux a mentionné les armes « prises aux Allemands » à Marseille (assises du R.P.F., 17 avril 1948) ; il en reparlera à Durestal, le 13 mai 1972.

Page 601.

a. ce temps pendant que la presse étrangère affirme que la France se couche. Les dix dernières années *C, C(F)* ♦♦ *b.* musulmanes ». Pense-t-il parfois qu'elle s'est servie de lui pour ressusciter, pour terminer le drame algérien, et que désormais elle n'a plus besoin de lui, *C, C(F)* ♦♦ *c.* C'est ce que disent depuis dix ans les spécialistes de la chimie du cerveau... Avant son départ, *C, C(F)*

1. Cf. « On touche là le motif de retraites mal expliquées : des hommes à qui tout réussit et que l'on acclame rejettent soudain le fardeau » (*Le Fil de l'épée*, « 10/18 », U.G.E., 1962 [1932 pour la 1re édition], p. 89).

Page 602.

1. Dans ce paragraphe et le suivant, Malraux va citer plusieurs passages des *Discours et messages*, dont le tome Ier parut au printemps de 1970 : — « la guerre de Trente ans » est un leitmotiv du général, de Londres en 1941 à Paris en 1944 (*Discours et messages*, t. I, p. 102, 103, 136, 455, 476). — « Foch, Clemenceau, de Gaulle, c'est la même chose » : en dépit des guillemets, ce n'est évidemment pas une citation ; mais, dès le 8 juillet 1940, de Gaulle associe les noms de Foch et de Clemenceau à son entreprise (*ibid.*, p. 12). — « Notre patrie est en péril de mort » : formule de la proclamation affichée à Londres en juillet 1940 (*ibid.*, p. 20). — « Au nom des Français [...] la résolution de combattre » : citation un peu arrangée du discours du 8 juillet 1940 (*ibid.*, p. 15) à propos de Mers El-Kébir (3 juillet). — « Parmi les soldats [...] quelques-uns des nôtres » : discours du 25 avril 1945 (*ibid.*, p. 541). — « La France qui combat, c'est nécessairement la France » : discours du 25 mai 1942, après l'exécution de quatre-vingt-quinze Français à Lille et à Caen, en représailles d'actes de résistance (*ibid.*, p. 189). — « Le ciment [...] sans avoir combattu... » : citation abrégée d'un passage du discours du 11 novembre 1942 à l'Albert Hall de Londres (*ibid.*, p. 236). — « Notre armée d'Afrique [...] et sa valeur intacte » : discours du 5 février 1945 (*ibid.*, p. 516). — « Depuis que la lâcheté [...] la souffrance... » : discours du 8 septembre 1942 à Beyrouth (*ibid.*, p. 222). — « Nous déclarons à ces réalistes qu'ils ignorent la réalité » : discours du 14 juillet 1943 à Alger (*ibid.*, p. 311). — « Vichy qui tient [...] l'égorge » : discours du 23 octobre 1941, dont Malraux a cité d'autres formules p. 584 (*ibid.*, p. 123). — « Les bâches » : cf. « l'ennemi et les traîtres de Vichy [...] les bâches qu'ils jettent sur les morts » : discours du 18 septembre 1941 (*ibid.*, p. 103). — « La bouche [...] dans la boue » : discours du 11 novembre 1941, où le général s'adresse à Clemenceau (*ibid.*, p. 131). — « La plus grande [...] n'ont pas cédé » : formule finale du message de Brazzaville, le 14 juillet 1941 (*ibid.*, p. 92). — « Dans l'immense [...] des événements » : discours du 3 août 1940 (*ibid.*, p. 22).

Page 603.

a. Sans la comprendre *C, C(F)* : sans comprendre *ML. Nous corrigeons d'après C et C(F).*

1. Paroles de Rodrigue dans *Le Cid*, IV, 3.

2. Geoffroy de Courcel, premier compagnon du général en juin 1940, était revenu à Londres comme ambassadeur en 1962. L'« aide de camp d'aujourd'hui » est le colonel d'Escrienne.

Page 604.

a. de Gaulle. Jadis lasse [...] une joie contagieuse, qui *C, C(F)* ♦♦ *b.* des jeux *C, C(F)* : deux jeux *ML. Nous corrigeons d'après C et C(F).* ♦♦ *c. ronflants et la réalité ; la C, C(F)*

1. Le lendemain de sa visite à Colombey, Malraux dit à Pierre Galante : « Ce qui m'a le plus frappé, c'est l'attitude de Mme de Gaulle. Elle est libérée de l'Élysée. Elle a rajeuni de dix ans. Il y a une sorte de contagion de cette jubilation dont profite le général » (Galante, *Malraux*, Plon, 1971, p. 301).

Page 606.

1. On sait la défiance de Malraux envers « la psychologie-au-secret » (*Antimémoires*, p. 25, cf. p. 9).

2. Cf. *Antimémoires*, p. 320, 326-327.

Page 607.

a. Ce qu'on *[p. 605, avant-dernier §]* est... [...] L'Inde passait. *add. ML* ♦♦ *b.* Le Général *Début du chapitre II dans C* ♦♦ *c.* Au fond, les Pompidou et tout ça, *ms. P* : Au fond, les Debré et tout ça, *Dactyl. P* : Au fond, nos Anciens et tout ça, *C*

Page 608.

1. Le Prater est une promenade à l'est de Vienne.

Page 610.

a. bon ordre (— Je n'aurais pu rentrer dans la politique que si c'eût été rentrer dans l'action. Et puis, j'avais le sentiment *C, C(F)*

1. L'auteur place dans la bouche du général une histoire que lui a racontée Brigitte Friang (*Un autre Malraux*, Plon, 1977, p. 67-68).

2. À Niamey, le 17 février 1969 — donc, avant le départ du général — Malraux a prononcé un discours à la conférence de la francophonie.

Page 611.

a. Le Général [...] aime le farfelu. *add. ML* ♦♦ *b.* une petite âme. » *C, C(F)*

1. Le général parle comme l'auteur de *La France et son armée* (Plon, 1938) : « [...] la Révolution trouve toute préparée la plus riche matière. Vingt-huit millions d'habitants peuplent la France de 1789 » (p. 78). « La Monarchie, à son couchant, redressait sa puissance militaire » (p. 75). « Guibert [...] préconisant [...] toutes réformes que réaliseront la Révolu-

tion et l'Empire » (p. 74). « La France fut faite à coups d'épée » (première phrase, p. 1).

2. « Au début de 1969, le général de Gaulle et son ministre de la Culture passent une heure et demie à discuter des cérémonies qui devaient marquer le bicentenaire de la naissance de Napoléon ([...] le 15 août, à Ajaccio, Malraux parlerait de l'homme du destin [...] le 2 décembre, à Paris, le Général parlerait de l'homme d'État). Au moment où ils vont se quitter, [...] dernière question du Général : "De vous à moi, que pensez-vous *vraiment* de lui ?" » (Louis Bertagna, « Hommage à André Malraux », p. 103).

Page 612.

a. d'une âme commune. / Le général est beaucoup plus hanté par l'Histoire que par la religion. Je partage sa hantise, mais pas tout à fait. Il m'a dit autrefois qu'il approuvait la phrase de Valéry : les leçons de l'Histoire n'ont jamais servi à rien. Peut-être l'Histoire qui l'obsède est-elle moins le destin que la présence du passé. Les hommes obsédés par les femmes parlent d'autant plus d'elles, qu'elles sont plus énigmatiques pour eux. Néanmoins, ce qu'il dit est vrai. La spiritualité *C, même texte dans C(F), à l'exception de :* Le général est plus hanté

1. Cf. *Le Fil de l'épée*, p. 89 : « Devant un antique et noble monument : "C'est triste !" disait quelqu'un à Bonaparte, et celui-ci : "Oui, c'est triste, comme la grandeur !" ».

2. « Napoléon a laissé la France [...] plus petite qu'il ne l'avait prise [...] mais faut-il compter pour rien l'incroyable prestige » (*La France et son armée*, p. 149).

Page 613.

1. « Sa volonté ne subit pas d'éclipses au fond du malheur non plus qu'au comble du succès » (*La France et son armée*, p. 149).

2. Dans sa lettre au général (citée n. 2, p. 584), Malraux relevait « la volonté de signifier la France dans sa continuité, et non de commander une Légion étrangère ».

3. « Mais à force d'en frapper, il a brisé l'épée de la France. Les âmes, comme la matière, ont des limites. [...] Il prétend toujours forcer la fortune » (*La France et son armée*, p. 149).

Page 614.

a. Ce à quoi [...] des amateurs ? *add. ML* ◆◆ *b.* Joséphine Baker, pour qui vous avez été toujours si bienveillant... / — Pauvre brave fille ! / —... disait qu'il était plus facile *C, C(F)* ◆◆ *c.* Vous avez dit autrefois à Bernanos, et vous avez repris dans votre discours d'Orléans, que vous aviez été bouleversé *C* : Vous avez dit que vous aviez été bouleversé *C(F)*

1. J. Baker s'est mise pendant la guerre au service de la France libre. À Roger Stéphane, en mars 1971, Malraux donne une version plus intelligible de sa phrase : « Quand on a été une étoile, c'est bien plus difficile de le redevenir que ça ne l'était, quand on n'était rien, de le devenir » (Archives R. S.).

2. Fin du chapitre « Napoléon » : « [...] quel nom [...] traîne après lui plus de dévouements [...] on ne le prononce pas sans remuer dans les âmes comme une sourde ardeur [...] des foules [...] s'abandonnent, près

de son tombeau, au frisson de la grandeur » (*La France et son armée*, p. 150).

3. Cf. *Oraisons funèbres*, « Commémoration de la mort de Jeanne d'Arc », p. 939.

4. Mot cité au palais des Sports, le 23 avril 1969.

5. Il s'agit du livre que Malraux intitulera *Le Triangle noir* (1970).

Page 615.

a. Ses fervents [...] il était revenu. *add. ML*

1. Cf. *Les Déracinés*, éd. « Folio », p. 263 : « NAPOLÉON, PROFESSEUR D'ÉNERGIE ».

2. Cf. *Le Fil de l'épée* : « [...] l'âpre joie d'être responsable » (p. 55) ; « les ambitieux de premier rang [...] ne voient à la vie d'autre raison que d'imprimer leur marque aux événements » (p. 183).

Page 616.

a. Ce qu'il appelait [...] chance. *add. ML*

1. Cf. *Antimémoires*, p. 170.

2. Refrain de la chanson de Béranger, « Les Souvenirs du peuple ».

Page 617.

a. évidemment *add. ML*

1. Parlant du rapprochement entre Napoléon et de Gaulle, Malraux dit à Roger Stéphane : « Le point commun que lui-même [de Gaulle] ressentait [...] c'est : "Je suis tout de même frappé de ce que Napoléon a fait des Français » (Archives R. S.).

Page 618.

a. « Voyez-vous *[p. 617, début du dernier §]* presque ironique : *add. C(F). Après* la Vieille Garde *on lit dans C(F)* : Je cite : / « Tranquille, souriant à la mitraille anglaise, / La garde impériale entre *[sic]* dans la fournaise. » (« L'Expiation », *Les Châtiments*).

1. Le 19 décembre 1940, sur ordre de Hitler, qui voyait là un geste symbolique de « collaboration », la dépouille du duc de Reichstadt était transférée aux Invalides. Le 13 décembre, Pétain avait renvoyé Laval, instigateur de cette même « collaboration » : le retour des cendres de l'Aiglon perdait la signification que le Führer avait voulu lui donner.

Page 619.

1. Élisabeth de Miribel dactylographia à Londres l'appel du 18 Juin et servit la France libre pendant la guerre. Collaboratrice de Malraux au R.P.F., elle entra en 1949 au Carmel, qu'elle quitta, pour raisons de santé, en 1954.

Page 620.

a. Pourquoi ? Malgré Goethe, je crois que vous avez raison. Je sens les choses ainsi. Mais je n'y ai pas réfléchi. / — Au problème lui-même, moi non plus, mon général. Mais j'ai tenté *C*

1. Allusion au processus psychologique décrit par Stendhal dans *De l'amour*.

2. Cf. Claude Mauriac, *Un autre de Gaulle*, Hachette, 1970, p. 138 : « Son commentaire […] au sujet d'une condamnée à mort qu'il avait graciée : "On ne fusille pas les femmes !" Phrase qu'il répéta deux fois encore, ajoutant : "Giraudoux l'a dit dans *Les Anges du Péché* […] : les femmes, n'importe quelle femme, sont capables du meilleur et du pire…" » (1er août 1945).

Page 621.

a. sans regard…" / J'aurais pu ajouter que lorsque Léonard peint le Christ — dans la *Cène* — il ne tente pas de trouver son regard, et lui fait baisser les yeux… Le monde de l'art (ou du moins de la représentation) qui connaît le regard n'est pas du tout le même que celui qui l'ignore… Même lorsqu'il s'agit du regard intérieur, celui du bouddhisme… / — Une figure sans regard, c'est l'antiquité, le sommeil ou la mort. / Vous aimez *C* : sans regard…" Une figure sans regard est la sculpture antique, le sommeil ou la mort… Vous aimez *C(F)*

1. Transportée sur le *France*, *La Joconde* arriva à New York le 18 décembre 1962. Elle fut exposée à la National Gallery de Washington à partir du 9 janvier 1963.

Page 622.

a. N'importe : cette sculpture-là, je le répète, me parle. Elle est la France, aussi. Les autres *C* : la sculpture gothique, romane, me parle, je le répète. Elle est la France, aussi. Les autres *C(F)*

1. Voir la fin du conte d'Alphonse Daudet (*Lettres de mon moulin*).
2. Ce « premier voyage » avait eu lieu en mai 1962, où Malraux et son épouse furent les hôtes de John et Jackie Kennedy.
3. L'auteur oublie que les accords d'Évian étaient signés depuis plusieurs semaines et qu'il les avait commentés devant la presse américaine.
4. « Bonne chance » : comme de Gaulle l'avait souhaitée en 1958 à la Guinée.

Page 623.

a. c'est pour Jackie. / — Elle vous a paru de bon aloi, dit-on ? / Réapparition de l'œil de l'éléphant. / — L'aide qu'elle a apportée au président, en proclamant qu'elle ne s'occupait pas de politique, et en introduisant à la Maison Blanche le domaine de l'esprit, ne me semble pas négligeable. Cela dit, vous la connaissez comme moi. Louise de Vilmorin, qui la connaît depuis beaucoup plus longtemps, dit : « Elle plaît sans déplaire, ce qui est rare. » / — Le voyage suivant *C, C(F)* ♦♦ *b.* parler sérieusement ? Curieux. / — Mon général, *C*

1. *La Joconde* fut dévoilée le 9 janvier 1963, en présence du président et de Mme Kennedy. Malraux prononça un discours. Au Conseil des ministres du 16 janvier, il rendit compte de ce second voyage en des termes notés par Alain Peyrefitte, grâce à qui on connaît aussi les commentaires du général (*C'était de Gaulle*, t. I, p. 357-361).
2. Selon Raymond Aron, à qui le président américain parla en janvier 1963 de ses entretiens avec Malraux, celui-ci « laissa entendre au président Kennedy que le dialogue franco-américain allait s'engager ». Aron poursuit : « […] le président américain me le dit en passant et conclut que les plus proches du Général ne connaissaient pas toujours ses intentions »

(*Mémoires*, p. 421-422). Parmi les « quelques événements », l'indépendance de l'Algérie et la crise de Cuba.

Page 624.

a. qui en avaient fait au XVIIe siècle le premier pays *C*

1. Ce parallèle entre la Grande-Bretagne et la France apparaît dans le discours de Pleyel du 5 mars 1948, qui deviendra la postface des *Conquérants* (t. I de la présente édition, p. 286). Malraux le reprend dans ses discours de Nice (24 novembre 1963) et du palais des Sports de Paris (15 décembre 1965).

2. L'expression « un pacte vingt fois séculaire » fait écho au discours du 1er mars 1941, à Londres (*Discours et messages*, t. I, p. 73).

Page 625.

a. à Kennedy, avec une apparente distraction : « Vous *C* : à Kennedy, avec une apparente négligence : « Vous *C(F)*

1. Le maréchal Chen-yi. Voir *Antimémoires*, p. 382.

2. Cf. « Et c'est la première fois dans l'histoire qu'une nation occupe une telle place sans l'avoir cherchée » (toast de Malraux lors du dîner de la Maison-Blanche, en mai 1962).

Page 626.

a. les épaules. / —... La destruction d'un grand dessein ? Possible. Quand César *C*

1. Kennedy est mort le 22 novembre 1963 ; de Gaulle est né le 22 novembre 1890.

Page 627.

a. comme un *[18 lignes plus haut]* impérialisme... / — Je vous ai dit ce que j'en pensais. / Il esquisse le geste par lequel il semble vouloir tout chasser, et d'abord la vie : / — Vous avez eu l'occasion *C, C(F)*

1. Voir n. 3, p. 578.

2. Ici intervenait dans l'édition originale et dans l'édition « Folio » (avec quelques variantes) ce récit de la mort de Che Guevara où Régis Debray verra « du mauvais *Paris-Match* » (*À demain de Gaulle*, Gallimard, 1990, p. 36).

3. Mot déjà cité, sous une forme un peu différente, aux jeunes gaullistes réunis à Strasbourg (le 13 avril 1969).

Page 628.

1. « L'Illusion lyrique » est le titre de la première partie de *L'Espoir.*

2. Cette devise du colonel Lawrence, citée dans les *Antimémoires*, p. 349, reviendra dans *Lazare* (*CS*, VI, p. 846).

Page 629.

a. Dans le salon *Début du chapitre* III *dans C* ♦♦ *b.* Ensuite, un sentiment. Pour la plupart de ceux qui vous ont suivi, votre idéologie ne me paraît pas avoir été capitale. L'importance était ailleurs : pendant la guerre, évidemment, dans la volonté nationale ; ensuite, et surtout depuis 1958, dans le sentiment que vos motifs, *C, C(F). Le long ajout de ML (p. 663-*

686), largement consacré à l'« idéologie », imposait la suppression de ce passage (voir var. a, p. 663).

1. Malraux laisse subsister une allusion au passage supprimé (voir n. 2, p. 627).

Page 630.

a. et d'administration. Ceux qui ne sont pas des politiciens. Vous vous souvenez de la foule debout, quand j'ai répondu à je ne sais quel minable qui vous attaquait : « L'homme qui, dans le terrible sommeil de notre pays, en maintint l'honneur comme un invincible songe ! » Et il n'y avait pas là que des amis. / — Oui. Il en sera ainsi quand je serai mort, vous verrez. Pourquoi ? / — Vous avez fait *C, C(F) (qui supprime* Pourquoi ? *). — La citation est extraite du discours de Marseille, au temps du R.P.F. (« Le Rassemblement », 24 avril 1948). La formule avait déjà été employée dans l'appel aux intellectuels du 5 mars 1948 (voir t. I de la présente édition, p. 280).*

Page 631.

a. seulement nationaux. Le communisme, c'est le prolétariat, mais aussi une volonté de justice qui n'est pas seulement marxiste ; le gaullisme *C, C(F)* ◆◆ *b.* élire. Quand vous m'avez dit, *C* ◆◆ *c.* Je crois que le NON [...] contagion. *add. ML*

1. Ouvrage de 1947-1950, dont Malraux avait publié un compte rendu enthousiaste, en mars 1950, dans *Le Courrier de l'Ouest* (le texte en est repris dans *André Malraux, l'homme des univers*, p. 246-247). Selon de Gaulle, « il fallait l'avoir lu pour savoir comment, envers et contre tout, il avait fini par descendre les Champs-Élysées » (Edmond Michelet, *Rue de la Liberté. Dachau 1943-1945*, p. 12).

Page 632.

a. l'exemple le plus haut. / Ce qui l'intrigue chez moi, c'est la manie logique. Il n'y a pas de commune mesure entre son rôle épique et mon rôle ; mais s'il a le génie *C, C(F)* ◆◆ *b.* quand je serai mort. Se demande-t-il ce qu'il adviendra de la France, ou de lui-même ? Tantôt il pense : « Il se peut que ce soit fini » et tantôt : « La France étonnera encore le monde ». *[voir p. 659, 5ᵉ §]* Il m'a dit naguère, *C*

1. Livre posthume de Clemenceau (1930).

2. Malraux a cité cette « interruption fameuse » au palais des Sports, le 31 janvier 1967.

Page 633.

a. ces mains *C* : mes mains *C(F), ML. Nous corrigeons d'après C.* ◆◆ *b.* lorsque je notais les phrases de la voyante qui avait découvert une tache sanglante sur un tissu antique, sans savoir que ce sang était celui d'Alexandre. *C, C(F). Voir « Hôtes de passage », « CS », II, p. 544.*

Page 634.

1. Écho des *Antimémoires*, p. 273.

2. Discours du 24 juin 1940, à la radio de Londres (*Discours et messages*, t. I, p. 7).

3. En 1759, les Russes qui menaçaient Berlin se retirèrent sur la

Vistule ; leurs alliés autrichiens se dirigèrent vers la Silésie et la Saxe. Ce fut selon Frédéric II « le miracle de la maison de Brandebourg ».

Page 635.

a. « En 1958 *[p. 634, début du dernier §]*, j'ai assumé […] Le préfet de police. » *Ce passage est la reprise, avec quelques variantes, d'un ms. D des « Antimémoires », où l'anecdote venait dans le récit du retour du général en 1958. Voir var. b, p. 116.* ♦♦ *b.* pas sérieux. / — Plus, le comique. Au moment *C, C(F)*

1. Figure bien connue du Quartier Latin sous la IVe République et au début de la Ve, Lop fut candidat à l'Académie française et à la présidence de la République.

2. Au stade Charléty, le 27 mai 1968, une manifestation réunit, à l'appel de l'U.N.E.F, plusieurs dizaines de milliers de manifestants.

3. Après le départ du général de Gaulle, Alain Poher, président du Sénat, assura en 1969 l'intérim de la présidence de la République. Candidat à l'élection présidentielle, il fut battu par Georges Pompidou.

Page 636.

a. lui aussi. La conception de la lutte des classes est une conception puissante, je n'en disconviens pas — mais contraire à ce qu'il y a de plus profond en moi : je ne veux pas *C* : lui aussi *[comme dans C]* je n'en disconviens pas — mais je ne veux pas *C(F)* ♦♦ *b.* Cambrioler des mythes […] lui a donné naissance. *Dans C, ces propos sont attribués au général.* ♦♦ *c.* La révolution […] mon général. *add. C(F)* ♦♦ *d.* Allusion […] J'ajoute : *add. ML*

1. Cf. *Antimémoires*, p. 91.

Page 637.

a. Dans C (et dans C[F], avec quelques variantes), la réplique de Malraux [p. 636, début du dernier §] se limitait à Et parce que le problème social existe. *Après quoi, le général reprenait (nous citons d'après C) :* Peut-être le communisme est-il en train de devenir ce que deviennent toujours les partis : un mythe au service d'une société d'entraide. Faisons-nous donner des pneus par la municipalité au nom de la misère du peuple. L'avenir n'est ni eux, ni nous, ni les autres. Nous devions faire ce que nous avons fait ; mais l'avenir est ce qui n'existe pas encore. Comme le christianisme pour les philosophes romains. / Vous savez ♦♦ *b.* Qui a fait grève pour la France dans cette maison, en des temps sérieux ! / — Les *C* ♦♦ *c.* notre *C*

1. Cf. *Antimémoires*, p. 96.

2. Le 4 septembre 1958.

Page 638.

1. Cf. *Les Voix du silence*, p. 596 : Renoir « eût-il voulu peindre un "Hommage à la France", le plus sage eût été de donner simplement ce titre à son plus beau tableau ».

2. Fin de l'oraison funèbre de Le Corbusier (p. 947).

Page 639.

a. Je pense […] Torrès. *add. ML* ♦♦ *b.* Il me regarde *add. ML* ♦♦

c. à quatre-vingts pour cent. Sans cette conversion, le problème de la jeunesse ne serait pas le même. Et cette conversion est singulièrement profonde. / — Sans aucun doute. L'absurde, comme on dit, peut jouer contre la nation. Moi, je ne suis pas né pour le défendre. Oui, le conflit *C, C(F)* ♦♦ *d.* Il se retourne [...] de gisant ? *add. ML* ♦♦ *e.* en moutons. » / Il se retourne pour regarder tomber la neige. Il n'appartient pas à notre temps — mais à un passé millénaire auquel s'accorde si bien, aujourd'hui, sa stature massive de gisant. / — Avant cent ans, ce que nous avons appelé la droite et la gauche aura rejoint *C, C(F)*

1. Allusion à *La Pucelle d'Orléans* (1762).

Page 640.

1. Ami de Malraux, membre du gouvernement de Front populaire, Léo Lagrange fut tué au combat en 1940.
2. Cf. *Antimémoires*, p. 100.
3. Cf. p. 591.

Page 641.

a. ne croyez-vous pas ? Mais nos marxistes n'ont pas l'air de s'en douter. La gauche électorale a longtemps reposé sur l'anticléricalisme, surtout dans son lien avec la franc-maçonnerie... Ça tire à sa fin. J'imagine sans peine un marxiste sérieux qui répondrait à l'illusion lyrique gauchiste : « Le pouvoir du général de Gaulle, qui est le fils de son action pendant la guerre — le fils, mais pas le frère ! — eût été inconcevable sans le développement du secteur tertiaire. » Songez que cette année, en France, ce secteur a dépassé les deux autres : paysans et ouvriers réunis. Mais l'objectif *C, C(F)*

1. Le 30 octobre 1944, le général dit à Claude Mauriac « [...] et sur quel ton de certitude : "Il n'y a qu'un révolutionnaire en France : c'est moi" » (*Un autre de Gaulle*, p. 62).

Page 642.

a. je comprends Rome. / — Je crois la métamorphose des mythes aussi peu prévisible que celle des œuvres d'art. À Leningrad, j'ai vu la chambre de l'Impératrice, aux murs criblés de portraits de Raspoutine. Je regardais passer les absurdités acceptées par tant de nos contemporains intelligents, avec la même surprise que j'ai lu, plus tard, les comptes rendus des procès de Moscou. Rome *C* ♦♦ *b.* mon ami Mao, représentaient *C, C(F)* ♦♦ *c.* sans elles ? / — À certains égards, la France aussi est une chimère... / — Non. Les chimères sont ce qui n'existe pas. Le marxisme n'est pas une chimère. Ni Lénine. *C, C(F)*

Page 643.

a. la même chose. À chacun sa République. Les chimères de l'esprit me font plutôt penser aux modes. / — Je n'ai jamais tiré au clair ce que je pense des modes. La mode féminine est un moyen d'accession sociale ; passons. Mais les siècles pendant lesquels les hommes doivent être barbus, les siècles pendant lesquels ils doivent être rasés... Dans le domaine de la religion, le problème est aussi mystérieux. Les âmes sensibles, liées à la comédie politique, deviennent évidemment des comédiennes — ou des suicidées. Les femmes dont parle le curé de Colombey ne sont pas des comédiennes. » / Je pense à sa propre foi, que je ne saisis jamais. L'Église *C, C(F)* ♦♦ *b.* silence né d'une invulnérable pudeur et de beaucoup d'orgueil, si l'on peut appeler orgueil le sentiment [le droit au secret *C(F)*] : cela ne concerne que moi. Sa communion à Moscou est claire : il témoigne. Mais il ne communie pas qu'à Moscou. Je crois sa foi si profonde *C, C(F)* ♦♦ *c.* parler de sa foi. Un Dieu, Juge suprême, son inspirateur pour gracier les condamnés ou pour deviner le destin de la France ? Cette foi recouvre *C, C(F)* ♦♦ *d.* dont la foi chrétienne était confuse, et qui *C* ♦♦ *e.* des voltairiens ? » / Du moins cette foi est-elle nourrie par deux millénaires. Profonde et mystérieuse. Un jour *C, C(F)*

1. Mot cité dans les *Antimémoires*, p. 110.
2. En réalité, à Leningrad.
3. Voir *Antimémoires*, p. 146 et n. 2.

Page 644.

a. « ça ne fait rien ! La religion ne peut pas plus être un prolongement de la morale, que la morale ne peut être une dépendance de la religion. Tout ça n'est pas sérieux. L'homme n'est pas fait pour être coupable. Le sérieux, c'est de savoir pourquoi les passions mortes — politiques, morales et ainsi de suite — sont mortes. Et de défendre ce qui peut survivre, par des voies mystérieuses. Mais n'oubliez pas qu'André Gide était un écrivain à qui l'histoire ne posait aucune question, car, à ses yeux, elle n'existait pas. / Comme c'est étrange ! Valéry a dit beaucoup de mal de l'histoire, mais il en a écrit quelques interprétations incomparables : c'était une querelle de ménage. Je suis content de lui avoir fait des funérailles nationales. À la fin de sa vie, l'histoire était ce que *font* les hommes : il la regardait distraitement mourir. » / Combien de passions avons-nous rencontrées, dont il ne restera rien de plus que de *L'Action française* pour nos étudiants de Nanterre qui en ont oublié jusqu'au nom, rien de plus que des passions politiques qui se débattent dans ce monde qui aura été le mien, comme les passions religieuses se seront débattues pendant tant de siècles ? Parmi mes lecteurs de moins de trente ans, parmi les lecteurs étrangers, qui se souvient que *L'Action française* a dominé la Sorbonne ? Qui supportera sans rire, dans cent ans, le vocabulaire : aliénation, structure, démystification, forces malthusiennes, frustration, civilisation de consommation ?… / Il reprend un peu rêveusement : / — Quand j'ai dit : *C, repris, avec quelques variantes, dans C(F)* ♦♦ *b.* un problème *[12 lignes plus haut]* de jardinier ! / Donc, je regarde passer les chimères. Je rentre. Je retrouve ces livres. Ce qui a survécu et peut-être ce qui a donné forme à l'homme, comme les jardiniers successifs ont donné forme à mes arbres. Après tout, le mot culture a un sens. Qu'est-ce qui se continue — vous voyez ce que je veux dire — qu'est-ce qui ne se continue pas ? Il s'agit d'une opposition plus profonde qu'entre l'éphémère et le durable, vous comprenez bien : de ce qu'il y a de mystérieux dans la durée. Cette bibliothèque n'est pas une collection de vérités, opposée à des calembredaines. Il s'agit d'autre chose. Rien de moins clair que la victoire des œuvres sur la mort. / — Que relisez-vous ? / — Eschyle, Shakespeare, les *Mémoires d'outre-tombe*, un peu Claudel. Et ce qu'on m'envoie, qui fait généralement partie des nuages. Je réponds à tous ceux qui m'envoient des livres : ils pourraient aussi ne pas me les envoyer. / — Vous aimez encore Rostand ? / — On aime sa jeunesse. *[cf. p. 646]* Mais je ne réfléchis pas à ma jeunesse, pas même à Claudel : je réfléchis aux œuvres capitales d'autres temps — dans une certaine mesure, d'autres civilisations. Je ne puis m'expliquer que par une image. Ceux que je relis (ajoutez Sophocle)... / — Autre général. / —... me font l'effet d'étoiles éclairées par un même soleil invisible. Ils ont quelque chose en commun. Comme les arbres, bien que... Ils sont différents des nuages et des chimères : ils ont quelque chose de fixe. Une sorte de transcendance ? Donc, je me promène entre les nuages et les arbres comme entre les rêves des hommes et leur histoire. Alors, entre en jeu un sentiment qui m'intrigue. Ces grands poèmes (moi qui n'aime guère le théâtre, je ne relis actuellement que des poèmes dramatiques), je sais bien qu'ils n'étaient pas ce qu'ils sont pour nous ; je vous ai écrit autrefois ce que je pensais de votre théorie de la métamorphose. Mais pour l'histoire ? Vous disiez tout à l'heure que ce mot faisait partie de ceux dont la profondeur vient de sens multiples. Certes. Mais il faut comprendre ce que nous avons fait. *C, repris, avec quelques variantes, dans C(F)*

1. Cf. la préface aux *Cahiers de la Petite Dame*, p. XXVII, où Malraux cite, pour la combattre, l'affirmation de Gide : « Le christianisme, qui n'était d'abord qu'une morale... »

Page 645.

a. ne sera plus un avenir : alors, interviendra ce que vous appelez la métamorphose. Oh ! *C*

Page 646.

a. la petite éternité des branches... L'éternité n'est pas nécessaire pour connaître les limites de l'action : le malheur suffit. / Pense-t-il aux promenades avec Anne ? / — Vous connaissez le dialogue *C. Passage repris, avec quelques variantes, dans C(F), où la phrase sur Anne de Gaulle disparaît.* ♦♦ *b.* voir grandir un arbre. / — Même d'un point de vue métaphysique ou religieux, délivrer les prisonniers d'un camp d'extermination n'est pas moins « important » que l'existence des arbres, et même des nébuleuses spirales. Malheureusement, l'histoire ne consiste pas qu'à délivrer... / À la branche, Dostoïevski opposait le Mal, et j'ai dit ce matin que le sacrifice ou l'héroïsme ne me paraissait pas moins profond que le mal. Mais il me semble que depuis vingt ans, pour le général, l'Histoire est un domaine dont tous les serviteurs se ressemblent. À mes yeux, il existe deux types d'hommes de l'Histoire, qui ne se rejoignent que par leur survie. D'une part, les conquérants ; de l'autre les libérateurs et ceux qui leur sont obscurément liés : Philopoemen et Vercingétorix nous émeuvent sans doute comme des libérateurs vaincus. / — Sans doute l'histoire ne consiste-t-elle pas qu'à délivrer, dit-il. Elle est l'affrontement. Avec l'ennemi, aussi avec le destin. Peut-être la grandeur ne se fonde-t-elle que sur le niveau de l'affrontement. / Il a toujours pensé en ces termes. Et sa pensée n'a pas changé, même s'il affronte la vie des arbres ou la dérive des nuages. Moi aussi, souvent. Mais il est enraciné dans la France, à l'égal de ses arbres. L'Histoire, pour lui, c'est l'action : les ombres des nuages se succèdent en se continuant sur cette vieille terre dont il contemple l'éternité. Pour moi, l'Histoire, c'est d'abord leur succession incertaine, le cours héraclitéen du fleuve. Et partant, comme lui, je ne puis m'accorder à la branche. Plus qu'une leçon, elle me semble une accusation... Il continue : / — Peut-être n'a t-on pas pris assez conscience d'un fait évident, considérable pourtant : les hommes de l'Histoire *C, C(F)* ♦♦ *c.* de l'incertitude militaire. *Ces mots, dans C, enchaînent directement avec :* / Enfin, dans quelques jours *[p. 647, 1re ligne]. Voir var. a, p. 647.* ♦♦ *d.* l'incertitude militaire. « Aucun historien n'a tenté d'analyser l'élément le plus singulier de l'Histoire : *C(F)* ♦♦ *e.* Mai 68. Il ne passe pas par hasard, j'en conviens. Pourtant, ce qui le fait passer n'est jamais décisif. Parfois il s'en va aussi rapidement qu'il est venu. Je ne parle pas de ce qui fait qu'un homme de l'Histoire abandonne soudain l'Histoire, comme tant de Romains, Charles Quint et votre ami Saint-Just : je parle *C(F). Cf. p. 601.*

Page 647.

a. le caractère mystérieux *[p. 646, 6e ligne en bas]* du courant existe : Baudelaire, Picasso... / — Et Cyrano. Peut-être est-ce là ce que Rome appelait la Fortune. On nous ressasse que l'Histoire, la vraie, ne se définit pas par une suite de batailles. Très juste. Mais c'est pour nous affirmer qu'elle se définit par l'invention du collier d'attelage (mise en lumière par le commandant Lefebvre-Desnouettes : encore un militaire !), par la lutte des classes ou le destin des cultures. Je reconnais qu'on ne peut pas définir l'Histoire par la succession de ce qui nous échappe. Et pourtant ! Dans tout ce qu'a écrit Napoléon, j'ai toujours été retenu par les événements qui le surprennent, le déconcertent. / « Enfin, dans quelques jours, *C(F). Voir var. c, p. 646.* ♦♦ *b.* Nehru. Ma vie. / Restent *C, C(F)* ♦♦ *c.* L'Afrique, qui sait ? » / Je ne pense pas à l'Afrique, mais à l'Asie de ma jeunesse. L'Asie du passé, l'Asie sans présent a basculé dans la nuit. Innombrables petits ballons porteurs de publicités lumineuses parmi les étoiles d'Osaka, défilés sans fin du peuple chinois devant la Cité Interdite, multitudes autour de Gandhi, avec les fleurs qui tombaient des arbres lorsqu'il commençait à parler... Un milliard d'hommes, presque semblables depuis mille ans, et maintenus dans leur passé par l'Europe. Aujourd'hui, le grondement impatient de tout ce qui n'est pas l'Europe, mais aussi, en effet, les funérailles d'un monde ; et bientôt, l'Afrique ? / Je pense à mon avion *C, C(F)*

1. « Après tout, disait-il, il n'y a que la mort qui gagne » (*Mémoires de guerre*, t. III, p. 78). Cf. *Antimémoires*, p. 110 et n. 3.

Page 648.

a. pas tout de suite ?... Peut-être est-ce le même problème que celui que vous posiez au sujet de la bibliothèque, et qui se pose au sujet du musée... En face des nébuleuses spirales, l'Union Soviétique, la France, les deux mille cinq cents ans d'Eschyle !... Pourquoi l'homme, contre la mort, veut-il passionnément gagner la première bataille ? L'Égypte *C, C(F)* ♦♦ *b.* qu'il a faite. La mort n'a pas d'importance, mais la vie en a-t-elle beaucoup plus ? Dans la solitude de Colombey, ses *Mémoires* sont sans doute écrits en marge d'un dialogue distrait avec la mort. Il a cité, *C* : qu'il a *[comme dans C]* beaucoup plus ? Il a cité, *C(F)*

1. Un peu modifiée par Malraux, cette citation clôt le discours d'Oxford du 25 novembre 1941 (*Discours et messages*, t. I, p. 146).

2. Malraux avait dit, le 20 juin 1968, au parc des Expositions : « [...] une des crises les plus profondes que la civilisation ait connues ».

Page 649.

a. une jeunesse française... » Je réponds : *C, C(F)* ♦♦ *b.* une valeur religieuse ? / — La raison, la vérité peut-être ; le destin du prolétariat pour Marx... Le nihilisme ne remplace pas plus ces valeurs à l'université de Berkeley qu'à celles de Tokyo. Mais Robespierre croyait *C, C(F)* ♦♦ *c.* Grigri [...] parler de la mort. *add. ML*

1. Cf. *Antimémoires*, p. 108 et n. 1, 261.

2. Cf. les paroles de Malraux à Strasbourg, le 13 avril 1969 : « Ce n'est pas la première fois que des étudiants s'insurgent, c'est peut-être la première fois que des adultes s'aplatissent. »

3. Le « Portique » : l'école des Stoïciens.

Page 650.

1. Cf. *Antimémoires*, p. 8.

2. Allusion à Jean-Paul Sartre et Simone de Beauvoir vendant *La Cause du peuple* sur les grands boulevards.

Page 651.

1. On trouve une première version de ces propos d'Eisenstein dans le discours au Congrès pour la liberté de la culture (30 mai 1952). Sur le projet de film, voir t. I de la présente édition, p. 1293-1294.

Page 652.

a. « La psychologie *[p. 651, début du dernier §]* ne [...] sans y pénétrer, le retiennent. *add. ML. Voir var. suivante.* ♦♦ *b.* qu'à me *[p. 651, fin du 5ᵉ §]* tuer. » / Il m'avait décrit, en 1934, une scène semblable avec Chaplin, lorsqu'il avait montré à celui-ci les photos des décapitations chinoises. Shakespeare faisait reprendre par des personnages mineurs les plus grandes scènes de ses chefs-d'œuvre : Dieu aussi. Et comment Eisenstein est-il mort ? / — Voici la seule chose intéressante qu'on m'ait racontée sur Staline, dit le général. Il se croit *C* : qu'à me tuer. » / Et comment Eisenstein est-il mort ? / — Voici la seule *[comme dans C]* Il se croit *C(F)*

1. Cf. *Mémoires de guerre*, t. II, p. 80 : « [...] les manières courtoises du patricien ».

2. Anecdote contée à Claude Mauriac par le ministre de Suisse, Burckhardt ; Molotov n'y apparaît pas (*Un autre de Gaulle*, p. 127).

Page 653.

a. russes, au domaine profond. J'ai *C, C(F)*

Page 654.

a. « Ce qui fut fait. / Je pense beaucoup aux Polonais. Sans doute parce que j'ai de l'amitié pour l'officier-adjoint du général Anders. Entre la Pologne et la Russie, nous sommes dans une relation presque aussi lointaine qu'entre la Chine et la Corée... À l'entrée en guerre *C, C(F). Sur le général Anders, voir « Antimémoires », p. 476 et n. 4.*

1. Dirigeant communiste yougoslave, opposant à Staline, puis à Tito.

2. Cf. *Antimémoires*, p. 11 et n. 2.

3. Titre du récit, par John Reed, de la prise du pouvoir par Lénine (traduction française en 1927). L'auteur, journaliste américain de gauche, devint, après la révolution d'Octobre, un propagandiste de l'Internationale communiste. Il mourut du typhus à Moscou. Sa vie a inspiré le film de Warren Beatty, *Reds* (1982).

Page 655.

a. Et alors ? » / Puis, *C*

1. Malraux dépeint à Jean Lacouture Staline, qui, « avec son air de capitaine de gendarmerie bienveillant, [...] tente d'imiter Stan Laurel » (*Malraux*, p. 173). C'est en 1934 que l'écrivain fut reçu dans la datcha de Gorki, près de Moscou. Dans son *Journal*, Romain Rolland a noté ce que fut, selon Jean-Richard Bloch, la « soirée des écrivains étrangers » chez Gorki (*Romain Rolland et la N.R.F.*, p. 271).

Page 656.

1. Discours du 15 décembre 1965 au palais des Sports de Paris : « À l'heure de sa mort, le Géorgien Staline, regardant [...] la Grande Armée, a eu le droit de dire : "J'ai refait la Russie..." »

Page 657.

a. moi et ce qui *[p. 656, dernière ligne]* se passe. / — Avant dix ans, il s'agira de vous transformer en personnage romanesque. Il rôdera encore, je ne sais où, un vague 18 juin, une vague décolonisation. / — Une vague France ? / — Une vague France. En face, les sages. Alors, chez les gaullistes encore vivants, il adviendra quelque chose d'imprévisible. Et chez les jeunes, oh ! plus tard, quelque chose du même genre. Quand Joinville écrit sa *Vie de Saint Louis*, il est vieux ! Allons ! Jeanne d'Arc avait raison à Patay, autre 18 juin, celui de 1429. Et alors ? La réalité que vous avez empoignée ne sera pas votre héritière : les personnages capitaux de notre histoire sont dans tous les esprits, parce qu'ils ont été au service d'autre chose que la réalité. / Il répond avec une lassitude qui semble ignorer la fatigue : / — En politique, *C, C(F)* ♦♦ *b.* trahir. Le destin s'accomplit par d'autres voies. / Savez-vous ce qui pourrait bien être la réalité ? / « Ces malheureux *C* : trahir [...] voies. / Savez-vous qu'elle est *[sic]* sans doute la réalité ? / « Ces malheureux *C (F)*

1. Même citation, *Antimémoires*, p. 89.

Page 658.

a. « Vous le *[p. 657, 2e ligne en bas]* savez. » / Il a écrit [...] l'hégémonie européenne... » *add. ML* ♦♦ *b.* On l'a *[7 lignes plus haut]* élu [...] Quant à *add. ML*

Page 659.

a. Européens *[p. 658, 2e ligne en bas]* de l'Europe, qui fut la chrétienté. Une Europe déchirée, qui existait tout de même. L'Europe *C, C(F)* ♦♦ *b.* Oui, *[2e ligne de la page]* oui ! Il ne s'agit plus de savoir si la France fera l'Europe, il s'agit de comprendre qu'elle est menacée de mort par la mort de l'Europe. / « Après tout [...] Les bois que vous avez vus, que je vois chaque jour... » / Ce matin *C, C(F)* ♦♦ *c.* fait *C, C(F)* ♦♦ *d.* Ça n'arrive pas tous les matins. / — Alors, la civilisation atlantique arrivera... / — La France *C* : Ça n'advient pas *[comme dans C]* La France *C(F)* ♦♦ *e.* Oh ! elle étonnera [...] celui des autres. *add. ML*

1. Cf. « Ensuite, regardant les étoiles, je me pénètre de l'insignifiance des choses » (*Mémoires de guerre*, t. III, p. 289).

2. Présentée ici comme un souvenir personnel de février 1934, cette

anecdote avait été intégrée à l'expérience de Manuel (*L'Espoir*, t. II de la présente édition, p. 226).

Page 660.

a. Qu'importent au général de Gaulle l'Afrique, Mao *C, C(F)* ♦♦ *b.* Mao, qu'importent à la reine *C* : Mao, qu'importerait *[sic]* à la reine *C(F), ML. Nous rétablissons le pluriel.* ♦♦ *c.* feuilles… Je pense à la réverbération […] Au soir de juin […] et le brouillard d'été, où les paysans brûlaient leurs […] À l'aumônier *C, C(F)* feuilles […] et de brouillard […] l'aumônier *ML. Nous rétablissons* le brouillard *d'après C et C(F).*

1. Versets de la *Gîtâ* cités dans les *Antimémoires*, p. 202.
2. Cf. *Antimémoires*, p. 213.
3. Cf. « De Sens à Chartres », t. II de la présente édition, p. 780.
4. Cf. *Les Noyers de l'Altenburg*, t. II de la présente édition, p. 757 et *Antimémoires*, p. 230.
5. Cf. « De Sens à Chartres », t. II de la présente édition, p. 772.
6. Cf. *Antimémoires*, p. 5.

Page 661.

a. des capitales. Et le mystère du monde *C, C(F)* ♦♦ *b.* drapeaux blancs. L'auto s'éloigne, et je revois le général aux funérailles de Jean Moulin, menhir dans sa longue capote battue par le vent glacé. / « Entre ici, *C, C(F). Voir « Antimémoires », p. 451 et ici, p. 671.* ♦♦ *c.* intruse *C, C(F)* ♦♦ *d.* réception des souverains… / Aux Invalides *[p. 686, 11ᵉ ligne]*, à […] qu'elle était vivante ? *[p. 686, 23ᵉ ligne]* / Des branches de noyers *C, C(F). Voir var. a, p. 686.*

1. Sur les marches de Gandhi et de Mao : cf. *Antimémoires*, p. 138-139, 363-369.
2. Cf. *Oraisons funèbres*, « Jean Moulin au Panthéon », p. 954.
3. Après les nombreux échos des *Antimémoires* dans le paragraphe précédent, retour du motif des noyers, avec, à leur pied, le « large anneau […] des noix mortes » (*Antimémoires*, p. 37 et n. 1).

Page 662.

a. la vie sans homme continue. Nous *C, C(F)* ♦♦ *b.* un C.R.S. à mitraillette, *C* : un gendarme à mitraillette, *C(F)* ♦♦ *c.* la nuit, qui ne connaît pas l'Histoire. *Ici s'achèvent C et C(F).*

1. Cf. *Antimémoires*, p. 106.
2. Cf. p. 612.
3. Allusion aux *Mémoires d'espoir.*

Page 663.

a. Dès le premier jour, *À partir d'ici jusqu'à* mourir dans le ruisseau » *[p. 686, dernière ligne] Malraux ajoute à C et à C(F) des pages mises au point dès l'automne 1975. Il les reprendra, en les redistribuant et en pratiquant des coupures, dans son discours du 23 novembre 1975 à l'Institut Charles de Gaulle (*« L'Herne », *p. 467-476).* ♦♦ *b.* Les Français inventèrent le mot gaulliste, *ms. D*

Page 664.

1. Ce terme désignait pour la gauche, en 1934-1936, Camelots du Roi,

Jeunesses patriotes, Solidarité française, Francisme, Croix de Feu, Volontaires Nationaux, tous regardés de ce côté comme « fascistes ». Après celles de l'Action française, les autres ligues furent dissoutes en 1936 par le gouvernement de Léon Blum.

2. Cf. « Discours prononcé à la Fondation Maeght », p. 882 : « Aimer un être [...] c'est le tenir pour nécessaire. »

3. Saint François d'Assise.

Page 665.

1. Résumé libre de la réplique d'Antigone à Créon (Sophocle, *Antigone*, v. 450 et suiv.).

Page 666.

1. Félix Gouin succéda, en 1946, à de Gaulle comme président du Gouvernement provisoire.

Page 667.

a. C'est le général de Gaulle de 1946 qui revient en 1958. *ms. D. On ne trouve pas dans cet état de texte correspondant aux pages 665-666 sur le* R.P.F.

1. Le 6 février 1934.

Page 669.

1. Autrement dit : après le général, quelque colonel (le colonel Nasser avait supplanté le général Néguib).

2. Cf. Acaste : « "Pour le petit marquis..." C'est moi-même, Messieurs, sans nulle vanité » (*Le Misanthrope*, V, 4, v. 1691).

Page 671.

a. M.L.N. *ML. La correction en* F.L.N. *s'impose. Texte absent dans ms. D (voir var. suivante).* ♦♦ *b.* Les politiciens appellent [...] et non par le 18 Juin ? *Ce paragraphe est absent de ms. D.*

Page 672.

1. En juin 1940, ils avaient rejoint la France libre. Malraux les a exaltés dans son article « Bretons de Sein, que pensez-vous en écoutant la radio ? », *Carrefour*, 10 janvier 1950.

Page 673.

1. Écho de la p. 578.

Page 674.

1. *La France et son armée* (1938).

Page 675.

1. Secrétaire général de la C.G.T. de 1909 à 1940, Léon Jouhaux reprit ses fonctions en 1945.

2. Sur l'Action française à la Sorbonne, voir var. *a*, p. 644. Malraux a de la Sorbonne de notre premier demi-siècle une vue historiquement très contestable.

Page 677.

1. Sur « la note de Lénine », voir *Antimémoires*, p. 150 et n. 1.

Page 678.

1. Cf. *Hôtes de passage* (*CS*, III, p. 576).
2. Cf. *Ibid.*, p. 571.
3. Cf. *Ibid.*, p. 563.
4. Cf. *Ibid.*, p. 573.
5. Expression de Max Torrès (*Ibid.*, p. 549 et *passim*), dont Malraux a fait le titre de son livre de 1975.

Page 679.

a. en représailles, le lieutenant de vaisseau Honoré d'Estienne d'Orves. Pas de vichyste *ms. D*

Page 681.

a. à l'arrière, pour ceux qui en eussent envisagé l'emploi à toutes fins utiles. La *ms. D*

1. *Amgot* : voir n. 4, p. 579.

Page 682.

a. douze *ms. D* : dix *ML. L'intention — répétée — de Malraux et la vérité historique (1946-1958) imposent de lire* douze.

1. Cf. p. 589 et n. 3.

Page 683.

1. Cf. p. 582 et n. 2.
2. Malraux entrelace dans ce paragraphe des extraits de deux allocutions, prononcées lors des troubles d'Alger (29 janvier 1960), et lors du putsch des généraux (23 avril 1961). Voici les textes : « Si j'ai revêtu l'uniforme pour parler aujourd'hui à la Télévision, c'est afin de marquer que je le fais comme étant le général de Gaulle aussi bien que le Chef de l'État. » « Eh bien ! Mon cher et vieux pays, nous voici donc ensemble, encore une fois, face à une lourde épreuve » (*Discours et messages*, t. III, p. 162, 166). — « Ce groupe [de colonels] et ce quarteron [de généraux] possèdent un savoir-faire expéditif et limité. [...] Au nom de la France, j'ordonne que tous les moyens, je dis tous les moyens, soient employés pour barrer partout la route à ces hommes-là, en attendant de les réduire » (*ibid.*, p. 307).

Page 686.

a. Aux Invalides *[14 lignes plus haut]*, à [...] qu'elle était vivante ? *Ce passage est repris de C et de C(F) — voir var. d, p. 661.*

1. Ce « poteau haché » a été évoqué dans les *Antimémoires*, p. 472.

Page 687.

a. Le surlendemain, dans le jour gris *C, C(F)* ♦♦ *b.* à monter, pour porter à l'Arc de triomphe les marguerites ruisselantes de pluie que la France n'avait pas apportées depuis la mort de Victor Hugo. Ici, dans la foule, *C, C(F). Voir p. 689.* ♦♦ *c. Ce paragraphe formait la fin de la Préface dans C et C(F).*

1. « C'était les chevaliers réunis autour de la dépouille de leur seigneur », déclare, au retour des funérailles, Malraux, cité par Pierre Lefranc (*Espoir*, sept. 1983, p. 51).

2. Ce finale sur les Champs-Élysées s'inspire des souvenirs de Brigitte Friang, qui écrit : « Je le racontai à Malraux » (*Un autre Malraux*, p. 155).

Page 689.

1. Cf. « les hommes du *non* » (discours de Durestal, 13 mai 1972).

Page 691.

V [LA TÊTE D'OBSIDIENNE]

a. Note en tête de TO (p. 4) : Comme *Les Chênes qu'on abat...* et *Roi, je t'attends à Babylone...*, ce livre est un fragment du *Temps des Limbes*, dont la première partie a été publiée sous le titre *Antimémoires*, et dont la seconde le sera sous le titre *Métamorphoses.* / On trouvera, en appendice, les reproductions documentaires des principales œuvres auxquelles l'auteur se réfère. *On trouve également dans TO, à la page suivante, une dédicace :* À Gaston Palewski / qui fut l'ami de Picasso, / et dont Picasso fut l'ami. ♦♦ *b.* Je mets à jour *Début du chapitre 1 dans TO*

1. Cf. une des « Notes de Barcelone », t. II de la présente édition, p. 597.

2. Liée au peintre depuis 1954, Jacqueline Roque l'avait épousé en 1961.

3. De « Notre-Dame-de-Vie », où Jacqueline a vécu avec Picasso à partir de juin 1961.

Page 693.

1. Le 10 avril 1973, deux jours après la mort de Picasso.

2. Miguel Mariano, secrétaire de l'artiste dans les dernières années de sa vie.

3. Voir p. 736 et suiv. le récit de l'entretien de Malraux et de Picasso dans cet atelier, au numéro 7 de la rue des Grands-Augustins.

4. Affiche reproduite dans l'ouvrage de Jean Leymarie, *Picasso. Métamorphoses et unité*, Genève, Skira, 1971, p. 283.

5. Inspirées en 1957 par le tableau de Vélasquez, *Les Ménines*, dont il existe de nombreux états, seront fréquemment citées (voir index). On trouve trois reproductions de Vélasquez et de Picasso dans *La Tête d'obsidienne.*

Page 694.

1. *Autoportrait à la palette*, tableau de 1903.

2. *Toits de Barcelone*, tableau de 1903.

3. Picasso avait acquis pour 5 francs en 1907 ce tableau du Douanier, *Portrait de femme*, dont le modèle était la Polonaise Yadwig(h)a.

Page 695.

a. des Grands-Augustins, entre une *Impasse* onirique et architecturale de Balthus, et *Le Parc Montsouris* du Douanier. / « Oui, Pablo *TO* ♦♦ *b. Entre Oranges et Château noir TO citait des œuvres de Matisse, Derain et Le Nain.* ♦♦ *c. TO citait ensuite trois toiles de Matisse.*

1. *Nature morte aux oranges et aux bananes*, toile de 1914.

2. Consacrée le 25 juin 1951 par Mgr Rémond, évêque de Nice, la chapelle de Vence avait valu à Matisse des reproches de son ami : « Picasso était furieux que je fasse une église », confiait-il en 1948 au père Couturier (*Se garder libre. Journal (1947-1954)*, Cerf, 1962, p. 50). Ce dominicain posa pour le *Saint Dominique*. C'est à lui que Matisse a déclaré : « Picasso [...] il n'y a que lui qui ait le droit de dire du mal de moi » (*ibid.*, p. 57). Ici et ailleurs, Malraux, qui a connu le père, utilise son journal.

3. Épouse du peintre Édouard Pignon, Hélène Parmelin a en effet « raconté le début » de cette anecdote (*Picasso dit...*, Gonthier, 1966, p. 739) ; « la fin », sur « le Bon Dieu », n'est pas dans son récit.

Page 696.

1. Voir p. 693 et n. 4.

2. Inspirée en 1937 par un épisode célèbre de la guerre d'Espagne, cette peinture sera, comme *Les Ménines*, fréquemment évoquée par la suite (voir index). Elle est reproduite dans *La Tête d'obsidienne.*

3. En 1907, alors que Picasso avait commencé *Les Demoiselles d'Avignon.* On retrouvera le motif du peintre au Trocadéro dans *L'Intemporel*, p. 244, 256, 306.

Page 697.

a. C'est un reproche. *add. ML*

1. Cette œuvre, qui marque en 1907 une étape capitale dans la création de Picasso, sera, elle aussi, fréquemment évoquée (voir index). Une reproduction dans *La Tête d'obsidienne.*

2. *Portrait d'Olga en mantille* (1917). Ballerine russe, Olga Kokhlova épousa Picasso en 1918.

Page 698.

a. Avec quelques variantes, ce paragraphe reprend un développement, qui, dans TO, intervenait vers la fin du livre (p. 251) après la phrase : Chaque tableau fait lui-même son mur. *(Ici, p. 773)*

1. Cf. « On devrait tout peindre », propos noté par Malraux dans son exemplaire du *Picasso dit...* (p. 45) d'Hélène Parmelin.

2. L'*Allée du Parc Montsouris* était à l'atelier des Grands-Augustins.

Page 699.

a. Problèmes juridiques. *Ces deux mots condensent un paragraphe de TO (p. 22).*

1. Maison orléanaise de Fernand Malraux ; la « belle-tante » est Gabrielle Godard, sœur de la belle-mère d'André.

Page 700.

a. sous les meubles. Parmi ses successeurs, Balthus et Miró sont-ils élus par le choix ou par l'amitié ? / L'absence *TO* ♦♦ *b. Paragraphe plus court que dans TO*

1. *Le Musée imaginaire de la sculpture mondiale* présentait déjà (planche 3) cette sculpture aurignacienne (Aurignac et Lespugue sont en Haute-Garonne), reproduite dans *La Tête d'obsidienne.* Retour fréquent de cette *Vénus* (voir index).

Page 701.

1. Cf. « Copier les autres c'est nécessaire, mais se copier soi-même quelle pitié ! » (cité par Zervos, *Pablo Picasso*, vol. I, *1895-1906*, Cahiers d'art, 1942, p. XV).

2. Propos inspirés de ceux de l'artiste (H. Parmelin, *Picasso dit...*, p. 48).

Page 702.

1. « Le moi intérieur, il est forcément dans ma toile, puisque c'est moi qui la fais » (*ibid.*, p. 82).

2. « Inachevée » à la mort du peintre, *La Charrue* fut présentée à l'exposition Maeght de 1973 : voir p. 784.

3. Picasso a exécuté deux bronzes inspirés par le chat (1941, 1944).

Page 703.

1. À la demande de Saül, une pythonisse d'Endor évoque l'ombre de Samuel (I Samuel, XXVIII). La scène se passe chez cette femme, non dans une « caverne ». Confusion probable avec la caverne d'Engaddi (I Samuel, XXIV).

2. Rappel de motifs des *Antimémoires* : « oiseaux de la mer d'Oman » (p. 211, 213, 216, 218), « Ramesseum » (p. 59), « *Majesté* » d'Elephanta (p. 211 et suiv. ; photographie dans *La Tête d'obsidienne*).

3. *La Femme à la voiture d'enfant*, bronze de 1950, qu'on retrouvera (voir index). Deux reproductions dans *La Tête d'obsidienne.*

4. Peut-être la construction (bois, ficelle, métal) de 1935.

5. Le thème du « combat » contre « la Création » reviendra p. 707.

6. *La Fillette à la corde*, bronze de 1950 reproduit dans *La Tête d'obsidienne*, reviendra p. 709.

Page 704.

1. Bronze de 1941, la *Tête de Dora Maar* devint en 1959 « le monument d'Apollinaire », à côté de l'église Saint-Germain-des-Prés.

2. Cette sculpture de 1944 fut installée le 6 août 1950 sur la place centrale de Vallauris ; don de l'artiste à sa cité d'adoption.

3. Bronze de 1950, inspiré par une maternité de Françoise Gilot.

4. Ce bronze de 1933, reproduit dans *La Tête d'obsidienne*, sera décrit *in situ* p. 769-770 et 785-786.

5. Bronze peint de 1914.

6. Ballet d'Erik Satie et Jean Cocteau (1917). Picasso a peint le rideau de scène et dessiné les costumes des personnages : parmi eux, trois « managers » de 3 mètres de haut.

Page 705.

1. Il s'agit ici, apparemment, d'une sculpture : est-ce la *Tête posée sur un*

radiateur de 1943 ? Ou Malraux songe-t-il au radiateur qui occupe le premier plan d'une toile montrant l'atelier de Picasso (juillet 1943) ? Une nature morte, « qui représentait le radiateur », sera mentionnée p. 736.

2. « Le jeu » est le titre d'un chapitre (p. 33 et suiv.) du *Picasso dit...* d'Hélène Parmelin.

3. *Femme au feuillage*, sculpture de 1943, à nouveau évoquée p. 709.

Page 706.

1. « Maintenant je ne dis plus cela, je dis : je retrouve », déclare Picasso en 1948 (Couturier, *Se garder libre*, p. 53).

2. Ce thème sera repris p. 742.

3. *Le Faucheur* et *Crâne (tête de mort)*, sculptures de 1943, qu'on retrouvera (voir index).

4. Comme celle des bronzes floraux exécutés à Vallauris en 1953.

Page 707.

a. sauvage *TO*

1. Sans doute les deux *Formes féminines*, bronzes.

Page 708.

a. Ce paragraphe en condense deux de TO (p. 38-39) : Malraux évoquait Chartres, l'Acropole et l'Égypte.

1. Illustré dans *La Tête d'obsidienne* par un Goudéa debout.

2. « Quelque chose de *sacré*, voilà, *dit Picasso* [...] telle peinture est comme elle est [...] parce qu'elle est touchée de Dieu » (H. Parmelin, *Les Dames de Mougins*, Cercles d'art, 1964, p. 16 et *Picasso dit...*, p. 32).

3. Le sculpteur espagnol Manuel Martínez, dit Manolo, ami de Picasso dès les années de Barcelone, puis venu comme lui à Paris.

4. Le nom du sculpteur britannique symbolise l'extrême avancée d'une sculpture très moderne, mais encore figurative.

Page 710.

1. À l'Exposition universelle de 1937, à Paris.

2. Le *Tres de Mayo* (reproduction dans *La Tête d'obsidienne*) a inspiré une scène de *L'Espoir* (t. II de la présente édition, p. 220). Plusieurs rappels par la suite (voir index).

Page 711.

a. Jacqueline me conduit *Début du chapitre* II *dans TO*

1. Titre d'un tableau de 1928. Sous ce même titre, Picasso peignit en 1962-1963 toute une série de toiles.

2. *« Ma jolie » (Femme avec une guitare ou une cithare)*, tableau de 1911-1912, est un tendre hommage à « Éva » (Marcelle Humbert, née Gouel).

Page 712.

a. À la dernière page de son exemplaire du catalogue de l'exposition Picasso de 1973, Malraux note : formes semblent tordre les toiles — morceaux / tessons de toréador. ◆◆ *b. Entre ce paragraphe et le suivant, on lisait dans TO (p. 47) un développement sur les « vraies » études de Picasso.*

1. Il ne s'agit pas des *Trois musiciens* cubistes de 1921, mais de toiles des années 1970.
2. Par exemple *Le Matador*, peint à Mougins en 1970.
3. Voir n. 5, p. 693.
4. « En marge » des *Ménines*, Picasso peignit en 1957 plusieurs *Pigeons* et *Paysages*.
5. Le peintre espagnol Carlos Casagemas a inspiré à son ami plusieurs portraits et *L'Enterrement de Casagemas* (1901), appelé aussi *Évocation*.

Page 713.

a. j'étais peintre ! *ML. Nous corrigeons d'après TO.*

1. Wilhelm Uhde, critique et collectionneur allemand, dont Picasso a peint le portrait en 1910.

Page 714.

1. Arrangement libre d'expressions empruntées à « La Jolie Rousse », dernier poème de *Calligrammes*.
2. Voir n. 1, p. 708.

Page 715.

1. Picasso peignit en 1950, d'après Courbet, *Les Demoiselles des bords de la Seine*, en 1963, d'après David, *L'Enlèvement des Sabines*.
2. « Avez-vous remarqué que les os sont toujours modelés et non taillés, qu'on a toujours l'impression qu'ils sortent d'un moule ? » dit Picasso à Brassaï (*Conversations avec Picasso*, Gallimard, 1964, p. 93), qui cite p. 94 le Muséum.
3. *Bacchanale d'après Poussin*, peinte en août 1944, « pendant les journées sanglantes de la Libération » (Brassaï, *Conversations avec Picasso*, p. 260).
4. Toile de 1944.

Page 716.

a. TO (p. 55) cite d'autres transcriptions de Picasso.

1. Fernande Olivier, modèle et compagne de Picasso au temps du Bateau-Lavoir.
2. Cette « confrontation » eut lieu en 1950 (?), en présence de Françoise Gilot (dont Picasso se sépara en 1953). En 1947, le peintre avait donné une dizaine de toiles au musée d'Art moderne, où elles n'étaient pas encore installées lors de la séance du Louvre. Ce n'est qu'en 1954-1955 qu'il peignit, d'après Delacroix, ses *Femmes d'Alger*. *L'Aubade*, toile de 1952.
3. Cf. *Hôtes de passage*, *CS*, II, p. 519 (Abd-ul-Hamid) et 523 (Bucéphale).

Page 717.

a. Entre ce paragraphe et le suivant, un développement de TO (p. 56-57) sur les copies de Cézanne et de Van Gogh inspirera une page de « L'Intemporel » (p. 107).
♦♦ *b. Les trois paragraphes qui précèdent condensent le texte de TO (p. 58-59).*

1. Une reproduction d'*Olympia* dans *La Tête d'obsidienne*.
2. *Les Amoureux*, tableau de 1919 d'après Manet, à nouveau cité p. 737.
3. Tableau de Titien reproduit dans *La Tête d'obsidienne*.

4. Cf. « Que nous l'acceptions ou non, l'Occidental ne s'éclairera qu'à la torche qu'il porte, même si sa main brûle » (*Les Voix du silence*, p. 638).

Page 718.

a. Dans TO, un paragraphe s'intercalait entre celui-ci et le suivant.

1. Cf. Braque : « Avec l'âge l'art et la vie ne font plus qu'un » (*Cahiers*, p. 93).

2. *Tête de taureau*, œuvre de 1943. Le commentaire de l'artiste est signalé d'une croix en marge par Malraux sur son exemplaire du *Picasso dit…* d'Hélène Parmelin (p. 90) ; on retrouve le propos dans *Picasso. Métamorphoses et unité* de Jean Leymarie (p. x).

Page 719.

a. Deux paragraphes supprimés (TO, p. 63-64) entre celui-ci et le suivant

1. Écho de la page 696.

2. Une reproduction dans *La Tête d'obsidienne* de *Jacqueline dans un fauteuil à bascule* (1954) renvoie à ce passage. Dans *Picasso. Las Meninas y la Vida* de Jaime Sabartés (Barcelone, Poligrafa, 1969), une *Jacqueline* de décembre 1957 précède, comme ici, l'*Isabel de Velasco* du 30 décembre. Plus « gracieuse » que les Ménines antérieures, celle-ci clôt le cycle inspiré de Vélasquez.

3. Le *Buste de Guerrier*, bronze de 1933, est reproduit dans *La Tête d'obsidienne.*

Page 720.

a. « Ça vaudra la peine, répondis-je *Malraux abrège le dialogue qui commence ici (TO, p. 66-67).*

1. Cf. *L'Intemporel*, p. 290 : « “La peinture devrait servir à *nommer* les objets !” grommelait Picasso ». Écho p. 742. H. Parmelin a noté : « Ce qu'il faut, c'est NOMMER les choses. Il faut les appeler par leur nom » (*Picasso dit…*, p. 29).

Page 721.

1. Selon un mot de Picasso à Roland Penrose, Kazbek et Dora Maar ont été, avant et pendant la guerre, ses deux principaux modèles.

2. Cf. *Antimémoires*, p. 50. Retour de l'inscription p. 732.

3. Trait noté par Brassaï, *Conversations avec Picasso*, p. 155-156.

4. Cf. « Il croit qu'il va s'en tirer. Le pauvre ! » (H. Parmelin, *Picasso dit…*, p. 113).

Page 722.

1. *Sic* pour « 1970 ». Même lapsus p. 728.

2. *Personnage rembranesque et Amour*, toile de 1969, exposée à Avignon en 1970, à nouveau citée p. 728. Malraux énumère des sujets de tableaux présentés à la même exposition, où l'on voyait plusieurs mousquetaires, fumeurs, etc.

3. Par exemple *Le Couple* et *Baiser* (reproduit dans *La Tête d'obsidienne*), toiles de 1969. Il s'agit ensuite de l'exposition de 1973, où Jacqueline envoya 201 peintures.

4. Au Salon de Mai de 1965, Picasso envoya *Une toile en douze, ou douze toiles en une*, assemblage de neuf têtes et de trois nus.

Page 723.

a. Suppression d'un paragraphe de TO (p. 71) entre celui-ci et le suivant ◆◆ *b.* Au palais d'Avignon, *Début du chapitre* III *dans TO*

1. Formule illustrée dans *La Tête d'obsidienne* par la reproduction d'un tableau de 1969 : *Arlequin*, qui ne semble pas être l'« Arlequin-totem » évoqué à la page précédente.

2. Cette « salle » est la chapelle du Palais des Papes, d'où le rapprochement avec Michel-Ange.

Page 724.

a. angoissée du dernier banco : « Maintenant *TO. Sans doute faut-il lire « de la dernière chance » ou « de la dernière heure ».*

Page 725.

a. Il faudra bien en venir au chef-d'œuvre qu'on peint pour le brûler en public ! / Ce qui me fit penser *TO*

1. Confusion avec l'enquête d'*Arts* en 1966, « au temps de la rétrospective » : on y trouve la plaisanterie sur le « type » de la Côte d'Azur et l'affirmation que « Marcel Duchamp est un héros moral » (voir ici l'avant-dernier paragraphe). En 1953, *Combat* avait publié une autre enquête : « Faut-il brûler ou adorer Picasso ? » (cf. *infra*). Malraux a dû lire un peu vite les pages consacrées à ces deux enquêtes par André Fermigier (*Picasso*, p. 368 et 378), dont il utilisa le livre pour préparer *La Tête d'obsidienne.*

2. Pour certains, la mort accidentelle du peintre est ainsi interprétée.

Page 726.

1. Le peintre Bernard Réquichot s'était suicidé en 1961. Ses *Reliquaires* sont des constructions-collages en trois dimensions.

2. Comme le narrateur dans *Le Bruit et la Fureur.*

3. Ce jeune interlocuteur n'est évidemment ni le père Couturier, ni le peintre Robert Couturier, né en 1905.

Page 727.

1. « La Beauté sera CONVULSIVE ou ne sera pas » : dernière phrase de *Nadja* (1928). Sous le titre « La Beauté sera convulsive », Breton écrit en 1934 un article (*Minotaure*, n° 5) qui deviendra le premier chapitre de *L'Amour fou* (1937).

Page 728.

1. *Personnage à l'oiseau*, toile de 1972, reproduite dans *La Tête d'obsidienne*, à nouveau évoquée p. 731.

2. Voir n. 1, p. 722.

3. Voir n. 2, p. 722.

Page 729.

a. À moins que… *Après ces mots venait dans TO (p. 83-84) un développement sur Rembrandt, abrégé ici, d'où une équivoque possible : au paragraphe suivant, c'est bien Rembrandt qui* d'autoportrait en autoportrait [...] poursuit son tragique dialogue. ♦♦ *b. Paragraphe très abrégé par rapport à TO (p. 84-85)*

1. Le discours prononcé par Malraux, le 13 avril 1956, pour le 350e anniversaire de la naissance de Rembrandt fut partiellement publié dans *L'Express* du 20 avril 1956.

Page 730.

1. Cf. Picasso, le 12 novembre 1943 : « Cézanne ! Il était comme notre père à nous tous. C'est lui qui nous protégeait... » (Brassaï, *Conversations avec Picasso*, p. 99).

2. Inspirée par Dora Maar, cette eau-forte de 1937 (reproduite dans *La Tête d'obsidienne*) sera encore mentionnée p. 737 et 743. En 1937 aussi, d'après le même modèle, Picasso peignit une *Femme en pleurs.*

3. Formule illustrée dans *La Tête d'obsidienne* par deux œuvres de l'« Art des Steppes ».

Page 731.

1. Voir p. 728 et n. 1.

Page 732.

1. Formule illustrée dans *La Tête d'obsidienne* par *Le Flûtiste*, toile de 1971.

2. Écho de la p. 721.

Page 733.

1. *Chat dévorant un oiseau*, toile de 1939.

Page 734.

a. « Trocadéro » *ML. Nous corrigeons d'après TO.* ♦♦ *b.* à l'égard du fond d'or *ML. Nous corrigeons d'après TO.*

1. La Venta est le nom espagnol d'une cité olmèque, sur le golfe du Mexique.

Page 735.

1. Cité dans le discours de Dakar (30 mars 1966), ce dialogue avec Menuhin fut d'abord incorporé au chapitre africain d'*Hôtes de passage* (voir *CS*, I, p. 496, n. 1).

Page 736.

a. C'est dans l'atelier *Début du chapitre* IV *dans TO*

1. Le 15 mai 1945, selon Brassaï, témoin de l'entretien (*Conversations avec Picasso*, p. 193-198), auquel assistait aussi Nusch Éluard. Une photographie de l'atelier par Brassaï est reproduite dans *La Tête d'obsidienne.* Le 12 mai, le peintre avait coupé sa mèche (Brassaï, p. 183).

2. Voir p. 705 et n. 1.

3. On pourrait songer au *Bouquet de fleurs*, bronze de Vallauris (1953), mais « naguère » fait problème.

4. Anecdote contée par le peintre à Brassaï. C'est « à Royan » qu'un

« officier allemand » avait posé la première question sur « la race de Kazbek » (*Conversations avec Picasso*, p. 114), d'où : « basset charentais ».

5. Reprise presque littérale des propos tenus à Malraux selon Brassaï (*ibid.*, p. 197).

Page 737.

1. Tableau de 1943 : « Il nous montra aussi un tableau du Vert-Galant » (Brassaï, *Conversations avec Picasso*, p. 198).

2. Malraux songe au *Bouquet* de 1969, reproduit dans *La Tête d'obsidienne.*

3. Toile de 1931 ; mais « les enfants martiens » sont plutôt ceux de *Femmes et enfants au bord de la mer*, toile de 1932.

4. *Les Amoureux* : voir n. 2, p. 717 ; *La Femme endormie* est sans doute l'« immense Picasso » que Brassaï a vu en 1962 dans le bureau de Kahnweiler ; *Crucifixion*, tableau de 1930, dont le sujet est exceptionnel dans l'œuvre.

5. *Buste de femme au chapeau bleu*, toile de 1944.

6. *Enfant à la langouste*, toile de 1941 ; *La Femme à l'artichaut* (reproduction dans *La Tête d'obsidienne*), toile de 1942.

7. *La Tête d'obsidienne* présente une de ces « œuvres limites » : *La Femme au miroir*, tableau de date incertaine.

Page 738.

1. Selon Hélène Parmelin, c'est une « plaisanterie qui lui est coutumière » (*Picasso sur la place*, Julliard, 1959, p. 31). Cf. Brassaï, *Conversations avec Picasso*, p. 150 : « Ah, si j'étais artiste peintre... ». Retour du bon mot p. 743.

Page 740.

a. nous ne les choisissons. Je lui dis à peu près ceci : *TO. Suit (p. 104-105) un développement où Malraux reprend des idées maîtresses de ses écrits sur l'art : les musées successifs, la métamorphose...*

1. Formule reprise dans *L'Intemporel*, p. 199.

2. Reprise d'un propos de Kahnweiler (*Picasso. Œuvres des musées de Leningrad et de Moscou et de quelques collections parisiennes*, Cercles d'art, 1964, p. 20).

Page 741.

1. Picasso dit à Brassaï : « Moi, je vise toujours à la ressemblance... Un peintre doit observer la nature, mais jamais la confondre avec la peinture. Elle n'est traduisible en peinture que par des signes. Mais on n'invente pas un signe. Il faut fortement viser à la ressemblance pour aboutir au signe » (*Conversations avec Picasso*, p. 198).

Page 742.

1. Même anecdote dans *L'Irréel*, p. 175.

2. « La peinture est plus forte que moi, elle me fait faire ce qu'elle veut », note Picasso le 27 mars 1963. Citée par M. Leiris dans le catalogue de l'exposition *Picasso, Peintures 1962-1963*, la formule servira d'épigraphe à celui de l'*Hommage à Picasso* de 1966.

3. Cf. p. 720 et n. 1, ainsi qu'Hélène Parmelin, *Picasso dit...*, p. 89-90 :

« […] je cherche […] le mot qui dise “nu” sur une toile » ; « Je veux DIRE le nu » (Malraux a coché le passage en marge de son exemplaire).

Page 743.

1. Cf. p. 738 et n. 1.
2. Cf. « Si j'étais né Chinois, je ne serais pas peintre mais écrivain. *J'écrirais mes tableaux* » (*Picasso. Œuvres des musées de Leningrad*, p. 38).

Page 744.

1. Tel l'*Arlequin* de 1915.
2. Braque disait au père Couturier : Apollinaire « […] ne comprenait rien à la peinture. Seulement, il nous aimait bien, alors il nous faisait confiance » (*Se garder libre*, p. 147).

Page 745.

1. « Je regrette d'avoir passé par Chartres sans avoir pu voir la cathédrale » (*Voyage en Espagne*, « Folio », Gallimard, p. 26).

Page 746.

1. Ainsi commence (p. 199), après le départ de Malraux, la présentation par Picasso de son « carnet intime » à Éluard et Brassaï. Ce dernier évoque ailleurs (*Conversations avec Picasso*, p. 87, 91-92) l'idole-violon, l'« armoire métallique », le moulage de la *Vénus* et la chauve-souris.
2. Reproduction d'une telle idole dans *La Tête d'obsidienne.*
3. « Il faut tuer l'art moderne » : propos noté par H. Parmelin (*Picasso dit…*, p. 9).

Page 747.

1. Une idole des Cyclades illustre dans *La Tête d'obsidienne* ce qui va devenir un leitmotiv.

Page 748.

1. Cf. p. 696 et n. 2.

Page 749.

a. Ce jour-là *[p. 748, 3ᵉ ligne en bas]*, pendant […] les larmes de l'Espagne. » *add. ML*

Page 750.

1. Proche en effet d'« une icône », cette Vierge (du XVᵉ siècle ?) est reproduite dans *La Tête d'obsidienne.* Malraux possédait la monographie de C. Thelliez sur cette « merveilleuse image » (Cambrai, 1952).

Page 751.

1. Anton Mauve, peintre hollandais, admirateur de Millet et cousin de Van Gogh. Celui-ci dédia au souvenir de Mauve l'une de ses toiles.

2. Poème des *Fleurs du Mal*, où Baudelaire célèbre, de Vinci à Delacroix, ses artistes préférés.

3. Christian Zervos a publié en 1956 et 1957 deux livres sur *L'Art de la Crète* et *L'Art des Cyclades*. On lui doit un « catalogue raisonné » en 33 volumes de l'œuvre de Picasso (1932-1978), catalogue évoqué p. 753.

4. Jaime Sabartés, ami de Picasso de 1899 jusqu'à sa mort, en 1968, a consacré plusieurs ouvrages à l'artiste.

Page 753.

1. Voir n. 3, p. 751.

2. Cf. « Je ne travaille pas d'après nature, mais avec la nature » (cité dans *Picasso. Œuvres des musées de Leningrad*, p. 60).

3. « Attention ! »

4. Mot déjà cité dans *Les Voix du silence*, p. 462.

Page 754.

1. L'affirmation est assez mallarméenne, mais on n'a pas retrouvé le texte auquel songe Malraux.

Page 755.

a. la plus forte » / Je pense que les styles ont joué dans l'histoire de l'art un rôle immense. Mais je suppose qu'il ne veut pas parler des styles (je me souviens de ce qu'il m'a dit du Masque) ; il veut attaquer la constance, le moule à gâteaux. Reste *TO*

1. L'image des « moules » et la formule finale de ce paragraphe s'inspirent de propos notés par H. Parmelin (*Picasso dit*..., p. 13-14).

2. Reprise de *La Tête d'obsidienne*, la tirade de Picasso sur les « petits bonshommes » (jusqu'à « [...] la corrida. Forcément... », p. 756, avant-dernière ligne) est citée, entre guillemets, dans *L'Intemporel*, p. 392-394, avec quelques variantes.

3. « Je peux bien [...] la puissance de créer » : épigraphe de *La Métamorphose des Dieux*. Cf. H. Parmelin : « Picasso parle tout le temps de Van Gogh, pense tout le temps à Van Gogh » (*Les Dames de Mougins*, p. 106).

Page 757.

1. Écho de la page 721.

2. L'*Étreinte* daterait plutôt de 1900-1901.

3. Déjà citée dans *Les Voix du silence* (p. 603), cette « blague » de Picasso faisait, selon Alain Malraux, « hausser les épaules » à son oncle. (*Les Marronniers de Boulogne*, p. 255). En marge d'un propos du peintre sur des hommes dessinés par lui (« Ils sont un peu vrais »), Malraux note : « assiettes » (H. Parmelin, *Picasso dit*..., p. 23).

4. La rencontre du 15 mai 1945 eut lieu le matin, mais, comme à Colombey, il faut que « la nuit tombe » (p. 662) quand Malraux quitte un grand homme.

Page 758.

a. La Fondation Maeght, *Début du chapitre V dans TO* ♦♦ *b. Le texte de TO (p. 137-139) détaillait le catalogue.* ♦♦ *c.* Au temps du général de

Gaulle… *Suivait dans TO (p. 140) la description, en deux paragraphes, de deux salles de l'exposition.*

Page 759.

a. « C'est plus […] liberté ! » *Cette formule achevait une tirade (TO, p. 141-142) presque entièrement sacrifiée ici.* ♦♦ *b. Après ce paragraphe, TO (p. 142-143) en comportait deux — une digression et une énumération — que Malraux supprime.*

1. Toile de 1947.

Page 760.

a. Mais par la couleur, *ML. Nous corrigeons d'après TO.* ♦♦ *b. Après ce paragraphe, 7 pages ont été supprimées (TO, p. 146-153), dont on retrouvera des phrases entières dans « L'Intemporel », en particulier sur Goya (p. 14).*

1. Cf. « En réalité on travaille avec peu de couleurs » (*Picasso. Œuvres des musées de Leningrad et de Moscou*, p. 58).

Page 761.

a. girafes enflammées et montres molles, ex-voto *TO. Voir « Hôtes de passage », « CS », I, var. a, p. 513.* ♦♦ *b. Dans TO, ce paragraphe venait après celui qui le suit ici.* ♦♦ *c. De ce paragraphe, Malraux retranche un long passage sur le Mexique,* domaine de la Nuit et du sang *(TO, p. 155-156).*

1. Le roi Atlu, marbre haut de plus de 2 mètres, envoyé par le musée de Mossoul.

Page 762.

a. mes katchinas ? *Après ces mots, on lisait dans TO un long développement (p. 157-167) sur « l'art nègre ».* ♦♦ *b. Ce paragraphe condense deux pages (167-169) de TO, que suivaient plusieurs pages (169-172) supprimées ici.*

1. Trois de ces « poupées », venues de chez les Hopi de l'Arizona, figuraient à l'exposition ; elles datent du début du XXe siècle.
2. Reproduction dans *La Tête d'obsidienne* de cette sculpture du IIIe millénaire avant Jésus-Christ.

Page 763.

a. Ce paragraphe condense les pages 172-174 de TO. ♦♦ *b. Paragraphe abrégé et remanié (TO, p. 174-175)* ♦♦ *c.* Pour continuer *Début du chapitre VI dans TO*

1. Reproduit dans *La Tête d'obsidienne.*
2. Cf. *Le Musée imaginaire de la sculpture mondiale* (1952) : « […] l'énigmatique présence, dans la vie, de ce qui devrait appartenir à la mort » (p. 54).

Page 764.

a. Ce paragraphe condense les pages 177-178 de TO. ♦♦ *b.* les cavernes de l'Inde, que je porte moins en moi que nos cathédrales. Et les fleuves *TO*

1. Le Grand Bouddha de Long-men, cf. *Antimémoires*, p. 386. Reproduction dans *Le Musée imaginaire de la sculpture mondiale* (planche 302).
2. Le *Roi-serpent* est reproduit dans *Le Musée imaginaire de la sculpture mondiale* (planche 238).

3. Malraux cite de mémoire le leitmotiv d'*Un pèlerin d'Angkor*, où Loti écrit : « sur les grandes ruines d'Angkor » (p. 6, et 84-85) ou « sur les ruines de la mystérieuse Angkor » (p. 222).

Page 765.

a. Après ce paragraphe venaient dans TO quatre pages (180-184) supprimées ici. ◆◆ *b.* Cette semaine [...] Angkor. *add. ML* ◆◆ *c. Quatre phrases de TO (p. 185) disparaissent de ce paragraphe.* ◆◆ *d. Ce paragraphe condense les pages 185 à 190 de TO.* ◆◆ *e. Dans TO ce paragraphe est suivi d'un développement sur le « Portrait de Shigemori » (p. 190 et suiv.), que reprend « L'Intemporel » (p. 186-188).*

1. Portrait reproduit dans *La Tête d'obsidienne.*

Page 766.

a. Ce paragraphe reprend le début et la fin d'un développement plus long de TO (p. 193-194). Suivent dans ce livre quatre pages (195-199), en partie reprises dans « L'Intemporel » (p. 218-219), comme Malraux, exceptionnellement, le signale (note de la page 218). ◆◆ *b. Ce paragraphe reprend le début et la fin d'un développement de TO (p. 199-200).* ◆◆ *c.* Un de mes amis japonais m'a dit à Kyoto : « Vous voulez *TO* ◆◆ *d.* non éloigné. *Après ces mots suivent dans TO deux pages (203-204) supprimées ici.*

1. La *Majesté* d'Elephanta, reproduite dans *La Tête d'obsidienne.*

Page 767.

a. Ce paragraphe condense les pages 204-206 de TO, que suivaient (p. 206-207) trois paragraphes supprimés ici. ◆◆ *b. Ce paragraphe condense les pages 207-209 de TO.*

Page 768.

a. Paragraphe suivi dans TO d'une digression sur Le Corbusier (p. 209), qui rappelait un passage des « Chênes qu'on abat... » (« CS », IV, p. 638), écho lui-même de l'oraison funèbre de l'architecte. ◆◆ *b. Discours précédé dans TO d'une introduction (p. 211-212) et ponctué de notations sur les bruits qui interrompaient l'orateur, l'ensemble formant le chapitre* VII ◆◆ *c.* de plus en plus pâle. *Fin du chapitre* VI *dans TO* ◆◆ *d.* Demain [...] des Cyclades... » *Reprise abrégée de TO (chap.* VII*, p. 241-242)* ◆◆ *e. Vauvenargues.* / À droite *Début du chapitre* VIII *dans TO*

Page 769.

1. Gigantesque église inachevée de l'architecte Antonio Gaudí, évoquée dans les « Notes sur Barcelone » (t. II de la présente édition, p. 593).
2. Anecdote rapportée dans *L'Espoir* (t. II de la présente édition, p. 422).
3. Voir n. 4, p. 704.

Page 770.

1. Poète et peintre espagnol que l'écrivain a connu en 1936-1937, Alberti est l'auteur de *Picasso en Avignon* (Cercles d'art, 1971), ouvrage que possédait Malraux.

2. Cf. *Antimémoires*, p. 42-43.

3. Ce meuble de style Henri II a inspiré en 1959-1960 *Le Buffet de Vauvenargues* (ou *La Salle à manger*).

Page 773.

a. Ce paragraphe condense les pages 250 à 252 de TO. *Malraux supprime, entre autres, un développement sur Braque, transporté en partie p. 697-698. Voir var. a, p. 698.* ♦♦ *b. Ce paragraphe condense les pages 252-254 de* TO.

Page 774.

a. que ne font *[1re ligne de la page]* ses successeurs. S'il avait pris tant d'intérêt à voir Cortez transfigurer Colomb, c'est que Roosevelt transfigurait Cortez… / Les glaïeuls *TO*

Page 775.

a. Paragraphe condensé et remanié. Voir TO, *p. 255-256.*

1. *Sic.* Sans doute pour « cannas », arbrisseau tropical à fleurs jaunes ou rouges nommé aussi balisier.

2. Écho des *Antimémoires*, p. 252.

Page 776.

1. Si Aristote ne l'a pas dit, la formule résume assez bien sa pensée ; elle traduirait mieux encore celle de Platon.

2. Citation déjà rencontrée dans *Antimémoires* (p. 357) et *Les Chênes qu'on abat…* (*CS*, IV, p. 594).

3. Malraux se dira « possédé par la métamorphose » (lettre du 5 novembre 1975 à Roger Caillois, citée in *Roger Caillois*, Cahiers pour un Temps, p. 240-241).

4. Écho de la page 746.

Page 777.

a. inconnus. « Je fais mes plans avec les songes de mes soldats endormis » disait Napoléon. Entre les statuettes *TO. Le mot de Napoléon est cité dans « Les Chênes qu'on abat… », « CS », IV, p. 614.*

1. Écho de la page 718.

Page 778.

a. Ce paragraphe et le précédent condensent le texte de TO *(p. 262).*

1. *Disparates* et *Caprices* de Goya étaient présents à l'exposition Maeght.

2. Écho de la page 735. Le mot sera repris p. 779.

Page 779.

a. Ce paragraphe remanie et condense le texte de TO *(p. 263-264) qui s'achevait ainsi :* On n'y a pas très bien réussi… Le musée peut sans doute récupérer *Massacres en Corée*, non le totem de la *Femme à la poussette*, non les plus déchirés des Tarots, ni même *Guernica*, cri de l'Espagne dans les siècles. Et pourquoi le Musée Imaginaire tenterait-il cette récupération ? S'il est notre réponse à l'inconnaissable, c'est parce qu'il accueille ceux que la Grèce appelait « les dieux qu'on adore la nuit » *(cf. p. 780, 3e ligne)*

1. Cf. p. 735 et 778.

Page 780.

a. que celui de la Réconciliation. / Ce qu'il eſt *[un passage supprimé ici]* notre peinture *TO* ♦♦ *b. Les deux paragraphes précédents condensent le texte de TO (p. 265-267).*

1. Retour de la citation d'Euripide faite dans *Hôtes de passage* (*CS*, I, p. 510).

Page 781.

a. Ce paragraphe condense le texte de TO (p. 267-268). ♦♦ *b. Entre ce paragraphe et le précédent, plusieurs phrases de TO (p. 268-269) supprimées ici*

1. Une *Fécondité* (mésopotamienne ?) illuſtre dans *La Tête d'obsidienne* ces « corolles carnivores ».
2. Motif récurrent du *Miroir des limbes* ; voir *Antimémoires*, n. 3, p. 350.

Page 782.

a. Ces deux paragraphes remanient un développement de TO (p. 271-272).

1. Cf. *Antimémoires*, p. 477 : « [...] pour un esprit agnoſtique, la même énigme surgit avec le premier aƈte de pitié, d'héroïsme ou d'amour ».
2. Cf. p. 755 et n. 3.

Page 783.

a. La création et la métamorphose sont les deux maillons extrêmes de la même insaisissable chaîne. *add. ML*

Page 784.

1. Cf. *Oraisons funèbres*, « Funérailles de Georges Braque », p. 935-936.
2. De Beethoven. Voir n. 2, p. 935.
3. Écho de la page 702.

Page 787.

VI [LAZARE]

a. Note en tête de L : *Lazare* figurera dans le second tome du *Miroir des Limbes*, dont le premier a été publié sous le titre *Antimémoires. On trouve également dans L, à la page suivante, une dédicace :* À la mémoire de Chriſtian Fouchet. ♦♦ *b.* J'ai été atteint *Début du chapitre 1 dans L* ♦♦ *c.* mais aussi d'une pitié forcenée. *add. ML*

1. *Sic.* En réalité, 1915.

Page 788.

a. des grands mythes, du *Non* d'Antigone et de Prométhée. L'humanité *L*

Page 789.

a. de l'autre côté *[p. 788, fin de l'avant-dernier §]* de la vie. / Shakespeare, arrachant le rideau, fait de la banalité de la mort, les révélations de Macbeth, de Hamlet, de Prospero ; il nous révèle ce que nous savons. Avec les premiers gaz *L. Voir var. b de la page 817.* ♦♦ *b.* bull-dogs *L (idem p. 790, 6*e *et 13*e *lignes en bas). P. 793, 4*e *§, 8*e *ligne, on lit :* Bull-Dog. ♦♦ *c.* Quand l'auto *De ces mots à* jusqu'à ce qu'il s'évanouisse *[p. 817, fin du 1*er *§]* tout à fait. *Malraux récrit au présent un récit fait au passé dans « Les Noyers de l'Altenburg » (t. II de la présente édition, p. 701-744). Voir l'étude de Françoise Dorenlot, « Une métamorphose : l'épisode de Bolgako », « Mélanges Malraux Miscellany », IX, 1, p. 11-24. On signale pour ces pages les variantes de* L *et, éventuellement, de l'édition « Folio » du « Miroir des Limbes » : ML(F).* ♦♦ *d.* cigarettes *L, ML. On rétablit le singulier d'après le texte d'origine des « Noyers de l'Altenburg ».*

1. Cf. *Antimémoires*, p. 456.

Page 791.

a. jamais jeune. *L, ML(F)*

Page 792.

a. pfuitt *L*

Page 793.

1. « Le physique de mon père est resté associé pour moi au mot frégate : à l'oiseau et même au navire » (*Les Noyers de l'Altenburg*, t. II de la présente édition, p. 638).

Page 796.

a. Ou si je veux me souvenir... » / Ceux *L. Voir p. 799.*

Page 797.

a. i' peut gueuler ! *ML. Nous adoptons le texte de L.*

Page 798.

a. chrétienté... la race blanche peut-être *L*

Page 801.

a. commencent à donner à ce brouillard, l'âme menaçante d'une machine de guerre. *L*

Page 810.

a. Terre Promise *ML(F)*

Page 817.

a. Nouvelle crise. *Début du chapitre* II *dans* L ♦♦ *b. Entre ce paragraphe et le suivant on lisait dans* L *:* Le mot : *[p. 788, début du dernier §]* convulsion [...] joue son *[p. 789, fin du 1*er *§]* immortalité.

Page 818.

1. Cf. *Les Noyers de l'Altenburg*, t. II de la présente édition, p. 627 et le discours de Marseille (17 avril 1948) : « [...] ces visages gothiques à côté de moi en captivité ».

2. Rappel d'*Antimémoires*, p. 159.

Page 819.

a. J'ai écrit *[p. 817, début de l'avant-dernier §]* la première partie [...] flamberaient dans l'aube. *Ce passage est une reprise quelque peu modifiée des « Noyers de l'Altenburg » (t. II de la présente édition, p. 630, 622, 624, 627, 629).* ♦♦ *b.* en construction. Qu'importe Hong-Kong ? Sur le chemin *L*

1. Voir *Antimémoires*, p. 240 : « [...] quand on est vieux, on n'a plus que d'l'usure ».

2. Cf. *Les Noyers de l'Altenburg*, t. II de la présente édition, p. 629. Les paroles de ce prêtre seront rappelées p. 850 et 875.

Page 820.

1. Au bout de l'avenue d'Allemagne, devenue avenue Jean-Jaurès.

2. Sentiment prêté à Vincent Berger dans *Les Noyers de l'Altenburg* (t. II de la présente édition, p. 654), en un passage repris par *Antimémoires*, p. 35.

3. Dans *Les Enchantements de Prudence* (Michel Lévy, 1873) d'Hortense Allart, l'héroïne raconte ses rendez-vous avec Chateaubriand : « [...] je lui chantais alors quelques chansons de Béranger [...] et dans cet endroit solitaire, il faisait ce qu'il voulait » (p. 165-166).

4. Cf. *Antimémoires*, p. 177-178.

5. Dans le film *Green Pastures* (1936) de William Keighley et M. C. Connelly, Dieu et ses anges étaient noirs.

6. Si ce « médecin ami » fait songer au Dr Louis Bertagna, qui soignait Malraux depuis plusieurs années, l'auteur a tenu, en accord avec le modèle, à le rendre méconnaissable.

Page 821.

a. de Grecos *L*

1. François Jacob, futur prix Nobel, alors médecin de la 2e D.B.

2. Cf. la description de l'hôpital San Carlos dans *L'Espoir*, t. II de la présente édition, p. 77.

Page 822.

1. Cf. *Antimémoires*, p. 162.

2. L'auteur mêle diverses expériences, vécues ou romancées. Cf. *L'Espoir* : « Tout l'équipage prit conscience qu'un avion peut tomber » (t. II de la présente édition, p. 89). Le dernier souvenir rappelle la campagne d'Alsace, cf. *Les Chênes qu'on abat...* (*CS*, IV, p. 595).

3. Cf. *Le Temps du Mépris*, t. I de la présente édition, p. 825 et *Antimémoires*, p. 72.

Page 823.

1. *La Légende des siècles*, « Booz endormi », v. 79.

Page 824.

a. La souffrance de la Salpêtrière attend la nuit. Pendant la matinée, perfusions, *L* ♦♦ *b.* je suis absent, réfugié *L*

1. Cf. *Antimémoires*, p. 218, n. 3 et *infra*, p. 873.

Page 825.

a. Pensons *ML. Nous corrigeons d'après L.*

1. Cf. *Antimémoires*, p. 273 et *Les Chênes qu'on abat...* (*CS*, IV, p. 634).

2. Voir « De Sens à Chartres », t. II de la présente édition, p. 769.

3. Malraux condense : c'est à Paris qu'il a appris la signature du pacte (le 23 août 1939) ; il était à Montpellier du 27 août au 1er septembre.

4. Sur ces souvenirs de la retraite, de la captivité et de l'évasion, voir les fragments publiés dans le tome II de la présente édition, p. 769-798, 814-815.

Page 826.

1. Ce chat reviendra p. 830-831. Cf. t. II de la présente édition, p. 814.

2. Dans le dernier tableau de l'adaptation théâtrale de *La Condition humaine* — tableau écrit entièrement par lui-même — Malraux faisait dire à Gisors, s'adressant à son fils mort : « Le battement de tes petits sabots sur les dalles chinoises venait du fond du jardin. Et je croyais que, quand je mourrais, ils se mêleraient aux derniers battements de mon cœur » (t. I de la présente édition, p. 768). Rapprochement dû à Guy Talon, *Destin et dialogue dans l'œuvre romanesque d'André Malraux*, thèse de doctorat, Paris-Sorbonne, 1996, p. 543.

3. Cf. *Les Noyers de l'Altenburg*, t. II de la présente édition, p. 757 et *Antimémoires*, p. 231.

4. Cf. *L'Espoir*, t. II de la présente édition, p. 388 et 367. Malraux réunit ici deux scènes du roman.

5. Cette évocation des combats de Dannemarie (Haut-Rhin) rappelle celles de l'article « À des compagnons de la Résistance » (*Le Rassemblement*, 21 février 1948) et du discours de Durestal (13 mai 1972).

Page 827.

a. s'adressent *ML. Nous corrigeons d'après L.*

1. Mot prêté à Dietrich Berger dans *Les Noyers de l'Altenburg* (t. II de la présente édition, p. 658) et *Antimémoires*, p. 24.

2. La lettre d'adieu adressée à Malraux par Drieu, peu avant sa première tentative de suicide (11 août 1944).

3. Ce paragraphe rappelle l'entretien avec Méry : cf. *Antimémoires*, p. 347, 344, 346 (« Tout ça permet de me hâter patiemment vers la mort »), 318 (« En face de la mort, vous avez envie de rempiler ? Pas moi... »).

4. Cf. *Antimémoires*, p. 317.

5. Discours du 1er septembre 1966.

6. Cf. *Antimémoires*, p. 320.

7. Cf. *ibid.*, p. 322.

8. Cf. *ibid.*, p. 347.

Page 828.

a. grippe de Hong-Kong *L* ♦♦ *b.* pour la donner *ML. Nous corrigeons d'après L.*

1. Cf. « L'étreinte [...] ce n'était pas à l'homme qu'elle apportait son aide, c'était au fou, au monstre incomparable, préférable à tout, que tout être est pour soi-même et qu'il choie dans son cœur » (t. I de la présente édition, p. 548).

Page 829.

a. disait Max Torrès. *add. ML*

1. Perken : « Il n'y a pas de mort... Il y a seulement... *moi* [...] *moi... qui vais mourir...* » (*La Voie royale*, t. I de la présente édition, p. 506).
2. Cf. ses propos sur « la fin de l'individualisme » (*Hôtes de passage*, *CS*, III, p. 558).
3. Cf. *Antimémoires*, p. 349 : « Je suis stupéfait [...] Qu'il n'ait jamais existé une civilisation où les hommes aient décidé de leur mort [...] Nous ne décidons pas de notre vie, ça me paraît suffire. » Déjà rappelé dans *Les Chênes qu'on abat...* (*CS*, IV, p. 594), l'entretien avec Méry le sera encore dans *Hôtes de passage* (*CS*, III, p. 568) et ici p. 846.
4. Cf. *Bhagavad-Gîtâ*, II, 31-38 ; Malraux résume ce que dit Bhagavat à Arjuna.
5. Nom de la caste des guerriers.

Page 830.

1. Cf. « l'enfant, l'adolescent à capuchon, l'homme d'Indochine » (*Antimémoires*, p. 343).
2. Le 3 novembre 1918.
3. Cf. n. 1, p. 826.

Page 831.

1. Cf. *Antimémoires*, p. 341, où le propos est réparti entre Méry et Malraux.

Page 832.

a. Une conscience d'exister, plus profonde que la conscience et que je ne tiens pas pour une connaissance ? / J'ai relu *L*

1. Cf. dans l'Épilogue des *Thibault*, le journal d'Antoine : « [...] litanie des "jamais plus" ». « Difficile de se dire : "Demain", de se dire : "Ce soir..." » (Martin du Gard, *Œuvres complètes*, Bibl. de la Pléiade, t. II, p. 1007 et 1010).
2. Cf. *Antimémoires*, p. 6.
3. Formule de Destutt de Tracy attribuée à Stendhal par Max Torrès (*Hôtes de passage*, *CS*, III, p. 568 et n. 1).
4. Titre d'un essai de Montaigne (I, 20).

Page 833.

1. Cf. *Antimémoires*, p. 353.
2. Pour définir le dessein de Rousseau, Malraux emprunte le vocabulaire de la « V[e] promenade » des *Rêveries.*

3. Cf. *Antimémoires*, p. 202.

4. Comme dans les *Antimémoires*, Malraux annexe à son expérience ce qu'a vécu Berger dans *Les Noyers de l'Altenburg*.

5. Cf. *Antimémoires*, p. 437.

Page 834.

1. « *It is a tale told by an idiot, full of sound and fury, signifying nothing* » (*Macbeth*, V, 5).

2. Venue des *Noyers de l'Altenburg* (t. II de la présente édition, p. 659), l'expression est reprise dans les *Antimémoires*, p. 25.

3. Cf. *Les Chênes qu'on abat...*, *CS*, IV, p. 594.

Page 835.

a. « fièvre de Hong-Kong » *L*

1. Cf. *Antimémoires*, p. 183.

2. Ainsi parle le dominicain d'*Antimémoires* (p. 482).

Page 836.

a. Voici [...] tomber. *add. épr. L. Dans L, ce passage n'était pas suivi d'un blanc.*

Page 837.

a. Ce n'est pas *[p. 836, 2e ligne en bas]* mon lit [...] j'étais couché ; *add. épr. L* ◆◆ *b. Pas de blanc après ce paragraphe dans L* ◆◆ *c.* Je m'étais [...] plane. *add. épr. L* ◆◆ *d.* Syncope ne veut [...] loin de là... *add. épr. L*

Page 838.

a. ai-je dit, est *L* ◆◆ *b.* les médecins !). La rencontre avec la part *L*

Page 839.

a. Ici autre adjonction *Note de Malraux sur épr. L : c'est le récit de Raja Rao.*

1. Voir *Antimémoires*, p. 136 et n. 3 ; cf. *Hôtes de passage*, *CS*, II, p. 542.

2. *Le Chemin vers la lumière* est le titre d'un ouvrage dont Malraux conservera plusieurs pages dans le dossier de *La Lutte avec l'ange.*

Page 840.

a. Qu'importait ? » / « Rien n'avait eu d'importance, jusqu'à ce qu'il s'agît de faire *L* ◆◆ *b.* Toute sensation *Début du chapitre* III *dans L* ◆◆ *c.* autre chose que la vie non humaine. Je *L* ◆◆ *d. Ce paragraphe est un ajout d'épr. L.*

1. Cf. *Les Noyers de l'Altenburg*, t. II de la présente édition, p. 765 et *Antimémoires*, p. 239.

Page 841.

a. à moi comme le battement de mon cœur. Une *L*

1. Allusion au conte des *Nouvelles histoires extraordinaires* « A Descent into the Maelstrom ».

2. Pour faire parler « les Allemands de la sape » dans *Les Noyers de l'Altenburg*, Malraux a souvent démarqué les propos que tenaient « les Français du camp » (de Sens) ou de la caserne de Provins : voir t. II de la présente édition, p. 1630.

3. Cf. l'épigraphe de *La Corde et les Souris*, p. 485.

Page 842.

a. Des jours [...] plus vive. *add. épr. L* ♦♦ *b.* sa théorie de l'âme à dormir debout, Socrate *L*

1. Platon, *Phédon*, 118.

2. Malraux reprend ici l'interprétation de Lamartine, et jusqu'à l'expression « guéri de la vie » (*La Mort de Socrate*, *Œuvres poétiques*, Bibl. de la Pléiade, p. 107).

3. Jean, XIX, 17, 28, 30.

4. « Pourquoi m'as-tu abandonné ? » (Marc, XV, 34). Le cri de Jésus est aussi rapporté en Matthieu, XXVII, 46.

5. « [...] le dialogue de l'être humain et du supplice est plus profond que celui de l'homme et de la mort » (*Antimémoires*, p. 450).

6. « Le mot Amour ne s'est trouvé associé au nom de Dieu que depuis le Christ » : « dernière phrase » en effet du dernier cahier de Valéry (*Cahiers*, éd. C.N.R.S., t. XXIX, p. 911). Malraux avait déjà opposé Platon à saint Jean et Socrate à Jésus dans une émission de télévision (26 janvier 1972) : texte dans *André Malraux, l'homme des univers*, p. 257.

7. Cf. *Antimémoires*, p. 5.

Page 843.

1. Cf. *Antimémoires*, n. 3, p. 350, et p. 457.
2. Cf. *ibid.*, p. 350.
3. Cf. *Les Chênes qu'on abat...*, *CS*, IV, p. 596.
4. Cf. *Antimémoires*, p. 52, 54 et suiv.
5. Cf. *ibid.*, p. 285.

Page 844.

a. Théâtre *ML. Nous corrigeons d'après L et épr. L.* ♦♦ *b.* Je lui offre [...] semelles crêpe ; *add. épr. L* ♦♦ *c. Propos de Max Torrès dans ms. D d'« Hôtes de passage ».*

Page 845.

a. la vie aussi. / — Dans votre domaine, comment définissez-vous la vie ? / Je suis couché *L* ♦♦ *b.* dis-je ? [/ Il est agnostique ou athée. / *biffé*] — Les chrétiens, *épr. L* ♦♦ *c. Cette phrase est un ajout d'épr. L.*

1. Cf. Montaigne, *Essais*, III, 13 : « [...] c'est un doux et mol chevet, et sain, que l'ignorance et l'incuriosité, à reposer une tête bien faite ». Pascal, *Entretien avec M. de Saci* : « [...] l'ignorance et l'incuriosité sont deux doux oreillers pour une tête bien faite. »

Page 846.

a. Dans le manuscrit d'« Hôtes de passage » (ms. D), Max disait : À quoi bon ? [...] symptôme meurtrier. ♦♦ *b. Dans ce même manuscrit (ms. D), c'est Max qui racontait à Malraux l'histoire de sa* paroissienne *et se lavait* les mains d'un air de chanoine . *Malraux y évoquait également pour Max ses souvenirs de Barcelone (comme il le fera ici, p. 847). Il notera plus tard, en marge de ce manuscrit :* Repris dans le Professeur , *désignant ainsi le présent passage.*

1. Cf. *Antimémoires*, p. 349.

Page 847.

a. qui me *[p. 846, dernière ligne]* comprendra ! » / « L'humanité *L* ♦♦ *b.* la ville *L'évocation de Barcelone a été très remaniée et resserrée sur épr. L.* ♦♦ *c.* la *ML. Nous corrigeons d'après L.*

1. Décrite dans *L'Espoir* (t. II de la présente édition, p. 42-43), la restitution des gages « aux malheureux » a assez frappé Malraux pour qu'il envisage d'en faire une scène du film inspiré de son roman (*ibid.*, p. 456).

Page 848.

a. Tant mieux [...] fin d'alerte. » *Passage resserré sur épr. L* ♦♦ *b. Ce paragraphe est un ajout de ML.*

1. Lawrence est mort à motocyclette.
2. Citation libre des propos de Walter Berger (*Les Noyers de l'Altenburg*, t. II de la présente édition, p. 664-665 ; *Antimémoires*, p. 30).

Page 850.

a. carotte *[4ᵉ ligne]* sublime : nous courons, nous courons ! bien sûr, mais les limites des mathématiques ne vous font pas revenir au boulier ! On peut toujours découvrir le prochain palier ; après, on meurt... *L* ♦♦ *b.* Vous savez [...] cinq mille ans... » *add. épr. L*

1. Cf. *Les Chênes qu'on abat...*, *CS*, IV, p. 597.
2. Voir n. 2, p. 819.

Page 851.

1. Cf. la fin de l'allocution de Malraux, lors de la remise de l'épée académique au professeur Hamburger (automne 1974) : « Sinon, il nous restera l'honneur d'avoir conquis la lune, pour aller nous y suicider » (« Le Mythe de la science et le destin de l'homme », *Nouvelle Revue des deux mondes*, nº 2, février 1975, p. 269).

Page 852.

a. un destin. / Le souvenir de la nuit de Singapour avec Méry n'a pas abandonné mon esprit : / — J'ai entendu *L* ♦♦ *b. Paragraphe ajouté dans ML* ♦♦ *c.* les noyaux ! / Il rit. Jacques Méry, aussi, *L*

Page 853.

a. même sans Dieu. Malgré Saint-Exupéry, ce n'est pas [...] capable : c'est de Dieu. Plus contrôlablement : de l'au-delà. *épr. L* ♦♦ *b.* Vous connaissez *[11 lignes plus haut]* l'histoire [...] Peut-être aussi parce que *add. épr. L*

1. Dans les *Antimémoires* (p. 355), c'est Malraux qui cite la phrase de Haldane.

2. Allusion au mot de l'aviateur Guillaumet cité par Saint-Exupéry : « Ce que j'ai fait, je le jure, jamais aucune bête ne l'aurait fait » (*Terre des hommes*, *Œuvres*, t. I, Bibl. de la Pléiade, p. 192) ; mot déjà rapporté dans *Les Voix du silence*, p. 639.

Page 854.

1. Malraux a cité cette phrase à Nehru (*Antimémoires*, p. 251).

Page 855.

a. Cf. une formule du manuscrit d'« Hôtes de passage » (ms. D.) : L'humanité du siècle prochain devra trouver quelque part un type exemplaire de l'homme. ◆◆ *b.* L'homme n'est *[3e ligne de la page]* pas […] sera rude. » *Texte très remanié sur épr. L* ◆◆ *c. Malraux a supprimé sur épreuves une phrase sur* les succès féminins *de* ce vieil angelot *(voir p. 852).*

1. Voir *L'Homme précaire*, p. 310-311.

2. Cf. préface du *Démon de l'absolu* : « L'homme est devenu hypothétique » (t. II de la présente édition, p. 831).

Page 856.

a. Sans blague. *add. ML* ◆◆ *b. Ce paragraphe est un ajout de ML.*

1. Cf. *Antimémoires*, p. 251.

Page 857.

a. besoin d'elle, sans doute en réponse à mon souvenir de Barcelone ; les drogues, *L*

1. Cf. *Antimémoires*, p. 12.

2. *Sic.* En 1573, le roi était Charles IX, à qui Henri III succédera en 1574.

3. Citation du *Marchand de Venise.* Voir *Antimémoires*, n. 1, p. 459.

4. Cf. p. 847.

Page 858.

a. que Liberté-Égalité. / Liberté-Égalité ! Chaque révolte perd beaucoup de ses sentiments initiaux, et même de ceux qui l'ont précédée : le scientisme a fanatiquement tenté de concevoir les religions en les vidant du sacré ; des Russes sincères et intelligents louent à la fois la liberté et la Guépéou. Encore le mot liberté conserve-t-il son éclat ; fraternité n'exprime plus que l'utopie comique où personne n'aurait mauvais caractère. Les hommes croient que la fraternité a été ajoutée […]. Elle ne s'ajoute pas. Comme le sacré, *L. Ce passage et les lignes qui suivent (jusqu'à* pas seulement les ténèbres *) ont été ajoutés sur épr. L.* ◆◆ *b.* mères *ML.* Nous corrigeons d'après *L.* ◆◆ *c.* senti la vague « qui faisait dresser les poils des bras », selon *épr. L*

1. En 1790.

2. Vers d'André Salmon, cité dans *Antimémoires*, p. 153 (voir n. 2).

Page 859.

a. celle de Kyo, jeté *L. Malraux rectifie ici l'erreur que lui a signalée une lectrice.*

1. Ce paragraphe est extrait du discours en mémoire de Jean Moulin (*Oraisons funèbres*, p. 948-949). Pour « les femmes noires », voir *Antimémoires*, n. 2, p. 243.
2. Où André et Clara Malraux se sont rendus en 1925.
3. Souvenir évoqué dans *Antimémoires*, p. 361-362.
4. Tome I de la présente édition, p. 736 et suiv.

Page 860.

a. Entre ce paragraphe et le suivant venait une évocation de la Vistule et de Madrid, supprimée sur épreuves.

1. Dans *Le Temps du Mépris* (t. I de la présente édition, p. 815), Kassner est libéré parce qu'un autre prisonnier s'est fait passer pour lui. Dans les *Souvenirs d'un terroriste* de Boris Savinkov (Champ libre, 1982 [1re traduction française, abrégée, Payot, 1931]), Zemel est arrêté parce que les policiers l'ont pris pour Savinkov (p. 156). Ailleurs, Nazarov dit à Boris, dans l'hypothèse où une seule évasion serait possible : « Qui faire évader ? Toi, bien sûr... » (p. 266). Pour ses « trois camarades », Savinkov était « celui qui devait s'évader » (p. 267). Malraux arrange la scène, comme il l'a déjà fait dans « Staline et son ombre » (*Carrefour*, 27 décembre 1949).
2. Cf. *L'Espoir*, t. II de la présente édition, p. 77-78.
3. Venue de *L'Espoir* (t. II de la présente édition, p. 153-155), cette « prédication » a déjà été reprise dans *Antimémoires*, p. 242-243. Nombreuses variantes dans cette première reprise et dans celle-ci.

Page 861.

1. Cf. *L'Espoir*, t. II de la présente édition, p. 401 et suiv.

Page 862.

a. Ce paragraphe reprend au présent, avec quelques variantes, un passage de « L'Espoir » écrit au passé (t. II de la présente édition, p. 364-365).

1. Chose vue à Valence, aux premières heures du 7 janvier 1937 : l'Épiphanie est le jour de la fête des enfants en Espagne.

Page 863.

a. Au camp *[p. 862, dernière ligne]* de 1940 [...] les mêmes qui viennent. *Ce passage est une reprise presque textuelle des « Noyers de l'Altenburg » (t. II de la présente édition, p. 625).*

1. Gilbert Renault, alias colonel Rémy, était le chef d'un réseau de renseignements de la France libre.
2. Salut dérisoire des soldats romains à Jésus (Matthieu, XXVII, 29 ; Marc, XV, 18 ; Jean, XIX, 3).

Page 864.

a. combien de résistants [...] leur chat ! *add. épr. L* ♦♦ *b.* vers la Seine [en haletant *corrigé en* ; j'entends [...] s'éloigne.] ; si *épr. L*

1. Cf. « C'est alors qu'elle [la Résistance] commence à combattre en face de l'enfer » (*Oraisons funèbres*, « Transfert des cendres de Jean Moulin au Panthéon », p. 952).
2. Agent du S.O.E. britannique, Violette Szabo est venue en France, du 15 au 30 avril 1944, pour enquêter sur l'arrestation de Roland Malraux.

Si elle a peut-être alors rencontré l'auteur, elle ne fut arrêtée par les Allemands qu'au cours d'une seconde mission, en Limousin, en juin 1944 (G. Penaud, *André Malraux et la Résistance*, p. 99). Le récit de *Lazare* doit être rapproché de celui que fait Brigitte Friang de sa propre arrestation, dans « les jardins du Trocadéro », « le 21 mars 1944 » (*Un autre Malraux*, p. 46). Cf. *Regarde-toi qui meurs*, p. 71 et suiv.

Page 865.

a. (il est Juif) *add. épr. L*

1. Camaret, pseudonyme d'un agent de Rémy, est aussi un nom de famille authentique. Mais il serait vain de chercher ici ou là la clef d'un acteur délirant d'une scène elle-même délirante.

Page 866.

a. Il faudrait [...] chaque année... *Ce passage avait été écarté des « Chênes qu'on abat... » lors de leur intégration au « Miroir des Limbes », voir « CS », IV, var. a, p. 643.*

Page 867.

1. Voir n. 1, p. 173.
2. Malraux a habité rue du Bac de 1932 à 1938. Sa fille est née en 1933.

Page 868.

a. Après cette phrase, et avant la ligne de blanc, on lit sur épreuves « Salut, roi des Juifs ! »

1. Cf. *Antimémoires*, p. 168 et 350.
2. Cf. *Antimémoires*, p. 170.
3. Adelphe Peltre mourut le 2 octobre 1944, au sixième jour des combats de Bois-le-Prince.

Page 869.

1. Malraux a évoqué les combats de Dannemarie (28 novembre 1944), livrés par la brigade Alsace-Lorraine, dans *L'Alsace française* de novembre 1948 (texte cité par Cate, *Malraux*, p. 423-424).
2. La Garde impériale, telle que Victor Hugo la montre à Waterloo. Voir *Les Chênes qu'on abat...*, *CS*, IV, p. 618, var. *a*.
3. Cf. *Les Chênes qu'on abat...*, *CS*, IV, p. 600.
4. Comme il l'avait dit à l'hôtelière de Gramat (*Antimémoires*, p. 169). — Malraux prononça le discours d'Orléans à la mémoire de Jeanne d'Arc le 8 mai 1961 ; ses deux fils mourront le 23 mai 1961.

Page 870.

a. de France dans mon souvenir, *ML. Nous corrigeons d'après L. Voir var. suivante.* ◆◆ *b.* Nous nous hâtons [...] de la Libération. *Reprise des « Chênes qu'on abat... » (« CS », IV, p. 687). L poursuivait cette reprise :* J'ai déjà vu le *[p. 687, 14ᵉ et 15ᵉ lignes]* tombeau [...] du char qui porte le cercueil. *[fin du paragraphe] et enchaînait sur la montée à l'Arc de Triomphe (p. 689-690). Le passage s'achevait sur :* La communion est quelquefois aussi forte que la mort. ◆◆ *c.* le vent nocturne. Autant que la nuit des

Champs-Élysées, je suis habité [...] spasmodique. Tour à tour ou à la fois, la mort jaune comme le brouillard des gaz, les corps convulsés ; la pieuvre, l'entonnoir, le maëlstrom dont la tempête s'éloigne peut-être, comme les trombes *épr. L* : le vent nocturne. Autant que la nuit des Champs-Élysées, je suis habité [...] spasmodique et des trombes *L* ◆◆ *d. Après ces mots, un paragraphe supprimé sur épr. L* ◆◆ *e. Entre ce paragraphe et le suivant, deux paragraphes ont été supprimés sur épr. L.* ◆◆ *f.* ce que je pense de l'homme fondamental. L'homme pareil *L* ◆◆ *g.* La fraternité du combat assure un lien profond entre un homme et les siens ; rigoureusement, elle est communion. *L*

1. Cf. *Les Chênes qu'on abat...*, *CS*, IV, p. 604.
2. Alvear parlait déjà de « l'âge du fondamental » dans *L'Espoir* (t. II de la présente édition, p. 277) ; le thème de « l'homme fondamental » est abordé dans le colloque des *Noyers de l'Altenburg* (*ibid.*, p. 690 et suiv.).
3. Cf. *Les Noyers de l'Altenburg*, *ibid.*, p. 694.

Page 871.

a. ont été des *témoins*. De leur cause ? Presque tous auraient dit : « Il faut ce qu'il faut. » Rien de plus ; la dignité... Nos petits morts *L. Tout ce paragraphe a été très remanié sur épreuves.* ◆◆ *b.* De gros insectes [...] la lune enchantée... *add. ML* ◆◆ *c.* Je parcours *[7 lignes plus haut]* des terres [...] « C'est l'homme. » *Ce passage est une reprise, avec quelques variantes, des « Noyers de l'Altenburg » (t. II, de la présente édition, p. 628).*

Page 872.

a. Puis, une nuit solennelle m'entoure. Des astres appareillent. Les étoiles naissantes qui emplirent la vieillesse de Victor Hugo, les constellations *L. Voir var. a, p. 879.* ◆◆ *b. Phrase ajoutée sur épreuves, où elle était suivie d'un paragraphe supprimé*

1. « Une immense bonté tombait du firmament » (Hugo, *La Légende des siècles*, « Booz endormi »).
2. Voir le texte exact de *La Condition humaine*, n. 1, p. 828.

Page 873.

a. tout homme entend *sa vie* avec la gorge, celle des autres, avec les oreilles, sauf dans la fraternité ou l'amour. *L* ◆◆ *b.* celui de la loque humaine qui ne veut pas mourir *puis* la dernière lueur de douleur qui ne veut pas mourir *épr. L*

1. Le préau où attendent les condamnés à mort de *La Condition humaine* (t. I de la présente édition, p. 729).
2. Kyo, dans *La Condition humaine* (*ibid.*, p. 520).
3. Cf. *Antimémoires*, p. 218, n. 3 et ici, p. 824.
4. Titre du film (1965) d'Alain Resnais, époux de Florence Malraux.
5. Andronic Ier Comnène, empereur d'Orient de 1183 à 1185, tyran sanguinaire renversé par le peuple et tué, après trois jours de torture ; « au milieu de ses souffrances il s'écriait : *Seigneur, ayez pitié de moi ; ne brisez pas un roseau déjà brisé* » (Hammer, cité par Lamartine, *Histoire de la Turquie*, t. V, p. 365). Cf. Isaïe, XLII, 3 : « Il ne broiera pas le roseau brisé. » Le cri d'Andronic est cité dans *Le Surnaturel*, p. 215.
6. Écho de la formule cartésienne.

Page 874.

1. Cf. *Antimémoires*, p. 352-357.
2. Écho de la « psalmodie » entendue, non « sur le Gange », mais à Elephanta, selon *Antimémoires*, p. 213.

Page 875.

1. Voir n. 2, p. 819.
2. Cf. « Marx vu d'Ispahan », « Histoire de Normand » (t. II de la présente édition, p. 799 et 809) et *Hôtes de passage*, *CS*, II, p. 517.
3. Cf. *Antimémoires*, p. 171. Dans Job, XXXVIII-XXXIX, Dieu montre à Job que Lui seul peut expliquer la Création.
4. Cf. « Marx vu d'Ispahan », t. II de la présente édition, p. 800 et *Hôtes de passage*, *CS*, II, p. 517.

Page 876.

1. Dans l'épisode de la tentation du Christ (Matthieu, IV, 11 ; Marc, I, 12-13 ; Luc, IV, 1-13).

Page 877.

a. la Danse macabre, provisoire comme elle : les charniers fermés ont désincarné cette Terreur éphémère… / Mes souvenirs, a-t-on dit, s'attardent *L* ◆◆ *b.* ni de nom. / Rien de commun entre cette évidence, et les images de fraternité. Une bouffée *L*

1. Cf. p. 860-861.
2. Cf. p. 822.
3. Rappel de la fin des *Noyers de l'Altenburg*, reprise dans les *Antimémoires*, p. 237-240.

Page 878.

a. de l'hiver… Les formes de ce que nous savons toujours et n'éprouvons jamais. Si, plus tard, *épr. L. Le paragraphe qui suit a fait l'objet de plusieurs rédactions.*

1. Saint François d'Assise.
2. Vers de Hugo cité par Méry, que guettait la mort (*Antimémoires*, p. 350 et n. 2) ; « le plus beau vers funèbre », selon Valéry (*épr. L*).

Page 879.

a. possédé, comme par une présence étrangère, comme Booz par l'immense bonté qui tombait du firmament chaldéen — par une *ironie L. Voir var. a, p. 872.*

1. Dans le roman de Lewis Carroll, le « Chat du Cheshire » peut se rendre invisible et ne laisser que son sourire apparent (chap. VI). Voir *La Condition humaine*, où Ferral compare le sourire de Valérie à celui de ce chat (t. I de la présente édition, p. 596).
2. Malraux prend à son compte les sentiments prêtés à la vieille paysanne des *Noyers de l'Altenburg* (t. II de la présente édition, p. 766 et *Antimémoires*, p. 240).

Page 880.

INAUGURATION DE L'EXPOSITION
« ANDRÉ MALRAUX
ET LE MUSÉE IMAGINAIRE »

1. En réalité, 1973.
2. Dans *La Tête d'obsidienne*, le discours occupait les pages 213-241. Malraux ne l'avait pas repris dans *La Corde et les Souris* (édition « Folio », avril 1976). Selon François de Saint-Cheron, le discours publié différerait notablement de « celui, inédit, qu'il prononça réellement » (*L'Esthétique de Malraux*, SÉDES, 1996, p. 46).

Page 881.

1. Formule de Maurice Denis, souvent citée par Malraux.

Page 882.

1. Voir *Les Chênes qu'on abat...*, *CS*, IV, p. 664 : « [...] la formule la plus simple de l'amour : *tu m'es nécessaire.* »

Page 883.

1. Cf. cette formule sur l'art de Rouault, qui « [...] ne s'exprime pas en fonction du mot beau, mais du mot être » (*Formes*, n° 1, décembre 1929). Malraux ne cessera plus de mettre en cause la notion de beauté.

Page 887.

1. Voir *La Tête d'obsidienne*, *CS*, V, p. 702.

Page 888.

1. Voir *ibid.*, p. 741.

Page 889.

1. *Émaux et Camées*, « L'Art ». Le second distique est cité dans les *Antimémoires*, p. 51.

Page 891.

1. Cf. *La Tête d'obsidienne*, *CS*, V, p. 755.
2. Cf. *Les Voix du silence*, p. 624 : « Il n'y eut jamais sur terre qu'un seul peuple chrétien sans péché, et ce fut un peuple de statues ». Écho dans *L'Irréel*, p. VI.

Page 892.

1. Cf. la formule de Valéry citée dans *La Tête d'obsidienne*, *CS*, V, p. 766.

Page 893.

1. Le « Petit Bonhomme » de *La Tête d'obsidienne.*

Page 894.

a. Ce paragraphe est une parenthèse étrangère au discours qui, dans TO, était ponctué de notations sur les bruits qui couvraient la voix de l'orateur.

1. Le bandeau de l'édition originale de *La Tête d'obsidienne* portait : « Réponse aux questions sans réponse ».

Page 896.

a. On lit ensuite dans TO (VII, p. 240-241) : Le tapage des machines m'oblige à élever la voix. / « Je pense à la nuit où Michel-Ange allumait chandelle après chandelle pour contempler inépuisablement la résurrection du *Torse* du Vatican, dans le tumulte des marteaux qui construisaient Saint-Pierre et emplissaient la nuit… Sut-il que dans un temps plus même chrétien, qui n'aurait conservé du sien que le vacarme éternel, des hommes se souviendraient de la nuit romaine où les chandelles projetaient, sur ce qu'on appelait alors la beauté, l'ombre de Michel-Ange… » / Le fracas cesse de façon soudaine, comme il avait commencé. / « On dirait que l'ombre sur le *Torse* s'étend vers les collines pacifiées. Écoutez le petit chant des grenouilles… Cet après-midi, nous avons vraiment senti palpiter le fleuve sans âge : peut-être lorsque le Musée Imaginaire aura été jeté au charnier des grands rêves, quelqu'un se souviendra-t-il de ces heures où nous entendions la création humaine jusqu'au fond des siècles, comme ces grenouilles jusqu'au fond de la nuit… Je pense à un bois des Vosges que nous venions de reprendre. Au-dessus de mes camarades tués, des oiseaux recommençaient à chanter de cette même petite voix, et le silence disait de sa voix obsédante : "Ils chantaient sur les corps des soldats de l'an II…" ». *Le chapitre VII s'achève ensuite sur un paragraphe, condensé dans ML, p. 768.*

1. *Les Voix du silence* (1951), p. 637.

Page 897.

Appendices

I. [FRAGMENTS D'UNE RÉFLEXION SUR LES « ANTIMÉMOIRES »]

Malraux a longtemps envisagé de placer en tête de *La Corde et les Souris* une réflexion sur les *Antimémoires* déjà publiés et sur leur suite, vouée peut-être à l'inachèvement.

En marge d'un développement sur ce thème, il note « pour Max ? ? » : l'actuel chapitre III, on l'a vu p. 1157, a dû un temps être le premier. Nombre de manuscrits et de dactylogrammes du fonds Doucet attestent que ce projet de commentaire sur l'œuvre passée et future a été très poussé. Nous donnons ici deux fragments inédits qui montrent comment l'auteur voyait son entreprise. Pour la clarté de la lecture, les initiales T (Torrès) et M (Malraux) désigneront les intervenants du dialogue.

M.-F. G.

1. *Ms. D*, f° 235.

Page 899.

1. Cf. *Lazare*, *CS*, VI, p. 850.

2. Texte dactylographié. *Ms. D*, ffos 442-444. La dernière réplique de T se retrouve dans *Hôtes de passage*, *CS*, III, p. 549.

II. [« LE RÈGNE DU MALIN » DANS LES « ANTIMÉMOIRES »]

Dans l'édition originale des *Antimémoires*, *Le Règne du Malin* occupe une place considérable : quatre-vingt-dix pages, soit la quasi-totalité de la IVe partie, « La Voie royale ». Le scénario que Clappique raconte à l'auteur montre d'abord Mayrena à Saigon, chez lui, chez le gouverneur général et chez Mercurol. On suit l'aventurier sur le bateau qui l'emmène à Qui-Nhon où il rend visite à l'évêque et est reçu par le résident Chaminade et son épouse Thalie. Mayrena atteint ensuite, à travers la forêt, le pays des Bahnars où les missionnaires lui apportent leur aide. Jusque-là, il s'agit d'une reprise du roman inachevé, avec les adaptations qu'impose la forme nouvelle du scénario : Clappique prévoit par exemple les mouvements de caméra. Quelques passages de ce premier ensemble (p. 382-440) subsistent jusque dans *Le Miroir des limbes*.

Malraux prolonge ensuite (p. 442-472) l'histoire jusqu'à la mort du héros. Il improvise, comme Clappique, ce que le roman ne disait pas. Chaminade reçoit du nouveau gouverneur général un télégramme désavouant l'aventurier. La scène se transporte alors à Paris : à la Chambre, chez Nina de Villars, au *Rat mort*, où le roi des Sedangs conte la capture du Dé-Tham par Mercurol. Les dernières pages décrivent la fin de Mayrena sur la côte malaise. De cette longue addition au roman *Le Miroir des limbes* conserve de nombreux éléments.

On lira ci-dessous les passages de l'édition originale qu'on ne retrouve ni dans *Le Règne du Malin*, tel qu'il est publié ici (p. 971-1116), ni dans *Le Miroir des limbes* ; pour chaque fragment est indiqué le raccord avec l'un ou l'autre de ces textes.

M.-F. G.

Page 901.

1. Cf. *Antimémoires*, p. 306-307.

Page 904.

1. Cf. *Antimémoires*, p. 306.
2. Cf. *ibid.*

Page 905.

1. Cf. *ibid.*, p. 307.
2. Cf. *ibid.*, p. 308.

Page 906.

1. Cf. *Antimémoires*, p. 313.

Page 908.

1. Cf. *Lazare*, *CS*, VI, p. 872.

Page 909.

1. Cf. *ibid.*, p. 313.

ORAISONS FUNÈBRES

NOTICE

Sous ce titre paraît en 1971 le premier et unique recueil oratoire de Malraux. L'orateur n'est pas un débutant : du Congrès des écrivains soviétiques aux Assises du R.P.F. il a harangué les auditoires les plus variés. Les *Oraisons funèbres* ne retiendront que huit discours, tous prononcés depuis que l'écrivain est ministre du général de Gaulle : le premier date du 24 août 1958, le dernier du 1er septembre 1965. Le choix est d'autant plus significatif que, comme dans ses *Antimémoires*, Malraux n'adopte pas un ordre chronologique : ouvert sur la commémoration de la Libération, le livre se referme sur l'entrée des cendres de Jean Moulin au Panthéon, en décembre 1964. Les *Oraisons funèbres* de 1971 prolongent ainsi *Les Chênes qu'on abat...*, paru en mars de la même année. Dans *Le Miroir des limbes*, deux discours de 1973 et 1975 sur la Résistance et la déportation trouveront une place toute naturelle après l'évocation du peuple de la Nuit.

Seuls les quatre derniers textes de 1971 — sur Braque, Jeanne d'Arc, Le Corbusier et Jean Moulin — « sont des oraisons funèbres au sens rigoureux », mais « tous sont, de près ou de loin, liés à la mort[1] ». Les ajouts du *Miroir* ne rompent pas ce lien : la mort demeure omniprésente. Mort des cultures — de Grèce, d'Égypte, d'Israël —, que la métamorphose ressuscite pour les hommes de « *la première civilisation mondiale*[2] ». Mort des artistes aimés — Braque, Le Corbusier —, dont l'œuvre assure la présence. Mort des héros, de Léonidas à Jeanne d'Arc et aux combattants de la France libre et des maquis, des « martyrs » juifs qui « témoignaient pour Dieu[3] » à ces « ombres » qui forment le « terrible cortège[4] » de Jean Moulin.

Dans tous ces discours on retrouve « une certaine idée » de « Notre-Dame la France[5] », comme dit à Rouen l'orateur, après Charles de Gaulle à Londres, une certaine idée de l'art aussi. Deux idées qui n'en font qu'une — et pas seulement parce qu'« une part de l'honneur de la France [...] s'appelle Braque[6] » : si « l'art est un anti-destin », la résistance à l'oppression, le refus de l'humiliation sont d'autres manières de dire non aux fatalités et au Mal.

« Les discours appellent le disque plus que le livre.[7] » Le disque, en effet, restitue la diction vibrante, haletante de Malraux. Mais le livre permet d'entendre en silence un accent inimitable : celui d'un inspiré à l'éloquence toute romantique qui chante la légende de l'art et des siècles, la légende de l'homme.

En 1976, les *Oraisons funèbres* sont jointes au *Miroir des limbes*, en

1. P. 913.
2. P. 928.
3. P. 931.
4. P. 954.
5. P. 941.
6. P. 935.
7. P. 913.

« appendice ». Le rattachement n'est pas artificiel. Des discours « liés à la mort » amplifient l'écho des derniers mots du *Miroir* : « la face usée de la mort ». Et, comme dans *Lazare*, il s'agit aussi de résurrection — ou de métamorphose.

MARIUS-FRANÇOIS GUYARD.

BIBLIOGRAPHIE

Pour les œuvres d'André Malraux citées dans les notes, voir la Bibliographie du *Miroir des limbes*, p. 1140-1141.

Autres œuvres citées dans les notes.

LE CORBUSIER, *L'Atelier de la recherche patiente. Le Corbusier. Textes et planches*, Vincent Fréol, 1960.

—, Catalogue de l'exposition Le Corbusier, Musée national d'Art moderne, 1962.

—, *Mise au point*, Forces-Vives, 1966.

MOULIN (Laure), *Jean Moulin*, Presses de la Cité, 1969.

NOTE SUR LE TEXTE

Manuscrits et documents.

Le dossier conservé à la bibliothèque littéraire Jacques-Doucet est mince et comprend peu de manuscrits proprement dits. Voici son contenu :

« Commémoration de la libération de Paris » : un exemplaire du texte distribué à la presse.

« Hommage à la Grèce » : une dactylographie ; un exemplaire du texte distribué à la presse.

« Pour sauver les monuments de Haute-Égypte » : un manuscrit autographe ; un exemplaire du texte distribué à la presse. Quelques différences entre les deux versions laissent supposer qu'il y eut, dans l'intervalle, une dactylographie corrigée.

« Centenaire de l'Alliance israélite universelle » : un manuscrit autographe incomplet.

« Funérailles de Georges Braque » : un manuscrit autographe ; trois exemplaires du texte distribué à la presse.

« Commémoration de la mort de Jeanne d'Arc » : un manuscrit du début ; une dactylographie corrigée du discours d'Orléans adapté pour Rouen.

« Funérailles de Le Corbusier » : un manuscrit autographe (15 ffos), suivi de notes (15 ffos) ; deux dactylographies corrigées ; un exemplaire du texte distribué à la presse.

Pour le discours prononcé à l'occasion du « Transfert des cendres de Jean Moulin au Panthéon », les documents sont répartis entre la Bibliothèque nationale de France et la bibliothèque littéraire Jacques-Doucet.

On trouve à la B.N.F. un manuscrit paginé de 1 à 13. La présence dans ce manuscrit de fragments dactylographiés puis corrigés de la main de Malraux atteste qu'il y eut au moins deux états antérieurs. Le manuscrit figure dans les dossiers déposés par Laure Moulin ; il avait été offert par l'auteur à la sœur du chef de la Résistance. On procure ci-après un choix de variantes provenant de cet état du texte, qui diffère notablement de la version définitive.

Dans le dossier conservé à la bibliothèque Jacques-Doucet figure une dactylographie de huit pages (ainsi qu'un double de cette dactylographie) et un exemplaire du texte distribué à la presse. Ces états sont très proches du texte définitif.

Prépublications.

Deux discours ont fait l'objet de publications séparées.

Le discours du 21 juin 1960, « Centenaire de l'Alliance israélite universelle », a été édité en 1962 par le comité parisien de l'Alliance israélite universelle.

L'oraison funèbre de Jean Moulin a été publiée par Laure Moulin en préface (p. 9-16) à son *Jean Moulin*, paru aux Presses de la Cité en 1969.

L'édition de 1971.

Les huit discours ci-dessus mentionnés ont été recueillis en avril 1971 sous le titre *Oraisons funèbres*, chez Gallimard, dans la collection « Blanche ». En mai de la même année, l'ouvrage est repris sans changement dans la collection « Soleil ».

L'édition de 1976.

En 1976, les *Oraisons funèbres* sont reprises par Malraux en « appendice » de l'édition du *Miroir des limbes* dans la Bibliothèque de la Pléiade. À l'exception du discours à l'Alliance israélite, auquel l'auteur apporte quelques menues corrections, les discours déjà mentionnés sont repris sans changement de l'édition de 1971.

Deux discours, « Inauguration du monument à la mémoire des martyrs de la Résistance » et « Trentième anniversaire de la libération des camps de déportation », prononcés respectivement le 2 septembre 1973 et le 10 mai 1975, sont ajoutés au recueil. Des documents relatifs à ces deux textes sont conservés à la bibliothèque Jacques-Doucet :

« Inauguration [...] » : 37 folios de brouillons autographes, le premier état comptant 10 pages ; une dactylographie corrigée (33 ff[os]) ; trois exemplaires du texte distribué à la presse.

« Trentième anniversaire [...] » : cinq états dactylographiés, portant de nombreuses corrections manuscrites ; un dossier de presse où figure le texte intégral du discours tel qu'il fut publié par *Le Monde* des 11-12 mai 1975.

Établissement du texte.

Nous reproduisons le texte de l'édition de 1976, dernier état des *Oraisons funèbres* revu par l'auteur. Dans quelques cas, toujours signalés, nous avons rectifié le texte conformément aux intentions de Malraux attestées par les documents.

M.-F. G.

Sigles utilisés dans les variantes.

ms. BN Manuscrit de la Bibliothèque nationale.

ms. D	Manuscrits ou dactylogrammes du fonds Doucet.
Pr.	Textes destinés à la presse.
orig.	*Oraisons funèbres*, 1971.
ML	*Le Miroir des limbes*, Bibl. de la Pléiade, 1976.

NOTES ET VARIANTES

Page 911.

1. Fin du discours sur les monuments de Haute-Égypte (p. 929), déjà citée dans les *Antimémoires*, p. 58.

Page 913.

PRÉFACE

1. En réalité, aucun de ces discours n'a été improvisé et Malraux a très peu modifié les textes remis à la presse.
2. Lapsus pour « Chambre des députés ».

Page 915.

COMMÉMORATION DE LA LIBÉRATION DE PARIS

1. Commandant les troupes allemandes de Paris, dont il signa la reddition à la gare Montparnasse, le 25 août 1944.
2. Bir Hakeim, où Kœnig résista aux Allemands du 27 mai au 10 juin 1942. En Italie, le corps expéditionnaire français du général Juin s'illustra en particulier en forçant le passage du Garigliano le 14 mai 1943. « L'épopée de Leclerc » le conduisit de Koufra (1er mars 1941) à Paris, où il entra à la tête de la 2e D.B. le 25 août 1944, avant de mener celle-ci jusqu'à Berchtesgaden (4 mai 1945).
3. Cf. *Les Chênes qu'on abat...*, *CS*, IV, p. 663.

Page 916.

a. ce qui avait été son image. *Pr.*

1. Georges Bidault, qui avait succédé à Jean Moulin à la présidence du Conseil national de la Résistance (C.N.R.).
2. Le général de Gaulle. Voir *Les Chênes qu'on abat...*, *CS*, IV, p. 630, var. *a.*

Page 917.

a. Survivants de *[p. 916, dernière ligne]* la Résistance, nos frères dans l'ordre de la nuit, vous pouvez *Pr. Cf. p. 954.*

1. « Le général Chaban » : grade et nom de guerre de celui qui s'appellera désormais Jacques Chaban-Delmas. Le colonel Rol-Tanguy fut cosignataire avec Leclerc de l'acte de reddition de Choltitz.

Page 918.

a. lumière, le grandiose balbutiement *Pr.*

Page 919.

1. Déclenchée le 1er août 1944, l'insurrection de Varsovie fut définitivement « écrasée » par les Allemands le 2 octobre, l'armée soviétique, aux portes de la capitale polonaise, n'intervenant pas.

Page 920.

1. Discours du 25 août 1944 : « Paris martyrisé ! mais Paris libéré ! Libéré par lui-même, libéré par son peuple ! » (*Discours et messages*, t. I, Plon, 1970, p. 440).
2. Dans son discours de Chartres (p. 968), Malraux reprendra ce paragraphe en l'adaptant à son auditoire féminin.

Page 921.

HOMMAGE À LA GRÈCE

a. Le discours prononcé à Athènes commençait ainsi : Monseigneur, Excellences, Mesdames, Messieurs, / Je remercie le gouvernement hellénique de m'avoir convié à parler ici ce soir. C'est un grand honneur que de parler devant l'Acropole, même au nom de la France ; mais au nom de la France, c'est un grand honneur fraternel. / Une fois de plus *Pr. Le terme « Monseigneur » s'adressait au diadoque Constantin (voir « Hôtes de passage », « CS », I, p. 507 et n. 1).* ♦♦ *b.* le symbole illustre de l'Occident. *Pr.* ♦♦ *c.* d'éternité, qui entourait la Grèce. Nul n'avait *Pr.*

1. Personnage du début de l'*Agamemnon* d'Eschyle.
2. Écho d'un discours de Périclès aux Athéniens (Thucydide, *La Guerre du Péloponnèse*, II, 64 ; Bibl. de la Pléiade, p. 830).

Page 922.

a. On ne saurait trop le dire, on ne saurait trop le proclamer *Pr.*

1. Eschyle combattit à Marathon et à Salamine. Sophocle fut stratège, « autre général », comme le dira Malraux à de Gaulle (voir *Les Chênes qu'on abat...*, *CS*, IV, var. *b*, p. 644).

Page 923.

1. Cité par Quinte-Curce, Plutarque et Racine, ce mot d'Alexandre aux Indes venait d'être repris, en 1958, par Maurice Druon (*Alexandre le Grand*, Plon, p. 394).
2. À Platées (août 479 avant Jésus-Christ), les Grecs arrêtèrent la progression des Perses vers le Péloponnèse.

Page 924.

a. sous les mêmes étoiles qui avaient veillé les morts de Salamine *Pr.* ♦♦ *b.* de Paris. Cette vérité, c'est qu'entre toutes les valeurs *Pr.*

1. Missolonghi, ville de Grèce célèbre par la résistance héroïque qu'elle opposa aux Turcs ; Byron y mourut, aux côtés des insurgés, en 1824. Solomos, poète dont l'*Hymne à la liberté* (1823) est devenu l'hymne national grec.
2. Image reprise p. 958.
3. À Salamine, le 27 septembre 480 avant Jésus-Christ, la flotte athénienne vainquit celle de Xerxès.

4. Inscription des Thermopyles à la mémoire de Léonidas et des trois cents Spartiates. Voir *Antimémoires*, n. 2, p. 351.

5. Réminiscence du Coran (sourate XCVII, « Le Décret »), qu'on trouve déjà sous cette forme dans *Le Temps du Mépris* (t. I de la présente édition, p. 793 et 837).

Page 925.

POUR SAUVER LES MONUMENTS
DE HAUTE-ÉGYPTE

a. À l'UNESCO, le discours commençait ainsi : Puisque c'est à moi qu'appartient, Monsieur le Directeur Général, l'honneur de répondre le premier à l'appel que vous venez d'adresser au monde, je tiens d'abord à vous dire à quel point je pense, comme vous, qu'avec lui commence une œuvre sans précédent : le 8 mars 1960, *pour la première fois Pr.* ♦♦ *b.* Elle appartenait par là, comme la Chaldée *Pr.* ♦♦ *c.* les Pyramides, le siècle élu était celui *ms. D*

1. Cf. *Antimémoires*, p. 49 et n. 1.

Page 926.

a. appelle Ramsès II par son diminutif, la sagesse ironique des textes *ms. D.*

1. À Kadesh (Syrie), en 1299 (ou 1291) avant Jésus-Christ, Ramsès II livra au Hittite Muwatallis une bataille qu'il proclama victorieuse et que suivit une trêve entre les deux nations.

2. « L'Égypte est la nuit » (*Antimémoires*, p. 431).

Page 927.

1. Retour de cette citation de *La Métamorphose des Dieux* dans les *Antimémoires*, p. 38.

2. Phrase reprise, avec quelques variantes, de *La Métamorphose des Dieux*, p. 33. Sur le thème du « Trésor », voir aussi le discours à la Fondation Maeght, p. 893-894.

Page 928.

a. d'Asie. *[1er §, 6e ligne]* C'est pourquoi, Monsieur le Directeur Général, tant de noms souverains s'associent à l'appel que vous lancez aujourd'hui. On ne saurait trop vous féliciter d'avoir élaboré un plan d'une hardiesse magnifique et précise, qui fait de votre entreprise une vallée de la Tennessee de l'archéologie. Encore s'agit-il de tout autre chose que de l'une de ces entreprises géantes par lesquelles rivalisent les grands états modernes. Et l'objet précis de votre action ne doit pas nous masquer sa signification profonde. Si l'Unesco tente *Pr.*

1. L'empereur du Japon.

2. Agadir fut victime d'un tremblement de terre le 29 février 1960, huit jours avant le discours.

Page 929.

1. La fin du discours, depuis « *la première civilisation mondiale* » (p. 928, 5e ligne avant la fin du 2e §), est intégralement reprise dans les *Antimémoires*, p. 57-58.

Page 930.

CENTENAIRE DE L'ALLIANCE
ISRAÉLITE UNIVERSELLE

a. Monsieur, si je n'ai pas connu vos propres écoles, j'ai du moins connu les écoles de l'Alliance en Iran, il y a plus de trente ans. Et je les ai retrouvées, beaucoup plus tard, en un temps *ms. D* ♦♦ *b.* les petites filles juives d'Ispahan avaient mis un ruban tricolore, et vous savez qu'Ispahan *ms. D*

1. Bar-Kokhba (ou Cochebas, le « Fils de l'étoile ») conduisit contre les Romains la révolte de 132-135.
2. Johanan ben Zakkai enseigna à la fin du premier siècle, bien avant la révolte de Bar-Kokhba.
3. La Thora, ou Pentateuque : les cinq premiers livres de la Bible. C'est « la Loi » juive.

Page 931.

a. La tradition *ML. Nous rétablissons la capitale d'après orig.* ♦♦ *b.* ce que M. Rassekh a nommé tout à l'heure la *tradition exigeante* *ms. D* ♦♦ *c.* depuis longtemps. Fait surprenant ! Le rationalisme *ms. D*

1. Judas Maccabée conduisit, de 166 à 160 avant Jésus-Christ, la résistance contre les Syriens. Ses exploits sont racontés dans I Maccabées, III, 1-IX, 22.

Page 932.

1. Nathan Altermann, né à Varsovie, mort à Tel-Aviv, poète d'expression hébraïque.

Page 933.

1. Chaïm Weizmann, premier président de l'État d'Israël (1949-1952).
2. Capitale du Kurdistan iranien.

Page 934.

1. Si cette « chanson de la nuit » fait écho au poème de Salomon, le dernier vers seul rappelle le Cantique des cantiques (v, 2) : « Je dors, mais mon cœur veille ».

Page 935.

FUNÉRAILLES DE GEORGES BRAQUE

1. Mme Georges Braque.
2. Cette *Marche funèbre* est le troisième mouvement de la sonate à variations pour piano n° 12, op. 26, en *la* majeur, de Beethoven (1801).

Page 937.

COMMÉMORATION
DE LA MORT DE JEANNE D'ARC

a. À Rouen, le discours commençait ainsi : Vous avez bien voulu, Monsieur le Maire, me demander d'assurer ce que le plus grand poète de cette ville, qui fut aussi l'un des plus grands poètes du monde, appelait un triste et fier honneur, celui de reprendre ce que j'ai dit, il y a quelques années, à Orléans de Jeanne d'Arc victorieuse et de rendre hommage en ce lieu illustre par le malheur à Jeanne d'Arc vaincue, à la seule figure de notre histoire sur laquelle se soit faite l'unanimité du respect. La résurrection *ms. D. — Corneille fait dire à Curiace : « Ce triste et fier honneur m'émeut sans m'ébranler » (« Horace », II, 3).*

1. Cette indication rappelle qu'en 1964 à Rouen, Malraux reprend l'essentiel du discours prononcé à Orléans le 8 mai 1961.

Page 938.

a. C'était en 1429 — le 18 juin. // « Avant tout, dit le général de Gaulle, elle rétablit la confiance. » Dans ce monde *ms. D. La phrase prononcée à Orléans est supprimée à Rouen. — Cf. l'allocution du 10 mai 1942 : « en cette fête de Jeanne d'Arc [...] la confiance inébranlable en la destinée de la France éternelle » (« Discours et messages », t. I, p. 185).*

1. En 1420, à Troyes, Ysabeau de Bavière, épouse du roi fou Charles VI, reconnut Henry V d'Angleterre comme roi de France.

Page 939.

a. sur le ciel livide. / Après quoi, Jeanne ne prononça plus que le mot : Jésus. / De ce qui *ms. D. La phrase prononcée à Orléans est supprimée à Rouen.*

Page 940.

1. Godefroi de Bouillon prit Jérusalem en 1099. L'expression « petit roi lépreux » réunit deux souverains de Jérusalem : Baudouin IV le Mésel (c'est-à-dire le lépreux) et son neveu et successeur, Baudouin V, un enfant qui régna sept mois, peu avant l'entrée de Saladin dans la ville, en 1187.

Page 941.

1. Voir le vers d'André Salmon cité dans les *Antimémoires*, p. 153 et dans *Lazare*, *CS*, VI, p. 858.
2. À la radio de Londres, le 16 décembre 1940, le général de Gaulle avait évoqué « ceux-là aussi que notre dame la France berce dans son cœur déchiré (*Discours et messages*, t. I, p. 48).
3. La nouvelle capitale du Brésil fut inaugurée le 25 août 1959.

Page 942.

a. Le discours d'Orléans s'achevait sur ce paragraphe, auquel s'ajoutait cette phrase : Ô seule figure de victoire qui soit aussi une figure de pitié ! *ms. D, reprise ici p. 943.*

1. Citation de l'*Antigone* de Sophocle (v. 523). Elle figurait déjà dans les discours du 30 mai 1952 (Congrès pour la liberté de la culture) et du 18 avril 1964 (inauguration de la Maison de la culture de Bourges).
2. Souvenir hugolien (« Paroles sur la dune », *Les Contemplations*, V, XIII).

Page 944.

FUNÉRAILLES DE LE CORBUSIER

a. Le télégramme de l'Inde et le développement qu'il inspire ne figuraient pas dans le manuscrit ; ils furent ajoutés dans la dactylographie (ms. D.).

1. Sur Chandigarh, voir *Antimémoires*, p. 254.
2. Cf. « l'Athéna pensive appuyée sur sa lance » (« Hommage à la Grèce », p. 922).

Page 945.

1. Le cabanon de Le Corbusier à Roquebrune-Cap-Martin mesurait moins de 14 m^2. Il y en a une photographie dans *L'Atelier de la recherche patiente* (Vincent Fréol, 1960), que possédait Malraux.
2. Pour tout ce paragraphe, Malraux utilise des textes et des images du catalogue de l'exposition Le Corbusier au Musée national d'Art moderne (1962-1963). On reconnaît la cité radieuse de Marseille, l'église de Ronchamp, le couvent dominicain de La Tourette à Éveux (Rhône). Peu avant sa mort, l'architecte écrivait : « À vous, André Malraux — et à quelques autres — je demande de m'aider à réaliser ce signe de la Main ouverte, dans le ciel de Chandigarh » (*Mise au point*, Forces-Vives, 1966, p. 53).
3. Texte de 1920, cité dans le catalogue mentionné plus haut.

Page 946.

1. À Ronchamp (Haute-Saône), la chapelle de Notre-Dame-du-Haut, détruite pendant la guerre, a été remplacée en 1955 par celle de Le Corbusier. Il a souhaité « que la forme du sanctuaire réponde au site [...], aux bombements, aux creusements des monticules et de la forêt ».
2. Avec Lúcio Costa et Oscar Niemeyer, Le Corbusier avait conçu, en 1936, au Brésil, des projets de monuments publics.

Page 947.

1. Né Suisse en terre jadis française, Le Corbusier fut naturalisé en 1930.
2. Hugo, « À Théophile Gautier » (*Toute la Lyre*, « Les Sept Cordes », IV, « L'Art », pièce XXXIV).

Page 948.

TRANSFERT DES CENDRES
DE JEAN MOULIN AU PANTHÉON

1. Voir *Antimémoires*, n. 2, p. 243.

Page 949.

a. des morts *[p. 948, dernière ligne]* français. Ce légendaire, ensemble des sentiments profonds, organiques, millénaires, sans lesquelles *[sic]* la Résistance n'eût jamais existé — et qui nous réunit aujourd'hui — c'est peut-être simplement la forme invincible de la fraternité. / Qu'est-ce que la Résistance, lorsque, le 1er janvier 1942 *ms. BN* ♦♦ *b.* ces informations sont destinées aux Alliés, ces troupes *ms. BN* ♦♦ *c.* le Président Roosevelt pourra croire que les forces du général Giraud lui seront plus utiles que celles du général de Gaulle, comme il pourra croire se trouver en face d'une rivalité *ms. BN*

1. Citations de la proclamation affichée à Londres en juillet 1940 (*Discours et messages*, t. I, p. 19).

Page 950.

a. jour après jour, douleur après douleur. Je n'ai connu que ses successeurs, mais comment oublierai-je leur phrase amèrement obsédante, quand nous quittions les délégués de l'un des mouvements de Résistance pour aller à la rencontre des délégués d'un autre : « Et maintenant *ms. BN*

1. L'entrée des Allemands en U.R.S.S. date du 22 juin 1941 ; le bombardement de Pearl Harbor et l'entrée en guerre consécutive des Américains du 7 décembre 1941 ; le débarquement anglo-américain en Afrique du Nord du 8 novembre 1942.

Page 951.

a. Paragraphe absent de ms. BN ♦♦ *b.* appelé le gaullisme. Il y fallait alors quelque fermeté de l'esprit. Mon Général, ce serviteur de la France vous a bien servi. / En février *ms. BN* ♦♦ *c.* administrations publiques. Enfin, lors du séjour à Londres d'Henri Frenay et d'Emmanuel d'Astier, était décidée par le général de Gaulle la création d'un « Comité de Coordination » qui serait présidé par Jean Moulin *ms. BN*

1. Mouvements de Résistance créés en zone Sud par Henri Frenay (*Combat*), Emmanuel d'Astier (*Libération*) et Jean-Pierre Lévy (*Franc-Tireur*).

Page 952.

a. la torture. Désormais, elle va combattre *Pr.* ♦♦ *b. Paragraphe absent de ms. BN*

1. Malraux suit ici le récit de Passy (*Missions secrètes en France*, p. 62) que Laure Moulin cite également dans son *Jean Moulin*, t. II, p. 366.

2. Cette réunion plénière sera la seule jusqu'à la Libération. Malraux cite ensuite, presque littéralement, un passage du rapport adressé le 4 juin 1943 à André Philip par Jean Moulin (voir Laure Moulin, *Jean Moulin*, t. II, p. 231).

Page 953.

a. Ce paragraphe et les deux qui précèdent sont absents de ms. BN, où Malraux prévoit d'ajouter des détails *; voir n. 2, p. 952.* ♦♦ *b.* fait torturer, le Hauptsturmführer Barbie *ms. BN, où Malraux opte en surcharge pour la formule définitive*

1. Après l'arrestation de Jean Moulin, Serreules lui succéda quelques mois, en tant que délégué général en France du général de Gaulle.

2. On trouve cette phrase dans un rapport adressé le 7 mai 1943 par Jean Moulin au Comité national (cité par Laure Moulin, *Jean Moulin*, t. II, p. 239).

Page 954.

a. Paragraphe beaucoup moins développé dans ms. BN ♦♦ *b.* à l'un des nôtres. Gisants illustres, entr'ouvrez vos yeux de pierre pour regarder passer la dernière garde qui magnifie votre présence ici : le charnier compagnon des chars et des cavaliers de Koufra, le peuple né de l'ombre *ms. BN*

1. Cf. *Antimémoires*, p. 166 (« les chênes nains »), 176 (« la baignoire ») et le discours de Durestal.

2. Jean Moulin, écrivait de Gaulle, « […] je l'ai bien souvent réuni dans mon esprit et dans mon cœur à Leclerc, qui vient, à son tour, de disparaître. L'un comme l'autre servaient pour servir, mais avec quelles capacités et aussi quelle noblesse ! » (À Laure Moulin, le 12 décembre 1947).

3. Cf. le film d'Alain Resnais, à nouveau cité dans *Lazare*, *CS*, VI, p. 873.

4. Cf. p. 920.

Page 955.

a. Cette cérémonie funèbre n'appellerait que le glas. Mais elle appelle aussi le chant […] comme un chant de reconnaissance, et psalmodier quand les troupes de la Résistance montaient à l'assaut des Hauts de la Parère, et rechanter en sourdine dans le même brouillard quand ceux de Corrèze avançaient dans les bois d'Alsace avec leurs bazookas à la rencontre des chars de Rundstedt. Écoute aujourd'hui *ms. BN* ♦♦ *b.* que voici. Qu'elles reposent, comme celles de Marceau qu'il aimait avec le cortège des soldats de l'an II, comme celles de Victor Hugo avec celui des Misérables, qu'elles reposent avec leur long cortège d'ombres douloureuses. Aujourd'hui, passe doucement tes mains, jeunesse, puisses-tu penser à cet homme comme tu aurais passé tes mains sur cette pauvre face informe du dernier jour : ce jour-là, *ms. BN*

Page 957.

INAUGURATION DU MONUMENT
À LA MÉMOIRE
DES MARTYRS DE LA RÉSISTANCE

1. Inscription des Thermopyles, citée dans l'« Hommage à la Grèce » (p. 924). Voir *Antimémoires*, p. 351 et n. 2.

2. Cette phrase de Malraux a été gravée sur le monument de Gilioli.

3. Police secrète italienne : après l'entrée des Allemands en zone Sud (11 novembre 1942), l'armée italienne occupa une partie de celle-ci — dont la Haute-Savoie — jusqu'en septembre 1943, où l'Italie conclut un armistice avec les Alliés.

Page 958.

1. Cf. « Hommage à la Grèce », p. 924.

Page 961.

1. Voir *Antimémoires*, p. 50 et n. 1.

2. Scène de *L'Espoir*, rappelée dans *Lazare* ; voir *CS*, VI, p. 847 et n. 1.

Page 962.

1. Cf. *Lazare*, *CS*, VI, p. 863.

2. Voir var. *a*, p. 896.

Page 964.

TRENTIÈME ANNIVERSAIRE
DE LA LIBÉRATION
DES CAMPS DE DÉPORTATION

a. ils *ML. Sur ms. D, l'auteur a corrigé* ils *en* elles *; nous corrigeons en conséquence.*

Page 965.

1. Ce paragraphe reprend maintes formules des *Antimémoires* : cf. p. 461, 463, 467, 470.

Page 966.

a. On rétablit après ce mot une ligne blanc *demandée par Malraux sur ms. D.*

1. Cf. *Antimémoires*, p. 476.

2. Cf. *Antimémoires*, p. 470 : « la volonté de vivre n'était pas animale, mais obscurément sacrée. »

3. Cf. *Antimémoires*, p. 475.

Page 967.

1. Cf. *Antimémoires*, p. 159 et n. 5 et n. 2, p. 160.

Page 968.

1. Cf. *Antimémoires*, p. 466, où la menace n'est pas suivie de la bonne nouvelle.

2. Le paragraphe en italique reprend, en l'adaptant à un auditoire féminin, un passage du discours commémorant la libération de Paris (p. 920).

3. Cf. les vers de Nelly Sachs cités dans les *Antimémoires*, p. 475.

Page 969.

1. Dans son discours du 2 juillet 1947 au Vélodrome d'Hiver, l'orateur avait appliqué ces derniers mots à Charles de Gaulle, autre « connétable ». Il avait repris la formule dans une conférence de presse, le 15 septembre 1948.

LE RÈGNE DU MALIN

NOTICE

I. SOURCES ET GENÈSE DE L'ŒUVRE

Genèse.

Dans sa Notice sur *La Voie royale*, M. Walter G. Langlois rappelle qu'il existe une œuvre « intitulée, selon les cas, *Mayrena* ou *Le Règne du Malin* » et qu'« il est difficile, en l'état actuel, de déterminer si, au principe,

Malraux a conçu ce texte comme un roman ou bien comme un scénario[1] ». L'étude du dossier permet aujourd'hui d'affirmer que *Le Règne du Malin* a bien été écrit comme un roman ; sa transformation en scénario — scénario imaginaire d'ailleurs — n'apparaît pas avant la rédaction des *Antimémoires*.

« Il n'est pas facile, note d'autre part Walter Langlois, de dater le début de la rédaction [du *Règne du Malin*] ». Sur ce point, le dossier n'apporte guère d'informations, aucune des pièces ne pouvant être datée avec certitude. Nous en resterons donc à quelques conjectures.

« Certes, je n'ai pas oublié David de Mayrena, dont la légende, très présente dans l'Indochine de 1920, est, en partie, à l'origine de ma *Voie royale*. Encore ne m'a-t-elle donné qu'un décor. » Ces lignes des *Antimémoires*[2] confirment l'hypothèse, hautement vraisemblable, selon laquelle les premières étapes de la genèse du *Règne du Malin* se confondent avec celles de *La Voie royale*. On peut en voir confirmation dans l'interview accordée en novembre 1930 à André Rousseaux[3], où Malraux, à propos de *La Voie royale*, évoque, pour les comparer, deux des protagonistes du *Règne du Malin* : le missionnaire — « aventurier désintéressé » — et l'aventurier chercheur d'or, qui se trompe en croyant qu'il part « pour l'or ». Dans *Le Règne du Malin*, cependant, l'auteur brasse des données tellement plus abondantes et plus précises qu'on peut supposer que son travail de documentation s'est poursuivi après la publication de *La Voie royale* ; le choix de Mayrena pour héros faisait du *Règne du Malin* un roman soumis aux contraintes du genre historique, ce qui n'était pas le cas de *La Voie royale*.

Tout indique d'autre part que ce travail de documentation ne s'est pas brusquement interrompu après 1930 pour être repris beaucoup plus tard, mais qu'au contraire il s'est poursuivi, sur un rythme assez irrégulier sans doute, tout au long des années trente. Un indice parmi d'autres : dans les notes préparatoires, une douzaine de feuillets, utilisés au verso par Malraux pour prendre des notes de lecture, sont, au recto, des billets de visite de l'« Agence du Gouvernement Général de l'Indochine » à Paris, datés de « 193- » (mais non remplis).

Surtout, le témoignage de l'amie intime de Josette Clotis, Suzanne Chantal, nous apprend que l'essentiel du travail de rédaction du roman semble s'être situé autour de l'année 1939 : « Nous nous étions retrouvés dans un café. André prenait des notes pour son *Mayrena*. Il émergeait péniblement de la stupeur où l'avait plongé le pacte germano-soviétique. Pour se dépayser, reprendre son souffle, il s'accrochait à ce roman singulier, dont il nous racontait les épisodes dispersés et baroques, en clignant de l'œil[4]. » Ce travail occupe encore Malraux au début de 1940 : « Son *Mayrena* a bien démarré, écrit Suzanne Chantal. Josette a soigneusement recopié les premiers chapitres, mais ce livre, maintenant, lui semble futile, mal accordé à ses préoccupations ; il n'arrive pas à y entrer pour de bon[5]. » Il poursuit cependant cette rédaction — notamment celle d'un chapitre sur l'art — apparemment perdu — pendant son séjour à la caserne de Provins, mais semble l'abandonner après son passage au camp de prisonniers, pour se consacrer aux *Noyers de l'Altenburg* et au *Démon de l'absolu*. On retrouve pourtant la trace du livre au lendemain de la guerre :

1. T. 1 de la présente édition, p. 1145, n. 2 en bas de page.
2. P. 303.
3. « Un quart d'heure avec M. André Malraux », *Candide*, 13 novembre 1930.
4. Suzanne Chantal, *Le Cœur battant. Josette Clotis. André Malraux*, Grasset, 1976, p. 14 et *passim*.
5. *Ibid.*, p. 152.

M. Maurice Larès note qu'« en juillet 1947, le contrat de régularisation avec Gallimard, en garantie du *Démon de l'absolu* et de *Mayrena*, est signé[1] ».

En tout état de cause, la rédaction du *Règne du Malin* étant postérieure à 1930, on peut se demander si l'on ne tient pas, avec ce roman, la fameuse suite annoncée de *La Voie royale* : le deuxième tome des *Puissances du désert*[2]. Ce dernier titre conviendrait apparemment assez bien aux aventures du « roi des Sedangs », mais, par son contenu, *Le Règne du Malin* ne correspond guère aux indications — très rares, au demeurant — données par Malraux sur les *Puissances du désert*. Il déclarait par exemple, dans une interview au journal *Monde*, en octobre 1930 : « Par rapport aux *Puissances du désert*, l'élément essentiel de *La Voie royale* c'est de traduire, à travers un thème d'une extrême violence, la solitude fondamentale de l'homme devant la mort — ce livre n'étant que le prologue des luttes collectives qui vont suivre. » Les « luttes collectives » dont Malraux parle aux lecteurs du journal d'Henri Barbusse sont sans doute plutôt celles de *La Condition humaine* que celles menées par les tribus sedangs et bahnars contre l'envahisseur siamois. Quant au titre finalement retenu, il semble faire écho aux réflexions de la préface au *Démon de l'absolu*, où Malraux rapporte la réaction des compagnons de Cortez entendant dans la nuit « le hurlement unique de leur premier camarade sacrifié » par les Aztèques : « nous crûmes être entrés au royaume du Diable[3] ». Aventurier moderne, Mayrena n'est peut-être d'abord qu'un vulgaire « malin », qui sait bien qu'il ne descend pas au royaume du Diable mais qui se tient prêt à exploiter ou à affronter la crédulité de tous ceux qui verront en lui un quelconque avatar du démon. Devait-il découvrir qu'il ne pouvait régner en ces lieux qu'en devenant, à ses propres yeux, le « Malin », l'être surnaturel auquel il avait refusé de croire ?

Il ne sera plus question du livre entre 1947 et l'apparition du scénario de Clappique, dans les *Antimémoires*, en 1967. « J'ai trouvé pas mal de documents de derrière les hibiscus, qui vous intéresseront[4] ! » déclare Clappique à l'auteur. En fait, Malraux paraît s'être contenté d'exploiter, pour les *Antimémoires*, les documents déjà rassemblés pour *Le Règne du Malin* — documents dont nous allons tenter maintenant de dresser un rapide inventaire.

Sources et documents.

Mayrena.

Le livre qui a servi, non de modèle, mais de guide à Malraux est le roman de Maurice Soulié, *Marie Ier, roi des Sedangs, 1888-1890*, publié en 1927 ; la page — arrachée — de la table des matières se trouve parmi les notes préparatoires. C'est une biographie romancée qui, dit l'un des meilleurs spécialistes de l'affaire Mayrena, Marcel Ner, « a puisé parfois à de bonnes sources[5] ». Malraux, nous le verrons, a sans doute cru, pendant

1. Maurice Larès, « Genèse d'un texte malrucien, un inédit, *Le Démon de l'absolu* », *André Malraux. Unité de l'œuvre, unité de l'homme*, Actes du colloque de Cerisy-la-Salle, sous la direction de Christiane Moatti et David Bevan, La Documentation française, 1989, p. 61.
2. Voir t. I de la présente édition, p. 507.
3. T. II de la présente édition, p. 828.
4. P. 281.
5. Marcel Ner, compte rendu des ouvrages de Jean Marquet, *Un aventurier du XIXe siècle. Marie Ier, roi des Sédangs, 1888-1890* et de Maurice Soulié, *Marie Ier, roi des Sedangs, 1888-1890*, *Bulletin de l'École française d'Extrême-Orient (B.E.F.E.-O.)*, XXVII, Hanoi, 1928, p. 309. Nous reviendrons sur ce long article, qui est, en réalité, une analyse très fouillée de « l'affaire Mayrena ».

quelque temps, avoir trouvé dans le livre de Soulié une relation véridique des aventures de Mayrena, mais des découvertes ultérieures l'ont détrompé.

Le premier à avoir sans doute révélé à un vaste public l'histoire du roi des Sedangs fut le baron Marc de Villiers du Terrage, dans le livre intitulé *Conquistadores et roitelets. Rois sans couronne. Du roi des Canaries à l'empereur du Sahara*[1]. Malraux a lu, dans ce gros ouvrage, non seulement une version de l'affaire Mayrena moins romancée que celle de Soulié, mais aussi l'histoire des « conquistadores », Balboa, Cortez et Pizarre — ornée de tous les détails pittoresques dont Mayrena et Mercurol régaleront les passagers du bateau de Qui-Nhon —, et celle de quelques personnages auxquels le vrai Mayrena s'était comparé : James Brooke, rajah de Sarawak, Orélie-Antoine Ier, roi d'Araucanie et de Patagonie, le comte de Raousset-Boulbon, « conquérant de la Sonora »...

Pour conter l'histoire de Mayrena en pays moï, Villiers du Terrage se référait presque uniquement à un chapitre de l'ouvrage du père Jean-Baptiste Guerlach, *L'Œuvre néfaste*[2], où l'on pouvait lire aussi un chapitre consacré à l'« assassinat de l'administrateur Odend'hal[3] ». Malraux avait fait faire un compte rendu dactylographié très détaillé de ces deux chapitres, que l'on trouve dans les notes préparatoires du fonds Doucet avec celui des pages consacrées à Mayrena dans le livre auquel répondait vertement le père Guerlach : *Missionnaires d'Asie — Œuvre néfaste des Congrégations. Le Protectorat des chrétiens*[4], par Camille Paris, franc-maçon et anticlérical virulent, qui annonçait ainsi un long réquisitoire contre le rôle joué par les missionnaires dans l'affaire Mayrena : « ILS ONT DONNÉ DE NOS JOURS À DES SAUVAGES UN ROI CATHOLIQUE FRANÇAIS. » Malraux a noté avec le plus grand soin la chronologie des événements rapportés par le père Guerlach, sur des billets intitulés « Dates », et il a dû mesurer alors la distance qui séparait la version donnée par le missionnaire de celle découverte chez Maurice Soulié.

Dans les billets du fonds Doucet on trouve aussi des notes où Malraux envisageait des emprunts à l'ouvrage d'Arthur Delingette, « garde principal de première classe de la garde civile indigène de l'Annam et du Tonkin », *Relation d'un voyage chez les Moïs*[5], ainsi qu'à celui du marquis de Barthélemy, *Au pays moï*[6]. Il y a dans ce livre quelques pages consacrées à Mayrena, tout comme dans le gros ouvrage de référence écrit par l'explorateur Henri Maître, *Les Jungles moï*[7]. La principale source de ces deux auteurs reste cependant le père Guerlach, et ils ne s'en écartent guère. Malraux a pu lire *Les Jungles moï*, mais il emprunte surtout, nous a-t-il semblé, à un autre livre du même auteur, *Les Régions moï du Sud indochinois. Le Plateau du Darlac*[8].

Enfin, d'après les notes prises sur les derniers feuillets intitulés « Dates », il semble bien que Malraux ait consulté l'ouvrage le plus important et le mieux documenté de tous ceux qui ont été consacrés à Mayrena, celui de Jean Marquet, *Un aventurier du XIXe siècle. Marie Ier, roi des*

1. Didier-Perrin, 1906.
2. Publié à Saigon, en 1906. Villiers du Terrage le cite très largement dans les pages 402 à 409 de *Conquistadores et roitelets*.
3. P. 123-128.
4. Imprimerie « Le Papier », 1905.
5. Imprimerie Kugelmann, 1895.
6. Plon, 1904.
7. *Mission Henri Maître. Indochine Sud-Centrale. Les Jungles moï*, Larose, 1912 (abrégé par la suite en *Les Jungles moï*). Les pages 523 à 526 sont intitulées : « L'Affaire Mayrena ».
8. Plon, 1909.

Sédangs, 1888-1890[1]. L'auteur, qui revendique le titre d'« impartial dépouilleur d'archives », « substitue des documents à des hypothèses », comme l'écrit justement Marcel Ner[2], mais est porté par une volonté de dénigrement manifeste. Malraux s'est-il découragé en voyant s'effondrer ainsi tout le romanesque, héroïque ou farfelu, qui l'avait séduit chez Soulié ? En tout cas, il a hésité avant de chanter des exploits dépourvus de tout fondement historique ; cela pourrait expliquer que, lorsque apparaît enfin *Le Règne du Malin* (dans les *Antimémoires*), son auteur n'est plus Malraux, mais Clappique, personnage de fiction et mythomane.

Malraux avait aussi connaissance du long article consacré à Mayrena par Marcel Ner, dans le *Bulletin de l'École française d'Extrême-Orient*, en 1928, et dont une photocopie intégrale figure dans le dossier du fonds Doucet. Les conclusions de Marcel Ner, moins sévères pour Mayrena que celles de Marquet, le sont un peu plus pour les missionnaires et, surtout, pour l'administration française de l'époque, mais l'image de Mayrena qui s'en dégage est loin d'être celle d'un héros épique ou d'un aventurier à la Perken. Bien que la photocopie n'ait pu être faite que dans les années soixante, Malraux, qui était un lecteur attentif des publications de l'École française d'Extrême-Orient, a pu lire cet article dès 1928, c'est-à-dire au moment où il écrivait *La Voie royale.*

Le « pays moï ».

Il y a en outre deux ouvrages auxquels Malraux fait de larges emprunts dans les derniers chapitres du *Règne du Malin.*

Le premier est le livre du père Dourisboure, *Les Sauvages Ba-Hnars (Cochinchine orientale)*[3]. Ce père des Missions étrangères de Paris fut l'un des premiers Européens à s'installer, en 1850, en pays moï. En appendice de son ouvrage, il publiait d'autre part une longue « lettre » (datée de 1853) écrite par le missionnaire qui l'avait précédé d'un an chez les Bahnars, le père Combes. Il s'agit, en réalité, d'une étude ethnologique déjà très précise et approfondie. Malraux, après beaucoup d'autres, lui empruntera nombre de détails pittoresques.

La « chanson de geste » placée dans la bouche de l'aède aveugle, au chapitre XII, a été tirée par Malraux d'un ouvrage intitulé *La Chanson de Damsan. Légende radé du XVIe siècle*[4]. La page de garde nous apprend que cette légende, « transmise par la tradition orale », a été « recueillie et transcrite en français par Léopold Sabatier, administrateur des Services civils, ex-résident de France au Darlac ». Les passages choisis par Malraux se situent aux chapitres V (« L'Enlèvement »), VII (« Second enlèvement ») et IX (« La Mort de Damsan »). L'histoire racontée, épique s'il en fut, est celle d'une belle Hélène, la jeune H'Ni, enlevée deux fois, dans des conditions identiques, par deux seigneurs voisins, le seigneur Vautour et le seigneur Fer ; elle est, chaque fois, délivrée par son époux, le beau Damsan, guerrier aux pouvoirs surnaturels, qui défie en combat singulier chacun des deux séducteurs. Longtemps après, à la suite d'un sacrilège, Damsan meurt : il s'engage sur « la route de cire noire ». Son épouse H'Ni et sa sœur H'Any le pleurent ; c'est par ces lamentations que s'achève le passage retenu par Malraux. Au chapitre X, Damsan sera réincarné sous la forme d'un nouveau-né, enfanté par sa propre sœur, H'Any.

Sur cette source, on peut faire, dès ici, deux remarques. D'une part, elle

1. Hué, *Bulletin des Amis du vieux Hué*, 1927.
2. Compte rendu cité, p. 309.
3. Éditions P. Téqui et Missions étrangères, 1873, 1904 et 1929.
4. Éditions Leblanc et Trautman, 1927 ; cote B.N. : Rés. m Y² 308.

est propre à Malraux et tout à fait étrangère à l'histoire de Mayrena : son utilisation accentue l'aspect ethnographique du *Règne du Malin*. D'autre part, sur ce point comme sur d'autres, Malraux procède sans souci de rigueur scientifique : il attribue aux Sedangs un chant épique recueilli chez les Radés, tribu assez éloignée dans l'espace, et dont la langue et les traditions n'étaient pas les mêmes.

Pour développer précisément l'aspect ethnographique de son roman, Malraux a puisé à beaucoup d'autres sources, plus dispersées, et dont l'identification est plus incertaine.

Il a pu lire, par exemple, dans le *Bulletin de l'École française d'Extrême-Orient* un article du R. P. Cadière[1] sur le « Seigneur Tigre » en Annam, ou encore l'important article d'Henri Besnard, « Les Populations moï du Darlac », sur lequel s'appuie largement Henri Maître dans le livre qu'il publie chez Plon en 1909, *Les Régions moï du Sud indo-chinois*, notamment en ce qui concerne les fameux « rois-sorciers » : le sadète de l'Eau et le sadète du Feu. Dans le même numéro[2], il pouvait découvrir les minutes du procès des « assassins » de Prosper Odend'hal.

Il a feuilleté aussi l'un des sept gros volumes de la *Mission Pavie*[3], le tome III, *Voyage au Laos et chez les sauvages du Sud-Est de l'Indo-Chine*[4], où le capitaine Cupet, qui fut chargé, en 1891, d'une mission d'exploration et d'affirmation de la présence française sur le théâtre même des exploits de Mayrena, raconte sa propre aventure. Quelques-uns des récits d'exploration de la mission Pavie, dont celui du capitaine Cupet, complété par celui du capitaine de Malglaive, ont fait l'objet d'une seconde publication dans la revue illustrée *Le Tour du Monde*[5], où Malraux a pu les découvrir, parmi quelques autres. Le récit du capitaine Cupet était d'autant plus intéressant pour lui qu'il évoquait une situation étrangement semblable à celle qu'avait connue, trois ans plus tôt, Mayrena.

Enfin, il nous paraît probable que Malraux s'est intéressé aux nombreuses lettres que le père Guerlach a fait paraître, en 1884, 1887 et 1894 dans *Les Missions catholiques*, « Bulletin hebdomadaire illustré de l'œuvre pour la propagation de la foi[6] ». À côté d'innombrables observations ethnologiques, il a pu y découvrir le récit de la résistance organisée par le missionnaire, non pas contre une bien peu redoutable invasion siamoise, mais contre la persécution des chrétiens par les Lettrés (ou Mandarins), en 1886. Il nous semble que Malraux transpose plus d'un élément du récit du missionnaire lorsqu'il évoque la fuite épique des Sedangs devant les Siamois et le début d'organisation de leur résistance.

Les romans de Mayrena.

Hormis le livre de Soulié, aux prétentions d'ailleurs plutôt historiques,

1. « Croyances et dictons populaires de la vallée du Nguon-Son », *B.É.F.E.-O.*, t. I, n° 2, avril 1901, notamment p. 125-136.

2. *B.É.F.E.-O.*, t. VII, n°s 1-2, janvier-juin 1907, Hanoi / Haiphong, 1907 ; p. 61-86 pour l'article d'Henri Besnard, p. 175-178 pour le procès de l'affaire Odend'hal.

3. Sur la mission Pavie, voir *infra*, p. 1314.

4. Ernest Leroux éd., 1900.

5. Le récit du capitaine Cupet, publié en mars-avril 1893 (n°s 12 à 16), s'intitulait : « Chez les populations sauvages du Sud de l'Annam » ; il ne comportait plus l'épisode de la petite esclave (voir n. 2, p. 1060), qui s'était déroulé dans une autre région. Malraux n'a donc pu le lire que dans le volume de la mission Pavie.

6. « Chez les sauvages Ba-Hnars » (1884) ; « Mœurs et superstitions des Ba-Hnars » (1887) ; « Deux ans de captivité chez les Ba-Hnars » (1887) ; « Chez les sauvages de la Cochinchine orientale. Bahnar. Reungao. Sédang » (1894).

il ne semble pas y avoir eu de sources littéraires au *Règne du Malin*. Il est difficile de suivre Clara Malraux lorsqu'elle écrit, à propos de Jean Dorsenne, dans *Voici que vient l'été*[1] : « À travers l'un de ses livres, nous connûmes l'aventure de Meyrenas *[sic]*, roi des Sédang, personnage auquel s'intéressaient aussi Pouvourville et sir Herbert Clifford[2], que plus tard André évoqua dans ses *Anti-Mémoires [sic]* et qui n'est pas absent de l'aventure de Perken. » Le livre de Jean Dorsenne, *Un boulevardier, roi des sauvages*, a été publié en 1937[3], et Malraux n'a pas attendu cette date pour découvrir l'existence de Mayrena et s'intéresser à son aventure ; il ne pouvait non plus voir un modèle dans ce livre qui fait porter l'accent sur tout ce qu'il y eut de fantaisie tapageuse et d'esbroufe dans une affaire qui n'en manqua pas. Malraux, en revanche, a pu lire le roman de Claude Chivas-Baron, *Folie exotique (En brousse sedang)*, publié en 1924 chez Flammarion, et qui raconte l'histoire d'un Français quittant la civilisation pour s'installer « en brousse sedang » et épousant une jeune indigène en qui il ne tarde pas à reconnaître la fille de Mayrena…

Rappelons, pour conclure, qu'en 1986, M. Michel Aurillac, alors ministre de la Coopération, a publié, chez Olivier Orban, un roman intitulé *Le Royaume oublié*, où il entend réhabiliter Mayrena pour avoir été l'un des rares Européens, avec, dit-il, le père Dourisboure, l'administrateur Odend'hal et Henri Maître, à avoir compris et servi les véritables intérêts de ces peuples d'origine « malayo-polynésienne » restés profondément étrangers à la civilisation sino-annamitique. Cet avis est largement partagé par le spécialiste américain des montagnards d'Indochine, Gerald C. Hickey, qui a consacré, en 1988, un ouvrage entier à l'aventure de Mayrena[4].

II. LA POLITIQUE ET L'HISTOIRE

L'Indochine en 1888.

La carte politique et les luttes d'influence.

La carte politique de la péninsule indochinoise est encore assez floue à cette époque. À l'extrême sud, autour de Saigon, la Cochinchine, où les Français avaient pris pied dès la fin XVIIIe siècle sous l'impulsion de Mgr Pigneau de Béhaine — « l'évêque d'Adran[5] » qu'évoque Mayrena dans sa conversation avec Constans —, était devenue colonie française entre 1862 et 1867. L'Annam et le Tonkin, sous l'autorité de la cour de Hué, ont un statut de protectorat : deux « résidents supérieurs » français, l'un à Hué, l'autre à Hanoi, placés eux-mêmes sous l'autorité du gouverneur général de l'Indochine (depuis 1887), sont chargés de conseiller et de surveiller l'empereur de Hué et son surintendant général au Tonkin, le Kin-Luoc. Le Tonkin, cependant, reste une région très troublée. Ravagé par des bandes de pirates d'origine chinoise[6], il avait été l'enjeu d'une lutte

1. Qui constitue le t. IV du *Bruit de nos pas*, Grasset, 1973, p. 64.

2. Pouvourville (alias Mat Gioi) avait évoqué l'aventure de Mayrena, de façon assez fantaisiste, dans *Le Tonkin actuel*, Albert Savine, 1891, p. 70-74 ; ce peut être une des sources de Malraux. Sir Hugh Clifford avait rencontré Mayrena à Hong Kong, puis dans l'île de Tioman ; il lui consacra un article dans la revue *Asia* (septembre 1926), très ironique à l'égard de l'administration coloniale française ; l'un des buts de l'article de M. Ner cité plus haut est de répondre à ces critiques.

3. Coll. « Le Livre d'aujourd'hui », Édition de France, nº 225.

4. *Kingdom in the Morning Mist. Mayrena in the Highlands of Viet-Nam*, Philadelphie, University of Pennsylvania Press, 1988.

5. Voir n. 1, p. 982.

6. Les T'aï-p'ings, bientôt scindés en deux groupes antagonistes, les Pavillons noirs et les Pavillons jaunes.

d'influence entre la France et la Chine. Après quelques affrontements armés dans les régions limitrophes de la Chine, la convention d'avril 1885 avait mis un terme définitif à la guerre franco-chinoise, en reconnaissant la présence et l'influence françaises au Tonkin. Les pirates, cependant, n'avaient pas désarmé et certains d'entre eux se réclamèrent du nationalisme annamite qui avait été réveillé par la très violente « révolte des Lettrés », déclenchée à Hué en juillet 1885 et tout juste apaisée en 1887.

Du nord du Cambodge jusqu'au royaume de Luang Prabang, qui occupe, dans des frontières assez imprécises, le nord du Laos[1] actuel, s'étendent des régions qui, entre 1885 et 1896 surtout, vont faire l'objet d'une lutte d'influence entre la France et le Siam, discrètement soutenu par l'Angleterre. Dès la chute de Jules Ferry (mars 1885), l'Angleterre avait mis à profit les difficultés rencontrées par les Français en Indochine. En décembre 1885, le vice-roi des Indes signe un traité lui assurant la possession des États de Haute-Birmanie (capitale Mandalay), qui, sur la rive droite du Mékong, faisaient face au royaume de Luang Prabang. Poussés par les Anglais, les Siamois envoient une expédition dans la région de Luang Prabang. Avec l'intention de venir en aide aux Lettrés réfugiés dans l'hinterland de l'Annam, ils prennent aussi pied sur la rive gauche du Mékong plus au sud. Ce n'est qu'en 1893 que le Siam, lâché par l'Angleterre, renoncera, par traité, à toutes ses prétentions sur la rive gauche du Mékong.

Les institutions et les hommes.

Par décret du 17 octobre 1887, tous les représentants de l'autorité française en Indochine sont placés sous l'autorité d'un seul « gouverneur général », dont la résidence est à Saigon et qui a sous ses ordres le « lieutenant gouverneur » de la Cochinchine et les « résidents supérieurs » de l'Annam, du Tonkin et, plus tard, du Laos. Les pouvoirs du gouverneur général sont très étendus. Des résidents supérieurs dépendent les simples « résidents », installés dans les principales agglomérations. En 1888, le résident français à Qui-Nhon, port de la province du Binh-Dinh, était Charles Lemire, modèle du Chaminade de Malraux.

Premier gouverneur général de l'Indochine, Ernest Constans entreprit de se renseigner aussi précisément que possible sur les empiétements des Siamois et sur les dispositions d'esprit des indigènes à leur égard. Il entendait montrer ensuite que la France ne reconnaissait pas leurs droits sur les régions de la rive gauche du Mékong et qu'elle était prête à y affirmer sa présence par des visites de ses nationaux et par l'établissement de postes. En droit, cependant, la France ne pouvait revendiquer ces territoires ; elle ne pouvait s'y présenter que comme la puissance protectrice de l'Annam. Aussi Constans s'efforça-t-il de recueillir les documents permettant d'établir les droits de l'Annam sur les territoires contestés ; jamais, cependant, l'autorité de la cour de Hué ne s'était réellement exercée sur ces peuples des montagnes.

Au début du mois de mars 1888, le consul de France à Bangkok informe Constans que le haut-commissaire de Bassac, un des premiers personnages du royaume de Siam, « ne perd pas une occasion d'exercer son autorité » sur le plateau du Tran Ninh et sur le sud du Laos[2].

Constans ne pouvait évidemment compter sur les Annamites pour barrer la route aux Siamois. Il ne pouvait non plus intervenir au nom de la France ; Mayrena, qui n'appartenait ni à l'administration, ni à l'armée,

1. Le Laos n'était pas encore alors l'État qu'il deviendra au début du XXe siècle.
2. Cité par M. Ner, compte rendu cité, p. 328.

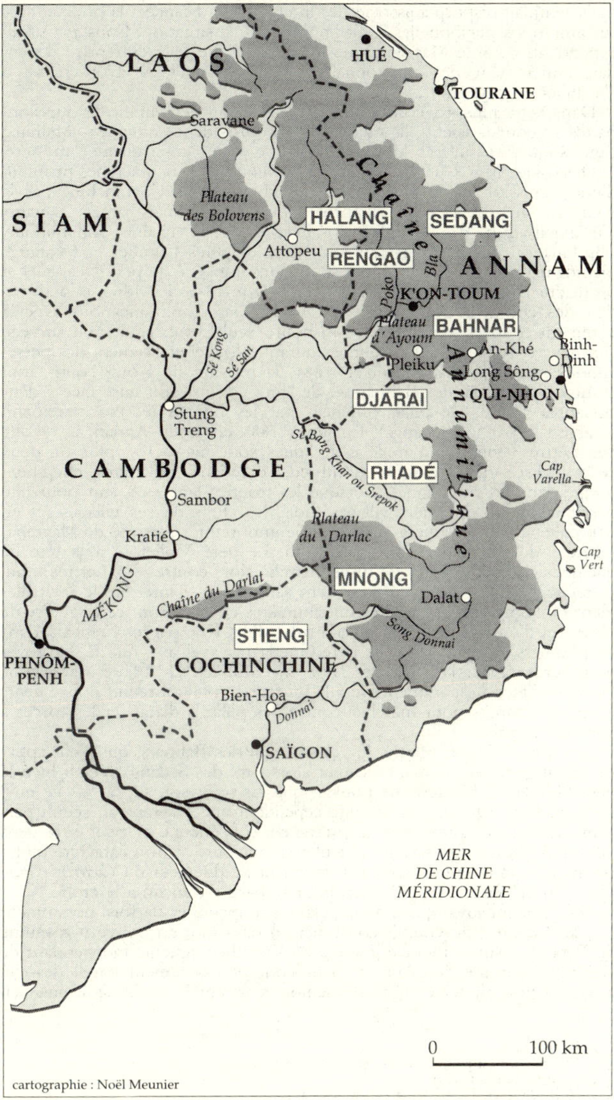
LAOS
HUÉ
TOURANE
Saravane
Chaîne
Plateau des Bolovens
SIAM
HALANG
SEDANG
Attopeu
RENGAO
Bla
ANNAM
Poko
K'ON-TOUM
Plateau d'Ayoum
BAHNAR
An-Khé
Binh-Dinh
Pleiku
Long Sông
Annamitique
QUI-NHON
Sé Kong
Sé San
DJARAI
Stung Treng
Sé Bang Khan ou Srepok
CAMBODGE
RHADÉ
Cap Varella
Sambor
Plateau du Darlac
Kratié
Cap Vert
MÉKONG
Chaîne du Darlat
MNONG
Dalat
Song Donnai
STIENG
PHNÔM-PENH
COCHINCHINE
Bien-Hoa
Donnai
SAÏGON
MER DE CHINE MÉRIDIONALE
0 100 km
cartographie : Noël Meunier

mais semblait disposé à associer les intérêts de la France à la poursuite de ses ambitions personnelles, était l'homme de la situation. Constans savait cependant, comme Mayrena, que le succès d'une telle entreprise dépendait entièrement des missionnaires, seuls étrangers à avoir réussi à s'installer en pays moï…

Dans cette réussite, constamment menacée au demeurant, les missionnaires reconnaissaient la main de la providence divine ; Malraux, l'agnostique, ne fut pas loin, semble-t-il, d'y voir aussi quelque mystère. Dès 1842, Mgr Cuénot, vicaire apostolique de Cochinchine, profitant d'une rémission de la persécution des chrétiens de Cochinchine par la cour de Hué, avait repris le projet, déjà ancien mais jamais exécuté, d'évangélisation des peuplades sauvages de la chaîne annamitique. L'installation des premiers missionnaires, les pères Combes et Fontaine, bientôt rejoints par le père Dourisboure accompagné du père Desgoûts et du diacre Do, ne date cependant que de 1849-1850. En 1860, la persécution des chrétiens ayant repris en Annam, les communications avec la côte sont coupées, et le père Dourisboure, seul Européen à avoir survécu aux fièvres, reste isolé deux années durant. Nouvel apaisement des persécutions en 1862, mais, jusqu'en 1885, la mission de Kong-Toum, tout comme l'ensemble des Bahnars et de leurs voisins, doit faire face à d'incessantes actions de pillage menées par les Djaraïs (et plus rarement, semble-t-il, par les Sedangs). En juillet 1885 éclate en Annam la révolte des Lettrés : vingt-cinq mille catholiques sont massacrés, plus de deux cents églises détruites. De nombreux chrétiens annamites cherchent refuge dans les montagnes. Lorsque les troupes lancées à leur poursuite parviennent aux premiers villages moïs, les chefs de ces villages (et en particulier Pim, qui jouera aussi un rôle important à l'arrivée de Mayrena) refusent de les guider vers la mission. Le père Vialleton, à la tête de quelques chrétiens armés de fusils, marche alors contre les « Lettrés », qui se replient à An-Khé, d'où ils tentent sans succès d'interdire le ravitaillement de la mission en sel. Les missionnaires continueront cette guerre de blocus et d'escarmouches jusqu'à la prise d'An-Khé par les Français, dans les premiers jours de 1887. Le père Guerlach n'avait pas fini de guerroyer pour autant. Dans la partie des *Jungles moï* intitulée « L'Affaire Mayrena[1] », H. Maître raconte comment, vers la mi-février 1888, il réunit douze cents guerriers bahnars pour marcher contre des pillards djaraïs et les forcer à conclure la paix.

Aux yeux d'Henri Maître, le véritable roi des Bahnars, qui n'eût apparemment guère eu de mal à devenir alors « roi des Sedangs », était bien le père Guerlach ; Mayrena ne pouvait que lui voler son succès — ce qu'il tenta de faire. On ne peut exclure cependant que Mayrena ait séduit personnellement les Moïs, par sa prestance, son énergie et peut-être, dans des circonstances qui restent à établir, sa bravoure. « Mon caractère plut à ces nations indomptées », écrit-il fièrement au directeur du *Courrier d'Haiphong*, en octobre 1888[2]. M. Ner, pour sa part, est enclin à le croire[3].

Les missionnaires, quant à eux, étaient soupçonnés parfois, notamment par M. Lemire[4], de vouloir constituer en pays moï un nouveau royaume de Paraguay, sur le modèle jésuite : un État théocratique, indépendant de la France comme de l'Annam. Sans épouser exactement pareil dessein, Mayrena pouvait faire figure de démon tentateur lorsqu'il s'imaginait en

1. P. 523-526.
2. Cité par J. Marquet, *Un aventurier du XIXe siècle*, p. 45.
3. Compte rendu cité, p. 333.
4. Voir Marquet, *Un aventurier du XIXe siècle*, p. 70.

monarque de droit divin, délaissant le drapeau tricolore au profit d'un drapeau bleu coupé d'une croix. « Il s'est fait sacrer », écrivait Lemire dans son rapport au résident général de septembre 1888. « Il a nommé un grand aumônier : le père Irigoyen, pour qui la prélature a été demandée à Rome[1]. » Certains propos imprudents de Mayrena sur la force militaire qu'il prétendait avoir constituée et dont il avait, durant son absence, laissé le commandement aux bons pères, pouvaient aussi susciter quelques inquiétudes : « D'après le recensement fait en août », écrivait-il dans sa lettre ouverte du 8 octobre 1888[2], « je dispose de dix mille guerriers[3]. La confédération[4] peut disposer d'autant. Cela fait vingt mille hommes, que je puis, suivant les besoins de la France, lancer sur l'Annam et le Cambodge en cas de révolte. » Mais il suggérait aussi, dans la même lettre, que si la France ne le reconnaissait pas, il pourrait se mettre au service du Siam, ou se faire naturaliser Anglais...

C'est bien à Mayrena, en tout cas, que revient l'initiative de cette mission, demandée au gouverneur général, non par l'intermédiaire d'un article dans *Le Courrier saigonnais*, comme l'imaginent Soulié et Malraux, mais par une lettre adressée le 5 janvier 1888[5]. Il ne demandait alors qu'à jouer un rôle d'explorateur et d'informateur, prêt à se renseigner sur la présence et l'influence des rebelles annamites, sur les activités des Siamois, des Birmans, et peut-être des Anglais, mais aussi à étudier les minerais, les gisements aurifères et les conditions de leur exploitation, la flore, la faune, etc. Constans et Lemire l'invitèrent aussi à explorer les voies de communication possibles entre le Binh-Dinh et la Cochinchine d'une part, et, d'autre part, entre la côte de l'Annam et le Mékong, en direction de Kratieh ou d'Attopeu.

Selon M. Ner, cependant, lorsqu'il débarque, le 16 mars 1888, à Qui-Nhon, après la traversée faite en compagnie de Constans, Mayrena affiche de plus hautes ambitions : « [...] il affirme [...] qu'il est d'accord avec le Gouverneur Général pour reconnaître l'indépendance de cette contrée dont il s'efforcera de devenir le chef[6] ». Le plan commun à Mayrena et à Constans aurait donc bien été celui que Mayrena allait exposer au père Guerlach, et que M. Ner analyse ainsi : « Il pénétrait dans un pays supposé indépendant, s'efforçait d'y faire reconnaître son autorité, puis cédait ses droits politiques à la France en se réservant l'exploitation économique du pays. Directement soumises à la France, ces régions pouvaient, en cas de nouvelle révolte de l'Annam, nous servir de refuge et de place d'armes, peut-être même nous fournir l'appui militaire de leurs populations. En cas d'échec, Mayrena, qui n'était pas chargé d'une mission officielle, serait désavoué, et une autre méthode cherchée[7]. » Ce plan ne pouvait être approuvé par ceux qui, dans l'administration française comme dans la hiérarchie catholique, jugeaient préférable, pour diverses raisons, de reconnaître les droits de l'Annam sur la région.

D'après un passage de la lettre du père Guerlach publiée dans *Le Courrier d'Haiphong* du 20 décembre 1888[8] qu'il ne reprit pas en 1906 dans *L'Œuvre néfaste* — sans doute dans le souci de mieux disculper les missionnaires —,

1. Cité par Marquet, *ibid.*, p. 44.
2. Cité par Marquet, *ibid.*, p. 46.
3. Chiffre évidemment fantaisiste, comme le soulignera le père Guerlach, cité par Marquet, *ibid.*, p. 68.
4. C'est-à-dire la confédération Banhar-Reungao présidée par Krui, avec laquelle Mayrena avait fait alliance.
5. Voir J. Marquet, *Un aventurier du XIXe siècle*, p. 21 et M. Ner, compte rendu cité, p. 324.
6. Compte rendu cité, p. 331.
7. *Ibid.*
8. Cité par J. Marquet, *Un aventurier du XIXe siècle*, p. 37.

les intentions et les projets de Mayrena se modifièrent encore pendant son séjour parmi les indigènes. Et cela avait été noté par Malraux, comme on le voit dans les documents préparatoires du fonds Doucet. À l'issue de la première expédition, Mayrena annonce au père Guerlach qu'il n'a pas l'intention de « s'enterrer » dans ces forêts. Mais « peu à peu, écrit le père Guerlach, les idées de M. de Mayrena se modifièrent, il prit son œuvre à cœur, et il songea sérieusement à fonder un royaume, tout en disant qu'il s'entendrait avec le Gouvernement français ».

On comprend toute l'importance que Malraux devait accorder à ce changement qui dut lui faire penser aux héros de Conrad ou de Kipling. De simple aventurier, vague agent du gouvernement français, Mayrena n'aurait-il pas pu devenir « roi blanc », fasciné par sa conquête, retenu par le charme insoupçonné des « puissances des ténèbres », prenant au sérieux le rôle de roi de comédie qu'il croyait jouer par devoir, passant de l'autre côté du miroir, sauvage parmi les sauvages ? Son erreur n'aurait-elle pas été seulement de croire à ce rêve au point d'imaginer qu'il pourrait le faire reconnaître par ses anciens semblables, les Européens ? La vérité est bien plutôt que, même s'il a su apercevoir ce destin, il n'a pas su « s'y égaler ».

L'affaire Mayrena, cependant, n'apparaissait que comme une perturbation mineure au sein d'une entreprise d'une tout autre ampleur, confiée à un homme d'un tout autre caractère : la fameuse « mission Pavie ». Celle-ci répondait au souci de Constans d'assurer la présence française, et si possible d'exercer une certaine influence dans toutes les zones de la péninsule indochinoise qui n'étaient pas clairement soumises à l'autorité d'un État reconnu. Ancien employé des Postes en Cochinchine et au Cambodge, Auguste Pavie fut nommé vice-consul de France à Luang Prabang en février 1886. Il parvint à apaiser les querelles entre les pirates qui ravageaient les confins du Yunnan et à sauver de l'attaque des Hos (pirates chinois) le vieux roi de Luang Prabang, qui plaça alors ses États sous la protection de la France ; il organisa enfin, avec des officiers français volontaires, obéissant à des consignes strictes de non-violence, l'exploration systématique des zones entourant le Mékong, en trois missions successives, de 1887 à 1895.

Le capitaine Cupet, l'un des membres de la mission Pavie, connut, en 1891, bon nombre des aventures prêtées par Malraux à Mayrena : il dut, par exemple, lutter de vitesse avec une colonne siamoise bien réelle, il eut une entrevue avec le sadète (ou roi) du Feu — mais ne se battit pas en duel —, etc. Il se compare lui-même, dans sa conclusion[1], à Mayrena, en soulignant que certains villages lui ont exprimé le désir de le voir se fixer dans le pays. Le capitaine Cupet, comme le père Guerlach, aurait donc pu devenir aisément « roi des Sedangs », mais cette dignité était aussi inconcevable pour un missionnaire de la République que pour un missionnaire évangélique. Son récit, sérieux, réaliste, volontairement dépourvu de tout romanesque comme de tout souffle épique, dut apporter à Malraux la déception qu'il partagea avec T. E. Lawrence lui-même à la lecture des *Sept Piliers de la sagesse* : « N'était-ce donc que cela[2] ? ».

Le Règne du Malin pourrait donc se lire comme l'effort entrepris pour donner un contrepoint épique à ces récits de conquérants fonctionnaires, pragmatiques et besogneux, émanation d'une petite bourgeoisie sans passions collectives, lancés pourtant dans l'une des plus ambitieuses aven-

1. *Le Tour du Monde*, n° 16, 22 avril 1893, p. 247.
2. Voir t. II de la présente édition, p. 1189 et n. 1.

tures de l'histoire des civilisations. Jamais un conquérant d'épopée n'aurait pu composer avec l'administration mesquine et pusillanime de la Troisième République. Même si Mayrena avait été personnellement de taille à « égaler son destin », son roman eût donc été le roman d'un échec. Mais en réalité, dès le début, les rêves épiques paraissent trop grands pour le héros lui-même, englué dans la médiocrité sociale de son temps. Ce fut donc aussi l'échec d'un roman.

Dans tout ce qui précède, on a pu croire oublié l'essentiel : ces « Moïs », devenus un enjeu dans la stratégie de l'Église, des États ou des ambitions personnelles, n'étaient pourtant rien moins que résignés et malléables. Les ethnologues d'aujourd'hui ont même trouvé chez eux l'une des cultures les plus originales et les plus vivaces de ces « tristes tropiques » qui ont tant intéressé nos contemporains. Malraux fut tellement sensible à cette originalité que *Le Règne du Malin*, conçu d'abord, peut-être, comme l'épopée dérisoire d'un aventurier, tend à devenir, au fil des pages, un véritable roman ethnographique, où la figure de Mayrena s'estompe derrière celle de ces hommes des montagnes.

Les Moïs.

Les régions habitées par ceux que l'on appelait les Moïs sont, en effet, les montagnes de la chaîne annamitique et les hauts plateaux qui la prolongent à l'ouest, jusqu'aux rives du Mékong ; du sud au nord, elles s'étendent à peu près du onzième au quinzième parallèle. Au début du XXe siècle, lorsque la carte politique de la péninsule indochinoise commence à se dessiner avec quelque netteté, elles se répartissent sur les territoires de l'Annam (Sud et Centre), du Laos et du Cambodge. Le territoire visité par Mayrena fut attribué par l'administration française tantôt à l'Annam, tantôt au Laos.

Le nom de « Moïs » est celui par lequel les Annamites désignaient indistinctement tous ces peuples des montagnes, appelés « Khas » par les Laotiens et « P(eu)nongs » par les Cambodgiens. À ces termes péjoratifs, Georges Condominas[1] préfère celui de « Proto-Indochinois ». Malgré l'extrême diversité de ces groupes, notamment dans les domaines de la langue, des techniques artisanales, et de l'organisation politique, le père Combes avait déjà observé chez eux une claire identité « de physionomie, de coutumes et de croyances », qui les distinguait nettement des Annamites de la côte. On s'accordait, dans les années trente, à les considérer comme des populations d'origine « malayo-polynésienne », probablement refoulées dans les montagnes, en des temps très anciens, par des envahisseurs venus du Nord. Georges Condominas distingue aujourd'hui[2] deux grands groupes étroitement imbriqués : les Austronésiens et les Austroasiatiques. Les Radés et et les Djaraïs appartiennent au premier ; les Bahnars et les Sedangs, au second.

L'organisation politique. Les rites sociaux et religieux.

Dans *Le Règne du Malin*, le père Georges apprend à Mayrena qu'il n'y a pas de véritables tribus obéissant à des chefs. Chez les Bahnars, disait déjà le père Combes, « chaque hameau est indépendant et forme une petite république à part[3] ». Cupet et Guerlach remarquent cependant que,

1. Voir son article « Les Peuples d'Indochine », dans le catalogue de l'exposition du centre culturel de Boulogne-Billancourt : *Montagnards des pays d'Indochine*, Boulogne-Billancourt, Sépia Éditions, 1995, p. 15.
2. « Les Peuples d'Indochine », p. 10-15.
3. Appendice de l'ouvrage du père Dourisboure, *Les Sauvages Ba-Hnars*, p. 319.

dans la plupart des villages, les individus influents (vieillards, riches ou sorciers) font office de chefs, et Besnard[1] ajoute qu'il arrive que ces chefs regroupent provisoirement sous leur autorité jusqu'à une dizaine d'autres villages — ainsi les « chefs » Pim et Hmot avec lesquels Mayrena signa les premiers traités, ou encore, plus au sud, le redoutable Mé Sao, parfois appelé « le roi des Moïs », auquel eut affaire le capitaine Cupet. Il y a aussi des chefs de guerre, les *tenouls* — titre revendiqué par Mayrena dans ses actions contre les Djaraïs.

Mme Chivas-Baron[2], Soulié[3] et, après eux, l'ethnologue Bernard Bourotte[4], se font l'écho d'une croyance, qui, parmi les Moïs, aurait été propre aux Sedangs, la croyance en la venue d'un messie « libérateur », qui devait « leur donner une vie meilleure et la prépondérance sur leurs voisins ». Elle pourrait avoir, selon Soulié, une origine bouddhique, et, de fait, Besnard et Maître ont noté chez les Moïs des légendes se rapportant à une divinité appelée le Pô-Thé, qui pourrait être, dit Maître, le Bouddha[5]. Mayrena lui-même, dans ses *Souvenirs de Cochinchine*[6], présentait le messianisme comme un thème important de la religion bouddhiste en Annam ; il n'est donc pas invraisemblable qu'il ait pu imaginer devenir l'*agna*, le roi sacré annoncé par les prophéties sedangs...

Le Pô-Thé était, en tout cas, au cœur de la légende djaraï du sadète du Feu et de l'épée sacrée, rapportée notamment par Henri Besnard[7] — légende encore vivante aujourd'hui « au niveau de l'ethnie tout entière », selon Anne de Hautecloque[8]. H. Besnard, pour sa part, écrit qu'il existait, dans la partie sud du territoire des Djaraïs, deux « rois-sorciers », le sadète du Feu et le sadète de l'Eau, dont l'autorité politique, quoique héréditaire, ne semble guère avoir dépassé celle de simples chefs de villages, mais dont le prestige, fondé sur de très anciennes légendes et garanti par un rituel très particulier, était, chez les Moïs, et même, dit Cupet, dans toute la presqu'île indochinoise, considérable. Le sadète du Feu était le gardien d'un sabre sacré, d'origine surnaturelle, capable d'attirer la foudre sur les ennemis ou de provoquer la fin du monde ; en des temps épiques, ce sabre avait été ravi aux Chams par le Pô-Thé pour être donné aux Djaraïs, tandis que les Cambodgiens, de leur côté, s'emparaient du fourreau. Cette légende faisait des Cambodgiens les alliés des Djaraïs, mais imposait aussi aux deux peuples des échanges réguliers de présents inégaux[9], le fourreau étant de moindre valeur que le sabre. H. Besnard, comme Cupet[10] avant lui, affecte un certain mépris envers ces sadètes « pillards » et « chasseurs d'esclaves », fondant naguère leur pouvoir sur la crainte superstitieuse qu'ils inspiraient, mais heureusement ramenés au simple rôle de chefs de villages par l'administration française. Malraux y voyait

1. « Les Populations moï du Darlac », p. 70.
2. *Folie exotique*, p. 104.
3. *Marie Ier, roi des Sedangs*, p. 73.
4. Dans son « Essai d'histoire des populations montagnardes du Sud-Indochinois jusqu'à 1945 », *Bulletin de la Société des Études indochinoises*, N.S., no 1, 1er trimestre 1955, p. 56 et p. 86, n. 69. — B. Bourotte aurait été le modèle du Méry des *Antimémoires.*
5. H. Maître, *Les Régions moï du Sud indo-chinois*, p. 37 et p. 66.
6. Toulon, Laurent, 1871.
7. « Les Populations moï du Darlac », p. 80-85.
8. A. de Hautecloque, « Les Jörai [= Djaraïs] et les Eddê », catalogue de l'exposition *Montagnards des pays d'Indochine*, p. 103.
9. La réalité de ces échanges ne semble jamais avoir pu être constatée ; ils sont cependant au cœur de la longue palabre que le capitaine Cupet eut avec le sadète du Feu, le 14 février 1891 (voir « Chez les populations sauvages du Sud de l'Annam », *Le Tour du Monde*, 1893, p. 193-204).
10. Ce dernier se dit seulement surpris par la haute taille du sadète, « dépassant celle de la moyenne des Européens » (*ibid.*, p. 202).

sans doute plutôt, pour sa part, une occasion de s'interroger, comme dans *Les Noyers de l'Altenburg*, sur les étranges rapports tissés, dans toutes les civilisations, entre le politique et le sacré ; *Le Règne du Malin* s'interrompt, malheureusement, avant que n'aient pu entrer en scène les « rois-sorciers ».

Aucun temps fort de la vie sociale ne peut faire l'économie de la cérémonie de l'alcool de riz, préparé dans une jarre et aspiré en grande quantité par les participants au moyen de minces tuyaux flexibles — épreuve pénible, selon certains explorateurs (comme Cupet), mais indispensable. Cette cérémonie tourne assez souvent à la franche beuverie. L'autre grande cérémonie, au moins aussi « sociale » que religieuse, comme le montre l'indulgence des missionnaires à son égard, est celle du *Rolang*, le sacrifice rituel d'un buffle, auquel, en général, plusieurs villages sont conviés. Selon Georges Condominas[1], ce sacrifice est le « rite culminant » de tous les peuples indochinois des montagnes et les distingue rigoureusement des bouddhistes des plaines. Attaché à des pieux ornés de banderoles, le buffle, autour duquel on a dansé toute la nuit au son des tam-tams, est, au matin, criblé de flèches puis frappé de coups de sabres aux jarrets ; on attend, pour le mettre à mort d'un coup de lance, qu'il s'écroule après s'être longuement débattu, en écumant et mugissant. « Un grand feu qu'on allume tout autour, conclut le père Combes, enlève grossièrement ses poils ; puis [la victime] est dépecée, divisée, et le festin commence[2]. » Cette cérémonie semble, à l'origine, avoir servi à célébrer une victoire à la guerre. M. Ner considère, de son côté[3], que « [...] le buffle apparaît comme substitut du prisonnier et le *Rolang* comme une survivance de sacrifices humains ». Il fut souvent présenté, en tout cas, comme un emblème de la sauvagerie des Moïs.

Sans doute Malraux a-t-il voulu attirer les lecteurs de « romans d'aventure » en choisissant, dans les sources dont il disposait, des détails étranges et pittoresques, mais il évoque aussi des aspects plus fondamentaux de cette culture, en les interprétant à travers la grille que proposaient, dans les années trente, les livres de Lévy-Bruhl sur « la mentalité primitive » et « l'âme primitive », livres éclairés et critiqués par Bergson dans *Les Deux Sources de la Morale et de la Religion*, paru en 1932. Ce sont ces livres auxquels se réfère aussi M. Ner dans l'article qu'il consacre à Mayrena ; il seront directement relayés, pour des ethnologues contemporains comme J. Boulbet, par ceux de Lévi-Strauss, notamment *La Pensée sauvage* (1962)[4].

Mayrena : biographies et romans.

Si la vie de Mayrena semblait faite pour être romancée, c'est sans doute parce que, comme le suggère Perken dans *La Voie royale*, ce « roi de l'autosuggestion[5] » l'a lui-même conçue, au moins à partir d'une certaine époque, comme un roman. Nous tenterons pourtant ici de nous en tenir aux faits, attestés par des témoins ou des historiens, comme le père Guerlach, Jean Marquet ou Marcel Ner, et nous verrons apparaître ce qu'en a retenu Malraux.

1. « Les Peuples d'Indochine », p. 11-12.
2. *Les Sauvages Ba-Hnars*, p. 327.
3. Compte rendu cité, n. 1, p. 339.
4. Sur cette évolution, on pourra consulter l'intéressant article de Jean Cazeneuve sur la « Pensée archaïque » dans l'*Encyclopaedia Universalis*.
5. La formule est du marquis de Barthélemy.

L'enfance d'un roi.

Pour l'état civil, notre héros, né à Toulon le 31 janvier 1842, s'appelait « Auguste-Jean-Baptiste-Marie-Charles David », et c'est M. Aurillac qui propose cette explication du nom de « Mayrena », déjà joint au nom de David par le père de Marie-Charles : « Les aïeux de David étaient des *marranes*, juifs d'Espagne convertis de force au catholicisme, puis expulsés du pays entre 1492 et 1497. Réfugiés en France, ils s'étaient établis dans les Vosges, près de Remiremont. Ils y acquirent une propriété baptisée Mayrena, en souvenir d'un village castillan, dont ils étaient probablement originaires[1]. » Mayrena n'était donc pas baron, mais sa grand-mère maternelle était la baronne Thunot, épouse d'un colonel de la garde nationale, et sa famille ne comptait guère que des notables. Marie-Charles David se destinait à la Marine, mais il échoua, en 1857, au concours d'élève-officier. Il s'engagea donc, à dix-sept ans, dans la cavalerie et partit, six ans plus tard, pour la Cochinchine où il participa, comme brigadier de spahis, à quelques expéditions. Libéré en 1868, il rentra en France pour y épouser la fille d'un colonel. Quand éclata la guerre de 1870, il reprit du service dans le bataillon des Mobiles du Var, fut blessé au combat, devint capitaine et obtint la croix de la Légion d'honneur.

Après avoir écrit quelques articles pour des journaux de Toulon et un livre, *Souvenirs de Cochinchine*, en 1871, Mayrena, en 1875, devient banquier à Paris et se livre à des opérations si douteuses qu'elles l'obligent à fuir, en 1883, pour les Indes néerlandaises. Il en est expulsé moins d'un an plus tard, mais le voici, écrit M. Ner, « qui parade sur les boulevards et, quelques semaines après, repart vers l'Extrême-Orient [...] chargé par le ministère de l'Instruction publique d'une mission d'exploration scientifique à Java ; son frère Henri l'accompagnait et le baron Seillière finançait l'expédition[2] ».

Les deux frères ne gagnèrent pas Java, mais s'arrêtèrent, en mai 1885, à Saigon où Mayrena, dépensant joyeusement l'argent du baron Seillière et multipliant les vantardises — par exemple sur le rôle qu'il aurait joué, deux années durant, à la tête des Atchinois[3] révoltés contre les Hollandais —, ne tarda pas à être nommé par les Saigonnais « l'explorateur de théâtre ». La conduite de viveur insouciant affichée par Mayrena cachait cependant, pense M. Ner, des activités plus sérieuses ; les parties de chasse, par exemple, dissimulaient sans doute un trafic d'armes en direction des rebelles atchinois, ou même des « Lettrés » annamites. Les soupçons pesant sur Mayrena étaient assez forts pour qu'une perquisition fût faite à son domicile, en mai 1887, par l'administrateur des affaires indigènes de Baria ; J. Marquet en cite le procès-verbal[4] et Malraux s'est peut-être souvenu de cet épisode pour écrire la scène par laquelle s'ouvre le roman.

En janvier 1888, enfin, il adresse au gouverneur général Constans une demande de mission chez les Bahnars de la région de Kong-Toum et chez leurs voisins sedangs et djaraïs. Constans accepte, « pour se débarrasser, dit Marquet, du sieur David de Mayrena[5] », qui venait de fonder un journal intitulé *La Vérité* et destiné peut-être à combattre le gouver-

1. *Le Royaume oublié*, Olivier Orban, 1986, p. 16.
2. Compte rendu cité, p. 314.
3. Le sultanat d'Atchin occupe la pointe nord de l'île de Sumatra ; il fut celui qui résista le plus vivement aux Hollandais, notamment en 1873-1874.
4. *Un aventurier du XIXe siècle*, p. 18-20.
5. Malraux avait noté cette hypothèse sur un billet qu'on peut lire dans le dossier du fonds Doucet.

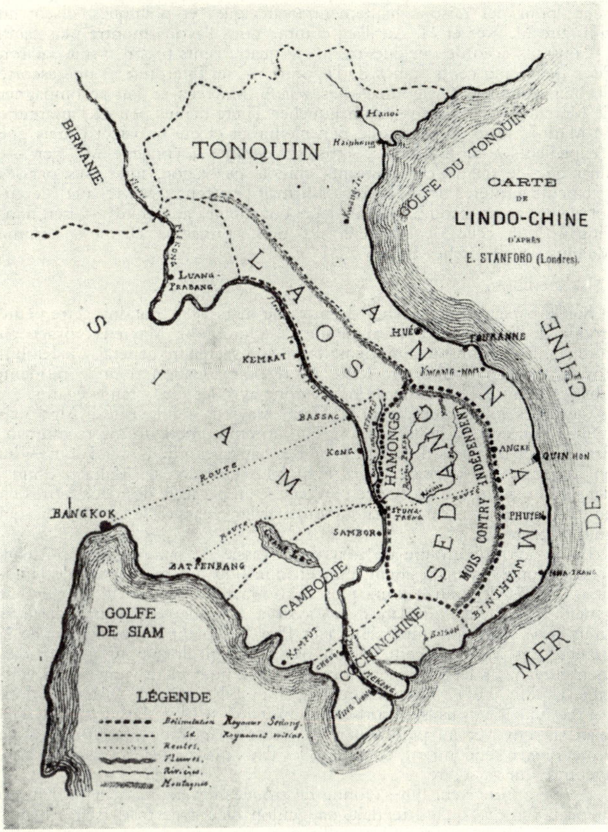

« L'Indochine et le royaume des Sédangs,
d'après le Bulletin des lois et décrets du royaume Sédang ».
Extrait de l'article de Marcel Ner,
« Essai sur la psychologie de l'aventure. Marie Ier, roi des Sédangs »,
Revue indochinoise illustrée, mars 1928, nº 21, p. 403.

neur ; pour des raisons hautement stratégiques et politiques, disent au contraire M. Ner et M. Aurillac, comme nous l'avons montré plus haut.

Constans accorde quelque argent — quatre cents piastres, soit environ deux mille cinq cents francs de l'époque —, un interprète et une escorte de quinze policiers saigonnais (les *matas*) ; Mayrena se fait accompagner de Mercurol — « ancien garçon boucher, libéré depuis peu de l'infanterie de Marine, sorte de brute que rien n'effrayait et qui ne vécut jamais que d'expédients », dit Marquet[1], « triste aventurier », concède M. Ner —, ainsi que de quatre commerçants chinois de Saigon, intéressés par les gisements aurifères dont Mayrena affirmait l'existence. Mayrena et Mercurol étaient aussi accompagnés de leurs concubines annamites — rien n'indiquant que celle de Mayrena fût une « princesse chame », comme Malraux l'avait lu chez Soulié.

L'expédition.

Sur le bateau qui, au début du mois de mars 1888, conduit cette petite troupe de Saigon au port annamite de Qui-Nhon, Mayrena voyage en compagnie de Constans lui-même et de son secrétaire général, M. Klobukowski, qui lui donne une lettre de recommandation pour le résident, Charles Lemire. Ce dernier le reçoit donc avec les plus grands égards.

Quelques jours après, à Long-Sông, Mayrena rend visite à Mgr Van Camelbeke, évêque de la mission, qui lui remet une lettre de recommandation pour les pères de la « mission des Sauvages » de Kong-Toum. Il lui en remettra une seconde, le 18 avril, plus chaleureuse. Malraux donne, dans son récit, une importance particulière au décalage des deux lettres en en faisant un élément révélateur du mélange d'angoisse et d'espoir qui anime Mayrena.

Le 21 avril, la troupe de Mayrena, grossie de quatre-vingts porteurs réquisitionnés par le résident, part en direction des montagnes de l'intérieur. Moins de quinze jours plus tard, Mayrena adresse au gouverneur général deux traités (en date du 28 avril et du 4 mai) signés par plusieurs chefs moïs, principalement Hmot et Pim, acceptant le protectorat de la France. Les Moïs de cette région passant jusqu'alors pour irréductiblement attachés à leur indépendance, Mayrena pouvait se vanter d'un véritable exploit. Le 1er mai, néanmoins, immobilisé dans le village de Pim par la fuite de tous ses porteurs (« brutalisés », dit Marquet), Mayrena avait dû envoyer au père Guerlach une demande de secours. C'est le 8 mai que se rencontrent, chez Pim, les deux protagonistes de l'étonnante aventure qui va suivre.

Au père Guerlach, qui s'étonne de trouver devant sa case, au lieu du drapeau français qu'il attendait, un guidon bleu avec trois trèfles blancs en bande, Mayrena donne les explications que nous avons évoquées plus haut[2]. L'escorte, ainsi que les lettres de recommandation de l'évêque, de Klobukowski et du résident, achèvent de convaincre le père Guerlach qu'il a bien affaire à un personnage chargé d'une importante mission ; Mayrena d'ailleurs lui fait aussi savoir qu'il adresse des lettres à Félix Faure, alors sous-secrétaire d'État aux Colonies[3] — lettres bien réelles, mais qui ne semblent jamais être parvenues à leur destinataire.

Le père Guerlach installe d'abord la colonne dans le village chrétien de Kon-Djéri Kong, puis, le 23 mai, après quelques jours de repos, conduit

1. *Un aventurier du XIXe siècle*, p. 40.
2. Cf. *supra*, p. 1313 ; c'était le plan commun à Mayrena et à Constans.
3. Malraux anticipe lorsqu'il imagine Mayrena parlant, dans *Le Règne du Malin*, du « Président » Félix Faure.

l'explorateur à Kong-Toum, chez le père Vialleton, et, le lendemain, à Kong-Trang, chez le père Irigoyen. C'est ce dernier qui offre à Mayrena la fameuse fête du *Rolang* évoquée dans *Le Règne du Malin.*

Du 25 mai aux premiers jours de juillet ont alors lieu trois expéditions successives, racontées par le père Guerlach dans *L'Œuvre néfaste*[1]. Toutes trois se déroulent de la même façon : Mayrena, accompagné d'un missionnaire, se rend dans divers villages, où il reçoit un bon accueil, distribue des cadeaux et parvient, après quelques palabres où il promet sa protection contre les Siamois ou les Djaraïs, à se faire reconnaître comme chef ; il demande alors aux notables de signer un traité pour lequel le père sert de secrétaire, d'interprète et de témoin. Le 3 juin, lors de la première expédition, Mayrena établit, à Kong-Gung-Tih, la Constitution du royaume sedang, signée, le jour même, par les chefs de plusieurs villages, et contracte alliance avec un chef keuiong, déjà paré d'un titre de gouverneur (*Ek*) par les Laotiens. Au lendemain de cette expédition, Mayrena envoie au gouverneur général deux comptes rendus très détaillés. À l'issue de la deuxième expédition, très malade, il fait écrire par le père Guerlach une lettre demandant au gouverneur son rappel. Mercurol emporte ce courrier à Qui-Nhon, accompagné des Chinois, de l'interprète annamite et des *matas*. Rétabli, Mayrena entreprend la troisième expédition en compagnie du père Irigoyen ; le père Guerlach se contente alors de signaler que, « durant cette tournée, le roi des Sedangs modifia la constitution élaborée à Kong-Gung » et qu'« un village situé près du Laos signa un traité spécial par lequel le chef s'engageait à ne reconnaître aucun roi autre que Mayrena ». Dans les premiers jours de septembre, Mayrena repart pour Qui-Nhon, emportant dans ses bagages le texte de la Constitution et des traités.

On ne peut mettre en doute la véracité du récit du père Guerlach, mais il faut remarquer qu'il reste discret sur la façon dont Mayrena s'y est pris pour obtenir une telle série de succès. Le père Guerlach, notamment dans la version de son récit publiée par *Le Courrier d'Haiphong* (20 décembre 1888), évoque, certes, les cadeaux et les promesses, l'admiration des Moïs pour la portée des carabines et la beauté des douilles en laiton, et il laisse clairement entendre que le bon accueil fait au baron a tenu principalement à sa qualité d'ami et de protégé des missionnaires ; il reste, cependant, dans son récit, de nombreuses ellipses à combler et, par conséquent, de nombreux appels à l'imagination romanesque. Mais alors que Maurice Soulié fournissait amplement à Malraux de quoi combler ces ellipses, l'auteur du *Règne du Malin* semble au contraire arrêté dans son élan par l'idée qu'il pourrait trahir la simple vérité des faits. Il développe et dramatise à gros traits le « *podap* assez animé » évoqué par le père Guerlach au début de la première expédition, mais n'écrit ni la scène du duel au sabre[2] ni aucune scène de bataille.

Sur la question du duel au sabre, scène à laquelle Malraux attachait beaucoup d'importance, puisqu'elle caractérise presque à elle seule, dans *La Voie royale*, le personnage de Mayrena[3], le père Guerlach dira seulement[4] que Mayrena « faillit être sabré deux fois par les Sauvages que ses

1. P. 133 et suiv.

2. Aucune esquisse n'apparaît dans le manuscrit ; seule une annotation en marge des « Dates » montre qu'elle avait été prévue. Clappique, dans les *Antimémoires*, la retient, mais en la traitant du seul point de vue de l'esthétique cinématographique, comme s'il se refusait à l'intégrer dans un récit historico-épique.

3. Voir t. I de la présente édition, p. 411.

4. Dans une lettre au *Courrier d'Haiphong* du 25 juillet 1889, citée par Marquet, *Un aventurier du* XIX*e siècle*, p. 120.

brutalités révoltaient ». D'autres sources, cependant, font état de ce duel : Soulié lui donne une grande importance[1] et Mayrena lui-même, dans une lettre publiée par *Le Courrier d'Haiphong* du 8 octobre 1888, situe la scène au début de son expédition, dans le village de « Kon-Gung », après sa traversée de la « Pekau » : « Je cherchais une solution, écrit-il, lorsque le chef de ce village, le nommé Sui, me la fit trouver en m'offrant une représentation de guerre. Ils étaient très fiers de leur habileté au maniement du sabre. Je laissai faire, puis je provoquai le vainqueur. Après quelques parades, je réussis à le toucher. Dans ce village comme ailleurs, j'obtins la confiance [...][2]. »

Que le duel ait eu lieu ou non, il est difficile d'imaginer qu'il eut la grandeur épique que lui prête Malraux lorsqu'il évoque, dans *La Voie royale*, et encore dans les *Antimémoires*[3], un affrontement au sabre avec « le sadète du Feu », le principal des « rois-sorciers » régnant sur les Moïs — ne serait-ce que parce que Mayrena ne le rencontra jamais au cours de son expédition...

On peut également s'interroger sur la réalité des combats que Mayrena, dans la lettre que nous venons de citer, prétend avoir menés comme protecteur des Moïs contre l'avancée de la « mission » prussienne et comme chef militaire de tribus sedangs guerroyant contre les Djaraïs. Quand les Djaraïs furent battus, dit-il, « ce fut un véritable délire, les chefs sedangs accoururent à moi, et après s'être mis d'accord, ils me nommèrent roi (*agna*). / Je fis alors des alliances avec les peuples voisins, mon autorité fut reconnue, même par des chefs du Siam [...] ». Mais cette version des faits sera vigoureusement contestée par le père Guerlach qui, dans une lettre au *Courrier d'Haiphong* du 30 décembre 1888[4], niera avoir jamais vu Mayrena mener quelque guerre que ce fût. Clappique, dans les *Antimémoires*[5], pense que « la guerre entre les tribus » n'eut pas lieu et renonce, pour cette raison, à la faire entrer dans le scénario ; il partage alors pleinement les scrupules du romancier du *Règne du Malin.*

Le Règne du Malin s'interrompt au moment où Mayrena envisage de faire barrer les chemins d'accès au village de Kong-Gung. Les notes préparatoires du fonds Doucet montrent que Malraux aurait sans doute suivi, ici, la version donnée par Mayrena : les Siamois, découragés, faisant demi-tour. Une autre note semble indiquer qu'il aurait situé le duel juste après cet épisode, dans le même village, renonçant alors à faire entrer en scène le sadète du Feu (absent chez Soulié comme chez Mayrena).

« Être roi est idiot ».

Pour la suite de l'aventure, les témoignages historiques apparaissaient bien ternes en comparaison des épisodes bigarrés de mauvais roman d'espionnage imaginés par Soulié, entre la victoire sur les Djaraïs et le retour à Qui-Nhon — ce sont les chapitres VII à IX de son livre. Le roi des Sedangs, après ses succès militaires, rend visite au roi du Laos, puis gagne le Siam. À Bangkok, il devient l'amant de Mlle Dalberg, agent secret au service de l'Allemagne et complice de trafiquants d'armes pourchassés par la police...

Si l'on s'en tient aux faits dûment attestés, on se bornera à dire que, le 17 septembre, Mayrena est à Qui-Nhon, et qu'il y reçoit, le 19, un télégramme de félicitations du gouverneur général Richaud, à qui il avait

1. Voir *Marie Ier, roi des Sedangs*, chap. v, p. 79-81.
2. Cité par Marquet, *Un aventurier du XIXe siècle*, p. 44-45.
3. Voir Appendices, II, p. 902.
4. Citée par Marquet, *Un aventurier du XIXe siècle*, p. 65-66.
5. Appendices, II, p. 903.

rendu compte de sa mission, par l'intermédiaire du résident Lemire. Richaud remplaçait Constans, qui s'était embarqué pour la France le 22 avril. Mayrena ignorait que, pendant son absence, l'administration française lui avait beaucoup retiré de sa confiance. Les archives montrent que, dès le 22 avril, le résident de Qui-Nhon, Charles Lemire, se méfiant de Mayrena et considérant ses projets comme dangereux, avait alerté ses supérieurs hiérarchiques. Le nouveau gouverneur général, n'ayant pas trouvé trace d'une mission officielle, avait envoyé le 11 mai au résident français à Hué un télégramme dont la teneur est, pour l'essentiel, celle que découvrent les époux Chaminade du *Règne du Malin* : « [...] Vous autorise désavouer tous actes M. de Mayrena et même prendre à son égard mesures de rigueur si nécessaire. Faites-le surveiller avec soin[1]. » Le lendemain, le gouverneur reconnaissait dans un nouveau télégramme que Mayrena était parti avec l'autorisation de son prédécesseur et qu'il convenait d'« agir vis-à-vis de lui avec fermeté, mais prudence ».

Le 19 septembre, après avoir chaleureusement félicité Mayrena, Lemire adressait au résident général de l'Annam un long rapport où il analysait tous les dangers que comportait, selon lui, l'attitude de Mayrena et celle des pères.

À Qui-Nhon Mayrena ne tarde donc pas à s'apercevoir que, malgré tous les égards et les honneurs dont on l'entoure, il ne lui sera pas facile d'être reconnu comme « roi des Sedangs » par la France. Il multiplie alors les lettres et les articles et annonce[2] qu'il consentirait à ce que la France se substitue à lui chez les Sedangs « sous condition d'une honnête indemnité ou d'une annuité », mais qu'il est prêt à accepter des propositions qu'il aurait reçues des Allemands, des Anglais, des Siamois et des Chinois. Il se rend ensuite à Hong Kong, où il exhibe une fausse traite de deux cent mille francs signée de Mgr Van Camelbeke. D'abord accueilli en roi, il est contraint, une fois son escroquerie découverte, de s'embarquer précipitamment pour la France, le 20 janvier 1889. Le voici donc de nouveau à Paris, paradant sur les boulevards, faisant imprimer les timbres de la Poste sedang[3], attirant sur lui l'attention — aiguisée par l'Exposition universelle qui se tient précisément cette année-là — de journalistes et de curieux, distribuant dignités et honneurs, multipliant enfin les déclarations et les démarches : il adresse un long mémorandum, signé « Marie Ier », au ministre des Affaires étrangères, se fait chasser de la tribune diplomatique à la Chambre des députés, etc. Soulié, là encore, relève son récit de détails romanesques (la scène du Moulin-Rouge, par exemple) dont Malraux, comme le montrent le texte des *Antimémoires* et les notes préparatoires, aurait sans doute tenu compte dans la suite du *Règne du Malin.*

Pendant que le roi des Sedangs essayait éperdument de se faire reconnaître par les plus hautes autorités de la République, l'administration française de Cochinchine se demandait comment reprendre en main la situation confuse laissée par Mayrena. Il fallait obtenir des chefs moïs qu'ils revinssent sur leurs engagements, mais il fallait aussi clarifier les relations de la France avec les missionnaires, d'une part, puisque ceux-ci pouvaient paraître avoir épousé la cause d'un aventurier prêt à se mettre au service d'une puissance étrangère, et avec l'Annam, d'autre part, puisqu'on avait toujours feint de considérer que le pays moï était sous sa juridiction.

Le gouverneur général (le général Bégin), dès le début de 1889, chargea

1. Cité par M. Ner, compte rendu cité, p. 344.
2. Selon Lemire, cité par Marquet, *Un aventurier du* XIXe *siècle*, p. 44.
3. Voir le numéro d'octobre 1987 de la revue *Timbrologie.*

de cette mission le résident général de l'Annam-Tonkin, M. Rheinart, et le résident à Qui-Nhon, M. Guiomar, qui avait remplacé Charles Lemire, limogé. Arrivé à Kong-Toum le 2 avril, M. Guiomar, aidé des missionnaires, assembla les chefs des quarante-deux villages qui avaient lié partie avec Mayrena et les invita à remettre au représentant de la France qu'il était les drapeaux et insignes donnés par Mayrena. Il leur demanda, d'autre part, de s'unir à la Confédération Bahnar-Reungao, administrée par les missionnaires mais formellement présidée par un indigène nommé Krui[1].

Le 20 juillet 1889, Mayrena arrive en Belgique où il parvient de nouveau à séduire bien des imaginations, et notamment celle d'un riche industriel qui, en échange de la promesse du tiers des bénéfices sur l'exploitation du royaume, dit Marquet[2], lui avance l'argent nécessaire à une véritable expédition de reconquête. La nouvelle de ce retour, en janvier 1890, provoqua une certaine émotion à Saigon, où l'on prit des mesures d'ordre militaire pour empêcher un débarquement, mais où l'on décida surtout de rappeler aux autorités anglaises, qui, à l'escale de Singapour, avaient saisi les armes découvertes sur le vaisseau royal, les nombreuses charges qui pesaient sur Mayrena, interdit de séjour en Indochine et à Java, tout comme au Siam...

Mayrena quitte alors Singapour, le 9 mars, et, abandonné de ses derniers compagnons, échoue à Tioman, petite île de la mer de Chine dépendant de l'État malais de Pahang. Il y est rejoint par deux aventuriers perdus, comme lui, Horace Villeroi d'Augis et Harold Scott. Les trois hommes vivent de chasse et de pêche. Villeroi, opiomane, meurt le 15 septembre 1890, et Mayrena, le 11 novembre. Le résident anglais du port malais de Rompin, Mr. Owen, qui assista Mayrena dans ses derniers moments, en compagnie de Harold Scott, a établi un acte de décès où il attribue la mort à une morsure de serpent (celui que les Malais appellent *Tadong liar*), tout en avouant ne pas avoir observé de trace de cette morsure sur le corps. Selon d'autres versions, dont on trouve la trace chez Marquet, mais aussi dans *L'Œuvre néfaste* et, naturellement, chez Soulié, Mayrena aurait pu se suicider avec une aiguille empoisonnée, ou être tué dans un duel avec Scott, ou encore d'un coup de kriss malais porté par un indigène dont il aurait séduit la fille, ou par un agent des Chinois qu'il avait dupés...

Soulié ne manque pas d'envelopper ces derniers moments d'un halo de poésie. Là où Marquet voit Mayrena chassant « le cochon sauvage », Soulié l'imagine capturant « des oiseaux de Paradis », dont l'île était pleine et dont les plumes, dit-il, se vendaient à des prix considérables. Soulié fait aussi épouser par Marie Ier la fille d'un chef de village, mais il évoque surtout longuement l'agonie de Mayrena et le discours, simple et désenchanté, qu'il aurait tenu à Mr. Owen ; c'est également lui qui imagine le télégramme en forme de testament, adressé par Marie Ier à son « cousin » l'empereur Guillaume pour lui léguer le royaume sedang.

III. L'ÉCRITURE ROMANESQUE

Le texte auquel nous avons affaire est celui d'un roman certes inachevé, mais qui a connu, dans l'écho à la fois lointain et fidèle qu'en donnent les *Antimémoires*, une certaine forme d'achèvement, qu'on voudrait pouvoir

1. Sur cette confédération, voir n. 1, p. 1058, et n. 2, p. 1059.
2. *Un aventurier du XIXe siècle*, p. 92.

cependant qualifier de « critique ». La critique en effet, dans la partie des *Antimémoires* intitulée « La Voie royale », s'exerce au moins à trois niveaux : d'abord, le roman n'est publié et ne parvient à une fin (la mort de Mayrena) qu'au prix de sa transposition en scénario de film ; ensuite, l'auteur du scénario n'est plus André Malraux mais Clappique, personnage qui se caractérise, dans *La Condition humaine*, par le farfelu, l'inconsistance, l'évanescence et que nul ne prend au sérieux dans les *Antimémoires* ; ce scénario lui-même, enfin, n'est que partiel, inachevé, évidemment voué à l'échec (il est clair que le film ne sera jamais réalisé) et constamment accompagné par Clappique d'une critique qui semble faite pour prévenir, ou masquer, celle de l'auteur des *Antimémoires* lui-même. Même sous cette forme de scénario incertain et avorté, *Le Règne du Malin* ne se maintiendra pas intégralement, puisque son texte se trouve, mis en pièces et encore plus vivement critiqué[1] dans l'édition « Folio » des *Antimémoires*, puis dans *Le Miroir des Limbes*.

En nous en tenant, ici, au texte du roman inachevé, nous devons nous demander s'il portait en lui les ferments de son échec.

L'auto-questionnement de l'œuvre.

Il n'est pas besoin de longues recherches ni d'interprétations aventurées pour trouver dans *Le Règne du Malin* cette critique auto-référentielle et cette distance spéculaire sur lesquelles la théorie moderne de la littérature a attiré l'attention des lecteurs. Le roman d'aventures exotiques, les histoires « épiques » et, plus largement, la littérature, sont incontestablement des thèmes essentiels de ce roman. On voit surgir à plusieurs reprises l'hypothèse que le récit des aventures de Mayrena aurait pu avoir pour modèle l'histoire des conquistadores : « Le gouverneur, lit-on au chapitre II, regardait ce gaillard [...] qui [...] pouvait, sans faire rire, parler de Pizarre en pensant à lui[2]. » Ce modèle sera encore celui du livre que Mercurol décide d'emporter dans les bagages de l'expédition : *L'Histoire des Aventuriers des Indes*[3]. Mayrena, qui se moque gentiment de son public de colons naïfs, « savait, lit-on au début du chapitre IV, que les hommes sont reconnaissants à quiconque leur trouve une excuse à rêver ; il avait un goût très vif de l'anecdote, un sens poétique instinctif, connaissant dans les coins *L'Univers pittoresque*, une parfaite excuse à tous rêves, qui était l'Histoire[4] ». Le personnage de « Thalie de Sombreuse », d'autre part, incarne non plus le roman d'aventure, certes, mais une forme de poésie « coloniale » passablement ridicule. Il y a donc un très grand nombre de narrations ou d'évocations littéraires possibles qui se trouvent épinglées par l'ironie de l'auteur au sein même de sa propre narration.

Sur un autre plan, enfin, on s'aperçoit que c'est par l'interprétation d'un véritable chant épique, la *Chanson de Damsan*, emprunté par Malraux au folklore des tribus radés, que le destin de Mayrena et du père Georges — rois ou esclaves — doit se sceller, comme si leur aventure ne pouvait se poursuivre qu'au prix de sa transcription dans ce langage littéraire « sauvage ».

Parmi toutes ces possibilités, ce sont sans doute les histoires racontées par Mayrena sur le bateau de Qui-Nhon qui se rapprochent le plus de l'entreprise de Malraux lui-même. Les hommes, les lecteurs du *Règne du*

1. « [...] gare aux *Trois Mousquetaires* », dit Malraux ; « Ça ne peut tout de même pas ressembler à *Tintin* ! », se désole Clappique, etc. (voir p. 415 et 416 de l'édition « Folio »).
2. P. 983.
3. Voir p. 996.
4. P. 997.

Malin, cherchent des excuses à leurs rêves, et il n'y a meilleure excuse que les récits d'événements historiquement attestés. C'est là très exactement la définition de la littérature épique qu'on peut tirer de la théorie sorélienne du mythe historique : toute épopée est active, lorsqu'elle anime, ou ranime, des rêves qui pourront être vécus par nous comme ils l'ont été par d'autres, en ces moments exceptionnels de l'Histoire dont la littérature conserve la mémoire. Mais si, contrairement à ce qu'espérait Sorel, le rêve n'appelle le récit que comme une excuse, c'est-à-dire pour se perpétuer comme rêve plus que pour s'achever, se transformer en réalité, le roman qui l'entretient n'a plus rien d'épique, il redevient la simple consolation des imaginations faibles.

Dénoncer, comme le fait l'auteur du *Règne du Malin*, les exigences du rêve, c'est donc d'avance refuser d'assimiler les lecteurs aux auditeurs naïfs du bateau de Qui-Nhon. Par l'ironie qui pèse sur ce mode de récit, Malraux définit et, en quelque sorte, appelle, son lectorat. Le lecteur des années trente ne rêvera ni de ruée vers l'or, ni même d'une omnipotence de « roi blanc » aux fondements éthiques si suspects, il sera fasciné — Malraux attend qu'il soit fasciné — par le changement radical de civilisation, de structures mentales, par la découverte de la « sauvagerie », par le rêve du « Je est un autre ». Malraux a donc sans doute voulu écrire ce « livre de l'homme qui change de civilisation », « livre que nul n'a écrit », dira-t-il en 1953, dans la préface au *Pays d'origine* d'Eddy Du Perron, « et dont T. E. Lawrence disait que nul ne peut l'écrire : "On cesse d'être Anglais, et on ne devient pas Arabe." Sans doute, à devenir Arabe, perdrait-on les moyens d'exprimer comment on fut Anglais. Des quelques récits de conversion qui ont exprimé la foi trouvée, lesquels ont exprimé la foi perdue ? Arabe, Lawrence n'eût hanté personne[1]... »

L'entreprise avait pourtant déjà été tentée bien des fois au moment où Malraux commence à écrire *Le Règne du Malin*. Avec *Au cœur des ténèbres*, Conrad semblait en avoir donné, en 1899, le modèle littérairement indépassable. Le livre de Mme Chivas-Baron, inspiré par l'affaire Mayrena, peut passer pour en être, en 1924, un très pâle reflet qui montre que la tentative n'échappe pas nécessairement aux pièges du roman sentimental. Conrad, cependant, se reposait aussi, à sa façon, sur les facilités offertes par la fiction romanesque : le personnage de Kurtz, n'étant pas historique, pouvait se plier à bien des fantasmes et des angoisses, et il en allait de même pour les tribus africaines mal définies qui l'adoraient. Conrad avait donc bien vu que la sauvagerie était un grand mythe moderne, mais, malgré le contexte colonial dans lequel il inscrit son récit, il n'avait pas donné à ce mythe la dimension historique qui eût été nécessaire pour l'ancrer dans les rêves vivants des hommes. La tâche que se fixait Malraux était autre : lié par une vérité historique *et ethnographique*, déjà bien établie au moment où il écrit, il comptait sur elle pour faire vivre le mythe du changement de civilisation. Mais une telle entreprise n'a de chances de succès qu'à la condition qu'on puisse faire apparaître chez les protagonistes de la réalité historique elle-même le sentiment, si fugace et illusoire qu'il fût, d'avoir vécu l'expérience du changement de civilisation, l'étincelle d'enthousiasme sans laquelle il ne peut y avoir de mythe mobilisateur.

Que faire alors, lorsqu'on découvre que l'illusion du « roi des Sedangs » n'a jamais été que de croire pouvoir transposer purement et simplement

1. P. 10. On sait que Malraux s'est aussi intéressé au cas de Renaud de Châtillon, seigneur français du XIIe siècle devenu « prince d'Antioche, seigneur de la terre d'Outre-Jourdain », auquel Gustave Schlumberger, l'auteur de *L'Épopée byzantine*, avait consacré un livre (Plon, 1898). Il apparaît dans les *Antimémoires* et dans la préface du *Démon de l'absolu*.

en pays moï une monarchie d'opérette à l'européenne ? Cela expliquerait que *Le Règne du Malin* s'interrompe peu après le chapitre XII où l'on voit Mayrena tenter vainement d'interpréter la *Chanson de Damsan* que lui traduit le père Georges : Mayrena, contrairement au Kurtz de Conrad, est incapable d'entrer dans l'imaginaire de ceux dont il voudrait faire son peuple ; ne se reconnaissant pas dans les acteurs du chant épique, il ne prend nullement part à l'intense communion qui réunit pêle-mêle autour du conteur aveugle les réfugiés de toutes les tribus moïs — le seul fait qu'il ait besoin de traduction et d'interprétation pour entendre ce chant le sépare irréductiblement des Moïs. Ni conquistador, ni croisé, ni missionnaire, ni roi sauvage, Mayrena, incapable d'incarner quelque mythe que ce soit, ne peut qu'être abandonné par le romancier.

De toutes les données historiques qu'il a recueillies, Malraux semble cependant avoir voulu forger un personnage assez complexe, partagé entre un rôle actif de « héros », qui lui échappe, et un rôle de témoin d'autres personnages — collectifs, comme les Moïs, ou singuliers, comme Mercurol ou le père Georges. De ce statut incertain de Mayrena les *Antimémoires* témoigneront, en lui attribuant le discours scandé de « J'ai vu... » — bien plus que de : « J'ai accompli... » — qui caractérise toute l'énonciation du livre.

La construction des personnages.

Mayrena.

Le Mayrena que nous découvrons dans la scène qui ouvre le roman est d'abord un voyou cynique, mais, à travers le monologue intérieur angoissé que lui prête l'auteur, le problème de l'identité personnelle, de la définition du « moi », ne tarde pas à apparaître. Le voyou, qui est aussi journaliste, se projette par l'imagination à une tribune où il tient un discours enflammé sur les droits de « l'audacieuse initiative individuelle » face aux « Pauvres petits crétins d'administration », frileux et légalistes. Dès ces premières pages on voit donc Mayrena vivre en endossant un rôle, en l'occurrence celui de conquistador moderne, prêt à « donner à la France un Mexique, un Pérou[1] ! » On le voit également déjà fort mal assuré dans ce rôle qu'il n'est pas encore parvenu à se voir reconnaître : il craint la « vérité » des tribunaux, devant lesquels « il ne resterait rien de ses grands desseins, rien que des calomnies et la trace des petits métiers dérisoires acceptés en attendant son heure, rien qu'un banquier suspect et un prestidigitateur clandestin[2] ». Mayrena est donc un personnage en quête de reconnaissance, impatient de voir les autres lui renvoyer l'image flatteuse de lui-même que ses rêves ont forgée, et de reléguer dans l'ombre le « moi » trop réel vécu comme une humiliation.

Où est le vrai Mayrena ? Constans, puis, par réaction en chaîne, les époux Chaminade, l'évêque et les missionnaires eux-mêmes vont l'installer pour quelque temps dans l'image du conquistador, en la nuançant d'ailleurs par celle de l'intrigant parisien, littéraire et mondain. Mais la tiède confiance accordée par Constans ne suffirait pas à installer Mayrena dans son personnage de conquistador ; il lui faudra un véritable signe du destin, une preuve que la réalité historique elle-même était prête à s'accorder avec ses rêves, qu'il pouvait devenir l'acteur d'un grand mythe : Constans lui apprend que la colonne « germano-siamoise » dont il avait, sans la moindre preuve, imaginé le départ, existe bel et bien, et vient de

1. P. 976.
2. *Ibid.*

se mettre en route. C'est le clin d'œil du destin. La grande Histoire, celle des conquêtes et des empires, est-elle autre chose qu'une suite de mensonges qui ont réussi ? Mais, comme l'annonçait l'épigraphe, Mayrena, lui, n'égalera pas son destin.

Cette enquête sur la consistance et la vérité du « moi » est, bien sûr, un thème d'époque, de Claudel à Sartre et Camus, en passant par Proust, Gide, Bernanos, et Malraux lui-même. Gide, par exemple, avait été l'un des premiers à s'interroger sur l'image que pouvaient donner d'un être les tribunaux. Parmi les personnages de Malraux, Mayrena se distingue d'un Kyo par l'extériorisation de cette « voix de gorge » où Kyo voyait l'ultime fondement de son identité personnelle ; cette voix, chez Mayrena, trop étouffée peut-être par un sentiment d'humiliation, se dissipe immédiatement en discours publics, en rôles joués sur des scènes, et perd, de ce fait, le statut d'essence stable, voire éternelle, du « moi » qu'elle avait chez Kyo.

Le thème surgit d'ailleurs d'une autre manière encore lorsque est évoqué le « procédé Mercurol » qui permet de faire saisir par le photographe l'image de soi que l'on compose devant un miroir[1]. L'image du « moi » que fixe la photo est alors un aperçu du « monstre incomparable [...] que tout être est pour soi-même et qu'il choie dans son cœur[2] », et non l'image sociale, reconnue habituellement par le regard des autres mais échappant à notre propre regard et, comme telle, étrangère à nos rêves, à « nous-mêmes ».

L'image que Mayrena endosse au début du roman, sous l'impulsion de Constans et du « Destin » — celle de l'aventurier audacieux et avide, jouant sa vie à quitte ou double pour obtenir puissance et richesse — ne tardera pas à voler en éclats lorsqu'il sera soustrait aux regards et à la considération des Européens, ses semblables, par toute l'épaisseur de la jungle moï. Perken et Claude, délivrés de la comédie sociale, rencontraient dans cette même jungle les obsessions et les angoisses surgies d'un moi profond ; Mayrena n'y cherchera qu'un autre rôle. *Le Règne du Malin* nous fait assister à quelques-uns de ses tâtonnements, mais s'interrompt sans même laisser deviner ce à quoi ils aboutiront.

Mayrena cherche d'abord — logiquement — un rôle en se référant à l'humanité universelle (ou « fondamentale ») qu'il reconnaît immédiatement chez les Moïs, comme chez ces Européens d'un genre particulier que sont les missionnaires. Il est courageux dans sa poursuite du tigre, généreux dans le don fait au père Georges comme dans la restitution de la petite esclave, compatissant dans sa découverte de la souffrance universelle de la maladie ou de la maternité, etc. Cette conduite simplement humaine n'a pas seulement pour effet, comme chez Lord Jim, d'ensevelir dans l'oubli un passé peu glorieux, elle purifie aussi, dans un premier temps, le rôle de conquistador que Mayrena a d'abord voulu jouer. C'est l'étonnante rédemption évoquée à la fin du chapitre VI : Mayrena, court-circuitant le temps objectif dans une expérience de mémoire affective très proustienne (ou bergsonienne), découvre que sa jeunesse est maintenant « devant lui » ; son « moi » régénéré se ramasse alors tout entier dans le présent de son action ; Mayrena coïncide enfin — mais pour combien de temps ? — avec lui-même, cessant de se projeter dans un personnage d'emprunt. Le Mayrena que nous voyons à cet instant n'est plus celui que critique Perken dans *La Voie royale* ; il se rapproche, au contraire, de Perken lui-même : « J'ai tenté sérieusement, dit celui-ci, ce que Mayrena a voulu tenter en se croyant sur la scène de vos théâtres. Être roi est idiot ;

1. Voir p. 992-993.
2. Selon la formule de *La Condition humaine*, t. I de la présente édition, p. 548.

ce qui compte, c'est de faire un royaume. Je n'ai pas joué l'imbécile avec un sabre [...][1] ».

Mayrena, cependant, ne tarde pas à retrouver la tentation d'« être roi », mais il s'aperçoit qu'il ne pourra jouer ce rôle chez les Moïs qu'au prix de difficiles efforts pour « changer de civilisation ». Il constate, en effet, que la vie des Moïs est moins gouvernée par les valeurs universelles qu'il s'applique à respecter que par la foi en un ordre surnaturel qu'il ne peut concevoir que d'un point de vue très extérieur. Si les pères ont pu s'installer en pays moï, c'est précisément parce que les indigènes, comme le note le père Dourisboure dans l'ouvrage lu par Malraux, ont reconnu chez eux un ordre de préoccupations qui mettait au premier plan le surnaturel et négligeait relativement les autres aspects de l'existence. Pour se rapprocher de ce surnaturel, pour tenter d'y « entrer » sans pour autant renoncer à devenir roi, Mayrena entreprend, quant à lui, de se présenter comme le « Messie » des prophéties sedangs, de comprendre le *khan* du héros épique Damsan qui lutta contre le seigneur Vautour et le seigneur Fer, de parler de sa boussole comme d'un talisman, etc. C'est le fond de l'argumentation qu'il oppose, dans les derniers chapitres, aux réticences du père Georges.

C'est peut-être à cette impasse que s'est arrêté Malraux romancier : si Mayrena pénètre plus avant dans la culture et la civilisation des Moïs, avec la volonté de s'y intégrer, il s'apercevra tout simplement qu'il n'y a pas de rôle de roi à jouer, les Moïs — y compris les Sedangs — refusant de se donner une identité « nationale » en se rassemblant, fût-ce sous la conduite d'un messie, contre des menaces (les Siamois, les Djaraïs...) auxquelles ils ne croient guère. À trop vouloir devenir roi, Mayrena ne pourra donc changer de civilisation. Le seul récit qui reste à faire est, dès lors, celui qu'ont pu faire le père Guerlach, Villiers du Terrage, Soulié ou Marquet : c'est l'histoire des impostures et des escroqueries d'un Mayrena jouant de nouveau la comédie à Paris, à Hong Kong, en Belgique... C'est à ce récit que Malraux, visiblement, n'a pas eu le cœur de s'atteler, bien qu'il en ait eu initialement l'intention, comme le montrent plusieurs plans du roman joints au manuscrit et s'inspirant de la table des matières du livre de Soulié[2]. Lorsqu'il ranimera Mayrena pour les *Antimémoires*, il ne retiendra, pour les derniers épisodes de son histoire, à Paris ou sur l'île de Tioman, qu'un Mayrena conteur, évoluant parmi la bohème montmartroise — et non parmi les journalistes, ministres ou financiers — et se contentant d'évoquer, avec une nostalgie amère ou désespérée, ses rêves anciens et quelques-uns des exploits par lesquels il prétend avoir « fait un royaume ». Mais, comme le remarque Clappique : « Il est difficile de tourner le règne, parce qu'il n'y en a pas. Il n'y en aura que par l'imagination de Mayrena et les rêves de ses auditeurs[3] ». Mayrena, alors, n'a plus qu'un rôle de témoin ; le conteur est celui qui « a vu » un autre monde, peuplé d'une profusion d'êtres extraordinaires, qui vivent dans sa mémoire avec toute l'incohérence et l'instabilité des rêves.

Autour de Mayrena-acteur et devant Mayrena-témoin, Malraux a construit d'autres personnages, sans toutefois être parvenu à leur donner l'équilibre et l'unité d'une construction achevée.

1. *La Voie royale*, t. I de la présente édition, p. 411.

2. Celui-ci, par exemple : « Du farfelu au chargé de mission » / « Du départ à la confédération bahnar » / « De l'arrivée chez les Sedangs à la soumission des chefs djaraïs » / « Le Siam ? » / « La mort d'Ahnaïa » / « 2e guerre djaraï » / « Haiphong — début des décorations. — les Winchester » / « Hong-Kong » / « Paris » / « Bruxelles (Boulanger) » / « Singapour » / « Tioman ».

3. Appendices, II, p. 900.

Mercurol.

Mercurol est le plus étonnant. La répartition de ses interventions dans l'ensemble du texte dont nous disposons est extrêmement inégale : après avoir occupé une large place dans les trois premiers chapitres, il disparaît presque complètement. D'ami intime et complice de Mayrena, qui lui sert de confident, il est relégué au rang de domestique à peu près inutile dès que commence l'expédition, les principaux interlocuteurs de Mayrena devenant alors ses interprètes auprès des Moïs : M. Minh et le père Georges — signe parmi d'autres de la tournure ethnographique prise par le roman.

Le Mercurol des trois premiers chapitres n'a, comme nous l'avons déjà vu, qu'un très lointain rapport avec le Mercurol historique, qui avait bien été sous-officier, et sans doute aussi garçon boucher, avant de devenir petit boutiquier à Saigon, et enfin « marquis de Hénouï » à la cour de Sa Majesté Marie Ier, mais qui n'avait nullement capturé le Dé-Tham[1] et ne semblait pas s'être signalé par le « tempérament artiste » que Malraux, sur le modèle avoué du Jack d'Alphonse Daudet, prête à son personnage.

Dans les documents préparatoires du fonds Doucet, on trouve un petit feuillet où l'on peut lire, sous le titre « Mercurol », la liste suivante : « Anar / Philatéliste / Occultiste / Opiomane / Dessinateur / Le poison / Vidame » — ce dernier terme étant biffé, peut-être pour indiquer que le trait avait été utilisé. Il nous semble, de fait, que ce personnage doit beaucoup à la littérature « populiste », d'inspiration proudhonienne et tranquillement anarchisante que Malraux avait découverte, à la fin des années vingt et au début des années trente, chez des écrivains comme Henry Poulaille et, surtout, Louis Guilloux. Le petit bonheur tranquille dont rêve Mercurol, devenu son seul maître, en marge de la société, sur un bateau acheté avec de l'argent gagné en « se faufilant » d'aventures discrètes en petits trafics illégaux, représente bien le modeste idéal « anar » dont cette littérature se faisait volontiers l'écho. Il reste cependant chez lui un côté « artiste farfelu », amateur d'objets bizarres — dont fait partie le tuyau de plume rempli d'une boueuse poudre d'or — et inventeur de concours Lépine (le « procédé Mercurol »), qui fait plutôt songer aux personnages plus poétiques, plus irréels, des romans d'André Salmon, comme *La Négresse du Sacré-Cœur* ou *L'Entrepreneur d'illuminations*, présentés par Malraux aux lecteurs de la revue *Action*, au début des années vingt.

Il est naturel, puisque l'histoire commence à Saigon, d'associer à ce marginal la drogue. Mais l'opium d'abord envisagé — et auquel Mercurol se réfère encore lorsqu'il rêve au « Bénarès » qu'il pourra acheter — a finalement été remplacé par le haschich, pour lequel Malraux avait marqué de l'intérêt dès *La Tentation de l'Occident*. Il est naturel aussi de prêter à Mercurol un langage populaire : Malraux a entendu participer ainsi à la véritable joute littéraire qui se livra entre les écrivains de l'entre-deux-guerres pour rendre la saveur et la vigueur du langage populaire. L'écrasante réussite de Céline a fait oublier d'autres tentatives, dont celle de Malraux — à vrai dire tardive — dans *L'Espoir* et dans *Les Noyers de l'Altenburg*.

Mercurol, cependant, n'entre pas seulement dans l'aventure comme un marginal sympathique chargé d'introduire une note de farfelu anarchisant ou enfantin, mais aussi comme un héros patenté, auréolé de tout le prestige de la capture du Dé-Tham. Il est de ceux, dira Malraux dans les *Antimémoires*, « qui osèrent [...] se rendre sans armes chez les insoumis[2] ».

1. Voir n. 1, p. 985.
2. P. 359.

D'un tel homme on attendrait, au cours de l'expédition, une attitude exemplaire ; on imaginerait volontiers Mercurol en missionnaire des vertus républicaines, sur le modèle de ces officiers de la mission Pavie avec lesquels Malraux semble le confondre lorsqu'il parle de lui dans les *Antimémoires* comme il parlait ailleurs d'Odend'hal. Il aurait pu être, dans quelque roman édifiant, la bonne conscience de Mayrena. Mais toutes les « bonnes actions », comme nous l'avons vu, sont mises à l'actif de Mayrena ; Mercurol est presque oublié.

Malraux aurait pu faire de Mercurol un double contrapunctique de Mayrena. Depuis *Don Quichotte* au moins, la littérature a proposé d'innombrables variantes de ces couples contrastés où les personnages se dessinent l'un par l'autre. Mais si, au début du roman, Mercurol est bien l'homme du peuple réaliste et naïf qui unit servilement son destin à celui d'un aristocrate chimérique dont les talents de conteur et d'écrivain le fascinent, il est ensuite trop oublié pour servir à quelque effet de comparaison que ce soit. Faut-il voir là un signe parmi d'autres d'inachèvement ?

M. Minh.

M. Minh, qualifié d'« interprète nigaud » dans les *Antimémoires*, apparaît parfois comme le personnage auquel ont été attribuées des fonctions retirées à Mercurol. Il y a du Sancho Pança en lui : dans la caravane, on le voit suivre, « sur un poney », « le grand Mayrena sur un petit cheval blanc[1] » ; il conseille constamment la prudence et incarne même la couardise opposée à la hardiesse de Mayrena dans l'épisode de la « maison des Morts » ; enfin, il connaît trop les réalités du « pays moï » pour se laisser prendre, comme Mayrena — et peut-être Mercurol lui-même —, à certains de ses sortilèges...

Mais on touche ici à la principale fonction du personnage, qui est sa fonction ethnographique. Annamite chrétien, M. Minh, tout en s'acquittant scrupuleusement de sa tâche d'interprète, témoigne devant Mayrena du mélange de crainte et de mépris qui caractérisait le point de vue des Annamites sur les Moïs. Il est aussi le colonisé qui tient à affirmer sa dignité face aux Européens, comme on le voit notamment lors de la discussion sur la « superstition » qui l'oppose à Mayrena. Il ne fait d'ailleurs nullement, dans ce rôle, figure de vaincu, la conclusion, laissée en suspens, semblant bien être que la foi en un surnaturel est plus immédiatement universelle que le rationalisme scientiste et positiviste derrière lequel se retranche, sans grande conviction, Mayrena.

On peut voir dans cette conversation un avatar de celles qui opposent les protagonistes de *L'Espoir* et, plus encore, des *Noyers de l'Altenburg*. Ici cependant, le décor n'est plus ce qui redouble symboliquement l'échange d'arguments ou ce qui l'enfièvre en en montrant l'urgente nécessité, il devient ce qui envoûte tous ceux qui, comme Mayrena, se sentaient initialement étrangers aux exigences du lieu. L'épisode du squelette de buffle que Mayrena croit un instant voir s'animer serait le plus représentatif de ce genre d'effet : dans ce que le Clappique des *Antimémoires* appellera « le monde moï[2] », Mayrena a changé d'« englobant » — pour user d'un terme emprunté cette fois à *L'Homme précaire et la littérature*. Les lois de la nature patiemment élaborées par les savants de la vieille Europe deviennent subitement incongrues et, en tout cas, inexplicables, puisque l'interprète lui-même, qui pourrait les expliquer aux Moïs, met en doute leur validité. M. Minh est trop sceptique pour se faire l'apôtre d'un mode de pensée

1. P. 1022.
2. *Antimémoires*, coll. « Blanche », Gallimard, 1967, p. 407.

contre un autre, et il traduit même plus volontiers les explications des « sauvages » que celles des « civilisés ». Mayrena resterait absolument seul s'il n'y avait le père Georges.

Le père Georges.

Dans l'action du roman, le père Georges reste en retrait par rapport à Mayrena ; le portrait du « moine-soldat » et de l'administrateur qu'il fut en réalité nous est fait, pour l'essentiel, indirectement, par l'évêque et le résident, par exemple, au chapitre v. Le personnage du roman a une fonction historiographique, puisqu'il se charge de compléter et de préciser l'histoire de la mission, déjà esquissée par Constans, l'évêque, le résident et M. Minh. Mais il a, lui aussi, une fonction ethnographique très marquée : par son travail — signalé plus d'une fois comme difficile et imparfait — de traducteur, il accentue, pour le lecteur comme pour Mayrena, l'étrangeté de la « pensée sauvage » ; d'autre part, il se trouve chargé d'expliquer — du point de vue de l'Occidental, cette fois — certaines coutumes des Bahnars, Djaraïs et Sedangs. Il a cependant moins de mépris que M. Minh et sa fraternité avec les sauvages paraît aller au-delà des seules exigences de la charité chrétienne. On se demande même un instant si sa foi n'a pas vacillé dans cet univers où les ruses du Démon exercent sur les esprits un tel empire : il dit avoir entendu les morts parler. En réalité, Malraux semble avoir voulu faire de son personnage un témoin de l'universalité d'un « surnaturel » qui diffère de celui auquel les Européens sont accoutumés en ceci seulement, peut-être, que sa répartition entre Dieu et Diable n'est pas la même.

La confrontation proprement épique que l'on pouvait attendre entre « pensée chrétienne » et « pensée sauvage » n'a donc pas lieu. Dans le domaine de la foi comme dans celui de la guerre, Mayrena ne trouve pas les adversaires qu'il rêvait d'affronter en des combats manichéens : le père Georges n'est guère le champion d'un christianisme conquérant et dominateur, et, de l'autre côté, le sorcier « Grain-de-Café » semble tout prêt à reconnaître que son pouvoir est largement charlatanesque. Au chapitre xiv, on découvre un père Georges étrangement prudent et même craintif, fort éloigné de son modèle historique, mais qui pourrait devoir quelques traits à cet André Gide auquel Malraux s'opposait amicalement, dans leur lutte commune contre le fascisme, entre 1934 et 1937. À celui qui veut agir efficacement et de façon manichéenne s'oppose celui qui ne veut rien sacrifier de son intégrité morale et spirituelle ; mais l'irritation de Mayrena disparaît lorsqu'il s'aperçoit que « le père ne cultivait pas ses scrupules pour refuser d'agir, mais, au contraire, pour pouvoir agir[1] » — formule qui résumerait sans doute assez exactement l'opinion de Malraux sur Gide dans ces années-là.

Les Moïs.

Les Moïs sont bien sûr, dans le roman, un personnage collectif que ne viennent spécifier que quelques rares personnages particuliers. Leur évocation s'inscrit bien dans le cadre des réflexions qui transparaissent aussi dans *L'Espoir* et dans *Les Noyers de l'Altenburg* sur la fraternité, le courage — ces « universels concrets » — et « l'homme fondamental ». La découverte de Mayrena tient en un mot : les Moïs ne sont pas des « sauvages », mais *des paysans*, semblables, pour l'essentiel, à tous les paysans du monde. Le père Georges le conforte dans cette impression en lui rappelant que les villages français ont presque tous encore des sorciers, des superstitions

1. P. 1115.

et des rites qui n'ont rien à envier à ceux des Moïs. Seul le sacrifice du *Rolang* paraîtra finalement à Mayrena le signe d'une vraie « sauvagerie » — celle des sacrifices humains dont il perpétue le souvenir en en ravivant la barbarie. On peut cependant penser que, dans *Le Règne du Malin* comme dans *L'Espoir* — dont la dernière partie devait d'abord s'intituler : « Les Paysans » —, les paysans sont l'incarnation concrète et universelle de « l'homme fondamental ».

Les individualités qui se détachent de l'ensemble représentent, chacune à leur façon, une facette de « l'homme fondamental », une ouverture vers une forme de fraternité humaine. Le cas le moins édifiant est sans doute celui du sorcier « Grain-de-Café », qui rejoint dans la familiarité, la roublardise et l'agressivité vindicative les charlatans du monde entier. Mais il faut aussi remarquer le guide moï qui accepte de conduire Mayrena sur la piste du tigre et le retrouve ainsi dans cette « patrie du courage » où communient, dans *L'Espoir*, Puig, l'anarchiste, et Ximénès, le colonel de la Garde Civile.

Sur ce point, l'originalité du *Règne du Malin* par rapport à *L'Espoir* est d'explorer un universel qui ne serait pas aussi marqué par des valeurs viriles — on en a maintes fois fait le reproche à Malraux — mais se découvrirait également dans la vie concrète des femmes, et particulièrement dans l'épreuve de l'enfantement et de la maternité. Ses sources fournissaient à Malraux deux événements qu'il a exploités dans ce sens : d'après Soulié, la concubine de Mayrena, morte pendant l'expédition, aurait été victime d'une fausse couche — et, plus encore, des mauvais traitements infligés en cette circonstance par une *bojaou* locale : Malraux néglige la « princesse chame » mais non les souffrances de la fausse couche, attribuées à une indigène. D'autre part, le capitaine Cupet raconte très précisément l'histoire de la petite esclave reconnue par sa mère — en la situant d'ailleurs dans une région fort éloignée des territoires bahnar et sedang. Dans ces deux épisodes du *Règne du Malin*, le narrateur souligne non seulement les manifestations d'une « sororité » universelle, mais aussi la perception de cette « sororité » par Mayrena, héros viril. On voit ainsi traduit un souci essentiel de Malraux dans le système philosophique qu'il construit ou auquel il adhère à la fin des années trente — celui que résume la formule de la préface au *Temps du Mépris* : « Il est difficile d'être un homme. Mais pas plus de le devenir en approfondissant sa communion qu'en cultivant sa différence, — et la première nourrit avec autant de force au moins que la seconde ce par quoi l'homme est homme, ce par quoi il se dépasse, crée, invente ou se conçoit[1]. »

Les Européens.

Constans, les passagers du bateau de Qui-Nhon, les époux Chaminade appartiennent clairement aux marges de l'aventure. Ces personnages représentent les colons qui resteront, quoi qu'il arrive, étrangers au monde qu'ils colonisent, incapables de concevoir l'effort de vraie curiosité qui leur eût permis de découvrir une autre civilisation. Malraux s'essaie alors à un genre qu'il n'avait jusqu'alors guère pratiqué : celui du réalisme satirique.

Avec les passagers du bateau, on retrouve la question du langage populaire (bien plus que celle des types sociaux — à peine indiqués), déjà abordée avec Mercurol, mais aussi celle du langage *collectif*, problème essentiel de tous les romans historiques à vocation épique. La tentative est ici juste esquissée ; elle sera reprise, et plus développée avec les soldats des *Noyers de l'Altenburg*, ceux de la chambrée comme ceux de la sape.

1. T. I de la présente édition, p. 777.

Le personnage de « Thalie de Sombreuse » pose de tout autres questions. On a souvent remarqué que les personnages féminins de Malraux, rares, n'étaient que les doubles des héros masculins ; ce n'est plus le cas de « Thalie », bien qu'elle ait sans doute aussi pour fonction de souligner la médiocrité de Mayrena, prince charmant à l'exacte mesure de ses rêves. Ce croquis inattendu, unique dans toute l'œuvre de Malraux, est peut-être un personnage à clé[1]. Situé entre Emma Bovary et la Verdurin, il pourrait aussi avoir été inspiré par Louise Colet, sur laquelle Josette Clotis se documentait au moment où Malraux écrivait *Le Règne du Malin*[2]. Son portrait relève, en tout cas, de conventions romanesques directement héritées du XIXe siècle. C'est moins nettement le cas pour son époux, dont les rêves éteints appellent quelque compassion et ont pour fonction directe et évidente de mettre en valeur les rêves de Mayrena, bien vivaces et délivrés de la fange du sentimentalisme — rêves épiques, et non amoureux, contrairement à ceux du « petit résident », qui n'a gardé de la guerre que le mièvre souvenir d'une maîtresse.

Constans est évidemment d'une espèce supérieure. Malraux l'a conçu comme une sorte de Garine radical-socialiste, dont l'agitation fiévreuse, lors de sa rencontre avec Mayrena, n'atteint cependant pas la tension dans laquelle vit continuellement le héros des *Conquérants*. L'attitude quasi napoléonienne qui le caractérise dans la scène de l'entrevue — il sait presque tout, ne pose que des questions précises et utiles, et décide sans appel — contraste cependant bizarrement avec une totale absence d'existence romanesque lors de ses conversations avec Mayrena sur le bateau de Qui-Nhon.

La narration.

L'importance donnée par l'auteur à la construction des personnages ne doit pas faire oublier les caractéristiques générales d'une écriture qui se révèle semblable à celle des autres romans de Malraux, mais laisse peut-être mieux apercevoir qu'ailleurs ses mécanismes, du fait de l'inachèvement de l'œuvre.

L'énonciation et le point de vue.

C'est une narration à la troisième personne, mais on constate que le narrateur hétérodiégétique reste extrêmement discret et s'interdit l'omniscience : il décrit parfois, mais ne juge jamais. Le point de vue est presque toujours celui d'un personnage, qu'il prenne la forme du discours direct, dans les dialogues et dans les « Notes de mission » des chapitres VII, IX et X, ou d'une sorte de monologue intérieur, dont les liens avec le personnage-source ne sont pas alors des plus stricts, il est vrai, le narrateur paraissant s'immiscer parfois dans la conscience du personnage.

Le souci d'éviter à tout prix de faire apparaître le rôle joué par l'instance narratrice est cependant l'une des plus fortes constantes de l'écriture romanesque de Malraux, et l'on remarque, ici comme ailleurs (notamment dans *Les Conquérants*), les difficultés techniques qui l'accompagnent nécessairement. Le rôle des traducteurs, par exemple, est souligné avec un scrupule qui peut paraître excessif, et qui n'est pas sans rappeler les « dit-il », « dit-elle », des romanciers américains de l'entre-deux-guerres, comme Hemingway. On peut observer aussi qu'au chapitre III l'histoire de la reddition du Dé-Tham et l'ensemble du por-

1. Voir n. 2, p. 1012.
2. Voir Suzanne Chantal, *Le Cœur battant*, p. 14.

trait biographique de Mercurol sont englobés dans un monologue intérieur de Mayrena, qui va jusqu'à reproduire certaines scènes dialoguées (Mercurol et son colonel, Mercurol et son fils, etc.). Et l'on retrouve même dans ce passage le recours à la technique de la « fiche de police » qui permettait au narrateur homodiégétique des *Conquérants* de présenter le portrait de Garine : Mayrena imagine les remarques qu'il ferait à Constans pour rectifier les informations fournies par la police sur son ami Mercurol.

On a parfois vu dans cette volonté forcenée d'effacer l'instance narratrice, fût-ce au prix d'une focalisation invraisemblable, une constante structurelle du psychisme de l'auteur. Geoffrey T. Harris, par exemple[1], voit en Malraux un artiste hanté par l'angoisse de livrer au lecteur quelque trace que ce soit de son « vrai moi » et avide de lui substituer un « moi » d'artiste, un « moi » construit.

Sur le plan proprement esthétique, en tout cas, il est certain qu'une telle « narration objective » appelle tout naturellement sa transposition cinématographique : la caméra reste volontiers extérieure aux personnages, elle se dispense de répartir les points de vue et n'éprouve nulle gêne à extraire scènes et dialogues d'un éventuel monologue intérieur. En cela, Malraux, loin d'être déterminé par la configuration particulière de son psychisme, apparaît au contraire semblable à tous les artistes de son temps, pour lesquels l'effacement de l'auteur derrière l'objectivité apparente des formes est la première condition de la création.

Scènes et dialogues.

On sait qu'un tel parti pris esthétique conduit à privilégier les scènes et les dialogues par rapport au récit, dont le cours apparaît toujours guidé par un narrateur. C'est ce que l'on observe dans *Le Règne du Malin* comme dans les autres romans de Malraux. L'étude du manuscrit montre que les fonds de scène sur lesquels se détachent les affrontements et les dialogues sont souvent écrits à part, pour être ensuite insérés dans le cours de l'action ou de l'échange verbal. Bien plus que des décors, ils deviennent cette « troisième dimension » dont Malraux parlait dans l'*Esquisse d'une psychologie du cinéma* : ils donnent aux scènes une profondeur, les plongent dans une atmosphère qui seule fait apparaître leur vraie signification. Il n'est pas rare de trouver alors des effets de discordance entre les paroles prononcées et le mystère, ou l'angoisse, qui se dégagent de l'atmosphère ainsi évoquée. Et ces effets conduisent le lecteur à se demander si les personnages perçoivent eux-mêmes la pleine signification de ce qu'ils vivent. C'est ici surtout que joue l'incertitude dans la répartition des points de vue entre narrateur et personnage : la conscience donnée au lecteur semble dépasser plus d'une fois celle de personnages aveuglés par leur action, sans toutefois qu'il soit possible d'être sûr qu'ils ne ressentent pas quelque chose de l'atmosphère qui les enveloppe. Cela contribue parfois à donner son ambiguïté au personnage de Mayrena : par exemple dans la scène initiale de la fausse arrestation, les craintes immédiates de Mayrena semblent appartenir à un autre registre que l'angoisse quasi métaphysique suggérée par « cette forêt [qui] l'enserrait » et ces « végétations immenses cachées dans la nuit[2] ». De même, dans la scène du chant de l'aveugle, le père Georges, tout occupé à traduire le *Chant de Damsan*, et Mayrena, pris par ses efforts de compréhension et

1. Geoffrey T. Harris, « André Malraux : Multiple Ways of being », *Revue André Malraux Review*, 1992-1993, n° 24, p. 84-93.
2. P. 975.

d'interprétation, paraissent peu sensibles à l'étrange solennité du moment, qui les pénètre cependant.

Composition.

Il serait assez vain, enfin, de chercher à commenter la composition d'une œuvre aussi largement inachevée. On peut apercevoir cependant, dans ces quatorze premiers chapitres du roman, le souci de construire une trame narrative discontinue, en éliminant les transitions pour transporter le lecteur sans ménagement d'un lieu à un autre, d'un moment à un autre, et même d'un mode d'écriture à un autre, lorsque les « Notes de mission » de Mayrena viennent remplacer, dans trois chapitres, la narration ordinaire. L'ordre chronologique est cependant globalement respecté, malgré l'exception du chapitre « VIII *bis* », que Malraux avait d'abord placé à la suite du chapitre XII ; les notes préparatoires montrent qu'il était prêt à suivre, pour la suite et la fin du roman, le plan chronologique adopté par Soulié, mais rien ne prouve qu'il ne se serait pas laissé conduire, par la logique propre de son écriture, loin de ce faible modèle. Il est toutefois peu probable que *Le Règne du Malin* aurait pris l'allure tourmentée donnée à *L'Espoir* ; contrairement à ce qui se passe dans *L'Espoir*, il y a, en effet, dans *Le Règne du Malin* une trame biographique imposée par un protagoniste unique. *Le Règne du Malin* eût donc été moins marqué que *L'Espoir* par l'art de l'ellipse, l'esthétique du factuel et du fragmentaire, qui caractérisait, aux yeux des admirateurs des romanciers et cinéastes des années vingt — Isaac Babel, John Dos Passos ou Eisenstein — la narration épique et révolutionnaire propre aux temps modernes. Il ne pouvait pas, cependant, ne pas en porter la trace.

La « sauvagerie » ou le roman impossible.

Comment conclure le commentaire de cette œuvre inachevée, sinon en tentant de dresser la liste des contradictions dans lesquelles s'était enfermé son auteur, pour expliquer ce qui a toutes les apparences d'un échec ?

La plus évidente de ces contradictions est peut-être que Malraux, tenant un personnage historique qu'il ne voulait pas dissimuler, cette fois-ci, sous le masque de la fiction, n'a cessé d'enrichir et de préciser sa connaissance des faits historiques au lieu de se laisser emporter par son écriture de romancier. L'historien scrupuleux et le romancier tragique — ou épique — n'ont pas fait bon ménage. Le Mayrena du *Règne du Malin* ne pouvait donc convaincre ni par l'exactitude historique du portrait, ni par la puissance proprement romanesque d'un Perken, d'un Kyo ou d'un Magnin. Il n'est d'ailleurs pas impossible que Malraux se soit tout simplement découragé devant l'ampleur de la tâche de documentation qui s'offrait à lui : il n'était pas facile de rétablir la vérité des faits dans une affaire aussi embrouillée et sur laquelle tous les principaux acteurs — à l'exception de Mayrena — avaient voulu jeter un voile pudique.

Derrière cette première contradiction Malraux en laisse deviner une autre, celle de l'entreprise coloniale elle-même, telle qu'on la concevait sous la troisième République. La colonisation ne peut avoir quelque noblesse que si elle prend la dimension d'un mythe héroïque, d'une épopée digne d'Alexandre ou des croisades ; or, la troisième République, rationaliste, individualiste et humaniste, ne saurait donner à ses soldats l'enthousiasme aveugle et l'abnégation fraternelle nécessaires à de telles aventures. Dès lors, la colonisation se réduit à l'exploitation parfois paternaliste et parfois impitoyable de « sauvages » auxquels, par peur de leur ressembler en quelque façon, on refuse jusqu'à ce statut d'ennemi, qui revêt, dans toutes les luttes authentiquement épiques — si jamais il y en eut —, une si éminente dignité. C'est parce qu'on est incapable de reconnaître en eux des semblables et des pairs qu'on ne peut concevoir leur colonisation comme un affrontement épique. Au cœur de cette contradiction, le personnage de Mayrena trouve sa plus grande ambiguïté : ses rêveries en font un conquistador égaré sous la troisième République — et qui échouerait donc même s'il avait en lui une énergie et une détermination à la mesure de ses rêves. Il n'est pas sûr, pourtant, qu'il ait en lui cette puissance du mythomane capable de donner à ses rêves l'intensité qui rassemble autour d'eux une foule de compagnons fascinés et fraternels : dans *Le Règne du Malin* son succès de conteur, tant auprès des colons qu'auprès des chefs moïs, reste fort incertain et, dans les *Antimémoires*, il ne recrute qu'un modeste groom…

On voit, enfin, comment peut s'expliquer la contradiction qui marque le genre même de l'œuvre, hésitant entre épopée, épopée burlesque et roman ethnographique. Le mythe auquel il eût fallu donner une forme romanesque était, en ce début du XXe siècle, le mythe de la « pensée sauvage », celui d'une identité humaine nouvelle, construite et éprouvée au cœur de cette « sauvagerie » à laquelle l'Occident avait cru, avant la Première Guerrre mondiale, pouvoir opposer ses valeurs de civilisation et toutes les structures de sa pensée rationnelle. Le défi lancé au romancier des années vingt était celui de l'écriture poétique rimbaldienne, dont la formule, « Je est un autre », est bien plus celle du « livre à venir » cher à Blanchot que celle d'un mythe héroïque parmi d'autres. Au même moment que Michel Leiris ou Henri Michaux — qui en tireront d'autres conséquences — Malraux s'aperçoit qu'aucune écriture romanesque ne saurait, en restant soumise aux données historiques et ethnographiques, rendre compte d'une telle expérience de l'altérité sans retour. Échec d'une écriture, *Le Règne du Malin* a donc pu donner à Malraux le sentiment qu'il avait atteint l'une des limites de la vieille culture occidentale. Selon le constat qu'il prête à T. E. Lawrence, dans sa préface au *Pays d'origine* d'Eddy du Perron[1], nul ne peut écrire le livre de l'homme qui change de civilisation.

JEAN-CLAUDE LARRAT.

BIBLIOGRAPHIE

BARTHÉLEMY (marquis de), *Au pays moï*, Plon, 1904.

BESNARD (Henri), « Les Populations moï du Darlac », *Bulletin de l'École française d'Extrême-Orient*, t. VII, n°s 1-2, janvier-juin 1907, Hanoi-Haiphong, 1907, p. 61-86.

BOUROTTE (Bernard), « Essai d'histoire des populations montagnardes du Sud-Indochinois jusqu'à 1945 », *Bulletin de la Société des Études indochinoises*, Nouvelle Série, n° 1, 1955.

CLIFFORD (Sir Hugh), *In Days that are dead*, London, J. Murray, 1926, p. 257-279 (même texte dans la revue *Asia* en septembre 1926).

CUPET, capitaine P., « Chez les populations sauvages du Sud de l'Annam », *Le Tour du Monde*, n°s 12-16, mars-avril 1893, p. 177-256.

—, *Voyage au Laos et chez les sauvages du Sud-Est de l'Indo-Chine* (troisième volume du compte rendu de la « Mission Pavie »), Ernest Leroux, 1900.

1. *Le Pays d'origine*, p. 10.

DELINGETTE (Arthur), *Relation d'un voyage chez les Moïs*, Imprimerie Kugelmann, 1895.
DOURISBOURE (père), *Les Sauvages Ba-Hnars (Cochinchine orientale)*, Éditions P. Téqui et Missions étrangères, 1873, 1904 et 1929. Avec en appendice une lettre du père Combes datée de 1853.
GUERLACH (père Jean-Baptiste), *L'Œuvre néfaste*, Saigon, 1906.
—, « Chez les sauvages Ba-Hnars », *Les Missions catholiques*, janvier-février et août-septembre 1884.
—, « Mœurs et superstitions des Ba-Hnars », *Les Missions catholiques*, septembre-novembre 1887.
—, « Deux ans de captivité chez les Ba-Hnars », *Les Missions catholiques*, novembre-décembre 1887.
—, « Chez les sauvages de la Cochinchine orientale. Ba-Hnar. Reungao. Sedang », *Les Missions Catholiques*, janvier-mai 1894.
HICKEY (Gerald C.), *Kingdom in the Morning Mist. Mayrena in the Highlands of Viet-Nam*, Philadelphie, University of Pennsylvania Press, 1988.
MAÎTRE (Henri), *Mission Henri Maître. Indochine Sud-Centrale. Les Jungles moï*, Larose, 1912.
—, *Les Régions moï du Sud indo-chinois. Le Plateau du Darlac*, Plon, 1909.
MARQUET (Jean), *Un aventurier du XIXe siècle. Marie Ier, roi des Sédangs, 1888-1890*, Hué, *Bulletin des Amis du vieux Hué*, 1927.
Montagnards des pays d'Indochine, catalogue de l'exposition du centre culturel de Boulogne-Billancourt, Sépia Éditions, 1995.
NER (Marcel), compte rendu des ouvrages de Jean Marquet, *Un aventurier du XIXe siècle. Marie Ier, roi des Sédangs, 1888-1890*, Hué, 1927 et de Maurice Soulié, *Marie Ier, roi des Sedangs, 1888-1890*, Paris, 1927, *Bulletin de l'École française d'Extrême-Orient*, XXVII, Hanoi, 1928, p.308-350.
—, « Essai sur la psychologie de l'aventure. Marie Ier, roi des Sédangs », *Revue indochinoise illustrée*, mars-avril 1928.
PARIS (Camille), *Missionnaires d'Asie — Œuvre néfaste des Congrégations. Le Protectorat des chrétiens*, Imprimerie « Le Papier », 1905.
SABATIER (Léopold), *La Chanson de Damsan. Légende radé du XVIe siècle*, Éditions Leblanc et Trautman, 1927.
SOULIÉ (Maurice), *Marie Ier, roi des Sedangs, 1888-1890*, « Les Aventures extraordinaires », Marpon, 1927.
TABOULET (Georges), *La Geste française en Indochine. Histoire par les textes de la France en Indochine, des origines à 1914*, Adrien Maisonneuve (t. I, 1955 ; t. II, 1956).
VILLIERS DU TERRAGE (baron Marc de), *Conquistadores et roitelets. Rois sans couronne. Du roi des Canaries à l'empereur du Sahara*, Didier-Perrin, 1906.

NOTE SUR LE TEXTE

Documents.

Le dossier du *Règne du Malin* est aujourd'hui conservé à la bibliothèque littéraire Jacques-Doucet. Il est composé de cinq groupes de documents :

1. Le manuscrit proprement dit du roman (trois cent vingt-deux feuillets). Aux feuillets manuscrits se mêlent, selon la pratique constante de Malraux, des pages dactylographiées, ou des fragments de dactylogrammes insérés par collage parmi les fragments manuscrits.

Nous désignerons ce « manuscrit » par le sigle *ms.*

2. Une version dactylographiée du manuscrit, intitulée *Le Règne du Malin* (deux cent huit feuillets). Elle a été relue et abondamment corrigée par Malraux — de nouveaux fragments manuscrits, parfois de la dimension d'un paragraphe, venant s'ajouter au dactylogramme proprement dit.
Sigle : *dactyl. 1*.

3. Une « dernière version » (titre autographe), également dactylographiée (soixante-cinq feuillets). Cette version n'est pas complète : il s'agit d'une nouvelle dactylographie, après ajouts et corrections, de certains chapitres de *dactyl. 1* : les chapitres II (l'entrevue avec Constans à Saigon), III (le portrait de Mercurol), IV (le bateau) et V (l'accueil de Mayrena par l'évêque et le résident). Mais elle n'a visiblement pas été relue par Malraux et comprend d'assez nombreuses coquilles, fautes d'orthographe ou erreurs de transcription (par rapport à *dactyl. 1*).
Sigle : *dactyl. 2*.

4. Un groupe de cent quatre-vingt-dix feuillets, soit dactylographiés, soit manuscrits, manifestement destinés aux *Antimémoires*.

5. Quelques feuillets n'entrant dans aucun des groupes précédents : esquisses de plan, notes éparses, etc. Il convient d'ajouter à ce cinquième groupe des documents de différentes natures que l'on peut considérer comme des « notes préparatoires » et qui sont rassemblés dans un dossier conservé au fonds Doucet sous le titre « MAYRENA I ». Il s'agit de lettres, de fiches de lecture, de notes établies par des collaborateurs, de billets griffonnés par Malraux lui-même, etc.

Établissement du texte.

Nous avons respecté, pour chaque chapitre, la règle consistant à publier la version la plus élaborée du texte.

En dépit de son titre, la « dernière version » (*dactyl. 2*) n'a guère d'intérêt pour nous, puisqu'elle reproduit le texte — assez aisément lisible — de *dactyl. 1* corrigé, dont elle ne s'écarte, nous l'avons vu, que par des erreurs manifestes de transcription. Elle n'a pas été revue par Malraux. Nous n'en avons donc pas tenu compte dans l'établissement du texte. Restaient le manuscrit et la « première dactylographie ».

Le choix de cette dactylographie (*dactyl. 1*), dernier document corrigé par l'auteur, paraissait s'imposer. Mais *dactyl. 1* n'est pas tout à fait complet : le chapitre XIII manque, et l'on trouve, à la suite du chapitre XII, un chapitre numéroté « XIV », mention corrigée en « VIII *bis* » : il concerne la réaction des époux Chaminade à la dépêche désavouant Mayrena.

En revanche, on lit dans *ms.* un chapitre XIII complet et les premières pages d'un chapitre XIV (début d'une discussion entre le père Georges et Mayrena).

Nous reproduisons donc d'après *dactyl. 1* les chapitres I à XII, ainsi que le chapitre VIII *bis*, que nous plaçons naturellement à la suite du chapitre VIII. Puis nous suivons *ms.* pour le chapitre XIII et pour le chapitre XIV, qui n'est pas terminé. Ces deux chapitres du manuscrit sont naturellement moins « achevés » que les chapitres I à XII, reproduits d'après *dactyl. 1*, c'est-à-dire d'après la deuxième version du texte ; mais il doit être clair que *tout* ce que nous publions ici est resté inachevé.

« Le Règne du Malin » dans les « Antimémoires ».

Le *Règne du Malin* occupe une grande place dans l'édition de 1967 des *Antimémoires*, sous la forme d'un scénario raconté par Clappique à l'auteur. Dans l'édition définitive du *Miroir des limbes*, seuls subsistent quelques éléments de ce scénario. On se reportera, sur ce point à la Note sur le texte du *Miroir des Limbes*, p. 1144, et à l'appendice II de cet ouvrage, p. 899 ; voir aussi la notule de Marius-François Guyard, p. 1291.

On ne trouve, dans les trois premiers groupes de documents décrits ci-dessus, aucune annonce ni aucune trace des éléments du récit qui apparaissent dans les *Antimémoires* après l'épisode du « chant de l'aveugle ». Les scènes présentant Mayrena à Paris et la mort de Mayrena ne semblent avoir été écrites qu'en vue des *Antimémoires*, à une date qui serait donc à situer dans les années soixante plutôt que dans les années trente.

Tableau de concordance.

Le tableau qui suit indique les correspondances — nécessairement approximatives — entre les principales séquences des chapitres du roman et les pages des différentes éditions des *Antimémoires.*

La présente édition du *Règne du Malin* y est désignée par le sigle *RM* ; les différentes éditions des *Antimémoires*, par leur date. La description de ces éditions figure dans la Note sur le texte du *Miroir des limbes*. (Nous avons indiqué entre parenthèses les pages où se retrouvaient à l'état fragmentaire et dispersé des allusions — parfois lointaines — aux passages correspondants du *Règne du Malin*.)

Séquences	*Le Règne du Malin*	*Antimémoires Blanche, 1967*	*Antimémoires Folio, 1972*	*Le Miroir des Limbes Pléiade, 1976*	*Le Miroir des Limbes Pléiade, 1996*
Chapitre I					
Craintes d'arrestation.	973-974	382-383	412	321	303
Dialogue Mayrena/Mercurol.					
Monologue intérieur de Mayrena. Shéhérazade.	974-978				
Chapitre II					
Portrait de Constans.	978-979	383 446-447 450			
Dialogue Constans/Mayrena.	979-985	383-387	(412 + 422)	(321)	303
Chapitre III					
Mercurol chez le Dé-Tham.	986-988	451-455 + 472	417	325	307
Mercurol chez le colonel.	988-991	455-458			
Mercurol et son fils.	991-993	458-459	418-419	326	308
Préparatifs pour l'expédition.	994-996	387-389			
Chapitre IV					
Le bateau de Qui-Nhon ; Mayrena = Raousset-Boulbon.	997-998	389	422	329	311
Cortez et Pizarre.	998-999	390 + 463			
Le timouride et la princesse.	999-1002	391-393	399-401	311-312	294-295
L'or. La plume. Sutter.	1002-1006	394-395	422	329-330	311-312

Séquences	*Le Règne du Malin*	*Antimémoires Blanche, 1967*	*Antimémoires Folio, 1972*	*Le Miroir des Limbes Pléiade, 1976*	*Le Miroir des Limbes Pléiade, 1996*
Chapitre V					
L'évêque.	1007-1011	395-398			
Les Chaminade.	1011-1021	398-406	412-414	321-323	303-305
Chapitre VI					
La caravane ; le squelette du buffle.	1022-1027	406-407	414	323	305-306
La sécheresse ; l'adultère.	1027-1029	407-410 460-461			
Le tigre.	1029-1035	407 410-411	419	327	309
Chapitre VII					
Mort du milicien. Traité avec Phim.	1036-1044	411-415	414 + 419	323 + 327	305 + 309
Chapitre VIII					
La rencontre avec le père Guerlach.	1044-1047	415-419			
Histoire de la mission.	1047-1051	422			
Stratégie contre les Siamois.	1051-1054	419-421			
Chapitre VIII bis					
Les Chaminade et la dépêche.	1054-1057	445-446			
Chapitre IX					
L'ordre de combat. Kong Jeri.	1057-1061				
Kong-Toum. L'agriculture.	1061-1063	422 + 461			
Le *Rolang*.	1063-1064	423 + 442 + 461-462	421	328	310
L'or. La petite esclave.	1064-1065	422-423			
Chapitre X					
Kong-Gung, village « djeng ».	1065-1066	423-424			
Reconnaissance de l'esclave.	1066-1067	424-425			
Kong-Gung. Commerce. Médecine.	1067-1072	426-428	414	323	305
Chapitre XI					
La maison des morts. Le cadavre.	1072-1075	462	420-421	328	310
La malade et la *bojaou*.	1075-1078	462 + 464-465	421 + 423	328 + 330	310 + 312
Le sorcier. Les feux siamois.	1078-1083	428-429	416	324	306
Chapitre XII					
Le surnaturel.	1083-1088	430-432			
Le missionnaire égaré.	1088-1089	432-433			
La Chanson de Damsan.	1089-1099	434-439 + 440-443 + 461-462	415 + 421	323-324 + 328	305-306 + 310
Chapitre XIII					
La palabre.	1099-1112				
Chapitre XIV					
Discussion Mayrena/Guerlach.	1113-1116				

J.-C. L.

NOTES ET VARIANTES

Page 971.

1. Le texte exact de ces deux vers de « Marizibill », un des poèmes d'*Alcools* (1913), est le suivant : « […] / Je connais gens de toutes sortes / Ils n'égalent pas leurs destins ».

Page 973.

1. Mot malais désignant une sorte de lézard.

2. Concernant les soupçons de trafic d'armes pesant sur Mayrena, voir la Notice, p. 1318. D'après Soulié, Mayrena avait déjà dupé des « commanditaires chinois » dans une affaire d'arbres à caoutchouc de la vallée du Donnai. Voir var. *a*, p. 976.

Page 974.

a. Début du § dans ms. : Ma. se leva, sans cesser de regarder la porte, et cet épais halo de lumière que faisait la lampe du destin au fond du brouillard, et où ne paraissaient toujours que deux jambes sur des feuilles énormes. [Mercurol ne quittait pas des yeux le visage de Jupiter jovial et encore jeune de son ami, les lèvres amincies, absent à force d'attention, et dont le tremblement du torse nu précipitait la sueur. M. prit *biffé*] Il retira ses binocles. Le changement de son visage après ce geste était familier à Mercurol, la substitution d'un masque de saint Jean-Baptiste à celui d'un altier receveur de l'enregistrement ; mais il y avait cette fois, dans l'amincissement des lèvres, dans la tension de tout le corps, quelque chose de nouveau. M. prit à la patère

1. Il n'y eut pas d'article, mais une lettre adressée au gouverneur général (voir la Notice, p. 1313). Le « pays moï » n'était pas « entre Siam et Laos », mais en Annam, à l'est du Laos et du Cambodge (voir la carte de l'Indochine en 1888, p. 1311).

Page 975.

a. assaillir de partout le ciel invisible. Comme dans d'autres rêves, jadis, une profusion de lianes emplissait l'obscurité jusqu'aux limites de la terre. Et pourtant, M. savait qu'il ne rêvait pas, que cette forêt imaginaire qui l'enserrait était, au plus profond de lui-même, liée à la police qui l'attendait. La bénédiction de la nuit tropicale l'envahissait comme le passé envahit les corps [qui vont mourir *biffé*], et cette soudaine possession du monde était inséparable des deux jambes fascinantes vers lesquelles il marchait. Soudain, elles disparurent : la lampe venait de s'éteindre. Était-ce tout de même un rêve ? Il fallait que ce fût un rêve. Il fallait que ce fût un rêve. Il n'y avait *ms.* ◆◆ *b.* s'il visait. Bien qu'il le vît depuis dix ans presque chaque jour, comme il le connaissait peu ! Il serait un hâbleur ou un héros, selon le succès ou l'échec de sa vie ; mais il [y avait en lui un militaire manqué qui excluait le guignol *biffé*] avait tué deux hommes en duel, dont un à Saïgon ; que M. fût ou non un rêveur, celui-là était mort. Ne tire pas, *ms.*

Page 976.

a. qu'un blanc. Ces plants de caoutchouc que ses commanditaires chinois avaient vus dans sa plantation de Baria, il les avait achetés à un Malais qui venait de Singapour, bon. Et après ? Ils poussaient, oui ou non ? Ils pousseraient. Il acclimaterait le caoutchouc en Indochine. Clive *ms.*

1. La présence de gisements d'or alluvionnaire dans la région, exploités depuis un temps immémorial par les autochtones, avait été signalée par plusieurs explorateurs. Voir Francis Garnier, *Voyage d'exploration en Indochine* (récit de la mission Doudart de Lagrée [1866-1867], 1re éd. 1873, partiellement réédité aux éditions La Découverte, 1985), ainsi que *Mission Étienne Aymonier. Voyage dans le Laos*, 1895, t. I, p. 134-136 et Auguste Pavie, *Mission Pavie*, t. IV, Ernest Leroux, 1911, p. 215. On peut ajouter que le thème de l'or tient une place importante dans tout le folklore de la péninsule indochinoise (voir Jean Przyluski, « L'Or, son origine et ses pouvoirs magiques. Étude de folklore annamite », *B.É.F.E.-O.*, 1914, fasc. 5, p. 1-17). L'idée de faire de Mayrena le conquérant d'un nouvel Eldorado est donc loin d'être dénuée de fondement.

2. Par la victoire de Plassey (1757), Robert Clive (1725-1774) livra tout le Bengale à la Compagnie anglaise des Indes. Aux combats qu'il dut ensuite mener contre le Grand Mogol, les Hollandais et Lally-Tollendal, il ajouta de multiples intrigues qui lui valurent d'être finalement traduit devant le Parlement. Reconnu coupable, mais gracié en considération de ses services, il se suicida.

3. Mayrena est ici confondu avec son frère journaliste, dont toute l'activité de metteur en scène consista à monter un spectacle de revue intitulé *Saigon-Dolant*.

4. « Il avait donné, dans des temps difficiles, quelques séances de prestidigitation, mais il préférait qu'on ne lui en parlât pas », écrit Soulié (*Marie Ier, roi des Sedangs*, p. 14). Pas un explorateur, à cette époque, à qui l'on n'ait prêté des dons de prestidigitateur ; on soupçonnait les missionnaires eux-mêmes de recourir parfois à cet art. — Mayrena, par ailleurs, avait écrit quelques articles pour des journaux de Toulon et de Saigon, mais il ne fut jamais, semble-t-il, chroniqueur judiciaire. Malraux peut transposer ici certains propos de son ami André Salmon (qui avait exercé ce métier), sans parler de ses propres souvenirs d'accusé.

Page 977.

1. Sur ce titre de baron, voir la Notice, p. 1318.

Page 978.

a. entre ses seins *a été effacé dans dactyl. 1, sans être remplacé. Ces mots se trouvant dans ms., nous les en tirons, exceptionnellement.*

1. Nom donné aux concubines annamites des colons.

2. C'est ce qu'affirme Soulié, qui la baptise Ahnaïa (nom conservé par Malraux en *ms.*). À l'époque de Mayrena, les descendants des Chams, bien qu'ayant perdu tout prestige social, semblaient pourtant encore entourés d'un certain respect par les Annamites. Soulié tirait sa documentation de l'ouvrage de Jeanne Leuba, *Un royaume disparu. Les Chams et leur art* (Bruxelles, 1923), et son propre livre, qui comporte en appendice deux études sur les Chams, se signale par la volonté de rendre hommage à cette civilisation disparue. Malraux, plus intéressé par les montagnards des

hauts plateaux, ne l'a pas suivi sur cette voie. Les historiens et les ethnologues reconnaissent cependant une origine commune aux Chams et aux tribus montagnardes d'origine malayo-polynésienne. Bernard Bourotte notamment, ami de Malraux représenté dans les *Antimémoires* par le personnage de Méry, écrit que chez les Djaraïs et les Radés « le souvenir d'une origine commune subsiste encore aujourd'hui : "Nous et les Chams [disent-ils], nous sommes frères de même mère" » (« Essai d'histoire des populations montagnardes du Sud-Indochinois jusqu'à 1945 », p. 27). Shéhérazade aurait donc pu apparaître comme une sorte de médiatrice entre Mayrena et les peuples des montagnes, mais à vrai dire ce thème est à peu près absent du *Règne du Malin*.

3. En *dactyl. 2*, l'assonance en [ã] dans cette phrase est soulignée au crayon — comme maladresse à rectifier ? Ce souci des sonorités (qui ne vient peut-être pas de Malraux lui-même) apparaît, en tout cas, assez souvent en *dactyl. 2* ; nous le signalons ici une fois pour toutes.

Page 979.

1. Ernest Constans, député de Haute-Garonne et ami de Gambetta, avait été ministre de l'Intérieur de 1880 à 1881, dans les cabinets Freycinet et Ferry, puis envoyé, en 1886, comme ministre plénipotentiaire à Pékin pour la conclusion du traité franco-chinois. Gouverneur général de l'Indochine en 1887, il fut rappelé à Paris dès avril 1888. Redevenu ministre de l'Intérieur de 1889 à 1892, il se signala par la fermeté et l'habileté de sa lutte contre Boulanger ; il fut enfin ambassadeur à Constantinople de 1898 à 1907. Son anticléricalisme venait loin derrière son souci des intérêts de la France ; les pères des Missions étrangères notaient que, durant son court séjour à Pékin, il s'était fait « le défenseur de leur cause » avec beaucoup de « bonne volonté » (voir *Lettres communes des Missions étrangères*, 1887).

2. On ne trouve nulle part trace de l'anecdote judiciaire que Malraux avait prévu de rapporter ici.

Page 981.

1. Ce sont, en effet, les quatre principales tribus situées à l'est d'Attopeu (voir la carte de l'Indochine en 1888, p. 1311).

2. Comme le remarque Walter G. Langlois dans sa Notice « Aux sources de *La Voie royale* » (t. I de la présente édition, p. 1157-1158), les compagnies et leurs hommes d'affaires ne commencèrent à songer sérieusement à exploiter ces régions qu'au cours des années vingt, et les administrateurs d'alors, comme le résident Pasquier, tentèrent de refréner leurs appétits pour protéger les populations. Camille Paris signale cependant, dans son *Abrégé de l'histoire d'An-Nam* (Hanoi, 1890, p. 96), qu'à la suite d'une démarche du gouverneur général Constans auprès de la cour de Hué, « les Français purent obtenir individuellement des concessions sur tout le territoire de l'Annam et du Tonkin » (par une ordonnance promulguée le 3 octobre 1888).

Page 982.

1. Mgr Pigneau de Béhaine, évêque d'Adran (1741-1799). Ordonné prêtre après des études au séminaire des Missions étrangères de la rue du Bac, il fut affecté, en 1767, à la Mission de Cochinchine et en devint l'évêque (*in partibus*) en 1770. Il ne tarda pas à prendre fait et cause pour

le prince héritier du trône de Cochinchine, le futur Gia Long, dont le père avait été chassé de Hué, en 1775, par la très violente révolte des Tây Son. Ayant demandé avec insistance l'appui de la France, il signa au nom du jeune prince, en 1787, à Versailles, un traité aux termes duquel Louis XVI fournissait un contingent militaire, en échange de la cession de Tourane et de Poulo-Condore, ainsi que du monopole du commerce extérieur. Il fut alors nommé « Commissaire du Roi de France » en Cochinchine. « Oublié » par la France dès avant la Révolution, il parvint cependant à réunir des volontaires français et à les armer. Il mena la lutte avec acharnement et mourut à Qui-Nhon, à la veille du succès final. Gia Long lui fit des funérailles grandioses. « Sans lui, conclut Georges Taboulet (à qui nous empruntons ces données), il n'y aurait sans doute pas eu d'Empire d'Annam, ni, un peu plus tard, d'Indochine française » (*La Geste française en Indochine*, t. I, p. 237 et *passim*).

2. Le ton montre qu'il s'agit plutôt là de vantardises. Il est vrai, cependant, que le « tiam » (ou cham) appartient au même groupe linguistique que la langue des Djaraïs (groupe « malayo-polynésien » ou « austronésien ») et que ce groupe s'oppose au groupe « austroasiatique » des Sedangs et des Bahnars. Mais la langue des Sedangs n'est pas celle des Bahnars (comme on le voit d'ailleurs dans la suite du roman) et aucune de ces langues proto-indochinoises n'a de points communs avec l'annamite. Mayrena lui-même, dans les articles qu'il publia à son retour, insiste sur cette complexité linguistique (voir J. Marquet, *Un aventurier du* XIX*e siècle*, p. 46 et 53).

3. Marquet publie le procès-verbal d'une semblable perquisition, qui eut lieu à Baria, en mai 1887 (*ibid.*, p. 18-20).

Page 983.

a. achetés *[p. 982, 9e ligne en bas]* en Chine. — Là, soyez tranquille : ils seront allemands. / Le Gr pétrissait une gomme et par-dessus l'épaule de M. toujours debout il regardait au mur la grande carte vers quoi celui-ci ne s'était pas retourné une seule fois. / « Très bien. Maintenant, à votre avis, quelle difficulté principale rencontrerez-vous ? / — La sorcellerie. Je suis prêt à affronter les forces inconnues, mais... / Le Gr le regarda ; M. continua un ton plus bas : / « Le sorcier joue un grand rôle dans toute la région. Je connais un peu ces sauvages, et je crois être capable de prudence quand il le faut. [Mais vous me demandez où est le danger : il est là. Les grands dangers courus par Cortez, eux aussi, sont venus des sorciers... *biffé*] / — Il se peut *ms.* ♦♦ *b.* cinquante-trois *[6 lignes plus haut]* ans ! — Asseyez-vous », dit le Gr. / Il avait posé sa gomme et, rêveur, regardait M. Adolescent sous l'Empire, il avait été un romanesque, de ce romanesque historique cher aux orateurs politiques. La peur de la Commune, et l'ambition avaient fait de lui à la fois un militaire sans uniforme, un organisateur et un policier — expériences d'où lui était venu un mépris infini. D'autre part, il était tuberculeux, et le savait. Le pessimisme qui rend les orgueilleux amers amoureux des bêtes l'avait rendu, lui, amoureux de l'absurdité du monde. Il regardait ce grand type aux belles dents et à la courte barbe carrée, qui allait mourir là-haut ou conquérir un pays : ancien sous-off., prévôt d'escrime, ancien directeur du th. municipal, peut-être prestidigitateur sous un faux nom dans la ville chinoise, un tantinet escroc, bon journaliste, et qui cependant pouvait, sans faire rire, parler de Pizarre en pensant à lui. / Par la fenêtre pleine de brume, entrait toujours le son monotone du violon monocorde. / — Il y aurait *ms.*

1. Au nord-ouest de la Cochinchine, sur la rive droite du Mékong, le Cambodge était sous protectorat français depuis 1863, mais c'est seulement en juin 1884 qu'une convention « avait transformé en une réalité concrète et efficace », dit Georges Taboulet, ce protectorat jusqu'alors « purement nominal » (*La Geste française en Indochine*, t. II, p. 670).

2. De l'ancien birman *tala poï*, « monseigneur », ce mot désigna d'abord les prêtres bouddhistes de Birmanie ou du Siam, avant de qualifier de façon péjorative, au XVIIIe siècle, les moines et les prêtres en général. Il vient ici rappeler l'anticléricalisme de Constans.

3. Ce Lang-Son (ou Long-Sông), à quelques kilomètres à l'ouest de Qui-Nhon, ne doit pas être confondu avec le Lang-Son du Tonkin.

Page 984.

1. Gisements d'or (mot espagnol).

Page 985.

a. de leur *[p. 984, 11e ligne en bas]* récompense, et, décidément, M. l'intriguait. On le lui avait peint comme un rêveur et un homme de main ; l'homme de main lui paraissait beaucoup plus présent que le rêveur, malgré quelque éloquence. / « Si je parviens à établir la conf[édération] du Haut-Annam, je crois juste d'en rester le chef... / — Vous ou un autre !.. Et puis ? » / M. regarda le Gouverneur en face : / — Vous m'avez donné tout maintenant, en me faisant confiance, et je vous en serai dévoué... » / Ce qu'il y avait dans cette expression d'imperceptiblement puéril, ces cheveux bouclés, ces dents trop belles, donnait à tout le visage quelque chose d'offert sans servilité, le poids de paroles d'honneur liées à une noblesse enfantine. M. était en face de vingt ans de rêves, et il en éprouvait une émotion contagieuse : « Et si je réussis, comment un homme de cœur échangerait-il la maison cossue d'un bourgeois à Saïgon ou à Romorantin contre un pays qu'il a fait ? On ne peut pas être le retraité de sa chance, M. le Gouverneur Général ! / — Je vous souhaite la vôtre, répondit le Gouverneur sérieusement. Il s'était levé ; M. se leva aussi. « Attendez mes instructions. Vous les recevrez directement. / — Je voudrais pourtant vous demander quelque chose, puisque vous avez bien voulu... / — Quoi ? / — La concession écrite des mines d'or [du pays Jaraï *corrigé par surcharge au crayon en* de mon royaume.] / Le Gouverneur sourit à peine, frappa sur l'épaule de M. et commença à tousser. Courbé par sa quinte, serrant sous sa barbe son écharpe annamite, il l'accompagnait pourtant vers la porte : il s'accordait amèrement à l'ironie universelle, qui fait le courage dérisoire et condamne à mort les hommes qui voudraient vivre. *ms.*

1. G. Taboulet décrit le Dé-Tham, né vers 1860, comme « le plus célèbre rebelle du haut Tonkin » (*La Geste française en Indochine*, t. II, p. 899). Chef de bandes traqué par Gallieni, il fut amadoué par le lieutenant-colonel Péroz et se soumit en 1897. Il reprit le maquis douze ans plus tard et fut finalement tué par des pirates chinois. Les dates interdisent d'imaginer une quelconque participation de Mercurol à la soumission du Dé-Tham. Les récits qu'en font Péroz, dans *Hors des chemins battus* (Calmann-Lévy, 1908, chap. IV, V et VI) et Paul Chack, dans *Hoang-Tham pirate*, Éditions de France, 1933, sont très différents de la version de Malraux, dont nous ignorons la source — et peut-être n'en a-t-elle aucune.

Page 986.

1. Les Pavillons noirs étaient des bandes constituées au Tonkin par les T'ai-p'ings — membres d'une secte religieuse —, après que leur rébellion, en Chine du Sud, eut été écrasée en 1864.

2. Le Dé-Tham n'a jamais été aussi dépendant, semble-t-il, des Chinois du Yunnan ; il échappait aux recherches en se réfugiant dans ses repaires de la forêt.

3. Ce genre de supplice était en effet pratiqué par les « pirates » du Tonkin selon le colonel Frey (*Pirates et rebelles au Tonkin. Nos soldats au Yen-Thé*, Hachette, 1892, p. 73).

Page 988.

1. Les Français avaient établi une place forte dans cette province limitrophe du Kouang-si chinois (elle sera le théâtre d'une lourde défaite militaire française en 1950).

Page 990.

1. Sur le nationalisme du Dé-Tham, on pourra consulter Henri Blet, *L'Œuvre coloniale de la troisième République* (t. III de son *Histoire de la colonisation française*, Arthaud, Grenoble, 1950, p. 218 et p. 229).

Page 991.

1. *Jack* d'Alphonse Daudet (1876). Fils d'un père inconnu et d'une femme de mœurs légères, Jack est un enfant sensible et intelligent. Bien que sa mère le chérisse, elle le livre, par aveuglement amoureux, à la jalousie de son amant. Jack, à douze ans, connaît alors les pires souffrances de la vie des ouvriers : apprenti forgeron, puis soutier, il sombre dans l'alcoolisme et meurt rongé par la phtisie, mais après avoir retrouvé sa mère.

Page 992.

a. ses interlocuteurs. M. dirigeait son pousse vers le compartiment de Mercurol, — assez éloigné pour que les loyers fussent peu élevés. Il y avait plusieurs mois que May[rena] n'était pas venu chez son ami. Mercurol achetait ou recevait de la bibliothèque beaucoup de livres, que Mayrena emportait quand ils étaient d'histoire ou de géographie ; Sch[éhérazade] en regardait les gravures, et l'un ou l'autre les cornait. May. avait rapporté une biographie de Timour, un *Voyage en Californie* et une *Histoire générale des pirates et aventuriers des Indes*, appartenant à Mercurol, dûment cornés. [À *lecture conjecturale*] quoi celui-ci, à voix basse mais ferme, lorgnon sur le nez et pion comme pas un, avait déclaré : « Mes livres sont à ta disposition. Mais pas pour les esquinter. Si tu dois les esquinter, couvre-les. Une couverture ne gêne pas, et elle protège. Un livre auquel on a mis une couverture... » et une demi-heure d'explications sur le pliage des couvertures et la conservation des bouquins. « D'autant plus que si je fais la traversée, je voudrais justement les emporter... » La traversée, c'était celle de la Cochinchine au Tonkin, à travers une bonne partie de la chaîne annamitique, à cheval. « C'est une aventure très intéressante et très économique, si on la prépare soigneusement. Payer le boy, acheter deux chevaux une fois pour toutes, et c'est tout. On voyage à petites journées, tranquillement, en voyant bien tout, on dort dans les villages, à la maison des hôtes, c'est gratuit ; si on fait un peu de chiromancie les indigènes vous nourrissent, sinon on se nourrit à l'Ann[amite] ça coûte trois fois rien et on fait payer aux locaux de quoi acheter son Bénarès. En six mois on a vu des tas de choses, bien tranquille, bien organisé, et pas plus dépensé qu'à faire l'imbécile ici... / C'était en prévision de ce voyage de deux mille kilomètres, établi « avec soin » et assuré par les bénéfices de la chiromancie qu'il était indispensable de ne pas corner les Pirates et les Aventuriers des Indes *[sic]*. May[rena] qui avait donné à M[ercurol], de bien des façons, 20 fois la valeur de tous les bouquins que celui-ci lui eût jamais prêtés, s'était senti bonne envie de prendre son ton de capitaine de réserve, mais s'était contenté de partir, d'accueillir amicalement Me[rcurol] chaque fois que celui-ci était venu le voir, et de ne plus mettre les pieds dans son compartiment, supprimant par là tout prêt de livres. Mais aujourd'hui... / La plante des pieds du tireur de pousse claquait sur la chaussée de terre rouge ; au-dessus des tamariniers de la route, les étoiles brillaient entre les nuages balayés. / Il arrêta le pousse. Sous la porte *ms. Quelques éléments des propos de Mercurol ont été retenus dans le texte « définitif » (voir p. 994-995).* ♦♦ *b.* Mon maître, *[12 lignes plus haut]* Monsieur a consenti, pour la rémunération dérisoire d'un sol par jour, à venir assurer le bonheur du peuple annamite... » / M[ayrena], bouche ouverte, regardait le boy / « ...et le pousser sur la voie du progrès. Il n'est pas là. Sans doute est-il en train de lutter contre l'opium en fumant lui-même quelques pipes dont le peuple annamite, ainsi, ne souffrira pas. » / Sans aucun doute il récitait. [« Mon maît', récita de nouveau le boy, vous prie de vous asseoir et de l'attendre en méditant un sujet élevé : la beauté de notre empire colonial, par exemple. [Comme ça, ça ne sera pas trop long. *biffé*] *biffé en définitive*] Mayrena s'assit. *ms. Ces mots sont suivis dans ms. d'un passage différent du texte retenu. Nous le donnons ci-après :* À l'exception des paillotes du port, tous les bistrots étaient fermés. Devant lui, à côté d'une rangée de tomes de *L'Univers Pittoresque*, étaient rangés des livres de comptes. Mayrena avait entendu dire de son copain : « C'est un comptable devenu fou... » Jusqu'à ce qu'il devînt chiromancien (6 mois plus tôt) Mercurol avait été comptable, le meilleur de Saïgon, connu pour tel. C'est plutôt un fou qui serait comptable, pensait Mayrena ; comptable comme il est champion d'échecs de Cochinchine... / Que M[ercurol] l'accompagnât était certain.

Page 993.

a. Dans ms., ce passage (depuis la 3ᵉ ligne du §) était placé vers la fin de la conversation entre Mercurol et Mayrena. On y lisait, après à tout propos *:* L'impression de Mayrena était que son ami avait épousé quelque provinciale romanesque et pauvre, éblouie par les histoires du sergent, et dont la vie s'était chargée, parbleu ! de déchirer et de bafouer les rêves !.. Et que le vidame n'avait pas voulu dégringoler à la vie anonyme des pauvres d'Europe. Plus que romanesque lui-même, il attendait un autre Dé-Tham. Depuis dix ans. L'autre Dé-Tham ne venait pas, une congaï était venue, et quatre ou cinq métiers, et le grisonnement des moustaches toujours Louis XIII, et le bazar... Mais le bazar, sûrement, n'était pas avoué. De temps à autre, Mercurol envoyait à son fils des photos conquérantes, sur des fonds de lianes, de ruines d'empire et d'arbres énormes. Et il attendait. Et ce qui l'avait fixé à Mayrena, c'était la certitude que Mayrena lui apporterait quelque extraordinaire destin ; et l'aptitude qu'avait ce dernier à transfigurer tout, à faire de la vie de Mercurol un rêve qui prenait le chemin de la mansarde abandonnée de Toulouse — et qui défendait le sergent lorsque la monotonie du bazar l'obligeait à sentir qu'il vieillissait, les jours où on vendait trop de boîtes de conserve et pas assez d'hippocampes séchés... *Ces lignes ont été supprimées par Malraux ; ce qui subsistait du passage a été corrigé et déplacé.*

Page 994.

1. Malraux avait prévu une note : « Abréviation de Gouverneur Général » (*ms.*, f° 208).

2. Le jeu de massacre et les automates (évoqués un peu plus loin) sont, pour Malraux, des objets emblématiques du « farfelu » ; il reviennent plusieurs fois dans ses écrits de jeunesse (voir *Journal d'un pompier du jeu de massacre* et *Royaume-Farfelu*, tome I de la présente édition).

Page 995.

1. L'opium dit « de Bénarès » était particulièrement réputé.

2. *Sic.* En *ms.* on voit que le discours où apparaît ce mot avait d'abord été plus directement attribué à Mercurol par le moyen de son tic de langage : « tu comprends, tu comprends ».

3. Le problème des photos s'était effectivement posé aux explorateurs : Francis Garnier, par exemple, l'évoque dans le récit (1873) de son premier voyage (expédition dirigée par Doudart de Lagrée en 1866-1867). Malraux y fut lui-même confronté lorsqu'on lui demanda les preuves de ses prétendues fouilles archéologiques sur les plateaux du Haut-Pamir (voir Curtis Cate, *André Malraux*, Flammarion, 1994, p. 197-200).

Page 997.

1. Malraux songe sans doute au *Magasin pittoresque*, revue de vulgarisation scientifique. Dans *ms.*, on voyait chez Mercurol des volumes reliés de cette revue — déjà intitulée *L'Univers pittoresque* (voir var. *b*, p. 992).

2. Malraux tire ces paroles historiques du livre de Villiers du Terrage, *Conquistadores et roitelets*, p. 24.

3. Sur ce départ pour Sumatra de Mayrena, banquier failli fuyant la justice, voir la Notice, p. 1318.

Page 998.

a. intriguait *[p. 997, 17e ligne en bas]* le gouverneur général. J'ai été chassé à 17 ans de chez les Jésuites, M. le Gr, pour avoir refusé de me mettre à genoux dans la classe par pénitence ! Le gouverneur savait qu'ainsi avait été exclu Raousset-Boulbon, le conquérant fusillé de la Sonora... *ms.*

1. Villiers du Terrage consacre un long chapitre de *Conquistadores et roitelets* au comte de Raousset-Boulbon, chapitre dont est tirée l'anecdote de la barbe (comme celle de la pénitence, qui occupait sa place dans le manuscrit ; voir var. *a*). Né en 1817, le comte, après avoir dilapidé sa fortune, s'embarqua comme émigrant, en 1850, pour San Francisco. Il y entendit parler de la Sonora, province mexicaine où les Apaches régnaient alors en maîtres. En 1852, il organisa une expédition, et, après quelques succès, proclama l'indépendance de la province et se donna un drapeau… Mais après des démêlés confus, au cours de l'année 1853, avec les Mexicains et les Américains de Californie, Raousset-Boulbon fut contraint de livrer bataille contre l'armée mexicaine. Vaincu, il fut jugé et fusillé, en

août 1854. Maurice Soulié avait aussi consacré un livre à Raousset-Boulbon.

2. La banque de l'Indochine, privilégiée par les décrets du 21 janvier 1875 et du 20 février 1888, dont le siège était à Paris, la succursale à Saigon et les agences à Hong Kong, Phnom-Penh et Bangkok.

3. Voir Villiers du Terrage, *Conquistadores et roitelets*, p. 26 et 28.

Page 999.

1. On pourrait voir dans ce passage consacré à « la petite-fille de Timour » une transposition de certaines soirées passées par Clara et André Malraux, vers 1927 ou 1928, en compagnie de leurs amis Maurice Magre et Suzanne Paris. Clara Malraux les évoque ainsi : « Étendus ainsi qu'il se doit, Maurice, Suzanne et moi fumions tandis qu'André racontait d'admirables histoires. La soirée avançant, Maurice à son tour devenait récitant. En somme, il s'agissait d'un échange : Maurice donnait Timour, André lui rendait Gengis-Khan. Ainsi ai-je entendu le récit du retour de ce dernier dans sa capitale des steppes, les rideaux de sa litière tirés, sur l'ordre de ses fils pour que les troupes n'eussent pas connaissance de la mort du chef. Ainsi ai-je entendu Maurice faire le récit de ce qui précéda cette mort [...] » (*Voici que vient l'été*, p. 65). La principale source de Malraux, sur ces épisodes dont Mayrena fait un récit d'une exactitude historique douteuse (il semble, par exemple, que la mort évoquée soit plutôt celle de Gengis Khan que celle de Timour, conformément au souvenir de Clara), est probablement l'*Histoire de l'Asie* de René Grousset (t. III, Crès, 1922). Il est possible aussi que l'histoire de la princesse ait été inspirée par des anecdotes tirées de l'ouvrage de Gustave Schlumberger, *L'Épopée byzantine à la fin du X*[e] *siècle* (Hachette, 2 tomes, 1906 et 1910).

2. Entre Bactres et Samarkand.

3. Le sultan Bajazet (vers 1360-1403) se préparait à s'emparer de Constantinople lorsque Tamerlan (Timour) envahit l'est de son empire. Refusant de se reconnaître vassal du conquérant tartare, Bajazet fut battu et fait prisonnier à la bataille d'Angora (Ancyre), en 1402.

Page 1002.

1. On peut lire cette annotation en marge du manuscrit, où ce passage avait d'abord été écrit en alinéas, comme des répliques se succédant dans une conversation : « en bloc[,] pas à la ligne ». Il y a donc eu, chez Malraux, l'intention — très moderne — de restituer un discours sinon collectif, du moins peu individualisé.

2. Voir n. 1, p. 976.

3. Allusion, sous la forme d'un alexandrin épique, annonçant l'évocation de la fameuse « ruée vers l'or » qui eut lieu entre 1848 et 1860, en Californie, lorsqu'on eut découvert de l'or dans le fleuve Sacramento. Blaise Cendrars en avait fait le sujet de son roman *L'Or* (1924), centré sur le personnage historique de Sutter (voir n. 1, p. 1004). S. M. Eisenstein devait en tirer un film — le scénario fut écrit. On peut donc penser que Malraux eut un moment le projet de rivaliser avec Cendrars, comme Mayrena avec Sutter.

Page 1003.

1. Plusieurs explorateurs avaient observé que les hampes creuses des plumes étaient le moyen utilisé par les Moïs pour conserver la poudre

d'or. L'authentique rejoint le romanesque ; la relation de Mayrena avec ses auditeurs est celle de Malraux avec ses lecteurs.

Page 1004.

1. Sutter, ou Suter (1803-1880), était un aventurier qui s'était enfui de Suisse en 1834, afin d'éviter la prison pour dettes. En 1838, il s'établit en Californie — alors mexicaine — et fonde un immense domaine sur les rives du Sacramento, Fort Sutter, qui contrôle les deux routes conduisant des États-Unis en Californie. Ce n'est qu'en janvier 1848 qu'un charpentier, travaillant dans sa scierie, découvre de l'or ; c'est le signal de la ruée, la Californie étant devenue américaine cette même année, à la suite de la guerre entre les États-Unis et le Mexique (1846-1848). De 1851 jusqu'à sa mort, Sutter, accusé par le gouvernement américain d'avoir dérobé les deux tiers des terres sur lesquelles il était installé, alla de procès en procès et mourut, comme le dit Mayrena, sans en avoir vu l'issue. Sutter, en fait, ne cherchait pas d'or et fut ruiné par la ruée vers l'or.

Page 1005.

a. concessionnaire *[p. 1004, 8e ligne en haut]* des mines. — Encore un veinard : sûr que ce ne sera pas un petit, celui-là... / — Ce sera le pacificateur des pays insoumis, selon toute probabilité et toute justice, Messieurs ! Croyez-vous que sa tâche soit aisée. Que savons-nous des Djaraïs ? Les noms rutilants de leurs chefs, le sadète de l'Eau et le sadète du Feu, — et les noms de ceux qu'ils ont tués. C'est court. / — Les missionnaires... / — Eh ! l'or, qui a toujours été un peu parent du diable, doit envoyer ses serviteurs plus loin que les serviteurs de Dieu, car les terrains à quartz sont bien au-delà des régions évangélisées. Qu'est-ce qui attend là-bas les explorateurs ? Quand Cortez *[p. 998, 3e ligne du 3e §]* eut remporté [...] pas des cœurs d'enfants *[p. 998, fin du 4e §]*. — Est-ce qu'il y aura des actions ? *ms.*

1. Le terme anglais *diggers* désigne les chercheurs d'or, mineurs et orpailleurs indistinctement. Le chiffre donné par Mayrena n'est pas exagéré : entre 1848 et 1850, la population de San Francisco passa de 250 à 35 000 habitants.

Page 1007.

1. Selon Marcel Ner, c'est ce missionnaire, le père Auger, qui aurait appris à Mayrena que deux Anglais venaient d'effectuer une reconnaissance dans les montagnes entre Laos et Annam (compte rendu cité, p. 324-326).

Page 1008.

a. C'est en dactyl. 1 que le nom de Guerlach *est remplacé par celui de* Georges .

Page 1009.

1. Dans les villages sedangs, écrit le père Guerlach, « on place un homme vivant dans le trou qui doit recevoir la colonne principale [de la maison commune], [...] on laisse retomber la poutre sur ce malheureux qu'elle écrase : alors on comble le trou et on achève la construction. Le

Jang (divinité) aura pour agréable cette offrande et protégera la maison commune et le village» («Chez les sauvages Ba-Hnars», *Les Missions catholiques*, 15 février 1884, p. 82). La cruauté particulière des Sedangs, «tribu très guerrière et très attachée aux superstitions», dit le père Guerlach (*ibid.*, p. 70), est confirmée par l'explorateur Navelle (cité par M. Ner, compte rendu des ouvrages de M. Soulié et de J. Marquet, n. 1, p. 342) à travers un autre détail retenu par Malraux: «Le jeune Sedang, écrit-il, n'est réputé homme que quand ses mains ont trempé dans le sang d'un homme.»

2. C'est une première explication possible du titre du roman.

Page 1010.

1. D'après quelques mots biffés mais encore lisibles en *ms.*, Malraux avait d'abord attribué cette formule à Bossuet; nous ne l'avons pas retrouvée chez cet auteur, mais le lieu commun de l'aveuglement et l'usage métaphorique de la boue et de l'or sont fréquents chez lui. Malraux avait peut-être aussi en mémoire la célèbre formule de Baudelaire: «Tu m'as donné la boue et j'en ai fait de l'or» (fragments des *Fleurs du Mal*, édition de 1861, «Projets pour un épilogue»).

Page 1011.

1. Ce nom remplace celui du résident réel, Lemire — qu'on trouve, naturellement, dans les notes du fonds Doucet — dès *ms.* Vivement critiqué pour sa faiblesse et son indécision par les missionnaires, Mayrena lui-même et, plus tard, par Jean Marquet, il fut défendu par Marcel Ner, qui en brosse un portrait plutôt flatteur (p. 329 de l'article du *B.É.F.E.-O.* déjà cité). Toujours est-il qu'à l'issue de l'affaire, il fut déplacé à Vinh, port du golfe du Tonkin — et non à Hanoi, comme on le lit dans les *Antimémoires* (appendice II, p. 904) —, ce qui ressemblait plus à une sanction qu'à une promotion.

2. Voir var. *a*, p. 1012. Sur les deux lettres de Mgr Van Camelbeke, voir la Notice, p. 1320.

Page 1012.

a. un point *[p. 1010, 5e ligne en bas]* culminant. Il pensait de lui-même qu'il pouvait «atteindre des sommets, mais plus difficilement y rester» et saurait en tenir compte. Non qu'il lui semblât avoir trompé l'évêque: il était venu pour demander une aide plus efficace que celle qu'il avait reçue, et s'il avait négligé de la réclamer, ce n'était pas qu'il eût oublié. «J'ai toujours été désintéressé.» Il regardait les vers luisants monter du sol, et, perdu dans l'apaisement qu'apporte la fin du jour à la terre tropicale, pensait aux pépites avec indifférence. En soi, l'or le fascinait: la poudre d'or dans les tuyaux des plumes, les pépites, les bijoux, les trésors, les souvenirs de Cortez; mais il avait toujours éprouvé pour la puissance de l'argent un dégoût latent. X *[sic]* l'attendait. Comme toujours lorsqu'il s'interrogeait, il lui poserait des questions en français; elle ne comprendrait pas un mot et, immobile comme l'évêque l'était tout à l'heure, mais sans sourire, elle le regarderait marcher à travers la chambre en parlant, patiente, fidèle comme son propre corps. Il lui dirait: «Qu'est-ce que je veux, morbleu, qu'est-ce que je veux? Ces diables de pépites, eh bien non, ce n'est pas ça. Sauver des âmes? Pourquoi pas moi aussi bien qu'un autre? Sauver des hommes, empêcher qu'on les tue, qu'on les torture, c'est quelque chose d'un peu plus digne de moi que ce destin sur lequel je marche comme sur une lame de sabre ! » / Les grenouilles se turent : il s'était mis à parler haut dans la nuit. De surprise, son exaltation s'évanouit comme leur petit cri régulier. S'il sauvait des hommes, il lui semblait maintenant qu'il le ferait seulement par une obscure fidélité à l'évêque ; et que l'objet de son ambition, sa passion, c'était peut-être d'être accepté sans mépris par les hommes qu'il admirait. Il ne dirait rien à X. Serrés comme les étincelles des cheminées dans la nuit, les vers luisants tourbillonnaient autour de lui, montaient se perdre parmi les étoiles immobiles. Il ne savait pas ce qu'il ferait ; mais à coup sûr il allait faire quelque chose, et quelque chose de grand. « Partir vers d'autres astres, tenter de nouvelles aventures ! » Plein d'une reconnaissance soudaine pour ces étoiles qu'avait interpellées Timour, il marchait vers l'hôtel, ivre de liberté, comme vers un pays inconnu où se confondaient l'or, le pouvoir, les combines et la noblesse du cœur, en chantant et en essayant d'attraper les vers luisants dont les grands remous étincelants s'éteignaient devant lui. / [une ligne blanc *indication de la main de Malraux*] / Dès que le résident l'eut mené à la chambre où il souhaitait faire quelque toilette avant le dîner, il lut la lettre de l'évêque : / 24 mars *suit un blanc correspondant à la place de la lettre, que Malraux emprunte directement à l'ouvrage de Soulié (« Marie Ier, roi des Sedangs », p. 35), sans la recopier. Elle n'apparaît qu'en dactyl. 1, dactylographiée* Sagement *ms.*

1. Sur ce thème important, voir var. *a*.

2. Nulle trace, chez Soulié, Marquet ou Ner, d'un modèle de « Thalie ». Selon Walter G. Langlois, la clé du personnage pourrait être « Mme Nathalie Chaminade, qui signait ses ouvrages Thalie de Sombreuse et qui était, lorsque Malraux la rencontra en Chine — probablement en 1931 —, l'épouse du résident français de Binh-Dinh » (Notice de *La Voie royale*, t. I de la présente édition, p. 1145, n. 2 en bas de page). Voir aussi notre Notice, p. 1334.

Page 1013.

1. Les relations entre M. Lemire et les pères de Kong-Toum n'étaient pas bonnes. Le père Guerlach, dans ses lettres sur l'affaire Mayrena, juge très sévèrement l'action du résident.

2. C'est la fameuse « révolte des Lettrés » (voir la Notice, p. 1312).

Page 1014.

1. Les efforts de Pim (ou Phim) et la possibilité d'y associer la mission de Mayrena sont évoqués par Lemire dans une lettre au résident supérieur en Annam, citée par M. Ner (compte rendu des ouvrages de Soulié et de Marquet, p. 330). J. Marquet publie par ailleurs une lettre de Lemire à Mayrena, datée du 15 avril 1888, où il lui recommande le chef Pim et lui signale sa « tentative de confédération, prévue par M. Navelle [qui avait exploré le pays quelques années auparavant] » (*Un aventurier du XIXe siècle*, p. 27-29).

2. Le père Guerlach, modèle du père Georges, a laissé, outre *L'Œuvre néfaste* (1906) qui répondait aux accusations du livre de Camille Paris, *Missionnaires en Asie* (1905), de nombreuses lettres et notes ethnographiques, publiées, pour la plupart, dans l'hebdomadaire des *Missions catholiques.*

Page 1016.

1. Nous n'avons pas retrouvé la trace de l'anecdote contée ici par

Mayrena. Sur la vieillesse de Victor Hugo, l'hôtel de l'avenue d'Eylau, les réceptions, la gourmandise du maître et la maladie de Juliette Drouet, on pourra cependant se référer à Fernand Gregh, *Victor Hugo, sa vie, son œuvre*, Flammarion, 1954, p. 111-113.

Page 1017.

1. *Les Rayons et les Ombres*, « Tristesse d'Olympio », v. 59-60. Le texte exact du vers 59 est : « Nos roses dans l'enclos ont été ravagées ».

2. *Ibid.*, v. 69-72. Au vers 70, on lit, dans une autre version du poème, « pour m'entendre ».

3. *La Légende des Siècles*, « Booz endormi », v. 45-48. Le texte exact est : « Voilà longtemps que celle avec qui j'ai dormi, / Ô Seigneur ! a quitté ma couche pour la vôtre ; / Et nous sommes encore tout mêlés l'un à l'autre ». Il manque le dernier vers du quatrain : « Elle à demi vivante et moi mort à demi ».

Page 1018.

a. dysenterie, vous savez. *Après ces mots, on trouve dans ms. une note au crayon, écrite de la main de Malraux et encadrée :* Ici, un paragraphe sur le grand romanesque indochinois (Nuages) ou : passer directement. *La même hésitation se retrouve dans dactyl. 1, présentée de la même façon, et rédigée ainsi :* Justification romanesque « Nuages sur l'Ind[ochine] » ou rien, passage direct

1. Allusion à l'armée reconstituée par Gambetta, devenu chef du gouvernement replié à Tours, après la défaite de Sedan, le 2 septembre 1870.

Page 1019.

1. L'Exposition universelle, qui eut bien lieu, à Paris, en 1889.

Page 1022.

1. La présence d'un interprète de la Sûreté est attestée par toutes les sources ; en revanche, rien ne confirme le rôle que lui donne Malraux dans la suite du roman, rôle annoncé ici par son allure de Sancho Pança.

2. Le surgissement inopiné et silencieux de chasseurs ou guerriers isolés, armés de lances ou d'arbalètes, est noté par presque tous les explorateurs dont Malraux avait pu lire les récits.

3. Cette deuxième lettre, de Mgr Van Camelbeke au père Vialleton (« Long-Sông, 18 avril 1888 »), est citée intégralement par le père Guerlach dans *L'Œuvre néfaste* (p. 130-131) ainsi que par Jean Marquet (*Un aventurier du XIXᵉ siècle*, p. 29-30).

Page 1023.

a. arbres *[7 lignes plus haut]* morts ; dans un univers mort comme celui des rochers et des pierres, mais où rôdait une multitude sinistre et furtive où se rejoignaient l'insecte et la putréfaction, où toute chair tombée était retrouvée ossement. Et lorsque par quelque trou ruisselait jusqu'au fond des vallées et des gorges l'épaisse lumière tropicale, retrouver le même paysage de roches rouges arrachées aux frondaisons où [tremblait *surchargé en* tremblotait], et au fond, mille mètres plus bas, la terre, celle qui n'est soumise ni à la pourriture ni aux insectes, — de plus en plus loin avec ses paillotes de plus en plus petites. Et des vols de perruches vus du dessus, et les nuages qui se formaient à la tombée de la nuit, non plus horizontaux mais verticaux, dans lesquels entrait la caravane avec de longs cris de ralliement tout étouffés de brouillard. Mais depuis le matin elle redescendait *ms. Les corrections finales donnent le texte de dactyl. 1.*

1. Le récit de M. Minh suit ici de très près celui du père Dourisboure, *Les Sauvages Ba-Hnars*, p. 14-16.

Page 1024.

1. L'anecdote — à peine moins farfelue (les éléphants ne se mirent pas « en rond autour du chapeau » que l'un d'eux s'amusait effectivement à broyer) — est rapportée par le père Dourisboure (*Les Sauvages Ba-Hnars*, p. 14). C'est ce dramatique incident, survenu lors du premier voyage, qui décida les pères à rebrousser chemin.

2. Voir Genèse, XIII, 18. C'est auprès des chênes de la vallée d'Hébron que l'Éternel demanda à Abraham, fuyant la ville d'Ur, de s'installer.

Page 1025.

1. La source la plus probable de Malraux concernant les croyances liées au tigre en Annam (et dans toute l'Indochine) est l'article du R. P. Cadière, « Croyances et dictons populaires de la vallée du Nguon-Son [région du cap Varéla] », *B.É.F.E.-O.*, n° 2, avril 1901, p. 119 et suiv. Le R. P. Cadière note, en particulier, que le tigre est appelé « le Maître », « Ciel », « Seigneur » et qu'il est même Celui dont on évite de prononcer le nom. Il explique aussi ce que devient l'âme des victimes du tigre, et ces explications paraissent très directement utilisées par Malraux quelques pages plus loin (dans l'épisode de la mort de l'enfant).

Page 1026.

1. Expression couramment employée pour signaler que le tigre, qu'on refuse de nommer, rôde dans les parages.

2. La confiance de la biche est un thème de l'histoire du Bouddha ; une allusion y est faite quelques pages plus loin (p. 1033). Dans son *Voyage d'exploration en Indochine* (1re éd. 1873, partiellement réédité aux éditions La Découverte, 1985, p. 128), Francis Garnier racontait aussi avec émotion sa rencontre, au bord du Mékong, près de Luang-Prabang, avec un jeune cerf étonné et confiant en face du seul homme qu'il eût jamais rencontré.

3. Comme celui de *Kwi*, souris, *Prok*, écureuil, est un nom couramment donné aux enfants, dit H. Besnard, chez les Moïs du Darlac — qui ne sont pas ceux chez lesquels voyage Mayrena (voir « Les Populations moï du Darlac », p. 73).

Page 1027.

1. Ces croyances semblent être de l'invention de Malraux. Le capitaine Cupet note cependant qu'« indépendamment des divinités, le sauvage rend un culte particulier à tous les êtres animés ou inanimés considérés comme renfermant un esprit. / Les premiers servent généralement d'augure. Ce sont tantôt des oiseaux, tantôt des insectes de la famille des grillons » (« Chez les populations sauvages du Sud de l'Annam », p. 220). Il est probable, en tout cas, que Malraux a voulu, dans ce passage, illustrer — sans les défendre — les idées développées par Lévy-Bruhl

dans *La Mentalité primitive*, qui portent principalement sur la conception du principe de causalité chez les « primitifs ». Ce premier chapitre de la deuxième partie nous fait entrer de plain-pied dans le roman ethnographique ; on en retrouve tous les procédés, toutes les intentions.

2. C'est la transposition de la devise que Malraux, dans son article sur Laclos, prête — abusivement — à Stendhal : « Connaître les hommes pour agir sur eux » (voir *Le Miroir des limbes*, *La Corde et les Souris*, n. 1, p. 568). Il va jusqu'à en faire la devise de toute la civilisation bourgeoise, scientiste, progressiste et cupide — plutôt que conquérante — qui triomphe au XIXe et dans la première moitié du XXe siècle. L'ironie qu'on trouve ici (« Mayrena avait professé… ») montre que *Le Règne du Malin* se situe, en esprit, à la charnière entre cette formule et celle qu'on a parfois reconnue au principe d'un ouvrage comme *La Pensée sauvage* de Lévi-Strauss (1962), qui serait : « Comprendre le fonctionnement de l'intelligence des indigènes pour qu'elle agisse sur nous. »

Page 1028.

1. Ce « dé », qui signale, évidemment, l'accent de M. Minh, apparaît irrégulièrement dans le manuscrit. La négligence de l'écrivain n'est peut-être pas en cause ; il a pu lui sembler que la tonalité générale de certaines scènes rendait ce « dé » incongru. Nous avons donc, pour chaque occurrence, respecté l'orthographe du manuscrit.

Page 1029.

1. Cf. « Il y a plus de choses sur la terre et dans le ciel, Horatio, que votre philosophie n'en rêve » (Shakespeare, *Hamlet*, I, v). La phrase est célèbre et traditionnellement employée pour critiquer les systèmes philosophiques. Chez Shakespeare, c'est Hamlet qui s'adresse à Horatio ; le « prince Hamlet ! » de Malraux n'est cependant pas forcément une erreur de citation : Mayrena peut très bien faire comme s'il s'adressait au prince Hamlet pour lui rappeler ses fameuses paroles, qui trouvent ici une application de plus.

Page 1030.

1. Dans *L'Espoir*, Puig, l'anarchiste, et Ximénès, le colonel de la garde civile, découvrent, eux aussi, à l'issue de leur combat commun contre les fascistes de Barcelone, que « le courage [est] une patrie » (t. II de la présente édition, p. 26).

Page 1032.

1. Voir R. P. Cadière, « Croyances et dictons populaires de la vallée du Nguon-Son [région du cap Varéla] », p. 135.

2. On connaît toute l'importance du thème des paysans, lié à celui de « l'homme fondamental », dans *L'Espoir* (voir notamment les chapitres IV et V de la dernière partie), puis dans *Les Noyers de l'Altenburg*.

Page 1033.

1. Malraux a pu découvrir cette thèse dans le livre de l'Allemand E. Kretschmer, *La Structure du corps et le Caractère* (1921), traduit par V. Jankélévitch en 1930. Mais il faut surtout rappeler que le père de

Malraux, Fernand Malraux, s'est suicidé en décembre 1930, et que le thème du suicide du père prendra une importance considérable dans *Les Noyers de l'Altenburg* (voir *Le Miroir des limbes*, *Antimémoires*, I, 1).

Page 1034.

1. Cet essai de poésie métaphysique semble prendre, dans l'état d'esprit où se trouve Mayrena, une signification particulière : ce monde sans l'homme, dont il rêve, est comme une métaphore de la réalité même, délivrée de toute perspective subjective de connaissance, de toute grille humaine.

2. Voir R. P. Cadière, « Croyances et dictons populaires de la vallée du Nguon-Son [région du cap Varéla] », p. 135.

Page 1035.

a. devint sensible. Bien qu'il n'aimât pas se souvenir, détestât son passé, bon ou mauvais, par cela seul qu'il était son passé (au point de se parer de faux souvenirs souvent moins flatteurs que les souvenirs vrais auxquels il eût pu faire appel) il se souvenait de quelques instants liés à des sensations : la douceur *ms.*

1. On pourra être surpris par ce souvenir très proustien, qui se trouvait, dans le manuscrit, clairement mis en opposition avec un thème propre, au contraire, à Malraux (voir var. *a*).

2. On peut trouver, dans ce thème de la renaissance au milieu d'arbres en décomposition, quelque analogie avec le moment où Magnin marche dans la montagne (*L'Espoir*, t. II de la présente édition, p. 401-402).

Page 1036.

1. L'insertion d'un « document brut » dans un récit romanesque est conforme à l'esthétique du roman qui s'élabore dans les années trente, tant en Europe, qu'aux États-Unis ou en Russie soviétique. D'autre part, Malraux a pu trouver une garantie historique de ce procédé dans le récit du capitaine Cupet (« Chez les populations sauvages du Sud de l'Annam »), où, après une cinquantaine de pages, la narration ordinaire s'interrompt pour laisser la place à un simple « Journal de marche ».

2. Mayrena, dans la demande de secours adressée au père Guerlach, depuis le village de Pim, le 1er mai 1888, écrit : « J'avais 100 coolies, mais, pour me servir d'un mot parlementaire, l'incapacité du résident a été cause que chez Pim ils se sont sauvés » (cité par Marquet, *Un aventurier du XIXe siècle*, p. 31). Il ajoute qu'il envoie en même temps une lettre au gouverneur général et au ministre pour dénoncer ce résident qui n'a « pas assez d'autorité pour empêcher des coolies de fuir ».

Page 1037.

1. De fait, plusieurs explorateurs, dont Henri Maître, périrent ainsi.

2. La description de Malraux ressemble étonnamment à une gravure accompagnant le récit du capitaine Cupet (« Chez les populations sauvages du Sud de l'Annam », p. 199) et représentant « quatre Djaraïs armés en guerre ». Elle est aussi confirmée par les descriptions de H. Maître, *Les Régions moï du Sud indo-chinois*, p. 115.

Page 1038.

1. Nombreux sont les explorateurs à avoir fait cette remarque.

2. Au centre de chaque village moï se trouve une grande « maison des hôtes » (ou « maison commune ») au très haut toit souvent décoré de motifs géométriques de style malais ; elle sert à l'accueil des voyageurs, aux assemblées, aux fêtes rituelles, etc. À l'intérieur, elle est divisée en compartiments « dont une partie, dit le capitaine Cupet, est toujours réservée aux étrangers ». On pouvait voir de nombreuses représentations de ces maisons illustrant le récit du capitaine Cupet dans *Le Tour du Monde* ; on en trouve aussi dans le livre du père Dourisboure (édition de 1929).

3. *Sic.* Ce féminin n'est nulle part attesté.

4. Les habitations, dont le nombre par village varie de vingt à cent, selon le père Combes (appendice à l'ouvrage du père Dourisboure, *Les Sauvages Ba-Hnars*, p. 316), sont des paillotes construites sur pilotis, avec une sorte de balcon auquel on accède par une grosse poutre à encoches. Sous la maison, on élève des poules et des cochons.

Page 1040.

1. Sur ce rite important, voir la Notice, p. 1317.

Page 1041.

1. Pour les principales clauses politiques, Malraux suit le texte des traités donné par Marquet (*Un aventurier du XIXe siècle*, p. 32-33) ; aucune clause médicale n'y apparaît.

Page 1042.

1. Tous les témoignages confirment cette haine ; Mayrena la rappelait dans sa lettre au *Courrier d'Haiphong* (du 4 novembre 1888, citée par Marquet, *ibid.*, p. 54), mais ajoutait : « Autant l'indigène déteste l'Annamite et se méfie de sa rapacité, autant il aime à trafiquer avec le Laotien-Siamois ou le Siamois pur. »

Page 1043.

1. Nom donné par Malraux au père Vialleton.

2. C'est le texte authentique (cité par Marquet, *Un aventurier du XIXe siècle*, p. 32).

3. D'après les évaluations tentées, en d'autres occasions, par les missionnaires, ces chiffres paraissent vraisemblables.

4. Attesté par Marquet (*Un aventurier du XIXe siècle*, p. 34), qui n'indique pas la teneur de cette lettre.

Page 1044.

1. Sur ce rôle joué par les pères, voir la Notice, p. 1320-1321.

2. Le père Guerlach était arrivé au début de 1883 à Kong-Toum, où il avait rejoint les pères Vialleton et Roger (remplacé ensuite par le père Irigoyen). Il avait reçu, avant Mayrena, deux explorateurs français : l'administrateur Navelle (en 1884) et le lieutenant Metz (en 1887).

Page 1045.

1. Voir la Notice, p. 1312 et, pour plus de détails, H. Maître, *Les Jungles moï*, p. 519-521 ou Marcel Ner, compte rendu des ouvrages de Soulié et de Marquet, p. 336.

2. On lit ici en marge de *dactyl. 1* une annotation d'une autre écriture que celle de Malraux : « Où marchent-ils ? Que font-ils ? Où sont-ils ? Où vont-ils ? » et, au-dessous, une note de la main de Malraux : « maison des Hôtes ».

3. Le père Guerlach, né à Metz, n'avait que douze ans quand éclata la guerre, mais l'article nécrologique du « Compte rendu des Missions Étrangères de Paris », 1912, p. 402-403) nous apprend que « pour défendre la France contre l'envahisseur, il obtint, à force d'instances, d'être envoyé comme aide au service des ambulances », et que, « fidèle à la patrie mutilée, il émigra plutôt que de se soumettre au joug du Prussien ». Après avoir terminé ses études secondaires à Lunéville, il entreprit des études de médecine, avant d'entrer au séminaire de Saint-Sulpice (à Paris), puis aux Missions étrangères.

4. Ce n'était certainement pas celle des Mayrena, mais ce fut celle de « Marie Ier, roi des Sedangs »...

Page 1046.

1. Malraux avait vu dans le livre de Soulié, *Marie Ier, roi des Sedangs*, une photographie du père Guerlach.

Page 1047.

1. Malraux transpose ici l'histoire des pères Combes et Fontaine, et du diacre Dô, qui rencontrèrent, en dépit de leurs précautions pour l'éviter, le père de Phim, Kiem, chef bahnar très influent mais redouté de Mgr Cuenot en raison des bonnes relations qu'il entretenait avec les mandarins de Hué ; voir le récit du père Dourisboure, *Les Sauvages Ba-Hnars*, p. 19-26. Depuis : « C'est en cherchant à éviter Phim... », Malraux suit de très près le texte du père Dourisboure, notamment pour les paroles de l'évêque — qui était alors Mgr Cuenot, et non Mgr Van Camelbeke.

Page 1048.

a. bojaou [13 lignes plus haut], sorcière... L'action de la grâce est imprévisible ». Le père racontait volontiers : il n'était arrivé que depuis cinq ans, et tout ce qu'il contait avait eu lieu beaucoup plus tôt. Mayrena n'observait pas sans inquiétude que le mot dont le père se servait le plus souvent était le mot *patience*. La mission avait été fondée *ms.*

1. L'évocation de ces premières conversions, faites par le père Combes, est tirée du livre du père Dourisboure. Ce dernier s'attarde particulièrement sur celle de la *bojaou* Jieng, femme de Hmur, que le bon Dieu, dit-il, « dut aller chercher bien loin dans l'empire de Satan » (*Les Sauvages Ba-Hnars*, p. 172-175).

Page 1049.

1. Pour toutes les anecdotes concernant la vie des premiers missionnaires rapportées ici, Malraux s'inspire une fois encore du livre du père Dourisboure (*Les Sauvages Ba-Hnars*), qui fut aussi l'auteur du premier

dictionnaire bahnar-français (publié en 1889 à Hong Kong par l'imprimerie des Missions étrangères).

Page 1050.

1. L'analyse semble empruntée, ici, au capitaine Cupet, qui dit tenir lui-même son savoir du père Guerlach : « S'il y a de bons esprits, disent les sauvages, à quoi sert de nous en occuper, puisque nous n'avons rien à redouter d'eux ? » (« Chez les populations sauvages du Sud de l'Annam », p. 219). La question de l'enfer, quant à elle, laisse Cupet plus perplexe. Les sauvages, dit-il, croient à un lieu surnaturel où se retrouveraient les âmes des morts, mais « [...] l'existence s'y passe comme sur la terre. Les sauvages semblent n'attacher à cette vie future aucune idée de récompense ou de châtiment. Toutefois les Bahnars croient qu'il est plus ou moins difficile de s'y rendre, suivant la façon dont on a vécu sur la terre » (*ibid.*, p. 222).

Page 1051.

1. Aucune source n'atteste ce « beau geste » de Mayrena.

Page 1052.

1. Le Bla est l'autre nom de la Sé-San, affluent de la rive gauche du Mékong formant une frontière naturelle entre le territoire de Kong-Toum (au nord) et le pays djaraï (au sud).

Page 1053.

a. On trouve dans ms. un fragment de monologue intérieur de Mayrena qui reprenait (ou aurait pu remplacer) les réflexions du père sur l'absence de tribus : Premier problème : ici, la tribu n'existe pas. / Le pays me coule entre les doigts comme du sable : Phim était le chef de quelques villages, et il y a ici des groupes semblables au sien. Mais, même à l'unité de langue, ne correspond aucune institution politique, aucune autorité collective. Chaque village est une minuscule république, oui ; mais au-delà, rien. Vais-je devoir négocier avec chaque chef de village ? La première idée de ceux-là mêmes qui accepteront, va être de m'extraire le plus possible de présents, et les damnés Germano-Siamois seront ici avant que j'aie seulement fédéré les Bahnars ! *Ces lignes ont été partiellement reportées au début du chapitre* IX.

1. Voir la Notice, p. 1315.

Page 1054.

a. C'est en *dactyl. 1* que « XIV » est biffé et remplacé par « VIII *bis* ». Voir n. 2.

1. L'écho de *Royaume-Farfelu* (t. I de la présente édition, p. 332-333) est ici particulièrement net.

2. En changeant la place de ce chapitre, Malraux respecte la chronologie des événements indiquée par le père Guerlach (*L'Œuvre néfaste*, p. 132-134). Il se demande, en marge de la fiche où il l'avait notée, à qui le nouveau gouverneur général avait adressé les télégrammes. On voit qu'il fait ici comme si Lemire-Chaminade avait reçu *directement* le télégramme de désaveu du gouverneur général lui-même ; il ne fait pas état

non plus du second télégramme. Sa volonté de dramatisation est ainsi évidente : l'intensité romanesque ne pouvait s'accommoder des longueurs et des détours de l'action administrative. On peut penser, cependant, que l'effet de contraste, dans l'absolu, aurait été plus fort si ce chapitre était resté à la suite du chapitre XIII, où Mayrena, enfin sorti de ses rêves et de ses doutes, s'est pleinement engagé dans une action personnelle et dangereuse, mais le respect de la chronologie, en faisant réapparaître la trame politico-administrative, rend plus sensible l'ironie de l'histoire.

Page 1057.

1. Il est probable que ce chapitre est inachevé.

2. Mayrena écrivit en effet des lettres à Félix Faure, qui était alors sous-secrétaire d'État des Colonies, mais aussi au président de la République (en 1888, Sadi Carnot, qui venait de succéder à Jules Grévy).

3. Voir var. *a*, p. 1053.

Page 1058.

a. Le 16 *Après ces mots, on lit dans ms. (f° 158) une autre version de ce compte rendu. Nous la donnons ci-après :* Nos provisions de Binh-Dinh sont épuisées. Mangé à l'indigène un riz préparé par un cuisinier des pères, accompagné d'une viande blanche très fine, inconnue. Renseignement pris, c'est du crapaud décortiqué ! La peau empoisonnerait. / Notre service de renseignements fonctionne à merveille, — hélas ! La colonne siamoise, au complet, a quitté Attopeu. / Elle doit être maintenant en pays jaraï. / Les Bahnars sont au courant de l'avance des Siamois. Donc, les autres sauvages aussi. Nous allons essayer de nous servir de cette avance même. À nous deux, Messieurs ! / Voici mon ordre de combat : / 1 — Fédérer au plus vite les B[ahnars] / 2 — Faire entrer les Se[dangs] dans la confédération. Nous avons des fusils, ils n'en ont pas et les Siamois marchent en direction de leurs villages à l'heure qu'il est. / 3 — Si les G[ermano]-S[iamois] n'ont pas tout gagné, réunir les J[araïs], qui auront tous abandonné leurs villages sur le passage de la colonne, et les faire entrer aussi dans la confédération. / Nous allons grouper les villages contre l'avance siamoise, sans qu'il soit question de notre autorité. Non seulement les chrétiens, déjà groupés en fait, mais tous : tout ce qui est bahnar est nôtre. *On trouve également, dans ms., une autre version de l'« ordre de combat » de Mayrena (f° 176) que nous donnons ci-après :* Quoi qu'il en soit : / Établir immédiatement un barrage en créant une confédération des Bahnars. / Tenter *ensuite* d'y faire entrer les Sedangs. / Les Jaraïs refuseront d'y entrer. Donc, dès maintenant, former la confédération à la fois sur la lutte éventuelle contre l'envahisseur siamois et sur la lutte immédiate contre les pirates jaraïs. / *Notre premier objectif est de mettre fin à la traite.* / (Le père G[eorges] ne semble pas vouloir se rendre compte que cela signifie : préparer la guerre contre les Jaraïs, bien qu'il la tienne, avec raison, pour légitime défense. Les Jaraïs vont venir, comme d'ordinaire, enlever des Bahnars dans un village où nous ne serons pas. Donc, ou nous ne ferons rien, ou nous ferons une expédition punitive, et il s'agit de préparer cette expédition. Si nous n'étions pas fichus de protéger les villages contre leurs voisins, comment croiraient-ils à notre protection contre le Siam ?) Le père voudrait renvoyer au plus tôt

1. Les Bahnars furent réunis dans la « confédération Bahnar-Reungao », pourvue le 20 septembre 1888 d'une constitution par le père Vialleton, mais formée dès juin 1888, sans doute à l'instigation de Mayrena

(voir Marquet, *Un aventurier du XIXe siècle*, p. 80 et p. 111-113). Le 4 juillet 1888, un traité d'alliance fut signé entre Mayrena (devenu, à Kon-Gung, le 3 juin, Marie Ier, roi des Sedangs) et Krui, président de l'union des Bahnar-Reungao — traité contresigné par le père Vialleton qui servait d'interprète. Ainsi s'était constitué, note M. Ner, « un groupement puissant qui permettait, sans recourir à l'Annam, d'arrêter la pénétration siamoise » (compte rendu des ouvrages de Soulié et de Marquet, p. 341).

3. Ce détail est donné par le père Dourisboure, *Les Sauvages Ba-Hnars*, p. 124.

Page 1059.

a. À la place de ce paragraphe, on trouve dans ms. (f° 155) le paragraphe suivant : Le père et moi préparons la constitution de l'Union des B[ahnars]. Ce n'est pas facile *Suit le texte de dactyl. 1, depuis :* il faut que les chefs de village *jusqu'à* en quelques jours. Le Père a trop de *[p. 1060, 4e ligne]* scrupules. *On trouve aussi dans ms. les traces d'une autre rédaction (ff^os^ 163 et 164), où Malraux (d'après les informations qu'il avait pu trouver chez Soulié, « Marie Ier, roi des Sedangs », p. 65 et chez Marquet, « Un aventurier du XIXe siècle », p. 39-40, ainsi, peut-être, que chez M. Ner, compte rendu cité, p. 340-341) donnait quelques éléments du texte de la constitution. En voici le texte :* Provisoirement, il n'est pas question de la France. Il ne s'agit pour chaque chef que d'entrer dans la fédération. Le Tonul-Tom, lui, se trouve qualifié pour accepter le protectorat français en vingt-quatre heures. / / Dès que je serai officiellement président de l'Union, j'ajouterai les deux articles suivants : / 8 — Le Tonul-Tom et son Grand Conseil voulant reconnaître les services rendus à l'Union par les missionnaires, leur concède[nt] les mêmes droits qu'aux membres de l'Union. / 6 *[sic]* — La religion catholique est la religion officielle, mais personne ne pourra être inquiété pour causes religieuses. » / / Comme prévu, les villages se vident devant la colonne germano-siamoise. Les sauvages n'organisent même pas la guérilla — du moins, pas encore. Mais la colonne est sans guides, la région où elle semble se trouver n'a jamais été soumise ni au Siam ni au Laos, n'a jamais été territoire de chasse pour les Laotiens, et la colonne avance dans la brousse complète (à la boussole, sans doute ?) / Mais pourquoi les Bahnars païens me préfèrent-ils aux Siamois ? / / Les émissaires partis pour la convocation des chefs commencent à rentrer. Les chefs viendront. Tous connaissent l'arrivée de la colonne (mais ignorent qu'il y a des blancs avec elle). / Bien entendu, les chefs chrétiens avaient accepté les premiers. Nous n'avons pas convoqué Phim, parce qu'il s'est soumis directement à la France. / / Que tout est lent ! Faire le vide devant ces damnés Prussiens, bravo ! Mais s'ils arrivent jusqu'ici, même à travers la brousse vide, un droit de premier occupant sera acquis pour les Siamois ou l'Allemagne. Et ils tiendront la chaîne, car les contreforts des Sedangs sont plus élevés que les nôtres. / / Longue conversation, avec le Père G[eorges] et des notables de Kon-Tum : en quoi les B[ahnars] non chrétiens nous préfèrent-ils aux Siamois / Voici ce qui peut sembler acquis : 1° Les Moïs ne me connaissent pas ; ils savent seulement que je suis l'ami des Pères, que je n'exige rien, que je fais des présents. Ils connaissent les Siamois et se méfient d'eux depuis des siècles (raison capitale, aux yeux du père, pour renvoyer nos miliciens ann[amites] dès que faire se pourra). 2° Je précède sûrement une grande troupe : on ne peut prétendre rien faire de sérieux avec si peu d'hommes. Cette grande troupe battra les Siamois si c'est nécessaire. Mais sinon, elle ne viendra peut-être pas. Les Siamois, eux, arrivent. / 3° On sait ce que veulent les Siamois :

mettre un petit mandarin à la place du chef, faire payer un tribut, etc. Nous, on ne sait pas trop ce que nous voulons. Quand le père a battu les Jaraïs, il n'a pas brûlé les villages, pas pris d'esclaves. Il soigne tout le monde et n'exige pas de présents. Peut-être les Farangs sont-ils ainsi. Il est vrai que le père est contre les fétiches, mais il n'a pas contraint même les Jaraïs à brûler les leurs. 4° Si tout va bien, parfait. Sinon ils en seront quittes pour se révolter ou émigrer vers le Nord. Avec les Siamois, ils savent qu'ils doivent se révolter tout de suite. Alors, autant se battre ou abandonner les villages. *Le « Tonul-Tom », ou « Tenoul », est le nom donné au chef de guerre dans un village. Les « Farangs » sont les Français; voir chap.* XIII, *p. 1102.*

1. Ce pluriel étrange désigne apparemment les hommes de la tribu du chef Phim (orthographié parfois « Pihm », « Pimh », ou « Pim »).

2. Le manuscrit (voir, notamment, la var. *a*) montre les hésitations de Malraux dans la rédaction de ce passage. Historiquement, il y a là, en tout cas, un point assez obscur : le rôle de Mayrena dans la formation de la « confédération Bahnar-Reungao » semble bien avoir été décisif, comme l'imagine Malraux, mais il fut quelque peu oublié ensuite par les missionnaires et par l'administration française, lorsqu'ils tombèrent d'accord pour tirer un trait sur toute « l'affaire Mayrena ».

3. Voir la Notice, p. 1313 et 1320.

Page 1060.

1. Une première rédaction (voir var. *a*, p. 1059) laissait planer quelque ambiguïté sur ces « scrupules » : le père Georges craignait peut-être moins de faire la guerre que de devoir un jour laisser la France, République laïque et, à cette époque, volontiers anticléricale, administrer directement les territoires sur lesquels les missionnaires exerçaient leur influence.

2. Ce geste n'a rien d'exceptionnel : les missionnaires, assez systématiquement (voir Dourisboure, *Les Sauvages Ba-Hnars*, p. 151-152), et les explorateurs (Odend'hal, par exemple), quand ils le pouvaient, libéraient ainsi des esclaves. Pour les détails, Malraux s'inspire indiscutablement d'un passage du récit du capitaine Cupet qui raconte comment la fillette esclave qu'il avait rachetée vingt-cinq francs à un pirate chinois fut reconnue, quelque deux cents kilomètres plus loin, par sa mère, à qui on l'avait arrachée deux ans auparavant, grâce à « des fils de soie noués d'une façon particulière » à son oreille (*Voyage au Laos et chez les sauvages du Sud-Est de l'Indo-Chine*, p. 43-57). L'aventure de Cupet se déroule alors dans une tout autre région (le plateau du Tran Ninh, au nord du Laos), mais sa transposition en pays sedang n'a rien d'invraisemblable ; Cupet, parlant ailleurs de ce territoire moï, dit qu'il est « comme un immense marché d'esclaves où Laotiens et Cambodgiens viennent s'approvisionner de bétail humain, qu'ils volent sans vergogne ou qu'ils troquent contre du fer et des buffles ».

3. Sergent annamite.

Page 1061.

a. Malraux avait prévu ici une note, après avoir envisagé de prêter à Mayrena lui-même (dans ms., f° 52) l'explication suivante : cultivaient le riz en incendiant la forêt, faisant des trous dans la terre ainsi défrichée et engraissée des cendres, et semant le riz dans les trous. Procédé misérable

1. Mayrena désigne ainsi les Prussiens.

Page 1062.

a. chrétiens florissants. *Après ces mots, dans ms. (f° 24), Mayrena s'inspirait de cette « grande politique » pour imaginer la politique qu'il pourrait mener lui-même :* Demander des fonds au Gouvernement ; à la rigueur organiser la chasse aux éléphants. Acheter des instruments et, dans les régions difficiles, créer de solides bases de culture rationnelle où ne seront admis que ceux qui se soumettront. Faire diriger chaque base par un bon agriculteur chrétien.

1. Le Bahnar, écrivait le père Combes (dans sa « lettre » de 1853, publiée en appendice au livre du père Dourisboure, p. 310-311), « pourrait nourrir des buffles par centaines ; mais s'il s'en procure quelqu'un de loin en loin, il l'immole sans délai, soit pour se rendre les Esprits propices, soit pour régaler les mânes de ses proches, au jour anniversaire de leur mort ». Observation confirmée, quarante ans plus tard, par H. Maître et le capitaine de Malglaive, qui écrit : « On ne peut employer chez eux le bœuf porteur ou le cheval, sous peine d'attirer le tigre et l'orage » (« Six mois au pays des Khas (Sauvages de l'Indochine centrale) », *Le Tour du Monde*, n° 25, 24 juin 1893, p. 385-400).

2. Les Mnongs sont le peuple du plateau du Darlac qu'avait évoqué H. Maître dans son livre, *Les Régions moï du Sud indo-chinois. Le Plateau du Darlac.* L'anecdote est encore inspirée du récit du père Dourisboure, qui traita non avec des Mnongs, mais avec ses voisins Hodrungs. Voir *Les Sauvages Ba-Hnars*, p. 287-302.

3. Voir var. *a.*

Page 1063.

1. Les forgerons sedangs, activant le feu avec des soufflets à pistons faits de tubes de bambou, ont été décrits notamment par le père Combes (*Les Sauvages Ba-Hnars*, appendice, p. 315) ; on les voit encore photographiés (de même que des Hodrungs pratiquant le *ray*), en 1956, dans le livre de l'ethnologue Jean-Dominique Lajoux, *Le Tambour du déluge. Villages des montagnes d'Indochine*, Seuil, 1977.

2. Dans la réalité le père Irigoyen, auquel Malraux n'avait pas encore donné de nom dans le roman.

3. Voir la Notice, p. 1329.

4. Sur le *Rolang*, voir la Notice, p. 1317.

5. Sur les services militaires de Mayrena en Indochine, voir la Notice, p. 1318.

Page 1064.

1. Voir n. 1, p. 1009.

2. Ou Pokô, affluent du Bla (ou Sé-San), lui-même affluent du Mékong (qu'il rejoint à Stung-Treng).

3. Ces détails sur l'attitude et le comportement de l'enfant sont directement empruntés au récit du capitaine Cupet (voir n. 2, p. 1060).

4. Abréviation pour Kon-Gung-Yé.

Page 1065.

a. Dans ms. il n'y avait pas ici de changement de chapitre. L'indication x *n'apparaît que dans dactyl. 1.*

1. L'importance de ces présages a été notée par le père Combes (Dourisboure, *Les Sauvages Ba-Hnars*, appendice, p. 324-325) et le père Guer-

lach dans ses lettres des *Missions catholiques.* Les Moïs n'entreprennent jamais rien — ni travail, ni chasse, ni guerre — lorsque les présages ne sont pas favorables. Ils interprètent notamment le chant des oiseaux et la présence sur leur route de petits animaux tels que des souris ou des lézards.

2. Ces redoutables lancettes, qui jouent un rôle dans *La Voie royale* (voir t. I de la présente édition, p. 443-445), sont signalées par tous les explorateurs et les missionnaires (voir, par exemple, *Les Sauvages Ba-Hnars*, p. 42-43). Associées à divers pièges, elles servent à interdire l'accès d'un village ou à protéger une retraite. Cupet évoque le « râteau » dont on se servait pour les neutraliser et affirme de même : « On met plus d'une heure à faire un kilomètre » (*Voyage au Laos et chez les sauvages du Sud-Est de l'Indo-Chine*, p. 245-246).

Page 1066.

a. En marge de dactyl. 1 on lit ici, de la main de Malraux : Faire Grain-de-Café *Ce sera le sobriquet donné plus loin au sorcier ; c'était aussi le surnom donné par Malraux à son ami Louis Chevasson.*

1. Cette description est conforme aux indications de Cupet (« Chez les populations sauvages du Sud de l'Annam », p. 222, et illustration, p. 224).

2. Pour toutes sortes de raisons, par exemple une épidémie, un village peut être déclaré *dieng* (ou *djeng*) par ses habitants : il est alors interdit à quiconque d'y pénétrer, sous peine de mort. Tous ceux qui ont parcouru le pays moï ont montré ce que pouvait avoir de dramatique pour un voyageur le fait de se heurter à un village *dieng* là où il attendait un secours et un abri. Pour plus de précisions, voir Dourisboure, *Les Sauvages Ba-Nhars*, p. 60-61, qui relate également (p. 103) une mésaventure dont Malraux s'inspire dans le paragraphe qui suit.

3. Sur cet *Ek* qui devait être mis à l'amende par le gouverneur siamois d'Attopeu pour avoir accepté l'alliance et les présents de Mayrena, voir Notice, p. 1321 et, pour plus de précisions, Guerlach, *L'Œuvre néfaste*, p. 134-135. « Keniong » semble être une erreur de transcription pour « Keuiong ».

4. Indication justifiée en marge de *dactyl. 1* par la note manuscrite : « deuil ancien ». La coutume de se raser la tête en signe de deuil ne paraît cependant pas avoir été remarquée par les explorateurs de ces régions. Malraux opère sans doute une transposition.

Page 1067.

1. Allusion au lieu commun de la reconnaissance de l'enfant perdu dans le roman populaire du XIXe siècle.

2. Le comportement de la mère, son erreur, le mécontentement du bienfaiteur, tout est dans le récit de Cupet (voir n. 2, p. 1060). On voit cependant tout le parti tiré par Malraux de cet épisode que Mayrena met en parallèle avec celui de « l'oncle du petit Bahnar tué par le tigre » : à l'universel concret du courage viril vient répondre ici celui du sentiment maternel et de ses pleurs.

Page 1068.

1. Ce petit épisode s'inspire d'un passage du récit de Cupet (« Chez les populations sauvages du Sud de l'Annam », p. 208).

Page 1069.

1. Maladies les plus souvent observées, dans tout le « pays moï », par les explorateurs (voir H. Maître, *Les Régions moï du Sud indo-chinois*, p. 95).
2. La scène qui suit s'inspire de plusieurs scènes semblables racontées par Cupet (« Chez les populations sauvages du Sud de l'Annam », p. 187 et p. 199-200, notamment).

Page 1070.

1. H. Maître signale l'intérêt des Moïs pour les bouteilles de verre, inconnues avant l'arrivée des Européens (*Les Régions moï du Sud indo-chinois*, p. 141). Quant au goût pour l'alcool, il semble avoir été aussi immodéré chez de nombreux Moïs (voir les témoignages de Guerlach, Cupet, Delingette, etc.) que chez Mayrena. Marcel Ner, dans son « Essai sur la psychologie de l'aventure. Marie Ier, roi des Sédangs » (p. 401-402), publie le fac-similé d'un billet envoyé au résident par Mayrena pour demander des vivres et où l'on peut lire : « Ajoutez six bouteilles absinthe pernod — j'en avais trois, mais ces mâtins de Moïs boivent comme des trous ». Ce mode de fraternisation répugnait au père Guerlach : dans *Les Missions catholiques*, il dénonce l'alcoolisme comme l'un des principaux fléaux du pays moï.
2. Souvenir, peut-être, de cette observation faite par Cupet dans certains villages : « un toit en miniature abrite une plate-forme où sont déposés des aliments, de l'eau pour les génies voyageurs » (« Chez les populations sauvages du Sud de l'Annam », p. 215).

Page 1071.

1. Cf. H. Maître, *Les Régions moï du Sud indo-chinois*, p. 97 et Guerlach, « Chez les sauvages de la Cochinchine orientale », *Les Missions catholiques*, 27 avril 1894, p. 206-208 (récit d'une épidémie de variole à Kong-Toum).
2. Les tronçons de bambou étaient les récipients les plus ordinaires.
3. Malraux avait prévu de placer ici une note : « Par souci d'élégance, les jeunes Moïs introduisent dans leurs oreilles percées des ornements de plus en plus grands, et distendent peu à peu les lobes. Si ceux-ci se rompent, la femme est tarée et condamnée au célibat (par là, presque dans une situation d'esclave). » Beaucoup d'explorateurs avaient noté que certaines femmes avaient les oreilles distendues à l'extrême par des ornements, mais le seul à évoquer la rupture des lobes et le verdict qui l'accompagnait est, à notre connaissance, le capitaine Baudesson, dans un récit publié par la revue *Le Tour du Monde* en 1906, « Deux ans chez les Moïs » (p. 354).

Page 1074.

1. Pratique attestée par H. Besnard, « Les Populations moï du Darlac », p. 75 et par H. Maître, *Les Régions moï du Sud indo-chinois*, p. 75.
2. Ce mot apparaît dans le *Dictionnaire de la langue française* d'Émile Littré, mais seulement avec son sens abstrait : « Celui qui creuse, approfondit, va au fond des choses. »

Page 1075.

a. s'éteignaient selon la lueur tressautante de la torche. Près d'un poussin dans une cage, un récipient de bois recueillait le liquide qui suintait du corps. Les ténèbres *ms.*

1. Cette description — hormis le poussin, qui n'apparaît qu'à un autre stade des funérailles et qui n'incarne pas l'âme du défunt — est conforme aux indications données par Besnard (« Les Populations moï du Darlac », p. 75-76).

2. La scène qui suit, dans son ensemble, paraît surtout inspirée par Henri Maître (*Les Régions moï du Sud indo-chinois*, p. 73-74), mais Malraux a dû lire aussi les pages consacrées à ces mêmes pratiques par les pères Combes, Dourisboure et Guerlach, et par Besnard.

3. Malgré l'annotation trouvée en marge du chapitre précédent (voir var. *a*, p. 1066), aucun personnage de ce nom n'est encore apparu dans le récit ; c'est un indice supplémentaire d'inachèvement du texte (voir n. 1, p. 1079). À cet endroit précis, tout se passe comme si le narrateur s'adressait à un seul lecteur : Malraux lui-même peut-être ? en tout cas, celui qui lui avait enjoint, au chapitre précédent de « faire Grain-de-Café » et qui, en marge de ce passage, écrit (en *dactyl. 1*) : « Enfin ! ».

Page 1076.

1. C'est H. Maître qui, après avoir affirmé que les Moïs appellent « Pô-Thé » le Bouddha (*Les Régions moï du Sud indo-chinois*, p. 37), remarque plus loin (p. 66) qu'on peut douter de l'origine bouddhique des légendes relatives au Pô-Thé.

Page 1077.

1. Cf. H. Maître, *ibid.*, p. 69.

Page 1078.

1. Malraux avait pu voir un grand nombre de photographies ou de gravures de ces figures dans les volumes de la *Mission Pavie*, dans *Le Tour du Monde*, etc.

Page 1079.

1. Cette phrase et les premières lignes du paragraphe suivant indiquent que le personnage de Grain-de-Café aurait fait sa première apparition lors de la distribution des présents, dans le rôle peu glorieux d'un chapardeur. Le capitaine Cupet évoque un personnage de ce genre lors de son arrivée au village djaraï où il rencontra le sadète du Feu (« Chez les populations sauvages du Sud de l'Annam », p. 199-200). La déception de Mayrena n'est d'ailleurs pas sans rappeler celle que dit avoir éprouvée le capitaine lorsqu'il se trouva face à un sadète du Feu qui n'avait rien du « grand sachem » craint et respecté qu'il attendait (*ibid.*, p. 200-201).

Page 1080.

a. sécheresse et des araignées. *Après ces mots, on lit dans ms. (f° 101) le passage suivant :* Allons ! il n'en avait pas fini avec les démons. Le sorcier avait pourtant parlé d'une voix égale et tranquille, un peu confraternelle. Mayrena avait grande envie de le faire parler de la réunion des chefs et de l'Union sedang ; mais il sentait de reste que toute question directe eût affaibli son prestige.

1. Voir n. 3, p. 1026.

Page 1081.

a. Le passage qui va de — Ah ! *[p. 1080, 17e ligne en bas]* dit-il, *à* Sauf la Révélation. Bon… *était, dans ms., intégré à la discussion entre M. Minh et Mayrena lors de l'épisode de l'attaque du tigre (chap. VI, p. 1034).*

Page 1082.

1. Le capitaine Cupet, qui avait eu du mal à convaincre les Moïs de la réalité de la menace siamoise, s'était attiré, dans une situation analogue, une réponse analogue (voir « Chez les populations sauvages du Sud de l'Annam », p. 235).

2. La question était traitée par le père Guerlach dans une de ses « lettres » (*Les Missions catholiques*, 4 novembre 1887, p. 514-516). Le titre ne semble pas avoir été héréditaire ; il fallait faire ses preuves.

Page 1083.

a. À la suite de ces personnages ? *on lit dans ms. (f° 91) :* Le père réfléchit / Vous comprenez que nous avons tous beaucoup réfléchi à cette question. Il faut distinguer. Parlons d'abord du menu fretin du démon. Une grande partie de leurs jongleries ne doit même pas être retenue. Le sauvage qui a manqué aux rites devient pour un temps l'esclave des génies, en fait : du sorcier, ce qui suffit à expliquer bien des choses. La recherche des coupables par les œufs, les prédictions, les augures, autant de fourberies ou de naïves superstitions. Vous avez vu en arrivant ici ce qu'il faut penser du vol des oiseaux ♦♦ *b.* Fort naturelle aussi : je suis votre compagnon et les sorciers n'ignorent pas que nous sommes leurs adversaires. Et même sans cela : ils sont en ces pays les gardiens de ce qu'il y a de plus ancien, des vieilles forces démoniaques ; et pour eux l'étranger… / Et ils *ms.*

Page 1084.

a. des sauvages parmi d'autres sauvages. *Après ces mots on lit dans ms. :* et non ces grands prêtres du démon qu'on s'imagine en Europe… Tenez : connaissez-vous nos campagnes ? *Viennent alors les considérations sur les « sorciers de hameau » en France.*

1. Dourisboure évoquait les effets de cette brusque désaffection (*Les Sauvages Ba-Hnars*, p. 148-150).

2. Voir la Notice, p. 1318. Marquet n'en avait trouvé aucune trace à Remiremont (*Un aventurier du XIXe siècle*, p. 108).

3. C'est l'annonce du duel au sabre. Il y a sans doute là une réminiscence du livre de Soulié : Mayrena venant d'assister à une représentation de duel donnée en son honneur, « il eut, écrit Soulié, l'inspiration qui fait les grandes réussites. Tirant son sabre, il signifia par une pantomine *[sic]* qu'il voulait se mesurer avec le vainqueur » (*Marie Ier, roi des Sedangs*, p. 79). Version des faits conforme, d'ailleurs, à celle donnée par Mayrena lui-même dans sa lettre au *Courrier d'Haiphong* du 8 octobre 1888 (citée par Marquet, *Un aventurier du XIXe siècle*, p. 45), et historiquement vraisemblable.

Page 1085.

1. Voir p. 1048 et n. 1.

Page 1086.

a. n'y changeait *[7 lignes plus haut]* rien. — Mais pourquoi faire ? / Qui sait ? Peut-être pour les persuader que l'âme reste en ce monde après la mort. S'ils le croient, comment croire aussi aux peines des damnés et aux récompenses des justes dans l'autre vie ? Et le démon se sait ici dans son royaume, il n'entend pas le quitter de bon gré ! / Sur de tels *ms. Cet argument du père Georges ainsi que celui qui apparaît dans la var. a, p. 1087 se trouve chez Dourisboure.*

1. Cet aveu est, en substance, celui que Malraux a trouvé, beaucoup plus longuement expliqué et argumenté, sous la plume du père Dourisboure (au chapitre xx de son livre, « André Ngam — Tracasseries que le démon lui suscite », p. 202-207). Voir aussi var. *a*, et var. *a*, p. 1087. Ces pages du père Dourisboure pourraient, à elles seules, expliquer le titre retenu par Malraux pour son roman. Le père Guerlach, de son côté, dit avoir cru à l'intervention réelle d'une puissance surnaturelle, après avoir observé les blessures reçues par des *bojaou* au cours de luttes contre le démon cherchant à s'approprier une âme (« Chez les sauvages de la Cochinchine orientale », p. 142-143).

Page 1087.

a. éclairé que *[p. 1086, dernière ligne]* l'Église. J'ai souri de ces paroles des morts dont me parlaient les sauvages ; le démon faisait alors d'une pierre deux coups : mon incrédulité étonnait mes interlocuteurs — et surtout, les prédisposait à prêter peu de foi aux vérités surnaturelles que je suis venu leur annoncer… / Plus le père *ms.* ♦♦ *b.* une image d'Épinal ou quelque chose en lui, Mayrena, qu'il eût accepté d'appeler le mal. Le bagne lui donnait une bonne idée de la puissance du démon, parce que là pourrissaient des crimes d'hommes ; et à la rigueur *ms.*

1. Cette anecdote est empruntée au livre de Dourisboure, *Les Sauvages Ba-Hnars*, p. 107-109.

Page 1089.

1. Ce récit est une transposition fidèle de ce que raconte plus longuement le père Dourisboure (*Les Sauvages Ba-Hnars*, p. 115-118). Il y a cependant ici un ton et des touches de lyrisme propres à Malraux.

2. Les gongs étaient particulièrement en honneur chez les Moïs ; plusieurs explorateurs (dont le capitaine Cupet) disent avoir admiré l'art avec lequel ils les utilisaient.

Page 1090.

1. Coutume pratiquée dans toute la région.

2. Voir n. 1, p. 1009.

3. Pareille mésaventure était arrivée au capitaine de Malglaive ; Cupet l'avait rapportée dans son article « Chez les populations sauvages du Sud de l'Annam ».

4. « Comme les anciens Francs, écrivait le père Guerlach, nos sauvages ont aussi leurs trouvères et leurs chansons de geste. Sans doute, lorsque le troubadour de nos forêts chante les hauts faits des dieux et des héros, il ne s'accompagne pas de la guitare ; mais parfois, chez les Sedangs surtout, il gesticule avec le sabre et le bouclier » (« Mœurs et superstitions des sauvages Ba-Hnars », *Les Missions catholiques*, 14 octobre 1887, p. 490).

Ce *khan* est ici un chant radé, recueilli par Léopold Sabatier, résident de France au Darlac (voir la Notice, p. 1307).

Page 1091.

a. Quelque chose de clair, de *[p. 1089, 11e ligne en bas]* solide. Ce que je dois déterminer dans ce brouillard plein de démons, de rêves et de fantômes, moi, c'est le fondement solide d'une action. Ce qu'il me... / — Le père Maranges a dû tenir compte aussi des rêves : le labourage est interdit par le dieu du tonnerre, et les buffles, animaux créés pour les sacrifices, ne doivent pas être attelés à la charrue... Pour agir, notre cher père a commencé par faire des esprits chrétiens ; après quoi il a eu la chance de constituer un village chrétien. Je sais bien, ajouta-t-il aussitôt, qu'un pouvoir temporel doit employer d'autres méthodes... / — Enfin, c'est tout de même ce milieu chrétien qui est aujourd'hui le moyen d'action le plus efficace de la mission. Mais je veux vous demander autre chose. Voici : vous me mettez souvent en face des problèmes psychiques que posent ces gens. Je vous en remercie : j'ai à tenir compte des songes des autres plus que je ne serais instinctivement tenté de le faire. Mais enfin, je sais une chose : dans le fantastique on n'agit pas. Or, l'Église n'agit pas en s'appuyant sur le miracle, elle agit à côté de lui, n'est-ce pas ? Vous avez eu le fantastique de ces gens — ou, enfin, des Bahnars — chaque jour près de vous. Et vous n'avez pas fait que changer des rêves [, vous avez construit au sens le plus temporel du mot *biffé*]. Maintenant, voici ma question : comment agir sur le fantastique ? / — Ah, bien cher Monsieur, vous me demandez de vous résumer des années de troubles, d'hésitations... Je connais ma conclusion, et elle vous surprendra peut-être : quand vous êtes dans le surnaturel jusqu'au cou, croyez-moi : prenez très garde de ne pas le heurter, de ne blesser personne, mais cela fait, ne tenez aucun compte *ms.*

1. Voir var. *a*, et n. 1, p. 1062.

2. C'est ce que rapporte le père Dourisboure, dans une lettre de 1871, publiée en appendice de son livre, p. 303-305.

Page 1092.

1. Toute cette mise en scène du *khan* est totalement absente du livre de Sabatier (*La Chanson de Damsan*), comme des autres sources de Malraux.

2. Les premiers extraits retenus par Malraux apparaissent p. 73 de *La Chanson de Damsan.*

Page 1093.

a. graines [de l'éian *biffé*]. Je ne sais *ms. Éian est le nom qu'on trouve dans le texte de Sabatier.*

Page 1094.

a. Dans ms. jaraï *et* Bahnars *remplacent respectivement* mnong *et* Bih *(termes qu'on trouve chez Sabatier), biffés.*

Page 1095.

1. Ce sont ici des extraits du chapitre IX, « La mort de Damsan » (à partir de la page 133).

Page 1097.

a. bourdons gothiques à Arras... Les retentissantes secousses bousculaient les nuages invisibles et faisaient trembler les cases du pays sedang. / Le batteur *ms.*

Page 1099.

a. romance plaintive : Lorsque reviendra — le temps des cerises » : « Allez *ms.*

Page 1101.

1. Dans l'ensemble de ce chapitre, Malraux s'inspire — sauf, bien sûr, pour ce qui concerne le thème du messie — du récit que fait le capitaine Cupet de son entrevue avec le sadète du Feu (*Le Tour du Monde*, avril 1893, p. 200-204). Il a pu lire aussi le compte rendu de l'« alliance du sang » contractée avec Kiem par les pères Combes et Fontaine (Dourisboure, *Les Sauvages Ba-Hnars*, p. 24-26), ou encore de celle que contracta le père Guerlach, en décembre 1885, avec les chefs d'un village sedang (« Chez les sauvages de la Cochinchine orientale », p. 46-48). Mais on ne trouve nulle part un récit détaillé des véritables rencontres qu'eut Mayrena avec les chefs de tribus, notamment celle du 26 mai, où Mayrena fut reconnu comme chef par deux villages — le père Guerlach parlant seulement alors d'« un *podap* (palabre) assez animé » —, ou celle de Kong-Gung, le 3 juin, où Mayrena devint Marie Ier, roi des Sedangs.

Page 1102.

1. Il y a, à cet endroit, une importante lacune dans le manuscrit. La cohérence du texte, dans l'ensemble du passage, n'était pas encore trouvée — ce que confirme, sept lignes plus bas, la redite : « Le père et Mayrena regagnèrent leur place », ainsi, peut-être, que « Lorsque s'éleva de nouveau la voix du chef », puisque l'origine des premières paroles entendues n'avait pas été identifiée.
2. Nom donné aux Français (d'après Cupet).

Page 1103.

1. Sur le messie attendu par les Sedangs, voir la Notice, p. 1329.
2. Ces questions sont à peu près celles que s'entendait poser le père Dourisboure (*Les Sauvages Ba-Hnars*, p. 101-102).
3. Cette question particulière fut plusieurs fois posée à Cupet (« Chez les populations sauvages du Sud de l'Annam », p. 202).

Page 1104.

1. C'était apparemment le sens du nom donné par les Moïs au père Guerlach (*Bo-Cahn*).

Page 1105.

1. Méthode observée par Cupet et Guerlach.
2. L'incident est tiré du récit de Cupet, à qui cette mésaventure arriva réellement, mais en pays radé (« Chez les populations sauvages du Sud de l'Annam », p. 243-244).

Page 1106.

1. L'article défini est encore une trace d'inachèvement, puisque la présence du personnage n'avait pas été signalée. Il est d'ailleurs peu vraisemblable qu'un lépreux participe à une telle assemblée ; d'après H. Maître, les lépreux étaient généralement tenus à l'écart des villages, en forêt (*Les Régions moï du Sud indo-chinois*, p. 96).

2. Voir Cupet, « Chez les populations sauvages du Sud de l'Annam », p. 202.

Page 1107.

a. de gymnastique. *Après ces mots, on trouve dans ms. un autre état du texte, que nous donnons ici :* Était-il possible, était-il concevable qu'il eût été destiné de toute éternité à être tué dans cette misérable et morne lumière, entre tous ces hommes qui se dressaient en silence et ce gouffre où se défaisait une mer de nuages dans un absurde bruit de forges ?

1. Plutôt qu'une allusion incongrue au personnage de *Lunes en papier* qui porte ce nom, il faut voir là une référence au bigophone.

Page 1108.

a. fébrile, *[9 lignes plus haut]* sans commentaire. S'était-il, de nouveau, désolidarisé ? Se réservait-il de parler plus tard ? Avait-il renoncé à comprendre où Mayrena voulait en venir, ou fuyait-il une responsabilité morale qui grandissait de minute en minute en s'efforçant de ne pas comprendre, en se réfugiant dans l'élément mécanique de sa traduction ? Pourtant son ton demeurait énergique et passionné presque autant que celui de Mayrena. / — Où sont-ils, tes fétiches ? hurla Grain-de-Café. / Cette partie du discours de Mayrena n'avait pas été le moins du monde improvisée : la nuit avait porté conseil. À peine le père avait-il traduit la question du sorcier que Mayrena tirait de la poche de son pantalon une boussole, et la posait sur la natte. / — Viens voir, chef... » *ms.*

1. La scène de la boussole, avec tous ses détails, se trouve dans le récit de Cupet (« Chez les populations sauvages du Sud de l'Annam », p. 203). On en découvre aussi une version beaucoup moins dramatique dans le livre d'Arthur Delingette, *Relation d'un voyage chez les Moïs*, p. 31.

Page 1109.

1. Tous ces fétiches sont conformes à ceux qu'avaient décrits le père Guerlach et les explorateurs. Malraux publiera dans *Les Voix du silence* la photographie de l'un d'eux (« La Monnaie de l'Absolu », La Galerie de la Pléiade, 1951, p. 559). La réflexion sur « les figures de paille » et les « styles sauvages » qui l'accompagne avait peut-être été d'abord destinée au *Règne du Malin*, puisque Suzanne Chantal nous apprend qu'un « chapitre sur l'art » avait été prévu pour ce roman (*Le Cœur battant*, p. 184).

Page 1110.

1. Voir Cupet, « Chez les populations sauvages du Sud de l'Annam », p. 203-204. L'usage de la monnaie semble avoir été exceptionnel. Les échanges commerciaux entre les tribus étaient d'ailleurs limités par la crainte de l'endettement, synonyme, le plus souvent, de servitude forcée. Les échanges avec l'extérieur (Laotiens, Siamois ou Annamites) étaient plus réduits encore : les Moïs se procuraient des marmites de cuivre, des

gongs, des jarres, du sel ou des buffles contre des pièces d'étoffe, de la cire, du tabac, de l'ivoire, des cornes de rhinocéros, des éléphants, des esclaves.

Page 1114.

1. Voir n. 1, p. 1010.

2. L'affrontement entre les pères des Missions étrangères et les colons ou les représentants de l'administration française francs-maçons (ou simplement anticléricaux) devint particulièrement rude dans les premières années du XXe siècle. La querelle entre Camille Paris et le père Guerlach (voir Notice, p. 1306) fut suivie de plusieurs autres. Léopold Sabatier, notamment, à qui Malraux emprunte *La Chanson de Damsan*, devait être accusé par les missionnaires d'être un Mayrena mué en « satrape », en « sous-préfet combiste » ; il semble avoir cherché, en tout cas, à affirmer l'indépendance du Darlac, et de tout le « pays moï », à l'égard des autorités de Hué.

Page 1116.

1. Ces éléments de stratégie défensive, de même que la plupart des détails concernant l'accueil des fugitifs, sont inspirés par le récit que fait le père Guerlach de la lutte qu'il mena avec le père Vialleton contre les « Lettrés ». Voir « Deux ans de captivité chez les Ba-Hnars », *Les Missions catholiques*, 11, 18 et 25 novembre 1887.

2. Ici s'achève le manuscrit. Mayrena n'est pas encore « roi des Sedangs ». D'après les notes préparatoires du dossier versé au fonds Doucet, on peut penser que Malraux aurait poursuivi ce chapitre par le récit d'une bataille contre les Siamois qui aurait été un « succès formidable pour Mayrena » (annotation au crayon sur la pièce 144 de « Dates »). Le « 3 juin » aurait été promulguée la « Constitution sedang », avec la « signature de plusieurs chefs ». C'est alors seulement qu'aurait pris place, d'après les notes préparatoires, le « combat » au sabre — auquel Malraux n'aurait donc pas donné l'importance décisive qu'il revêt dans les récits de Soulié et de Mayrena lui-même. Lorsque, en juillet 1947, Malraux signa, chez Gallimard, un contrat de régularisation en garantie de *Mayrena*, avait-il encore l'intention de retracer la vie de son héros jusqu'à sa fin tragique ? Le texte des *Antimémoires* montre que la scène de cette mort attirait plus notre romancier que le fastidieux récit des « parties grises » de la vie de Mayrena, contraint par une Europe prosaïque de redevenir un simple escroc. Le titre finalement retenu dans le manuscrit, *Le Règne du Malin*, confirme que seul le destin étrange de « Marie Ier, roi des Sedangs » eût mérité un roman.

INDEX

Cet index rassemble les principaux noms de personnes et de lieux, réels ou fictifs, ainsi que les titres d'œuvres littéraires et artistiques cités dans *Le Miroir des limbes* et dans les *Oraisons funèbres*. Les personnes et les personnages figurent en capitales romaines, les lieux et les peuples en minuscules romaines, et les œuvres en italique.

TABLE

NOTICES, NOTES ET VARIANTES

Ce volume, faisant partie
d'une nouvelle édition
des « Œuvres complètes »
d'André Malraux
et portant le numéro deux cent soixante-trois
de la « Bibliothèque de la Pléiade »
publiée aux Éditions Gallimard,
mis en page par Interligne
à Liège,
a été achevé d'imprimer
sur Bible des Papeteries Bolloré Technologies
le 4 octobre 1996
par Aubin Imprimeur
à Ligugé,
et relié en pleine peau,
dorée à l'or fin 23 carats,
par Babouot à Lagny.

ISBN : 2-07-011286-1.

N° d'édition : 63301. N° d'impression : 52499.
Dépôt légal : octobre 1996.
Imprimé en France.